現代世界文学人名事典

日外アソシエーツ

A Dictionary of Contemporary Writers, Poets and Playwrights in The World

Compiled by
Nichigai Associates, Inc.

©2019 by Nichigai Associates, Inc.
Printed in Japan

本書はディジタルデータでご利用いただくことができます。詳細はお問い合わせください。

●編集スタッフ● 松村 愛／熊木 ゆかり／河原 努
装 丁：赤田 麻衣子

刊行にあたって

　去る10月20日、84歳の誕生日を迎えられた皇后さまが、宮内記者会への「ご回答」という文章の中である小説に言及され、大きな話題を呼んだ。本書が刊行される2019年、ご退位によって公務を離れる皇后陛下が「ジーヴスも２、３冊待機しています」として挙げた「ジーヴス」とは、イギリスのユーモア作家、P.G.ウッドハウス（1881～1975）作品の主人公バーディに仕える天才執事の名前で、２人が活躍する〈ジーヴス〉シリーズは世界的に知られている。このご回答により、〈ジーヴス〉シリーズに関する問い合わせや注文が殺到し、各ベストセラーランキングでも上位に浮上した。皇后陛下の何気ないお一言で、日本ではあまり知られていなかった作品がにわかに脚光を浴びたように、世界には数多くの埋もれた名作、作家が存在している。20世紀以降から現在に至る海外の作家を調べたい時、ぜひ手に取っていただきたいのが本書である。

　本書は、20世紀以降に活躍する世界各国の作家を収録した現代文学の作家事典であり、カフカやサン・テグジュペリ、ヘミングウェイなどの著名作家から、ウッドハウスのように通だけが知っているような作家、さらには今年ハリウッドを賑わせた映画「クレイジー・リッチ・アジアンズ」（邦題「クレージー・リッチ！」）の原作者ケビン・クワンなど最新の作家に至るまで幅広く掲載している。イスラム圏やアジア圏、ラテンアメリカ圏など日本での刊行数が少ない国や地域の作家も積極的に採用し、ジャンルは純文学からＳＦ、ミステリー、ファンタジーなどの作家や、詩人、劇作家、児童文学作家、一部のノンフィクション作家、伝記作家、映画脚本家など、5,699人を収録している。

　小社では、日本で紹介された外国人作家およびその翻訳書を紹介するツールとして、「最新海外作家事典」を企画し、「最新海外作家事典」（1985年8月刊）から「最新海外作家事典 新訂第4版」（2009年7月刊）まで、４冊を刊行している。このシリーズは、「既存の文学事典に掲載されていない外国の現代作家の経歴が日本語でわかる」ツールとして幸いにも好評をもって迎えられ、図書館等で広くご利用頂いている。さらに、各国の文壇をリードする新進気鋭

の作家たちを集めた「海外文学　新進作家事典」(2016年6月刊) もある。いずれも、本書と併せてご利用いただきたい。

　本書が、現代を代表する世界の作家を調べるためのツールとして定着し、海外文学への理解を深めるための一助として、多くの方々に利用されることを願っている。

　　2018年11月

　　　　　　　　　　　　　　　　　　　　　　　　　　　日外アソシエーツ

目　次

凡　例 ……………………………………………………………………… (6)

人名目次 …………………………………………………………………… (9)

現代世界文学人名事典 …………………………………………………… 1

人名索引（欧文）………………………………………………………… 649

凡　例

1. 構　成

    人名目次（五十音順）

    本文（五十音順）

    人名索引（欧文）（人名のアルファベット順）

2. 収録人物

    （1）本事典は、20世紀以降に活躍する作家のうち、
    - 各種人名事典に掲載されており、評価がすでに確立されている
    - 主要な文学賞を受賞している
    - 日本で紹介されたり、翻訳書がある

    などの観点から、人物を選定した。

    （2）特に日本での出版件数の多い英米語圏の作家を多く掲載しているが、イスラム圏やアジア圏、ラテンアメリカ圏などからも積極的に採用した。

    （3）1800年代に生まれ、1900年代以降も生きた作家の場合は、20世紀に入って重要な作品を残した作家を収録対象とした。

    （4）活動分野は、小説、詩、戯曲、児童文学などの分野で評価されている作家のほか、一部のノンフィクション作家や伝記作家、映画脚本家なども含まれている。

    （5）原則として外国を主な活動の場とする作家を対象とした。ただし国外で活動する日本人は除いた。

    （6）収録人数は5,699人である。

3. 見出し人名

    （1）本名、旧名、別名（筆名，芸名，通称など）、共同筆名のうち、日本で一般に広く知られている表記を見出しとしてボールド体で示し、姓・名の区別が可能な人物はすべて「姓，名」の順に表記した。続いて英字表記をイタリック体で示した。また、必要に応じ、見出し以外の名前から参照を立てた。

    　　〔例〕　ジョーンズ，リロイ

    　　　　　→　バラカ，アミリを見よ

    （2）漢字圏の人名

    　1）韓国・朝鮮人名は、カタカナ表記を見出しとし、漢字表記が判明している場合は、その後ろに付した。

    　2）中国人名は、原則漢字表記を見出しとし、読みは日本語読みに拠った。

    　3）使用漢字は、原則常用漢字、新字体に統一した。

（3）漢字圏以外の人名

1）基本的にその人物の母国語音に基づくカタカナ表記を見出しとした。ただし、すでに慣用的な表記が定着していると思われる場合はそれを優先した。また、種々のカタカナ表記が存在する場合は、より一般性のあるものに統一するよう努めた。

2）複合姓など二語以上から成る人名の区切りは中点（・）を用いた。

〔例〕　ガルシア・マルケス，ガブリエル

3）姓に冠詞または前置詞を付けて呼ぶことが慣用化している人名については、冠詞や前置詞の付いたものを姓とみなした。

〔例〕　ドゥ・ヴィガン，デルフィーヌ

4）ロシア語、アラビア語などの諸語は英字に翻字した。

〔例〕　エフトゥシェンコ，エフゲニー　*Evtushenko, Evgenii*
アントーン，シナン　*Antoon, Sinan*

4. 見出しの排列

（1）姓と名をそれぞれ一単位とし、その五十音順とした。ただし姓・名の区別が困難なものは全体を姓とみなした。

（2）濁音・半濁音は清音、促音・拗音は直音とみなし、長音符（音引き）は無視した。

5. 本　文

（1）冒頭には、その人物の属する（生まれた）国または地域、およびその活動分野（職業）を掲載した。国または地域について、ソ連、西ドイツ（東ドイツ）、朝鮮、ユーゴスラビアなどの旧国名は、主な活動時期と重なる場合に明示した。国名が変わる前後にも執筆活動を行っている作家は、旧国名を（　）に入れて併記した。

〔例〕ロシア（ソ連）の作家，詩人

（2）生没年月日は、調査がついたものは西暦で示し、確認しうる限り月日まで掲載した。確証がとれないものには「（？）」を付した。死亡していることは明らかだが、没年について調査がつかなかったものには「？」を付した。

〔例〕　1892～1950（？）
1904.11.4～？

（3）出生（出身）地以降の記述内容は、原則として下記の通りとした。

[出] 出生（出身）地／[名] 本名、旧姓名、別名・別号等／[学] 学歴、学位／[勲] 勲章、褒章／[賞] 受賞歴／[歴] 経歴／[家] 家族、親族

（4）経歴中の書名・作品名、単行本、新聞名、雑誌名はすべて「　」で示し、シリーズ名は〈　〉、文学用語、強調語句、引用句などは“　”で示した。

6. 人名目次

   （1）見出し人名と職業、その掲載ページを示した。
   （2）本文と同様、不採用の名から適宜参照を立てた。

7. 人名索引（欧文）

   （1）人名の英字表記と、その掲載ページを示した。
   （2）排列は、姓と名をそれぞれ一単位とし、そのアルファベット順とした。姓・名の区別が困難なものについては全体を姓とみなした。
   （3）ウムラウトなどアクセント記号の付いた文字は、アクセント記号のない文字と同じとみなして排列した。

人 名 目 次

【ア】

阿来(作家) …………………… 3
アイヴァス, ミハル(作家) ……… 3
アイギ, ゲンナジー(詩人) ……… 3
アイスラー, バリー(作家) ……… 3
アイップ・ロシディ(作家) ……… 3
アイドゥ, クリスティナ・アマ・アタ(作家) …………………… 3
アイトマートフ, チンギス(作家) … 3
アイニ(作家) …………………… 3
アイパー, パウル(作家) ………… 4
アイヒ, ギュンター(詩人) ……… 4
アイヒンガー, イルゼ(作家) …… 4
アイベク(作家) ………………… 4
アイラ, セサル(作家) …………… 4
アイリッシュ, ウィリアム(推理作家) …………………………… 4
アイル(詩人) …………………… 4
アイルズ, グレッグ(作家) ……… 4
アインシュタイン, カール(作家) … 4
アイン・ドゥック(作家) ………… 5
アウアー, マルギット(作家) …… 5
アヴァッローネ, シルヴィア(作家) … 5
アヴァンツィーニ, レーナ(作家) … 5
アーウィン, ハドリー(作家) …… 5
アウエーゾフ, ムフタル(作家) … 5
アヴェルチェンコ, アルカージー・チモフェーヴィチ(ユーモア作家) … 5
アウエルンハイマー, ラウール(作家) …………………………… 5
アウスレンダー, ローゼ(詩人) … 5
アウーノー, コフィ(詩人) ……… 5
アウブ, マックス(作家) ………… 5
アヴリーヌ, クロード(作家) …… 6
アウル, ジーン・M.(作家) ……… 6
アオヴィニ・カドゥスガヌ(作家) … 6
アーカートダムクーン・ラピーパット(作家) …………………… 6
アギアレイ, アン(作家) ………… 6
アギニス, マルコス(作家) ……… 6
アクショーノフ, ワシリー(作家) … 6
アクセルソン, カリーナ(作家) … 6
アクーニン, ボリス(作家) ……… 6
アグノン, シュムエル・ヨセフ(作家) … 7
アクロイド, ピーター(作家) …… 7
アサートン, ガートルード・フランクリン(作家) ……………… 7
アサロ, キャサリン(SF作家) …… 7
アジェンデ, イサベル(作家) …… 7
アシート, マーク(作家) ………… 7
アシモフ, アイザック(SF作家) … 7
アジャーエフ, ワシーリー・ニコラエヴィチ(作家) …………… 8
アジャール, エミール →ガリ, ロマンを見よ

アシャール, マルセル(劇作家) … 8
アスエラ, アルトゥロ(作家) …… 8
アスエラ, マリアーノ(作家) …… 8
アスキス, シンシア(作家) ……… 8
アースキン, キャスリン(作家) … 8
アスターフィエフ, ヴィクトル(作家) …………………………… 8
アストゥリアス, ミゲール(作家) … 8
アスペイティア, ハビエル(作家) … 8
アスリー, シーア(作家) ………… 9
アスルル・サニ(詩人) ………… 9
アセーエフ, ニコライ・ニコラエヴィチ(詩人) ……………… 9
アセンシ, マティルデ(作家) …… 9
アソリン(作家) ………………… 9
アタイヤ, エドワード(作家) …… 9
アダーソン, キャロライン(作家) … 9
アダミック, ルイス(作家) ……… 9
アダムス, ガイ(作家) …………… 9
アダムズ, サミュエル・ホプキンズ(作家) …………………… 9
アダムス, ダグラス(SF作家) …… 9
アダムズ, リチャード(児童文学作家) …………………………… 10
アダムズ, レオニー(詩人) ……… 10
アダムソン, アイザック(作家) … 10
アダモフ, アルチュール(劇作家) … 10
アタリ, ジャック(作家) ………… 10
アダン, ポール(作家) …………… 10
アチェベ, チヌア(作家) ………… 10
アーチャー, ジェフリー(作家) … 11
アチャーガ, ベルナルド(詩人) … 11
アッカー, キャシー(作家) ……… 11
アッカード, アッバース・マフムード・アル(作家) ……………… 11
アッカーマン, フォレスト・J.(作家) …………………………… 11
アッギエーエ, サッチダーナンド・ヒーラーナンド・ヴァーツヤーヤン(詩人) ……………… 11
アッシャー, ジェイ(作家) ……… 11
アッシャー, ニール(作家) ……… 11
アッシュ, ショーレム(作家) …… 12
アッシュ, ネーサン(作家) ……… 12
アッシュベリー, ジョン(詩人) … 12
アッツォパルディ, トレッサ(作家) …………………………… 12
アップダイク, ジョン(作家) …… 12
アップデール, エレナー(作家) … 12
アップルゲート, キャサリン(児童文学作家) ………………… 12
アッペルフェルド, アハロン(作家) … 12
アデア, ギルバート(作家) ……… 13
アディガ, アラヴィンド(作家) … 13
アディーチェ, チママンダ・ンゴズィ(作家) ………………… 13
アディバ・アミン(作家) ………… 13
アティル, エフタ・ライチャー(作家) …………………………… 13
アデライン, L.マリー(作家) …… 13

アーデン, ジョン(劇作家) ……… 13
アトウッド, マーガレット(作家) … 13
アトキンス, エース(作家) ……… 14
アトキンソン, ケイト(作家) …… 14
アドニアス, フィーリョ(作家) … 14
アドニス(詩人) ………………… 14
アドラー, ウォーレン(作家) …… 14
アードリック, ルイーズ(作家) … 14
アドリントン, L.J.(作家) ……… 14
アナセン・ネクセー, マーチン(作家) …………………………… 14
アーナンド, ムルク・ラージ(作家) … 15
アニー・ベイビー(作家) ………… 15
アヌイ, ジャン(劇作家) ………… 15
アーノルド, エドウィン(SF作家) … 15
アバクロンビー, ラッセルズ(詩人) … 15
アバスヤヌク, サイト・ファイク →サイト・ファイク・アバスヤヌクを見よ
アバーテ, カルミネ(作家) ……… 15
アハテルンブッシュ, ヘルベルト(作家) …………………… 15
アハーン, セシリア(作家) ……… 15
アビ(児童文学作家) …………… 15
アビー, エドワード(作家) ……… 15
アビーソン, バンティ(作家) …… 16
アビッシュ, ウォルター(作家) … 16
アービッツ, ブルーノ(作家) …… 16
アービング, クリフォード(作家) … 16
アービング, ジョン(作家) ……… 16
アーフィエス, ベルトゥス(詩人) … 16
アフィノゲーノフ, アレクサンドル(劇作家) ……………… 16
アブジ, ダニー(詩人) …………… 16
アブダルハミード, アマール(作家) … 17
アブドゥル・ラフマーン・シャルカーウィ →シャルカーウィー, アブド・アッ・ラフマーン・アッを見よ
アフマドゥーリナ, ベラ(詩人) … 17
アフマートワ, アンナ(詩人) …… 17
アフメト・ハーシム →ハーシム, アフメトを見よ
アブラーモフ, フョードル・アレクサンドロヴィチ(作家) ……… 17
アブロウ, キース・ラッセル(作家) … 17
アブワード, エドワード(作家) … 17
アベカシス, エリエット(作家) … 17
アベディ, イザベル(作家) ……… 17
アペリ, ヤン(作家) …………… 17
アベル, キェル(劇作家) ………… 18
アホ, ユハニ(作家) …………… 18
アボダカ, ジェニファー(作家) … 18
アボット, ジェフ(作家) ………… 18
アボット, ジョージ(劇作家) …… 18
アボット, トニー(作家) ………… 18
アボット, ミーガン(作家) ……… 18
アポリネール, ギヨーム(詩人) … 18
アーマー, アイ・クウェイ(作家) … 18
アマディ, エレチ(作家) ………… 19

人名目次 (9)

アマード, ジョルジェ(作家) ………… 19
アマルリク, アンドレイ・アレクセーヴィチ(劇作家) ………… 19
アミエル, イリット(作家) ………… 19
アーミテージ, サイモン(詩人) ………… 19
アミハイ, イェフダ(詩人) ………… 19
アミル・ハムザ(詩人) ………… 19
アームストロング, ウィリアム・ハワード(児童文学作家) ………… 19
アームストロング, シャーロット(ミステリー作家) ………… 19
アームストロング, リチャード(児童文学作家) ………… 20
アメット, ジャック・ピエール(作家) ………… 20
アメリー, ジャン(作家) ………… 20
アモンズ, A.R.(詩人) ………… 20
アーモンド, デービッド(作家) ………… 20
アヤーラ, フランシスコ(作家) ………… 20
アラゴン, ルイ(詩人) ………… 20
アラストゥーイー, シーヴァー(作家) ………… 20
アラバール, フェルナンド(劇作家) ………… 21
アラルコン, ダニエル(作家) ………… 21
アラン, ジェイ(作家) ………… 21
アラン・フルニエ, アンリ ………… 21
アリ, アーメド(作家) ………… 21
アリ, ミリアム(作家) ………… 21
アリアガ, ギジェルモ(作家) ………… 21
アリゲール, マルガリータ(詩人) ………… 21
アーリック, グレテル(作家) ………… 22
アリディヒス, オメロ(詩人) ………… 22
アリベール, フランソワ・ポール(詩人) ………… 22
アリョーシン, サムイル・ヨシフォヴィチ(劇作家) ………… 22
アリン, ダグ(ミステリー作家) ………… 22
アリーン, ラーシュ(作家) ………… 22
アリンガム, マージェリ(推理作家) ………… 22
アルアスワーニー, アラー(作家) ………… 22
アルヴァーロ, コッラード(作家) ………… 22
アルヴェス・レドル, アントニオ →レドル, アルヴェスを見よ
アルヴテーゲン, カーリン(作家) ………… 22
アルカン, ネリー(作家) ………… 22
アルゲージ, トゥドール(詩人) ………… 22
アルゲダス, ホセ・マリア(作家) ………… 23
アルコ, ティモシー・モフォロルンショ(作家) ………… 23
アルコス, ルネ(詩人) ………… 23
アルジリリ, マルチェッロ(児童文学作家) ………… 23
アルシニエガス, ヘルマン(作家) ………… 23
アルステルダール, トーヴェ(作家) ………… 23
アルスラン, アントニア(作家) ………… 23
アルセオ, リワイワイ(作家) ………… 23
アルダーノフ, マルク(作家) ………… 23
アルツィバーシェフ, ミハイル(作家) ………… 23
アルテ, ポール(作家) ………… 24
アルテミエヴァ, ガリーナ(作家) ………… 24
アルテンベルク, ペーター(作家) ………… 24
アルトー, アントナン(劇作家) ………… 24
アルト, ロベルト(作家) ………… 24
アルトマン, ハンス・カール(詩人) ………… 24
アルハサン, ジャナー(作家) ………… 24
アルバジーノ, アルベルト(作家) ………… 24

アルパート, マーク(作家) ………… 24
アルバート, マービン(作家) ………… 24
アルパレス, フーリア(作家) ………… 24
アルバレス・ムレーナ, エクトル・アルベルト(作家) ………… 25
アルピーノ, ジョヴァンニ(作家) ………… 25
アルファウ, フェリペ(作家) ………… 25
アルファロ, オスカル(作家) ………… 25
アルフェルデス, パウル(詩人) ………… 25
アルブーゾフ, アレクセイ(劇作家) ………… 25
アルベルティ, ラファエル(詩人) ………… 25
アルベール・ビロ, ピエール(詩人) ………… 25
アルボム, ミッチ(作家) ………… 25
アルマス・マルセロ, J.J.(作家) ………… 25
アルマーダ・ネグレイロス(詩人) ………… 26
アルメル, アリエット(作家) ………… 26
アルユーニ, ヤーコブ(推理作家) ………… 26
アルラン, マルセル(作家) ………… 26
アルレー, カトリーヌ(推理作家) ………… 26
アレイクサンドレ, ビセンテ(詩人) ………… 26
アレオラ, ファン・ホセ(作家) ………… 26
アレグザンダー, ウィリアム(作家) ………… 26
アレクサンダー, ターシャ(作家) ………… 26
アレクサンダー, ロイド(児童文学作家) ………… 26
アレクシ, ジャック・ステファン(作家) ………… 27
アレクシー, シャーマン(詩人) ………… 27
アレクシエーヴィチ, スヴェトラーナ(作家) ………… 27
アレグリア, シロ(作家) ………… 27
アレナス, ブラウリオ(作家) ………… 27
アレナス, レイナルド(作家) ………… 27
アレン, ウィリアム・ハーベイ(作家) ………… 27
アレン, ウォルター(作家) ………… 27
アレン, エリック(児童文学作家) ………… 27
アレン, サラ・アディソン(作家) ………… 28
アレン, ジュディ(作家) ………… 28
アーレン, マイケル(作家) ………… 28
アーロノビッチ, ベン(作家) ………… 28
アロンソ, アナ(詩人) ………… 28
アロンソ, ダマソ(詩人) ………… 28
アン・スギル(作家) ………… 28
アン・ドヒョン(詩人) ………… 28
アンカーン・カンラヤーナポン(詩人) ………… 28
アングイッソラ, ジャーナ(児童文学作家) ………… 28
アンジェイェフスキ, イェジイ(作家) ………… 28
アンジェロウ, マヤ(詩人) ………… 28
アンズワース, バリー(作家) ………… 29
アンソニー, イーヴリン(作家) ………… 29
アンソニー, ピアズ(SF作家) ………… 29
アンダション, ダーン →アンデション, ダーンを見よ
アンダーソン, エリ(作家) ………… 29
アンダーソン, C.L. →ゼッテル, サラを見よ
アンダーソン, シャーウッド(作家) ………… 29
アンダーソン, ジャック(作家) ………… 29
アンダーソン, フレデリック・アービング(作家) ………… 29
アンダーソン, ポール(SF作家) ………… 30
アンダーソン, マクスウェル(劇作家) ………… 30

アンダーソン, ロバート(劇作家) ………… 30
アンダーソン, ローリー・ハルツ(作家) ………… 30
アンデション, ダーン(詩人) ………… 30
アンデルシュ, アルフレート(作家) ………… 30
アンデルセン・ネクセー, マーチン →アナセン・ネクセー, マーチンを見よ
アンデルソン, ダーン →アンデション, ダーンを見よ
アントコリスキー, パーヴェル・グリゴリエヴィチ(詩人) ………… 30
アントネッリ, ルイージ(劇作家) ………… 30
アントーノフ, セルゲイ・ペトローヴィチ(作家) ………… 30
アンドラーデ, カルロス・ドルモンド・デ(詩人) ………… 31
アンドラーデ, マリオ・ラウル・デ・モライス(詩人) ………… 31
アンドリッチ, イヴォ(作家) ………… 31
アンドルーズ, ジェス(作家) ………… 31
アンドルーズ, ドナ(作家) ………… 31
アンドルース, ラッセル →ハンドラー, デービッドを見よ
アンドルーズ, ローリー(作家) ………… 31
アンドレーエフ, レオニード・ニコラエヴィチ ………… 31
アンドレス, シュテファン(作家) ………… 31
アントーン, シナン(作家) ………… 31
アンブエロ, ロベルト(作家) ………… 32
アンブラー, エリック(スパイ作家) ………… 32
アンブリエール, フランシス(作家) ………… 32
アーンヘム, ステファン(作家) ………… 32
アンホールト, キャサリン(絵本作家) ………… 32
アンホールト, ローレンス(絵本作家) ………… 32
アンマニーティ, ニコロ(作家) ………… 32
アンワル, ハイリル(詩人) ………… 32

【イ】

イ・ウン(推理作家) ………… 32
イ・カンペク(劇作家) ………… 32
イ・カンヨル(劇作家) ………… 33
イ・ギヨン(作家) ………… 33
イ・ギリュン(作家) ………… 33
イ・グァンス(作家) ………… 33
イ・サン(詩人) ………… 33
イ・サンファ(詩人) ………… 33
イ・ジョンミョン(作家) ………… 33
イ・スグァン(作家) ………… 33
イ・スンウ(作家) ………… 33
イ・スンシン(詩人) ………… 33
韋 西(作家) ………… 34
イ・チャンドン(作家) ………… 34
イ・チョルファン(作家) ………… 34
イ・チョンジュン(作家) ………… 34
イ・テジュン(作家) ………… 34
イ・ヒョソク(作家) ………… 34
イ・ヒョン(作家) ………… 34
イ・ブンミョン(作家) ………… 35
イ・ホチョル(作家) ………… 35
イ・ボムソン(作家) ………… 35
イ・ムニョル(作家) ………… 35

イ・ユクサ（詩人）……………35
イ・ヨンド（作家）……………35
イ・ヨンヒ（作家）……………35
イヴァノヴィッチ, ジャネット（作家）……………………………35
イェーシュ, ジュラ（詩人）………36
イェーツ, エリザベス（作家）……36
イェーツ, W.B.（詩人）…………36
イェーツ, リチャード（作家）……36
イェップ, ロレンス（作家）………36
イェホシュア, アブラハム（作家）…36
イェリネク, エルフリーデ（作家）…37
イェーレンステン, ラーシュ（作家）…37
イェンス, ヴァルター（作家）……37
イェンセン, ヨハネス・ヴィルヘルム（作家）………………………37
イカーサ, ホルヘ（作家）…………37
イーガン, グレッグ（SF作家）……37
イーガン, ジェニファー（作家）…37
イーガン, デズモンド（詩人）……37
郁達夫（作家）……………………38
イグナティエフ, マイケル（作家）…38
イグネーシアス, デービッド（作家）…38
イクバール, ムハンマド（詩人）…38
イケ, ヴィンセント・チュクエメカ（作家）……………………………38
イコール, ロジェ（作家）…………38
イーザウ, ラルフ（ファンタジー作家）……………………………38
イサコフスキー, ミハイル（詩人）…38
イジーキエル, ニッシム（詩人）…39
イシグロ, カズオ（作家）…………39
イシャウッド, クリストファー（作家）……………………………39
イズー, イジドール（詩人）………39
イスカンデル, ファジリ（作家）…39
イスラーム, カジ・ナズルル（詩人）…39
イゾ, ジャン・クロード（作家）…39
イタニ, フランシス（作家）………39
イタランタ, エンミ（SF作家）……40
イデ, ジョー（作家）………………40
イドルス（作家）……………………40
イートン, ジェイソン・カーター（作家）……………………………40
イネス, ハモンド（冒険作家）……40
イネス, マイケル（作家）…………40
イノック, ウェスリー（劇作家）…40
イバルグエンゴイティア, ホルヘ（作家）………………………………40
イバルボウロウ, フアナ・デ（詩人）…41
イヒマエラ, ウィティ（作家）……41
イフェロス, オスカー（作家）……41
イボットソン, エヴァ（児童文学作家）……………………………41
イーホルム, エルスベツ（作家）…41
イム・チョルウ（作家）……………41
イム・ファ（詩人）…………………41
イヤイー, フェスタス（作家）……41
イヨ, ロバート（詩人）……………41
イヨネスコ, ウージェーヌ（劇作家）…41
イラーセク, アロイス（作家）……41
イーリイ, デービッド（作家）……42
イリフ, イリヤ →イリフ・ペトロフを見よ
イリフ・ペトロフ（作家）…………42
イリーン, ミハイル（作家）………42
イルスト, イルダ（作家）…………42

イレムニツキー, ペテル（作家）…42
イワサキ, フェルナンド（作家）…42
イワシュキェビチ, ヤロスロウ（作家）……………………………42
イワーノフ, ゲオールギー・ウラジーミロヴィチ（詩人）…………42
イワーノフ, フセヴォロド・ヴャチェスラヴォヴィチ（作家）……43
イワン・シマトゥパン（作家）……43
殷夫（詩人）………………………43
インガルス, レーチェル（作家）…43
イングランダー, ネイサン（作家）…43
インゲルマン・スンドベリ, カタリーナ（作家）……………………43
インゴウルフソン, ヴィクトル・アルナル（作家）……………………43
インジ, ウィリアム（劇作家）……43
インドリダソン, アーナルデュル（作家）……………………………43

【ウ】

ウー, ファン（作家）………………44
于沫我（作家）……………………44
ウー・ミン（作家）…………………44
于伶（劇作家）……………………44
ヴァ →バをも見よ
ヴァイゼンボルン, ギュンター（作家）……………………………44
ヴァイヤン, ロジェ（作家）………44
ヴァイラオホ, ヴォルフガング（作家）……………………………44
ヴァインヘーバー, ヨーゼフ（詩人）…44
ヴァシレフスカヤ, ヴァンダ →ワシレフスカヤ, ワンダを見よ
ヴァッカ, ポール（作家）…………45
ヴァッゲルル, カール・ハインリヒ（作家）……………………………45
ヴァツリーク, ルドヴィーク（作家）…45
ヴァプツァロフ, ニコラ（詩人）…45
ヴァプツァロフ, ララ（作家）……45
ヴァムピーロフ, アレクサンドル（劇作家）……………………………45
ヴァルガス, フレッド（作家）……45
ヴァルザー, ローベルト（作家）…45
ヴァルマー, バグワティーチャラン（作家）……………………………45
ヴァルマー, マハーデーヴィー（詩人）……………………………45
ヴァレ, ジャック（SF作家）………46
ヴァレア, エーリク（作家）………46
ヴァレリー, ポール（詩人）………46
ヴァン・コーヴラール, ディディエ（作家）……………………………46
ヴァンチュラ, ヴラディスラフ（作家）……………………………46
ヴァンデルベーケ, ビルギット（作家）……………………………46
ヴァン・デル・メールシュ, マクサンス（作家）……………………46
ヴィ →ビをも見よ
ウィアー, アンディ（作家）………46
ヴィアゼムスキー, アンヌ（作家）…47
ヴィアン, ボリス・ポール（作家）…47
ヴィーヴェル, オーレ（詩人）……47

ヴィエト・タン・ウェン（作家）…47
ウィカム, ゾーイ（作家）…………47
ウィークス, サラ（児童文学作家）…47
ウィクラマシンハ, マーティン（作家）……………………………47
ヴィーゴロ, ジョルジョ（詩人）…47
ヴィジーニ, ネッド（作家）………47
ヴィシネフスキー, フセヴォロド・ヴィタリエヴィチ（劇作家）……48
ヴィスコチル, イヴァン（作家）…48
ウィスプ, ケニルワージー →ローリング, J.K.を見よ
ウィーゼル, エリ（作家）…………48
ヴィソツキー, ウラジーミル（詩人）…48
ヴィターリ, アンドレア（作家）…48
ウィッカム, アンナ（詩人）………48
ウィッサー・カンタップ（詩人）…48
ウィッチャー, ムーニー（児童文学作家）……………………………48
ウィッティング, エイミー（作家）…48
ウィッティントン, ハリー（作家）…49
ヴィットリーニ, エーリオ（作家）…49
ヴィーラ, カルロ（作家）…………49
ヴィティッグ, モニック（作家）…49
ヴィトキェヴィチ, スタニスワフ（劇作家）……………………………49
ヴィトラック, ロジェ（劇作家）…49
ヴィノクーロフ, エフゲニー（詩人）…49
ウィハルジャ, ヤティ・マルヤティ（詩人）……………………………49
ウィーブ, ルーディ（作家）………49
ウィラード, ナンシー（作家）……49
ウィラード, バーバラ（作家）……50
ウィラード, フレッド（作家）……50
ウィーラン, グロリア（詩人）……50
ウィリアムズ, ウィリアム・カーロス（詩人）……………………………50
ウィリアムズ, ウォルター・ジョン（作家）……………………………50
ウィリアムズ, カシャンバ（作家）…50
ウィリアムズ, ジョージ・エムリン（劇作家）……………………………50
ウィリアムズ, ショーン（作家）…50
ウィリアムズ, タッド（ファンタジー作家）……………………………50
ウィリアムズ, テネシー（劇作家）…50
ウィリアムズ, ナイジェル（作家）…51
ウィリアムズ, ヘンリー（作家）…51
ウィリアムソン, ジャック（SF作家）…51
ウィリアムソン, デービッド（劇作家）……………………………51
ウィリス, コニー（SF作家）………51
ウィルキンソン, キャロル（作家）…51
ウィルジェン, ミシェル（作家）…51
ヴィルセン, カーリン（絵本作家）…51
ウィルソン, アンガス（作家）……51
ウィルソン, アンドルー・ノーマン（作家）……………………………52
ウィルソン, N.D.（作家）…………52
ウィルソン, F.ポール（作家）……52
ウィルソン, オーガスト（劇作家）…52
ウィルソン, ケビン（作家）………52
ウィルソン, コリン（作家）………52
ウィルソン, G.ウィロー（作家）…52
ウィルソン, ジャクリーン（児童文学作家）……………………………52

ウィルソン, ジョン・モーガン（作家） 53
ウィルソン, スローン（作家） 53
ウィルソン, バッジ（児童文学作家） 53
ウィルソン, バレリー・プレイム（作家） 53
ウィルソン, ランフォード（劇作家） 53
ウィルソン, ロバート（作家） 53
ウィルソン, ロバート・アントン（SF作家） 53
ウィルソン, ロバート・チャールズ（SF作家） 53
ウィルソン, ロブリー（作家） 53
ウィルソン, ローラ（作家） 54
ヴィルタ, ニコライ・エヴゲニエヴッチ（作家） 54
ヴィルトナー, マルティナ（作家） 54
ウィルバー, リチャード（詩人） 54
ウィルフォード, チャールズ（ミステリー作家） 54
ウィルヘルム, ケイト（SF作家） 54
ウィングフィールド, R.D.（作家） 54
ウィンスピア, ジャクリーン（作家） 54
ウィンズロウ, ドン（作家） 54
ウィンターズ, アイバー（詩人） 54
ウィンターズ, ベン・H.（作家） 55
ウィンターソン, ジャネット（作家） 55
ウィンターフェルト, ヘンリー（児童文学作家） 55
ウィンダム, ジョン（SF作家） 55
ウィン・リョウーリン（作家） 55
ヴェ →ベをも見よ
ウェイウェイオール, ロノ（作家） 55
ウェイナー, ジェニファー（作家） 55
ウェイン, エリザベス（作家） 55
ウェイン, ジョン（詩人） 55
ヴェージノフ, パーヴェル（作家） 56
ヴェショールイ, アルチョム（作家） 56
ウェスカー, アーノルド（劇作家） 56
ウエスターフェルド, スコット（SF作家） 56
ウェスト, ナサニエル（作家） 56
ウェスト, ビング（作家） 56
ウェスト, モーリス（作家） 56
ウェスト, レベッカ（作家） 56
ウェストハイマー, デービッド（作家） 57
ウェストール, ロバート・アトキンソン（児童文学作家） 57
ウェストレイク, ドナルド（作家） 57
ウェズレー, メアリー（作家） 57
ヴェーソース, タリエイ（作家） 57
ヴェーソース, ハルディス・モーレン（詩人） 57
ウェッブ, チャールズ（作家） 57
ウェッブ, フランシス（詩人） 57
ウェード, ヘンリー（ミステリー作家） 58
ヴェネジス, イリアス（作家） 58
ウェーバー, デービッド（作家） 58
ヴェリー, ピエール（作家） 58
ヴェリッシモ, エリコ（作家） 58
ヴェルカム, ジョン（作家） 58
ヴェルコール（作家） 58
ウェルシュ, アービン（作家） 58
ウェルシュ, ルイーズ（ミステリー作家） 58

ウェルズ, H.G.（作家） 58
ウェルズ, ジェニファー・フェナー（作家） 59
ウェルティ, ユードラ（作家） 59
ウェルドン, フェイ（作家） 59
ウエルベック, ミシェル（作家） 59
ウェルベル, ベルナール（作家） 59
ウェルマン, マンリー・ウェイド（作家） 59
ヴェルメシュ, ティムール（作家） 59
ヴェレシュ, ペーテル（作家） 59
ヴェロネージ, サンドロ（作家） 60
ウェンディグ, チャック（作家） 60
ウェント, アルバート（作家） 60
ヴォ →ボをも見よ
ウォー, アレック（作家） 60
ウォー, イーブリン（作家） 60
ウォー, シルビア（作家） 60
ウォー, ヒラリー（推理作家） 60
ヴォイノヴィチ, ウラジーミル（作家） 61
ウォーカー, アリス（作家） 61
ウォーカー, キャスリーン（詩人） 61
ウォーカー, メアリー（ミステリー作家） 61
ウォーカー, ロバート（作家） 61
ウォーク, ハーマン（作家） 61
ヴォスコボイニコフ, ワレリー（児童文学作家） 61
ヴォズネセンスキー, アンドレイ（詩人） 61
ウォーターズ, サラ（作家） 62
ヴォーチェ, ジャン（劇作家） 62
ウォッシュバーン, リビア（作家） 62
ウォッデル, マーティン（児童文学作家） 62
ヴォ・ティ・ハオ（作家） 62
ウォード, アマンダ・エア（作家） 62
ウォトキンズ, バーノン（詩人） 62
ヴォドラスキン, エヴゲニー（作家） 62
ヴォートラン, ジャン（作家） 62
ウォートン, イーディス（作家） 63
ウォーナー, アラン（作家） 63
ウォーナー, ガートルード（児童文学作家） 63
ウォーナー, シルビア・タウンゼンド（作家） 63
ウォーナー, ペニー（作家） 63
ウォーナー, レックス（作家） 63
ヴォーマン, ガブリエーレ（作家） 63
ウォーラー, ロバート・ジェームズ（作家） 63
ヴォルケル, イジー（詩人） 63
ウォルコット, デレック（詩人） 63
ウォルター, シルビア・マウルターシュ（作家） 64
ウォルター, ジェス（作家） 64
ウォルターズ, ミネット（ミステリー作家） 64
ウォルツ, アンナ（児童文学作家） 64
ウォルドマン, エイミー（作家） 64
ウォルトン, エヴァンジェリン（作家） 64
ウォルトン, ジョー（SF作家） 64
ウォルフ, クリスタ（作家） 64
ウォルフ, マルクス（作家） 65

ヴォルポーニ, パオロ（詩人） 65
ウォルポール, ヒュー（作家） 65
ウォーレス, アービング（作家） 65
ウォーレス, サンドラ・ニール（作家） 65
ウォーレス, ダニエル（作家） 65
ウォーレス, デービッド・フォスター（作家） 65
ウォーレス・クラブ, クリス（詩人） 66
ウォーレン, ロバート・ペン（詩人） 66
ヴォロディーヌ, アントワーヌ（作家） 66
ウォン, デービッド・ヘンリー（劇作家） 66
ウォン・ユスン（作家） 66
ウォンボー, ジョゼフ（作家） 66
ウスペンスキー, エドゥアルド（児童文学作家） 66
ウスラル・ピエトリ, アルトゥロ（作家） 66
ウーゼ, ボード（作家） 66
ウーゼンクラフト, キム（作家） 67
ウタミ, アユ（作家） 67
ウチダ, ヨシコ（児童文学作家） 67
ウッズ, スチュアート（作家） 67
ウッディウイス, キャサリーン（ロマンス作家） 67
ウッド, クリストファー（作家） 67
ウッド, チャールズ（劇作家） 67
ウッド, トム（作家） 67
ウッドソン, ジャクリーン（児童文学作家） 67
ウッドハウス, P.G.（ユーモア作家） 68
ウッドレル, ダニエル（作家） 68
ウティット・ヘーマムーン（作家） 68
ウトリオ, カアリ（作家） 68
ウマル・カヤム（作家） 68
ウラジーモフ, ゲオルギー（作家） 68
ウリツカヤ, リュドミラ（作家） 68
ウリベ, キルメン（作家） 69
ヴルチェク, エルンスト（作家） 69
ウールフ, アンジェラ →エバーハート, エメラルドを見よ
ウルフ, インガー・アッシュ（作家） 69
ウルフ, ジーン（SF作家） 69
ウルフ, トビアス（作家） 69
ウルフ, トマス（作家） 69
ウルフ, トム（作家） 69
ウルフ, バージニア（作家） 70
ウルフ, バージニア・ユウワー（児童文学作家） 70
ウルマン, エレン（作家） 70
ウン・ヒギョン（作家） 70
ウンガー, リザ（作家） 70
ウンガレッティ, ジュゼッペ（詩人） 70
ウンセット, シーグリ（作家） 70
ウンネルシュタード, エディス（児童文学作家） 70

【エ】

エアース, レニー（作家） 71
エアード, キャサリン（推理作家） 71
エイクボーン, アラン（劇作家） 71
エイクマン, ロバート（作家） 71

衛慧（作家）………………………………71
エイケン，コンラッド（詩人）…………71
エイケン，ジョーン・デラノ（児童文学作家）……………………………71
エイチ・ディー →ドゥーリトル，ヒルダを見よ
エイド，ジョージ（作家）………………72
エイブラハム，ダニエル（作家）………72
エイブラハムズ，ピーター（作家）……72
エイブラハムズ，ピーター（作家）……72
エイブリー，ジリアン（児童文学作家）……………………………72
エイミス，キングズリー（作家）………72
エイミス，マーティン（作家）…………72
エイムズ，エイブリー（作家）…………72
エインズワース，ルース（児童文学作家）……………………………72
エーヴェルス，H.G.（作家）……………73
エカ・クルニアワン（作家）……………73
エガーズ，デーブ（作家）………………73
エクェンシー，シプリアン（作家）……73
エークマン，シャスティン（作家）……73
エクランド，ゴードン（SF作家）………73
エーゲラン，トム（作家）………………73
エーケレーヴ，ベンクト・グンナル（詩人）………………………73
エーコ，ウンベルト（作家）……………74
エージー，ジェームズ（詩人）…………74
エシュノーズ，ジャン（作家）…………74
エシュバッハ，アンドレアス（作家）…74
エスタン，リュック（詩人）……………74
エスティス，エレナー（児童文学作家）……………………………74
エステルハージ，ペーテル（作家）……74
エスパンカ，フロルベーラ（詩人）……74
エーズラ・オールスン，ユッシ（ミステリー作家）……………………75
エスルマン，ローレン（ミステリー作家）……………………………75
エセックス，カレン（作家）……………75
エセーニン，セルゲイ（詩人）…………75
エチェガライ・イ・エイサギーレ，ホセ（劇作家）……………………75
エッピング，チャールズ（作家）………75
エディングス，デービッド（ファンタジー作家）……………………75
エドガー，デービッド（劇作家）………75
エドソン，マーガレット（劇作家）……75
エドワーズ，キム（作家）………………75
エドワーズ，ジェフ（作家）……………76
エドワーズ，ドロシー（児童文学作家）……………………………76
エドワーズ，マーティン（作家）………76
エナール，マティアス（作家）…………76
エネ，ヤニック（作家）…………………76
エバーショフ，デービッド（作家）……76
エバーツ，ロバート（作家）……………76
エバーハート，エメラルド（作家）……76
エバハート，ミニオン（作家）…………76
エバハート，リチャード（詩人）………76
エバンズ，クリス（作家）………………77
エバンズ，ジョン（作家）………………77
エバンズ，ニコラス（作家）……………77
エバンズ，リチャード・ポール（作家）……………………………77
エフィンジャー，ジョージ・アレック（SF作家）……………………77

エプスタイン，アダム・ジェイ（作家）……………………………77
エプスタイン，ヘレン（作家）…………77
エフトゥシェンコ，エフゲニー（詩人）………………………………77
エフレーモフ，イワン・アントノヴィチ（SF作家）………………77
エフロン，ノーラ（作家）………………78
エブンソン，ブライアン（作家）………78
エベール，アンヌ（詩人）………………78
エマニュエル，ピエール（詩人）………78
エムシュウィラー，キャロル（作家）…78
エーメ，マルセル（作家）………………78
エメチェタ，ブチ（作家）………………78
エリアン，アリシア（作家）……………78
エリオット，T.S.（詩人）………………78
エリクソン，スティーブ（作家）………79
エリクソン，スティーブン（ファンタジー作家）……………………79
エリザーロフ，ミハイル（作家）………79
エリス，デービッド（作家）……………79
エリス，デボラ（作家）…………………79
エリス，ブレット・イーストン（作家）……………………………79
エリソン，J.T.（作家）…………………79
エリソン，ハーラン（SF作家）…………79
エリソン，ラルフ（作家）………………80
エリソンド，サルバドール（作家）……80
エリティス，オディッセウス（詩人）…80
エリヤ，フィリップ（作家）……………80
エリュアール，ポール（詩人）…………80
エリン，スタンリー（推理作家）………80
エール，ジャン・マルセル（作家）……80
エル・アッカド，オマル（作家）………80
エルキン，スタンレー（作家）…………80
エルキンズ，アーロン（ミステリー作家）……………………………80
エルキンズ，シャーロット（作家）……81
エルスホット，ヴィレム（作家）………81
エルダーキン，スーザン（作家）………81
エルダーショー，M.バーナード（作家）……………………………81
エルデネ，センギーイン（作家）………81
エルドマン，ニコライ・ロベルトヴィチ（劇作家）……………………
エルトン，ベン（作家）…………………81
エルナンデス，アマド（作家）…………81
エルナンデス，ミゲル（詩人）…………81
エルノー，アニー（作家）………………82
エルフグリエン，サラ・B.（作家）……82
エルロイ，ジェームズ（ミステリー作家）……………………………82
エレンブルグ，イリヤ（作家）…………82
エロシェンコ，ワシリー（詩人）………82
エロフェーエフ，ヴィクトル（作家）…82
エロフェーエフ，ベネディクト（作家）……………………………82
袁犀（作家）………………………………82
袁水拍（詩人）……………………………82
閻連科（作家）……………………………83
エンクヴィスト，ペール・ウーロヴ（作家）……………………………83
エングダール，シルビア・ルイーズ（SF作家）……………………83
エングル，ポール・ハミルトン（詩人）………………………………83
エンゲル，マリアン（作家）……………83

エンツェンスベルガー，ハンス・マグヌス（詩人）……………………83
エンデ，ミヒャエル（児童文学作家）…83
エンプソン，ウィリアム（詩人）………84
エンライト，アン（作家）………………84
エンライト，D.J.（詩人）………………84
エンリケス，マリアーナ（作家）………84

【オ】

オ・ジョンヒ（作家）……………………84
オ・テソク（劇作家）……………………84
オア，メリー（作家）……………………84
オイドブ，チョイジャムツィーン（劇作家）……………………………84
王亜平（詩人）……………………………84
王安憶（作家）……………………………84
王家達（作家）……………………………85
王実味（作家）……………………………85
王若望（作家）……………………………85
汪静之（詩人）……………………………85
王聡威（作家）……………………………85
王拓（作家）………………………………85
王禎和（作家）……………………………85
王統照（作家）……………………………85
王独清（詩人）……………………………86
王度蘆（作家）……………………………86
王汶石（作家）……………………………86
王蒙（作家）………………………………86
王力雄（作家）……………………………86
王魯彦（作家）……………………………86
オヴェーチキン，ワレンチン・ウラジーミロヴィチ（作家）……………86
オーウェル，ジョージ（作家）…………86
オウジェドニーク，パトリク（作家）…87
欧陽山（作家）……………………………87
オーエン，ウィルフレッド（詩人）……87
オーエン，トーマス（幻想小説作家）…87
オカイ，アトゥクウェイ（詩人）………87
オカラ，ゲイブリエル（詩人）…………87
オキボ，クリストファー（詩人）………87
オキャロル，ブレンダン（作家）………87
オーキンクロス，ルイス（作家）………87
オクサネン，ソフィ（作家）……………88
オクジャワ，ブラート（詩人）…………88
オークメイド，キム・ファン（作家）…88
オクリ，ベン（作家）……………………88
オゴト，グレース（作家）………………88
オコト・ビテック（詩人）………………88
オコナー，ジョセフ（作家）……………88
オコナー，バーバラ（児童文学作家）…88
オコナー，フラナリー（作家）…………88
オコナー，フランク（作家）……………89
オコンネル，キャロル（作家）…………89
オザクマン，トゥルグット（劇作家）…89
オジック，シンシア（作家）……………89
オショーネシー，ペリー（作家）………89
オショフィサン，フェミ（劇作家）……89
オー・シール，ミホール（詩人）………89
オズ，アモス（作家）……………………89
オズカン，セルダル（作家）……………90
オースター，ポール（作家）……………90
オスターイェン，パウル・ファン（詩人）………………………………90

オースティン, メアリー・ハンター(作家) …… 90
オステル, グリゴリー(児童文学作家) …… 90
オステル, クリスチャン(作家) …… 90
オストロフスキー, ニコライ・アレクセーヴィチ …… 90
オスファテール, ラッシェル(児童文学作家) …… 90
オースベル, ラモーナ(作家) …… 91
オズボーン, ジョン(劇作家) …… 91
オズボーン, チャールズ(作家) …… 91
オズボーン, メアリー・ポープ(児童文学作家) …… 91
オズボーン, ロイド(作家) …… 91
オゼキ, ルース(作家) …… 91
オダガ, アセナス(児童文学作家) …… 91
オーツ, ジョイス・キャロル(作家) …… 91
オーツカ, ジュリー(作家) …… 92
オッティエーリ, オッティエーロ(作家) …… 92
オッペン, ジョージ(詩人) …… 92
オーディジョ, ガブリエル(詩人) …… 92
オーディベルティ, ジャック(詩人) …… 92
オデッツ, クリフォード(劇作家) …… 92
オデール, スコット(児童文学作家) …… 92
オテーロ, ブラス・デ(詩人) …… 92
オテーロ・シルバ, ミゲル(作家) …… 92
オーデン, W.H.(詩人) …… 92
オードゥー, マルグリット(作家) …… 93
オドゥワン・マミコニアン, ソフィー(作家) …… 93
オートリー, キース(作家) …… 93
オートン, ジョー(劇作家) …… 93
オニール, ジョセフ(作家) …… 93
オニール, ユージン(劇作家) …… 93
オネッティ, フアン・カルロス(作家) …… 93
オハラ, ジョン・ヘンリー(作家) …… 93
オハラ, フランク(詩人) …… 93
オバルディア, ルネ・ド(作家) …… 94
オハンロン, レドモンド(作家) …… 94
オビオマ, チゴズィエ(作家) …… 94
オファーレル, マギー(作家) …… 94
オフェイロン, ジュリア(作家) …… 94
オフェイロン, ショーン(作家) …… 94
オブライアン, パトリック(作家) …… 94
オブライエン, エドナ(作家) …… 94
オブライエン, ケイト(劇作家) …… 95
オブライエン, ティム(作家) …… 95
オブライエン, フラン(作家) …… 95
オーブリ, セシル(児童文学作家) …… 95
オフレアティ, リーアム(作家) …… 95
オブレヒト, テア(作家) …… 95
オヘイガン, アンドルー(作家) …… 95
オペウォ, イシドレ(作家) …… 95
オベール, ブリジット(作家) …… 96
オモトショ, コレ(作家) …… 96
オヨン, フェルディナン(作家) …… 96
オラフソン, オラフ(作家) …… 96
オリエ, クロード(作家) …… 96
オリバー, ローレン(作家) …… 96
オリンジャー, ジュリー(作家) …… 96
オルグレン, ネルソン(作家) …… 96
オールズバーグ, クリス・バン(絵本作家) …… 96

オルセナ, エリク(作家) …… 96
オルセン, D.B. →ヒッチェンズ, ドロレスを見よ
オルソン, クリスティーナ(作家) …… 97
オルソン, チャールズ(詩人) …… 97
オルソン, リンダ(作家) …… 97
オルダーマン, ナオミ(作家) …… 97
オールディス, ブライアン・ウィルスン(SF作家) …… 97
オールディントン, リチャード(詩人) …… 97
オルテーゼ, アンナ・マリーア(作家) …… 97
オルテン, スティーブ(作家) …… 97
オールド, ウィリアム(詩人) …… 98
オルトハイル, ハンス・ヨゼフ(作家) …… 98
オルドリッジ, ジェームズ(作家) …… 98
オールビー, エドワード(劇作家) …… 98
オルレブ, ウリ(児童文学作家) …… 98
オルロフ, ウラジーミル(児童文学作家) …… 98
オレーシャ, ユーリー・カルロヴィチ(作家) …… 98
オレッリ, ジョルジョ(詩人) …… 98
オンダーチェ, マイケル(作家) …… 98

【カ】

柯 雲路(作家) …… 99
カー, エミリー(作家) …… 99
夏 衍(劇作家) …… 99
柯 岩(詩人) …… 99
何 其芳(詩人) …… 99
賀 敬之(劇作家) …… 99
カー, シェリー・ディクソン(作家) …… 99
何 士光(作家) …… 99
カー, ジョン・ディクソン(ミステリー作家) …… 99
柯 仲平(詩人) …… 100
カー, テリー(SF作家) …… 100
戈 麦(詩人) …… 100
カー, フィリップ(作家) …… 100
賈 平凹(作家) …… 100
海 岩(作家) …… 100
艾 青(詩人) …… 100
ガイ, ローザ(作家) …… 100
ガイイ, クリスチャン(作家) …… 101
ガイダル, アルカジー(童話作家) …… 101
カイパース, アリス(作家) …… 101
艾 蕪(作家) …… 101
カイ・フン(作家) …… 101
カイラス, ウーノ(詩人) …… 101
カヴァナ, フランソワ(作家) …… 101
カヴァフィス, コンスタンディノス(詩人) …… 101
ガヴァルダ, アンナ(作家) …… 101
カウァン, ピーター(作家) …… 102
カヴェーリン, ヴェニアミン(作家) …… 102
ガウチンスキ, コンスタンティ・イルデフォンス(詩人) …… 102
カーウッド, ジェームズ・オリバー(作家) …… 102
カウパー, リチャード(SF作家) …… 102

カウフマン, ベル(作家) …… 102
カウフマン, リチャード(作家) …… 102
カウリー, ジョイ(児童文学作家) …… 102
カーカップ, ジェームズ(詩人) …… 102
郭 敬明(作家) …… 102
格 非(作家) …… 103
郭 宝崑(劇作家) …… 103
カーグマン, ジル(作家) …… 103
カザケーヴィチ, ヴェチェスラフ(詩人) …… 103
カザケーヴィチ, エマヌエル・ゲンリホヴィチ(作家) …… 103
カザコフ, ユーリー(作家) …… 103
カザコワ, リムマ(詩人) …… 103
カサック, フレッド(推理作家) …… 103
カーザック, ヘルマン(作家) …… 103
カザンザキス, ニコス(詩人) …… 104
ガジェゴス, ロムロ(作家) …… 104
カジシュキー, ローラ(詩人) …… 104
カーシュ, ジェラルド(作家) …… 104
カシューア, サイード(作家) …… 104
カシュナー, エレン(ファンタジー作家) …… 104
カシュニッツ, マリー・ルイーゼ(作家) …… 104
カスー, ジャン(作家) …… 104
ガスカール, ピエール(作家) …… 104
カスタネダ, カルロス(作家) …… 105
カスティーヨ, ミシェル・デル(作家) …… 105
カスティヨン, クレール(作家) …… 105
カステリャノス, ロサリオ(作家) …… 105
カストロ, アダム・トロイ(SF作家) …… 105
カストパード, フェレイラ・デ(作家) …… 105
ガスパード, ジョン(作家) …… 105
カースミー, アフマド・ナディーム(作家) …… 105
ガスリー, A.B.(Jr.)(作家) …… 105
カズンズ, ジェームズ・グールド(作家) …… 105
カズンズ, ルーシー(絵本作家) …… 106
カセム, メディ・ベラ(作家) …… 106
カソナ, アレハンドロ(劇作家) …… 106
カーソン, キアラン(詩人) …… 106
カーソン, ポール(作家) …… 106
カーター, アンジェラ(作家) …… 106
カーター, ディーン・ビンセント(作家) …… 106
カーター, リン(作家) …… 106
カターエフ, イワン・イワノヴィチ(作家) …… 106
カターエフ, ワレンチン(作家) …… 107
ガーダム, ジェーン・メアリー(作家) …… 107
カダレ, イスマイル(作家) …… 107
カーツ, キャサリン(作家) …… 107
カッスラー, クライブ(冒険作家) …… 107
カッソーラ, カルロ(作家) …… 107
ガッダ, カルロ・エミーリオ(作家) …… 107
カッツェンバック, ジョン(ミステリー作家) …… 107
ガッティ, アルマン(劇作家) …… 108
ガット, アルフォンソ(詩人) …… 108
カットナー, ヘンリー →パジェット, ルイスを見よ
カットン, エレノア(作家) …… 108

ガッパ, ペティナ(作家) …………… 108
カッリージ, ドナート(作家) ………… 108
カッレントフト, モンス(作家) ……… 108
カティジャー, ハシム(作家) ………… 108
カーティス, クリストファー・ポール(児童文学作家) ……………… 108
カード, オーソン・スコット(SF作家) ………………………………… 108
ガードナー, E.S.(推理作家) ………… 109
ガードナー, サリー(作家) …………… 109
ガードナー, ジョン(作家) …………… 109
カドハタ, シンシア(作家) …………… 109
カドラ, ヤスミナ(作家) ……………… 109
カートランド, バーバラ(ロマンス作家) ………………………………… 109
ガーナー, アラン(児童文学作家) ……… 109
カーナウ, アレン(詩人) ……………… 109
カナファーニー, ガッサン(作家) …… 109
カニグズバーグ, E.L.(児童文学作家) ………………………………… 110
カーニック, サイモン(作家) ………… 110
カニンガム, J.V.(詩人) ……………… 110
カニンガム, マイケル(作家) ………… 110
カニング, ビクター(作家) …………… 110
カネッティ, エリアス(作家) ………… 110
ガーネット, デービッド(作家) ……… 110
ガーバー, ジョセフ(作家) …………… 110
カーバー, レイモンド(作家) ………… 110
カパニス, ジョゼ(作家) ……………… 111
カバリェロ・カルデロン, エドゥアルド(作家) ……………………… 111
ガバルドン, ダイアナ(作家) ………… 111
カヒガ, サムエル(作家) ……………… 111
カピターニョヴァー, ダニエラ(作家) ………………………………… 111
カピュ, アレックス(作家) …………… 111
ガーブ, アンドルー(推理作家) ……… 111
ガーフィールド, ブライアン(作家) ………………………………… 111
ガーフィールド, レオン(児童文学作家) ………………………………… 111
カフカ, フランツ(作家) ……………… 112
カプシチンスキ, リシャルト(作家) ………………………………… 112
カブラル・デ・メーロ・ネト, ジョアン(詩人) ……………………… 112
カブレラ・インファンテ, ギリェルモ(作家) ……………………… 112
カヘーニ, アメリア(作家) …………… 112
カポーティ, トルーマン(作家) ……… 112
カーマン, パトリック(作家) ………… 113
カマンダ, カマ・シウォール(詩人) … 113
カミ, ピエール(ユーモア作家) ……… 113
カミッレーリ, アンドレア(作家) …… 113
カミュ, アルベール(作家) …………… 113
カミング, チャールズ(作家) ………… 113
カミングズ, E.E.(詩人) ……………… 113
カミンスキー, スチュアート(推理作家) ………………………………… 113
ガムザートフ, ラスール(詩人) ……… 114
カモレッティ, マルク(喜劇作家) …… 114
ガラ, アントニオ(詩人) ……………… 114
カラショフ, キャリー(作家) ………… 114
カラスコ, ヘスス(作家) ……………… 114
カラスラヴォフ, ゲオルギ(作家) …… 114

カラリーチェフ, アンゲル(児童文学作家) ………………………………… 114
カラワーエワ, アンナ・アレクサンドロヴナ(作家) ……………… 114
カランサ, アンドレウ(作家) ………… 114
ガーランド, アレックス(作家) ……… 114
ガリ, ロマン(作家) …………………… 114
カリー, ロン(作家) …………………… 115
カーリイ, ジャック(作家) …………… 115
カリエール, ジャン(作家) …………… 115
カリエール, ジャン・クロード(作家) ………………………………… 115
ガーリチ, アレクサンドル(詩人) …… 115
カリッシャー, ホーテンス →キャリシャー, ホーテンスを見よ
ガリット, ジョーン・ラ(作家) ……… 115
カリネスク, ジョルジェ(作家) ……… 115
カリュー, ジャン・リンヴェルド(作家) ………………………………… 115
カリン, ミッチ(作家) ………………… 116
カール, エリック(絵本作家) ………… 116
カルヴァシ, ペテル(作家) …………… 116
カルヴィーノ, イタロ(作家) ………… 116
カルヴェッティ, パオラ(作家) ……… 116
カルザン, カルロ(作家) ……………… 116
ガルサン, ジェローム(作家) ………… 116
ガルシア, エリック(作家) …………… 116
ガルシア, ラウラ・ガジェゴ(児童文学作家) ……………………… 116
ガルシア・マルケス, ガブリエル(作家) ………………………………… 116
ガルシア・モラレス, アデライダ(作家) ………………………………… 117
ガルシア・ロルカ, フェデリコ(詩人) ………………………………… 117
カルース, ヘイデン(詩人) …………… 117
カールソン, ジェフ(作家) …………… 117
カールソン, ナタリー・サベッジ(児童文学作家) ……………………… 117
カルタミハルジャ, アフディアット(作家) ……………………………… 117
カルタレスク, ミルチャ(作家) ……… 117
カルデナル, エルネスト(詩人) ……… 117
カルドゥッチ, ジョズエー(詩人) …… 118
カルネジス, パノス(作家) …………… 118
ガルノー, エクトール・ド・サンドニ(詩人) ……………………… 118
カールフェルト, エーリク・アクセル(詩人) ………………………… 118
ガルブレイス, ロバート →ローリング, J.K.を見よ
カルペラン, ボ(作家) ………………… 118
カルペンティエル, アレホ(作家) …… 118
カルムス, メアリー(作家) …………… 118
ガレアーノ, エドゥアルド(作家) …… 118
カレーラ・アンドラデ, ホルヘ(詩人) ………………………………… 118
カレール, エマニュエル(作家) ……… 119
ガーロ, エレナ(作家) ………………… 119
ガロ, マックス(作家) ………………… 119
カロッサ, ハンス(詩人) ……………… 119
カロフィーリオ, ジャンリーコ(作家) ………………………………… 119
カワード, ノエル(劇作家) …………… 119
ガン, アイリーン(作家) ……………… 119
カーン, ウォルター(作家) …………… 119
韓寒(作家) …………………………… 120

カン・キョンエ(作家) ………………… 120
ガン, ジェームズ(SF作家) ………… 120
韓少功(作家) ………………………… 120
ガン, トム(詩人) …………………… 120
ガン, ニール・ミラー(作家) ………… 120
カン, ミシェル(作家) ………………… 120
甘耀明(作家) ………………………… 120
カン・ヨンスク(作家) ………………… 120
カーン, ルクサナ(作家) ……………… 121
カンシーノ, エリアセル(作家) ……… 121
ガーンズバック, ヒューゴー(SF作家) ………………………………… 121
カーン・ディン, アユーブ(作家) …… 121
カンデル, スーザン(作家) …………… 121
カント, ヘルマン(作家) ……………… 121
ガンドルフィ, シルヴァーナ(児童文学作家) ……………………… 121
カンパニーレ, アキッレ(作家) ……… 121
ガンビーノ, クリストファー(作家) ………………………………… 121

【キ】

魏金枝(作家) ………………………… 121
ギア, ケルスティン(作家) …………… 121
キアク, ハンス(作家) ………………… 122
キアンプール, フレドゥン(作家) …… 122
キイス, ダニエル(作家) ……………… 122
キエデゴー, ラース(作家) …………… 122
ギェレルプ, カール(作家) …………… 122
キーガン, クレア(作家) ……………… 122
キージー, ケン(作家) ………………… 122
キシュ, ダニロ(作家) ………………… 122
キション, エフライム(作家) ………… 122
キーズ, シドニー(詩人) ……………… 123
ギタエ・ムゴ, ミチェレ(詩人) ……… 123
キッド, スー・モンク(作家) ………… 123
キッド, ダイアナ(児童文学作家) …… 123
キップハルト, ハイナー(劇作家) …… 123
キップリング, ラドヤード(作家) …… 123
キーティング, H.R.F.(ミステリー作家) ………………………………… 123
キニー, ジェフ(児童文学作家) ……… 123
キーニー, ブライアン(作家) ………… 124
キニャール, パスカル(作家) ………… 124
キニーリー, トマス(作家) …………… 124
キネル, ゴールウェイ(詩人) ………… 124
ギブ, カミーラ(作家) ………………… 124
ギフ, パトリシア・ライリー(児童文学作家) ……………………… 124
キーファー, ウォーレン(ミステリー作家) ……………………………… 124
ギフィン, エミリー(作家) …………… 124
ギフォード, トマス(作家) …………… 124
ギブス, スチュアート(児童文学作家) ………………………………… 125
ギブソン, ウィリアム(劇作家) ……… 125
ギブソン, ウィリアム(SF作家) …… 125
ギベール, エルヴェ(作家) …………… 125
ギボン, ルイス・グラシック(作家) … 125
ギボンズ, ステラ(作家) ……………… 125
ギマランイス・ローザ, ジョアン(作家) ………………………………… 125
ギマール, ポール(作家) ……………… 125

キム・インスク（作家） ……………… 125
キム・エラン（作家） ………………… 126
キム・オンス（作家） ………………… 126
キム・ギジン（詩人） ………………… 126
キム・クァンキュ（詩人） …………… 126
キム・クァンソプ（詩人） …………… 126
キム・クァンリム（作家） …………… 126
キム・サリャン（作家） ……………… 126
キム・ジハ（詩人） …………………… 126
キム・ジュンヒョク（作家） ………… 126
キム・ジョンハン（作家） …………… 127
キム・ジンギョン（作家） …………… 127
キム・ジンミョン（作家） …………… 127
キム・スキ（作家） …………………… 127
キム・スンオク（作家） ……………… 127
キム・スンホ（作家） ………………… 127
キム・ソウォル（詩人） ……………… 127
キム・ソンジョン（ミステリー作家）
 ……………………………………… 127
キム・タクファン（作家） …………… 127
キム・チュンス（詩人） ……………… 127
キム・ドンイン（作家） ……………… 128
キム・ドンリ（作家） ………………… 128
キム・ナムジョ（詩人） ……………… 128
キム・ハンギル（作家） ……………… 128
キム・ビョラ（作家） ………………… 128
キム・ビョンフン（作家） …………… 128
キム・フン（作家） …………………… 128
キム・ホシク（作家） ………………… 128
キム・ミョンファ（劇作家） ………… 129
キム・ヨンス（作家） ………………… 129
キム・ヨンハ（作家） ………………… 129
キム・ヨンマン（作家） ……………… 129
キム、リチャード（作家） …………… 129
キム・リョリョン（作家） …………… 129
キム、ロマン・ニコラエヴィチ（推理作家） ……………………………………… 129
キメニエ、バーバラ（児童文学作家）
 ……………………………………… 129
キャザー、ウィラ（作家） …………… 129
ギャス、ウィリアム・ハワード（作家） ……………………………………… 130
キャス、キーラ（作家） ……………… 130
ギャスコイン、デービッド（詩人） … 130
キャッシュ、ワイリー（作家） ……… 130
キャッスル、リチャード（作家） …… 130
ギャディス、ウィリアム（作家） …… 130
キャネル、スティーブン（作家） …… 130
キャノン、ジョゼフ（作家） ………… 130
キャバナー、スティーブ（作家） …… 130
キャボット、メグ（作家） …………… 130
キャメロン、W.ブルース（作家） …… 130
キャメロン、ピーター（作家） ……… 131
キャメロン、マーク（作家） ………… 131
キャラガー、テス（作家） …………… 131
キャラナン、リーアム（作家） ……… 131
キャラハン、モーリー・エドワード（作家） ……………………………………… 131
ギャラント、メイビス（作家） ……… 131
ギャリオッチ、ロバート（詩人） …… 131
キャリガー、ゲイル（SF作家） ……… 131
ギャリーグ、ジーン（詩人） ………… 131
ギャリコ、ポール・ウィリアム（作家） ……………………………………… 132
キャリシャー、ホーテンス（作家） … 132
キャリントン、レオノーラ（作家） … 132
ギャレット、ジョージ（作家） ……… 132
ギャレット、ランドル（SF作家） …… 132

キャレル、ジェニファー・リー（作家） ……………………………………… 132
ギャロウェイ、スティーブン（作家）
 ……………………………………… 132
キャロニタ、ジェン（作家） ………… 132
キャロル、ジム（詩人） ……………… 132
キャロル、ジョナサン（作家） ……… 133
キャントー、マッキンレー（作家） … 133
キャントレル、レベッカ（作家） …… 133
キャンビアス、ジェイムズ・L.（SF作家） ……………………………………… 133
キャンピオン、アレクサンダー（作家） ……………………………………… 133
キャンベル、アナ（ロマンス作家） … 133
キャンベル、ゴードン（作家） ……… 133
キャンベル、コリン（作家） ………… 133
キャンベル、ジャック（作家） ……… 133
キャンベル、ジョン（テクノスリラー作家） ……………………………………… 133
キャンベル、ジョン・W.（Jr.）（作家） ……………………………………… 133
キャンベル、ビビ・ムーア（作家） … 134
キャンベル、ラムゼー（怪奇小説作家） ……………………………………… 134
キャンベル、ロイ（詩人） …………… 134
キャンベル、ロバート（ミステリー作家） ……………………………………… 134
ギュー、ルイ（作家） ………………… 134
九 丹（作家） ………………………… 134
邱 妙津（作家） ……………………… 134
ギュヴィック、ウージェーヌ（詩人）
 ……………………………………… 134
キュヴェリエ、ヴァンサン（作家） … 134
ギュット、ポール（作家） …………… 135
キュービー・マクダウェル、マイケル（SF作家） …………………………… 135
キュルティス、ジャン・ルイ（作家） … 135
キューレンベルク、ヨアヒム・フォン（作家） ………………………………… 135
ギュンテキン、レシャット・ヌリ（作家） ……………………………………… 135
許 悔之（詩人） ……………………… 135
許 欽文（作家） ……………………… 135
許 傑（作家） ………………………… 135
許 地山（作家） ……………………… 135
ギヨ、ルネ（児童文学作家） ………… 135
姜 戎（作家） ………………………… 135
曲 波（作家） ………………………… 136
ギリェン、ニコラス（詩人） ………… 136
ギリェン、ホルヘ（詩人） …………… 136
ギル、B.M.（ミステリー作家） ……… 136
ギルー、ヤン（作家） ………………… 136
ギルクリスト、エレン（作家） ……… 136
キルサーノフ、セミョーン・イサーコヴィチ（詩人） ……………………… 136
キルシュ、ザラ（詩人） ……………… 136
キルション、ウラジミル・ミハイロヴィチ（劇作家） …………………… 136
キルスティラ、ペンッティ（ミステリー作家） ………………………………… 137
キルスト、ハンス・ヘルムート（作家） ……………………………………… 137
ギルバース、ハラルト（作家） ……… 137
ギルバート、エリザベス（作家） …… 137
ギルバート、マイケル・フランシス（ミステリー作家） ………………… 137
ギルフォイル、ケヴィン（作家） …… 137

ギルマン、ドロシー（児童文学作家） … 137
ギルロイ、フランク・D.（劇作家） … 137
キルワース、ギャリー（作家） ……… 138
キローガ、オラシオ（作家） ………… 138
金 近（童話作家） …………………… 138
キーン、モーリー（作家） …………… 138
金 庸（作家） ………………………… 138
キンキントゥー（作家） ……………… 138
キング、ジョナサン（作家） ………… 138
キング、スティーブン（作家） ……… 138
キング、フランシス（作家） ………… 139
キング、ロス（作家） ………………… 139
キング、ローリー（作家） …………… 139
キングストン、マキシーン・ホン（作家） ……………………………………… 139
キング・スミス、ディック（児童文学作家） ………………………………… 139
キングズリー、カザ（作家） ………… 139
キングズリー、シドニー（劇作家） … 139
キングソルバー、バーバラ（作家） … 139
キンケイド、ジャメイカ（作家） …… 139
ギンズ、マドリン（詩人） …………… 140
ギンズバーグ、アレン（詩人） ……… 140
ギンズブルグ、エヴゲーニヤ・セミョーノヴナ（作家） ………………… 140
ギンズブルグ、ナタリーア（作家） … 140
キンセラ、ウィリアム・パトリック（作家） ………………………………… 140
キンセラ、ソフィー（作家） ………… 140
キンセラ、トマス（詩人） …………… 140
ギン・ソムチーン（作家） …………… 140
キンヌネン、トンミ（作家） ………… 141
キンバリー、アリス（作家） ………… 141

【ク】

久 遠（作家） ………………………… 141
ク・サン（詩人） ……………………… 141
クァジーモド、サルヴァトーレ（詩人） ……………………………………… 141
クァラントッティ・ガンビーニ、ピエール・アントーニオ（作家） …… 141
グアレスキ、ジョバンニ（作家） …… 141
クイック、マシュー（作家） ………… 141
クィネル、A.J.（冒険作家） ………… 141
クィヨニ ……………………………… 142
クイーン、エラリー（推理作家） …… 142
クィンドレン、アンナ（作家） ……… 142
遇 羅錦（作家） ……………………… 142
クェンティン、パトリック（ミステリー作家） ………………………………… 142
グエン・ディン・ティ（作家） ……… 142
グエン・ニャット・アイン（作家） … 142
グエン・バン・ボン（作家） ………… 142
グオ、シャオルー（作家） …………… 142
クォン・ヨソン（作家） ……………… 143
グギ・ワ・ジオンゴ（作家） ………… 143
クーザー、テッド（詩人） …………… 143
グージ、アイリーン（作家） ………… 143
グージ、エリザベス（児童文学作家）
 ……………………………………… 143
クシュナー、トニー（劇作家） ……… 143
グスタフソン、ラーシュ（詩人） …… 143

クズネツォフ, アナトリー・ワシリエヴィチ（作家）………… 143
クーゼンベルク, クルト（作家）…… 143
グターソン, デービッド（作家）…… 143
クック, トーマス（ミステリー作家）
  ……………………………………… 144
クック, ロビン（ミステリー作家）… 144
クッチャー, フォルカー（作家）…… 144
クッツェー, J.M.（作家）…………… 144
グッドウィン, ジェイソン（作家）… 144
グッドマン, アリソン（作家）……… 144
グットマン, アン（絵本作家）……… 144
グッドマン, ポール（詩人）………… 144
グーディス, デービッド（ミステリー作家）………………………… 145
クナイフェル, ハンス（SF作家）… 145
クナウスゴール, カール・オーヴェ（作家）………………………… 145
グナワン・モハマッド（作家）…… 145
クニッツ, スタンリー・ジャスポン（詩人）………………………… 145
クネーネ, マジシ（詩人）…………… 145
クーネルト, ギュンター（詩人）…… 145
クノー, レーモン（作家）…………… 145
クノップ, クリス（作家）…………… 146
クーパー, ウィリアム（作家）……… 146
クーパー, スーザン（ファンタジー作家）………………………… 146
クーパー, ロバート（作家）………… 146
クープランド, ダグラス・キャンベル（作家）……………………… 146
クーミン, マキシン（詩人）………… 146
クライス, ケイト（児童文学作家）… 146
グライツマン, モーリス（児童文学作家）………………………… 146
クライトン, マイケル（作家）……… 146
グライムズ, マーサ（ミステリー作家）………………………… 147
クライン, アーネスト（作家）……… 147
クライン, A.M.（詩人）……………… 147
クライン, エマ（作家）……………… 147
クライン, クリスティナ・ベイカー（作家）………………………… 147
クライン, ナオミ（作家）…………… 147
クライン, ノーマ（児童文学作家）… 147
クライン, マシュー（作家）………… 147
クライン, ロビン（児童文学作家）… 147
グラヴェリニチ, トーマス（作家）… 147
クラヴェル, モーリス（作家）……… 147
グラウザー, フリードリヒ（ミステリー作家）……………………… 148
クラウザー, ヤスミン（作家）……… 148
クラウス, カール（詩人）…………… 148
クラウス, ニコール（作家）………… 148
クラウス, ヒューホ（作家）………… 148
クラウス, ルース（児童文学作家）… 148
クラーク, アーサー・C.（SF作家）… 148
クラーク, ウォルター・バン・ティルバーグ（作家）……………… 149
クラーク, オースティン（詩人）…… 149
クラーク, ジョン・ペッパー（詩人）… 149
クラーク, スザンナ（作家）………… 149
クラーク, マーティン（作家）……… 149
クラーク, メアリ・ヒギンズ（サスペンス作家）…………………… 149
クラーク, ロバート（作家）………… 149
グラジーリン, アナトリー（作家）… 149

グラス, ギュンター（作家）………… 150
グラス, スザンヌ（作家）…………… 150
クラース, デービッド（作家）……… 150
クラスナホルカイ, ラースロー（作家）………………………… 150
グラック, ジュリアン（作家）……… 150
グラッタウアー, ダニエル（作家）… 150
グラッドウェル, マルコム（作家）… 150
グーラート, ロン（作家）…………… 150
クラトフヴィル, イジー（作家）…… 151
グラーニン, ダニエル（作家）……… 151
クラバン, アンドルー（サスペンス作家）………………………… 151
グラビンスキ, ステファン（作家）… 151
グラーフ, オスカル・マリーア（詩人）………………………… 151
クラフト, ヴェルナー（作家）……… 151
グラフトン, C.W.（作家）…………… 151
グラフトン, スー（ミステリー作家）
  ……………………………………… 151
クラベル, ジェームズ（作家）……… 152
グラベンスタイン, クリス（作家）… 152
クラムリー, ジェームズ（推理作家）
  ……………………………………… 152
グラン, サラ（作家）………………… 152
グランヴィル, パトリック（作家）… 152
クランシー, トム（作家）…………… 152
グランジェ, ジャン・クリストフ（ミステリー作家）……………… 152
クランツ, ジュディス（作家）……… 152
グラント, チャールズ（ホラー作家）
  ……………………………………… 153
グランボワ, アラン（詩人）………… 153
グーリー, トリスタン（作家）……… 153
グリ, ハイム（詩人）………………… 153
クーリー, レイモンド（作家）……… 153
グーリア, ゲオールギー・ドミトリエヴィチ（作家）……………… 153
クリアリー, ジョン（ミステリー作家）………………………… 153
クリアリー, ビバリー（児童文学作家）………………………… 153
グリーグ, ノルダール（詩人）……… 153
グリグソン, ジェフリー（詩人）…… 154
クリーシー, ジョン（ミステリー作家）………………………… 154
グリシャム, ジョン（ミステリー作家）………………………… 154
グリズウォルド, イライザ（詩人）… 154
クリスター, サム（作家）…………… 154
クリスティー, アガサ（推理作家）… 154
クリステンセン, インゲ（詩人）…… 154
クリステンセン, トム（詩人）……… 155
クリストフ, アゴタ（作家）………… 155
クリストファー, ジョン（SF作家）… 155
クリスピン, エドマンド（推理作家）
  ……………………………………… 155
クリス・マス（作家）………………… 155
クリーチ, シャロン（作家）………… 155
グリック, ジェームズ（作家）……… 155
グリッサン, エドゥアール（詩人）… 155
クリップ, レグ（劇作家）…………… 155
クリード, ジョン（作家）…………… 156
グリーニー, マーク（作家）………… 156
グリニョン, クロード・アンリ（作家）………………………… 156
グリバチョフ, ニコライ・マトヴェーヴィチ（詩人）………… 156

グリバリ, ピエール（児童文学作家）
  ……………………………………… 156
クリーブ, クリス（作家）…………… 156
クリーブ, ポール（作家）…………… 156
グリフィス, トレバー（劇作家）…… 156
グリフィス, ニコラ（作家）………… 156
クリーブス, アン（作家）…………… 156
グリーペ, マリア（児童文学作家）… 156
クリーマ, イヴァン（作家）………… 157
グリムウッド, ケン（作家）………… 157
グリムウッド, ジョン・コートニー（SF作家）……………………… 157
グリムズリー, ジム（作家）………… 157
クリュス, ジェームス（児童文学作家）………………………… 157
グリューンバイン, ドゥルス（詩人）
  ……………………………………… 157
クリーランド, ジェーン・K.（作家）
  ……………………………………… 157
グリーリー, アンドルー（作家）…… 157
クリーリー, ロバート（詩人）……… 157
グリーン, アレクサンドル（作家）… 157
グリーン, グレアム（作家）………… 158
グリーン, ジェラルド（作家）……… 158
グリーン, ジュリアン（作家）……… 158
グリーン, ジョン（作家）…………… 158
グリーン, ヘンリー（作家）………… 158
グリーン, ポール（劇作家）………… 158
グリーンバーグ, ダン（作家）……… 158
グリンベルグ, ウリ・ツヴィ（詩人）… 158
グリーンリーフ, スティーブン（ミステリー作家）……………… 158
グルー, ブノワット（作家）………… 159
グルー, フロラ（作家）……………… 159
クルイモフ, ユーリー（作家）……… 159
クルヴェル, ルネ（詩人）…………… 159
グルーエン, サラ（作家）…………… 159
クルーガー, ウィリアム・ケント（作家）………………………… 159
クルーゲ, アレクサンダー（作家）… 159
クルコフ, アンドレイ（作家）……… 159
クルージー, ジェニファー（ロマンス作家）……………………… 160
クルーセンシャーナ, アグネス・フォン（作家）………………… 160
クルチコフスキ, レオン（劇作家）… 160
グールド, スティーブン（SF作家）… 160
グルニエ, ジャン（作家）…………… 160
グルニエ, ロジェ（作家）…………… 160
グルーバー, アンドレアス（作家）… 160
グルーバー, マイケル（作家）……… 160
グルホフスキー, ドミトリー（作家）
  ……………………………………… 161
クルマ, アマドゥ（作家）…………… 161
クルミー, アンドルー（作家）……… 161
グルーリー, ブライアン（作家）…… 161
クルレジャ, ミロスラヴ（詩人）…… 161
クルーン, レーナ（作家）…………… 161
クレア, カサンドラ（作家）………… 161
グレアム, ウィンストン（作家）…… 161
グレアム, キャロライン（ミステリー作家）……………………… 161
グレアム, W.S.（詩人）……………… 161
グレアム, ヘザー（ロマンス作家）… 162
グレアム, リン（ロマンス作家）…… 162
グレアム・スミス, セス（作家）…… 162
グレイ, アメリア（作家）…………… 162

グレイ, アラスター (作家) ……… 162
グレイ, エドウィン (作家) ……… 162
グレイ, キース (児童文学作家) … 162
グレイ, ケス (児童文学作家) …… 162
グレイ, サイモン (劇作家) ……… 162
グレイ, フィル (作家) …………… 163
グレイザー, ジジ・L. ……………… 163
クレイシ, ハニフ (作家) ………… 163
クレイス, ジム (作家) …………… 163
クレイス, ロバート (作家) ……… 163
クレイン, カプリス (作家) ……… 163
クレイン, ハロルド・ハート (詩人) … 163
グレゴリー, ダリル (SF・ファンタジー作家) ………………………… 163
グレゴリー, ホーレス・ビクター (詩人) ………………………………… 163
グレゴリオ, マイケル (作家) …… 164
グレーコワ, イリーナ (作家) …… 164
グレーザー, エルンスト (作家) … 164
クレシェンツォ, ルチアーノ・デ (作家) ……………………………… 164
クレス, ナンシー (作家) ………… 164
グレース, パトリシア (作家) …… 164
クレッツ, フランツ・クサーファー (劇作家) ……………………………… 164
グレーブズ, ロバート (詩人) …… 164
クレベンジャー, クレイグ (作家) … 164
クレーマー・バドーニ, ルドルフ (作家) ……………………………… 164
クレマン, カトリーヌ (作家) …… 165
クレメント, ハル (SF作家) ……… 165
クレモー, ジャック (詩人) ……… 165
グレンジャー, ビル (作家) ……… 165
グレンビル, ケイト (作家) ……… 165
グロー, シャーリー・アン (作家) … 165
クロイダー, エルンスト (作家) … 165
グローヴ, S.E. (作家) …………… 165
クロウス, マルコ (作家) ………… 165
クロウチ, ロバート (作家) ……… 166
クロウリー, ジョン (SF作家) …… 166
クローザー, キティ (絵本作家) … 166
グロジャン, ジャン (詩人) ……… 166
クロス, アマンダ (ミステリー作家) … 166
クーロス, アレクシス (児童文学作家) ……………………………… 166
クロス, ケイディ (作家) ………… 166
クロス, ジリアン (作家) ………… 166
クロス, ヤーン (詩人) …………… 166
グロスマン, デービッド (作家) … 167
グロスマン, レブ (作家) ………… 167
グロスマン, ワシリー・セミョーノヴィチ (作家) ……………………… 167
クロスレー・ホーランド, ケビン・ジョン・ウィリアム (詩人) ……… 167
クロソウスキー, ピエール (作家) … 167
グロッガー, パウラ (作家) ……… 167
クローデル, フィリップ (作家) … 167
クローデル, ポール (詩人) ……… 167
クローニン, アーチボルド・ジョーゼフ (作家) …………………… 167
クロフツ, フリーマン・ウィルス (推理作家) ………………………… 168
グロホヴャク, スタニスワフ (詩人) … 168
クローロ, カール (詩人) ………… 168
クロンビー, デボラ (作家) ……… 168

クワユレ, コフィ (作家) ………… 168
クワン (作家) ……………………… 168
クワン, ケビン (作家) …………… 168
クンケイロ, アルバロ (作家) …… 168
クンズル, ハリ (作家) …………… 168
クーンツ, スティーブン (作家) … 168
クーンツ, ディーン (作家) ……… 169
クンツェ, ミヒャエル (作家) …… 169
クンツェ, ライナー (詩人) ……… 169
クンツェヴィチョヴァ, マリア (作家) ……………………………… 169
クンデラ, ミラン (詩人) ………… 169

【ケ】

ケアリー, ジャクリーン (作家) … 169
ケアリー, ジャネット・リー (作家) … 169
ケアリー, ピーター (作家) ……… 170
ケイ, アレクサンダー (児童文学作家) ……………………………… 170
ケイ, エリン (作家) ……………… 170
ケイ, ジャッキー (詩人) ………… 170
ケイ, テリー (作家) ……………… 170
ケイ, メアリ (作家) ……………… 170
瓊 瑤 (作家) ……………………… 170
ケイツ, ベイリー (作家) ………… 170
ゲイツキル, メアリー (作家) …… 170
ケイディン, マーティン (作家) … 170
ゲイマン, ニール (ファンタジー作家) ……………………………… 171
ゲイリン, アリソン (作家) ……… 171
ケイロース, ディナー (作家) …… 171
ケイロース, ラケル・デ (作家) … 171
ケイン, ジェームズ・M. (作家) … 171
ケイン, チェルシー (作家) ……… 171
ゲインズ, アーネスト (作家) …… 171
ケインズ, ジョゼフィン →グーラート, ロンを見よ
ゲオルギウ, ヴィルジル (作家) … 171
ゲオルゲ, シュテファン (詩人) … 172
ケーシー, ジェーン (作家) ……… 172
ゲージュ, ドゥニ (作家) ………… 172
ケジラハビ, ユフレイズ (作家) … 172
ゲース, アルブレヒト (作家) …… 172
ゲーズ, オリヴィエ (作家) ……… 172
ケース, ジョン (作家) …………… 172
ケステン, ヘルマン (作家) ……… 172
ケストナー, エーリヒ (詩人) …… 172
ケストラー, アーサー (作家) …… 172
ケッセル, ジョン (SF作家) …… 173
ケッチャム, ジャック (作家) …… 173
ゲッツ, ライナルト (作家) ……… 173
ケップフ, ゲルハルト (作家) …… 173
ケッペン, ウォルフガング (作家) … 173
ケニヨン, シェリリン (作家) …… 173
ケーニン, イーサン (作家) ……… 173
ケネディ, ウィリアム (作家) …… 173
ケネディ, エイドリアン (劇作家) … 173
ケネディ, マーガレット (作家) … 174
ケネディ, ミルワード (推理作家) … 174
ケネディ, ルードビック (作家) … 174
ケプレル, ラーシュ (作家) ……… 174
ケメルマン, ハリー (推理作家) … 174

ケラハー, ビクター (作家) ……… 174
ケラーマン, ジェシー (作家) …… 174
ケラーマン, ジョナサン (作家) … 174
ケラーマン, フェイ (ミステリー作家) ……………………………… 174
ケリー, ウィリアム・メルビン (作家) ……………………………… 174
ケリー, ジム (作家) ……………… 175
ケリー, ジャクリーン (作家) …… 175
ケリー, リン (児童文学作家) …… 175
ゲール, パトリック (作家) ……… 175
ケルーアシュ, ジェシー・ダグラス (作家) ……………………………… 175
ケルアック, ジャック (作家) …… 175
ケルテース, イムレ (作家) ……… 175
ゲルドム, ズザンネ (作家) ……… 175
ゲルドロード, ミシェル・ド (劇作家) ……………………………… 175
ゲルバー, ジャック (劇作家) …… 176
ケルマン, ジェームズ (作家) …… 176
ケールマン, ダニエル (作家) …… 176
ケレット, エトガー (作家) ……… 176
ケロール, ジャン (詩人) ………… 176
甄 先艾 (作家) …………………… 176
厳 文井 (児童文学作家) ………… 176
ケンダル, キャロル (児童文学作家) ……………………………… 176
ケント, スティーブン (SF作家) … 176
ケント, ハンナ (作家) …………… 177
ケンドリック, ベイナード (作家) … 177
ゲンヌ, ファイーザ (作家) ……… 177
ケンリック, トニー (ミステリー作家) ……………………………… 177

【コ】

コ・ウン (詩人) …………………… 177
古 華 (作家) ……………………… 177
コー, ギデンズ →ジウバーダオを見よ
呉 錦発 (作家) …………………… 177
コー, ジャン (作家) ……………… 177
胡 淑雯 (作家) …………………… 177
コ・ジョンウク (作家) …………… 178
呉 祖光 (劇作家) ………………… 178
呉 濁流 (作家) …………………… 178
胡 万春 (作家) …………………… 178
呉 明益 (作家) …………………… 178
胡 也頻 (作家) …………………… 178
古 龍 (作家) ……………………… 178
コア, エレノア (児童文学作家) … 178
ゴア, クリスティン (作家) ……… 179
ゴアズ, ジョー (ハードボイルド作家) ……………………………… 179
コーイ, ラヘル・ファン (児童文学作家) ……………………………… 179
ゴーイェン, ウィリアム (作家) … 179
ゴイティソロ, フアン (作家) …… 179
コイヤー, フース (児童文学作家) … 179
コイル, クレオ (作家) …………… 179
黄 惟群 (作家) …………………… 179
黄 瀛 (詩人) ……………………… 180
高 纓 (詩人) ……………………… 180
虹 影 (作家) ……………………… 180
高 暁声 (作家) …………………… 180

高 玉宝(作家) ……………… 180	ゴドウィン, ゲイル(作家) ………… 187	ゴールディング, ウィリアム(作家) ……………… 193
高 行健(劇作家) …………… 180	コードウェル, サラ(作家) ………… 187	ゴールディング, ジュリア(作家) …… 193
黄 谷柳(作家) ……………… 180	ゴドブー, ジャック(詩人) ………… 187	コルテス, ベルナール・マリ(劇作家)
黄 春明(作家) ……………… 180	ゴードン, キャロライン(作家) …… 187	……………… 193
黄 裳(散文作家) …………… 181	ゴードン, デービッド(作家) ……… 187	ゴールド, ハーバート(作家) ……… 193
洪 深(劇作家) ……………… 181	ゴードン, ニール(作家) …………… 187	ゴールド, マイケル(作家) ………… 193
洪 醒夫(作家) ……………… 181	ゴードン, ノア(作家) ……………… 187	コールドウェル, アースキン(作家)
浩 然(作家) ………………… 181	ゴードン, メアリー(作家) ………… 187	……………… 193
康 濯(農民文学作家) ……… 181	ゴードン, リチャード(作家) ……… 187	ゴールドシュタイン, バルバラ(作家) ……………… 194
向 培良(劇作家) …………… 181	ゴードン, ロデリック(作家) ……… 188	ゴルトシュミット, ジョルジュ・アルチュール(作家) ……………… 194
孔 孚(詩人) ………………… 181	コナーズ, ローズ(作家) …………… 188	ゴールドスミス, オリビア(作家) … 194
侯 文詠(作家) ……………… 181	コナリー, マイケル(ミステリー作家) ……………… 188	ゴールドベルグ, レア(詩人) ……… 194
高 文謙(作家) ……………… 182	コーニイ, マイケル(SF作家) …… 188	ゴールドマン, ウィリアム(作家) … 194
洪 凌(作家) ………………… 182	コネスキ, ブラジェ(作家) ………… 188	ゴールドマン, ジョエル(作家) …… 194
黄 霊芝(作家) ……………… 182	コーネツキー, L.A.(作家) ………… 188	コルドン, クラウス(作家) ………… 194
洪 霊菲(作家) ……………… 182	コネリー, マーク(劇作家) ………… 188	コルネイチューク, アレクサンドル・エヴドキモヴィチ(劇作家) … 194
コーヴァン, パトリック(作家) …… 182	コネル, エバン・S.(作家) ………… 188	コルバート, カート(作家) ………… 194
コーウェル, クレシッダ(作家) …… 182	コノリー, ジョン(作家) …………… 188	ゴルバートフ, ボリス・レオンチエヴィチ(作家) ……………… 195
ゴウス, ズルフィカール(詩人) …… 182	ゴーノル, ヌーラ(詩人) …………… 188	コルファー, オーエン(作家) ……… 195
コエーリョ, パウロ(作家) ………… 182	コパー, バジル(怪奇小説作家) …… 189	コルファー, クリス(ファンタジー作家) ……………… 195
コーエン, イラン・デュラン(作家) … 183	コーバベル, リーネ(ファンタジー作家) ……………… 189	コールマン, リード・ファレル(作家) ……………… 195
コーエン, レナード(詩人) ………… 183	コピット, アーサー(劇作家) ……… 189	コーレット, ウィリアム(作家) …… 195
コガワ, ジョイ・ノゾミ(作家) …… 183	コービル, ブルース(児童文学作家) ……………… 189	コレット, サンドリーヌ(作家) …… 195
コーク, ケネス(詩人) ……………… 183	コフリン, ジャック(作家) ………… 189	コレット, シドニー・ガブリエル(作家) ……………… 195
谷 剣塵(劇作家) …………… 183	コーベット, ウィリアム(児童文学作家) ……………… 189	ゴロン, アン(作家) ………………… 195
コクトー, ジャン(詩人) …………… 183	コーベット, デービッド(作家) …… 189	コロンボ, フーリオ(作家) ………… 195
ココシュカ, オスカー(劇作家) …… 183	コーベン, ハーラン(ミステリー作家) ……………… 189	コワル, メアリ・ロビネット(作家) … 195
コザック, ハーレイ・ジェーン(作家) ……………… 183	コホウト, パヴェル(劇作家) ……… 189	コン・ジョン(作家) ………………… 195
コジェヴニコフ, ワジム(作家) …… 184	コーマン, エイブリー(作家) ……… 190	コンヴィツキ, タデウシュ(作家) … 196
ゴーシュ, アミタヴ(作家) ………… 184	ゴーマン, エド(ミステリー作家) … 190	コーンウェル, ジョン(作家) ……… 196
コジンスキー, イエールジ(作家) … 184	コーマン, ゴードン(児童文学作家) ……………… 190	コーンウェル, パトリシア(ミステリー作家) ……………… 196
コストヴァ, エリザベス(作家) …… 184	コーマン, シド(詩人) ……………… 190	コーンウェル, バーナード(作家) … 196
コストラーニ, デジェー(詩人) …… 184	コミア, ロバート(作家) …………… 190	コンクエスト, ロバート(作家) …… 196
コスリー, アルベール(作家) ……… 184	コミッソ, ジョヴァンニ(作家) …… 190	ゴンザレス, N.V.M.(作家) ………… 196
コーズリー, チャールズ(作家) …… 184	コメール, エルヴェ(作家) ………… 190	ゴンザレス, マヌエル(作家) ……… 196
ゴズリング, ポーラ(ミステリー作家) ……………… 184	コメレル, マックス(作家) ………… 190	コンション, ジョルジュ(作家) …… 196
コズロフ, セルゲイ(児童文学作家) ……………… 184	コラム, パードリック(詩人) ……… 190	コンスタブル, ケイト(作家) ……… 197
コーソ, グレゴリー(詩人) ………… 184	コーリー, ジェームズ・S.A(作家) … 190	コンデ, マリーズ(作家) …………… 197
コーダー, ジズー(ファンタジー作家) ……………… 184	コリア, ジョン(作家) ……………… 191	コンディ, アリー(作家) …………… 197
ゴダード, ロバート(作家) ………… 185	ゴーリキー, マクシム(作家) ……… 191	コンドン, リチャード(作家) ……… 197
コーチェトフ, フセヴォロド・アニシモヴィチ(作家) ……………… 185	コリス, モーリス(作家) …………… 191	コンフォート, アレックス(作家) … 197
胡蝶 藍(作家) ……………… 185	コリータ, マイケル(作家) ………… 191	コンフォード, エレン(児童文学作家) ……………… 197
コーツ, タナハシ(作家) …………… 185	コリツォーフ, ミハイル・エフィモヴィチ(作家) ……………… 191	コーンフォード, ジョン(詩人) …… 197
コツウィンクル, ウィリアム(作家) ……………… 185	コリン, ウラディミル(SF作家) …… 191	コンプトン・バーネット, アイビー(作家) ……………… 197
コッコ, ユリヨ(作家) ……………… 185	コリンズ, ジャッキー(ロマンス作家) ……………… 191	ゴンブローヴィチ, ヴィトルド(作家) ……………… 197
コッシュ, クリストファー(作家) … 185	コリンズ, スーザン(作家) ………… 191	コンラッド, ジョゼフ(作家) ……… 198
コッタリル, コリン(作家) ………… 185	コリンズ, マイケル(ミステリー作家) ……………… 191	コンラード, ジェルジュ(作家) …… 198
コッデン, ルーマー(作家) ………… 185	コリンズ, マックス・アラン(作家) … 192	コンラン, シャーリー(作家) ……… 198
コットレル・ボイス, フランク(作家) ……………… 185	コリンズ, ラリー(作家) …………… 192	コンリー, ジェイン・レズリー(児童文学作家) ……………… 198
コッパーマン, E.J.(作家) ………… 186	ゴル, イヴァン(詩人) ……………… 192	コンロイ, ジャック(作家) ………… 198
コップ, ジェームズ(作家) ………… 186	コール, テジュ(作家) ……………… 192	コンロイ, パット(作家) …………… 198
ゴッボ, ロレッタ(作家) …………… 186	コルシュノフ, イリーナ(作家) …… 192	コンロイ, フランク(作家) ………… 198
コーツワース, エリザベス・ジェイン(詩人) ……………… 186	ゴルシーリー, フーシャング(作家) ……………… 192	コンロン, エドワード(作家) ……… 198
ゴデ, ロラン(作家) ………………… 186	ゴールズワージー, ジョン(作家) … 192	
コディ, ディアブロ(作家) ………… 186	コルター, サイラス(作家) ………… 192	
コディ, リザ(作家) ………………… 186	コルタサル, フリオ(幻想作家) …… 193	
ゴーディマ, ナディン(作家) ……… 186		
コーディル, レベッカ(児童文学作家) ……………… 187		
ゴデール, アルメン(作家) ………… 187		

【サ】

沙 葉新(劇作家) 199
サアット, アルフィアン(詩人) 199
蔡 素芬(作家) 199
ザイダーン, ユースフ(作家) 199
サイド, A.サマッド(作家) 199
サイト・ファイク・アバスヤヌク(作家) 199
サイフェルト, ヤロスラフ(詩人) 199
サイモン, ニール(劇作家) 199
サイモン, マイケル(作家) 200
サインス, グスタボ(作家) 200
サヴァール, フェリックス・アントワーヌ(作家) 200
サヴィアーノ, ロベルト(作家) 200
サヴィンコフ, ボリス(作家) 200
サウスオール, アイバン(児童文学作家) 200
サカモト, ケリー(作家) 200
サガン, フランソワーズ(作家) 200
サキ(作家) 201
ザコーアー, ジョン(作家) 201
サザーランド, エフア(劇作家) 201
サザン, テリー(作家) 201
サージェント, パメラ(SF作家) 201
サージソン, フランク(作家) 201
サストレ, アルフォンソ(劇作家) 201
サスマン, ポール(作家) 201
サスーン, シーグフリード(詩人) 201
サーダウィ, ナワル・エル(作家) 202
サタスウェイト, ウォルター(ミステリー作家) 202
サッカー, ルイス(児童文学作家) 202
ザックス, ネリー(詩人) 202
サックビル・ウェスト, ビタ(詩人) ... 202
サッコー, ルース(作家) 202
沙汀(作家) 202
サトクリフ, ローズマリー(児童文学作家) 203
サトラピ, マルジャン(作家) 203
サートン, メイ(作家) 203
サニイ, パリヌッシュ(作家) 203
サーバ, ウンベルト(詩人) 203
サーバー, ジェームズ・グローバー(作家) 203
サバティエ, ロベール(作家) 203
サバティーニ, ラファエル(作家) 203
サバト, エルネスト(作家) 203
サピア, リチャード・ベン(作家) 204
サビネス, ハイメ(詩人) 204
サファイア(パフォーマンス詩人) 204
サフィア, ダーヴィット(作家) 204
サプコフスキ, アンドレイ(作家) 204
サーヘニー, ビーシュム(作家) 204
サボー, マグダ(作家) 204
ザボロツキー, ニコライ・アレクセーヴィチ(詩人) 204
サマター, ソフィア(作家) 205
サマラーキス, アントーニス(作家) .. 205
サラクルー, アルマン(劇作家) 205
サラマーゴ, ジョゼ(作家) 205
サリス, ジェームズ(作家) 205
サリナス, ペドロ(詩人) 205
サーリフ, タイイブ(作家) 205
サリンジャー, J.D.(作家) 205
ザール, サラ(作家) 206
ザルイギン, セルゲイ(作家) 206
サルドゥ, ロマン(作家) 206
サルドゥイ, セベロ(作家) 206
サルトル, ジャン・ポール(作家) 206
サルナーヴ, ダニエル(作家) 206
サルバトーレ, R.A.(作家) 206
サルマーニ, モハメド(作家) 206
サルマン, ジャン(劇作家) 206
サロ・ウィワ, ケン(作家) 207
サロート, ナタリー(作家) 207
サローヤン, ウィリアム(作家) 207
ザーン, ティモシー(SF作家) 207
サングィネーティ, エドアルド(詩人) 207
サングスター, ジミー(作家) 207
サンゴール, レオポルド・セダール(詩人) 207
サンサル, ブアレム(作家) 207
サン・ジョン・ペルス(詩人) 208
残雪(作家) 208
ザンゾット, アンドレーア(詩人) 208
サンソム, ウィリアム(作家) 208
サンソム, C.J.(作家) 208
サンダース, マーシャル(作家) 208
サンダース, ローレンス(ミステリー作家) 208
サンダーソン, ブランドン(作家) 208
サンタヤナ, ジョージ(詩人) 209
サンチェス・フェルロシオ, ラファエル(作家) 209
サンディアータ, セクー(詩人) 209
サン・テグジュペリ, アントワーヌ・ド(作家) 209
サンデモーセ, アクセル(作家) 209
サンデル, ヨアキム(作家) 209
サントス, マリサ・デ・ロス(詩人) .. 209
サンドバーグ, カール(詩人) 209
サンドフォード, ジョン(作家) 210
サンドベリ, ティモ(作家) 210
サントーラ, ニック(作家) 210
サントロファー, ジョナサン(作家) 210
サンプソン, キャサリン(作家) 210
サンブラ, アレハンドロ(作家) 210
サンペドロ, ホセ・ルイス(作家) 210

【シ】

施 叔青(作家) 210
師 陀(作家) 210
史 鉄生(作家) 210
シ・ムン(作家) 211
ジー, モーリス(作家) 211
シアーズ, マイクル(作家) 211
シアラー, アレックス(作家) 211
ジウバーダオ(作家) 211
ジェイクス, ブライアン(児童文学作家) 211
シェイクリー, ジャミル(児童文学作家) 211
ジェイコブソン, アンドルー(作家) 211
ジェイコブソン, ジェニファー・リチャード(児童文学作家) 211
ジェイコブソン, ハワード(作家) 211
ジェイムズ, E.L.(作家) 212
ジェイムソン, マーガレット・ストーム(作家) 212
ジェークス, ジョン・ウィリアム(作家) 212
シェクリー, ロバート(SF作家) 212
ジェーコブソン, ダン(作家) 212
シェセックス, ジャック(作家) 212
シェッツィング, フランク(作家) 212
シェップ, エメリー(作家) 212
ジェニングズ, エリザベス(詩人) 212
ジェネリン, マイケル(作家) 213
シェパード, サム(劇作家) 213
シェパード, サラ(作家) 213
シェパード, ジム(作家) 213
シェパード, マイク(SF作家) 213
シェパード, ルーシャス(作家) 213
ジェバール, アシア(作家) 213
シェーファー, アンソニー(劇作家) 214
シェーファー, スーザン・フロンバーグ(作家) 214
シェーファー, ピーター(劇作家) 214
ジェフィ, ハロルド(作家) 214
シェフィールド, チャールズ(作家) 214
シェーボン, マイケル(作家) 214
ジェミシン, N.K.(作家) 214
ジェームズ, クライブ(作家) 214
ジェームズ, C.L.R.(作家) 215
ジェムズ, パム(劇作家) 215
ジェームズ, ピーター(作家) 215
ジェームズ, P.D.(ミステリー作家) 215
ジェームズ, ヘンリー(作家) 215
シェム・トヴ, タミ(児童文学作家) .. 215
シエラ, ハビエル(作家) 215
ジェリコー, アン(劇作家) 216
シェリフ, R.C.(劇作家) 216
シェルシェネーヴィチ, ワジム・ガブリエレーヴィチ(詩人) 216
シェルダン, シドニー(作家) 216
ジェルマン, シルヴィー(作家) 216
シェレズ, スタヴ(作家) 216
ジェロルド, デービッド(SF作家) 216
ジェーンウェー, エリザベス(作家) 216
シェンキェヴィチ, ヘンリク(作家) 217
ジェンキンス, A.M.(作家) 217
ジェンキンソン, セシ(作家) 217
シェンケル, アンドレア(作家) 217
シオニール・ホセ, フランシスコ(作家) 217
ジオノ, ジャン(作家) 217
ジオン, ジーン(絵本作家) 217
シカタニ, ジェリー・オサム(詩人) .. 217
シーカット, ロヘリオ(作家) 217
シーガル, エリック(作家) 217
シーガル, ロナルド(作家) 218

シクスー, エレーヌ (作家) ………… 218
シグラー, スコット (作家) ………… 218
シーゲル, ジェームズ (作家) ……… 218
シーシキン, ミハイル (作家) ……… 218
シス, ピーター (絵本作家) ………… 218
シスガル, マレー (劇作家) ………… 218
シスネロス, アントニオ (詩人) …… 219
シスマン, ロビン (作家) …………… 219
ジーセル, セオドア・スース (児童文学作家) ………………………… 219
シソーエフ, フセーヴォロド (作家) ………………………… 219
シチパチョフ, ステパン・ペトローヴィチ (詩人) ………………… 219
シチビョルスキ, アンジェイ (作家) ………………………… 219
シッソン, C.H. (詩人) ……………… 219
シットウェル, イーディス (詩人) … 219
シットウェル, オズバート (詩人) … 220
シットウェル, サシェヴェレル (詩人) ………………………… 220
シッランパー, フランス・エーミル (作家) ………………………… 220
ジード, アンドレ (作家) …………… 220
シード, ウィルフリッド (作家) …… 220
シトリン, M. (作家) ………………… 220
シトル・シトゥモラン (詩人) ……… 220
シートン, アーネスト・トンプソン (作家) ………………………… 220
シニサロ, ヨハンナ (作家) ………… 221
シニズガッリ, レオナルド (詩人) … 221
シニャフスキー, アンドレイ (作家) ………………………… 221
ジノヴィエフ, アレクサンドル (作家) ………………………… 221
ジーハ, ボフミル (児童文学作家) … 221
シーファー (作家) …………………… 221
シフーコ, ミゲル (作家) …………… 221
シーブーラパー (作家) ……………… 221
シーボルド, アリス (作家) ………… 221
シマック, クリフォード (SF作家) … 222
シマトゥパン, イワン →イワン・シマトゥパンを見よ
シミック, チャールズ (詩人) ……… 222
シムッカ, サラ (作家) ……………… 222
シムノン, ジョルジュ (作家) ……… 222
ジムラー, リチャード (作家) ……… 222
シメリョフ, イワン (作家) ………… 222
シメリョフ, ニコライ (作家) ……… 222
シーモア, ジェラルド (作家) ……… 222
シーモノフ, コンスタンチン (作家) ………………………… 223
シモン, イヴ (作家) ………………… 223
シモン, クロード (作家) …………… 223
シモン, ピエール・アンリ (作家) … 223
シモンズ, ジュリアン (詩人) ……… 223
シモンズ, ダン (作家) ……………… 223
謝 克 (作家) ………………………… 223
謝 冰瑩 (作家) ……………………… 223
謝 冰心 (作家) ……………………… 224
シャアバン, ビン・ロバート (詩人) … 224
シャイナー, ルイス (SF作家) ……… 224
ジャイネーンドル・クマール (作家) ………………………… 224
ジャヴァン, シャードルト (作家) … 224
シャーウッド, ベン (作家) ………… 224
シャーウッド, ロバート (劇作家) … 224
シャウマン, ルート (詩人) ………… 225

シャギニャン, マリエッタ (作家) … 225
ジャクソン, シャーリー (作家) …… 225
ジャクソン, ミック (作家) ………… 225
ジャコテ, フィリップ (詩人) ……… 225
ジャコブ, マックス (詩人) ………… 225
ジャコメッティ, エリック (作家) … 225
ジャシ, ヤア (作家) ………………… 225
シャーシャ, レオナルド (作家) …… 225
ジャスター, ノートン (児童文学作家) ………………………… 225
シャスターマン, ニール (作家) …… 225
ジャスティス, ドナルド (詩人) …… 226
ジャップ, アンドレア・H. (作家) … 226
シャドボルト, モーリス (作家) …… 226
シャトレ, ノエル (作家) …………… 226
シャトローフ, ミハイル (劇作家) … 226
ジャーネージョー・ママレー (作家) ………………………… 226
ジャノウィッツ, タマ (作家) ……… 226
シャーノン・アハマッド (作家) …… 226
シャーパー, エツァルト (作家) …… 226
ジャーハーディ, ウィリアム・アエグザンダー (作家) …………… 227
シャハル, ダヴッド (作家) ………… 227
シャピロ, カール (詩人) …………… 227
シャープ, トム (作家) ……………… 227
シャファク, エリフ (作家) ………… 227
ジャブヴァーラ, ルース・プラワー (作家) ………………………… 227
シャブサル, マドレーヌ (作家) …… 227
ジャプリゾ, セバスチャン (作家) … 228
シャプレ, アンヌ (作家) …………… 228
ジャベス, エドモン (詩人) ………… 228
シャーマット, マージョリー・ワインマン (児童文学作家) ……… 228
ジャマール・ザーデ, モハンマド・アリー (作家) …………………… 228
シャマン・ラポガン (作家) ………… 228
シャミ, ラフィク (作家) …………… 228
シャミール, モシェ (作家) ………… 228
ジャム, フランシス (詩人) ………… 229
ジャムヤン・ノルブ (作家) ………… 229
シャモワゾー, パトリック (作家) … 229
シャーラ, マイケル (作家) ………… 229
ジャラール・アーレ・アフマド (作家) ………………………… 229
ジャリーリ, ムサ・ムスタフォヴィチ (詩人) ……………………… 229
シャール, ルネ (詩人) ……………… 229
シャルカーウィー, アブド・アッ・ラフマーン・アッ (作家) ……… 229
ジャルダン, アレクサンドル (作家) ………………………… 229
シャルマ, アキール (作家) ………… 229
シャルル・ルー, エドモンド (作家) … 230
ジャレル, ランダル (詩人) ………… 230
ジャーロフ, アレクサンドル・アレクセーヴィチ (詩人) …………… 230
シャン・サ (作家) …………………… 230
シャン, ダレン (作家) ……………… 230
ジャン, フィリップ (作家) ………… 230
ジャン, レイモン (作家) …………… 230
シャンゲ, ヌトザケ (劇作家) ……… 230
シャンソン, アンドレ (作家) ……… 231
シャンデルナゴール, フランソワーズ (作家) ……………………… 231
シャーンドル・マーライ (作家) …… 231

ジャンバンコ, V.M. (作家) ………… 231
シャンリー, ジョン・パトリック (劇作家) ………………………… 231
朱 自清 (詩人) ……………………… 231
朱 湘 (詩人) ………………………… 231
朱 天心 (作家) ……………………… 231
朱 天文 (作家) ……………………… 231
従 維熙 (作家) ……………………… 231
周 作人 (散文家) …………………… 232
周 而復 (作家) ……………………… 232
周 述恒 (作家) ……………………… 232
柔 石 (作家) ………………………… 232
ジューヴ, ピエール・ジャン (詩人) … 232
周 立波 (作家) ……………………… 232
シュヴァイケルト, ウルリケ (作家) ………………………… 232
シュヴァリエ, ガブリエル (作家) … 233
シューヴァル, マイ (作家) ………… 233
シュヴィーゲル, テリーザ (作家) … 233
シュウェブリン, サマンタ (作家) … 233
シュウォーツ, デルモア (詩人) …… 233
シュクヴォレツキー, ヨゼフ (作家) ………………………… 233
ジュクロフスキ, ヴォイチェフ (作家) ………………………… 233
シュタイガー, オットー (作家) …… 233
シュタイナー, イエルク (作家) …… 233
シュタインガート, ゲイリー (作家) ………………………… 234
シュタインヘーフェル, アンドレアス (児童文学作家) …………… 234
シュタム, ペーター (作家) ………… 234
シュテーブナー, タニヤ (児童文学作家) ………………………… 234
シュート, ジェニファー (作家) …… 234
シュトラウス, ボト (作家) ………… 234
シュトリットマター, エルヴィーン (作家) ……………………… 234
シュナイダー, ペーター (作家) …… 234
シュナイダー, ラインホルト (作家) ………………………… 235
シュナイダー, ローベルト (作家) … 235
シュナーベル, エルンスト (作家) … 235
シュニッツラー, アルトゥール (劇作家) ………………………… 235
シュヌレ, ヴォルフディートリヒ (作家) ……………………… 235
ジュネ, ジャン (劇作家) …………… 235
シュバリエ, トレイシー (作家) …… 235
シュービガー, ユルク (児童文学作家) ………………………… 235
シュピッテラー, カール (詩人) …… 235
シュピール, ヒルデ (作家) ………… 235
シュピールベルク, クリストフ (作家) ………………………… 236
シュペルヴィエル, ジュール (詩人) ………………………… 236
シュペルバー, マネス (作家) ……… 236
シューマン, ジョージ (作家) ……… 236
シュミット, アニー (児童文学作家) ………………………… 236
シュミット, アルノー (作家) ……… 236
シュミット, エリック・エマニュエル (劇作家) ……………………… 236
ジュライ, ミランダ (作家) ………… 236
ジュリ, ミシェル (SF作家) ………… 236
ジュリアーニ, アルフレード (詩人) ………………………… 237
シュリーブ, アニータ (作家) ……… 237

シュリ・プリュドム (詩人) ……… 237	ジョーンズ, ジェームズ (作家) …… 243	ジンメル, ヨハネス・マリオ (推理作家) ……………………………… 249
シュリンク, ベルンハルト (作家) …… 237	ジョーンズ, スザンナ (ミステリー作家) ……………………………… 243	シンメルプフェニヒ, ローラント (劇作家) ……………………………… 249
シュル, ジャン・ジャック (作家) …… 237	ジョーンズ, ダイアナ・ウィン (児童文学作家) …………………… 243	
シュルツ, ブルーノ (作家) ……… 237	ジョーンズ, デービッド (詩人) …… 244	
シュルツェ, インゴ (作家) ……… 237	ジョーンズ, トム (作家) ……… 244	
シュワルツ, エヴゲーニー・リヴォヴィチ (劇作家) ……………… 237	ジョーンズ, リロイ →バラカ, アミリを見よ	【ス】
シュワルツ, ジョン・バーナム (作家) ……………………………… 238	ジョンストン, ジェニファー (作家) ……………………………… 244	水天一色 (作家) ……………………… 250
春 樹 (作家) ………………………… 238	ジョンストン, ジョージ・ヘンリー (作家) …………………………… 244	スィーミーン・ダーネシュヴァル (作家) ……………………………… 250
ショー, アーウィン (作家) ……… 238	ジョンストン, ティム (作家) …… 244	スヴァン, レオニー (作家) ……… 250
茹 志鵑 (作家) ……………………… 238	ジョンストン, デニス (劇作家) …… 244	スウィアジンスキー, ドゥエイン (作家) ……………………………… 250
徐 志摩 (詩人) ……………………… 238	ジョンソン, アダム (作家) ……… 244	スウィーニー, リアン (作家) …… 250
ジョー・シャーロン (ミステリー作家) ……………………………… 238	ジョンソン, キジ (作家) ………… 244	スウィフト, グレアム (作家) …… 250
舒 婷 (詩人) ………………………… 238	ジョンソン, ジョージ・クレイトン (SF作家) …………………… 244	スウィンデルズ, ロバート (児童文学作家) …………………………… 250
ショー, バーナード (劇作家) …… 238	ジョンソン, チャールズ (作家) …… 245	スウェイト, アンソニー (詩人) …… 250
ショー, ボブ (SF作家) …………… 239	ジョンソン, デニス (作家) ……… 245	スウェイドス, ハーベイ (作家) …… 250
ジョイ (作家) ……………………… 239	ジョンソン, パメラ・ハンスフォード (作家) ………………… 245	スウェイン, ジェームズ (作家) …… 251
ジョイス, グレアム (作家) ……… 239	ジョンソン, B.S. (作家) ………… 245	ズヴェーヴォ, イタロ (作家) …… 251
ジョイス, ジェームズ (作家) …… 239	ジョンソン, リントン・クウェシ (詩人) …………………………… 245	スヴェトロフ, ミハイル・アルカジエヴィチ (詩人) ……………… 251
ジョイス, レイチェル (作家) …… 239	シーラッハ, フェルディナント・フォン (作家) ………………… 245	スウェンソン, メイ (詩人) ……… 251
ショインカ, ウォーレ (劇作家) …… 239	ジラヒ, ラヨシュ (作家) ………… 245	スウォニムスキ, アントニ (詩人) …… 251
章 詒和 (作家) ……………………… 239	ジー・リー (ミステリー作家) …… 245	ズオン・トゥー・フオン (作家) …… 251
聶 華苓 (作家) ……………………… 240	シーリー, メイベル (作家) ……… 245	スカイラー, ジェームズ (詩人) …… 251
蕭 軍 (作家) ………………………… 240	シリトー, アラン (作家) ………… 246	スカウ, デービッド (作家) ……… 251
蕭 乾 (作家) ………………………… 240	シルキン, ジョン (詩人) ………… 246	スカボロー, エリザベス・アン (作家) ……………………………… 251
蕭 紅 (作家) ………………………… 240	シルコウ, レスリー・マーモン (作家) ……………………………… 246	スガルドリ, グイード (作家) …… 251
蒋 光慈 (作家) ……………………… 240	シールズ, キャロル・アン (作家) …… 246	スカルパ, ティツィアーノ (作家) …… 252
聶 紺弩 (作家) ……………………… 240	シルバ, ダニエル (作家) ………… 246	スカルペッタ, ギイ (作家) ……… 252
蕭 三 (詩人) ………………………… 240	シルバスタイン, シェル (作家) …… 246	スカルメタ, アントニオ (作家) …… 252
邵 荃麟 (作家) ……………………… 240	シルバーバーグ, ロバート (SF作家) ……………………………… 246	スカロウ, アレックス (作家) …… 252
鍾 肇政 (作家) ……………………… 240	ジロドゥー, ジャン (劇作家) …… 246	スキャネル, バーノン (詩人) …… 252
焦 桐 (詩人) ………………………… 241	シローネ, イニャツィオ (作家) …… 247	スクリパック, マーシャ・フォーチャック …………………………… 252
蒋 方舟 (作家) ……………………… 241	シン・ギュホ (詩人) ……………… 247	スーケニック, ロナルド (作家) …… 252
鍾 理和 (作家) ……………………… 241	シン・ギョンスク (作家) ………… 247	スケルトン, マシュー (作家) …… 252
ジョヴァンニ, ジョゼ (作家) …… 241	シン・ギョンニム (詩人) ………… 247	スーコー, ルース →サッコー, ルースを見よ
ショヴォー, レオポルド (作家) …… 241	シン, クシュワント (作家) ……… 247	スコット, ウィンフィールド・タウンリー (詩人) …………………… 252
ジョウバーダオ →ジウバーダオを見よ	シン, シャロン (作家) …………… 247	スコット, キム (作家) …………… 252
ジョージ, アン (作家) …………… 241	沈 従文 (作家) ……………………… 247	スコット, ジャスティン (作家) …… 252
ジョーシー, イラーチャンドル (作家) ……………………………… 241	秦 兆陽 (作家) ……………………… 247	スコット, トレヴァー (作家) …… 253
ジョージ, エリザベス (ミステリー作家) …………………………… 241	ジン, ハ (作家) ……………………… 248	スコット, ポール (作家) ………… 253
ジョージ, ジーン・クレイグヘッド (作家) ………………………… 241	秦 牧 (作家) ………………………… 248	スコット, マーティン (作家) …… 253
ジョシポービッチ, ゲイブリエル (作家) ……………………………… 241	諶 容 (作家) ………………………… 248	スコットライン, リザ (作家) …… 253
ジョーシュ・マリーハーバーディー (詩人) …………………………… 242	シンガー, アイザック・バシェビス (作家) ……………………… 248	スコテッラーロ, ロッコ (詩人) …… 253
ジョス, モーラ (作家) …………… 242	シンガー, イスラエル・ヨシュア (作家) ………………………… 248	スコフィールド, サンディ (SF作家) ……………………………… 253
ジョスリン, セシル (児童文学作家) ……………………………… 242	シング, J.M. (劇作家) …………… 248	ズコフスキー, ルイス (詩人) …… 253
ジョーダン, ペニー (ロマンス作家) ……………………………… 242	シンクレア, アプトン・ビール (作家) ……………………………… 248	スコルジー, ジョン (作家) ……… 253
ジョーダン, ロバート (作家) …… 242	シンクレア, クライブ (作家) …… 248	スコールズ, ケン (作家) ………… 253
ジョバンニ, ニッキ (詩人) ……… 242	ジンデル, ポール (劇作家) ……… 249	ズーサック, マークース (作家) …… 254
ショーミン, ヴィターリー・ニコラエヴィチ (作家) ……………… 242	シンハ, インドラ (作家) ………… 249	ズーター, マルティン (作家) …… 254
ジョリー, エリザベス (作家) …… 242	シンプソン, N.F. (劇作家) ……… 249	スタイロン, ウィリアム (作家) …… 254
ジョルダーノ, パオロ (作家) …… 242	シンプソン, モナ (作家) ………… 249	スタイン, ガース (作家) ………… 254
ショーレム・アレイヘム (作家) …… 242	シンプソン, ルイス (詩人) ……… 249	スタイン, ガートルード (作家) …… 254
ショーロホフ, ミハイル (作家) …… 243	シンボルスカ, ヴィスワヴァ (詩人) ……………………………… 249	スタインハウアー, オレン (作家) …… 254
ジョン・ミンヒ (作家) ………… 243		スタインバーグ, ジャニス (作家) …… 254
ジョング, エリカ (作家) ………… 243		スタインベック, ジョン (作家) …… 254
ジョンケ, ティエリー (作家) …… 243		
ジョーンズ, V.M. (作家) ………… 243		

スタウト, レックス (探偵作家) ……… 255
スタカート, ダイアン・A.S. (作家) ‥ 255
スタシャワー, ダニエル (作家) ‥ 255
スタージョン, シオドア (ファンタジー作家) ……………………………… 255
スタッフォード, ウィリアム (詩人) ……………………………………… 255
スタニシチ, サーシャ (作家) ……… 255
スタネフ, エミリヤン (作家) ……… 255
スタフォード, ジーン (作家) ……… 255
スタフスキー, ウラジーミル・ペトローヴィチ (作家) ………………… 255
スタリット, ビンセント (作家) …… 256
スターリング, S.M. (作家) ………… 256
スターリング, ブルース (SF作家) … 256
スタルク, ウルフ (児童文学作家) … 256
スタロビネツ, アンナ (作家) ……… 256
スターン, リチャード・マーティン (作家) ……………………………… 256
スタンク, ザハリア (作家) ………… 256
スタンリー, J.B. (作家) …………… 256
スチット・ウォンテート (作家) …… 256
スチャート・サワッシー (作家) …… 256
スチュアート, ダグラス (詩人) …… 257
スチュアート, ドナルド・オグデン (作家) ……………………………… 257
スチュアート, トレントン・リー (作家) ……………………………… 257
スチュアート, フランシス (作家) … 257
スチュアート, ポール (作家) ……… 257
スチュアート, マイク (作家) ……… 257
スチュアート, メアリー (作家) …… 257
スツケヴェル, アブラハム (詩人) … 257
ズットナー, ベルタ・フォン (作家) … 257
ステイス, ウェズリー (作家) ……… 258
ステイプルフォード, ブライアン (SF作家) ……………………………… 258
スティーブンス, シェビー (作家) … 258
スティーブンス, テイラー (作家) … 258
スティーブンソン, アン (詩人) …… 258
スティーブンソン, ニール (作家) … 258
スティール, アンドレ (作家) ……… 258
スティール, ジェームズ (作家) …… 258
スティール, ダニエル (作家) ……… 258
ステグナー, ウォーレス (作家) …… 259
ステッド, クリスチャン・カールソン (詩人) ……………………………… 259
ステッド, クリスティーナ・エレン (作家) ……………………………… 259
ステッド, レベッカ (ファンタジー作家) ……………………………… 259
ステパーノフ, アレクサンドル・ニコラエヴィチ (作家) ……………… 259
ステファノバ, カリーナ (作家) …… 259
ステープルドン, ウィリアム・オラフ (SF作家) ……………………… 259
ステーマン, スタニスラス・アンドレ (作家) ……………………………… 259
ステリマフ, ミハイロ・パナーソヴィチ (作家) ……………………… 259
ステルマック, オレスト (作家) …… 259
ステン, ヴィヴェカ (作家) ………… 260
ステンベール, ジャック (SF作家) … 260
ストアーズ, カールトン (作家) …… 260
ストウ, ランドルフ (作家) ………… 260
ストーブハウグ, アーリルド (作家) ……………………………… 260

ストーカー, ブラム (作家) ………… 260
ストークス, エイドリアン (詩人) … 260
ストケット, キャスリン (作家) …… 260
ストック, ジョン (作家) …………… 261
ストックウィン, ジュリアン (作家) ……………………………… 261
ストッパード, トム (劇作家) ……… 261
ストラウト, エリザベス (作家) …… 261
ストラウト, カーステン (作家) …… 261
ストラウブ, ピーター (作家) ……… 261
ストラットン, アラン (作家) ……… 261
ストランゲル, シモン (作家) ……… 261
ストランド, マーク (詩人) ………… 261
ストランドベリ, マッツ (作家) …… 262
ストーリー, デービッド (作家) …… 262
ストリーバー, ホイットリー (作家) ……………………………… 262
ストリブリング, T.S. (作家) ……… 262
ストリンガー, ビッキー (作家) …… 262
ストリコフスキ, ユリアン (作家) … 262
ストルガツキー兄弟 (作家) ……… 262
ストルニ, アルフォンシナ (詩人) … 263
ストルワージ, ジョン (作家) ……… 263
ストレイド, シェリル (作家) ……… 263
ストレンジ, マーク (作家) ………… 263
ストロス, チャールズ (作家) ……… 263
ストロング, L.A.G. (作家) ………… 263
ストーン, アービング (伝記作家) … 263
ストーン, デービッド・リー (作家) ‥ 263
ストーン, ニック (作家) …………… 263
ストーン, ピーター (劇作家) ……… 263
ストーン, ロバート (作家) ………… 264
スナイダー, ゲーリー (作家) ……… 264
スノー, C.P. (作家) ………………… 264
スノッドグラス, W.D. (詩人) ……… 264
スパイサー, バート (作家) ………… 264
スパーク, ミュリエル (作家) ……… 264
スパークス, ニコラス (作家) ……… 265
スパラコ, シモーナ (作家) ………… 265
スピーグルマン, ピーター (作家) … 265
スピネッリ, ジェリー (作家) ……… 265
スピレイン, ミッキー (推理作家) … 265
スピンドラー, エリカ (作家) ……… 265
スプアー, ライク (作家) …………… 265
スプリンガー, F. (作家) …………… 265
スプリンガー, ナンシー (ファンタジー作家) ……………………… 265
スペンサー, ウェン (作家) ………… 265
スペンサー, エリザベス (作家) …… 266
スペンダー, スティーブン (詩人) … 266
スーポー, フィリップ (詩人) ……… 266
スマイリー, ジェーン (作家) ……… 266
スミス, アリ (作家) ………………… 266
スミス, アレクサンダー・マッコール (作家) ……………………… 266
スミス, イーブリン (作家) ………… 266
スミス, エミリー (児童文学作家) … 266
スミス, クラーク・アシュトン (詩人) ……………………………… 266
スミス, コードウェイナー (SF作家) ……………………………… 266
スミス, シドニー・グッドサー (詩人) ……………………………… 267
スミス, ジュリー (作家) …………… 267
スミス, スコット (作家) …………… 267
スミス, スティービー (詩人) ……… 267

スミス, ゼイディー (作家) ………… 267
スミス, ディーン・ウェスリー →スコフィールド, サンディを見よ
スミス, ドディー (劇作家) ………… 267
スミス, トム・ロブ (作家) ………… 267
スミス, パティ (詩人) ……………… 267
スミス, フレデリック (作家) ……… 268
スミス, ポーリン (作家) …………… 268
スミス, マイケル・マーシャル (作家) ……………………………… 268
スミス, マーティン・クルーズ (作家) ……………………………… 268
スミス, ロザモンド →オーツ, ジョイス・キャロルを見よ
スミス, ロジャー (作家) …………… 268
スミルネンスキ, フリスト (作家) … 268
スメリャコーフ, ヤロスラフ・ワシリエヴィチ (詩人) ……………… 268
スメルチェック, ボリス・フォン (作家) ……………………………… 268
ズュースキント, パトリック (作家) ……………………………… 269
スラウエルホフ, ヤン (作家) ……… 269
スラデック, ジョン (SF作家) …… 269
スラトコフ, ニコライ (作家) ……… 269
スーリー, マニル (作家) …………… 269
スリマニ, レイラ (作家) …………… 269
スルコフ, アレクセイ (詩人) ……… 269
スルツキー, ボリス・アブラモヴィチ (詩人) ……………………… 269
ズルーディ, アン (作家) …………… 269
スルペツキ, シュテファン (作家) … 270
スレッサー, ケネス (詩人) ………… 270
スレッサー, ヘンリー (推理作家) … 270
スローター, カリン (作家) ………… 270
スローター, フランク (作家) ……… 270
スロニムスキー, ミハイル・レオニードヴィチ (作家) ……………… 270
スローン, ロビン (作家) …………… 270
スワット・ウォラディロック (作家) ……………………………… 270
スワラップ, ヴィカス (作家) ……… 270
スワンウィック, マイケル (作家) … 271
スワンソン, ダグ (作家) …………… 271
スワンソン, ピーター (作家) ……… 271
スワンニー・スコンター (作家) …… 271
スンスネギ, ファン・アントニオ・デ (作家) ……………………… 271

【セ】

セイキー, マーカス (作家) ………… 271
セイヤー, ポール (作家) …………… 271
セイヤーズ, ドロシー・リー (推理作家) ……………………………… 271
セイルズ, ジョン (作家) …………… 271
ゼーガース, アンナ (作家) ………… 271
セガレン, ヴィクトル (作家) ……… 272
セクストン, アン (詩人) …………… 272
セゲルス, ピエール (詩人) ………… 272
セジウィック, マーカス (作家) …… 272
セゼール, エメ (詩人) ……………… 272
ゼーターラー, ローベルト (作家) … 272
セダリス, デービッド (作家) ……… 272

セッターフィールド, ダイアン（作家）……272
ゼッテル, サラ（SF作家）……273
セーデルグラン, エディス →ソーデルグラーン, エディスを見よ
セーデルベリ, ヤルマル（作家）……273
セニオール, オリーブ（詩人）……273
セーニー・サウワポン（作家）……273
セパムラ, シポー（詩人）……273
ゼーバルト, W.G.（作家）……273
ゼビン, ガブリエル（作家）……273
セフェリス, イオルゴス（詩人）……273
セプルベダ, ルイス（作家）……273
セブロン, ジルベール（作家）……274
セペティス, ルータ（作家）……274
セミョーノフ, セルゲイ・アレクサンドロヴィチ（作家）……274
セラ, カミロ・ホセ（作家）……274
ゼラズニー, ロジャー（SF作家）……274
セラフィモーヴィチ（作家）……274
セリヴィンスキー, イリヤ（詩人）……274
ゼリーズ, A.J.（作家）……274
セリーヌ, ルイ・フェルディナン（作家）……275
セリモヴィチ, メシャ（作家）……275
セルヴォーン, サミュエル・ディクソン（作家）……275
セルカス, ハビエル（作家）……275
セルート, オスカール（作家）……275
セルヌダ, ルイス（詩人）……275
セルビー, ヒューバート（Jr.）（作家）……275
セルフ, ウィル（作家）……275
セールベリ, ダン・T.（作家）……276
セレーニ, ヴィットーリオ（詩人）……276
セロー, ポール（作家）……276
セロー, マーセル（作家）……276
セローテ, モンガーン（詩人）……276
銭 鍾書（作家）……276
銭 寧（作家）……276
センゲー, ダシゼベギーン（詩人）……276
センダック, モーリス（絵本作家）……276
センデル, ラモン・ホセ（作家）……277
セント・オービン, エドワード（作家）……277
センドカー, ヤン・フィリップ（作家）……277
センプルン, ホルヘ（作家）……277
センベーヌ, ウスマン（作家）……277

【ソ】

ソ・ギウォン（作家）……277
ソ・ジョンイン（作家）……277
ソ・ジョンジュ（詩人）……277
蘇 雪林（作家）……278
蘇 童（作家）……278
蘇 徳（作家）……278
ソー, ブラッド（作家）……278
蘇 曼殊（作家）……278
ソ・ヨンウン（作家）……278
曽 貴海（詩人）……278
曹 禺（劇作家）……278
臧 克家（詩人）……279
宋 之的（劇作家）……279
曹 文軒（児童文学作家）……279
草明（作家）……279
ソウヤー, ロバート（SF作家）……279
ソク・ユンギ（作家）……279
ゾシチェンコ, ミハイル（作家）……279
ソーデルグラーン, エディス（詩人）……279
ソト, ギャリー（詩人）……279
ソブリノ, ハビエル（児童文学作家）……280
ソフローノフ, アナトーリー・ウラジーミロヴィチ（作家）……280
ソボル, ドナルド（児童文学作家）……280
ソーボレフ, レオニード・セルゲーヴィチ（作家）……280
ソムトウ, S.P.（作家）……280
ソモサ, ホセ・カルロス（作家）……280
ソーヤ, カール・エーリック（作家）……280
ソーヤー, コリン・ホルト（ミステリー作家）……280
ソーリー, チャールズ・ハミルトン（詩人）……280
ソリアーノ, オスバルド（作家）……281
ソール, ジェリー（SF作家）……281
ソール, ジョン（作家）……281
ソールキー, アンドルー（作家）……281
ゾルゲ, ラインハルト・ヨハネス（劇作家）……281
ソルジェニーツィン, アレクサンドル（作家）……281
ソールスター, ダーグ（作家）……282
ソルター, アンナ（作家）……282
ソルター, ジェームズ（作家）……282
ソルダーティ, マリオ（作家）……282
ソレスク, マリン（詩人）……282
ソレルス, フィリップ（作家）……282
ソレンティーノ, ギルバート（作家）……282
ソロウーヒン, ウラジーミル・アレクセーヴィチ（詩人）……282
ソローキン, ウラジーミル（作家）……282
ゾロトウ, シャーロット（児童文学作家）……283
ソン・ウン（児童文学作家）……283
ソン・ギスク（作家）……283
ソン・ジャンスン（作家）……283
孫 峻青（作家）……283
ソン・チャンソプ（作家）……283
ソン・チュンボク（詩人）……283
ソン・ヨン（作家）……283
孫 犁（作家）……283
ソンウ・フィ（作家）……284
ソンタグ, スーザン（作家）……284
ソーンダス, ケイト（作家）……284
ソーンダーズ, ジェームズ（劇作家）……284
ソーンダーズ, ジョージ（作家）……284
ソーントン, ローレンス（作家）……284
ソンバー, ジャスティン（作家）……284
ソンメズ, ブルハン（作家）……284

【タ】

戴 厚英（作家）……285
戴 思傑 →ダイ・シージエを見よ
ダイ・シージエ（作家）……285
戴 晴（作家）……285
大 頭春（作家）……285
戴 望舒（詩人）……285
ダイアー, ハドリー（児童文学作家）……285
ダイアモンド, エミリー（児童文学作家）……285
タイナン, キャサリン（作家）……285
ダイーフ, ラシード（作家）……285
ダイベック, スチュアート（作家）……286
ダイヤー, ジェフ（作家）……286
ダイヤー, ヘザー（児童文学作家）……286
タイラー, アン（作家）……286
タイルス, ローネ（作家）……286
ダヴィチョ, オスカー（詩人）……286
ダウード, カメル（作家）……286
ダウド, シボーン（作家）……286
ダウナー, レズリー（作家）……286
タウブ, ハーマン（作家）……286
タウフィーク・アル・ハキーム（作家）……287
タウンゼンド, ジョン・ロウ（児童文学作家）……287
タウンゼンド, スー（作家）……287
ダウンハム, ジェニー（作家）……287
タガード, ジェネヴィーブ（詩人）……287
ダガン, アヴィグドル（作家）……287
ダガン, モーリス（作家）……287
ターキントン, ブース（作家）……287
ダーク, エレナー（作家）……287
タクブンジャ（作家）……288
ダグラス, キース（詩人）……288
ダグラス・ヒューム, ウィリアム →ヒューム, ウィリアム・ダグラスを見よ
ターケル, スタッズ（作家）……288
ダーゲルマン, スティーグ（作家）……288
タゴール, ラビンドラナート（詩人）……288
ダシュティー, アリー（作家）……288
ダシルバ, ブルース（作家）……288
タシーロ, リズ（作家）……289
ダース, カマーラ（詩人）……289
ターソン, ピーター（劇作家）……289
タタルカ, ドミニク（作家）……289
タート, ドナ（作家）……289
タトル, リサ（作家）……289
ターナー, メーガン・ウェイレン（作家）……289
ダニエル, グリン（作家）……289
ダニエル, ユーリー・マルコヴィチ（作家）……289
ダニノス, ピエール（作家）……290
ダニング, ジョン（作家）……290
ダヌンツィオ, ガブリエーレ（詩人）……290
ダネー, フレデリック →クイーン, エラリーを見よ
タハン, マオバ（作家）……290
ダビ, ウージェーヌ（作家）……290
タビゼ, チツィアン・イスチネスゼ（詩人）……290
ダブ, リタ（詩人）……290
ダフィー, キャロル・アン（詩人）……290
ダフィ, デービッド（作家）……291

タブッキ, アントニオ (作家) ……… 291		チャンダル, クリシャン (作家) …… 303
タブラダ・イ・オスーナ, ホセ・フアン・デ・アギラル・アクーニャ (詩人) …………………………… 291	【チ】	チャンドラー, A.バートラム (SF作家) ………………………………… 303
ダブラル, ジャック (作家) ………… 291		チャンドラー, レイモンド (作家) …… 303
ダベンポート, ガイ (作家) ………… 291	遅 子建 (作家) ……………………… 297	チュ・ヨハン (詩人) ………………… 303
タボリ, ジョージ (劇作家) ………… 291	池 莉 (作家) ………………………… 297	チュイ, キム (作家) ………………… 303
タマーシ, アーロン (作家) ………… 291	チアン, ユン (作家) ………………… 297	チュウ, ルース (児童文学作家) …… 303
ダマース, レオン・ゴントラン (詩人) ………………………………… 291	チェ・イヌン (作家) ………………… 297	チュコフスカヤ, リジヤ (作家) …… 303
ダマート, バーバラ (ミステリー作家) ………………………………… 292	チェ・インホ (作家) ………………… 297	チュコフスキー, ニコライ・コルネーヴィチ (作家) ………………… 303
タマーロ, スザンナ (作家) ………… 292	チェ・ジョンヒ (作家) ……………… 297	チュツオーラ, エイモス (作家) …… 303
ダムディンスレン, ツェンディーン (作家) ……………………………… 292	チェ・ソヘ (作家) …………………… 298	チューバク, サーデク (作家) ……… 304
タラッキー, ゴリー (作家) ………… 292	チェ・マンシク (作家) ……………… 298	チョ・ギヒョン (詩人) ……………… 304
ダラム, ローラ (作家) ……………… 292	チェ・ミンギョン (作家) …………… 298	チョ・ジョンネ (作家) ……………… 304
ダリオ, ルベン (詩人) ……………… 292	チェ・ヨンミ (詩人) ………………… 298	チョ・セヒ (作家) …………………… 304
ダリュセック, マリー (作家) ……… 292	チェイエフスキー, パディ (劇作家) ………………………………… 298	チョ・チャンイン (作家) …………… 304
ダール, ジュリア (作家) …………… 292	チェイス, クリフォード (作家) …… 298	チョ・ビョンファ (詩人) …………… 304
ダール, フレデリック (ミステリー作家) ……………………………… 292	チェイス・リボウ, バーバラ (作家) … 298	チョ・ミョンヒ (詩人) ……………… 304
タール, リリ (児童文学作家) ……… 293	チェイズン, スザンヌ (作家) ……… 298	張 愛玲 (作家) ……………………… 304
ダール, ロアルド (作家) …………… 293	チェース, ジェームズ・ハドリー (ハードボイルド作家) …………… 298	張 煒 (作家) ………………………… 305
ダルウィーシュ, マフムード (詩人) ………………………………… 293	チェスブロ, ジョージ (ミステリー作家) ……………………………… 299	張 一弓 (作家) ……………………… 305
ダルグリーシュ, アリス (児童文学作家) ……………………………… 293	チェスマン, ハリエット・スコット (作家) ……………………………… 299	張 悦然 (作家) ……………………… 305
タルコフスキー, アルセーニー (詩人) ………………………………… 293	チェリイ, C.J. (SF作家) …………… 299	張 系国 (作家) ……………………… 305
タルデュー, ジャン (詩人) ………… 293	チェン, フランソワ (作家) ………… 299	張 潔 (作家) ………………………… 305
タルデュー, ローランス (作家) …… 293	チェンバーズ, エイダン (児童文学作家) ……………………………… 299	張 潔 (作家) ………………………… 305
ダールトン, クラーク (SF作家) …… 293	チトゥヴルテック, ヴァーツラフ (作家) ……………………………… 299	張 弦 (作家) ………………………… 305
タルノフ, テリー (作家) …………… 294	チーバー, ジョン (作家) …………… 299	張 賢亮 (作家) ……………………… 305
ダールバーグ, エドワード (作家) …… 294	チボードー, ジャン (作家) ………… 299	張 抗抗 (作家) ……………………… 305
ダルピュジェ, ブランシュ (作家) …… 294	チーホノフ, ニコライ・セミョーノヴィチ (詩人) …………………… 299	張 光年 (詩人) ……………………… 305
タルボット, ヘイク (推理作家) …… 294	チャ・ボムソク (劇作家) …………… 300	張 恨水 (作家) ……………………… 306
ダーレ, グロー (詩人) ……………… 294	チャイルズ, ローラ (作家) ………… 300	張 錯 (詩人) ………………………… 306
ターレ, サムコ →カピターニョヴァ, ダニエラを見よ	チャイルド, リー (作家) …………… 300	張 資平 (作家) ……………………… 306
ダレーシー, クリス (児童文学作家) ………………………………… 294	チャイルド, リンカーン (作家) …… 300	趙 樹理 (作家) ……………………… 306
ダーレス, オーガスト (作家) ……… 294	チャイルド, ローレン (絵本作家) …… 300	張 承志 (作家) ……………………… 306
タレフ, ディミタル (作家) ………… 294	チャヴァリア, ダニエル (作家) …… 300	張 辛欣 (作家) ……………………… 306
ダレル, ジェラルド (動物文学作家) ………………………………… 294	チャヴィアノ, ダイナ (作家) ……… 300	張 蔵蔵 (作家) ……………………… 306
ダレル, ロレンス (作家) …………… 295	チャコフスキー, アレクサンドル (作家) ……………………………… 300	張 天翼 (作家) ……………………… 306
タワー, ウェルズ (作家) …………… 295	チャーチ, リチャード (詩人) ……… 300	張 平 (作家) ………………………… 307
タン, エイミ (作家) ………………… 295	チャーチル, キャリル (劇作家) …… 300	趙 本夫 (作家) ……………………… 307
ダン, キャサリン (作家) …………… 295	チャーチル, ジル (作家) …………… 301	趙 麗華 (詩人) ……………………… 307
ダン, ジョン・グレゴリー (作家) …… 295	チャッタワーラック (作家) ………… 301	チョシッチ, ドブリツァ (作家) …… 307
ダン, ダグラス (詩人) ……………… 295	チャップマン, ドルー (作家) ……… 301	チョピッチ, ブランコ (作家) ……… 307
ダン, デービッド (作家) …………… 295	チャップマン, リンダ (作家) ……… 301	チョボウスキー, スティーブン (作家) ………………………………… 307
ダンカン, ロイス (作家) …………… 295	チャーディ, ジョン (詩人) ………… 301	チョルカス, クリストス (作家) …… 307
ダンカン, ロナルド (劇作家) ……… 296	チャトウィン, ブルース (作家) …… 301	チョールデンコウ, ジェニファ (児童文学作家) ……………………… 307
ダンカン, ロバート (詩人) ………… 296	チャート・コープチッティ (作家) …… 301	チョン・アリ (作家) ………………… 307
ダンジガー, ポーラ (作家) ………… 296	チャドボーン, マーク (作家) ……… 301	チョン・イヒョン (作家) …………… 307
ダンティカ, エドウィージ (作家) …… 296	チャートリス, レズリー (推理作家) ………………………………… 301	チョン・ウニオン (作家) …………… 307
ダーントン, ジョン (作家) ………… 296	チャーニー, ノア (作家) …………… 301	チョン・ギョンニン (作家) ………… 307
タンニネン, オイリ (絵本作家) …… 296	チャペック, カレル (作家) ………… 302	チョン・ジア (作家) ………………… 308
ダンバー, フィオナ (作家) ………… 296	チャペル, フレッド (作家) ………… 302	チョン・ジヨン (詩人) ……………… 308
ダンバーズ, デニス (作家) ………… 296	チャーリン, ジェローム (作家) …… 302	チョン・スチャン (作家) …………… 308
タンプナル, アフメト・ハムディ (作家) ……………………………… 296	チャン, カイリー (作家) …………… 302	チョン・セボン (作家) ……………… 308
端木 蕻良 (作家) …………………… 297	チャン, ジョンイル (作家) ………… 302	チョン・セラン (作家) ……………… 308
ダンモア, ヘレン (詩人) …………… 297	チャン, テッド (SF作家) …………… 302	チョン・ビソク (作家) ……………… 308
	チャン・ヒョクチュ (作家) ………… 302	チョン・ホスン (詩人) ……………… 308
	チャン・ヨンハク (作家) …………… 302	チョン・ミギョン (作家) …………… 308
	チャング, ウーク (作家) …………… 302	チョン・ミョングァン (作家) ……… 308
		チョン・ヨンムン (作家) …………… 308
		チラナン・ピップリーチャ (詩人) … 309
		陳 映真 (作家) ……………………… 309
		陳 学昭 (作家) ……………………… 309
		陳 冠中 (作家) ……………………… 309
		陳 建功 (作家) ……………………… 309
		陳 浩基 (作家) ……………………… 309
		陳 荒煤 (作家) ……………………… 309
		陳 若曦 (作家) ……………………… 309

陳 瑞獻（作家） 310
陳 染（作家） 310
陳 千武（詩人） 310
陳 丹燕（児童文学作家） 310
陳 忠実（作家） 310
陳 登科（作家） 310
陳 白塵（劇作家） 310
陳 放（作家） 310

【ツ】

ツァラ、トリスタン（詩人） 310
ツィッパート、ハンス（児童文学作家） 311
ツィリヒ、ハインリッヒ（作家） 311
ツヴァイク、アルノルト（作家） 311
ツヴァイク、シュテファニー（作家） 311
ツヴァイク、シュテファン（作家） 311
ツヴェターエワ、マリーナ・イワノヴナ（詩人） 311
ツヴェレンツ、ゲールハルト（作家） 311
ツェー、ユーリ（作家） 311
ツェデブ、ドジョーギーン（詩人） 312
ツェーフェルト、ジーグリット（児童文学作家） 312
ツェベグミイド、ドンドギーン（作家） 312
ツェラン、パウル（詩人） 312
ツェラン・トンドゥプ（作家） 312
ツェンカー、ヘルムート（作家） 312
ツォーデラー、ヨーゼフ（作家） 312
ツックマイアー、カール（劇作家） 312

【テ】

デアンドリア、ウィリアム（ミステリー作家） 312
鄭 媛（作家） 313
鄭 義（作家） 313
鄭 義（作家） 313
鄭 鴻生（作家） 313
テイ、ジョセフィン（作家） 313
鄭 清文（作家） 313
丁 西林（劇作家） 313
程 乃珊（作家） 313
鄭 伯奇（作家） 314
ティー、ミシェル（作家） 314
ディアス、ジュノ（作家） 314
ディエゴ、ヘラルド（詩人） 314
ディオプ、ダヴィッド・マンデシ（詩人） 314
ディオプ、ビラゴ（詩人） 314
ディオム、ファトゥ（作家） 314
ディカミロ、ケイト（児童文学作家） 314
ディキンソン、ピーター（推理作家） 314
ディクソン、カーター →カー、ジョン・ディクソンを見よ
ディクソン、ゴードン・ルパート（SF作家） 315
ディクソン・カー →カー、ジョン・ディクソンを見よ
ディケール、ジョエル（作家） 315
ディケンズ、モニカ（作家） 315
ディスキー、ジェニー（作家） 315
ディッキー、ジェームズ（詩人） 315
ディック、フィリップ・K.（作家） 315
ディックス、シェーン（作家） 316
ディッシュ、マシュー（作家） 316
ディッシュ、トーマス（SF作家） 316
ディディオン、ジョーン（作家） 316
ティデル、ヨハンナ（作家） 316
ディテルリッジ、トニー（絵本作家） 316
テイト、アレン（詩人） 316
ティドハー、ラヴィ（作家） 316
ディートリヒ、ウィリアム（作家） 317
ディトレウセン、トーヴェ（詩人） 317
デイトン、レン（探偵作家） 317
ディナロ、グレッグ（作家） 317
ディニ、Nh.（作家） 317
ディーネセン、イサク →ブリクセン、カーレンを見よ
ディーバー、ジェフリー（作家） 317
ディバイン、D.M.（作家） 317
テイパン・マウンワ（作家） 317
DBCピエール（作家） 318
ディブ、ムハンマド（作家） 318
ディフェンバー、バネッサ（作家） 318
ディブディン、マイケル（作家） 318
ティプトリー、ジェームズ（Jr.）（SF作家） 318
ディ・ブリース、ピーター（作家） 318
ティム、ウーヴェ（作家） 318
ディモフ、ディミタル（作家） 318
テイラー、アンドルー（推理作家） 319
テイラー、エリザベス（作家） 319
テイラー、サラ・スチュアート（作家） 319
テイラー、タラス（児童漫画作家） 319
テイラー、ピーター（作家） 319
テイラー、レイニ（作家） 319
テイラー、ロバート・ルイス（作家） 319
ディラード、アニー（作家） 319
ディラン、ボブ（音楽家） 319
デイリー、ジャネット（ロマンス作家） 320
ティリエ、フランク（作家） 320
デイ・ルイス、セシル（詩人） 320
丁 玲（作家） 320
ディレーニー、サミュエル・レイ（SF作家） 320
ディレーニー、ジョゼフ（児童文学作家） 320
ディレーニー、シーラ（劇作家） 320
ティロ（作家） 321
ディーン、シェイマス（作家） 321
ディーン、デブラ（作家） 321
ディン、リン（詩人） 321
テインペーミン（詩人） 321
デウィット、パトリック（作家） 321
テオリン、ヨハン（作家） 321
デオン、ミシェル（作家） 321
デ・カルロ、アンドレーア（作家） 321
テキシエ、キャサリン（作家） 321
デ・キャンプ、L.スプレイグ（SF作家） 322

テキン、ラティフェ（作家） 322
デクスター、コリン（推理作家） 322
デーグル、フランス（作家） 322
デコック、ミヒャエル（児童文学作家） 322
デサイ、アニタ（作家） 322
デサイ、キラン（作家） 322
デサニ、G.V.（作家） 322
デシュパンデ、シャシ（作家） 323
テストーリ、ジョヴァンニ（作家） 323
デスノエス、エドムンド（作家） 323
デスノス、ロベール（詩人） 323
鉄 凝（作家） 323
デッカー、テッド（作家） 323
テッキ、ボナヴェントゥーラ（作家） 323
デッシ、ジュゼッペ（作家） 323
デッセン、サラ（作家） 324
デップ、ダニエル（作家） 324
デナンクス、ディディエ（作家） 324
テナント、エマ（作家） 324
テナント、カイリー（作家） 324
デ・パオラ、トミー（絵本作家） 324
デハルトグ、ヤン（作家） 324
デービー、ドナルド（詩人） 324
デービース、L.P.（作家） 325
デービース、マレー（作家） 325
デービス、リディア（作家） 325
デービス、リンゼイ（作家） 325
デービース、ロバートソン（作家） 325
デビッドソン、アンドルー（作家） 325
デビッドソン、エイブラム（作家） 325
デビッドソン、ダイアン（作家） 325
デビッドソン、メアリジャニス（作家） 325
デビッドソン、ライオネル（推理作家） 325
デ・フィリッポ、エドゥアルド（劇作家） 326
デフォード、フランク（作家） 326
デフォルジュ、レジーヌ（作家） 326
デ・フォレ、ルイ・ルネ（作家） 326
デープリーン、アルフレート（作家） 326
デミル、ネルソン（作家） 326
テム、スティーブ・ラズニック（作家） 326
テム、メラニー（ファンタジー作家） 327
デュアメル、ジョルジュ（作家） 327
デューイ、キャスリーン（作家） 327
テューイ、フランク（作家） 327
デュエイン、ダイアン（作家） 327
デュッフェル、ジョン・フォン（作家） 327
デュトゥール、ジャン（作家） 327
デュナント、サラ（作家） 327
デュパン、ジャック（詩人） 327
デュビヤール、ロラン（劇作家） 327
デュ・ブーシェ、アンドレ（詩人） 328
デュボイス、ブレンダン（作家） 328
デュ・モーリエ、ダフネ（作家） 328
デュラス、マルグリット（作家） 328
デュランティー、ウォルター（作家） 328
デュレンマット、フリードリヒ（劇作家） 328

テラー, ヤンネ(作家) …………… 328
デラニー, ルーク(作家) …………… 328
デ・ラ・メア, ウォルター(詩人) … 328
デ・ラ・モッツ, アンデシュ(作家) ‥ 328
テラン, ボストン(作家) …………… 329
デーリー, エリザベス(作家) ……… 329
デーリ, ティボル(作家) …………… 329
テリー, ミーガン(劇作家) ………… 329
テリーヴ, アンドレ(作家) ………… 329
デリウス, フリードリヒ(詩人) …… 329
テリオ, イヴ(作家) ………………… 329
デリベス, ミゲル(作家) …………… 329
デ・リーベロ, リーベロ(詩人) …… 330
デリーロ, ドン(作家) ……………… 330
テリン, ペーテル(作家) …………… 330
デール, ヴァレリー(作家) ………… 330
デルテイユ, ジョゼフ(作家) ……… 330
デルフィーニ, アントーニオ(作家)
 ……………………………………… 330
デル・ブオーノ, オレステ(作家) … 330
デルブラン, スヴェン(作家) ……… 330
デ・レーウ, ヤン(作家) …………… 330
テレス, リジア(作家) ……………… 331
デレッダ, グラツィア(作家) ……… 331
テレヘン, トーン(児童文学作家) … 331
デロジエ, レオ・ポール(作家) …… 331
テン, ウィリアム(SF作家) ………… 331
田 漢(劇作家) ……………………… 331
田 間(詩人) ………………………… 331
田 原(作家) ………………………… 331
テンドリャコフ, ウラジーミル(作
 家) ………………………………… 331
テンプル, ピーター(作家) ………… 331

【ト】

ト・ジョンファン(詩人) …………… 332
ドー, ブルース(詩人) ……………… 332
杜 鵬程(作家) ……………………… 332
ドーア, アンソニー(作家) ………… 332
ドア, ハリエット(作家) …………… 332
ドイグ, アイバン(作家) …………… 332
ドイッチ, リチャード(作家) ……… 332
ドイル, コナン(推理作家) ………… 332
ドイル, ピーター(作家) …………… 332
ドイル, マラキー(児童文学作家) … 333
ドイル, ロディ(作家) ……………… 333
ドイロン, ポール(作家) …………… 333
トインビー, フィリップ(作家) …… 333
董 宏猷(作家) ……………………… 333
陶 晶孫(作家) ……………………… 333
鄧 友梅(作家) ……………………… 333
トゥーイ, ロバート(作家) ………… 333
トゥイニャーノフ, ユリー(作家) … 333
ド・ヴィリエ, ジェラール(スパイ作
 家) ………………………………… 334
ドヴィル, パトリック(作家) ……… 334
ドヴィンガー, エドヴィン(作家) … 334
ドゥ・ヴィガン, デルフィーヌ(作
 家) ………………………………… 334
トゥヴィム, ユリアン(詩人) ……… 334
ドゥヴォー, ノエル(作家) ………… 334
ドゥエニャス, マリーア(作家) …… 334
ドヴェンカー, ゾラン(作家) ……… 334
ドゥオーキン, スーザン(作家) …… 334
ドゥギー, ミシェル(詩人) ………… 334
ドゥコワン, ディディエ(作家) …… 335
トゥーサン, ジャン・フィリップ(作
 家) ………………………………… 335
ドゥジンツェフ, ウラジーミル(作
 家) ………………………………… 335
トゥティ・ヘラティ(作家) ………… 335
トゥデヴ, ロンドギーン(作家) …… 335
ドゥ・テラン, リーサ・セイント・
 オービン(作家) ………………… 335
ドゥブロフスキー, セルジュ(作家)
 ……………………………………… 335
トゥーマー, ジーン(作家) ………… 335
ドヴラートフ, セルゲイ・ドナート
 ヴィチ(作家) …………………… 336
ドゥーリトル, ヒルダ(詩人) ……… 336
トゥリーニ, ペーター(作家) ……… 336
トゥール, プラムディヤ・アナンタ
 →プラムディヤ・アナンタ・
 トゥールを見よ
トゥルスン・ザデ, ミルゾ(詩人) … 336
トゥルニエ, ミシェル(作家) ……… 336
トゥルン, モニク(作家) …………… 336
トゥーレ, ジャン(作家) …………… 336
ドゥレ, フロランス(作家) ………… 337
トゥロー, スコット(作家) ………… 337
トゥンストレーム, ヨーラン(作家)
 ……………………………………… 337
トカルチュク, オルガ(作家) ……… 337
ドキアディス, アポストロス(作家)
 ……………………………………… 337
ドクトロウ, E.L.(作家) …………… 337
ドクトロウ, コリー(作家) ………… 337
ドークマイソット(作家) …………… 337
トクマコーワ, イリーナ(児童文学
 作家) ……………………………… 338
トーシュ, ニック(作家) …………… 338
ドスト, ジャン(作家) ……………… 338
ドス・パソス, ジョン(作家) ……… 338
ドースン, ジェニファー(作家) …… 338
ドゾア, ガードナー(SF作家) ……… 338
トーディ, ポール(作家) …………… 338
トティラワティ・チトラワシタ(作
 家) ………………………………… 338
ドーデラー, ハイミート・フォン(作
 家) ………………………………… 338
ドーテル, アンドレ(作家) ………… 339
トナーニ, ダリオ(SF作家) ………… 339
ドナルドソン, ジュリア(絵本作家)
 ……………………………………… 339
ドネリー, ジェニファー(作家) …… 339
ドノーソ, ホセ(作家) ……………… 339
ドノヒュー, キース(作家) ………… 339
ドノフリオ, ビバリー(作家) ……… 339
ドハーティ, バーリ(児童文学作
 家) ………………………………… 339
ドハティー, ポール(作家) ………… 339
杜潘 芳格(詩人) …………………… 339
トビーノ, マリオ(作家) …………… 340
トビーン, コルム(作家) …………… 340
ドビンズ, スティーブン(ミステ
 リー作家) ………………………… 340
トー・フー(詩人) …………………… 340
ドブジンスキー, シャルル(詩人) … 340
ドブズ, マイケル(作家) …………… 340
ドブソン, ローズマリー(詩人) …… 340
ドブレ, レジス(作家) ……………… 340
ドベストル, ルネ(作家) …………… 340
ド・ベルニエール, ルイ(作家) …… 341
ドー・ホアイ(作家) ………………… 341
ドー・ホアン・ジュウ(作家) ……… 341
トマ, アンリ(作家) ………………… 341
トマ, シャンタル(作家) …………… 341
トマージ・ディ・ランペドゥーザ,
 ジュゼッペ(作家) ……………… 341
トマス, クレイグ(作家) …………… 341
トマス, スカーレット(作家) ……… 341
トマス, D.M.(詩人) ………………… 341
トマス, ディラン(詩人) …………… 342
トマス, ロス(ミステリー作家) …… 342
トマス, ロナルド・スチュアート
 (詩人) …………………………… 342
トマスン, ダスティン(作家) ……… 342
トマリン, クレア(伝記作家) ……… 342
ドーマル, ルネ(詩人) ……………… 342
ドミーン, ヒルデ(作家) …………… 342
トムキンズ, カルビン(作家) ……… 343
トムスン, キャサリン(作家) ……… 343
トムスン, ジューン(ミステリー作
 家) ………………………………… 343
トムリンソン, チャールズ(詩人) … 343
トラー, エルンスト(劇作家) ……… 343
ドライアー, アイリーン(ロマンス
 作家) ……………………………… 343
ドライサー, シオドア(作家) ……… 343
トラークル, ゲオルク(詩人) ……… 343
ドラッハ, アルベルト(作家) ……… 343
トラバーズ, P.L.(児童文学作家) … 344
ドラフト, トンケ(作家) …………… 344
ドラブル, マーガレット(作家) …… 344
ドラモンド, ローリー・リン(作家) ‥ 344
トラーリィ, ミリアム(作家) ……… 344
トランストロンメル, トーマス(詩
 人) ………………………………… 344
トランター, ナイジェル(作家) …… 344
トランブレー, ミシェル(劇作家) … 344
トリオレ, エルザ(作家) …………… 344
トリーズ, ジェフリー(児童文学作
 家) ………………………………… 345
トリース, ヘンリー(作家) ………… 345
トリート, ローレンス(ミステリー
 作家) ……………………………… 345
トリーフォノフ, ユーリー(作家) … 345
ドリュオン, モーリス(作家) ……… 345
ドリュ・ラ・ロシェル, ピエール(作
 家) ………………………………… 345
トール, アニカ(児童文学作家) …… 345
トルガ, ミゲル(詩人) ……………… 346
トールキン, ジョン・ロナルド・ロ
 ウェル(作家) …………………… 346
トルスタヤ, タチアナ(作家) ……… 346
ドルスト, タンクレート(劇作家) … 346
トルストイ, アレクセイ(作家) …… 346
ドルーツェ, イオン(作家) ………… 346
ドルトン, アニー(児童文学作家) … 346
ドルフマン, アリエル(作家) ……… 346
トールベルク, フリードリヒ(作家)
 ……………………………………… 347
トルーマン, マーガレット(作家) … 347
ドルーリー, アレン・スチュアート
 (作家) …………………………… 347
ドルン, テア(ミステリー作家) …… 347
トレイシー, P.J.(作家) …………… 347

トレチャコフ, セルゲイ・ミハイロヴィチ (詩人) ……… 347
トレバー, ウィリアム (作家) ……… 347
トレベニアン (作家) ……… 348
トレメイン, ピーター (作家) ……… 348
トレメイン, ローズ (作家) ……… 348
ドレルム, フィリップ (作家) ……… 348
トレンテ・バリェステル, ゴンサロ (作家) ……… 348
トロエポリスキー, ガヴリール・ニコラエヴィチ (作家) ……… 348
ドーロシ, エフィム・ヤーコヴレヴィチ (作家) ……… 348
トロッキ, アレグザンダー (作家) ……… 348
トロッツィグ, ビルギッタ (作家) ……… 348
トロッパー, ジョナサン (作家) ……… 349
トロヤノフ, イリヤ (作家) ……… 349
トロワイヤ, アンリ (作家) ……… 349
トワルドフスキー, アレクサンドル・トリフォノヴィチ (詩人) ……… 349
トンドゥプジャ (作家) ……… 349
ドンババンド, トミー (作家) ……… 349
トンプソン, ケイト (児童文学作家) ……… 349
トンプソン, ジェイムズ (作家) ……… 349
トンプソン, ジム (作家) ……… 349
ドンブロフスキー, ユーリー・オーシポヴィチ (作家) ……… 350
ドンリービー, J.P. (作家) ……… 350

【ナ】

ナイ, ジョディ・リン (作家) ……… 350
ナイ, ネオミ・シーハブ (詩人) ……… 350
ナイ, ロバート (作家) ……… 350
ナイト, デーモン (SF作家) ……… 350
ナイト, ルネ (作家) ……… 350
ナイドゥー, ビバリー (児童文学作家) ……… 350
ナイポール, シヴァ (ノンフィクション作家) ……… 351
ナイポール, ビディアダール・スーラジプラサド (作家) ……… 351
ナヴァル, イヴ (作家) ……… 351
ナウラ, ルイス (劇作家) ……… 351
ナオウラ, ザラー (作家) ……… 351
ナガタ, リンダ (SF作家) ……… 351
ナーガル, アムリットラール (作家) ……… 351
ナギービン, ユーリー (作家) ……… 351
ナサー, シルヴィア (作家) ……… 351
ナザレス, ピーター (作家) ……… 352
ナジ, ラースロー (詩人) ……… 352
ナーダシュ, ペーテル (作家) ……… 352
ナツァグドルジ, ダシドルジーン (詩人) ……… 352
ナッシュ, オグデン (ユーモア作家) ……… 352
ナデル, バーバラ (作家) ……… 352
ナドルニー, シュテン (作家) ……… 352
ナーバ, マイケル (作家) ……… 352
ナーハル, チャマン (作家) ……… 352
ナーヒード, キシュワル (詩人) ……… 352
ナボコフ, ウラジーミル (作家) ……… 353
ナポリ, ドナ・ジョー (作家) ……… 353

ナム・ジョンヒョン (作家) ……… 353
ナム, ラメズ (作家) ……… 353
ナム・カオ (作家) ……… 353
ナムダク, ドンロビーン (作家) ……… 353
ナモーラ, フェルナンド (作家) ……… 353
ナーヤル, C.N.シュリーカンタン (劇作家) ……… 353
ナーラーヤン, R.K. (作家) ……… 354
ナルスジャック, トーマ →ボワロー・ナルスジャックを見よ
ナールビコワ, ワレーリヤ (作家) ……… 354

【ニ】

ニエミ, ミカエル (詩人) ……… 354
ニエミネン, カイ (作家) ……… 354
ニキタス, デレク (作家) ……… 354
ニキーチン, ニコライ・ニコラエヴィチ (作家) ……… 354
ニクス, ガース (作家) ……… 354
ニクーリン, レフ・ヴェニアミノヴィチ (作家) ……… 354
ニコム・ラーヤワー (作家) ……… 354
ニコラーエワ, ガリーナ・エヴゲニエヴナ (作家) ……… 354
ニコルズ, サリー (作家) ……… 355
ニコルズ, デービッド (作家) ……… 355
ニコルズ, ピーター (劇作家) ……… 355
ニコルズ, ロバート (劇作家) ……… 355
ニコルソン, ジェフ (作家) ……… 355
ニコルソン, ノーマン (詩人) ……… 355
ニコルソン, マイケル (作家) ……… 355
ニザン, ポール (作家) ……… 355
ニッフェネガー, オードリー (作家) ……… 355
ニート, パトリック (作家) ……… 356
ニーブン, ラリー (SF・ファンタジー作家) ……… 356
ニーマー・ユーシージ →ユーシージ, ニーマーを見よ
ニミエ, マリー (作家) ……… 356
ニミエ, ロジェ (作家) ……… 356
ニムズ, ジョン・フレデリック (詩人) ……… 356
ニモ, ジェニー (児童文学作家) ……… 356
ニャット・リン (作家) ……… 356
ニュエン, ジェニー・マイ (作家) ……… 356
ニュービー, P.H. (作家) ……… 356
ニューベリー, リンダ (児童文学作家) ……… 357
ニューマン, キム (作家) ……… 357
ニララー (詩人) ……… 357
ニーリィ, リチャード (推理作家) ……… 357
ニーリン, パーヴェル・フィリッポヴィチ (作家) ……… 357
ニール, ジャネット (作家) ……… 357
ニール, マシュー (作家) ……… 357
ニールセン, ジェニファー・A. (作家) ……… 357
ニールセン, ヘレン (ミステリー作家) ……… 357
ニルソン, ウルフ (児童文学作家) ……… 357
ニン, アナイス (作家) ……… 357

【ヌ】

ヌヴー, ジョルジュ (劇作家) ……… 358
ヌエット, ノエル (詩人) ……… 358
ヌーリシエ, フランソワ (作家) ……… 358
ヌーン, ジェフ (SF作家) ……… 358

【ネ】

ネイピア, ビル (作家) ……… 358
ネイミ, サルワ・アル (作家) ……… 358
ネイラー, グロリア (作家) ……… 358
ネイラー, フィリス・レイノルズ (児童文学作家) ……… 358
ネクラーソフ, ヴィクトル (作家) ……… 358
ネーサン, ロバート (作家) ……… 359
ネシン, アジズ (作家) ……… 359
ネス, パトリック (作家) ……… 359
ネズヴァル, ヴィーチェスラフ (詩人) ……… 359
ネストリンガー, クリスティーネ (児童文学作家) ……… 359
ネズビット, イーディス (児童文学作家) ……… 359
ネスボ, ジョー (作家) ……… 359
ネッセル, ホーカン (作家) ……… 359
ネット, シモエンス・ロペス (作家) ……… 360
涅槃灰 (作家) ……… 360
ネビンズ, フランシス・M. (Jr.) (ミステリー作家) ……… 360
ネミロフスキー, イレーヌ (作家) ……… 360
ネーメト, ラースロー (作家) ……… 360
ネメロフ, ハワード (詩人) ……… 360
ネルソン, ジャンディ (作家) ……… 360
ネルーダ, パブロ (詩人) ……… 360

【ノ】

ノアイユ, アンナ・ド (詩人) ……… 360
ノイハウス, ネレ (作家) ……… 361
ノヴァコヴィッチ, ヨシップ (作家) ……… 361
ノヴェロー, アイヴァー (劇作家) ……… 361
ノエル, ベルナール (詩人) ……… 361
ノエル, マリ (詩人) ……… 361
ノサック, ハンス・エーリヒ (作家) ……… 361
ノース, スターリング (動物文学作家) ……… 361
ノックス, トム (作家) ……… 361
ノット, フレデリック (劇作家) ……… 361
ノーテボーム, ケース (作家) ……… 361
ノートン, アメリー (作家) ……… 362
ノートン, アンドレ (作家) ……… 362
ノートン, カーラ (作家) ……… 362
ノートン, メアリー (児童文学作家) ……… 362
ノビク, ナオミ (作家) ……… 362
ノーフォーク, ローレンス (作家) ……… 362

ノーマン, ハワード (作家) 362
ノーマン, マーシャ (作家) 362
ノラック, カール (絵本作家) 363
ノールズ, ジョン (作家) 363
ノレーン, ラーシュ (詩人) 363

【ハ】

バ →ヴァをも見よ
バー, アマドゥ・ハンパテ (作家) 363
馬加 (作家) 363
バー, ネバダ (作家) 363
馬烽 (作家) 363
バー, マリアマ (作家) 363
馬立誠 (作家) 363
バイアー, マルセル (作家) 364
バイアーズ, ベッツィー (児童文学作家) 364
ハイアセン, カール (作家) 364
バイアット, A.S. (作家) 364
ハイウェイ, トムソン (劇作家) 364
ハイウォーター, ジャマーク (作家) 364
バイコフ, ニコライ (作家) 364
ハイジー, ジュリー (作家) 364
梅娘 (作家) 364
ハイスミス, パトリシア (推理作家) 365
ハイゼ, パウル (作家) 365
ハイゼラー, ベルント・フォン (作家) 365
ハイセンビュッテル, ヘルムート (詩人) 365
バイニング, エリザベス・グレイ (児童文学作家) 365
ハイネセン, ウィリアム (作家) 365
パイパー, アンドレー (作家) 365
ハイム, シュテファン (作家) 365
ハイムズ, チェスター (作家) 366
ハイランド, スタンリー (作家) 366
パイル, ハワード (作家) 366
ハイン, クリストフ (作家) 366
バイン, バーバラ →レンデル, ルースを見よ
ハインズ, バリー (作家) 366
ハインド, トーマス (作家) 366
バインハート, ラリー (ミステリー作家) 366
ハインライン, ロバート (SF作家) ... 366
ハインリッヒ, ユッタ (作家) 366
バウアー, ベリンダ (作家) 367
バウアー, マリオン・デーン (児童文学作家) 367
バウアージーマ, イーゴル (劇作家) 367
ハウイー, ヒュー (作家) 367
パヴィチ, ミロラド (作家) 367
ハーヴィッコ, パーヴォ (詩人) 367
ハーウィッツ, グレッグ (作家) 367
パヴェーゼ, チェーザレ (作家) 367
パウエル, アンソニー (作家) 367
ハヴェル, ヴァーツラフ (劇作家) 368
パヴェル, オタ (作家) 368
パウエル, ガレス・L. (SF作家) 368

パウエル, パジェット (作家) 368
パウエル, レベッカ (作家) 368
ハウカー, ジャニ (作家) 368
ハウゲン, トールモー (児童文学作家) 368
ハウゲン, ポール・ヘルゲ (詩人) 368
ハウス, リチャード (作家) 368
パウストフスキー, コンスタンチン・ゲオルギエヴィチ (作家) 368
ハウスホールド, ジェフリー (作家) 369
ハウスマン, マンフレート (作家) 369
パウゼヴァング, グードルン (作家) 369
バウチャー, アンソニー (SF作家) ... 369
ハウツィヒ, エスタ (作家) 369
ハーウッド, グウェン (詩人) 369
ハーウッド, ロナルド (劇作家) 369
ハウプトマン, ゲルハルト (劇作家) 369
バウマン, クルト (児童文学作家) 370
バウマン, ハンス (児童文学作家) 370
バウム, ヴィキー (作家) 370
バウム, ライマン・フランク (児童文学作家) 370
パヴリコフスカ・ヤスノジェフスカ, マリア (詩人) 370
パヴレンコ, ピョートル・アンドレーヴィチ (作家) 370
パウンド, エズラ (詩人) 370
バオ・ニン (作家) 370
パオリーニ, クリストファー (作家) 370
バーカー, クライブ (作家) 371
バーカー, ジョージ (詩人) 371
パーカー, T.ジェファーソン (作家) 371
パーカー, ドロシー (詩人) 371
バーカー, パット (作家) 371
パーカー, ロバート・B. (ミステリー作家) 371
バーカム, ウェイン (作家) 371
バカン, ジェームズ (作家) 371
巴金 (作家) 371
パーキンソン, シボーン (児童文学作家) 372
バーグ, A.スコット (作家) 372
白樺 (作家) 372
パク・キョンリ (作家) 372
パク・ケーヒョン (作家) 372
莫言 (作家) 372
バーク, ジェームズ・リー (ミステリー作家) 373
バーク, ジャン (作家) 373
パク・ジョヨル (劇作家) 373
パク・ジョンデ (作家) 373
パク・セヨン (詩人) 373
白先勇 (作家) 373
パク・テウォン (作家) 373
パク・トゥジン (詩人) 373
パク・パリヨン (作家) 373
白冰 (児童文学作家) 373
パク・ヒョンウク (作家) 374
パク・ヒョンムン (作家) 374
パク・ファソン (作家) 374
パク・ボムシン (作家) 374
パク・ミンギュ (作家) 374
柏楊 (作家) 374
パク・ヨンヒ (詩人) 374

バーグ, リーラ (児童文学作家) 374
パーク, リンダ・スー (児童文学作家) 374
パーク, ルース (作家) 374
パク・ワンソ (作家) 375
バクス, アンドルー (作家) 375
パークス, ティム (作家) 375
バクスター, ジェームズ・ケア (詩人) 375
バクスター, スティーブン (SF作家) 375
バクスター, チャールズ (作家) 375
ハクスリー, エルスペス (作家) 375
ハクスリー, オルダス・レナード (作家) 375
ハークネス, デボラ (作家) 376
バクラーノフ, グリゴリー (作家) 376
バークリー, アントニー (推理作家) 376
バグリー, デズモンド (冒険作家) 376
バグリツキー, エドゥアルド・ゲオルギエヴィチ (詩人) 376
バグリャナ, エリサヴェタ (詩人) 376
バークレイ, リンウッド (作家) 376
ハーゲルシュタンゲ, ルードルフ (詩人) 376
ハーゲルップ, クラウス (作家) 376
パゴージン, ラージー (児童文学作家) 377
ハサウェイ, ロビン (ミステリー作家) 377
ハザズ, ハイム (作家) 377
ハザド, シャーリー (作家) 377
バザン, エルヴェ (作家) 377
バザン, ルネ (作家) 377
パーシー, ウォーカー (作家) 377
パーシー, ベンジャミン (作家) 377
ハージ, ラウィ (作家) 377
ハシェク, ヤロスラフ (作家) 378
バージェス, アントニー (作家) 378
バージェス, ソーントン (児童文学作家) 378
バージェター, イーディス →ピーターズ, エリスを見よ
パジェット, ルイス (SF作家) 378
パジェホ, フェルナンド (作家) 378
ハーシム, アフメト (詩人) 378
バージャー, ジョン (作家) 378
バージャー, トーマス (作家) 378
パーシャル, サンドラ (作家) 379
バジャン, ミコラ (詩人) 379
バージュ, マルタン (作家) 379
ハーシュマン, モリス (ミステリー作家) 379
バジョーフ, パーヴェル・ペトローヴィチ (作家) 379
パーシリンナ, アルト・タピオ (作家) 379
哈金 →ジン, ハを見よ
ハース, ヴォルフ (ミステリー作家) 379
パス, オクタビオ (詩人) 379
バース, ジョン (作家) 379
バーズオール, ジーン (作家) 380
バスケス, フアン・ガブリエル (作家) 380
バスケス・モンタルバン, マヌエル (推理作家) 380

パス・ソルダン, エドゥムンド (作家) 380
パスチド, フランソワ・レジス (作家) 380
パスティオール, オスカー (詩人) 380
パステルナーク, ボリス (詩人) 380
バーストー, スタン (作家) 380
ハストベット, シリ (作家) 380
ハーストン, ゾラ・ニール (作家) 381
ハスラム, クリス (作家) 381
ハーセ, ヘラ (作家) 381
バーセル, ロビン (作家) 381
バーセルミ, ドナルド (作家) 381
バーセルミ, フレデリック (作家) 381
パソ, フェルナンド・デル (作家) 381
バー・ゾウハー, マイケル (作家) 381
パゾリーニ, ピエル・パオロ (詩人) 382
パーソンズ, ジュリー (作家) 382
パーソンズ, トニー (作家) 382
巴代 (作家) 382
バタイユ, ジョルジュ (作家) 382
パターソン, キャサリン (児童文学作家) 382
パターソン, ジェームズ (ミステリー作家) 382
パターソン, ハリー →ヒギンズ, ジャックを見よ
パターソン, リチャード・ノース (作家) 383
バータチャーリヤ, バーバーニ (作家) 383
パチェーコ, ホセ・エミリオ (作家) 383
パチェット, アン (作家) 383
バチェラー, アービング・アディソン (作家) 383
バチガルピ, パオロ (SF作家) 383
バチンスキ, クシシトフ・カミル (詩人) 383
バッカラリオ, ピエール・ドミニコ (児童文学作家) 383
バック, パール (作家) 383
バック, リチャード (作家) 384
ハックス, ペーター (劇作家) 384
バックス, ロジャー →ガーブ, アンドルーを見よ
バックマン, リチャード →キング, スティーブンを見よ
バックリー, ウィリアム (Jr.) (作家) 384
バックリー, ビンセント (詩人) 384
バックリー, マイケル (児童文学作家) 384
バックリー・アーチャー, リンダ (作家) 384
ハッケ, アクセル (作家) 384
バッケッリ, リッカルド (作家) 385
バッケル, トバイアス・S. (作家) 385
バッサーニ, ジョルジョ (作家) 385
ハッサン, ズリナー (作家) 385
ハッサン, ヤエル (作家) 385
ハッソー, ジョセフ・ハミルトン (作家) 385
バッタリア, ロマーノ (作家) 385
パッチェン, ケネス (詩人) 385
ハットン, ジョン (作家) 385
ハッドン, マーク (作家) 386

バッハマン, インゲボルク (詩人) 386
バッファ, D.W. (作家) 386
ハーディ, ジェームズ (作家) 386
ハーディ, トーマス (作家) 386
ハーディ, フランク (作家) 386
ハーディ, ロナルド (冒険作家) 386
パティスン, エリオット (作家) 386
パディーリャ, エベルト (作家) 386
ハーデイン, ジョン・フランクリン (作家) 386
ハーディング, ジョン・ウェズリー →ステイス, ウェズリーを見よ
ハーディング, フランシス (作家) 387
ハーディング, ポール (作家) 387
バーデュゴ, リー (作家) 387
ハート, キャロリン (作家) 387
ハート, ジョゼフィン (作家) 387
ハート, ジョン (作家) 387
ハート, モス (劇作家) 387
ハードウィック, エリザベス (作家) 387
パドゥーラ, レオナルド (作家) 387
ハトゥン, ミウトン (作家) 388
ハドソン, ジェフリー →クライトン, マイケルを見よ
ハトソン, ショーン (作家) 388
バドニッツ, ジュディ (作家) 388
ハートネット, ソーニャ (作家) 388
バトラー, エリス・パーカー (ユーモア作家) 388
バトラー, オクテービア (SF作家) 388
バトラー, ガイ (詩人) 388
バトラー, ロバート (作家) 388
ハートリー, レスリー・ポールズ (作家) 388
パトリック, ジョン (作家) 388
バトルズ, ブレット (作家) 389
パトロン, スーザン (児童文学作家) 389
パドロン, フスト・ホルヘ (詩人) 389
バートン, ジェシー (作家) 389
ハナ, ソフィー (作家) 389
ハナ, バリー (作家) 389
バーナード, マージョリー・フェイス →エルダーショー, M.バーナードを見よ
バーナード, ロバート (探偵作家) 389
バーニー, アール (詩人) 389
バニエ, フランソワ・マリ (作家) 390
パニッチ, モーリス (劇作家) 390
パニョル, マルセル (劇作家) 390
バニング, マーガレット (作家) 390
ハーネス, チャールズ (SF作家) 390
バーネット, ウィリアム (作家) 390
パーネル, ジェリー (SF作家) 390
パノワ, ヴェーラ・フョードロヴナ (作家) 390
ババエフスキー, セミョーン (作家) 390
ハーバック, チャド (作家) 391
ハバード, L.ロン (作家) 391
ハーバート, ザビア (作家) 391
ハーバート, ジェームズ (作家) 391
ハーバート, フランク (作家) 391
パハーレス, サンティアーゴ (作家) 391
バビッチ, ミハーイ (詩人) 391

バビット, ナタリー (児童文学作家) 391
ハビービー, アミール (作家) 392
ハフ, ジョー (作家) 392
ハフ, タニア (作家) 392
バフメーチエフ, ウラジーミル・マイヴェーヴィチ (作家) 392
ハープレヒト, クラウス (作家) 392
パブロッタ, アストリット (作家) 392
ハーベイ, ジョン (作家) 392
ハーベイ, マイケル (作家) 392
バーベリ, イサーク (作家) 392
パーマー, マイケル (ミステリー作家) 392
ハマ, ロデ (作家) 393
バーマン, ベン・ルシアン (作家) 393
ハミッド, モーシン (作家) 393
ハミル, ピート (作家) 393
ハミルトン, イアン (詩人) 393
ハミルトン, ウォーカー (作家) 393
ハミルトン, エドモンド (SF作家) 393
ハミルトン, ジェーン (作家) 393
ハミルトン, スティーブ (作家) 393
ハミルトン, バージニア (児童文学作家) 393
ハミルトン, ピーター・F. (SF作家) 394
ハミルトン, ヒューゴー (作家) 394
ハミルトン・パターソン, ジェームズ (作家) 394
バーミンガム, ルース (作家) 394
パムク, オルハン (作家) 394
ハムスン, クヌート (作家) 394
ハムスン, マリー (児童文学作家) 394
ハメスファール, ペトラ (ミステリー作家) 394
ハメット, ダシール (作家) 394
パラ, ニカノール (詩人) 395
バラカ, アミリ (詩人) 395
バラカート, ハリーム (作家) 395
パラシオ, R.J. (作家) 395
バラージュ, ベラ (作家) 395
瑪拉沁夫 (作家) 395
バーラティー, スブラマンヤ (詩人) 395
バラード, J.G. (SF作家) 395
バラドゥーリン, リホール (詩人) 396
パラニューク, チャック (作家) 396
ハラハン, ウィリアム (作家) 396
ハラム, アン (ファンタジー作家) 396
パーラル, ウラディミール (作家) 396
パラン, ブリス (作家) 396
バランタイン, リサ (作家) 396
バランチャク, スタニスワフ (詩人) 396
バリー, J.M. (劇作家) 396
バーリー, ジョン (SF作家) 396
バリー, セバスチャン (詩人) 397
バリー, フィリップ (劇作家) 397
バリー, ブルノニア (作家) 397
バリー, マックス (作家) 397
バリアラーニ, エーリオ (詩人) 397
バリエ・インクラン, ラモン・マリア・デル (作家) 397
バリエット, ブルー (作家) 397
バリオス, エンリケ (作家) 397
パリサー, チャールズ (劇作家) 397

ハリス, アン (SF作家) ……… 397	ハワード, リチャード (作家) ……… 405	ハンフリーズ, エミアー (作家) …… 412
ハリス, ウィルソン (作家) ……… 398	ハン, ウンサ (作家) ……… 405	ハンフリーズ, バリー (劇作家) …… 412
ハリス, シャーレイン (作家) …… 398	ハン, ガン (詩人) ……… 405	バン・ボクト, アルフレッド・エルトン (SF作家) ……… 412
ハリス, ジョアン (作家) ……… 398	潘 漢年 (作家) ……… 405	バンリアー, ドナ (作家) ……… 412
ハリス, トーマス (ミステリー作家) ……… 398	潘 向黎 (作家) ……… 405	バン・ローン, ヘンドリック・ウィレム (作家) ……… 412
ハリス, ロバート (作家) ……… 398	バーン, ゴードン (作家) ……… 405	
パリーゼ, ゴッフレード (作家) … 398	ハーン, ジョン (作家) ……… 406	
ハリソン, ウィリアム (作家) …… 398	ハン・スーイン (作家) ……… 406	
ハリソン, キャスリン (作家) …… 398	ハン・スサン (作家) ……… 406	【ヒ】
ハリソン, コリン (作家) ……… 399	ハン・スンウォン (作家) ……… 406	
ハリソン, ジム (作家) ……… 399	ハン・ソリャ (作家) ……… 406	ビ →ヴィをも見よ
ハリソン, トニー (詩人) ……… 399	ハン・マルスク (作家) ……… 406	ピ・チョンドゥク (詩人) ……… 413
ハリソン, ハリイ (SF作家) …… 399	ハーン, リアン (児童文学作家) … 406	費 礼文 (作家) ……… 413
ハリソン, マイケル・ジョン (SF作家) ……… 399	バン・イタリー, ジャン・クロード (劇作家) ……… 406	ビア, パトリシア (詩人) ……… 413
パリッコ, アレッサンドロ (作家) … 399	バンカー, エドワード (作家) …… 407	ピアシー, マージ (作家) ……… 413
ハーリヒイ, ジェームズ・レオ (作家) ……… 399	バンク, メリッサ (作家) ……… 407	ピアース, トマス (作家) ……… 413
バリリエ, エティエンヌ (作家) … 399	バンクス, イアン (作家) ……… 407	ピアス, フィリッパ (児童文学作家) ……… 413
バリンジャー, ビル (作家) …… 400	バンクス, ケート (絵本作家) …… 407	ピアソン, リドリー (作家) ……… 413
バリントン, ジェームズ (作家) … 400	バンクス, ラッセル (作家) ……… 407	ビーアバウム, オットー・ユーリウス (詩人) ……… 413
パール, マシュー (作家) ……… 400	バンクス, リン・リード (作家) … 407	ビーアマン, ヴォルフ (詩人) …… 413
ハル, リンダ・ジョイフ (作家) … 400	パングボーン, エドガー (作家) … 407	ビアリク, ハイム・ナハマン (詩人) … 414
パル・ヴァンナリーレアク (作家) … 400	パンゴー, ベルナール (作家) …… 407	ビアンコ, マージャリー・ウィリアムス (児童文学作家) ……… 414
パルヴィーン・エテサーミー (詩人) ……… 400	ハンコック, グラハム (作家) …… 407	ビアンショッティ, エクトール (作家) ……… 414
バルガス・リョサ, マリオ (作家) … 400	パンコル, カトリーヌ (作家) …… 408	ビー, アンドレ (作家) ……… 414
バルダッチ, デービッド (作家) … 401	パンジェ, ロベール (作家) …… 408	ピウミーニ, ロベルト (児童文学作家) ……… 414
バルダン, ヤコブ (作家) ……… 401	バンシッタート, ピーター (作家) … 408	ビエッツ, エレイン (作家) ……… 414
ハルトラウプ, ゲーノ (作家) …… 401	パンシン, アレクセイ (作家) …… 408	ビエドゥー, フランソワ (劇作家) … 414
ハルトラウプ, フェーリクス (作家) ……… 401	バンス, ジャック (SF作家) …… 408	ビエドゥー, マリー (作家) ……… 414
バルバース, ロジャー (作家) …… 401	バーンズ, ジュリアン (作家) …… 408	ビオイ・カサーレス, アドルフォ (作家) ……… 414
バルビュス, アンリ (作家) …… 401	バーンズ, ジョン・ホーン (作家) … 408	ピオヴェーネ, グイード (作家) … 415
ハルフ, ケント (作家) ……… 401	バーンズ, デューナ (作家) …… 408	ピオンテク, ハインツ (詩人) …… 415
ハルフォン, エドゥアルド (作家) … 402	バンス, リー (作家) ……… 409	ビガーズ, アール・デア (作家) … 415
バルベリ, ミュリエル (作家) …… 402	ハンズベリー, ロレイン (劇作家) … 409	ピカード, ナンシー (ミステリー作家) ……… 415
パルマ, フェリクス・J. (作家) … 402	ハンセン, ジョゼフ (作家) …… 409	
パルマセーダ, カルロス (作家) … 402	ハンセン, マーチン・A. (作家) … 409	ピカード, バーバラ・レオニ (児童文学作家) ……… 415
ハルムス, ダニール (詩人) …… 402	ハンセン, ロン (作家) ……… 409	ヒギンズ, ジャック (作家) ……… 415
バレーア, アルトゥロ (作家) …… 402	ハンター, エバン →マクベイン, エドを見よ	ヒギンズ, マイケル (詩人) …… 415
バレストリーニ, ナンニ (詩人) … 402	ハンター, エリン (作家) ……… 409	ピーク, マーヴィン (作家) ……… 416
パレス・マトス, ルイス (詩人) … 402	ハンター, スティーブン (作家) … 409	ビクセル, ペーター (作家) …… 416
パレツキー, サラ (作家) ……… 402	バン・ダイン, S.S. (推理作家) … 409	ビークナー, フレデリック・カール (作家) ……… 416
バレット, アンドレア (作家) …… 403	バンダミア, ジェフ (作家) …… 410	ヒクメット, ナーズム (詩人) …… 416
バレット, コリン (作家) ……… 403	バンティ, アンナ (作家) ……… 410	ビーグル, ピーター (ファンタジー作家) ……… 416
バレット, トレーシー (作家) …… 403	バンデイラ・フィリョ, マヌエル・カルネイロ・デー・ソーザ (詩人) … 410	ビグレー, ルイス (作家) ……… 416
バレット, ニール (Jr.) (作家) … 403	バンティング, イブ (児童文学作家) ……… 410	ピコー, ジョディ (作家) ……… 416
バレンスエラ, ルイサ (作家) …… 403	バンティング, バジル (詩人) …… 410	ビゴンジャーリ, ピエロ (詩人) … 416
バレンタイン, ジェニー (児童文学作家) ……… 403	バン・デル・ポスト, ローレンス (作家) ……… 410	ピシェット, アンリ (詩人) …… 416
バレンテ, キャサリン・M. (作家) … 403	ハンド, エリザベス (作家) …… 410	ビジャトーロ, マルコス・M. (作家) ……… 416
パロ, ジャン・フランソワ (作家) … 403	ハント, エリザベス・シンガー (作家) ……… 411	ビジャレッティ, リベロ (作家) … 417
バローズ, ウィリアム (作家) …… 403	パント, スミットラーナンダン (詩人) ……… 411	ビジャロボス, フアン・パブロ (作家) ……… 417
バローズ, エドガー・ライス (作家) … 404	ハント, レアード (作家) ……… 411	ビショップ, エリザベス (詩人) … 417
バローハ, ピオ (作家) ……… 404	ハントケ, ペーター (作家) …… 411	ビショップ, クレール・ハチェット (作家) ……… 417
ハロワー, エリザベス (作家) …… 404	ハンドラー, デービッド (作家) … 411	
バロンスキー, エヴァ (作家) …… 404	バン・ドーレン, マーク (詩人) … 411	
パワーズ, ケビン (作家) ……… 404	ハーンパー, ペンティ (作家) …… 411	
パワーズ, J.F. (作家) ……… 404	ハンバーガー, マイケル (詩人) … 411	
パワーズ, ティム (作家) ……… 404	バンビル, ジョン (作家) ……… 412	ビショップ, ジョン・ピール (詩人) … 417
パワーズ, リチャード (作家) …… 404	ハンフ, ヘレーン (作家) ……… 412	ビショップ, マイケル (SF作家) … 417
ハワード, クラーク (作家) …… 404	パンフォード, シーラ (作家) …… 412	
ハワード, シドニー (劇作家) …… 405	パンフョーロフ, フョードル・イワノヴィチ (作家) ……… 412	
ハワード, リチャード (詩人) …… 405		

ビショフ, デービッド(作家)......... 417
ビジョルド, ロイス・マクマスター
　(SF作家)..................................... 417
ピーション, リズ(絵本作家)...... 417
ピース, デービッド(作家)........... 417
ヒース・スタッブズ, ジョン(詩人).. 418
ヒスロップ, ビクトリア(作家)... 418
ビゾラット, ニック(作家)........... 418
ピター, ルース(詩人)...................
　　.. 418
ピーターシャム, モード&ミスカ
　(絵本作家).................................. 418
ピーターズ, エリザベス(作家)... 418
ピーターズ, エリス(推理作家)... 418
ピーターズ, レンリー(詩人)....... 418
ピーターソン, キース → クラバン,
　アンドルーを見よ
ビダール, ゴア(作家)................... 418
ピーチ, エドワード(作家)........... 419
ピチェニック, スティーブ(作家).. 419
畢 飛宇(作家)................................ 419
ビッカーズ, ロイ(ミステリー作家)
　.. 419
ビッソン, テリー(SF作家)......... 419
ヒッチェンズ, ドロレス(作家)... 419
ピッチャー, アナベル(作家)....... 419
ピッツォルノ, ビアンカ(児童文学
　作家).. 419
ビッツォット, アントニオ(作家).. 420
ビーティー, アン(作家)............... 420
ピート, マル(児童文学作家)....... 420
ピートフ, アンドレイ(作家)....... 420
ピトル, セルヒオ(作家)............... 420
ピナー, ウィッター(詩人)........... 420
ヒーニー, シェイマス(詩人)....... 420
ピニェーラ, ビルヒリオ(作家)... 420
ビニェス, アントニオ・ベラスコ(作
　家).. 421
ビニョン, ロバート・ロレンス(詩
　人).. 421
ビネ, ローラン(作家)................... 421
ビネ・ヴァルメール(作家)........... 421
ビーネク, ホルスト(作家)........... 421
ビーバー, アントニー(作家)....... 421
ビーパー, ニコラウス(作家)....... 421
ヒバド, ジャック(劇作家)........... 421
ビバリー, ビル(作家)................... 421
ビーハン, ブレンダン・フランシス
　(劇作家)..................................... 422
ビブティブション・ボンドパッダエ
　(作家).. 422
ヒベイロ・タヴァーリス, ズウミー
　ラ(作家)..................................... 422
ビーヘル, パウル(作家)............... 422
ビム, バーバラ(作家)................... 422
ヒメネス, ラモン(詩人)............... 422
ヒメネス, フランシスコ(作家)... 422
ヒューイット, ドロシー(劇作家).. 422
ヒューガート, バリー(作家)....... 422
ビュークス, ローレン(作家)....... 423
ビュジョール, フラヴィア(作家).. 423
ヒューズ, テッド(詩人)............... 423
ヒューズ, ドロシー(ミステリー作
　家).. 423
ヒューズ, リチャード(作家)....... 423
ヒューストン, ジェームズ(作家).. 423
ヒューストン, ジェームズ(作家).. 423
ヒューストン, ナンシー(作家)... 423

ヒューソン, デービッド(作家)... 423
ビュッシ, ミシェル(作家).......... 423
ビュトール, ミシェル(作家)...... 424
ヒューム, ウィリアム・ダグラス(劇
　作家).. 424
ヒューム, ケリ(作家).................. 424
ヒューム, ファーガス(作家)...... 424
ヒュルゼンベック, リヒャルト(詩
　人).. 424
苗 秀(作家).................................... 424
ヒョーツバーグ, ウィリアム(作家)
　.. 424
ビョルンヴィ, トルキル(詩人)... 424
ビョルンソン, ビョルンスチェルネ
　(劇作家)..................................... 425
ヒョン・ギヨン(作家).................. 425
ヒョン・ジンゴン(作家).............. 425
ピョン・ヘヨン(作家).................. 425
ヒラタ, アンドレイ(作家).......... 425
ヒラック, オラーヴォ(詩人)...... 425
ヒラハラ, ナオミ(作家).............. 425
ビラ・マタス, エンリーケ(作家)... 425
ヒラーマン, トニー(ミステリー作
　家).. 426
ビラロ, ラモン(作家).................. 426
ピランデッロ, ルイージ(劇作家).. 426
ヒーリー, ジェレマイア(ミステ
　リー作家)................................... 426
ビリニャーク, ボリス(作家)...... 426
ビリ・ベロツェルコフスキー, ヴラ
　ジーミル・ナウモヴィチ(劇作家)
　.. 426
ヒリヤー, ロバート(詩人).......... 426
ビリンガム, マーク(作家).......... 426
ヒル, アンソニー(児童文学作家)... 427
ヒル, ジェフリー(詩人).............. 427
ヒル, ジョー(作家)...................... 427
ヒル, スーザン(作家).................. 427
ヒル, デービッド(作家).............. 427
ヒル, レジナルド(ミステリー作家)
　.. 427
ピルキングトン, ドリス(作家)... 427
ピルチャー, ロザムンド(作家)... 427
ヒルディック, E.W.(児童文学作
　家).. 428
ヒルデスハイマー, ウォルフガング
　(作家).. 428
ヒルトン, ジェームズ(作家)...... 428
ヒルフ, ダゴベルト(作家).......... 428
ビーレック, ピーター(詩人)...... 428
ビレンキ, ロマノ(作家).............. 428
ヘレンブラント, トム(作家)...... 428
ヒロネリャ, ホセ・マリア(作家).. 428
ビンジ, バーナー(SF作家)........ 428
ピンスキー, ロバート(詩人)...... 428
ピンター, ハロルド(劇作家)...... 429
ヒンターベルガー, エルンスト(作
　家).. 429
ピンチャー, メイブ(作家).......... 429
ピンチョン, トーマス(作家)...... 429
ビンディング, ルードルフ・ゲオル
　グ(作家)..................................... 429
ピントフ, ステファニー(作家)... 429

【フ】

ファイコ, アレクセイ(劇作家)...... 429
ファイズ, ファイズ・アハマド(詩
　人).. 430
ファイフィールド, フランセス(ミ
　ステリー作家)........................... 430
ファイユ, ガエル(作家).............. 430
ファイユ, ジャン・ピエール(作家).. 430
ファイン, アン(児童文学作家)... 430
ファインスタイン, エレーヌ(詩人)
　.. 430
ファインタック, デービッド(作家)
　.. 430
ファインバーグ, アナ(児童文学作
　家).. 430
ファウアー, アダム(作家).......... 430
ファウラー, カレン・ジョイ(作家).. 431
ファウラー, クリストファー(作家)
　.. 431
ファウルズ, ジョン(作家).......... 431
ファウンテン, ベン(作家).......... 431
ブアジェイリー, バンス(作家)... 431
ファージョン, エリナー(作家)... 431
ファースト, ハワード・メルビン(作
　家).. 431
ファップリ, ディエゴ(劇作家)... 431
ファジェーエフ, アレクサンドル・
　アレクサンドロヴィチ(作家)... 432
ファーバー, エドナ(作家).......... 432
ファベロン・パトリアウ, グスタボ
　(作家).. 432
ファーマー, ジェリリン(ミステ
　リー作家)................................... 432
ファーマー, パトリック・リー(作
　家).. 432
ファーマー, フィリップ・ホセ(SF
　作家).. 432
ファーマー, ペネロピ(児童文学作
　家).. 432
ファム・コン・ティエン(詩人)... 432
ファーユ, エリック(作家).......... 433
ファラー, ヌルディン(作家)...... 433
ファラダ, ハンス(作家).............. 433
ファラーチ, オリアーナ(作家)... 433
ファーリンゲティ, ローレンス(詩
　人).. 433
ファルコネス, イルデフォンソ(作
　家).. 433
ファルコン・パラディ, アリスティ
　デス(詩人)................................. 433
ファレッティ, ジョルジョ(作家)... 433
ファレル, ジェームズ・ゴードン(作
　家).. 434
ファレル, ジェームズ・トーマス(作
　家).. 434
ファン・ゴン(作家)...................... 434
ファン・ジョンウン(作家).......... 434
ファン・スノン(作家).................. 434
ファン・ソギョン(作家).............. 434
ファンゲン, ローナル(作家)...... 434
ファン・ダイク, ルッツ(作家)... 434
ファンテ, ダン(作家).................. 435
フィアリング, ケネス(詩人)...... 435
プイグ, マヌエル(作家).............. 435

ブイコフ, ワシリー(作家) ………… 435	フェルナンデス・レタマル, ロベルト(詩人) ……………………… 440	フォンベル, ティモテ・ド(作家) …… 446
フィスク, ポーリン(児童文学作家) ………………………………… 435	フェルネ, アリス(作家) ………… 440	フガード, アソール(劇作家) ……… 446
フィースト, レイモンド・E.(SF作家) …………………………… 435	フェルフルスト, ディミトリ(作家) ………………………………… 441	ブコウスキー, チャールズ(作家) … 447
フィツェック, セバスチャン(作家) ………………………………… 435	フェルミーヌ, マクサンス(作家) … 441	フサイニー, アリー・アッバース(作家) …………………………… 447
フィツォフスキ, イェジー(詩人) … 435	フェルルーン, ドルフ(作家) …… 441	フーシェ, マックス・ポール(詩人) … 447
フィッシャー, キャサリン(作家) … 435	フェレ, カリル(作家) …………… 441	ブジェフバ, ヤン(詩人) ………… 447
フィッシャー, ティボール(作家) … 435	フェレイラ, ヴェルジリオ(作家) … 441	プシボシ, ユリアン(詩人) ……… 447
フィッシャー, ロイ(詩人) ……… 436	ブエロ・バリェッホ, アントニオ(劇作家) …………………………… 441	ブーショール, モーリス(詩人) …… 447
フィッシュ, ロバート, L.(推理作家) …………………………… 436	フェンキノス, ダヴィド(作家) …… 441	ブース, スティーブン(作家) …… 447
フィッツジェラルド, R.D.(詩人) … 436	フエンテス, カルロス(作家) …… 441	ブスケ, ジョエ(詩人) …………… 447
フィッツジェラルド, F.スコット(作家) …………………………… 436	フェントン, ジェームズ(詩人) …… 441	フセイン, エブラヒム(劇作家) …… 447
フィッツジェラルド, ペネロピ(作家) …………………………… 436	フォ, ダリオ(劇作家) …………… 442	ブーゾ, アレグザンダー(劇作家) … 448
ブイトラゴ, ハイロ(児童文学作家) ………………………………… 436	フォア, ジョナサン・サフラン(作家) …………………………… 442	ブーゾ, マリオ(作家) …………… 448
フィニー, ジャック(作家) ……… 436	フォイス, マルチェロ(作家) …… 442	ブーダール, アルフォンス(作家) … 448
フィニー, チャールズ(幻想作家) … 436	フォイヒトヴァンガー, リオン(作家) …………………………… 442	ブッシュ, フレデリック(作家) …… 448
フィファー, シャロン(作家) …… 436	フオヴィ, ハンネレ(児童文学作家) ………………………………… 442	ブッシュ, ペトラ(作家) ………… 448
ブイマノヴァー, マリエ(作家) …… 436	フォーク, ニック(作家) ………… 442	ブッセ, カール(詩人) …………… 448
フィリオ, アドニアス(作家) …… 437	フォークス, セバスティアン(作家) ………………………………… 442	ブッチャー, ジム(作家) ………… 448
フィリップ, シャルル・ルイ(作家) … 437	フォークナー, ウィリアム(作家) … 442	ブッツァーティ, ディーノ(作家) … 448
フィリップス, キャリル(作家) …… 437	フォークナー, ブライアン(作家) … 442	フッド, ヒュー(作家) …………… 448
フィリップス, ジェイン・アン(作家) …………………………… 437	フォゲリン, エイドリアン(作家) … 442	プティ, グザヴィエ・ローラン(作家) …………………………… 448
フィールディング, ジョイ(作家) … 437	フォーサイス, ケイト(作家) …… 443	フート, ホートン(劇作家) ……… 448
フィールディング, ヘレン(作家) … 437	フォーサイス, フレデリック(作家) ………………………………… 443	プトゥ・ウィジャヤ(作家) ……… 449
フィンダー, ジョセフ(作家) …… 437	フォシェル, ラーシュ(劇作家) … 443	ブートナー, ロバート(作家) …… 449
フィンチ, ポール(作家) ………… 437	フォスター, アラン・ディーン(作家) …………………………… 443	ブナキスタ, トニーノ(推理作家) … 449
フィンドリー, ティモシー(作家) … 438	フォースター, E.M.(作家) ……… 443	ブーニン, イワン(作家) ………… 449
フィンレイ, イアン・ハミルトン(詩人) …………………………… 438	フォースター, デービッド(作家) … 443	ブノア, ピエール(作家) ………… 449
馮 沅君(作家) ……………………… 438	フォースター, マーガレット(作家) ………………………………… 443	ブファリーノ, ジェズアルド(作家) ………………………………… 449
馮 鏗(作家) ……………………… 438	フォックス, ポーラ(児童文学作家) ………………………………… 444	ブフハイム, ロータル・ギュンター(作家) …………………………… 449
馮 至(詩人) ……………………… 438	フォックス, メム(児童文学作家) … 444	フーヘル, ペーター(詩人) ……… 450
馮 緒旋(児童文学作家) …………… 438	フォッスム, カリン(作家) ……… 444	ブベンノフ, ミハイル(作家) …… 450
馮 乃超(作家) ……………………… 438	フォッセ, ヨン(劇作家) ………… 444	フュアリー, ドルトン(作家) …… 450
馮 文炳(作家) ……………………… 438	フォーデン, ジャイルズ(作家) …… 444	フラー, ジョン(詩人) …………… 450
フェーア, アンドレアス(作家) …… 438	フォード, ジェイミー(作家) …… 444	フラー, ロイ(詩人) ……………… 450
フェアスタイン, リンダ(作家) …… 438	フォード, ジェフリー(作家) …… 444	フライ, クリストファー(劇作家) … 450
フェイ, リンジー(作家) ………… 439	フォード, G.M.(作家) …………… 444	フライ, ロバート(詩人) ………… 450
フェイエシュ, エンドレ(作家) …… 439	フォード, ジャスパー(作家) …… 444	ブライアン, ケイト(作家) ……… 450
フェイバー, ミッシェル(作家) …… 439	フォード, フォード・マドックス(作家) …………………………… 444	ブライアント, エド(SF作家) …… 450
フェージン, コンスタンチン・アレクサンドロヴィチ(作家) ……… 439	フォード, リチャード(作家) …… 444	フライサー, マリールイーゼ(劇作家) …………………………… 450
フェストデイク, シモン(作家) …… 439	フォトリーノ, エリック(作家) …… 445	フライシュマン, シド(児童文学作家) …………………………… 451
フェスパーマン, ダン(作家) …… 439	フォーブス, エスター(作家) …… 445	フライシュマン, ポール(児童文学作家) …………………………… 451
フェダマン, レイモンド(作家) …… 439	フォラン, ジャン(詩人) ………… 445	プライス, アントニー(推理作家) … 451
フェノッリオ, ベッペ(作家) …… 439	フォルーグ・ファッロフザード(詩人) …………………………… 445	プライス, エドガー・ホフマン(幻想作家) …………………………… 451
フェラウン, ムルド(作家) ……… 439	フォルツ, ウィリアム(SF作家) …… 445	プライス, スーザン(児童文学作家) ………………………………… 451
フェラーズ, エリザベス(ミステリー作家) …………………………… 439	フォルティーニ, フランコ(詩人) … 445	プライス, ナンシー(作家) ……… 451
フェラ・ミークラ, ヴェーラ(児童文学作家) …………………………… 440	フォレスター, セシル・スコット(作家) …………………………… 445	プライス, バイロン(作家) ……… 451
フェラーリ, ジェローム(作家) …… 440	フォレスト, フィリップ(作家) …… 445	プライス, リチャード(作家) …… 451
ブーエリエ, サン・ジョルジュ・ド(詩人) …………………………… 440	フォレット, ケン(作家) ………… 445	プライス, リッサ(SF作家) ……… 451
フェリス, ジョシュア(作家) …… 440	フォワシィ, ギィ(劇作家) ……… 446	プライス, レイノルズ(作家) …… 451
フェリーニョ, ロバート(作家) …… 440	フォワード, ロバート(SF作家) …… 446	プライス・エチェニケ, アルフレード(作家) …………………………… 452
フェリーン, ニルス(詩人) ……… 440	フォン・ジーツアイ(作家) ……… 446	ブライディ, ジェームズ(劇作家) … 452
フェルナンデス, ドミニック(作家) ………………………………… 440	フォン・ジーゲザー, セシリー(作家) …………………………… 446	ブライト, ロバート(絵本作家) …… 452
フェルナンデス・フロレス, ベンセスラオ(作家) ………………………… 440	フォンブール, モーリス(詩人) …… 446	ブライトン, イーニッド・メアリ(児童文学作家) …………………… 452
		ブライヤー, マーク(作家) ……… 452
		フライリッヒ, ロイ(作家) ……… 452
		ブラウワーズ, イェルーン(作家) … 452

ブラウン, アマンダ (作家) 452	プラトーノフ, アンドレイ (作家) 458	ブリッティング, ゲオルク (詩人) 464
ブラウン, E.R. (作家) 452	プラトリーニ, ヴァスコ (作家) 458	ブリテン, ウィリアム (作家) 464
ブラウン, サンドラ (作家) 452	ブラナー, ジョン (SF作家) 458	ブリテン, ビラ (作家) 464
ブラウン, ジョージ・マカイ (詩人) .. 453	フラナガン, ジョン (児童文学作家)	フリード, セス (作家) 464
ブラウン, ダン (作家) 453	 458	フリードマン, ダニエル (作家) 464
ブラウン, デール (作家) 453	フラナガン, トーマス (作家) 458	フリードマン, ブルース・ジェイ (作
ブラウン, ピアース (作家) 453	フラナガン, リチャード (作家) 458	家) 465
ブラウン, フォルカー (詩人) 453	フラバル, ボフミル (作家) 459	フリードマン, ラッセル (児童文学
ブラウン, フレドリック (SF作家) .. 453	ブラハルツ, クルト (作家) 459	作家) 465
ブラウン, マーシャ (絵本作家) 453	プラープダー・ユン (作家) 459	フリードランド, ジョナサン →
ブラウン, リタ・メイ (作家) 453	プラマン, アンナ (作家) 459	ボーン, サムを見よ
ブラウン, リリアン J. (ミステリー	プラムディヤ・アナンタ・トゥール	フリードリヒ, ヨアヒム (児童文学
作家) 453	(作家) 459	作家) 465
ブラウン, レベッカ (作家) 454	プラワヨ, ノヴァイオレット (作家)	ブリトン, アンドルー (作家) 465
ブラウンジョン, アラン・チャール	 459	プリニエ, シャルル → プリスニエ,
ズ (詩人) 454	プーラン, ジャンヌ (作家) 459	シャルルを見よ
ブラガ, ルチアン (詩人) 454	ブランカーティ, ヴィタリアーノ	ブリニン, ジョン・マルカム (詩人) .. 465
フラーケ, オットー (作家) 454	(作家) 459	フリーマン, ブライアン (作家) 465
ブラケット, リー (SF作家) 454	フランク, E.R. (作家) 460	フリマンソン, インゲル (ミステ
ブラザー, リチャード (作家) 454	フランク, ダン (作家) 460	リー作家) 465
ブラサード, チャンドラー (作家) .. 454	フランク, ブルーノ (作家) 460	フリーマントル, ブライアン (作家)
ブラザートン, マイク (作家) 454	フランク, ユリア (作家) 460	 465
ブラジアック, ロベール (作家) 454	フランクリン, トム (作家) 460	ブリヤンツェフ, ゲオルギー (作家)
ブラーシム, ハサン (作家) 454	フランクリン, マイルズ (作家) 460	 465
ブラジョーン, ニーナ (作家) 455	フランケ, ヘルベルト (SF作家) .. 460	ブリヤンテス, グレゴリオ (作家) 466
プラス, シルビア (詩人) 455	フランコ, ホルヘ (作家) 460	プリュー, ウージェーヌ (劇作家) .. 466
ブラスウェイト, エドワード・カマ	ブーランジェ, ダニエル (作家) 460	ブリューソフ, ワレリー (詩人) 466
ウ (詩人) 455	フランシス, ディック (作家) 460	ブリュソロ, セルジュ (作家) 466
ブラスコ・イバニェス, ビセンテ (作	フランシス, フェリックス (作家) 461	ブリュノフ, ロラン・ド (絵本作家) .. 466
家) 455	ブランショ, モーリス (作家) 461	ブリューワー, ザック (作家) 466
フラストラ・ファン・ローン, カレ	フランス, アナトール (作家) 461	プリョイセン, アルフ (児童文学作
ル (作家) 455	フランゼン, ジョナサン (作家) 461	家) 466
ブラスム, アンヌ・ソフィ (作家) 455	ブランディス, カジミェシュ (作家)	プリヨン, マルセル (作家) 466
プラセンシア, サルバドール (作家)	 461	プリラッキー, ジャック (詩人) 466
.... 455	ブランデン, エドマンド・チャール	フリーリング, ニコラス (作家) 466
プラチェット, テリー (SF作家) .. 455	ズ (詩人) 461	フリール, ブライアン (劇作家) 466
ブラック, イーサン (作家) 455	ブランド, クリスティアナ (推理作	フリン, ギリアン (作家) 467
ブラック, ホリー (作家) 455	家) 462	プリーン, ジョン (ミステリー作家)
ブラッグ, メルビン (作家) 456	ブランドン, アリ → スタカート,	 467
ブラック, リサ (作家) 456	ダイアン・A.S.を見よ	プリン, デービッド (SF作家) 467
ブラックウッド, アルジャーノン	ブランナー, ハンス・クリスティア	フリン, ビンス (作家) 467
(作家) 456	ン (作家) 462	ブリンク, アンドレ (作家) 467
ブラックバーン, ジョン (SF作家) .. 456	プリヴィエ, テーオドア (作家) 462	ブリンク, キャロル・ライリー (作
ブラックバーン, ポール (詩人) 456	ブリクセン, カーレン (作家) 462	家) 467
ブラックマン, マロリー (作家) 456	プリーシヴィン, ミハイル (作家) 462	プリンコウ, ニコラス (作家) 467
ブラッコ, ロベルト (劇作家) 456	フリース, アニタ (児童文学作家) .. 462	プリンズ, エド (劇作家) 468
ブラッシェアーズ, アン (作家) 456	プリスヴィル, ジャン・クロード (劇	プリンズ, F.T. (詩人) 468
ブラッシュ, トーマス (劇作家) 456	作家) 462	プリンズミード, ヘスバ (児童文学
プラッツ, リュイス (作家) 456	プリスターフキン, アナトリー (作	作家) 468
ブラッティ, ウィリアム・ピーター	家) 462	プリンプトン, ジョージ (作家) 468
(作家) 457	プリースト, クリストファー (SF作	プルー, E.アニー (作家) 468
ブラット, チャールズ (作家) 457	家) 462	ブル, オーラフ (詩人) 468
ブラッドフォード, アーサー (作家)	プリースト, シェリー (作家) 463	プール, ピエール (作家) 468
.... 457	プリーストリー, クリス (作家) 463	ブルーウン, ケン (作家) 468
ブラッドフォード, バーバラ (作家)	プリーストリー, ジョン (作家) 463	フルエリン, リン (作家) 468
.... 457	プリスニエ, シャルル (作家) 463	ブルガーコフ, ミハイル (作家) 468
ブラッドベリ, マルコム (作家) 457	プリセット, ルーサー (作家) 463	フルーク, ジョアン (ミステリー作
ブラッドベリ, レイ (SF作家) 457	プリチェット, ビクター・ソードン	家) 469
ブラッドリー, アラン (作家) 457	(作家) 463	ブールジェ, ポール (作家) 469
ブラッドリー, キンバリー・ブルベ	ブリッグズ, パトリシア (作家) 463	ブールジュ, エレミール (作家) 469
イカー (作家) 457	ブリッシェン, エドワード (作家) 463	ブルスィヒ, トーマス (作家) 469
ブラッドリー, デービッド (作家) 457	ブリッジズ, ロバート (詩人) 463	プルースト, マルセル (作家) 469
ブラッドリー, マリオン・ジマー	ブリッシュ, ジェームズ・ベンジャ	ブルータス, デニス (詩人) 469
(SF作家) 458	ミン (作家) 464	ブルック, ルパート (詩人) 469
ブラッドリー, メアリー・ヘイス	フリッシュ, マックス (作家) 464	ブルックス, アダム (作家) 469
ティングズ (作家) 458	ブリッチ, パヴェル (作家) 464	ブルックス, グウェンドリン (詩人)
ブラトヴィチ, ミオドラグ (作家) 458	フリッツ, ジーン (児童文学作家) 464	 469

ブルックス, ケビン (作家) ……… 470
ブルックス, ジェラルディン (作家) ……… 470
ブルックス, テリー (ファンタジー作家) ……… 470
ブルックス, マックス (作家) ……… 470
ブルックナー, アニータ (作家) …… 470
ブルックナー, フェルディナンド (劇作家) ……… 470
ブルックマイア, クリストファー (作家) ……… 470
ブルック・ローズ, クリスティーン (作家) ……… 470
ブールデ, エドワール (劇作家) …… 470
ブルドー, オリヴィエ (作家) …… 471
ブルードラ, ベンノー (児童文学作家) ……… 471
ブルトン, アンドレ (詩人) ……… 471
フルビーン, フランチシェク (詩人) ……… 471
ブルーマー, ウィリアム (作家) … 471
フルマー, デービッド (作家) …… 471
フールマノフ, ドミートリー・アンドレーヴィチ (作家) ……… 471
ブルマン, フィリップ (作家) …… 471
ブルーム, ジュディ (児童文学作家) ……… 471
ブルーム, レズリー・M.M. (作家) … 472
ブールリアゲ, レオンス (児童文学作家) ……… 472
ブルンク, ハンス・フリードリヒ (作家) ……… 472
ブレ, マリー・クレール (作家) … 472
フレイジャー, チャールズ (作家) … 472
ブレイスウェイト, E.R. (作家) … 472
ブレイディ, ジーン (作家) ……… 472
ブレイテンバッハ, ブレイテン (詩人) ……… 472
フレイム, ジャネット (作家) …… 472
ブレイロック, ジェイムズ (SF作家) ……… 472
ブレイン, ジョン (作家) ………… 473
フレイン, マイケル (作家) ……… 473
プレヴェラキス, パンテリス (作家) ……… 473
プレヴェール, ジャック (詩人) … 473
プレヴォ, ギヨーム (作家) ……… 473
ブレーク, ジェームズ・カルロス (作家) ……… 473
ブレーク, ニコラス →デイ・ルイス, セシルを見よ
ブレーク, マイケル (作家) ……… 473
ブレクマン, バート (作家) ……… 473
フレーザー, アントニア (作家) … 473
フレーザー, ジョージ・サザーランド (詩人) ……… 474
フレーザー, ジョージ・マクドナルド (作家) ……… 474
ブレザ, タデウシュ (作家) ……… 474
フレーシュ, ジョゼ (作家) ……… 474
プレストン, M.K. (作家) ……… 474
プレストン, リチャード (作家) … 474
プレスフィールド, スティーブン (作家) ……… 474
プレスラー, ミリアム (児童文学作家) ……… 474
ブレダ, マリン (作家) …………… 474
フレッチャー, スーザン (作家) … 475

フレッチャー, ラルフ (作家) …… 475
ブレット, サイモン (作家) ……… 475
ブレット, ピーター (作家) ……… 475
ブレーディ, ジョーン (作家) …… 475
ブレーデル, ヴィリー (作家) …… 475
ブレナン, アリスン (作家) ……… 475
ブレナン, クリストファー・ジョン (詩人) ……… 475
ブレナン, ジェラルド (作家) …… 475
プレネ, マルスラン (詩人) ……… 475
フレノー, アンドレ (詩人) ……… 476
ブレヒト, ベルトルト (劇作家) … 476
フレーブニコフ, ヴェリミール (詩人) ……… 476
フレミング, イアン (作家) ……… 476
フレムリン, シーリア (作家) …… 476
ブレンターノ, ベルナルト・フォン (作家) ……… 476
フレンチ, タナ (作家) …………… 476
フレンチ, ニッキ (作家) ………… 476
フレンチ, マリリン (作家) ……… 476
プレンツドルフ, ウルリヒ (作家) … 477
ブレントン, ハワード (劇作家) … 477
プロ, ピエール (作家) …………… 477
プロイス, マーギー (児童文学作家) ……… 477
プロイスラー, オトフリート (児童文学作家) ……… 477
ブローク, アレクサンドル (詩人) … 477
ブローコシュ, フレデリック (作家) ……… 477
プロコーフィエフ, アレクサンドル・アンドレーヴィチ (詩人) ……… 477
プロサン, カルロス (作家) ……… 477
フロスト, マーク (作家) ………… 478
フロスト, ロバート (詩人) ……… 478
ブロッキ, ヴィルジリオ (作家) … 478
ブロツキー, ジョセフ (詩人) …… 478
ブロック, ジャン・リシャール (作家) ……… 478
ブロック, フランチェスカ・リア (作家) ……… 478
ブロック, ロバート (ホラー作家) … 478
ブロック, ローレンス (作家) …… 479
ブロックマイヤー, ケビン (作家) … 479
ブロッホ, ヘルマン (作家) ……… 479
ブローティガン, リチャード (作家) ……… 479
ブローディ・シャーンドル (作家) … 479
ブローデリック, デミアン (作家) … 479
ブロート, マックス (作家) ……… 479
ブロドキー, ハロルド (作家) …… 479
ブローナー, ピーター (ミステリー作家) ……… 479
ブロニエフスキ, ヴワディスワス (詩人) ……… 480
ブローフィ, ブリジッド (作家) … 480
ブロフカ, ペトルーシ (詩人) …… 480
ブロムフィールド, ルイス (作家) … 480
ブロンジーニ, ビル (ミステリー作家) ……… 480
ブロンスキー, アリーナ (作家) … 480
ブロンダン, アントワーヌ (作家) … 480
ブロンネン, アルノルト (劇作家) … 480
フワスコ, マレク (作家) ………… 480
フンケ, コルネーリア (児童文学作家) ……… 480

【ヘ】

ベ →ヴェをも見よ
ベーア, エドワード (作家) ……… 481
ベア, エリザベス (SF作家) …… 481
ベア, グレッグ (SF作家) ……… 481
ヘア, デービッド (劇作家) ……… 481
ベーア・ホフマン, リヒャルト (作家) ……… 481
ベーアマン, サミュエル・ナサニエル (劇作家) ……… 481
平 路 (作家) ……… 481
ヘイウッド, ガー・アンソニー (ミステリー作家) ……… 481
ヘイグ, マット (作家) …………… 482
ベイジョー, デービッド (作家) … 482
ペイショット, ジョゼ・ルイス (作家) ……… 482
ヘイゼルグローブ, ウィリアム・エリオット (作家) ……… 482
ヘイダー, モー (作家) …………… 482
ヘイデンスタム, ヴェーネル・フォン (詩人) ……… 482
ペイトン, キャサリーン (児童文学作家) ……… 482
ペイパー, ミシェル (作家) ……… 482
ベイヤー, ウィリアム (推理作家) … 482
ヘイヤー, ジョージェット (作家) … 482
ベイヤード, ルイス (作家) ……… 483
ベイリー, アーサー (作家) ……… 483
ベイリー, ジョン (作家) ………… 483
ベイリー, バリントン (SF作家) … 483
ベイリー, ヒラリー (作家) ……… 483
ベイリー, ポール (作家) ………… 483
ヘイル, シャノン (作家) ………… 483
ベイル, マレイ (作家) …………… 484
ヘインズ, エリザベス (作家) …… 484
ベインブリッジ, ベリル (作家) … 484
ベヴィラックァ, アルベルト (作家) ……… 484
ヘウス, ミレイユ (児童文学作家) … 484
ベーカー, ケイジ (SF作家) …… 484
ベーカー, ニコルソン (作家) …… 484
ヘクスト, ハリントン (作家) …… 484
ヘクト, アンソニー・エバン (詩人) … 484
ベグベデ, フレデリック (作家) … 484
ベケット, サイモン (作家) ……… 485
ベケット, サミュエル (劇作家) … 485
ベケット, バーナード (作家) …… 485
ベゴドー, フランソワ (作家) …… 485
ページ, キャサリン・ホール (作家) … 485
ヘジャーズィー, モハンマド (作家) ……… 485
ヘス, カレン (作家) ……………… 485
ベズイメンスキー, アレクサンドル (詩人) ……… 485
ベスター, アルフレッド (SF作家) … 485
ベズモーズギス, デービッド (作家) ……… 486
ベズルチ, ペトル (詩人) ………… 486
ベゼリデス, アルバート (作家) … 486
ペソア, フェルナンド (詩人) …… 486
ペーターセン, ニス (詩人) ……… 486
ヘダーヤト, サーデグ (作家) …… 486

ベーツ, ハーバート・アーネスト(作家) ………………………………… 486
ベッカー, ジェームズ →バリント ン, ジェームズを見よ
ベッカー, ユーレク(作家) ………… 486
ベッカネン, トイヴォ(作家) ……… 486
ベック, アレクサンドル(作家) …… 486
ベック, ピーター・J.(作家) ……… 487
ベック, ベアトリ(作家) …………… 487
ベック, リチャード(児童文学作家) ………………………………………… 487
ベッサン, エリック(作家) ………… 487
ヘッセ, ヘルマン(作家) …………… 487
ベッチェマン, ジョン(詩人) ……… 487
ベッティ, ウーゴ(劇作家) ………… 487
ベッテルソン, ペール(作家) ……… 487
ヘッド, ベッシー(作家) …………… 487
ヘッド, マシュー(作家) …………… 488
ベッヒャー, ヨハネス・ローベルト (詩人) ……………………………… 488
ベティ, モンゴ(作家) ……………… 488
ベトッキ, カルロ(詩人) …………… 488
ベドナール, アルフォンス(作家) … 488
ベトリ, アン・レイン(作家) ……… 488
ベトルシェフスカヤ, リュドミラ・ スチェファノブナ(劇作家) ……… 488
ベトレスク, チェザル(作家) ……… 488
ベトロフ, エヴゲーニー →イリ フ・ペトロフを見よ
ベートン, アラン(作家) …………… 488
ベートン・ウォルシュ, ジル(作家) ………………………………………… 489
ベナック, ダニエル(作家) ………… 489
ベナベンテ, ハシント(劇作家) …… 489
ベニー, ステフ(作家) ……………… 489
ベニー, ルイーズ(作家) …………… 489
ベニオフ, デービッド(作家) ……… 489
ベネ, スティーブン・ビンセント(詩 人) …………………………………… 489
ベネー, フアン(作家) ……………… 489
ヘネガン, ジェームズ(作家) ……… 490
ベネット, アーノルド(作家) ……… 490
ベネット, アラン(劇作家) ………… 490
ベネット, マーゴット(推理作家) … 490
ベネット, ルイーズ・シモン(詩人) … 490
ベネット, ロバート・ジャクソン(作家) ………………………………………… 490
ベネリ, S.(劇作家) ………………… 490
ベネディクトソン, エイナル(詩人) ………………………………………… 490
ベネデッティ, マリオ(作家) ……… 490
ベフバハーニー, スィーミーン(詩 人) …………………………………… 491
ヘプンストール, レイナー(作家) … 491
ペマ・ツェテン(作家) ……………… 491
ヘミオン, ティモシー(作家) ……… 491
ヘミングウェイ, アーネスト(作家) ………………………………………… 491
ヘモン, アレクサンダル(作家) …… 491
ベヤジバ, ジェーン(作家) ………… 491
ベヤーラ, カリズ(作家) …………… 491
ベヤールガンス, フランソワ(作家) ………………………………………… 491
ヘラー, ジョゼフ(作家) …………… 492
ヘラー, ピーター(作家) …………… 492
ペライ, ハンス・ユルゲン(児童文学 作家) ……………………………… 492
ヘーリー, アレックス(作家) ……… 492

ベリー, アン(推理作家) …………… 492
ベリー, ウェンデル(作家) ………… 492
ベリー, ジェデダイア(作家) ……… 492
ベリー, スティーブ(作家) ………… 492
ベリー, トマス(作家) ……………… 492
ヘリオット, ジェームズ(作家) …… 492
ベリガン, テッド(詩人) …………… 493
ベリッシノット, アレッサンドロ (作家) ……………………………… 493
ベリマン, ジョン(詩人) …………… 493
ベリマン, ブー →ベルイマン, ボーを見よ
ベリモン, リュック(詩人) ………… 493
ベリャーエフ, アレクサンドル(SF 作家) ……………………………… 493
ベル, ウィリアム(作家) …………… 493
ベル, ジョセフィン(作家) ………… 493
ベル, テッド(作家) ………………… 493
ベル, ハインリッヒ(作家) ………… 493
ベル, マディソン・スマート(作家) … 493
ベールイ, アンドレイ(詩人) ……… 493
ベルイマン, ボー(詩人) …………… 494
ベルイマン, ヤルマル(作家) ……… 494
ベルグマン, タマル(作家) ………… 494
ベルゲングリューン, ヴェルナー (作家) ……………………………… 494
ベルゴー, ルイ(作家) ……………… 494
ベルコヴィシ, コンラッド(作家) … 494
ベルゴーリツ, オリガ(詩人) ……… 494
ベルザー, デーブ(作家) …………… 494
ヘルシング, レンナート(詩人) …… 494
ヘルストレム, ベリエ(作家) ……… 494
ベルッツ, レオ(作家) ……………… 495
ヘルト, クルト(児童文学作家) …… 495
ベルト, ジュゼッペ(作家) ………… 495
ベルトラム, エルンスト(詩人) …… 495
ベルトラメッリ, アントニオ(作家) ………………………………………… 495
ベルトラン, ルイ・マリー・エミ リー(作家) ………………………… 495
ヘルトリング, ペーター(作家) …… 495
ベルトルッチ, アッティーリオ(詩 人) …………………………………… 495
ベルナ, ポール(児童文学作家) …… 495
ベルナノス, ジョルジュ(作家) …… 495
ベルナーリ, カルロ(作家) ………… 495
ベルナール, ジャン・ジャック(劇作家) ………………………………………… 496
ベルナール, ジャン・マルク(詩人) … 496
ベルナール, トリスタン(劇作家) … 496
ヘルナンデス, アマド →エルナン デス, アマドを見よ
ベルニエール, ルイ・ド(作家) …… 496
ペールフィット, ロジェ(作家) …… 496
ヘルプリン, マーク(作家) ………… 496
ヘルベルト, ズビグニェフ(詩人) … 496
ヘルマン, フアン(作家) …………… 496
ヘルマン, ユーディト(作家) ……… 497
ヘルマン, リリアン(劇作家) ……… 497
ヘルマンス, ウィレム・フレデリッ ク(作家) …………………………… 497
ヘルムリーン, シュテファン(作家) ………………………………………… 497
ヘルンドルフ, ヴォルフガング(作 家) …………………………………… 497
ベルンハルト, トーマス(作家) …… 497
ベレ, バンジャマン(詩人) ………… 497

ベレアーズ, ジョン(作家) ………… 498
ペレーヴィン, ヴィクトル(作家) … 498
ペレグリーノ, チャールズ(作家) … 498
ペレケーノス, ジョージ・P.(ミステ リー作家) …………………………… 498
ベレスフォード, ジョン(作家) …… 498
ペレス・レベルテ, アルトゥーロ(作 家) …………………………………… 498
ペレック, ジョルジュ(作家) ……… 498
ヘレラー, ワルター(詩人) ………… 498
ペレルマン, S.J.(作家) …………… 498
ベレンスン, アレックス(作家) …… 499
ベロー, アンリ(作家) ……………… 499
ベロー, ソウル(作家) ……………… 499
ベロー, ブリアン(作家) …………… 499
ベロック, ヒレア(作家) …………… 499
ベロック・ラウンズ, マリー(作家) … 499
ベローフ, ワシリー(作家) ………… 499
ペロル, ユゲット(作家) …………… 500
ペロン, エドガル・デュ(詩人) …… 500
ヘロン, ミック(作家) ……………… 500
ベロンチ, マリア(作家) …………… 500
ベン, ゴットフリート(詩人) ……… 500
卞之琳(詩人) ………………………… 500
ベンカトラマン, パドマ(作家) …… 500
ヘンクス, ケビン(児童文学作家) … 500
ペンコフ, ミロスラフ(作家) ……… 500
ベン・ジェルーン, タハール(作家) … 500
ベンソン, E.F.(作家) ……………… 501
ベンダー, エイミー(作家) ………… 501
ベンダー, ハンス(詩人) …………… 501
ベンチリー, ピーター(作家) ……… 501
ヘンツ, ルドルフ(作家) …………… 501
ペンツォルト, エルンスト(作家) … 501
ペンティコースト, ヒュー(探偵作家) ………………………………………… 501
ベントソン, ヨナス(作家) ………… 501
ヘントフ, ナット(作家) …………… 501
ベントリー, エドモンド・クレリ ヒュー(ユーモア詩人) …………… 502
ヘンドリー, ダイアナ(作家) ……… 502
ヘンドリックス, ビッキー(作家) … 502
ベントン, ジム(作家) ……………… 502
ベンニ, ステファノ(作家) ………… 502
ベンフォード, グレゴリー(SF作家) ………………………………………… 502
ヘンリー, ベス(劇作家) …………… 502
ヘンリヒス, ベルティーナ(作家) … 502

【ホ】

ボ →ヴォをも見よ
ホアキン, ニック(作家) …………… 502
ボアレーブ, ルネ(作家) …………… 503
ホアン・ゴック・ファック(作家) … 503
ボイエ, カーリン(詩人) …………… 503
ボイエル, ヨーハン(作家) ………… 503
ホイシェレ, オットー・ヘルマン(詩 人) …………………………………… 503
ボイス, ジョン・クーパー(作家) … 503
ボイス, T.F.(作家) ………………… 503
ボイス, ルーエリン(作家) ………… 503

ボイチェホフスカ, マヤ(児童文学作家) …… 503	ボーセニュー, ジェームズ(作家) …… 509	ボラーチェク, カレル(作家) …… 516
ホイットニー, フィリス(推理作家) …… 503	ボゾルグ・アラビー(作家) …… 509	ボラーニョ, ロベルト(作家) …… 516
ホイットフィールド, ラウル(ミステリー作家) …… 504	ポーター, エレノア(作家) …… 510	ホラーラン, アンドルー(作家) …… 516
ボイド, ウィリアム(作家) …… 504	ポーター, キャサリン・アン(作家) …… 510	ボラレーヴィ, アントネッラ(作家) …… 516
ボイト, サラ(作家) …… 504	ポーター, ジョイス(推理作家) …… 510	ホラン, ヴラジミール(詩人) …… 516
ボイド, ジョン(SF作家) …… 504	ポーター, ハル(作家) …… 510	ホランダー, ジョン(詩人) …… 516
ボイト, シンシア(児童文学作家) …… 504	ポーター, ピーター(詩人) …… 510	ホランド, イザベル(作家) …… 516
ボイド, マーティン(作家) …… 504	ホダー, マーク(作家) …… 510	ポーランド, マーグリート(作家) …… 516
ホイートリー, デニス(SF作家) …… 504	ホタカイネン, カリ(作家) …… 510	ホーリー, ノア(作家) …… 516
ボイヤー, リック(推理作家) …… 504	ボダール, リュシアン(作家) …… 510	ポリャコフ, ユーリー(作家) …… 516
ボイラン, クレア(作家) …… 504	ポタン(作家) …… 510	ポーリン, トム(詩人) …… 516
ボイル, カイ(作家) …… 505	ポチョムキン, アレクサンドル(作家) …… 510	ホリングハースト, アラン(作家) …… 517
ボイル, T.コラゲッサン(作家) …… 505	ホッキング, アマンダ(作家) …… 511	ホール, アダム(作家) …… 517
ホイル, フレッド(SF作家) …… 505	ホック, エドワード・D.(推理作家) …… 511	ホール, ウィリス(劇作家) …… 517
ホイールライト, ジョン・ブルックス(詩人) …… 505	ボックス, C.J.(作家) …… 511	ポール, グレアム・シャープ(作家) …… 517
ボイン, ジョン(作家) …… 505	ホッケンスミス, スティーブ(作家) …… 511	ホール, ジェームズ(作家) …… 517
彭 見明(作家) …… 505	ポッセ, アベル(作家) …… 511	ホール, ジョン(ミステリー作家) …… 517
方 北方(作家) …… 505	ホッセイニ, カーレド(作家) …… 511	ホール, スティーブン(作家) …… 517
ポーウェル, ルイ(作家) …… 505	ポッター, エレン(児童文学作家) …… 511	ホール, ドナルド(詩人) …… 517
ボーヴォワール, シモーヌ・ド(作家) …… 505	ポッター, ビアトリクス(絵本作家) …… 511	ポール, フレデリック(SF作家) …… 517
茅盾(作家) …… 506	ポップ, レオン(作家) …… 511	ホール, リン(作家) …… 518
ボウマン, サリー(作家) …… 506	ホッブズ, ロジャー(作家) …… 512	ホール, ロドニー(詩人) …… 518
ボウマン, トム(作家) …… 506	ホッロ, アンセルム(詩人) …… 512	ホルヴァート, エーデン・フォン(劇作家) …… 518
ボウラー, ティム(児童文学作家) …… 506	ボーデルセン, アーナス(ミステリー作家) …… 512	ホルヴァートヴァー, テレザ(児童文学作家) …… 518
ボウルズ, ジェーン(作家) …… 506	ボーデン, ニーナ(作家) …… 512	ボルゲン, ヨハン(作家) …… 518
ボウルズ, ポール(作家) …… 506	ボードゥイ, ミシェル・エメ(児童文学作家) …… 512	ボルジェーゼ, ジュゼッペ・アントーニオ(作家) …… 518
ボウルトン, マージョリー(詩人) …… 506	ボトカー, セシル(詩人) …… 512	ボルジャー, ダーモット(作家) …… 518
ホエーレン, フィリップ(詩人) …… 507	ポトク, ハイム(作家) …… 512	ホルスト, ヨルン・リーエル(作家) …… 518
ボーエン, エリザベス(作家) …… 507	ボドック, リリアナ(作家) …… 512	ポルタ, アントニオ(詩人) …… 518
ボーエン, リース(作家) …… 507	ボトラル, ロナルド(詩人) …… 512	ホールダー, ナンシー(作家) …… 518
ホガード, エリック(作家) …… 507	ボナンジンガ, ジェイ(作家) …… 513	ボールチン, ナイジェル(作家) …… 519
ホーガン, エドワード(作家) …… 507	ポニアトウスカ, エレナ(作家) …… 513	ホルト, アンネ(作家) …… 519
ホーガン, キャロリン(作家) …… 507	ヴォネガット, カート(Jr.)(作家) …… 513	ホルト, キンバリー・ウィリス(作家) …… 519
ホーガン, ジェームズ・パトリック(SF作家) …… 507	ヴォネガット, ノーブ(作家) …… 513	ボルドー, ヘンリー(作家) …… 519
ホーガン, チャック(作家) …… 507	ボーネン, ステファン(作家) …… 513	ボルト, ロバート(劇作家) …… 519
ボーガン, ルイーズ(詩人) …… 507	ポーパ, ヴァスコ(詩人) …… 513	ボールドウィン, ジェームズ(作家) …… 519
ホーキング, ルーシー(作家) …… 507	ホーバー, ベン(作家) …… 513	ホルトゥーゼン, ハンス・エーゴン(詩人) …… 519
ボク, ハネス(作家) …… 507	ホーバン, ラッセル(作家) …… 513	ホールドストック, ロバート(作家) …… 519
ホーク, リチャード(作家) …… 508	ホープ, アレック(詩人) …… 513	ホールトビー, ウィニフレッド(作家) …… 520
ボグザ, ジェオ(作家) …… 508	ホープ, クリストファー(作家) …… 514	ホールドマン, ジョー(SF作家) …… 520
ホークス, ジョン(作家) …… 508	ホフ, マルヨライン(作家) …… 514	ボルトン, S.J.(作家) …… 520
ホークス, ジョン・トウェルブ(作家) …… 508	ホーフィング, イサベル(児童文学作家) …… 514	ボルヌ, アラン(詩人) …… 520
北島(詩人) …… 508	ホフマン, アリス(作家) …… 514	ホールバイン, ヴォルフガンク(作家) …… 520
ホーグランド, エドワード(作家) …… 508	ホフマン, エバ(作家) …… 514	ボルバーン, バーバラ(作家) …… 520
ポゴモロフ, ウラジーミル(作家) …… 508	ホフマン, ジリアン(作家) …… 514	ボルピ, ホルヘ(作家) …… 520
ホージス, アーサー(作家) …… 508	ホフマン, ポール(作家) …… 514	ボルヒェルト, ヴォルフガング(作家) …… 520
ホジソン, ウィリアム・ホープ(作家) …… 508	ホーフマンスタール, フーゴー・フォン(詩人) …… 514	ボルヒャルト, ルドルフ(作家) …… 520
ボーシュ, リチャード(作家) …… 508	ボプロフスキー, ヨハネス(作家) …… 515	ボルヘス, ホルヘ・ルイス(作家) …… 521
ボーショー, アンリ(詩人) …… 508	ホーベ, チェンジェライ(作家) …… 515	ホルマン, フェリス(作家) …… 521
ホジンズ, ジャック(作家) …… 509	ポペスク, アデラ(詩人) …… 515	ボルマン, メヒティルト(作家) …… 521
ボスケ, アラン(詩人) …… 509	ホーホヴェルダー, フリッツ(劇作家) …… 515	ホルム, アネ(児童文学作家) …… 521
ボスコ, アンリ(作家) …… 509	ホーホフート, ロルフ(劇作家) …… 515	ホルム, ジェニファー(児童文学作家) …… 521
ボスト, ピエール(作家) …… 509	ボーム, サラ(作家) …… 515	ホルロイド, マイケル(伝記作家) …… 521
ボストン, ルーシー・マリア(児童文学作家) …… 509	ポメランス, バーナード(劇作家) …… 515	ポレヴォイ, ボリス(作家) …… 521
ホスピタル, ジャネット・ターナー(作家) …… 509	ポメランツェフ, ウラジーミル(作家) …… 515	ポレシュ, ルネ(劇作家) …… 521
ホスプ, デービッド(作家) …… 509	ボーモント, チャールズ(作家) …… 515	
ボスマン, H.C.(作家) …… 509		

人名目次 (37)

ボレル, ジャック（作家）……… 521
ボロジン, セルゲイ（作家）……… 522
ボーロック, シャロン（劇作家）…… 522
ホロビッツ, アンソニー（作家）…… 522
ボロフスキ, タデウシ（詩人）……… 522
ホワイティング, ジョン（劇作家）… 522
ホワイト, エセル・リナ（ミステリー作家）……… 522
ホワイト, エドマンド（作家）……… 522
ホワイト, エルウィン・ブルックス（児童文学作家）……… 522
ホワイト, ジム（作家）……… 522
ホワイト, T.H.（作家）……… 522
ホワイト, テリー（ミステリー作家）……… 522
ホワイト, パトリック（作家）……… 523
ホワイト, マイケル（作家）……… 523
ホワイトハウス, デービッド（作家）……… 523
ホワイトヘッド, コルソン（作家）… 523
ボワロー, ピエール →ボワロー・ナルスジャックを見よ
ボワロー・デルペッシュ, ベルトラン（作家）……… 523
ボワロー・ナルスジャック（推理作家）……… 523
ボーン, サム（作家）……… 523
ホン・ソクチュン（作家）……… 523
ホン・ソンウォン（作家）……… 524
ボンジュ, フランシス（詩人）……… 524
ホンジンガー, H.ポル（作家）……… 524
ボンゼルス, ヴァルデマル（詩人）… 524
ボンゾン, ポール・ジャック（児童文学作家）……… 524
ボンダレフ, ユーリー（作家）……… 524
ボンタン, アーナ（作家）……… 524
ホンチャール, オレシ（作家）……… 524
ポンティッジャ, ジュゼッペ（作家）……… 524
ボンデュラント, マット（作家）…… 524
ボンテンペッリ, マッシモ（詩人）… 524
ボンド, エドワード（劇作家）……… 525
ボンド, ブラッドレー（作家）……… 525
ボンド, マイケル（児童文学作家）… 525
ボンド, ラスキン（児童文学作家）… 525
ボンド, ラリー（軍事スリラー作家）……… 525
ボンドゥー, アンヌ・ロール（作家）……… 525
ポントピダン, ヘンリク（作家）…… 525
ボンヌフォワ, イヴ（詩人）……… 525
ホーンビー, ニック（作家）……… 526

【マ】

マ・ファンス（詩人）……… 526
馬 建（作家）……… 526
マアウン・ティン（作家）……… 526
マアルーフ, アミン（作家）……… 526
マイエ, アントニーヌ（作家）……… 526
マイクルズ, バーバラ →ピーターズ, エリザベスを見よ
マイケルズ, アン（詩人）……… 526
マイケルズ, J.C.（作家）……… 526
マイケルズ, レオナルド（作家）…… 526

マイノット, スーザン（作家）……… 527
マイヤー, カイ（作家）……… 527
マイヤー, クレメンス（作家）……… 527
マイヤー, デオン（作家）……… 527
マイヤーズ, イザベル（作家）……… 527
マイヤーズ, ウォルター・ディーン（作家）……… 527
マイリンク, グスタフ（作家）……… 527
マイルー, デービッド（作家）……… 527
マイルズ, サイモン →フォレスト, ケンを見よ
マーウィン, ウィリアム・スタンレー（詩人）……… 527
マガー, パット（ミステリー作家）… 527
マカーイ, レベッカ（作家）……… 528
マカモア, ロバート（作家）……… 528
マカリスター, マージ（作家）……… 528
マカル, マフムト（作家）……… 528
マーカンダヤ, カマーラ（作家）…… 528
マーカンド, ジョン・フィリップ（作家）……… 528
マキナニー, ジェイ（作家）……… 528
マキナニー, ラルフ（ミステリー作家）……… 528
マキヌ, アンドレイ（作家）……… 528
マキャフリー, アン（SF作家）…… 528
マキャモン, ロバート（作家）……… 529
マキューアン, イアン（作家）……… 529
マキューエン, スコット（作家）…… 529
マキューン, ロッド（詩人）……… 529
マキリップ, パトリシア・アン（ファンタジー作家）……… 529
マギロウェイ, ブライアン（作家）… 529
マーク, ジャン（児童文学作家）…… 529
マクカーテン, アンソニー（作家）… 529
マクガハン, ジョン（作家）……… 530
マクギネス, フランク（劇作家）…… 530
マクシーモフ, ウラジーミル（作家）……… 530
マクスウェル, ウィリアム（作家）… 530
マクダーミド, バル（ミステリー作家）……… 530
マクディアミド, ヒュー（詩人）…… 530
マクデビット, ジャック（SF作家）… 530
マクドナルド, イアン（SF・ファンタジー作家）……… 530
マクドナルド, グレゴリー（ミステリー作家）……… 531
マクドナルド, ジョン・D.（推理作家）……… 531
マクドナルド, フィリップ（ミステリー作家）……… 531
マクドナルド, ロス（推理作家）…… 531
マクドノー, ヨナ・ゼルディス（児童文学作家）……… 531
マグナソン, アンドリ（作家）……… 531
マクナミー, グラム（作家）……… 531
マクナリー, テレンス（劇作家）…… 531
マクニース, ルイス（詩人）……… 532
マクニッシュ, クリフ（児童文学作家）……… 532
マクニール, スーザン・イーリア（作家）……… 532
マクファディン, コーディ（作家）… 532
マクファーレン, フィオナ（作家）… 532
マクベイン, エド（ミステリー作家）……… 532

マクベス, ジョージ・マン（詩人）… 532
マクマートリー, ラリー（作家）…… 532
マクマホン, キャスリーン（作家）… 533
マクミラン, テリー（作家）……… 533
マクラウド, アリステア（作家）…… 533
マクラウド, イアン（作家）……… 533
マクラウド, ケン（SF作家）……… 533
マクラウド, シャーロット（ミステリー作家）……… 533
マクラクラン, パトリシア（児童文学作家）……… 533
マグラス, ジョン（劇作家）……… 533
マグラス, パトリック（作家）……… 533
マクラッケン, エリザベス（作家）… 533
マクラバティ, マイケル（作家）…… 534
マクラム, シャーリン（作家）……… 534
マクリーシュ, アーチボルド（詩人）……… 534
マグリス, クラウディオ（作家）…… 534
マクリーン, アリステア（冒険作家）……… 534
マクリーン, アンナ（作家）……… 534
マクリーン, キャサリン（SF作家）… 534
マクリーン, グレース（作家）……… 534
マクリーン, ノーマン（作家）……… 534
マクルーア, ジェームズ（推理作家）……… 535
マークルンド, リサ（作家）……… 535
マクレナン, ヒュー（作家）……… 535
マクレーン, ポーラ（作家）……… 535
マクロイ, ヘレン（ミステリー作家）……… 535
マグワイア, イアン（作家）……… 535
マグワイア, ショーニン（作家）…… 535
マケラ, ハンヌ（作家）……… 535
マコーイ, ジュディ（作家）……… 535
マコート, フランク（作家）……… 536
マグナ, シンディウェ（作家）……… 536
マゴフ, ロジャー（詩人）……… 536
マコーリー, ポール（SF作家）…… 536
マゴリアン, ミシェル（児童文学作家）……… 536
マーゴリス, スー（作家）……… 536
マコールモン, ロバート（作家）…… 536
マゴーン, ジル（作家）……… 536
マーサー, デービッド（劇作家）…… 536
マ・サンダー（作家）……… 536
マシー, エリザベス（作家）……… 537
マジェア, エドゥアルド（作家）…… 537
マシスン, リチャード（SF作家）… 537
マシーセン, ピーター（作家）……… 537
マシャド, アナ・マリア（作家）…… 537
マーシャル, アラン（作家）……… 537
マーシャル, ポール（作家）……… 537
マーシャル, マイケル（作家）……… 537
マーシャル, メーガン（作家）……… 537
マーシュ, キャサリン（作家）……… 538
マーシュ, ナイオ（推理作家）……… 538
マシューズ, エイドリアン（作家）… 538
マシューズ, ジェームズ（作家）…… 538
マシューズ, ハリー（作家）……… 538
マース, ピーター（作家）……… 538
マース, ヨアヒム（作家）……… 538
マスターズ, エドガー・リー（詩人）……… 538
マスタートン, グレアム（作家）…… 538
マストローコラ, パオラ（作家）…… 538

マタール, ヒシャーム (作家) ……… 539	マーヒー, マーガレット (児童文学作家) ……… 544	マレル, デービッド (ミステリー作家) ……… 550
マチャード, アントニオ (詩人) ……… 539	マーフィ, ウォーレン (作家) ……… 544	マレルバ, ルイージ (作家) ……… 550
マチャード, マヌエル (詩人) ……… 539	マーフィ, パット (SF作家) ……… 545	マーロウ, スティーブン (推理作家) ……… 550
マーツィ, クリストフ (作家) ……… 539	マーフィー, リチャード (詩人) ……… 545	マロッタ, ジュゼッペ (作家) ……… 550
マッカイ, ヒラリー (児童文学作家) ……… 539	マフフーズ, ナギーブ (作家) ……… 545	マロン, マーガレット (ミステリー作家) ……… 550
マッカーシー, コーマック (作家) ……… 539	ママデイ, N.スコット (作家) ……… 545	マン, アントニー (作家) ……… 550
マッカーシー, トム (作家) ……… 539	ママレー, ジャーネージョー →ジャーネージョー・ママレーを見よ	マン, クラウス (作家) ……… 551
マッカーシー, メアリー (作家) ……… 539	マムリ, ムールード (作家) ……… 545	マン, ジェシカ (ミステリー作家) …… 551
マッカラ, コリーン (作家) ……… 539	マメット, デービッド (劇作家) ……… 545	マン, トーマス (作家) ……… 551
マッカラーズ, カーソン (作家) ……… 540	マヤコフスキー, ウラジーミル (詩人) ……… 545	マン, ハインリッヒ (作家) ……… 551
マッキネス, ヘレン (作家) ……… 540	マラー, マーシャ (ミステリー作家) ……… 546	マンガネッリ, ジョルジョ (作家) …… 551
マッギバーン, ウィリアム・ピーター (ミステリー作家) ……… 540	マライーニ, ダーチャ (作家) ……… 546	マンガレリ, ユベール (作家) ……… 551
マッキャリー, チャールズ (作家) …… 540	マラーニ, ディエゴ (作家) ……… 546	マングェル, アルベルト (作家) ……… 551
マッキャン, A.L. (作家) ……… 540	マラパルテ, クルツィオ (作家) ……… 546	マンケル, ヘニング (推理作家) ……… 551
マッキャン, オシーン (作家) ……… 540	マラマッド, バーナード (作家) ……… 546	マンシェット, ジャン・パトリック (作家) ……… 552
マッキャン, コラム (作家) ……… 540	マリー, レス (詩人) ……… 546	マンスフィールド, キャサリン (作家) ……… 552
マッキルバニー, ウィリアム (作家) ……… 540	マリアス, ハビエル (作家) ……… 546	マンツィーニ, ジャンナ (作家) ……… 552
マッキンタイア, ボンダ (SF作家) … 541	マリアーニ, スコット (作家) ……… 546	マンディアルグ, アンドレ・ピエール・ド (詩人) ……… 552
マッキンティ, エイドリアン (作家) ……… 541	マリエア, エドゥアルド →マジェア, エドゥアルドを見よ	マンデリシュターム, オシップ (詩人) ……… 552
マッキントッシュ, D.J. (作家) ……… 541	マリエット, G.M. (作家) ……… 547	マンデル, エミリー・セントジョン (作家) ……… 552
マッキンリー, ジェン (作家) ……… 541	マリオン, アイザック (作家) ……… 547	マンテル, ヒラリー (作家) ……… 552
マッキンリイ, ロビン (ファンタジー作家) ……… 541	マリガン, アンディ (作家) ……… 547	マントー, サアーダット・ハサン (作家) ……… 552
マック, T. (作家) ……… 541	マリック, J.J. →クリーシー, ジョンを見よ	マンフレディ, ヴァレリオ・マッシモ (作家) ……… 552
マッケイ, クレア (作家) ……… 541	マリーニナ, アレクサンドラ (推理作家) ……… 547	マンロー, アリス (作家) ……… 553
マッケイ, シーナ (作家) ……… 541	マリンコヴィチ, ランコ (作家) ……… 547	
マッケイグ, ドナルド (作家) ……… 541	マール, クルト (SF作家) ……… 547	【 ミ 】
マッケイグ, ノーマン・アレグザンダー (詩人) ……… 541	マルキシュ, ペレツ (詩人) ……… 547	
マッゲイン, トマス (作家) ……… 541	マルグレイ, ヘレン (作家) ……… 547	ミウォシェフスキ, ジグムント (作家) ……… 553
マッケシー, セリーナ (作家) ……… 542	マルコフ, ゲオルギー (作家) ……… 547	ミウォシュ, チェスワフ (詩人) ……… 553
マッケナ, ジュリエット (作家) ……… 542	マルシアーノ, ジョン・ベーメルマンス (絵本作家) ……… 547	ミエヴィル, チャイナ (作家) ……… 553
マッケルロイ, ポール (作家) ……… 542	マルシャーク, サムイル (詩人) ……… 548	ミーカー, マリジェーン (作家) ……… 553
マッコイ, ホレス (作家) ……… 542	マルセー, フアン (作家) ……… 548	ミカエル, イブ (作家) ……… 553
マッコーリーン, ジェラルディン (児童文学作家) ……… 542	マルソー, フェリシヤン (作家) ……… 548	ミギエニ (作家) ……… 553
マッコルラン, ピエール (詩人) ……… 542	マルタン・デュ・ガール, ロジェ (作家) ……… 548	ミショー, アンリ (詩人) ……… 553
マッシー, スジャータ (作家) ……… 542	マルツバーグ, バリー (SF作家) …… 548	寵物先生 (作家) ……… 554
マッツァンティーニ, マルガレート (作家) ……… 542	マルティーニ, クリスティアーネ (作家) ……… 548	ミストラル, ガブリエラ (詩人) ……… 554
マッツェッティ, ロレンツァ (作家) ……… 542	マルティン, スティーブ (作家) ……… 548	ミストラル, フレデリック (詩人) …… 554
マッツッコ, メラニア・G. (作家) …… 542	マルティネス, ギジェルモ (作家) …… 548	ミストリー, ロヒントン (作家) ……… 554
マーティン, アン (作家) ……… 543	マルティネス, トマス・エロイ (作家) ……… 548	ミス・リード (作家) ……… 554
マーティン, ジョージ (作家) ……… 543	マルティン, エステバン (作家) ……… 549	ミチソン, ナオミ (作家) ……… 554
マーティン, ダグラス (詩人) ……… 543	マルティン・ガイテ, カルメン (作家) ……… 549	ミッチェナー, ジェームズ (作家) …… 554
マーティン, デービッド (ミステリー作家) ……… 543	マルティン・サントス, ルイス (作家) ……… 549	ミッチェル, アレックス (作家) ……… 554
マテフスキー, マテヤ (詩人) ……… 543	マルティンソン, ハリー (詩人) ……… 549	ミッチェル, エイドリアン (詩人) …… 554
マーテル, ヤン (作家) ……… 543	マルトゥイノフ, レオニード (詩人) ……… 549	ミッチェル, グラディス (ミステリー作家) ……… 554
マトゥーテ, アナ・マリア (作家) …… 543	マルドゥーン, ポール (作家) ……… 549	ミッチェル, ジュリアン (作家) ……… 555
マトゥーロ, クレア (作家) ……… 543	マルーフ, デービッド (詩人) ……… 549	ミッチェル, W.O. (作家) ……… 555
マードック, アイリス (作家) ……… 543	マルロー, アンドレ (作家) ……… 549	ミッチェル, デービッド (作家) ……… 555
マナット・チャンヨン (作家) ……… 544	マレ・ジョリス, フランソワーズ (作家) ……… 550	ミッチェル, マーガレット (作家) …… 555
マニング, オリビア (作家) ……… 544	マレー・スミス, ジョアンナ (作家) … 550	ミッテルホルツァー, エドガー (作家) ……… 555
マニング・サンダーズ, ルース (作家) ……… 544	マレチェラ, ダンブゾー (作家) ……… 550	ミットグッチュ, アンナ (作家) ……… 555
マーバー, パトリック (劇作家) ……… 544	マレル, ジョン (劇作家) ……… 550	ミットフォード, ジェシカ (作家) …… 555
マハー・シーラ・ヴィラヴォン (作家) ……… 544		
マハースェー (作家) ……… 544		
マハパトラ, ジャヤンタ (詩人) ……… 544		
マハン, デレク (詩人) ……… 544		

ミットフォード, ナンシー(作家) 555
ミード, グレン(作家) 556
ミード, リシェル(作家) 556
ミドルトン, スタンリー(作家) 556
ミーナ, デニーズ(作家) 556
ミナーチ, ヴラジミール(作家) 556
ミニエ, ベルナール(作家) 556
ミハイロヴィッチ, ドラゴスラヴ
　(作家) 556
ミハルコフ, セルゲイ(劇作家) 556
ミムニ, ラシード(作家) 556
ミャグマル, デムベーギーン(作家)
　... 557
ミャ・タン・ティン(作家) 557
ミュア, エドウィン(詩人) 557
ミュッソ, ギヨーム(作家) 557
ミュラー, ハイナー(劇作家) 557
ミュラー, ヘルタ(作家) 557
ミュルシュタイン, アンカ(伝記作
　家) 557
ミュルダール, ヤーン(作家) 557
ミラー, アーサー(劇作家) 558
ミラー, アンドルー(作家) 558
ミラー, A.D.(作家) 558
ミラー, ヘンリー(作家) 558
ミラー, マーガレット(作家) 558
ミラー, マデリン(作家) 558
ミラー, レベッカ(作家) 558
ミラージェス, フランセスク(作家)
　... 558
ミリヴィリス, ストラティス(作家)
　... 559
ミリエズ, ジャック(作家) 559
ミルズ, マーク(作家) 559
ミルズ, マグナス(作家) 559
ミルトン, ジャイルズ(作家) 559
ミルハウザー, スティーブン(作家)
　... 559
ミルン, A.A.(児童文学作家) 559
ミレー, エドナ・セント・ビンセント
　(詩人) 559
ミレフ, ゲオ(詩人) 559
ミロン, イムダドゥル・ホク(作家) .. 559
ミンコフ, スヴェトスラフ(作家) ... 560
ミンハ, トリン・T.(詩人) 560

【ム】

ムーア, キャサリン・ルーシル　→
　パジェット, ルイスを見よ
ムーア, ブライアン(作家) 560
ムーア, マリアン(詩人) 560
ムーア, リリアン(詩人) 560
ムーア, ロビン(作家) 560
ムーア, ローリー(作家) 560
ムアコック, マイケル(SF作家) 560
ムアハウス, フランク(作家) 561
ムーカジ, バーラティ(作家) 561
ムクティボード, ガジャーナン・
　マーダヴ(詩人) 561
ムシェロヴィチ, マウゴジャタ(児
　童文学作家) 561
ムシュク, アドルフ(作家) 561
ムージル, ロベルト(作家) 561

ムチャーリ, オズワルド(詩人) 561
ムーディ, デービッド(作家) 561
ムティス, アルバロ(詩人) 561
ムーニー, エドワード(Jr.)(作家) .. 562
ムーニー, クリス(作家) 562
ムニャチコ, ラディスラウ(作家) ... 562
ムヒカ・ライネス, マヌエル(作家) .. 562
ムファレレ, エスキア(作家) 562
ムーベリ, ヴィルヘルム　→モーベ
　リ, ヴィルヘルムを見よ
ムリシュ, ハリー(作家) 562
ムルルヴァ, ジャン・クロード(作
　家) 562
ムロジェク, スワヴォミル(劇作家)
　... 562
ムワンギ, メジャ(作家) 563
ムーン, エリザベス(作家) 563
ムーン, パット(児童文学作家) 563
ムン・ビョンラン(詩人) 563
ムンガン, ムラトハン(詩人) 563
ムンク, カイ(劇作家) 563
ムンゴシ, チャールズ(詩人) 563

【メ】

メイ, ポール(作家) 563
メイズ, ロジャー(作家) 564
メイター, ベド(作家) 564
メイナード, ジョイス(作家) 564
メイヒュー, ジェームズ(絵本作家)
　... 564
メイヤー, ステファニー(作家) 564
メイヤー, ニコラス(作家) 564
メイヤー, ボブ(作家) 564
メイラー, ノーマン(作家) 564
メイリング, アーサー(探偵作家) ... 564
メイル, ピーター(作家) 565
メイン, ウィリアム(児童文学作家)
　... 565
メゲド, アハロン(作家) 565
メーザーズ, ピーター(作家) 565
メスード, クレア(作家) 565
メスナー, ケイト(作家) 565
メズリック, ベン(作家) 565
メーセイ, ミクローシュ(作家) 565
メーソン, アルフレッド(作家) 565
メーソン, ザカリー(作家) 565
メーソン, ボビー・アン(作家) 565
メーソン, リチャード(作家) 566
メータ, ギータ(作家) 566
メッツ, メリンダ(作家) 566
メーテルリンク, モーリス(劇作家)
　... 566
メドベイ, コーネリアス(作家) 566
メナール, ドミニク(作家) 566
メヘラーン, マーシャ(作家) 566
メリ, ヴェイヨ(作家) 566
メリアム, イブ(詩人) 566
メリッサ・P(作家) 567
メリル, ジェームズ(詩人) 567
メーリング, ワルター(作家) 567
メルコ, ポール(作家) 567
メルツ, クラウス(詩人) 567
メルツァー, ブラッド(作家) 567

メルドラム, クリスティーナ(作家)
　... 567
メルル, ロベール(作家) 567
メレ, トーマス(劇作家) 567
メレディス, ウィリアム(詩人) 567
メロ, パトリーシア(作家) 568
メロ, ホジェル(作家) 568
棉棉(作家) 568
メンドサ, エドゥアルド(作家) 568
メンミ, アルベール(作家) 568

【モ】

莫言　→ばく・げんを見よ
モー, ティモシー(作家) 568
モーア, マルグリート・デ(作家) 568
モアハウス, ライダ(作家) 568
モイーズ, パトリシア(推理作家) ... 568
孟毅(作家) 568
莽原(作家) 569
モオ, ソル・ケー(作家) 569
モガー, デボラ(作家) 569
モーガン, エドウィン(詩人) 569
モーガン, スピア(作家) 569
モーガン, チャールズ(作家) 569
モーガン, ピーター(劇作家) 569
モーガン, リチャード(SF作家) 569
モジャーエフ, ボリス(作家) 569
モシュフェグ, オテッサ(作家) 569
モーション, アンドルー(詩人) 570
モス, ケイト(作家) 570
モス, タラ(作家) 570
モズリー, ウォルター(作家) 570
モーゼズ, フィリップ・N.(作家) ... 570
モディアノ, パトリック(作家) 570
モーティマー, ジョン(作家) 570
モーティマー, ペネロピー(作家) ... 570
モティンゴ・ブーシェ(作家) 571
モートン, ケイト(作家) 571
モーニエ, チエリー(劇作家) 571
モネット, ポール(作家) 571
モネネムボ, チエルノ(作家) 571
モハー, フランク(劇作家) 571
モーパーゴ, マイケル(児童文学作
　家) 571
モハッシェタ・デビ(作家) 571
モービン, アーミステッド(作家) ... 571
モーベリ, ヴィルヘルム(作家) 571
モマデイ, N.スコット　→ママデイ,
　N.スコットを見よ
モーム, サマセット(作家) 572
モラ, ジャン(作家) 572
モライス, ヴィニシウス・デ(詩人) .. 572
モラヴィア, アルベルト(作家) 572
モラン, キャトリン(作家) 572
モーラン, ポール(作家) 572
モランテ, エルサ(作家) 572
モーリー, アイラ(作家) 572
モリ, キョウコ(作家) 573
モリアーティ, リアーン(作家) 573
モリス, ライト(作家) 573
モリソン, トニ(作家) 573
モーリヤック, クロード(作家) 573

現代世界文学人名事典

モーリヤック, フランソワ（作家）…… 573
モリーン, カレン（作家）…………… 573
モルゲンステルヌ, スージー（作家）
　…………………………………… 573
モルツ, アルバート（作家）………… 574
モルボワ, ジャン・ミシェル（詩人）… 574
モレイ, フレデリック（作家）……… 574
モレイス, リチャード・C.（作家）… 574
モーロワ, アンドレ（作家）………… 574
モワット, ファーリー（作家）……… 574
モンゴメリー, サイ（作家）………… 574
モンゴメリー, ルーシー・モード（作
　家）………………………………… 574
モンタナリ, リチャード（作家）…… 574
モンタルバン, ルイス・カルロス（作
　家）………………………………… 574
モンターレ, エウジェーニオ（詩人）
　…………………………………… 575
モンテルオーニ, トーマス（作家）… 575
モンテルラン, アンリ・ド（作家）… 575
モンテロッソ, アウグスト（作家）… 575
モントリ・シヨン（詩人）…………… 575

【ヤ】

ヤーゲルフェルト, イェニー（作家）
　…………………………………… 575
ヤシーヌ, カテブ（詩人）…………… 575
ヤシャル・ケマル（作家）…………… 575
ヤシュパール（作家）………………… 576
ヤシルド, ペール・クリスチャン（作
　家）………………………………… 576
ヤーシン, アレクサンドル（詩人）… 576
ヤセンスキー, ブルーノ（作家）…… 576
ヤッフェ, ジェームズ（作家）……… 576
ヤニェス, アグスティン（作家）…… 576
ヤハヤー・ハッキー（作家）………… 576
ヤービー, フランク（作家）………… 576
ヤマシタ, カレン・テイ（作家）…… 576
ヤン・グィジャ（作家）……………… 576
ヤーン, ハンス・ヘニー（劇作家）… 577
ヤーン, ライアン・デービッド（作
　家）………………………………… 577
ヤング, トマス・W.（作家）……… 577
ヤング, モイラ（作家）……………… 577
ヤング, ルイーザ　→コーダー, ジ
　ズーを見よ
ヤング, ロバート・フランクリン
　（SF作家）………………………… 577
ヤンシー, リック（作家）…………… 577
ヤンソン, トーヴェ（児童文学作家）
　…………………………………… 577
ヤンソン, ラルス（コミック作家）… 577
ヤンドゥル, エルンスト（詩人）…… 577

【ユ】

ユ・チジン（劇作家）………………… 578
ユアグロー, バリー（作家）………… 578
ユーアート, ギャビン・ブキャナン
　（詩人）…………………………… 578
ユウ, オヴィディア（作家）………… 578
ユウ, チャールズ（作家）…………… 578
熊 仏西（劇作家）…………………… 578
ユージェニデス, ジェフリー（作家）
　…………………………………… 578
ユーシージ, ニーマー（詩人）……… 578
ユースフ・イドリース（作家）……… 578
ユーリス, レオン（作家）…………… 578
ユルスナール, マルグリット（作家）
　…………………………………… 579
ユン・ソクチュン（童謡作家）……… 579
ユン・ドンジュ（詩人）……………… 579
ユン・フンギル（作家）……………… 579
ユーン, ポール（作家）……………… 579
ユンガー, エルンスト（作家）……… 579
ユーンソン, エイヴィンド（作家）… 579

【ヨ】

余 華（作家）………………………… 580
余 秀華（詩人）……………………… 580
葉 永烈（作家）……………………… 580
陽 翰笙（劇作家）…………………… 580
楊 逵（作家）………………………… 580
葉 君健（児童文学作家）…………… 580
楊 絳（作家）………………………… 580
葉 広芩（作家）……………………… 580
楊 克（詩人）………………………… 581
楊 朔（作家）………………………… 581
葉 紫（作家）………………………… 581
葉 聖陶（作家）……………………… 581
葉 石涛（作家）……………………… 581
姚 雪垠（作家）……………………… 581
楊 邨人（作家）……………………… 581
楊 牧（詩人）………………………… 581
楊 沫（作家）………………………… 581
楊 煉（詩人）………………………… 582
ヨーヴィネ, フランチェスコ（作家）
　…………………………………… 582
ヨージェフ, アッティラ（詩人）…… 582
ヨード, C.S.　→クリストファー,
　ジョンを見よ
ヨート, ミカエル（作家）…………… 582
ヨナソン, ヨナス（作家）…………… 582
ヨハニデス, ヤーン（作家）………… 582
ヨム・サンソプ（作家）……………… 582
ヨルゲンセン, イエンス・ヨハンネ
　ス（詩人）………………………… 582
ヨーレン, ジェーン（作家）………… 582
ヨング, ドラ・ド（作家）…………… 583
ヨーンゾン, ウーヴェ（作家）……… 583

【ラ】

雷 石楡（詩人）……………………… 583
頼 和（作家）………………………… 583
ライアル, ギャビン（冒険作家）…… 583
ライアン, アンソニー（作家）……… 583
ライアン, クリス（作家）…………… 583
ライアン, ドナル（作家）…………… 583
ライアン, パム（児童文学作家）…… 584
ライアン, ロバート（作家）………… 584
ライエ, カマラ（作家）……………… 584
ライオダン, リック　→リオーダン,
　リックを見よ
ライク, クリストファー（作家）…… 584
ライクス, キャシー（作家）………… 584
ライス, アン（作家）………………… 584
ライス, エルマー（劇作家）………… 584
ライス, デービッド（作家）………… 584
ライス, ベン（作家）………………… 584
ライス, ルアンヌ（作家）…………… 585
ライス, ロバート（作家）…………… 585
ライディング, ローラ（詩人）……… 585
ライト, エリック（ミステリー作家）
　…………………………………… 585
ライト, L.R.（作家）………………… 585
ライト, ジェームズ（詩人）………… 585
ライト, シーモア（作家）…………… 585
ライト, ジュディス（詩人）………… 585
ライト, リチャード（作家）………… 585
ライトソン, パトリシア（児童文学
　作家）……………………………… 585
ライトル, アンドルー・ネルソン（作
　家）………………………………… 586
ライバー, フリッツ（怪奇作家）…… 586
ライブ, ハンス（詩人）……………… 586
ライブリー, ペネロピ（作家）……… 586
ライマン, ジェフ（SF作家）……… 586
ライミ, アティク（作家）…………… 586
ライラント, シンシア（児童文学作
　家）………………………………… 586
ライリー, マシュー（作家）………… 587
ラインハート, メアリー・ロバーツ
　（推理作家）……………………… 587
ラインハルト, ディルク（作家）…… 587
ラウリー, マルカム（作家）………… 587
ラヴレイス, アール（作家）………… 587
ラヴレニョーフ, ボリス（作家）…… 587
ラウンズ, マリー・ベロック　→ベ
　ロック・ラウンズ, マリーを見よ
ラオ, ラージャ（作家）……………… 587
ラカバ, ホセ・F.（詩人）…………… 587
ラーキン, フィリップ（詩人）……… 588
駱 英（詩人）………………………… 588
駱 賓基（作家）……………………… 588
ラクーザ, イルマ（作家）…………… 588
ラクース, アマーラ（作家）………… 588
ラクスネス, ハルドゥル（作家）…… 588
ラ・グーマ, アレックス（作家）…… 588
ラ・クール, ポール（詩人）………… 589
ラクルテル, ジャック・ド（作家）… 589
ラーケーシュ, モーハン（作家）…… 589
ラーゲルクヴィスト, ペール（作家）
　…………………………………… 589
ラーゲルクランツ, ローセ（児童文
　学作家）…………………………… 589
ラーゲルレーヴ, セルマ（作家）…… 589
ラゴン, ミシェル（作家）…………… 589
ラザファード, エドワード（作家）… 589
ラシャムジャ（作家）………………… 589
ラシュディ, サルマン（作家）……… 589
ラシュナー, ウィリアム（作家）…… 590
ラジンスキー, エドワルド（作家）… 590
ラス, ジョアナ（SF作家）………… 590
ラスキー, キャスリン（作家）……… 590
ラスダン, ジェームズ（作家）……… 590
ラスプーチン, ワレンチン（作家）… 590
ラーセン, ネラ（作家）……………… 591
ラーセン, ライフ（作家）…………… 591

ラーソン, オーサ(作家) 591
ラーソン, スティーグ(作家) 591
ラーツィス, ヴィリス(作家) 591
ラッカー, ルディ(SF作家) 591
ラッキー, マーセデス(SF作家) 591
ラッシュ, クリスティン・キャスリン →スコフィールド, サンディ を見よ
ラッセル, カレン(作家) 591
ラッセル, クレイグ(作家) 591
ラッセル, ジョージ・ウィリアム(詩人) 591
ラッセル, レイ(作家) 592
ラッツ, ジョン(ミステリー作家) 592
ラッツ, リサ(作家) 592
ラティガン, テレンス(劇作家) 592
ラディゲ, レイモン(作家) 592
ラトゥシンスカヤ, イリーナ(詩人) 592
ラ・トゥール・デュ・パン, パトリース・ド(詩人) 592
ラトナー, バディ(作家) 592
ラードナー, リング(作家) 592
ラドノーティ, ミクローシュ(詩人) 592
ラドラム, ロバート(ミステリー作家) 593
ラーナー, ベン(作家) 593
ラナガン, マーゴ(作家) 593
ラニャン, デイモン(作家) 593
ラヌー, アルマン(作家) 593
ラノット, マーラ・PL.(詩人) 593
ラーバレスティア, ジャスティーン(作家) 593
ラピエール, ドミニク(作家) 593
ラヒリ, ジュンパ(作家) 594
ラビン, メアリ(作家) 594
ラープ, トーマス(作家) 594
ラファエル, フレデリック(作家) 594
ラファージ, ポール(作家) 594
ラファティ, ムア(SF作家) 594
ラファティ, ラファエル・アロイシャス(SF作家) 594
ラフェリエール, ダニー(作家) 594
ラフォレー, カルメン(作家) 595
ラブクラフト, H.P.(怪奇小説作家) 595
ラブゼイ, ピーター(推理作家) 595
ラブ・タンシ, ソニー(作家) 595
ラープチャルーンサップ, ラッタウット(作家) 595
ラフトス, ピーター(作家) 595
ラプトン, ロザムンド(作家) 595
ラブマナンジャラ, ジャック(詩人) 595
ラブランク, トム(詩人) 595
ラブラント, アリス(作家) 596
ラベアリヴェロ, ジャン・ジョゼフ(詩人) 596
ラヘイ, ティム(作家) 596
ラーマン, シャムスル(詩人) 596
ラミュ, シャルル・フェルディナン(作家) 596
ラミレス, セルヒオ(作家) 596
ラミング, ジョージ(作家) 596
ラム, シャーロット(ロマンス作家) 596
ラム, ジョン・J.(作家) 596

ラム, ビンセント(作家) 596
ラムレイ, ブライアン(怪奇小説家) 597
ラモス, グラシリアノ(作家) 597
ラリッチ, ミハイロ(作家) 597
ラルボー, ヴァレリー(作家) 597
ランキン, イアン(作家) 597
ラング, アンドルー(詩人) 597
ラングトン, ジェーン(ミステリー作家) 597
ラングリッシュ, キャサリン(作家) 597
ランゲッサー, エリーザベト(詩人) 597
ランサム, アーサー(児童文学作家) 597
ランズデール, ジョー(作家) 598
ランチェスター, ジョン(作家) 598
ランデイ, ウィリアム(作家) 598
ランデイ, デレク(作家) 598
ランディス, ジェフリー(作家) 598
ランド, アイン(作家) 598
ランドルフィ, トンマーゾ(作家) 598
ランバック, アンヌ(作家) 598
ランバート, メルセデス(作家) 598
ランベール, パスカル(劇作家) 598
ランボー, パトリック(作家) 599

【リ】

リー, イーユン(作家) 599
リー, エドワード(作家) 599
李過(作家) 599
李学文(作家) 599
李劼人(作家) 599
李季(詩人) 599
李輝英(作家) 599
李喬(作家) 599
利玉芳(詩人) 600
李金髪(詩人) 600
李健吾(作家) 600
李昂(作家) 600
李広田(詩人) 600
李准(作家) 600
リー, ジョセフ(作家) 600
李汝琳(作家) 600
李存葆(作家) 601
李陀(作家) 601
リー, タニス(ファンタジー作家) 601
リー, チャンレー(作家) 601
リー, デニス(詩人) 601
リー, ドン(作家) 601
リー, ナム(作家) 601
李佩甫(作家) 601
リー, ハーパー(作家) 601
リー, マンフレッド →クイーン, エラリーを見よ
リー, ローリー(作家) 602
リヴォワール, クリスチーヌ・ド(作家) 602
リオ, ジョアン・ド(作家) 602
リオーダン, リック(作家) 602
リーガ, ジョージ(劇作家) 602
リカルツィ, ロレンツォ(作家) 602

リカルドゥー, ジャン(作家) 602
陸秋槎(作家) 602
陸天明(作家) 602
陸文夫(作家) 603
リクス, ミーガン(作家) 603
リゴーニ・ステルン, マーリオ(作家) 603
リージ, ニコラ(作家) 603
リージン, ウラジーミル・ゲルマノヴィチ(作家) 603
リース, ジーン(作家) 603
リーズ, デービッド(作家) 603
リス, デービッド(ミステリー作家) 603
リース, マット・ベイノン(作家) 603
リズト, ラーナ・レイコ(作家) 603
リスペクトール, クラリッセ(作家) 604
リーチ, モーリス(作家) 604
リチャードソン, アリータ(児童文学作家) 604
リチャードソン, C.S.(作家) 604
リチャードソン, ジャック(劇作家) 604
リチャードソン, ロバート(ミステリー作家) 604
リックワード, エッジェル(詩人) 604
リッセ, ハインツ(作家) 604
リッチ, アドリエンヌ(詩人) 604
リッチー, ジャック(推理作家) 604
リッチラー, モルデカイ(作家) 604
リップマン, ローラ(作家) 605
リーデ, パトリシア(ファンタジー作家) 605
リテル, ジョナサン(作家) 605
リテル, ロバート(作家) 605
リード, アンソニー(作家) 605
リード, イシュメイル(作家) 605
リード, ハーバート・エドワード(詩人) 605
リード, バリー(作家) 605
リード, ピアズ・ポール(作家) 606
リードベック, ペッテル(児童文学作家) 606
リードマン, サーラ(作家) 606
リトル, エディ(作家) 606
リトル, ジーン(児童文学作家) 606
リトルフィールド, ソフィー(作家) 606
リバス, マヌエル(作家) 606
リーバス, ロサ(作家) 606
リヒター, ハンス・ヴェルナー(作家) 606
リヒター, ハンス・ピーター(児童文学作家) 607
リヒター, ユッタ(作家) 607
リビングズ, ヘンリー(劇作家) 607
リーブ, フィリップ(児童文学作家) 607
リーフ, マンロー(児童文学作家) 607
リーブ, リチャード(作家) 607
リーブス, リチャード(作家) 607
リフビエア, クラウス(作家) 607
リプリー, アレクサンドラ(作家) 607
リベジンスキー, ユーリー・ニコラエヴィチ(作家) 607
リーミイ, トム(作家) 608
リミントン, ステラ(作家) 608

リム, キャサリン（作家） ……… 608
リャマサーレス, フリオ（詩人） … 608
リャン, ダイアン・ウェイ（作家） … 608
リュ・シファ（詩人） ……………… 608
リューイン, マイケル（作家） …… 608
龍 応台（作家） …………………… 608
リュウ, ケン（作家） ……………… 608
劉 索拉（作家） …………………… 609
劉 紹棠（作家） …………………… 609
劉 震雲（作家） …………………… 609
劉 心武（作家） …………………… 609
柳 青（作家） ……………………… 609
劉 大杰（作家） …………………… 609
劉 大任（作家） …………………… 609
劉 白羽（作家） …………………… 609
劉 賓雁（作家） …………………… 609
リューカイザー, ミュリエル（詩人） ……………………………………… 610
リュダール, トマス（作家） ……… 610
リュファン, ジャン・クリストフ（作家） ……………………………… 610
梁 羽生（作家） …………………… 610
梁 暁声（作家） …………………… 610
梁 鴻（作家） ……………………… 610
凌 叔華（作家） …………………… 610
梁 宗岱（詩人） …………………… 610
梁 斌（作家） ……………………… 610
リョサ, マリオ・バルガス →バルガス・リョサ, マリオを見よ
リリョ, バルドメロ（作家） ……… 611
リリン, ニコライ（作家） ………… 611
リール, エーネ（作家） …………… 611
リルケ, ライナー・マリア（詩人） … 611
リロイ, J.T.（作家） ……………… 611
林 海音（作家） …………………… 611
リン, タオ（作家） ………………… 611
林 白（作家） ……………………… 611
リン, フランシー（作家） ………… 611
リン, マット（作家） ……………… 611
リンク, ウィリアム（作家） ……… 612
リンク, ケリー（SF作家） ……… 612
リンクレーター, エリック（作家） … 612
リンゴー, ジョン（作家） ………… 612
リンザー, ルイーゼ（作家） ……… 612
リンジー, ジェフ（ミステリー作家） ……………………………………… 612
リンジー, デービッド（ミステリー作家） ……………………………… 612
リンズ, ゲイル（作家） …………… 612
リンスコット, ギリアン（ミステリー作家） ……………………………… 612
リンゼイ, ポール（ミステリー作家） ……………………………………… 613
リンチ, スコット（作家） ………… 613
リンチェン, ビャムビーン（作家） … 613
リンデグレン, エーリック（詩人） … 613
リンデル, スーザン（作家） ……… 613
リンド, ヘイリー（作家） ………… 613
リンドクヴィスト, ヨン・アイヴィデ（作家） …………………………… 613
リンドグレーン, アストリッド（児童文学作家） ………………………… 613
リンドグレーン, バルブロ（作家） … 613
リンドバーグ, アン・モロー（作家） … 613
リンナ, ヴァイニョ（作家） ……… 614

【ル】

ルイ, エドゥアール（作家） ……… 614
ルイ・サンチェス, アルベルト（作家） ……………………………… 614
ルイース, アグスティーナ・ベッサ（作家） ……………………………… 614
ルイス, アラン（詩人） …………… 614
ルイス, サイモン（作家） ………… 614
ルイス, C.S.（作家） ……………… 614
ルイス, ジャネット（詩人） ……… 614
ルイス, シンクレア（作家） ……… 615
ルイス, ノーマン（作家） ………… 615
ルイス, ピエール（詩人） ………… 615
ルイス, ラング（作家） …………… 615
ルイス・サフォン, カルロス（作家） … 615
ルイトヘウ, ユリー（作家） ……… 615
ルイバコフ, アナトリー（作家） … 615
ルイリスキー, マクシム（詩人） … 615
ルウェリン, リチャード（作家） … 615
ルヴォワル, ニーナ（作家） ……… 616
ルオー, ジャン（作家） …………… 616
ル・カレ, ジョン（スパイ作家） … 616
ルカレッリ, カルロ（推理作家） … 616
ル・グウィン, アーシュラ（SF作家） ……………………………………… 616
ル・クレジオ, J.M.G.（作家） …… 616
ルコーニン, ミハイル（詩人） …… 617
ルゴフスコイ, ウラジーミル（詩人） ……………………………………… 617
ルジェヴィチ, タデウシュ（詩人） … 617
ルシーノ, ジェームズ（作家） …… 617
ルース, アニタ（作家） …………… 617
ルスティク, アルノシュト（作家） … 617
ルースルンド, アンデシュ（作家） … 617
ルースロ, ジャン（詩人） ………… 617
ルーセル, レーモン（作家） ……… 618
ルソー, フランソワ・オリヴィエ（作家） ……………………………… 618
ルーツィ, マリオ（詩人） ………… 618
ルッカ, グレッグ（作家） ………… 618
ルッサン, アンドレ（劇作家） …… 618
ルッソ, リチャード（作家） ……… 618
ルドゥ・ウー・フラ（作家） ……… 618
ルドニツキ, アドルフ（作家） …… 618
ルドニャンスカ, ヨアンナ（児童文学作家） ……………………………… 618
ルナール, ジャン・クロード（詩人） … 618
ルナール, ジュール（詩人） ……… 619
ルノー, メアリー（作家） ………… 619
ルビカール, ルイズ（作家） ……… 619
ルーフス, ミラン（詩人） ………… 619
ル・ブラン, アニー（詩人） ……… 619
ルブラン, モーリス（探偵作家） … 619
ル・ブルトン, オーギュスト（作家） … 619
ルヘイン, デニス（作家） ………… 619
ルーベンス, バーニス（作家） …… 619
ルム・クン（作家） ………………… 619
ルムラン, ロジェ（作家） ………… 620
ルメートル, ピエール（作家） …… 620
ルー・ユーハンソン, イーヴァル（作家） ……………………………… 620
ルーリー, アリソン（作家） ……… 620
ルーリー, モリス（作家） ………… 620
ルルー, ガストン（作家） ………… 620
ルルフォ, フアン（作家） ………… 620
ルロワ, ジル（作家） ……………… 620
ルンデ, マヤ（作家） ……………… 620
ルンドクヴィスト, アートゥル（詩人） ……………………………………… 620

【レ】

レーア, ドメーニコ（作家） ……… 621
レアード, エリザベス（作家） …… 621
レイ, ロバータ（ロマンス作家） … 621
レイエス, アリーナ（作家） ……… 621
レイエス, エドガルド（作家） …… 621
レイド, ヴィク（作家） …………… 621
レイトン, アービング・ピーター（詩人） ……………………………… 621
レイニー, ジェームズ（詩人） …… 621
レイブン, サイモン（作家） ……… 621
レイモン, リチャード（作家） …… 621
レイモント, ウワディスワフ・スタニスワフ（作家） …………………… 621
レイローサ, ロドリゴ（作家） …… 622
レイン, キャスリン（詩人） ……… 622
レイン, クレイグ（詩人） ………… 622
レーヴィ, カルロ（作家） ………… 622
レヴィ, ジュスティーヌ（作家） … 622
レーヴィ, プリーモ（作家） ……… 622
レヴィ, マルク（作家） …………… 622
レヴィツカ, マリーナ（作家） …… 622
レーヴェ, ヘラルト（作家） ……… 623
レオーノフ, レオニード（作家） … 623
レオン, ドナ（ミステリー作家） … 623
レクスロス, ケネス（詩人） ……… 623
レサーマ・リマ, ホセ（詩人） …… 623
レジオ, ジョゼ（詩人） …………… 623
レスター, アリソン（絵本作家） … 623
レスター, ジュリアス（作家） …… 623
レストレーポ, ラウラ（作家） …… 624
レズニコフ, チャールズ（詩人） … 624
レズニック, マイク（SF作家） … 624
レスマン, C.B.（作家） …………… 624
レースン, エマ（作家） …………… 624
レセム, ジョナサン（作家） ……… 624
レダ, ジャック（作家） …………… 624
レチー, ジョン・フランシスコ（作家） ……………………………… 624
レッキー, アン（作家） …………… 624
レックパリ, カミラ（作家） ……… 625
レッサ, オリジェネス（作家） …… 625
レッサ, バルボザ（作家） ………… 625
レッシング, ドリス（作家） ……… 625
レッダ, ガヴィーノ（作家） ……… 625
レッツ, ビリー（作家） …………… 625
レッドグローブ, ピーター・ウィリアム（詩人） ……………………… 625
レップマン, イェラ（児童文学作家） ……………………………………… 625
レトキ, シオドア（詩人） ………… 625
レドモンド, パトリック（作家） … 625
レドル, アルヴェス（作家） ……… 626
レナード, エルモア（作家） ……… 626

レナルズ, アレステア (作家) 626
レニエ, アンリ・ド (詩人) 626
レニエ, ビアトリス・シェンク・ドゥ (児童文学作家) 626
レニソン, ルイーズ (作家) 626
レネ, パスカル (作家) 626
レーパチ, レオーニダ (詩人) 626
レバトフ, ドニース (詩人) 626
レビ, エリザベス (児童文学作家) 627
レビ, ピーター (詩人) 627
レヒアイス, ケーテ (作家) 627
レビサン, デービッド (作家) 627
レービット, デービッド (作家) 627
レビン, アイラ (ミステリー作家) 627
レビン, ゲイル・カーソン (作家) 627
レビン, メイヤー (作家) 627
レビンソン, リチャード (作家) 627
レビンソン, ロバート (作家) 628
レーブ, デービッド (作家) 628
レフラー, ライナー (作家) 628
レブレーロ, マリオ (作家) 628
レーベジェフ・クマーチ, ワシーリー・イワノヴィチ (詩人) 628
レヘトライネン, レーナ (作家) 628
レボン, ティム (作家) 628
レホン, ヤン (詩人) 628
レマルク, エーリヒ (作家) 628
レーマン, アーネスト (作家) 628
レーマン, ロザモンド (作家) 628
レミ, ピエール・ジャン (作家) 629
レム, スタニスワフ (SF作家) 629
レーラー, ジム (作家) 629
レリス, ミシェル (作家) 629
レ・リュー (作家) 629
レルネット・ホレーニア, アレクサンダー (詩人) 629
レーン, アンドルー (児童文学作家) 629
レーン, ローズ・ワイルダー (作家) .. 629
レンツ, ジークフリート (作家) 630
レンツ, ヘルマン (作家) 630
レンデル, ルース (ミステリー作家) 630
レンドラ (詩人) 630

【ロ】

ロー, ジャニス (推理作家) 630
ロー, テッサ・デ (作家) 630
路翎 (作家) 630
ロア, ガブリエル (作家) 631
ローアー, デーア (劇作家) 631
ロア・バストス, アウグスト (作家) 631
ロイ, アルンダティ (作家) 631
ロイ, ローリー (作家) 631
ロイド, サチ (作家) 631
ロイド・ジョーンズ, バスター (動物文学作家) 631
ロウ, イングリッド (児童文学作家) 631
ロウイッツ, リザ (詩人) 632
ローウェル, エイミー (詩人) 632
ローウェル, ヘザー (作家) 632
ローウェル, ロバート (詩人) 632

老舎 (作家) 632
ローグ, クリストファー (詩人) 632
六六 (作家) 632
ローザク, シオドア (ミステリー作家) 632
ローザン, S.J. (作家) 633
ロジェストヴェンスキー, ロベルト (詩人) 633
ローシチン, ミハイル・ミハイロヴィチ (作家) 633
ローシャ, ルイス・ミゲル (作家) 633
ローシュ, シャーロッテ (作家) 633
ロシュフォール, クリスチアーヌ (作家) 633
魯迅 (作家) 633
ロス, アダム (作家) 633
ロス, ケイト (作家) 633
ロス, シンクレア (作家) 633
ローズ, ダン (作家) 634
ローズ, パスカル (作家) 634
ロス, バーナビー →クイーン, エラリーを見よ
ロス, フィリップ (作家) 634
ロス, ベロニカ (作家) 634
ロス, ヘンリー (作家) 634
ロスタン, エドモン (劇作家) 634
ロステン, レオ (作家) 634
ロスナー, ジュディス (作家) 634
ロスファス, パトリック (作家) 634
ロースン, M.A. (作家) 635
ロセーロ, エベリオ (作家) 635
ローゼンバーグ, ナンシー・テイラー (作家) 635
ロゾーフ, ヴィクトル (劇作家) 635
ローゾフ, メグ (作家) 635
ローソン, ジョン (劇作家) 635
ローソン, ヘンリー (作家) 635
ロダート, ビクター (作家) 635
ロダーリ, ジャンニ (詩人) 635
ロック, アッティカ (作家) 636
ロックウェル, アン (児童文学作家) 636
ロッジ, デービッド (作家) 636
ロッシュ, ドゥニ (詩人) 636
ロッダ, エミリー (児童文学作家) 636
ロッツラー, ウィリアム (作家) 636
ロット, ティム (作家) 636
ロティ, ピエール (作家) 636
ローテンバーグ, ロバート (作家) 636
ロート, オイゲン (詩人) 637
ロード, オードリー (詩人) 637
ロート, ゲルハルト (作家) 637
ロート, ヨーゼフ (作家) 637
ロドイダムバ, チャドラーバリイン (作家) 637
ロドリ, マルコ (作家) 637
ロバーツ, アダム (作家) 637
ロバーツ, キース (SF作家) 637
ロバーツ, キャサリン (ファンタジー作家) 637
ロバーツ, ギリアン (作家) 637
ロバーツ, グレゴリー・デービッド (作家) 638
ロバーツ, チャールズ・G.D. (詩人) 638
ロバーツ, ノーラ (ロマンス作家) 638
ロバーツ, マイケル (詩人) 638

ロバートソン, イモジェン (作家) 638
ロバートソン, ジェームズ (作家) 638
ロビンズ, デービッド (作家) 638
ロビンズ, ハロルド (作家) 638
ロビンスン, ジェレミー (作家) 638
ロビンソン, エドウィン・アーリントン (詩人) 639
ロビンソン, キム・スタンリー (SF作家) 639
ロビンソン, スパイダー (SF作家) 639
ロビンソン, パトリック (作家) 639
ロビンソン, ピーター (ミステリー作家) 639
ロビンソン, マリリン (作家) 639
ロブ・グリエ, アラン (作家) 639
ロブソン, ジャスティナ (SF作家) 640
ロフティング, ヒュー・ジョン (児童文学作家) 640
ロプレス, エマニュエル (作家) 640
ローベ, ミラ (児童文学作家) 640
ロペス, アンリ (作家) 640
ロペス・ナルバエス, コンチャ (児童文学作家) 640
ロベール, ジャン・マルク (作家) 640
ロボサム, マイケル (作家) 640
ローマー, キース (作家) 640
ロマショーフ, ボリス・セルゲーヴィチ (劇作家) 640
ロマン, ジュール (作家) 641
ロメリル, ジョン (劇作家) 641
ローラー, レイ (劇作家) 641
ローラン, エリック (作家) 641
ローラン, ジャック (作家) 641
ロラン, ロマン (作家) 641
ロランス, カミーユ (作家) 641
ローリー, ヴィクトリア (作家) 641
ローリー, ロイス (児童文学作家) 641
ロ・リヨング, タバン (作家) 642
ローリング, J.K. (児童文学作家) 642
ローリングズ, マージョリー・キナン (作家) 642
ロリンズ, ジェームズ (作家) 642
ロールズ, ウィルソン (作家) 642
ローレンス, D.H. (作家) 642
ローレンス, マーガレット (作家) 642
ローレンツ, アーサー (劇作家) 642
ロワ, クロード (詩人) 643
ロワ, ジュール (作家) 643
ロワチー, カリン (SF作家) 643
ローン, カレル・フラストラ・ファン (作家) 643
ロン・ウォンサワン (作家) 643
ロンカ, マッティ (作家) 643
ロング, フランク・ベルナップ (怪奇作家) 643
ロングリー, マイケル (詩人) 643
ローンズ, ベロック →ベロック・ラウンズ, マリーを見よ
ロンドン, ジャック (作家) 643

【ワ】

ワイス, シオドア (詩人) 644
ワイス, ペーター (劇作家) 644

ワイズバーガー, ローレン (作家) 644
ワイゼンボルン, ギュンター →
　ヴァイゼンボルン, ギュンターを
　見よ
ワイドマン, ジェローム (作家) 644
ワイドマン, ジョン・エドガー (作
　家) 644
ワイルダー, ソーントン (作家) 644
ワイルダー, ローラ・インガルス (児
　童文学作家) 644
ワイルディング, マイケル (作家) 645
ワイルド, パーシバル (劇作家) 645
ワインバーグ, ロバート (作家) 645
ワインヘーバー, ヨーゼフ →ヴァ
　インヘーバー, ヨーゼフを見よ
ワグナー, カール・エドワード (作
　家) 645
ワコスキ, ダイアン (詩人) 645
ワゴナー, デービッド (詩人) 645
ワシレフスカヤ, ワンダ (作家) 645
ワタナベ, ホセ (詩人) 645
ワッサースタイン, ウェンディ (劇
　作家) 645
ワッツ, ピーター (SF作家) 645
ワテン, ジュダ (作家) 646
ワトキンズ, クレア・ベイ (作家) 646
ワトキンス・ピッチフォード, D.J.
　(絵本作家) 646
ワトソン, イアン (SF作家) 646
ワトソン, コリン (推理作家) 646
ワトソン, ジュード (作家) 646
ワトソン, シーラ (作家) 646
ワーナー, ペニー →ウォーナー,
　ペニーを見よ
ワベリ, アブドゥラマン・アリ (作
　家) 646
ワルザー, マルティン (作家) 646
ワルタリ, ミカ (作家) 647
ワン・スヨン (詩人) 647
ワン, ルル (作家) 647
ワンジェリン, ウォルター (Jr.)
　(ファンタジー作家) 647

【ン】

ンコーシ, ルイス (作家) 647
ンディアイ, マリー (作家) 647
ンデベレ, ンジャブロ (作家) 647
ンワーパ, フローラ (作家) 647

現代世界文学人名事典

【ア】

阿 来　あ・らい　*A Lai*
中国の作家
1959〜
[出]四川省　[学]馬爾康師範学校　[賞]茅盾文学賞（2000年）
[歴]チベット族の農家に生まれる。1982年頃から詩作を開始し、84年「西蔵文学」に作品を発表。創作活動は次第に小説へと移行し、アバ州文化局の文学雑誌「草地」の編集者となる。96年より成都市内にあるSF雑誌「科幻世界」の編集に携わり、のち科幻世界雑誌社社長兼編集長。2000年「塵埃落定」で中国作家協会主催の茅盾文学奨（茅盾文学賞）を受賞。200万部を超えるベストセラーとなり、テレビドラマ化され、ハリウッドが映画化権を買い取ったことでも話題となる。また、その他数々の賞を受賞。他の著書に連作小説「空山 ジル村の伝説」（全6巻, 05〜09年）など。

アイヴァス, ミハル　*Ajvaz, Michal*
チェコの作家, 詩人, 哲学者
1949〜
[出]チェコスロバキア・プラハ（チェコ）
[歴]1989年詩集「ホテル・インターコンチネンタルの殺人」でデビュー。2009年代表作「もうひとつの街」が英訳されたのをきっかけに欧米で注目を浴び、10年に同じく英訳された「黄金時代」が、同年のインターネットの通販サイト「Amazon」のSF・ファンタジー部門で東欧作家では1位を獲得。フランツ・カフカやレオ・ペルッツなどプラハの幻想文学の伝統を引き継ぎ、ホルヘ・ルイス・ボルヘスやイタロ・カルヴィーノのメタ・フィクション的な想像力を発展させた文学世界の表現者として注目を集める。

アイギ, ゲンナジー　*Aigi, Gennadii*
ロシア（ソ連）のチュバシ族の詩人
1934.8.21〜2006.2.21
[出]ソ連チュバシ共和国
[歴]少数民族チュバシ族出身。チュバシ語の詩人として出発するが、作家で詩人のパステルナークの助言でロシア語で書くようになる。ロシア・アヴァンギャルドの流れをくむ作品を発表。ソ連時代は反体制詩人とされ長年国内で出版されることはなかったが、1991年になってようやく詩集が上梓された。“ウォルガのマラルメ”と称され、ノーベル文学賞候補にもなった。詩集「ここ」「いまやいつも雪」「きわだつ冬」などがあり、訳詩でも高い評価を受けた。

アイスラー, バリー　*Eisler, Barry*
アメリカの作家, 弁護士
1964〜
[出]ニュージャージー州　[学]コーネル大学ロースクール（1989年）卒
[歴]1989年コーネル大学ロースクール卒業後、アメリカ中央情報局（CIA）の戦略スタッフとして3年間トレーニングを受ける。その後、在米の日本企業に弁護士として勤務。東京や大阪に3年間滞在した経験があり、流暢な日本語を話し、日本文化にも造詣が深い。柔道は学生時代から親しみ、黒帯の腕前。2002年東京を舞台に日米ハーフの殺し屋ジョン・レインが活躍するシリーズ第1作となる犯罪小説「レイン・フォール/雨の牙」を発表し作家デビュー。同作はベストセラーとなり、10ケ国以上で翻訳出版、09年には椎名桔平主演で映画化された。他の作品に「ハード・レイン/雨の影」「フォールト・ライン」など。

アイップ・ロシディ　*Ajip Rosidi*
インドネシアの作家, 詩人
1938〜
[出]ジャティワンギ（ジャワ島西部スンダ地方）　[学]タマン・シスワ校（ジャカルタ）卒　[勲]勲三等瑞宝章（日本）（1999年）　[賞]国家文芸賞
[歴]1953年以降多数の雑誌編集に携わる。67年から長い間パジャジャラン大学でスンダ文学を講じた。一方、71年プスタカ・ジャヤ社の社長となり、その間の73〜79年にはインドネシア出版協会会長も務めた。作家、詩人としても多数の著作を発表し、詩部門、散文部門で各々国家文芸賞を受ける。代表作に詩集「太陽の子ら」（73年）、小説「新婚旅行」（58年）などがある。また「インドネシア女流文学選集」を編むなどアンソロジスト、評論家としても国際的に知られる。81年大阪外国語大学客員教授として来日、インドネシア語学を教える。邦訳書に長編「祖国の子へ―未明の手紙」、短編集「スンダ・過ぎし日の夢」がある。

アイドウ, クリスティナ・アマ・アタ
Aidoo, Christina Ama Ata
ガーナの作家, 劇作家, 女性解放運動家
1942〜
[名]アイドウ, アマ・アタ〈Aidoo, Ama Ata〉　[学]ガーナ大学（1964年）卒
[歴]1966年夏ハーバード大学の国際セミナーに参加するため渡米。のちナイロビ大学でアフリカ文学を教え、69年から2年間アルジェ、ロンドン、東アフリカを旅行する。その後ガーナのケープ・コースト大学で英文学を教える。82年教育大臣に就任。のちジンバブエのハラレに住む。短編集に「美しきもの、この世になし」（70年）などのほか、戯曲に「幽霊のジレンマ」（64年）、「アノワ」（69年）がある。

アイトマートフ, チンギス　*Aitmatov, Chingiz Torekulovich*
キルギス（ソ連）の作家, 外交官
1928.12.12〜2008.6.10
[出]ソ連キルギス共和国シュルケ村　[学]キルギス農業大学（1953年）卒, ソ連作家同盟文学研究所高等文学課程修了　[賞]レーニン賞（1963年）, ソ連国家賞（1968年）, 社会主義労働英雄（1978年）, ロータス賞
[歴]旧ソ連のキルギス共和国に生まれ、父親はスターリンの大粛清で処刑された。畜産技師として働きながら文筆活動に入る。1952年以降作品を発表しはじめ、57年ソ連作家同盟会員となる。58年農村女性の恋愛を描いた小説「ジャミーリャ（邦訳・絵の中の二人）」によってソ連国内だけでなく、ルイ・アラゴンの翻訳などを通して国外でも注目される。63年「山と曠野のものがたり」でレーニン賞、68年には国家賞を受賞。文明による自然破壊を告発した「処刑台」（86年）などでソ連を代表する作家になった。「キルギス文学」編集長を経て、83年キルギス作家同盟議長、88年「外国文学」誌編集長。他の作品に「アシム」（53年）、「われら、さらに前進す」（57年）、「ライバル」（58年）、「さらば、グリサルイ！」（66年）、「白い汽船」（70年）、「一世紀より長い一日」（80年）、「チンギス・ハンの白い雲」（91年）、「カッサンドラの烙印」（94年）、「キルギスの雪豹」（2006年）などがある。この間、59年ソ連共産党入党。ゴルバチョフ大統領（当時）のペレストロイカ（改革）を支持し、創作活動の自由化を唱えた。89年3月〜90年10月ソ連人民代議員、90年3月大統領評議会メンバー、90〜93年ソ連（ロシア）の駐ルクセンブルク大使、その後キルギスの駐ベネルクス3国大使、欧州連合大使なども務めた。知識人の国際会議イシッククリ・フォーラムの主催者。88年、90年、92年来日。

アイニ　*Aini*
ソ連のタジクの作家, 文学者, 社会活動家
1878.4.27〜1954.7.15
[名]サイドムラドヴィチ, サドリドジン　[学]マドラサ学院
[歴]ブハラ・アミール国の農村に生まれる。ブハラのマドラサ学院に学びながら詩作。ブハラ・アミール国時代には教育改革に従事。ロシア革命後はサマルカンドに移り、ソ連政府を支持する言論活動を行う。自らも参加した1920年のブハラ革命後、51〜54年タジク共和国科学アカデミー初代総裁など要職を歴任。タジク近代文学の創始者といわれる。主著に「ブ

ア

ハラの死刑執行人」があり、他の作品に、小説「オジナ」(24年)、「ドフンダ」(30年)、「奴隷たち」(34年)の3部作、「タジク文学精選」(26年)、「回想録」(49～54年)など。

アイパー, パウル *Eipper, Paul*
ドイツの作家
1891.7.10～1964.7.22
[出]シュトゥットガルト
[歴]丹念な観察に基づく、生彩ある動物文学作家として知られた。著書に「アイパー傑作動物物語集」「ロッキー山脈での百日」「犬と暮らした季節―ゼンタからの最後の贈りもの」などがある。

アイヒ, ギュンター *Eich, Günter*
ドイツの詩人, 放送劇作家
1907.2.1～1972.12.22
[出]フランクフルト・アン・デル・オーデル　[賞]47年グループ賞(1950年), ビューヒナー賞(1959年), シラー記念賞(1968年)
[歴]ベルリン、ライプツィヒ、パリで法律などを学ぶ。1946年復員とともに戦火をくぐった世代の心情を表現した詩を書く。53年「夢」などの作品で放送劇に芸術としての高さを与えた。同年"47年グループ"のオーストリアの作家アイヒンガーと結婚。68年「もぐら」では詩と散文の中間の独自のジャンルを開く。他の作品に詩「雨の告知」(55年)、放送劇「アッラーには百の名がある」(58年)、自選集「ギュンター・アイヒ読本」(72年)など。
[家]妻＝イルゼ・アイヒンガー(作家)

アイヒンガー, イルゼ *Aichinger, Ilse*
オーストリアの作家
1921.11.1～2016.11.11
[出]ウィーン　[賞]オーストリア国家文学奨励賞(1952年), 47年グループ賞(1952年), インマーマン賞(1955年), ネリー・ザックス賞(1971年), ペトラルカ賞(1982年), フランツ・カフカ賞(1983年)
[歴]幼年時代をリンツで送り、1939年ウィーンのギムナジウムを卒業。ドイツによるオーストリア併合後、ユダヤ系の母を匿って暮らす。第二次大戦後は医学を学んだが、学業を中断して文筆活動を開始。48年ナチス・ドイツ占領下で受けた迫害の体験をもとに、ユダヤ系少女の悲劇を描いた長編「より大いなる希望」を出版。その後、西ドイツの大手出版社S.フィッシャーの原稿審査員を経て、ウルムの芸術大学で教鞭を執りながら執筆活動を展開した。53年短編集「縛られた男」を発表して一躍有名になった。同年ドイツの詩人ギュンター・アイヒと結婚、バイエルンのレングリースに居を構えた。以後、お互いに影響を与え合いながら文学に携わるが、夫は2人の子供を残して72年逝去。ザルツブルクに近いドイツ・オーストリア国境の小村グロースグマインに住んで作家活動を続けた。
[家]夫＝ギュンター・アイヒ(詩人)

アイベク *Aibek*
ウズベキスタンの作家
1905.1.10～1968.7.1
[出]ウズベク　[名]タシムハメドフ, ムサ〈Tashmuham´edov, Músa〉　[学]中央アジア大学経済学部卒　[賞]スターリン賞
[歴]筆名のアイベクは"月の皇帝"の意。1922年から象徴派の影響を受けた詩を書き始め、「感情」(26年)など多くの詩集がある。後年散文に移行、ウズベクの解放運動を描いた「聖なる血」や、スターリン賞を受けた歴史小説「ナヴォイ」、長編「太陽は消えず」(50年)、自伝小説「幼年時代」が知られる。「エフゲニー・オネーギン」「ファウスト」のロシア語訳もある。ウズベク・ソビエト文学の創始者とされ、ウズベク人民作家の称号を持つ。

アイラ, セサル *Aira, César*
アルゼンチンの作家
1949.2.23～
[出]コロネル・プリングレス　[勲]フランス芸術文化勲章シュバリエ章　[賞]ロジェ・カイヨワ賞
[歴]アルゼンチンのコロネル・プリングレスに生まれ、のち首都ブエノスアイレスに移る。1975年小説「モレイラ」を刊行したのを皮切りに、次々と作品を発表、即興や奇想をふんだんに採り入れた大胆な作風が特徴。2002年短編小説「試練」が「ある日、突然。」のタイトルでディエゴ・レルマンにより映画化される。翻訳家、批評家としても活躍。代表作に「わたしの物語」(1993年)、「文学会議」(97年)などがある。ブエノスアイレス大学及びロサリオ大学で教鞭を執る。

アイリッシュ, ウィリアム *Irish, William*
アメリカの推理作家
1903.12.4～1968.9.25
[出]ニューヨーク州　[名]ホプリー・ウールリッチ, コーネル・ジョージ〈Hopley-Woolrich, Cornell George〉 別筆名＝ウールリッチ, コーネル〈Woolrich, Cornell〉 ホプリー, ジョージ〈Hopley, George〉　[学]コロンビア大学
[歴]父はイギリス移民の土木技師、母はユダヤ系移民で資産家。3歳の時両親が離婚し、父方に引き取られメキシコで生活する。15歳の時ニューヨークに移り、母の下で暮らす。大学在学中の1926年、処女長編「カヴァー・チャージ」を出版。27年長編小説「リッツの子ら」はキャンパス小説コンテストで最優秀作に入選し、映画化される。以後「タイムズ・スクエア」(29年)、「若者のこころ」(30年)、「彼女の人生のとき」(31年)などの長編を書き下ろすが評価が得られず、32年「マンハッタン・ラブソング」を最後に筆を絶つ。42年ウィリアム・アイリッシュの名で長編「幻の女」を発表。以来、恐怖を軸にした叙情性に富む心理サスペンスの佳作を数多く書いた。コーネル・ウールリッチ名での作品に「黒衣の花嫁」(40年)、「暁の視線」(44年)、「夜は千の目を持つ」(45年)、「暗闇へのワルツ」(47年)、「死者との結婚」「喪服のランデブー」(48年)などがある。61年ウィリアム・アイリッシュに改名。日本では50年代に「黒衣の花嫁」を始め、「黒いカーテン」「黒いアリバイ」などの〈黒の〉シリーズが次々に紹介されブームとなる。

アイル *Ailu*
ノルウェーの詩人, 歌手
1943.3.23～2001.11.26
[名]ヴァルケアパー, ニルス・アスラク〈Valkeapää, Nils-Aslak〉
[歴]トナカイ遊牧民サーッミ族の詩人として活動。2001年11月静岡県で開かれたしずおか連詩の会に参加するなど、長年日本の詩人と交流を続けた。ノルウェーの民族音楽・ヨイクの歌手としても有名で、1994年リレハンメル五輪開会式でも歌った。

アイルズ, グレッグ *Iles, Greg*
アメリカの作家
[学]ミシシッピ大学卒
[歴]少年時代を西ドイツで過ごす。ミシシッピ大学を卒業後、執筆活動に入る。1993年処女長編「甦る帝国」、95年「ブラッククロス」はともに、「ニューヨーク・タイムズ」「パブリッシャーズ・ウィークリー」のベストセラーリストに名を連ねた。他の著書に「24時間」「沈黙のゲーム」「戦慄の眠り」「魔力の女」「神の足跡」「血の記憶」「天使は振り返る」などがある。

アインシュタイン, カール *Einstein, Carl*
ドイツのユダヤ系作家, 美術史家, 批評家
1885.4.26～1940.7.5
[出]ノイヴィート
[歴]ユダヤ系。ベルリンで美術史・哲学を学び、作家、美術史家として活躍。スパルタクス団蜂起の際にはバリケードに立つ。1912年初出のキュビスム小説「ベビュカン―あるいは奇蹟のディレッタントたち」が代表作で、2000年にドイツでリロ・マンゲルスドルフ監督によって映画化された。著書「黒人彫刻」(1915年)、「20世紀の芸術」(20年)はモダニズム芸術の基本書として高く評価されている。28年パリに移住。36年スペイン市民戦争に反ファシズムの闘士として参加。40年ドイツ軍によるフランス占領後、ゲシュタポの手に渡されるの

を拒み、ポー川に身を投げた。

アイン・ドゥック　*Anh Duc*
ベトナムの作家
1935〜
[名]通称＝ブイ・ドゥック・アイ〈Bui Duc Ai〉　[賞]グエン・ディン・チエウ芸術賞
[歴]インドシナ戦争中、南部で抗仏組織に参加。1955年南ベトナム解放民族戦線に参加。61年解放作家協会会員。主な作品に「カマウからの手紙」(65年)、「地島」(66年)、「鳥棲む園の老人の夢」(69年) など。

アウアー, マルギット　*Auer, Margit*
ドイツのジャーナリスト, 作家
[歴]長年ジャーナリストとして新聞社や通信社で働いた後、2007年から児童書の作家として活躍。〈コーンフィールド先生とふしぎな動物の学校〉シリーズは、13年に第1巻が刊行され、以来ドイツで26万部を超えるセールスを記録。ドイツで最も著名なニュース週刊誌「デア・シュピーゲル」のベストセラー・ランキングリスト、児童書部門で何度もトップテン入りを果たしたことのある人気シリーズとして知られる。

アヴァッローネ, シルヴィア　*Avallone, Silvia*
イタリアの作家
1984.4.11〜
[出]ビエッラ　[学]ボローニャ大学卒　[賞]カンピエッロ文学新人賞, フライアーノ文学賞, フレジェネ賞
[歴]早くから雑誌に詩や短編小説を発表。2010年に発表した初の長編「鋼の夏」がベストセラーとなり、ストレーガ賞で次点となったほか、カンピエッロ文学新人賞、フライアーノ文学賞、フレジェネ賞を受賞。イタリアで最も注目を集める作家の一人。

アヴァンツィーニ, レーナ　*Avanzini, Lena*
オーストリアの作家
1964〜
[出]インスブルック　[賞]フリードリヒ・グラウザー賞新人賞 (2012年)
[歴]ミュージシャン、音楽教師として活動する傍ら、2007年頃から小説を書き始める。古都の闇を描き出したミステリー「インスブルック葬送曲」(11年) にて、12年その年の最高のデビュー作に与えられるフリードリヒ・グラウザー賞新人賞を受賞。ミステリーのほかに、子供向けの小説も手がける。

アーウィン, ハドリー　*Irwin, Hadley*
アメリカの作家
[賞]セコイヤ・ヤングアダルト・ブック賞 (1988年度)
[歴]ハドリー・アーウィンは、リー・ハドリー (Lee Hadley, 1934〜95年) とアン・アーウィン (Ann Irwin, 15〜98年) の共同筆名。同じアイオワ州の牧場で育った2人は、大学の委員会のレポートを共同で作成したときから2人で執筆を開始。以後、共に中学、高校、大学で教鞭を執る傍ら、ハドリー・アーウィンの筆名で執筆活動を続け、ハドリーが95年に亡くなるまでヤングアダルト向きの小説を13作発表し、多くの賞を獲得した。主な作品に、児童文学の世界で初めて近親相姦を扱い、88年度のセコイヤ・ヤングアダルト・ブック賞を受賞した「Abby, My Love (愛しきアビー)」などがある。

アウエーゾフ, ムフタル　*Auezov, Mukhtar Omarkhanovich*
ソ連の作家, 劇作家, 詩人, 文芸学者
1897〜1961.6.27
[出]カザフ　[学]レニングラード大学 (1928年) 卒　[賞]スターリン賞, レーニン文学賞 (1959年)
[歴]帝政ロシア治下のカザフスタンの遊牧民の出身。1917年民間伝承に想を得た処女作の戯曲「エンリキ・ケベク」で有名になる。20〜30年代にはカザフ族の歴史に取材した作品が多く、民族主義的偏向を公式筋から批判された。創作の他にゴーゴリの「検察官」、シェイクスピアの「オセロ」などの翻訳や、カザフ文学、カザフやキルギスの民間伝承の研究がある。代表作は19世紀カザフの民族詩人・啓蒙家アバイ・クナンバエフの生涯を描いた歴史長編小説「アバイ」(42〜47年)、その続編「アバイの道」(52〜56年) で30ケ国語に翻訳されている。

アヴェルチェンコ, アルカージー・チモフェーヴィチ
Averchenko, Arkadii Timofeevich
ロシアのユーモア作家
1881.3.27〜1925.3.12
[出]クリミア
[歴]貧しい商家の家に生まれる。雑誌「剣」「サチリコン」の編集に携わり、多くのユーモア短編や小戯曲を書く。1910年の作品集「陽気な牡蠣たち」は24版を重ねる人気を博した。13年「新サチリコン」の編集長に就任。18年の廃刊まで同誌をロシアの風刺ユーモア文学の拠点とする。革命後はパリ、プラハに亡命。主な作品に「狼のシェーバ」、「革命への十二の背信」(21年)、「劇場ねずみの手記」(26年) など。

アウエルンハイマー, ラウール　*Auernheimer, Raoul*
オーストリアの作家, 劇作家
1876.4.15〜1948.1.6
[出]ウィーン
[歴]ユダヤ系ドイツ語作家で政治家のテオドール・ヘルツルの甥。「新自由新聞」で、ウィーンのブルク劇場の劇評を行い、「Neue Freie Presse」紙の文芸評論を執筆。1938年ナチスの強制収容所に送られ、のちアメリカへ渡る。喜劇「ウィーンのカサノヴァ」(24年)、小説「メッテルニヒ」(47年) で知られる。
[家]おじ＝テオドール・ヘルツル (作家・政治家)

アウスレンダー, ローゼ　*Ausländer, Rose*
ドイツの詩人
1901〜1988.1.3
[歴]オーストリア領ブコヴィナ地方のチェルノヴィッツにユダヤ人として生まれる。第一次大戦中はウィーンに、1920年アメリカに移住。39年第二次大戦下に帰郷し、戦後アメリカに再移住。47年母の死を知り、以後59年まで母国語のドイツ語を使わず英語で詩作を続ける。65年デュッセルドルフに移住し、72年同地のユダヤ人老人ホームに入居。生涯で約3000の作品を残し、70年代後半から作品が評価され始める。2008年加藤丈雄京都府立大准教授により71編の詩が翻訳され、初の訳詩集「雨の言葉」が刊行された。

アウーノー, コフィ　*Awoonor, Kofi Nyidevu*
ガーナの詩人, 外交官
1935.3.13〜2013.9.21
[出]英領ゴールドコースト・ウェタ (ガーナ)　[名]筆名＝Awoonor-Williams, George　[学]ガーナ大学卒, ロンドン大学ユニバーシティ・カレッジ, ニューヨーク州立大学 Ph.D.　[賞]ガレー賞
[歴]ロンドン大学研究員などを経て、ニューヨーク州立大学の比較文学教授を務める。帰国直後の1975年末、反政府活動で逮捕され、76年10月に釈放。その後、ケープコースト大学教授、84〜90年駐ブラジル大使を歴任。ニューヨーク州立大学でも教えた。この間、詩集「Rediscovery (再発見)」(64年)、「Night of My Blood (わが血の闇夜)」(71年)、獄中体験詩「House by the Sea (海辺の家)」(78年) などを発表。また小説「この大地、わが兄弟」(71年)、アフリカ文学史を扱った評論「大地の胸」(75年) などを著した。2013年9月ケニアの首都ナイロビ市内の高級ショッピングモールをイスラム過激派集団が襲撃し、人質を取って立てこもった事件により死亡した。

アウブ, マックス　*Aub, Max*
スペインの作家, 劇作家
1903.6.2〜1972.7.22
[出]フランス・パリ
[歴]ドイツ人の父と、フランス人の母を持つ。フランスで初等教育を受け、1914年両親とスペインのバレンシアへ移住して帰化する。36〜39年のスペイン内戦では共和国側を支援し、内戦後は国外亡命を余儀なくされる。その後、フランス、アル

ア

ジェリアを経て、メキシコに渡り、文学活動を続けた。代表作に小説6部作「魔の迷宮」(43～68年)など。演劇作品にも「結婚生活」(42年)、「サン・フアン号」(43年)、「顔と十字架」(44年)など優れた作品が多い。

アヴリーヌ, クロード　*Aveline, Claude*
フランスの作家, 随筆家, 美術評論家
1901～1992.11.4
[出]パリ
[歴]美術書編集者から作家に転身。アナトール・フランスに傾倒し、その全集の出版を企画したこともある。第二次大戦中はナチス・ドイツ支配下のレジスタンス運動に参加。「死せる時」を地下出版。代表作は3部作「La Vie de Philippe Denis(フィリップ・ドニの生涯)」(30～55年)。長編童話「Baber Diène et Morceau-de-Sucre(ババ・ディエーヌと角砂糖ちゃん)」(37年)、推理小説「U路線の定期乗客」、「エジプト散策」などのほか、評論、舞台脚本も書くなど幅広い執筆活動をした。

アウル, ジーン・M.　*Auel, Jean M.*
アメリカの作家
1936～
[出]イリノイ州シカゴ　[学]ポートランド大学 M.B.A.(経営学修士号)
[歴]18歳で結婚、25歳までに5人の子の母となる。28歳でエレクトロニクス会社に就職し、事務職から始めて昇進を重ね、審査部長まで務めた。傍らポートランド大学などで学び、40歳でM.B.A.(経営学修士号)を取得。同年退職し、小説を書き始める。1980年、3万年前の人類の祖先に題材を求め、少女エイラを主人公にした処女作「The Clan of the Cave Bear」(邦題「大地の子エイラ」, 〈始原への旅だち〉6部作シリーズの第1作)がベストセラーとなり、のち13ケ国で翻訳出版される。以降、第2作目「恋をするエイラ」、第3作目「狩をするエイラ」、第4作目「大陸をかけるエイラ」も大ベストセラーとなり、映画化もされた。続く〈エイラ―地上の旅人〉シリーズは「ケーブ・ベアの一族」が発売されると同時にアメリカでベストセラーとなり、世界各国で読み継がれている。他に「聖なる洞窟の地」など。

アオヴィニ・カドゥスガヌ　*Auvini Kadresengane*
台湾の作家
1945.11.15～
[出]屏東県霧台郷好茶村(コチャポガヌ)　[名]漢字表記＝奥威尼卡露斯, 漢名＝邱 金士　[学]台湾三育基督学院企業管理学科卒
[歴]ルカイ族。台湾三育基督学院の企業管理学科を卒業後、1980年代末までキリスト教の基督復臨安息日会で伝道に従事しながら教会事務の会計を担当。その後、"回帰部落運動"のなかで、90年故郷の好茶村(現・コチャポガヌ)に帰り、創作活動に従事するようになる。作品集に「魯凱童謠」(93年)、「雲豹的伝人」(96年)、「野百合之歌」(2002年)、「詩与散文的魯凱 神秘的消失」(06年)などがある。散文「雲豹の伝人」(「台湾原住民文学選4」草風館, 04年)と長編小説「野のユリの歌」(同07, 09年)が翻訳されている。

アーカートダムクーン・ラピーパット
Akatdamkoeng Raphiphat
タイの作家
1905.11.12～1932.11.18
[出]バンコク
[歴]王族の生まれで、イギリス、アメリカで法律や文学を学んだ後、1928年帰国して官職に就いたが、創作に専念するため辞職。タイにおける近代小説の先駆となる「人生劇場」(29年)でデビュー。これは国際恋愛と学業の挫折を描いた回想形式の異境小説で、他の作品に「黄色か白か」(30年)、短編集「楽園喪失」「世界を覆って」などがある。

アギアレイ, アン　*Aguirre, Ann*
アメリカの作家
[出]アメリカ　[名]別筆名＝グレイ, アバ〈Gray, Ava〉 コナー, エレン〈Connor, Ellen〉
[歴]サーカスの道化役者や、声優、事務員など多彩な職歴を経た後、2008年「グリムスペース」でSF界にデビュー。スピード感あふれる語り口と、個性豊かな登場人物、先の読めないストーリーテリングの巧みさなどで大好評を博し、すぐさまシリーズ化された。ほかにも様々なジャンルでロマンティックな色合いの濃い作品を発表。「ニューヨーク・タイムズ」「USAトゥデイ」各紙のベストセラー作家。アバ・グレイ、エレン・コナーの筆名でも執筆する。

アギニス, マルコス　*Aguinis, Marcos*
アルゼンチンの作家, 神経外科医, 精神分析家
1935～
[出]コルドバ　[勲]フランス芸術文化勲章シュバリエ章　[賞]プラネータ賞(スペイン), ブエノスアイレス賞, アルゼンチン作家協会名誉賞(1995年), テルアビブ大学名誉博士号(2002年)
[歴]作家、神経外科医、精神分析家として国内外で活躍。音楽、歴史、芸術にも通じ、多才な経歴を持つ。軍事政権時代に発禁処分となった小説「逆さの十字架」はベストセラーとなり、ラテンアメリカの作家として初めてスペインのプラネータ賞を受賞した。著作はドイツ語、ポルトガル語、ヘブライ語、中国語にも翻訳されている。他の小説に「亡命者たち―あるパレスチナ難民の記録」「マラーノの武勲」「天国への襲撃」、エッセイに「罪神礼讃」など多数。

アクショーノフ, ワシリー　*Aksenov, Vasilii Pavlovich*
ロシア(ソ連)の作家
1932.8.20～2009.7.6
[出]ソ連ロシア共和国カザン(ロシア・カザン)　[学]レニングラード医科大学(1956年)卒 医学博士(1960年)
[歴]母は粛清体験記「明るい夜暗い昼」で有名なエヴゲーニヤ・セミョーノヴナ・ギンズブルグ。スターリン時代に両親の逮捕を経験。医大卒業後、各地の病院に勤務する傍ら「ユーノスチ」誌に創作を発表、1960年掲載の「同期生」が好評を博する。続く長編「星の切符」(61年)、中編「モロッコの蜜柑」(63年)などでスターリン批判後の若い世代を描く有能な作家として地歩を築き、一躍ソ連の"怒れる若者たち"の旗手となる。「月への道半ば」「パパ、なんて読むの」(62年)などの好短編もある。77年「鋼鉄の鳥」(65年執筆)をアメリカで出版して以降、次第に当局から厳しい検閲を受けるようになり、80年アメリカに亡命、ソ連の市民権を剝奪される。のちアメリカ市民権取得。以後の作品に、自伝的回想「火傷」(80年, 69～75年執筆)、「クリミア島」(81年)、「紙の風景」(83年)、「はい、笑って」(85年)など。90年ソ連市民権回復後はアメリカとロシアで活動。87年～2004年ジョージ・メーソン大学ロシア文学教授、04年より同大名誉教授を務めた。
[家]母＝エヴゲーニヤ・セミョーノヴナ・ギンズブルグ(作家)

アクセルソン, カリーナ　*Axelsson, Carina*
アメリカの作家
[出]カリフォルニア州
[歴]ニューヨークでファッションモデルとして活躍した後、パリに移住。モデルをしながら、絵本「Nigel of Hyde Park」(2004年)を発表。モデルとしての経験をもとに華麗なるファッション界の裏を描いた〈モデル探偵事件録〉シリーズで人気を得る。

アクーニン, ボリス　*Akunin, Boris*
ロシアの作家, 日本文学研究者, 翻訳家, 文芸批評家
1956.5.20～
[出]ソ連グルジア共和国トビリシ(ジョージア)　[名]チハルチシヴィリ, グリゴリー〈Chkhartishvili, Grigorii Shalvovich〉 別名＝Borisova, Anna　[学]モスクワ大学(アジア・アフリカ諸国研究所)(1973年)卒　[勲]旭日小綬章(日本)(2009年)　[賞]アンチ・ブッカー賞(2000年), 野間文芸翻訳賞(2007年), 国際交流基金賞(文化芸術交流部門, 2009年度)
[歴]父がグルジア(現・ジョージア)系だが、モスクワで育った。少年時代、安部公房の作品集を読み、日本文学の魅力に憑りつ

かれる。1970年東海大学交換留学生として来日。80年代後半にはペレストロイカで解禁となった三島由紀夫をはじめ、島田雅彦、多和田葉子らの作品を次々とロシアに紹介する。特に三島作品「サド侯爵夫人」「近代能楽集」「真夏の死」「金閣寺」のロシア語訳で知られる。文芸誌「外国文学」評論部長を経て、副編集長、のち編集長。ロシア語版「日本文学選集」の編集責任者も務め、日本の雑誌「新潮」などに寄稿する気鋭の批評家でもある。2007年三島由紀夫のロシア語訳で野間文芸翻訳賞を受賞。一方、ボリス・アクーニン（悪人）のペンネームでミステリー作家としても活躍し、1998年〈ファンドーリンの冒険〉シリーズを発表。2000年アンチ・ブッカー賞を受賞。気品ある作風で人気を呼び、俗悪とされていた推理小説の印象を変えた。ミリオンセラーを連発し、世界各国で翻訳されている。1991年8月革命時には妻とともに"ホワイトハウス"前でエリツィン派と行動をともにした。他の作品に「堕ちた天使 アザゼル」「ロマン・キノー」「リヴァイアサン号殺人事件」などがある。

アグノン, シュムエル・ヨセフ　Agnon, Shmuel Yosef
イスラエルの作家
1888.7.17～1970.2.17
㊗ガリシア（ポーランド）　㊚旧姓（名）＝チャチケス, シュムエル・ヨセフ〈Czaczkes, Shmuel Josef〉　㊥ノーベル文学賞（1966年）
㊞ユダヤ教徒の毛皮商人の子として生まれる。1909年パレスチナに渡り、ヤーファーでホヴェヴェイ・ツィオン（シオン移住運動）に参加。書記として働く傍ら作家活動に入る。13年ドイツに行きヘブライ文学の教鞭を執るが、24年焼き打ちに遭い、エルサレムに移住。以後ペンネームを本名とし、創作活動に専念。07年発表の「棄てられた妻たち」以来、ガリシア、パレスチナのユダヤ人たちを題材にした小説を著してイスラエルの多くの人に愛読される。旧約聖書やタルムード文学を題材にヘブライ語で作品を書き、現代世界におけるユダヤ人の生活と風土を叙事詩的に描写。66年イスラエル人として初のノーベル文学賞を受賞。代表作に「嫁入り」（37年）、「一夜の客」（40年）、「一昨日」（45年）、「海の真中で」（48年）、「恐れの日」（48年）、「ただ夜のための客のごとく」（64年）などがある。

アクロイド, ピーター　Ackroyd, Peter
イギリスの作家, 映画・テレビ批評家
1949.10.5～
㊗ロンドン　㊚ケンブリッジ大学卒, エール大学　㊥CBE勲章, サマセット・モーム賞（1984年）, ウィリアム・ハイネマン賞（1985年）, ウィットブレッド賞（1985年）, ガーディアン小説賞（1985年）
㊞「ザ・スペクテイター」紙の文学担当編集員の他、映画評論も行い「サンデー・タイムズ」紙では書評を、「タイムズ」紙ではテレビ批評を担当し、執筆面でも、放送面でも活躍。1982年「ロンドンの大火事」で作家デビュー。代表作に小説「オスカー・ワイルドの遺言」（83年）、「魔の聖堂」（85年）、「チャタトン偽書」（87年）、「原初の光」（89年）、「切り裂き魔ゴーレム」（94年）、「プラトン文書」（99年）など。史実を題材にした理知的な小説を得意とする。テーマ的にはホモセクシュアル、オカルティズム、犯罪を特色とする。伝記作家としても優れ、「T.S.エリオット」（84年）、「ディケンズ」（90年）、「ブレイク伝」（95年）、「ロンドン―ザ・伝記」（2000年）、「シェイクスピア伝」（05年）、「短き人生」（08年）などがある。評論に「ディケンズへの序章集」（1991年）。

アサートン, ガートルード・フランクリン　Atherton, Gertrude Franklin
アメリカの作家
1857.10.30～1948.6.14
㊗カリフォルニア州サンフランシスコ　㊚旧姓名＝ホーン〈Horn〉別名＝フランク・リン〈Frank Lin〉
㊞ベンジャミン・フランクリンの子孫の一人。1887年夫と死別後、あちこちを旅してまわり作家生活に入る。生涯のほとんどをヨーロッパで過ごし、作品には世界各地の旅行体験が反映されている。1902年の「征服者」で人気を博した。他の作品に「運命の女」「カリフォルニア人」「小説家の冒険」、フィクションを交えたアレクサンダー・ハミルトンの伝記「黒牝牛」（23年）など。

アサロ, キャサリン　Asaro, Catherine
アメリカのSF作家, 科学者
㊗カリフォルニア州　㊚カリフォルニア大学ロサンゼルス校（化学）, ハーバード大学大学院（物理学）修士課程修了 化学物理学博士（ハーバード大学）
㊞民間の研究所・モレキュダイン・リサーチ研究所を設立し、経営。傍ら、1995年処女長編作品「飛翔せよ、閃光の虚空へ！」を発表、のち〈スコーリア戦史〉シリーズとして続編を執筆。他の作品に、同シリーズ「稲妻よ、聖なる星をめざせ！」（96年）などがある。

アジェンデ, イサベル　Allende, Isabel
チリの作家
1942.8.8～
㊗ペルー・リマ　㊥全米図書賞（1988年）, ガブリエラ・ミストラル賞（1990年）
㊞チリの名門アジェンデ家の一員。3歳の時に両親が結婚を解消、母とチリの祖父母の家で暮らす。高校卒業後は国連機関に勤めた後、雑誌やテレビでジャーナリストとして活躍。1962年結婚。73年叔父にあたるサルバドール・アジェンデ大統領がクーデターで暗殺され、74年混乱の中でベネズエラへ亡命。82年自伝的色彩の強い「精霊たちの家」で作家デビュー、この小説によって世界的に名を知られるようになる。87年に離婚、88年再婚によりアメリカ・カリフォルニアへ移る。第2作は「愛と影について」（84年）。続いて執筆した「エバ・ルーナ」（87年）により、全米図書賞を受賞。ラテンアメリカを代表する作家の一人。他の著書に「エバ・ルーナのお話」（89年）、「天使の運命」（99年）、「神と野獣の都」（2005年）、「ゾロ」（05年）、ノンフィクション「パウラ, 水泡（みなわ）なすもろき命」（1994年）、エッセイ集「アフロディテ」（98年）などがある。
㊋叔父＝サルバドール・アジェンデ（チリ大統領）

アシート, マーク　Acito, Marc
アメリカの作家, コラムニスト, 脚本家
1966.1.11～
㊗ニュージャージー州ベイヨン　㊚カーネギーメロン大学（舞台芸術）　㊥オレゴン・ブック・アワード（2005年）
㊞カーネギーメロン大学で舞台芸術を学んだあと、いくつかのオペラ団に所属。人気コラムニスト、脚本家としても活躍。2004年「ライ麦畑をぶっとばせ」で小説デビュー。05年同作はオレゴン・ブック・アワードを受賞した。

アシモフ, アイザック　Asimov, Isaac
ロシア生まれのアメリカのSF作家, 生化学者, 科学エッセイスト
1920.1.2～1992.4.6
㊗ロシア・ペトロビチ　㊚筆名＝フレンチ, ポール〈French, Paul〉　㊚コロンビア大学（生化学）（1939年）卒 理学博士（コロンビア大学）（1948年）　㊥トマス・エジソン財団賞（1957年）, ハワード・ブレイクスリー賞（1960年）, ヒューゴー賞ベスト・オール・タイム・シリーズ賞, ネビュラ賞（1972年）, ヒューゴー賞（1972年）, ヒューゴー賞特別賞（1983年）
㊞1923年アメリカに移住、28年に帰化。少年時代からSFに熱中し、17歳の時に「アスタウンディングSF」誌から作家としてデビュー。コロンビア大学在学中は生物化学を専攻。卒業後一時海軍に所属したが、第二次大戦後は生物科学者として研究を続けながら58年までボストン大学医学部で教鞭を執る。傍ら、39年短編SF「真空漂流」がキャンベルに認められて本格的に作家活動を開始。以来、ロボットの発達した未来社会を舞台とする作品群や、広大な宇宙に散らばった人類の姿を描く未来史SFを多く手がけ、なかでも"ロボット工学三原則"を打ち

出した「I, robot（われはロボット）」（50年）や「The Caves of Steel（鋼鉄都市）」（53年）、「The Naked Sun（はだかの太陽）」（57年）はSFに推理小説的要素を巧みに盛り込んだ傑作と評価され、アメリカSF界で最も広汎に読まれる。また化学、物理学、天文学、生化学、生物学など科学一般についてのユニークな解説書、評論に健筆を揮い、アメリカ随一のポピュラーな科学者としても知られる。他の主な作品に「ファウンデーション（銀河帝国興亡シリーズ）」（3部作, 51～53年）、「永遠の終り」（55年）、「神々自身」（72年）、「黒後家蜘蛛の会」（74年）、「アシモフ自伝」（2巻, 79～80年）などがある。

アジャーエフ, ワシーリー・ニコラエヴィチ
Azhaev, Vasilii Nikolaevich
ソ連の作家
1915.2.12～1968.4.27
[出]ウラル　[学]ゴーリキー文学大学（1944年）卒　[賞]スターリン賞（1949年）
[歴]1935年以来第二次大戦中に極東で送油管敷設工事の仕事に就き、この間、44年ゴーリキー文学大学を卒業。48年極東で働いた経験からその労働者や技師を描いた長編「モスクワを遠く離れて」を発表し、49年スターリン賞を受賞、映画やオペラにもなった。その他、第一次5カ年計画の時代の若者達を描いた「人生の序章」（61年）などがある。

アジャール, エミール
→ガリ, ロマンを見よ

アシャール, マルセル　*Achard, Marcel*
フランスの劇作家
1888.7.5～1979.9.14
[出]リヨン近郊　[名]Ferrol, Marcel Auguste
[歴]新聞記者などを経て、演劇革新運動に参加し、ヴィユ・コロンビエ座のプロンプターを経て、劇作家に。「あたいといっしょに遊ばない」でデビューする。楽しくて、浅くはないフレッシュなブールバール劇の作者として劇団に重きをなす。特に「お月様のジャン」は大ヒット。一見愚かに見える善人と俗悪な社会との葛藤を通じて、純粋に生きることの難しさを描く作風は、第二次大戦後にますます円熟し、1959年にはアカデミー会員に選ばれた。

アスエラ, アルトゥロ　*Azuela, Arturo*
メキシコの作家, 数学者
1938.6.30～2012.6.7
[出]メキシコシティ　[学]メキシコ国立自治大学卒 Ph.D.
[歴]祖父は作家マリアーノ・アスエラ。1973年自伝的小説「地獄の大きさ」で作家デビュー。他の作品に「ホセ・サロメーという男」（75年）、「沈黙の宣言」（78年）などがある。一方、数学者、科学史家として大学教授を務めた。
[家]祖父＝マリアーノ・アスエラ（作家）

アスエラ, マリアーノ　*Azuela, Mariano*
メキシコの作家
1873.1.1～1952.3.1
[出]ハリスコ州ラゴスデモレノ　[学]グアダラハラ大学医学部
[歴]医者を志し、グアダラハラ大学医学部在籍中から社会不正に抗議するべくペンを取る。「毒草」（1909年）などの初期の作品にはフランス自然主義の影響がみられる。10年メキシコ革命が勃発するとやがて革命軍軍医として従軍するが、自軍の敗北により渡米。理想と現実との矛盾を目の前にして、ペシミスティックな人間観を抱くに至った。15年エル・パソで「パソ」誌に「虐げられし人々」を連載。この作品は、10年代のメキシコ革命に巻き込まれた人々の悲劇をリアリズムで描き、「ボスたち」（17年）、「蠅」（18年）とともにメキシコ革命小説というジャンルを確立。17年メキシコシティに移り、無料診療所で働きながら「不運」（23年）、「蛍」（32年）などに貧民街の有様を描く。晩年は大学で教鞭を執った。
[家]孫＝アルトゥロ・アスエラ（作家・数学者）

アスキス, シンシア　*Asquith, Cynthia*
イギリスの作家
1887.9.27～1960.5.31
[名]Asquith, Lady Cynthia Mary Evelyn
[歴]児童書「ピーターパン」の著者、J.M.バリーの秘書を長く務める。バリーの思い出を綴った回顧録「A Portrait of J.M. Barrie」（1954年）や、第一次大戦の私的記録、児童文学などによって知られた。怪奇小説のアンソロジストとしても有名で、ロバート・エイクマンの「鳴り響く鐘の町」、ヒュー・ウォルポールの「ラント夫人」など7冊のアンソロジーを上梓。ことに初期のものの評価は高く、文壇における広範な交友関係を利用して原稿を諸家に依頼し、マッケンなどごく一部の作品を除いては書き下ろしであるのが特徴。また自身でも作品を手がけた。作品に「角店」、作品集に「This Mortal Coil」（47年）などがある。
[家]父＝ウィームズ伯（著述家）, 義父＝ハーバート・アスキス（元イギリス首相）

アースキン, キャスリン　*Erskine, Kathryn*
オランダの作家
[出]オランダ　[賞]全米図書賞（児童文学部門）（2010年）
[歴]ヨーロッパ、アフリカ、カナダ、アメリカで育つ。15年間弁護士として働いた後、子供の頃からの夢だった作家に転身。初めての作品「Quaking」（2007年）が、アメリカ図書館協会のヤングアダルト図書館サービス部会が選定する“読書ぎらいのヤングアダルトも気軽に読めるトップテン”入りする。10年「モッキンバード」で全米図書賞（児童文学部門）受賞。

アスターフィエフ, ヴィクトル　*Astafiev, Viktor P.*
ロシア（ソ連）の作家
1924～2001.11.29
[出]ソ連ロシア共和国シベリア　[賞]ゴーリキー文学賞（1975年）, ソ連国家賞（1978年）
[歴]シベリアの寒村に生まれ、同地方クラスノヤルスクに住む。生家は農家で、貧しく、少年時代から工員、猟師などの職を転々とした。1943～45年独ソ戦に参加。復員後、工員仕事の合間に書いた小説が認められ、地方紙の記者を経て作家になる。53年初の作品集「来る春まで」を発表。75年貧しい時代を題材にした短編集「最後の挨拶」などでゴーリキー文学賞を、78年シベリアの庶民や厳しい自然を描いた短編集「魚の王様」でソ連国家賞を受賞した。他の作品に「盗み」（66年）、「悲しい刑事物語」（86年）などがある。84年日ソ翻訳出版懇話会の交流使節団として来日。

アストゥリアス, ミゲール　*Asturias, Miguel Ángel*
グアテマラの作家, 詩人, 外交官
1899.10.19～1974.6.9
[出]グアテマラシティ　[学]パリ大学（歴史, 人類学）　[賞]ノーベル文学賞（1967年）, レーニン平和賞（1967年）
[歴]ブルトンなどシュルレアリストとの親交を深め、その理論とインディオの神話的世界から、独自のマジック・リアリズムを確立する。1942年制憲議会議員を経て、46年外交界入りする。駐仏グアテマラ大使。67年にはレーニン平和賞、ノーベル文学賞受賞。主著に「グァテマラの伝統」「大統領閣下」「強風」「死者たちの眼」「トウモロコシの人間」など。グアテマラの独裁政権を批判した作品を数多く発表していたため、没後はパリに埋葬されるが、96年に母国が内戦を終結、97年遺体が帰国した。
[家]息子＝ロドリゴ・アストゥリアス（グアテマラ武装人民軍司令官）

アスペイティア, ハビエル　*Azpeitia, Javier*
スペインの作家, 編集者
1962～
[出]マドリード　[賞]ダシール・ハメット国際推理小説賞（1997年）
[歴]1989年小説「メッサリナ」で作家デビュー。3作目「イプノス（催眠）」で97年ダシール・ハメット国際推理小説賞を受賞。

また、96年頃から文芸編集者として活動し、98年〜2004年レングア・デ・トラポ社の副編集長、その後10年までエディトーレス451社の編集長を務める。

アスリー, シーア *Astley, Thea*
オーストラリアの作家
1925.8.25〜2004.8.17
[出]クイーンズランド州ブリスベーン [学]クイーンズランド大学 [賞]マイルズ・フランクリン賞(3回)
[歴]ローマ・カトリック教徒として育つ。1968〜80年シドニーのマクォーリー大学で英文学の教鞭を執る。代表作に「ゴシップの歌」(60年)、「着こなしのよい探検家」(62年)、「退屈な土地の人」(65年)、「侍者」(72年)、「カインドネス・カップ」(74年)、「最近のニュース欄から」(82年)がある。62年、65年、72年に刊行された小説がマイルズ・フランクリン賞を受賞。

アスルル・サニ *Asrul Sani*
インドネシアの詩人, 作家, 映画監督, 翻訳家
1926.6.10〜2004.1.11
[出]オランダ領東インド・ラオ [学]インドネシア大学獣医科卒
[歴]西スマトラのラオ出身で、インドネシア大学獣医科を卒業後はアメリカで映画や演劇を学ぶ。数多くの映画を監督して映画人として知られる一方、文学者としても“1945年革命世代”でハイリル・アンワルらと活躍。72年短編集「Dari Suatu Masa, Dari Suatu Tempat(ある時代、ある場所から)」を出版。三島由紀夫「金閣寺」、川端康成「眠れる美女」など、日本文学の訳業もある。イスラム芸術家文化人協会会長を務めた。

アセーエフ, ニコライ・ニコラエヴィチ
Aseev, Nikolai Nikolaevich
ソ連の詩人
1889.7.9〜1963.7.16
[出]リゴフ [学]モスクワ大学 [賞]スターリン賞(1941年)
[歴]リゴフの保険外交員の家に生まれる。モスクワの未来派グループ“遠心分離機”の詩人として、象徴派の影響の下に詩を書き始め、1914年詩集「夜のフルート」でデビュー。国内戦時代はウラジオストクで詩集「爆弾」(21年)を発表。マヤコフスキーに師事し、23年マヤコフスキーらと共に文学団体レフ(芸術左翼戦線)に参加、雑誌「レフ」の主宰者となり、芸術左翼戦線の理論家として活動した。ソ連国内民族共和国の詩のロシア語訳者でもあった。代表作に「セミョン・プロスカコフ」(28年)、「マヤコフスキー歌いはじめる」(40年)など。

アセンシ, マティルデ *Asensi, Matilde*
スペインの作家, ジャーナリスト
1962〜
[出]アリカンテ
[歴]バルセロナの大学でジャーナリズムを学び、卒業後は3年間ラジオ局で報道を担当。1999年「El salón de ámbar(琥珀色の部屋)」で作家デビュー。3作目で、初の英訳作品となった「聖十字架の守り人」は、2007年の国際ラテン・ブック・アワードでベスト冒険小説に選ばれた。

アソリン *Azorín*
スペインの作家, 随筆家, 文芸批評家
1873.6.8〜1967.3.2
[出]アリカンテ県 [名]ルイス, ホセ・マルティネス〈Ruiz, José Martínez〉 [学]バレンシア大学卒
[歴]1896年マドリードに出る。“98年の世代”の作家を代表する一人で、小説・随筆・評論など幅広く活躍した。スペイン内戦で1937年マドリード攻囲戦直前にフランスに亡命、40年に帰国。「意志」(02年)、「ドン・ファン」(22年)などの小説のほか、「田舎の町々」(05年)、「ドン・キホーテの旅路」(05年)、「カスティリャ」(12年)など随筆・評論に優れたものが多い。平明な文章で日常生活の些事を述べながら、悠久性を感じさせる作品世界を創造した。「古典作家と現代作家」(13年)、「古典の余白に」(16年)などでスペインの古典を再評価した功績も大きい。

アタイヤ, エドワード *Atiyah, Edward Selim*
レバノン生まれのイギリスの作家
1903〜1964
[出]レバノン
[歴]スーダンの大学の史学教師、スーダン政府の役人などを経験。スコットランド人の女性と結婚し、イギリスに定住。アラブ研究の著作や犯罪小説を執筆した。1951年英語で発表した探偵小説「細い線」でデビュー、好評を博し何度も映像化された。

アダーソン, キャロライン *Adderson, Caroline*
カナダの作家
[出]アルバータ州 [学]ブリティッシュ・コロンビア大学卒
[賞]Ethel Wilson Fiction賞, CBC文学賞(3回), Marian Engel賞(2006年), シーラー・A.エゴフ児童文学賞
[歴]ブリティッシュ・コロンビア大学で教育学を修める。デビュー作がカナダの総督文学賞にノミネートされ、Ethel Wilson Fiction賞を受賞。CBC文学賞は3回受賞。2006年創作活動全体に対してMarian Engel賞を受賞。13年には〈Jasper John Dooley〉シリーズの「Left Behind」が「カーカス・レビュー」のベストチルドレンズブックに選出。「母さんが消えた夏」はシーラー・A.エゴフ児童文学賞を受賞した。

アダミック, ルイス *Adamic, Louis*
ユーゴスラビア生まれのアメリカの作家, 評論家
1898〜1951
[出]ユーゴスラビア
[歴]14歳でアメリカへ単身移住。ニューヨークの新聞社、陸軍、水先案内事務所などを転々とした後、作家活動に入る。1931年「ダイナマイト」で一躍脚光を浴び、以後「ジャングルの中の笑い」(32年)、「わが祖国ユーゴスラヴィアの人々」(34年)、「私のアメリカ」(38年)など移民としての体験から世界を見つめた大作を発表。「多くの国ぐにから」(39年)は40年度の最も重要な本としてベストセラーとなった。これらの作品群は、アメリカ・エスニック文学、あるいは60年代後半に開花したニュージャーナリズム文学の先駆をなすものとして、今日再評価されている。

アダムス, ガイ *Adams, Guy*
イギリスの作家
1976〜
[出]イギリス
[歴]俳優として12年間活動した後、専業作家となる。シャーロック・ホームズ研究の第一人者で、イギリス・グラナダテレビ制作のジェレミー・ブレット主演「シャーロック・ホームズ」のガイドブックや、BBC制作のベネディクト・カンバーバッチ主演「SHERLOCK シャーロック」のガイドブック「シャーロック・ケースブック」の執筆も手がける。また、テレビシリーズ〈時空刑事1973〉の小説版の執筆も担当した。

アダムズ, サミュエル・ホプキンズ *Adams, Samuel Hopkins*
アメリカの作家, ジャーナリスト
1871.1.26〜1958.11.15
[出]ニューヨーク州ダンカーク [学]ハミルトン・カレッジ(1891年)卒
[歴]1901〜05年「マックルールズ・マガジン」に関わり、マックレーキング運動に参加。政財界の腐敗を暴露する作品「マックリュアーズ」「コリアーズ」を発表する。他の作品に「成功」(21年)、「テンダーロイン」(59年)など。またいくつかの小説作品は映画やミュージカルの題材となり、34年フランク・キャプラ監督により映画化された「或る夜の出来事」がアカデミー賞主要部門を独占した。他の著書に「運河都市」(44年)など。

アダムス, ダグラス *Adams, Douglas Noel*
イギリスの脚本家, SF作家
1952.3.11〜2001.5.11
[出]ケンブリッジシャー州ケンブリッジ [学]ケンブリッジ大学

ア

ア

セント・ジョンズカレッジ卒
[歴]在学中は英文学に親しみ舞台台本を書き、役者として舞台にも立つ。卒業後、テレビやラジオの台本及び舞台の演出などを手がけたのち、病院の掃除夫、納屋作り、鶏小屋の掃除夫、アラビアの王侯のボディガード、ラジオのプロデューサーなど、様々な職業を転々とした。1978年BBCラジオのSF喜劇シリーズ「銀河ヒッチハイクガイド」を発表、一躍売れっ子脚本家となる。同作品は79年に小説化され、世界中で約1500万部売れた。またBBCテレビのシリーズ〈ドクター・フー〉の脚本でも人気を博した。他の作品に「宇宙の果てのレストラン」(80年)、「宇宙クリケット大戦争」(82年)などがある。

アダムズ, リチャード　*Adams, Richard*
イギリスの児童文学作家
1920.5.9～2016.12.24
[出]バークシャー州ニューベリー　[名]Adams, Richard George
[学]オックスフォード大学卒　[賞]カーネギー賞(1972年), ガーディアン賞(1973年)
[歴]オックスフォード大学で歴史を学び、第二次大戦中は陸軍に従軍。除隊後の1948年、環境庁の公務員となる。72年ウサギたちの冒険を描いた処女作「Watership Down(ウォーターシップ・ダウンのウサギたち)」を刊行、イギリスの2大児童文学賞であるカーネギー賞とガーディアン賞を受賞するとともに英米でベストセラーとなった。その後アニメーション映画化もされ、こちらも好評を博す。74年役所を退職し、著作活動に専念。クマやオオカミ、イヌの世界などに題材をとった作品を発表し、広く人々に親しまれた。他の作品に「シャーディック」(74年)、「疫病犬と呼ばれて」(77年)、「鉄のオオカミ」(80年)、「官僚」(85年)など。自叙伝に「過ぎ去りし日」(90年)がある。

アダムズ, レオニー　*Adams, Léonie*
アメリカの詩人
1899.12.9～1988.6.27
[出]ニューヨーク市ブルックリン　[学]バーナード・カレッジ卒
[賞]ボーリンゲン賞(1955年)
[歴]ニューヨーク大学で英文学、コロンビア大学で創作を教える。詩集「選ばれざる者」(1925年)、「高い鷹」(29年)は知的で感覚豊かなイメジャリーを持ち、自然の動きを描いた。55年「A Selection」でボーリンゲン賞を受賞。

アダムソン, アイザック　*Adamson, Isaac*
アメリカの作家
1971～
[出]コロラド州フォートコリンズ
[歴]大学で映画学を学ぶ。2000年日本を舞台にした「東京サッカーパンチ」で作家デビュー。長編5作目となる「コンプリケーション」はアメリカ探偵作家クラブ賞(MWA賞)ペーパーバック賞にノミネートされた。

アダモフ, アルチュール　*Adamov, Arthur*
ロシア生まれのフランスの劇作家, 作家
1908.8.23～1970.3.16
[出]ロシア・キスロボーツク　[名]アダミアン, アルチュール
[歴]ロシア革命後、スイス、ドイツを経て1924年パリへ移る。ストリンドベリの影響を受け劇作を始める。演出家ロジェ・プランションにより50年「大小の作戦」「侵入」が、52年「パロディ」が上演され、一躍アンチ・テアトルの旗手として注目を浴びる。53年「タレンヌ教授」を機に不条理劇から政治的色彩の濃い叙事的政治劇へと変わっていった。他の作品に「もしも夏が戻って来るなら」(70年)など。

アタリ, ジャック　*Attali, Jacques*
フランスの作家, 思想家, 文明批評家, 経済学者
1943.11.1～
[出]仏領アルジェリア・アルジェ(アルジェリア)　[学]エコール・ポリテクニク(国立理工科学校)(1963年)卒, パリ政治学院, パリ鉱山学校, 国立行政学院(ENA)政治学課程(1970年)卒 経済学博士　[賞]イゾノグー賞(1993年)
[歴]ユダヤ系といわれる。少年時代パリに移住。エリート官僚の将来を保証される参事院に入ったのち、エコール・ポリテクニク(国立理工科学校)、パリ第9大学などの教授を歴任。1973年フランス社会党入党。74年ミッテラン社会党第1書記(当時)の経済顧問となって以来、知恵袋として常に行動を共にし、81年ミッテラン大統領就任後は特別顧問となり、側近ナンバーワンとしてエリゼ宮(大統領府)で政務をとりしきる。89年フランス革命200年祭とアルシュ・サミットを陣頭指揮。91年4月自ら同大統領に進言して設立に奔走した欧州復興開発銀行(欧州開銀=EBRD)の初代総裁に就任。93年7月辞任、8月フランス政府参事院評議官。98年貧困対策のNPO“プラネットファイナンス”を設立し、会長として世界を駆け廻る。2007年にはサルコジ政権で構造改革のための諮問委(アタリ政策委員会)委員長に。一方、年に1、2冊のペースで文明論や歴史小説を出版する文筆家としても知られ、著書「リーニュ・ドリゾン(地平線)」はベストセラーに。他に「アンチ・エコノミクス」(共著, 1974年)、「情報とエネルギーの人間科学」(76年)、「カニバリズムの秩序」(79年)、「時間の歴史」(82年)、「所有の歴史」(88年)、「歴史の破壊 未来の略奪」(91年)、「ヨーロッパ未来の選択」(94年)、「ジャック・アタリの核という幻想」(94年)、「ノイズ―音楽・貨幣・雑音」(95年)、「21世紀事典」(98年)、「反グローバリズム」(99年)、「世界精神マルクス1818-1883」(2004年)、「21世紀の歴史―未来の人類から見た世界」(07年)、「金融危機後の世界」(08年)、「図説『愛』の歴史」(08年)、「国家債務危機」(10年)、小説「まぼろしのインターネット」「私の後の初めての日」などがある。交響楽団の指揮をしたこともある。09年来日講演。
[家]双子の兄弟＝ベルナール・アタリ(元エールフランス会長)

アダン, ポール　*Adam, Paul*
フランスの作家
1862.12.7～1920.1.1
[出]パリ　[名]アダン, ポール・オーギュスト・マリー〈Adam, Paul Auguste Marie〉
[歴]1885年処女作「柔肌」を発表、自然主義作家として出発する。その後、「力」(99年)、「時と生命」や「トラスト」(1910年)を著す。豊富な混沌とした文体で当時の社会状態を描いた。「未来都市」(08年)はSF小説の先駆といわれる。

アチェベ, チヌア　*Achebe, Chinua*
ナイジェリアの作家, 詩人
1930.11.15～2013.3.21
[出]オギディ　[名]アチェベ, アルバート・チヌアルモグ〈Achebe, Albert Chinualumogu〉　[学]イバダン大学ユニバーシティ・カレッジ(1953年)卒　[賞]マーガレット・ロング賞(1958年), ナイジェリア・ナショナル・トロフィー(1960年), ジョン・W.キャンベル賞(1964年), ロータス賞(1975年), 国際ブッカー賞(2007年)
[歴]イボ族出身。1954年ナイジェリア国営放送局に入り、66年まで主任として国際放送を担当。この間58年に西欧的な文明が持ち込まれ伝統的な部族が崩壊するさまを描いた処女作「崩れゆく絆」を発表、マーガレット・ロング賞を受賞。同作は50ケ国語に翻訳され、1000万部を売り上げた。次いで60年「もはや気楽ではいられない」でナイジェリア・ナショナル・トロフィー、64年「神の矢」でジョン・W.キャンベル賞を獲得。66年放送局を退職し創作に専念するが、67年ビアフラ内戦に参加。その体験を基に詩集「Beware, Soul Brother(魂魄と化した兄弟よ、心に銘記せよ)」(71年)を発表する。ビアフラ側敗北後、72年にマサチューセッツ大学客員教授に招かれ、渡米。75年ロータス賞受賞。76年帰国後、ナイジェリア大学教授を務める傍ら、文芸誌「オキケ」の編集に打ち込み、若い世代の育成に情熱を注いだ。90年交通事故により下半身麻痺の重傷を負う。自国民の辿った歴史的推移に関心を示し、消えゆくアフリカ伝統社会への郷愁を特色とする。アフリカを代表する作家であり、“アフリカ現代文学の父”とも評される。

他の著書に「民衆の中の男」(66年)、「戦う少女たち」(短編集、72年)、「ドラム」(77年)、「苦悶するナイジェリア」(評論集、83年)、「サヴァンナの蟻塚」(87年)など。

アーチャー, ジェフリー　Archer, Jeffrey Howard
イギリスの作家, 政治家
1940.4.15～
出ロンドン　本Archer of Weston-super-mare　学オックスフォード大学(1966年)卒
経職業軍人の子として生まれる。大学在学中はスプリンターとして活躍、100ヤード9.6秒の記録を持ち、またビートルズを呼んでチャリティー・コンサートを開いた。卒業後アロー・エンタプライズ社を設立し、チャリティー・コンサートのプロデュースを手がけるが、やがて政界に進出。1966年史上最年少(26歳)で大ロンドン市議会議員となり、69年最年少議員として保守党より下院入りを果たした。74年投機に失敗して破産、議員を辞職するが、76年借金返済のために書いた小説「百万ドルをとり返せ！」がベストセラーとなり作家としてデビュー。以降「大統領に知らせますか？」「ケインとアベル」「ロスノフスキ家の娘」「めざせダウニング街10番地」「ツァーの王冠」「無罪と無実の間」「チェルシー・テラスへの道」など次々とヒット作を発表。85年サッチャー首相に才能を買われ保守党副幹事長に就任したが、86年売春婦がらみのスキャンダルで辞任、87年裁判で全面勝訴し、保守党スポークスマンとして復帰。90年サッチャー首相退任時には叙勲リストから外されたが、92年1代男爵(上院議員)となる。99年9月買春疑惑の追及を逃れるためのアリバイ工作が発覚し、司法妨害などの罪で逮捕、起訴される。2001年7月ロンドン刑事裁判所により禁錮4年の実刑判決を受け服役。03年出所、06年「フォールス・インプレッション(ゴッホは欺く)」を出版、旺盛な創作活動を再開。他の著書に「ジェフリー・アーチャー 日本を糺す」(1993年)、「メディア買収の野望」(96年)、「獄中記 地獄篇・煉獄篇」(2002年)、「運命の息子」(03年)、「プリズン・ストーリーズ」(06年)、「誇りと響影」(08年)、「遥かなる未踏峰」(09年)、「15のわけあり小説」(10年)など。

アチャーガ, ベルナルド　Atxaga, Bernardo
スペインのバスク語詩人, 作家
1951～
出ギプスコア県
経バスク語、スペイン語で作品を発表。詩集「エチオピア」(1978年)が批評賞を受賞。その後、児童書を執筆する傍ら、脚本、戯曲、作詞などを手がける。他の著書に「オババコアック」などがある。

アッカー, キャシー　Acker, Kathy
アメリカの作家
1947.4.18～1997.11.30
出ニューヨーク市
経ポストモダン・パンク作家、また稀代のアウトロー作家として欧米で熱い支持を獲得。代表作「血みどろ臓物ハイスクール」(1984年)はカルト・クラシックとなっている。他の作品に「ドン・キホーテ」(86年)、「アホダラ帝国」(88年)、「In Memoriam to Identity」(90年)など。

アッカード, アッバース・マフムード・アル
Aqqād, Abbās Mahmūd al-
エジプトの作家, 詩人, 文学者
1889.6.28～1964.3.12
出アスワン
経貧しさから小学校卒業後は働きながら独学で学識を身に付ける。1903年カイロに出て、07年記者となり、20年代は「アフラーム」紙などに執筆。25年エジプト上院議員、29年下院議員を務める。30年スィドキー政権を批判したため投獄される。一方、イギリスロマン派の詩の影響を受け、16～28年マージニーと協力して出版した4巻の「詩集」で一流詩人としての地位を確立。この作品はアラブ現代詩のロマン派の基点をなすものといわれる。38年小説「サーラ」を発表。預言者ムハンマド、カリフのウマル1世、同アリーらの評伝、詩人イブヌル・ルーミーの伝記なども執筆。詩、小説、また文芸、政治、思想などの多方面にわたる評論など、延べ90冊の著作を残した。

アッカーマン, フォレスト・J.　Ackerman, Forrest J.
アメリカのSF誌編集者, 作家
1916.11.24～2008.12.4
出カリフォルニア州ロサンゼルス　本Ackerman, Forrest James
経近未来小説の分野が確立される以前にサイエンス・フィクションの略語"Sci-Fi(サイファイ)"を考案。1958年に怪奇映画専門誌を創刊、作家活動を通じて、著名作家スティーブン・キングやジョージ・ルーカス監督らに影響を与えた。SFやファンタジー作品、関連グッズの収集家としても知られた。

アッギエーエ, サッチダーナンド・ヒーラーナンド・ヴァーツヤーヤン　Agyey, Sachchidānand Hīrānand Vātsyāyan
インドの詩人, 作家, 編集者
1911.3.7～1987.4.4
出ウッタルプラデシュ州　本バトサイヤン, S.H.　賞バーラティーヤ・ギャーンピート賞(1979年)
経考古学者の父に連れられ、インド各地で少年時代を過ごす。マドラス、ラホールの名門カレッジで物理学を専攻、英文学修士課程在籍中に過激派の地下組織インド社会主義共和軍に参加、1930年に逮捕される。38～41年月刊総合文芸誌「大インド」主筆、43～46年英印軍情報将校としてインパール作戦に従軍。その後4次にわたるアンソロジー「タール・サプタク」(Tār Saptak 43年、51年、58年、79年)と3次にわたる文芸誌「象徴」(Pratik 47年、51年、74年)の編集・刊行でヒンディー現代詩の流れを方向づけた。代表作に半自伝的小説「シェーカル、ある生涯」、詩集「中庭のむこうの扉」など。

アッシャー, ジェイ　Asher, Jay
アメリカの作家
1975～
出カリフォルニア州　学クエスタ・カレッジ, カリフォルニア州立工科大学サンルイスオビスポ校
経1993年に高校を卒業後、クエスタ・カレッジとカリフォルニア州立工科大学サンルイスオビスポ校で学び、児童書作家を志す。書店員や図書館員、靴店員などの職を経験後、図書館に勤務しながら執筆活動を行う。2007年青春ミステリー「13の理由」でデビュー。「ニューヨーク・タイムズ」のベストセラーリストに1年以上載り、アメリカだけでも100万部を超える大ヒット作となった。テレビドラマシリーズ化もされる。

アッシャー, ニール　Asher, Neal
イギリスの作家
1961～
出エセックス州ビラリケイ
経SFファンだった両親の影響を受け、E.C.タブをはじめとするSF小説を乱読する。16歳の時からSFを書き始め、様々な職業に就きながら1990年代を通じて短編や中編を発表。2001年「Gridlinked」で長編デビューを果たす。同作は出版されるや大評判となり、人気シリーズとなった。

アッシュ, ショーレム　Asch, Sholem
アメリカのイディッシュ語作家, 劇作家
1880.1.1～1957.7.10
出ポーランド・クトノ
経ユダヤ系。ワルシャワでドイツ文学と出会い19歳で著作活動に入る。小説・戯曲を書き、1904年散文「ドス・シュテートル」、06年「メシアの日々」、07年「復讐の神」により脚光を浴びる。15年家族と共にアメリカへ渡り、20年帰化。イーディシュ語で創作し、ユダヤ人の歴史や東欧ユダヤ人の生活を描き、宗教的色彩の強い作品を多く書いた。他の作品に「ナザレ人」(39年)、「使徒」(43年)など。
親息子=ネーサン・アッシュ(作家)

ア

アッシュ, ネーサン *Asch, Nathan*
ポーランド生まれのアメリカの作家
1902.7.10～1964.12.23
[出]ポーランド・ワルシャワ
[歴]アメリカのユダヤ系作家ショーレム・アッシュの息子。ワルシャワで生まれ、1912年パリに移住、15年家族と共にアメリカへ渡りニューヨークに暮らす。24年パリへ戻り、執筆活動を開始。25年著書「事務所」を出版。26年妻、息子と共にアメリカに戻る。他の著書に「シャトルでの愛」(27年)など。
[家]父＝ショーレム・アッシュ(作家)

アッシュベリー, ジョン *Ashbery, John*
アメリカの詩人, 絵画批評家
1927.7.28～2017.9.3
[出]ニューヨーク州ロチェスター　[名]Ashbery, John Lawrence　[学]ハーバード大学, コロンビア大学大学院修了　[勲]レジオン・ド・ヌール勲章オフィシエ章(2002年)　[賞]ピュリッツァー賞(1976年), 全米図書賞(詩部門)(1976年), 全米批評家協会賞(詩部門)(1976年), マッカーサー賞(1985年), ボーリンゲン賞(1985年), ホルスト・ビーネク記念詩賞(1991年), ルース・リリー詩賞(1992年)
[歴]1951～54年オックスフォード大学出版のコピーライターを経て、54～55年マグローヒル出版社に勤務。フルブライト奨学金を得て、55～57年、58～65年フランスに居住。60～65年ニューヨークのヘラルド・トリビューンの「アート・クリティック・ユーロピアン」編集者、64～65年「アート・ニューズ」パリ通信員、65～72年編集長などを歴任。74～90年ブルックリン・カレッジ英文科教授。76～80年「パルティザン・レビュー」の詩編集者、78～80年「ニューヨーク」、80～85年「ニューズ・ウィーク」の美術評論を行った。この間、53年処女詩集を発表。「木々」(56年)は批評家の間で注目を集め、「凸面鏡に映った自画像」(75年)でピュリッツァー賞などアメリカの主要な三つの文学賞を受賞した。詩人としてはダダイスム、シュルレアリスム、象徴主義などの影響を受け、前衛的な作風で知られた。20世紀後半を代表する詩人の一人で、2009年ライブラリー・オブ・アメリカは存命の詩人として初めてアッシュベリーの「詩集1956-1987」を刊行した。代表作に詩集「トゥーランドット」(1953年)、「テニスコートの誓い」(62年)、「川と山」(66年)、「周知のように」(79年)、すべて十六行詩からなる「影の列車」(81年)、散文詩集「三つの詩」(72年)、「そして星は輝いていた」(94年)など。他にノンフィクション「フェアフィールド・ポーター」(83年)、小説「愚者の群れ」(69年, 共作)、戯曲「妥協」(56年)、「Three Plays」(78年)などがある。

アッツォパルディ, トレッツァ *Azzopardi, Trezza*
イギリスの作家
[出]サウス・グラモーガン州カーディフ　[学]イースト・アングリア大学創作コース修了　[賞]ジェフリー・フェイバー記念賞(2001年)
[歴]デビュー作である「息をひそめて」は、現代イギリスを代表する作家に与えられてきたジェフリー・フェイバー記念賞を受賞したほか、2000年ブッカー賞の最終候補、オレンジ賞候補にもなった。

アップダイク, ジョン *Updike, John*
アメリカの作家, 詩人
1932.3.18～2009.1.27
[出]ペンシルベニア州シリングトン　[名]アップダイク, ジョン・ホイヤー〈Updike, John Hoyer〉　[学]ハーバード大学英文科(1954年)卒　[勲]アメリカ芸術勲章(1989年)　[賞]ピュリッツァー賞(フィクション部門)(1982年・1991年), アメリカ芸術院賞(1959年), 全米図書賞(小説部門)(1964年・1982年), O.ヘンリー賞(1966年・1991年), 全米書評家協会賞(1981年・1990年), PEN/フォークナー賞(2004年)
[歴]ハーバード大学を首席で卒業後、画家を志してオックスフォードの美術学校に進んだが、1年後に帰国。1955～57年雑誌「ニューヨーカー」のスタッフとなって短編や詩を同誌に寄稿。57年ニューヨークを去り、ニュー・イングランドに移住。58年処女詩集「手作りの牝鶏」を出版。続いて59年初の長編「The Poorhouse Fair(プアハウス・フェア)」を発表してアメリカ芸術院賞を受賞。さらに翌年には「Rabbit, Run(走れ、ウサギ)」を出して作家的地位を確立した。その後も戦後アメリカの郊外における世俗的な生活を主題とし、「The Centaur(ケンタウロス)」(63年)で全米図書賞を受賞したほか、「Rabbit Redux(帰ってきたウサギ)」(71年)「Rabbit is Rich(金持ちになったウサギ)」(81年)「Rabbit at Rest(さようならウサギ)」(90年)などの〈うさぎ4部作〉でピュリッツァー賞を2度受賞。職人芸風の文体で現代アメリカの風俗を巧みに描く作家として数々のベストセラーを生み出した。他に10組の夫婦の姦通劇を描いた「カップルズ」や、ジャック・ニコルソン主演で映画化された「イーストウィックの魔女たち」などがある。小説に限らず、詩、評論、自叙伝など分野を横断した多作で知られ、生涯の著作は61冊に及んだ。日本でも多くの作品が翻訳され、ファンが多い。
[家]息子＝デービッド・アップダイク(作家), 母＝リンダ・グレース・ホイヤー(作家)

アップデール, エレナー *Updale, Eleanor*
イギリスの作家
1953～
[出]南ロンドン・カンバーウェル　[学]オックスフォード大学卒
[歴]歴史の分野で博士号を取得。1975～90年BBCでテレビとラジオのニュース番組制作にプロデューサーと携わり、子育てのため退職。以来様々な仕事に関わりながら、小説を書き始める。ビクトリア朝を舞台に元犯罪者がスパイになるという〈モンランシー〉シリーズでデビュー。子供たちのためのチャリティー運動"コラム"の運営に携わり、病院での医学倫理委員会にも参加する。

アップルゲート, キャサリン *Applegate, Katherine*
アメリカの児童文学作家
1956～
[出]ミシガン州　[賞]ゴールデン・カイト賞(2008年), ジョゼット・フランク児童文学賞(2008年), ジュディ・ロペス記念賞(2008年), ニューベリー賞(2013年), クリストファー賞(2013年)
[歴]子供の頃から動物が好きで、一時は獣医を志すが、やがて作家を目指すようになる。様々な職を経験した後、1996年SFヤングアダルト作品〈アニモーフ〉シリーズを書き始め、世界でシリーズ累計3500万部以上の大ヒットとなった。2008年「Home of the Brave」でゴールデン・カイト賞、ジョゼット・フランク児童文学賞、ジュディ・ロペス記念賞を受賞。また、「世界一幸せなゴリラ、イバン」(12年)でもニューベリー賞、クリストファー賞など数々の賞を受けた。

アッペルフェルド, アハロン *Appelfeld, Aharon*
イスラエルの作家
1932.2.16～2018.1.4
[出]ルーマニア・ブコビナ(ウクライナ)　[学]ヘブライ大学　[賞]ネリー・ザックス賞(2005年)
[歴]生家は裕福なユダヤ人家庭で、家ではドイツに同化してドイツ語を話して育つ。8歳の時に母と祖母がドイツ兵に撃たれて殺され、自身と父は畑に隠れて危うく難を逃れた。その後、ウクライナの労働キャンプで父と引き離されてナチス・ドイツの強制収容所に入れられるが半年後に逃亡。メイドが使っていたウクライナ語を話せたこと、金髪であったことからユダヤ人と思われず、ウクライナの盗賊団に拾われて2年間を過ごし、1944年ソ連軍に救出される。ソ連軍から逃げ出した後、イタリアを経て、46年イスラエル入り。大学入学資格を取得してヘブライ大学に学び、マルティン・ブーバー、マックス・ブロート、ゲーアハルト・ゲルショム・ショーレムら知識人の薫陶を受けてユダヤ文化に開眼。62年短編集「煙」を発表。ホロコースト体験を根底とした執筆活動を行い、ヘブライ文学を代表する作家の一人となった。翻訳された著書に「バー

デンハイム1939」(75年)、「不死身のバートフス」(79年) などがある。96年初来日。

アデア, ギルバート　Adair, Gilbert
イギリスの作家, エッセイスト
1944.12.29〜2011.12.8
㊥作家協会処女長編賞 (1988年)
㊊1988年ミステリー「聖なる童たち」で文壇にデビュー。ディコンストラクションの旗手ポール・ド・マンのスキャンダルを題材にし、バルトの有名なエッセイの題名を借用した「作者の死」(92年) で話題を呼ぶ。独特の切口と鋭い分析によって、エッセイスト、コラムニストとしても有名。著書に小説「閉じた本」「ラブ&デス」「ドリーマーズ」「ロジャー・マーガトロイドのしわざ」や、映画評論集「Hollywood's Vietnam」、ポストモダン文化評論集「ポストモダニストは2度ベルをならす」(92年) などがある。

アディガ, アラヴィンド　Adiga, Aravind
インドの作家, 経済ジャーナリスト
1974.10.23〜
㊥マドラス (チェンナイ)　㊐コロンビア大学コロンビア・カレッジ　㊥ブッカー賞 (2008年)
㊊南インドのマンガロールで育つ。アメリカ・コロンビア大学のコロンビア・カレッジで英文学を学んだ後、経済ジャーナリストとして「フィナンシャル・タイムズ」「ウォールストリート・ジャーナル」などに寄稿。南アジア特派員として「タイム」に勤務する。2008年初の小説作品である「グローバリズム出づる処の殺人者より」でブッカー賞を受賞した。

アディーチェ, チママンダ・ンゴズィ
Adichie, Chimamanda Ngozi
ナイジェリアの作家
1977.9.15〜
㊥エヌグ　㊐ナイジェリア大学, ドレクセル大学, 東コネティカット大学, ジョンズ・ホプキンズ大学, エール大学　㊥O.ヘンリー賞 (2003年), PEN/デービッド・T.K.ウォン短編賞 (2003年), コモンウェルス作家賞 (2005年), オレンジ賞 (2007年)
㊊イボ民族の出身。6人きょうだいの5番目に生まれ、大学町のスッカで育つ。ナイジェリア大学で短期間医学と薬学を学び、19歳で奨学金を得て渡米。ドレクセル大学、東コネティカット大学でコミュニケーション学と政治学を学び、作品を発表しながらジョンズ・ホプキンズ大学クリエイティブ・ライティングコースで修士を修める。2003年にO.ヘンリー賞、PEN/デービッド・T.K.ウォン短編賞を受賞。その後も数々の賞にノミネートされ、05年初の長編「パープル・ハイビスカス」でコモンウェルス作家賞を受賞。ビアフラ戦争をテーマとした長編「半分のぼった黄色い太陽」は、07年最年少でオレンジ賞に輝き、"ランドマークとなる小説"と絶賛の風を巻き起こす。08年エール大学でアフリカ研究の修士号を取得。ナイジェリアとアメリカを往復しながら創作活動を続ける。他の邦訳書に「アメリカにいる、きみ」(短編集) がある。

アディバ・アミン　Adibah Amin
マレーシアの作家, ジャーナリスト
1936〜
㊥ジョホール・バルー市　㊐筆名=スリ・デリマ　㊐マラヤ大学 (シンガポール) 文学部卒, マラヤ大学 (クアラルンプール) 教育学専攻　㊥東南アジア文学賞 (1980年)
㊊13歳の時から著作活動を始める。長年マレーシア最大の英文日刊紙「ニュー・ストレイツ・タイムズ」でコラムを担当した後、1985年からマレー語週刊誌「ERA」を編集。マレー語と英語を操り、マレー人の社会と感性を理解することのできる良識派のオピニオンリーダーとして高い評価を受ける。代表作「スロジャの花はまだ池に」のほかにも随筆集「私が通りかかった時」がある。

アティル, エフタ・ライチャー　Atir, Yiftach Reicher
イスラエルの作家
1949〜
㊊イスラエル南部のキブツ生まれ。イスラエル国防軍の青年将校として1976年のエンテベ作戦に参加したのをはじめ、様々な秘密作戦に従事し、95年准将で退役。その経験を基に作家となり、3作目の「潜入—モサド・エージェント」は、情報将校としての経験に裏打ちされた筆致で、イスラエルで高く評価され、イギリスをはじめ広く海外で翻訳される。

アデライン, L.マリー　Adeline, L.Marie
カナダの作家, テレビプロデューサー
㊐Gabriele, Lisa
㊊カナダのテレビ局でプロデューサーを務める一方、作家として活動。本名で発表した2作の小説がカナダのベストセラーとなったほか、ビジネス書のゴーストライターも務めた。2013年L.マリー・アデライン名義の処女作「S.E.C.R.E.T.Shared」がカナダで発売されると、ベストセラー1位を記録。その後〈シークレット〉シリーズは世界的ベストセラーとなっている。

アーデン, ジョン　Arden, John
イギリスの劇作家, 作家
1930.10.26〜2012.3.28
㊥ヨークシャー州バーンズリー (サウス・ヨークシャー州)　㊐ケンブリッジ大学キングス・カレッジ, エディンバラ美術大学　㊥V.S.プリチェット記念賞
㊊大学では建築を専攻。建築家助手を経て、1956年ラジオドラマ「人間の生命」でBBC北部地域賞獲得後、劇作家に転じる。社会政治問題に強い関心を抱き、ロイヤル・コート・シアターで上演された「豚のごとく生きよ」で劇壇に登場、"怒れる若者たち"の一人として高く評価される。作品は他に「マスグレーブ軍曹の踊り」(59年)、「救貧院のろば」(63年)、「アームストロングの最後のおやすみ」(64年)、「強者の島」(72年, 妻マーガレッタ・ダーシーとの共作) など。その後、地方の生活に根ざした演劇に関心を持つようになり、70年代初頭よりアイルランドに住んで活動を続けた。また、テレビやラジオの脚本、エッセイ、小説「武器の中の沈黙」(82年)、「禍の書」(88年)、短編「背任」(「忍び足」に所収, 2003年) なども書いた。
㊤妻=マーガレッタ・ダーシー (女優)

アトウッド, マーガレット　Atwood, Margaret Eleanor
カナダの作家, 詩人, 批評家, 児童文学者
1939.11.18〜
㊥オンタリオ州オタワ　㊐トロント大学卒, ラドクリフ女子大学大学院修士課程修了, ハーバード大学大学院 (英文学)　㊥カナダ総督文学賞 (詩・戯曲部門) (1966年), カナダ総督文学賞 (小説部門) (1985年), コモンウェルス作家賞 (1994年), ギラー賞 (1996年), ブッカー賞 (2000年), アーサー・C.クラーク賞 (2000年), コモンウェルス作家賞 (2000年), ハメット賞 (2000年), アストゥリアス皇太子賞 (2008年), ネリー・ザックス賞 (2010年), フランツ・カフカ賞 (2017年)
㊊幼年期を主にオンタリオ北部やケベック州の森林地帯で過ごし、5歳の時から創作を始める。大学卒業後、カナダ各地の大学で教鞭を執り、1964年に詩集「サークル・ゲーム」でデビュー。以後、多くの分野で作品を発表、アメリカ、ヨーロッパやオーストラリアで高く評価される。2000年長編小説「昏き目の暗殺者」でブッカー賞を受賞。国際ブッカー賞には2回連続候補となった。フェミニズムや人権擁護の問題にも積極的に発言する進歩派リベラルで、ケベック独立派を支持する。作品にフェミニズム作家としての地歩を固めた「Surfacing」(1972年) や、大ベストセラーとなった「侍女の物語」(85年)、「猫の目」(88年) の他、長編小説「食べられる女」(69年)、「Lady Oracle」(76年)、「Bodily Harm」(81年)、「寝盗る女」(93年)、「またの名をグレイス」(96年)、「オリクスとクレイク」(2003年)、「ペネロピアド」(05年)、「洪水の年」(09年)、短編集「ダンシング・ガールズ」(77年)、「青ひげの卵」(83年)、文学論「サバイバル」(72年)、編書「新訂オックスフォード・カナダ詩集」(82年) などがある。97年来日。07年バードライフ・インターナショナル名誉総裁としてレアバード・クラブ活動の

ため来日。10年国際ペン東京大会のため来日。

アトキンス, エース　*Atkins, Ace*
アメリカの作家
1970.6.28〜
[出]アラバマ州トロイ　[学]オーバーン大学卒
[歴]父はNFLで活躍した著名なプロフットボール選手ビリー・アトキンスで、自身もオーバーン大学でフットボール選手として活躍、最優秀選手に2度選出された経験を持つ。卒業後は、1996年から「ダンパ・トリビューン」紙の事件記者となり、ピュリッツァー賞にもノミネートされた。傍ら小説を執筆。多くのブルース奏者へのインタビューがきっかけとなり、98年「クロスロード・ブルース」で作家デビュー。その後、作家専業となる。2012年からロバート・B.パーカーの〈スペンサー〉シリーズを引き継いで執筆している。他の作品に、「ディープサウス・ブルース」「ホワイト・シャドウ」「帰郷」などがある。
[家]父＝ビリー・アトキンス（元プロフットボール選手）

アトキンソン, ケイト　*Atkinson, Kate*
イギリスの作家, 劇作家
1951〜
[出]ヨーク　[学]ダンディー大学（英米文学）修士課程修了　[勲]MBE勲章　[賞]イアン・セイント・ジェームス賞（1993年）, ウィットブレッド賞（1995年）, E.M.フォースター賞（1998年）, コスタ賞（2015年）
[歴]職業を転々とした後、母校ダンディー大学の英語教師となる。1986年雑誌「ウーマンズ・オウン」の短編コンペで優勝。88年より作家生活に専念。93年イアン・セイント・ジェームス賞受賞。95年初の長編小説「博物館の裏庭で」でウィットブレッド賞を受賞。他の作品に「世界が終わるわけではなく」（2002年）、「Case Histories」（04年）、「One Good Turn」（06年）、「When Will Three Be Good News？」（08年）、「Took My Dog」（10年）、「Life After Life」（13年）、戯曲に「Nice」（1996年）、「Abandonment」（2000年）など。

アドニアス, フィーリョ　*Adonias, Aguiar Filho*
ブラジルの作家
1915.11.27〜1990
[出]バイア州
[歴]バイア州の州都サルバドルの学校を卒業後、1936年リオデジャネイロへ移って新聞社に勤める。43年処女作「死の奴隷」を発表した。省略の多い、詩的な強さを備えた文体と、悪夢のような血なまぐさい暴力的な雰囲気はしばしばドストエフスキーやフォークナーと比較される。代表作に小説「ラザロの思い出」（52年）、「四人の老婆」（75年）、評論「三十年代のブラジルの小説」（69年）など。ブラジルの代表的な文化人で、国立図書館、国立演劇局、国立書籍院、国家文化審議会などの最高責任者を歴任した。

アドニス　*Adonis*
シリアの詩人
1930.1.1〜
[出]ラタキア県カッサビーン　[名]アリー・アフマド・サイード・イスビル〈ʻAlī Ahmad Saʻīd Isbir〉　[学]ダマスカス大学哲学科（1954年）卒　[賞]地中海賞外国人部門賞（1995年）, ストルガ詩の夕べ金冠賞（1997年）, ビョルンソン賞（2007年）, ゲーテ賞（2011年）
[歴]幼時より父からコーランと古典アラビア詩を学ぶ。ダマスカス大学哲学科卒業後、非合法だった左派系のシリア社会民族党に入り、逮捕される。1年間の獄中生活を終え、1956年にレバノン・ベイルートに逃れる。この頃から詩作を始め、57年詩誌「詩」の創刊に参加、新しいアラブ詩を求めてタンムーズ派の文学運動を推進する。69年文化誌「立場」創刊、のち文芸誌「情況」編集長。80年内戦下のベイルートを後にし、パリへ亡命。主な詩集に「ダマスカスのミハヤルの歌」（62年）、「大地は語った」「風の木の葉」などがあり、詩評論に「詩の時代」（72年）がある。ノーベル文学賞候補として毎年のように名前が挙がっている。シリア国籍を持つ。
[家]妻＝ハリーダ・サラーフ（文芸評論家）

アドラー, ウォーレン　*Adler, Warren*
アメリカの作家
[出]ニューヨーク市ブルックリン　[学]ニューヨーク大学卒
[歴]ニューヨーク大学を19歳で卒業後,「ニューヨーク・デイリー・ニューズ」に就職。のち「クイーンズ・ポスト」の編集担当。1951年には通信記者として兵役に就く。除隊後、広告とPRの会社を創設、傍らラジオ局の経営、雑誌の発行など多才な活躍ぶりを示す。その間多くの政治運動にも関与する。74年政界を舞台にした「Options」で作家としてもデビュー。以後、豊富な知識や経験を生かした政治がらみのスリラー作品を次々に世に送り続け、卓越したストーリーテラーの1人として高い評価を得る。作品「ローズ家の戦争」「ランダム・ハーツ」は映画化される。作品に「サンチアゴから来たスパイ」「シベリア横断急行」「我々は大統領を人質にしている」「男は嘘つき、女は……」などがある。

アードリック, ルイーズ　*Erdrich, Louise*
アメリカのチペワ族の血を引く作家, 詩人
1954.6.7〜
[出]ミネソタ州リトルフォーズ　[名]Erdrich, Karen Louise　[学]ダートマス大学（1976年）卒, ジョンズ・ホプキンズ大学大学院創作科修士課程　[賞]プッシュカート賞（1983年）, 全米書評家協会賞（小説）（1984年）, O.ヘンリー賞（1987年）, 世界幻想文学大賞（長編）（1999年）, 産経児童出版文化賞（2005年）, 全米図書賞（2012年）
[歴]アメリカ先住民・チペワ族タートルマウンテン部族の母とドイツ系アメリカ人の父の間に7人きょうだいの長女として生まれる。幼い頃からすでに、自分は印税を貰って本を書く作家だ、という意識を持っていた。在学中から詩や創作で多くの賞を受ける。長編第1作「ラブ・メディシン」（1984年）で、ノース・ダコタのインディアン居留地に暮らす、あるインディアン家族の歴史と運命を描いた。その物語は、後の作品「ビート・クイーン」（86年）、「Tracks（踏み道）」（88年）へと語り継がれ、いずれもベストセラーとなった。97年夫が自殺。他の著書に、詩集「ジャックライト」（84年）、小説「五人の妻を愛した男」（96年）、「The Antelope Wife」（98年）、「The Round House」（2012年）、童話「スピリット島の少女」、夫との共著に「コロンブス・マジック」（1991年）がある。傍ら、“バーチバーク（樺の樹皮）”という書店を経営。
[家]夫＝マイケル・ドリス（作家）

アドリントン, L.J.　*Adlington, L.J.*
イギリスの作家
1970〜
[学]ケンブリッジ大学
[歴]ケンブリッジ大学で英語の学位を取得し、日本やスペインに住んだ後、ヨーク州に在住。博物館や学校などで、各時代の衣装を着た実演を行い、歴史を伝える活動に携わる。1950年代にワルシャワのユダヤ人居住区で見つかった日記に触発された「ペリー・Dの日記」で2005年に作家デビュー。

アナセン・ネクセー, マーチン　*Andersen Nexø, Martin*
デンマークの作家
1869.6.26〜1954.6.1
[出]コペンハーゲン
[歴]ドイツ系。貧民街の石工の子に生まれ、のち父の故郷ボーンホルム島ネクセーで育つ（これが筆名の由来）。徒弟修業を経てアスコウ国民高等学校で学び卒業後同校の教師となるが、健康を害してスペインで療養生活を送る。この頃から社会主義に傾き、政治的闘争をテーマに文筆活動に入る。1898年短編集「影」でデビュー。1906〜10年貧困生活の中から革命的労働者に成長する人間を描いた大作「征服者ペレ」（4巻）を書き、世界的プロレタリア作家としての名声を得る。貧しい少女を描いた「人間の子ディテ」（5巻, 17〜21年）はこれと対をなす

大作で、「赤のモーテン」(3巻, 45～47年) は第二次大戦後の代表作として知られる。他の作品に、ソ連紀行「夜明けに向かいて」(23年)、自伝「回想」(32～39年)、「野天の下で」(35年) など。49年北大西洋条約が調印されるとデンマークを離れ、ソ連、スウェーデンを経て、51年東ドイツのドレスデンに移住した。

アーナンド, ムルク・ラージ　*Anand, Mulk Raj*

インドの作家

1905.12.12～2004.9.28

[出]ペシャワール近郊(パキスタン)　[学]パンジャブ大学(1925年) 卒, ロンドン大学 哲学博士(ロンドン大学) (1928年)

[歴]生粋のインド人であるが、父がイギリス陸軍に入隊したため一家で各地を回ることになる。父に読み書きを、母に伝説や叙事詩を習い、一方ではイギリス軍人に接触して育つ。1924年イギリスに渡り、D.ヒュームとその同時代人についての論文で哲学の博士号を取得した。30年頃より小説の創作を始め、35年バルザック的な手法を用いて処女作「Untouchable(不可触賤民)」を出版。以来小説を中心に活動を続けた。45年にインドに帰国し、美術建築関係の雑誌「マーグ」を創始。また小説のほかにペルシャ絵画に関する評論なども手がけた。「Coolie(苦力)」「インド士侯の私生活」「大きな心」「トラクターと豊饒神」、自伝小説「人間の七つの年代」(全7巻) などの作品がある。パンジャブ大学の芸術・文学教授も務めた。

アニー・ベイビー　*Anny baby*

中国の作家

1974.7.11～

[出]浙江省寧波　[名]漢字名＝安妮宝貝

[歴]中国銀行、出版社勤務を経て、24歳のときインターネット上に小説を発表。2000年短編第1集「さよなら、ビビアン」が累計100万部を越える大ベストセラーとなる。04年以降は伝統に回帰しながら、人生の深みを湛えた作品を発表。他の作品に長編「蓮の花」(06年)、エッセイ集「素年錦時」など。

アヌイ, ジャン　*Anouilh, Jean*

フランスの劇作家

1910.6.23～1987.10.3

[出]ボルドー　[学]パリ大学法学部中退

[歴]広告代理店に勤める傍ら、脚本を書き始め、1929年に処女作「マンダリン」が上演される。37年名優ジョルジュ・ピエトフの演出・出演で上演された「荷物のない旅行者」で名声を確立。精神の純粋さをテーマとするブラック・コメディが特徴で、代表作はギリシャ悲劇を土台とした「Antigone(アンチゴーヌ)」(44年)、ジャンヌ・ダルクを主人公にした「L'aloutte(ひばり)」(53年)、「ベケットまたは神の栄光」(59年) など。作品は27ケ国で翻訳上演され、パリでは一時10本余りのアヌイ作品が上演されるほど人気があった。一貫して純粋さと自由を追求し、それをはばむ状況への抵抗を示した。20世紀最大のフランス人前衛劇作家として評されている。

アーノルド, エドウィン　*Arnold, Edwin L.*

イギリスのSF作家

1857～1935

[名]レスリー・リンドン〈Ester Linden〉

[歴]輪廻物語「フェニキア人フラの大冒険」(1890年) は、発表当時に高い人気を得る。「ガリバー・ジョーンズ中尉」(1905年, 別題「火星のガリバー」) はSFに近い作品といわれる。

アバクロンビー, ラッセルズ　*Abercrombie, Lascelles*

イギリスの詩人, 批評家

1881.1.9～1938.10.27

[出]グレーター・マンチェスター州アシュトン・アポン・マージー　[学]モールバン・カレッジ, マンチェスター・ビクトリア大学

[歴]ジャーナリストを経て、第一次大戦後リバプール大学教授となり、1929年ロンドン大学、35年オックスフォード大学準教授。詩、英文学を講じる。温雅で地味、しかし保守的な批評的方法を持っていた。作品に詩劇「聖トマスの競売」(11年)、詩集「マリアと野茨」(10年)、「愛の形象」(12年)、批評作品に「トマス・ハーディ」(12年)、「偉大な詩の思想」(25年)、「文学批評の原理」(32年) など。

アバスヤヌク, サイト・ファイク

→サイト・ファイク・アバスヤヌクを見よ

アバーテ, カルミネ　*Abate, Carmine*

イタリアの作家

1954～

[出]カラブリア州カルフィッツィ　[学]バーリ大学　[賞]カンピエッロ賞(2012年)

[歴]バーリ大学で教員免許を取得、ドイツのハンブルクでイタリア語教師となり、1984年ドイツ語で初めての短編集を発表。その後、イタリア語で執筆した「サークルダンス」(91年) で本格的に作家としてデビュー。「帰郷の祭り」(2004年) でカンピエッロ賞最終候補となり、12年には「風の丘」で第50回カンピエッロ賞を受賞。イタリア北部トレント県で教鞭を執りながら執筆活動を続ける。

アハテルンブッシュ, ヘルベルト　*Achternbusch, Herbert*

ドイツの作家, 映画監督, 俳優

1938.11.23～

[出]ミュンヘン　[名]シルト, ヘルベルト　[学]ニュルンベルク芸術アカデミー, ミュンヘン造形芸術アカデミー

[歴]画家として出発するが、文学に転身。1971年小説「アレクサンダーの戦い」で作家デビューし、新しいアヴァンギャルド文学の旗手となる。一方、チャップリンを尊敬し、70年から映画活動も開始。自作自演の作品を多く発表。小説に「死の時」(75年)、映画監督作品「ビール戦争」(77年)、戯曲に「エラ」(78年)、「長靴と靴」(93年) など。映画「怪物」(82年) のカトリック批判では上映禁止運動や助成金停止問題を引き起こす。小説「何処へ」(88年) ではエイズ、戯曲「孤立無援」(90年) ではドイツ統一を描いた。

アハーン, セシリア　*Ahern, Cecelia*

アイルランドの作家

1981.9.30～

[出]ダブリン　[学]グリフィス大学卒

[歴]父はアイルランドの元首相バーティ・アハーン。ダブリンのグリフィス大学でジャーナリズム専攻し、卒業後は大学院で映画を専攻。母に勧められて小説を書き始め、3ケ月で処女小説「P.S.アイラヴユー」を書き上げた。同書は2004年アイルランドを皮切りに40ケ国以上で出版されてベストセラーとなり、日本では林真理子の翻訳で出版。また08年にはヒラリー・スワンクとジェラルド・バトラーの配役で映画化された。08年初来日。他の小説に「愛は虹の向こうに」(04年)、「もし、君が見えたら」(05年)、「わたしの人生の物語」がある。

[家]父＝バーティ・アハーン(アイルランド元首相)

アビ　*Avi*

アメリカの児童文学作家

1937.12.23～

[出]ニューヨーク　[賞]ニューベリー賞オナーブック(1991年・1992年), ボストン・グローブ・ホーンブック賞(1991年・1996年), ニューベリー賞(2003年)

[歴]25年間に渡って図書館に勤めた。ミステリー、ファンタジー、歴史小説、動物物語など幅広いジャンルを手がけ、高い評価を得る。2003年「クリスピン」でニューベリー賞を受賞。他の著書に「星条旗よ永遠なれ」「ポピー―ミミズクの森をぬけて」「シャーロット・ドイルの告白」などがある。

アビー, エドワード　*Abbey, Edward*

アメリカの作家, 環境保護主義者

1927～1989.3.14

[出]ペンシルベニア州ホーム　[学]ニューメキシコ大学卒, エディンバラ大学卒

ア

[歴]農家に生まれる。1947年南西部に移り、16年にわたって山火事の見張り番やレンジャーの仕事を続け、その経験をもとにエッセイ、小説を著す。河川、湖水、森林、砂漠、山岳の自然保護をテーマに多数の小説、詩を発表した。特に、環境保護主義者のグループが米南西部で鉄道、橋、ダムの破壊を企てるという小説「モンキー・レンチ・ギャング」(76年)は何十万部も売れ、環境保護運動の英雄的存在となった。国立公園から車を追放し、観光客は歩くか馬、自転車、ラバなどに乗るよう主張していた。56年の小説「ブレーブ・カウボーイ」は62年、カーク・ダグラス主演で映画化(邦題「脱獄」)された。他にエッセイ集「ジャーニー・ボーイ」「アビーズ・ロード」など。

アビーソン, バンティ　*Avieson, Bunty*
オーストラリアの作家
[出]ビクトリア州　[賞]オーストラリア推理作家協会賞(最優秀新人賞・読者賞)
[歴]ロンドンで3年間新聞記者として働いた後、オーストラリアに戻り「ウーマンズ・デイ」誌や「ニュー・アイデア」誌の編集長となる。2000年に雑誌の仕事を辞めて小説を書きはじめ、初めての作品となる「スプーン三杯の嫉妬」でオーストラリア推理作家協会の最優秀新人賞と読者賞を受賞。その後も女性を主人公としたサスペンスを数作出版しているほか、02年に夫と生まれたばかりの娘を連れてブータンで暮らした経験を綴ったノンフィクションも出版されている。

アビッシュ, ウォルター　*Abish, Walter*
オーストリア生まれのアメリカの作家
1931〜
[出]オーストリア・ウィーン　[賞]PEN/フォークナー賞(1981年)
[歴]ユダヤ系。彫刻家で写真家の妻と共にニューヨークを拠点に芸術活動を続ける。ポストモダン作家として様々な文学表現を駆使し、新しい文字芸術を作り出す。都会的な洗練された感性とユーモア、リベラルなヒューマニストの成熟した知性で、暴力と優しさが併存する危うい文学世界を構築。著書「すべての夢を終える夢」は各紙誌で絶賛され、1981年PEN/フォークナー賞を受賞。

アーピッツ, ブルーノ　*Apitz, Bruno*
東ドイツの作家
1900.4.28〜1979.4.7
[出]ライプツィヒ　[賞]東ドイツ芸術・文学国民賞
[歴]労働者の家庭に生まれ、14歳から政治活動に関わり、書店員見習い中の17歳で初めて逮捕される。第一次大戦中に反戦主義者で入獄。俳優となったが、1927年ドイツ共産党入り。この頃から作家活動を開始。33年以降は反ナチス活動のため繰り返し逮捕され、ナチスのブーヘンヴァルト収容所で終戦を迎えた。8年間に及ぶ同収容所での体験を基に「裸で狼の群れの中に」(58年)を発表。一躍世界的に有名になり、東ドイツの芸術・文学国民賞も受賞、28ケ国語に翻訳され映画にもなった。他の小説に「虹」(78年)など。

アービング, クリフォード　*Irving, Clifford*
アメリカの作家
1930.11.5〜2017.12.19
[出]ニューヨーク市マンハッタン　[名]Irving, Clifford Michael
[学]コーネル大学卒
[歴]国連詰めの記者を経て、創作活動に入る。1969年絵画の贋作の大家に取材して「Fake!(贋作)」を執筆し、成功を収めた。71年大富豪ハワード・ヒューズの自伝を書き上げたと発表するが、ヒューズ本人に全く取材していなかったため、名誉毀損で訴えられる。この後、服役、離婚、破産状態と困難な境遇に陥るが、81年この事件をまとめた回顧録「ザ・ホークス 世界を騙した世紀の詐欺事件」を刊行して復活。この事件は、2006年「ザ・ホークス ハワード・ヒューズを売った男」として映画化された。他の作品に、「警部 ナチ・キャンプに行く」(1983年)、法廷サスペンス「トライアル」(87年)などがある。

アービング, ジョン　*Irving, John*
アメリカの作家
1942.3.2〜
[出]ニューハンプシャー州エクセター　[名]Irving, John Winslow
[学]ピッツバーグ大学, ニューハンプシャー大学卒　[賞]全米図書賞(小説部門ペーパーバックの部)(1980年), O.ヘンリー賞(1981年), アカデミー賞脚色賞(1999年度)(2000年)
[歴]レスリングのため1年間ピッツバーグ大学に通学後、ウィーン大学に留学。ヨーロッパではオートバイで各地を旅行しボヘミアン的生活を送る。帰国後ニューハンプシャー大学を卒業。アイオワ・ライターズ・ワークショップではカート・ボネガットらに学ぶ。1969年処女作「Setting Free the Bears(熊を放つ)」を発表。当時全米図書賞の候補となり、作家や文学者の間で好評を博す。その後、再度ウィーンで3年間を過ごす。78年出版の第4作目「The World According to Garp(ガープの世界)」が発表と同時に絶賛をもって迎えられ、たちまちベストセラーとなる。同作品は、アメリカの性と狂気と暴力を織りまぜながら、33歳で暗殺される才能豊かな青年作家を描いたもので、半自伝的な小説といわれている。11ケ国語に翻訳され、80年全米図書賞の小説部門ペーパーバックの部を受賞。また、ジョージ・ロイ・ヒル監督により映画化されて、大きな話題を呼んだ。以後、「ホテル・ニューハンプシャー」(81年)「サイダーハウス・ルール」(85年)などを発表し、アメリカを代表する作家として不動の地位を確立。2000年小説を自ら台本に書き直した「サイダーハウス・ルール」でアカデミー賞脚色賞を受賞。他の作品に「オウエンのために祈りを」(1989年,「サイモン・バーチ」として映画化)、「未亡人の一年」(98年,「ドア・イン・ザ・フロア」として映画化)、「第四の手」(2001年)、「また会う日まで」(05年)、「あの川のほとりで」(09年)、「ひとりの体で」(12年)など。

アーフィエス, ベルトゥス　*Aafjes, Bertus*
オランダの詩人
1914.5.12〜1993.4.22
[名]アーフィエス, ラムベルトゥス・ヤコブス・ヨハンネス〈Aafjes, Lambertus Jacobus Johannes〉
[歴]ローマでルーヴァンで考古学を修め、ジャーナリストとなる。1940年処女詩集「ミューズとの格闘」を発表、46年自伝的な長詩「ローマへの徒歩旅行」や、聖書から得た霊感と現代的な言語感覚を歌った無韻詩「初めに」で評価を得た。古代への憧憬と郷愁を歌ったものが多く「王の墓」(48年)、「隊商」(53年)などがあり、また、「エジプト便り」(49年)、58年、64年、70年に来日した際の見聞記である「ミカドの国そぞろ歩き」(71年)などの旅行記も多い。

アフィノゲーノフ, アレクサンドル
Afinogenov, Aleksandr Nikolaevich
ソ連の劇作家
1904.4.4〜1941.10.29
[歴]モスクワ・ジャーナリズム大学在学中から劇作を始め、1924年に処女作を発表、生涯に20編の戯曲を著す。初期の戯曲には類型的人物が描かれていたが、「変人」(29年)、「恐怖」(30年)などでは人間心理を追求している。代表作の「ダリョーコエ」(35年初演)、「マーシェンカ」(41年初演)などは、叙情性豊かな作品でソ連の心理劇に影響を与えた。41年モスクワ空襲で爆死した。

アブジ, ダニー　*Abse, Dannie*
イギリスの詩人, 作家, 劇作家, 医師
1923.9.22〜2014.9.28
[出]ウェールズ・カーディフ　[名]Abse, Daniel　[学]ウェールズ国立医学校, ロンドン大学キングス・カレッジ　[勲]CBE勲章
[歴]ユダヤ系ウェールズ人。大学卒業後、ウェストミンスター病院で学び、1954年ロンドンのセントラル病院胸郭科の上級専門医となる。この間、48年に第1詩集「緑のものを求めて」を刊行。以後、詩集「下宿人、詩集1951-1956」(57年)、「小さな絶望」(68年)、「中央出口」(81年)、「全詩集 1948-1988」(89年)、

「New Selected Poems 1949-2009」(2010年)などを発表。他に戯曲「天国の火」(1948年)、「パブロフの犬」(69年)、「ピタゴラス」(76年初演, 79年刊)や小説「若い男の袖の灰」(54年)、「O.ジョーンズ, O.ジョーンズ」(70年)、自伝的作品「家の詩人」(74年)、「私自身の強烈な一服」(82年)などがある。79〜92年イギリス詩人協会会長を務めた。

アブダルハミード, アマール *Abdulhamid, Ammar*
シリアの作家, ジャーナリスト
1966〜
[出]ダマスカス　[学]ウィスコンシン大学卒 歴史学博士(ウィスコンシン大学)
[歴]父は有名な映画監督、母も大物女優という家庭に育つ。3歳でカトリック系の学校に進学。1984年宇宙飛行士になるためモスクワに渡るが、徹底した管理体制に失望、アメリカのウィスコンシン大学で歴史を学ぶ。のちダマスカスで小さな出版社を経営する傍ら、ジャーナリストとして活躍。一方、現代のイスラム社会に生きる若者の性的抑圧と開放を描いた小説「月」で作家デビュー。英語で書かれた同作品は世界各国で出版される。2002年来日。

アブドゥル・ラフマーン・シャルカーウィ
→シャルカーウィー, アブド・アッ・ラフマーン・アッを見よ

アフマドゥーリナ, ベラ *Akhmadulina, Bella*
ロシア(ソ連)の詩人
1937.4.10〜2010.11.29
[出]ソ連ロシア共和国モスクワ(ロシア)　[名]アフマドゥーリナ, イザベラ・アハートヴナ〈Akhmadulina, Isabella Akhatovna〉
[学]ゴーリキー文学大学(1960年)卒　[賞]ソ連国家賞(1989年), プーシキン賞(1994年), ロシア国家賞(2004年)
[歴]母方はイタリア人、父方はタタール人の血統。幼少期から詩作を始め、在学中から作品を発表。1960年代初め文芸誌「青春(ユーノスチ)」に拠って進出し、スターリン批判後の"第4の世代"を代表する女流詩人として、豊かな内面の情熱と夢にあふれた詩で人気を得た。62年の処女詩集「Struna(琴糸)」を皮切りに、出生の歴史を綴った長詩「Maja rodoslavnaja(私の系譜)」(64年)、メルヘン風の「雨についてのお伽話」(62年)を発表。以後、「悪寒」(68年)、「吹雪」「ろうそく」(以上, 77年)のほか、小説「レールモントフ—R家の古文書より」(73年)、随想風短編「Na sibirskikh dorogakh(シベリアの道にて)」(63年)などを執筆。言論の自由を主張し、ソ連当局から迫害された作家ソルジェニーツィンや物理学者で人権活動家のサハロフ博士を擁護したことでも知られた。79年検閲制度に抗議する自主出版文集「メトローポリ」発行に参加し、散文「数匹の犬たちと一匹の犬」を発表後、作品公表を禁じられたが、83年の詩集「秘めごと」で復帰した。他の詩集に「音楽のレッスン」(69年)、「Tenerezza」(71年)、選詩集「グルジアの夢」(77年)などがある。

アフマートワ, アンナ *Akhmatova, Anna Andreevna*
ソ連の詩人
1889.6.23〜1966.3.5
[出]オデッサ　[名]ゴレンコ〈Gorenko〉　[学]キエフ大学法学部卒
[賞]タオルミナ賞(イタリア)
[歴]大学卒業後ペテルブルクに出て、1910年アクメイズムの主唱者グミリョフと結婚(18年離婚)。パリへ行ってモディリアーニらと交際。12年処女詩集「夕べ」で注目を浴び、次いで「数珠」「白き鳥群」「キリスト紀元21年」などで明快でリアルな詩的表現を達成。革命後の20〜30年代は沈黙。46年ジダーノフ批判で"人民に無縁なデカダン詩人"と攻撃され、スターリン批判後詩壇に復帰した。他の詩集に「やなぎ」「主人公のいない叙事詩」など。粛清時に投獄された息子レフの苦渋体験を詠んだ連作詩「鎮魂歌」は国際的な反響を呼んだ。
[家]息子＝レフ・グミリョフ(歴史家)

アフメト・ハーシム
→ハーシム, アフメトを見よ

アブラーモフ, フョードル・アレクサンドロヴィチ
Abramov, Fedor Aleksandrovich
ソ連の作家
1920.2.29〜1983.5.14
[出]ロシア・アルハンゲリスク州ヴェルコーラ村　[学]レニングラード大学卒, レニングラード大学大学院修士課程修了
[歴]北ロシア・アルハンゲリスク州の寒村に生まれる。レニングラード大学3年の時に志願して第二次大戦に出征、重傷を負う。同大大学院を出て、1950〜60年同大ソビエト文学部の講座主任を務める。一方、49年頃からまず批評家として活動を始め、54年雑誌に「戦後の散文におけるコルホーズ農村の人々」を発表して戦後文学を批判。58年故郷ペシカノ村を舞台に農民の過酷な生活を描いた最初の長編小説「兄弟姉妹」を発表。続く「二つの冬 三つの夏」(68年)、「別れ道」(73年)、「家」(78年)と共に歴史的な4部作となった。70年代に台頭した"農村派"の一人。

アブロウ, キース・ラッセル *Ablow, Keith Russel*
アメリカの作家, 精神科医, ジャーナリスト
1961〜
[出]マサチューセッツ州　[学]ブラウン大学精神科学専攻(1983年)卒 医学博士(ジョンズ・ホプキンズ大学)(1987年)
[歴]トラウマや暴力に関連する訴訟事件では専門家証人として証言に立つこともある。「ワシントン・ポスト」で精神医学に関するコラムを執筆するなど、ジャーナリストとしても活躍。1997年「悪夢のとき」で作家デビュー。精神医学に関する幅広い知識に裏打ちされた描写力が評価され、ハードボイルドな心理サスペンスの書き手として賞賛を得る。他に「カプラー医師の奇妙な事件」「抑えがたい欲望」など。

アプワード, エドワード *Upward, Edward*
イギリスの作家
1903.9.9〜2009.2.13
[出]エセックス　[名]アプワード, エドワード・ファレー〈Upward, Edward Falaise〉
[歴]レプトン校とケンブリッジ大学でイシャウッドと同級生で、生涯の友人となる。1938年処女作「辺境への旅」を発表。長い沈黙の後、62年「30年代に」を発表、「腐敗した要素」(62年)、「故郷なく闘争あるのみ」(77年)と3部作を構成し、「螺旋状上昇」の総題をつけた。

アベカシス, エリエット *Abécassis, Eliette*
フランスの哲学者, 作家
1969.1.27〜
[出]ストラスブール　[学]エコール・ノルマル・シュペリウール(哲学), ハーバード大学
[歴]父が哲学の教授で、幼い頃からユダヤ教とキリスト教に親しむ。ハーバード大学留学時代に死海文書に関する研究書を読み、小説の構想が浮かび、3年がかりでミステリー小説「クムラン」を執筆。ベストセラーになり、続編「クムラン—蘇る神殿」を発表。他の作品に「金と灰」(1997年)がある。98年来日。

アベディ, イザベル *Abedi, Isabel*
ドイツの作家
1967.3.2〜
[出]ミュンヘン
[歴]13年間コピーライターとして活躍したのち、児童文学作家としてデビュー、著作は40を超える。若者向けのミステリーとして書かれた「日記は囁く」は特に評価が高く、2006年ドイツ児童文学賞青少年審査委員賞にノミネートされた。

アペリ, ヤン *Apperry, Yann*
フランスの作家
1972〜
[賞]メディシス賞(2000年), 高校生が選ぶゴンクール賞(2003年), マルグリット・ピュル・ドゥマンジュ賞(2003年)

㋭父親はフランス人、母親はアメリカ人。1997年25歳の時に「Qui vive, Minuit(誰何)」でデビュー。2000年3作目にあたる「Diabolus in Musica, Grasset(ディアボルス・イン・ムジカ)」でメディシス賞を受賞。03年には「ファラゴ」で、高校生が選ぶゴンクール賞、およびマルグリット・ピュル=ドゥマンジュ賞を受賞。このほか戯曲や、オペラの台本、映画の脚本などの執筆も手がける。

アベル, キェル　Abell, Kjeld
デンマークの劇作家
1901.8.25～1961.3.5
㋬リベ
㋭イプセン以来の北欧演劇の伝統から離れ、映画的手法などを取り入れた新しい作劇術によって、初期の「失われたメロディー」(1935年)で早くも成功を収める。鋭い社会的批判と風刺で観客を集めた。「アンナ・ソフィー・ヘドヴィ」(39年)や「シルケボー」(46年)ではファシズム台頭下の社会を批判。他の作品に「雲の上の日々」(47年)、「椿姫」(59年)など。

アホ, ユハニ　Aho, Juhani
フィンランドの作家
1861.9.11～1921.8.8
㋑Brofeldt, Juhani
㋭初期の「鉄道」(1884年)などでリアリズム文学の第一人者となる。その後、モーパッサンやドーデの影響を受け、自然主義風の作品を経て、新ロマン主義に移る。主な作品に「牧師の妻」(94年)、「ユハ」(1911年)など。フィン語(スオミ語)文学を大成し、フィンランド文学を西欧の水準にまで高めた。99年「ユハ」がアキ・カウリスマキ監督により映画化された(邦題「白い花びら」)。

アポダカ, ジェニファー　Apodaca, Jennifer
アメリカの作家
㋬カリフォルニア州オレンジ郡　㋑筆名=リヨン, ジェニファー〈Lyon, Jennifer〉
㋭13歳のときに父を亡くす。高校卒業後に働きはじめた動物保護施設で夫に出会い、3人の息子をもうけたあと大学に入学し、妊娠を機に小説を書き始めた。最初に手がけたミステリー小説「毒入りチョコはキスの味」(未訳)が大手出版社のケンジントンの目に留まり、作家デビュー。同作を第1作とする〈Tバック探偵サマンサの事件簿〉シリーズで人気を呼び、セクシーかつ軽快なテンポの作品を次々と発表する。また、ジェニファー・リヨン名義でロマンス小説を執筆。

アボット, ジェフ　Abbott, Jeff
アメリカの作家
1963～
㋬テキサス州ダラス　㋯ライス大学卒　㋐アガサ賞処女長編賞(1994年)、マカヴィティ賞最優秀処女長編賞(1995年)
㋭大学卒業後、広告代理店でクリエイティヴ・ディレクターとなる。1994年図書館長ジョーダン・ポティートを主人公にしたシリーズの第1作「図書館の死体」で作家デビュー。巧みな構成と人物描写、ひねりをきかせた筋立てで人気となる。同シリーズに「図書館の美女」「図書館の親子」「図書館長の休暇」がある。2001年には「さよならの接吻」でお気楽な判事モーズリーを主人公にした〈モーズリー判事〉シリーズを開始、「海賊岬の死体」(02年)、「逃げる悪女」(03年)を発表。「図書館の死体」でマカヴィティ賞最優秀処女長編賞を受け、「逃げる悪女」はアメリカ探偵作家クラブ賞(MWA賞)最優秀ペーパーバック賞にノミネートされた。

アボット, ジョージ　Abbott, George Francis
アメリカの劇作家, 演出家
1887.6.25～1995.1.31
㋬ニューヨーク州フォレストビル　㋯ロチェスター大学卒　㋐ピュリッツァー賞(ドラマ部門)(1960年)
㋭ハーバード大学でベイカー教授に学び、1913年から舞台に立つ。19年に劇作と演出に転向。120本以上の作品を手がけ、トニー賞を延べ40回受賞した。「1頭の馬に3人の男」(35年)、「パジャマ・ゲーム」(54年)、「くたばれヤンキース」(55年)、「フィオレロ」(59年)など、大衆悲喜劇やミュージカルに優れた作品が多い。64年演劇界の内幕を語った自伝「ミスター・アボット」を出版。

アボット, トニー　Abbott, Tony
アメリカの作家
1952～
㋬オハイオ州クリーブランド　㋯コネティカット大学卒
㋭コネティカット大学で英文学を学んだあと、ヨーロッパへ渡り、数多くの詩を書く。アメリカに戻ってからは書店や図書館で働く。結婚後、作家パトリシア・ライリー・ギフの創作クラスで勉強し、1994年デビュー作「Danger Guys(あぶない男)」(未訳)を刊行。これが〈Danger Guys〉としてシリーズ化され、テレビアニメにもなった。これまでに、小学生向けの本を60冊以上書いており、アメリカのほか、イタリア、スペイン、韓国、ロシアなどでも出版されている。他に〈The Secrets of Droon〉〈The Copernicus Legacy〉〈The Haunting of Derek Stone〉〈Goofballs〉など多数のシリーズがある。

アボット, ミーガン　Abbott, Megan E.
アメリカの作家
㋬ミシガン州デトロイト　㋯ミシガン大学卒 博士号(英米文学, ニューヨーク大学)(2000年)　㋐MWA賞(最優秀ペーパーバック賞)(2008年)、バリー賞(最優秀ペーパーバック賞)
㋭ミシガン大学を卒業後、2000年ニューヨーク大学で英米文学の博士号を得、02年にハードボイルド小説とフィルムノワールの研究書を刊行。文学、創作、映画をニューヨーク大学などで教える。処女長編「さよならを言うことは」(05年)がアメリカ探偵作家クラブ賞(MWA賞)最優秀新人賞にノミネートされる。3作目の「暗黒街の女」(07年)で、MWA賞とバリー賞の最優秀ペーパーバック賞を受賞。

アポリネール, ギヨーム　Apollinaire, Guillaume
イタリア生まれのフランスの詩人
1880.8.26～1918.11.9
㋬イタリア・ローマ　㋑コストロヴィツキー, ウィルヘルム・アポリナリス・ド〈Kostrowitzky, Wilhelm Apollinarius de〉
㋭イタリア人の父とポーランド人の母との私生児。モナコから1899年パリに移住。少年時代から象徴派の影響を受けて詩作。1903年ジャリと雑誌「イソップの饗宴」を創刊。06年以後「るつぼ」「婚約」などの詩編で前衛派に連なる新しい詩人として認められた。12年ジャコブ、ピカソらと前衛雑誌「ソワレ・ド・パリ」を創刊。小説集「異端教祖株式会社」(10年)、美術評論集「キュビスムの画家たち」(13年)、詩集「アルコール」(13年)などで前衛芸術の旗手としての地位を確立。14年第一次大戦に志願兵として出征、16年頭部を負傷、3回の手術を受けたが完治しなかった。他に小説集「虐殺された詩人」(16年)、詩集「カリグラム」(18年)など。25年堀口大学により「月下の一群」として日本に初めて紹介された。「ミラボー橋」の作詞でも有名。

アーマー, アイ・クウェイ　Armah, Ayi Kwei
ガーナの作家
1939～
㋬タコラディ　㋯アチモタ・カレッジ卒, ハーバード大学, コロンビア大学
㋭1959年渡米し、ハーバード大学、コロンビア大学で学ぶ。66年帰国、教職に就くが、後パリで「ジェヌ・アフリーク」誌の編集に従事。70年にタンザニアに移住、レソトを経て79年にアメリカに移る。作品に独立後の黒人支配者たちの腐敗を描いた処女作「美わしきもの、いまだ生まれず」(68年)のほか小説「なぜにわれら、かくも祝福される?」(72年)、「二千年季」(73年)、19世紀アシャンティ王国滅亡の悲史を描いた代表作「療術師たち」(78年)など。83年より再びアフリカで執筆に従事。伝統文化擁護の立場からコラムニストとしても活発に発

言を行う。

アマディ, エレチ *Amadi, Elechi*
ナイジェリアの作家, 劇作家
1934.5.12～2016.6.29
㊊リバース州ポートハーコート近郊アルー　㊋Amadi, Elechi Emmanuel　㊌ロンドン大学ユニバーシティ・カレッジ・イバダン（現・イバダン大学）
㊍ナイジェリア東部の少数民族イクウェレ族の出身。1965年ナイジェリア軍を退役、故郷に帰り、グラマースクールの教師、のち校長となる。66年クーデター、67年には内戦（ビアフラ戦争）が勃発。少数民族が多く住むリバース州の分離を求める運動に参加していたため、反ビアフラ主義者の嫌疑によりビアフラ軍に拘束され、虐待を受けた。釈放後、タクシー運転手、ビアフラ軍による再逮捕と辛酸を舐めた。68年脱走しナイジェリア軍に再入隊、空港司令官となり、リバース州政府に勤務。69年ビアフラ軍敗走の後、ポートハーコートに戻った。この間、処女小説「女やもめ」(66年)を発表。ビアフラ戦争中の体験記「ビアフラの落日」(73年)でも知られる。他の作品に「大きな池」(69年)、「奴隷」(78年)、劇作品に「こしょうのスープとイバダンへの道」(77年)、「ヨハネスブルクの踊り子」(78年)などがある。

アマード, ジョルジェ *Amado, Jorge*
ブラジルの作家
1912.8.10～2001.8.6
㊊バイーア州イタブーナ　㊎レジオン・ド・ヌール勲章コマンドール章　㊏スターリン国際平和賞(1951年)、ブラジル国家文学賞
㊍カカオ農園で育ち、リオデジャネイロの法律学校在学中から左翼運動に参加。1930年ジャーナリストになり、35年その政治思想のために投獄され、何年か国外追放された。41年にはアルゼンチンに亡命。46～47年ブラジル議会の共産党代議士に選ばれた。この間、31年19歳の時に処女作「カーニヴァルの国」を発表。以来、故郷の農民、農業労働者、黒人の生活や苦悩・希望などを激しいリアリズムで表現した作品を数多く発表。社会派の作品で支持を得た反面、共産主義運動への参加を理由に政府からの弾圧を受けた。56年ソ連のスターリン批判で共産党を離党。以後、ユーモアのある作風に転じ、58年の「ガブリエラ、丁字と肉桂」は大ベストセラーとなった。作品の多くは世界中で翻訳され、アメリカや社会主義国で高い評価を受けた。またノーベル文学賞候補にもなった。他の作品に"カカオもの"と称される「カカオ」(33年)、「汗」(34年)、「ジュビアバー」(34年)や「砂の戦士たち」(38年)、「果てしなき大地」(42年)、「赤き耕作地」(46年)、「ドナ・フロールと2人の夫」(66年)、「偉大なる待ち伏せ—暗い顔」(84年)などがある。

アマルリク, アンドレイ・アレクセーヴィチ *Amalrik, Andrey Alekseevich*
ソ連の劇作家, 人権活動家
1938.5.12～1980.11.11
㊍1963年モスクワ大学を政治的理由で追放される。非正統派マルクス主義的見解を持ち、西側の外交官や通信記者と接触したとして、65年に逮捕され2年半の流刑が言い渡されるが、その後判決が覆され、66年モスクワへ戻る。70年処女作「気に染まぬシベリア行き」を発表。またエッセイ「ソ連は84年まで生きのびるか」(69年)が地下出版で流布し西側で一躍有名になるが、同年再び逮捕され、75年まで収容所生活を送る。釈放後はモスクワ居住を禁止されフランスに移住、80年国際会議に赴く途中、スペイン北部でトラックと衝突し即死した。多くの詩や戯曲も残した。

アミエル, イリット *Amiel, Irit*
ポーランド生まれのイスラエルの作家, 翻訳家, 詩人
1931～
㊋リブローウィック、アイリーナ〈Librowicz, Irena〉　㊏ナイク賞、ビブリオテカ・ラクジンスキク賞
㊍アイリーナ・リブローウィックの名前で生まれる。偽のアーリア身分証明書を使い、チェンストホヴァの隔離地区を含む第二次大戦を生き残った。違法ルートでドイツ、イタリア、キプロスの孤児キャンプを経て、1947年パレスチナに辿り着き、以降イスラエルに在住。作家、翻訳家、2ケ国語（ポーランド語とヘブライ語）の詩人として活躍。2巻に及ぶ短編集「Osmaleni」と「Podwojny Krajobraz」は、ポーランドで栄誉あるナイク賞とビブリオテカ・ラクジンスキク賞を含む数々の文学賞を受賞。2016年の詩集「Delayed」はウィスラワ・スジムボルスカ賞にノミネートされる。

アーミテージ, サイモン *Armitage, Simon*
イギリスの詩人, 作家
1963～
㊊ウェストヨークシャー州
㊍非行少年を矯正する仕事や保護監察官として勤務しながら詩を書き始める。処女詩集「ズーム！」で大衆的な人気を博し、第2詩集「キッド」は6万部以上売り上げて、イギリス現代詩の新しい読者層を開拓。テレビやラジオとのコラボにも積極的で、ミレニアムの節目や9・11をテーマにした長詩を書く。詩集は10冊以上、小説も数冊を上梓。

アミハイ, イェフダ *Amichai, Yehuda*
イスラエルの詩人, 作家
1924～2000.9.22
㊊ドイツ・ヴュルツブルク　㊌ヘブライ大学(聖書・ヘブライ文学)　㊏イスラエル文学賞
㊍1936年ナチスの迫害を逃れ家族とともにイスラエルに移住。第二次大戦では英軍隊のユダヤ旅団で働く。42年英軍に参加、中東での戦いに従軍、続いてイスラエル独立戦争に参加。戦後ヘブライ大学で学び、エルサレムの大学や学校で教鞭を執り、アメリカの大学などの講師を務めた。ユダヤ教の伝統に現代的な修辞を取り入れ、イスラエル現代詩の確立に貢献。ノーベル文学賞候補に何度も名前が挙げられた。詩は海外に知られ20ケ国以上の言葉に訳されている。作品に詩集「時」(77年)、小説「この時のものでなく、この場所のものでなく」(68年)、編著に「現代イスラエル詩選集」などがある。

アミル・ハムザ *Amir Hamzah*
インドネシアの詩人
1911～1946
㊊スマトラ
㊍スマトラの貴族の出身で、古い慣習と敬虔なイスラム教徒という環境に育ち、ジャワで高等教育を受ける。同時代の文学者と異なって、政治よりも純粋に詩の世界でのみ創作に励んだ。1933年「プジャンガ・バル（新詩人）」誌の発起人として参加。代表作「孤独の歌」(37年)でインドネシア現代詩に心理的深みを与えた詩人といわれ、"詩人の王"と称された。マレー、ジャワはじめ諸文学にも造詣が深く、サンスクリット文学など訳業にも優れたものがある。

アームストロング, ウィリアム・ハワード *Armstrong, William Howard*
アメリカの児童文学作家
1914.9.14～1999.4.11
㊊バージニア州レキシントン　㊏ニューベリー賞(1970年)
㊍大学卒業後、バージニア、コネティカットの高校で長く歴史の教師を務めるかたわら評論を執筆するうちに、児童文学の作品を発表するようになる。代表作「父さんの犬サウンダー」(1969年)で南部の黒人一家の苦闘の歴史を描いてニューベリー賞を受賞する。他の作品に「不毛の地」(71年)、「神様の水車小屋」(73年)、「ジョアンナの奇跡」(77年)などがある。

アームストロング, シャーロット *Armstrong, Charlotte*
アメリカのミステリー作家
1905.5.2～1969.7.18
㊊ミシガン州バルカン　㊋別名＝バレンタイン、ジョー

ア

〈Valentine, Jo〉 [賞]MWA賞（1956年）
[歴]1928年結婚、出産を経た後に執筆活動を始め、42年から推理小説を手がけるように。46年発表の「疑われざる者」で作家としての地位を確立。"サスペンスの女王"といわれ、56年「毒薬の小壜」でアメリカ探偵作家クラブ賞（MWA賞）を受賞。他の作品に「ノックは無用」「魔女の館」「風船を売る男」、短編集「あなたならどうしますか？」に収録された「敵」など。

アームストロング, リチャード *Armstrong, Richard*
イギリスの児童文学作家
1903.6.18〜1986.5.30
[賞]カーネギー賞（1948年）
[歴]20年余の海洋生活の体験をもとに青少年対象の海洋小説を執筆し、職業小説的な設定の中で様々な試練、経験、冒険を通して精神的に成長していく少年たちの生き生きとした姿を描き出す。その第1作である「海に育つ」（1948年）でカーネギー賞を受賞。他の作品に「危険な岩」（55年）、「燃えるタンカー」（58年）などがある。

アメット, ジャック・ピエール *Amette, Jacques-Pierre*
フランスの作家, 批評家
1943.5.18〜
[賞]ゴンクール賞（2003年）
[歴]雑誌「ルポアン」などの記者を経て、作家活動に入る。2003年創設100周年を迎えるゴンクール賞を「ブレヒトの愛人」で受賞。

アメリー, ジャン *Améry, Jean*
オーストリア生まれの作家, 評論家
1912.10.31〜1978.10.17
[出]ウィーン
[歴]ユダヤ人。ウィーンで文学・哲学を学ぶ。1938年ナチス・ドイツを逃れてベルギーに亡命、レジスタンスに参加。43年逮捕され、アウシュヴィッツ、ブーヘンヴァルト、ベルゲン・ベルゼン強制収容所に送られる。45年解放後はブリュッセルに住み、作家・評論家として活発に活動した。ロマン・エッセイという独特のスタイルにより機知と明晰をもって書き、"現代のヨーロッパにおける最も興味深い思索者の一人"といわれた。78年ザルツブルクで自殺。著書に「罪と罰の彼岸」「老化論」「遍歴時代」「ルフー, あるいは取り壊し」「自らに手をくだし」「田舎医者シャルル・ボヴァリー」の他、没後に出版された「さまざまな場所」「われらが世紀の青春書物」などがある。

アモンズ, A.R. *Ammons, A.R.*
アメリカの詩人
1926.2.18〜2001.2.25
[出]ノースカロライナ州 [名]アモンズ, アーチー・ランドルフ〈Ammons, Archie Randolph〉 [賞]ボーリンゲン賞（1975年）, ルース・リリー詩賞（1995年）, 全米図書賞
[歴]第二次大戦中の1944年から3年間務めたアメリカ海軍兵時代に詩を書き始める。鋭いウィットと鮮やかな想像力でエマソン、ホイットマンの流れをくむロマン派詩人として活躍。自然への細かい観察眼を備え、人間性の神秘をうたった詩で知られた。30冊近い詩集を出版し、全米図書賞を2度受賞するなど数多くの賞を受賞。主な詩集に「複眼」（55年）、「海水面の表情」（64年）、「コーソンズ入江」（65年）、「全詩集」（72年）、「世俗の願い」（82年）、「ごみ」（93年）などがある。コーネル大学教授として後進の指導にもあたった。

アーモンド, デービッド *Almond, David*
イギリスの作家
1951.5.15〜
[出]タイン・アンド・ウェア州 [賞]カーネギー賞（1998年）, ウィットブレッド賞（2003年）, 国際アンデルセン賞作家賞（2010年）, ボストン・グローブ・ホーンブック賞, スマーティーズ賞, ガーディアン賞（2015年）
[歴]イングランド北部のタイン川を見下ろす、古びた炭鉱町に生まれる。7歳で妹を、15歳で父を亡くす。20代初めに大学で小説や詩・戯曲を書き始める。1982年小学校教師を辞め、家を売却して得た金を手にコミューンへ移り、短編を書く。これらの作品は文芸誌に掲載され、2冊の短編集にまとめられた。98年初の児童文学作品「肩胛骨は翼のなごり」が反響を呼び、カーネギー賞とウィットブレッド賞に輝く。2003年の「火を喰う者たち」ではボストン・グローブ・ホーンブック賞、スマーティーズ賞、ウィットブレッド賞を受賞した。10年国際アンデルセン賞作家賞を受賞。05年「肩胛骨は翼のなごり」が日本で舞台化され来日した。他の作品に「闇の底のシルキー」「秘密の心臓」「ヘヴンアイズ」「星を数えて」「クレイ」など。

アヤーラ, フランシスコ *Ayala, Francisco*
スペインの作家, 社会学者, 随筆家, 文芸評論家
1906.3.16〜2009.11.3
[出]グラナダ [学]マドリード大学卒 法学博士（マドリード大学）（1931年） [賞]スペイン評論家賞（1972年）, セルバンデス賞（1991年）
[歴]高校卒業後、マドリードに移り、前衛主義文学を推し進めた"27年世代"の若手作家の一人として活動を始める。1923年マドリード大学に入学、31年法学博士を取得。ドイツに留学して政治学、社会学を学び、帰国後マドリード大学教授に就任。スペイン内戦（36〜39年）のあとは、フランコ独裁政権を批判してアルゼンチンに亡命、39〜50年アルゼンチン大学で社会学を講じながらエッセイを書く。その後プエルトリコを経て57年アメリカに移り、大学でスペイン文学を教えた。一方、作家としては、23年「Tragicomedia de un hombre sin espíritu（魂のない男の悲喜劇）」によってデビュー。内戦後、しばらく創作活動を中止していたが、49年以降、再び筆をとり、内戦をテーマに据えた「簒奪者」（49年）、中米の独裁政治を批判した「屠殺」（58年）、「コップの底」（62年）、中短編集「小羊の頭」（78年）などの作品を発表、すべての独裁に対する批判を謳った。72年には、過去・現在・未来の重複する時間の中で解体する人間を扱った「快楽の園」（71年）によりスペイン評論家賞を受賞した。78年帰国。ノーベル文学賞候補に何度も取り沙汰された。

アラゴン, ルイ *Aragon, Louis*
フランスの詩人, 作家, 評論家
1897.10.3〜1982.12.24
[出]パリ [学]パリ大学卒 [賞]ルノードー賞（1936年）, レーニン平和賞（1957年）
[歴]パリ大学の医学生時代からダダイスムやシュルレアリスムなどの文芸運動に参加し、1919年アンドレ・ブルトンとともに「文学」を創刊。20年第一詩集「祝火」、26年小説「パリの農夫」を刊行。27年共産党に入党するが、しばらくは文学と政治の矛盾に悩む。30年ソ連を訪れたのち共産主義に転じ、シュルレアリスムと決定的に決別した。37年共産党紙「スソワール」の主筆となる。第二次大戦中はドイツ軍占領下でレジスタンス運動に参加、「エルザの瞳」など祖国愛をうたった詩集を地下出版した。戦後も党活動を続けながら「Les Communistes（レ・コミュニスト）」などの傑作を発表し、57年にはレーニン平和賞を受賞。61年以来党中央委員を務めた。他の主な作品に、詩集「永久運動」「幽明詩集」「断腸詩集」「未完のロマン」「エルザに狂う」、小説「現実世界」（4部作）「聖週間」「ブランシュ、または忘却」、散文「精神に対する犯罪」「殉難者の肖像」などがある。
[家]妻＝エルザ・トリオレ（作家）

アラストゥーイー, シーヴァー *Arastui, Shiva*
イランの作家, 詩人
1962〜
[出]テヘラン [学]イスラム自由大学卒
[歴]イラン・イラク戦争時に看護助手として前線で働き、戦後は大学で英語を修めた後、著名作家の創作ワークショップで文学理論を学ぶ。他に映画製作、地震時の医療ボランティア、ボディビルのコーチなど多彩に活動。1991年以降次々と小説を発表し、90年代のイラン文学界を席巻。短編「太陽と月は

また巡る」で複数の文学賞を受賞。他の作品に、「怖れ」（2013年）など。大学などで文学や創作の指導も行っている。

アラバール, フェルナンド　Arrabal, Fernando
スペイン出身のフランスの劇作家
1932.8.11～
㊗スペイン・メリリャ　㊚サン・アントン大学法学部卒　㊥黒いユーモア賞（1968年）、オビー賞（1976年）、メダル賞（1983年）
㊔スペイン領モロッコのメリリャに生まれる。マドリードで法律を学んだ後、1955年渡仏。パリで演劇を研究して創作活動に入り、68年の五月革命以後のフランス演劇界で活躍。3歳の時にスペイン内乱が始まり、共和主義者であった父が、カトリック信者の母によってフランコのファシスト政権に売られて死刑宣告を受け、のち行方不明となる悲劇を体験。後年の劇作に大きな影を落し、抑圧への憎悪と反抗を基調にして、不条理の悪夢に挑む"パニック演劇"を生んだ。純真な幼児の魂を持つ人間を取り囲む残酷と倒錯に満ちた不条理の世界を、ユーモアとサディズムと夢想を織り交ぜた作風で描き出している。作品に「Pique-nique en campagne（戦場のピクニック）」（59年）、「L'architecte et l'empereur d'Assyrie（建築家とアッシリアの皇帝）」（67年）、「Le jardin des délices（享楽の庭）」（69年）などがあり、また70年頃からは、映画製作も手がけている。スペイン出身だが作品はフランス語。

アラルコン, ダニエル　Alarcón, Daniel
ペルー生まれのアメリカの作家
1977～
㊗ペルー・リマ　㊚コロンビア大学（文化人類学）、アイオワ大学（創作）　㊥PEN/USA賞、ドイツ国際文学賞
㊔南米ペルーに生まれ、3歳で渡米。コロンビア大学で文化人類学を、アイオワ大学で創作を学び、英語とスペイン語で執筆。雑誌「ニューヨーカー」「ハーパーズ」などに短編を寄稿する一方、「グランタ」「ア・パブリック・スペース」及びペルーの文芸誌「エティケタ・ネグラ」などで編集にも携わる。またペルーの刑獄や海賊本市場を取材するジャーナリスト、若手の南米作家たちを英語圏に紹介するアンソロジストとして幅広く活動。初の短編集「War by Candlelight」（2005年）がPEN/ヘミングウェイ賞の最終候補となり、07年に発表した初の長編「ロスト・シティ・レディオ」でPEN/USA賞、ドイツ国際文学賞を受賞。「ワシントン・ポスト」「サンフランシスコ・クロニクル」が選ぶ年間優秀作品にも挙げられた。カリフォルニア大学バークレー校客員教授も務める。

アラン, ジェイ　Allan, Jay
アメリカの作家
㊔子供の頃からSFやファンタジーのファンで読書が趣味。最初はノンフィクション作品を執筆していたが、その後フィクション創作を手がけるようになった。2012年に発表した「真紅の戦場—最強戦士の誕生」から始まる〈真紅の戦場〉シリーズで人気を博す。他に宇宙ミリタリーSF〈Portal Wars〉シリーズ、ディストピアSF〈Shattered States〉シリーズなどがある。

アラン・フルニエ, アンリ　Alain Fournier, Henri
フランスの作家
1886.10.3～1914.9.22
㊗シェール県ラ・シャペル・ダンジロン　㊚アルバン・フルニエ, アンリ〈Alban Fournier, Henri〉
㊔両親とも小学校教師の家庭に生まれ、12歳でパリに出る。ブールジュのリセ哲学科を経て、1903年ラカナル寄宿学校に入り、生涯の友となる評論家ジャック・リヴィエールと出会う（後に妹イザベルと結婚）。兵役終了後文筆を志し、13年「N.R.F.」誌に不朽の名作といわれる幻想的冒険小説「モーヌの大将」を連載して注目を浴びる。この小説は夢と現実の混濁した幻想的世界における青春の内的冒険を描き出し、これまでの写実的な小説と対立するまったく新しい小説として迎えられ、以後若い世代の作家たちに大きな影響を与えた。14年召集を受けサン・レミの森で戦死。没後、散文集「奇蹟」（24年）と、リヴィエールとの「往復書簡集」（26～28年）が出版された。

アリ, アーメド　Ali, Ahmed
パキスタンの作家, 批評家, 詩人
1910.7.1～1994.1.14
㊗インド・デリー　㊚アリーガル大学, ムスリム大学, ラクナウ大学
㊔インド進歩主義文学運動発起人で、いくつかの大学を経てカルカッタのプレジデンシー大学教授となる。インドからの分離独立によりパキスタンに移った後、パキスタン外務省に入り、中国、モロッコ代理大使など外交官として各地に駐在。作家としては、1930年代に母国語のウルドゥー語で短編小説を書き始める。ウルドゥー語短編集数冊のほか、英語小説「デリーのたそがれ」（40年）、「夜のわだつみ」（64年）、詩集「金色を放つ深紅の山」（60年）、ガーリブの選訳詩集や評論、ウルドゥー語詩の編訳詩集「金のように輝く伝統」（73年）などがある。

アリ, ミリアム　Harry, Myriam
フランスの作家
1875～1958
㊗エルサレム　㊚国立東洋語学校（パリ, アラビア語）　㊥フェミナ賞
㊔父はイギリス国教会の宣教師、母はドイツ人。幼少時代をオリエントで送り、ロンドンやベルリンの寄宿学校に入り、1893年パリに出る。国立東洋語学校でアラビア語（文語）を学んだ後、インド、インドシナ、チュニジアに旅し、パリに戻り、99年小説「ベドウィン族の通過」を出版。以後「エルサレムの征服」（1904年）、「クレオパトラ物語—エジプト王女秘話」（26年）、「初めての口づけ」（27年）など、オリエント的で情熱的な魅力が特徴の小説を発表した。

アリアガ, ギジェルモ　Arriaga, Guillermo
メキシコの作家, 脚本家, 映画監督
1958～
㊗メキシコシティ　㊚アリアガ・ホルダン, ギジェルモ〈Arriaga Jordan, Guillermo〉　㊚イベロ・アメリカン大学卒　㊥カンヌ国際映画祭脚本賞（2005年）
㊔14歳の時にナイフで刺されるという暴力的な少年時代を送った。その後作家となり、愛と生と死という普遍的なテーマを会話と物語の独自の構成で描き、高く評価される。作品に「The Sweet Scent of Death」「Guillotine Squad」「Buffalo of the Night」「Little Toads」など。一方、映画やテレビの脚本家としても活躍。1999年、自身の自動車事故の体験を基にした映画「アモーレス・ペロス」（アレハンドロ・ゴンザレス・イニャリトゥ監督）の脚本で世界的に知られるようになる。2003年「21グラム」（イニャリトゥ監督）の原作・脚本でBAFTA賞オリジナル脚本賞にノミネート。05年「メルキアデス・エストラーダの3回の埋葬」（トミー・リー・ジョーンズ監督・主演）でカンヌ国際映画祭脚本賞を受賞。06年の「バベル」（イニャリトゥ監督）ではアカデミー賞脚本賞にノミネートされる。08年「あの日、欲望の大地で」で映画監督デビュー。

アリゲール, マルガリータ　Aliger, Margarita Iosifovna
ソ連の詩人
1915.10.7～1992.8.1
㊗ウクライナ・オデッサ　㊚ゴーリキー記念文芸大学（1937年）卒　㊥スターリン賞（1943年）
㊔ユダヤ系のサラリーマンの家庭に生まれる。第1詩集「誕生の年」（1938年）に次いで「鉄道」（39年）、「石と草」（40年）があり、第二次大戦中にパルチザン少女の英雄の生涯を感動的にうたった抒情的叙事詩「ゾーヤ」（42年）で文名を馳せた。スターリン批判後の"雪どけ"期に大いに活躍し、当局から批判されたこともあるが、自由な立場を貫いた。他の詩集に「真実に関する物語」（47年）「最初の徴候」（48年）など。

アーリック, グレテル *Ehrlich, Gretel*
アメリカの作家
1946〜
[出]カリフォルニア州 [学]ベニントン・カレッジ, カリフォルニア大学ロサンゼルス校フィルム・スクール, ニュースクール・オブ・ソーシャル・リサーチ
[歴]ニューヨークでフィルム制作にあたり、その後ドキュメンタリーフィルムの撮影で訪れたワイオミングに定住。1979年羊、牛、馬に囲まれる牧場仕事の傍ら、本格的な執筆活動に入る。著書に「やすらかな大地」(85年)、「Islands, the Universe, Home」「Heart Mountain」「Drinking Dry Clouds」、共著に「City Tales, Wyoming Stories」など。

アリディヒス, オメロ *Aridjis, Homero*
メキシコの詩人, 作家
1940.4.6〜
[出]ミチョアカン州コンテペック [賞]ビリャウルティア賞(1964年)
[歴]詩人として叙情溢れる作品を数多く発表し、1964年ビリャウルティア賞を受賞。詩集に「赤いミューズ」(58年)、「王国の以前に」(63年)、「青い空間」(68年)などがある。小説では「1492年、フアン・カベソン・デ・カスティリャの生涯と時代」(84年)などの作品を発表。著述業の傍ら、スイス、オランダでメキシコ大使を務め、97年〜2003年国際ペンクラブ会長。02年日本ペンクラブの招きで来日。

アリベール, フランソワ・ポール *Alibert, François Paul*
フランスの詩人
1873.3.15〜1953.6.23
[出]カルカソンヌ
[歴]古典主義と地中海風土の影響によりマラルメの詩法を発展させ、20世紀ネオ・クラシシスム運動に独自の位置を占める。象徴主義の孤塁を守り、「N.R.F.」誌の協力者となった。詩集に「牧歌」(1923年)、「ローマの悲歌」(24年)など多数。

アリョーシン, サムイル・ヨシフォヴィチ *Alyoshin, Samuil I.*
ソ連(ロシア)の劇作家
1913.7.8〜
[歴]初め技師として働き、一方では大衆雑誌に寄稿する。1950年戯曲「工場長」の上演後、劇作に専念する。社会主義倫理とソヴェト社会の道徳的規範や市民としての義務と責任の問題を取り上げ、史実や伝説に基ずく戯曲を書く。他の作品に「ひとり」(56年)「病室」(62年)「主題と変奏」(79年)「十八番目の駱駝」(82年)など。

アリン, ダグ *Allyn, Doug*
アメリカのミステリー作家
1942.10.10〜
[出]ミシガン州ベイシティ [賞]ロバート・L・フィッシュ賞(1986年), MWA賞(1995年)
[歴]インディアナ大学で言語学の学位を取得後、米空軍情報部に中国語の通訳兼翻訳者として勤務。その後、ミシガン大学で犯罪心理学を専攻。1985年デトロイト市警のヒスパニック系刑事ループ・ガルシアを主人公とする短編「最後の儀式」で作家デビューし、86年ロバート・L・フィッシュ賞を受賞。95年「ダンシング・ベア」でアメリカ探偵作家クラブ賞(MWA賞)。他の著書に「モータウン・ブルース」「鎮魂のビート」「レイチェル・ヘイズの火影」などがある。

アリーン, ラーシュ *Ahlin, Lars Gustaf*
スウェーデンの作家
1915.4.4〜1997.3.10
[出]サンズボール
[歴]国民高等学校を卒業後、種々な職を経て作家生活に入る。貧家に生まれ混沌の中に道を切り開いていったところは、ゴーリキに比較され、人間心理の矛盾・相剋を動的に奔放に描いた点はドストエフスキーに通ずるともいわれる。作品は一種の神との対話で、噴火山的な生気や空霊的雰囲気に満ちながら、現実との鋭い対決で貫かれ、尖鋭な究極的価値の追求者、人間の弱さの摘発者として知られる。1957年には文学の功績に対し、作家協会より住宅を贈られた。主著に短編集「わたしを待つ眼はない」(44年)、「私の死は私のもの」(45年)、「もしも」(46年)、「敬虔な殺人」(52年)、「ニッキの味」(53年)、「大いなる忘却」(54年)、「女よ女よ」(55年)など。

アリンガム, マージェリ *Allingham, Margery*
イギリスの推理作家, 社会歴史学者
1904〜1966
[出]ロンドン
[歴]17歳の時、冒険小説を発表し好評を博す。1927年美術家フィリップ・ヤングマン・カーターと結婚する。その後、性格描写と社会背景の導入で文学的味わいの濃い作品となる。52年「煙の中の虎」はロンドンの暗黒街の殺人を扱ったもので高い評価を受ける。他の作品に「幽霊の死」(34年)など。

アルアスワーニー, アラー *Al Aswany, Alaa*
エジプトの作家
1957〜
[出]カイロ [学]カイロ大学, イリノイ大学シカゴ校
[歴]カイロ大学やアメリカの大学で歯学を学び、歯科医をしながら政治評論や創作活動を始める。小説第2作「ヤコビヤン・ビル」(2002年)がアラブ諸国で異例のベストセラーを記録し、映画化、ドラマ化されて社会現象となる。作品はその後、30ケ国語以上に翻訳され、アラブ圏外にも人気が広がった。他の作品に、「シカゴ」(07年)など。

アルヴァーロ, コッラード *Alvaro, Corrado*
イタリアの作家
1895.4.15〜1956.6.11
[出]カラブリア州サン・ルーカ [賞]ストレーガ賞(1951年)
[歴]第一次大戦後、新聞特派員として、トルコ、ソ連、フランスなどで活躍。古代の影が強く残る故郷アスプロモンテ地方を舞台に重い社会性をはらんだ短編集「アスプロモンテの人々」(1930年)が代表作で、自叙伝的要素の濃い作品が多い。他に長編「二十年」(30年)、詩集「旅」(42年)、半自叙伝「Quasi una vita」(51年)などがある。

アルヴェス・レドル, アントニオ
→レドル, アルヴェスを見よ

アルヴテーゲン, カーリン *Alvtegen, Karin*
スウェーデンの作家
1965.6.8〜
[出]ヒュースクヴァーナ [賞]ガラスの鍵賞(2001年)
[歴]テレビ脚本家を経て、1998年「罪」で作家デビュー。2001年2作目の「喪失」で、北欧5ケ国の推理作家が対象のベスト北欧推理小説賞・ガラスの鍵賞を受賞。サイコサスペンスを得意としており、"スウェーデン・ミステリー界の女王"とも評される。他の作品に、「裏切り」「恥辱」「影」「満開の栗の木」などがある。

アルカン, ネリー *Arcan, Nelly*
カナダの作家
1973.3.5〜2009.9.24
[出]ケベック州 [名]Fortier, Isabelle
[歴]2001年フランスの名門出版社Editions du Seuilに原稿を送ると、2週間で出版が決まり、「ピュタン」(原題「Putain」)で作家デビュー。フランスのメディシス賞とフェミナ賞の両方にノミネートされ、一躍有名作家の仲間入りを果たす。同時に、オートフィクションだったため、元高級娼婦という経歴にも多くの注目が集まった。09年自宅アパートで首を吊っているのが発見された。

アルゲージ, トゥドール *Arghezi, Tudor*
ルーマニアの詩人
1880.5.21〜1967.7.14
[出]ブクレシュティ [名]テオドレスク

㉗社会主義運動に参加し、19歳の時、修道士となるが、後に還俗し、各地を放浪する。1911年帰国後、人生の醜悪や神への疑惑をうたった詩集「ふさわしい言葉」(27年)、「かびの花」(31年)を発表し、20世紀最大の思想詩人と目される。第二次大戦中、政治権力を批判し、強制収容所に監禁される。思想詩「人間賛歌」(56年)は有名である。

アルゲダス, ホセ・マリア　Arguedas, José María
ペルーの作家
1911～1969
㊷アンダワイラス
㉗両親は白人で、父は判事としてアンデス各地に赴任。幼くして母を失うなどの事情で14歳までアンデスのインディオ、ケチュア族とともに育つ。大学卒業後、いくつかの職に就く一方、20代半ばから創作を始める。自らが育ったアンデスの先住民族の文化とリマを中心とした西欧文化の狭間で苦悩する。民族学や文化人類学にも関心を広げ、インディヘニスモ文学やケチュア語とその土着文化復興に貢献した。作品に「水」(1935年)、「ケチュアの歌」(38年)、「ヤワル・フィエスタ(血の祭り)」(54年)、「深い川」(58年)、「すべての血」(64年)など。

アルコ, ティモシー・モフォロルンショ　Aluko, Timothy Mofolorunso
ナイジェリアの作家
1918.6.14～2010.5.1
㊷西ナイジェリア・イレーシャ　㊗イバダン大学卒, ラゴス大学, ロンドン大学
㉗ラゴス大学、ロンドン大学で都市工学および都市計画を専攻。土木技師としてナイジェリア西部地方の公共事業の局長を務め、1966年ラゴス大学講師、州財務長官を務めながら小説を書く。代表作「ひとりの男に、ひとつの鎌」(64年)のほか、「ひとりの男に、ひとりの妻」(59年)、「男の縁者と職工長」(66年)、「恐れ多き皇帝陛下」(73年)、「被告席の悪者たち」(82年)など社会風刺ものが多い。

アルコス, ルネ　Arcos, René
フランスの詩人, 作家
1881.11.16～1959.7.16
㊷クリシー
㉗装飾美術学校を卒業し、1901年詩集「本質的な魂」を発表する。06年にはデュアメル、ロマンらとアベイ派を結成し、ヒューマニズムを歌う詩集「他人の血」(16年)、小説「他人」(26年)を発表する。20年反戦詩人の詩集を編集、出版し、23年ロランらと文学雑誌「ウーロップ」を創刊する。評論「ロマン・ロラン」(50年)の作者として有名である。

アルジッリ, マルチェッロ　Argilli, Marcello
イタリアの児童文学作家, 編集者
1926～2014.10.14
㊗モンツァ賞(1972年)
㉗イタリア共産党が発行する子供向けの新聞「ピオニエーレ」の編集をしながら、児童文学を執筆。幼年向けからヤングアダルトまで幅広い作品を書き、代表作の主人公にしたキオディーの冒険」(1955年)や人間と機械に関わる作品「くじらをすきになった潜水艦」(68年)などが代表作。72年「やあ、アンドレア」でモンツァ賞を受賞。

アルシニエガス, ヘルマン　Arciniegas, Germán
コロンビアの作家, 歴史家, 外交官
1900.12.6～1999.11.30
㊷ボゴタ
㉗1930年在イギリス副領事、40年在アルゼンチン領事、42～46年コロンビア教育相、54～59年コロンビア大学教授、59～62年駐イタリア大使、67～70年駐ベネズエラ大使、76～78年駐バチカン大使を歴任。一方、スペイン語圏の文壇の最長老の一人で、代表作の小説「カリブの伝記」など約60冊の著作がある。また、歴史を研究し、80年からコロンビア歴史アカデミー会長。ジャーナリストとしても活躍、「レビスタ・デ・アメリカ」を編集、出版。他の著書に「エル・ドラドの騎士」(42年)、「緑の大陸」(44年)などがある。

アルステルダール, トーヴェ　Alsterdal, Tove
スウェーデンの作家
1960.12.28～
㊷マルメ　㊗スウェーデン推理小説アカデミー最優秀ミステリー賞(2014年)
㉗映画や演劇の脚本家をしながら、スウェーデンのベストセラー作家リザ・マークルンドの編集者を務める。2009年処女作「海岸の女たち」で成功し、3作目の「Lå t mig ta din hand」でスウェーデン推理小説アカデミーの最優秀ミステリー賞を受賞。作品は世界16ケ国で翻訳される。

アルスラン, アントニア　Arslan, Antonia
イタリアの作家
1938～
㊷パドヴァ　㊗イタリア・ペンクラブ賞
㉗アルメニア系イタリア人。大学で教鞭を執る傍ら、18、19世紀イタリア大衆文学と女流文学の分野で先駆的な研究を手がける。アルメニアの偉大な詩人ダニエル・ヴァルジャンの「パンの歌」と「麦の海」を共訳したことから、自らのアイデンティティを再認識し、トルコが1915年に行ったアルメニア人虐殺をテーマにした「ひばり館」(2004年)で作家デビュー。第15回イタリア・ペンクラブ賞ほか、多くの文学賞を受賞した。大学退官後は執筆に専念。

アルセオ, リワイワイ　Arceo, Liwayway A.
フィリピンの作家
1920～1999.12.3
㊷マニラのトンド　㊗パランカ賞(1962年)
㉗1943年、18歳のときに書いた短編小説「渇いた魂」で注目される。戦後数多くのラジオドラマや小説を書き、「バニヤーガ(異邦人)」で62年パランカ賞を受賞した。エドロサとともにタガログ語短編小説界で女流の双璧をなす。他の作品に「リワイワイ・アルセオ短編小説選集1943～82」「アシシの聖フランシスコ」「レイナ川の家」などがあり、日本語、英語、ロシア語、ブルガリア語に翻訳されているものもある。創作の傍ら、タガログ語の新聞雑誌の編集長としても長年活躍し、また脚本家としても知られる。詩人マヌエル・プリンシペ・バウティスタの妻。
㊛夫＝マヌエル・プリンシペ・バウティスタ(詩人)

アルダーノフ, マルク　Aldanov, Mark
ロシア生まれの作家
1889.10.26～1957.2.25
㊷ロシア・キエフ　㊑ランダウ, マルク・アレクサンドロヴィチ〈Landau, Mark Aleksandrovich〉　㊗キエフ大学, パリ大学
㉗裕福な実業家の息子として生まれる。大学で学んだ後、デュマ文学サークルに出入りするようになり、1915年「トルストイとロラン」を著してトルストイとロマン・ロランの創作上の類似点を追及。19年フランスに亡命し、その後ベルリンを経て、41年渡米、ニューヨークに住むが、47年からはフランスに暮らす。代表作はフランス革命を扱った4部作「思索家」(23～27年)、ロシア革命(十月革命)を扱った「鍵」(30年)、「脱出」(32年)、「洞窟」(34～36年)、ベートーヴェンに関する哲学小説「第十交響楽」(31年)など、社会的、歴史的葛藤を強調する歴史小説を描いた。

アルツィバーシェフ, ミハイル　Artsybashev, Mikhail Petrovich
ロシアの作家
1878～1927.3.3
㊷ロシア
㉗小貴族、郡警察署長の息子として生まれ、1901年「パーシャ・トゥマーノフ」で文壇に登場。05年の革命以後性と暴力と死をテーマに、個人主義と享楽主義を主張、日本の文壇にも影響を与える。十月革命の後ポーランドに亡命、ワルシャワで

死去。主な作品に「妻」(04年)、「ランデの死」(04年)、「サーニン」(07年)、「最後の一線」(12年)などがある。

アルテ, ポール　*Halter, Paul*
フランスの作家
1956～
[出]アグノー　[賞]コニャック・ミステリー大賞(1987年), 冒険小説大賞(1988年)
[歴]1987年〈犯罪学者アラン・ツイスト博士〉シリーズの第1作「第四の扉」で作家デビュー。同作でコニャック・ミステリー大賞を、88年には「赤い霧」で冒険小説大賞を受賞。フランスでは珍しい本格ミステリーの旗手として知られ、「死が招く」「カーテンの陰の死」「狂人の部屋」「七番目の仮説」などの〈ツイスト博士〉シリーズで人気を博す。

アルテミエヴァ, ガリーナ　*Artem'eva, Galina*
ロシアの作家
[歴]文学博士号を持ち、モスクワで外国人を相手にロシア語を教える。2010年よりロシア最大の出版社の一つであるEKSMO社より全8冊の小説集の刊行がスタートした。夫はピアニストのコンスタンチン・リフシッツで、子息はロシアのポップグループ、コールニのリードボーカルとして活躍する。
[家]夫＝コンスタンチン・リフシッツ(ピアニスト)

アルテンベルク, ペーター　*Altenberg, Peter*
オーストリアの作家
1859.3.9～1919.1.8
[出]ウィーン　[名]エングレンダー, リヒャルト〈Engländer, Richard〉
[歴]ウィーンのユダヤ商人の息子。定職には就けず、35歳の時にカール・クラウスに見い出されて文筆活動を開始。ウィーンのカフェに入り浸る"カフェー文士"、典型的なボヘミアン作家で、"ウィーンのソクラテス"と呼ばれる。短編作家で、簡潔な文章で書き留めた数ページ・数行の小品が多い。満ち足りた世界に対抗し、娼婦に"清らかなもの"を求めた。作品集に「私のものの見方」(1896年)、「昼の伝えるもの」(1901年)、「プロードロモス」(06年)、「収穫」(15年)、「二番収穫」(16年)、「生そのもの」(18年)、「私の生の夕べ」(19年)などがある。晩年は長くアルコール依存症の治療施設や精神病院で過ごした。

アルトー, アントナン　*Artaud, Antonin*
フランスの劇作家, 詩人, 俳優, 演出家
1896.9.4～1948.3.4
[出]マルセイユ
[歴]5歳の時に脳髄膜炎を患ったことがきっかけで生涯神経的・精神的な痛みに苦しめられ、麻薬を常用するようになる。初めシャルル・デュランの下で俳優として活動。1924年シュルレアリスムに参加するが、26年除名される。同年劇作家ヴィトラックと劇団アルフレッド・ジャリ劇場を組織、ストリンドベリの「夢劇」、自作の「血の噴射」などを演出。38年評論集「演劇とその分身」を出版、分節言語よりも象徴的な動き、行動、音、リズムなどを重視した"残酷劇場"の理論に焦点を当て、現代前衛演劇に大きな影響を与えた。晩年は放浪、麻薬中毒、そして狂気の中にあった。著作に散文集「神経の秤」(25年)、小説「ヘリオガバルス」(34年)、評論「ヴァン・ゴッホ」(47年)や、映画出演作に「ナポレオン」(27年)、「裁かれるジャンヌ」(28年)などがある。

アルト, ロベルト　*Arlt, Roberto*
アルゼンチンの作家, 劇作家
1900.4.2～1942.7.26
[歴]移民の子として生まれる。様々な職に就いた後、ジャーナリズムに入り、いわゆるボエド・グループと呼ばれる社会主義や写実主義の作家達と交友を持つ。1926年自伝的色彩の濃い小説「怒れる玩具」を発表。その後もブエノスアイレスを舞台に、都市と住民をテーマとし、その中に風刺も織り込んだ小説「七人の狂人」(29年)やその続編「火炎放射器」(31年)、「3億」(32年)、「幻影を創る男」(36年)、「残酷なサベリオ」(36年)などの戯曲を著す。短編やエッセイも執筆。ボルヘス以前の文学世代で注目される一人。

アルトマン, ハンス・カール　*Artmann, Hans Carl*
オーストリアの詩人, 作家
1921.6.12～2000.12.4
[出]ウィーン　[賞]ビューヒナー賞(1997年)
[歴]若い頃ボヘミアン生活の中で英語、フランス語、スペイン語などを修得。1950年代に文学集団ウィーナー・グルッペに参加し頭角を現す。その後実験詩、翻訳の傍らバロック風の短文集、パロディ的小説を発表。ウィーン・バロックを現代に体現した詩人で主著に「サセックスのフランケンシュタイン」(72年)がある。

アルハサン, ジャナー　*Al Hassan, Jana*
レバノンの作家, ジャーナリスト
1985～
[出]レバノン
[歴]2009年よりジャーナリスト、翻訳家として活動する傍ら、小説を執筆。13年若くしてシングルマザーとなった自身の経験が投影された「私と彼女とそのほかの女たち」が国際アラブ小説賞の最終候補に残り、一躍脚光を浴びた。15年には「99階」が同賞の最終候補に再び選ばれ、新鋭作家としての地位を確立。

アルバジーノ, アルベルト　*Arbasino, Alberto*
イタリアの作家, 批評家
1930～
[歴]"63年グループ"や"新前衛派"に属して活躍。1957年短編集「ささやかな休暇」で文壇デビュー、59年発表の長編「消えた少年」は、欧米の文学作品からの引用を脚注に組み込み本文と切れ目なく混合、特異な批評小説となった。69年「スーパー・ヘリオガバルス」、72年「貞節な王子」などA.アルトーやカルデロン・デ・ラ・バルカの巧みなパロディ小説を発表。近年はオペラ、演劇を中心とする文明・風俗批評を新聞、雑誌に書く。代表作の小説に「イタリアの同胞」(63年)、評論集に「パリ愛しの女よ」(60年)、「オフ・オフ」(68年)、「作家の異相60」(71年)、ルポルタージュに「イタリアの幻影」(77年)など。

アルパート, マーク　*Alpert, Mark*
アメリカの作家
[出]ニューヨーク市　[学]プリンストン大学(天体物理学), コロンビア大学大学院(美術学)修士課程
[歴]プリンストン大学で天体物理学を専攻した後、コロンビア大学で美術学修士号を取得。新聞記者、科学雑誌編集者などを経て、2008年「アインシュタイン・セオリー」でデビュー。各国で絶賛され、シリーズ化された。

アルバート, マービン　*Albert, Marvin H.*
アメリカの作家
1924.1～1996.3.24
[出]ペンシルベニア州フィラデルフィア
[歴]ロシアから移民した薬剤師を父として生まれる。ペンシルベニア大学を1年のとき中退、第二次大戦中は通信士として商船に乗り組んだ。戦後に大学へ戻って卒業。その後は転々と職を変えながら、雑誌への寄稿を続ける。やがて編集の仕事につき、一時は「ルック」誌の編集者を務めたこともある。1960年代に脚本家として名を成し、フランク・シナトラ主演の「トニー・ローム―殺しの追跡」や、ディーン・マーティン、シドニー・ポワティエなどの主演映画を手がけた。その後作家生活に入り、サスペンス、ミステリー、西部小説のほか歴史書までものするという多彩な活動をする。主な作品に「The Gargoyle Conspiracy(標的)」「TheDark Goddess」「The Medusa Complex」「The Hidden Lives」「Operation Lila(リラ作戦の夜)」(83年)など。

アルバレス, フーリア　*Alvarez, Julia*
ドミニカ共和国出身のアメリカの詩人, 作家

1950〜
[出]アメリカ
[歴]アメリカで生まれ、生後すぐにドミニカ共和国へ移るが、10歳の時にアメリカへ移住。1991年最初の小説「ガルシア姉妹はどうやって英語のなまりをなくしたか」がベストセラーとなった。他の著書に「ロラおばちゃんがやってきた」「ひみつの足あと」などがある。

アルバレス・ムレーナ, エクトル・アルベルト *Álvarez Murena, Héctor Alberto*
アルゼンチンの作家, 評論家
1924〜1975
[歴]ラテンアメリカ文化あるいは文明一般をテーマとする評論、特に「アメリカ大陸の原罪」(1954年)で知られる。ペロン時代を背景に荒廃した人間群像を描いた長編小説3部作「肉体たちの宿命」(55年)、「夜の掟」(58年)、「約束の継承者」(65年)などでも高い評価を得る。

アルピーノ, ジョヴァンニ *Arpino, Giovanni*
イタリアの作家, 詩人
1927〜1987
[出]ピエモンテ州 [賞]ストレーガ賞(1964年)
[歴]ピエモンテ州のトリノに住み、エーリオ・ヴィットリーニの推挙で1952年処女作を発表。長編小説のほか、詩集、劇作、短編集など作品は多い。個人と社会の相剋をテーマとし、屈折の多い内省的な文体で現代に生きる不安を追求。出世作「若い修道女」(58年)はエウジェーニオ・モンターレの激賞を受け、代表作「丘の影」(64年)でストレーガ賞を受賞。他の作品に「誇り高き犯罪」(61年)、「短編27」(68年)、「放浪の主人公」(72年)、詩集「金の価格」(57年)、児童文学「イタリア千一話」(60年)、「列車襲撃」(66年)など。

アルファウ, フェリペ *Alfau, Felipe*
スペイン生まれのアメリカの作家
1902〜1999
[出]スペイン・ゲルニカ
[歴]1918年アメリカに移住。音楽を学び、ニューヨークのスペイン語新聞「ラ・プレンサ」で音楽批評を担当。後に英語で執筆を始める。36年小説集「ロコス亭の奇妙な人々」を刊行した後、ニューヨーク市の銀行で翻訳業務に就く。作品に小説「クロモス」、詩集「センチメンタル・ソングズ」、児童書「スペインの昔話」がある。

アルファロ, オスカル *Alfaro, Oscar*
ボリビアの作家, 評論家, 詩人
1921〜1963
[出]タリーハ [賞]ボリビア文学賞(金賞, 詩部門)(1956年), ボリビア文学賞(金賞, 短編小説部門)(1963年)
[歴]小学生の頃より詩作を始め、高校時代には演劇部を主宰。詩、脚本は多くのコンクールで高い評価を得た。小学校教師として働きながら文筆業、創作活動を続け、評論家、作家としての地位を確立。作品に「タリーハの太陽の下」などがある。

アルフェルデス, パウル *Alverdes, Paul*
ドイツの詩人, 作家, 童話作家
1897.5.6〜1979.2.28
[出]ストラスブール
[歴]第一世界大戦に参加して重傷を負う。戦後イエナ大学、ミュンヘン大学で法律とドイツ文学を学び、1922年以降は文筆活動に従事。29年戦争体験を基にした小説「喉頭負傷者収容病室」で作家としての地位を確立。34年ミュンヘンで雑誌「内面の国」を創刊。静かな魂の世界を描いた詩人で、作品に、詩集「北方の人々」(22年)、戯曲「敵意のある兄弟たち」(23年)、短編集「ラインホルト」(31年)、小説「森の兄弟」(51年)などがある。童話も書いた。

アルブーゾフ, アレクセイ *Arbuzov, Aleksei Nikolaevich*
ソ連の劇作家
1908.5.26〜1986.4.20
[出]モスクワ [学]レニングラード演劇学校卒 [賞]ソ連国家賞(1980年)
[歴]プロレットクリト劇場などで俳優兼演出家を経て、1939年演出家プルーチェクと研究劇団を結成。社会問題や人間のモラルをテーマとした劇作で知られ、ロングランを続けた「ターニャ」(38年)や「イルクーツク物語」(59年)などの作品により、ソ連の代表的劇作家といわれた。作品は他に「失われた息子」(61年)「私のかわいそうなマラート」(65年)など。

アルベルティ, ラファエル *Alberti, Rafael*
スペインの詩人, 劇作家
1902.12.16〜1999.10.28
[出]アンダルシア・カディス [賞]スペイン国民文学賞(1924年), レーニン平和賞(1965年), セルバンテス賞(1983年)
[歴]イエズス会の学院で学んだのち、1917年に首都マドリードに出る。はじめ画家として出発するが、のち詩に転じた。24年処女詩集「Marinero en tierra(陸の舟乗り)」で国民文学賞を受賞、詩人としての地歩を確立する。音楽性豊かな伝統的詩風から出発し、のちシュルレアリスムの手法を示す。30年頃から政治的関心を強めると、共産党に入り、36年の市民戦争では闘士として人民戦線に参加。演劇活動も展開し、追放されてアルゼンチンに亡命。以後、再び初期の詩風に戻る。77年フランコの死後スペインに戻った。主な作品に「Sobre los ángeles(天使たち)」(29年)、「街頭の詩人」(36年)、「絵画に」(46年)などがあり、また劇作としては「Los hombres deshabitador(住まわぬ人々)」(31年)、「Noche deguerra en el Museo del Prado(プラド美術館の戦いの夜)」(56年)などがある。

アルベール・ビロ, ピエール *Albert Birot, Pierre*
フランスの詩人, 劇作家
1876.4.22〜1967.7.25
[歴]1916〜19年前衛芸術詩誌「SIC」を主宰し、ダダからシュルレアリスムへの移行の火付け役となる。パリの彼のサロンには前衛詩人たちが集い、キュビスムやオルフィスムを論じた。書画詩や擬音詩など実験的な手法を実践し、句読点のない長編散文叙事詩「グラビヌロール」(33年)は滑稽かつ神秘的な想像力あふれる作品として知られる。詩集のほか、滑稽悲劇と称する戯曲を発表。主著に、詩集「ポケット版31詩篇」(17年)、「詩の110滴」(52年)など。

アルボム, ミッチ *Albom, Mitch*
アメリカの作家, 劇作家, 脚本家
1958〜
[出]ペンシルベニア州フィラデルフィア [学]ブランダイス大学卒, コロンビア大学(ジャーナリズム)修士課程修了
[歴]1970年代後半、ブランダイス大学で社会学教授モリー・シュワルツと出会う。卒業後はプロミュージシャンを目指したが挫折、コロンビア大学でジャーナリズムの修士号を取得し「デトロイト・フリープレス」紙のスポーツコラムニストとして活躍。鋭い洞察と軽妙なタッチのコラムで高い評価を受け、AP通信によって全米ナンバーワンコラムニストに13回選ばれた。97年不治の病に侵されたモリー教授と"人生の意味"について語り合った記録「モリー先生との火曜日」を発表。国内で600万部を超え、40週余にわたって全米ベストセラー入りし、世界30ケ国以上で翻訳出版された。2003年初のフィクション「天国の五人」を出版、「ニューヨーク・タイムズ」紙ベストセラー1位を獲得。他の著書に「もう一日—for one more day」「ささやかながら信じる心があれば」「時の番人」などがある。
[家]妻＝ジャニーン(ジャズ歌手)

アルマス・マルセロ, J.J. *Armas Marcelo, J.J.*
スペインの作家, 批評家
1946〜
[出]スペイン領カナリア諸島ラス・パルマス [名]アルマス・マルセロ, ファン・ヘスス〈Armas Marcelo, Juan Jesús〉 [学]コンプルテンセ大学(マドリード, 古典文学・文献学) [賞]ガルド

ス賞, プラサ&ハネス賞
[歴]1974年「絨毯の上のカメレオン」でガルドス賞受賞。「昏睡状態」(76年)、「神々自身」(89年, プラサ&ハネス賞受賞)、「ほとんどすべての女性」(2004年)などの作品があるほか、ラテンアメリカ文学に精通する批評家としても著名で、「バルガス・リョサー"書く"という病」(02年)は特に評価が高い。他に「連邦区マドリード」など。

アルマーダ・ネグレイロス *Almada-Negreiros*
ポルトガルの詩人, 作家, 画家
1893.4.7〜1970.6.14
[名]Almada-Negreiros, José Sobral de
[歴]植民地のサントメ島に生まれ、リスボンの神学校に入学。絵画や詩の才能がペソアに認められ、彼らの主宰する雑誌「オルフェウ」に詩や短編小説を寄稿。既成のアカデミズムに徹底的に反対し、ポルトガルの文化水準の向上に尽す。フランス、スペインで絵画や造形美術を学び、1932年帰国後は前衛芸術の普及に努める。業績は芸術評論から風刺画まで多岐にわたるが、小説「戦争の名前」(38年)によりポルトガル・モダニズム文芸の代表的作家の一人と目された。

アルメル, アリエット *Armel, Aliette*
フランスの作家
[賞]ウエスト賞(2002年)
[歴]1984年より「マガジーヌ・リテレール」誌で批評欄を担当。著書にミシェル・レリスの評伝やマルグリット・デュラスについてのエッセイがある。小説第1作である「ビルキス、あるいはシバの女王への旅」で、2002年ウエスト賞を受賞した後、「Le Disparu de Salonique(テサロニキの失踪者)」「Le Pianiste de Trieste(トリエステのピアニスト)」を上梓。

アルユーニ, ヤーコプ *Arjouni, Jakob*
ドイツの推理作家
1964.10.8〜2013.1.17
[出]西ドイツ・ヘッセン州フランクフルト(ドイツ)　[名]Michelsen, Jakob　[賞]ドイツ・ミステリ大賞ドイツ語作品部門第2位(1992年)
[歴]1987年20歳の時、トルコ人私立探偵カヤンカヤを主人公とした「Happy birthday, Türke!(ハッピー・バースデー、トルコ人!)」(邦題「異郷の闇」)でデビュー。ハードボイルド作家として高い評価を受ける。〈カヤンカヤ〉シリーズ第3作の「殺るときは殺る」(91年)で、92年のドイツ・ミステリ大賞ドイツ語作品部門第2位に輝いた。他の作品に、〈カヤンカヤ〉シリーズ「もっとビールを(Mehr Bier)」(87年)、長編小説「Magic Hoffmann(マジック・ホフマン)」(96年)、戯曲「Edelmanns Tochter(エーデルマンの娘)」(96年)などを発表。作品は世界中で翻訳された。

アルラン, マルセル *Arland, Marcel*
フランスの作家, 評論家
1899.7.5〜1986.1.12
[出]オートマルヌ県(フランス)　[学]パリ大学卒　[賞]ゴンクール賞(1929年)
[歴]第一次大戦後パリに出て一次ダダイスムに傾倒したが、その後アンドレ・ジードとの交友を通じて心理分析を主体とした小説に向い"不安の文学"の代表的作家とされた。評論「Sur un nouveau mal du siécle(新世紀病について)」、小説「L'ordre(秩序)」で作家としての地位を確立。このほか短編集「Les ames en peine(悩める魂)」や「アンタレス」などの小説、評論がある。1953年から68年までジャン・ポーランと「N.F.R.」を主宰した。フランス・アカデミー会員。

アルレー, カトリーヌ *Arley, Catherine*
フランスの推理作家
1924〜
[出]パリ　[賞]国際サスペンス大賞(1968年度), フランス・サスペンス賞
[歴]女優として舞台に立ち、映画にも何本か出演したが引退。1953年「死の匂い」で作家デビュー。56年第2作「わらの女」を発表、その美貌とあいまって、一躍国際的な推理作家の地位を確立。同作はイギリスで映画化された他、日本でも多くの作品がテレビドラマ化されている。他の著書に「目には目を」(60年)、「泣くなメルフィー」(62年)や「剣に生き、剣に斃れ」「三つの顔」「犯罪は王侯の楽しみ」などがある。
[家]父=マルセル・ベルノー(作家)

アレイクサンドレ, ビセンテ *Aleixandre, Vicente*
スペインの詩人
1898.4.28〜1984.12.14
[出]セビリア　[名]Aleixandre y Merlo, Vicente　[学]マドリード大学卒　[賞]ノーベル文学賞(1977年), スペイン国民文学賞(1935年)
[歴]"27年世代"の一人。1928年処女詩集「アムビト(構内)」でデビュー、シュルレアリスムに近い作風でスペインに自由詩を初めて根づかせ、若い詩人に大きな影響を与えた。主な作品に「破壊、もしくは愛」(35年)、「楽園の影」(44年)、「心の歴史」(54年)、「広大な領域にて」(62年)、「完結の詩」(68年)、「全詩集」(76年)など。病弱で、スペイン内戦中もスペインにとどまったが、一貫してヒューマニズムをうたい続け、77年ノーベル文学賞を受賞した。

アレオラ, ファン・ホセ *Arreola, Juan José*
メキシコの作家
1918.9.21〜2001.12.3
[歴]小学校を中退し、20以上の仕事に従事しながら独学する。作品の多くは風刺と機知に富んだ短い物語になっていて、「あれもこれも嘘」(1949年)、「共謀」(51年)などに収められている。メキシコの短編小説は彼の出現によって、新しい段階に入ったとされる。唯一の長編である「縁日」(63年)も、アフォリズム風の断章により構成されている。

アレグザンダー, ウィリアム *Alexander, William*
アメリカの作家
1976〜
[学]オベリン・カレッジ(演劇・民俗学), バーモント大学(英語)
[賞]全米図書賞(2012年)
[歴]雑誌に短編をいくつも発表した後、ファンタジー「仮面の街」で長編デビューし、2012年の全米図書賞を受賞。ミネソタ州ミネアポリスで教師をしつつ創作活動に取り組む。

アレクサンダー, ターシャ *Alexander, Tasha*
アメリカの作家
[学]ノートルダム大学(英文学・中世史)卒
[歴]ノートルダム大学で英文学と中世史を学んだ後、数年の放浪生活を送る。2005年ヴィクトリア朝時代を舞台に若き未亡人エミリーがヨーロッパ美術界の謎に迫る「レディ・エミリーの事件帖」で作家デビュー。「ニューヨーク・タイムズ」紙ベストセラー作家。イギリス人の夫アンドリュー・グラントも同じく作家で、シカゴとイギリスを行き来する生活を送る。
[家]夫=アンドリュー・グラント(作家)

アレクサンダー, ロイド *Alexander, Lloyd Chudley*
アメリカの児童文学作家
1924〜2007
[出]ペンシルベニア州フィラデルフィア　[学]ソルボンヌ大学　[賞]ニューベリー賞
[歴]幼い頃からギリシャやケルトの神話に興味を持つ。大学を中退して軍隊の下士官としてイギリスのウェールズに赴任、ウェールズ伝説も知る。のち、フランスのソルボンヌ大学に学び、帰国後、漫画家、編集助手、翻訳などの仕事に携わる傍ら、大人向けの作品も書いていたが、1964年ウェールズ伝説を下敷きにした「タランと角の王」を発表し児童文学界にデビュー。その続編4作(「プリデイン物語」5部作)で一躍アメリカを代表するファンタジー作家となる。以後、中世を舞台にしたユーモア物語「人間になりたがった猫」(73年)のほか、「セバスチャンの大失敗」「木の中の魔法使い」「ウェストマー

ク戦記」(3部作)など、子供のための文学、特にファンタジーやユーモアあふれる作品を多く発表した。

アレクシ, ジャック・ステファン Alexis, Jacques Stéphen
ハイチの作家, 革命家
1922～1961
㊣独立革命指導者デサリーヌの子孫で、セゼールやサンゴールからはネグリチュード文学を、サルトルからは実存主義を、フローベールとゾラからは批判的リアリズムを、ゴーリキーとエレンブルグから社会主義を学び、独自の"驚異的リアリズム"を開拓。1959年にハイチ人民統一党を創建し、政治活動の指導者として従事する傍ら、創作活動も続けた。デュバリエ独裁体制の官憲により逮捕、虐殺された。著書「太陽将軍」(55年)は日本にも紹介された。

アレクシー, シャーマン Alexie, Sherman
アメリカ先住民の血を引く詩人
1966～
㊣ライラ・ウォレス・リーダーズ・ダイジェスト作家賞(1994年)、O.ヘンリー賞(2005年)、PEN/フォークナー賞(2010年)
㊣スポーカン・クール・ダレーネ族のネイティブ・アメリカン。6冊の詩集と1冊の短編集を発表し、1993年PEN/ヘミングウェイ賞候補となる。94年ライラ・ウォレス・リーダーズ・ダイジェスト作家賞を受賞。イギリスの文芸誌「グランタ」でアメリカの注目若手作家の一人に選出される。98年初短編集を映画化した「スモーク・シグナルズ」が話題となる。99年6月ニューメキシコ州タオスで行われた、詩の朗読で闘う"世界ヘビー級タイトルマッチ"(詩のボクシング)でアフリカ系女性詩人ワンダー・コールマンに勝ち、チャンピオンとなる。著書に全米ベストセラーになった長編小説「レザベーション・ブルース」、サスペンス風の「インディアン・キラー」がある。

アレクシエーヴィッチ, スヴェトラーナ
Aleksievich, Svetlana Aleksandrovna
ベラルーシの作家, ジャーナリスト
1948.5.31～
㊣ソ連ウクライナ共和国イバノ・フランコフスク州(ウクライナ)　㊣ミンスク大学ジャーナリズム科卒　㊣ノーベル文学賞賞(2015年)、ライプツィヒ国際ドキュメンタリー映画祭銀の鳩賞(1983年)、クルト・トゥホルスキー賞(1996年)、アンドレイ・シニャフスキー賞(1997年)、エーリッヒ・マリア・レマルク平和賞(2001年)
㊣ベラルーシ人の父親とウクライナ人の母親を持ち、ベラルーシ・ミンスクで育つ。大学でジャーナリズムを専攻し、1970年代初めは地方紙のジャーナリストとして活動。その後、戦争やチェルノブイリ原発事故(86年)などの大惨事に見舞われた、歴史に名を残さないような人々の生々しい証言を集めたルポルタージュに取り組み、聞き書きの手法を確立。83年ライプツィヒ国際ドキュメンタリー映画祭で銀の鳩賞を受賞。第二次大戦の従軍女性たちの証言を掘り起こした「戦争は女の顔をしていない」(84年)はベストセラーとなり、映像化もされた。「アフガン帰還兵の証言」(91年)は政府批判ともとれる内容で、出版当初、共産党や軍関係者から強い抗議を受けた。チェルノブイリ原発事故やアフガニスタン戦争を、歴史的なものではなく人々の内面の歴史と捉え、その苦しみを代弁した作品が評価され、2015年ノーベル文学賞を受けた。他の作品に「ボタン穴から見た戦争」(1985年)、「死に魅入られた人びと」(93年)、「チェルノブイリの祈り」(97年)などがある。

アレグリア, シロ Alegría, Ciro
ペルーの作家, 政治家
1909.11.4～1967.2.17
㊣大陸小説賞
㊣北部アンデスの地主の家に生まれ、父は裕福な農場主だった。地方紙の記者として近代化による原住民の惨状を告発する一方、文芸誌に詩や短編小説を発表。1931年アプラ党に入党。34年反政府運動により国外追放となり、チリで25年の亡命生活を送る。この間に執筆した原住民問題をテーマとする「黄金の蛇」(35年)、「飢えた犬」(38年)、「世界は広く無縁なもの」(41年)の3作で知られ、特に白人地主と虐げられたインディオの抗争を描いた小説「世界は広く無縁なもの」は、原住民主義(インディヘニスモ)文学の代表的な作品の一つとされる。帰国後の60年人民行動党に入党し、国会議員となった。

アレナス, ブラウリオ Arenas, Braulio
チリの作家
1913.4.4～1988.5.12
㊣コキンボ州ラセレナ
㊣パリでアポリネールやツァラ、アルプ、ルヴェルディらと交わり、その後、シュルレアリスム文芸誌「マンドラゴラ」(1938年)、「ライトモチーフ」(41年)を創刊。チリのシュルレアリスム運動を先導する。「世界とそれに似たもの」(40年)、「記憶を助ける女」(41年)、「幽霊屋敷」(62年)などの詩集や長編小説「パースの城」(69年)、「情熱の虜」(75年)、および短編集「ノーマンズ・オーシャン」(52年)などがある。

アレナス, レイナルド Arenas, Reinaldo
キューバの作家, 詩人
1943～1990
㊣オリエンテ州オルギン
㊣1961年革命直後のハバナで執筆活動開始。65年「夜明け前のセレスティーノ」が作家芸術家協会のコンクールで2位となり、デビュー。66年の第2作「めくるめく世界」以後、国内での出版を認められず、弾圧を受ける。この作品が68年フランスのメディシス賞を受けるが世界的名声を得るが、自国の文化政策と相入れず、80年アメリカに亡命。他の作品に「純白のイタチどもの館」(72年)、「再び海へ」(82年)、短編集「行列は終った」など。

アレン, ウィリアム・ハーベイ Allen, William Hervey
アメリカの作家, 詩人
1889.12.8～1949.12.28
㊣ペンシルベニア州ピッツバーグ　㊣ピッツバーグ大学卒
㊣第一次大戦従軍体験を基に自伝的小説「炎を向かって」(1926年)を書く。ポーの伝記「イズラフェル」(26年)と、ナポレオン時代を背景にした歴史冒険小説「アントニー・アドヴァース」(33年)で一躍有名になる。大戦から帰国後、チャールストンにサウス・カロライナ詩学会を創立。他の著書に、「朝に向かって」(48年)、詩集「ブラインドマン」(23年)などがある。

アレン, ウォルター Allen, Walter Ernest
イギリスの作家, 批評家
1911.2.23～1995.2.28
㊣バーミンガム　㊣バーミンガム大学卒
㊣大学卒業後、フリーランスの作家兼ジャーナリストとして活躍。1959～61年「ニュー・ステーツマン」誌の文芸欄担当、68～73年アルスターの新大学英語学教授、70～71年ニューヨーク州立大学英語学教授、73～74年カナダのダルフージー大学英語客員教授、74～75年バージニア工科大学英語教授を務めた。代表作に年老いたかつての過激主義者の目を通して、現代の労働者階級の生活上の変化を鋭くえぐり出した小説「何事も運命だ」(59年)がある。他の作品に「無垢は沈んだ」(38年)、「Living Space」(40年)、「Dead Man Over All」(50年)、「Accosting Profiles」(89年)などがある。文学批評には「イギリス小説」(54年)、「伝統と夢」(64年)、「The Short Story in English」(81年)など。自伝に「新三文文士街を歩いているとき」(81年)。

アレン, エリック Allen, Eric
イギリスの児童文学作家, ジャーナリスト
1908～1968
㊣ロンドン　㊣Allen, Ballard Eric
㊣1930年ジャーナリストとしてスタート。子供の本は第二次大戦中に書き始め、第1作「かぎっこたちの公園」(63年)はその年のカーネギー賞次点に選ばれた。

ア

アレン, サラ・アディソン　*Allen, Sarah Addison*
アメリカの作家
[出]ノースカロライナ州アッシュビル
[歴]1994年大学卒業直後から執筆を開始。2007年初の主流文学作品「林檎の庭の秘密」が「ニューヨーク・タイムズ」のベストセラーとなり一躍名声を確立した。マジック・リアリズムと心温まる恋愛を融合させ、アメリカ南部の田舎町の情緒を盛り込んだ作風が特徴。

アレン, ジュディ　*Allen, Judy*
イギリスの作家
[賞]クリストファー賞, ウィットブレッド賞（1988年）, ミミズ賞（地球の友）（1989年）
[歴]劇場、出版社などで働いた後、著作活動に専念。子供やティーンエージャー向けの小説、ノンフィクションを多数手がけ、大人向けの小説「十二月の花」はテレビ映画化されてアメリカのクリストファー賞を受賞した。児童向けの作品に「木を切らないで」など。

アーレン, マイケル　*Arlen, Michael*
ブルガリア生まれのイギリスの作家
1985.11.16〜1956.6.23
[出]ブルガリア・ルシュク　[名]旧姓名＝クユムジアン, ディクラン〈Kouyoumdjian, Dikran〉
[歴]ブルガリアに生まれたが幼時からイギリスに住み、1922年に帰化。グレタ・ガルボ主演で映画化された小説「緑の帽子」（24年）の著者として、一時時代の寵児となった。他の作品に「海賊」（22年）、「恋する若者」（27年）、「男は女を嫌う」（31年）、短編集「ロマンチック淑女」（21年）、「魅力ある人々」（23年）など。戯曲もある。

アーロノビッチ, ベン　*Aaronovitch, Ben*
イギリスの作家
1964〜
[出]ロンドン
[歴]BBCの人気SFドラマシリーズ〈ドクター・フー〉のほか、「Casualty」や「Jupiter Moon」の脚本を手がける。2011年魔術師見習い兼ロンドン警視庁特殊犯罪課の新米警官の冒険を描いた〈ロンドン警視庁特殊犯罪課〉シリーズの「女王陛下の魔術師」でファンタジー界にデビュー。

アロンソ, アナ　*Alonso, Ana*
スペインの詩人, 作家
1970〜
[出]バルセロナ　[学]レオン大学　[賞]プレミオ・デ・ポエシア・イペリオン賞（2005年）, プレミオ・デ・オホ・クリティコ・デ・ポエシア賞（2006年）, バルコ・デ・バポール賞（2008年）
[歴]レオン大学でバイオテクノロジーを学び、その後、スコットランドやフランスで活躍。詩人として、多くの詩集を刊行。2005年プレミオ・デ・ポエシア・イペリオン賞、06年プレミオ・デ・オホ・クリティコ・デ・ポエシア賞を受賞。08年には「イフ—王国の秘密」でスペイン児童文学賞のバルコ・デ・バポール賞を受賞した。

アロンソ, ダマソ　*Alonso, Dámaso*
スペインの詩人, 批評家, 言語学者
1898.10.22〜1990.1.24
[出]マドリード　[学]マドリード大学　[賞]スペイン国民文学賞（1935年）, セルバンテス賞（1978年）
[歴]詩人であると同時に古典から現代までのスペイン詩の研究に取り組み、特に同国の詩人ゴンゴラに関する研究は高く評価された。海外でスペイン文学を講じた後、1939年からマドリード大学ロマンス語学教授、68〜82年王立言語アカデミー会長を務めた。代表作に詩集「純粋な詩」（21年）、「怒りの子どもたち」（44年）、評論「ゴンゴラの詩法」（35年）、「スペインの詩」（50年）、「ゴンゴラ研究」（55年）など。

アン・スギル　安 寿吉　*An Su-gil*
韓国の作家
1911.11.3〜1977.4.18
[出]朝鮮・咸鏡南道咸興（北朝鮮）　[名]号＝南石　[学]早稲田大学師範部英語科（1932年）中退
[歴]1926年間島の間島中学を卒業。31年日本の早稲田大学に留学するが、32年中退。35年「朝鮮文壇」誌の新人募集に応募した短編「赤十字病院長」が当選し、作家生活に入る。36年「間島日報」、37年「満鮮日報」の各記者を務める傍ら、同人誌「北郷」で習作を重ね、43年最初の小説集「北原」を刊行。48年越南してソウルへ逃れ、解放直後の社会的混乱と都市の庶民を描いた「旅愁」（49年）、「密会」（49年）、「翠菊」（50年）などを発表。53年朝鮮戦争下の知識人の三つのタイプを描いた「第三人間型」は注目を集める。59〜67年断続的に発表した長編「北間島」は代表作となった。

アン・ドヒョン　安 度昡　*An Do-hyeon*
韓国の詩人
1962.12.15〜
[出]慶尚北道醴泉　[学]円光大学国文科卒　[賞]詩と詩学若い詩人賞（1996年）, 素月詩文学賞（1998年）, 円光文学賞（2000年）, 露雀洪思容文学賞（2002年）, 母岳文学賞（2002年）
[歴]1977年大邱大建高校に入学、文芸班・胎動期文学同人会に加入して詩を書き始める。81年テグ毎日新聞新春文芸、84年東亜日報新春文芸に入選し、85年「ソウルに向かう全琫準」でデビュー。98年素月詩文学賞、2002年母岳文学賞など数々の賞を受賞。ウソク大学文芸創作学科で詩を教える。詩集に「氷蟬」、童話「幸せのねむる川」「どんぐりちゃん」、エッセイ集「小さく、低く、ゆっくりと」などがある。

アンカーン・カンラヤーナポン　*Angkhan Kanlayanaphong*
タイの詩人, 画家
1927.2.13〜2012.8.25
[出]ナコンシータムマラート県　[学]シンラパコーン大学（タイ芸術大学）絵画部卒　[賞]東南アジア文学賞（1986年度）, タイ国民芸術賞（1989年）
[歴]学生時代からスワンニー・スコンターらと交遊し、詩作を始める。仏教の教説を基底とした、深遠かつ高踏的で定型詩の枠を破った大胆な表現方法を取った詩風で知られる。主な詩集に「プークラドゥンの歌」（1973年）、「詩人の決意」（86年）などがある。画家としても有名。

アングイッソラ, ジャーナ　*Anguissola, Giana*
イタリアの児童文学作家
1906.1.14〜1966.2.13
[出]ピアチェンツァ
[歴]著作は「ジュリエッタは去っていく」「ひっこみじあんなヴィオレッタ」（1963年）など少女向けの作品が多い。また、「とってもすてきな動物記者」（59年）のように人間と動物との関係をユーモラスに描いた作品もある。著作活動の傍ら、「コッリエーレ・デイ・ピッコリ」などの児童新聞の編集にも携わった。

アンジェイエフスキ, イェジイ　*Andrzejewski, Jerzy*
ポーランドの作家
1909.8.19〜1983.4.19
[出]ワルシャワ　[学]ワルシャワ大学文学部（1931年）卒　[賞]ポーランド文学アカデミー賞（1938年）
[歴]生地の大学を卒業し、1932年に短編「嘘」でデビュー。38年長編「心の秩序」でポーランド文学アカデミー賞を受け、カトリック作家として台頭する。第二次大戦中には抵抗運動に参加、その体験を通じて戦後は共産主義に移るが、のちスターリン体制を批判して自由主義的立場に戻った。81年に自主解散した社会自衛委員（KOR）のメンバーで、反体制活動家の間に強い影響力を持っていた。作品としてはアンジェイ・ワイダ監督が映画化した「灰とダイヤモンド」が最も有名。

アンジェロウ, マヤ　*Angelou, Maya*
アメリカの詩人, 作家, 脚本家, 黒人活動家

1928.4.4〜2014.5.28
[出]ミズーリ州セントルイス　[名]ジョンソン, マルガリータ〈Johnson, Marguerita〉　[勲]自由勲章(アメリカ大統領)(2011年)
[歴]両親の離婚後、アーカンソー州の祖母に育てられる。17歳で未婚のまま出産。幼い息子を抱え、ウエートレス、ナイトクラブの歌手、ショー・ダンサーなどの職を転々とする。1950年代半ばキング牧師のもとで黒人公民権運動に身を投じる。60年代自身のルーツを求めガーナへ渡り、ジャーナリストとして活動。帰国後の69年、自伝「歌え、翔べない鳥たちよ」がベストセラーとなり、世界中で評価された。その後作家、映画の脚本・演出、詩作に精力的な活動を続ける。81年からウェイク・フォレスト大学教授。公の場での発言も多く、93年クリントン大統領の就任式で自作の詩「朝の鼓動に」を朗読、95年ワシントンでの100万人黒人大行進でスピーチを行うなど、現代アメリカで最も有名なアフリカ系女性詩人となった。他の著書に詩集「それでもわたしは立ちあがる」(78年)、「そして今なお立ち上がる」(87年)、「私の旅に荷物はもういらない」(93年)などがある。映画「ポエティック・ジャスティス/愛するということ」(93年)、「キルトに綴る愛」(95年)などでは女優として出演。2011年には自由勲章を受けた。

アンズワース, バリー　*Unsworth, Barry*
イギリスの作家
1930.8.10〜2012.6.5
[出]ダーラム　[学]マンチェスター大学　[賞]ハイネマン賞(1973年度), ブッカー賞(1992年)
[歴]イングランド北部ダーラムの炭坑町に生まれる。長年、東地中海地域で暮らし、アテネやイスタンブールで英語を教える。1966年処女作「The Partnership」を発表。「Mooncracker's Gift」で73年度のイギリス王立文学協会主宰ハイネマン賞を受賞。映画化もされた「Pascali's Island」(80年)でブッカー賞候補に上がる。「Sacred Hunger」で92年度ブッカー賞受賞。95年「Morality Play(仮面の真実)」を発表し、「ニューヨーク・タイムズ」紙で絶賛され、再びブッカー賞にノミネートされた。他の著書に「The Ruby in her Naval」(2006年)、「Land of Marvels」(09年)など。

アンソニー, イーブリン　*Anthony, Evelyn*
イギリスの作家
1928.7.3〜2018.9.25
[出]ロンドン　[名]Ward-Thomas, Evelyn Bridget Patricia　[賞]アメリカ文学ギルド賞(1956年・1957年), ヨークシャー・ポスト小説賞(1973年)
[歴]ローハンプトンの聖心女子修道院に在籍後、家庭内で教育を受ける。1949年から作家活動を始め、歴史小説などを執筆。55年結婚。第二次大戦中に秘密情報部にいた人物と知り合ったことなどからスパイ小説や心理サスペンス小説に転向した。歴史上または現代の事件から始まる国際的なスケールの恋愛を扱うことが多く、犠牲者心理を取り扱うのを得意とする。71年の作品「The Tamarind Seed」はジュリー・アンドリュースとオマー・シャリフ出演で映画化された。他の作品に〈女性情報部員ダビナ〉シリーズ、「戦士のレクイエム」「緋色の復讐」などがある。

アンソニー, ピアズ　*Anthony, Piers*
イギリス生まれのアメリカのSF作家
1934〜
[出]イギリス　[賞]イギリス幻想文学賞(1978年)
[歴]子供の頃にアメリカへ渡ってバーモントで育ち、1958年帰化。カレッジで美術、演劇、心理学を学ぶ。13歳の時からSFに病みつきになり、大学に提出した論文がSFの長編第1作だった。63年に短編でデビュー。その後、トラック運転手、保険外交員を経て、徴兵入隊という生活の中で第2の長編を書き始め、退役後も様々な職業に就きながら完成させる。それが「Chthon(ソーン)」で67年に出版されて注目を浴び、同年のヒューゴー賞とネビュラ賞にノミネートされた。アメリカで最も人気のあるファンタジー/SF作家の一人。以後次々と作品を発表。70年代に入り一時沈黙するが、77年から再びハイペースで作品を世に送り出す。日本では〈魔法の国ザンス〉シリーズ、〈ラッド王国年代記〉(共著)シリーズで知られる。またノベライズ作品には90年に映画化され大ヒットした「トータル・リコール」がある。

アンダション, ダーン
→アンデション, ダーンを見よ

アンダーソン, エリ　*Anderson, Eli*
フランスの作家, 医師
1967.12.7〜
[出]ストラスブール　[名]別筆名＝Serfaty, Thierry
[歴]小児腫瘍科の研修医を経て、放射線科の医師となる。傍ら小説を書き始め、Thierry Serfatyの名前でスリラーを執筆。一方、医者の経験に基づき、2009年エリ・アンダーソンの名前で発表した体内冒険ファンタジー「オスカー・ピル—体内に侵入せよ！」が大きな反響を呼ぶ。

アンダーソン, C.L.
→ゼッテル, サラを見よ

アンダーソン, シャーウッド　*Anderson, Sherwood*
アメリカの作家
1876.9.13〜1941.3.8
[出]オハイオ州カムデン　[名]Anderson, Sherwood Berton
[歴]貧家に生まれ、充分な教育を受けず数々の職業を経験。1898年米西戦争に志願して従軍。帰国後、塗装工場を経営して事業家として成功したが、1912年突然作家を志し、シカゴに移って作品を発表するようになる。「おおぼら吹きのマクファーソンの息子」(16年)、「行進する人たち」(17年)に続いて、中西部の人々の内面生活を描いた短編集「ワインズバーグ, オハイオ」(19年)で作家として成功を収めた。ほかに「卵の勝利」(21年)、「暗い笑い」(25年)、「地獄都市」(29年)、「森の中の死」(33年)、自伝「物語作家の物語」(24年)などがある。

アンダーソン, ジャック　*Anderson, Jack Northman*
アメリカの作家, コラムニスト
1922.10.19〜2005.12.17
[出]ユタ州　[学]ユタ大学卒, ジョージ・ワシントン大学卒　[賞]ピュリッツァー賞(1972年)
[歴]1939〜41年「ソルトレークシティ・トリビューン」のリポーターを振り出しにジャーナリズムの世界に入る。47年にコラム「ワシントン・メリーゴーラウンド」を配信していたドリュー・ピアソンにスタッフとして採用され、69年のピアソン死去後にコラム執筆を本格化。政治・外交問題のトップ・コラムニストとして数々の新聞雑誌に執筆し、米ジャーナリズムの中心的存在となる。調査報道の草分け的存在で、イランへの武器売却代金をニカラグアの反政府組織の支援に使ったとするイラン・コントラ事件などをめぐり数多くのスクープを放った。72年に米政権の対パキスタン政策に関する報道でピュリッツァー賞を受賞。スッパ抜き報道で有名で、ニクソン政権当時の当局者の中では、自動車事故などを装った暗殺計画も取りざたされたといわれる。小説も手がけ、「Stormin'Norman」はベストセラーリストに名を連ねた。他の小説に「The Japan Conspiracy(ニッポン株式会社の陰謀)」(93年)など。

アンダーソン, フレデリック・アービング
Anderson, Frederick Irving
アメリカの作家, ジャーナリスト
[出]イリノイ州
[歴]ニューヨークの新聞「ワールド」の記者として活躍した後、作家に転身。以後、"百発百中のゴダール""女賊ソフィ・ラング""パー警察副本部長"など数々のユニークなキャラクターを創造し、「サタデー・イブニング・ポスト」をはじめとする一流誌に作品を多数発表する人気作家となる。作品集に「怪盗ゴダールの冒険」(1914年)、「悪名高きソフィ・ラング」(25年)、

「殺人の本」(30年)などがある。

アンダーソン, ポール Anderson, Poul William
アメリカのSF作家, ファンタジー作家
1926～2001.7.31
㊋ペンシルベニア州 ㊋ミネソタ大学卒 ㊋ヒューゴー賞(7回), ネビュラ賞(3回)
㊋物理学者を志し, 1947年以来, 雑誌にSF作品を寄稿などして学費を稼ぎながら, ミネソタ大学で物理学を修めたが, 卒業後副業が高じて作家となる。以来, アメリカSF界で高い人気を誇り, 50～60年代を中心に100を超す小説や短編を執筆。最新の物理学, 天文学の知識とファンタジーを結び付けた"ハードSF"の旗手として活躍した。またヒューゴー賞を7回, ネビュラ賞を3回受賞。長編部門では70年代前半に6年連続で同賞の候補に挙げられた。多くのSF作品のほか, 一般小説や歴史小説, ミステリー, ノンフィクションなど多彩に執筆活動を展開。アメリカSFファンタジー作家協会会長も務めた。作品に「脳波」「折れた魔剣」(54年), 「タイム・パトロール」「天翔ける十字軍」(60年), 「タウ・ゼロ」(70年), 「空気と闇の女王」(71年), 「トラジェディ」(72年), 「百万年の船」(89年)などがある。北欧の物語詩(サーガ)の研究家でもあり, シャーロック・ホームズの研究家としても知られた。

アンダーソン, マクスウェル Anderson, Maxwell
アメリカの劇作家
1888.12.15～1959.2.28
㊋ペンシルベニア州アトランティック ㊋ピュリッツァー賞(1933年)
㊋第一次大戦中に平和主義を表明して, 教職と新聞論説委員の職を追われる。その後社会的批判の傾向の強い戯曲を多く書き, L.ストーリングズとの共作で, 第二次大戦を主題にした「栄光なにするものぞ」(1924年)でその地位を確立。ピュリッツァー賞受賞の「上院も下院も」(33年)では政治を風刺した。一方で, 30年代からは「女王エリザベス」(30年)や「スコットランドのメアリ女王」(33年)などの歴史劇も書き, 続いて現代的な主題を取り入れた詩劇, 「ウィンターセット」(35年), 「高台」(37年)などを発表した。

アンダーソン, ロバート Anderson, Robert
アメリカの劇作家
1917.4.28～2009.2.9
㊋ニューヨーク州 ㊋Anderson, Robert Woodruff ㊋ハーバード大学卒
㊋大学卒業後アメリカ海軍予備兵時代に書いた劇が, 1945年コンテストで入賞し, 劇作を志す。ブロードウェイのデビュー作「お茶と同情」(53年)がヒット。56年には演劇版同様デボラ・カー主演で映画化され, 自身も脚本を担当した。戯曲作品のほか, 映画・テレビの脚本や小説も執筆。他の作品に, 戯曲「静かな夜, 寂しい夜」(60年), 映画「尼僧物語」(59年), 「砲艦サンパブロ」(66年)など。

アンダーソン, ローリー・ハルツ Anderson, Laurie Halse
アメリカの作家
1961.10.23～
㊋ニューヨーク州シラキュース
㊋初めての小説「スピーク」(1999年)でマイケル・L.プリンツ賞オナーブックなど, ヤングアダルト小説に贈られる数々の賞を受賞。「黄色い気球」(2000年)は全米図書館協会優良図書に選ばれた。他に〈マック動物病院ボランティア日誌〉シリーズなどがある。

アンデション, ダーン Andersson, Dan
スウェーデンの詩人, 作家
1888.4.6～1920.9.16
㊋ダーラナ ㊋Andersson, Daniel
㊋家は貧しく小さい頃から伐採や炭焼きの仕事をする。短編小説集「炭焼きの物語」(1914年)でデビュー。詩集「炭焼きの歌」(15年)でスウェーデン文学に初めて労働階級の声を導入した。17年の「黒いバラード」で詩人として評価される。代表作は自伝小説「三人の宿なし」(18年)で, 初期プロレタリア文学の代表的作家の一人。20年ストックホルムのホテルで害虫駆除後の青酸ガスの排気が不十分だったため中毒死した。

アンデルシュ, アルフレート Andersch, Alfred
ドイツの作家
1914.2.4～1980.2.21
㊋ミュンヘン ㊋ネリー・ザックス賞(1967年)
㊋学校中途から共産主義青年同盟に加わり, 反ナチス活動により1933年ダッハウの強制収容所送りとなる。半年間の収容所生活ののち転向, 文学に沈潜した。第二次大戦に応召, 44年イタリア戦線で脱走し, 米軍捕虜収容所で敗戦を迎えた。この体験がのちに自伝小説「自由のさくらんぼ」(52年)に実る。46年ハンス・W.リヒターと共に雑誌「叫び(Der Ruf)」を創刊したが, 翌年米占領軍により極左的破壊主義だとして発禁処分となり, これが機縁でリヒターらと若い世代による文学集団"47年グループ"を結成, 戦後文学の一大拠点となる。同グループの代表的作家の一人として60年代半ばまで多くの新人作家を育成した(77年解散)。他の作品に長編「ザンジバル」(57年), 「赤毛の女」(60年), 放送劇, テレビドラマなどがある。

アンデルセン・ネクセー, マーチン
→アナセン・ネクセー, マーチンを見よ

アンデルソン, ダーン
→アンデション, ダーンを見よ

アントコリスキー, パーヴェル・グリゴリエヴィチ Antokolískii, Pavel Grigoríevich
ソ連の詩人
1896.7.1～1978.10.9
㊋モスクワ大学法学部 ㊋スターリン賞(1946年)
㊋弁護士の家庭に生まれ, モスクワ大学法学部に学ぶ。1915年から演出家ワフタンゴフが指導する演劇研究所に勤務し, 19～34年ワフタンゴフ劇場で俳優兼演出家として活躍。後にブリューソフに認められて詩人となり, 22年処女詩集を刊行。ロマンチックで革命的精神にあふれた作品が多い。第二次大戦中に発表した叙事詩「息子」(43年)は戦死した自分の息子に捧げられた詩で, 戦時中のソ連市民の気持ちを表現し多くの読者の共感を得た。他の代表作に, 長詩「フランソワ・ヴィヨン」(34年), 「アルバート街の裏通り」(54年)など。

アントネッリ, ルイージ Antonelli, Luigi
イタリアの劇作家
1882.1.22～1942.11.21
㊋カステルシレンティ ㊋フィレンツェ大学
㊋フィレンツェ大学に学び, 新聞記者としてブエノスアイレスに赴任。帰国後, 心理主義的のブルジョア演劇に反対してグロテスク劇を発表。1931年から10年間「日刊イタリア」紙の劇評を担当した。代表作に「自分に出会った男」(18年), 「猿の島」(22年), 「風の薔薇」(28年)など。

アントーノフ, セルゲイ・ペトローヴィチ Antonov, Sergei Petrovich
ソ連の作家, 批評家
1915.5.16～1995.4.29
㊋ペトログラード ㊋スターリン賞(1951年)
㊋鉄道技師の家に生まれ, 両親の仕事の関係でロシア全土を転々とする。レニングラードの自動車道路大学卒業後, 土木技師として働く。第二次大戦時は工兵部隊を指揮。この頃から詩を書くようになり, 1943～46年レニングラードの雑誌に詩を発表。その後散文に転じ, 47年短編小説「春」でデビュー。短編集「車が道を行く」(50年)でスターリン賞を受賞。戦後の農村を描いた多くの短編があり, ソ連の短編小説の第一人者といわれる。その他, 中編「ペニコヴォの出来事」(56年), 「破られた1ルーブル」(60年), 初期の評論「短編小説に関する手紙」(52年)を発展させた「言葉」などがある。

アンドラーデ, カルロス・ドルモンド・デ
Andrade, Carlos Drummond de
ブラジルの詩人
1902.10.31～1987.8.17
[出]ミナス・ジェライス州イタビラ　[賞]ブラジル・ペンクラブ賞
[歴]1920年代にサンパウロで始まったブラジルの文学運動“近代主義(モデルニスモ)”に影響され、故郷で詩作を始める。ブラジル芸術へのヨーロッパ文化の侵入を糾弾し、古典的表現を廃止、ブラジルの新しい用語を作品に用い、ブラジル近代詩の旗頭となる。代表作に「ある詩」(30年)、「人民のバラ」(45年)、「物の教え」(62年)などがある。ジャーナリストでもあった。

アンドラーデ, マリオ・ラウル・デ・モライス
Andrade, Mário Raul de Morais
ブラジルの詩人, 作家
1893.10.9～1945.2.25
[出]サンパウロ　[学]サンパウロ演劇音楽学院ピアノ科卒
[歴]サンパウロ演劇音楽学院ピアノ科を卒業し、後に同学院教授となる。また、サンパウロ市文化局長、リオデジャネイロ連邦大学の芸術史・哲学の教授を務めるなど、ブラジル文化全般にわたって影響を与えた人物で、ブラジルの文学運動“近代主義(モデルニスモ)”の理論・実践両面での推進者で、“モデルニスモの教皇”といわれた。伝統的詩作の枠を破り、ブラジルの固有性と美学的ナショナリズムを追求した詩集「狂気したサンパウロ市」(1922年)、「カーキー色の菱形」(26年)を発表。また、ブラジル人の国民性を戯画化した小説「自動詞、愛する」(27年)、「マクナイーマ」(28年)を残す。短編集「ベラザルテ」(34年)もある。

アンドリッチ, イヴォ　*Andrić, Ivo*
ユーゴスラビアの作家, 政治家
1892.10.10～1975.3.13
[出]ボスニア　[学]グラーツ大学卒 博士号(グラーツ大学)　[賞]ノーベル文学賞(1961年)
[歴]ボスニア青年民族運動に加わり、ザグレブで文芸雑誌を刊行、第一次大戦中、民族革命団体“若きボスニア”に属し、サラエボ事件に連座し獄中で過ごす。その体験から詩集「黒海より」(1918年)を発表し詩人として出発する。セルビア語で執筆。その後、ユーゴスラビア外務省に勤務。外交官としてヨーロッパ各地に勤務し、第二次大戦後、ボスニア・ヘルツェゴビナ共和国議会議員、ユーゴ文学者同盟会長となる。45年「ドリナの橋」「ボスニア物語」「お嬢さん」の3部作を発表。61年ノーベル文学賞を受賞。他の作品に「呪われた中庭」(54年)がある。

アンドルーズ, ジェス　*Andrews, Jesse*
アメリカの作家, 脚本家
1982～
[出]ペンシルベニア州ピッツバーグ　[学]ハーバード大学卒
[歴]旅行ライター、ツアーガイド、ドイツのユースホステルの受付などを経て、「ぼくとあいつと瀕死の彼女」で作家デビュー。映画化の際には脚本を担当し、2015年のサンダンス映画祭でグランプリと観客賞をダブル受賞した。

アンドルーズ, ドナ　*Andrews, Donna*
アメリカの作家
[出]バージニア州ヨークタウン　[学]バージニア州立大学卒　[賞]マリス・ドメスティック・コンテスト最優秀賞, アガサ賞(最優秀処女長編賞)(1999年), アンソニー賞(最優秀処女長編賞)(2000年)
[歴]1999年〈メグ・ラングスロー〉シリーズの第1作「庭に孔雀、裏には死体」で作家デビュー、マリス・ドメスティック・コンテスト最優秀賞、アガサ賞及びアンソニー賞の最優秀処女長編賞を受賞し、一躍話題を集める。著書に同シリーズの「野鳥の会、死体の怪」「13羽の怒れるフラミンゴ」「ハゲタカは舞い降りた」や「恋するA・I探偵」などがある。

アンドルース, ラッセル
→ハンドラー, デービッドを見よ

アンドルーズ, ローリー　*Andrews, Lori B.*
アメリカの作家, 法律家
1952～
[学]エール大学ロースクール(1978年)卒
[歴]法医学、遺伝子学の専門家で、体外受精、人工授精、借り腹をめぐる数々の有名訴訟に関わる。世界保健機関(WHO)、アメリカ国立衛生研究所(NIH)をはじめ世界各国の政府機関で、生殖医療並びにクローン問題のアドバイザー、コンサルタントとして活躍。イリノイ工科大学シカゴ・ケントカレッジ法学教授、科学・法学・技術研究所所長を務めた。1997年クリントン大統領に“人間クローン研究禁止”を方向づける答申リポートを提出、同リポートはアメリカ政府の公式見解としてホームページに掲載された。2006年「遺伝子捜査官アレックス殺意の連鎖」でミステリー作家デビュー。他の著書に「ヒト・クローン無法地帯」「ソーシャル無法地帯」などがある。

アンドレーエフ, レオニード・ニコラエヴィチ
Andreev, Leonid Nikolaevich
ソ連の作家, 劇作家
1871.8.21～1919.9.12
[出]ロシア・オリョール　[学]ペテルブルク大学, モスクワ大学法学部卒
[歴]測量技師の家に生まれるが、中学時代に父を亡くし苦学しながらモスクワ大学法学部を卒業。学生時代から小説を書き始めるが、ショーペンハウアーの厭世哲学の影響を受け、学生時代3度も自殺未遂を起こす。弁護士事務所の助手として働いている時に新聞社の依頼で裁判記録を執筆、やがて文筆で生計を立てるようになる。短編「バルガモートとガラーシカ」(1898年)がゴーリキーの目に留まると彼の推薦で“ズナーニエ”派の文学グループに入り、「沈黙」(1900年)、「昔話」(01年)、「壁」(01年)、「霧の中」(02年)、「思想」(02年)、「深淵」(02年)、「ワシーリー・フィヴェイスキーの生涯」(03年)、「赤い笑い」(05年)などの作品を次々と発表、20世紀初頭のロシアにおける人気作家となる。死と性の問題が基本的なテーマで、写実的傾向から表現主義的、象徴主義的な作風へと転じ、05年の革命前後からペシミスム、神秘主義への道をたどった。革命時は外国に逃れ、07年帰国、以後フィンランドに居住。08年の「七死刑囚物語」は優れた作品で、現在も高く評価されている。17年の十月革命後に亡命し、フィンランドで死去。“雪どけ”後に再評価され、選集(57年)他が出版された。戯曲3部作「星の世界へ」(05年)、「人間の一生」(06年)、「サッバ」(06年)もある。明治末期から翻訳され、夏目漱石、志賀直哉、芥川龍之介ら多くの作家が影響を受けた。

アンドレス, シュテファン　*Andres, Stefan*
ドイツの作家
1906.6.26～1970.6.29
[出]ドレンヒェン　[学]ケルン大学
[歴]司祭を志し修道院学校で学ぶが中退し、ケルン大学などで神学、ドイツ文学などを学ぶ。1932年小説「ルツィファー兄弟」で文学賞を受賞し、「エル・グレコ大審問官を描く」(36年)や「楽園に死す」(42年)で名声を得る。豊かな構想力や的確な状況把握、大胆な神学的解釈を特徴とする庶民的な作家。他の代表作に「正義の騎士」(48年)、ナチスの全体主義を諷刺した3部作「大洪水」(「穴から出た獣」49年, 「方舟」51年, 「灰色の虹」59年)などがある。37年以来イタリアのサレルノ近郊に定住し、戦後一時ドイツに戻るが晩年は再びイタリアに住んだ。

アントーン, シナン　*Antoon, Sinan*
イラクの作家
1967～
[出]バグダッド　[学]バグダッド大学卒 Ph.D.(ハーバード大学)
[歴]父はイラク人、母はアメリカ人。湾岸戦争が勃発した1991年、イラクからアメリカに移住。ニューヨーク大学で教鞭を

執る傍ら、アラビア語で小説を執筆。第3作「アヴェ・マリア」(2012年)は国際アラブ小説賞の最終候補になった。他の作品に、「ただ柘榴の樹だけが」(10年)、「インデックス」(15年)など。

アンプエロ, ロベルト *Ampuero, Roberto*
チリの作家, 政治家
1953～
[出]バルパライソ
[歴]2008年アジェンデ政権がクーデターで倒される直前の時期を舞台にした小説「ネルーダ事件」を刊行、アメリカやドイツでも高い評価を得た。1993年より同書を含む探偵の〈カジェタノ〉シリーズを刊行。チリでは大人気のミステリー作家。

アンブラー, エリック *Ambler, Eric*
イギリスのスパイ作家
1909.6.28～1998.10.22
[出]ロンドン　[学]ロンドン大学中退　[賞]CWA賞クロスド・レッド・ヘリング賞(1959年), CWA賞イギリス作品賞(1967年), CWA賞ゴールド・ダガー賞(1972年), CWA賞ダイヤモンド・ダガー賞(1986年)
[歴]GM(ゼネラルエレクトリック)社、広告会社勤務を経て、1936年「暗い国境」を発表、作家として立つ。代表作とされる「あるスパイへの墓碑銘」(38年)、「ディミトリオスの棺」(39年)を発表したあと、40～46年は砲兵隊に所属。代表作に「真昼の翳」(62年)、「グリーン・サークル事件」(72年)などがあり、文学的なスパイ小説興隆の先駆者のひとり。

アンブリエール, フランシス *Ambrière, Francis*
フランスの作家, 批評家, ジャーナリスト
1907.9.27～1998.7
[出]パリ　[学]ディジョン大学, パリ大学　[賞]ゴンクール賞(1940年)
[歴]第二次大戦中、捕虜収容所での生活記録を描いた「長期休暇」(1946年)でゴンクール賞を受賞し作家としての地位を確立する。また「ギード・ブルー」の編集長であり、短編小説や劇評も著し、多方面に渡り活躍した。他の著書に「La galerie dramatique」(49年)、「La Maroc」(52年)、「Le Siècle des Valmore」(87年)など。

アーンヘム, ステファン *Ahnhem, Stefan*
スウェーデンの作家, 脚本家
1966.11.24～
[出]ストックホルム　[賞]クライム・タイム賞(2015年), MIMI賞(2016年)
[歴]スウェーデン南部のヘルシンボリで育つ。推理作家ヘニング・マンケル原作のドラマ〈ヴァランダー〉シリーズをはじめ、数々のドラマや映画で脚本家として活躍。「刑事ファビアン・リスク 顔のない男」で作家デビューし、2015年優れた新人作家に贈られるスウェーデンのクライム・タイム賞を、16年には読者投票によるドイツの犯罪小説賞MIMI賞を受賞。

アンホールト, キャサリン *Anholt, Catherine*
イギリスの絵本作家
1958.1～
[賞]スマーティー賞金賞(2001年)
[歴]看護師として働いたのち、ロンドンの美術大学で学ぶ。のち夫のローレンスと子供の日常生活からヒントを得て絵本作りを行い、夫との共作絵本を中心に活躍。2001年「いたずらふたご チンプとジィー」でスマーティー賞金賞を受賞した。他の絵本に「わたし ようちえんに いくの」「ビリーはもうすぐ1ねんせい」「おねえさんになるひ」「わたしのだいじなかぞく」などがある。イギリスのブックスタート(はじめて子供を持つ母親と赤ちゃんのために政府が無料で絵本をプレゼントする制度)のための絵本を作るメンバーとしても活動する。
[家]夫＝ローレンス・アンホールト(絵本作家)

アンホールト, ローレンス *Anholt, Laurence*
イギリスの絵本作家
1959.8～
[出]ロンドン　[学]ファルマス美術学校　[賞]スマーティー賞金賞(1999年・2001年)
[歴]ロンドンで生まれ、オランダで育つ。イギリスのファルマス美術学校に学び、ロイヤル・アカデミー・オブ・アーツで修士号を取得。美術教師や大工など様々な職に就いた後、1984年妻のキャサリンと制作した絵本でデビュー。以来、妻との共作絵本を中心に絵本・児童文学作家として活躍、99年「Snow White and the Seven Aliens」、2001年「いたずらふたご チンプとジィー」でスマーティー賞金賞を受賞した。他の絵本に「わたし ようちえんに いくの」「ビリーはもうすぐ1ねんせい」「おねえさんになるひ」「わたしのだいじなかぞく」などがある。
[家]妻＝キャサリン・アンホールト(絵本作家)

アンマニーティ, ニコロ *Ammaniti, Niccolò*
イタリアの作家
1966～
[出]ローマ　[賞]ヴィアレッジョ賞, ストレーガ賞(2007年)
[歴]1994年長編「Branchie(えら)」でデビュー。若者たちの社会的、心理的状況を生き生きと描くことで、10代から20代の読者の圧倒的な支持を得た。96年短編集「Fango(ぬかるみ)」、99年第2長編「Ti Prendo e Ti Porto Via(きみをつかまえて、さらっていく)」を上梓。2001年に発表した「ぼくは怖くない」が、本国イタリアで4ケ月連続フィクション部門のベストセラーリストに入り、ヴィアレッジョ賞を受賞。米仏独など8ケ国で翻訳され、海外でも高い評価を受ける。

アンワル, ハイリル *Anwar, Chairil*
インドネシアの詩人
1922.7.26～1949.4.28
[出]オランダ領東インド・メダン(インドネシア)
[歴]少年時代から旺盛な読書欲を示し、日本軍政中から詩作を発表。1943年に発表した「おれ」(別題「闘魂」)は、インドネシアの現代詩と"45年世代"の幕開けを告げるものとして人々に大きな影響を与え、インドネシア現代詩の創始者といわれる。49年26歳で夭折した。詩集に「尖った砂利・奪われそして絶えるもの」「埃の中の轟き」がある。

【イ】

イ・ウン　李 垠 *Lee Eun*
韓国の推理作家
[出]ソウル　[学]弘益大学大学院博士課程修了
[歴]弘益大学で美術と写真を専攻、美術学博士学位を取得。1996年「スポーツ・ソウル」の新春文芸短編推理小説部門に「ほくろのあるヌード」が入選し作家デビュー。2003年韓国の推理小説読者から絶賛された「誰がスピノザを殺したか」を発表し、本格的な活動を始める。その後、美術品の贋作問題を扱った本格推理物「美術館の鼠」(07年)で注目され、コメディアンを主人公にしたスリラー「喜劇は終わった」(08年)や「不思議な美術館」(09年)などを発表、韓国の代表的な推理作家の地位を確立した。

イ・カンペク　李 康白 *Lee Kang-beak*
韓国の劇作家
1947～
[出]全羅北道全州　[賞]大山文学賞(1996年), 東亜演劇賞, ペクサン芸術大賞戯曲賞, 大韓民国文学賞, ソウル演劇祭戯曲賞
[歴]1971年東亜日報新春文芸戯曲部門に「五つ」が入選。東亜演劇賞、ペクサン芸術大賞戯曲賞、大韓民国文学賞、ソウル演劇祭戯曲賞などを受賞。戯曲集に「ユートピアを飲んで眠る」「ホモセパラトス」など。

イ・カンヨル　李 康列　*Lee Kang-ryol*
韓国の劇作家, 演劇評論家
1952～
[出]慶尚南道梁山　[賞]韓国戯曲文学賞, PAF批評賞
[歴]韓国戯曲作家協会会長などを歴任。劇団倉庫劇場代表。第12回韓国戯曲文学賞、第6回PAF批評賞受賞。戯曲集に「むかしむかし」など。

イ・ギヨン　李 箕永　*Ri Ki-yong*
北朝鮮の作家
1895.5.29～1984.8.9
[出]忠清南道牙山郡　[名]号＝民村　[学]寧進学校（1910年）卒, 正則英語学校（日本）中退　[賞]人民賞（1960年）, 金日成賞
[歴]1922年来日し、正則英語学校夜間部に学ぶが、23年関東大震災のため帰国。24年短編「兄さんのラヴレター」でデビュー。25年8月韓雪野らと朝鮮プロレタリア芸術同盟（カップ, KAPF）結成に参加。32年、34年の2度"カップ事件"で入獄。日本の弾圧政策により、40年代に入ると執筆を中止。45年11月に北朝鮮に入り、朝鮮・ソ連文化協会委員長、46年北朝鮮臨時人民委員会委員、48年第1期最高人民会議代議員、53年作家同盟常務委員などを経て、66年文学芸術総同盟委員長に就任。長編小説に「故郷」（33年）、「大地1～2」（48年, 60年）、「豆満江」（3部作）（54～64年）、短編に「ねずみの話」「貧しき人々」などがある。

イ・ギリュン　李 吉隆　*Lee Gi-lyoong*
韓国の作家, 脚本家
[学]成均館大学卒, 延世大学大学院修了　[賞]韓国戯曲文学賞（1994年）, 最優秀文学部門芸術人賞（1998年）, ソウル文学賞（2014年）, 韓国PEN文学賞（2016年）
[歴]国立現代美術館建設本部長、国立中央劇場事務局長、文化体育部芸術振興局長などを歴任。「城城めぐり」で韓国戯曲文学賞（1994年）、「愛の影を秤にかける」で最優秀文学部門芸術人賞（98年）、「外浦里の恋歌」でソウル文学賞（2014年）、「満州夫人」で韓国PEN文学賞（16年）を受賞。

イ・グァンス　李 光洙　*Lee Kwang-su*
朝鮮の作家
1892～1950（？）
[出]平安北道定州　[名]号＝春園, 日本名＝香山 光郎　[学]早稲田大学哲学科（1919年）中退　[賞]朝鮮芸術賞（1940年）
[歴]2月1日生、3月4日生説がある。1902年コレラに罹った両親と死別し、幼くして2人の妹とともに孤児となる。妹たちは養女として貰われていき、自身は親戚をたらい回しにされた後、放浪生活に入る。05年一進会の留学生として日本へ渡り、明治学院に学ぶ。08年処女作である日本語による小説「愛か」を執筆。10年中等部を卒業して帰国するが、15年再び日本へ留学し、早稲田大学に学ぶ。17年朝鮮初の言文一致体の小説「無情」を「毎日申報」に発表、朝鮮における近代小説の創始者といわれる。19年三・一運動に先立つ東京留学生の二・八独立宣言を起草し、上海へ亡命。亡命政権である上海臨時政府では内務総長の安昌浩に協力して機関紙「独立新聞」の編集に従事したが、21年帰国。23年以後「東亜日報」編集局長、33年「朝鮮日報」副社長を歴任。また純文芸誌「朝鮮文壇」（24年創刊）を主宰した。37年修養同友会事件で安とともに逮捕されたが、半年後に無罪で釈放。39年朝鮮文人協会会長となり、40年創氏改名して香山光郎を名のり、日本に協力した。戦後は親日派として非難を受け、48年反民族行為者処罰法に基づいて逮捕されたが病気で保釈され、不起訴処分となった。朝鮮戦争中の50年、北朝鮮に連れ去られて行方不明となる。他の作品に小説「再生」（25年）、「端宗哀史」（28年）、「土」（33年）、「無明」（39年）、「愛」（39年）などがある。故人。

イ・サン　李 箱　*Lee Sang*
朝鮮の詩人, 作家
1910.9.14～1937.4.17
[出]京城　[名]金 海卿　[学]京城高等工業学校建築科（1929年）卒
[歴]1929年京城高等工業学校建築科を卒業した後、建築技手として朝鮮総督府建築課に勤める。傍ら、文学活動を行い、30年雑誌「朝鮮」に長編「十二月十二日」を発表して文壇に登場。31年本名の金海卿で日本語の雑誌である「朝鮮と建築」に「異常ナ可逆反応」「鳥瞰図」「三次角設計図」など一連の日本語詩を発表、32年同誌に「建築無限六面角体」と題した6編の一連の朝鮮語詩を掲載した際、初めて李箱の筆名を用いた。33年喀血して朝鮮総督府を退いた後は喫茶店を経営。34年文学サークル・九人会に参加。同年「朝鮮中央日報」紙に詩「烏瞰図」を連載して評判となり、36年には「朝光」誌に朝鮮近代文学史上初の心理小説といわれる短編「翼」を発表した。同年来日したが"不逞鮮人"として検挙され、思想犯の嫌疑を受けて1ケ月にわたって警察署に拘禁される。持病である結核の悪化により釈放されたが、間もなく26歳で夭折した。朝鮮を代表するモダニスト作家の一人。戦後、「李箱全集」が編まれ、李箱文学賞も制定された。

イ・サンファ　李 相和　*Lee Sang-hwa*
朝鮮の詩人
1901.5.22～1943.4.25
[出]朝鮮・慶尚北道大邱　[名]号＝無量, 相華, 尚火, 想華, 白亜, 白啞　[学]京城中央学校
[歴]京城中央学校に学び、1919年三・一独立運動に参加。21年玄鎮健の勧めで「白潮」同人に加わり、創刊号から「秋の風景」（22年）、「私の寝室へ」（23年）などの詩を発表。一時、来日してフランスへ留学する目的でアテネ・フランセに通うが、関東大震災を体験して、24年帰国。同年金基鎮らと無産階級の文学組織であるパスキュラ（PASKYULA）を結成、25年には朝鮮プロレタリア芸術同盟（カップ, KAPF）結成に参加。27年抗日義烈団の李鐘巌事件に連累して投獄され、37年にも中国で抗日運動をしていた長兄の李相定に会ったため投獄された。26年に発表した「奪われた野にも春は来るか」は抗日民族抵抗詩として名高い。
[家]兄＝李 相定（朝鮮独立運動家）

イ・ジョンミョン　*Lee Jung-myung*
韓国の作家
[歴]大学で国文学を修めた後、雑誌社と新聞社で15年記者として働く。1999年キトラ古墳の壁画に描かれた星座の謎を追う歴史小説「千年後に」で作家デビュー。2006年「景福宮の秘密コード―ハングルに秘められた世宗大王の誓い」（原題「根の深い木」）が、韓国でベストセラーとなった。

イ・スグァン　*Lee Su-kwang*
韓国の作家
1954～
[出]忠清北道堤川　[賞]サムスン文学賞（小説部門）, 韓国推理文学大賞
[歴]1983年に中央日報新春文芸でデビュー。ミステリー、普通小説、歴史小説と幅広い分野で活躍。97年韓国推理作家協会事務局長も務めた。著書に「シルミド」がある。

イ・スンウ　李 承雨　*Lee Seung-u*
韓国の作家
1959～
[出]全羅南道　[学]ソウル神学大学神学科卒　[賞]大山文学賞（1993年）, 韓国現代文学賞（2007年）, 東仁文学賞（2013年）, 東西文学賞
[歴]1981年中編小説「エリュシクトンの肖像」で作家デビュー。人間と宗教への根本的な問いや、"不在の父"を主題とする作品などで注目を集め、韓国の現代文学を代表する作家と目される。作品はヨーロッパでも盛んに翻訳されている。著書に「死海」「生の裏面」「真昼の視線」などがある。

イ・スンシン　李 承信　*Lee Sun-shine*
韓国の詩人, 随筆家, テレビ放送人
[学]梨花女子大学英文科卒, ジョージタウン大学大学院（アメリカ）, シラキュース大学大学院（アメリカ）　[賞]日韓文化交流基

イ

金賞(2008年)。
㊙韓国人歌人ソン・ホヨン(孫戸妍)の長女。梨花女子大学英文科を卒業後、アメリカ・ワシントン・ジョージタウン大学院で社会言語学を学び、ニューヨーク・シラキュース大学院でテレビ・ジャーナリズム修士号を取得。ワシントンで「アメリカの声」放送を担当し、WBNテレビ局長を務める。その後帰国し、放送委員会国際協力委員とサムスン映像事業団顧問としてテレビ作品を企画・進行。また、母が日本語で詠んだ短歌を韓国語に翻訳し、韓国で出版するなど短歌を通じた日本文化理解に尽力する。1999年孫戸妍・李承信母子詩人の家に「芸術空間THE SOHO」を建築。2012年には東日本大震災復興祈念詩集「君の心で花は咲く 隣人・被災地の友に贈る192の詩」を日本で刊行した。
㊟母=ソン・ホヨン(孫 戸妍、歌人)

韋西　い・せい　Wei Xi
シンガポールの作家
1935.9.15〜
㊙英領マラヤ・ペラ州イポー(マレーシア)　㊙黃 燊輝, 別名=沙夏 之深　㊙南洋大学卒、シンガポール大学卒、ハワイ大学卒
㊙原籍は中国・広西壮族自治区嶺渓県。南洋大学で文学士、シンガポール大学で栄誉学位、ハワイ大学で文学修士をそれぞれ取得。教育に携わる一方、1956年から小説を発表。68年短編集の処女作「割愛」、78年小説集「愛のために恨む」を出版。論文集「現代華語教学論叢」もある。

イ・チャンドン　李 滄東　Lee Chang-dong
韓国の作家、脚本家、映画監督
1954.4.1〜
㊙慶尚北道大邱　㊙慶北大学教育学部(韓国文学)(1980年)卒
㊙東亜日報文学賞、韓国日報文学賞(1993年)、バンクーバー国際映画祭ヤングシネマ部門龍虎賞、ベネチア国際映画祭特別監督賞・国際映画批評家連盟賞(2002年)、アジア・フィルム・アワード作品賞・監督賞(2008年)、カンヌ国際映画祭脚本賞(2010年)
㊙1970年代後半に始まった民主主義推進運動で一躍有名となった文化人運動の中心的存在。81〜87年教師を務め、88年小説「戦利」で作家デビュー。以後、「焼紙」「運命について」「鹿川には糞が多い」などの作品を次々と発表。93年パク・クァンス監督に誘われ、映画「あの島に行きたい」の脚本を執筆し、助監督として参加。96年俳優たちとイースト・フィルム社を設立、97年「グリーン・フィッシュ」で映画監督デビュー。同作品で数々の賞を獲得し、30に及ぶ国際映画祭に招待された。2000年2作目の「ペパーミント・キャンディー」(99年)が大ヒット。韓国の作品として初めて釜山国際映画祭のオープニングを飾ったことでも話題となる。03年2月〜04年6月盧武鉉政権の文化観光相を務める。07年「シークレット・サンシャイン」で現場復帰。同年東京フィルメックス審査委員長に就任。他の監督作品に「オアシス」(02年)、「ポエトリー アグネスの詩」(10年)などがある。

イ・チョルファン　Lee Chul-hwan
韓国の作家、童話作家
㊙ミュージカルアワード小劇場創作ミュージカル賞
㊙2000年から本の収益金で運営する"練炭の道、分かち合い基金"を通して、貧しく恵まれない人々を支援する活動を行う。韓国で大ベストセラーとなった「月の街 山の街」(原題「練炭の道」)は、09年ミュージカルとしても上演され、第4回ミュージカルアワードで小劇場創作ミュージカル賞を受賞。同作は中国と台湾でも翻訳されている。他の長編小説に「涙は力が強い」「幸せな古物商」「こんぱン」(邦訳)、絵本に「ソニの黄色い傘」「ラクダおじいさんはどこへ行ったのか」など。「美しい別れ」「パパの松葉杖」は小学校の教科書に、「お父さんの傘」をはじめ7作品は中学校の国語の教科書に掲載されている。

イ・チョンジュン　李 清俊　Lee Chong-jun
韓国の作家
1939.8.9〜2008.7.31
㊙全羅南道長興　㊙ソウル大学文理学部ドイツ語文学科(1966年)卒　㊙韓国文化勲章金冠章(2008年)　㊙思想界新人文学賞(1965年)、東仁文学賞(1967年)、大韓民国文化芸術賞(1969年)、李箱文学賞(1978年)、怡山文学賞(1990年)、大山文学賞(1994年)
㊙1962〜64年兵役の後、復学。在学中の65年、短編小説「退院」が第7回「思想界」新人文学賞に当選して文学界にデビュー。雑誌編集の傍ら創作を続ける。66年には「不具者と阿呆(ビョンシンとモジョリ)」で東仁文学賞を受賞、「南道の人」(78年)は「風の丘を越えて―西便制」(93年)の邦題で、また「虫物語」は「シークレット・サンシャイン」(2007年)の邦題でそれぞれ映画化された。他の作品に「恐怖の土曜日」「あなたたちの天国」「噂の壁」「仮面の夢」「自由の門」「予言者」「波浪島」「隠れた指 虫物語」などがある。韓国現代小説の先駆者と評価される。

イ・テジュン　李 泰俊　Ri Tae-jun
北朝鮮の作家
1904.11.4〜?
㊙江原道鉄原　㊙号=尚虚　㊙上智大学予科(1927年)中退
㊙1909年一家でウラジオストックに亡命したが、父が亡くなり帰国。鉄原に戻り、のち20年ソウルに行き、翌年徽文高等普通学校に入学するが、24年同盟休校の首謀者として退学処分となり、東京へ渡る。上智大学予科在学中の25年短編「五夢女」を発表したが、27年同大を中退して帰国。その後創作生活に入り、31年に最初の長編「久遠の女像」を発表、以後、「不遇先生」(32年)、「わびしい話」(32年)、「からす」(36年)、「福徳房」(37年)などの短編小説で高い評価を得る。この間のプロレタリア文学運動期には、鄭芝溶、李孝石らと九人会を結成して、朝鮮プロレタリア芸術同盟(カップ、KAPF)と対立。30年代の後半"純粋小説"を掲げて、プロ文運動の退潮に対して純文学の旗手と目され、39〜41年純文芸誌「文章」を主宰した。第二次大戦中は故郷の田舎にこもり、45年の解放後は、民族民主文学樹立を目指して左翼的な朝鮮文学家同盟の中心となり、46年の訪ソののち、北朝鮮に移った。朝鮮作家同盟副委員長としても就任したが、朝鮮戦争後の、南朝鮮労働党の朴憲永らの粛清にからんだ、53年の文学者林和のスパイ事件に関わったとして活動を停止、56年追放処分され、以後の消息は不明。他の作品に短編「農夫」(39年)、「無縁」(42年)、「解放前後」(46年)、長編「第二の運命」(34年)、「聖母」(35年)、「思想の月夜」(41年)、また随筆集や紀行集などがある。故人。

イ・ヒョソク　李 孝石　Lee Hyo-sok
朝鮮の作家
1907.2.23〜1942.5.25
㊙江原道平昌　㊙号=可山　㊙京城帝国大学英文科卒
㊙京城第一高等普通学校時代から「毎日申報」紙に詩やコントを投稿。京城帝国大学英文科に進んだ後も朝鮮語誌「文友」、日本語誌「清涼」に詩などを発表。1928年「朝鮮之光」誌に短編「都市と幽霊」が掲載される。31年処女作品集「露領近海」を出版。同年恩師の斡旋により朝鮮総督府警務局検閲課に勤めるが周囲に白眼視され、追われるように京城を離れて鏡城農業学校教師となり、34年には平壤の大同工業専門学校教授に転じ、本格的に創作に取り組んだ。当初はプロレタリア文学の同伴者作家と見なされたが、33年純粋文学派グループの九人会に参加する。人間の本能的な性を主題とした作品が多く、短編作家として名を馳せた。他の作品に「弱齢記」(30年)、「上陸」(30年)、「豚」(33年)、「雄鶏」(33年)、「蕎麦の花咲く頃」(36年)、「花粉」(39年)などがある。

イ・ヒョン　以 玄　Yi Hyeon
韓国の作家
1970〜
㊙釜山　㊙全泰壱文学賞小説部門(2004年)、チャンビ(創批)、

昌原児童文学賞（2012年）
㉞2004年第10回全泰壱文学賞小説部門受賞を機に作家活動を始める。06年童話「ジャージャー麺がのびちゃうよ！」で第13回チャンビ（創批）「すぐれた子供の本」原稿公募大賞、12年童話「ロボットの星」（SF）で第2回昌原児童文学賞を受賞。

イ・ブンミョン　李 北鳴　Lee Pung-myong
北朝鮮の作家
1908.9.18〜？
㉘朝鮮・咸興　㉗李 淳翼
㉞咸興普通学校卒業後、1927年から興南窒素肥料工場で働き始める。日帝時代は朝鮮プロレタリア芸術同盟（カップ）で活動。自らの体験をもとに、32年「窒素肥料工場」を発表するが削除される。のちに日本語に翻訳し、李北鳴の名前で「初陣」のタイトルで「文学評論」に掲載された。解放後は、48年北朝鮮労働党中央委員に就任、60年朝鮮作家同盟副委員長、65年同委員長を務めた。ほかの作品に、解放前に日本語で書かれた「裸の部落」や、「労働一家」（50年）、「李北鳴短編集 海風」（59年）などがあり、作家としての地位を確立した。75年頃まで活動が確認できる。故人。

イ・ホチョル　李 浩哲　Lee Ho-chol
韓国の作家
1932.3.15〜2016.9.18
㉘朝鮮・咸鏡南道元山（韓国）　㉕元山高（1950年）卒　㉚韓国現代文学賞（1962年）、東仁文学賞（1962年）、大山文学賞（1996年）、大韓民国文学賞
㉞1950年朝鮮戦争で南に移った"越南失郷民"の一人。当時の体験を描いた短編作品「脱郷」が、55年「文学芸術」の推薦作となり、56年「裸像」でデビュー。短編「板門店」で韓国現代文学賞、「擦り減る膚」で東仁文学賞をそれぞれ受賞。長編「小市民」や短編集「異端者」「門」など歴史と現実とをふまえ、自己の体験を生かして民族分断を描いた作品が多い。長編、中編、短編のいずれも手がける。72年日本で開催された国際ペンクラブ大会に韓国代表として来日した際、在日韓国人の不純分子と接触したとされ、帰国後に逮捕されて獄中生活を送った。また、のちに時局宣言のとりまとめをしたかどで金大中裁判の被告席に立つ。97年淑明女子大学から男性としては初の学位である名誉文学士が授与された。他の作品に長編「江」「南風北風」「天上天下」「ソウルは満負だ」「南のひとと北のひと」などがある。

イ・ボムソン　李 範宣　Lee Bom-son
韓国の作家
1920.12.30〜1981.3.13
㉘朝鮮・平安南道安州（北朝鮮）　㉗号＝鶴村　㉕東国大学国文科（1952年）卒　㉚韓国現代文学賞（1959年）、東仁文学賞（1960年）
㉞民族解放後に越南。教職の傍ら創作に励み、1955年金東里の推薦で雑誌「現代文学」に短編「暗標」「日曜日」が掲載され、文壇に登場。「鶴村の人々」（58年）、「被害者」（58年）で作家としての地位を築く。60年短編「誤発弾」で東仁文学賞を受賞、同作は映画化もされた。韓国の戦後文学を代表する作家の一人で、他の作品に長編「自殺させられた犬」（63年）、「青い門のある家の犬」（70年）、「党員の微笑」（70年）などがある。

イ・ムニョル　李 文烈　Lee Mun-yol
韓国の作家
1948.5.18〜
㉘慶尚北道英陽　㉕ソウル大学教育学部国語学科（1970年）中退　㉚今日の作家賞（1979年）、東仁文学賞（1982年）、大韓民国文学賞（1983年）、中央文化大賞（1984年）、李箱文学賞（1987年）、韓国現代文学賞（1992年）
㉞1973年より3年間勤務した軍隊の体験に基づいて書いた「塞下曲」が79年東亜日報新春文芸に入選。さらに同年現代社会での神の存在を問う長編小説「ひとの子」で韓国の芥川賞ともいえる今日の作家賞を受賞し、にわかに頭角を現す。82年より文壇各賞を総なめにし、88年には「墜落するものには翼がある」が映画化され、翌年韓国のアカデミー賞にあたる大鐘賞に輝いた。現代韓国文学界を代表する作家で、若者を中心に"李文烈シンドローム"と名付けられた社会現象を巻き起こした。98年文章で社会に貢献する人材を育てるための私塾・負岳文院を開設。他の作品に「金翅鳥」（82年）、「皇帝のために」（83年）、「英雄時代」（84年）、「われらの歪んだ英雄」（87年）、「三国志」など。

イ・ユクサ　李 陸史　Lee Yuk-sa
朝鮮の詩人、独立運動家
1904.5.18〜1944.1.16
㉘慶尚北道安東　㉗李 源禄、別名＝李 源三、李活
㉞儒学者李滉の後裔。1923年より1年余日本に滞在。25年抗日結社・義烈団に加盟。26年北京に行き、同年〜27年中山大学で学ぶ。27年秋に帰国した際、朝鮮銀行爆破事件に連座し服役。号の陸史はこの時の囚人番号64に由来するといわれている。29年釈放後再び北京へ行き、北京大学史学科に在籍しながら各地で独立運動の団体とつながりをつけた。32年上海で魯迅と遭遇。同年から2年間朝鮮革命幹部学校である南京郊外の国民政府軍事委員会幹部訓練班第六隊で訓練を受けたのち帰国。33年9月に帰国するとひたすら詩作に耽り、「新朝鮮」誌に「黄昏」を発表して詩人として出発。雑誌社、新聞社に身を置きながら自由詩や漢詩、評論や翻訳を次々と発表。37年申石艸、尹崑崗、金光均らと詩の同人誌「子午線」を発刊。しかし独立運動への思いは持ち続け、生涯を通じて17回も投獄された。43年抗日運動の理由で特高警察に逮捕され、44年北京で獄死。第二次大戦末期の日本の極端な弾圧下の中で、民族解放と独立への信念と意志をうたい、未来の時代を予言する抵抗詩人だった。代表作に「青葡萄」（39年）、「絶頂」（40年）、「喬木」（40年発表）、「芭蕉」（41年発表）など。解放後の46年文友によって遺稿集「陸史詩集」が刊行された。

イ・ヨンド　Lee Young-do
韓国の作家
1972〜
㉕慶南大学校国語国文学科卒
㉞1997年韓国のパソコン通信「ハイテル」に長編小説「ドラゴンラージャ」を連載。98年に単行本化されるとファンタジーブームの火付け役となり、韓国内で100万部を超える大ヒットとなった。他の作品に〈フューチャーウォーカー〉シリーズ、「影の痕跡」などがある。

イ・ヨンヒ　李 寧熙　Lee Young-hee
日本生まれの韓国の作家
1931.12.16〜
㉘東京　㉕梨花女子大学英文学科（1954年）卒、梨花女子大学大学院（1956年）修了　㉚大韓民国児童文学賞、大韓民国教育文化賞、小泉文学賞、海松童話賞
㉞終戦直前の1944年、日本から韓国に帰国。高校2年のとき詩人として文壇にデビュー。梨花女子大学大学院在学中の55年「小さな舟の夢」が韓国日報「新春文芸」童話部門に入選、以後、児童文学の分野で活躍。56年児童月刊誌「新しい友」編集長、60年韓国日報社に入社し文化部長・政治部長・論説委員、女性記者クラブ会長などを歴任。また81年に国会議員に当選、1期務め、85〜88年公演倫理委員長を務めた。著作に創作童話集「幼い仙女の羽衣」「お星様を愛したお話」、万葉集解読シリーズ「もう一つの万葉集」「枕詞の秘密」「天武と持統―歌が明かす壬申の乱」「甦える万葉集―天智暗殺の歌」、東洲斎写楽は李氏朝鮮を代表する画家・金弘道で、江戸幕府のスパイだったとする「もうひとりの写楽」などがある。

イヴァノヴィッチ, ジャネット　Evanovich, Janet
アメリカの作家
㉗筆名＝ホール, ステッフィー〈Hall, Steffie〉　㉚CWA賞ジョン・クリーシー記念賞（1995年）、CWA賞シルバー・ダガー賞（1997年）

イ

[歴]ステッフィー・ホールの筆名でロマンス小説を執筆、高い評価を得る。初めて書いた犯罪小説で、スピーディーな展開と過激なユーモアを併せ持つミステリー〈ステファニー・プラム〉シリーズの第1作「私が愛したリボルバー」(1994年)はアメリカ探偵作家クラブ賞(MWA賞)、アンソニー賞などにノミネートされ、イギリス推理作家協会賞(CWA賞)の最優秀処女長編賞であるジョン・クリーシー記念賞を受賞。シリーズの他の作品に「あたしにしかできない職業」「モーおじさんの失踪」「サリーは謎解き名人」などがある。

イェーシュ, ジュラ　*Illyés, Gyula*
ハンガリーの詩人, 作家
1902.11.2〜1983.4.15
[歴]1919年の共産革命に参加後、パリに亡命。26年帰国、文芸誌「ニュガト(西方)」グループに属し、30年代民衆派の文学運動を推進、44年まで雑誌「ハンガリーの星」を主宰した。のち創作活動に専念、第二次大戦後は戯曲も執筆。主な作品に詩集「重い大地」(28年)、自伝的長編「プスタの民」(36年)、評伝「ペテーフィ」(36年)、「曳き船のカーロン」(69年)、戯曲「ドージャ・ジェルジュ」(56年)など。

イエーツ, エリザベス　*Yates, Elizabeth*
アメリカの作家
1905.12.6〜2001
[出]ニューヨーク州バッファロー　[賞]ニューベリー賞(1951年)
[歴]1929年に結婚し、一時ロンドンで暮らしたが、39年に夫が失明したためニューハンプシャー州のピーターバラに移住、以来同地で執筆活動を続ける。一般の大人のための、また子供向けの小説やノンフィクションを多数発表、子供向けの作品がよく知られ、数多くの賞を受けた。51年「自由な人、エイモス・フューチャー」でニューベリー賞を受賞。他の作品に「子どもたちの心の病を治した犬」などがある。

イエーツ, W.B.　*Yeats, W.B.*
アイルランドの詩人, 劇作家
1865.6.13〜1939.1.28
[出]ダブリン近郊サンディマウント　[名]イエーツ, ウィリアム・バトラー〈Yeats, William Butler〉　[賞]ノーベル文学賞(1923年)
[歴]父は画家。1886年ダブリンの美術学校を中退、美術家志望から文学に転じ、87年ロンドンに出て、神智協会に参加。89年第1詩集の物語詩「アシーンの放浪」で注目される。90年には黄金の曙光教団に入会。現実の社会に背を向け、神話と魔術と夢の領域に詩の主題を求める神秘主義的で芸術至上主義的な傾向は、詩集「葦間の風」(99年)で一つの頂点に達する。この間、89年にアイルランド独立のために闘う女優モード・ゴンと出会って恋をし、以降ゴンへの愛は創作の主要なテーマの一つとなる。92年最初の詩劇詩集「キャスリーン伯爵夫人」を発表。やがてアイルランド復興運動に参加し、91年アイルランド文芸協会をロンドンで設立。また、詩人クラブ創設に参加、ライオネル・P.ジョンソン、アーサー・シモンズら世紀末詩人と交わりフランス象徴派の影響を受ける。99年グレゴリー夫人らと協力してダブリンにアイルランド文芸劇場を組織し、アイルランド演劇の開花を実現。さらに劇作家シングやアイルランド人俳優らの参加を得て、1904年アビー劇場を新設、アイルランド文芸復興の黄金時代を築いた。この時期の戯曲には愛国的な「キャスリーン・ニ・フーリハン」(02年初演, 主役はゴン)、ケルト神話による「バリアの浜で」(04年初演)、「ディーアドラ」(06年初演)などがある。一方、20世紀に入ってから詩風は神秘主義から脱して現実への関心を強め、象徴詩的な傾向を深める。09年20歳年下のアメリカの詩人エズラ・パウンドと出会い、16年まで冬が来るたび一緒に過ごし詩作上感化される。17年には長年のゴンへの思いを断ち切り52歳で結婚、この時自動書記の体験をしたことにも深い影響を受け、その一つの成果が散文作品「想録」(25年)となった。また、幻滅していたアイルランド政治に対しても16年のアイルランド蜂起を機に関心が強まり、後年の作品は現実的な調子を帯びていった。他の作品に、詩集「クールの野生の白鳥」(19年)、「マイケル・ロバーツと踊り子」(21年)、「塔」(28年)、「螺旋階段ほかの」(33年)、「最後の詩集」(39年)など。戯曲は、フェノロサ訳で日本の能を知り様式的な表現に影響を受けた「鷹の泉にて」(16年初演, 17年刊)や、「ただ一度のエマーの嫉妬」(19年刊, 22年初演)、「死者たちの夢」(19年刊, 31年初演)、「猫と月」(24年刊, 31年初演)、「3月の満月」(35年刊)、「煉獄」(38年初演, 39年刊)、最後の「クーフリンの死」(39年刊, 45年初演)など。22年アイルランド議会の上院議員となり、23年ノーベル文学賞を受賞するなど社会的な地位を確立。28年議員の任期を終え、第二次大戦が始まった39年南フランスの保養地で客死。遺体は戦後の48年アイルランドに帰り、スライゴー郡ドラムクリフ教会の墓地に埋葬し直された。アイルランドが生んだ最大の詩人であり、20世紀の英語文学において最も重要な詩人の一人である。
[家]弟＝ジャック・イエーツ(画家)

イエーツ, リチャード　*Yates, Richard*
アメリカの作家
1926〜1992
[出]ニューヨーク
[歴]第二次大戦に従軍後、ジャーナリスト兼フリーライターとして活躍。ロバート・ケネディ上院議員のスピーチ・ライターなども務めた。1961年「レボリューショナリー・ロード 燃え尽きるまで」で作家としてデビュー、全米図書賞の最終候補に残る。徹底したリアリズムが特徴で、レイモンド・カーバーやリチャード・フォードらに影響を与える。その後、コロンビア大学やボストン大学で教鞭を執りながら8作の小説を発表した。他の主な作品に「特別の摂理」、短編集「11種類の孤独」など。

イェップ, ロレンス　*Yep, Laurence*
中国系のアメリカの作家
1948〜
[出]サンフランシスコ　[賞]ニューベリー児童文学賞(1975年), アメリカ図書館協会ローラ・インガルス・ワイルダー賞(2005年)
[歴]中国系。カリフォルニア大学、ニューヨーク州立大学に学ぶ。アメリカに暮らす中国人として、民族的自覚とは何か、いかに文化の伝達をなすべきかを真摯な態度で追求する。今日のアメリカで人気の高いヤング・アダルト作家の一人。主な作品に1975年のニューベリー児童文学賞を受けた「Dragonwings(ドラゴン複葉機よ、飛べ)」や「海のなかのガラス」「マーク・トウェイン殺人事件」「少年殺人事件」「ぼくは黄金の国へ渡った」などがある。

イェホシュア, アブラハム　*Yehoshua, Abraham B.*
イスラエルの作家
1936.12.9〜
[出]エルサレム　[学]ヘブライ大学(哲学・ヘブライ語)　[賞]イスラエル・ユダヤ語図書賞(1990年), イスラエル・ブッカー賞(1992年), イスラエル賞(1995年), メディシス賞(2012年)
[歴]父は中東史の研究家、母はモロッコからの移民。1954〜57年空挺部隊の軍務に就いた。64年パリのイスラエル学校校長、64〜67年パリのワールド・ユニオン・イディッシュ語学科の一般書記、67〜72年ハイファ大学学生監、72年から同大文学部比較文学・ヘブライ文学教授を歴任。退任後同大名誉教授。また、77年ハーバード大学、88年シカゴ大学、92年からプリンストン大学客員教授。65〜72年「Keshet」、73年から「Siman Kria」、87年から「テルアビブ・レビュー」各々の共同編集者を務める。作家としても活動し、単純・明快な文体が特徴。短編集に「老人の死」(63年)、「森に向かって」(68年)、「九つの物語」(70年)、「三日と子供」(70年)、「70年夏の初め」(71年)、「恋人」(78年)、「モルホ」(87年)、長編小説に「Five Seasons」(88年)、「Mister Mani」(90年)がある。戯曲に67年の六日戦争後まもなく出版した「五月の夜」(69年)、「The Isreali Babies」(91年)など。イスラエル・ヘブライ文学界を代表する作家で、ノーベル賞候補にも挙げられる。良心的左派の論客でもある。

国内外の受賞多数。

イェリネク, エルフリーデ *Jelinek, Elfriede*
オーストリアの作家, 劇作家, 詩人
1946.10.20～
⊕シュタイアーマルク州ミュルツツシュラーク ⊕ウィーン大学(1967年)中退 ⊕ノーベル文学賞(2004年), ハインリッヒ・ベル賞(1986年), ヴァルター・ハーゼンクレーヴァー賞(1994年), ペーター・ワイス賞(1994年), ビューヒナー賞(1998年), ベルリン劇場賞(2002年), ハインリッヒ・ハイネ賞(2002年), エルゼ・ラスカー・シューラー賞(2003年), フランツ・カフカ賞(2004年), レッシング賞(2004年), ミュルハウム劇作家賞(2002年・2004年・2009年・2011年)
⊕父親はユダヤ系チェコ人。4歳からフランス語やバレエ, ピアノ, バイオリンなどを習う。若い頃から詩や小説の創作を始め, 大学で演劇などを学ぶ。1967年最初の詩集を発表。その後, 技巧を凝らした挑発的な小説や戯曲で鮮烈にデビュー。男女の愛の力関係を挑発的に描いた小説「したい気分」(89年)はベストセラーとなった。98年ビューヒナー賞を受賞。自伝的小説「ピアニスト」(83年)ミヒャエル・ハネケ監督によって映画化され, 2001年カンヌ国際映画祭でグランプリを受賞した。演劇の世界でも活躍し,「ブルク劇場」(1984年),「トーテンアウベルク―屍かさなる緑の山野」(91年)などの戯曲で高い評価を得る。他にもラジオ, テレビ, 映画の脚本など多岐にわたる作家活動を展開。2004年ノーベル文学賞を受賞。その過激な性描写や挑発的な作風, 現代オーストリアの病弊をさらけ出すような素材や主題は, しばしば賛否両論をまきおこす。他の作品に, 小説「死者の子供たち」(1995年),「情欲」(2000年),「嫉妬」(07年), 戯曲「レストハウス」(1994年),「スポーツ劇」(98年),「汝, 気にすることなかれ」(99年),「施設」(2003年),「冬の旅」(11年),「光のない。」(「レヒニッツ」「雲。家。」など収録)などがある。

イェーレンステン, ラーシュ *Gyllensten, Lars Johan Wictor*
スウェーデンの作家
1921.11.12～2006.5.25
⊕ストックホルム
⊕1973年までカロリンスカ医科大学で組織学を教えるが, 傍らで政治社会的問題にも積極的に発言する。66～89年にスウェーデン・アカデミー会員, 75年スウェーデン王立科学アカデミー会員となる。81～87年にはノーベル委員会文学部門委員長, 83～87年ノーベル財団会長を務める。知的な作風で知られ, キルケゴールの影響を反映した実存主義的な作品「Juvenilia(青春)」(65年),「Barnabok」(52年),「Senilia」(56年)の3部作がある。

イェンス, ヴァルター *Jens, Walter*
ドイツの作家, 評論家, 古典文献学者
1923.3.8～2013.6.9
⊕ハンブルク ⊕Jens, Walter Freiburger 筆名(放送関係)＝モモス〈Momos〉 ⊕ハンブルク大学, フライブルク大学 博士号(1944年) ⊕レッシング賞(1968年), ハインリッヒ・ハイネ賞(1981年)
⊕第二次大戦中, ハンブルクおよびフライブルクの大学で古典文献学, ドイツ文学を学ぶ。戦後, ハンブルク大学などの助手や講師を経て, 1951年テュービンゲン大学修辞学講師に招かれ, 56年より教授, 88年名誉教授となる。この間, 有力な文学者団体"47年グループ"のメンバーとして活動し, 評論や創作などの作品を多く発表。初作は「白いハンカチ」(48年)。20代で既に作家として著名な存在となり, 小説に「否―被告たちの世界」(50年),「盲人」(51年),「老いたくなかった男」(55年),「マイスター氏」(63年)など, 評論に「文学史にかえて」(57年),「現代ドイツ文学」(61年)などがある。また, ラジオ・テレビドラマでも前衛的実験を試みた。76～82年西ドイツペンクラブ会長, 82年より名誉会長。

イェンセン, ヨハネス・ヴィルヘルム *Jensen, Johannes Vilhelm*
デンマークの作家
1873.1.20～1950.11.25
⊕ヒンメルラン地方ファーセー ⊕コペンハーゲン大学(薬学)卒 ⊕ノーベル文学賞(1944年)
⊕大学では薬学を学んだが, ブランデスの影響で文筆に転じる。故郷の風土をユーモアで描いた「ヒンメルラン短編集」(3巻, 1898年～1910年)で作家としての地位を確立し,「氷河」(08年)に始まり,「コロンブス」(22年)で完結した6巻の文化史小説ともいうべき連作で世界的名声を得た。これはのちに再編されて「長い旅」(3巻, 22～24年)となった。ほかに「王の没落」(1899～1902年),「マダム・ドーラ」(04年),「車輪」(05年),「エキゾティックな物語」(07～09年),「ミューテ」(11巻, 07～57年)などがある。また, 郷土文学のユルラン派(ユトランド派運動)の代表として文学改革を提唱した。44年ノーベル文学賞を受賞。大の旅行家でもあり, 日本を訪れたこともある。

イカーサ, ホルヘ *Icaza, Jorge*
エクアドルの作家
1906.7.10～1978.5.26
⊕キト
⊕いわゆる"原住民主義(インディヘニスモ)"の代表的な作家で, 地主や外国人資本家に虐待されるインディオの姿を一貫して描いた。代表作「Huasipungo(ウワシプンゴ)」(1934年)は, 土地もろともルンペン・プロレタリアへと転落させられるインディオたちの悲惨な現実を描き社会抗議の作品として注目を浴びた。ほかに「混血児」(37年),「ウァイラパムシュカス」(48年),「ロメーロとフローレス」(58年), 短編集「山の泥土」(33年),「街にて」(35年)などがある。

イーガン, グレッグ *Egan, Greg*
オーストラリアのSF作家
1961～
⊕パース ⊕ディトマー賞, ジョン・W.キャンベル記念賞, ヒューゴー賞(1998年), ローカス賞(1998年),「アシモフ」誌読者賞(1998年)
⊕大学卒業後, 病院附属の研究所にプログラマーとして勤務の傍ら執筆をはじめ, 1992年初めてのSF長編「宇宙消失」を発表し, ディトマー賞を受賞。98年「祈りの海」でヒューゴー賞, ローカス賞,「アシモフ」誌読者賞を受賞。多数の長編, 中編を発表し様々な賞を受賞する。他の著書に「順列都市」「万物理論」「ディアスポラ」「白熱光」, 短編集「しあわせの理由」「ひとりっ子」などがある。

イーガン, ジェニファー *Egan, Jennifer*
アメリカの作家
1962～
⊕イリノイ州シカゴ ⊕ペンシルベニア大学卒, ケンブリッジ大学セントジョンズ・カレッジ ⊕ピュリッツァー賞(フィクション部門)(2011年), 全米批評家協会賞(2011年), ロサンゼルス・タイムズ文学賞(2011年)
⊕ペンシルベニア大学を卒業後, ケンブリッジ大学のセントジョンズカレッジで学ぶ。その後, ニューヨークに移り住み, 26歳のときに初めての短編を「ニューヨーカー」誌に発表。1993年短編集「Emerald City」を刊行。95年長編第1作「インヴィジブル・サーカス」がベストセラーとなり, 映画化された。長編第2作「Look at Me」(2001年)で全米図書賞候補となる。長編第3作「古城ホテル」(06年)を経て, 長編第4作「ならずものがやってくる」(10年)でピュリッツァー賞など受賞。

イーガン, デズモンド *Egan, Desmond*
アイルランドの詩人
1936.7.15～
⊕ウェストミース州アスローン ⊕ユニバーシティ・カレッジ卒 ⊕National Poetry Foundation of U.S.A.Award(1983年), Chicago Heymarket Literary Award(1987年), Farrell

Literary Award (1988年), Pllgrim's Progress Poetry Award最優秀賞 (1993年), ウォッシュバーン大学名誉博士 (1995年)
[歴]大学卒業後教職に就き、ニューカレッジなどで教鞭を執る。1987年教職を退き、詩作に専念、精力的に世界中で朗読ツアーを行う。86年には関西大学招聘研究者として来日し、広島を訪問。95年初期作品から最近作が数編ずつ収められた選集「折鶴」が日本において出版される。T.S.エリオット以来の最も優れた英語の詩人といわれ、ノーベル賞候補にも挙げられた。作品に詩集「ミッドランド」(72年)、「木の葉」(74年)、「きこり」(78年)、「キンギョソウ」(83年)、「父に捧げる歌」(89年)など。

郁 達夫　いく・たつふ　*Yu Da-fu*
中国の作家
1896.12.7～1945.8.29
[出]浙江省富陽県　[名]郁 文　[学]東京大学経済学部 (1922年) 卒
[歴]1913年来日し、15年旧制八高に入学。その後東京帝大経済学部に進学、中国人留学生と文学団体・創造社を結成。21年小説「沈淪」を発表。22年卒業とともに帰国、安慶法政学校、北京大学などで教鞭を執る一方、「茫々夜」(22年)、「蔦蘿行」(23年) などの作品を発表。26年上海で「創造月刊」「洪水」を主宰し編集にあたったが、まもなく左翼化した創造社と別れ、語絲派に接近。次第に文壇から離れ、日中戦争開始後救国運動に活躍、38年単身シンガポールに渡り、45年終戦直後の8月29日スマトラで日本の憲兵に暗殺された。他の作品に「春風沈酔の夜」(23年) などがある。

イグナティエフ, マイケル　*Ignatieff, Michael*
カナダの作家, 歴史家, 政治家
1947.5.12～
[出]オンタリオ州トロント　[学]トロント大学卒, ハーバード大学, ケンブリッジ大学 博士号 (歴史学, ハーバード大学)
[歴]父はロシア生まれの外交官、母はイギリス生まれ。祖父母の時代にウクライナからカナダに移り住む。アメリカで教育を受け、カナダ、アメリカ、フランスで作家、ジャーナリストとして仕事を続け、1976～78年ブリティッシュ・コロンビア大学准教授を務め、人権論を教えた。78年イギリスに移住、ケンブリッジ大学、オックスフォード大学、カリフォルニア大学、ロンドン大学などで教鞭を執る。84年から作家として活躍。93年放映され、反響を呼んだBBCのドキュメンタリー・シリーズのリポーターを務め、同時進行的に「民族はなぜ殺し合うのか―新ナショナリズム6つの旅」を著わす。同年小説「Scar Tissue」がブッカー賞候補となる。他の作品に「仁義なき戦場」など。2000～05年ハーバード大学教授、01～05年同大ケネディ行政大学院カー人権政策センター所長。06～11年カナダ下院議員。06年12月カナダ自由党副党首となり、08～11年党首を務めた。13年よりハーバード大学ケネディ行政大学院教授。著書に「ニーズ・オブ・ストレンジャーズ」「火と灰 アマチュア政治家の成功と失敗」「富と徳―スコットランド啓蒙における経済学の形成」(共編著) などがある。

イグネーシアス, デービッド　*Ignatius, David*
アメリカの作家, ジャーナリスト
1950.5.26～
[出]マサチューセッツ州ケンブリッジ　[学]ハーバード大学卒, ケンブリッジ大学卒
[歴]「ウォール・ストリート・ジャーナル」紙の特派記者としてベイルートに3年間在留。1986年「ワシントン・ポスト」紙へ移り、外報部次などを歴任。同紙のコラムニストを務める傍ら、中東を舞台とした小説を執筆。著書に「無邪気の報酬」「密盟」「報復回路」「神々の最後の聖戦」「ワールド・オブ・ライズ」などがある。

イクバール, ムハンマド　*Iqbāl, Muhammad*
インドのウルドゥー語・ペルシャ語の詩人, 思想家
1873～1938.4.21
[出]パンジャブ州シアルコット　[学]ラホール大学, ケンブリッジ大学 (法律・哲学), ミュンヘン大学 文学博士 (ミュンヘン大学)
[歴]ラホール大学に学び、ケンブリッジ大学、ミュンヘン大学にも留学し、弁護士の資格を取得。留学中から詩作を始め、1901年には処女作となる「ヒマラヤ頌詩」を発表し、大きな反響を呼んだ。08年インドに帰国。ペルシャ語、ウルドゥー語でイスラム思想を詩にうたい、詩人として名声を得る。"イスラムの復興"を好んで詩のテーマとし、20年代半ばからは政治活動にも関わる。30年全印ムスリム連盟の議長として年次大会でムスリム国家創設の必要性を説き、パキスタン独立構想の初の提唱者となった。英語、ペルシャ語、アラビア語に堪能だった。主著に英文による散文作品「イスラムの宗教思想の再建」、詩集「自我の秘密」「没我の神秘」「東洋の託宣」「ペルシア讃歌」「永遠の書」などがある。

イケ, ヴィンセント・チュクエメカ
Ike, Vincent Chukwuemeka
ナイジェリアの作家
1931.4.28～
[出]アナンバラ州 (東ナイジェリア)　[学]イバダン大学卒, スタンフォード大学
[歴]国立のイバダン大学とカリフォルニアのスタンフォード大学に学び、イバダン大学、ナイジェリア大学の事務職員となる。傍ら自分の目で見た大学のゆがんだ実態を、小説「夕食用のヒキガエル」(1965年) と「裸の神々」(70年) に綴る。のちビアフラ側からナイジェリア市民戦争 (ビアフラ戦争) に加わり、「夜明けに沈む太陽」(76年) で戦争の不条理性を描いた。71～79年西アフリカ試験制度検討委員会委員長としてガーナに在住。他に小説「ひよこ狩り」(80年)、推理小説「エキスポ77」(80年) などがある。

イコール, ロジェ　*Ikor, Roger*
フランスの作家
1912～1986.11.17
[出]パリ　[学]エコール・ノルマル・シュペリウール卒　[賞]ゴンクール賞 (1955年), シュヴァイツァー賞 (1957年), バルザック賞 (1981年)
[歴]元中学教員で、第二次大戦中、情報将校としてドイツ軍の捕虜となり、1940～45年ナチスのキャンプに拘禁される。戦後、作家生活に入った。人種差別、反ユダヤ主義、新興宗教などに反対するキャンペーンを続け、「ユダヤ人への公開書簡」「やさしいテロリストへの公開書簡」などの評論でも知られる。代表作に「水の交わるところ」(55年)。

イーザウ, ラルフ　*Isau, Ralf*
ドイツのファンタジー作家
1956～
[出]西ドイツ・ベルリン　[賞]ブックステフーダー賞
[歴]コンピューターのソフトウェア設計の仕事の傍ら執筆活動を開始。1992年娘のために書いた私家版作品がミヒャエル・エンデの目にとまり、95年「ネシャン・サーガ」で作家デビュー。〈ネシャン〉3部作は子供から大人まで幅広く読まれ、日本でも人気を得る。97年に発表した「盗まれた記憶の博物館」でブックステフーダー賞を受賞。ファンタジーの伝統とコンピューターゲームの興奮を合わせ持つ独特の作風で、"エンデに次ぐドイツ・ファンタジーの旗手"と目される。2005年エンデの代表作「はてしない物語」の世界を他の作家が書き継ぐシリーズの第1弾「ファンタージエン 秘密の図書館」を手がける。他の作品に〈暁の円卓〉シリーズ (全9巻)、〈ミラート年代記〉シリーズ (全3巻) など。01年初来日。

イサコフスキー, ミハイル　*Isakovskii, Mikhail Vasil'evich*
ソ連の詩人
1900.1.19～1973.7.20
[出]ロシア・スモレンスク　[賞]スターリン賞 (1943年・1949年)
[歴]貧しい農家の出身。スモレンスクでの新聞記者を経て、モスクワへ出る。処女詩集「藁の中の電線」(1927年) で、ゴーリ

キーに認められる。祖国愛やロシアの自然を主題にしたものが多く、叙情性と歌謡性を持ち、"農村詩人"として活躍した。ロシア民謡として愛唱される「カチューシャ」「ともしび」などの作詞者として著名。スターリン賞を2度受賞した。代表作に詩集「詩と歌」(49年)など。

イジーキェル, ニッシム　*Ezekiel, Nissim*
インドの詩人, 劇作家, 文芸評論家
1924.12.16〜2004.1.9
[出]ボンベイ　[学]ボンベイ大学卒
[歴]インドに古くから住むユダヤ人一家にボンベイで生まれる。イギリス、アメリカに留学、1961年以降母校で英米文学を教える。コスモポリタン文化を表現し、インド英語を実験的に用いる。代表作の詩集「正確な名前」(65年)のほか、「変化の時」(52年)、「未完の人」(60年)、「暗闇の中の賛歌」(76年)がある。劇作家、文芸・社会評論家としても活躍し、インド英語詩とインド社会の発展に尽くした。

イシグロ, カズオ　*Ishiguro, Kazuo*
日本生まれのイギリスの作家
1954.11.8〜
[出]長崎県長崎市　[名]日本名＝石黒 一雄　[学]ケント大学英文学専攻(1978年)卒, カンタベリー大学哲学専攻卒, イースト・アングリア大学大学院創作科(1980年)修士課程修了　[勲]OBE勲章(1995年)　[賞]ノーベル文学賞(2017年), ウィニフレッド・ホルトビー賞(イギリス王立文学協会)(1983年), ウィットブレッド賞(1986年), ブッカー賞(1989年), 長崎市名誉市民(2018年)
[歴]海洋学者の父のイギリス国立海洋研究所招致に伴い、5歳の時渡英。1979年頃から小説の執筆を始め、82年長編「A Pale View of Hills(遠い山なみの光)」でイギリス文壇にデビュー、同年の新鋭イギリス作家ベスト20に選ばれた。83年イギリス国籍を取得。86年第2作「An Artist of The Floating World(浮世の画家)」でウィットブレッド賞を受賞。ともにヨーロッパの文学界で好評を博し、第1作が13ケ国、第2作が12ケ国で翻訳される。89年「The Remains of The Day(日の名残り)」はブッカー賞を受賞し、国際的に高い評価を得る。2005年ジェームズ・アイボリー監督の映画「上海の伯爵夫人」の脚本を書き下ろした。09年初の短編集「夜想曲集—音楽と夕暮れをめぐる五つの物語」を出版。他の著書に「充たされざる者」(1995年)、「わたしたちが孤児だったころ」(2000年)、「わたしを離さないで」(05年)、「忘れられた巨人」(15年)など。「日の名残り」「わたしを離さないで」は映画化された。17年ノーベル文学賞を受賞。

イシャウッド, クリストファー　*Isherwood, Christopher*
イギリス生まれのアメリカの作家, 劇作家
1904.8.26〜1986.1.4
[出]イギリス　[名]Isherwood, Cristopher William Bradshaw　[学]ケンブリッジ大学中退
[歴]1930年代をドイツで過ごしたあと、39年渡米し、46年帰化。小説のほかハリウッド映画の脚本を書き、大学でも教鞭を執る。ナチスが権勢を振るった30年代のベルリンを描いた自伝小説「さらばベルリン」(39年)の著者として知られるが、この作品は後に「キャバレー」の題名で、ブロードウェイ・ミュージカルとして大ヒットし、72年度のアカデミー賞を独占した映画にもなった。作品は他に「ノリス氏汽車の処世術」(35年)、詩劇「F6登頂」(36年)、「ライオンと影」など。

イズー, イジドール　*Isou, Isidore*
ルーマニア生まれのフランスの詩人
1925.1.31〜
[出]ルーマニア・ボトシャニ
[歴]詩人トリスタン・ツァラの流れを汲む。著書「レトリスム運動の詩的音楽的原理」(1946年)、「新しい詩と音楽への序論」(47年)により、モーリス・ルメートルやガブリエル・ポムランとレトリスム(文字主義)を提唱した。詩集「女たちの機械仕掛け」(49年)の他、レトリスムに関する理論書などを著した。

イスカンデル, ファジリ　*Iskander, Fazil*
ロシア(ソ連)の作家
1929.3.6〜2016.7.31
[出]ソ連グルジア共和国アブハジア自治共和国スフミ(ジョージア)　[名]イスカンデル, ファジリ・アブドゥロヴィチ〈Iskander, Fazil Abdulovich〉　[学]ゴーリキー文学大学(モスクワ)卒
[歴]イラン人とアブハズ人の両親のもと、ソ連時代のアブハジア自治共和国スフミで生まれる。はじめ詩人として出発し、1957年の「山の道」、60年の「緑の雨」などの詩集を発表。60年代から散文に転じ、祖国アブハジアを舞台にしたユーモラスな作品を次々と発表。66年の「牛山羊の星座」はフルシチョフ時代の農業政策を諷刺した傑作といわれた。アブハジア民衆の生活と歴史を逸話的な語り口の中に織り込んだ奇想天外な小説「チェゲムのサンドロおじさん」(73〜89年)も代表作。他の作品に、「男とその周辺」「ヘラクレスの13番目の偉業」「ソフィチカ」「詩人」「ウサギと大蛇」「始まり」などがある。

イスラーム, カジ・ナズルル　*Islām, Kāzī Nazrūl*
インドのベンガル語詩人
1899.5.24〜1976.8.29
[出]英領インド・ボルドマン県チュルリヤ(インド)
[歴]イスラム教徒で、幼時の頃から貧困生活を送る。第一次大戦中ベンガル連隊に志願し、カラチ滞在中、物語や詩を書き始める。1919年除隊するとカルカッタで執筆活動に入り、22年の長編詩「反逆者」が評判を呼び"反逆者の詩人"と称される。同年この詩を含む処女詩集「炎のヴィーナ」を発表。同年「ドゥムケトゥ(彗星)」誌を出すが、イギリス政府当局より動乱教唆罪で1年間投獄された。ベンガルを代表する詩人の一人で、その詩は反逆精神にあふれる愛国詩、人間平等主義に基づく社会思想詩、恋愛叙情詩に大きく分けられ、20〜30年代に一世を風靡したが家庭を襲った不幸により精神を病み、42年入院。その後も回復しないまま亡くなった。また、ウルドゥー語の歌曲形式「ガザル」をベンガル歌曲に取り入れた功績も高く評価されている。

イゾ, ジャン・クロード　*Izzo, Jean-Claude*
フランスの作家, 詩人
1945〜2000.1.26
[出]マルセイユ　[賞]トロフェ813賞(1995年), フランス図書館賞(2001年)
[歴]イタリア移民の家庭に育つ。技術系高校卒業後、マルセイユの書店に勤務する傍ら、カトリックの平和運動に取り組む。この運動を通じてフランス統一社会党に入党、その後、フランス共産党に移り、1978年離党。この間、70年図書館司書、72年「マルセイエーズ・ディマンシュ」専属記者となり、74年副編集長、79年退社。その後、82〜85年「共済生活」専属編集者、85〜87年7月「ヴィヴァ」編集長を務める。一方、70年代は詩人として活躍し、詩集「大きな声の詩」(70年)、「火の大地」(72年)、「覚醒状態」(74年)、「熾、熾火、火傷」(75年)、「生身の現実」(76年)、「クローヴィス・ユーグ、ある南仏の赤」(78年)を刊行。93年短編小説を発表。95年長編小説〈マルセイユ3部作〉の第1作「失われた夜の夜」を出版、好評を博し、トロフェ813賞などを受賞。続いて続編「シュルモ」(96年)、第3作「ソレア」(98年)を出版。他の作品に、詩集「どの岸辺からも遠く」(97年)、長編小説「消えた船乗り」(97年)、「瀕死の人々の太陽」(2000年)など。

イタニ, フランシス　*Itani, Frances*
カナダの作家
1942.8.25〜
[出]オンタリオ州ベルビル　[賞]コモンウェルス作家賞(カナダ・カリブ地域賞)
[歴]21歳より看護師として働く。29歳で執筆活動をはじめ、短編集や詩集、児童書を刊行。赤十字の職員である夫とともに世界各地に赴き、ボスニア紛争も経験。2003年デビュー長編

となる「遠い音」を発表。コモンウェルス作家賞カナダ・カリブ地域賞をはじめ、数多くの賞に輝き、世界20ケ国以上で翻訳される。

イタランタ, エンミ　*Itäranta, Emmi*
フィンランドのSF作家, コラムニスト
1976～
[賞]カレヴィ・ヤンッティ賞, テオス社SFファンタジー小説大賞
[歴]イギリス・カンタベリーにあるケント大学に勤める。ドラマトゥルク、脚本家、演劇批評家、執筆家としても活躍し、フィンランドとイギリスのSF雑誌やアンソロジーに寄稿。2012年フィンランドで出版されたデビュー作「水の継承者ノリア」は若手作家に贈られるカレヴィ・ヤンッティ賞、同国の大手出版社であるテオス社SFファンタジー小説大賞を受賞した他、フィリップ・K.ディック賞、アーサー・C.クラーク賞などにノミネートされる。

イデ, ジョー　*Ide, Joe*
アメリカの作家
[出]ロサンゼルス・サウスセントラル地区　[賞]アンソニー賞(2017年), マカヴィティ賞(2017年), シェイマス賞最優秀新人賞(2017年)
[歴]日系。国際政治学者のフランシス・フクヤマは従兄にあたる。様々な職業を経て、「IQ」で作家としてデビューし、2017年アンソニー賞、マカヴィティ賞、シェイマス賞の最優秀新人賞を次々に受賞。さらにアメリカ探偵作家クラブ賞(MWA賞)最優秀新人賞およびCWA賞最優秀新人賞にもノミネートされるなど高い評価を受ける。
[家]従兄＝フランシス・フクヤマ(国際政治学者)

イドルス　*Idrus*
インドネシアの作家
1921.9.21～1979.5.18
[出]オランダ領東インド西スマトラ・パダン(インドネシア)
[名]Idrus, Abdullah
[歴]日本占領時代から創作活動を始める。独立革命最大の戦闘を舞台にした代表作「スラバヤ」(1948年)で、インドネシア文学史上“45年世代”と呼ばれる文学者たちの中で名声を確かなものにした。57年マレーシア、65年オーストラリアに移住し、大学でインドネシア近代文学を教えた。

イートン, ジェイソン・カーター　*Eaton, Jason Carter*
アメリカの作家
[歴]大学卒業後、3年間著名な映画プロデューサーのもとで制作進行ディレクターを務めた経験がある。ユーモアやパロデイが好きで、1997年友人3人とともに、第42代アメリカ大統領ビル・クリントンのひとり娘チェルシー・クリントンの大学生活を描いた政治風刺のコメディ本「Chelsea Clinton's Freshman Notebook(チェルシー・クリントンの新入生ノート)」(未訳)を出版。2000年にはインターネットのユーモアサイト“Freedonian”の創立者兼ライターとなり、メディアにも取り上げられるサイトだった。02年の絵本「The Day My Runny Nose Ran Away(ぼくの鼻水ずるずるの鼻が逃げちゃった日)」(未訳)は自伝。「ほどほどにちっちゃい男の子とファクトトラッカーの秘密」(08年)など。また、P.S.シャックマン教授のためになる本「ポケットの中で何週間も何週間も腐らせずにツナを保存する方法」の編集にも携わった。

イネス, ハモンド　*Innes, Hammond*
イギリスの冒険作家, 旅行家
1913.7.15～1998.6.10
[出]サセックス州ホーシャム　[名]ハモンド・イネス, ラルフ〈Hammond Innes, Ralph〉筆名(児童書)＝ハモンド, ラルフ〈Hammond, Ralph〉　[学]クランブルック・スクール卒　[勲]CBE勲章
[歴]スコットランド系。1934年経済紙「フィナンシャル・ニューズ」の記者となり、大戦中は軍部の発行する新聞の編集に従事。その間の38年より冒険小説を書き始める。初期の作品は「Air Disaster」(37年)、「Doppelganger」(38年)など。作家であると同時に旅行家、航海家でもあり、サファリ旅行、南西太平洋の旅など、旅行と執筆を繰り返しながら作品を発表。イギリスのみならず世界で最も人気の高い冒険小説作家として不動の地位を確立。他の作品に「トロイの木馬」(40年)、「ロンリー・スキーヤー」(47年)、「キャンベルの王国」(52年, 映画化)、「報復の海」(62年)、「レフカスの原人」(71年, 映画化)、「北海の星」(74年)など。

イネス, マイケル　*Innes, Michael*
イギリスの作家, 批評家, 英文学者
1906.9.30～1994.11.12
[出]エディンバラ　[名]スチュアート, ジョン・イネス・マッキントッシュ〈Stewart, John Innes Mackintosh〉　[学]エディンバラ・アカデミー, オックスフォード大学オリエル・カレッジ卒
[賞]マシュー・アーノルド記念賞(1929年)
[歴]少年時代より文学を好み、小説や戯曲を愛読した。エディンバラ・アカデミーを経て、オックスフォード大学オリエル・カレッジに入学。1928年に英語学で最優等の成績を修める。また翌年マシュー・アーノルド記念賞を受賞した。ウィーンで1年間休養をとったのち、フロリオ訳「モンテーニュ」の編纂を行い、それを機にリーズ大学の講師となり5年間務める。27歳の時、推薦されてオーストラリアのアデレイド大学に英語学の正教授として赴任。のち〈ジョン・アプルビイ〉シリーズの基となる長編推理小説第1作「学長宅の死」(36年)はアデレイドへの航海中に生まれた。オーストラリアで教鞭を執る傍ら推理小説とファンタジーの中間作品をいくつか執筆。46年帰国し、48年までベルファストのクイーンズ大学で教える。49年よりオックスフォード大学クライスト・チャーチ・カレッジの給費生となり英語、英文学の研究を続け、73年に隠退。マイケル・イネス名義で推理小説、スパイ、冒険小説を、本名で小説や評論を、それぞれ多数発表した。

イノック, ウェスリー　*Enoch, Wesley*
オーストラリアの演出家, 劇作家
[歴]アボリジニの父と白人の母との間に生まれ、クイーンズランド州ストラドブローク島の先住民の血を受け継ぐ。1993年先住民劇団クーエンバ・ジャダラに創立メンバーとして参加、97年まで芸術監督を務める。のちシドニー・シアター・カンパニーのレジデント演出家、2010年クイーンズランド・シアター・カンパニー芸術監督。01年10月デボラ・メイルマンとの共作「嘆きの七階段」が、東京で日本人によりドラマリーディング上演されるのに先立ち初来日。01年10月「嘆きの七階段」と「ストールン」を収めた「アボリジニ戯曲選」が出版される。演出作品にジェーン・ハリソン作「ストールン」、劇作に「サンシャシン・クラブ」などがある。

イバルグエンゴイティア, ホルヘ　*Ibargüengoitia, Jorge*
メキシコの作家, 劇作家
1928.1.22～1983.11.27
[出]グアナフアト　[名]Ibargüengoitia, Antillon Jorge　[学]メキシコ国立自治大学　[賞]カサ・デ・ラス・アメリカス賞(1964年), カサ・デ・ラス・アメリカス賞
[歴]母子家庭に育ち、母の願いで最初はエンジニアを志したものの、中退してメキシコ国立自治大学で文学を専攻、ロドルフォ・ウシグリに師事して劇作を手がける。1955年ロックフェラー財団の奨学金を得てニューヨークで演劇を研究。60年代から長編小説を執筆、処女作「8月の稲妻」(64年)でカサ・デ・ラス・アメリカス賞を受賞して注目され、「ライオンを殺せ」(69年)の成功でスペイン語圏に名を知られる。売春宿での殺人事件を取り上げた問題作「死んだ女たち」(77年)や「二つの犯罪」(79年)でメキシコ文壇に揺るぎない地位を確立した後、70年代末にはパリへ移り住んで創作に打ち込むとともに、「エクセルシオール」紙や「プエルタ」誌に寄稿を続けた。他の作品に、短編集「ヘロデの掟」(67年)、小説「ロペスの足跡」(81年)、劇作「反逆」などがある。83年マドリードの飛行機事故で死去。

イバルボウロウ, フアナ・デ *Ibarbourou, Juana de*
ウルグアイの詩人
1892.3.8～1979.7.15
[歴]自然と愛をテーマにした作品を書き、詩集「ダイヤモンドの舌」(1919年)、「野生の根」(22年)、散文詩「冷たい甕」(20年)などで詩人としての地位を確立。20世紀前半のスペイン語圏で最も人気のあった女流詩人で、29年“ラテンアメリカのフアナ・イネス・デ・ラ・クルス”の称号を受けた。50年ウルグアイの作家協会会長に就任した。

イヒマエラ, ウィティ *Ihimaera, Witi*
ニュージーランドのマオリの作家, 外交官
1944～
[出]ギスボーン(北島) [学]ビクトリア大学文学部(1971年)卒
[賞]ワッティ・ブック最優秀賞(1973年)
[歴]マオリ名家の出身。処女短編集「ポウナム・ポウナム(ひすい)」(1972年)でニュージーランド文学界に華々しく登場し、短編として発表した「通夜」を同じ題のもとに書き直した長編で73年にワッティ・ブック最優秀賞を受賞。外交官と作家の2足のわらじをはきながら、マオリ系若手作家の中で最も目立つ活躍をしている。他の作品に「ファナウ(家族)」「新しい網が漁に出る」など。

イフェロス, オスカー *Hijuelos, Oscar*
アメリカの作家
1951～2013.10.12
[出]ニューヨーク [学]ニューヨーク市立大学卒, ニューヨーク市立大学大学院創作科 [賞]ピュリッツァー賞(フィクション部門)(1990年), アメリカ文芸協会ローマ・フェローシップ
[歴]キューバ系移民の子。1983年に出版された処女作「Our House in the Last World」は高い評価を得てアメリカ文芸協会ローマ・フェローシップほかを受賞。89年、成功を夢みてキューバからニューヨークに渡航した兄弟の歌と恋を描いた第2作の「マンボ・キングズ、愛のうたを歌う」を発表、世界的ベストセラーとなり、90年にヒスパニック作家としては初めてピュリッツァー賞を受賞。92年には「マンボキングス、わが心のマリア」として映画化された。95年来日講演。

イボットソン, エヴァ *Ibbotson, Eva*
オーストリア生まれのイギリスの児童文学作家
1925.1.21～2010.10.20
[出]オーストリア・ウィーン [賞]スマーティーズ賞(金賞)(2001年), スマーティーズ賞(銀賞)(2004年)
[歴]オーストリアのウィーンで生まれる。幼い頃に両親の離婚を経験。8歳の頃、ナチスの台頭によってイギリスへ移住した。生理学を学び、昆虫学者の夫と結婚したあと執筆活動を始め、2001年「夢の彼方への旅」でスマーティーズ賞金賞を、04年「The Star of Kazan」でスマーティーズ賞銀賞を受賞。他の著書に「アレックスとゆうれいたち」「ガンプ―魔法の島への扉」「幽霊派遣会社」「黒魔女コンテスト」「クラーケンの島」などがある。

イーホルム, エルスベツ *Egholm, Elsebeth*
デンマークの作家
1960.9.17～
[出]フュン島 [学]オーフス大学
[歴]オーフス大学で音楽理論を専攻するが、ジャーナリスト専門学校に入学し直し、新聞記者となる。1999年作家デビュー。2002年に刊行された「赤ん坊は川を流れる」以降専業作家となる。脚本家としても活躍し、デンマークのクライム・サスペンスドラマ「ゾウズ・フー・キル」の脚本にも参加。

イム・チョルウ 林 哲佑 *Lim Chul-woo*
韓国の作家
1954.10.15～
[出]全羅南道莞島郡平日島 [学]全南大学英文科 [賞]韓国日報創作文学賞, 李箱文学賞, 丹齋文学賞, 楽山文学賞, 大山文学賞
[歴]1973年光州の高校を卒業し全南大学英文科に入学。除隊後すぐに光州民主化運動が勃発、この時の体験を小説に描く。81年「ソウル新聞」の懸賞に短編「犬どろぼう」が当選し、文壇に登場。「父の土地」で韓国日報創作文学賞、「赤い部屋」で李箱文学賞、「春日」で丹斎文学賞、「百年旅館」で楽山文学賞、「別れの谷」で大山文学賞などを受賞。「あの島に行きたい」は映画化された。

イム・ファ 林 和 *Im Hwa*
北朝鮮の詩人, 批評家
1908.10.13～1953.8
[出]京城 [名]林 仁植 [学]日本大学
[歴]1925年朝鮮プロレタリア芸術同盟(カップ, KAPF)に加入、28年中央委員、32年書記長。45年の解放後、ソウルで朝鮮文化建設中央協議会を組織。46年12月朝鮮文学芸術総同盟中央委員。47年入北、48年同総同盟常務委員。朝鮮戦争中の52年11月反党政府転覆陰謀の主謀者の疑いで逮捕され、翌年処刑された。初期の詩に「十字路の順伊」「兄さんと火鉢」など。詩集「玄界灘」(38年)、「讃歌」(47年)、「回想詩集」(47年)、評論集「文学の理論」(40年)がある。日本では作家の松本清張が「北の詩人」で林和を描いている。

イヤイー, フェスタス *Iyayi, Festus*
ナイジェリアの作家
1947.9.29～2013.11.12
[学]ブラッドフォード大学 [賞]コモンウェルス作家賞
[歴]ナイジェリアの貧しい農家に生まれ、国内で教育を受けた後、イギリスのブラッドフォード大学でも学ぶ。のちベニン大学講師。アフリカ貧民層の生活のみじめさを描いた処女小説「暴力」(1979年)は、アフリカ最初のプロレタリア小説として注目を浴びる。第2作「請負」(82年)では理想に燃える青年がやがて堕落してゆく姿を描き、ナイジェリアの腐敗した社会構造を告発した。他にナイジェリア市民戦争(ビアフラ戦争)をテーマとした「英雄たち」(86年)がある。

イョオ, ロバート *Yeo, Robert*
シンガポールの詩人, 劇作家
1940.1.27～
[学]シンガポール大学卒
[歴]母校のセント・アンドリュース校で5年間教えた後、政府の奨学金でイギリス・ロンドンへ留学。1968年帰国後はバンドンの東南アジア教育閣僚会議に勤め、シンガポール教育大学で教鞭を執る。詩集に「帰ってきたよ」(71年)、「そしてナパーム弾は助けず」(77年)、編著「シンガポール短編集〈1・2〉」(78年)などがある。

イヨネスコ, ウージェーヌ *Ionesco, Eugène*
ルーマニア生まれのフランスの劇作家
1912.11.26～1994.3.28
[出]ルーマニア・スラチナ [学]ブカレスト大学卒 [賞]エルサレム賞(1973年)
[歴]母親がフランス人で少年時代をフランスで過ごす。大学卒業後、ブカレストで大学講師の傍ら批評活動を行い、1938年以降パリに定住。50年代から盛んに戯曲を発表し、処女作「禿の女歌手」(50年)、「授業」(51年)などは初め興行的に失敗したが、57年からの再演で認められ、“アンチ・テアトル(反演劇)”といわれる不条理演劇の代表的作家として名声を確立した。テレビドラマ脚本、小説も数多い。ほかに戯曲「椅子」(52年)、「犀」(60年)、「瀕死の王」(62年)、「死者の国への旅」(81年)、評論集「ノートと反ノート」(62年)、「発見」(69年)、短編小説集「大佐の写真」(62年)などがある。

イラーセク, アロイス *Jirásek, Alois*
チェコの作家, 劇作家
1851.8.23～1930.3.12
[出]チェコ・フロノフ [学]プラハ大学
[歴]職人の子。ドイツ語学校に通い、チェコ語のギムナジウムを卒業後、プラハ大学で歴史学を学ぶ。卒業後リトミシュルとプラハのギムナジウムで教師を務めながら多くの歴史小説を執

イ

筆。チェコ民族の栄光と受難の歴史を描いてこの分野の第一人者となり、何度もノーベル文学賞候補となった代表的国民文学作家。後年聴覚と腎臓の病が悪化して、1919年未完のまま「フス派王」を出した後に筆を絶ち30年プラハで没したが、チェコスロバキア建国とその後の発展に立ち会った。主な小説に「すべてに抗って」(1894年)、「狗頭族」(86年)、「同胞教団」(3巻, 1900年, 05年, 09年)、「暗黒」(13年)、劇作に「父」(1895年)、3部作「ヤン・ジシュカ」(1913年)、「ヤン・フス」(11年)、「ヤン・ロハーチ」(14年)などがある。映画化された作品も多い。小説「チェコの古伝説」(1894年)は今日でもよく読まれており、アニメ化もされた。

イーリイ, デービッド　*Ely, David*

アメリカの作家

1927〜

[出]イリノイ州シカゴ　[名]リリエンソール, デービッド・イライ, ジュニア　[学]ノース・カロライナ大学卒, ハーバード大学, オックスフォード大学　[賞]MWA賞(最優秀短編賞)(1963年)

[歴]ノース・カロライナ大学を卒業後、ハーバード大学にも学び、さらにオックスフォード大学に留学する。第二次大戦、朝鮮戦争に従軍したあと新聞記者になったが、1962年「コスモポリタン」に掲載された「ヨット・クラブ」がアメリカ探偵作家クラブ賞(MWA賞)最優秀短編賞を受賞したのをきっかけに作家生活に入る。以後、「コスモポリタン」「プレイボーイ」「エラリー・クイーンズ・ミステリー・マガジン(EQMM)」などの雑誌で現代の不安や恐怖を描く異色短編の名手として活躍、アントニー・バージェンスらの絶賛を浴びた。「憲兵トロットの汚名」「蒸発」、「観光旅行」(67年)などの長編でも、不条理な状況が生み出すサスペンスが際立っている。

イリフ, イリヤ

→イリフ・ペトロフを見よ

イリフ・ペトロフ　*Ilif and Petrov*

ロシア(ソ連)の作家

[名]単独筆名＝イリフ, イリヤ〈Ilif, Iliya〉 ペトロフ, エヴゲーニー〈Petrov, Evgeniy〉

[歴]イリフ・ペトロフは、ユダヤ系のイリヤ・イリフ(Ilya Ilf, 1897年〜1937年)と作家ワレンチン・カターエフの弟であるエヴゲーニー・ペトロフ(Evgeniy Petrov, 1903〜42年)の共同筆名。2人ともロシアのオデッサで生まれた。25年頃に知り合い、28年最初の合作長編「十二の椅子」を発表。新旧の社会悪を風刺した滑稽味あふれる物語は評判となり、31年同じくペテン師のベンデルを主人公にした第二長編「黄金の子牛」を執筆。35年2人はアメリカを旅行し、36年旅行記「1階建てのアメリカ」を著した。37年イリフが亡くなった後も、ペトロフは執筆活動を続けたが、42年第二次大戦で戦死した。イリフ・ペトロフの短編集に「ロビンソンはいかに創られたか」(33年)、「トーニャ」(37年)などがある。

イリーン, ミハイル　*Iliin, Mikhail*

ソ連の作家

1896〜1953.11.15

[名]マルシャーク, イリヤ・ヤーコヴレヴィチ〈Marshak, Iliya Yakovlevich〉　[学]レニングラード工業専門学校卒, ペテルブルク大学理数科中退

[歴]1925年から少年向きの文学作品を書き、30年第1次5ケ年計画の話「偉大な計画の話」でデビュー。以後、一般の人々や子供達にもわかるような科学と技術の物語を書き、文学の新分野を開いた。他の著書に「山々と人々」(35年)、「今日と昨日」(37年)、「どうして人間は巨人になったか」(40年)、「原子への旅」(48年)、「自然の征服」(50年)、「ボロディン物語」(53年)など。

[家]兄＝サムイル・マルシャーク(詩人), 妻＝エレナ・アレクサンドロブナ・セガール(作家)

イルスト, イルダ　*Hilst, Hilda*

ブラジルの作家, 詩人, 劇作家

1930.4.21〜2004.2.4

[学]サンパウロ大学

[歴]1930年富裕なコーヒー園の一人娘として生まれる。サンパウロ大学で法学を学ぶ傍ら、詩人としてデビュー。数々の文学賞に輝いたものの、20世紀ブラジル文学史にあって最も毀誉褒貶に満ちた文学者として知られる。2004年サンパウロ近郊に設けた太陽の家で逝去。

イレムニツキー, ペテル　*Jilemnický, Peter*

チェコスロバキアの作家

1901.3.18〜1949.5.19

[出]オーストリア・ハンガリー帝国(チェコ)

[歴]チェコ人だがスロバキアを愛し、スロバキア語で執筆した。1922年共産党に入党し、一時期はソ連に滞在。スロバキアのプロレタリア文学の創始者で、「破滅の勝利」(29年)、「帰郷」(30年)、「耕されない畑」(32年)、「砂糖のかけら」(34年)、「われらの中の羅針盤」(37年)、「記録」(47年)などの作品がある。第二次大戦中は抵抗運動に加わり、強制収容所に送られた。

イワサキ, フェルナンド　*Iwasaki, Fernando*

ペルーの作家, 歴史家, 文献学者, 評論家

1961.6.5〜

[出]リマ　[名]Iwasaki Cauti, Fernando　[賞]アルベルト・ウジョア・エッセイ賞(1987年)

[歴]1989年よりスペイン・セビリアに在住。96年〜2010年文芸誌「レナシミエント」の編集長を務める。スペインの「エル・パイス」紙、「ABC」紙、「ラ・ラソン」紙、チリの「メルクリオ」紙、メキシコの「ミレニオ」紙ほか、スペイン語圏の有力紙に寄稿する。1987年アルベルト・ウジョア・エッセイ賞を皮切りに、数々の文学賞を受賞。著書に「悪しき愛の書」など。小説、短編、エッセイ、歴史書など著書多数。

イワシュキェビチ, ヤロスロウ　*Iwaszkiewicz, Jarosław*

ウクライナ生まれのポーランドの作家, 詩人, 翻訳家

1894.2.10〜1980.3.2

[出]ウクライナ　[学]キエフ大学法学部　[賞]ポーランド国家文学賞(1952年, 1955年), レーニン賞(1956年)

[歴]キエフ大学法学部および音楽院に学ぶ。1915年キエフの月刊誌「ペン」に詩人としてテビュー。18年ワルシャワへ移り、象徴派の雑誌「スカマンデル」創刊者の一人となった。同年処女詩集「Oktostychy(八行詩)」を発表。20年代は詩の運動を行っている。作家としては32年の「Brzezina(白樺林)」などでその地位を確立した。第二次大戦中は地下文学運動に参加、46〜48年作家協会会長。そのほか国際平和委員会メンバー、52年より国会議員としても活躍。文壇の中心的存在として、54年より雑誌「創作」の編集長を務めた。主な作品に「尼僧ヨアンナ」(43年)、「栄光と賞讃」(62年)がある。シェイクスピアの「ハムレット」「ロミオとジュリエット」などの翻訳家としても知られる。

イワーノフ, ゲオールギー・ウラジーミロヴィチ
Ivanov, Georgiy Vladimirovich

亡命ロシア詩人

1894.11.10〜1958.8.26

[出]ロシア・コヴノ(リトアニア・カウナス)

[歴]貴族の出身で、ペテルブルク幼年学校に学ぶ。1910年代初頭、“自我未来派”の詩人として登場。間もなくアクメイズムに転向、雑誌「アポロン」に拠る。この頃の代表作に詩集「シテール島への船出」(12年)、「部屋」(14年)など。19年の十月革命後に詩人のオドエフツェワと結婚。22年パリに亡命すると、メレシコフスキー・ギッピウス夫妻、ゲオールギー・アダモーヴィチらと亡命文学サークル“緑のランプ”を形成、その中心メンバーとなったが、一徹な姿勢がもとで次第に孤立した。回想「ペテルブルクの冬」、小説「第三のローマ」(28〜31年, 未完)や「死後の日記」(58年)などが亡命後の代表作となり、20世紀ロシアの亡命文学を代表する詩人の一人とされる。

イワーノフ, フセヴォロド・ヴャチェスラヴォヴィチ
Ivanov, Vsevolod Vyacheslavovich
ソ連の作家, 劇作家
1895.2.24～1963.8.15
[出]ロシア・セミパラチンスク州
[歴]小学校教師の家に生まれる。小学校卒業後、転々と職業を変えながら国内各地を放浪し、革命直後国内戦に参加する。ゴーリキーの紹介で文学グループ“セラピオン兄弟”のメンバーとなり、中編「パルチザン」(1921年)、「装甲列車14-69」(22年)で戦乱のなかに躍動する人間の姿を生き生きと描きソビエト文学の初期を代表する一人となる。27年「装甲列車14-69」を自ら脚色して劇化、モスクワ芸術座での初演は成功を収め、古典的名作となる。他の作品に「ブッダの帰還」(23年)、「ある托鉢僧の冒険」(34～35年)、「パルホメンコ」(39年)、「ベルリン陥落」(46年)などがある。

イワン・シマトゥパン　*Iwan Simatupang*
インドネシアの作家
1928.1.18～1970.8.4
[出]スマトラ島シボルガ
[歴]クリスチャン。オランダ、フランスに遊学、ソルボンヌ大学で哲学を学び、実存主義の影響を受ける。1958年帰国、医者になるのに失敗、詩人にはなれず、42歳で破滅的な生涯を終えるが、「赤の赤さ」(68年)、「墓参り」(69年)、「渇き」(72年, 没後刊)などリアリズムを否定した作品を書く。インドネシアにおける“ヌーヴォーロマン”の先駆者とされ、死後に評価が高まった。

殷 夫　いん・ぷ　*Yin Fu*
中国の詩人
1910.6.11～1931.2.7
[出]浙江省象山県　[名]徐 柏庭, 筆名＝白莽, 任夫, 莎菲, 洛夫, 徐白　[学]同済大学
[歴]浙江省象山の中産農家出身で、父は医師。1927年上海の同済大学に進む。五・三〇事件前後より革命運動に参加、四・一二クーデター後に逮捕・投獄され、獄中で長編の叙事詩「死神の来ぬうちに」を執筆。28年これを「太陽月刊」に投稿して銭杏邨と出会い、太陽社の一員となる。以後、本格的に詩作を始める一方、秘密工作員として共産主義青年団や青年反帝同盟の仕事にも携わる。31年逮捕され、龍華の国民党警備司令部で銃殺された。同時に殺害された胡也頻、柔石らと“左連五烈士”と呼ばれ、面識があった魯迅は「忘却のための記念」(33年)を書いてその死を悼み、文中で殷夫が訳したハンガリーの愛国詩人ペテーフィの詩「自由と愛の詩」を紹介。以来、「自由と愛の詩」は革命歌として人口に膾炙した。没後20年を経て、魯迅が保存した詩稿をもとにし、その序がついた詩集「嬰児の塔」が公刊された。

インガルス, レーチェル　*Ingalls, Rachel*
アメリカの作家
[出]マサチューセッツ州ケンブリッジ　[学]ラドクリフカレッジ(英文学)
[歴]17歳のときに高校を中退し、ドイツのゲッティンゲン大学、ミュンヘン大学などで聴講生に。帰国後、ラドクリフカレッジで英文学を専攻。1964年イギリスに移り、以後同国に在住。著書に「Theft」「Mediterranean Cruise」「I See a Long Journey」「The Pearlkillers」「Binstead's Safari」「ミセス・キャリバン」(85年)など。

イングランダー, ネイサン　*Englander, Nathan*
アメリカの作家
1970～
[出]ニューヨーク州ロングアイランド　[学]ニューヨーク州立大学　[賞]PEN/マラマッド賞(2000年), スー・カウフマン新人賞, フランク・オコナー国際短編賞(2012年)
[歴]ユダヤ系で、敬虔なユダヤ教徒として育つ。大学3年の時、初めてイスラエルを訪れ、非宗教的なユダヤ知識人と出会ったことがきっかけとなり、信仰を捨て創作活動に入る。1999年処女短編集「For the Relief of Unbearable Urges」が複数の文学賞を受賞。2013年短編集「アンネ・フランクについて語るときに僕たちの語ること」を邦訳出版。他の作品に、長編小説「The Ministry of Special Cases」など。14年東京国際文芸フェスティバルのため初来日。

インゲルマン・スンドベリ, カタリーナ
Ingelman-Sundberg, Catharina
スウェーデンの作家, 海洋考古学者
1948～
[出]スウェーデン　[賞]ヴィディング賞
[歴]歴史、美術史、考古学、民俗学を学び、ストックホルムの海洋歴史博物館とオスロの海洋博物館に勤務。スウェーデンの新聞「Svenska Dagbladet」のキュレーターとジャーナリストも務める。1991年から小説の執筆を始め、優れた歴史小説に与えられるヴィディング賞を受賞。著書に「犯罪は老人のたしなみ」がある。

インゴウルフソン, ヴィクトル・アルナル
Ingólfsson, Viktor Arnar
アイスランドの作家
1955.4.12～
[出]アークレイリ　[学]アイスランド工科大学(1983年)卒, アイスランド大学, ジョージ・ワシントン大学
[歴]1983年アイスランド工科大学卒業後、アイスランド大学、アメリカのジョージ・ワシントン大学でコミュニケーション学などを学んだ後、アイスランド道路省に入省。一方、78年処女作となるミステリーを発表、その後も何作か書くが、出版には至らなかった。98年、70年代のアイスランドを舞台にしたミステリー「Engin Spor(痕跡のない家)」(未訳)を発表し好評を博す。同作と「フラテイの暗号」(2002年)はともに、北欧5ケ国の作家が書いた優れたミステリーに贈られるガラスの鍵賞にノミネートされた。05年の「Aftuれlding(夜明け)」(未訳)は、08年テレビドラマ化された。作家と公務員の二足のわらじを履く。作品は特にドイツで人気が高い。

インジ, ウィリアム　*Inge, William*
アメリカの劇作家
1913.5.3～1973.6.10
[出]カンザス州インディペンデンス　[名]インジ, ウィリアム・モッター〈Inge, William Motter〉　[学]カンザス大学卒, ピーボディ・ティーチャーズ・カレッジ, エール大学　[賞]ピュリッツァー賞(1953年), アカデミー賞脚本賞(1961年)
[歴]大学で演劇学を学ぶ。高校や大学の教師をした後、セントルイスで劇評を手がける。その時に会見したテネシー・ウィリアムズに影響を受け、自らも劇作を開始する。「愛しのシバよ帰れ」(1950年)で成功を収め、ピュリッツァー賞受賞作の「ピクニック」(53年)、「バス・ストップ」(53年)、「階段の上の暗がり」(57年)やアカデミー賞脚本賞を受賞した映画脚本「草原の輝き」(61年)を書く。50年代を代表する劇作家と目されたが、スランプに陥り自殺した。

インドリダソン, アーナルデュル　*Indridason, Arnaldur*
アイスランドの作家
1961.1.28～
[出]レイキャビク　[学]アイスランド大学(歴史学・映画)　[賞]ガラスの鍵賞(2002年・2003年), CWA賞ゴールド・ダガー賞(2005年)
[歴]父親は著名な作家インドリディ・G.トーステンソン。アイスランド大学卒業後、新聞社に就職。その後フリーの映画評論家となる。1997年レイキャビク警察の犯罪捜査官エーレンデュルを主人公とするシリーズ第1作「Synir duftsins」で作家デビュー。3作目の「湿地」(2000年)でガラスの鍵賞、4作目の「緑衣の女」(01年)では同賞とイギリス推理作家協会賞(CWA賞)のゴールド・ダガー賞を受賞。世界40ケ国で翻訳され、シリーズ全体で累計900万部を超えるベストセラーとなる。

[家]父＝インドリディ・G.トーステンソン（作家）

【ウ】

ウー, ファン　*Wu, Fan*
中国生まれのアメリカの作家
[出]中国・南昌　[学]孫逸仙大学, スタンフォード大学
[歴]5人きょうだいの末っ子。文化大革命時に両親が下放された中国南部の国営農場で育つ。中国の孫逸仙大学で英文学の学位を得ると、1997年アメリカに渡り、スタンフォード大学で学ぶ。2002年執筆活動を始め、その後、短編作品が「グランタ」および「ミズーリ・レビュー」に掲載される。初の長編小説である「二月の花」（07年）は、出版社ピカドール・アジアの第1弾作品として上梓され、世界9ケ国で翻訳された。英語と中国語の両方で執筆活動を行う。

于 沫我　う・まつが　*Yu Mo-wo*
中国の作家
1915〜1983.6.22
[出]広東省中山県　[名]杜 又明
[歴]1935年シンガポールへ渡る。4年間の小学校教育を受けた他は、全て独学。新聞配達、露店商、店員など様々な職に就き、40代から短編小説を書き始め、文芸雑誌や新聞に投稿。「筋書き」（56年）、「穀種」（60年）などの短編集を出版した。経験に基づいた小市民の生活を題材とし、特に商人の心情描写や東南アジア独特の会話の表現に優れる。

ウー・ミン　*Wu Ming*
イタリアの作家
[名]別共同筆名＝ブリセット, ルーサー〈Blissett, Luther〉
[歴]ウー・ミンはボローニャ在住の4名のイタリア人による共同筆名で、当初の筆名はルーサー・ブリセット。1994年イタリアのアーティストや活動家、悪戯好きが集まり、“各人が作ったものをルーサー・ブリセットの名前で発表する”というプロジェクトを発足させる。ルーサー・ブリセットとは、80年代にイギリスに存在した無名のサッカー選手の名前で、名前によって作品の価値が決まるわけではないという考えから、プロジェクト名に採用された。99年“SEPPUKU”をして、ルーサー・ブリセット・プロジェクトは幕を閉じるが、その締めくくりとして、歴史エンターテインメント小説「Q」を発表。同書の執筆のため、全員で2年間にわたるリサーチを行い、持ち場を決めて全員が執筆し、全員で推敲を行った。刊行当時、著者の実名は明かされず、著者の正体はウンベルト・エーコではないかと憶測が飛び交う。また、同書は大手出版社からの出版物では初のアンチ・コピーライト小説で、公式ウェブサイト上で原書の全編を無料で読むことが出来た。さらにストレーガ賞にノミネートされたが、最終選考まで残った時点で著者側が辞退を表明するなど話題を呼び、全世界で100万部を突破する大ヒットを記録。2000年プロジェクトの核であり、「Q」を発表した4名のイタリア人が、さらに1名を加えて新たなグループ“ウー・ミン”を結成。ウー・ミンは中国語で、“無名”“伍名（5名）”という意味を持つ。09年「Q」の続編となる歴史超大作「アルタイ」を発表。08年ルーサー・ブリセット時代からメンバーだった“ウー・ミン3”が脱退。現在は4名で活動を続ける。

于 伶　う・れい　*Yu Ling*
中国の劇作家
1907.2.23〜1997.6.7
[出]江蘇省宜興県　[名]任 錫圭, 字＝禹成, 筆名＝尤兢　[学]北平大学法学院
[歴]蘇州第一師範学校在学中から演劇活動を始め、1926年共産主義青年団に参加。北平大学在学中に劇作を始め、中国左翼作家連盟、左翼戯劇家連盟に加入。抗日戦争前に尤兢の筆名で戯曲「漢奸の子孫」を書いて注目を集める。抗日戦争が始まると上海に残り、「女性アパート」（37年）、「暗夜の上海」（39年）などを執筆。41年以降、香港、桂林を経由して重慶に向かい、43年同地で中国劇芸術劇社を旗揚げ、重慶演劇運動の代表的な劇団の一つになった。太平洋戦争後の46年、上海に戻って上海劇芸社を再建。中華人民共和国成立後は上海文化局局長などを務めた。進歩的で多産な劇作家として知られたが、文化大革命中は10年近く監禁され、健康を害した。85年作協顧問。

ヴァ
→バをも見よ

ヴァイゼンボルン, ギュンター　*Weisenborn, Günther*
ドイツ（西ドイツ）の作家, 劇作家
1902.7.10〜1969.3.26
[出]ドイツ・フェルベルト　[学]ボン大学（医学）
[歴]大学ではドイツ文学と医学を学ぶ。在学中に反戦劇「UボートS4」（1928年）で劇作家としてデビュー。31年にはブレヒトとの共作でゴーリキーの小説の脚色「母」を発表。33年以降、ナチスにより発禁処分を受けたが、匿名で発表した「ノイベリン」（34年）が大ヒット。一時アメリカに亡命したが、37年帰国。反ナチス抵抗運動に加わり、42年逮捕され、死刑判決を受けた。45年赤軍により解放され、獄中での体験を「備忘録」（48年）に著した。戦後、西ベルリンに戻り、ヘッベル劇場設立に参加。抵抗運動を描いた「非合法活動の人々」（46年）など多くの作品を発表した。他の作品に、戯曲「三人の紳士」（51年）、回想録「炎と果実」（48年）、長編「声なき暴動」（53年）など。

ヴァイヤン, ロジェ　*Vailland, Roger*
フランスの作家
1907.10.16〜1965.5.12
[出]オアーズ県　[賞]アンテラリエ賞（1945年），ゴンクール賞（1957年）
[歴]第一次大戦後、シュルレアリスム文学運動の中で詩人として出発。1928年ドーマルと「大いなる賭け」誌を創刊。第二次大戦中はレジスタンスに加わり、「奇妙な遊び」（45年）、「よい足よい眼」（50年）、「孤独な青年」（51年）などを執筆、代表的な左翼作家となる。52年朝鮮戦争を舞台とした戯曲「フォースター大佐の服罪」を発表。同年共産党に入党したが、56年ハンガリー動乱により離党。以後は社会問題から距離を取り、堅実なリアリズムに基づいて「掟」（57年）、「鱒」（63年）などを書いた。「奇妙な遊び」でアンテラリエ賞、「掟」でゴングール賞を受けている。

ヴァイラオホ, ヴォルフガング　*Weyrauch, Wolfgang*
ドイツの作家
1907.10.15〜1980.11.7
[出]ケーニヒスベルク（ロシア・カリーニングラード）
[歴]1934年「マイン川」を発表したが、第二次大戦に従軍してソ連軍の捕虜になる。戦後は風刺誌「ウーレンシュピーゲル」の編集に携わり、51年“47年グループ”の第8回会合に初参加。第二次大戦後の文学の名称の一つ“伐採の文学”は自らの提唱による。前衛的作品を書き、文体実験の例である小説「ダビデ結社員」（48年）や、幻想的にヒトラーの没落を描いた「政府への報告」（53年）などがある。他に詩集「死なないための歌」（56年）、放送劇「日本の漁師たち」（55年）、「見えない者との対話」（62年）など。

ヴァインヘーバー, ヨーゼフ　*Weinheber, Josef*
オーストリアの詩人
1892.3.9〜1945.4.8
[出]オーストリア・ハンガリー帝国ウィーン　[賞]ウィーン市賞（1925年），モーツァルト賞（1936年），グリルパルツァー賞（1941年）
[歴]ウィーンで肉屋の息子に生まれる。両親を早くに失い、孤児院で育てられる。1911年よりウィーン郵便局に勤務する一方、詩作も行い、詩集「孤独な人」（20年）、「両岸から」（23年）を発表。25年長編小説「孤児院」でウィーン市賞を受賞。抒

情詩集「高貴と没落」(34年)によって一躍有名になった。他の作品に、詩集「ヴィーン言葉どおり」(35年)、「人よ耳傾けよ」(37年)、「室内楽」(39年)、「ここに言葉あり」(47年, 没後刊)など。第二次大戦でソ連軍がウィーンに侵攻した日、睡眠薬を多量に摂取して自殺した。

ヴァシレフスカヤ, ヴァンダ

→ワシレフスカヤ, ワンダを見よ

ヴァッカ, ポール　*Vacca, Paul*

フランスの作家, エッセイスト, 脚本家

1961〜

[学]ソルボンヌ大学　[賞]シャンベリー新人作家賞, ラヴァル新人作家賞, カブール・マルセル・プルースト賞

[歴]ソルボンヌ大学で文学と哲学を修めた後、作家、エッセイスト、脚本家として活動。処女作は「鐘の音が響くカフェで」で、シャンベリー新人作家賞、ラヴァル新人作家賞、カブール・マルセル・プルースト賞などを受賞した。

ヴァッゲルル, カール・ハインリヒ　*Waggerl, Karl Heinrich*

オーストリアの作家

1897.12.10〜1973.11.4

[出]オーストリア・ハンガリー帝国バートガスタイン(オーストリア)

[歴]貧しい大工の家に生まれる。第一次大戦中はイタリアで捕虜となる。戦後、ザルツブルク近くの山村に住み、工芸職人を経て作家活動を開始。ノルウェーの作家ハムスンの強い影響を受け、1930年処女小説「パン」で一躍注目を浴びる。故郷ザルツブルクの村やそこに住む素朴な農民を明るいユーモアで描いた郷土作家。他の作品に、「草原の書」(32年)、「主の年」(33年)、「貧乏も楽し」(48年)、キリストをめぐる六つの小話集「そしてその時…」(53年)など。

ヴァツリーク, ルドヴィーク　*Vaculík, Ludvík*

チェコの作家

1926.7.23〜2015.6.6

[出]チェコスロバキア・ブラモフ(チェコ)

[歴]大工の家に生まれ、中学校卒業後、靴工場で働きながら職業教育を受けた。第二次大戦後プラハの政治大学で学び、青少年教育施設勤務、ジャーナリストを経て、1963年教育施設体験を素材とした短編「Rušný dům(にぎやかな家)」で文壇にデビュー。66年第二次大戦後のチェコスロバキア共産主義体制への幻滅を描いた長編「Sekyra(斧)」を発表し、作家として認められた。68年の民主化運動による、いわゆる"プラハの春"では、改革の徹底を要求する「二千語宣言」の起草者となって世界中に衝撃を与え、一躍有名になる。だが民主化運動の挫折により、執筆の自由を奪われ、70年にはチェコスロバキア共産党を除名された。しかし、その後も自主出版叢書「ペトリツエ(南京錠)」を主宰して頑強に抵抗し、その作品は国外で評価を高めた。他の代表作に長編「モルモット」(70年)、「チェコの夢想家」(83年)など。77年の人権擁護を求める文書「憲章77」にも署名した。

ヴァプツァロフ, ニコラ　*Vapcarov, Nikola*

ブルガリアの詩人

1909.11.24〜1942.7.23

[出]バンスコ　[名]Vapcarov, Nikola Jonkov　[学]海軍機関学校卒

[歴]共産主義者。海軍機関学校在学中にロシア文学やマルクス主義の文献を読む。卒業後は経済的な理由で大学へは行けず、火夫や技手として勤めながら労働運動を指導, 警察に逮捕・投獄された。マヤコフスキーの影響を受け、1940年唯一の詩集「エンジンの歌」を出版。41年サボタージュ活動の指導者となり、42年捕えられて銃殺された。

ヴァプニャール, ラーラ　*Vapnyar, Lara*

ソ連生まれのアメリカの作家

1971〜

[出]ソ連ロシア共和国(ロシア)

[歴]1994年アメリカへ移住。2002年頃から「ニューヨーカー」「オープンシティ」「ゾーエトロープ」などに作品の掲載を始める。これらの文芸誌媒体に掲載された物語を集めた「うちにユダヤ人がいます」(03年)がデビュー作。「ロサンゼルス・タイムズ」文芸賞、ニューヨーク公立図書館若手作家賞などにノミネートされ、全米ユダヤ文化財団から新進ユダヤ系作家として表彰された。

ヴァムピーロフ, アレクサンドル　*Vampilov, Aleksandr*

ソ連の劇作家

1937.8.19〜1972

[出]ロシア・イルクーツク州　[名]Vampilov, Aleksandr Valentinovich 筆名＝サーニン, A.〈Sanin, A.〉　[学]ルクーツク大学(1960年)卒

[歴]イルクーツク大学文学部で文学と歴史を学ぶ。1961年A.サーニンのペンネームで短編集「事情があって」を出版、以後戯曲を書き始める。62〜64年「イルクーツク新聞」事務局長。劇作家アレクセイ・アルブーゾフと知り合い、64年「六月の別れ」を発表。71年の「去年の夏、チュリームスクで」に至るまで、「長男」「鴨猟」など7本の戯曲を書いた。ロシア現代演劇を代表する作家として期待されたが、バイカル湖で34歳で事故死した。日本でも「長男」が「もし、終電に乗り遅れたら…」のタイトルで度々上演されている。

ヴァルガス, フレッド　*Vargas, Fred*

フランスの作家

1957.6.7〜

[賞]CWA賞インターナショナル・ダガー賞(2006年・2007年・2009年・2013年), フランス・ミステリー批評家賞, ル・マン市ミステリー大賞

[歴]「死者を起こせ」から始まる〈三聖人〉シリーズと、「青チョークの男」で登場する〈警察署長アダムスベルグ〉のシリーズで人気を博す。「死者を起こせ」ではイギリス推理作家協会賞(CWA賞)インターナショナル・ダガー賞、フランス・ミステリー批評家賞、ル・マン市ミステリー大賞を受賞。他の作品に「論理は右手に」など。

ヴァルザー, ローベルト　*Walser, Robert*

スイスの作家, 詩人

1878.4.15〜1956.12.25

[出]ベルン州

[歴]17歳で故郷を離れ、スイスとドイツで放浪生活を送った後、抒情詩人として出発。1902年頃から自ら「小さな形式」と呼んだ散文に新境地を開拓し、これが新聞、雑誌に掲載され一般に名前が知られるようになった。05〜13年画家の兄カールを頼りベルリン滞在中に小説「タンナー兄妹」(07年)、「助手」(08年)、「ヤーコプ・フォン・グンテン」(09年)を刊行。その後精神障害に陥り、29年以後精神病院生活に入る。長くカフカが愛読した作家として知られた。

[家]兄＝カール・ヴァルザー(画家)

ヴァルマー, バグワティーチャラン　*Varmā, Bhagvatīcaraṇ*

インドのヒンディー語作家

1903.8.30〜1981.10.5

[出]ウッタルプラデシュ州　[学]アラハバード大学

[歴]アラハバード大学で文学・法学を学び、詩人として出発したが、やがて作家に転じる。生活のため弁護士を開業、その後雑誌編集、映画の脚本家、日刊紙の主筆、全インド放送局勤務など職を転々とする。文筆業に専念できたのは1950年代後半からだった。長編小説「チトゥルレーカー」(34年)で名声を得、「曲がりくねった道」(47年)の後、「忘れ去られた絵」(59年)で地位を確立。長編以外の作品は「私の短編小説」(71年)、「私の戯曲」(72年)、「私の詩」(74年)にまとめられている。晩年は大統領任命による上院議員となった。

ヴァルマー, マハーデーヴィー　*Varmā, Mahādevī*

インドのヒンディー語詩人

1907〜1987

ウ

[出]ウッタルプラデシュ州　[学]アラハバード大学卒
[歴]ヒンディー語の女性詩人。幼い頃から宗教、音楽、絵画などを学ぶ。アラハバード大学サンスクリット文学修士課程を修了し、1933年女子専門学校の校長となる。ガンディーに触発され村の子供の教育などにも尽力。20年代からのチャーヤーワード（ロマン主義）運動を代表する一人で、神秘思想に彩られた別離の苦悩を綴った。詩集「霧」（30年）、「光」（32年）、「蓮華」（35年）、「黄昏の歌」（36年）、「灯火」（42年）のほか、随筆集「思い出の線描」（43年）などがある。

ヴァレ, ジャック　*Vallee, Jacques*
フランスのSF作家, UFO現象学者
1939〜
[出]ポントワーズ　[名]筆名＝セリエル, ジェローム　[学]ソルボンヌ大学（天文学）, リール大学大学院修士課程修了, ノースウェスタン大学（アメリカ・イリノイ州）大学院博士課程修了 理学博士（コンピュータ科学, ノースウェスタン大学）　[賞]ジュール・ヴェルヌ賞（1961年）
[歴]ノースウェスタン大学天文学教授を経て、スタンフォード大学で教鞭を執り、のちサンフランシスコでコンピューター会社を経営。早くからUFO現象に興味を持ち、1965年第1著作「現象の解剖：宇宙における未確認物体—科学的評価」を発表。69年に発表した「マゴニア国への旅券—民話から空飛ぶ円盤へ」の独創的な見解は70年代のUFO現象学に大きな影響を及ぼした。その後、「欺騙の使者—異星人接解とカルト」（79年）、「現象の啓示（邦訳：「人はなぜエイリアン神話を信じるのか」）」（91年）などで、UFO現象を情報戦争、心理戦争の観点から再検討することを提唱した。一方、SF作家としても著名で、「亜空間」（61年）、「アーリンテル—ピエール・ルサージュ教授の事件」（86年）、「異星人情報局」（96年）などを発表している。また、スティーブン・スピルバーグ監督の「未知との遭遇」に登場する宇宙科学者クロード・ラコーム博士のモデルとして知られる。

ヴァレア, エーリク　*Valeur, Erik*
デンマークの作家, ジャーナリスト
1955.9.2〜
[出]デンマーク　[賞]ガラスの鍵賞
[歴]ジャーナリストとして活動しながら、2011年自身の経験をもとに「7人目の子」を発表。スカンジナビア推理作家協会が授与する北欧最高のミステリー賞、ガラスの鍵賞を受賞した。

ヴァレリー, ポール　*Valéry, Paul*
フランスの詩人, 思想家, 評論家
1871.10.30〜1945.7.20
[出]セート　[名]Valérj, Ambroise Paul ToussaintJules　[学]モンペリエ大学法学部（1892年）卒　[勲]レジオン・ド・ヌール勲章オフィシエ章（1926年）, レジオン・ド・ヌール勲章コマンドール章（1931年）, レジオン・ド・ヌール勲章グラン・トフィシエ章（1938年）　[賞]ゲーテ賞（1932年）, コインブラ大学名誉博士（1937年）
[歴]イタリア系。13歳の頃から詩作を試みる。1894年パリに出て、マラルメに師事、ポーに傾倒。95年「レオナルド・ダ・ヴィンチの方法序説」などを発表。98年マラルメの死後、17年間程職業的文壇から遠ざかり、沈黙を続けた。97年〜1900年陸軍省勤務。17年長編詩「若きパルク」を出版、詩人として一躍有名になる。以後、詩集「魅惑」（22年）、「ポエジー」（28年）などを発表、同時に評論も発表し、詩人・思想家としての地位を確立。24〜34年ペンクラブ会長。25年アカデミー会員に当選。32年地中海研究所理事、国際知的協力会議議長。35年からコレージュ・ド・フランスで詩学を講義。第二次大戦中はパリで抗独運動を支持。45年死去、国葬にされる。他の作品に評論「精神の危機」（19年）、「ヴァリエテ」（24年）、対話作品「エウパリノス」（23年）、「固定観念」（32年）、戯曲「わがファウスト」（45年）などがある。

ヴァン・コーヴラール, ディディエ　*Van Couwelaert, Didier*
フランスの作家
1960〜
[出]ニース　[賞]デル・デュカ賞（1982年）, アカデミー・フランセーズ賞（1983年）, ロジェ・ニミエ賞（1984年）, グーテンベルグ賞（1986年）, ゴンクール賞（1994年）
[歴]貧しい家に生まれ、8歳で作家を志す。1981年スイユ社の編集者に才能を認められ、82年「二十歳と埃」で作家デビュー、デル・デュカ賞を受賞。戯曲や映画脚本も手がけ、83年戯曲「天才学者」でアカデミー・フランセーズ賞を受賞。94年には長編小説「片道切符」でゴンクール賞の栄冠に輝くなど、多くの受賞歴を持つ。作品は他に小説「愛の魚」（86年）、「幽霊のヴァカンス」（86年）、戯曲「黒人」（86年）、「砂の結婚」（95年）など。

ヴァンチュラ, ヴラディスラフ　*Vančura, Vladislav*
チェコの作家
1891.6.23〜1942.6.1
[学]カレル大学医学部（1921年）卒
[歴]医師として働きながら創作活動を行い、作家となる。1920年前衛芸術家集団デヴィエトスィルの初代会長。前衛的な小説を書き、個性的な文体と言語により数多くの作品を生み出す。両大戦間のチェコ文化の指導的人物で、チェコ・アヴァンギャルド運動を代表する一人。30年代には映画の分野でも活躍した。ナチス・ドイツによる占領下で非合法活動に従事、ゲシュタポに逮捕され処刑された。戦後の47年、国民芸術家の称号を贈られた。代表作に「パン焼きのヤン・マルホウル」（24年）、「マルケータ・ラザロヴァー」（31年）、遺稿の「チェコ民族の歴史絵」（39〜40年）などがある。

ヴァンデルベーケ, ビルギット　*Vanderbeke, Birgit*
ドイツの作家
1956〜
[出]東ドイツ・ブランデンブルク州ダーメ　[学]フランクフルト大学（法学, ロマンス文学）　[賞]インゲボルク・バッハマン賞, クラニッヒ文学賞（1997年）, ロスヴィータ文学賞（1999年）
[歴]1961年家族と共に西ドイツに移住。90年「貝を食べる」で作家デビューし、インゲボルク・バッハマン賞を受賞。97年「アルベルタの恋人」を発表、同作品は、同年クラニッヒ文学賞、99年バート・ガンダースハイム市のロスヴィータ文学賞を受賞。のち南フランスのウズで作家活動を続ける。

ヴァン・デル・メールシュ, マクサンス
Van Der Meersch, Maxence
フランスの作家
1907.5.4〜1951.1.14
[出]ルーベ　[学]リール大学（法学・文学）　[賞]ゴンクール賞（1936年）, アカデミー・フランセーズ大賞（1943年）
[歴]1932年長編小説「砂丘の密輸入者」で華々しく作家デビュー、大ベストセラーになる。36年「神の烙印」でゴンクール賞、43年には「肉体と霊魂」でアカデミー・フランセーズ大賞受賞。ディケンズ、トルストイの影響を受け、事実の正確な叙述と人道的精神の強調を特色とする。

ヴィ
→ビをも見よ

ウィアー, アンディ　*Weir, Andy*
アメリカの作家
1972.6.16〜
[出]カリフォルニア州　[賞]星雲賞（海外長編部門）（2015年）
[歴]素粒子物理学者でエンジニアの息子として生まれる。15歳で国の研究所に雇われ、プログラマーとして勤務。科学、とくに宇宙開発に強い関心を寄せる。一方、作家を志望し、2009年よりSF小説「火星の人」を自らのウェブサイトに公開。この作品が好評を得、その後キンドル版を発売し、3ケ月で3万5000ダウンロードを記録した。14年に書籍版が発売され、世界的なベストセラーとなる。15年同作はリドリー・スコット

監督により「オデッセイ」のタイトルで映画化され、日本では第46回星雲賞の海外長編部門を受賞した。

ヴィアゼムスキー, アンヌ　Wiazemsky, Anne
ドイツ生まれのフランスの作家, 女優
1947.5.14～2017.10.5
㊲ドイツ・ベルリン　㊱ナンテール大学　㊳ゴンクール賞（1993年）, RTLリール・グランプリ賞（1996年）, アカデミー・フランセーズ小説大賞（1998年度）
㊚父は亡命ロシア貴族で外交官、母はノーベル賞作家フランソワ・モーリヤックの娘、伯父は作家クロード・モーリヤックという文学一家に育つ。1966年17歳の時、ロベール・ブレッソン監督の映画「バルタザールどこへ行く」で女優デビュー。67年ジャン・リュック・ゴダール監督の「中国女」で主役に起用され、"ヌーヴェルヴァーグ（新しい波）"のヒロインとして世界的に注目される。同年ゴダールと結婚するが、79年離婚。一方、88年「育ちのいい娘たち」で作家デビューし、第4作「カニーヌ」でゴンクール賞を受賞。96年には「愛の讃歌」が大きな評判を呼びベストセラーとなった。他の作品に「ひとにぎりの人々」（98年）、「少女」（2007年）、「聖なる人」（16年、遺作）などがある。
㊙祖父＝フランソワ・モーリヤック（作家）、伯父＝クロード・モーリヤック（作家）

ヴィアン, ボリス・ポール　Vian, Boris Paul
フランスの作家, ジャズ・トランペット奏者
1920.5.10～1959.6.25
㊲ヴィル・ダブレー　㊛筆名＝サリヴァン、ヴァーノン〈Sullivan, Vernon〉　㊱国立高等工業学校（1942年）卒
㊚本職は技師。1943年から執筆を始め、第二次大戦後"実存主義者"とよばれた若者たちのたまり場サン・ジェルマン・デ・プレ界隈の花形となる。46年「墓に唾をかけろ」を偽名で執筆、ベストセラーとなるが、風俗を乱すものとして告発を受けた。執筆の傍ら、多様な才能を発揮してシャンソンの作詞・作曲家、歌手、ジャズ・トランペット奏者としても活躍。作家としては正当な評価を受けないままにこの世を去ったが、60年代半ばから爆発的な勢いで若者達に支持される。他の作品に小説「日々の泡」（47年）、「北京の秋」（47年）、「心臓抜き」（53年）など。

ヴィーヴェル, オーレ　Wivel, Ole
デンマークの詩人
1921～
㊚1948年キリスト教の救済を主題とする「魚の徴によって」を発表し、49年T.S.エリオットに触発され「中日のエレジー」を刊行、宗教・実存また芸術の問題としての"ことば"を考究した。両者には第二次大戦の雰囲気と罪意識があるが、50～51年にM.J.ハンセンとともに「ヘレティカ（異端）」誌を編集し、これから脱する。この間時代に敏感に反応し、53年のエッセイ集「詩と存在」では文学・芸術・人生を論じたが、71年の「詩と抗議」ではベトナム戦争の犯罪性を告発。同様に58年の詩集「ニーケ」と61年の「キューベレの神殿」では冷戦を、70年の「墓銘」ではベトナム戦争を題材とした。またデンマークのアルジェリア委員会、B.ラッセル国際裁判、ベトナム救援募金69の発起人の一人。他の著書にことばの責任と創造性を論じた「マーティン・A.ハンセン」（2巻, '67, 69年）、自伝「フレンチホルンのためのロマンス」（72年）、同「鶴の踊り」（75年）など。54～63年、また71～85年には出版社ギュレンダル社の取締役として文芸書の出版に努めた。

ヴィエト・タン・ウエン　Viet Thanh Nguyen
ベトナムの作家
1971～
㊲バーン・メ・トゥオ　㊱カリフォルニア大学バークレー校英文学博士　㊳ピュリッツァー賞（2016年）, MWA賞
㊚1975年に家族とともに渡米。カリフォルニア大学バークレー校で英文学と民族研究を専攻し、英文学の博士号を取得。南カリフォルニア大学で教鞭を執る。2015年に発表した初の長編小説「シンパサイザー」は、ピュリッツァー賞、MWA賞をはじめ8つの文学賞を受賞し、30を超える有力メディアの年間ベスト・ブックに選出される。17年の短編集「The Refugees」も高く評価される。

ウィカム, ゾーイ　Wicomb, Zoë
南アフリカの作家
1948.11.23～
㊲リトル・ナマクワランド
㊚南アフリカの"カラード"として育つ。ケープタウンで学んだのち1971年に渡英。91年に帰国してウエスタン・ケープ大学で教壇に立つが、94年にスコットランドへ。グラスゴーのストラスクライド大学で2008年まで教えた。その後はスコットランドと南アフリカを往還しながら作家活動を続ける。1987年に短編集「You Can't Get Lost in Cape Town」でデビューして一躍脚光を浴びる。他の著書に「Playng in the Light」「The One That Got Away」「デイヴィッドの物語」など。

ウィークス, サラ　Weeks, Sarah
アメリカの児童文学作家
㊲ミシガン州　㊳アメリカ図書館協会優良児童図書賞
㊚アメリカ・ニューヨークで20年以上にわたって活動し、40冊以上の絵本や小・中学生向けの作品を発表。「SO B.IT」はベストセラーとなり、アメリカ図書館協会の優良児童図書賞受賞、トップ10書籍（ヤングアダルト部門）に選出される。また「REGULAR GUY」「GUY WIRE」「GUY TUME」「MY GUY」などの〈ガイ〉シリーズでも人気を博す。

ウィクラマシンハ, マーティン　Wickramasinghe, Martin
スリランカの作家
1890～1976.7.23
㊲コッガラ村　㊳ウィッデョーダヤ大学文学博士号（1960年）, ウィッディヤーランカラ大学文学博士号, セイロン大学文学博士号（1970年）, スリランカ大統領賞（1974年）
㊚1903年小冊子「バーローパデーシャヤ」、14年初の小説「リーラー」を出版。20年新聞「ディナミナ」の編集ポストとなるが、46年同ポストを辞め、職業作家として本格的な文学活動を開始。57年小説「ウィラーガヤ」がドン・ペードゥリック賞を受賞。65年「変わりゆく村」が映画化され、インド映画祭で黄金孔雀賞など3部門で受賞。74年スリランカ大統領賞を受賞。他の著書に「蓮の道」などがある。

ヴィーゴロ, ジョルジョ　Vigolo, Giorgio
イタリアの詩人, 批評家
1894.12.3～1983.1.9
㊚雑誌「リーリカ」「ヴォーチェ」などに協力。散文集「魂の都市」（1923年）、「つくられた沈黙」（34年）、「太陽の亡霊」（73年）、詩集「夢の公会議」（35年）、「宿命の歌」（59年）、「石の幻影」（77年）などがある。ヘルダーリンの翻訳や音楽評論家としても知られた。

ヴィジーニ, ネッド　Vizzini, Ned
アメリカの作家, 脚本家
1981.4.4～2013.12.19
㊲ニューヨーク市ブルックリン　㊛Vizzini, Edison Price　㊱ハンター・カレッジ（コンピューター科学）
㊚10代の頃より「ニューヨーク・タイムズ」紙にコラムを執筆し、2004年に「Be More Chill」で作家デビュー。06年出版の半自伝的小説「It's Kind of a Funny Story」が10年「なんだかおかしな物語」として映画化された。他にもヤングアダルト向けの小説やエッセイを発表。クリス・コロンバス映画監督と共同執筆した「House of Secrets」（14年）が遺作となった。テレビ界でも活躍し、テレビドラマ「Teen Wolf」（11年～）、「ラストリゾート 孤高の戦艦」（12～13年）などの脚本のほか、SFドラマシリーズ「Believe」にも携わった。

ヴィシネフスキー, フセヴォロド・ヴィタリエヴィチ
Vishnevskii, Vesvolod Vitalievich
ソ連の劇作家
1900.12.21〜1951.2.28
㊙ロシア・ペテルブルク(サンクトペテルブルク)
㊙14歳で第一次大戦に義勇兵として従軍し、また十月革命も体験した。やがて政治的宣伝劇に手を染め、自ら経験をもとに戯曲「第一騎兵隊」(1929年)、「忘れられぬ1919年」(50年)などを発表。革命で英雄的に戦って死んだ海兵隊の悲劇を描いた「楽天的悲劇」(33年)はタイーロフ演出で初演され、映画化もされるなど、ソ連時代のロシア演劇の古典になった。

ヴィスコチル, イヴァン Vyskocil, Ivan
チェコ(チェコスロバキア)の作家
1929.4.27〜
㊙プラハ
㊙プラハの芸術大学で俳優術と演出を、カレル大学哲学部で心理学、教育学、哲学を修める。俳優、演出家の傍らで小説を書き、1963年SF短編集「そうはいっても飛ぶのはやさしい」で注目を集める。SF的色彩が強い作風で、夢幻的な世界を描くことによって、現代の不条理をえぐり出す。他の短編集に「骨」(66年)、「イヴァン・ヴィスコチルとその他の物語」(71年)など。89年のビロード革命後、プラハ芸術大学教授を務めた。

ウィスプ, ケニルワージー
→ローリング, J.K.を見よ

ウィーゼル, エリ Wiesel, Elie
アメリカのユダヤ系作家, 哲学者
1928.9.30〜2016.7.2
㊙ルーマニア・シゲト(シゲト・マルマツェイ) ㊙ソルボンヌ大学哲学科卒 ㊙ノーベル平和賞(1986年)
㊙ルーマニアのユダヤ人家庭に生まれる。第二次大戦中の1944年、15歳でナチス・ドイツによってアウシュヴィッツ強制収容所に送られ、両親はじめ親族を失う。45年ブッヘンバルト強制収容所で解放を迎えるが、帰国せずにフランスのソルボンヌ大学で学ぶ。のち新聞記者となり、56年渡米、63年市民権を取得。72〜76年ニューヨーク市立大学教授、76年ボストン大学人文学教授、88年哲学・宗教学教授を歴任。この間、アウシュヴィッツでの体験をもとにした「夜」(58年)でフランス語作家としてデビューし、全世界で1000万部以上が売れたとされる。ホロコースト(ユダヤ民族絶滅政策)を奇跡的に生き延びた者としてその記憶を作品に託して伝える一方、人種差別反対運動の先頭に立ち、86年ノーベル平和賞を受賞した。主な著書に、自伝3部作「夜」「夜明け」「昼」や「幸運の町」「エルサレムの乞食」、エッセイ「沈黙のユダヤ人」「二つの太陽のあいだで」などがある。

ヴィソツキー, ウラジーミル
Vysotskii, Vladimir Semyonovich
ソ連の詩人, 俳優, 歌手
1938〜1980.7.24
㊙モスクワ ㊙モスクワ芸術座付属演劇大学卒
㊙前衛的演出のモスクワのドラマ・コメディ劇場(通称ダガンカ劇場)の俳優となり、チェーホフ「桜の園」のロパーヒン、シェイクスピア「ハムレット」のハムレット、ブレヒト「セチュアンの善人」の飛行士などを演じた。そのエネルギッシュな演技は外国の批評家たちからも高い評価を得た。映画にも出演。また1960年代に吟遊詩人(バルド)運動に参加、劇で自作の詩を歌うようになり、また色々な席で戦争詩やソ連社会での民衆の苦しみなどを歌って、体制批判を行った。そのため生前は刊行されず、ひそかにテープなどに録音されて人気を博した。死後代表作「狼狩り」などの詩集やレコード「大地の歌」が出され、再評価されている。葬儀には数十万の民衆が参加、"国民詩人"の死を惜しんだ。後半生の伴侶であったフランスの女優ヴラディによる回想記「ヴィソツキー」が刊行されている。
㊙妻=マリナ・ヴラディ(仏女優)

ヴィターリ, アンドレア Vitali, Andrea
イタリアの作家
1956.2.12〜
㊙ベッラーノ ㊙ミラノ国立大学医学部卒 ㊙ピエロ・キアラ文学賞(1996年度)、バンカレッラ賞(2006年度)
㊙ミラノ国立大学医学部を卒業後、故郷で医者となる。1990年「Il procuratore」で作家デビューし、「L'ombra di Marinetti」で96年度ピエロ・キアラ文学賞、「La figlia del Podestà」で2006年度バンカレッラ賞を受賞。他の作品に「オリーブも含めて」。

ウィッカム, アンナ Wickham, Anna
イギリスの詩人
1884〜1947
㊙サリー州ウィンブルドン ㊙Hepburn, Edith Alice Mary 旧姓名=Harper
㊙6歳の時オーストラリアに行き、シドニーで教育を受け、21歳の時帰国。その後パリで一時オペラ歌手の勉強をした。弁護士の夫との間に4人の息子をもうけたが、D.H.ローレンスやディラン・トーマスらの同時代人として女を向ける自由人だった。男性中心の社会で女性の生きる苦悩を、生涯に1400編以上の詩に綴った。長い間文壇から不当に扱われていたが、1980年代に入って何冊かの名詩選集にも取り上げられ、また詩や書簡・自伝を一冊にまとめた「自由な女性にして詩人、アンナ・ウィッカム集」(R.D.スミス著, 84年)が出版される。91年には生涯を描いて女性の生き方を問うた一人芝居「アンナ・オン・アンナ」が上演され、英米で評判を呼んだ。詩集に「Songs of John Oland」(12年, 匿名出版)、「The Contemplative Quarry」(15年)、「The Little Old House」(21年)などがある。

ウィッサー・カンタップ Witsaa Kanthap
タイの詩人, 作家
1953.5.17〜
㊙ロプブリー県
㊙東北のコーラートで少年時代を送り、ラームカムヘン大学に学ぶ。1972年頃より創作活動を始め、73年10月のタノム軍政を倒した学生革命では学生闘士として活躍、憲法要求13人委員会に加わって行動し逮捕された経験もある。政変後も新世代"怒れる若者たち"の一人として活動、74年処女作品集「思い切って向こう側へ渡ろう」を出版して注目を集めた。社会変革の意識と、強い正義感に支えられた鋭い視点で問題を追求、反日感情を投射した「タナカのデベソに」という詩もある。代表作に詩集「砂上の足跡」(86年)など。

ウィッチャー, ムーニー Witcher, Moony
イタリアの児童文学作家, ジャーナリスト
1957〜
㊙ベネチア ㊙リッツォ, ロベルタ〈Rizzo, Roberta〉
㊙幼い頃から画家や音楽家と付き合い、芸術は言葉を越えたコミュニケーションの手段となることを学んだ。ロベルタ・リッツォ名義で犯罪や事故などの記事を書く社会面担当のジャーナリストを務める傍ら、ムーニー・ウィッチャー名義で児童文学作家として活動し、2002年ファンタジー小説「ルナ・チャイルド」を出版、世界30ケ国で翻訳されている。

ウィッティング, エイミー Witting, Amy
オーストラリアの作家
1918.1.26〜2001.9.18
㊙シドニー郊外アナンデール ㊙Levick, Joan Austral ㊙シドニー大学 ㊙パトリック・ホワイト賞(1993年)
㊙シドニー郊外で生まれ育ち、大学卒業後、教職の傍ら執筆。47歳の時に「ザ・ニューヨーカー」誌に短編小説が掲載されてデビュー。高い評価を受けながらも創作に専念するのは60歳で退職した後だった。「わたしはイザベル」は一度出版を断られたが、1989年ペンギンブックス社から刊行されると、たちまちベストセラーとなった。2000年メルボルンの新聞「ザ・

エイジ」の文学賞を受賞。

ウィッティントン, ハリー Whittington, Harry
アメリカの作家
1915.2.4〜1989.6.11
㊥スコット・フィッツジェラルドに心酔して作家を志す。貧しいなかで小説修業を続け、1943年初短編を発表、46年長編デビュー。以降、10数個のペンネームを駆使して、20年あまりのうちに150本におよぶ作品を世に送り出した。小説への情熱は尽きなかったが、作家を使い捨てる出版業界から次第に離れた。質を落とさず、ジャンルを問わない多産ぶりから、"ペーパーバックの王者"と称される。著書に「殺人の代償」などがある。

ヴィットリーニ, エーリオ Vittorini, Elio
イタリアの作家
1908.7.23〜1966.2.12
㊥シチリア島シラクーザ
㊥イタリア南部シチリア島の出身。鉄道員の子で、1922年会計士養成の専門学校へ進むが中退。以後独学で多分野にわたる古今東西の書物を読む。27年同郷の詩人でノーベル文学賞を受賞するサルヴァトーレ・クァジーモドの妹と結婚、北イタリアへ移り、やがて反ファシズム系の文芸誌「ソラーリア」の編集に参加。自らも誌上に短編小説を発表し、31年「プチ・ブルジョワジー」の書名で出版。33年から同誌にファシズムの本質を突いた長編「赤いカーネーション」の連載を始めるが、当局の検閲により中断を余儀なくされた。35年イタリアのエチオピア侵攻が始まると、小説「エーリカとその兄弟」(未完)の執筆を始めるが、同年スペイン内戦の勃発に衝撃を受け執筆を断念。38年から「レッテラトゥーラ」誌に連載した暗喩に満ちた前衛的手法の長編「シチリアでの会話」は、パヴェーゼ「故郷」(41年)と並んで、ネオレアリスモ文学の出発点となった。41年にはパヴェーゼらとアメリカ文学のアンソロジー「アメリカーナ」を編んだが即座に押収され、42年ヴィットリーニの注釈を削除した版で再刊行となった。43年逮捕・投獄されたが、釈放されるとレジスタンスに加わり、その体験を長編「人間と人間にあらざるものと」(45年)に書き上げた。イタリア敗戦後、総合文化誌「ポリテークニコ」を創刊し、戦後イタリア社会の文化運動の立役者となった(47年共産党との対立で廃刊)。その後は文化運動から退いて文学に注力、「ジェットーニ叢書」(51〜58年)を編んで戦後の重要な新人作家を発掘した他、59年カルヴィーノと「メナボ」誌を創刊するなど、イタリアの戦後文学で指導的役割を果たした。
㊨義兄=サルヴァトーレ・クァジーモド(詩人)

ヴィッラ, カルロ Villa, Carlo
イタリアの作家, 詩人
1931〜
㊥ローマ
㊥1962年「生きてあることの特権」で詩人としてデビュー。64年ヴィットリーニの推薦により小説「適度の嘔吐」を発表し、さらに「天上の預託」(67年)、「長い感覚」(70年)、「壜の中の島」(72年)などを刊行。デフォルメに満ちた言語で現代の不条理を暴く、幻想的でグロテスクな作風が特徴で、マレルバ、マンガネッリらと新実験派と目される。詩集に「口述された者の幼年期に」(82年)などがある。

ヴィティッグ, モニック Wittig, Monique
フランスの作家
1935.7.13〜2003.1.3
㊥メディシス賞(1964年)
㊥1964年に処女作「子供の領分」でメディシス賞を受賞。3作目の「レスビアンの躰」(73年)では、自己である身体が本来的にもっている様々な感情を細心に描き出して、女性の解放に大きな一歩をしるすことになった。作品はほかに「女ゲリラたち」(69年)、「恋人たちの辞書のための草案」(76年)などがある。

ヴィトキェヴィチ, スタニスワフ Witkiewicz, Stanisław Ignacy
ポーランドの劇作家, 作家, 文芸評論家, 哲学者, 画家
1885.2.24〜1939.9.18
㊥クラクフ ㊥通称=ヴィトカツィ〈Witkacy〉
㊥幼時から詩や画に天才ぶりを発揮し、クラクフの美術大学に学ぶ。ポーランド前衛派の先駆者で芸術における純粋形式フォルマリズムを唱え、ベケット、イヨネスコに先駆けて不条理劇を完成させた。戯曲は欧米で高く評価されている。作品に戯曲「Wariat izakonnica(狂人と尼僧)」(1923年)、「Matka(母)」(24年)、「Szewcy(靴屋)」(31〜34年)、長編小説「Pozegnanie jesieni(秋の別れ)」(27年)、「Nienasycenie(満たされざるもの)」(30年)などがある。

ヴィトラック, ロジェ Vitrac, Roger
フランスの劇作家
1899.11.17〜1952.1.22
㊥ロート県パンサック
㊥1911年家族とパリに出る。高校を中退後、兵役中にダダイスムに触れ、前衛詩人として活動。24年シュルレアリスムの発足に参加するが、25年除名される。26年劇作家アルトーと劇団アルフレッド・ジャリ劇場を組織、27年第1回公演に自作「愛の神秘」を上演。28年第4回公演に上演された代表作「ヴィクトール、あるいは権力の座についた子供たち」で不条理劇の先駆者となった。他の作品に「トラファルガーの一撃」(34年)、「父のサーベル」(51年)などがある。

ヴィノクーロフ, エフゲニー Vinokurov, Evgenii Mikhailovich
ソ連の詩人
1925.10.22〜1993.1.24
㊥ソ連ロシア共和国ブリャンスク ㊥ゴーリキー文学大学卒(1951年) ㊥ソ連国家賞(1987年)
㊥10代で従軍し、第二次大戦中士官として活躍。1951年にゴーリキー文学大学を卒業し、同年戦争体験をもとにした処女詩集「責務についての詩」を出版。平明で伝統的な詩法を守りつつ、思弁的な深みのある詩は、多くの読者に愛された。詩集に「青」(56年)、「人間の顔」(60年)、「見世物」(68年)、「隠喩」(72年)、「マーラヤ・ブロンナヤ街のセリョージャ」(74年)、「彼女」(77年)、「存在」(82年)などがあり、ほかに「詩と思考」(66年)という優れた詩論集がある。

ウィハルジャ, ヤティ・マルヤティ Wiharja, Yati Maryati
インドネシアの作家
1943.5.31〜1985.5.4
㊥チアミス(西部ジャワ)
㊥パリを舞台にしたベルギー出身の画家アドリアン・ジャン・ル・マーヨール・デ・マープルとパリの踊り子ニ・ニョマン・ポロックとの愛の物語「ニ・ポロック」(1976年)や、86年に映画化された「鏡のごとく清らかな」をはじめとして30編にも及ぶ長編小説を残している。

ウィーブ, ルーディ Wiebe, Rudy
カナダの作家
1934.10.4〜
㊥サスカチェワン州北部 ㊥ウィーブ, ルーディ・ヘンリー〈Wiebe, Rudy Henry〉 ㊥アルバータ大学, テュービンゲン大学 ㊥カナダ総督文学賞(1973年)
㊥キリスト教のドイツ系メノー派が暮らす地域で育ち、篤い信仰心を持つ。インディアナ大学、アルバータ大学などで教鞭を執りながら、自己の宗教集団の苦難の物語「中国の青い山脈」(1970年)をはじめ、インディアンや混血メティスを彼らの側から扱った総督文学賞受賞作「ビッグ・ベアの誘惑」(73年)、「焼け焦げ色の人々」(77年)などを通し、少数民族の抱える切実な問題を昇華、普遍化させている。子供向けの本もある。

ウィラード, ナンシー Willard, Nancy
アメリカの作家, 詩人
1936.6.26〜2017.2.19

ウ

[出]ミシガン州アナーバー　[学]ミシガン大学, スタンフォード大学　[賞]ニューベリー賞(1982年)
[歴]ミシガン大学、スタンフォード大学で学ぶ。小説「Things Invisible to See」の他、短編、詩、エッセイ、児童文学を出版。1982年絵本作家プロベンセン夫妻と組んだ「ウィリアム・ブレイクの館」でニューベリー賞を受賞。他に絵本「アナトール、草の王さまの島へ」「スティーヴンソンのおかしなふねのたび」「おばあちゃんのキルト」「さあ、しゃしんをとりますよ」などがある。

ウィラード, バーバラ　*Willard, Barbara*
イギリスの作家
1909.3.12〜1994.2.18
[出]イーストサセックス州ブライトン　[賞]ガーディアン児童文学賞(1974年), ウィットブレッド賞(1984年)
[歴]1950年代半ばに児童書の執筆を始め、40作以上の子供の本を執筆。15〜17世紀のイギリス南部アッシュダウン・フォレストを舞台にした歴史小説〈マントルマス〉シリーズ(70〜80年)が代表作。大人向けのフィクションも手がけた。他の作品に、「田舎の娘」(78年)、「庭師の孫たち」(78年)など。

ウィラード, フレッド　*Willard, Fred*
アメリカの作家
[出]ジョージア州アトランタ　[学]ブラウン大学卒
[歴]大学卒業後、アトランタ郊外の「マリエッタ・デイリー・ジャーナル」の報道カメラマンとなるが、リウマチ性関節炎を患い、カメラマンを引退。以後、小説を書き始め、1997年第1作「Down on Ponce」を発表、98年度のイギリス推理作家協会(CWA)の最優秀処女長編賞(ジョン・クリーシー賞)にノミネートされた。他の作品に「ヴードゥー・キャデラック」(2000年)など。“南部派”の一人で、ウィラード作品は“クラッカー・ノワール”と呼ばれることもある。

ウィーラン, グロリア　*Whelan, Gloria*
アメリカの詩人, 作家
1923.11.23〜
[出]ミシガン州デトロイト　[賞]グレート・レイクス・ブック賞, 全米図書賞(児童文学)(2000年)
[歴]詩人で、若い読者のための小説を数多く執筆。「Once On This Island」でグレート・レイクス・ブック賞、「家なき鳥」で全米図書賞を受賞。

ウィリアムズ, ウィリアム・カーロス
Williams, William Carlos
アメリカの詩人, 作家
1883.9.17〜1963.3.4
[出]ニュージャージー州ラザフォード　[学]ペンシルベニア大学医学部卒　[賞]ピュリッツァー賞(1963年), ボーリンゲン賞(1953年)
[歴]ライプツィヒ大学に留学後、1910年故郷で小児科医院を開業。傍ら詩を書き、09年に小さな「詩集」を出し、以後「気質」「すっぱい葡萄」「春とすべて」「赤い手押車」など多くの詩を書いた。中でも46年「パターソン」(全5巻)の第1巻を出版して注目された。後半生には「全詩集、1921〜1931」「アダムとイヴと都市」「破れた範囲」「くさび」「ブリューゲルの絵」などがある。また「異教国への船旅」「白いバラ」「富の蓄積」戯曲「恋の夢」「自伝」などもある。詩はアメリカの日常生活を観察した飾り気のない感情表明が多い。

ウィリアムズ, ウォルター・ジョン　*Williams, Walter Jon*
アメリカの作家
1953〜
[出]ミネソタ　[名]別筆名＝ウィリアムズ, ジョン
[歴]ジョン・ウィリアムズ名義で、19世紀初めのアメリカ海軍を扱った海洋小説を数冊書いたあと、1984年に「進化の使者」でSF作家としてデビュー。85年に発表した第二長編「ナイト・ムーヴズ」は、フィリップ・K.ディック賞の最終候補となった。取り澄まさない独特の余裕を持った作風に人気がある。他の作品に、「必殺の冥路」(87年)、「帝国の秘宝」(87年)など。

ウィリアムズ, カシャンバ　*Williams, KaShamba*
アメリカの作家
[学]スプリングフィールド大学(アメリカ)(福祉科学)卒　[賞]ベスト多文化自費出版賞(ソルマッグ・リーダーズ・チョイス, 2003年度), 新人女性作家賞(デジゴールド・マガジン, 2004年度)
[歴]スプリングフィールド大学を卒業し、福祉科学の学士号を取得。主に刑事裁判を学んだ。ソルマッグ・リーダーズ・チョイスの2003年度ベスト多文化自費出版賞、デジゴールド・マガジンの04年度新人女性作家賞を受賞。04年出版社プレシャスタイムズ・エンターテインメントを設立、自身や新人作家の作品を出版。主な作品に「明日なんて見えない」など。

ウィリアムズ, ジョージ・エムリン　*Williams, George Emlyn*
イギリスの劇作家, 演出家, 俳優
1905.11.26〜1987.9.25
[出]クルーイド州モスティン　[学]オックスフォード大学
[歴]オックスフォード大学に学び、1927年レパートリー劇団に加入。「殺人準備完了」(30年)とスリラー劇「夜は必ず来る」(35年)で劇作家として成功を収め、「夜は必ず来る」では殺人者の役を演じた。代表作「麦は緑」(38年)でも故郷ウェールズの青年炭坑労働者を演じるなど自作に出演することが多く、シェイクスピア、テレンス・ラティガンなど古典から現代まで数々の当たり役がある。51年からディケンズの作品を著者に扮して朗読するという形式で世界を巡演。同じ形でディラン・トーマスの詩も朗読した。自伝的な「ジョージ」(61年)や「エムリン」(73年)のほか、小説「まっさかさま」(80年)もある。

ウィリアムズ, ショーン　*Williams, Sean*
オーストラリアの作家
[賞]ディトマー賞
[歴]1991年の作家デビュー以来、数多くのSF長編・短編を発表。98年に発表した長編「The Resurrected Man」でディトマー賞を獲得するなど高い評価を受け、オーストラリアを代表するSF作家の一人となる。99年から2001年にかけてシェーン・ディックスと合作した〈銀河戦記エヴァージェンス〉シリーズは国内外で大好評を博す。

ウィリアムズ, タッド　*Williams, Tad*
アメリカのファンタジー作家
1957〜
[出]カリフォルニア州サンノゼ
[歴]元ロック・ミュージシャンで、ラジオ番組のホストを務めたり、ジャーナリストや技術ライターをする傍らファンタジーを執筆していた。1985年猫族の世界での冒険を描いたデビュー作「テイルチェイサーの歌」を発表。その中に描かれた猫の描写は絶賛され、ジョン・W.キャンベル賞の候補となった。その後、エピック・ファンタジー〈オステン・アード・サーガ〉「いばらの秘剣」3部作(88〜93年)で注目され、96年にスタートしたSFシリーズ〈黄金の幻影都市―アザーランド〉で一躍、SF・ファンタジー界を代表する人気作家となる。他にファンタジー「Shadowmarch」4部作、妻デボラ・ビールと共著のヤングアダルトシリーズ〈The Ordinary Farm〉など。

ウィリアムズ, テネシー　*Williams, Tennessee*
アメリカの劇作家
1911.3.26〜1983.2.25
[出]ミシシッピ州コロンバス　[名]Williams, Thomas Lanier　[学]アイオワ州立大学(1938年)卒　[賞]ピュリッツァー賞(1948年), ピュリッツァー賞(1955年), ニューヨーク劇評家賞(1947年), ニューヨーク劇評家賞(1955年)
[歴]不況時代のセントルイスで不安定な青春時代を送り、ミズーリ大学、ワシントン大学を中退して、1938年アイオワ州立大学を卒業。各地を放浪し、ナイトクラブの給仕や映画館の案内人など雑多な仕事に就きながら戯曲を勉強する。40年の最初の長編戯曲「天使の戦い」は失敗に終わるが、44年に出し

た自伝的要素の濃い詩情豊かな戯曲「The Glass Menagerie(ガラスの動物園)」が成功を収める。さらに48年ニューオーリーンズを背景にひとりの南部女性の精神の崩壊を描いた「A Streetcar Named Desire(欲望という名の電車)」がピュリッツァー賞を受賞するにおよんで、アーサー・ミラーと並んで戦後のアメリカを代表する劇作家として認められた。「Cat on a Hot Tin Roof(熱いトタン屋根の上の猫)」(55年)でも再びピュリッツァー賞を受賞。他の代表作に「去年の夏突然に」(58年)、「イグアナの夜」(61年)、「牛乳列車は止まらない」(63年)などがあり、作品の多くは映画化され、主要な戯曲は日本でも翻訳上演された。一方、アルコールと麻薬に取りつかれた人生を送り、70年には同性愛を宣言して話題を巻いた。日本には戦後3回来訪し、太宰治や三島由紀夫の作品に深い興味を示した。「テネシー・ウィリアムズ回想録」(75年)がある。

ウィリアムズ, ナイジェル　*Williams, Nigel*

イギリスの作家, 脚本家

1948～

[出]チェシャー州　[学]オックスフォード大学卒　[賞]サマセット・モーム賞(1978年)

[歴]テレビ・舞台の脚本家としても活躍し、現代イギリス・コミック・ノベルの書き手を代表する存在。作品に小説「My Life Closed Twice」(1977年)、「Jack Be Numble」(80年)、「Star Turn」(85年)、「ウィンブルドンの毒殺魔」(90年)、「彼らはSW19からやってきた」, 戯曲「My Brother's Keeper ?」「Country Dancing」などがある。

ウィリアムスン, ヘンリー　*Williamson, Henry*

イギリスの作家

1895.12.1～1977.8.13

[賞]ホーソーンデン賞(1927年)

[歴]銀行家の息子で、第一次大戦に従軍。4部作「夢の亜麻」(1936年)や、「暗いランタン」(51年)、「破壊への試練」(60年)、「不死鳥の世代」(65年)、「日の出前のルシファー」(67年)などの連作を含む大作「いにしえの太陽の年代記」(51～69年)などの長編の他、短編集「老いた雄鹿」(26年)、「獺ターカ」(27年)などの動物ものもある。

ウィリアムソン, ジャック　*Williamson, Jack*

アメリカのSF作家

1908.4.29～2006.11.10

[出]アリゾナ州ベスビー　[名]Williamson, John Stewart 別名=Will Stewart　[学]ウェストテキサス州立師範学校(1929年)中退　[賞]アメリカSF作家協会会長賞(1976年), ブラム・ストーカー賞, ジョン・W.キャンベル記念賞(2001年), ヒューゴー賞(2001年), ネビュラ賞(2001年)

[歴]巨匠メリットの影響を受けて18歳から小説を書き始める。ウェストテキサス州立師範学校在学中の1928年、20歳の時に「アメージング・ストーリーズ」誌に「The Metal Man」が掲載され、29年学校を中退してSF作家として一本立ち。34年に「The Legionof Space(宇宙軍団)」を発表、以後これを第1作とする〈宇宙軍団〉シリーズ4部作を「アスタウンディング」誌に掲載。このシリーズが好評を博して、E.E.スミス、J.W.キャンベルと並ぶスペース・オペラの巨匠と呼ばれた。38年に書いた中編「The, Legion of Time(航時軍団)」はパラレルワールドを扱った最初のSF作品といわれ、この他にも人工重力や臓器移植、反物質などをいち早く作品に取り入れ、人の住めない惑星を地球のように改造する“テラフォーミング”という言葉を生み出したことでも知られる。アメリカSF界の長老として最晩年まで執筆活動を続けた。日本にはジャック・ウィリアムスンの名前で紹介され、翻訳作品も多い。71年来日。他の作品にフレデリック・ポールとの共作〈スター・チャイルド〉シリーズ、「ヒューマノイド」などがある。

ウィリアムソン, デービッド　*Williamson, David Keith*

オーストラリアの劇作家, 脚本家

1942.2.24～

[出]メルボルン　[学]モナシュ大学

[歴]1966～72年スウィンバーン技術カレッジ講師、72年からフリーランスの作家となる。68年に結成された「オーストラリア演劇集団」などによって始まった70年代演劇復興のリーダー的存在であった。パロディ調の作風。72年より文筆に専念。戯曲に「The Removalists」(72年)、「ドンのパーティ」(73年)、「A Handful of Friends」(76年)、「The Perfectionist」(81年)、「Emerald City」(87年)、映画脚本に「Gallipoli」(81年)、「Travelling North」(86年)、「Siren」(90年)など。

ウィリス, コニー　*Willis, Connie*

アメリカのSF作家

1945～

[出]コロラド州デンバー　[学]北コロラド大学(英文学)　[賞]ネビュラ賞短編賞(1982年・1992年), ネビュラ賞中編賞(1982年・1989年), ネビュラ賞長中編賞(1988年), ネビュラ賞長編賞(1992年他2回), ヒューゴー賞中編賞(1983年), ヒューゴー賞長中編賞(1989年・2000年), ヒューゴー賞長編賞(1993年・1999年他2回), ヒューゴー賞短編賞(1993年), ローカス賞(1993年他5回), ジョン・W.キャンベル記念賞(1988年)

[歴]大学を出て教職に就く。1982年短編集「わが愛しき娘たちよ」収録の「クリアリー家からの手紙」でネビュラ賞を、中編「見張り」でヒューゴー賞、ネビュラ賞を獲得。さらに88年発表の長編第1作「リンカーンの夢」でジョン・W.キャンベル記念賞を受賞。92年の第2長編「ドゥームズデイ・ブック」とコメディ短編「女王様でも」では、SF界の3大賞であるヒューゴー賞、ネビュラ賞、ローカス賞を同時受賞する快挙を成し遂げた。コメディから本格SFまでの幅広い作風を持つ現代アメリカSF界の人気作家の一人で、以後も数多くのSF賞を受賞。他の作品に「リメイク」(95年)、「犬は勘定に入れません」(98年)、「航路」(2001年)、「ブラックアウト」「オール・クリアー」など。

ウィルキンソン, キャロル　*Wilkinson, Carole*

イギリスの作家

[賞]オーストラリア児童図書賞ノンフィクション部門オナーブック, オーストラリア児童図書賞ヤングリーダー部門賞

[歴]10代からオーストラリアに住む。1996年「Stagefright」でデビュー。「Black Snake：The Daring of Ned Kelly」でオーストラリア児童図書賞ノンフィクション部門オナーブックを受賞。「Dragonkeeper」及び「Dragon Moon」はオーストラリア児童図書賞ヤングリーダー部門賞を受賞した。

ウィルジェン, ミシェル　*Wildgen, Michelle*

アメリカの作家

[学]サラ・ローレンス・カレッジ

[歴]2006年に出版された「サラナラの代わりに」が第1作目の小説で、「ニューヨーク・タイムズ」紙のエディターズ・チョイス、「ピープル」誌の書籍トップ10などに選ばれた。フードライターとしても活躍し、新聞や雑誌など様々な媒体に料理に関するエッセイを数多く寄稿。文芸誌「ティンハウス」のエグゼクティブ・エディターにも名を連ねる。

ヴィルセン, カーリン　*Wirsén, Carin*

スウェーデンの絵本作家

[賞]ヘッファ・クルンプ賞

[歴]大学では美術教育、数学、障害のある子供たちのための教育学を専攻。40年間教師を務め、1990年代に入ってから、子供の本を書き始める。娘のスティーナと子供の本のシリーズを多数共作し、共にスウェーデンの新聞「エクスプレッセン」のヘッファ・クルンプ賞を受賞した。娘との共作の絵本に「おばけのくに―リトルピンクとブロキガ」など。

[家]娘=スティーナ・ヴィルセン(イラストレーター)

ウィルソン, アンガス　*Wilson, Angus Frank Johnstone*

イギリスの作家

1913.8.11～1991.5.31

[出]サセックス地方のベックスヒル　[学]オックスフォード大学

ウ

卒　賞ジェームズ・テイト・ブラック記念賞（1958年）
歴オックスフォード大学で中世史と近代史を学ぶ。卒業後はレストランの手伝いなどをしていたが、1936年に大英博物館図書部に就職。一方マルクス主義の影響を受け、第二次大戦阻止の政治活動にも参加。大戦中は徴用されて外務省に勤務するが、失恋や対人関係の不調から、46年強度の神経衰弱を患う。戦後、大英博物館に復帰したのち、その治療のために短編小説を書き始め、書き上げた作品を49年に短編集「The wrongset and other stories（悪い仲間）」として発表。イギリス中流社会を鋭く風刺した特異な作風で注目を集め、戦災図書復旧に尽力する傍ら作家としての活動を本格的に開始。55年に大英博物館を退職してからは文筆に専念。代表作に「アングロ・サクソンの姿勢」（56年）、「エリオット夫人の中年期」（58年）、「遅い訪れ」（64年）、「笑い事じゃない」（67年）があるほか、「エミール・ゾラ」「ディケンズの世界」などの評論なども執筆。社会風俗作家として、戦後のイギリス文壇に重要な地位を占めた。また、57年に来日して以後、日本印象記や三島由紀夫、川端康成らの現代日本小説の評論なども執筆した。

ウィルソン, アンドルー・ノーマン　Wilson, Andrew Norman
イギリスの作家
1950.10.27〜
学オックスフォード大学（1972年）卒　賞ジョン・ルウェリン・リース賞（1981年）、サマセット・モーム賞（1981年）、W.H.スミス文学賞（1983年）、ウィットブレット賞（1988年）、E.M.フォースター賞（1989年）
歴1972年オックスフォード大学卒業後、聖職を志し、ハイ・チャーチ派神学校セント・スティーブンスで1年過ごすが断念する。76〜81年オックスフォード大学で教鞭を執る一方、77年小説「ピムリコの恋人たち」で作家デビュー。80年「愛の癒し」がベストセラーになって一躍注目を集め、教職を退いて執筆に専念。80年代半ばに流行した懐古趣味のファッション"ヤング・フォーギー"の生みの親の一人として知られる。90〜97年「イーブニング・スタンダード」紙文化欄編集長。他の作品に小説「賢い処女」（82年）、「スキャンダル」（83年）、「知られざる愛」（86年）、評伝「トルストイ」（88年）、「C.S.ルイス」（90年）などがある。作品は宗教的視点の存在を感じさせる。

ウィルソン, N.D.　Wilson, Nathan D.
アメリカの作家
歴ニュー・セイント・アンドルーズ・カレッジ文学部の特別研究員で、古典修辞法を教える。また、「クレデンダ／アジェンダ」や教養雑誌などの編集長を務めた。2007年児童向け冒険小説「Leepike Ridge」を発表。〈100の扉〉シリーズで人気を博した。

ウィルソン, F.ポール　Wilson, F.Paul
アメリカの作家，医師
1946〜
出ニュージャージー州
歴少年時代からSFや幻想小説に親しみ、1971年医学部在学中に作家デビュー。初めて発表した「Healer」をはじめ、吸血鬼伝説の多いことで知られる。ルーマニアの古城を舞台とした怪奇ホラー「The Keep（ザ・キープ）」（81年）に始まる〈ナイトワールド・サイクル〉6部作の作品がある。6部作には「マンハッタンの戦慄」「黒い風」「ナイトワールド」（93年）が含まれる。他に「闇から生まれた女」（91年）、医学サスペンス「密閉病室」（94年）など。パルプ・マガジンに造詣が深い。開業医。

ウィルソン, オーガスト　Wilson, August
アメリカの劇作家
1945〜2005.10.2
出ペンシルベニア州ピッツバーグ　賞ピュリッツァー賞（1987年・1990年）、トニー賞（1983年）、ニューヨーク劇評家協会賞（1982年・1983年・1984年・1986年）
歴ピッツバーグのブラックゲットーで育つ。人種の偏見に反発し15歳で学校を中退。マルコムXの思想に心酔する。1965年から詩作を始め、劇団創設に参加、独学で戯曲を書き始める。主に故郷を舞台として黒人の苦悩の歴史を年代記風に描いた作品群は高く評価され、「フェンス」（87年）と「ピアノ・レッスン」（90年）で2度ピュリッツァー賞を受賞。「フェンス」はトニー賞やニューヨーク劇評家協会賞など多数の演劇賞を受賞し、ブロードウェイでも商業的成功を収めた。現代アメリカを代表するアフリカ系劇作家の一人だった。

ウィルソン, ケビン　Wilson, Kevin
アメリカの作家
1978〜
出テネシー州スワニー　学フロリダ大学美術学修士課程修了　賞シャーリイ・ジャクスン賞（2009年）、全米図書館協会アレックス賞（2010年）
歴2009年様々な雑誌や書籍に発表した短編をまとめた「地球の中心までトンネルを掘る」を刊行。この第1短編集で、同年シャーリイ・ジャクスン賞、10年全米図書館協会アレックス賞を受賞。スワニーにあるサウス大学で英文学の准教授を務めながら作品を発表する。

ウィルソン, コリン　Wilson, Colin
イギリスの評論家，作家
1931.6.26〜2013.12.5
出レスター　本Wilson, Colin Henry　学ゲートウェー技術スクール卒
歴靴屋の子に生まれ、工業学校を中退。アカデミックな教育を一切受けることなく、工場労働者など種々の職につきながら独学で学問を修める。1956年25歳の時、人間の疎外を扱った処女評論集「The Outsider（アウトサイダー）」を発表、世界的ベストセラーとなり、一躍"怒れる若者たち"の代表となる。以来、評論、小説、評伝、SFと幅広く精力的な執筆活動を続け、イギリスのオピニオンリーダーとして活躍。この間、67〜68年ワシントン大学客員教授。また、84年に「エッセンシャル・コリン・ウィルソン」を発表、心霊に対する興味を示して、80年代にはカルト的存在に祭り上げられた。他の著書に、評論「宗教と反抗人」（57年）、「敗北の時代」（59年）、「アウトサイダーを越えて」（65年）、「文学の可能性」（65年）、「詩と神秘主義」（70年）、「オカルト」（71年）、「小説のために」（75年）、「ミステリーズ」（78年）、長編小説「闇の中の祝祭」（60年）、「ガラスの檻」（66年）、「精神寄生体」（67年）、「賢者の石」（69年）、「迷宮の神」（70年）、「殺人百科」「サイキック」、「世界残酷物語」、「カリスマへの階段」、「ポルターガイスト」、「スパイダー・ワールド―賢者の塔」、「スパイダー・ワールド―神秘のデルタ」、「アトランティスからスフィンクスへ」、「発端の旅―コリン・ウィルソン自伝」（68年）など。

ウィルソン, G.ウィロー　Wilson, G.Willow
アメリカの作家，ジャーナリスト
1982〜
出ニュージャージー州　学ボストン大学　賞世界幻想文学大賞長編部門（2013年度）、中東文学賞、太平洋岸北西部書店協会賞、ヒューゴー賞グラフィックストーリー部門（2015年度）
歴ボストン大学卒業後、エジプトのカイロに渡ってジャーナリストとして活動。小説デビュー作となる「無限の書」で2013年度の世界幻想文学大賞長編部門のほか、中東文学賞、太平洋岸北西部書店協会賞を受賞。グラフィックノベル・ライターとしても活躍し、「ミズ・マーベル」で15年度ヒューゴー賞グラフィックストーリー部門など3冠に輝いた。エジプト人男性と結婚し、自身もイスラム教に改宗した。

ウィルソン, ジャクリーン　Wilson, Jacqueline
イギリスの児童文学作家
1945.12.17〜
出サマーセット州バース　賞OBE勲章（2002年）、DBE勲章（2008年）　賞イギリス児童文学賞、チルドレンズ・ブックス賞、スマーティーズ賞、ガーディアン賞（2000年）

[歴]16歳でティーンエイジャー向け月刊誌でジャーナリストとして働く。19歳で結婚し、21歳で娘を出産した後、小説を書き始める。1991年「トレイシー・ビーカー物語」でベストセラー作家となり、イギリスの児童文学賞など多くの賞を受賞。「おとぎばなしはだいきらい」でカーネギー賞候補、「わたしのおうち」でチルドレンズ・ブック賞を受賞。97年テレビドラマ化された「ダブル・アクト」が子供たちの好きな児童書トップ10の中に現代作品として唯一選ばれた。2005年4代目の"子供のための桂冠詩人"に選ばれた他、08年には大英勲章を受け、ナイト爵位を叙せられる。作品は世界30ケ国語以上に訳され、イギリスだけで2500万部以上を売りあげる。

ウィルソン, ジョン・モーガン *Wilson, John Morgan*
アメリカの作家
1945〜
[出]フロリダ [学]サンディエゴ大学卒 [賞]MWA賞(処女長編賞)(1997年)
[歴]若い頃にはジャック・ケルアックに大きな影響を受ける。フリーライターとして活躍した後、テレビ制作にも携わる。1997年「夜の片隅で」でMWA賞最優秀処女長編賞を受賞。他の作品に「虚飾の果てに」がある。

ウィルソン, スローン *Wilson, Sloan*
アメリカの作家
1920.5.8〜2003.5.25
[出]コネティカット州
[歴]1955年に発表した小説「灰色のフランネルの服を着た男」がベストセラーとなり、56年グレゴリー・ペック主演で映画化される。59年には「避暑地の出来事」(58年)も映画化され、主題曲「夏の日の恋」とともにヒットした。他に「ジョージー・ウインスロップ」(63年)、「すべて最良の人々」(70年)などの作品がある。

ウィルソン, バッジ *Wilson, Budge*
カナダの児童文学作家
[出]ノバスコシア州 [学]ダルハウジー大学, トロント大学 [勲]カナダ勲功章 [賞]カナダ子供の本出版センター最高賞, ダートマス市図書賞, カナダ図書館協会ヤングアダルト賞, ハリファクス市長賞
[歴]カナダ子供の本出版センターの最高賞をはじめ、ダートマス市図書賞、カナダ図書館協会ヤングアダルト賞など数々の賞を受賞。短編集「The Leaving」はアメリカ図書館協会より、注目すべき本として"過去25年の児童書ベスト75"に選ばれた。文化功労者としてハリファクス市長賞受賞。2004年「Friendship」でカナダ総督文学賞候補。他の主な作品に「こんにちはアン」など。カナダ勲功章を叙勲されている。

ウィルソン, バレリー・プレイム *Wilson, Valerie Plame*
アメリカの作家
1963〜
[出]アラスカ州アンカレッジ [学]ペンシルベニア州立大学, ロンドン・スクール・オブ・エコノミクス, ヨーロッパ大学院大学(ベルギー)
[歴]アラスカ州アンカレッジのエルメンドルフ空軍基地で生まれる。ペンシルベニア州立大学の学士号及びロンドン・スクール・オブ・エコノミクス(LSE)とベルギーのヨーロッパ大学院大学の修士号を取得。のちにCIA秘密諜報員となり、敵国の大量破壊兵器調査や反核拡散の作戦行動などの任務にあたった。著書に「フェア・ゲーム―アメリカ国家に裏切られた元CIA女性スパイの告白」がある。

ウィルソン, ランフォード *Wilson, Lanford*
アメリカの劇作家
1937.4.13〜2011.3.24
[出]ミズーリ州レバノン [学]サウスウェストミズーリ州立大学, サンディエゴ州立大学, シカゴ大学 [賞]ピュリッツァー賞(1980年), ニューヨーク演劇批評家賞(1973年), オビー賞(1973年・1975年)
[歴]1962年ニューヨークに出てグリニッジ・ビレッジのカフェ・チノで始まった"オフオフ・ブロードウェイ"の実験的活動に参加。翌年処女作「共進市に長くいて」がカフェ・チノで初演される。「レディ・ブライトの狂気」「ギレアデの香油」「しゃべっているのは小川です」「砂の城」「エルドリッチに霜を降らせる人たち」などがカフェ・チノ、カフェ・ラ・ママで次々に上演され、劇作家としての地位を確立した。69年演出家マーシャル・メーソンと劇団"サークル・レパートリー・カンパニー"を設立。以後、この劇団を通して多くの作品を発表。社会からはみ出した人間、滅びようとする家族や共同体を描き、T.ウィリアムズ、チェーホフなどの影響が見られた巧みな台詞術で知られる。他の作品に「ボルティモア・ホテル」(73年)、「遺跡を残した人々」(75年)、「7月5日」(78年)、「タリーの愚行」(79年)、「天使落つ」(82年)、「タリー父子」(85年)、「焼却のこと」(87年)など。中でも「ボルティモア・ホテル」はミュージカル以外の作品として1166回公演というオフ・ブロードウェイ記録を樹立した。

ウィルソン, ロバート *Wilson, Robert*
イギリスの作家
1957〜
[学]オックスフォード大学卒 [賞]CWA賞ゴールド・ダガー賞(1999年)
[歴]アフリカで海運、広告、貿易などの仕事に携わる傍ら、アジア、アフリカ、アメリカ各地を旅行。1994年それまでの旅の経験を基にガイドブックを著わす。95年から毎年小説を発表し、5作目にあたる「リスボンの小さな死」で、99年イギリス推理作家協会賞(CWA賞)のゴールド・ダガー賞を受賞。

ウィルソン, ロバート・アントン *Wilson, Robert Anton*
アメリカのSF作家, 編集者
1932.1.18〜2007.1.11
[出]ニューヨーク市ブルックリン [学]ニューヨーク大学
[歴]アイルランド系。セールスマンやコピーライターを経て、1965〜71年雑誌「プレイボーイ」編集者。超能力、テレパシー、形而上学、超常現象、陰謀論など、カウンターカルチャー、オカルトやニューエイジ文化に関する旺盛な執筆活動を行った。77年幻覚作用のあるサボテンを試しながら宇宙人と交流したとする自叙伝的内容の「コスミック・トリガー―イリュミナティ最後の秘密」を刊行、話題を呼んだ。他の著書に「シュレーディンガーの猫」「サイケデリック神秘学」、共著に「イリュミネイタス」3部作など。

ウィルソン, ロバート・チャールズ *Wilson, Robert Charles*
アメリカ生まれのカナダのSF作家
1953.12.15〜
[出]アメリカ・カリフォルニア州 [賞]フィリップ・K.ディック賞(1994年), キャンベル賞(2002年), ヒューゴー賞(2006年)
[歴]9歳の時、カナダに移住。1974年「アスタウンディング」でSF作家としてデビュー。86年の処女長編「A Hidden Place」はフィリップ・K.ディック賞候補となる。94年「Mysterium」でフィリップ・K.ディック賞を受賞。2002年「クロノリス―時の碑」でキャンベル賞、06年「時間封鎖」でヒューゴー賞を受賞。他の作品に「世界の秘密の扉」「時に架ける橋」などがある。

ウィルソン, ロブリー *Wilson, Robley*
アメリカの作家
1930〜2018.8.7
[出]メーン州ブランズウィック [賞]アグネス・リンチ・スターレット賞(1986年), ドルー・ヘインズ文学賞
[歴]1963年からノーザン・アイオワ大学英語学科で教鞭を執る。傍ら、76年から「The North American Review」誌の編集者を務める。職務の合間をぬって、短編や詩の作家として活躍。短編集「Dancing for Men」でドルー・ヘインズ文学賞、詩集「Kingdom of the Ordinary」でアグネス・リンチ・スターレット賞受賞。

ウ

ウィルソン, ローラ　*Wilson, Laura*
イギリスの作家
1964～
[出]ロンドン　[学]オックスフォード大学サマービル・カレッジ, ロンドン大学ユニバーシティ・カレッジ(英文学)卒　[賞]CWA賞エリス・ピーターズ・ヒストリカル・ダガー賞(2008年)
[歴]オックスフォード大学のサマービル・カレッジとロンドン大学のユニバーシティ・カレッジで英文学の学位を取得。2006年「千の嘘」でイギリス推理作家協会賞(CWA賞)最優秀長編賞にノミネートされ、08年「Statton's War」でCWA賞エリス・ピーターズ・ヒストリカル・ダガー賞を受賞した。他の作品に、「A Little Death」(1999年)、「Hello Bunny Alice」(2004年)、「The Wrong Girl」(15年)などがある。

ヴィルタ, ニコライ・エヴゲニエヴッチ
Virta, Nikolai Yevgenyevich
ソ連の作家
1906.12.19～1976.1.3
[出]ロシア・タンボフ県　[賞]スターリン賞(1941年・1950年)
[歴]農村の司祭の息子。1921年に郷里のタンボフ県で起きた富農の反乱を題材とした処女長編「孤独」(35年)とその戯曲化「大地」(37年)で作家としての地位を確立。「孤独」と、映画脚本「スターリングラード戦」(49年)でそれぞれスターリン賞を受けた。他に戯曲「われらの日々の糧」(47年)、「破滅を運命づけられた者たちの陰謀」(48年)、長編「けわしい山々」(56年)など。"無葛藤理論"の主唱者の一人。

ヴィルトナー, マルティナ　*Wildner, Martina*
ドイツの作家, イラストレーター
1968～
[出]アルガウ　[賞]ペーター・ヘルトリング賞(2003年), ドイツ青少年文学賞(2014年)
[歴]1988～92年エアランゲンの大学でイスラム研究を専攻、92～97年ニュルンベルクの大学でグラフィック・デザインを学ぶ。97年から雑誌に児童文学を発表し、2003年ペーター・ヘルトリング賞を受賞。その後も10代の読者に向けた作品を多く執筆。14年にはドイツ青少年文学賞を受賞した。

ウィルバー, リチャード　*Wilbur, Richard*
アメリカの詩人, 翻訳家
1921.3.1～2017.10.14
[出]ニューヨーク市　[名]Wilbur, Richard Purdy　[学]アマースト大学, ハーバード大学大学院(1947年)修士課程修了　[勲]全米芸術勲章(1994年)　[賞]ピュリッツァー賞(1957年・1989年), ハリエット・モンロー賞(1948年), 全米図書賞(1957年), ボーリンゲン賞(1971年), エイキン・テイラー賞(1988年), アメリカ芸術文学アカデミーゴールド・メダル(1991年), ロバート・フロスト賞(1996年), ウォレス・スティーブンス賞(2003年), ルース・リリー詩賞(2006年)
[歴]兵役後にハーバード大学で学び、1950～54年ハーバード大学助教授、55～57年ウェルズリー大学準教授、57～77年ウエスリアン大学教授、77～86年スミス大学教授を歴任。英文学を教える傍ら詩作を行い、ホプキンズやスティーブンズの影響を受け技巧的な詩を発表。56年詩集「この世界の事物」で全米図書賞とピュリッツァー賞を受賞。北米を代表する詩人の一人で、87年史上2人目のアメリカ桂冠詩人に指名された。89年「新詩集」で2度目のピュリッツァー賞を受賞。他の詩集に「眠るために歩く」(69年)、「Seed leaves」(74年)など。他に童話「Loud Mouse(番ねずみのヤカちゃん)」(63年)、絵本「……の反対は？」(73年)や劇作などがある。フランスのモリエールやラシーヌの翻訳家としても知られた。

ウィルフォード, チャールズ　*Willeford, Charles*
アメリカのミステリー作家
1919～1988
[出]アーカンソー州
[歴]幼くして孤児となり、16歳のときアメリカ陸軍に入り、バルジ大作戦や日本占領に参加したのち曹長で退役。その後文筆業に転じ、1953年作家としてデビュー。長く不遇だったが、80年代に再評価され、カルト的人気を得る。中年刑事を主人公にした〈ホウク・モウズリー〉シリーズの「マイアミ・ブルース」「マイアミ・ポリス」「あぶない部長刑事」「部長刑事奮闘す」(88年)など20冊の作品がある。

ウィルヘルム, ケイト　*Wilhelm, Kate*
アメリカのSF作家
1928.6.8～2018.3.8
[出]オハイオ州　[賞]ヒューゴー賞(1977年度), ジュピター賞(1977年度)
[歴]モデルなどを経て、1956年にSF作家としてデビューする。63年に同じくSF作家のデーモン・ナイトと結婚。以来夫の編集する「オービット」を中心として精力的な執筆活動を行う。SF界の三大女流作家の一人として、ル・グィン、ティプトリー・ジュニアと並び称され、その評価は非常に高く、強い尊敬を集めた。現代文明へのペシミスティックな視点を持ち、読者に深い読み込みを要求するその作風は一般受けのするものではないが、文学的完成度の高さには定評がある。76年「Where late the sweat birds sang(鳥の歌いまは絶え)」で、77年度のヒューゴー賞とジュピター賞をそれぞれ受賞して話題を呼び、ケイト・ウィルヘルムの最高傑作といわれた。他の作品に法廷ものスリラー「Death Qualified」などがある。
[家]夫＝デーモン・ナイト(SF作家)

ウィングフィールド, R.D.　*Wingfield, R.D.*
イギリスの作家, 脚本家
1928.6.6～2007.7.31
[出]ロンドン
[歴]石油会社の販売部門に勤務する傍ら、犯罪物のラジオドラマの脚本を執筆。1970年に退職し専業の脚本家となり、スリラー、連続ドラマ、コメディ映画の台本などを数多く手がける。84年「クリスマスのフロスト」に始まる〈ジャック・フロスト警部〉シリーズでミステリー作家としてデビュー。架空の街デントンを舞台に、格好悪く人間くさい主人公をはじめとする個性豊かな人物によるシリーズは、第2作「フロスト日和」(87年)以降も人気を博し、累計70万部超のベストセラーとなる。テレビシリーズにもなった。他の作品に「夜のフロスト」「夜明けのフロスト」「フロスト気質」「冬のフロスト」など。

ウィンスピア, ジャクリーン　*Winspear, Jacqueline*
イギリス生まれの作家
1955～
[出]ケント州　[賞]アガサ賞, マカヴィティ賞(最優秀新人), アレックス賞
[歴]ロンドンでの編集職を経て、1990年アメリカ・カリフォルニアに移住。2003年「夜明けのメイジー」でデビューし、アガサ賞、マカヴィティ賞の最優秀新人賞、アレックス賞を受賞。またMWA賞の最優秀長編賞、アンソニー賞、バリー賞の最優秀新人賞にノミネートされた。

ウィンズロウ, ドン　*Winslow, Don*
アメリカの作家, コンサルタント
1953.10.31～
[出]ニューヨーク
[歴]アメリカ海軍後援の愛国冒険漫画の主人公と同じ名前。アフリカ史の学士号、軍事史の修士号を持つ。俳優、ディレクター、教師、記者研究員、私立探偵など多くの職業を経験し、法律事務所や保険会社のコンサルタントとなる。1990年自身の経験をもとに70年代のアメリカを舞台にしたハードボイルド作品〈ニール・ケアリー〉シリーズ第1作「A Cool Breeze on the Underground(ストリート・キッズ)」で作家デビュー。他の作品に「歓喜の島」「カリフォルニアの炎」「犬の力」「フランキー・マシーンの冬」などがある。

ウィンターズ, アイバー　*Winters, Yvor*
アメリカの詩人, 批評家

1900.10.17～1968.1.25
[出]イリノイ州シカゴ　[名]ウィンターズ, アーサー・アイバー〈Winters, Arthur Yvor〉　[賞]ボーリンゲン賞(1961年)
[歴]ポー、ディキンスン論などで批評家として有名になる。ロマン主義的情緒主義に反対し、ニュー・クリティックスの一員として知られる。「プリミティヴィズムとデカダンス」(1937年)、「モールの呪い」(38年)、「ノンセンスの解剖」(43年)は「理性の弁護」(47年)としてまとめられた。他の代表作に「発見の諸形式」(67年)など。また、詩人として詩集「動かぬ風」(21年)などがあり、初期はネイティブ・アメリカンの詩の影響を受けた。妻は詩人、作家のジャネット・ルイス。
[家]妻＝ジャネット・ルイス(詩人・作家)

ウィンタース, ベン・H.　*Winters, Ben H.*
アメリカの作家
[出]メリーランド州　[学]ワシントン大学卒　[賞]MWA賞最優秀ペーパーバック賞(2012年), フィリップ・K.ディック賞(2013年)
[歴]長編6作目となる「地上最後の刑事」で2012年MWA賞最優秀ペーパーバック賞を受賞。また、13年「カウントダウン・シティ」でフィリップ・K.ディック賞を受賞した。脚本家としても活動。

ウィンターソン, ジャネット　*Winterson, Jeanette*
イギリスの作家
1959.8.27～
[出]グレーター・マンチェスター州マンチェスター　[勲]OBE勲章(2006年)　[賞]ウィットブレッド賞(1985年), ジョン・ルウェリン・リース賞(1987年), E.M.フォースター賞(1990年)
[歴]イギリス・マンチェスターに孤児として生まれる。過激な思想を持つキリスト教の一派“ペンテコスタル”を信仰する養父母に説教師となるべく育てられたが、女性との恋愛関係によって信仰を捨て家出。アイスクリーム売り、葬儀屋の店員などの職を転々とし、独学でオックスフォード大学に学んだ。1985年自伝的小説「オレンジだけが果物じゃない」でデビュー。同作品はBBCでテレビドラマ化され、一躍脚光を浴びた。作品の特徴として聖書やギリシャ神話、おとぎ話をモチーフとした寓話が物語のキーとして織り込まれる。他の著書に「ヴェネツィア幻視行」(87年)、「さくらんぼの性は」(89年)、「恋をする躰」(92年)、「パワー・ブック」(2000年)、「灯台守の話」(04年)、「永遠を背負う男」(05年)、「タングルレック」(06年)や、絵本「カプリの王さま」(03年)、「ライオンと一角獣とわたし―クリスマスの物語」(09年)などがある。

ウィンターフェルト, ヘンリー　*Winterfeld, Henry*
ドイツ生まれのアメリカの児童文学作家
1901.4.9～1990.1.27
[出]ドイツ・ベルリン
[歴]作曲家の息子に生まれる。音楽を学んだ後、映画の脚本家として活躍。1937年処女作「子どもだけの町」を発表、好評を博し本格的に児童文学の世界に入る。40年アメリカ・メーン州に移住。以後、主としてドイツ語の作品を発表した。他の作品に「カイウスはばかだ」(53年)、「星からきた少女」(56年)、「小人国(リリパット)漂流記」(58年)、「カイウスはひらめいた」(69年)、「カイウスはこまった」(76年)など。

ウィンダム, ジョン　*Wyndham, John*
イギリスのSF作家
1903.7.10～1969.3.11
[出]ウォーリックシャー州ノール　[名]ジョン・ウィンダム・パークス・ルーカス・ベイノン・ハリス〈John Wyndham Parkes Lucas Beynon Harris〉 別名＝ジョン・ベイノン・ハリス ジョン・ベイノン
[歴]1931年からSFを発表し、51年「トリフィド時代」で一躍有名になる。冷静な史観を格調ある文体で描き、一貫して破壊テーマに取り組む。他の作品に「海竜めざめる」(53年)、「さなぎ」(55年)、「呪われた村」(57年)、「地衣騒動」(60年)など、「ユートピアの罠」(79年)が絶筆。

ウィン・リョウワーリン　*Win Lyovarin*
タイの作家
1956.3.23～
[出]ソンクラー県　[学]チュラロンコーン大学建築学科卒, タマサート大学大学院マーケティング専攻修士課程修了　[賞]チョー・カーラケート短編文学賞, 東南アジア文学賞(1997年・1999年)
[歴]地元の中学を卒業後バンコクの有名高校へ進学し、チュラロンコーン大学建築学科を卒業。大学院修了と同時にシンガポール、次いでアメリカで広告業界の仕事に従事。1985年帰国後、コピーライターを経て、92年短編「肉欲と涅槃」でタイ文壇にデビューし、チョー・カーラケート短編文学賞を受賞。その後、短編集「嘆きの凶兆」「黒い手帳と紅葉」(ともに95年)で全国図書開発委員会賞を受賞。97年東南アジア文学賞を受賞した長編「平行線上の民主主義」はタイの歴史家、文学者、ジャーナリズムの間で大論争を巻き起こす。99年には短編集「人間と呼ばれる生き物」で2度目の東南アジア文学賞受賞を果たし、一躍時の人となる。2000年国際交流基金に招かれ来日。他の作品に「インモラル・アンリアル―現代タイ文学 ウィン・リョウワーリン短編集」などがある。

ヴェ
→べをも見よ

ウェイウェイオール, ロノ　*Waiwaiole, Lono*
アメリカの作家
[出]カリフォルニア州サンフランシスコ
[歴]ハワイ人の血を半分、イタリア人の血を四分の一、オランダ系の血を四分の一ひいている。アメリカの西海岸を転々とし、オレゴン州ポートランドの高校を卒業。新聞やタウン誌の編集、プロのポーカー・プレイヤーを経て、ポートランドで社会科と英語の教師を務める。2003年「鎮魂歌は歌わない」で作家デビュー、04年アンソニー賞最優秀新人賞の候補となる。同作は〈Wiley〉としてシリーズ化され、04年第2作「人狩りは終わらない」、05年第3作「Wiley's Refrain」を刊行。

ウェイナー, ジェニファー　*Weiner, Jennifer*
アメリカの作家
1970.3.28～
[出]ルイジアナ州　[名]Weiner, Jennifer Agnes　[学]プリンストン大学(1991年)卒
[歴]1987～91年プリンストン大学で英文学を専攻し、首席で卒業。卒業後は「フィラデルフィア・インクワイアー」の記者を務め、コラムニストとしても活躍。2001年自身の体験をベースにした処女小説「グッド・イン・ベッド」を発表、世界15ケ国で翻訳される。03年記者を辞め、執筆に専念。他の作品に、「イン・ハー・シューズ」「リトル・アースクウェイク」などがある。

ウェイン, エリザベス　*Wein, Elizabeth*
アメリカの作家
1964～
[出]ニューヨーク市　[学]ペンシルベニア大学　[賞]MWA賞ヤングアダルト小説部門
[歴]父の仕事の関係で、3歳の時にイギリスに移住、1970～73年はジャマイカに暮らす。両親の離婚後、アメリカに戻り、ペンシルベニア州で暮らす。エール大学を経て、ペンシルベニア大学で民俗学の博士号を取得。93年アーサー王伝説を題材にした物語「The Winter Prince」で作家デビュー。同シリーズの4作目にあたる「The Lion Hunter」(2007年)はアンドレ・ノートン賞の候補となり、「コードネーム・ヴェリティ」(12年)はアメリカ探偵作家クラブ賞(MWA賞)のヤングアダルト小説部門を受賞した。

ウェイン, ジョン　*Wain, John Barrington*
イギリスの詩人, 作家, 批評家
1925.3.14～1994.5.24

ウ

㊥スタッフォードシャー州ストーク・オン・トレント ㊫オックスフォード大学(1946年)卒 ㊕サマセット・モーム賞(1958年), ウィットブレッド賞(1982年)
㊖1947～55年レディング大学講師。53年小説第1作「Harry on down(急いで下りろ)」を発表し、“怒れる若者たち”の代表者のひとりと目されるが、その後は反抗的な姿勢が少なくなり、詩・評論に専念した。他の小説に「現在に生きる」(55年)、「闘争者たち」(58年)、「旅する女」(59年)、「親父を殴り殺せ」(62年)、詩集に「敷居に刻んだ言葉」(56年)、「神の前で泣け」(61年)など。批評家としても知られ、「序論的試論集」(57年)、「サミュエル・ジョンソン伝」(74年)などがある。73～78年オックスフォード大学語学教授。その後の著書に「リジーの屋台」(81年)、「若い肩」(82年)、「喜劇」(90年)など。自伝に「元気に走る」(82年)、「親愛なる影」(86年)などがある。

ヴェージノフ, パーヴェル　*Vezhinov, Pavel*
ブルガリアの作家
1914.11.9～1983.12.20
㊥ソフィア ㊔グノフ, ニコラ〈Gugov, Nikola〉 ㊫ソフィア大学
㊖1939～44年ソフィア大学で哲学を学ぶ。社会問題をユーモラスに、あるいはシリアスに扱った作品のほか、従軍記者の体験からパルチザンをテーマにした作品などを執筆。作品に「ある幽霊の話」「消えたドロテア」など。

ヴェショールイ, アルチョム　*Vesyolïy, Artyom*
ソ連の作家
1899.9.29～1939.12.2
㊔コチクローフ, ニコライ・イワノヴィチ
㊖4年制の小学校を卒業後、14歳から働き始める。1917年ボリシェビキに入党、十月革命と国内戦に積極的に参加、19年志願してデニーキン反革命軍と戦い、22年には黒海艦隊の水兵となった。傍ら文学活動を行い、ロシア・プロレタリア作家協会(ラップ)に加わり、中編「炎の河」(24年)、「祖国」(26年)、「血で洗われたロシア」(32年)などでロシア革命と国内戦時代の民衆の本能的な姿を野性的な文体で描いた。長編「騒げ、ヴォルガ！」(32年)を執筆した後、37年逮捕され、2年後に獄死。粛清の犠牲となったが、スターリンの死後に名誉回復された。

ウェスカー, アーノルド　*Wesker, Arnold*
イギリスの劇作家, 演出家
1932.5.24～2016.4.12
㊥ロンドン・イーストエンド ㊕エンサイクロペディア・ブリタニカ賞(1964年)
㊖ユダヤ系ハンガリー人の父とロシア人の母のもと、ロンドン・イーストエンドの貧民街で幼少時代を送る。パン屋の職人、家具製造の見習い、調理場の給仕などをして働きながら映画技術学校に学び、アマチュアの演劇グループでも活動。1958～60年「大麦入りのチキン・スープ」「根っこ」「僕はエルサレムのことを話しているのだ」の〈ウェスカー3部作〉を発表、労働者階級の生活を描いたこれらの作品により、劇作家としての名声を得る。“怒れる若者たち”と呼ばれた作家運動の一人で、40以上の劇作品を発表し、世界各地で上演された。ニュー・レフト運動の担い手の一人としてセンター42を設立、芸術と労働組合との結合を図ったことでも知られる。他の作品に「調理場」(57年)、「四季」「彼ら自身の黄金の都市」(65年)、「友よ」(70年)、「老人たち」(72年)、「カリタス」(81年)、「親愛なるレディ」(88年)など。短編小説や演劇論も執筆し、自作の演出も手がけた。2000年2月来日、7月日英の協力により「調理場」が「ザ・キッチン」としてミュージカル化され、日本で初演された。08年には作曲家・三枝成彰の依頼でモノオペラ「悲嘆」の台本を書き下ろし、演出も手がけた。06年ナイト爵に叙された。

ウエスターフェルド, スコット　*Westerfeld, Scott*
アメリカのSF作家
1963～
㊥テキサス州ダラス ㊕フィリップ·K.ディック賞特別賞(2000年), オーリアリス賞ヤングアダルト部門(2009年), ローカス賞ヤングアダルト部門(2010年)
㊖SF、ファンタジー、ヤングアダルトを中心に執筆し、フィリップ・K.ディック賞特別賞をはじめとする多数の賞を受賞。2009年刊行の「リヴァイアサン―クジラと蒸気機関」に始まるスチームパンク冒険譚〈リヴァイアサン〉3部作はローカス賞やオーリアリス賞を受賞し、ベストセラーとなった。〈アグリーズ〉〈ミッドナイターズ〉シリーズも日本に紹介されている。01年作家のジャスティーン・ラーバレスティアと結婚した。
㊇妻＝ジャスティーン・ラーバレスティア(作家)

ウェスト, ナサニエル　*West, Nathanael*
アメリカの作家
1903.10.17～1940.12.22
㊥ニューヨーク市 ㊔ワインスタイン, ネーサン・ウォーレンスタイン〈Weinstein, Nathan Wallenstein〉 ㊫ブラウン大学(1924年)卒
㊖両親はリトアニア出身のユダヤ系移民。1931年処女作「バルソ・スネルの夢」をパリで自費出版。33年に発表した「ミス・ロンリーハーツ」の映画化によって、ハリウッドに赴いて脚本を書き始める。「クール・ミリオン」(34年)、「いなごの日」(39年)などを執筆するが、37歳の40年、新婚の妻と交通事故死した。全作品はわずか4編で生前は注目されなかったが、57年に1巻本の全集が出版され、再評価された。

ウェスト, ビング　*West, Bing*
アメリカの作家
㊖3代続く海兵隊一家に生まれる。レーガン政権下で国際安全保障担当の国防省次官を務め、湾岸戦争ではCNNの軍事アナリストの長を務めた。海兵隊の訓練を指揮する企業を経営する軍事関係のエキスパート。ベトナム戦争での激戦を描いたノンフィクション「The Village」で作家デビュー。他の作品に「猟犬たちの山脈」などがある。

ウェスト, モーリス　*West, Morris Langlo*
オーストラリアの作家, 劇作家
1916.4.26～1999.10.9
㊥メルボルン ㊔別名＝モーリス, ジュリアン イースト, マイケル ㊫メルボルン大学卒 ㊕全米キリスト教徒・ユダヤ教徒友好会議賞(1960年), ハイネマン賞(1960年), ジェームズ・テイト・ブラック記念賞(1959年), サンタ・クララ大学名誉文学博士号(1969年), 国際ダグ・ハマーショルド賞(1978年)
㊖中等教育修了後、クリスチャン・ブラザーズ修道会に8年間在籍。軍隊を経て、1944年から45年にかけてメルボルンの放送局の広報責任者を務めた後、オーストラリアン・ラジオ・プロダクションズ社を創立、54年までその経営に当たる。仕事の傍ら執筆活動をはじめ、55年イタリアに渡る。同年ナポリの浮浪児を扱った大作「太陽の子ら」を出版。59年の「Devil's Advocate(あらさがし)」では全米キリスト教徒・ユダヤ教徒友好会議賞、ハイネマン賞などを受賞。ほかに「漁師の靴」「ベトナム大使」「バベルの塔」などのベストセラー作品があり、劇作、社会問題解説の仕事でも知られる。

ウェスト, レベッカ　*West, Rebecca*
アイルランド生まれのイギリスの作家, 批評家, ジャーナリスト
1892.12.25～1983.3.15
㊥ケリー(アイルランド) ㊔アンドルーズ, シシリー・イザベル〈Andrews, Cicily Isabel〉 旧姓名＝フェアフィールド〈Fairfield〉
㊖1911年男女同権を求める「フリーウーマン」誌に19歳で加わったフェミニズムの先駆者の一人で、未婚の母としてH.G.ウェルズの子(アンソニー・ウェスト)を産む。ロンドンの俳優学校に通ったとき割当てられたイプセン劇の一役の名を取って筆名とした。機知に富んだ特異な心理描写に優れ、小説「兵士の帰還」(18年)、「考える葦」(36年)などの作品がある。また、評論「反逆の意味」(47年)など、政治・社会・文学の批評

に健筆を揮い、第二次大戦後のニュルンベルク裁判の報道などジャーナリズムの世界でも活躍、47年にアメリカの女性記者会から"世界一の記者"に選ばれた。59年デイムに叙せられる。
㊇息子＝アンソニー・ウェスト（作家）

ウェストハイマー, デービッド Westheimer, David
アメリカの作家
〜2005.11.8
㊊テキサス州ヒューストン
㊋地元の新聞社で編集者やコラムニストを経験。第二次大戦で搭乗していたB24爆撃機がイタリア軍戦闘機に撃墜され、2年4ヶ月にわたり捕虜として過ごした。この経験を基に、イタリア駐留ドイツ軍から脱走する捕虜米兵を描いた小説「フォン・ライアン特急」を執筆。1965年同作品は「脱走特急」のタイトルでフランク・シナトラ主演により映画化された。他にテキサスの町での人種対立を題材にした「マイ・スイート・チャーリー」などの作品がある。

ウェストール, ロバート・アトキンソン
Westall, Robert Atkinson
イギリスの児童文学作家
1929.10.7〜1993
㊊ノーサンバーランド州タインマウス ㊐ロンドン大学 ㊙カーネギー賞（1975年・1981年）、ガーディアン賞（1991年）、シェフィールド児童文学賞、スマーティー賞
㊋大学在学中に兵役に服し、スエズ運河やキプロスに駐屯。その後、大学で教鞭を執りながら作家活動を始め、「機関銃要塞の少年たち」（1975年）と「かかし」（80年）で2度カーネギー賞を受賞した。イギリス児童文学界を代表する作家の一人。他の作品に「風の日」（76年）、「ブラッカムの爆撃機」「海辺の王国」「クリスマスの猫」、「Blitzcat（猫の帰還）」（89年）、「弟の戦争」（92年）など。2006年「ブラッカムの爆撃機」が日本のアニメ監督・宮崎駿のマンガ入りで復刊された。

ウェストレイク, ドナルド Westlake, Donald Edwin
アメリカの作家
1933.7.12〜2008.12.31
㊊ニューヨーク市ブルックリン ㊅別名＝スターク, リチャード〈Stark, Richard〉コウ, タッカー〈Coe, Tucker〉 ㊙MWA賞（最優秀長編賞）（1967年）、MWA賞（最優秀短編賞）（1990年）、MWA賞（グランド・マスター）（1993年）
㊋アメリカ空軍を退役後、出版代理店やミステリー雑誌の編集部に勤務しながら創作を行い、雑誌「マンハント」や「アルフレッド・ヒッチコック・ミステリー・マガジン（AHMM）」などに寄稿。1960年処女長編「Merceneries（やとわれた男）」を発表し、ハードボイルド作家として認められる。本名での活動と平行し、62年リチャード・スターク名義で〈悪党パーカー〉シリーズを書き始め、66年タッカー・コウ名義で〈ミッチ・トビン〉シリーズを開始。67年の「我輩はカモである」などでMWA賞を3度受賞。多彩な才能を駆使し、ハードボイルド、サスペンス、ユーモア・ミステリー、またシリアスものなど90冊以上の著作を世に送り出した。映画「グリフターズ詐欺師たち」の脚本は91年のアカデミー賞にノミネートされ、99年「悪党パーカー／人狩り」がメル・ギブソン主演「ペイバック」として映画化されるなど、いくつかの作品が映画化された。
㊇妻＝アビー・アダムズ（作家）

ウェズレー, メアリー Wesley, Mary
イギリスの作家
1912.6.24〜2002.12.30
㊊バークシャー州 ㊅Siepmann, Mary Aline ㊐ロンドン・スクール・オブ・エコノミクス
㊋アングロ・アイリッシュの家系で母はウェリントン公の血をひく知的で裕福な軍人の家に生まれる。フランス、イタリアで子供時代を過ごし、家庭教師による教育を受ける。24歳でアイルランド貴族と結婚するが、第二次大戦中に離婚、陸軍省に勤務。29歳でジャーナリストのエリック・シープマンと再婚。1970年に死別。夫に先立たれた悲しみを紛らすため、70歳を過ぎてから創作活動に入る。83年女性にとっての人生の意義、人間の尊厳を題材にした「満潮」でデビュー。以後、1年に1作ずつ長編を発表。他の作品に「The Camomile Lawn」（84年）、「第二バイオリン」（88年）、「A Dubious Legacy」（92年）などがあり、いずれも好評を博す。エコロジーや貧困などの社会問題にも関心を持つ。「トゥデイ」「デイリー・テレグラフ」に書評を執筆した。

ヴェーソース, タリエイ Vesaas, Tarjei
ノルウェーの作家, 詩人
1897.8.20〜1970.3.15
㊊テーレマルク ㊙ベネチア国際文学賞、北欧会議文学賞
㊋農家の長男で、ヴォスの国民高等学校に学ぶ。1923年「人間の祈り」で作家デビュー。「黒い馬」（28年）が出世作となり、第二次大戦のナチス・ドイツのノルウェー侵攻を扱った「闇の中の家」（45年）で文名を高めた。短編集「風」（52年）でベネチア国際文学賞、「氷の城」（63年）で北欧会議文学賞を受賞。全作品を新ノルウェー語（ニューノシュク）で書き、現代ノルウェー文学の最高峰に位置する作家の一人として、たびたびノーベル文学賞候補になった。他の作品に、「大きな賭」（34年）、「女が家に叫ぶ」（35年）、「発酵」（40年）、「漂布場」（46年）、「シグナル」（50年）、「春の夜」（54年）、「鳥」（57年）、「火事」（61年）などがある。
㊇妻＝ハルディス・モーレン・ヴェーソース（詩人・児童文学作家）、岳父＝スヴェン・モーレン（児童文学作家）

ヴェーソース, ハルディス・モーレン Vesaas, Halldis Moren
ノルウェーの詩人, 児童文学作家
1907.11.18〜1995
㊊トリシル
㊋夫は作家、詩人のタリエイ・ヴェーソースで、父は児童文学作家スヴェン・モーレン。1929詩人としてデビュー。児童文学作家としては「あなたのしごと」（35年）、「みどり色の帽子」（38年）などがあり、15歳の少女の感性を描いた「早春」（49年）は代表作の一つ。
㊇夫＝タリエイ・ヴェーソース（作家・詩人）、父＝スヴェン・モーレン（児童文学作家）

ウェッブ, チャールズ Webb, Charles Richard
アメリカの作家
1941〜
㊊カリフォルニア州
㊋1963年に処女作「卒業」を発表。膨大な数の作品がひしめくアメリカ出版界にあって、日の目を見ることができぬまま数年を過ごしていたが、当時、新進の演出家にして映画監督、その才能で注目を浴びていたマイク・ニコルズに見い出され、映画化の運びとなった。完成した作品は68年度アカデミー賞監督賞を受けるほどの出来ばえで、文字通りのヒット作となり、その原作である小説も驚異的な売り上げを見せてベストセラー入りを果たした。69年の第2作、70年の第3作と合わせ、ウェッブの青春3部作と呼ばれる。

ウェッブ, フランシス Webb, Francis
オーストラリアの詩人
1925.2〜1973.11.22
㊊アデレード ㊐シドニー大学中退
㊋幼時に母親を失い、父方の祖父母の手で育てられた。17歳で詩作品が「ブレティン」誌に掲載され、のちに有名なイギリスの批評家ハーバート・リードがリルケ、T.S.エリオットに比肩すると称賛した。1943〜45年空軍に入隊、カナダで勤務。46年シドニー大学文学部に入るが翌年中退、以後カナダ、イギリスと移り住み、イギリスで最初の精神衰弱に陥る。以後60年代までオーストラリアとイギリスの病院を転々とし、精神の晴れ間に詩作することが続く。精神分裂病を克服することと自己のアイデンティティについての疑問を解決しようとすることが、多くの詩に反映された。代表的詩集に「ベン・ボ

ウ

イド」(48年)、「劇場のライカート」(52年)、「誕生日」(53年)、「ソクラテス」(61年)、「雄鶏の亡霊」(64年)など。「詩集」(69年, 初期の詩を加えた拡大版77年)で名声を確実なものとし、60年代末から70年代のオーストラリア詩の発展に大きな影響を与えた。

ウェード, ヘンリー　*Wade, Henry*
イギリスのミステリー作家
1887～1969
[出]サリー州　[名]オーブリー・フレッチャー, ヘンリー・ランスロット
[歴]サリー州の名家に生まれる。近衛兵連隊に入隊、第一次大戦で数々の軍功をあげ、除隊後は行政、司法の重職を歴任。父親のあとを継いで准男爵となった。ヘンリー・ウエイド名義で発表した本格ミステリーは黄金時代探偵小説の風格に満ち、リアルな警察捜査の描写と倒叙形式の導入、高度な社会性によって高く評価されている。

ヴェネジス, イリアス　*Venezis, Ilias*
ギリシャの作家
1904.3.4～1973.8.3
[出]小アジア・キドニエス(トルコ・アイヴァルク)　[名]メロス, イリアス〈Mellos, Elias〉
[歴]1922年ギリシャ・トルコ戦争でトルコの捕虜となり強制収容所に入れられた経験を持つ。「マノリス・レカスおよびその他の物語」(28年)で作家として立ち、捕虜経験を書いた「31328号」(31年)が出世作となる。第一次大戦後の小アジアからのギリシャ人難民の定住問題を扱った「静寂」(39年)は大きな反響を呼んだ。他の作品に「アイオリスの地」(43年)、「出口」(50年)、「大洋」(50年)などがあり、短編小説に優れた。

ウェバー, デービッド　*Weber, David*
アメリカの作家
1952.10.24～
[出]オハイオ州クリーブランド
[歴]大学時代に歴史学を専攻。1990年ミリタリーSF作家のスティーブ・ホワイトとの合作「Insurrection」でデビュー。91年「反逆者の月」でソロデビュー。「新艦長着任！」などの〈オナー・ハリントン〉シリーズでミリタリーSFの旗手としての地位を不動のものとする。

ヴェリー, ピエール　*Véry, Pierre*
フランスの作家
1900.11.17～1960.10.12
[出]シャラント県　[賞]冒険小説大賞
[歴]少年時代、のちに詩人となったピエール・ベアルヌとともに旅に出る。船員、本屋経営などを経て、農民小説「ポン＝テガレ」でデビュー。ルビック氏を主人公とする代表作「サンタクロース殺人事件」(1934年)は探偵小説に新風を吹き込んだ作品として知られる。他の小説に「バジル・クルックスの遺言」(30年)など。また、映画関係でも活躍し、映画「パルムの僧院」(47年)の脚本なども手がけた。

ヴェリッシモ, エリコ　*Verissimo, Erico*
ブラジルの作家
1905.12.17～1975.11.28
[出]リオグランデ・ド・スル州クルース・アルタ　[学]クルゼイロ・ド・スール学院中退
[歴]1926年故郷に戻り、銀行員、薬局の社員などを務める。28年雑誌「グローボ」に掲載された短編小説「家畜泥棒」でブラジル文壇へデビュー。30年「グローボ」に編集者として迎えられ、ポルト・アレグレへ居を移す。以後次々と小説を発表し、ブラジル内外で多くの読者を獲得。初期の作品では、日常性を通じて都会人の道徳的・精神的危機を描き、晩年には国際政治にまでテーマを広げた。著書に「野の百合を見よ」(38年)、「クラリッサ」「遥かなる音楽」「時と風」(3部作)「雪原の黒猫」などがある。

ウェルカム, ジョン　*Welcome, John*
アイルランドの作家, 弁護士
1914.6.22～2010.9.30
[出]ウェクスフォード　[名]ブレナン, ジョン・ニードハム・ハガード〈Brennan, John Needham Huggard〉　[学]エクセター・カレッジ
[歴]弁護士資格を取得し、イギリス陸軍に勤めた後、弁護士事務所を開設。傍ら執筆活動に取り組み、1949年「Red Coals Galloping」で作家デビュー。主に競馬・狩猟などを題材とした“スポーツ・ノベル”を手がけたほか、元諜報部員のイギリス紳士“リチャード・グレアム”を主人公とした一連のミステリーシリーズでも知られた。著書に「アイルランド競馬史」「訣別の弔鐘」など。長く、Irish National Hunt Steeplechase Committee(狩猟・障害物競馬委員会)の幹事を務めた。

ヴェルコール　*Vercors*
フランスの作家, 画家, 版画家
1902.2.26～1991.6.10
[出]パリ　[名]ブリュレル, ジャン〈Bruller, Jean〉　[勲]レジオン・ド・ヌール勲章　[賞]レジスタンス栄誉メダル
[歴]挿絵画家として出発し、デッサン集、木版画集を発表。第二次大戦中はナチスのフランス占領と共に故郷の村で建具師となり、抵抗文学の母胎となった「深夜叢書」(全33巻)を非合法下に刊行。1942年「海の沈黙」、43年「星への歩み」を出し、レジスタンス文学を代表する作家として名声を確立。戦後も様々な小説、評論を通じて、抵抗体験を書き続ける。他の小説に「夜の武器」(46年)、「眼と光」(48年)、「人獣裁判」('52)、「アンベールの虎」(86年)、評論に「多かれ少かれ人間」(50年)、戯曲に「動物園」(63年)、料理本「料理長のように料理する」(76年)など。

ウェルシュ, アービン　*Welsh, Irvin*
イギリスの作家
1958～
[出]エディンバラ
[歴]労働階級の家庭で育ち、10代でドロップアウト。パンクロックやドラッグに溺れた後、テレビ修理、不動産会社など様々な職を転々とする。1980年代後半から執筆活動に入り、93年自伝的デビュー作「トレインスポッティング」を発表。イギリスの有名書店ウォーターストーンによる今世紀を代表する10冊の本に選ばれ、96年には映画化もされ、“ヘロイン・シック”という言葉は流行語にもなった。同年短編集「エクスタシー」を出版、全英ベストセラー1位となる。他に短編集「アシッドハウス」(94年)、小説「マラボゥストーク」(95年)、「フィルス」(98年)、「グルー」(2001年)、「トレインスポッティング ポルノ」(02年)、「シークレット・オブ・ベッドルーム」(06年)などがある。映画やドラマの脚本も手がける。

ウェルシュ, ルイーズ　*Welsh, Louise*
イギリスのミステリー作家
[賞]CWA賞ジョン・クリーシー記念賞(2002年)
[歴]数年間、書籍商として働いた後、作家となる。処女作「カッティング・ルーム」でイギリス推理作家協会賞(CWA賞)最優秀新人賞であるジョン・クリーシー記念賞を受賞。またサルティア・ソサイエティ文学賞処女作品賞も獲得。

ウェルズ, H.G.　*Wells, Herbert George*
イギリスの作家, 思想家, 文明批評家
1866.9.21～1946.8.13
[出]ケント州ブロムリー　[学]ロンドン理科師範学校(1888年)卒
[歴]貧しい瀬戸物商の家に生まれ、服地屋や薬屋の徒弟など苦労しながら自然科学を学ぶ。その後、理科の教師をしながら文筆活動を志し、ジャーナリストを経て作家生活に入る。「タイム・マシン」(1895年)、「透明人間」(97年)、「宇宙戦争」(98年)など数多くの空想科学小説を書き、SFの歴史に一時期を画した。一方、軽妙なユーモア諷刺小説「キップス」(1905年)や社会小説「トーノ・バンゲイ」(09年)、「ポリー氏の閲歴」(10

年）など清新な作風が大いに買われた。また社会主義的な傾向も強め、03年バーナード・ショーらと共にフェビアン協会を結成して活躍。第一次大戦頃から文明批評家としての特色を発揮、「モダン・ユートピア」（09年）「新マキアヴェリ」（11年）などを発表。大戦後は人類や世界の運命に対する関心を強め、世界国家の構想を主張。大著「世界文化史大系」（20年）、「生命の科学」（全3巻，29〜31年）、「人類の労働と富と幸福」（32年）は百科全書家としての代表作。日本でもSFの祖の一人として広く読まれたほか、38年に翻訳された「世界文化史大系」は知識人の間で熱心に読まれた。

ウェルズ，ジェニファー・フェナー　*Wells, Jennifer Foehner*
アメリカの作家，編集者
[出]イリノイ州　[賞]eLitブック・アワードSF/ファンタジー部門金賞（2015年）
[歴]2014年第1長編である近未来ハード・サスペンスSF「異種間通信」を電子書籍として発売すると、たちまち大評判となり、2ケ月後にはベストセラー作家の仲間入りを果たした。翌15年、優れた電子書籍に与えられるeLitブック・アワードのSF/ファンタジー部門で金賞を受賞。

ウェルティ，ユードラ　*Welty, Eudora*
アメリカの作家
1909.4.13〜2001.7.23
[出]ミシシッピ州ジャクソン　[学]ミシシッピ州立女子大学，ウィスコンシン大学卒，コロンビア大学スクール・オブ・ビジネス（広告実務）　[賞]ピュリッツァー賞（1973年），O.ヘンリー賞（1942年・1943年・1968年），ハウエルズ・メダル（1954年），PEN/マラマッド賞
[歴]1931年故郷の政府機関WPA（事業促進局）広報員としてミシシッピ州の各地を旅行して回る。36年「マニュスクリプト」に短編が掲載され、41年初めての短編集「緑のカーテン」を出版。以後、ミシシッピで生活する黒人をテーマに本格的な創作を開始。42年、43年、68年にO.ヘンリー賞を受賞した。46年最初の長編「デルタの結婚式」を発表。54年には中編「ポンダー家の心情」でハウエルズ・メダルを受賞した他、73年「マッケルヴァ家の娘」でピュリッツァー賞を受賞するなど、南部を代表する作家の一人として広く認められた。他の作品に少女期の回想「ある作家の出発」、写真集「あるとき、あるところ」「写真」や「大泥棒と結婚すれば」「大いなる大地」「黄金の林檎」などがある。

ウェルドン，フェイ　*Weldon, Fay*
イギリスの作家
1931.9.22〜
[学]セント・アンドリューズ大学（1954年）修士課程修了
[歴]幼い頃、両親と共にニュージーランドに移住。母親は結婚前に小説を2作発表、祖父、叔父も文筆家。6歳の時、両親が離婚、14歳の時イギリスに戻り、女家族の中で育つ。大学卒業後、外務省の公報ライター、「ロンドン・デイリー・ミラー」紙の人生相談回答者などを経て、30代半ば頃コピーライターとして活躍。24歳で未婚の母となるが、1960年結婚。67年作品「Fat Woman's Joke（太った女の冗談）」が認められ、以後、小説、脚本、戯曲などを発表。現代女性の直面する問題を扱った作品が多い。主な小説に「女ともだち」（75年）、「Praxis（プラクシス）」（78年）、「パフボール」（80年）、「魔女と呼ばれて」（83年）、「人生のルール」など。ブッカー賞の選考委員長を務めたことがある。

ウエルベック，ミシェル　*Houellebecq, Michel*
フランスの作家，詩人
1958.2.26〜
[出]レユニオン島　[学]国立パリ・グリニョン高等農業学校卒　[賞]トリスタン・ツァラ賞（1992年），アンテラリエ賞（2005年），ゴンクール賞（2010年）
[歴]ヒッピーの両親は幼い頃に離婚し、共産主義者の祖母に育てられ、政治観に影響を受ける。国立高等農業学校を卒業。20歳の頃より詩作を始め、1991年第1詩集「生きてあり続けること」と評論「H.P.ラヴクラフト」で文壇デビュー。続く詩集「幸せの追求」（92年）でトリスタン・ツァラ賞を受賞。94年小説第1作となる「闘争領域の拡大」で、その特異な才能と世界観が注目を浴び、98年に発表した処女長編「素粒子」はフランス本国だけで35万部を売るベストセラーとなり、世界約30ケ国語に翻訳された。2010年「地図と領土」でゴンクール賞を受賞。他の著書に「ランサローテ」「プラットフォーム」「ある島の可能性」などがある。

ウエルベル，ベルナール　*Werber, Bernard*
フランスの作家
1962〜
[出]トゥールーズ　[学]トゥールーズ大学法学部卒
[歴]大学で法律、犯罪学を学び、ジャーナリズム学校にも学ぶ。パリの週刊誌「Le Nouvel Observateur」の専属科学ジャーナリストとして6年間活躍。8歳の頃から祖父母の家で蟻の生態観察を始め、16歳の時から13年にわたり研究、執筆を続ける。1991年これらの集大成の著書「蟻」を発表、ミリオンセラーとなり、20ケ国以上で翻訳される。同書の出版を機にジャーナリストから作家に転身。他の著書に蟻3部作を構成する「蟻の時代」「蟻の革命」や、「タナトノート」「われらの父の父」「星々の蝶」など数々のヒット作を世に送り出し、近年は演劇や映画製作も手がける。

ウェルマン，マンリー・ウェイド　*Wellman, Manly Wade*
アメリカの作家，詩人
1905〜1986.4.5
[出]ポルトガル領西アフリカのアンゴラ　[名]筆名＝フィールド，G.T.　[学]コロンビア大学卒
[歴]幼い頃アメリカに戻り、大学時代はフットボールの名手としてならす。卒業後は季節労働者、新聞のレポーターなど様々な職業を転々とし、著名なインディアン史の研究家である兄の手伝いをしていたこともある。1930年代中期に作家活動に入り「ウィアード・テールズ」誌をはじめ一連のパルプ雑誌に作品を発表する。46年「エラリー・クイーンズ・ミステリー・マガジン（EQMM）」の第1回短編コンテストで第一席の栄誉を得て、その名が広く知られるようになった。著書およそ60数冊、そのジャンルは歴史小説、ミステリー、SFと幅広い。51年以降はノースカロライナのウォルナット・マウンテンに山小屋を建てて住んでいる。また息子のウェイド・ウェルマンも幻想詩の新しい作者として近年注目を集めており、父子合作に「火星の依頼人」（69年）、「シャーロック・ホームズの宇宙戦争」（75年）がある。
[家]息子＝ウェイド・ウェルマン（作家）

ヴェルメシュ，ティムール　*Vermes, Timur*
ドイツの作家
1967〜
[出]西ドイツ・バイエルン州ニュルンベルク　[学]エルランゲン大学（歴史・政治）
[歴]母親はドイツ人、父親はハンガリー人。エルランゲン大学で歴史と政治を学ぶ。ジャーナリストとしてタブロイド紙の「アーベントツァイトゥング」「ケルナーエクスプレス」で活躍。その後、「シェイプ」をはじめとする複数の雑誌でも執筆活動を行う。2009年よりゴーストライターとして4作品を上梓。12年初めて実名で著した小説「帰ってきたヒトラー」を発表。

ヴェレシュ，ペーテル　*Veres, Péter*
ハンガリーの作家，政治家
1897.1.6〜1970.4.16
[歴]羊飼いの家に生まれる。作男や豚飼いなどを転々としながら農民運動に加わり、幾度か投獄される。独学で読み書きを覚え、1930年代には民衆派文芸運動に加わり、自伝的小説「決算書」（37年）で注目を集める。第二次大戦後は全国農民党の党首などを務め、政治家としても活躍した。代表作「三世代」（50〜57年）は20世紀のハンガリー農民社会の変遷を自らの体

ウ

験と民俗学的資料を駆使して描き、61年「バログ家の歴史」と改題された。他の作品に「アルフェルドの農民」(36年)、「審査」(51年)などがある。

ヴェロネージ, サンドロ　*Veronesi, Sandro*
イタリアの作家, ジャーナリスト
1959.4.1〜
[出]フィレンツェ　[学]フィレンツェ大学建築学科(1985年)卒　[賞]カンピエッロ賞(2000年), ヴィアレッジョ・レバチ賞(2000年), ストレーガ賞(2006年)
[歴]1985年「ヴィクトルユーゴーと近代における修復」についての論文で、フィレンツェ大学建築学科を卒業。文芸誌「ヌオーヴィ・アルゴメンティ」の編集を手がけ、作品に「この歓びの列車はどこへ向かう」「かすめとられた者たち」(90年)、短編集「イタリアン・クロニクルズ」(92年)など。アメリカ、台湾、ソ連、スーダンの4ケ国に死刑を取材したノンフィクション「目には目を」(92年)を執筆。「過去の力」は、2000年のカンピエッロ賞、ヴィアレッジョ・レバチ賞を受賞。

ウェンディグ, チャック　*Wendig, Chuck*
アメリカの作家, 脚本家
[歴]他者の死を予知できる女性が活躍する〈ミリアム・ブラック〉シリーズ、女子高生の日常を描いたヤングアダルト小説〈アトランタ・バーンズ〉シリーズ、ディストピアを舞台にした冒険小説〈ハートランド〉3部作、犯罪組織の男を描くダークファンタジー〈ムーキー・パール〉シリーズ、「スター・ウォーズ・サーガ」のスピンオフ小説〈スター・ウォーズ/アフターマス〉3部作など、多数のシリーズを持ち、数々の小説を発表するエンターテインメント作家で、読者から大きな支持を集めている。他にコミックやゲームなどポップカルチャーの評論、映画やテレビの脚本や構成も手がける。2010年のテレビドラマ「Collapsus」はエミー賞のデジタル部門にノミネートされた。また、公式ブログは月に20本ほどの長文をアップし、ツイッターで発言しない日はない。書くことに取り憑かれた"ペンモンキー(執筆中毒者)"と自称する。

ウェント, アルバート　*Wendt, Albert*
ドイツ系サモア人の作家
1939〜
[出]西サモア・アピア　[学]オークランド大学卒　[賞]日経アジア賞(文化部門)(2004年)
[歴]西サモアで生まれ、サモア語と英語を操る祖母から聞いた物語を通じてサモア文化を吸収。1953年からニュージーランドの高校、大学に留学し、英語、歴史などを学ぶ。大学在学中に短編小説、詩などの創作を始め、帰国後は教師として働きながら本格的に執筆活動を開始。異人種間結婚を描いた自伝的小説「Sons for the Return Home」(73年)で作家デビュー。口承文化として伝えられてきた太平洋島嶼諸国の伝統・文化をリリカルな英語で表現し、世界に紹介。太平洋英文学の第一人者として知られ、欧米でも高く評価される。傍ら、一貫して教壇にも立ち、74年からフィジーの南太平洋大学で太平洋文学の講義を担当。87年のクーデターを期にニュージーランドに拠点を移し、オークランド大学教授に就任。大学に多くの留学生を受け入れ、後進の指導にあたるとともに、語学を中心にした"太平洋学"の発展に尽力。フィジーやソロモン諸島を訪れ、失われつつある口承文学を掘り起こして出版、太平洋学が盛んなハワイ大学でも教鞭を執る。オセアニア芸術協会、マオリ作家芸術家協会などのメンバーとしても活躍。ニュージーランドを拠点とするサモア人劇団のために戯曲を書き下ろす。2004年日経アジア賞を受賞。著書に「自由の樹のオオコウモリ―アルバート・ウェント作品集」がある。

ヴォ
→ボをも見よ

ウォー, アレック　*Waugh, Alec*
イギリスの作家
1898.7.8〜1981.9.3
[出]ロンドン・ハンプステッド　[名]ウォー・アレキサンダー・レイバン〈Waugh, Alexander Raban〉
[歴]父は出版社チャップマン・アンド・ホール社主で批評家のアーサー・ウォー、弟は作家のイーブリン・ウォー。1917年19歳の時、イギリスの学校生活を鮮やかに描写した自伝小説「青春の影(The loom of youth)」で作家デビュー。第一次大戦に参加して捕虜となり、その体験をもとに「マインツの捕虜」(19年)を書く。小説「陽のあたる島」(55年)がベストセラーとなり、映画化された。他の作品に「アレック・ウォーの前半生」(62年)、「弟イーヴリン, その他の人々の肖像」(76年)などがある。57年来日。
[家]父＝アーサー・ウォー(文芸批評家), 弟＝イーブリン・ウォー(作家)

ウォー, イーブリン　*Waugh, Evelyn*
イギリスの作家
1903.10.28〜1966.4.10
[出]ロンドン・ハンプステッド　[名]ウォー, イーブリン・アーサー・セント・ジョン〈Waugh, Evelyn Arthur St.John〉　[学]オックスフォード大学歴史学科(近代史)中退　[賞]ホーソーンデン賞(1936年), ジェームズ・テイト・ブラック記念賞(1952年)
[歴]アレック・ウォーの弟。美術学校に通学、私立学校教師を務めた後、1927年伝記「ダンテ・ガブリエル・ロゼッティの生涯」、28年大学を放校になった青年を戯画的に描いた初の小説「Decline and Fall(ポール・ペニフェザーの冒険)」を発表。次作「厭らしい人々」(30年)で第一次大戦後の混乱したイギリス社会を風刺し小説界に新風を吹き込んだ。同年カトリックに改宗。二大戦間のイギリスのカトリックの家族を描いた大作「ブライズヘッドふたたび」(45年)などで、カトリック作家としてグレアム・グリーンと並び称せられる。他の作品に「黒いいたずら」(32年)、「一握の塵」(34年)、「愛された者」(48年)、「名誉の剣」(65年)など。第二次大戦で中東、ユーゴスラビアに従軍、戦争回顧録「Men at Arms」(52年)などがある。76年日記が、80年書簡集が出版された。
[家]父＝アーサー・ウォー(文芸批評家), 兄＝アレック・ウォー(作家), 孫＝アレキサンダー・ウォー(オペラ批評家)

ウォー, シルビア　*Waugh, Sylvia*
イギリスの作家
1935〜
[出]ニューカッスル・アポン・タイン　[賞]ガーディアン賞(1994年)
[歴]コンプレヘンシブ・スクール(公立中学校)などの国語教師を長年務め、退職後6年間図書館勤務を経て創作活動に入る。処女作「ブロックルハースト・グローブの謎の屋敷―メニム一家の物語」で1994年度ガーディアン賞を受賞。他の作品に「荒野のコーマス屋敷」など。

ウォー, ヒラリー　*Waugh, Hillary*
アメリカの推理作家
1920.6.22〜2008.12.8
[出]コネティカット州ニューヘブン　[名]Waugh, Hillary Baldwin　別名＝グランダウワー, エリッサ テイラー, H.ボールドウィン ウォーカー, ハーリー　[学]エール大学(1942年)卒　[賞]グランド・マスター賞(スウェーデン犯罪作家アカデミー)(1981年), MWA賞巨匠賞(1989年)
[歴]エール大学在学中に新聞の編集を手がけ、漫画を描いたりしていた。1942年の卒業と同時に召集を受けて海軍に入隊、46年に除隊してニューヘブンに戻る。翌年「Madame Will Not Dine Toninght」の原稿をカワードマッキャン社に持ちこんだところ出版され、探偵作家としての第一歩を踏み出した。以後数学と物理の教師、週刊新聞「ブラッド・フォード・レビュー」の編集者などを務める傍ら、ほぼ年1作のペースで警察小説、私立探偵小説の作品を世に送り続け、その堅実な作風により高い評価を獲得した。ヒラリー・ウォー名義で50以上の小説を書いているほか、エリッサ・グランダウワー、H.ボールドウィ

ン・テイラー、ハーリー・ウォーカーの筆名を用い、いくつかの作品を発表。アメリカ・ミステリー界の重鎮として活躍し、アメリカ探偵作家クラブの会長、副会長を歴任した。海外での評価も高い。主な作品に「失踪当時の服装は」(52年)、「事件当夜は雨」(62年)、「トップレス・バーの女」(85年)、「この町の誰かが」(90年)、「待ちうける影」「愚か者の祈り」「ながい眠り」など。

ヴォイノヴィチ, ウラジーミル
Voinovich, Vladimir Nikolaevich
ロシア人作家
1932.9.26～2018.7.27
⽣ ソ連タジク・ソビエト社会主義共和国スターリナバード(タジキスタン・ドゥシャンベ)
10年級の学校を卒業した後、様々な職業を転々とする。兵役を経て、1961年処女作「われわれはここに住む」を発表。鋭い諷刺に富んだ作品で、以後反体制的作家とみなされ、「兵士イワン・チョンキンの華麗な冒険」など主要作品は国外で発表することになる。74年ソビエト連邦作家同盟を除名され、81年には市民権を剥奪されて西ドイツへ移住。90年ソ連の市民権を回復した。セルビア科学芸術アカデミー会員でもあった。

ウォーカー, アリス *Walker, Alice Malsenior*
アメリカの作家
1944.2.9～
⽣ ジョージア州イートントン 学 サラ・ローレンス大学卒 賞 ピュリッツァー賞(小説部門)(1983年)、全米図書賞(1983年)、O.ヘンリー賞(1986年)
人種差別の激しいジョージア州の貧しい小作人の両親のもとに生まれる。アトランタのスペルマン・カレッジに学び、サラ・ローレンス大学を卒業。詩人として文学活動を始め、1960年代には公民権運動、女性解放運動に参加。68年詩集「かつて」を処女出版し、70年小説「グレンジ・コープランドの第三の性」で作家デビュー。やがて自己の作品に黒人の生の歴史と心理を辿り、打ち捨てられた過去を再獲得し持続していこうとする方向性を見い出す。74年「愛と苦しみ」、76年「メリディアン」発表。83年黒人姉妹の数奇な運命を描いた「カラーパープル」(82年)でアフリカ系女性としては初めてピュリッツァー賞を受賞。その後、スピルバーグ監督により映画化もされ、世界にその名を知られるようになる。他に詩集「馬がいると景色は映える」、エッセイ集「母の庭をさがして」(83年)、「勇敢な娘たちに」(97年)、小説「わが愛しきものの神殿」(89年)、「父の輝くほほえみの光で」(98年)、アフリカの女性性器切除の慣習を取り上げた「喜びの秘密」(92年)など。2003年初来日。

ウォーカー, キャスリーン *Walker, Kathleen*
オーストラリアの原住民アボリジニの詩人、作家、エッセイスト、演説家
1920～1993.9.16
⽣ 北ストラドブローク島 別名 ウォーカー, キャスリーン・ジーン・メアリー・ルスカ〈Walker, Kathleen Jean Mary Ruska〉
オーストラリアの原住民アボリジニの人権と自然保護を主張する作家。純血ではないがアボリジニの家庭に生まれる。父は州政府に勤め、肉体労働や雑役をするアボリジニの監督をしていた。幼時をクイーンズランド州ブリズベーン沖合いの北ストラドブローク島の豊かな自然の中に過ごす。13歳の時から白人の家庭の女中として働きはじめた。16歳の時看護師を志すが、アボリジニであるが故に受け入れられず断念したという。第二次大戦中オーストラリア陸軍婦人部隊で電話交換手として働き、速記者なども務める。やがて文筆活動をはじめ「We are going (我等はすすむ)」(64年)、「My people (わが同胞)」など数々の作品を書き、アボリジニの地位向上を訴えた。ことにその社会論評は高く評価されている。70年著作が認められ大英勲五等を授与されたが、オーストラリアへのイギリス人入植200周年を迎えた88年、先住民が被った仕打ちに抗議してエリザベス英女王に勲章を返した。

ウォーカー, メアリー *Walker, Mary Willis*
アメリカのミステリー作家
1944～
⽣ ウィスコンシン州 賞 アガサ賞(1992年度)、マカヴィティ賞、MWA賞、ハメット賞、アンソニー賞
ジャーナリストとして活動後、1991年「凍りつく骨」でミステリー作家としてデビュー。巧みな構成力に定評があり、テキサスの女性犯罪ライターを主人公にした〈モリー・ケイツ〉シリーズは、死刑廃止運動を取り上げた第1作「処刑前夜」でMWA賞を、カルト教団の事件を扱った第2作「神の名のもとに」でマカヴィティ賞、ハメット賞、アンソニー賞を受賞。他の作品に「すべて死者は横たわる」などがある。

ウォーカー, ロバート *Walker, Robert W.*
アメリカの作家
1948～
⽣ ミシシッピ州 学 ノースウェスタン大学卒
ミシシッピ州で生まれ、シカゴで育つ。1979年から小説を発表。作家活動の傍ら、フロリダ州の大学で創作を教える。〈女検死官ジェシカ・コラン〉シリーズに「女検死官ジェシカ・コラン」「第六級暴力殺人」「ハワイ暗黒殺人」「ハートのクイーン」「洋上の殺意」「肌に刻まれた詩」「死を呼ぶ聖句」「倒錯の晩餐」、〈刑事ルーカス・ストーンコート〉シリーズに「暗黒のクロスボウ」「肩の上の死神」などがある。

ウォーク, ハーマン *Wouk, Herman*
アメリカのユダヤ系作家、劇作家
1915.5.27～
⽣ ニューヨーク 学 コロンビア大学(1934年)卒 賞 ピュリッツァー賞(1952年)
ロシア系ユダヤ人の家に生まれる。1936年放送作家としてデビュー。41年太平洋戦争勃発とともに海軍将校として参加、4年間勤務する。最初の小説「Aurora Dawn (オーロラの夜明け)」(47年)の発表を経て、海軍当時の体験に基いた「The Caine Mutiny (ケイン号の叛乱)」(51年)がベストセラーとなり、翌年ピュリッツァー賞を受賞。この作品は54年に映画化されて評判になり、また自身による戯曲「ケイン号事件の軍法会議」も上演され好評を博した。そのほか「マージョリー・モーニングスター」(55年)、「戦争の嵐」(71年)、「戦争と記憶」(78年)、「ユダヤ教を語る」など戦争とホロコーストをテーマとした著作が多い。

ヴォスコボイニコフ, ワレリー
Voskoboinikov, Valerii Mikhailovich
ロシア(ソ連)の児童文学作家
1939～
⽣ レニングラード 学 ゴーリキー名称文学大学
大学で化学を学んだあと、化学技師として工場で働きながら文学を勉強。ゴーリキー名称文学大学でドラマ、戯曲を修得し、1960年代後半から子供のための作品を書くようになった。主な作品に「赤いノート」(71年)、「母さん、愛ってなに?」(76年)、「北極海の奇怪島」(81年)など。

ヴォズネセンスキー, アンドレイ *Voznesenskii, Andrei*
ロシア(ソ連)の詩人
1933.5.12～2010.6.1
⽣ ソ連ロシア共和国モスクワ 別名 ヴォズネセンスキー, アンドレイ・アンドレーヴィチ〈Voznesenskii, Andrei Andreevich〉学 モスクワ建築大学(1957年)卒 賞 ソ連国家賞(1976年)
モスクワの科学研究員の家庭に生まれ、1957年建築専門学校を卒業。14歳で作家パステルナークに自作の詩を送り知己を得、58年頃から詩を書き始める。59年権力によって盲目にされた寺院の建設者をうたった長詩「名匠たち」で注目され、60年最初の二つの詩集「モザイク」「放物線」を発表。官僚主義や個人崇拝の否定、自己主張にあふれた詩でエフトゥシェンコ、ロジェストヴェンスキーらとともに戦後ソビエト詩の"第4の世代"の第一人者となる。前衛的作風がソ連当局の批判を

ウ

浴びたが、反権力の姿勢を貫き、ゴルバチョフ時代のペレストロイカ（改革）政策を支持した。90年世界詩人会議（ソウル）に参加。詩集に「反世界」（64年）、「アキレスの心」（66年）、「誘惑」（79年）、長詩に「ロンジュモ」（63年）、「オーザ」（64年）、「アヴォーシ号よ！」（72年）、「視線」（72年）、「樫の葉のバイオリンチェロ」（75年）、「ガラス細工の名人」（76年）、「溝」（87年）、短詩に「ゴヤ」（59年）など。他にパステルナークに関する回想「わたしは十四歳」（80年）、散文作品に「O」（82年）、詩文集に「対戦車壕」（87年）などがある。「アヴォーシ号よ！」は、81年モスクワでロック・ミュージカル「アヴォーシ」として上演された。ロシアの国民的歌手アラ・プガチョワが歌って大ヒットした悲恋の歌「百万本のバラ」の作詞者としても知られ、日本では歌手の加藤登紀子がカバーして大流行した。88年6月初来日。

ウォーターズ, サラ　*Waters, Sarah*
イギリスの作家
1966.7.21〜
[出]ペンブルックシャー州ニーランド　[学]ケント大学　[賞]アメリカ図書館協会賞, サンデー・タイムズ若手作家年間最優秀賞, サマセット・モーム賞（2000年）, CWA賞エリス・ピーターズ・ヒストリカル・ダガー賞（2002年）, イギリス図書賞（年間著者賞）（2002年）
[歴]ケント大学に学ぶ。1998年「TIPPING THE VELVET」で作家デビュー。99年第2長編「半身」が評判となり、全米図書館協会賞や「サンデー・タイムズ」紙の若手作家年間最優秀賞、35歳以下の作家を対象とするサマセット・モーム賞を受賞。また、2002年の第3長編「荊の城」でCWA賞エリス・ピーターズ・ヒストリカル・ダガー賞を受賞し、第4長編「夜愁」（06年）、第5長編「エアーズ家の没落」（09年）の3度にわたりブッカー賞の最終候補に選ばれている。

ヴォーチエ, ジャン　*Vauthier, Jean*
ベルギー生まれのフランスの劇作家
1910.9.20〜1992.5.5
[出]ベルギー
[歴]当初は画家だったが、1952年演出家のアンドレ・レバズが「バダ隊長」をアラスの演劇祭で初演したことから劇作家に。「戦う人物」（56年）、「夢見る人」（61年）、「バダデスク」（65年）、「血」（70年）、「君の名は雲の中に、エリザベート」（76年）などの作品で知られ、50年代の代表的劇作家の一人と目される。

ウォッシュバーン, リビア　*Washburn, Livia J.*
アメリカの作家
[賞]PWA賞, アメリカン・ミステリー賞
[歴]1978年より小説を書き始める。ミステリー第1作「Wild Night」で、アメリカ私立探偵作家クラブ（PWA）賞およびアメリカン・ミステリー賞を受賞。この頃から、夫ジェームズ・リーズナーと執筆活動に専念。夫との共著で、アメリカ・ウェスタン作家協会によるSpur Awardにノミネートされる。〈お料理名人の事件簿〉シリーズがある。
[家]夫＝ジェームズ・リーズナー（作家）

ウォッデル, マーティン　*Waddell, Martin*
イギリス（北アイルランド）の児童文学作家
1941〜
[出]ダウン州ニューカッスル（北アイルランド）　[名]別名＝セフトン, キャサリン〈Sefton, Catherine〉　[賞]ケイト・グリーナウェイ賞（1989年）, 国際アンデルセン賞作家賞（2004年）, スマーティーズ大賞, ベルギー児童文学賞, アザアワード紙賞, サンデートリビューン紙賞
[歴]北アイルランドで教育を受け、15歳で学校を中退し、イギリス本土で様々な職業を経験後、北アイルランドに戻って創作活動を続ける。「あなたがといてごらんなさい」という推理小説のシリーズや、「ハリエットは学校にワニをつれてきた」の〈ハリエット〉シリーズでイギリスで人気のある作家。他の作品に「Can't you sleep, Little Bear？（ねむれないの？ ちいくまくん）」「星座」「じょうずだねちいくまくん」などがある。

ヴォー・ティ・ハーオ　*Vo Thi Hao*
ベトナムの作家, 脚本家, ジャーナリスト
1956〜
[出]ゲアン省　[学]ハノイ総合大学文学部卒　[賞]ハノイ文学賞（1995年）, 国境なき医師団賞（1996年）
[歴]少女時代から詩を書き、29歳から小説を書き始める。1995年ハノイ文学賞を受賞、96年作家とジャーナリスト活動により国境なき医師団賞を受賞。作品に、小説「この世との絆」（93年）、映画脚本に「美来村のバイオリン」などがある。

ウォード, アマンダ・エア　*Ward, Amanda Eyre*
アメリカの作家
1972〜
[出]ニューヨーク市　[学]ウィリアムズ・カレッジ, モンタナ大学卒
[歴]ウィリアムズ・カレッジ及びモンタナ大学を卒業。各文芸誌に短編小説を発表。定期的に地元の「オースティン・クロニクル」紙にも寄稿する。2003年「カレンの眠る日」でデビュー。15年5作目となる「The Same Sky」を上梓。

ウォトキンズ, バーノン　*Watkins, Vernon*
イギリスの詩人
1906.6.27〜1967.10.8
[出]グラモーガン州ミーステグ　[名]ウォトキンズ, バーノン・フィリップス〈Watkins, Vernon Phillips〉　[学]ケンブリッジ大学モードリン・カレッジ中退
[歴]ケンブリッジ大学モードリン・カレッジ大学を中退後、スウォンジーで銀行に勤めながら詩作。作品は少ないが音楽的な表現を得意とし、故郷ウェールズ地方の伝説や神話などを題材とした新黙視派の一人で、1941年35歳で処女詩集「マリ・ルイドの歌」を発表。同郷の詩人ディラン・トーマスと出会った後は作風が大きく変わった。他の詩集に「一角獣を連れた貴婦人」（48年）、「臨終の鐘」（54年）などがある。

ヴォドラスキン, エヴゲーニー　*Vodolazkin, Evgenij*
ウクライナの作家, 文学者
1964.2.21〜
[出]キエフ　[学]キエフ国立大学文学部（1986年）卒, 科学アカデミー・ロシア文学研究所大学院 博士号（2000年）　[賞]ボリシャヤ・クニーガ賞, ヤースナヤ・ポリャーナ賞
[歴]1986年キエフ国立大学文学部を卒業し、ソ連科学アカデミー・ロシア文学研究所（通称プーシキン館, サンクトペテルブルク）の大学院に入り、ロシア中世文学の世界的権威ドミトリー・リハチョフ博士に師事。2000年論文「古代ルーシ文学における全世界の歴史」で博士号取得。専門は古代ロシア（ルーシ）文学で、専門書の一方、小説を執筆。長編小説「ソロヴィヨフとラリオーノフ」（09年）でボリシャヤ・クニーガ賞を受賞、アンドレイ・ベールイ賞の最終候補にもなった。「聖愚者ラヴル」（12年）でもボリシャヤ・クニーガ賞とヤースナヤ・ポリャーナ賞を受賞した。

ヴォートラン, ジャン　*Vautrin, Jean*
フランスの作家, 映画監督
1933.5.17〜2015.6.16
[出]パニ・シュル・モーゼル　[名]エルマン, ジャン〈Herman, Jean〉　[学]IDHEC（1955年）卒　[勲]レジオン・ド・ヌール勲章シュバリエ章　[賞]フィクション賞（1979年）, フランスミステリー批評家大賞（1980年）, ドゥ・マゴ賞（1983年）, ゴンクール賞（1989年）
[歴]1955年ボンベイ大学フランス文学講師。55〜57年ロベルト・ロッセリーニ監督、58年ビンセント・ミネリ監督の助監督を経て、アラン・ドロン主演の「さらば友よ」（68年）、「ジェフ」（69年）で映画監督としての地位を不動のものにした。73年ジャン・ヴォートランの筆名で作家に転身。「パパはビリー・ズ・キックを捕まえられない」（74年）は"ネオ・ポラール（新しいミステリーの運動）"の奇跡とよばれ、高く評価された。「Un

grand pas vers le Bon Dieu」(89年)でゴンクール賞を受賞。他の作品に「鏡の中のブラッディ・マリー」(79年)、短編集「Patchwork」(84年)などがある。

ウォートン, イーディス *Wharton, Edith Newbold*
アメリカの作家
1862.1.24～1937.8.11
[出]ニューヨーク [名]旧姓名＝Jones [賞]ピュリッツァー賞(1921年)
[歴]商業貴族の名門に生れる。少女期に創作を試み、1899年最初の短編集「より大きな好み」を発表。1907年パリに移り、以来ヨーロッパで暮らす。ヘンリー・ジェームズと知り合い、小説作法の上で多くのものを学ぶ。05年小説「楽しみの家」を発表し、評価が高まる。一貫して金権貴族階級を描き続け、心の片隅ではその狭隘さ、不毛さに反発しながら、社交界の貴婦人として客間に君臨した。他の作品に小説「イーサン・フローム」(11年)、「一国の慣習」(13年)、「無邪気な時代」(20年)、「古いニューヨーク」(24年)など。

ウォーナー, アラン *Warner, Alan*
イギリスの作家
1964～
[出]スコットランド [学]グラスゴー大学卒 [賞]サマセット・モーム賞(1996年), ジェームズ・テイト・ブラック記念賞(2012年)
[歴]スコットランドで生まれ。港町オーバンで育つ。グラスゴー大学卒業後、音楽活動を行う傍らで小説を書き始める。スーパーマーケット、クリーニング屋、バー、鉄道会社でのアルバイトを経て、1991年より日常の細かい断片を記録し始める。95年これらを小説「モーヴァン」として出版し、作家デビュー。同作品でイギリスの新人作家の登竜門であるサマセット・モーム賞を受賞。他の著書に「ソプラノ」などがある。2000年7月初来日。

ウォーナー, ガートルード *Warner, Gertrude*
アメリカの児童文学作家
1890.4.16～1979.8.30
[出]コネティカット州パットナム [名]Warner, Gertrude Chandler
[歴]小学校教師としての長年の経験に基づいて書き上げた最初の本「ボックスカー・チルドレン」が1942年に出版され、大好評を得る。79年に亡くなるまでに、子供のためのミステリーとして同シリーズを19冊を残し、死後も続編が書き継がれている。

ウォーナー, シルビア・タウンゼンド
Warner, Sylvia Townsend
イギリスの作家
1893.12.6～1978.5.1
[出]ロンドン
[歴]1925年処女詩集「The Espalier」を出版。26年魔女の日常生活を描いた小説「Lolly Willowes」を発表して以来、「Mr Fortune's Maggot」(27年)、「The True Heart」(29年)などの幻想小説を書き、「妖精たちの王国」(77年)は邦訳された。また、「ニューヨーカー」誌に短編小説を発表して高い評価を得た。15世紀から16世紀にかけての音楽研究の権威でもあり、「チューダー朝教会音楽」(全10巻, 23～29年)の編者の一人。

ウォーナー, ペニー *Warner, Penny*
アメリカの作家
[名]別筆名＝パイク, ペニー〈Pike, Penny〉 [賞]マカヴィティ賞最優秀処女長編賞(1998年), アガサ賞, アンソニー児童書賞ミステリー部門大賞
[歴]ディアブロ・バレーカレッジ、シャボット・カレッジで子供の発達、特殊教育、カリフォルニア州立大学ヘイワード校、カリフォルニア大学バークレー校公開教育部で文章創作などを教える。傍ら、夫と国中の図書館や地方公共団体といった組織の為にミステリー関係のイベントを企画。1997年処女作「死体は訴える」でミステリー作家としてデビュー、98年マカヴィティ賞最優秀処女長編賞を受賞。2002年に出版した「The Mystery of the Haunted Caves」は、アガサ賞とアンソニー児童書賞のミステリー部門大賞を受賞した。〈暗号クラブ〉シリーズや〈ふたご探偵〉シリーズなど多くの児童書を執筆し、世界14ケ国で出版されている。またペニー・パイク名義で〈フードワゴン・ミステリー〉シリーズも執筆。

ウォーナー, レックス *Warner, Rex*
イギリスの作家, 詩人, 批評家, 古典学者
1905.3.9～1986.6.24
[出]バーミンガム [名]Warner, Rex Ernest [学]オックスフォード大学ワダム・カレッジ(古典学)卒 [賞]ジェームズ・テイト・ブラック記念賞(1960年)
[歴]イギリスとエジプトで古典の教師を務めた後、1940年代はアテネのブリティッシュ・インスティチュート理事、64～74年コネティカット大学英文学教授を務めた。この間、37年カフカの影響を受けた「野鴨狩り」で文壇にデビュー。「教授」(38年)、「空軍基地」(41年)など寓意的な小説を執筆。ほかに「殺されたのはなぜか？」(43年)、「石の人間たち」(49年)、「若きシーザー」(58年)、「アテネのペリクリーズ」(63年)など。ミルトン、フォスターなどの作家論やギリシャ古典の英訳紹介も多い。

ヴォーマン, ガブリエーレ *Wohmann, Gabriele*
ドイツの作家, 詩人, 文芸評論家
1932.5.21～2015.6.23
[出]ダルムシュタット [学]フランクフルト大学
[歴]1960年11月"47年グループ"第22回会合に初参加。作品に小説「長い別れ」(65年)、「Frühherbst in Badenweiler」(78年)、詩集「Komm lieber Mai」(81年)など。

ウォラー, ロバート・ジェームズ *Waller, Robert James*
アメリカの作家
1939.8.1～2017.3.10
[出]アイオワ州ロックフォード [学]北アイオワ大学卒 経済学博士(インディアナ大学)
[歴]北アイオワ大学で25年間経済学の教職に就き、1979～86年ビジネススクールの学部長を務めたが、91年体調を崩して退職。エッセイ集を2冊出版した後、92年中年男女の恋愛を描いた小説「マディソン郡の橋」を発表。初版2万9000部だったが、次第に人気が出て、93年全米でベストセラーに。日本をはじめ40ケ国語に翻訳され、1200万部を超える大ベストセラーとなった。95年にはクリント・イーストウッド、メリル・ストリープ主演で映画化され大ヒット。ブロードウェイでミュージカル化もされ、2014年のトニー賞で2部門を受賞した。02年続編「マディソン郡の橋 終楽章」を刊行。他の著書に「スローワルツの川」(1994年)、「マディソン郡の風に吹かれて」(94年)、「ボーダー・ミュージック」(95年)などがある。経済学者、アマチュア写真家、ギター演奏家など多彩な顔を持つ。94年来日。

ヴォルケル, イジー *Wolker, Jiří*
チェコの詩人
1900.3.29～1924.1.3
[出]オーストリア・ハンガリー帝国モラバ
[歴]プラハの大学で法律を学ぶ傍ら、共産党に入党。1921年処女詩集「家への客」、22年第二詩集「重苦しい時」を刊行。チェコスロバキアにおけるプロレタリア詩の先駆者として知られたが、結核のため23歳の若さで夭折した。「太陽を盗んだ百万長者の話」(21年)、「煙突掃除夫の話」(21年)などの童話も遺した。

ウォルコット, デレック *Walcott, Derek Alton*
セントルシアの詩人, 劇作家
1930.1.23～2017.3.17
[出]英領セントルシア・カストリーズ [学]ウィスコンシン大学, 西インド諸島大学(ジャマイカ)卒 [賞]ノーベル文学賞(1992年), オビー賞(1971年), W.H.スミス文学賞(1991年), T.S.エリオット賞(2010年)

ウ

[歴]父はイギリス人画家、母はアフリカ系移民。西インド諸島の英領セントルシアに生まれ、1950年ジャマイカの西インド諸島大学に留学。一時教職に就いたのち、「トリニダード・ガーディアン」編集者を経て、57年ロックフェラー奨学金を受けて、2年間ニューヨークで演劇を研究した。59年トリニダードに移住、トリニダード演劇ワークショップを設立、西インド諸島の演劇発展に尽力。10代から詩作を始め、48年18歳で処女詩集「25 Poems (25の詩)」を発表、欧米文学界で認められる。62年「In a Green Night (緑の夜に)」を刊行。初期作品はイギリス詩人マーベルらの影響が見られ、その後、奴隷、貧困、人種問題など西インド諸島固有の風土と歴史を詠い込んだ。92年カリブ海地域から初めてノーベル文学賞を受賞。他の詩集に「漂泊者」(65年)、自伝的詩集「もう一つの生」(73年)、「ハマベブドウ」(76年)、「幸福な旅人」(82年)、「真夏」(86年)、「オメロス」(90年)、「詩集1948-1984」(86年)、「詩集1965-1980」(92年)など。劇作家としては、ニューヨークとロンドンで上演された詩劇「ヘンリー・クリストフ」(50年)や「ドーフィンの海」(56年)、「サル山での夢」(67年)、「ラスト・カーニバル」(86年)、「オデッセイ」(93年)があるほか、ミュージカル劇「セビーリャの戯れごと師」がある。97年には米歌手のポール・サイモンと共作したミュージカル「ザ・ケープマン」を発表した。創作の傍ら、米ボストン大学や英エセックス大学教授も務めた。作品を通じて植民地や奴隷の歴史を持つカリブ海諸国の文化発信に貢献したとして、2016年セントルシアが創設したナイト爵位を授与された。

ウォルシュ, シルビア・マウルターシュ
Warsh, Sylvia Maultash
ドイツ生まれのカナダの作家
[出]西ドイツ・バーデン・ビュルテンベルク州シュトゥットガルト(ドイツ)　[賞]MWA賞(最優秀ペーパーバック賞)(2004年)
[歴]4歳の時、カナダへ移住。学校で創作講座を持ちながら作家活動を続け、2000年に発表した〈レベッカ・テンプル〉シリーズ第1作「To Die in Spring」でカナダ推理作家協会賞にノミネートされる。03年に発表したシリーズ第2作となる「Find Me Again (死、ふたたび)」で、MWA賞最優秀ペーパーバック賞を受賞した。

ウォルター, ジェス　*Walter, Jess*
アメリカの作家, ジャーナリスト
1965〜
[出]ワシントン州スポーケン　[学]イースタン・ワシントン大学卒　[賞]MWA賞最優秀長編賞(2006年)
[歴]ジャーナリスト、ノンフィクション作家として「ワシントン・ポスト」などに寄稿。ノンフィクション「Every Knee Shall Bow」(1995年)で作家デビュー。2001年小説「血の奔流」を発表、高い評価を得る。06年「市民ヴィンス」(05年)でMWA賞最優秀長編賞を受賞、07年には「ザ・ゼロ」が全米図書賞の最終候補作となった。

ウォルターズ, ミネット　*Walters, Minette*
イギリスのミステリー作家
[賞]CWA賞ジョン・クリーシー記念賞(1992年), MWA賞最優秀長編賞(1994年), CWA賞ゴールド・ダガー賞(1994年), CWA賞ゴールド・ダガー賞(2003年)
[歴]もと雑誌編集者。もっぱら経済的事情からロマンス物の中編を執筆していたが、結婚後1992年「氷の家」を完成。世界10ケ国語に翻訳権が売れ、同年度のイギリス推理作家協会賞(CWA賞)の最優秀新人賞であるジョン・クリーシー記念賞に輝く。翌93年発表された第2長編「女彫刻家」はアメリカ探偵作家クラブ(MWA)最優秀長編賞、第3作「鉄の枷」は94年のCWA賞ゴールド・ダガー賞、「病める狐」は2003年のCWA賞ゴールド・ダガー賞を受賞。ミステリーの新女王として注目を集める。他の作品に「昏い部屋」(1995年)、「破壊者」(98年)、「蛇の形」「遮断地区」などがある。

ウォルツ, アンナ　*Woltz, Anna*
イギリス生まれのオランダの児童文学作家
1981.12.29〜
[出]イギリス・ロンドン　[学]ライデン大学　[賞]テア・ベックマン賞(2012年), ニンケ・ファン・ヒフトゥム賞(2015年), 金の石筆賞(2016年), フランドル児童YA審査団賞(2016年)
[歴]オランダのデン・ハーグで育つ。15歳で学校生活のコラムを「フォルクスクラント」紙に連載し注目を集める。ライデン大学で歴史学を学び、在学中の2002年、「わたしの犬を助けて！」で児童文学作家としてデビュー。以後、意欲的に活動を続ける。12年には「まだ飛べない」でテア・ベックマン賞を受賞。16年「ギプス」で金の石筆賞を受賞。「100時間の夜」は、15年にオランダの最も優れたヤングアダルト作品に贈られるニンケ・ファン・ヒフトゥム賞を、16年にはベルギーのフランドル児童ヤングアダルト審査団賞を受賞。

ウォルドマン, エイミー　*Waldman, Amy*
アメリカの作家, ジャーナリスト
1969〜
[学]エール大学卒　[賞]アメリカン・ブック・アウォード(2012年)
[歴]「ニューヨーク・タイムズ」紙で8年間、そのうちの3年間をニューデリー支局で記者として勤めた。9.11の犠牲者たちのプロフィールを遺族にインタビューして集めた連載企画「Portraits of Grief」にニューヨーク市内担当の記者として参加、この企画は2002年ピュリッツァー賞を受賞した。11年社会派フィクション「サブミッション」を発表、12年のアメリカン・ブック・アウォードをはじめ数々の賞を受け、ヨーロッパやアジアを中心とする諸外国語で翻訳出版される。

ウォルトン, エヴァンジェリン　*Walton, Evangeline*
アメリカの作家
1907.11.24〜1996.3.11
[出]インディアナ州インディアナポリス　[名]Ensley, Evangeline Wilna　[賞]世界幻想文学大賞生涯功労賞(1989年)
[歴]病弱だった少女時代から多くのファンタジー作家の作品を読み影響を受ける。1936年「マビノギオン物語」第4話の原型となった「The Virgin and the Swine」を出版するが時期尚早のため失敗。その後いくつかの作品を発表したものの沈黙していた。70年代初頭リン・カーターによって再発見され、「Island of the Mighty」と改題して再出版すると称賛を浴び、第2話「The Children of Llyr」(71年)、第3話「The Song of Rhiannon」(73年)、第1話「Prince of Annwn」(74年)として完結。他に、現代ゴシック恐怖編「Witch House」(45年)などがある。生涯におけるファンタジー文学への功績を認められ、89年世界幻想文学大賞生涯功労賞を贈られた。

ウォルトン, ジョー　*Walton, Jo*
イギリス生まれのカナダのSF作家
1964.12.1〜
[出]アバデア　[学]ランカスター大学　[賞]ジョン・W.キャンベル記念賞(2002年), 世界幻想文学大賞(長編部門)(2004年), プロメテウス賞(2008年), ヒューゴー賞(2012年), ネビュラ賞(2012年), イギリス幻想文学大賞, ジェイムズ・ティプトリー・ジュニア賞(2014年)
[歴]ウェールズのアバデアで生まれ、イングランドのランカスター大学に学ぶ。1997年ウェールズに戻り、2000年「The King's peace」で作家デビュー、同作でジョン・W.キャンベル記念賞を受賞。02年カナダへ移住。04年「ドラゴンがいっぱい！—アゴールニン家の遺産相続奮闘記」で世界幻想文学大賞を受賞。歴史改編小説の〈ファージング〉3部作(06〜08年)の第2部「暗殺のハムレット」でプロメテウス賞を受けた。「図書室の魔法」(11年)はヒューゴー賞、ネビュラ賞、イギリス幻想文学大賞を受賞。

ウォルフ, クリスタ　*Wolf, Christa*
ドイツ(東ドイツ)の作家
1929.3.18〜2011.12.1

⑩東プロイセン（ポーランド）　⑰ライプツィヒ大学（1953年）卒　㊙東ドイツ国家大賞（1963年）、ハインリッヒ・マン賞（1963年）、ビューヒナー賞（1980年）、ネリー・ザックス賞（1999年）、トーマス・マン文学賞（2010年）
㊙1949年東ドイツ社会主義統一党に入党。ライプツィヒ大学のH.マイヤーの下でドイツ文学を学ぶ。53年卒業後、東ドイツ作家同盟理論部門に属し、機関紙「新ドイツ文学」の編集の傍ら、批評家として活躍。61年小説「モスクワ物語」を発表し、以後作家活動を続ける。63年東西に引き裂かれた男女の恋愛を描いた処女長編「Der geteilte Himmel（引き裂かれた空）」で国家大賞を受賞。63～67年東ドイツペンクラブ理事。本国よりも、西側諸国で多くの読者を得るようになる。80年ビューヒナー賞を受賞。その後、体制に批判的な立場を取るようになり、89年の東独民主化運動にも参加した。他の著書に「モスクワ物語」(61年)、「クリスタ・Tの回想」(68年)、「ティル・オイレンシュピーゲル」(74年)、「幼年期の構図」(76年)、「どこにも居場所はない」(79年)、「カッサンドラ」(83年)、「夏の日の出来事」(87年)、「チェルノブイリ原発事故」(87年)、「残るものは何か？」(90年)、「メディア―さまざまな声」(96年)、「肉体はどこに」(2002年)、回想録「一年に一日」(03年)、論文集「作家の次元」(1987年)など。

ウォルフ, マルクス　Wolf, Markus
ドイツ（東ドイツ）の作家
1923.1.19～2006.11.9
⑩ヘヒンゲン　㊙Wolf, Markus Johannes　愛称＝ミーシャ〈Mischa〉
㊙父がユダヤ人の社会主義者で、1933年ナチスの弾圧を逃れ一家でソ連に亡命。第二次大戦後、東ドイツに戻り、51年国家保安省に入省。53年対外情報機関の中央偵察管理局のトップに就任、58年対外情報収集総局(HVA)総局長となり、86年退職するまで対西側諜報活動一筋に歩いた。とくに、74年に発覚した"ギョーム事件"（ブラント西ドイツ首相の私設補佐官にスパイ＝ギュンター・ギョームを送り込み同首相を辞任に追いこんだ事件）の指揮者として有名。ニックネームは"ミーシャ"。退職後、89年初めに発表したスターリン主義体制の行き詰まりを描いた小説「トロイカ」がベストセラーとなり、体制内改革派として脚光を浴びた。90年10月東西両ドイツ統一が実現する直前にベルリンを離れ、ソ連やオーストリアを転々とする。91年9月帰国しベルリンで国家反逆罪で逮捕された。93年12月有罪判決、95年憲法裁判所の判断で一転無罪となる。97年5月西側に逃亡した旧東ドイツの情報機関員を誘拐し、連れ戻した4件の事件で監禁罪に問われ、デュッセルドルフ上級地裁より保護監察付き懲役2年の有罪判決を言い渡された。回想録に「私の使命」がある。またベルリンの壁崩壊後に米中央情報局(CIA)より高給で亡命を要請されたが断わったとされる。
㊊兄＝コンラッド・ウォルフ（映画監督）

ヴォルポーニ, パオロ　Volponi, Paolo
イタリアの詩人, 作家
1924.2.6～1994.8.23
⑩ウルビノ　㊙ストレーガ賞（1965年・1991年）
㊙詩集「古銭」(1955年)、「アペニンの戸口」(60年)などで詩人として出発したが、その後小説に専念。事務機械会社オリベッティに勤務する傍ら現代の工業社会から疎外された人間像を描き、処女小説「メモリアーレ」(62年)で注目された。第2作「世界機構」(65年、邦訳「アンテオの世界」)で名声を得、"企業文学"の代表といわれる。以後、「コルポラーレ」(74年)、「公国の殿帳」(75年)などを発表。狂気を軸に現代を問う異色作が多く、「怒りっぽい惑星」(78年)は核戦争で破壊された世界をさまよう動物たちと小人を描いたSFコミックス的趣向の作品で、ほかに「槍を投げる男」(81年)などがある。一方、83年イタリア共産党の支持を受けて上院議員に当選し、92年健康悪化を理由に政界から引退。

ウォルポール, ヒュー　Walpole, Hugh Seymour
ニュージーランド生まれのイギリスの作家
1884.3.13～1941.6.1
⑩ニュージーランド・オークランド　⑰ケンブリッジ大学　㊙ジェームズ・テイト・ブラック記念賞（1919年）
㊙父は有名な牧師。「ロンドン・スタンフォード」誌の書評を担当しながら大衆小説を多く書いた。第一次大戦中の1914～16年ロシアの赤十字に勤務。代表作に「The wooden horse」(09年)、「Mr.Perrin and Mr.Traill」(11年)、「The duchess of Wrexe」(14年)、「The dark forest」(16年)、「The cathedral（大聖堂）」(22年)、「Rogue Herries（ヘリーズ家年代記）」(4巻、30～33年)、「Judith Paris」(31年)、「The fortress」(32年)、「The killer and the Slain」(42年)、評論「Joseph Conrad」(16年)などがある。37年ナイト爵(Sir)に叙された。

ウォーレス, アーピング　Wallace, Irving
アメリカの作家
1916.3.9～1990.6.29
⑩イリノイ州シカゴ
㊙第二次大戦中は空軍の映画班に勤務し、戦後はワーナー映画で脚本を執筆。若い頃から小説を書き始め、ベストセラー作家になるまでに500編の短中編を発表。1957年以降は執筆を長編小説のみに限り、60年ロサンゼルス社会の性を扱った「チャップマン・レポート」が国際的ベストセラーになる。以来2年に1作の割合で小説を書き、その大部分がハリウッドで映画化され、作品35冊の総売り上げは2億冊を越えた。レーガン大統領と親交があった。主な作品にポルノ解禁の是非を問うた「七分間」、女性解放運動を扱った「ファン・クラブ誘拐事件」や「大統領の情事」「小説ノーベル賞」「Rドキュメント」、「ワルチン版予言大全」(共著)など。
㊊妻＝シルビア・ウォーレス(作家), 娘＝エイミー・ウォーレス(著述家)

ウォーレス, サンドラ・ニール　Wallace, Sandra Neil
カナダ生まれの作家
⑩カナダ・オンタリオ州セントトーマス
㊙15年間、テレビのリポーターやキャスターを務めた後、2010年「ぼくは牛飼い」で作家に転身。その後、プロフットボールの選手と人種差別を題材にした「Muckers」(13年)、女性アスリートの生涯を描いた夫リッチとの共著「Babe Conquers the World」(14年)を発表。

ウォーレス, ダニエル　Wallace, Daniel
アメリカの作家, イラストレーター
1959～
⑩アラバマ州バーミンガム
㊙「ロサンゼルス・タイムズ」紙でイラストレーターとして活躍する傍ら、「Story」「Glimmer Train」「Praire Scbooner」など多くの雑誌に短編を発表。「アルゴンキン・ブックス」の編集者の目に留まったのを機に、1998年「ビッグフィッシュ―父と息子のものがたり」で作家デビュー。同作はティム・バートン監督により映画化もされた。ノースカロライナ大学で教鞭も執る。他の作品に、「Ray in Reverse」(2000年)、「The Watermelon King」(03年)、「ミスター・セバスチャンとサーカスから消えた男の話」(07年)、「The Kings and Queens of Roam」(13年)などがある。

ウォーレス, デービッド・フォスター　Wallace, David Foster
アメリカの作家
1962～2008.9.12
⑩ニューヨーク州イサカ　⑰アマースト大学(1985年)卒, アリゾナ大学大学院創作科修士課程修了　㊙ホワイティング賞
㊙大学の創作科で教鞭を執る傍ら執筆活動を行い、1987年長編小説「ヴィトゲンシュタインの箒」でデビュー。ポストモダン文学の気鋭作家となった。ホワイティング賞など数々の賞を受賞。作品に「奇妙な髪の少女」(89年)、「Infinite Jest」(96年)などがある。

ウ

ウォレス・クラブ, クリス　*Wallace-Crabbe, Chris*
オーストラリアの詩人
1934.5.6～
[出]ビクトリア州メルボルン・リッチモンド　[名]ウォレス・クラブ, クリストファー〈Wallace-Crabbe, Christopher Keith〉　[学]メルボルン大学
[歴]1965～67年エール大学創作科特別研究員を経て、68年から母校メルボルン大学で教鞭を執り、88年同大英語科教授に就任。詩作のテーマは現代の都市生活者に対する共感から権力や政治にまで幅広い。詩集「The Music of Division（ディヴィジョンによる音楽）」（59年）、「In Light and Darkness」（64年）、「The Rebel General」（67年）で同時代のオーストラリアの詩人の中で重要な一人であるとの評価が確立された。他の詩集に「風吹く所」（71年）、「感情は熟練労働者ではない」（80年）、「Selected Poems 1956-1994」（95年）など。エッセイ集や小説もある。

ウォーレン, ロバート・ペン　*Warren, Robert Penn*
アメリカの詩人, 作家, 文芸評論家
1905.4.24～1989.9.15
[出]ケンタッキー州ガスリー　[学]バンダービルト大学卒, カリフォルニア大学バークレー校, エール大学　[賞]ピュリッツァー賞（1947年・1958年・1979年）, 全米図書賞（1957年）, ボーリンゲン賞（1967年）
[歴]ルイジアナ州立大学、ミネソタ大学の教壇に立ち、1951～73年エール大学教授、73年同名誉教授。17歳で最初の詩作を発表して以来、50冊以上の詩集、多数の小説を発表、3度ピュリッツァー賞を受賞するなど小説、詩、文芸評論で活躍し、ヘミングウェイ亡きあとフォークナーと並ぶアメリカの代表的作家といわれた。86年アメリカで初の“桂冠詩人”に選ばれる。批評家としては“新批評派”の有力なメンバーとして大きな役割を果たした。62年来日。主な詩集に「詩36編」（35年）、「詩選集」（44年）、「約束：1954-56年の詩」（57年）、「Now and Then」（78年）、主な小説に「夜の騎士」（39年）、「アト・ヘブン・ゲート」（43年）、「オール・ザ・キングス・メン（すべての王の臣）」（46年）、「世界も時も」（50年）、評論に「詩の理解」（共著, 38年）、「小説の理解」（共著, 43年）、「評論集」（58年）などがある。

ヴォロディーヌ, アントワーヌ　*Volodine, Antoine*
フランスの作家
1950～
[出]ブルゴーニュ地方シャロン・シュール・ソーヌ　[賞]フランスSF大賞（1987年度）
[歴]大学でフランス文学とロシア語を学んだ後、1973年から14年間オルレアンでロシア語教師を務める。この間、85年「ジョリアン・ミュルグラーヴ比較伝」でSF叢書として知られるドゥノエル社の〈プレザンス・ドゥ・フュチュール〉シリーズからデビュー。その後、同シリーズは「Un navire de nulle part（どこのものでもない船）」（86年）、「軽蔑のしきたり」（86年）、「奇想天外な地獄」（88年）の3作品が発表され、そのなかで「軽蔑のしきたり」がフランスSF大賞を受賞。初期はSF的作風だったが、90年代以降は自らの文学実践を“ポスト＝エグゾティシズム”と命名し、この架空の文学カテゴリーに属する作品を複数のペンネームを使い分けながら発表。作品は他に「リスボン、最後の余白」「アルト・ソロ」「無力な天使たち」など。

ウォン, デービッド・ヘンリー　*Hwang, David Henry*
アメリカの劇作家
1957.8.11～
[出]ロサンゼルス　[学]スタンフォード大学卒　[賞]トニー賞（1988年度）
[歴]1979年在学中に書いた「FOB（フレッシュ・オフ・ザ・ボート）」が80年上演され、オビー賞を受賞して華やかなデビューを飾る。91年初監督の映画「Golden Gate」を撮る。他に「ダンスと鉄道」「ファミリー・ディヴォーションズ」「M.バタフライ」など。

ウォン・ユスン　*Uon Yu-soon*
韓国の作家
1957～
[出]江原道原州　[学]仁川教育大学卒, 仁荷大学教育学部大学院修了　[賞]啓蒙社児童文学賞, MBC創作童話大賞
[歴]仁川教育大学卒業後、仁荷大学教育学部の大学院を修了。啓蒙社の児童文学賞とMBCの創作童話大賞を受賞したことがあり、京畿道富川の小学校で教鞭を執る。未訳の作品に「字を知らないサムディギ」「飛べ！ 草の種」「トルベのキキョウ畑」などがある。

ウォンボー, ジョセフ　*Wambaugh, Joseph*
アメリカの作家
1937.1.22～
[出]ペンシルベニア州イースト・ピッツバーグ　[学]ロサンゼルス州立大学　[賞]MWA賞巨匠賞（2004年）
[歴]17歳で海兵隊に入隊、18歳で結婚。除隊後、製鋼工場で働き、家族を養いながらロサンゼルス州立大学に学び、文学修士号を取得。1960年23歳でロサンゼルス市警に入り、勤務の傍ら小説を執筆。71年勤務中の体験をもとにした処女作「センチュリアン」を発表、72年には映画化された。74年部長刑事で市警を退職後は執筆活動に専念。「デルタ・スター刑事」（83年）、「ハリー・ブライトの秘密」（85年）など、現場の刑事たちの姿を赤裸々に描いた作品がベストセラーとなり、警官小説の雄としての評価を確立した。2004年MWA賞巨匠賞を受賞。他の著書に小説「ブルー・ナイト」（1972年）、「クワイヤボーイズ」（75年）、「ブラックマーブル」（78年）、「ハリウッド警察25時」（2007年）などの他、ノンフィクション「オニオン・フィールドの殺人」（1973年）、「メキシコ国境の影」（84年）、「闇にいる悪魔―高校教師殺人事件」（87年）などもある。

ウスペンスキー, エドゥアルド　*Uspensky, Eduard*
ロシア（ソ連）の児童文学作家, 詩人
1937～
[出]ソ連ロシア共和国モスクワ　[学]モスクワ航空大学（1961年）卒
[歴]大学卒業後、エンジニアとして働く。在学中から学生演劇の脚本家として活躍。1965年童話「おかしな子ゾウ」で作家としてデビュー。66年想像上の人物“チェブラーシカ”が登場する「ワニのゲーナとなかまたち」の成功で人気作家となる。のち〈チェブラーシカ〉シリーズはアニメーション映画化され、世界中で人気を博す。日本では人形劇映画（2001年）や絵本、DVDが話題を呼んだ。テレビ東京系でアニメ「チェブラーシカ あれれ？」が放映される。11年ロシアに進出した横浜ゴムの冬タイヤのPRに起用される。モスクワ郊外に記念館がある。

ウスラル・ピエトリ, アルトゥロ　*Uslar-Pietri, Arturo*
ベネズエラの作家, 政治学者, 政治家
1906.5.16～2001.2.26
[出]カラカス　[学]ベネズエラ中央大学　[賞]ロムロ・ガジェゴス賞（1991年）
[歴]1937～41年ベネズエラ中央大学政治経済学教授を務め、39～41年文相、43年蔵相、45年外相を務めた。58年上院議員、63年12月には大統領選独立候補。この間47年にはコロンビア大学ラテンアメリカ文学教授、また、ベネズエラ中央大学でベネズエラ文学の教授を務める。作品に、新大陸の歴史で重要な役割を演じた人物を取り上げたりした「赤い槍」（31年）、「エル・ドラードへの道」（47年）、「ロビンソンの島」（81年）、「La visita en el tiempo」（90年）などの小説のほかに、評論「Las Nubes」（51年）、「ゴート人、反逆者、幻視者」（86年）など、詩集「Manoa」（72年）、戯曲「Chúo Gil y las tejedoras」（60年）など。

ウーゼ, ボード　*Uhse, Bodo*
東ドイツの作家
1904.3.12～1963.7.2
[出]ドイツ・ラシュタット
[歴]ラシュタットの職業軍人の家に生まれる。当初ナチスに入

るが離反、ドイツ共産党に入党。1933年フランスへ亡命し、36～38年スペイン内戦に参加。49年帰国し、東ドイツで活躍した。主な著書に、自伝的長編「傭兵と兵士」(35年)、ファシストの対決を描いた「ベルトラム少尉」(43年)などがあり、ナチス支配下における地下抵抗運動を主題にした「愛国者」は第1部が54年に刊行されたが、第2部は没後の65年に断片のみ刊行された。

ウーゼンクラフト, キム Wozencraft, Kim
アメリカの作家
㈲テキサス州
㊗高校時代は陸上部のスター選手。同級生との結婚が破局に終わった後、いくつかの2年制大学へ通い、22歳の時に警察の試験を受け麻薬のおとり捜査官となる。次々と麻薬業者らを検挙するが、やがて自らも麻薬中毒となり、1979年テキサス州の町で大がかりな麻薬業者一掃作戦に関与し、それがもとで銃撃を受ける。その後、麻薬の不正使用などの罪で懲役刑を宣告され、13ケ月服役。服役後、コロンビア大学で創作の授業を受け、実体験をもとに女捜査官の闘いと愛を描いた警察小説「ラッシュ」を執筆、89年出版されるとともにハリウッドの大プロデューサー、リチャード・ザナックにより、91年に映画化された。他の作品に「シンシアの真実」「明日への疾走」などがある。

ウタミ, アユ Utami, Ayu
インドネシアの作家, ジャーナリスト
1968.11.21～
㈲ボゴール ㊦インドネシア大学文学部ロシア学科卒 ㊥オランダ王室プリンス・クラウス賞(2000年)
㊗インドネシアのボゴールに生まれ、ジャカルタで育つ。インドネシア大学文学部ロシア学科を卒業後、雑誌編集者としてジャーナリズムの世界に入る。スハルト政権下で民主化と言論の自由を求める声の高まる中、1994年報道週刊誌「テンポ」など3誌が発禁処分を受けた際に設立された非合法のインデペンデント・ジャーナリスト・アライアンスに名を連ねたが、これが原因で職を失い、文化団体コミュニタス・ウタン・カユの活動に参加。98年スハルト政権が崩壊するとほぼ同時に最初の小説「サマン」を発表、ジャカルタ芸術協会のコンクールで大賞を受け、空前のベストセラーとなった。2000年オランダ王室のプリンス・クラウス賞を受賞。

ウチダ, ヨシコ Uchida, Yoshiko
アメリカの日系2世の児童文学作家
1921～1992.6.21
㈲カリフォルニア州アラメダ ㊦カリフォルニア大学バークレー校卒 ㊥オレゴン大学文学賞, 全米日系市民協会賞
㊗1941年大学在学中に第二次大戦が始まり、43年5月までユタ州でアメリカ政府による強制収容所生活を送る。その後、ニューヨークの大学院に入り、卒業後、同市役所や小学校に勤務。49年日本の民話を集めた作品を発表して著作活動に入る。日系米人の文化発展への業績が評価され、オレゴン大学文学賞、全米日系市民協会賞その他を受賞。著書「写真花嫁」はニューヨーク公共図書館による88年度10代児童書300選に選ばれた。他の邦訳書に「トパーズへの旅」「荒野に追われた人々」「ジャーニィ・ホーム」「ゴールドヒルのサムライ」がある。

ウッズ, スチュアート Woods, Stuart C.
アメリカの作家
1938～
㈲ジョージア州マンチェスター ㊦ジョージア大学(1959年)卒 ㊥MWA賞最優秀新人賞(1981年度)
㊗空軍で輸送機のパイロットを勤めた後、ニューヨークでコピーライターを10年、さらにロンドンで3年間宣伝の仕事に携わる。1973年執筆活動に入る。80年処女小説「Chiefs(警察署長)」を発表。81年度のアメリカ探偵作家クラブ賞(MWA賞)最優秀新人賞を獲得する。以後、「風に乗って」「潜行」「湖底

の家」(87年)、「ホワイト・カーゴ」などを発表。

ウッディウィス, キャサリーン Woodiwiss, Kathleen E.
アメリカのロマンス作家
1939.6.3～2007.7.6
㈲ルイジアナ州アレクサンドリア ㊦旧姓名＝Hogg, Kathleen Erin
㊗1972年「炎と花」で歴史ロマンス作家としてデビュー。以来、出版社エイボンから歴史ロマンスを刊行して第一人者として活躍、ジャネット・デイリーをはじめとする同業のロマンス作家たちにも多くの愛読者を持った。「シャナ」「冬のバラ」「風に舞う灰」「緑の瞳」などの13の作品は総発行部数3600万冊を超え、「ニューヨーク・タイムズ」紙のベストセラーリストにもよく掲載された。17歳で空軍人と結婚し、夫の仕事の都合で日本に滞在していたこともある。

ウッド, クリストファー Wood, Christopher
イギリスの作家, 脚本家
1935～2015.5.9
㊦別名＝リー, ティモシー ㊦キングズ・カレッジ卒, ケンブリッジ大学卒
㊗ロンドンのキングズ・カレッジを首席で卒業する。ケンブリッジ大学ピーターハウスに進み、カレッジ・ラグビーチームのキャプテンを務め、選手としても活躍した。卒業後は軍に入り紛争中のキプロス島に勤務、少尉として従軍章を授与。一時南カメルーンの国民投票制に関する仕事にも従事した。またロンドンの開業医協会の広報部で、宣伝活動に長期間携わる。様々な仕事で多才ぶりを発揮するが、特に脚本家としての仕事で世に知られており、9本書いた脚本のうち8本までが映画化された。主な脚本に「007/私を愛したスパイ」(1977年)、「007/ムーンレイカー」(79年)、「レモ/第1の挑戦」(85年)、「ボルケーノ・クライシス」(97年)などがある。作家としてはティモシー・リー名義で発表した〈Confessions〉シリーズがヒットし、「ドッキリ・ボーイ/窓拭き大騒動」(74年)から「ホリデー・キャンプ」(77年)まで自らの脚色で4本映画化された。他の小説に「ダイヤの戦場(KAGO)」「脱出せよ、ダブ」「Terrible Hard, Says Alice」など。

ウッド, チャールズ Wood, Charles
イギリスの劇作家
1933.8.6～
㈲ガーンジ島 ㊦Wood, Charles Gerald ㊦バーミンガム・アート・カレッジ
㊗バーミンガム・アート・カレッジを卒業した後、5年間軍務に就く。軍隊経験を生かした3部作の戯曲の一つ「花形帽章」(1963年)で名声を獲得。他の作品に、地方の芝居小屋で過ごした自身の子供時代をしのばせた「舞台を楽しい時でみたせ」(66年)、「ディンゴー」(67年)、日本軍侵略当時のシンガポールを舞台にした「Jingo」(75年)などある。優れた映画脚本家でもあり、「ナック」「ヘルプ！4人はアイドル」「遥かなる戦場」など多数の脚本がある。

ウッド, トム Wood, Tom
イギリスの作家
1978～
㈲スタッフォードシャー州バートン・アポン・トレント
㊗書店員、清掃員、工場労働者、スーパーマーケットのレジ係など、様々な職業に就いていたが、2010年に処女作である、プロの暗殺者ヴィクターを主人公にした冒険アクション巨編「パーフェクト・ハンター」を発表、雑誌「ニューヨーカー」「パブリッシャーズ・ウィークリー」などで絶賛された。

ウッドソン, ジャクリーン Woodson, Jacqueline
アメリカの児童文学作家
1963～
㈲オハイオ州コロンバス ㊥コレッタ・スコット・キング賞, ボストン・グローブ・ホーンブック賞, ニューベリー賞オナーブック, コルデコット賞オナーブック, シャーロット・ゾトロ

ウ

ウ賞, アストリッド・リンドグレーン記念文学賞(2018年), アメリカ図書館協会児童文学遺産賞(2018年)
[歴]ニューヨーク市のストリート・チルドレンのための演劇セラピストを経て、1990年「マーガレットとメイゾン(Last Summer with Maizon)」で作家デビュー。「ミラクルズボーイズ」でコレッタ・スコット・キング賞、「ロコモーション」でボストン・グローブ・ホーンブック賞、「ショウ・ウェイ」でニューベリー賞オナーブックを受賞するなど受賞多数。アフリカ系をモデルにした作品を数多く発表し、人種問題や思春期の少女の悩みなどを題材に鋭い視点で書き続けている。他の作品に「おかあさんを まつ ふゆ」「レーナ」「わたしは、わたし」「むこうがわのあのこ」「ひとりひとりのやさしさ」など。

ウッドハウス, P.G.　*Wodhouse, P.G.*
イギリスのユーモア作家
1881.10.15～1975.2.14
[出]イギリス・サリー州ギルフォード　[名]Wodehouse, Pelham Grenville　[学]ロンドン大学ダルウィッチ・カレッジ
[歴]銀行員から作家に転身。1900～02年パブリック・スクールの生活を題材にした学校小説を雑誌に連載し、02年「Pothunters(しろうと収集家)」と題して出版。第二次大戦中ドイツに抑留され、戦後、55年アメリカに帰化。執事ジーブス、中年のイギリス人マリナー氏、若い遊び人プスミスなどのイギリス風のユーモラスな人物を生み出して人気を博した。生涯におよそ100冊の著書を著し、3000万部を売ったといわれる。多作だが質の高い作品ばかりで、最も偉大なユーモア作家と評価される。代表作は「マイク」(09年)、「無類のジーブス」(23年)、「プスミスにまかせろ」(23年)など。75年ナイト爵(Sir)に叙せられた。

ウッドレル, ダニエル　*Woodrell, Daniel*
アメリカの作家
1953.3.4～
[出]ミズーリ州スプリングフィールド　[学]カンザス大学卒, アイオワ大学大学院修士課程　[賞]PEN/ウエスト賞(1999年)
[歴]17歳の時、米海兵隊に入隊。27歳でカンザス大学を卒業し、アイオワ大学創作科に学び文学修士号を取得。卒業後、テキサス大学ミッチェナー・センターから1年間の奨学金を得る。1999年「Tomato Red」でPEN/ウエスト賞を受賞。他の著書に「白昼の抗争」(86年)、「ウィンターズ・ボーン」(2010年)などがある。

ウティット・ヘーマムーン　*Uthit Hēmamūn*
タイの作家
1975～
[出]サラブリー県　[学]シラパコーン芸術大学(1999年)卒　[賞]東南アジア文学賞(2009年), セブン・ブック賞(2009年)
[歴]絵を描くことが好きで、シラパコーン芸術大学で絵画を学ぶ。1999年卒業後は映画作りと音楽制作に没頭し、各地の教育機関で上映活動を行う。また、マノップ・ウドムデート総監督の映画「銃口の花」で芸術部門監督を務めた。2000年雑誌に映画批評を掲載し始める傍ら、短編小説を書き始める。09年第3長編「ラップレー、ケンコーイ」で東南アジア文学賞、セブン・ブック賞を受賞。

ウトリオ, カアリ　*Utrio, Kaari*
フィンランドの作家
1942～
[出]ヘルシンキ　[学]ヘルシンキ女学院(1962年)卒, ヘルシンキ大学大学院(1967年)修士課程修了　[賞]カレワラ女性ラリン・パラスケ賞(1996年), フィンランド助産婦奨励賞(1999年), フィンランド百科事典刊行賞(2002年)
[歴]1995年～2000年ヘルシンキ大学文学部教授を務める。フィンランド女性の考え方に大いに影響を与えたベストセラー作家として有名。1996年ラリン・パラスケ研究でカレワラ女性ラリン・パラスケ賞、99年母と子のための作品へのフィンランド助産婦奨励賞を含め多くの文学賞受賞。百科事典的著作である「ベラドンナ、美の系譜」(2001年)、「家族の本」(1998年)、「エエヴァの娘たち」(84年)、「ファミリア、ヨーロッパの家族の系譜」(全6巻、95～97年)などのライフワークでフィンランド百科事典刊行賞(2002年)を受賞した。

ウマル・カヤム　*Umar Kayam*
インドネシアの作家, 社会学者
1932.4.30～2002.3.16
[出]ガウィ(東部ジャワ)　[学]ガジャマダ大学(文学)卒, コーネル大学修了 社会学博士(コーネル大学)
[歴]両親が教師の家庭に育つ。国立ガジャマダ大学で文学を専攻するが、演劇活動にも熱中する。教師を経て、アメリカに留学。コーネル大学で博士号を取得。1965年9月30日事件で揺れる中帰国し、インドネシア教育文化省ラジオ・テレビ・映画総局長に就任するが、3年後辞任。その後、社会科学訓練センター所長、ガジャマダ大学文学・社会学教授、文化研究所長などを歴任。傍ら、早くから作家・評論家としても活躍した。邦訳作品にジャワ女性をヒロインとした二つの短編「Bawuk(バウク―ある革命家の妻)」、「スリ・スマラ」のほか、アメリカを舞台にした短編集「マンハッタンの千匹の螢」(72年)、長編「サストロダルソノ家の人々―ジャワ人家族三代の物語」(92年)などがある。

ウラジーモフ, ゲオルギー　*Vladimov, Georgii Nikolaevich*
ロシア(ソ連)の作家, 文芸批評家
1931.2.19～2003.10
[出]ウクライナ・ハリコフ　[名]ヴォロセヴィッチ, ゲオルギー〈Volosevich, Georgii Nikolaevich〉　[学]レニングラード大学法学部(1953年)卒　[賞]ロシア図書賞(1995年)
[歴]トラックの運転手などをしながらレニングラード大学法学部を卒業。1954年文芸批評を手がけ、60年散文作家として出発。61年、ノルマ達成をあせる鉱山のダンプカー運転手を主人公にソ連民衆の下積み生活と精神的荒廃の状況を鋭くえぐった小説「大鉱脈」でデビュー。その後、69年北海で操業するトロール船を舞台に人生の意味を模索する若者を描いた「沈黙の3分間」を発表。75年には強制収容所の閉鎖でお払い箱になった監視犬が主人公の代表作「忠犬ルスラン」を西ドイツで刊行、スターリニズムを清算できないソ連社会を痛烈に批判した。文学の自由化を訴えるなどして77年ソ連作家同盟を脱会、83年西側出国に至った。83～86年に時折「グラニ」の編集の仕事に携わった。他の作品に「Letter to the 4th Presidium of USSR Writer's Union」(67年)、戯曲「The Sixth Soldier」(81年)など。

ウリツカヤ, リュドミラ　*Ulitskaia, Liudmila*
ロシアの作家
1943.2.21～
[出]ソ連ロシア共和国バシキール自治共和国(ロシア・バシキール共和国)　[学]モスクワ大学(遺伝学)(1967年)卒　[賞]メディシス賞(外国文学部門, 1996年度), ジュゼッペ・アチェルビ賞(1998年度), ロシア・ブッカー賞(2001年度), ロシア最優秀小説賞(2004年), グリンザーネ・カヴール賞(イタリア)(2008年), ボリシャヤ・クニーガ賞(2007年), アレクサンドル・メーニ賞(ドイツ)(2008年), シモーヌ・ド・ボーヴォワール賞(2011年)
[歴]ロシアよりフランスやドイツなどで評価が先行し、1992年に雑誌に発表した「ソーネチカ」がフランスのメディシス賞とイタリアのジュゼッペ・アチェルビ賞を受賞、93年ロシア・ブッカー賞の最終候補作に選ばれて国内でも注目を浴びる。2001年、時代に翻弄され崩壊していく家族の姿を描いた「クコツキー家の人びと」(邦訳「クコツキイの症例」)で女性として初めてロシア・ブッカー賞を受賞。他の作品に「メデヤと子供たち」「敬具シューリク拝」(04年)、「それぞれの少女時代」、「通訳ダニエル・シュタイン」(06年)、「緑の天幕」「女が嘘をつくとき」などがある。ロシアで最も人気のある作家の一人。09年11月来日。

ウリベ, キルメン　*Uribe, Kirmen*
スペインのバスク語作家, 詩人
1970.10.5〜
[出]バスク自治州ビスカイア県オンダロア　[名]Uribe Urbieta, Kirmen　[学]バスク大学（バスク文学）, トレント大学（比較文学）修士課程修了　[賞]スペイン批評家賞（2002年）, スペイン国民小説賞（2009年）
[歴]バスク大学でバスク文学を学んだのち、北イタリアのトレント大学で比較文学の修士号を取得。2001年処女詩集「Bitartean heldueskutik（しばらくのあいだ手を握っていて）」を出版。バスク語詩における“静かな革命”と評され、02年スペイン批評家賞を受賞、英語版はアメリカ・ペンクラブの翻訳賞最終候補になる。世界各地のポエトリー・フェスティバルに参加し、朗読会や講演を精力的に行う。08年初の小説「ビルバオ—ニューヨーク—ビルバオ」を発表し、09年スペイン国民小説賞を受賞。12年初来日。

ヴルチェク, エルンスト　*Vlcek, Ernest*
オーストリアの作家
1941.1.9〜2008.4.22
[出]ウィーン
[歴]初め実業家となるが、1960年代から週刊小説誌「ヘフト」に執筆を始め、一方短編集も刊行。70年代には〈ペリー・ローダン〉シリーズの執筆者の一人として人気を博し、84年から15年間は、12名前後の執筆陣のチーフを務めるプロット作家となった。その後、2004年を最後に〈ペリー・ローダン〉シリーズから離れる。同シリーズの邦訳に「ララニアの盗賊」「銀河の奇蹟」「不可侵領域」などがある。

ウールフ, アンジェラ
→エバーハート, エメラルドを見よ

ウルフ, インガー・アッシュ　*Wolfe, Inger Ash*
アメリカ生まれのカナダの作家, 詩人, 劇作家
1966.6.12〜
[出]アメリカ・メリーランド州ボルティモア　[名]別筆名＝レッドヒル, マイケル〈Redhill, Michael〉
[歴]マイケル・レッドヒルの名前で詩人、劇作家、作家として活躍。小説2作、短編小説のコレクション、演劇3作、詩のコレクション5作などがある。最初の小説「Martin Sloane」（2001年）はカナダの多数の賞を受賞、またノミネートされた。一方、インガー・アッシュ・ウルフとして、08年「死を騙る男」を発表、〈Hazel Micallef Mystery〉としてシリーズ化された。

ウルフ, ジーン　*Wolfe, Gene*
アメリカのSF作家
1931.5.7〜
[出]ニューヨーク市　[名]ウルフ, ジーン・ロッドマン〈Wolfe, Gene Rodman〉　[学]ヒューストン大学機械工学科卒　[賞]ネビュラ賞（長中編部門）（1973年）, シカゴ文学賞（1977年）, 世界幻想文学大賞（長編部門）（1981年）, イギリスSF協会賞（1981年）, ネビュラ賞（長編部門）（1981年）, ローカス賞ベスト・ファンタジイ賞（1982年・1983年）, ジョン・W.キャンベル記念賞（1984年）, 世界幻想文学大賞（短編集部門）（1989年）, 世界幻想文学大賞生涯功労賞（1996年）
[歴]テキサス農工大退学後、朝鮮戦争に従軍、戦闘歩兵徽章を受ける。戦後ヒューストン大学に学び、卒業後は雑誌の編集長を11年間務めた。1965年短編「The Dead Man」で作家デビュー。70年代にはオリジナル・アンソロジー・シリーズ「オービット」を中心に、技巧の粋を凝らした短編を発表。「アイランド博士の死」（73年）でネビュラ賞を受賞。84年専業作家に転向。80年「拷問者の影」を刊行、以後「調停者の鉤爪」（81年）、「警士の剣」（81年）、「独裁者の城塞」（82年）と続く〈新しい太陽の書〉4部作を発表。「拷問者の影」で世界幻想文学大賞とイギリスSF協会賞、「調停者の鉤爪」でネビュラ賞、同作と「警士の剣」でローカス賞、「独裁者の城塞」でジョン・W.キャンベル記念賞を受けるなど、SF作家としての名声を確立。87年完結編となる「新しい太陽のウールス」を発表した。他の著書に「ピース」（75年）、「ケルベロス第五の首」などがある。

ウルフ, トビアス　*Wolff, Tobias Jonathan Ansell*
アメリカの作家
1945.6.19〜
[出]アラバマ州バーミンガム　[学]オックスフォード大学卒, スタンフォード大学（ライティング・プログラム）（1978年）卒　[賞]セントロレンス賞（1981年）, PEN/フォークナー賞（1985年）
[歴]高校中退後、1963年徴兵で軍隊に入り、ベトナム戦争に従軍。帰国後、オックスフォード大学、スタンフォード大学で教育を受ける。81年第1短編集「In the Garden of the North American Marthyrs」でセントロレンス賞を受賞。以来、玄人受けする地味な作家だったが、85年に発表した「兵舎泥棒」がPEN/フォークナー賞を受賞し、現代アメリカを代表する実力作家として広く認知された。誰もが漠と感じつつ言葉にならない日常の不安や焦燥を明確に取り上げ、一編のストーリーにまとめ上げる技術は超一流といわれる。他の著書に短編集「バック・イン・ザ・ワールド」（85年）、長編「ボーイズ・ライフ」（89年）、「危機一髪」（94年）など。
[家]兄＝ジェフリー・ウルフ（作家）

ウルフ, トマス　*Wolfe, Thomas Clayton*
アメリカの作家
1900.10.3〜1938.9.15
[出]ノースカロライナ州アッシュビル　[学]ノースカロライナ大学（1920年）卒, ハーバード大学大学院（劇作法）修了
[歴]ハーバード大学で演劇の研究に没頭し、1924年ニューヨーク大学で教職に就く。舞台デザイナーで恋人でもあったアリーン・バーンスタインの励ましを受け、作家を志す。29年最初の長編小説「天使よ故郷を見よ」を発表、アメリカ文学の新たな才能として注目を集める。以後、ヨーロッパやアメリカ各地を渡り歩きつつ精力的な創作を続け、アメリカ人の貪欲な精神と失われた時に対する悲しみを見事にとらえた作品を生み出した。「天使よ故郷を見よ」、「時間と河」（35年）、「蜘蛛の巣と岩」（39年）、「帰れぬ故郷」（40年）の4長編はアメリカとヨーロッパを舞台にした自伝的超大河小説として知られる。他の作品に短編小説集「死より朝へ」（35年）、随筆「ある小説の物語」（36年）、戯曲「マナーハウス」（48年）などがある。38年講演先で結核を再発し、37歳で夭折した。

ウルフ, トム　*Wolfe, Tom*
アメリカの作家, ジャーナリスト, 評論家
1930.3.2〜2018.5.14
[出]バージニア州リッチモンド　[名]ウルフ, トマス・ケナリー（Jr.）〈Wolfe, Thomas Kennerly (Jr.)〉　[学]ワシントン大学, エール大学大学院修了 博士号（エール大学）（1956年）　[賞]全米図書賞（1980年）
[歴]エール大学大学院でアメリカ研究に打ち込み、1956年博士号を取得。大学に職が得られず、一時しのぎにある新聞社に入ったところ、たちまち記者の仕事に憑りつかれ、以後「ワシントン・ポスト」「ニューヨーク・ヘラルド・トリビューン」紙などで記者として働く。その後「エスクァイア」「ニューヨーク」の2誌を中心に様々な作品を発表し、ノンフィクション作家として人気を得る。ジャーナリズムに小説的要素を取り込んだ“ニュー・ジャーナリズム”の旗手として活躍し、“ラジカル・シック”という語句を作り出したとされる。73年にはニュー・ジャーナリズムのアンソロジー「ニュー・ジャーナリズム」を編集刊行して話題となった。ノンフィクション作品「ザ・ライト・スタッフ」（79年）はアメリカの有人宇宙飛行計画と宇宙飛行士を描き、ベストセラーに。フィリップ・カウフマン監督の手で映画化された。80年代半ばから小説も執筆。「虚栄の篝火」（87年）は高い評価を得て、90年にはトム・ハンクス主演で映画化された。他の著書に「クール・クールLSD交感テスト」（68年）、「現代美術コテンパン」（75年）、「そしてみんな軽くなった」（80年）、「バウハウスからマイホームまで」（81年）、「成りあがり者」（98年）などがある。

ウ

ウルフ, バージニア　*Woolf, Virginia*
イギリスの作家
1882.1.25～1941.3.28
[出]ロンドン・ハイド・パーク・ゲート　[名]Woolf, Adeline Virginia 旧姓名＝Stephen
[歴]哲学者で「イギリス人名辞典」の初代編集者レズリー・スティーブンの二女。父の友人の文学者らに囲まれた知的な環境に育つが、女性として公的な教育は受けられなかった。両親の死後、強度の神経症を患うように。その後、ブルームズベリー地区に移り住み、後に精神分析学者となる弟エイドリアンを中心に、ケンブリッジ大学出身の学者、文人、批評家が彼女の家に集まり、いわゆる“ブルームズベリー・グループ”といわれる知的集団の指導的立場となる。この頃から書評を執筆。1912年同じ“ブルームズベリー・グループ”のレナード・ウルフと結婚。15年処女小説「船出」を出版。17年から夫と出版社ホガース・プレス社を経営し、前衛的な文芸作品や外国文学の翻訳本を刊行する。一方、長編処女作「夜と昼」(19年)、実験的小説「ジュイコブの部屋」(22年)を発表し、20年代初めには才能ある作家として認められるようになっていく。伝統小説のプロットや性格概念に対して実験的再検討を試み、評論「現代小説論」(19年)や「ベネット氏とブラウン夫人」(24年)では新しい実験的な小説のあり方を主張、時代とともに“真実”の捉え方が変わることを強調し、25年「ダロウェイ夫人」で独創的な方法を確立。続く「燈台へ」(27年)、文芸評論集「普通の読者」の2巻のうちの1巻目(25年)でジョイスやプルーストと並ぶ独創的なモダニズム作家と位置付けられるに至った。他の作品に「オーランドー」(28年)、「波」(31年)、「歳月」(37年)など。また、大学教育を受けられなかった自身を投影した女性論「自分だけの部屋」(29年)、女性の自立と反戦の書「3ギニー」(38年)なども書いた。40年ロンドンの家が空襲で崩壊、41年最後の小説「幕間」を完成させたが、極度の神経衰弱に陥り、3月サセックス州のウーズ川に身を投げた。「日記」(全5巻, 77～84年)と「書簡集」(全6巻, 75～80年)も高く評価されている。
[家]父＝レズリー・スティーブン(批評家), 夫＝レナード・ウルフ(出版業者・作家)

ウルフ, バージニア・ユウワー　*Wolff, Virginia Euwer*
アメリカの児童文学作家
1937.8.25～
[出]オレゴン州ポートランド　[学]スミス・カレッジ(1959年)　[賞]ゴールデンカイト賞, 産経児童出版文化賞(ニッポン放送賞)(2000年)
[歴]大学を卒業してから結婚し2児をもうける(のち離婚)。フィラデルフィア、ロングアイランド、ニューヨークの小学校で11年教え、オレゴン州の高校に勤務。50歳を過ぎてから執筆活動を始め、教職を退いて作家活動に専念。ヤングアダルト向けの作品を書き続け、デビュー作で国際読書協会賞などを受賞して以来、数々の賞を受賞。

ウルマン, エレン　*Ullman, Ellen*
アメリカの作家
[歴]作家兼コンピュータープログラマーとして活動し、1980年代から90年代初頭にかけてのコンピューター業界を描いたノンフィクション「Close to the Machine : Technophilia and its Discontents」(97年)でデビュー。2003年にはプログラマが主人公のフィクション「The Bug」を上梓。この作品は「ニューヨーク・タイムズ」紙で注目作として取り上げられ、PEN/ヘミングウェイ賞候補になった。12年のミステリー小説「血の探求」は「ニューヨーク・タイムズ」で同年の注目すべき100冊の1冊に選出された。

ウン・ヒギョン　殷 熙耕　*Eun Hee-kyung*
韓国の作家
1959～
[出]全羅北道コチャン　[学]淑明女子大学国文科卒, 延世大学大学院国文科修了　[賞]東亜日報新春文芸賞(中編部門)(1995年), 文学トンネ小説賞(1995年), 東西文学賞(1997年), 李箱文学賞(1998年), 怡山文学賞(2006年), 東仁文学賞(2007年)
[歴]淑明女子大学国文科に学び、延世大学大学院国文科を修了。1995年短編「二重奏」が東亜日報主催の新春文芸中編部門で受賞し、文壇デビュー。同年長編「鳥の贈り物」で第1回文学トンネ小説賞を、97年「他人への話しかけ」で東西文学賞を、98年短編「妻の箱」で李箱文学賞を受賞。デビューから旺盛な創作力を発揮し文壇の注目を集める。現代人の孤独と女性の人生を描く作風が評価され、フェミニズム文学を代表する作家として韓国で最も読まれる女流作家となる。他の作品に「幸せな人は時計を見ない」(99年)、「マイナー・リーグ」、長編小説集「ラストダンスは私と」などがある。

ウンガー, リザ　*Unger, Lisa*
アメリカの作家
[出]コネティカット州ハートフォード　[学]ニュースクール・フォー・ソーシャル・リサーチ卒
[歴]子供時代はオランダ、イングランド、アメリカ・ニュージャージーで過ごす。ニュースクール・フォー・ソーシャル・リサーチを卒業後、ニューヨークで広報の仕事に就くが、2000年文筆で身を立てる夢を実現するために退職。06年「美しい嘘」を発表、ベストセラーとなった。14冊のベストセラーがあり、国際的な賞も数多く受賞。

ウンガレッティ, ジュゼッペ　*Ungaretti, Giuseppe*
エジプト生まれのイタリアの詩人
1888.2.8～1970.6.2
[出]エジプト・アレクサンドリア　[学]ソルボンヌ大学　[賞]ゴンドリエーリ賞(1932年), ローマ賞(1949年), 国際ビエンナーレ賞(1956年), エートナ・タオルミーナ賞(1966年), ノイシュタット国際文学賞(1970年)
[歴]1905年高校在学中、レオパルディ、ニーチェなどを読んで文学に目覚め、秘かに詩を書き始める。12年初めて海を渡り、ローマ、フィレンツェを経てパリへ赴き、アポリネール、ブルトン、スーポー、ツァラ、モディリアーニ、ピカソらと親交を結ぶ。14年イタリアに移り、15年「ラチェルバ」誌に最初の詩2編を発表。第一次大戦に従軍、激戦のなかで16年処女詩集「埋もれた港」を出版。21年ローマに移り、編集に携わる。32年詩集「喜び」がベネチアのゴンドリエーリ賞を受賞、詩人としての評価が高まる。36～42年ブラジルのサンパウロ大学にイタリア文学教授として招聘。42年帰国、イタリア・アカデミー会員に選ばれ、ローマ大学教授に。58年退官。62年ヨーロッパ作家共同体会長。66年国際的な文学賞の詩部門エートナ・タオルミーナ賞を受賞。現代イタリア最大の詩人。他の詩集に「時の感覚」(33年)、「約束の地」(50年)、散文集に「都会の貧しき者」(49年)、「砂漠とその後」(61年)など。

ウンセット, シーグリ　*Unset, Sigrid*
デンマーク生まれのノルウェーの作家
1882.5.20～1949.6.10
[出]デンマーク・カルンボア　[賞]ノーベル文学賞(1928年)
[歴]ノルウェーの著名な考古学者とデンマーク女性の間に生まれる。幼少時にオスロに移住。商業学校卒業後、商事会社の事務員となり、傍ら小説を書き始める。1907年「マルタ・アウリェ夫人」でデビュー。11年前期の代表作「イェンニー」によって海外にまでその名を知られるようになり、北欧の新リアリズム文学の先駆をなした。のち、大河小説「クリスティン・ラーヴランスダッテル」(3部作, 20～22年)、次いで歴史小説「ヘストヴィーケンのウーラヴ・アウドゥンセン」(4部作, 25～27年)を発表、20世紀ノルウェーの代表的作家の地位を確立し、28年ノーベル文学賞を受賞。この間、24年にカトリックに改宗。40年ナチスの侵攻にともない、アメリカへ亡命、文筆・講演などでレジスタンス運動を続けた。45年帰国し、49年死去の際には国葬がとり行われた。

ウンネルシュタード, エディス　*Unnerstad, Edith*
フィンランド生まれのスウェーデンの児童文学作家

1900～1982
㊊フィンランド・ヘルシンキ　㊥ニルス・ホルゲション賞(1957年)，スウェーデン文学基金賞，スウェーデン著者基金芸術賞
㊛フィンランドのヘルシンキに生まれ、10歳の時スウェーデンに移住。1932年ティーンエイジャー向けの作品で作家デビュー。ニルス・ホルゲション賞、スウェーデン文学基金賞、スウェーデン著者基金芸術賞など多数受賞。多種多様な作風で幅広い年齢層の読者の支持を得た。子供に関心を持ち、作品の主人公は子供が多い。作品に「ノロちゃんのおとぎばなし」「すえっこO(オー)ちゃん」などがある。

【エ】

エアース, レニー　Airth, Rennie
南アフリカ生まれのイギリスの作家
1935～
㊊南アフリカ連邦ヨハネスブルク
㊛南アフリカ連邦北東部の州ナタルで学生生活を送り、1957年イギリスへ渡る。ブリティッシュ・ユナイテッド・プレスを経て、ロイター通信社に入り、主に海外特派員として外地で過ごす。66年退社、地中海のクレタ島に移り創作に専念し、最初の小説「第五の季節」を書く。69年に出版した第2作「赤ちゃんはプロフェッショナル！」が好評を博し、世に知られた。その後、サイコ・スリラー「夜の闇を待ちながら」を発表、2000年度のMWA賞、マカヴィティ賞、アンソニー賞最優秀長編賞など主要ミステリー3賞にノミネートされた。他の著書に「闇に濁る淵から」などがある。

エアード, キャサリン　Aird, Catherine
イギリスの推理作家
1930.6.20～
㊊ヨークシャー州ハダーズフィールド　㊛マッキントッシュ、キン・ハミルトン　㊥CWA賞ダイヤモンド・ダガー賞(2015年)
㊛1966年「The Religious Body」でイギリス推理文壇にデビュー。当初からその文学的才能を高く評価されて、将来を嘱望される。以来毎年のように作品を発表し、多くのファンを獲得している。82年までに長編は10作発表されており、うち9作がスローン警部を主人公としたシリーズもの。そのほかに短編、戯曲、評論も書いている。経歴についてはあまり明らかではないが、スコットランド系の医師の家庭に生まれ育ち、創作活動の傍ら父の医業を手伝い、またガール・ガイド協会ロンドン本部の計理委員長を務めている。

エイクボーン, アラン　Ayckbourn, Alan
イギリスの劇作家, 演出家
1939.4.12～
㊊ロンドン　㊎ヘイリーベリー校(1957年)卒　㊥イブニング・スタンダード紙最優秀喜劇賞(1973年度)、プレイズ・アンド・プレイヤーズ最優秀戯曲賞(1974年度)、イブニング・スタンダード紙最優秀戯曲賞(1974年度)、イブニング・スタンダード紙最優秀戯曲賞(1977年度)、モンブラン文化賞(1994年)
㊛父はバイオリン奏者で母は作家、祖父母が演劇関係者であるという芸術的な家庭に生まれる。その後両親が離婚、銀行員と再婚した母と暮らすが、義父の転勤とともに一家は引越しを繰り返し、各地を転々とする。高校時代に詩作を始め、演劇部にも所属。卒業と同時に巡業劇団の舞台監督助手となり、職業的演劇人としての第一歩を踏み出す。1958年スカーバラのスティーブン・ジョセフ・ライブラリー・シアターに参加、70年には制作責任者となる。役者としての活動は64年頃までで、以来活動の主力は劇作や演出におかれた。劇作家としての一応の成功を収めた最初の作品は「Standing Room Only(座席はありません)」(61年)であるが、71年ロンドン上演2作目の「相手の出方に合わせて」で演劇界の注目を浴びる。以来独得の"セリフ劇"を年1作のペースで着実に世に送り続け、喜劇作家として不動の地位を築き上げる。主な作品に「おかしな人たち」「ノーマンの征服」「内緒の話」「隣で浮気」「ベッドルーム・ファルス」「ばらばら」「ウーマン・イン・マインド」など。

エイクマン, ロバート　Aickman, Robert Fordyce
イギリスの作家
1914～1981
㊊ミドルセックス州スタンモア　㊎ハイゲイト・スクール卒
㊛父はスコットランド人、母はユダヤ系ドイツ人。母方の祖父はリチャード・マーシュのペンネームで知られる作家で、「黄金虫」の作者として知られる。典型的な中流階級の家に育ち、ロンドンのハイゲイト・スクール卒業後、ミドルセックス州スタンモアの生家に住み、雑誌「Nineteenth Century and After」に劇評を寄稿。1946年内陸運河協会の設立に尽力。51年エリザベス・ジェイン・ハワードとの共著で処女作品集「We Are for the Dark」を発表。64年に内陸運河協会の役員を辞職。以後作家活動に専念し、一貫して怪奇小説を書き続けた。作品集は「Dark Entries」(64年)、「Powers of Darkness」(66年)、「Sub Rosa」(68年)、選集「Painted Devils」(79年)、選集「The Dark-Wine Sea」(88年)、自伝「The AttemptedRescue」(66年)などがある。
㊙祖父＝リチャード・マーシュ(作家)

衛慧　えいけい　Wei-hui
中国の作家
1973～
㊊浙江省寧波　㊎周 衛慧　㊎復旦大学中国文学部(1995年)卒
㊛8歳から11歳まで寺院で暮らす。1990年上海の名門・復旦大学中国文学部に入学。江西省南昌での1年間の軍事教練を経て大学に戻り、演劇活動を始める。在学中から小説を書き始め、95年「夢無痕」でデビュー。卒業後、新聞社に就職するがすぐに辞め、テレビの司会、広告会社のコピーライター、ウェイトレスなど職を転々としながら作家活動を行う。98年「蝴蝶的尖叫」で注目され、99年小説を立て続けに発表。同年5作目の「上海ベイビー」は大胆な性描写が話題となり、日本を含め世界32ケ国でベストセラーとなるが、2000年5月当局から発禁処分を受ける。その後、上海とニューヨークを行き来しながら執筆活動を行う。他の作品に「衛慧みたいにクレイジー」「ブッダと結婚」などがある。

エイケン, コンラッド　Aiken, Conrad Potter
アメリカの詩人, 作家
1889.8.5～1973.8.17
㊊ジョージア州サバナ　㊎ハーバード大学卒　㊥ピュリッツァー賞(1930年)、シェリー記念賞(1930年)、ボーリンゲン賞(1956年)
㊛10歳のとき父が母を殺して自殺という悲劇的体験をする。ハーバード大学でT.S.エリオットと同級となる。ポーの影響を受けた音楽的、形而上学的詩を書き、最初の詩集「勝ち誇る大地」(1914年)で名を挙げる。30年「自選詩集」でピュリッツァー賞とシェリー記念賞を受賞。小説は「憂鬱な船旅」(23年)、「大円」(33年)が代表作。
㊙娘＝ジョーン・デラノ・エイケン(児童文学作家)

エイケン, ジョーン・デラノ　Aiken, Joan Delano
イギリスの児童文学作家, 脚本家
1924.9.4～2004
㊊サセックス州ライ　㊥ガーディアン賞(1969年)
㊛アメリカの詩人コンラッド・エイケンの娘で、イギリスのサセックス州ライで生まれる。10代から詩や物語を書き、1953年子供のための短編集「あなたがほしがっていたものみんな」から本格的作家活動に入る。「ウィロビー・チェースのオオカミ」(62年)に始まる一連の歴史ファンタジーで知られる。69年「ささやき山の秘密」でガーディアン賞。BBCのテレビ脚本として書いた「カラスゆうかいじけん」(72年)などものちに

物語として出版。そのほか、現代の妖精物語「しずくの首飾り」などの短編集や、児童文学作家の心得を論じた「子どもの本の書き方」などの著作があり、生涯で約100点の本を出版した。

[家]父＝コンラッド・エイケン（詩人）

エイチ・ディー

→ドゥーリトル, ヒルダを見よ

エイド, ジョージ　*Ade, George*

アメリカの作家, 劇作家

1866.2.9～1944.5.16

[出]インディアナ州ケントランド　[学]パデュー大学（1888年）卒

[歴]大学卒業後、故郷の町で新聞記者をした後シカゴへ向かい、1893年より友人の漫画家ジョン・T.マカチャンと日刊の挿絵入りのコラム「すべての道は万国博に通ず」を共同制作。万国博が終わった後も「巷の物語」として続き、コラムに頻繁に登場する3人の人物を物語にまとめ「アーティ」（96年）、「ピンク・マーシュ」（97年）、「ホーン先生」（99年）として出版。方言を生かした風刺小説で知られ、最高傑作は「俗語の寓話集」とされる。他の作品に「あなたが知っていた人々」「手製の寓話集」、戯曲「スールーのサルタン」「郡の議長」「大学の未亡人」など。

エイブラハム, ダニエル　*Abraham, Daniel*

アメリカの作家

1969～

[名]共同筆名＝コーリー, ジェームズ・S.A〈Corey, James S.A.〉

[歴]1996年「Mixing Rebecca」でデビュー。代表的長編にファンタジー「Long Price」4部作がある。短編「両替官とアイアン卿―経済学のおとぎ噺」は、ヒューゴー賞と世界幻想文学大賞の候補になった。また、ジョージ・R.R.マーティン、ガードナー・ドゾワとともに「ハンターズ・ラン」（2007年）を発表。タイ・フランクとの共同筆名であるジェームズ・S.A・コーリーとしても活動。

エイブラハムズ, ピーター　*Abrahams, Peter*

南アフリカの作家

1919.3.3～2017.1.18

[出]ヨハネスブルク近郊ブレデドープ

[歴]父はエチオピア人、母はカラード。1939年から2年間汽船の火夫をした後、20歳でイギリスに渡り、ジャーナストとして活動。55年イギリス政府の要請でジャマイカに渡り、57年より定住した。南アフリカの非白人現代文学で最古の記念碑的小説とされる3作目「Mine Boy（坑夫）」（46年）で注目される。以後、1830年代のボーア人の北部開拓に伴う戦闘でマタベレ族が絶滅する悲劇を描いた「Wild Conquest（野蛮な征服）」（51年）、人種差別社会に生きた青年期までの自伝小説「Tell Freedom（自由を語れ）」（54年）など、アフリカの悲劇を題材にした小説を数多く執筆した。他の作品に「ウドモに捧げる花輪」（56年）、「彼ら自身の夜」（65年）、「この島で、いま」（66年）、「コヤバからの風景」（85年）などがある。

エイブラハムズ, ピーター　*Abrahams, Peter*

アメリカの作家

1947.6.28～

[出]マサチューセッツ州ボストン　[名]筆名＝クイン, スペンサー〈Quinn, Spencer〉

[歴]本職は銛打ち漁師だが、世界旅行家で、カナダ放送のラジオ解説者でもある。1980年「The Fury of Rachel Monette」でデビュー。サスペンスの話題作を次々に発表。「ライツアウト」（94年）では、アメリカ探偵作家クラブ賞（MWA賞）最優秀長編賞にノミネートされる。スペンサー・クインの筆名でミステリーも執筆。著書に「レッド・メッセージ」（86年）、「Tongues of Fire」「ザ・ファン」などがある。

エイブリー, ジリアン　*Avery, Gilliann*

イギリスの児童文学作家

1926.9.30～2016.1.31

[出]サリー州　[名]Avery, Gilliann Elise　[賞]ガーディアン賞（1972年）

[歴]新聞記者を経て、児童書の編集に携わる。オックスフォード大学出版で働いていた1952年、大学講師で作家のトニー・コックシャットと出会い結婚。57年「オックスフォード物語」で児童文学作家としてデビュー。ビクトリア朝時代の子供を描いた作品を中心に多くの作品を発表し、72年「がんばれウィリー」（71年）でガーディアン賞を受賞した。他に「Childhood's Pattern」（75年）などの研究がある。

エイミス, キングズリー　*Amis, Kingsley*

イギリスの作家, 詩人

1922.4.16～1995.10.22

[出]ロンドン　[名]別筆名＝マーカム, ロバート〈Markham, Robert〉　[学]オックスフォード大学（1949年）卒　[賞]サマセット・モーム賞（1955年）, ブッカー賞（1986年）

[歴]大学在学中に第二次大戦に従軍、卒業後はスウォンジー大学、ケンブリッジ大学で英文学を教える。1953年発表の詩集「A Frameof Mind（心の骨組）」によって"大学才人"の一人として認められたが、続いて54年に発表した小説の第1作「Lucky Jim（ラッキー・ジム）」では既成の秩序や風習を風刺して一躍有名になり、いわゆる"怒れる若者たち"の一人としてイギリス文壇に名を馳せた。一方、女性に対する描写で女性権利拡大運動家からは非難の対象となった。他の作品に小説「That Uncertain Feeling（あの曖昧な気分）」（55年）、「Take a Girl Like You（お似合いの女の子）」（60年）、「The Alteration（去勢）」（76年）、「Jake's Thing（ジェイク先生の性的冒険）」（78年）、評論「New Maps of Hell（地獄の新地図）」（60年）などがある。またロバート・マーカム名義でミステリー「Colonel Sun（007/孫大佐）」（68年）などを発表した。

[家]息子＝マーティン・エイミス（作家）

エイミス, マーティン　*Amis, Martin Louis*

イギリスの作家

1949.8.25～

[出]オックスフォードシャー州オックスフォード　[学]オックスフォード大学卒　[賞]サマセット・モーム賞（1974年）

[歴]父はかつて"怒れる若者たち"の一人としてイギリス文壇に名を馳せた「ラッキー・ジム」の著者キングズリー・エイミス。大学卒業後、文芸誌の編集に携わる。24歳の時に、現代若者風俗を見事に写しとったといわれる「二十歳への時間割」で作家デビュー、1974年同作でサマセット・モーム賞を獲得。以後、ミステリーも含め、一作ごとに作風の異なる作品を書きあげ、現代イギリス文学の新しい旗手の一人として高い評価を受ける。他の著書に短編集「アインシュタインの怪物」（87年）、長編「死んだ赤児」（75年）、「サクセス」（78年）、「Money」（84年）、「モロニック・インフェルノ」（86年）、「London Fields」（89年）、「時の矢―あるいは罪の性質」（91年）、エッセイ集「ナボコフ夫人を訪ねて」（93年）、自叙伝「経験」（2000年）など。

[家]父＝キングズリー・エイミス（作家）

エイムズ, エイブリー　*Aames, Avery*

アメリカの作家, 女優

[出]カリフォルニア州　[名]別筆名＝ガーバー, ダリル・ウッド〈Gerber, Daryl Wood〉　[学]スタンフォード大学卒　[賞]アガサ賞処女長編賞（2010年度）

[歴]ロサンゼルスで女優として活躍し、人気番組〈ジェシカおばさんの事件簿〉シリーズに出演。その後、執筆活動を始め、長編デビュー作となる〈チーズ専門店〉シリーズ1作目「名探偵のキッシュをひとつ」で、2010年度アガサ賞処女長編賞に輝く。ダリル・ウッド・ガーバーのペンネームでも活動。

エインズワース, ルース　*Ainsworth, Ruth*

イギリスの児童文学作家

1908～1984年

[出]グレーター・マンチェスター州マンチェスター

[歴]BBCの番組「お母さんと聞きましょう」のスクリプターを長く務める。経験を生かし、「こすずめのぼうけん」などの幼児向けのお話を多数発表。親切が最後に報われる善意の作品が特徴で、幼年児童の一典型を示す。他の作品に「ゆうびんやさんはだれ」「黒ねこのおきゃくさま」「ふゆのものがたり」、作品集に「ねこのお客」「魔女のおくりもの」などがある。

エーヴェルス, H.G.　*Ewers, H.G.*

ドイツ（西ドイツ）の作家

1930～2013.9.19

[出]バイセンフェルト　[名]ゲールマン, ホルスト　[学]マルティン・ルーテル大学卒

[歴]はじめは商人になるつもりで修業していたが、のちハレ市のマルティン・ルーテル大学に学ぶ。工業高校でドイツ語、生物学、物理学、天文学を教えていたが、1962年旧西ドイツに移り、同時に作家活動に入る。はじめはテラ叢書で単発ものを書いていたが、間もなく〈ペリー・ローダン〉〈アトラン〉両シリーズの常任執筆者になる。

エカ・クルニアワン　*Eka Kurniawan*

インドネシアの作家

1975～

[出]西ジャワ州タシクマラヤ　[学]ガジャマダ大学卒

[歴]2002年長編小説「美は傷—混血の娼婦デウィ・アユ一族の悲劇」でデビュー。多彩な登場人物、歴史的事件を取り込んだエピソードが織り成す、濃密なマジック・リアリズムの物語で注目を集める。インドネシアで注目される新進若手作家。

エガーズ, デーブ　*Eggers, Dave*

アメリカの作家

1970～

[出]マサチューセッツ州ボストン　[学]イリノイ大学卒

[歴]シカゴ近郊で育つ。イリノイ大学卒業後、1993年友人3人と雑誌「マイト」を創刊。サンフランシスコで漫画家、グラフィックデザイナー、フリーライターとして働く。98年出版社マクスウィーニーズを創立、季刊誌「マクスウィーニーズ」の編集、本の出版、ウェブサイトの開設などに従事。2000年に発表した初の著書である回想記「驚くべき天才の胸もはりさけんばかりの奮闘記」は40週連続全米ベストセラーリスト入りし、「タイム」ベストブック、「ニューヨーク・タイムズ」編集者の選ぶ今年のベスト10などに選出、ピュリッツァー賞候補にもなった。ノンフィクションとフィクションの両方で活動し、モーリス・センダックの絵本「かいじゅうたちのいるところ」のノベライズも手がけた。社会活動家としても知られる。他の著書に「ザ・サークル」などがある。

エクェンシー, シプリアン　*Ekwensi, Cyprian*

ナイジェリアのイボ族の作家

1921.9.26～2007.11.4

[出]ミンナ　[学]イバダン大学, ロンドン大学, アイオワ大学

[歴]北部出身のイボ族。イバダン大学を出て、ロンドン大学で薬学を修めた。1956～61年ナイジェリア国営放送協会を振り出しに、61～66年ラゴスの連邦情報省、66年Enuguの情報サービスなどの放送情報関係の仕事に従事した。81年からニジェールイーグル出版社に勤める。47年の「愛がささやく時」や「レスラー・イコロとイボ族民話集」などで頭角を現す。“オニッチャ・マーケット文学”という大衆文学サークルの育ての親でエンターテインメント作家としての力量を持ち、社会諷刺にも才能を示す。「都市の人々」(54年)、「ドラム・ボーイ」(60年)、ゾラばりの娼婦物語で代表作の「ジャグア・ナナ」(61年)で大衆作家としての地位を確立した。ナイジェリア内戦の悲惨さとむさなしさを主題にした「平和を生き抜いて」(76年)で従来のエンターテインメント作家のイメージを脱した。他の作品に「燃える草原」(62年)、「イスカ」(66年)、「われら二つに割れて」(80年)、「Behind the Covent Wall」(88年)、「Masquerage Time」(91年)、「King Forever」(92年)など。

エークマン, シャスティン　*Ekman, Kerstin*

スウェーデンの作家

1933.8.27～

[出]リーシンゲ　[賞]シャーロック賞(1961年), スウェーデン犯罪学会最優秀作品賞, アウグスト賞, 北欧理事会文学賞

[歴]26歳の時、推理小説で文壇デビューし、「三人の小さな大家たち」(1961年)でシャーロック賞を受賞。以後北欧のミステリー女王と高い評価を得、スウェーデン文学界において最も活躍する女流作家の一人として知られる。67年純文学に転身、20世紀初頭の田舎をテーマに「闇とブルーベリーの藪」など多くの作品を発表。その後久々に推理小説に復帰、95年「白い沈黙」を発表し、スウェーデン犯罪学会最優秀作品賞、アウグスト賞、北欧理事会文学賞などを受賞。ベストセラーとなった同作品は英訳され、英語圏に紹介された。作品は他に「誤殺」など。

エクランド, ゴードン　*Eklund, Gordon*

アメリカのSF作家

1945.7.24～

[出]シアトル　[賞]ネビュラ賞ノベレット部門(1974年)

[歴]空軍除隊後、25歳で中編「Dear Aunt Annie」(1970年)を「ファンタスティック」誌に発表、SF界にデビューする。71年長編第1作の「The Eclipse of Dawn」を出版、以来70年代を通じてシリアスなパラレル・ワールドもの、スタートレック・ノベルなど多彩な作品を早いペースで上梓した。合作として、ポール・アンダースンとの「Inheritors of Earth」(74年)のほか、グレゴリー・ベンフォードとの「もし星が神ならば」(77年)があり、この作品中第2部にあたる「If the Stars Are Gods」で75年度のネビュラ賞を受賞。他の作品に長編「A Trace of Dreams」(72年)、「All Times Possible」(74年)、「The Garden of Winter」(80年)や、短編「Vermeer's Window」「Pain and Glory」などがある。

エーゲラン, トム　*Egeland, Tom*

ノルウェーの作家

1959.7.8～

[出]オスロ　[賞]リバートン賞(2009年)

[歴]記者、編集者を経て、テレビ局の報道部門に転身。傍ら執筆活動に入り、1988年作家デビュー。2001年に発表した「Sirkelens Ende」は、「ダ・ヴィンチ・コード」に先駆けた作品として、世界的に注目を浴びる。07年より専業作家。09年リバートン賞受賞。

エーケレーヴ, ベンクト・グンナル　*Ekelöf, Bengt Gunnar*

スウェーデンの詩人

1907.9.15～1968.3.16

[出]ストックホルム

[歴]裕福な株式仲買人の子として生まれ、ロンドンとウプサラでペルシャ語を学び、東洋学を修める。1920年代の終わりにパリでシュルレアリスムの思潮に触れた後、29年頃に過激なモダニスムへと転じ、処女詩集「地上に遅く」(32年)を著す。この詩集は出版当初、スウェーデン最初のシュルレアリスム詩と見なされた。続いて詩集「献呈」(34年)、「悲しみと星」(36年)を出し、特に「夏の夜」の詩は著名。41年に発表した「フェリーの歌」は新しい方向への転機となり、神秘的で難解な詩への傾向を深める。以後、詩集「ノン・セルヴィアム」(45年)、「秋に」(51年)、「つまらないもの」(55年)、「オプス・インセルトゥム」(59年)、「メルナの哀歌」(60年)、「オトチャクでの一夜」(61年)などを著す、“アクリータス詩歌群”といわれる3部作「エムギオン王子の詩集」(65年)、「ファトゥメーの物語」(66年)、「地下界への案内人」(67年)で知られ、北欧で最も難解で、最も偉大な現代詩人の一人で、スウェーデン・モダニズム派詩人の第一人者だった。ランボーやエリオットの翻訳家でもあり、随筆集「散歩」(41年)や「遠足」(47年)、「切られたトランプ」(57年)などを刊行した。58年スウェーデン・アカデミーの会員に選ばれ、同年ウプサラ大学から名誉博士号が贈られた。

エーコ, ウンベルト *Eco, Umberto*
イタリアの作家, 哲学者, 記号論学者
1932.1.5〜2016.2.19
[出]ピエモンテ州アレッサンドリア [学]トリノ大学(1954年)卒 Ph.D. [勲]レジオン・ド・ヌール勲章シュバリエ章 [賞]ストレーガ賞(1981年), メディシス賞(1982年), マクルーハン・テレグローブ賞(1985年), バンカレッラ賞, マンゾーニ賞(2008年)
[歴]トリノ大学で中世哲学や美術学を学び、1954年の学位論文「聖トマス・アクィナスにおける美学的問題」で注目される。卒業後しばらくイタリア国営テレビ局の文化番組の仕事に協力、59年よりミラノの出版社にノンフィクション関係の編集者として関わる。63年トリノ大学を経て、64年ミラノ大学美学講師となり、66年フィレンツェ大学助教授、71年ボローニャ大学助教授、75年正教授、93年同大コミュニケーション・演劇学研究所長を歴任。この間、62年に発表した情報理論を活用した「開かれた作品」は、新前衛派運動の理論的支柱となる。74年国際記号論研究協会事務総長として、ミラノで第1回国際記号論会議を開催。81年には初の小説「薔薇の名前」を発表。14世紀のイタリアの修道院を舞台に、相次ぐ僧侶たちの謎の死を修道士が解明していく作品で、イタリア文学最高賞のストレーガ賞を受賞。日本を含む世界各国で翻訳され、ショーン・コネリー主演で映画化もされた。その後も長編小説を発表し、「フーコーの振り子」(88年)、「前日島」(94年)、「バウドリーノ」(2000年)、「プラハの墓地」(10年)なども日本で翻訳出版されている。週刊誌「エスプレッソ」に連載コラムを執筆し、変幻に綴るエッセイにも人気があった。記号論学者や中世研究家として国内外で確固たる地位を築いたほか、評論や創作など幅広い分野で活動し、ヨーロッパを代表する知識人として知られた。他の著書に「ウンベルト・エーコの文体練習」(1963年)、「記号論」(76年)、「物語における読者」(79年)、「記号論と言語哲学」(84年)、「完全言語の探求」(93年)、「セレンディピティー 言語と愚行」(97年)、「カントとカモノハシ」(99年)、「歴史が後ずさりするとき―熱い戦争とメディア」(2007年)など。1990年8月初来日。

エージー, ジェームズ *Agee, James Rufus*
アメリカの詩人, 作家, 映画評論家
1909.11.27〜1955.5.16
[出]テネシー州 [学]ハーバード大学卒 [賞]ピュリッツァー賞(1958年)
[歴]テネシー州の山岳地方で育つ。「クォーチューン」誌に関係し、「名高き人たちをほめたたえん」を書いたが、同誌に容れられず、1941年出版して認められた。その後「タイム」「ネイション」などに映画評を執筆。51年テネシー時代の自伝的中編「朝の見張り」、58年「家族のなかの死」でピュリッツァー賞を受賞。この小説はのちタッド・モーゼルにより「遥かなる家路」として戯曲化された。他に詩集「気ままな旅を」、死後出版された映画論(2冊)、「フライ師への手紙」「詩集」がある。

エシュノーズ, ジャン *Echenoz, Jean Maurice Emmanuel*
フランスの作家
1947.12.26〜
[出]オランジュ [賞]メディシス賞(1983年), ゴンクール賞(1999年)
[歴]モダンジャズなどの音楽に傾倒。社会学と土木工学を学び、1979年「グリニッジ子午線」で作家としてデビュー。83年第2作「チェロキー」でメディシス賞を受賞。90年フロリダに集まった米仏の複数の作家による連作短編集「シュザンヌの日々」を発案して自身も「持つべきは友」で執筆に加わり、91年に出版。92年発表した「われら三人」はベストセラーとなり、一躍フランス文学界で注目される存在となる。99年「ぼくは行くよ」でゴンクール賞を受賞。映画的手法を用い、犯罪小説、冒険小説、スパイ小説などを踏まえたロマン・ノワールの香りを持ったブラック・ユーモアとスリルあふれる作品を執筆。他の著書に「マレーシアの冒険」(86年)、「ピアノ・ソロ」(2003年)、「ラヴェル」(06年)、「稲妻」(10年)などがある。02年来日。

エシュバッハ, アンドレアス *Eschbach, Andreas*
ドイツの作家
1959〜
[出]西ドイツ・ウルム [学]シュトゥットガルト大学航空宇宙工学科卒 [賞]ドイツSF賞, クルト・ラスヴィッツ賞
[歴]コンピューター・コンサルタント会社の経営を経て、1996年から専業作家に。デビュー作「Die Haarteppichknüpfer」(95年)は、ドイツSF賞を受賞。SFと冒険小説を壮大なスケールで融合させた作家として、ドイツ文学界で絶賛される。その後96年「Solarstation」でも同賞を受け、98年「イエスのビデオ」で同賞及びクルト・ラスヴィッツ賞を受賞。「Quest」(2001年)でもクルト・ラスヴィッツ賞を受賞。

エスタン, リュック *Estang, Luc*
フランスの詩人, 作家, 批評家
1911.11.12〜1992.7.25
[出]パリ [名]バスタール, リュシヤン〈Bastard, Lucien〉 [賞]アカデミー・フランセーズ文学大賞(1962年)
[歴]ジャーナリストを経て文筆活動を始め、クローデルやペギーらカトリック作家の影響を受ける。厳格なカトリックの信奉者で、キリスト教の宗教感情に根ざす。さまよう不安な魂の葛藤を主題とした作品が多く、詩作品は正しい韻律と規則正しい詩型を守る。1940〜55年「十字架」紙の文芸主幹。詩集に「飼いならされた神秘」(42年)、「至福」(45年)、「四大」(56年)、「時の紐」(74年)など。小説「魂の重荷」(3部作, 50〜54年)、同「尋問」(57年)、エッセイ「詩への招待」(43年)もあり、「ベルナノス論」(47年)、「サン＝テグジュペリ論」など批評活動も行う。

エスティス, エレナー *Estes, Eleanor*
アメリカの児童文学作家
1906〜1988.7
[出]コネティカット州 [賞]ニューベリー賞(1952年)
[歴]1932〜40年ニューヨーク公共図書館の児童部で図書館員として働く。41年病気療養中に書いた初めての作品「元気なモファットきょうだい」は好評を得て10ケ国語に翻訳された。「ジェーンはまんなかさん」「すえっ子のルーファス」と続く〈モファットきょうだい物語〉3部作が代表作となる。ほかに「ジンジャー・パイ」「百まいのきもの」など。

エステルハージ, ペーテル *Esterházy, Péter*
ハンガリーの作家, エッセイスト
1950.4.14〜2016.7.14
[出]ブダペスト [学]ブダペスト大学数学科(1974年)卒 [賞]ローマ文学フェスティバル賞, 全ヨーロッパ文学オーストラリア国家賞, ドイツ出版協会平和賞
[歴]中央ヨーロッパの名門貴族であり、多くの武人、文人を輩出しているエステルハージ公家の末裔に生まれる。1951年一党独裁、社会主義体制から人民の敵として領地を没収され、一家は強制居住地に移住。74年大学卒業後、専門分野の仕事に就くが、76年処女作「ファンチコーとピンタ」を発表。78年からは作家活動に専念し、3作目の「生産小説」(79年)でポストモダン作家としての地位を確立。引用やパロディなどを用い、ハンガリーを代表する現代作家となった。2000年短編、エッセイを集めた「黄金のブダペスト」を出版。他の著書に「純文学入門」(1986年)、「ハーン＝ハーン伯爵夫人のまなざし―ドナウを下って」(91年)、「女がいる」(95年)などがある。

エスパンカ, フロルベーラ *Espanca, Florbela*
ポルトガルの詩人
1894.12.8〜1930.12.8
[出]ヴィラ・ヴィソーサ [名]Espanca, Florbela d'Alma da Conceição [学]リスボン大学
[歴]エヴォラで中等教育を終える。18歳で最初の結婚に失敗した後、リスボン大学法学部に進学。詩人として出発し、「悲しみの本」(1919年)、「修道女サウダーデの本」(23年)を発表。鋭い感受性と激しい個性で女性のエロティシズムを表現したが、

"デカダン"として宗教界から非難される。2度目の結婚に破れてからは北部の港町に隠遁。30年3度目の結婚にも裏切られ、バルビタールの飲み過ぎで亡くなった。短編小説集「運命の仮面」(31年)も残している。詩集は死後ブラジルで爆発的に売れ、戦後ポルトガルで女性の意識を変える役割を担った。

エーズラ・オールスン, ユッシ　Adler-Olsen, Jussi
デンマークのミステリー作家
1950.8.2〜
㊤コペンハーゲン　㊥ガラスの鍵賞(2010年), 金の月桂樹賞, バリー賞, エル文学賞
㊦10代後半から薬学や映画製作などを学び、出版業界などで働く。1985年からコミックやコメディの研究書を執筆。その後フィクションに転じ、2007年初のミステリー小説「特捜部Q―檻の中の女」がベストセラーとなる。シリーズ第3作「特捜部Q―Pからのメッセージ」(09年)でガラスの鍵賞を、第4作「特捜部Q―カルテ番号64」(10年)でデンマークの文学賞・金の月桂樹賞を受賞。同シリーズでは他にアメリカのバリー賞、フランスのエル文学賞などを受賞している。デンマークを代表するミステリー作家で、北欧やヨーロッパで絶大な人気を誇る。他の作品に、「アルファベット・ハウス」などがある。

エスルマン, ローレン　Estleman, Loren Daniel
アメリカのミステリー作家
1952.9.15〜
㊤ミシガン州アンアーバー　㊦イースタン・ミシガン大学(英文学、ジャーナリズム)(1974年)卒　㊥シェイマス賞(1984年), アメリカン・ミステリー賞
㊦新聞記者を経て、1976年ギャング小説「The Oklahoma Punk」でデビュー。歴史西部小説などを手がけた後、ミステリーの〈エイモス・ウォーカー(タフなデトロイトの私立探偵)〉シリーズを書き始める。同シリーズの作品に「シュガータウン」(84年)、「ブリリアント・アイ」(86年)、「欺き」(87年)、「ダウンリヴァー」(88年)、「私立探偵」(89年)など。他に殺し屋ピーター・マクリンを主人公にしたシリーズ(第1作「殺し屋魂は消えず」)やデトロイト犯罪史3部作、シャーロック・ホームズ・パスティーシュシリーズ〈シャーロック・ホームズ対ドラキュラ〉(78年)などがある。ミステリーとウエスタン小説、メインストリームのジャンルで数多くの単行本を出版。

エセックス, カレン　Essex, Karen
アメリカの作家、脚本家、ジャーナリスト
㊤ルイジアナ州ニューオーリンズ　㊦チュレーン大学卒、バンダービルト大学大学院、ゴダード大学(創作コース)
㊦チュレーン大学を卒業し、バンダービルト大学大学院に学んだ後、ゴダード大学の創作コースにおいて修士号を取得。2001年映画製作の仕事に携わりながら書いた初の小説「クレオパトラ(I・II)」は鮮烈なクレオパトラ像を作りあげてベストセラーとなり、世界20言語に翻訳された。

エセーニン, セルゲイ　Esenin, Sergei Aleksandrovich
ロシアの詩人
1895.10.23〜1925.12.28
㊤ロシア・リャザン県コンスタンチノヴォ村　㊦教員養成学校卒
㊦1912年モスクワに出て、働きながら詩作を開始、政治活動にも触れる。14年児童雑誌に抒情詩「白樺」を発表。15年ペトログラードに移り、処女詩集「ラードゥニツァ(招魂祭)」で詩壇にデビュー。16年召集。17年のロシア革命後、兵役中に影響を受けた農民社会主義を奉じ、「スキタイ人」グループの詩人として活躍。やがて印象派イマジニストを経て、21年農民反乱を描いた詩劇「プガチョフ」で新境地を拓く。22〜23年ヨーロッパ・アメリカを旅行し帰国後、現実の革命ロシアにも幻滅、25年自殺した。"雪どけ"後は革命後最大の抒情詩人として高く評価された。他の詩集に「イノニア」(18年)、「アンナ・スネーギナ」(25年)、「不吉の人」(25年)など。

エチェガライ・イ・エイサギーレ, ホセ　Echegaray y Eizaguirre, José
スペインの劇作家、数学者、物理学者、政治家
1832.4.19〜1916.9.27
㊤マドリード　㊥ノーベル文学賞(1904年)
㊦1854〜68年マドリードの高等工業学校教授として数学の教鞭を執ったが、68年9月革命後、政界に転じ、建設相や蔵相を務めた。74年にはスペイン銀行を創設した。同年変名で処女作「割符帳」を発表、40代から劇作に専念し以来60編以上の作品を発表した。演劇におけるロマン派最後の代表者として活躍し、1904年にノーベル文学賞を受賞。代表作に「狂か聖か」(1877年)、「恐ろしき媒(なかだち)」(81年)、「拭われた汚辱」(95年)、「狂える神」(1900年)などがある。05年マドリード大学物理学教授となる。

エッピング, チャールズ　Epping, Charles
アメリカの作家
1952〜
㊤オレゴン州　㊦ノートルダム大学, ソルボンヌ大学, エール大学
㊦ノートルダム大学で学位を、ソルボンヌ大学、エール大学で修士号を取得。ジュネーブ、ロンドン、チューリヒで投資銀行の経営に携わり、スイスに本拠を置く投資顧問会社の経営責任者を務める。傍ら、2006年「闇の秘密口座」で作家デビュー。また、「私のための世界経済テキスト」は10ケ国以上で出版された。

エディングス, デービッド　Eddings, David
アメリカのファンタジー作家
1931〜2009.6.2
㊤ワシントン州スポケイン　㊦ワシントン大学(1961年)卒
㊦大学卒業後、アメリカ陸軍に在籍、ボーイング社の資料関係に勤務、食糧品店の店員、国語の教師を経て、作家へ転身。1973年冒険小説「High Hunt」でデビュー。82年ファンタジー長編〈ベルガリアード物語〉の第1部となる「予言の守護者」を発表。全5巻でシリーズが完結した後、87年からは続編〈マロリオン物語〉全5巻を刊行。他に〈エレニア記〉〈タムール記〉などのシリーズがある。

エドガー, デービッド　Edgar, David
イギリスの劇作家
1948.2.26〜
㊦1976年イギリスのアジア系労働者問題を描いた「運命」、83年第二次大戦後の西欧社会主義を扱った「メーデー」など、政治、社会情勢を叙事詩的に描いた戯曲が多い。ディケンズの「ニコラス・ニクルビー」を翻案した作品は、ロイヤル・シェイクスピア劇団がロンドン、ニューヨークで上演し、大ヒットした。

エドソン, マーガレット　Edson, Margaret
アメリカの劇作家
1961〜
㊤ワシントンD.C.　㊥ピュリッツァー賞(戯曲賞, 1999年度), ロサンゼルス・ドラマ・クリティクス賞, ドラマ・デスク賞
㊦1991年に書いた、末期癌の孤高の文学者が死を前にして他人のやさしさに気づくという戯曲「ウィット」は、95年初演、98年にはニューヨークで公演され、ピュリッツァー賞戯曲賞をはじめロサンゼルス・ドラマ・クリティクス賞、ドラマ・デスク賞など多くの賞を受賞。各方面の新聞雑誌の劇評でも絶賛され、エマ・トンプソン主演、マイク・ニコルズ監督で映画化された。ジョージア州アトランタで小学校教師を務める。

エドワーズ, キム　Edwards, Kim
アメリカの作家
㊤ニューヨーク州スカネアトレス　㊦コルゲート大学卒、アイオワ大学卒　㊥ネルソン・オルグレン賞(1990年), ホワイティング賞(2002年), Kentucky Literary Award for Fiction(2005年)

[歴]コルゲート大学、アイオワ大学を卒業。1990年短編「Sky Juice」でネルソン・オルグレン賞を受賞。短編集「The Secrets of the Fire King」(97年)は98年のPEN/ヘミングウェイ賞の最終候補作に残った。2002年にはホワイティング賞を受賞。05年初の長編「メモリー・キーパーの娘」を発表。ケンタッキー大学准教授を務め、過去に神奈川県小田原市で2年間英語を教えた経験を持つ。

エドワーズ, ジェフ *Edwards, Jeffery S.*
アメリカの作家
[賞]アメリカ軍事作家協会ニミッツ提督賞(2005年)
[歴]23年間にわたりアメリカ海軍対潜戦特技官として活躍。退役後、米海軍のハイテク水中戦に関するシンクタンクのコンサルタントとなる。2004年軍事スリラー「U307を雷撃せよ」で作家デビューし、05年同作でアメリカ軍事作家協会のニミッツ提督賞を受賞。他の作品に「原潜デルタ3を撃沈せよ」がある。

エドワーズ, ドロシー *Edwards, Dorothy*
イギリスの児童文学作家
1914.11.6～1982
[出]イギリス
[歴]イギリスのストーリーテラーの第一人者で、BBCで幼児向けお話番組「お母さんと聞きましょう」を担当。同番組のために書いた「きかんぼのちいちゃいいもうと」(1952年)は代表作となり、シリーズ化された。

エドワーズ, マーティン *Edwards, Martin*
イギリスの作家, 評論家
1955～
[出]チェシャー州ナッツフォード　[賞]MWA賞評論評伝部門賞(2016年)
[歴]〈湖水地方ミステリ〉シリーズなどの長編や短編を発表。多数のアンソロジーを編集、「ブリティッシュ・ライブラリー・クライム・クラシックス」叢書の監修も手がける。イギリス探偵作家の親睦団体ディテクション・クラブとイギリス推理作家協会の公文書保管役を務め、のちディテクション・クラブ会長およびイギリス推理作家協会会長。「探偵小説の黄金時代」(2015年)でMAW賞の評論評伝部門賞を受賞。

エナール, マティアス *Énard, Mathias*
フランスの作家
1972.1.11～
[出]ニオール　[賞]十二月賞(2008年), リーブル・アンテール賞(2009年), 高校生が選ぶゴンクール賞(2010年), ゴンクール賞(2015年)
[歴]アラビア語とペルシャ語を専攻。2003年の処女作「La perfection du tir」が二つの文学賞を受賞し、注目される。08年発表の「Zone」は、リーブル・アンテール賞および十二月賞を受賞。同じく10年発表の「話してあげて、戦や王さま、象の話を」で高校生が選ぶゴンクール賞を受賞。15年「Boussole(羅針盤)」でゴンクール賞を受賞。バルセロナでアラブ語を教える。

エネル, ヤニック *Haenel, Yannick*
フランスの作家
1967～
[出]レンヌ　[学]国立プリタネ軍学校卒　[賞]十二月賞(2007年), ロジェ・ニミエ賞(2007年), アンテラリエ賞(2009年), フナック賞(2009年)
[歴]フランス語の教師を経て文筆活動に入り、1996年処女小説を発表。97年に創始した文芸誌「Lighe de risque」の編集に携わりながら、小説を出版する。2007年刊行の長編小説「Cercle」で十二月賞とロジェ・ニミエ賞に輝き、「ユダヤ人大虐殺の証人ヤン・カルスキ」(09年)ではアンテラリエ賞、フナック賞を受賞。11年東京日仏学院の招待で来日し講演を行った。

エバーショフ, デービッド *Ebershoff, David*
アメリカの編集者, 作家
1969～
[出]カリフォルニア州ロサンゼルス　[賞]ラムダ文学賞トランスジェンダー・フィクション部門賞, アメリカ芸術文学アカデミー(AAAL)ローゼンタール基金賞
[歴]大手出版社ランダムハウスの編集者として、フィクション、ノンフィクション、詩集など幅広い作品の編集を担当し、数多くのベストセラーを手がける。2000年世界初の性別適合手術に成功した人物の実話を基にした「リリーのすべて」を発表。ラムダ文学賞を受賞したほか、「ニューヨーク・タイムズ」紙の注目の本に選ばれる。15年にはトム・フーパー監督、エディ・レッドメイン主演で映画化された。また、「OUT」誌の最も影響力のあるLGBT100人に2度選出される。プリンストン大学、ニューヨーク大学、コロンビア大学でライティングを教える。

エバーツ, ロバート *Eversz, Robert M.*
アメリカの作家, 脚本家
[出]モンタナ州グレートフォールズ　[学]カリフォルニア大学サンタ・クルーズ校卒, カリフォルニア大学ロサンゼルス校映画科中退
[歴]モンタナ州で生まれ、ネバダ州とカリフォルニア州で育つ。カリフォルニア大学サンタ・クルーズ校を卒業し、同大ロサンゼルス校映画科を中退。ハリウッドで映画製作に携わり、脚本も執筆。1992年、13年間暮らしたロサンゼルスからチェコスロバキアのプラハに移り、やがてスペインのカタルーニャ地方に拠点を移す。96年アメリカで処女作「シューティング・エルヴィス」を発表、注目される。2004年「Burning Garbo」(03年)がネロ・ウルフ賞にノミネートされた。他の著書に「ニーナの誓い」(06年)などがある。

エバーハート, エメラルド *Everhart, Emerald*
イギリスの作家
1976～
[出]ウォーリックシャー　[名]ウールフ, アンジェラ〈Woolfe, Angela〉　[学]ケンブリッジ大学卒
[歴]ケンブリッジ大学を卒業後、「ガーディアン」紙や「ヴォーグ」誌に勤務。その後、物語の執筆を始め、風変わりな科学者アヴリルと、皮肉屋の犬オーガスタスの活躍を描いた〈不思議なアヴリル・クランプ〉シリーズ(未訳)で人気を得る。他の著書に〈魔法の国のかわいいバレリーナ〉(全5巻)シリーズがある。

エバハート, ミニオン *Eberhart, Mignon Good*
アメリカの作家
1899～1996
[出]ネブラスカ州　[賞]スコットランドヤード賞(1930年), MWA賞(巨匠賞)(1971年)
[歴]作家としての長編デビューは、看護師セアラ・キートと、入院して知り合ったランス・オーリアリー警部のコンビが活躍するシリーズの第1作目「The Patient in Room 18」(1929年)であり、30年同シリーズ「While the Patient Slept」で、ダブルデイ社の年間最優秀ミステリーに与えられるスコットランドヤード賞を受賞。M.R.ラインハートとともに"HIBK(もしも知ってさえいたら)"派に属し、ゴシック・ロマンスと伝統的な謎解きミステリーを結合させたことで、多くの作家に影響を与えた。後年、アメリカ探偵作家クラブ(MWA)の会長を務め、71年MWA賞巨匠賞を受賞した。

エバハート, リチャード *Eberhart, Richard Ghormley*
アメリカの詩人
1904～2005.6.9
[出]ミネソタ州オースティン　[学]ミネソタ大学, ダートマス大学, ケンブリッジ大学, ハーバード大学　[賞]ピュリッツァー賞(1966年), ボーリンゲン賞(1962年)
[歴]1933～41年教師を務め、第二次大戦に従軍後、42～52年家業に就く。56年よりダートマス大学で教鞭を執る傍ら、議会図書館の詩の分野の相談役を務めた。生と死を題材にした力強

い詩で60年以上にわたり創作活動を続け、66年「詩選集1930-65」でピュリッツァー賞を受賞。他の詩集に「美しい大地」(30年)、「霊を読む」(37年)、「歌と思想」(42年)、「崖下」(53年)、「存在の変化」(68年)など。他に「詩劇集」(62年)がある。

エバンズ, クリス　*Evans, Chris*
カナダの作家
[出]オンタリオ州トロント
[歴]編集者として歴史専門書の出版を手がけるスタックポール・ブックス社に勤務。2000年にSFファンタジー創作講座クラリオン・イーストに参加、短編創作を学ぶ。08年歴史編集者としての知識を生かして書いた「鉄のエルフ〈1〉炎が鍛えた闇」でデビュー。13年より専業作家となる。

エバンズ, ジョン　*Evans, Jon*
カナダの作家
1973〜
[賞]アーサー・エリス賞(最優秀処女長編賞)
[歴]インターネット・コンサルティング業の傍ら、2004年「ビッグ・アースの殺人」で作家デビューを果たす。同作でカナダの推理作家協会CWCよりアーサー・エリス賞最優秀処女長編賞を受賞。

エバンス, ニコラス　*Evans, Nicholas*
イギリスの作家
1950〜
[出]ブロムズグローブ　[学]オックスフォード大学(演劇・ジャーナリズム)卒　[賞]アメリカ・ケーブルテレビ優秀賞
[歴]新聞記者、テレビ・プロデューサー、映画の脚本家などに携わる。1995年「ホース・ウィスパラー」で作家デビュー。同書は史上最速で「ニューヨーク・タイムズ」紙のベストセラーリスト1位を獲得、全世界で1500万部を売り上げる。またロバート・レッドフォード主演・監督で映画化(邦題「モンタナの風に抱かれて」)され、98年に公開された。他の作品に「Loop」(98年)、「炎への翼」(2001年)、「The Divide」(05年)、「The Brave」(10年)など。

エバンズ, リチャード・ポール　*Evans, Richard Paul*
アメリカの作家
[歴]広告代理店に勤めていた頃、「クリスマス・ボックス」を書き、いくつかの出版社に持ちこむが採用されなかったので自費出版する。口コミだけで全米で300万部を超す大ベストセラーになる。後、「天使がくれた時計」「最後の手紙」と続く3部作を完成させ、創作に専念。1995年には“クリスマス・ボックス基金”を設立し、子供病院などに資金を提供する。新3部作「天使の首飾り」「The Looking Glass」「The Carousel」もベストセラーとなる。

エフィンジャー, ジョージ・アレック　*Effinger, George Alec*
アメリカのSF作家
1947〜2002.4.26
[出]オハイオ州クリーブランド　[学]エール大学卒　[賞]ネビュラ賞(ノヴェレット部門)(1988年), ヒューゴー賞
[歴]大学を退学し、復学した後、1970年クラリオンSF講座に参加、小説を書き始める。有望な新人と目されたが、健康を害して、10年間ほど入退院を繰り返した。その苦境の中で、映画「猿の惑星」のノベライゼーションや、軽妙なタッチの多くの短編を執筆。87年に発表した長編「重力が衰えるとき」(〈マリード〉シリーズ)で高い評価を受け、88年「シュレーディンガーの子猫」でSF界を代表するネビュラ賞とヒューゴー賞に輝いた。他の作品に〈猿の惑星〉シリーズの他、「太陽の炎」「電脳砂漠」などがある。

エプスタイン, アダム・ジェイ　*Epstein, Adam Jay*
アメリカの脚本家, 作家
[出]ニューヨーク州グレートネック
[歴]子供の頃はロールプレイングゲームやマンガに夢中で、長じて映画やテレビの脚本家となる。ある日ロサンゼルスの駐車場で脚本家のアンドリュー・ジェイコブスンと出会い、以来一緒に映画やテレビの脚本を書く。2010年単語や文のひとつひとつを二人で考えて書き上げた初のファンタジー小説「黒猫オルドウィンの冒険」を刊行。世界中で人気となり、シリーズ化された。家族とともにロサンゼルスに住み、二人は近所同士。

エプスタイン, ヘレン　*Epstein, Helen*
プラハ生まれのアメリカの作家, ジャーナリスト
1947.11〜
[出]チェコスロバキア・プラハ　[学]コロンビア大学大学院卒
[歴]ナチ強制収容所を生き残った両親を持つ。1歳になる前に両親とともにニューヨークに移住した。大学在学中からジャーナリストとして活動しアメリカの雑誌・新聞に女性問題、ユダヤ人問題あるいは芸術に関する記事を多数発表。1979年ナチスによるヨーロッパのユダヤ人大虐殺を取り扱った「Children of the Holocaust(ホロコーストの子供たち)」を発表する。83年12月やはり強制収容所を生き残った両親を持つルーマニア系ユダヤ人の男性と結婚。89年母の死をきっかけに10年以上に及ぶ調査を重ね、97年自身の家族史「私はどこから来たのか」を発表。この間、ニューヨーク市の私立ニューヨーク大学ジャーナリズム科で准教授として教鞭を執る傍ら、ワシントンDCで発行される「Washington Jewish Weekly」の編集主幹として活躍を続ける。他の作品に「普段着の巨匠たち」などがある。

エフトゥシェンコ, エフゲニー　*Evtushenko, Evgenii*
ロシア(ソ連)の詩人
1933.7.18〜2017.4.1
[出]ソ連ロシア共和国イルクーツク州ジマ(ロシア)　[名]エフトゥシェンコ, エフゲニー・アレクサンドロヴィチ〈Evtushenko, Evgenii Aleksandrovich〉　[学]ゴーリキー文学大学(1954年)卒
[賞]ソ連国家賞(1967年・1982年)
[歴]シベリアに生まれ、1944年モスクワに移り、ゴーリキー文学大学で学ぶ。52年第1詩集「未来の偵察兵」を発表し、当時最年少の20歳でソ連作家同盟入り。56年に発表した長詩「ジマ駅にて」でスターリン批判後のソ連の若い世代の複雑な心情を表現し注目を集める。以後、ソ連社会での人間疎外、恋愛とエロティシズムなどをテーマに問題的な詩を次々と発表し、ソ連の“怒れる若者たち”を代表する存在となる。61年ソ連のユダヤ人問題をテーマとした長詩「バービー・ヤール」を発表。63年パリで「早すぎる自叙伝」を発表し、この年ノーベル文学賞候補に挙がる。68年チェコスロバキアの民主化運動“プラハの春”に軍事介入したソ連を批判。74年にはソルジェニーツィンの国外追放に抗議して作家同盟から除名されたが、ペレストロイカ政策とともに復帰し、活発な発言を展開。88年ソウルでの第52回国際ペン大会にも出席して注目された。他の詩集に「第三の雪」「約束」「歳々の詩」「スターリンの後継者」「白き雪降る」、長詩に「わたしはキューバ」「ブラーツク水力発電所」「カザン大学」「ママと中性子爆弾」などがある。89年5月ソ連人民代議員に当選。91年渡米し、タルサ大学で教壇に立った。73年来日。日本についての詩も書いた。

エフレーモフ, イワン・アントノヴィチ
Efremov, Ivan Antonovich
ソ連のSF作家, 古生物学者, 探検家
1907.4.22〜1972.10.5
[出]ロシア・レニングラード州　[学]レニングラード鉱山大学地質調査学部 生物学博士(1940年)
[歴]古生物学者としてゴビ砂漠の探検隊長を務め恐竜の発掘をするが、健康を害して1940年代からSF小説や冒険小説を書き始める。44年最初のSF短編集「方位5ポイント」を発表。57年共産主義のユートピアを描いた代表作「アンドロメダ星雲」でソ連SF界の第1人者となる。他の作品に、「恒星船」(47年)、2部作「偉大なる弧」「星の船」(49年)、「剃刀の刃」(63年)、「アレクサンドロスの王冠」(63年)、「丑の刻」(68年)など。

エフロン, ノーラ　Ephron, Nora
アメリカの作家, 脚本家, 映画監督
1941.5.19～2012.6.26
⊕ニューヨーク市　⊕ウェルズリー・カレッジ卒　⊕BAFTA賞脚本賞(1989年), ウーマン・オブ・ザ・イヤー(グラマー誌)(1993年)
⊕「ニューヨーク・ポスト」紙記者を経て、1968年よりフリーライターとなり、72年から「エスクァイア」にコラムを発表。日常生活に関わるコラムからフェミニズムへの痛烈な問題提起まで幅広いテーマを扱う。著書にコラム集「ママのミンクは、もういらない」、ウォーターゲート事件の調査報道で知られる新聞記者カール・バーンスタインとの離婚を描いたベストセラー小説「ハートバーン」(83年)や「Big City Eyes」(2000年)、「I Feel Bad About My Neck」(06年)などがある。また映画脚本も手がけ、「シルクウッド」(共同脚本, 1983年)と「恋人たちの予感」(89年)でアカデミー賞にノミネート。他の脚本作品に「心みだれて」(「ハートバーン」の映画化, 86年)、「マイ・ブルー・ヘブン」(90年)など。92年「ディス・イズ・マイ・ライフ」で映画監督デビュー。その後の監督兼脚本作品に「めぐり逢えたら」(93年)、「ユー・ガット・メール」(98年)、「奥様は魔女」(2005年)、「ジュリー&ジュリア」(09年)がある。
⊕父=ヘンリー・エフロン(脚本家), 妹=デリア・エフロン(作家)

エブンソン, ブライアン　Evenson, Brian
アメリカの作家
1966～
⊕アイオワ州　⊕O.ヘンリー賞
⊕敬虔なモルモン教徒の家庭で育つ。モルモン教系のブリガム・ヤング大学で教職に就き、妻も信者だったが、1994年に発表したデビュー作「Altmann's Tongue」が冒瀆的であるとして2001年に破門され、離婚して職も追われる。「Two Brothers」(98年)、「マダー・タング」(07年)、「ウインドアイ」(11年)でO.ヘンリー賞を計3度受賞。ジャック・デュパン、クリスチャン・ガイイなどの著作の翻訳、ゲームソフトやホラー映画のノベライゼーションも手がける。ブラウン大学文芸科主任教授も務める。他の作品に「不動」(12年)など。

エベール, アンヌ　Hébert, Anne
カナダのフランス系詩人, 作家
1916.8.1～2000.1.22
⊕ケベック州　⊕フェミナ賞
⊕フランス系。カナダ国立映画協会の台本作家だったが、1942年詩集「均衡のとれた夢」で詩人としてデビュー、「王たちの墓」(53年)で知られるようになる。小説、戯曲も書き、70年には19世紀ケベックに起こった事件を題材にした小説「カムラスカ」で話題を呼び、73年に映画化もされた。現代ケベック文学を代表する作家の一人だった。他に小説「木の部屋」(58年)、短編に「奔流」(50年)、戯曲「野性の時」(66年)などがある。

エマニュエル, ピエール　Emmanuel, Pierre
フランスの詩人, 評論家
1916.5.3～1984.9.22
⊕フランス南西部の村ガン　⊕Mathieu, Noël　⊕オックスフォード大学名誉博士号(1970年)
⊕初め数学と哲学を学び、「フィガロ」紙などで記者活動をした後1959年まで国営ラジオ局に勤務していたが、信仰と人間性との問題に悩み、また祖国の蒙った政治的破局に影響されて詩作に転じる。第二次大戦中は対独抵抗に参加、神話と聖書の世界を題材に、叙事詩風の文体でレジスタンスをうたう。戦後のフランス詩壇に登場した詩人たちの指導的存在だった。68年アカデミー・フランセーズ会員。69～71年国際ペンクラブ会長、72～76年フランス・ペンクラブ会長を務め、ド・ゴール派政党共和国連合(RPR)の幹部としても活躍した。詩集に「オルフェの墓」(41年)、「自由はわれらの歩みを導く」(45年)、「バベル」(52年)、「新生」(63年)、「人間の顔」(65年)、評論集に「詩、燃える理性」(47年)などがある。

エムシュウィラー, キャロル　Emshwiller, Carol
アメリカの作家
1921～
⊕ミシガン州　⊕世界幻想文学大賞(短編集部門)(1991年), フィリップ・K.ディック賞, ネビュラ賞(短編集部門)(2002年・2005年), 世界幻想文学大賞(生涯功労賞)(2005年)
⊕1949年SFイラストレーターのエド・エムシュウィラーと結婚後、55年にデビュー。以後、SF、ファンタジーのジャンルを越えて、独自の世界を描き続ける。短編集「The Start of the End of It All(すべての終わりの始まり)」(90年)で世界幻想文学大賞(短編集部門)受賞。88年初の長編作「Carmen Dog」を発表後、長編作品もコンスタントに刊行し、「The Mount」(2002年)でフィリップ・K.ディック賞を受賞。02年「ロージー」、05年「私はあなたと暮らしているけど、あなたは私を知らない」でネビュラ賞(短編部門)を受賞。同年世界幻想文学大賞の生涯功労賞を受賞。

エーメ, マルセル　Aymé, Marcel
フランスの作家, 劇作家
1902.3.29～1967.10.14
⊕ヨンヌ県ジョワニー　⊕ルノードー賞(1929年)
⊕母が2歳の時に亡くなり、祖父母のもとで育つ。幼年期における身近な者の死という体験が人生観に大きな翳を落とした。叔父、叔母の世話になりながらリセに通うが、病身のため中退。1922年パリに出、銀行員、セールスマンなど職業を転々とした後、病気療養中に書いた小説「ブリュールボワ」(25年)が好評を博し、作家生活に入る。他の作品に「緑の牝馬」(33年)、「鬼ごっこ物語」(34年)、「壁抜け男」(42年)、「クレランバール」(50年)、「月の小鳥たち」(56年)、「ルイジアナ」(61年)など。

エメチェタ, ブチ　Emecheta, Buchi Onye
ナイジェリアの作家
1944.7.21～2017.1.25
⊕ラゴス　⊕エメチェタ, フローレンス・オニエ・ブチ〈Emecheta, Florence Onye Buchi〉　⊕メソジスト女子高等学校卒, ロンドン大学
⊕幼年期に両親を亡くす。メソジスト女子高等学校を卒業。結婚後、1962年から留学中の夫とロンドンで暮らし、5人の子供をもうけるが離婚。ロンドン大学で社会学の博士号を取得。ナイジェリアのカラバル大学英語・文学部上級研究員を歴任したほか、ロンドン大学の非常勤講師を経験。アフリカ人のロンドンでの生活を扱った自伝的作品「排水溝にて」(72年)や「第二級市民」(74年)、50年代のナイジェリアの社会問題を扱った「婚資」(76年)、ほかに「奴隷娘」(77年)、「母なる喜び」(79年)、「二重の枷」(82年)、「ビアフラの運命」(82年)、「シャヴィの強姦」(83年)、自伝「苦境を越えて」(86年)、「グウェンドリン」(89年)などがある。

エリアン, アリシア　Erian, Alicia
アメリカの作家, 脚本家
1967～
⊕ニューヨーク州シラキュース　⊕ニューヨーク州立大学卒
⊕エジプト人の父とアメリカ人の母の間に生まれる。ニューヨーク州立大学で文学を学び、雑誌などに短編を発表しはじめる。数多くの雑誌や新聞に寄稿したものを、2001年短編集としてまとめ刊行。05年初の長編となる「誰かがわたしを壊すまえに」を上梓。たちまち大きな評判を呼び、映画「アメリカン・ビューティー」の脚本でアカデミー賞に輝いたアラン・ボールが映画化権利を獲得、07年に全米公開された(日本未公開)。大学で創作を教えるほか、映画やドラマの脚本も手がけるなど、多方面で活躍する。

エリオット, T.S.　Eliot, Thomas Stearns
アメリカ生まれのイギリスの詩人, 批評家, 劇作家
1888.9.26～1965.1.4

㋴アメリカ・ミズーリ州セントルイス ㊗ハーバード大学(1910年)卒, パリ大学, オックスフォード大学 ㊞メリット勲章(1948年) ㊱ノーベル文学賞(1948年)
㋲ハーバード大学でI.バビット, G.サンタヤナの指導を受け, パリ大学, オックスフォード大学でフランス文学, 哲学, 心理学などを修める。1915年結婚を機にイギリスに定住。17年処女詩集「プルーフロックの恋歌ほか所見」を発表。22年長詩「荒地」を自ら主宰する「クライテリオン」誌に発表, 現代人の絶望を古代神話に託して描き, 現代詩に大きな影響を与えた。27年イギリスに帰化。28年自らの立場を文学的には古典主義者, 政治的には王政支持者, 宗教的にはイギリス国教会教徒と宣言。この考えは詩集「聖灰水曜日」(30年),「四つの四重奏曲」(44年)などの作品にうかがわれる。34年詩劇「岩」の上演に携わって以来, 詩劇に関心を持ち, 現代詩劇の先駆者となった。他の詩劇に「伽藍の殺人」(35年),「家族再会」(35年),「カクテル・パーティー」(49年),「秘書」(53年)など, 評論に「聖林」(20年),「ランスロット・アンドリューズのために」(28年)など。

エリクソン, スティーブ　Erickson, Steve
アメリカの作家
1950～
㋴カリフォルニア州ロサンゼルス ㊗カリフォルニア大学ロサンゼルス校(映画・ジャーナリズム論)卒 ㊞サミュエル・ゴールドウィン賞(創作部門)
㋲ガルシア・マルケス, ホセ・ドノソなどのラテンアメリカ文学のマジック・リアリズムの衣鉢を継ぐ作風で知られる。大学では映画とジャーナリズムを学び, 卒業後, ニューヨーク, パリ, ローマ, アムステルダムなどに移り住む。1985年長編「Days Between Stations」(邦題「彷徨う日々」)で作家デビュー。「ニューヨーク・タイムズ」紙や「エスクァイア」「ローリングストーン」などの雑誌に寄稿する。他の作品に「Rubicon Beach (ルビコン・ビーチ)」(86年),「Leap Year (リープ・イヤー)」(89年),「黒い時計の旅」「Xのアーチ」「アメリカン・ノマド」「アムニジアスコープ」「真夜中に海がやってきた」「ゼロヴィル」「エクスタシーの湖」など。

エリクソン, スティーブン　Erikson, Steven
カナダのファンタジー作家
1959～
㋴オンタリオ州トロント
㋲考古学・人類学の学位を取得。アイオワ・ライターズ・ワークショップで創作を学び, 1991年作家デビュー。〈マラザン斃れし者の書〉シリーズを執筆。99年刊行の同シリーズ第1部「碧空の城砦」は大ベストセラーとなり, 世界幻想文学大賞の候補となった。

エリザーロフ, ミハイル　Elizarov, Mikhail
ロシアの作家
1973.1.28～
㋴ソ連ウクライナ共和国イヴァーノフランキーウシク(ウクライナ) ㊗ハリコフ国立大学卒 ㊞ロシア・ブッカー賞(2008年)
㋲大学卒業後カメラマンなどを経て, 2001年中短編集「爪」で注目を集め, 表題作「爪」でアンドレイ・ベールイ賞にノミネートされた。08年には「図書館大戦争」でロシア・ブッカー賞を受賞。暗い想像力と前衛的な文学性を持つ新世代の作家として高く評価される。

エリス, デービッド　Ellis, David
アメリカの作家
1967～
㋴イリノイ州シカゴ ㊗ノースウェスタン・ロースクール卒 ㊞MWA賞最優秀処女長編賞(2002年)
㋲ノースウェスタン・ロースクール卒業後, シカゴの法律事務所パートナーとなり, 主に商法関係の訴訟と行政法を専門に, 民事と刑事の両面で数多くの裁判に関わる。のちイリノイ州下院議長の副法律顧問を務める。傍ら, 2001年作家としても活動を始める。02年「覗く。」でMWA賞最優秀処女長編賞を受賞。以後, リーガル・ミステリーを中心に作品を発表。他の作品に「死は見る者の目に宿る」などがある。

エリス, デボラ　Ellis, Deborah
カナダの作家, 平和活動家
1960～
㋴オンタリオ州コクレーン ㊞カナダ総督文学賞(児童書部門, 2000年度), ジェーン・アダムズ児童図書賞(2003年), ヴィッキー・メトカルフ賞(2004年), ピーターパン賞, ルース・シュワルツ児童図書賞
㋲17歳の頃より非暴力の政治活動に参加, 高校卒業後は平和運動や女性解放運動に身を投じる。のちトロントの精神障害者の施設でカウンセラーとして働く。また, 作家として途上国で生きる子供たちを主人公とした作品を次々発表, 子供たちが背負わされた様々な問題に, 世界中の読者の関心を促している。「Xをさがして」でカナダ総督文学賞を受賞。戦乱のアフガニスタンを生きぬく少女を描いた3部作「生きのびるために」「さすらいの旅」「泥かべの町」は, 15ケ国語以上に翻訳され, 100万ドル以上の印税をストリート・チルドレンやアフガニスタンの女性のために活動するNGOに寄付している。

エリス, ブレット・イーストン　Ellis, Bret Easton
アメリカの作家
1964.3.7～
㋴カリフォルニア州ロサンゼルス ㊗ベニストン大学卒
㋲1985年バーモンド州のベニストン大学生時代にドラッグとセックスに明け暮れる若者を描いた「レス・ザン・ゼロ」を発表, 新しい時代の青春小説として大きな反響を呼んだ。この作品から"豊かさの中で失うものを持たない"世代を指す"ゼロ・ジェネレーション""ニュー・ロスト・ジェネレーション"が流行語になった。その後も「ルールズ・オブ・アトラクション」(87年),「アメリカン・サイコ」(89年),「グラモラマ」(98年),「帝国のベッドルーム」(2010年)など話題作を次々に発表する。

エリソン, J.T.　Ellison, J.T.
アメリカの作家
㊞国際スリラー作家協会(ITW)ベスト・ペーパーバック・オリジナル賞(2010年)
㋲大学で政治学や経済学を学ぶ。ホワイトハウスやアメリカ商務省で働いた後, 作家になる夢を実現するために警察やFBIでのリサーチを重ねる。2007年に作家デビュー。10年〈刑事テイラー・ジャクソン〉シリーズの「The Cold Room」が国際スリラー作家協会(ITW)ベスト・ペーパーバック・オリジナル賞を受賞。11年に発表した「Where All The Dead Lie」はRITA賞ベスト・ロマンティック・サスペンス部門にノミネートされる。「ニューヨーク・タイムズ」紙ベストセラー作家。

エリソン, ハーラン　Ellison, Harlan
アメリカのSF作家, 脚本家
1934.5.27～2018.6.27
㋴オハイオ州クリーブランド ㋑Ellison, Harlan Jay ㊗オハイオ州立大学中退 ㊞ヒューゴー賞(8回), ネビュラ賞(4回), ブラム・ストーカー賞(5回), MWA賞(2回), 世界幻想文学大賞(2回), 全米脚本家組合賞(4回)
㋲オハイオ州立大学に学んだが, 創作講座の教授に反抗して1年半で退学処分となる。1949年初めての短編小説「The Gloconda」「The Sword of Parmagon」を「クリーブランド・ニュース」に発表。55年ニューヨークに出て, 雑誌を中心に数多くのSF短編や記事を発表。58年には初めての長編「Rumble」を書き上げる。この間, トラック運転手, セールスマン, デパート店員など様々な職業遍歴を重ねたほか, 陸軍レンジャー部隊に所属した経験も持つ。59年除隊後シカゴに移り, 男性雑誌「ローグ」の編集者となり, 常連執筆者も兼ねた。62年ハリウッドに移住。バイオレンスな作風の前衛的な短編を多く

発表するようになり、65年に発表したSF小説「『悔い改めよ、ハーレクィン！』とチクタクマンはいった」でヒューゴー賞、ネビュラ賞を受賞した。主な作品に、「おれには口がない、それでもおれは叫ぶ」「世界の中心で愛を叫んだけもの」「少年と犬」「死の鳥」「奇妙なワイン」など。アメリカを代表するSF作家の一人として知られ、生涯で1000を超える作品を遺した。小説の執筆と並行し、「宇宙大作戦（スター・トレック）」「アウターリミッツ」「ヒッチコック劇場」など人気SFドラマの脚本も執筆。全米脚本家組合賞を4回受賞した。また、全作書き下ろしの巨大アンソロジー「危険なヴィジョン」（67年）を編纂したほか、講師や評論家など多岐にわたって活躍した。

エリソン, ラルフ　*Ellison, Ralph Waldo*

アメリカの作家

1914.3.1〜1994.4.16

[出]オクラホマ州オクラホマシティ　[学]タスキーギ・インスティテュート（音楽）　[賞]全米図書賞（1952年）

[歴]作曲家を目指しニューヨークに出たが、リチャード・ライトと知り合い、作家生活に入る。1952年アメリカ社会の黒人問題を描いた長編小説「Invisible Man（見えない人間）」を発表、全米図書賞を授与され代表的黒人作家となった。70年以降はニューヨーク大学などの教授を務める傍ら、数多くの雑誌に作品を発表。ほかに評論集「影と行為」（64年）、「テリトリーに行く」（86年）などがある。99年未完成だった小説「ジューンティーンス」が編集され、出版された。

エリソンド, サルバドール　*Elizondo, Salvador*

メキシコの作家

1932.12.19〜2006.3.29

[出]メキシコシティ　[賞]ビリャウルティア賞

[歴]サドやバタイユの影響を受け、幻想的、言語実験的な作品を著し、1965年言語実験的な処女小説「ファラベウフ」を発表してビリャウルティア賞を受賞、68年「秘密の地下墓室」で注目される。他に短編集「ナルダ、もしくは夏」（66年）、「ソエの肖像」（69年）、「書くことの書」（72年）などがある。

エリティス, オディッセウス　*Elýtis, Odýsseus*

ギリシャの詩人

1911.11.2〜1996.3.18

[出]クレタ島イラクリオン　[名]アレプゼリス〈Alepoudelis, Odysseus〉　[学]アテネ大学法科卒, ソルボンヌ大学　[賞]ノーベル文学賞（1979年）

[歴]アテネ大学法科を卒業後、ソルボンヌ大学に学び、当時のパリを支配していたブルトンなどのシュルレアリスムの影響のもとに詩作を開始。1948〜52年パリで活動。「Prosanatolismoi（方向）」（39年）、「Ilios o protos（第一の太陽）」（43年）で名声を博す。ギリシャの風光をイメージによって伝え、“エーゲ海の詩人”と称された。第二次大戦ではアルバニア戦線に従軍、その経験がのちの作品「アルバニアで倒れた少尉に捧げる英雄的哀悼の歌」（45年）などに深みと厳粛さを加えた。他の代表作に「Axion esti（価値がある）」（59年）、「モノグラム」（73年）などがある。79年ノーベル文学賞受賞。現代ギリシャ詩壇の長老だった。

エリヤ, フィリップ　*Hériat, Philippe*

フランスの作家, 劇作家

1893.9.15〜1971.10.10

[出]パリ　[名]パイエル, レーモン・ジェラール〈Payelle, Raymond Gérard〉　[賞]ルノードー賞（1931年）, フランス国民文学賞（1931年・1939年）, ゴンクール賞（1939年）, アカデミー・フランセーズ小説大賞

[歴]パリのブルジョワ家庭に生まれる。最初は映画に関係し、俳優として多く出演。1931年の処女作「無実の男」（31年）はルノードー賞を受賞。ブルジョワ家庭のブサルデル家の変遷を描いた「ブサルデル家」でアカデミー・フランセーズ小説大賞を受賞し、第2巻「甘やかされた子供たち」でゴンクール賞を受賞。続く「金公使」（57年）、「愛する時」（68年）の全4巻で知られる。劇作に「喪の結婚」（53年）がある。

エリュアール, ポール　*Eluard, Paul*

フランスの詩人

1895.12.14〜1952.11.18

[出]サンドニ　[名]グランデル, ユージェーヌ〈Grindel, Eugène〉

[歴]学生時代肺を病みスイスのサナトリウムで過す。第一次大戦後ブルトン、アラゴンとともにダダイスム、シュルレアリスム運動の推進者として活躍。1926年詩集「苦悩の首都」、29年「愛・詩」を発表。第二次大戦中は対独レジスタンスに参加し、42年フランス共産党に入党。同年有名な詩編「自由」を含む「詩と真実42年」を発表、フランスを代表する詩人としての地位を確固たるものにした。解放後も行動する詩人として、愛と自由の精神に貫かれた旺盛な詩作活動を続けた。他の詩集に「途絶えることのない詩」（46年）、「フェニックス」（51年）など。

エリン, スタンリー　*Ellin, Stanley*

アメリカの推理作家

1916〜1986.7.31

[出]ブルックリン　[賞]エラリー・クイーン・ミステリー賞, MWA賞（2回）

[歴]ブルックリン・カレッジ卒業後、農夫、教師、製鉄所職員などを転々として、第二次大戦に従軍。戦後、推理作家として立ち、「The Speciality of the House and Other Stories（特別料理）」、「The Blessington Method and Other Strange Tales」（1954年）など恐怖感に満ちた作品を収めた短編集があり、異色の作風を見せるスリラー作家として知られる。短編作品「パーティーの夜」「ブレッシントン計画」でMWA賞を受賞。

エール, ジャン・マルセル　*Erre, Jean-Marcel*

フランスの作家

1971〜

[出]ペルピニャン

[歴]2006年に第1作「犬の面倒を見て」がヒットし、以来、フランス文学界で独特の存在感を示す作家として活躍。南仏の高等学校で文学と映画を教える傍ら、12年には「シャーロックの謎」が二つの文学賞にノミネートされた。

エル・アッカド, オマル　*El Akkad, Omar*

カナダ在住のエジプトの作家

1982〜

[出]カイロ

[歴]エジプトのカイロで生まれ、ドーハで育った後、1998年家族でカナダに移住。カナダの大手新聞社「グローブ・アンド・メール」で調査報道に携わり、アフガニスタン戦争、キューバ・グアンタナモ米軍基地のテロ容疑者収容施設問題、エジプトの“アラブの春”、アメリカのミズーリ州ファーガソンで起きた白人警察官による黒人少年射殺事件などの取材を手がける。2017年「アメリカン・ウォー」で作家デビュー。同年邦訳の出版に合わせて来日。

エルキン, スタンレー　*Elkin, Stanley Lawrence*

アメリカの作家

1930.5.11〜1995.5.31

[出]ニューヨーク　[学]イリノイ大学卒

[歴]1960年からセントルイスのワシントン大学教授。「ボズウェル」（64年）で作家デビュー。長編小説を得意とし、真面目で滑稽な小説を書く作家として知られた。ユダヤ系の宿命に根ざした内容が多く、短編集「グチ人間とオセッカイ人間」（66年）、「悪い男」（67年）がある。他の作品に「ディック・ギブソン・ショー」（71年）、「アレックスとジプシー」（73年）、「ザ・リビング・エンド」（79年）、「ジョージ・ミルズ」（82年）、「魔法の王国」（85年）などがある。

エルキンズ, アーロン　*Elkins, Aaron J.*

アメリカのミステリー作家

1935.7.24〜

[出]ニューヨーク市ブルックリン　[学]ハンター・カレッジ, アリゾナ大学, カリフォルニア大学　[賞]MWA賞最優秀長編賞（1988年）, アガサ賞最優秀短編賞（1992年）
[歴]ハンター・カレッジで人類学の学士号を、アリゾナ大学で同修士号を取得し、カリフォルニア大学で心理学を専攻。卒業後の数年間は、アメリカ各地で教壇に立つ。1982年作家としてデビュー、85年から専業作家となる。骨を手がかりに謎を解く人類学者ギデオン・オリバー教授が活躍するミステリー〈スケルトン探偵〉シリーズは、専門的知識に対する興味とともに、個性豊かな登場人物や軽快な語り口が人気を呼び、シリーズ4作目「古い骨」（87年）でアメリカ探偵作家クラブ賞（MWA賞）の最優秀長編賞を受賞。美術館学芸員クリス・ノーグレンが活躍する〈クリス・ノーグレン〉シリーズもある。また、愛妻家としても知られ、夫人のシャーロット・エルキンズと合作でプロゴルファーの〈リー・オフステッド〉シリーズなども発表している。
[家]妻＝シャーロット・エルキンズ（作家）

エルキンズ, シャーロット　*Elkins, Charlotte*
アメリカの作家
1948.7.4〜
[名]別筆名＝スペンサー, エミリー　[賞]アガサ賞最優秀短編賞（1992年）
[歴]教師や司書を経て、作家に転身し、エミリー・スペンサーの名義でロマンス小説を発表。1972年ミステリー作家のアーロン・エルキンズと結婚。夫との共作にプロゴルファーの〈リー・オフステッド〉シリーズのほか短編が多数あり、「Nice Gorilla」でアガサ賞最優秀短編賞を受賞した。
[家]夫＝アーロン・エルキンズ（ミステリー作家）

エルスホット, ヴィレム　*Elsschot, Willem*
ベルギーのオランダ語作家, 詩人
1882.5.7〜1960.5.31
[出]アントワープ　[名]Josephus de Ridder, Alfons
[歴]ベルギーのオランダ語圏の作家。広告業界に身を置きながら、その体験から着想を得て、1913年「薔薇荘」でデビュー。46年までの間に11編の短編小説と1冊の詩集を発表した。他の作品に「9990個のチーズ」（33年）などがある。

エルダーキン, スーザン　*Elderkin, Susan*
イギリスの作家
1968〜
[出]サセックス州　[学]ケンブリッジ大学卒, イースト・アングリア大学大学院創作科　[賞]ベティ・トラスク賞
[歴]ケンブリッジ大学を卒業し、イースト・アングリア大学創作科で修士号を取得。アイスクリームの販売員やスロバキアの靴工場で英語教師の職を経験し、作家となる。2000年刊行のデビュー長編作「チョコレート・マウンテンに沈む夕日」でベティ・トラスク賞を受賞。02年には“オレンジ・フューチャーズ”（イギリスのオレンジ文学賞審査委員会が21世紀の初めに全世界から選んだ21人の女性作家）に名を連ねる。また長編第2作の「奏でる声」も複数の文学賞の候補となり、同作を発表した03年には、文芸誌「グランタ」によって“イギリス新鋭作家20傑”に選出された。

エルダーショー, M.バーナード　*Eldershaw, M.Barnard*
オーストラリアの作家, 歴史作家
[歴]M.バーナード・エルダーショーは2人の女性作家の筆名。マジョリー・フェイス・バーナード（Marjorie Faith Barnard, 1897.8.16〜1987.5.8）とフローラ・エルダーショー（Flora Eldershaw, 1897.3.16〜1956.9.20）の2人は共にシドニーに生まれ、シドニー大学で学ぶ。2人は29〜47年に合作で5編の小説、3編の歴史書などを刊行。代表作は「家は建てられた」（29年）、「明日そして明日」（47年）。バーナードは29年に単独で最初の小説を発表し、歴史小説を多く執筆。「オーストラリア史」（62）で知られる。83年パトリック・ホワイト文学賞を受賞した。

エルデネ, センギィーン　*Erdene, Sengijn*
モンゴルの作家, 詩人
1929.12.7〜2000
[出]ヘンティ・アイマグ　[学]チョイバルサン国立大学医学部（1955年）卒
[歴]羊飼いの家に生まれる。10代後半から詩を書きはじめ、1956年に処女詩集「草原を行く」を出版。その後はもっぱら短編、中編小説を書き、短編の名手として現在のモンゴル文学界を代表する書き手の一人となる。その真骨頂はいわゆる心理小説にあり、革命後まだ歴史の浅いモンゴルの小説に全く新しい分野を開拓したとされる。モンゴルでは数少ない職業作家だった。作品に「地平線のこなた」「一年（ひととせ）過ぎて」「日中の星」などがある。映画「チンギス・ハーン」の脚本も担当。93年来日。

エルドマン, ニコライ・ロベルトヴィチ
Erdman, Nikolai Robertovich
ソ連の劇作家
1902.11.16〜1970.8.10
[出]ロシア・モスクワ　[賞]スターリン賞
[歴]ドイツ系ロシア人。舞台装置家の兄ボリスの影響で最初軽演劇用の時事風刺台本を手がけ、革命直後のソ連市民の生活を、洒落と風刺で描いた喜劇「委任状」（1925年）を創作。国内外で爆発的な人気となり、日本でも28年に東京の築地小劇場で上演された。第2作「自殺者」（28年）は32年上演禁止となる。以後は映画、オペラ、オペレッタの台本、ドストエフスキーの「ステパンチコボ村」（57年上演）、レールモントフの「現代の英雄」（65年上演）の脚色を手がけたのみだった。
[家]兄＝ボリス・エルドマン（舞台装置家）

エルトン, ベン　*Elton, Ben*
イギリスの作家, コメディアン
1959〜
[出]キャットフォード　[学]マンチェスター大学（演劇）　[賞]CWA賞ゴールド・ダガー賞（1996年）
[歴]在学中からスタンダップ・コメディアンとして頭角を現す。コメディアンとしての活動に加えて、テレビのコメディ番組の脚本家、劇作家、映画俳優と、多岐にわたって活動。作家としても活躍し、イギリスやオーストラリアではいずれもベストセラーとなる。1996年ミステリー「ポップコーン」でイギリス推理作家協会賞（CWA賞）のゴールド・ダガー賞を受賞。

エルナンデス, アマド　*Hernandez, Amado*
フィリピンのタガログ語作家, 詩人
1903.9.13〜1970.3.24
[出]マニラ　[名]Hernandez, Amado Vera　[賞]パランカ記念文学賞, フィリピン国家芸術賞（1973年）
[歴]タガログ語新聞「マブハイ」の記者として執筆活動を始め、第二次大戦中は対日ゲリラ活動に参加。戦後は労働運動に傾倒し、1951〜56年国家反逆罪のかどでモンテンルパ刑務所に留置された。獄中では代表作といわれる詩集「一片の空」（61年）を執筆。長編小説「猛禽」（60年）、「鰐の涙」（62年）では資本家や地主に虐げられる民衆の姿を描いた。他の作品に、詩集「自由な祖国」（70年）など。没後の73年、国家芸術賞が授与された。

エルナンデス, ミゲル　*Hernández, Miguel*
スペインの詩人, 劇作家
1910.10.30〜1942.3.28
[出]オリウエラ
[歴]農民の子。オリウエラで羊飼いの傍ら独学し、スペイン古典文学との出会いによって詩作へ関心を持つようになる。詩人ラモン・シヘーの勧めで詩、宗教劇を発表。1934年マドリードに出て、アレイクサンドレ、ネルーダらと友好を深める。36〜39年のスペイン市民戦争では共和国軍側で戦い、戦後投獄されて結核で獄死した。難解なイメージの叙情性の高い作風で知られたが、フランコ側に捕えられてからは地味で求道的な

詩風に変わった。主な作品に「月に占う」(33年)、「稲妻はやまず」(36年)、「民衆の風」(37年)、「不在の歌とロマンセ集」(58年, 没後発表) などがある。

エルノー, アニー　*Ernaux, Annie*
フランスの作家
1940〜
[出]ソルボンヌ　[学]ルーアン大学卒　[賞]ルノードー賞 (1984年)
[歴]大学卒業後結婚するが2児をもうけて、やがて離婚。教授資格を持ち長年高等教育に従事してきたが、1974年作家としてデビュー。父を語った自伝的な第4作「場所」で84年度ルノードー賞を受賞、文名が一段と高まった。続いて第5作「ある女」では母を語り、92年発表の第6作「シンプルな情熱」では自らの激しい恋の体験を描き、大反響をよびベストセラーのトップに躍り出た。他の作品に「凍りついた女」(81年) など。

エルフグリエン, サラ・B.　*Elfgren, Sara Bergmark*
スウェーデンの脚本家, 作家
1980〜
[名]Elfgren, Sara Bergmark
[歴]映画やテレビドラマの脚本家として執筆活動を始める。2008年作家でジャーナリストのマッツ・ストランドベリと出会い、ティーンエージャーが主人公の物語で意気投合。11年マッツとの共著「ザ・サークル」が作家としてのデビュー作。同作は世界中で翻訳され、国内外で数々の賞を受賞。12年第2作「Eld (ザ・ファイヤー)」、13年第3作「Nyckeln (ザ・キー)」を刊行、3部作〈Engelsfors (エンゲルスフォシュ)〉シリーズは完結し、スウェーデン国内で累計34万部以上売り上げるベストセラーとなった。ファンサービスにと、2.5作目としてスピンオフの短編をコミック仕立てにした「Talesfrom Engelsfors (エンゲルスフォシュの物語)」もある。「ザ・サークル」は映画化もされた。

エルロイ, ジェームズ　*Ellroy, James*
アメリカのミステリー作家
1948.3.4〜
[出]カリフォルニア州ロサンゼルス　[名]Ellroy, Lee Earle　[賞]ウェスト・コースト・ブック・レビュー・ブロンズ・メダル賞 (1982年), MWA賞巨匠賞 (2015年)
[歴]父親はライト・ヘビー級の元ボクサー。10歳の時、母親が殺され、17歳で入隊中に父親も死亡。除隊後は様々な職業を転々としながら、アルコールや薬物に依存して犯罪者同然の生活を送るが、作家を志して更生。1981年「レクイエム」で作家デビュー。82年には2作目の「Clandestine」で同年度アメリカ探偵作家クラブ賞 (MWA賞) の最優秀ペーパーバック賞にノミネートされるとともに、ウェスト・コースト・ブック・レビューからブロンズ・メダル賞を贈られる。87年に発表の「ブラック・ダリア」で作家としての地位を確立。他の作品に〈LA〉シリーズ (「ブラック・ダリア」「ビッグ・ノーウェア」「LAコンフィデンシャル」「ホワイトジャズ」)、「秘密捜査」「ホプキンズの夜」「血まみれの月」「自殺の丘」「ハリウッド・ノクターン」「アメリカン・タブロイド」「わが母なる暗黒」「クライム・ウェイヴ」など。97年「LAコンフィデンシャル」が、2006年には「ブラック・ダリア」が映画化され、話題となった。15年MWA賞巨匠賞を受賞。

エレンブルグ, イリヤ　*Erenburg, Iliya Grigorievich*
ロシア (ソ連) の作家
1891.1.27〜1967.8.31
[出]キエフ　[賞]スターリン平和賞 (1952年), レーニン賞 (1961年)
[歴]ユダヤ系。15歳でボリシェビキの地下運動に参加、17歳で投獄される。釈放後パリに亡命、1910年処女詩集「詩編」を発表、カフェ・ロトンドに集まる芸術家や亡命政治家らと交友を結ぶ。革命後の17年帰国。21年再びパリを訪れるが追放され、ベルギーへ。アヴァンギャルド芸術運動の中心となり、22年処女長編「フリオ・フレニトの奇妙な遍歴」を発表、以後散文に転向。30年代からソ連体制の支持者となり、スペイン内戦や第二次大戦で従軍記者として活躍。戦後はソ連の数少ない国際的知識人として平和運動に奔走。スターリン死後の54年中編「雪どけ」を発表、表題はソ連の自由化を象徴する言葉となり流行語にもなった。他の作品に小説「13本のパイプ」(23年)、「トラストDE」(23年)、「第二の日」(33年)、「パリ陥落」(42年)、「嵐」(47年)、自伝「わが回想」(61〜65年) など。

エロシェンコ, ワシリー　*Eroshenko, Vasilii Yakovlevich*
ロシア (ソ連) の詩人, 童話作家
1890.1.12〜1952.12.23
[出]クルスク県アブホーフカ村　[学]ロンドン王立盲人音楽師範学校
[歴]4歳で失明、モスクワ第一盲学校卒業後1911年ロンドンに渡航。14年来日、東京盲学校特別研究生となった。17年ロシア革命で送金が絶え、東京・新宿中村屋の相馬愛蔵夫妻の援助を受け、秋田雨雀らと交友、日本語による口述筆記の「提燈の話」「雨が降る」を発表。ビルマ、インド旅行後再来日、第2次「種蒔く人」同人となって作品を発表。21年社会主義へ傾斜したため日本追放、中国に渡り、魯迅の支援で北京大学教授。23年帰国、極東勤労者共産主義大学、国立図書出版局などに勤めた。他の著書に「夜明け前の歌」「最後の溜息」「人類のために」「桃色的雲」「エロシェンコ全集」(全3巻) など。

エロフェーエフ, ヴィクトル　*Erofeev, Victor*
ロシアの作家, 評論家
1947〜
[出]モスクワ
[歴]父が外務省高官だった関係で少年期は外国で過ごす。諸外国語に堪能で、フランス文学、ロシア文学に造詣が深く、多くの評論、小説を発表するが、1989年まで本国ソ連では発禁となっていた。90年最初の長編小説「モスクワの美しいひと」を発表、世界の出版界で大きな話題を呼び、15ケ国で翻訳が決まる。ペレストロイカの新世代の旗手として注目されている。また「ニューヨーク・タイムズ」はじめ米・英・仏の紙誌への寄稿家としても活躍。ナボコフの研究家として、ロシア語版「ロリータ」の序文を書いている。

エロフェーエフ, ベネディクト　*Erofeiev, Venedikt*
ロシア (ソ連) の作家
1938.10.24〜1990.5.11
[出]ムルマンスク州　[学]モスクワ大学文学部中退
[歴]不遇な少年時代を送るが、成績優秀で1955年モスクワ大学文学部に入学。人生のエリート・コースに嫌気がさし、退学。大学時代から文学作品を書き始め、種々雑多な職業で生計を立てながら執筆活動を続けるが、いずれも出版される事なく多くの作品が散逸。70年執筆した「酔いどれ列車、モスクワ発ペトゥシキ行」は地下出版でベストセラーになった。ペレストロイカ後国内で作品が刊行され、戯曲が上演されるようになって間もなく病死した。

袁 犀　えん・さい　*Yuan Xi*
中国の作家
1920〜1979
[出]遼寧省瀋陽　[名]郝 慶松, 別筆名＝李 克異　[賞]大東亜文学賞 (1943年)
[歴]日中戦争下の淪陥区 (被占領地区) で作家活動をし、地下抗日活動にも従事。1941年「泥沼」が発禁となり逮捕される。釈放後、北京に脱出。43年「貝殻」で日本文学報国会主宰の第1回大東亜文学賞を受賞。これが遠因で反動文人として文化大革命による長期の迫害を受けたが、70年代末に名誉回復。他の作品に「楊靖宇」「帰心矢の如し」「歴史のこだま」など。
[家]妻＝姚 錦 (作家)

袁 水拍　えん・すいはく　*Yuan Shui-pai*
中国の詩人
1919.2〜1982.10.29
[出]江蘇省呉県　[名]袁 光楣, 筆名＝馬 凡陀

㋒大学卒業後、銀行に勤める。抗日戦争が起きると詩作を始め、「人民」(1940年)、「冬よ、冬」(42年)などの詩集を出す。第二次国共内戦中は上海で新聞の編集に携わりながら馬凡陀の筆名で民謡の形式による政治諷刺詩を発表、「馬凡陀山歌」(46年)、「馬凡陀山歌続集」(48年)、「解放山歌」(48年)などの詩集に収められた。中華人民共和国成立後も新聞や雑誌、文芸関係の仕事に従事。チリの詩人パブロ・ネルーダの翻訳「ネルーダ詩文集」(51年)もある。文化大革命で批判を受けたが、74年名誉回復。

閻連科 えん・れんか Yan Lian-ke
中国の作家
1958〜
㋐河南省嵩県 ㋑河南大学, 解放軍芸術学院卒 ㋓魯迅文学賞, 老舎文学賞, フランツ・カフカ賞(2014年)
㋒貧しい農村に生まれる。高校中退で就労、20歳の時に人民解放軍に入隊する。在軍中に河南大学と解放軍芸術学院を卒業。1980年代末から小説を発表し、長編8編、中編40編、短編60編を著す。2004年軍を離れ、北京市作家協会に所属して作家活動に専念。「堅硬如水」で魯迅文学賞を、「受活」で老舎文学賞を受賞。14年にはフランツ・カフカ賞を受賞。作品は日本の他、20以上の国・地域で出版されている。邦訳書に「愉楽」「丁庄の夢」「人民に奉仕する」など。現代中国を代表する反体制派の作家で、ノーベル文学賞に最も近い中国人作家といわれる。

エンクヴィスト, ペール・ウーロヴ Enquist, Per Olov
スウェーデンの作家, 劇作家
1934.9.23〜
㋐ヴェステルボッテン地方 ㋑ウプサラ大学(スウェーデン語・歴史)(1960年)修士課程 ㋓北欧議会文学賞(1968年), ネリー・ザックス賞(2003年)
㋒大学卒業後、新聞などで書評を手がけた後、1961年「水晶眼」で作家デビュー。64年の「催眠術師の五度目の冬」、66年の実験小説「ヘス」で注目される。ドキュメント風の「外人部隊」(68年)で北欧議会文学賞を得、作家としての地位を確立した。社会の様々な闘いを、知的に正確な描写で描く作風。他の作品に、スポーツ界の腐敗を暴いた「セコンド」(71年)、反動主義の台頭を取り上げた政治小説「果されなかった蜂起の時」(74年)のほか、「音楽家たちの行進」(78年)、「ネモ船長の図書館」(91年)、「侍医の訪問」(99年)など。戯曲にストリンドベリの結婚に材を得た「レスビアンたちの夜」(75年)、「シェ・ヌー」(76年)、「雨蛇の生活から」(81年)などがある。現代のスウェーデン演劇界を代表する劇作家の一人。

エングダール, シルビア・ルイーズ Engdahl, Sylvia Louise
アメリカのSF作家
1933.11.24〜
㋓ニューベリー賞オナーブック(1970年)
㋒12歳のとき、学校の授業で天文学を習い、今後25年以内に人間が月に行く日が必ずくると確信する。のちにコンピューターのプログラマーの職に就くが、自分がひとつのことだけにしか心を集中できない人間だと悟り、職を離れ、ポートランドへと住いを移し、以前から書きとめておいた思いつきを小説の形へと発展させていく作業に取りかかる。最初の作品「Enchantress from the Stars (異星から来た妖精)」(1970年)はニューベリー賞オナーブックに選ばれた。以後毎年のようにSF、ノンフィクション、アンソロジーの仕事を発表している。

エングル, ポール・ハミルトン Engle, Paul Hamilton
アメリカの詩人, 創作教育指導者
1908.10.12〜1991.3.22
㋐アイオワ州 ㋑アイオワ大学 ㋓エール大学新鋭詩人
㋒大学在学中に詩を書き始める。24歳で最初の詩集を出版、エール大学新鋭詩人を受賞。30代で作家の養成に強い関心を持ち、アイオワ大学に創作科の設立を提案。大学に反対されたが、地元から寄付を集め第二次大戦中に創作科を発足。1967年国務省の支援により、同大学に国際創作プログラムも設立。87年退職するまで詩人であると同時に大学における創作教育の指導者として、多くの作家を輩出した。

エンゲル, マリアン Engel, Marian
カナダの作家
1933.5.24〜1985.2.16
㋐オンタリオ州トロント ㋑マクマスター大学, マッギル大学 ㋓カナダ総督文学賞(1976年)
㋒トロントで生まれ、幼少期はオンタリオ州で過ごす。大学在学中に奨学金を得てフランスに留学、フランス文学を研究し、その後ロンドンとキプロスで働く。この経験から着想を得て、帰国後「Monodromos」(1973年、「One-Way Street」として74年再版)を書く。特に総督文学賞を受けた「熊」(76年)は、熊と愛し合う女性を描いて評判になった。修道女を描いた「ガラスのような海」(78年)など社会の中の女性の状況をテーマとしたものが多い。カナダ作家組合の初代議長を務めた。死後に短編集「いれずみの女」(85年)が出版された。

エンツェンスベルガー, ハンス・マグヌス Enzensberger, Hans Magnus
ドイツの詩人, 評論家
1929.11.11〜
㋐バイエルン州カオフバイレン ㋑エアランゲン大学, パリ大学 Ph.D. ㋓Hugo Jacobi Prize(1956年), Kritiker Prize(1962年), ビューヒナー賞(1963年), パゾリーニ賞(1982年), ハインリッヒ・ベル賞(1985年), アストゥリアス皇太子賞(2002年)
㋒第二次大戦後、通訳、闇商人、バーテンダーなどをしながらギムナジウムを卒業。エアランゲン大学、パリ大学では文学と哲学を専攻。"47年グループ"の一人。1955年学位論文「ブレンターノの抒情作品—ドイツ・ロマン派の詩学」で注目を浴び、57年処女詩集「Verteidigung der Wölfe(狼たちの弁明)」を発表、続く「国の言葉」(60年)「点字」(64年)と合わせて詩人としての地位を確立した。63年ビューヒナー賞を受賞。また評論の世界でも活躍。詩、評論、いずれにおいても資本主義体制批判の立場をとる。65年より先鋭的思想誌「Kursbuch(時刻表)」を主宰。80年には「Trans Atlantic」誌を創刊した。他の著書に、評論集「細目」(62年)、「政治と犯罪」(64年)、「ヨーロッパ半島」(87年)、長編詩「タイタニック沈没」(78年)、戯曲「ハバナの審問」(70年)、「人間好き」(84年)、記録文学「スペインの短い夏」(72年)、「がんこなハマーシュタイン—ヒトラーに屈しなかった将軍」(2008年)など。また人気ソングブック「千枚皮」の編集担当のほか、「ねこのアイウエオ」「数の悪魔—算数・数学が楽しくなる12夜」など、子供向けの本もある。1973年に来日、講演を行った。

エンデ, ミヒャエル Ende, Michael
ドイツの児童文学作家
1929.11.12〜1995.8.28
㋐ガルミッシュパルテンキルヒェン ㋑Ende, Michael Andreas Helmuth ㋑オットー・ファルケンベルク演劇学校卒 ㋓ドイツ児童文学賞(2回)
㋒シュトゥットガルトのシュタイナー学校を経て、ミュンヘンの演劇学校を終え、しばらく俳優を続けるが、1943年頃から創作を始め、60年に「ジム・ボタンの機関車大旅行」を発表、ドイツ児童文学賞を受け、一躍有名な作家となる。代表作「モモ」(71年)は30ヶ国で翻訳、出版され世界中で評判となった。また「はてしない物語」は映画「ネバー・エンディング・ストーリー」の原作として知られる。他に「サーカス物語」、連作短編小説集「鏡のなかの鏡」、戯曲「ゴッゴローリ伝説」「遺産相続ゲーム」、歌詞集「夢のボロ市」、絵本「がんばりやのめのトランキラ」などの作品がある。89年シュルレアリスム画家の父エトガーとの「エンデ父子展」が日本で開催された。この間、女優のインゲボルク・ホフマンと結婚するが、85年死別。同年「はてしない物語」の日本語翻訳者・佐藤真理子と再婚。親日家でもあった。

[家]父＝エトガー・エンデ（シュルレアリスム画家）, 妻＝佐藤真理子（「はてしない物語」の翻訳者）

エンプソン, ウィリアム　*Empson, William*
イギリスの詩人, 批評家
1906.9.27～1984.4.15
[出]ヨーク州フルフォード・ホワイトハウス　[学]ウインチェスター・カレッジ, ケンブリッジ大学モダーン・カレッジ（1926年）卒
[歴]ウインチェスターカレッジを経て、ケンブリッジ大学モダーン・カレッジで数学を専攻。1926年数学優等生試験第1部で1等を取り、B.A.の学位を取得して卒業、更に文学に転じ、29年英文学優等生試験第1部で特等を取って及第する。在学中に書いた「Seven Types of Ambiguity（曖昧の7つの型）」を30年に発表し、批評家としての地位を確立、当時の〈新批評家〉たちに大きな影響を与えた。また17世紀の形而上学的な詩の影響を受けた難解な詩を書くことでも知られており、35年詩集「Poems」を刊行。31年東京文理科大学に英文学講師として招かれて来日、34年に帰国するまでに東京帝国大学でも教えた。その後37年～39年と47年～52年の2回北京の燕京大学で教鞭を執り、53年以降はシェフィールド大学の英文学教授を務める。79年ナイト爵位を叙せられる。他の著書に評論「牧歌の諸変奏」（34年）「複雑語の構造」（51年）、詩集「吹きつのる嵐」（40年）「全詩集」（55年）など。

エンライト, アン　*Enright, Anne*
アイルランドの作家
1962～
[出]ダブリン　[賞]ブッカー賞（2007年）
[歴]RTEのテレビシリーズ「ナイト・ホークス」のプロデューサーを務めたのち、1995年より作家として活動。2007年、4作目の「ザ・ギャザリング」でイギリスで最も栄誉ある文学賞・ブッカー賞を受賞。他の作品に「ポータブル・ヴァージン」「父がつけていたカツラ」「What Are You Like？」などがある。

エンライト, D.J.　*Enright, Dennis Joseph*
イギリスの詩人, 文学者
1920.3.11～2002.12.31
[出]ウォリック州レミントンスパー　[名]号＝猿来都　[学]ケンブリッジ大学卒, アレクサンドリア大学（エジプト）
[歴]アイルランド系移民の子。ケンブリッジ大学でリービスの指導を受け、世界各地の大学で教え、日本でも1953～56年甲南大学などで教鞭を執った。60～70年シンガポール大学教授。50年代“ムーブメント”詩派の一人。知的で軽妙な作風で、自伝的な「恐ろしい鉄」（73年）のほか、詩集「笑うハイエナ」（53年）、「花より団子」（56年）、「大地の娘」（72年）、「全詩集 1948-98」（98年）などを発表。他に日本印象記「露の世界」（55年）、回想記「乞食教授の回顧録」（69年）、評論集「人は玉ねぎ」（72年）などのほか、児童読物など。

エンリケス, マリアーナ　*Enriquez, Mariana*
アルゼンチンの作家, ジャーナリスト
1973～
[出]ブエノスアイレス
[歴]1995年「降りるのは最悪」で作家デビュー。短編集「わたしたちが火の中で失くしたもの」（2014年）は20ケ国以上で翻訳された。「パヒナ/12」紙の発行にも携わる。

【オ】

オ・ジョンヒ　呉 貞姫　*Oh Jung-hee*
韓国の作家
1947～
[出]ソウル　[学]ソラボル大学創作学科　[賞]李箱文学賞（1979年）, 東仁文学賞（1982年）
[歴]両親は北朝鮮の海州から38度線を越えて逃れてきた失郷民。朝鮮戦争勃発で忠清道の田舎に家族と共に避難。休戦後、小学校2年生のとき仁川に移り、6年生で再びソウルに戻る。小学校時代を李承晩大統領、中学以降は朴正煕大統領の治下で過ごす。大学在学中の1968年、新聞の新春文芸に短編「玩具店の女」が当選し登壇。寡作だが着実な創作活動を続け、79年「夜のゲーム」で李箱文学賞、82年「銅鏡」で東仁文学賞と、韓国の2大文学賞を受賞。作品には英・仏・西・独語に翻訳されているものも多い。作品集に「金色の鯉の夢―オ・ジョンヒ小説集」。

オ・テソク　呉 泰錫　*Oh Tae-seok*
韓国の演出家, 劇作家
1940.10.11～
[出]忠清南道　[学]延世大学哲学科卒　[賞]韓国現代文学賞（1972年）, 東亜演劇賞（1991年）, 大山文学賞（1993年）, 韓国演劇大賞, 大韓民国文学賞
[歴]大学在学中から演劇活動を始め、1977年韓国国立劇場の嘱託劇作家兼演出家に就任。81年日本の俳優を相手に自作の「草墳」を演出。82年「母をテーマとしてた一人芝居」国際競作に参加。84年劇団木花（モクファ）を創設。87年利賀フェスティバル、88年三井フェスティバルに木花を率いて参加。89年現代劇「火の国」日本公演。2006年シェイクスピアの原作を朝鮮王朝時代に置き換えた代表作「ロミオとジュリエット」日本公演を開催。ソウル五輪で開・閉会式を演出し、韓国国立劇場で劇団の芸術監督も務める。伝統芸能を重視した創作劇を手がける韓国現代演劇界の第一人者で、“韓国演劇界の父（アボジ）”と呼ばれる。代表作に「春風の妻」など。

オア, メリー　*Orr, Mary*
アメリカの作家, 女優
1910.12.21～2006.9.22
[出]ニューヨーク市ブルックリン　[学]シラキュース大学　[賞]脚本家組合賞
[歴]シラキュース大学在学中から舞台に立ち、アメリカ演劇芸術アカデミーに学ぶ。1938年ブロードウェイに進出。夫で劇作家のレジナルド・デナムとテレビドラマや戯曲を共作し、46年「コスモポリタン」誌に田舎出身の女性がブロードウェイのスター女優にのし上がっていく小説を発表。50年同作がジョーゼフ・マンキーウィッツ監督により「イヴの総て」として映画化され、アカデミー賞で作品賞、監督賞、脚色賞など6部門を受賞、自身も脚本家組合賞を得た。

オイドブ, チョイジャムツィーン　*Oyidob, Čoijamču-yin*
モンゴルの劇作家
1917～1963.5.25
[出]ウブルハンガイ　[賞]チョイバルサン賞（1947年）
[歴]26歳の時にモンゴル人民革命党に加わり、翌年モンゴル作家同盟のメンバーとなる。第二次大戦後に執筆活動を始め、処女作「若者ドロードイ」（1944年）で高い評価を得る。以後、人気作家としての地位を確立し、47年戯曲「道」でモンゴルの文芸賞チョイバルサン賞を受賞。他の作品に、「誕生日」（46年）、「私の喜び」（46年）、「幸福を求めたムンフー」（47年）、「大嘘つき」（49年）など。モンゴル作家同盟のメンバー、チミドとの合作による歌劇「幸福の道」（51年）もある。

王 亜平　おう・あへい　*Wang Ya-ping*
中国の詩人
1905.3.11～1983.4.6
[出]河北省威県　[名]王 福全, 字＝減之
[歴]1932年中国詩歌会に参加して詩の大衆化に努める傍ら、詩集「都市の冬」（35年）、「カモメの歌」（36年）を出版。日本留学中に抗日戦争が始まると帰国、重慶から中国共産党の根拠地へ赴き、「平原文芸」を編集。詩や笑話、講談を得意とし、他の詩集に「王亜平詩選」（55年）、「輝く星」（60年）などがある。

王 安憶　おう・あんおく　*Wang An-yi*
中国の作家

1954.3.6～1996
[出]南京　[学]初級中学(1969年)卒
[歴]作家・茹志鵑の娘。南京に生まれ、後、上海に移る。文化大革命中の1969年安徽省の農村へ下放。71年共産団加入、72年文工団音楽隊に移る。75年頃より創作を始め、77年「誰是未来的中隊長(未来の中隊長は誰)」で児童文学コンクール2等受賞。以後、知識青年の苦悩、理想をテーマにした「雨、沙沙沙」(80年)、「本次列車終点」など精力的に執筆。83年母と共に3ケ月訪米、帰国後中国農民の生き方の原点を見つめた「小鮑荘」(86年)や、性の問題を追求した「小城の恋」などの〈恋〉シリーズで作風に変化を見せ、平凡な日常生活をさりげない、繊細なタッチでスケッチする。80年代初めに頭角を現した若手の中では最も長い作家歴の持ち主の一人で、知識青年下放体験組の世代を代表する作家だった。88年中国文連第5期全国委員、89年3月上海作家協会副主席。
[家]母＝茹 志鵑(ジョ・シケン)(作家)

王 家達　おう・かたつ　*Wang Jia-da*
中国の作家
1939～
[出]甘粛省蘭州　[学]蘭州大学中文系(1965年)卒　[賞]魯迅文学賞，敦煌文学賞，当代文学賞，人民文学優秀作品賞
[歴]1950年代より雑誌「人民文学」「中国青年」などに作品を発表。一方、文芸雑誌「甘粛文芸」「飛天」の編集に長く携わる。雑誌「当代」に発表した中編小説「清凌凌的黄河水」はイギリス、アメリカ、カナダ、オーストラリアで翻訳・紹介された。96年12月「敦煌之恋(敦煌の夢)」を発表、魯迅文学賞、敦煌文学賞、当代文学賞、人民文学優秀作品賞など数々の文学賞を受賞し、一部が高校の教科書に採用される。他の作品に、長編「鉄流西進」、小説集「雲霧草」などがある。

王 実味　おう・じつみ　*Wang Shi-wei*
中国の作家
1906.3～1947
[学]北京大学卒
[歴]大学卒業後、創作活動を開始。1937年共産党に入党。42年延安の中央研究院に属し、エッセイ「野百合の花」を発表して幹部の特権を批判。さらに同院で“整風運動”が始まると壁新聞で党の“作風”を正した。「野百合の花」が本人の知らない間に国民党の反共宣伝に利用されたため、同年末スパイとして党籍を剥奪され中央情報部に逮捕される。47年反革命分子として処刑された。その後未亡人により容疑の見直しが要求され、92年冤罪として49年ぶりに名誉回復された。

王 若望　おう・じゃくぼう　*Wang Ruo-wang*
中国の作家，評論家，反体制活動家
1918.3.1～2001.12.19
[出]江蘇省武進県　[名]王 寿華　[学]陝北公学卒
[歴]1933年上海で薬品工場見習い工をしながら共産主義青年団に加盟、雑文などを書く。34年左翼連合に加盟、地下出版物の編集に携わったが、国民党に逮捕され、以降獄中より「生活報」などに詩を投稿した。37年釈放されて延安に移り、陝北公学に入り、中国共産党に入党。42年「七月」に小説「站年漢」を発表。解放区で雑誌編集に従事。新中国成立後は上海総工会宣伝部長、中共華東局文芸処副処長、「文芸月報」副編集長などを歴任したが、57年右派分子として労働改造に送られる。62年“右派”のレッテルははずされるが、文化大革命の際、作品「一口大鍋的故事」が批判され、三たび逮捕、74年まで獄中にあった。78年「上海文学」編集長となってからは文芸と政治の関係を論じ、文芸が階級闘争の道具となることに反対した。79年名誉回復。87年ブルジョア自由化を煽動したとして共産党から除名。89年の民主化要求運動の際には、鄧小平に公開書簡を送り、開明的な決定を下すよう訴えて逮捕された。90年仮釈放、92年コロンビア大学の招きで渡米、大学で中国近代文学を講義した。95年ニューヨークで結成された中国民主党の初代主席に選出された。現実の空想的美化や文芸の官僚統制に反対する容赦なき論陣を張り、文芸の自由擁護派の理論的中心人物だった。他の作品に自伝的中編「飢餓三部曲」の他、「無罪の女囚」「毛沢東の話」「王若望自伝」などがある。

汪 静之　おう・せいし　*Wang Jing-zhi*
中国の詩人
1902.7.20～1996
[出]安徽省績渓　[学]浙江第一師範
[歴]浙江第一師範に学び、魯迅・周作人に師事して詩を発表。五四運動以前に口語詩に取り組み、1922年処女詩集「蕙の風」で注目を集める。また馮雪峰、応修人、魏金枝、柔石らと晨光文学社、湖畔詩社を組織し、20年代前半の詩壇で活躍。性の露骨な描写を得意とした。45年以降、復旦大学など教鞭を執った。

王 聡威　おう・そうい　*Wang Tson-uei*
台湾の作家，編集者
1972～
[出]高雄　[学]国立台湾大学哲学科卒，国立台湾大学芸術史研究科修士課程　[賞]台湾文学賞，宗教文学賞，打狗文学賞，巫永福文学賞
[歴]デビュー以降、台湾文学賞、宗教文学賞、打狗文学賞など、数々の文学賞を受賞。2003～05年甘耀明、伊格言ら7人の若手作家たちと“8P”を結成、新たな創作活動を宣言する。08年長編小説「濱線女兒—哈瑪星思戀起(浜線の女—ハマセン恋物語)」で巫永福文学賞を受賞。他の作品に「師身(女教師)」(12年)、「生之静物」(16年)など。雑誌編集者としても活躍し、09年台湾を代表する文芸誌「聯合文学」の編集長に就任。

王 拓　おう・たく　*Wang Tuo*
台湾の作家，評論家
1944～
[出]基隆郊外・八斗子　[名]王 紘久　[学]台湾師範大学，台湾政治大学大学院
[歴]苦学して台湾師範大学を卒業。教職に就いたのち政治大学大学院に学んだ。初期の作品は故郷近郊の漁村を背景としたものが多い。小説集に「金水おばさん」「君よ早く帰れ」などがある。創作活動のほか評論、政治活動にも携わる。文学評論の分野では文学の社会性を重視する“現実主義”の旗手であり、1977年に発表した2編の評論は同年の“郷土文学論戦”の直接のきっかけとなった。78年12月行われる予定だった国民大会代表選挙に立候補し、選挙が中止されたのちも党外運動の活動を続ける。79年に「美麗島」に参加、その後雑誌「春風」を創刊した。79年12月には高雄事件で逮捕され、84年まで入獄。出獄後、長編小説「台北、台北！」「牛肚港の物語」を発表。小説、文芸・文化評論のほか社会評論、政治家へのインタビュー「党外の声」(78年，発禁)などの著作が出版されている。

王 禎和　おう・ていわ　*Wang Zhen-he*
台湾の作家
1940.10.1～1990.9.3
[出]花蓮　[学]台湾大学外文系
[歴]台湾大学在学中、「現代文学」に処女作「鬼・北風・人」を発表。大学を卒業し2年間の兵役を終えた後、花蓮中学の英語教師、航空会社を経て、テレビ局に勤務。1966年陳映真、黄春明らと「文学季刊」を創刊。72年からアイオワ大学に留学して創作上の研鑽を積み、73年帰国。郷土文学の全盛期に「牛車で嫁入り」(67年)、「小林台北に来る」(73年)などを発表、郷土の花蓮に創作の基盤に置いた作風で高い評価を得た。他の作品に「シャングリラ」(80年)、「美人図」(81年)など。

王 統照　おう・とうしょう　*Wang Tong-zhao*
中国の作家，詩人
1897.2.9～1957.11.29
[出]山東省諸城県　[名]字＝剣三
[歴]地主の家に生まれる。1913年雑誌に小説を投稿。18年北京の中国大学に留学。五四運動では積極的に活動し、21年文学研究会に発起人として加わった。理想主義的な作品を多く執筆、30年代には日本の侵略に憤り長編「山雨」(33年)を書いた

が発禁となり、34年ヨーロッパへわたった。35年帰国後、「文学」の編集者となり、のち暨南大学、山東大学で教鞭を執るが、聞一多暗殺に抗議して辞職した。中華人民共和国成立後は文芸界の要職を歴任した。

王 独清 おう・どくせい *Wang Du-qing*

中国の作家, 詩人

1898.10.1～1940.8.31

[出]陝西省長安 [名]王 誠

[歴]1920年勤工倹学で渡仏。留学生の文学結社である創造社に加わり、フランスからバイロン風の詩を寄稿。26年帰国後も後期創造社の幹部として活躍、同年処女詩集「聖母像前」を出版。また、広州中山大学文学院教授、同院長を歴任。その後、トロツキー派に加わった。他の詩集に「ヴェニス」「エジプト人」、自伝小説「長安城中の少年」、戯曲「楊貴妃」などがある。

王 度蘆 おう・どろ *Wang Du-lu*

中国の作家

1909～1977

[出]北京

[歴]北京の貧しい満州人家庭に生まれる。20代から小説を書き始め、武俠精神とラブ・ストーリーをひとつにした作品で後世の武俠小説に多大な影響を与えた。作品に「臥虎蔵龍」などがある。2000年同作品の4部作のうちの3部作目が「グリーン・デスティニー」(アン・リー監督)として映画化された。

王 汶石 おう・ぶんせき *Wang Wen-shi*

中国の作家

1921.11.21～

[出]山西省栄河県 [名]王 礼曽

[歴]小地主で祖父、父ともに教師だったという家庭に生まれる。10代中ばで抗日運動に参加。1942年延安西北文芸工作団に加わり、文化・芸術活動を行った。49年から「群衆文芸」「西北文芸」の副主編も務める。50年短編「親父の憤怒」を「西北文芸」に発表してデビュー。58年の短編集「風雪の夜」が高い評価を受けた。文化大革命中は執筆を禁じられたが、76年に復活。79年より作家協会理事を務める。ほかに短編集「新しき仲間」(58年)、長編「黒鳳」(63年)などがある。

王 蒙 おう・もう *Wang Meng*

中国の作家, 政治家

1934.10.15～

[出]北京市沙灘 [学]平民中学中退 [賞]モンデロ国際文学賞(特別賞)(1987年), 百花賞(1991年)

[歴]インテリの家に生まれ、母の遠い縁者に清朝の学者、紀暁嵐がいる。1945年抗日戦勝利後の国民党の腐敗ぶりに失望し、共産党に接近、48年14歳で同党に入党。民主青年連盟(のち共青団)を中心に活動し、北京解放を迎える。その頃の体験をもとに53年から長編「青春万歳」を執筆、56年に完成。また同年「人民文学」に官僚主義を批判した短編「組織部に新しく来た青年」を発表し、大きな論争を巻き起こした。57年反右派闘争で右派の烙印を押される。62年一時期北京師範大学で現代文学を講じるが、63年自ら申請して新疆ウルムチへ移住、そこでウイグル語を習得。79年名誉回復、北京へ戻り、以後北京文学芸術連合会(文連)に所属して活発な活動を展開。82年4月中国ペンクラブ副会長。83年「人民文学」編集長。85～92年中国作家協会副主席、党中央委員。また、86～89年中国文化相。文化相在任中は一貫して思想の解放、百花斉放(文芸・芸術の自由な発表)を主張、89年春の学生民主化要求運動の際には学生を支持する発言を行って事実上の文化相解任に追い込まれた。92年第14回党大会で代議員に選出され、文化省の党代表にもなるなど復活。99年南京大学兼職教授に就任。主な作品に「最宝貴的」「悠悠寸草心」「春之声」「夜的眼」「布礼」「蝴蝶」「相見时難」「硬いおかゆ」「小豆児」、「恋愛の季節」(92年)、「失態の季節」(94年)、「躊躇の季節」(98年)、作品集に「王蒙選集」(全4巻)などがある。

王 力雄 おう・りきゆう *Wang Li-xiong*

中国の作家, 民族問題研究者

1953～

[出]吉林省長春市 [賞]北京当代漢語研究所当代漢語貢献賞(2002年), 独立中文ペンクラブ創作自由賞(2002年), ヘルマン・ハミット賞(2003年), チベットのための国際委員会真理の光賞(2009年)

[歴]1978年「民主の壁」に参加。94年中国最初の環境NGOとされる自然の友を創設、中心メンバーとして活動するが、2003年組織存続のため除名される。天安門事件直後の1991年、中国の未来を破滅的に描いた小説「黄禍」を台湾で発表。海外の華人社会で大きな話題となり、国内でも海賊版で知識人らに広く読まれる。その言論活動は内外で高く評価され、2002年北京当代漢語研究所から当代漢語貢献賞、同年独立中文ペンクラブにより創作自由賞、03年ヒューマンライツウォッチからヘルマン・ハミット賞、09年チベットのための国際委員会より真理の光賞などを受賞。妻はチベット人作家のツェリン・オーセルで、共著「チベットの秘密」がある。

[家]妻＝ツェリン・オーセル(作家・詩人)

王 魯彦 おう・ろげん *Wang Lu-yan*

中国の作家

1902.1.9～1944.8.20

[出]浙江省鎮海県 [名]王 衡, 筆名＝忘我

[歴]私塾と高級小学に学ぶ。新文化運動に共鳴し、1920年北京へ行き工読互助団に加入。北京大学で魯迅の講義を聴講してエスペラントを学ぶ。22年潘漠華、応修人、馮雪峰らと文学研究団体の明天社を結成、忘我の署名で宣言文を発表した。23年魯迅邸に滞在したエロシェンコの助手として働く。同年短編「秋夜」を発表、またこの頃に文学研究会に加入。「ザボン」(24年)、「黄金」(27年)、「童年の悲哀」(29年)などの短編を執筆、高い評価を得た。日中戦争中は長沙、武漢、桂林などで抗日文化工作に従事したが、44年桂林で病没した。エスペランティストとしても「ユダヤ小説集」(26年)、「シェンキエヴィッチ小説集」(28年)、モリエール「ドン・ジュアン」(33年)、ゴーゴリ「肖像画」などをエスペラント訳した。

オヴェーチキン, ワレンチン・ウラジーミロヴィチ
Ovechkin, Valentin Vladimirovich

ソ連の作家

1904.6.22～1968.1.27

[出]ロシア・タガンログ

[歴]南ロシアのタガンログの工業学校に学ぶ。1924年コムソモール細胞書記。27年処女短編「サベーリン」を地方新聞に発表。29年共産党入党。地方紙の通信員として文筆活動を行う。オーチェルク(記録文学)の方法を開拓し、「コルホーズ物語」(35年)、「プラスコービヤ・マクシーモブナ」(39年)を著す。39年から雑誌「赤い処女地」に中・短編を発表。第二次大戦中は従軍記者として活躍。戦後発表した「地区の日常」(52～56年)は、党の農業指導のあり方に疑問を提起して反響を呼び、スターリン体制批判の先駆けとなった。

オーウェル, ジョージ *Orwell, George*

インド生まれのイギリスの作家

1903.6.25～1950.1.21

[出]インド・ベンガル [名]ブレア, エリック・アーサー〈Blair, Eric Arthur〉 [学]イートン校(1922年)卒

[歴]税関官吏の子としてインドに生まれ、8歳で帰国してイートン校に学ぶ。1922～27年ビルマ警察官。イギリスの帝国主義的植民地政策に不満を感じ、退職して作家を志し、自伝的作品「パリ・ロンドン放浪記」(33年)、「ビルマの日々」(34年)などで認められる。その後、社会主義に傾倒して失業炭坑労働者のルポルタージュ「ウィガン波止場への道」(37年)を発表。同年人民戦線側の義勇軍としてスペイン内線に参加、帰国後に著した「カタロニア賛歌」(38年)はルポルタージュ文学の傑作として名高い。第二次大戦中はBBCで宣伝放送を担当。45年の対ドイツ戦争終結直後、当時友好国であったソ連のスター

リン主義を風刺する「動物農場」を発表して注目を集め、全体主義政治下の社会を描いた未来小説「84年」(49年)で国際的な名声を得た。50年46歳で病死した。

オウジェドニーク, パトリク　*Ouredník, Patrik*
チェコの作家
1957〜
[出]プラハ
[歴]1984年フランスに渡り、チェスの講師として働いたのち、雑誌編集や辞書の編纂に携わりながらチェコ語で創作を開始。2001年に刊行された「エウロペアナ」がヨーロッパ各地で話題を呼ぶ。小説「偶然の一瞬、一八五五」が「ラ・スタンパ」紙(イタリア)の07年のベスト・ブックに選ばれたほか、詩集、戯曲、ユートピア論など、著作多数。現代チェコ文学を牽引する作家。

欧陽 山　おうよう・さん　*Ou-yang Shan*
中国の作家
1908.12.11〜2000.9.26
[出]湖北省荊州　[名]陽 鳳岐, 別筆名＝羅西, 龍貢公
[歴]養父に従い各地を転々とし、種々の階層や底辺の人々の生活に触れ、16歳で短編を発表後文学を志す。1928年上海に出て、30年南京で張天翼らと「幼稚」週刊を創刊。31年広州に戻り、32年普羅(プロ)作家同盟を組織して、労働者を対象とした広東語の雑誌「広州文芸」を創刊。33年広州から追われ、草明と共に上海に逃げ中国左翼作家同盟に加入。35年の短編集「七年忌」などを発表。36年胡風らと「現実文学」誌を創刊、国防文学論戦で魯迅の側に立ち「小説家」誌を創刊。40年重慶で中国共産党に入党、41年延安入りし、文芸座談会と整風運動を経て作風を一変させた。合作化運動に尽力する農民を俗語・方言を使って描いた長編「高幹大(高おとっさん)」(47年)は人民文学の傑作とされた。新中国成立後は広州へ戻り55年中編「前途似綿」、「英雄三生」を書いた。解放後57年からは全5巻の大作「一代風流」を書き始め、「三家巷」(59年)、「苦闘」(62年)、文化大革命期の中断ののち「柳暗花明」(81年)、「聖地」(83年)の4巻を発表した。広東省文連主席、中国作家協会副主席、中国文連全国委員なども務めた。

オーエン, ウィルフレッド　*Owen, Wilfred*
イギリスの詩人
1893.3.18〜1918.11.4
[出]スコットランド・シュロップシャー　[学]ロンドン大学卒
[歴]フランスで英語教師をし、1915年帰国して入隊、フランスに従軍。16年第一次大戦のソンムの激戦に参加。病院に収容された際にジーグフリード・サスーンと出会い影響を受ける。倫理的な態度と勧告的な独特の詩法で争いの悲惨さをうたい、代表作に戦地へ送られていく兵士達の姿を描いた「見送り」、「楽しい名誉」、「項歌」などがある。しかし18年第一次大戦の休戦1週間前に25才で戦死。「詩集」(20年)は友人のサスーンが編集・出版したもの。イギリス最大の戦争詩人といわれ、“オーデン・グループ”の詩人達に影響を与えた。

オーエン, トーマス　*Owen, Thomas*
ベルギーの幻想小説作家, 弁護士
1910〜2002
[出]ルーベン　[名]Bertot, Gérald
[歴]弁護士の家庭に生まれ、自らも弁護士として企業の法律顧問などを務める。一方、精神病患者の犯罪についての研究で博士号を取得。残酷趣味を売りものとする推理小説によって世に出、やがてフランスで活躍する最も本格的な幻想怪奇小説の作家となる。ジャン・レイやフランツ・エランス、ジェラール・プレボーなどとともに“ベルギー幻想派”と称され、アングロ・サクソン系の恐怖小説に見られるような高密度の戦慄をかもし出す。作品集に「La Truie(牡豚)」(1972年)、「La Cave aux crapauds(ひき蛙の穴倉)」(74年)、「黒い玉」(80年)などがある。トーマス・オーエンの筆名は作中に登場する探偵に由来する。

オカイ, アトゥクエイ　*Okai, Atukwei*
ガーナの詩人
1941.3.15〜2018.7.13
[名]オカイ, ジョン・アトゥクェイ〈Okai, John Atukwei〉　[学]ゴーリキー文学大学, ロンドン大学　[賞]ロータス賞(1980年)
[歴]モスクワのゴーリキー文学大学に留学し、ロンドン大学で修士号を取得。ガーナ大学でロシア文学、アフリカ文学を教え、1971年以来ガーナ作家協会会長を務める。81年国際交流基金の招きで来日、「中性子爆弾に捧ぐる茶の湯」という長詩を作った。82年の軍事クーデター後、アクラ市長に就任したが、数ケ月で辞任。ガーナ大学に戻り、パン・アフリカ作家協会を結成して事務局長となる。伝統と近代科学という異質なものの調和と融合を目指す。詩集に「落花」(69年)、「フォントムフロムの誓い」(71年)、代表作に「迷路の対数」(74年)、「マンデラ＝槍」(90年)、児童向け詩集「海のなかのアリ塚」(88年)がある。詩のパフォーマンス化(身体表現化)を目指した。

オカラ, ゲイブリエル　*Okara, Gabriel Imomotimi Gbaingbain*
ナイジェリアの詩人, 作家
1921.4.24〜
[学]ノースウェスタン大学
[歴]イジョ族出身。ヤバのカレッジを卒業して、アメリカのノースウェスタン大学でジャーナリズムを専攻。帰国後州政府の情報担当官、文化センター所長を務める。この間、機関紙「ナイジェリアの潮」を創刊。寓意小説「声」(1964年)は、古典的名作として評判が高い。他に詩集「漁夫の祈り」(78年)や、イジョ族の民話、詩の英語訳がある。

オキボ, クリストファー　*Okigbo, Christopher*
ナイジェリアの詩人
1932.8.16〜1967.8
[学]イバダン大学
[歴]イバダン大学で古典学を専攻。のちナイジェリア大学図書館司書、ケンブリッジ大学出版局西アフリカ代表を務めた。雑誌「トランジション」の編集に従事し、ナイジェリア市民戦争(ビアフラ戦争)の時はビアフラ側から従軍、1967年東部戦線で戦死した。詩集に「天国の門」(62年)、「限界」(64年)、「迷路、雷の道」(71年)などがある。

オキャロル, ブレンダン　*O'Carroll, Brendan*
アイルランドの作家, 脚本家, 俳優
1955.9.15〜
[出]ダブリン
[歴]母はアイルランド下院議員を務めたモーリーン・オキャロル。11人兄姉の末っ子。作家業の傍ら、脚本家、俳優、ラジオプロデューサーもこなし、ナショナル・エンターテインメント・アウォードでアイルランドNo.1エンターテイナーに輝く。作家としての処女作「マミー」(1994年)はベストセラーとなり、アンジェリカ・ヒューストン監督・主演で映画化もされた。同作は続く「チズラーズ」(95年)、「グラニー」(96年)と「アグネス・ブラウン」3部作を形成、アイルランドで大ヒットした。
[家]母＝モーリーン・オキャロル(アイルランド下院議員)

オーキンクロス, ルイス　*Auchincloss, Louis Stanton*
アメリカの作家, 評論家, 法律家
1917.9.27〜2010.1.26
[出]ニューヨーク州ロングアイランド・ローレンス　[名]筆名＝リー, アンドルー〈Lee, Andrew〉　[学]エール大学, バージニア大学(法律)　[勲]ナショナル・メダル・オブ・アーツ(2005年)
[歴]1941年ニューヨーク州弁護士の資格を得、ウォール街の大手法律事務所に勤務。著名な弁護士として活躍する傍ら、作家活動に入る。第二次大戦従軍中に書いた、ニューヨークの上流階級を題材にした「無関心な子供たち」が47年に筆名アンドルー・リーで出版され、好評を博した。以降は本名のルイス・オーキンクロスで長編小説、短編小説、伝記、評論など幅広く執筆。ニューヨーク大学で教鞭を執った。他の作品に「ロマン

ティックなエゴイスト」(54年)、「偉大な世界とティモシー・コルト」(56年)、「放蕩息子の追跡」(60年)、「ジャスティンの牧師」(64年)、「横領者」(66年)、「利益の世界」(68年)、「かがり火」(82年)、短編集に「WASPの流儀」など。97年〜2000年アメリカ文学芸術アカデミー会長を務めた。

オクサネン, ソフィ　Oksanen, Sofi
フィンランドの作家, 脚本家
1977〜

⊕ユヴァスキュラ　⊕ユヴァスキュラ大学(文学)、ヘルシンキ大学(文学)、フィンランド・シアター・アカデミー　⊕フィンランディア文学賞(2008年)、北欧理事会文学賞(2010年)、ヨーロピアン・ブック・プライズ(2010年)、フェミナ賞外国語小説賞(2010年)、フナック賞(2010年)、スウェーデン・アカデミー北欧賞(2013年)

⊕フィンランド人の父とエストニア人の母を持つ。ユヴァスキュラ大学とヘルシンキ大学で文学を学んだ後、フィンランド・シアター・アカデミーで演劇を学ぶ。2003年ソ連の支配下にあったエストニアを描いた「Stalinin lehmat(スターリンの牛たち)」で作家活動を開始。08年激動の歴史に翻弄された2人の女の邂逅を描いた「粛清」を発表、フィンランドでベストセラー第1位を記録するや、世界40ケ国以上で翻訳される。同作でフィンランディア文学賞、北欧地域で北欧理事会文学賞、07年にEUが新設したヨーロピアン・ブック・プライズ、さらにはフランスのフェミナ賞外国語小説賞、フナック賞にそれぞれ輝いた。13年にはスウェーデン・アカデミー北欧賞をフィンランド人の女性として初めて受賞。

オクジャワ, ブラート　Okudzhava, Bulat Shalvovich
ロシア(ソ連)の詩人, 作家
1924.5.9〜1997.6.12

⊕ソ連グルジア共和国トビリシ(ジョージア)　⊕トビリシ大学卒

⊕ニジェニー・タギール市委策一書記を務めたグルジア(現・ジョージア)人の父とアルメニア人の母の間に生まれ、スターリン時代の1937年に父は粛清裁判で銃殺され、母は流刑された。独ソ戦では追撃砲手、通信士として参戦、負傷する。55年ソ連共産党入党、以来党員(70〜72年一時除籍)。大学時代に詩を書き始め、"雪どけ"後の56年から"吟遊詩人"としてギターを手に自作を歌う。60〜70年代は国営レコード会社によってレコードの製作を拒否され、危険人物視されたが、諷刺のきいた詩と情感豊かなバラード調のメロディは非公式のテープ録音で広まり、ソ連市民の共感を得る。吟遊詩人で俳優のウラジーミル・ヴィソツキーにも多大な影響を与えた。主な作品に「レーニカ・カラリョフ」「愚か者の歌」「ディレッタントの旅行」「ボナパルトとの出会い」がある。小説も執筆し、「哀れなアブラシーモフ」「好事家の旅」などがある。89年10月レコード販売会社新星堂の招きで初来日、レコード「ブラート・オクジャワ/青い風船」が発売され、これを機に長編歴史小説「シーポフの冒険、或いは今は昔のボードビル」の邦訳も刊行された。

オークメイド, キム・ファン　Alkemade, Kim van
アメリカの作家

⊕ニューヨーク市　⊕ウィスコンシン大学

⊕オランダからアメリカに渡った父と東欧ユダヤ移民の子孫である母との間に生まれ、ウィスコンシン大学で英文学の博士号を取得。シッペンスバーグ大学の教授を務めながら文芸誌にエッセイを寄稿。祖父から聞いた実話を基に、20世紀初頭の孤児施設で人体実験に運命を狂わされた幼いユダヤ人少女を描いた「8番目の子」(2015年)で作家デビュー。「ニューヨーク・タイムズ」紙ベストセラーとなる。

オクリ, ベン　Okri, Ben
ナイジェリアの作家
1959.3.15〜

⊕ミンナ　⊕エセックス大学(イギリス)　⊕アガ・カーン賞(1987年)、ブッカー賞(1991年)

⊕1980年19歳の時「Flowers and Shadows」を書き、注目を集める。詩集、短編集、長編などを次々に発表。イギリスを代表するポスト・コロニアル文学の旗手として活躍。91年「満たされぬ道」でブッカー賞を受賞。他の作品に、小説「見えざる神々の島」(95年)、「Dangerous Love」(96年)、エッセイ「Birds of Heaven」(96年)などがある。

オゴト, グレース　Ogot, Grace
ケニアの作家
1930.5.15〜2015.3.18

⊕高校卒業後、ウガンダとイギリスで看護と家政の実習を受け、1955〜58年BBCのアナウンサーを務める。帰国後はニヤンザの病院、インド航空に勤務し、59年結婚した。長編小説「約束の土地」(66年)「学士さま」(80年)や短編集「雷のない土地」(68年)「涙の島」(80年)などの作品があり、児童読物も書いている。国連とユネスコのケニア代表を務め、85年文化省副大臣に就任。長くケニヤ作家協会長の要職も務めた。

オコト・ビテック　Okot p'Bitek
ウガンダの詩人, 文化人類学者
1931〜1982

⊕ブリストル大学, オックスフォード大学　⊕ケニヤッタ文学賞(1972年)

⊕サッカー選手としてイギリスに遠征したのを機に、1958〜64年イギリス留学。社会人類学を学び、帰国後国立文化センター所長、ナイロビ大学、イフェ大学教授を経て、マケレレ大学教授。キスム芸術フェスティバルを創設し、アチョリ族の伝統文化の復興と紹介に尽力。アチョリ語と英語で書く東アフリカの代表的詩人で、散文詩「ラウィノの歌」(66年)、詩集「オショルの歌」(70年)のほか、評論集「アフリカの文化革命」(73年)、アチョリ語の小説「お前の歯は白いか、ならば笑え」(53年)、民話集「野兎と犀鳥」(78年)などがある。

オコナー, ジョセフ　O'Connor, Joseph
アイルランドの作家
1963〜

⊕ダブリン　⊕ユニバーシティ・カレッジ卒　⊕ヘネシー新人文学賞(サンデー・トリビューン)(1989年)、紀行文賞(タイム・アウト)(1990年)

⊕大学卒業後イギリスに渡り、ブリテン/ニカラグア連帯協会に勤務。1988年から本格的に執筆業を開始。デビュー作の長編「アシッド・ハウス・ブルー」はウィットブレッド賞候補となる。89年「サンデー・トリビューン」のヘネシー新人文学賞、90年「タイム・アウト」の紀行文賞を受賞。他の作品に長編「Desperados」(94年)、「ダブリンUSA」(96年)、「The Salesman」(98年)、短編集「True Believers」などがある。

⊕妹=シンニード・オコナー(歌手)

オコナー, バーバラ　O'Connor, Barbara
アメリカの児童文学作家

⊕サウスカロナイナ州グリーンビル　⊕サウスカロライナ大学卒　⊕ペアレンツチョイス賞, ウイリアム・アレン・ホワイト賞

⊕サウスカロライナ大学を卒業後、カリフォルニア大学ロサンゼルス校で子供の本の創作ゼミを受講し、創作の道へ進む。伝記や中学年向けの物語を執筆。1997年初の小説「パラダイスに向かって」を発表。「犬どろぼう完全計画」でペアレンツチョイス賞、ウイリアム・アレン・ホワイト賞などを受賞。

オコナー, フラナリー　O'Connor, Flannery
アメリカの作家
1925.3.25〜1964.8.3

⊕ジョージア州サバンナ　⊕オコナー, メアリー・フラナリー〈O'Connor, Mary Flannery〉　⊕ジョージア州立女子大学(1945年)卒, アイオワ州立大学(創作学科)修士課程修了　⊕O.ヘンリー賞(1957年・1963年・1965年)、全米カトリック図書賞(1966年)、全米図書賞(1972年)

[歴]文明から立ち遅れた南部に生まれ、プロテスタントが圧倒的な地域でローマ・カトリックを守り通し、25歳で不治の病い紅斑性狼蒼に犯されながら創作に打ち込んだ。長編第1作「賢い血」(1952年)と2作目「烈しく攻むる者はこれを奪う」(60年)で南部の特殊な風土と宗教的信念を表現した。他に短編集「善人はめったにいない」(55年)などがある。死後、評論集「Mystery and manners」(69年)、「短編全集」(71年)、親友サリー・フィッツジェラルド編の書簡集(79年)などが出版された。

オコナー, フランク　*O'Connor, Frank*
アイルランドの作家
1903.9.17〜1966.3.10
[出]コーク　[名]オドノバン, マイケル・フランシス〈O'Donovan, Michael Francis Xavier〉
[歴]貧しい家庭の出で、12歳で学校教育を終えると、独学でゲール語を学び、ロシア文学に関心を向ける。鉄道員や図書館員として働き、IRAに加わって刑務所に入ったこともある。アイルランド革命戦争の悲惨な物語を写実的な手法で描いた短編小説集「国民の客人」(1931年)や「わがエディプス・コンプレックス」(63年)などの短編集が英米で評価された。52年に渡米し、ハーバード大学客員教授などを務める傍ら、「ニューヨーカー」誌に短編を連載し流行作家となる。他の短編集に「野りんごゼリー」(44年)、「フランク・オコナー短編集」(52年)、「作品集」(81年)などがある。マイケル・コリンズの伝記「ビッグ・フェロー」(37年)、短編小説論「孤独な声」(63年)や、2冊の自叙伝を書いた。"アイルランドのチェーホフ"と評され、短編の名手として、のちに"フランク・オコナー国際短編小説賞"が設けられた。
[家]妻＝アイン・ランド(作家・哲学者)

オコンネル, キャロル　*O'Connell, Carol*
アメリカの作家
1947.5.26〜
[学]カリフォルニア・インスティテュート・オブ・アーツ, アリゾナ州立大学
[歴]校正や編集の仕事をする傍ら、小説を書き続ける。イギリスのハッチンソン社に投稿して初めて認められ、「マロリーの神託」で作家デビュー。同作品はベストセラーとなり、MWA賞最優秀処女作賞にノミネートされた。他の著書に〈NY市警キャシー・マロリー〉シリーズの「二つの影」がある。

オザクマン, トゥルグット　*Özakman, Turgut*
トルコの劇作家
1930.9.1〜2013.9.28
[出]アンカラ　[学]アンカラ大学法学部(1952年)卒　[勲]トルコ大統領府文化芸術勲章(1999年)　[賞]アンカラ大学名誉博士号(1998年)
[歴]弁護士として活動した後、ドイツ・ケルン大学の演劇部に留学。トルコ国立劇場にて文芸委員会報道官となる。その後、トルコ公共放送番組編成局長、副総裁を経て、国立劇場首席副館長、国立劇場館長。1988〜94年ラジオテレビ高等協議会のメンバー及び副議長。またアンカラ大学言語歴史地理学部演劇学科で30年間、劇作教育の講師を務める。多くの戯曲、脚本、歴史書を手がけるなど業績が高く評価され、98年アンカラ大学名誉博士号を授与。99年"トルコ社会への文化・芸術生活への貢献"により大統領府文化芸術勲章を受章。「トルコ狂乱」(2005年)は大きな反響を呼んだ。

オジック, シンシア　*Ozick, Cynthia*
アメリカの作家, 評論家
1928.4.17〜
[出]ニューヨーク　[学]ニューヨーク大学卒, オハイオ州立大学修士課程修了　[賞]O.ヘンリー賞(1975年・1981年・1984年・1992年)
[歴]1952年弁護士と結婚。66年処女作「Trust」を発表し、好評を博す。以後ユダヤ教対キリスト教、ヘブライズム対ヘレニズムという葛藤をモチーフに創作を続け、現代アメリカを代表する知性派作家・批評家として注目される。作品集に「The Pagan Rabbi and Other Stories」(71年)、「Bloodshed and Three Novellas」(76年)など。短編「The Shawl」および中編「Rosa」はそれぞれベスト・アメリカン・ショートストーリーズの一編に選ばれる。

オショーネシー, ペリー　*O'Shaughnessy, Perri*
アメリカの作家
[歴]ペリー・オショーネシーは、カリフォルニア州出身の姉妹メアリー・オショーネシー(Mary O'Shaughnessy)とパメラ・オショーネシー(Pamela O'Shaughnessy)の共同筆名。姉のメアリーはカリフォルニア大学卒業後、ビデオや映画の編集者となる。妹のパメラはハーバード大学法学校で学んだ後、弁護士として活動。2人はペリー・オショーネシーのペンネームで執筆活動を行い、1995年リーガル・サスペンス「証拠排除」を合作し作家デビュー。同作を第1作とした〈女性弁護士ニナ・ライリー〉シリーズは、個性豊かな登場人物と迫力ある法廷場面で人気を博し、世界中で翻訳出版される。〈ニナ・ライリー〉シリーズの他の作品に、「殺意を呼ぶフィルム」(96年)、「財産分与」(98年)、「敵対証人」(2000年)などがある。

オショフィサン, フェミ　*Osofisan, Femi*
ナイジェリアの劇作家
1946.6.16〜
[出]オガン州　[名]オショフィサン, ババフェミ・アデイェミ〈Osofisan, Baba Femi Adeyemi〉　[学]イバダン大学卒
[歴]イバダン大学卒業後、ダカール、パリの大学で学ぶ。腐敗したナイジェリアの社会変革を目指す新しい社会派世代の旗手で、劇作家ショインカのあとを受けて1984年イフェ大学演劇科主任教授となり、自ら劇団カカウン・セラ・コムパニを主宰。のち母校のイバダン大学に転じ、演劇科長に就任。劇中劇形式の「おしゃべりと歌」(75年刊, 79年初演)、「ソラリンを恐れる者」(77年刊, 79年初演)、「むかし四人の泥棒が」(78年初演, 80年刊)、「一幕劇二つ」(86年)、「誕生日は死ぬためのものにあらず」(90年)、ヨルバ民話に取材した道徳劇「エスと吟遊詩人たち」(91年)のほか、小説「コレラ・コレジ」(75年)がある。

オー・シール, ミホール　*O Siadhail, Micheal*
アイルランドの詩人
1947〜
[出]ダブリン　[賞]アイルランド・アメリカ文化協会賞(1981年), マーテン・トンダー文学賞(1998年)
[歴]クロンゴウズ・ウッド・カレッジ、トリニティ・カレッジ・ダブリン、オスロ大学で学ぶ。トリニティ・カレッジ・ダブリン、ダブリン高等研究所教授を歴任後、詩人として活動。アイルランド国内ばかりではなく、イギリス、ヨーロッパ各地、アメリカで朗読会などを行う。作品は「The Leap Year」(1978年)、「Springnight」(83年)、「The Middle Voice」(92年)、「Double Time」(98年)などの詩集の他、詩集選「マダム・ジャズ ようこそ!」「僕たちの二重の時」「アウシュヴィッツの彼方から」などがある。詩人としての活動の他、88〜93年アイルランド文芸家評議会議員、88〜93年文化交流委員会委員などを歴任した他、アイルランド文学交流協会の設立委員長なども務める。

オズ, アモス　*Oz, Amos*
イスラエルの作家, 平和運動家
1939.5.4〜
[出]エルサレム　[名]Klausner, Amos　[学]ヘブライ大学卒, オックスフォード大学卒　[賞]ビアリク賞(1986年), イスラエル賞(1998年), ゲーテ賞(2005年), アストゥリアス皇太子賞(2007年), ダン・デービッド賞(2008年), ハインリッヒ・ハイネ賞(2008年), プリーモ・レーヴィ賞(2008年), シュテファン・ハイム賞(2008年), フランツ・カフカ賞(2013年)
[歴]両親はロシアからの移民。14歳で家を出てキブツ(農業共同体)に入り、高校を卒業。1959年に軍隊に入る。2年半の兵役を終えてエルサレムのヘブライ大学に学び、卒業後はキブツ

オ

の学校で文学と社会学を教える。67年の六日間戦争、73年のヨム・キプール戦争に従軍。カリフォルニア大学、ボストン大学で教鞭を執った後、ベングリオン大学教授。65年に発表した処女短編集「ジャッカルが吠えるところ」が注目を浴び、68年包囲状態のエルサレムを舞台にした長編「わたしのミハエル」はイスラエルの主要な文学賞を受賞するなど、国外内で大きな反響を呼ぶ。作品は日本語、英語など約30の言語に翻訳されており、現代イスラエルを代表する作家の一人。他の著書に小説「スムヒの大冒険」(78年)、「ブラックボックス」(87年)や、エッセイ「イスラエルに生きる人々」(83年)、「贅沢な戦争—イスラエルのレバノン侵攻」(87年)、「現代イスラエルの預言」(94年)、「わたしたちが正しい場所に花は咲かない」(2006年)などがある。イスラエルの平和運動団体、シャローム・アクシャヴ(今こそ平和を)の創設メンバーとして長年平和活動に取り組み、中東をめぐる社会評論でも国際的に知られる。

オズカン, セルダル　*Özkan, Serdar*

トルコの作家

1975.8.1〜

[出]イスタンブール　[学]ボスポラス大学(心理学)

[歴]アメリカでマーケティングと心理学の学位を取得後、トルコに戻り、イスタンブールのボスポラス大学で心理学の勉強を続ける。2002年より執筆活動に専念。03年トルコでデビュー作「失われた薔薇」を発表、44ケ国語に翻訳、65ケ国以上で出版され、多くの国でベストセラーとなった。

オースター, ポール　*Auster, Paul Benjamin*

アメリカのユダヤ系作家, 詩人

1947.2.3〜

[出]ニュージャージー州ニューアーク　[学]コロンビア大学(1970年)卒　[賞]インディペンデント・スピリット賞脚本賞(1995年), アストゥリアス皇太子賞(2006年)

[歴]両親はポーランド系のユダヤ人。大学卒業後タンカー船員としてメキシコ湾で働いた後、フランスに渡り、電話オペレーター、ゴーストライター、農場管理人などを転々とする傍ら、詩やエッセイを書く。1974年に帰国して、エッセイや詩、翻訳、小説、のち脚本も手がける。86〜90年プリンストン大学で創作と翻訳の個人指導教官を務めた。作品に小説「ガラスの街」(85年)「幽霊たち」(86年)「鍵のかかった部屋」(86年)のニューヨーク3部作のほか、「孤独の発明」(82年)、「ムーン・パレス」(89年)、「スモーク&ブルー・イン・ザ・フェース」(90年)、「偶然の音楽」(90年)、「リヴァイアサン」(92年)、「ミスターヴァーティゴ」(94年)、「ティンブクトゥ」(99年)、「トゥルー・ストーリーズ」(2001年)、「幻影の書」(02年)、「Brooklyn Follies」(05年)、「写字室の旅」(06年)、「闇の中の男」(08年)、詩集「消失—ポール・オースター詩集」「壁の文字—ポール・オースター全詩集」、ノンフィクション「Hand to Mouth(その日暮らし)」(1989年)などがある。98年映画「ルル・オン・ザ・ブリッジ」では原作、脚本だけでなく監督を初めて手がけた。93年東京国際映画祭の審査のため初来日。

[家]妻＝シリ・ハストベット(作家)

オスターイェン, パウル・ファン　*Ostaijen, Paul van*

ベルギーの詩人

1896.2.22〜1928.3.18

[出]アントウェルペン(アントワープ)

[歴]ベルギーのオランダ語の文学者で、表現主義の第一人者。第一次大戦中アントウェルペン(アントワープ市)の役人だったが、政治行動により戦後ドイツに亡命し、表現主義とダダイスムに触れる。1916年デビュー作の詩集「ミュージック・ホール」では、自転車, 電気, ミシンのような詩のことばではない単語を駆使し、近代都市の生気あふれる息吹をうたった。活字の大小・配置などの印刷法も新しく試みる。18年「信号」、21年「占領された町」は、ことばの音楽的効果をねらったもの。肺結核のため夭折したが、その詩風及び「批評的散文」などの鋭い芸術批評は多くの作家に影響を与えた。

オースティン, メアリー・ハンター　*Austin, Mary Hunter*

アメリカの作家, 随筆家, 劇作家

1868.9.9〜1934.8.13

[出]イリノイ州カーリンビル　[名]旧姓名＝Hunter　[学]ブラックバーン・カレッジ科学専攻(1888年)卒

[歴]幼い頃から神秘主義に強く惹かれ、詩作に耽る。大学卒業後、兄を頼ってカリフォルニア州南部のモハーベ砂漠の近くに移住したことで南西部文化に興味を持ち、砂漠やインディアンの生活を研究。やがて雑誌に作品を発表するようになり、サンタフェに移住後の1903年、インディアンの生活を描いたスケッチ集「雨の少ない土地」を書き作家として認められる。他に、小説「籠を編む女」(04年)、「イシドロ」(05年)、「サンタ・ルチア—ありふれた話」(08年)、戯曲「矢を作る者」(11年)、インディアンの歌の研究「アメリカのリズム」(23年)など約30冊の著書と約200編の論文を出版。自伝「地平線」(32年)もある。神秘主義、原始的なインディアンの生活や自然を描いたものが多い。「若い女性市民」(18年)は参政権を得た女性への政治参加の手引書となった。

オステル, グリゴリー　*Oster, Grigoriy*

ロシアの児童文学作家

1947.11.27〜

[出]ソ連ウクライナ共和国オデッサ(ウクライナ)　[名]オステル, グリゴリー・ベンツィオノヴィチ　[学]ゴーリキー文学大学卒

[賞]ロシア連邦国家賞(2002年), ロシア功労芸術家賞(2007年), チュコフスキー賞(2012年)

[歴]ソ連時代はアニメの脚本などを数多く手がける。風刺精神に溢れ、それまでの"良い子を描く児童文学"という常識をくつがえした〈悪い子のすすめ〉シリーズ(1990年)は、自由化が進むソ連末期の時代の要請とマッチして大ヒットし、新しい児童文学のジャンルといわれるまでになった。2002年ロシア連邦国家賞を受賞、07年ロシア連邦功労芸術家。12年には優れた児童文学作家に与えられるチュコフスキー賞を受賞。13年国際交流基金の招きで初来日。現代ロシアで最も読まれている児童文学作家の一人。他の著書に「細菌ペーチカ」「いろいろのはなし」などがある。

オステル, クリスチャン　*Oster, Christian*

フランスの作家

1949〜

[出]パリ　[学]パリ第4大学, パリ第7大学　[賞]メディシス賞(1999年)

[歴]1972年文学修士号を取得。書店勤務の後、推理小説を書き始め、84年「殺し屋の休息」で作家デビューを果たす。89年「バレーボール」で純文学系の作家に転身。98年「オディールのいないところ」で注目され、99年「僕のアパルトマン」でメディシス賞を受賞。2001年刊行の長編第8作「家政婦」は映画化された。

オストロフスキー, ニコライ・アレクセーヴィチ
Ostrovskii, Nikolai Alekseevich

ソ連の作家

1904.9.29〜1936.12.22

[賞]レーニン賞(1935年)

[歴]ウクライナの労働者の家庭に生まれ、火夫や釜炊きなどの仕事をしながら小学校を卒業。1919年8月赤軍に入隊して前線に出動したが、翌年重傷を負って除隊。後に政治活動に専念し、24年共産党に入党。不治の進行性麻痺に冒され、27年からは失明とほとんど半身不随の状態と闘いながら自伝的長編小説「鋼鉄はいかに鍛えられたか」(第1部32年, 第2部34年)を執筆。ソ連文学の模範的作品、社会主義リアリズムの理想的作品として高い評価を得る。これにより、35年レーニン賞を受賞。36年「嵐に生まれ出ずる者たち」の第1部を完成したが、尿毒症のため32歳で死去。

オスファテール, ラッシエル　*Hausfater, Rachel*

フランスの児童文学作家

1955.12.3～
[出]パリ　[賞]ムーヴモン・デ・ヴィラージュダンファン賞(2002年), リール・エリールフォントネイ・スー・ボワ賞(2003年), リール・エリールサン・ジャン・ドゥ・ブレイ賞(2003年), ゴヤ・デクベート賞, ペップ・ソリダリテ賞, グラニョット賞, リブランテット賞, みんなのための図書館賞, モンモリヨンの子供文学賞
[歴]パリ郊外ボビニーの中学校で英語を教える。3人の子供たちのために作られた絵本をはじめ、小さな児童たちから思春期の生徒たちのために書いた著書が20冊以上ある。「ジャコのお菓子な学校」(2001年)は、02年ムーヴモン・デ・ヴィラージュダンファン賞、03年リール・エリールフォントネイ・スー・ボワ賞とリール・エリールサン・ジャン・ドゥ・ブレイ賞などを受賞、「ジジのエジプト旅行」(03年)もゴヤ・デクベート賞、ペップ・ソリダリテ賞、グラニョット賞、リブランテット賞、みんなのための図書館賞、モンモリヨンの子供文学賞など多くの賞を受けた。ドイツ、アメリカ、イスラエルなどで暮らした経験を持つ。

オースベル, ラモーナ　*Ausubel, Ramona*
アメリカの作家
[出]ニューメキシコ州サンタフェ　[学]カリフォルニア大学アーバイン校創作科修士課程修了
[歴]カリフォルニア大学アーバイン校創作科で修士号を取得。祖母の体験から着想を得、2012年第二次大戦下のルーマニアのユダヤ人の村を舞台とした長編小説「No One Is Here Except All of Us」でデビュー。その後、「ニューヨーカー」誌や「パリ・レビュー」誌などに短編小説を発表し、ベスト・アメリカン・ショート・ストーリーズ、プッシュカート賞、フランク・オコナー国際短編賞などにノミネートされる。

オズボーン, ジョン　*Osborne, John James*
イギリスの劇作家
1929.12.12～1994.12.24
[出]ロンドン
[歴]1947～48年ジャーナリストを経て、51年演出家となり、ジョン・オズボーン製作所取締役。56年処女作「怒りをこめてふりかえれ」がロイヤル・コートシアターで初演され爆発的な人気を集めた。この作品は英劇壇に旋風を巻き起こすとともに、50年代の反体制的な作家に対して“怒れる若者たち”という呼称を生むことになった。その後の作品に「ルター」(61年)「イングランドのための劇」(62年)「認めえぬ証言」(64年)「アムステルダムのホテル」(68年)などがある。他にテレビドラマや映画脚本「トム・ジョーンズの華麗な冒険」(64年)などがある。60年代以降はあまり活動していない。

オズボーン, チャールズ　*Osborne, Charles*
オーストラリアの作家, 詩人, 演劇評論家
1927.11.24～2017.9.23
[出]クイーンズランド州ブリスベーン
[歴]1966～86年アーツ・カウンシル・オブ・グレート・ブリテンに勤務。オペラや演劇の世界的権威として知られ、ミュージカルや文学についても多くの著作を発表した。著書にアガサ・クリスティーの戯曲を小説化した「招かれざる客」などがある。

オズボーン, メアリー・ポープ　*Osborne, Mary Pope*
アメリカの児童文学作家
1949.5.20～
[出]オクラホマ州　[学]ノースカロライナ大学卒
[歴]ノースカロライナ大学で演劇と比較宗教学を学んだ後、世界各地を旅し、児童雑誌の編集者などを経て、児童文学作家となる。1992年に出版した「恐竜の谷の大冒険」を第1作とする〈マジック・ツリーハウス〉シリーズは、全米でシリーズ累計約5000万部という大ヒットとなる。2002年には日本での刊行がスタート。

オズボーン, ロイド　*Osbourne, Lloyd*
アメリカの作家
1868～1947
[出]カリフォルニア州サンフランシスコ　[名]Osbourne, Samuel Lloyd
[歴]12歳の時、母が「宝島」で知られる作家・R.L.スティーブンソンの後妻に入る。少年時代、義父となったスティーブンソンに語ってもらった物語がもとになり名作「宝島」ができたといわれる。スティーブンソンの病気療養のため南太平洋のサモア島に住み、のちサモアのアメリカ副領事になった。スティーブンソンとの合作に「まちがった箱」(1889年)、「難破船」(92年)、「引き潮」(94年)がある。他に自作「RLSの内側からの肖像」(1925年)や、妹との共著がある。
[家]義父＝ロバート・ルイス・スティーブンソン(作家)

オゼキ, ルース　*Ozeki, Ruth L.*
アメリカの作家, 僧侶
1956～
[出]コネティカット州ニューヘブン　[学]スミス・カレッジ卒, 奈良女子大学大学院(日本古典文学)　[賞]キッチー賞
[歴]父はアメリカ人、母はハワイ生まれの日本人。5、6歳の頃から作家に憧れる。スミス・カレッジを卒業、日本には3年間留学し、奈良女子大学大学院で日本の古典文学などを学ぶ。帰国後、低予算映画や日本のテレビ番組の制作に携わる。1998年肉牛へのホルモン剤投与が人間の体に与える影響について警鐘を鳴らす小説「イヤー・オブ・ミート」でデビュー。版を重ね、英語圏を中心に話題となった。2010年曹洞宗の僧侶となる。「あるときの物語」(13年)はブッカー賞の最終候補作となり、キッチー賞などを受賞した。

オダガ, アセナス　*Odaga, Asenath*
ケニアの児童文学作家, 出版人, 評論家
～2014.12.1
[名]Odaga, Asenath Bole
[歴]ケニア児童文学協会会長を務め、自ら湖水出版社やツ・チンダ書店を経営、図書の普及に尽力した。学校の読本を含め、ルオ語と英語で30冊以上の著作がある。児童書には「ノウサギの毛布」(1967年)、「怒った炎」(68年)、「お菓子と砂糖きび」(69年)、「市場へ行くムンデ」(87年)など、小説に「影の変化」(84年)、「月日の合間に」(87年)など、評論に「昨日の今日—口承文芸の研究」(84年)、「ケニアの児童書」(85年)などがある。

オーツ, ジョイス・キャロル　*Oates, Joyce Carol*
アメリカの作家, 詩人, 批評家
1938.6.16～
[出]ニューヨーク州ロックポート　[名]別名＝スミス, ロザモンド〈Smith, Rosamond〉ケリー, ローレン〈Kelly, Lauren〉　[学]シラキュース大学英文科(1960年)卒, ウィスコンシン大学大学院(1961年)修了, ライス大学大学院(1962年)博士課程中退　[賞]O.ヘンリー賞(1967年・1973年), 全米図書賞(1970年), PEN/マラマッド賞, ブラム・ストーカー賞(1996年), 全米書評家協会賞イヴァン・サンドロフ賞(2009年)
[歴]1960年シラキュース大学を総代で卒業後、61年ウィスコンシン大学大学院で文学修士号を取得。62～67年デトロイト大学、67～78年カナダのウィンザー大学で教鞭を執った後、78年からプリンストン大学の創作コースで教えながら、執筆活動を行う。87年から同大教授。この間、63年短編集「北門にて」でデビュー。大型新人として注目を浴びる。以後、68年に長編小説「ぜいたくな人々」、69年「彼ら」、70年短編集「愛の車輪」を発表。長編、短編、評論、劇、詩、ヤングアダルト小説の他、ロザモンド・スミスの筆名で主にミステリー小説と、幅広いジャンルを手がけ、堅実な現実描写で現代アメリカの精神的ゆがみを描いた作品が多い。O.ヘンリー賞、全米図書賞など数多くの賞に輝き、80年代に入ってからは現代アメリカを代表する作家として何度もノーベル文学賞候補に挙がる。連続殺人犯ジェフリー・ダーマーを素材にした「生ける屍」でブラム・ストーカー賞を受賞。他に「ワンダーラン

ド」「ブラック・ウォーター」「ブロンド―マリリン・モンローの生涯」「フォックスファイア」、傑作選「とうもろこしの乙女、あるいは七つの悪夢」、短編集「結婚と不貞」「ナイト・サイド」、ノンフィクション「オン・ボクシング」、詩集「目に見えぬ女」、評論集「新しい天、新しい地」などがある。

オーツカ, ジュリー　Otsuka, Julie
アメリカの作家
⊕カリフォルニア州パロアルト　㊎エール大学美術専攻
㊏PEN/フォークナー賞（2012年）
㊗日系3世。芸術家を志すが、30歳で作家に転身。短編執筆を経て、母方の家族の実体験を元にした「天皇が神だったころ」で長編デビュー。

オッティエーリ, オッティエーロ　Ottieri, Ottiero
イタリアの作家、批評家
1924.3.29～
㊗1954年精神分析の治療体験を描いた「無意識の記憶」を発表、揺れ動く知識人の眼を通して現代社会の病理を告発。57年発表の「窮屈な時間」と59年発表の「Donnarumma l'assalto（ドンナルンマの突撃）」では下層労働者とエリートとの愛憎や葛藤、彼らの大企業に対する絶望的反乱を皮肉に描いた。66年には小説風の評論「L'irrealtà quotidiana（日常の非現実）」を発表した。

オッペン, ジョージ　Oppen, George
アメリカの詩人
1908.4.24～1984.7.7
⊕ニューヨーク州ニューロシェル　㊏ピュリッツァー賞（1969年）
㊗父はユダヤ系の裕福なダイヤモンド商人で、1927年姓をOppenheimerからOppenに変えた。30年「出版人へ」を創刊、W.C.ウィリアムズやE.L.パウンドの詩を紹介。アメリカ初期の共産主義運動に参加し、"赤狩り"で有名なマッカーシー旋風が吹き荒れた50年代にはメキシコに一時逃避したこともある。第4作「オブ・ビーイング・ニューメラス」で、69年ピュリッツァー賞を受賞。

オーディジョ, ガブリエル　Audisio, Gabriel
フランスの作家
1900.7.27～1978.1.26
⊕マルセイユ
㊗南フランスで生まれ、アルジェで育つ。第一次大戦から第二次大戦の間は地中海文化運動を進め、第二次大戦中はレジスタンスに参加。地中海的ユマニスムの作家の代表的な一人。詩、小説、ドラマ、評論、歴史研究と多岐にわたるジャンルを手がけ、特に詩人として評価が高い。詩集に「太陽の人」（1923年）、「下界」（27年）、「アンテ」（32年）、「傷」（40年）、「フレーヌのノート」（46年）、「地上の愛の狂詩曲」（49年）などがある。

オーディベルティ, ジャック　Audiberti, Jacques
フランスの詩人、劇作家
1899～1965
⊕アンティーブ（南フランス）　㊏マラルメ賞
㊗美しい地中海のもとに少年時代を過ごし、1925年パリに出て新聞記者となる。29年処女詩集を自費出版し、マラルメ賞を受賞。37年詩集「人間の民族」、38年小説「アブラクサス」を発表。46年「コアト・コアト」で劇作家としてデビュー。47年ビタリ演出の「悪は走る」が青年劇団コンクールで優勝し、地位を確立。その後「黒い祭り」（48年）、「グラビオン効果」（59年）、「体がむずむず」（62年）、「騎士独り」など多数の戯曲を発表。シュルレアリスムの影響を受け、創造的な言語の演劇として、ベケットらと並んで現代を代表する劇作家だった。

オデッツ, クリフォード　Odets, Clifford
アメリカの劇作家
1906.7.18～1963.8.14
⊕ペンシルベニア州フィラデルフィア
㊗両親はユダヤ系移民。ニューヨークの高校を中退し、俳優となる。1931年不況下に結成された進歩的な劇団グループ・シアターに入所。35年タクシー運転手のストライキを主題に、映画のフラッシュ・バック技法を取り入れた「レフティを待ちながら」が懸賞当選作となって上演される。同年ユダヤ人労働者を扱った「醒めて歌え」を発表。37年の代表作「ゴールデン・ボーイ」は、39年には映画化もされる。第二次大戦中は映画の脚本を書き、49年「大きなナイフ」で劇界に復帰、50年「田舎娘」を著す。社会意識の濃厚な作品を発表した。

オデール, スコット　O'Dell, Scott
アメリカの児童文学作家
1898～1989.10.15
⊕カリフォルニア州ロサンゼルス　㊎ウィスコンシン大学卒, スタンフォード大学卒　㊏ニューベリー賞（1961年）, 国際アンデルセン賞作家賞（1972年）
㊗スコットランドの詩人、作家ウォルター・スコットの曾孫。幼い頃から家族と海辺や小島で暮らし、新聞記者、雑誌記者などを経て、1934年から大人向け小説の作家活動を続ける。60年「青いイルカの島」を刊行するとベストセラーになり、児童文学作家に転身。同書によりニューベリー賞、ドイツ児童図書審議会賞、ウィリアム・アレン・ホワイト賞の他四つの賞を受賞。以後、多数の児童文学作品を発表し、72年国際アンデルセン賞を受賞。84年歴史小説を対象とするスコット・オデール賞を創設した。他の作品に「黒い真珠」（67年）、「私の名前はアンジェリカではない」（89年）などがある。

オテーロ, ブラス・デ　Otero, Blas de
スペインの詩人
1916.3.15～1979.6.29
⊕ビルバオ
㊗法学を修め、故郷ビルバオで教育に従事、キューバにも住んだ。社会派に属する詩人で、作品に、ウナムーノの影響が強い「魂の歌」（1942年）や、「激しく人間的な天使」（50年）、「意識の連打」（51年）、「平和と言葉を求む」（55年）、「スペインのこと」（64年）などがある。スペイン内戦後最高の詩人の一人とされる。

オテロ・シルバ, ミゲル　Otero Silva, Miguel
ベネズエラの作家
1908～1985
⊕アンソアテギ州バルセローナ　㊎カラカス大学工学部
㊗フワン・ビセンテ・ゴメスの独裁体制確立の年に生まれる。ゴメス弾圧下のベネズエラで成長し、カラカス大学工学部に学ぶ。在学中の1928年反ゴメスの学生蜂起が起こりその指導者の一人となって活動、そのため投獄、国外への追放を余儀なくされる。その後フランス、スイス、ベルギー、スペインなどに亡命、ジャーナリストとして働く。35年のゴメスの死で一旦帰国、しかし再度の追放を受けメキシコ、キューバ、コロンビアなどを転々とする。その間の37年に初の詩集「水と河床」、また39年に処女小説「熱」を出版した。政情の好転により41年再帰国し、週刊誌「青いモロコヨ亀」と日刊紙「エル・ナシオナル」を創刊。のちに「エル・ナシオナル」はラテンアメリカの重要な新聞のひとつとなる。ベネズエラが石油ブームに沸く中で40年代から50年代にかけてはジャーナリストとして目覚ましい活躍ぶりを見せる。55年ゴメス独裁下の住民の苦悩を描いた「死の家」を発表、文名を高めた。自身の体験や人々の証言を生かした詩や小説を多く世に送っており、現代ベネズエラを代表する作家の一人といわれた。他の作品に「オノリオの死」「泣きたくとも泣かぬ」「自由の王ロペ・デ・アギーレ」など。

オーデン, W.H.　Auden, Wystan Hugh
イギリスの詩人
1907.2.21～1973.9.28
⊕ヨークシャー州ヨーク　㊎オックスフォード大学卒　㊏ピュリッツァー賞（1948年）, ボーリンゲン賞（1954年）

[歴]大学在学中からC.D.ルイス、スペンダー、マクニーラらとともに共産主義的立場をとる新しい詩の運動を始め、「演説家たち」(1932年)などの詩集で30年代のイギリス詩の方向を確立。「見よ、旅人よ」(36年)、「スペイン」(37年)を発表後、スペイン内乱に参加。第二次大戦前の39年渡米。この頃から政治的関心は薄れ、「不安の時代」(48年)などに見られるように倫理的・宗教的意識の強い作品へと移行する。他に「アキレスの盾」(55年)、「全短詩集」(66年)、「全長詩集」(68年)や評論「怒れる海」(50年)、「染物屋の手」(62年)などを刊行。56〜61年オックスフォード大学の詩学教授。

オードゥー, マルグリット　*Audoux, Marguerite*
フランスの作家
1863.7.7〜1937.2.1
[出]シェール県サンコワン　[賞]フェミナ賞(1910年)
[歴]孤児院で育ち、パリでお針子をしながら小説を書き始め、ミルボーらに認められ、自伝小説「マリ・クレール」(1910年)でフェミナ賞を受賞した。「マリ・クレールの仕事場」(20年)、「町から水車場へ」(26年)は続編である。素朴で、真摯な写実主義の文体が賞賛されたが、純朴のため時代に忘れられ、不遇のうちに死去した。

オドゥワン・マミコニアン, ソフィー
Audouin-Mamikonian, Sophie
フランスの作家
1961.8.24〜
[出]サン・ジャン・ド・リュズ
[歴]アルメニア王国時代の国王の直系子孫。12歳から小説を書き始める。2003年ファンタジー小説〈タラ・ダンカン〉シリーズの第1作を発表、子供たちから圧倒的な支持を集め、テレビアニメ化もされる。14年に全12巻で完結。

オートリー, キース　*Oatley, Keith*
イギリス生まれの作家
1939〜
[出]ロンドン　[学]ケンブリッジ大学, ロンドン大学(心理学)　[賞]コモンウェルス文学賞(最優秀新人賞)(1994年)
[歴]1990年カナダのトロントへ移住。のち、トロント大学で応用認知心理学の教授を務める。「脳のしくみと心」の他、専門論文、研究書を多数執筆。「ホームズ対フロイト」は初めての小説で、94年コモンウェルス文学賞最優秀新人賞を受賞、その後、フランス語、ドイツ語に翻訳された。

オートン, ジョー　*Orton, Joe*
イギリスの劇作家
1933.1.1〜1967.8.9
[出]レスター　[名]Orton, John Kingsley
[歴]1951年ロンドンに出てロイヤル・アカデミー・オブ・アートで俳優として修業を始める。64年ラジオドラマ「怪談の上の悪漢」がBBCで放送されて劇作家として活動を始め、最初の舞台劇「スローン氏の歓待」(64年)で地位を固める。ウェストエンド地区の上品な観客の度肝を抜く殺人、男色、色情狂などをテーマに笑いを振りまいた。他の作品に「薔薇と棺桶」(66年)、「執事が見たもの」(69年上演)など。67年同性愛者の恋人に撲殺された。

オニール, ジョセフ　*O'Neill, Joseph*
アイルランドの作家
1964〜
[出]アイルランド・コーク　[学]ケンブリッジ大学ガートン・カレッジ　[賞]PEN/フォークナー賞(2009年)
[歴]少年期はオランダで教育を受け、長じてケンブリッジ大学ガートン・カレッジで法律を学び、法廷弁護士となる。1991年に初の長編「This Is the Life」を発表。その後、96年長編第2作「The Breezes」、2001年にノンフィクション「Blood-Dark Track」を刊行。08年に発表した長編第3作「ネザーランド」は、高い評価を受け、09年PEN/フォークナー賞を受賞したほか、ブッカー賞候補となった。

オニール, ユージン　*O'Neill, Eugene Gladstone*
アメリカの劇作家
1888.10.16〜1953.11.27
[出]ニューヨーク市ブロードウェイ　[学]プリンストン大学(1907年)中退　[賞]ピュリッツァー賞(1920年・1922年・1928年・1957年), ノーベル文学賞(1936年)
[歴]人気俳優ジェームズ・オニールの子として生まれる。大学中退後は奔放な生活を送るが、結核で入院中に劇作を思い立ち、退院後の1914〜15年ハーバード大学の演劇教室に学ぶ。20年長編「地平の彼方」がブロードウェイで上演され、劇壇入り。「皇帝ジョーンズ」(20年)、「アンナ・クリスティ」(21年)、「毛猿」(22年)などを発表した後は、さらにフロイトの精神分析を取り入れた象徴劇へと進み、「楡の木陰の欲望」(24年)や「喪服の似合うエレクトラ」(31年)などの傑作を発表。アメリカ演劇をヨーロッパ演劇のレベルに押し上げた作家と評価される。ピュリッツァー賞を4回受賞し、36年にはアメリカ人劇作家として初めてノーベル文学賞を受賞。晩年の作品に「氷人来たる」(46年)、「夜への長い旅路」(56年)など。
[家]父＝ジェームズ・オニール(俳優), 娘＝ウーナー・チャップリン(チャーリー・チャップリン夫人)

オネッティ, フアン・カルロス　*Onetti, Juan Carlos*
ウルグアイの作家
1909.7.1〜1994.5.30
[出]モンテビデオ　[賞]ウルグアイ国民文学賞, セルバンテス賞(1980年)
[歴]高校を退学、同時に家を出て放浪の生活を送る。様々な職業に就きながら、1930年初めてアルゼンチンのブエノスアイレスの地を踏む。この頃に創作活動を始め、33年短編「マージョ街＝ディアゴナル＝マージョ街」が新聞のコンクールに選ばれて最初の作品発表となる。しかし真の文学的出発点となったのは39年に出版した「井戸」からだとされる。その小説の多くはサンタ・マリアという架空の港町を舞台にして、都市生活者の孤独で苦渋に満ちた彷徨を描いている。61年発表の「El Astillero(造船所)」で国際的に認められるようになり、のちそれまでの創作活動に対しウルグアイの国民文学賞、セルバンテス賞が授与された。75年政治的迫害からウルグアイを離れ、スペインに移り住んだ。他の作品に「完全な物語」(93年)などがある。

オハラ, ジョン・ヘンリー　*O'Hara, John Henry*
アメリカの作家
1905.1.31〜1970.4.11
[出]ペンシルベニア州ポッツビル　[賞]全米図書賞
[歴]高校を卒業後、新聞や雑誌の仕事に就き、さらに雑誌「ニューズウィーク」や「タイム」などでジャーナリストの経験を積んだ。その後小説を書き始め、長編小説「サマラの約束」(1934年)で認められる。創作活動に専念し、映画化された「バターフィールド8」(35年)や全米図書賞を受賞した「ノースフレデリック街10番地」(55年)などを次々に発表。作風はヘミングウェイ風のハードボイルド調で、写実的に描く風俗小説が多い。他に「天国の希望」(38年)、「生きんとする激情」(49年)など。短編の名手としても知られ、評論もある。

オハラ, フランク　*O'Hara, Frank*
アメリカの詩人
1926.6.27〜1966.7.25
[出]ボルティモア　[学]ハーバード大学, ミシガン大学　[賞]全米図書賞
[歴]ボルティモアに生まれ、ハーバード大学で音楽を専攻、のち文学に転じる。ミシガン大学で演劇の修士号を取得。大学時代から詩作、劇作を始めるが、ニューヨーク近代美術館に就職し、後にキュレーター(学芸員)となる。1952年処女詩集「都市の冬」を刊行。53〜55年「アート・ニューズ」の編集に携わる。生前は画家たちとの交際と美術評論活動が有名で、特に抽象美術の紹介者として功績を認められた。ニューヨークに集まる詩人たち、画家たちの交流の中心にいたが、詩人として

は適正な認知をされないまま、66年自動車事故で死去。出版された代表的詩集は「ランチ・ポエム」(64年)で、死後出版された大部の「フランク・オハラ詩集」(71年刊, 全米図書賞)から真の評価を得た。のちに「演劇選集」(78年)も出版された。アシュベリー、コークらと共に、しばしばニューヨーク派詩人と分類される。

オバルディア, ルネ・ド *Obaldia, René de*
香港生まれのフランスの作家, 劇作家
1918.10.22〜
[出]香港　[賞]パロ賞(1949年), ブラック・ユーモア賞(1956年), コンバ賞(1959年)
[歴]パナマ人の父とフランス人の母との間に香港で生まれ、パリで高等教育を受ける。初め詩人を志したが、第二次大戦勃発により徴兵されて従軍し捕虜となった。終戦後、長詩「Midi(正午)」(1949年)を発表し、パロ賞を受賞。その後小説に転じ、「Fugue à Waterloo(ワーテルローの敗走)」(56年)でブラック・ユーモア賞を、次いで諷刺小説「Le Centenaire(百年祭)」(59年)でコンバ賞を受賞する。一方、ロワイヨーモン国際文化センター所長に任命されたことをきっかけに、57年頃から戯曲を書き始め、60年に書いた「Génousie(ジュヌーズ語)」によって劇作家としても注目された。65年初演の「ササフラスの枝にそよぐ風」は、西部劇を丸太小屋の中の一日の出来事として古典劇風に描くという変った趣向の娯楽劇で、ヨーロッパ各地やアメリカでも大好評を博した。99年アカデミー・フランセーズ会員。

オハンロン, レドモンド *O'Hanlon, Redmond*
イギリスの作家
1947〜
[出]ドーセット　[学]オックスフォード大学文学部卒 文学博士(オックスフォード大学)
[歴]19世紀イギリス文学で博士号を取得。1970年から74年にかけてイギリス芸術評議会の文芸審査員を務める。その後82年には博物学書籍協会の協会員、また84年には王立地理学協会の特別会員に選ばれた。この間、81年から博物学関係書籍の批評家として、さらに「タイムズ」紙の文芸付録のスタッフとして活躍。84年旅行記「ボルネオの奥地へ」で作家デビュー。アフリカ探検記「コンゴ・ジャーニー」(96年)はカズオ・イシグロをして“とんでもない傑作”といわしめた。他の著書に「チャールズ・ダーウィン1809年〜82年 没後百年を記念して」「ジョセフ・コンラッドとチャールズ・ダーウィン」などがある。

オビオマ, チゴズィエ *Obioma, Chigozie*
ナイジェリアの作家
1986〜
[出]アクレ　[学]ミシガン大学大学院創作課程修了　[賞]ロサンゼルス・タイムズ文学賞, フィナンシャル・タイムズ/オッペンハイマーファンズ新人賞
[歴]2015年に発表したデビュー作「ぼくらが漁師だったころ」でブッカー賞最終候補に選出され、ロサンゼルス・タイムズ文学賞やフィナンシャル・タイムズ/オッペンハイマーファンズ新人賞など多くの賞を受賞、アフリカ文学に新星が現れたとして英米文学界の話題を独占した。ネブラスカ大学リンカーン校で教鞭を執る。

オファーレル, マギー *O'Farrell, Maggie*
イギリスの作家
[出]北アイルランド　[賞]サマセット・モーム賞(2005年), コスタ賞(2010年)
[歴]ウェールズ、スコットランドで育ち、のちロンドンに在住。2000年処女作「アリスの眠り」をイギリスで出版して以来大きな反響を呼び、世界各国で出版される。他の著書に「My lover's lover」などがある。

オフェイロン, ジュリア *O'Faolain, Julia*
アイルランドの作家
1932.6.6〜
[学]ユニバーシティ・カレッジ卒
[歴]父はアイルランドを代表する作家のショーン・オフェイロン。ダブリンのユニバーシティ・カレッジで学位取得後、ローマとパリで学ぶ。フィレンツェに数年滞在後、ロサンゼルスとロンドンを拠点として活躍。代表作「若者の住めない国」はブッカー賞にノミネートされた。他の著書に「従順な妻」「Women in the Wall」「Adam Gould」など。
[家]父＝ショーン・オフェイロン(作家), 母＝アイリーン・グールド(児童文学作家)

オフェイロン, ショーン *O'Faolain, Sean*
アイルランドの作家, 評論家
1900.2.22〜1991.4.20
[出]コーク　[名]ウィーラン, ショーン〈Whelan, Sean〉　[学]アイルランド国立大学, ハーバード大学
[歴]1918〜21年のアイルランド独立運動に加わり、22〜24年の内乱の際には共和国軍隊の宣伝部長を務めた。やがてアメリカに渡り、ハーバード大学に学ぶ。29年からボストンカレッジの教師、次いでストロウベリ・ヒルの教育大学の教師となりゲーリック語、イギリス・アイルランド文学を講じた。この地で同郷の児童文学作家アイリーン・グールドと結婚し帰国。アイルランド革命の体験を生かして、民衆の哀歓を描いた短編集「Midsummer nightmadness(真夏の夜の狂気)」を32年に発表し作家として認められる。以来、小説集、伝記、文学論などを発表。広い学識を土台とし、ゲーリック語の伝統を受け継いで、創造的な表現をすることにより、アイルランド文学の一つの頂点を形成した。他の著書に長編「小鳥のみ」(36年)「エリンへ帰れ」(40年)、伝記「ダニエル・オコンネル」(38年)「偉大なるオニール」(42年)、20年代作家論「消えゆくヒーロー」(56年)などがある。
[家]妻＝アイリーン・グールド(児童文学作家), 娘＝ジュリア・オフェイロン(作家)

オブライアン, パトリック *O'Brian, Patrick*
アイルランド出身のイギリスの海洋作家, 伝記作家
1914〜2000.1.2
[名]ラス, パトリック〈Russ, Patrick〉　[賞]ヘイウッド・ヒル文学賞(1995年)
[歴]1930年から本名のパトリック・ラス名義で作品を発表。52年の「Testimonies」よりパトリック・オブライアン名義で執筆を始め、「黄金の海」(56年)はアイルランドの海軍士官候補生を描いた子供向けの物語であったが大人たちからも絶讃を浴びた。70年の「新鋭艦長、戦乱の海へ」を皮切りに、ナポレオン時代のイギリス海軍士官ジャック・オーブリーを主人公とした〈19世紀海戦〉シリーズ全20巻を発表。イギリス海軍の帆走軍艦や、海洋について強い愛着と該博な知識を持つ。その作品は英米で高く評価された。海洋ものだけでなく、伝記も執筆。他の作品に「闘う帆船ソフィー」などがある。私生活の公開を極端に嫌い、フランス南部に住んで執筆活動を続けた。

オブライエン, エドナ *O'Brien, Edna*
アイルランドの作家
1932〜
[出]クレア州　[学]薬科大学卒　[賞]キングズリー・エイミス賞(1962年), ヨークシャー・ポスト・ノベル賞(1971年), フランク・オコナー国際短編賞(2011年)
[歴]子供の頃から作家を志したが家庭の事情で文学のコースに進むことができず、修道院附属女学校を経てダブリンの薬科大学に進学した。しばらく薬剤師として働き、1952年に作家のアーネスト・ゲブラーと結婚、5年後に夫とともにロンドンに移住するが、依然として文学への夢断ちがたく小説や詩を書き続けた。60年長編小説「カントリー・ガール」がロンドンの出版社から刊行され、作家としてデビュー。批評家の間で評判がよく商業的にも成功して、さらに「Girl with Green Eyes(みどりの瞳)」(62年)、「Girls in Their Married Bliss(結婚の歓び)」(64年)を続刊して3部作を完成する。その後の作品に

「ジョニー、あなたと知らずに」(77年)や、「The Love Object(愛の目的)」などの短編集、詩、戯曲、脚本などにも才能を示したが、故国の姿を赤裸々に描いた点と大胆な性描写が主要な原因となって、彼女の作品のほとんどが祖国アイルランドでは発禁になっている。その後夫と別れた。

オブライエン, ケイト *O'Brien, Kate*
アイルランドの劇作家, 作家
1897.12.3〜1974.8.13
[出]リメリック　[名]O'Brien, Kathleen Mary Louise　[賞]ジェームズ・テイト・ブラック記念賞(1931年), ホーソーンデン賞(1931年)
[歴]リメリック修道院、ダブリンのユニバーシティ・カレッジに学ぶ。1926年劇作「素晴らしき別荘」を成功させる。アイルランド知識人達の宗教と自由主義の間で揺れ動く精神的葛藤を描き、中流社会における教養あふれる男女が主人公になっている。代表作「外套も着ずに」は、31年のジェームズ・テイト・ブラック記念賞、ホーソーンデン賞を受賞。他の作品に「メアリ・ラベル」(36年)、「かの姫」(46年)、「音楽と輝きの如く」(58年)などがある。その後、小説に転向した。

オブライエン, ティム *O'Brien, Tim*
アメリカの作家
1946〜
[出]ミネソタ州オースティン　[学]マキャレスター大学(1968年)卒　[賞]ナショナルブック賞(1979年)
[歴]1968年ベトナム戦争に従軍し、後方勤務に配置替えされたときから創作を始める。14ケ月の戦場生活を経て、70年帰国。ハーバード大学大学院で政治学を学びながら戦争体験を小説に書き始め、73年「僕が戦場で死んだら」で作家デビュー。いわゆるミニマリストとは一線を画した骨太さで知られ、幻想と現実、恐怖と魅惑が交錯する作風には独特のものがある。他の作品に「カチアートを追跡して」「ニュークリア・エイジ」「失踪」「本当の戦争の話をしよう」など。

オブライエン, フラン *O'Brien, Flann*
アイルランドの作家, ジャーナリスト
1911.10.5〜1966.4.1
[名]オノーラン, ブライアン〈O'Nolan, Brien〉 別筆名＝ゴパリーン, マイルズ・ナ〈Gopaleen, Myles na〉 アイルランド名＝Onuallain　[学]ユニバーシティ・カレッジ
[歴]ダブリンの公使。二つの筆名フラン・オブライエンとマイルズ・ナ・ゴパリーンを使い分け、フラン・オブライエンとしては滑稽で前衛的、土俗的な小説を書き、マイルズ・ナ・ゴパリーンとしては「アイリッシュ・タイムズ」紙の風刺的なコラムニストとして英語とゲール語で執筆した。フラン・オブライエン名義の作品には、物語の始まりも終わりも読者に任せる「スイム・トゥー・バーズにて」(1939年)、死後の世界における名無しの主人公の冒険を書いた「第三の警官」(67年, 没後刊)などがあり、社会概念では解けない幻想的な作品が多く、不条理なつくりになっている。戯曲、短編、エッセイの分野の著作もあり、「マイルズ傑作集」(68年, 没後刊)、「短編と戯曲」(73年, 没後刊)などに収められている。

オーブリ, セシル *Aubry, Cécile*
フランスの児童文学作家, 女優
1928.8.3〜2010.7.19
[出]パリ
[歴]父は実業家、母はソルボンヌ大学の考古学教授という上流家庭に育つ。中等教育を終えたのち、コンセルヴァトワールでクラシック・バレエを学び、さらにルネ・シモンの演劇学校へ進学。在学中の1948年、16歳で映画「情婦マノン」の主役に抜擢され、女優として華々しくデビュー。この映画はフランス国内のみならず、アメリカでもセンセーションを巻き起こし、一躍人気女優となった。50年に20世紀フォックスに招かれ、渡米。「黒ばら」(50年)などに出演し、一時はアメリカに帰化したともいわれるが、女優としてはデビュー作での成功を越える活躍をすることができなかった。フランスに戻ったのち、モロッコの大公妃に迎えられて映画界を引退するが、5年後に離婚。パリに戻り、作家としての活動を開始。ひとり息子をモデルにしたシリーズものや少年と子馬の友情を描いた物語などを書き、青少年向けの分野で成功を収めた。「アルプスの村の犬と少年」は60年代、自身が脚本、プロデュースを手がけたテレビドラマで人気を博し、日本のアニメ「名犬ジョリィ」の原作となった。また74年に初めて発表した恋愛小説「La source oublieé(忘れていた泉)」は日本でも紹介された。

オフレアティ, リーアム *O'Flaherty, Liam*
アイルランドの作家
1896〜1984.9.7
[出]アラン島　[学]ユニバーシティ・カレッジ(ダブリン)　[賞]ジェームズ・テイト・ブラック記念賞(1925年)
[歴]はじめ司祭を目指してダブリンのユニバシティ・カレッジに学ぶが自ら不適切を悟り退学する。第一次大戦に参戦、負傷し、兵役を免除される。ダブリンでアイルランドの革命運動にも参加した。のち、商業に就き、アメリカ、フランス、小アジアなど世界各地を歩く。故郷アイルランド農民の悲惨な生活、古代ケルト族の血を引く土民などを写実的に描いた作品が多い。初期の作品に「Spring Sowing(春の播種)」(1923年)など。3作目の「密告者」(25年)で名声を確立した。ほかに「二年」(30年)など自伝的作品も数編書いている。現代アイルランド文壇において高い評価を受けた。

オブレヒト, テア *Obreht, Téa*
セルビア生まれのアメリカの作家
1985〜
[出]ユーゴスラビア・セルビア共和国ベオグラード(セルビア)　[学]南カリフォルニア大学, コーネル大学大学院創作科　[賞]オレンジ賞(2011年)
[歴]ユーゴスラビア解体に伴って紛争の激化する同地を離れ、7歳の時に家族とともにキプロスへ、やがてエジプトへ渡る。1997年アメリカに移住。16歳で南カリフォルニア大学に入学し、20歳でコーネル大学大学院の創作科に進学。創作活動を開始し、雑誌「ニューヨーカー」「ゾエトロープ」「ハーパーズ」や、新聞「ニューヨーク・タイムズ」「ガーディアン」などに短編を寄稿。2011年25歳で発表した初の長編「タイガーズ・ワイフ」は、英語圏の女性作家に贈られるオレンジ賞を史上最年少で受賞、全米図書賞最終候補作となるなど国際的な評価を得た。

オヘイガン, アンドルー *O'Hagan, Andrew*
イギリスの作家
1968〜
[出]グラスゴー(スコットランド)　[賞]E.M.フォースター賞(2003年), ジェームズ・テイト・ブラック記念賞(2003年), ロサンゼルス・タイムズ賞(2006年)
[歴]スコットランドのグラスゴーに生まれ、エアーシアで育つ。1995年ノンフィクション作品「The Missing」でデビューし、注目を集める。99年初の長編小説「Our Fathers」を発表、同作品はブッカー賞とウィットブレッド賞候補となる。2003年長編第2作「Personality」でジェームズ・テイト・ブラック記念賞を受賞。同年文学誌「グランタ」の"若手イギリス人作家トップ20"に選出された。06年長編第3作「Near Me」でロサンゼルス・タイムズ賞を受賞。他の作品に「マルチーズ犬マフとその友人マリリン・モンローの生活と意見」など。

オペウォ, イシドレ *Okpewho, Isidore*
ナイジェリアの作家, 評論家
1942〜2016.9.4
[出]アブラカ　[学]イバダン大学卒, デンバー大学　[賞]アフリカ芸術文学賞
[歴]イバダン大学古典学科卒業後、アメリカのデンバー大学で学び比較文学の博士号を取得、のち母校で教鞭を執る。小説

の処女作は「犠牲者たち」(1970年)で、ナイジェリア市民戦争(ビアフラ戦争)をテーマにした「最後の義務」(76年)はアフリカ芸術文学賞を受賞。ほかに「アフリカの叙事詩」(79年)や、研究書「アフリカの神話」(83年)、「潮流」(93年)などがある。92年ニューヨーク州ビンガム大学のアフリカ系アメリカ人研究及びアフリカ研究の教授に就任した。

オベール, ブリジット　*Aubert, Brigitte*
フランスの作家
1956～
[出]カンヌ
[歴]脚本家として多くのスリラーを手がけ、短編映画の制作者としても活躍。1984年には自作の短編を映画化した作品で「セリ・ノワール」コンクールに優勝したこともある。ミステリー作家として92年「マーチ博士の四人の息子」で作家デビュー。以後ほぼ1年1作のペースで新作を発表し、その抜群のストーリーテラーの才によってたちまち人気作家の座を獲得。主著に「森の死神」「ジャクソンヴィルの暗闇」「鉄の薔薇」など。

オモトショ, コレ　*Omotoso, Kole*
ナイジェリアのヨルバ族の作家, 劇作家, 批評家
1943～
[学]イバダン大学卒, エディンバラ大学(現代アラブ文学) 博士号(エディンバラ大学)
[歴]ヨルバ族。1972年にイギリスより帰国し、イバダン大学、イフェ大学で現代アラブ文学、アフリカ文学を教える一方、74年以来雑誌「アフリスコープ」の編集に従事。イバダンで「アフリカ文学シリーズ」を編集・出版。75年にはアフリカ人民作家連盟を設立した。72年にはナイジェリア内戦をテーマにした「戦闘」、74年には代表作「生贄」を発表。英語文学のヨルバ語化や、ヨルバ語による子供向け物語を出版するなど、土着文化の育成にも意欲的。また、詩、劇、評論も書く。他の作品に小説「建造物」(71年)、ナイジェリア初の推理小説「フェラの選択」、戯曲「呪詛」(76年)、「地平線に浮ぶ影」(77年)、評論「アフリカ小説の形式」(79年)、「アフリカ文学発見」(82年)など。

オヨノ, フェルディナン　*Oyono, Ferdinand Léopold*
カメルーンのフランス語作家, 外交官
1929.9.14～2010.6.10
[勲]レジオン・ド・ヌール勲章コマンドール章
[歴]フランスに留学して法律と経済学を学ぶ。パリで俳優をしながら、白人の偽善と権威の虚構性を戯画化した代表作「Une vie de boy(ハウス・ボーイ)」(1956年)を発表。60年の独立以降は、リベリア、ベルギーなどの大使を経て70～75年駐フランス大使、75～83年国連のカメルーン代表、84～86年駐イギリス大使を務めた。ベティと並ぶフランス語圏アフリカ文学の先駆者。他の作品に「老人と勲章」(67年)、「修羅場」(71年)、「Chemin dÉurope」など。

オラフソン, オラフ　*Olafsson, Olaf*
アイスランドの作家
1962～
[出]レイキャビク　[学]ブランダイス大学(物理学)　[賞]アイスランド文学賞(2006年)
[歴]奨学金を得て、アメリカのブランダイス大学で物理学を学ぶ。ソニーなど世界的なエレクトロニクス企業で活躍する傍ら、1986年から小説を執筆。戯曲を含む多くの作品を発表。2006年短編集「ヴァレンタインズ」でアイスランド文学賞受賞。アイスランド語と英語の両方で執筆し、邦訳書に「ヴァレンタインズ」がある。

オリエ, クロード　*Ollier, Claude*
フランスの作家
1922.12.17～2014.10.18
[出]パリ　[賞]メディシス賞(1957年), フランス国民文学賞(1958年)
[歴]ロブ・グリエの系統に属する"ヌーヴォーロマン"の作家で、「小説とは生の現実と先入主のない読者の意識との衝突の場である」という考え方で動詞の現在形にこだわる。処女作「演出」(1958年)でメディシス賞を受賞。この作品はその後Iと番号がつけられ、8部作「子どもの遊び」(58～75年)の起点となった。他の作品に「秩序の維持」(61年)、「インドの夏」(63年)、「読みえない物語」(86年)など。小説のほか多くの美術評論がある。

オリバー, ローレン　*Oliver, Lauren*
アメリカの作家
1982～
[出]ニューヨーク　[学]シカゴ大学卒, ニューヨーク大学大学院創作学修士課程修了
[歴]シカゴ大学で文学と哲学を学び、ニューヨーク大学で創作学修士課程を修了。その後、出版社に勤務しながら処女作「BEFORE I FALL」を執筆、2010年作家デビュー。11年ディストピア3部作の1作目「デリリウム17」を発表、高い評価を受ける。

オリンジャー, ジュリー　*Orringer, Julie*
アメリカの作家
1973～
[出]フロリダ州マイアミ　[学]アイオワ大学創作科卒, コーネル大学卒　[賞]バーンズ＆ノーブル新人賞第3位(2003年度)
[歴]ルイジアナ州のニューオーリンズで育つ。アイオワ大学創作科およびコーネル大学を卒業。2003年「溺れる人魚たち」で作家デビュー。「Publishers Weekly」誌ほか多数の書評誌でアメリカ文学界の新星として絶賛される。また、同作で書店バーンズ＆ノーブル03年度新人賞3位に輝く。

オルグレン, ネルソン　*Algren, Nelson*
アメリカの作家
1909.3.28～1981.5.9
[出]ミシガン州デトロイト　[学]イリノイ大学卒　[賞]全米図書賞(1949年)
[歴]シカゴのウェストサイドに育つ。大学卒業後も不況のために職がなく放浪生活に入り、この頃書いた短編「神に誓って」(1933年)が認められて作家となる。知りつくしたシカゴの裏街を題材にした「朝はもう来ない」(42年)、「黄金の腕」(49年)などの作品により、ドライサーの自然主義小説を受けつぐシカゴ派リアリズムの代表作家とされる。他の作品に「ネオンの荒野」(47年)、「悪魔のストッキング」(83年)など。

オールズバーグ, クリス・バン　*Allsburg, Chris Van*
アメリカの絵本作家, イラストレーター
1949～
[出]ミシガン州グランドラピッズ　[学]ミシガン大学卒, ロードアイランド・デザイン学校彫刻科卒　[賞]コルデコット賞オナーブック(1980年), ニューヨーク・タイムズ最優秀絵本賞(1980年), コルデコット賞(1982年・1986年), 絵本にっぽん賞(1986年), 全米図書賞
[歴]ミシガン大学、ロードアイランド・デザイン学校で彫刻を学び、のち、イラストレーションに転じる。1980年初めての絵本「魔術師アブドゥル・ガサツィの庭園」がコルデコット賞オナーブックに選ばれて以来、絵本作家として多くの作品を発表。82年「Jumanji」、86年「急行『北極号』」でコルデコット賞を受賞。他の著書に「名前のない人」「ハリス・バーディックの謎」「魔法のホウキ」「西風号の遭難」などがあり、その日本語訳のほとんどを村上春樹が手がけている。

オルセナ, エリク　*Orsenna, Erik*
フランスの作家
1947.3.22～
[出]パリ　[名]アルノー, エリク〈Arnoult, Erik〉　[学]パリ政治学院卒　[賞]ゴンクール賞(1988年)
[歴]1969年社会党に入り、政治活動の傍ら小説を書く。ミッテランが大統領に初当選した81年にも選挙運動に加わり、当選後大統領府入り。南北問題や文化担当の顧問を歴任した後、最高行政裁判所審査官。88年4作目の小説「植民地博覧会」でゴ

ンクール賞を受賞。98年アカデミー・フランセーズ会員。

オルセン, D.B.
→ヒッチェンズ, ドロレスを見よ

オルソン, クリスティーナ Ohlsson, Kristina
スウェーデンの作家
1979.3.2〜
⊕クリシャンスタード
㉕大学で政治学を学んだのち、スウェーデン国防大学、外務省、公安警察で働く。2009年公安警察勤務中に執筆した「シンデレラたちの罪」によりデビュー。以後、シリーズの第2巻、第3巻が続けてスウェーデン推理作家アカデミー賞にノミネートされる。12年以降専業作家となる。

オルソン, チャールズ Olson, Charles
アメリカの詩人
1910.12.27〜1970.1.10
⊕マサチューセッツ州ウースター ㊇オルソン, チャールズ・ジョン〈Olson, Charls John〉 ㊗ウェスリアン大学卒、ハーバード大学卒
㉕ハーバード大学卒業後母校などで教え、1949年"ポストモダン"という用語を造語。50年より従来の西欧詩のあり方を否定して"呼吸"を重視する詩論「投射詩」を展開。同年から自身が育ったマサチューセッツ州の漁村グロスターをうたった長詩連作「マクシマス詩編」を書き始めるが未完に終わり、没後の83年に刊行された。一方、51〜56年ノースカロライナ州のブラック・マウンテン・カレッジで教鞭を執り校長を務める。またロバート・クリーリーらと雑誌「ブラック・マウンテン・レビュー」を出したり、優れた前衛芸術家を結集させて"ブラック・マウンテン派"と呼ばれる詩人グループを指導するなど詩壇に大きな影響を与えた。他の著書に、詩集「XとY」(48年)、アメリカ論「わが名はイシュメイル」(47年)、ユカタン半島でのマヤ文明調査の結果をまとめ西欧文明を批判した「マヤ書簡集」(53年)、詩集「距離」(60年)、評論集「人間の宇宙」(65年)、短詩集「朝の考古学者」(73年)、父親についての思い出を記した「郵便局」(74年)などがある。グループの詩人ばかりではなく、ビート派をはじめ後続の多くの革新グループに影響を与えた。

オルソン, リンダ Olsson, Linda
スウェーデン生まれのニュージーランドの作家
⊕ストックホルム
㉕金融業界で働いた後、ケニア、シンガポール、日本と移り住み、1990年夫とともにニュージーランドに永住。2003年新聞社主催の短編コンテストで1位となり、オークランド大学大学院創作コースを受講中に書き上げた「やさしい歌を歌ってあげる」(05年)でデビュー。同作はニュージーランド・ペンギン社創設以来、最も売れたデビュー作となった。また、故国スウェーデンなど15ケ国で版権が売れ、アメリカでもベストセラー入りした。

オルダーマン, ナオミ Alderman, Naomi
イギリスの作家
1974〜
⊕ロンドン ㊗オックスフォード大学、イースト・アングリア大学 ㊤オレンジ賞新人賞、ベイリーズ賞(2017年)
㉕オックスフォード大学で哲学・政治・経済学を専攻、弁護士事務所などで働いた後、イースト・アングリア大学でクリエイティブ・ライティングを学び、作家デビュー。女性同士の恋愛を描いた処女長編「DISOBEDIENCE」(2006年)でオレンジ賞新人賞を受賞。13年にはグランタの若手ベストイギリス作家リストにも選出された。17年の4作目「パワー」で、優れた女性作家に与えられるベイリーズ賞を受賞。大学で文芸創作を教える他、スマートフォンゲーム作家、BBCラジオのパーソナリティとしても才能を発揮する。

オールディス, ブライアン・ウィルソン Aldiss, Brian Wilson
イギリスのSF作家
1925.8.18〜2017.8.19
⊕ノーフォーク州イーストデーラム ㊙OBE勲章(2005年)
㊤ヒューゴー賞短編小説部門(1962年)、ネビュラ賞ノヴェラ部門(1966年)、イギリスSF作家協会賞長編部門(1982年・1985年)、ヒューゴー賞ノンフィクション部門(1987年)
㉕第二次大戦中は志願兵として東南アジアやインドに駐留。戦後、書店経営などに携わった後、1958年以降「The Oxford Mail」の文芸記者となる。54年に最初の短編を発表し、55年最初の著書「The Brightfount Diaries」、57年処女短編集「Space, Time and Nathaniel」を出版。61年の「地球の長い午後」以下5編のシリーズでヒューゴー賞を、65年の中編「唾の木」でネビュラ賞をそれぞれ受賞した。ニューウェーブSFの代表者としてJ.G.バラードと双璧をなす作家で、フランスのアンチ・ロマンを思わせる新しい手法を積極的にSFに取り入れることにも意欲を見せた。短編「スーパートイズ」(69年)は、米映画監督スティーブン・スピルバーグが2001年に手がけた「A.I.」の原案となった。1960〜64年イギリスSF作家協会初代会長を務め、アメリカ・サイエンス・フィクション作家協会からグランド・マスター・オブ・サイエンス・フィクションの称号を贈られた。アンソロジストとしても知られ、SF史「十億年の宴」(73年)、「一兆年の宴」(86年、デービッド・ウィングローブとの共著)を編集した。他の著書に「寄港地のない船」(58年)、「グレイベアド」(64年)、「虚構の大地」(65年)、「解放されたフランケンシュタイン」(73年)、「ブラザーズ・オブ・ザ・ヘッド」(77年)などがある。

オールディントン, リチャード Aldington, Richard
イギリスの詩人、作家
1892.7.8〜1962.7.26
⊕ハンプシャー
㉕1913年雑誌「エゴイスト」の編集者となり、15年詩集「イメージス」を出版。妻で詩人のヒルダ・ドゥーリトルとともにイマジズム運動を推進した。第一次大戦後、戦争神経症にかかりながら書いた「戦争と恋」(18年)、「欲望のイメージ」(19年)などは49年に「全詩集」としてまとめられた。また、大戦の経験を基にして憎悪を込めて書いた「英雄の死」(29年)、「大佐の娘」(31年)、T.E.ロレンスの伝記「アラビアのロレンス」などの著作を残している。
㊻妻=ヒルダ・ドゥーリトル(詩人)

オルテーゼ, アンナ・マリーア Ortese, Anna Maria
イタリアの作家
1914〜1975
⊕ローマ ㊤ヴィアレッジョ賞、ストレーガ賞(1967年)
㉕貧しい家庭で育ち、少女時代は南イタリアの町を転々とする。義務教育以降は職業専門学校のほかにピアノの学校に数年通ったのみだが、1933年には文学雑誌に作品を掲載されるようになる。37年22歳で処女作の短編集「天使の苦悩」を発表。53年「海はナポリを洗わず」でヴィアレッジョ賞、67年「貧しく心やさしい人たち」でストレーガ賞を受賞、第二次大戦後のナポリ、ミラノをリアルな寓話的手法で描いた。鋭い感性で捕らえた現実を詩的な文体に投影した作品を次々と発表した。主著に「イグアナ」(65年)、「羽根飾りの帽子」(79年)、「パリのつぶやき」(86年)など。

オルテン, スティーブ Alten, Steve
アメリカの作家、海洋学・古生物研究家
1959.8.21〜
⊕ペンシルベニア州フィラデルフィア ㊗デラウェア大学大学院(スポーツ医学)修士課程修了 スポーツ医学博士(テンプル大学)
㉕デラウェア大学でスポーツ医学の修士号を、テンプル大学で博士号を取得。会社経営などの傍ら、海洋学・古生物学の調査を続け、1997年長編「メガロドン」で作家デビュー。他の作品に「蛇神降臨記」「邪神創世紀」などがある。

オールド, ウィリアム *Auld, William*
イギリスの詩人
1924～2006
[出]スコットランド
[歴]1937年より国際共通語として作られた人工言語・エスペラントを学ぶ。中学校の副校長を務めた他、世界エスペラント協会副会長、エスペラント学士院会長、エスペラント・ペンセンター会長などを歴任。母国語である英語ではなく、エスペラントを用いて詩を作り、その作品はエスペラント文学の一つの到達点といわれる。99年以降、たびたびノーベル文学賞候補に挙げられた。詩集に「ウィリアム・オールド詩集―エスペラントの民の詩人」がある。

オルトハイル, ハンス・ヨゼフ *Ortheil, Hanns-Josef*
ドイツの作家
1951.11.5～
[出]西ドイツ・ケルン
[歴]マインツ、ローマ、ゲッティンゲン、パリで音楽、哲学、文学を学び、早くから映画評論、音楽評論の分野で活躍する。1979年「Fermer」で文壇デビュー。各地の大学で教鞭を執りながら多数のエッセイ、小説を執筆。98年～2000年にかけて発表した芸術家3部作は、高い評価を得た。

オルドリッジ, ジェームズ *Aldridge, James*
オーストラリア出身のイギリスの作家
1918.6.9～2015.2.23
[出]オーストラリア　[賞]ジョン・ルウェリン・リース賞（1945年）, ガーディアン賞（1987年）
[歴]欧米で新聞記者として活躍していたが、その後作家活動にはいる。著書に「ある小馬裁判の記」（1973年）、「切れた鞍」（83年）などの子供時代にオーストラリアで過ごしたことの回想を書いた児童書がある。85年度オーストラリア児童文学賞を受賞した「リリ・スタベックの実話」（84年）などがある。

オールビー, エドワード *Albee, Edward*
アメリカの劇作家
1928.3.12～2016.9.16
[出]ワシントンD.C.　[名]オールビー, エドワード・フランクリン〈Albee, Edward Franklin（III）〉　[学]トリニティ大学, コロンビア大学　[賞]ピュリッツァー賞（文学芸能部門）（1967年・1975年・1994年）, トニー賞（1963年・1996年・2002年）
[歴]生後間もなく富裕な劇場主の養子となり、ニューヨーク郊外で育つ。幼い頃から詩や小説を執筆。養父母と反目しあうようになり20歳で家出、様々な仕事につきながら創作に励む。現代社会におけるコミュニケーションの欠如をテーマとした一幕物戯曲「動物園物語」（1958年）で初めて認められ、さらに最初の三幕物長編「ヴァージニア・ウルフなんかこわくない」（62年）がブロードウェイで大ヒットを記録、トニー賞演劇部門を受賞し代表作となった。同作品は66年にマイク・ニコルズ監督によりエリザベス・テーラー主演で映画化もされた。その後は「デリケート・バランス」（67年）などの作品で文学芸能部門のピュリッツァー賞を3回受賞。T.ウィリアムズ、A.ミラー以後のアメリカを代表する劇作家となった。他の作品に「アメリカの夢」（60年）、「海の景色」（75年）、「ウォーキング」（82年）、「マリッジ・プレイ」（88年）、「三人の背の高い女」（94年）、「山羊、またの名シルヴィアってだれ？」（2002年）など。

オルレブ, ウリ *Orlev, Uri*
ポーランド生まれのイスラエルの児童文学作家
1931～
[出]ワルシャワ　[学]ヘブライ大学　[賞]モーデシャイ・バーンスタイン賞, 国際アンデルセン賞作家賞（1996年）
[歴]ユダヤ人だったため、第二次大戦中8歳から10歳までをワルシャワのゲットーやポーランド人区に隠れ住む。母の死後、捕えられベルゲン・ベルゼン強制収容所で2年近く過ごした。1945年秋イスラエルに渡り、キブツ（集団農場）で働く。大学卒業後、ラジオやテレビの子供番組を制作。56年ホロコーストの体験を「鉛の兵隊」として発表。81年「壁のむこうの街」はアメリカ、オランダ、ドイツでも受賞するなど各国で高い評価を受ける。他の著書にワルシャワ・ゲットー蜂起を描いた「壁のむこうから来た男」（90年）や、「砂のゲーム―ぼくと弟のホロコースト」（96年）、「遠い親せき」（96年）、「走れ、走って逃げろ」（2001年）など。1997年来日。

オルロフ, ウラジーミル *Orlov, V.*
ウクライナの児童文学作家, 詩人, 劇作家
1930～1999
[歴]ソ連時代にロシアからウクライナへと領土上の帰属が変わったクリミア地方で活動。多くの戯曲が舞台化されており、その作品をもとにして作られたアニメーション映画も多い。ウクライナ連邦児童図書館には、オルロフを記念する名称がつけられている。作品に「ハリネズミと金貨」などがある。

オレーシャ, ユーリー・カルロヴィチ *Olesha, Yurii Karlovich*
ソ連の作家
1899.3.3～1960.5.10
[歴]南ウクライナのキーロボグラードで、没落したポーランド貴族の家に生まれる。オデッサで育ち、同地で文学活動を始め、“オデッサグループ”の一員として登場。1922年モスクワに移り鉄道労働者向け新聞「汽笛」の編集に参加。ソ連知識人問題を扱った反写実的作風の長編「羨望」（27年）で一躍脚光を浴びると、続いておとぎ話の中で民衆の勝利をうたった児童文学「三人の太っちょ」（28年）を発表。20年代に多く登場した若い世代の散文家の一人で、十月革命後の新しいロシア散文を代表する作家となる。他に、反写実手法の短編「愛」「サクランボの種子」など20編余りを書き、映画脚本なども手がけたが、反革命的と批判されて筆を折り、スターリン批判後名誉回復した。死後に出版された自伝的回想「一行たりとて書かざる日はなし」は時代の芸術的証言である。

オレッリ, ジョルジョ *Orelli, Giorgio*
スイスの詩人, 作家
1921～
[出]アイローロ　[学]フリブール大学卒
[歴]ベリンシオーナの商業学校でイタリア語及びイタリア文学を教える傍ら、詩作活動を行う。ゲーテの詩のイタリア語訳選集を出したことでも知られる。詩集「白でもなく紫でもなく」（1944年）、「親しい仲間で」（60年）、「紅銀鉱」（77年）、短編集「生の一日」（60年）などの作品がある。

オンダーチェ, マイケル *Ondaatje, Michael*
セイロン生まれのカナダの作家, 詩人
1943.9.12～
[出]セイロン・コロンボ（スリランカ）　[学]ビショップ大学, クイーンズ大学, トロント大学　[賞]カナダ総督文学賞（散文・詩）（1970年）, カナダ総督文学賞（詩・戯曲）（1979年）, ブッカー賞（1992年）, カナダ総督文学賞（小説）（1992年・2000年・2007年）, ネリー・ザックス賞（1995年）
[歴]セイロンの裕福な地主階級の家庭に生まれる。両親ともにオランダ人、タミル人、シンハラ人の混血。1952年母とともにロンドンに移り、パブリックスクールに入学。62年大学に入るためカナダに移住。67年初の詩集「繊細な怪物」を発表。以後文学と創作の教師をしながら詩作を続けるとともに演劇・映画にも活動の幅を広げる。アウトローとジャズミュージシャンの伝記に材をとった「ビリー・ザ・キッド全仕事」（70年）、「居殺をくぐりぬけて」（76年）で詩と小説の融合を試み、高い評価を受けた。カナダを代表する詩人・作家の一人。他の作品に詩集「ラッドジェリー」（73年）、「俺はナイフの使い方をならってるんだ」（79年）、小説「家族を駆け抜けて」（82年）、「ライオンの皮をまとって」（88年）、「アニルの亡霊」（2000年）、「ディビザデロ通り」（07年）、「名もなき人たちのテーブル」（11年）など。1992年の「イギリス人の患者」はブッカー賞を受賞し、96年にはアンソニー・ミンゲラ監督により「イングリッシュ・ペイシェント」として映画化され、アカデミー賞作品賞など9部

門で受賞した。97年カンヌ国際映画祭審査員を務める。2000年3月来日。
[家]妻＝リンダ・スパールディング（作家）

【カ】

柯 雲路　か・うんろ　*Ke Yun-lu*
中国の作家
1946.11.13～
[出]上海　[名]旧姓名＝鮑 国路　[賞]全国優秀短編小説賞（1980年）
[歴]北京の高校を卒業後、1968年山西省の農村に下放される。72年工場の作業員となり、80年「三千万」で全国優秀短編小説賞を受賞。若い共産党書記が政治改革に取り組む長編「新星」（84年）はテレビドラマ化された。

カー, エミリー　*Carr, Emily*
カナダの画家, 作家
1871.12.13～1945.3.2
[出]ブリティッシュ・コロンビア州ビクトリア　[賞]カナダ総督文学賞（1941年）
[歴]アメリカ・サンフランシスコのカリフォルニア・デザイン学校に通ったほか、イギリス、フランスでも絵画を学ぶ。主にトーテムポール、森林を主題に独自の世界を切り拓き、カナダを代表する画家、作家として活躍。インディアンとの交流を通して、彼らの生活や自然を感性豊かに描いた。1941年インディアン部落を取材した回想記「クリー・ウィク」でカナダ総督文学賞を受賞。他の著書に「青春の苦悩」「ピーコックの心」「カナダ先住民物語」、「募りくる痛み―ある自叙伝」（46年）などがある。

夏 衍　か・えん　*Xia Yan*
中国の劇作家, シナリオ作家
1900.10.30～1995.2.6
[出]浙江省杭県　[名]沈 乃熙, 字＝端先, 別筆名＝沈 宰白, 黄 子布　[学]明治専門学校（日本・福岡）（1925年）卒　[賞]国際交流基金賞（1987年度）（1988年）
[歴]1920～27年日本留学中に政治運動に参加。帰国後、北伐に参加し、27年中国共産党に入党。29年上海芸術劇社を結成し、左翼演劇運動で活躍。32年明星影片公司編劇顧問となり「上海二十四時間」（33年）などの脚本を執筆。35年「賽金花」で劇作家としてデビュー。抗日戦争中は、上海、重慶などで抗日運動に従事するとともに執筆活動も行い、ゴーリキー、平林たい子らの作品翻訳や、「上海夜」「ファッショ細菌」「自由魂」などの作品を発表。新中国成立後は53年文化部副部長、60年文学芸術界連合会（文連）副主席を歴任。文化大革命で失脚したが、77年復活。78年2月中日友好協会副会長、79年より文連副主席、中国電影家協会主席。82年9月党中央顧問委員、83～86年中日友好協会会長。89年8月中日友好協会顧問、10月中国電影基金会総顧問。90年中華日本学会名誉会長。代表作にルポルタージュ「包身工」（36年）、戯曲「上海屋檐下」（37年）、小説「春寒」、自伝「日本回想」「ペンと戦争」、「夏衍劇作集」（全3巻）などがある。

柯 岩　か・がん　*Ke Yan*
中国の詩人, 児童文学作家
1929.7.14～2011.12.11
[出]河南省鄭州　[名]旧姓名＝馮 愷　[学]蘇州社会教育学院戯劇系
[賞]全国児童文学創作1等賞（1980年）, 1981-1982全国優秀報告文学賞
[歴]河南省で生まれるが、鉄道員の父に従って各地を転々として育つ。父の失業により苦学し、1949年から北京青年芸術劇院で働く。この頃より作品を発表、56年中国児童芸術劇院に所属して創作に専念。多くの児童文学作品を創作、「小兵の物語」（56年）、「柯岩児童詩選」（81年）などがある。
[家]夫＝賀 敬之（詩人）

何 其芳　か・きほう　*He Qi-fang*
中国の詩人, エッセイスト, 文芸評論家
1912～1977.7.24
[出]四川省万県　[学]北京大学卒　[賞]大公報文学賞（1936年）
[歴]中学教師などを務める傍ら詩作をし、1936年散文詩集「画夢録」で大公報文学賞を受賞。39年延安に行き、中国共産党に入党し、魯迅芸術学院で教鞭を執る。解放後は科学院文学研究所所長・作家協会理事などを歴任、傍ら「リアリズムについて」など評論を発表。文化大革命で実権派として批判されたが、76年復活。他の詩集に「予言」（45年）、「夜の歌」「夜の歌とひるまの歌」（52年）、「何其芳詩集」など、随筆に「還郷雑記」「星火集」「西苑集」など、論文集に「現実主義について」「詩を書くことと詩を読むこと」「文学芸術の春」など。

賀 敬之　が・けいし　*He Jing-zhi*
中国の劇作家, 詩人, 政治家
1924.11.5～
[出]山東省嶧城（棗荘）　[名]筆名＝艾漠, 荊直　[学]魯迅芸術文学院文学系（1942年）卒　[賞]スターリン文芸賞（1951年）
[歴]貧農出身。1933年頃より抗日運動に参加。40年延安へ行き魯芸で学ぶ。詩集「笑い」など詩や劇を数多く書く。なかでも集団創作歌劇「白毛女」（45年）は中国人民歌劇の代表的傑作といわれ、映画にもなり、民衆の絶賛を博した。その後も53年中国作家協会理事、62年中国劇作家協会書記として活躍。傍ら、雑誌「劇本」や「詩刊」の編集委員、64～66年「人民日報」文芸部副主任なども務めた。また、54年中ソ友好協会全国代表大会代表、64年文学芸術研究院長。文化大革命時は失脚。文革後は78年文化省次官、80年7月共産党中央宣伝部副部長などを経て、82年党中央委員。89年9月王蒙に代って文化相代行に抜擢され、主にイデオロギー面などを担当、党中央宣伝部副部長（再）兼任。92年10月党中央委員解任。12月文化相代行解任。93年3月全国政協常務委員。保守派文化人の代表格。
[家]妻＝柯 岩（詩人・児童文学作家）

カー, シェリー・ディクソン　*Carr, Shelly Dickson*
アメリカの作家
[賞]ベンジャミン・フランクリン賞新人部門金賞・ヤングアダルト部門金賞・ミステリー部門銀賞
[歴]本格ミステリーの巨匠ジョン・ディクソン・カーの孫娘として生まれ、劇団の役員を務めつつ、イギリスのドラマ「ダウントン・アビー」「SHERLOCK シャーロック」のアメリカでの放送実現に尽力。2013年「ザ・リッパー―切り裂きジャックの秘密」で作家デビューし、同作でベンジャミン・フランクリン賞の新人部門、ヤングアダルト部門で金賞、ミステリー部門で銀賞を受賞。
[家]祖父＝ジョン・ディクソン・カー（ミステリー作家）

何 士光　か・しこう　*He Shi-guang*
中国の作家
1942.11.11～
[出]貴州省貴陽　[学]貴州大学中文系（1964年）卒
[歴]1962年処女作「瓜を売る」を発表。64年大学を卒業後、農村で教師を務める。77年作家活動を再開、80年「郷場上」で「人民文学」誌の優秀短編小説賞を受賞。82年より専業作家。他の作品に長編「水のごとく月日は流れる」（83年）などがある。

カー, ジョン・ディクソン　*Carr, John Dickson*
アメリカのミステリー作家
1906～1977.2.27
[出]ペンシルベニア州　[名]筆名＝ディクソン, カーター〈Dickson, Carter〉 ディクソン, カー〈Dickson, Carr〉
[歴]長年イギリスで暮らし、第二次大戦後帰国、のちアメリカ探偵作家クラブ会長。1933年「帽子蒐集狂事件」、35年「三つの棺」など、密室の犯罪の謎とき小説、またオカルト的要素の作品で有名。カーター・ディクソンの名で、名探偵ヘンリー・メリヴェル卿登場の「ユダの窓」（38年）、伝記「コナン・ドイル」（49年）などがある。

[家]孫＝シェリー・ディクソン・カー（作家）

柯 仲平　か・ちゅうへい　*Ke Zhong-ping*
中国の詩人
1902.1.25〜1964.10.20
[出]雲南省広南県　[名]柯 維翰
[歴]第2期創造社、狂飇社の同人で、1930年中国共産党に入党。抗日戦争中は延安で戦歌社社長などを務め、街頭詩運動、民衆劇団などを組織した。代表作に長編抒情詩「海夜歌声」（27年）、長編叙事詩「辺区自衛軍」（38年）や、5幕詩劇「風火山」（30年）など。中華人民共和国成立後は西北文連主席や作協副主席を歴任した。

カー, テリー　*Carr, Terry*
アメリカのSF作家, 編集者, アンソロジスト
1937.2.19〜1987.4.7
[出]オレゴン州グランツ・パス　[学]カリフォルニア大学バークレー校卒
[歴]幼時にオレゴンからサンフランシスコに移り、そこで成長する。1959年ロン・エリックと共同編集した雑誌「FANAC」でヒューゴー賞ベスト・ファンジン部門を受賞。同年結婚するが、61年離婚し、ニューヨークに移り作家活動を始める。この年、女流作家キャロル・カーと再婚。リテラリ・エージェンシーに勤める傍ら、デビュー作「Who Sups with the Devil？」（62年）をエース・ブックスより刊行。64年には編集手腕を認められてエース・ブックスに入社し、アメリカ・ファンダムの創成期の中心人物となったドナルド・A.ウォルハイムの下についた。以後はフランク・ハーバートの超ベストセラー「デューン砂の惑星」のペーパーバック化や〈ニュー・エース・サイエンス・フィクション・スペシャル〉シリーズなどで注目を集めた。71年フリーとなってからも年刊傑作選を編むなど、アンソロジストとして高い声価を受ける。一方、その間もSF短編を中心に創作活動を続け、76年には最初の短編集「The Light at the End of the, Universe」を出版し、翌77年には本人の称する最初の処女長編「Cirque（聖堂都市サーク）」を発表、ネビュラ賞にノミネートされた。
[家]妻＝キャロル・カー（SF作家）

戈 麦　か・ばく　*Ge Mai*
中国の詩人
1967.8〜1991.9
[出]黒龍江省蘿北県　[名]楮 福軍　[学]北京大学中文系（1989年）卒
[歴]大学在学中の1987年から本格的に詩作を開始。言葉を極限にまで深化させた詩人の一人で、人間の苦悩を突き抜ける精神の躍動の苛烈さを現す詩を4年間で270編以上執筆した。詩集に死後編集された「戈麦詩集」「戈麦詩全編」、小説に短編「マンモス」「遊び」、中編「地下鉄の駅」などがある。

カー, フィリップ　*Kerr, Philip*
イギリスの作家
1956.2.22〜2018.3.23
[出]ロージアン州エディンバラ　[名]Kerr, Philip Ballantyne 別筆名＝カー, P.B.〈Kerr, P.B.〉　[学]バーミンガム大学（法学・哲学）　[賞]ドイツ・ミステリー大賞（1995年）, CWA賞エリス・ピーターズ・ヒストリカル・ダガー賞（2009年）
[歴]バーミンガム大学で法学や哲学を学び、ロンドンでコピーライターとなる。その後、フリーの記者として「サンデー・タイムズ」「イブニング・スタンダード」などの新聞や雑誌に寄稿。1989年私立探偵ベルンハルト・グンターを主人公に、第二次大戦下のドイツの混乱期を描いた「偽りの街」で作家デビュー。同じくグンターを主人公とした「砕かれた夜」（90年）、「ベルリン・レクイエム」（91年）とともに“ベルリン・ノワール”3部作として好評を博した。P.B.カー名義で児童文学〈ランプの精〉シリーズを発表するなど、分野にとらわれず活躍。2009年〈私立探偵グンター〉シリーズの6編目「死者は語らずとも」でイギリス推理作家協会賞（CWA賞）のエリス・ピーターズ・ヒストリカル・ダガー賞を受賞。12年同シリーズの7編目「Field Gray」がMWA賞にノミネートされた。他の作品に「殺人探究」（1992年）、「屍肉」（93年）、「殺人摩天楼」（93年）、「エサウ」（96年）、「密送航路」（97年）、「セカンド・エンジェル」（98年）などがある。

賈 平凹　か・へいおう　*Jia Ping-wa*
中国の作家
1952.2.21〜
[出]陝西省丹鳳県　[名]幼名＝平娃　[学]西北大学中文系（1975年）卒　[賞]ペガサス賞（1988年）
[歴]文化大革命で失脚した父を助け、中学を中退して農作業に従事した。1972年に西北大学に入学。在学中より詩、短編小説を発表する。75年から陝西人民出版社の編集者を務める。「満月児」が78年度全国優秀短編小説コンクールに入賞。79年作家協会会員。82年より創作に専念、83年から故郷の山村を舞台にした農村小説“商州もの”を中心に、非常な多作作家として知られる。代表作に「鶏窩窪の人々」（84年, 映画化名「野山」）、「臘月・正月」（84年）、「廃都」（93年）など。

海 岩　かい・がん　*Hai Yan*
中国の作家
1954〜
[出]北京
[歴]15歳で中国海軍に入隊。公安で10年間働き、その後、一流ホテルの管理会社副総裁として働く傍ら、創作活動に従事。「便衣警察（私服警察）」に代表される警察ものでベストセラーを連発する、中国の国民的人気作家として知られる。小説の舞台として初めてホテルを選んだ「五星大飯店」もドラマ化されて大ヒットし、2009年初めて邦訳された。

艾 青　がい・せい　*Ai Qing*
中国の詩人, 評論家
1910.3.27〜1996.5.5
[出]浙江省金華県畈田蔣村　[名]蔣 海澄〈Chiang Hai-cheng〉, 別名＝義伽, 克阿　[勲]フランス文学芸術最高勲章（1985年）
[歴]1928年杭州の国立西湖芸術院で絵画を学び、29年フランスに留学。32年帰国後、中国左翼美術家連盟に参加して逮捕され入獄。このとき書かれた叙情詩「大堰河—わが育ての母」は世界10数ケ国語に翻訳され、出版されている。抗日戦中は中華全国文芸界抗敵協会に加入。41年延安に赴き、42年魯迅文芸学院教員、45年共産党入党。新中国成立後、「人民文学」副編集長、中国文連全国委員、作家協会理事などを務めるが、57年丁玲らとともに右派分子として党を除名され、農村で強制労働に従事する。78年詩作を展開、79年復活し、その後全国政協委員、中国作家協会副主席、第6期全人代浙江省代表などを務める。日中文化交流にも尽力し、井上靖などとの親交もあった。現代中国詩壇の大御所的存在で、作風はアポリネール、エセーニンらの影響を受け、象徴的手法を駆使する。他の詩集に「向太陽」（40年）、「北方」（42年）、「故郷へ献げる詩」（45年）、「夜明けの知らせ」（48年）、「歓呼集」（50年）、「春」（56年）、評論に「詩論」（42年）、「新民主主義文学論」（49年）など。

ガイ, ローザ　*Guy, Rosa Cuthbert*
西インド諸島生まれのアメリカの作家
1922.9.1〜2012.6.3
[出]英領トリニダード・トバゴ（トリニダード・トバゴ）　[学]ニューヨーク大学
[歴]1932年アメリカに渡りニューヨークのハーレムで育つ。14歳で退学し働き始める。第二次大戦中、ニューヨーク大学で学ぶ傍ら、アメリカン・ニグロ・シアターに参加。アメリカの差別社会の底辺で“黒人”としての自己に目覚めていく子供たちに焦点をあてたドキュメント「ハーレムの子どもたち」の編著者として知られる。他の小説に「The friends（友だち）」（73年）、「Ruby（女友だち）」（80年）、「Edith, Jackson（男友だち）」（81年）、戯曲に「Uenetian Blinds（板すだれ）」（54年）などがある。黒人の若者たちの新しい生き方を追求するもの

として全米の若者たちの圧倒的な支持を受けた。ハーレム作家集団のメンバーであり、また広くアフリカの諸言語の研究にも携わった。

ガイイ, クリスチャン *Gailly, Christian*
フランスの作家
1943〜
[出]パリ
[歴]プロのジャズ・サックス奏者を目指し、様々な職業を転々としながら演奏活動を行うが、1987年44歳で作家デビューを果たす。第11番目の小説「ある夜、クラブで」(2001年)が、フランスで発売後ベストセラーとなり、アメリカを始め世界中で翻訳された。他の著書に「風にそよぐ草」(1996年)、「さいごの恋」(2004年)などがある。

ガイダル, アルカジー *Gaidar, Arkadii Petrovich*
ソ連の童話作家
1904〜1941
[名]ゴリコフ, アルカジー〈Golikov, Arkadii Petrovich〉 [学]アルザマス実業高校中退
[歴]小学校教師の家庭に生まれる。13歳で革命運動に加わり、14歳で赤軍に入隊、16歳で最年少の連隊長に昇進するが、1924年負傷、退役して新聞記者となる。26年「革命軍事評議会」で作家デビュー。「学校」(30年)、「遠い国」(32年)、「チュークとゲーク」(39年)など、子供たちに愛国心と勇気の貴さを教える作品で児童文学の分野に新境地を開いた。代表作「チムール少年隊」(40年)はソビエト児童文学の傑作とされる。41年第二次大戦で「コムソモリスカヤ・プラウダ」特派員として南西戦線に従軍中、戦死した。
[家]孫＝エゴール・ガイダル(政治家)

カイパース, アリス *Kuipers, Alice*
イギリスの作家
1979〜
[出]ロンドン [学]マンチェスター・メトロポリタン大学卒 [賞]アーサー・エリス賞(2011年)
[歴]マンチェスター・メトロポリタン大学を卒業。2003年カナダへ移住。07年シングルマザーとその娘の冷蔵庫に貼るメモのやりとりで語られる小説「冷蔵庫のうえの人生」で作家デビュー。同作は約30ケ国で翻訳され、いくつかの賞を受賞した。11年「The Worst Thing She Ever Did」でアーサー・エリス賞を受賞。

艾蕪 がいぶ *Ai Wu*
中国の作家
1904.6.2〜1992.12.5
[出]四川省新繁県 [名]湯 道耕 [学]成都第一師範学校(1925年)中退
[歴]1921年学費免除の成都第一師範学校に入学するが、25年中退して放浪の旅に出る。雲南やビルマなどを放浪し、31年ビルマで起きた農民暴動を支持する文章を書いたため、英当局より強制退去を命じられ、本国へ送還される。上海で本格的な創作に取り組み、32年中国左翼作家連盟に加盟、35年放浪時代の体験を基にした短編集「南行記」(35年)や「夜景」(36年)などを著し、注目を集める。日中戦争中は、39年桂林で王魯彦らとともに文芸界抗敵協会桂林分会を開設。第二次国共内戦中は国民党統治下の重慶で、厳しい検閲をかいくぐって中編「豊饒なる原野」(46年)、長編「故郷」(46年)、「山野」(48年)、短編集「煙霧」(48年)などを発表。また、自伝小説「私の少年時代」(48年)、「私の青年時代」(48年)も書いた。中華人民共和国成立後は一時創作活動を離れたが、52年鞍山製鉄所に派遣されて創作を再開し、長編「百煉成鋼」(58年)などを執筆。58年中国共産党に入党し、四川省文学芸術界連合会の名誉主席、中国作家協会顧問を歴任。多作で、全創作を包括した「艾蕪文集」(81〜89年)が編まれている。

カイ・フン 慨 興 *Khai Hung*
ベトナムの作家, 社会運動家
1896〜1947
[出]フランス領インドシナ・ハイズオン省
[歴]フランスの支配下にあったベトナム北部ハイズオン省に生まれる。学校で教鞭を執る傍ら、創作活動を行う。1933年文学改革を掲げ、盟友ニャット・リンらと文学結社・自力文団を創設。文学を通じて民衆の教化啓蒙に努め、「フォン・ホア(風化)」誌、「ガイ・ナイ(今日)」誌を発行し、ベトナム社会の因襲を痛烈に批判する小説を数多く発表した。主な作品に、小説「蝶魂仙夢」(33年)、「青春の半ばを過ぎて」(34年)、「家族」(36年)、「跡継ぎ」(38年)、「タイン・ドゥック」(43年)、短編小説集「蟬」(36年)、ニャット・リンと共同執筆した短編集「生きて！」(37年)など。30年代のロマン主義文学を代表する作家で、ベトナム文学の近代化に大きな功績を残した。戦後は、ニャット・リンと共にベトナム国民党の活動に身を投じた。

カイラス, ウーノ *Kailas, Uuno*
フィンランドの詩人
1901.3.29〜1933.3.22
[名]Kailas, Frans Uuno
[歴]フィンランドにおいて初めて形而上詩を試みた詩人で、ドイツ表現主義とボードレール風の高踏派を織り交ぜた詩体を確立。詩集「風と穂」(1922年)、「船乗りたち」(25年)などのモダニズム詩から、やがて「向き合って」(26年)、「素足で」(28年)、「眠りと死」(31年)などの簡潔な古典詩に進んだ。ソ連領アウヌス解放義勇軍に参加したのち、早世した。20世紀フィンランドの代表的詩人として知られる。

カヴァナ, フランソワ *Cavanna, François*
フランスの作家, 編集者
1923〜
[出]パリ郊外ノジョン・スール・マルヌ [賞]アンテラリエ賞(1979年), 大衆文学小説賞(1983年), ジャーナリスト文学賞, 理性論者連盟賞
[歴]イタリア系移民の家庭に育ち、小学生の時フランスに帰化。小学校卒業後、郵便配達、市場の売り子など様々な職を経て、1945年18歳の時にジャーナリスト、作家として活動を始める。60年風刺新聞「Hara-Kiri」、70年週刊誌「Charlie Hebdo」を発行するなど編集者としても活躍。エッセイ、小説、文集、文芸記事、自伝など著作多数。83年「腹よりでかい眼」で大衆文学小説賞を受賞。

カヴァフィス, コンスタンディノス *Kavafis, Konstantinos*
エジプト生まれのギリシャの詩人
1863.4.29〜1933.4.29
[出]アレクサンドリア
[歴]父は貿易商でアレクサンドリアに邸宅を構えていたが、父の急死後一家は渡英。ここでイギリス紳士のマナーとイギリス文学の素養を高度に身につけた。兄が商会を継ぐが破産、16歳の時に帰国。アレクサンドリア、コンスタンチノープル、アレクサンドリアと住み変わって潅漑局の官吏となる。英語を母語として仏語、現代ギリシャ語、アラビア語、ペルシャ語、トルコ語を知悉。ギリシャ以外での生活が長かったため、本国での民衆語運動の影響を受けず独自の詩作活動をした。「詩集」(1935年)がある。

ガヴァルダ, アンナ *Gavalda, Anna*
フランスの作家
1970.12.9〜
[出]ブーローニュ・ビヤンクール
[歴]中学教師の傍ら執筆活動を行い、1999年29歳の時に「泣きたい気分」で作家デビュー。口コミで瞬く間に評判が広がり、一躍ベストセラー作家となる。その後、執筆に専念。2002年初の児童書である「トトの勇気」を出版。04年初来日。他の作品に「ピエールとクロエ」「恋するよりも素敵なこと」などがある。

カ

カウァン, ピーター　*Cowan, Peter*
オーストラリアの作家
1914.11.4～2002.6.6
[出]パース　[学]西オーストラリア大学卒
[歴]第二次大戦中は空軍に勤務。母校英文科のシニア・チューターを務めるほか、パースを本部とする文芸誌「ウェスタリー」編集の中核的役割りを果たす。処女短編集「ドリフト」(44年)以降は短編に集中し、長編は2作にすぎない。西オーストラリア州の州都パースに住み、その地を舞台にした作品を多く手がけた。

カヴェーリン, ヴェニアミン
Kaverin, Veniamin Aleksandrovich
ソ連の作家
1902.4.19～1989.5.2
[出]プスコフ　[名]カヴェーリン, ジリベル　[学]レニングラード大学(1925年)卒
[歴]作家ザミャーチンらの影響のもとに学生時代から創作活動を始め、ロマン主義グループ"セラピオン兄弟"に参加。1923年最初の幻想短編集「師匠たちと弟子たち」を発行。以後、空想力とユーモアに富んだ作品を数多く発表した。代表作は「醜聞家, あるいはワシリェフスキー島で」(28年)、「願望の成就」(36年)、「開かれた本」(49～56年)などで、中でも冒険小説「二人の船長」(44年)はその後もソ連青少年の愛読書の一つとなった。また痛烈な評論とドキュメンタリーの作者としても知られ、文壇が"社会主義リアリズム"一色になった中でも比較的独立の立場を貫き、ゴルバチョフ政権下ではスターリン批判にいち早く支持を表明するなどリベラル派の大御所的存在だった。自伝的回想「照らされた家」(全3部, 75年)や「トゥイニャーノフ伝」(87年)などの著作もある。

ガウチンスキ, コンスタンティ・イルデフォンス
Gałczyński, Konstanty Ildefons
ポーランドの詩人
1905.1.23～1953.12.6
[歴]ヒューマニスティックな抒情と諧謔で、小市民生活の悲しみや喜びを風刺した。第二次大戦中はドイツ軍の捕虜となったが、解放後多数の詩を発表。反インテリ的ボヘミアンを貫き、大衆的な人気を博した。終末論的な長編詩「世界の終わり」(1929年)、超現実主義的な長編詩「ソロモンの舞踏会」(31年)、風刺寸劇集「緑のガチョウ」(46～55年)などがある。

カーウッド, ジェームズ・オリバー　*Curwood, James Oliver*
アメリカの作家
1878.6.12～1927.8.13
[出]ミシガン州オワッソー　[学]ミシガン州立大学中退
[歴]大学に2年間在学した後、1900年「デトロイト・ニュース・トリビューン」紙の記者となる。30歳で処女小説を発表。カナダ・ハドソン湾におけるエスキモーとの2年間の生活を基に、「灰色の王」(16年)、「極地の放浪者」(19年)、「勇気のある紳士」(24年)など20数冊の冒険小説を書く。アメリカの北部地方およびカナダを舞台にした冒険的な小説を多く書いた。

カウパー, リチャード　*Cowper, Richard*
イギリスのSF作家
1926.5.9～2002.3.31
[名]マリ, コリン・ミドルトン〈Marry, Colin Middleton〉筆名＝マリ, コリン
[歴]イギリスの文芸批評家ジョン・ミドルトン・マリの息子。17歳から25歳にかけて多くの短編を書き、父の批評を仰いだという。1950年代にはペンネームで創作を行い、58年コリン・マリ名義で恋愛小説「The Golden Valley」を発表、文学作家としてデビューした。続いて二つの普通小説を発表。61年以降は文芸批評家、英文学教師として過ごし、しばらくの間創作の発表をしていない。67年にリチャード・カウパー名義で長編「Breakthrough」を出版し、SF作家としての活動を開始する。短編を書かないため初めのうち知名度が低かったが74年の作品「The Custodians (監視者)」が76年ヒューゴー賞長中編(ノヴェラ)部門にノミネートされ一躍注目を集めた。また同年の作品「Piper at the Gate, of Dawn」は翌年のヒューゴー・ネビュラ両賞の同部門にノミネートされた。
[家]父＝ジョン・ミドルトン・マリ(文芸批評家)

カウフマン, ベル　*Kaufman, Bel*
ドイツ生まれのアメリカの作家
1911.5.10～2014.7.25
[出]ベルリン
[歴]ベルリンで生まれ、幼い頃、家族と共に現在のウクライナのオデッサに移る。ロシア革命後の10代前半、家族でアメリカに逃れた。ニューヨーク市の高校教員を務める傍ら、小説を書き始める。高校の新任教員を軸に展開する小説「下り階段をのぼれ」(1965年)は日本語を含む16ケ国語に翻訳され、600万部以上を売り上げた。67年にはロバート・マリガン監督により映画化された。

カウフマン, リチャード　*Kaufman, Richard*
アメリカの作家, イラストレーター
1958～
[歴]マジック専門書などを執筆する他、イラストレーターとしても活躍。また、マジック専門誌「GENII」の権利を譲り受け、その編集・刊行にあたる。著書に「世界のコインマジック」「世界のカードマジック」「デレック・ディングル カードマジック」「ラリー・ジェニングス カードマジック」「ロン・ウィルソン プロフェッショナルマジック」がある。

カウリー, ジョイ　*Cowley, Joy*
ニュージーランドの児童文学作家
1936.8.7～
[歴]ヨーロッパ系家系の出身。児童文学、児童劇の脚本や評論など幅広く手がける。2008年「ヘビとトカゲ きょうからともだち」でニュージーランド・ポスト年間最優秀図書賞を受賞。他の著書に「帰ろう、シャドラック!」「ハンター」など。

カーカップ, ジェームズ　*Kirkup, James*
イギリスの詩人, 随筆家, 作家
1918.4.23～2009.5.10
[出]南シールズ　[名]Kirkup, James Harold　[学]ダーハム大学 B. A.
[歴]少年時代を描いた自伝「ひとりっ子―ジェイムズ・カーカップ自叙伝〈1〉」(1957年)で名を上げ、詩、小説、劇作、翻訳など多彩な創作活動で知られる。機知を持って身辺の情景や社会の諸相を観察し描く。59年に来日し、東北大学で教鞭を執ったあと、世界中を取材旅行、日本では日本女子大学、名古屋大学、京都大学(77～89年)などで教えた。日本文化の紹介者としてラフカディオ・ハーンやエドマンド・チャールズ・ブランデンらの系譜となる。また、英語俳句を手がけ、91～96年イギリス俳句協会会長を務めた。他の著書に詩集「正確な同情」(52年)、「洞穴への下降」(57年)、「障子」(67年)、「禅瞑想」(79年)、「Collected Longer Poems」(96年)、「Collected Shorter Poems」(96年)、随筆「にっぽんの印象―『角立つ島々』の日記」(62年)、「日本人と英米人」、「天国、地獄、そしてハラキリ」(75年)、「Gaijin on the Ginza」(92年)、「Blue Bamboo (Haiku)」(94年)、「Utsusemi (tanka)」(96年)、「光と陰と―ジェイムズ・カーカップ自叙伝〈2〉」など多数。

郭 敬明　かく・けいめい　*Guo Jing-ming*
中国の作家, 編集者
1983.6.6～
[出]四川省　[学]上海大学
[歴]"80後(バーリンホウ)"と呼ばれる1980年代生まれの中国人若手作家の一人。2003年上海大学1年生の時に小説「幻城」でデビュー、200万部を超えるベストセラーとなり、一躍人気作家となる。青春期の友情、愛、憤怒などをテーマにした中にも"一人っ子世代"特有の孤独感がにじむ作風で、女子中高生のカリスマ的存在となる。07年小説「悲しみは逆流して河に

なる（悲傷逆流成河）」が発売1週間で100万部を突破、作家長者番付首位となった。同年張悦然など“80後”の作家9人とともに中国作家協会への加入を認められる。08年も作家長者番付首位。一方、新しい雑誌の企画や編集、新人作家の発掘に取り組み、06年月刊誌「最小説」を創刊。編集責任者を務め、“80後”と90年代生まれの“90後”の若手作家の作品を掲載。30万部でスタートし、10〜20代の女性の支持を得る。また1冊1作品のポケットブック・シリーズを成功させるなど、出版界の旗手となった。10年初来日。他の作品に「夢裏花落知多少」「1995-2005夏至 未」など。

格 非　かく・ひ　*Ge Fei*
中国の作家
1964.8〜
[出]江蘇省丹徒県　[名]劉 勇　[学]上海華東師範大学中文系（1985年）卒
[歴]上海華東師範大学卒業後、教官として留まり、のち中文系副教授。作家としても活躍し、中国におけるポストモダニズムの旗手と評価され、英語・フランス語などに翻訳出版されている作品もある。著書に「時間を渡る鳥たち」など。

郭 宝崑　かく・ほうこん　*Kuo Pao Kun*
中国生まれのシンガポールの劇作家, 演出家
1939〜2002.9.10
[出]中国・河北省　[勲]シンガポール文化勲章（1990年）, レジオン・ド・ヌール勲章シュバリエ章（1996年）　[賞]アセアン賞（1995年）
[歴]1949年シンガポールに移住。65年から2年間シドニーの国立演劇学校に学び、その後シンガポールで舞踏家の妻とともにパフォーミング・アーツ・スクール（現・プラクティス・パフォーミング・アーツ・スクール=PPAS）を設立、多くの有能な若手演劇人を育てる。76〜80年共産主義系勢力の排除を狙った治安維持法により投獄される。84年初めて英語で脚本を書く。以来、常に一線で劇作・演出活動を続け、シンガポールで初めて中国語、英語、マレー語といった多言語を用いた演劇を成功させ、“シンガポール現代演劇の父”と呼ばれた。戯曲はアジア、ヨーロッパなどで広く翻訳された。のちIT（情報技術）開発の中心地・ジュロンにPPASのキャンパスを移し、国際演劇教育プロジェクトに取り組んだ。主な劇曲に「九さんの話」「おかしな少女とへんてこな老木」「棺桶が入らない」「霊戯」「KAN-GAN」など、戯曲集に「Images at the Margins」「郭宝崑戯曲集 花降る日へ」などがある。2000年11月新国立劇場で劇曲がアジアの3人の演出家により上演された。

カーグマン, ジル　*Kargman, Jill*
アメリカの作家
[出]ニューヨーク
[歴]2004年ニューヨークの名門私立学校に通っていた頃からの親友であるキャリー・カラショフとの共著「わたしにふさわしい場所―ニューヨークセレブ事情」で作家デビュー。以後もカラショフとの共著で「Wolves in Chic Clothing」「Bittersweet Sixteen」などを出版するが、近年はそれぞれが単独で小説を発表している。

カザケーヴィチ, ヴェチェスラフ　*Kazakevich, Vecheslav*
ベラルーシ出身の詩人
1951〜
[出]ソ連・白ロシア共和国（ベラルーシ）　[賞]ゴーリキー賞（1985年）
[歴]1985年モスクワで出された最初の詩集でゴーリキー賞を受賞、現代ロシア詩人としての高い評価を得る。ロシア社会が混迷を深めるなか、ソ連邦崩壊後の93年来日。大阪外国語大学客員教授などを経て、富山大学客員教授。ロシア語、ロシア文化の講義を受け持つ一方で、詩作やエッセイの執筆を続ける。著書に「落日礼讃―ロシアの言葉をめぐる十章」など。

カザケーヴィチ, エマヌエル・ゲンリホヴィチ
Kazakevich, Emmanuil Genrikhovich
ソ連の作家
1913.2.24〜1962.9.22
[出]ロシア・ウクライナ・ポルタワ県　[賞]スターリン賞
[歴]ユダヤ系。ポルタワの教師の家庭に生まれる。ハリコフの機械技術専門学校卒業後、極東で建設現場長やコルホーズ議長などに従事しながら、イディッシュ語で詩作に取り組んだ。1938年モスクワに戻り、41年独ソ開戦とともに義勇兵として従軍。独ソ戦の体験に基づく処女作「星」（47年）をはじめ、第二次大戦の終わりを描いた長編「オーデルの春」（49年）はともにスターリン賞を受賞。軍隊生活の体験を基にした作品のほか、56年発表の「広場の家」はソ連の政策を批判的に書き、スターリン批判文学の先駆となった。他の作品に「青いノート」（61年）、「白日のもとで」（61年）などがある。

カザコフ, ユーリー　*Kazakov, Yurii Pavlovich*
ソ連の作家
1927.8.8〜1982
[出]モスクワ　[学]ゴーリキー文学大学（1958年）卒
[歴]1958年に処女短編集「マーニカ」を出して以来、優れた短編集を次々に発表して、アクショーノフらと並ぶ60年代の代表的作家となる。ツルゲーネフやチェーホフの影響を感じさせる抒情的な美しい筆致が特色で、主著に「猟犬アルクトゥル」（57年）、「カレワラ」（62年）などがある。しかし、社会主義リアリズム路線に反するとして批判が絶えず70年代以降ほとんど作品を発表しなかった。

カザコワ, リムマ　*Kazakova, Rimma Fedorovna*
ロシア（ソ連）の詩人
1932〜
[出]ソ連ロシア共和国レニングラード（ロシア・サンクトペテルブルク）
[歴]ハバロフスクで働いていた時、詩を書き始め、1958年処女詩集「東洋での出会い」を発表、60年には詩集「あなたのいるところ」を出版した。作品は若々しい感覚にあふれ、繊細な自己表現がみられる。短編小説も書く。他の作品に詩集「詩集」（62年）、「記憶」（74年）、「試金石」（82年）など。

カサック, フレッド　*Kassak, Fred*
フランスの推理作家
1928.5.4〜
[名]アンブロ, ピエール　[賞]フランス・ミステリー批評家賞（1972年）
[歴]十代の頃から創作を始める。観光協会で働く傍ら女性雑誌に短編小説を書く。1957年冬、パリのアラベスク書店から〈Série Crime Parfait？（完全犯罪？）〉叢書の1冊として「Nocturne pour assasin（殺人交差点）」を出版して作家デビュー。事件の並行描写を徹底して繰り返すという独自の作風で注目を浴びる。59年に発表した「連鎖反応」はその後、ルイ・ド・フュネスとアラン・ドロンが共演し映画化される。他の作品に「ご一緒に殺人を」（71年）、短編集「誰がエド・ガルボを恐れるだろう」（95年）など。

カーザック, ヘルマン　*Kasack, Hermann*
ドイツ（西ドイツ）の作家, 詩人
1896.7.24〜1966.1.10
[出]ポツダム　[学]ベルリン大学, ミュンヘン大学
[歴]ベルリン大学、ミュンヘン大学で文学と経済学を学ぶ。この頃から執筆を始め、1918年表現主義的な詩集「人間」、20年同「島」などを発表。ナチス時代は出版社に勤務。放送及び講演を禁止された。第二次大戦後の47年に発表した「流れの背後の町」がカフカ的な手法で世界的に注目を集める。49年ドイツの東西分裂に際し、西独シュトゥットガルトに移住。53〜59年ダルムシュタットの文学アカデミー会長を務める。他の小説に短編「織機」（49年）、長編「大きな網」（52年）など。

カ

カザンザキス, ニコス *Kazantzakis, Nikos*
ギリシャの詩人, 作家, 劇作家
1883.2.18〜1957.10.26
[出]クレタ島イラクリオン [学]アテネ大学法学部(1906年)卒 [賞]世界平和評議会賞(1956年)
[歴]1906年小説「蛇と百合」を出版して作家としてスタート。07年パリへ行きベルクソンなどの哲学を学ぶ。帰国後小説や戯曲を書く傍ら、ダンテ、ゲーテ、ニーチェなどの著作を翻訳。12〜13年バルカン戦争に志願兵として従軍。第二次大戦後の45年文化次官となったがすぐに辞め、ユネスコの文学担当アドバイザーを務めた後、48年フランスに移住。様々な作品を通じて、人間にとっての真の自由とは何かを終生探求した。主な作品に長編叙事詩「オデュッセイア」(38年)、小説「トダ・ラバ」「アレクシス・ゾルバスの生活と行状」(47年)、「船長ミハリシ」(53年)、「再び十字架にかけられるキリスト」(55年)、「兄弟殺し」「キリスト最後の誘惑」「アシジの貧者」など。映画化された作品に「キリストは再び十字架に」(56年)、「その男ゾルバ」(64年)、「最後の誘惑」(88年)がある。世界各地を旅行、日本には35年と57年の2度訪れ、日本文化を嘆賞し、旅行記も書いた。

ガジェゴス, ロムロ *Gallegos, Rómulo*
ベネズエラの作家, 政治家
1884.8.2〜1969.4.5
[出]カラカス
[歴]1910年代から教育関係の要職を歴任しながら創作を開始し、多くの短編・長編を執筆。29年発表の「ドニャ・バルバラ」で名声を得たが、30〜35年亡命。35年発表の「カナイマ」によってラテンアメリカ文学を代表する国際的作家となる。30年代半ばに一時文部大臣を務め、その後政界へ進出、47年民主行動党を率いて大統領選挙に当選。翌年就任するも、クーデターで政権は崩壊、キューバとメキシコで長い亡命生活を余儀なくされる。58年帰国、64年ロムロ・ガジェゴス文学賞が制定された。69年にカラカスで没するまで、執筆活動のほか、民主主義を擁護する文化人として様々な事業に携わった。

カジシュキー, ローラ *Kasischke, Laura*
アメリカの詩人, 作家
[学]ミシガン大学卒, コロンビア大学卒 [賞]ボブスト賞(新人賞)(1992年), プッシュカート賞, アリス・フェイ・ディカスタニョーラ賞
[歴]処女詩集「Wild Brides」(1992年)でボブスト賞新人賞を受賞。その後も雑誌・新聞などで詩を発表し、プッシュカート賞、アメリカ詩人協会のアリス・フェイ・ディカスタニョーラ賞など様々な賞を受ける。のちコミュニティーカレッジで教鞭を執る傍ら、執筆を続ける。小説「沈みゆく女」は高い評価を得て、2002年映画化された。他の著書に「春に葬られた光」などがある。

カーシュ, ジェラルド *Kersh, Gerald*
イギリスの作家
1911〜1968
[賞]MWA賞
[歴]パン屋、レスラー、ナイトクラブの用心棒、新聞記者などの職を転々としながら文筆生活に入る。著書「壜の中の手記」でMWA賞を受賞。奔放な想像力と独創的アイデア、特異なスタイルを持ち、ミステリー、都会小説から、SF、怪奇小説、ファンタジーまで、幅広いジャンルにまたがる夥しい作品を発表した。他の著書に「豚の島の女王」「破滅の種子」「ブライトンの怪物」「死こそわが同志」などがある。

カシューア, サイイド *Kashua, Sayed*
イスラエルのヘブライ語作家
1975〜
[出]ティラ [学]ヘブライ大学 [賞]ベルンシュタイン賞(2011年)
[歴]イスラエル中部のムスリムの村ティラ出身で、"イスラエル・アラブ人"の第3世代。幼少時から成績優秀で、14歳でエルサレムの寄宿学校に合格し、ユダヤ人とともに教育を受ける。2002年弱冠26歳で小説第1作「踊るアラブ人」でデビュー。「そして朝となった」(04年)を発表すると、ムスリムとして初めてのヘブライ語作家として注目を集める。第3作「二人称単数」(10年)はベストセラーを記録。新聞のコラムニストとしても活躍し、テレビドラマ「アラブのお仕事」の脚本も手がける。14年イスラエルのガザ攻撃をきっかけに家族と共に渡米。

カシュナー, エレン *Kushner, Ellen*
アメリカのファンタジー作家
[出]ワシントン [賞]世界幻想文学大賞(1991年), ローカス賞(2007年)
[歴]大学卒業後、出版社勤務などを経て、ボストンでラジオ局に勤める傍ら大学で教鞭を執る。1987年に発表した処女長編小説「剣の輪舞」が絶賛を浴び、2作目の「吟遊詩人トーマス」で世界幻想文学大賞および神話文学賞を受賞。2007年「剣の名誉」でローカス賞を受賞。他の著書にデリア・シャーマンとの共著「王と最後の魔術師」などがある。ラジオ番組「サウンド・アンド・スピリット」の司会者としても知られる。

カシュニッツ, マリー・ルイーゼ *Kaschnitz, Marie Luise*
西ドイツの作家
1901〜1974
[出]カールスルーエ [賞]ビューヒナー賞(1955年), インマーマン賞(1957年), プール・ル・メリット功労章, フランフルト大学名誉博士
[歴]男爵家の三女に生まれる。ベルリンの高等女学校を卒業、ミュンヘンの出版社に務めたのち、ローマの古書店に専門職として雇われる。1925年ウィーン出身の考古学者・美術史家グイード・カシュニッツ・ヴァインベルクと結婚。第二次大戦直後から本格的に作家活動に入る。短編小説のほか、詩、ラジオドラマ、断想にも傑作が多く、ビューヒナー賞をはじめ数々の文学賞を受賞するなど、戦後ドイツを代表する女流作家。作品に短編「6月半ばの真昼どき」など。
[家]夫＝グイード・カシュニッツ・ヴァインベルク(考古学者・美術史家)

カスー, ジャン *Cassou, Jean*
スペイン生まれのフランスの作家, 美術評論家
1897.7.9〜1986.1.16
[出]スペイン [名]筆名＝ノワール, ジャン〈Noir, Jean〉 [学]パリ大学
[歴]左翼文学雑誌「ウーロップ」の同人で、第二次大戦中はレジスタンスとして反ナチス・ドイツ抵抗運動に加わり投獄される。獄中で抵抗詩を作り、1944年ジャン・ノワールの筆名で「秘かに書かれた33のソネット」を発表。戦後は、46〜65年パリの国立近代美術館館長を務め、スペインの美術・文学を積極的にフランスに紹介した。評論「現代スペイン文学展望」(29年)、「1848年―二月革命の精神史」(39年)、「現代造形芸術展望」(60年)などがあり、作家としても小説「黄昏のウイーン」(26年)、「パリの虐殺」(35年)、「美しい秋」(50年)、「石の沈黙」(75年)などを著した。

ガスカール, ピエール *Gascar, Pierre*
フランスの作家
1916.3.13〜1997.2.20
[出]パリ [名]フルニエ, ピエール〈Fournier, Pierre〉 [賞]批評家賞(1953年), ゴンクール賞(1953年)
[歴]幼少年期を南西フランスのアジャン近辺の田舎町で過ごし、パリに出てからは様々の職業を転々とする。1934年スタビスキー事件で、右翼の無謀な行動を目撃し、初めて政治闘争というものの実体を知り、コミュニスト青年同盟に加入する。20代の8年間を軍役に服す。第二次大戦では捕虜となってドイツの収容所にいたが、45年ソビエト軍によって解放された。45〜54年大衆夕刊紙「フランス・ソワール」の記者として文芸時評やルポルタージュを書く傍ら、小説の執筆を始める。49年「家具」を発表。53年短編集「Les Bêtes(獣たち)」で批評家賞

を受賞、この作品と合せ中編「Les Temps des Morts（死者たちの時）」(53年）で同年のゴンクール賞も獲得。独得な文体と思想を持つ作家として名声を確立した。54年クロード・ロワを代表とする派遣団の一員として建国5周年を迎えた中国へ。56年には世界検疫協会の後援を得て、伝染病の医療班に同行し、南アジアと東アフリカを精力的に巡回した。作品は他に、長編「Le Fusitif（逃亡者）」(61年）、ルポルタージュ「生ける者たちのなかの旅」(58年）や、ランボー、ネルヴィル、ロベスピエールについての評伝、多くの旅行記がある。

カスタネダ, カルロス　*Castaneda, Carlos*
ペルー生まれのアメリカの作家, 文化人類学者
1925.12.25～1998.4.27
[出]ペルー　[学]カリフォルニア大学ロサンゼルス校（文化人類学）Ph.D.（カリフォルニア大学）
[歴]1951年アメリカに移住。カリフォルニア大学でガーフィンケルなどの影響を受け、エスノメソドロジーに接する。60年メキシコに行き、5年間にわたってヤキ・インディアンの呪術師ドン・ファンの下で修行を積む。68年著書「呪術師と私―ドン・ファンの教え」が全米でベストセラーとなる。74年にはシリーズ第4作の薬作による幻覚体験を通した新しい精神世界を案内する著書「未知の次元―呪術師ドン・ファンとの対話」を発表し、カウンター・カルチャーの象徴的存在となる。実像は謎に包まれ、生年・出身地ともに諸説がある。他の著書に〈ドン・ファン〉シリーズの「呪術の体験」(71年）、「呪術に成る」(72年）、「意識への回帰」(85年）、「沈黙の力―意識の処女地」「力の話」、「アメリカの原住民の社会」「エスノメソドロジー」など。

カスティーヨ, ミシェル・デル　*Castillo, Michel del*
スペイン生まれのフランスの作家
1933.8.2～
[出]マドリード　[名]Castillo, Michel Xavier Janicot del
[歴]父はフランス人、母はスペイン人。スペイン内乱で亡命した母とともにフランスへ渡るが、悲惨な生活を送り、ナチス・ドイツの強制収容所に送られる。戦後スペインに帰国、1953年フランスに移り、57年体験を描いた処女作「タンギー―『今』を生きてきた子どもたちの物語」を発表、成功を収める。その後、多くの小説を発表し数々の賞を受賞。他の著書に「Tara」(62年）、「La nuit du décret」(81年）、「Rue des Archives」(94年）、「Colette, une certaine France」(99年）、「Dictionnaire amoureux de L'Espagne」(2005年）などがある。

カスティヨン, クレール　*Castillon, Claire*
フランスの作家
1975.5.25～
[出]ブーローニュ・ビヤンクール　[賞]ティド・モニエ賞（2004年）
[歴]25歳の時作家デビュー。2001年の第2作「Je prends racine」が批評家の注目を集める。04年第5作「Vous parler d'elle」でフランス文芸家協会が若手の有望作家の作品に与えるティド・モニエ賞を受賞。作家としての地位を確立した。

カステリャノス, ロサリオ　*Castellanos, Rosario*
メキシコの作家
1925.5.25～1974.8.7
[出]メキシコシティ　[学]メキシコ国立自治大学哲文学部卒, メキシコ国立自治大学大学院（哲学）(1950年）修士課程修了　[賞]チアパス文学賞（1958年度）, ソル・フアナ・イネス・デ・ラ・クルス賞（1962年度）
[歴]大農園主の娘として生まれ、チアパス州の農園で育つ。大学時代から執筆活動を行い、1948年「塵の軌跡」を出版。同年奨学金を得てマドリードに留学。52年帰国し、チアパス科学芸術研究所の文化推進担当官となるが、結核を患い首都で療養生活を送る。57年チアパスの思い出を綴った散文「バルン・カナン」を発表。高い評価を受け、58年度のチアパス文学賞を受賞。インディオの支援にも取り組み、集落を巡回する人形劇団を主宰して、スペイン語やメキシコの地理・歴史を教えたほか、58年首都に戻ってからはインディオのための教科書作成に従事した。60年インディオをテーマにした短編集「シウダード・レアル」を発表。「真夜中の祈り」(62年）は、62年度のソル・フアナ・イネス・デ・ラ・クルス賞を受賞し、メキシコのインディヘニスモ小説（インディオの人間的尊厳の回復を訴える小説）の最高峰と評される。その後女性に目を向け、短編集「八月の招待客」(64年）など、女性の権利回復を目指すエッセイを多数執筆。71年駐イスラエル大使に任じられ、74年同地で客死した。他の作品に、評論「女性文化論」(50年）、「ラテン語の素養がある女」(71年）、短編集「家族のアルバム」(71年）などがある。

カストロ, アダム・トロイ　*Castro, Adam-Troy*
アメリカのSF作家
1960～
[賞]フィリップ・K.ディック賞
[歴]1987年スパイ誌で作家デビュー。以後、SF、ファンタジー、ホラーなど幅広い分野を手がけ、長編19作、短編約90作を発表。2008年発表の「シリンダー世界111」でフィリップ・K.ディック賞を受賞。

カストロ, フェレイラ・デ　*Castro, Ferreira de José Maria*
ポルトガルの作家
1898.5.24～1974.6.29
[歴]8歳で父を亡くし、12歳の時、同郷人を頼りブラジルへ移住。アマゾン奥地のゴム農園に送られたほか様々な仕事に従事するが、ポルトガルに帰国。ブラジルでの体験を基にサンパウロの農業移民の実態を綴った「移民」(1928年）、農業移民のゴム栽培の悲惨さを暴露した自叙伝的作品「大密林」(30年）で一躍注目を浴び、両作ともヨーロッパ各国で翻訳され、移民送出国の多くで大反響を呼んだ。他にも、ヨーロッパの牧畜・織物業に関わる抗争を扱った「羊毛と雪」(47年）、内戦前夜のスペインを背景とした「道路のくねり」(50年）など、いずれも社会的不公正を告発する小説を書いた。

ガスパード, ジョン　*Gaspard, John*
アメリカの作家
1958～
[出]ミネソタ州ミネアポリス
[歴]低予算映画の製作、映画に関する著書の執筆を経て、2013年〈イーライ・マークス〉シリーズ第1作「マジシャンは騙りを破る」を発表。

カースミー, アフマド・ナディーム　*Qasmi, Ahmad Nadīm*
パキスタンのウルドゥー語作家, 詩人
1916.11.20～2006.7.10
[出]パンジャブ州アンガ
[歴]苦学の末カレッジを卒業。1942年雑誌「女性文化」の編集者となり、以降「ヌクーシュ」など多くの雑誌や日刊紙の編集に参加。進歩主義作家の代表的存在で、「静寂」(52年）など13冊の短編集と、「栄光と美」(47年）など数冊の詩集がある。文壇の長老だった。

ガスリー, A.B.（Jr.）　*Guthrie, A.B. Jr.*
アメリカの作家
1901.1.31～1991.4.26
[出]インディアナ州ベッドフォード　[学]モンタナ大学卒　[賞]ピュリッツァー賞（1950年）
[歴]約20年間新聞記者生活を送った後、1943年処女作「ムーン・ダンスの殺人」を発表し、作家生活に入る。1830年から第二次大戦までのアメリカ西部の開拓をたくましく描き、「大きな空」(1947年）やピュリッツァー賞を受賞した「西部への道」などの作品が有名。日本では映画「シェーン」(53年）の脚本家として知られる。

カズンズ, ジェームズ・グールド　*Cozzens, James Gould*
アメリカの作家
1903.8.19～1978.8.9

⊞イリノイ州シカゴ ㊈ハーバード大学 ㊥ピュリッツァー賞(1949年), O.ヘンリー賞(1936年)
㊔1924年ハーバード大学在学中に処女作「混乱」を発表。以降、キューバを舞台にした作品を多く手がけ、「サン・ペドロ号の遭難」(31年)で認められた。「最後のマダム」(33年)からアメリカを舞台にした作品が多くなり、空軍における人種差別などを扱った「儀仗兵」(48年)でピュリッツァー賞を受賞。組織に反逆する個人よりも社会の力の意義に重点を置いた作風で、アメリカ文学界では異色の作家。57年「愛に憑かれて」がベストセラーになった。他の作品に「朝と昼と夜」(68年)などがある。

カズンズ, ルーシー　Cousins, Lucy
イギリスの絵本作家
1964～
㊔両親とも画家。高校から美術科に進み、ロンドンの王立芸術大学ではアートを専攻。在学中に描いた「ポートリーのぼうし」が、1988年のマクミラン賞で入選し、翌年にはボローニャ国際児童図書展グラフィック賞を受賞。90年以降、白いネズミの女の子メイシーが主人公の絵本シリーズを発表し、世界中で人気を博す。絵本に「メイシーちゃんベッドにはいります」「のうじょうのメイシーちゃん」などの〈メイシー〉シリーズの他、「ノアのはこぶね」「ケイティキャットとビーキーブー」「それゆけ！おさかなくん」「パックン！おいしいむかしばなし」、布の絵本「ふかふか絵本」などがある。魚のフィジーとその仲間たちのお話「それゆけ！おさかなくん」は、絵本に描かれた筆のタッチと鮮やかな色使いそのままにフルCGアニメ化され、NHK教育テレビでも放送された。

カセム, メディ・ベラ　Kacem, Mehdi Belhaj
チュニジア生まれのフランスの作家, 俳優
1973～
㊔チュニジア人の父とフランス人の母のもとに生まれる。13歳までチュニジアで育ち、その後パリに移住。英語翻訳家だった母からロートレアモンの希少本を贈られ、文学と哲学に目覚める。17歳で小説「Cancer」「1993」を相次いで出版し、フランス文学界にデビュー。以後、小説、評論、エッセイと幅広く活躍。エッセイに「L'Essence N de l'amour」などがある。2002年フィリップ・ガレル監督「白と黒の恋人たち」に主演。

カソナ, アレハンドロ　Casona, Alejandro
スペインの劇作家
1903.3.23～1965.9.17
㊈マドリード高等師範学校
㊔1922年からマドリード高等師範学校で学び、詩作や戯曲作りにも取り組み始める。26年視学官(初等教育)の資格を取得し、27年マドリードで教職に就く。28年初等教育視察官としてピレネー山間部エリアに赴任。民衆や学校教育に力を入れ、子供劇団を結成。31年"民衆劇団または巡回劇団"の責任者となり、自ら脚色した古典劇や民話劇などを上演。32年「伝説の花」で国民文学賞を、33年「陸に上がった人魚」でロペ・デ・ベガ賞を受賞。34年教職を辞し、作家活動に専念。39年内戦のためアルゼンチン・ブエノスアイレスに移り、以後同地を拠点に活動。41年から脚本家としてテレビ、ラジオで仕事を開始し、数多くの戯曲、映画脚本を手がけた。63年スペインに帰国し、晩年はマドリードで活動した。他の作品に「われらのナターチャ」「立ち枯れ」「海の上の七つの叫び」「第三番目の言葉」「暁に訪れる女」「漁夫なき漁船」「春に自殺はおことわり」などがある。現代スペインを代表する戯曲作家とされる。

カーソン, キアラン　Carson, Ciaran
イギリスの詩人, 作家, フルート奏者, 歌手
1948～
⊞北アイルランド・ベルファスト ㊥エリック・グレゴリー賞, アイリッシュ・タイムズ文芸賞, T.S.エリオット賞(1993年)
㊔詩人、作家、アイルランド伝統音楽のフルート奏者、歌手として活躍。詩集「Belfast Confetti」で「アイリッシュ・タイムズ」の文芸賞を受賞。「First Language」でT.S.エリオット賞を受賞。他の邦訳作品に「琥珀捕り」「シャムロック・ティー」「トーイン クアルンゲの牛捕り」などがある。また、アイルランド音楽に関する著書として「アイルランド音楽への招待」「Last Night's Fun」などがある。他の著書に「The Arexandrine Plan」「The Twelfth of Never」がある。ダンテの「地獄篇」の英訳やアイルランド語文学の古典的作品の英訳もある。

カーソン, ポール　Carson, Paul
アイルランドの作家, 小児科医
㊔小児科医の傍ら、多くの健康関連の本を出版している他、医学雑誌に論文を発表。1997年産婦人科病院を舞台に人間の心の闇を鋭く抉った異色サスペンス「冷酷」で作家デビュー。アイルランドで17週連続ベストセラー第1位を獲得し、世界各国で翻訳出版された。作品は他に「Cold Steel」(99年)などがある。

カーター, アンジェラ　Carter, Angela
イギリスの作家
1940～1992.2.16
⊞サセックス州イーストボーン ㊈ブリストル大学 ㊥ジョン・ルウェリン・リース賞(1968年)、サマセット・モーム賞(1969年)、ジェームズ・テイト・ブラック記念賞(1984年)
㊔1976～78年シェフィールド大学特別研究員、80～81年ブラウン大学客員教授、84年南オーストラリアのアデレイド大学付居住作家、85年テキサス大学客員教授、86年アイオワ作家研究会客員教授を務めた。一方、66年「シャドー・ダンス」で作家デビュー。続く「魔法のおもちゃ屋」(67年)、「ホフマン博士のいまわしい欲望機械」(72年)などの小説で、性とサディズムを主題に描く。他の作品に「Several Perception (感じたこと)」(68年)、「Fireworks, The Bloody Chamber」(79年)、「Black Venus」(85年) など。評論にサド文学における女性を論じた「サド的女性―文化史の試み」(79年) がある。ほかに児童向けの「ミスZ」(70年)、映画脚本「for film The Company of Wolves」(84年) など。

カーター, ディーン・ビンセント　Carter, Dean Vincent
イギリスの作家
1976.7～
⊞ウェストミッドランズ州
㊔大学卒業後、ロンドンの出版社で郵便物の配布の仕事をしていた時、業界誌が届いたことを知らせる社内メールにジョークを書き添えて送ったことが編集者の目にとまり、2006年「ガンジス・レッド、悪魔の手と呼ばれしもの」で作家デビュー。

カーター, リン　Carter, Lin
アメリカの作家, 評論家
1930.6.9～1988.2.7
⊞フロリダ州セントピーターズバーグ ㊁カーター, リンウッド・ブルーマン〈Carter, Linwood Vrooman〉別筆名=Lowcraft, H.P. Undwin, Grail
㊔幼少時から幻想文学全般の熱狂的なファンで、多くの小説や評論を執筆。1957年作家デビュー、59年に発表した「ラヴクラフト論」で評論家として認められる。ファンタジーの啓蒙に尽力し、このジャンルの隆盛に大いに貢献。エドガー・ライス・バーロウズなどの影響を受け、65年から始まった冒険ファンタジー〈ソンガー〉シリーズで作家としての地位を固める。他の著書に〈カリスト〉シリーズ、「ロード・オブ・ザ・リング『指輪物語』完全読本」(72年)、ノンフィクション作品に「トールキンの世界」(69年) など。〈バランタイン・アダルト・ファンタジー〉シリーズではアンソロジスト兼編集者としてファンタジー小説の古典を出版し、この分野に大いに貢献した。

カターエフ, イワン・イワノヴィチ　Kataev, Ivan Ivanovich
ソ連の作家
1902.5.27～1939.5.2
㊈モスクワ大学経済学部
㊔モスクワ大学経済学部で学んだのち、作家活動に入る。文学グループ・ペレワール(峠)の指導者の一人で、インテリゲ

ンチャの立場から建設期のソ連の現実を描いた。1928年中編「詩人」「心」で文壇の注目を浴びる。30年には中編「乳」が、富農を理想化している反革命的な作品として激しい論争を招いた。中編「邂逅」(34年)、「祖国」(34年)などを発表するが、39年粛正された。最後の短編「清らかな星の下で」(37年)は、名誉が回復された没後の56年に発表された。

カターエフ, ワレンチン *Kataev, Valentin Petrovich*

ロシア(ソ連)の作家

1897.1.28〜1986.4.12

[出]オデッサ

[歴]教師の子に生まれ、少年時代から詩を作って雑誌などに寄稿。第一次大戦には砲兵隊に志願入隊。革命後は赤軍側で内戦に参加。1922年モスクワに移り風刺作家として文壇にデビュー。32年社会主義国家建設に励む労働者を描いた「時よ、進め」で名声を得た。その後、子供向けの自伝的中編「孤帆は白む」(36年)「われは働く人民の子」(37年)、「連隊の子」(45年)などを発表。スターリン死後は文芸誌「ユーノスチ(青春)」の編集長として若手作家群を数多く文壇に送り出し、自らも「聖なる井戸」(66年)、「忘れ草」(67年)などの作品を発表した。弟のエヴゲーニーも作家で、イリヤ・イリフとの共同筆名イリフ・ペトロフとして活躍した。

[家]弟＝エヴゲーニー・ペトロフ(作家)

ガーダム, ジェーン・メアリー *Gardam, Jane Mary*

イギリスの作家

1928〜

[出]ヨークシャー州コーサム　[名]旧姓名＝ピアソン〈Pearson〉

[学]ロンドン大学ベッドフォード・カレッジ　[勲]OBE勲章(2009年)　[賞]ウィットブレッド賞児童図書賞(1981年), ウィットブレッド賞小説賞(1991年), ヘイウッド・ヒル文学賞(1999年)

[歴]父が教師をしていたヨークシャー州コーサムに生まれ育つ。編集者を経て、児童書の執筆を開始。40代初めの1971年、少女期の体験に基づいた短編集「晴れた日というケーキ」と最初の長編「ヴェローナを遠くはなれて」を刊行。以後、「葬儀の後の夏」(73年)「水あか」(77年)など、10代の少年少女が主人公の児童書を発表した。他の作品に、「岩の上の神」(78年)、「くぼんだ土地」(81年, ウィットブレッド賞)、「Crusoe's Daughter」(88年)、「The Queen of the Tambourine」(91年, ウィットブレッド賞)、「Faith Fox」(96年)などがある。

カダレ, イスマイル *Kadaré, Ismaïl*

アルバニアの作家

1936.1.28〜

[出]ジロカストロ　[学]ティラナ大学卒　[賞]国際ブッカー賞(2005年), アストゥリアス皇太子賞(2009年), エルサレム賞(2015年)

[歴]詩人として出発し、「青春の霊感」(1954年)、「夢」で文壇に登場。モスクワのゴーリキー世界文学研究所に留学したが、60年アルバニアとソ連の関係悪化により帰国。ジャーナリストとしていくつかの雑誌に関わった後、小説、評論を手がける。イタリアの将軍がアルバニアへ部下の遺骨を収集に来た実話を題材とした長編小説「死者の軍隊の将軍」(63年)のフランス語訳が国際的な評価を受け、30ケ国以上で翻訳出版、83年には映画化もされた。その後「結婚式」(68年)、「城」(70年)、「石の上の年代記」(71年)、「大いなる冬」(77年)、「三つのアーチの橋」「音楽会」、「誰がドルンチナを連れ戻したか」(80年)などアルバニアの歴史や社会情勢を踏まえた作品を次々と発表。フランス語訳や英語訳を通じて国際的に高い評価を受け、ノーベル文学賞の有力候補として何度も名前を挙げられる。労働党の一党体制下で制限を受けながら執筆を続けていたが、90年10月一時フランスに政治亡命し、「アルバニアの春」を出版。91年複数政党制となった母国に帰国。以後、アルバニアとフランスを自由に行き来する。2005年ブッカー賞に国際版である国際ブッカー賞が新設され、その第1回受賞者となる。他の作品に「コソボのための三つの葬送歌」「夢宮殿」「砕かれた四月」「ファイルH」「草原の神々の黄昏」「夢のかけら」「春の花、春の霜」などがある。

カーツ, キャサリン *Kurtz, Katherine*

アメリカの作家

1944.10.18〜

[出]フロリダ州コーラル・ゲイブルズ

[歴]大学で化学と歴史を学んだ後、癌研究・警察学校の教材作成など様々な職業に携わる。傍ら1970年「獅子王の宝冠」で作家としてデビュー、以来グウィネド王国を舞台にしたファンタジー・シリーズを発表し続け、人気を博している。

カッスラー, クライブ *Cussler, Clive Eric*

アメリカの冒険作家

1931.7.15〜

[出]イリノイ州オーロラ　[賞]ベネチア国際映画祭放送部門賞

[歴]18年間テレビ界でコピーライターやプロデューサーとして働き、その間に国際放送賞6回を含め10回にわたって賞を受ける。1973年にはベネチア国際映画祭放送部門賞を獲得。同年「The Mediterranean Caper(海中密輸ルートを探れ)」を発表して作家に転身、この作品はアメリカ探偵作家クラブ賞(MWA賞)にノミネートされた。その後もほぼ2年に1冊のペースで執筆を続け、「Raise the TITANIC!(タイタニックを引き揚げろ)」(76年)は世界的なベストセラーとなり、海洋冒険小説の代表作のひとつとなる。他の作品に〈ダーク・ピット〉シリーズの「QD弾頭を回収せよ」「死のサハラを脱出せよ」(92年)などがある。飛行機の操縦ができ、クラシック・カーの蒐集家であり、スキューバ・ダイバーとしてはプロなみの腕前を持つ。

カッソーラ, カルロ *Cassola, Carlo*

イタリアの作家

1917.3.17〜1987

[賞]ストレーガ賞(1960年)

[歴]第二次大戦中のレジスタンス体験を経て、長く高校で教鞭を執った。"乾いたリアリズム"といわれる文体で、「ファウストとアンナ」(1953年)「La ragazza di Bube(ブーベの恋人)」(60年)など、トスカーナ地方の町グロッセートを舞台に長・短編小説を多数書いた。

ガッダ, カルロ・エミーリオ *Gadda, Carlo Emilio*

イタリアの作家

1893.11.14〜1973.5.21

[出]ミラノ　[学]ミラノ理工科大学卒　[賞]バグッタ賞(1934年), ヴィアレッジョ賞(1953年), フォルメントール国際出版社賞(1963年)

[歴]大学在学中、第一次大戦に志願兵として従軍し、捕虜生活を経験、弟は戦死した。卒業後は電気工学技師として働く傍ら、1926年からフィレンツェの文芸雑誌「ソラーリア」に作品を発表。既成言語を歪め、専門用語や方言、俗語、外国語などを混用して新しい小説言語を築くことを試み、20世紀前衛文学の一翼を担った。代表作にヴィアレッジョ賞を受けた「炎上の館」(53年)、フォルメントール国際出版社賞を受けた「悲しみの認識」(63年)や、「メルラーナ街の混沌たる殺人事件」(57年)などがある。

カッツェンバック, ジョン *Katzenbach, John*

アメリカのミステリー作家

1950.6.23〜

[出]ニュージャージー州プリンストン　[学]バード・カレッジ卒

[歴]「トレントン・タイムズ」紙の記者を経て、「マイアミ・ヘラルド」の記者となり刑事裁判に関する記事を書いていた。1982年に発表した処女作の犯罪ミステリー「In the heat of the summer(真夏の処刑人)」は83年度MWA賞新人賞にノミネートされ、P.D.ジエームズらに称讃される。2作目の「旅行者」も高い評価を得てベストセラーになった。4作目の「理由」はショーン・コネリー主演で95年に映画化された。他に「報復の日」など。

[家]父＝ニコラス・カッツェンバック(元アメリカ法務長官・国務次官), 妻＝マドリン・ブレイス(ジャーナリスト)

ガッティ, アルマン　Gatti, Armand
フランスの劇作家
1924.1.26～2017.4.6
㋐モナコ
㋑イタリア人亡命者の子として生まれる。第二次大戦中はレジスタンスに加わり、ドイツ強制収容所に収監されるが、脱走。その後、グァテマラの市民戦争に参加した。1946年以降、ジャーナリスト兼脚本家として活躍し、55年劇作家となる。観客に参加をうながす"共同創作"の方法を提唱したほか、反ファシズム・反資本主義の政治的主題を打ち出すなど、急進的な政治参加の態度を示した。59年初演の「がま＝水牛」、62年の「道路清掃人夫オーギュスト・ジェイの幻想的生活」、66年サッコ・ヴァンゼッティ事件を現代人の問題として扱った「2つの電気椅子の前の民衆の歌」などが代表作とされる。

ガット, アルフォンソ　Gatto, Alfonso
イタリアの詩人
1909.7.17～1976.3.8
㋐カラブリア地方
㋑1932年処女詩集「島」を刊行。南イタリアの抒情詩の伝統を錬金術主義(エルメティズモ)の新しい象徴詩の手法で蘇らせた。38年プラトリーニと「カンポ・ディ・マルテ」誌を創刊。39年には反ファシズム罪で投獄された。第二次大戦中はレジスタンスに参加、地下新聞に社会性の強い作品を発表。他の詩集に「新詩集」(50年)、「フレグレイの居酒屋」(62年)、「犠牲者の歴史」(66年)などがある。現代絵画の批評家としても有名。

カットナー, ヘンリー
→パジェット, ルイスを見よ

カットン, エレノア　Catton, Eleanor
カナダ生まれのニュージーランドの作家
1985～
㋐カナダ　㋒ブッカー賞(2013年)
㋑6歳で家族と共にニュージーランドに移住。イギリスの大学を卒業後、ニュージーランドで暮らす。2008年アメリカのアイオワ大学の国際創作プログラムに参加。同年デビュー作「リハーサル」で多くの文学賞を獲得。13年小説「ルーミナリーズ」でブッカー賞を史上最年少の28歳で受賞。ニュージーランド人としては2人目の同賞受賞者となった。

ガッパ, ペティナ　Gappah, Petina
ジンバブエの作家
1971～
㋐ザンビア　㋓ジンバブエ大学(法律)卒, グラーツ大学, ケンブリッジ大学 博士号(国際商取引法)　㋒ガーディアン・ファーストブック賞(2009年)
㋑父の赴任先であるザンビアで生まれ、間もなくジンバブエ(当時はローデシア)に帰国。ジンバブエ大学で法律を学び、オーストリアのグラーツ大学、イギリスのケンブリッジ大学に留学。国際商取引法の博士号を持つ。1998年よりジュネーブの世界貿易機関に勤務。2009年短編「イースタリーのエレジー」でデビューし、「ガーディアン」紙のファーストブック賞を受賞。また、フランク・オコナー国際短編賞の最終候補となり、一躍注目を集める。

カッリージ, ドナート　Carrisi, Donato
イタリアの作家
1973.3.25～
㋒バンカレッラ賞, フランス国鉄ミステリー大賞, ベルギー推理小説賞
㋑大学で法律と犯罪学を学ぶ。1999年より映画やテレビドラマの脚本を手がけた後、作家に転身。2009年サイコサスペンス長編「六人目の少女」でデビュー。世界23ケ国で刊行され、バンカレッラ賞、フランス国鉄ミステリー大賞、ベルギー推理小説賞など多数の賞に輝き、大型新人として注目を集める。

カッレントフト, モンス　Kallentoft, Mons
スウェーデンの作家
1968.4.15～
㋐リンショーピン・ユングスブロー　㋒スウェーデン作家連盟新人賞
㋑2000年「Pesetas」で作家デビューし、スウェーデン作家連盟の新人賞を受賞。〈女性刑事モーリン・フォシュ〉シリーズはスウェーデンでシリーズ150万部を突破、全世界25ケ国で出版される。美食家、フードジャーナリストという肩書きも持つ異色の作家。

カティジャー・ハシム　Khadijah Hashim
マレーシアのジャーナリスト, 作家
1942.4.20～
㋐ジョホール州バトゥ・パハット
㋑ジョホールで教師をした後、新聞記者となる。小説、児童文学のほか詩や放送台本にも健筆をふるうマレーシアの代表的な女性作家。代表作は「白鳩はまた翔びたつ」、「一夜の嵐」。また、女性ジャーナリストを描いた「いつそしてどこで」がある。

カーティス, クリストファー・ポール　Curtis, Christopher Paul
アメリカの児童文学作家
1953～
㋐ミシガン州フリント　㋓ミシガン大学フリント校卒　㋒ニューベリー賞
㋑読書好きの両親のもと、小さい頃から本に親しんで育つ。高校を卒業後、父親の働いていた自動車組み立て工場で働きはじめる。その後様々な職を転々としながら、大学で学位を取得。デビュー作「ワトソン一家に天使がやってくるとき」がニューベリー賞オナーブックとなり、2作目「バドの扉がひらくとき」でニューベリー賞を受賞。

ガーディナー, メグ　Gardiner, Meg
アメリカの作家
㋐オクラホマ州　㋓スタンフォード大学ロー・スクール卒
㋒MWA賞最優秀ペーパーバック賞(2009年)
㋑カリフォルニア州サンタバーバラで育つ。スタンフォード大学ロー・スクールを卒業後、弁護士となる。のち、カリフォルニア大学サンタバーバラ校でクリエイティブ・ライティングを教える傍ら、執筆活動を続ける。2009年〈エヴァン・ディレイニー〉シリーズの第1作「チャイナ・レイク」でMWA賞最優秀ペーパーバック賞を受賞。他の作品に「死の同窓会」など。

カード, オースン・スコット　Card, Orson Scott
アメリカのSF作家
1951～
㋐ワシントン州リッチランド　㋒ジョン・W.キャンベル賞(1978年), ヒューゴー賞長編部門(1986年・1987年), ネビュラ賞長編部門(1986年・1987年), SFクロニクル読者賞(1986年), ローカス賞
㋑ブリガム・ヤング大学とユタ大学で学ぶ。ブリガム・ヤング大学出版局の編集、劇団興業、戯曲執筆などを経て、モルモン宣教師となる。ブラジルで2年間を過ごした後に帰国。ソルトレークシティで日曜学校の教師を務める。学生時代にSFのアイデアを抱き、1975年になって小説にまとめ、77年「アナログ」誌に短編「エンダーのゲーム」を発表してデビュー。期待の新人として翌78年ジョン・W.キャンベル賞を受賞。中編「Mikal's Songbird」と「Songhouse」がネビュラ、ヒューゴー両賞の候補となった後、長編「エンダーのゲーム」(85年)、「死者の代弁者」(86年)で2年連続してネビュラ、ヒューゴー両賞を受賞。SF以外にも、ノンフィクション、ファンタジー、歴史小説、普通小説と幅広く執筆。著書に〈エンダー〉〈ワージング年代記〉〈アルヴィン・メイカー〉シリーズの他、「第七の封印」「反逆の星」「アビス」「辺境の人々」「消えた少年たち」などがある。

ガードナー, E.S.　*Gardner, Erle Stanley*
アメリカの推理作家
1889.7.17〜1970.3.11
[出]マサチューセッツ州　[名]筆名＝フェア, A.A.〈Fair, A.A.〉
[歴]法律事務所に勤め独学、1910年弁護士資格を取得。法廷弁護士として22年間活躍。21年頃から小説を書き、32年「ビロードの爪」で始まった主人公の弁護士ペリー・メースンシリーズで人気を高め、80冊に及んだ。巧みなトリックとハードボイルドなタッチの推理小説を書いた。

ガードナー, サリー　*Gardner, Sally*
イギリスの作家
[出]バーミンガム　[学]セントラル・セント・マーチンズ・カレッジ・オブ・アート・アンド・デザイン　[賞]ネスレ子供の本賞金賞(2005年), コスタ賞(児童書部門)(2012年), カーネギー賞(2013年)
[歴]バーミンガムで生まれ、ロンドン中心部で育つ。難読症のため14歳まで読み書きができなかったが、やがて美術の才能に気づき、セントラル・セント・マーチンズ・カレッジ・オブ・アート・アンド・デザインで美術を学ぶと、15年にわたって劇場で舞台美術や舞台衣装のデザイナーとして活躍。出産を機に児童書の創作を始め、1993年作家としてデビュー。以後、多くの絵本や童話を発表。2005年には初の長編小説「コリアンダーと妖精の国」でネスレ子供の本賞金賞を、13年「マザーランドの月」でカーネギー賞を受賞。

ガードナー, ジョン　*Gardner, John*
アメリカの作家, 批評家, 詩人
1933.7.21〜1982.9.14
[出]ニューヨーク州バタビア　[名]Gardner, John Champlin (Jr.)
[学]アイオワ州立大学大学院修了
[歴]田園の中で少年時代を送る。化学者を志してダポー大学に入学するが、2年後ワシントン大学に再入学して詩人を目指す。その後アイオワ大学にも学び、博士号を取得したのち、各地の大学で古代・中世の英文学を講じる。教職の傍ら作家として活躍し、法と秩序の世界とアナーキストとの対立を描いた「The sunlight dialogues(太陽の対話)」(1972年)はアメリカでベストセラーとなった。また評論集「On the moral fiction(道徳小説論)」(79年)、ベーオウルフに取材した「Grendel」(71年)などが広く知られ、現代アメリカで最も革新的な作家の一人に目された。他の著書に「ニッケル・マウンテン」(73年)、「オクトーバー・ライト」(76年)、「道徳小説論」(78年)、「小説の技法」(84年)などがある。

カドハタ, シンシア　*Kadohata, Cynthia*
アメリカの作家
1956.7.2〜
[出]イリノイ州シカゴ　[学]南カリフォルニア大学卒　[賞]ニューベリー賞
[歴]日系3世。「ニューヨーカー」誌に「チャーリー・オー」「マリゴールド」などを発表して好評を得る。1989年初の単行本「The Floating World(七つの月)」は日系人の枠を超えてアメリカで評価される。「きらきら」でニューベリー賞を受賞。他の作品に「象使いティンの戦争」など。

カドラ, ヤスミナ　*Khadra, Yasmina*
アルジェリア生まれのフランスの作家
1955〜
[出]アルジェリア　[名]ムルセフール, ムハマド〈Moulessehoul, Mohammed〉　[賞]フランス書店組合賞
[歴]アルジェリア軍の将校時代、軍の検閲を逃れるため女性名のペンネームで執筆活動を始め、文学、ミステリーと幅広いジャンルで次々と話題作を発表。イスラムの声を伝える作家として国際的に高い評価を得、作品は25ケ国で翻訳されたが、2001年自伝を発表し、フランスに亡命するまでその正体は不明だった。02年発表の「カブールの燕たち」は「サンフランシスコ・クロニクル」ブック・オブ・ザ・イヤーに選出、ダブリン国際文学賞の最終候補にもなった。05年イスラエルとパレスチナを舞台に、根深い社会問題と夫婦の哀しい愛の姿を描いた作品「テロル」を発表、「フィガロ・マガジン」に絶賛され、フランス書店組合賞を受賞した。

カートランド, バーバラ　*Cartland, Barbara*
イギリスのロマンス作家, 劇作家
1901.7.9〜2000.5.21
[出]ウェストミッドランズ州エッジバストン　[名]カートランド, メアリ・バーバラ・ハミルトン〈Cartlannd, Mary Barbara Hamilton〉
[歴]1923年「ジグソー」を出版し、ロマンス小説界にデビュー。のち「王様のキス」(75年)、「竜と真珠」(77年)など700冊を超える作品を発表、"恋愛小説の女王"と呼ばれ、世界各国で翻訳される。他に「ロマンス料理の世界」「蜂蜜で健康になる方法」など食物、健康、美容関係の著書もあり、歴史書や戯曲なども手がけた。精力的に執筆活動を続ける一方、政治キャンペーンやテレビ出演など幅広い分野で活躍。84年ギネスブックにベストセラー作家(総販売部数6億部)として掲載される。91年エリザベス女王より爵位デーム(男性のナイトに相当)に叙せられた。娘のレイヌはスペンサー伯爵夫人で、ダイアナ元イギリス皇太子妃の継母。

ガーナー, アラン　*Garner, Alan*
イギリスの児童文学作家
1934〜
[出]チェシャー　[学]オックスフォード大学モードリン学寮　[賞]カーネギー賞(1967年), ガーディアン賞(1968年)
[歴]チェシャーの職人の家系に生まれ、オックスフォード大学モードリン学寮で古典を学んだ。1960年「ブリジンガメンの魔法の宝石」、67年代表作「ふくろう模様の皿」を発表。ウェールズの古伝説や神話を題材にして、現代と交錯する象徴性の高いファンタジーを書いた。また、年代記風の4部作「石の本」(76〜78年)、「おばあちゃん子」(77年)などでは地方の人々の日常を通して生きる意味を探求。

カーナウ, アレン　*Curnow, Allen*
ニュージーランドの詩人, 批評家
1911.6.17〜2001.9.23
[出]ティマル　[学]カンタベリー大学, オークランド大学　[賞]ニュージーランド・ブック賞
[歴]イギリス国教会の司祭である父の影響で、当初は司祭を志すもジャーナリストの道を選ぶ。ニュージーランド、ロンドン、アメリカの放送業界で働き、ロンドンでBBCや新聞社で活躍していた時オークランド大学に招かれてニュージーランドに戻り、詩や評論を発表。詩集「改訂しない楽譜」(1980年)でニュージーランド・ブック賞受賞。「詩選集」(82年)のほか、戯曲「まさかり」(48年初演, 49年刊)、「公爵の奇跡」(67年)も書き、後者はオーストラリアやチェコスロバキアでも上演された。ニュージーランドの正統派の代表的詩人として知られた。

カナファーニー, ガッサン　*Kanafānī, Ghassān*
パレスチナの作家, ジャーナリスト
1936〜1972.7.8
[出]アッカー(イスラエル占領下アッコ)
[歴]パレスチナ人でイスラム教徒。1948年イスラエル建国直前、ダマスカスへ避難。初等教育免状を取り国連難民救済機構で教員となる。55年アラブ民族主義運動(ANM)に参加。傍ら小説や記事を書く"若き行動作家"として知られた。61年処女作「12号ベッドの死」を発表。65年中国、インドなど訪問、アジア・アフリカ作家会議に出席。ANMの他のメンバーが地下に潜伏する中、表の顔として活動、69年パレスチナ解放人民戦線(PFLP)機関誌「アル・ハダフ」編集長となる。ゲリラとして銃を取らなかったことでも知られる。64年発表の象徴劇「ドア」でタブーのイスラム批判を行った。72年自動車に仕掛けられた爆弾によって暗殺された。他の作品に、パレスチナ文学の最高傑作といわれる「太陽の下の男たち」や、「占

領下パレスチナの抵抗文学」「ハイファに戻って」など。

カニグズバーグ, E.L. *Konigsburg, E.L.*
アメリカの児童文学作家
1930.2.10～2013.4.19
[出]ニューヨーク市 [名]カニグズバーグ, エレイン・ローブル〈Konigsburg, Elain Lobl〉 [学]ピッツバーグ大学大学院中退 [賞]ニューベリー賞（1968年・1997年）
[歴]ユダヤ系の家庭に生まれ、9歳からヘブライ語を学ぶ。カーネギー技術研究所とピッツバーグ大学大学院で化学を専攻。1952年大学卒業と同時に心理学者カニグズバーグと結婚。教職を経て、のち3人の子供を育てながら物語を書き始める。67年発表の「クローディアの秘密」と「魔女ジェニファとわたし」で、それぞれ68年のニューベリー賞と佳作を受賞し、一躍脚光を浴びる。奇抜な設定と明確な作品構成、ユーモアをまじえた軽妙な文体で都会的センスの作品を描いた。45年間で20冊以上の児童文学作品を発表し、現代のアメリカ児童文学を代表する作家として活躍。他の著書に「ロールパン・チームの作戦」「ジョコンダ夫人の肖像」「ぼくと〈ジョージ〉」「ティーパーティーの謎」「エリコの丘から」「スカイラー通り19番地」「ムーンレディの記憶」、短編集「ほんとうはひとつの作品」（71年）など。

カーニック, サイモン *Kernick, Simon*
イギリスの作家
1966～
[出]バークシャー州スラウ
[歴]大学卒業後、様々な職を経て、2002年「殺す警官」で作家デビュー。06年の第5作「ノンストップ！」でスピード感あふれるサスペンスに作風を転換、イギリスで40万部を売り上げるベストセラーとなった。他の作品に「覗く銃口」「ハイスピード！」などがある。

カニンガム, J.V. *Cunningham, J.V.*
アメリカの詩人, 批評家
1911.8.23～1985.3.30
[出]メリーランド州カンバーランド [名]カニンガム, ジェームズ・ビンセント〈Cunningham, James Vincent〉 [学]スタンフォード大学
[歴]スタンフォード大学で博士号を得たのち、ブランダイス大学教授を務める。現代詩において独自の反ロマン主義の立場をとる詩人批評家アイヴァ・ウィンターズの門下。詩集に「舵手」（1942年）、「判事とは憤激である」（47年）、「一つの韻を取り除く」（60年）など、批評にはシェイクスピア、ラテン詩、マーヴェルなどを論じた「伝統と詩の構造」（60年）がある。師ウィンターズによるカニンガムの評論書がある。

カニンガム, マイケル *Cunningham, Michael*
アメリカの作家
1952.11.6～
[出]オハイオ州シンシナティ [学]スタンフォード大学（英米文学）卒, アイオワ大学修士号取得 [賞]ピュリッツァー賞（1999年）, PEN/フォークナー賞（1999年）
[歴]バーテンダー、電話勧誘などの仕事に就きながら、1984年「Golden States」で作家としてデビュー。斬新なイメージ表現と独特の美しさを持つ文章で絶賛されるが、後が続かずギリシャに移住。のちニューヨークに戻り、88年小説「この世の果ての家」（90年刊行）の一部が「ニューヨーカー」に掲載され再び大反響を呼び、世界各国で翻訳される。99年には「めぐりあう時間たち」（98年）がピュリッツァー賞、PEN/フォークナー賞などに輝き、世界的なベストセラーとなり、映画化もされた。他に「Flesh and Blood」（95年）、「星々の生まれるところ」（2005年）など。06年初来日。

カニング, ビクター *Canning, Victor*
イギリスの作家
1911.6.16～1986.2.21
[出]デヴォン州プリマス [名]別名＝グールド, アラン [学]オックスフォード大学卒 [賞]CWA賞シルバー・ダガー賞（1972年）
[歴]地方の田園生活を描く作家としてスタートしたが、第二次大戦後はスパイ・スリラーに力を注ぐ。「デイリー・メール」紙に連載された作品はBBCでテレビ・ラジオのドラマ化され、イギリスでの人気を不動のものとした。1972年イギリス推理作家協会賞（CWA賞）シルバー・ダガー賞を受賞した「階段」は、ヒッチコックが「ファミリー・プロット」として映画化。他に代表作として、「QE2を盗め」（69年）がある。本名のビクター・カニングの他にアラン・グールドの筆名で多くの作品を執筆している。

カネッティ, エリアス *Canetti, Elias*
ブルガリア出身のドイツ語作家, 思想家
1905.7.25～1994.8.14
[出]ブルガリア・ルスチュク [学]ウィーン大学（化学）卒 哲学博士 [賞]ノーベル文学賞（1981年）, ビューヒナー賞（1972年）, ネリー・ザックス賞（1975年）
[歴]両親は15世紀末にスペインを追われたユダヤ人の子孫で、イギリス、オーストリア、スイス、ドイツで成長し、7歳で五ケ国語を理解するという環境に育った。ウィーン大学で学び、博士号を取得したのちドイツ語による著作活動を始める。1935年長編処女小説「Die Blendung（眩暈）」を、32年戯曲「Hochzeit（結婚式）」、34年「虚栄の喜劇」を発表、第二次大戦後になって高い評価を受けた。38年パリを経て、39年イギリスに亡命、イギリス国籍を取得。88年からチューリヒに在住。60年刊行のライフワーク「Masse und Macht（群衆と権力）」はその思想の集大成ともいわれる。他の作品に散文集「人間の地方」（73年）、自伝3部作「救われた舌」（77年）「耳の中の炬火」（80年）「眼の戯れ」（85年）などがある。72年ビューヒナー賞を、81年にはノーベル文学賞を受賞した。

ガーネット, デービッド *Garnett, David*
イギリスの作家
1892.3.9～1981.2.17
[出]サセックス州ブライトン [学]ローヤル・カレッジ・オブ・サイエンス [賞]ジェームズ・テイト・ブラック記念賞（1922年）, ホーソーンデン賞（1923年）
[歴]祖父リチャードは大英博物館図書部長で文学者、父エドワードは文筆家、母コンスタンスもロシア文学の英訳者という文学一家に生まれる。植物学を専攻したのち作家に転向。第一次大戦中、難民救済機関に勤務。戦後書籍商などをしながら、狐になった妻と暮らす話「狐になった夫人」（1922年）で文壇にデビュー。幻想的な話を写真的に描く特異な作風で知られる。他の作品に「動物園の男」（24年）、「水夫帰る」（25年）、「愛の諸相」（55年）など。46～52年出版社Rupert Hart-Davis取締役。52年C.B.E.に叙された。
[家]祖父＝リチャード・ガーネット（文学者）, 母＝コンスタンス・ガーネット（ロシア文学翻訳家）, 父＝エドワード・ガーネット（文筆家）

ガーバー, ジョセフ *Garber, Joseph R.*
アメリカの作家, 文芸評論家, ビジネスアナリスト
1943.8.14～2005.5.27
[出]ペンシルベニア州フィラデルフィア
[歴]ビジネスアナリストとして活動した他、「フォーブス」のコラム、文芸評論を手がける。1989年「Rascal Money」で文壇デビュー。摩天楼が戦場と化していくサスペンス「Vertica Run（垂直の戦場）」（95年）が世界的ベストセラーとなった。

カーバー, レイモンド *Carver, Raymond*
アメリカの作家, 詩人
1938.5～1988.8.2
[出]オレゴン州クラッカニー [学]カリフォルニア州立大学創作課程, アイオワ大学卒 [賞]O.ヘンリー賞（1983年・1988年）, ジョセフ・ヘンリー・ジャクソン賞, グッゲンハイム・フェローシップ
[歴]18歳で結婚、子供を持ち、数多くの職業を転々とする。1958

年からチコ州立大学でジョン・ガードナーの創作の授業を受け、大きな影響を受ける。30代はじめ頃から酒びたりになり、数度アル中の診療所に入るが、77年再起する。カリフォルニア大学講師などを経て、ニューヨークのシラキュース大学の英文学教授に就任。一方、76年刊行の処女短編集「ウィル・ユー・プリーズ・ビー・クワイエト・プリーズ(どうぞお静かに)」が全米図書賞にノミネートされ、作家デビュー。日本でも、村上春樹が訳した短編集「ぼくが電話をかけている場所」や詩集「夜になると鮭は…」などで、若者たちの支持を得た。88年6月に詩人のテス・ギャラガーと再婚。他の作品に「What We Talk About When We Talk About Love」「Cathedral」、詩集「Ultramarine」など。
[家]妻＝テス・ギャラガー(詩人・児童文学者)

カバニス, ジョゼ　*Cabanis, José*
フランスの作家
1922.3.24～2000.10.6
[出]トゥールーズ(南フランス)　[学]トゥールーズ大学 D.en.D.　[勲]レジオン・ド・ヌール勲章オフィシエ章　[賞]ルノードー賞(1966年), 批評家大賞(1975年), アカデミー・フランセーズ小説大賞(1976年)
[歴]公証人の家に生まれ、弁護士となるが、のち作家に転身。現世と来世への憧れの間に引裂かれる人間の条件の曖昧さをテーマに、「L'age ingrat(思春期)」(1952年)、「Le bonheur du jour(この日の幸福)」(61年)などの自伝風の小説を発表し、「La Bataille de Toulouse(トゥールーズの戦い)」(66年)でルノードー賞を獲得。また、ナポレオンやシャルル10世などを論じたエッセイがあり、サン・シモンを論じた「Saint-Simon l'Admirable」(75年)では批評家大賞を受賞した。ほかに「Pour Saint-Beuve」(87年)、「Chateaubriand」(88年)など。

カバリェロ・カルデロン, エドゥアルド
Caballero Calderón, Eduardo
コロンビアの作家, 外交官
1910.3.6～1993.4.3
[学]University Externado de Colombia
[歴]1937～40年リマの大使館に勤務し、46～48年マドリードで公務を務め、58～61年ボゴタ国会議員、62～66年パリのユネスコ大使を歴任する。66年「El Tiempo」の編集に携わる。52年の「背をむけるキリスト」、66年の「善良な野蛮人」、69年の「カイン」など農村の汚辱と暴力を批判した小説で知られ、また外交官としての長い国外生活に基づいた旅行記、文化論もある。コロンビアではガブリエル・ガルシア・マルケスに次ぐ著名な現代作家。他の作品に評論「Suramérica, Tierra del Hombre(南アメリカ)」(41年)、小説「El Arte de Vivir sin soñar」(50年)、「La Penúltima Hora(最後から二番目の時間)」(53年)、「Siervosin Tierra」(54年)、「Manuel Pacho」(65年)など。

ガバルドン, ダイアナ　*Gabaldon, Diana*
アメリカの作家
1952～
[出]アリゾナ州
[歴]動物学で学士号、海洋生物学で修士号、行動生態学で博士号を取得、大学教授として長年教鞭を執る。一方作家としても活動し、1991年〈アウトランダー〉シリーズの第1作を発表。同シリーズはアメリカで大ベストセラーとなり、各国で出版される。

カヒガ, サムエル　*Kahiga, Samuel*
ケニアのキクユ族出身の作家
1946.8～
[歴]主に短編小説を手がけ、マウマウ団を中心とするキクユ族の反英独立闘争に取材した作品を多く手がける。作家レオナルド・キベラは兄で、兄弟共同で編んだ短編集「ポテント・アッシュ」(68年)の他、小説「洋行帰りの女」(74年)、短編集「ジュバへの飛行」(79年)などがある。
[家]兄＝レオナルド・キベラ(作家)

カピターニョヴァー, ダニエラ　*Kapitáňova, Danielá*
スロバキアの作家
1956.7.30～
[出]チェコスロバキア・コマールノ(スロバキア)　[名]筆名＝ターレ, サムコ〈Tále, Samko〉　[学]チェコスロバキア国立音楽大学演劇学部
[歴]チェコスロバキア国立音楽大学演劇学部で演出を学び、地元コマールノの劇場で働く。2000年サムコ・ターレの筆名で執筆した「墓地の書」で作家デビュー、現代文学としては珍しくベストセラーとなり、10ケ国語以上に翻訳される。05年より本名のダニエラ・カピターニョヴァーで長編・連作短編集を発表している。

カピュ, アレックス　*Capus, Alex*
スイスの作家
1961.7.23～
[出]フランス・ノルマンディー　[学]バーゼル大学(歴史・哲学)
[歴]スイスのバーゼル大学で歴史、哲学などを専攻。ジャーナリストとして様々な新聞社で働き、1994年短編集「このいまいましい重力」で作家デビュー。ヒット作を次々に発表し続け、数々の文学賞を受賞。

ガーブ, アンドルー　*Garve, Andrew*
イギリスの推理作家
1908.2.12～2001
[出]イングランド中部のレスター　[名]ウインタートン, ポール 別名＝バックス, ロジャー ソマーズ, ポール　[学]ロンドン大学経済学部卒
[歴]「エコノミスト」紙を経て、「ロンドン・ニューズ・クロニクル」紙に勤務。第二次大戦中はモスクワ特派員を務め、ソ連通の記者として活躍した。1938年戦前のパレスチナを舞台としたサスペンス小説「Death Beneath Jerusalem(エルサレムで死す)」をロジャー・バックス名義で発表して作家活動に入る。50年アンドルー・ガーブ名義での処女作「No Tears for Hilda(ヒルダよ眠れ)」を出版し、ミステリー作家としての地位を確立。以後、ジャーナリストとしての体験や、趣味の旅行やセイリングを創作の中に生かし、イギリス推理文壇の第一人者として活躍した。78年70歳で引退。

ガーフィールド, ブライアン　*Garfield, Brian Wynne*
アメリカの作家
1939～
[出]ニューヨーク　[学]南アリゾナ学園卒, アリゾナ大学文学修士課程修了　[賞]MWA賞最優秀長編賞(1976年)
[歴]ニューヨークに生まれ、アリゾナ州で育つ。母は画家で「サタディ・レビュー」誌の表紙を担当し、作家の肖像を描いていた。家の周囲には多くの作家が住み、影響を受けて幼い頃から作家を志す。18歳で長編小説を書き、3年後に出版物となる。その後、二流の出版社を相手に西部小説を書く。しかし、使い捨て商品を作る職人のような仕事に嫌気がさして出版権をすべて引き上げる。この頃、旅行に凝り、カナダ、ヨーロッパなどを飛び回り、自分が興味を持ったアイデア、場所、人物、事件、疑問などについて書きまくった。1976年「Hopscotch(ホップスコッチ)」でアメリカ探偵作家クラブ賞(MWA賞)最優秀長編賞を受賞。また78年までの4年間は同クラブの理事を務め、83年には会長に選出された。

ガーフィールド, レオン　*Garfield, Leon*
イギリスの児童文学作家
1921.7.14～1996
[学]ブライトン・グラマースクール卒　[賞]ガーディアン賞(1967年), カーネギー賞(1970年), ウィットブレッド賞(1980年), 産経児童出版文化賞(1993年)
[歴]1941～46年イギリス陸軍衛生兵として軍務に服し、69年まで国民健康保険の生化学部で働く。69年から執筆に専念。処女作の海賊物語「ジャック・ホルボーン」(64年)以来、18世紀のイギリスを舞台に人間の生き様や運命をテーマに物語性豊

かな巧みな筋立てで数多くの作品を書き、イギリスの代表的な児童文学作家の一人となった。ギリシャ神話に取材した共著の「海底の神」(70年)でカーネギー賞を受賞。他に「金色の影」(73年)、「ジョン・ダイアモンド」(80年)、「見習い物語」(82年)など数冊の邦訳がある。

カフカ, フランツ　Kafka, Franz
ユダヤ系ドイツ語作家
1883.7.3～1924.6.3
㊥チェコスロバキア・プラハ　㊗プラハ大学(法学)(1906年)卒
㊙ユダヤ系ドイツ語作家。西欧文化に同化したユダヤ人商人の家に生まれ、父親に強いコンプレックスを抱きながら育つ。父の意思に従ってプラハ大学で法律を専攻、ここでヴェルフェル、M.ブロートらと交わる。1908年からプラハの労働災害保険協会に勤務しながら作品を執筆。11年イディッシュ劇団に出合い東ユダヤ人の文化に目覚める。12年西ユダヤ人女性との出会いを機に、「判決」(12年)、「変身」(15年)、「失踪者」(未完、27年)などを書き、奇異な作家として一部に認められる。17年肺結核を病みサナトリウムを転々としながら、「流刑地にて」(19年)、「審判」(未完、25年)や、数10編の短編を執筆。20年作品をチェコ語に訳していたポラック夫人との恋愛が始まるが、20年破局し、この恋愛を機に「城」(未完、26年)を書く。22年労働災害保険協会を辞め、ベルリンに出て作家として自立を図り、ポーランド出身の東ユダヤ人女性と同棲するが、24年症状が悪化したためプラハに帰り、ウィーン郊外のサナトリウムで死去。生前はまったくの無名に等しくブロートによって出版された数編の短編が、ヘッセ、T.マンらの注目を集めたのみであったが、死後ブロートが遺稿を集めて全集(6巻、35～37年)を刊行すると、実存主義文学の先駆的存在として特にフランスとドイツで認められ、20世紀ドイツ文学を代表する作家の一人となり、第二次大戦後の文学に多大な影響を与えた。神の不在、人間関係の喪失、実存の不条理に満ちた日常生活における孤独な闘い、不安と絶望を超現実的手法で描き、晩年はシオニズムに傾斜していった。他の作品に「田舎医者」(19年)、「アメリカ」(27年)など。

カプシチンスキ, リシャルト　Kapuściński, Ryszard
ポーランドのジャーナリスト, 作家
1932.3.4～2007.1.23
㊥旧ポーランド領ピンスク(ベラルーシ)　㊗ワルシャワ大学歴史学部ポーランド史専攻(1956年)卒
㊙第二次大戦中に一家でワルシャワを逃れ、1950年ジャーナリストとして働き始める。ワルシャワ大学卒業後、週刊誌「ポリティカ」編集者を経て、国営ポーランド通信(PAP)に入社。海外特派員としてアフリカや中南米などの紛争地域を取材、現場にこだわったルポルタージュで戦争と貧困の問題を追及し、エチオピア帝国の最後を描いた「皇帝ハイレ・セラシエ」(78年)、エルサルバドルとホンジュラスの戦争を描いた「サッカー戦争」(78年)、崩壊後のロシアを描いた「帝国 ロシア辺境への旅」(93年)、アフリカ取材の集大成「黒檀」などの著書がある。日本を含む30ケ国で作品が翻訳され、ノーベル文学賞候補にも挙げられた。

カブラル・デ・メーロ・ネト, ジョアン
Cabral de Melo Neto, Joan
ブラジルの詩人, 外交官
1920～1999.10.9
㊥ペルナンブコ州レシフ　㊗ノイシュタット国際文学賞(1992年)
㊙いくつかの職を経たあと外交官生活に入り、ヨーロッパ、アフリカで勤務、駐コロンビア大使、駐セネガル大使などを務めた。傍らアンドラージの影響のもとに詩作をはじめ、1956年詩集「ドゥアス・アグアス」を発表。シュルレアリスム、モダニズムなどの文学運動とも接触したが、終始独自の立場を保持した。やがて社会問題にも関心を持ち、特にペルナンブコを中心とするブラジル北部の貧しい人々をテーマとする作品で新境地を開いた。なかでもギリシャ悲劇にも比せられる詩劇「セベリーナの生と死」(56年)は傑作とされる。代表作に「技師」(45年)、「羽根のない犬」(50年)、「石に学ぶ」(66年)。

カブレラ・インファンテ, ギリェルモ
Cabrera Infante, Guillermo
キューバの作家
1929.4.22～2005.2.21
㊥キューバ・ヒバーラ　㊗ビブリオテーカ・ブレーベ賞(1964年), セルバンテス賞(1997年)
㊙父は地元のジャーナリスト。映画好きの母とともに生後29日目から映画館通いをし、映画とともに育つ。共産主義者だった両親が投獄され、父が失職後、一家で首都ハバナに移る。少年時代は野球選手を志し、英語を学び、ペトロニウスの「サチュリコン」を愛読。ハバナ学院在学中「ホメーロス」を知り、読書に夢中になった。この2冊の本はのちの創作に大きな影響を与えた。卒業後、医学や文学の道を志して大学を目指すが果たせず、「ボエミア」誌編集長付秘書となる。この頃、同誌に短編が掲載されたのをきっかけに文筆の道へ進む。新聞社などで校正者として働き、若い芸術家との交流も重ねた。1950年国立ジャーナリズム学院に入り、文化クラブやシネマテーカ・テ・クーバを作る。バティスタ独裁政権の弾圧で執筆を禁止されるが、G.カインのペンネームを使い、雑誌に映画時評を書いて大変な評判となる。一方地下出版の新聞の編集に携わり、激しい政治批判を展開したり、革命家の手助けなどもした。59年キューバ革命直後には半官半民の新聞「革命」編集委員とその文芸附録「月曜日」発行者、また国民文化協会委員長、映画協会理事などを務める。60年短編集「Así en la paz como en la guerra (平和のときも戦いのときも)」で作家デビュー。62年外交官としてベルギー大使館に勤務。64年革命前のハバナのにぎやかな夜を描いた「三頭の淋しい虎」をスペインで出版しビブリオテーカ・ブレーベ賞を受賞。共産主義体制と検閲に幻滅したことから、65年辞職し、66年ロンドンに亡命。「バニシング・ポイント」などの映画脚本を手がけ、70年代には、エッセイ集、小説、映画論などを刊行した。メキシコの雑誌「プエルタ」を中心に執筆活動を行い、エッセイを通してカストロとキューバの体制を批判した。代表作は「亡き王女のためのハバーナ」(79年)など。97年セルバンテス賞を受賞した。

カヘーニ, アメリア　Kahaney, Amelia
アメリカの作家
㊥カリフォルニア州サンディエゴ　㊗カリフォルニア州立大学サンタクルーズ校(ヨーロッパ文学), ブルックリン・カレッジ
㊙カリフォルニア州サンディエゴで生まれ育ち、15歳でハワイ島に転居。カリフォルニア州立大学サンタクルーズ校に進み、ヨーロッパ文学を専攻した後、2001年ニューヨーク市に移住。トラック運転手、映画撮影スタッフ、受付、地雷撲滅運動家など仕事を転々とし、住居も10回替わった後、ブルックリン・カレッジで小説作法の勉強を始めた。以後、ワークショップや大学でライティングの指導にあたりながら創作に専念。「秘密の心臓」で作家デビュー。

カポーティ, トルーマン　Capote, Truman
アメリカの作家
1924.9.30～1984.8.25
㊥ルイジアナ州ニューオーリンズ　㊗パーソンズ, トルーマン・ストレックファス　㊗ピュリッツァー賞(1966年), O.ヘンリー賞(1948年)
㊙両親が離婚したため、幼時は親戚に育てられ南部の各地を転々とする。母の再婚によりニューヨークに移る。高校卒業後は、校正係、給仕、タップダンサー、「ニューヨーカー」誌の雑務係などをしながら作家を志し、主として短編を発表。1948年、故郷の南部を背景に精神的成長を遂げる少年を描いた「Other Voices, Other Rooms (遠い声、遠い部屋)」を発表して、一躍米文壇にその名を知られ、"早熟の天才"とうたわれた。その後も長編小説「草の竪琴」(51年)や、都会的センスに溢れた中編小説「ティファニーで朝食を」(58年)などよく知ら

れた作品を書き継ぐが、66年には現実の事件を調査して自ら“ノンフィクション・ノベル”と称したルポルタージュ風小説「In Cold Blood（冷血）」を発表、ピュリッツァー賞を受賞するとともに「風と共に去りぬ」以来の空前のベストセラーとなる。そのほか、短編集「夜の樹」（49年）「クリスマス・メモリー」（66年）、西インドを舞台にしたミュージカル「花の家」（54年）、ソ連旅行記「詩神の声が聞える」（56年）、小品集「犬は吠える」（73年）など多才に活躍したが、84年8月25日、ロサンゼルスの友人宅で死亡しているのが発見された。寝室から常用の薬物が発見されたという。

カーマン, パトリック　*Carman, Patrick*
アメリカの作家
[出]オレゴン州
[歴]大学卒業後、広告会社の経営、ボードゲームの作成、ウェブサイト、世界規模のミュージック・ショーなど、様々なことを手がける。2人の娘に読み聞かせをするうちに小説を書こうと思い立ち、子供が寝る前のお話として最初の小説「アレクサと秘密の扉」を創作。これを元に〈エリオン国物語〉シリーズが生まれ、20ケ国以上で出版される。

カマンダ, カマ・シウォール　*Kamanda, Kama Sywor*
ルクセンブルクの詩人, 作家
1952.11.11〜
[出]ベルギー領コンゴ・ルエボ（コンゴ民主共和国）　[賞]ポール・ヴェルレーヌ賞（1987年）, テオフィル・ゴーティエ賞（1993年）, メリナ・メルクーリ賞（1999年）, ブラックアフリカ文学大賞
[歴]アフリカ各地を放浪後、ルクセンブルクへ亡命。15歳で第1作「グリオの物語」を発表。以来、数々の詩、物語、小説を創作。詩の分野でアカデミー・フランセーズのポール・ヴェルレーヌ賞、テオフィル・ゴーティエ賞を受賞。また、「グリオたちの夜」でブラックアフリカ文学大賞を受賞。

カミ, ピエール　*Cami, Pierre*
フランスのユーモア作家
1884.6.20〜1958.11.3
[出]ピレネー地方ポー　[名]Cami, Pierre-Henri　[学]国立技芸院
[歴]はじめ闘牛士、次に詩人を志すが挫折し、1903年パリに出て、国立技芸院に入学、俳優を目指す。その後、コント作家として大衆文壇に登場。作風は探偵小説仕立てのコミカルなコントに社会諷刺を取り入れたものが多い。作品に「シャーロックホームズの冒険」のパロディ「ルーフォック・オルメスの冒険」（26年）、「エッフェル塔の潜水夫」（29年）など。

カミッレーリ, アンドレア　*Camilleri, Andrea*
イタリアの作家, 脚本家
1926〜
[出]シチリア島　[賞]CWA賞インターナショナル・ダガー賞（2012年）
[歴]舞台やテレビの脚本家、演出家として活躍し、1978年「ことの次第」で作家デビュー。歴史小説の分野で執筆を続けるが、94年シチリアのヴィガータ分署警部・モンタルバーノ警部が主人公の「水の形」が爆発的なヒットを記録。以降次々と発表される〈モンタルバーノ警部〉シリーズのすべてがベストセラーとなる。他の作品に、同シリーズ「悲しきバイオリン」などがある。

カミュ, アルベール　*Camus, Albert*
フランスの作家, 劇作家
1913.11.7〜1960.1.4
[出]アルジェリア・モンドビ　[学]アルジェ大学（1936年）卒　[賞]ノーベル文学賞（1957年）
[歴]母はスペイン系で、生後間もなく父が第一次大戦で戦死。貧しい少年時代を送ったが、給費生として高等中学校に進み、1930年学校に赴任してきたジャン・グルニエにその文学的才能を認められ、生涯の師弟関係を結んだ。同年重症の結核に罹り、34年には最初の妻と1年で離婚。36年劇団労働座、仲間座を結成して演劇活動を行う。38年「アルジェ・レピュブリカン」紙記者、40年パリに出て「パリ・ソワール」紙記者。ドイツ軍侵入でアルジェリアに帰り、42年秘密組織“コンバ”に入りレジスタンス運動に参加、同機関紙主幹。同年代表作となる小説「異邦人」を発表、主人公の生き方を通じて“不条理の哲学”を描き、同年に発表した哲学的エッセイ「シーシュポスの神話」と併せてカミュの名を一躍世界的なものにした。47年「ペスト」で連帯のモラルを追求、51年のエッセイ「反抗的人間」でサルトルと論争、かつての盟友と袂を分かった。57年43歳の若さでノーベル文学賞を受賞。60年交通事故死した。他の小説に「転落」（56年）、「追放と国王」（57年）、戯曲「カリギュラ」「誤解」（ともに44年）、「正義の人びと」（49年）などがある。「異邦人」は51年に邦訳され、その“不条理の哲学”を巡って広津和郎と中村光夫が論争を展開した。94年没後34年ぶりに遺作「最初の人間」がガリマール社から出版された。

カミング, チャールズ　*Cumming, Charles*
イギリスの作家
1971〜
[出]スコットランド　[学]エディンバラ大学（英文学）卒　[賞]CWA賞イアン・フレミング・スティール・ダガー賞（2012年）
[歴]エリート校として有名なイートン・カレッジを経て、エディンバラ大学で英文学を学び、最優等で卒業。1995年イギリス秘密情報部（SIS）から勧誘されるが断わった。2001年その経験をもとに書き上げたスパイ小説「A Spy by Nature」でデビューし、絶賛される。11年発表の5作目「ケンブリッジ・シックス」はイギリス推理作家協会賞（CWA賞）のイアン・フレミング・スティール・ダガー賞の候補作となり、翌12年に発表した「甦ったスパイ」で同賞受賞の栄誉に輝いた。

カミングズ, E.E.　*Cummings, E.E.*
アメリカの詩人, 作家, 画家
1894.10.14〜1962.9.2
[出]マサチューセッツ州ケンブリッジ　[名]Cummings, Edward Estlin　[学]ハーバード大学（1915年）卒　[賞]ダイアル詩賞（1925年）, 全米図書賞（1955年）, ボーリンゲン賞（1958年）
[歴]大学卒業後、第一次大戦に参戦し、フランス政府の手違いから捕虜収容所に3ケ月監禁された。その体験がのちに実験的小説「巨大な部屋」（22年）となり、この小説はヘミングウェイやT.E.ロレンスらに絶讃され、戦争小説の一傑作とされるに至った。戦後は“ロスト・ジェネレーション（失われた世代）”の詩人として、小文字のみを用いたり、句読点を省略するなどの独特の手法を用いた前衛的な作品を発表。詩集に「チューリップと煙突」（23年）、「&」（25年）、「Is 5」（26年）、「ViVa」（31年）、「1×1」（44年）などがあり、81年に「全詩集 1910-1962」が刊行された。他の著書に、戯曲「サンタクロース」（46年）、ロシア紀行記「エイミー」（27年）、ハーバード大学での「私・六つの非講義」（53年）などがある。

カミンスキー, スチュアート　*Kaminsky, Stuart*
アメリカの推理作家, 映画評論家
1934.9.29〜2009.10.9
[出]イリノイ州シカゴ　[学]イリノイ大学（1957年）卒 Ph.D.（ノースウェスタン大学）（1972年）　[賞]MWA賞最優秀長編賞（1989年）
[歴]ノースウェスタン大学やフロリダ州立大学で、映画史と映画批評を講じ、映画俳優や映画作品に関する評論を何冊か出版。作家としては1977年「Bullet for a Star（ロビンフッドに鉛の玉を）」でデビュー。以来私立探偵トビー・ピーターズ物を発表しており、映画と舞台の世界に実在のスターや監督、製作者たちを登場させ、その中で事件を創作するという新しい形式の軽ハードボイルド小説を生み出した。81年全く毛色の違うミステリー「反逆者に死を」でモスクワを舞台にした警察小説〈ロストニコフ捜査官〉シリーズを開始し、5作目の「ツンドラの殺意」（88年）でMWA賞を受賞。91年から〈老刑事エイブ・リーバーマン〉シリーズを開始、「冬の裁き」「愚者たちの街」「裏切りの銃弾」「憎しみの連鎖」などがある。他に約70

冊の作品を発表。長年、C型肝炎を患っていた。

ガムザートフ, ラスール　*Gamzatov, Rasul Gamzatovich*
ソ連ダゲスタン自治共和国の詩人
1923.9.8～2003.11.3
㊞ツアダサ　㊫ゴーリキー文学大学　㊝社会労働英雄, スターリン賞, レーニン賞, ロシア国家賞, ダゲスタン国家賞
㊫民族詩人ガムザート・ツァダサの息子で、9歳から詩作を開始。教師を経て、1945～55年ゴーリキー文学大学で学んだ。ロシア語やダゲスタン自治共和国の主要言語アバール語を用い、37年から作品を発表。多彩な詩形式で山岳地帯の自然、風俗、愛、友情を歌い、ソ連詩壇の寵児となった。代表作に「山には私の心」「生命の車輪」「鶴」など。また詩の一部は歌にもなった。散文、評論も執筆し、プーシキン、レールモントフ、マヤコフスキーなどの著書のアバール語への翻訳も手がけた。主な作品に詩集「ぼくの生まれた年」(50年)、「父との対話」(58年)、「高い星」(62年)、小説「ぼくのダゲスタン」(67年)など。51年よりダゲスタン作家連合会長。
㊋父＝カムザト・ツアダサ(民族詩人)

カモレッティ, マルク　*Camoletti, Marc*
フランスの喜劇作家
1923.11.16～2003.7.18
㊞スイス・ジュネーブ
㊫画家から劇作家に転じ、1960年スチュワーデスとの色事を題材にした喜劇「ボーイング・ボーイング」が大ヒット。55ケ国で計1万7500回演じられ、91年版のギネスブックに世界記録として認められたほか、映画化もされた。他の作品に「スクレティッシモ」(64年)などがある。

ガラ, アントニオ　*Gala, Antonio*
スペインの詩人, 劇作家, 作家
1936.10.2～
㊞シウダ・レアル　㊝アドナイス賞(1959年), カルデロン・デ・ラ・バルケ国民演劇賞(1963年), プラネタ賞(1990年)
㊫1959年詩集「親しき敵」でアドナイス賞を受賞。63年劇作「緑のエデンの園」でカルデロン・デ・ラ・バルケ国民演劇賞を受賞。「さらば、アルハンブラ」の題で訳出した初の小説「深紅の手稿」は、90年プラネタ賞を受賞。2年で18版を重ねる大ベストセラーになった。他に「古きよき時代」(73年)、「サマルカンダ」(85年)などがある。

カラショフ, キャリー　*Karasyov, Carrie Doyle*
アメリカの作家
㊞ニューヨーク市
㊫2004年ニューヨークの名門私立学校に通っていた頃からの親友であるジル・カーグマンとの共著「わたしにふさわしい場所—ニューヨークセレブ事情」で作家デビュー。以後もカーグマンとの共著で「Wolves in Chic Clothing」「Bittersweet Sixteen」などを出版するが、近年はそれぞれが単独で小説を発表している。

カラスコ, ヘスス　*Carrasco, Jesús*
スペインの作家
1972～
㊞バダホス　㊝ヨーロッパ文学賞(2016年)
㊫コピーライターなどを経て、2013年処女長編小説「太陽と痛み」を出版、マドリードの書店組合が選ぶ“今年の本”となったほか、ヨーロッパ文学賞の候補となり世界的に注目される。16年第2作「La tierra que pisamos」でヨーロッパ文学賞を受賞。

カラスラヴォフ, ゲオルギ　*Karaslavov, Georgi Slavov*
ブルガリアの作家
1904.1.12～1980.1.26
㊞デバル村　㊝P・R・スラベイコフ文学大賞(1978年)
㊫若い頃から共産主義運動に加わる。村で教師を務めた後、ソフィアの大学で農学を専攻中に学生ストを指揮して放校された。雑誌「赤い笑い」などで活動を続けたが、逮捕、投獄された。中編「農村通信員」(1933年)、長編「まんだらげ」(38年)、「嫁」(42年)などで共産党員作家として文名を確立。44年社会主義政権となり、国民劇場責任者やペンクラブ会長などを歴任した。戦後、中編「タンゴ」(51年)、大作「普通の人々」(52～75年)などを執筆。

カラリーチェフ, アンゲル　*Karalichev, Angel*
ブルガリアの児童文学作家
1902.8.21～1972.12.14
㊞ヴェリコ・タルノヴォ州ストラジッツァ村
㊫20代初めには共産主義運動に関わるが、のちに身を引いて文筆活動に専念。1923年の反ファシズム蜂起の体験を描いた短編集「ライ麦」(24年)で名を馳せる。民話や児童向きの作品も多く、「熊ちゃん」(25年)、「一番すばらしい所」(48年)などは各国で翻訳されている。

カラワーエワ, アンナ・アレクサンドロヴナ
Karavaeva, Anna Akeksandrovna
ソ連の作家
1893.12.27～1979.5.21
㊞ロシア・ペルミ　㊫ベストゥージェフ女子大学卒
㊫教員生活を経て、ベストゥージェフ女子大学を卒業。1921年より文学活動を始め、26年ソ連共産党に入党。31～38年「若い親衛隊」誌編集長を務めた。「木材工場」(28年)、「ジュラヴリ(鶴)林のレーナ」(38年)や、「灯」(43年)、「疾走」(48年)、「故郷の家」(50年)からなる長編3部作「祖国」などの作品で知られる。

カランサ, アンドレウ　*Carranza, Andreu*
スペインのカタルーニャ語作家, ジャーナリスト
1956～
㊞アスコー　㊝レクル賞, リベラ・デブラ賞
㊫「ラ・バングアルディア」紙、ラジオ局のカデナ・セールなどの大手メディアに寄稿、出演。レクル賞、リベラ・デブラ賞(いずれもカタルーニャ語の文学賞)などを受賞している。2007年同じカタルーニャ生まれの作家で編集者エステバン・マルティンとの初の共作となる「ガウディの鍵」を上梓。刊行当初から話題となり、20ケ国以上で翻訳出版された。

ガーランド, アレックス　*Garland, Alex*
イギリスの作家
1970～
㊞ロンドン　㊫マンチェスター大学(美術史)　㊝ベティ・トラスク賞
㊫イラストレーターを経て、1996年刊行の処女作「ビーチ」でベティ・トラスク賞を受賞。同作は世界10ケ国語以上に翻訳され、世界中で500万部を超えるベストセラーとなり、レオナルド・ディカプリオ主演で映画化もされる。他の著書に「四次元立方体」「昏睡」などがある。

ガリ, ロマン　*Gary, Romain*
フランスの作家, 映画監督
1914.5.8～1980.12.2
㊞リトアニア　㊔カチェフ, ロマン 別名＝アジャール, エミール〈Ajar, Emile〉　㊝クリティック賞(1945年), ゴンクール賞(1956年), ゴンクール賞(1975年)
㊫ロシア系ユダヤ人。少年時代にポーランドに渡り、更にその後ニースに移住して、フランス人としての国籍を得る。第二次大戦中に自由フランス軍にパイロットとして参加し、数々の武勲を打ちたてた。1945年から外交官を務める傍ら作家活動を開始。処女小説「Education européenne(ヨーロッパの教育)」(45年)がクリティック賞を受賞、次いで56年「Les racines du ciel(空の根)」がゴンクール賞を獲得して作家として認められる。61年ロサンゼルス総領事を最後に外交官を退き、以後は作家生活に専念。一方、58年「空の根」をジョン・ヒューストン監督のために脚色(映画化邦題名「自由の大地」)したことをきっかけに映画界にも進出し、67年に自作の小説を自ら脚色・監督した「ペルーの鳥」を発表。主演女優のジーン・セバーグ

と63年に結婚し1児をもうけたが、68年に離婚。72年再び彼女を主演とするアクション映画「殺し」を監督。他の作品に自叙伝「La promesse de l'aube(夜明けの約束)」(60年)、3部作小説「大洋という兄弟」(66〜77年)などがあり、その作風は、人間を圧迫する技術文明に対する鋭い批判に裏打ちされたものになっている。80年12月2日パリの自宅でピストル自殺をした。死後、75年にゴンクール賞に選出されたエミール・アジャールと同一人物だったことが判明し、大きな話題となった。
[家]父＝イヴァン・モジューヒン(映画俳優)

カリー, ロン *Currie, Ron Jr.*
アメリカの作家
1975〜
[出]メーン州ウォータービル [賞]ニューヨーク公立図書館若獅子賞
[歴]2007年に発表した処女作の連作短編集「神は死んだ」で、優れたアメリカの若手作家に贈られるニューヨーク公立図書館若獅子賞を受賞。09年初の長編「Everything Matters!」を発表。

カーリイ, ジャック *Kerley, Jack*
アメリカの作家
[出]ケンタッキー州 [名]Kerley, John Albert 別筆名＝Kerley, J. A.
[歴]コピーライターとして20年間にわたって活躍後、2004年〈カーソン・ライダー〉シリーズ第1作「百番目の男」で作家デビュー。緻密な伏線と大胆な真相が日本のミステリー界で高く評価され、05年の「このミステリーがすごい!」、「IN POCKET」、「週刊文春」各誌のミステリーランキングでランクインを果たした。第2作「デス・コレクターズ」は、本格ミステリー作家クラブにより、00〜09年の10年間に翻訳された海外本格ミステリーの最優秀作に選ばれた。J.A.Kerley名義の著書もある。他の作品に「毒蛇の園」「ブラッド・ブラザー」などがある。

カリエール, ジャン *Carrière, Jean Paul Jacques*
フランスの作家
1932.8.6〜
[出]ニーム [学]セント・スタニスラス・カレッジ [賞]アカデミー・フランセーズ賞(1968年), ゴンクール賞(1972年)
[歴]父は指揮者、母はピアニスト。南仏の豊かな自然の中で子供時代を過ごし、後に文学を学ぶ。1958〜63年ディスク・ジョッキー、65〜74年ラジオプロデューサー、69年からテレビプロデューサー。ジャン・ジオノと出会って深い影響を受け、68年最初の小説「ユゼスへの帰還」を発表、アカデミー・フランセーズ賞を受賞。72年「マウーの鷹」でゴンクール賞を受賞、200万部のベストセラーになる。以後小説・エッセイなどの作品を刊行し、フランスを代表する現代作家の一人となる。他の作品に小説「森の中のアシガン」(91年)などがある。

カリエール, ジャン・クロード *Carrière, Jean-Claude*
フランスの脚本家, 作家
1931〜
[出]エロー県ベジェ [学]エコール・ノルマル・シュペリウール中退
[歴]ジャック・タチの「ぼくの伯父さんの休暇」「ぼくの伯父さん」の小説版や小説「Le lézard」の発表を機にエコール・ノルマル・シュペリウールを退学。ピエール・エテックスと共同で2短編を作り、1962年エテックスの長編第1作「女はコワイです」の脚本を執筆。以後、数多くの作品を手がける。他の作品に「小間使の日記」(63年)、「ビバ・マリア」(65年)、「昼顔」(66年)、「パパずれてるウ!」(71年)、「自由への幻想」(74年)、「ブリキの太鼓」(79年)、「スワンの恋」(83年)、「マックス・モン・アムール」(86年)、「存在の耐えられない軽さ」(88年)、「五月のミル」(89年)、「カサノヴァ最後の恋」(92年)、「サルサ!」など。また、72年以降協力関係にある舞台演出家ピーター・ブルックの「カルメンの悲劇」「マハーバーラタ」「桜の園」などの脚本家としても注目を集める。91年にはシェイクスピアの「テンペスト」をフランス語に脚色し、公演のために来日。著書に「マイ・ラスト・サイ(我が最後のため息)」がある。

ガーリチ, アレクサンドル *Galich, Aleksandr Arkadévich*
ソ連の詩人, 劇作家
1919.10.19〜1977.12.15
[名]ギンズブルグ
[歴]俳優を志し、スタニスラフスキー・スタジオ卒業後、第二次大戦中は慰問劇団俳優として活動。1945年劇作家となり、戯曲「行進曲」(57年)などを上演。60年代始めから弾き語りの吟遊詩人として知られるようになり、当時の体制を風刺した歌を録音したテープが流布し人気を集めた。しかし、反体制派として当局に迫害され、74年亡命。その後、「コンチネント」誌の編集に携わる他、西欧諸国でコンサートを開きながら人権問題を訴え精力的な文筆活動を続けたが、77年パリ市内の自宅で誤って感電死した。「金鉱探しのワルツ」「雲」などの歌が有名で、詩集に「歌」(69年)、「私が帰るとき」(77年)などがある。

カリッシャー, ホーテンス
→キャリシャー, ホーテンスを見よ

ガリット, ジョーン・ラ *Galite, John La*
チュニジア生まれのフランスの作家
1952〜
[出]チュニジア・チュニス
[歴]パリで大学の理学部に進み、博士号を取得後、生化学を数年間教える。その後、アメリカへ移って作家業に専念。99年3作目の小説「窓辺の疑惑」を発表。

カリネスク, ジョルジェ *Călinescu, George*
ルーマニアの作家, 文学史家
1899.6.19〜1965.3.12
[出]ブカレスト [学]ブカレスト大学卒
[歴]大学卒業後、1924年から2年間ローマに留学し、帰国後は高等中学校のイタリア語、フランス語教師を経て、36年ヤシ大学の美学・文学批評講座助教授、45年ブカレスト大学のルーマニア文学史講座の主任教授に就任。48年ルーマニア学士院会員に選ばれ、46年から亡くなるまで国会議員としても活動。独自の美学理論をもとに文学評論、文学研究の分野で多面的な活動を展開。24年から各種の国内国外の文芸誌に種々のテーマで、エッセイ、文学批評、文学史研究論文などを発表し、「ルーマニア生活」など多数の文芸誌を指導。ルーマニアの国民詩人の詳細な伝記「ミハイ・エミネスクの生涯」(32年)、やその多面的な研究の集大成「ミハイ・エミネスクの作品」(4巻, 34〜36年)、民話作家クリャンガの伝記・作品の研究「イオン・クリャンガ。生涯と作品」(64年)などルーマニアおよびヨーロッパ諸国の文学に関する多数の論文、著書があり、特に「ルーマニア文学史—その起源から現在まで」(41年)は、今日でも最良のルーマニア文学史として高い評価を得ている。また、「オティリアの謎」(33年)、「哀れなヨアニデ」(53年)、「黒い文箱」(60年)などの小説によって、20世紀中葉の代表的ルーマニア作家の一人となった。

カリュー, ジャン・リンヴェルド *Carew, Jan Rynveld*
ガイアナの作家, 詩人
〜2012.12.6
[出]英領ギアナ・アグリコラ(ガイアナ)
[歴]高校卒業後、アメリカ、チェコスロバキア、フランスの大学に留学。ガーナ、ジャマイカ、カナダ、シカゴに住み、雑誌編集や教職の一方、第三世界の文学の紹介に尽くす。プリンストン大学、ノースウェスタン大学でアフロ・アメリカ文学を教えた。小説に「黒いマイダス」(1958年)、「荒れた海岸」(58年)、「モスクワはわがメッカではない」(64年)がある。ほかに詩が多くのアンソロジーに収録され、劇作品もBBCで放映された。児童読み物も多い。

カリン, ミッチ *Cullin, Mitch*
アメリカの作家
1968.5.23〜
[出]ニューメキシコ州サンタフェ　[賞]ストーニー・ブルック短編小説賞
[歴]小説「Whompyjawed」(1999年)や「Branches」(2000年)で高い評価を得る。ストーニー・ブルック短編小説賞のほか多くの賞を受賞。その作品は10ケ国語以上に翻訳されている。他の作品に「タイドランド」「ミスター・ホームズ 名探偵最後の事件」などがある。

カール, エリック *Carle, Eric*
アメリカの絵本作家
1929.6.25〜
[出]ニューヨーク州　[学]シュトゥットガルト造形美術大学卒　[賞]ボローニャ国際児童図書展グラフィック大賞(1970年), 全米グラフィックアート協会賞, アメリカ図書館協会ローラ・インガルス・ワイルダー賞(2003年)
[歴]アメリカで生まれ、1935年両親の故郷ドイツ・シュトゥットガルトに移住。大学卒業後の52年にアメリカへ戻り、絵本作家レオ・レオーニの紹介により「ニューヨーク・タイムズ」紙のグラフィックデザイナーとなる。その後、広告代理店のアートディレクターを経て、フリーのデザイナーとして活躍。67年教育者で詩人でもあるビル・マーティンの絵本「くまさん くまさん なにみてるの?」の絵を担当したことがきっかけとなり、68年39歳で最初の自作絵本「1・2・3どうぶつえんへ」を発表。70年同作でボローニャ国際児童図書展グラフィック大賞を受賞し、以後世界的な絵本作家として活躍。他の絵本に「はらぺこあおむし」「たんじょうびのふしぎなてがみ」「パパ、お月さまとって!」「うたがみえるきこえるよ」「わたしだけのはらぺこあおむし」「だんまりこおろぎ」「できるかな」「こんにちはあかぎつね!」「エリック・カールの動物さんぽ―19のショートストーリー」など。85年、92年、93年絵本原画展開催のための来日。2002年マサチューセッツ州にエリック・カール絵本美術館が開館。08年「絵本の魔術師 エリック・カール展」が東京で開催された。

カルヴァシ, ペテル *Karvaš, Peter*
スロバキア(チェコスロバキア)の作家, 劇作家
1920.4.25〜
[歴]1954年発表の短編集「悪魔は眠らない」と57年発表の「悪魔の蹄」では、社会主義下の官僚主義などの否定面を大胆に暴いた。59年発表の第二次大戦中の小市民の生活を描いた戯曲「深夜のミサ」はカルヴァシの戯曲の中の最も成功したもので、他の作品にスターリン時代を描いて反響を呼んだ戯曲「傷あと」(63年)など。

カルヴィーノ, イタロ *Calvino, Italo*
キューバ生まれのイタリアの作家, ジャーナリスト
1923.10.15〜1985.9.19
[出]サンティアゴ・デ・ラス・ベガス　[学]トリノ大学農学部卒
[歴]幼少年期を北イタリア・サンレモに過ごし、第二次大戦末期には16歳でパルチザン闘争に参加した。戦後、文学雑誌の編集や「ウニタ」の編集に携わり、次第に作家として独立する道を進む。反ファシズム闘争の経験を描いた処女長編「Il sentiero dei nidi di ragno(くもの巣の小道)」(47年)はネオ・リアリズム文学の傑作とされる。しかし戦後社会への幻滅と批判からやがて寓意の文学に転じて、「まっぷたつの子爵」(52年)、「木のぼり男爵」(57年)、「不在の騎士」(59年)の〈我等の祖先3部作〉などを発表、さらに空想小説に新しい分野を開こうとも試みた。60年代よりパリに移り住む。他の作品に「レ・コスミコミケ」(65年)、「ゼロの時間」(67年, 邦訳「柔らかい月」)、「マルコ・ポーロの見えない都市」(72年)、「宿命の交わる城」(73年)、「冬の夜ひとりの旅人が」(79年)、「カルヴィーノの文学講義」などがある。

カルヴェッティ, パオラ *Calvetti, Paola*
イタリアの作家
[出]ミラノ
[歴]イタリアの新聞「ラ・レプブリカ」ミラノ支局のジャーナリストとして活躍。その後、ミラノ・スカラ座広報部長を経て、イタリア・ツーリングクラブの広報部長。1999年自身の経験を織り交ぜた「最後のラブレター」で作家デビュー、一躍ベストセラー作家となり、同作はバンカレッラ賞の最終候補作にもなった。他の作品に「本のなかで恋をして」などがある。

カルザン, カルロ *Carzan, Carlo*
イタリアの作家
1967〜
[出]パレルモ　[賞]国際アンデルセン賞入選(2006年)
[歴]パレルモで子供のための遊戯館、コジ・ペル・ジョーコを主宰し、1990年代初頭から数多くの"遊びイベント"を開催。公的機関、企業、出版社、カルチャー関係者の協力のもと、教員や"遊びの専門家"の育成、子供たちとの実験作業、"楽しむ読書"の普及などを手がける。シチリアの寓話を絵本にするプロジェクト「トゥルトゥン」をコーディネートし、2006年国際アンデルセン賞に入選。

ガルサン, ジェローム *Garcin, Jérôme*
フランスの作家, テレビ司会者
1956.10.4〜
[賞]ロジェ・ニミエ賞(1998年), フランス・テレヴィジョン賞(2003年)
[歴]「ヌーヴェル・オブセルヴァトゥール」誌の文化欄の責任者とフランス・アンテール局の番組「仮面とペン」の司会者を務める。1998年「落馬」でロジェ・ニミエ賞、2003年「親密な演劇」でフランス・テレヴィジョン賞を受賞。

ガルシア, エリック *Garcia, Eric*
アメリカの作家
1973〜
[出]フロリダ州マイアミ　[学]コーネル大学, 南カリフォルニア大学
[歴]コーネル大学と南カリフォルニア大学で小説創作と映画学を専攻後、1999年恐竜探偵ヴィンセント・ルビオを主人公としたハードボイルド小説のシリーズ第1作「さらば、愛しき鉤爪」で作家デビュー。2002年に発表した「マッチスティック・メン」はリドリー・スコット監督、ニコラス・ケージ主演で映画化された。他の作品に「レポメン」「カサンドラの紳士養成講座」などがある。

ガルシア, ラウラ・ガジェゴ *García, Laura Gallego*
スペインの児童文学作家
1977.10.11〜
[出]バレンシア　[学]バレンシア大学　[賞]バルコ・デ・バポール児童文学賞
[歴]バレンシア大学で学びながら、21歳の時に処女作「この世の終わり」(1999年)でバルコ・デ・バポール児童文学賞を受賞し、児童文学作家としてデビュー。「漂泊の王の伝説」(2001年)で2度目の同賞受賞を果たす。

ガルシア・マルケス, ガブリエル *García Márquez, Gabriel*
コロンビアの作家
1928.3.6〜2014.4.17
[出]サンタ・マリア州アラカタカ　[名]García Márquez, Gabriel José 別名=García Márquez, Gabo　[学]ボゴタ大学法科中退　[賞]ノーベル文学賞(1982年), ロムロ・ガジェゴス賞(1972年), ノイシュタット国際文学賞(1972年)
[歴]8歳まで母方の祖父母のもとで育つ。この幼年時代に祖母から聞いた様々な超現実的な話が後の作風に決定的な影響を与えた。ボゴタ大学中退後、1954年新聞記者となり、パリ、ローマに滞在し、映画批評の執筆やローマの国立映画実験センターで学んだりした。55年初の作品集「落葉」を刊行。59年キューバに渡りカストロを知り、キューバ革命成立とともに国営通

信社・プレンサ・ラティーナのボゴタ支局編集長となったが、間もなく絶縁。61年メキシコに渡り、映画製作に従事しながら創作活動に専念する。のちバルセロナに住む。67年に発表した長編「Cien años de soledad（百年の孤独）」がスペイン語圏で空前のベストセラーとなり、世界各国に翻訳され現代ラテンアメリカ文学の旗手となる。フォークナーやカフカの影響と、南米の伝承や祖父母から聞いた記憶などが渾然一体となった同作品は、長く植民地だった南米大陸の宿業と孤絶を体現しているといわれる。現実と幻想を交錯させた手法は"マジック・リアリズム"と呼ばれた。75年232歳という高齢の独裁者を主人公にした「族長の秋」を発表、話題となる。81年に代表作の一つ「予告された殺人の記録」を発表。80年メキシコに亡命するが82年に帰国。同年ノーベル文学賞を受賞。他の代表作に「大佐に手紙は来ない」「エレンディラ」「悪い時」「コレラの時代の愛」「迷宮の将軍」「ある遭難者の物語」「愛その他の悪霊について」、ノンフィクションに「戒厳令下チリ潜入記」「誘拐」「生きて、語り伝える」、短編集「十二の遍歴の物語」、対話インタビュー集に「グアバの香り ガルシア＝マルケスとの対話」（82年）、「疎外と叛逆―ガルシア・マルケスとバルガス・ジョサの対話」がある。86年に結成された新ラテンアメリカ映画基金（FNCL）の理事長も務めた。90年新ラテンアメリカ映画祭出席のため来日。97年メキシコに移住した。
息子＝ロドリゴ・ガルシア（映画監督）

ガルシア・モラレス, アデライダ　García Morales, Adelaida
スペインの作家
1945～
バダホース　マドリード大学哲学部哲学科（1970年）卒
エラルデ小説賞（1985年）
セビリアに移り、1970年マドリード大学哲学科を卒業。国立映画学校で脚本を学んだ後、中学校の教師、女優などを経て、85年第1作「El Sur seguido de Bene（エル・スール／ベネ）」（短編集）を刊行。同年に刊行した「El silencio de las sirenas（セイレーンたちの沈黙）」はエラルデ小説賞を受賞。90年代に多産な執筆活動を展開し、その後も新作を発表している。2009年に邦訳出版された「エル・スール」は、当時伴侶であった映画作家ビクトル・エリセによって映画化（83年）され、高い評価を得た。

ガルシア・ロルカ, フェデリコ　García Lorca, Federico
スペインの詩人, 劇作家
1898.6.5～1936.8.19
グラナダ県フエンテバケーロス村　グラナダ大学法学部・哲文学部, マドリード大学
富裕な農家に生まれ、学生の頃から詩作を開始。1919年マドリードへ上京、ルイス・ブニュエル、サルヴァドール・ダリらと親交を結ぶ。21年最初の詩集「詩の本」を出版。27年「歌集」、28年「ジプシー歌集」が批評家の絶賛を受けベストセラーになるが、名声に対するねたみや中傷に悩まされ、29年ニューヨークへ旅立つ。スペインへ帰国後は戯曲「すばらしい靴屋の奥さん」「血の婚礼」「イェルマ」「ベルナルダ・アルバの家」などを発表、講演、詩の朗読、公演演出などを精力的に行う。36年2月マドリードで反ファシズム宣言を読み上げ、同年7月スペイン内乱勃発後、グラナダでファランヘ党員に捕らえられ、8月ビスナル村郊外で銃殺された。

カルース, ヘイデン　Carruth, Hayden
アメリカの詩人, 作家
1921.8.3～2008.9.29
コネティカット州ウォーターベリー　ノースカロライナ大学, シカゴ大学　ルース・リリー詩賞（1990年），全米書評家協会賞（詩）（1992年），全米図書賞（詩）（1996年）
ニューハンプシャー州の山村で詩作活動を行う。作品の多くは「短編全集1946年－1991年」（92年）、その続編である「長編全集」にまとめられている。詩作の他、ジャズ音楽、詩などの評論も手がける。数多くの受賞歴を持ち、「短編全集」で全米書評家協会賞を受賞。作品は他に版を重ねて読みつがれている20世紀アメリカ詩のアンソロジーともいえる「われわれの内なる偉大な声」（70年）などがある。日本においては「短編全集1946年－1991年」から作品の4分の1程を選択して翻訳された「雪と岩から、混沌から」が出版された。79年よりシラキュース大学教授を務め、91年同大名誉教授。

カールソン, ジェフ　Carlson, Jeff
アメリカの作家
1969～
カリフォルニア州　アリゾナ大学
アリゾナ大学で英文学を専攻し、運転手、印刷工、建設労働者などの職を転々としたのち、2002年SF作家デビュー。07年発表の初長編「Plague Year」が好評を博し、翌08年の続編「Plague War」はフィリップ・K.ディック賞候補となった。「凍りついた空」（10年）の原型となった中編版は、07年第1四半期のライター・オブ・ザ・フューチャー・コンテストで優勝している。

カールソン, ナタリー・サベッジ　Carlson, Natalie Savage
アメリカの作家
1906.10.3～1997.9.23
バージニア州カーンスタウン　ニューベリー賞オナーブック（1959年）
幼年期をメリーランド州ポトマック川近くの農場で過ごす。「おしゃべりするネコ、フランス系カナダのお話」（1952年）を皮切りに作家活動に入り、59年「橋の下の子どもたち」でニューベリー賞オナーブックを受賞。「マリールイズとクリストフ」（74年）から始まる〈マリールイズ〉シリーズでも知られる。

カルタミハルジャ, アフディアット　Kartamihardja, Achdiat
インドネシアの作家
1911.3.6～2010.7.8
西ジャワ・ガルット　Achdiat Karta Mihardja
日本軍政期から独立革命期に創作を始めた"45年世代"の一人。「プジャンガ・バル」「コンフロンタン（対決）」などの文芸誌に参加。インドネシア・ペンクラブ会長などを務めた。代表作の「無神論者」（1949年）は、独立前夜の青年たちの実存を問うた小説として、戦後インドネシア文学の傑作とされる。編書に「文化論争」（48年）がある。

カルタレスク, ミルチャ　Cărtărescu, Mircea
ルーマニアの作家, 詩人
1956.6.1～
ブカレスト　ブカレスト大学文学部卒　ルーマニア作家連盟賞（1990年），フォルメントール賞（2018年）
チャウシェスク政権時代に小学校高学年から大学までの時期を過ごす。ブカレスト大学文学部を卒業後、小学校のルーマニア語教師や編集者、大学教員として働きながら、創作・評論活動を行う。1978年から詩集を出版、89年のルーマニア革命後、作家として有名になる。90年長編叙事詩「レヴァント」でルーマニア作家連盟賞を受賞。現代ルーマニアを代表する作家の一人。作品に「ノスタルジア」（93年）、「ぼくらが女性を愛する理由」（2004年）など。

カルデナル, エルネスト　Cardenal, Ernesto
グラナダ生まれのニカラグアの詩人, 聖職者
1925.1.20～
グラナダ　ルーベン・ダリーオ勲章（1982年）
グラナダの名門一族に生まれる。メキシコとアメリカの大学で哲学と文学を学んだあと、フランス、イタリア、スペイン、スイスなどを回って帰国。20歳すぎに発表した「荒廃した都市」などの詩は、中央アメリカの政治に対する強い批判を含む。1945年ニカラグアの独裁者ソモサに反対する運動に参加。57年32歳で、突然アメリカのトラピスト修道院に入り、メキシコ、コロンビアの修道院、神学校を転々とした。65年40歳で故国で司祭となる。翌66年ソレンティナーメに、修道院の諸制度を取り除いた観想と詩作の共同体を作る。79年の革命後文化相に就任。著書に「詩篇」「零時」「マリリン・モン

ローのための祈り」「正義と愛の御国を」などがある。

カルドゥッチ, ジョズエー *Carducci, Giosuè*
イタリアの詩人, 古典文学者
1835.7.21〜1907.2.16
[出]ベルシリア・バルディカステロ　[名]Carducci, Giosuè Alessandro　[学]ピサ師範大学文学部(1855年)卒　[賞]ノーベル文学賞(1906年)
[歴]中学校や高等学校の教師を経て、1860〜1904年ボローニャ大学修辞学教授を務めた。この間、1876年下院議員、90年元老院議員。一方、早くからギリシャやラテンの古典文学に親しみ、当時全盛を誇っていたロマン主義文学を批判して、古典主義を再興、「青春の季」(50〜60年)、「軽重詩集」(61〜71年)、「新韻集」(61〜87年)、「ジャンビとエポーディ」(67〜79年)、「擬古詩集」(77〜89年)など多くの詩集を発表、1906年にノーベル文学賞を受賞した。他に「韻とリズム」(1898年)などがある。

カルネジス, パノス *Karnezis, Panos*
ギリシャの作家
1967〜
[出]アマリアーダ　[学]イースト・アングリア大学創作科
[歴]4歳からアテネで育つ。1992年工学を学ぶためイギリスに留学。博士号取得後、シェフィールドの鉄鋼会社で働く。その後、イースト・アングリア大学創作科に学び、2002年短編集「石の葬式」でデビュー。04年初の長編小説「The Maze」を発表し、ウィットブレット賞処女長編小説賞の最終候補作に選ばれた。

ガルノー, エクトール・ド・サン・ドニ
Garneau, Hector de Saint-Denys
カナダのフランス系詩人
1912.6.13〜1943.10.24
[歴]カナダの国民的歴史家フランソワ・グザヴィエ・ガルノーの曽孫で、祖父も著名な詩人。1930年代にモントリオールで進歩的自由主義の雑誌「ラ・ルレーブ」に拠り、37年詩集「空間における視線と遊び」を発表。病弱で、43年31歳で夭折した。没後、詩集「孤独」(49年)、「日記」(54年)が刊行された。

カールフェルト, エーリク・アクセル *Karlfeldt, Erik Axel*
スウェーデンの詩人
1864.7.20〜1931.4.8
[出]ダーラナ地方フォルカルナ　[学]ウプサラ大学卒　[賞]ノーベル文学賞(1931年)
[歴]ダーラナ南部の古い農家に生まれる。代用教員などをしながら、ウプサラ大学を6年かかって卒業する。その後、司書などを務める傍ら、詩作に励み、1895年「荒野と愛の詩集」でデビュー。次いで「フリドリーンの歌」(98年)、「フリドリーンの楽園」(1901年)の2詩集によって名声を博し、04年スウェーデン・アカデミー会員となる。故郷のダーラナ地方の農民生活と自然を叙情的にうたった新ロマン派の民族詩人で民衆に広く愛好された。死後の31年、生前固辞していたノーベル文学賞が追贈された。

ガルブレイス, ロバート
→ローリング, J.K.を見よ

カルペラン, ボ *Carpelan, Bo Gustaf Bertelsson*
フィンランドの作家, 詩人
1926.10.25〜2011.2.11
[出]ヘルシンキ　[賞]ニルス・ホルゲション賞(1969年), 北欧評議会文学賞(1977年), スウェーデン文学振興会小説大賞(1987年), フィンランディア賞(1993年・2005年), ヨーロッパ文学賞(2006年), フィンランド政府賞
[歴]フィンランドを代表するスウェーデン語系作家。ヘルシンキ市立図書館司書、副館長、文芸学教授などを歴任する一方、1946年モダニズム詩集「薄暗い暖気のように」で詩人デビュー。以後、10数冊の詩集を発表。87年音楽愛好家の大叔父とシベリウスとの関係を扱った小説「アクセル」で作家としても成功。93年小説「初風」でフィンランディア賞を受賞。2005年にも「夏の影」で同賞を受賞し、2度の受賞は史上初の快挙となった。戯曲、文学評論、オペラ台本、推理小説、児童文学なども手がけた。他の詩集に「冷たい日」(61年)、「庭」(69年)、「余白」(84年)、児童文学に「島のアンダース」(59年)など。

カルペンティエル, アレホ *Carpentier, Alejo*
キューバの作家
1904.12.26〜1980.4.25
[出]ハバナ　[賞]セルバンテス賞(1977年)
[歴]建築を学んだ後、1921年ジャーナリズムの世界に入り、前衛的な雑誌の創刊・編集にあたる。独裁者マチャードを非難して獄中生活を送り、28年パリに脱出、多くのシュルレアリストと親交を結ぶ。33年処女作「エクエ・ヤンバ・オ」を刊行。39年帰国、45年バティスタ独裁政権の干渉を受けてベネズエラに移住。59年キューバ革命成立後は母国に帰り、文化活動のリーダーとして大御所的存在となる。68年以降は文化担当官としてパリに在住した。マジック・リアリズムの旗手となった「失われた足跡」(53年)や「この世の王国」(49年)、「光の世紀」(62年)、「バロック協奏曲」(74年)、「春の祭典」(78年)、「ハープと影」(79年)など多くの作品があり、ボルヘス、アストゥリアスと並んで現代ラテンアメリカ文学の先駆的な役割りを果たした。2000年キューバで名を冠した文学賞が創設される。

カルムス, メアリー *Calmes, Mary*
アメリカの作家
[学]パシフィック大学
[歴]幼い頃から書くことが好きで、カリフォルニア州ストックトンのパシフィック大学でイギリス文学を専攻。コピー店で働きながら執筆活動を続ける。〈A MATTER OF TIME〉4部作、〈Change of Heart〉〈Warders〉などのシリーズがある。

ガレアーノ, エドゥアルド *Galeano, Eduardo*
ウルグアイの作家, ジャーナリスト
1940.9.3〜2015.4.13
[出]モンテビデオ
[歴]1961〜64年ラテンアメリカ全域で良質の週刊誌として知られたモンテビデオの「マルチャ」誌編集長。64〜66年「エポカ」紙編集主幹。この間いくつもの雑誌および新聞の定期寄稿者として健筆を揮った。73年政治反動化のなかで評論・批評活動が困難になり、アルゼンチンに亡命、ブエノスアイレスで文化誌「クリシス」を創刊、主宰した。76年末クーデターによる軍政の発足に伴い、スペインのバルセロナに亡命。85年母国での民政の実現により帰国した。著書に評論「収奪された大地—ラテンアメリカ五百年」(71年)、「被占領国グアテマラ」「われわれは否と言う」(89年)、「闊歩する言葉たち」(93年)、「スタジアムの神と悪魔」(95年)、「あべこべ世界」(98年)、「時の口」(2004年)、「鏡たち—ほとんど普遍の歴史」(08年)、短編集「バカムンド」(1973年)、小説「われらが歌」(75年)、「愛と戦争の昼と夜」(78年)、「火の記憶〈1〜3〉」(82〜86年)など。中南米を代表する左派系知識人として知られた。

カレーラ・アンドラデ, ホルヘ *Carrera Andrade, Jorge*
エクアドルの詩人, 外交官
1903.9.28〜1978
[学]キト中央大学
[歴]キト中央大学で法律を学んだ後、スペイン、ドイツ、フランスの大学に留学し、フランスのロマン派や象徴派の影響を受ける。帰国後はエクアドル社会党の創設に参画。マルセイユで女流詩人で外交官であったガブリエラ・ミストラルの秘書を務めた他、外交官として日本に赴任した経験もあり、国連大使、ユネスコ代表を歴任。しかし、ベラスコ・イバラ政権時代は亡命生活を送ったこともある。詩人としては、「言葉では表しえない池」(1922年)、「沈黙の花冠」(26年)、「ここに泡がある」(50年)、「夜の家族」(53年)などの詩集があり、エクア

ドルの20世紀最大の詩人と評される。日本滞在中の俳句体験は、1編が一つの隠喩からなる短詩集「顕微鏡図」(40年)に結実した。

カレール, エマニュエル *Carrère, Emmanuel*
フランスの作家
1957〜
[賞]フランスSF大賞(1987年度), フェミナ賞, ルノードー賞(2011年)
[歴]父は実業家で、母はソビエト研究で知られる歴史学者のエレーヌ・カレール・ダンコース。政治経済専門のグランゼコールで学ぶ。1986年小説「口ひげを剃る男」を発表。夢想と現実を巧みに交錯させる特異な作家として注目される。87年のフランスSF大賞を受賞した「ベーリング海峡」、フィリップ・K.ディックの伝記「俺は生きているがお前たちは死んだ」を経て、95年に発表した「冬の少年」はベストセラーとなり、フェミナ賞を受賞。同作品の映画化に当たり監督クロード・ミレールと脚本を共同執筆、98年映画がカンヌ国際映画祭で審査員特別賞を受けた。他の著書に「嘘をついた男」などがある。
[家]母＝ダンコース・エレーヌ・カレール(歴史学者)

ガーロ, エレナ *Garro, Elena*
メキシコの作家
1916.12.11〜1998.8.22
[出]プエブラ
[歴]読書を好む両親のもとで幼い頃からヨーロッパの古典文学に親しみ、フランス語やラテン語を学びながら想像力、神秘主義、東洋哲学、古典趣味を吸収。同時に家で働くメキシコ先住民の使用人が持つ“魔術的な”世界観の影響も強く受ける。1936年メキシコシティの国立大学に進み、バレエと演劇を専攻する傍ら、振付師としても活躍。37年詩人オクタビオ・パスと結婚。外交官としても活躍した夫と共に、アメリカ、フランス、インド、日本などでの生活を経験。この間、シュルレアリスムや東洋哲学、日本文化に改めて親しみ、ジャーナリストとしても活動。57年に夫が率いる前衛劇団のために数編の一幕物の戯曲を書き上げ、作家としてデビュー。59年離婚。以後、60年代にかけて旺盛な創作活動を展開。70年から故国を離れて活動。晩年はメキシコに帰国したが、困窮のうちに暮らし、世を去った。生前のメキシコ文学界における評価は必ずしも高くはなかったが、没後再評価の動きがあり、幻想的な作風を持つ、現代ラテンアメリカ文学の重要な担い手の一人と見なされる。著書に「未来の記憶」「トラスカラ人の裏切り」などがある。

ガロ, マックス *Gallo, Max*
フランスの歴史家, 作家, 政治家
1932.1.7〜2017.7.18
[出]ニース　[名]Gallo, Max Louis
[歴]両親はイタリア系で、ニースで生まれ育つ。大学で歴史を専攻、当初は技師となったが、歴史家に転じる。また、共産党員だったが、1956年ハンガリー事件を機に離党した。「ムッソリーニのイタリア」(64年)、「フランコ時代のスペイン史」(69年)など、主に20世紀の南欧史に関する著作を発表し、歴史家としての地位を確立した後、小説を書き始める。処女作「勝利者たちの行列」(72年)、「海への一歩」(73年)から「天使の入江」3部作(75〜76年)まで、ほとんど毎年新作を発表し、70年代に最も活躍した作家の一人となる。週刊誌「レクスプレス」の常任寄稿家として才筆を振るい、また「マタン」編集長を務めるなど、現代フランスの代表的知識人の一人として活躍を続けた。一方、その知名度に着目した社会党の要請を受け、80年代から政界でも活動。81〜83年フランス国民議会議員、83年政府スポークスマン(閣外相)などを歴任し、84年欧州議会議員。社会党全国書記も務めた。94年から公職を離れて執筆に専念。ド・ゴールやナポレオンを素材にした作品で広範な読者を得て、国民的作家となった。2007年アカデミー・フランセーズ会員。他の著書に「イタリアか、死か―英雄ガリバルディの生涯」(1982年)、「カエサル！」(2003年)などがある。生涯で100冊以上の本を出版した。

カロッサ, ハンス *Carossa, Hans*
ドイツの詩人, 作家, 医師
1878.12.15〜1956.9.12
[出]バイエルン州テルツ
[歴]開業医の家に生まれ、医者を本業とし、寡作で10編の小説と少しの詩を残した。いずれも自伝的要素が強い。ナチス・ドイツの支配下では政府に強制されてヨーロッパ著作家同盟会長に就任。危険を冒してまでユダヤ人の友を強制収容所から救出するために努め、大戦の最後の年には当局の意に逆らう進言をしたため死刑の判決すら受けた。主な作品に「幼年時代」(1922年)、「ルーマニア日記」(24年)、「青春変転」(28年)、「ドクトル・ビュルガーの運命」(30年)、「指導と信徒」(33年)、「成人の秘密」(36年)、「カロッサ詩集」などがある。

カロフィーリオ, ジャンリーコ *Carofiglio, Gianrico*
イタリアの作家, 検察官
1961.5.30〜
[出]バーリ
[歴]刑事訴訟法の専門家で、本職はプーリア州バーリの凶悪組織犯罪を扱うマフィア担当検事。専門書執筆の傍ら、2002年「無意識の証人」で作家デビューし、イタリアの五つの文学賞を受賞。続けて第2作「眼を閉じて」、第3作「過去は見知らぬ土地」、第4作「正当なる疑惑」を発表し、いずれも高い評価を受けている。

カワード, ノエル *Coward, Nöel Pierce*
イギリスの劇作家, 俳優
1899.12.16〜1973.3.26
[歴]芝居好きの母親の影響で幼い頃から劇に親しみ、1911年より子役として舞台に立つ。16年初めて戯曲を書き、「渦巻き」(24年)でその地位を固める。その後も「花粉熱」(25年)、「私生活」(30年)、「大英行進曲」(31年)、「生活の設計」(32年)、「陽気な幽霊」(41年)、「現在の笑い」(42年)などを書き、自ら演出・出演した作品も多い。機知に富んだ台詞と洗練された舞台は、イギリスの風習喜劇の伝統を継ぐものと評される。その作品はたびたび映画化されたが、自身で脚本を手がけ、俳優としても晩年まで映画やテレビに出演を続けた。レビューやミュージカルも手がけ、劇中曲の作詞や作曲まで行い、スタンダードナンバーになったものもある。70年ナイト爵位を叙せられる。小説や詩、エッセイも書き、没後には大部の日記や画集が刊行された。

ガン, アイリーン *Gunn, Eileen*
アメリカの作家
1945〜
[出]マサチューセッツ州　[学]エマニュエル・カレッジ(歴史)卒
[賞]ネビュラ賞
[歴]エマニュエル・カレッジで歴史を学び、卒業後はコピーライターとして就職。12歳の頃からSFに魅せられ、1976年からクラリオン・ワークショップに参加。広告業界に身を置く傍ら、作品を書き続ける。80年代にはマイクロソフトで広告担当として活躍するが、執筆のため退職。88年クラリオン・ウェスト・ワークショップ理事。短編「遺す言葉」でネビュラ賞受賞。「中間管理職への出世戦略」「コンピュータ・フレンドリー」などの短編がヒューゴー賞にノミネートされた。

カーン, ウォルター *Kirn, Walter*
アメリカの作家, 批評家
1962.8.3〜
[出]オハイオ州アクロン　[学]プリンストン大学卒, オックスフォード大学卒
[歴]特許弁護士の父と看護師の母の間に、オハイオ州のアクロンという工業都市で生まれる。子供の頃ミネソタ州の小さな町に暮らし、また西部の町へ移り住み、両親の影響で10代の数年間をモルモン教徒として過ごした。プリンストン大学とオックスフォード大学で英文学を学んだ後、国語の教師時代にレ

カ

イモンド・カーバーの担当編集者に見い出され作家デビュー。「アトランティック」や「ヴォーグ」などの雑誌にエッセイを、「ニューヨーク・タイムズ・ブックレビュー」に書評を発表。これまでに6作の小説を出版。3作目の「Thumbsucker(親指を吸う人)」(1999年, 未訳)はマイク・ミルズ監督、キアヌ・リーヴス主演で2005年に映画化。4作目の「マイレージ、マイライフ」(01年)はジョージ・クルーニー主演で、09年に映画化された。また、09年には初めてノンフィクション「Lost in the Meritocracy(実力主義社会で途方に暮れて)」(未訳)を出版した。

韓 寒　かん・かん　*Han Han*
中国の作家
1982.9.23〜
[出]上海　[学]松江二高(2001年)中退
[歴]新聞編集者の父を持ち、幼少より文才を発揮。1998年名門の松江二高に長距離競技の特待生として入学。99年第1回新概念作文コンクールで優勝。これが契機となり、入学後綴っていた自伝的小説「三重門」(邦題「上海ビート」)を出版。受験勉強の重圧や裏口入学の実態、教育現場の矛盾などを風刺した内容でベストセラーとなる。同コンクールの第2回でも2位に入賞するが、学業がおろそかになったことから2001年退学。以後執筆活動に専念し、第2作「零下一度」もベストセラーとなる。02年には中国初のカーレース映画「五○キロ」の脚本・監督を担当。既存の教育制度や学歴などにとらわれない自由奔放な生き方で、若者から絶大な支持を獲得。個性伸長を目指す“素質教育”を謳う中国教育界でも論争の対象になり、“韓寒現象”と呼ばれる社会現象を引き起こす。10年天安門事件の影響が色濃い小説「1988」を刊行。歌手、カーレーサーとしても活動。

カン・キョンエ　姜 敬愛　*Kang Kyoung-ae*
朝鮮の作家
1907.4.20〜1943.4.26
[出]黄海道松禾
[歴]農民の娘。貧しい家庭で女学校まで通って文学修行し、短編「破琴」(30年)を「朝鮮日報」に発表して、31年より文学活動を始め、一時期間島に移住したが、42年帰郷、翌年病死した。植民地支配下の農村と都市の貧しい労働者の姿を過酷なまでにリアルに描いた作品が多い。代表作に「人間問題」(33年)、「塩」(34年)、「地下村」(36年)など。

ガン, ジェームズ　*Gunn, James E.*
アメリカのSF作家
[賞]世界SF作家大会特別賞(1976年度), バイロン・コールドウェル・スミス賞, SF作家協会ピルグリム賞
[歴]演劇・映画・ラジオの脚本や評論、小説などを多数執筆。多くはSFに関するもので、いくつかの作品が賞を受けており、ラジオやテレビでドラマ化されたものもある。またSF関係の本の編集も手がける。一時期は専業作家として働き、他の時期には大学で公衆関係の要職に就くなどしていたが、のちアーカンソー州ローレンスのカンザス大学で英語英文学とジャーナリズムの教授を務める。

韓 少功　かん・しょうこう　*Han Shao-gong*
中国の作家
1953.1.1〜
[出]湖南省長沙　[学]湖南師範学院中国文学科(1982年)卒　[賞]全国優秀短編小説賞(1980年), 全国優秀短編小説賞(1981年)
[歴]文化大革命中の1968年に中学を卒業、湖南省汨羅県の農村に下放される。文革が終わった後の78年、湖南師範学院に学ぶ。82年卒業後は湖南省の雑誌「主人翁」副編集長。85年専業作家となり、88年文芸誌「天涯」編集長。“尋根(ルーツ探し)文学”の中心的存在で、「お父、お父」(85年)は尋根文学を代表する作品の一つ。他の作品に「月蘭」(79年)、「馬橋詞典」(96年)などがある。

ガン, トム　*Gunn, Thom*
イギリスの詩人
1929.8.29〜2004.4.25
[出]ケント州グレーブズエンド　[名]ガン, トムソン・ウィリアム〈Gunn, Thomson William〉　[学]ケンブリッジ大学卒　[賞]サマセット・モーム賞(1959年), W.H.スミス文学賞(1980年), デービッド・コーエン英文学賞(2003年)
[歴]エンプソンの影響を受けて詩を書き始め、学生時代から才能を認められていた。25歳の時に発表した詩集「Fighting Terms(戦闘用語)」(1954年)で一躍名を知られ、独特の詩風を形成して、50年代から60年代にかけてイギリスの“ムーブメント”詩派の代表的な詩人の一人となる。54年以来アメリカに在住し、58〜66年カリフォルニア大学バークレー校で英文学を教えた。この頃から詩風はイギリスの伝統に加えてアメリカの影響を強く受けたものに変化し、現代の形象を取り入れ、情趣よりも行動、建設の前提としての破壊などの主題を多く扱った。他の著書に「運動感覚」(57年)、「悲しき隊長」(61年)、「体感」(67年)、「モリー」(71年)、「歓喜の詩句」(82年)、詩論文集「詩の発端」(C.ウィルマー編, 82年)など。

ガン, ニール・ミラー　*Gunn, Neil Miller*
イギリスの作家
1891.11.8〜1973.1.15
[出]ハイランド州ダンビース　[名]筆名＝McNeil, Dane　[賞]ジェームズ・テイト・ブラック記念賞(1937年)
[歴]1907年公務員となり、11〜37年関税消費税庁に勤務。この間、23年初めての短編集と寄稿文集を刊行。26年処女長編「The Grey Coast」を出し、「ハイランド・リバー」(37年)の成功で作家に専念。郷里のハイランドやケルトの歴史と絡めた作品を特徴とする。代表作に「銀色に輝くいとしきもの」(41年)、「世界の果ての井戸」(51年)、「異国の風景」(54年)などがある。

カン, ミシェル　*Quint, Michel*
フランスの作家
1949〜
[出]パドカレ地方　[賞]フランス推理小説大賞(1989年)
[歴]古典文学と演劇学を学んだのち、戯曲やラジオドラマの脚本を執筆する。作家としては20作近いミステリーを発表し、1989年「Billard à l'étage(階上のビリヤード)」でフランス推理小説大賞を受賞。「ピエロの赤い鼻」は、2003年にジャン・ベッケル監督により映画化された。

甘 耀明　かん・ようめい　*Gan Yao-ming*
台湾の作家
1972〜
[出]苗栗県　[学]東海大学中国文学部卒, 東華大学大学院修士課程修了　[賞]寶島文学賞審査員賞(2002年), 聯合報短編小説審査員賞(2002年), 呉濁流文学賞(2005年), 林栄文学賞(2006年)
[歴]台中の東海大学中国文学部在籍中に創作を始め、卒業後は苗栗の地方新聞の記者などをしながら小説を執筆。2002年「神秘列車」で寶島文学賞審査員賞、「伯公討妾(伯公、妾を娶る)」で聯合報短編小説審査員賞を受賞するなど、発表した6編が文学賞を続けて受賞。03年これらの作品を収めた初めての短編小説集「神秘列車」を刊行。02年東華大学大学院に進学し修士号を取得。05年中短編小説「水鬼學校和失去媽媽的水獺」で「中国時報」開巻十大好書(年間ベストテン賞)、中編小説「匪神」で呉濁流文学賞、06年「香豬」で林栄文学賞を受賞。

カン・ヨンスク　姜 英淑　*Kan Young-sook*
韓国の作家
1966〜
[出]江原道春川　[学]ソウル芸術大学文芸創作科卒　[賞]韓国日報文学賞(2006年), 金裕貞文学賞(2011年), 白信愛文学賞(2011年)
[歴]高校卒業後、一旦就職するが、小説を書くためにソウル芸術大学の文芸創作科に入学。1998年短編小説「8月の食事」がソウル新聞新春文芸に当選。2006年初の長編小説「リナ」が

単行本化され、同年の韓国日報文学賞を受けた。10年第2長編「ライティングクラブ」を発表。11年金裕貞文学賞、白信愛文学賞を受賞。

カーン, ルクサナ　*Khan, Rukhsana*
パキスタン生まれのカナダの作家
1962～
[出]ラホール　[賞]中東図書賞（2009年）
[歴]パキスタンのラホールに生まれ、3歳の時カナダに移住する。イスラム社会をはじめ、様々な国際的なテーマで子供のための作品を発表し、講演活動を行う。国内外の数々の賞を受賞し、「ジャミーラの青いスカーフ」では2009年の中東図書賞を受賞。

カンシーノ, エリアセル　*Cansino, Eliacer*
スペインの作家
1954～
[出]セビリア　[賞]エレーナ王女賞, ラサリーリョ賞, IBBYオナーリスト賞, アランダール賞
[歴]中学や高校で哲学を教えながら、1980年から詩や小説を発表しはじめ、10代向けの作品を中心に執筆。哲学ばかりではなく、文学のおもしろさを教え子たちに伝えつつ、子供の本を書き続ける。87年最初の子供向けの作品を発表。2作目「ロビンソン・サンチェス遭難す」（未訳）で、エレーナ王女賞を受賞。3作目の「ベラスケスの十字の謎」は、スペインの二大児童文学賞の一つであるラサリーリョ賞、IBBYオナーリスト賞を受賞し、「二十世紀スペインの百冊の子どもの本」にも選定される。また、「フォスターさんの郵便配達」は優れたヤングアダルト作品におくられるアランダール賞を受賞した。近年は幼年向けの作品も発表する。

ガーンズバック, ヒューゴー　*Gernsback, Hugo*
ルクセンブルク生まれのSF作家
1884.8.16～1967.8.19
[歴]子供の頃から天文学や科学的空想にひかれ、SF作家となる。1926年世界で最初のSF専門雑誌「アメージング・ストーリーズ」を発刊。世界のSFの発展のために尽力し、SFの父と呼ばれる。作品に「27世紀の発明王」など。

カーン・ディン, アユーブ　*Khan-Din, Ayub*
イギリスの作家, 劇作家
[出]グレーター・マンチェスター州ソルフォード　[賞]最優秀ウェストエンド戯曲賞（イギリス作家組合）
[歴]父はパキスタン人、母はイギリス人で10人兄弟の末っ子として生まれる。自伝でもある戯曲「ぼくの国、パパの国」は1996年にバーミンガムで初演され、その後イギリス各地で上演され、好評を博し、イギリス作家組合の最優秀ウェスト・エンド戯曲賞など多くの賞に輝く。99年にはニューヨークでも上演され、大絶賛を浴びる。のち映画化され、世界各国の国際映画祭において数々の賞を獲得した。

カンデル, スーザン　*Kandel, Susan*
アメリカの作家
[出]カリフォルニア州ロサンゼルス　[学]カリフォルニア大学ロサンゼルス校大学院美術史専攻
[歴]東海岸で20代を送った後、1980年代に故郷に戻り、カリフォルニア大学ロサンゼルス校大学院で美術史を専攻。90年代には美術評論家として「ロサンゼルス・タイムズ」紙や美術雑誌に寄稿する傍ら、ニューヨーク大学とカリフォルニア大学で美術史を教える。91年に結婚、2人の娘にも恵まれる。一方、幼い頃から大のミステリー・ファンで、自身もミステリー作家になる夢を抱いていた。2004年伝記作家シシー・カルーソーが活躍する連作ミステリーの第1作「E・S・ガードナーへの手紙」を発表、05年度のアガサ賞最優秀処女長編賞にノミネートされ、注目を集める。以後、年1冊のペースで〈シシー・カルーソー〉シリーズを発表。

カント, ヘルマン　*Kant, Hermann*
ドイツ（東ドイツ）の作家
1926.6.14～2016.8.14
[出]ハンブルク　[学]フンボルト大学卒
[歴]電気工職人から兵役につき、戦争末期ポーランドで捕虜になる。帰国後ベルリンのフンボルト大学でドイツ文学を専攻。大学助手、出版社の編集員を経て、作家生活に入る。作品に長編小説「大講堂」（1965年）、「奥付」（72年）、「抑留生活」（77年）などがあり、諷刺のきいたユーモア、卓越したストーリー・テリングの手法で、社会主義建設期における新しい人間の発展を描き、高く評価された。東ドイツの代表的作家の一人で、西ドイツでも多くの読者を得た。78年東ドイツ作家同盟議長。

ガンドルフィ, シルヴァーナ　*Gandolfi, Silvana*
イタリアの児童文学作家
1940～
[出]ローマ　[賞]チェント賞, アンデルセン賞（1996年）
[歴]1992年「ビー玉に住むサル」で児童文学作家としてデビュー。寡作ながらそのほとんどの作品が何らかの賞を取り、95年に発表した「ネコの目からのぞいたら」でチェント賞を、96年には「むだに過ごしたときの島」でアンデルセン賞を受賞している。他の著書に「亀になったおばあさん」などがある。

カンパニーレ, アキッレ　*Campanile, Achille*
イタリアの作家, 劇作家
1899.2.28～1977.1.3
[賞]ヴィアレッジョ賞
[歴]多彩なジャーナリスト活動をする一方、C.ザヴァッティーニと共にユーモア小説、劇作に一時代を築いた。代表作は「馬の発明家」（1925年）、「それにしてもこの愛はいったい何か？」（27年）、「会話のマニュアル」（73年, ヴィアレッジョ賞）、「アスパラガスと霊魂の不滅」（74年）など。今日では不条理劇の先駆けとしても再評価されている。

ガンビーノ, クリストファー　*Gambino, Christopher J.*
アメリカの作家, 実業家
[出]ニューヨーク州フラッシング（クイーンズ）
[歴]実の父親がマフィアのボスという環境に育ち、苦難に満ちた少年時代を送る。独学で小説の書き方を学び、1997年「マイ・オンリー・サン」で作家デビュー。自らの宗教心の目覚めを反映したロマンス小説にも取り組む。一方、同年制作会社ニコール・プロダクションズを設立。自ら脚本を手がけ、映画を製作。個人投資家、洋服小売店やレストランを含む複数の事業のオーナーとしても活躍する。

【キ】

魏 金枝　ぎ・きんし　*Wei Jin-zhi*
中国の作家
1900.1.19～1972.12.17
[出]浙江省嵊県　[学]浙江省立第一師範学校卒
[歴]浙江省立第一師範学校時代から柔石、馮雪峰らの晨光社、湖畔詩社に参加。卒業後も教師の傍ら小説を執筆し、1930年中国左翼作家連盟に参加。32年逮捕後は一時帰郷するも、33年上海に戻り、中学校で教職に就いた。この間、抗日運動に参加、中華人民共和国成立後も「上海文芸」の編集、上海師範学校中文系主任など、上海で活動。文化大革命で迫害を受け、失意のうちに亡くなった。「魏金枝短編小説選集」（54年）、評論集「編余叢談」（62年）などがある。

ギア, ケルスティン　*Gier, Kerstin*
ドイツの作家
1966～
[出]西ドイツ・ノルトライン・ウェストファーレン州ベルギッシュグラートバッハ（ドイツ）　[賞]デリア賞（2005年）

[歴]大学で教育学を修め、1995年から作家活動を始める。デビュー作「Männer und andere Katastrophen」が映画化されて評判となり、多数の恋愛小説が常時ベストセラーのリストを飾る。2005年「Ein unmoralisches Sonderangebot」でドイツ語圏の恋愛小説賞であるデリア賞受賞。

キアク, ハンス　*Kirk, Hans Rudolf*
デンマークの作家
1898.1.11〜1962.6.16
[歴]1928年ある宗教団体に属しているリムフィヨルドの漁師の生活を集団的に描いた処女小説「漁師」で注目を集め、北欧プロレタリア文学の先駆をなす。31年デンマーク共産党に入党。工業化により貧農が工場労働者になっていく過程を描いた「日雇い労働者」(36年)、「新時代」(39年)の他、「怒りの子」(50年)や、自伝的作品「影絵芝居」(53年)などがある。

キアンプール, フレドゥン　*Kianpour, Fredun*
ドイツの作家, ピアニスト
1973〜
[出]ドイツ　[学]ハノーファー音楽大学(ピアノ)
[歴]ペルシャ人とドイツ人の両親のもと、ドイツに生まれる。ハノーファー音楽大学でピアノを学んだのちソロ活動に入り、ベルリン・フィルハーモニーのホールや、2000年のハノーファー万国博覧会ドイツ共和国館などで演奏。01〜08年カナダの企業で経営コンサルタントとして働く。この間、08年「幽霊ピアニスト事件」で作家デビュー。作品の朗読とピアノ演奏を組み合わせたイベントを精力的に行う。

キイス, ダニエル　*Keyes, Daniel*
アメリカの作家
1927.8.9〜2014.6.15
[出]ニューヨーク市ブルックリン　[学]ブルックリン・カレッジ(心理学)(1950年)卒　[賞]ヒューゴー賞最優秀中短編小説賞(1959年), ネビュラ賞(1966年)
[歴]雑誌編集、ファッション写真の仕事、高校教師などを経て、1950年から「マーベル・サイエンス・ストーリーズ」の編集を手伝い、SF界と接触する。52年からSF短編をいくつか書き、59年に発表したSF中編「Flowers for Algernon(アルジャーノンに花束を)」でヒューゴー賞最優秀中短編小説賞を受賞し一般にも名が知られる。66年同作品を長編化した同名の作品を発表、ネビュラ賞に輝く。同作は世界的な人気作となり、複数回映画化(「まごころを君に」(68年)他)された他、ミュージカルやテレビドラマにもなった。日本でも78年に翻訳されベストセラーとなり来日。72年からアセンズ・オハイオ大学で英語と創作を教える傍ら、多重人格者についてのフィールド・ワークをすすめる。81年多重人格者(解離性同一性障害者)と診断された実在の男性の生涯を描いたノンフィクション「24人のビリー・ミリガン」を発表。日本語版は92年に出版された。他の作品に「タッチ」(68年)、「五番目のサリー」(80年)、「クローディアの告白」(86年)、「ビリー・ミリガンと23の棺」(94年)、「眠り姫」(98年)、自叙伝「アルジャーノン、チャーリイ、そして私」(99年)など。

キエデゴー, ラース　*Kjaedegaard, Lars*
デンマークの作家
1955.6.4〜
[学]コペンハーゲン大学(英語・文学)　[賞]ヘルシングェーア市文化賞(2004年)
[歴]1981年作家デビューし、2005年までに推理小説を中心に17冊の作品を発表。04年ヘルシングェーア市文化賞を受賞、デンマーク学芸基金より4度にわたり助成金を授与された。著書に「地獄の家」など。

ギェレルプ, カール　*Gjellerup, Karl Adolph*
デンマークの作家
1857.6.2〜1919.10.11
[出]シェラン島　[賞]ノーベル文学賞(1917年)
[歴]牧師の家に生まれる。コペンハーゲンで神学を学んだが、ブランデスの影響で無神論的ヒューマニストとなる。1878年処女作「一理想家」を発表、自然主義作家として出発するが、次第にゲーテ風の古典主義に近づき、さらにショーペンハウアーの影響で仏教に親しみ、思想的遍歴を重ねる。他の代表作に「ミンナ」(89年)、「巡礼カマニータ」(1906年)などがある。17年同じデンマークのポントピダンとともにノーベル文学賞を受賞。

キーガン, クレア　*Keegan, Claire*
アイルランドの作家
1968〜
[出]ウィックロー県　[学]ロヨラ大学, ウェールズ大学, トリニティ・カレッジ　[賞]ウィリアム・トレヴァー賞, ルーニー賞, オリーブ・クック賞, フランシス・マクマナス賞
[歴]ローマン・カトリック教徒の農家に生まれる。高校卒業後、アメリカに渡り、ニューオーリンズのロヨラ大学で学ぶ。1992年母国に戻り、ウェールズ大学大学院、ダブリンのトリニティ・カレッジで学ぶ。短編集「Antarctica」(99年)でデビュー。同作品は「ロサンゼルス・タイムズ」の年間最優秀図書に選ばれ、優れたアイルランド文学に授与されるウィリアム・トレヴァー賞、ルーニー賞など多数受賞。第2短編集となる「青い野を歩く」(2007年)もオリーブ・クック賞、フランシス・マクマナス賞を受賞した。

キージー, ケン　*Kesey, Ken Elton*
アメリカの作家
1935.9.17〜2001.11.10
[出]コロラド州ラ・フンタ　[学]オレゴン大学, スタンフォード大学
[歴]1959年精神病院・ベテランズ・ホスピタルの幻覚剤LSDの実験に志願し被験者となり、以後、病院に残り病棟付添人として働く。病院での経験を基に、62年小説「カッコーの巣の上で」を発表。現代の管理社会を象徴する精神病院の患者たちの人間性回復の闘いをブラック・ユーモアで描き、若者の支持を得た。同作品はのちにジャック・ニコルソン主演で映画化され、75年アカデミー賞で作品賞など5部門を受賞した。次いでオレゴン州の材木業の名門の歴史を扱った「時には素晴らしい考えを」(64年)を発表。この頃からヒッピー・グループ“メリー・プランクスターズ”の中心人物となり、奇妙な模様のバスで全米を回ってサイケデリックな時代の象徴となった。一時創作活動を離れたが、69年グループ解散後、オレゴン州の農場に落ち着き、農場の仕事の傍ら執筆に励んだ。他の作品に「Garage Sale」(73年)、「Sailor's Song」、エッセイ集「魔神の箱」(86年)など。

キシュ, ダニロ　*Kiš, Danilo*
セルビア(ユーゴスラビア)の作家
1935.2.22〜1989.10.15
[出]セルビア共和国スボティツァ(セルビア)　[学]ベオグラード大学比較文学科卒　[賞]NIN文学賞, アンドリッチ賞
[歴]父はユダヤ系ハンガリー人で、父を含む親戚の多くがナチス・ドイツの手によりアウシュヴィッツ強制収容所に送られ殺害された。第二次大戦後、母の郷里であるモンテネグロに移り住み、ベオグラードの大学で学ぶ。セルビア・クロアチア語及び文学の講師としてフランス各地で教鞭を執り、フランスやソ連、ハンガリーの文学作品の翻訳に携わる一方、作家としても活動。1962年初の作品集「屋根裏部屋/詩篇44」を発表。「庭、灰」(65年)、「若き日の哀しみ」(69年)、「砂時計」(72年)は自身により“家族3部作”と名づけられ、高い評価を得た。79年パリに移住。他の代表作に「死者の百科事典」(83年)などがある。

キション, エフライム　*Kishon, Ephraim*
ハンガリー生まれのイスラエルの作家
1924.8.23〜2005.1.29
[出]ハンガリー・ブダペスト　[名]旧姓名＝Hoffmann, Ferenc
[歴]ナチス・ドイツによるホロコースト(ユダヤ人大量虐殺)の

生存者で、1949年イスラエルに移住し、政治・社会的な風刺作品の執筆を始めた。「ウィーン肩書き狂奏曲」「うなるベートーヴェン」などは日本でも出版された。

キーズ，シドニー　Keyes, Sidney
イギリスの詩人
1922.5.27～1943.4.29
㊐ケント州ダートフォード　㊏キーズ，シドニー・アーサー・キルワース〈Keyes, Sidney Arthur Kilworth〉　㊐オックスフォード大学　㊐ホーソーンデン賞（1943年）
㊐オックスフォード大学に学ぶが、学業を中断して第二次大戦に従軍。1943年チュニジア戦線において偵察中に捕らえられ、20歳の若さで戦死。第二次大戦で亡くなった最年少の戦争詩人とされる。W.B.イェーツ、リルケの影響を受けた40年代のネオ・ロマンティシズムの若手詩人で、没後に詩集「鉄の月桂冠」（42年）、「残酷な夏至」（43年）に対しホーソーンデン賞が贈られた。48年劇と短編小説を収めた遺稿集「クレタのミノス」が編まれた。

ギタエ・ムゴ，ミチェレ　Githae-Mugo, Micere
ケニアの詩人
1942.12.12～
㊐キリニャガ地区バリチョー　㊐マケレレ大学，ニューブランズウィック大学，トロント大学
㊐父は教育者で、ケニア各地のヨーロッパ系の女子高等学校で教育を受け、ウガンダのマケレレ大学に進む。カナダのニューブランズウィック大学、トロント大学に留学して文学博士号を取得。ナイロビ大学で学部長を務めたが、政治的な理由で追われ、1982年ジンバブエ大学に転じた。詩集「わが同胞の娘よ、歌え」（76年）、グギ・ワ・ジオンゴとの共作戯曲「デダン・キマジの裁判」（76年）、アフリカ文学評論集「アフリカのビジョン」（78年）などがある。

キッド，スー・モンク　Kidd, Sue Monk
アメリカの作家
㊐ジョージア州シルベスター　㊐クイル・アワード（ジェネラル・フィクション部門賞）（2005年）
㊐ジョージア州シルベスターの田舎で少女時代を過ごす。テキサスの大学で学び、看護学を修め講師などを務める。1993年「The secret life of bees（リリィ、はちみつ色の夏）」の元となる短編を発表したのち、長編に改稿し、2002年に処女長編として出版した。この小説は「ニューヨーク・タイムズ」紙のベストセラーリストに2年間掲載され、500万部以上の売り上げを記録。04年のブックセンス・ペーパーバック年間最優秀本に選ばれたほか、オレンジ賞にもノミネート。世界35ケ国語に翻訳され、08年にはダコタ・ファニング主演で映画化された。05年長編第2作「The Mermaid Chair（人魚の椅子）」を発表。「ニューヨーク・タイムズ」のNO.1ベストセラーとなり、05年のクイル・アワードのジェネラル・フィクション部門賞を受賞、テレビドラマ化された。他の著書に、回想録の「When the Heart Waits」、「The Dance of the Dissident Daughter」、初期の作品を集めた「Firstlight」、娘のアン・キッド・テイラーとの共著で09年に出版の「Traveling With Pomegranates」がある。

キッド，ダイアナ　Kidd, Diana
オーストラリアの児童文学作家
1933～2000.9
㊐メルボルン　㊐ビクトリア州首相文学賞（1990年），西部オーストラリア児童図書賞（1990年），オーストラリア児童図書賞（2001年）
㊐3人の子供に恵まれ、移民の子供たちに英語を教えるなど、様々な職業を経て執筆活動に入る。オーストラリアの文化的多様性を愛し、白人文化とアボリジニ文化の架け橋となる作品を発表。「ナム・フォンの風」は1990年ビクトリア州首相文学賞と西部オーストラリア児童書賞を受賞、オーストラリア児童図書賞の候補作となる。2000年9月旅先で急死。遺作となった「Two Hands Together」（ふたりの手をひとつに）は死後の01年オーストラリア児童図書賞を受賞した。

キップハルト，ハイナー　Kipphardt, Heinar
ドイツ（西ドイツ）の劇作家
1922.3.8～1982.11.18
㊐シュレジエン（シロンスク）
㊐第二次大戦に応召、復員後医者となって東ベルリンの病院に勤めた。東ドイツの文化官僚を風刺した「シェイクスピア至急入用」（1952年）で劇作家としての名を高め、60年頃活動の舞台を東ベルリンからミュンヘンに移した。その後原爆の父と呼ばれたR.オッペンハイマー博士を主人公に学者の研究と良心の葛藤を描いた代表作「オッペンハイマー事件」（64年）で国際的に注目された。60年代に脚光を浴びたドキュメンタリー劇の系列に属し、他の作品に「スミール氏の椅子」（61年）、「将軍の犬」（62年）、「ヨーエル・ブラント」（65年）などがある。

キップリング，ラドヤード　Kipling, Rudyard
イギリスの作家，詩人
1865.12.30～1936.1.18
㊐インド・ボンベイ（ムンバイ）　㊏Kipling, Joseph Rudyard　㊐ノーベル文学賞（1907年）
㊐官吏の子に生まれ、5歳の時からイギリスで教育を受け、1882年からインドのジャーナリズム界で活動。日本、中国、アメリカ、オーストラリア、アフリカなど広く世界を旅し、インド在住のイギリス人を題材にした短編集「高原平話」を88年カルカッタで出版し出世作となる。89年帰国してロンドンに住む。このほか児童文学「ジャングル・ブック」（94年）、「キムの冒険」（1901年）なども世界的な好評を博す。また軍隊生活をうたった詩集「兵営の歌」（1892年）もかつてのバイロンをしのぐほどの売行きを示した。1907年にはノーベル文学賞を受賞したが、その後帝国主義的と批判された。他の作品に長編「消えた光」（1891年）、詩集「七つの海」（96年）「退場の歌」（97年）などがある。

キーティング，H.R.F.　Keating, H.R.F.
イギリスのミステリー作家
1926.10.31～2011.3.27
㊐サセックス州　㊏Keating, Henry Reymond Fitzwalter　㊐トリニティ・カレッジ卒　㊐CWA賞ゴールド・ダガー賞（1964年・1980年），CWA賞ダイヤモンド・ダガー賞（1996年），MWA賞
㊐第二次大戦後しばらく陸軍に服務したが、その後ダブリンのトリニティ・カレッジで現代文学を研究する。「ウィルトシェア・ヘラルド」などでジャーナリストとして活躍した後、1959年に処女作を出版。第6作目にあたる〈ゴーテ警部〉シリーズの最初の作品「The Perfect Murder（パーフェクト殺人）」で64年度イギリス推理作家協会賞（CWA賞）のゴールド・ダガー賞を受賞する。80年の作「The Murder of the Maharajah（マハーラージャ殺し）」でも同賞を受賞。評論家としては、15年間にわたり権威ある「タイムズ」のミステリー書評欄を担当した。推理作家協会と作家の会の議長を務めたことがある。著書に「シャーロック・ホームズ、人物とその世界」（79年、MWA賞）、推理小説名作ガイド「フーダニット」（82年）、「ミステリーの書き方」などがある。

キニー，ジェフ　Kinney, Jeff
アメリカの児童文学作家
1971.2.19～
㊐ワシントンD.C.
㊐オンラインゲームの開発者及びデザイナー。2007年から書き始めた代表作の児童向け書籍〈グレッグのダメ日記〉シリーズは世界45の言語に翻訳され、シリーズ累計1億5000万部を突破する大人気作品となる。09年「タイム」誌の"世界で最も影響力のある100人"にも選ばれる。15年には「フォーブス」誌の"世界で最も稼ぐ作家ランキング"で第5位にランクインした。同年初来日。

キーニー, ブライアン　*Keaney, Brian*
イギリスの作家
1954〜
[出]イーストロンドン・ウォルサムストウ　[賞]Fantastic Book Award（2012年）
[歴]アイルランド人の両親のもとに育つ。英語の教師をしていた頃、学校の図書館員にヤングアダルト小説を読むことを勧められたことがきっかけで、その面白さに魅了され作家活動に入る。1985年の処女作「Don't Hang About」を発表。「摩訶不思議探偵」は（2011年）で、12年Fantastic Book Awardを受賞、Bedfordshire Children's Book of the Yearの最終選考にも残った。他の作品に「これがほんとうの世の中なら」（1991年）、「家族の秘密」（97年）、「ジョージア—旅立ちの予感」（98年）、「にがい果実」（99年）など。

キニャール, パスカル　*Quignard, Pascal Charles Edmond*
フランスの作家, チェロ奏者
1948.4.23〜
[出]ウール県ヴェルヌイユ　[賞]アカデミー・フランセーズ小説大賞（2000年）, ゴンクール賞（2002年）
[歴]大学で哲学を修める。1977年からガリマール社の出版選考に携わり、94年に退社してからは執筆に専念。16世紀の詩人モーリス・セーヴの研究者で、古典文学や音楽、美術についてのエッセイを執筆。小説「めぐり逢う朝」（91年）はアラン・コルノー監督により映画化されヒットした。2002年「さまよえる影」でゴンクール賞を受賞。他の著書に「アプロネニア・アウィティアの柘植の板」（1984年）、「ヴュルテンベルクのサロン」（86年）、「音楽のレッスン」（87年）、「シャンボールの階段」（89年）、「アルブキウス」（90年）、「辺境の館」（92年）、「舌の先まで出かかった名前」（93年）、「アメリカの贈り物」（94年）、「音楽への憎しみ」（96年）、「秘められた生」（98年）、「ローマのテラス」（2000年）、「アマリアの別荘」（06年）などがある。代々続くオルガン製作者の家系に生まれ、音楽にも親しむ。チェリストとして鳴らし、1990〜94年ミッテラン大統領の要請により、ベルサイユ・バロックオペラ音楽祭の運営委員長を務めた。

キニーリー, トマス　*Keneally, Thomas*
オーストラリアの作家
1935.10.7〜
[出]ニューサウスウェールズ州シドニー　[名]キニーリー, トマス・マイケル〈Keneally, Thomas Michael〉　[学]セント・パトリック大学　[賞]マイルズ・フランクリン賞（1967年・1968年）, クック二百年記念賞（1970年）, ブッカー賞（1982年）
[歴]先祖はアイルランド系カトリック。セント・パトリック大学でカトリック司祭となるため学問を修めたが、聖職に就くことを断念。1964年神学校を舞台とした殺人ミステリー「ホイットンにて」で作家デビュー。長編「ひばりと英雄を連れてこい」（67年）、「聖霊に三度の乾杯」（68年）で2年連続マイルズ・フランクリン賞を、続く「生存者」（69年）でクック二百年記念賞を受賞。82年「シンドラーの箱舟」でブッカー賞を受賞、93年同作はスティーブン・スピルバーグ監督により「シンドラーのリスト」として映画化され、大きな話題となった。伝記、ファンタジー、寓話、サスペンス、児童文学など幅広く執筆、戯曲や映画脚本なども手がける。

キネル, ゴールウェイ　*Kinnell, Galway*
アメリカの詩人
1927.2.1〜2014.10.28
[出]ロードアイランド州プロビデンス　[学]プリンストン大学, ロチェスター大学　[賞]ピュリッツァー賞（詩部門）（1983年）, 全米図書賞（詩部門）（1983年）, フロスト賞（2001年）, ウォーレス・スティーブンス賞（2010年）
[歴]フランスとイランで教師を務めた他、全米各地の大学で教鞭を執った。1985年〜2005年ニューヨーク大学教授。一方、ビート派の活動の圏外で詩作活動を行う。荒々しく、飾り気の無い口語体で、自然の事物、生物、風景を描き、文化の表層下に潜む原始的、根源的なものを探求した。主な詩集に「いかなるものであったか、王国は」（1960年）、「モナドノック山の花」（63年）、「肉体の襤褸」（66年）、「夜のうた」（68年）、「悪夢の書」（71年）、「新世界にキリストのイニシャルを冠した商店街」（74年）、「Mortal Acts, Mortal Words」（80年）、「Selected Poems」（82年）がある。他に、小説「黒い光」（66年）やフランス詩の翻訳もある。

ギブ, カミーラ　*Gibb, Camilla*
イギリス生まれのカナダの作家
1968〜
[出]ロンドン　[学]トロント大学（人類学, 中東学）卒 Ph.D.（社会人類学, オックスフォード大学）（1998年）　[賞]トロント文学賞（2000年）
[歴]1971年家族とともにカナダのトロントへ移住。エジプトやエチオピアに住んだ経験もある。トロント大学で教鞭を執る一方、新聞や雑誌にノンフィクションやショート・ストーリーを発表。2000年幼児期の性の虐待によるトラウマを乗り越えて力強く生きる女性を描いた小説「セルマ」でトロント文学賞を受賞。同作品は世界各国で出版される。01年来日。

ギフ, パトリシア・ライリー　*Giff, Patricia Reilly*
アメリカの児童文学作家
1935.4.26〜
[出]ニューヨーク市ブルックリン　[賞]ニューベリー賞オナーブック（1998年・2003年）, ゴールデンカイト賞オナーブック（2000年）, 産経児童出版文化賞（2005年）
[歴]20年間教師をしたのち、子供のための本を書き始め、多数の著作が広く子供たちに愛読される。1998年「リリー・モラハンのうそ」、2003年「ホリス・ウッズの絵」がニューベリー賞オナーブック、00年「ノリー・ライアンの歌」がゴールデンカイト賞オナーブックに選ばれた。

キーファー, ウォーレン　*Kiefer, Warren*
アメリカのミステリー作家
1929.12.18〜
[出]ニュージャージー州パターソン　[賞]MWA賞最優秀長編賞（1972年）
[歴]アメリカのいくつかの大学で教鞭を執り、1951年から53年までは朝鮮戦争に海兵隊員として従軍。その後、テレビや映画の脚本、製作を手がける。72年シリアスなタッチのスパイ小説「リンガラ・コード」で作家デビュー。同作品はアメリカ探偵作家クラブ賞（MWA賞）の最優秀長編賞を獲得。他の作品に「カエサリアのパピルス」「誘拐者」「砂の迷路」など。

ギフィン, エミリー　*Giffin, Emily*
アメリカの作家
1972.3.20〜
[出]メリーランド州ボルティモア　[学]ウェイクフォレスト大学卒, バージニア大学ロースクール
[歴]ノースカロライナ州のウェイクフォレスト大学を卒業後、バージニア大学ロースクールに進学。卒業後はニューヨークで弁護士として活動するが、2001年9.11同時多発テロの5日後に仕事を辞めてロンドンに移り、小説の執筆を始める。04年「サムシング・ボロウ」で作家デビュー。刊行と同時に「ニューヨーク・タイムズ」紙のベストセラーリスト入りを果たす。その後アメリカに戻る

ギフォード, トーマス　*Gifford, Thomas*
アメリカの作家
1937〜2000.10
[出]アイオワ州　[名]筆名＝マクスウェル, トマス　[学]ハーバード大学卒　[賞]パトナム社賞（1975年）
[歴]「ミネソタ・サン」紙の記者を経て創作活動に入る。1975年処女作「ウィンドチル・ファクター」を発表し、パトナム社賞を受賞。次いで第2作「The Cavanaugh Quest」（76年）もアメリカ探偵作家クラブ賞（MWA賞）にノミネートされた。他の著書に「過去からの告発」「アサシーニ」などがある。また、

トマス・マクスウェルの筆名でも「キス・ミー・ワンス」「悪の変奏曲」「口づけをもう一度」などの著書がある。

ギブス, スチュアート　*Gibbs, Stuart*
アメリカの児童文学作家, 脚本家
[歴]テレビや映画の脚本の執筆で活躍後、2011年〈FunJungle〉シリーズの第1作「Belly Up」で児童文学作家としてデビュー。12年〈スパイスクール〉シリーズの第1作「スパイスクール―〈しのびよるアナグマ作戦〉を追え！」を発表。他に〈The Last Musketeer〉シリーズがある。

ギブソン, ウィリアム　*Gibson, William*
アメリカの劇作家
1914.11.13〜2008.11.25
[出]ニューヨーク市　[賞]トニー賞作品賞（1960年）
[歴]はじめ小説、詩作を試み、小説「くもの巣」(1954年)がベストセラーとなったが、ブロードウェイのヒット作「シーソーの二人」(58年)で職業劇作家となる。次いで、ヘレン・ケラーと彼女を献身的に指導する女教師アン・サリバンを感動的に描いた「奇跡の人」(59年)が大ヒットとなり、トニー賞作品賞を受賞、商業演劇界での地位を確立した。62年には映画化され、自身もアカデミー賞脚色賞にノミネートされた。他にサミー・デービス・ジュニアを活躍させたミュージカル「ゴールデン・ボーイ」(64年)、イスラエルの女首相ゴルダ・メイアを主人公とする「ゴルダ」(77年)、「奇跡の人」の続編「奇跡の後の月曜日」(82年)などがある。

ギブソン, ウィリアム　*Gibson, William*
カナダのSF作家
1948.3.17〜
[出]アメリカ・サウスカロライナ州コンウェイ　[学]ブリティッシュ・コロンビア大学卒　[賞]ネビュラ賞（1984年）, フィリップ・K.ディック賞（1984年）, ヒューゴー賞（1985年）
[歴]バージニア州の田舎町で育ち、18歳で徴兵を嫌ってカナダへ移住。ブリティッシュ・コロンビア大学で英語学を専攻大学で現代文学を専攻した後、1977年アメリカのSF誌「アンアース」に短編「ホログラム薔薇のかけら」でデビュー。84年に出版した初の長編「ニューロマンサー」はネビュラ賞、ヒューゴー賞などSF界の主な賞を総なめにして一躍スター作家となり、“サイバーパンクSF”の代表的な作家と目される。他の主な作品に「ニューローズ・ホテル」(84年)、「カウント・ゼロ」(85年)、「モナリザ・オーバードライブ」(88年)、「ヴァーチャルライト」(93年)、「あいどる」(96年)、「フューチャーマチック」(99年)、「スプーク・カントリー」(2007年)、短編集「クローム襲撃」(1986年)や、ブルース・スターリングとの共著「ディファレンス・エンジン」などもある。

ギベール, エルヴェ　*Guibert, Hervé*
フランスの作家
1955.12.14〜1991.12.27
[出]パリ　[学]リセ・ド・ラ・ロッシエル
[歴]1977〜85年「ル・モンド」紙記者。77年処女作「La Mort propagande」を発表以来、フランス文学の将来を担う気鋭の作家として盛んな創作活動を展開、14年間に17冊の作品を残す。また、写真家として80年「シュザンヌとルイーズ」というフォトノベルを出したり、自作の「Les aveugles」を舞台用に脚色したりと、その仕事ぶりは多方面に渡った。88年エイズにかかっていることがわかりフランス中に大きな衝撃を与えた。主な作品に「ぼくの命を救ってくれなかった友へ」(90年)、「Mon valet et moi」(91年)、「Cytomégalovirus」(92年)、「赤い帽子の男」「楽園」など。

ギボン, ルイス・グラシック　*Gibbon, Lewis Grassic*
イギリスの作家
1901〜1935
[出]グランピアン州オホターレス　[名]ミッチェル, ジェームズ・レズリー〈Mitchell, James Leslie〉　[学]ストーンヘイヴン・アカデミー
[歴]「アバディーン・ジャーナル」「スコティッシュ・ファーマー」各誌の編集者を経て、1929年までイギリス陸軍と空軍に在籍。20世紀のスコットランドの代表的な作家とされ、歴史小説「三人帰る」(32年)と「スパルタクス」(33年)は本名のジェームズ・レズリー・ミッチェルで、3部作“スコットランド物語”となる「夕暮れの歌」(32年)、「クラウド・ハウ」(33年)、「灰色の大理石」(34年)は筆名のルイス・グラシック・ギボン名義で発表した。

ギボンズ, ステラ　*Gibbons, Stella*
イギリスの作家, 詩人
1902〜1989
[出]ロンドン　[名]Gibbons, Stella Dorothea　[学]ユニバーシティ・カレッジ（ジャーナリズム）
[歴]アイルランド系。ロンドンのユニバーシティ・カレッジでジャーナリズムを専攻。「イブニング・スタンダード」紙の記者、「レディ」誌の書評を担当。ジャーナリストとして活動する傍ら、詩や短編小説を書く。イギリスの農村を舞台に、田園小説を戯画化した長編「寒く、心地よき農場」(1933年)でフェミナ賞を受賞。他にも詩集や短編集、児童書などを発表した。50年王立文学協会会員に選出され、「The Woods in Winter」(70年)を最後に筆を置いた。

ギマランイス・ローザ, ジョアン　*Guimarães Rosa, João*
ブラジルの作家
1908.6.27〜1967.11.19
[出]ミナス・ジェライス州コルディスブルゴ
[歴]幼い頃から外国語に興味を持ち、6歳でフランス語を読み、ドイツ語、ロシア語も独学した。その後、故郷で開業医、軍医を経て、1934年語学力を生かして外交官に転身。第二次大戦中はドイツに駐在し、抑留生活を経験。コロンビア、フランスにも駐在した。46年38歳の時に短編集「サガもどき」で文壇に登場、一躍注目を集める。56年に発表した中編小説集「コルポ・デ・バイレ」、長編「大いなる奥地」でブラジルを代表する作家の地位を築いた。語彙、統語法の面でポルトガル語の潜在力を縦横に引き出した独自の文体に評価が高く、たびたびジョイスと比せられる。

ギマール, ポール　*Guimard, Paul*
フランスの作家, ジャーナリスト
1921.3.3〜2004.5.2
[出]ロワール・アトランティック県サン・マルク・ラ・ジャーユ　[賞]ユムール賞（1956年）, アンテラリエ賞（1957年）, 書店賞（1968年度）
[歴]1941〜43年地方紙の記者として働き、レジスタンスの組織に関与。戦後ラジオの有名な討論番組「ラ・トリビューン・ド・パリ」を発案し、45〜49年ディレクターを務めた。55年ジャーナリズムを離れ、社会諷刺小説「裏切り者たち」で作家デビュー。61年「運命の皮肉」以後、しばらく書かず本格的な航海家としてヨットで世界中の海へ出かける。67年小説「Les Choses de la vie」は高く評価され、68年度書店賞に選ばれ、70年映画化された。70年代ジャーナリズムにも復帰、71〜75年「レクスプレス」誌論説委員。81年ミッテラン大統領顧問となり、82〜86年視聴覚最高権威会議委員を務めた。60年アンテラリエ賞の選考委員を務めた。他の作品に「ル・アーヴル通り」(57年)、「悪天候」(76年)、「海の帝国」(78年)、「偶然の一致」(90年)、「石の時代」(92年)など。
[家]妻＝ブノワット・グルー（作家）

キム・インスク　金 仁淑　*Kim In-suk*
韓国の作家
1963〜
[出]ソウル　[学]延世大学新聞放送学科卒　[賞]韓国現代文学賞（2000年）, 李箱文学賞（2003年）, 大山文学賞（2006年）
[歴]「朝鮮日報」新春文芸に「喪失の季節」(1983年)が当選し文壇デビュー。他の作品に「血筋」(83年)、「79〜80冬から春にかけて」(87年)、「川」(88年)、「共にゆく道」など。

キム・エラン　金 愛爛　Kim Ae-ran
韓国の作家
1980～
⑩仁川　⑰韓国芸術総合学校演劇院劇作科卒　㊥大山大学文学賞(小説部門)(2002年)、大山創作基金(2005年)、韓国日報文学賞(2005年)、李孝石文学賞(2008年)、今日の若い芸術家賞(2008年)、金裕貞文学賞(2010年)、李箱文学賞大賞(2013年)
㊟韓国芸術総合学校演劇院劇作科在学中の2002年、短編「ノックしない家」で第1回大山大学文学賞小説部門を受賞。03年同作を季刊「創作と批評」春号に発表して作家デビュー。若い同世代の社会文化的な貧しさを透明な感性とウィットあふれる文体、清新な想像力で表現し多くの読者を得る。05年「走れ、オヤジ殿」で韓国日報文学賞を最年少で受賞。11年初の長編小説「どきどき 僕の人生」を刊行。13年「沈黙の未来」で李箱文学賞大賞を受賞。他に李孝石文学賞、今日の若い芸術家賞、金裕貞文学賞など韓国国内の主な文学賞を受賞している。他の作品に「だれが海辺で気ままに花火を上げるのか」など。

キム・オンス　金 彦洙　Kim Un-su
韓国の作家
1972～
⑩釜山　⑰慶熙大学校国文科卒、慶熙大学校大学院修了　㊥文学トンネ小説賞(2006年)
㊟慶熙大学校国文科を卒業して同大学院を修了。2002年晋州新聞秋の文芸に「断髪長ストリート」と「本気に気軽に習う作文教室」が当選。03年東亜日報新春文芸に中編「フライデーと決別する」が当選。06年長編小説「キャビネット」で文学トンネ小説賞を受賞。同書はフランス、中国でも翻訳出版された。

キム・ギジン　金 基鎮　Kim Ki-chin
北朝鮮の詩人、作家、文学者
1903～1985
⑩朝鮮・忠清北道　⑰立教大学予科
㊟培材高等普通学校を経て1920年日本に留学、立教大学予科で学ぶ。23年帰国し、文学誌「白潮」同人となる。同年9～10月「開闢」紙に「クラルテ運動の世界化」を連載。また文学者グループのパスキュラに参加、25年8月朝鮮プロレタリア芸術同盟(カップ、KAPF)の結成に中心的役割を果たした。日本統治時代末期に対日協力したため、朝鮮戦争中に人民裁判にかけられたが存命し、解放後は報道・福祉関係の仕事に就く。傍ら「思想界」などに小説を執筆、ほかに詩、評論、随筆の各分野で活躍した。

キム・クァンキュ　金 光圭　Kim Kwang-kyu
韓国の詩人
⑩京城　⑰ソウル大学ドイツ文学科(1964年)卒、ソウル大学大学院(1972年)修了 文学博士(ソウル大学)(1983年)　㊥大山文学賞(2003年)、怡山文学賞(2007年)、緑園文学賞、今日の作家賞、金洙暎文学賞、片雲文学賞
㊟1974年釜山大学師範学部専任講師、のち助教授。80年漢陽大学助教授、副教授を経て、87年ドイツ文学科教授。著書に「ガンターアイヒ研究」、詩集「ちがう、そうでない」「アニリ」「水流」、詩選集「薄い過去の憐の影」「鍛冶屋の誘惑」などがある。

キム・クァンソプ　金 珖燮　Kim Gwang-sop
韓国の詩人、評論家
1905.9.22～1977.5.23
⑩咸鏡北道鏡城　㊃号＝怡山　⑰早稲田大学英文科(1932年)卒
㊟ソウル中東学校を経て、26年第一早稲田高等学院英文科に入学、海外文学研究会に参加。32年卒業、33年よりソウルの中学校で教鞭を執る。一方、早くから詩人として注目され、38年私家版として処女詩集「憧憬」を刊行。39年末に公布された創氏改名令を非難して3年8ケ月の獄中生活を送る。45年民族解放後は中央文化協会や全朝鮮文筆家協会、韓国自由文学者協会などに関わる。49年第2詩集「心」を刊行。教育界、文化界、言論関係、文壇など幅広く活動した。詩に一貫して表れているのは、生活ににじみ出る感情にそのままつながる意識の世界で、他の詩集に「ひまわり」(57年)、「城北洞の鳩」(69年)、「反応」(71年)など。「金珖燮詩全集」(74年)もあり、76年に服役した体験を「わが獄中記」として刊行した。

キム・クァンリム　金 光林　Kim Kwang-rim
韓国の詩人
1929.9.21～
⑩咸鏡南道元山　⑰高麗大学校国文科(1961年)卒　㊥韓国詩人協会賞、大韓民国文学賞、アジア詩人功労賞
㊟1948年単身北から越南し、57年金宗三、金鳳健と三人詩集「戦争と音楽と希望と」を出版。59年月刊「自由世界」編集長、57年月刊「主婦生活」編集長、61年文芸係長、90～92年月刊「現代史」主幹、92年韓国詩人協会長などを歴任。83年から長安専門大学助教授、92年教授。著書に詩集「傷心の接木」「心像の明るい影」「午後の投網」「葛藤」「鶴の墜落」「言葉で作った鳥」「天井の花」「言葉の砂漠で」、詩論集「アイロニーの詩学」「存在の郷愁」「今日の詩学」などがある。

キム・サリャン　金 史良　Kim Sa-ryang
朝鮮の作家
1914.3.3～1950.11
⑩平壌　㊃金 時昌　⑰東京帝国大学文学部(1939年)卒
㊟平壌高等普通学校に在学中、反日的な学内騒動に関与し、退学させられ渡日。佐賀高から東大に入り、卒業後の1939年「文芸首都」同人に参加、10月号掲載の「光の中に」が翌40年上半期の芥川賞候補作に選ばれる。その後相次いで作品を発表し、同年第一小説集「光の中に」を上梓。戦時中は朝鮮へ帰り、日・朝両語で小説を発表。42年小説集「故郷」を上梓。43年「太白山脈」を「国民文学」に連載。戦後、北朝鮮にて、「馬息嶺」などの小説のほか「雷声」他の戯曲を多く執筆した。50年朝鮮戦争勃発後、従軍作家として南下中、心臓病がもとで隊列を離れて消息を絶った。「金史良全集」(全4巻)がある。

キム・ジハ　金 芝河　Kim Ji-ha
韓国の詩人、劇作家
1941.2.4～
⑩朝鮮・全羅南道木浦(韓国)　㊃金 英一　⑰ソウル大学美学科(1966年)卒　㊥ロータス賞(特別賞)(1975年)、クライスキー財団人権賞(オーストリア)(1981年度)、西江大学名誉文学博士(1993年)、怡山文学賞(1993年)、大山文学賞(2002年)
㊟在学中に1960年の四月革命(4.19革命)を体験、翌年の朴政権登場以後、反政府運動を続ける。追われて地下に潜行。69年詩誌「詩人」に「ソウルへの道」を発表して文学活動を始め、70年「思想界」に権力・富裕層を痛烈に風刺した長編詩「五賊」を発表して世界に知られる。72年風刺詩「蜚語」を発表、反共法違反で拘束される。74年民青学連事件に関係したとして逮捕、死刑判決後、無期に減刑。75年一時釈放されるが1ケ月後別件で再逮捕、80年12月刑の執行停止で釈放された。この間、75年にアジア・アフリカ作家会議のロータス賞特別賞受賞。82年12月大河長編小説「南」が出版不許可。84年風刺詩「タラニ」収録の詩集が韓国内で発売されベストセラーになる。同年2月政治活動禁止解除、小説「南」も刊行が開始される。90年裁判時効が成立して免訴となった。他の主な作品に、詩集「黄土」「燃える渇きで」「金芝河詩全集」(3巻)、詩「桜賊歌」、戯曲「銅の李舜臣」「鎮悪鬼」、談話集「めし」、エッセイ集「傷痕に咲いた花」などがある。98年初来日。

キム・ジュンヒョク　金 重赫　Kim Jung-hyuk
韓国の作家
1971～
⑩慶尚北道金泉　⑰啓明大学国文学科卒　㊥金裕貞文学賞(2008年)、若い作家賞(2010年)、東仁文学賞(2015年)
㊟ウェブデザイナー、雑誌記者などを経て、2000年月刊誌「文

学と社会」に中編「ペンギンニュース」を発表しデビュー。08年短編「拍子っぱずれのD」で第2回金裕貞文学賞、10年短編「1F/B1」で第1回若い作家賞を受賞。「楽器たちの図書館」はNHKラジオ講座のテキストで話題になった。創作の他、インターネット文学放送番組「文章の音」の司会や「ハンギョレ新聞」のコラムを担当するなど、多彩な活動を行う。

キム・ジョンハン　金 廷漢　*Kim Jong-han*
韓国の作家
1908.10.20〜1996.11.28
[出]慶尚南道東莱(釜山)　[名]号＝楽山　[学]早稲田第一高等学院
[賞]韓国文学賞(1969年), 釜山市民文化賞(1969年), 大韓民国文化芸術賞(1971年)
[歴]1928年東莱高等普通学校を卒業して教員となったが、朝鮮人教員連盟組織計画の嫌疑で逮捕される。30年日本へ渡り、早稲田第一高等学院に学ぶ。32年帰国後も農民運動に加わったかどで逮捕される。36年短編「寺下村」で「朝鮮日報」紙の新春文芸募集に当選し、作家活動を始める。45年の民族解放後、建国準備委員会の「民主新報」や「釜山日報」の論説委員を務めたが、間もなく教壇に戻る。66年短編「砂浜物語」を発表して16年ぶりに作家活動を再開。リアリズム文学を追求した作品を執筆し、69年「修羅道」で韓国文学賞、71年「山居族」で大韓民国文化芸術賞。創作集に「落葉紅」(56年)、「人間団地」(71年)、「第三病棟」(74年)などがある。

キム・ジンギョン　*Kim Jin-kyung*
韓国の作家, 詩人
1953〜
[出]忠清南道　[学]ソウル大学国語科, ソウル大学大学院国文科修了　[賞]Prix des incorruptible, 韓国児童図書賞(著作部門特別賞)(2004年)
[歴]1974年韓国文学新人賞の詩部門に入選し、創作活動に入る。〈ねこの学校〉シリーズで、フランスの児童文学賞Prix des incorruptible、2004年韓国児童図書賞著作部門特別賞を受賞。児童書、詩集、長編小説など多数の著書がある。05年大統領秘書室教育文化秘書官を務めた。

キム・ジンミョン　金 辰明　*Kim Jin-myung*
韓国の作家
1957〜
[出]釜山　[学]韓国外国語大学卒
[歴]会社経営に携わった後、1992年から執筆活動を始める。93年処女作品の小説「ムクゲの花が咲きました」を発表。北朝鮮と韓国が日本に対抗して核兵器を共同開発、ミサイルを撃ち込むという筋立てで、韓国出版史上最高の450万部を超えるベストセラーとなり、95年には映画化された。東アジアの問題や国際政治、経済状況を、実名の登場人物を登場させてリアリティを出す手法で描き出し、「カズオの国」(95年)が50万部、「空よ、大地よ」(98年)が110万部、「韓半島」(2003年)が70万部を記録するなど、作品のほとんどがベストセラー入りする人気作家となった。他の著書に「謀略の半島」「中国が北朝鮮を呑みこむ日」などがある。

キム・スキ　*Kim Suki*
韓国生まれの作家
[出]ソウル　[学]バーナードカレッジ卒　[賞]Gustav Myers賞(2004年), PEN Beyond Margins賞(2004年)
[歴]韓国で育ち、13歳でアメリカ・ニューヨークへ移住。バーナードカレッジ卒業後、ロンドンに学ぶ。「ニューヨーク・タイムズ」「ニューズ・ウィーク」「ウォールストリート・ジャーナル」などに執筆。小説「通訳/インタープリター」で、2004年のGustav Myers Award、PEN Beyond Margins Award受賞、PEN/ヘミングウェイ賞の候補となった。

キム・スンオク　金 承鈺　*Kim Sung-ok*
日本生まれの韓国の作家
1941.12.23〜
[出]大阪府　[学]ソウル大学文理学部フランス文学科卒　[賞]東仁文学賞(1965年), 李箱文学賞(1977年)
[歴]1941年日本の大阪で生まれ、45年民族解放後に家族と帰国。ソウル大学仏文科在学中の62年、「韓国日報」紙の新春文芸公募に短編「生命演習」が当選して作家活動に入る。キム・ヒョン、崔夏林らと同人誌「散文時代」を創刊し、同誌を中心に活動。65年「ソウル64年冬」で東仁文学賞を受賞、77年「ソウルの月光0章」で李箱文学賞。60年4月の学生革命を経験した“4・19世代”で、60年代の韓国文学を代表する作家の一人。短編「姉を理解するために」(63年)、「霧津紀行」(64年)、長編「私が盗んだ夏」(67年)などの作品があり、平凡な日常生活に潜む問題から、人間関係の綾を描いた小説が多い。

キム・スンホ　金 承鎬　*Kim Sung-ho*
韓国の作家
1949〜
[出]ソウル
[歴]「渓谷への道」「玉盈書」「小説八卦」「小説周易」「徴兆」「ガイア」(邦訳「ニッポン消滅」)など、大陸の歴史や文化に取材した小説でベストセラー作家となる。古来の武道や道教を基盤とした周易などの東洋哲学に造詣が深く、自ら修験道に似た武道を極め、道場で教える。またアメリカの儒教本部・明倫団の主席講師を歴任して天真学会を創立、プリンストン研究所の物理学者たちに周易を講義。

キム・ソウォル　金 素月　*Kim So-wol*
朝鮮の詩人
1902.9.7〜1934.12.24
[出]平安北道郭山　[名]金 廷湜
[歴]1917年五山学校(民族系)に入学、詩人金億の影響で詩を書き始める。21年培材高等普通学校に入学、翌22年金億の推薦で処女作「夢枕」や、「のちの日」「岩つつじ」などの詩が「開闢」誌に発表され、一躍注目を浴びる。23年渡日して東京商科大学(現・一橋大学)を受験したが失敗。帰国後の24年「霊台」の同人となって数々の詩を発表、その七五調の字数律を巧みに生かした民謡風の作品が多くの読者を魅了する。七五調のやさしいリズムに母子の姿や故郷の自然をうたい、「かあさん ねえさん」などいくつかの作品は大人や子供を問わず愛唱されている。25年唯一の詩論「詩魂」を発表。26年から作品の発表を中断して妻の実家に身を寄せ、東亜日報支局を運営するが失敗、34年暮れにアヘンを飲んで自殺した。詩集に「岩つつじ」(25年)、師金億によって編まれた「素月詩抄」(39年)がある。朝鮮近代詩を代表する詩人の一人として評価されている。

キム・ソンジョン　金 聖鐘　*Kim Sung-jong*
韓国のミステリー作家
1941〜
[出]全羅南道求礼
[歴]1969年作家デビュー。77年「最後の証人」が韓国推理小説の最高傑作と評され、注目を集める。以後、本格的に推理作家としての活動を開始、韓国のミステリー界の巨匠的存在に。国内での売上部数は累計1000万部を超える。他の主な著書に「ソウル—逃亡の果てに」など。

キム・タクファン　*Kim Tag-hwan*
韓国の作家
1968〜
[出]鎮海　[学]ソウル大学国語国文科卒, ソウル大学大学院国語国文科博士課程修了
[歴]ソウル大学国語国文科、同大学院国語国文科博士課程で学んだ後、韓国士官学校などで教職に就く。1996年長編小説「十二頭の鯨の愛の物語」で作家デビュー。40編以上の作品を発表し、「不滅の李舜臣」「ファン・ジニ」などがテレビドラマ化、「烈女門の秘密」「ロシアン珈琲」などが映画化されている。建陽大学文学映像情報学部教授を務める。

キム・チュンス　金 春洙　*Kim Chun-su*
韓国の詩人

1922.11.25～2004.11.29
[出]朝鮮・慶尚南道統営（忠武）　[学]日本大学芸術科（1942年）中退　[賞]大山文学賞（1997年），自由亜細亜文学賞，芸術院賞，大韓民国芸術院本賞
[歴]慶北大学教授、嶺南大学教授、国会議員、文芸振興院顧問、詩人協会長などを歴任。祖国解放後の1948年詩集「雲と薔薇」を刊行。代表作に「花」（52年）、連作詩「処容断章」（91年）など。著書に「韓国現代詩形態論」「意味と無意味」「詩の位相」「金春洙全集」（3巻）、「旗」（詩集）、「ブダペストの少女の死」（詩集）、「金春洙詩全集」ほか多数がある。芸術院会員。

キム・ドンイン　金 東仁　*Kim Dong-in*
朝鮮の作家
1900.10.2～1951.1.5
[出]平安南道平壌　[名]号＝琴童　[学]明治学院中等部卒
[歴]裕福な旧家出身で、父はキリスト教界の長老。民族運動家の金東元は異母兄。1914年日本へ留学、明治学院中等部に学ぶ。17年父の死により一時帰国して莫大な財産を相続、18年再び日本へわたって川端画学校に入学した。留学中の19年、自らの出資により同郷の朱耀翰、田栄沢らと朝鮮最初の文学同人誌「創造」を創刊し、処女作「弱き者の哀しみ」を発表。李光洙の啓蒙主義を排撃し、芸術至上主義を主張した。21年「創造」を9号で廃刊。三・一運動の檄文を書いて平壌監獄に収監されると、この経験をもとに「笞刑」（23年）を執筆。24年より「創造」の後身である「霊台」を主宰したが、親から譲られた家産を蕩尽し、27年破産。妻の出奔もありしばらく失意の日々を送るが、29年再起。同年「朝鮮日報」に評論「朝鮮近代小説考」を連載、32年には同紙学芸部長に迎えられる。また、李光洙の存在を常に意識し、34～39年「三千里」誌に評論「春園研究」を連載。39年北支皇軍慰問団の一人として派遣されたが従軍記の執筆を拒み、42年には特高警察に逮捕され不敬罪で3ケ月投獄される。45年の民族解放後は「反逆者」（46年）、「亡国人記」（47年）などを通じて日本に協力した李光洙らを痛烈に風刺した。晩年は健康を害し、51年朝鮮戦争の最中、病気のためソウルから避難できずに自宅で一人亡くなった。朝鮮近代文学における短編小説の確立者とされ、同国で最も権威のある東仁文学賞にその名を遺す。他の代表作に「舟唄」（21年）、「じゃがいも」（25年）、「赤い山」（32年）など。
[家]異母兄＝キム・ドンウォン（金 東元，民族運動家）

キム・ドンリ　金 東里　*Kim Tong-ni*
韓国の作家
1913.11.24～1995.6.17
[出]慶尚北道　[名]金 始鍾　[学]儆新高等普通学校（1929年）中退　[賞]自由文学賞（1955年），韓国芸術院賞（1958年）
[歴]1934年「白鷺」、35年「花郎の後裔」で文壇に登場し、「巫女図」「黄土記」などによって新人作家としての地位を固める。解放後は朝鮮青年文学家協会を組織して会長となり、49年韓国文学家協会を結成。民族文学理論を展開する。54年芸術院会員、56年ソラボル芸術大学教授、70年韓国文人協会理事長、72年ソラボル芸術大学学長、73年「韓国文学」主幹・発行人、81年芸術院会長を歴任。「金東里代表作選集」がある。

キム・ナムジョ　金 南祚　*Kim Nam-jo*
韓国の詩人
1927.9.26～
[出]慶尚北道大邱　[学]ソウル大学教育学部国文学科（1951年）卒　[賞]自由文学家協会文学賞（1958年），五月文芸賞（1967年），韓国詩人協会賞（1974年），ソウル市文化賞（1984年），大韓民国文化芸術賞（1989年），三・一文化賞（1991年）
[歴]福岡の九州高女、ソウル大学を卒業。1955年淑明女子大国文学科専任講師となり、助教授、副教授を経て、68年教授。93年定年退職し、名誉教授。この間、国際ペンクラブ韓国本部理事、女流文学人協会長、詩人協会長、放送公社理事などを務める。金世中記念事業会理事長でもある。作品に「サラン草書」「同行」「ナルドの香油」「情念の旗」「金南祚詩全集」ほか多数がある。

キム・ハンギル　金 ハンギル　*Kim Han-gil*
東京生まれの韓国の作家，政治家
1953.9.17～
[出]東京都　[学]建国大学（政治外交学）（1953年）卒
[歴]1982年「風と剝製」で文壇デビュー。長編「ラクダは一人で泣かない」がベストセラーとなり映画化もされる。81～85年米州韓国日報記者を務め、85～87年中央日報米州支社長。88年からソウルオリンピック国際学術大会代弁人、放送委員会代弁人などを歴任。ラジオのDJやテレビのトークショーの司会なども務め、96年韓国国民会議選挙対策委員会代弁人に選ばれ、金大中大統領のメディア選挙運動のプロデュースを担当。同年国民会議から15代韓国国会議員に当選。総裁特補、教育特別委員会長、99年大統領政策首席秘書官を経て、文化観光相。2001年9月辞任。その後、最大野党・韓国民主党（のち民主統合党）に所属し、13年党代表に就任。14年安哲秀とともに新政治民主連合の共同代表となるが、同年7月国会議員の再・補選で惨敗し、揃って辞任。著書に「アメリカ日記」「シネカの死」「女の男」などがある。
[家]妻＝チェ・ミョンギル（崔 明吉，タレント）

キム・ビョラ　*Kim Byeol-ah*
韓国の作家
1969～
[学]延世大学国語国文学科卒　[賞]世界文学大賞（2005年）
[歴]1993年中編小説「閉ざされた門の外に吹く風の音」でデビュー。2005年「ミシル―新羅後宮秘録」で第1回世界文学大賞を受賞した。他の著書に「常磐の木―金子文子と朴烈の愛」（09年）などがある。

キム・ビョンフン　金 炳勲　*Kim Pyong-hun*
北朝鮮の作家
1929.11.14～
[出]咸鏡北道茂山　[学]平壌師範大学（1957年）卒　[賞]金日成賞
[歴]解放後、民主青年同盟に参加し、朝鮮戦争従軍時に前線で文学修業。1952年平壌師範大学に推薦入学、卒業後出版部門で働く傍ら、小説を書く。50年代後半から注目され始め、千里馬時代の新しい人間像を描いた短編「道づれ」（60年）、「海州―下聖からの手紙」（60年）などで若い世代の人気を集めた。85年朝鮮文学創作社社長、86年朝鮮作家同盟第1副委員長に就任。他の作品に、抗日闘争を題材とした長編「森はざわめく」（65年）、「燃える季節」（70年）、「峻厳な戦区」（81年）など。

キム・フン　金 薫　*Kim Hoon*
韓国の作家
1948.5.5～
[出]ソウル　[学]高麗大学中退　[賞]東仁文学賞（2001年），李箱文学賞（2004年），黄順元文学賞（2005年），大山文学賞（2007年）
[歴]「韓国日報」「ハンギョレ新聞」で社会部、文化部記者、週刊誌「時事ジャーナル」編集長など27年間のジャーナリスト生活を経て、2000年頃から作家活動に入る。1994年に消防士を主人公にした長編「櫛目文土器の追憶」でデビュー。2001年豊臣秀吉の日本水軍を破った李舜臣の戦いを一人語りで描いた「刀の詩（うた）」がベストセラーとなり、東仁文学賞を受賞。05年にはKBSでドラマ化される。日本では北朝鮮拉致被害者の蓮池薫が翻訳し、05年に「孤将」のタイトルで出版され話題になった。04年「化粧」で李箱文学賞、05年「姉の閉経」で黄順元文学賞を受賞。他の作品に「犬」、著書に「自転車旅行」などがある。

キム・ホシク　*Kim Ho-sig*
韓国の作家
1975～
[出]ソウル
[歴]高校生の時からパソコンを始め、大学では機械設計を専攻。大学在学中の1999年、"キョヌ74"の筆名でパソコン通信・ナウヌリの掲示板に連載小説「猟奇的な彼女」を発表。可憐な容姿とは対照的に過激で破天荒な性格のヒロインと、お人好

しの青年を主人公とした物語が大反響を呼び、一躍人気作家として脚光を浴びる。その後、単行本化されてベストセラーを記録したほか、2001年には映画化もされ、韓国で500万人を動員する大ヒット作品に。同時に"猟奇"という言葉が韓国で流行語となる。また「USER24」「文芸評論文学科」「ニュースBoy」「CAFE」などのパソコン通信に原稿を執筆。卒業後はインターネット関連の会社リーダーズ・インターネットに勤務し、企画担当取締役を務める。

キム・ミョンファ　金 明和　Kim Myung-hwa
韓国の劇作家, 演劇評論家
1966～
㊐梨花女子大学卒　㊥三星文学賞（1997年）、金相烈演劇賞、東亜演劇賞作品賞（2001年）、大山文学賞（2002年）、朝日舞台芸術賞（グランプリ）（2003年）
㊙演劇評論家を経て、1997年「鳥たちは横断歩道では渡らない」で三星文学賞（戯曲部門）を受賞して劇作家デビュー。2001年「トルナル（一歳の誕生日）」で東亜演劇賞作品賞などを受賞。02年平田オリザ、李炳焄と2年がかりで共作した「その河をこえて、五月」を東京、ソウルで上演。韓国演劇評論家協会の選ぶ"今年の演劇ベスト3"に選出されたほか、朝日舞台芸術賞グランプリを受賞。他の作品に「オイディプス、それは人間」「チェロとケチャップ」など。

キム・ヨンス　金 衍洙　Kim Yeon-su
韓国の作家
1970～
㊐慶尚北道金泉　㊥成均館大学英文科卒　㊥作家世界文学賞、東西文学賞（2001年）、東仁文学賞（2003年）、大山文学賞（2005年）、李箱文学賞（2009年）
㊙父は多治見生まれで、両親とも日本で暮らし、戦後韓国に帰国した。大学時代、村上春樹の作品に出会い、作家を志す。1994年「仮面を指して歩く」でデビュー。2001年「グッドバイ李箱」で東西文学賞を受賞。現代韓国文壇の中心を担う作家の一人。著書に「皆に幸せな新年・ケイケイの名を呼んでみた」「世界の果て、彼女」などがある。

キム・ヨンハ　金 英夏　Kim Young-ha
韓国の作家, 脚本家
1968～
㊐延世大学大学院（経営学）修了　㊥韓国現代文学賞（1999年）、東仁文学賞（2004年）、怡山文学賞（2004年）、李箱文学賞（2012年）
㊙延世大学大学院で経営学を学ぶ。1995年季刊「レビュー」誌に短編「鏡についての瞑想」を発表して作家デビュー、96年第1長編「私は私を破壊する権利がある」を出版。2004年長編「黒い花」で東仁文学賞を受賞するなど、韓国文学の若き旗手として活躍。また、映画「私の頭の中の消しゴム」の脚本も執筆、自作「私は私を破壊する権利がある」の映画化に際しても自ら脚本を手がけた。

キム・ヨンマン　金 容満　Kim Yong-man
韓国の作家
1940～
㊐忠清南道扶餘　㊥光州大学文芸創作科卒、慶熙大学大学院国文学科博士課程修了　㊥韓国文学賞（2017年）、慶熙文学賞、国際ペン文学賞、晩牛文学賞、柳承圭文学賞、仏教文学賞、農民文学大賞、東アジア文学賞
㊙釜山中学校、龍山高等学校を経て光州大学文芸創作科を卒業し、慶熙大学大学院国文学科博士課程を修了。1989年現代文学に「銀の懐刀」を発表して文壇デビュー。長編小説「やいばと陽射し」が東仁文学賞審査作品に選定され、長編小説「残児」で2017年韓国文学賞を受賞、慶熙文学賞、国際ペン文学賞、晩牛文学賞、柳承圭文学賞、仏教文学賞、農民文学大賞、東アジア文学賞など、多数の文学賞も受賞した。

キム, リチャード　Kim, Richard E.
韓国生まれのアメリカの作家, 評論家
1932.3.13～2009.6.23
㊐咸鏡南道咸興　㊤金 恩国〈Kim Un-guk〉　㊥ソウル大学、ミドルベリ大学政治哲学、アイオワ州立大学文学、ハーバード大学大学院（1963年）文学修士課程修了
㊙ソウル大学在学中に朝鮮戦争が勃発し、韓国軍に加わる。1954年渡米、ハーバード大学などで学ぶ。64年朝鮮戦争の不条理を背景に人間の苦悩と神の問題を追求した「殉教者」を英語で発表、アメリカ文壇に大きな反響を呼ぶとともにベストセラーになる。自伝「名を奪われて」はパール・バック女史の絶賛を受けた。評論活動も活発で、アメリカ言論界に確かな地位を築いた。他の作品に「罪なき者」などがある。

キム・リョリョン　金 呂玲　Kim Ryeo-ryeong
韓国の作家
1971～
㊐ソウル　㊥ソウル芸術大学　㊥文学トンネ児童文学賞大賞、馬海松文学賞、創批青少年文学賞
㊙ソウル芸術大学で文芸創作を学ぶ。「私の胸の中に海馬がいる」で文学トンネ児童文学賞大賞を受賞し、「記憶を持ってきた子供」で馬海松文学賞を受賞。第1回創批青少年文学賞を受賞した「ワンドゥギ」は、ベストセラー（2008年）になり注目を集める。

キム, ロマン・ニコラエヴィチ　Kim, Roman Nikolaevich
ソ連の推理作家
1899.8.1～1967.5.14
㊐ロシア・ウラジオストック　㊥ウラジオストック大学東洋学部（1923年）卒
㊙韓国人の両親を持つソ連の推理作家。父は反日派の政治家で敵国日本を知るため息子を1906年に日本へ留学させ慶応幼稚舎に入学させた。17年同普通部（中学）の途中で急に帰国し、ソ連で学業を終える。東方通信のウラジオストック支社の仕事をしていたが、23年から文学活動開始。30年から47年までは経歴が不明。ソ連の秘密警察、内外人民委員部に配属され、スペイン内戦に参加、コルイマ収容所に送られたともいわれている。その後ベルリン戦争に参加。戦後、本格的な作家活動に入る。「春川で発見された手帖」（51年）、「広島の娘」（54年）、「特務機関」（59年）、「読後焼却」（62年）、「幽霊学校」（65年）など政治スパイ小説といわれる作品を遺した。

キメニエ, バーバラ　Kimenye, Barbara
イギリス生まれのウガンダの児童文学作家
1929.12.19～2012.8.12
㊐ウェストヨークシャー州ハリファックス　㊤ホールズワース, バーバラ・クラーク〈Holdsworth, Barbara Clarke〉
㊙アフリカで暮らし、モーゼズ少年を主人公とした「モーゼズ」（1967年）、「モーゼズと幽霊」（71年）、「モーゼズとペンフレンド」（73年）などの児童文学〈モーゼズ〉シリーズを執筆。東アフリカで人気を呼び、現代のアフリカの子供の世界を描いて成功を収めた数少ない作家の一人となった。ウガンダの児童文学の第一人者。

キャザー, ウィラ　Cather, Willa
アメリカの作家
1873.12.7～1947.4.24
㊐バージニア州ウィンチェスター　㊤キャザー, ウィラ・サイバート〈Cather, Willa Sibert〉　㊥ネブラスカ大学（1895年）卒　ピュリッツァー賞（1923年）
㊙1883年、10歳の時にネブラスカ州に移住、中央ヨーロッパとスカンジナビアの移民によって開拓された風土と社会で育った。90年ネブラスカ大学に入学すると地元紙に劇評などを執筆。95年卒業後は、ピッツバーグで雑誌編集者、高等学校の教師をしながら創作活動を行う。1903年処女詩集「4月のたそがれ」を出版。次いで短編集「妖精の庭」（05年）を発表。06年ニューヨークに出て文芸雑誌「マックルア」の編集に関係しながら、最初の長編「アレグザンダーの橋」（12年）を出版。この刊行を機に小説に専念するため、12年仕事を辞めてネブラ

スカに帰る。やがて女流作家ジューエットの影響もあり自分の育った環境に目を向けるようになり、ネブラスカの生活を背景に開拓者魂と勇気を描いた「おお開拓者たちよ」(13年)、「私のアントーニア」(18年)によって本来のテーマを見い出した。23年「われらの一人」(22年)でピュリッツァー賞を受け名声を確立。他の作品に「教授の家」(25年)、「大司教に死は来る」(27年)など。運命と自然に対し果敢に闘う人間の姿を美しい文体で表現し、アメリカ文学史上独自の地位を保つ20世紀前半のアメリカ文学を代表する作家として知られる。

ギャス, ウィリアム・ハワード　Gass, William Howard
アメリカの作家, 評論家
1924.7.30〜2017.12.6
⊞ノースダコタ州ファーゴ　⊕ケニオン大学, コーネル大学大学院修了 哲学博士(コーネル大学)
㊙1950年代から教壇に立ち、パーデュー大学、ワシントン大学などで哲学教授を務める。一方、文芸評論家としても強力な発言力を発揮するとともに、今日では実験的な小説形式と文体を探る前衛作家として最もよく知られるようになった。小説ではその生まれた環境と似た中西部の田舎を舞台とした長編「Omensetter's Luck(オーメンセッターの幸運)」(66年)、中編「ウィリー・マスターズの孤独な妻」(71年)や中・短編集「In the Heart of the Heart of the Country(アメリカの果ての果て)」(68年)などが有名。評論では「小説とさまざまな人生比喩」(70年)、「青について」(76年)、「言葉の中の世界」(78年)などを著した。

キャス, キーラ　Cass, Kiera
アメリカの作家
1981〜
⊞サウスカロライナ州　⊕ラドフォード大学卒
㊙2012年に刊行した「The Selection」で「ニューヨーク・タイムズ」紙のベストセラーランキングで1位を獲得。全米で350万部の大ヒットとなり、一躍人気作家となった。

ギャスコイン, デービッド　Gascoyne, David Emery
イギリスの詩人
1916.10.10〜2001.11.25
㊙聖歌隊学校と美術工芸学校を卒業し、16歳の時詩集「ローマのバルコニー」を発表、早熟な才能を示した。のち渡仏してシュルレアリスムに親しみ、1935年に評論「シュルレアリスム管見」や36年に詩集「人間の生命はこの肉」を出版、また、エリュアール、アラゴン、ツァラなどの詩を翻訳。シュルレアリスムに影響された幻想的な雰囲気の作品を発表、40年代の新ロマン主義の有望な詩人と評された。その後ベルダーリンの影響を受け瞑想的な詩風となり、50年に宗教的深みのある「漂泊者」を発表。56年にはダンテ的な悪夢の世界を実験的手法で描いた長編「夜想」を著した。他の作品に「詩集, 1937-42」(43年)など。

キャッシュ, ワイリー　Cash, Wiley
アメリカの作家
1977.9.7〜
⊞ノースカロライナ州　㊞CWA賞ジョン・クリーシー・ダガー賞(2012年), CWA賞ゴールド・ダガー賞(2014年)
㊙創作の教鞭を執りながら執筆活動を開始し、2012年デビュー作「A Land More Kind than Home」でイギリス推理作家協会賞(CWA賞)の最優秀新人賞であるジョン・クリーシー・ダガー賞を獲得。

キャッスル, リチャード　Castle, Richard
アメリカの作家
㊞トム・ストロー賞(ミステリー文芸部門)
㊙大学在学中に発表した処女作「In a Hail of Bullets」で、ノム・デ・プルーム協会のトム・ストロー賞ミステリー文芸部門を受賞。高い評価を得た〈デリック・ストーム〉シリーズをはじめ、〈Nikki Heat〉シリーズなど数多くのベストセラーを手がける。

ギャディス, ウィリアム　Gaddis, William
アメリカの作家
1922〜1998.12.16
⊞ニューヨーク市　⊕ハーバード大学中退　㊞全米図書賞(小説部門)(1976年)
㊙3歳の時に両親が離婚。その後母親に育てられる。ハーバード大学を中退し、ニューヨーカー社で記事内容チェック係を務める。その後、5年にわたりメキシコ、スペイン、フランスなどを放浪した。1955年「認識」で現代社会における虚構性などを象徴的に描く。75年の「JR」ではほとんど全編を会話で構成するなど技法的にも注目され、76年に全米図書賞を受賞。85年の「カーペンターズ・ゴシック」ではベトナム戦争を扱う。94年には第4作「フロリック・オブ・ヒズ・オウン」を発表し、法と正義をテーマに扱った。作品の長さと複雑さが群を抜いており、しばしばトマス・ピンチョンと比較される。81年グッゲンハイム・フェロー、82年マッカーサー賞会員となる。

キャネル, スティーブン　Cannell, Stephen
アメリカの作家, プロデューサー, 脚本家
1941.2.5〜2010.9.30
⊛Cannell, Stephen Joseph　㊞エミー賞
㊙1966年ユニバーサルに入社。79年自らのプロダクションを作って独立。人気テレビ番組「特攻野郎Aチーム」を生んで成功を収め、ハリウッド屈指の大物プロデューサー兼脚本家として知られた。「鬼警部アイアンサイド」「刑事コロンボ」などの脚本を担当、「ロックフォードの事件メモ」ではエミー賞を受賞。「アメリカン・ヒーロー」「刑事ハンター」などを製作した。90年代後半より作家としても活躍し、〈シェーン・スカリー〉シリーズはベストセラーとなった。作品に「陰謀」「殺人チャットルーム」「マフィアをはめろ！」など。

キャノン, ジョゼフ　Kanon, Joseph
アメリカの作家
⊞アメリカ　㊞MWA賞最優秀処女長編賞(1998年)
㊙アメリカの名門出版社であるホートン・ミフリンの元役員で、30年にわたり出版社に勤め編集や経営に携わる。退職後の1997年、原爆開発計画を背景にしたサスペンス小説「ロス・アラモス運命の閃光」で作家デビューし、アメリカ探偵作家クラブ(MWA)賞最優秀処女長編賞を受賞。他の作品に「スパイにされたスパイ」「さらば、ベルリン」などがある。

キャバナー, スティーブ　Cavanagh, Steve
イギリスの作家
⊞北アイルランド・ベルファスト　㊞北アイルランド・アーツ・カウンシルACES賞(2015年)
㊙法律を学ぶため、18歳でダブリンに向かう。皿洗い、用心棒、警備員、コールセンターのオペレーターなどの仕事をし、弁護士事務所で働く。2015年「弁護士の血」で作家デビューし、北アイルランドの優れた芸術作品を表彰する北アイルランド・アーツ・カウンシルACES賞を受賞。

キャボット, メグ　Cabot, Meg
アメリカの作家, イラストレーター
1967.2.1〜
⊞インディアナ州ブルーミントン　⊛筆名＝キャボット, パトリシア〈Cabot, Patricia〉キャロル, ジェニー〈Carroll, Jenny〉
㊙ニューヨークでイラストレーターとして活躍した後、作家となる。メグ・キャボット名義で執筆した〈プリンセス・ダイアリー〉シリーズは100万部を超えるベストセラーとなり、「プリティ・プリンセス」として映画化もされた。パトリシア・キャボット、ジェニー・キャロルなどのペンネームも用い、ヤングアダルト向け作品から大人向けのロマンス小説まで幅広く手がける。

キャメロン, W.ブルース　Cameron, W.Bruce
アメリカの作家, コラムニスト

1960〜
㊌ミシガン州　㊐ウェストミンスター・カレッジ
㊥ウェストミンスター・カレッジに学び、15年間ゼネラル・モータース（GM）に勤務した後、コラムニストとして活躍。全米新聞コラムニスト協会（NSNC）により最優秀コラムニストに選出される。2011年に発表した「野良犬トビーの愛すべき転生」は全米でベストセラーとなり、12年続編「A Dog's Journey」が刊行された。他の作品に「男性改造プロジェクト」「ウチの娘に手を出すな！」などがある。

キャメロン, ピーター　Cameron, Peter
アメリカの作家
1959.11.29〜
㊌ニュージャージー州ポンプトンプレーンズ　㊐ハミルトン大学（ニューヨーク州）（1982年）卒
㊥少年時代をイギリスで過ごす。1982年ニューヨーク州のハミルトン大学卒業。ニューヨーク市で自然保護代理店のための仕事をしながら、「ニューヨーカー」「ローリングストーン」「マドモアゼル」誌などに作品を発表。86年短編集「ママがプールを洗う日」で作家デビューし、高い評価を得る。2002年刊行の「最終目的地」はPEN/フォークナー賞およびロサンゼルス・タイムズ文学賞にノミネートされたほか、ジェームズ・アイボリー監督によって映画化された。他の作品に「ウィークエンド」「うるう年の恋人たち」などがある。

キャメロン, マーク　Cameron, Marc
アメリカの作家
㊌テキサス州
㊥30年近く法執行機関で働き、職務のため辺境のアラスカからマンハッタン、カナダからメキシコ、その間に位置する各地を転々とした。柔術の黒帯二段を有し、しばしば他の法執行機関や民間団体の人々に護身術を教える。2011年作家デビュー。〈ジェリコ・クイン〉シリーズを執筆する。

ギャラガー, テス　Gallagher, Tess
アメリカの詩人, 作家
1943〜
㊌ワシントン州ポート・アンジェルス　㊐アイオワ大学創作科
㊥本格的に文学を志したのは結婚後で、最初の夫と別れ、アイオワ大学創作科に学ぶ。1976年詩集「Instructions to the Double」でデビュー、詩人として頭角を現す。80〜90年シラキュース大学創作科教師。77年作家レイモンド・カーバーと出会い、11年間生活を共にし、88年亡くなる2ケ月前に結婚。以後、夫の遺作を整理する傍ら、詩作や自作の朗読会に励む。2000年夫が亡くなってからの10年間を振り返ったエッセイ集「思い出の彼方に輝く夜」を刊行。他の著書に詩集「Willingly」（1984年）、短編集「馬を愛した男」「ふくろう女の美容室」などがある。90年初来日。
㊕夫＝レイモンド・カーバー（作家）

キャラナン, リーアム　Callanan, Liam
アメリカの作家
㊌カリフォルニア州　㊐エール大学卒、ジョージタウン大学（文学）, ジョージメイソン大学（創作）
㊥カリフォルニアで育つ。エール大学を卒業し、ジョージタウン大学で文学の修士号を、ジョージメイソン大学で創作の修士号を取得。2004年長編第1作「漂流爆雷」が、MWA賞最優秀新人賞にノミネート。執筆活動の傍ら、ウィスコンシン・ミルウォーキー大学准教授を務め、文学を教える。また自作のエッセイをラジオで朗読するほか、「ニューヨーク・タイムズ」や「ワシントン・ポスト」に寄稿する。

キャラハン, モーリー・エドワード　Callaghan, Morley Edward
カナダの作家
1903.2.22〜1990.8.25
㊌オンタリオ州トロント　㊐トロント大学　㊙総督賞
㊥アイルランド系。ジャーナリストを経て作家となる。カナダの代表的作家で、処女作「不思議な逃亡者」（1928年）、「これぞわが愛するもの」（34年）、「彼ら地を嗣ぐべし」（35年）、「より大いなる歓喜が天に」（37年）などの一連の長編で現代社会における人間倫理の問題を執拗に追求した。63年の「パリの夏」は、ヘミングウェイなどの作家たちとのパリでの交遊を記したもの。他の作品に「愛と喪失」（51年）、「ユダの時」（83年）など。また短編作家としても優れ、短編集に「4月になったので」（36年）、「モーリー・キャラハン短編集」（59年）などがある。

ギャラント, メイビス　Gallant, Mavis
カナダの作家
1922.8.11〜2014.2.18
㊌ケベック州モントリオール　㊙オーダー・オブ・カナダ勲章　㊙カナダ総督文学賞（1981年）
㊥英語とフランス語の2ケ国語で教育を受け、高校卒業後国立映画制作庁、次いで「モントリオール・スタンダード」紙に勤める傍ら短編を書き始める。1950年以来ほとんどパリで暮らし、作家活動に専心。30年にわたり100編余りの短編を「ニューヨーカー」に寄稿、これに中編を加えて「もう一つのパリ」（56年）、「私の心の痛手」（64年）など5編の短編集にまとめる。一方、長編「緑の水、緑の空」（59年）や「かなりよい時」（70年）を出版。ほかに数多くの評論なども書いた。国外居住者であることから長年カナダ作家として認められず、海外での評価をよそに、短編集「世界の果て、その他」（74年）がカナダで出るまでは同国では広く読まれていなかった。70年代後半からようやく評価が高まり、78年「カナダ小説雑誌」が初めてギャラント特集号を出す。3年後にカナダを題材にした第6短編集「祖国の真実」（81年）で総督文学賞を受賞、同時にオーダー・オブ・カナダ勲章を受け、トロント大学客員作家などを務めた。

ギャリオッホ, ロバート　Garioch, Robert
イギリスの詩人, 翻訳家
1909.5.9〜1981.4.26
㊌スコットランド・エディンバラ　㊇ギャリオッホ・サザーランド, ロバート〈Garioch Sutherland, Robert〉　㊐エディンバラ大学卒
㊥1942〜45年イタリアとドイツで捕虜生活を送る。長年イングランドで教師を務め、その後、スコットランドとイングランドで過ごした後、71〜73年エディンバラ大学で大学付き作家となる。スコッツ語で執筆し、機知と風刺の詩で知られる。また、様々な作品をスコッツ語に翻訳した。詩集に「6ペンス詩集」（40年, ソーリー・マクリーンと共著）、「エディンバラの仮面」（54年）。翻訳にR.フルトン編「全詩集」（83年没後刊）、ピンダロスのスコットランド語訳など。散文作品に、第二次大戦の捕虜生活を回想した「二人の男と一枚の毛布」（75年）がある。

キャリガー, ゲイル　Carriger, Gail
イギリス出身のアメリカのSF作家
㊌イギリス
㊥イギリス人の母と気むずかしい父に厳格に育てられ、反動で物語を書き始める。郷里の田舎町を出る口実に高等教育を受け、考古学と人類学の学位を取得。ヨーロッパの歴史ある街をいくつも旅したこともある。2009年、アメリカのユーモア作家P.G.ウッドハウスと、18〜19世紀のイギリスの女性作家ジェーン・オースティンの影響を受けて書いた〈イギリスパラソル奇譚〉シリーズの第1巻「アレクシア女史, 倫敦で吸血鬼と戦う」でデビュー、ローカス賞をはじめ三つの賞にノミネートされる。また、同シリーズの第2巻「アレクシア女史, 飛行船で人狼城を訪う」、第3巻「アレクシア女史, 欧羅巴で騎士団と遭う」はともに「ニューヨーク・タイムズ」紙のベストセラーリストにランクインしている。

ギャリーグ, ジーン　Garrigue, Jean
アメリカの詩人, 編集者, ジャーナリスト
1914.12.8〜1972.12.27

[出]インディアナ州エバンズビル [学]シカゴ大学卒, アイオワ大学
[歴]1947年第1詩集「The Ego and the Centaur」を発表、語法と精微さで絶賛される。「モニュメント・ローズ」(53年)には機知にあふれた詩編が収められている。ニューヨーク地区を中心にスミス・カレッジなどで教壇に立ったことがあり、65〜71年には「ニュー・リーダー」誌の詩部門編集者を務めた。

キ

ギャリコ, ポール・ウィリアム *Gallico, Paul William*
アメリカの作家
1897〜1976
[出]ニューヨーク [学]コロンビア大学卒
[歴]「ニューヨーク・デイリー・ニューズ」に入社。映画評を担当した後、運動部へ。体験に基づいた臨場感溢れる文体でスポーツライターとして活躍。のち作家に転身し、「コスモポリタン」「ニューヨーカー」など多くの雑誌で活躍。また、1940〜50年代にかけ、「エスクァイア」誌の名物コラム「This Man's World」を担当。41年に発表した「スノーグース」で一躍有名になる。無類の猫好きとしても知られ、猫を主人公とした小説「ジェニィ」は世界中の読者から愛されている。他の作品は最初のフィクション「白雁物語」のほか「小さな奇跡」「ハリス夫人パリに行く」「ポセイドン・アドベンチャー」「ザ・ロンリー」など多数。

キャリシャー, ホーテンス *Calisher, Hortense*
アメリカの作家
1911.12.20〜2009.1.13
[出]ニューヨーク市 [学]バーナード・カレッジ卒
[歴]大学卒業後、いくつかの大学で英文学を教える。人物の細やかな描写を特徴とする短編集に「天使の不在」(1951年)、「極端な魔術」(64年)があり、長編小説では、黒人殺しの裁判の場で人種差別に敢然と反対する男の物語「虚偽の登記」(61年)、SFスタイルの「エリプシア日記」(65年)、他に自伝「彼女自身」(72年)などがある。

キャリントン, レオノーラ *Carrington, Leonora*
イギリスの作家, 画家
1917.4.6〜2011.5.25
[出]ランカシャー州
[歴]イングランド北西部ランカシャー州の裕福な家庭に育ち、幼い頃から絵を得意とする。21歳の頃、ドイツの画家マックス・エルンストと出会い、交際。厳格な父から逃れるため2人で訪れたパリで画家のダリやピカソ、詩人のブルトンらと知り合って大きな影響を受け、シュルレアリスムの運動に参加、同時に彼と同棲生活に入った。エルンストの強い影響下で神秘な幻想の絵を描くが、やがて文学の領域にも足を踏み入れ、1939年短編集「卵形の婦人」を出版。40年エルンストの強制収容所入りを機に2人の2年間の生活は破局を迎え、スペインを経てメキシコに渡る。その地でエンリコ・ヴァイスと結婚し、3人の子供をもうけた。この間の経緯は44年刊行の「下界」に詳しく描かれている。著書に「恐怖の館―世にも不思議な物語」「耳ラッパ―幻の聖杯物語」などがある。架空の動物などをモチーフに描いた幻想的な作風で知られ、彫刻作品も高く評価された。

ギャレット, ジョージ *Garrett, George*
アメリカの作家
1929.6.11〜2008.5.25
[出]フロリダ州オーランド [名]Garrett, George Palmer [賞]PEN/マラマッド賞優秀短編賞(1990年)
[歴]創作活動を始めたのは詩集「尊い幽霊」(1957年)からで、小説の処女作「終わった男」(59年)はフロリダの政界を描いている。代表作「狐の死」(71年)はサー・ウォルター・ローリーの死の直前2日間の出来事を描いており、他に「どちらが敵か」(61年)、「神よ私を覚えていて下さい」(65年)、戯曲、評論、詩集などの作品がある。

ギャレット, ランドル *Garrett, Randall*
アメリカのSF作家
1927〜1987.12.31
[出]ミズーリ州レキシントン [名]ギャレット, ランドル・フィリップ 別名=ランガート, ダレル〈Langart, Darrel T.〉ブレイド, アレクザンダー〈Blade, Alexander〉 [学]テキサス・テクノロジカル・カレッジ卒
[歴]ミズーリ州レキシントンに職業軍人の子として生まれる。14歳で処女作を発表。SFミステリーの長編第2作目「Too many magicians (魔術師が多すぎる)」が「ニューヨーク・タイムズ・ブックレビュー」のアントニー・バウチャーに激賞され、ファンの間で好評を博した。以来、ランドル・ギャレット、ダレル・T.ランガート、アレクザンダー・ブレイドなど10以上ものペンネームを用いて書き、ロバート・シルバーバーグやローレンス・M.ジャニファーとの共著も多く発表した。

キャレル, ジェニファー・リー *Carrell, Jennifer Lee*
アメリカの作家
1962.3.25〜
[学]ハーバード大学, オックスフォード大学, スタンフォード大学
[歴]ハーバード大学で英米文学の博士号を取得したシェイクスピア学者で、オックスフォード大学、スタンフォード大学でも学び、英米文学の学位を取得。ハーバード大学で文学と執筆を教えたほか、ハイペリオン・シアター・カンパニーではシェイクスピア劇の演出を手がけた。2001年に発表したシェイクスピア学者がシェイクスピアの謎を追う物語「シェイクスピア・シークレット」(日本では文庫化に際し,「骨とともに葬られ」に改題)は世界32ケ国で刊行されて大反響を呼び,〈Kate Stanley〉としてシリーズ化された。

ギャロウェイ, スティーブン *Galloway, Steven*
カナダの作家
1975.7.13〜
[出]バンクーバー
[歴]2000年「Finnie Walsh」で長編デビュー、Amazonカナダの国内作家処女長編賞にノミネートされる。03年「Ascension」を発表し、エセル・ウィルソン賞の候補作となる。ブリティッシュ・コロンビア大学などで創作講座の教鞭を執る。

キャロニタ, ジェン *Calonita, Jen*
アメリカの作家
[学]ボストン大学卒
[歴]ボストン大学卒業後、ファッション誌「マドモアゼル」の編集部からキャリアをスタートさせ、「ティーン・ピープル」「グラマー」「マリ・クレール」「エンターテインメント・ウィークリー」など雑誌の編集に携わる。トップスターへのインタビューも経験。雑誌編集の豊富な経験をもとに、2007年処女小説「転校生は、ハリウッドスター」を刊行、すぐにシリーズ化された。

キャロル, ジム *Carroll, Jim*
アメリカの詩人, ロック歌手
1950〜2009.9.11
[出]ニューヨーク市
[歴]12歳の頃から、ドラッグ、犯罪などを題材に日記形式の散文を書き始め、その資質が高く評価された。その後詩の世界へ興味を移し、16歳の時に処女詩集「Organic Train」を上梓、さらに22歳の時に出版した第3詩集「Living at the Movies」が史上最年少でピュリッツァー賞にノミネートされるなど目覚ましい活躍をみせた。しかし、1974年から3年間、ヘロイン中毒治療のため隠遁生活を送る。78年自伝的小説「マンハッタン少年日記」を刊行、ベストセラーとなり、J.ケルアックやW.バロウズらに激賞された。95年にはレオナルド・ディカプリオ主演で映画化もされた。一方、80年偶然のきっかけからロック歌手としてもデビュー。ニューヨークを拠点に、詩作、詩の朗読会、コンサートなどで活躍。87年「少年日記」の続編「Forced Entries (ダウンタウン青春日記)」を発表。

キャロル, ジョナサン　*Carroll, Jonathan*
アメリカの作家
1949.1.26～
[賞]世界幻想文学大賞（1988年）
[歴]脚本家の父シドニーと女優の母ジューンとの間に生まれる。1980年小説「死者の書」で作家デビュー。普通小説とファンタジー、ホラーの融合を果たした独自の作風で、ダーク・ファンタジーという新しい分野を開拓したといわれる。88年短編「友の最良の人間」で世界幻想文学大賞を受賞。他の著書に「沈黙のあと」「蜂の巣にキス」「パニックの手」「黒いカクテル」「天使の牙から」「薪の結婚」「木でできた海」などがある。

キャントー, マッキンレー　*Kantor, MacKinlay*
アメリカの作家
1904.2.4～1977.10.11
[出]アイオワ州ウェブスターシティ　[賞]ピュリッツァー賞（1956年）
[歴]高校を出て新聞や広告の仕事に従事。1928年ギャング小説「ディヴァーセイ」で作家デビュー。ゲティスバーグの戦闘を写実的に描いた「永久に忘れじ」（34年）で認められ、以後、主に南北戦争を扱った歴史小説を書き、南軍の捕虜収容所の残虐さを描いた「アンダーソンヴィル」（55年）でピュリッツァー賞を受賞。アカデミー賞9部門を受けたウィリアム・ワイラー監督の映画「我等の生涯の最良の年」（46年）の原作者でもある。

キャントレル, レベッカ　*Cantrell, Rebecca*
ドイツの作家
[出]ドイツ　[学]ベルリン自由大学, ゲオルク・アウグスト大学, カーネギーメロン大学卒
[歴]ベルリン自由大学とゲオルク・アウグスト大学でドイツ語や歴史などを学んだのち、アメリカのカーネギーメロン大学を卒業。テクニカルライターを経て、「レクイエムの夜」でデビュー。「ニューヨーク・タイムズ」「USAトゥデイ」紙のベストセラー作家となった。ジェームズ・ロリンズとの共著もある。

キャンビアス, ジェイムズ・L.　*Cambias, James L.*
アメリカのSF作家, ゲームデザイナー
[出]ルイジアナ州ニューオーリンズ　[学]シカゴ大学卒
[歴]テーブルトークRPGのデザイナーとして活躍していたが、2000年「F&SF」誌に短編「A Diagram of Rapture」を発表。一躍話題を呼び、この短編はジェイムズ・ティプトリー・ジュニア賞、ジョン・W.キャンベル新人賞にノミネートされた。14年「A Darkling Sea」で長編デビュー。

キャンピオン, アレクサンダー　*Campion, Alexander*
アメリカの作家
1944～
[出]ニューヨーク　[学]コロンビア大学卒
[歴]ブラジル人外交官の両親のもと、ニューヨークに生まれる。家庭ではポルトガル語を話していた。コロンビア大学卒業後、経営コンサルタントをしていた際、ベンチャー事業の手伝いを頼まれ、半年の約束で渡仏。以後、35年間パリで暮らす。仕事柄三つ星レストランでの会食や1人での外食が多く、やがてレストラン評論家として執筆を開始。2010年〈パリのグルメ捜査官〉シリーズで作家デビュー。

キャンベル, アナ　*Campbell, Anna*
オーストラリアのロマンス作家
[出]クイーンズランド州ブリスベーン　[学]クイーンズランド大学卒　[賞]ロマンティック・タイムズ・ファーストヒストリカルロマンス賞（2007年）, オールアバウトロマンス読者が選ぶ新人作家賞（2007年）
[歴]実家はアボカド農家。クイーンズランド大学で文学を学ぶ。卒業して銀行に勤めた後、イギリスで2年間暮らす。様々な職業を経験し、聴覚障害者のための慈善団体で12年間働く傍ら、執筆活動を続ける。2007年ロマンティック・タイムズ・ファーストヒストリカルロマンス賞、オールアバウトロマンス読者が選ぶ新人作家賞を受賞。デビュー作「罪深き愛のゆくえ」は、08年RITA賞の最終候補作となった。リージェンシー・ロマンスを数多く執筆し、ダークな作風が人気。他の作品に「囚われの愛ゆえに」「その心にふれたくて」などがある。

キャンベル, ゴードン　*Campbell, Gordon*
アメリカの作家
1942～
[歴]ユタ州で弁護士として活動。アメリカ法廷弁護士委員会委員、アメリカ法廷弁護士学会フェロー。自らの体験をもとに30年かけて正統派リーガル・サスペンス「逆転立証」を執筆し、65歳で作家デビュー。MWA賞最優秀新人賞の最終候補作となった。

キャンベル, コリン　*Campbell, Colin*
ジャマイカ生まれの作家
[出]セント・アンドリュー
[歴]ジャマイカとアメリカで教育を受け、1970年代初めからロンドンで暮らす。イギリス貴族であるキャンベル卿との結婚で、王室やヨーロッパの名門貴族と交友を持つ。離婚後は慈善活動を行う傍ら、執筆家としても活躍。主に社交界やエチケットに関する著述が多い。92年「ダイアナ妃」を出版、ロイヤル・カップルの破局の真相を書き話題になる。98年ダイアナ妃没後「ダイアナ"本当の私"」を出版。

キャンベル, ジャック　*Campbell, Jack*
アメリカの作家
[名]ヘムリイ, ジョン・G.〈Hemry, John G.〉　[学]アメリカ海軍兵学校
[歴]1974年カンザス州の高校を卒業し、78年アメリカ海軍兵学校に入学。士官として勤務したのち、退役。海軍士官としての経験を生かし、2000年本名のジョン・G.ヘムリイ名義のスペース・オペラ「月面の聖戦〈1〉下士官の使命」で作家デビュー（日本では12年にジャック・キャンベル名義で刊行された）。以後6冊以上の長編を発表。06年ジャック・キャンベル名義で発表した「彷徨える艦隊 旗艦ドーントレス」は、そのユニークな主人公、戦闘シーンなどで話題を呼び、戦争SFの傑作と高く評価された。〈月面の聖戦〉シリーズ、〈彷徨える艦隊〉シリーズで人気。

キャンベル, ジョン　*Campbell, John T.*
アメリカのテクノスリラー作家
1947.12.4～
[出]ニュージャージー州ジャージーシティ　[学]ビラノバ大学卒, ペンシルベニア大学卒
[歴]電気工学の学位を得る。海軍に入隊、機関科将校として軍艦シャングリラに乗り組み、洋上勤務を経験。その後は衛星通信技術者として航空機産業で活躍。テクノスリラー作家としての作品に「沈黙の空母 トルーマン」「北朝鮮の決断」などがある。

キャンベル, ジョン・W.（Jr.）　*Campbell, John W.*
アメリカの作家, 編集者
1910.6.8～1971.7.11
[出]ニュージャージー州　[名]キャンベル, ジョン・ウッド〈Campbell, John Wood（Jr.）〉筆名＝スチュアート, ドン・A.〈Stuart, Don A.〉　[学]マサチューセッツ工科大学卒
[歴]マサチューセッツ工科大学で物理学を学び、1930年から科学者トリオが活躍するスペースオペラ〈アーコット、モーリー＆ウェード〉シリーズで人気を博す。37年「アスタウンディング」誌の編集長に就任（38年誌名を「アスタウンディングSF」, 60年「アナログ」に改題）。SF小説の向上に努め、豊富な科学知識と編集能力でハインライン、アシモフ、バン・ボクト、スタージョンら俊英を育て、40～50年代にかけてのアメリカSF界の黄金時代を築いた。「影が行く」（48年）はジョン・カーペンター監督「遊星からの物体X」（82年）など、何度か映画化されている。他の作品に「100万光年の死闘」（47年）、「月は地獄だ！」（51年）、「太陽系の危機」（66年）などがある。SF賞の

ジョン・W.キャンベル記念賞とジョン・W.キャンベル新人賞にその名を残す。

キャンベル, ビビ・ムーア　*Campbell, Bebe Moore*
アメリカの作家, ジャーナリスト
1950.2.18～2006.11.27
㊞ペンシルベニア州フィラデルフィア　㊫ピッツバーグ大学卒　㊮全国黒人有職女性協会文学賞, 全国黒人地位向上協会イメージ賞
㊧子供時代はノースカロライナで過ごし、1977年父の死後フィラデルフィアの祖母の家に母と住む。94年からロサンゼルスに在住。「ニューヨーク・タイムズ」「ワシントン・ポスト」「ロサンゼルス・タイムズ」紙などに寄稿。極端な人種差別のため惨殺された55年の黒人少年の事件を題材とした小説「Your Blues Ain't Like Mine(あんたのブルースとあたしのとは違う)」(92年)で作家としてデビュー、人物描写のうまさで好評を得る。他の作品に、人種問題に端を発した92年のロサンゼルス暴動後の黒人差別問題をテーマとした「ガラスの壁」などがある。

キャンベル, ラムゼー　*Campbell, Ramsey*
イギリスの怪奇小説作家
1946～
㊞リバプール　㊮イギリス幻想文学賞(長編部門), 世界幻想文学大賞(1977年)
㊧H.P.ラブクラフトに私淑して小説を書き始め、「湖水の住民」と題したクトゥルー神話大系に属する短編コレクションを18歳の時に出版。1976年初の長編「母親を喰った人形」を刊行。独自の怪奇小説のスタイルを追求し、世界幻想文学大賞やイギリス幻想文学大賞、ブラム・ストーカー賞をたびたび受賞。イギリス怪奇小説界における第一人者として高い評価を受ける。

キャンベル, ロイ　*Campbell, Roy*
南アフリカ生まれのイギリスの詩人
1901.10.2～1957.4.23
㊞ダーバン　㊔キャンベル, ロイストン・ダナキー・イグネイシャス〈Campbell, Royston Dunnachie Ignatius〉　㊫オックスフォード大学中退
㊧裕福な医者の三男で、15歳の時に南アフリカ軍歩兵隊に加わって第一次大戦に従軍。1918年渡英、24年長編寓意詩「火を吹く亀」で詩人としての名声を得た。同年帰郷、26年ウィリアム・プルーマーらと文芸誌「フォールスラッハ」創刊に関わるが、28年南アフリカの知識人を攻撃した詩「印刷工の慰安旅行」を発表、再びヨーロッパに渡る。33年スペインに移住し、35年ローマ・カトリックに改宗。スペイン内戦時にはフランコを支持して孤立を深めた。第二次大戦は反ナチスの一員としてアフリカ戦線で戦った。晩年はポルトガルに住み、57年自動車事故死した。主な作品に、詩集「花咲く葦」(33年)、「おしゃべり放牧馬」(46年)、自伝「断ち切られた記録」(34年)、「ダークホース光をあびる」(51年)などがある。

キャンベル, ロバート　*Campbell, Robert Wright*
アメリカのミステリー作家, 脚本家
1927.6.9～2000.9.21
㊞ニュージャージー州ニューワーク　㊔別筆名＝キャンベル, R.ライト〈Campbell, R.Wright〉　㊮MWA賞(ペーパーバック部門)(1986年)
㊧1944～47年ニューヨークの画学校に学ぶが、卒業後兵役に就き、2年間アメリカ国防省に勤務。除隊後は映画界に身を投じ、「千の顔を持つ男」(57年)の脚本でアカデミー賞にノミネートされるなど脚本家として長い間活躍を続けていたが、アルコール中毒になったことをきっかけにハリウッドを去り、カーメルで創作活動を開始。75年初めての小説「The Spy Who Sat And Waited(すわって待っていたスパイ)」が全米図書賞の候補作となる。84年までの10年間に「Where Pigeons Go to Die?(人はふさわしい死を死ぬ)」など6作を上梓。86年以後ワード・プロセッサーを駆使し、本格ハードボイルド〈L.A.探偵ホイスラー〉シリーズの「L.A.で蝶が死ぬ時」や、軽ハードボイルド〈ジミー・フラナリー〉シリーズの「ごみ溜めの犬」などを量産した。

ギュー, ルイ　*Guilloux, Louis*
フランスの作家
1899.1.15～1980.10.14
㊞サン・ブリュー　㊮ルノードー賞(1949年)
㊧平凡な日常生活に題材を取り、ありのままの民衆を描くポピュリスム(民衆主義)の傾向を持つ作家で、代表作「黒い血」(1935年)は両大戦間における屈指の小説として知られる。49年「根気仕事」でルノードー賞を受賞。他の作品に「民衆の家」(27年)、「敗れた戦闘」(60年)、「対決」(68年)などがある。

九 丹　きゅう・たん　*Jiu Dan*
中国の作家
1968～
㊞江蘇省揚州　㊔朱 子屏　㊫中国新聞学研究所(1991年)卒
㊧広西州の広告会社を経て、北京で新聞記者になる。1995年英語を学ぶためシンガポールに留学。97年「漂白女人」で作家デビューを果たす。2001年シンガポール留学の経験をもとに「烏鴉」(邦題「ドラゴン・ガール」)を出版。富を求めて売春する中国人留学生を描いた衝撃的な内容が反響を呼び、シンガポールと中国で大ヒット、世界各国で出版される。03年初来日。

邱 妙津　きゅう・みょうしん　*Qiu Miao-jnn*
台湾の作家
1969.5.29～1995.6.25
㊞彰化　㊫台湾大学心理学科(1991年)卒, パリ第8大学　㊮時報文学奨推薦奨(1995年)
㊧台湾大学在学中から作品を発表し始め、1989年、90年と続けて新聞や雑誌の文学賞を受賞。大学卒業後、茶館で働きながら初の長編小説にして代表作「ある鰐の手記」(94年)を執筆、セクシャル・マイノリティとしての自己探求を独白を通して描くスタイルを確立した。この小説の流行によって、台湾の他中国でも"鰐"はレズビアンを示す隠語となった。92年フランス・パリ第8大学へ留学したが、95年26歳の若さで留学先で自死。96年に発表された「モンマルトルの遺書」が遺作となった。

ギユヴィック, ウージェーヌ　*Guillevic, Eugène*
フランスの詩人, 作家
1907.8.5～1997.3.19
㊞カルナック(ブルターニュ半島)　㊥レジオン・ド・ヌール勲章コマンドール章
㊧中学卒業後、公務員となり大蔵省、建設省などに勤務。15、6歳の頃より詩を書きためていたが、35歳で処女詩集「Terraqué(水と陸の世界)」(1942年)を、次いで「Exécutoire(執行命令)」(47年)などを出版。神秘的傾向から次第に政治的に目覚め、第二次大戦中は抵抗運動に加わった。その間、散文的で雄弁な「Trente et un Sonnets(31篇のソネット)」(54年)などを発表。その後は、才能ある民衆詩人として活躍する。ほかに、「Carnac(カルナック)」(61年)、「Avec(とともに)」(66年)などの作品がある。

キュヴェリエ, ヴァンサン　*Cuvellier, Vincent*
フランスの作家
1969～
㊞ブレスト　㊫グルノーブル国立演劇学院　㊮若手作家賞(1987年), モントルゥイユ児童書フェア最優秀賞タムタム(2004年), ヴェルセル賞(2004年), リーヴルブランシュ賞(2004年)
㊧幼い頃から作家を志し、1987年16歳の時に書いた「La Troisième Vie」で若手作家賞を受賞。その後、グルノーブル国立演劇学院に在籍し、様々な職を経て、ナントで創作活動を続ける。2004年「よくいうよ、シャルル！」でモントルゥイユ児童書フェア最優秀賞タムタムを受賞。同年「バスの女運転手」でベルギーのヴェルセル賞、フランスのリーヴルブ

ランシュ賞を受賞。

ギュット, ポール Guth, Paul
フランスの作家
1910.3.5～1997.10.29
⊕オート・ピレネー県
⑰スペインとの国境であるオート・ピレネー県生まれ。10年間各地のリセの教員を務めたのち、文筆生活に入る。天才科学者をおじさんに持つムスティク少年を主人公とした児童文学「ムスティクと砂売り小父さん」(58年)、「ムスティクと青ひげ」(59年)、「ムスティク月へいく」(60年)の3部作で知られる他、自伝的な「世間知らず」(53年)と「お痩せのジャンヌ」(60年)の連作小説もある。フランス文学史、伝記、テレビ脚本などの著作も多い。

キュービー・マクダウエル, マイケル
Kube McDowell, Michael P.
アメリカのSF作家
1954～
⊕ペンシルベニア州フィラデルフィア ⑯マクドウェル, マイケル・ポール
⑰ミシガン州立大学、インディアナ大学で教育学を修めた後、7年間教職に就く。1979年に「アメージング」誌でデビュー。91年「The Quiet Pools」はヒューゴー賞にノミネートされる。「アナログ」「マガジン・オブ・ファンタジー・アンド・サイエンス・フィクション」などのSF雑誌に寄稿。他の作品に、「Emprise」(85年)、「エニグマ」(86年)、「ロボット・シティを捜せ！」(87年)、「星々へのキャラバン」(90年)、「スターウォーズ 偽の盾」などがある。

キュルティス, ジャン・ルイ Curtis, Jean-Louis
フランスの作家
1917.5.21～1995.11.11
⊕ピレネー・ゾリアンタール県 ⑯ラフィット, ルイ ⑰パリ大学 ㊣ゴンクール賞(1947年)
⑰第二次大戦に従軍ののち、アメリカなどで教鞭を執った。1946年「若者たち」でデビューし、47年占領下のフランス青年たちを描いた「Les forêtes de la nuir (夜の森)」でゴンクール賞を受賞した。英米文学の翻訳もあり、シェイクスピアのフランス語訳台本の翻訳者でもある。他の作品に「親愛なる鳥たち」(51年)、「正義の立場」(54年)、「見せかけ」(60年)、「糸杉の木蔭のお茶」(69年) など。

キューレンベルク, ヨアヒム・フォン Kürenberg, Joachim von
ドイツの作家
1892.9.21～1954.11.3
⑰外交官の経験を持ち、バルカン、地中海沿岸諸国勤務を経て、文学の世界に入り、ブレーメン、ブリュン、デュッセルドルフ、ウィーンで演劇顧問となった。ドイツ帝国末期の政治家ホルシュタインを描いた「フリッツ・フォン・ホルシュタイン」(1932年)を始め、娯楽作品としての歴史的伝記小説を書いた。フリードリヒ大王、ワーグナー、ビクトリア女王、ビスマルクらの生涯を描いた伝記小説がある。

ギュンテキン, レシャット・ヌリ Güntekin, Resat Nūrī
トルコの作家, 劇作家
1889.11.25～1956.12.7
⊕イスタンブール ⑰イスタンブール大学文学部(1912年) 卒
⑰イズミルのフランス系高校を中退、1912年イスタンブール大学文学部を卒業。国語教師、視学官を経て、トルコ国会議員やパリ駐在文化担当官を務める。22年アナトリアを舞台に都会育ちの女教師が村の向上に悪戦苦闘する姿を描いた「みそさざい」(22年)で作家としての地位を確立。他の作品に「緑の夜」(28年)、「血讐」(62年)などがあり、平易な文体とロマンチックな作風で知られる。戯曲「落葉」(30年)も繰り返し上演されている。

許 悔之 きょ・かいし Xu Hui-zhi
台湾の詩人, 編集者
1966～
⊕桃園 ⑰台北工業専科学校化工科卒
⑰1989年から編集者として活躍、台湾を代表する総合文芸誌「聯合文学」の編集長を務める。一方、詩人としては、台湾社会に固有のテーマを個の内面に沈潜させる手法で多くの抒情的作品を発表。台湾現代新世代の中心的存在として注目される。詩集に「鹿の哀しみ—許悔之詩集」など。

許 欽文 きょ・きんぶん Xu Qin-wen
中国の作家
1897.7.14～1984.11.10
⊕浙江省紹興 ⑯許 縄堯 ⑰浙江第五師範学校卒
⑰浙江省紹興の造り酒屋に生まれる。浙江第五師範学校を卒業後、北京に出て魯迅に師事。1925年短編集「故郷」を出版。27年杭州で中学教師となり創作を続けた。廈門で仕事をした後、中華人民共和国成立後は浙江師範大学で教えた。魯迅から"郷土文学"作家の一人と評され、魯迅の作品分析や回想録などもある。

許 傑 きょ・けつ Xu Jie
中国の作家, 評論家
1901.9.16～1993.9.25
⊕浙江省天台 ⑰浙江省立第五師範学校卒
⑰1924年から「小説月報」に作品を発表。文学研究会会員で、26年処女小説集「惨霧」を出す。その後、2年ほどマレー半島のクアラルンプールに赴き新聞の主筆を務める。30年中国左翼作家連盟に参加。抗日戦争中は東南アジアに留学していた青年の団結を促す"東南文芸運動"を展開した。中華人民共和国成立後は復旦大学教授などを歴任。散文集「ヤシとドリアン」(30年)、文芸論集「文芸・批評と人生」(45年)、「許傑短編小説集」(81年)などがある。

許 地山 きょ・ちざん Xu Di-shan
台湾の作家, 宗教学者
1894.2.3～1941.8.4
⊕台南 ⑯許 賛堃, 字＝地山, 筆名＝落華生 ⑰燕京大学(1920年) 卒
⑰台南で生まれるが、日清戦争後に一家で大陸に移り福建省広東で育つ。1917年北京の燕京大学に入り、五四運動では活動家として積極的に参加。鄭振鐸、瞿秋白らと雑誌「新社会」に加わり、21年に誕生した文学研究会にも発起人として名を連ねた。「命命鳥」(21年)、「商人の妻」(21年)、「巣の中の蜘蛛」(22年)などの小説を続々と発表する一方、宗教的色彩の強い短文を集めた「空山霊雨」(25年)でも名を知られる。23年謝冰心、梁実秋とともに渡米、コロンビア大学、イギリスのオックスフォード大学で宗教学などを学んだ。帰国後は母校の燕京大学で哲学の教鞭を執る。35年香港大学に移り同大文学院主任教授に就任。日中戦争中は香港における抗日文化運動の中心的存在となったが、心臓病で急逝した。他の作品に「東野先生」(32年)、「春桃」(34年) など。

ギヨ, ルネ Guillot, René
フランスの児童文学作家
1900～1969
⊕サントンジュ ⑰ボルドー大学卒 ㊣国際アンデルセン賞作家賞(1964年)
⑰大学卒業後、当時仏領だったダカール(現セネガルの首都)に数学教師として赴任。以来、第二次大戦に参加した期間を除いた25年間をアフリカで過ごす。1950年帰仏、パリのリセ・コンドルセに勤務。48年に児童文学の第1作「野獣たちの国で」を発表後、40冊に及ぶアフリカを舞台にした冒険物語、動物文学を世に送った。代表作は「象の王子・サマ」「豹のクボー」「グリューシュカと熊」「ミシェルのかわった冒険」など。

姜 戎 きょう・かい Jiang Rong
中国の作家, 経済学者

1946～
㉗江蘇省　㊎中国社会科学院大学院修了
㉘1957年父の仕事の関係で北京に移る。66年中央美術大学附属高校を卒業するが、67年内モンゴルのシリンゴル盟ウジュムチン旗の草原に下放される。79年北京に戻り、社会科学院大学院に入学。82年法学修士を取得し、北京の大学の准教授を務める。文化大革命の嵐が吹き荒れる内モンゴルを舞台に、11年間遊牧民と寝食を共にした経験を描いた自伝的小説「神なるオオカミ」を"姜戎"の筆名で2004年に出版。その体制批判は論争を巻き起こし、発売以降42ヶ月連続でトップ10入りし、240万部を超える。25言語で翻訳され、07年日本でも出版。他の著書に「大草原のちいさなオオカミ」がある。

曲波　きょく・は　Qu Bo
中国の作家
1923.2.22～2002
㉗山東省鄆城県
㉘小学校卒業後、1939年中国共産党の八路軍に入隊。部隊では文化教員、政治指導員などを務めた。57年国共内戦中の戦闘経験をもとにした長編「林海雪原」を発表、一躍有名になる。のちに映画化され、一部は革命京劇「智もて威虎山を取る」に改編されるなど代表作となった。文化大革命中は迫害を受けたが、78年復権。他の作品に「山呼海嘯」(77年) など。

ギリェン, ニコラス　Guillén, Nicolás
キューバの詩人、スペイン文学研究者
1902.7.10～1989.7.16
㉗カマグエイ
㉘黒人と白人の混血児として生まれ、カマグエイの法律学校に学んだ。1922年から詩作を始め、カリブ海地域の黒人民謡のリズム、語彙、方言を取り入れたスペイン語による処女詩集「ソンのモチーフ」(30年) により、"黒人詩"の代表的詩人と目される。「ソンゴロ・コソンゴ」(31年)、「西インド諸島株式会社」(34年) などの詩集で黒人社会詩を書き続ける傍ら、37年人民社会党 (共産党) に加わり、スペイン市民戦争に参加、38年カマグエイ市選に立候補して敗れた。その後亡命生活を送るが、キューバ革命 (59年) によるカストロ政権誕生後帰国、61年キューバ作家芸術家同盟会長に就任。また「エレジー」(58年)、「大動物園」(67年) などの作品を発表し、革命の新しい現実の中に詩想を求めた詩作を続けた。スペイン文学研究者としても知られている。晩年は長い闘病生活を送った。

ギリェン, ホルヘ　Guillén, Jorge
スペインの詩人
1893.1.13～1984.2.6
㉗バリャドリード (スペイン北部)　㊎オックスフォード大学卒　㊙セルバンテス賞 (1976年)
㉘ドイツやスイスでも学んだ。パリ大学、オックスフォード大学でスペイン語を講じ、1932年からセビリア大学の教授となる。ロルカ、アルベルティらと共にスペイン内戦前のスペイン詩壇をリードした"27年世代"グループの一人。内戦後の38年アメリカに亡命し、定住する。その間、詩作を続けながら古典的形式の純粋詩を発表。「Cántico (うた)」(28～50年) や「Clamor (叫び)」(57～63年) などの代表作は、全集「Aire nuestro (われらの大気)」(68年) に収められている。ほかに評論集「言語と詩」(61年) などの著書がある。西欧での高い評価にも関わらず、スペインでは無視されたが、フランコの死後に帰国し、第1回セルバンテス賞を授与された。完璧な形式を追求する主知派の詩人。

ギル, B.M.　Gill, B.M.
イギリスのミステリー作家
㉗ウェールズ　㊙CWA賞ゴールド・ダガー賞 (1984年)
㉘長年ロマンス小説を書いたあと、推理小説に転向。イギリス推理作家協会 (CWA賞) のゴールド・ダガー賞を受賞した「十二人の陪審員」のほか「殺人セミナー」「死ぬほど会いたい」「悪い種子が芽生える時」などの作品がある。

ギルー, ヤン　Guillou, Jan
スウェーデンの作家、ジャーナリスト
1944.1.17～
㉗セーデルテリエ　㊎ストックホルム大学
㉘雑誌「FIBアクチュエルト」リポーターを経て、「フォルケット・イ・ビルト」編集長を務める。1971年「もしも、戦争が起きたら」で作家デビュー。73年国家機密漏洩罪で10ヶ月の禁錮刑を受け、"報道の自由"をめぐって国内で大きな論議を呼ぶ。77年以降フリーとなり、ジャーナリストとして活躍する傍ら、作家活動も続ける。86年〈コック・ルージュ〉シリーズ第1作「コック・ルージュ」を発表。以後、「民主的なテロリスト」(87年)、「国民の利害」(88年)、「敵の敵」(89年)、「誠実な殺人者」(90年)、「ヴェンデッタ (復讐)」(91年)、「誰のものでもない土地」(92年)、「ただひとつの勝利」(93年)、「白夜の国から来たスパイ」(94年) などを発表し大ベストセラーとなる。また同シリーズは世界各国で翻訳されるなど国際的にも高く評価されている。

ギルクリスト, エレン　Gilchrist, Ellen
アメリカの作家
1935～
㉗ミシシッピ州ヴィックスバーグ　㊙全米図書賞 (1984年)
㉘3児の母となったあと離婚し、ミルサップス・カレッジの創作コースでユードラ・ウェルティに師事。1981年に初めての短編集「In the Land of Dreamy Dreams (はかない夢の国で)」を出版、84年の2冊目の短編集「Victory over Japan (日本に勝つ)」は全米図書賞を受賞した。ほかに短編集「愛に酔っ払って」、長編2冊、詩集、エッセイ集なども執筆。

キルサーノフ, セミョーン・イサーコヴィチ
Kirsanov, Semyon Isaakovich
ソ連の詩人
1906.9.18～1972.12.10
㉗ロシア・オデッサ　㊙スターリン賞 (1951年)
㉘雑誌「芸術左翼戦線 (レフ)」に参加、主宰のウラジーミル・マヤコフスキーから大きな影響を受け、その後継者と目される。1926年処女詩集「照尺」を刊行。第二次大戦中にドイツ軍占領下で戦ったドニエプルの製鉄工を描いた「マカール・マザイ」(50年) で、51年スターリン賞を受賞。他の詩集に「経験」(27年)、「同志マルクス」(33年)、「鏡」(70年) など。ナーズム・ヒクメットやパブロ・ネルーダの翻訳者としても知られる。

キルシュ, ザーラ　Kirsch, Sarah
ドイツの詩人
1935.4.16～2013.5.5
㉗東ドイツ・ハルツ地方　㊋旧姓名＝Bernstein, Ingrid　㊎ハレ大学卒　㊙ペトラルカ賞 (1976年)、オーストリア批評家賞 (1981年)、ヘルダーリン賞 (1984年)、ビューヒナー賞 (1996年)、アンネッテ・フォン・ドロステ・ヒュルスホフ賞 (1997年)
㉘大学で生物学を学びながらライブツィヒの文学学校に通い、児童文学や詩集を発表。自然や愛をテーマに、「しばらく田舎に暮らす」(1967年)、「魔法のことば」(73年) などの作品で独自の詩境を開拓した。76年にビーアマンの国籍剥奪に抗議したことから、77年西ドイツへ移住。その後、シュレスヴィヒ・ホルシュタイン州に住んだ。84年ヘルダーリン賞、96年ビューヒナー賞を受賞。他の作品に「水滴の中のカロリーネ」(75年)、「追い風、詩」(76年)、「土壌」(82年)、「猫の生活」(84年)、「魔王の娘」(92年)、「底なし」(96年) など。

キルション, ウラジーミル・ミハイロヴィチ
Kirshon, Vladimir Mihaylovich
ソ連の劇作家
1902.8.19～1938.7.28
㉘父は法律家。内戦に参加した後、1920年ソ連共産党に入党。25年ロシア・プロレタリア作家協会 (ラップ, RAPP) 書記に

就任。映画脚本などを手がけ、27年アンドレイ・ウスペンスキーと共作した戯曲「コンスタンチン・テリョーヒン」で注目を浴び、「レールはうなる」(28年)、「風の街」(29年)でプロレタリア演劇の第一人者としての地位を確立。他の作品に「パン」(30年)、「すばらしい合金」(34年)など。37年トロツキストとして逮捕され、38年獄死した。第二次大戦後、名誉回復。

キルスティラ, ペンッティ　Kirstilä, Pentti
フィンランドのミステリー作家, 翻訳家
1948〜
⊕トゥルク　⊛タンペレ大学卒　⊛導きの糸賞（フィンランド推理クラブ）(1987年・1993年)
⊛新聞記者を経て、ミステリー作家、翻訳者として活躍。1977年「愛するものよさらば」でデビュー。〈ハンヒヴァーラ〉シリーズで不動の地位を築き、うち3冊はテレビ映画化されている。他の作品に「イメルダ」「夢よさらば」など。

キルスト, ハンス・ヘルムート　Kirst, Hans Hellmut
ドイツの作家
1914.12.5〜1989.2.13
⊕東プロシア・オステローデ
⊛オランダ人の血をひくザルツブルク出身の家系に生まれる。生まれ故郷の東プロシアで少年時代を送り、第二次大戦の開戦とともに従軍、ロシア、フランス戦線で活躍する。終戦の頃は中尉の地位にあり、空軍士官学校で教えていた。敗戦後は農夫や道路人夫をして生活を支え、戯曲や映画批評を書く。初期の小説に50年の「Wir nannten ihn Galgenstrick（奴の名は絞首台の紐）」がある。54〜55年〈08/15in der Kaserne（08/15)〉3部作を雑誌「ノイエ・イルストリールテ」に発表。ドイツ国内で大きな反響を呼んだ。この作品は単行本化されてベストセラー入りし、世界24ケ国で翻訳・紹介された。以来ほぼ1年1作の割合で執筆、その多くが第二次大戦を扱った戦争もの。作品を通し、戦争の悲惨さ、無意味さ、非人間性を訴えた。

ギルバース, ハラルト　Gilbers, Harald
ドイツの作家
1969〜
⊛フリードリヒ・グラウザー賞（ドイツ推理作家協会賞）新人賞(2014年)
⊛ドイツのアウグスブルクとミュンヘンの大学で英文学と歴史学を学んだ後、テレビ局で文芸部編集部員として勤務。その後、フリーの舞台監督として活動。2013年「ゲルマニア」で作家デビューし、14年フリードリヒ・グラウザー賞（ドイツ推理作家協会賞）新人賞を受賞した。

ギルバート, エリザベス　Gilbert, Elizabeth
アメリカの作家, ジャーナリスト
1969〜
⊕コネティカット州ウォーターバリー　⊛ニューヨーク大学卒　⊛パリ・レビュー新人賞, プッシュカート賞
⊛ニューヨーク大学を卒業後、ジャーナリストとしての仕事を開始。1993年初めての短編小説を「エスクァイア」誌に発表。97年処女短編集「巡礼者たち」を出版、パリ・レビュー新人賞、プッシュカート賞を受け、PEN/ヘミングウェイ賞にもノミネートされた。2006年「タイム」誌が選ぶ"世界で最も影響力のある100人"に選ばれた。他の著書に「食べて、祈って、恋をして―女が直面するあらゆること探究の書」などがある。

ギルバート, マイケル・フランシス　Gilbert, Michael Francis
イギリスのミステリー作家, 弁護士
1912.7.17〜2006.2.8
⊕リンカーンシャー州ビリングヘイ　⊛ロンドン大学卒　⊛MWA賞巨匠賞(1987年), CWA賞ダイヤモンド・ダガー賞(1994年)
⊛ロンドン大学で法律を学ぶ。第二次大戦中はイギリス騎馬砲兵隊として従軍。イタリア軍の捕虜となった際にシリル・ヘアーのミステリー小説「法の悲劇」を読み、刺激を受けた。1947年よりロンドンの法律事務所に事務弁護士（ソリシター）として務め、イギリスの保護下にあったバーレーン政府の法律アドバイザーの他、ハードボイルド作家レイモンド・チャンドラーの顧問弁護士としてその遺言状を作成した。弁護士活動の傍ら、自宅と事務所を結ぶ列車内を書斎代わりにミステリー小説を執筆、47年処女作で〈ヘイズルリッグ警部〉シリーズの第1作となる「大聖堂の殺人」を刊行。以来、イギリス・ミステリー界の長老の一人として晩年まで作品を発表した。87年アメリカ探偵作家クラブ賞（MWA賞）巨匠賞受賞。イギリス推理作家協会（CWA）創設メンバーし、94年同協会よりダイヤモンド・ダガー賞を受賞。他の著書に「スモールボーン氏は不在」「捕虜収容所の死」「空高く」「愚者は怖れず」などがある。

ギルフォイル, ケヴィン　Guilfoile, Kevin
アメリカの作家, ジャーナリスト
1968.7.16〜
⊕ニュージャージー州ティーネック　⊛ノートルダム大学(1990年)卒
⊛大リーグ・アストロズの広報を経て、シカゴでデザイン会社の創設に参画し、クリエイティブ・ディレクターとして働く。2005年「我らが影歩みし所」で作家デビュー。ジャーナリスト、ユーモア作家として新聞・雑誌を中心に活躍。

ギルマン, ドロシー　Gilman, Dorothy
アメリカの児童文学作家, ミステリー作家
1923.6.25〜2012.2.2
⊕ニュージャージー州ニューブランズウィック　⊛Gilman, Dorothy Edith　⊛MWA賞巨匠賞(2010年)
⊛9歳から小説を書き始める。児童小説から転じ、1966年ミセス・ポリファックスを主人公にした〈おばちゃま〉シリーズの第1作「おばちゃまは飛び入りスパイ」を発表。同シリーズの他、マダム・カリツカを主人公にした〈伯爵夫人〉シリーズや、「クローゼットの中の修道女」「人形は見ていた」など数々のミステリー作品を発表した。他の著書に短編集「悲しみは早馬に乗って」、児童書「カーニバルの少女」「キャノン姉妹の一年」、ノンフィクション「一人で生きる勇気」などがある。2010年MWA賞巨匠賞を受賞した。

ギルロイ, フランク・D.　Gilroy, Frank D.
アメリカの劇作家, 脚本家, 映画監督
1925.10.13〜2015.9.12
⊕ニューヨーク市ブロンクス　⊛Gilroy, Frank Daniel　⊛ダートマス大学(1950年)卒　⊛ピュリッツァー賞(1965年), オビー賞（オフ・ブロードウェイ年間最優秀戯曲賞）(1962年), アウター・サークル賞（新人賞）(1962年), 劇評家クラブ賞(1962年), ニューヨーク・シアター・クラブ賞(1962年), トニー賞(1962年), ベルリン国際映画祭脚本賞(1971年)
⊛幼い頃から劇作の道を志望。ダートマス大学で社会学、心理学、英文学を学び、在学中に一幕物を数作と長篇戯曲を2作書いた。一時、広告代理店の大手、ヤング・アンド・ルビカムに勤めるが、傍ら執筆活動を続け、その後テレビドラマの作家に転身。カリフォルニアに移り、映画やテレビの脚本を数多く手がける。1961年ニューヨークに戻って「Who'll Save The Plowboy？」を発表。翌年オフ・ブロードウェイのフェニックス劇場で上演されオビー賞を受賞、劇作家としての地位を確立した。64年の第2作目「The Subject Was Roses」はロイヤル劇場で上演され、アウター・サークル賞、劇評家クラブ賞、ニューヨーク・シアター・クラブ賞、トニー賞、ピュリッツァー賞など数々の賞を独占。68年には自らの脚色で映画化した。一貫してリアリズムに徹し、前衛に走らず簡素な構成を生かした作品を発表した。監督も手がけた映画「Desperate Characters」(71年)はベルリン国際映画祭で脚本賞を獲得。脚色と監督を務めた「正午から三時まで」(76年)は、チャールズ・ブロンソン、ジル・アイアランド主演で映画化された。他の映画脚本に、「必殺の一弾」(56年)、「この愛にすべてを」(70年)、「ジンクス！あいつのツキをぶっとばせ！」(82年)など。

長男のトニー、双子の二男ジョンと三男のダンも脚本家や監督、編集者として映画界入りした。
㉝長男＝トニー・ギルロイ（脚本家・映画監督）、二男＝ジョン・ギルロイ（映画編集者）、三男＝ダン・ギルロイ（映画監督・脚本家）

キルワース, ギャリー　Kilworth, Garry
イギリスの作家
1941〜
㊴ヨークシャー州ヨーク　㊳別名＝ダグラス, ギャリー サルウッド, F.K.　㊺世界幻想文学大賞（中編）（1992年）
㊙1974年までイギリス空軍で暗号解読に携わる。退役後、学位取得や企業勤務の傍ら、かねてより興味を抱いていた各地の民話、神話、伝説などを織り込んだ作品を書きはじめる。77年大人向けのSFを発表し、本格的に創作活動を開始。その後ミステリー、ファンタジー、ホラーなどに著作分野を広げる。87年からはヤングアダルト向けの物語も出版。ギャリー・ダグラス、F.K.サルウッド名義でも作品を発表。92年共著の中編「The Ragthorn」で世界幻想文学大賞を受賞。他の著書に「メグ・アウル」などがある。

キローガ, オラシオ　Quiroga, Horacio
ウルグアイの作家
1878.12.31〜1937.2.19
㊴ウルグアイ・サルト
㊙ボヘミアン生活ののち、サルトで雑誌「Revista del Salto」（1899〜1900年）を創刊。のちフランスに渡航。数ケ月で帰国し、01年処女作「珊瑚礁」に続き、多数の詩と散文を発表。02年事故で最良の文学仲間を撃ったことから、悔恨の念にかられ、生涯アルゼンチンで暮らす。主にブエノス・アイレスで作家活動を展開。03年探検隊に写真家として同行したことをきっかけに、ミシオネス地方のジャングルでも長く暮らし、大自然に対峙する人間の無力な姿を描いた「ジャングル物語」（18年）を執筆。20年代に生まれる"大地小説"の先駆者として活躍した。著書に「愛と狂気と死の物語」（17年）、「アナコンダ」（21年）、「断首された雌鳥」（25年）、「追放者」（26年）、「フラミンゴのながくつした」などがある。父親、息子、娘、妻の全てが変死し、本人も自殺した。

金近　きん・きん　Jin Jin
中国の童話作家
1915.11.27〜1989.7.9
㊴浙江省上虞県　㊳金 知温, 別筆名＝林 玉清, 王 玫
㊙少年時代から児童文学を志し、1936年「小朋友」誌に最初の童話を投稿。抗戦期は四川にまで転じた。46年上海に戻ると、47年児童読物工作者連会理事となり、以後児童文学に専念。代表作に、童話「鯉竜門を跳ぶ」（57年）、「狐が人間をとる国」（63年）、評論集「童話の創作およびその他」（57年）、編書に「中国現代寓言集錦」など。文化大革命後いち早く創作を復活させ、選集「春風が吹いてくる童話」（79年）、「金近作品選」（80年）を刊行。「児童文学」誌の主編、「児童百科事典」の編集を手がけた。

キーン, モーリー　Keane, Molly
イギリスの作家
1904.7.20〜1996.4.22
㊴アイルランド・キルデア州　㊳キーン, メアリ・ネスタ〈Keane, Mary Nesta〉筆名＝ファレル, M.J.〈Farrell, M.J.〉
㊙M.J.ファレルの筆名で処女作「The Knight of Cheerful Countenance」を執筆して以来、ファレル名義で「大波」（37年）、「アラゴンの2日間」（41年）、「涙なしの愛」（51年）など10作の小説を書き、また「春の出逢い」（38年）、「雌アヒルと雄アヒル」（42年）、「目もくらむ期待」（61年）などの戯曲も手がけた。夫を亡くした後は20年以上筆を断ったが、81年モーリー・キーン名義の「行儀よく」がブッカー賞の最終候補作となったことがきっかけで旧作が再版され、「幾度も」（83年）、「愛すること、与えること」（88年）を発表した。

金庸　きん・よう　Jin Yong
中国の作家
1924.3.10〜2018.10.30
㊴浙江省海寧県　㊳査 良鏞
㊙1948年より香港に。55年処女作「書剣恩仇録」を発表、壮大かつロマンあふれるストーリーで一躍、武侠小説の雄となる。以来12部の長編小説を創作、香港・台湾及び中華世界において、幅広い層の読者に支持を得て、国民作家となる。70年代半ばに引退。95年現代中国の代表的な作家を選んだ20世紀中国文学大師文庫で魯迅、沈従文、巴金に続き、第4位におかれる。一方、香港を代表する日刊紙「明報」、文化誌「月刊明報」を創刊。内外の政府首脳とも対話を重ね、中国返還後の香港のあり方を決める"香港基本法"の起草委員を務めた。93年「明報」の社主を引退。香港特別行政区準備委員会の香港側委員も務めた。99年浙江大学人文学部長に就任。主な作品に「碧血剣」「雪山飛狐」「射鵰英雄伝」「天龍八部」「連城訣」などがある。

キンキントゥー　Khin Khin Htoo
ミャンマーの作家
1962〜
㊴ビルマ・ミンジャン　㊳ドー・トゥートゥー　㊲マンダレー大学化学科（1985年）卒
㊙両親の生まれ故郷であるミンジャン北部の村落で生まれ育つ。1985年マンダレー大学化学科を卒業、87年高等弁護士の資格を取得。93年「シュエウッフモン・マガジン」に掲載された短編「頭に花飾りを」で作家デビュー。2003年「ペッセインクンタウン短編小説集」で国民文学賞（短編小説部門）、07年小説「上ビルマの親類たち」でトゥン基金文学賞を受賞（いずれも未訳）。長編・短編合わせて約300編を発表、うち20編ほどがミャンマー国内で映画化、ビデオドラマ化されている。夫は作家のネーウィンミン。
㉝夫＝ネーウィンミン（作家）

キング, ジョナサン　King, Jonathon
アメリカの作家
㊴ミシガン州　㊺MWA賞処女長編賞（2003年）
㊙「フィラデルフィア・デイリー・ニューズ」紙を皮切りに、20余年にわたり、主に犯罪と刑事裁判を専門とするジャーナリストとして活躍。2002年「真夜中の青い彼方」で作家デビューし、03年MWA賞処女長編賞を受賞。他に元警官マックス・フリーマンのシリーズがある。

キング, スティーブン　King, Stephen
アメリカの作家, 脚本家
1947.9.21〜
㊴メーン州ポートランド　㊳キング, スティーブン・エドウィン〈King, Stephen Edwin〉別名＝バックマン, リチャード〈Backman, Richard〉スウィッチェン, ジョン〈Swithen, John〉　㊲メーン州立大学卒　㊺O.ヘンリー賞（1996年）、世界ファンタジー生涯功績賞（2004年）、MWA賞巨匠賞（2007年）
㊙幼い頃に父と別れ、貧しい生活の中で育つ。少年時代より恐怖小説に耽り、大学1年のとき初めて作品を発表した。自活して大学を卒業、高校教師となるが、その後もボイラーマンのアルバイトをしながら小説を書く。1974年に処女長編「Carrie（キャリー）」を発表、一躍脚光を浴びる。以後、「呪われた町」「シャイニング」「ダークタワー」シリーズ、「クリスティーン」「ペット・セメタリー」「ミザリー」「IT」「ダークハーフ」「グリーンマイル」「ザ・スタンド」「不眠症」など次々とベストセラーを生み出している。"モダン・ホラーの旗手"と呼ばれ、発表する作品は必ずテレビか映画で映像になるなど、アメリカでは絶大な人気を持つ。非ホラー作品も多く手がけ、他に、評論やエッセイもある。2000年新作の「ライディング・ザ・ブレッド」をネット販売し、話題に。他の代表作に「コロラド・キッド」（05年）、「セル」「リーシーの物語」（06年）、「アンダー・ザ・ドーム」（09年）、「11/22/63（イチイチニイニイロクサン）」（11年）、「The Dark Tower」（12年）など。また、リ

チャード・バックマン名義の作品に「死のロングウォーク」「バトルランナー」「痩せゆく男」などがある。
[家]妻＝タビサ・キング（作家）

キング, フランシス　*King, Francis Henry*
イギリスの作家, 批評家
1923.3.4〜2011.7.3
[出]スイス　[名]別筆名＝Cauldwell, Frank　[学]オックスフォード大学古典学（1949年）卒, オックスフォード大学大学院（1951年）修士課程修了　[勲]OBE勲章（1979年）, CBE勲章（1985年）　[賞]サマセット・モーム賞（1952年）, キャサリン・マンスフィールド短編小説賞（1965年）
[歴]幼年期をスイス、インドで過ごす。1949年ブリティッシュ・カウンシル（イギリス文化協会）に入り、イタリア、ギリシャ、フィンランド、日本と様々な任地に赴き、17年間働く。59〜63年京都支部のディレクター（京都イギリス文化会館館長）を務めた。一方、46年23歳の時、小説集「暗黒の塔へ」を出版し作家としてデビュー。64年からイギリスに居を構え、フルタイムの作家として活動。日本を舞台にした作品が多い。創作のほかに多くの週刊誌の書評欄に執筆。78〜86年イギリス・ペンクラブ会長を経て、86〜89年国際ペンクラブ会長、89年より同副会長を務めた。90年小泉八雲来日100年記念フェスティバルに参加のため来日。他の作品に「永遠の別れ」（48年）、「別れの川」（51年）、「黒い眼鏡」（54年）、「岩の上の男」（57年）、「家畜」（70年）、「針」（75年）、「闇の行為」（83年）、「凍った音楽」（87年）、「名刺」（90年）、「アリの群れ」（91年）、「Dead letters」（97年）や、日本を題材にした長編「The Custom House（税関）」（61年）、短編集「The Japanese Umbrella（日本の傘）」（64年）、自伝「Yesterday Came Suddenly」（93年）、「E.M.フォスター評伝」（78年）などがある。

キング, ロス　*King, Ross*
カナダの作家
1962〜
[学]ヨーク大学, ロンドン大学 博士号（英文学, ヨーク大学）　[賞]ブックセンス賞（ノンフィクション部門, 2000年度）, 全米独立書店協会最優秀ノンフィクション作品（2001年）
[歴]トロントのヨーク大学で英文学の博士号を取得した後、1992年ロンドン大学で研鑽を積むため渡英、18世紀イギリスの文学と歴史を学ぶ。95年18世紀のロンドンを舞台とした歴史小説「迷宮の舞踏会」で作家デビュー。第二長編「謎の蔵書票」（98年）も高い評価を得る。他の著書に「天才建築家ブルネレスキ」「システィナ礼拝堂とミケランジェロ」などがある。

キング, ローリー　*King, Laurie R.*
アメリカの作家
1952〜
[出]カリフォルニア州サンフランシスコ　[賞]MWA賞最優秀新人賞（1994年）, CWA賞最優秀新人賞（1994年）, ネロ・ウルフ賞
[歴]大学での修士論文は「エホバの女性的側面」。1977年宗教学の教授と結婚し、宗教学の名誉博士号も持つ。作家として活躍し、サンフランシスコ市警の女性捜査官ケイト・マーティネリを主人公にした「捜査官ケイト」でアメリカ探偵作家クラブ（MWA）とイギリス推理作家協会（CWA）の最優秀新人賞を受賞。同シリーズの「捜査官ケイト 消えた子」はMWA賞最優秀長編賞にノミネートされる。シャーロック・ホームズの愛弟子となった〈メアリ・ラッセル〉シリーズも書き、「シャーロック・ホームズの愛弟子 女たちの闇」でネロ・ウルフ賞を受賞。

キングストン, マキシーン・ホン　*Kingston, Maxine Hong*
アメリカの作家
1940.10.27〜
[出]カリフォルニア州ストックトン　[学]カリフォルニア大学（1962年）卒　[賞]全米批評家賞（1977年度）
[歴]洗濯屋を営む中国系の両親のもとに生まれ、家では中国語を話した。カリフォルニア大学卒業後、教職に就き、のちハワイに移る。カハル市でドロップアウトのための学校作りに参加し、その後、公私立の高校で教鞭を執る。1976年発表の「女武者」で77年度の全米批評家賞を受賞。俳優アール・キングストンとの間に1児がある。

キング・スミス, ディック　*King-Smith, Dick*
イギリスの児童文学作家
1922.3.27〜2011.1.4
[出]グロスターシャー州　[賞]ガーディアン賞（1984年）
[歴]第二次大戦にイギリス陸軍の将校として従軍し、戦後は長い間、農業に従事。50歳を過ぎてから教育学の学位を取り、村の小学校で教鞭を執った。この頃から童話を発表し始め、1978年最初の作品を出版。60歳になった82年以降は専業作家として数々の児童書を発表した。農場を舞台とした動物物語が多く、「子ブタ シープピッグ」は84年ガーディアン賞を受賞。同作品は95年に「ベイブ」として映画化されヒットした。92年には“91年度イギリス最高の児童文学作家”に選ばれた。他の作品に「ゆうかんなハリネズミ マックス」「飛んだ子ブタダッギィ」「ソフィーとカタツムリ」「ソフィーと黒ネコ」「ネコのアリストテレス」など。

キングズリー, カザ　*Kingsley, Kaza*
アメリカの作家
[出]オハイオ州クリーブランド　[賞]ベンジャミン・フランクリン賞最優秀処女小説賞（2007年）
[歴]2006年「エレック・レックス〈1〉竜の魔眼」が話題を呼び、一躍ファンタジー界の寵児に。07年には「フォワード・マガジン」誌のヤングアダルト小説部門銀メダル、ベンジャミン・フランクリン賞の最優秀処女小説賞など、三つの賞に輝いた。

キングズリー, シドニー　*Kingsley, Sidney*
アメリカのユダヤ系劇作家
1906.10.18〜1995.3.20
[出]ニューヨーク　[学]コーネル大学　[賞]ピュリッツァー賞（1934年）
[歴]コーネル大学演劇部在部中から創作を発表し、第二次大戦中軍務に服したほかは、劇作、演出、制作に専念した。1934年愛と修業の板挟みで苦しむ青年医師を描いた「白衣の人々」でピュリッツァー賞を受賞し、これは30年代に活躍した「グループ・シアター」によって上演された。ニューヨークのイースト・リバーを舞台に大都会の裏面を描いた、代表作「デッド・エンド」（35年）をはじめ、ニューヨーク市警察の鬼刑事の悲劇「探偵物語」（49年）など平凡な日常生活の写実的描写の中に社会意識を盛り込んだ作品が多い。他の作品に「千万人の幽霊」（35年）、「愛国者」（43年）、「真昼の暗黒」（51年）、「狂人と愛人」（54年）など。

キングソルバー, バーバラ　*Kingsolver, Barbara*
アメリカの作家
1955.4.8〜
[出]メリーランド州アナポリス
[歴]人権・環境問題活動家、ジャーナリストとしても活躍。1988年インディアンの捨て子タートルと未婚の養母テイラーとの絆を描いた「野菜畑のインディアン」で作家デビュー。姉妹編である「天国の豚」（93年）は刊行前から話題を集め、刊行後いきなり全米ベストセラーを記録した。他の著書に「ポイズンウッド・バイブル」（98年）などがある。

キンケイド, ジャメイカ　*Kincaid, Jamaica*
グアテマラの作家
1949〜
[出]アンティグワ島セント・ジョンズ　[名]ポッター・リチャドソン, エレイン
[歴]黒人奴隷の子孫としてイギリスの植民地だったカリブ海のアンティグワ島に生まれ、16歳の時アメリカへ渡る。住み込みのベビーシッターをしながら、夜学で写真を学ぶ。少女雑誌でのインタビュー企画で好評を博したのをきっかけにその後「ニューヨーカー」誌の専属となり、作家としての足場を得る。宗主国イギリスの文化的重圧や、母と娘の離反など自伝

キ

的要素の強い作品を執筆してアメリカで評価を得る。作品に「川底に」(1983年)、「アニー・ジョン」(85年)、「小さな場所」(88年)、「ルーシー」(90年)、「母の自伝」(96年) など。

ギンス, マドリン Gins, Madeline H.
アメリカの詩人
1941〜2014.1.8
㊋ニューヨーク ㊍バーナード・カレッジ卒
㊕1963年頃から美術家の荒川修作と協同作業を公私にわたって続け、70年代に共作「意味のメカニズム」が世界的に高い評価を得た。また岐阜県のテーマパーク「養老天命反転地」などの建築的作品や現代美術作品、展覧会、著作を手がけた。著書に「ヘレン・ケラー——あるいは荒川」(94年)、荒川修作との共著に「意味のメカニズム」「建築−宿命反転の場—アウシュヴィッツ−広島以降の建築的実験」がある。
㊕夫=荒川 修作(美術家)

ギンズバーグ, アレン Ginsberg, Allen
アメリカの詩人, 反戦運動家
1926.6.3〜1997.4.5
㊋ニュージャージー州ニューアーク ㊍コロンビア大学卒 ㊎全米図書賞(1974年度)
㊕父はユダヤ系の教師で抒情詩人、母はロシア移民。様々な仕事をしながらアメリカ各地を放浪し、1956年詩集「Howl and Other Poems(吠える・その他の詩篇)」を出版、50年代後半に起こった〈ビート運動〉の代表的詩人となる。58年からは世界各地の放浪の旅に出、インドでヒンズー教の修行をしたこともあり、帰国後は一種の聖者として若者たちの尊敬を集め、アメリカ各地で講演や詩の朗読会を開いた。ベトナム戦争に反対するなど政治運動にも積極的に参加し、平和問題に熱意を示す。他の詩集に「カディッシュ」(61年)、「The Fall of America(アメリカのたそがれ)」(72年)、「全詩集」(84年)、散文にはバローズとの往復書簡集「麻薬書簡」(63年)、講演集「逐語的にアレン」(74年) などがある。

ギンズブルグ, エヴゲーニヤ・セミョーノヴナ
Ginzburg, Evgeniya Semyonovna
ソ連の作家
1906.12.20〜1977.5.25
㊋モスクワ
㊕タタール自治共和国のカザンで教育を受け、ジャーナリスト、大学講師を務めた。夫は共産党幹部。1937年"反党分子の協力者"と非難されて職場を追われ、シベリアの強制収容所に送られる。47年一旦釈放されたが、再び逮捕される。釈放後、55年モスクワに戻り、56年名誉回復されて党籍に復帰。家族から引き離されて18年間に及んだ苦難の年月を記した手記「明るい夜暗い昼」はソ連国内では公式に出版できずに、地下出版物として回読された。その後、国外に持ち出されると、67年著者に無断で西ドイツのフランクフルトで公刊され、ソ連の収容所の実態を女性の目で観察した記録として大きな反響を呼んだ。没後の79年、2巻目がイタリアのミラノで公刊された。作家のワシリー・アクショーノフは実子で、その自伝的回想「火傷」に生き別れた母との再会が描かれている。
㊕息子=ワシリー・アクショーノフ(作家)

ギンズブルグ, ナタリーア Ginzburg, Natalia
イタリアのユダヤ系作家
1916.7.14〜1991.10.8
㊋シチリア島パレルモ ㊎ストレーガ賞(1963年)
㊕ユダヤ系イタリア人の家に生まれ、少女期、青春期をトリノで過ごす。1938年ロシア文学者で反ファシズム運動のリーダーだったレオーネ・ギンズブルグと結婚、ユダヤ人で政治犯だということで一家をあげて抑留所生活を強いられたこともある。この結婚を含め2度結婚したが、2度とも死別した。34年最初の短編を発表して作家の道に入り、42年短編集「町に続く道」でデビュー。63年自伝的小説で代表作ともなった「Lessico famigliare(ある家族の会話)」でストレーガ賞を受賞し作家としての地位を確立。他の作品に「われわれのすべての年月」(52年)、「拝啓ミケーレ君」(73年)、「マンゾーニ家の人々」(83年)、戯曲「Ti hosposatoperallegria」(70年) などがある。エルサ・モランテと並んで現代イタリアを代表する女流作家として評価が高い。また83年には国会議員に初当選し、2期目を務めていた。
㊕息子=カルロ・ギンズブルグ(歴史家)

キンセラ, ウィリアム・パトリック Kinsella, William Patrick
カナダの作家
1935.5.25〜2016.9.16
㊋アルバータ州エドモントン ㊍ビクトリア大学, アイオワ州立大学卒 ㊎ホートン・ミフリン賞(1982年)
㊕公務員、生命保険セールスマン、タクシー運転手などをしながら小説を書く。カルガリー大学英語教授を経て、作家に転身。マイナーリーグの選手だった父親の影響で野球に親しみ、野球にまつわる小説やノンフィクションを発表。往年の大リーガーを題材に、短編「シューレス・ジョー・ジャクソン、アイオワに来たる」を発表。この短編をもとに四つのエピソードを入れた「シューレス・ジョー」(1982年)が初の長編小説で、89年「フィールド・オブ・ドリームス」として映画化され大ヒットした。カナダでは短編作家として知られ、他にカナダ・インディアンを主人公とする連作短編集などがある。他の作品に「アイオワ野球連盟」「魔法の時間」など。

キンセラ, ソフィー Kinsella, Sophie
イギリスの作家
1969.12.12〜
㊋ロンドン ㊏ペンネーム=ウィッカム, マデリーン〈Wickham, Madeleine〉 ㊍オックスフォード大学ニューカレッジ卒, キングズ・カレッジ修士課程修了
㊕オックスフォード大学ニューカレッジで音楽、哲学、政治学、経済学を学ぶ。卒業後、小学校教師の傍ら、ロンドンのキングズ・カレッジで音楽学の修士課程を修了。金融ジャーナリストを経て、1995年マデリーン・ウィッカム名義で出版した「悪意と憂鬱のイギリス式週末テニス」で作家デビュー。2000年ソフィー・キンセラ名義で「買い物中毒のひそかな夢と欲望」を発表(日本では01年に翻訳され、03年「レベッカのお買いもの日記」に改題される)、全英ベストセラー入りを果たし、09年には「お買いもの中毒な私!」のタイトルで映画化された。05年「エマの秘密に恋したら…」の刊行時にウィッカムと同一人物であることを公表した。他の作品に「家事場の女神さま」「本日も、記憶喪失。」「スターな彼女の捜しもの」などがある。

キンセラ, トマス Kinsella, Thomas
アイルランドの詩人
1928.5.4〜
㊋ダブリン ㊍ユニバーシティ・カレッジ卒
㊕ダブリンのユニバーシティ・カレッジに学び、同大の雑誌に最初の詩を投稿。1952年処女詩集「The Starlit Eye」を出し、56年「Poems」で評価を確立。公務員を経て、65年アメリカの南イリノイ大学に客員詩人として招かれ、70年よりテンプル大学英文学教授。76年アイルランドに帰国。他の詩集に「もう一つの9月」(58年)、「夜行者」(67年) などがある。

ギン・ソムチーン Ngin Somchine
ラオスの作家, 詩人, 文学者
1892〜1980
㊋ルアンプラバン ㊍パリ大学
㊕1906〜09年フランスに留学、パリ大学で学ぶ。ラオス文部省文芸局委員長を務めた。代表作は「魔法の小立像」(66年)と、ラオスの一女性をモデルに現代ラオス社会や風俗を描いた「ナーン・パワディー」(67年)で、他に63年「国語辞典」(1125ページ)、69年「フランス語=ラオス語辞典」(828ページ)を編纂した。68年までにフランスとラオス政府から20個の勲章を受けた。

キンヌネン, トンミ　*Kinnunen, Tommi*
フィンランドの作家
1973～
[出]クーサモ　[学]トゥルク大学卒　[賞]ヌオリ・アレクシス賞, キートス・キルヤスタ賞
[歴]大学卒業後、教師として10代の若者に国語と文学を教える一方、舞台の脚本も手がける。2014年長編「四人の交差点」で作家デビューすると、ベストセラーランキングで13週連続第1位となり、ヌオリ・アレクシス賞、キートス・キルヤスタ賞など数々の賞を受賞。

キンバリー, アリス　*Kimberly, Alice*
アメリカの作家
[名]単独筆名＝セラシーニ, マーク〈Cerasini, Marc〉アルフォンシ, アリス〈Alfonsi, Alice〉別共同筆名＝コイル, クレオ〈Coyle, Cleo〉
[歴]アリス・キンバリーは、アメリカの作家で夫のマーク・セラシーニと妻アリス・アルフォンシの夫婦合作の筆名。ともにペンシルベニア州ピッツバーグ出身。2004年にデビュー。頭は切れるが体が動かない幽霊探偵と、体は動くが推理がいまいちのミステリ書店主の名コンビを主人公にすえたデビュー作「幽霊探偵からのメッセージ」に始まる〈ミステリ書店〉シリーズで人気を得る。クレオ・コイルの共同筆名でも活動。

【ク】

久遠　く・おん　*Jiu Yuan*
台湾の作家
[賞]台湾角川ライトノベル大賞金賞（2009年）
[歴]大学在学中の2009年、「罌籠葬」で第1回台湾角川ライトノベル大賞金賞を受賞。11年同作が「華葬伝―Flower Requiem」として日本で刊行される。

ク・サン　具 常　*Ku Sang*
韓国の詩人
1919.9.28～2004.5.11
[出]咸鏡南道元山　[名]具 常浚　[学]日本大学宗教学科（1941年）卒　[勲]花郎武功勲章, 韓国国民勲章冬柏章　[賞]ソウル市文化賞, 大韓民国文学賞, 大韓民国芸術院賞
[歴]1941年日本大学宗教学科を卒業、同年から民族解放まで「咸興北鮮毎日新聞」記者。46年北朝鮮文学芸術総同盟元山支部に属したが、自らの出発点となった同人詩集「凝香」により反動詩人と迫害を受け、韓国に逃れた。その後、「連合新聞」文化部長、「嶺南日報」主筆、「京郷新聞」論説委員兼東京支局長などを歴任する一方、詩人としてカトリックの信仰に基づく作品を多く遺した。著書「具常詩集」（51年）、「焦土の詩」（56年）、「鴉」（81年）、「具常連作詩集」（85年）などの他、戯曲、評論、エッセイも多い。韓国芸術院会員。

ファジーモド, サルヴァトーレ　*Quasimodo, Salvatore*
イタリアの詩人
1901.8.20～1968.6.14
[出]モディカ（シチリア島）　[学]ローマ大学工学部中退　[賞]ノーベル文学賞（1959年）, アンティコ・ファットーレ賞（フィレンツェ）（1932年）, エトナ・タオルミナ賞（1953年）, ヴィアレッジョ賞（1958年）, メッシーナ大学名誉博士号（1960年）, オックスフォード大学名誉博士号（1967年）
[歴]父がイタリア国鉄の駅長だったため幼時からシチリアの各地で過ごす。この当時の体験によるシチリアの地中海感覚と古代ギリシャ神話の世界が、後に詩の基盤を形造った。1919年メッシーナの工業専門学校卒業後、ローマ大学工学部に進むが経済的理由で中退、数多くの職に就いたのち、26年内務省土木局の技師となりイタリア各地を転々とする。フィレンツェの「ソラーリア」誌の同人となり詩を発表、30年第1詩集「水と土」、続いて32年「沈んだ木笛」を刊行し注目される。のち「テンポ」誌の編集に携わり、41年ミラノのヴェルディ音楽院の文学教授に招聘され、同市に定住。42年それまでの詩の集成「そしてすぐに日は暮れる」を刊行。第二次大戦後半から詩作を通して反ファシズム抵抗運動に参加、すべてのエルメティズモ（錬金術主義）の詩人たちが沈黙したとき戦争の惨禍を直視した一連の抵抗詩を綴り、イタリア解放後「来る日も来る日も」（47年）、「人生は夢でない」（49年）以下一連の詩集を刊行。56年「見せかけの緑と真実の緑」、58年「比較なき土地」を刊行、59年ノーベル文学賞を受賞。65年最後の詩集「持つことと与えること」を出版。他に詩論「詩人と政治家」（60年）がある。
[家]義弟＝エーリオ・ヴィットリーニ（作家）

クァラントッティ・ガンビーニ, ピエール・アントーニオ
Quarantotti Gambini, Pier Antonio
イタリアの作家
1910.2.23～1965.4.22
[出]オーストリア・ハンガリー帝国ピシーノ（クロアチア）
[歴]少年期から青年期の性を目覚めを主要テーマとする作品が多く、代表作に「巡洋艦の波」（1947年）、「軍人の愛」（55年）、「熱烈な生活」（58年）など。旅行記「ロシアの空の下」（63年）、詩集「太陽と風に」（70年）も知られる。

グアレスキ, ジョバンニ　*Guareschi, Giovanni*
イタリアの作家
1908.5.1～1968.7.22
[歴]早くから新聞や雑誌の編集に携わり、1942年「運命の名はクロティルデ」でユーモア作家として認められる。43年ナチス・ドイツへの恭順を拒んだことからポーランドの収容所に収監され、1年半を過ごした。帰国後、自らが発行する週刊誌「カンディード」に、第二次大戦直後の社会状況を背景に司祭ドン・カミロと共産党村長ペッポーネの友情あふれる対決を描いた連作「ドン・カミロ」（48年）を連載。爆発的な人気を呼び、69年までに全4冊が刊行された。51年にはフランスのジュリアン・デュヴィヴィエ監督により「陽気なドン・カミロ」として映画化され世界的に知られるようになり、フェルナンデルが演じたドン・カミロはその当たり役となった。

クイック, マシュー　*Quick, Matthew*
アメリカの作家
[出]ニュージャージー州　[学]ラ・サール大学
[歴]17歳で作家を志し、国語教師の職に就いたが初志を忘れられず、2004年教職を辞めて各地を放浪。08年「世界にひとつのプレイブック」で作家デビュー、同作は09年のPEN/ヘミングウェイ賞の最終候補作にノミネートされた。また、デービッド・O.ラッセル監督により映画化され、12年トロント国際映画祭で最高賞の観客賞を受け、アメリカでもヒットした。妻は作家でピアニストのアリシア・ベセット。
[家]妻＝アリシア・ベセット（作家・ピアニスト）

クィネル, A.J.　*Quinnell, A.J.*
ジンバブエ生まれのイギリスの冒険作家
1940～2005.7.10
[歴]イギリス移民の子としてローデシア（現・ジンバブエ）に生まれ、幼少時代はアフリカのタンザニアで過ごす。のちビジネスマンとしてスイスや香港に勤務後、作家に転身。1980年「Man on Fire（燃える男）」でデビューし、一躍冒険作家のトップグループ入りを果たす。以後本格スパイ小説、ノンフィクション・ノベル、海洋冒険小説などを世に送り、無駄のない文体とよく練られたアイデアとでファンを魅了するが、国籍不明の匿名作家として正体を伏せていた。デビュー作の原著には、ある作家のペンネームであり、取材の自由を確保するために名を秘すとの断り書きがされている。99年「トレイル・オブ・ティアズ」の発表を機に正体を明かした。他の作品に「メッカを撃て」（81年）、「スナップ・ショット」（82年）、「血の絆」（84年）、「サン・カルロの対決」（86年）、「ヴァチカンからの暗殺者」（87年）、「イローナの四人の父親」（91年）、短編

集「地獄の静かな夜」など。2001年来日。04年「燃える男」が「マイ・ボディーガード」の題名で映画化された。

クィヨニ　Guiyeoni
韓国の作家
1985.1.24〜
㋐イ・ユンセ　㋪成均館大学演技芸術学部
㋑高校在学中の2001年、インターネット上で純愛小説「オオカミの誘惑」を発表。顔文字や若者特有のチャット言葉など、型破りな文体が特徴で、"高校生インターネット作家"として女子高生らの間で爆発的な人気を呼んだ。02年単行本が出版され、2巻で30万部のベストセラーに。04年には映画化された。他の作品に「あいつ、かっこよかった」「ドレミファソラシド」など。成均館大学演技芸術学部に在学。05年来日。

クイーン, エラリー　Queen, Ellery
アメリカの推理作家
㋐別共同筆名=ロス、バーナビー〈Ross, Barnaby〉
㋑エラリー・クイーンは、ともにニューヨーク市出身でいとこ同士のマンフレッド・リー(Manfred Lee, 1905〜71年)とフレデリック・ダネー(Frederic Dannay, 05〜82年)の共同筆名。29年「ローマ帽子の謎」を合作し、推理作家としてデビュー。同作は本格的謎解き小説として大評判を得た。以来、2人で「フランス白粉の謎」「オランダ靴の謎」など国名シリーズを発表し、アメリカ本格推理小説黄金時代の旗手として活躍。32年からはバーナビー・ロス名義でシェイクスピア俳優ドルアリー・レインを探偵役とする〈悲劇〉シリーズ4部作を発表、特に「Yの悲劇」(32年)は傑作として知られる。他に「災厄の町」(42年)などニューイングランドの小さな町を舞台にした連作を発表した。書誌学者でもあるダネーは、41年その知識を生かした探偵小説の専門誌「エラリー・クイーンズ・ミステリー・マガジン(EQMM)」を創刊。この雑誌からスタンリー・エリンら有能な作家が育った。

クィンドレン, アンナ　Quindlen, Anna
アメリカの作家, コラムニスト
1953〜
㋐バーナード女子大学卒　㋑ピュリッツァー賞(コメンタリー部門)(1992年)
㋑「ニューヨーク・ポスト」紙を経て、1977年から「ニューヨーク・タイムズ」紙で記者として活躍。86年から3年間にわたり生活欄に連載をしたコラム"ライフ・イン・ザ・サーティーズ"は、柔らかな女らしさが魅力となり、好評を博す。さらに37歳で「ニューヨーク・タイムズ」のOP.EDページの史上最年少コラムニストに抜擢された。小説「Object Lessons」(91年)がベストセラーになった他、小説「母の眠り」、コラム集「Thinking Out Loud(言わせてもらえば)」(93年)や「グッド・ガール、バッド・ガール」〈アメリカ・コラムニスト全集8〉などの著書がある。

遇 羅錦　ぐう・らきん　Yu Luo-jin
中国の作家
1946〜
㋬北京　㋐北京工芸美術学校(1965年)卒
㋑農村で愛のない結婚を強いられるが破局、真の愛を求めて再婚する体験をもとにした自伝小説「ある冬の童話」、続編「ある春の童話」を執筆。新中国最初の本格的私小説として、愛情を基本とした男女の結びつきがなかなか許されない古い中国のしきたりを暴露、女性読者のとくに強い支持を受けたが、保守的な当局者からは"堕落した女流作家"とみられる。文化大革命時に"思想反動"の罪で労働改造に処せられ、1970年刑期終了。79年7月名誉回復されたが、83年"精神汚染"運動で批判された。86年2月から西独に出版社の招きで滞在していたが、たび重なる中国政府のいやがらせを理由に中国を離れる決心をして政治亡命を求め申請、87年3月西独政府より亡命許可。

クェンティン, パトリック　Quentin, Patrick
イギリス生まれのアメリカのミステリー作家
1912〜1987.7.26
㋐ロンドン　㋒ホイーラー、ヒュー　別名=スタッジ、ジョナサン　㋪ロンドン大学卒　㋑MWA賞特別賞(1962年)
㋑パトリック・クェンティンは、リチャード・ウィルソン・ウェッブ(Richard Wilson Webb, 1901年8月〜1966年12月)と、ヒュー・キャリンガム・ウィーラー(Hugh Callingham Wheeler, 1912年3月19日〜1987年7月26日)の合同ペンネーム。2人ともイギリス生まれで、のちアメリカに帰化。なお、初期のQ.パトリック名義の長編は、ウェッブがウィーラーとコンビを組む以前にウェッブがマーサ・モット・ケリー、またはウェッブとメアリー・ルイーズ・アズウェルとの合作で使用したペンネーム。"パトリック・クェンティン""Q.パトリック""ジョナサン・スタッグ"の3つのペンネームは、それぞれが異なる組合わせの合作であったり、単独作品であったりするが、合作の中心はウェッブとウィーラーであり、36年から娯楽性あふれる作品を次々と発表。〈パズル〉シリーズや、〈開業医のヒュー・ウェストレイ博士〉シリーズ全9作をはじめ、23の作品をコンビで書き上げる。52年ウェッブが体調を崩しコンビは解消。以降はウィーラーが単独で〈トラント警部補〉シリーズなどを執筆。ウィーラーは、62年短編集「金庫と老嬢」でアメリカ探偵作家クラブ賞(MWA賞)特別賞を受賞。60年代以降は主に劇作家として活躍した。

グエン・ディン・ティ　Nguyên Dinh Thi
ベトナムの作家, 文学者
1924〜2003.4.18
㋬ラオス・ルンプラバン　㋪ハノイ大学(法律)卒
㋑大学で法律を学び、ベトミン運動に参加。1942年から文筆活動を開始し、社会主義リアリズムを基調とした作品を発表した。第二次大戦前後のベトナムの情勢を唯物史観を通して描いた「決壊」、フランスからの独立をかけて戦われたインドシナ戦争を題材にした「虐殺」などの長編の他、詩に「兵士」、評論に「文学の諸問題」などがある。また戯曲や作詞を含む多彩な創作活動で知られた。国会議員、ベトナム文芸家協会会長などを歴任した。

グエン・ニャット・アイン　Nguyen Nhât Ánh
ベトナムの作家
1955〜
㋑アセアン文学賞(2010年)
㋑ベトナムを代表するベストセラー作家。海外での評価も高く、2010年アセアン文学賞も受賞。著書に「草原に黄色い花を見つける」。

グエン・バン・ボン　Nguyen Van Bong
ベトナムの作家
1921〜
㋬クワンナム・ダナン省　㋐筆名=チャン・ヒュー・ミン　㋑文芸二等賞(1954〜55年度)
㋑1945年の8月革命までクワンナム・ダナン省にある私立学校の教師を務める。革命後は中部にて活動、対仏戦争参加のなかで創作活動をはじめる。ジュネーブ協定の54年、北部に集結、60年代はじめに、アメリカ帝国主義の介入が行われた南部へ移る。のちに北部へ戻り、ベトナム作家会議の常任委員を務めるとともに作家としての活動を続ける。初期の作品で、ベトナム農民の戦いを描いた「水牛」が54〜55年度の文芸二等賞を受賞。南部にいた頃はチャン・ヒュー・ミンのペンネームで「ウーミンの森」(66〜67年)などを書き、今はふたたび本名で執筆している。

グオ, シャオルー　郭 小櫓　Guo, Xiao-lu
中国の作家, 映画監督
㋑ロカルノ映画祭金豹賞、クレテイユ国際女性映画祭最優秀フィクション賞
㋑映画監督として、ロカルノ映画祭金豹賞を受賞した「中国娘」やクレテイユ国際女性映画祭で最優秀フィクション賞を受賞した「How Is Your Fish Today?」などの作品がある。作

家としても「Who is my mother's boyfriend?」など10冊以上の小説を出版している。

クォン・ヨソン　權 汝宜　Kwon Yeo-sun
韓国の作家
1965〜
㊻ソウル大学国語国文学科修士課程修了　㊥想像文学賞(1996年)、李箱文学賞(2008年)、東仁文学賞(2016年)、呉永寿文学賞、韓国日報文学賞、東里文学賞
㊙1996年長編小説「青い隙間」で第2回想像文学賞を受賞しデビュー。呉永寿文学賞、李箱文学賞、韓国日報文学賞、東里文学賞も受賞。「春の宵」(原題「あんにょん、酔っぱらい」)は絶望と救いを同時に歌った詩のような小説と評され、2016年東仁文学賞を受賞、小説家50人が選んだ今年の小説、中央日報、ハンギョレ新聞の16年の今年の本にも選ばれた。

グギ・ワ・ジオンゴ　Ngugi wa Thiong'o
ケニアのキクユ族出身の作家、劇作家、批評家
1938.1.5〜
㊻リムル　㊥別筆名＝グギ、ジェームズ〈Ngugi, James〉　㊺マケレレ大学英文科(ウガンダ)(1964年)卒　㊥ロータス賞(1973年)
㊙キクユ族出身。イギリス・リーズ大学に留学後、ナイロビ大学講師。学生時代から大学の文芸機関誌「ペンポイント」を編集し、短編小説「イチジク木」(60年)、戯曲「黒い隠者」(62年)を発表。67年文芸誌「ズガ」創刊。長編第1作「泣くな吾が子よ」(64年)から、「川を隔てて」(65年)、「一粒の麦」(67年)、「血の花弁」(77年)まで一貫してケニア近代化に内在する悲劇を英語で描き続けた。77年戯曲「したい時に結婚するわ」上演後に逮捕され、1年間投獄。釈放後、アフリカ文化の解放と再生のため民族語のキクユ語で創作活動を再開し、小説「十字架の上の悪魔」(80年)、「拘禁——作家の投獄記」(81年)などを発表。ほかに戯曲集、評論集がある。82年から反体制作家として亡命を余儀なくされ、ニューヨーク大学教授を務める傍ら創作と評論活動を続ける。92年アジア・アフリカ文学者会議に出席のため来日。

クーザー、テッド　Kooser, Ted
アメリカの詩人
1939.4.25〜
㊻アイオワ州　㊥ピュリッツァー賞(詩作部門)(2005年)
㊙2004〜06年アメリカの詩人に与えられる最高の地位であるアメリカ議会図書館詩歌顧問を務める。05年詩集「Delights&Shadows」でピュリッツァー賞の詩作部門を受賞。他の絵本「木に持ちあげられた家」がある。

グージ、アイリーン　Goudge, Eileen
アメリカの作家
1950〜
㊻カリフォルニア州サンフランシスコ
㊙大学1年の時にベトナム徴兵を逃れる恋人とカナダに逃亡。バンクーバーで結婚し、一児の母となるが3年で離婚。故郷に戻るのが受け入れられず、2度目の結婚をするが9年後にふたたび離婚。子供は2人になり、この頃からティーンエイジャー向けのロマンス小説を書き始める。ニューヨークに移り、大物出版エージェント、アル・ザッカーマンと結婚。1986年長年構想していた「偽りの薔薇の園」を発表、同作品はベストセラーとなり、10ケ国語以上に翻訳される。他の著書に「誰がペギー・スーを殺したか」「麗しき姉妹の絆」「偽りのプロローグ」「愛と真実の薔薇」「ふりかえれば、愛」などがある。

グージ、エリザベス　Goudge, Elizabeth
イギリスの作家
1900.4.24〜1984.4.1
㊻サマーセット州　㊥カーネギー賞(1946年)
㊙父は神学校の副校長で、母はフランス系。14歳になるまで学校へは通わず家庭教師について勉強した。美術学校でデザインを学んだが、作家を志し「魔法の島」(1934年)、「霧のな

かの塔」(38年)などの作品で認められる。詩的な表現とロマンティックな雰囲気を特徴とし、「まぼろしの白馬」(46年)でカーネギー賞を受賞した。

クシュナー、トニー　Kushner, Tony
アメリカの劇作家
1956.7.16〜
㊻ルイジアナ州　㊥ピュリッツァー賞(文学部門・戯曲)(1993年)、トニー賞(1993年)
㊙ユダヤ系ニューヨーカー。1987年舞台デビュー作が酷評され、長い雌伏に入る。93年春ブロードウェイでのデビュー作「ミレニアム・アプローチ」(「アメリカの天使たち」の第1部)が成功を収め、一躍演劇界の寵児に。作品はほかに同第2部「ペレストロイカ」など。

グスタフソン、ラーシュ　Gustafsson, Lars
スウェーデンの詩人、作家、文芸評論家
1936.5.17〜2016.4.3
㊻ヴェステロース　㊥Gustafsson, Lars Erik Einar　㊺ウプサラ大学
㊙1957年小説「休息」で文壇に登場し、自己認識および現実認識の内容を持つ詩や散文を執筆。スウェーデン最大の文芸誌「文学マガジン」の編集者も務めた。他の作品に、小説「グスタフソン氏自身」(71年)、「羊毛」(73年)、「家族パーティ」(75年)、「ジーギスムンド」(76年)、詩集「気球旅行者」(62年)、紀行文「アフリカの試行」(80年)、自伝「記憶の宮殿」(94年)など。ドイツの詩人エンツェンスベルガーと親交があった。83年アメリカ・テキサス大学オースティン校教授となり、2006年まで務めた。

クズネツォフ、アナトリー・ワシリエヴィチ　Kuznetsov, Anatolij Vasiljevich
キエフ生まれのソ連の作家
1929.8.18〜1979.6.13
㊻ウクライナ共和国キエフ　㊺ゴーリキー文学大学(1960年)卒
㊙第二次大戦中をナチス・ドイツ占領下のウクライナで過ごす。1946年新聞「ピオネールの真理」に短編小説を発表、全ソ連コンクールで優勝。短編「伝説のつづき」(57年)で注目され、短編集「生活の鼓動」(61年)、中編「わが家で」(64年)の後、66年ナチスによるウクライナでのユダヤ人大虐殺(ホロコースト)を描いた長編「バービイ・ヤール」を発表、論議を呼ぶ。69年イギリスに亡命、「バービイ・ヤール」の無検閲版を出版した。

クーゼンベルク、クルト　Kusenberg, Kurt
スウェーデン生まれのドイツの作家
1904.6.24〜1983.10.3
㊻イェーテボリ
㊙幼年時代をリスボンで過ごした後、ミュンヘン、ベルリン、フライベルクの大学で美術史を学ぶ。1928年画家ロッソ・フィオレンティーノに関する論文で博士号を取得。「世界芸術」「フォス新聞」で美術評論を執筆し、35〜43年ベルリンで「コラーレ」誌の副編集長を務める。戦後は作家として活動し、58年以降は「ローヴォルト」出版社の編集顧問を務めた。「壜の中の世界」(40年)、「蒼い夢」(42年)、「ひまわり」(51年)など多数の短編集のほか、「ベッド礼讃」(56年)などのエッセイや放送劇集もある。

グターソン、デービッド　Guterson, David
アメリカの作家
1956.5.4〜
㊻ワシントン州シアトル　㊺ワシントン大学大学院修士課程修了　㊥PEN/フォークナー賞(1995年)、バーンズ&ノーブル新人賞(1995年)、全米図書賞(1996年)
㊙北欧系ロシア人の子孫。大学時代に作家を志望、大学院修了後高校教師となり、傍ら執筆を続ける。1989年短編集「The Country Ahead of Us, The Country Behind」を発表。のち10年近くかけて、94年日系人を扱った小説「ヒマラヤスギに

降る雪」(日本版題名「殺人容疑」)を出版、95年アメリカ・ペンクラブのPEN/フォークナー賞、大手書店バーンズ&ノーブルの新人賞を受賞、96年全米書籍商協会の最優秀書籍に選ばれ、ドイツ、フランス、イタリア、ギリシャ語など20ケ国語に翻訳される。

クック, トーマス *Cook, Thomas H.*
アメリカのミステリー作家
1947〜
[出]アラバマ州フォートペイン　[賞]MWA賞最優秀長編賞(1996年)
[歴]ジョージア州立大学で英語学と哲学、ハンター大学でアメリカ史、ニューヨーク市立大学でアメリカ史、コロンビア大学でアメリカ史を学ぶ。大学卒業後、大学講師の傍ら寄稿編集者や書評担当者を務め、1980年処女長編「鹿の死んだ夜」で作家デビュー。MWA賞最優秀新人賞にノミネートされた。96年「緋色の記憶」でMWA賞最優秀長編賞を受賞。他の著書に〈フランク・クレモンズ〉シリーズの「だれも知らない女」「過去を失くした女」「夜訪ねてきた女」、〈記憶〉シリーズの「死の記憶」「夏草の記憶」「夜の記憶」や、SFファンタジー「テイクン」などがある。

クック, ロビン *Cook, Robin*
アメリカのミステリー作家, 眼科医
1940〜
[出]ニューヨーク　[学]ウェスリアン大学卒, コロンビア大学医学科卒
[歴]大学卒業後、クストー海洋学研究所にも学ぶ。外科医となった後、海軍で潜水艦に搭乗、深海居住実験にも参加。退役後、ハーバード大学で眼科医となる。一方、インターン時代の体験に基づき「The Year of the Intern」(1972年)を発表するが成功せず、200冊に及ぶベストセラー群を研究。"医学ミステリー・スリラーが最高のテーマだ"との結論を得て77年現代医学の抱える深刻な問題を扱った「Coma(コーマ)」を出版し、大ベストセラーとなり、マイケル・クライトン監督、マイケル・ダグラス主演で映画化される。以来、最新医学技術の知識を駆使して優れた医学サスペンスを着実に発表、ベストセラー作家としての地位を築きあげる。「モータル・フィア」「ターミナル」「インヴェイジョン」などテレビドラマ化された作品も多数。また眼科医としても多数の医学論文を執筆し、特に趣味であるスキューバ・ダイビングについての医学的著書も上梓している。他の作品に「アウトブレイク」「トキシン」「ベクター」「アブダクション—遭遇」「ショック—卵子提供」「シージャー発作」など。

クッチャー, フォルカー *Kutscher, Volker*
ドイツの作家
1962.12.26〜
[出]西ドイツ・ノルトライン・ウェストファーレン州リンドラール　[学]ヴッパータール大学, ケルン大学　[賞]ベルリン・ミステリー賞
[歴]ヴッパータール大学、ケルン大学でドイツの言語および文献の研究、哲学、歴史学を専攻し、幼少期を過ごしたヴィッパーフュルトで地元新聞のジャーナリスト、ライターを経て作家となり、1995年に発表したミステリー「Bullenmord(警官殺し)」(クリスチャン・シュナルケとの共著)でデビュー。シュナルケとの共著や単著を刊行した後、2007年から単独で警察小説〈ゲレオン・ラート〉シリーズを執筆。同シリーズの第1作「濡れた魚」でベルリン・ミステリー賞を受賞。

クッツェー, J.M. *Coetzee, J.M.*
南アフリカ生まれのオーストラリアの作家, 批評家
1940.2.9〜
[出]ケープタウン　[名]クッツェー, ジョン・マクスウェル〈Coetzee, John Maxwell〉　[学]ケープタウン大学卒, テキサス大学(言語学)卒 Ph.D.(テキサス大学)(1969年)　[賞]ノーベル文学賞(2003年), CNA文学賞(南アフリカ)(1977年・1980年・1983年), ジェームズ・テイト・ブラック記念賞(1980年), ジェフリー・フェイバー記念賞(1981年), 南アフリカ文学大賞, ブッカー賞(1983年・1999年), フェミナ賞(1985年), エルサレム賞(1987年), サンデー・エクスプレス年間図書賞(1990年)
[歴]南アフリカ白人"アフリカーナ"出身の英語作家。ケープタウン大学で文学と数学を学び、1961年渡英。数学者としてケンブリッジ大学のコンピューター研究所で働き、65年渡米、テキサス大学で言語学を学ぶ。68年ニューヨーク州立大学助教授(英語学)、72年南アフリカに帰国しケープタウン大学講師、81年准教授、84年〜2001年文学教授。02年からはオーストラリアを拠点に大学で文学を講じる。01年よりシカゴ大学教授兼任。この間、1974年小説「Dusklands(ダスクランド)」で作家デビュー。以後「石の女」(77年)、「夷狄を待ちながら」(80年)、「マイケル・K」(83年)、「ロビンソン・クルーソー」のパロディ「敵あるいはフォー」(86年)、「鉄の時代」(90年)、「ペテルブルクの文豪」(94年)、「少年時代」(97年)、「恥辱」(99年)などを著わし、多くの賞を受賞、作家としての地位を不動のものとする。83年「マイケル・K」でイギリスのブッカー賞を受賞し、99年「恥辱」で史上初となる2度目のブッカー賞を受賞。2003年、巧みな構成力と成熟した会話、状況分析の明晰さに特徴づけられる作品で、西欧文明の残酷な合理主義と浅薄な倫理観を容赦なく批判したとして、ノーベル文学賞を受賞。他の作品に「エリザベス・コステロ」(03年)、「遅い男」(05年)、「サマータイム、青年時代、少年時代 辺境からの三つの〈自伝〉」(09年)、「ヒア・アンド・ナウ 往復書簡2008-2011」(ポール・オースターと共著)などがある。02年オーストラリアに移住。

グッドウィン, ジェイソン *Goodwin, Jason*
イギリスの作家
[学]ケンブリッジ大学　[賞]ジョン・ルウェリン・リース賞(1993年), MWA賞(最優秀長編賞)
[歴]大学ではビザンツ帝国の歴史を研究。1991年処女作「A Time for Tea : Travels Through China and India in Search of Tea」の成功の後、6ケ月にわたって東欧を旅し、初めてイスタンブールに入った。その成果は多くの賞を得た93年の「On Foot to the Golden Horn : A Walk to Istanbul」に結実。他に「Lords of the Horizons : A History of the Ottoman Empire」(98年)などの著作がある。2006年に発表した「イスタンブールの群狼」でMWA賞の最優秀長編賞を受賞。

グッドマン, アリソン *Goodman, Alison*
オーストラリアの作家
1966〜
[出]メルボルン　[賞]オーリアリス賞(2008年)
[歴]1998年「Singing the Dogstar Blues」でデビュー。このデビュー作と、2008年に刊行された中華風ファンタジー「竜に選ばれし者イオン」でオーストラリアのSF賞であるオーリアリス賞を受賞した。

グットマン, アン *Gutman, Anne*
フランスの絵本作家
1970〜
[出]パリ
[歴]作家だった父の影響で、絵本の創作活動に入る。1980年父と組み、最初の絵本を出版。夫で画家のゲオルグ・ハレンスレーベンとともに創作を行う。世界的なベストセラーとなった〈リサとガスパール〉シリーズでは、文章だけではなくテーマから全体の構成、ブックデザインまで幅広く手がける。また、コアラの女の子を主人公とした〈ペネロペ〉シリーズでも有名で、2006年「うっかりペネロペ」としてテレビアニメ化もされた。
[家]夫＝ゲオルグ・ハレンスレーベン(画家)

グッドマン, ポール *Goodman, Paul*
アメリカの詩人, 作家, 劇作家

1911.9.9～1972.8.2
[出]ニューヨーク市 [学]ニューヨーク市立大学卒, シカゴ大学大学院博士課程
[歴]公立高校、ニューヨーク市立大学を首席で卒業後、シカゴ大学大学院博士課程に進む。1934年処女詩集「The Lyric Poems」を刊行、41年日本の能スタイルの舞踊劇集「ストップ・ライト」を発表。42年に発表した「グランド・ピアノ」は大河小説「エンパイア・シティ」(59年) の第1部となり、都市生活への関心は弟のパーシバル・グッドマンとの共著「コミュニタンス」(47年) にも示されている。急進的な思想の持ち主で、政治や教育に関する著作にそれらが明確に表れ、「不条理に育つ」(60年) は60年代の反抗する青年たちのバイブルの一つとなった。心理療法なども手がけ、文学評論、小説、短編、詩、戯曲などを含めて著書は40冊余に及ぶ。
[家]弟＝パーシバル・グッドマン (都市計画家・建築家)

グーディス, デービッド *Goodis, David*
アメリカのミステリー作家
1917～1967
[出]ペンシルベニア州フィラデルフィア
[歴]広告業界で働いたのち、作家となり、犯罪小説の名手として人気を博す。多くの作品が映画化され、自身も映画脚本を手がけた。著書に「狼は天使の匂い」など。

クナイフェル, ハンス *Kneifel, Hans*
ポーランド生まれのドイツのSF作家
1936.7.10～2012.3.7
[出]グリビーツェ
[歴]第二次大戦終了時、9歳でオーバーバイエルン地方に移住、菓子職人を目指したが、1962年に高校卒業資格を取り、67年からしばらく小学校の教師を務めた。映画「月世界征服」によってSFに興味を持ち、18歳で処女作「星々は呼ぶ」(56年) を出版。以来、600を越す多くのSF作品を発表。〈ペリー・ローダン〉シリーズには「巨人奴隷」所載の「死の沈黙の惑星」から参加した。

クナウスゴール, カール・オーヴェ *Knausgård, Karl Ove*
ノルウェーの作家
1968.12.6～
[出]オスロ [学]ベルゲン大学卒 [賞]ノルウェー文芸批評家賞 (2004年), ブラーゲ賞 (2009年), エルサレム賞 (2017年)
[歴]1998年に発表したデビュー長編作「Ute av verden」でノルウェー文芸批評家賞を受賞。2004年に発表した長編第2作は国際IMPACダブリン文学賞にノミネートされた。09年に自伝的小説である「わが闘争―父の死」を発表。ノルウェーの文学賞ブラーゲ賞を受賞するなど高く評価されたが、一方で実在する人物を包み隠さず描いたことで議論を呼んだ。

グナワン・モハマッド *Goenawan Mohamad*
インドネシアの作家, 詩人, ジャーナリスト
1941～
[出]バタン [学]インドネシア大学 (哲学) 卒, カレッジ・オブ・ヨーロッパ・ブリュージュ (政治学) [賞]国際報道自由賞 (1998年)
[歴]5歳の時オランダ兵に父親を殺される。1965～66年ヨーロッパに留学。スカルノ政権末期の激しいデモで知られた "インドネシア学生行動戦線" の機関紙「我等」、文学雑誌「地平線」などの編集に参加。71年時事週刊誌「テンポ」を創刊し、93年まで編集長を務める。のち編集顧問を経て、論説委員。この間、82年選挙報道により出版許可が取り消され、スハルト大統領一族を個人的に攻撃しないことを条件に再発行。94年政府内の対立に目をつけ、事件を追いかけたが、政府により再度の免許取り消しになる。言論の自由を保障した憲法を盾に処分取り消しを求める裁判を起こし、行政裁判所の1、2審で勝訴した。96年若者にかつぎ出され、97年総選挙の不正を監視する独立選挙監視委員会の代表になり、初めて市民運動に身を投じる。"66年世代" を代表するジャーナリスト、作家、詩人、評論家として活躍する現代インドネシア屈指の知識人の一人。

クニッツ, スタンリー・ジャスポン *Kunitz, Stanley Jasspon*
アメリカの詩人
1905.7.29～2006.5.14
[出]マサチューセッツ州ウースター [学]ハーバード大学 [賞]ピュリッツァー賞 (1959年), ボーリンゲン賞 (1987年)
[歴]ユダヤ系。詩人として1930年に処女詩集「知的な事柄」を出版。柔軟な形式への変化を示した「詩選集1928-1958」(58年) で成功を収め、59年ピュリッツァ賞を受けた。他の詩集に、「戦争へのパスポート」(44年)、「試金木」(71年)、「全詩集 1928-1978」(79年)、詩論集に「ある種の秩序、ある種の逸脱」(75年) がある。50～57年文学研究者としてニューヨークのニュー・スクール・フォー・ソーシャル・リサーチと、63年よりコロンビア大学で詩を講じた。

クネーネ, マジシ *Kunene, Mazisi*
南アフリカのズールー語詩人
1930.5.12～2006.8.12
[出]ナタール州ダーバン [名]クネーネ, マジシ・レイモンド〈Kunene, Mazisi Raymond〉 [学]ナタール大学大学院修士課程修了, ロンドン大学 [賞]バンツー文学賞, アフリカ文学賞
[歴]11歳のときからズールー語で詩やドラマを書き、土地の新聞や雑誌に寄稿してバンツー文学賞を受賞する。ナタール大学に学んでズールー族が産んだ偉大な詩人マゴルワネなどの詩を研究し、大学院で文学修士号を得た。1959年給費生としてロンドンに渡りロンドン大学で博士号を修めようとしたが、南アフリカの解放闘争に捧げる決心をして研究を断念する。ロンドンに亡命。ANC (南アフリカ解放戦線) のヨーロッパ駐在代表となり、70年には資金調達のために来日しズールー詩を朗読、"クネーネ・ショック" を与えた。その間著作を続け、現代アフリカの最も優れた革命詩人の一人となり、また真のアフリカ文学・文化の保持者として評価される。アメリカでカリフォルニア大学、スタンフォード大学などの客員教授やアイオワ大学アフリカ研究所長を務め、アジアとアフリカの比較文化の研究も進める。83年再来日。93年よりクワズールー・ナタール大学教授。代表的な作品に処女詩集「ズールー詩集」(70年)、「偉大なる帝王シャカ」(79年)、ズールー族創世期の叙事詩「十年期賛歌」(81年)、「ご先祖たちと聖なる山」(82年) などがある。クネーネの作品は南アフリカ政府によって発禁にされたが、ロンドン、ニューヨーク、ベイルートなどの国々で翻訳・発行がなされ、世界的に数多くの読者を得た。長年の亡命生活の後、帰国を果たす。

クーネルト, ギュンター *Kunert, Günter*
ドイツ (東ドイツ) の詩人
1929.3.26～
[出]ベルリン [賞]ハインリッヒ・マン賞 (1962年), ベッヒャー賞 (1973年)
[歴]母がユダヤ系であったため、文房具製造業者だった父までも強制収容所に送られ、苦難の少年時代を過ごす。戦後すぐに応用美術を学ぶ。47年頃より詩の創作を始め、以降、小説や映画、テレビドラマ、放送劇、児童劇、オペラの脚本から評論、エッセイにと多彩な才能を発揮する。62年にハインリッヒ・マン賞、73年にベッヒャー賞を受賞。"廃墟の世代" の最も代表的な詩人として、東ドイツの文学に大きな影響を与える存在となる。その後、詩人ビアマンの国籍剥奪事件に対して抗議し、77年に党を除名される。主な作品には、詩集「道標と壁文字」(50年)、短編集「白昼夢」(64年)、「地球の中心点」(75年) などがある。

クノー, レーモン *Queneau, Raymond*
フランスの作家, 詩人
1903.2.21～1976.10.25
[出]ルアーブル [学]パリ大学 (哲学) (1925年) 卒 [賞]ドゥ・マゴ賞
[歴]哲学教授有資格者。銀行員、ジャーナリストなどを経て、1941

年ガリマール書店顧問。20年代にシュルレアリスムの詩人として出発したが、30年この運動を離れ、33年数学的構成原理や日常言語の要素を取り入れた最初の小説「はまむぎ」を発表。その後も、新造語や実際の発音に則した綴り字の多用など、実験的な作品を発表し続け、50年代の“ヌーヴォーロマン”の先駆けとなった。一般に広く知られるようになったのは小説「地下鉄のザジ」(59年)の映画化以降。他の主な著書に小説「きびしい冬」(39年)、「わが友ピエロ」(42年)、「青い花」(65年)、「イカロスの飛行」(68年)、詩集「樫の木と犬」(37年)、「運命の瞬間」(48年)、評論集「棒、数字、文字」(50年)など。

クノップ, クリス　*Knopf, Chris*

アメリカの作家

[賞]ネロ賞(2013年)

[歴]大学では英語英文学を専攻し、大学院在籍中から執筆活動を始める。子供が生まれたため就職するが、執筆活動は続けていた。クリエイティブディレクター、コピーライターを経て、広告会社の会長を務める。執筆開始から数十年を経て、2005年に発表したハードボイルド「私が終わる場所」で作家デビュー。同作は〈サム・アキーロ〉としてシリーズ化される。13年「Dead Anyway」でネロ賞を受賞した。他に〈Arthur Cathcart〉シリーズがある。

クーパー, ウィリアム　*Cooper, William*

イギリスの作家

1910〜2002

[出]チェシャー州クルー　[名]ホーフ, ハリー・サマーフィールド〈Hoff, Harry Summerfield〉　[学]ケンブリッジ大学クライスト・カレッジ卒

[歴]1933年から8年間、レスターで物理教師として勤める。第二次大戦中は英空軍に服務。戦後は官吏の傍らで作家として活動、50年「地方生活からの情景」で注目を集め、キングズリー・エイミス、ジョン・ブレインらに大きな影響を与えて“怒れる若者たち”の先駆けとなった。他の作品に「アルバート・ウッズの苦闘」(52年)、「若いひとびと」(58年)などがある。

クーパー, スーザン　*Cooper, Susan*

イギリス生まれのアメリカのファンタジー作家

1935〜

[出]バーミンガム　[学]オックスフォード大学卒　[賞]ニューベリー賞(1976年), ボストン・グローブ・ホーンブック賞

[歴]オックスフォード大学を卒業後、「ロンドン・サンデー・タイムズ」紙のジャーナリストとして活躍しながら小説を執筆。1963年アメリカ人科学者と結婚して同国へ移住。65年「コーンウォールの聖杯」で児童書の分野に登場、70年代に執筆した〈闇の戦い〉シリーズが代表作で、シリーズの「灰色の王」でニューベリー賞を、「光の六つのしるし」でボストン・グローブ・ホーンブック賞を受賞。

クーバー, ロバート　*Coover, Robert*

アメリカの作家

1932.2.4〜

[出]アイオワ州チャールズシティ　[名]Coover, Robert Lowell　[学]シカゴ大学大学院修士課程修了　[賞]フォークナー賞(1966年)

[歴]アメリカのポスト・モダニズムの作家の一人。主な作品に「ブルーノ教団の興隆」(1966年)、「ユニヴァーサル野球協会」(68年)、「火刑」(77年)、「女中の臀(おいど)」(81年)、「ジェラルドのパーティ」(86年)、「老ピノッキオ、ヴェネツィアに帰る」(91年)、「ブライヤー・ローズ」(96年)、短編集「プリックソングスとデスカンツ」(69年)など。

クープランド, ダグラス・キャンベル
Coupland, Douglas Campbell

ドイツ生まれのカナダの作家

1961.12.30〜

[歴]西ドイツのNATO軍基地で生まれた後、家族とともにカナダのバンクーバーに移住。1984年にアート・スクールを卒業。83年交換留学生として半年間札幌に滞在。85〜86年には東京で経営学を学びながら出版社に勤務。91年パーム・スプリングスで書き上げた処女長編「ジェネレーションX」を発表。ポスト・ヤッピー世代の圧倒的な支持を受け、その書名は“新世代”を指す呼称となる。他の作品に「シャンプー・プラネット」「ライフ・アフター・ゴッド」「God Hates Japan 神は日本を憎んでる」などがある。

クーミン, マキシン　*Kumin, Maxine*

アメリカの詩人, 作家

1925.6.6〜2014.2.6

[出]ペンシルベニア州フィラデルフィア　[名]Kumin, Maxine Winokur　[学]ラドクリフ大学　[賞]ピュリッツァー賞(詩部門)(1973年), ルース・リリー詩賞(1999年)

[歴]ユダヤ系の家に生まれる。ラドクリフ大学の修士課程に進学と同時に結婚、3児の母となる。ボストン付近の大学で教鞭を執る傍ら創作を始め、1973年第4詩集「Up Country」(72年)でピュリッツァー賞を受賞。北米を代表する女性詩人として知られた。他の著書に詩集「家, 橋, 噴水, 門」(75年)、「救出方法」(78年)、短編小説集「なぜ人間らしく共生できないのか」(82年)など。絵本に、詩人で友人であったアン・セクストンとの共著「ジョーイと誕生日の贈り物」などがある。

クライス, ケイト　*Klise, Kate*

アメリカの児童文学作家

1963.4.13〜

[出]イリノイ州ピオリア

[歴]子供の頃から妹のM.サラ・クライスが絵を、自身が文章を担当して一緒に本を作る。〈ゆうれい作家はおおいそがし〉シリーズの1作目「オンボロ屋敷へようこそ」(2009年)は全米の17州で児童文学賞にノミネートされた。

[家]妹＝M・サラ・クライス(イラストレーター)

グライツマン, モーリス　*Gleitzman, Morris*

イギリス生まれのオーストラリアの児童文学作家

1953〜

[出]イギリス　[学]キャンベラ大学

[歴]イギリスに生まれ、16歳の時オーストラリアに移住。テレビの脚本家、新聞のコラムニストなど様々な職業に就く傍ら、創作の勉強を続け「The other facts of life」でデビュー。オーストラリアで最も人気のある児童文学作家の一人。児童書に「はいけい女王様、弟を助けてください」「海のむこうのサッカーボール」「フェリックスとゼルダ」など。

クライトン, マイケル　*Crichton, Michael*

アメリカの作家, 映画監督

1942.10.23〜2008.11.4

[出]イリノイ州シカゴ　[名]Crichton, John Michael 別名＝ハドソン, ジェフリー〈Hudson, Jeffery〉 ラング, ジョン〈Lange, John〉 ダグラス, マイケル〈Douglas, Michael〉　[学]ハーバード大学人類学部(1964年)卒, ハーバード大学医学部(1969年)卒 医学博士(1969年)　[賞]MWA賞(最優秀長編賞)(1969年), アメリカ医学作家年間最優秀賞(1970年), MWA賞(最優秀映画賞)(1980年)

[歴]ハーバード大学で人類学を専攻し、1964年最優秀の成績で卒業。66年「華麗なる賭け」で作家デビュー。また大学卒業後、ヨーロッパ旅行の特典を与えられて各地をまわり、リビエラで見たモナコのグランプリ・レースに創作意欲を刺激されて、冒険小説「殺人グランプリ」を11日間で書き上げる。この作品を67年にジョン・ラング名義で出版し、以降このペンネームで犯罪小説を8点ほど刊行。さらにハーバード大学医学部に入学し、勉学の傍ら医学ミステリー「A Case of Need(緊急の場合は)」を68年ジェフリー・ハドソン名義で発表、アメリカ探偵作家クラブ賞(MWA賞)最優秀長編賞を受賞。69年にはSF「アンドロメダ病原体」を本名マイケル・クライトン名義で発表し、ベストセラーとなる。以来、これらの名前を使い分けながら小説を書き、「ジュラシック・パーク」(91年)など多くの作品が映画化され、作品は世界で1億5000万部以上売

れた。代表作に「ライジング・サン」(92年)、「ディスクロージャー」(94年)、「ロスト・ワールド」(95年)、「エアフレーム」(96年)、「タイムライン」(99年) など。

グライムズ, マーサ　Grimes, Martha
アメリカのミステリー作家
㊤ピッツバーグ　㊥アイオワ大学　㊦ネロ・ウルフ賞
㊨父は弁護士、母はホテルのオーナー。メリーランド州タコマ・パークのモントゴメリー・カレッジで英語を教えながら小説を書き始める。〈警視リチャード・ジュリー〉シリーズ、別名〈パブ〉シリーズで知られ、主な作品に処女作『『禍いの荷を負う男』亭の殺人』のほか、『『鎮痛磁気ネックレス』亭の明察』「The Five Bells and Bladebone(『五つの鐘と貝殻骨』亭の奇縁)」「The Old Silent(『古き沈黙』亭のさても面妖)」「The Old Contemptibles(『老いぼれ腰抜け』亭の純情)」など。91年初来日。

クライン, アーネスト　Cline, Ernest
アメリカの作家
1972〜
㊤オハイオ州アッシュランド
㊨簡単料理専門コック、魚さばき職人、ビデオショップ店員、テクニカルサポート・ロボットなどを経験し、ギーク(オタク)活動に専念。脚本を担当した映画、ゲームをテーマとしたドキュメンタリー映画の制作のほか、俳優としても活躍。2012年SFアクションアドベンチャー「ゲームウォーズ」で作家デビュー。

クライン, A.M.　Klein, A.M.
カナダの詩人
1909.2.14〜1972.8.20
㊤ロシア(ウクライナ)　㊥クライン、エイブラハム・モーゼス〈Klein, Abraham Moses〉　㊥マッギル大学、モントリオール大学　㊦カナダ総督文学賞(1948年)
㊨ユダヤ系。ウクライナ北西部で生まれ、1910年家族でカナダに移住。マッギル大学とモントリオール大学に学び、大学在学中から各種雑誌に詩や評論を寄稿。弁護士資格を取得して弁護士を開業する傍ら、38〜55年週刊誌「カナダ・ユダヤ・クロニクル」の編集を手がけ、カナダのユダヤ人社会の知的指導者となった。40年処女詩集「ユダヤ人も持たざるや」、44年第二詩集「詩編」を刊行。同年ナチス・ドイツの暴虐を激しく糾弾した長詩「ヒットラーリアード」を発表。51年イスラエル建国までのユダヤ民族の歩みを描いた小説「第二の書」を刊行、20世紀カナダ文学における最高作品の一つとされる。

クライン, エマ　Cline, Emma
アメリカの作家
1989〜
㊤カリフォルニア州ソノマ
㊨2016年「ザ・ガールズ」でデビュー。チャールズ・マンソンらによる凄惨な事件を題材に、少女の繊細な心理を描き出す筆力と洞察力が絶賛される。18紙誌の年間ベストブックに選出され、アメリカで40万部を突破するベストセラーとなる。17年英語圏の大手文芸誌「グランタ」の"最注目の若手アメリカ作家"に選ばれる。

クライン, クリスティナ・ベイカー　Kline, Christina Baker
イギリス生まれのアメリカの作家, 編集者
1964〜
㊤ケンブリッジ　㊥エール大学卒、ケンブリッジ大学卒、バージニア大学
㊨イングランド、アメリカ・テネシー州、メーン州で子供時代を送り、その後はミネソタ州、ノースダコタ州で多くの時間を過ごす。エール大学、ケンブリッジ大学卒業し、バージニア大学では小説創作コースの特別研究員を務める。フォーダム大学やエール大学などで創作や文学を教え、最近はジェラルディン・R.ドッジ財団から奨励金を得る。5冊の小説のほか、出産から子育ての期間にエッセイを執筆。フェミニストの母親クリスティナ・L.ベイカーとの共著「The Conversatin Begins」もある。「孤児列車」(2013年)は「ニューヨーク・タイムズ」のベストセラーリスト入り。

クライン, ナオミ　Klein, Naomi
カナダの作家, ジャーナリスト
1970〜
㊤ケベック州モントリオール
㊨「トロント・スター」に5年間、週1回のコラムを共同執筆し、フリーで「サタデー・ナイト」の編集を担当した。「ガーディアン」「ニューステイツマン」「ニューズウィーク」「ニューヨーク・タイムズ」「ミズ」などに記事を書く傍ら、「グローブ・アンド・メール」「ネイション」でもコラムを共同執筆。デビュー作「ブランドなんか、いらない」は世界的なベストセラーとなり、一躍、反グローバリゼーションの語り部となった。同書はカナダでビジネス書賞、フランスでLe Prix Médiationsを受賞。他の著書に「貧困と不正を生む資本主義を潰せ」「ショック・ドクトリン」などがある。

クライン, ノーマ　Klein, Norma
アメリカの児童文学作家
1938.5.13〜1989.4.5
㊤ニューヨーク市　㊥コロンビア大学
㊨コロンビア大学で修士号を取得。1972年未婚の母を持つ11歳の少女を主人公とした「ママとおおかみ男とわたし」で児童文学作家としてデビュー。同作のような、フェミニズムを基調とした児童文学やジュニア向け小説を執筆、恋愛や性の問題を取り上げた大胆な問題提起の小説で新風を吹きこんだ。やがて一般読者のための小説にも進出。他の著書に「サンシャイン」(75年)、「私はちいさな小説家」(75年)、「ママ、あのことないしょにしてて」(78年)、「マンハッタン式家族あわせ」(81年)、「ビギナーズ・ラブ」(83年) などがある。

クライン, マシュー　Klein, Matthew
アメリカの作家, 起業家
㊤ニューヨーク　㊥エール大学(1990年) 卒, スタンフォード大学ビジネススクール中退
㊨1990年エール大学卒業。その後、シリコンバレーにあるスタンフォード大学ビジネススクールに通うが、卒業を目前にして自身、自身が設立したテクノロジー企業の経営に携わる。のち金融関係のソフトウェアを開発する会社を経営。一方、2006年「Switchback」で作家デビュー。2作目の「キング・オブ・スティング」(07年)は書評誌に絶賛された。

クライン, ロビン　Klein, Robin
オーストラリアの児童文学作家
1936.2.28〜
㊤ニューサウスウェールズ州ケンプシー　㊦オーストラリア児童文学賞(1983年・1990年)
㊨15歳のとき働き始め、様々なことをしながら物語を書く。1981年からは執筆に専念、子供のための本を数多く書いている。代表作に「テレビのすきなきょう竜くん」「きらい・きらい・すき」「ペニーポラード物語」「翼ひろげて」などがある。

グラヴィニチ, トーマス　Glavinic, Thomas
オーストリアの作家
1972〜
㊤グラーツ　㊥グラーツ大学中退　㊦フリードリヒ・グラウザー賞(2002年)
㊨5歳でチェスを始め、15歳で同年代の国内プレイヤーNo.2にランクされる。様々な職業を経て、1995年フリーの作家となる。98年「ドローへの愛」を発表、翌年英語訳され、「デイリー・テレグラフ」により"99年のベストワン"に推挙される。以後「スージー氏」「カメラ殺人犯」を発表し、2001年エリアス・カネッティ奨励金を給付される。

クラヴェル, モーリス　Clavel, Maurice
フランスの作家, 劇作家, ジャーナリスト

1920.11.10〜1979.4.23
[出]エロー県
[歴]哲学の教授資格を得たのち、第二次大戦中はレジスタンス運動に加わり、ド・ゴール派の一員としてナチス・ドイツに抵抗した。戦後は、急進的な論陣を張り、政治の分野でも旺盛な執筆活動に取り組んだ。作家として小説「夏娘」(57年)がある他、劇作家として戯曲「火付け人たち」(46年)、「真昼のテラス」(47年)、「マグロンヌ」(50年)、「バルマゼダ」(54年)などがある。

グラウザー, フリードリヒ *Glauser, Friedrich*
スイスのミステリー作家
1896〜1938
[出]ウィーン
[歴]4歳で母と死別し、ウィーンのギムナジウムの第三級まで履修する。その後、スイスの田園教育舎、ジュネーブのコレージュに学ぶが放校処分となる。チューリッヒのダダイスム運動に最年少のメンバーとして加わり、フーゴー・バルやトリスタン・ツァラとともに活動。モルヒネ依存症になったため、父親により精神病院に強制隔離された。外人部隊、炭坑夫、庭師といった職業を転々とし、その放浪生活の間に書き上げた「シュルンプ・エルヴィンの殺人事件」(1935年)でミステリー作家としてデビュー。以後、「クロック商会」(37年)、「シナ人」(38年)など一連のシュトゥーダー刑事シリーズを次々に発表し、"スイスのシムノン"と絶賛された。その他、「外人部隊」(40年)をはじめとした小説や、放浪記をふくむ自伝的エッセイも発表し、放浪作家としても称えられた。38年42歳で死去。死後刊行された一連の作品によって、20世紀の先駆的アウトサイダー作家としての評価が高まっている。

クラウザー, ヤスミン *Crowther, Yasmin*
イギリスの作家
[学]オックスフォード大学, ケント大学
[歴]イラン人の母とイギリス人の父のもと、イギリスに生まれる。1979年のイラン革命以前には定期的にイランを訪れていた。オックスフォード大学、ケント大学に学び、シンクタンクのサステイナビリティー社に勤務。企業コンサルタントの傍ら、35歳で長編「サフラン・キッチン」を執筆し、作家デビュー。2005年ロンドン・ブックフェアにおいて各国の出版社の注目を集め、ドイツ、イタリア、オランダなどでの出版が決まり、話題となった。

クラウス, カール *Kraus, Karl*
オーストリアのユダヤ系詩人, 劇作家
1874.4.28〜1936.6.12
[出]オーストリア領ボヘミア・イッチン(チェコ)　[学]ウィーン大学
[歴]裕福なユダヤ系商人の家に生まれる。ウィーン大学在学中に諷刺的散文で頭角を現し、1899年批評誌「ファッケル(炬火)」を創刊、以後個人誌として亡くなるまで刊行。初期は時評、批評に筆を振るったが、第一次大戦に際し、1912年から戦争の実態を露わにした巨大風刺劇「人類最後の日々」を執筆(22年刊)。20年以降は広く社会、文明批判に転じ、傍ら自らの言語批判の集大成「言語」を執筆。33年にはナチスの恐怖を予言的に語った「ワルプルギスの第3夜」を発表、ナチスの台頭に対し諷刺技法で来るべき危険を説いた。他の著書に「最後の審判」(19年)、「文学と虚偽」(29年)などがある。死後の52年に著作集が刊行された。

クラウス, ニコール *Krauss, Nicole*
アメリカの作家, 詩人
1974.8.18〜
[出]ニューヨーク市マンハッタン　[学]スタンフォード大学卒, オックスフォード大学, ロンドン大学コートールド美術研究所
[歴]スタンフォード大学を卒業後、イギリスに渡り、オックスフォード大学およびロンドン大学コートールド美術研究所で学位を取得。「ニューヨーク・タイムズ」「ロサンゼルス・タイムズ」「パルチザン・レビュー」紙誌に文芸批評を寄稿。エール大学若い詩人賞で最終選考に残る。これまで「パリ・レビュー」「プラウシェアーズ」「ダブルテイク」などで詩作を発表。2003年処女長編「2/3の不在」が「ロサンゼルス・タイムズ」の"ブック・オブ・ザ・イヤー"に選ばれ、一躍全米の注目を浴びる。「Great House」(10年)は、同年の全米図書賞、11年のオレンジ賞の最終候補となった。他の作品に「ヒストリー・オブ・ラヴ」がある。

クラウス, ヒューホ *Claus, Hugo Maurice Julien*
ベルギーのオランダ語作家, 劇作家
1929〜2008.3.19
[出]ブリュージュ
[歴]ベルギー・オランダ語圏のブリュージュに生まれる。パリやローマに住み、前衛芸術運動"コブラ"の一員として、文学・絵画・演劇など多彩な前衛芸術活動を行う。1947年に詩集を出版して以降、多数の小説・戯曲を著し、"現代オランダ語文学の巨匠"としてたびたびノーベル文学賞候補に名が挙がった。リアリズムの手法の中に巧みに詩情が融合する作品を発表。第二次大戦前後の一家族の消長を描いた小説「ベルギーの悲しみ」(83年)が代表作。他の作品に表現主義風の農村小説「メッチル家」(51年)、心理小説「冷ややかな恋人」(57年)、小説「メス」(60年)、詩集「東側の畑」(55年)、弟思いの姉と母との確執を描いた戯曲「朝の花嫁」(55年)、甜菜工場を舞台とした戯曲「砂糖」(58年)など。70年代にはオランダ出身の女優シルビア・クリステルと同居し、息子1人をもうけた。

クラウス, ルース *Krauss, Ruth*
アメリカの児童文学作家
1901.7.25〜1993.7.10
[出]メリーランド州ボルティモア
[歴]ピーボディ美術学院で絵画と音楽を学んだ後、ニューヨークのパーソンスクール応用美術科を卒業。子供の生活に深く根ざしたリズミカルな文章で早くから高い評価を受ける。画家クロケット・ジョンソンと結婚し、アメリカの古典絵本となった「にんじんのたね」などを共作。また、マーク・シーモント、モーリス・センダックらとも組み、シーモントとの「はなをくんくん」、センダックとの「A Very Special House」でコルデコット賞オナーブックを受賞。他の絵本に「大きくなるってこんなこと!」「くま! くま! くまだらけ」「さかさんぼの日」「わたしはとべる」「ぼくはきみできみはぼく」「シャーロットとしろいうま」「ちょうちょのためにドアをあけよう」「おふろばをそらいろにぬりたいな」「しあわせのちいさなたまご」などがある。
[家]夫=クロケット・ジョンソン(画家)

クラーク, アーサー・C. *Clarke, Arthur Charles*
イギリスのSF作家, 科学評論家, 電子工学者
1917.12.16〜2008.3.19
[出]サマーセットシャー州マインヘッド　[学]ロンドン大学キングズ・カレッジ(1948年)卒　[賞]ヒューゴー賞(1956年・1974年・1980年), ネビュラ賞(1972年・1973年・1979年), カリンガ賞(ユネスコ科学賞)(1961年), リバプール大学名誉博士号(1995年), 大学読書人大賞(日本)(2008年)
[歴]マインヘッドの農家に生まれる。グラマースクール卒業後、イギリス大蔵省の会計監査員となり、第二次大戦中は空軍技術部隊でレーダーの研究に携わる。戦後ロンドン大学で物理学と数学を学び、1948年に優等で卒業。45年頃からSFを書きはじめ、46年「太陽系最後の日」でデビュー、一躍文名を高める。51年から作家活動に専念。「前哨」(48年)「幼年期の終わり」(53年)「都市と星」(56年)「渇きの海」(68年)「宇宙のランデヴー」(73年)、短編集「太陽系オデッセイ」(83年)など未来を舞台にした作品約100点を発表。アシモフ、ハインラインらと並び、世界のSF界を代表する作家となった。惑星探査や人類の進化を扱った代表作「2001年宇宙の旅」は、68年スタンリー・キューブリック監督によって映画化され、原作のほか共同脚本も担当。完成された映像と哲学的な主題で、SF映画史

に残る名作となった。続編となる「2010年宇宙の旅」「2061年宇宙の旅」「3001年終局への旅」を書き継いだ。精力的に小説を発表する一方で、科学技術の振興にも尽力。「宇宙文明論」「未来のプロフィル」など科学解説書にも優れたものがあり、テレビの科学番組の制作など活動範囲は多方面にわたった。95年にはリバプール大学の名誉博士号を受けた。ダイビングを愛し、スリランカの海に魅せられて56年に移住。79年同国の伝説をもとにした「楽園の泉」を発表。「宇宙のランデヴー」に次いでこの作品でもヒューゴー、ネビュラ両賞をダブル受賞した。他の著書に「星々の揺籃」(G.リーと共作)「楽園の日々―アーサー・C.クラーク自伝」などがある。98年ナイトの爵位を与えられた。

クラーク, ウォルター・バン・ティルバーグ　*Clark, Walter Van Tilburg*
アメリカの作家
1909.8.3～1971.11.10
[出]メーン州イーストオーランド　[学]ネバダ大学卒, バーモント大学大学院修士課程
[歴]ネバダ大学を卒業し、バーモント大学で修士号を取得。ネバダ州を舞台に牛泥棒に対する残酷なリンチを描いた小説「オクスボーの出来事」(1940年)を始め、「ふるえる木の葉の町」(45年)、「ライオンの足跡」(49年)などを執筆。寡作だが、アメリカ西部を舞台した優れた作品で知られる。詩集「ゲイルの家の十人の女たち」(32年)、短編集「油断のない神々」(50年)などがある。

クラーク, オースティン　*Clarke, Austin*
アイルランドの詩人, 劇作家
1896.5.9～1974.3.19
[出]ダブリン　[学]ユニバーシティ・カレッジ卒
[歴]ダブリンのユニバーシティ・カレッジで学び、1917年同校の英語助手となる。同年処女詩集「The Vengeance of Fionn」を出版。以後、「西方の剣」(21年)、「巡礼」(29年)などの詩集でケルト神話やアイルランドの歴史を題材にとった。21～37年ロンドンで文学ジャーナリストを務め、32年アイルランド文学アカデミーを設立(52～54年同会長)。また、37年ダブリン韻文朗読協会(のち詩劇団に発展)を設立、詩劇「炎」(41年)や「The Plot Succeeds」(50年)などを上演。38年の詩集「夜と朝」以降は詩劇に注力したため詩人としては沈黙したが、55年詩集「古代の光」で復活後は、諷刺や社会批判などに転じた。2度にわたりアイルランド・ペンクラブ会長を務めた。小説「明るい誘惑」(32年)、「カシェル大寺の歌人」(36年)、「復活祭に踊る太陽」(52年)もあるが、教会を批判した内容からいずれもアイルランド当局により出版禁止となった。

クラーク, ジョン・ペッパー　*Clark, John Pepper*
ナイジェリアの詩人, 劇作家
1935.4.6～
[名]クラーク・ベケデロモ, ジョン・ペッパー〈Clark-Bekederomo, John Pepper〉　[学]イバダン大学卒　[賞]野間アフリカ出版賞特別賞(1980年)
[歴]イジョー族の出身。大学卒業後、新聞記者、イバダン大学研究員、プリンストン大学研究員を経て、1980年までラゴス大学教授を務めた。一方、文芸誌「ブラック・オーフューズ」の編集に従事。ビアフラ戦争(ナイジェリア内戦)でのビアフラ側についた詩人ショインカとの対立は有名。81年ラゴスにペック・レパートリー制劇場を創立し、市民の演劇啓蒙運動に取り組む。主な作品に、詩集「詩集」(62年)、「潮に浮かぶ葦」(65年)、内戦の悲惨さをうたった「被害者たち」(70年)、戯曲「3つの戯曲」(64年)、叙事詩劇「オジデイ」(66年)、見聞記「アメリカ、見たまま」(64年)、評論集「シェイクスピアの実例」(70年)など。イジョー族の王室建国にまつわる英雄伝承を作品に仕上げた「オジデイ・サーガ」(77年)で第1回野間アフリカ出版賞特別賞を受賞。

クラーク, スザンナ　*Clarke, Susanna*
イギリスの作家
1959.11.1～
[出]ノッティンガムシャー州ノッティンガム　[学]オックスフォード大学卒　[賞]世界幻想文学大賞(2005年), ヒューゴー賞(2005年), ローカス賞(2005年), ブックセンス・オブ・ザ・イヤー第1位
[歴]オックスフォード大学を卒業後、ロンドンで出版の仕事に就くが、1990年からイタリアとスペインで暮らす。92年スペインから戻り、出版の仕事をしながら「ジョナサン・ストレンジとミスター・ノレル」を書き始める。10年かかって完成した同作は、世界幻想文学大賞、ヒューゴー賞、ローカス賞を受賞。アメリカの書店員が選ぶ“ブックセンス・オブ・ザ・イヤー”でも1位を獲得するなど、世界的なベストセラーとなった。

クラーク, マーティン　*Clark, Martin*
アメリカの作家
[学]デービッドソン・カレッジ, バージニア大学ロースクール(1984年)卒
[歴]1992年バージニア州史上最年少の32歳で州判事に任命される。執務の傍ら執筆した最初の小説「The Many Aspects of Mobile Home Living」(2000年)は数多くのベストセラーリストに登場し、「ニューヨーク・タイムズ」紙の年間注目作や、ブック・オブ・ザ・マンス・クラブ・セレクションに選出。

クラーク, メアリ・ヒギンズ　*Clark, Mary Higgins*
アメリカのサスペンス作家
1929.12.24～
[出]ニューヨーク
[歴]アイルランド系のカトリック。子供の頃から殺人事件の裁判を扱った物語を読むのが好きで、犯罪心理に尽きぬ興味を抱き続ける。1964年に夫と死別して以来、ラジオのプロデューサーをしながら5人の子供を育てあげる。仕事の傍らサスペンス小説を書きはじめ、処女作「Aspire to the Heavens」に続く第2作「子供たちはどこにいる」(76年)がベストセラーとなり、第3作「A Stranger Is Watching」(77年)も前作に劣らぬ好評で迎えられ、ロマンティック・サスペンス路線でベストセラー作家としての地位を不動のものにする。2000年ニューヨークの出版社と女性作家としては世界最高額の6400万ドルで契約し話題となる。他の著書に「永遠の闇に眠れ」(1982年)、「ダンスシューズが死を招く」(91年)、「オルゴールの鳴る部屋で」(92年)、「あなたに会いたくて」(93年)、「リメンバー・ハウスの闇のなかで」(94年)、「恋人と呼ばせて」(95年)、「追跡のクリスマスイヴ」(96年)、「月夜に墓地でベルが鳴る」(96年)、「見ないふりして」(97年)、「君ハ僕ノモノ」(98年)、「殺したのは私」(99年)、「さよならを言う前に」(2000年)、「魔が解き放たれる夜に」(02年)、「消えたニック・スペンサー」(03年)、「20年目のクラスメート」(04年)などがある。

クラーク, ロバート　*Clark, Robert*
アメリカの作家
1953～
[出]ミネソタ州セントポール　[賞]MWA賞(最優秀長編賞, 1999年度)
[歴]雑誌編集に携わりながら、ノンフィクション作品を発表。1997年に発表した小説デビュー作「In the Deep Midwinter」が絶賛され、注目を集める。98年発表の「記憶なき殺人」で、99年度MWA賞を受賞。

グラジーリン, アナトリー　*Gladilin, Anatolii Tikhonovich*
ロシア(ソ連)の作家
1935.8.21～
[出]モスクワ　[学]ゴーリキー文学大学
[歴]1956年「ビクトル・ボドグルスキーの時代の記録」を発表し作家生活に入る。スターリン批判後に輩出した若手作家群の一人で、60年代に新しい散文の旗手として活躍した。67年ソルジェニーツィン問題で署名活動を行い、72年ソ連作家同盟

を退会、76年ソ連を出国してフランスのパリに移住した。作品は初期は中編「煙が目にしみる」(59年)、同「新年の最初の日」(63年)など若者の生き方を倫理的に追究したものが多い。「明日の天気予報」(72年)は西独で出版された。パリ亡命後は「大いなる競馬の日」(83年)、「フランス・ソビエト共和国」(85年)、「As I Was Then：Tales」(86年)などを発表。90年市民権回復。

ク

グラス, ギュンター　Grass, Günter Wilhelm
ドイツの作家
1927.10.16～2015.4.13
出ダンツィヒ（ポーランド・グダニスク）　賞ノーベル文学賞(1999年)、47年グループ賞(1959年)、ビューヒナー賞(1965年)、カレル・チャペック賞(1994年)、トーマス・マン賞(1996年)、スペイン皇太子賞(1999年)

略ポーランド系ドイツ人の子として生まれる。ダンツィヒの国民学校を卒業後、ギムナジウム3年の時第二次大戦に召集され、終戦時はアメリカ軍の捕虜となる。1946年釈放され、戦後は農業労務者や石工などをしながらデュッセルドルフの美術アカデミーと西ベルリンの国立美術アカデミーで彫刻や絵画を学び、50年代半ばから西ドイツ戦後文学運動"47年グループ"の一員として活躍。56年パリに移住。59年4年の歳月を費やして書き上げた処女長編「Die Blechtrommel（ブリキの太鼓）」を出版、たちまち爆発的な反響を呼び、戦後ドイツ小説の最大の収穫とされた。同作品は79年にフォルカー・シュレンドルフ監督によって映画化もされ、80年のアカデミー賞外国語映画賞など数々の映画賞を受賞。60年以後は西ベルリンに定住、創作活動の傍ら政治運動にも参加し、81年8月核兵器の廃絶を訴える文学者声明に署名。82年10月社会民主党政権が崩壊すると同時に同党に入党(92年12月離党)。90年10月のドイツ統一に際しては西ドイツ政府の統一政策に反対した。99年ノーベル文学賞を受賞。2006年第二次大戦中にナチスの武装親衛隊に属していたことを告白、大きな反響を呼ぶ。12年には核保有国と見られるイスラエルの対イラン政策を批判した詩を発表。"反ユダヤ主義"としてイスラエルから入国を禁止されるとともに、ドイツ国内でも非難された。他の著書に、「ブリキの太鼓」とともにダンツィヒ3部作をなす「猫と鼠」(1961年)、「犬の年」(63年)の他、「局部麻酔をかけられて」(69年)、「蝸牛の日記から」(72年)、「ひらめ」(77年)、「テルクテの出会い」(79年)、「頭脳の所産」(80年)、「女ねずみ」(86年)、「鈴蛙の呼び声」(92年)、「はてしなき荒野」(95年)、「蟹の横歩き」(2002年)、評論集「自明のことについて」(1968年)、「抵抗を学ぶ」(84年)、「ドイツ統一問題について」(90年)、「私の一世紀」(99年)、自伝「玉ねぎの皮をむきながら」(2006年)、詩集「ギュンター・グラス詩集」、詩画集「本を読まない人への贈り物」「蜉蝣」などがある。1978年来日。

グラス, スザンヌ　Glass, Suzanne
イギリスの作家、ジャーナリスト
出エディンバラ　学ケンブリッジ大学（フランス語・教育学）
略ロンドンに育ち、ケンブリッジ大学でフランス語と教育学を学んだ後、同時通訳の仕事に就く。エクス・アン・プロヴァンス、ミュンヘン、チューリヒ、フィレンツェ、テルアビブ、マドリード、ニューヨークなどを転々とし、7ヶ国語を習得。1993年ロンドンに戻り、大学院でジャーナリズムを学ぶ。フリージャーナリストとして「インディペンデント」や「ガーディアン」、スコットランドの日刊紙「スコッツマン」、「マリ・クレール」などに寄稿し、雑誌「Frank」の編集委員も務める。初の小説作品に「ザ・インタープリター」がある。

クラース, デービッド　Klass, David
アメリカの作家
学エール大学卒
略1983年英語指導主事の助手として来日、静岡県の高校で約2年間英語を教える。スポーツを題材とした小説を多く執筆し、処女作「青い目の甲子園」では野球を、96年の「Danger Zone」ではバスケットボールを取り上げる。他の著書に「カリフォ

ルニア・ブルー」(94年)、「ターニング・ポイント」などがある。ハリウッド映画の脚本家としても活躍、「コレクター」「絶体×絶命」などを手がける。

クラスナホルカイ, ラースロー　Krasznahorkai, László
ハンガリーの作家
1954.1.5～
出ジュラ　賞国際ブッカー賞(2015年)
略出版社勤務を経て、1983年から作家活動に入る。代表作「Melancholy of Residence」は映画化された。他の著書に「北は山、南は湖、西は道、東は川」などがある。2000年に半年間、05年にも、国際交流基金招聘フェローとして京都に滞在した。

グラック, ジュリアン　Gracq, Julien
フランスの作家, 詩人
1910.7.27～2007.12.22
出メーヌ・エ・ロアール県サン・フロラン・ル・ヴィエイユ　名Poirier, Louis　学エコール・ノルマル（パリ）卒　賞ゴンクール賞(1951年)
略高等中学で地理、歴史を教えながら小説を書き始める。ブルトンの影響を受け、デビュー作「Au Château d'Argol（アルゴールの城にて）」(1938年)はシュルレアリスムの一到達点と評価された。ブルトンをはじめとするシュルレアリストたちと交流するが、文壇や流行からは超然とした態度をとり、代表作とされる「Le Rivage des Syrtes（シルトの岸辺）」(51年)がゴンクール賞に選ばれたが、受賞を拒否した。他に小説「沈鬱な美青年」(45年)、散文詩集「大いなる自由」(47年)、戯曲「漁夫王」(48年)、評論「偏愛の文学」(61年)、短編集「半島」(70年)などがある。48年以降コレージュ・クロード・ベルナールの歴史学教授を務めた。

グラッタウアー, ダニエル　Glattauer, Daniel
オーストリアの作家
1960.5.19～
出ウィーン
略ジャーナリストを経て、作家に。「クリスマスの犬(Der Weihnachtshund)」(2000年)がドラマ化されるなど、ドイツ語圏で最も成功している作家の一人。06年「北風の吹く夜には」がドイツ書籍賞にノミネートされたほか、amazon.deの09年年間ベスト1に。07年の「Alle sieben Wellen」(未訳)もベストセラーとなった。

グラッドウェル, マルコム　Gladwell, Malcolm
イギリス生まれのアメリカの作家, ジャーナリスト
1963～
学トロント大学卒
略父は白人の数学者、母はジャマイカ系のセラピスト。イギリスで生まれ家族と共にカナダのオンタリオ州に移住。大学卒業後アメリカに渡り、1990年代初めから「ワシントン・ポスト」紙のビジネス記者、科学記者を経て、ニューヨーク支局長を務める。96年「ニューヨーカー」誌に書いた記事が認められ、同誌スタッフライターとなる。医学、テクノロジー、社会現象などに関する記事を執筆。2000年3月マーケティングに関する著書「ティッピング・ポイント」を出版、アメリカでロングセラーを記録し、日本、イギリス、ドイツ、イタリアなどでも発売される。08年世界の成功者の共通点を分析した「天才！ 成功する人々の法則（原題：Outliers）」を出版。アメリカ屈指のビジネス書作家。

グーラート, ロン　Goulart, Ron
アメリカの作家
1933.1.13～
出カリフォルニア州バークレー　名Goulart, Ronald Joseph 筆名＝ケインズ, ジョゼフィン〈Kains, Josephine〉Kearny, Jillian ステファン, コン〈Steffanson, Con〉Silva, Joseph　学カリフォルニア大学(1955年)卒　賞ネビュラ賞(1970年・1977年), MWA賞(1971年)

[歴]1958年からサンフランシスコのGuild, Bascom & BonfigliやHoefer, Dieterich & Brownなどでコピーライターとして勤める。一方、52年に作家としてデビュー。SF、ファンタジー、ミステリーとジャンルを越えた作品を執筆。別名義の作品やコミックも含め、著書は200冊を越える。主著は〈ジョン・イージー〉シリーズの「If Dying Was All」(71年)、〈バンパイヤーラ〉シリーズの「Bloodstalk」(75年)など。そのほかJosephine Kainsのペンネームで「The Devil Mask Mystery」(78年)、Jillian Kearnyの名義で「Love's Claimant」(81年)を刊行。コン・ステファン名義でフラッシュ・ゴードン物を執筆。またポップカルチャー研究家としても知られる。64年作家のFrances Sheridanと結婚。

クラトフヴィル, イジー　*Kratochvil, Jiří*
チェコの作家
1940～
[出]ブルノ　[賞]トム・ストッパード賞(1990年)
[歴]11歳の時に父が亡命し、秘密警察の尋問を受けるなど恐怖に満ちた青春時代を過ごす。ブルノの大学を卒業後、一時期教鞭を執るが、1970年以降転職を余儀なくされる。同時に創作活動に励み、短編やエッセイを雑誌に寄稿。体制転換後の90年に「熊の小説」で長編デビューし、トム・ストッパード賞を受賞。以降ほぼ毎年のように作品を発表する。他の作品に「約束」など。

グラーニン, ダニール　*Granin, Daniil*
ロシア(ソ連)の作家
1919.1.1～2017.7.4
[出]ソ連ロシア共和国クルスク市ヴォリヤ(ロシア)　[名]ゲルマン, ダニール〈German, Daniil Aleksandrovich〉　[学]レニングラード工科大学卒　[賞]ソ連国家賞
[歴]レニングラード工科大学を卒業し、1941年第二次大戦に従軍。41～44年ドイツ軍が当時のソ連の大都市だったレニングラード(現・サンクトペテルブルク)を約900日間近く包囲した"レニングラード封鎖"を生き抜いた。戦後、科学研究所で技師・研究者として働く傍ら、小説を書き始める。49年若い科学者の良心とモラルを扱った短編「第二のヴァリアント」でデビュー。以後、出世作の長編「探究者」(54年)、「婚礼のあとに」(58年)、「雷雲への挑戦」(62年)などで科学研究者の世界のスターリニズム告発をテーマに描き、特に短編「個人的見解」(56年)は"雪どけ"期の話題作となった。60年代は国内外を旅行し旅行記を執筆。他に戦前のロシアをノスタルジックに回想した「フォンタンカの家」(68年)、戦時中の女性の苛酷な運命を描いた「クラヴジヤ・ヴィロール」(76年)、レニングラード攻防戦を記録した「包囲の書簡」(77年, A.アダモービチとの共著)、「絵」(80年)、放射線遺伝学者チモフェーエフ・レソフスキーの生涯を書いた「ズーブルー偉大な生物学者の伝説」(87年)など。

クラバン, アンドルー　*Klavan, Andrew*
アメリカのサスペンス作家
1954～
[出]ニューヨーク　[名]筆名＝ピーターソン, キース〈Peterson, Keith〉トレイシー, マーガレット〈Tracy, Margaret〉　[学]カリフォルニア州立大学卒　[賞]MWA賞(ペーパーバック賞)(1984年), MWA賞(ペーパーバック賞)(1990年)
[歴]大学を出て数年間、ラジオ局のニュース原稿を執筆する傍ら、「ヴィレッジ・ヴォイス」などに常連寄稿。弟と共作し、マーガレット・トレイシーの名で発表した「切り裂き魔の森」が1984年MWA賞を受賞、またキース・ピーターソン名義の作品「The Rain(夏の稲妻)」が90年再びMWA賞を受けた。同作品を含む敏腕記者ジョン・ウェルズものは、ハードボイルドの逸品として名高い。その後本名のアンドルー・クラバンでサイコ・サスペンスを発表。作品に「秘密の友人」(91年)、「アニマル・アワー」(93年)、「ベラム館の亡霊」(98年)、「愛しのクレメンタイン」「妻という名の見知らぬ女」などがある。

グラビンスキ, ステファン　*Grabiński, Stefan*
ポーランドの作家, 劇作家
1887.2.26～1936.11.12
[出]ガリツィア・ロドメリア王国カミョンカ・ストルミウォーヴァ　[学]ルヴフ大学
[歴]ルヴフ大学でポーランド文学と古典文献学を学び、在学中に作家デビューするが、卒業後は教職に就く。1918年短編集「薔薇の丘にて」、19年連作短編集「動きの悪魔」を発表し注目を浴びる。ポーランド文学史上ほぼ唯一のホラー小説ジャンルの古典的作家。近年国内外で再評価が進み、"ポーランドのポー""ポーランドのラヴクラフト"として知られる。

グラーフ, オスカル・マリーア　*Graf, Oskar Maria*
ドイツ生まれのアメリカの詩人・作家
1894.7.22～1967.6.28
[出]バイエルン
[歴]若い頃から放浪生活を送り、様々な職業を転々とする。1918年レーテ(労働者・兵士評議会)に加わり逮捕され、革命詩人として出発。同年詩集「革命家」の後、自伝的作品「ぼくらは囚人だ」(27年)で注目され、物語集「暦物語」などが好評を博す。ナチス・ドイツ時代はプラハの亡命文学者の雑誌を編集。30年代にソ連を経て、アメリカへ亡命。以来同国に定住、ドイツ・アメリカ作家協会会長を務めた。

クラフト, ヴェルナー　*Kraft, Werner*
ドイツ生まれのイスラエル作家
1896.5.4～1991.6.14
[出]ニーダーザクセン州ブラウンシュヴァイク　[賞]バイエルン芸術アカデミー賞(1966年), ジグムント・フロイト賞(1971年)
[歴]ドイツ文学やフランス文学、哲学を学び、フランクフルトで学位を取得する。ハノーファーで図書館司書として勤めたが、ユダヤ系であることから、スウェーデン、フランスを経て、エルサレムに移住する。イスラエル移住後もドイツ語で著述を行い、ドイツ的な重厚さとフランス的な繊細さを持つ批評的エッセイを多く書いた。ドイツ文学のフランス語訳でも知られた。著書に「ルドルフ・ボルヒャルト」(1961年)、「フランツ・カフカ」(68年)などがある。

グラフトン, C.W.　*Grafton, Cornelius Warren*
中国生まれのアメリカの作家, 弁護士
1909～1982
[賞]メアリー・ロバーツ・ラインハート賞(1943年)
[歴]宣教師の両親のもと中国に生まれる。渡米後、ジャーナリズムと法律の学位を取得。ケンタッキー州ルイビルで弁護士業に従事する傍ら、法律的知識を背景にしたミステリーなどの小説を執筆。青年弁護士ギルモア・ヘンリーを主人公としたスピード感あふれる展開の連作「ねずみは綱をかじりだし」(1943年)、「綱は肉屋を締めはじめ」(44年)などで人気を得る。他の作品に「My Name Is Christopher Nagel」(47年)、「真実の問題」(50年)などがある。
[家]娘＝スー・グラフトン(ミステリー作家)

グラフトン, スー　*Grafton, Sue*
アメリカのミステリー作家
1940.4.24～2017.12.28
[出]ケンタッキー州ルイビル　[賞]アンソニー賞(1986年・1987年・1991年), シェイマス賞(1986年・1991年), CWA賞ダイヤモンド・ダガー賞(2008年), MWA賞巨匠賞(2009年)
[歴]父は弁護士で作家のC.W.グラフトン。夫と共同でテレビドラマの脚本を手がけていたが、1982年女性探偵を主人公にしたミステリー小説〈女探偵キンジー・ミルホーン〉シリーズの第1作「アリバイのA」で一躍注目を浴びる。タイトルにアルファベットを順番に付けたシリーズを発表し、85年「泥棒のB」でアンソニー賞とシェイマス賞をダブル受賞。以後、「死体のC」でアンソニー賞、「探偵のG」でアンソニー賞とシェイマス賞を再受賞するなど、人気実力とも女探偵ものブームの中心的存在となった。2008年イギリス推理作家協会賞(CWA

賞）のダイヤモンド・ダガー賞（巨匠賞）、09年MWA賞巨匠賞を受けた。シリーズの他の作品に「欺しのD」「証拠のE」「逃亡者のF」「殺人のH」「無実のI」「裁きのJ」「殺害者のK」「無法のL」「悪意のM」「縛り首のN」「アウトローのO」「危険のP」「獲物のQ」「ロマンスのR」などがある。19年に「ゼロのZ」の出版を計画していたが、17年8月の「Y is for Yesterday」が最後の作品となった。
㊗父＝C.W.グラフトン（作家）

ク

クラベル, ジェームズ　Clavell, James
オーストラリア生まれのアメリカの作家, 映画監督
1924〜1994.9.6
⑭シドニー
㊗父親はイギリス海軍将校。第二次大戦中はイギリス軍砲兵として従軍し、ジャワで3年間日本軍の捕虜になる。戦後ロンドンで映画のセールスマンをしたあと、アメリカに渡りハリウッドで脚本を手がけるようになる。1959年には「野獣部隊」で監督に昇進した。脚本作品としてS.マックィーン主演「大脱走」がある。のち小説にも手を染め、62年戦時中の体験をもとに「キング・ラット」を書き100万部を超すベストセラーとなった。以後、東南アジアを舞台にした長編「タイ・パン」（66年）、三浦按針をヒントにした「ショーグン（将軍）」（75年、80年テレビシリーズ化）や「ノーブル・ハウス」（81年）を出し、全てベストセラーとなる。他に短編集「The Children's Story（23分間の奇跡）」、「ガイジン」（93年）などがある。活動範囲が広く、テレビのプロデューサーなども務め、「いつも心に太陽を」（67年）は興行的にもヒットした。63年にアメリカに帰化、アメリカとフランスで暮らした。

グラベンスタイン, クリス　Grabenstein, Chris
アメリカの作家, コピーライター
⑭ニューヨーク州バッファロー　㊞アンソニー賞最優秀新人賞（2006年）
㊗1980年代初めには即興コメディアンを志すが、その後広告業界でコピーライターとして活動。セブンアップ、ドクターペッパー、ケンタッキー・フライド・チキン、ミラー・ライトなどを手がける一方、テレビや映画の脚本も執筆。20年を経て作家に転身。第1作「殺人遊園地へいらっしゃい」（2005年）で、06年アンソニー賞の最優秀新人賞を受賞した。

クラムリー, ジェームズ　Crumley, James
アメリカの推理作家
1939〜2008.9.16
⑭テキサス州スリー・リヴァース　㊗ジョージア工科大学卒, テキサスA&I大学卒, アイオワ大学卒　㊞CWA賞シルバー・ダガー賞（2002年）
㊗アメリカ陸軍の志願兵として服務ののち、油井掘り人夫、バーテンダー、大学教授など種々の職業を経験する。1969年ベトナム戦争をテーマにした「我ひとり永遠に行進す」でデビュー。その後、酔いどれ探偵ミロを主人公にした「酔いどれの誇り」「ダンシング・ベア」「ファイナル・カントリー」、探偵シュグルーが主人公の「さらば甘き口づけ」「友よ、戦いの果てに」を発表し、現代ハードボイルドの第一人者としての地位を確立した。特に「さらば甘き口づけ」（78年）は70年代最高の私立探偵小説といわれた。他の作品に短編集「娼婦たち」（88年）、「明日なき二人」（96年）など。

グラン, サラ　Gran, Sara
アメリカの作家
1971〜
⑭ニューヨーク市ブルックリン　㊞マカヴィティ賞最優秀長編賞（2012年）, ドイツ・ミステリー大賞翻訳部門第1位（2012年）
㊗書店員や古書販売など様々な職業を経験し、2001年「Saturn's Return To New York」で作家デビュー。女性私立探偵クレア・デウィットを主人公としたシリーズの第1作である第4長編「探偵は壊れた街で」（11年）が評判となり、12年マカヴィティ賞最優秀長編賞、ドイツ・ミステリー大賞翻訳部門1位を獲得。また、ハメット賞やシェイマス賞新人賞の最終候補作にもなった。テレビドラマや映画の脚本も手がける。他の作品に「私の悪魔」「堕天使の街」などがある。

グランヴィル, パトリック　Grainville, Patrick
フランスの作家
1947.6.1〜
⑭ヴィレ・シュル・メール　㊗ソルボンヌ大学卒　㊞ゴンクール賞（1976年）
㊗1971年以来サルトゥルビルのリセで教師を務める傍ら執筆活動を行い、夢想と現実の融合した「La toison（獣毛）」（72年）で文壇に登場。76年には、アフリカの架空の王国の狂気を描いた「火炎樹」を発表し、ゴンクール賞を受賞した。動物や植物に潜む官能性、暴力性を描く作家として注目され、他の作品に、「赤毛のディヤナ」（78年）、「Le dernier viking」（80年）、「La caverne céleste」（84年）、「Le paradis des orages」（86年）、「永遠の専制主」（98年）、美術評論「エゴン・シーレ」などがある。

クランシー, トム　Clancy, Tom
アメリカの作家
1947.3.12〜2013.10.1
⑭メリーランド州ボルティモア　㊞Clancy, Thomas Leo（Jr.）　㊗ロヨラ大学卒
㊗1973年から保険代理店を経営。従軍体験はなく、ソ連も知らないが、9年がかりで書いた84年の処女作「レッド・オクトーバーを追え」がベストセラーとなり、ハイテク軍事スリラーの元祖となった。以後、同書に始まる〈ジャック・ライアン〉シリーズとして「パトリオット・ゲーム（愛国者のゲーム）」（87年）、「クレムリンの枢機卿」（88年）、「いま、そこにある危機」（89年）、「トータル・フィアーズ（恐怖の総和）」（91年）、「容赦なく」（93年）、「日米開戦」（94年）、「合衆国崩壊」（96年）、「大戦勃発」（2000年）、「教皇暗殺」（02年）などの話題作を年1作のペースで発表。「レッド・オクトーバーを追え」「愛国者のゲーム」「いま、そこにある危機」などは映画化され、大ヒットした。スティーブ・ピチェニック、スティーブ・ペリーとの〈ネットフォース〉シリーズ、ピチェニックとの〈オブ・センター〉シリーズもある。国家間の紛争や情報機関の活動、国際テロ組織の暗躍などをテーマにした国際サスペンス小説の第一人者。13年12月に出版された「コマンド・オーソリティー（原題）」が遺作となった。1998年にはプロフットボールチーム・バイキングスを買収した。

グランジェ, ジャン・クリストフ　Grange, Jean-Christophe
フランスのミステリー作家
1961〜
⑭パリ
㊗フリーのルポライターとしてキャリアをスタートし、フランス他で多数のルポルタージュを発表。1994年「Le Vol des Cigognes（コウノトリの飛翔）」で作家としてデビューを果たし、「クリムゾン・リバー」（98年）の映画化により人気作家に。続く第3作「Le Concile de Pierre（冷ややかな会議）」（2000年）も発売と同時にベストセラーとなる。映画監督ピトフの依頼で、映画「ヴィドック」のオリジナル脚本を執筆。

クランツ, ジュディス　Krantz, Judith
アメリカの作家
1928.1.9〜
⑭ニューヨーク　㊗ウェルズリー・カレッジ卒
㊗広告会社を経営する父親と弁護士の母親の間に生まれ、ニューヨークで育つ。ウェルズリー・カレッジを卒業後、パリに留学。「グッド・ハウス・キーピング」の編集者を3年務め、のちフリーのライターとなる。1954年「フリッツ・ザ・キャット」のプロデューサーとして知られるスティブ・クランツと結婚。78年、9ケ月かけて書き上げた処女作「スクループルズ」がベストセラーになる。第2作「プリンセス・デイジー」（80年）はその完全なプロダクション・システムによる発売方法と宣伝

活動が話題となり、やはりベストセラーになる。他に「ミストラルの娘」「愛と哀しみのマンハッタン」など。

グラント, チャールズ *Grant, Charles L.*
アメリカのホラー作家
1942.9.12〜2006.9.15
[出]ニュージャージー州 [賞]ネビュラ賞短編賞(1976年), ネビュラ賞中編賞(1978年), 世界幻想文学大賞, イギリス幻想文学賞特別賞
[歴]大学卒業後、教職にありながら短編を発表、1975年にフルタイム・ライターとなった。この頃から、オリジナル・アンソロジー〈シャドウズ〉シリーズを編集。「死者たちの刻」「真夜中の響き」「黄泉の囁き」のシリーズでアメリカのホラー界に地位を確立した。88年度HWA会長を務めた。

グランボワ, アラン *Grandbois, Alain*
カナダの詩人, 旅行家
1900.5.25〜1975.3.18
[出]ケベック州 [学]セント・ダンスタン大学, ラヴァル大学
[歴]フランス系。1925年フランス、イタリア、モロッコ、26年にはアフリカ、中国、インドシナ、日本を訪れるなど、生涯に20年余を旅に捧げ、旅行家として知られた。33年パリで冒険家ルイ・ジョリエの伝記小説「ケベックに生をうけ」を、42年マルコ・ポーロを題材に散文「マルコ・ポーロの旅」を執筆。44年には処女詩集「夜の島々」で高い評価を得た。他の詩集に「人間の岸」(48年)、「真紅の星」(57年)など。作家としてより詩人としての方が高名で、20世紀後半のケベック最大の詩人といわれる。

グーリー, トリスタン *Gooley, Tristan*
イギリスの作家, 探検家
[賞]イギリス王立ナビゲーション学会賞
[歴]ナチュラル・ナビゲーションの技術を各地で教えるとともに、イギリス最大の旅行会社トレイルファインダーズの副会長を務める。イギリス王立ナビゲーション学会および王立地理学会特別会員。また、飛行および航海で大西洋を単独横断した現存する唯一の人物であり、これによりイギリス王立ナビゲーション学会賞を受賞。2011年著書「ナチュラル・ナビゲーション」がイギリス・ナショナル・トラストの最優秀アウトドアブックに選ばれる。

グリ, ハイム *Gouri, Haim*
イスラエルの詩人, 作家, ジャーナリスト
1923.10.9〜2018.1.31
[出]テルアビブ [学]ヘブライ大学(文学), ソルボンヌ大学(フランス文学) [賞]ビアリク賞(1975年), イスラエル賞(1988年)
[歴]1948年独立戦争で戦い、後にヘブライ大学で文学、ソルボンヌ大学でフランス文学を学ぶ。詩人、作家、ジャーナリストとして活動、詩は多くの国に紹介されている。88年イスラエル賞を受けた。

クーリー, レイモンド *Khoury, Raymond*
レバノン生まれの作家
1960〜
[出]ベイルート [学]ベイルート・アメリカン大学卒 M.B.A.
[歴]ベイルート・アメリカン大学で建築学を学び、卒業後間もなくレバノン戦争が勃発したため、国外に脱出。ロンドンでの建築関係の仕事を経て、フランスのビジネス・スクールでM.B.A.を取得。その後、ロンドンの投資銀行に3年間勤務。退職後、映画産業に関わる銀行家と知り合ったことがきっかけで脚本家に転身し、テレビや映画のプロデュースにも携わる。2005年刊行のデビュー作「テンプル騎士団の古文書」が話題となり、アメリカNBCテレビでミニシリーズ化された。同作刊行から5年連続で「ニューヨーク・タイムズ」のベストセラーリスト入り。他の作品に「神の球体」「テンプル騎士団の聖戦」など。

グーリア, ゲオールギー・ドミトリエヴィチ
Gulia, Georgi Dmitrijewitsch
ソ連の作家
1913.3.14〜1989.11.29
[歴]父は民衆詩人のドミートリー・グーリア。幼い頃からロシア語による習作を試み、1930年処女作「山腹にて」を発表。46年郷里アブハジア民族の社会主義建設をテーマとした中編「サケンの春」で一躍注目を浴び、同作は「優しい都市」(49年)、「カマ」(51年)と "サケンの友達"3部作を構成する。
[家]父=ドミートリー・グーリア(民衆詩人)

クリアリー, ジョン *Cleary, Jon*
オーストラリアのミステリー作家
1917.11.22〜2010.7.19
[出]シドニー [名]Cleary, Jon Stephen [賞]MWA賞長編賞(1975年)
[歴]15歳で学校を去ったあと、商業美術家、漫画映画の下絵描き、洗濯屋、未開墾地の作業員など様々な職業に就く。第二次大戦中、中東とニューギニアで戦い、その頃小説を書き始めた。1946年処女作「You Can't See Round Corners」を出版、「シドニー・モーニング・ヘラルド」紙が設定した国際文学賞を獲得する。以来、1年1作のペースで作品を発表し、各国語に翻訳された。刑事スコービー・マローンを主人公とするシリーズで国際的に知られる。シリーズの代表作に「ザ・ハイコミッショナー」(66年)、「悪女が笑うとき」(70年)、「法王の身代金」(74年)などがあり、それ以外の作品に「渡り牧童一家」などがある。映画化された作品も多い。

クリアリー, ビバリー *Cleary, Beverly*
アメリカの児童文学作家
1916.4.12〜
[出]オレゴン州 [学]カリフォルニア大学バークレー校卒, ワシントン大学 [賞]アメリカ図書館協会ローラ・インガルス・ワイルダー賞(1975年), カトリック図書館協会レジーナ賞(1980年), ニューベリー賞(1984年)
[歴]オレゴン州ポートランドで高校卒業までを過ごす。カリフォルニア大学バークレー校を卒業後、ワシントン大学で図書館学を学び、1940年に結婚するまで、ワシントンのヤキマで児童図書館員として働く。児童図書館員として子供に接した豊富な経験を生かして児童文学の道へ進み、子供たちの日常生活の一コマ一コマをユーモラスに描いた「がんばれヘンリーくん」(50年)から始まる〈ゆかいなヘンリーくん〉シリーズで知られる。71年からNHKで同シリーズを原作としたテレビドラマ「わんぱく天使」が放送された。75年アメリカ図書館協会ローラ・インガルス・ワイルダー賞、80年カトリック図書館協会レジーナ賞を、84年「ヘンショーさんへの手紙」でニューベリー賞を受けた。

グリーグ, ノルダール *Grieg, Nordahl*
ノルウェーの詩人, 劇作家
1902.11.1〜1943.12.2
[出]ベルゲン [学]オックスフォード大学
[歴]大学時代に一時船乗りとなり、詩集「喜望峰を回って」(1922年)、小説「船はさらに進む」(24年)を発表。のちオックスフォード大学に学び、バイロン、シェリー、キーツらを研究した「夭折した詩人たち」(32年)などを著した。32年より新聞記者としてソ連に滞在、この間に共産主義に共鳴し、35年帰国後は左翼文壇の旗手として活躍。戯曲「われらの栄光とわれらの力」(35年)、パリ・コミューンを扱った「敗北」(37年)が代表作。聖書を扱った戯曲「バラバス」(27年)や、スターリンの反革命裁判を指示した小説「世界はまだ若くなければならぬ」(38年)もある。第二次大戦中の40年、祖国がドイツ軍の侵略を受けるとイギリスに亡命。熱烈な愛国者となり徹底抗戦を唱えて亡命政府に協力、ラジオを通じて抵抗運動を鼓舞した。さらに自ら英軍の爆撃機に搭乗してベルリン空襲に参加したが、撃墜されて戦死した。有名な作曲家グリーグの縁者。

ク

ク

グリグソン, ジェフリー　*Grigson, Geoffrey*
イギリスの詩人, 批評家, 編集者
1905.3.2〜1985.11.25
[出]コーンウォール州ペリント　[名]グリグソン, ジェフリー・エドワード・ハービー〈Grigson, Geoffrey Edward Harvey〉　[学]オックスフォード大学卒
[歴]オックスフォード大学を卒業、前衛的雑誌「新しい詩」(1933〜39年)を創刊してその編集に携わり、オーデンやイマジストら若い詩人の作品を紹介。多くの詞華集の選者を務め、30年代の詩壇を形成した。詩人としては詩集「観察集」(39年)で認められ、以後「崖の下」(43年)、「シリー諸島」(46年)、「伝説」(53年)、「石と骨の発見」(71年)などを刊行。自叙伝、美術評論、書評集などの散文作品も多い。妻ジェインは料理評論家。

クリーシー, ジョン　*Creasey, John*
イギリスのミステリー作家
1908.9.17〜1973.6.9
[出]サーリー州サウスフィールズ　[名]筆名＝マリック, J.J.〈Marric, J.J.〉 モートン, アントニー〈Morton, Anthony〉 クック, E.M.〈Cooke, E.M.〉 ハリディ, マイケル〈Halliday, Michael〉 マントン, ピーター〈Manton, Peter〉 ヨーク, ジェレミー〈York, Jeremy〉 アッシュ, ゴードン〈Ashe, Gordon〉 ディーン, ノーマン〈Deane, Norman〉 フレイザー, ロバート・ケイン〈Frazer, Robert Caine〉　[賞]MWA賞最優秀長編賞(1962年)
[歴]1932年本名のジョン・クリーシー名義で処女長編「Seven Times Seven」を発表してミステリー作家としてデビュー。貴族探偵〈トフ氏〉シリーズで人気を博する一方、37年初めての筆名といわれるアントニー・モートン名義で〈男爵〉シリーズを開始。以後、30近い筆名を駆使して約600冊の本を執筆。それぞれの筆名で作家一人分の創作をこなし、ミステリーやスパイもののみならず、女性名義でロマンス小説なども書いた。55年J.J.マリック名義で、ロンドン警視庁に勤めるジョージ・ギデオン警視を主人公とした〈ギデオン警視〉シリーズの第1作「ギデオンの一日」を発表。同作では、一つの事件の発生と解決を時系列で描く従来までの小説とは違い、一定期間に複数の事件を同時発生させる“モジュラー形式”と呼ばれる物語形式を導入、警察小説に新たなリアリティを獲得させた。53年イギリス推理作家協会(CWA)の設立に関わり、アメリカ探偵作家クラブ(MWA)では66〜67年同会長を務める。62年「ギデオンと放火魔」でMWA賞最優秀長編賞を、69年にはNWA賞巨匠賞を受賞した。CWA賞の最優秀新人賞ジョン・クリーシー・ダガー賞にその名を遺す。

グリシャム, ジョン　*Grisham, John*
アメリカのミステリー作家
1955.2.8〜
[出]アーカンソー州ジョーンズバロ　[学]ミシシッピ州立大学, ミシシッピ大学ロースクール卒
[歴]1981〜90年刑事事件専門の弁護士。84〜90年ミシシッピ州下院議員(民主党)を兼務。84年「評決のとき」で作家デビュー。2作目の「法律事務所」(91年)は発表されるやたちまちベストセラーリストに載り、連続50週にわたってベストセラー入り。以後、年に1〜2作のペースで法曹界を舞台としたサスペンスを書き続け、その多くがベストセラーとなる。上記2作を含め、「ペリカン文書」(93年)、「依頼人」(93年)、「原告側弁護人」(95年)、「テスタメント」(99年)など、多くが映画化されている。また児童ミステリー〈少年弁護士 セオの事件簿〉シリーズも刊行。

グリズウォルド, イライザ　*Griswold, Eliza*
アメリカの詩人, ジャーナリスト
[学]プリンストン大学(1995年)卒, ジョンズ・ホプキンズ大学
[賞]ロバート・I.フリードマン賞, ローマ賞, J.アンソニー・ルーカス賞(2011年)
[歴]1995年プリンストン大学卒業後、ジョンズ・ホプキンズ大学で創作を学ぶ。宗教、地域紛争、人権をテーマにジャーナリストとして世界各地を取材。2004年パキスタン北西部国境地帯の軍閥に関する調査報道「In the Hiding Zone」でロバート・I.フリードマン賞を受賞した。その後、ハーバード大学ニーマン・フェローを経て、シンクタンク・ニューアメリカ財団上席研究員。10年一連の詩作によりローマ賞を、11年「北緯10度線—キリスト教とイスラームの『断層』」でJ.アンソニー・ルーカス賞を受賞。

クリスター, サム　*Christer, Sam*
イギリスの作家
1957〜
[出]グレーター・マンチェスター州マンチェスター　[名]モーリー, マイケル〈Morley, Michael〉 別筆名＝トレース, ジョン〈Trace, Jon〉
[歴]テレビ局に入り、司会者、プロデューサー、ディレクターとして多くのドキュメンタリー制作を手がけ、数々の賞を受賞。2008年本名で最初の小説「Spider」(未訳)を執筆。10年にはジョン・トレース名義で「The Venice Conspiracy」(未訳)を執筆。12年サム・クリスター名義では初の小説となる「列石の暗号」を執筆した。

クリスティー, アガサ　*Christie, Agatha*
イギリスの推理作家
1890.9.15〜1976.1.12
[出]デボン州トーキー　[名]マローアン, アガサ・メアリ・クラリッサ〈Mallowan, Agatha Mary Clarissa〉 旧姓名＝ミラー, アガサ・メアリ・クラリッサ〈Miller, Agatha Mary Clarissa〉 筆名＝ウェストマコット, メアリ〈Westmacott, Mary〉　[賞]MWA賞巨匠賞(1955年)
[歴]父はアメリカ人、母はイギリス人。当初は声楽家を志していたが挫折。第一次大戦中の1914年、空軍士官アーチボルド・クリスティーと結婚。夫の従軍中、看護師として働き、その後薬局にも勤める。この時、毒薬に関する知識を得、のちの推理小説執筆に生かされた。20年処女作「スタイルズ荘の怪事件」を書き、ベルギー人の私立探偵エルキュール・ポアロを登場させる。26年ポアロものの「アクロイド殺し」を発表。同年12月謎の失跡をし、11日後、イングランド北部リーズ地方の町ハロゲートのホテルで発見された。28年離婚し、30年考古学者マックス・マローアンと再婚したが、筆名はクリスティーのままとした。以後「オリエント急行の殺人」(34年)、「ABC殺人事件」(35年)などのポアロものの他、老嬢ミス・マープルの登場する「牧師館の殺人」(30年)、「パディントン発4時50分」(57年)などの名作を次々発表、トミーとタペンス夫婦や探偵パーカー・パインのシリーズも人気を博す。“推理小説の女王”とも称される世界的な人気作家で、55年アメリカ探偵作家クラブ賞(MWA賞)の巨匠賞を受けた。75年発表の「カーテン」では探偵ポアロを死なせ、「ニューヨーク・タイムズ」紙第1面に死亡記事が掲載され話題となった。戯曲も手がけ、52年初演の「ねずみ捕り」はロンドンの劇場で上演されロングラン記録を作った。生涯に67の推理長編、150編以上の短編、23の戯曲を遺し、メアリ・ウェストマコット名義での執筆した推理小説以外の作品もある。日本ではハヤカワ・ミステリ文庫に多く収められ、2003年より早川書房から「クリスティー文庫」(全100冊)が刊行される。1971年デームの称号を授けられた。
[家]夫＝マックス・マローアン(考古学者)

クリステンセン, インゲ　*Christensen, Inger*
デンマークの詩人, 作家
1935.1.16〜2009.1.2
[出]ヴァイレ
[歴]1962年最初の詩集「光」を刊行。現代人の疎外感をモダニズムの手法で表現した詩作品で知られる。デンマーク有数の詩人でノーベル文学賞の有力候補に挙げられた。他の詩集に「草」(63年)、「それ」(69年)など。1作ごとに実験的な手法で詩作を行ったが、「レクイエム 蝶の谷」(91年)では伝統的なソネット様式に回帰した。散文では書簡・日記体の小説「アゾルノ」(67年)があり、モダニズムの傑作と評されている。

クリステンセン, トム *Kristensen, Tom*
デンマークの詩人, 作家
1893.8.4〜1974.6.2
㋲1920年処女詩集「海賊の夢」で文壇に登場、大胆な実験的詩風で活躍し、詩集「孔雀の羽」(22年)、「地上の歌」(27年)、小説「人生のアラベスク」(21年)、「もうひとり」(23年)、「打っ壊し」(30年)などを発表。第一次大戦後に現れた"失われた世代""出発点から挫折した詩人""出発点からつまづいた世代"といわれる一群の代表者となり、20〜30年代を通してデンマーク文化界の中心的で活躍したが、後年は日刊紙「ポリチケン」の時評に精力を注いだ。

クリストフ, アゴタ *Kristóf, Ágota*
ハンガリー生まれのスイスの作家
1935.10.30〜2011.7.26
㋲ハンガリー
㋲オーストリアとの国境に近いハンガリーの村に生まれる。18歳で結婚し、1956年ハンガリー動乱の際、反ソ的政治活動をしていた夫とともに西側に亡命。以来スイスに住む。5年間、時計工場で働き、傍らハンガリー語で詩作。78年よりフランス語で執筆を始め、86年フランス語で書いた「悪童日記」(原題・「大きなノート」)で作家デビュー。88年続編「ふたりの証拠」、91年完結編「第三の嘘」を発表し、高い評価を得た。作品は各国で翻訳・出版され、イタリアやスイス、オーストリアなどで文学賞を受賞。他の作品に、戯曲「エレベーターの鍵」、戯曲集「怪物」(94年)、「伝染病」(95年)、小説「昨日」(95年)、「文盲」(2004年)、「どちらでもいい」(05年)などがある。1995年来日。

クリストファー, ジョン *Christopher, John*
イギリスのSF作家, 児童文学作家
1922.4.16〜2012.2.3
㋲ランカシャー ㋲ヨード, サミュエル〈Youd, Samuel〉別筆名＝ヨード, C.S. ㋲ガーディアン賞(1971年)
㋲少年時代は南部ハンプシャーの州都ウィンチェスターで過ごす。第二次大戦で軍役に就いた後、1949年C.S.ヨード名義で処女長編を出版。その後、ジョン・クリストファー名義で、少年時代に熱中していたSFの短編を書き始め、56年「草の死」で一躍脚光を浴びる。60年代の半ばから子供向けの作品を執筆、カーネギー賞の候補にもなった〈トリポッド〉シリーズが大評判となり、児童文学作家として第二の名声を得た。他の作品に「大破壊」(65年)、「銀河系の征服者」(67年)、「異世界からの生還」(69年)など。

クリスピン, エドマンド *Crispin, Edmund*
イギリスの推理作家, 作曲家
1921〜1978
㋲バッキンガムシャー ㋲モンゴメリー, ロバート・ブルース〈Montgomery, Robert Bruce〉 ㋲オックスフォード大学セント・ジョンズ・カレッジ卒
㋲オックスフォードのセント・ジョンズ・カレッジを出て、2年間パブリック・スクールの副校長を務める。教師生活を辞めてからは少年時代から好きだった音楽の道に進み、主に本名ロバート・モンゴメリーで映画音楽の作曲に従事する。大学在学中に書いた処女作「The Case of the Gilded Fly (金蠅)」を1944年発表、イギリス推理小説界の有力新人として認められる。オックスフォード大学英文学教授ジャーヴァス・フェンの活躍する一連の作品を書いて親しまれる。代表作に「消えた玩具(おもちゃ)屋」(46年)、「お楽しみの埋葬」(48年)など。

クリス・マス *Keris Mas*
マレーシアの作家
1922〜1992.3
㋲パハン州ブントン ㋲カマルディン・ビン・ムハンマド ㋲文学闘士賞(1976年)、国家文学賞(1981年)
㋲マレー語小学校卒業後スマトラに留学。中学校、イスラム師範学校で学び18歳の時に帰国。店員、事務員、新聞記者として活躍後、1956年ジョホール・バルに設立された国立言語協会に編集者として入り、編集部長、文学振興部長を歴任。40年代後半から短編小説を発表し始め、76年文学闘士賞、81年マレーシアの作家の最高の栄誉、国家文学賞を受賞。主な作品に短編「倒壊」「彼らには分からない」「クアラ・スマンタンの小さな指導者」、長編「聖なる犠牲」「ティティワンサの子」「希望の森」「クアラルンプールから来た大商人」などがある。50年世代の代表的作家。

クリーチ, シャロン *Creech, Sharon*
アメリカ生まれのイギリスの作家
1945〜
㋲オハイオ州クリーブランド ㋲ハイラム大学, ジョージ・メイソン大学(英語学) ㋲ニューベリー賞(1995年), カーネギー賞(2002年)
㋲1978年渡英。イギリスとスイスの高校で英語教師として働いた後、作家に転身。95年「めぐりめぐる月」でニューベリー賞、2002年「ルビーの谷」でカーネギー賞を受賞、両賞を手にした史上初の作家となる。他の著書に「赤い鳥を追って」「あの犬が好き」「ハートビート」「トレッリおばあちゃんのスペシャル・メニュー」などがある。

グリック, ジェームズ *Gleick, James*
アメリカの作家
1954〜
㋲ニューヨーク市 ㋲イギリス王立協会ウィントン科学図書賞(2012年), PEN/E.O.ウィルソン科学文芸賞(2012年)
㋲著書の「カオス―新しい科学をつくる(Chaos : Making a New Science)」はピュリッツァー賞の、「ファインマンさんの愉快な人生(Genius : The Life and Science of Richard Feynman)」は全米図書賞のそれぞれ最終候補作となった。「ニュートンの海―万物の真理を求めて(Isaac Newton)」もまたピュリッツァー賞の最終選考に進んだ。「インフォメーション―情報技術の人類史」でイギリス王立協会ウィントン科学図書賞(2012年)、PEN/E.O.ウィルソン科学文芸賞(12年)受賞。

グリッサン, エドゥアール *Glissant, Édouard*
フランスの詩人, 作家, 思想家
1928.9.21〜2011.2.3
㋲マルティニク島ブズダン ㋲パリ大学(哲学)卒 ㋲ルノードー賞(1958年), ロジェ・カイヨワ賞
㋲少年時代にフランスの海外県マルティニクの首都フォール・ド・フランスのリセ・シェルシェールで詩人・エメ・セゼールに文学を学ぶ。1946年パリ大学に留学。哲学と人類学を専攻し、同時にアフリカおよびカリブ海域に関わる種々の政治・文化運動に参加。一方で本格的な創作も始める。53年詩集「島々の野」以来多くの著作を発表。言語的・政治的分断を超えたカリブ海域の一体性を協調する"カリブ海性(アンティヤニテ)"を方法として主張、クレオール化に着目し、ポストコロニアル思想の先駆者として知られた。現代カリブ海文学の第一人者で、パトリック・シャモワゾーを始めとする若い世代のカリブ海作家たちに大きな影響を与えた。著書に小説「レザルド川」(58年)、「第四世紀」(65年)、「全＝世界」(93年)、詩集に「インド」(56年)、「黒い塩」(60年)、評論に「詩的意図」(69年)、「カリブ海の言説」(81年)、「〈関係〉の詩学」(90年)、「多様なるものの詩学序説」(95年)、「ミシシッピ州フォークナー」(96年)、「全＝世界論」(97年)などがある。

クリブ, レグ *Cribb, Reg*
オーストラリアの劇作家, 俳優
㋲オーストラリア国立演劇学校(NIDA)俳優養成コース(1990年)卒 ㋲アデレード・フリンジ・フェスティバル・ベスト・オブ・フリンジ賞(2002年), パトリック・ホワイト賞(2003年)
㋲2000年以降にオーストラリア演劇界で注目を浴び、数多くの賞を受賞してきた劇作家。傍ら、舞台・映画・テレビで俳優として活動し、またシンガー・ソングライターとしても活動。1999年最初の劇作「シー・モンキーの夜」がシドニーのオー

ルド・フィッツロイ劇場で上演された。2002年に「リターン」(01年)がアデレード・フリンジ・フェスティバルでベスト・オブ・フリンジ賞を受賞。他の劇作に「ダーウィンへの最後のタクシー」(03年)、「チャットルーム」(04年)、「ガルピリル」(共作, 04年)、「ルビーの最後のドル」(05年)などがあり、邦訳書に「リターン/ダーウィンへの最後のタクシー」がある。

クリード, ジョン　Creed, John
イギリスの作家
1961〜
㊙ダウン州キルキール　㊙マクナミー, オウエン　㊙CWA賞イアン・フレミング・スティール・ダガー賞(2002年)
㊙北アイルランドの生まれ。本名のオウエン・マクナミー名義で純文学作品を書き始め、中編小説「The Last of Deeds」(1989年)がアイリッシュ・タイムズ文学賞の最終候補となる。90年アイルランド文学に授与されるマコーリー奨学金を得る。長編「Resurrection Man」(94年)が自身の脚本で映画化。その後、エンターテインメント作家への転向を決意し、ジョン・クリード名義で「シリウス・ファイル」を発表。イギリス推理作家協会賞(CWA賞)のイアン・フレミング・スティール・ダガー賞の第1回受賞作に選ばれた。他の著書に「シャドウ・ゲーム」「ブラック・ドッグ」などがある。

グリーニー, マーク　Greaney, Mark
アメリカの作家
1968〜
㊙テネシー州メンフィス　㊙メンフィス大学卒
㊙国際関係と政治学の学士号を持ち、スペイン語とドイツ語に堪能。2009年冒険アクション「暗殺者グレイマン」でデビュー。同作執筆のための取材で数多くの国々を旅し、軍人や法執行機関関係者とともに銃火器使用、戦場医療、近接戦術の高度な訓練を受けた。11年よりトム・クランシーの〈ジャック・ライアン〉シリーズを共著者として手がけ、クランシー没後、「米朝開戦」以降、単独で同シリーズを書き継ぐ。

グリニョン, クロード・アンリ　Grignon, Claude-Henri
カナダの作家
1894〜1976
㊙筆名=バルドンブル〈Valdombre〉　バークル, クロード〈Bâcle, Claude〉
㊙フランス系。バルドンブル、クロード・バークルなどの筆名で、辛辣な政治パンフレット作者として知られる。1933年守銭奴を描いた写実主義的小説「ある男とその罪」で作家として一躍注目を集め、同作の主人公セラファン・プードリエは守銭奴の代名詞となった。ラジオやテレビ向けの脚本家でもあり、サン・タデール市長も務めた。他の作品に「影と叫喚」(33年)などがある。

グリバチョフ, ニコライ・マトヴェーヴィチ　Gribachyov, Nikolay Matveevich
ソ連の詩人
1910.12.19〜1992
㊙スターリン賞(1948年・1949年), レーニン賞(1960年)
㊙貧農に生まれ、技術学校で水質改良工学を学んでカレリア地方で働く。1932年からジャーナリストとして活動。35年処女詩集「北西」を出版。農村の生活テーマにした詩を書く詩人として知られ、叙事詩「〈ボリシェビク〉コルホーズ」(47年)、「コルホーズ〈勝利〉の中の春」(48年)で、それぞれスターリン賞を受賞。50年から長く「ソビエト連邦」誌編集長を務めた。60年レーニン賞を受賞。また、ソ連共産党中央委員候補、ロシア共和国最高会議代議員なども務めた。

グリパリ, ピエール　Gripari, Pierre
フランスの児童文学作家
1925.1.7〜1990.12.23
㊙パリ
㊙ギリシャ人の父とフランス人の母の間に生まれる。高等中学在学中に相次いで両親を亡くしたことから進学を諦め、1963年38歳の時に初めて作品を発表。「ピポ王子」(76年)、「木曜日はあそびの日」(78年)などの児童文学で知られる。

クリーブ, クリス　Cleave, Chris
イギリスの作家
1973〜
㊙ロンドン　㊙オックスフォード大学ベリオール・カレッジ卒　㊙サマセット・モーム賞(2006年)
㊙幼少時の数年カメルーンで育つ。オックスフォード大学ベリオール・カレッジで実験心理学を学んだ。「デイリー・テレグラフ」紙での勤務などを経て、執筆活動に入る。2005年刊行のデビュー作「息子を奪ったあなたへ」は高い評価を受け、06年優れた作品を著した35歳以下の若手作家に与えられるサマセット・モーム賞を受賞。2作目の「Little Bee」以降全ての小説が「ニューヨーク・タイムズ」紙でベストセラー入りしている。執筆を続ける傍ら、「ガーディアン」紙でコラムを担当。

クリーブ, ポール　Cleave, Paul
ニュージーランドの作家
1974〜
㊙クライストチャーチ　㊙Ned Kelly賞
㊙高校卒業後、地元で就職するが、25歳で仕事を辞め家も売り執筆に専念。2006年「清掃魔」で作家デビューし、自国とオーストラリアで話題に。07年ドイツ語版がドイツでベストセラーとなる。「殺人鬼ジョー」(13年)はMWA賞の最優秀ペーパーバック賞、Barry賞にノミネートされ、オーストラリアのNed Kelly賞を受賞した。

グリフィス, トレバー　Griffiths, Trevor
イギリスの劇作家
1935.4.4〜
㊙マンチェスター大学
㊙1957〜65年英語学と英文学の教師、65〜72年BBC教育担当役員を務めた。マルクス主義の立場からイタリアのフィアット社の争議を題材にした「占拠」(70年)、パリの学生運動を背景に社会主義実現への道を探った「ザ・パーティ」(73年)、コメディアンの卵たちの活動を描いた「喜劇役者たち」(75年)などの作品がある。「Songs and Lovers」(82年)などテレビドラマも多く書く。他の作品に「Thermidor and Apricots」(77年)、「Judgement Over the Dead」(86年)、「Fatherland」(87年)など。

グリフィス, ニコラ　Griffith, Nicola
イギリスの作家
1960〜
㊙ウェストヨークシャー州リーズ　㊙ラムダ賞(1993年・1995年), ティプトリー賞(1993年), ネビュラ賞(1995年)
㊙8歳頃から書くことに興味を抱き始め、11歳でBBCが主催する詩のコンテストに入賞。1988年雑誌「インターゾーン」に掲載の「Mirrors and Burnstone」でデビュー。88年渡米して作家養成講座クラリオン・ワークショップに参加。

クリーブス, アン　Cleeves, Ann
イギリスの作家
1954〜
㊙ヘレフォード　㊙CWA賞ダンカン・ローリー・ダガー賞(2006年), CWA賞ダイヤモンド・ダガー賞(2017年)
㊙1986年「A BIRD IN THE HAND」でデビュー。2002年「運転代行人」がイギリス推理作家協会賞(CWA賞)の最優秀短編賞候補になる。06年「大鴉の啼く冬」でCWA賞最優秀長編賞(ダンカン・ローリー・ダガー賞)を受賞。

グリーペ, マリア　Gripe, Maria
スウェーデンの児童文学作家
1923.7.25〜2007.4.5
㊙ストックホルム　㊙ニルス・ホルゲション賞(1963年), 国際アンデルセン賞作家賞(1974年)

[歴]1954年児童文学作家としてデビュー。「小さなジョセフィーン」(61年)、「ヒューゴとジョセフィーン」(62年)、「森の子ヒューゴ」(66年)の3部作などで知られ、ニルス・ホルゲション賞、国際アンデルセン賞などを受賞。スウェーデンを代表する児童文学作家の一人。他の作品に「忘れ川をこえた子どもたち」(64年)、「鳴りひびく鐘の時代に」(65年)、「夜のパパ」(68年)、「夜のパパとユリアのひみつ」(71年)、「エレベーターで4階へ」(91年)、「それぞれの世界へ」(94年)などがある。

クリーマ, イヴァン　*Klíma, Ivan*
チェコの作家
1931.9.14～
[出]チェコスロバキア・プラハ(チェコ)　[学]カレル大学哲学科(1956年)卒　[賞]フランツ・カフカ賞(2002年), カレル・チャペック賞(2010年)
[歴]技術者の家に生まれる。第二次大戦中、ナチス・ドイツがテレジンに建設した強制収容所で3年間を過ごす。カレル大学でチェコ語と文芸学を専攻、卒業後は編集者として働き、1968年の"プラハの春"時代、チェコ作家協会の機関誌編集に携わる。69年ミシガン大学客員教授を務めるが、翌年には帰国。共産主義体制の末期から作家として高い評価を受け、89年自由化後の初代チェコ・ペンクラブ会長となる。著書に「僕の陽気な朝」(79年)、「My Golden Trades」(92年)、「The Spirit of Prague」(94年)、「聖者でも天使でもなく」(99年)、「カレル・チャペック」(2001年)などがある。

グリムウッド, ケン　*Grimwood, Ken*
アメリカの作家
1944.2.27～2003.6.6
[出]アラバマ州　[名]グリムウッド, ケネス　[賞]世界幻想文学大賞(1988年)
[歴]死ぬたびに生き返って人生をやり直す中年男を主人公にした小説「リプレイ」を1987年に発表。各紙で絶賛を浴び、88年の世界幻想文学大賞を受賞した。他の著書にイルカと人間の対話を描いたファンタジー「ディープ・ブルー」など。

グリムウッド, ジョン・コートニー
Grimwood, Jon Courtenay
マルタ生まれのイギリスのSF作家
[出]バレッタ　[学]キングストン大学卒　[賞]イギリスSF協会賞(2003年・2006年)
[歴]イギリス人だが生まれはマルタで、アラビア語の方言を話す乳母に育てられ、その後マレーシアやノルウェーで少年時代を過ごす。キングストン大学を卒業後、編集者やフリーのライターとして活動。1997年長編「neoAddix」でデビュー。2003年の「Felaheen」と、06年の「End of the World Blues」で、イギリスSF協会賞を受賞。

グリムズリー, ジム　*Grimsley, Jim*
アメリカの作家, 劇作家
1955～
[学]ノースカロライナ大学チャペルヒル校卒　[賞]ラムダ文学賞(SF/ファンタジー部門)(2000年)
[歴]数多くの作品を発表し、2000年初のファンタジー小説「キリス=キリン」で、ラムダ文学賞(SF/ファンタジー部門)を受賞。

クリュス, ジェームス　*Krüss, James Jakob Heinrich*
ドイツの児童文学作家
1926.5.31～1997
[出]ヘルゴラント島　[学]リューネブルク教育大学卒　[賞]ドイツ児童図書賞(1960年・1964年), 国際アンデルセン賞作家賞(1968年), アールブルク文学賞(1988年)
[歴]第二次大戦に従軍後、ハンブルクで新聞、ラジオ、テレビなどで活躍。その後、ミュンヘンに移り、ケストナーに才能を認められ、児童文学の創作を始める。1946年第1作を発表。以後、世界各国で作品が翻訳され、戦後のドイツ語圏で最も人気のある児童文学作家の一人となった。代表作に「ザリガニ岩の灯台」(56年)、「風のうしろのしあわせの島」(58～59年)、「ひいじいさんとぼく」(59年)、「笑いを売った少年」(62年)、「1日に3×3」(63年)など。外国の児童文学の翻訳や、児童文学理論でも活躍した。

グリューンバイン, ドゥルス　*Grünbein, Durs*
ドイツの詩人
1962.10.9～
[出]東ドイツ・ドレスデン　[賞]ビューヒナー賞(1995年)
[歴]詩集「灰色の領域」(1988年)で鮮烈なデビューを果たし、壁崩壊の以前からベルリンで旺盛な創作活動を続ける。長くベルリンに暮らしたが、近年は活動の拠点をローマにも置く。95年ビューヒナー賞を異例の若さで受賞。90年代後半からはイタリアの古代詩人や松尾芭蕉に影響を受けた詩も発表する。現代ドイツを代表する詩人の一人。他の詩集に「詩と記憶」など。

クリーランド, ジェーン・K.　*Cleland, Jane K.*
アメリカの作家
[歴]ニューハンプシャー州でアンティークと稀覯本の店を経営した後、ニューヨークで会社経営やビジネス書の執筆、講演活動などを行う。2006年女性鑑定士が主人公のアンティーク×謎解き小説「出張鑑定にご用心」を発表して作家デビュー。同書はアガサ賞、マカヴィティ賞、デービッド賞の最優秀処女長編賞最終候補作となった。

グリーリー, アンドルー　*Greeley, Andrew*
アメリカの作家, カトリック司祭
1928.2.5～2013.5.29
[出]イリノイ州シカゴ西郊オークパーク　[学]シカゴ大学社会学卒 Ph.D.(社会学, シカゴ大学)
[歴]祖父はアイルランドからの移民。幼い頃からカトリック司祭を志し、シカゴ大司教区司祭となる。一方、作家としても活動し、〈パスオーバー〉3部作、ブラッキー神父を主人公としたミステリー、「God Game」などのSFファンタジーを発表。代表作に「The Cardinal Sins」(1981年)がある。新聞のコラムニストとしても活躍した。

クリーリー, ロバート　*Creeley, Robert White*
アメリカの詩人, 作家, 英語学者
1926.5.21～2005.3.30
[出]マサチューセッツ州アーリントン　[学]ニューメキシコ大学, ハーバード大学　[賞]ボーリンゲン賞(1999年)
[歴]1954～55年ブラック・マウンテン・カレッジ講師、のち各地で教え、67年よりニューヨーク州立大学英語教授。ブラック・マウンテン派の理論面の代表者として機関誌の編集に携わる。W.C.ウィリアムズやC.オールソンの影響を受けたが、短詩形を用いて、一貫して愛を問題とし心理的揺曳を歌い独自の詩的境地を開いた。一時、北園克衛の詩誌「VOU(バウ)」の寄稿者でもあった。主な作品に詩集「道化」(52年)、「愛のために―50～60」(62年)、「全詩集」(82年)、「鏡」(83年)、「Windows」(90年)など多数、小説「島」(63年)、詩論集「それは本当の詩だったか」(79年)、「自伝」(90年)など。

グリーン, アレクサンドル　*Grin, Aleksandr Stepanovich*
キーロフ生まれのソ連の作家
1880.8.11～1932.7.8
[名]グリネフスキー, アレクサンドル〈Grinevskii, Aleksandr〉
[歴]不幸な少年時代、孤独のうちに欧米の冒険小説に読みふけり、未来の夢想的な作家としての基盤を形成。1896年船乗りとして放浪生活へ突入、金鉱探し、志願兵などの職を転々とした後、軍隊で社会革命党の活動家となり、入獄、脱獄をくり返す。1906年頃から政治活動から作家活動に入る。09年短編「レノ島」を境にロマンティックな作風へ転換。現実離れした文学はソ連で厳しく批判されスターリン時代にはほとんど出版されなかったが、56年再評価された。代表作に「深紅の帆」(23年)、「輝く世界」(23年)、「黄金の鎖」(25年)、「波の上を駆ける女」(28年)、「行くあてのない道」(30年)などがある。

ク

ク

グリーン, グレアム　*Greene, Graham*
イギリスの作家, 劇作家
1904.10.2～1991.4.3
[出]バークハムステッド　[学]オックスフォード大学（1925年）卒　[賞]ホーソーンデン賞（1941年）, ジェームズ・テイト・ブラック記念賞（1948年）, エルサレム賞（1981年）
[歴]パブリック・スクールの校長の家に生まれ、オックスフォード大学に学んだ。一時共産主義に傾いたこともあるが、1926年カトリックに改宗する。「ロンドン・タイムズ」紙の記者を務め、29年に自意識の悲劇を描いた処女長編「The Man Within（内なる私）」を発表、次いで32年コミュニスト革命家を主人公とする「スタンブール特急」で、早くも作家的地位は確立された。“ノヴェル”作家として現代社会における救いの意味を追求する一方、サスペンスに富むアクション小説など“エンターテインメント”も書く。少年ギャングを扱った「ブライトン・ロック」（38年）ではじめてカトリック的主題と正面から取り組み、次いで近代国家の政治権力と宗教の対決を通じて信仰の超越性を描いた「The Power and the Glory（権力と栄光）」（40年）、純粋な信仰ゆえに破滅する一カトリック信者の悲劇「事件の核心」（48年）、情欲の世界のうちから神の存在を発見する「情事の終り」（51年）はともに第二次大戦下の限界状況を描いて優れた作品となっている。ほかに「静かなアメリカ人」「ヒューマン・ファクター」などがあり、戯曲や脚本なども手がけ、映画化された作品が多い。キャロル・リード演出による「The Third Man（第三の男）」（49年）は世界的なヒットとなった。邦訳「グレアム・グリーン全集」（全25巻, 早川書店）がある。

グリーン, ジェラルド　*Green, Gerald*
アメリカの作家, 脚本家
1922.4.8～2006.8.29
[出]ニューヨーク市ブルックリン　[学]コロンビア大学　[賞]エミー賞, ダグ・ハマーショルド国際賞（1979年）
[歴]映画「ザ・ラスト・アングリー・マン」（1959年）の原作者として知られ、小説やノンフィクションを数多く執筆。78年NBCテレビのドラマ「ホロコースト」の脚本でエミー賞を受賞し、同脚本をもとにした小説は200万部のベストセラーとなりダグ・ハマーショルド国際賞を受けた。

グリーン, ジュリアン　*Green, Julien*
アメリカの作家
1900.9.6～1998.8.13
[出]フランス・パリ　[学]バージニア大学卒
[歴]イギリス系の両親のもとに生まれる。プロテスタントの家庭であったが母の死後、中等学校の時にカトリックに改宗、第一次大戦中は野戦病院付の兵士として従軍した。戦後アメリカに渡り、1919～21年バージニア大学に学ぶ。22年フランスに戻り短編、評論などを雑誌に発表する。26年長編小説「Mont—Cinère（モン＝シネール）」で文壇にデビューし、27年続く「Adrienne Mesurat（閉ざされた庭）」で作家としての名声を確立。日記文学の傑作といわれる「日記」や、告白的な「夜明け前の出発」などの自伝で有名になる。50年代発表した「モイラ」などでカトリック小説の重要な役割を担った。第二次大戦中4年間再びアメリカに渡り、唯一の英語による作品を著し、45年フランスに帰国。自ら同性愛者だと認め、人間の性欲と葛藤を探求した自伝的色彩の濃い小説で知られ、20世紀最大のフランス作家の一人とされた。71年外国人としては初めてアカデミー・フランセーズの会員になったが、96年自らその席を放棄し論議を呼んだ。生涯で30を超す小説を含め、戯曲やエッセイ、紀行文など60作以上の作品をフランス語で著し、10ケ国語以上に翻訳された。他の作品に「レヴィヤタン」（29年）、「幻を追う人」（34年）、「真夜中」（36年）など。

グリーン, ジョン　*Green, John*
アメリカの作家
1977～
[出]インディアナ州インディアナポリス　[賞]マイケル・L.プリンツ賞（2006年）, MWA賞ヤングアダルト部門賞（2009年）
[歴]インディアナ州インディアナポリスで生まれ、フロリダ州オーランドで育つ。書評誌「Booklist」で働きながら作品を書き上げ、2006年「アラスカを追いかけて」で作家デビューし、マイケル・L.プリンツ賞を受賞。09年MWA賞ヤングアダルト部門賞を受賞。「さよならを待つふたりのために」は14年に映画化され、アメリカ国内だけで350万部のベストセラーとなるなど、アメリカで最も人気のある作家の一人。弟のハンク・グリーンとインターネットの動画投稿サイト「YouTube」に「VlogBrothersチャンネル」を開設し、動画を投稿する活動でも知られる。

グリーン, ヘンリー　*Green, Henry*
イギリスの作家
1905.10.29～1973.12.13
[出]グロスターシャー州チュークスベリ　[名]ヨーク, ヘンリー・ビンセント〈Yorke, Henry Vincent〉　[学]オックスフォード大学
[歴]ハードウィック伯爵家の流れを汲む裕福な一家の三男。イートン校在学中の1926年、処女作となる長編小説「盲目」を刊行。オックスフォード大学に学び、家業であったバーミンガムの機械工場を継ぐ。家業の傍らで創作に取り組み、29年労働者の生活を描いた小説「生きる」を発表。風俗小説的な題材ながら絶えず工夫をこらし、特に繊細な心理描写と独特の魅力のある会話に特徴があり、同時代の作家たちから注目を集めた。他の代表作に「パーティー行」（39年）、「捕らえられ」（43年）、「愛する」（45年）、「完結する」（48年）、「無し」（50年）などがある。

グリーン, ポール　*Green, Paul Eliot*
アメリカの劇作家
1894.3.17～1981
[出]ノースカロライナ州　[学]ノースカロライナ大学卒　[賞]ピュリッツァー賞（1927年）
[歴]大学で民俗劇の推進者コーク教授に教えを受け、1923年ノースカロライナ大学教授となり、哲学や劇作を教える一方で戯曲を書き、また劇団カロライナ・プレイメーカーズにも協力。南部に題材を求め、白人と黒人の混血の教育者の悲劇を描いた代表作「In Abraham's bosom（アブラハムの胸に）」で文名を確立し、27年ピュリッツァー賞を受賞した。また演劇に民謡や民俗舞踏を取り入れた「交響劇」と呼ぶ野外の音楽劇を、毎年夏に上演した。他の戯曲作品に「コネリー家」（31年）、「ジョニー・ジョンソン」（36年）、「栄光をともに」（47年）、「わが父祖の信念」（50年）など。

グリーンバーグ, ダン　*Greenburg, Dan*
アメリカの作家
[出]イリノイ州シカゴ
[歴]「プレイボーイ」「ニューヨーカー」「エスクァイア」などの雑誌に執筆。小説以外に劇作や戯曲などでも活躍。1996年から刊行を始めた児童書〈The Zack Files〉シリーズで人気を博し、2000年にはテレビドラマ化された。日本でも〈ザックのふしぎたいけんノート〉シリーズとして翻訳される。

グリンベルグ, ウリ・ツヴィ　*Greenberg, Uri Zvi*
ポーランド生まれのイスラエルの詩人
1896.9.22～1981.5.8
[出]ガリツィア　[賞]テルアビブ大学名誉博士, 総理大臣賞
[歴]東ガリツィアのビアリカミエンに生まれる。両親とも由緒あるラビ（ユダヤ教指導者）の血筋を引き、シャハシディック派の家庭で育つ。第一次大戦に従軍。初期はイディッシュとヘブライ語の両方で書いたが、1924年パレスチナのテルアビブに移住後はヘブライ語で執筆。ヘブライ国家復興の重要性を強調した。数多くの文学賞を受賞。ヘブライ語の作品に「大いなる恐れと月」（25年）、「家の犬」（29年）、「赤から青へ」（49年）、「川の通り」（51年）など。

グリーンリーフ, スティーブン　*Greenleaf, Stephen*
アメリカのミステリー作家

1942〜
[出]ワシントンD.C. [学]カールトン大学(1964年)卒, カリフォルニア大学大学院(1967年)修了 法学博士
[歴]1964年ミネソタ州カールトン大学で歴史の学士号を、67年カリフォルニア大学バークレー校法学部で博士号を取得する。2年間の陸軍生活後オレゴン州、カリフォルニア州などで弁護士活動を行う。79年「致命傷」で作家デビュー。元弁護士の私立探偵ジョン・タナーのハードボイルド・シリーズを生み出し、その作品には弁護士としては成功しなかった自身の人生観や生活姿勢が投影されている。のち作家活動に専念。シリーズ作品に「匿名原稿」「血の痕跡」、シリーズ外に「離婚をめぐるラブ・ストーリー」「運命の墜落」などがある。

グルー, ブノワット *Groult, Benoîte*
フランスの作家, 女性運動家
1920.1.31〜2016.6.21
[出]パリ [学]ソルボンヌ大学(古典文献学)
[歴]父は著名なアール・デコの室内装飾家アンドレ・グルー。叔父はファッション界の帝王といわれた実業家ポール・ポワレ。1941〜43年高校で文学を教えたのち、ジャーナリストとなり、フランス国営放送(ORTF)で活躍。55年頃から女性誌「ELLE」などに寄稿を始め、40代になってから本格的な作家活動に入る。中でも妹のフロラとともに書いた小説「四つの手の日記」(63年)はベストセラーを記録。フェミニズム運動の担い手としても有名で、68年の学生、労働者らの反体制運動“五月革命”前後から女性の権利擁護を求める活動を開始。国際婦人年に発表した女性論「最後の植民地」(75年)もベストセラーとなった。他の著書に「フェミニズムの歴史」(77年)、「愛の港」(88年)などがある。
[家]夫=ポール・ギマール(作家), 父=アンドレ・グルー(室内装飾家), 妹=フロラ・グルー(作家), 伯父=ポール・ポワレ(実業家)

グルー, フロラ *Groult, Flora*
フランスの作家
1924〜2001.6.3
[歴]作家ブノワット・グルーの妹。女性誌「ELLE」の記者として働く傍ら、姉とともに小説を執筆。1963年「四つの手の日記」はベストセラーとなった。87年には母ニコルが女流画家のマリー・ローランサンから受け取った未公開書簡を基に“気まぐれな恋人”マリーの素顔を明らかにした「マリー・ローランサン」を発表した。
[家]姉=ブノワット・グルー(作家), 父=アンドレ・グルー(室内装飾家), 伯父=ポール・ポワレ(実業家)

クルイモフ, ユーリー *Krymov, Yury*
ソ連の作家
1908.1.19〜1941.9.20
[名]ベクレミーシェフ, ユーリー・ソロモノヴィチ〈Beklemishev, Yury Solomonovich〉 [学]モスクワ大学物理数学部卒
[歴]母は作家のヴェーラ・ベクレミーシェワで、父はペテルブルクで出版社を経営。モスクワ大学で無線工学を学び、技師としてカスピ海の石油採掘現場などで働く。長編「タンカー・デルベント号」(1938年)、中編「技師」(41年)などが代表作。第二次大戦に従軍し、41年戦死した。処女中編の「勲」は、没後の61年にパウストフスキー編纂のアンソロジー「タルサのページ」に収録され、日の目を見た。
[家]母=ヴェーラ・ベクレミーシェワ(作家)

クルヴェル, ルネ *Crevel, René*
フランスの詩人, 作家
1900.8.10〜1935.6.18
[出]パリ
[歴]パリの富裕層出身。ダダイスム、シュルレアリスムに惹かれ、1924年以降ブルトンの文学に共鳴。政治的には共産主義を支持し、芸術と革命運動との調和を試みたが、35年第1回文化擁護国際作家会議を前に自殺した。作品に「言い抜け」(24年)、「私の体と私」(25年)、「困難なる死」(26年)、「君たちは狂人か？」(29年)などがある。

グルーエン, サラ *Gruen, Sara*
カナダの作家
[出]バンクーバー [学]カールトン大学卒 [賞]ALA/Alex賞, “ブックセンス”アダルト・フィクション部門大賞, コスモポリタン読者賞
[歴]オタワのカールトン大学卒業後、1999年アメリカへ移住し、テクニカルライターとなるが、2年後リストラにあう。その後プロの作家を目指して小説を書き始める。2004年「もう一度あの馬に乗って」で作家デビュー。3作目の「サーカス象に水を」が口コミでベストセラーとなり、06年度の各誌人気ランキングにランクイン。ALA/Alex賞、“ブックセンス”アダルト・フィクション部門大賞、コスモポリタン読者賞など、数々の賞に輝いた。

クルーガー, ウィリアム・ケント *Krueger, William Kent*
アメリカの作家
[出]ワイオミング州トリントン [学]スタンフォード大学中退 [賞]アンソニー賞最優秀処女長編賞(1999年度), バリー賞最優秀処女長編賞(1999年度), MWA賞最優秀長編賞(2014年)
[歴]ワイオミング州で生まれ、オレゴン州で育つ。スタンフォード大学を中退後、様々な職業を経て、1998年〈コーク・オコナー〉シリーズの第1作「凍りつく心臓」で作家デビュー。同作はアンソニー賞、バリー賞の最優秀処女長編賞をダブル受賞し、ハードボイルドの新星として注目を浴びる。2014年「ありふれた祈り」(13年)でMWA賞最優秀長編賞を受賞。他の作品に「煉獄の丘」「二度死んだ少女」「血の咆哮」など。

クルーゲ, アレクサンダー *Kluge, Alexander*
ドイツの作家, 映画監督
1932.2.14〜
[出]ハルバーシュタット [名]Kluge, Alexander Ernst [賞]ベネチア国際映画祭銀獅子賞(1966年), ベネチア国際映画祭金獅子賞(1968年), カンヌ国際映画祭国際批評家連盟賞, ベネチア国際映画祭国際映画批評家連盟賞, ビューヒナー賞(2003年)
[歴]子供時代に第二次大戦下のドイツを経験。フライブルク、マールブルク、フランクフルトで法律、歴史、教会音楽を学び、1956年法学博士号を取得。ベルリンやミュンヘンの法律事務所で働くが、映画製作と文学に関心が移り、F.ラングの映画製作に参加。62年新しいドイツの映画の創出を訴える“オーバーハウゼン宣言”で指導的役割を果たし、ニュー・ジャーマン・シネマのブレーン的存在として文化政策、理論、教育の領域でも活躍。同年ウルム造形大学に映画学科を開設。同年散文作品「履歴」を発表、同作の中の物語に基いた初の長編映画「昨日からの別れ」(66年)はベネチア国際映画祭で銀獅子賞を受賞し、新しいドイツ映画の出発点となった。第2作「サーカス小屋の芸人達—処置なし」(67年)も同映画祭で金獅子賞を受賞。73年実験的散文作品「致命的結末へと至る学習過程」を発表。他の文学作品に「戦闘記述」(64年)、「新しい物語」(77年)、理論的著作に「公衆と経験」(72年, ネークトと共著)、映画作品に「過激なフェルディナンド」(76年)、「秋のドイツ」(78年, 共同監督)、「愛国女性」(79年)、「感情の力」(83年)などがある。フランクフルト大学名誉教授でもある。

クルコフ, アンドレイ *Kurkov, Andrei*
ウクライナの作家
1961〜
[出]ソ連ロシア共和国レニングラード [学]キエフ外国語大学卒 [勲]レジオン・ド・ヌール勲章(2014年)
[歴]3歳のとき家族でキエフに移る。出版社勤務、オデッサでの兵役を経て、小説、脚本、児童書を執筆。1996年に発表した長編「ペンギンの憂鬱」が約20ケ国語に翻訳され、国際的なベストセラーとなった。ウクライナのロシア語作家で、2013年末から14年春にかけてのマイダン革命に際して、体験記録「ウクライナ日記—国民的作家が綴った祖国激動の155日」を

執筆した。他の著書に「大統領の最後の恋」などがある。

クルージー, ジェニファー　*Crusie, Jennifer*

アメリカのロマンス作家

[出]オハイオ州ワパコネタ　[学]ボウリンググリーン州立大学芸術教育学科卒　[賞]RITA賞(1995年・2005年)

[歴]ボウリンググリーン州立大学芸術教育学科を卒業後、1971年に結婚。小・中学校の美術教師や高校の英語教師を務めながら、別の大学でも学ぶ。91年その研究の一環として女性向けロマンス小説を大量に読んだところ、ロマンス小説にはまり、実作を始める。93年作家デビューしてすぐに注目を集め、98年「嘘でもいいから」で、異例のスピードでハードカバー作家の仲間入りを果たす。コミカルかつロマンティックな作風で人気を集め、全米ベストセラーとなる作品を発表し続ける。95年と2005年にRITA賞を受賞している。

クルーセンシャーナ, アグネス・フォン
Krusenstjerna, Agnes von

スウェーデンの作家

1894.10.9～1940.3.10

[出]ヴェクシェー　[名]Krusenstjerna, Agnes Julie Fredrika von

[歴]ヴェクシェーの上流貴族の家に生まれ、のちストックホルムに移る。「ニーナの日記」(1917年)と「ヘレーナの初恋」(18年)を発表した後、21年文芸批評家ダーヴィド・スプレンゲルと結婚。女性の本能に忠実に生きる若い娘の変貌を自伝風に描いた3部作「トニー」(22～26年)で作家としての地位を確立。「フォン・パーレン姉妹」(7巻, 30～35年)はあからさまな性描写や近親相姦、性的幻想の描写などからスウェーデン文学史上において、文学とモラルについての30年代最大の論争を引き起こした。その後、「貧乏貴族」(4巻, 35～38年)を書いた。生涯精神病に苦しみ、最後は脳腫瘍で死亡した。

クルチコフスキ, レオン　*Kruczkowski, Leon*

ポーランドの劇作家, 作家

1900.6.28～1962.8.1

[賞]ポーランド国家文学賞(1950年)

[歴]プロレタリア作家で、長編「コルディアンと百姓」(1932年)などで知られる。第二次大戦中はドイツ軍の捕虜となった。戦後は文化芸術次官やポーランド作家同盟議長を歴任する一方、劇作に転じ、「ドイツ人」(49年)、ローゼンバーグ事件を扱った「ジュリアスとエセル」(54年)、「自由の最初の日」(59年)、「総督の死」(61年)などを手がけた。

グールド, スティーブン　*Gould, Steven*

アメリカのSF作家

1955～

[歴]父が軍人だったため台湾、ドイツ、インド、タイ、アメリカ各地を転々としながら成長する。採掘関係の様々な職を経て、コンピューター関係の仕事に就く。あるSF大会の創作講座で書いた短編がシオドア・スタージョンの目にとまり、1980年同作でデビュー。84年発表の短編「Rory」はヒューゴー賞候補、88年の「マッド・モリイに桃を」はヒューゴー賞とネビュラ賞の候補に挙げられた。他の作品に、2007年ヘイデン・クリステンセン主演で映画化された「ジャンパー―跳ぶ少年」、同書のスピン・オフ作品「ジャンパーグリフィンの物語」がある。

[家]妻＝J.ローラ・ミクスン(SF作家)

グルニエ, ジャン　*Grenier, Jean*

フランスの作家, 思想家

1898.2.6～1971.3.5

[出]ブルターニュ地方

[歴]哲学教授資格を取得後、1968年パリ大学を退官するまで、外国およびフランス各地で哲学・文学を教えながら、エッセイ、文芸・美術批評、小説などの分野で文章活動を続けた。アルジェ時代の教え子カミュとの師弟愛は有名で、大きな影響を与えた。エッセイ、評論に「孤島」(33年)、「地中海の霊感」(41年)、「存在の不幸」(57年)、「アルベール・カミュ回想」(68年)など、小説に「砂浜」(57年)、美学論に「芸術とその諸問題」(70年)など。

グルニエ, ロジェ　*Grenier, Roger*

フランスの作家

1919.9.19～

[出]ノルマンディー地方カルバドス県カーン　[学]クレルモン・フェラン大学文学部卒　[賞]フェミナ賞(1972年度), アカデミー・フランセーズ中短編文学大賞(1975年度)

[歴]ジャーナリストの道に入り、1944～47年「コンバ」紙、48～63年「フランス＝ソワール」紙の記者として精力的に活動、国営テレビ放送にも関与した。64年よりガリマール書店文芸部顧問。一方、30年代の遠い青春期の日々に照明を当てた「Les embuscades(待伏せ)」(58年)以降、長編小説群の作家として広く知られる。その中の一編「Ciné-roman(シネ・ロマン)」(72年)により72年度のフェミナ賞を受賞。さらに「水の鏡」では75年度アカデミー・フランセーズ中短編文学大賞を受賞した。他の作品に長編小説「夜の寓話」(77年, のち邦題「編集室」に改題)、中編「黒いピエロ」「六月の長い一日」、短編集「フラゴナールの婚約者」「別離のとき」、エッセイ「チェーホフの感じ」(92年)、「フィッツジェラルドの午前三時」(95年)、「ユリシーズの涙」(98年)、「写真の秘密」(2010年)など。一時、ルノードー賞の審査員を務めたこともある。

グルーバー, アンドレアス　*Gruber, Andreas*

オーストリアの作家

1968～

[出]ウィーン　[賞]マールブルク文学賞短編部門第2位(1999年), ドナウフェスティバル文学コンクール第1位(1999年), ドイツ幻想文学賞短編集部門第1位(2002年), ドイツ幻想文学賞短編部門第1位(2002年), ドイツサイエンスフィクション賞短編部門第2位(2002年), クルト・ラスヴィッツ賞短編部門第3位(2002年), ドイツ幻想文学賞短編部門第4位(2003年), ドイツ幻想文学賞長編デビュー作部門第1位(2006年), ヴィンセント賞短編部門第1位(2009年), ヴィンセント賞ベスト作家賞第1位, ヴィンセント賞短編部門第2位(2012年)

[歴]長く薬品会社に勤務。1996年から本格的に短編小説の執筆を始める。ジャンルは、SF、ホラー、ブラックユーモア、探偵もの、冒険もの、パロディなど多岐にわたる。99年マールブルク文学賞短編部門2位、ドナウフェスティバル文学コンクール1位、2002年ドイツ幻想文学賞短編集部門1位、同短編部門1位、ドイツサイエンスフィクション賞短編部門2位、クルト・ラスヴィッツ賞短編部門3位、03年ドイツ幻想文学賞短編部門4位など、ドイツ語圏の文学賞の短編部門で何度も入賞し、ノミネート作品も多い。05年オーストリア版ラヴクラフト叢書の1冊として初の長編「Der Judas-Schrein(ユダの筐)」を上梓、06年同作はドイツ幻想文学賞長編デビュー作部門1位に輝く。09年ヴィンセント賞短編部門1位。11年の「夏を殺す少女」でドイツのホラー小説を対象にしたヴィンセント賞長編部門1位を獲得。12年ヴィンセント賞短編部門2位。短編の名手であり、オーストリア・ミステリーの一翼を担う作家として知られる。

グルーバー, マイケル　*Gruber, Michael*

アメリカの作家

1940～

[出]ニューヨーク市ブルックリン　[学]マイアミ大学

[歴]英文学の学士号を取得後、ニューヨークの様々な雑誌で編集に従事。その後、マイアミ大学で海洋生物学の博士号を取得し、1968～69年衛生兵としてアメリカ陸軍に所属。以後、レストランのシェフ、犯罪訴訟に関する郡の分析官などを経て、77年から20年間ワシントンD.C.で政府関係の仕事に携わる。傍らミステリー作家のゴーストライターを務め、99年からは執筆に専念。2003年「夜の回帰線」で正式に作家デビューした。他の作品に「血の協会」「わが骨を動かす者へ―1611年のシェイクスピア」がある。

グルホフスキー, ドミトリー　Glukhovsky, Dmitry
ロシアの作家, ジャーナリスト
1979.6.12〜
㊋ソ連ロシア共和国モスクワ　㊋ヘブライ大学（ジャーナリズム・国際関係学）
㊋エルサレムのヘブライ大学でジャーナリズムと国際関係学を修める。フランス、モスクワのテレビ局、ドイツ、イスラエルのラジオ局でリポーターとして活躍し、英語、フランス語、ドイツ語、ヘブライ語、スペイン語を操る。2002年初の小説「METRO2033」で作家デビュー。

クルマ, アマドゥ　Kourouma, Ahmadou
コートジボワールの作家
1927.11.24〜2003.12.11
㊋ルノードー賞（2000年）
㊋ギニアから移住してきた両親のもとコートジボワールに生まれる。1968年「独立の日々」で作家デビュー。若い夫婦が急激な社会の変化に取り残されるさまをマリンケの民族文化に根ざして描き、政治体制を厳しく批判、一躍注目を集める。73年執筆した体制批判の戯曲が元で、トーゴへの亡命を余儀なくされる。アルジェリアやカメルーンなどを転々とした後、93年コートジボワールに帰国。2000年「ぼくはビライマ」がフランスの文学賞ルノードー賞を受賞し、ベストセラーとなる。他の作品に「モネ、侮辱と挑戦」（1990年）、「野生の動物の投票を待つ」（98年）など。2001年国際シンポジウム"アフリカにおける紛争と平和共存の文化"のため来日。

クルミー, アンドルー　Crumey, Andrew
イギリスの作家
1961〜
㊋スコットランド・グラスゴー　㊋セント・アンドリューズ大学（理論物理学・数学）卒 博士号（理論物理学、ロンドン・インペリアル・カレッジ）　㊋スコットランド文化振興財団ソルタイア最優秀処女作品賞、アーツ・カウンシル・ライターズ・アワード
㊋セント・アンドリューズ大学で理論物理学と数学を学び、首席で卒業。ロンドンのインペリアル・カレッジで理論物理学博士号を取得。大学研究員、高校教師を経て、1994年「Music, in a Foreign Language」で作家としてデビュー。同作でスコットランド文化振興財団ソルタイアの最優秀処女作品賞、「ミスター・ミー」でアーツ・カウンシル・ライターズ・アワードを受賞。

グルーリー, ブライアン　Gruley, Bryan
アメリカの作家
㊋ミシガン州デトロイト　㊋ストランド・クリティークス・アワード最優秀新人賞、アンソニー賞最優秀ペーパーバック長編賞、バリー賞最優秀ペーパーバック長編賞
㊋「ウォール・ストリート・ジャーナル」シカゴ支局長を務める。2010年小説デビュー作「湖は飢えて煙る」がMWA賞最優秀新人賞候補となったほか、ミステリー専門誌「ストランド・マガジン」によるストランド・クリティークス・アワード最優秀新人賞、アンソニー賞最優秀ペーパーバック長編賞、バリー賞最優秀ペーパーバック長編賞を受賞するなど高く評価される。

クルレジャ, ミロスラヴ　Krleza, Miroslav
クロアチア（ユーゴスラビア）の詩人, 作家
1893.7.7〜1981.12.29
㊋ザグレブ
㊋第一次大戦の悲惨な体験を詩や短編で発表し、衝撃的にデビュー。両大戦間の文学すべてのジャンルを駆使した旺盛な執筆活動は戦後も続き、膨大な作品群は27巻本選集（1953〜72年）に収録されている。主な作品に詩集「パーン」（17年）、「ペトリツァ・ケレンプフの歌」（36年）、中編小説「クロアチアの神マルス」（22年）、小説「フィリップ・ラティノビッチの帰還」（32年）、「旗」（76年）、戯曲「グレンバイ家の人々」（28年）、「アレティ」（59年）、旅行記「25年のロシア紀行」（26年）など。根っからの共産主義者だが、芸術の自由を主張して第二次大戦直前に党を除名された。しかし、ソ連・ユーゴスラビア関係の悪化に伴って復党、党中央委員を務めた。ユーゴスラビア近代文学の父として知られる。

クルーン, レーナ　Krohn, Leena
フィンランドの作家
1947〜
㊋ヘルシンキ　㊋ヘルシンキ大学（文学・哲学・心理学）　㊋アンニ・スワン賞（1979年）、フィンランディア賞
㊋1970年処女作「緑の革命」を出版。その後「大きくなった少女」（73年）、「最後の別荘客」（74年）、「ペリカンの冒険」（76年）などを次々と発表。79年「ペリカンの冒険」でフィンランド児童文学大賞のアンニ・スワン賞、「数学的な生物たち、もしくは、分かたれた夢」（92年）でフィンランディア賞を受賞。現代フィンランド文学を代表する作家で、同国の芸術家に贈られる最高位勲章プロフィンランディアメダルも受けた（ただし政府に抗議して返還）。他の著書に「ウンブラ／タイナロン」「木々は八月に何をするのか」「ペレート・ムンドゥス」「蜜蜂の館」「偽窓」などがある。

クレア, カサンドラ　Clare, Cassandra
イラン生まれのアメリカの作家
㊋テヘラン
㊋テヘランでアメリカ人の両親のもとに生まれ、幼い頃はヨーロッパ各地に移り住んだ。12歳頃から創作を始め作家を目指すが、大学卒業後はエンターテインメント系雑誌やタブロイド紙のライターとなる。2004年ファンタジーのアンソロジーに作品を発表、07年「シャドウハンター骨の街」でファンタジー作家として本格デビュー。同作品は全世界で大ベストセラーを記録、ローカス賞など数々の賞にノミネートされる。13年には「シャドウハンター」として映画化もされた。

グレアム, ウィンストン　Graham, Winston
イギリスの作家
1908.6.30〜2003.7.10
㊋マンチェスター　㊋グレアム、ウィンストン・モーズリー〈Graham, Winston Mawdsley〉　㊋CWA賞クロスド・レッド・ヘリング賞（1955年）
㊋16歳で学校を中退し、作家を夢見始める。長く暮らしたコーンウォールを舞台に、「Ross Poldark」（1945年）から始まり「The Black Moon」（73年）までの5巻におよぶ歴史長編小説で知られる。「Marnie（マーニー）」（61年）が映画監督ヒッチコックに絶賛され映画化されて以来、サスペンス作家としての評価が高まった。他の映画化作品に、「Take My Life」（47年）、「The Walking Stick（盗まれた夜）」（67年）など。55年イギリス推理作家協会賞（CWA賞）クロスド・レッド・ヘリング賞を受けた。

グレアム, キャロライン　Graham, Caroline
イギリスのミステリー作家
㊋ナンイートン　㊋マカヴィティ賞最優秀処女長編賞
㊋高校卒業後、舞踊を学んでプロのダンサーとなり、その後女優へ転身。が、夫の病気のため女優業は引退した。1982年に「Fire Dance」で作家としてデビュー。代表作には、「蘭の告発」に始まる〈トム・バーナビー首席警部〉シリーズがある。その第2作「うつろな男の死」は、アマチュア劇団を舞台に、巧みな人間描写をみせる。他に、シリーズ外の「Murder at Madingley Grange」や、数冊の児童書がある。

グレアム, W.S.　Graham, W.S.
イギリスの詩人
1918.11.19〜1986.1.9
㊋スコットランド・グリーノック　㊋グレアム、ウィリアム・シドニー〈Graham, William Sydney〉　㊋勤労者教育協会専門学校卒
㊋地元の高校を出て、エディンバラ近くの勤労者教育協会専

門学校で1年間学び技師となる。正式な教育はここまでで、独学して著述業の道に入り、のちコーンウォールに定住。1930年代からディラン・トーマスの影響の下に詩作を始め、40年代に“新黙示録派”の一人として詩壇に登場。生まれ故郷やエディンバラ、コーンウォールら居住地が常に海に近いことから海と漁が重要なテーマで、鰊漁を歌った長詩「夜の漁」(同名詩集のタイトル詩, 55年)が代表作として知られる。他の作品に「不満のない檻」(42年)、「七つの旅」(44年)、「第二の詩」(45年)、「白い入り口」(49年)、「夜の漁」(55年)、「マルカム・ムーニーの土地」(70年)、「ふさわしい道具」(77年)、「全詩集—1942-1977」(79年)など。47〜48年ニューヨーク市立大学講師を務めた。

グレアム, ヘザー　*Graham, Heather*
アメリカのロマンス作家
[出]フロリダ州　[名]筆名＝ドレイク, シャノン〈Drake, Shannon〉
[学]サウスフロリダ大学卒
[歴]サウスフロリダ大学で演劇を専攻し、女優、モデルなどを経験。第3子出産後に執筆を始め、1982年作家デビュー。以後、ロマンス作家として頭角を現し、三つの筆名を用いて100冊を超える作品を著し、およそ20ケ国語に翻訳されている。「ニューヨーク・タイムズ」「USAトゥデイ」各紙のベストセラーリストにもたびたび登場する。著書に「闇に潜む目」「朝の光に消えない愛を」「海の瞳のコンテッサ」などがある。シャノン・ドレイク名義に「獅子の女神」「塔に囚われた花嫁」「エメラルドの誘惑」など。

グレアム, リン　*Graham, Lynne*
イギリスのロマンス作家
[出]北アイルランド　[学]エディンバラ大学卒
[歴]北アイルランドの海辺の町で育つ。10代の頃からロマンス小説の熱心な読者で、15歳の時に初めて自分でロマンス小説を書く。大学で法律を学ぶと同時に、14歳のときからの恋人と卒業後に結婚。この結婚生活は一度破綻したが、数年後に同じ男性と恋に落ちて再婚。初めての子育て中に執筆に挑み、ロマンス作家としてデビュー。著書に「孤独なバージンロード」「愛するがゆえの罰」などがある。

グレアム・スミス, セス　*Grahame-Smith, Seth*
アメリカの作家, 脚本家, 映画プロデューサー
1976.1.4〜
[出]ニューヨーク州　[名]Jared, Seth　[学]エマーソン・カレッジ卒
[歴]テレビシリーズの脚本家として活躍。2009年ジェーン・オースティンの小説「高慢と偏見」をもとにしたパロディ小説「高慢と偏見とゾンビ」を発表、全米で100万部を売上げ、一躍人気作家となる。10年「ヴァンパイアハンター・リンカーン」は「ニューヨーク・タイムズ」紙のベストセラーリストで初登場4位を記録した。映画の脚本家としてはティム・バートン監督の「ダーク・シャドウ」(12年)でデビュー。「ヴァンパイアハンター・リンカーン」を原作とした同監督の「リンカーン 秘密の書」(12年)でも脚本と製作を手がけた。

グレイ, アメリア　*Gray, Amelia*
アメリカの作家
1982〜
[出]アリゾナ州　[賞]ロナルド・スケニック/アメリカン・ブックレビュー・イノベイティブ・フィクション賞, ヤング・ライオンズ・フィクション賞
[歴]2009年「AM/PM」でデビューし、絶賛を浴びる。その後、「ニューヨーカー」「ティンハウス」などで、短編やエッセイを発表。2作目の短編集「Museum of the Weird」(10年)がロナルド・スケニック/アメリカン・ブックレビュー・イノベイティブ・フィクション賞を受賞、続く長編「Threats」(12年)がペン/フォークナー賞フィクション部門の最終候補となる。4作目にあたる短編集「Gutshot」(15年)はヤング・ライオンズ・フィクション賞を受賞し、シャーリー・ジャクスン賞短編集部門最終候補となった。

グレイ, アラスター　*Gray, Alasdair James*
イギリスの作家, 画家
1934.12.28〜
[出]グラスゴー　[賞]ウィットブレッド賞(1992年), ガーディアン賞(1992年)
[歴]美術学校在学中から執筆を始め、美術を教える傍ら、ラジオやテレビの脚本を手がける。1981年、30年近い年月をかけて完成させた第1長編「ラナーク—四巻からなる伝記」を発表、ブッカー賞の有力候補に推されるなど一躍注目を浴びる。ファンタジーとリアリズムが入り混じったポストモダン的な作風、ユニークな自筆イラストが持ち味。92年第6長編の「哀れなるものたち」でウィットブレッド賞、ガーディアン賞を受賞。他の著書に「ほら話とほんとうの話、ほんの十ほど」などがある。

グレイ, エドウィン　*Gray, Edwyn*
イギリスの作家
[出]ロンドン　[学]ロンドン大学卒
[歴]1953年からイギリス、アメリカ、オーストラリアの一流誌に主として海軍に関する短編物語や論文を発表。71年第一次大戦におけるイギリス潜水艦について書いた「忌わしい非イギリス的兵器」を処女出版し、引き続いて第一次大戦下のUボート戦などを題材に数編の作品を発表。海軍をテーマとする作家として世界的に知られ、著書はオランダ、イタリア、ドイツ、デンマーク、スウェーデン、日本などで出版される。他の著書に「ヒトラーの戦艦—ドイツ戦艦7隻の栄光と悲劇」などがある。

グレイ, キース　*Gray, Keith*
イギリスの児童文学作家
1972〜
[出]リンカーンシャー州グリムズビー
[歴]12歳まではまったく本を読まない子供だったが、児童文学作家ロバート・ウェストールの「『機関銃要塞』の少年たち」を読んで本の面白さに目覚める。経営・経済学を専攻したが、向いていないと学校を辞め、トラックの運転手、ピザ・ハットの店員、バーテンダー、テーマパークのぬいぐるみに入るアルバイト、レコード店などの職を転々とする。のち執筆活動に入り、1996年処女作「ジェイミーが消えた庭」を発表、ガーディアン賞の候補作となる。2009年には「ロス、きみを送る旅」がカーネギー賞にノミネートされた。新しい世代の子供の本の書き手として期待を集める。他の作品に「家出の日」「絶体絶命27時間！」などがある。

グレイ, ケス　*Gray, Kes*
イギリスの児童文学作家
1960〜
[出]エセックス州チェルムフォード　[学]ケント大学卒　[賞]シェフィールド児童図書賞(2001年)
[歴]ケント大学卒業後、コピーライターとして活躍。「ちゃんとたべなさい」でイギリスの子供たちが選ぶ2001年シェフィールド児童図書賞を受賞。他の作品に「うさぎのチッチ」「ほんとに ほんと」、〈いたずらデイジーの楽しいおはなし〉シリーズなどがある。

グレイ, サイモン　*Gray, Simon*
イギリスの劇作家
1936.10.21〜2008.8.7
[出]ハンプシャー州ヘイリング島　[名]グレイ, サイモン・ジェームズ・ホリデー〈Gray, Simon James Holliday〉　[学]ケンブリッジ大学
[歴]ケンブリッジ大学で学び、1965〜85年ロンドン大学クイーン・メアリ・カレッジで英文学を教える。67年最初の戯曲「賢い子供」が上演される。以降の作品に「バトリー」(71年)、「只今取り込み中」(75年)、「クォーターメインの学期」(81年)、「共通の追求」(84年)、「メロン」(87年)など。知識人の仕事や私生活における退廃を描く喜劇を得意とし、その作品のいくつかはハロルド・ピンター演出で上演された。小説、翻訳、エッ

セイ集「不自然な追求」(85年)もある。

クレイ, フィル *Klay, Phil*
アメリカの作家
1983〜
[出]ニューヨーク州ウェストチェスター [学]ダートマス大学卒, ハンター大学創作科修士課程修了 [賞]全米図書賞(2014年)
[歴]ダートマス大学を卒業し、2005年アメリカ海兵隊に入隊。07〜08年広報担当としてイラクのアンバール県で勤務。除隊後、ハンター大学創作科で修士号を取得。海兵隊員として戦場の最前線に臨んでいた自身の体験を反映したデビュー作「一時帰還」で14年全米図書賞を受賞。

グレイザー, ジジ・L. *Grazer, Gigi Levangie*
アメリカの脚本家, 作家
[出]カリフォルニア州ロサンゼルス
[歴]1998年公開の映画「グッドナイト・ムーン」(ジュリア・ロバーツ, スーザン・サランドン主演)で脚本家としてデビュー。作家としては、2000年に、1980年代のロサンゼルスを舞台とした恋愛小説「Rescue Me」を発表。邦訳書に「こんな結婚の順番」(「マイ・パーフェクト・ウェディング」の改題)など。

クレイシ, ハニフ *Kureishi, Hanif*
イギリスの作家, 脚本家, 映画監督
1954.12.5〜
[出]ブムロリー [学]キングス・カレッジ(哲学) [勲]CBE勲章 [賞]テムズ・テレビ戯曲賞(1980年), ウィットブレッド賞(1990年), PEN/ピンター賞(2010年)
[歴]父はパキスタン人、母はイギリス人。1970年代半ばからロンドンのロイヤル・コート劇場勤務で戯曲を書き始める。80年「The Mother Country」でテムズ・テレビ戯曲賞を受賞。85年テレビ映画用に脚本を書いた「マイ・ビューティフル・ランドレット」が劇場公開され、数々の脚本賞を受賞、アカデミー賞最優秀脚本賞にもノミネートされ、カルト的ファンを獲得。90年「郊外のブッダ」で文壇にデビュー、ウィットブレッド賞を受賞。92年映画「ロンドン・キルズ・ミー」で脚本と監督に初挑戦。他の作品にエッセイ「Eight Arms to Hold You」(91年)、「言葉と爆弾」、小説「The Black Album」(95年)、脚本「サミー&ロージー」(88年)などがある。

クレイス, ジム *Crace, Jim*
イギリスの作家, 劇作家
1946.3.1〜
[出]ハートフォードシャー州 [学]バーミンガム商科大学(英文学)卒, ロンドン大学 [賞]ウィットブレッド賞(1986年), ガーディアン文学賞(1986年), E.M.フォースター賞(1996年), ウィットブレッド賞(1997年), 全米書評家協会賞(2000年度)(2001年), ジェームズ・テイト・ブラック記念賞(2014年)
[歴]1968〜69年に海外青年協力隊に参加。スーダンの教育テレビで番組制作に携わるほか、ボツワナで教鞭を執る。70年に帰国後、BBCの教育番組の脚本を手がける。74年処女短編小説「Annie, California Plates」を発表。76年以降フリーのジャーナリストとなり、「サンデー・タイムズ」「サンデー・テレグラフ」などの新聞で特集記事を担当。86年長編第1作「Continent」を発表し、ウィットブレッド賞、ガーディアン文学賞などを受賞。以後作家活動に専念し、「Quarantine(四十日)」で再びウィットブレッド賞、E.M.フォースター賞を受賞、ブッカー賞最終候補作となるなど、受賞歴多数。作品は世界14ケ国に翻訳されている。他の作品に「The Gift of Stones」(88年)、「Arcadia」(92年)、「Signals of Distress」(94年)、「Being Dead(死んでいる)」(99年)、「The Davil's Larder(食料棚)」(2001年)、「隔離小屋」(07年)などがある。

クレイス, ロバート *Crais, Robert*
アメリカの作家
1953.6〜
[出]ルイジアナ州 [学]ルイジアナ州立大学(機械工学専攻) [賞]アンソニー賞(1987年), マカヴィティ賞(1988年), ロス・マクドナルド文学賞(2006年), バリー賞(最優秀長編賞), マーダー・インク・ガムシュー賞(最優秀スリラー賞), MWA賞巨匠賞(2014年)
[歴]レイモンド・チャンドラーの小説「かわいい女」を読んで作家を志す。高校時代に習作を書き始め、大学時代には地元のSF誌に短編を発表。22歳の時に作家になる決意を固め、ハリウッドに出る。10年ほどテレビ脚本家として実績を積み、1985年「モンキーズ・レインコート」で作家デビュー。カリフォルニアを舞台にした明るいハードボイルド探偵小説〈探偵エルヴィス・コール〉シリーズで、アメリカ探偵作家クラブ賞(MWA賞)、シェイマス賞、マカヴィティ賞などにノミネートされた。2014年MWA賞巨匠賞を受賞。他の著書に「追いつめられた天使」「ララバイ・タウン」「ぬきさしならない依頼」「死者の河を渉る」「サンセット大通りの疑惑」「破壊天使」「ホステージ」「天使の護衛」「容疑者」などがある。

クレイン, カプリス *Crane, Caprice*
アメリカの作家
[出]カリフォルニア州ロサンゼルス [学]ニューヨーク大学卒 [賞]「ロマンティック・タイムズ」誌ベストチックリット賞(2006年)
[歴]母は女優、父はテレビ司会者で、ハリウッドで育つ。大学卒業後、テレビや映画業界でプロデューサー、脚本家として活躍。2006年刊行のデビュー作「Stupid & Contagious」では女性読者の熱烈な支持を受け、同年「ロマンティック・タイムズ」誌のベストチックリット賞を受賞。13年ヤングアダルト小説の処女作「Confessions of a Hater」を刊行。

クレイン, ハロルド・ハート *Crane, Harold Hart*
アメリカの詩人
1899.7.21〜1932.4.27
[出]オハイオ州ギャレッツヴィル
[歴]父は富裕な菓子工場主だったが、1916年に両親が離婚すると高校を中退。17歳の時にニューヨーク市へ出、詩人グループと交流。26年処女詩集「白いビルディング」を刊行、批評家の絶賛を浴び詩人としての地位を確立。30年第二詩集「橋」を刊行、今日では20世紀を代表する長詩の一つに数えられるが、当時は芳しい評価を得ることができなかった。32年取材先のメキシコからの帰路、船上から投身自殺をした。

グレゴリー, ダリル *Gregory, Daryl*
アメリカのSFファンタジー作家
1965〜
[出]イリノイ州シカゴ [賞]クロフォード賞
[歴]1988年クラリオン・ワークショップを卒業し、90年作家デビュー。以来英語教師、プログラマーなどを兼業しながら、2004年頃から精力的に短編を発表。初の長編「Pandemonium」(08年)は世界幻想文学大賞、ミソピーイク賞、シャーリイ・ジャクスン賞の候補作となり、ファンタジー長編を対象としたクロフォード賞を受賞。4作目の長編「迷宮の天使」(14年)はNPR年間ベスト小説、「カーカス・レビュー」誌年間ベストSF/ファンタジーに選出されるなど、ジャンル内外で高く評価される。

グレゴリー, ホーレス・ビクター *Gregory, Horace Victor*
アメリカの詩人, 批評家
1898.4.10〜1982.3.11
[出]ウィスコンシン州ミルウォーキー [学]ウィスコンシン大学卒 [賞]ボーリンゲン賞(1965年)
[歴]ウィスコンシン大学在学中から詩作。卒業後ニューヨークに移り、詩人マリア・ザツレンスカと結婚、第1詩集「チェルシー下宿屋」(1930年)を出し、批評活動も開始。34〜60年サラ・ローレンス・カレッジで教鞭を執り、61年名誉教授。ニューヨークでの生活に基づく詩集は多いが、主に翻訳家、批評家として評価される。カトゥッルス、オウィディウスの翻訳は有名。D.H.ローレンス論「黙示録の巡礼者」(33年)、妻ザツレンスカとの共著「アメリカ詩の歴史1900-1940」(46年)が代表的評論である。

[家]妻＝マリア・ザツレンスカ（詩人）

グレゴリオ, マイケル　*Gregorio, Michael*

イタリアの作家

[歴]マイケル・グレゴリオは、イタリアの哲学教師の妻ダニエラ・デ・グレゴリオ（Daniela De Gregorio）と、写真史・英語教師の夫マイケル・G.ジェイコブ（Michael G.Jacob）夫妻の共同筆名。2006年より専業作家として活動し、新人離れしたストーリーテリングと緻密な構成で世界中のエージェントの度肝を抜いた「純粋理性批判殺人事件」でデビュー。同書は世界15ケ国で刊行され大きな話題となった。

グレーコワ, イリーナ　*Grekova, Irina Nikolaevna*

ロシア（ソ連）の作家

1907.3.21〜2002.4.16

[出]レベリ（タリン）　[名]ヴェンツェリ, エレーナ・セルゲーヴナ〈Venttsel, Elena Sergeevna〉　[学]レニングラード大学

[歴]筆名は、ロシア語の「イグレグ（未知数）」に由来する。サイバネティックスの専門家。学者の人間模様を描いた作品が多く、主な作品として、「検問所の向う側」（1962年）、「風変わりな美容師」（63年）、「夏の街のにおい」（65年）、「講座」（78年）がある。ほかに、女性の戦中戦後史を描いた「未亡人たちの船」（81年）など。

グレーザー, エルンスト　*Gläser, Ernst*

ドイツの作家

1902.7.29〜1963.2.8

[歴]父は裁判官。フランクフルトの新聞や劇場の文芸部、南西ドイツラジオ放送局の文芸部を経て、1930年代初めには出版社で編集の仕事に携わる。28年第一次大戦当時のドイツ社会に対して反抗する若者の姿を描いた処女長編「02年生まれ」を発表、25ケ国語に翻訳され広く読まれた。33年ナチスが政権に就くとスイスに亡命、ナチスの台頭に主人公が虚しく抵抗する「最後の市民」（35年）などを書いたが、39年帰国して体制に協力した。戦後、「ドイツ人の栄光と悲惨」（60年）で自己弁明した。

クレシェンツォ, ルチアーノ・デ　*Creschenzo, Luciano De*

イタリアの作家, 映画監督, 脚本家, 俳優

1928.8.20〜

[出]ナポリ県サンタ・ルーチア

[歴]大学卒業後20年間IBMイタリアに勤務。1977年作家に転身。処女作「クレシェンツォ言行録―ベッラヴィスタ氏はかく語りき」がベストセラーとなり、その後多くの本を出版、世界二十数ケ国で1800万部以上売れている。他の作品に「秩序系と無秩序系」などがある。テレビ司会者、映画監督、脚本家、俳優としても活躍。

クレス, ナンシー　*Kress, Nancy*

アメリカの作家

1948〜

[出]ニューヨーク州　[学]ニューヨーク州立大学卒　[賞]ネビュラ賞（長中編）（1991年）, ヒューゴー賞（中長編）（1992年）, ネビュラ賞（中編）（1997年）, 「アシモフ」誌読者賞, スタージョン記念賞, ジョン・W.キャンベル記念賞（2003年）

[歴]ニューヨーク州の田舎町で育ち、大学を卒業後、4年ほど小学校で教える。結婚を機に仕事を辞めて大学に戻り、教育と文学の修士号を取得。1976年「ギャラクシー」誌に発表した短編「The Earth Dwellers」でデビュー。81年にはポケット社から「The Prince of Morning Bells」で念願の長編デビューを果たす。91年「アシモフ」誌に発表した中編「Beggars in Spain」でヒューゴー賞、ネビュラ賞を受賞。96年同じく「アシモフ」誌に発表し、ネビュラ賞、「アシモフ」誌読者賞、スタージョン記念賞を受賞した中編「密告者」の世界をもとに作り上げた、「プロバビリティ・ムーン」に始まる3部作を2000年から発表。03年第3作「プロバビリティ・スペース」でジョン・W.キャンベル記念賞を受賞した。

グレース, パトリシア　*Grace, Patricia*

ニュージーランドの作家

1937〜

[出]ウエリントン　[賞]マオリ作家基金（1974年）, ノイシュタット国際文学賞（2008年）

[歴]北島の南地方の1部族ナ（Ng）ティ・ラウカワの血筋をひく、4分の1混血のマオリ系。ウエリントンで教育を受けたのち、ノースランドの田舎で教師となる。その後ウエリントンに近いポリルア・カレッジでマオリ語を教えながら作家活動を続ける。1974年マオリ作家基金の初の受賞者となり、75年には短編集「ワイアリキ（ささやかな行い）」を出版した。東海岸の有力部族ナ（Ng）ティ・ポロウ出身の夫と結婚。

クレッツ, フランツ・クサーファー　*Kroetz, Franz Xaver*

ドイツの劇作家, 演出家, 俳優

1946.2.25〜

[出]ミュンヘン

[歴]俳優学校を卒業後、ファスビンダーらとミュンヘンで“反劇場”を設立。俳優として活動を始めるが、1970年代に、バイエルン方言と民衆劇の伝統を逆手にとった斬新な社会劇「内職」「ミセの血」「けものみち」などを書いて一世を風靡、“ブレヒトの後、世界的に最も成功したドイツ人作家”となる。以降、時代の変遷とともに世相を鋭く抉る衝撃作を発表し続け、世界40ケ国以上で上演される。他の代表作に2部作「酪農農場」（72年）「お化け列車」（75年）、3部作「上部オーストリア」（72年）「巣」（75年）「人間マイアー」（78年）、「中途半端」（81年）、「ドイツ連邦共和国の恐怖と希望」（84年）、「農民は死滅する」（85年）、「クリスマスの死」（86年）、「私が国民だ」（95年）、「衝動―三幕の民衆劇（Der Drang）」などがある。72年に共産党（DKP）に入党したが、80年に脱退。

グレーブズ, ロバート　*Graves, Robert Ranke*

イギリスの詩人, 作家, 批評家

1895.7.24〜1985.12.7

[出]ロンドン　[学]オックスフォード大学　[賞]ジェームズ・テイト・ブラック記念賞（1934年）, ホーソーンデン賞（1935年）

[歴]第一次大戦に従軍、戦争詩人として世に出る。大戦の経験を踏まえ、イギリス的伝統を批判した自叙伝「さらば、古きものよ」（1929年）、歴史小説「朕（ちん）クローディアス」（34年）、「神クローディアス」（同）、詩論「白い女神」（48年）、「無上の特権」（55年）などで知られる。第二次大戦後は、マジョルカ島に定住、詩作を続けていた。61〜66年、イギリスで文学関係の教授としては最高名誉職とされるオックスフォード大学詩学教授を務めた。

[家]父＝アルフレッド・P.グレーブズ（詩人）

クレベンジャー, クレイグ　*Clevenger, Craig*

アメリカの作家

1965〜

[出]テキサス州ダラス　[学]カリフォルニア州立大学ロングビーチ校（英語）

[歴]テキサス州ダラスで生まれ、カリフォルニア州で育つ。カリフォルニア州立大学ロングビーチ校で英語を学び、高校教師となる。ロンドンやダブリンなどで暮らした後、サンタ・バーバラに落ち着き、2002年処女作「曲芸師のハンドブック」で作家デビュー。同作は20回もの推敲を重ねて形となった。

クレーマー・バドーニ, ルドルフ　*Krämer-Badoni, Rudolf*

ドイツ（西ドイツ）の作家, 評論家, 随筆家

1913.12.22〜1989.9.18

[歴]西独の著作家集団“47年グループ”に属し、創作を始め、1949年の、ナチ時代を生き抜いた人間を諷刺とユーモアを交えて描いた小説「In der grossen Drift（大いなる流れの中に）」で一躍名を知られた。強い社会批判的傾向を持ち、主な作品に長編「哀れなラインホルト」（51年）、「揺れる目標」（62年）、「未知数の方程式」（77年）などのほか、エッセイ、放送劇、評伝「ガリレオ・ガリレイ」（83年）などがある。

クレマン, カトリーヌ *Clément, Catherine*
フランスの作家, 哲学者
Ⓗブーローニュ・ビヤンクール Ⓛエコール・ノルマル・シュペリウール（哲学）卒
Ⓟソルボンヌ大学で哲学の教鞭を執る。のち国立科学研究所研究員を経て、1970年代以降、新聞、雑誌の書評委員、編集委員を務め、執筆活動を続ける。ジュリア・クリステヴァ、フィリップ・ソレルスといった哲学者らとの親交が深く、女性問題への造詣も深い。著書「テオの旅」は若い世代の哲学入門書としてフランスでベストセラーになる。他の著書に「ジャック・ラカンの生涯と伝説」「レヴィ＝ストロース、構造と不幸」「恋愛小説—マルティンとハンナ」などがある。

クレメント, ハル *Clement, Hal*
アメリカのSF作家
1922.5.30～2003.10.29
Ⓗマサチューセッツ州サマービル Ⓡ Stubbs, Harry Clement Ⓛハーバード大学（天文学）卒、ボストン大学大学院（教育学）修了 Ⓦネビュラ賞グランドマスター賞（1998年）
Ⓟ幼い頃から天文学とSFに親しみ、1943年天文学の学士号、47年教職修士号を、63年理学修士号を取得。第二次大戦中は空軍で爆撃機に搭乗。ハーバード大学在学中の42年、「アスタウンディング」誌に掲載された「プルーフ」で作家デビュー。戦後も教職の傍らでSFを執筆し、50年処女長編でゼリー状の半液体生物を主役にしたSFミステリー「20億の針」を発表、代表作となる。78年には続編「一千億の針」を著した。他の作品に「重力への挑戦」（54年）、「窒素固定世界」（80年）などがある。科学的考証の上に立つハードSF作家の代表格で、一貫して異星人テーマに取り組んだ。

クレモー, ジャック *Clemo, Jack*
イギリスの詩人
1916.3.11～1994.7.25
Ⓗセント・オーステル近郊 Ⓡクレモー, ジャック・レジナルド・ジョン〈Clemo, Jack Reginald John〉
Ⓟ父はコーンウォールの陶芸職人。子供の時から眼疾と難聴に悩み、1955年以降全盲となり、それに先立ち聴覚も失った。10代から創作を始め、48年に出版した小説「Wilding Graft」が批評家の絶賛を浴びる。51年第1詩集「陶土地帯」を刊行。以降多数の詩集を発表し、「陶土の地図」（61年）、「カルメル山のサボテン」（67年）、「選詩集」（88年）や、自伝「ある反逆者の告白」（49年）、「ある反逆者の結婚」（80年）、神学論「侵入する福音」（58年）などがある。

グレンジャー, ビル *Granger, Bill*
アメリカの作家, ジャーナリスト
1944～
Ⓗイリノイ州シカゴ Ⓛデポール大学卒 ⓌMWA賞ベスト・オリジナル・ペーパーバック賞（1981年度）
Ⓟアイルランド系カトリック教徒の家に生まれる。カトリック系高校から地元のデポール大学に進み、英文学と哲学を専攻。在学中「デポール文学」の編集長を務め、全米学内雑誌連盟から最優秀賞を受けたこともある。卒業後は「タイム」や「ワシントン・ポスト」のほか、シカゴの新聞、雑誌にルポルタージュや論説を寄稿する。1979年小説の処女作「The November Man」と題したスパイ小説を書いて作家としてデビュー。80年推理小説「Public Murders（目立ちすぎる死体）」を発表、81年度のアメリカ探偵作家クラブ賞（MWA賞）のベスト・オリジナル・ペーパーバック賞を受賞した。"ノヴェンバーマン・シリーズ"他、シカゴを舞台にしたミステリー作品が多数ある。また「シカゴ・トリビューン」誌に毎週コラムを寄稿している。

グレンビル, ケイト *Grenville, Kate*
オーストラリアの作家
1950.10.14～
Ⓗシドニー ⓇGrenville, Catherine Elizabeth Ⓛシドニー大学, コロラド大学大学院修士課程 Ⓦヴォーゲル・オーストラリア文学賞, オレンジ賞, ビクトリア州文学賞, 英連邦作家賞, クリスティナ・ステッド賞
Ⓟシドニー大学で芸術学を学び、映画制作会社に勤務。その後、イギリスとヨーロッパで数年間を過ごし執筆活動を始める。1980年アメリカに渡り、コロラド大学でクリエイティブ・ライティングの修士号を取得。83年オーストラリアに戻った後、テレビ局に勤務しながら最初の短編集「Bearded Ladies」（84年）を出版。以後、小説や創作論を執筆。イギリスからオーストラリアに渡った開拓者が先住民族と衝突し、虐殺するという史実にもとづいた歴史小説「The Secret River」（2015年、邦訳「闇の河」）は、歴史の闇に迫る傑作としてベストセラーとなり、テレビドラマ化されたほか、英連邦作家賞、クリスティナ・ステッド賞などの国内外の文学賞を受賞。同作執筆の経緯をまとめた回顧録、ノンフィクション作品もある。他の作品に「Lilian's Story」（86年、ヴォーゲル・オーストラリア文学賞）、「Dreamhouse」（87年）、「Joan Makes History」（89年）、「The Idea of Perfection」（99年、オレンジ賞）、「Dark Places」（94年、ビクトリア州文学賞）など。10年ニューサウスウェールズ大学から名誉博士号を授与される。現代オーストラリアを代表する作家の一人。

グロー, シャーリー・アン *Grau, Shirley Ann*
アメリカの作家
1929.7.8～
Ⓗニューオリンズ Ⓛテュレイン大学卒 Ⓦピュリッツァー賞（1965年）
Ⓟ1955年に、巧みな話術と優れた性格描写が込められた、短編集「黒いプリンス」を発表して、有望な新進作家といわれる。南部の地方主義（リージョナリズム）の伝統の流れのうちに、荒廃した南部ではない世界を方言を効果的に使って描く。65年の深南部の旧家6代の葛藤を描いた「家を守る人々」（邦訳名「ハウランド家の人々」）でピュリッツァー賞を受ける。この野心作は、ひそかに黒人の女性と結婚していたという祖父の秘密が孫娘の代に暴かれる、混血、復讐、政治問題を織り込んだ作品で、代表作となった。他の作品に、ルイジアナの沖合の孤島に住む人々の生活を描いた長編「あざやかな青い空」（58年）、5人の異父姉妹の一人である20歳の娘の孤独を描いた「コリシアム街の家」（61年）、父と子と嫁の軋轢を取り上げた「愛の証」（77年）などのほか、短編集「風は西に変り」（73年）がある。

クロイダー, エルンスト *Kreuder, Ernst*
ドイツの作家
1903.8.29～1972.12.24
Ⓗツァイツ Ⓛフランクフルト大学
Ⓟドイツのツァイツで生まれ、両親の出身地であるオッフェンバハで育つ。フランクフルト大学では哲学と文学を学ぶ。1924年詩1編が新聞に掲載される。32年頃から文筆活動に入り、第二次大戦に従軍して捕虜生活を経験。終戦直後に書いた「屋根裏の仲間」（46年）、「姿を見せぬ人たち」（48年）は、英語やフランス語にも翻訳され、第二次大戦後に注目された最初期のドイツ語作品といわれる。他の作品に「ノックせずに入れ」（54年）、「アギモス」（59年）などがある。

グローヴ, S.E. *Grove, S.E.*
アメリカの作家, 歴史家, 旅行家
Ⓟラテンアメリカとアメリカの各地を転々として育った歴史家で、長年にわたって地図を研究。熱心な旅行家でもあり、この25年間に2年に1回は引っ越しをし、ようやく最近ボストンに落ち着いた。2014年〈マップメイカー〉3部作の第1作で作家デビュー。「ニューヨーク・タイムズ」紙のベストセラーリスト入りも果たした。

クロウス, マルコ *Kloos, Marko*
ドイツの作家
Ⓗミュンスター
Ⓟドイツ北西部の街ミュンスターおよびその周辺で生まれ育

つ。ドイツ軍を除隊後、20代半ばでアメリカに移住。書店員、港湾労働者、ネットワーク管理者など様々な職業に就くが、2005年に専業主夫として自宅で2人の幼い子供を育てるようになってからは、SF作家を目指して執筆を開始。13年「宇宙兵志願」をアマゾンのキンドル・ダイレクト・パブリッシングを利用して電子自費出版すると、大きな反響を呼び、たちまちベストセラーとなる。

クロウチ, ロバート　Kroetsch, Robert
カナダの作家, 詩人, 批評家
1927.6.26～2011.6.21
㊗アルバータ州ハイスラー　㊗アルバータ大学, マッギル大学, アイオワ大学　㊗カナダ総督文学賞(1969年)
㊗アイオワ大学で博士号を取得し、1961年よりニューヨーク州立大学で教え、75年帰国してマニトバ大学教授を務める。アメリカのポストモダニズムの影響を強く受け、出身地である西部の大平原をモチーフとした「種馬を引く男」(69年)を含む〈西部〉3部作で知られ、同作品で総督文学賞を受賞。著作はほかに「バッドランズ」(75年)、「カラスの言ったこと」(78年)、詩集「フィールド・ノート」(81年)などがある。72年アメリカの批評誌「バウンダリー2」の創刊メンバーになるなど、カナダ文学の国際化に貢献し、批評家としても注目された。

クロウリー, ジョン　Crowley, John
アメリカのSF作家
1942～
㊗メーン州　㊗インディアナ大学卒　㊗世界幻想文学賞(1981年), 世界幻想文学大賞ノヴェラ部門(1990年), ローカス賞ショート・ストーリー部門(1997年), 世界幻想文学大賞生涯功労賞(2006年)
㊗大学卒業後、ニューヨークでドキュメンタリー映画製作に携わった後、1975年SFファンタジー長編「The Deep」で作家デビュー。翌年SF長編「The Beasts」を発表後、79年抒情的で象徴性に富む「エンジン・サマー」によって名声を確立した。さらに81年には古今の妖精譚と神話の集大成であるファンタジー大作「リトル・ビッグ」を発表して世界幻想文学賞を獲得。2006年世界幻想文学大賞生涯功労賞を受賞。他の著書に「ナイチンゲールは夜に歌う」「エンジン・サマー」「古代の遺物」などがある。

クローザー, キティ　Crowther, Kitty
ベルギーの絵本作家
1970～
㊗ブリュッセル　㊗銀の画筆賞(2003年・2005年), アストリッド・リンドグレーン記念文学賞(2010年)
㊗父はイギリス人、母はスウェーデン人。ブリュッセルのサン・リュックインスティテュートでグラフィックアートを学ぶ。1994年「わたしの王国」で作家デビュー。以来、多くの作品を刊行し、装画も手がける。「こわがりのかえるぼうや」、05年「ちいさな死神くん」で、オランダで最も美しい子供の本に贈られる賞の一つである銀の画筆賞を、10年アストリッド・リンドグレーン記念文学賞を受賞。

グロジャン, ジャン　Grosjean, Jean
フランスの詩人
1912.12.21～
㊗1950年までカトリック教の聖職に就いていた。アラビア語、ヘブライ語を学び、神学的研究を行う。予言者と大司教の声を伝えるその詩の調子には、ソロモンの雅歌を思わせるものがあり、P.クローデルの再来ともいわれる。詩集に「Terre du Temps (時の大地)」(46年)「Le Livre du juste (義人の書)」(52年)「Hiver (冬)」(64年)、散文詩集「オーストラジー」などがある。

クロス, アマンダ　Cross, Amanda
アメリカのミステリー作家
1926.1.13～2003.10.9
㊗ニュージャージー州イーストオレンジ　㊗ハイルブラン, キャロライン〈Heilbrun, Carolyn G.〉　㊗コロンビア大学(1959年)卒 英文学博士(コロンビア大学)(1959年)
㊗本名のハイルブラン名義で学問的な文献を著す一方、1964年ミステリー作家としてデビュー。〈ケイト・ファンズラー〉シリーズを約3年おきに発表。登場人物たちの知的でウィットに富んだ会話が人気となる。他の作品に、同シリーズの「ジェイムズ・ジョイスの殺人」(67年)、「インパーフェクト・スパイ」、ハイルブラン名義の著書に「女の書く自伝」「女性の教育 グロリア・スタイネムの人生」「六十歳を過ぎて、人生には意味があると思うようになった」などがある。
㊗息子=ロバート・ハイルブラン(作家)

クーロス, アレクシス　Kouros, Alexis
イラン生まれのフィンランドの児童文学作家
1961～
㊗カーマンシャー　㊗フィンランディア・ジュニア賞(1997年)
㊗イラン・ザグロス山脈の谷間の町カーマンシャーで生まれ、幼少時代を過ごす。イラン・イラク戦争の後、ハンガリーのペスクにある大学で医学を勉強。1990年勉学を続けるためフィンランドに移り、クオピオで博士論文の作成の傍ら文筆活動を始める。97年「ゴンドワナの子どもたち」をフィンランド語で発表し、フィンランドの最優秀児童文学書に贈られるフィンランディア・ジュニア賞をはじめとする数多くの賞を受賞。のち博士論文のために現地調査を行ったカナダでインディアン達の言い伝え"夢取り飾り"に興味を持ち、98年自ら興した出版社・ドリーム・キャッチャーから「ハルマッタン, 道行く人, そして夢取り飾り」を出版、同キリスト教文学賞の候補となる。

クロス, ケイディ　Cross, Kady
カナダの作家
1971～
㊗カナダ　㊗別筆名=スミス, キャスリン〈Smith, Kathryn〉クロス, ケイト〈Cross, Kate〉ロック, ケイト〈Locke, Kate〉
㊗キャスリン・スミスとして20作以上の小説を発表後、2011年よりケイディ・クロスの筆名で〈スチームパンク・クロニクル〉シリーズを発表し、ティーンエイジャーを中心とする読者から絶大な支持を受ける。並行して、ケイト・クロス及びケイト・ロック名義でも、スチームパンク作品を刊行。

クロス, ジリアン　Cross, Gillian
イギリスの作家
1945.1.1～
㊗ロンドン　㊗オックスフォード大学, オックスフォード大学大学院修了, サセックス大学大学院 文学博士(サセックス大学)　㊗カーネギー賞(1990年), ウィットブレッド賞(1992年)
㊗大学では英文学を専攻。村のパン屋で働いたり、国会議員の秘書をしたりと様々な仕事を経験した後、1979年最初の作品「桜草をのせた汽車」を発表。以後歴史に題材をとったもの、現代的なテーマの小説、冒険物語など多彩な作品を書き続ける。他の作品に「Wolf (オオカミのようにやさしく)」(90年)など。

クロス, ヤーン　Kross, Jaan
エストニアの詩人, 作家
1920.2.19～2007.12.27
㊗タリン　㊗タルトゥ大学(法律)卒
㊗1946～54年タルトゥ大学講師。スターリンの粛清により当時のソ連政権に逮捕され、シベリアの収容所と流刑地で8年間過ごす。54年に釈放、60年無罪となり、やがて詩人として登場。エストニア語の詩の世界に新風を吹き込み、哲学的・思索的な作風で大きな影響を与えた。70年代以降は小説に転じ、緻密な心理描写を織りこんだ、エストニア史を掘り起こす長編を次々と発表。自らの体験を19世紀の主人公に投影させた歴史小説「狂人と呼ばれた男―あるエストニア貴族の愛と反逆」(78年)などが邦訳された。81年エストニア作家連盟副会長。他の作品に詩集「流れと牙」(71年)、小説「マルテンス教

授の旅立ち」(84年)などがある。

グロスマン, デービッド *Grossman, David*
イスラエルの作家, 平和運動家
1954.1.25〜
[出]エルサレム [学]ヘブライ大学(1979年)卒 [賞]ゼヴ賞, ネリー・ザックス賞(1991年), メディシス賞(2011年), 国際ブッカー賞(2017年)
[歴]ヘブライ大学で哲学と演劇を学び、在学中から1988年までイスラエル放送局(コール・イスラエル)に勤務。この間、82年児童書「決闘」で作家デビューし、ゼヴ賞を受賞。83年短編集「走る人」、長編「子羊の微笑」で文壇に新風を起こす。現代イスラエルを代表する人気作家の一人。他の著書に「ヨルダン川西岸」「ユダヤ国家のパレスチナ人」「死を生きながら―イスラエル 1993-2003」「ライオンの蜂蜜」などがある。長くイスラエルとパレスチナの共存を探り、2003年のジュネーブ合意には調印者の一人として関与。06年夏のイスラエルによるレバノン攻撃でも地上戦拡大に反対の立場を示したが、イスラエル軍の一員として出征していた息子が戦死した。

グロスマン, レブ *Grossman, Lev*
アメリカの作家, 書評家
1969〜
[出]マサチューセッツ州レキシントン [学]ハーバード大学, エール大学(英文学)
[歴]ハーバード大学とエール大学で英文学を学ぶ。1997年「Warp」で作家デビュー。「タイム」「ニューヨーク・タイムズ」「エンターテインメント・ウィークリー」「ヴィレッジボイス」などで書評家としても活躍。

グロスマン, ワシリー・セミョーノヴィチ
Grossman, Vasily Semyonovich
ソ連の作家
1905.12.12〜1964.9.14
[出]ロシア・ベルジチェフ(ウクライナ) [学]モスクワ大学卒
[歴]ユダヤ系。モスクワ大学を卒業後、ドネツ炭田の鉱山やモスクワの鉛筆工場で技師として働く。1934年「グリュックアウフ」で文壇にデビュー、同年短編「ベルジチェフの町にて」がゴーリキーに認められ、本格的に作家活動に入る。炭鉱労働者の人生を描いた長編「ステパン・コリチューギン」(37〜40年)で評価を受け、第二次大戦には赤軍機関紙「赤い星」記者として従軍。当初はマルクス・レーニン主義にかなう社会主義リアリズムの作風であったが、次第にナチズムとソ連全体主義を同質と見る立場に立ち、スターリングラードの戦いを取り上げた「正義の事業のために」(52年)は党機関紙から“イデオロギー的に有害”と批判を受けた。スターリン時代の圧政と反ユダヤ主義をついた続編「生活と運命」(60年)はすぐにKGBにより押収され、没後の80年にスイスのローザンヌで出版された。中編「万物は流転する」も没後の70年に西ドイツのフランクフルトで出版。両作ともソ連国内での公刊は、ペレストロイカ後の80年代後半を待たねばならなかった。

クロスレー・ホーランド, ケビン・ジョン・ウィリアム
Crossley-Holland, Kevin John William
イギリスの詩人, 作家
1941.2.7〜
[学]オックスフォード大学 [賞]カーネギー賞(1985年), ガーディアン賞(2001年)
[歴]BBCに勤める傍ら、詩や小説を発表。小説にカーネギー賞受賞の「あらし」、子供向けの著作として昔話のアンソロジー「The Dead Moon」「Beowulf」などがある。

クロソウスキー, ピエール *Klossowski, Pierre*
フランスの作家, 評論家, 画家, 思想家
1905.8.9〜2001.8.12
[出]パリ
[歴]父はポーランド系貴族で画家、美術史家。母はリルケの愛人だったこともある画家。リルケの紹介で1923年からパリの文壇に出入りし、ジードの秘書となる。33年バタイユ、ブルトンらのグループ・コントル・アタックに参加。36年レリス、カイヨワらのグループ・社会学研究会に参加。バタイユ、マッソンとともに「アセファル(無頭人)」を編集する。50年小説の処女作「宙に浮いた召命」を出版、次いで代表作といわれる「歓待の掟」3部作(「ロベルトは今夜」「ナント勅令廃棄」「プロンプター」/54年, 59年, 60年)を発表。カフカ、ニーチェらの翻訳を手がけた他、サディズム研究の第一人者としても知られた。晩年は執筆活動をやめ、画家としての活動に専念。絵画の個展を度々開いた。他に評論「わが隣人サド」(47年)、「ニーチェと悪循環」(69年)、「バフォメット」(65年)などがある。俳優としてもロベール・ブレッソン監督らの映画に出演した。
[家]弟=バルテュス(画家)

グロッガー, パウラ *Grogger, Paula*
オーストリアの作家, 詩人
1892.7.12〜1984
[出]オーストリア・ハンガリー帝国エブラーン
[歴]1912〜29年小学校教師として勤めた。郷土愛、カトリック的信仰を基調とした作風を持つ。抒情詩に「Gedichte vom Berg」(38年)、「Das Bauernjahr」(47年)、小説に「Das Grimmingtor」(26年)、「Die Räuberlegende」(29年)、「Der Antichrist und Unsere liebe Frau」(49年)、戯曲に「Die Hochzeit」(37年)などがある。

クローデル, フィリップ *Claudel, Philippe*
フランスの作家, 脚本家
1962.2.2〜
[出]ロレーヌ地方 [賞]フランス・テレビジョン賞(2000年度), ルノードー賞(2003年), 高校生が選ぶゴンクール賞(2007年)
[歴]1999年小説「忘却のムーズ川」でデビュー。「私は捨てる」で2000年度フランス・テレビジョン賞、03年「灰色の魂」でルノードー賞など三つの賞を、07年「ブロデックの報告書」で高校生が選ぶゴンクール賞を受賞。ナンシー大学で文学と文化人類学を教える傍ら、執筆を続ける。さらに映画「ずっと前から愛している」(08年)を監督、戯曲「愛の言葉を語ってよ」(08年)もパリで初演されるなど、活躍の場を広げている。

クローデル, ポール *Claudel, Paul Louis Charles*
フランスの詩人, 劇作家, 外交官
1868.8.6〜1955.2.23
[出]エーヌ県ビルヌーヴ・シュル・フェール [学]高等政治学専門学院(経済学)
[歴]カトリックの家庭に生まれるが、パリのリセ生活で信仰を失う。1886年ランボーの詩から啓示を受け、同年ノートルダム寺院で回心、その後カトリック詩人として強固な信仰を獲得。90年自由詩形の戯曲「黄金の頭」と「都市」を書き、象徴派の詩人たちに認められる。同年外交官となり、以後世界各地に赴任。1921〜26年には駐日大使を務め、日仏会館を創設するなど日仏の文化交流に尽力した。のちワシントン、ブリュッセルに駐在。一方、マラルメ、ヴェルレーヌ、ランボーに傾倒、詩・劇作に励む。作品は旧約聖書やアイスキュロス、ピンダロスなどの影響による言葉とリズムの力強さを特徴とし、独特のうねりを持つ壮大な詩句を編み出す。公職引退後は、信仰と創作に余生を過ごした。主な作品に詩集「五大頌歌」(10年)、「三声による頌歌」(13年)、戯曲「人質」(10年)、「マリアへの受胎告知」(12年)、「繻子の靴」(29年)、散文詩「東方の認識」、美術論「目は聴く」、日本文化論「朝日の中の黒い鳥」などがある。
[家]姉=カミーユ・クローデル(彫刻家)

クローニン, アーチボルド・ジョーゼフ
Cronin, Archibald Joseph
イギリスの作家
1896.7.19〜1981.1.6
[出]スコットランド・ストラスクライド州カードロス [学]グラスゴー大学卒

[歴]少年時代に作家を志すが、大学では医学を学び、第一次大戦中、海軍医として働く。戦後はサウスウェールズの炭鉱地方やロンドンで開業医となって活躍し、業績も認められていたが、健康を害して療養生活を余儀なくされる。その間「帽子屋の城」を書き、処女作として1931年に発表、絶讃を浴びる。この作品は21ケ国語に翻訳され、世界各地で読まれたほか、脚色され上演、映画にもなった。その後は文筆一本に転向し、「城砦」(37年)、「天国の鍵」(41年)など人道主義的な作品を数多く世に送り、世界的なベストセラー作家の一人に数えられた。

クロフツ, フリーマン・ウィルス　*Crofts, Freeman Wills*
イギリスの推理作家
1879.6.7〜1957.4.11
[出]アイルランド・ダブリン　[学]メソジスト・カレッジ(ベルファスト), キャンベル・カレッジ
[歴]17歳で見習い技師となったのを振り出しに、一貫してベルファスト・アンド・ノーザン・カウンティーズ鉄道で技師として働いた。1919年大病による長期療養で小説を書き始め、20年「樽」を出版。以後、鉄道技師として働く傍ら執筆を続けるが再び健康を害し、29年から作家に専念。のちロンドン近郊に移転し、晩年まで作家活動を続けた。時刻表を使ったトリックとアリバイ崩しが有名。作品に「ポンスン事件」「製材所の秘密」「フローテ公園の殺人」などがある。

グロホヴャク, スタニスワフ　*Grochowiak, Stanisław*
ポーランドの詩人, 作家, 劇作家
1934.1.24〜1976.9.2
[学]ポズナニ大学, ブロツワフ大学
[歴]1951年文壇にデビューし、ポズナニ、ブロツワフ両大学在学中から多くの作品を発表。55年ワルシャワへ移り、カトリック系の出版社の編集員となる。56年処女詩集「騎士のバラード」で注目される。反審美主義を唱え、伝統や因襲などの決まりを打ち壊し、醜さや美的な世界をアイロニー、懐疑主義で表現。ポーランドの“戦後派”を代表する詩人の一人となった。他の詩集「火掻き棒つきのメヌエット」(58年)、「カノン」(65年)、中編小説「牙関緊急」(63年)などがある。

クローロ, カール　*Krolow, Karl*
ドイツ(西ドイツ)の詩人
1915.3.11〜1999.6.21
[出]ハノーファー　[学]ゲッティンゲン大学, ブレスラウ大学　[賞]ビューヒナー賞(1956年)
[歴]大学でドイツ語・文学、ロマンス語・文学、哲学、美術史などを学んだのち、1942年から詩作生活に入る。アイヒ、W.レーマンらの影響を受け自然詩から出発、詩的伝統と現代的表現手法を結びつけ、第二次大戦後の西ドイツの代表的な詩人の一人に数えられる。また批評活動やフランス、スペインの詩の翻訳も行う。傍らフランクフルト大学、ミュンヘン大学などの講師、72〜75年にはドイツ言語・文学アカデミー会長を歴任。作品に詩集「めでたき生活」(43年)、「見えない手」(62年)「ヘーゲルと秋のソネット」(81年)、エッセイ「現代ドイツ抒情詩の様相」(61年)など。

クロンビー, デボラ　*Crombie, Deborah*
アメリカの作家
[出]テキサス州ダラス
[歴]テキサス州ダラスで生まれ、イギリスに移ってスコットランド、イングランド各地に住む。のち再び故郷・ダラスで暮らす。代表作の〈ダンカン・キンケイド〉シリーズは米英のほかドイツ、イタリア、ノルウェーで翻訳される。

クワユレ, コフィ　*Kwahulé, Koffi*
コートジボワールの作家, 演劇人
1956〜
[出]アバングル　[学]アビジャン国立芸術学院, 国立演劇技芸高等学院(ENSATT), パリ第3大学　[賞]アマドゥ・クルマ賞, コートジボワール文学大賞
[歴]アビジャン国立芸術学院で演劇を学んだ後、1979年パリの国立演劇技芸高等学院(ENSATT)で俳優教育を、パリ第3大学で演劇学の博士号を取得。以来、俳優、演出家、劇作家、作家としてパリを拠点に活躍。2006年処女小説「Baby face(ベビー・フェイス)」でアマドゥ・クルマ賞とコートジボワール文学大賞を受賞。10年2作目の「Mousieur Ki(ムッシュー・キ)」を発表。フランス語圏アフリカ現代演劇の最も重要な演劇人の一人であり、ジャズと不可分の独特な作風で知られる。

クワン　*K'wan*
アメリカの作家
[歴]両親は詩人と画家。高校卒業後、自分の居場所を探しながらアメリカ中を彷徨う。その頃、拘置所に入れられ、そこで執筆を決意。2002年初の小説「ギャングスタ」を発表、実際にストリートの渦中にいるようなリアルな世界観が多くの読者に絶賛され、ヒップホップ・ノベルズの名作として注目を浴びる。以後、「ロード・ドッグス」(03年)、「Street Dreams」(04年)などを次々と発表する。

クワン, ケビン　*Kwan, Kevin*
シンガポール生まれのアメリカの作家
[学]パーソンズ美術大学卒
[歴]11歳でアメリカへ渡り、パーソンズ美術大学を卒業。「マーサ・スチュアート・リビング」誌やデザイン会社などで働いた後、2000年クリエイティブ・スタジオを設立。「ニューヨーク・タイムズ」紙やニューヨーク近代美術館(MOMA)のビジュアル・プロジェクトの制作に携わる。13年シンガポールでの自身の思い出や経験をベースにしたロマンティック・コメディ「クレイジー・リッチ・アジアンズ」でデビュー。18年同名の映画(邦題「クレージー・リッチ！」)が公開され、出演者全員がアジア系で著名俳優がほとんど出演していないにも関わらず全米で大ヒットした。

クンケイロ, アルバロ　*Cunqueiro, Álvaro*
スペインの作家, 詩人, 劇作家
1911.12.22〜1981.2.28
[出]ガリシア　[名]Cunqueiro Mora, Álvaro　[賞]ナダル賞
[歴]生地ガリシアのケルト系文化を背景にした幻想的な小説を書き、代表作はナダル賞受賞作「オレステスに似た男」(1969年)。他の作品に「メルリンと家族」(57年)、「聖歌隊指揮者の日誌」(59年)、「ファント・ファンティニ・デッラ・ゲラルデスカの旅と遁走」(73年)などがあり独自の地位を築いたが、豊かな想像力に立脚した作風は当時の主流であった社会派リアリズムにそぐわず、作家として認められたのは60年代以降だった。母語のガリシア語でも執筆し、幅広いジャンルで作品を残した。

クンズル, ハリ　*Kunzru, Hari*
イギリスの作家, ジャーナリスト
1969〜
[出]エセックス州ウッドフォード・グリーン　[名]Kunzru, Hari Mohan Nath　[学]オックスフォード大学ウォーダム・カレッジ(英文学), ウォリック大学　[賞]ベティ・トラスク賞(2002年), サマセット・モーム賞(2003年)
[歴]父親がインド系。オックスフォード大学ウォーダム・カレッジで英文学を学び、ウォリック大学で哲学と文学の修士号を受けた。ジャーナリストを経て、作家に。激動期のインドを舞台にし、混血の主人公を扱ったデビュー長編作「The Impressionist」(2002年)で、ベティ・トラスク賞とサマセット・モーム賞を受賞。また03年「グランタ」誌が選ぶ“20人の若きイギリス人作家”にも選出される。小説以外の場でも様々な活動を行う。他の著書に「Transmission」(04年)、「My Revolutions」(07年)、「民のいない神」など。

クーンツ, スティーブン　*Coonts, Stephen*
アメリカの作家
1946〜
[出]ウェストバージニア州　[学]ウェストバージニア大学政治学

部（1968年）卒
㉥大学卒業後、アメリカ海軍に入隊。1971〜73年ベトナム戦争に従軍して戦闘機のパイロットとして活躍。77年退役、法務博士号を取得し、様々な企業活動に携わる。傍らで執筆をはじめ、86年体験をもとにパイロット群像を描いたデビュー作「デビル500応答せず」を発表。同じ主人公が活躍するシリーズの第2作「ファイナル・フライト」で最新鋭原子力空母の乗っ取りを描き、続く「ミノタウロス」ではスパイ小説を展開、第4作「大包囲網」では麻薬問題をテーマにアメリカ社会の病巣を描くなど、多彩な作品を発表。ベストセラーを連発し軍事スリラーの第一人者となる。他の著書に「大包囲網」「ザ・レッドホースマン」「イントルーダーズ」「キューバ」「原潜〈アメリカ〉強奪」「消えた核を追え」などがある。

クーンツ，ディーン　Koontz, Dean Ray
アメリカの作家
1945.7.9〜
㉿ペンシルベニア州エバレット　㊕別名＝コフィ、ブライアン〈Coffey, Brian〉ドワイヤー、K.R.〈Dwyer, K.R.〉
㉥20歳で「アトランティック・マンスリー」誌の小説部門の賞を受けて作家生活に入り、1968年第1長編「Star Quest」を出版。最初ディーン・クーンツ並びにK.R.ドワイヤー名義で数多くのSF小説を発表したのち、次いで心理サスペンスにも才を現し、ブライアン・コフィ名義で冒険スリラーやサスペンス・スリラーも執筆。サイコサスペンスの「ウィスパーズ」（80年）、モダンホラー「ファントム」（83年）で人気を確立。「悪魔は夜ばたく」「戦慄のシャドウファイア」「ミッドナイト」「ストレンジャーズ」「ウォッチャーズ」など次々とベストセラーを生み出し、「ベストセラー小説の書き方」という著書もある。HWA初代会長を務めた。

クンツェ，ミヒャエル　Kunze, Michael
プラハ生まれのドイツの作家、脚本家、作詞家
1943〜
㉿プラハ　㉒ミュンヘン大学（法律）　㊕グラミー賞
㉥1970年代にポップミュージックのプロデューサーとして成功。作詞家としても活躍、ドイツ人で初めてグラミー賞を受賞。その後、作家に転進。作品に小説「火刑台への道」「48年革命」「エリザベート　愛と死のロンド」など。作曲家のシルヴェスター・リーヴァイとともに様々なミュージカルを世に送り出しており、作品に「レベッカ」「エリザベート」「モーツァルト！」などがある。2006年遠藤周作の「王妃マリー・アントワネット」に基づいたミュージカル「マリー・アントワネット」の脚本・作詞を担当。

クンツェ，ライナー　Kunze, Reiner
ドイツの詩人、作家
1933.8.16〜
㉿ザクセン州エルツゲビルゲ　㉒ライプツィヒ大学卒　㊕ドイツ青少年図書賞、ビューヒナー賞（1977年）、ヴェルヒハイマー文学賞（1997年）、ヘルダーリン賞（1999年）、ハンス・ザール賞（2001年）、ヤン・スムレク賞（2003年）、STAB賞（2004年）
㉥ザクセン地方エルツゲビルゲのエルスニッツに炭鉱労働者の息子として生まれる。1951年ライプツィヒ大学に入学、哲学とジャーナリズムを学び、55年には同大助手となった。第二次大戦を経て16歳の時すでに共産党に入党、50年代には"体制的"ともいえる詩作を発表していたが、この間に体制への疑問が生じ、内的価値感を根底から問い直すべく、59年大学を去り一肉体労働者となる。61年チェコスロバキアの女医との結婚を機にチェコの現代詩に傾倒、その翻訳・紹介に努め、以後、詩人・作家として活動。73年詩集「Brief mit blauem Siegel」を発表し、若者達の熱い支持を集めながらも、68年のチェコ事件を機に東ドイツ詩壇よりその名を抹殺され、77年には西ドイツへの亡命を余儀なくされた。著書に、詩集「傷つき易い道」「声高でなく」「一人一人の生」、散文集「素晴しい歳月」、童謡集「あるようなないような話」などのほか、自身の秘密調査ファイルを編集した「暗号名『抒情詩』─東ドイツ国家保安機関秘密工作ファイル」がある。

クンツェヴィチョヴァ，マリア　Kuncewiczowa, Maria
ポーランドの作家
1899.10.30〜1989.7.15
㉒ナンシー大学、クラクフ大学、ワルシャワ大学
㉥フランスのナンシー大学、ポーランドのクラクフ大学、ワルシャワ大学で言語・文学を学ぶ。1918年ワルシャワ大学の学生文芸誌「プロ・アルテ・エト・ストゥディオ」でデビュー。「コバルスキ夫妻の平日」（38年）はポーランド初のラジオ小説。第二次大戦中はフランスやイギリスに滞在、56年アメリカに移住してシカゴ大学でポーランド文学の教鞭を執った。73年帰国。作品集に「子供との同盟」（27年）、「二つの月」（33年）、「異邦の女」（36年）、「トリスタン1946」（67年）などがある。

クンデラ，ミラン　Kundera, Milan
チェコ出身の詩人、作家、劇作家
1929.4.1〜
㉿チェコスロバキア・モラビア地方ブルノ　㉒ヤナーチェク音楽院、プラハ芸術大学院映画科（1952年）卒　㊕メディシス賞（1973年）、エルサレム賞（1985年）、ネリー・ザックス賞（1987年）、インディペンデント紙外国文学年間最優秀賞（1991年）
㉥ヤナーチェク音楽院の院長を父として生まれる。幼時からピアノを習い、のちに作曲も学ぶ。長じてプラハのFAMU（映画大学）に学び、卒業後同大で美学、文学史などを講ずる。1953年第1詩集「人間、この広き庭」を出版。55年に詩集「Poslednimáj（最後の5月）」を出し本格的デビュー。60年代に散文作家に転身、67年の長編「Zert（冗談）」が高い評価を受け、各国語に翻訳されてクンデラの国際的知名度を高めた。60年代の民主化運動に参加し、いわゆる"プラハの春"には作家同盟の事務局長を務める。運動の挫折後フサーク政権に批判的だったため、70年よりしばらく作品の発表を禁じられていたが、この間に完成した長編第2作「Zivot je jinde（生は彼方に）」（72年）は、73年フランス語に訳されてメディシス賞を受賞した。75年フランスに亡命し、レンヌ大学客員教授に。79年チェコスロバキア市民権剥奪。80年社会科学高等研究院教授、81年フランスに帰化。89年チェコのビロード革命後、母国での出版も許されたが、その後もフランスで作品を発表。他の著書に短編集「微笑を誘う愛の物語」（70年）、長編「別れのワルツ」（フランス語訳76年）、「笑いと忘却の書」（フランス語版79年）、「不滅」（フランス語版90年）やフランスで映画化された「存在の耐えられない軽さ」（フランス語版84年）、詩集「モノローグ」、戯曲「鍵の所有者」、評論「小説の精神」などがある。

【ケ】

ケアリー，ジャクリーン　Carey, Jacqueline
アメリカの作家
1964〜
㉿イリノイ州ハイランドパーク　㉒レイクフォレスト大学（心理学・英文学）卒　㊕ローカス賞（第1長編部門）（2001年）
㉥レイクフォレスト大学で心理学と英文学の学位を取得。大学在学中に交換留学でロンドンに渡り、書店で半年間働いたことをきっかけに文筆業に入る。2001年歴史ファンタジー「クシエルの矢」でデビューし、ローカス賞第1長編部門を受賞するなど絶賛を浴びた。同書は多くのファンを得てシリーズ化される。旅を愛し、フィンランドからエジプトまで訪れた経験がある。

ケアリー，ジャネット・リー　Carey, Janet Lee
アメリカの作家、ミュージシャン
㉿ニューヨーク　㉒シアトル・パシフィック大学（1981年）卒
㉥1981年シアトル・パシフィック大学卒業後、数年間の教師生活を経て、執筆活動・音楽活動に入る。自身のグループ、ド

リーム・ウィーバーズを率いて会議や集会に参加し、自作のおとぎ話や歌を披露。ヤングアダルト小説関連の賞を多数受賞している。作品に「あの空をおぼえてる」などがある。

ケアリー, ピーター　*Carey, Peter Philip*
オーストラリアの作家
1943.5.7〜
[出]ビクトリア州バッカス・マーシュ　[学]モナシュ大学中退　[賞]ブッカー賞(1988年・2001年)
[歴]モナシュ大学で有機化学と動物学を専攻。その後、メルボルンの広告代理店でコピーライターの仕事に就き、文章修行を始める。バルメイン派刊行のアングラ雑誌「タブロイド・ストーリー」でデビュー、1974年発表の短編集「歴史上の肥大漢」で注目を集める。80年代から長編も手がけ、88年「オスカーとルシンダ」、2001年「ケリー・ギャングの真実の歴史」で2度ブッカー賞を受賞。他の著書に「戦争犯罪」(79年)、「イリワッカー」(85年)、「ジャック・マッグズ」(97年)、「シドニー迷走紀行」(01年)など。

ケイ, アレクサンダー　*Key, Alexander*
アメリカの児童文学作家
1904〜1979
[歴]「未来少年コナン」の原作となった「残された人々」など、教訓的でなく、深い道徳関心に基づいた作品を多く残した。

ケイ, エリン　*Kaye, Erin*
アイルランドの作家
1966〜
[出]ラーン　[名]Kay, Patricia　[学]アルスター大学
[歴]ポーランド系アメリカ人の父とイギリス系アイルランド人の母に生まれる。兄弟姉妹が5人おり、カトリック教徒として育ったが、プロテスタント系のグラマースクールで教育を受ける。アルスター大学卒業後の10年間はキャリア・ウーマンとして金融界で活躍し、その後作家に転身。2003年「マザーズアンドドーターズ」でデビューした。夫と2人の子供とともにスコットランドの東海岸に住む。

ケイ, ジャッキー　*Kay, Jackie*
イギリスの詩人, 作家
1961〜
[出]スコットランド・エディンバラ　[学]スターリング大学　[賞]サマセット・モーム賞(1994年), ガーディアン・フィクション賞
[歴]父親はナイジェリア人、母親はスコットランド人でエディンバラに生まれ、白人の両親の養女となりグラスゴーで育つ。自らの詩を演じる詩人として活動するほか、出版業、児童保護、芸術関係の行政に携わる。黒人の子供としての自らの背景が表れている処女詩集「The Adoption Papers」(1991年)が評価される。自伝「Red Dust Road」も高い評価を得た。「トランペット」(98年)でガーディアン・フィクション賞を受賞。他の作品に、詩集「Other Lovers」(93年)、戯曲「Chiaroscuro」(86年)、「Twice Over」(88年)など。

ケイ, テリー　*Kay, Terry*
アメリカの作家
1938〜
[出]ジョージア州　[学]ウェストジョージア大学, ラグランジュ大学卒
[歴]地元のスポーツ記者をふりだしに、雑誌に映画や演劇の批評などを寄稿したあと、処女作「明りがついた年」を発表。「白い犬とワルツを」(1990年)で全米に知られるようになった。95年同作は日本でも刊行され、2001年にはベストセラーとなる。他の著書に「危険な匂いのする男」「ダーク・サーティ」「キャッツキルの夏の恋」「そして僕は家を出る」「ロッティー、家へ帰ろう」などがある。イーモリ大学で創作の指導も行う。

ケイ, メアリ　*Kaye, Mary Margaret*
インドの作家
1908〜2004
[出]シムラ
[歴]幼少時から、公用で旅行する父親についてインド各地を歩く。イギリスで教育を受けた後、インドの軍人と結婚。その後はインドやアフリカの各地、ドイツなどを点々とする。それらの外地を舞台に執筆した「ケニアに死す」などの推理小説は、ロマンチック・サスペンス溢れるスケールの大きい作品として好評。また、幼少時に聞いたインドの伝説をもとに書かれた歴史小説「遠いパヴィリオン」、「月影」(いずれも1950年代)は、世界的ベストセラーとなる。ほかに数冊の童話も執筆。

瓊瑤　けい・よう　*Chiung Yao*
台湾の作家
1938.4.20〜
[出]中国・湖南省衡陽　[名]陳 喆
[歴]日中戦争とそれに続く国共内戦の時期に少女時代を過ごし、1949年に一家で台湾に移る。高校時代から創作をはじめ、新聞雑誌に投稿するようになる。63年自伝的長編小説の第1作「窓外」を完成、台湾最大の月刊文芸雑誌「皇冠」に発表、大評判を呼び一躍人気作家となる。以来長・短編あわせて200編を超える作品を発表し、台湾・香港を中心に2000万部というミリオンセラーとなり、この内約50編が映画化され、アジアの中国語圏で最も人気のある作家として活躍している。作詞家としても著名。

ケイツ, ベイリー　*Cates, Bailey*
アメリカの作家
[名]別筆名＝McRae, Cricket McRAE, K.C.　[学]コロラド州立大学
[歴]コロラド州立大学で哲学・文学・歴史を学んだ後、20年ほどアメリカ西部で過ごすうちに開拓時代の人々の手仕事に興味を持つ。石鹸工房のオーナーやマイクロソフト社のマネージャーを経て、ベイリー・ケイツ、Cricket McRae、K.C.McRAEの三つの筆名を使い分けながらミステリーを執筆する。

ゲイツキル, メアリー　*Gaitskill, Mary*
アメリカの作家
[出]ケンタッキー州　[学]ミシガン大学卒　[賞]エイブリー・ホップウッド賞(1981年)
[歴]ミシガン州デトロイト近郊で育った。高校時代、麻薬や暴力沙汰などで退学や家出を繰り返し、花売りやストリップなどをしてアメリカ、カナダ各地を放浪した。20歳のとき父親が教えていた地元の大学を経てミシガン大学に入学、ジャーナリズムを専攻。その後、破滅的な恋愛沙汰に明け暮れたが、1981年にまじめな小品でエイブリー・ホップウッド賞を受賞。賞金を手にしてニューヨークに移ったあと、職業を転々としながら短編を書きため、88年にうち9編をまとめた「悪い事」で作家デビューを飾った。カリフォルニア大学バークレー校、サンフランシスコ芸術協会で教鞭を執ったこともある。またヒューストン大学客員講師も務める。他に長編「太った女、やせた女」(91年)「歯医者」「Because They Wanted To」などがある。

ケイディン, マーティン　*Caidin, Martin*
アメリカの作家, 航空評論家
1927〜1997
[賞]ジェームズ・J・ストレビッグ記念トロフィー(航空・宇宙作家協会, 2回)
[歴]アメリカUPI通信社航空専門記者として活躍した。航空機・航空問題の権威として知られ、その科学知識を駆使して書き上げた処女作「Marooned(宇宙からの脱出)」を発表以来、作家として活動。「Flying Forts！」「メッサーシュミットBf109戦闘機」などの宇宙・航空関係の著書のほか、小説にテレビシリーズ「600万ドルの男」「バイオニック・ジェミー」の土台となったサイボーグもの、「インディ・ジョーンズ 魔空の覇者」など、ノンフィクション作品には、東京大空襲を扱った「A Torch to the Enemy」など70冊以上の著作があり、航

空・宇宙作家協会からジェームズ・J・ストレビッグ記念トロフィーを2度受賞した。

ゲイマン, ニール　Gaiman, Neil
イギリスのファンタジー作家
1960〜
㊲ポートチェスター　㊥世界幻想文学大賞（短編部門）（1991年）, ネビュラ賞（長編部門）（2002年）, ヒューゴー賞（長編部門）（2002年）, ネビュラ賞（長中編部門）（2003年）, ヒューゴー賞（長中編部門）（2003年）, ヒューゴー賞（短編部門）（2004年）, イギリス幻想文学大賞（2006年）, カーネギー賞（2010年）
㊞ジャーナリストとして修業を積んだ後、児童書を皮切りに、アメリカン・コミック「サンドマン」の原作を手がけ一躍注目される。〈サンドマン〉シリーズとして多くの国で翻訳されベストセラーとなる。小説では「グッド・オーメンズ」など一連の独創的な作品でストーリーテラーの第一人者となった。世界幻想文学大賞、ヒューゴー賞、ネビュラ賞、ブラム・ストーカー賞など、SF・幻想・怪奇・ファンタジー系の文学賞を総ナメにする。邦訳された著書に、コミック「サンドマン」（1〜5巻）、「デス ハイ・コスト・オブ・リビング」「愛の狩人」、長中編小説に「ネバーウェア」「コララインとボタンの魔女」「アナンシの血脈」「グッド・オーメンズ」「アメリカン・ゴッズ」などがある。1999年「もののけ姫」海外公開時の英語版脚本を担当し話題となる。2007年、1999年に発表したコミック「スターダスト」がイギリスのマシュー・ボーン監督によって映像化された。同年来日。

ゲイリン, アリソン　Gaylin, Alison
アメリカの作家, ジャーナリスト
㊥シェイマス賞（2013年）
㊞15年以上に及ぶジャーナリスト生活を経て、2005年「ミラー・アイズ」で作家としてデビュー。デビュー作がMWA賞候補となった。07年最初の単行本「TRASHED」を刊行。〈ブレンナ・スペクター〉シリーズ第1作「And She Was」（12年）は、13年シェイマス賞を受賞した。

ケイロース, ディナー　Queiroz, Dinah Silveira de
ブラジルの作家, コラムニスト, 評論家
1910.11.9〜1982.11.28
㊲サンパウロ　㊥マシャード・デ・アシス賞（1954年）
㊞ブラジル開拓のパイオニアであるバンデイランテ族の後裔で、ブラジルで最も学者が輩出しているサン・パウロ名門の出身。父親は1926〜30年に大統領の官房長官を務め、日本移民受け入れに貢献した功績により日本政府から叙勲されている。その影響から日本に非常なあこがれを抱き、77年5月に来日。以来日本とブラジルの親善に少なからぬ役割を果たしている。処女作は17歳の時刊行した「Floradas na Serra」で、一躍ベストセラーとなる。54年には「A Muralha（母なる奥地）」を発表、ブラジル出版界空前のベストセラーとなり、同年マシャード・デ・アシス賞を受賞した。また評論でも非常な人気があり、20年以上もリオデジャネイロの一流新聞やラジオに記事を連載し続けた。

ケイロース, ラケル・デ　Queiroz, Rachel de
ブラジルの作家, ジャーナリスト
1910.11.19〜2003.11.4
㊲セアラー州フォルタレザ
㊞1915年に両親と共にリオデジャネイロに移るが、後にベレーンを経てフォルタレザに戻る。25年同市の大学を終え、30年からジャーナリズム界に入る。15年の大干ばつを描いた処女長編小説「O Quinze（オ・キンゼ）」を30年に発表してグラッサ・アラーニョ財団の賞を受け、以来、北東文学の代表的地位を確保する。77年にはリオデジャネイロのブラジル文学アカデミー創立以来初めての女性会員に選ばれた。リオデジャネイロに住み、週刊紙「O Cruzeiro（オ・クルゼイロ）」の文化批評欄にÚltima Página（最終ページ）のサインで毎号執筆を続ける。ブラジルの小説界にネオリアリズムの文体で社会問題をテーマとする新境地を開いた作家の一人。

ケイン, ジェームズ・M.　Cain, James Mallahan
アメリカの作家
1892.7.1〜1977.10.27
㊲メリーランド州アナポリス　㊛ワシントン大学大学院
㊞教育者の父と数学・英語教師などを経て、「ボルティモア・サン」紙などの記者を務める。第一次大戦にはフランスに出征。1924年から「ニューヨーク・ワールド」紙の社説を担当、30年政治エッセイ「われらの政府」を出版。31年には短い期間ながら「ニューヨーカー」誌編集長を務めた。その後ハリウッドで映画脚本を執筆。ハードボイルド作家で、34年処女長編「郵便配達は二度ベルを鳴らす」はベストセラーに。同作は何度も映画化され、中でもルキノ・ヴィスコンティ監督の作品（42年）は有名。また、フランスの実存主義文学の成立に寄与したともいわれる。他の作品に「セレナーデ」（37年）、「ミルドレッド・ピアス」（41年）、「殺人保険」（43年）、「アドレナリンの匂う女」（65年）などがある。

ケイン, チェルシー　Cain, Chelsea
アメリカの作家
1972〜
㊲アイオワ州アイオワシティ
㊞アイオワ州のヒッピー・コミューンで生まれ、ワシントン州ベリングハムで育つ。ノンフィクションやコラムなどを執筆していたが、第一子を妊娠中に初の小説「ビューティ・キラー〈1〉獲物」を書く。これが大手出版社の目にとまり、2007年新人としては破格の初版20万部で刊行される。イギリスやイタリアなどのヨーロッパ各地でもベストセラーとなった。

ゲインズ, アーネスト　Gaines, Ernest J.
アメリカの作家
1933.1.15〜
㊲ルイジアナ州　㊛サンフランシスコ・ステート・カレッジ, スタンフォード大学修士課程修了　㊥全米批評家協会賞
㊞1983年からサウスウェスタン・ルイジアナ大学で英語学教授を務める。一方、60年代から小説を書き始め、「The Autobiography of Miss Jane Pittman」（71年）がテレビドラマ化されるなどポピュラーな知名度を持つ、現代アメリカを代表する黒人文学作家。作品に「Catherine Carmier」（64年）、「In My Father's House」（78年）、「A Gathering of Old Men」（83年）、「ジェファーソンの死」（93年）などがある。

ケインズ, ジョゼフィン
→グーラート, ロンを見よ

ゲオルギウ, ヴィルジル　Gheorghiu, Virgil
ルーマニアの作家
1916.9.15〜1992.6.22
㊺ゲオルギウ, コンスタンタン・ヴィルジル〈Gheorghiu, Constantin Virgil〉　㊛ブカレスト大学, ハイデルベルク大学　㊥ルーマニア王国詩人賞
㊞大学で哲学や神学を学び、ルーマニア外務省に入って特派文化使節随行員を務める。第二次大戦中の1944年にソ連軍が祖国に進攻した際、国外に脱出して、戦後48年にフランスに亡命。63年パリのルーマニア正教会司祭、71年コンスタンティノープル総主教に就任。ルーマニアのチャウシェスク独裁体制への反対活動を続けた。この間40年発表の詩集「雪の上の文字」でルーマニア王国詩人賞を獲得。49年にはさきの大戦とそれに続く激動の中で翻弄される小国の人々の悲劇を描いた長編「二十五時」が31ケ国語に翻訳されて世界的に名を知られ、67年にはアンソニー・クインの主演で映画化された。他の主な作品に小説「ドナウ河のいけにえ」（67年）、「女スパイ」（71年）、「大殺戮者」（78年）など、宗教的著作に「ルターの青年時代」（65年）、「アテナゴラス大司教の生涯」（69年）、「パリの神」（80年）などがある。74年来日。

ケ

ゲオルゲ, シュテファン　*George, Stefan*
ドイツの詩人
1868.7.12～1933.12.4
[出]ビューデスハイム
[歴]富裕な葡萄酒商の子に生まれる。生涯を放浪生活のうちに過ごす。パリ滞在中はマラルメやボードレールらと交遊。高等的・排他的な詩誌「芸術草紙」(1892年～1919年)によるゲオルゲ派詩人グループの指導者。自然主義文学や実証主義的文学に対抗し、日常性を脱した純粋な言語芸術としての文学を志した。主な詩集に「讃歌」「巡礼」「アルガバル」「三つの書」「魂の一年」「生の絨毯」「第七の輪」「新しい国」などがある。ほかにシェイクスピア、ダンテ、ボードレール、マラルメらの優れた翻訳がある。33年ナチス政権成立後スイスに亡命した。

ケーシー, ジェーン　*Casey, Jane*
アイルランドの作家
[出]ダブリン　[学]オックスフォード大学ジーザスカレッジ(英語), トリニティカレッジ(アイルランド文学)修士課程修了
[歴]オックスフォード大学ジーザスカレッジで英語を学んだ後、ダブリンのトリニティカレッジでアイルランド文学の修士号を取得。2010年作家としてデビューを果たす。〈メイヴ・ケリガン〉シリーズ2作目「The Reckoning」が13年度のMWA賞メアリ・ヒギンズ・クラーク賞にノミネートされ、同年CWAの図書館賞にもノミネートされた。

ゲージュ, ドゥニ　*Guedj, Denis*
アルジェリア生まれのフランスの作家, 数学者
1940～2010
[出]アルジェリア　[賞]優秀脚本賞(1987年)
[歴]パリ第8大学で教える傍ら、映画や演劇の脚本制作などで多彩な才能を発揮し、1987年優秀脚本賞を受賞。89年邦訳出版された「子午線―メートル異聞」は、フランス革命200周年記念映画の原作となり、自身も200周年記念祭の委員会の一員を務めた。他の著書に「フェルマーの鸚鵡はしゃべらない」「ゼロの迷宮」「娘と話す 数学ってなに？」などがある。

ケジラハビ, ユフレイズ　*Kezilahabi, Euphrase*
タンザニアの作家, 詩人, 哲学者
1944.4.13～
[出]ヴィクトリア湖ウケレウェ島　[学]ダルエスサラーム大学(1970年)卒
[歴]アメリカ・ウィスコンシン大学に留学し、帰国後は母校ダルエスサラーム大学でスワヒリ文学を教える。スワヒリ語で書いた処女作「ローザ・ミスティカ」(1971年)は、ベケット、カミュの影響を受け、その徹底した批判的リアリズムがスワヒリ文学界に衝撃を与え、一時は発禁処分となる。その後「頑固者」(74年)、「この世は騒乱の舞台」(75年)、「蛇の脱け殻」(79年)などを発表。85年ウィスコンシン大学での博士論文で考察されたアフリカの哲学が「ナゴナ」(87年)、「錯雑」(88年執筆)で作品として結実。現代スワヒリ文学の第一人者であり、詩人としては、詩集「悲痛」(74年)で伝統の定型詩の世界に初めて自由詩を導入、70年代の大論争のきっかけを作った。戯曲、評論も多い。

ゲース, アルブレヒト　*Goes, Albrecht*
ドイツの作家, 詩人
1908.3.22～2000.2.23
[出]シュワーベン　[学]テュービンゲン大学
[歴]南ドイツ・シュワーベン地方の古い家柄の牧師の家に生まれる。1930年ビュルテンベルクで牧師になったが、のち聖職者としての仕事の傍ら詩、小説、評論を書き始め文筆家としても活発に活動。第二次大戦に従軍牧師として訪き、東部戦線での苛烈体験を経て生まれた小説「Unruhige Nacht(不安な夜)」(49年)が高く評価される。53年より作家に専念。ほかに小説「焰のいけにえ」(54年)、「銀の匙」(65年)、エッセイ集「人から人へ」や、多数の詩集、評論集がある。

ゲーズ, オリヴィエ　*Guez, Olivier*
フランスの作家, ジャーナリスト, エッセイスト
1974～
[出]ストラスブール　[学]ストラスブール政治学院卒, ロンドン・スクール・オブ・エコノミクス, ブルッヘ欧州大学院大学　[賞]ドイツ映画賞脚本賞(2016年), ルノードー賞(2017年)
[歴]フリーのジャーナリストとして国際的な大手メディアに寄稿。2016年ドイツ映画「アイヒマンを追え！ ナチスがもっとも畏れた男」(ラース・クラウメ監督)の脚本を担当し、ドイツ映画賞脚本賞を受賞。「ヨーゼフ・メンゲレの逃亡」でルノードー賞を受賞し、その年の“最高の小説作品”に与えられる賞の中の賞も受賞した。

ケース, ジョン　*Case, John*
アメリカの作家
[名]単独筆名＝ホーガン, ジム〈Hougan, Jim〉 ホーガン, キャロリン〈Hougan, Carolyn〉
[歴]ジョン・ケースは、アメリカ人の作家ジム(1942年生まれ)とキャロリン(43～2007年)のホーガン夫妻による共同筆名で、作家だったキャロリンの祖父の名前からとった。1997年「創世の暗号」でデビュー。新作を発表するごとにベストセラーリストに名を連ねる人気サスペンス作家として知られる。ジムは単独で2冊のノンフィクションと小説があり、キャロリンは「封印」など4冊の小説がある。ジョン・ケースとしての他の作品に「スペインの貴婦人」「殺人マジック」「ゴーストダンサー」など。

ケステン, ヘルマン　*Kesten, Hermann*
ユダヤ系ドイツ語の作家
1900.1.28～1996.5.3
[出]ドイツ　[賞]ビューヒナー賞(1974年), ネリー・ザックス賞(1977年)
[歴]ドイツで編集者として働くが、1933年ナチス・ドイツから逃れるためオランダに亡命。歴史小説を書きながら、亡命者支援運動に努める。40年渡米し、49年アメリカ国籍を取得。後年はヨーロッパに戻ってローマに長期滞在し、最晩年はスイスのバーゼルで過ごした。72～76年西ドイツのペンクラブ会長。新即物主義の代表的な作家で、機知と風刺に富む作風で国際的に知られた。74年ビューヒナー賞、77年ネリー・ザックス賞を受賞。作品に「ヨーゼフは自由を求める」(27年)、「フェルディナントとイサベラ」(36年)、「ゲルニカの子供たち」(39年)、「異国の神々」(49年)、「カザノーヴァ」(52年)、回想「わが友・詩人たち」(53年)などがある。

ケストナー, エーリヒ　*Kästner, Erich*
ドイツ(西ドイツ)の詩人, 作家, 劇作家
1899.2.23～1974.7.29
[出]ドレスデン　[名]筆名＝Neuner, Robert　[学]ライプツィヒ大学 博士号　[賞]ビューヒナー賞(1957年), 国際アンデルセン賞作家賞(1960年)
[歴]貧しい皮職人の家に生まれ、小学校教師となる教育を受ける。第一次大戦に参加。戦後、ライプツィヒ大学で文学を修め、劇評や詩作に従事、1927年からベルリンで文筆に専念。28年風刺詩集「腰の上の心臓」で注目を集め、子供向け小説「エーミールと探偵たち」(29年)の成功により世界的な児童文学作家としての名声を確立した。33年ナチスにより執筆を禁じられるが、ベルリンに留まり一貫してナチス批判を続ける。作品はスイスで出版。第二次大戦後、ミュンヘンで新聞や劇壇に返り咲き、52～62年西ドイツ・ペンクラブ会長を務めた。他に小説「ファービアン」(31年)、「点子ちゃんとアントン」(31年)、「飛ぶ教室」(33年)、「ふたりのロッテ」(49年)、日記「45年を忘れるな」(61年)、「人生処方詩集」など。

ケストラー, アーサー　*Koestler, Arthur Otto*
イギリスの作家, ジャーナリスト
1905.9.5～1983.3.3
[出]ハンガリー・ブダペスト　[学]ウィーン工科大学中退

㊍ユダヤ人。大学在学中にユダヤ民族問題に興味を持ち、中退してシオニズム運動に参加。その後、才筆を認められてドイツの新聞記者として、カイロ、パリ、ベルリンで勤務。1931年共産党入党。コミンテルンの援助でソ連各地を旅行。37年イギリスの「ニューズ・クロニクル」特派員としてスペイン内乱を取材中、フランコ軍にスパイ容疑で逮捕されたが、イギリス政府の抗議により釈放される。40年共産党を脱党、ロンドンに亡命、イギリス陸軍に参加。48年イギリスに帰化。40年小説「真昼の暗黒」で注目を集め、以後、小説、評論、ルポルタージュなど広い分野で文筆活動を続け、世界的名声を得た。他の著書に「到着と出発」(43年)、「夜の盗賊」(46年)、「渇望の時代」(51年)、「夢遊病者」(59年)、「ハスとロボット」(60年)など。

ケッセル, ジョン　Kessel, John
アメリカのSF作家
1950.9.24〜
㊌ニューヨーク州バッファロー　㊐ロチェスター大学卒、カンザス大学大学院博士課程修了 博士(カンザス大学)　㊥ネビュラ賞ノヴェラ部門(1982年度)
㊍「コモディティ・ニュース・サービス」「ユニコム・ニュース」の編集者を経て、ノースカロライナ州立大学助教授となり、文学と創作を講じる。1978年短編「The Silver Man」で作家デビュー。作品に短編「他の孤児」、長編「ミレニアム・ヘッドライン」(89年)、エッセイ「ヒューマニズム宣言」他。

ケッチャム, ジャック　Ketchum, Jack
アメリカの作家
1946〜2018.1.24
㊌ニュージャージー州リビングストン　㊋マイヤー, ダラス・ウィリアム〈Mayr, Dallas William〉　㊐ボストン大学　㊥ブラム・ストーカー賞(1995年)、ワールド・ホラー・コンベンション・グランド・マスター賞(2011年)
㊍俳優、教師、出版エージェントなどの職業を経て、1980年「オフシーズン」で作家デビュー。食人族との凄惨な死闘を描いた同書はあまりの過激な内容のため非難が集中し、出版側が刊行をストップ。95年イギリス版が出るまで幻の傑作と称され、カルト的人気を得た。2011年ホラー小説への貢献を讃えられ、ワールド・ホラー・コンベンションでグランド・マスター賞を受けた。他の著書に「ロード・キル」「オンリー・チャイルド」「隣の家の少女」「襲撃者の夜」「閉店時間」「森の惨劇」など。ジャック・ケッチャムの筆名は19世紀に実在したメキシコの無法者トマス・"ブラック・ジャック"・ケッチャムに由来する。

ゲッツ, ライナルト　Goetz, Rainald
ドイツの作家, 劇作家
1954〜
㊌ミュンヘン　㊥ビューヒナー賞(2015年)
㊍1983年精神医療を主題とした小説「狂人たち」、88年赤軍派と西独国家のテロル状況に揺れた"秋のドイツ"を背景にした「管理され」を執筆。他の作品に戯曲〈戦争〉3部作などがある。

ケップフ, ゲルハルト　Köpf, Gerhard
ドイツの作家
1948〜
㊌アルゴイ地方　㊥ヴィルヘルム・ラーベ賞(1990年)
㊍大学でドイツ文学を専攻。1981年ギュンター・グラスとの出会いがきっかけとなり作家活動に入る。84年デュイスブルク大学教授に就任。83年「インナーフェルン」、85年「路線区間」と長編を発表し続け、90年ヴィルヘルム・ラーベ賞を受賞。高い批評性に基づくメタフィクショナルな語り口で、80年代以降のドイツ文学界で最も重要な作家の一人。他の作品に「ふくろうの眼」「ビラネージの夢」(92年)など。

ケッペン, ウォルフガング　Koeppen, Wolfgang
ドイツの作家
1906.6.23〜1996.3.15
㊌グライフスバルト　㊥ビューヒナー賞(1962年)、インマーマン賞(1967年)
㊍ジェームズ・ジョイスらの影響を受け、1951年長編「草むらの鳩たち」で作家として認められた。他の作品に「草むらの鳩たち」と3部作をなす「温室」(53年)、「ローマに死す」(54年)や「ヤーコプ・リットナーの穴蔵の手記」(48年)、自伝的作品「ユーゲント」(76年)、随筆「ロシアとほかの国々」(58年)など。繊細な文章が特徴。

ケニヨン, シェリリン　Kenyon, Sherrilyn
アメリカの作家
㊌ジョージア州コロンバス　㊋別筆名＝マクレガー, キンリー〈MacGregor, Kinley〉
㊍個性豊かなヴァンパイヤ・スレイヤーたちの活躍を描いた代表作〈ダークハンター〉シリーズで一躍人気作家の仲間入りを果たし、全世界での累計売り上げ部数1000万部以上を記録。自身のウェブサイトのアクセス数は1週間平均で12万件を超えるなど、世界各国で熱烈なファンを獲得する。架空の諜報組織"BAD"のメンバーたちを主人公に迎えたシリーズのほか、多彩なパラノーマル・ロマンス、キンリー・マクレガー名義によるファンタジーなど新たな作品を次々と発表し、「ニューヨーク・タイムズ」「USAトゥデイ」各紙などのベストセラーリストに送り込んでいる。

ケーニン, イーサン　Canin, Ethan
アメリカの作家
1960〜
㊌カリフォルニア州　㊐スタンフォード大学(英文学)、アイオワ大学、ハーバード大学医学部　㊥ホートン・ミフリン文学奨励賞、ジェームズ・ミッチナー賞
㊍18歳のときに初めての作品を発表してから、主に短編小説で評価を得ている。大学医学部に在籍しながら執筆し、1985年に「夜空の皇帝」、86年に「スター・フード」がそれぞれ「ベスト・アメリカン・ショート・ストーリーズ」に収録された。88年「アメリカン・ビューティ」を含む短編集「エンペラー・オブ・ジ・エア」を刊行。96年初の長編小説「あの夏、ブルー・リヴァーで」を発表。

ケネディ, ウィリアム　Kennedy, William
アメリカの作家
㊌ニューヨーク州アルバニー　㊥ピュリッツァー賞(1984年)
㊍1968年、30年代のアルバニーを背景にした小説「インク・トラック」で作家デビュー。その後の3部作「足」(76年)、「ビリー・フェランの偉大なゲーム」(78年)、「黄昏に燃えて」(83年)にもアルバニーの町が反映されている。「オー・アルバニー」(83年)はその集大成。また、映画「コットン・クラブ」ではコッポラと共同で脚本を書いている。

ケネディ, エイドリアン　Kennedy, Adrienne
アメリカの劇作家
1931.9.13〜
㊌ペンシルベニア州ピッツバーグ　㊋旧姓名＝Hawkins, A　㊐オハイオ州立大学　㊥オービー賞
㊍アフリカ系。ペンシルベニア州ピッツバーグで生まれ、オハイオ州クリーブランドで育つ。1952年オハイオ州立大学で教育学の学士号を取得、大学の授業で啓発されて短編を書き始め、やがて戯曲に転向。処女戯曲「ニグロのファニーハウス」(62年)でオービー賞を受賞。60〜70年代のブラック・アート運動を牽引。マジック・リアリズムの手法で黒人問題などを取り上げる。他の戯曲に「鼠のミサ」(63年)、「梟は答える」(63年)、「死んだ言語による授業」(64年)、「亡きエセックスとの夕べ」(73年)、「調和するジューンとジーン」(95年)など。自伝「私を演劇に導いた人々」(87年)もある。

ケネディ, マーガレット　Kennedy, Margaret
イギリスの作家
1896.4.23〜1967.7.31
㊌ロンドン　㊋ケネディ, マーガレット・ムア〈Kennedy, Mar-

garet Moore〉 [学]オックスフォード大学サマービル・カレッジ [賞]ジェームズ・テイト・ブラック記念賞(1953年)
[歴]弁護士の家に生まれ、オックスフォード大学サマービル・カレッジで歴史の学位を取得。1923年処女作「リンドンの女たち」を刊行、24年「操堅きニンフ」がベストセラーとなる。53年「トロイの煙突」でジェームズ・テイト・ブラック記念賞を受賞。他の作品に「家の愚か者」(30年)、評伝「ジェイン・オースティン」(50年)などがある。

ケネディ, ミルワード *Kennedy, Milward*
イギリスの推理作家
1894～1968
[名]ケネディ・バージ, ミルワード・ロウドン [学]オックスフォード大学卒
[歴]第一次大戦中、イギリス陸軍情報部に勤務。戦後は官僚、ジャーナリストとして働きながら、謎解き興味とアイロニーに満ちた探偵小説を執筆。セイヤーズ、バークリーらと共に、1930年代イギリス・ミステリーを代表する推理作家として知られた。またディテクション・クラブの中心メンバーとして、リレー長編小説「漂う提督」(31年)、「警察官に聞け」(33年)にも参加、「サンデー・タイムズ」でミステリー書評を担当した。作品に「死の濃霧」(29年)、「半旗の殺人」(30年)、「スリープ村の殺人者」(32年)などがある。

ケネディ, ルードビック *Kennedy, Ludovic*
イギリスの作家, 放送キャスター
1919.11.3～2009.10.18
[出]スコットランド・エディンバラ [名]Kennedy, Ludovic Henry Coverley [学]オックスフォード大学卒 [賞]大西洋文学賞(1950年), 全英口語詩フェスティバル賞(1953年)
[歴]1939年海軍に入り、7年間駆逐艦の士官として海上勤務に就く。第二次大戦後は大学の司書、講師を経てジャーナリズムに入り、テレビの時事解説者などを務める。その後、テレビ番組では「評決」(62年)、「証人」(67～70年)、「犯罪を犯した人生」(79年)などのシリーズを手がけ、「マスコミの点検」(68～72年)、「トゥナイト」(76～78年)、「見ましたか?」(80～88年)など多くの番組の司会進行役を務めた。一方、海軍時代から執筆を始め、42年「海軍中尉」という戦記物を初出版。その後もドキュメンタリー、小説、劇作を発表し、50年にロックフェラー財団の大西洋文学賞、53年に全英口語詩フェスティバル賞を受賞。また58年の補欠選挙、60年の総選挙に保守党から立候補したが、落選した。著書に「リリントン・プレイス10番地」(61年)、「スティーヴン・ウォード裁判」(64年)、「戦艦ビスマルクの最後」(74年)、自伝「クラブへの道程」(89年)などがある。ナイト爵位を叙せられる。バレエ界の名花モイラ・シアラーと結婚した。
[家]妻=モイラ・シアラー(バレリーナ)

ケプレル, ラーシュ *Kepler, Lars*
スウェーデンの作家
[歴]ラーシュ・ケプレルは、スウェーデンの純文学作家で夫のアレクサンデル・アンドリル(Alexander Ahndoril, 1967年ストックホルム生まれ)と妻アレクサンドラ・コエーリョ・アンドリル(Alexandra Coelho Ahndoril, 66年ヘルシンボリ生まれ)夫妻の共同筆名。2009年正体を隠した覆面作家としてデビュー作「催眠」を発表し、その完成度の高さで大きな反響を呼ぶ。その後正体を明かし、10年には第2作「契約」を発表。11年よりヨーナ・リンナ警部を主人公としたシリーズを発表し人気を博す。「催眠」はラッセ・ハルストレム監督により映画化され、13年「ヒプノティスト—催眠—」のタイトルで日本でも公開された。

ケメルマン, ハリー *Kemelman, Harry*
アメリカの推理作家
1908.11.24～1996.12.15
[出]マサチューセッツ州ボストン [学]ボストン大学(1930年)卒 [賞]MWA賞処女長編賞(1965年)
[歴]1931年ハーバード大学で文学修士号をとる。執筆活動のため教職を選んだが、第二次大戦中はボストン港の労働賃金局で働く。戦後しばらくは金物店を自営し、間もなく教壇に戻って、腰を落ちつけて小説を書きはじめた。47年「エラリー・クイーンズ・ミステリー・マガジン(EQMM)」誌の第2回年次コンテストで「九マイルは遠すぎる」が処女作賞を受賞。65年処女長編「金曜日ラビは寝坊した」(64年)でアメリカ探偵作家クラブ(MWA)賞の処女長編賞を獲得。寡作だが、古典的な謎解きの伝統を純粋な形式で復活させたと評価されている。批評家としても活躍した。〈ラビ〉シリーズの「土曜日ラビは空腹だった」(66年)、「日曜日ラビは家にいた」(69年)、「月曜日ラビは旅立った」(72年)などが邦訳されている。

ケラハー, ビクター *Kelleher, Victor*
オーストラリアの作家
1939～
[出]ロンドン [学]セントアンドリューズ大学卒
[歴]15歳の時アフリカに渡り、ヒッチハイクと野宿を重ねながら見聞を広める。1976年オーストラリアに移住。イギリスやオーストラリアで多くの児童向けの作品を発表。数々の児童文学賞を受賞。作品に「クジラの歌がきこえる」(94年)などがある。

ケラーマン, ジェシー *Kellerman, Jesse*
アメリカの作家, 劇作家
1978.9.1～
[出]カリフォルニア州ロサンゼルス [学]ハーバード大学(心理学)卒, ブランダイス大学(劇作)卒 [賞]プリンセス・グレース賞(2003年)
[歴]ベストセラー作家のジョナサン・ケラーマンとフェイ・ケラーマンの長男として生まれる。ハーバード大学で心理学を、ブランダイス大学で劇作を学ぶ。2006年「Sunstroke」で作家デビューし、4冊の作品を発表。長編第5作にあたるスリラー「駄作」でMWA賞最優秀長編賞にノミネートされた。劇作家としても評価されており、03年には戯曲「Things Beyond Our Control」で将来有望な劇作家に与えられるプリンセス・グレース賞を受賞。
[家]父=ジョナサン・ケラーマン(作家), 母=フェイ・ケラーマン(ミステリー作家)

ケラーマン, ジョナサン *Kellerman, Jonathan*
アメリカの作家, 医師
1949～
[出]ニューヨーク [学]カリフォルニア大学ロサンゼルス校卒, 南カリフォルニア大学ロサンゼルス校卒 心理学博士 [賞]MWA賞最優秀新人賞(1986年)
[歴]小児心理医として臨床にあたり、専門書を執筆。南カリフォルニア大学医学部小児科準教授も務める。一方、「アルフレッド・ヒッチコック・ミステリー・マガジン(AHMM)」「ロサンゼルス・マガジン」に短編ミステリーを発表。第一長編で〈精神科医アレックス・デラウェア〉シリーズの第1作「大きな枝が折れる時」(1985年)がベストセラーとなり、86年MWA賞最優秀新人賞を受賞。以後、同シリーズで人気作家となる。

ケラーマン, フェイ *Kellerman, Faye*
アメリカのミステリー作家
1952.7.31～
[出]ミズーリ州セントルイス [学]カリフォルニア大学ロサンゼルス校卒 [賞]マカヴィティ賞最優秀処女長編賞
[歴]大学在学中にジョナサン・ケラーマンと結婚。大学で数学を専攻した後、歯科医の学校を卒業。その後は、家事と育児に努める傍ら、ミステリー小説を執筆。1986年〈ピーター・デッカー&リナ・ラザラス〉シリーズの第1作「水の戒律」で作家デビューし、同作でマカヴィティ賞最優秀処女長編賞を受賞。
[家]夫=ジョナサン・ケラーマン(作家)

ケリー, ウィリアム・メルビン *Kelley, William Melvin*
アメリカの作家

1937〜
[出]ニューヨーク市　[学]ハーバード大学創作科卒
[歴]大学では詩人のアーチボルド・マクリーシュや作家のジョン・ホークスの指導を受ける。のちイタリアやフランスで暮らしたこともあるが、他の多くの黒人作家とくらべ比較的めぐまれた作家修業時代を過ごす。1963年処女作の長編小説「奇妙なドラマー」を発表し、文学賞を受ける。その後も短編集「岸辺の踊子たち」(64年)、「一滴の忍耐」(65年)など洗練された技巧と諷刺をそなえた作品を書き続け、ボールドウィンやエリソンの次の世代を担う黒人作家の一人と目されている。

ケリー, ジム　*Kelly, Jim*
イギリスの作家, ジャーナリスト
1957.4.1〜
[出]ハートフォードシャー州バーネット　[賞]CWA賞図書館賞(2006年)
[歴]ジャーナリストとして「フィナンシャル・タイムズ」などで執筆。2002年新聞記者としての経験を生かして執筆した「水時計」でデビュー。06年イギリス推理作家協会(CWA)賞図書館賞を受賞。黄金期の探偵小説を彷彿させる謎解きミステリーを執筆する。

ケリー, ジャクリーン　*Kelly, Jacqueline*
カナダの作家, 弁護士, 医師
[出]ニュージーランド　[学]テキサス大学ロースクール
[歴]ニュージーランドで生まれ、幼い頃に両親とカナダへ移り住む。アメリカ・テキサス州の大学に進学し、医師として長く働いた後、テキサス大学ロースクールへ入学。弁護士として活動後、小説を書き始め、2009年「ダーウィンと出会った夏」で作家デビュー。10年同作はニューベリー賞オナーブックに選ばれた。

ケリー, リン　*Kelly, Lynne*
アメリカの児童文学作家
1969〜
[出]イリノイ州ゲイルズバーグ　[学]スティーブン・F.オースティン州立大学卒　[賞]南アジア図書館賞オナーブック, クリスタルカイト賞
[歴]スティーブン・F.オースティン州立大学で心理学を学ぶ。卒業後は手話通訳となり、2002年から数年間は特殊学校の教師としても働く。この頃より児童文学の作家を目指し、12年「ぼくと象のものがたり」で作家デビュー。同作は南アジア図書館賞オナーブック、クリスタルカイト賞を受賞、インド、フランスでも出版された。

ゲール, パトリック　*Gale, Patrick*
イギリスの作家
1962〜
[出]ワイト島　[学]オックスフォード大学ニュー・カレッジ(英文学)卒
[歴]小さい頃からダーク・ボガードのような役者兼作家になることを夢見ていた。大学卒業後タイピスト、調理師、ウェイター、歌手といった職業を転々とする。1986年長編第1作を発表し作家デビュー。以来イギリス小説のよき伝統を色濃く受け継ぐ若手作家として高く評価されている。一貫して人と人との関係のあらゆる可能性を描き続け、ゲイ、レズビアン、ヘテロセクシュアルを問わず、従来の性的役割をひっくり返し、セクシュアリティの多様性を追求してきた。主な作品に小説「帰っておいで」(89年)など。アマチュア・ミュージシャンとしても活躍、「Mozart Compendium」ではモーツァルトのピアノ・ソナタについて論じている。

ケルーアシュ, ジェシー・ダグラス　*Kerruish, Jessie Douglas*
イギリスの作家
1884〜1949
[歴]作家としての生涯は不明だが、女性が主人公のゴースト・ハンティングものの「不死の怪物」(1922年)でホラー界の伝説となる。他の著書に「Babylonian Nights'Entertainments」(34年)がある。

ケルアック, ジャック　*Kerouac, Jack*
アメリカの作家, 詩人
1922.3.12〜1969.10.21
[出]マサチューセッツ州ローウェル　[学]コロンビア大学中退
[歴]フランス系カナダ人の子として生まれる。1943年の第二次大戦中は商船に乗り組み世界の港々を巡り、戦後50年にかけ全米、メキシコを放浪した。同年長編「町と都会」でデビュー。57年の半自伝的な「路上」と共に大きな反響を呼んだ。無目的に放浪するビート派の反社会的な生き方を描いたもので、ギンズバーグと並ぶビート・ゼネレーションの代表的作家となった。ほかに「地下街の人々」、東洋禅を志向した「達磨行者たち」「放浪者」「ジャック・ケルアック詩集」などがある。
[家]娘＝ジャン・ケルアック(作家)

ケルテース, イムレ　*Kertész, Imre*
ハンガリーの作家
1929.11.9〜2016.3.31
[出]ブダペスト　[賞]ノーベル文学賞(2002年)
[歴]ブダペストのユダヤ人家庭に生まれる。1944年15歳の時にポーランド南部のアウシュヴィッツ強制収容所に送られ、その後ドイツのブーヘンバルト強制収容所に送られたが、45年解放された。この間、ナチスによるホロコーストで父や養母らを失った。高校卒業後、記者、劇作家、ドイツ語の翻訳者などを経て、作家活動に入る。75年強制収容所の体験に基づいた自伝的処女小説「運命ではなく」を発表。以後、ホロコースト(ユダヤ人大量虐殺)を生き延びた体験を基に、ユダヤ人問題をテーマに執筆活動を展開するが、共産主義下で民族主義者の攻撃を受け、約10年間発禁となる。東欧革命後、ドイツやアメリカなどで著書が翻訳され、作品が広く知られるようになった。2002年歴史の野蛮な専横に対抗する個人のはかない経験を支持する著作を書いたとして、ハンガリー人初のノーベル文学賞を受賞。美しく華麗な文体を特徴とした。他の作品に「大失策」(1988年)、「生まれなかった子供たちのためのカディッシュ」(90年, 英訳97年)、「イギリスの旗」(91年)、「ガレー船日記」(92年)、「もうひとりの自分変身物語」(97年)、「追放された言葉」(2001年)、「破産」(03年)、エッセイ集に「文化としてのホロコースト」(1993年)などがある。

ゲルドム, ズザンネ　*Gerdom, Susanne*
ドイツの作家
1958〜
[出]西ドイツ・ノルトライン・ウェストファーレン州デュッセルドルフ　[名]別筆名＝ヒル, フランセス・G.〈Hill, Frances G.〉
[賞]ファンタジー新人賞(2003年)
[歴]学校卒業後、書店員となるための職業訓練を受けたが、本を売るだけでは創作への欲求が満たされず、女優を経て演出の仕事をするようになる。やがて小説を書き始め、2000年フランセス・G.ヒル名義で処女作「Ellorans Traum」を発表。03年ズザンネ・ゲルドム名義で「Anidas Prophezeiung」を発表、同年のファンタジー新人賞を受賞。同作は〈AnidA〉としてシリーズ化された。

ゲルドロード, ミシェル・ド　*Ghelderode, Michel de*
ベルギーのフランス語劇作家
1898.4.3〜1962.4.1
[出]イクセル　[名]マルテンス, アデマール・アドルフ・ルイス〈Martens, Adémar Adolphe Louis〉
[歴]早くから人形劇に熱中し、20歳頃から劇作を始める。1918年処女戯曲「死は窓辺にのぞく」がブリュッセルで初演される。26年前衛性と大衆性の統合を目指したフラマン民衆劇場に招かれて座付き作者となり「ファウスト博士の死」(28年)、「エスキュリアル」(29年)、「バラバ」(29年)などを上演。32年劇場解散後も創作に励むが、40年を境に劇作から遠ざかった。第二次大戦後のフランスで、48年「エスキュリアル」、49年「地獄の狂宴」(29年)が上演されてセンセーショナルな成功を収

ケ

め、国際的な名声を得た。幻想作家としても知られ、短編集「魔法」(41年)がある。

ゲルバー, ジャック　*Gelber, Jack Allen*
アメリカの劇作家
1932.4.12〜2003.5.9
[出]イリノイ州シカゴ　[学]イリノイ大学卒
[歴]ジャーナリストとなり、1959年に麻薬中毒患者を題材にした処女作「The Connection(コネクション)」が前衛劇団リビング・シアターで上演され、一躍有名になった。その虚構と現実とがないまぜになった二重構造の形式の新鮮さが注目される。以後61年の「The Apple(リンゴ)」、65年の「Square in the Eye(目の中の公園)」など、オフ・ブロードウェイのために書き続けた。他に「眠り」(72年)、小説「氷の上」(64年)などがある。

ケルマン, ジェームズ　*Kelman, James*
イギリスの作家
1946〜
[出]スコットランド・グラスゴー　[学]ストラスクライド大学退学　[賞]ジェームズ・テイト・ブラック記念賞(1989年), ブッカー賞(1994年)
[歴]グラスゴーのガバンで職人の家に生まれる。15歳で退学し、植字工の見習いとなるが、2年後にやめて家族とともに渡米。その後、スコットランドに戻り、グラスゴー、マンチェスター、ロンドンで様々な肉体労働の職に就く。28歳でストラスクライド大学で英語と哲学を学ぶが、3年目に退学。20代前半から本格的に創作活動を開始。1970年「An Old Pub Near the Angel and Other Stories」をアメリカの小さな出版社から刊行。以後、短編小説集「Not Not While the Giro」(83年)、長編小説「The Bus-conductor Hines」(84年)、「A Chancer」(85年)を刊行。短編集「Greyhound for Breakfast」(87年)で大きな反響を得る。89年「A Disaffection」でジェームズ・テイト・ブラック記念賞を受賞。94年には「How Late It Was, How Late」でブッカー賞を受賞した。他の作品に、スコットランドの生活を描いた短編小説集「The Burn」(91年)などがある。

ケールマン, ダニエル　*Kehlmann, Daniel*
ドイツの作家
1975.1.13〜
[出]西ドイツ・バイエルン州ミュンヘン　[学]ウィーン大学(哲学・文芸学)　[賞]クライスト賞, ヴェルト文学賞, トーマス・マン賞, アデナウアー財団文学賞
[歴]1981年からオーストリアのウィーンに住み、ウィーン大学で哲学と文芸学を学んだのち、カント哲学をテーマとする博士論文を準備する傍ら小説の執筆を行う。97年「Beerholms Vorstellung」で作家デビュー。2003年に発表した「僕とカミンスキー 盲目の老画家との奇妙な旅」は18万部のベストセラーとなり、24ケ国語に翻訳されて国際的な名声を得た。続いて、05年に発表した「世界の測量 ガウスとフンボルトの物語」はドイツで100万部を超すベストセラーとなり、45ケ国に翻訳されて国際的ヒット作品となった。文芸学者・批評家としても活動し、マインツ大学、ゲッティンゲン大学などで講師を務めるほか、有名新聞雑誌に批評やエッセイを寄稿。クライスト賞、ヴェルト文学賞、トーマス・マン賞、アデナウアー財団文学賞を受賞している。他の作品に「Mahlers Zeit」(1999年)、「Der fernste Ost」(2001年)など。

ケレット, エトガー　*Keret, Etgar*
イスラエルの作家, 映画監督
1967〜
[出]テルアビブ　[賞]カンヌ国際映画祭カメラドール(2007年)
[歴]義務兵役中に小説を書き始め、1992年短編集「パイプライン」で作家デビュー。絵本やグラフィック・ノベルの原作を執筆する他、映像作家としても活躍。2007年悩みを抱えた人々にふと訪れる転機を詩的な映像で綴った群像劇の映画「ジェリー・フィッシュ」を、妻でもある劇作家シラ・ゲフィンと共同監督、カンヌ国際映画祭で最優秀新人賞(カメラドール)を受賞。掌編集「突然ノックの音が」はフランク・オコナー国際短編賞の最終候補となった。
[家]妻＝シラ・ゲフィン(劇作家)

ケロール, ジャン　*Cayrol, Jean*
フランスの詩人, 作家
1910.6.6〜2005.2.10
[出]ボルドー　[勲]レジオン・ド・ヌール勲章オフィシエ章　[賞]ルノードー賞(1947年)
[歴]ボルドーで医者の家庭に生まれ、16歳で雑誌を創刊。法律学を学んだ後、20歳で創作活動に入る。第二次大戦中には対独レジスタンス運動に参加し、1942年ドイツ軍に捕えられてマウトハウゼンで収容所生活を送る。46年収容所での体験を生かして書いた詩集「夜と霧の詩」を発表。自己の体験に宗教(カトリック)的意味づけを行い、高度な精神性、象徴・予言的要素を特徴とした。「夜と霧の詩」はナチス・ドイツによるアウシュヴィッツの大量虐殺を扱ったアラン・レネ監督の記録映画「夜と霧」(55年, 脚本担当)の基となった。また“ヌーヴォーロマン”の先駆者として、3部作「他人の愛を生きん」(47〜50年)など約40の小説作品を残した。

蹇 先艾　けん・せんがい　*Jian Xian-ai*
中国の作家
1906.9.12〜1994.10.26
[出]四川省越雋　[名]筆名＝羅 輝, 趙 休寧　[学]北平大学経済系(1931年)卒
[歴]四川省越雋で生まれ、貴州省遵義で育つ。少年時代から新詩を作り、北京大学に進む。1920年代半ばに文学研究会会員となり、26年処女短編集「朝霧」を出版。卒業後は北京松坡図書館に勤める。抗日戦争期は貴州に戻って「毎周文芸」を創刊。中華人民共和国成立後は中国作家協会貴州分会主席、貴州省政協副主席などを歴任したが、文化大革命で批判された。四人組失脚後に名誉回復。代表作に「初秋の夜」(30年)、「貴州道上にて」(31年)など。

厳 文井　げん・ぶんせい　*Yan Wen-jing*
中国の児童文学作家, 文芸理論家
1915.10.15〜2005.7.21
[出]湖北省武昌　[名]厳 文錦　[学]湖北省立高級中学校(1934年)卒, 抗日軍政大学(1938年)卒　[賞]全国婦女連合会児童文学賞(1950年), 国際児童節児童文学賞(1954年)
[歴]1934年省立高級中学校を卒業して、35年北京図書館の職員となり、散文や短編小説を発表。37年厳文井の筆名で「山寺の日ぐれ」を出版。38年延安の抗日軍政大学に行き文芸活動に従事。同年より魯迅芸術文学院教師を務める。長編「ある男の煩悩」(44年)、童話集「南南とひげ小父さん」(41年)、童話「丁丁のふしぎな旅」(49年)などを著す。この間、38年中国共産党入党。解放後、51年党中央宣伝部文芸処副処長、73〜83年人民文学出版社社長、85〜96年作家協会理事、82年より中国ペンセンター副会長などの要職を務め、「谷川のうた」(59年)、「厳文井近作」(79年)、「厳文井童話寓言集」(82年)など多くの童話集を発表。

ケンダル, キャロル　*Kendall, Carol*
アメリカの児童文学作家
1917.9.13〜2012.7.28
[出]オハイオ州ビュサイラス　[学]オハイオ大学卒
[歴]大人のためのミステリーを書いていたが、やがて児童文学に転じる。主な作品に「かがやく剣の秘密—小人のミニピン物語」(1959年)、「ささやきの鐘の秘密—小人のミニピン物語」(65年)などがある。

ケント, スティーブン　*Kent, Steven L.*
アメリカのSF作家
[出]カリフォルニア州　[学]ブリガムヤング大学
[歴]ハワイ・ホノルル育ち。ブリガムヤング大学でジャーナリズム論とコミュニケーション論を専攻。のち通信課程で修士

を取得。1979〜81年LDS教会の宣教師。88年からテレビガイドの販売マーケティングを手がける、93年よりフリージャーナリストとして、テレビゲームのレビューも執筆。2006年〈共和国の戦士〉シリーズを発表、SFファンの人気を得た。

ケント, ハンナ　Kent, Hannah
オーストラリアの作家
1985〜
㊙サウスオーストラリア州アデレード　㊥ABIA年間最優秀小説賞
㊗友人と「キル・ユア・ダーリンズ」という文芸誌を立ちあげる一方、オーストラリアでもトップレベルのフリンダース大学で博士号を取得。2013年実在したアイスランド最後の女性死刑囚を描いた「凍える墓」がイギリスで出版されてベストセラーとなり、ベイリーズ・ウィメンズ・プライズなど数多くの文学賞にノミネートされる。さらに本国オーストラリアのABIA年間最優秀小説賞ほか数々の文学賞を受賞。

ケンドリック, ベイナード　Kendrick, Baynard
アメリカの作家
1894〜1977
㊙ペンシルベニア州フィラデルフィア　㊚ケンドリック, ベイナード・ハードウィック〈Kendrick, Baynard Hardwick〉別名＝ヘイワード, リチャード〈Hayward, Richard〉　㊥MWA賞巨匠賞（1967年）
㊗第一次大戦時はカナダ陸軍に志願し、イギリス、フランス、サロニカで戦闘に従事。フロリダで様々な職業を転々とした後、1932年より作家生活に入る。ハードボイルド雑誌「ブラック・マスク」に多くの中編を寄稿。30年代後半にライス保安官補が主人公のシリーズを発表、代表作は「The Iron Spiders」（36年）。「The Last Express」（37年）に始まる盲目探偵ダンカン・マクレーン大尉が主人公のシリーズで一躍人気作家となった。一方、アメリカ探偵作家クラブ（MWA）の創設に関わり、45年には初代会長に選ばれ、67年にはMWAからグランド・マスターの称号を授与された。

ゲンヌ, ファイーザ　Guène, Faïza
フランスの作家, 映画監督, 脚本家
1985〜
㊙ボビニー
㊗両親がアルジェリア系。パリ北東部郊外のパンタンで育つ。2004年19歳の時に「明日はきっとうまくいく」で作家デビュー。ユーモアとアイロニー溢れるみずみずしい文章と移民社会に暮らす若者像をポジティブに描く姿勢が高く評価される。映画監督・脚本家としても活躍し、中編映画「Rien que des mots（ただ言葉だけ）」（04年）などを発表している。

ケンリック, トニー　Kenrick, Tony
オーストラリアのミステリー作家
1935〜
㊗カナダ、アメリカ、ヨーロッパなど自分でも覚えきれないほど世界の各地に住み、旅行をする。1971年に発表した処女作「The Only Good Body's A Dead Body（殺人はリビエラで）」はコミカルなセンスのミステリー作品。その後、シリアスものをはじめ、様々な傾向の作品を手がける。ほとんどの作品が映画化権を買い取られており、実際には「上海サプライズ」（85年）が歌手マドンナの主演で映画化された。他の主な作品に「スカイジャック」「バーニーよ銃をとれ」「消えたV1発射基地」「マイ・フェア・レディーズ」など。

【コ】

コ・ウン　高銀　Ko Un
韓国の詩人, 作家
1933.8.1〜
㊙全羅北道群山　㊚高銀泰〈Ko Un-tae〉, 法名＝一超（1962年還俗）　㊥海印寺大学教科（1952年）卒　㊦大山文学賞（1993年）, 韓国文学作家賞（2回）, 万海文学賞, 韓龍雲賞, 中央文化大賞
㊗道で偶然拾ったハンセン病患者の詩集を読み、詩人を志す。朝鮮戦争従軍後、仏門に入り禅を学ぶ。1958年に詩「肺結核」で文壇デビュー。62年還俗し、全国を放浪して詩を書き継いだ。67年から本格的な創作活動を始める。朴政権下の70年代には自由言論実践文人協議会の代表幹事として、当時獄中にあった詩人金芝河の救援運動および民主化運動に参加、たびたび投獄された。79年民主主義と民族統一のための国民連合副議長に。80年には光州事件などで金大中らとともに軍法会議にかけられ、懲役10年の判決を受けたが82年に刑の執行停止で出獄した。87年から韓国民族文学作家会議副議長として獄中作家の釈放運動に取り組む。また、韓国民族芸術人総連合議長として汎民族大会南側代表及び南北作家会談の代表団長なども務めた。99年6月韓文化交流会議メンバーとなる。2000年の南北会談の際、金大中大統領（当時）に同行、詩を朗読した。詩集「火の蝶」「万人譜」「白頭山」「高銀詩全集」、小説「華厳経」、随筆、評論など130冊余の著書がある。英、仏、独など外国語への翻訳も多く、邦訳に詩集「祖国の星」、詩選集「高銀詩選集 いま、君に詩が来たのか」がある。

古華　こ・か　Gu Hua
中国の作家
1942.6.20〜
㊙湖南省嘉禾県　㊚羅 鴻玉　㊥湖南省郴州専区農業学校（1961年）中退　㊦茅盾文学賞
㊗1961年郴州専区農業科学研究所に勤務。62年作家として処女作を発表、75年郴州歌舞劇団創作員となり、作家活動に専念。代表作「芙蓉鎮」（81年）は第1回茅盾文学賞を受け、映画化もされた。

コー, ギデンズ
→ジウバーダオを見よ

呉 錦発　ご・きんはつ　Wu Jin-fa
台湾の作家
1954.9.14〜
㊙高雄県美濃　㊥中興大学法商学部社会学系（1977年）卒　㊦呉濁流文学賞（1984年）
㊗学生時代から文芸サークルに入って創作を始め、処女作「英雄自白伝」が「台湾時報」に掲載される。大学卒業後映画界に入り、1982年「台湾時報」に移り、84年「民衆日報」副刊編集主任。同年「叛国」（84年）で呉濁流文学賞を受賞。80年代に目立った活躍を始めた若手作家の一人で、原住民文学を世に出した功績が大きい。作品集に「放鷹」（79年）、「沈黙の川」（82年）、「燕の鳴く道」（85年）、「消失的男性」（86年）、「春秋茶屋」（88年）、「秋菊」（90年）、編著に「非情の山地—台湾原住民小説選」（87年）などがある。

コー, ジャン　Cau, Jean
フランスの作家, 評論家
1925.7.8〜1993.6.18
㊙オード県　㊥パリ大学　㊦ゴンクール賞（1961年）
㊗サルトルの秘書（1947〜56年）や評論誌「近代」の編集者（49〜54年）を務める傍ら小説や評論を発表。小説「神の情け」で61年のゴンクール賞を受賞。ほかに「耳と尾」（61年）、「ある子供の殺害」（65年）、「トロピカーナ」（70年）、詩集「良心」（48年）、戯曲「えぐられた目」（67年）などがある。

胡 淑雯　こ・しゅくぶん　Hu Shu-wen
台湾の作家
1970.12〜
㊙台北　㊥台湾大学外文系卒　㊦梁実秋文学賞散文創作部門一等賞（2001年）, 教育部文芸創作賞社会組短編小説部門二等賞（2002年）, 時報文学賞散文部門一等賞（2004年）
㊗台湾大学の外文系を卒業。新聞記者、編集者、女性運動団

体・婦女新知基金会の専従を経験。2001年「真相一種」で梁実秋文学賞散文創作部門一等賞、02年「末花街38巷」で教育部文芸創作賞社会組短編小説部門二等賞、04年「界線」で時報文学賞散文部門一等賞を獲得。06年最初の作品集「哀艶是童年」、11年長編「太陽の血は黒い（太陽的血是黒的）」を刊行。

コ・ジョンウク　Ko Jung-wook
韓国の作家
㊥成均館大学大学院国語国文学科修了 文学博士
㊦成均館大学大学院国語国文学科を修了し、文学博士号を持つ。「文化日報」新春文芸に短編小説が当選して作家となる。成均館大学で教鞭を執りながら、韓国障害人連盟（DPI）理事及び韓国障害者人権フォーラムの共同代表として、障害者への福祉充実のために尽力。「ぼくのすてきなお兄ちゃん」など、障害者をテーマとした童話を手がける。

呉 祖光　ご・そこう　Wu Zu-guang
中国の劇作家, 書道家
1917.4.21〜2003.4.9
㊥北京　㊦北平中法大学文科卒
㊦中法大学在学中、南京の国立戯劇専科学校に招かれ、演劇史などを講じる。1937年日中戦争勃発後、学校と共に長沙に移り、翌年四川に転居。37年東北義勇軍の烈士を描いた初作「鳳凰城」を重慶で発表。39年文天祥の事蹟を書いた「正気の歌」、42年役者と官僚の妾の悲恋を扱った「風雪夜人帰る」で注目を集め、劇作家の地位を不動のものにした。44年から「新民報」文芸欄主編。戦後、国民党による弾圧を逃れて一時香港へ脱出、49年の新中国成立直前に帰国。映画芸術学院の創設者として活躍。反右派闘争、文化大革命などにおいては、反革命分子の烙印を押され、強制労働に従事するが、79年名誉回復。60年代以降、中国戯曲学校実験京劇団、中国戯曲研究院などで京劇の脚本を執筆、代表作「三たび陶三春を打つ」は海外公演でも好評を博した。83〜98年全国政協委員、85年中国戯劇家協会副主席。87年検閲制度に反対したことなどを理由に共産党から離党勧告を受け、離党。89年2月党などに対し、作家の謝冰心ら33人の連名で「魏京生ら政治犯釈放要求」の公開状を提出。その後の民主化運動、天安門事件につながる導火線の一つとなった。他の作品に京劇「武則天」、評劇「花為媒」、脚本「闖江湖」「八仙渡海」、「呉祖光散文選集」など。書の分野でも多くの功績を残す。
㊙妻=新 鳳霞（評劇俳優）

呉 濁流　ご・だくりゅう　Wu Zhuo-liu
台湾の作家
1900.6.2〜1976.10.7
㊥新竹州　㊦呉 建田、号＝饒畊　㊦台北師範学校（1920年）卒
㊦客家人。1920年台北師範学校を卒業後、小学校教師をしながら創作活動を行う。36〜37年「台湾新文学」に日本語による短編小説を発表。40年台湾人差別に憤って辞職、南京へ渡って「南京大陸新報」紙記者となるが、42年帰台。43年から書きはじめた長編「アジアの孤児」は、46年「胡太明」として出版され、56年「アジアの孤児」と改題して日本で出版されて以後、この題で定着した。同作は戦後の台湾文学の再出発を飾る一作とされ、代表作となった。64年独力で文芸誌「台湾文芸」を創刊し、台湾文学の発展に寄与。68年より同誌に自伝的長編「無花果」を連載、70年刊行したが二・二八事件を描いたことから71年に発禁処分を受け、72年「夜明け前の台湾」に収録して日本で刊行した。遺作「台湾連翹」は「無花果」の続編ともいうべき回想録で、74年には書き上げられ、前半は発表（73年）もされたが、二・二八事件を描く後半の発表は没後を待たねばならなかった。「呉濁流全集」（6巻, 77年）がある。晩年まで小説の多くはまず日本語で書き、発表に際して中国語に訳す形をとった。

胡 万春　こ・ばんしゅん　Hu Wan-chun
中国の作家
1929.1.7〜1998.5.9
㊥上海

㊦1946年から鉄鋼所勤務、通信員活動などを経て、52年処女作「修好軋鋼車」で注目され、解放後の文学講習所などで指導を受けた。59年には中国共産党に入党、雑誌「萌芽」の編集者として活動し、文化大革命中に執筆を許された数少ない作家の一人だった。リアルな作風で知られ、他の作品に「骨肉」（55年）、「青春」（56年）、「新しい人間像」（59年）、「蛙女」（83年）など。

呉 明益　ご・めいえき　Wu Ming-yi
台湾の作家, エッセイスト
1971.6.20〜
㊥台北　㊦輔仁大学マスメディア学部卒 博士号（国立中央大学）　㊦「中国時報」「開巻十大好書」選出（2003年・2007年・2011年・2012年・2014年）、雑誌「文訊」新世紀セレクション選出（2004年）、香港「亜洲週刊」年間十大小説選出（2007年）、台北国際ブックフェア賞（小説部門）（2008年・2012年）
㊦輔仁大学マスメディア学部を卒業し、国立中央大学中国文学部で博士号を取得。短編小説集「本日公休」（1997年）で作家デビュー。写真、イラストも手がけた自然エッセイ「迷蝶誌（チョウに魅せられて）」（2000年）、「家鄰水邊那麼近（うちは水辺までこんなに近い）」（07年）や、戦時中日本の戦闘機作りに参加した台湾人少年を描いた長編小説「睡眠的航線（眠りの先を行く船）」（07年）、写真評論・エッセイ集「浮光（光はゆらめいて）」（14年）などバラエティに富んだ作品を生み出す。長編小説「複眼人」（11年）は英語版が刊行され高い評価を得る。03年、07年、11年、12年、14年に「中国時報」「開巻十大好書」選出、04年雑誌「文訊」新世紀セレクション選出、07年香港「亜洲週刊」年間十大小説選出、08年、12年台北国際ブックフェア賞（小説部門）など受賞多数。国立東華大学中国文学部教授も務める。

胡 也頻　こ・やひん　Hu Ye-pin
中国の作家
1903.5.4〜1931.2.7
㊥福建省福州　㊦胡 崇軒　㊦天津海軍予備学校
㊦天津海軍予備学校で1年学んだ後、北京へ移る。1924年創作を始め「民衆文芸週刊」誌の編集にあたり、25年丁玲と同棲。27年「聖徒」を出版。28年上海で「紅と黒」を編集、短編集などを出版。29年沈従文、丁玲と雑誌「紅黒」「人間」を出したが、半年で倒産。同年「也頻詩選」を出版。30年中国左翼作家連盟、中国共産党に加入。中編「モスクワへ」（30年）、「光はわれらの前に」（30年）などを出版したが、31年国民党に逮捕され、銃殺された。同時に殺害された殷夫、柔石らと"左連五烈士"と呼ばれる。

古 龍　こ・りゅう　Ku Lung
台湾の作家
1936〜1985.9.21
㊥中国・江西省　㊦熊 耀華　㊦台江英文専科学校
㊦1936年（または37年）中国江西省生まれといわれ、香港から台湾に移住。56年に文壇デビューする。生活苦から当時人気のあった武侠小説の作家となり、「蒼穹神剣」を発表。ミステリー的な趣向、西洋風心理描写、テンポのよい場面転換を持ち味とし、年少の読者にも人気があった。私生活では無頼作家を地でいき、4度結婚し酒浸りの人生を送った。作品に〈楚留香〉〈陸小鳳〉シリーズ、「辺城浪子」などがある。

コア, エレノア　Coerr, Eleanor
アメリカの児童文学作家
1922〜2010.11.22
㊥カナダ・サスカチュワン州カムサック
㊦1949年「オタワ・ジャーナル」記者として初めて広島を訪問。63年に再び訪れた際、55年に12歳で白血病により亡くなった佐々木禎子さんが回復を願いつつ千羽鶴を折り続けた話に感銘を受け、「サダコと千羽鶴」（77年）を執筆。アメリカやカナダで学校の副読本に採用されるなど世界中で広く読まれた。2010年5月ニューヨークを訪れた禎子さんの兄・雅弘さんらと

面会したが、11月に亡くなった。

ゴア, クリスティン *Gore, Kristin*

アメリカの作家, 脚本家

1977.6.5〜

[学]ハーバード大学 [賞]エミー賞

[歴]父はアメリカ副大統領を務めたアル・ゴアで、祖父はアメリカ上院議員。ハーバード大学在学中、「Harvard Lampoon」誌に寄稿するなど執筆活動を開始。人気テレビバラエティ番組「Futurama」「Saturday Night Live」の仕事でエミー賞を受賞。2005年「大統領選挙とバニラウォッカ」で作家デビュー。

[家]父=アル・ゴア(アメリカ副大統領), 母=ティッパー・ゴア(PMRC創立者), 祖父=アルバート・ゴア(アメリカ上院議員)

ゴアズ, ジョー *Gores, Joe*

アメリカの作家

1931.12.25〜2011.1.10

[出]ミネソタ州ロチェスター [名]Gores, Joseph N. [学]ノートルダム大学(1953年)卒, スタンフォード大学大学院修士課程修了 [賞]MWA賞(新人賞)(1970年), MWA賞(短編賞)(1970年), MWA賞(テレビドラマ部門賞)(1976年)

[歴]れんが職人の下働き、労働者、トラック運転手などをして働きながらノートルダム大学に学ぶ。2年間カリフォルニアのパロアルトで教師を務め、1955年からはサンフランシスコの探偵事務所で回収員となり、10年あまりの間に1万5000件の事件を取り扱った。この間、58〜59年アメリカ陸軍勤務、63〜64年ケニアのカカメガで英語教師の職を経験、また61年にスタンフォード大学で文学修士号を取得した。66年アメリカ探偵作家クラブの集会で私立探偵として講演を行った際、アンソニー・バウチャーに励まされ、ミステリーの創作を開始。67年「エラリー・クイーンズ・ミステリー・マガジン(EQMM)」に短編を発表して作家としてデビュー。69年の処女長編「A Time of Predators(野獣の血)」と短編「さらば故郷」で翌年MWA賞の最優秀新人賞及び最優秀短編賞を受賞。76年には「刑事コジャック」のテレビ脚本で同賞テレビドラマ部門賞を受賞した。他に、長編「死の蒸発」(72年)、「赤いキャデラック」(73年)、「目撃者失踪」(78年)、「裏切りの朝」(76年)や、「ダン・カーニー探偵事務所」の〈DKAファイル〉シリーズをはじめとする100編を越える短編を書き、ノンフィクションや映画、テレビドラマの脚本なども手がけた。75年尊敬する作家ダシール・ハメットを主人公にした小説「ハメット」を執筆。この作品は83年に映画化された。

コーイ, ラヘル・ファン *Kooij, Rachel van*

オーストリアの児童文学作家

1968〜

[学]ウィーン大学卒

[歴]オランダのヴァーゲニンゲンで生まれ、10歳の時にオーストリアへ移り住む。ウィーン大学で教育学、養護教育学、特殊教育学を学び、ウィーン近郊のクロスターノイブルクで障害者支援の仕事に携わる。傍ら、2002年作家デビュー。以後、ほぼ1年おきに作品を発表している。作品に「宮廷のバルトロメ」(03年)、「クララ先生、さようなら」(08年)などがある。

ゴーイェン, ウィリアム *Goyen, William*

アメリカの作家

1915.4.24〜1983.8.30

[出]テキサス州トリニティ [学]ライス大学(1937年)卒

[歴]ライス大学に学び、修士号を取得後はヒューストン大学で文学を講じる。第二次大戦中はアメリカ海軍に入り、士官として従軍。1950年処女長編「息の家」を刊行、フランス語、ドイツ語訳もされた。他の作品に「遠い国で」(55年)、「色の白い妹」(63年)、「甦らせる者よ、来たれ」(74年)、「アルカディオ」(83年)などがある。劇作や詩も多く残している。

ゴイティソロ, フアン *Goytisolo, Juan*

スペインの作家

1931.1.5〜2017.6.4

[出]バルセロナ [学]バルセロナ大学法科卒, マドリード大学 [賞]エウロパリア賞(1985年), ネリー・ザックス賞(1993年), ファン・ルルフォ賞(2004年), フォルメントール賞(2012年), セルバンテス賞(2014年)

[歴]1950年代後半に登場した多くの社会派作家の代表的な一人。スペイン内戦で母を失い、父は投獄されるなどの少年時代の体験をもとに、集団疎開の児童たちの間に現れた様々な状況を描いた「Duelo en el Paraiso(エル・パライソの決闘)」(55年)で脚光を浴びるが、独裁体制下で発禁となる。57年パリに亡命し、実験的で難解な小説を次々と発表。のちにアメリカの大学などでスペイン文学を教える。スペインの民主化後も帰国せず、モロッコのマラケシュを第2の故郷とし、小説から評論まで幅広い創作活動を続けた。「身元証明」(66年)、「ドン・フリアン伯の復権」(70年)、「根なしのフアン」(75年)などでは新しい文体的な実験も試みながら、外国生活者や亡命者のアイデンティティの問題を扱う。またボスニア内戦を取材、連載したルポルタージュは20ケ国以上の新聞に転載され、とりわけ90年代に紛争に揺れるサラエボを描いた「サラエヴォ・ノート」は大反響を呼んだ。他の作品に、小説「フィエスタス」(56年)、「戦いの後の光景」(82年)、「マルクス家の系譜」(93年)、「包囲の包囲」(95年)、評論集「サラセン年代記」(81年)、ルポルタージュ「パレスチナ日記」、「嵐の中のアルジェリア」(94年)などがある。2014年スペイン語圏の作家をたたえるセルバンテス賞を受賞。ユネスコ無形遺産の傑作国際審査委員長も務めた。

コイヤー, フース *Kuijer, Guus*

オランダの児童文学作家

1942.8.1〜

[出]アムステルダム [賞]青少年文学のための国家賞(1979年), 金の石筆賞(2005年度), アストリッド・リンドグレーン記念文学賞(2012年)

[歴]小学校の教師を続けながら執筆活動を始め、1975年児童文学作家としてデビュー。79年作家の業績全体に対して与えられる“青少年文学のための国家賞”を受賞。また「不幸な少年だったトーマスの書いた本」で2005年度金の石筆賞を受賞した。名実ともに現代オランダ児童文学界をリードする存在として知られる。

コイル, クレオ *Coyle, Cleo*

アメリカの作家

[名]単独筆名=セラシーニ, マーク〈Cerasini, Marc〉アルフォンシ, アリス〈Alfonsi, Alice〉 別共同筆名=キンバリー, アリス〈Kimberly, Alice〉

[歴]クレオ・コイルは、アメリカの作家で夫のマーク・セラシーニと妻のアリス・アルフォンシの夫婦合作の筆名。ともにペンシルベニア州ピッツバーグ出身。同名義で刊行するコージー・ミステリー〈コクと深みの名推理〉シリーズで人気を博す。アリス・キンバリーの共同筆名でも活動し、2004年「幽霊探偵からのメッセージ」がこの名義でのデビュー作。

黄 惟群 こう・いぐん *Huang Wei-qun*

中国生まれのオーストラリアの作家

1953〜

[出]上海 [賞]オーストラリア華文傑出青年作家小説賞(1994年), 台湾華僑連合総会小説佳作賞(1996年)

[歴]文化大革命中、知識青年として農村に下放。文革後、作家としてデビューし、下放の経験を中心に数多くの文学誌に作品を発表。1987年オーストラリアに移住、地元華字紙の記者・編集者を経てプロの著作家に。以後、中国大陸、台湾、香港、シンガポールなどの華人社会のほか、オーストラリア、アメリカ、日本などの非華人社会においても、華字紙・華字雑誌に小説、エッセイ、評論、コラムなどを数多く執筆、一部は英文に翻訳される。94年第1回オーストラリア華文傑出青年作家小説賞受賞。95年同国自立快報世界華文コンクールでエッセイの部トップ賞を受賞。96年作品集「不同的世界」が台湾華僑

連合総会小説佳作賞を受賞。他の著書に「オーストラリアの風─在豪華人作家の『母国』点描」などがある。

黃瀛　こう・えい　Huang Ying
中国の詩人
1906.10.4～2005.7.30
㊗四川省重慶　㊡文化学院（日本）（1927年）中退、陸士（日本）（1929年）卒
㊗父は重慶師範学校校長だった黃沢、母は日本人の太田喜智で、中国・重慶に生まれる。幼くして父と死別し、父の死後まもない1914年、一家で母の郷里である千葉に移住。小学校を首席で卒業し、志望の中学に合格するが、中国人であることを理由に入学を許されず、中国の青島に開校した日本人教育の中学に編入。この頃から詩作を始め、留学中の草野心平と知り合い、以後草野の編集する「銅鑼」同人となる。18歳の時、当時の詩界をリードしていた「日本詩人」に「朝の展望」を投稿、新人第1席に選ばれた。本格的な詩作を目指して日本に留学し、東京・神田の文化学院で学ぶが、母の希望で中退し、陸軍士官学校に進学。卒業と同時に中国に渡り、蔣介石軍に参加。以後、軍務に励み詩作から遠ざかるが、30年に第1詩集「景星」、34年には第2詩集「瑞枝」が刊行され、日本での名声を高めた。その後、国民党国防部専員（少将）、49軍249師副師長を歴任。49年部隊を率いて中共に帰順、のち解放軍西南軍区に勤務。終戦時に日本人の帰還を担当したことから11年余りの投獄生活を送るが、文化大革命後に名誉回復。81年四川外語学院教授に就任し、日本文学などを教えた。
㊗父＝黃沢（重慶師範学校校長）

高纓　こう・えい　Gao Ying
中国の詩人、作家
1929.12.25～
㊗河南省焦作
㊗作品に詩集「大涼山の歌」「丁佑君」、小説「雲の流れるはて」「達吉と父親」「蘭」「孔雀の舞」、散文集「西昌の月」「竹楼の恩」、自伝エッセイ「心の母」などがある。

虹影　こう・えい　Hong Ying
中国の作家、詩人
1962～
㊗四川省重慶　㊡魯迅文学院、復旦大学
㊗1988年魯迅文学院に入学、唐や宋の詩を中心に学びながら、同年第一詩集を出版、認められる。89年復旦大学に入学。同年6月の天安門事件では、北京で学生デモに参加。同年秋、上海の大学に転学、さらに91年には留学ビザでイギリスに渡り、この事件を風化させまいと小説の執筆に取り組み、台湾で出版。97年二度と帰国できないことを覚悟のうえ実名で世界11ケ国で同小説を刊行。日本版「裏切りの夏」出版を機に来日。

高曉声　こう・ぎょうせい　Gao Xiao-sheng
中国の作家
1928.7.8～1999.7.6
㊗江蘇省武進県　㊡蘇南新聞専科学校（1950年）卒
㊗貧しい幼年期から中国古典の「聊斎志異」「紅楼夢」などに親しみ、1950年蘇南文連江蘇省文化局員となり、大衆的な文芸活動にあたった。51年「文匯報」に処女作「収田財（田の宝取り）」を発表、54年の婚姻法をテーマにした「解約（婚約解消）」などで注目される。57年6月に陸文夫、方之ら江蘇省の若手作家と探求者文学月刊社グループを結成したが、姚文元にグループの言行を批判され、右派分子として農村送りとなり、79年まで文壇へは復帰できず、農民として過ごした。創作を再開してからは、79年「李順大の家作り」を発表、80年「陳奐生町へ行く」に始まる一連の陳奐生シリーズでは魯迅の「阿Q正伝」に通じる農民像を描くものとして、また、長年の間農民として生きてきた高ならではの小説として高く評価された。80年出版の「魚釣」などは「聊斎志異」の世界に近く、哲理小説と呼ばれる。

高玉宝　こう・ぎょくほう　Gao Yu-bao
中国の作家
1927.4.6～
㊗遼寧省復県
㊗貧農の家に生まれ、祖父や父、弟を相次いで失った。少年時代は放浪生活を送り、1947年中国人民解放軍に入る。学校教育をほとんど受けていなかったが、戦後に文字を習いながら、作家・荒草の援助や指導も受け、自己の体験を約6年をかけて告白体の中編「高玉宝」（55年）として世に送り出す。文盲から作家へというユニークな経歴とともに注目を集め、労農兵作家として栄誉賞を受けた。文化大革命期には同作に大幅な修正を加えて改作、話題を呼んだ。作品の一部は教科書にも採用された他、専業作家ではない業余作家の草分けとしても知られる。

高行健　こう・こうけん　Gao Xing-jian
フランスの劇作家、作家、画家
1940.1.4～
㊗中国・江西省　㊡北京外国語学院フランス語系（1962年）卒
㊚フランス芸術文化功労勲章シュバリエ章（1992年）　㊚ノーベル文学賞（2000年）、香港中文大学名誉博士号（2001年）
㊗1957年北京外国語学院フランス語部に入学、アラゴンやサルトル、ブレヒトを知り、戯曲や脚本、小説、詩の創作を開始する。66年から文化大革命下で農村に下放。75年北京に戻り、「中国建設」雑誌社のフランス語部門主任となる。77年中国作家協会対外連絡委員会に転属。79年中国共産党に入党。81年より北京人民芸術劇院に所属。82年の戯曲「絶対信号」以来、演出家の林兆華と組んで中国の実験的な小劇場演劇の先頭に立つ。83年不条理劇「バス停」を発表するが当局の"精神汚染"追放キャンペーンで批判を受け、86年には劇の上演が禁止される。この頃から水墨画の手法を使った抽象的な油絵を描き始め、87年ドイツの芸術財団の招聘を受け出国。88年フランスに政治亡命し、パリに渡る。89年天安門事件に触発され戯曲「逃亡」を発表、同作品は中国共産党から批判される。同年共産党を離党。のち中国本土では作品が発禁処分となる。90年長編小説「霊山」を発表。戯曲「生死界」（91年）、「対話と反問」（93年）、「夜遊神」（95年）がヨーロッパ各地で上演され、劇作家として知られるようになる。また演劇評論も手がけ、画家としても活躍。97年フランス国籍取得。2000年中国の小説や戯曲に新たな道を切り開いたとして、中国系作家として初めてノーベル文学賞を受賞。他の作品に戯曲「野人」（1985年）、小説「母」（83年）、「ある男の聖書」（99年）、評論「現代小説技巧初探」（81年）、「戯劇集」（全10巻、2001年）など。近年はフランス語でも執筆。

黃谷柳　こう・こくりゅう　Huang Gu-liu
中国の作家
1908.11.15～1977.1.2
㊗ベトナム・ハイフォン　㊡雲南省立第一師範学校卒
㊗父は在ベトナム華僑で、ハイフォンで生まれる。広東省梅県の人。雲南の伯父の家で雲南省立第一師範学校まで進み、共産主義青年団に加盟。香港で新聞社に勤めながら散文や小説を書き、国共内戦中「華商報」に連載した長編「蝦球（シアチウ）物語」（1947～48年）で一躍名を挙げた。49年中国共産党に入党して人民解放軍に参加、海南島駐留時の見聞に基づいて中編「漁港新事」（51年）を発表。朝鮮戦争にも従軍した。73年病気で引退。

黃春明　こう・しゅんめい　Huang Chun-ming
台湾の作家
1936～
㊗宜蘭　㊡屏東師範卒
㊗8歳で母を失い、家出、放浪生活を送る。退学になった学校の図書館に忍びこみ、偶然禁書の魯迅やゴーリキーにふれて文学に目覚める。3年間の教員生活、兵役を経て、故郷のラジオ局に就職、放送記者となる。のち、仕事を転々としながら小説を書き始める。1973年発表の「さよなら・再見」が空前

のベストセラーになり、現代台湾文学の旗手となる。本省人の伝統文化を守るべく、民家や民具の保存、方言の辞書編纂、教科書作りなどにあたる一方、児童劇を通じて台湾人に自らのアイデンティティーを問いかけるというテーマに取り組む。

黄 裳　こう・しょう　*Huang Chang*
中国の散文作家, 蔵書家
1919.6.15〜2012.9.5
[出]河北省　[名]容 鼎昌, 筆名＝来 燕榭　[学]上海交通大学卒
[歴]「文匯報」の記者などを経て、文芸記者、作家として活躍。蔵書家としても内戦期より活発に活動し、明清の善本を大量に収集した。文化大革命後の1980年代以降、蔵書題跋など古籍にちなんだ散文作品を多く発表した。主著に「錦帆集」(46年)、「榆下説書」(82年)、「銀魚集」(85年)など。

洪 深　こう・しん　*Hong Shen*
中国の劇作家
1894.12.31〜1955.8.29
[出]江蘇省武進(常州)　[名]号＝潜斎, 伯駿　[学]清華学校(1916年)卒
[歴]1912年北京の清華学校に入学、在学中から演劇を愛好し、15年初の脚本、16年脚本「貧民惨劇」を書く。同年渡米、当初オハイオ州立大学で陶芸を学ぶが、19年ハーバード大学に転じて演劇を専攻し、G.P.ベーカーに師事。同時にボストン演劇学校にも通い、22年帰国。男優が女役を演ずる当時の新劇の様式を批判し、同年E.G.オニール「皇帝ジョーンズ」を下敷きに登場人物がすべて男という「趙閻王」を執筆、23年自ら上演して劇作家として地歩を築く。同年欧陽予倩の紹介で上海戯劇協社に参加、24年ワイルド「ウィンダミア夫人の扇」を改編した「若夫人の扇」が好評を博し、田漢と欧陽予倩と並び“中国新劇の土台を固めた3人”と評される。一方、同年明星影片公司の監督となって映画界入り、中華電影学校を創設し校長を務めるなど、中国映画の開拓者ともなった。30年中国左翼作家連盟と左翼戯劇家連盟に参加。また、田漢の南国社でも演出を手がけ、“農村3部曲”といわれる「五奎橋」(32年)、「香稲米」(33年)、「青龍潭」(36年)を発表した。抗日戦争中は“国防演劇”を提唱、救亡演劇隊を組織して宣伝活動に尽くし「飛将軍」(37年)などを書く。抗日戦争に勝利すると上海に戻り、復旦大学や上海戯劇専科学校で演劇教育に従事する傍ら、「映画と演劇」週刊を編集。中華人民共和国の成立後は文連常任委員、作協理事、戯劇工作者協会副主席、対外文化連絡局局長などを歴任し、常に中国の新劇界の中心部を担った。

洪 醒夫　こう・せいふ　*Hong Xing-fu*
台湾の作家
1949.12.10〜1982.7.31
[出]彰化県二林鎮　[名]洪 媽従, 筆名＝司徒門　[学]台中師範専門学校卒　[賞]中国時報文学賞
[歴]台中師範専門学校在学中から新聞の文芸欄などに作品を発表、文筆活動を始める。卒業後も小学校教師の傍らで執筆、1972年「跛脚天助和他的牛」で第4回呉濁流文学賞佳作賞を受賞。77〜78年「醜い慶仔」「散戯」「吾が土地」が新聞の小説賞に相次いで入選し、作家として確固たる地位を築いた。台湾の農民の生き様を描いた作品が多く、宋沢萊と並び、黄春明、王禎和らの次代を担う“郷土文学”作家の一人と目されていたが、82年7月交通事故のため32歳の若さで世を去った。小説集に「醜い慶仔」(73年)、「市井伝奇」(81年)、「田荘人」(82年)などがある。

浩 然　こう・ぜん　*Hao Ran*
中国の作家
1932.3.25〜2008.2.20
[出]河北省薊県趙各荘　[名]梁 金広　[賞]大衆文学奨特等奨(1990年)
[歴]炭鉱に生まれ、10歳で両親に死別。日本軍の傀儡の冀東防共自治政府に対し、少年時代から抗日児童組織で活動した。当時から宣伝のための作品を創作していたが、1946〜54年農村工作に従事し、この間48年中国共産党に入党、49年共青団で活動した。54年に投稿をきっかけに「河北日報」の記者となり、56年「喜鵲登枝」でデビュー。59年より創作に専念し、中国作家協会に加盟、農村を舞台に多くの短編小説を執筆した。61年には「紅旗」編集部に勤務。文化大革命が始まった66年、農村の階級闘争を描いた長編「艶陽天(うららかな日)」が大ベストセラーとなり、長編「金光大道」(74年)でも農村の歴史を描きベストセラーとなった。75年全人代代表、77年北京市革命委員を歴任。この間、文革中も執筆を許されたが、四人組失脚後一時批判され、78年自己批判した。中国作家協会理事を務め、児童文学でも知られる。97年北京市作家協会主席、2003年同名誉主席。他の作品に短編集「彩霞集」「新春曲」、長編「男婚女嫁」(1979年)など。

康 濯　こう・たく　*Kang Zhuo*
中国の農民文学作家
1920.2.21〜1991.1.15
[出]湖南省湘陰県　[名]毛 季常　[学]魯迅芸術学院文学科卒
[歴]湖南省長沙の高校在学中の1937年に日中戦争が起こり、学業を棄て、38年陝西省延安に赴き、中国共産党に入党。同時に開校したばかりの魯迅芸術学院文学科に入学。同校修了後、さらに文学研究科に進み、傍ら戦線で種々の大衆工作に従事。45年終戦を迎えるとともに、新聞「工人報」や雑誌「時代青年」の編集長を務める。一方、農村の土地改革運動に参加してその実態に触れ、「二人の家主」(46年発表)、「労働者張飛虎」(49年発表)などで注目を集め、農民文学作家として不動の地位を築き上げた。49年北京へ移り、作家協会創作委員会主任などを務めながら創作活動に従事。54年以降は党員作家として評論雑誌「文芸報」の常任編集委員ほか、多くの文学団体の役員を歴任。文化大革命の間は他の作家と同様に迫害を受けて筆を絶っていたが、79年復活、作家活動を再開した。他の作品に「水滴岩を穿つ」(57年発表, 81年刊)がある。

向 培良　こう・ばいりょう　*Xiang Pei-liang*
中国の劇作家, 作家
1905〜1961
[出]湖南省黔陽　[学]中国大学
[歴]北京の中国大学在学中、魯迅による週刊「莽原」創刊に参画して短編小説を発表。莽原社の分裂後は上海で高長虹らと「狂飈」を復刊する一方、狂飈社の幹部としてその演劇部を創設、のち紫歌劇隊を作る。1928年の民国統一後は民族主義文芸運動に加わった。抗日戦争中は怒潮劇団と各地を回り公演した。「青春月刊」を主宰したこともある。中編小説「私は十字街頭を去る」(26年)、戯曲集「不忠実な愛情」(29年)などがある。

孔 孚　こう・ふ　*Kong Fu*
中国の詩人
1925〜1997
[出]山東省曲阜　[名]孔 令桓
[歴]聖人孔子の第76代末裔。1975年山東省の機関紙「大衆日報」新聞社から、山東師範大学に転任。中国文学部の教授として教鞭を執る傍ら、詩作に励む。54歳から本格的に詩を書き始め、その作品は深く宇宙、人生への思索を呈している。特に儒学、仏学及び道家の思想や理念への悟りが詩に入り込んで、東方神秘主義色彩といわれる独特な詩風となっている。90年代以来、自然をダイナミックに描写する「山水詩」の数々は、一世を風靡した。中国近代山水詩の第一人者として活躍した。

侯 文詠　こう・ぶんえい　*Hou Wen-yong*
台湾の医師, 作家
[出]嘉義県
[歴]1998年から作家活動と同時に台北医学大学の副教授を兼任し、「医学と文学」などの人文系の講座を受け持つ。87〜89年徴兵を終えた後、90年台湾大学医学院附設医院に入る。麻酔科の研修医を経て、指導医、講師を務める傍ら、創作に励む。97年博士の学位を取得し、同年台湾大学医学院を辞職。99年

「ザ・ホスピタル（白色巨塔）」を発表、20万部以上のベストセラーとなり、テレビドラマも人気を博すなど、一躍人気作家の仲間入りを果たした。

高 文謙　こう・ぶんけん　*Gao Wen-qian*

中国の作家

1953～

[出]北京　[賞]萬人傑新聞文化賞（アメリカ）（2005年），アジア太平洋賞（2007年）

[歴]16歳で農村へ下放。文化大革命終結後の1980年、中国共産党の歴史を研究する中央直属機関、党中央文献研究室に入り、周恩来元首相と文革史の研究に従事。周恩来生涯研究小組組長、副研究員や室務委員を歴任、「毛沢東伝」「周恩来伝」の文革部分を執筆した。周恩来研究の第一人者として知られる。89年の天安門事件で民主化運動を支持して当局の取調べを受け、93年アメリカに移住、コロンビア大学、ウッドロー・ウィルソン国際研究センター、ハーバード大学フェアバンクセンターで客員研究員を務めた。2003年アメリカで中国語版「晩年周恩来」（邦題「周恩来秘録」）を出版。

洪 凌　こう・りょう　*Hong Ling*

台湾の作家

1971～

[出]台中　[名]英語名＝Hung, Lucifer　[学]台湾大学外文系卒，サセックス大学大学院修士課程修了，香港中文大学大学院博士課程修了

[歴]台湾大学外文系を卒業後、サセックス大学で修士号、香港中文大学で博士号を取得。国立中興大学人文社会科学研究センター博士後研究員を経て、世新大学性別研究所助理教授を務める。傍ら、セクシュアル・マイノリティの場からサイエンスファンタジー、サイバーパンク、テクノゴシック、あるいは武侠小説などを発表。評論、翻訳、学術論述など多岐にわたる活動を旺盛に展開する。台湾を代表するクィアSF小説作家。

黄 霊芝　こう・れいし　*Huang Ling-zhi*

台湾の作家，俳人，彫刻家

1928.6.20～2016.3.12

[出]台南　[名]黄 天驥，筆名＝国江 春菁　[勲]旭日小綬章（日本）（2006年）　[賞]呉濁流文学賞

[歴]日本統治下の台湾で旧制中学時代まで日本語教育を受け、日本語を通して外国文学に触れる。20歳頃から創作を開始。戦後台湾が解放されて中国語社会になった後も、馴染んだ日本語で詩、俳句、短歌、評論などの作品を書きため、私家版の「黄霊芝作品集」として出版。2002年中・短編を集めた日本語小説集「宋王之印」を日本で出版。同作品収録の「蟹」は日本語で書いたものを中国語に直して発表し、第1回呉濁流文学賞を受賞。一方、台北川柳会、台北俳句会などを設立し、長年句会を主宰。独特の句風で日本の関係者にも知られ、03年台湾独自の歳時記をまとめた「台湾俳句歳時記」を日本語で出版。12年日本で「黄霊芝小説選―戦後台湾の日本語文学」が出版された。

洪 霊菲　こう・れいひ　*Hong Ling-fei*

中国の作家

1902～1933.7.30

[出]広東省潮安県　[学]広東高等師範学校（1926年）卒

[歴]貧しい漢方医の家に生まれる。1926年広東高等師範学校を卒業。27年四・一二クーデター後に逮捕令を出され、香港、タイ、シンガポールを転々とする。27年戴平万と上海に戻って我們社を設立、「我們月刊」を発行したが、間もなく太陽社と合作した。28年「流亡」を出版、また「前線」（28年）、「転変」（28年）などの小説や長詩、翻訳などを完成させたが、多くは発禁処分に遭った。30年中国左翼作家連盟が結成されると常務委員に選ばれ、中国共産党の活動に従事。33年北京に派遣され革命指導工作に従事したが、同年国民党に逮捕・殺害された。

コーヴァン, パトリック　*Cauvin, Patrick*

フランスの作家

1932.10.6～2010.8.13

[出]マルセイユ　[名]クロッツ，クロード〈Klotz, Claude〉別筆名＝レイネ　[学]ソルボンヌ大学卒

[歴]6歳のとき両親とともにパリに移り、そこで中等教育を受ける。のちソルボンヌ大学で哲学の学士資格を得た。1968年本名のクロード・クロッツ名義で「Les classes（授業）」を発表して作家としてデビュー。奇想天外な構成やブラックユーモアの中に詩情を生かした作品を書いて、フランス文学界に独特の地位を築いた。一方、74年には「L'amour aveugle（盲目の愛）」をパトリック・コーヴァン名義で出版、都会派の恋愛ものを書き、繊細な筆致でたちまち流行作家となる。天才少年と天才少女の恋愛を描いたヒット作「e=mc2, mon amour（リトル・ロマンス）」はジョージ・ロイ・ヒル監督の手で映画化され、話題を呼んだ。90年にはクロード・クロッツ名義で「髪結いの亭主」の脚本を執筆、セザール賞にノミネートされた。そのほかにもラジオドラマ、映画評論、エッセイなどで活躍、レイネ名義で推理小説も手がけ、何本かの作品はテレビ映画化されている。また、パリのリセで哲学とフランス語の教師も務める。他の著書にパトリック・コーヴァン名義で「ムッシュ・パパ」、「La Reine du Monde」（2000年）、「Le sang des Roses」（03年）、クロード・クロッツ名義で「ひまつぶし」「アメリカを買って」「パリ吸血鬼」「殺し屋ダラカン」「列車に乗った男」などがある。

コーウェル, クレシッダ　*Cowell, Cresida*

イギリスの作家

1966.4.15～

[出]ロンドン　[学]オックスフォード大学　[賞]ネスレ子供の本賞金賞（2006年）

[歴]ロンドンとスコットランドの西海岸沖の小さな無人島で育つ。オックスフォード大学で英文学を学んだほか、グラフィックデザインやイラストレーションの学士号・修士号も持つ。最初にイラストレーターとして仕事を始め、その後、絵本や読み物などを出版。2006年の「That Rabbit Belongs to Emily Brown」はネスレ子供の本賞の金賞を獲得し、〈Emily Brown〉としてシリーズ化された。他に〈How to Train Your Dragon〉シリーズ、〈Super Sue〉シリーズがある。

ゴウス, ズルフィカール　*Ghose, Zulfikar*

アメリカの詩人，作家

1935.3.13～

[学]キール大学卒

[歴]パキスタン系。シアールコト（現在のパキスタン）に生まれ、1952～69年イギリスに暮らしキール大学を卒業。69年アメリカに移住しテキサス大学教授となる。詩集「インド喪失」（64年）、「オレンジからの噴流」（67年）、「凶暴な西部」（72年）や、小説「苦悩の新歴史」（82年）、3部作「途方もないブラジル人」（72年）、「美しい帝国」（75年）、「別世界」（79年）、「アジズ・カーンの謀殺」（67年）などのほか、自伝「生粋の異邦人の告白」（65年）がある。

コエーリョ, パウロ　*Coelho, Paulo*

ブラジルの作家，作詞家

1947.8.24～

[出]リオデジャネイロ

[歴]法律学校に学ぶが、1970年中退。ヒッピーとして世界中を放浪。帰国後、作詞家として成功するが、その音楽活動が反政府運動に係わっているという容疑で逮捕され、拷問を受けた。のち脚本家、演劇監督の他、ブラジルCBSの重役を経験後、作家に転身。87年最初の単行本「星の巡礼」を発表、新進作家として注目される。88年第2作「アルケミスト」は世界中で訳され、ブラジル国内外で1000万部以上を売るベストセラーとなった。他の著書に「ブリーダ」（90年）、「ピエドラ川のほとりでわたしは泣いた」（94年）、「第五の山」（96年）、「ベロニカは死ぬことにした」（98年）、「悪魔とプリン嬢」（2000年）、「11

分間」(03年)、「ザーヒル」(05年)、「ポルトベーロの魔女」(06年)などがあり、全世界170ケ国80言語で翻訳され、累計は1億7500万部に達する。05年日本、09年アメリカで「ベロニカは死ぬことにした」が映画化された。1995年初来日。以後、来日多数。

コーエン, イラン・デュラン　*Cohen, Ilan Duran*
イスラエル生まれのフランスの作家, 映画監督
[学]ニューヨーク大学(映画)
[歴]ニューヨーク大学で映画を学び、1991年長編「Lola Zipper」でデビュー。その後、作家に専念するが、97年ドキュメンタリー作品「Black Cowboy」を監督。2001年、10年ぶりとなる長編「カオスの中で」を監督。他の小説に「Chronique Alicienne」(1997年)、「Le Fils de la sardine」(99年)などがある。

コーエン, レナード　*Cohen, Leonard*
カナダのシンガー・ソングライター, 詩人, 作家
1934.9.21〜2016.11.7
[出]ケベック州モントリオール　[名]Cohen, Leonard Norman　[学]マッギル大学(1955年)卒, コロンビア大学(法律)　[賞]カナダ文化協会賞(1956年), ケベック文学賞(1963年), カナダ著作者協会文学賞(1984年), グラミー賞特別功労賞生涯業績賞(2010年)
[歴]衣料工場の経営者のユダヤ人家庭に生まれ、9歳のとき父親と死別。1955年にマッギル大学を卒業後、さらにコロンビア大学で法律を学ぶ。その後、家業の衣料工場の仕事に従うが、56年処女詩集「神話の諸相」を刊行してカナダ文化協会賞を受賞。この頃カナダ・カウンシルの奨学金を得てヨーロッパに渡り、イギリス、イタリアを経てギリシャに至り、エーゲ海の孤島ハイドラに移住。そこで61年第2詩集をまとめ、続く「お気に入りのゲーム」(63年)と「歎きの壁」(66年)の小説2編を書いた。他の著書に詩集「Selected Poems1956-1968」(68年)、「Book of Longing」(2006年)、小説「Book of Mercy」(1984年)など。
[家]息子＝アダム・コーエン(シンガー・ソングライター)

コガワ, ジョイ・ノゾミ　*Kogawa, Joy Nozomi*
カナダの作家, 詩人
1935〜
[出]バンクーバー　[勲]旭日小綬章(日本)(2010年)　[賞]カナダ文学賞(1981年), 全米図書館賞(1983年), オーダー・オブ・カナダ(1986年)
[歴]日系3世。トルードー首相の秘書や学校教師を務めたことがある。詩人としては早くから認められており、オタワ大学客員詩人にもなった。1981年第二次大戦中の日系人迫害にふれた小説「オバサン」(邦訳「失われた祖国」)を発表、たちまちベストセラーとなり、カナダ文学賞などを受賞して一躍注目を集める。アメリカ、イギリスでも出版され好評を博した。また89年トロント公害に日系人用老人ホーム「モミジ・シニア・センター」建設が始まるなど、国内外の世論を喚起した。他に「Itsuka」「The Rain Ascends」(95年)、日本の子供たちのための「ナオミの道」がある。続編「オバサン」も執筆。

コーク, ケネス　*Koch, Kenneth*
アメリカの詩人, 劇作家
1925.2.27〜2002.7.6
[出]オハイオ州シンシナティ　[名]Koch, Kenneth Jay　[学]ハーバード大学卒, コロンビア大学　[賞]ボーリンゲン賞(1995年), ハービソン賞
[歴]1943〜46年の太平洋戦争中アメリカ陸軍で兵役に就く。48年ハーバード大学卒業、コロンビア大学大学院修士課程を経て、59年博士号を取得。ラトガーズ大学、ブルックリン大学などで教え、コロンビア大学教授となる。50年代以降のアメリカ詩の追求、児童の教育に詩を導入する方法論(これによりハービソン賞を受賞)など精力的に活動。ジョン・アッシュベリー、フランク・オハラと共に“ニューヨーク派詩人”の創始者一人として知られる。「コー、地上の一シーズン」(60年)、「複製」(77年)などの詩集のほか、オフ・オフ・ブロードウェイのリリック劇にも佳作を残した。

谷 剣塵　こく・けんじん　*Gu Jian-chen*
中国の劇作家
1897.8.8〜1976.1.29
[出]山東省
[歴]欧陽予倩、汪仲賢らと上海戯劇協社を創立。応雲衛や洪深も加わって中国の初期新劇運動を担い、1933年まで上海で最も長く続き成果を挙げた新劇団となった。30年無錫教育学院教授。戯曲に「孤軍」(23年)、「楊女史の秘密」(29年)、「紳董」(30年)などがある。

コクトー, ジャン　*Cocteau, Jean*
フランスの詩人, 作家, 劇作家, 映画監督
1889.7.5〜1963.10.11
[出]セーヌ・エ・オワーズ県メゾン・ラフィット　[学]リセ・コンドルセー(パリ)卒　[賞]ルイ・デリュック賞(1945年)
[歴]ブルジョアの家庭に育つ。ロスタン、プルースト、ド・ノワイユ子爵らパリの芸術家グループと交際し、1909年20歳で処女詩集「アラジンのランプ」を発表。以来、詩、小説、評論、戯曲、音楽、絵画、バレエなど多方面にわたって活躍。第一次大戦後はピカソ、アポリネール、ジャコブ、サティや六人組の若い作曲家達と親交を結び、モダニズム芸術運動の旗手となる。映画への興味も強く、30年実験的映画「詩人の血」で監督デビュー。第二次大戦後は主に映画製作に従事、45年には「美女と野獣」をルネ・クレマンと共同監督してルイ・デリュック賞を受賞した。46〜63年カンヌ映画祭名誉委員長。他の代表作に詩集「喜望峰」(19年)、「ポエジー」(20年)、「平調曲」(23年)、小説「ポトマク」(19年)、「山師トマ」(23年)、「恐るべき子供たち」(29年)、戯曲「オルフェ」(27年)、「恐るべき親たち」(38年)、バレエ脚本「エッフェル塔の花嫁花婿」(24年)、映画「双頭の鷲」(47年)、「恐るべき親達」(48年)、「オルフェ」(49年)、「オルフェの遺言」(59年)などがある。

ココシュカ, オスカー　*Kokoschka, Oskar*
オーストリア出身のイギリスの劇作家, 画家
1886.3.1〜1980.2.22
[出]ペヒラルン　[学]ウィーン工芸学校　[賞]ウィーン名誉市民(1946年)
[歴]1905年ウィーン工芸学校に入り、G.クリムトらと交わり、またユーゲントシュティールに加わった。10年ベルリンに赴き、“シュトルム(嵐)”の同人となり、表現主義的傾向のもとに肖像画・人物画・風景画や表現主義の先駆的戯曲「Mörder, Hoffnungder Frauen(人殺し、女たちの希望)」などを発表した。第一次大戦で負傷したのち、19年ドレスデン美術学校教授となり、24〜31年にかけて中近東・アフリカ・ヨーロッパを旅行した。37年ウィーンで回顧展を行ったが、ナチスの迫害に遭い、38年ロンドンに亡命し、以後同地で制作した。47年イギリスに帰化。石版画の連作なども行い、53年スイスのレマン湖畔モントルーに移住し、80年死去。作品に絵画「風の花嫁」(14年)、「自画像」(17年)、詩「Die träumenden Knaden」(08年)、戯曲「スフィンクスと藁人形」(07年)、「オルフェウスとエウリディケー」(18年)、「コメニウス」(73年)など。

コザック, ハーレイ・ジェーン　*Kozak, Harley Jane*
アメリカの作家
1957.1.28〜
[出]ペンシルベニア州ウィルクスバリ　[賞]アガサ賞最優秀新人賞(2004年), マカヴィティ賞(2005年), アンソニー賞最優秀新人賞(2005年)
[歴]5歳の頃から演劇に目覚め、子役としてキャリアを積む。高校卒業後は本格的に演技を学ぶためニューヨークへ移り、その後、映画、テレビ、舞台で活躍。のち、カリフォルニアへ移住。2004年「誘惑は殺意の香り」を発表し、作家に転身。同作で、04年アガサ賞最優秀新人賞、05年マカヴィティ賞とアンソニー賞の最優秀新人賞を受賞。

コジェヴニコフ, ワジム *Kozhevnikov, Vadim Mikhailovich*
ソ連の作家
1909～1984.10.20
㊥レーニン勲章, 十月革命勲章
㊨1929年から短編を書き始め, 新聞の仕事をしながらルポルタージュなどを発表。小説「3月―4月」(42年)「夜明けに向かって」(56～57年),「盾と剣」(65年)などの作品は広く人気を呼んだ。ソ連最高会議代議員, ソ連作家同盟書記,「ズナーミヤ(旗)」誌編集長などを歴任。2個のレーニン勲章, 十月革命勲章などを授与されている。

ゴーシュ, アミタヴ *Ghosh, Amitav*
インドの作家
1956.7.11～
㊥インド・カルカッタ(コルカタ) ㊦オックスフォード大学大学院社会人類学専攻博士課程修了 ㊤メディシス賞(1990年), サヒタヤ・アカデミー賞(1990年), アーサー・C.クラーク賞(1997年), プッシュカート賞(1999年), グリンザーネ・カヴール賞(2007年), ダン・デービッド賞(2010年)
㊨デリー, オックスフォード, アレクサンドリアの各大学で学び, 一度はニューデリーの新聞社に勤めたが渡英, オックスフォード大学で社会人類学の博士号を取得。1986年長編「The Circle of Reason」で作家デビュー。アンソニー・バージェス, トニ・モリスンらに激賞され, 以後「シャドウ・ラインズ」(88年),「カルカッタ染色体」(96年),「ガラスの宮殿」(2000年),「The Hungry Tide」(04年)などで各賞を受賞。作家活動の傍ら, 1999年以降はアメリカ・ニューヨーク市立大学で比較文学の教鞭を執る。現代インドを代表する作家, 知識人として知られる。

コジンスキー, イエールジ *Kosinski, Jerzy Nikodem*
アメリカの作家
1933.6.14～1991.5.3
㊥ポーランド ㊤全米図書賞
㊨ユダヤ系ポーランド人。若くしてポーランド科学アカデミーの教授となる。1957年アメリカへ亡命し, コロンビア大学に学ぶ。65年帰化。同年にナチス占領下のユダヤ少年少女を描いた代表作「ペインテド・バード(異端の鳥)」で作家としてデビュー。この作品は88年までポーランドでは発禁。他に風刺小説「ビーイング・ゼア」(77年映画化)や「予言者」「異境」などがある。映画「チャンス」(ハル・アシュビー監督)の原作者・脚本家としても知られる。73～75年アメリカ・ペンクラブ会長も務めた。

コストヴァ, エリザベス *Kostova, Elizabeth*
アメリカの作家
1964.12.26～
㊥コネティカット州ニューロンドン ㊧Kostova, Elizabeth Z. Johnson 旧姓名＝Johnson, Elizabeth Z. ㊦エール大学卒, ミシガン大学(創作学) ㊤ホップウッド賞(2003年)
㊨エール大学を卒業し, ミシガン大学で創作学の修士号を取得。処女作「ヒストリアン」は執筆中の2003年にホップウッド賞を受賞し, 05年に刊行される。同作は全米ベストセラー第1位となり, 40ケ国語以上に翻訳され, 世界で150万部以上発行された。他の作品に「白鳥泥棒」がある。

コストラーニ, デジュー *Kosztolányi, Dezso*
ハンガリーの詩人, 作家
1885.3.29～1936.11.3
㊨新聞記者となるが, 西欧派の文学雑誌「西洋」のグループに加わり, 詩人, 作家, 評論家として活躍。作品に詩集「貧しい子供の訴え」(1910年),「悲しめる男の訴え」(24年), 小説「血の詩人」(21年)などがある。

コスリー, アルベール *Cossery, Albert*
エジプトのフランス語作家
1913～2008.6.22
㊥カイロ ㊤フランス語圏文学大賞(1990年)
㊨10歳からフランス語で文章を書きはじめ, 1930年17歳のとき勉学を続けるためにパリに赴く。31年カイロで処女短編集「神に忘れられた人々」を出版するが, 検閲処分を受け, 以後アラビア語で執筆することはなくなる。45年9月よりパリのサン・ジェルマン・デ・プレのホテルに居を定め, フランス語で創作活動を続ける。90年全作品に対しフランス語圏文学大賞が贈られ, 2005年全集が刊行された。

コーズリー, チャールズ *Causley, Charles Stanley*
イギリスの詩人
1917.8.24～2003.11.4
㊥コーンワル州ローンセストン ㊦ローンセストン大学, ピーターバロ教員養成大学 ㊤クィーンズ・ゴールド・メダル(1967年), インガソル賞(1990年), ヘイウッド・ヒル文学賞(2000年)
㊨第二次大戦中1940～46年イギリス海軍に服務し, 戦後76年まで郷里の小学校教師を務めた。平明で音楽的な抒情詩, バラード, ナンセンス詩が多い。作品に「The Ballad of Aucassin and Nicolett」(81年), 詩集「21 Poems」(86年),「Early in the Morning」(86年),「Collected Poems 1951-2000」(2000年), 土地に密着した童謡集「フィギー・ホビン」(71年)など多数。

ゴズリング, ポーラ *Gosling, Paula*
アメリカ生まれのイギリスのミステリー作家
1939～
㊥デトロイト ㊦ウェイン州立大学卒 ㊤CWA賞ジョン・クリーシー記念賞(1978年), CWA賞ゴールド・ダガー賞(1985年)
㊨25歳のときイギリスに渡り, いくつかの広告会社に勤める。その間に知り合ったイギリス人と1968年に結婚, 2人の娘をもうけるが, 78年に離婚した。同年処女ミステリー「A Runnig Duck(逃げるアヒル)」を発表してデビュー, 同年度のイギリス推理作家協会賞(CWA賞)の最優秀新人賞であるジョン・クリーシー記念賞を受賞。85年「モンキー・パズル」でCWA賞ゴールド・ダガー賞に輝く。

コズロフ, セルゲイ *Kozlov, Sergey*
ロシア(ソ連)の児童文学作家
1939.8.22～2010.1.9
㊥ソ連ロシア共和国モスクワ ㊦ゴーリキー記念文学大学卒
㊨ゴーリキー記念文学大学を卒業後, 様々な職に就く。1962年最初の本「おひさまがこわれた」を発表して以来, 子供のための物語, 詩, 自然や動物についての短編など多数の本を執筆し, 世界各国で翻訳出版される。作品に「ハリネズミくんと森のともだち」「きりのなかのはりねずみ」などがあり, 後者はユーリー・ノルシュテインの同名アニメーションでも有名。現代ロシア児童文学を代表する作家・詩人の一人。

コーソ, グレゴリー *Corso, Gregory Nunzio*
アメリカの詩人
1930.3.26～2001.1.17
㊥ニューヨーク市
㊨少年時代の3年間を刑務所で過ごし, 1950～53年肉体労働者, 記者, 商船船員として働く。詩人のアレン・ギンズバーグに才能を見出され, 55年初の詩集を出版。60年代ギンズバーグやジャック・ケルアックらとともにビート世代作家の一人として知られた。代表作に, キノコ雲の形に言葉を並べて核兵器を歌った「爆弾」(58年),「死の幸福な誕生日」(60年),「人間ばんざい」(62年)などがある。

コーダー, ジズー *Corder, Zizou*
イギリスのファンタジー作家
㊨ジズー・コーダーは, シングルマザーのルイーザ・ヤング(Louisa Young, 1960年～)とその娘イザベル・アドマコー・ヤング(Isabel Adomakah Young, 93年～)の共同筆名。ロンドン生まれのルイーザは, ケンブリッジ大学トリニティ・カレッジで歴史学を専攻し, 卒業後はバイクで世界一周の旅に出る。その後, バイク便のメッセンジャー, 大道芸人, 雑誌記

者などを経験。ルイーザがイザベルに枕元で聞かせた物語をもとに、2004年ジズー・コーダーのペンネームで冒険ファンタジー小説「ライオンボーイ」を出版。1週間で10万部のヒットとなり、世界34ケ国で出版され、シリーズ化された。筆名のジズーはイザベルが好きなフランス人サッカー選手、ジネディーヌ・ジダンのニックネームからとった。

ゴダード, ロバート　Goddard, Robert
イギリスの作家
1954.11.13～
⊞ハンプシャー州　㊎ケンブリッジ大学卒
㊟ケンブリッジ大学で歴史を学ぶ。公務員を経て、1986年イギリスの伝統的なゴシック・ロマンス風のミステリー「千尋の闇」で作家デビュー。著書に「秘められた伝言」「悠久の窓」「最後の喝采」「封印された系譜」などがある。

コーチェトフ, フセヴォロド・アニシモヴィチ
Kochetov, Vsevolod Anisimovich
ソ連の作家
1912.2.4～1973.11.4
㊟農業専門学校を卒業し、1931年農業技師、35年農業試験所員となる。第二次大戦中は従軍記者としてレニングラードで前線新聞の編集長を務めた。46年中編「ネヴァの平野で」で文壇デビュー。造船労働者の親子3代を描いた「ジュルビン家の人々」(52年)は高い評価を得、54年「大家族」として映画化された。その後、「エルショフ兄弟」(58年)、「州委員会書記」(61年)などの長編で、スターリン死後の"雪どけ"の風潮を批判、反自由派知識人の立場をとった。55～59年「文学新聞」編集長、61年雑誌「オクチャーブリ」編集長を歴任、"新スターリン主義"的な路線を推進した。

胡蝶 藍　こちょう・らん　Hudie lan
中国の作家
1983.11.9～
㊋王 冬
㊟中国最大のオンライン小説レーベル「起点中文網」の代表作家で、オンラインゲームを題材にした作品が豊富で、同ジャンルの第一人者と呼ばれる。印象的なキャラクター作りと軽快でユーモアにあふれる文体に特徴がある。代表作は「網游之近戦法師」「全職高手」「天醒之路」など。

コーツ, タナハシ　Coates, Ta-Nehisi
アメリカの作家, ジャーナリスト
1975.9.30～
⊞メリーランド州ボルティモア　㊎ハワード大学中退　㊏全米図書賞
㊟父はブラックパンサー元党員。「Atlantic」誌定期寄稿者。アメリカ黒人への補償を求める2014年のカバーストーリー「The Case for Reparations」でいくつもの賞を受ける。08年自叙伝「The Bautiful Struggle」を出版。15年の「Between the World and Me」で全米図書賞を受賞。

コツウィンクル, ウィリアム　Kotzwinkle, William
アメリカの作家, 詩人
1938～
⊞ペンシルベニア州スクラントン　㊎ペンシルベニア大学中退　㊏ナショナル・マガジン賞(1972年・1975年), 世界幻想文学大賞(1977年)
㊟ニュージャージー州のライダー・カレッジでジャーナリズムを学び、ペンシルベニア大学に転籍。文学を専攻しながら演劇活動を続ける中で、演じることよりも書くことに才能があると気づき、大学を中退してニューヨークに出た。1969年短編「マリー」で作家デビュー。72年「ヘルメス3000」を発表。以後小説を通し、生と死の神秘を描いてアメリカの若者たちから共感を得る。77年「ドクター・ラット」で世界幻想文学大賞を受けて作家としての地位を確立。82年に映画「E.T.」のノベライゼーションを担当、一躍ベストセラー作家となった。代表作に「バドティーズ先生のラブ・コーラス」(74

年)、「Swimmer in the Secret Sea」(74年)などがある。児童書も手がけ、「名探偵カマキリと5つの怪事件」などを発表。

コッコ, ユリヨ　Kokko, Yrjö
フィンランドの作家, 獣医
1903.10.16～1977.9.6
⊞ロシア・ソルタヴァラ(カレリア共和国)
㊟ドイツ、エストニア、オーストリアの大学で獣医学を修めた後、母国フィンランドの北辺の地ラップランドほかで獣医として勤務。長編ファンタジー小説「ペッシとイッルージア」(1944年, 邦題「羽根をなくした妖精」)の成功により作家として立つ。同書は虹の国の妖精の話で、フィンランド政府の文学賞を受賞、映画化、劇化もされた。現地民サーミ(ラップ)人が北極圏の厳しい自然条件と闘いながらトナカイを飼育する生活や、植物や動物の生態観察を通して、自然とともに生きる哀歓を描いた「四つの風の道」(47年)、「大白鳥」(50年)は哲学的な示唆に富むドキュメンタリー風の紀行文。鋭い自然観察と文明批判を特色とする作品を発表した。「狼の歯の首飾り」(51年)は、その一部が日本の国語教科書に収められた。

コッシュ, クリストファー　Koch, Christopher John
オーストラリアの作家
1932.7.16～2013.9.23
⊞タスマニア
㊟国営のABC放送プロデューサーを経て、1973年から執筆に専念。早くからアジアに目を向け、代表作はスカルノ政権の政変を描いた長編「危険に生きる年」(78年)で、「エイジ」ブック賞を受賞、ピーター・ウィアー監督で82年に映画化された。他の作品に「島の少年たち」(58年)、「岸壁の彼方」(65年)、「ダブルマン」(85年)などがある。

コッタリル, コリン　Cotterill, Colin
イギリスの作家
1952～
⊞ロンドン　㊏SNCFミステリー賞, ディリス賞, CWA図書館賞(2009年)
㊟教師になるための教育を受けた後、体育を教えるためイスラエルへ。各地を転々とし、オーストラリア、アメリカ、日本で教職に就く。のち、東南アジアでユネスコやNGO活動の一環として、児童虐待の被害者を救援する活動に携わる傍ら、漫画や小説を執筆。2004年に発表された「老検死官シリ先生がゆく」で作家デビューし、フランス国鉄が主催するSNCFミステリー賞を受賞したほか、CWA賞、バリー賞にノミネートされるなど、世界各国で評価を得る。〈シリ先生〉シリーズの2作目「三十三本の歯」ではディリス賞を受賞。09年CWA図書館賞受賞。その後、タイのチェンマイ大学で教鞭を執りながら、年1作のペースで同シリーズを発表。タイを舞台に女性犯罪リポーターが活躍する〈犯罪報道記者ジムの事件簿〉シリーズもある。ラオスの子供たちに本を送る活動にも力を注ぐ。

ゴッデン, ルーマー　Godden, Rumer
イギリスの作家, 児童文学作家
1907.12.10～1998.11.8
⊞サセックス州　㊋Hayes-Dixon, Rumer　㊏ウィットブレッド賞(1972年)
㊟子供の頃インドで過ごし、13歳でイギリスに帰国、寄宿学校で学ぶ。成人してからバレエの修業を積み、1930年代にインドに戻り、カルカッタでバレエ学校を開く。34年Laurence S.Fosterと結婚、49年James Haynes-Dixonと再婚した。バレエ教授の傍ら、執筆も行う。インドを背景にした自伝的作品が有名で、児童書を中心に数多くの本を書いた。主な小説に「黒水仙」(39年, 映画化)、「魅惑」(45年)、主な児童書に「人形の家」(47年)、「ねずみ女房」(51年)、「台所のマリアさま」(67年)、「ディダコイ」(72年)など。

コットレル・ボイス, フランク　Cottrell Boyce, Frank
イギリスの脚本家, 作家
⊞リバプール　㊏カーネギー賞(2004年), ガーディアン賞

(2012年)
㊟「バタフライ・キス」「ウェルカム・トゥ・サラエボ」「ほんとうのジャクリーヌ・デュプレ」「24アワー・パーティ・ピープル」などの脚本で知られる。「ミリオンズ」で小説デビュー。

コッパーマン, E.J.　*Copperman, E.J.*
アメリカの作家
1957〜
㊟ニュージャージー州　㊟別筆名＝コーエン, ジェフリー〈Cohen, Jeffrey〉　㊟ラトガース大学卒
㊟ライターとして活躍した後、2002年ジェフリー・コーエン名義の「For Whom the Minivan Rolls」で作家デビュー。同名義で三つのミステリー・シリーズを発表。E.J.コッパーマン名義では、10年に刊行した「海辺の幽霊ゲストハウス」を第1作とするシリーズのほか、14年より新シリーズを開始するなど旺盛な執筆活動を行う。

コッブ, ジェームズ　*Cobb, James Henry*
アメリカの作家
1953〜2014.7.8
㊟海軍の家系に育ち、軍事史と軍事テクノロジーを研究。現存のテクノロジーを応用したステルス駆逐艦の軍事行動を描いた処女長編「ステルス艦カニンガム出撃」(1996年)は、緻密なハイテク描写に加え、巧みな語り口と人物造形を持った斬新な作品で評判を呼んだ。同じ女艦長アマンダ・ギャレットが活躍する〈アマンダ・ギャレット〉シリーズに、「ストームドラゴン作戦」(97年)、「シーファイター全艇発進」(2000年)、「攻撃目標を殲滅せよ」(02年)、「隠密部隊ファントム・フォース」(05年)などがある。

ゴッボ, ロレッタ　*Ngcobo, Lauretta*
南アフリカの作家
1931.9.13〜2015.11.3
㊟ズールーランド(クワズール・ナタール州)　㊟フォート・ヘア大学卒
㊟アパルトヘイト(人種隔離政策)時代のバンツースタン(黒人自治区)だったズールーランドに生まれ、大学卒業後、教師となる。アフリカ民族会議(ANC)の活動家と結婚し、三女をもうけた。1963年国外に脱出、ロンドンに落ち着いて、教師をしながら作家活動を開始。94年マンデラ政権誕生後、南アフリカに帰国。アパルトヘイトを題材にした作品を発表した。著書に「黄金の十字架」(81年)、「女たちの絆」(91年)、編著に「語り合いましょう—イギリスの黒人女性作家たち」(88年)などがある。

コーツワース, エリザベス・ジェイン　*Coatsworth, Elizabeth Jane*
アメリカの詩人, 児童文学作家
1893.5.31〜1986.8.31
㊟ニューヨーク州バッファロー　㊟バッサー女子大学(1915年)卒、コロンビア大学大学院 博士号(コロンビア大学)(1916年)　㊟ニューベリー賞大賞(1931年)
㊟幼い頃から両親とともにアルプスやエジプトを旅する。1915年大学を卒業し、児童書を書き始める。31年「天国へいったネコ」でニューベリー賞大賞を受賞。他の作品に、「ネコと船長」(27年)、「踊るトム」(38年)、「わたしはここにいる」(38年)や、家庭小説〈サリー〉シリーズ(全5冊)、〈信じられない話〉シリーズなどがある。68年にはハンス・クリスチャン・アンデルセン賞の最終候補者となった。32年から家庭を築いたメーン州についての本も書いた。

ゴデ, ロラン　*Gaude, Laurent*
フランスの作家, 劇作家
1972.7.6〜
㊟パリ　㊟ゴンクール賞(2004年)、ジャン・ジオノ賞(審査員賞)(2004年)
㊟劇作家として活躍していたが、その後小説も書き始める。特に2002年発表の第2長編「ツォンゴール王の死」はフランスで大ベストセラーとなり、"高校生が選ぶゴンクール賞"と"書店賞"を受賞。04年には「スコルタの太陽」を発表、ゴンクール賞とジャン・ジオノ賞(審査員賞)を受賞。ギリシャ神話や古典悲劇などから自由に材をとり、また戦争状態における不条理な世界を舞台にするなど、その普遍性の高い悲劇作品は現代フランス作家の中でも異色の存在といわれる。他の作品に「エルドラド」「モザンビークの夜に」、戯曲に「怒れるオニュソス」「いけにえの女たち」などがある。

コディ, ディアブロ　*Cody, Diabro*
アメリカの作家, 脚本家
1978.6.14〜
㊟イリノイ州シカゴ　㊟アカデミー賞脚本賞(2007年度)(2008年)
㊟広告のコピーライターをしていた時、突如ストリッパーとして働き始める。また書くことが好きで、ブログを書き始める。2004年自らのストリッパー経験を綴った「キャンディ・ガール」を出版。スキャンダラスな内容とポップな文体が話題となる。07年「アメリカ・ピープル」誌で"ハリウッドで最も賢い50人"に選ばれる。ブログのファンだったプロデューサーの勧めで書いた初の脚本「JUNO/ジュノ」(07年)で、08年アカデミー賞脚本賞を獲得、一躍脚光を浴びる。他の作品に「ヤング≒アダルト」など。

コディ, リザ　*Cody, Liza*
イギリスの作家
1944.4.11〜
㊟ロンドン　㊟ロイヤル・アカデミー美術学校卒　㊟CWA賞ジョン・クリーシー記念賞(1980年)、CWA賞シルバー・ダガー賞(1992年)
㊟絵画、写真、美術デザイン、家具製作にと幅広く活動。傍ら、創作も手がけ、1980年女探偵を主人公にした処女作「見習い女探偵」を発表。この作品によりイギリス推理作家協会賞(CWA賞)の最優秀新人賞であるジョン・クリーシー記念賞を獲得し、またアメリカでもアメリカ探偵作家クラブ賞(MWA賞)の最優秀長編賞候補になり、はなばなしく文壇にデビューした。同作をはじめとする〈アンナ・リー〉シリーズの「夏をめざした少女」(85年)、「ロンリー・ハートの女」(86年)を発表した後、「汚れた守護天使」(92年)でCWA賞シルバー・ダガー賞を受賞。

ゴーディマ, ナディン　*Gordimer, Nadine*
南アフリカの作家
1923.11.20〜2014.7.13
㊟トランスバール州スプリングズ　㊟ヴィットヴァテルスラント大学中退　㊟ノーベル文学賞(1991年)、W.H.スミス文学賞(1961年)、ジェームズ・テイト・ブラック記念賞(1971年)、ブッカー賞(1974年)、ネリー・ザックス賞(1985年)
㊟リトアニア系ユダヤ人移民の父とイギリス人の母のもと、ヨハネスブルクで生まれる。早くから小説に才能を見せ、1939年に短編が「フォーラム」に載る。以来、アパルトヘイト(人種隔離政策)政策下の南アフリカにおいて、女性解放と黒人の側に立ち、差別がもたらす不毛性を作品に描き続けた。白人入植者は管理人に過ぎず、アフリカ大陸はアフリカ人に返すべきだと主張した「The Conservationist (保護管理人)」(74年)が代表作。98年アパルトヘイト解放後も暴力を描いた「THE HOUSE GUN」を発表した。他の代表作に「虚偽の日々」(53年)、「異邦人の世界」(58年)、「The Late Bourgeois World (ブルジョワ世界の末期)」(66年)、「バーガーの娘」(79年)、「ジュライの一族」(81年)、「造化の戯れ」(87年)など。また、国際ペンクラブ副会長を務めるなど南アフリカ文学界の中心的存在として知られ、非白人作家の育成にも力を注いだ。アフリカ民族会議(ANC)メンバーで、裁判にかけられた黒人活動家の弁護活動にも尽力。91年ノーベル文学賞を受賞。賞金の一部を黒人作家の支援にあてた。92年初来日。

コーディル, レベッカ　*Caudill, Rebecca*
アメリカの児童文学作家
1899〜1985
[出]ケンタッキー州　[学]バンダービルド大学卒
[歴]11人きょうだいの5番目。学校教師、雑誌の編集者を経て、結婚後ヤングアダルト小説の創作活動に入り、〈ボニー〉シリーズを含めて20冊余の著書がある。幼い頃過ごしたアパラチア地方を舞台にした本が多く、特に高学年向きの4冊はアメリカ建国時代の歴史を題材にとった大作。作品に「リサと柱時計の魔法」「ボニー、森の学校へゆく」など。「自由の木」(1940年)はニューベリー賞の候補となった。

ゴデール, アルメン　*Godel, Armen*
スイスの作家, 俳優, 演出家
1941〜
[出]ジュネーブ　[勲]旭日小綬章(日本)(2011年)　[賞]ピタール賞(1991年), リプ・ジュネーブ賞(1994年)
[歴]母はアルメニア人、父は言語学者のロベルト・ゴデール。1980年から観世流の木月孚行に師事する。日本に関する著作をフランスで出版、91年「Mes algues d'Ōsaka」で、ピタール賞を受賞。83年世阿弥と三島由紀夫の2作品「班女」に想を得た舞台劇を上演。87年井上靖「猟銃」の翻案劇を上演。アイスキュロス、バイロン、オストロブスキー、トチアン、三島由紀夫、水上勉、井上ひさしの戯曲を訳出。94年小説「Raratonga」でリプ・ジュネーブ賞を受賞。ジュネーブとローザンヌのコンセルヴァトワールで演劇のクラスを持つ。他の著書に「能楽師」「Visages cachés, sentiment mêlés」、共著に「La Lande des mortificatuions」がある。
[家]父＝ロベルト・ゴデール(言語学者)

ゴドウィン, ゲイル　*Godwin, Gail*
アメリカの作家
1937.6.18〜
[出]アラバマ州バーミンガム　[名]Godwin, Gail Kathleen　[学]ノースカロライナ大学(ジャーナリズム), アイオワ大学 Ph. D.　[賞]トマス・ウルフ賞, ジャネット・ハイディンガー・カフカ賞
[歴]マイアミ・ヘラルド紙の記者となる。2度の結婚を経て、アイオワ大学大学院で創作を学び、1970年「The Perfections」で作家デビュー。10作以上の小説、短編集、ノンフィクションなどを執筆。「A Southern Family」(87年)でトマス・ウルフ賞およびジャネット・ハイディンガー・カフカ賞を受賞し、「Violet Clay」(78年)などの3作品が全米図書賞候補となった。他の主な作品に「いつもそこにあなたがいた」(2003年)など。

コードウェル, サラ　*Caudwell, Sarah*
イギリスの作家
1939.5.27〜
[出]ロンドン　[学]オックスフォード大学(法律学)　[賞]アンソニー賞最優秀長編賞
[歴]ロンドン銀行在職中の1981年処女作「かくてアドニスは殺された」で作家デビュー。のちフリーとなる。他に「黄泉の国へまっしぐら」(85年)、「セイレーンは死の歌をうたう」(89年)がある。

ゴドブー, ジャック　*Godbout, Jacques*
カナダの詩人, 作家, エッセイスト, 映画作家
1933.8.27〜
[出]モントリオール　[学]モントリオール大学大学院修士課程修了
[賞]カナダ総督文学賞, アカデミー・フランセーズ・デュポー賞, SCAMテレビ作品最優秀賞(1997年)
[歴]ランボーについての論文により、モントリオール大学で修士号を取得。1959年創刊の文芸誌「リベルテ」の設立メンバーの一人。いくつかの詩集を出版後、小説を発表。エッセイスト、映画作家としても活躍。ケベック作家協会初代会長も務める。現代ケベックを代表する作家。作品に「アクアリウム」「テーブルの上のナイフ」「竜の島」「アメリカ物語」などがある。

ゴードン, キャロライン　*Gordon, Caroline*
アメリカの作家
1895.10.6〜1981.4.11
[出]ケンタッキー州トッド郡　[学]ベサニー・カレッジ卒
[歴]ベサニー・カレッジを卒業、1924年詩人で批評家のアレン・テイトと結婚し、28年グッゲンハイム助成金を得たテイトと共に渡欧、29年自身も同助成金を得た。その後本格的に小説を書き始め、南部の歴史と風土についての知識を踏まえた作品を執筆。長編に「ペンハリー」(31年)、「スポーツマン、アレック・モーリー」(34年)、「だれも振り返ったりしない」(37年)、「アドニスの園」(37年)、「緑の世紀」(41年)、「不思議な子供たち」(51年)などがあり、短編集に「南部の森」(45年)、「短編集成」(81年)など。夫との共編もある。
[家]夫＝アレン・テイト(詩人・批評家)

ゴードン, デービッド　*Gordon, David*
アメリカの作家
[出]ニューヨーク市クイーンズ地区　[学]サラ・ローレンス大学卒, コロンビア大学大学院創作学科修士課程修了
[歴]サラ・ローレンス大学を卒業、コロンビア大学大学院創作学科で修士号を取得。映画、出版、ファッション業界を経て、2010年「二流小説家」で作家デビュー。同作で11年度のMWA賞最優秀新人賞候補となり、日本では"ミステリが読みたい！大賞""このミステリーがすごい！""週刊文春ミステリーベスト10"の海外部門で軒並み1位を獲得、映画化もされた。12年第2作「ミステリーガール」を発表。

ゴードン, ニール　*Gordon, Neil*
南アフリカの作家
1958〜
[学]ミシガン大学卒, エルサレム大学, ソルボンヌ大学 博士号(フランス文学, エール大学)
[歴]ニューヨーク、スコットランド、パリ、イスラエルに移り住み、ミシガン大学、エルサレム大学、ソルボンヌ大学で学ぶ。エール大学でフランス文学の博士号を取得。多言語に通じ、広範な知識と鋭い鑑賞眼を備え、「ボストン・レビュー」誌で文芸編集者を務めた。傍ら、文学の教鞭も執る。1995年ナチス・ドイツのホロコーストをテーマとしたサスペンス「犠牲の羊たち」で作家デビューし、スパイ作家ジョン・ル・カレの再来として脚光を浴びる。「ランナウェイ/逃亡者」(2003年)はロバート・レッドフォード監督・主演で映画化された。

ゴードン, ノア　*Gordon, Noah*
アメリカの作家
[歴]新聞記者から作家へ転身。1986年小説「医師」がドイツで大ヒットし、「シュピーゲル」のランキングで2年間首位を守る。スペインでも高い人気を獲得し、その年のベストセラーに贈られるシルバー賞を、外国人としては初めて2度受賞。3部作「ペルシアの彼方へ」「シャーマンの教え」「未来への扉」などがベストセラーとなり、ヨーロッパでは10年間に1000万部以上を売る人気作家となる。他の作品に「選択の問題」など。

ゴードン, メアリー　*Gordon, Mary*
アメリカの作家
1949〜
[出]ニューヨーク州ロングアイランド　[賞]O.ヘンリー賞(1997年)
[歴]ユダヤ系の父親を7歳の時に亡くし、以後アイルランド系の母とアイリッシュのコミュニティで、カトリック中心の生活を送る。1975年頃から短編小説を雑誌に発表。78年以来ランダム・ハウスから三つの長編小説を発表、いずれもベストセラーとなる。89年4作目の長編「海の向う側」を発表。作品のテーマは、ほとんど例外なく"衝動"と"道徳"の際を揺り動き続ける葛藤。

ゴードン, リチャード　*Gordon, Richard*
イギリスの作家, 医師
1921.9.15〜2017.8.11

[出]ロンドン　[名]Ostlere, Gordon Stanley　[学]ケンブリッジ大学セルウィン・カレッジ
[歴]1952年までロンドンで麻酔医として活躍後、リチャード・ゴードンの筆名で執筆活動に専念。ドクター・シリーズの小説、ナイチンゲールの評伝など著書多数。ベストセラーも多く、新米船医と美人歌手をめぐるコメディはダーク・ボガード主演で「わたしのお医者さま」(55年)として映画化された。主著に「世界病院博物誌―ゴードン博士が語る50の話」など。

コ

ゴードン, ロデリック　*Gordon, Roderick*
イギリスの作家
1960〜
[出]ロンドン
[歴]大学卒業後、投資銀行に勤めていたが、2001年解雇される。05年大学時代からの友人ブライアン・ウィリアムズの助けを借りてファンタジー小説「トンネル」を共同執筆し自費出版。07年Chicken House Publishingから再刊行されると、ベストセラーとなり、40ケ国以上で出版、シリーズ化もされた。コンサルタント業の傍ら、執筆活動を続ける。

コナーズ, ローズ　*Connors, Rose*
アメリカの弁護士, 作家
[出]ペンシルベニア州フィラデルフィア　[学]デューク大学ロースクール卒　[賞]MWA賞(メアリ・ヒギンズ・クラーク賞)(2003年)
[歴]検察官、弁護士として、18年に渡り法曹界で活躍。2003年デビュー作「霧のとばり」がMWA賞メアリ・ヒギンズ・クラーク賞を受賞、リーガルサスペンスの新星として一躍注目を集める。〈マーティ・ニッカーソン〉シリーズを精力的に執筆。

コナリー, マイケル　*Connelly, Michael*
アメリカのミステリー作家
1956〜
[学]フロリダ大学(1980年)卒　[賞]MWA賞処女長編賞(1993年), CWA賞ダイヤモンド・ダガー賞(2018年)
[歴]フロリダ大学を卒業し、フロリダやフィラデルフィアの新聞社でジャーナリストとして働く。手がけた記事がピュリッツァー賞の最終選考まで残り、ロサンゼルス・タイムズ紙に移籍。1992年長編ハードボイルド「ナイトホークス」で作家デビューし、93年アメリカ探偵作家クラブ賞(MWA賞)の処女長編賞を受賞。ロサンゼルス市警の刑事を主人公にした〈ハリー・ボッシュ〉シリーズを中心にハードボイルド・ミステリーを発表。2003年MWA会長に就任。18年CWA賞ダイヤモンド・ダガー賞を受賞

コーニイ, マイケル　*Coney, Michael*
イギリスのSF作家
1932〜2005
[出]バーミンガム　[賞]イギリスSF協会賞(1977年)
[歴]30歳を過ぎてからSFを書き始める。出版社への投稿を経て、1972年「Mirror Image」でSF界にデビュー。同年カナダのブリティッシュ・コロンビア州に移住。短編作家としてデビューしたが、73年の「Syzygy」をはじめいくつかの長編作品でも成功を収め、巧みなキャラクター描写で、日本のSF評論家からも高く評価される。77年「ブロントメク!」でイギリスSF協会賞を受賞。「ハローサマー、グッドバイ」は70年代イギリスSFの最高峰と評される。他の作品に「冬の子供たち」「カリスマ」など。

コネスキ, ブラジェ　*Koneski, Blaže*
ユーゴスラビアの作家, 詩人, 言語学者
1921.12.19〜1993.12.7
[出]プリレプ(マケドニア中央部)　[学]ベオグラード大学(言語学), ソフィア大学
[歴]マケドニアおよび連邦の作家同盟議長、スコピエ大学学長を歴任し、1967年マケドニア・アカデミー初代院長に就任。物語詩「橋」(45年)、口承文芸の伝統をふまえた詩集「土と愛」(48年)、「刺繍細工師」(55年)、短編集「葡萄畑」(55年)があり、またハイネ、シェイクスピア、P.ニェゴシュの優れた翻訳もある。言語学者としては、文語としては若いマケドニア語のために、最初の文法書「マケドニア語文法」(52年)や「ケマドニア言語史」(65年)を執筆し、66年には最初の辞書「マケドニア語辞典」(3巻)を編纂した。

コーネツキー, L.A.　*Kornetsky, L.A.*
アメリカの作家
[名]別筆名＝ギルマン, ローラ・アン〈Gilman, Laura Anne〉
[歴]ローラ・アン・ギルマンとして〈Cosa Nostradamus〉シリーズなどを発表。2009年からの「The Vineart War trilogy」ではネビュラ賞にノミネートされる。一方、L.A.コーネツキー名義では、〈The Gin & Tonic Mysteries〉シリーズの「犬猫探偵と月曜日の嘘」などを発表。

コネリー, マーク　*Connelly, Marc*
アメリカの劇作家
1890.12.13〜1980.12.21
[出]ペンシルベニア州マッキースポート　[名]Connelly, Marcus Cook　[賞]ピュリッツァー賞(1930年)
[歴]はじめ新聞記者をしていたが、1921年G.S.コーフマンと合作で喜劇「ダルシー」を書いて劇壇に登場。以後コーフマンとの合作の喜劇が多く、中でも貧しい青年作曲家を主人公として現代アメリカのブルジョア社会を諷刺した「Beggar on Horseback(馬上の乞食)」(24年)が有名。R.ブラッドフォードの小説から脚色した「The Green Pastures(緑の牧場)」(30年)は南部黒人の生活や神と天国に対する素朴な考え方を旧約聖書にそって描いたもので、ピュリッツァー賞を受賞し、6年間にわたってアメリカ各地で続演された。また戯曲のほか映画、テレビの脚本や小説なども執筆した。他の作品に戯曲「御婦人方へ」(22年)、「映画のマートン」(22年)、「トロイのヘレン」(23年)など。

コネル, エバン・S.　*Connell, Evan S.*
アメリカの作家, 編集者
1924.8.17〜2013.1.10
[出]ミズーリ州カンザスシティ　[名]コネル, エバン・シェルビー(Jr.)〈Connell, Evan Shelby (Jr.)〉　[学]ダートマス大学, カンザス州立大学, コロンビア大学大学院修了, スタンフォード大学大学院修了
[歴]代表作の「ミセス・ブリッジ」(1959年)及び続編「ミスター・ブリッジ」(69年)は、91年ジェームズ・アイボリー監督により「ミスター&ミセス・ブリッジ」として映画化される。他の作品に、レイプを加害者の立場から描いた「強姦犯人の日記」(66年)、マヤ文明の美術に魅せられる男の物語「玄人」(74年)など、短編集に「解剖学の授業」(57年)、「聖アウグスティヌスの鳩」(80年)がある。詩やノンフィクションも手がけ、文芸誌「コンタクト」編集長も務めた。

コノリー, ジョン　*Connolly, John*
アイルランドの作家
1968〜
[出]ダブリン　[学]ダブリン大学卒　[賞]シェイマス賞, バリー賞イギリス・ミステリー賞(2003年), アガサ賞最優秀ノンフィクション賞(2012年)
[歴]ダブリン大学を卒業後、ジャーナリスト、バーテンダー、地元政府の公務員、ウェイター、ロンドンのハロッズ百貨店の雑用係など様々な職業を経験。1999年の作家デビュー作「死せるものすべてに」はブラム・ストーカー賞とバリー賞にノミネートされ、シェイマス賞を受賞。2003年「The White Road」でバリー賞イギリス・ミステリー賞を、12年Declan Burkeとの共著「Books to Die For」でアガサ賞最優秀ノンフィクション賞を受けた。

ゴーノル, ヌーラ　*Dhomhnaill, Nuala Ní*
アイルランドの詩人
[出]イギリス
[歴]アイルランド人の両親のもとイギリスで生まれ、5歳からは

ゲールタハト（アイルランド語地域）で育つ。イギリス統治下で衰微したゲール語を母語とし、古代ケルト以来の民族の叫び、大地の叫びを歌った詩を発表。アイルランドのノーベル賞詩人・ヒーニーより後継者の印"詩人の杖"を譲渡され、20世紀最高のアイルランド語詩人ともいわれる。詩集に「サンザシのとげ」（1981年）、「詩選集」（86年）、「ファラオの娘」（90年）、「アストラカンのマント」（92年）、「海馬」（99年）などがある。2001年初の日本語対訳詩選集「ファラオの娘」を刊行し来日。

コパー, バジル　Copper, Basil
イギリスの怪奇小説作家
1924.2.5〜2013.4.3
Ⓗロンドン　ⓈCopper, Basil Frederick Albert
Ⓚ30年に渡ってジャーナリスト生活を続け、ケントにある新聞社の編集長になったり、1970年職業作家に転身。意識なるものの不明瞭さ、自らの意識が生み出したものに翻弄される人間の姿を描き、「Amber Print」「The Gray House」などを収めた「From Evil's Pillow」（73年）で頂点に達する。他に短編集「Not After Nightfall」（67年）、怪奇長編小説「The Great White Space」（75年）などがある。その後、ロンドンの探偵ソーラー・ポンズを主人公とする新しい冒険シリーズを発表。怪奇小説の分野では最も多作な作家の一人だった。またサイレント映画の収集家としても有名。

コーバベル, リーネ　Kaaberbol, Lene
デンマークのファンタジー作家, 児童文学作家
1960.3.24〜
Ⓗコペンハーゲン　Ⓡハラルドモゴンセン賞ベストクライムノベル賞（2008年度）
Ⓚ12歳から小説を書き始め、15歳ではじめての本を出版。大学では英文学と演劇を専攻。高校教師、コピーライター、出版社の編集者、清掃アシスタント、乗馬教師などを経験して、作家となる。子供向けのファンタジーを中心に数多くの作品を執筆。アニタ・フリースとの共著「スーツケースの中の少年」で2008年度ハラルドモゴンセン賞ベストクライムノベル賞などを受賞、「ニューヨーク・タイムズ」紙のベストセラーにもなる。他の作品に「秘密が見える目の少女」「ディナの秘密の首かざり」などがある。

コピット, アーサー　Kopit, Arthur L.
アメリカの劇作家
1937.5.10〜
Ⓗニューヨーク市　Ⓖハーバード大学　Ⓡ全米文芸協会賞
Ⓚ在学中より劇作をはじめ、「Oh Dad, Poor Dad, Mamma's Hang You in the Closet and I'm Feeling So Sad（ああ、お父さん、可哀想なお父さん、ママがあなたを押入れにつるしてしまったのでぼくはとっても悲しいんだ）」という長い、凝った題名の戯曲を1960年に書く。当初の上演ではあまり評価されなかったが、のちオフ・ブロードウェイのフェニックス劇場で上演された際に成功を収め、演劇界の注目を集める。のちコネティカット州に住み、エール大学の演劇科で教鞭を執る。他の作品に「Indians（インディアン）」（65年）、「Wings（ウィングス）」（78年）「世界の終り」（84年）などがある。

コービル, ブルース　Coville, Bruce
アメリカの児童文学作家
1950.5.16〜
Ⓗニューヨーク州　Ⓖニューヨーク州立大学卒
Ⓚ教師や雑誌編集者として働く傍ら小説を書き、その後専業の作家となる。SF、ミステリー、サスペンスなどのジャンルで、ヤングアダルトものを中心に活躍。代表作「宇宙探偵ラスティ」は、ジュブナイルではあるが、SFの舞台で描いた本格的ミステリーとなっている。他の著書に、P.J.ファーマーとの共著「ダンジョン・ワールド」や、〈マジックショップ〉シリーズなどがある。

コフリン, ジャック　Coughlin, Jack
アメリカの作家
1966〜
Ⓗマサチューセッツ州ウォルサム
Ⓚ19歳で海兵隊に入隊し、イラク戦争時のバグダッドや、世界各地の危険地帯でスナイパーを務めた。2005年ケイシー・クールマンおよびドナルド・A.デービスとの共著で、イラクでの体験を記した自伝的ノンフィクション「Shooter」を発表し、作家デビュー。デービスとの共著で、07年に小説第1作となるカイル・スワンソンを主人公にした「不屈の弾道」を出版、以後シリーズ化する。

コーベット, ウィリアム　Corbett, Wiliam J.
イギリスの児童文学作家
Ⓡウィットブレッド賞（1982年）
Ⓚ16歳のとき船員として世界をまわり、その後様々な職業を経たのち、バーミンガムで建築職人となる。その後作家となり、1982年「ペンテコストの冒険」でウィットブレッド賞を受賞。ほかに「恐竜ナンテコッター」などがある。

コーベット, デービッド　Corbett, David
アメリカの作家
1953〜
Ⓚ15年にわたり、調査員としてサンフランシスコの私立探偵事務所で勤務。その間、ピープルズ・テンプル集団自殺裁判を含む数多くの大きな事件を手がける。1995年に探偵業を引退し、法律相談所を設立、貧困やエイズの被害に苦しむ人々の相談に従事。2001年「悪魔の赤毛」で作家としてデビュー、同作はアンソニー賞、バリー賞の新人賞にノミネート。03年第2作「Done for a Dime」はマカヴィティ賞にノミネートされた。他の作品に「Bloode of Paradice」などがある。

コーベン, ハーラン　Coben, Harlan
アメリカのミステリー作家
1962.1.4〜
Ⓗニュージャージー州ニューアーク　Ⓖアマースト大学卒　Ⓡアンソニー賞（1996年）、MWA賞（ペーパーバック賞）（1997年）、シェイマス賞（ペーパーバック部門）（1997年）
Ⓚ大学卒業後、作家を志してスポーツ・ミステリーの「Play Dead」（1990年）や医学ミステリーの「Miracle Cure」（91年）を発表、一躍脚光を浴びる。95年に刊行した、元FBI捜査官のスポーツ・エージェントが活躍する〈マイロン・ボライター〉シリーズ第1作の「沈黙のメッセージ」はアンソニー賞を受賞。96年の第3作「カムバック・ヒーロー」でアメリカ探偵作家クラブ賞（MWA賞）のペーパーバック賞、アメリカ私立探偵作家クラブ賞のシェイマス賞を受賞。「唇を閉ざせ」はベストセラーとなり、ギヨーム・カネ監督によって映画化された。2008〜09年MWA会長。

コホウト, パヴェル　Kohout, Pavel
チェコの劇作家, 作家
1928.7.20〜
Ⓗプラハ　Ⓖカレル大学哲学科卒　Ⓡヨーロッパ文学大賞（1977年）
Ⓚ幼い頃放送児童劇団に所属しており、大学卒業後、放送局で働く。1949〜50年モスクワで文化担当官として勤務したあと、編集者を経て、56年からスロバキアで文筆活動に専念。59年発表の戯曲「こんな恋」は革命後の若い世代を描いたもので、61年発表の「人は我を同志と呼ぶ」は党の偏向を批判したもの。「80日間世界1周」を劇化、世界の注目を浴びた。68年"プラハの春"の民主化運動に積極的に参加したため、反体制知識人として国外追放、78年よりビロード革命までウィーンに在住。71年発表の「哀しき殺人者」は海外上演のみであった。チェコスロバキア憲章77の起草者のひとり。他の作品に戯曲「8月の夜」（57年）、長編小説「反革命家の日記から」「アダム・ユラーチェク」「ハングウーマン」「愛と死の踊り」など。ミラン・クンデラと並び現代チェコ文学の巨匠として知られる。

コ

コーマン, エイブリー *Corman, Avery*
アメリカの作家
1935〜
[出]ニューヨーク市ブロンクス [学]ニューヨーク大学商学部卒
[歴]ユダヤ系。ニューヨーク大学商学部を卒業後、コピーライターや作詞家として活躍し、ミュージカルの脚本や戯曲、教育映画の台本なども手がける。1971年初の小説「オー、ゴッド」を発表、都会的センスとウィットに富んだ才気溢れる作家と認められた。さらに第3作目の「クレイマー・クレイマー」(77年)はダスティン・ホフマン主演で映画化され、公開と同時に大反響を呼ぶ。他の著書に「理想的な結婚の後始末」などがある。

ゴーマン, エド *Gorman, Ed*
アメリカのミステリー作家
1941.11〜
[出]アイオワ州シーダー・ラピッズ [名]別名＝ランサム, ダニエル [学]コウ・カレッジ(1965年)卒 [賞]PWA賞(1988年)
[歴]ライターとして広告会社に20年間勤務した後、1989年フルタイムの作家となる。ミステリーのほかハードボイルドの作品が多い。「ミステリー・シーン」誌を主宰。85年「Rough Cut」で長編デビュー。俳優兼ガードマン探偵のジャック・ドゥワイヤー・シリーズ、映画評論家探偵のトビン・シリーズなどを次々に発表。短編にも優れており、「Turn Away」で88年PWA賞を受賞。また、「The Reason Why」で89年PWA賞、「Prisoners」で91年MWA賞にノミネートされる。他の作品に「夜がまた来る」(91年)など。

コーマン, ゴードン *Korman, Gordon*
カナダ生まれのアメリカの児童文学作家
1963.10.23〜
[出]ケベック州モントリオール [賞]カナダ航空新人作家賞(1981年)
[歴]12歳の時に書いた物語が本になって出版されて以来、60以上の作品を執筆。子供たちが無人島でサバイバル生活をする「Island」3部作、エベレストの最年少登頂に挑戦する「Everest」3部作など、少年を主人公にした冒険小説が多い。邦訳書に「サバイバー 地図にない島」「恋人はマフィア」など。

コーマン, シド *Corman, Cid*
アメリカの詩人, 編集者
1924.6.29〜2004.3.12
[出]マサチューセッツ州ボストン [名]コーマン, シドニー〈Corman, Sidney〉 [学]タフツ大学卒, ミシガン大学大学院, ノースカロライナ大学, ソルボンヌ大学
[歴]フルブライト奨学生としてソルボンヌ大学に学ぶ。1949〜51年ボストンのラジオ局向けにアメリカの若手詩人の作品を朗読する番組を制作。51年詩の雑誌「オリジン」を創刊、番組で知り合った若い詩人らが寄稿し、ロバート・クリーリーやチャールズ・オルソンらの作品紹介に努めるなど、50年代以後のアメリカ詩の前衛的存在となった。50年代後半から講師として京都に定住していたため、58〜79年オリジン出版は京都に本拠地を置いた。詩人として俳人松尾芭蕉の影響を受け、代表作「日、岩、人」(62年)ほか多数の詩集を発表。日本文化への造詣を深め、芭蕉や草野心平の作品の英訳も手がけた。

コーミア, ロバート *Cormier, Robert*
アメリカの作家
1925〜2000.11.2
[出]マサチューセッツ州レミンスタ
[歴]ラジオの台本作家、記者、コラムニスト、編集者を経て、1960年作家としてデビュー。リアルな人物造形、緊密な文体で若者たちを魅了し、ヤングアダルト小説の傑作であるばかりでなく、ミステリーとしても高く評価される。代表作の「チョコレート戦争」(74年)は映画化もされたが、宗教批判を含む内容が問題とされ、アメリカ国内の多くの公共図書館や公立学校の図書館から締め出しの対象とされた。他の作品に「Fade」「ぼくが死んだ朝」「わたしたちの鳴らす鐘」「果しなき反抗 続チョコレート・ウォー」など。

コミッソ, ジョヴァンニ *Comisso, Giovanni*
イタリアの作家
1895.10.3〜1969.1.21
[出]トレビーゾ [賞]バグッタ賞(1928年), ストレーガ賞(1955年)
[歴]1928年「アドリア海の風に向かって」でバグッタ賞、55年「通りを渡る猫」でストレーガ賞を受賞。他の作品に長編「海の人々」(28年)、旅行記「中国・日本」(32年)などがある。

コメール, エルヴェ *Commère, Hervé*
フランスの作家
1974〜
[出]ルーアン [賞]マルセイユ推理小説賞(2011年)
[歴]大学で文学を学んだ後、昼はバーテンダー、夜は執筆という二重生活を送る。2006年よりレンヌに居住し、1作目「J'attraperai ta mort」(09年)を出版。2作目の「悪意の波紋」は11年のマルセイユ推理小説賞などを受賞。12年よりパリに居を移し、作家活動を続ける。

コメレル, マックス *Kommerell, Max*
ドイツの作家, 文学者
1902.2.25〜1944.7.25
[出]ミュンジンゲン
[歴]第一次大戦後、グンドルフの下でドイツ文学を学び、マルブルク大学教授としてドイツ文学を講じる。若い頃ゲオルゲ詩派に属し、最初の大著「ドイツ古典主義の指揮者としての詩人」(1928年)を執筆したが、秘教的な雰囲気に反発して離れる。鋭い解釈と緊縮した文体で多くの評論を書いたほか、小説、エッセイ、詩、戯曲なども執筆。著書に「ジャン・パウル」(33年)、「レッシングとアリストテレス」(40年)、主にゲーテを論じた「詩の考察」(43年)、源氏物語に関するエッセイを含む「文学の世界経験」(52年, 没後刊)など。小説に「三枚のハンカチのランプシェード」(40年)、詩集「いわば墨筆で」(44年)、悲劇「囚われの人々」(48年)などがある。カルデロン・デ・ラ・バルカの優れた翻訳、および評論「ドイツのカルデロンのために」(46年, 没後刊)でも知られる。ドイツにおける比較文学研究の創始者。

コラム, パードリック *Colum, Padraic*
アイルランド生まれの詩人, 劇作家, 民俗学者
1881.12.8〜1972.1.11
[出]ロングフォード州 [学]トリニティ・カレッジ
[歴]詩人ウィリアム・バトラー・イェーツなどとともにアイルランド新劇運動に参加し、1911年「アイリッシュ・レビュー」の創刊に助力。この間、アビー劇場のために「土地」(05年)、「トマス・マスケリー」(10年)などの戯曲を発表。14年にアメリカに移住。ハワイの民俗研究に従事し、「太陽の門」(24年)、「輝く島々」(25年)などのハワイ民話集を著した。数多くの詩・戯曲を創作する一方、神話や伝説を子供のために再話する仕事にも情熱を注いだ。他の戯曲に「胡弓ひきの家」(07年)、著書に「詩集」(32年)、「北欧神話」がある。

コーリー, ジェームズ・S.A *Corey, James S.A.*
アメリカの作家
[名]単独筆名＝エイブラハム, ダニエル〈Abraham, Daniel〉 フランク, タイ〈Franck, Ty〉
[歴]ジェームズ・S.A・コーリーは、アメリカの作家ダニエル・エイブラハムとタイ・フランクの共同筆名。ともに1969年生まれ。エイブラハムは、96年「Mixing Rebecca」でデビュー。代表的長編にファンタジー〈Long Price〉4部作がある。短編「両替官とアイアン卿―経済学のおとぎ噺」は、ヒューゴー賞と世界幻想文学大賞の候補になった。フランクはジョージ・R.R.マーティンのアシスタントを務めながら短編を発表。ジェームズ・S.A・コーリーとして、11年に発表された本格宇宙SF「巨獣めざめる」は、長編第1作ながら大きな話題となり、ヒュー

ゴー賞長編部門とローカス賞SF長編部門の最終候補となった。同書から始まる〈The Expanse〉シリーズは、「Caliban's War」（12年）、「Abaddon's Gate」（13年）と刊行が続く。

コリア, ジョン Collier, John Henry Noyes
イギリスの作家
1901.5.3～1980
㊙家庭内で教育を受け、18歳頃から詩作を始める。のち、小説に転じ、幻想的な諷刺小説などを発表。ロンドン滞在中の西脇順三郎と親交を結ぶ。1935年アメリカへ移り、ハリウッドの脚本家として活動した。作品にチンパンジーと結婚する男を描いた長編「His Monkey Wife」（30年）、短編集「緑の思考」（32年）、「ザ・ベスト・オブ・ジョン・コリア」など。

ゴーリキー, マクシム Gorkii, Maksim
ロシア（ソ連）の作家, 劇作家
1868.3.28～1936.6.18
㊙ニジニ・ノヴゴロド ㊙ペシコフ, アレクセイ・マクシモヴィチ〈Peshkov, Aleksei Maksimovich〉
㊙幼くして両親を失い、11歳から職を転々。革命運動にも加わり、独学で創作を志す。コロレンコに私淑し、1892年処女作「マカール・チュードラ」を発表、次いで「チェルカッシュ」（95年）、「海燕の歌」（1901年）などで名声を得る。社会の下層階級の人々の生命を賛美し、プロレタリア文学への道をひらき、戯曲「どん底」（02年）、長編小説「母」（06年）などで世界的名声を確立。レーニンと親交があり、05年血の日曜日事件で投獄され、06～14年イタリアへ亡命。15年より「年代記（レートピシ）」を編集。17年二月革命で帰国、新聞「新生活（ノーヴァヤージーズニ）」を発行、ボリシェビキ路線と対立したが十月革命後はソビエト政権を支持。"社会主義リアリズム"の創始者とされ、34年にはソ連作家同盟の初代議長にも推されるなど、ソビエト文学の父、文壇の大御所として活動。晩年の作品に未完の大作「クリム・サムギンの生涯」（27～36年）がある。他の作品に自伝3部作「幼年時代」（14年）「世の中へ出て」（16年）「私の大学」（23年）、戯曲「小市民」「敵」など。

コリス, モーリス Collis, Maurice
アイルランドの作家
1889～1973
㊙ダブリン
㊙駐インドイギリス政府文官を務め、アイルランド民族主義者として知られた。45歳で引退、文筆生活に入り、「コルテス征略誌―『アステカ王国』の滅亡」などを著した。

コリータ, マイケル Koryta, Michael
アメリカの作家
㊙インディアナ州ブルーミントン ㊙インディアナ大学 ㊙LAタイムズ最優秀ミステリー賞
㊙インディアナ大学在学中に、探偵事務所や新聞社で働いた経験を活かしハードボイルド小説「さよならを告げた夜」を執筆。2003年出版社セント・マーティンズ・プレスとアメリカ私立探偵作家クラブ（PWA）共催の新人コンテストで第一席となり、04年刊行される。05年にはMWA賞最優秀新人賞にもノミネート。「夜を希（ねが）う」（08年）ではロサンゼルス・タイムズ最優秀ミステリー賞を受賞し、09年バリー賞にノミネートされた。他の作品に「夜を希う」「冷たい川が呼ぶ」などがある。

コリツォーフ, ミハイル・エフィモヴィチ Kol'tsov, Mihail Efimovich
ソ連の作家, ジャーナリスト
1898.6.12～1940
㊙キエフ
㊙1915年ペトログラード精神神経学研究所に学び、17年学生として二月革命に参加。20年外務人民委員部新聞課、通信社ロスタなどに勤め、22年ソ連共産党機関紙「プラウダ」のコラムニストとなる。ホルティ政権下のハンガリーやドイツのゾンネルブルク監獄、白衛軍の本拠地に潜入取材を行い、「タクシーの三日間」（34年）、「教室での七日間」（35年）を書くために自らタクシー運転手、教師となるなど、新しいタイプのルポライターとして活躍。ルポルタージュに強烈な諷刺精神とユーモアを持ち込み、一つの独立した芸術的ジャンルにまで高めたとされる。スペイン内戦の際には「プラウダ」特派員として現地入りし、大作「スペイン日記」（38年）を遺したが、38年"人民の敵"として逮捕・処刑された。56年名誉回復。

コリン, ウラディミル Colin, Vladimir
ルーマニアのSF作家, 児童文学作家
1921.5.1～1991.12.6
㊙ブカレスト ㊙ESFS賞（1980年）, ESFS賞生涯文学功績賞（1989年）
㊙詩人として出発するが、「民話」（1953年）、「小人の話」（56年）、「三人のうそつきの話」（56年）などの児童文学で認められる。その後、「ペンタグラマ」（67年）、「時間のおとし穴」（72年）、「クロノスの歯」（75年）などのSF小説を発表、深い思想性を持つ難解な作風ながら人気を得た。

コリンズ, ジャッキー Collins, Jackie
イギリスのロマンス作家
1937.10.4～2015.9.19
㊙ロンドン ㊙OBE勲章（2013年）
㊙女優として「裸の鏡」（1960年）などに出演。68年「世界は女房持ちでいっぱいだ」で作家デビュー。同作はオーストラリアと南アフリカで出版禁止となるなどセンセーションを巻き起こし、79年には自らの脚色で映画化。以後、ハリウッドを舞台に芸能界の内幕を暴露するロマンス小説を執筆。作品は世界40ケ国で5億部以上を売り上げ、"ロマンスの女王"といわれた。原作を手がけた映画「ザ・スタッド」（78年、脚本も）、「ザ・ビッチ」（79年）はいずれも姉のジョーン・コリンズが主演。「ハリウッドの妻たち」も85年にアンソニー・ホプキンスらの出演でテレビドラマ化された。他の作品に「レディー・ボス」（90年）など。2013年エリザベス女王より大英帝国勲章（OBE）を授与された。
㊙姉＝ジョーン・コリンズ（女優）

コリンズ, スーザン Collins, Suzanne
アメリカの作家
1962.8.11～
㊙コネティカット州
㊙1991年から児童向けのテレビ番組を多数手がけ、エミー賞の受賞経験もある。番組制作の際に出会った児童文学作家に勧められ、児童書の執筆を始める。2008年より刊行された〈ハンガー・ゲーム〉シリーズ3部作は全世界でベストセラーとなり、映画「ハンガー・ゲーム」もシリーズ化されて大ヒットした。他に03～07年に刊行されたファンタジー小説〈アンダーランドクロニクル〉シリーズ5部作もある。

コリンズ, マイケル Collins, Michael
アメリカのミステリー作家
1924～2005
㊙ミズーリ州セントルイス ㊙リンズ, デニス 筆名＝クロウ, ジョン〈Crowe, John〉ハリディ, ブレット〈Halliday, Brett〉サドラー, マーク〈Sadler, Mark〉アーデン, ウィリアム ㊙ホフストラ大学卒, シラキュース大学卒 ㊙MWA賞最優秀新人賞（1967年）
㊙1943～46年歩兵としてヨーロッパで過ごしたのち、ホフストラ大学とシラキュース大学を卒業。化学関係の雑誌の編集に15年ほど携わり、傍ら「マイク・シェーンズ・ミステリー・マガジン」などの雑誌に短編を発表する。最初の長編「Act of Fear（恐怖の掟）」（67年）でMWA賞最優秀新人賞を受賞。マイケル・コリンズのほかに、本名のデニス・リンズ、筆名のジョン・クロウ、ブレット・ハリディ、マーク・サドラー、ウィリアム・アーデンなど数々の名義で作品を発表。エバン・ハンター、ドナルド・E・ウェストレイク以来の怪物作家と評された。

㊊妻＝ゲイル・リンズ（作家）

コリンズ, マックス・アラン　Collins, Max Allan
アメリカの作家
1948〜
㊋アイオワ州マスカティーン　㊌PWA賞最優秀長編賞（シェイマス賞）（1983年・1991年）
㊍1973年強盗ノーランもの「Bait Money」で作家デビュー。エリオット・ネス、殺し屋クウォーリーもの、ミステリー作家マロリーものも書く多作家で、77〜93年新聞連載漫画「ディック・トレイシー」の原案も担当。〈私立探偵ネイト・ヘラー〉シリーズでその名を不動のものとし、「シカゴ探偵物語」と「リンドバーグ・デッドライン」でアメリカ私立探偵作家クラブ賞（PWA賞）最優秀長編賞（シェイマス賞）を受賞。ジェフ・デイビス原案・脚本の人気ドラマ「クリミナル・マインド」を下に書き下ろしたオリジナル小説〈クリミナル・マインド FBI行動分析課〉シリーズも刊行。また、「マーヴェリック」「エアフォース・ワン」「プライベート・ライアン」「ハムナプトラ」、「CSI：科学捜査班」「ダーク・エンジェル」などの映画やテレビのノベライズも手がける。妻は作家のバーバラ・コリンズ。
㊊妻＝バーバラ・コリンズ（作家）

コリンズ, ラリー　Collins, Larry
アメリカの作家
1929〜2005.6.20
㊋コネティカット州ハートフォード　㊌エール大学卒
㊍UPIの中東特派員を経て、1961年「ニューズウィーク」誌パリ支局長を務めた。64年フランス人記者のドミニク・ラピエールとのコンビで、第二次大戦末期のパリ解放の舞台裏を描いた「パリは燃えているか？」を発表。世界的ベストセラーとなり、後に映画化もされた。以後、イスラエル建国（「おおエルサレム！」）、スペイン内乱（「さもなくば喪服を」）、インド独立（「今夜、自由を」）にいたる現代史のノンフィクションを独特の手法で描き、国際的に多くの読者を得た。2人がアメリカ人とフランス人という英仏別々の言語を母語とするコンビであることでも話題を集める。80年同じコンビで初めての小説「第五の騎手」を発表、世界的なベストセラーとなる。その後、単独でポリティカル・サスペンス小説「パリをとり返せ」（85年）「怒りの核ミサイル」などを発表した。

ゴル, イヴァン　Goll, Yvan
ドイツの詩人
1891.3.29〜1950.2.27
㊋サン・ディエ（フランス）　㊎ラング, イーザク〈Lang, Isaac〉
㊍両親とも当時ドイツ領であったアルザス・ロレーヌ出身のユダヤ人。家庭ではフランス語を話したが、学校ではドイツ語を強要された。ストラスブールで法学の学位を取得、第一次大戦が勃発するとスイスに亡命。アルプ、ジョイス、ロマン・ロランらと関わり、戦後は1939年までパリで暮らし、ブルトンやエリュアールらと交流した。アメリカに亡命したが、47年パリに戻る。パリに移住後は、主にフランス語で詩作した。表現主義、未来派、キュビスム、ダダイスム、シュルレアリスムなど様々な流派に関係、ユダヤ神秘思想の影響も受ける。詩集「パナマ運河」（12年）、「新しいオルフェ」（18年）や妻クレールとの共著詩集「愛の詩」（25年）などがある。
㊊妻＝クレール・ゴル（文学者）

コール, テジュ　Cole, Teju
アメリカの作家, 写真家, 美術批評家
1975.6.27〜
㊋ミシガン州　㊌ミシガン大学医学部中退, ロンドン大学, コロンビア大学　㊎PEN/ヘミングウェイ賞, ローゼンタール賞
㊍ナイジェリアで幼少期を過ごし、高校卒業後にアメリカに戻る。ミシガン大学医学部中退後、ロンドン大学とコロンビア大学で美術史を学ぶ。2007年初の著書となる「Every Day Is for the Thief」をナイジェリアで刊行。11年アメリカでのデビュー長編「オープン・シティ」でPEN/ヘミングウェイ賞およびローゼンタール賞を受賞、全米批評家協会賞の最終候補にもなった。写真家、美術批評家としても活躍し、「ニューヨーク・タイムズ」「ニューヨーカー」紙誌などに寄稿する。

コルシュノフ, イリーナ　Korshunow, Irina
ドイツの作家, 児童文学作家
1925.12.31〜2013.12.31
㊋シュテンダール　㊎Wilhelm Hauff賞（1981年）, Roswitha von Gandersheim Medal（1987年）
㊍1954年からジャーナリストとして新聞、ラジオ局に勤務。58年頃より幼児から小学生向けの創作活動を始め、70年代後半からは、ティーンエイジャーや大人向けの作品でも名声を得た。ドイツを代表する作家・児童文学者。作品に、児童文学「ティナのおるすばん」「みなしごギツネ」、ヤングアダルト小説「だれが君を殺したのか」「セバスチャンからの電話」「彼の名はヤン」、大人向け長編「マレンカ」「幸福の代償」「ふくろうの呼び声」など。

ゴルシーリー, フーシャング　Golshīrī, Hūshang
イランの作家
1938.3.16〜2000.6.6
㊋イスファハン　㊌イスファハン大学文学部卒
㊍高校卒業後、教職に就きながらイスファハン大学に学ぶ。高校教師を務めながら、1945年文芸誌「イスファハン文芸」を創刊。68年イラン作家協会を設立。69年「エフテジャーブ王子」で作家デビュー、映画化もされ、作家としての地位を確立した。イラン革命前には2度収監されたが、80年にイラン・イラク戦争が勃発した後も国内にとどまり、中編「黒衣の民の王」を執筆。同作品は初版が匿名の英語版で刊行され、原語のペルシャ語が刊行されたのは没後の2001年だった。他の作品に、「小さな礼拝堂」（1975年）など。批評の分野でも活躍した。

ゴールズワージー, ジョン　Galsworthy, John
イギリスの作家, 劇作家
1867.8.14〜1933.1.31
㊋サリー州キングストンヒル　㊌オックスフォード大学（法律）卒　㊎イギリス有功勲章（メリット勲章）（1929年）　㊎ノーベル文学賞（1932年）
㊍裕福な弁護士業の名家に生まれる。オックスフォード大学で法律を学び法廷弁護士の資格を取得。1891年世界旅行の途中、作家のコンラッドと知り合い、文筆活動に入る。1906年小説「The Man of Property（資産家）」で認められ、同年戯曲「銀の箱」が上演されたことにより、劇作家としても地位を確立した。その後「資産家」の連作として「The Forsythe Saga（フォーサイト家物語）」3部作（22年）、「A Modern Comedy（現代喜劇）」3部作（29年）を書き、それらは合わせて「The Forsythe chronicle（フォーサイト家の記録）」と総称されている。21年国際ペンクラブの初代会長。29年イギリス有功勲章、32年ノーベル文学賞を受賞。人道主義的立場から19世紀の社会秩序に反抗、批判した自由主義的社会改良主義者とされながらその完全な崩壊を恐れ、その不徹底な姿勢が指摘された。他の作品に戯曲「Strife（闘争）」（09年）、「Justice（正義）」（10年）、「スキン・ゲーム」（20年）、小説「林檎の木」など。

コルター, サイラス　Colter, Cyrus
アメリカの作家
1910.1.8〜2002.4.17
㊋インディアナ　㊎アイオワ大学文学賞短編小説賞（1970年度）
㊍第二次大戦前まではイリノイ州の公務員として服務していたが、戦後になってシカゴで弁護士を開業。また、州の商工委員会や交通関係の委員会など公職活動においても活躍。50歳の時から日曜作家として創作活動を始め、最初の短編がアイルランドの小雑誌に掲載されて以後、大学関係の文芸誌を中心に作品を発表。第5作目の短編「ビーチ・パラソル」（61年）で高い評価を受け、のち各種のアンソロジーにも収録される。短編小説集として「The Beach Umbrella（ビーチ・パラソル）」

(71年)、長編として孤独と絶望にあえぐ下層階級の黒人たちを描いた「River of Eros(エロスの河)」(72年)などがある。

コルタサル, フリオ　*Cortázar, Julio*
アルゼンチンの幻想作家
1914.8.26～1984.2.12
[出]ベルギー・ブリュッセル　[賞]メディシス賞(1974年)
[歴]アルゼンチンの外交官だった父の任地ブリュッセルで生まれ、1918年帰国。幼少年期をブエノスアイレスに過ごし、大学中退後、中学校の教員となる。反ペロン運動に参加した後、翻訳の仕事をする傍ら、詩や小説を書く。51年パリに留学、以後生涯をフランスに暮らした。51年幻想的な作品を収めた処女短編集「動物寓意譚」を発表。二つの長編小説「懸賞」(60年)、「石蹴り遊び」(63年)でラテンアメリカ文学界の旗手として国際的に知られるようになる。74年「マヌエルの書」でメディシス賞受賞。また、ポーやカフカを思わせる短編も数多く書いており、「遊戯の終り」(56年)「秘密の武器」(59年)「すべての火は火」(66年)などの作品集に手腕が発揮されている。政治的には左派志向で、アルゼンチンの人権問題に強い関心を持ち、たびたびデモに参加したほか、エルサルバドル内戦の反政府ゲリラ、キューバ革命に積極的支持を表明していた。81年フランス市民権を取得。共著「宇宙への道」(83年12月)が遺作となった。

ゴールディング, ウィリアム　*Golding, William Gerald*
イギリスの作家
1911.9.19～1993.6.19
[出]コーンウォール州サントコラムマイナー　[学]オックスフォード大学英文科(1935年)卒 文学博士　[賞]ノーベル文学賞(1983年), ジェームズ・テイト・ブラック記念賞(1979年), ブッカー賞(1980年)
[歴]父はグラマー・スクールの教師で、母は女性参政権運動家。1930年オックスフォード大学のブレイズノウズ・カレッジに入学、科学を専攻するが、のち英文学研究に転ずる。在学中に処女詩集「Poems」を出版。卒業後教職に就き、61年までソールズベリのビショップ・ウァーズウァス学校で英語と哲学を教える。この間39年に結婚し、第二次大戦中は海軍に所属、ノルマンディー上陸作戦にも参加した。42歳の時に最初の長編小説「Lord of the Flies(蝿の王)」(54年)を発表、作家として遅いデビューを果たし、一躍注目を浴びる。この作品は彼の代表作であり、第二次大戦後の最も重要な小説の一つとされる。61～62年アメリカのホリンズ大学で客員教授として教鞭を執るが、以後は執筆活動に専念し、独自の小説世界を展開した。主著に長編「継承者たち」(55年)「ピンチャー・マーティン」(56年)「尖塔」(64年)「ピラミッド」(67年)「目に見える時間」(79年)「通過儀礼」(80年)などのほか、唯一の戯曲として「The Brass Butterfly(真鍮の蝶)」(58年)がある。また多数のエッセイや詩作、評論などにも健筆を揮った。83年ノーベル文学賞を受賞し、88年第1回ノーベル賞受賞者日本フォーラムで来日した。

ゴールディング, ジュリア　*Golding, Julia*
イギリスの作家
1969～
[出]ロンドン郊外　[学]ケンブリッジ大学(英文学)卒 博士号(イギリス・ロマン派文学, オックスフォード大学)　[賞]ネスレ児童文学賞(2006年), オッタカー児童図書賞(2006年)
[歴]ロンドン郊外で育つ。ケンブリッジ大学で英文学を専攻。卒業後、外務省に入り、外交官としてポーランドに着任。外務省を離れた後、オックスフォード大学でイギリス・ロマン派文学の博士号を取得。その後、貧困者救済機関であるオックスファムのロビイストとして運動し、交戦地帯に住む市民の救済のために国連と政府に働きかける。2006年〈キャット・ロイヤル〉シリーズの第1作「キャットと王立劇場のダイヤモンド」で作家デビュー、同作はネスレ児童文学賞、オッタカー児童図書賞を受賞した。〈コニー・ライオンハート〉シリーズでも人気を博す。

コルテス, ベルナール・マリ　*Koltes, Bernard-Marie*
フランスの劇作家
1948.4.9～1989.4.15
[出]メッス　[学]ストラスブール演劇学校
[歴]フランス東部、ドイツとの国境に近い都市メッスに生まれる。22歳にしてストラスブールで演劇に目覚め、1970年ストラスブール演劇学校(TNS)に入学。71年ドストエフスキーの「罪と罰」を元に「酔いどれ訴訟」「マルシュ」を書き、上演。74年フランス共産党に入党。76年小説「街のなかとても遠くへ馬での逃走」を書く。77年「森の直前の夜」をアヴィニョン・オフで上演した頃より本格的に劇作活動に入る。83年ナンテール・アマンディエ劇場でのパトリス・シェロー演出による「黒人と犬どもの闘争」上演後、一躍パリ演劇界の寵児となった。いずれもシェローが演出した「西埠頭」「綿畑の孤独のなかで」「漠への帰還」、89年エイズで没した後にベルリンでペーター・シュタインが初演した遺作「ロベルト・ズッコ」などが代表作として知られる。モノローグの多用など独自の劇作法で、フランス演劇では時に“コルテス以後”という言葉が使われるほど、同時代や以後の世代に大きな影響を与え続けている。

ゴールド, ハーバート　*Gold, Herbert*
アメリカの作家
1924.3.9～
[出]オハイオ州クリーブランド　[学]コロンビア大学卒
[歴]ロシアから移住したユダヤ系移民の子。コロンビア大学で哲学を専攻し、修士号を取得した。引き続きソルボンヌ大学でも研究に携わる。その後ホテルの支配人や市政プランナーなどをしながら作家として立ち、傍らアイオワ、バークレー、ハーバードなどの大学で創作担当の客員教授を務める。マラマッドやアップダイクとともに1950年代に創作活動を開始した作家たちを代表する一人と評され、洒落た皮肉と郷愁の色合いを作風とする。主著に「英雄の誕生」(51年)や、自分の家族の歴史を題材にした「父たち」(67年)があり、ドキュメンタリーも手がける。

ゴールド, マイケル　*Gold, Michael*
アメリカの作家, ジャーナリスト
1893.4.12～1963
[出]ニューヨーク・ロワーイーストサイド　[名]グラニッチ, アーウィン〈Granich, Irwin〉 幼名＝グラニッチ, イツォーク・イサーク〈Granich, Itzok Isaac〉　[学]ニューヨーク大学ジャーナリズム学科中退, ハーバード大学特別生中退
[歴]1920～30年代にアメリカのプロレタリア文学運動をリードした代表的作家。ルーマニア系ユダヤ人の移民の子に生まれる。ロワー・イーストサイドの貧民街に育ち、12歳の時から働きに出る。苦学してプレップ・スクール(大学進学予備校)に通い、13年ニューヨーク大学に入学、14年ハーバード大学の特別生となるがいずれも学資が続かず中退。ボストン、メキシコなど各地を転々として働き、コミュニストとして労働者のストなど労働運動に参加。社会主義系新聞「コール」紙の編集を手伝い、左翼系雑誌「マッセズ」の編集助手を経て、同誌を引き継ぎ、26年「ニュー・マッセズ」を創刊。編集を担当すると共に、プロレタリア文学論の評論を数多く執筆、ラジカルな左翼文学運動の先頭に立った。30年小説「金のないユダヤ人」が大ヒットし、世界的に名を知られ、同年ウクライナのハリコフで開かれたハリコフ会議(第2回国際革命作家会議)にアメリカ代表として参加。33年以降アメリカ共産党機関紙「デーリー・ワーカー」のコラムニスト。小説は1作のみだが、他に評論集「世界を変えろ」(37年)、編書に「合衆国プロレタリア文学選集」(共編, 35年)がある。

コールドウェル, アースキン　*Caldwell, Erskine Preston*
アメリカの作家
1903.12.7～1987.4.11
[出]ジョージア州カウエタ郡ホワイトオークス　[学]バージニア大学卒, ペンシルベニア大学中退

[歴]プレズビテリアン(長老派教会)の牧師の息子に生まれる。少年時代の経験を基に深南部(ディープサウス)農民の貧しい生活を描いた代表作「タバコ・ロード」(1932年)「神の小さな土地」(33年)の2作で、ウィリアム・フォークナーやテネシー・ウィリアムズと並ぶ名声を確立。この2作品は全世界で合計800万部が売れた。また「タバコ・ロード」は後にブロードウェイで劇化され、7年半のロングランを記録している。30年代から活躍した"失われた世代"の文学の代表的作家の一人で、他の作品に「昇る朝日に跪け」「七月のトラブル」など。また、数多くの短編もあり、本領はむしろ短編にあるともいわれて、"アメリカのモーパッサン"と称されている。

ゴールドシュタイン, バルバラ　*Goldstein, Barbara*
ドイツの作家
1966〜2014
[出]西ドイツ・シュレスビヒホルシュタイン州ノイミュンスター　[歴]銀行をはじめいくつかの企業でキャリアを積み、ビジネス関係の著作を上梓。2003年より作家活動に専念する。歴史小説を得意とし、その作品は各国で翻訳出版された。

ゴルトシュミット, ジョルジュ・アルチュール
Goldschmidt, Georges-Arthur
ドイツ生まれのフランスの作家
1928〜
[出]ラインベク　[学]ソルボンヌ大学(ドイツ文学)卒　[賞]ショル兄妹賞, ブレーメン文学賞, ネリー・ザックス賞(2001年)
[歴]ハンブルク近郊のラインベクに生まれるが、第二次大戦後パリ近郊のボントワーズのユダヤ人孤児院に移る。大学卒業後、パリでドイツ語教師となる。のちフランスで作家デビュー。1989年ペーター・ハントによってドイツ語訳された自伝的小説「日々の鏡」でドイツでもデビュー。91年「隔離の風景」を発表し、ショル兄妹賞を受賞。92年「中断された森」を発表し、ブレーメン文学賞を受賞。

ゴールドスミス, オリビア　*Goldsmith, Olivia*
アメリカの作家
1954〜2004.1.15
[出]ニューヨーク市ブロンクス　[名]レンダル, ジャスティン　[学]ニューヨーク大学卒
[歴]コンピューター会社のコンサルタントを経て、1991年「第一夫人同盟」で作家デビュー。浮気に走った夫に団結して仕返しする3人の女性を描いた同作品はミリオンセラーを記録し、96年に「ファースト・ワイフ・クラブ」として映画化され話題を呼んだ。以後、女性の倫理観や生き方をユーモアを交えて描いた作品が人気を集めた。他の作品に「女優の条件」「ザ・ベストセラー」「ウエディング・ママ」など。

ゴールドベルグ, レア　*Goldberg, Lea*
イスラエルの詩人, 評論家
1911.5.29〜1970.1.15
[学]ボン大学(1933年)卒
[歴]東プロイセンのケーニヒスベルクに生まれ、幼少期の初めをロシアで過ごし、ロシア革命後両親の故郷のリトアニアのコヴノ(カウナス)に戻り、コヴノ、ベルリン、ボンの大学で学ぶ。ヒトラーの台頭でヘブライ語で生きることを決意。1935年テルアビブに着くとシュロンスキーを師と仰ぐ文学者のグループに属して作品を発表、「ダヴァル」や「アル・ハ＝ミシュマル」などの新聞、雑誌の編集、国立劇場の文学顧問を担当。ヘブライ大学比較文学部創設(52年)にも関わり、以来亡くなるまでその長を務めた。建国初期のイスラエルで愛国の詩人としての地位を確立し、イスラエルを代表する児童文学者としても知られた。作品に、詩集「開花」(48年)、「朝の稲妻」(56年)、小説「想像の旅からの手紙」(37年)、「彼こそ光なり」(46年)などがある。91年には再評価されて記念切手が発行された。

ゴールドマン, ウィリアム　*Goldman, William*
アメリカの作家, 脚本家
1931.8.12〜2018.11.16
[出]イリノイ州シカゴ　[学]オバーリン大学, コロンビア大学(1956年)卒　[賞]アカデミー賞脚本賞(1970年)
[歴]1957年小説「The Temple of God」を発表して以来、多くの小説を発表し、一方で映画脚本を手がける。映画化された作品に「雨の中の兵隊」「殺しの接吻」「プリンセス・ブライド・ストーリー」など。脚本執筆作品には「潜行」「動く標的」「明日に向って撃て！」「ホット・ロック」「華麗なるヒコーキ野郎」「大統領の陰謀」「マラソン・マン」「遠すぎた橋」「マジック」「ビッグとヒート」などがある。
[家]兄＝ジェームズ・ゴールドマン(脚本家)

ゴールドマン, ジョエル　*Goldman, Joel*
アメリカの作家, 弁護士
[出]ミズーリ州カンザスシティ
[歴]法廷専門の弁護士としてカンザスシティの大手法律事務所に勤務。2002年に「Motion to Kill」を出版して以降、年1冊のペースで、弁護士ルー・メイスンを主人公にしたペーパーバックを発表。04年「プライベートファイル」がアメリカ探偵作家クラブ(MWA)賞最優秀ペーパーバック賞の候補作となった。

コルドン, クラウス　*Kordon, Klaus*
ドイツの作家, 児童文学作家
1943〜
[出]サヴァーランド　[学]エッセン大学　[賞]チューリヒ児童文学賞(1985年)
[歴]幼くして母親と死別し、父親は戦死。苦学して夜間高校から大学へ進学し、経済学を専攻。1960年には輸入業者としてヨーロッパ、アジア、アフリカを旅する。68年西側への逃亡に失敗し拘留される。77年インドネシアを舞台とする作品「タダキ」で作家デビュー。のち輸入業者の経験をもとにして「白い虎」「風にふかれて」を発表。また、故郷のベルリンやドイツの歴史を題材にした作品も多く、チューリヒ児童文学賞を受けた「赤い水兵」(未邦訳)は、キール軍港での水兵ほう起を描いたもの。このほか「ひみつのおくりもの」のような幼年向けの読み物からヤングアダルト向けの長編まで多くの作品がある。80年からフリーのライターとして活躍。政治的理由から投獄された後は当時の西ベルリンへ移住。

コルネイチューク, アレクサンドル・エヴドキモヴィチ
Korneichuk, Aleksandr Evdokimovich
ソ連の劇作家, 政治家
1905.5.25〜1972.5.14
[出]ウクライナ　[学]キエフ教育大学(1929年)卒
[歴]労働者の家に生まれる。1925年短編作家としてデビューしたが、やがて劇作家に転じ、「艦隊の滅亡」(33年)が全ソ戯曲コンクールで当選。「プラトン・クレチェット」(34年)、「ボグダン・フメリニツキー」(39年)、「戦線」(42年)、「翼」(54年)などの作品で知られる。47〜53年、59〜72年ウクライナ共和国最高会議議長を務めた。妻は作家のワンダ・リヴォーヴナ・ワシレフスカヤ。
[家]妻＝ワンダ・リヴォーヴナ・ワシレフスカヤ(作家)

コルバート, カート　*Colbert, Curt*
アメリカの作家
1947.8.23〜
[出]ワシントン州シアトル
[歴]ベトナム戦争に従軍した後、地味な役柄の俳優業や食品会社のコンサルタントなどで生計を立てながら詩作をする。2001年〈ジェイク・ロシター〉シリーズの第1作「ラット・シティの銃声」で作家デビュー、シェイマス賞の最優秀処女長編賞候補作となる。以降、同シリーズを書き継ぐ。同シリーズに「SAYONARA VILLE」(03年)、「QUEER STREET」(04年)などがある。

ゴルバートフ, ボリス・レオンチエヴィチ
Gorvatov, Boris Leontievich
ソ連の作家
1908.7.15～1954.1.20
[出]ロシア・ドンバス(ウクライナ)　[賞]スターリン賞
[歴]職工として働き、1922年より創作活動を始める。中編「党細胞」(28年)や長編「わが世代」(33年)とその続編「アレクセイ・ガイダシ」(55年)などを書く。第二次大戦中は従軍記者を務め、ドイツ軍占領下のソ連民衆の抵抗を描いた中編「降伏なき民」(43年)は第二次大戦中の抵抗文学の代表作の一つとなり、スターリン賞を受けた。46年来日。短編集「いつもの北極地方」(40年)、戯曲「父親たちの青春」(43年)などもある。

コルファー, オーエン　*Colfer, Eoin*
アイルランドの作家
1965.5.14～
[出]ウェックスフォード　[学]ダブリン大学卒　[賞]産経児童出版文化賞(2005年)
[歴]両親は教育者で、小さな頃から物語を書き始める。ダブリン大学卒業後、郷里のウェックスフォードで小学校の教師となる。1991年結婚。本を執筆するための取材を目的に、92～96年妻とともにイタリア、チュニジア、サウジアラビアで暮らす。98年に出版された処女作「Benny and Omar」がアイルランドで瞬く間にベストセラーとなり、99年続編も刊行。2001年に発表した〈アルテミス・ファウル〉シリーズは世界的なベストセラーとなり、教職を辞して作家活動に専念。05年には「ウィッシュリスト」が第52回産経児童出版文化賞を受賞している。他の著書に「エアーマン」などがある。

コルファー, クリス　*Colfer, Chris*
アメリカの俳優, 作家
1990.5.27～
[出]カリフォルニア州クロービス
[歴]テレビドラマ「glee/グリー」のカート・ハメル役で知られ、同役での演技により、2011年第68回ゴールデン・グローブ賞最優秀助演男優賞を受賞。同年「TIME」誌の“世界で最も影響力のある100人”に選ばれる。作家としても活動し、12年より冒険ファンタジー小説〈The Land of Stories〉シリーズを発表、全米でベストセラーに。

コールマン, リード・ファレル　*Coleman, Reed Farrel*
アメリカの作家
1956～
[出]ニューヨーク市ブルックリン　[学]ブルックリン・カレッジ卒
[歴]ケネディ国際空港の貨物区画に勤務した後、オイル販売業を始める。2001年発表の「完全なる四角」が評判となり、モー・プレイガーを主人公にしたシリーズを執筆。ほかに、元保険調査員デュラン・クラインを主人公にしたミステリーも手がける。

コーレット, ウィリアム　*Corlett, William*
イギリスの作家, 脚本家, 俳優
1938.10.8～
[出]ダラム州ダーリントン　[学]ロイヤル・アカデミー・オブ・ドラマティック・アート(RADA)(1958年)卒
[歴]ヨークシャのリポンとエディンバラで初等中等教育を受けたのち、ロンドンの王立演劇学校で学ぶ。58年卒業ののち俳優として舞台に立ち、テレビにも出演。同時に戯曲脚本やテレビ台本にも手を染め、多数の作品が上演・放映される。ジュニア小説としては「エデンの門」が処女作で、78年には、ジョン・ムアと共著で宗教についての解説3部作も発表するなど、多彩な活躍をみせている。

コレット, サンドリーヌ　*Collette, Sandrine*
フランスの作家
1970～
[出]パリ　[賞]フランス推理小説大賞, 813賞
[歴]2013年「ささやかな手記」でデビューし、フランス推理小説大賞と813賞を受賞。フランス・ミステリー界の新星として注目されている。

コレット, シドニー・ガブリエル　*Colette, Sidonie Gabrielle*
フランスの作家
1873.1.28～1954.8.3
[出]ブルゴーニュ地方サン・ソヴール
[歴]1893年文士ウィリー(本名＝アンリ・ゴーティエ・ヴィラール)と結婚、パリに出る。夫の勧めで自伝的小説「学校のクローディーヌ」(1901年)「パリのクローディーヌ」(02年)など〈クローディーヌ〉シリーズを夫の名で発表、好評を得る。04年自分の名で「動物の対話」を出し、文壇デビュー。06年ウィリーと離婚、ミュージック・ホールの踊り子となり、12年「ル・マルタン」紙編集長アンリ・ド・ジュヴネルと再婚、第一次大戦に従軍記者として活躍。戦後20年以来「シェリ」「青い麦」「夜明け」「第二の女」「牝猫」「ジュリー・ド・カルネラン」などを発表、作家としての地位を確立。25年ジュヴネルと離婚、35年にモーリス・グドケと3度目の結婚。第二次大戦中は占領下のパリにとどまり、「宵の明星」などの随想録を書いた。ほかに「さすらいの女」(10年)、「足かせ」(13年)、「ジジ」(45年)など。「コレット著作集」(二見書房)がある。

ゴロン, アン　*Golon, Anne*
フランスの作家
1921.12.17～2017.7.14
[出]トゥーロン　[名]旧姓名＝Changeux, Simone
[歴]もともとはアマチュア考古学者。アフリカの古跡でやはりアマチュア考古学者として知られた医師セルジュ・ゴロンと知り合い、結婚。1956年から夫婦共著の大河小説「Angélique(アンジェリク)」の刊行を始め、その英語版が出ると世界的なベストセラーになった。考古学に関心の深い作者であるだけに、綿密な資料調査による考証の正確さには賞賛が集まった。史上実在の人物を縦横に駆使しながら、この作品に登場した人物計250体の人形を作り、大きな地図の上に並べて作品のイメージ作りの参考にしたと伝えられる。72年に夫が亡くなってからも物語を書き続け、85年全13巻をもって完結させた。2013年本国フランスで映画化された。
[家]夫＝セルジュ・ゴロン(作家)

コロンボ, フーリオ　*Colombo, Furio*
イタリアの作家, ジャーナリスト
1931.1.1～
[歴]反体制運動を展開している“新前衛派”(ネオアバングァルディア)に属する。1960年代初頭にアメリカで生活、62年にヴィットリーニ主宰の「メナボー」誌に短編を発表、64年出版の長編「狂った女たち」では、現代アメリカ社会を土壌に、女たちの群像を土壌にばらまかれた種子が生育する様に例えて合成写真のように描き出し、変りつつある現代社会の混沌を鮮やかに浮き出させた。他の作品に評論集「ケネディのアメリカ」(64年)、反体制的サブカルチャー論「暴力の代りに」(67年)など。

コワル, メアリ・ロビネット　*Kowal, Mary Robinette*
アメリカの作家
1969～
[出]ノースカロライナ州　[賞]ジョン・W.キャンベル新人賞(2008年), ヒューゴー賞(2010年)
[歴]2000年代半ば頃から雑誌に短編を発表し、08年ジョン・W.キャンベル新人賞を受賞。また、短編「For Want of a Nail」(10年)でヒューゴー賞を受賞したほか、「Evil Robot Monkey」(08年)、「Kiss Me Twice」(11年)でも同賞候補となった。初長編「ミス・エルズワースと不機嫌な隣人」(10年)はネビュラ賞長編部門とローカス賞第1長編部門の候補となる。

コン・ジヨン　孔 枝泳　*Gong Ji-young*
韓国の作家
1963～
[出]ソウル　[学]延世大学英文科卒　[賞]21世紀文学賞, 韓国小説文

コ

学賞, 李箱文学賞（2011年）
[歴]1989年、80年代の社会変革運動に身を投じた若者を描いた「日の上る夜明け」でデビュー。「ハンギョレ新聞」「東亜日報」など韓国を代表する新聞に小説を連載。現代韓国を代表する若手女性作家。93年自立を目指す女性の葛藤を描いた「サイの角のようにひとりで行け」が65万部を超えるベストセラーとなり、映画化される。2006年辻仁成と男女それぞれの視点から一つの恋愛を描いた「愛のあとにくるもの」を発表。08年秋〜09年春、聴覚障害者学校での性的暴行事件を題材にした小説「トガニ（るつぼ）」をインターネット上に連載、韓国社会を動かした。のち書籍となり、映画化もされた。他の著書に「私たちの幸せな時間」（蓮池薫訳）、「楽しい私の家」（蓮池薫訳）、「トガニ」などがある。

コンヴィツキ, タデウシュ　*Konwicki, Tadeusz*
ポーランドの作家, 脚本家, 映画監督
1926.6.22〜2015.1.7
[出]ビルノ（リトアニア・ビリニュス）
[歴]第二次大戦中は、リトアニアでドイツ、ロシア両国の占領に対して抵抗運動に参加したのち、ポーランドに移住。戦後間もなくポーランド共産党に入党し、約15年後に脱党。1946年頃から雑誌編集、デザイナーなどの仕事に携わる。50年代半ばから映画監督、脚本家、作家として活躍を始め、70年代に反体制作家に加わる。小説に「沼地」（48年）、「現代の夢占い」（63年）、「昇天」（67年）、「ぼくはだれだ」（69年）、「暦と砂時計」（76年）、「ポーランド・コンプレックス」（77年）、「小黙示録」（79年）、「月の出と月の入り」（82年）など。映画監督作品に「夏の終わりの日」（58年）、「サルト」（65年）、「溶岩流」（89年）、脚本作品に「経歴」（54年）、「尼僧ヨアンナ」（61年）、「太陽の王子ファラオ」（66年）、「宿屋」（82年）、「オーストリア」（83年）、「愛の記録」（原作・出演も, 86年）などがある。

コーンウェル, ジョン　*Cornwell, John*
イギリスの作家
[出]ロンドン　[学]ケンブリッジ大学　[賞]CWA賞ゴールド・ダガー賞（1982年）
[歴]ミッドランドの神学院で7年間学んだ後、オックスフォード大学とケンブリッジ大学に学ぶ。1978〜88年ロンドンの「オブザーバー」で海外ニュース編集主任として勤務。作家としては、サミュエル・テーラー・コールリッジの批判的伝記小説「Coleridge : Poet and Revolutionary」などを発表し、デボン州の農村の悲劇を扱った「地に戻る者—イギリス田園殺人事件」でCWA賞ゴールド・ダガー賞を受賞。ローマ法王ヨハネ・パウロ1世の死の謎に迫るノンフィクション「バチカン・ミステリー」はベストセラーとなった。

コーンウェル, パトリシア　*Cornwell, Patricia Daniels*
アメリカのミステリー作家
1957.6.9〜
[出]フロリダ州マイアミ　[学]ダビドソン・カレッジ卒　[賞]MWA賞処女作賞, CWA賞ジョン・クリーシー記念賞（1990年）, CWA賞ゴールド・ダガー賞（1993年）, シャーロック・ホームズ賞（1999年）
[歴]ドイツ系プロテスタント。警察担当記者、バージニア州検屍局のコンピュータープログラマーを経て、1990年「検屍官」で作家デビュー。同書はMWA処女作賞、イギリス推理作家協会賞（CWA賞）の最優秀新人賞であるジョン・クリーシー記念賞はじめ世界の主な賞を総ナメし、“ミステリー界に新女王が誕生”と絶賛された。同じく女性検屍局長ケイ・スカーペッタを主人公とした〈検屍官〉シリーズの「真犯人」でCWA賞ゴールド・ダガー賞を受賞。〈警察官アンディ・ブラジル〉シリーズや〈捜査官ガラーノ〉シリーズなどもある。

コーンウェル, バーナード　*Cornwell, Bernard*
イギリスの作家
[出]ロンドン　[賞]日本冒険小説協会大賞
[歴]歴史の教師をした後BBCテレビに勤め、1980年以降作家に専念。ナポレオン戦争時のイギリス軍人シャープ少佐の活躍を描く〈シャープ〉シリーズで人気を博し、アメリカ独立戦争をテーマに描いた「Red Coat」（87年）もベストセラーに。他に「殺意の海へ」（88年）、「ロセンデール家の嵐」「黄金の島」、「嵐の絆」（91年）など冒険小説を次々と発表。

コンクエスト, ロバート　*Conquest, Robert*
イギリス生まれのアメリカの作家, 詩人, 歴史家
1917.7.15〜2015.8.3
[出]ウスター州　[名]コンクエスト, ジョージ・ロバート・アックワース〈Conquest, George Robert Acworth〉　[学]オックスフォード大学卒　[勲]OBE勲章（1955年）, 聖マイケル聖ジョージ勲章（CMG）（1996年）, 自由勲章（アメリカ大統領）（2005年）
[歴]外交官としてブルガリアのソフィアに駐在。退官後、著作活動、学究生活に入る。作家キングズリー・エイミスとともにSFの編集に従事、その功績により、イギリスにおいてSFがアカデミズムに認められるようになった。1964年アメリカに移住。コロンビア大学、ハーバード大学のソ連関係研究機関研究員を経て、スタンフォード大学フーバー研究所上級研究員。著書に「ソ連の政治と権力」「ロシアについての常識」「天才の勇気・パステルナーク事件」「レーニン」「スターリンの恐怖政治」「誰がキーロフを殺したのか」など多数。また、ソルジェニーツィンの詩集「プロシャの夜」の翻訳、詩人、作家としても活躍した。

ゴンザレス, N.V.M.　*Gonzalez, N.V.M.*
フィリピンの作家
1915.9.8〜1999
[出]ミンドロ島
[歴]フィリピン大学で教鞭を執り、のちアメリカ在住。英語短編小説の名手といわれ、流麗で熟慮された文体と詳細な描写が特徴。フィリピン知識人がアイデンティティを確立できないのは、故郷の喪失と、西欧教育から学んだ価値観が発展途上国の現実に即さないことによると示唆。故郷ミンドロ島の住民とその生活を描き、またマニラやアメリカに住む中産階級フィリピン人の生活と葛藤を扱う。主な作品に「4月の風」（40年）、長編「恵みの時」（56年）、同「竹の踊子」（59年）、短編集「7つの丘を越えて」（47年）、同「ミンドロ島の向うに」（79年）など。

ゴンザレス, マヌエル　*Gonzales, Manuel*
アメリカの作家
1974〜
[出]テキサス州プレイノ　[学]コロンビア大学大学院創作科
[歴]メキシコからの移民3世にあたる。コロンビア大学大学院創作科に進み、ジョージ・ソーンダーズ、エイミー・ベンダー、ブライアン・エヴンソンといった現代アメリカ作家たちに触れる。修了後は故郷テキサスに戻り、6歳から18歳を対象に文章の指導をする非営利団体の所長を務める傍ら、創作に励む。2013年「ミニチュアの妻」を発表し、全米各紙誌で高い評価を受ける。ケンタッキー大学大学院創作科で教鞭を執る。

コンション, ジョルジュ　*Conchon, Georges*
フランスの脚本家, 作家
1925.5.9〜1990.7.29
[賞]ゴンクール賞（1964年）, アカデミー賞外国語映画賞（1976年）
[歴]フランス脚本界の大物。仏議会事務局勤務を経て、1964年白人の人種差別を描いた小説「未開状態」を発表しゴンクール賞を受賞、以来本格的作家活動をはじめる。脚本家としても自作の映画化に携わるほか、ジャック・ルーフィオ監督の「甘くない砂糖」などの脚本も手がける。81年にフランス映画のフェスティバルで来日。他の主な小説に「勝利のコリーダ」「残忍な国」、脚本にジャン・ジャック・アノー監督により映画化された「ブラック・アンド・ホワイト・イン・カラー」など。

コンスタブル, ケイト　*Constable, Kate*
オーストラリアの作家
1966～
[出]メルボルン　[学]メルボルン大学卒
[歴]メルボルン大学卒業後、レコード会社ワーナーミュージックにパートタイムで勤務する傍ら、執筆活動を始める。2002年〈トレマリスの歌術師〉シリーズで作家デビュー

コンデ, マリーズ　*Condé, Maryse*
フランス植民地で生まれたクレオールの作家
1937～
[出]グアドループ　[賞]ニューアカデミー文学賞（2018年），フランス女性文学大賞（1987年），アナイス・ニン賞（1988年），カルベ賞（1997年）
[歴]カリブ海のフランス領植民地グアドループに生まれ、中産階級の家に育つ。16歳で故郷を離れ、パリのソルボンヌ大学で英文学を学ぶ。1959年ギニア出身の俳優ママドゥ・コンデと結婚。60年代はアフリカへ渡り、ギニアやガーナ、セネガルに居住。12年間フランス語を教えた。その後パリに戻り、75年比較文学の博士号を取得。76年処女小説「ヘレマコノン」で作家デビュー。84年アフリカを舞台にした歴史小説「セグー」がフランスでベストセラーとなる。他の著書に「心は泣いたり笑ったり」「風の巻く丘」などがあり、87年「わたしはティチューバ」でフランス女性文学大賞、88年「生命の樹」でアナイス・ニン賞、97年「デジラーダ」でカルベ賞を受賞。フレンチ・クレオールの文学者で、カリビアン・ディアスポラ文学を代表する作家の一人。2018年スキャンダルの影響で中止になったノーベル文学賞の代わりに1年限りで創設されたニューアカデミー文学賞を受賞。1998年、2001年来日。

コンディ, アリー　*Condie, Ally*
アメリカの作家
[出]ユタ州　[名]Condie, Allyson Braithwaite　[学]ブリガムヤング大学卒　[賞]パブリッシャーズ・ウィークリー2010年のベスト児童書賞, 2011若い読者のためのベスト・フィクション賞
[歴]数年間、ユタ州とニューヨーク州の高校で英語教師を務めた後、創作活動に入る。メジャーデビュー作「カッシアの物語」が高い評価を得、パブリッシャーズ・ウィークリーの2010年のベスト児童書賞、アメリカ・ヤングアダルト図書館サービス協会の11年の若い読者のためのベスト・フィクション賞などを受賞。

コンドン, リチャード　*Condon, Richard*
アメリカの作家
1915～1996.4.9
[出]ニューヨーク
[歴]ウォルト・ディズニーらの映画宣伝係、コピーライターなど、ブロードウェイで様々な職業を経験する。1959年処女長編スパイ小説「マンチュリアン・キャンデード（映画の邦題〈影なき狙撃者〉）」の成功を機に作家に転身し、以来小説、戯曲、エッセイ、評論、ノンフィクションに健筆を振るう。ケネディ暗殺事件をモデルにした「Winter Kills（ウィンター・キルズ）」（74年）など事実に基づくサスペンス小説を得意とする。一方、「ワインは死の香り」（72年）、「オパールは死の切り札」（78年）などのしゃれたユーモア冒険小説も手がける幅広さを持つ。マフィアを扱った「Prizzi's Honor（女と男の名誉）」（82年）は、ジョン・ヒューストン監督により映画化された。他に「Prizzi's Family」（86年）、「Prizzi's Glory」などがある。

コンフォート, アレックス　*Comfort, Alex*
イギリスの作家, 詩人, 生物学者
1920～2000.3.26
[名]コンフォート, アレグザンダー〈Comfort, Alexander〉　[学]ケンブリッジ大学トリニティ・カレッジ（古典学・自然科学）　哲学博士, 理学博士
[歴]1945年ロンドン病院で医師の資格を取ってから人間生物学に関心を持ち、軟体動物の貝殻の色素の研究で哲学博士を、老化の生物学の仕事で理学博士号を取得した。カリフォルニア大学医学部教授などを歴任。老年学に関する専門書を書く傍ら、小説、詩、エッセイ、論集など多方面で著作活動を行った。73年セックスが楽しみであることを教え、古典の一つとなった「ジョイ・オブ・セックス」を発表、同作品は24の言語に訳され、世界で1200万部を売るベストセラーに。また小説「Come out to play」で性に関する鋭い問題点を織り込み、エッセイ集では芸術・生物学・精神分析などについて論じたほか、中世サンスクリット艶詩の翻訳も手がけた。アナキスト、平和主義者としても知られ、60年代初めには"百人委員会"メンバーとして、哲学者で平和運動家のバートランド・ラッセルらとともに反核運動を展開した。他の著書に、「人間生物学」「ニュー・ジョイ・オブ・セックス」、小説「哲学者たち」（89年）、詩集「急いで結婚式へ」（61年）など。

コンフォード, エレン　*Conford, Ellen*
アメリカの児童文学作家
1942.3.20～2015.3.20
[出]ニューヨーク市　[名]旧姓名＝Schaffer, Ellen
[歴]子供の頃から執筆を開始。1971年ふくろねずみ物語の第1作「やればできるよランドルフ」でデビュー。この作品が大好評を得、この年の最優良書の1冊に選ばれた。その後、「どうしてわたしはウィリアムじゃないの」など40以上の作品を発表し、幅広い読者を得た。他の作品に「これならおとくいジェラルディン」「スター少女アナベル ゴリラになる」「ゆうかんになったユージン」などがある。

コーンフォード, ジョン　*Cornford, John*
イギリスの詩人
1915.12.27～1936.12.28
[学]ケンブリッジ大学大学院（歴史専攻）修了
[歴]父はケンブリッジ大学の古典教授、母は進化論で知られるダーウィンの孫で女流詩人。ロンドン・スクール・オブ・エコノミクスに学び、共産党員となる。スペイン内戦が起った1936年8月、一人でスペインに入国し、間もなくPOUM（政党）の民主隊に参加、アラゴン戦線で戦う。負傷でロンドンに戻るが、同年10月に6人の義勇兵を引きつれ、「国際旅団」に編入し、マドリード防衛戦、次いでコルドバ戦線へと転戦し、戦死した。歴史学者のマーゴット・ハイネマンは恋人で、没後に「ジョン・コンフォードその思い出」が編まれた。

コンプトン・バーネット, アイビー　*Compton-Burnett, Ivy*
イギリスの作家
1884.6.5～1969.8.27
[出]ロンドン　[学]ロンドン大学ロイヤル・ホロウェイ・カレッジ（1907年）卒　[賞]ジェームズ・テイト・ブラック記念賞（1955年）
[歴]父は医者で2度結婚して12人のきょうだいがおり、2度目の結婚による子供たちの長女として生まれる。ロンドン大学ロイヤル・ホロウェイ・カレッジで古典学を専攻。1911年処女作「ドローレス」を発表。2作目の「牧師と主人」（25年）で注目され、独自の作風を確立。以来同作を含めたほぼ全て作品は、ヴィクトリア朝末期からエドワード朝にまたがる時代の田舎の地主階級を舞台とし、状況説明がほとんど無い中、人物間の会話のみで家庭内の微妙な力関係を描くというもので、一部に熱心な読者を持った。また、「兄弟と姉妹」（29年）、「男と妻」（31年）、「息子と娘」（37年）、「侍僕と女中」（47年）、「母と息子」（55年）というように、2作を除いて全て「○○と××」（○○and××）という形式で命名されているのも特徴。67年女性爵位デームの称号を受けた。イギリス家具と装飾の権威であったマーガレット・ジュアディンとは、ジュアディンが亡くなるまで30年以上生活を共にし、生涯独身を通した。生前、自らの生年を秘していたので1892年生まれとする文献が多い。

ゴンブローヴィチ, ヴィトルド　*Gombrowicz, Witold*
ポーランドの作家, 劇作家

コ

1904.8.4〜1969.7.26
[出]マウォシツェ　[学]ワルシャワ大学法学部卒　[賞]フォルメントール国際出版社賞(1967年)
[歴]ユダヤ系。士族出身の資産家に生まれる。1927年法律学の修士を取得後、パリに遊学し、29年帰国。弁護士見習いをするが、文学に専心し、33年作家としてデビュー。39年アルゼンチンへ赴き、第二次大戦中と戦後ブエノスアイレスのポーランド銀行に勤務、銀行のブレティン編集に携わる。63年同地を離れ、ヨーロッパを転々とし、64年から南フランスのバンスに定住。同年脱稿の「コスモス」で67年フォルメントール国際出版社賞を受賞。未成熟に最高の価値を認め、人間実在の本質をとらえようとした。小説に「成熟期の手記」(33年)、「フェルディドゥルケ」(38年)、「大西洋横断」(50年)、「ポルノグラフィア」(58年)、短編集に「バカカイ」、戯曲に「結婚」(47年)、「オペレッタ」(56年)など。

コンラッド, ジョゼフ　*Conrad, Joseph*
ポーランド生まれのイギリスの作家
1857.12.3〜1924.8.3
[出]ベルジチェフ　[名]コンラッド・コジェニョフスキ, ユゼフ・テオドル〈Konrad Korzeniowski, Jozef Teodor〉　[学]クラカウ大学卒
[歴]ロシア皇帝支配下のポーランドで小地主貴族の家に生まれる。4歳の時にポーランド独立運動に参加した父が逮捕され、両親とともに北ロシアに流された。11歳までに両親を失い、クラカウの伯父の下で学生生活を送ったのち、1875年フランス船の船乗りとなる。その後、イギリス船に移り、86年イギリスに帰化。東洋航路の船長やベルギー領コンゴの川蒸気船船長などを務めたが、94年船乗りをやめてイギリスに定住、創作活動に専念。文明と自然、文明と文明との衝突を主題とし、海洋や異国を舞台にした小説を多く発表した。作品に「オールメイヤーの阿房宮」(95年)、「ナーシサス号の黒人」(97年)、「ロード・ジム」(1900年)、「闇の奥」(02年)、「内通者」(07年)、「西欧人の眼に」(11年)などがある。

コンラード, ジェルジュ　*Konrád, György*
ハンガリーの作家
1933.4.2〜
[出]デブレツェン
[歴]大学在学中から研究論文や文芸批評を発表。1956年大学卒業後新聞雑誌社に勤務。そこで雑誌「暮らしの諸風景」の創刊を手がけるが、発行予定日の10月23日に、ハンガリー動乱が勃発し、中止となった。59〜65年ブタペスト七区の教育課で児童保護監察員を務め、60〜65年はマジャル・ヘリコン社の編集員も兼ねた。65年からは都市開発建設省付属都市建設研究計画院に都市社会学研究官として勤める。69年に処女長編小説「A Látogató(ケースワーカー)」を発表、この作品は児童福祉相談員の手記の形をとって体制や社会の最下層の人々を描き出したもので、当時センセーションを呼び、賛否両論の渦を巻き起こした。73年同僚のセレーニ・イバーンと共同執筆した「階級権力に至る知識階級の道(邦題・知識人と権力)」が原因で執筆・出版が禁止される。76年以後、数度にわたり国外滞在。国外で長編「共犯者」(78年, 89年国内で出版)、エッセイ「自立の誘惑」(80年)、「アンティ・ポリティック」(82年)などがある。

コンラン, シャーリー　*Conran, Shirley Ida*
イギリスの作家, 編集者
1932.9.21〜
[出]ロンドン　[学]ポーツマス・アート・カレッジ卒
[歴]1955年コンラングループ広報アドバイザーなどを経て、58年テキスタイル・デザインスタジオ設立。67年オブザーバーのファッションエディター、69〜70年コラムニスト、ジャーナリスト。テレビ・ラジオに多数出演するなど多彩な分野で活躍。のち作家としてデビューし、ノンフィクション「Super Woman」(74年)が話題となる。82年処女小説「レース―百合が咲いたあの時から」が爆発的なヒットを記録。他の作品に小説「悪夢のバカンス」(87年)、「薔薇の誘惑」(92年)などがある。

コンリー, ジェイン・レズリー　*Conly, Jane Leslie*
アメリカの児童文学作家
1948〜
[出]バージニア州　[学]スミス・カレッジ卒, ジョンズ・ホプキンズ大学(創作)
[歴]両親はともに作家。1986年父のロバート・C.オブライエンの遺稿に手を加えて完成させた「ラクソーとニムの家ねずみ」でデビュー。93年「クレイジー・レディー！」で、ニューベリー賞オナーブックに選ばれる。
[家]父＝ロバート・オブライエン(作家)

コンロイ, ジャック　*Conroy, Jack*
アメリカの作家
1899.12.5〜1990.2.28
[名]コンロイ, ジョン・ウェズリー〈Conroy, John Wesley〉
[歴]ミズーリ州の炭鉱夫の息子で、若い頃から厳しい労働を体験し、やがてアメリカのプロレタリア文学運動に参加。1930年代には左翼雑誌「アンビル」、「ニュー・アンビル」を編集。33年の処女作「文無しラリー」は、炭鉱町に生まれ育った人間の成長を描いた左翼文学を代表する作品。ほかに「勝ちとるべき世界」(35年)、「スラッピー・フーパー」(46年)、評論「マーク・トウェイン」(31年)などがある。第二次大戦後も急進的な立場を貫き、民話採集や児童文学の分野で文筆活動を続けた。

コンロイ, パット　*Conroy, Pat*
アメリカの作家
1945.10.26〜2016.3.4
[出]ジョージア州アトランタ　[名]Conroy, Donald Patrick　[学]シタデル大学(サウスカロライナ州)卒
[歴]少年時代をアメリカ海兵隊軍人の父の転属に従って南部各地で過ごす。1970年自費出版「The Boo」で作家デビュー。第2作の「The Water Is Wide(河は広い)」(72年)は「コンラック先生」(74年)というタイトルで映画化された。第5作目にあたるサウスカロライナ州のある漁師一家の過去と現在を描いた1900枚の大作「潮流の王者」(86年)はベストセラーとなり、女優バーブラ・ストライサンド監督・主演の「サウス・キャロライナ/愛と追憶の彼方」(91年)として映画化された。

コンロイ, フランク　*Conroy, Frank*
アメリカの作家
1936〜
[学]ハバフォード大学卒
[歴]アイオワ大学、MIT、ブランディーズ大学で教え、1967年の自伝的長編「彷徨」が好意的に迎えられた。師匠的存在のノーマン・メイラーが事務所をおくマッハッタンの同じビルに仕事場を持つ。アメリカ音楽に関するエッセイも書いている。81年には芸術基金局の文学部門のディレクターに選ばれている。85年短編集「空中」を出版。

コンロン, エドワード　*Conlon, Edward*
アメリカの作家
1965.1.15〜
[出]ニューヨーク市ブロンクス　[学]ハーバード大学(1987年)卒
[歴]大学卒業後、ニューヨーク市警入り。パトロール警官から、2001年刑事に昇進。この間、筆名を使って「ニューヨーカー」などにコラムを執筆し、それらをまとめた処女作「Blue Blood」(04年)が絶賛される。11年自らの体験をもとに書き上げた警察小説「赤と赤」はフィクションのデビュー作で、MWA賞最優秀新人賞にノミネートされた。

【サ】

沙 葉新　さ・ようしん　*Sha Ye-xin*
中国の劇作家
1939.7.13～2018.7.26
[出]江蘇省南京　[学]華東師範大学中国文学科（1961年）卒
[歴]回族。1979年実際の事件をモチーフとした高級幹部の特権化諷刺劇「もしもぼくが本物だったら」を李守成、姚明徳と合作、大きな反響を呼んだが、公開上演はできなかった。85年より上海人民芸術劇院院長。他の戯曲に「マルクス秘史」（83年）、「真の男性を求めて」（86年）、「イエス・孔子・ビートルズのレノン」（88年）などがある。

サアット, アルフィアン　*Sa'at, Alfian*
シンガポールの詩人, 作家, 劇作家
1977～
[学]シンガポール国立大学医学部
[歴]マレー系シンガポール人。シンガポール随一の名門中等学校からジュニア・カレッジへ進み、シンガポール国立大学医学部へ入学するが、卒業はせず創作活動に専念。詩、劇、短編小説の各分野で幅広く活動し、数々の賞を受賞。1998年第1詩集「荒ぶる時（One Fierce Hour）」、99年第2短編集「サヤン、シンガポール」を発表。戯曲はドイツ語、スウェーデン語などに訳され、上演されている。劇団W！ ld Riceの座付き作家としても活躍する。

蔡 素芬　さい・そふん　*Cai Su-fen*
台湾の作家
1963～
[出]台南　[学]淡江大学
[歴]高校1年から小説を執筆。淡江大学では1985～86年の2年連続で同大学文学賞の短編小説/極短編小説部門で1位に輝く。89年処女小説集「六分之一劇」を出版。同年渡米。以来、アメリカの心理学関係書の翻訳と小説の執筆活動を続ける。「明月（クリスタルムーン）」（94年）は10万部を超えるベストセラーとなり、98年続編「オリーブの樹」を刊行。台湾の現代文学を代表する作家として、全国学生文学賞、連合文学新人賞、林語堂文学賞などの審査員を務め、後進の育成にも努める。

ザイダーン, ユースフ　*Ziedan, Youssef*
エジプトの作家, 古文書学者
1958～
[出]ソハーグ　[賞]国際アラブ小説賞（2009年）
[歴]幼い頃に地中海の街アレクサンドリアに移住。アレクサンドリア大学で博士号を取得し、同大学やアレクサンドリア図書館で古文書学の研究や教育に従事。2009年専門知識を生かして執筆した長編小説「アザゼル」（08年）でUAEの国際アラブ小説賞を受賞。他の作品に、「The Nabatian」（05年）、「Places」（13年）、「Guantanamo」（13年）など。

サイド, A.サマッド　*Said, A.Samad*
マレーシアの作家, 詩人, ジャーナリスト
1935.4.9～
[出]ムラカ州
[歴]シンガポールで高校までの教育を受け、シンガポール・ジェネラル・ホスピタルに勤務。やがてクアラ・ルンプールに移り、週刊誌記者、日刊紙「ウトゥサン・ムラユ」記者を経て「ブリタ・ハリアン」紙の編集者となる。50年代後半から“50年世代”の文学運動に参加し、詩や自分の体験にもとづく短編を書く。58年国立国語研究所小説コンクールで受賞した「娼婦サリナ」を61年に出版、一躍マレー文学を代表する作家の1人に数えられる。その後も「瀕死の川」（67年）、「夕べの空」（80年）などの小説のほか、詩や評論、劇、児童文学など多方面の分野で作品を発表し続けている。

サイト・ファイク・アバスヤヌク　*Sait Faik Abasiyanik*
トルコの作家
1906.11.18～1954.5.11
[出]アダパザル　[学]イスタンブール大学中退
[歴]イスタンブール大学中退後、材木商を営む父親の意向もあって、スイスで経済学を志したが挫折、フランスに移り、自由放縦な3年間を過ごし。1933年帰国。一時教師、新聞記者などをした。父親の死後（39年）、イスタンブールでの生活を除いては、マルマラ海のブルガズ島の別荘で母親と2人きりで暮らした。旧都イスタンブールとブルガズ島に留まり、社会の底辺に生きる人を、詩的で平易な言葉で描き続けた。初期の短編集に「サモワール」（36年）、「貯水槽」（39年）、「杭打ち機」（40年）があり、「不必要な男」（48年）では、大都会に暮らす人間の無関心さや疎外感に触れている。肝硬変を患ってからは、より深層心理の世界へと移行し、「最後の鳥」（52年）、「アレム山には蛇がいる」（54年）など、シュルレアリスム傾向の強い作品を発表。170編余りの短編をまとめた全集（12巻）のほかに、小説「生計のモーターボート」（44年）、「尋ね人」（53年）も残す。トルコ現代文学に大きな影響を与えた。53年アメリカ・マーク・トウェイン協会名誉会員。

サイフェルト, ヤロスラフ　*Seifert, Jaroslav*
チェコスロバキアの詩人
1901.9.23～1986.1.9
[出]プラハ　[賞]ノーベル文学賞（1984年）
[歴]プラハの労働者家庭に生まれる。高校中退後、詩作活動に入る。1921年詩集「涙の中の町」でデビュー。同年共産党入党。党の文化政策と何度か衝突し29年除名。68年の“プラハの春”でも党の路線を批判して野に下った。69～72年チェコ作家同盟議長、77年人権尊重を訴える「憲章77」に署名。ジャーナリストとして活躍する傍ら、チェコの叙情詩の伝統を踏まえた多様な詩を発表。国民詩人の名声を得た。84年チェコで初めてのノーベル文学賞を受賞。代表的詩集に「涙の中の町」（21年）、「新婚旅行」（25年）、「明りを消せ」（38年）、「お母さん」（54年）、「春今ひとたび」（61年）、「島の音楽会」（65年）、「ペスト記念柱」（77年）など、回想記に「この世の美しきものすべて」がある。

サイモン, ニール　*Simon, Neil*
アメリカの劇作家, 脚本家
1927.7.4～2018.8.26
[出]ニューヨーク市ブロンクス　[名]Simon, Marvin Neil　[学]ニューヨーク大学中退　[賞]ピュリッツァー賞（戯曲部門）（1991年）, トニー賞作家賞（1965年）, ゴールデン・グローブ賞脚本賞（1978年）, トニー賞最優秀演劇作品賞（1985年・1991年）
[歴]ユダヤ系家庭に二男として生まれる。父は衣料品のセールスマンだったが、夫婦仲が悪かったことから家族を放り出してたびたびいなくなった。ニューヨーク大学、デンバー大学で学び、アメリカ陸軍を除隊後に兄のダニーと一緒にラジオやテレビにコメディを書き始める。やがて活動の場を舞台に移し、1961年「カム・ブロー・ユア・ホーン」でブロードウェイデビュー、63年の「裸足で散歩」で人気を確立。「おかしな二人」（65年）で不動の地位を築き、66～67年には新作やロングランを取り混ぜて4本が同時にブロードウェイで上演されるなど、現代アメリカを代表する人気喜劇作家となった。73年の最愛の妻を40歳で失ってからはしばらく公私ともに低迷したが、自伝的な“B・B3部作”として知られる「思い出のブライトン・ビーチ」（83年）、「ビロクシー・ブルース」（85年）、「ブロードウェイ・バウンド」（86年）で復調。83年にはブロードウェイに自身の名を冠した「ニール・サイモン劇場」がオープン。91年「ヨンカーズ物語」でピュリッツァー賞を受賞。「おかしな二人」「ビロクシー・ブルース」「ヨンカーズ物語」でトニー賞を3回受賞し、“シェイクスピアに次ぐ偉大な劇作家”とも称される。日本でも数々の作品が上演され、三谷幸喜をはじめ数多くの演劇人に影響を与えた。他の作品に「プラザ・スイート」「ジンジャーブレッド・レディ」「サンシャイン・ボー

サ

イズ」「カリフォルニア・スイート」「映画に出たい！」などがあり、「おかしな二人」「裸足で散歩」「グッバイガール」など映画脚本も多い。自伝「書いては書き直し」がある。
㊈兄＝ダニー・サイモン（脚本家）

サイモン, マイケル　Simon, Michael
アメリカの作家, 脚本家
1963～
㊴ニューヨーク州ロングアイランド・レビットタウン
㊨舞台俳優、タクシー運転手、DJ、編集者などを経て、2004年「ダーティ・サリー」で作家デビュー。同作はシリーズ化された。ブルックリン・カレッジとニューヨーク大学で教鞭を執る。

サインス, グスタボ　Sainz, Gustavo
メキシコの作家
1940～
㊴メキシコシティ
㊨学生時代から文化雑誌の刊行に携わりまたラジオ、テレビ、映画の台本を書くなど、新進ジャーナリスト兼脚本家として活躍。19歳のときに書き始めた「ガサポ(仔うさぎ)」は書き上げるまで6年を要したが、権威主義的な大人の世界に対する若者の反抗的・反体制的な生き方をリアルに表現して、青春文学の先駆けとなった。ホセ・アグスティンと共にメキシコ現代文学に一時代を画した"オンダ"の代表的な作家で、アメリカ・ニューメキシコ大学で教鞭を執りながら、文学志望の若者のための文学ワークショップを開く。

サヴァール, フェリックス・アントワーヌ
Savard, Félix Antoine
カナダの作家
1896.8.31～1982.8.24
㊴ケベック州ケベック
㊨フランス系。ケベック市で生まれるが、2歳でシクティミに移り、青年時代まで同地で過ごす。26歳の時にカトリックの聖職者となり、神学校卒業後は開拓地で布教活動を行いながら執筆を行う。1937年森の男たちの生活を描いた「筏師の親方ムノオ」を刊行、代表作となった。43年散文小品集「アバティス」を刊行。のち、ケベック市のラバル大学教授、文学部長などを歴任。フランス系カナダ人の民話や伝説の収集も行った。

サヴィアーノ, ロベルト　Saviano, Roberto
イタリアの作家
1979～
㊴ナポリ　㊥ヴィアレッジョ・レバチ賞（2006年度）、ジャンカルロ・シアーニ賞（2006年度）
㊨「イル・マニフェスト」「イル・コリエーレ・デル・メッツォジョルノ」などの新聞にナポリのマフィア"カモッラ"の記事を載せ、「ヌオーヴィ・アルゴメンティ」「ロ・ストラニエーロ」などの雑誌にルポルタージュを寄稿。カモッラの犯罪や違法な事業への関与などを描いた処女作「ゴモラ（邦題・死都ゴモラ）」（2006年）は、06年度ヴィアレッジョ・レバチ賞、同年度ジャンカルロ・シアーニ賞を受賞。50ケ国以上で翻訳される世界的ベストセラーとなる。また映画化もされ、08年のカンヌ国際映画祭でグランプリ（大賞）を獲得した。しかし、カモッラから暗殺予告を受け、以後、永久警護が付与される不自由な生活を送ることになる。

サヴィンコフ, ボリス　Savinkov, Boris
ロシアの作家, 詩人, 革命家
1879.1.31～1925.5.7
㊴ウクライナ・ハリコフ　㊋サヴィンコフ, ボリス・ヴィクトロヴィチ〈Savinkov, Boris Viktorovich〉筆名＝ロープシン, V.〈Ropshin, V.〉　㊤ペテルブルク大学
㊨1901年ペテルブルクの労働者階級解放闘争同盟に参加。03年流刑地で右翼エスエル党（社会革命党）に入り、戦闘団員として要人暗殺のテロを指導。06年逮捕され死刑を宣告された

が逃亡、7年意見の対立によりエスエル党を離党する。テロリストとしての経験を踏まえ、09年V.ロープシンの筆名で小説「蒼ざめた馬」を出版。11年亡命し、革命とエスエル党崩壊を描いた長編「無かったところのもの」（12年）を出版。第一次大戦ではフランス軍に義勇兵として志願。17年二月革命後ロシアに戻り、ケレンスキー内閣の陸相次官となる。十月革命後は地下組織の祖国と自由擁護同盟を創設し、18年ヤロスラヴリの反乱を工作して失敗、19年から国外で反ソ活動に終始し、20年ポーランドで自衛軍を結成。23年パリで「蒼ざめた馬」の続編ともいうべき「黒馬を見たり」を出す。24年秋かに帰国して逮捕され、裁判の後獄中で自殺した。没後に「一テロリストの回想」（26年、ソ連）、「ロープシン遺稿詩集」（31年、ニース）が刊行される。

サウスオール, アイバン　Southall, Ivan
オーストラリアの児童文学作家
1921.6.8～2008.11.15
㊴メルボルン　㊋サウスオール, アイバン・フランシス〈Southall, Ivan Francis〉　㊥カーネギー賞（1971年）、フェニックス賞（2003年）
㊨第二次大戦中はオーストラリア空軍のパイロットだったが、退役後の1947年作家としてデビュー。はじめ一般向けの小説を書き、62年に「ヒルズ・エンド（嵐の中の子どもたち）」を出してから児童文学に進み、「燃えるアッシュ・ロード」（65年）「風船をとばせ！」（68年）「ジョシュ」（71年）などを次々と発表。戦後のオーストラリア児童文学を代表する作家の一人となった。

サカモト, ケリー　Sakamoto, Kerri
カナダの作家
1959～
㊴オンタリオ州トロント　㊤ニューヨーク大学大学院修士課程修了　㊥英連邦作家賞（1999年度）、カナダ日本文学賞（2000年度）
㊨日系3世。インディペンデント映画の脚本、アジア系北米アートについての論評などを手がける。のち「窓からの眺め」で作家デビュー。カナダでの刊行前から海外に版権が売れて話題となり、1999年度英連邦作家賞と2000年度カナダ日本文学賞を受賞。03年には戦時中の日本を描いた「One Hundred Million Hearts」を発表。

サガン, フランソワーズ　Sagan, Françoise
フランスの作家, 劇作家
1935.6.21～2004.9.24
㊴ドルドーニュ地方ロート県カジャルク　㊋クワレ, フランソワーズ〈Quoirez, Françoise〉　㊤ソルボンヌ大学中退　㊥クリティック賞（1954年）
㊨裕福な実業家を父に南仏カジャルクに生まれ、パリで育つ。ソルボンヌ大学を中退して、18歳のとき7週間で「Bonjour Tristesse（悲しみよこんにちは）」（1954年）を書いて文壇にデビュー。男女間の心理の細かい動きを淡々とした筆致で、デリケートな雰囲気と倦怠の香りを漂わせて描く作風は、天才作家ラディゲの再来と騒がれ、フランスの批評賞を受賞。5年後には世界20数ケ国で翻訳され、500万部のベストセラーとなった。以後も「ある微笑」（56年）、「一年ののち」（57年）、「ブラームスはお好き」（59年）、「すばらしい雲」（61年）、「熱い恋」（65年）、「優しい関係」（66年）、「乱れたベッド」（77年）、「サラ・ベルナール—運命を誘惑するひとみ」（87年）などフランス伝統の恋愛心理小説の流れをくむベストセラー作品を次々発表し、フランスで最も読者の多い作家の一人として活躍。ブルジョア階級の洗練された男女の愛と孤独を描いた作品は、その後の日本の恋愛小説にも大きな影響を与えた。60年以後は戯曲も多く手がけるようになり「スウェーデンの城」で成功、「ラ・シャマド」などのバレエ台本やシャンソンの作詞にも活躍。23歳で結婚したが離婚、さらに27歳で再婚して1男をもうけたが、やはり離婚した。57年には猛スピードでスポーツカーを運転中に事故を起こしたり、カジノ賭博やアルコール依存

症を経験。90年3月と95年2月コカイン使用と譲渡で有罪判決を受け、92年12月麻薬犯罪で起訴された。2002年2月には脱税罪で執行猶予付き禁錮1年の有罪判決を受けるなどスキャンダルにつきまとわれた。

サキ *Saki*
ビルマ生まれのイギリスの作家, 詩人
1870.12.18～1916.11.14
[出]アクヤブ [名]マンロー, ヘクター・ヒュー〈Munro, Hector Hugh〉
[歴]筆名のサキは、イギリスの詩人エドワード・フィッツジェラルドが翻訳したペルシャの詩人ウマル・アル・ハイヤーミーの「ルバイヤート」に現れる女性の名。ビルマ（現・ミャンマー）植民地官吏の息子に生まれ、イギリスで教育を受け、1893年ビルマ警官隊に勤めたが病気で退職、政治風刺に筆を染める。96年イギリスに渡ってジャーナリストとなり、1900年より「ウェストミンスター・ガゼット」,「モーニング・ポスト」の記者・通信員を務めながらポーランド、ロシア、パリに駐在。一方、皮肉と風刺、ウイットと幻想に満ちた作風で短編作家として活躍。第一次大戦に一兵卒として志願し、前戦で戦死した。作品に短編集「レジナルドの愉快な冒険」(04年)、「獣と超獣」(14年)、長編小説「鼻持ちならぬバシントン」(12年)、「ウィリアムが来たとき」(13年) などがある。

ザコーアー, ジョン *Zakour, John*
アメリカの作家
1957～
[歴]もともとはコンピューター・ゲームのプログラマーだったが、その後コーネル大学に勤務してサイエンスライターに転身、HTMLの書き方についてのガイドブックを執筆するほか、ユーモア本「男性のための妊娠ガイド」も出版。2001年ローレンス・ゲイネムと共著で最初のユーモアSFミステリー小説「プルトニウム・ブロンド」を発表。一方、様々な会社が出しているグリーティングカードのデザインを手がけたり、コンピューターの知識と絵の才能の両方を生かして、インターネット上で漫画を連載。人間行動学の修士号を取得した後、栄養学の博士号に挑戦。様々な本業を持つ才人。

サザーランド, エファ *Sutherland, Efua*
ガーナの劇作家, 詩人
1924.6.27～1996.1.22
[出]イギリス領ゴールドコースト [名]サザーランド, エファ・セオドラ・モーグ〈Sutherland, Efua Theodora Morgue〉 [学]ケンブリッジ大学マートン・カレッジ卒, ロンドン大学大学院アジア・アフリカ研究科
[歴]1951年教師になるためイギリスから帰国。54年アフリカ系アメリカ人ウィリアム・サザーランドと結婚。ゴールドコーストがガーナとなって独立すると作家活動を開始し、57年ガーナ作家協会やガーナ演劇スタジオ、59年にはガーナ実験劇団を創設。さらに文芸誌も発行、63年ガーナ大学文学演劇研究員となり、64年同大に舞台芸術科を設立。他にクムスム・アゴロンバ劇場を主宰。西アフリカ演劇界の第一人者の一人であり、演劇活動や指導を通じて、豊かな口承文芸の伝統を現代に生かすよう努めた。戯曲に「エドゥファ」(62年初演, 67年刊)、「フォリワ」(62初演, 67年刊)、「アナンセワの結婚」(74年刊)、リズム児童劇に「ハゲワシ！ ハゲワシ！」(68年刊)、児童詩に「アフリカの子の遊び」(60年) などがある。

サザン, テリー *Southern, Terry*
アメリカの作家, 脚本家
1924.5.1～1995.10.29
[出]テキサス州アルバラード [学]ノースウェスタン大学卒 [賞]O.ヘンリー賞 (1963年)
[歴]1943～45年アメリカ海軍で兵役に就く。48～50年パリ大学に留学。58年の処女作「虚飾と細線細工」に描かれた性の問題、体制的価値基準の風刺は他の作品にも共通する特徴で、物質主義、性過剰を徹底的に揶揄するブラック・ユーモア作家の典型だった。他の小説に「博士の奇妙な冒険」(58年)、「怪船マジック・クリスチャン号」(58年フランス版, 64年アメリカ版)、「ブルー・ムーヴィー」(70年) や、短編小説もある。「博士の異常な愛情」(64年)、「イージー・ライダー」(69年) などの映画脚本を共同で担当、アカデミー賞候補になった。ポルノ小説の名作「キャンディ」(58年フランス版, 64年アメリカ版) の共同執筆者の一人としても知られる。

サージェント, パメラ *Sargent, Pamela*
アメリカのSF作家
1948.3.20～
[出]ニューヨーク州イサカ
[歴]16歳にして、ニューヨーク州立大学に入学し、哲学修士号を取得、1970年には「Landed Minority」でデビュー。不遇な時代には、売子、モデル、工員、タイピスト、プールの救助員等、様々な職業を経験。作家活動以外にもアンソロジスト、評論家としても活躍している。作品に「エイリアン・チャイルド」などがある。

サージソン, フランク *Sargeson, Frank*
ニュージーランドの作家
1903.3.23～1981
[出]北島ハミルトン [学]オークランド大学卒 [賞]キャサリン・マンスフィールド短編小説賞 (1965年)
[歴]イギリスからの移民の家に生まれる。オークランド大学で事務弁護士の資格を取り、1926年に渡英。放浪生活を送ったあと、大英博物館に籠って膨大な量の書物を読破する。帰国後、28年文筆活動を始めた。「あの夏」(46年) で作家として不動の地位を確立。ニュージーランド文学の揺籃期はサージソンから始まったとされ、ニュージーランドの生活を日常語で描き、イギリスからの文学的独立を果たしたといわれる。他の作品に「わが伯父との対話」(36年)「夢に見た」(49年)「私という人間」(52年)、回想録「一度で十分」(73年) など。

サストレ, アルフォンソ *Sastre, Alfonso*
スペインの劇作家
1926.2.20～
[出]マドリード [学]マドリード大学
[歴]在学中から演劇活動に没頭する。サルトルの影響を受け、実存主義的な前衛劇から出発した。1953年の第二次大戦の戦争体験を描いた「Escuadra hacia la muerte (死に向かう部隊)」で認められた。以後54年の「La mordaza (さるぐつわ)」や「赤い土地」、60年の「La cornada (裂傷)」、テロを題材にした61年の「網の中」など、内乱後の混乱したスペインの世相を鋭く見つめた重厚な作品が多い。「Ana Krleiber (アナ・クレイベル)」は58年ヒホンで初演、61年パリで上演され好評を博した。他の作品に「暗い盟友」(72年)、「笑う時にあらず」(80年) などがある。

サスマン, ポール *Sussman, Paul*
イギリスの作家, コラムニスト
1966.7.11～2012.5.31
[学]ケンブリッジ大学セント・ジョンズ・カレッジ歴史学専攻卒
[歴]ケンブリッジ大学セント・ジョンズ・カレッジで歴史学を専攻。卒業後、主にエジプトでフィールドの考古学者として勤務。1991年帰国。雑誌の創刊に関わるなど、ジャーナリストとして活動を始め、新聞・雑誌でコラムを担当。97年“ブリティッシュ・コラムニスト・オブ・ザ・イヤー”にノミネートされる。2002年「カンビュセス王の秘宝」で作家デビュー。他の作品に「聖教会最古の秘宝」などがある。著書は30言語以上に翻訳されている。執筆活動の傍ら、いくつかの発掘調査チームに公式に参加。12年動脈瘤破裂のため妻と2人の子供を残し45歳で突然死した。

サスーン, シーグフリード *Sassoon, Siegfried*
イギリスの詩人, 作家
1886.9.8～1967.9.1
[出]ケント州ブレンチリー [名]サスーン, シーグフリード・ロレ

イン〈Sassoon, Siegfried Lorraine〉 [学]ケンブリッジ大学クレア・カレッジ [賞]ジェームズ・テイト・ブラック記念賞（1928年）, ホーソーンデン賞（1928年）
[歴]ユダヤ系。第一次大戦に参加し、大戦の惨禍や兵士への憐みをうたった「逆襲」（1918年）、「戦争詩集」（19年）、「風刺詩」（26年）などを発表。"戦争詩人"の第一人者といわれる。「狐狩りをする人の思い出」（28年）などの自伝的作品も書いた。戦後は内省的傾向を強め、57年カトリック教徒となり、宗教的な詩集「オクターブ」（66年）などを発表した。他の作品に、詩集「心の旅路」（28年）、「Vigils」（35年）、「Sequences」（56年）、自伝小説「シーグフリードの旅1916-20」（45年）など。

サ

サーダウィ, ナワル・エル *Saadawi, Nawal El-*
エジプトの作家, 精神科医, フェミニスト
1931.10.27～
[出]カフル・タハラ村 [学]カイロ大学医学部（1955年）卒, コロンビア大学（アメリカ）卒 医学博士 [賞]ヨーク大学名誉博士（文学）（1994年）, イリノイ大学名誉博士（文学）（1996年）
[歴]6歳の時、割礼を受け、その体験が後に女の問題を考える原点となる。1972年農村で医者として働いた経験をもとに「女性とセックス」を発表。雑誌「保健」で政府に批判的な論文を載せたため、エジプト保健省保健教育局長、雑誌の編集主任を辞めさせられる。73年よりアイン・シャムス大学医学部で「女性とノイローゼ」を研究。サダト政権下で他の知識人と共に投獄された。研究論文を発表する他にも小説「0度の女―死刑囚フィルダス」（75年）を創作し、フェミニズム作家の道を歩む。82年アラブ婦人連帯協会を設立。92年エジプトを出国し、アメリカ・デューク大学で教鞭を執る。他の著書に「あるフェミニストの告白」（58年）、「もうひとりの私」（68年）、「女性に天国はあるのか」（72年）、「神はナイルに死す」（76年）、「イブの隠れた顔」（77年）、「女子刑務所―エジプト政治犯の獄中記」（83年）、「女ひとり世界を往く」（86年）、「イマームの転落」（87年）など。
[家]夫＝シェリフ・ヘタータ（医師・政治活動家）

サタスウェイト, ウォルター *Satterthwait, Walter*
アメリカのミステリー作家
[出]ペンシルベニア州ブリンモー [学]リード・カレッジ中退 [賞]フランス冒険小説大賞（1995年）
[歴]大学を中退後、ギリシャ、ケニア、タイなどで暮らす。その後、サンタフェでバーテンダー兼バー・マネージャーをしながら小説を執筆。1979年デビュー。88年サンタフェの私立探偵ジョシュア・クロフトを主人公に据えた「Wall of Glass」を出版してから売れ始める。〈ジョシュア・クロフト〉シリーズは5作目の「ACCUSTOMED TO THE DARK」で完結し、以後〈フィル・ボーモント〉シリーズをスタートさせる。「アルフレッド・ヒッチコック・ミステリー・マガジン（AHMM）」に短編を発表。「リジーが斧をふりおろす」（89年）のような史実を題材としたサスペンス物やノンフィクションも手がける。

サッカー, ルイス *Sachar, Louis*
アメリカの児童文学作家
1954～
[出]ニューヨーク [賞]全米図書賞（1998年度）, ニューベリー賞（1999年度）
[歴]ニューヨークで生まれ、9歳からカリフォルニアで育つ。カリフォルニア大学、サンフランシスコのロースクールで学んだ後、法律関係の仕事に就くが、カリフォルニア大学在学中にヒルサイド小学校で2、3年生の授業を手伝った経験がもとになり、仕事の傍らで子供の本を書く。1989年から執筆活動に専念。98年「穴」で全米図書賞、ニューベリー賞などを受賞。他の著書に「道」「トイレまちがえちゃった！」「顔をなくした少年」「歩く」「先生と老犬とぼく」「どうしてぼくをいじめるの？」「ウェイサイド・スクールはきょうもへんてこ」などがある。

ザックス, ネリー *Sachs, Nelly*
スウェーデンの詩人
1891.12.10～1970.5.12
[出]ドイツ・ベルリン [賞]ノーベル文学賞（1966年）, ネリー・ザックス賞（1961年）
[歴]ユダヤ系。幼い頃から文学、音楽、舞踊に親しんだ。1940年ナチスを逃れて、母とともにスウェーデンに亡命、定住。第二次大戦後初めて詩作を公表、第1詩集「死神の棲家で」から最後の8冊目の詩集「夜よひらけ」までの詩は、残してきたユダヤ同胞の死、とりわけ愛する許婚者の死への悼みが基調となっており、60年以降は迫害妄想の発作に悩まされ続けた。66年ノーベル文学賞を受賞。他の作品に詩集「星の蝕」（49年）、「そして誰もそのさきを知らない」（57年）、「避難と変容」（59年）、「塵なきはてへの旅」（61年）、「燃える謎」（64年）、戯曲に「エリ。イスラエルの受難の神秘劇」（51年）、「サムソンが数千年を落ちる」（55年）など。61年ネリー・ザックス賞が創設され、自身が第1回受賞者となった。

サックビル・ウェスト, ビタ *Sackville-West, Vita*
イギリスの詩人, 作家
1892.3.19～1962.6.2
[出]ケント州 [名]Sackville-West, Victoria Mary [賞]ホーソーンデン賞（1926年・1933年）
[歴]名門サックビル男爵家に生まれる。1913年外交官で作家ハロルド・ニコルソンと結婚。50作以上の著作があり、詩集「土地」でホーソーンデン賞を受賞し、名声を確立。園芸家としても知られ、ケントにあるシシングハースト庭園は"イングランドの宝"と讃えられる。主な作品に、詩集「King's daughter」（30年）、小説に「遺産」（19年）、「エドワード朝の人たち」（30年）、紀行エッセイ「悠久の美 ペルシア紀行」などがある。
[家]夫＝ハロルド・ニコルソン（外交官・作家）

サッコー, ルース *Suckow, Ruth*
アメリカの作家
1892.8.6～1960.1.23
[出]アイオワ州ハワーデン [学]デンバー大学
[歴]デンバー大学で英文学の修士号を取り、1919年母を亡くすとアイオワの父のもとに帰り、養蜂業の傍ら雑誌に短編を寄稿し始める。29年同郷の評論家ファーナー・ヌーンと結婚、この頃にはすでに3冊の長編を刊行していた。20世紀初頭のアイオワ州のスモール・タウンや農業社会を克明に描いた地域主義作家で、ことに女性心理描出に優れ、家族模様をリアリスティックに扱った。「家族」（34年）、「ジョン・ウッド事件」（59年）など8つの長編のほか、短編を巧みとし傑作集「アイオワ内情」（26年）などがある。第二次大戦後は夫妻で平和運動に参加し、晩年はアリゾナとカリフォルニアに住んだ。アイオワの田舎の自然と生活を正確に描いたものが多く、北欧で翻訳が多く出ている。他の作品に「田舎の人々」（24年）、「ポニー一家」、「新しい希望」（42年）など。

沙汀　さてい *Sha-ting*
中国の作家
1904.12.19～1992.12.14
[出]四川省安県 [名]楊 子青, 旧姓名＝楊 朝熙, 別筆名＝尹光 [学]四川省立第一師範学校（1926年）卒
[歴]1927年中国共産党入党。29年上海で師範時代の同級生艾蕪と共に創作活動を開始。32年魯迅をリーダーとする中国左翼作家連盟に加入、短編集「航線」（32年）、「土餅」（36年）、「苦難」（37年）など農民の苦難や土地革命などを描いた作品を発表し、文壇で注目を浴びる。抗日戦争期には、38年何其芳らと共に延安に入り魯迅芸術学院で教鞭を執り、40年にルポルタージュ「随軍散記（のち記賀龍）」（40年）を書く。41年の皖南事件後は四川に戻り創作に専念、「淘金記」（43年）、「困獣記」（45年）、「還郷記」（48年）の三つの長編を発表し、地主階級の貪欲さ、それに対する農民の抵抗などを描いた。解放後、中国文連第1～3期常務委員、四川省文連主席、作家協会四川分会主席、社会科学院文学研究所所長、作家協会副主席などを

歴任。他の作品に短編集「医師」(51年)、「過渡」(59年)など。

サトクリフ, ローズマリー *Sutcliff, Rosemary*
イギリスの児童文学作家, 歴史作家
1920.12.14～1992.7.23
[勲]OBE勲章(1975年)　[賞]カーネギー賞(1959年)
[歴]幼い時にポリオがもとで歩行が不自由となり、私的な教育を受けて成長。細密画家として出発したが、第二次大戦後文筆活動に転じ、1950年代初め頃から作家として認められるようになり、やがて、歴史と人生における光と闇との交代を、正確な細部を生動する人物像による劇的な物語で表現し、子供向け歴史小説の向上に貢献、20世紀後半の重要なイギリス児童文学作家の一人として注目される。アーサー王伝説などの中世の歴史を背景に、変動の時代を生きる少年の姿を描いたものが多い。また、大人向けの歴史小説も書く。主な作品にローマン・ブリテン3部作の「第九軍団のワシ」「銀の枝」「ともしびをかかげて」(59年)などのほか、「太陽の戦士」(58年)、「運命の騎士」(60年)、「王のしるし」(65年)など。

サトラピ, マルジャン *Satrapi, Marjane*
イラン生まれの作家, アニメーション監督
1969.9.22～
[出]ラシュト　[賞]アングレーム国際漫画祭最優秀作品賞(2005年), カンヌ国際映画祭審査員賞(2007年)
[歴]テヘランで育ち、政府で閉鎖されるまでフランス語学校に通う。14歳でウィーンに留学。1994年渡仏、ストラスブールでイラストを学ぶ。その後、「リベラシオン」や「ニューヨーカー」などにイラストを掲載。自伝的なバンドデシネ(グラフィック・ノベル)「ペルセポリス」は30ケ国語に翻訳され世界的なベストセラーとなる。2007年同作品を自らアニメ映画化し、カンヌ国際映画祭で審査員賞を受賞。05年には「鶏のプラム煮」がアングレーム国際漫画祭で最優秀作品賞を受けている。

サートン, メイ *Sarton, May*
ベルギー生まれのアメリカの作家, 詩人
1912～1995.7.16
[出]マサチューセッツ州ケンブリッジ
[歴]4歳の時両親とともにアメリカに亡命、マサチューセッツ州ケンブリッジで成人する。一時劇団を主宰したが、1929年詩人として著作活動を開始。38年に最初の詩集を出版してからは著述に専念。65年自伝的小説「Mrs.Stevens Hears the Mermaids Singing(ミセス・スティーブンスは人魚の歌を聞く)」の中で同性愛を表白したため大学の職を追われ、ニューイングランドに隠棲。数年に及ぶ孤独な生活の後、68年自伝的エッセイ「Plant Dreaming Deep(独り居の日記)」を発表。この作品で一躍有名となる。特に女性解放運動家らを引きつけた。他の作品に小説「As We Are Now」(73年)、「A Reckoning」(78年)、詩集「Halfway to Silence」(80年)、「Coming into Eighty」(94年)、日記「End Game」(92年)など。

サニイ, パリヌッシュ *Saniee, Parinoush*
イランの社会学者, 作家
1949～
[出]テヘラン　[賞]ジョバンニ・ボッカチオ賞
[歴]大学で心理学を専攻した社会学者で、イラン技術・職業訓練教育省の機関で研究調査部門に勤務した経験を持つ。小説も執筆し、「幸せの残像」は2回の発禁処分を受けながらも発売を続け、20万部を超えるイラン最大のベストセラー作品となった。同作はイタリアのジョバンニ・ボッカチオ賞を受賞。

サーバ, ウンベルト *Saba, Umberto*
イタリアの詩人
1883.3.9～1957.8.25
[出]オーストリア帝国トリエステ　[名]ポーリ, ウンベルト〈Poli, Umberto〉
[歴]オーストリア帝国治下のトリエステで、アーリア系でキリスト教徒の父親とユダヤ人の母親のもとにイタリア人として生まれる。出産前に母を捨てた父の姓ポーリを捨て、ユダヤ系の母親への敬愛を込めてイディッシュ語で"パン"を意味するサーバを名のる。トリエステのゲットーで育ち、商店の店員や見習い水夫などをしながら、1903年「わが処女詩集」を自費出版し、11年「詩集」で認められる。軍務に服した後、第一次大戦後から晩年にいたるまでトリエステで古書店を経営しながら詩作に励む。ファシスト政府の人種法制定に伴って一時パリ、ローマ、フィレンツェ、ミラノへと隠れ住む。こうした宿命を背負いながら、人生の途中で出会った人々、故郷トリエステの町、さまざまな事物を、自伝を書くように叙情詩に綴った。作品集「カンツォニエーレ」(45年)を発表したが時代の風潮に迎えられず、第二次大戦後独自の詩学の展開の上に編集し直した「カンツォニエーレの作詩を回顧して」(48年)で名声を確立。死後に発表された「叙情詩集」(61年)や、自伝小説「エルネスト」もある。モンターレと並んで20世紀イタリア最大の詩人といわれる。

サーバー, ジェームズ・グローバー *Thurber, James Grover*
アメリカの作家
1894.12.8～1961.11.2
[出]オハイオ州コロンバス　[学]オハイオ州立大学卒　[賞]コルデコット賞(1944年)
[歴]第一次大戦に暗号係で従軍。のちコロンバス、パリ、ニューヨークで新聞記者を務め、1927年から「ニューヨーカー」誌に関係、同誌に寄稿を続けた。著書に「セックスは必要か?」(29年, 共著)、回想録「わが生涯と困難な時代」(33年)、「The Last Flower」(39年)、「現代寓話」(40年)、「ウォールター・ミティの秘密の生活—虹をつかむ男」(42年)、「サーバー・カーニバル」(45年)、「サーバー・カントリー」(53年)など。機知とユーモアに富んだ短編やエッセイを得意とした他、児童文学、漫画にも手を染めた。

サバティエ, ロベール *Sabatier, Robert*
フランスの作家, 詩人
1923.8.17～2012.6.28
[出]パリ　[勲]レジオン・ド・ヌール勲章コマンドール章
[歴]幼くして両親を失い、労働の傍ら勉学に励む青春期を送る。第二次大戦中、対独レジスタンス運動に参加。戦後いくつかの職業を経て、1953年小説「Alain et le nègre(アランと黒人)」、55年「Les fêtes solaires(太陽の祭)」を発表。以後詩集、小説のほか9巻に及ぶ「フランス詩史」を刊行。日本では「ラバ通りの人びと—オリヴィエ少年の物語I」(69年)、「三つのミント・キャンディー—オリヴィエ少年の物語II」(72年)、「ソーグのひと夏—オリヴィエ少年の物語III」(74年)が翻訳されている。他の主な作品に詩集「Les poisons délectables」(65年)、「Les châteaux de millions d'années」(69年)、「Ecriture」(93年)、小説「Canard au sang」(58年)、「Dictionnaire de la mort(死の辞典)」(67年)、「L'oiseau de demain」(81年)などがある。

サバティーニ, ラファエル *Sabatini, Rafael*
イタリア生まれのイギリスの作家
1875.4.29～1950.2.13
[出]イェージ
[歴]イタリア人の父とイギリス人の母の間にイタリアで生まれ、大陸で教育を受ける。1904年に最初の歴史ロマンス小説「居酒屋の騎士」を発表して名を上げる。05年イギリスに移住。以後約20の長編小説を英語で書いた。代表作は「シー・ホーク」(15年)、第一次大戦後ベストセラーになった「スカラムーシュ」(21年)、「キャプテン・ブラッド」(22年)など。

サバト, エルネスト *Sábato, Ernesto*
アルゼンチンの作家, 評論家
1911.6.24～2011.4.30
[出]ブエノスアイレス州ロッハス　[学]ラプラタ大学(物理学)卒 博士号(数理物理学)　[勲]フランス芸術文化勲章シュバリエ章, レジオン・ド・ヌール勲章シュバリエ章(1978年)　[賞]アルゼンチン作家協会大賞(1974年), フランス最優秀外国図書賞(1976

年), セルバンテス賞(1984年), エルサレム賞(1989年)
[歴]イタリア系の両親のもとに生まれ、中学時代は数学に熱中する一方、文学にも親しみ、アナキズム思想にも親近感を抱く。青春時代には物理学研究の傍ら前衛芸術運動、左翼運動に加わったこともあった。20代で数理物理学の博士号を取得し、1940年母校・ラプラタ大学の理論物理学教授となるが、ペロン独裁体制への批判的な言動が災いし、45年に大学を追われる。その後は執筆活動に専念。45年文学と哲学を論じたエッセイ集「人と宇宙」を発表して注目され、48年には中編「トンネル」で作家としても認められた。61年小説「英雄たちと墓」で現代アルゼンチンの代表的作家の一人となる。84年には軍政下(76～83年)の人権弾圧で拷問・殺害された市民と遺族の証言を集めた報告書「もう2度と繰り返さない」を発表し、弾圧の責任者の刑事訴追につながった。同年セルバンテス賞を受賞。89年にはイスラエルの文学賞・エルサレム賞も受賞した。他に西洋の理性偏重を批判した評論「人と歯車」(51年)、政治を扱った「現代の政治的・社会的激動」(69年)、「政治の鍵」(74年)、対立していたボルヘスと和解して行った「対談」(76年)、小説「根絶者アバドン」(74年)、エッセイ集「作家とその亡霊たち」(63年)、「礼讃と拒絶」(79年)などがある。

サピア, リチャード・ベン　*Sapir, Richard Ben*
アメリカの作家
1936.7.27～1987.1.27
[出]ニューヨーク州　[学]コロンビア大学(1960年)卒
[歴]歯科医の息子。長じて、ジャーナリストとなり、新聞社で取材、編集、広報などの仕事に携わった。特に、警察まわりの記者を務めた経験から、犯罪の実態に精通する所となり、その知識を駆使して、記者時代に知り合ったウォーレン・マーフィーと共著で、1971年病めるアメリカを治療する秘密組織・CUREの殺人機械〈デストロイヤー〉シリーズを開始。その後作家業に専念し、「謎の聖杯」「遺骨」などを発表。死去後も〈デストロイヤー〉シリーズは続き、120を越える巻が刊行される。

サビネス, ハイメ　*Sabines, Jaime*
メキシコの詩人
1926.3.25～1999.3.19
[出]チアパス州　[学]メキシコ国立大学芸術大学院(1949年)修士課程修了
[歴]メキシコシティで商業に従事しながら詩作。死、愛、孤独といったテーマを好み、現代人の生活を描いたリアルな詩は高い評価を得る。主な詩集に「オラル」(1950年)、「しるし」(51年)、「タルンバ」(56年)「ユリア」(67年)、「悪い時」(72年)などがある。

サファイア　*Sapphire*
アメリカのパフォーマンス詩人, 作家
1950～
[出]ニューヨーク州　[名]ロフトン, ラモーナ　[学]ブルックリン大学
[歴]アフリカ系。アメリカ国内の軍基地を転々として育つ。父は暴君で、母は家族を捨てたが、26歳の時に母と再会し、ニューヨークのハーレムに移り住む。ストリップ・クラブのダンサーをし、ダンスを学びながら詩を書く。1986年母が死去、次いで弟、おばなど次々に失い、詩の内容も変化する。87～93年ニューヨークのオールタナティブ・スクールで読み書きを教える。94年詩集「アメリカの夢」を出版。ブルックリン大学で修士論文を書く傍ら、日記帳に「ガッツ」を書きため、96年「ガッツ」で作家デビュー。同年教師時代の体験をもとにした初めての小説「Push+」を発表。ハーレムで両親の虐待を受けながらも読み書きを学び、人生を切り開く黒人少女の成長を赤裸々に綴った物語は世界中でベストセラーとなり、大きな評判を得る。日本では「プレシャス」として刊行された。2009年には映画化(「プレシャス」)され、シディベがアカデミー賞出演女優賞にノミネート、モニークが助演女優賞を獲得した。

ザフィア, ダーヴィット　*Safier, David*
ドイツの作家, 脚本家
1966.12.13～
[出]ブレーメン　[賞]グリム賞(2003年), ドイツテレビ賞(2003年), エミー賞(2004年)
[歴]人気ドラマを数多く手がける脚本家で、2003年グリム賞やドイツテレビ賞、04年アメリカのエミー賞を受賞。作家としても「あたしのカルマの旅」などのベストセラーがあり、近年で最も成功したドイツ語の著者といわれる。

サプコフスキ, アンドレイ　*Sapkowski, Andrzej*
ポーランドの作家
1948.6.21～
[出]ウッチ　[賞]デイヴィッド・ゲメル・レジェンド賞(2009年)
[歴]1986年デビュー作の短編「Wiedźmin(ウィッチャー)」がポーランドのファンタジー雑誌「ファンタスティカ」に掲載されて人気を得、90年代のポーランドで最も有名なファンタジー作家の一人となる。英語版「Blood of Elves」は2009年に創設されたデイヴィッド・ゲメル・レジェンド賞の第1回受賞作となった。

サーヘニー, ビーシュム　*Sahni, Bhisham*
インドのヒンディー語作家
1915.8.8～2003.7.11
[出]パキスタン・パンジャブ州ラワルピンディ　[学]ガバメント・カレッジ卒 Ph.D.　[賞]パンジャブ州政府栄誉作家賞(1975年), 国立文学アカデミー賞(1976年), ロータス賞(1980年), ソビエト・ランド・ネルー賞(1983年)
[歴]有力者の家に生まれ、大学卒業後は地元のカレッジで英語講師をしていたが、1945年インド国民議会派に入る。47年のインド・パキスタン分離独立により、避難民としてデリーに移住。この時に多くの避難民と死者が出た悲劇を描いた小説「Tamas(タマス)」(73年)を発表、国民的作家となった。同作品は、88年にテレビドラマ化された。全インド進歩主義作家協会事務局長の他、デリー大学教授も務めた。

サボー, マグダ　*Szabó, Magda*
ハンガリーの作家, 詩人
1917.10.5～2007.11.19
[出]デブレツェン
[歴]教師の資格を得て1940年に学校を卒業し、40～44年中学校教師を務めた。はじめ詩人として出発し「仔羊」(47年)で詩壇にデビュー。のちに小説、戯曲、ラジオ・ドラマ、随筆、映画台本を書いた。新旧のモラルの格闘をテーマにした58年の小説「Fresko(壁画)」で作家として認められた。59年の代表作「Azőz(鹿)」は女性心理を描いたもので、国際的に広くよまれた。作品は英語、フランス語、ドイツ語、イタリア語、ロシア語、ポーランド語、スウェーデン語など世界中で翻訳されている。児童文学作品に「誕生日」(62年)、自伝的な少女時代をかいた「古井戸」(71年)。戯曲に「A csata(The Battle)」(82年)、「A Macskák Szerdája(The Wednesday of the Cats)」(85年)など。他に小説「The Moment」(90年)など多数のほか、詩集、自伝「Ókut」、エッセイ「Logic of the Butterfly」(97年)、「The Monologue of Cseke」などがある。

ザボロツキー, ニコライ・アレクセーヴィチ
Zabolotsky, Nikolay Alexeyevich
ソ連の詩人, 翻訳家
1903.5.7～1958.10.14
[出]ロシア・カザン　[学]レニングラード教育大学
[歴]カザンの農業技師の家に生まれ、ヴァトカ県の辺境の村ウルジュムで幼少期を過ごす。1928年ハルムス、ヴヴェジェンスキーら同世代の前衛詩人たちとオベリウ派を結成、その宣言文の主な起草者となったが、間もなく離脱。29年処女詩集「円柱」で詩人として認められる。同時期に児童文学も手がけ、「お化け男」「ゴムの頭」などを執筆。ソ連作家同盟レニングラード支部に属して雑誌「ズヴェズダー」に拠り、「農業の勝

利」(33年)などを発表。37年「第二詩集」を出すが、38年逮捕され、46年に釈放されるまでの8年間、極東で建築労働者や製図工として過ごした。流刑時代の8年間を費やした「イーゴリ戦記」の翻訳や、グルジア(現・ジョージア)文学の古典「虎の皮を着た勇士」の現代語訳などでも知られる。21世紀に入り、再評価が進む。

サマター, ソフィア　Samatar, Sofia
アメリカの作家, 詩人
1971～
⊞インディアナ州　㊎ウィスコンシン大学マディソン校　㊥世界幻想文学大賞, イギリス幻想文学大賞
㊟世界各地を転々としながら成長し、20代から30代にかけては南スーダンとエジプトで英語を教える。2013年ウィスコンシン大学マディソン校でアフリカの言語と文学の博士号を取得し、16年からジェームズ・マディソン大学の英語学准教授を務める。12年に作家デビューし、13年発表の短編「Selkie Stories Are for Losers」がヒューゴー賞、ネビュラ賞、世界幻想文学大賞、イギリスSF協会賞の候補となる。初長編「図書館島」(13年)で世界幻想文学大賞とイギリス幻想文学大賞を受賞。

サマラーキス, アントーニス　Samarakês, Antônes
ギリシャの作家
1919.8.16～2003.8.8
⊞アテネ　㊎アテネ大学　㊥ギリシャ国家賞(1961年), ドーデカ賞(1965年)
㊟法律を学んで公務員となったが、第二次大戦後作家活動に入る。短編小説集「拒否」(1961年)で国家賞を、長編「過誤」(65年)でドーデカ賞をそれぞれ受賞した。強烈な個性の持ち主で、独創性と諷刺に富む作品が多い。他の著書に短編集「Wanted : Hope」(54年)、「The Jungle」(66年)、「The Passport」(71年)、長編「Danger Signal」(59年)など。

サラクルー, アルマン　Salacrou, Armand
フランスの劇作家
1899.8.9～1989.11.23
⊞ルーアン　㊎パリ大学卒
㊟パリ大学で医学、哲学、法律を学び、共産党機関紙「リュマニテ」記者、映画助監督などを経て1920年代半ばから劇作を開始。サルトルやカミュに先駆け「政治参加の文学」を唱え、対ナチス・ドイツ抵抗運動を主題にした「怒りの夜」(46年)や「兵士と魔女」、「神は知っていた」(50年)などで高い評価を得た。また大衆演劇の分野でも幅広く活動、ルネ・クレール監督映画「悪魔の美しさ」(49年)の脚本なども担当した。フランス劇作家協会名誉会長、ゴンクール賞選考委員を務めた。ほかに戯曲「自由な女」(30年)、「アラスの見知らぬ女」(35年)、「ルノアール群島」(47年)、「デュラン大通り」(60年)などがある。

サラマーゴ, ジョゼ　Saramago, José
ポルトガルの作家, 詩人
1922.11.16～2010.6.18
⊞アジニャーガ　㊥ノーベル文学賞(1998年), ポルトガル・ペンクラブ賞(1982年・1984年), リスボン市文学賞(1982年)
㊟実家は貧しく、高等中学校を卒業後、病院やコミュニズム系の出版社などで働きながら独学で詩や評論を手がける。1947年最初の小説「罪の国」を発表。共産党に所属し、独裁政権に反対する立場から、50～70年代にかけて政治批評を急進的な雑誌などに寄稿。74年サラザール独裁政権が打倒された後、本格的な執筆活動に入る。75年有力全国紙「ディアリオ・デ・ノティシアス」副主幹を務めるなどジャーナリストとしても活躍。76年以降文筆活動に専念。同年小説「絵とカリグラフィーの手引き」を発表。以後、長編小説を主体に、アイロニーを折込んだ寓意的な語り口で、抑圧された人々の姿を歴史をからめながら描き、ヨーロッパ各国で高い評価を受ける。82年発表の代表作「修道院回想録」はポルトガル・ペンクラブ賞などを受賞し、世界的にその名を知られるようになる。98年ポルトガル語文学初のノーベル文学賞を受賞。小説や詩をはじめ、戯曲、政治評論、時事寸評なども手がける。他の作品に小説「リカルド・レイスの死んだ年」(84年)、「イエス・キリストによる福音書」(91年)、「石の筏」(94年)、「白の闇」(95年)、「見知らぬ島への扉」(97年)、「あらゆる名前」(99年)、詩集「可能な詩」(66年)、戯曲「夜」(79年)、「神の名において」など。

サリス, ジェームズ　Sallis, James
アメリカ生まれのイギリスの作家
1944～
⊞アーカンソー州ヘレナ　㊎チューレーン大学
㊟アーカンソー州ヘレナで生まれ、ミシシッピ川のほとりで育つ。ニューオーリンズのチューレーン大学に進み、その後、アイオワ州やロンドンに移り住む。25歳で初の著作集を出版。詩人、作家、批評家、エッセイスト、音楽学者、翻訳家、脚本家、呼吸療法士など様々な顔を持つ。1992年作中人物を通して世界を描くという構成の、異色ハードボイルド・ミステリー〈ルー・グリフィン〉シリーズ第1作となる「The Long-Legged Fly」を出版。シリーズ作品に「黒いスズメバチ」「コオロギの眼」などがある。映画化された「ドライヴ」は2011年カンヌ国際映画祭監督賞の他、同年各映画賞を受賞。他の著書に「最後のひとこと」(1970年)など。

サリナス, ペドロ　Salinas, Pedro
スペインの詩人
1891.11.27～1951.12.4
㊎マドリード大学 博士号(マドリード大学)(1917年)
㊟1917年マドリード大学で博士号を取得。セビリア大学やソルボンヌ大学で文学を講じる傍ら、詩作。23年処女作「前兆」を発表。"27年世代"の詩人で、一貫して愛をテーマとし、代表作の「君に負いし歌」(33年)、「愛の理由」(36年)は現代詩の中で最高の愛の詩とも評される。スペイン内戦中の38年、アメリカへ亡命。亡命後は現代の文明社会の問題にも関わるようになり、「瞑想者」(46年)、「すべてより明らかに」(49年)などの詩集がある。文学研究者としても優れ、「ホルヘ・マンリケ、あるいは伝統と独創性」(47年)などを遺した。

サーリフ, タイイブ　Sālih, al-Tayyib
スーダンの作家
1929～2009.2.18
⊞ダッバ　㊕英語名=Salih, Tayeb　㊎ハルツーム大学(農学), ロンドン大学(経済学)
㊟幼少時はコーラン学校に通う。大学卒業後、BBCアラビア語放送のドラマ部門長、カタール政府情報省副長官、ユネスコ顧問などを務める。1960年頃から小説を書き、66年の「北へ還りゆく時」で一躍作家として名を不動にし、20ケ国以上で翻訳された。スーダンの申し子ともいうべきゼーンを主人公にした「ゼーンの結婚」(67年)は映画化された。他の作品に「一握りの棗椰子」(57年)、「ワッド・ハーミドの夢」(60年)、「バンダル・シャー」(71年)など。

サリンジャー, J.D.　Salinger, Jerome David
アメリカの作家
1919.1.1～2010.1.27
⊞ニューヨーク　㊎プリンストン大学中退, スタンフォード大学中退
㊟ユダヤ人の父と、スコットランド系アイルランドの母を持ち、ニューヨークに生まれ育つ。マンハッタンの名門高校を中退して以来、数々の学校を転々とし、プリンストン大学、スタンフォード大学、コロンビア大学などで学ぶ。第二次大戦時には第四師団に属し、イギリス軍に従軍、ノルマンディー上陸作戦にも参加した。18歳頃より創作を始め、21歳で初めて短編を「ストーリイ」に発表。以来、「ニューヨーカー」などの有名雑誌を中心に作品を発表。1951年処女長編「The Catcher in the Rye(ライ麦畑でつかまえて)」を出版、大人の世界の偽善とまやかしを批判した新鮮な文体によって、アメリカだけでなく世界中の人々、とりわけ若い世代に熱狂的な人気を得る。一方、これを問題作とし、禁書目録に載せる地方や教師が続出するなど、異常なまでの反響を呼び、一躍有名作家と

なった。日本では野崎孝訳が64年に出版され250万部を超えるロングセラーとなり、日本文学にも大きな影響を与えた。53年の短編集「九つの物語(ナイン・ストーリーズ)」では戦後世界の精神的荒廃を描き、東洋思想への傾斜をみせた。その後はニューハンプシャー州コーニッシュの高い塀に囲まれた建物にこもって隠遁者のような生活に入る。寡作となり、「フラニーとゾーイー」(61年)、「大工よ、屋根の梁を高く上げよ。シーモア序章」(63年)など一連のグラス家年代記を書いて、現代人のあり方を追求したが、65年からはほとんど人目につかない生活を送った。
[家]息子＝マット・サリンジャー(俳優)

ザール, サラ　*Zarr, Sara*
アメリカの作家
[出]オハイオ州クリーブランド
[歴]2007年のデビュー作「Story of a girl」で全米図書賞の最終候補に選ばれるなど、数々の権威ある賞にノミネートされる。ヤングアダルト小説のほか、エッセイやノンフィクションも手がけ、10年には全米図書賞の審査員を務めるなど幅広く活躍。

ザルイギン, セルゲイ　*Zalygin, Sergei Pavlovich*
ソ連の作家
1913.11.23～2000.4.19
[出]ドゥラソフカ　[賞]ソ連国家賞
[歴]オムスクの農業大学を卒業し、シベリアで土地改良技師として働いたのち作家活動に入った農村派作家の先駆者の一人。1950年代後半から本格的な作家活動を始め、シベリアの非人間的な農村集団化の過程を描いた「イルトゥイシ河のほとり」(64年)で文名を確立し、その後も「塩の谷」(67年)、「委員会」(75年)、「嵐のあとで」(80～85年)など、革命や国内戦をテーマとした話題作を発表。「わがチェーホフ」ほか評論やエッセイも多い。また、86～98年文芸誌「ノーブィ・ミール(新世界)」編集長を務め、80年代末にはソルジェニーツィンの「収容所列島」などソ連体制を批判した作品や民主化を求める急進的論文を掲載しソ連文学界のペレストロイカを推進した。97年頃心筋こうそくになり、以後入退院を繰り返した。

サルドゥ, ロマン　*Sardou, Romain*
フランスの作家
1974.1.6～
[出]パリ
[歴]父親はシンガー・ソングライターのミッシェル・サルドゥ。高校を中退し、脚本家になろうと決意して演劇学校に入学。3年にわたって学ぶと同時に、劇作の演習を重ねる。4年の歳月をかけて私設図書館を作り、歴史書を読みあさる。その後、アメリカ・ロサンゼルスに渡り、子供向けの脚本を書く。フランスに帰国して結婚。2002年の小説デビュー作「我らの罪を許したまえ」で成功を収めた。
[家]父＝ミッシェル・サルドゥ(シンガー・ソングライター)

サルドゥイ, セベロ　*Sarduy, Severo*
キューバの作家, 詩人
1937.2.25～1993.6.8
[出]カマグェイ　[賞]メディシス賞(外国文学部門)(1972年)
[歴]高校時代に詩作を始め、当時の有名な文芸雑誌「ミクロン」誌に投稿した詩が掲載されたこともある。1958年に医学を学ぶためバチスタ政権末期のハバナに赴く。翌年キューバ革命に遭い激しい変革の嵐の中でキューバとは何かという問題を正面から見すえる。60年カストロ政権誕生後間もないキューバ政府の給費生として、美術批評を学ぶためパリに留学。1年の予定であったが、62年論文を書きおえたのちも同地に留まり、63年処女小説「Gestos(身ぶり)」を発表。この作品で革命直前のハバナを描き、以来、小説、エッセイ集、詩集、評論など活発な執筆活動を行う。72年作品「Cobra(コブラ)」が同年のメディシス賞外国文学部門を受賞した。前衛的な実験小説で知られており、該博な知識を生かし、尖鋭な方法意識を持って創作を続けている。他に小説「歌手たちはどこから」(67年)「マイトレヤ」(78年)「蜂鳥」(84年)、詩集「ビッグ・バン」(74年)、エッセイ集「肉体の上に書かれたもの」(69年)「歪んだ真珠」(74年)などがある。

サルトル, ジャン・ポール　*Sartre, Jean-Paul*
フランスの哲学者, 作家, 劇作家
1905.6.21～1980.4.15
[出]パリ　[学]エコール・ノルマル・シュペリウール卒
[歴]1929年教授資格取得、同年より同級生のボーヴォワールと共同生活を送る。33年ベルリン留学、各地で教師生活をしながら37年短編「壁」、38年「嘔吐」や哲学作品を発表、その実存主義が注目された。39年第二次大戦に応召、ドイツ軍の捕虜となったが、41年脱走。パリに帰り、レジスタンス運動に参加する一方、43年哲学論文「存在と無」、戯曲「蝿」、44年「出口なし」を発表。戦後は45年から小説「自由への道」などを次々発表し、無神論的実存主義が戦後の文学と思想に強い影響を与えた。また45年「レ・タン・モデルヌ(現代)」誌を創刊。52年からはソ連ブロックと共産主義に接近、カミュら友人と離反(サルトル・カミュ論争)。その他、インドシナ、アルジェリア独立支持、アフガニスタン侵攻反対、サハロフ博士の国内隔離反対など、文化的、政治的活動を内外共に積極的に展開した。64年ノーベル文学賞受賞を拒否。66年ボーヴォワールと来日。73年フローベル論「うちの馬鹿息子」が未完成のままほとんど失明。生涯を通じて“自由の精神と真実の追求”を貫いた。他の主な作品に「聖ジュネ」(52年)「アルトナの幽閉者」(59年)「弁証法的理性批判」(60年)などの他、評論集「シチュアシオン」(全10巻, 47～76年)、邦訳「サルトル全集」(人文書院)がある。95年第二次大戦中の目録「奇妙な戦争の覚書」の新版が刊行された。

サルナーヴ, ダニエル　*Sallenave, Danièle*
フランスの文芸評論家, 作家
1940.10.28～
[出]アンジェ　[賞]ルノードー賞(1980年)
[歴]文芸評論をはじめとして小説・戯曲などの分野で活躍する傍ら、パリ第10大学(ナンテール大学)で演劇論を講じ「レタンモデルヌ」の編集局長を務める。2011年アカデミー・フランセーズ会員。著書に小説「Les Portes de Gubbio」「幻の生活」や、評論「死者の贈り物」など。

サルバトーレ, R.A.　*Salvatore, R.A.*
アメリカの作家
1959～
[出]マサチューセッツ州
[歴]大学でコミュニケーション学の理学博士号、英文学の博士号を得た後、1982年より本格的な執筆活動に入る。88年に出版された処女作で〈アイスウィンド・サーガ〉の第1作である「Crystal Shade」がベストセラーとなり、一躍人気作家となった。会話型ロールプレイング・ゲーム「ダンジョンズ&ドラゴンズ(D&D)」の背景設定にも深く関わった。また、世界最大級のオンライン・コンピューターRPG「Ever Quest」の全小説作品のプロデューサーも務める。

サルマーウィ, モハメド　*Salmawy, Mohamed*
エジプトの作家
1942～
[学]カイロ大学英文学科(1966年)卒
[歴]多数の小説、戯曲などを書き、イスラム原理主義者を批判的に描く戯曲「ガンズィール(鎖)」やフランスの戯曲を自国に置き換えた「サロメ最後のダンス」などが代表作。1970年からアルアハラム紙で外信デスクなどを歴任、フランス語版編集長を務める。88年文化省次官、2004年同顧問。05年エジプト作家連合会長に就任。

サルマン, ジャン　*Sarment, Jean*
フランスの劇作家, 俳優
1897.1.13～1976.3.29
[名]ベルメール, ジャン〈Bellemère, Jean〉

[歴]1920年処女戯曲「厚紙の王冠」をパリ・ウーヴル座で自演して注目されて以来、「愛すべきレオポルド」(27年)、「陸地」(31年)、「子供たちの館」(55年)など多数の戯曲を残し、自らも演じた。没後に刊行された自伝的小説「主馬官」(77年)や詩集などもある。

サロ・ウィワ, ケン *Saro-Wiwa, Ken*
ナイジェリアの人権・環境保護運動家, 作家
1941.10.10〜1995.11.10
[出]オゴニランド・ボリ　[学]イバダン大学卒　[賞]コールドマン環境賞(1995年)
[歴]オゴニ人の出自。ラゴス大学講師と公務員を経て、1973年出版社サロス・インターナショナル・パブリッシャーズを設立。テレビプロデューサー、実業家などとしても活動。作家としては、ナイジェリア独特の口語英語で書かれた反戦小説「ソザボーイ」(85年)、「花たちの森」(86年)や、「現代アフリカの民話」(87年)などの文学作品で知られる。89年からナイジェリア南東部の産油地域に居住する少数民族“オゴニ族”の民族自決を訴える“オゴニ族生存運動”を展開し、92年リオデジャネイロ地球環境サミット以降は環境保護運動家としても注目される。過激な運動の主導者であるとして、94年他の活動家30人とともに逮捕される。国際アムネスティが釈放を求めるなど国際社会からナイジェリア軍事政権に対する批判が高まるが、95年他の8人の活動家とともに処刑された。他の著書に「ナイジェリアの獄中から」(95年)がある。

サロート, ナタリー *Sarraute, Nathalie*
ロシア生まれのフランスの作家
1900.7.18〜1999.10.19
[出]イワノヴァ　[学]パリ大学, オックスフォード大学, ベルリン大学　[賞]フォルメントール国際出版社賞(1964年)
[歴]幼児期にパリに移住、18歳で文学士、法学士となる。弁護士として働いていたが、1939年小説「Tropisme(トロピズム)」発表後、文筆一本の生活に入る。48年最初の長編「見知らぬ男の肖像」にはサルトルが序文を寄せた。人間の意識下にある流動的な変化をとらえたその特異な作風は、当時の読者にあまり受け入れられなかったが、50年代“ヌーヴォーロマン”の台頭により注目を浴びた。56年発表の評論集「L'ère du soupcon(不信の時代)」によって文壇にその地位を確立した。「プラネタリウム」(59年)は“ヌーヴォーロマン”の代表作の一つに数えられ、他に「黄金の果実」(63年)、「生と死の間」(68年)などがある。

サローヤン, ウィリアム *Saroyan, William*
アメリカの作家, 劇作家
1908.8.31〜1981.5.18
[出]カリフォルニア州フレズノ
[歴]貧しいアルメニア移民の子として育つ。早くから、生活のため電報配達、事務員、農場労働者、図書館員などの仕事につき、働きながら小説を書いた。1934年短編集「The Daring Young Man on the Flying Trapeze(ブランコに乗った勇敢な若者)」で作家としてのデビュー。以後、ユーモアとペーソスあふれる明るい作品を数多く世に送り、20世紀のアメリカ文学に特異な色彩を放っている。作品には自伝的色彩を持つものが多い。また戯曲にも手を染め、39年「わが心高原に」がブロードウェイで上演され、好評を博し、40年戯曲「The Time of Your Life(君が人生のとき)」によりピュリッツァー賞とニューヨーク批評家賞をおくられるが、辞退し、当時話題となった。他の主な作品に短編ではアルメニア系の子供たちを描いた童話ふうの連作「わが名はアラム」(40年)、長編では銃後を守るマコーレー一家の生活を描いた「人間喜劇」(43年)、ほかに回想録「僕が服役した様々な場所」(75年)などがある。

ザーン, ティモシー *Zahn, Timothy*
アメリカのSF作家
[賞]ヒューゴー賞(1984年)
[歴]1984年「Cascade Point」でヒューゴー賞を受賞。〈コブラ部隊〉シリーズ〈ブラック・カラー〉シリーズなどで知られる他、「スター・ウォーズ 帝国の後継者」をはじめとするスローン3部作や、その続編ともいえるハンド・オブ・スローン2部作、「スター・ウォーズ 生存者の探索」「スター・ウォーズ 外宇宙航行計画」など、映画「スターウォーズ」のノベライズを手がける。

サングィネーティ, エドアルド *Sanguineti, Edoardo*
イタリアの詩人, 作家, 評論家
1930.12.9〜2010.5.18
[出]ジェノバ　[学]トリノ大学文学部卒
[歴]1961年「ダンテ研究三題」、20世紀初頭の“黄昏派”に関する研究「マーレボルジェの解釈」によって、文学史家として評価を得る。のちに、トリノ大学、ジェノバ大学教授を務めた。一方、56年詩集「Laborintus(ラボリントス)」を発表、多義と多言語の実験的詩法を駆使して一部から注目を浴びる。フランスの「テル・ケル」誌グループらと結び、アンソロジー「最新人」(61年)への参加、「63年」グループ、そして「クィンディチ」誌の中心メンバーとして活躍する。63年には長編小説「Capriccio italiano(イタリア綺想曲)」を発表するが、多くの既成作家たちからは無視され、物語作家派のモラビアなどからは批判を受けた。以後も一貫して詩、小説、評論、戯曲の各分野でヨーロッパ前衛文学の中でも最尖端に位置する活動を展開する。他の著書に詩集「エロトパエニア」(58年)、全詩集「栞(1951-1981)」(82年)、小説「双六遊び」(67年)、「サテュリコンの戯れ」(70年)、戯曲集「Kとその他のこと」(62年)、評論集「思想と言語」(65年)、「ジョルナリーノ」(76年)など。共産党系の国会議員も務めた。

サングスター, ジミー *Sangster, Jimmy*
イギリスの作家, 脚本家
1927.2.12〜2011.8.19
[出]ウェールズ
[歴]イギリスで「吸血鬼ドラキュラ」(1958年)など主にホラー映画の製作、監督、脚本に携わる。他の主な作品に「怪獣ウラン」(56年)、「フランケンシュタインの逆襲」(57年)、「恐怖」(61年)、「妖婆の家」(66年)、「レガシー」(78年)など。アメリカでは、「刑事コロンボ」「警部マクロード」「事件記者コルチャック」「鬼警部アイアンサイド」などのテレビドラマの脚本を執筆。小説では、67年に「Private I」を発表してデビュー。「脅迫」などの〈ジェイムズ・リード〉シリーズは、ユーモアの利いたハードボイルドタッチのミステリーで、代表作となった。

サンゴール, レオポルド・セダール *Senghor, Léopold Sédar*
セネガルの政治家, 詩人, 言語学者
1906.10.9〜2001.12.20
[出]ジョアル・ラ・ポルテュゲーズ　[学]ルイ・ル・グラン校, ソルボンヌ大学卒　[賞]ダグ・ハマショールド賞(1965年), アポリネール賞(1974年)
[歴]パリ大学を卒業し、アフリカ人では初めて中・高等教育教授資格を取得、トゥール、パリの高校で教鞭を執る。1960年セネガル共和国独立とともに初代大統領に就任。80年12月高齢を理由に引退するまで20年間、親フランスの穏やかな改革路線で国を率いた。詩人としても知られ、黒人の復権と誇りを主張する“ネグリチュード概念”を提唱、独特のアフリカ社会主義の理論的指導者として大きな影響力を持った。詩集に「影の歌」(45年)、「黒い生贄」(48年)などがあり、83年アカデミー・フランセーズ初のアフリカ人会員となった。

サンサル, ブアレム *Sansal, Boualem*
アルジェリアの作家
1949〜
[出]アルジェリア
[歴]エンジニアリングと経済学を学び、民間職を経て、アルジェリア産業省に入省。官僚として働く傍ら、1999年フランス語で執筆した小説「蛮人の誓約」でデビュー。2003年政府の推進する教育におけるアラビア語公用語化などに強く反対し退

サ

職するがアルジェリアに留まり、政府の監視下の中、歴史や文明を俯瞰する骨太の作品を発表し続ける。08年イスラム原理主義とナチズムを扱った長編「ドイツ人の村—あるいはシラー兄弟の日記」を発表し、数々の文学賞を受賞。他の著書に「世界の終わり」など。

サン・ジョン・ペルス　*Saint-John Perse*
フランスの詩人, 外交官
1887.5.31〜1975.9.20
[出]フランス領西インド諸島グアドループ島　[名]レジェ, マリー・ルネ・アレクシ・サン・レジェ〈Léger, Marie-René Alexis Saint-Léger〉　[学]ボルドー大学法学部卒　[賞]ノーベル文学賞(1960年), フランス国民文学大賞(1959年)
[歴]カリブ海のフランス領グアドループ島に生まれる。1914年外交官試験に合格しフランス外務省に勤務。16〜21年北京のフランス大使館書記官、のちワシントン駐在、33〜40年外務省書記官長、40年アメリカに亡命し、41年ワシントンの国会図書館顧問となる。傍ら詩作をし、11年「讃歌」、24年「遠征(アナバーズ)」などを発表し西欧の詩人に強い影響を与えた。57年帰国、60年にはノーベル文学賞を受賞。雄大な作風の象徴詩人で、他の詩集に「流謫」(42年)、「風」(46年)、「詩編I」(53年)、「航海目標」(57年)、「年代記」(59年)、「詩編II」(60年)、「鳥の世界」(62年)、「ダンテのために」(65年)などがある。

残雪　ざんせつ　*Canxue*
中国の作家
1953.5.30〜
[出]湖南省長沙　[名]鄧 小華
[歴]父は古参革命家で湖南日報社社長。1957年両親が"右派"とされたため、一家は農村に下放、様々な迫害を受けて成長した。小学校卒業後、町工場の製鉄工、組立工などを経て結婚、79年から仕立て屋を営む夫、老父、息子とともに暮らす。両親の名誉回復後、仕立て屋の傍ら83年から創作活動に入る。85年「新創作」誌に短編「汚水の上の石鹸の泡」を寄稿してデビュー。従来の社会主義リアリズムにはない"ことば"の運動感覚は中国文壇に大きな衝撃を与える。国際的にも高い評価を受け、邦訳も多い。また、カフカやボルヘスなどの批評も手がける。他の作品に「天窓」(86年)、「私の、あの世界でのこと」(86年)など。邦訳に「蒼老たる浮雲」「カッコウが鳴くあの一瞬」「黄泥街」「夢のかけら」「突囲表演」「最後の恋人」、短編集「廊下に植えた林檎の木」「かつて描かれたことのない境地」、「魂の城 カフカ解読」がある。90年来日。

ザンゾット, アンドレーア　*Zanzotto, Andrea*
イタリアの詩人
1921.10.10〜2011.10.18
[出]トレヴィノ近郊ピエーヴェ・ディ・ソリーゴ
[歴]生地で長年中学校教師を務めた。1951年処女詩集「風景の後ろに」を発表。以後、「呼格」(57年)まで、故郷の自然と魂との葛藤を歌う抒情詩を作る。「選詩九編」(62年)以降、「イディオム(話語)」(86年)に至るまでは、一貫して自我と世界との決定的分裂がもたらす失語症と饒舌とを主題に前衛的詩作を発表した。評論集に「近づいてゆく空想力」(91年)がある。

サンソム, ウィリアム　*Sansom, William*
イギリスの作家
1912.1.18〜1976.4.20
[出]ロンドン　[名]サンソム, ウィリアム・ノーマン・トレバー〈Sansom, William Norman Trevor〉
[歴]名門パブリック・スクールのアピンガム校に学び、ヨーロッパで教育を受けた。1930年から5年間銀行に勤務し、その後広告代理店でコピーライターをしながら、作家との交流を持つ。第二次大戦中は消防隊でロンドン空襲を目の当たりにする。この頃から「ニュー・ライティング」「ホライズン」誌に短編小説を寄稿し、44年処女作品集「消防夫フラワー」を刊行。戦後は作家生活に専念。現代イギリスにおける短編小説の大家と目され、主な作品に短編集「南方」(48年)、「情熱の北方」(50年)や長編「肉体」(49年)、「愛の目」(56年)、旅行記「プルーストとその世界」(73年)などがある。

サンソム, C.J.　*Sansom, C.J.*
イギリスの作家, 弁護士
1952〜
[出]ロージアン州エディンバラ　[名]Sansom, Christopher John　[学]バーミンガム大学　[賞]CWA賞エリス・ピーターズ・ヒストリカル・ダガー賞(2005年), CWA賞図書館賞(2007年)
[歴]バーミンガムで歴史学の博士号を取得後に法律を学び、事務弁護士として社会的弱者のために尽力。2003年その経験と知識を生かした「チューダー王朝弁護士シャードレイク」で作家デビュー、同作はベストセラーとなり、イギリス推理作家協会賞(CWA賞)のジョン・クリーシー・ダガー賞とエリス・ピーター・ヒストリカル・ダガー賞にノミネートされた。05年〈シャードレイク〉シリーズ2作目の「暗き炎」でエリス・ピーター・ヒストリカル・ダガー賞、07年にはシリーズ全体が評価されCWA賞図書館賞を受賞した。

サンダース, マーシャル　*Sanders, Marshall*
カナダの作家
1861〜1947
[出]ノバスコシア　[名]サンダース, マーガレット・マーシャル
[歴]イギリスからメイフラワー号に乗ってアメリカに渡った清教徒の一団の直系の子孫として、1861年バプテスト牧師の父と裕福な商家の娘だった母との間に生まれる。スコットランド、フランスなどで教育を受け、作家活動を開始。当時は女流作家の評価が低かったため、マーシャル・サンダース名義で活動した。代表作「ビューティフル・ジョー」はカナダで史上初のミリオンセラーとなり、初めてエスペラント語に翻訳されたほか、18ケ国語に翻訳。続編「ビューティフル・ジョーの天国」ほか、動物を扱う物語を数多く残し、カナダを代表する女流作家の地位を確立した。1927年に著作活動を終えた後も講演などの活動を通じて多様な社会運動に参加した。

サンダース, ローレンス　*Sanders, Lawrence*
アメリカのミステリー作家
1920〜1998.2.7
[出]ニューヨーク市ブルックリン　[学]ウォーバッシュ・カレッジ卒　[賞]MWA賞最優秀新人賞(1970年)
[歴]貧困の中で青春を送る。第二次大戦には海兵隊の一員として参加。戦後、ジャーナリズムの世界に入り、スポーツ雑誌、狩猟雑誌、冒険雑誌、科学雑誌など様々な男性雑誌の編集者として働き、4年間「サイエンス・アンド・メカニック」編集長を務めた。1970年長編「The Anderson Tape(盗聴)」で作家デビュー、ベストセラーとなり、アメリカ探偵作家クラブ(MWA)最優秀新人賞を獲得。以後、「The First Deadly Sin(第一の大罪)」「The Tangent Objective(野望の血)」「魔性の殺人」など次々とベストセラー作品を発表して人気作家の地位を確立。シリーズものに〈大罪〉シリーズ〈十戒〉シリーズがある。

サンダーソン, ブランドン　*Sanderson, Brandon*
アメリカの作家
1975.12〜
[出]ネブラスカ州リンカーン　[学]ブリガム・ヤング大学　[賞]ホイットニー賞(2010年), デービッド・ゲメル・レジェンド賞(2011年)
[歴]1994年ブリガム・ヤング大学に入学し生化学を専攻したが、のち英文学に転向。在学中は学内のSF・ファンタジー同人誌の編集に携わる。2004年に修士号を取得し、卒業後も大学に残り教鞭を執る。傍ら小説を執筆。05年「エラントリス—鎖された都の物語」でデビューすると、オースン・スコット・カードらに激賞され、名声を確立。06年より刊行された「ミストボーン」3部作の第3部は「ニューヨーク・タイムズ」紙でベストセラー入りした。09年にはロバート・ジョーダンが完結させることなく亡くなった〈時の車輪〉シリーズの最終第12部

「飛竜雷天」を、ジョーダンの未亡人から指名を受け執筆。10年の「王たちの道」は同年のホイットニー賞、11年のデービッド・ゲメル・レジェンド賞を受賞した。

サンタヤナ, ジョージ *Santayana, George*
スペイン生まれのアメリカの詩人, 作家, 哲学者
1863.12.16～1952.9.26
[出]マドリード　[名]Santayana, Jorge Augustin Nicolás Ruiz de　[学]ハーバード大学(1886年)卒
[歴]両親はスペイン人。1872年アメリカのボストンに移住、ハーバード大学でW.ジェームス、J.ロイスに学び、89～1912年同大学哲学教授。1896年処女作「美の意識」を発表、実在論とプラトン的観念論の調和を哲学の課題とした。1912年ヨーロッパに渡り、第一次大戦中はオックスフォードに滞在し、その後ローマに移住。主著に「理性の生命」(5巻, 05～06年)、「詩集」(23年)、「存在の諸領域」(4巻, 27～40年)、小説「最後の清教徒」(35年)などがある。

サンチェス・フェルロシオ, ラファエル
Sánchez Ferlosio, Rafael
スペインの作家
1927.12.4～
[出]イタリア・ローマ　[賞]ナダル賞(1956年), スペイン批評家賞(1957年), バルセロナ市エッセイ賞(1993年), スペインエッセイ賞(1994年), セルバンテス賞(2004年)
[歴]父サンチェス・マッサスの勤務地ローマで生まれ、同市で幼少期とスペイン内戦時代を過ごす。1951年現実と空想が混ざり合ったメルヘン的世界を描いた「アルファウイ」で文壇にデビュー。第2作目の「ハラーマ河」(55年)でスペインの作家の登竜門といわれるナダル賞を受賞した。この作品はマドリード郊外のハラーマ河に泳ぎに来た若者たちの行動を徹底したリアリズムによって描写、当時のスペイン社会のあり方を強く批判し、戦後社会派小説の代表作となった。エッセイや批評部門でも活躍。2004年長年の文筆活動と影響力のある批評活動によりセルバンテス賞を受賞。他の作品に「ヤルフォスの証言」(86年)など。

サンディアータ, セクー *Sundiata, Sekou*
アメリカの詩人
1949～
[出]ニューヨーク市ハーレム　[学]ニューヨーク・シティ・カレッジ卒
[歴]10代から詩作を始める。大学進学後、大学改革を求める学生運動に参加。のち詩の朗読会やワークショップを組織し、詩作と音楽に焦点を当てる。1990年代半ば「Circle Unbroken is a Hard Bop」「The Mystery of Loves」の二つの芝居を上演。97年CD朗読詩集「The Blue Oneness of Dreams」をリリース、グラミー賞スポークン・ワード部門にノミネートされる。2000年2作目の「LongStoryShort」をリリース。同年8月朗読集の本を発売。アメリカ各地やヨーロッパで朗読を行う。またニュー・スクール大学教授を務め、詩作と文学を教える。

サン・テグジュペリ, アントワーヌ・ド
Saint-Exupéry, Antoine de
フランスの作家, 飛行家
1900.6.29～1944.7.31
[出]リヨン　[名]サン・テグジュペリ, アントワーヌ・マリー・ロジェ・ド〈Saint-Exupéry, Antoine Marie Roger de〉　[学]パリ美術学校建築科　[賞]フェミナ賞(1931年), アカデミー・フランセーズ小説大賞(1939年)
[歴]貴族の家系の長男として生まれたが、早くに父を亡くす。12歳で初めて旧式の飛行機に乗せてもらい、飛行機乗りを志望。海軍兵学校の受験に失敗した後、兵役に服して航空隊入り。予備少尉に任官後に除隊すると、1926年ラテコエール社で飛行機による郵便輸送に従事。28年その体験をもとに「南方郵便機」を執筆、31年の「夜間飛行」でフェミナ賞を受け文名を確立した。航空文学の先駆者となり、39年の「人間の土地」でアカデミー・フランセーズ小説大賞。第二次大戦が始まると偵察機の搭乗員として動員されるが、休戦による除隊後にアメリカへ亡命。42年「戦う操縦士」を執筆、ベストセラーとなる。43年祖国解放のため志願して偵察隊に復帰したが、44年コルシカ島から偵察飛行に出たまま消息を絶った。軍への復帰直前にアメリカで出版した大人のための童話「星の王子さま」(43年)はのちに全世界で大ベストセラーとなり(日本初訳は53年)、その名を不朽のものとした。他の作品に「ある人質への手紙」(43年)、「城砦」(未完, 48年)などがある。生誕100年にあたる2000年にはフランスのリヨン空港がサン・テグジュペリ空港と改名。長年墜落地が不明だったが、04年マルセイユ沖の海中で当時搭乗していた航空機の残骸が発見された。
[家]妻＝コンスエロ・ド・サン・テグジュペリ

サンデモーセ, アクセル *Sandemose, Aksel*
ノルウェーの作家
1899.3.19～1965.8.6
[出]デンマーク・モース島ニュケーピング
[歴]父はデンマーク人、母はノルウェー人。デンマークのモース島ニュケーピングで生まれ、貧しい家庭に育ち、早くから船員として海に出る。1923年船乗りの体験を生かした「ラブラドール物語」で作家デビュー。30年ノルウェーに移住してからはノルウェー語で執筆、フロイトやユングの心理学を文学的に表現した作品を書き、「陸に上がる船乗り」(31年)、「自分の足跡を横切る逃亡者」(33年)は代表作となった。41年ナチス・ドイツに追われてスウェーデンに亡命。他の作品に「失われたのは夢」(44年)、「アリス・アトキンソンと恋人たち」(49年)などがある。

サンデル, ヨアキム *Zander, Joakim*
スウェーデンの作家
1975～
[出]ストックホルム　[学]ウプサラ大学(法律) 博士号(マーストリヒト大学)
[歴]スウェーデン国内だけでなく、シリア、イスラエルでも生活し、アメリカへの留学経験もある。兵役終了後、ウプサラ大学で法律を学ぶ。オランダのマーストリヒト大学で博士号を取得した後、ブリュッセルの欧州議会や欧州委員会に勤務するなど法律家としてキャリアを積む。2013年「スパイは泳ぎつづける」で作家デビュー。

サントス, マリサ・デ・ロス *Santos, Marisa de los*
アメリカの詩人, 作家
[出]メリーランド州ボルティモア
[歴]大学で文学と創作を専攻後、詩人として活躍。1999年詩集「From the Bones Out」を刊行、繊細で美しい文体が好評を博す。2006年「あなたと出会った日から」で作家デビュー。08年小説第2作「BELONG TO ME」を出版、「ニューヨーク・タイムズ」紙のベストセラー作家となった。

サンドバーグ, カール *Sandburg, Carl*
アメリカの詩人
1878.1.6～1967.7.22
[出]イリノイ州ゲイルズバーグ　[名]サンドバーグ, カール・オーガスト〈Sandburg, Carl August〉　[学]ロンバード・カレッジ卒　[賞]ピュリッツァー賞(詩部門)(1919年・1951年), ピュリッツァー賞(歴史部門)(1940年)
[歴]13歳で学校を退学。様々な職業を経て、米西戦争に従軍。大学卒業後、シカゴに移住し、1917～30年「シカゴ・デイリー・ニューズ」紙に勤務。ジャーナリストとして活動する傍ら、「詩」誌に投稿を始め、「シカゴ詩集」(16年)で一躍有名になる。「とうもろこしの皮むき」(18年)と「全詩集」(50年)でピュリッツァー賞を受賞。40年には伝記2部作「リンカーン、大草原時代」(26年)「リンカーン、南北戦争時代」(39年)でピュリッツァー賞歴史部門賞を受賞した。他の作品に、詩集「おはよう、アメリカよ」(28年)、「The Sandburg Range」(57年)、「Honey and Salt」(63年)、「Complete Poems」(70年)、年代記小説「Re-

membrance Rock」(48年)、自伝「Always the Young Stranger」(52年)など。一方、全米各地を回って民謡を収集し、「アメリカ民謡集」(27年)を出版するなど、その普及にも努めた。

サンドフォード, ジョン *Sandford, John*
アメリカのジャーナリスト, 作家
1944.2.23〜
[名]キャンプ, ジョン・ラズウェル〈Camp, John Roswell〉 [賞]ピュリッツァー賞(1986年)
[歴]ジャーナリストとして長年活躍。一方、小説も手がけ、1989年作家デビュー。画家でコンピューター・プログラマーのキッドを主人公にしたシリーズをジョン・キャンプ名義で発表。また「Rules of Prey(サディスティック・キラー)」(89年)、「Shadow of Pley(ブラック・ナイフ)」(90年)などの〈ダヴンポート警部補〉シリーズをジョン・サンドフォード名義で発表。〈ダヴンポート警部補〉シリーズの原書名には、必ずPREY(獲物)が付く。いずれも全米でベストセラーとなる。

サンドベリ, ティモ *Sandberg, Timo*
フィンランドの作家
1946〜
[出]ラハティ [賞]推理の糸口賞
[歴]1990年作家デビュー。以降ミステリー中心にヤングアダルト向けの小説なども発表。2013年に発表した「処刑の丘」で推理の糸口賞を受賞。

サントーラ, ニック *Santora, Nick*
アメリカの脚本家, 作家, テレビプロデューサー
1970〜
[出]ニューヨーク市クイーンズ区 [学]コロンビア大学ロースクール卒 [賞]ニューヨーク国際インディペンデントフィルム&ビデオ映画祭コンペティション最優秀脚本賞
[歴]コロンビア大学ロースクールを卒業後、弁護士として6年間法律事務所に勤務。初めて書いた脚本がニューヨーク国際インディペンデントフィルム&ビデオ映画祭コンペティションで最優秀脚本賞に選ばれる。テレビシリーズでは、「ブレイクアウト・キング」製作総指揮、「プリズン・ブレイク」「VEGAS」「HOSTAGES」「SCORPION」など脚本を手がける。2007年初の小説「SLIP&FALL」がアメリカ全土でベストセラーに。

サントロファー, ジョナサン *Santlofer, Jonathan*
アメリカの画家, 作家
1946〜
[出]ニューヨーク市 [学]ボストン大学(美術)
[歴]ボストン大学で美術を学び、ファイン・アートの画家として活躍。日本をはじめ世界各国で個展が開かれるなど高く評価され、その作品は多くの美術館に収蔵されている。一方、「ニューヨーク・タイムズ」紙などで美術評論家としても活躍。シカゴの画廊火災で打撃を受けた後、ローマに渡ってルネッサンスやバロック絵画を研究する中で小説の執筆を始め、2002年「デス・アーティスト」で作家デビュー。07年発表の「赤と黒の肖像」は長編第4作にあたる。

サンプソン, キャサリン *Sampson, Catherine*
イギリスの作家
[学]リーズ大学(1984年)卒
[歴]1984年リーズ大学を卒業後、奨学生としてハーバード大学に学ぶ。専門は中国語。BBC勤務を経て、88年「タイムズ」紙の北京特派員となる。92年北京で同じくジャーナリストの夫と結婚、3人の子供を育てる。95年から小説を書き始め、2003年デビュー作「ついてないことだらけ」を刊行。同作は「Robin Ballantyne」としてシリーズ化された。他に〈PI Song〉シリーズがある。

サンブラ, アレハンドロ *Zambra, Alejandro*
チリの作家, 詩人, 批評家
1975〜
[出]サンティアゴ [賞]チリ批評家賞(2006年), チリ図書協会賞(2006年)
[歴]10代の時にエズラ・パウンド、ホルヘ・ルイス・ボルヘス、マルセル・プルーストらに多大な影響を受ける。2冊の詩集を発表したのち、2006年小説第1作「盆栽」が大きな反響を呼び、チリ批評家賞、チリ図書協会賞を受賞。翻訳書は、07年の「木々の私生活」との1冊本「盆栽/木々の私生活」として刊行された。ディエゴ・ポルタレス大学で文学の教授を務める。他の作品に「No leer」(10年)、「帰宅の方法」(2012年)など。

サンペドロ, ホセ・ルイス *Sampedro, José Luis*
スペインの作家, 経済学者
1917.2.1〜2013.4.8
[出]バルセロナ [学]マドリード大学
[歴]その名前を冠した公立高等学校が複数あるほど尊敬される経済学者。1947〜55年マドリード大学構造経済学助教授、55〜69年同教授を務めた。一般向けの経済啓蒙書を多数執筆する傍ら、作家としても才能を発揮。「エトルリアの微笑み」はスペイン国内で100万部を超える大ベストセラーとなり、ヨーロッパ各国でも10万部を突破した。

【シ】

施 叔青 し・じょせい *Shi Shu-qing*
台湾の作家
1945〜
[出]鹿港 [学]ニューヨーク市立大学大学院(演劇学)修士課程修了
[歴]16歳で短編小説「やもり」を発表して文芸界にデビュー、1970年アメリカに留学し、修士号を取得。台北の淡江大学で教鞭を執ったのち、アメリカ人で銀行家の夫と香港に渡る。80年代には短編シリーズ「香港物語」を執筆。のち香港最古の歴史を誇る社交クラブのスキャンダルを描く「ヴィクトリア倶楽部」(邦訳・2002年)を発表。他の作品に「香港三部作」、「台湾三部作」(「洛津への旅」「風の前の塵」「三世代」)など。姉で文芸批評家の施淑、妹で「夫殺し」「迷いの園」で知られる李昂とともに、施家三姉妹と称される。
[家]姉=施 淑(文芸批評家), 妹=李 昂(作家)

師 陀 し・だ *Shi tuo*
中国の作家
1910.4.19〜1988.10.7
[出]河南省 [名]王 長簡, 筆名=蘆 焚
[歴]1931年北京に出て、満州事変後に学生運動に参加。また、蘆焚の筆名で創作を始める。36年上海へ行き、上海陥落後も同地に留まった。この頃、蘆焚の名を盗用されたため師陀と改名する。38年「果園城」、のち続編「葛天民」「顔料盒」を書き、47年短編集「果園城記」として出版。他に長編「馬蘭」(48年)などがある。

史 鉄生 し・てつせい *Shi Tie-sheng*
中国の作家
1951.1.4〜2010.12.31
[出]北京 [名]筆名=金水
[歴]精華大学附属中学に入学するが、文化大革命の勃発で卒業しないまま、1969年1月陝西省の農村へ下放。農村に滞在するうち脊髄多発性硬化症を発病、71年10月北京へ戻るが下半身が麻痺して車椅子の生活となる。74〜81年療養生活を続けながら町工場で働く。入退院を繰り返したのち文学の創作を始め、79年から「愛情の運命」などの小説を発表。盲目の琴奏者を主人公にした「人生は琴の弦のように」(85年)は陳凱歌監督で映画化された。他の作品に、農村での生活をもとにした「遙かなる大地」(86年)、障害者の人生を対象とした「車椅子の神様」(87年)、母親の思い出を綴った「私と地壇」(91年)などがある。

シ・ムン　沈 熏　*Sim Hun*
朝鮮の作家, 詩人
1901.9.12〜1936.9.16
[出]京城　[名]沈 大燮
[歴]1919年第一高等普通学校在学中に三・一独立運動に参加して逮捕される。その後、上海に亡命するが、23年帰国。「東亜日報」「朝鮮日報」「中央日報」などに記者として勤める傍ら、詩や小説の創作を開始。26年「東亜日報」に長編「仮面舞」を連載したことがきっかけで映画界に入り、映画「東の空が白むとき」(27年)の原作・脚色・監督を担当。30年頃から創作活動を再開し、「東方の愛人」(30年)、「不死鳥」(31年)、「織女星」(37年)などを執筆。中でも、ブ・ナロード(人民の中へ)が叫ばれた頃に日本の植民地支配に抵抗して農村啓蒙運動に生きる青年たちを描いた「常緑樹」(36年)は代表作として名高い。朝鮮総督府の検閲を通らなかった民族抵抗詩「その日が来たら」は、民族解放後の49年に日の目を見た。

ジー, モーリス　*Gee, Maurice*
ニュージーランドの作家
1931.8.22〜
[出]ファカタネ　[学]オークランド大学文学部卒　[賞]ジェームズ・テイト・ブラック記念賞(1978年), ニュージーランド文学賞(1979年), バックランド文芸賞(1979年), ジェイムズ・ワッティ賞(1979年)
[歴]オークランド大学を卒業後、10年間の教員生活を経てニュージーランド各地の図書館に勤務する傍ら創作活動を続けた。1976年に退職して本格的な作家生活にはいる。プラムという名の主人公が語る形の反戦小説「Plumb(プラム)」(78年)のほか,「Under the Mountain(この山の底)」(79年)、「The World Around the Corner(町角の別世界)」(80年)、「The Halfmen of O(惑星Oの冒険)」(82年)などの児童文学がある。

シアーズ, マイクル　*Sears, Michael*
アメリカの作家
1950〜
[学]コロンビア大学ビジネススクール卒　[賞]シェイマス賞最優秀新人賞
[歴]コロンビア大学ビジネススクール卒業後、ペイン・ウェバー証券などのウォール街の会社に20年以上にわたって勤務。2012年父子の心の交流を織り込んで描いた金融サスペンス「ブラック・フライデー」でデビューして高い評価を受け、シェイマス賞最優秀新人賞を受賞。さらにMWA賞、国際スリラー作家協会賞、アンソニー賞、バリー賞の最優秀新人賞にノミネートされた。

シアラー, アレックス　*Shearer, Alex*
イギリスの作家, 脚本家
1949〜
[賞]CITLIPカーネギー賞ロングリスト作品(2007年)
[歴]テレビ、映画、舞台、ラジオ劇の脚本などを手がけた後、作家に転身。ヤングアダルト小説の第一人者として、日本でもファンが多い。邦訳書に「青空のむこう」「13カ月と13週と満月の夜」「魔法があるなら」「ボーイズ・ドリーム―世界記録をつくろう」「チョコレート・アンダーグラウンド」「ミッシング―森に消えたジョナ」「世界でたったひとりの子」「スノードーム」「ラベルのない缶詰をめぐる冒険」「あの雲を追いかけて」「ぼくらは小さな逃亡者」「透明人間のくつ下」「This is the Life」など多数。2008年「チョコレート・アンダーグラウンド」はアニメ映画化された。09年映画PRのため初来日。

ジウバーダオ　九把刀　*Jiubadao*
台湾の作家, 映画監督, 脚本家
1978.8.25〜
[出]彰化　[名]柯 景騰, 別名＝コー, ギデンズ〈Ko, Giddens〉　[学]台湾交通大学管理科学科卒, 台湾東海大学大学院社会学研究科修士課程修了　[賞]コミックリズ百万テレビ小説賞(2004年)
[歴]1999年からインターネット小説を書き始め、2004年武俠小説「少林寺第八銅人」で第1回コミックリズ百万テレビ小説賞を受賞。以降、恋愛・青春小説の他、ホラー小説、伝奇小説、武俠小説など幅広いジャンルを手がけ、80近くの作品を発表。多くの作品が映画やドラマ、舞台、漫画、ゲームに脚色されている。一方、08年オムニバス映画「愛到底」第1話「三声有幸」で映画監督デビュー。11年に自伝的小説を映画化した「あの頃、君を追いかけた」で長編初監督、脚本を務める。本作の大ヒットにより台湾で11年の"十大傑出青年"の一人に選出された。13年には原作・脚本を務めた「変身」が公開される。他の監督作品に、「功夫」(監督・脚本・原作担当, 15年)などがある。

ジェイクス, ブライアン　*Jacques, Brian*
イギリスの児童文学作家, 脚本家
1939〜
[出]マージーサイド州リバプール
[歴]15歳で学校を修了ののち、港湾労働者、船乗り、長距離トラック運転手、警察官、喜劇役者、フォーク歌手と様々な職を経験。また戯曲を書いたり、ラジオ局で自分の番組を持つなど精力的に活躍。「勇者の剣―レッドウォール伝説」で作家デビュー。若い読者の支持を受け、レッドウォールを舞台にしたシリーズを続々発表し、人気を博す。

シェイクリー, ジャミル　*Shakely, Jamil*
クルド人の児童文学作家
1962〜
[出]イラク・クルディスタン
[歴]イラク北部のクルド人居住地域クルディスタンで生まれ、ジャーナリストとして活動。1989年イラン・イラク戦争の末期にベルギーへ亡命。93年「いちじくの木がたおれ ぼくの村が消えた」で児童文学作家としてデビュー。96年「ぼくの小さな村 ぼくの大すきな人たち」でベルギーのブッケンウェルペン賞を受賞。オランダ語で執筆を行う。2001年4月「いちじくの木がたおれ ぼくの村が消えた」の邦訳出版を機に国際シンポジウム出席のため来日。

ジェイコブソン, アンドルー　*Jacobson, Andrew*
アメリカの脚本家, 作家
[出]ウィスコンシン州ミルウォーキー
[歴]子供の頃から空想や物語が好きで、「スター・ウォーズ」のフィギュアで遊んでいたという。のち映画やテレビの脚本家となる。ある日ロサンゼルスの駐車場で脚本家のアダム・ジェイ・エプスタインと出会い、一緒に映画やテレビの脚本を書く。2010年単語や文のひとつひとつを二人で考えて書き上げた初のファンタジー小説「黒猫オルドウィンの冒険(The Familiars)」を刊行。世界中で人気となり、シリーズ化された。家族とともにロサンゼルスに住み、二人は近所同士。

ジェイコブソン, ジェニファー・リチャード
Jacobson, Jennifer Richard
アメリカの児童文学作家
1958〜
[出]ニューハンプシャー州　[学]ハーバード大学大学院修士課程修了
[歴]ハーバード大学大学院で教育学の修士号を取得。ニューイングランド各地の学校で、幼稚園から小学校6年生までの子供たちを教え、カリキュラム・コーディネーター、国語専任教師などを務めた。その後、作家活動を始め、絵本や小学生向け読み物、ヤングアダルト作品を発表。教育分野の実用書も出版している。執筆活動の傍ら、教育コンサルタントとして教師の指導にあたり、学校訪問などを通じて子供たちに書くことを教えている。

ジェイコブソン, ハワード　*Jacobson, Howard*
イギリスの作家, 評論家
1942.8.25〜
[学]ケンブリッジ大学　[賞]ブッカー賞(2010年)
[歴]敬虔なユダヤ教徒として育つ。イギリスとオーストラリア

シ

で講師を経験。のち執筆活動に入り、作家、評論家、ノンフィクション作家として多数の著書を出版。2010年「The Finkler Question」でブッカー賞を受賞した。

ジェイムズ, E.L. *James, E.L.*
イギリスの作家
1963〜
[出]ロンドン [学]ケント大学卒
[歴]ケント大学卒業後、テレビ局で契約書の作成、予算決定、キャスティングなどの番組制作業務に携わる。2011年ステファニー・メイヤーのベストセラー小説「トワイライト」のファン・フィクション（二次創作）として執筆した官能ロマンス小説「フィフティ・シェイズ・オブ・グレイ」をオンライン小説として発表、12年米大手出版社ランダムハウスから出版される。ロマンス小説と官能小説の要素を併せ持った内容が主婦層を中心に支持され、半年後に出版されたシルヴィア・デイの「ベアード・トゥ・ユー」などとともに“マミー・ポルノ”と呼ばれブームを興す。同年「タイム」の“最も影響力のある100人”に選ばれた。その後、「フィフティ・シェイズ」3部作は全世界で累計1億部を売り上げ、15年には「フィフティ・シェイズ・オブ・グレイ」が映画化された。

ジェイムソン, マーガレット・ストーム
Jameson, Margaret Storm
イギリスの作家
1891.1.8〜1986.9.30
[出]ヨークシャー州ホイットビー [学]リーズ大学卒
[歴]ヨークシャーの造船業者の家に生まれる。リーズ大学で学び、1919年ロンドンに出て小説を書き始める。処女作は同年刊行の「沸きたつ鍋」で、その後も多数の小説を発表し、ストーリー・テラーとして知られた。イギリスの庶民や中産階級の生活を地味に描いたものが多く、生涯に40以上の長編を執筆。代表作は「従兄オノレ」（40年）、「白鴉」（68年）で、他に「帰路」（30年）、「晴れ渡る五月」（43年）、「作家の立場」（50年）、「最終スコア」（61年）など。第二次大戦中の39〜45年、国際ペン・クラブのイギリス会長を務め、亡命者を援助した活動が「北からの旅」（69年）にまとめられた。晩年はケンブリッジに住み、長い生涯を回顧した自叙伝も数冊刊行した。

ジェークス, ジョン・ウィリアム *Jakes, John William*
アメリカの作家
1932〜
[出]イリノイ州シカゴ [学]デポー大学卒
[歴]学生時代より創作を始め、雑誌に寄稿していたが、本格的な作家活動に入るまで、広告関係のコピーライターなどをしながら夜間の副業として小説を書く。作品は〈戦士ブラク〉シリーズなどのヒロイック・ファンタジーの他、推理小説、歴史小説、児童ものなどの長編や、数多くの短編を発表する。〈ケント家物語〉シリーズで知られ、家族を題材にした年代記物語の第一人者。

シェクリー, ロバート *Sheckley, Robert*
アメリカのSF作家
1928.7.16〜2005.12.9
[出]ニュージャージー州メイプルウッド [学]ニューヨーク大学（1951年）卒
[歴]ニューヨークで生まれ、ニュージャージー州メイプルウッドで育つ。高校を卒業後、兵役に就き、3年間朝鮮に駐屯。除隊後はニューヨーク大学に学ぶ。1952年「イマジネーション」誌掲載の短編「Final Examination」で作家デビュー。技巧とユーモア、社会風刺に富んだ短編を得意とし、「人間の手がまだ触れない」「宇宙市民」「地球巡礼」「無限がいっぱい」「残酷な方程式」などのSF短編集を出版。長編には「不死販売株式会社」「明日を越える旅」「標的ナンバー10」などがある。推理小説なども手がけた。

ジェーコブソン, ダン *Jacobson, Dan*
南アフリカの作家
1929.3.7〜2014.6.12
[出]ヨハネスブルク [学]ウィッツウォーターズランド大学卒 [賞]ジョン・ルウェリン・リース賞（1959年），サマセット・モーム賞（1964年）
[歴]東欧系ユダヤ人の移民の子としてヨハネスブルクに生まれる。ウィッツウォーターズランド大学卒業後、教職、ジャーナリスト、ビジネスマンなど転々と職を替えたのち、イスラエルに渡り2年間キブツで過ごす。1951年に帰国し、ジャーナリストとして働いた後、家業を継いだが、54年渡英してロンドンに定住し、本格的な文筆活動に入った。94年までユニバーシティ・カレッジ・ロンドン教授も務めた。作品に「The Trap（わな）」（55年）、さまよえるユダヤ人一家を年代記風にたどった大作「The Beginners（創始者たち）」（66年）、サマセット・モーム賞を受賞したエッセイ「Time of Arrival」（63年）などがある。

シェセックス, ジャック *Chessex, Jacques*
スイスの作家，詩人
1934〜
[出]ペイエルヌ [学]ローザンヌ大学卒 [賞]ゴンクール賞（1973年）
[歴]ローザンヌ大学で、仏文学や哲学、芸術史を学んだ後、教職に就き、中学教師を経て、56年以降は県立高校で仏文学を教えている。23歳の時に初めての詩集「Une voix la nuit」（57年）を出版、詩人として認められる。のち散文にも興味を示し、62年処女小説「La tête ouverte（開かれた頭）」をパリの代表的出版社ガリマール社より刊行、以来、詩や小説、エッセイの分野で旺盛な活躍を続ける。73年には父と子の相剋を精神分析的手法で描いた「L'ogre（鬼）」でゴンクール賞を獲得、現代スイス文壇に確固たる地位を築きあげた。

シェッツィング, フランク *Schätzing, Frank*
ドイツの作家
1957.5.28〜
[出]西ドイツ・ノルトライン・ウェストファーレン州ケルン [賞]ケルン文学賞（2002年），コリーヌ賞（2004年），ドイツSF文学賞（2005年），ドイツ・ミステリー大賞（2005年），クルト・ラスヴィッツ賞（2005年）
[歴]大学ではコミュニケーション学を専攻。卒業後は大手広告会社でクリエーターとして活動し、その後、ケルンで広告代理店と音楽プロダクションを設立。一方、小説の執筆を始め、1995年ベストセラーとなった「黒のトイフェル」で作家デビュー。その後、「グルメ警部キュッパー」などのミステリーやポリティカル・サスペンス、ミステリー短編集を出版し、好評を博す。2004年の「深海のYrr」はドイツ国内だけで200万部を超すベストセラーとなり、ドイツSF文学賞、ドイツ・ミステリー大賞、クルト・ラスヴィッツ賞などを受賞。作家活動の傍らミュージシャンとしても活動する。

シェップ, エメリー *Schepp, Emelie*
スウェーデンの作家
1979.9.5〜
[歴]広告業界でプロジェクトリーダーとして働く傍ら、2013年自費出版でミステリー「Ker死神の刻印」を発表。同作が5ケ月で4万部を売り上げて話題となり、14年大手出版社ヴァールストレム＆ヴィードストランドから再刊行される。スウェーデン・ミステリー界のホープとして注目を集める。

ジェニングズ, エリザベス *Jennings, Elizabeth*
イギリスの詩人
1926.7.18〜2001.10.26
[出]リンカーンシャー州ボストン [名]Jennings, Elizabeth Joan [学]オックスフォード大学 [賞]イギリス芸術振興会賞（1953年），サマセット・モーム賞（1956年），リチャード・ヒラリー賞（1966年），イギリス芸術振興会賞（1981年），W.H.スミス文学賞（1987年）
[歴]1950〜58年オックスフォード市図書館で助手を務めた。58

～60年チャット・アンド・ウィンダス社論説記者、60年からフリーランサー作家となる。流麗な言葉で日常の省察をうたう。詩集に芸術振興会賞を受けた「Poem」(53年)、モーム賞を受けた「A Way of Looking (一つの見方)」(55年)、イタリア旅行からの「この世の意識」(58年)、「The Mind has Mountains」(66年)、「恩寵の時」(79年)、「Celebrations and Elegies」(82年)など。批評に「Tributes」(89年)など、児童向け詩集「After the Ark」(78年)などがある。

ジェネリン, マイケル　Genelin, Michael
アメリカの作家, 法律家
㊐ニューヨーク　㊊カリフォルニア大学ロサンゼルス校, カリフォルニア大学ロサンゼルス校ロースクール
㊞カリフォルニア大学ロサンゼルス校(UCLA)で政治学の学士号を、同大ロースクールで法学博士の学位を取得。卒業後、ロサンゼルス郡の地方検事補として多数の事件を担当。その後、アメリカ国務省、司法省のコンサルタントを経て、スロバキア、パレスチナ、インドネシアなどに派遣され、腐敗防止、刑事司法制度の改革、政府の再編成、情報の自由化などに助力。映画やテレビ、舞台の脚本も手がける。2008年スロバキアを舞台にした「冷血の彼方」で作家デビュー。同作は〈Commander Jana Matinova〉としてシリーズ化される。

シェパード, サム　Shepard, Sam
アメリカの劇作家, 俳優, 脚本家, 映画監督
1943.11.5～2017.7.27
㊐イリノイ州フォートシェリダン　㊋シェパード・ロジャーズ, サミュエル〈Shepard Rogers, Samuel〉　㊞ピュリッツァー賞(戯曲部門)(1979年)、オビー賞(1966年・1967年・1968年・1973年・1978年)、オビー賞特別賞(1979年)、ニューヨーク演劇批評家協会賞最優秀劇曲賞(1986年)
㊞サミュエル・ベケットの「ゴドーを待ちながら」を読んで演劇を志し、大学を3学期で辞め、旅まわりの小劇団に所属。1963年劇団の東部公演を機にニューヨークに出て種々の仕事を体験。64年に書きあげた処女戯曲「カウボーイズ」が次作の「ザ・ロック・ガーデン」とともに創世劇場で上演され劇作家としてデビュー。67年処女長編「ラ・トゥリスタ」を発表。以後、次々と独創的な作品を世に送り出し、"ニュー・ジェネレーション"の劇作家として認められる。74年からサンフランシスコのマジック劇場の専属劇作家となった。79年家族の暗い側面を描いた「埋められた子供」でピュリッツァー賞を受賞。他の作品に「犯罪の歯」(72年)、「殺人者の首」(75年)、「飢えた階級の呪い」(78年)、「トゥルー・ウエスト」(80年)、「フール・フォア・ラヴ」(83年)、「ライ・オブ・ザ・マインド」(85年)などがある。一方、78年「天国の日々」で俳優として映画デビュー。「復活」(80年)、「女優フランシス」(82年)を経て、米宇宙飛行士を描いた「ライト・スタッフ」(83年)で脚光を浴び、アカデミー賞助演男優賞にノミネートされた。他の映画出演作品に「マグノリアの花たち」(89年)、「ボイジャー」(91年)、「ペリカン文書」(93年)、「ヒマラヤ杉に降る雪」(99年)、「ブラックホーク・ダウン」(2001年)、「きみに読む物語」(04年)、「8月の家族たち」(13年)など。ヴィム・ヴェンダース監督作品「パリ、テキサス」(1984年)では脚本を手がけ、私生活のパートナーであったジェシカ・ラング主演の「ファーノース」(90年)で映画初監督。著書に自伝的エッセイ集「モーテル・クロニクルズ」(82年)など。私生活では、69年女優で脚本家のオーラン・ジョーンズと結婚し、84年離婚。82年にラングと交際を始め、2009年まで共同生活を送ったものの、入籍することはなかった。

シェパード, サラ　Shepard, Sara
アメリカの作家
㊊ニューヨーク大学卒, ブルックリン大学大学院修士課程修了
㊞ニューヨーク大学卒業後、ブルックリン大学で美術学の修士号を取得。フィラデルフィア郊外の裕福な地域で育った経験が「ライアーズ」の構想の元となっている。他に〈The Lying Game〉シリーズ、〈The Perfectionists〉シリーズなどがある。

シェパード, ジム　Shepard, Jim
アメリカの作家
1956～
㊐コネティカット州ブリッジポート　㊊トリニティ・カレッジ卒, ブラウン大学大学院芸術系修士課程修了　㊞ストーリー賞(2007年度)
㊞カトリック教徒の家庭に生まれる。トリニティ・カレッジで文学士号、ブラウン大学で芸術系修士号を取得。ミシガン大学で教えた後、1984年からマサチューセッツ州のウィリアムズ大学で創作と映画の課程を教える。「わかっていただけますかねえ」が2007年度全米図書賞の最終候補となり、優れた短編集に与えられるストーリー賞を受賞。

シェパード, マイク　Shepherd, Mike
アメリカのSF作家
1947～
㊐ペンシルベニア州フィラデルフィア　㊋旧筆名＝モスコー, マイク〈Moscoe, Mike〉
㊞海軍勤務の親と共に、全米の軍港街を転々としながら育つ。大学卒業後は陸軍に入隊するが、新兵訓練中に負傷し、除隊。その後タクシー運転手、バーテンダーなどを経て、海軍省の事務員に。1991年「アナログ」誌にマイク・モスコー名義で短編デビューし、96年「First Dawn」で長編デビュー。2004年マイク・シェパードに名前を変え、美貌の女性士官クリス・ロングナイフを主人公とした「新任少尉、出撃！」を発表、一躍人気作家の仲間入りを果たす。

シェパード, ルーシャス　Shepard, Lucius
アメリカの作家
1943.8.21～2014.3.18
㊐バージニア州リンチバーグ　㊞ジョン・W・キャンベル賞(1985年)、シャーリイ・ジャクスン賞(2009年)
㊞作家志望だった父親から、3歳で読み書き、8歳でシェイクスピアの暗唱と、作家養成のための英才教育を仕込まれたが、逆に反発。12歳の頃からロックバンドを結成し、詩人に憧れる。大学を6週間で中退した後、世界中を放浪し、売春宿の用心棒、麻薬の売人として生計を立てた。その後、ベトナム戦争の報道写真家、ミュージシャンなどを経て、SF作家養成講座クラリオン・ワークショップに参加し、1984年SF長編「緑の瞳」を発表。87年短編集「The Jaguar Hunter (ジャガー・ハンター)」を発表。大型新人と賞賛されるが、WASPに代表されるアメリカの政治、社会、倫理への痛烈な批判によって、保守的なSFファンの反感を買い、逆に文学作品と認められるようになった。88年中南米を舞台とした近未来小説「Life During Wartime (戦時生活)」は若手文学作家に大きな影響を与えた。他の作品に中編「Kalimantan」(90年)、「Vacancy」(2008年)、短編集「The Ends of the Earth」(1991年)などがある。

ジェバール, アシア　Djebar, Assia
アルジェリアの作家, 映像作家
1936.6.30～2015.2.6
㊐フランス領アルジェリア・シェーシェル　㊋イマライェーヌ, ファーティマ・ゾフラー〈Imalhayene, Fatima-Zohra〉　㊊アルジェ大学教養課程修了　㊞ベネチア国際映画祭批評賞(1978年)、ノイシュタット国際文学賞(1996年)、ドイツ書籍商組合平和賞、ウイーン大学名誉博士号、オスナブリュック大学言語・文芸学部名誉博士号(2005年)
㊞フランス植民地下のアルジェリアに生まれる。アルジェ大学の教養課程修了後、1954年パリのリセ・フェネロンの高等師範学校準備クラスに入る。翌年アルジェリア女性としては初めて、セーブルの高等師範学校に入学を認められるが、アルジェリア学生運動に参加したのちに休学。57年21歳の時にアシア・ジェバールの筆名で第1作「渇き」を発表。58年ジャーナリストと結婚(60年離婚)。アルジェリア民族解放戦線(FLN)に協力。59年ラバト大学の助手を経て、アルジェ大学で教鞭を執る。62年のアルジェリア独立後、フランス語で書き続けることの意義に悩み、13年間作家活動を休止。この間、アル

ジェリアで2本の映画(「シュヌア山の女たちのヌーバ」など)を監督。その後フランス語で作家活動を続けることを受け入れ、80年再開第1作の短編集「アルジェの女たち」を発表。以後、自伝とアルジェリア女性の歴史を複合させた「愛、ファンタジア」(85年)、イスラム創世記の女性を描いた「メディナを遠く離れて」(91年)、90年代のアルジェリアの社会背景を描いた「アルジェリアの白」(96年)などを出版。80年詩人マレク・アルーラと再婚、パリ郊外に住む。95年から活動拠点をアメリカに移し、95年～2001年ルイジアナ州立大学教授、02年よりニューヨーク大学でフランス語圏文学教授を務める。05年アカデミー・フランセーズにマグレブ(北アフリカ)出身者として初めて選ばれる。マグレブで最も重要な作家とされ、ノーベル文学賞候補にも挙げられた。

シェーファー, アンソニー　*Shaffer, Anthony*
イギリスの劇作家
1926.5.16～2001.11.6
[出]マージーサイド州リバプール　[学]ケンブリッジ大学
[歴]「アマデウス」で知られる劇作家ピーター・シェーファーは双子の兄弟。炭鉱労働者や法律家、ジャーナリストなど様々な職業を経験し、テレビ番組制作会社に勤務した後、劇作家となる。1970年推理劇「探偵・スルース」を発表。ロンドンとブロードウェイで大ヒット作となり、ローレンス・オリビエ、マイケル・ケイン主演で映画化された。アルフレッド・ヒッチコック監督の映画「フレンジー」(72年)の脚本も担当。他の映画脚本作品に「二人だけの白い雪」(72年)、「ナイル殺人事件」(78年)、「地中海殺人事件」(81年)、「死海殺人事件」(88年)などがある。
[家]兄弟(双子)＝ピーター・シェーファー(劇作家)

シェーファー, スーザン・フロンバーグ
Schaeffer, Susan Fromberg
アメリカの作家
1941.3.25～2011.8.26
[出]ニューヨーク市ブルックリン　[学]シカゴ大学 博士号(シカゴ大学)(1966年)
[歴]ユダヤ系。少女時代から小説を書き始め、大学で教職を続けながら執筆。小説、詩集、児童書などを発表。長年勤めた大学を辞めて専業作家になる。詩集「Granite Lady」(1974年)は全米図書賞候補となる。他の著書に小説「Mainland」(85年)、「The Injured Party」(86年)、「Buffalo Afternoon」(89年)、「黒猫フーディーニの生活と意見」(97年)などがある。

シェーファー, ピーター　*Shaffer, Peter Levin*
イギリスの劇作家, 脚本家
1926.5.15～2016.6.6
[出]マージーサイド州リバプール　[学]ケンブリッジ大学トリニティ・カレッジ(1950年)卒　[賞]イブニング・スタンダード賞(1958年度), ニューヨーク劇評家賞(1960年度), ニューヨーク劇評家賞(1975年度), トニー賞(2部門)(1975年), トニー賞(5部門)(1981年), アカデミー賞(8部門)(1985年), ゴールデン・グローブ賞(4部門)(1985年)
[歴]ニューヨークの市立図書館やロンドンの音楽出版社に務めたのち、不動産会社経営の父から週5ポンドの支送りをもらって執筆に専念するようになる。1955年の「The Salt Land(塩の地)」をはじめとするテレビドラマを発表後、58年「Five Finger Exercise(五重奏)」がウェストエンドのコメディ劇場で上演されて成功を収める。公演はシリアス・プレイにしては長期の610回を記録し、同年イブニング・スタンダード賞を受賞。翌年にはニューヨークでも上演され、60年度のニューヨーク劇評家賞を獲得した。以降多くの戯曲を発表し、2度目のニューヨーク劇評家賞を受けた「Equus(エクウス)」(73年)やモーツァルトを題材にした「Amadeus(アマデウス)」(79年)などの作品が特によく知られる。「アマデウス」は世界的大ヒットとなり、84年の映画版でも自ら脚色を手がけ、アカデミー賞では作品賞、脚色賞を含む8部門に輝いた。83年日生劇場で公演された「アマデウス」に合わせて来日。2001年エリザベス女王よりナイトの爵位を受けた。
[家]双子の兄＝アンソニー・シェーファー(劇作家)

ジェフィ, ハロルド　*Jaffe, Harold*
アメリカの作家
1941～
[出]ニューヨーク市　[学]ニューヨーク大学大学院博士課程修了
[歴]サンディエゴ州立大学出版局が刊行する先鋭的な文芸誌「フィクション・インターナショナル」編集長を務める。著書に「朝のクレージー・ーホース」(1982年)、「ドス・インディオス」(83年)、「獣」(86年)、「マドンナとその他のスペクタクル」(88年)、「エロス、アンチ・エロス」(90年)、「ストレート・レザー」(95年)、「千年王国のためのセックス」(99年)などがある。

シェフィールド, チャールズ　*Sheffield, Charles*
イギリスの作家
[学]ケンブリッジ大学セントジョンズカレッジ 理論物理学博士
[歴]ケンブリッジのセントジョンズカレッジに学び、理論物理学の博士号を受ける。1963年よりアメリカの宇宙計画に携わり、NASAの主任研究員、NASA本部の顧問を務めるほか議会や委員会でたびたび発言するなど、重要な働きを行う。また宇宙からの情報を地球上での利用のために提供する民間組織アース・サテライト・コーポレーションの副社長でもある。これまでに衛星写真の写真集のほか小説5点あまり、短編小説40点、短編集4点、またノンフィクションなど多くの本を出版している。

シェーボン, マイケル　*Chabon, Michael*
アメリカの作家
1963.5.24～
[出]ワシントンD.C.　[学]ピッツバーグ大学卒, カリフォルニア大学アービン校創作科　[賞]ピュリッツァー賞(2001年), ネビュラ賞(長編小説部門)(2007年), ヒューゴー賞(長編小説部門)(2008年), ローカス賞(SF長編部門)(2008年)
[歴]カリフォルニア大学創作科在籍中に書いた「ピッツバーグの秘密の夏」が教授の目にとまり、1988年25歳で破格の待遇でデビューした。その後、主に雑誌「ニューヨーカー」に作品を発表。2001年「カヴァリエ&クレイの驚くべき冒険」(00年)でピュリッツァー賞を受賞。08年「ユダヤ警官同盟」(07年)でヒューゴー賞、ネビュラ賞、ローカス賞の“トリプル・クラウン”を制した。00年作品「ワンダー・ボーイズ」(1995年)がマイケル・ダグラス主演で映画化される。他の著書に「サマーランドの冒険」(2002年)、「シャーロック・ホームズ最後の解決」(04年)などがある。
[家]妻＝アイアレット・ウォルドマン(作家)

ジェミシン, N.K.　*Jemisin, N.K.*
アメリカの作家
[出]アメリカ　[名]Jemisin, Nora K.　[賞]ローカス賞(2011年)
[歴]キャリア・カウンセラーを務める一方、2004年作家デビュー。以来、SFや文学雑誌に多数の短編小説を発表する。10年短編「Non-Zero Probabilities」がヒューゴー賞およびネビュラ賞にノミネートされ、長編デビュー作「The hundred thousand kingdoms(空の都の神々は)」(10年)で、11年ローカス賞を受賞。同作はヒューゴー賞、ネビュラ賞候補となり、世界幻想文学大賞にもノミネートされた。

ジェームズ, クライブ　*James, Clive*
オーストラリア生まれのイギリスの作家, 批評家, 詩人
1939.10.7～
[出]ニューサウスウェールズ州シドニー　[名]James, Clive Vivian Leopold　[学]シドニー大学, ケンブリッジ大学
[歴]エドマンド・ウィルソンの影響下にジャーナリスト批評家として活躍。イギリスの新聞「オブザーバー」でテレビ批評を担当。鋭い風刺精神とユーモアに特長があり、イギリスの作家や学者たちを槍玉に上げた風刺詩によって話題を呼んだ。代表作に「首都の批評家」(1974年)、「ヘラクレスの柱で」(79年)

や、3巻の自伝「当てにならぬ思い出」（80年、85年、90年）があり、「テキサスの蛇使い」（88年）などの評論もある。テレビ界にも進出し、クイズ番組などのタレントとしても知られる。

ジェームズ, C.L.R.　*James, C.L.R.*
トリニダードトバゴの作家, 思想家, 政治運動家
1901.1.4～1989.5.31
㋴英領トリニダードトバゴ・ポート・オブ・スペイン　㋵ジェームズ, シリル・ライオネル・ロバート〈James, Cyril Lionel Robert〉
㋭英領西インド諸島のトリニダード島で生まれる。青年時代は教師や雑誌の編集などに携わる傍ら、クリケット選手としても活躍。1932年渡英、トロツキー派のマルクス主義グループに加わる。36年トリニダードのスラム街を舞台とした唯一の小説「ミンティ小路」を執筆。38年半年間の講演旅行の名目で渡米、メキシコでトロツキーと会談したのち、アメリカに15年間滞在し続けて政治活動に従事。50年トロツキー派から離脱。「ブラックジャコバン—トゥサン＝ルヴェルチュールとハイチ革命」（38年）、「パンアフリカ抵抗史」などを著し、パンアフリカ運動の指導者として活動。40年代以降のカリブ民衆の啓蒙と自覚に大きな影響を与えた他、全米やヨーロッパで黒人解放運動や民衆の文化運動にも献身した。自伝風評論「境界を越えて」（63年）もある。

ジェムズ, パム　*Gems, Pam*
イギリスの劇作家
1925～2011.8.1
㋴ハンプシャー州　㋵ジェムズ, アイリス・パメラ〈Gems, Iris Pamela〉　㋬マンチェスター大学
㋭4人の子供の子育てを終えた後、40代から劇作を始める。ロンドンのアパートで共同生活を送る4人の少女たちをフェミニストの観点から描いた喜劇「ドゥーサ、フィッシュ、スタス、ヴィー」（1977年）でウェストエンドでの初めての成功を収める。ロイヤル・シェイクスピア・カンパニー（RSC）との仕事でも知られ、特に伝記的ミュージカル「ピアフ」（78年）は有名。他にRSCと組んだ作品に「椿姫」（84年）や「ダントン事件」（86年）などがある。

ジェームズ, ピーター　*James, Peter*
イギリスの作家
1948～
㋴サセックス州ブライトン　㋬CWA賞ダイヤモンド・ダガー賞（2016年）
㋭パブリックスクールを卒業後、ホラー映画などの製作に携わる。1988年「ポゼッション」で作家デビュー。イギリスのホラー小説界を代表する作家として高い評価を受け、作品は20ヶ国語以上に翻訳される。〈警視グレイス〉シリーズの第1作「1/2の埋葬」もイギリスでベストセラーとなり、フランスやドイツでもトップ10入りを果たす。フランスではPrix Coeur NoirとLe Prix Polar International Prizeを同時受賞。2005年にはアメリカの「PW」誌が選ぶ"アメリカで新たに有名になった推理作家5人"にも選出された。作品に「ドリーマー」「ホスト」などがある。

ジェームズ, P.D.　*James, P.D.*
イギリスのミステリー作家
1920.8.3～2014.11.27
㋴オックスフォード　㋵James, Phyllis Dorothy　㋬OBE勲章（1983年）、イギリス推理作家協会短編コンテスト第1席（1967年度）、イギリス推理作家協会短編コンテスト第2席（1970年度）、CWA賞シルバー・ダガー賞（1971年・1975年・1986年）、CWA賞ダイヤモンド・ダガー賞（1987年）、MWA賞巨匠賞（1999年）
㋭第二次大戦中は赤十字の看護師などを務める。1944年神経障害の夫と死別し、2人の娘を抱えて病院や国民健康保険協会で働く。勤務の傍ら推理小説を書き始め、62年処女長編で〈アダム・ダルグリッシュ警視〉シリーズの第1作である「女の顔を覆え」を出版。短編では67年度と70年度のイギリス推理作家協会（CWA）短編コンテストで第1席と第2席に入賞し、長編では「ナイチンゲールの屍衣」（71年）「黒い塔」（75年）「死の味」（86年）でCWA賞シルバー・ダガー賞を受けた。緻密な構成と薬物や児童虐待など現代的なテーマにも触れる作風で知られ、ベストセラーに女性の探偵コーデリア・グレイを主人公に据えた「女には向かない職業」「皮膚の下の頭蓋骨」などの〈女探偵コーデリア・グレイ〉シリーズや、SFサスペンス「人類の子供たち」（92年）などがある。クリスティーやセイヤーズの後継者として"ミステリーの新女王"とも称され、87年CWA賞ダイヤモンド・ダガー賞、99年アメリカ探偵作家クラブ賞（MWA賞）巨匠賞も受賞した。また長年の功績を認められ、91年エリザベス女王よりバロネス（女性に与えられる男爵位）を授けられた。90歳を超えても創作意欲は衰えず、2011年には19世紀の英文学の名作「高慢と偏見」の続編として「高慢と偏見、そして殺人」を出版した。

ジェームズ, ヘンリー　*James, Henry*
イギリスの作家, 批評家
1843.4.15～1916.2.28
㋴ニューヨーク　㋬ハーバード大学中退　㋮メリット勲章（1916）
㋭裕福なアイルランド系スコットランド人の家系に生まれ、父はエマソンやソローらと親交のある神秘主義思想家という家庭に育つ。1855年一家でヨーロッパに渡り、以後アメリカとヨーロッパを往来。型にはまった教育を嫌う父の方針で、正規の学校教育は受けず、少年時代から文学に親しんだ。62年アメリカに戻り、ハーバード大学に入学するが、文学の道を志し翌年大学を中退。65年から無署名の文芸評論や短編小説を執筆。75年長編「ロデリック・ハドソン」で作家として本格的にデビュー。76年イギリスに居を構え、以後アメリカとヨーロッパの文明や風俗慣習の違いなど、国際状況をテーマに執筆活動を行い、「ある夫人の肖像」（81年）、「ボストンの人々」（86年）などを発表した。その後一転してイギリス的な主題を追求、「悲劇の女神」（90年）、「メイジーの知ったこと」（97年）、「厄介な年頃」（99年）などを執筆。後期は再び国際状況のテーマに戻り、「鳩の翼」（1902年）、「使者たち」（03年）、「黄金の杯」（04年）などを執筆した。15年イギリスに帰化。視点人物の設定、内面描写など技法上でも新局面を開いた心理小説の大家として、20世紀最大の作家の一人といわれる。他の著書に「アメリカ人」（1877年）、「ねじの回転」（98年）、「小説という芸術」（84年）などがある。
㋯兄＝ウィリアム・ジェームズ（哲学者・心理学者）

シェム・トヴ, タミ　*Shem-Tov, Tami*
イスラエルの児童文学作家
1969～
㋬ゼヴ賞, 国立ホロコースト記念館ヤド・ヴァシェム賞（2007年）, ゼヴ賞（2008年）, レアゴールドバーグ児童文学賞
㋭ジャーナリストを経て、作家として活動。ヤングアダルト向けのデビュー作「ミリだけのために」でゼヴ賞を受賞。2007年「父さんの手紙はぜんぶおぼえた」で国立ホロコースト記念館のヤド・ヴァシェム賞、08年ゼヴ賞を受賞。またフランクフルト・ブックフェアの10年ドイツ児童文学賞にノミネートされた。「ぼくたちに翼があったころ—コルチャック先生と107人の子どもたち」は、イスラエル国内でレアゴールドバーグ児童文学賞をはじめ、五つの賞を受けた。

シエラ, ハビエル　*Sierra, Javier*
スペインの作家, ジャーナリスト, 研究者
1971～
㋴テルエル　㋬マドリード・コンプルテンセ大学
㋭マドリード・コンプルテンセ大学でジャーナリズム、情報科学を専攻。長年、月刊誌「科学を超えて」の編集長を務め、現在は同誌の顧問。1995年初の著書を出版。98年「青い衣の女」で作家デビュー。2004年に出版された「最後の晩餐の暗号」が英訳され、06年3月「ニューヨーク・タイムズ」紙のベ

ストセラー第6位になったことで国際的にも注目される。「プラド美術館の師」は13年スペイン国内で年間ベストセラー1位に輝いた。最も多くの言語に翻訳されているスペイン人作家のひとり。テレビやラジオにも出演する。

ジェリコー, アン　*Jellicoe, Ann*
イギリスの劇作家, 演出家
1927.7.15～2017.8.31
⊕ノースヨークシャー州ミドルスブラ　⊛Jellicoe, Patricia Ann　⊛OBE勲章（1984年）
㊣1947年以来、ロンドンや各地方で演出家として活動を始め、52年ロンドンに実験的なコックピット・シアター・クラブを創立。58年には「The Sport of My Mad Mother（狂った母の慰み）」を発表し、劇作家として認められる。視聴覚への刺激を重視した作風で、61年の喜劇「The Knack（こつ）」も成功を収めた。73年よりロイヤル・コート・シアターの台本作家を務め、79年舞台監督、86年座長に就任。他の作品に「シェリー」（65年）、「The Rising Generation」（67年）、「Flora and the Bandits」（76年）、「The Bargain」（79年）など。イプセンやチェーホフの翻訳も手がけた。

シェリフ, R.C.　*Sherriff, R.C.*
イギリスの劇作家
1896.6.6～1975.11.13
⊕サリー州ハンプソン・ウィック　⊛シェリフ, ロバート・セドリック〈Sherriff, Robert Cedric〉　⊗オックスフォード大学
㊣高校卒業後、父の保険会社に勤めながら戯曲を書き始める。初期の作品に「損益」（1923年）などがあるが、第一次大戦での体験に基づいた「旅路の終わり」（28年初演、29年刊）で一躍有名となる。最前線の塹壕の中の兵士たちを描いて戦争の残酷さを告発したこの劇は、世界的に大きな反響を呼んだ。ほかに共作「セント・ヘレナ」（35年）、「長い日没」（55年）など。戯曲のほかに「透明人間」（33年）、「チップス先生さようなら」（36年）、「暁の出撃」（55年）など多数の映画脚本、小説「9月の2週間」（31年）、自伝「No Leading Lady」（68年）がある。

シェルシェネーヴィチ, ワジム・ガブリエレーヴィチ
Shershenevich, Vadim Gabrielevich
ソ連の詩人, 翻訳家
1893.2.6～1942.5.18
㊣カザンで生まれ、モスクワで学ぶ。早くから詩作し、1911年処女詩集を出版。13年未来派のグループ"詩の中二階"を結成、論文集「仮面をぬいだ未来派」（13年）や詩集「自動車の走り」（16年）などを発表。19年エセーニン、マリエンゴーフらとイマジニズム運動を創始。以後、詩集「馬の中の馬」（20年）、論文集「2×2=5」（20年）などを発表。他の作品に悲劇「永遠のユダヤ人」（16年）などがある。作風は都会的、ボヘミアン的で、ブレヒトやマリネッティの紹介者としても知られる。

シェルダン, シドニー　*Sheldon, Sidney*
アメリカの作家, 脚本家
1917.2.11～2007.1.30
⊕イリノイ州シカゴ　⊗ノースウエスタン大学卒　⊛アカデミー賞オリジナル脚本賞（1949年）, スクリーン・ライターズ・ギルド, トニー賞
㊣第二次大戦中は陸軍航空隊にパイロットとして従軍。戦後、ブロードウェイで脚本家として頭角を現し、1947年映画「独身者と女学生」でアカデミーオリジナル脚本賞を、ミュージカル映画「アニーよ銃をとれ」「イースター・パレード」でスクリーン・ライターズ・ギルドを2度受賞。その後、30数年間、脚本家、監督、テレビ番組の制作者としてハリウッドで活躍した。作家としては50歳の誕生日を過ぎてからの遅いスタートではあったが、70年処女小説「裸の顔」を発表、アメリカ探偵作家クラブ新人賞にノミネートされた。続いて「真夜中は別の顔」（73年）が爆発的な売れ行きを示し作家としての地位を確立、娯楽小説作家として書評家からの評価は得られなかったが、わかりやすい文体とスリリングな展開は多くの読者を獲得した。実際に小説の舞台を訪れて描写に厚みを与え、口述筆記で原稿を作った後に10回以上改稿する手法で小説を練り上げ、「ゲームの達人」（82年）「明日があるなら」（85年）などたて続けに驚異的なベストセラーを世に送り出し、"ミスター・ベストセラー"と呼ばれた。日本では72年に「裸の顔」で初めて紹介されたが、後年わかりやすさを優先した"超訳"で出版された「ゲームの達人」「明日があるなら」「真夜中は別の顔」がそれぞれ670万部、600万部、500万部を売り上げる大ベストセラーとなり、英語教材「イングリッシュ・アドベンチャー」のテキスト執筆でも知られる。他の著書に「神の吹かす風」「時間の砂」「陰謀の日」「星の輝き」「氷の淑女」などがある。億万長者作家であるが、書くことを趣味と称していた。

ジェルマン, シルヴィー　*Germain, Sylvie*
フランスの作家
1954～
⊕シャトールー　⊗ソルボンヌ大学哲学専攻卒 哲学博士　⊛クレヴィス賞（1985年）, フェミナ賞（1989年）, 高校生が選ぶゴンクール賞（2005年）
㊣フランス文化省に勤務する傍ら、小説を書き、1985年に戦争と家族を描いた処女作「夜の本」を出版、書評家たちに絶賛される。86～93年プラハに住み、フランス語学校教師を務める。この間、89年「怒りの日々」でフランスのフェミナ賞を受賞。他の著書に「Nuit d'Ambre」（87年）、「Opera muet」（89年）、「マグヌス」（2005年）などがある。07年初来日。

シェレズ, スタヴ　*Sherez, Stav*
イギリスのジャーナリスト, 音楽評論家, 作家
1970～
⊗リーズ大学
㊣リーズ大学に学び、ロンドンでフリージャーナリスト、音楽評論家として活動。初の小説「野良犬の運河」（2004年）が大手出版社の目にとまり、作家としてデビュー。同年のCWA賞最優秀新人賞候補となった。

ジェロルド, デービッド　*Gerrold, David*
アメリカのSF作家, アンソロジスト
1944～
⊕ロサンゼルス　⊛フリードマン, ディビッド・ジェロルド　⊗ロサンゼルス・バレイ短期大学, サンフェルナンド・バレイ・カレッジ, 南カリフォルニア大学　⊛ヒューゴー賞長編部門第2席（1972年度）
㊣ロサンゼルス・バレイ短期大学で、ジャーナリズムと美術、サンフェルナンド・バレイ・カレッジで演劇学、南カリフォルニア大学で映画をそれぞれ学んだ。少年の頃から映像に興味を抱き、19歳のとき自ら脚本とセル画を書いて制作したアニメーション映画が教育映画協会のコンテストで選外佳作となる。以来その道のプロを志し、様々なテレビ番組に自作の脚本を送り続けた。22歳のときテレビシリーズ「スター・トレック」の脚本として「The Trouble with Tribbles（新種クァドリティケール）」が採用される。この作品は同年度のヒューゴー賞ドラマ部門の候補となり、一気にSF界での注目を集めた。しばらく映画、テレビの脚本を書き、1969年以後は小説に活躍の場を移す。ニューウェーブ色の濃い短編や、SFファンタジーを書き、72年のハードSF「When Harlie Was One」は同年度のヒューゴー賞長編部門第2席に選ばれた。そのほか、映画のノベライゼーション、アンソロジーの編集も手がけて高い評価を得ている。

ジェーンウェー, エリザベス　*Janeway, Elizabeth Hall*
アメリカの作家
1913.10.7～2005.1.15
⊕ニューヨーク市ブルックリン
㊣1940年代から本格的に小説に取り組み、45年「デージー・ケニオン」を発表。同作品は「哀しみの恋」として48年に映画化された。70年代以降、社会における女性の役割を綴った「男世界と女の神話」（71年）を発表するなどフェミニズム運動に

力を注いだ。

シェンキェヴィチ, ヘンリク *Sienkiewicz, Henryk*
ポーランドの作家
1846.5.5〜1916.11.15
[出]ウォラ・オクシェイスカ　[名]Sienkiewicz, Henryk Adam Aleksander Pius　[学]ワルシャワ大学(1871年)中退　[賞]ノーベル文学賞(1905年)
[歴]ロシア占領下のポドリア地方の中流地主の家に生まれる。母の感化で早くから作家を志し、ワルシャワ大学在学中から「ポーランド新聞」に時事評論を投稿して文壇にデビュー。1872年処女作「むなしく」を世に問い、次いで短編「老僕」(75年)、「ハーニャ」(76年)などを発表、新進作家として注目される。76年から3年間「ポーランド新聞」の特派員としてアメリカを旅行、「アメリカ旅行の手紙」(76年)や短編「オルソー」「サーヘム」などを発表した。また祖国の惨状をテーマにした短編「木炭画」「楽士ヤンコ」「灯台守」「勇士バルテック」などを書いた。80年代には17世紀後半のポーランドの闘争を描いた歴史小説3部作「火と剣もて」(84年)、「大洪水」(86年)、「パン・ヴォウォディヨフスキー」(88年)を書き、ポーランド国民のヒロイズムをかきたてた。のち96年には、ネロ時代のキリスト教徒を扱った「クオ・ヴァディス」を、1900年には「十字軍団の騎士」をと、代表的長編を発表して、確固たる名声を得た。05年ノーベル文学賞を受賞。第一次大戦中は、ポーランド独立運動や、ポーランドの戦争犠牲者のために救援事業を推進した。

ジェンキンス, A.M. *Jenkins, A.M.*
アメリカの作家
1961〜
[名]Jenkins, Amanda McRaney
[歴]主に若い読者向けの作品を手がける。「キリエル」で優れたヤングアダルト作品に贈られるマイケル・L.プリンツ賞のオナーブックにも選ばれた。他の著書に「Breaking Boxes」「Damage」「Out of Order」「Night Road」などがある。

ジェンキンソン, セシ *Jenkinson, Ceci*
イギリスの作家
[歴]初めての児童書「ママ・ショップ」が高い人気を得、シリーズ化された。他の著書に「The Spookoscope (Oli & Skipjacks Tales/Trouble)」「Gnomes Are Forever」「Mirror Mischief (Oli & Skipjacks Tales/Trouble)」「Undercover Aliens」などがある。

シェンケル, アンドレア *Schenkel, Andrea Maria*
ドイツの作家
1962.3.21〜
[出]東ドイツ・バイエルン州レーゲンスブルク　[賞]ドイツ・ミステリー大賞(2007年・2008年), フリードリヒ・グラウザー賞新人賞(2007年)
[歴]専業主婦だったが、1920年に起きた一家皆殺し事件をモデルにしたミステリー小説「凍える森」(2006年)を執筆、処女作でドイツ・ミステリー大賞やフリードリヒ・グラウザー賞新人賞を受賞。1930年代のナチ時代に実際にあった事件に基づく2作目「Kalteis」(2007年)でもドイツ・ミステリー大賞を受け、初の2年連続受賞となった。

シオニール・ホセ, フランシスコ *Sionil-Jose, Francisco*
フィリピンの作家, 編集者
1924.12.3〜
[出]パンガシナン州ロサレス　[学]サント・トマス大学(1948年)卒　[勲]勲三等瑞宝章(日本)(2001年)　[賞]マグサイサイ賞(ジャーナリズム文学部門)(1980年)
[歴]大学在学中から小説を書き始め、英語雑誌「ザ・マニラ・タイムズ」編集者、「ザ・ロンドン・エコノミスト」特派員などを経て、1962年初の長編小説「仮面の群れ」を発表。65〜86年マルコス政権時代には文筆による抵抗運動を続ける。フィリピン社会が100年にわたってたどってきた道から題材を得た「ロサレス物語」(「仮面の群れ」を含む5部作, 83年完成)で知られる。また社会問題を扱う季刊誌「ソリダリティー(連帯)」を発行、マニラの下町で書店を経営する。他の作品に「民衆」などがある。

ジオノ, ジャン *Giono, Jean*
フランスの作家
1895.3.30〜1970.10.8
[出]プロヴァンス地方マノスク
[歴]16歳で銀行員になったが、1914年第一次大戦で出征。29年に処女小説「丘」がアンドレ・ジードに認められ、その援助で出版された。生涯をアルプス山脈から吹きおろす冷たい北風で有名なプロヴァンス地方のマノスクの町で過ごし、小説、エッセイ、映画脚本等30冊以上を残す。作品の多くはプロヴァンス地方を舞台に、自分の体験をもとに書かれている。代表作は「世界の歌」「真実の富」「屋根の上の軽騎兵」「木を植えた男」(53年)ほか。54年からアカデミー・ゴンクール会員。

ジオン, ジーン *Zion, Gene*
アメリカのグラフィックデザイナー, 絵本作家
1913.10.5〜1975.12.5
[出]ニューヨーク　[名]Zion, Gene Eugene　[学]プラット・インスティテュート卒　[賞]コルデコット賞オナーブック(1952年)
[歴]ニューヨークのプラット・インスティテュート卒業後、エスクワイアー出版社で広告デザインを手がける。その後、CBS、コンド＝ナスト出版社で編集者を務める。1936年全米ポスター・コンテストで優勝。40年からフリーライター、デザイナーとして活躍。48年画家マーガレット・ブロイ・グレアムと結婚すると、妻との共作で幼児の視点と感性に立った絵本を創作。52年デビュー作「ほら なにもかも おちてくる」がコルデコット賞オナーブックとなる。代表作は〈どろんこハリー〉シリーズで、ほかに「ジェフィのパーティー」「なつのゆきだるま」「はるがきた」などがある。68年離婚後は75年に亡くなるまでフリーライター、デザイナーを続けた。

シカタニ, ジェリー・オサム *Shikatani, Gerry Osamu*
カナダの詩人, 作家, 編集者
1950.2.6〜
[出]オンタリオ州トロント
[歴]日系カナダ人。テキスト・サウンド・パフォーマー、映画芸術家、文学コンサルタント、翻訳家(フランス語を英語に翻訳)、食と旅のジャーナリスト、料理コンサルタント、研究者と幅広く活躍。大学などで詩、小説、ドラマなどの文芸指導を幅広い世代を対象に行う。カナダで文学作品などの審査員を多数務める。使用言語は英語、フランス語、日本語(会話)。

シーカット, ロヘリオ *Sikat, Rogelio*
フィリピンの作家, 詩人, 翻訳家, 評論家, 脚本家
1940〜
[出]ヌエバ・エシハ州のサン・イシドロ　[賞]パランカ賞第2位(1963年)
[歴]高校時代より書くことに興味を抱き、サント・トマス大学に進んで、ジャーナリズムを専攻する。在学中同大の文学雑誌の編集長を務め、シリマン大学の作家会議にも参加した。60年代、大衆雑誌の流れに抗し、フィリピン社会の面したリアリティを描こうとE.レイエス、D.ミラソールらと共に“砂漠の水”というグループを作った。65年インドで開催された国際作家会議に参加。長・短編小説のほか、ドラマの脚本、随筆、評論、翻訳など活発な文筆活動を行い、国立フィリピン大学でフィリピン文学を講じる。短編と詩で3度パランカ賞を受賞した。上・中流の人々よりもフィリピンの一般民衆に読んでもらいたいということから執筆はタガログ語で行っている。タガログ語の訳業にはシェイクスピアの「オセロ」がある。

シーガル, エリック *Segal, Erich*
アメリカの作家, シナリオライター
1937〜2010.1.17
[出]ニューヨーク州　[学]ハーバード大学卒 博士号(ハーバード

大学)
[歴]エール大学文学部準教授として教鞭を執る傍ら創作にあたる。1970年「Love Story(ラブ・ストーリー)」を発表。アメリカだけで1200万部の大ベストセラーとなり、33ケ国語に翻訳され、世界的ベストセラーとなる。また、映画化され(邦題:「ある愛の詩」)、「愛とは決して後悔しないこと」という主人公のセリフとともに世界的にヒットした。7年後に2年かけて執筆した第2作「オリバー・ストーリー」を出版、処女作同様たちまちベストセラーとなる。その間にエール大学を辞職し、のちプリンストン大学の古典文学の教授として教壇に立つ。その後、再びエール大学教授、オックスフォード大学ウルフソン・カレッジ特別研究員を務め、ギリシャ・ラテン文学関係の学術書も著す。20年間に5作という超寡作の作家で、他の著書に「家族の問題」「ドクターズ」「クラス」「愛と栄光のノーベル賞」など。また脚本家、テレビのコメンテーターとしても活躍。ビートルズのアニメ映画「イエロー・サブマリン」の脚本も書いた。ハーバードの学生時代は長距離の選手で、ボストン・マラソンには20年間出場し続け、2時間42分のタイムを持つ。長年パーキンソン病を患っていた。

シーガル, ロナルド *Segal, Ronald*
イギリスの作家
1932.7.14〜2008.2.23
[出]南アフリカ・ケープタウン　[名]Segal, Ronald Michael　[学]ケープタウン大学卒, ケンブリッジ大学トリニティ・カレッジ卒, バージニア大学大学院中退
[歴]ユダヤ系移民の子として生まれ、幼いときから人種差別制度に疑問を抱き、精力的にアパルトヘイト(人種隔離政策)廃止運動に携わる。機関誌「アフリカ・サウス」を刊行する傍ら、1950年代のアパルトヘイト下の黒人社会を舞台にした「The Tokolosh(トコロッシュ)」(60年)を書きためた。60年南アフリカ政府によって国外退去を命じられ、イギリスへ亡命する。のちペンギン・アフリカ叢書の監修者を務め、執筆活動を続ける。他の作品に、白人社会による有色人社会搾取の歴史を描いた「人種戦争」(66年)や、「ブラック・ディアスポラ」(95年)、「Islam's Black Slaves」(2001年)などがある。

シクスー, エレーヌ *Cixous, Hélène*
フランスの劇作家, フェミニズム研究者
1937.6.5〜
[出]アルジェリア・オラン　[賞]メディシス賞(1969年)
[歴]ユダヤ系。1955年フランスに移住。22歳で英語の教授資格をとり、ボルドーとパリの高等中学で教鞭を執る。68年パリ第8大学教授。同年同大学ヴァンセーヌ校(現・サン・ドゥン)創立委員の一人となり、74年には同大学内に女性学センター及び女性学博士号課程を開設し、センター長となる。文学雑誌「ポエチック」創刊に参加すると共に文筆活動を始め、小説、エッセイ、戯曲、理論、批判の多分野に渡って多数の作品を執筆。69年「Dedans(内部)」によってメディシス賞を受賞するとともに、同年J.ジョイスに関する論文で博士号を取得。クリステバやイリガライと並ぶフランス・フェミニズムの最高峰に位置し、英語圏へも大きな影響力を持つ。他の作品に「第三の肉体」(70年)「中和物」(72年)「ドーラの肖像」(76年)「プロメテアの書」(83年)などがある。また太陽劇団(テアトル・デュ・ソレイユ)のために戯曲を書き、主なものに「カンボジア王ノロドム・シアヌークの恐るべき、が、未完の物語」「アンディアッド、あるいは彼らの夢のインド」「堤防の上の鼓手」などがある。女性解放運動の積極的な活動家としても知られる。

シグラー, スコット *Sigler, Scott*
アメリカの作家
[出]ミシガン州
[歴]スポーツ記者、ソフトウェア会社の販売責任者、ギターのセールスなど様々な職業を経て、ゲーム小説で作家デビュー。長編「EarthCore」を世界初の試みとしてポッドキャストのみで発売し、カルト的な人気を得た。他の作品に「殺人感染」がある。

シーゲル, ジェームズ *Siegel, James*
アメリカの作家
[歴]ニューヨークの大手広告会社BBDOのエグゼクティブ・ディレクターとして有名企業のCMを手がける一方、作家としても活躍。2001年元相棒が解決できなかった事件を引き継ぐことになった老探偵の活躍を描いた「Epitaph」でデビュー。03年の2作目「唇が嘘を重ねる」は各紙誌で絶賛され「ニューヨーク・タイムズ」ベストセラーリスト入りした他、「すべてはその朝始まった」のタイトルで映画化もされた。

シーシキン, ミハイル *Shishkin, Mikhail*
ロシアの作家
1961.1.18〜
[出]ソ連ロシア共和国モスクワ　[名]Shishkin, Mikhail Pavlovich
[学]モスクワ国立教育研究所　[賞]文芸誌旗最優秀デビュー作賞(1993年), ロシア・ブッカー賞(2000年), ロシア国民的ベストセラー賞(2006年), ボリシャヤ・クニーガ賞(2006年・2011年)
[歴]ジャーナリストを経て、1985〜95年英語とドイツ語の教師を務める。ソ連崩壊2年後の93年、「皆を一夜が待っている」でデビューし、文芸誌「旗」の最優秀デビュー作賞を受賞。2000年「イズマイル陥落」(1999年)でロシア・ブッカー賞、2006年には「ヴィーナスの毛(ホウライシダ)」(05年)で国民的ベストセラー賞とボリシャヤ・クニーガ賞をダブル受賞。これにより、ロシアの代表的文学賞を全て受賞するという前人未到の偉業を達成した。11年には「手紙」で2度目のボリシャヤ・クニーガ賞を受賞。他の作品に「The Light and the Dark」(13年)など。

シス, ピーター *Sis, Peter*
チェコスロバキア生まれのアメリカの絵本作家, イラストレーター
1949〜
[出]チェコスロバキア・ブルノ　[賞]ニューベリー賞(1987年), コルデコット賞オナーブック(1996年), ドイツ児童文学賞(ノンフィクション部門)(1999年), ボローニャ国際児童図書展ノンフィクション大賞(2004年), コルデコット賞オナーブック(2008年)
[歴]プラハの応用芸術アカデミーとロンドンの王立芸術カレッジで絵画と映画制作を勉強。1982年アメリカに移住、ニューヨークに出て雑誌のイラストの仕事を始め、アニメーションの制作、児童書の挿絵・絵本の分野で活躍。89年アメリカ市民権を得る。主な絵本に「夢をおいかけろ」「かかしと老人」「エレベーターのおきゃくさま」「星の使者」「マドレンカ」「わたしはバレリーナ」「生命の樹」「かべ」「マドレンカ サッカーだいすき!」、童話の挿絵に「The Whipping Boy(身がわり王子と大どろぼう)」(S.フライシュマン作, 86年)、「ドラゴンたちは今夜もうたう」(93年)など。

シスガル, マレー *Schisgal, Murray*
アメリカの劇作家
1926.11.25〜
[出]ニューヨーク市ブルックリン区
[歴]父はリトアニア移民。トマス・ジェファソン高校を卒業し、第二次大戦中アメリカ海軍に従軍した。20歳で復員し、以後コンボでクラリネット吹きをするなど、種々雑多な仕事をしながらブルックリン法科大学の夜学に学び、53年法学士号を得て卒業した。法律事務所に2年、高校で英語教師を3年、それぞれ務め、59年に新社会大学で文学士号を得る。その間長・短編の小説の創作を行っている。60年夏一幕物の戯曲「タイピスト」「単純な、ラブ・ストーリー」など3本がロンドンで上演され好評を博し、うち一本はテレビでも放映された。翌年にもロンドンの小劇場で作品が上演され、以後本格的に劇作の道に進むこととなる。彼の作品は主にロンドンやニューヨークのブロードウェイ、またオフ・ブロードウェイで上演されており、代表作品として901回のロングランを記録した"LUV

シスネロス, アントニオ　Cisneros, Antonio
ペルーの詩人, ジャーナリスト
1942～
㊗処女詩集「追放」(1961年)で認められ、ペルーの歴史をアイロニカルに批評した「真の評釈」(64年)で国際的に評価された。フランスに5年間滞在し、ニース大学でラテンアメリカ文学を教えた経験がある。サンマルコス大学教授の傍ら、週刊新聞「シィ(Si)」編集長として活躍する行動派知識人。他の作品に「チルカの幼児キリスト年代記」(82年)など。90年初来日。

シスマン, ロビン　Sisman, Robyn
アメリカの作家, 編集者
1949.8.4～2016.5.20
㊗カリフォルニア州ロサンゼルス
㊗アメリカで生まれ、スイスやフランス、イギリスと世界各地を転々としながら育つ。エチオピアで教鞭を執ったのち、オックスフォード大学出版に入社。同僚の男性と結婚してロンドンに移住し、サイモン＆シャスターやハッチンソンなどの出版社で編集者として活躍。1992年ロバート・ハリスのデビュー作「ファーザーランド」を手がけた。その後、サマーセット州に住居を構え執筆業に専念。オックスフォード時代の95年、最初の小説「Special Relationship」を出版。その後、「Perfect Strangers」(98年)、「Just Friends (邦題「豚が飛んだら」)」(2000年)、「Weekend in Paris」(04年)、「A Hollywood Ending」(08)、「The Perfect Couple？」(11年)を発表した。

ジーセル, セオドア・スース　Geisel, Theodor Seuss
アメリカの児童文学作家, 絵本作家
1904.3.2～1991.9.24
㊗マサチューセッツ州スプリングフィールド　㊗筆名＝ドクター・スース〈Dr.Seuss〉ルシーグ, シーオ〈LeSieg, Theo〉ストーン, ロゼッタ〈Stone, Rosetta〉　㊗ダートマス大学, オックスフォード大学, ソルボンヌ大学　㊗ピュリッツァー賞(1984年), アメリカ図書館協会ローラ・インガルス・ワイルダー賞(1980年)
㊗アメリカの子供なら一度は読むといわれる人気作家で、アメリカの大衆文化の伝説的人物として知られる。1920年代後半ユーモア雑誌で活躍し始めた頃から"ドクター・スース"を名乗り人気を博した。37年初の子供向け作品「マルベリー通りで見たっけ」を刊行してからは、ペットを主人公におけと風刺の利いた作品を多く発表。「帽子をかぶった猫」「とてもすてきなわたしの学校」「緑のたまごとハム」など47作品を残した。児童文学への貢献で84年ピュリッツァー賞受賞。リズミカルな音と奇抜なイラストの絵本は世界で2億部以上が出版された。またアニメ映画製作にも携わりアカデミー賞を2度受賞。2000年人気絵本「クリスマスどろぼうのグリンチ」が「グリンチ」(ジム・キャリー主演)として映画化され大ヒットする。08年には「ぞうのホートンひとだすけ」(1954年)が「ホートン/ふしぎな世界のダレダーレ」として映画化された。

シソーエフ, フセーヴォロド　Sysoev, Vsevolod Petrovich
ウクライナの作家
1911～2011
㊗ハリコフ　㊗全ソ連邦毛皮原料畜産大学卒
㊗モスクワの全ソ連邦毛皮原料畜産大学卒業後、ハバロフスクに移住。作家、探検家、狩猟学者、地理学者、郷土誌研究家、社会活動家として、幅広く活動する。作品に「黄金の虎リーグマ」「森のなかまたち―極東ロシア・アムールの動物たち」「猟人たちの四季」など。

シチパチョフ, ステパン・ペトローヴィチ　Shchipachyov, Stepan Petrovich
ソ連の詩人
1899.1.7～1980.1.2
㊗スターリン賞(1951年)
㊗貧農の子で、チャパーエフ麾下の赤軍に参加した経験を持つ革命詩人。23年処女詩集「古き墳墓を巡りて」を刊行。その後、「抒情詩集」(39年)、流刑中のレーニンを歌った叙事詩「シュシェンスコエの小屋」(44年)、自伝的中編小説「白樺の樹液」(54年)、回想録「困苦の喜び」(72年)などがある。51年叙事詩「パーヴリク・モロゾフ」(50年)でスターリン賞を受賞した。

シチピョルスキ, アンジェイ　Szczypiorski, Andrzej
ポーランドの作家, ジャーナリスト
1924.2.3～2000.5.16
㊗ワルシャワ　㊗ポーランドペンクラブ賞(1972年), ヨーロッパ文学のためのオーストリア国家賞(1988年), ネリー・ザックス賞(1989年), ヘルダー賞(1994年)
㊗第二次大戦中の1944年、ナチス占領下のワルシャワ蜂起に参加し、強制収容所に送られる。46年ジャーナリストとなり、64～74年「ポリティカ」紙記者。作家として小説、報道、コラム、エッセイなどを執筆、現代のポーランドとドイツの関係を主題とし、ドイツとの和解に努める。ポーランド社会主義時代は反体制活動に加わって戒厳令中に拘束され、89年の政変後は91年まで上院議員を務める。ユニセフ親善大使でもあった。作品に連作長編「過ぎし時」(61～63年)、「アラス市のためのミサ」(71年)などがある。

シッソン, C.H.　Sisson, C.H.
イギリスの詩人, 翻訳家
1914.4.22～2003
㊗ブリストル　㊗シッソン, チャールズ・ヒューバート〈Sisson, Charles Hubert〉　㊗ブリストル大学
㊗1936年公務員となり、傍ら詩作、評論、翻訳に従事。73年国務次官補で退職。76～83年「PNレビュー」誌の共同編集人を務める。59年行政及び憲法問題を論じた著書で初めて広く注目される。詩作品はリズムを重視した鋭く簡潔かつ知的な文体で社会風刺に富む。詩集に「ロンドン動物園」(61年)、「ナンバーズ」(65年)、「転身物語」(76年)、「イグザクションズ」(80年)など、評論に「イギリス詩1900-1950―評価」(71年)など、小説に「クリストファー・ホム」(65年)、さらにハイネ、カトゥッルス、ホラティウス、ルクレティウス、ダンテの「神曲」の翻訳(80年)もある。

シットウェル, イーディス　Sitwell, Edith
イギリスの詩人
1887.9.7～1964.12.9
㊗ノースヨークシャー州スカーバラ　㊗シットウェル, イーディス・ルイーザ〈Sitwell, Edith Louisa〉　㊗大英帝国大十字勲章(1954年)
㊗貴族の家に生まれる。詩人のシットウェル三姉弟の長女で、オズバート、サシェヴェレルの姉。1915年処女詩集「母」を自費出版。16～21年年刊詞華集「輪」を主宰、若手の革新的な詩人を紹介してイギリス現代詩の産婆役を務める。2人の弟と協力して新詩運動に取り組み、伝統的な技巧を排撃して、詩に音楽のリズムを取り入れることに腐心。詩の言葉の音楽的効果を強調した詩集「ファザード」(22年)は、23年にウィリアム・ウォルトンの音楽を付けた朗読上演を行って物議を醸した。長編詩「眠れる美女」(24年)、「黄金海岸の習わし」(29年)を経て、30年代は散文作品に専念して、評伝「アレキサンダー・ポープ」(30年)、「イギリス畸人伝」(33年)、小説「黒い太陽の下に生く」(37年)などを発表。40年代に詩作を再開し、「街の歌」(42年)、「緑の歌」(44年)、「寒気の歌」(45年)などを相次いで刊行、広島への原爆投下に対する反応として作られた表題詩を含む「カインの影」(47年)は高い評価を得た。女性爵位デームの称号を持つ。奇抜な服装や振る舞いで知られ、生涯を独身で過ごした。
㊗弟＝オズバート・シットウェル(詩人・作家), サシェヴェレル・シットウェル(詩人・美術評論家)

シットウェル, オズバート　*Sitwell, Osbert*
イギリスの詩人, 作家
1892.12.6～1969.5.4
[出]ロンドン　[名]シットウェル, フランシス・オズバート・サシェヴェレル〈Sitwell, Francis Osbert Sacheverell〉
[歴]詩人のシットウェル三姉弟の長男で、姉はイーディス、弟はサシェヴェレル。イートン校に学び、第一次大戦に従軍。1919年大戦における当局の態度を痛烈に風刺した詩集「ウィンストンバーグ戦線」「アルゴノートとジャガノート」を出し、以降著述に専念。姉と年刊詞華集「輪」を拠点に自由詩運動を展開した他、小説、伝記、戯曲、随筆、評論など多彩な活動を行うが、「Left Hand！ Right Hand！」(44年)、「The Scarlet Tree」(46年)、「Great Morning」(47年)、「Laughter in the Next Room」(48年)、「Noble Essences」(50年)の全5巻からなる自叙伝は評価が高い。生涯独身で、晩年は病を得て引退、イタリア・トスカーナ地方にある自らの城で過ごした。他の作品に小説「砲撃の前」(26年)などがある。ナイト爵位を持つ。
[家]姉＝イーディス・シットウェル(詩人), 弟＝サシェヴェレル・シットウェル(詩人・美術評論家)

シットウェル, サシェヴェレル　*Sitwell, Sacheverell*
イギリスの詩人, 美術評論家
1897.11.15～1988.10.1
[出]ノースヨークシャー州スカーバラ　[学]オックスフォード大学中退
[歴]詩人のシットウェル三姉弟の末弟で、姉はイーディス、兄はオズバート。オックスフォード大学ベーリアル・カレッジに学ぶ。姉や兄に比べ、典雅で古典的な詩風。詩集に「ダン博士とガルガンチュア」(1930年)などがある。美術や建築、音楽にも関心が深く、特にバロック期の美術について多くの評論を執筆。旅行家でもあり、58年に来日して日本印象記「錦帯橋」(59年)を遺している。一時詩作を休止したが、姉の死後に再開し、83年詩集「小春日和」を刊行した。他の著書に「南方バロック芸術」(24年)、「イギリスの建築と職人」(45年)、「楽聖モツアルトとその作品」(32年)などがある。ナイト爵位を持つ。
[家]姉＝イーディス・シットウェル(詩人), 兄＝オズバート・シットウェル(詩人・作家)

シッランパー, フランス・エーミル　*Sillanpää, Frans Eemil*
フィンランドの作家
1888.9.16～1964.6.3
[出]ハメーンキュロ村　[学]ヘルシンキ大学(生物学・植物学)卒
[賞]ノーベル文学賞(1939年)
[歴]貧農の家に生まれる。大学時代に文学者に接して刺激を受け、1913年から故郷に帰って文筆活動に専念。16年処女作「人生と太陽」を発表、叙情詩を思わせる高い芸術性が注目された。17年フィンランドは独立したが、18年には内戦が勃発、この内戦に身を投じた無知な一農民の死を描いた「聖貧」を19年に発表、人の心の奥深くに潜む醜さを描き出し、彼の最高傑作とされる。その後、10年間短編小説を書いた後、31年「若く逝きし者」で一躍名を広め、「シルヤ」の名で多くの外国語に翻訳された。他の作品に「男の道」(32年)、「夏の夜の人々」(34年)などがある。39年フィンランド初のノーベル文学賞を受賞。

ジード, アンドレ　*Gide, André*
フランスの作家, 批評家
1869.11.22～1951.2.19
[出]パリ　[名]ジード, アンドレ・ポール・ギヨーム〈Gide, André Paul Guillaume〉　[学]アンリ4世高等中学校中退　[賞]ノーベル文学賞(1947年), オックスフォード大学名誉博士号(1947年)
[歴]11歳でパリ大学教授の父を失い、厳格な母に育てられた。1891年いとこのマドレーヌ・ロンドー(95年結婚)との出会いを軸に「アンドレ・ワルテルの手記」を発表。同年マラルメと知り合い、象徴主義文学の影響を受けた。93年アフリカ旅行。97年「地の糧」、1902年本格的な物語作品「背徳者」を発表、次いで09年「狭き門」で幅広く認められた。また同年文芸雑誌「新フランス評論」(NRF)を創刊。26年彼のモラルと芸術の集大成ともいわれる長編「贋金つかい」を発表。27年「コンゴ紀行」でフランスの植民政策を批判。32年共産主義への転向を宣言したが、36年現実のソ連を見て「ソビエト紀行」を発表、共産主義から離れた。第二次大戦中は南仏、チュニスなどに逃れ、戦後パリに戻った。47年ノーベル文学賞受賞。20世紀前半のフランスの代表的作家。ほかに「法王庁の抜け穴」(14年)、「田園交響楽」(19年)、「一粒の麦もし死なずば」(26年)、「女の学校」(29年)、「架空会見記」(43年)、翻訳「エディプス王」「ハムレット」、日記(39～50年)などがある。

シード, ウィルフリッド　*Sheed, Wilfrid*
イギリス生まれのアメリカの作家, 批評家
1930.12.27～2011.1.19
[出]イギリス・ロンドン　[名]Sheed, Wilfrid John Joseph　[学]オックスフォード大学リンカーンカレッジ(歴史学)卒
[歴]父はシード・アンド・ウォード社創設者で作家のフランク・シード。9歳の時アメリカに移住。野球少年だったが14歳の時ポリオにかかる。グリニッジ・ビレッジに落ち着き創作活動を始め、散文「Office Politics」(1966年)、「People Will Always Be Kind」(73年)で全米図書賞に2度ノミネートされる。芸術と大衆文化を同等の権威をもって語ることのできる数少ない批評家、観察者の一人。他の作品に小説「A Middle Class Education(中産階級の教育)」(61年)、「Max Jamison」(70年)、「Transatlantic Blues」(78年)、エッセイ・論評「The Morning After」(71年)、「The Good Word and Other Words」(79年)など。
[家]父＝フランク・シード(作家)

シトリン, M.　*Citrin, M.*
アメリカの作家
[名]シトリン, マイケル〈Citrin, Michael〉
[歴]書籍の編集者を務める傍ら、妻のT.マックとともに児童向けの作品を執筆。デビュー作「Drawing Lessons」は優れたヤングアダルト作品としてアメリカ国内で評判となった。ロンドンを舞台にした痛快ミステリー〈シャーロック・ホームズ&イレギュラーズ〉シリーズで人気を得る。
[家]妻＝T.マック(作家)

シトル・シトゥモラン　*Sitor Situmorang*
インドネシアの詩人, 作家
1924.10.2～2014.12.21
[出]トリアンボボ(北スマトラ)
[歴]1950～53年ヨーロッパに滞在し、カミュの影響を受ける。帰国後、詩集「緑の紙の手紙」(53年)、短編集「Pertempuran dan Salju Di Paris(「戦闘」と「パリの雪」)」(56年)などを出版し、一躍名を知られる。スカルノ政権下、国民党系“国民文化協会”を組織・活動して、9月30日事件のあとブル島政治犯収容所に送られた。75年に釈放されたのち文筆活動を再開し、詩、短編集、自伝などを発表している。他の詩集に「恋人は遠い島に 現代インドネシア詩集」など。

シートン, アーネスト・トンプソン　*Seton, Ernest Thompson*
イギリス生まれのアメリカの作家, 挿絵画家, 博物学者
1860.8.14～1946.10.23
[出]イギリス・タイン・アンド・ウェア州サウスシールズ　[名]トンプソン, アーネスト・エバン〈Thompson, Ernest Evan〉
[賞]エリオット・ゴールド・メダル
[歴]1866年家族とともにカナダの森林地に移住。トロント、ロンドン、パリで絵を学ぶが、当初から愛好していた博物学にもどり、88年ニューヨークに出て野生動物の生態をテーマにした物語とスケッチを雑誌に投稿。98年「私の知っている動物たち」を刊行し大好評を得た。以後、多くの動物物語を執筆、またその挿絵も自ら描いた。日本では「シートンの動物記」が有名。晩年はアメリカで暮らし、動物や自然保護の活

動も展開、またインディアンの生活と文化に学んでウッドクラフト運動を始めたほか、1910年アメリカン・ボーイ・スカウトを創設し初代団長を務めた。他の著書に「狩猟動物の生活」(全4巻)などがある。

シニサロ, ヨハンナ　*Sinisalo, Johanna*

フィンランドの作家, 脚本家

1958.6.22〜

[出]ラップランド・ソダンキュラ　[学]タンペレ大学文学部演劇科卒　[賞]アトロックス賞(7回), フィンランディア賞(2000年), ピルカンマア市青少年演劇脚本賞(2回), ケミ市全国漫画脚本大賞(5回)

[歴]数多くのSF小説を上梓する一方、フリーランスの広告プランナー、テレビ・ラジオの脚本家としても活躍。フィンランド最高のSFとファンタジー小説に授与されるアトロックス賞を1985年、88年、90年、92年、93年、96年に受賞。著書「天使は森へ消えた」はフィンランドでベストセラーとなり、2000年の年度最高文学作品賞であるフィンランディア・プライズと、01年のアトロックス賞を獲得。さらにピルカンマア市青少年演劇脚本賞2回、ケミ市全国漫画脚本大賞5回などの受賞歴を誇る。

シニズガッリ, レオナルド　*Sinisgalli, Leonardo*

イタリアの詩人

1908.3.9〜1981.1.31

[学]ローマ大学工学部(1932年)卒　[賞]ヴィアレッジョ賞(1975年)

[歴]ローマ大学で工学を修めた後、オリヴェッティ社やエンニ・グループで働く。1953〜59年「機械文明」誌を編集。エルメティズモを代表する詩人の一人で、詩集に「至福の地」(39年)、「詩神を見た」(43年)、「古いぶどう畑」(52年)、「月の時代」(62年)、「壜の中の蠅」(75年)などがある。

シニャフスキー, アンドレイ　*Sinyavskii, Andrei Donatovich*

ロシア(ソ連)の作家, 評論家

1925.10.8〜1997.2.25

[出]ソ連ロシア共和国モスクワ　[名]筆名＝テルツ, アブラム〈Terts, Abram〉　[学]モスクワ大学卒

[歴]ゴーリキー世界文学研究所員となる。1956年「社会主義リアリズムとは何か」でソ連の文学政策を批判。また「審問」(56年)を始め諸短編をテルツの筆名でフランスで翻訳・出版する。65年外国の反ソ宣伝に加担したとの容疑で逮捕され、強制労働7年の刑を受けた。71年釈放、73年パリに亡命。パリ大学講師ののち教授としてロシア文学を講ずる傍ら、文芸誌に作品を発表する。78年雑誌「シンタクシス」主宰。ペレストロイカの推進でソ連でも再評価され、89年一時帰国した。他の主な作品に小説「リュビーモフ」(62年)、「ちびすけツォレス」(80年)、「おやすみなさい」(84年)、評論「パステルナークの詩」(65年)、「プーシキンとの散歩」(75年)、「ゴーゴリの陰に」(75年)、「ローザノフの『落葉』」(82年)など。

ジノヴィエフ, アレクサンドル
Zinoviev, Aleksandr Aleksandrovich

ロシア(ソ連)の作家, 哲学者

1922.9.29〜2006.5.10

[出]ソ連コストロマ州　[賞]ユーロッパリア賞, メディシス賞(外国部門), トクヴィル賞

[歴]フルシチョフ政権下でモスクワ大学論理学主任教授を務める。東西冷戦中の1976年、全体主義国イバンスクを舞台としたスウィフト的諷刺大作「恍惚の高み」をスイスで出版、共産主義体制批判を西側で出版したことにより非難を受け、78年ソ連市民権を剝奪され西ドイツに亡命した。その後も「輝ける未来」(78年)、「黄色い家」(80年)、「ソビエト的人間」(81年)などの著作を通じてソ連批判を続けた。90年ソ連市民権回復。91年ソ連崩壊後はゴルバチョフとペレストロイカを厳しく批判。99年ロシアに帰国した。他の作品に「カタストロイカ」、自伝「余計者の告白」、戯画詩集「酔いどれロシア」などがある。

ジーハ, ボフミル　*Říha, Bohumil*

チェコ(チェコスロバキア)の児童文学作家

1907.2.22〜1987.12.15

[出]チェコスロバキア　[賞]チェコスロバキア国民芸術家(1975年), 国際アンデルセン賞作家賞(1980年)

[歴]1926年から教師の傍らで執筆活動を行い、30年代以降に新聞や雑誌に作品を発表。児童向け、特に小学校低学年向けの本を数多く執筆。52〜55年チェコスロバキア作家同盟書記、56〜67年国立児童図書出版社社長を務め、75年チェコスロバキア国民芸術家の称号を受けた。80年国際アンデルセン賞作家賞を受賞。作品に「ホンジークのたび」(54年)、「わんぱくビーテック」(61年)などがある。

シーファー　*Sifa*

タイの作家

1931.1.26〜2013.4.16

[出]バンコク　[名]Ladawan Mahawan 筆名＝チュラダー・パックディープミン シーファー〈SRIFA〉・ラダーワン　[学]セント・ジョセフ・コンベント校, チュラロンコン大学商学部中退　[賞]タイ国出版協会最高賞(1972年・1973年), タイ国民芸術家賞(1996年)

[歴]父は王族の出身で、自身も王族の5代目の称号、モーム・ルアンを有する。大学卒業後、一時バンコクで教員をするが、やがて職業作家として独立。以来、三つのペンネームを使い分けて執筆にあたる。出世作となった「暗黒の塔」など、初期の児童向け作品ではチュラダー・パックディープミン、「誰が決めた」など家族、特に恋愛を主題にした気楽な読み物ではシーファー(SRIFA)・ラダーワンを用いる。シーファー(SIFA)名義の作品が多く、1972年「人生のロータリー」、73年「生みすてられた子供たち」と2年連続でタイ国出版協会の最高賞を受賞した。現代のタイ女流文学において代表的作家の一人だった。他の作品に「青い空の下で」(77年)など。

シフーコ, ミゲル　*Syjuco, Miguel*

フィリピンの作家

1976〜

[出]マニラ　[学]アテネオ大学(英文学), コロンビア大学, アデレード大学　[賞]マン・アジアン文学賞(2008年)

[歴]アテネオ大学で英文学の学位を受け、アメリカのコロンビア大学でクリエイティブ・ライティング修士号を、オーストラリアのアデレード大学で博士号を取得。2008年デビュー作「イルストラード」でマン・アジアン文学賞をはじめ、多数の文学賞を受賞するなど高い評価を受ける。

シーブーラパー　*Siburapha*

タイの作家, ジャーナリスト

1906.3.31〜1974.6.16

[出]バンコク　[名]クラープ・サーイプラディット〈Kulap Saipradit〉　[学]タマサート大学

[歴]テープシリン校在学中にアーカートダムクンと共に雑誌を編集。タマサート大学で法律と政治を学び、さらにオーストラリアで政治学を修める。庶民階級の出身で、翻訳家、ジャーナリストとして活動しながら創作活動に励む。1928年処女作「男の子」を発表して注目を集める。29年作家グループ"紳士"を主宰し文芸誌を発行、後にタイを代表する文学者やジャーナリストが集まった。36年訪日。日本を舞台にした悲恋小説「絵の裏」(37年)は映画やミュージカルにもなった。他の作品に「人生の戦い」(32年)、「また会う日まで」(50年)、「未来を見つめて」(57年)、短編は「結婚前」(37年)、「応じる言葉」(50年)など。ゴーリキーの「母」やモーム、チェーホフの翻訳も手がけた。第二次大戦中の42年、日本軍の侵略とタイ政府の対日協力を批判したために投獄される。52年にも平和擾乱のかどで投獄されたが、獄中で最後の大作「未来を見つめて」を執筆。57年恩赦で出獄。翌年文化交流使節の団長として北京を訪問中に独裁者サリット元帥による思想弾圧が始まったた

めそのまま亡命、74年に北京で客死した。88年その功績を記念してシーブーラパー賞が創設される。2005年にはユネスコより“世界の偉人”に選出され、タイ近代文学で最も高い評価を与えられた。

シーボルド, アリス　*Sebold, Alice*

アメリカの作家

1962～

㊀ウィスコンシン州マディソン　㊫シラキュース大学卒, カリフォルニア大学大学院修士課程修了

㊇シラキュース大学を卒業後、ヒューストン大学で学び、カリフォルニア大学で修士号を取得。教師を務める傍ら、「ニューヨーク・タイムズ」「シカゴ・トリビューン」などに寄稿し、作家を目指す。1999年自身のレイプ体験を乗り越えるまでを綴ったノンフィクション「ラッキー」でデビュー。レイプ事件を題材にした初の小説「ラブリー・ボーン」(2002年)は世界で1000万部以上売れたベストセラーとなった。03年初来日。夫は「奇術師カーターの華麗なるフィナーレ」の翻訳書がある作家のグレン・デービッド・ゴールド。他の作品に「オルモスト・ムーン」がある。

㊁夫＝グレン・デービッド・ゴールド(作家)

シマック, クリフォード　*Simak, Clifford Donald*

アメリカのSF作家

1904.8.3～1988.4.25

㊀ウィスコンシン州ミルビル　㊫ウィスコンシン大学中退　㊥国際幻想文学賞(1953年), ヒューゴー賞中編部門(1959年), ヒューゴー賞長編部門(1964年), ネビュラ・グランド・マスター賞(1977年)

㊇師範学校を出て3年ほど教師生活をしたあと新聞記者を志して大学に入学するが、大恐慌にあって中退。地方紙の記者として働く傍らSFを書き、1931年「ワンダー・ストーリイズ」誌12月号に「The World of, the Red Sun」が初めて掲載される。作家として認められるようになったのは39年長編「大宇宙の守護者」を連載しだしてからで、52年に単行本にまとめた〈都市〉シリーズで53年国際幻想文学賞を受賞。59年には「大きな前庭」でヒューゴー賞中編部門、64年には「中継ステーション」でヒューゴー賞長編部門を受賞する。その後もおよそ年1冊の長編発表を続け、77年ネビュラ・グランド・マスター賞を、81年には「踊る鹿の洞窟」でヒューゴー、ネビュラの両賞を受賞する。名実ともに現代SF界の最古参の一人として旺盛な活躍を続けた。

シマトゥパン, イワン

→イワン・シマトゥパンを見よ

シミック, チャールズ　*Simic, Charles*

ユーゴスラビア生まれのアメリカの詩人, エッセイスト

1938.5.9～

㊀ユーゴスラビア・ベオグラード(セルビア)　㊫シカゴ大学, ニューヨーク大学　㊥ピュリッツァー賞(1990年), MWA賞

㊇1945年渡米。61～64年アメリカ陸軍に従軍。70～73年カリフォルニア州立大学英語教授を経て、73年ニューハンプシャー大学アメリカ文学講師を経て、教授。詩集に「Charon's Cosmology」(77年)、「世界は終わらない」(89年)などがある。

シムッカ, サラ　*Simukka, Salla*

フィンランドの作家

1981.6.16～

㊀タンペレ　㊥トペリウス賞(2013年)

㊇2013年「Jäljallä」と続編「Toisaalla」でトペリウス賞を受賞し、注目を集める。主にヤングアダルト向けの作品を執筆し、スウェーデン語で書かれた小説や児童書、戯曲を精力的にフィンランド語に翻訳している。また、書評の執筆や文芸誌の編集にも携わるなど、多彩な経歴を持つ。

シムノン, ジョルジュ　*Simenon, Georges*

ベルギー生まれのフランスの作家

1903.2.13～1989.9.4

㊀ベルギー・リエージュ

㊇父はブルトン人で母はベルギー人。16歳のとき「リエージュ＝ガゼット」紙の通信記者となり、翌年同紙上でデビュー。19歳でパリに移り、大衆小説で文壇にデビューして以来、約10年間に200冊あまりの通俗小説を16種のペンネームを用いて書いている。31年より本名で推理小説を発表。毎月1冊という驚くべきペースで作品を世に送り続けた。とりわけ、パリ警視庁の〈メグレ警視〉シリーズが有名で、優れた心理描写により人気を博した。メグレ・シリーズは80冊におよび、55ケ国に翻訳され、世界でのべ5億冊が売れたといわれる。また50作品が映画化され、パイプをくわえたメグレ警視は、推理小説のヒーローとなった。一方、40年代終り頃より純文学作品も手がけ、「ドナデュの遺書」「リコ兄弟」などが好評を博す。52年よりアカデミー会員。72年の「メグレ最後の事件」を最後に創作の筆を折ったが、81年に「私的な回想」を出版した。

ジムラー, リチャード　*Zimler, Richard*

アメリカ生まれのポルトガルの作家

1956～

㊀アメリカ・ニューヨーク市　㊫デューク大学, スタンフォード大学大学院修士課程

㊇ニューヨーク市郊外マンハセットの世俗的なユダヤ人家庭に生まれる。1977年デューク大学で比較宗教学の学士号を取得し、82年スタンフォード大学大学院でジャーナリズムの修士号を獲得。その後、サンフランシスコでジャーナリストとして7年間働く。90年ポルトガルのポルトへ移り住み、ポルト大学でジャーナリズム学を講義する一方、小説を執筆。作品に歴史小説「リスボンの最後のカバリスト」がある。アメリカとポルトガルの国籍を持つ。

シメリョフ, イワン　*Shmelyov, Ivan Sergeevich*

ロシア(ソ連)の作家

1873.9.21～1950.6.24

㊀ロシア・モスクワ

㊇大学卒業後、税務署員として働き、1907年から文筆生活に入り、11年「レストランのボーイ」で有名になる。息子が赤軍に銃殺された事件が引き金になり、22年パリに亡命。クリミアを舞台に内戦をドキュメンタリー風に描いた長編「死者たちの太陽」が各国語に翻訳され、ノーベル賞の候補となる。フランスで活躍し、ソ連時代は国内でほとんど黙殺された。他の作品に「ナポレオン」(28年)、「巡礼」(35年)、「天の道」(48年)などがある。

シメリョフ, ニコライ　*Shmelyov, Nikolai Petrovich*

ロシアの作家, 経済学者

1936.6.18～2014.1.6

㊀ソ連ロシア共和国モスクワ(ロシア)　㊫モスクワ大学経済学部卒

㊇ソ連科学アカデミー(現・ロシア科学アカデミー)附属のいくつかの経済研究所に勤務ののち、1992年より同アカデミーヨーロッパ研究所上級研究員、2000年より同研究所長を務めた。“ペレストロイカ推進派”の経済学者として有名。一方、作家としては、1961年に処女作を発表後、中編「パシコフ館」(87年)まで発表の機会がなかったが、ソ連社会に適応できないインテリの苦悩を描いたこの作品で注目されるようになった。他の著書に中編小説「内閣首席閣下のための芝居」(88年)、社会評論「前渡しと負債」(87年)などがある。

シーモア, ジェラルド　*Seymour, Gerald*

イギリスの作家

1942～

㊫ロンドン大学ユニバーシティ・カレッジ卒

㊇父は詩人のウィリアム・キーン・シーモアで、母は女流作家のロザリンド・ウェイド。ロンドンのユニバーシティ・カレッジで現代歴史の学位を取得。その後、インディペンデント・テレビジョン・ニューズの「10時のニュース」のスタッフ

となり、テロと反乱行為に関するエキスパートとして活躍する。ジャーナリストの経験を生かして動乱のアイルランドについての入念な取材をおこない、小説「Harry's Game（暗殺者のゲーム）」（1975年）を描き上げる。この作品の成功によって、78年以降執筆に専念。ブラック・セプテンバーによるオリンピック村襲撃事件に取材して、アラブのテロリストを描いた第2作「グローリー・ボーイズ」を始め、「イリューシン18の脱出」「テロリストの荒野」などリアルな迫力に満ちたアクションものを発表。
㊞ 父＝ウィリアム・キーン・シーモア（詩人・イギリス文学協会特別会員）、母＝ロザリンド・ウェイド（作家）

シーモノフ, コンスタンチン
Simonov, Konstantin Mikhailovich
ロシア（ソ連）の作家, 劇作家, 詩人, 批評家
1915.11.28〜1979.8.28
㊞ ロシア・ペテルブルク（サンクトペテルブルク） ㊞ Kirill, M.S. ㊞ ゴーリキー文学大学（1938年）卒 ㊞ スターリン賞（3回）、ソ連国家賞（1946年）
㊞ 詩人として出発、1938年の叙事詩「パーベル・チョールヌイ」、39年の詩集「スヴォーロフ」などで認められる。第二次大戦に従軍記者として参加。42年の戯曲「ロシアの人々」、次いでスターリングラード攻防戦を描いた44年の長編「夜となく昼となく」で世界的に有名をはせ、日本でも戦後ベストセラーになる。戦後は、冷たい戦争をテーマとした戯曲「プラハの栗並木の下で」（46年）、「ロシア問題」（47年）、ノモンハン事件を描いた「戦友」（52年）などを発表。一方54〜59年ソ連作家同盟書記を務め、スターリンの死後、「新世界」誌編集長として"雪どけ"を支持したが、その行きすぎが党に批判されると自己批判した。他の作品に「生者と死者」（59年）、「兵士として生まれしにあらず」（64年）、戯曲「第四の男」（60年）などがある。

シモン, イヴ　*Simon, Yves*
フランスの作家, 歌手
1944〜
㊞ ショワズール　㊞ ナンシー大学卒、ソルボンヌ大学映画科卒
㊞ ディスク・アカデミー大賞（1973年）、ゴールデン・ディスク（1974年）、フランス書店賞（1987年）、メディシス賞（1991年）
㊞ 鉄道員の父とレストランで働く母の間に生まれ、ひとりっ子としての多感な少年時代をコントルクセビルで過ごす。文学と音楽に傾倒して、ナンシー大学では演劇と文学を専攻し、のちソルボンヌ大学映画科に学んだ。1969年よりバルカン諸国、トルコ、アメリカなどを放浪し、72年小説「虹の男」「色彩の日々」で文壇にデビュー。同年シンガーソングライターとしてもデビュー、シングルレコード「ゴロワーズ・ブルーの幻想」が大ヒットし、73年ディスク・アカデミー大賞を受賞、74年にはゴールデン・ディスクを獲得する。その後、映画音楽家、ジャーナリスト、脚本家、俳優としても活躍し若い世代に大きな支持を得る。78年4作目の小説「L'amour dansl'âme（魂のなかの愛）」がベストセラーとなり、作家としても高い評価を受ける。以後の小説に「オセアン」「すばらしい旅人」などがある。

シモン, クロード　*Simon, Claude*
マダガスカル生まれのフランスの作家
1913.10.10〜2005.7.6
㊞ マダガスカル島タナナリブ　㊞ コレージュ・スタニスラス（パリ）　㊞ ノーベル文学賞（1985年）、レクスプレス賞（1961年）、メディシス賞（1967年）
㊞ 幼時を南フランスのペルピニャンで送り、パリのコレージュ・スタニスラスなどで教育を受けた。少年時代はラグビーに熱中、画家を志してアンドレ・ロートの画塾に通ったこともある。学生の頃、市民戦争下のスペインに滞在。第二次大戦中、竜騎兵31連隊で戦い、敗走の途中ナチス・ドイツの捕虜となり、5ヶ月間いた捕虜収容所から脱走した経験を持つ。戦後、ぶどう園を営みながらピレネーで小説を執筆。1945年に処女作「Le Tricheur（ペテン師）」を発表。個人の内面や事物、自然を絵画的に微細に描写し、スペインの市民戦争や第二次大戦などで実体験を反映させたスケールの大きな作品で知られた。またロブ・グリエらとともに、19世紀的な物語を否定した新しい形式の小説"ヌーヴォーロマン"を作り出し、国際的にも評価された。農民的強さの流れる作風で、"ヌーヴォーロマン"の作家の中でも最も骨太だといわれる。85年ノーベル文学賞を受賞。辞退したサルトル以来、21年ぶりのフランス人作家だった。代表作に"ヌーヴォーロマン"の典型と評される「フランドルへの道」（60年）、「ル・パラス」（62年）、「歴史」（67年）、「ファルサロスの戦い」（69年）、「アカシア」（89年）、「植物園」（97年）などがある。

シモン, ピエール・アンリ　*Simon, Pierre-Henri*
フランスの評論家, 作家
1903.1.16〜1972.9.21
㊞ 西フランス　㊞ エコール・ノルマル・シュペリウール卒
㊞ リール大学などで教師を務める傍ら、アンガージュマン（社会参加）的な文学活動を展開。評論に「告発された人間」（1949年）、「現代文学における人間の条件」（51年）、「現代フランス文学史」、小説に「青い葡萄」（50年）、「ある将校の肖像」（58年）などがある。また、長年「ル・モンド」の文芸時評を担当した。66年アカデミー・フランセーズ会員に選出される。

シモンズ, ジュリアン　*Symons, Julian*
イギリスの詩人, 評論家, 推理作家
1912.5.30〜1994.11.19
㊞ ロンドン　㊞ Symons, Julian Gustave　㊞ CWA賞クロスド・レッド・ヘリング賞（1957年）、MWA賞（1960年）、CWA賞ダイヤモンド・ダガー賞（1990年）
㊞ 1937年雑誌「20世紀の詩」を創刊、編集に携わり、39年詩集「Xをめぐる紛叫」でデビュー。やがて批評活動に転じ、精神分析的手法でディケンズ論などを書く。45年以降小説にも手を染め、活劇的な推理小説によって知られるようになる。イギリス推理作家協会（CWA）創設に参加し、58〜59年会長を務めた。著書に「殺人の色彩」（57年）、「犯罪の進行」（60年）など。

シモンズ, ダン　*Simmons, Dan*
アメリカの作家
1948〜
㊞ 世界幻想文学大賞（1985年）、ヒューゴー賞（1990年度）、ローカス賞（1990年）、ローカス賞（1991年）、ブラム・ストーカー賞、イギリス幻想文学賞、ローカス賞（2004年）
㊞ 大学卒業まで中西部で暮らし、コロラドで小学校の教師を11年間務める。傍ら創作を始め、「オムニ」「トワイライト・ゾーン」などの雑誌に短編を発表。1982年「トワイライト・ゾーン」誌において「黄昏の川が逆流する」で短編コンテスト1位に輝きデビュー。85年処女長編「カーリーの歌」で世界幻想文学賞大賞を受賞。代表作にヒューゴー賞、ローカス賞を受賞した「ハイペリオン」（89年）に始まるハイペリオン4部作や、ローカス賞、ブラム・ストーカー賞、イギリス幻想文学賞受賞の「殺戮のチェスゲーム」（89年）、ローカス賞受賞の「イリアム」（2003年）などがある。

謝 克　しゃ・こく　*Xie ke*
シンガポールの作家
1931.8〜
㊞ 余 克泉　㊞ シンガポール中正高校（1954年）卒
㊞ 原籍は中国広東省。高校卒業後、新聞社に入社。1950年代から創作活動を始め、短編小説集「次の世代のために」（54年）、「包囲された街」（55年）、「シンガポール小景」（59年）、「留学からの帰郷」（62年）や、評論集「シンガポール華文文芸」（76年）、随筆集「新年代散文選」（78年）などを著す。また、66年以降、民報、南洋商報などで「新世代」「星期文芸」「小説」の副刊の編集長を務める。

謝 冰瑩　しゃ・ひょうえい　*Xie Bing-ying*
中国生まれの作家

1906.10.22〜2000.1.5
[出]湖南省新化県　[名]謝 鳴岡, 字＝鳳宝　[学]早稲田大学
[歴]1926年武漢の中央軍事政治学校に入学、27年中国国民党の北伐に兵士として参加。28年革命戦争の体験に基づいて記した「従軍日記」で作家デビュー。29年北平女子師範大学入学。35年早稲田大学に留学し、武田泰淳らと交流。在日中、満州国皇帝溥儀の歓迎式典を拒否して投獄され、「日本の獄中にて」を発表。49年台湾に渡り、台湾師範大学教授を務めた後、72年家族とともにアメリカ・サンフランシスコに移住。他の作品に「女兵士の自伝」(36年)などがある。

シ

謝 冰心　しゃ・ひょうしん　*Xie Bing-xin*
中国の作家, 詩人, 児童文学者
1900.10.5〜1999.2.28
[出]福建省閩侯県　[名]謝 婉瑩, 筆名＝冰心女士, 男士　[学]燕京大学(1923年)卒, ウェズリー大学大学院　[賞]中国内藤寿七郎賞(1998年)
[歴]父は清朝の海軍次長、幼時を山東芝罘で過ごす。五四運動が起こった1919年詩人として出発、次いで「二つの家庭」(原題・「両個家庭」, 19年)、「笑い」「超人」(21年)など小説も発表し、独特の清新な文体とキリスト教的博愛主義で新文学における輝ける星と注目される。23年燕京大学卒業後、アメリカに留学、ウェズリー大学で修士号を取得。26年帰国、その後燕京大学、清華大学、女子文理学院で教える。民俗学者で外交官の夫(呉文藻)に伴って欧米を歴訪。抗日戦争期は昆明の西南連合大学で教鞭を執る。46〜51年日本に滞在し、49年から2年間東京大学の講師として教壇に立った。52年北京に帰り、以後国際的著名な作家として文化界、婦女界を代表し国際交流などに尽力。文化大革命中は五七幹部学校に再教育に送られたが、72年復活。文革後の短編では「落価」など軽妙な筆致で知識人政策を諷刺し、若い世代からも支持された。巴金とともに五四運動以来の文壇の最長老だった。中国文連副主席、中国作家協会顧問、中日友好協会理事も務めた。また、89年政治犯の釈放を求める有力文化人33人の公開書簡に名を連ね、貧困地区の教育振興事業に原稿料を寄付するなど社会的活動でも知られた。他の作品に小説「わかれ」「冬児姑娘」、詩集「繁星」「春水」、散文「幼き読者へ(原題・「寄小読者」)」、児童文学「陶奇の夏休み日記」などがある。
[家]夫＝呉 文藻(文化人類学者)

シャアバン, ビン・ロバート　*Shaaban, bin Robert*
タンザニアのスワヒリ語詩人, 作家
1909.1.1〜1962.6.20
[出]ドイツ領東アフリカ・タンガ(タンザニア)　[賞]マーガレット・ロング記念メダル(1960年)
[歴]ヤオ族出身。ダルエスサラームで学んだ後、1930年頃から地元新聞に詩を投稿。全作品をスワヒリ語で発表し、スワヒリ文学に散文の分野を開拓するなど、現代スワヒリ文学の創始者となる。作品に民族歌謡タアラブの女性歌手の生涯を描いた「シティ・ビンティ・サアド伝」(58年)、長編叙事詩「自由の戦いの歌」(67年)や、スワヒリ語訳「ルバーイヤート」(52年)などがある。60年アフリカ人作家の最高名誉といわれるマーガレット・ロング記念メダルを受賞。“スワヒリ語の桂冠詩人”と評される。

シャイナー, ルイス　*Shiner, Lewis*
アメリカのSF作家
1950〜
[出]オレゴン州　[賞]世界幻想文学大賞(1994年)
[歴]テキサスのクラブ・バンドなどでロック・ミュージシャンとして活躍。1977年SF作家としてデビュー、80年代にSF短編を発表しサイバーパンクSF黎明期の一翼を担う。84年の処女長編「フロンテラ」でネビュラ賞とフィリップ・K.ディック賞の最終候補に選ばれた。94年「グリンプス」で世界幻想文学大賞を受賞。以後も文学的感性でSF、ミステリー、ホラーとジャンルにとらわれることなく作品を発表する。他の著書に「うち捨てられし心の都」などがある。

ジャイネーンドル・クマール　*Jainendr Kum-ar*
インドのヒンディー語作家
1905.1.2〜1988.12.24
[出]ウッタルプラデシュ州　[学]ベナレス・ヒンドゥー大学
[歴]ベナレス・ヒンドゥー大学在籍中、第一次非暴力不服従運動に参加。ヒンディー語で小説を書き、「スニーター」(1935年)はヒンディー文学初の心理小説とされる。それまで扱われてこなかった個の内部世界を独得の文体で描いた。代表作に長編「辞表」(37年)などがある。

ジャヴァン, シャードルト　*Djavann, Chahdortt*
イラン生まれの作家, 批評家, 人類学者
1967〜
[出]イラン
[歴]1979年、12歳の時にイラン革命を経験。91年イランを出国し、93年パリに移る。95年パリの社会科学高等研究院に登録、人類学を専攻。98年テヘランに一時帰国。同年社会科学高等研究院に修士論文「イランの教科書の宗教主義」を提出。2002年小説「私はよそ者」を出版。03年の評論「ヴェールを捨てよ！」で反ヴェール論者としてフランス社会から注目されるようになった。以降、04年小説「他者の自画像」、評論「アッラーはヨーロッパをどう考えているか？」、06年小説「モンテスキューの孤独」、07年評論「止むを得ず、西欧だ」、08年小説「口の利けない女」、09年評論「イラン体制と交渉をするな—西欧指導者への公開書簡」などを執筆、イランの現体制への批判的な姿勢を貫いている。フランス入国以前の経歴は明らかにされていないが、名前のシャードルトは、王(シャー)の娘(ドルト)の意味。

シャーウッド, ベン　*Sherwood, Ben*
アメリカの作家, ジャーナリスト
[出]カリフォルニア州ロサンゼルス　[学]ハーバード大学卒, オックスフォード大学
[歴]ハーバード大学を卒業後、オックスフォード大学へ留学。その後ジャーナリズムの世界に身を投じ、1997年「NBCナイトリー・ニューズ」のシニア・プロデューサーとなる。ノンフィクションの記事を「ニューヨーク・タイムズ」「ワシントン・ポスト」「ロサンゼルス・タイムズ」などに発表。2000年「ぼくは747を食べてる人を知っています」で作家デビュー。04年の小説「The death and life of Charlie St.Cloud(きみがくれた未来)」はベストセラーとなり、10年に「Charlie St.Cloud」として映画化された。

シャーウッド, ロバート　*Sherwood, Robert*
アメリカの劇作家
1896.4.4〜1955.11.14
[出]ニューヨーク州ニューロシェル　[名]シャーウッド, ロバート・エメット〈Sherwood, Robert Emmet〉　[学]ハーバード大学(1918年)卒　[賞]ピュリッツァー賞(戯曲部門)(1936年・1939年・1941年), ピュリッツァー賞(伝記・自伝部門)(1949年), アカデミー賞脚色賞(1947年)
[歴]ハーバード大学在学中、処女演劇「バーナムは正しかった」を執筆。第一次大戦では背が高すぎて入隊が認められず、カナダ特殊部隊に入り西部戦線で戦う。帰国後、1928年まで「ライフ」誌で映画批評や編集に携わった。27年ハンニバルのローマ進軍を扱った喜劇「ローマへの道」で成功を収め、劇作家となる。36年「愚者の喜び」でピュリッツァー賞の戯曲部門を初受賞。以後、戯曲「イリノイのエイブ・リンカーン」(38年)、「もう夜はない」(40年)でもピュリッツァー賞を受けた。第二次大戦中は創作を中断してアメリカ陸軍情報局に勤務、またフランクリン・ルーズベルト大統領の演説を書き、この体験を生かした伝記「ルーズベルトとホプキンズ」(48年)で4度目のピュリッツァー賞(伝記・自伝部門)を受賞している。ウィリアム・ワイラー監督の映画「我等の生涯の最良の年」(46年)の脚本も手がけ、アカデミー賞脚色賞を受賞。他の作品に戯曲「ウォータールー橋」(30年)、「化石の森」(35年)などがある。

シャウマン, ルート　*Schaumann, Ruth*
ドイツの詩人, 作家, 版画家, 彫刻家
1899.8.24～1975.3.13
[出]ハンブルク
[歴]生まれつき聾唖であったがそれを克服、ミュンヘンの美術学校に学び、主として教会芸術の分野で活躍。1920年より叙情詩集や小説をカトリックの立場から書く。24年カトリックに改宗。初期には表現主義の影響を受けた宗教的ソネットなどを発表。のち詩集「印章付き指輪」(37年)、「嘆きと慰め」(47年)など。「七人の女」(33年)、小説「時計」(46年)などの散文作品を執筆。自伝的作品「アーマイ」(32年)、「貯蔵庫」(68年)もある。同時に多くの美術作品も制作し、たびたび自作の挿絵も手がけた。

シャギニャン, マリエッタ　*Shaginyan, Marietta Sergeevna*
ソ連の作家
1888.4.2～1982.3.22
[出]モスクワ　[名]別筆名＝ドラー, ジム〈Dollar, Dzhim〉　[賞]スターリン賞, レーニン賞(1972年)
[歴]アルメニア人医師の家に生まれる。1909年シンボリズムの影響を受けた詩集「最初の出会い」を出し、詩人として出発。ロシア革命後は同伴者文学の作家として散文に専念し、中編「自分の運命」(23年)、探偵小説「メス・メンド」(23～25年)、代表的長編「中央水力発電所」(30～31年)などを発表。戦後はレーニンの一家を扱った小説「ウリヤーノフの家族」(57年)や優れたルポルタージュ「ソビエト・アルメニアの旅」、回想録「人間と時代」(71～78年)などがある。社会主義労働英雄の称号を受け、アルメニア科学アカデミーの準会員だった。

ジャクソン, シャーリー　*Jackson, Shirley*
アメリカの作家
1919.12.14～1965.8.8
[出]カリフォルニア州サンフランシスコ　[学]シラキュース大学卒
[歴]1940年文芸評論家スタンリー・E.ハイマンと結婚。48年「ニューヨーカー」誌に発表した恐怖短編「くじ」が大反響を呼び、ゴシック・ホラーの名手としての地位を確立。恐怖小説と心理学的な暗い側面の探求で知られる作家で、SFと関心領域が重なる作品がいくつかある。「壁を抜ける道」(48年)、「ハングズマン」(51年)、「鳥の巣」(54年)、「日時計」(58年)などのほか、長編小説「山荘綺談」(59年)、「ずっとお城で暮らしてる」(62年)などモダンホラーの先駆となる作品がある。ユーモア・エッセイ「野蛮人との生活」(53年)なども書いた。2007年シャーリー・ジャクソン賞が設立される。
[家]夫＝スタンリー・E.ハイマン(文芸評論家)

ジャクソン, ミック　*Jackson, Mick*
イギリスの作家, ドキュメンタリー映画監督
1960～
[出]ランカシャー州
[歴]20代の頃にアメリカのロックバンドで活動した後、ドキュメンタリーを中心とした短編映画の監督・脚本を手がける。1997年邸の広大な敷地の地下にトンネルを張りめぐらせ、自らの頭蓋骨にドリルで穴をあけるという奇行をなす実在した貴族を主人公とした小説「穴掘り公爵」で作家デビュー、ブッカー賞とウィットブレッド賞の最終候補作となった。

ジャコテ, フィリップ　*Jaccottet, Philippe*
スイス生まれのフランスの詩人, エッセイスト
1925.6.30～
[出]ムードン(スイス)　[学]ローザンヌ大学文学部卒
[歴]フランスに渡りパリで出版社に勤める。その後もフランスのグリニャンで執筆活動を続け、リルケ、ヘルダーリンなどドイツ詩人の紹介にも大きく貢献している。作品に、詩集「レクイエム」(1947年)「詩集1946―1967」(71年)、エッセイ集「夢の諸要素」(61年)などがある。

ジャコブ, マックス　*Jacob, Max*
フランスの詩人, 画家
1876.7.12～1944.3.5
[出]ブルターニュ地方カンペール
[歴]ユダヤ系。若くしてパリに出て、ピカソやアポリネール、サルモンらと交遊し、詩・小説・評論・戯曲を数多く書き、キュビスムやシュルレアリスムの運動に大きな影響を及ぼした。1909～12年の小説と戯曲と詩集からなる3部作「聖マトレル」で評価を得る。他の代表作に散文詩集「骰子筒」(17年)、韻文詩「中央実験室」(22年)などがある。12年以降は隠棲して宗教的生活を送ったが、第二次大戦でナチスに捕えられ、44年強制収容所で病死した。

ジャコメッティ, エリック　*Giacometti, Eric*
フランスの作家, ジャーナリスト
[歴]「パリジャン」や「フランスの今日」に寄稿する、調査報道部門のジャーナリスト。1990年代末には利権漁りのフリーメーソンが関わった、コートダジュール事件も調査。長年の友人であり、フリーメーソンの儀式の指導者であるジャック・ラヴェンヌとの共著でマルカス警視を主人公にしたシリーズ第1作「ヒラムの儀式」を執筆。この成功を受け、2006年同じマルカス警視を主人公にした「カザノヴァの陰謀」、07年「血の兄弟」を共同執筆。

ジャシ, ヤア　*Gyasi, Yaa*
ガーナ生まれの作家
1989～
[学]スタンフォード大学, アイオワ大学　[賞]2017アメリカン・ブック・アワード
[歴]幼少期に家族とともにアメリカに移住。スタンフォード大学、アイオワ大学で学ぶ。2016年「奇跡の大地」で鮮烈なデビューを飾り、主要各紙誌で話題となっていくつもの賞を受賞、世界24ケ国が版権を取得。2017アメリカン・ブック・アワードにも輝いた。

シャーシャ, レオナルド　*Sciascia, Leonardo*
イタリアの作家
1921.1.8～1989.11.20
[出]シチリア・アグリジェント州レカルムート
[歴]サラリーマンの家庭に生まれる。1935～42年をカルタニセッタの師範学校で学ぶ。卒業後、故郷の町の小学教師を57年まで勤める。この間文筆活動をはじめ、評論や学術論文を数冊出版。小説の習作もいくつか試みており、そのうちの短編の習作「Cronache scolastiche(学校日記)」が、作家イタロ・カルビーノの紹介により文学雑誌「ヌォービ・アルゴメンティ」に掲載された。56年に実質上の処女小説「レガルペトラの教区の人たち」を発表し、好評を得る。以来、シチリアについて発言することを義務とこころえ、短編集、マフィアもの、歴史もの、推理小説、戯曲、評論など多岐に渡るジャンルで著作を発表、作家としての地位を確立した。代表作に「シチリアのおじたち」(58年)、「フクロウの目」(61年)、「騎士と死」(88年)や邦訳作品「権力の朝」、「モロ事件―テロと国家」などがあり、米仏はじめ世界各国で翻訳されている。急進党の一員で83年まで国会議員も務めた。

ジャスター, ノートン　*Juster, Norton*
アメリカの児童文学作家
1929.6.2～
[出]ニューヨーク
[歴]建築家、教師を経て、作家となる。「The Dot and The Line」はアニメ化され、1965年アカデミー賞短編賞を受賞。「Phantom Tollbooth(マイロのふしぎな冒険)」はアメリカでロングセラーとなり、またオペラとして上演される。他の作品に「Alberic The Wise」「こんにちは、さようならのまど」「ネビルってよんでみた」などがある。

シャスターマン, ニール　*Shusterman, Neal*
アメリカの作家

1962～
[出]ニューヨーク市ブルックリン　[賞]国際読書協会子供選出賞, ボストン・グローブ・ホーンブック賞
[歴]幼い頃から物語を書きはじめる。カリフォルニア大学で心理学を専攻。1988年最初の小説「シャドークラブ」で国際読書協会子供選出賞を受賞。また「父がしたこと」はアメリカのヤングアダルト部門の主要な賞を数多く受けた。他の著書に「エヴァーロスト」「シュワはここにいた」などがあり、舞台や映画の脚本、作詞なども手がける。

ジャスティス, ドナルド　*Justice, Donald*
アメリカの詩人
1925.8.12～2004.8.6
[出]フロリダ州マイアミ　[名]ジャスティス, ドナルド・ロドニー〈Justice, Donald Rodney〉　[学]マイアミ大学, ノースカロライナ大学, スタンフォード大学, アイオワ大学　[賞]ピュリッツァー賞（1980年）, ボーリンゲン賞（1991年）
[歴]1955年以来アメリカ各地の大学で教職に就き、82年フロリダ大学の英語教授に就任。詩人としては、処女詩集「夏の記念祭」（60年）ですぐに評価され、ピュリッツァーを受賞した「詩選集」（79年）でその地位を不動のものとした。初期は伝統的な韻律を用いたが、60年代を通じて自由詩形に転向した。他の作品に「局地的な嵐」（63年）、「夜の光」（67年）、「旅立ち」（73年）などがある。

ジャップ, アンドレア・H.　*Japp, Andréa H.*
フランスの作家, 毒物学者
1957.9.17～
[出]パリ　[賞]コニャック・フェスティバル大賞
[歴]大学では毒物学を専攻し、生化学の博士号を取得。「ボストン生まれの女」でコニャック・フェスティバル大賞を受賞してミステリー作家としてデビュー。その後も科学者としての仕事を続け、アメリカ航空宇宙局（NASA）でも仕事をする。さらに専門の方では本名で食の安全に関する啓蒙書などを著し、テレビの脚本やマンガの原作を書くなど多方面で活躍。作家としては、1996年に天才数学者グロリア・パーカー＝シモンズが活躍する「殺人者の放物線」を発表して以来、〈グロリア〉シリーズを書き継ぐ。

シャドボルト, モーリス　*Shadbolt, Maurice*
ニュージーランドの作家
1932～2004.10.10
[賞]キャサリン・マンスフィールド短編賞（2回）
[歴]ヨーロッパ系の出身。地方紙の記者などを経て、1959年最初の短編集「ザ・ニュージーランダーズ」を出版。ニュージーランドのヨーロッパ人が先住民のマオリの存在を無視して通るわけにはいかないという一貫した認識のもとに作品を書き、短編で2度キャサリン・マンスフィールド賞を受賞。オックスフォード大学出版の「現代イギリス短編集」に作品が収録されたことのある唯一のニュージーランド人作家だった。代表作に長編「異邦人と旅」（72年）、短編集「光の中の人々」（78年）などがある。

シャトレ, ノエル　*Châtelet, Noëlle*
フランスの作家, 女優
1944～
[歴]兄はフランス元首相のリオネル・ジョスパン。父は尊厳死協会の中心的な活動家だったミリエル・ジョスパン。哲学者フランソワ・シャトレと結婚し、ジル・ドゥルーズの講義に参加、身体の解釈学の研究を始める。また、数多くのテレビドラマや、「他者たち」、「女銀行家」といった映画で女優としても活動する。著書に「最期の教え」などがある。
[家]父＝ミリエル・ジョスパン, 兄＝リオネル・ジョスパン（元フランス首相）, 夫＝フランソワ・シャトレ（哲学者）

シャトローフ, ミハイル　*Shatróv, Mikhail*
ロシア（ソ連）の劇作家, 脚本家
1932.4.3～2010.5.23
[出]ソ連ロシア共和国　[名]シャトローフ, マルシャーク〈Shatróv, Marshak Mikhail Filippovich〉　[学]モスクワ鉱山大学（1956年）卒
[歴]革命家の一族に生まれる。5年間鉱山大学で学ぶが文学と文科系の学問への関心が消えず戯曲を書く。1955年作品がプロの劇場の台本として採用になり、卒業後職業的な文学者となる。62年ドキュメンタリー政治劇を書きはじめるが、最初の作品「ブレスト講和」は発表を許されず、2作目の十月革命が題材の「七月六日」も多くの批判を受ける。その後の作品にも様々なクレームが付き一時はこのテーマを扱うことを断念するが85年ゴルバチョフ時代の到来と共に、これまでお蔵入りになっていた一連の作品が日の目をみるようになり、86年末にはソ連演劇人同盟書記に選ばれた。主な作品に「革命の名のもとに」（57年発表）、「良心の独裁 かく勝利せん！」（87年発表）、「ダーリシェ、ダーリシェ…ブレスト講和」（87年発表）、「前へ前へ」（88年発表）などがある。88年3月モスクワ芸術座の日本公演に合わせて招待され来日。

ジャーネージョー・ママレー　*Journalgyaw Ma Ma Lay*
ビルマの作家
1917.4.13～1982.4.6
[出]ピャポン県（ミャンマー）　[名]Ma Tin Hlaing 筆名＝Yawe Hlain　[賞]サーペィ・ベイマン文学賞（1955年度）
[歴]1936年民族主義的ビルマ字新聞「ミャンマー・アリン（ビルマの光）」で初めて記事を発表。38年同紙編集長ジャーネージョー・ウー・チッマウンと結婚し、夫婦で「ジャーネージョー」紙を創刊。編集長を務め、イギリス植民地下にあったビルマの反英独立、民族主義思想に燃える若い作家たちの作品を紹介。ジャーネージョー・ママレーの筆名で記事や短編も書き始め、第二次大戦中、ビルマ共産党委員長タキン・タン・トゥンをモデルに描いた長編「トゥーマ（彼女）」（44年）でデビュー。46年夫の死去後も出版業を続け、ビルマ作家協会会長を務めた。他に「憎きにあらず」、日本とビルマの混血の青年と日本人異母姉の姉弟愛を描いた「血の絆」（74年）などがある。
[家]夫＝ジャーネージョー・ウー・チッマウン（ジャーナリスト）

ジャノウィッツ, タマ　*Janowitz, Tama*
アメリカの作家
[出]サンフランシスコ　[学]ハーバード大学バーナード・カレッジ卒
[歴]新フロイト派の精神科医の父と詩人の母との間に生まれ、10歳の時両親が離婚、その体験をもとに23歳の1981年小説「アメリカン・ダッド」を著して作家デビュー。2作目の「A Cannibal in Manhattan」は幾つもの出版社に拒絶されるが、85年「ニューヨーカー」に短編が掲載されたのがきっかけに好転し、86年クラウン社より短編集「ニューヨークの奴隷たち」を出版、同社がケーブルテレビに作家自身を登場させ本の宣伝活動を展開したこともあってベストセラーとなる。87年「Cannibal」を同社より出版。
[家]母＝フィリス・ジャノウィッツ（詩人・コーネル大学教授）

シャーノン・アハマッド　*Shahnon Ahmad*
マレーシアの作家
1933.1.13～2017.12.26
[出]クダー州シク郡バングル・ドゥルダプ　[学]オーストラリア国立大学東南アジア学専攻卒
[歴]中等教育終了後、軍に入隊。負傷してマレー語の教員になり、小説を書き始める。のちオーストラリア国立大学に留学。マレーシア科学大学で修士号を取得後、人文学部の教授となる。“60年代世代”の現代マレーシア文学の指導者的存在。作品に「バングルの虎」（1965年）、農民一家の貧困と自然との闘いを描いた代表作「いばらの道」（66年）、「塵芥」（74年）、イスラム文学「アル・シカク」（85年）などがある。

シャーパー, エツァルト　*Schaper, Edzard*
スイスの作家
1908.9.30～1984.1.29
[出]ドイツ・オストロボ（ポーランド）

[歴]現在はポーランド領のオストロポに生まれ、2度の大戦中に自らの思想と信仰を守り、政治的自主性を貫くために東欧や北欧を転々とした。1947年以降スイスに定住、スイス国籍を取得。転居した国の中ではエストニアへの愛着が強く、多くの作品の舞台になった。51年にはプロテスタントからカトリックに改宗。その作品は一貫して“没落と変容”を主題とし、「死にゆく教会」(36年)、「最後のアドヴェント」(49年)、「捕虜の自由」(50年)、「多くの生からの物語」(77年)などがある。

ジャーハーディ, ウィリアム・アエグザンダー
Gerhardie, William Alexander
ロシア生まれのイギリスの作家
1895.11.21～1977.7.17
[出]ロシア・サンクトペテルブルク　[学]オックスフォード大学卒
[歴]両親はイギリス人で、ロシアのサンクトペテルブルクで生まれる。同地で教育を受け、1917～18年ペトログラードのイギリス大使館に勤務。シベリアで軍務に就いた後、オックスフォード大学ウースター・カレッジに入学。小説「ポリグロットたち」(25年)が最も知られた作品で、他に「空しさ」(22年)、伝記的歴史書「ロマノフ家の人々」(40年)などがあり、没後に自伝「神の第五列」(81年)が出版された。

シャハル, ダヴッド　*Shahar, David*
イスラエルの作家
1926.6.17～1997.4
[出]エルサレム　[学]ヘブライ大学(心理学・ユダヤ民族史)　[賞]メディシス賞(フランス, 外国文学賞), アグノン賞, ビアリク賞, ニューマン賞, イスラエル国家元首賞, イスラエル大統領賞
[歴]イギリスの委任統治下で生まれ育ち、エルサレムのヘブライ大学で心理学とユダヤ民族史を学ぶ。短編・中編作品を発表しながらヘブライ語を教え、英語・フランス語からの翻訳業や編集業に携わる。パリとエルサレムを行き来しながら、1969年の「預言者通りの夏」から94年の「蠟燭と風と」まで、ユダヤ神秘思想カバラを基底においた大河小説〈壊れた器の城〉シリーズを書き継いだ。フランスではプルーストに匹敵すると評価され、メディシス賞外国文学賞を受賞。短編集「小さな神の死」(70年)「ブルーリア」(82年)、児童書「リッキーの秘密」などの作品がある。

シャピロ, カール　*Shapiro, Karl Jay*
アメリカの詩人, 評論家
1913.11.10～2000.5.14
[出]メリーランド州ボルティモア　[学]ジョンズ・ホプキンズ大学, バージニア大学　[賞]ピュリッツァー賞(1945年), ボーリンゲン賞(1969年)
[歴]ユダヤ系詩人で、1930年代から詩作を始めた。第二次大戦中に太平洋戦線を経験して書いた詩集「V-Letter and Other Poems(Vの字、ほか)」(44年)で45年ピュリッツァー賞を受賞し、詩人として認められた。50～56年にかけて詩誌「ポエトリ」の編集に従事し、56～66年ネブラスカ大学教授、66～68年イリノイ大学教授、68～85年カリフォルニア大学教授を務めた。その他の作品に「人、場所、物」(42年)、「詩集1942―1953」(53年)、「あるユダヤ人の詩」(58年)、「Adult Bookstore」(76年)などがあり、また無韻詩の形式による現代詩論「押韻試論」(45年)、随筆「The Poetry Wreck」(75年)などがある。

シャープ, トム　*Sharpe, Tom*
イギリスの作家
1928.3.30～2013.6.6
[出]ロンドン　[名]Sharpe, Thomas Ridley　[学]ケンブリッジ大学卒
[歴]ソーシャル・ワーカーとして南アフリカに渡り、人種差別反対運動に参加。1961年に国外退去を命じられる。63～71年ケンブリッジ芸術工学カレッジの歴史講師を経て、71年より小説の執筆に専念。南アフリカ滞在中の問題意識をブラックユーモアの形で著した処女作「Riotous Assembly(狂気準備集合罪)」(71年)とその続編「猥褻物陳列罪」(73年)を発表。他の作品に「ポーターハウス・ブルー」(74年)、「ダッチワイフ殺人事件」(76年)、「The Throwback」(78年)、「Ancestral Vices」(80年)、「Wilt on High」(84年)、「Grantchester Grind」(95年)、「The Midden」(96年)、「Wilt in Nowhere」(2004年)、「The Gropes」(09年)などがある。

シャファク, エリフ　*Shafak, Elif*
フランス生まれのトルコの作家
1971～
[出]フランス・ストラスブール
[歴]トルコ人の両親のもと、フランスのストラスブールで生まれる。生まれて間もなく両親が離婚し、シングルマザーの母に育てられた。高校入学までヨーロッパ各地で過ごしたのちトルコへ帰国。イスラム神秘主義研究によって博士号を取得。2009年英語で書き上げた小説「愛」が空前のヒットを記録。トルコで最も読まれている女性作家の一人。他の作品に「The Bastard of Istanbul」(06年)、「The Forty Rules of Love」(10年)、「Three Daughters of Eve」(16年)など。

ジャブヴァーラ, ルース・プラワー　*Jhabvala, Ruth Prawer*
ドイツ生まれのアメリカの作家, 脚本家
1927.5.7～2013.4.3
[出]ドイツ・ケルン　[名]旧姓名＝Prawer, Ruth　[学]ロンドン大学大学院(1951年)文学修士課程修了　[勲]CBE勲章　[賞]アカデミー賞脚色賞(第59回・65回)(1986年・1992年), ブッカー賞(1975年), BAFTA賞脚色賞(1983年), O.ヘンリー賞(2005年)
[歴]両親はポーランド系ユダヤ人。ナチスの手を逃れ、1939年にイギリスに亡命。48年イギリス国籍取得。51年にインド人建築家と結婚し、75年までインド・デリーで暮らす。インドでの体験をもとに、小説「To Whom She Will(彼女の選んだ夫)」(55年)や「The Householder(一家の主人)」(60年)を発表。上・中流インド人の生活を痛烈な皮肉とユーモアをこめて描き、75年には代表作「Heat and Dust(熱と砂)」でブッカー賞を受賞した。同作品はアメリカ人監督ジェームズ・アイボリーによって83年に映画化(「熱砂の日」)され、脚色を担当。75年以後はアメリカに在住、作家活動を続けた。86年アメリカ国籍取得。他の作品に「Esmond in India(インドのエズモンド)」(58年)、「A New Dominion(新領土)」(72年)、「In Search of Love and Beauty(愛と美を求めて)」(83年)、「Three Continents(三つの大陸)」(87年)、「Poet and Dancer(詩人と踊り子)」(93年)など。またジェームズ・アイボリー作品の映画脚本で知られ、「インドのシェイクスピア」(65年)、「眺めのいい部屋」(86年)、「ハワーズ・エンド」(92年)、「日の名残り」(93年)などの名作を手がけた。

シャプサル, マドレーヌ　*Chapsal, Madeleine*
フランスの作家, ジャーナリスト
1925.9.1～
[出]パリ　[学]パリ大学法学部卒
[歴]祖父は大臣、父は高級官僚、母はオートクチュールデザイナー。1947年セルヴァン・シュベールと結婚。53年夫が「レキスプレス」を創刊すると、その文芸欄担当スタッフとなる。文芸ジャーナリストとして多数の書評、インタビューをものにし、対談集「作家の声―20世紀文学の証言」、「作家の仕事場」などを上梓。60年に離婚するが、「レキスプレス」での仕事は続ける。小説としての第1作は「物語なき夏」で、73年メルキュール・ド・フランス社より刊行。86年「ラ・メゾン・ド・ジャド」以降、自分の経験をもとに、従来は語られることのなかった女性の心理的問題を織り込んだ小説を発表。他の作品に「夫婦の夜の大きな叫び」「嫉妬する女たち」「ひそやかに熱く燃えて」などがある。また映画「マドリードに死す」の脚本や、自作の挿絵入りの童話「ドラゴンたちの記念日」なども書き、多彩な活躍をみせる。81年からフェミナ賞審査委員を務める。

ジャプリゾ, セバスチャン　*Japrisot, Sébastien*
フランスの作家, 脚本家
1931〜2003.3.4
⊕マルセイユ　⊛ロッシ, ジャン・バティスト〈Rossi, Jean Batiste〉　㊥ユナニミテ賞, フランス推理小説大賞（1963年）, CWA賞外国作品賞（1968年）, ドゥ・マゴ賞, アンテラリエ賞（1991年）
㊗18歳の時, 本名のジャン・バティスト・ロッシの名で「Les mal partis（不幸な出発）」という尼僧と少年の愛を描いた自伝的な処女小説を発表。ユナニミテ賞を受賞し, 早熟の才が注目を集めた。その後, サリンジャーのフランス語訳などの他はしばらく沈黙していたが, 1962年最初のミステリー「Compartiment Tueurs（寝台車の殺人者）」をセバスチャン・ジャプリゾのペンネームで発表, フランス・ミステリー小説界に新風を吹き込む。以後作品を発表するごとに大きな評判を呼び, ミステリー文学の流行児となった。他の作品に「シンデレラの罠」「殺意の夏」などがある。映画の脚本にも手を広げ, 「雨の訪問者」「さらば友よ」「狼は天使の匂い」などを手がけた。91年「婚約の長い日曜日」でアンテラリエ賞を受賞。

シャプレ, アンネ　*Chaplet, Anne*
ドイツの作家, 政治学者, 現代史家
1952〜
⊕西ドイツ・ニーダーザクセン州オスナブリュック（ドイツ）　⊛シュテファン, コーラ〈Stephan, Cora〉　㊥ハンブルク大学, フランクフルト大学 政治学博士（1976年）　㊥エリザベート・ゼルバート賞（1985年）, ドイツ・ミステリー大賞（2001年・2004年）, ラジオ・ブレーメン・ミステリー大賞（2003年）
㊗ハンブルク大学, フランクフルト大学で政治学, 歴史学, 経済学を学ぶ。1976年政治学の博士号を取得。85年ジャーナリストや社会・女性問題研究者に授与されるエリザベート・ゼルバート賞を受賞。大学講師, 翻訳家, 評論家, 著述家として雑誌やテレビなどでも幅広く活躍。一方, 98年アンネ・シャプレ名義で発表した作家デビュー作「カルーソーという悲劇」は各誌紙の書評で絶賛され, その後, ほぼ1年に1作のペースでミステリーを刊行。2001年と04年にドイツ・ミステリー大賞を2回受賞するなど, 短期間のうちに"ドイツ・ミステリー界の女王"などと呼ばれるようになった。他の著書に「スーパーマーケットでの気晴らし―20世紀末の愛と生活」（1985年）, 「気紛れで, 冷静で―最近のドイツ人」（88年）, 他のミステリー作品に「Nichts als die Wahrheit」（2000年）, 「Schneesterben」（03年）, 「Doppelte Schuld」（07年）などがある。

ジャベス, エドモン　*Jabès, Edmond*
フランスの詩人, 作家, 思想家
1912.4.16〜1991.1.2
⊕カイロ（エジプト）　㊥フランス批評家賞（1970年）, フランス詩大賞（1987年）
㊗言語・教育ともにフランス語で育ったイタリア国籍のユダヤ人。青年時代にパリに留学, そこでM.ジャコブと出会い, 詩, 散文などを書き始める。第二次大戦中はエジプトで反ファシズム闘争に参加。1956年最初の著作集「私は自らの住いを築く」を発表, ブランショ, デリダらに注目されたが, 翌57年ナセル政権下でユダヤ人追放令によりカイロを追われ, 以降パリに居住。歌謡, 対話, アフォリズム, 瞑想などをおり混ぜた独自の書物形式で著作活動を続けた。67年フランス国籍を選択。主な著書に「問いの書」全7巻（63〜73年）, 「己れの流れに従う」（75年）, 「相似の書」（76年）, 「分割の書」（87年）, 「小冊子を腕に持つ外国人」（89年）, 全詩集「境 砂」（ポエジー叢書）などがある。

シャーマット, マージョリー・ワインマン
Sharmat, Marjorie Weinman
アメリカの児童文学作家
1928.11.12〜
⊕メーン州ポートランド　㊥ウェストブルック大学卒
㊗結婚後, 1967年に「レックス」を出版以来, あらゆる年代向けの子供の本を執筆。特にユーモアのある幼年物で本領を発揮。他の作品に, リリアン・ホーバンとのコンビ作品「ベントリー・ビーバーのものがたり」「こんにちは といってごらん」, 「おてつだいはもういやだ」「きえた犬のえ」「だいじなはこをとりかえせ」, 〈ぼくはめいたんてい〉シリーズなどがある。

ジャマール・ザーデ, モハンマド・アリー
Jamāl-zāde, Mohammad 'Alī
イランの作家
1892.2.13〜1997.11.8
⊕エスファハーン
㊗イラン立憲革命時代の開明派の著名な説教師ジャマロッディーン・イスファハーニーの子として生まれるが, 1908年父が処刑される。ベイルートで中等教育, パリ, ローザンヌで高等教育を受ける。第一次大戦中イラクで民族主義運動に加わり, のちベルリンでイラン知識人による文学誌「カーヴェ」を編集。21年ベルリンで短編小説集「むかしむかし」を発表して文壇に登場した。31年から国際労働機関（ILO）に勤めてジュネーブに在住。レザー・シャー独裁体制下は沈黙を守り, 42年以降精力的な執筆活動を行う。長編小説の代表作「精神病院」（42年）のほか, 「復活の荒野」（47年）, 「水道物語」（48年）など長編・短編集が多数ある。俗語を豊富に駆使して文学の大衆化に努め, 現代ペルシャ口語散文学の先駆者と評される。
⊛父＝ジャマーロッディーン・イスファハーニー（説教師）

シャマン・ラポガン　夏曼藍波安　*Shaman Rapongan*
台湾の作家
1957〜
⊕台東県蘭嶼郷紅頭村（イモロッド）　⊛中国名＝施 努来　㊥淡江大学フランス語学科卒, 国立清華大学人類学研究所修了, 国立成功大学台湾文学研究所博士課程退学　㊥中国時報文学賞（2002年）, 呉魯芹散文奨, 国立台湾文学館金鼎奨, 呉三連文芸賞（2017年）
㊗台湾原住民タオ族（ヤミ族）の作家。原住民文学をリードする作家のひとりで, 呉魯芹散文奨, 国立台湾文学館金鼎奨などの文学賞を受ける。2002年「海浪的記憶」で中国時報文学賞を受賞。17年呉三連文芸賞を受賞。他の作品に「大海に生きる夢」など。一方, 1988年以来, 蘭嶼の核廃棄物貯蔵所に対する反核運動"アニトを追い出せ"運動に従事。国家実験研究院海洋科技研究センター副研究員, 財団法人蘭嶼部落文化基金会理事長を務める。

シャミ, ラフィク　*Schami, Rafik*
ドイツの作家
1946〜
⊕シリア・ダマスカス　㊥シャミッソー賞奨励賞（1985年）, シャミッソー賞（1993年）, ネリー・ザックス賞（2007年）, ブック・オブ・ザ・イヤー賞銀賞（2009年）, IPPYゴールドメダル賞（2010年）, 忘却に抗して―民主主義のために（2011年）, ヘルマン・ヘッセ賞
㊗1966〜69年ダマスカス旧市街の壁新聞発行人兼執筆者となる。71年西ドイツのハイデルベルク大学へ留学する形で亡命。化学を学び, 博士号を取り研究所で働く。80年仲間と文学集団"南風"を結成して外国人労働者によるドイツ語文学の先駆けとなり, 82年から作家活動に専念。85年ドイツ語を母語としないドイツ語作家に贈られるシャミッソー賞の奨励賞, 93年本賞に輝く。2011年には作家としての全活動に対して"忘却に抗して―民主主義のために"という賞を受けた。現代ドイツを代表する作家の一人。著書に「片手いっぱいの星」「蠅の乳しぼり」「夜の語り部」「マールラの村の物語」「空飛ぶ木」「モモはなぜJ・Rにほれたのか」「愛の裏側は闇」などがある。

シャミール, モシェ　*Shamir, Moshe*
イスラエルの作家
1921.9.15〜2004.8.20
⊕ツファト　㊥イスラエル文学賞（1988年）
㊗イスラエルのツファトで生まれ, テルアビブで育つ。共同

集団農場のキブツで青年時代を過ごし、文学雑誌・新聞の編集に従事。第二次大戦後にキブツを出て、小説や戯曲を執筆。1954年歴史小説「血肉の王」がベストセラーとなった。他の作品に「第五の車輪」(61年)、「国境」(66年)、戯曲「ヒレルの家」(51年)などがある。

ジャム, フランシス　*Jammes, Francis*
フランスの詩人, 作家
1868.12.2〜1938.11.1
[出]ピレネー山麓のトゥルネ村　[賞]アカデミー文学大賞(1917年)
[歴]父の死でオルテーズに移住。登記書記生となる一方、詩作を始めた。初期の「明けの鐘から夕べの鐘まで」(1898年)は、ピレネー地方の美しい自然と農民の生活を平明な形で詩にした。アンドレ・ジードと親交、またポール・クローデルとも親しく、その影響で1906年カトリックに改宗、象徴派以後の代表的詩人となった。ほかに「桜草の喪」(01年)、散文詩「野うさぎ物語」(03年)、「キリスト教徒の農牧詩」(11〜12年)、また中編小説3部作「クララ・デレブーズ」(1899年)、「アルマイード・デトルモン」(1901年)、「ポム・ダニス」(04年)、「愛・詩女神・狩猟」(22年)、「詩人の気まぐれ」(23年)などがある。

ジャムヤン・ノルブ　*Jamyang Norbu*
チベットの作家, チベット学者
[歴]チベットを代表する作家として活躍する一方、ダラムサーラにある先進的なチベット学の研究所で所長を務める。小説、ノンフィクション、戯曲、伝統歌劇の脚本などを執筆。また、欧米各国でチベット文化やチベット解放運動について講演活動を行う。著書に「中国とたたかったチベット人」、「シャーロック・ホームズの失われた冒険」などがある。

シャモワゾー, パトリック　*Chamoiseau, Patrick*
フランスの作家
1953〜
[出]マルティニク島フォール・ド・フランス　[賞]ゴンクール賞(1992年)
[歴]1986年「7つの悲惨の年代記」で作家としてデビュー。フランス語圏クレオール文学を代表する作家。他の著書に「素晴らしきソリボ」(88年)、「テキサコ」(92年)、「カリブ海偽典—最期の身ぶりによる聖書的物語」(2002年)、「幼い頃のむかし」、ラファエル・コンフィアンとの共著に「クレオールとは何か」「クレオール礼賛」「クレオールの民話」など。12年11月東京大学において講演会「戦士と反逆者 クレオール小説の美学」が開催された。

シャーラ, マイケル　*Shaara, Michael*
アメリカの作家
1928〜1988
[出]ニュージャージー州　[賞]ピュリッツァー賞(1975年)
[歴]大学在学中にSF誌「アスタウンディング」に掲載された短編でデビュー。以後、商船員、空挺隊員、警官、大学の教師など、多彩な職業を遍歴しながら「サタデー・イブニング・ポスト」や「コスモポリタン」などで多数の短編を発表する。南北戦争を描いたピュリッツァー賞受賞作「The Killer Angels」(1974年)は映画化され、話題を呼んだ。他の作品に「最後の一球」など。

ジャラール・アーレ・アフマド　*Jalāl Āl-e Ahmad*
イランの作家
1923.12〜1969.9.11
[出]テヘラン
[歴]シーア派聖職者の家に生まれる。1945年から文筆活動を始め、46年高等師範学校を卒業して教職に就く。44年左派政党トゥーデ党に入党したが、のち離党。石油国有化運動の最中の52年、"第三勢力"に参加するも、やがて政治活動から身を退いた。この間、50年のち作家・翻訳家となるスィーミーン・ダーネシュヴァルと結婚。58年代表作である「校長」を出版。62年には社会評論「西洋かぶれ」を発表。以後、第三世界論、民族文化再認識を説いて王政批判を続け、のちにイラン革命の理論的前衛とされた。他に長編「地の呪い」(68年)などがある。
[家]妻＝スィーミーン・ダーネシュヴァル(作家・翻訳家)

ジャリーリ, ムサ・ムスタフォヴィチ
Dzhalil', Musa Mustafievich
タタール(ソ連)の詩人
1906.2.15〜1944.8.25
[出]タタール自治共和国(タタールスタン)　[学]モスクワ大学文学部(1931年)卒　[賞]レーニン賞(1957年)
[歴]貧しい農民の子として生まれる。1931年モスクワ大学を卒業し、モスクワでタタール語の児童文学誌編集者に。やがてタタール自治共和国作家同盟事務局長に就任、タタール国立オペラ・バレエ劇場の創立に尽力した。傍ら、19年より誌を発表し、25年処女詩集「われわれは行く」を出す。他に長詩「郵便集配人」(41年)など。41年第二次大戦に従軍したが前線で重傷を負い、ドイツ軍の捕虜となる。ベルリンのモアビット収容所に送られると地下活動に従事、捕虜の脱走を企てたりしたため、処刑された。収容所で書かれた詩は同房のベルギー人により持ち出され、詩集「モアビットの手帳」として日の目を見、57年レーニン賞を受賞した。

シャール, ルネ　*Char, René*
フランスの詩人
1907.6.14〜1988.2.19
[出]リールシュルソルグ
[歴]アンドレ・ブルトンやポール・エリュアールらシュルレアリストたちと親しく交わり、詩集「兵器庫」などで注目された。1930年代末にはスペイン内戦の共和派に加わってフランコ軍と戦い、帰国した後、第二次大戦中の40年代には、ナチス・ドイツ軍占領下のレジスタンス運動の指導者として活動した。戦後は政治活動から一切身を引いて故郷の村で詩作に没頭。初期の詩はランボーやロートレアモンの強い影響を受けていたが、次第に身の回りの農民、漁民、自然や生き物を詩の世界に表現するようになった。深い思索に満ちた詩で、20世紀フランスの代表的詩人の一人とされている。詩集はほかに「イプノスの手帖」「激情と神秘」「内壁と草原」など。99年日本で初の完訳「ルネ・シャール全詩集」が刊行される。

シャルカーウィー, アブド・アッ・ラフマーン・アッ
Sarqāwī, Abd al-Rafmān al-
エジプトの作家
1920〜1987.11.10
[出]ムヌーフィヤ県
[歴]農村で少年時代を過ごし、初め詩作を志向。やがて散文に転じ、1954年処女作「大地」で作家としての名声を得る。作品の特色としては、左翼作家としてのイデオロギー色が濃く、農村を舞台にした社会問題を取り扱った。他の著作に「空しい心」(58年)、「農民」(68年)、戯曲「ジャミーラの悲劇」(66年)などがある。74年来日。

ジャルダン, アレクサンドル　*Jardin, Alexandre*
フランスの作家, 映画監督
1965.4.14〜
[学]パリ政治学研究所卒　[賞]処女小説賞(1986年), フェミナ賞(1988年)
[歴]政治家志望だったが、20歳の時処女小説「さようなら少年」を書き、1986年刊行、評判になる。その後、脚本を書くほか、テレビで番組を持ち、作家としての執筆活動も続ける。88年第2作「妻への恋文」がベストセラーを記録、フェミナ賞を受賞し、フランスを代表する人気作家となる。一方、90年発表の「恋人たちのアパルトマン(Fanfan)」を映画化、以後映画監督としても活動する。

シャルマ, アキール　*Sharma, Akhil*
インド生まれのアメリカの作家
1971.7.22〜
[出]デリー　[学]プリンストン大学, ハーバード大学ロースクー

シ

ル　[賞]PEN/ヘミングウェイ賞受賞, フォリオ賞（2015年）, 国際IMPACダブリン文学賞（2016年）
[歴]8歳で家族とともにニューヨークに移住、ニュージャージーで育つ。プリンストン大学でトニ・モリスン、ポール・オースター、ジョイス・キャロル・オーツらのもと創作を学ぶ。2000年発表のデビュー長編「An Obedient Father」でPEN/ヘミングウェイ賞受賞後、ハーバード大学ロースクールで学び、投資銀行に数年間勤務。その後創作活動に専念し、第2長編「Family Life」でフォリオ賞（15年）および国際IMPACダブリン文学賞（16年）を受賞。ラトガーズ大学で教鞭を執る。

シ

シャルル・ルー, エドモンド　*Charles-Roux, Edmonde*
フランスの作家
1920.4.17〜2016.1.20
[出]ヌイイー・シュル・セーヌ　[勲]レジオン・ド・ヌール勲章シュバリエ章（1945年）, レジオン・ド・ヌール勲章コマンドール章（2010年）　[賞]ゴンクール賞（1966年）
[歴]バチカン公国駐在大使まで務めた外交官の家に生まれ、少女時代の大部分をイタリアで過ごす。第二次大戦中は看護師としてレジスタンス運動に参加。戦後、ファッション誌「ELLE」の編集者としてジャーナリズムの世界にデビューし、その後「ヴォーグ」の編集長を12年間務めた。1966年小説「忘却のパレルモ」でゴンクール賞を受賞。83年アカデミー・ゴンクール会員。フランス女流作家の第一人者だった。「ヴォーグ」編集長時代にファッションデザイナーのココ・シャネルと知り合い、長年に渡って足跡を追求、「彼女・アドリエンヌ」（71年）、「シャネル・ザ・ファッション」（74年）、「シシリアの子供時代」（81年）、「シャネルの生涯とその時代」（90年）などを書いた。2002〜14年ゴンクール協会会長。

ジャレル, ランダル　*Jarrell, Randall*
アメリカの詩人, 批評家
1914〜1965
[出]テネシー州ナッシュビル　[学]バンダービルト大学卒　[賞]全米図書賞（1960年）
[歴]教師の傍ら詩を作り、1924年処女詩集を出版。同年アメリカ空軍に入り、45年戦争詩「小さき友よ」を発表。55年「詩選集」を発表。60年詩集「ワシントン動物園の女」で全米図書賞を受賞。20世紀後半のアメリカを代表する詩人のひとりとして知られた。他の作品に、女子大を諷刺した小説「ある大学風景」（54年）、評論集「詩と時代」（53年）がある。

ジャーロフ, アレクサンドル・アレクセーヴィチ
Zharov, Aleksandr Alekseevich
ソ連の詩人
1904.4.13〜1984.9.7
[歴]農村の共産主義青年同盟（コムソモール）の出身で、コムソモール詩人たちの文学団体若い親衛隊の中心人物だった。1926年コムソモール青年たちを描いた叙事詩「アコーディオン」を書く。34年以来ソ連作家同盟のメンバー。農村の独特な描写に定評があり、ユーモアや民族色に溢れた作品で知られる。代表作に、詩集「流氷期」（23年）、「2つの旅券」（34年）、「巨人」（42年）、叙事詩「ワーリャ・オジンツォーワ」（38年）など。第二次大戦後は「誓いの石」「淋しき柳」など歌詞作者としても知られた。

シャン・サ　山　颯　*Shan Sa*
中国生まれの作家, 詩人, アーティスト
1972〜
[出]中国・北京　[賞]ゴンクール賞（最優秀新人賞）（1997年）, カゼス・リップ賞（1999年）, 高校生が選ぶゴンクール賞（2003年度）
[歴]文化大革命の最中、北京の知識階級に生まれる。政治家だった祖父は紅衛兵の拷問を受け虐殺され、大学教授の両親も監視下に置かれた。8歳で初めて書いた詩が中国の新聞に掲載され、10歳で処女詩集を出版。12歳で詩の全中国大会で1位を受賞。15歳で子供のための詩の協会のメンバーとなる。天安門事件後の1990年、17歳で渡仏。画家バルテュスのもとで2年間働き、親交を結ぶ。「Porte de la Paix céleste」で97年のゴンクール賞最優秀新人賞を受賞。続く「Les Quatre Vies du saule」で99年カゼス・リップ賞を受賞。2001年に発表した「碁を打つ女」は“高校生が選ぶゴンクール賞”を受賞し、世界28ケ国で翻訳されミリオンセラーに。03年「女帝わが名は則天武后」がフランスでベストセラーとなる。他の小説に「美しき傷」など。書や絵などアーティストとしても高く評価され、パリ、ニューヨークで数々の個展を開催。書画集に「LE MIROIR DU CALLIGRAPHE」がある。

シャン, ダレン　*Shan, Darren*
イギリス生まれのアイルランドの作家
1972.7.2〜
[出]イギリス・ロンドン　[名]オショーネシー, ダレン〈O'Shaughnessy, Darren〉　[学]ローハンプトン・カレッジ卒
[歴]イギリス・ロンドンで生まれ、6歳でアイルランドに移る。5歳で作家を目指し、17歳から小説を書き始める。ローハンプトン・カレッジで社会学を専攻し、さらに1年間児童文学を研究。地元アイルランドのケーブル局に勤務しながら週末に小説を書く生活を経て、2年後文筆業に専念。1999年本名のダレン・オショーネシー名義のミステリー「the CITY—アユアマルカ 蘇る死者」でデビュー。その後スティーブン・キングの影響で初めて子供向けのホラー作品を書き、2000年ダレン・シャン名義で、体の半分がバンパイア（吸血鬼）となった少年が語る闇の世界の冒険ファンタジー「ダレン・シャン」（全12巻）を出版。世界各国で翻訳され、大ヒットシリーズとなる。〈デモナータ〉シリーズでも人気を博す。02年、03年来日。

ジャン, フィリップ　*Djian, Philippe*
フランスの作家
1949〜
[出]パリ　[賞]アンテラリエ賞（2012年）
[歴]記者や倉庫係など様々な仕事を経て、1981年作家デビュー。85年に発表した「ベティ・ブルー/愛と激情の日々」は、ジャン・ジャック・ベネックス監督により映画化され、日本など世界中で熱狂を巻き起こし、苛烈な愛を描いた傑作として知られる。以後も次々と話題作・問題作を発表し、第一線で活躍。2012年「エル ELLE」でアンテラリエ賞を受賞。

ジャン, レイモン　*Jean, Raymond*
フランスの作家, 批評家
1925.11.21〜2012.4.3
[出]マルセイユ
[歴]長きに亘りエクサン・プロヴァンス大学文学部で教授として勤めながら、批評家、作家としても活躍。かつては共産党員だったが、1968年のチェコスロバキア事件以後離党。小説作品に、「暗い泉」（76年）、「金と絹」（83年）などがあり、歴史的事件を描きながら現代政治を風刺した。他に「読書する女」（86年）、「ふたり、ローマで」「カフェの女主人」など。批評家としては、「文学と現実」（65年）、「文学の実践」（78年）などを発表。「読書する女」はミシェル・ドヴィルによって映画化（88年）され、ベストセラーになった。

シャンゲ, ヌトザケ　*Shange, Ntozake*
アメリカの劇作家, 詩人, 作家
1948.10.18〜2018.10.28
[出]ニュージャージー州トレントン　[名]Shahn-gay, En-toh-zah-kee　[学]バーナード大学卒, 南カリフォルニア大学ロサンゼルス校大学院修了
[歴]1970年バーナード大学で学士号、73年南カリフォルニア大学ロサンゼルス校で修士号を取得。75年ブロードウェイで詩・演劇・ダンスが融合した戯曲「死ぬことを考えた黒い女たちのために」が上演され、一躍その名を知られた。詩集に「nappy edges」（78年）、「A Daughter's Geography」（83年）、小説に「Sassafrass, Cypress&Indigo」（82年）などがある。

シャンソン, アンドレ　*Chamson, André*
フランスの作家, 批評家
1900.6.6～1983.11.9
[出]ニーム　[名]Chamson, André Jules Louis
[歴]1925年故郷南フランスのセヴェンヌ地方に根ざした地方色の濃い「無頼漢ルー」で文壇にデビュー。33年よりベルサイユ博物館古文書管理者や美術館の学芸員を務める一方、30年代は人民戦線派の代表者の一人となり、政治色の強い「四つの要素」(34年)、「懲役船」(39年)を書く。39年第二次大戦に従軍、復員後アルザス・ロレーヌの解放戦に活躍。56年アカデミー・フランセーズ会員。また、56年国際ペンクラブ会長、59年同副会長。57年来日。他の作品に「雪と花」(51年)など。

シャンデルナゴール, フランソワーズ
Chandernagor, Françoise
フランスの作家
1945～
[出]パレゾー　[名]ユンゲルセン, フランソワーズ　[学]パリ大学卒, 国立行政学院(ENA)(1969年)卒　[賞]ヌーボー・セルクル賞, アンバサドゥール賞
[歴]1969年国立行政学院を首席で卒業し、最高行政裁判所に入り、76年調査官に昇任。ジスカール・デスタン時代には公共施設省の役職に就いたこともあるというエリート官僚。テレビ番組で17世紀の怪物的な才女フランソワーズ・ドービニエに興味を持ち、81年3年半をかけて書き上げた「王の小径」を出版。大ベストセラーとなり、ヌーボー・セルクル賞、アンバサドゥール賞と二つの文学賞を受けた他、10ケ国語以上に翻訳される。88年から、60～80年代のフランス社会をテーマにした3部作を発表。95年よりゴンクール賞選考委員。他の作品に「最初の妻―ある熟年離婚の風景」がある。

シャーンドル・マーライ　*Sándor Márai*
ハンガリーの作家
1900.4.11～1989.2.21
[出]コショ(スロバキア・コシツェ)
[歴]フランクフルト大学とベルリン大学で学ぶ。その頃、無名のフランツ・カフカを見出してハンガリー語に翻訳。1932～43年ブダペストで新聞記者をしながら小説、戯曲、評論などを執筆したが、48年亡命し、スイス、イタリア、アメリカで暮らした。亡命後もハンガリー語で執筆活動を続けたが、ブルジョア文学の代表として作品は全て発禁処分となり、祖国では忘れられた作家となった。89年亡命先のアメリカ・サンディエゴで自殺。90年代に入り祖国で再び作品が出版され始め、再評価された。代表作に「灼熱」(42年)など。

ジャンバンコ, V.M.　*Giambanco, V.M.*
イタリアの作家
[出]イタリア　[学]ロンドン大学ゴールドスミス・カレッジ(英語・演劇)卒
[歴]高校卒業後、ロンドンに渡る。ロンドン大学ゴールドスミス・カレッジで英語と演劇を学んだ後、クラシック音楽の小売りや書店員を経て、映画の編集助手に。「ドニー・ブラスコ」「フォー・ウェディング」「秘密と嘘」など数多くの作品の編集に携わる。2013年サスペンス小説「闇からの贈り物」でデビュー。

シャンリー, ジョン・パトリック　*Shanley, John Patrick*
アメリカの劇作家, 脚本家, 映画監督
1950.10.13～
[出]ニューヨーク市ブロンクス　[学]ニューヨーク大学卒　[賞]アカデミー賞脚本賞(1987年), トニー賞(作品賞)(2005年), ピュリッツァー賞(2005年)
[歴]詩人であったが、劇作家に転じオフ・ブロードウェイで数々の戯曲を発表、1984年に上演された「ダニーと紺碧の海」で才能を評価された。2004年オフ・ブロードウェイで始まり、合計525回上演された「ダウト」は作品賞など4部門でトニー賞を受賞。他の代表作に「お月さまへようこそ」「マンハッタンの女たち」など。映画の脚本家としては1987年の「月の輝く夜に」が大ヒットし、アカデミー賞脚本賞を受賞。脚本・監督作品に「ジョー、満月の島へ行く」(90年)、「ダウト～あるカトリック学校で～」(2008年)がある。映画「ダウト」は俳優4人全員がアカデミー賞にノミネートされた。

朱 自清　しゅ・じせい　*Zhu Zi-qing*
中国の詩人, 随筆家
1898.11.22～1948.8.12
[出]江蘇省東海県　[名]原名＝朱 自華, 字＝佩弦, 号＝秋実, 筆名＝余捷, 柏香, 知白, 白暉, 白水　[学]北京大学哲学系(1920年)卒
[歴]1920年北京大学哲学系卒業後、浙江・江蘇省の各地で教鞭を執る傍ら、口語詩を発表。21年文学研究会に参加。長編散文詩「毀滅」(23年)は初期新詩壇の代表的作品として名高い。25年清華大学中文系の教師となり、29年中国で最初期に「中国新文学研究」という課程を講義。33年同大中文系主任となり、この前後から古典文学研究に転じた。抗日戦争中は西南連合大学教授として主に宋詩や文辞を研究。随筆では、「背影」(25年)などで知られる。

朱 湘　しゅ・しょう　*Zhu Xiang*
中国の詩人
1904～1933.12.5
[出]湖南省沅陵県　[名]字＝子沅, 筆名＝子源 天用　[学]清華学校(1923年)中退
[歴]1919年北京の清華学校に入学。在学中より口語詩の創作を始め、文学研究会に参加。22年「小説月報」誌上に処女作「荒れた園」を発表。23年清華学校を退学処分になる。25年処女詩集「夏」を刊行。26年聞一多、徐志摩らの主宰する「晨報詩鐫」誌に参加したが、のち徐とは袂を分かった。27年自作を発表するため「新文」誌を自費出版。同年第二詩集「草莽集」刊行、また渡米して各地の大学に学ぶ。29年帰国して安徽大学英文学系主任となる。32年同大を辞職。病や経済的困難、家庭の不和などに苦しみ、33年長江に身投自殺した。没後、第三詩集「石門集」(34年)、散文集「中書集」(34年)、書簡集「海外より霓君に寄す」(34年)などが出版された。

朱 天心　しゅ・てんしん　*Chu Tien-hsin*
台湾の作家
1958.3.12～
[出]高雄近郊　[賞]中国時報十大好書(1997年度), 聯合報最優秀図書賞(1997年度)
[歴]両親、姉ともに作家。高雄近郊の眷村(軍人家族共同体)に生まれる。15歳から創作を始め、新聞・雑誌に小説を発表。外省人の父と本省人の母を持つ、いわゆる第二世代の女性作家として、記憶・歴史・アイデンティティーを問う作品群で注目を集める。「古都」で1997年度「中国時報」十大好書、「聯合報」最優秀図書賞などを受賞。
[家]姉＝朱 天文(作家)

朱 天文　しゅ・てんぶん　*Chu Tien-wen*
台湾の作家, 脚本家
1956～
[出]高雄近郊　[学]淡江大学英文学科　[賞]聯合報文学賞, 中国時報文学賞, 金馬奨脚色脚本賞(1995年)
[歴]両親、妹ともに作家。高雄近郊の眷村(軍人家族共同体)に生まれる。高校1年のとき小説を書き始め、「聯合報」、「中国時報」の文学賞を受ける。大学在学中に三三書房を設立。作品に「淡江記」「小畢的故事」「最想念的季節」「炎夏の都」「荒人手記」など。1983年自作の「小畢的故事」の映画化にあたって初めて映画脚本を手がけ、このとき共同脚本・助監督だった侯孝賢と出会った。以後、「風櫃の少年」(83年)はじめ、すべての侯孝賢作品の脚本を担当する。他の映画作品に「冬冬の夏休み」「童年往事」「恋恋風塵」「悲情城市」「戯夢人生」「珈琲時光」など。
[家]妹＝朱 天心(作家)

従 維熙　じゅう・いき　*Cong Wei-xi*
中国の作家

1933.4.7～
[出]河北省遵化県（玉田）　[名]旧姓名＝従 碧征　[学]北京師範学校卒　[賞]77-80年優秀中編小説賞, 81-82年優秀中編小説賞
[歴]北京師範学校に進み、創作活動を始める。「北京日報」文芸部編集、農村部記者を務めたが、1957年右派分子とされ、18年にわたって強制労働に従事させられる。76年頃に名誉回復。79年北京に戻り「北京文学」編集委員に就任。中編小説「遠く行ってしまった白帆」「塀の下の赤い玉蘭」により77-80年、81-82年の優秀中編小説賞を受賞。その他、長編「第一片黒土」「黄金歳月」、映画脚本「第十個弾孔」、中編小説集に「従維熙中編小説集」、短編小説集に「真っ白いスイレン花」など。

シ

周 作人　しゅう・さくじん　*Zhou Zuo-ren*
中国の散文家, 翻訳家, 啓蒙家
1885.1.16～1967.5.7
[出]浙江省紹興県　[名]旧姓名＝周 遐寿, 号＝起孟 啓明, 字を兼ねる筆名＝仲密, 豈明, 知堂　[学]江南水師学堂卒
[歴]1906年日本に留学、08年立教大学に入り、古代ギリシャ語と英文学を学んだ。09年羽太信子と結婚。11年辛亥革命直前に帰国、17年北京大学教授となった。武者小路実篤の「新しき村」運動に賛同するなど、中国の封建思想批判の闘いを開始、評論、随筆、海外文学の翻訳、中国歌謡、伝説収集などに活躍した。21年葉紹鈞らと文学研究会を組織、24年語系社の結成に参加。日中戦争勃発後は日本軍の圧力を受けたが、日本軍国主義への怒りと日本文化への愛着との間で苦しみ、日本軍の傀儡政権（北京）の教育大臣となり、全中国に衝撃を与えた。戦後“漢奸”とされて投獄、49年釈放された。人民共和国建国後は北京で魯迅に関する著述、外国文学翻訳に専念した。文化大革命中に激しい攻撃を浴び病死。著書に文芸批評集「自己の園地」（23年）、随筆「雨天の書」（25年）、「談虎集」（全2巻, 28年）、文学史論「中国新文学の源流」（34年）、「瓜豆集」（37年）、随筆「魯迅の故家」（52年）、自伝「知堂回想録」（70年）などがある。
[家]兄＝魯迅（作家）, 弟＝周 建人（生物学者）

周 而復　しゅう・じふく　*Zhou Er-fu*
中国の作家, 書家
1914.1.3～2004.1.8
[出]南京　[名]周 祖式, 筆名＝呉疑, 荀實　[学]上海光華大学英文科（1938年）卒　[賞]中国人民文学大賞, 中国精神文明建設五個工程賞
[歴]大学在学中から左翼文学運動に加わり、対日抗戦中の1938年延安に赴き、39年中国共産党に入党。八路軍に従って華北の農村地帯を転戦し、44年重慶で党機関誌「群衆」を編集、「ノーマン・ベチューン断片」（44年）などの優れたルポルタージュを発表する。解放後は党華東局統一戦線工作部秘書長、対外文化協会副会長などを歴任。文化代表団の団長などとして諸外国を訪問。63年5月来日。同年10月中日友好協会副会長に就任。58～80年上海の民族資本企業の社会主義改造を主題とした4部作「上海の朝」を書いたが、文化大革命中は激しく批判され、文革後名誉回復。78年全国政協副秘書長、79年文化部副部長、85年中国統戦理論研究会副会長となる。同年10月政治家友好書道展代表団長として来日した際に靖国神社に参拝したため、86年2月党を除名、解任された。のち文芸活動を再開し、中国作家協会顧問に就任。書家としても著名で81年中国書法家協会副主席、91年顧問。他の作品に、長編「ベチューン先生」（46年）、「燕宿崖」（47年）、「南京陥落・平和への祈り」（95年）、短編集「谷間の春」（55年）、長編叙事詩「偉人周恩来」などがある。対日交流に携わり、日本にも知己が多かった。

周 述恒　しゅう・じゅつこう　*Zhou Shu-heng*
中国の作家
[出]四川省
[歴]中国内陸部・四川省の農村出身。15歳で母を失い、16歳で福州に出稼ぎに出て、農村からの出稼ぎ労働者である“民工”としての生活が始まる。プラスチック工場労働者、三輪車での物売り、時計修理など100にのぼる職業を経験。一方、少年時代から小説好きで、民工3人を主人公にした小説をネットで発表すると、瞬く間にネット利用者の間で話題となり、2010年「中国式民工」として出版。

柔 石　じゅう・せき　*Rou Shi*
中国の作家
1902.9.28～1931.2.7
[出]浙江省寧海　[名]趙 平複　[学]杭州第一師範学校（1923年）卒
[歴]本名は趙平福、のち平複に改める。杭州の第一師範学校在学中に晨光社の新文学運動に参加、1923年卒業後は小学校教師。25年短編集「瘋人」を出し、また北京大学の聴講生となり魯迅の講義を聴いた。26年帰郷して鎮海中学校教務主任、寧海県教育局長を務めたが、28年上海に出て文筆生活に入る。同年魯迅の援助で雑誌「朝花週刊」を出し、週刊「語絲」も編集。30年中国左翼作家連盟に参加して執行委員、常務委員に選出され、機関誌「萌芽月刊」の編集にも従事した。中国共産党にも入党。31年1月秘密会議出席中に逮捕され、2月龍華の国民党警備司令部で銃殺された。同時に殺害された殷夫、胡也頻、柔石、李偉森、馮鏗と“左連五烈士”と呼ばれ、魯迅は「忘却のための記念」（33年）を書いてその死を悼んだ。他の作品に長編小説「二月」（29年）、短編集「希望」（30年）、短編「奴隷となった母親」（30年）などがある。

ジューヴ, ピエール・ジャン　*Jouve, Pierre Jean*
フランスの詩人, 作家, 音楽評論家
1887.10.11～1976.1.8
[出]アラス　[賞]アカデミー文学大賞（1964年）, アカデミー・フランセーズ詩大賞（1966年）
[歴]ヴィエレ・グリファンの弟子として出発。ジュール・ロマンとその一体主義の影響を受け、次いでロマン・ロランに傾倒。1921年精神的危機に陥るが、24年宗教的啓示と共に危機を脱出し、カトリックに改宗、同時にそれまでの全作品を自作目録から抹殺した。神秘的、宗教的な詩を書いた現代フランスの代表的詩人の一人で優れた音楽評論家としても活躍した。第二次大戦ではレジスタンスに参加。作品に詩集「婚姻」（31年）、「血の汗」（34年）、「パリの聖処女」（46年）、小説「パウリーナ1880」（25年）、評論「モーツァルトのドン・ジョヴァンニ」（42年）、「ボードレールの墓」（42年）など。

周 立波　しゅう・りっぱ　*Zhou Li-bo*
中国の作家
1908.8.9～1979.9.25
[出]湖南省益陽県　[名]周 紹儀　[学]上海労働大学経済学部（1930年）除籍　[賞]スターリン賞（1951年）
[歴]1926年従兄の紹介で同郷の周揚を識り、28年ともに上海に出る。29年上海労働大学経済学部に入るが、30年政治活動に熱中したため除籍。周揚と英訳本からロシア文学の翻訳を始め、リバティーにちなみ立波の筆名を用いる。31年印刷労働者のストライキを指導したため逮捕され、2年半入獄。34年釈放後、中国左翼作家連盟と中国共産党に入る。左連解散後、雑誌「光明」などの編集に従事、“国防文学”の標語をソ連から最初に紹介した他、ショーロホフ「開かれた処女地」などを翻訳。抗日戦争中は各地で文化・政治工作に携わり、39年より延安で魯迅芸術学院編訳所長兼文学系教員。44年王震の南下支隊に加わり、報告文学集「南下記」をまとめる。戦後、土地改革に参加した経験をもとに長編小説「暴風驟雨」（49年）を執筆、51年スターリン賞を受賞。49年北京で中ソ合作映画「解放された中国」の製作を担当。続いて長編「鉄水奔流」（55年）、「山郷巨変」（58年）などを書いたが、文化大革命では激しく非難された。文革後に「湘江一夜」（78年）を発表、「人民文学」誌の全国優秀短編小説賞に選ばれた。

シュヴァイケルト, ウルリケ　*Schweikert, Ulrike*
ドイツの作家
1966.11.28～
[出]シュヴェービッシュ・ハル　[名]別筆名＝シュペーマン, リーケ〈Speemann, Rike〉
[歴]シュトゥットガルトの銀行勤務の後、大学で地学、ジャーナ

リズムを学び、作家に転身。「魔女と聖女」「聖堂騎士団の印章」など女性を主人公にした歴史小説で知られる。またリーケ・シュペーマン名義で吸血鬼小説「血の臭い」などファンタジーやミステリーを執筆。

シュヴァリエ, ガブリエル　*Chevallier, Gabriel*
フランスの作家
1895.5.3～1969.4.6
[出]リヨン
[歴]第一次大戦に従軍して負傷。1930年第一次大戦を描いた「恐怖」で注目を浴びるが、のちに笑いに満ちた風俗小説に転向。両次大戦間で最も読者を笑わせた作家の一人といわれ、ボージョレ地方の寒村を舞台に田舎の生活を滑稽化して描いた「クロッシュメルル」(34年)は大ベストセラーとなった。他の作品に「ごくつぶし」(36年)、「聖なる丘」(37年)、「偶然の十字路」(56年)などがある。

シューヴァル, マイ　*Sjöwall, Maj*
スウェーデンの作家
1935～
[賞]MWA賞最優秀長編賞(1970年)
[歴]新聞記者出身の作家ペール・ヴァールーと結婚。1964年から75年にわたって夫婦共作の警察小説〈マルティン・ベック〉シリーズ(全10巻)を完成する。これは1巻30章、全300章からなる大河小説で、前後10年間にわたるスウェーデン社会の変遷を描き上げたことにもなり、そのうち第4巻「笑う警官」は70年度のアメリカ探偵作家クラブ最優秀長編賞を受賞する。小説執筆の合い間に詩を書き、文学雑誌「ペリペオ」の編集にも携わる。75年に夫が病没した後執筆から遠ざかっていたが、トーマス・ロスとの共同執筆による「グレタ・ガルボに似た女」で15年振りに活動を再開。
[家]夫＝ペール・ヴァールー(作家)

シュウィーゲル, テリーザ　*Schwegel, Theresa*
アメリカの作家
[出]イリノイ州シカゴ郊外アルゴンキン　[学]ロヨラ大学(コミュニケーション学), チャップマン大学(映画学)　[賞]MWA賞最優秀新人賞(2006年)
[歴]ロヨラ大学でコミュニケーション学の学士号を、チャップマン大学で映画学の修士号を取得。2005年警察小説「オフィサー・ダウン」で作家デビュー、06年同作でアメリカ探偵作家クラブ(MWA)賞最優秀新人賞を受賞。

シュウェブリン, サマンタ　*Schweblin, Samanta*
アルゼンチンの作家
1978～
[出]ブエノスアイレス　[学]ブエノスアイレス大学
[歴]ブエノスアイレス大学で現代芸術論を学ぶ一方、文学活動を開始。これまでに「騒ぎの核心」(2002年, 未訳)と「口のなかの小鳥たち」(09年)の2冊の短編集を刊行、スペイン語圏における新世代幻想文学の旗手とされる。「口のなかの小鳥たち」は英・独・仏・伊など数ケ国語に翻訳された。

シュウォーツ, デルモア　*Schwartz, Delmore*
アメリカの詩人
1913.12.8～1966.7.11
[出]ニューヨーク市ブルックリン　[学]ニューヨーク大学, ハーバード大学大学院　[賞]人文科学ボードイン賞(1936年), ボーリンゲン賞(1960年), シェリー記念賞(1960年)
[歴]ユダヤ系。ニューヨーク大学、ハーバード大学大学院で学び、1936年大学院在学中に書いた評論「模倣としての詩歌」で人文科学ボードイン賞を受賞。38年処女詩集「夢の中で責任は始まる」で文壇にデビュー。その後、ハーバード大学、プリンストン大学、シカゴ大学、シラキュース大学などで教鞭を執る傍ら、「パーティザン・レビュー」「ニュー・リパブリック」各誌の編集にも携わった。60年「夏の知識・新しい詩と自選詩 1938-1958」で、ボーリンゲン賞とシェリー記念賞を受賞。他の作品に詩集「王女のためのヴォードヴィル」(50年)、詩劇「シェナンドー」(41年)、長詩「ジェネシス 第1部」(43年)などがある。

シュクヴォレツキー, ヨゼフ　*Škvorecký, Josef*
カナダの作家
1924.9.29～2012.1.3
[出]チェコスロバキア・ボヘミア(チェコ)　[名]Škvorecký, Josef Václav　[学]カレル大学(プラハ)(1949年)卒 Ph.D.　[賞]ノイシュタット国際文学賞(1980年), プラハ名誉市民(1990年), チェコ文学国家賞(1999年)
[歴]1948年作の長編「卑怯な人びと」で58年にデビューするが、禁書となり、その後も言論規制で発表は困難となる。68年"プラハの春"の後カナダに亡命。72年"68年出版"を創設、95年まで編集者を務める。多くのチェコ語の本を出版した。71年トロント大学助教授、75年同大学教授、90年名誉教授。他の作品に「戦車大隊」(54年)、「奇跡」(72年)、「魂の技師たちの物語」(77年)など。短編、エッセイも多数著した。邦訳著書に「ノックス師に捧げる10の犯罪」、「二つの伝説」(小説と評論)などがある。

ジュクロフスキ, ヴォイチェフ　*Zukrowski, Wojciech*
ポーランドの作家, 社会運動家
1916.4.14～2000.8.26
[出]クラクフ　[学]ヤギエウォ大学, ブロツワフ大学卒　[賞]ポーランド国家賞(1953年・1978年), IBBYマキシム・ゴーリキー賞(1986年)
[歴]知識階級の家庭に生まれる。ギムナジウムの頃すでに、雑誌などに作品を発表して若者の間では作家として知られていた。両親のすすめにより、ヤギェウォ大学に進んで法律を学ぶが、一年であきらめポーランド語学・文学専攻に方向を転換。この頃カトリック団体"オドロゼーニュ"のメンバーとなり、カトリック週刊誌「クルトゥーラ」に作品を発表する。やがて第二次大戦が勃発、1939年に召集、のち負傷して捕虜となるが、脱走してクラクフへ戻った。その後はドイツの会社の石切り場で労働者として働きながら、のちのワルシャワ蜂起の中心組織のメンバーとして地下抵抗運動に加わる。また、この頃ヤギェウォ大学の地下講義に学び、一方で著述活動にも励んだ。42～43年には非合法雑誌「ミェシェンチニク・リテラツキ」の編集に携わり自作の詩を発表した。戦後、学業をブロツワフ大学で終え、52年にワルシャワへ戻る。主として戦争を扱った作品、またエキゾチシズムにあふれた作品、児童向け作品を書いており、特に児童文学が多く翻訳・紹介されている。86～90年ポーランド作家同盟議長。

シュタイガー, オットー　*Steiger, Otto*
スイスの作家, 脚本家
1909～2005
[出]スイス　[賞]グーテンベルグ・ブックギルド特別賞(1942年), スイス児童図書賞(1980年)
[歴]ベルンとパリの大学で学び、1930年代からパリに暮らす。36年に帰国後、ラジオ放送局の編集者や解説者として長年勤務し、チューリヒの私立学校の校長も務めた。一方、20代から作家として活動を始め、42年長編小説でグーテンベルグ・ブックギルド特別賞を受賞。74年に初めて書いたティーン・エイジャー向けの「泥棒をつかまえろ！」(89年にNHKラジオドラマ化)で高い評価を得、この作品の成功後、自身の経営する商業学校から手を引き、作家活動に専念した。その後もアルコール中毒、ひき逃げ、土地問題など社会的なテーマを児童書の中に取り込んで作品の発表を続けた。児童文学、小説の他、ラジオドラマや芝居の脚本なども数多く執筆。他の作品に「海が死んだ日」「フリー・スクール」「Nr.16 47 12」「そのころスイスは」など。新聞、雑誌のコラム欄担当、スイス・ペンクラブの会長職を務めるなど、スイス文壇で活躍した。2009年生誕100年を記念して復刻版が続々出版された。

シュタイナー, イエルク　*Steiner, Jörg*
スイスの作家, 詩人

1930.10～
㊙ビール
㊞ベルンの師範学校卒業後、生地で小学校教師を務める傍ら、作家としてテレビやラジオの台本を執筆。出版社、雑誌社で編集の仕事にもあたる。のち、詩人、児童文学作家としても活動。詩集に「すばらしい日を祝え」（1955年）、「まだ国境があった頃」（76年）、長編小説に「懲罰の仕事」（62年）、絵本に「うさぎの島」（84年）などがある。

シュタインガート, ゲイリー　Shteyngart, Gary
ロシア生まれのアメリカの作家
1972～
㊙ソ連ロシア共和国レニングラード（ロシア・サンクトペテルブルク）　㊣スティーブン・クレイン賞（処女小説部門）、全米ユダヤ図書賞（小説部門）
㊞1979年アメリカに移住。デビュー小説「The Russian Debutante's Handbook」（2002年）はスティーブン・クレイン賞の処女小説部門と全米ユダヤ図書賞の小説部門を受賞。2作目となる「Absurdistan」（06年）は「ニューヨーク・タイムズ」ブックレビューと「タイム」誌で年間最優秀図書10冊の一つに選ばれ、「ワシントン・ポスト」ブックワールド、「サンフランシスコ・クロニクル」「シカゴ・トリビューン」などの紙誌で年間最優秀図書に選出された。3作目となる「スーパー・サッド・トゥルー・ラブ・ストーリー」（10年）も、「ニューヨーク・タイムズ」ブックレビューで年間最優秀図書10冊の一つに選ばれた他、40以上の紙誌で年間最優秀図書に選出された。

シュタインヘーフェル, アンドレアス　Steinhöfel, Andreas
ドイツの児童文学作家
1962～
㊙西ドイツ・バッテンベルク　㊥マールブルク大学　㊣ブクステフーデ雄牛賞、ドイツ児童文学賞、エーリヒ・ケストナー文学賞（2009年）
㊞マールブルク大学在学中に子供向けの小説を書きはじめ、そのまま児童文学作家になる。長編「世界のまんなか」でブクステフーデ雄牛賞、「リーコとオスカーともっと深い影」でドイツ児童文学賞などを受賞。翻訳家、児童文学評論家、放送作家としても活躍する。

シュタム, ペーター　Stamm, Peter
スイスの作家, ジャーナリスト
1963～
㊙シェルツィンゲン　㊥チューリヒ大学　㊣ラウリーザー文学賞、ラインガウ文学賞、ヘルダーリン賞
㊞中等教育を経て会計の仕事に就くが、のちにチューリヒ大学で英文学、心理学などを学ぶ。ニューヨーク、パリ、北欧などで暮らしたあと、チューリヒでジャーナリストとなり、1995年から小説を発表。数多くの長編小説、短編小説のほか、ラジオドラマの脚本や文芸誌の編集にも携わる。ラウリーザー文学賞、ラインガウ文学賞、ヘルダーリン賞ほか、受賞多数。英語版の短編集「We're Flying」はフランク・オコナー国際短編賞の最終候補作となり、作品はこれまでに30以上の言語に翻訳されている。

シュテーブナー, タニヤ　Stewner, Tanya
ドイツの児童文学作家
1974～
㊙西ドイツ・ノルトライン・ウェストファーレン州ヴッパータール（ドイツ）
㊞10歳から物語を書き始める。デュッセルドルフ、ヴッパータール、ロンドンの大学で文芸翻訳、英語学、文学を学ぶ。翻訳と編集の仕事に携わった後、〈動物と話せる少女リリアーネ〉シリーズのヒットにより専業作家となる。〈フローラとパウラと妖精の森〉シリーズなど、児童書、ヤングアダルトを中心に活躍している。

シュート, ジェニファー　Shute, Jenefer
南アフリカ生まれのアメリカの作家
1956～
㊙南アフリカ
㊞21歳でアメリカに移住。ニューヨークのハンター・カレッジ教授を務める。1992年拒食症の少女の内面を描いた処女作「Life-Size」を発表。第2作「Sex Crimes（事件、わたしの場合）」（96年）では大学で教鞭を執るほどのインテリ女性がかくもスキャンダラスな小説を書いたということで物議をかもす。

シュトラウス, ボート　Strauss, Botho
ドイツの作家, 劇作家
1944.12.2～
㊙ヘッセン州ナウムブルク　㊥ケルン大学, ミュンヘン大学　㊣ビューヒナー賞（1989年）、レッシング賞（2001年）、シラー記念賞（2007年）
㊞大学でゲルマニスティク、芸術史、社会学を学ぶ。1967～70年演劇誌「テアター・ホイテ」編集者兼批評家として活躍。その後、劇作家、演劇批評家として、また作家・詩人として多数の作品を発表、70年代以降のドイツ文学界で最も注目される作家のひとり。鋭い目で現代人の内部を見つめ、そこに見える世界を繊細なタッチで描き出すとともに、現代世界における創造性の枯渇のテーマを一貫して問い続けている。著書に「マルレーネの姉」（75年）、「始まりの喪失」（92年）、「住むまどろむ嘘をつく」（94年）、戯曲に「公園」（83年）、「終合唱」（91年）などがある。

シュトリットマター, エルヴィーン　Strittmatter, Erwin
ドイツ（東ドイツ）の作家
1912.8.14～1994
㊙シュプレンバーグ　㊣レッシング賞, フォンターネ賞, ドイツ民主共和国国民賞
㊞パン屋を営む家庭に育つ。実科学校を卒業ののち給仕、運転手、飼育係などをして働きつつ、独学で作家修行に励んだ。早くから社会主義労働青年同盟に身をおき、ファシズム政権により1934年逮捕された経験もある。一時徴兵されて従軍したが終戦の頃脱走。45年パン屋の仕事に戻る。東ドイツの土地改革により得た土地で耕作をおこない、いくつかの村の長官、地方新聞の通信員などを兼ねた。51年以後フリーの著述家として活動。53年農村の階級闘争を扱った劇作「カッツグラーベン」がブレヒトにより上演されて成功を収めた。また多くの長編小説を書き、63年代作といわれる「オーレ・ビーンコブ」を発表した。そのほか短編集、スケッチ風の作品なども出版している。農村の民主的、社会主義的変革を扱う作品に対して、ドイツ民主共和国国民賞をはじめ多くの賞が与えられている。

シュナイダー, ペーター　Schneider, Peter
ドイツの作家
1940.4.21～
㊙リューベック　㊥フライブルク大学, ミュンヘン大学, ベルリン自由大学
㊞少年時代のほとんどを南ドイツ・バイエルン州の田舎に過ごす。1959年からフライブルクおよびミュンヘン大学でドイツ文学、歴史、哲学を学び62年ベルリン自由大学に転校、そのままベルリンに住みつく。67～69年西ドイツ学生運動のリーダーとして活躍し、革命のための演説・論文・エッセイなどを発表した。その活動はキャンパス内にとどまらず、69年大手電機メーカー、ボッシュ社の工場に単純労働者として就職し、その体験に基づいた報告「ボッシュにおける女性たち」（70年）をまとめている。また、イタリア労働運動にも深く関わった。72～90年イタリアや、アメリカのスタンフォード大学、プリンストン大学、ハーバード大学で客員教授としてドイツ文学を教える一方、作家活動を開始。73年自伝的要素の濃い「レンツ」を発表、知識人や学生の共感を呼び、文芸批評でも賞讃を浴びた。ナチ戦犯医師とその息子を扱った「父よ！」（87年）はエジディオ・エローニコ監督により「マイ・ファーザー」（2003年）として映画化された。他の著書に「壁を跳ぶ男」「ザ・ジャーマンコメディ」「せめて一時間だけでも―ホロコースト

からの生還」などがある。

シュナイダー, ラインホルト　*Schneider, Reinhold*

ドイツの作家

1903.5.13～1958.4.6

[出]バーデン・バーデン

[歴]父はプロテスタント、母はカトリックで、自身はカトリックに入信。歴史的要素、宗教的思索に基づく小説や評論を書いた。1940年ナチスにより出版を禁じられたが、非合法出版によって宗教的倫理的な抵抗活動を推進、第二次大戦中末期に反逆罪で起訴された。そのため戦後の一時期“国民の良心”として讃えられた。作品に「ホーエンツォレルン家」(33年)、「ラス・カサスとカール5世」(38年)、「平和の思想」(46年)、「ウィーンの冬」(58年)などがある。

シュナイダー, ローベルト　*Schneider, Robert*

オーストリアの作家

1961～

[賞]メディシス賞(1994年)

[歴]養子に出された身の上で、実の両親へのアンチームな感情の欠如のために、他人への愛情の持ちかたに苦しみ、1992年小説「眠りの兄弟」を執筆。爆発的な売れ行きを示し、94年フランスのメディシス賞を受賞。95年映画化。他の著書に「ローマのかくれんぼ」(2001年)など。

シュナーベル, エルンスト　*Schnabel, Ernst*

ドイツの作家

1913.9.26～1987.1.25

[出]ドイツ・ツィッタウ　[賞]フォンターネ賞(1957年)

[歴]12年間にわたり船員生活を送り、第二次大戦中はドイツ海軍に在籍する。オデッセーの帰国をテーマにした最初の小説により、1957年にベルリンのフォンターネ賞を受賞。「アンネの日記」で知られるアンネ・フランクの足跡を調査して書きあげた「アンネのおもかげ(原題＝アンネ・フランク―ある子供の足あと)」(58年)などの著作もある。

シュニッツラー, アルトゥール　*Schnitzler, Arthur*

オーストリアの劇作家, 作家

1862.5.15～1931.10.21

[出]ウィーン　[学]ウィーン大学(医学)

[歴]ユダヤ系。大学病院の精神科に医者として勤務後、31歳の1893年戯曲「アナトール」を発表して文壇に登場。退廃的な世紀末ウィーンを舞台に死と性愛を鋭い心理分析と印象主義的技法で描き、ホフマンスタールと並び称せられる“若きウィーン派”の代表的作家となる。代表作は戯曲「恋愛三昧」(95年)、「輪舞」(1900年)、「生の叫び」(06年)、小説「死」(1895年)、「グストゥル少尉」(01年)、「令嬢エルゼ」(24年)、「暗黒への逃走」(31年)など。晩年はユダヤ人排斥運動により政治的圧迫を受けた。日本では同じ医師であった森鷗外の訳が多く出ている。'99年「夢小説」('26年)がスタンリー・キューブリックによって映画化され「アイズ・ワイド・シャット」のタイトルで公開される

シュヌレ, ヴォルフディートリヒ　*Schnurre, Wolfdietrich*

ドイツの作家

1920.8.22～1989.6.9

[出]フランクフルト　[賞]インマーマン賞(1958年), ビューヒナー賞(1983年)

[歴]フランクフルトで生まれ、ベルリンで少年時代を過ごす。1939～45年兵役に就くが、反抗的態度でたびたび懲罰を受け、第二次大戦終戦直前に脱走。戦後に創作を始め、47年9月“47年グループ”の第1回会合に参加、“47年グループ”創設者の一人となる。50年から作家活動に専念。風刺的色彩の濃い短編の名手として知られ、83年ドイツ文学界の最高賞とされるビューヒナー賞を受賞。作品に、短編集「プードル犬アリの手記」(62年)、長編「事故」(81年)、児童文学「王女さまは4時におみえになる」(2000年)などがある。

ジュネ, ジャン　*Genet, Jean*

フランスの劇作家, 詩人, 作家

1910.12.19～1986.4.15

[出]パリ

[歴]私生児として生まれ里子に出されたが、やがて感化院に送られる。そこを脱走した後ヨーロッパ中を放浪しながら盗みなどを繰り返し、刑務所暮らしも度々。1942年パリに近いフレーヌ刑務所で処女詩集「死刑囚」を書いたあと、パリのサンテ刑務所で書いた小説「花のノートルダム」(44年)は代表作の一つとなった。この他に獄中で小説「薔薇の奇跡」(46年)、「葬儀」「ブレストの乱暴者」(以上47年)、戯曲「女中たち」(47年)、「死刑囚監視」(49年)、バレエ台本「アダム・ミロワール」(48年)などを創作。48年サルトルやコクトーらの運動によって終身禁錮刑を免れたことで有名となり、49年には自伝的な代表作「泥棒日記」を発表している。50年代以降、戯曲「バルコニー」(56年)、「黒んぼたち」(58年)などで前衛的な劇作家としても活躍した。サルトルによるジュネ論「聖ジュネ」(52年)がある。

シュバリエ, トレイシー　*Chevalier, Tracy*

アメリカの作家

1962.10.19～

[出]ワシントンD.C.　[学]オーバリン大学, イースト・アングリア大学

[歴]ワシントンD.C.で生まれ、オーバリン大学卒業後の1984年からイギリスへ移り住む。出版社に数年間勤務した後、イースト・アングリア大学大学院で創作文芸を学ぶ。事典の編集者などを経て、執筆活動に入り、97年「The Virgin Blue」で作家デビュー、WHスミス社の新人賞を受賞し注目される。99年17世紀の画家フェルメールとそのモデルの少女を描いた小説「真珠の耳飾りの少女」が世界で400万部を超える大ベストセラーとなった。他の作品に「貴婦人と一角獣」「天使が堕ちるとき」などがある。

シュービガー, ユルク　*Schubiger, Jürg*

スイスの児童文学作家

1936.10.14～2014.9.15

[出]チューリヒ　[賞]ドイツ児童文学賞(1996年), スイス児童文学賞, オランダ銀の鉛筆賞, 国際アンデルセン賞作家賞(2008年)

[歴]大学でドイツ文学、心理学、哲学を修めたのち、編集者、出版者として活動。その後、作家兼心理セラピストとして多くの物語や小説を発表。著書「世界がまだ若かったころ」(1995年)などが世界で親しまれ、2008年国際アンデルセン賞の作家賞を受賞した。

シュピッテラー, カール　*Spitteler, Carl*

スイスの詩人, 作家

1845.4.24～1924.12.29

[出]バーゼル州リースタル　[名]Tandem, Carl Felix　[学]バーゼル大学神学部卒　[賞]ノーベル文学賞(1919年)

[歴]牧師にならず、1871～79年家庭教師としてロシアの将軍の一家に従い、ロシアおよびフィンランドで暮す。帰国後、教師、新聞編集者などを経て、81年処女作の叙事詩「プロメーテウスとエピメーテウス」を発表。92年以後は妻が相続した遺産で詩作に専念する。アリオストの影響を受け、叙事詩人たることを生涯の目標とし、長編神話叙事詩「オリュンピアの春」(初稿1900～05年, 決定稿10年)や「忍耐者プロメーテウス」(24年)などを発表。これらはユングの「心理学的類型」の論考の対象になり、小説「イマーゴ」(06年)はフロイトの注目を集めた。また、祖国スイスの中立による世界平和を訴えた演説「わがスイスの立場」(14年)でも知られる。他の作品に小説「少女の仇敵」(1890年)、「士官コンラート」(98年)、「成虫」(06年)などがある。19年ノーベル文学賞受賞。

シュピール, ヒルデ　*Spiel, Hilde*

オーストリアの作家

1911.10.19～1990.11.30
[出]ウィーン
[歴]大学でモーリッツ・シュリック、カール・ビューラーに学ぶ。ユダヤ人家庭であったため、1936年イギリスに亡命、61年に帰国。ドイツ語と英語で多くの小説、エッセイ、美術評論を執筆。「ニュー・ステーツマン」「ガーディアン」「フランクフルター・アルゲマイネ・ツァイトゥンク」など多くの新聞の文化欄を担当。文学賞七つの他、オーストリア、ドイツから多くの賞を授与されている。代表作に19世紀末の両親の年代を描いた長編小説「安逸の果実」など。ほかに11年から46年までの回想録「明るい、そして暗闇の時代」がある。
[家]夫＝デ・メンデルスゾーン（作家）

シュピールベルク, クリストフ　*Spielberg, Christoph*
ドイツの作家, 医師
1947～
[出]ベルリン　[賞]フリードリヒ・グラウザー賞新人賞（2002年）, アガサ賞
[歴]内科医、心臓病の専門医として、ベルリン市内の病院に長く勤務した後、フリーの医師となる。2002年作家デビュー作「陰謀病棟」（01年）でフリードリヒ・グラウザー賞新人賞を受賞、シリーズ化されるヒット作となった。短編「Happy Birthday」でアガサ賞を受賞。

シュペルヴィエル, ジュール　*Supervielle, Jules*
ウルグアイ生まれのフランスの詩人, 作家
1884.1.16～1960.5.17
[出]ウルグアイ・モンテビデオ　[学]ソルボンヌ大学卒
[歴]生後すぐに両親と死別。パリで教育を受け、一時陸軍省に務める。ラフォルグなどの影響を受け、詩を書き始め、「悲しきユーモア」（1919年）によってフランス詩壇に認められる。シュルレアリスムの影響のもとに寓話的な物語やファンタジー豊かな小説にも才気を発揮した。作品に詩集「引力」（25年）、「世界の寓話」（38年）、「不幸なフランスの詩」（41年）、「夜に捧ぐ」（47年）、小説「ノアの方舟」（38年）、戯曲「森の美女」（32年）などがある。

シュペルバー, マネス　*Sperber, Manès*
オーストリア生まれの作家
1905～1984
[出]オーストリア・ハンガリー帝国ザブロトフ　[賞]ビューヒナー賞（1975年）
[歴]個人心理学者アンフレート・アードラーの弟子となり、その協力者としてベルリンで個人心理学の啓蒙と普及の仕事に携わるが、後に訣別。反ファシズム運動と亡命の体験を経て、作家となる。著書に「大海のなかの一滴の涙のごとく」「専制政治の分析」「フルバンあるいは絶滅の記憶」「黒い垣根」「すべて過ぎ去りしこと‥‥」など多数。

シューマン, ジョージ　*Shuman, George D.*
アメリカの作家
[出]ペンシルベニア州
[歴]元警部補。ワシントンD.C.で20年間警察に勤務。麻薬囮捜査官、特殊任務部隊、内務監査部を歴任して、警察を退官。高級リゾート地の管理責任者などをしながら、小説の執筆を始める。豊富な警察知識を活かして書かれた処女作で〈盲目の超能力者シェリー・ムーア〉シリーズの第1作「18秒の遺言」は、発表されると同時にミステリー界で大いに注目され、シェイマス賞最優秀処女長編賞やスリラー・アワード最優秀新人賞にノミネートされる。その後もシリーズ2作目が2007年に発表されるなど、積極的に執筆活動を行う。

シュミット, アニー　*Schmidt, Annie M.G.*
オランダの児童文学作家
1911～1995
[出]カペレ　[賞]オランダ青少年文学のための国家賞（1964年）, 国際アンデルセン賞作家賞（1988年）, 金の石筆賞, 銀の石筆賞
[歴]子供のための物語、詩、劇の作家として活躍し“本物のオランダ女王を超える女王”と称えられた。自由で伸び伸びとした作品はヨーロッパを中心に広く読み継がれている。1964年オランダ青少年文学のための国家賞を受賞、88年国際アンデルセン賞を受賞。作品に「魔法をわすれたウィプララ」「オッチェ」「ネコのミヌース」「ペテフレット荘のプルック」「天使のトランペット」「鼻の島特急」などがある。

シュミット, アルノー　*Schmidt, Arno*
ドイツの作家
1914.1.18～1979.6.3
[出]ハンブルク
[歴]紡績工場に勤めた後、第二次大戦に従軍してイギリス軍の捕虜となる。戦後は通訳として働き、1949年敗戦時のドイツ人の在り方を描いた短編小説「リヴァイアサン」で作家デビュー。その博識と、伝統的な語りと前衛的な手法を混ぜ合わせた独特で難解な文体により、戦後ドイツの作家の中でも特異な存在となった。58年以降はバルクフェルトの自宅に籠もりきりになり、世間とほとんど交渉を持たずに執筆活動に専念。72年シュミットとその作品だけのための雑誌「バルクフェルト通信」が刊行された。他の作品に「石の心臓」（56年）、「精神の騎士」（65年）、「カードの夢」（70年）、「無神論者の学校」（72年）などがある。

シュミット, エリック・エマニュエル
Schmitt, Eric-Emmanuel
フランスの劇作家, 作家
1960～
[出]リヨン　[学]エコール・ノルマル・シュペリウール卒　[賞]エル読者大賞（2001年）
[歴]無神論者の家庭に育ったが、カントやデカルトに触れるうちに神への関心が高まり、聖書や関連図書を読みあさる。パリ高等師範学校で哲学の博士号を取得後、大学で教鞭を執る傍ら、1991年劇作家としてデビュー。93年「訪問者」の成功を機に著述業に専念。以後、フランス演劇界を代表する劇作家として活躍し、数々の賞を受賞。「愛は謎の変奏曲」は日本を含め世界各国で上演される。戯曲以外にも哲学エッセイ、小説などを発表。94年初の小説「La Secte des Egoistes」を発表、2作目の「イエスの復活」（2000年）はフランスでベストセラーとなり、01年エル読者大賞を受賞した。「100歳の少年と12通の手紙」を映画化した同名作品では映画監督を務めた。他の著書に「モモの物語」「ノアの子」「そこにモーツァルトがいたから」などがある。

ジュライ, ミランダ　*July, Miranda*
アメリカの作家, 映画監督, 現代美術家
1974.2.15～
[出]バーモント州バリ　[学]カリフォルニア大学サンタクルーズ校中退　[賞]カンヌ国際映画祭カメラドール（新人監督賞）（2005年）, サンダンス映画祭審査員特別賞（2005年）, フランク・オコナー国際短編賞（2007年）
[歴]カリフォルニア州バークレーで育つ。両親はともに作家で、出版社を営む。幼い頃から物語や芝居を作るのが好きで、高校生の時にパンククラブで上演した戯曲が好評を博す。1990年代半ばから短編映画を制作し始め、2005年脚本・監督・主演を務めた初の長編映画「君とボクの虹色の世界」で、カンヌ国際映画祭でカメラドール（新人監督賞）など4部門を受賞し一躍脚光を浴びる。小説も手がけ、07年第1短編集「いちばんここに似合う人」を刊行、20ケ国で出版され、フランク・オコナー国際短編賞を受賞。他の小説に「あなたを選んでくれるもの」などがある。

ジュリ, ミシェル　*Jeury, Michel*
フランスのSF作家
1934～
[出]ドルドーニュ地方ルザック　[名]筆名＝イゴン, アルベール
[学]商業学校卒　[賞]ジュール・ヴェルヌ賞, フランスSF最優秀作品賞（1973年）

㊟農家の子として生まれる。様々な職業を転々とし、国庫職員・取引代理人・会計係・銀行員・医療巡回員など36もの職業を遍歴。ジョセフィン・ベイカーの有名な戦争孤児施設で教師をしていたこともある。はやくからアメリカのSFを原語で読み、18歳頃から自身で創作をはじめており、1955年頃SF作品「Aux étoiles du destin（運命の星に）」「Le machine du pouvoir（権力機械）」を書く。この作品は60年アルベール・イゴン名義でガリマールの叢書として出版され、SF作家としてのデビュー作となった。58年にもガリマール社から自伝的小説「Le diable souriant（ほくそ笑む悪魔）」が出版された。その後長い間沈黙していたが、73年フランスSF最優秀作品賞受賞作の「Le temps incertain（不安定な時間）」を発表。以後、「時の猿たち」（74年）「熱い太陽、深海魚」（76年）などの前衛SFを執筆。

ジュリアーニ, アルフレード　Giuliani, Alfredo
イタリアの詩人、批評家
1924.11.23〜
㊴ペーザロ　㊗ローマ大学哲学卒
㊟1961年「イル・ベッリ」同人として新鋭の詩人たちの詞華集「最新人たち」を編纂し、新前衛派の地平線を切り開いた。"慰め"の詩を否定し、63年各分野の前衛作家らとパレルモで"63年グループ"を結成、文化の価値を根底から革新しようと運動し、世界に衝撃を与えた。67〜69年に月刊文芸誌「クィンディチ」の編集長を務め、同誌を新前衛派の理論的拠点とする。また、古典を現代に生かす試みとしてタッソの長編叙事詩「エルサレム解放」の現代版なども試みた。他の作品に短編小説「若きマックス」（72年）、詩集「哀れなジュリエット」（65年）、「誰がそう言ったであろうか」（73年）など。

シュリーブ, アニータ　Shreve, Anita
アメリカの作家、ジャーナリスト
1946.10.7〜2018.3.29
㊴マサチューセッツ州　㊗タフツ大学卒　㊥O.ヘンリー賞（1976年）
㊟1976年高校の英語教師をしている時に発表した短編でO.ヘンリー賞を受賞。その後、アフリカ、ケニアに暮らしジャーナリストとして働く。89年処女長編「Eden Close」を発表。「パイロットの妻」（98年）は全米で280万部のベストセラーとなった。他の著書に「いつか、どこかで」（93年）、「二人の時が流れて」（2001年）などがある。

シュリ・プリュドム　Sully Prudhomme
フランスの詩人
1839.3.16〜1907.9.6
㊴パリ　㊗プリュドム、ルネ・フランソワ・アルマン〈Prudhomme, René François Armand〉　㊥ノーベル文学賞（1901年）
㊟裕福な商人の息子に生まれる。法律家を目指していたが、次第に詩作に専念するようになり、1865年最初の叙情詩集「スタンスと詩」を発表し名声を得る。フランス高踏派に属したが、後に道徳的・哲学的な詩風へと傾き、「孤独」（69年）、「むなしい愛情」（75年）、「正義」（78年）、「幸福」（88年）などを発表、独自の詩境を築いた。1901年第1回ノーベル文学賞を受賞、同賞金を基金として"詩人賞"を創設した。論文に「美術における表現について」（1884年）、「パスカルにおける真の宗教」（05年）などがある。

シュリンク, ベルンハルト　Schlink, Bernhard
ドイツの作家、弁護士、法学者
1944.7.6〜
㊴ノルトライン・ウェストファーレン州グロースドルンベルク　㊗ハイデルベルク大学法学部卒、フライブルク大学法学部卒 Ph.D.　㊥グラウザー賞（1989年）、ドイツ・ミステリー大賞（1993年）
㊟1981年ボン大学教授、91年フランクフルト大学教授を経て、92年東ベルリン側にあるフンボルト大学（旧・ベルリン大学）で西ドイツ出身の初の教授に就任。公法学や法哲学などを講じた。87年〜2005年ノルトライン・ウェストファーレン州憲法裁判所判事も務めた。また弁護士としてボンとベルリンに事務所を持ち、1986年から小説も書き始め、87年ワルター・ポップとの共著「ゼルプの裁き」で作家デビュー。92年の「ゼルプの欺瞞」でドイツ・ミステリー大賞を受賞。95年ナチの犯罪と後世代の意識を描いた「朗読者」を発表、40ヶ国で翻訳され、世界的ベストセラーとなる。2008年にはスティーブン・ダルドリー監督により「愛を読む人」として映画化された。他の著書に「逃げてゆく愛」（01年）、「ゼルプの殺人」（05年）、「帰郷者」（06年）、「週末」（08年）、「夏の嘘」（10年）などがある。1992年、2006年来日。

シュル, ジャン・ジャック　Schuhl, Jean-Jacques
フランスの作家
1941〜
㊴マルセイユ　㊥ゴンクール賞（2000年）
㊟1970年代に、「バラ色の粒子」と「テレックスNo.1」という前衛的な二つの小説を発表したのち文壇から離れていたが、2000年8月に出版された「Ingrid Caven（黄金の声の少女）」でゴンクール賞を受賞し、注目を集める。ドイツ生まれの女優で歌手、イングリット・カーフェンの人生のパートナーでもあり、彼女の歌の作詞も手がけた。

シュルツ, ブルーノ　Schulz, Bruno
ポーランドの作家
1892.7.12〜1942.11.19
㊴ドロホビチ（ウクライナ）
㊟ユダヤ系。ウィーンの美術学校、ルブフの工業専門学校をそれぞれ中退。病気と貧困に悩まされながら美術教師を勤め、グラフィックアーティストとして美術展に出品。評論から文学活動を始め、1933年処女短編集「肉桂色の店」を出版。37年「砂時計・サナトリウム」を発表、ポーランドの前衛的、非現実主義文学を確立。カフカの「審判」をポーランドに最初に紹介し、"ポーランドのカフカ"と称される。42年ゲシュタポの銃弾に倒れた。「肉桂色の店」の一編「ストリート・オブ・クロコダイル」はサイモン・マクバーニーの演出により舞台上演される。

シュルツェ, インゴ　Schulze, Ingo
ドイツの作家、ジャーナリスト
1962.12.15〜
㊴東ドイツ・ザクセン州ドレスデン（ドイツ）　㊗イエナ大学哲学科卒
㊟旧東ドイツの出身で、イエナ大学哲学科を卒業後はライプツィヒ近郊の劇場で演劇顧問を務める。1989年のベルリンの壁崩壊後、独自に新聞を発行。95年短編集「幸福の33の瞬間」で作家デビュー。統一前後の東独人の心理、暮らしの変化を綴った「シンプル・ストーリーズ」「新たな生活」などの作品で知られる。

シュワルツ, エヴゲーニー・リヴォヴィチ　Shvarts, Evgenii L'vovich
ソ連の劇作家
1896.10.21〜1958.1.15
㊴ロシア・カザン　㊗モスクワ大学法学部（1921年）中退
㊟カザンの医師の家庭に生まれる。大学在学中からロストフ・ナ・ドヌーで俳優として活動。1921年大学を中退、ジャーナリストとして働いた後、24年レニングラードの国立出版所児童図書部でマルシャークの助手となる。28年劇作に転じ、有名な童話に基づく寓話劇「裸の王様」（34年）、「赤ずきんちゃん」（37年）、「雪の女王」（38年）などでソ連の児童劇・寓話劇の第一人者としての地位を確立。「影」（40年）や、ナチズムを痛烈に批判しながらスターリン体制を風刺した「ドラゴン」（44年）は初演後に直ちに禁止され、前者は60年、後者は62年に再演された。「ドン・キホーテ」（57年）など映画脚本も手がけた。

シュワルツ, ジョン・バーナム　Schwartz, John Burnham
アメリカの作家
1965〜
㊻ハーバード大学（1987年）卒
㊺大学では東アジア研究を専攻。大学3年の時に東京に3ヶ月半滞在しコンピューター会社に勤務。人種差別や女性蔑視が横行し、国内的な尺度でしか世界を見られないなど、日本社会の抱える問題点に気付き、1989年体験をもとに処女作「自転車に乗って」を発表、アメリカの青年が東京で働く間に経験した自己発見の旅を描き、各紙で好意的に批評された。98年「夜に沈む道」（「帰らない日々」に改題）を発表、「ニューヨーク・タイムズ」「カーカス・レビュー」などの各書評紙誌で絶賛された。

春樹　しゅん・じゅ　Chun Shu
中国の作家
1983〜
㊻山東省
㊺"80後（バーリンホウ）"と呼ばれる1980年代生まれの中国人若手作家の一人。2002年に発表した長編小説「北京ドール（北京娃娃―十七歳少女的残酷青春自白）」が発禁処分となるが、若者の熱狂的な支持を受け、中国国内でベストセラーとなり、アメリカ、イギリス、イタリア、オランダ、ノルウェーなどでも翻訳出版された。

ショー, アーウィン　Shaw, Irwin
アメリカの作家, 劇作家
1913.2.27〜1984.5.16
㊻ニューヨーク市ブルックリン　㊻ブルックリン・カレッジ卒　㊺O.ヘンリー賞（1944年）
㊺ユダヤ系。ブルックリン・カレッジでは1年生の単位をとれず退学し、トラック運転手などの職を転々としたのち再入学の許可を得たという。在学中はフットボールと劇作をしていた。卒業後、ラジオ作家の仕事する傍ら戯曲や短編を書き、1936年反戦劇「死者を葬れ」で劇作家としてデビュー。戯曲の数編がブロードウェイなどで上演され好評を得た。42年陸軍に徴兵され、第二次大戦に参加、北アフリカ、ヨーロッパに従軍。戦後48年に戦争体験を生かした第一長編「The Young Lions（若き獅子たち）」を発表、ベストセラーとなる。この作品はノーマン・メイラーの「裸者と死者」と並んで〈戦争小説の傑作〉とされ、一躍世界的な脚光を浴びるところとなった。その後も「ニューヨーカー」誌、「エスクァイア」誌を活躍の場とし都会的な作風の作品を発表し続けた。70年に通俗小説「富めるもの貧しきもの」を発表して再び600万部の大ベストセラーを記録。ほかに長編「ビザンチウムの夜」（73年）、短編集「短編50年」（78年）「夏服を着た女たち」（84年）などがあり、その多くは映画化されている。
㊥息子＝アダム・ショー（ジャーナリスト）

茹 志鵑　じょ・しけん　Ru Zhi-juan
中国の作家
1925.9.13〜1998.10.7
㊻上海　㊻筆名＝阿如, 初旭
㊺中学卒業後、1943年新四軍に参加し、抗日戦および内戦期には文芸工作を担当。47年共産党に入り、華東軍区で文芸工作に従事。50年短編「何棟梁と金鳳」でデビュー。55年上海で作家協会に加入し、「文芸月報」を編集。58年短編「百合の花」が茅盾に称賛され、ほかに「高い白楊樹」（59年）、「静かな産院」（62年）など、日常生活と革命闘争の日々を交錯させて情感豊かに描いた作品で好評を博した。文化大革命中は沈黙し、77年四人組失脚後、「上海文芸」誌の創刊に従事。作協理事、「上海文芸」誌編集委員、上海作家協会副主席などを歴任、83年から「人民文学」編集委員を務めた。他の作品に「つなぎ違えた物語」（78年）、「草原の小道」などがある。
㊥娘＝王 安憶（作家）

徐 志摩　じょ・しま　Xu Zhi-mo
中国の詩人
1897.1.15〜1931.11.19
㊻浙江省海寧県　㊻徐 章垿　㊻北京大学, コロンビア大学, ケンブリッジ大学
㊺浙江省海寧県の富裕な商家の出身。1915年杭州一中を卒業、政財界の有力者を兄に持つ張幼儀との結婚を父に強いられる。16年北京大学に入り梁啓超に師事。18年渡米してコロンビア大学に私費留学し政治学や経済学を修めるが、20年渡英。ケンブリッジ大学で文学に転じ、ラッセル、ウェイリー、マンスフィールドらと交流を持った。また、女子高生であった林徽音と恋愛して張と離婚するが、林とのちに梁思成と結婚。林との出会いから詩作を始め、22年帰国後も英文学を講じる傍らで新詩を次々に発表、23年北京で胡適らと新月社を興す。24年インドの詩人タゴールが訪中の際には通訳を務めた。25年処女詩集「志摩の詩」を発表。同年ヨーロッパやソ連を旅行、帰国後は「晨報副鐫」誌の編集を引き継ぎ、「血」（25年）、「レーニン命日」（26年）などを通して反共主義を表明した。26年には聞一多らと「晨報詩鐫」を創刊、五・四運動以来の口語自由詩に対して新しい格律詩を提唱、新詩運動に転機をもたらした。同年親友の妻であった陸小曼と再婚。27年第二詩集「翡冷翠の一夜」を出版。同年上海で胡適、梁実秋らと新月書店を作り、28年「新月」を創刊、「新月の態度」を書き、革命文学派と対峙した。31年林徽音の建築学講演を聴くために乗った飛行機が墜落して急逝。タゴールやマンスフィールドらの紹介にも貢献した。

ジョー・シャーロン　裘 小龍　Qiu Xiaolong
中国のミステリー作家, 詩人, 翻訳家
㊻上海　㊻北京外国語大学（英米文学）, ワシントン大学博士課程　㊺アンソニー賞（2001年）
㊺北京外国語大学で英文学を学び、中国社会科学院での研究生活のあと、詩作や翻訳作品を発表し、中国作家協会会員として活躍。1988年にフォード基金の研究生として渡米。ワシントン大学で比較文学の修士号と博士号を取得後、英語での執筆活動を開始。2000年〈陳警部事件〉シリーズの第1作「紅いヒロインの死」で作家としてデビュー。MWA賞最優秀新人賞にノミネートされ、アンソニー賞を受賞。同作はミステリーとしてのストーリー性とともに、1990年代の中国社会を鮮明に描き出した情報小説として一躍話題になる。

舒 婷　じょ・てい　Shu Ting
中国の詩人
1952.6.6〜
㊻福建省泉州　㊻龔 佩瑜
㊺文化大革命中の1969年福建省上杭県の山村に下放、71年より詩を書き始める。72年厦門へ戻り、左官、染色業などをしながら詩作を続け、詩人蔡其矯や北島らと知り合う。北島の「すべて」に答えた77年の「これもまたすべて」や79年の「橡樹に寄せて」などの繊細な感覚の象徴詩が注目され、青年層の共感を呼んで文学世代を代表する詩人の一人となる。30歳で評論家の陳仲義と結婚。81年より3年間筆を絶つが、83年「復活」を書き詩作を再開する。他の詩集に「双桅船」（82年）、「会唱歌的鳶尾花」（86年）、「始祖鳥」（92年）など。
㊥夫＝陳 仲義（詩論家）

ショー, バーナード　Shaw, Bernard
アイルランド生まれのイギリスの劇作家, 批評家
1856.7.26〜1950.11.2
㊻アイルランド・ダブリン　㊻ショー, ジョージ・バーナード〈Shaw, George Bernard〉　㊺ノーベル文学賞（1925年）
㊺小学校を出てすぐ仕事に就くが社会主義思想に触れ、1876年ロンドンに出て数編の小説を書くが失敗する。84年フェビアン協会設立に参加し有力メンバーとして活動。85年よりウィリアム・アーサーの紹介で、新聞・雑誌に書評や美術・音楽・演劇評を執筆。またイプセンの研究を土台にして劇作も始め、93年「ウォーレン夫人の職業」を発表、劇作家として認められ

る。新しい女性像を描いたこの作品は女性労働の低賃金をあばく社会問題劇でもあった。1903年「人と超人」で世界的な地位を得る。第一次大戦には非戦論を唱え、23年「聖女ジョーン」でジャンヌ・ダルクを描いた。一流のユーモアと皮肉、毒舌で社会を諷刺した。他の代表作に「武器と人」「悪魔の弟子」「シーザーとクレオパトラ」「ピグマリオン」「メトセラへ帰れ」などがあり、著書に「イプセン主義精髄」「完全なワーグナー主義者」「劇評集」などがある。ウィットに富んだ座談家で、33年来日したこともある。イギリス近代演劇の確立者。

ショー, ボブ　Shaw, Bob
イギリス(北アイルランド)のSF作家
1931〜1996.2.11
㊊ベルファスト(北アイルランド)　㊥イギリスSF作家協会賞(1976年)
㊙技術学校に学び、卒業後アイルランド、イングランド、カナダなどのデザインオフィスに7年間勤務ののち、ジャーナリストに転身。一方、8歳の頃はじめてSFを読んで以来熱烈なSFファンとなり、19歳の頃「ニューヨークポスト」などに短編を発表。1967年「夜歩く」でデビュー。以後、年1作のペースで長編を発表、76年には「オービッツヴィル」でイギリスSF作家協会賞を受賞し、イギリスSF界にその地位を確立した。他の作品に「去りにし日々、今ひとたびの幻」。

ジョイ　Joy
アメリカの作家
㊊オハイオ州コロンバス　㊐オハイオ州立コロンバス短期大学卒、キャピタル大学卒
㊙保険業で弁護士補佐として勤めた後、作家としての道を歩み始める。2000年出版社エンド・オブ・ザ・レインボー・プロジェクトを発足。著書「Twilight Mood」が「ブラック・イシューズ・ブック・レビュー」の投票でベスト自費出版作品に選ばれる。貧しい家庭に育ち、リッチなライフスタイルに強烈な野心を持つ若者たちの姿を描いたストリート・クライム・ノベル「ダラー・ビル」は、雑誌「エッセンス」でベストセラーリストに掲載されるなど高い評価を得る。ニューヨーク市の「クォータリー・ブック・レビュー」で書評活動をする傍ら、創作活動に取り組む。

ジョイス, グレアム　Joyce, Graham
イギリスの作家
1954.10.22〜2014.9.9
㊊カーズリー　㊎Joyce, Graham William　㊐レスター大学　㊥イギリス幻想文学賞(1992年・1995年・1997年・2000年・2003年・2008年)、世界幻想文学大賞(2003年度)、O.ヘンリー賞(2009年)
㊙ギリシャ在住中の1991年、長編「Dreamside」で作家デビュー。95年イスラエルへの旅行経験を活かして描いた「鎮魂歌(レクイエム)」でイギリス幻想文学賞を受賞した他、同賞に計6度輝く。2002年に刊行した「The Facts of Life(人生の真実)」でアメリカの世界幻想文学大賞を受賞。生涯に20冊近い長編と4冊の短編集を上梓。大西洋の両岸で高い評価を受け、現代イギリス幻想小説界を代表する作家として活躍した。

ジョイス, ジェームズ　Joyce, James Augustine
アイルランドの作家, 詩人, 劇作家
1882.2.2〜1941.1.13
㊊ダブリン　㊎Joyce, James Augustine Aloysius
㊙ダブリンの没落してゆく中流家庭に生まれる。イエズス会系の学校で教育を受けたが、次第にカトリックから離れて文学を志す。1904年ヨーロッパに赴き、イタリア、フランス、スイスなどで過ごし、07年詩集「室内楽」を出版。14年短編集「ダブリン市民」、16年長編小説「若き芸術家の肖像」は大作「ユリシーズ」の前ぶれとなる。22年刊行の「ユリシーズ」はホメロスの「オデュッセイア」をもとに04年6月16日の夜明けから深夜までのダブリン市の生活を、3人の中心人物を通して、大胆な手法と意識の流れによって描き、以後の文学に大きな

影響を与えた。この手法をさらに進めた39年の「フィネガンズ・ウェイク」は睡眠中の意識を扱い、前作よりはるかに難解とされるが、91年柳瀬尚紀による初の日本語全訳が刊行された。20世紀文学を変革した前衛作家といわれる。他に詩集「1つ1ペニーのりんご」(27年)、戯曲「亡命者たち」(19年)など。92年未公開書簡や文書類多数がダブリンのアイルランド国立図書館で50年ぶりに初公開された。

ジョイス, レイチェル　Joyce, Rachel
イギリスの作家
㊙テレビやラジオ、演劇などの分野で長年に渡って活躍した後、2012年「ハロルド・フライの思いもよらない巡礼の旅」で小説の分野にも進出し、ブッカー賞にノミネートされる。同年ナショナル・ブック・アワードにより"今年最も期待される新人作家"に選ばれた。

ショインカ, ウォーレ　Soyinka, Wole
ナイジェリアの劇作家, 作家, 詩人
1934.7.13〜
㊊アベオクタ近郊　㊎Soyinka, Akinwande Oluwole　㊐イバダン大学卒, リーズ大学(イギリス)卒　㊥レジオン・ド・ヌール勲章コマンドール章　㊥ノーベル文学賞(1986年), ダカール芸術祭演劇賞(1965年)
㊙ヨルバ族出身。政治、教育、社会運動で顕著な活躍をしている一族の中に生まれる。地元のイバダン大学で英文学、ギリシャ語、歴史を学んだ後、1954〜57年イギリスのリーズ大学でシェイクスピア、ギリシャ・ラテンの古典演劇、ブレヒト、ベケットなどの現代演劇の理論と実際を学ぶ。その後ロイヤル・コート・シアターで働き、60年ナイジェリアに帰国。劇団1960マスクズ、オリスン劇団を結成、西洋演劇とアフリカ演劇の融合を目指す実験劇に取りくむ。67年のビアフラ市民戦争ではビアフラを支持して逮捕され67〜69年投獄された。69〜72年イバダン大学演劇研究所長を経て、76〜85年イフェ大学教授。74年ガーナで雑誌「トランジション」編集長となり、76年帰国。84年パリのアフリカ文化センター所長。86年アフリカ人作家として、また黒人作家として初めてノーベル文学賞を受賞した。88年アメリカのコーネル大学教授。民主化運動の活動家としても知られ、94年アバチャ軍事政権の弾圧を逃れて亡命、主にイギリスを拠点に反政府運動のスポークスマンとして活動。97年3月活動家12人とともに国家反逆罪で起訴される。その後、政府の民政移管に伴い、98年10月帰国。2007年よりロヨラ・メリーマウント大学教授。主な作品に、詩集「イダンレほか」(1967年)「地下室に閉じ込められたウソの島」(71年)、戯曲「森の舞踏(詩劇, 60年)」「道」(64年)「コンギの収穫」(65年)「狂人と専門家たち」(71年)、小説「通訳者たち」(64年)「死んだ男」(72年)「異変の季節」(73年)、評論集「神話・文学・アフリカ世界」(76年)、自伝「アケー幼年時代」(81年)「イバダン」(94年)がある。2010年9月党を立ち上げ、党首に選出。1987年10月訪日。

章 詒和　しょう・いわ　Zhang Yi-he
中国の作家
1942〜
㊊四川省重慶　㊐中国戯曲研究院戯曲文学科(1963年)卒
㊙父は中国共産党右派の頭目とされ、のちに毛沢東の怒りを買い失脚した元交通相、中国民主同盟副主席の章伯鈞。中国戯曲研究院卒業後、四川省の川劇団芸術室に配属されたが、1969年父と同じ現行反革命の罪で約10年間投獄され、文化革命収束後の78年に出獄。79年から中国芸術研究院戯曲研究所に勤務、助手、副研究員、研究員、修士・博士指導教官を歴任した。2002年退職。傍ら、作家として活動し、代表作に反右派闘争をテーマにした自伝的ノンフィクション「嵐を生きた中国知識人一『右派』章伯鈞をめぐる人びと」など。同作品は中国当局から反党宣言のレッテルを貼られ、再版禁止となるが、国内では海賊版が多数出回り、香港、台湾、日本でも出版されるなど好評を博す。他の著書に「京劇俳優の二十世紀」がある。
㊕父=章 伯鈞(元交通相)

聶華苓　じょう・かれい　Nie Hua-ling
台湾育ちのアメリカの作家
1925.1.11～
㊦中国・湖北省　㊣中央大学（1948年）卒
㊧南京の中央大学を卒業。1948年「変形虫」で作家デビュー。49年中華人民共和国の成立により国民党政府とともに渡台。雷震主編の雑誌「自由中国」の編集に携わるが、60年雷の逮捕により離職。台湾大学、東海大学で教鞭を執った後、64年アメリカへ移住してアイオワ大学作家創作室に勤務。67年夫のポール・エングルと国際作家プログラムを主宰。他の作品に長編「失われた金の鈴」（60年）、短編集「台湾逸事」など。
㊟夫＝ポール・エングル（詩人）

蕭軍　しょう・ぐん　Xiao Jun
中国の作家
1907.7.3～1988.6.22
㊦遼寧省義県　㊣劉鴻霖，別筆名＝三郎田軍　㊤東北陸軍講武学堂中退
㊧家が貧しかったため12歳の時奉天系軍閥の軍隊に入る。満州事変後ハルビンで文学活動を始め、この頃蕭紅と結婚（1938年離婚）し、33年共著の短編集「跋渉（ばっしょう）」を出版。34年東北抗日聯軍の闘争を描いた長編「八月の郷村」が魯迅に認められる。その後雄渾、沈着な芸術的風格で中国文壇に活躍。日中戦争中は延安などで抗日活動を続けながら「穀雨」誌などの編集にあたる。戦後、ハルビンで魯迅文化出版社を主宰し、「文化報」誌を発刊。しかし、「五月の鉱山」（54年）、「過去の年代」（57年）などが、度々党の批判を受け、57年の反右派闘争で失脚、文壇を追われた。80年名誉回復後、政治協商会議全国委員、北京作家協会副主席などを歴任。

蕭乾　しょう・けん　Xiao Qian
中国の作家，翻訳家
1910～1999.2.11
㊦北京　㊣燕京大学新聞系（1935年）卒
㊧モンゴル族。1942～44年イギリス・ケンブリッジ大学に学ぶ。「大公報」駐英特派員を務め、帰国後は上海などで新聞記者として働く。解放後も英語、中国語雑誌などを編集。57年「文芸報」副総編集長時代に右派として批判され、文化大革命時代も迫害を受ける。79年名誉回復。中国作家協会理事、全国政治協商会議委員、中央文史館長、「人民中国」英文版副編集長、人民文学出版社顧問などを歴任。89年中国共産党全人代に「魏京生ら政治犯釈放要求」の連名公開状を提出した。著書に「籬下集」「夢の谷」「蕭乾選集」（4巻）などの他、翻訳多数。

蕭紅　しょう・こう　Xiao Hong
中国の作家
1911.6.2～1942.1.22
㊦黒竜江省呼蘭県　㊣張廼瑩，筆名＝田娣，悄吟　㊤ハルビン女子一中
㊧黒竜江省呼蘭県の地主の家に生まれる。ハルビン女子一中時代に新しい文学や思想の影響を受け、1930年親が決めた封建的な結婚に反発して家出。やがて貧困と病苦の中で作家の蕭軍と出会い、結婚。その影響で創作を始め、33年夫との共著「跋渉」が発禁となったことから危険を感じて満州国を脱出、青島へ。同地で魯迅との文通が始まり、34年末に魯迅を頼って上海へ転居。35年魯迅の援助で夫の「八月の村」とともに自作「生死場」を地下出版、抗日作家として注目を集める。36～37年病気療養と日本語習得の目的で来日、この間に魯迅の訃報に接する。その後、「回憶魯迅先生」（40年）を執筆、愛情溢れる筆致で晩年の魯迅を描いた。抗日戦争勃発後、西安で蕭軍と離別。その後、武漢で端木蕻良と再婚するも、42年30歳で病死した。他の作品に「呼蘭河伝」（40年）など。
㊟夫＝端木蕻良（作家）

蔣光慈　しょう・こうじ　Jiang Guang-ci
中国の作家
1901.9.11～1931.8.31
㊦安徽省霍邱県　㊣蔣光赤
㊧1920年上海の社会主義青年団に加わり、21年ソ連に留学。22年共産党に入党。24年帰国して上海大学社会学系教授となる。この頃より「プロレタリア革命と文化」（24年）などで革命文学を提唱、25年処女詩集「新夢」、26年「少年漂泊者」、27年「鴨緑江上」「短褲党」を発表。四・一二クーデター後に武漢へ移り、28年知り合った楊邨人らと太陽社を結成、「太陽月刊」などを創刊。29年発表の「リーザの哀怨」が中国共産党内外の批判を受け、一時日本へ遊学。30年中国左翼作家連盟設立時に常務委員候補に選ばれたが、同年later共産党を除名される。失意の中で農村革命文学の「咆哮する大地」（30年）を書き上げたが、31年結核により29歳で早世。没後の32年、「咆哮する大地」が「田野の風」と改題・刊行された。共産党初の党員作家で文芸問題で除名された第1号でもある。解放後、名誉回復された。

聶紺弩　じょう・こんど　Nie Gan-nu
中国の作家
1903.1.28～1986.3.26
㊦湖北省京山県　㊣黄埔軍官学校卒
㊧黄埔軍官学校を卒業してモスクワ中山大学に留学し、国民党中央通訊社副主任に就任。1931年渡日したが逮捕・送還される。上海で中国左翼作家連盟に参加、「中華日報」の副刊「動向」を編集して左翼作家に発表の場を提供したほか、自らも執筆活動を行い、魯迅の知遇を得た。国民党との縁故を生かして秘密工作にも携わり、丁玲のソビエト区への脱出にも関与した。抗日戦争中は魯迅芸術学院教授。小説集に「邂逅」（35年）など。文化大革命後「聶紺弩雑集」（81年）など、多数の著書が刊行された。

蕭三　しょう・さん　Xiao San
中国の詩人
1896.10.10～1983.2.4
㊦湖南省湘郷　㊣蕭子暲，筆名＝蕭愛梅　㊤東方労働者大学
㊧湖南第一師範学校で毛沢東と学び、1918年新民学会を設立。20年勤工倹学で渡仏。22年中国共産党に入党してモスクワの東方勤労者共産大学で学び、労働歌「インターナショナル」の中国語訳を行う。24年帰国して革命運動に加わるが、30年よりモスクワで中国左翼作家連盟常駐代表などを務める。39年帰国、延安で魯迅芸術学院編訳部主任。中華人民共和国成立後、61年ソ連のスパイ容疑で審査を受け、67年にはドイツ人で写真家の妻と別々に秦城監獄に収監された。79年名誉回復。ソビエト文学の翻訳が多く、「青年毛沢東」の著書もある。

邵荃麟　しょう・せんりん　Shao Quan-lin
中国の作家，文芸評論家
1906.11.13～1971.6.10
㊦浙江省慈谿県　㊣邵駿運
㊧上海の復旦大学在学中の1926年、中国共産党に入党、共産主義青年団の書記などを務めた。34～37年入獄。抗日戦争中から戦後にかけて、桂林や香港で雑誌の編集や統一戦線工作などに従事。中華人民共和国成立後は中国作家協会副主席兼党組書記に就任、「人民文学」誌の主編も務める。62年大連の農村題材短編小説創作座談会で中間的人物の重視や題材の多様化を主張、64年これが"中間人物論"として公開の批判をあびて失脚した。文化大革命中も迫害を受け、獄中で病死したが、79年名誉回復された。「邵荃麟著作集」（80年）、「邵荃麟評論選集」（81年）がある。

鍾肇政　しょう・ちょうせい　Zhong Zhao-zheng
台湾の作家
1925.1.20～
㊦桃園県　㊣筆名＝九龍，鍾正　㊤彰化青年師範学校（1945年）卒，台湾大学中文系中退
㊧日本植民地時代から教職に就いていたが、1945年学徒動員令に従い、のち徴兵された体験を持つ。74～77年東呉大学講師。戦後第1世代の代表的な作家で、51年中国語で発表した最初の作品「婚後」を発表。代表作に「魯冰花」（62年）、「望春

風」(77年)や、「濁流三部曲」(79年)、「台湾人三部曲」(80年)、「高山三部曲」(87年)など。また、創作の傍ら、安部公房の「砂の女」や三島由紀夫の「金閣寺」などを翻訳のほか、「本省籍作家作品選集」(65年)、「台湾青年文学叢書」(65年)の発行、「革新台湾文芸」「民衆日報副刊」主編などの旺盛な編集活動を続け、台湾文学の継承・発展と新人の発掘・育成に大きな足跡を残す。

焦桐　しょう・とう　Jiao Tong
台湾の詩人
1956〜
⑰高雄　㊗中国文化大学(演劇),輔仁大学大学院(比較文学)
㊟中国文化大学で演劇を学び、輔仁大学大学院で比較文学を研究。編集者を経て、国立中央大学で教鞭を執る。詩集ごとに展開される詩の形式における実験は、日常生活の様々な制度、定型を転覆させ、現実の内部に潜む人間のグロテスクな本質を顕わにする。詩集に「黎明の縁」「完全強壮レシピ—焦桐詩集」など。

蔣方舟　しょう・ほうしゅう　Jiang Fang-zhou
中国の作家
1989〜
⑰中国　㊗清華大学卒
㊟天安門事件の1989年に生まれる。7歳で小説を書き始め、11歳の時に当時タブーだった同性愛に触れた小説を発表して大ヒットし、全国的に名を知られる。清華大学卒業と同時にニュース週刊誌「新周刊」の副編集長に抜擢される。2013年エッセイ集「私は世の辛酸をなめていないと認める」を刊行、15万部のヒットとなる。中国では"天才少女作家"といわれる。

鍾理和　しょう・りわ　Zhong Li-he
台湾の作家
1915.12.15〜1960.8.4
⑰屏東県　㊗長治公学校高等科(1930年)卒
㊟日本植民地時代、村の私塾で漢文を学び、中国の新旧の小説に接し魯迅、巴金らの中国新文学にめざめる。1938年奉天に渡り、職業を転々としながら創作を試み、45年「夾竹桃」を出版。この間、44年同姓不婚の習慣から結婚を反対されていた女性と結婚。46年帰台後も貧苦や病気と闘いながら創作を続けた。生前は認められず、2冊目の作品集「雨」(60年)は死後出版された。ほかに「笠山農場」(61年)、「鍾理和全集」(76年)がある。80年鍾の生涯を描いた映画「原郷人」が好評を博す。高雄県美濃尖山の故居に鍾理和記念館が建設され、台湾現代文学館として利用されている。

ジョヴァンニ, ジョゼ　Giovanni, José
フランスの作家, 映画監督, 脚本家
1923.6.22〜2004.4.24
⑰コルシカ島
㊟両親はコルシカ島でホテル経営をしていたが、15歳の時、一家でシャモテに移る。中等教育の途中で第二次大戦が起こり学業を放棄。対独レジスタンスとして活動し、戦後の混乱期、18歳で犯罪グループに加わる。22歳で死刑判決を受けるが、恩赦で減刑になり、11年後に出所。1958年自身の獄中体験と脱獄に基づくハードボイルド小説「穴」がベストセラーとなり、59年ジャック・ベッケル監督により映画化されセンセーションを呼んだ。以後、「墓場なき野郎ども」「おとしまえをつけろ」「ギャング」「冒険者たち」など発表、次々と映画化され、暗黒小説(ロマン・ノワール)作家の地位を築いた。66年に「生き残った者の掟」で監督としてもデビュー、犯罪映画(フィルム・ノワール)の監督として活躍。60年代後半にスイスに移住し、スイス国籍を取得。97年反目していた父のおかげで死刑を免れたという自身の実体験をまとめ出版、2000年「父よ」として映画化した。

ショヴォー, レオポルド　Chauveau, Léopold
フランスの作家
1870〜1940
⑰リヨン
㊟獣医学校長の息子として生まれ、のちパリに出て医師となる。アルジェリアでの農場経営、軍医などを経て、第一次大戦終結後は創作活動に専念。アンドレ・ジードやロジェ・マルタン・デュ・ガールと親交をむすび、多数の小説作品を発表。一方、塑像や絵画の制作も行った。息子ルノーに語った物語に、みずから墨一色の挿絵をつけたアルバム(絵入り本)を次々に発表し、ユーモアと機知に富んだ独自の世界を築いた。ナチス・ドイツの侵攻が迫るパリを逃れる旅の途上、ノルマンディーの小村で没した。作品に「年をとったワニの話」「きつねのルナール」などがある。

ジョウバーダオ
→ジウバーダオを見よ

ジョージ, アン　George, Anne
アメリカの作家, 詩人
1927.12.4〜2001.3.14
⑰アラバマ州モンゴメリー　㊕George, Anne Carroll　㊗アガサ賞新人賞(1996年)
㊟教職を経て、作家や詩人として活躍。1993年詩集「Some of it is True」がピュリッツァー賞にノミネートされる。〈おばあちゃん姉妹探偵〉シリーズ1巻「衝動買いは災いのもと」(原題「Murder on a Girls' Night Out」)で96年のアガサ賞新人賞に輝いた。詩集に「Some of It True is True」など。

ジョーシー, イラーチャンドル　Joshī, Ilāchandr
インドのヒンディー語作家
1902.12.13〜1982.12.14
⑰ウッタルプラデシュ州
㊟高等学校を卒業後、家出・放浪する。古典文学、ベンガル・西欧の諸文学に造詣が深かった。ヒンディー語で執筆し、長編「出家」(1941年)、「悪霊と影」(45年)、「自由の道」(50年)、「船の鳥」(55年)、「巡る季節」(68年)、「詩人の恋人」(76年)などがある。

ジョージ, エリザベス　George, Elizabeth
アメリカのミステリー作家
1949.2.26〜
⑰オハイオ州ウォーレン　㊗カリフォルニア大学リバーサイド校卒　㊕アンソニー賞(1989年)、アガサ賞、Le Grand Prix De Littérature Policière(1990年)
㊟高校の教師をしていたが、1988年イギリスを舞台にした貴族出身のトマス・リンリー警部と下層階級出身のバーバラ・ハヴァース巡査部長のシリーズ第1作「そしてボビーは死んだ」を発表。その後、第2作「Payment in Blood(血ぬられた愛情)」(89年)、第3作「Well-Schooled in Murder(名門校 殺人のルール)」と精力的にシリーズを書き続け、第6作「Missing Joseph」は世界的なベストセラーとなった。

ジョージ, ジーン・クレイグヘッド　George, Jean Craighead
アメリカの作家
1919.7.2〜2012.5.15
⑰ワシントンD.C.　㊗ペンシルベニア州立大学卒　㊕ニューベリー賞オナーブック(1960年)、ニューベリー賞(1973年)、ドイツ児童文学賞(ヤングアダルト部門)(1975年)、ニッカーボッカー賞(ニューヨーク図書館協会)(1991年)
㊟ナチュラリスト一家の一員として育つ。1940年代「ワシントンポスト」記者、その後「リーダーズダイジェスト」編集者も務めた。一方、子供向けの物語を中心に100冊以上の本を執筆。代表作「狼とくらした少女ジュリー」(73年)でアメリカで優れた児童文学に贈られるニューベリー賞を受賞したほか、ドイツ、オランダなどの賞にも輝く。91年ニューヨーク図書館協会から与えられるニッカーボッカー賞の初代受賞者。他の作品に「ぼくだけの山の家」「駅の小さな野良ネコ」など。

ジョシポービッチ, ゲイブリエル　Josipovici, Gabriel
フランス生まれのイギリスの評論家, 作家, 劇作家

1940.10.8～
[出]フランス・ニース [名]ジョシポービッチ，ゲイブリエル・デービッド〈Josipovici, Gabriel David〉
[歴]ロシア、東欧、イタリアなどの複雑な血筋を引く。フランスのニースで生まれ、エジプトで育ち、1956年イギリスに移住。63年サセックス大学文学講師、84年非常勤教授。60年以降のモダニズム文芸、メタフィクション評価の動きを代表する評論家で、「世界の本」(71年)などの著作がある。小説に「The Inventory」(68年)、「The Present」(75年)、「The Big Glass」(91年)、戯曲に「Mobius and Stripper」(74年)など。

ジョーシュ・マリーハーバーディー *Jōsh Malīhābādī*
パキスタンのウルドゥー語詩人
1894.12.5～1982.2.22
[出]英領インド・マリーハーバード(インド) [名]Shabbīr Hasan Khān [学]ムハマダン・アングロ・オリエンタル・カレッジ [勲]パドマ・ブーシャン(1954年)
[歴]ジョーシュは号で"情熱"の意。ウルドゥー語の詩人で、インドに生まれるが、1958年パキスタンに移住。自由詩を得意とし、初期にはロマン主義的な傾向が強かったが、20年代中頃からインド独立運動、社会主義の影響を受け、政治的独立や革命の待望を詠んで"革命詩人"と呼ばれた。54年インドの国家勲章パドマ・ブーシャンを受ける。代表作に、詩集「文学の精髄」(22年)、「思想と歓喜」(37年)や自伝「思い出の行列」(70年)などがある。

ジョス，モーラ *Joss, Morag*
イギリスの作家
[賞]CWA賞シルバー・ダガー賞(2003年)
[歴]1997年短編小説コンクールへの入賞をきっかけに作家となる。2003年「夢の破片」でイギリス推理作家協会賞(CWA賞)シルバー・ダガー賞を受賞。他の作品に「The Night Following」などがある。

ジョスリン，セシル *Joslin, Sesyle*
アメリカの児童文学作家
1929.8.30～
[出]ロードアイランド州 [学]マイアミ大学卒，ゴダード大学卒，アンティオッチ大学卒
[歴]「ホリデー」誌や「ウェストミンスター・プレス」で編集アシスタントを務めた後、1950年作家のアル・ハインと結婚。その後、コラムニストを経て、作家業に専念。作品に「ぞうくんのクリスマスプレゼント」など。
[家]夫＝アル・ハイン(作家)

ジョーダン，ペニー *Jordan, Penny*
イギリスのロマンス作家
1946.11.24～2011.12.31
[出]ランカシャー州プレストン
[歴]10代で引越したチェシャーに生涯暮らした。8歳で初めて童話を創作。学生時代から読書を好み、ハーレクインの前身ミルズ＆ブーンのロマンス小説を愛読。結婚後しばらくは大手銀行に勤務したが、退職後は家事の傍ら執筆活動を行い、30代からハーレクイン・ロマンスを数多く発表した。作品に「いいがかり」「闇の向こうに」「ブラックメイル」「情熱は罪」「恋の代役」「青きフィヨルド」「愛の輪舞」「愛なき結婚」「A Secret Disgrace」(遺作)など。1999年初来日。

ジョーダン，ロバート *Jordan, Robert*
アメリカの作家
1948.10.17～2007.9.17
[出]サウスカロライナ州チャールストン [名]リグニー，ジェームズ・オリバー(Jr.)〈Rigne, James Oliver〉 別筆名＝オニール，レーガン〈O'Neal, Reagan〉
[歴]ベトナム戦争から帰還後、初めて書いたファンタジーが出版者の目にとまり、レーガン・オニールなどいくつかの筆名でウエスタンやSF、ファンタジーなどを発表。ファンタジー小説〈時の輪〉シリーズでベストセラー作家の仲間入りし、同シリーズでたびたびベストセラーに名を連ねた。

ジョバンニ，ニッキ *Giovanni, Nikki*
アメリカの詩人
1943.6～
[出]テネシー州
[歴]黒人解放運動に従った1960年代を経て、70年代アメリカを代表する詩人の1人として注目を集めるようになる。とりわけ黒人霊歌を伴奏とする自作詩の朗読活動は幅広い聴衆に熱狂的に受け入れられた。第1詩集「Black Feeling, Black Talk/Black Judgement」(68年)以下何冊かの詩集のほか、自伝的エッセイ「Gemini」(71年)や黒人作家ボールドウィンとの対談をまとめた本がある。

ショーミン，ヴィターリー・ニコラエヴィチ *Syomin, Vitaliy Nikolaevich*
ソ連の作家
1927.6.12～1978.5.10
[出]ロストフ(ロシア) [学]ロストフ教育大学中退，タガンログ教育大学(1956年)卒
[歴]第二次大戦中の1942年、ドイツ軍に拉致されドイツの収容所で強制労働に従事させられる。45年帰国後はロストフ教育大学に学ぶがドイツ滞在が経歴上の汚点となり、卒業を前にして退学処分を受けた。56年タガンログ教育大学の通信制課程を卒業。60年短編集「ツィムリャの嵐」で作家デビュー。以後、中編「つばめ星」(63年)、「鉄道まで120キロ」(64年)、「場末街の七人」(65年)などを次々と発表、60年代の新しいソ連文学の旗手として注目された。他の作品に「わが老婆たち」(66年)、「主人」(68年)など。

ジョリー，エリザベス *Jolley, Elizabeth*
イギリス生まれのオーストラリアの作家
1923.6.4～2007.2.13
[出]イギリス・ウェストミッドランズ州バーミンガム [名]ジョリー，モニカ・エリザベス〈Jolley, Monica Elizabeth〉
[歴]バーミンガムのクエーカー教の寄宿学校、およびヨーロッパで教育を受け、1959年西オーストラリア州パースへ移住。同地で看護師、教師などを様々な職業に就いた後、作家生活に入る。76年処女作の短編集「5エーカーの未開墾地」を発表。82年「エイジ」ブック賞を受賞した「スコウビィ氏のなぞ」を出す。他に長編小説「クレアモント通りの新聞」(81年)、「ランプのかさの中の女」(83年)、「ピーボディ嬢の遺産」(83年)、「泉」(86年)、「父の月」(89年)などがある。ABC放送のラジオドラマを多数執筆した。

ジョルダーノ，パオロ *Giordano, Paolo*
イタリアの物理学者，作家
1982.12.19～
[出]トリノ [学]トリノ大学大学院博士課程修了 [賞]ストレーガ賞(2008年)，カンピエッロ文学新人賞(2008年)
[歴]素粒子物理学が専門の物理学者。学位論文で多忙な時に小説を書き始める。2008年デビュー長編「素数たちの孤独」がイタリアでは異例の200万部を超えるベストセラーとなり、ストレーガ賞、カンピエッロ文学新人賞など、数々の文学賞に輝いた。他の作品に「兵士たちの肉体」など。

ショーレム・アレイヘム *Sholem-Aleikhem*
ウクライナ生まれのイディッシュ語作家
1859.2.18～1916.5.13
[出]ウクライナ・ペレヤスラフ [名]Rabinowitz, Solomon J.
[歴]少年時代から文才を示し、ジャーナリストを経て作家生活に入る。当時特殊用語と軽視されていたイディッシュ語で書き続け、また、年刊「イディッシュ人民文庫」(1888年)を発行し、ユダヤ文学興隆に寄与した。ロシア圧制下の小村落に住むユダヤ庶民の過酷な生活を、ユーモアと哀愁あふれる詩的な文章で描いているのが特徴で、代表作に「メナヘム・メンデル」(92～95年)、「牛乳屋テビエ」(94年)などがある。「牛乳屋テビエ」はのちに「屋根の上のバイオリン弾き」としてミュー

ジカル化され、大ヒットした。この間、1905年のユダヤ人虐殺事件後、アメリカに移住するが、作家として成功せず、ジュネーブに帰る。その後肺を患い、ヨーロッパ各地で療養。14年第一次大戦勃発でニューヨークへ再移住した。

ショーロホフ, ミハイル　*Sholokhov, Mikhail Aleksandrovich*
ソ連の作家
1905.5.24〜1984.2.21
㊗ヴョーシェンスカヤ村　㊥ノーベル文学賞（1965年）, スターリン賞（1941年）, レーニン賞（1960年）
㊣ウクライナ地方ドン河畔でコサックの中に育ったがコサック出身ではない。1918年ボグチュールの中学在学中に国内戦に遭い, 赤衛軍の食糧調達委員としてドン地方で転戦した。20年代はじめに共産党入党。教員, 農村通信員, 石工, 積荷人夫などの職に就きながら, 国内戦の禍中におかれた時期のドン・コサックの生活を扱った短編を20作余り書いた。この時期の中短編「ほくろ」「食糧委員」「牧童」「子馬」などは, 26年に出版された作品集「ドン物語」「るり色の広野」に収録されている。28年に革命という激動期における民衆の動きを大きな流れの中でとらえた傑作長編「静かなドン」第1部を発表, 以降14年かけて4部作を完結させている。32年第2の大作「開かれた処女地」の第1部を発表。37年最高会議代議員, 39年には科学アカデミー会員に選出された。第二次大戦中, 従軍作家として, 短編, 長編「彼ら祖国のために戦えり」（43〜44年, 未完）のほかルポルタージュ「憎しみの教訓」（42年）などを書いた。戦後は「人間の運命」（56年）や「開かれた処女地」第2部（60年）を執筆。61年第22回ソ連邦共産党大会で中央委員となる。ゴーリキーに次ぐソビエト最高の作家として遇され, 広く世界各国の人々に読まれた。「静かなドン」は1・2巻発表直後から度々盗作論争が起きている。66年に3週間, 日本を訪れたことがある。

ジョン・ミンヒ　全 民熙　*Jeon Min-hee*
韓国の作家
㊛全 民熙　㊤建国大学政治外交科卒
㊣韓国民族芸術人総連合の研究員として勤務。1999年400万というパソコン通信史上最高の照会数を達成した長編小説「歳月の石」で作家デビュー。次に発表した〈ルーンの子供たち〉シリーズは, オンラインゲーム「テイルズウィーバー」として開発され, 大きな話題を呼んだ。他に「ArcheAge年代記」「もみの木と鷹」「相続者たち」などの作品を発表。韓国を代表するファンタジー作家。

ジョング, エリカ　*Jong, Erica*
アメリカの作家, 詩人
1942.3.26〜
㊗ニューヨーク・マンハッタン　㊤音楽美術高等学校, コロンビア大学バーナード・カレッジ卒
㊣高級陶磁器の輸入業者を父として, 裕福なユダヤ系の家庭に育つ。長じてニューヨーク市立大学で教鞭を執る傍ら, 大学院に進み修士号を取得する。1966年から69年にかけて, 徴兵勤務中の中国系アメリカ人で児童精神科医である2度目の夫, アラン・ジョングとともにドイツのハイデルベルクで暮らす。大学時代に詩作を開始。作品に「Fruits and Vegetables（果物と植物）」（71年）や「Loveroot（愛の根）」（75年）などがあり,〈垂直に女である〉詩を謳いあげている。71年頃より小説を書き始め, 73年自伝的要素の強い処女小説「飛ぶのが怖い」を発表。たちまちセンセーショナルなベストセラー作家となった。爽快で知的なポルノグラフィーともいうべき, きわめてアメリカ的な小説で, 一個の女の精神と性の放浪が描かれている。他に「あなた自身の生を救うには」（77年）「ファニー」（80年）「パラシュートとキス」（84年）などがある。

ジョンケ, ティエリー　*Jonquet, Thierry*
フランスの作家
1954〜2009
㊗パリ　㊤パリ大学クレテイユ校

㊣哲学を学んだのち, セラピストとなる。1982年「Mémoire en cage」で作家デビュー。実際の事件や出来事を題材に小説を執筆し, フランス・ハードボイルドの代表的な作家となる。代表作に「蜘蛛の微笑」（のち「私が, 生きる肌」に改題）など。同書はフランスのみならず, 英米でも高く評価され, ペドロ・アルモドバル監督によって映画化された。

ジョーンズ, V.M.　*Jones, V.M.*
ザンビア生まれの作家
1958.8.23〜
㊗ザンビア・ルアンシャ　㊛Jones, Victoria Mary　㊤ケープタウン大学　㊥ニュージーランド・ポスト児童書賞（児童書部門・最優秀処女作賞）
㊣ジンバブエで教育を受け, 南アフリカのケープタウン大学で英語, 考古学, 文化人類学の文学士号を取得。1995年ニュージーランドのクライストチャーチ市に移り住む。2002年から執筆活動を開始。デビュー作「バディーたいせつな相棒」（同年）で, ニュージーランド・ポスト児童書賞の児童書部門と最優秀処女作賞のダブル受賞に加え, エスター・グレン賞候補作にも選ばれた。

ジョーンズ, ジェームズ　*Jones, James*
アメリカの作家
1921〜1977
㊗イリノイ州ロビンソン　㊤ハワイ大学　㊥パープル・ハート勲章　全米図書賞（1952年度）
㊣高校卒業後ハワイ師団へ入隊。その経験を基に, 1951年ハワイ駐屯部隊の人間模様を描いた「地上より永遠に」で作家デビュー, 大ベストセラーとなり, 53年映画化される。62年に執筆した「シン・レッド・ライン」は戦争文学の最高傑作として世界中で絶賛され, 64年アンドリュー・マートン監督が「大突撃」として映画化し, 98年にもテレンス・マリック監督により映画化された。旺盛かつパワフルな筆力は高く評価された。他の作品に「逃げてきたやつ」（57年）,「口笛」（78年）などがある。

ジョーンズ, スザンナ　*Jones, Susanna*
イギリスのミステリー作家
1967〜
㊗ヨークシャー州　㊤ロンドン大学（演劇）卒, マンチェスター大学大学院　㊥ジョン・ルウェリン・リース賞（2001年）, CWA賞ジョン・クリーシー記念賞（2001年）
㊣大学では"劇場の起源"というテーマで研究し, 能や日本の伝統文化, 仏教を学ぶうちに日本全般に興味を持つ。大学卒業後日本の文部省の制度に参加して, 名古屋の高校で1年間英語教師を務め, 1994年再来日して千葉県の中学校と高校で2年間英語を教える。再び帰国して大学院で1年間創作コースを学び, 3度目の来日では2年間NHKラジオなどで働く。2001年東京を舞台にした小説「アースクエイク・バード」でデビュー, イギリス推理作家協会（CWA賞）最優秀新人賞であるジョン・クリーシー記念賞を受賞。他の著書に「睡蓮が散るとき」がある。

ジョーンズ, ダイアナ・ウィン　*Jones, Diana Wynne*
イギリスの児童文学作家
1934〜2011.3.26
㊗ロンドン　㊤オックスフォード大学セントアンズ校卒　㊥ガーディアン賞（1978年）
㊣子供の頃から古典に親しみ, オックスフォード大学セントアンズ校では「指輪物語」で知られるトールキンに師事。大学卒業と同時に結婚。3人の息子の母親となってから執筆活動を始め, 1974年「ウィルキンズの歯と呪いの魔法」を発表以後, 次々と本格的なファンタジーを発表。90歳の老婆に姿を変えられてしまった少女ソフィーと, 本気で人を愛することができない魔法使いハウルを描いた「魔法使いハウルと火の悪魔」は, 2004年宮崎駿監督によって「ハウルの動く城」としてアニメ映画化された。他の著書に「魔女集会通り26番地」「いたずらロバート」「バビロンまでは何マイル」などがある。

シ

ジョーンズ, デービッド *Jones, David*
イギリスの詩人, 画家
1895.11.1～1974.10.28
[出]ケント州ブロックリー　[名]ジョーンズ, ウォルター・デービッド・マイケル〈Jones, Walter David Michael〉　[学]キャンバーウェル美術学校, ウェストミンスター美術学校　[賞]ホーソーンデン賞（1938年）, ボーリンゲン賞（1960年）
[歴]父は北ウェールズ出身の印刷工、母は画家。キャンバーウェル美術学校、ウェストミンスター美術学校で学ぶ。1915年から第一次大戦に従軍、16年マメスの森で負傷した。21年美術家のエリック・ギルに弟子入り、24年にはその娘と婚約したが破談となり、以後独身を貫く。主に版画や水彩画を制作し、コールリッジの「老水夫行」のための銅版画10点（29年）が美術家としての代表作。一方、37年処女作で、自らの戦争体験をモダニズム的な手法で結実させた叙事詩「括弧に入れて」を発表。T.S.エリオットやジョイスの影響を大きく受けた同作は、エリオットから“天才の作品”と賞された。52年の長編詩「アナシーマタ（聖別されたもの）」もW.H.オーデンから“今世紀に英語で書かれた最高の長詩”との評価を得た。遺稿「ローマの石切り場その他の連詩」（81年）、評論集「時代と芸術家」（59年）などもある。

ジョーンズ, トム *Jones, Thom*
アメリカの作家
1945～
[出]イリノイ州　[学]ワシントン大学卒, アイオワ大学創作科卒　[賞]O.ヘンリー賞（1993年）
[歴]海兵隊員、ボクサー、広告コピーライター、門番などを経て作家の道へ。「PLAYBOY」のほか「ニューヨーカー」「エスクァイア」「ミラベラ」などに作品を発表。Houghton Mifflin社刊の「ベスト・アメリカン・ショート・ストリーズ」に1992年版から連続で採り上げられている。主な作品に短編集「Cold Snap（コールド・スナップ）」（95年）、「拳闘士の休息」がある。

ジョーンズ, リロイ
→バラカ, アミリを見よ

ジョンストン, ジェニファー *Johnston, Jennifer*
アイルランドの作家
1930.1.12～
[出]ダブリン　[学]トリニティ・カレッジ　[賞]ウィットブレッド賞（1979年）, ジャイルズ・クーパー賞（1989年）, ジュゼッペ・アチェルビ賞（2003年）, アイルランドPEN賞（2006年）, アイルランド図書賞（2012年）
[歴]父は劇作家のデニス・ジョンストン。ダブリンのトリニティ・カレッジに学ぶ。1972年「船長と王」で作家デビュー。「バビロンまで何マイル」（74年）、「古臭い冗談」（79年）、「鉄道駅の男」（85年）など作品の多くが映画化される。他の作品に「手品師」（95年）、「The Gingerbread Woman」（2000年）などがある。長年デリーに暮らす。
[家]父＝デニス・ジョンストン（劇作家）

ジョンストン, ジョージ・ヘンリー *Johnston, George Henry*
オーストラリアの作家, ジャーナリスト
1912.7.20～1970.7.22
[出]ビクトリア州メルボルン　[名]筆名＝マーティン, シェイン〈Martin, Shane〉
[歴]メルボルンの電鉄労働者の家に生まれ、同地のナショナル・ギャラリー美術学校で学んだ後、ジャーナリストの道に進む。第二次大戦中は従軍記者としてアジア報道に従事。戦後はジャーナリズムに戻り、ロンドンで働いた後、ギリシャのイドラ島に暮らす。1954年専業作家となった。自伝的3部作「兄のジャック」（64年）、「きれいな麦藁を無料で」（69年）、「荷馬車一台分の粘土」（71年, 没後刊）で知られ、ドキュメントもののほかに生活のため大量の読み物を書いた。

ジョンストン, ティム *Johnston, Tim*
アメリカの作家
1962～
[出]アイオワ州　[学]アイオワ大学, マサチューセッツ大学アマースト校　[賞]キャサリン・アン・ポーター賞（2009年）, O.ヘンリー賞
[歴]2002年ヤングアダルト小説「Never So Green」を発表。09年に刊行された短編集「Irish Girl」でキャサリン・アン・ポーター賞を受賞。初の本格スリラー「ディセント生贄の山」はO.ヘンリー賞に輝き、全米でベストセラーとなった。メンフィス大学で創作の授業の教鞭も執る。

ジョンストン, デニス *Johnston, Denis*
アイルランドの劇作家
1901.6.18～1984.8.8
[出]ダブリン　[名]ジョンストン, ウィリアム・デニス〈Johnston, William Denis〉　[学]ケンブリッジ大学クライスツ・カレッジ, ハーバード大学ロースクール
[歴]ケンブリッジ大学クライスツ・カレッジ、ハーバード大学ロースクールに学ぶ。1929年愛国者ロバート・エメットを主人公とした「老婦人は否と言う」を発表し、表現主義的手法を駆使した作品で好評を得る。32年「黄河の月」は代表作となり、その後も「一角獣の花嫁」（33年）、「嵐の歌」（34年）と次々と作品を発表。第二次大戦中の42～45年、中東やヨーロッパでBBCの従軍記者を務めた。他の作品に「夢見る肉体」（40年）、「鎌と夕映え」（58年）など。
[家]娘＝ジェニファー・ジョンストン（作家）

ジョンソン, アダム *Johnson, Adam*
アメリカの作家, 英文学者
1967.7.12～
[出]サウスダコタ州　[学]アリゾナ州立大学（ジャーナリズム）, ルイジアナ州立マクニーズ大学（創作・英文学）, フロリダ州立大学（英文学）博士号（英文学, フロリダ州立大学）　[賞]ピュリッツァー賞（フィクション部門）（2013年）
[歴]高校卒業後、アリゾナ州立大学に入学。ジャーナリズムの学位を修めた後、ルイジアナ州立マクニーズ大学で創作と英文学の修士号、フロリダ州立大学で英文学の博士号を取得する。1999年スタンフォード大学のウォレス・ステグナー・フェローシップに参加。修了後、同大で講師となり、学部生に創作を教える。のち同大英文学科准教授。2002年春に出版されたデビュー短編集「トラウマ・プレート」は、「サンフランシスコ・クロニクル」紙でbest books of that yearに選ばれるなど高い評価を受ける。03年には初の長編小説「Parasites Like Us」を発表、好評を博す。12年「半島の密使」を刊行し、13年ピュリッツァー賞フィクション部門賞を受賞。

ジョンソン, キジ *Johnson, Kij*
アメリカの作家
1960～
[出]アイオワ州　[賞]ヒューゴー賞, ネビュラ賞短編賞（2009年）, 世界幻想文学大賞, スタージョン記念賞
[歴]1988年作家デビューして以来、ヒューゴー賞、ネビュラ賞、世界幻想文学大賞、スタージョン記念賞など、多数の賞に輝く。現代SF・ファンタジー界きっての短編の名手として熱烈な支持を集める。小説・コミックの編集者や、カンザス大学SF研究センターの創作講座講師を務めた経験もある。

ジョンソン, ジョージ・クレイトン *Johnson, George Clayton*
アメリカのSF作家, 脚本家
1929.7.10～2015.12.25
[出]ワイオミング州バーン
[歴]中学3年で学校を中退。1959年テレビドラマ「ヒッチコック劇場」の1エピソードで脚本家として脚光を浴びる。小説ではSF短編を得意とする作家で、雑誌「プレイボーイ」「ローグ」などを発表舞台とした。その後、ロサンゼルスの脚本家養成学校に入学。SFドラマ「ミステリー・ゾーン」に複数のストー

リーを採用され、その1エピソード「Kick the Can」(62年)はスティーブン・スピルバーグ監督「トワイライトゾーン/超次元の体験」(83年)の1話として映画化もされた。映画「オーシャンと十一人の仲間」(60年)の原作者でもあり、67年にウィリアム・F.ノーランとの共著で発表したSF「ローガンの逃亡」も「2300年未来への旅」(76年)として映画化された。他にテレビドラマ「スター・トレック」(66年)の第1エピソードや、アニメ映画「イカロス」(62年)の脚本などを手がけた。

ジョンソン, チャールズ *Johnson, Charles*
アメリカの作家
1948〜
[出]イリノイ州エバンストン [学]南イリノイ大学(ジャーナリズム論)卒, 南イリノイ大学大学院(哲学) 芸術学修士 [賞]全米図書賞(1990年)
[歴]大学在学中から漫画などの創作を始める。文筆活動の傍ら1975年からワシントン大学で文学批評、長短編小説創作の教鞭を執る。90年奴隷貿易の差別を描いた小説「ミドル・パッセージ(中間航路)」で黒人としては約40年ぶりに全米図書賞を受賞。日本文学にも造詣が深い。91年講演のため来日。著書に「Faith and the Good Thing」(74年)「Oxherding Tale」(82年)など。

ジョンソン, デニス *Johnson, Denis*
ドイツ生まれのアメリカの作家, 詩人
1949.7.1〜2017.5.24
[出]西ドイツ・バイエルン州ミュンヘン(ドイツ) [名]Johnson, Denis Hale [学]アイオワ大学卒 [賞]O.ヘンリー賞(2003年), 全米図書賞, ニューヨーク・タイムズ年間優秀図書
[歴]ミュンヘンで生まれ、フィリピンや日本、ワシントンD.C.で育つ。ジミ・ヘンドリックスのギターに影響を受けて文章を書き始めたという。1983年小説「Angels」で作家デビュー。以来、核戦争後の近未来や、暴力とドラッグに染まった現代アメリカ社会の裏面を精力的に描く。アメリカの地方都市の薬物中毒者らを描いた短編集「ジーザス・サン」(92年)で注目された。代表作「煙の樹」は2007年全米図書賞を受け、「ニューヨーク・タイムズ」年間最優秀図書にも選ばれた。

ジョンソン, パメラ・ハンスフォード
Johnson, Pamela Hansford
イギリスの作家, 批評家
1912.5.29〜1981.6.19
[出]ロンドン郊外クラパム [名]Johnson, Pamela Helen Hansford
[歴]11歳で父を失い貧困な少女期を送る。16歳から数年間銀行秘書として働く傍ら、独学して若い作家たちと親交を結ぶ。処女作「このベッドがお前の中心」(1935年)の題名は恋愛関係にあったディラン・トーマスによって与えられた。50年作家で物理学者のC.P.スノウと結婚、さらに小説とノンフィクションを書き続けた。戦後のロンドンの様相や、人間関係の織りなす人生の複雑さを描いた。他の著書に「石の通り」(47年)、「不可能な結婚」(54年)、「最後の手段」(56年)、「夜と静寂、ここにいるのはだれか」(63年)、「焚き火」(81年)など。劇作、批評などもある。
[家]夫=C.P.スノー(作家・物理学者)

ジョンソン, B.S. *Johnson, Bryan Stanley*
イギリスの作家, 詩人
1933.2.5〜1973.11.13
[出]ロンドン [学]ロンドン大学キングズ・カレッジ卒 [賞]グレゴリー賞, サマセット・モーム賞(1967年), 世界短編映画祭グランプリ(1968年)
[歴]処女作でT.S.エリオットに認められ、グレゴリー賞を受賞。のち次々に実験小説風の作品を発表し、3作目の「トロール船」(1966年)でサマセット・モーム賞を受賞。他に「不幸な人びと」(69年)などがある。ジョイス、ベケットの後継者として脚光を浴び、創作活動は小説のみにとどまらず、戯曲や詩作品にも及んだ。また映画・テレビ作品も手がけ、自ら監督も務めた。68年世界短編映画祭でグランプリを受賞した。

ジョンソン, リントン・クウェシ *Johnson, Linton Kwesi*
ジャマイカ生まれのイギリスの詩人, レゲエ歌手
1952〜
[出]ジャマイカ
[歴]11歳のときイギリスに移住。カレッジ在学中から政治的な活動家になりイギリス・ブラック・パンサー党に入党。その後も詩人としての活動の傍ら、黒人運動組織レイス・トゥデイ・コレクティブに加わり、人種差別反対運動を続ける。詩人としては、詩集「ボイセズ・オブ・ザ・リビング&ザ・デッド」「イングラン・イズ・ア・ビッチ」などを発表、またこれらの詩集に収められた作品をレゲエ・バンドをバックに朗読し、黒人たちの生活、体験、実感をうたっている。1985年このポエムリーディング・コンサートのため初来日。

シーラッハ, フェルディナント・フォン
Schirach, Ferdinand von
ドイツの作家, 弁護士
1964〜
[出]西ドイツ・ミュンヘン(ドイツ) [賞]クライスト賞(2009年), ドイツCDブック賞ベスト朗読賞(2010年), 本屋大賞翻訳小説部門第1位(2012年)
[歴]ナチ党全国青少年最高指導者バルドゥール・フォン・シーラッハの孫。1994年からベルリンで刑事事件弁護士として活躍。2009年小説「犯罪」で作家デビュー。ドイツで大ベストセラーとなり、クライスト賞など多くの文学賞を受賞。12年に「Gluck」(邦題:犯罪「幸運」)として映画化もされる。日本では、12年本屋大賞翻訳小説部門第1位を受賞した。10年には「罪悪」がドイツCDブック賞ベスト朗読賞を受賞した。他の作品に、「コリーニ事件」(11年)、「カールの降誕祭(クリスマス)」(12年)など。
[家]祖父=バルドゥール・フォン・シーラッハ(政治家)

ジラヒ, ラヨシュ *Zilahy, Lajos*
ハンガリーの作家, 劇作家
1891.3.27〜1974.12.1
[出]ナジサロンタ [学]ブダペスト大学法科卒
[歴]第一次大戦で負傷後、編集者となり、やがて文筆生活に入る。「瀕死の春」(1922年)、大戦後の農村を描く戯曲「陽は照る」(24年)や「二人の捕虜」(27年)で流行作家となる。35年民衆派作家と政府との妥協を試み、"新精神戦線"を主唱。39年映画会社ペガサスを設立する一方、40〜44年「ヒード(橋)」誌を編集。第二次大戦後、ハンガリー・ソ連文化協会会長を務めたが、48年アメリカへ亡命。小説「デュカイ家」(48年)、「怒りの天使」(53年)など数編の長編小説を発表。両世界大戦間のハンガリー文壇、劇壇の人気作家だった。映画化作品も多数ある。ユーゴスラビアのノヴィサドで亡くなった。

ジー・リー *Di Li*
ベトナムのミステリー作家
[名]グエン・ジェウ・リン〈Nguyen Dieu Linh〉
[歴]21歳で初めて投稿した小説が、新聞に掲載される。ベトナム初のミステリー・ホラー作家で、2006年に短編2冊を出版、初版は売り切れとなった。初の長編で、07年11月から自身のブログで掲載してきた未完の物語「赤い花の牧場」に結末を加えて09年1月出版、売り切れとなる。その後、作品が英語、フランス語、オランダ語などに翻訳される。

シーリー, メイベル *Seeley, Mabel*
アメリカの作家
1903〜1991
[出]ミネソタ州
[歴]1926〜35年シカゴやミネアポリスでコピーライターとして活躍。38年「The Listening House(耳すます家)」で作家デビュー。メロドラマ風のロマンチック・スリラーが作品の特徴であり、代表作「The Whispering Cup」(40年)や「ドアをあける女」では、共に女性である主人公の、既婚者への恋愛感

情を事件に絡ませている。ラインハート、エバハートの流れを汲む“HIBK(もしも知ってさえいたら)”派の作家として活躍した。

シリトー, アラン *Sillitoe, Alan*
イギリスの作家, 詩人
1928.3.4〜2010.4.25
[出]ノッティンガムシャー州ノッティンガム [賞]作家クラブ賞(1958年), ホーソーンデン賞(1960年)
[歴]下層労働者の息子として生まれる。生活は貧しく、14歳で学校を辞めて自転車工場、ベニヤ板工場などで働くようになる。19歳の頃イギリス空軍に入隊、無電技手としてマラヤに働くが、肺結核を患い、本国で1年半の療養生活を送った。この間に何百冊もの本を読みあさり、創作も始める。1953〜58年ヨーロッパを旅行、スペイン領マジョルカ島に行き、数年を送った。ここで書き上げた処女小説「Saturday Night and Sanday Morning(土曜の夜と日曜の朝)」は58年に発表され、“怒れる若者たち”の一人として一躍脚光を浴びる。のちに映画化もされ、国際的にその名が知られるようになった。若者たちのやり場のない怒りや反抗などを描いた第2作「The Loneliness of the Long—Distance Runner(長距離走者の孤独)」(59年)も同様に好評をもって迎えられ、作家としての地位を不動のものにした。以降、詩集、短・長編、ソビエト旅行記、児童書など多くの作品を生みだした。他の作品に、3部作「ウィリアム・ポスターズの死」「燃える樹」「生命の炎」をはじめ、「扉の鍵」(61年)、「華麗なる門出」(70年)、「渦をのがれて」(87年)、「レナードの戦い」(91年)などがある。

シルキン, ジョン *Silkin, Jon*
イギリスの詩人, 批評家
1930.12.2〜1997.11.25
[出]ロンドン [学]リーズ大学 [賞]ジェフリー・フェイバー記念賞(1966年)
[歴]1947年からジャーナリストとして出発。48〜49年National Service教育団体の教員を務め、50〜55年肉体労働をして働く。その間52年に文芸誌「スタンド」を創刊、編集。ユダヤ人の血を意識して、民族の歴史や自然と動物のあり方をさぐる。56〜58年外国人生徒に英語を教えた。58〜60年リーズ大学の給費特別研究員、62年に卒業し、62〜65年研究員を務めた。アメリカに渡り、詩朗読ツアーをした。オハイオのデニソン大学客員教授を務め、68〜69年アイオワ大学作家研究会で教鞭を執り、74年シドニー大学とオーストラリア芸術協議会で、78年アイダホ大学で客員作家。81年ルイビル大学客員詩人、83年シンシナティ大学付居住詩人、89年アメリカン大学客員詩人、91〜94年筑波大学客員教授などを務めた。作品に詩集「平和な王国」(54年)、「アマナの草」(71年)、「Autobiographical Stanzas」(83年)など。評論に第一次大戦詩人論「戦闘をぬけて」(72年)がある。ほかに戯曲「Gurney」(85年)、詩選集「ペンギン版第一次大戦詩集」(78年)など。

シルコウ, レスリー・マーモン *Silko, Leslie Marmon*
アメリカの作家, 詩人
1948〜
[出]ニューメキシコ州アルバカーキ市 [学]ニューメキシコ州立大学(英文学)(1969年)卒 [賞]シカゴ・レビュー賞(1972年), プッシュカート賞(1974年), ボストン・グローブ・ホーンブック賞(1986年)
[歴]アメリカ・インディアンのラグーナ・プエブロ族、メキシコ人、白人の血をひく。アリゾナ州立大学、ニューメキシコ州立大学などで教鞭を執る。1960年代後半より詩を書きはじめ、74年に処女詩集「ラグーナの女」を出版。また77年には初の長編小説「Ceremony(悲しきインディアン)」を発表した。部族社会に深く根をおろし、現代の対白人・対アメリカ社会の問題を描くことを通して、普遍的な人間の生き方を追求する。サンフランシスコで上演された作品もあるほか、映画脚本の仕事なども手がけている。また、自伝的詩文集「ストーリーテラー」(81年)、小説「死者の暦」などがある。

シールズ, キャロル・アン *Shields, Carol Ann*
カナダの作家
1935.6.2〜2003.7.16
[出]アメリカ・イリノイ州オークパーク [学]ハノーバー・カレッジ, オタワ大学 [賞]ピュリッツァー賞(1995年)
[歴]1976〜77年オタワ大学教授、78〜79年ブリティッシュ・コロンビア大学教授を経て、80年マン大学教授。2000年より同大名誉教授。1977年最初の小説「Orange Fish」を出版。ある女性の人生を通し、愛と孤独を描いた「ストーン・ダイアリー」で93年度のブッカー賞候補となり、94年度ピュリッツァー賞を受賞した。カナダで最も有名な現代作家の一人で、中流層のごく普通の人々をテーマに取り上げた作品で知られた。98年にがんと診断された後も作家活動を続けた。他の作品に「Swan」(87年)、「The Republic of Love」(92年)、「Various Miracles」(94年)、「ジェイン・オースティンの生涯—小説家の視座から」(2000年)などがある。“現代のジェイン・オースティン”とも呼ばれた。

シルバ, ダニエル *Silva, Daniel*
アメリカの作家, テレビプロデューサー
1960〜
[出]アメリカ [学]サンフランシスコ州立大学
[歴]サンフランシスコ州立大学在学中にUPI通信社に臨時で雇われ、その後、正式に入社。CNNに転じるとエグゼクティブ・プロデューサーとして数々のニュース番組や人気トークショーを手がける。在職中の1996年、冒険スパイ小説「マルベリー作戦」で作家デビュー、同作が全米ベストセラーとなり一躍注目を集める。現代を舞台にCIAエージェントが活躍する〈マイクル・オズボーン〉シリーズや〈美術修復師ガブリエル・アロン〉シリーズなどで人気を博す。

シルバスタイン, シェル *Silverstein, Shel*
アメリカの作家, 漫画家
〜1999.5.10
[出]イリノイ州シカゴ
[歴]アメリカ中西部の小さな町に育つ。詩や散文、絵や漫画を描き、歌を作りギターも弾く、いわゆる自由人とも芸術家とも呼ばれる人達の一人。1952年「プレイボーイ」に漫画を描き始め、のち散文や詩を手がける。色鮮やかな絵は大人にも子供にも人気が高く、ほとんどの作品がベストセラーとなり、語呂合わせや駄洒落、もじりなど言葉遊びからできた詩はルイス・キャロルをその代表格とする“ノンセンス文学”の系譜に属するといわれる。シンプルなイラストと文章でアイデンティティーの摸索を綴った絵本「ぼくを探しに」「ビッグ・オーとの出会い—続ぼくを探しに」は日本でもベストセラーとなった。他の作品に「おおきな木」「歩道の終わるところ」「屋根裏の明かり」など。

シルバーバーグ, ロバート *Silverberg, Robert*
アメリカのSF作家
1935〜
[出]ニューヨーク [学]コロンビア大学(1946年)卒 [賞]ヒューゴー賞新人賞(1956年), ネビュラ賞(1972年度), アポロ賞, ジョン・W.キャンベル記念賞特別賞(1972年)
[歴]大学在学中よりプロ作家として活躍、1955年イギリスのSF専門誌「ネビュラ」に短編を発表。56年にヒューゴー賞新人賞を受賞し、以後27ものペンネームを使い分けながら“小説工場”といわれるほど多数の著作を出版。67年を境に、より大胆で実験的かつ成熟した作品を次々発表するようになり、“新しいシルバーバーグ”と世間を驚かした。71年に発表した「禁じられた惑星」で72年度のネビュラ賞長編部門賞を受賞。他の作品に「時の仮面」(68年)、「夜の翼」(69年)など。

ジロドゥー, ジャン *Giraudoux, Jean*
フランスの劇作家, 作家, 外交官
1882.10.29〜1944.1.31
[出]オートヴェエンヌ県ベラック [学]エコール・ノルマル・シュ

ペリウール卒
㋑外務省に入り、対外文化事業部長、情報部長など歴任。第二次大戦勃発と共に情報委員会委員長となり、ナチス攻撃をするが、内閣陣と共に辞任。傍ら、小説、戯曲など作家活動を続け、1928年自作小説を劇化した作品「ジークフリート」がルイ・ジューヴェによって上演され脚光を浴びる。以後、空想と抒情にみちた数多くの戯曲を発表、"ジロドゥー時代"ともいうべき演劇史上一時代を画した。代表作に「間奏曲」「トロイ戦争は起こらない」「エレクトル」「ソドムとゴモラ」「オンディーヌ」「シャイヨの狂女」など。

シローネ, イニャツィオ　Silone, Ignazio
イタリアの作家、ジャーナリスト
1900.5.1〜1978.8.22
㋑アブルッツォ地方　㋑トランクィッリ, セコンド〈Tranquilli, Secondo〉　㋑エルサレム賞(1969年)
㋑1915年故郷イタリア中部アブルッツォの農村を襲った地震によって両親と7人兄弟の5人までを失い、神学校を中退。10代半ばから農民運動に投じ、19歳の若さでイタリア社会党青年部の週刊誌「ラヴァングァルディア」編集長に就任。21年イタリア共産党創設に参加。ファシズム台頭後は地下活動を続けるが、スターリニズムを批判して脱党。この頃から作家活動を始め、30年スイスに亡命。同年故郷の農民の窮状を告発する作品「フォンタマーラ」を書く。次いで発表した「パンとぶどう酒」(37年)はレジスタンス文学の傑作といわれる。母国よりも先に国外で有名になった。ファシズム政権崩壊後に帰国すると、社会党員に転じて党機関紙の主筆を務めるなど政治運動に従事しつつ、作品を発表。文芸・政治誌の編集・論説にも腕を振るい、国際ペンクラブ会長を務めた。他の著書に「独裁者になるために」(38年)、「雪の下の種子」(44年)、「一握の桑の実」(56年)、「ルーカの秘密」(56年)、「貧しい一キリスト教徒の遍歴」(68年)などがある。

シン・ギュホ　申 圭浩　Shin Gyu-ho
韓国の詩人
1939.9.15〜
㋑ソウル　㋑東国大学(国文学)(1963年)卒, 端国大学大学院(1981年)修了 国文学博士(端国大学)(1992年)　㋑後光文学賞
㋑1966年「現代文学」の推薦で文壇にデビュー。80年韓国詩人協会常任委員。一方、漢陽大学講師、仁川大学講師を経て、84年聖潔教神学大学国文学科教授に就任。詩集に「立秋以後」「人よ人よ」「裸足の人」「シャロンの野花」などがある。

シン・ギョンスク　申 京淑　Shin Gyon-suk
韓国の作家
1963.1.12〜
㋑定邑　㋑ソウル芸術専門大学(1984年)卒　㋑韓国日報文学賞(1993年)、本日の若い芸術家賞(1993年)、韓国現代文学賞(1995年)、東仁文学賞(1997年)、李箱文学賞(2001年)、満海文学賞、韓国21世紀文学賞
㋑全羅北道の農村からソウルに出て、働きながら定時制高校に通い、大学に進む。1985年「文芸中央」にて中編小説「冬の寓話」が当選し文壇にデビュー。93年「オルガンのあった場所」で韓国日報文学賞と今日の若い芸術家賞を受賞したのを始め、「深く息するごとに」など各種賞を受賞。94年「深い悲しみ」が大ベストセラーとなり、韓国を代表する人気女性作家に。95年自伝的小説「離れ部屋」を発表、ベストセラーとなり、2005年には日本でも翻訳出版された。他の作品に「昔、家を出るとき」などがある。日韓文学シンポジウムにたびたび参加し、作家の津島佑子らと親交がある。07年津島佑子との往復書簡をまとめた「山のある家 井戸のある家」を出版。08年「母(オンマ)にお願い」を発表、韓国内で180万部のベストセラーとなり、ミュージカルにもなった。11年同著の日本語版が刊行される。

シン・ギョンニム　申 庚林　Shin Kyeong-nim
韓国の詩人
1936.4.6〜
㋑朝鮮・忠清北道中原(忠州)　㋑東国大学英文科卒　㋑万海文学賞(1974年)、怡山文学賞(1990年)、大山文学賞(1998年)、韓国文学作家賞、丹斎文学賞、空超文学賞
㋑1956年「文学芸術」誌に「葦」などの詩を発表して創作活動を始めるが、結核療養のため一時創作から遠ざかる。65年活動を再開、74年処女詩集「農舞」で第1回万海文学賞を受賞。民衆の暮らしに密着したリアリズムと優れた抒情性、伝統的なリズムを採りいれた詩により、韓国現代詩に"民衆詩"の時代を開く。70年代以後は文壇の自由実践運動、民主化運動で重要な役割を果たす。韓国文学作家賞、怡山文学賞、丹斎文学賞、大山文学賞、空超文学賞など受賞多数。

シン, クシュワント　Singh, Khushwant
インドのジャーナリスト、作家、歴史家
1915.2.2〜2014.3.20
㋑ハダーリー(パキスタン・パンジャブ州)　㋑ラホール大学, ロンドン大学キングスカレッジ　㋑パドマ・ブーシャン(2007年)
㋑大学卒業後、弁護士や外交官を経て、1951年からジャーナリズムの世界に入り、「ヒンドゥスタン・タイムズ」紙などの編集長を歴任。80〜86年インド国会議員。一方、「パキスタン行きの列車」(55年)「ナイチンゲールを聞かず」(59年)「首都デリー」(90年)「女性のお仲間」(99年)といった小説を英語で執筆。また、パンジャブおよびシク教史研究の第一人者として知られ、「シク教徒」(52年)「現代のシク教徒」(59年)「パンジャブ王国の滅亡」(62年)「シク教徒史」(全2巻、63年、66年)などの著書がある。90歳を超えても「ヒンドゥスタン・タイムズ」に毎週コラムを執筆した。2007年パドマ・ブーシャンを受ける。

シン, シャロン　Shinn, Sharon
アメリカの作家
1957〜
㋑カンザス州ウイチタ　㋑ウィリアム・L.クロフォード賞(1995年)
㋑カンザス州ウイチタで生まれ、ミズーリ州セントルイスで育つ。雑誌編集者を務める傍ら、ファンタジーやSF小説を書きはじめる。1995年処女長編「魔法使いとリリス」を発表し、優れたファンタジー作品に贈られるウィリアム・L.クロフォード賞を受賞。他の作品に「オーバーン城の夏」などがある。

沈 従文　しん・じゅうぶん　Shen Cong-wen
中国の作家
1902.12.28〜1988.5.10
㋑湖南省鳳凰県　㋑沈 岳煥, 筆名＝小兵, 懋林, 休 芸芸
㋑14歳で軍閥の軍に入る。1922年頃北京に出て胡也頻らと知り合い、創作活動を始める。27年短編「入隊以後」で作家の胡適に認められ、上海で「紅黒」などの雑誌を編集し、各地の大学で教鞭を執る。この間、軍隊での体験を描いた「従文自伝」(30年)や少数民族の生活を題材にした「辺城」(34年)などの作品を発表した。日中戦争後、北京大学教授となるが、人民共和国が成立すると自由主義や非政治性を批判され、自殺を図った。51年自己批判して創作をやめ、故宮博物館で中国の古代陶磁器や服飾史の研究をしていた。78年復活し、作家協会顧問、少数民族作家学会名誉会長を歴任。82年9月社会科学院歴史研究所所員の肩書で来日した。

秦 兆陽　しん・ちょうよう　Qin Zhao-yang
中国の作家、批評家
1916.11.15〜1994.11.22
㋑湖北省黄岡県
㋑抗日戦初期に延安解放区に入り、1943年頃より小説を書き始めた。解放区の農民を描いた短編集「幸福」(51年)や解放後の農村の変貌を描いた「農村散記」(54年)では農民生活を明朗でこまやかに描写。55年「人民文学」誌の副編集長となり、ま

た「文芸報」誌の編集にも携わった。56年に発表した「リアリズム―広い道」が反右派闘争のおり激しい批判を浴びて、以後20年間広西で苦しい生活を送った。文化大革命終結後名誉を回復し、長編「両世代」を執筆、78年に短編集「拾った手紙」を出版。他の作品に童話「ツバメの大旅行」(50年)、長編「田野を、進め！」(56年)など。

ジン, ハ　*Jin, Ha*
中国生まれの作家
1956.2.21～
[出]中国・遼寧省　[名]漢字名＝金 哈　[賞]PEN/ヘミングウェイ賞(1997年), フラナリー・オコナー賞(1997年), 全米図書賞(1999年), PEN/フォークナー賞(2000年・2005年)
[歴]中国人民解放軍に6年間在役。1985年渡米、ブランダイス大学で英米文学の博士号を取得。英語で執筆した「待ち暮らし」で、99年全米図書賞、2000年PEN/フォークナー賞を受賞。また短編小説集「Under the Red Flag」(1997年)でフラナリー・オコナー賞を、「Ocean of Words」でPEN/ヘミングウェイ賞を受賞。エモリー大学で教鞭を執る傍ら、執筆活動を続ける。他の作品に、長編小説「In the Pond」(98年)、「狂気」(2002年)、「自由生活」(07年)、短編集「The Bridegroom」(00年)、「すばらしい墜落」(09年)、詩集「Between Silences」(1990年)、「Facing Shadows」(96年)がある。

秦 牧　しん・ぼく　*Qin Mu*
中国の作家
1919～1992.10.14
[出]広東省澄海県　[名]旧姓名＝林 覚夫
[歴]幼い頃シンガポールにいたが、1932年帰国。45年香港で作家活動に従事、49年から中国作家協会広東分会副主席、「羊城晩報」副編集長、中国共産党第12回党大会代表、広東省文学芸術界連合会主席などを歴任した。半世紀にわたって、多くの散文、小説、戯曲、詩歌や文学論文を発表、主な作品に「秦牧雑文」「貝売集」など。

諶 容　しん・よう　*Shen Rong*
中国の作家
1936.10.3～
[出]湖北省漢口　[名]陳 徳容　[学]北京ロシア語専科学校卒　[賞]全国優秀中編賞
[歴]国民党政府裁判官の父の任地を転々としたが、15歳の時重慶で工作に参加し、書店の店員から「西南工人日報」に転じ投書係を務める。1954年より北京ロシア語専科学校に学び、卒業後ロシア語の翻訳、音楽雑誌の編集をする傍ら、中学校で教鞭を執り、また中央人民放送局に勤務した。文化大革命中は山西、北京の農村に下放。75年第一長編小説「万年青」を出版して創作活動に入り、のち知識人の悩みを描いた「人到中年(北京の女医)」(77～80年)、「太子村の秘密」でそれぞれ全国優秀中編賞を受賞。前者は映画化もされ「人、中年に到るや」の題で邦訳されている。ほかに短編「褪色的信」など多数、ユーモア小説にも健筆を振う。

シンガー, アイザック・バシェビス　*Singer, Isaac Bashevis*
ポーランド生まれのイディッシュ語作家
1904.7.14～1991.7.24
[出]ポーランド・ワルシャワ近郊ラジミン　[賞]ノーベル文学賞(1978年), 全米図書賞(児童文学部門)(1970年), 全米図書賞(小説部門)(1974年)
[歴]ユダヤ人のラビ(ユダヤ教指導者)の息子に生まれ、幼・少年期をロシア領ワルシャワで過ごす。1935年兄で作家のイスラエル・ヨシュアを頼りアメリカに移住。43年アメリカ国籍取得。のちイディッシュ語新聞「フォルヴェルツ」を編集、傍ら小説を同紙に発表。ユダヤに伝わる物語とワルシャワでの体験をないまぜにした不思議な雰囲気をもった作品が多く、それらはすべてユダヤの民衆の言語イディッシュ語で書き、翻訳者と共同英訳した。78年ノーベル文学賞受賞。主な作品に「モスカット一族」(50年)、「Satanin Goray(ゴライの悪魔)」(55年)、子供のための作品に童話集「Short Friday and other stories(短い金曜日)」(64年)や「Zlateh the Goat and Other Stories(やぎと少年)」(66年)、自伝「父の法廷にて」(66年)、「The manor(荘園)」(67年)、「地所」(69年)、「敵、ある愛の物語」(72年)、短編集「羽根の王冠」「ショーシャ」などがある。
[家]姉＝エスター・シンガー(作家), 兄＝イスラエル・ヨシュア・シンガー(作家)

シンガー, イスラエル・ヨシュア　*Singer, Israel Joshua*
ポーランド生まれのイディッシュ語作家
1893.11.30～1944.2.10
[出]ポーランド・ビルゴラ
[歴]ポーランド生まれのイディッシュの作家。父はユダヤ系の聖職者。作家を目指し、ロシア革命後の1918年キエフで文学サークルを結成。ワルシャワに戻った後、第一次大戦後のキエフでジャーナリストとなる。ニューヨークのイディッシュ語新聞「フォルヴェルツ」のワルシャワ特派員の傍ら次々と小説を発表。初期短編集「真珠」(22年)や、「ヨシェ・カルブ」(32年)で好評を博す。33年アメリカに移住した後も同紙への執筆を続けた。代表作に「アシュケナジ兄弟」(36年)、「カルノフスキー家」(43年)などがある。弟はノーベル賞作家のアイザック・バシェビス・シンガー、姉のエスターも作家。
[家]姉＝エスター・シンガー(作家), 弟＝アイザック・バシェビス・シンガー(作家)

シング, J.M.　*Synge, John Millington*
アイルランドの劇作家
1871.4.16～1909.3.24
[出]ダブリン郊外　[学]トリニティー・カレッジ卒
[歴]音楽家を目指してドイツに遊学したが、文学に転じ、フランスで古典劇を研究中、1896年頃パリでアイルランドの詩人・劇作家ウィリアム・イェーツに会い、その勧めで98年アイルランド西岸のアラン島に渡った。島の原始的な農漁民の生活や伝説に学び、この地で5回夏を過ごし、それを素材に戯曲「谷間にて」(1903年)、「海に騎りゆく人々」(04年)、「西の国の人気男」(07年)、紀行文「アラン島」(07年)などを次々発表。作品はダブリンで、第3作以後はアビー劇場で初演され、諷刺的喜劇「いかけ屋の婚礼」(09年)は死後ロンドンで初演された。シェイクスピア以来といわれる作劇術で悲哀とユーモアの混じった独特の詩的世界を構成、アイルランド国民劇場運動の重鎮と仰がれた。04年からアビー劇場の支配人を務めた。

シンクレア, アプトン・ビール　*Sinclair, Upton Beall*
アメリカの作家, 社会評論家
1878.9.20～1968.11.25
[出]メリーランド州ボルティモア　[学]ニューヨーク・シティ・カレッジ卒, コロンビア大学　[賞]ピュリッツァー賞(1943年)
[歴]在学中から小説を書き始め、1906年社会主義的小説「ジャングル」を発表して一躍名声を高める。以後、コロラド州の炭鉱ストライキを扱った「石炭王」(17年)、カリフォルニアの石油利権を暴いた「オイル！」(27年)、サッコ・ヴァンゼッティ事件を取り上げた「ボストン」(28年)など、社会主義作家として精力的に活動。この間、15年にはカリフォルニアに移り、知事選に立候補して落選。40年からは"ラニー・バッド"を主人公とする記念碑的連作小説11巻(「世界の終わり」40年に始まり,「ラニー・バッドの帰還」53年に終る)を発表、20世紀の国際問題、政治問題を浮彫りにした。他に評論「ブラス・チェック」(19年)、「アプトン・シンクレア提供ウィリアム・フォックス」(33年)、自叙伝「アメリカの前哨戦」(32年)などがある。

シンクレア, クライブ　*Sinclair, Clive*
イギリスのユダヤ系作家
1948～
[出]ロンドン　[学]イースト・アングリア大学, カリフォルニア大学サンタ・クルーズ校　[賞]サマセット・モーム賞(1981年)
[歴]ユダヤ系。イースト・アングリア大学、カリフォルニア大

学サンタ・クルーズ校で学ぶ。1981年処女作品集「Hearts Of Gold」でサマセット・モーム賞を受賞、82年イギリスの優秀若手作家20人の一人に選ばれる。他の作品に「Blood Libels」(85年)、「Augustus Rex」(92年)など。

ジンデル, ポール *Zindel, Paul*
アメリカの劇作家
1936〜
[出]スタットン・アイランド　[賞]ピュリッツァー賞(1971年), ニューヨーク劇評家賞
[歴]ニューヨーク州の各地、テキサス州ヒューストンなどを転々と移り住み、劇作家としての地歩を固め、「The Effect of Gamma Rays on Man—in—the—Moon Marigolds」でピュリッツァー賞とニューヨーク劇評家賞を受賞。オフ・ブロードウェイを中心に劇作の世界で活躍する。一方高校で化学の教師も務め、その体験をもとに「The Pigman(高校2年の4月に)」などの青春小説をいくつか発表している。

シンハ, インドラ *Sinha, Indra*
インド生まれのイギリスの作家, コピーライター
1950〜
[出]インド・ボンベイ(ムンバイ)　[学]ケンブリッジ大学(英文学)　[賞]コモンウェルス賞(2008年)
[歴]父はインド海軍の将校、母はイギリス人の作家。ケンブリッジ大学で英文学を専攻。イギリスの大手広告会社でコピーライターを務めた後、作家に転身。1999年初期のサイバースペースの暗部を描いたノンフィクション「The Cybergypsies」を発表。2002年故郷ムンバイを舞台とする小説第1作「The Death of Mr Love」を発表。07年の長編第2作「アニマルズ・ピープル」は、同年のブッカー賞最終候補となり、08年コモンウェルス賞を受賞した。

シンプソン, N.F. *Simpson, N.F.*
イギリスの劇作家
1919.1.29〜2011.8.27
[出]ロンドン　[名]シンプソン, ノーマン〈Simpson, Norman Frederick〉　[学]ロンドン大学バークベック・カレッジ　[賞]オブザーバー劇作賞
[歴]1963年まで成人教育の教師を務め、同年より劇作に専任した。ロイヤル・コート劇場の劇作家の一人で、いわゆる"不条理劇"で知られる。代表作に「オブザーバー」紙劇作賞の「鳴り響く鈴の音」(57年)、「穴」(58年)、ナンセンス文学やアンチ・テアトルの流れの中にある「片道の振子」(59年)、「The Cresta Run」(65年)、「Was He Anyone？」(73年)など。小説に「Harry Bleachbaker」(76年)。テレビドラマも多く手がけた。

シンプソン, モナ *Simpson, Mona*
アメリカの作家
1958〜
[出]ウィスコンシン州　[学]カリフォルニア大学バークレー校卒, コロンビア大学大学院創作科修了
[歴]シリア系。コロンビア大学大学院創作科でラッセル・バンクスに師事。「パリ・レビュー」編集部に籍を置く傍ら、約5年かけて長編小説の第1作「ここではないどこかへ」を完成させ、1986年出版。同作品はアメリカのほか日本でも絶賛され、スーザン・サランドン、ナタリー・ポートマン主演で「地上より何処かで」(99年)として映画化される。その後専業作家となり、続編の「The Lost Father」(92年)を発表。他の作品にアップル・コンピューターのスティーブ・ジョブズをモデルにした「A Regular Guy」(98年)がある。

シンプソン, ルイス *Simpson, Louis Aston Marantz*
ジャマイカ生まれのアメリカの詩人, 作家
1923.3.27〜2012.9.14
[出]ジャマイカ・キングストン　[学]コロンビア大学(1948年)卒, コロンビア大学大学院(1950年)修士課程修了 Ph.D.(比較文学)(1959年)　[賞]ピュリッツァー賞(詩部門)(1964年)
[歴]父はスコットランド人、母はロシア人。1940年渡米、コロンビア大学に入学。43〜45年兵役に就く。大学卒業後、55〜59年コロンビア大学助教授、59〜67年カリフォルニア大学バークレー校教授、67〜91年ニューヨーク州立大学教授を経て、91年名誉教授。著書に詩集「At the End of the Open Road(大道の終わりで)」(63年)、「Adventures of the Letter I(私という文字の冒険)」(71年)、「Selected Poems」(65年, 83年)、「家の所有者：new collected poems 1940-2001」(2003年)などがある。

シンボルスカ, ヴィスワヴァ *Szymborska, Wisława*
ポーランドの詩人, ジャーナリスト
1923.7.2〜2012.2.1
[出]ポズナニ州クルニク　[学]ヤギエウォ大学(1948年)卒　[賞]ノーベル文学賞(1996年), クラクフ市文学賞(1954年), ポーランド国家賞(1955年), ポーランド文化庁賞第2位(1963年), ゲーテ賞(1991年)
[歴]1931年からクラクフに住み、ナチス・ドイツ占領下で詩作を始める。45年新聞紙上に詩編「言葉を探して」を発表し、詩人としてデビュー。52年より週刊誌「文学生活」の編集メンバーに。ナチズム批判の警句的作品で知られるようになる。一時期、社会主義に同調したが、共産党独裁体制に幻滅していき、反権力へと転じた。自主管理労組・連帯が弾圧された80年代初めの戒厳令下では地下出版物への寄稿を続けた。やさしい言葉で人間性を懐疑、皮肉に描きながら、楽観性も保つ独自の詩的世界を持ち、"詩のモーツァルト"とも評された。96年ノーベル文学賞を受賞。詩集に「だからわれわれは生きる」(52年)、「自問」(54年)、「雪男イェティへの呼びかけ」(57年)、「塩」(62年)、「百の慰め」(67年)、「あらゆる場合」(72年)、「偉大な数字」(76年)、「橋の上の人々」(86年)、「終わりと始まり」(93年)、「View With a Grain of Sand」(96年)、「A Moment」(2002年)、「Tutai」(09年)など。

ジンメル, ヨハネス・マリオ *Simmel, Johannes Mario*
オーストリアの推理作家, シナリオライター, 劇作家, ジャーナリスト
1924.4.7〜2009.1.1
[出]ウィーン
[歴]ウィーンのユダヤ人家庭に生まれ、家族の多くがナチスの収容所で命を落とした。青少年時代をイギリスで過ごす。父は化学者で、自身もウィーンで化学を学んでエンジニアとなるが、文学的資質をも合わせ持ち、1945年からはジャーナリストとしても活躍。50年旧西ドイツに移住し、「Michwundert, dass ich so fröhlich bin(こんなに楽しいのが不思議だ)」で作家デビュー。60年「いつもキャビアが要るとは限らない」がベストセラーとなり、ミステリー作家としての地位を確立。作品は国際的にも人気が高く、生涯を通じて全世界で7300万部の著書を売り上げた。うち3000万部は「白い国籍のスパイ」(59年)によるもの。日本語を含む30ケ国語以上に翻訳された。また、映画脚本、戯曲も手がけた。他の作品に「白い逃亡者」「白い影の脅迫者」「暗がりの奴らは見えっこないさ」「ひばりの歌はこの春かぎり」など。

シンメルプフェニヒ, ローラント *Schimmelpfennig, Roland*
ドイツの劇作家, 演出家
1967〜
[出]西ドイツ・ゲッティンゲン(ドイツ)　[賞]エルゼ・ラスカー・シューラー奨励賞(1997年・2010年), シラー記念賞(1998年), ネストロイ演劇賞新人作家賞(2002年), ネストロイ演劇賞最優秀戯曲賞(2009年), ミュールハイム市劇作家賞(2010年), テアター・ホイテ最優秀演劇賞(2010年)
[歴]イスタンブールに滞在後、ミュンヘンで演劇活動を開始。1990年代半ばから、ロマン主義の感覚や映像メディアの手法を取り入れた斬新な演劇テクストを次々に発表、オペラ台本やラジオ放送劇も手がける。99年には新生ベルリン・シャウビューネに参画した。極めて多彩・多作な作家で、現代ドイツ演劇界では指導的立場にあるとされる。演出も手がけ、自ら

唱える“語りの演劇”を実践。作品に「永遠のマリア」(96年)、「春物の服を着た若い女性に仕事はない」(96年)、「町から森へ、森から町へ」(98年)、「5月の長い時を前に」(2000年)、「アラビアの夜」(01年)、「前と後」(02年)、「不思議の国のアリス」(03年)、「昔の女」(04年)、「グライフスヴァルト通りにて」(06年)、「動物三部作」(07年)、「イドメネウス」(08年)、「今ここで」(08年)、「金龍飯店」(09年)など。

【ス】

水天一色　すいてんいっしき　*Shuitianyise*
中国の作家
1981～
[学]北京工業大学コンピューター学部卒
[歴]19歳で本格的に創作を開始し、インターネットサイトに作品を発表し始める。北京工業大学コンピューター学部を卒業後、2006年からミステリー専門誌「推理」の編集者となり、同誌を中心に作品を発表。中国推理小説界の新星として注目される。

スィーミーン・ダーネシュヴァル　*Sīmīn Dāneshvar*
イランの作家, 翻訳家
1922～2012.3.8
[出]シーラーズ　[学]テヘラン大学, スタンフォード大学 博士号(美学, テヘラン大学)(1949年)
[歴]1950年作家のジャラール・アーレ・アフマドと結婚。52年フルブライト奨学金を得てスタンフォード大学で小説技法などを学び、帰国後テヘラン大学の教育スタッフとなり、79年退職。この間、62年に処女短編集「天国のような町」を発表。69年夫の死の追悼を込めて出版した長編小説「服喪式」は空前のベストセラーとなり、一躍作家として名声を得た。また翻訳家としても活躍し、チェーホフ、ホーソン、サロイアンらの他、芥川龍之介の「羅生門」や川端康成の「伊豆の踊子」を翻訳した。
[家]夫＝ジャラール・アーレ・アフマド(作家)

スヴァン, レオニー　*Swann, Leonie*
ドイツの作家
1975～
[出]西ドイツ・バイエルン州ダッハウ(ドイツ)　[学]ミュンヘン大学
[歴]ミュンヘン大学で、情報学、市場・広告心理学、英文学を学んで修士号を取得。また、哲学大学の哲学科で学び、学士号を取得。フリージャーナリスト、リポーター、編集者などを経て、2005年「ひつじ探偵団」で作家デビュー。ドイツの代表的総合誌「シュピーゲル」のベストセラーリストにおいて上位にランクインした。

スウィアジンスキー, ドゥエイン　*Swierczynski, Duane*
アメリカの作家
1972.2.22～
[出]ペンシルベニア州フィラデルフィア
[歴]フリーペーパー「フィラデルフィア・シティペーパー」編集長の傍ら、大学でジャーナリズムを教える。2005年「Secret Dead Men」で作家デビュー。06年に発表した「メアリー－ケイト」はジョー・ランズデールやグレッグ・ルッカといった著名作家から高い評価を得た。アメリカン・コミックの制作にも関わる。他の作品に「解雇手当」がある。

スウィーニー, リアン　*Sweeney, Leann*
アメリカの作家
[出]ニューヨーク州ナイアガラフォールズ
[歴]看護師として長年勤め、1980年より作家を目指す。「猫とキルトと死体がひとつ」から始まる〈A Cats in Trouble Mystery〉シリーズや、私立探偵アビー・ローズが活躍する〈A Yellow Rose Mystery〉シリーズがある。

スウィフト, グレアム　*Swift, Graham*
イギリスの作家
1949.5.4～
[出]ロンドン　[名]Swift, Graham Colin　[学]ケンブリッジ大学(1970年)卒, ヨーク大学卒　[賞]ジェフリー・フェイバー記念賞(1983年), ガーディアン賞(1983年), ウィニフレッド・ホルトビー賞(1983年), ジェームズ・テイト・ブラック記念賞(1996年), ブッカー賞(1996年), ホーソーンデン賞(2017年)
[歴]ケンブリッジ大学、ヨーク大学を卒業。英語教師を経て、1980年「スウィート・ショップ・オーナー」で作家デビュー。83年文芸誌「グランタ」によって、ジュリアン・バーンズ、イアン・マキューアン、サルマン・ラシュディらと“イギリス新鋭作家20傑”に選出された。同年の「ウォーターランド」で作家としての地位を確立、同作でガーディアン賞とウィニフレッド・ホルトビー賞、96年「最後の注文」でブッカー賞を受賞した。他の著書に「この世界を逃れて」(88年)などがある。釣り好きで、友人と釣り文学のアンソロジーを編集した。

スウィンデルズ, ロバート　*Swindells, Robert*
イギリスの児童文学作家
1939～
[出]ブラッドフォード　[賞]チルドレンズブック賞(1990年), カーネギー賞(1993年)
[歴]15歳で地方新聞の校正者となり、その後、王室空軍の僧職、エンジニアなどを経て大学に学び、教師となる。教職の傍ら「闇が来る時」などの作品を発表していたが、1980年から作家に専念。「弟を地に埋めて」で国内で幾つもの賞を受賞。他の作品に「ワールド・イーター 天才少年宇宙を救う」など。

スウェイト, アンソニー　*Thwaite, Anthony Simon*
イギリスの詩人, 批評家
1930.6.23～
[学]オックスフォード大学卒
[歴]1955～57年に東京大学講師。帰国後は、BBCプロデューサーやジャーナリストとして活躍し、「リスナー」誌、「ニュー・ステーツマン」誌文芸編集者を経て、73～85年にわたり「エンカウンター」誌副主筆、次いでアンドレ・ドイッチ社編集顧問を務める。この間、リビア、クウェートでも教壇に立つ。明晰で知的な詩風を特徴とし、また、ブラウニングの影響を受けた80年の「ヴィクトリア時代の声」では劇的独白を用いて注目され、漱石や小泉八雲に仮託した独白を中心とした詩群では日英両文化を知った精神を解き明かした。他の作品に批評「現代イギリス詩」(57年)など、詩集「むきつけの真実」(57年)、「木の上の梟」(63年)、「ペンギン版日本詩集」(64年, 共編)、「狐の分け前」(77年)などがあり、7冊の詩集は「全詩集1953-83」(84年)にまとめられた。
[家]妻＝アン・スウェイト(評伝作家)

スウェイドス, ハーベイ　*Swados, Harvey*
アメリカの作家, 評論家
1920.10.28～1972.12.11
[出]ニューヨーク州バッファロー　[学]ミシガン大学(1940年)卒
[歴]ユダヤ系の医者の家に生まれたが、航空機や自動車を製造する工場労働者となる。第二次大戦中は輸送船通信将校として従軍し、戦後は再び工場に戻る。1950年代中頃から作家として認められ、中産階級出身ながら、終生労働者階級と社会主義に共感を示す。ユダヤ人でもあったのでベロー、マラマッド、ロスらと共に戦後ユダヤ系文学形成の一端を担った。代表作は「不屈の立場」(70年)、「祝賀」(75年, 没後刊)で、他に「灯は消えた」(55年)、「にせもの」(59年)、「遺書」(63年)などの小説のほか、短編集「どっちつかず」(57年)、「テディのための物語、その他」(65年)や、エッセイ集「あるラジカルの見たアメリカ」(62年)などがある。30年代の革命文学を戦後のアメリカに継承した数少ない一人で、アンソロジー「アメリカ作家と大不況」(66年)の編者としても知られる。アイオワ大学、

セアラ・ロレンス大学、コロンビア大学などで教鞭を執り、マサチューセッツ大学在職中に亡くなった。

スウェイン, ジェームズ *Swain, James*
アメリカの作家
[出]ニューヨーク州ハンティントン　[学]ニューヨーク大学卒
[歴]ニューヨーク大学を卒業し、雑誌の編集者、脚本家を経て、広告会社の経営者として成功。2001年「カジノを罠にかけろ(Grift Sense)」で作家デビュー。同作は〈TonyValentine〉としてシリーズ化される。他に〈Jack Carpenter〉シリーズ、〈Billy Cunningham〉シリーズ、〈Peter Warlock〉シリーズなど。カード・マジックとギャンブルの名手でもある。

ズヴェーヴォ, イタロ *Svevo, Italo*
イタリアの作家
1861.12.19〜1928.9.13
[出]トリエステ　[名]シュミッツ, エットレ〈Schmitz, Ettore〉
[歴]少年時代はドイツの寄宿学校で過ごし、この間文学に親しむ。1880年トリエステの銀行で働きながら、新聞に文学評論や劇評などを寄稿し始める。92年最初の長編小説「ある人生」を発表。続く第2作「老境」(98年)も反響がなかったため、一時文学を断念しそうになるが、アイルランドの作家ジェームズ・ジョイスに励まされ、創作を続ける。人間の心理を鋭く突いた第3作「ゼーノの意識」(1923年)で一躍脚光を浴び、文壇に知られる存在となった。精神分析を最初に小説に持ちこんだことで知られる。他の作品に「トリエステの謝肉祭」「老翁の手記」などがある。

スヴェトロフ, ミハイル・アルカジエヴィチ
Svetlov, Mihail Arkad'evich
ソ連の詩人, 劇作家
1903.6.17〜1964.9.28
[歴]ウクライナのエカテリノスラフ(現・ドニエプロペトロフスク)のユダヤ人家庭に生まれる。十月革命後、市民戦やコムソモールの生活を歌う青年詩人として出発。革命、内戦を扱った詩集「軌条」(1923年)、国際的連帯を歌った「グレナダ」(26年)で“コムソモール(共産主義青年同盟)の詩人”と仰がれた。30年代以降は劇作に移ったが、集団農場の現実を鋭くえぐる「僻遠の地」(35年)では「プラウダ」紙の批判を浴びた。第二次大戦中は従軍記者として働き、その後長いブランクを経て、詩集「地平線」(59年)で復活。他の作品に、大祖国戦をテーマとした叙事詩「28人」(42年)、遺作集「狩人の宿」(64年)や、戯曲「ブランデンブルク門」(46年)などがある。

スウェンソン, メイ *Swenson, May*
アメリカの詩人
1919.5.28〜1989.12.4
[出]ユタ州ローガン　[学]ユタ州立大学卒　[賞]ボーリンゲン賞(1981年)
[歴]1954年処女詩集「もうひとつの動物」を発表。地元でジャーナリストを経験したのちニューヨークに出、59〜66年ニュー・ディレクションズ社の編集者を務める。その後詩作に専念する一方、アメリカ、カナダの大学で教える。作品は、鋭い観察力、大胆でイマジスティックな言葉が特徴で、特に図形詩的実験が初期の詩に多い。「半ば太陽半ば眠り」(67年)、「新選現れてくるもの」(78年)などがある。戦後のアメリカで最も傑出した女性詩人の一人。

スウォニムスキ, アントニ *Shonimski, Antoni*
ポーランドの詩人, 劇作家
1895.11.15〜1976.7.4
[出]ワルシャワ　[賞]国家文学賞(1955年)
[歴]ワルシャワのユダヤ系家庭に生まれ、父は医師、曽祖父、祖父とも数学者・発明家として知られた。初め画家を志し、美術評でも活躍。1918年未来派キャバレー“ピカドル”の創設に加わり、20年詩人グループ“スカマンデル”の中心的詩人となる。24年以降第二次大戦開戦まで週刊「文芸ニュース」に劇評、のちフェリエトンも連載。戦争中はパリ、ロンドンで亡命生活を送り、42〜46年月刊「新ポーランド」を主宰。51年帰国、56〜59年ポーランド文学者組合会長を務める。在任中国際ペン総会で来日。詩「ソネット」(18年)や、「詩の時」(23年)、「東へ至る道」(24年)、「遠い旅から」(26年)などの詩集のほか、戯曲「家なき医者」(31年)、「家族」(34年)や、「ヨセフとステファンの間に交わされた祖国愛についての対話」(23年)、「格子のない窓」(35年)、「ドイツ人に与う」(「警報」所収)、ロンドンで出した戦中の「警報」(40年)、長編詩「灰と風と」(42年)などもある。戦後の作品に「新しい詩」(59年)、「58-63年の詩」(63年)、回顧詩集「詩百三十八編」(73年)など。回想記2編もある。自由主義知識人として終始一貫社会批判を行い、晩年は文化界の重鎮として反体制の先頭に立った。

ズオン・トゥー・フオン *Duong Thu Huong*
ベトナムの作家
1947〜
[出]タイビン省　[賞]ベトナム作家協会文芸賞
[歴]ベトナム戦争中は中部の激戦区で大衆文化活動にあたる。戦後作家としてデビュー。同時代の大きな事件を物語にとり込み大胆に現実にきり込んでいくスタイル、強い筆力、詩的でみずみずしい感性の持ち主として脚光をあびる。作品は国際的にも高く評価されているが、1991年反体制的言動により逮捕、作家協会からも除籍処分され、94年8月フランスに出国。95年1月帰国した。作品に「隣人たちの素顔」「夜明け前の恋物語」「無題小説」「虚構の楽園」「愛と幻想のハノイ」などがある。

スカイラー, ジェームズ *Schuyler, James*
アメリカの詩人
1923.11.9〜1991.4.12
[出]イリノイ州シカゴ　[名]Schuyler, James Marcus　[学]ベサニー・カレッジ卒　[賞]ピュリッツァー賞(1981年)
[歴]大学で学んだ後、イタリアに数年間滞在したが、生涯の大半をニューヨークで過ごし、ニューヨーク現代美術博物館に勤務した。「アート・ニューズ」誌ほか文芸雑誌に寄稿し、フランク・オハラ、ジョン・アッシュベリーに認められ、詩集「詩の朝」(1980年)でピュリッツァー賞受賞。ダダイスムやシュルレアリスムの影響から出発したが、やがてポストモダニズムの方向、脱構築の道へと進む。アッシュベリーとの共作劇もある。

スカウ, デービッド *Schow, David J.*
ドイツの作家, 脚本家
1955〜
[歴]ホラー界で活躍し、過激な作風を推し進める“スプラッタパンク”運動の中心的存在に。主な小説作品に「狂嵐の銃弾」、映画脚本家としての作品に「クロウ―飛翔伝説」などがある。

スカボロー, エリザベス・アン *Scarborough, Elizabeth Ann*
アメリカの作家
[出]カンザス州　[賞]ネビュラ賞
[歴]22歳のとき従軍看護師としてベトナム戦争に参加し、1年後に帰国。その後アラスカに居を移し、1982年にユーモラスなファンタジー〈アルゴニア〉シリーズの第1作で作家デビューした。こまれでに長編11作を発表。主な作品に自らの体験をもとにベトナム戦争を描いた「治療者の戦争」など。

スガルドリ, グイード *Sgardoli, Guido*
イタリアの作家
1965〜
[出]ベネト州　[賞]ペンネ賞(児童文学部門)(2007年), イタリア・アンデルセン賞最優秀作家賞(2009年)
[歴]2004年児童文学作家としてデビュー。獣医として働きながら多くの作品を発表。07年「りっぱな兵士になりたかった男の話」でイタリア・アブルッツォ州ペンネ市主催の文学賞であるペンネ賞(児童文学部門)を受賞。09年にはイタリア・アンデルセン賞の最優秀作家賞を受賞した。イタリアで最も人気のある児童文学作家の一人。

スカルパ, ティツィアーノ　Scarpa, Tiziano
イタリアの作家
1963.5.16～
㊗ベネチア　㊥スーペルモンデッロ賞（2008年），ストレーガ賞（2009年）
㊙1996年小説「焼きつく目」を発表。以来、小説をはじめ、評論、エッセイ、詩などを多数発表。イタリアで最も活躍する作家のひとりである。代表作「スターバト・マーテル」でストレーガ賞とスーペルモンデッロ賞を受賞。他の作品に「西洋のカミカゼ」「大切なこと」など。

スカルペッタ, ギイ　Scarpetta, Guy
フランスの作家
1946～
㊙ランス大学で文学と映画の講座を担当する傍ら、小説、エッセイ、美術評論、台本、翻訳と、多方面で活躍。多彩な才能と洗練されたコスモポリタニズムによって読者を集める。「7月14日（サド、ゴヤ、モーツァルト）」では通俗的なフランス革命200年祭に対して、1789年7月14日をサド、ゴヤ、モーツァルトが生きた一日として新たな角度からとらえ直そうとした。他の小説に「イタリア」「抒情的な組曲」、評論に「コスモポリタニズム礼讃」「小説の黄金時代」などがある。

スカルメタ, アントニオ　Skármeta, Antonio
チリの作家
1940.11.7～
㊗アントファガスタ　㊥バルセロナ・カタルーニャ書店組合賞（2000年度）、バンコ・デ・リブロ優良図書（ベネズエラ、2000年度）、グリンザーネ・カヴール賞（2000年）、アルタソール賞（2000年）、メディシス賞（2001年）、ジェーン・アダムズ賞（2001年）、エルサ・モランテ賞（2002年）、ホセ・マリア・アルゲダス物語賞（2003年）、プラネタ賞（2003年）、ユネスコ児童書賞（2003年度）、グスタフ・ハイネマン児童文学平和賞（2004年）
㊙1960年代に作家として華々しくデビューするが、ガルシア・マルケスやバルガス・リョサなどの作家たちの陰に隠れて不遇の時代が続き、ピノチェト軍政時代には、長くドイツでの亡命生活を余儀なくされる。「ネルーダの郵便配達人」（85年）はマイケル・ラドフォード監督により「イルポスティーノ」（94年）として映画化された。他の著書に「ペドロの作文」（98年）、「ビクトリアのダンス」（2003年）などがあり、その作品は25ケ国語に翻訳されている。

スカロウ, アレックス　Scarrow, Alex
イギリスの作家
1966～
㊗イギリス
㊙大学卒業後、ロックギタリストとして活動。その後、グラフィックアーティスト、ゲームデザイナー、脚本家を経て、作家となる。一般書のスリラー小説などを手がけた後、2006年最初の小説「A Thousand Suns」を発表。「タイムライダーズ」は初めてのヤングアダルト小説で、シリーズ化され、世界中でベストセラーとなった。

スキャネル, バーノン　Scannell, Vernon
イギリスの詩人, 作家
1922.1.23～2007.11.16
㊗リンカーンシャー州スピルスビー　㊗リーズ大学
㊙第二次大戦に従軍し、ノルマンディーで負傷。プロボクサーを経てリーズ大学に学ぶ。1955～62年広告業、皿洗い、放浪、教職の間に、フリーの文筆作家となる。「愛の仮面」（60年）、「危機感」（62年）、「冬の男」（73年）など多数の詩集を発表したほか、ボクシングを扱った小説「格闘」（53年）、自伝「虎と薔薇」（71年）、評論「栄光なきにはあらず―第二次大戦の詩人たち」（76年）もある。

スクリパック, マーシャ・フォーチャック　Skrypuch, Marsha Forchuk
カナダの作家
㊗オンタリオ州ブラントフォード　㊗ウェスタン大学
㊙オンタリオ州のウェスタン大学で英文学の学士号を取得。ヨーロッパを旅行した後、大学でライブラリ科学の修士号を得る。1999年初のジュニア小説「The Hunger」が刊行され、高い評価を受けた。他の作品に、戦争の傷跡と向き合う少女を描いた「希望の戦争」などがある。

スーケニック, ロナルド　Sukenick, Ronald
アメリカの作家, 文芸理論家
1932.7.14～2004.7.22
㊗ニューヨーク市ブルックリン　㊗ブランダイス大学
㊙ブランダイス大学で博士号を得、コーネル大学ほか数多くの大学で英米文学と創作を教える。1960年代後半よりポストモダニズム文学が注目されるようになり、ロラン・バルトの"作家の死"を推し進め、"小説の死"を唱える。70年代にフィクション・コレクティブの創設に関わり、その後もその活動に参加する中で、現代アメリカにおけるポストモダニズム小説の中心的存在として目されるようになった。代表的な短編集「小説の死」（69年）では前衛的小説の形式を実践してみせると同時に、その理論も開陳した。小説の形式の重要性を説いた評論集「形式にて」（85年）もある。

スケルトン, マシュー　Skelton, Matthew
イギリス生まれの作家
1971～
㊗ハンプシャー州サウサンプトン　㊗アルバータ大学英文卒, オックスフォード大学 博士号（オックスフォード大学）
㊙イギリスで生まれ、4歳でカナダに引っ越して子供時代をアルバータ州エドモントンで過ごす。アルバータ大学の英文科を卒業し、オックスフォード大学で博士号を取得。1999年「エンデュミオンと叡智の書」で作家デビュー。

スーコー, ルース
→サッコー, ルースを見よ

スコット, ウィンフィールド・タウンリー　Scott, Winfield Townley
アメリカの詩人, 文筆家
1910.4.3～1968.4.28
㊗マサチューセッツ州　㊗ブラウン大学卒　㊥シェリー記念賞（1940年）
㊙「プロビデンス・ジャーナル」誌の編集者として勤めていたが、51年から創作活動に専念する。主な詩集に「トレイマンのための伝説」（37年）、「時計をまけ」（41年）などがある。対象をストレートに表現し、暗いユーモアを湛えた作風で、ホイットマン、サンドバーグの次代を担う詩人と高く評価される。またラブクラフトの顕彰に努めたことでも知られる。

スコット, キム　Scott, Kim
オーストラリアの作家
1957～
㊗パース　㊥マイルズ・フランクリン賞, 西オーストラリア州文学賞
㊙オーストラリア南西の海岸部がルーツのアボリジニ、ヌンガルの人びとを祖先に持つ。長編小説に「True Country」（1993年）、「Benang : From the Heart」（99年）、「That Deadman Dance」（2010年）などがあり、「Benang」と「That Deadman Dance」でマイルズ・フランクリン賞と西オーストラリア州文学賞をそれぞれ2回受賞。11年よりカーティン大学メディア・文化・創造芸術学部の教授を務める。

スコット, ジャスティン　Scott, Justin
アメリカの作家
1944～
㊗ニューヨーク市マンハッタン　㊗筆名＝ブレイザー, J.S.

ギャリスン, ポール

両親ともに作家。様々な職業を経験してから作家として立ち、デビュー作「Manny Happy Returns」でアメリカ探偵作家クラブ賞(MWA賞)にノミネートされる。J.S.ブレイザーやポール・ギャリスンという筆名も持ち、サスペンスものやアクションものにも手をひろげる。1980年代中頃「シップキラー」で作家として地歩を固める。他の作品に「ペンドラゴン・オークション」「シャドー・マフィア」「ロシアン・メッセージ」「ハードスケープ」など。
父=レズリー・スコット(作家),母=リリー・スコット(作家)

スコット, トレヴァー　Scott, Trevor

アメリカの作家
ミネソタ州ダルース　ノーザン・ミシガン大学大学院
海軍では空母に乗艦し、空軍ではミサイル部隊でドイツに駐留した、銃器のプロ。ノーザン・ミシガン大学大学院で創作の修士号を取得。2000年〈ジェイク・アダムズ〉シリーズの第1作「最新鋭機を狙え」で作家デビュー。軍事に関する知識と巧みな筆力に定評があり、〈トニー・カルーソ〉シリーズでも人気を得る。

スコット, ポール　Scott, Paul

イギリスの作家
1920.3.25～1978.3.1
北ロンドン　スコット,ポール・マーク〈Scott, Paul Mark〉
ブッカー賞(1977年)
早くから詩人希望だったが、会計士になるための教育を受ける。1940年召集され、ロンドンのイギリス情報部、43～46年インド陸軍に勤務。60年まで出版社社員となって働き、作家となった。第二次大戦終了前後のインドにおけるイギリス人とインド人の政治的人間的衝突を描き、なかでも"ラージ4部作"の「王冠の宝石」(66年)、「蠍の日」(68年)、「沈黙の塔」(71年)、「戦利品の分配」(75年)で名声を確立。作品はヨーロッパものの2点を挟んだ初期後期のアジアものに分かれる。他の作品に、「ジョニー様」(52年)、「異国の空」(53年)、「戦士の印」(58年)、「サンフェリクの戦い」(64年)、「滞在」(77年)など。

スコット, マーティン　Scott, Martin

イギリスの作家
ストラスクライド州グラスゴー　別名=ミラー,マーティン〈Millar, Martin〉　世界幻想文学大賞(1999年)
高校卒業後、ロンドンで様々な職業を経験したのち、1987年マーティン・ミラーの名前で「ミルクから逃げろ!」を発表し作家デビュー。主にアンダーグラウンド系の小説を執筆。99年マーティン・スコットの名前で初めてファンタジー「魔術探偵スラクサス」を発表し、同年の世界幻想文学大賞を受賞。一躍ファンタジー作家として有名になる。その後同作品をシリーズ化し、人気を博す。他の著書に「ニューヨークに舞い降りた妖精たち」などがある。

スコットライン, リザ　Scottoline, Lisa

アメリカの作家
1955～
ペンシルベニア州フィラデルフィア　ペンシルベニア大学ロー・スクール卒　MWA賞最優秀ペーパーバック賞(1995年)
ペンシルベニア大学で文学士を取得後、同校のロー・スクールを卒業。フィラデルフィアの大手法律事務所の弁護士、控訴裁判所の首席裁判官付きアシスタントを務める傍ら執筆活動を始め、1993年「見られている女」でミステリー作家としてデビュー。同作はアメリカ探偵作家クラブ賞(MWA賞)最優秀ペーパーバック賞にノミネートされ、95年には第2作「最後の訴え」で同賞を受賞。リーガル・サスペンスのベストセラー作家として活躍する。他の著書に「売名弁護」「逃げる女」「逆転弁護」「似た女」「代理弁護」「虚偽証人」などがある。

スコテッラーロ, ロッコ　Scotellaro, Rocco

イタリアの詩人
1923.4.19～1953.12.15
バジリカータ州
南部ルカーニア(バジリカータ)地方の貧しい家庭に生まれ、若年から政治活動に入る。23歳で生地の村長となり、第二次大戦後の南部農民運動に加わった。1950年偽りの告発によって無実の罪に問われ2ヶ月の投獄を体験、その後直接の政治活動から離れたが、53年急逝。獄中で書き始めた自伝的小説「出来損ないのぶどう」(55年)をはじめ、詩集「夜が明けた」(54年)、「雛菊と雛罌粟」(78年)、南部農民の社会的状況に関する探究「南部の農民」(54年)などはすべて没後の刊行であり、戦後ネオレアリズモ文学を代表する一つとされる。

スコフィールド, サンディ　Schofield, Sandy

アメリカのSF作家
単独筆名=スミス,ディーン・ウェスリー〈Smith, Dean Wesley〉ラッシュ,クリスティン・キャスリン〈Rusch, Kristine Kathryn〉
サンディ・スコフィールドは、夫婦であるディーン・ウェスリー・スミスとクリスティン・キャスリン・ラッシュ(1960年～)の共同筆名。ディーンは50以上の短編を出している他、小説「Laying the Music to Rest」ではストーカー賞の年間最優秀ホラー小説の最終選考に残る。クリスティンは、87年「アボリジナルSF」に「Sing」を掲載して作家デビュー。数多くの短編・長編を執筆している。91年サンディ・スコフィールドの共同筆名で小説の共著を始め、〈スタートレック〉シリーズ、〈Aliens〉シリーズなどを発表。87年には夫婦で出版社パルプハウスを設立。短編集を主に良質の本を出版する。

ズコフスキー, ルイス　Zukofsky, Louis

アメリカの詩人、劇作家、作家、評論家
1904.1.23～1978.5.12
ニューヨーク市　コロンビア大学
両親はロシアから移民したリトアニア系ユダヤ人。小学校入学まではイディッシュ語しか話せなかった。1920年代からパウンド、W.C.ウィリアムズ、エイチ・ディーらの影響下で詩作を始める。30年代にジョージ・オッペン、チャールズ・レズニコフらと"客観主義"(オブジェクティヴィズム)の運動を展開、「客観詩アンソロジー」(32年)を編集出版した他、シカゴの「ポエトリー」誌の客観主義詩特集号の編集を手がける。60年代になってレヴァトフ、コーマン、ラゴーらの努力により作品が出版され、認められるに至った。27年から書き始めた長詩「〈A〉」を生涯書き続け、後期は「短詩集」(65年、67年)など音声と活字による実験詩を作り、70年代の"ランゲージ詩"の活動にも影響を与えた。ウィスコンシン大学、ニューヨーク州のコルゲート大学、ニューヨーク市のブルックリン工芸大学などで教えた。

スコルジー, ジョン　Scalzi, John

アメリカの作家
1969～
カリフォルニア州　シカゴ大学(1991年)卒　ジョン・W.キャンベル賞(2006年)、星雲賞(2010年)、ヒューゴー賞(2013年)、ローカス賞(2013年)、星雲賞(2013年)
1991年にシカゴ大学を卒業後、地元の新聞で映画評やコラムを書く仕事に就く。天文学、映画、経済、ゲームなどについてのノンフィクションや記事を様々な媒体で発表。2005年刊行の長編第1作「老人と宇宙」は、ヒューゴー賞、ローカス賞の候補となり、06年ジョン・W.キャンベル賞を受賞、〈老人と宇宙〉シリーズ第3作「最後の星戦」は星雲賞を受賞。10年には「アンドロイドの夢の羊」でも星雲賞を受賞している。12年刊行の「レッドスーツ」では、13年のヒューゴー賞とローカス賞をダブル受賞した。

スコールズ, ケン　Scholes, Ken

アメリカの作家

1968.1.13〜
[出]ワシントン州シアトル　[名]Scholes, Kenneth G.　[賞]ライター・オブ・ザ・フューチャー（2004年），イマジナル賞翻訳部門（2011年）
[歴]2000年作家デビュー。以後、様々なジャンルの短編を発表し、04年ライター・オブ・ザ・フューチャーに選ばれる。09年初の長編「失われた都」を発表、ローカス賞第1長編部門およびデービッド・ゲメル・レジェンド賞候補となり、11年フランスのイマジナル賞翻訳部門を受賞。〈Psalms of Isaak〉としてシリーズ化された。

ズーサック，マークース　*Zusak, Markus*
オーストラリアの作家
1975.6.23〜
[出]ニューサウスウェールズ州シドニー　[賞]オーストラリア児童図書賞，マイケル・L.プリンツ賞オナーブック
[歴]ドイツとオーストリアから移民してきた両親の間にシドニーで生まれる。1999年の「The Underdog」に始まる、自伝的要素の濃い〈ウルフ〉3部作を発表し、ヤングアダルトの作家として注目を浴びる。3部作のうちの「Fighting Ruben Wolfe」と「When Dogs Cry」の2作でオーストラリア児童図書賞のオナーブックに選ばれた。2002年刊行の「メッセージ」で、オーストラリア児童図書賞、マイケル・L.プリンツ賞オナーブックを受賞。05年の「本泥棒」は大人向けに書いた初めての作品で、出版後「ニューヨーク・タイムズ」紙のベストセラーにランクインし、異例のロングセラーを続ける。13年には「やさしい本泥棒」として映画化された。

ズーター，マルティン　*Suter, Martin*
スイスの作家，脚本家，コラムニスト
1948.2.29〜
[出]チューリヒ　[賞]チューリヒ州名誉賞，フランス外国人作家処女長編賞，ドイツ・ミステリー賞（2003年），フリードリヒ・グラウザー賞（2007年）
[歴]コピーライターとして広告会社に勤める傍ら、雑誌のルポルタージュや映画・テレビの脚本を執筆。その後、作家、脚本家、コラムニストとして独立、雑誌の連載コラムで人気を博す。1997年「縮みゆく記憶」で作家デビュー、チューリヒ州名誉賞、フランスの外国人作家処女長編賞を受賞。その後、「プリオンの迷宮」（2002年）でドイツ・ミステリー賞、「Der Teufel von Mailand」（06年）でフリードリヒ・グラウザー賞を受けた。

スタイロン，ウィリアム　*Styron, William*
アメリカの作家
1925.6.11〜2006.11.1
[出]バージニア州ニューポート・ニューズ　[学]デューク大学（1947年）卒　[賞]ピュリッツァー賞（1968年），アメリカ芸術院賞（1951年），アメリカ図書賞
[歴]第二次大戦中は海兵隊に服務。1951年南部育ちの娘の自殺を軸に描いた第一長編「Lie down in darkness（闇の中に横たわりて）」を発表して、アメリカ芸術院賞を受賞するとともに、フォークナーやヘミングウェイの後継者と目され、南部作家としての地位を獲得する。1831年にバージニア州で実際に起きた黒人奴隷の反乱を素材にした「The confessions of Nat Turner（ナット・ターナーの告白）」（1967年）は独白形式をとって描いた問題作で、ピュリッツァー賞を授与された。79年アウシュヴィッツ収容所の生き残りである女性の悲劇を描いた「ソフィーの選択」を発表、82年映画化され世界的なベストセラーとなった。他の作品に「ロング・マーチ」（53年）、「この館に火をつけよ」（60年）、「見える暗闇」、エッセイ集「この静かな塵埃」などがある。

スタイン，ガース　*Stein, Garth*
アメリカの作家
[出]カリフォルニア州ロサンゼルス　[学]コロンビア大学
[歴]カリフォルニア州ロサンゼルスで生まれ、ワシントン州シアトルで育つ。コロンビア大学で映画を学んだ後、ドキュメンタリー映画の製作に携わり、数多くの賞に輝く。1998年から小説を書き始める。2005年に出版された3作目の「エンゾー　レーサーになりたかった犬とある家族の物語」は35ケ国で翻訳され、400万部の大ベストセラーとなった。

スタイン，ガートルード　*Stein, Gertrude*
アメリカの作家
1874.2.3〜1946.7.27
[出]ペンシルベニア州アレゲニー　[学]ラドクリフ・カレッジ（心理学），ジョンズ・ホプキンズ大学医学部
[歴]ユダヤ系。1902年以来パリに住む。文体の自由実験を試み、その創作理論はアンダーソン、スタインベック、ヘミングウェイらに大きな影響をおよぼした。パリで展開された新しい芸術運動の庇護者としても有名で、ピカソ、マティス、ブラックらのパトロンとなり、"ロスト・ジェネレーション"の名付け親。小説に「三人の女」（09年）、「アメリカ人になること」（25年）、「アリス・B・トクラスの自伝」（33年）、詩集に「やさしいボタン」（14年）、書簡集に「友情の花束」（53年）など。

スタインハウアー，オレン　*Steinhauer, Olen*
アメリカの作家
1970〜
[出]メリーランド州ボルティモア　[学]エマーソン大学創作科修士課程修了　[賞]ハメット賞（2010年）
[歴]バージニア州で育ち、その後、ジョージア州、ミシシッピ州、ペンシルベニア州、テキサス州、カリフォルニア州、マサチューセッツ州、ニューヨークと各地を転々とする。最終学歴はボストンのエマーソン大学創作科修士課程修了。大学卒業後、フルブライト奨学生としてルーマニアに1年間滞在した他、クロアチア、チェコ、イタリアの在住歴がある。多数の職業を経験した後、2003年初の長編小説「嘆きの橋」で作家デビュー、同年度のMWA賞の最優秀新人賞候補となった。09年から発表したスパイ小説3部作「ツーリスト」はベストセラーとなった。10年のシリーズ2部目「ツーリストの帰還」で同年のハメット賞を受賞。ハンガリーとニューヨークを行き来して活動する。他の作品に「極限捜査」など。

スタインバーグ，ジャニス　*Steinberg, Janice*
アメリカの作家，ジャーナリスト
[出]ウィスコンシン州ホワイトフィッシュ・ベイ　[学]カリフォルニア大学アーバイン校大学院修士課程修了　[賞]サンディエゴ図書賞（一般文芸部門）
[歴]カリフォルニア大学アーバイン校で学士号および修士号を取得。卒業後、広告業界誌「アドバタイジング・エイジ」のフリーライターを経て、芸術分野を専門とするジャーナリストとして「ロサンゼルス・タイムズ」や「ダンスマガジン」「サンディエゴ・ユニオン・トリビューン」などに寄稿、カリフォルニア大学サンディエゴ校でフィクション・ライティング、サンディエゴ州立大学でダンス批評の講師も務める。一方、ミステリー小説を執筆。1995年「Death of a Postmodernist」を刊行、同作は〈Margo Simon〉としてシリーズ化され、5作目の「Death in a City of Mystics」はアメリカ私立探偵作家クラブ賞にノミネートされた。2013年に発表した「ブリキの馬」でサンディエゴ図書賞（一般文芸部門）を受賞。

スタインベック，ジョン　*Steinbeck, John*
アメリカの作家
1902.2.27〜1968.12.20
[出]カリフォルニア州サリナス　[名]Steinbeck, John Ernest　[学]スタンフォード大学（1925年）中退　[賞]ピュリッツァー賞（1940年），ノーベル文学賞（1962年）
[歴]スタンフォード大学で主に海洋生物学を学ぶ傍ら、創作にも専念。1925年ニューヨークに出て、新聞記者、土工、ペンキ屋見習いなどを転々、故郷へ帰り作家活動に入った。29年処女作「黄金の杯」以後、カリフォルニアの農民を描いた「天の牧場」「トティーヤ平」「知られざる神に」など次々発表。37年「二十日鼠と人間」、38年短編集「長い谷間」などで作家として

の地位を確立した。40年社会への怒りと民衆の力を描いた「怒りの葡萄」でピュリッツァー賞を受賞、アメリカ20世紀文学の大叙事詩といわれる。他の代表作に南北戦争から第一次大戦までの家族史「エデンの東」(52年)、旅行記「チャーリーとの旅」(62年)などがある。57年国際ペン大会東京大会で来日。62年ノーベル文学賞を受賞した。一方、海洋生物学者としても活躍し、その記録の一つに「コルテスの海」(41年)がある。
[家]妻＝エレーヌ・スタインベック(舞台監督)

スタウト, レックス　*Stout, Rex*
アメリカの探偵作家
1886.12.1～1975.10.27
[出]インディアナ州ノーブルズヴィル　[名]スタウト, レックス・トッドハンター〈Stout, Rex Todhunter〉　[賞]MWA賞巨匠賞(1959年), CWA賞シルバー・ダガー賞(1969年)
[歴]トピーカ高校卒業後、カンザス州の大学へ進学。1906年から2年間アメリカ海軍に下士官として所属。数多くの職に就きながらパルプ雑誌に詩や大衆小説を発表、やがて専業作家となる。34年、ニューヨークのウェストサイドに住む蘭の愛好家で美食家、体重136キロの名探偵ネロ・ウルフとその助手アーチー・グッドウィンが登場する「毒蛇」を発表。〈ネロ・ウルフ〉シリーズとして世界的人気を博し、テレビ化もされる。アメリカ探偵小説界の中心的存在で、58年アメリカ探偵作家クラブ(MWA)会長を務めた。59年MWA賞巨匠賞、69年「ファーザー・ハント」でCWA賞シルバー・ダガー賞を受賞。遺作となる「ネロ・ウルフ最後の事件」(75年)まで30作以上の長編と多数の短編を書いた。

スタカート, ダイアン・A.S.　*Stuckart, Diane A.S.*
アメリカの作家
1957～
[出]テキサス州ラボック　[名]筆名＝スマート, アレクサ〈Smart, Alexa〉 ジェラード, アンナ〈Gerard, Anna〉 ブランドン, アリ〈Brandon, Ali〉　[学]オクラホマ大学(ジャーナリズム)
[歴]オクラホマ大学でジャーナリズムの学位を得る。ヒストリカル・ロマンスをアレクサ・スマート、アンナ・ジェラードの名義で発表。処女長編はアメリカ・ロマンス作家協会ゴールデンハート賞の候補となる。2008年ダイアン・A.S.スタカート名義で〈探偵ダ・ヴィンチ〉シリーズを発表してミステリー界にデビューし、高い評価を得る。11年からアリ・ブラントン名義で〈書店猫ハムレット〉シリーズを発表。本名でファンタジー短編なども発表する。

スタシャワー, ダニエル　*Stashower, Daniel*
アメリカの作家, ジャーナリスト
1960～
[賞]MWA賞最優秀評論賞(2000年・2008年), アガサ賞最優秀ノンフィクション賞(2000年)
[歴]ワシントンD.C.在住の作家兼マジシャン。1985年処女小説「The Adventure of the Ectoplasmic Man」(邦訳「ロンドン超能力男」)を出版、MWA(アメリカ探偵クラブ作家)賞にノミネートされた。第2作もマジックを素材にしたもので、題名は「Elephants in The Distance」。他の著書に「コナン・ドイル伝」(99年)、共編書に「シャーロック・ホームズ ベイカー街の殺人」「シャーロック・ホームズ ワトスンの災厄」「シャーロック・ホームズ アメリカの冒険」、「コナン・ドイル書簡集」(2007年)などがある。

スタージョン, シオドア　*Sturgeon, Theodore*
アメリカのファンタジー作家
1918.2.26～1985.5.8
[出]ニューヨーク州スターテン・アイランド　[名]ウォルドオ, エドワード・ハミルトン〈Waldo, Edward Hamilton〉　[賞]国際幻想文学賞(1954年度), ネビュラ賞(1970年), ヒューゴー賞(1971年)
[歴]ペンシルベニア州立海洋学校に進み、17歳で機関室掃除夫となり、3年間の船員生活を送る。この間に詩や小説を書きはじめ、その後の2年間に40編ほどの短編が売れた。実質的なSF界への処女作は1939年に書かれた「エーテル生物」で、その後友人のすすめでファンタジーに目を向け、「God in the Garden」を書く。これを機に職業作家として活動を開始。47年怪奇ファンタジー「ビアンカの手」がイギリスの「アーゴシイ」誌に掲載されて短編コンテスト優秀作品賞を受賞、以後多数の作品を世に送る。経営事業にも手を出し、失職するまでの2年半は創作を中断した。48年グルフ・コンクリン選で初のハードカバーによる短編集「Without Sorcery」を出版。一種難解ともみえる特異な発想と描写で「ウィアード・テールズ」誌的作品を多く手がけ、H.P.ラブクラフトを継ぐ怪奇・幻想作家と評される。

スタッフォード, ウィリアム　*Stafford, William*
アメリカの詩人, 平和運動家
1914.1.17～1993.8.28
[出]カンザス州ハッチンソン　[賞]全米図書賞(63年)
[歴]カンザス大学で修士号を、アイオワ大学で博士号を取得した。第二次大戦中は良心的兵役拒否者として平和運動に従う。様々な大学で教鞭を執り、46歳のとき処女詩集「君の町の西」を出版する。第二詩集「暗闇の中を」は1963年の全米図書賞を受賞しており、他にも数多くの文学賞を受けた。

スタニシチ, サーシャ　*Stanišić, Saša*
ユーゴスラビア生まれのドイツの作家
1978～
[出]ユーゴスラビア・ヴィシェグラード(ボスニア・ヘルツェゴビナ)　[賞]ブレーメン市文学奨励賞(2007年), シャミッソー賞(2007年), ハイミト・フォン・ドデラー文学奨励賞(2008年)
[歴]1992年、14歳の時に家族とともに戦火を逃れドイツのハイデルベルクへ移住。現地の学校から大学へ進学し、ドイツ語で詩やエッセイ、短編小説を発表、高い評価を受ける。2006年「兵士はどうやってグラモフォンを修理するか」で長編デビューし、同年のドイツ文学賞の最終候補に残ったほか、07年ブレーメン市文学奨励賞、08年シャミッソー賞、ハイミト・フォン・ドデラー文学奨励賞を受賞した。

スタネフ, エミリヤン　*Stanev, Emiliyan*
ブルガリアの作家
1907.2.28～1979.3.15
[名]スタネフ, ニコラ・ストヤーノフ〈Stanev, Nikola Stoyanov〉
[賞]ディミトロフ賞
[歴]最初画家を志し、のち官吏を務める傍ら文壇に登場。第二次大戦前から短編を書き、社会主義政権成立後、故郷の町タルノヴォを舞台の美や幸福を考える中編「桃泥棒」(1948年)で文名を確立。長編「イヴァン・コンダレフ」(2巻, 58年, 64年)、中世に取材した「反キリスト」(70年)などで戦後を代表する作家の一人となった。他に短編「狩のあと」(54年)や児童書もあり、作品多数。

スタフォード, ジーン　*Stafford, Jean*
アメリカの作家
1915～1979
[出]カリフォルニア州コビナ　[学]コロラド大学　[賞]ピュリッツァー賞(1970年), O.ヘンリー賞(1955年)
[歴]1940年詩人ロバート・ローエルと結婚(48年離婚)。44年処女長編「ボストンの冒険」を発表、称賛される。47年2作目の秀作「アメリカライオン」を出版。53年短編集「日曜に子供は退屈する」を出版。60年代は教師の傍ら、短編小説、児童書、インタビュー「歴史の中の母親」を出版。70年「Collected Stories(全短編集)」(69年)でピュリッツァー賞を受賞。

スタフスキー, ウラジーミル・ペトローヴィチ
Stavskii, Vladimir Petrovich
ソ連の作家
1900～1943.11.14
[出]ロシア・ペンザ　[名]キルピーチニコフ, ウラジーミル・ペトローヴィチ〈Kirpichnikov, Vladimir Petrovich〉

[歴]労働者の家に生まれ、1918年共産党に入党。内戦の時期は政治委員。23〜24年新聞各紙にルポを書いた後、強制農業集団化の促進に向けてルポルタージュ風の小説「コサック村」(26年)、「四散」(30年)、市民戦争を描いた戯曲「戦争」(41年)を執筆。ソ連作家同盟の設立に加わり、ゴーリキー死後、36〜41年ソ連作家同盟書記長、37〜41年「ノーヴイ・ミール」誌の編集長を務めた。独ソ戦に従軍して戦死した。

スタリット, ビンセント　*Starrett, Vincent*
カナダ生まれのアメリカの作家, 詩人, 批評家
1886.10.26〜1974.1.5
[出]カナダ・トロント　[名]別筆名＝Starrett, Charles
[歴]アメリカに移住して著者、書誌学者、シャーロック・ホームズの研究家として活躍。最も古いシャーロッキアンの団体ベイカー・ストリート・イレギュラーズの創立者の一人。「シカゴ・トリビューン」紙のコラムニストとして長く健筆を振るい、ノースウェスタン大学で小説作法の講義をしたこともある。伝記、詩、および参考文献など50冊以上の書籍を執筆または編集した。著書に「シャーロック・ホームズの私生活」(1933年)など。

スターリング, S.M.　*Stirling, S.M.*
カナダの作家
1953〜
[出]フランス
[歴]1985年ファンタジーの長編で作家デビュー。ミリタリーSFの書き手として改変歴史物〈ドラカ〉シリーズなどを発表、ラリイ・ニーヴンの〈ノウン・スペース〉シリーズから派生した人類とクジン人の戦争を扱ったシェアード・ワールド・アンソロジー〈マン・クジン・ウォー〉にも参加している。ジェリー・パーネルらベテラン作家との合作も多く、宇宙船や宇宙ステーションの「頭脳」の活躍を描いたアン・マキャフリーの〈歌う船〉シリーズでマキャフリーと合作した「戦う都市」(93年)、単独作の「復讐の船」(97年)などの作品がある。

スターリング, ブルース　*Sterling, Bruce*
アメリカのSF作家
1954〜
[出]テキサス州ブラウンビル　[賞]ジョン・W.キャンベル記念賞(1989年), ヒューゴー賞(1997年・1999年), ローカス賞(1999年)
[歴]1977年「塵クジラの海」で長編デビュー。85年「スキズマトリックス」を刊行し、ウィリアム・ギブソンとともにサイバーパンク・ムーブメントの中心人物として名を馳せる。サイバーパンクの運動家たちを“ミラーシェイズ”と名付け、サイバーパンクの傑作短編を集めた「ミラーシェイド」も編集した。89年「ネットの中の島々」でジョン・W.キャンベル記念賞、97年「自転車修理人」でヒューゴー賞、99年「タクラマカン」でヒューゴー賞とローカス賞を、「招き猫」でローカス賞を受賞。他の著書に「ホーリー・ファイアー」、ノンフィクション「ハッカーを追え！」や、ギブソンとの共著「ディファレンス・エンジン」などがある。

スタルク, ウルフ　*Stark, Ulf*
スウェーデンの児童文学作家
1944〜2017.6.13
[出]ストックホルム　[賞]ニルス・ホルゲション賞(1988年), アストリッド・リンドグレーン賞(1993年), ドイツ児童文学賞(1994年)
[歴]スウェーデン労働市場庁に勤めながら子供の本を書き始める。「おばかさんに乾杯」(1984年)がボニエール児童図書出版社のコンクールで1等賞を受賞。88年絵本「ぼくはジャガーだ」(文担当)でニルス・ホルゲション賞を受賞。94年には「おじいちゃんの口笛」でドイツ政府が主催するドイツ児童文学賞を受賞するなど、数々の賞を受賞した。「パーシーの魔法の運動ぐつ」などの〈パーシー〉シリーズでも人気を博した。他の作品に、児童書「シロクマたちのダンス」「恋のダンスステップ」「夜行バスにのって」「ゴールデンハート」などがある。

スタロビネツ, アンナ　*Starobinets, Anna*
ロシアの作家, ジャーナリスト, 文芸批評家
1978.10.25〜
[出]ソ連モスクワ　[学]モスクワ大学文学部卒
[歴]モスクワ大学文学部卒業後、通訳など様々な職業を経て、「ニュースの時代」紙の記者となり、「エクスパート」「グドーク(汽笛)」誌の文化欄などを担当。「ロシア・リポーター」誌に籍を置き、映画やテレビの脚本も手がけるほか、ジャーナリスト、文芸批評家としても活躍。2005年、26歳の時に作品集「むずかしい年ごろ」で作家デビュー。ロシアでは特異なホラー作家として一躍注目を浴び、数ケ国で翻訳されたほか、ナショナル・ベストセラー賞候補、ポルタル賞など数々の賞に輝く。

スターン, リチャード・マーティン　*Stern, Richard Martin*
アメリカの作家, 英文学者
1915〜2001.10.31
[賞]MWA賞(1959年)
[歴]1959年第1作「恐怖への明るい道」でMWA賞を受賞。以来、文才を広く認められ、ソール・ベロウ、フィリップ・ロスなどから高い評価を受けた。74年に公開され大ヒットした映画「タワーリング・インフェルノ」の原作の一つとなった小説「そびえたつ地獄」の他、数多くのサスペンス、ミステリー小説や短編を残した。他の作品に「ゴルク」(60年)、「他人の娘たち」(73年)などがある。一方、シカゴ大学で英文学の教授を務めた。

スタンク, ザハリア　*Stancu, Zaharia*
ルーマニアの作家
1902〜1974.12.5
[出]サルチア　[学]ブカレスト大学卒
[歴]第二次大戦前はジャーナリストとして活動する傍ら、若い世代を代表する詩人として注目された。1948年長編「はだしのダリエ」で作家として世界的名声を得、同作は数10ケ国語に訳された。以後、小説、評論に旺盛な執筆活動を続け、ルーマニア作家同盟議長なども務める。他の作品に「死とのたわむれ」(60年)、「狂った森」(63年)、「ジプシー村」(71年)など。

スタンリー, J.B.　*Stanley, J.B.*
アメリカの作家
[名]別筆名＝Stanley, Jennifer Adams, Ellery Arlington, Lucy
[学]フランクリン・マーシャル大学, ウェストチェスター大学, ノースカロライナ・セントラル大学
[歴]フランクリン・マーシャル大学で英語の学士号、ウェストチェスター大学で英文学の修士号、ノースカロライナ・セントラル大学で図書館学および情報科学の修士号を取得。その後8年間中等学校の教師を務めた。オークションギャラリーで働いていたこともあり、Ellery Adams名義でその経験を生かしたアンティーク・コレクターのシリーズも刊行。

スチット・ウォンテート　*Sucit Wongtheet*
タイの作家, ジャーナリスト
1945.4.23〜
[出]プラチンブリー県　[学]芸術大学考古学部卒
[歴]目的無く大学に通う学生たちを痛烈に批判した、カンチャイ・ブンパーンとの合詩集「俺は天下の学生さまだ」(1969年)で注目を集める。「サヤーム・ラット」紙の記者として2年余り勤めた後、革新系の新聞「プラチャーチャート」紙の編集次長として活躍。76年の政変直後は沈黙し、一時童話を書いたりしていた。79年以降、月刊誌「芸術文化」編集長。小説「経典に飽きた若者」(69年)などもある。

スチャート・サワッシー　*Suchart Sawadsiri*
タイの作家, 編集者
1945〜
[出]アユタヤ　[学]タマサート大学芸術学部歴史学科卒

[歴]私立学校の教師を2年間勤めた後、1969年社会科学評論誌「サンコムサート・パリタット」の編集長となるが、72年以来3回に渡って黄禍特集を組み、76年の十月クーデターと共に強制廃刊に追い込まれた。77年月刊誌「読書界」の創刊と同時に編集長に就任。一方、作家としても、詩、小説、戯曲、評論、翻訳と幅広い創作活動を行い、73年政変の思想的推進力となった〈ルン・マイ（新世代）〉のリーダー的存在と目される。72年処女創作集「静寂」を発表。他に、独自の視点で編集した「タイ国現代短編小説集」（全4巻, 76～77年）などがある。

スチュアート, ダグラス　*Stewart, Douglas*
ニュージーランド生まれのオーストラリアの詩人, 劇作家, 批評家
1913.5.6～1985.2.14
[出]ニュージーランド・タラナキ州北島エルサム　[名]スチュアート, ダグラス・アレキサンダー〈Stewart, Douglas Alexander〉　[学]ビクトリア・ユニバーシティ・カレッジ　[賞]マイヤー賞（1967年）, ブリタニカ・オーストラリア賞（1968年）
[歴]父親はオーストラリア人。1935年第1詩集「緑のライオン」を刊行。38年オーストラリアへ渡って「ブレティン」誌記者となり、40～61年同誌の文芸欄レッド・ページを担当。その後アンガス・アンド・ロバートソン社の文学書関係の編集に携わる。この間、ニュージーランドの風景を賛美した第2詩集「白い叫び」（39年）をロンドンで、第二次大戦中に「ある航空兵挽歌」（40年）、「無名戦士に捧げる小曲」（41年）などをシドニーで出版し、叙情詩人の名声を得る。一方でラジオ向けの詩劇「ネッド・ケリー」（43年）、「雪上の火」（44年）、「黄金の恋人」（同年）などでも認めらた。他に「詩選集」（63年, 73年）、「詩集 1936-1967」（67年）や、短編集「赤毛の少女」（44年）、評論「ブリティン誌の作家たち」（77年）、詩劇、エッセイ集、アンソロジー、自伝などを刊行。67年マイヤー賞、68年ブリタニカ・オーストラリア賞を受賞。オーストラリアの文壇で幅広く活躍した。

スチュアート, ドナルド・オグデン　*Stewart, Donald Ogden*
アメリカの作家, 脚本家, 劇作家
1894.11.30～1980.8.2
[出]オハイオ州コロンバス　[学]エール大学卒　[賞]アカデミー賞脚色賞（1941年）
[歴]銀行家を志してエール大学を卒業したが仕事がなく、友人のF.スコット・フィッツジェラルドの紹介で雑誌編集者に面会したのがきっかけで、雑誌への寄稿家になる。ウェルズ「世界小史」をもじった「A Parody Outline of History」（1921年）、エチケットの本を皮肉った「Perfect Behavior」（22年）の2作でパロディ作家の名声を獲得する。24年パリへ渡り、20年代の終りに帰国してハリウッドに移ってからは、主に都会調喜劇のセリフや脚色を手がけた。41年「フィラデルフィア物語」（40年）でアカデミー賞脚色賞を受賞。戦後ハリウッドの“赤狩り”でブラックリストに上げられ、51年イギリスへ移住した。

スチュアート, トレントン・リー　*Stewart, Trenton Lee*
アメリカの作家
[賞]E.B.ホワイト賞（2008年）
[歴]アイオワ・ライターズ・ワークショップを修了。大人向けの小説でデビューしたのち、2007年「秘密結社ベネディクト団」を発表。08年E.B.ホワイト賞を受賞するなど高く評価され、シリーズ化された。

スチュアート, フランシス　*Stuart, Francis*
アイルランドの作家, 詩人
1902.4.29～2000.2.2
[出]オーストラリア・クイーンズランド州
[歴]イギリスで教育を受け、アイルランドで内戦が続いた1920年代カトリック系武装組織アイルランド共和軍（IRA）のために武器密輸を行い逮捕される。第二次大戦初期にドイツに渡り、母国向けのラジオ放送に出演したことからナチス支持の疑惑を持たれた。58年からアイルランドに定住、71年自伝的作品「ブラックリスト―セクションH」でアイルランドを代表する現代作家として評価を高めた。他の作品に、小説「雲の柱」（48年）、「The High Consistory」（81年）、「King David Dances」（97年）、詩集に「Night Pilot」（88年）などがある。

スチュアート, ポール　*Stewart, Paul*
イギリスの作家
1955～
[出]ロンドン　[学]ランカスター大学（創作）, 東アングリア大学（創作）　[賞]スマーティーズ賞金賞（2004年）
[歴]ランカスター大学と東アングリア大学で創作を学ぶ。スリランカでの英語教師を経て、1988年より作品を発表。冒険ファンタジー〈崖の国物語〉シリーズ（全10巻）をはじめ、ホラーから絵本、サッカー少年の物語まで、様々なジャンルで人気を博す。2004年「ファーガス・クレインと空飛ぶ鉄の馬」でスマーティーズ賞金賞を受賞。

スチュアート, マイク　*Stewart, Mike*
アメリカの作家
1955.5.15～
[出]アラバマ州フリーデンバーグ　[名]スチュアート, マイケル・ガーネット〈Stewart, Michael Garnet〉　[学]ウィルコックス・アカデミー卒, オーバーン大学卒, サンフォード大学附属カンバーランド法律学校卒
[歴]ウィルコックス・アカデミーを卒業後、オーバーン大学で学士号を取得。卒業後、「アトランタ・ジャーナル」紙の編集者や州知事候補の選挙活動に従事。その後、サンフォード大学附属カンバーランド法律学校に入り、「カンバーランド・ロー・レビュー」誌の副主筆を務めた。のちに企業弁護士として成功し、1999年「Sins of the Brother」で作家デビュー。他の作品に「パーフェクト・ライフ」などがある。

スチュアート, メアリー　*Stewart, Mary*
イギリスの作家
1916.9.17～2014.5.9
[出]ダーラム州サンダーランド　[名]Stewart, Mary Florence Elinor　[学]ダーラム大学（1938年）卒　[賞]フレデリック・ニーブン賞（1970年）, スコットランド芸術振興会賞（1974年）
[歴]1941～56年ダーラム大学などで英語学の講師を務める。傍ら探偵小説を執筆し、「Wildfire at Midnight」（56年）、「Thunder on the Right」（57年）、「Nine Coaches Waiting」（58年）などを発表。主に女性を主人公にした作品はことごとくベストセラーとなり、ロマンティック・サスペンスの代表的な書き手となる。代表作は「This Rough Magic（この荒々しい魔術）」（64年）、他に「Touch Not the Cat」（76年）、「A Walk in Wolf Wood（狼森ののろい）」（80年）などがある。

スツケヴェル, アブラハム　*Sutzkever, Abraham*
イスラエルのイディッシュ語詩人
1913.7.15～2010.1.20
[出]ロシア・ヴィルナ近郊（リトアニア・ビリニュス）　[名]イディッシュ語名＝Sutzkever, Avrom
[歴]第一次大戦中にシベリアに疎開し、ヴィルナに移住。イディッシュ語で詩作を始め、文学グループ“若きヴィルナ”に参加。1937年処女詩集「諸歌（Lider）」を刊行、イディッシュ文学会の新星と称讃された。第二次大戦中、パルチザンに加わって活躍。戦後、46年に「ゲットーの歌（Lider fun Geto）」を発表。同年のニュルンベルク裁判では証言した。47年イスラエルに移住し、49年イディッシュ語文学雑誌「ゴルディ・ケイト（黄金の鎖）」を創刊、編集主幹を務めた。東欧ユダヤ人の過去の受難や、今日のイスラエルの現実を主題に、独創的な押韻の手法を使った詩を多数発表。他の作品に「Di festung」（45年）、「Lider fun togbukh」（74～81年）などがある。

ズットナー, ベルタ・フォン　*Suttner, Bertha von*
オーストリアの作家, 平和運動家
1843.6.9～1914.6.21
[出]チェコ・プラハ　[名]旧姓名＝キンスキー〈Kinsky〉　[賞]ノー

ス

ベル平和賞(1905年)
[歴]オーストリア貴族キンスキー伯爵家出身。家の没落で職を求めてパリに出てA.ノーベルの秘書となるが、1876年作家ズットナー男爵と結婚。文筆業に携わる一方、社会進化論を信奉するようになる。89年女性の立場から戦争反対を主張した小説「Die Waffen nieder(武器を捨てよ!)」を発表、ベストセラーとなり、全ヨーロッパに大きな反響を呼ぶ。91年"オーストリア平和友の会"を設立、ローマでの国際平和会議に参加。また92〜99年小説と同名の雑誌「武器を捨てよ!」編集長を務め、平和会合・講演旅行を行い平和運動を推進した。これらの業績により1905年女性で初のノーベル平和賞を受賞。他の著書に「Einsam und arm」(1893年)、「Das Maschinenalter」(99年)、「Der Kampf um die Vermeidung des Krieges」(全2巻, 1917年)などがある。

ステイス, ウェズリー *Stace, Wesley*
イギリスの作家, シンガー・ソングライター
1965〜
[出]サセックス州ヘイスティングス　[名]歌手名＝ハーディング, ジョン・ウェズリー〈Harding, John Wesley〉　[学]ケンブリッジ大学卒
[歴]ケンブリッジ大学で英文学、のちに社会学を専攻。1988年ジョン・ウェズリー・ハーディングの名でシンガー・ソングライターとしてデビュー。98年物語性が強い自作曲「The Ballad of Miss Fortune」を発表、コンサートで歌い続ける傍ら、"小説にしないと歌詞の主人公の物語が語り尽くせない"と小説化を進め、7年間をかけて長編小説「ミスフォーチュン」(2005年)を完成させた。デビュー作となる同作は緻密な構成と完成度の高さから絶賛を受け、ガーディアン新人賞、コモンウェルス賞など権威ある文学賞にノミネートされた他、フランスでもベストセラーリストに入るなど話題を呼ぶ。07年日本版刊行を機に来日。

ステイブルフォード, ブライアン *Stableford, Brian M.*
イギリスのSF作家, 社会学者
1948〜
[出]ヨークシャー州シプリー　[学]ヨーク大学 社会学博士
[歴]マンチェスター・グラマー・スクールを経てヨーク大学に進み、優秀な成績で生物学の学位を取得する。のち社会学の学位をとり、長年レディング大学で社会学を講じる。また「The Sociology of Science Fiction(SFの社会学)」という論文で社会学博士の学位を取得した。1969年ニューウェーブの影響の色濃いアメリカSF界に「Cradle in the Sun(太陽の揺籠)」でデビュー。その後「怒りの日」3部作を経て72年より〈宇宙パイロット・グレンジャー〉シリーズを発表し好評を得る。88年からは専業作家として精力的に活動し、50冊以上の小説と20冊以上のノンフィクションを上梓する。SF周辺に関する造詣は深く、74年頃からイギリスの評論誌「ファウンデーション」を中心に評論活動も行う。他の作品に〈タルタロスの世界〉シリーズがある。

スティーブンス, シェビー *Stevens, Chevy*
カナダの作家
[出]バンクーバー・アイランド　[賞]インターナショナル・スリラー・ライターズ・インク・スリラー・アウォード新人賞部門(2011年)
[歴]カナダ南西岸のバンクーバー・アイランドで育つ。販売員として働いた後、公認不動産業者となる。売家の内覧会の間に想像した脚本をもとに、デビュー作「扉は今も閉ざされて」を書き始めた。半年後、仕事を辞め執筆に専念して書き上げた同書は、2010年に刊行されるやインターナショナル・スリラー・ライターズ・インクが選ぶ11年スリラー・アウォード新人賞部門を受賞するなど、絶賛を浴びベストセラーとなった。

スティーブンス, テイラー *Stevens, Taylor*
アメリカの作家
[歴]「神の子」組織の中で誕生。普通の教育を受けないままカルト集団の働き蜂として育つ。2011年世界中を放浪した経験をもとに描かれた「インフォメーショニスト」でデビュー。一躍「ニューヨーク・タイムズ」紙のベストセラー作家となり、同作は17ケ国語で翻訳される。世界中を旅して人生の大半を過ごし、最終的にテキサス州ダラスに腰を落ち着けた。

スティーブンソン, アン *Stevenson, Anne*
イギリス生まれのアメリカの詩人, 評論家
1933.1.3〜
[出]ケンブリッジ(イギリス)　[学]ミシガン大学
[歴]大学卒業後教師を務め、1960年代半ばからイギリス・ダラムで詩作を続ける傍ら「タイムズ文芸特集版」に多くの評論を寄せている。作品に詩集「アメリカで暮らすこと」「フィクション・メーカーズ」「緑がいっぱい」、評論「エリザベス・ビショップ」「詩人シルヴィア・プラスの生涯」がある。

スティーブンソン, ニール *Stephenson, Neal*
アメリカの作家
1959〜
[出]メリーランド州　[学]ボストン大学卒　[賞]ヒューゴー賞(1995年), ローカス賞(2回)
[歴]高校時代は芝居フリークにしてハッカー。大学では物理学を専攻、後に地理学に転向。大学卒業後、農作業、中華料理店の肉切り係など、様々な職を経て、1984年「The Big U」で作家デビュー。92年「スノウ・クラッシュ」でSF界のポスト・サイバーパンクの旗手として注目される。他の作品に「The Diamond Age」「Cryptonomicon」などがある。

スティール, アンドレ *Stil, André*
フランスの作家, ジャーナリスト
1921.4.1〜2004.9.3
[出]エルニ　[賞]スターリン文学賞(1951年)
[歴]アンザン炭鉱地帯の職人の家に生まれ、小学校、中学校の教員をしたのち新聞記者となる。第二次大戦中レジスタンス活動に参加。共産党員になり、戦後、地方の常任委員や「リベルテ」紙編集を経て、1950年フランス共産党中央委員、50〜59年党機関紙「ユマニテ」の編集長を務めた。トレーズ、アラゴンなどの影響によって創作を始め、49年短編集「炭坑夫という言葉は…」を発表。51年には長編小説「最初の衝突」(全3巻, 51〜53年)の第1巻によってスターリン文学賞を受賞。社会的リアリズムの代表的作家として知られる。他の著書に「苦しみ」(61年)、「最後の15分」(62年)など。

スティール, ジェームズ *Steel, James*
イギリスの作家
[出]ケンブリッジ　[学]オックスフォード大学
[歴]オックスフォード大学エクセター・カレッジで歴史学を専攻し、さらに同大学ニュー・カレッジで教育学を学ぶ。大手広告代理店サーチ・アンド・サーチに入社して営業マネージャーとなり、3年後ロンドンのシティーにある投資銀行M&Gに転職、日本部門に配属された。その後、ロンドンとマンチェスターのいくつかの学校で歴史と政治の授業を受け持ち、歴史科主任および教務課長を経て、ロンドン西部の私立学校の副校長を務める。2009年「傭兵チーム、極寒の地へ」を刊行。

スティール, ダニエル *Steel, Danielle*
アメリカの作家
1950.8.14〜
[出]ニューヨーク　[名]Steel, Danielle Fernande Schüelein
[歴]父方はドイツの貴族、母方はポルトガルの外交官という家系で4ケ国語をあやつるコスモポリタン。25歳の頃から小説や詩を書き始め、1973年デビュー。76年「情熱の約束」で一躍ベストセラー作家に。作品は"ロマンスのプリンセス"とよばれるにふさわしい華やかさとシティ感覚にあふれている。映画「ベストフレンズ」のヒロインのモデルにもなった注目すべきエンターテイナーで、作品は世界各国で出版されている。他の著書に「愛のひととき」「サウンドレス・ラブ」「愛の旅の果てに」「愛の決断」「愛の別れ」「最後の特派員」など。

ステグナー, ウォーレス *Stegner, Wallace Earle*
アメリカの作家
1909.2.18〜1993.4.13
⊕アイオワ州レークミルズ　㊨ピュリッツァー賞（小説部門）（1972年）, 全米図書賞（1976年）, O.ヘンリー賞（1950年）
㊨北欧移民の子として生まれる。スタンフォード大学などで英文学と創作を教える傍ら、西部の開拓精神をテーマとする小説を多数発表。1972年「アングル・オブ・リポーズ」でピュリッツァー賞を受けた。また、50年に来日、慶応義塾大学で講演し、日本の作家と交流。帰国後、米誌に日本文学を紹介する橋渡し役となった。

ステッド, クリスチアン・カールソン *Stead, Christian Karlson*
ニュージーランドの詩人, 作家
1932.10.17〜
⊕オークランド　㊐オークランド大学卒　㊨キャサリン・マンスフィールド文学賞（1961年）,「ランドフォール」誌読者賞（1962年）
㊨オークランド大学卒業後、オーストラリア、イギリス、アメリカで学び、オークランド大学で英文学を教える。初め詩人として文学界にデビューしたが、のち短編、長編小説にも手を染める。1961年に短編「異人種」でキャサリン・マンスフィールド文学賞を、62年詩「海底ギャラリーの絵」で文芸誌「ランドフォール」の読者賞を受賞。国際的な視野を持つ文学者で、英語圏に多くの読者を持つ。

ステッド, クリスティーナ・エレン *Stead, Christina Ellen*
オーストラリアの作家
1902.7.17〜1983.3.31
⊕ニューサウスウェールズ州シドニー　㊨パトリック・ホワイト文学賞（1974年）
㊨父は著名な博物学者。シドニーの教員養成学校を卒業して教職に就くが1924年退職。28年渡英するが渡航前の苦労がもとで発病、遺作のつもりで「シドニーの七人の貧しい男たち」（34年）を執筆。結婚によりパリに移り住むも37〜47年戦火を逃れてアメリカで暮らす。40年代はハリウッドのMGM映画で台本作家となる。以後ヨーロッパ各地を旅し、52年作家ウィリアム・ブレークと結婚、53年イギリスに戻る。68年夫が亡くなり、翌年41年ぶりに故国を訪れ、74年帰国、同年第1回パトリック・ホワイト文学賞を受ける。長く故国を離れていたため65年までオーストラリアで作品が出版されず、67年になってもオーストラリアの作家ではないという理由で文学賞の対象から外された。幅広い題材をテーマとし、皮肉のきいた作品は英語国民に多くの読者を得た。代表作「子供たちを愛した男」（40年）は20世紀文学の最高傑作の一つといわれる。他の作品に「ザルツブルク物語」（34年）,「美女たちと復讐の女神たち」（36年）,「すべての国が収まる館」（38年）,「愛のためだけに」（44年）,「レティ・フォックス」（46年）,「閑談」（48年）,「犬を連れた人々」（52年）,「コッターのイギリス」（初め「心の闇」の題名で66年刊、67年改題）,「頭のいかれた女」（67年）,「小さなホテル」（73年）,「郊外妻」（76年）, 短編集「物語の海」（85年）がある。
㊗夫＝ウィリアム・ブレーク（作家）, 父＝デービッド・ステッド（博物学者）

ステッド, レベッカ *Stead, Rebecca*
アメリカのファンタジー作家
1968.1.16〜
⊕ニューヨーク市マンハッタン　㊨ニューベリー賞（2010年）, ガーディアン賞（2013年）
㊨マンハッタンに生まれ育つ。大学卒業後、弁護士となるが、結婚、出産を経て、2007年にグリーンランドを舞台にしたサイエンスファンタジー「First Light」で作家デビュー。09年発表の「きみに出会うとき」が話題となり、10年ニューベリー賞を受賞。3作目「ウソつきとスパイ」で、13年ガーディアン賞を受賞した。

ステパーノフ, アレクサンドル・ニコラエヴィチ *Stepanóv, Aleksandr Nikolaevich*
ソ連の作家
1892.2.2〜1965.10.30
㊐ペテルブルク工科大学卒　㊨スターリン賞（1945年度）
㊨砲兵士官の家庭に生まれ、陸軍幼年学校で学んだ後、父親とともに旅順港で日露戦争を体験。国内戦、クラスノダールでの技師生活を経て、1932年から執筆を開始。日露戦争の体験を基に書いた歴史長編「アルトゥール（旅順）港」（2巻、40〜41年）でスターリン賞を受賞。続編「ズヴォナリョフ家」（59〜63年執筆）も書かれたが、中絶した。

ステファノバ, カリーナ *Stefanova, Kalina*
ブルガリアの作家
1962〜
㊨演劇の客員研究者として、アメリカのニューヨーク大学、東京の明治大学、南アフリカのケープタウン大学に勤めた後、多くの国際劇場や芸術祭の審査員、国際演劇評論家協会副会長などを歴任。ナショナル・アカデミー・オブ・シアター・アンド・フィルム・アーツ教授を務め、演劇論、舞台美術を教える。2004年「7人のこびとがアンに教えてくれたこと」で作家デビュー。

ステープルドン, ウィリアム・オラフ *Stapledon, William Olaf*
イギリスのSF作家, 哲学者
1886〜1950
㊨同時代の科学・思想の影響下に、人類と宇宙の未来史を比類ないイマジネーションで描き、熱狂的な評価を受けた。主な作品に「最後の、そして最初の人間」「オッド・ジョン」「シリウス」「闇と光」「スターメイカー」など。

ステーマン, スタニスラス・アンドレ *Steeman, Stanislas André*
ベルギーの作家, イラストレーター
1908.1.23〜1970.12.15
⊕リエージュ　㊐ステーマン, スタニスラス・アンドレ　㊨フランス冒険小説大賞
㊨14歳から短編を書き始め、16歳で雑誌に作品が掲載されるようになる。1924年ベルギーの全国紙「ラ・ナシオン」にルポライターとして入社。この頃からミステリー小説を書き始める。28年同僚記者のサンテールと合作で推理小説を5冊書き上げ、フランスの"マスク叢書"から刊行。その後サンテールとは袂を分かつが、31年に発表した長編「六死人」でフランス冒険小説大賞を受賞。他の作品に「盗まれた指」（30年）,「マネキン人形殺害事件」（32年）,「ウェンズ氏の切り札」（32年）など。「殺人者は21番地に住む」（39年）はアンリ・ジョルジュ・クルーゾー監督によって映画化された。

ステリマフ, ミハイロ・パナーソヴィチ *Stel'mah, Mihailo Afanas'evich*
ウクライナ出身の作家
1912.5.24〜1983.9.27
⊕ウクライナ　㊨レーニン文学賞（1961年）
㊨農家に生まれ、教育大学卒業後は教師に。第二次大戦に参加。詩人として出発し、1936年から作品を発表したが、ショーロホフの影響を強く受け、ロシア革命後のウクライナ農民の生活と歴史と生活描いた長編小説3部作「大家族」（50年）,「人の血は水ならず」（57年）,「パンと塩」（58年）を書く。61年レーニン賞を受賞。他の作品に、長編「真実と嘘」（61年）や回想的中編「雁が行く」（62年）など。子供のための作品もある。ソ連の少数民族文学の代表的作家。65年に来日した。

ステルマック, オレスト *Stelmach, Orest*
アメリカの作家
⊕コネティカット州　㊐ダートマス・カレッジ卒, シカゴ大学卒
㊨ウクライナ移民の両親のもと、ウクライナ・コミュニティで育ち、皿洗いやデパートの商品陳列などの仕事で生活費を稼ぎながら、ダートマス・カレッジとシカゴ大学で学位を取得。

卒業後、日本での英語講師を経て、国際投資マネージャーの仕事に従事。2012年短編「In Persona Christi」が「アメリカ探偵作家クラブ傑作選Vengeance」の一編に選ばれてデビュー。14年初めての長編小説となるサスペンス・ミステリー「チェルノブイリから来た少年」を刊行。ウクライナ語の他にスペイン語、日本語を話す。

ス

ステン, ヴィヴェカ *Sten, Viveca*
スウェーデンの作家
1959〜
[出]ストックホルム郊外　[名]Sten, Viveca Bergstedt　[学]ストックホルム大学卒, ストックホルム商科大学卒
[歴]ストックホルム大学とストックホルム商科大学を卒業後、多くの企業で法務関係の仕事に携わり、法律書も執筆。スウェーデンとデンマークの郵便会社, Post Nordの法律顧問を務めるなどキャリアウーマンとして成功する一方、2008年ミステリー「静かな水のなかで」を発表し、好評を博す。以後、シリーズ作品は13年までに6冊に及び、スウェーデンではテレビドラマ化もされる。

ステンベール, ジャック *Sternberg, Jacques*
ベルギー生まれのフランス語SF作家
1923.4.17〜2006.10.11
[出]アントワープ(ベルギー)　[賞]ユムール・ノワール文学賞(1961年)
[歴]ベルギーの新聞社づとめを経て、書きためた小説やショート・ショートを発表すべく1946年にパリに出るが、7年もの間出版界に受けいれられぬまま、包装係、タイピスト、模型製作者、広告業者などの職を転々とする。「ル・メプリ」などのブラック・ユーモア・パロディの小専門誌の編集長やアングラのアンソロジーの編集者を務めた経験も持つ。53年にブラック・ユーモアのショート・ショート小咄集「La géométrie dans limpossible(不可能の幾何学)」を処女出版する。翌年、長編第1作「Le délit(違反)」を刊行し、56年以降ブラックユーモアSFの作品を発表するようになる。61年「傭人」でユムール・ノワール文学賞を受賞し、以後長・短編、戯曲、エッセイ、脚本などを年に1〜2作の割で世に送り続ける。70年代後半しばらくSFから遠ざかり「フランス・ソワール」「ル・モンド」などの有力紙のコラムで現代人を罵倒し、普通小説、文明批評のエッセイ、「Dictionnaire du mépris(軽蔑辞典)」などを出版した。

ストアーズ, カールトン *Stowers, Carlton*
アメリカの作家, ジャーナリスト
[出]テキサス州　[賞]MWA賞(エドガー・アラン・ポー賞)(1986年・1999年)
[歴]1986年「ケアレス・ウイスパー」でエドガー・アラン・ポー賞を受賞。ベテラン・ジャーナリストとして活躍する一方、細心の取材と大胆な物語性を取り込んだ手法でノンフィクション小説を手がけ、アメリカにおける犯罪の原因とその社会的影響を探る。著書に「なぜ少年は警官を殺したのか」「証拠(エヴィデンス)」などがある。

ストウ, ランドルフ *Stow, Randolph*
オーストラリア生まれの作家
1935.11.28〜
[出]オーストラリア西オーストラリア州ジェラルドトン　[名]Stow, Julian Randolph　[学]西オーストラリア大学(1956年)卒　[賞]オーストラリア文学協会金メダル賞(1958年, 59年), マイルズ・フランクリン文学賞(1959年), ブリタニカ・オーストラリア賞(1966年), パトリック・ホワイト賞(1979年)
[歴]弁護士である父親はイギリス移民の古い開拓者一家の出身で、母親も西オーストラリア開拓の先駆者として知られるキャンベル・スウェルの孫にあたる。人類学に興味を持ち、1957年アボリジニ伝道所に宣教師として勤め、59年パプアニューギニア政府の見習パトロール官及び人類調査助手となる。62年以降は、イギリス・リーズ大学、母校・西オーストラリア大学などカナダ、ヨーロッパの各大学で教鞭を執る傍ら、アメリカ・ハークネス研究員(64〜66年)、リーズ大学オーストラリア文学研究所(68〜69年)などを歴任。この間創作にも筆を染め、56年「A Haunted Land(悪霊に取りつかれた島)」でオーストラリア文壇にデビュー。次々に長編や詩集を世に送り、パトリック・ホワイトらの次代を担う新進作家として高く評価され、58年と59年に2回オーストラリア文学協会金メダル賞を、59年にはマイルズ・フランクリン文学賞獲得。その後、童話「Midnite：The Story of a Wild Colonial Boy(植民地の野性児ミッドナイト)」(68年)なども発表し、一作ごとに注目を集める創作活動を展開し、オーストラリアの代表作家のひとりとして不動の地歩を築きあげた。60年代にイギリスに移住。80年久しぶりに長編「ニワトコの花のような緑の娘」を発表。

ストゥーブハウグ, アーリルド *Stubhaug, Arild*
ノルウェーの作家, 詩人
1948〜
[学]ベルゲン大学大学院(1971年)修士課程修了　[賞]ブラーゲ賞, ノルウェー語賞(2001年)
[歴]数学、文学、宗教史の分野で修士号を取得。1970年作家としてデビューし、詩を主とする多くの文芸作品を発表。「アーベルとその時代—夭折の天才数学者の生涯」(96年)でノルウェーの文学賞であるブラーゲ賞を受賞。さらにノルウェーの数学者でリー群論の創始者ソーフス・リーの伝記を刊行し、2001年両著でノルウェー語賞を受賞。スウェーデン王立科学アカデミーに勤務。

ストーカー, ブラム *Stoker, Bram*
アイルランドの作家
1847.11.8〜1912.4.20
[出]ダブリン　[名]ストーカー, ブラム・エーブラハム〈Stoker, Bram Abraham〉　[学]ダブリン大学卒
[歴]ダブリンのプロテスタントの家に生まれる。ダブリン大学ではオスカー・ワイルドの学友だった。卒業後、「デイリー・メール」紙に劇評を寄稿したことがきっかけに名優H.アービングと知り合い、マネージャーを27年間務める。長年座付作者兼裏方として演劇界に身を置き、大衆の嗜好をつかむ作劇術を獲得。初めて劇場の座席予約制度を採り入れるなど有能な興行責任者だった。傍ら小説を書き、1897年に発表した「ドラキュラ」は一大センセーションを巻き起こし、以後吸血鬼文学の不滅の古典となる。ほかに多数の怪奇小説と「有名詐欺師伝」(1910年)がある。その怪奇趣味のゆえに“最後のゴシック・ロマンス作家”と評された。

ストークス, エイドリアン *Stokes, Adrian*
イギリスの美術批評家, 画家, 詩人
1902.10.27〜1972.12.15
[出]ロンドン　[名]ストークス, エイドリアン・ダーラム〈Stokes, Adrian Durham〉　[学]オックスフォード大学
[歴]オックスフォード大学のラグビー・カレッジとモードリン・カレッジに学ぶ。1920年代にイタリアで詩人エズラ・パウンドと知り合い、創作のアイデアを得たほか、パウンドの紹介で「クライティーリオン」誌に詩を掲載してもらえることに。30年代初めから美術批評活動を開始し、初期イタリア・ルネッサンスの彫刻・建築を扱った「15世紀イタリア」(32年)や「リミニの石」(34年)で知られた。その後広範囲にわたるヨーロッパ絵画と彫刻を論評し、代表作に「ミケランジェロ」(55年)、「ラファエロ」(56年)などがある。芸術心理学でも卓抜な業績を挙げ、死後、高く評価された。78年著作集全3巻が刊行された。

ストケット, キャスリン *Stockett, Kathryn*
アメリカの作家
[出]ミシシッピ州ジャクソン　[学]アラバマ大学英語創作科卒
[歴]ニューヨークで雑誌編集に携わる。2001年の米同時多発テロ後、5年の歳月をかけて執筆した「ヘルプ—心がつなぐストーリー」は多くの出版社から断られ、日の目を見るにはさらに

数年を要したが、口コミで拡がり、「ニューヨーク・タイムズ」紙のベストセラーリストに103週ランクインするロングセラーを記録。3年間でデジタル版を合わせて1130万部以上を売り上げる記録的ミリオンセラーとなった。また、幼なじみの監督による同名の映画も大ヒット、数々の賞を受賞した。

ストック, ジョン *Stock, Jon*
イギリスの作家, ジャーナリスト
1966〜
[出]ウィルトシャー州ティッドワース　[学]ケンブリッジ大学
[歴]ケンブリッジ大学で英語を学ぶ。海外特派員時代の経験を活かし、フリーランスの記者として新聞や雑誌に寄稿する一方、1997年「The Riot ACT」で作家デビュー。スパイ小説を執筆し、3作目となる「Dead Spy Running」はワーナー・ブラザーズが映画化権を獲得した。

ストックウィン, ジュリアン *Stockwin, Julian*
イギリスの作家
1944〜
[出]ハンプシャー州ベイジングストーク　[学]タスマニア大学
[歴]15歳でイギリス海軍に入隊するが、両親のオーストラリア移住にともないオーストラリア海軍に移る。下士官で退役後、タスマニア大学で教育心理学とコンピューターを学び、1990年イギリスに戻る。97年からギルフォード・カレッジでソフトウェアのプログラミングをパートタイムで教え始め、同時に執筆活動を開始。2001年〈海の覇者トマス・キッド〉シリーズの第1作「風雲の出帆」でデビュー、たちまち人気作家となる。

ストッパード, トム *Stoppard, Tom*
チェコ出身のイギリスの劇作家, 脚本家
1937.7.3〜
[出]チェコスロバキア・ズリーン（チェコ）　[名]旧姓名＝ストラウスラー, トーマス〈Straussler, Thomas〉　[賞]イブニング・スタンダード賞（1967年・1972年・1974年・1978年・1982年・1993年・1997年・2006年）, ニューヨーク劇評家賞（1968年）, ジョン・ホワイティング賞（1967年）, プレイズ・アンド・プレイヤーズ賞（1967年）, トニー賞（第30回・第38回）（1976年・1984年）, ベネチア国際映画祭金獅子賞（1990年）, ローレンス・オリビエ賞（1993年）, ゴールデン・グローブ賞脚本賞（1998年度）, アメリカ脚本家組合賞（1998年度）, アカデミー賞オリジナル脚本賞（1998年）, ベルリン国際映画祭貢献賞（1999年）, トニー賞（7部門）（2007年）, 世界文化賞（演劇・映像部門）（2009年）, デービッド・コーエン英文学賞（2017年）
[歴]ユダヤ系の家庭に生まれる。1939年ナチス・ドイツの手を逃がれ、一家でシンガポールへ移住したが、42年今度は日本軍の進攻に遭い、父を残してインドへ避難した。父はその後日本軍に捕えられ死亡。母の再婚によりストッパード姓となる。インドではアメリカンスクールに学び、46年イギリスに移住。17歳で学校を修了し、ジャーナリストとなり、報道記事、映画・演劇の批評を担当した。60〜62年フリーランスの記者として働く。この間に書いた「水上の散歩」（のち「自由人登場」と改名）が63年にテレビ放映される。67年「ローゼンクランツとギルデンスターンは死んだ」がナショナルシアターで上演されて認められ、トニー賞をはじめ、数々の賞を独占した。その後も知的ユーモアとウィットに富んだ数多くの作品を書きイギリス演劇界にその地位を確立した。他の主な戯曲に「ジャンパーズ」（72年）、「茶番劇」（75年）、「ザ・リアル・シング」（82年）、「アルカディア」（93年）、「コースト・オブ・ユートピア」（2002年）、「ロックンロール」（06年）など。ナイト爵位を叙せられる。

ストラウト, エリザベス *Strout, Elizabeth*
アメリカの作家
1956.1.6〜
[出]メーン州ポートランド　[学]シラキュース大学　[賞]ピュリッツァー賞（小説）（2009年）, ロサンゼルス・タイムズ新人賞, シカゴ・トリビューン・ハートランド賞
[歴]シラキュース大学で学ぶ。長年にわたりマンハッタンコミュニティカレッジで文学を教える傍ら、「ニューヨーカー」をはじめ多くの雑誌に短編を中心とした小説を発表。1998年初の長編作品「目覚めの季節―エイミーとイザベル」を刊行、オレンジ賞とPEN/フォークナー賞の候補となり、ロサンゼルス・タイムズ新人賞とシカゴ・トリビューン・ハートランド賞を受賞。2008年に発表した「オリーヴ・キタリッジの生活」でピュリッツァー賞を受賞。他の著書に「Abide with Me」（06年）、「バージェス家の出来事」（13年）などがある。

ストラウド, カーステン *Stroud, Carsten*
カナダの作家
[出]オタワ　[賞]アーサー・エリス賞処女長編賞（1991年）
[歴]トロント警察に勤務したが職務中の負傷から退職して文筆業に転身、主に警察や犯罪に関するノンフィクションを執筆。カナダのパトロール警官を描いたノンフィクション「The Blue Wall」（1983年）が初の著作。ニューヨーク市警の殺人課刑事と共に行動した半年間の体験を書いた「Close Pursuit」（87年）で高い評価を得る。90年ニューヨーク市警の特別武器装備隊（SWAT）と殺人課刑事の登場するサスペンス色の強い警察小説「狙撃警官キーオウ」でフィクションに進出、カナダ推理作家協会のアーサー・エリス賞処女長編賞を受賞。以来フィクションとノンフィクション両方で質の高い骨太な作品を執筆、小説に「ブラックウォーター・トランジット」「キューバ海峡」「コブラヴィル」「ナイスヴィル」などがある。

ストラウブ, ピーター *Straub, Peter*
アメリカの作家
1943〜
[出]ウィスコンシン州ミルウォーキー　[学]ウィスコンシン大学, コロンビア大学, ユニバーシティ・カレッジ　[賞]イギリス幻想文学大賞（1983年）
[歴]1972年「Marriages」でデビュー。「Julia（ジュリアの館）」（75年）でホラーに転じ、映画化された「Gohst story」（79年）でベストセラー作家となる。やがて、超自然的なホラーから離れ、文学性豊かなサイコ・スリラー「ココ」（88年）を発表。「ココ」に始まる〈ブルー・ローズ〉3部作には「Mystery（ミステリー）」（89年）、「スロート」（93年）がある。また、スティーブン・キングとの共作「タリスマン」（84年）もある。

ストラットン, アラン *Stratton, Allan*
カナダの作家, 劇作家
1951〜
[出]オンタリオ州ストラトフォード　[賞]マイケル・L.プリンツ賞銀賞
[歴]俳優や教師の職を経て、劇作家、作家として活躍。2001年に出版された「レズリーの日記」で新しいヤングアダルト文学の書き手として注目される。南アフリカ、ジンバブエ、ボツワナを訪れて取材した体験から生まれた「沈黙のはてに」は国際的な評価も高く、アメリカ図書館協会のマイケル・L.プリンツ賞の銀賞を受賞。

ストランゲル, シモン *Stranger, Simon*
ノルウェーの作家
1976〜
[出]オスロ　[学]オスロ大学卒　[賞]リスクモール協会児童書賞（2006年）
[歴]オスロ大学で哲学と宗教史を学んだ後、作家学校に1年通う。2003年国際貿易により生まれる格差と貧困の問題を扱った大人向けの小説「この一連の出来事を僕らは世界と呼んでいる」で作家デビュー。06年子供向けの読みもの「イェンガンゲル」でリスクモール協会児童書賞を受賞。また、ヤングアダルト作品「バルザフ」のアラビア語翻訳書は、12年IBBY（国際児童図書評議会）オナーリストでパレスチナの最優良翻訳作品に選ばれた。

ストランド, マーク *Strand, Mark*
カナダ生まれのアメリカの詩人, 作家, 評論家

1934.4.11～2014.11.29
[出]カナダ・プリンス・エドワード島　[学]エール大学, アイオワ州立大学　[賞]ピュリッツァー賞（1999年）, マッカーサー賞（1987年）, ボーリンゲン賞（1993年）, アメリカ文学芸術アカデミー・ゴールドメダル（2009年）
[歴]カナダのプリンス・エドワード島に生まれ、子供の頃は父親の転勤に伴い、アメリカや中南米を転々とした。エール大学、アイオワ州立大学などで学ぶ。1964年最初の詩集「スリーピング・ウィズ・ワン・アイ・オープン」を刊行、高い評価を受ける。その後、数々の詩集を発表し、アメリカ現代詩界を代表する詩人の地位を獲得。99年には「ブリザード・オブ・ワン」でピュリッツァー賞に輝いた。一方、児童文学作家、翻訳者、編者、評論家など多彩な顔を持ち、「ニューヨーカー」他各誌に散文を寄稿。85年初の短編集「犬の人生」（村上春樹訳）を刊行。ユタ州立大学、ジョンズ・ホプキンズ大学、コロンビア大学などで教鞭を執った。

ストランドベリ, マッツ　*Strandberg, Mats*
スウェーデンの作家, ジャーナリスト
1974～
[出]ファーゲシュタ　[賞]スウェーデン年間最優秀コラムニスト賞（2004年）
[歴]スウェーデンの二大タブロイド紙のひとつ「アフトンブラーデット」のコラムニストとして一躍有名になり、2004年に年間最優秀コラムニスト賞を受賞。著作の中にはスウェーデン最大のゲイ・ニュースサイトQXの年間最優秀作品にも選ばれたものもある。08年脚本家のサラ・B.エルフグリエンと出会い、ティーンエージャーが主人公の物語で意気投合。11年サラとの共著で「CIRKELN（ザ・サークル）」を刊行すると、世界中で翻訳され、国内外で数々の賞を受賞。12年第2作「Eld（ザ・ファイヤー）」、13年第3作「Nyckeln（ザ・キー）」を刊行、3部作〈Engelsfors（エンゲルスフォシュ）〉シリーズは完結し、スウェーデン国内で累計34万部以上売り上げるベストセラーとなった。ファンサービスにと、2.5作目としてスピンオフの短編をコミック仕立てにした「Talesfrom Engelsfors（エンゲルスフォシュの物語）」もある。「ザ・サークル」は映画化もされた。

ストーリー, デービッド　*Storey, David*
イギリスの作家, 劇作家
1933.7.13～2017.3.27
[出]ウェストヨークシャー州ウェイクフィールド　[名]ストーリー, デービッド・マルコム〈Storey, David Malcolm〉　[学]スレイド美術学校　[賞]マクミラン小説賞（1960年）, ジョン・ルウェリン・リース賞（1961年）, サマセット・モーム賞（1963年）, ジェフリー・フェイバー記念賞（1973年）, ブッカー賞（1976年）
[歴]炭坑夫の子として生まれ、1953年から3年間ロンドンのスレイド美術学校で学ぶ。60年「スポーツ生活」「キャムデン逃避行」の2編の小説でデビューし注目を集める。67年に書いた処女戯曲「アーノルド・ミドルトンの復帰」の成功によって劇作に力を注ぐようになり、しばらく小説から遠ざかった。戯曲はその後ほぼ1年1作の割合で発表し、オズボーンとピンターに次ぐ、イギリスで最も注目すべき劇作家とまで評された。72年久々の小説「パスモア」を発表し、復帰3作目にあたる「サヴィルの青春」（76年）ではブッカー賞を受賞した。他の戯曲に「イン・セレブレイション」（69年）、「ロッカールーム」（72年）、「ライフ・クラス」（74年）、「若い頃」（80年）、「ロシアへの行進」（89年）など。テレビドラマの執筆・演出も行った。

ストリーバー, ホイットリー　*Strieber, Whitley*
アメリカの作家
1945～
[出]テキサス州サンアントニオ　[学]セント・ジョンズ・カレッジ, テキサス大学
[歴]大学卒業後、ロンドンで映画関係の仕事に就き、多数のアングラ映画を制作した。その後ニューヨークで映画とマスコミの仕事に10年ほど従事する。作家としては1978年にホラーとサスペンスの要素を含んだミステリー小説「The Wolfen（ウルフェン）」でデビューした。この作品はマイケル・ウォードリー監督、アルバート・フィニー主演で映画化されている。その後もホラー・ストーリー「The Hunger（薔薇の渇き）」「Black Magic」などを発表して人気を博す。他に、わずか20分間の米ソ核戦争及びその後の惨情を描いたノンフィクション的超近未来小説「ウォー・デイ」（クネトカとの共作）や「コミュニオン―異星人遭遇全記録」「生態系の崩壊」「ラスト・ヴァンパイア」「2012―ザ・ウォー・フォー・ソウルズ」などがある。アート・ベルとの共著「デイ・アフター・トゥモロー」は2004年に映画化された。

ストリブリング, T.S.　*Stribling, T.S.*
アメリカの作家
1881～1965
[出]テネシー州　[賞]ピュリッツァー賞（文学部門）（1933年）
[歴]教師、弁護士を経て雑誌編集者に転じ、1908年から8年間、南アメリカ、ヨーロッパで暮らしながら文筆業に入る。アメリカ南部や黒人問題をテーマにした小説で認められ、「ストアー」（32年）で33年のピュリッツァー賞を受賞。純文学作品の傍ら、名探偵ポジオリ教授のミステリー・シリーズも30年以上にわたって書き継がれた。

ストリンガー, ビッキー　*Stringer, Vickie M.*
アメリカの作家
[歴]1994年オハイオ州で麻薬密売組織を率いた罪などで逮捕され、7年間服役。この間、自身の体験に基づいた「ワケありってコトで」を執筆。出所後の2001年、1500部を自費出版したところ反響を呼び、その売り上げをもとに出版社のトリプル・クラウンを設立。本格的に売り始め、全米で20万部を超えるベストセラーとなった。暴力や麻薬のはびこるアメリカ社会の裏面をアフリカン・アメリカン独特の言葉使いで描く"ヒップホップ小説"というジャンルの創始者として知られる。05年初来日。

ストリコフスキ, ユリアン　*Stryjkowski, Julian*
ポーランドの作家
1905.4.27～1996.8.8
[出]ガリツィア地方ストルイ　[名]スタルク, ペサフ　[学]ルヴフ大学　[賞]ヤン・パランドフスキ賞（1993年）
[歴]ユダヤ系。オーストリア・ハンガリー帝国統治下のガリツィア地方ストルイに教師の息子として生まれ、第二次大戦中はモモスクワでポーランド語新聞の編集に従事。1951年「フラガラへ走る」で作家デビューし、注目を集める。代表作はガリツィア3部作の異名を持つ「闇の中の声」（56年）、「旅籠」（66年, 邦題「還らぬ時」）、「アズリルの夢」（75年）で、「旅籠」は巨匠カヴァレロヴィッチ監督の映画「宿屋」の原作となった。他の作品に「谺」、「沈黙」（93年）など。一貫してユダヤ人を作品の中心的テーマとした。93年ポーランド・ペンクラブより全著作に対してヤン・パランドフスキ賞が贈られた。

ストルガツキー兄弟　*Strugatskii, Arkadii & Boris*
ロシア（ソ連）の作家
[名]単独筆名＝ストルガツキー, アルカジー〈Strugatskii, Arkadii〉ストルガツキー, ボリス〈Strugatskii, Boris〉
[歴]ストルガツキー兄弟は、兄のアルカジー（1925～91年）と弟のボリス（1933～2012年）の兄弟作家。アルカジーは第二次大戦中、陸軍外国語大学日本語科の聴講生となり日本語を習得、戦後は極東裁判に関する仕事に従事した。弟のボリスはレニングラード大学理学部を卒業してプルコフ天文台に勤務。1957年より2人の共作で多くの中・長編小説を発表し、ソ連のSF小説の創始者として人気を博した。しかし、異星人と接触する人類を通して現代社会を批判する作風はソ連当局の弾圧を受け、代表作「トロイカ物語」（68年）などは88年まで発禁処分になっていた。現代の東欧SFを代表する作家で、アンドレイ・タルコフスキーの映画「ストーカー」（「路傍のピクニック」/邦題「ストーカー」, 72年）の原作者としても有名。91年にアルカジーが亡くなるまで共作を続けた。他の代表作に「紫雲の

国」(59年)、「神さまはつらい」(64年)、「月曜日は土曜日に始まる」(66年完全版)、「みにくい白鳥」(67年)、「有人島」(邦題「収容所惑星」, 69年)、「波は風を消す」(85年)、「そろそろ登れカタツムリ」(88年完全版) などがある。

ストルニ, アルフォンシナ *Storni, Alfonsina*
スイス生まれのアルゼンチンの詩人
1892.5.29〜1938.10.25
[出]スイス・サーラ・カプリアスカ
[歴]スイスに生まれたが幼い頃から旅回りの劇団で女優として舞台に立ち、1911年家族とともに両親の祖国アルゼンチンに移住。やがて小学校の教師となり、傍ら詩を発表。ブエノスアイレスに移ってからは女性解放運動に加わった。第2詩集「甘い傷」(18年) で一般の人気を得る。「黄土色」(25年) 以降官能的な性愛への憧憬や悲恋をうたい、独自の作風を確立。他の詩集に「バラの不安」(16年)、「七つの井戸の世界」(34年)、「仮面とクローバー」(38年) がある。38年癌に侵されていることを知り、海に身を投げた。

ストールワージー, ジョン *Stallworthy, Jon*
イギリスの詩人, 英文学者
1935.1.18〜2014.11.19
[出]ロンドン　[名]ストールワージー, ジョン・ハウイ〈Stallworthy, Jon Howie〉　[学]オックスフォード大学モードリン・カレッジ卒　[賞]W.H.スミス文学賞 (1975年), E.M.フォースター賞 (1976年)
[歴]1977年までニューヨークのコーネル大学でジョン・ウェンデル・アンダーソン記念英文学教授を務め、同年オックスフォード大学ウルフソン・カレッジの特別研究員となる。詩集に「地上の楽園」(58年)、「愛の天文学」(61年)、「アーモンドの木」(67年)、「根と枝」(69年)、「手に手をとって」(74年)、「見慣れた木」(78年) などがある。イェーツの草稿研究、高く評価されたオーエンの伝記 (74年) もある。

ストレイド, シェリル *Strayed, Cheryl*
アメリカの作家
1968〜
[歴]2006年デビュー作「TORCH」が好評を博す。12年「わたしに会うまでの1600キロ」は全米ベストセラー1位となり、数多くの文学賞を受賞。世界30ケ国以上で刊行される。一方、「ニューヨーク・タイムズ・マガジン」や「ヴォーグ」などの雑誌に数多くのエッセイを発表。

ストレンジ, マーク *Strange, Marc*
カナダの作家
1941.7.24〜2012.5.19
[出]オンタリオ州バンクリークヒル　[賞]MWA賞最優秀ペーパーバック賞 (2010年)
[歴]カナダで俳優、テレビ番組の共同制作者などとして活躍した後、2007年元ボクサーのホテル警備責任者ジョー・グランディを主人公としたスタイリッシュ・ハードボイルド「Sucker Punch」で作家デビュー。同作は08年のアーサー・エリス賞最優秀新人賞にノミネートされる。シリーズ第2作「ボディブロー」では、10年のMWA賞最優秀ペーパーバック賞を受賞した。

ストロス, チャールズ *Stross, Charles*
イギリスの作家
1964〜
[出]ウェストヨークシャー州リーズ　[学]ロンドン大学 (薬学), ラッドフォード大学 (コンピューター科学) 卒　[賞]ヒューゴー賞 (2005年)
[歴]ロンドン大学で薬学を学び、薬剤師を経て、ラッドフォード大学に再入学してコンピューター科学を学ぶ。卒業後はプログラマーやテクニカル・ライターとして働く。一方、幼い頃からSF作家を目指し、1986年イギリスのSF専門誌「インターゾーン」で短編デビュー。2003年アメリカのエース・ブックスから刊行された「シンギュラリティ・スカイ」で長編デビューを飾る。この作品は、処女作にも関わらずヒューゴー賞、ローカス賞の候補となった。05年中編「コンクリート・ジャングル」でヒューゴー賞を受賞。

ストロング, L.A.G. *Strong, L.A.G.*
イギリスのアイルランド系作家, 詩人
1896〜1958
[出]デボン州プリマス　[名]ストロング, レナード・アルフレッド・ジョージ〈Strong, Leonard Alfred George〉　[学]オックスフォード大学ウォダム・カレッジ　[賞]ジェームズ・テイト・ブラック記念賞 (1945年)
[歴]アイルランド人の両親のもと、イギリスに生まれる。学校の教師をしながら詩を書き、「ダブリンの日々」(1921年)、「陰鬱な道」(23年) などの詩集で叙情詩人としての名声を確立。推理小説や幻想小説、ロマンス小説なども書き、小説第1作「デューワー森の乗馬道」(29年) が評論家から高く評価される。短編小説集「旅人たち」(45年) はジェームズ・テイト・ブラック記念賞を受賞した。他の作品に、小説「救出」(55年)、エッセイ「Personal Remarks」(53年) などがある。アイルランドを背景にした作品が多い。

ストーン, アービング *Stone, Irving*
アメリカの伝記作家, 歴史家
1903.7.14〜1989.8.26
[出]カリフォルニア州サンフランシスコ　[学]カリフォルニア大学バークレー校卒
[歴]大学では政治学を学び、はじめ劇作家を志す。卒業後カリフォルニア大学バークレー校で経済学を教えていたが、1926年パリを訪れ印象派の画家と交際したことがきっかけで、34年オランダの画家ゴッホの伝記「炎の生涯—ゴッホ物語」を発表。以来米作家ジャック・ロンドンの伝記「馬に乗った水兵」(38年)、第16代米大統領リンカーン夫妻の生涯を描いた「永遠の愛」(54年)、イタリアの彫刻家・画家・建築家ミケランジェロの伝記「苦悩と陶酔」(61年) など多くの伝記小説を世に送り、この分野の草分けとなった。他にフロイトの伝記など。作品の多くがベストセラーになり、また、チャールトン・ヘストン主演の「苦悩と陶酔」など五つの著作が映画化されている。

ストーン, デービッド・リー *Stone, David Lee*
イギリスの作家
1978.1.25〜
[歴]10歳の時からファンタジー小説「イルムア年代記」を構想。学校を中退して「Interzone」「Xenox」「The Edge」「SFX」など様々な雑誌にストーリーや書評を寄稿。2003年〈イルムア年代記〉シリーズの第1作「襲われた魔都ダリッチ」を出版、新しい時代のファンタジー作家として注目される。

ストーン, ニック *Stone, Nick*
イギリスの作家
1966〜
[出]ケンブリッジ　[学]ケンブリッジ大学　[賞]CWA賞イアン・フレミング・スティール・ダガー賞 (2006年), マカヴィティ最優秀新人賞受賞 (2007年度)
[歴]父親はスコットランド人の歴史学者、母親はハイチの名家の出身。幼い頃はハイチで暮らし、1971年イギリスに戻る。10代の頃はボクサーを目指していたが、ケンブリッジ大学入学後は歴史学に専念。デビュー作「ミスター・クラリネット」で、2006年度イギリス推理作家協会賞 (CWA賞) イアン・フレミング・スティール・ダガー賞、07年度マカヴィティ最優秀新人賞を受賞。

ストーン, ピーター *Stone, Peter*
アメリカの劇作家
1930.2.27〜2003.4.26
[出]カリフォルニア州ロサンゼルス　[学]バード大学卒, エール大学大学院修了 文学博士 (バード大学) (1971年)　[賞]MWA賞 (ミステリー映画賞) (1963年), アカデミー賞オリジナル脚本

賞(1964年), トニー賞(脚本賞)(1969年・1981年・1997年)
[歴]映画プロデューサーの父と映画作家の母の間に生まれる。早くから数多くの映画、演劇、ミュージカル、テレビなどの脚本、台本を書き、またその作品をノベライズした本を刊行。映画「がちょうのおやじ」(1964年)でアカデミー賞オリジナル脚本賞を共同受賞。ブロードウェイ作品「1776年」(69年)、「ミズ」(81年)、「タイタニック」(97年)でトニー賞を受賞した。他の作品にヒット映画「シャレード」(63年)など。

ストーン, ロバート *Stone, Robert*
アメリカの作家
1937.8.21〜2015.1.10
[出]ニューヨーク市ブルックリン [名]Stone, Robert Anthony [学]ニューヨーク大学卒, スタンフォード大学卒 [賞]W.フォークナー財団賞, 全米図書賞(1975年)
[歴]ニューオリンズやマンハッタンで様々な職を転々とし、ボヘミアン的な生活を送る。1968年長編小説「A Hall of Mirrors(鏡の間)」で作家デビュー。以来、アメリカ人の持つ狂気と紙一重の情熱と社会の没落を描いた。他の作品に「Dog Soldiers」(74年)、「A Flag For Sunrise」(81年)、「Children of Light」(86年)、「Outerbridge Reach」(92年)、「Damascus Gate」(98年)、「Death of the Black-Haired Girl」(2013年)など。07年南アフリカでジャーナリストとなった1958年から71年のベトナム旅行まで、60年代を中心に書き綴った回顧録「Prime Green: Remembering the Sixties」を刊行。

スナイダー, ゲーリー *Snyder, Gary Sherman*
アメリカの詩人
1930.5.8〜
[出]カリフォルニア州サンフランシスコ [学]リード大学, インディアナ大学, カリフォルニア大学バークレー校 [賞]ピュリッツァー賞(1975年), ボーリンゲン賞(1997年), 仏教伝道文化賞(日本)(1998年), 正岡子規国際俳句賞(日本)(2004年), ルース・リリー詩賞(2008年)
[歴]1歳のとき家族で移住したワシントン州の酪農場で育ち、大自然の中で少年時代を送る。12歳でオレゴン州に移り、オレゴン州のリード大学で人類学、インディアナ大学で言語学、カリフォルニア大学で東洋学・中国語・日本語を修める。1953年頃ワシントン州ノースカスケード山で森林看視人やきこりをし、のち西海岸を放浪、タンカー乗員として働いた。この間56年に初来日、68年まで日本に滞在し、臨済禅の修行と研究を行う。また、日本人女性と結婚した。59年の第一詩集「Riprap(割り石)」以来、自然との関係を重視し、70年よりカリフォルニア州シエラネバダ山中に生活。75年詩文集「亀の島」(74年)でピュリッツァー賞を受賞。A.ギンズバーグやJ.ケルアックとともにビート・ジェネレーションを代表する詩人とされる。文筆活動の他、ポエトリー・リーディング、禅仏教の実践と研究、自然保護運動にも活躍。カリフォルニア大学デービス校教授も務めた。他の作品に、詩集「神話とテキスト」(60年)「斧の柄」(83年)「終わりなき山河」「絶頂の危うさ」「ノー・ネイチャー」(「スナイダー詩集ノーネイチャー」の改題)、散文集「地球家族」(69年)「波について」(69年)「インドを通る道」(84年)「野生の実践」(90年)など。寒山や宮沢賢治の詩の英訳(「リップラップと寒山詩」「奥地」)もある。“ガイアのうた”を書き続けるディープ・エコロジストの詩人。

スノー, C.P. *Snow, Charles Percy*
イギリスの作家, 物理学者
1905.10.15〜1980.7.1
[出]レスター [学]レスター大学卒, ケンブリッジ大学(物理学)博士号(ケンブリッジ大学)(1930年) [賞]ジェームズ・テイト・ブラック記念賞(1954年)
[歴]生地のレスター大学を卒業後、1928年ケンブリッジ大学研究生を経て、30〜50年同大学クライストカレッジ特別研究員となった。この間専攻した分子物理学の研究を続け、第二次大戦中には政府の科学者動員計画を組織した。戦後も科学行政に参与して、64年科学技術省政務次官に就任、同年男爵に叙せられた。この間小説の創作を30年代初めから行い、処女作の推理小説「Death under Sail(航海中の死)」(32年)で作家として認められ、大河小説「Stranger and Brother(他人と同胞)」の連作を、40年より70年にかけて全11巻に結実させ、これが代表作となった。科学思想の普及にも努め、59年の「The two Cultures and Scientific Revolution(二つの文化と科学革命)」は、科学と文化の分裂を論じ世界的論争を生んだ。他の作品に自伝的な「探究」(34年)、科学と行政を論じた「科学と政治」(61年)、「人間この多様なるもの」(67年)など。
[家]妻=パミラ・ハンズフォード・ジョンソン(作家)

スノッドグラス, W.D. *Snodgrass, W.D.*
アメリカの詩人
1926.1.5〜2009.1.13
[出]ペンシルベニア州ウィキンズバーグ [名]スノッドグラス, ウィリアム・ド・ウィット〈Snodgrass, William DeWitt〉 [学]アイオワ州立大学卒 [賞]ピュリッツァー賞(詩部門)(1960年)
[歴]アイオワ州立大学創作科でロバート・ローウェルのもと詩作を学ぶ。大学で教鞭を執りながら詩作する、同時期に多くみられた学者詩人の一人。1959年第1詩集「心の針」を発表、タイトルは“一人娘は心の針だ”というアイルランドの諺から取ったもので、離婚による幼い娘への愛を歌った連作詩集は“告白詩人”という新しい傾向を示す詩風として注目を集め、翌年ピュリッツァー賞詩部門を受ける。その後は「経験のあとで」(68年)と共訳詩集「処刑台の歌」(67年)、評論集「根源的探究」(75年)があるだけだった。

スパイサー, バート *Spicer, Bart*
アメリカの作家, ジャーナリスト
1918.4.13〜1978.2.15
[出]バージニア州リッチモンド [名]スパイサー, アルバート・サミュエル〈Spicer, Albert Samuel〉 共同筆名=バーベット, ジェイ〈Barbette, Jay〉
[歴]幼少期にイギリス、インド、アフリカ、フランス、その他、アメリカ国内を含め様々な地域を転々とする。ジャーナリスト、ラジオのニュース・ライターなど経て、1949年「ダークライト」で作家デビュー。同作は、50年アメリカ探偵作家クラブ賞(MWA賞)の最優秀処女長編賞の候補となる。妻のベティー・コー・スパイサーとの夫婦合作名義はジェイ・バーベットでも作品を発表した。
[家]妻=ベティー・コー・スパイサー(作家)

スパーク, ミュリエル *Spark, Muriel Sarah*
イギリスの作家, 詩人
1918.2.1〜2006.4.14
[出]エディンバラ [学]ギレスピー女学校 [勲]国家勲功章4級(1967年) [賞]オブザーバー紙短編小説コンテスト1等(1951年), イタリア賞(1962年), ジェームズ・テイト・ブラック記念賞(1965年), インガソル賞(アメリカ)(1992年), デービッド・コーエン英文学賞(1997年)
[歴]ユダヤ教徒の父とイギリス・ハーフォードシャー州出身の母との間に生まれる。ギレスピー女学校に学び、19歳で南アフリカに渡り結婚、1児をもうけるが、やがて離婚して1944年に帰国。第二次大戦中は外務省政治情報部に勤務した。戦後「ポエトリー・レビュー」誌などの編集に携わる傍ら文筆活動を始め、評伝の著作や書簡の編纂を手がける。51年「オブザーバー」紙主催の短編小説コンテストで「The Seraph and The Zambesi(セラフとザンベシ河)」が1等を受賞、作家として幸運なスタートを切った。57年には処女長編「The Comforters(慰める人々)」を発表、以後詩集、戯曲、長・短編など数々の作品を世に送った。群像を描くことを得意とし、一作ごとに新しい技法を試みて注目を集めた。スコットランドの女学校教師ブロウディの姿を描いた代表作「ミス・ブロウディの青春」(62年)は、69年マギー・スミス主演で映画化もされた。他に「死を忘れるな」(59年)、短編集「ポートベロー通り」などがある。“デーム”の称号を持つ。

スパークス, ニコラス *Sparks, Nicholas*
アメリカの作家
1965.12.31〜
[出]ネブラスカ州オマハ　[学]ノートルダム大学(1988年)卒
[歴]幼年時代はアメリカ各地を転々とする。奨学金で進んだノートルダム大学では800メートルの陸上選手として活躍。大学卒業後、不動産業、ウエイター、歯科用品販売など職を転々としながら作家を志した。1990年初めてのスポーツ・ノンフィクションを共著で出版。96年妻の63年連れ添った祖父母の実話をもとに書いた「きみに読む物語」で作家デビュー、全米で600万部を超えるベストセラーとなり、一躍人気作家となった。2作目「メッセージ・イン・ア・ボトル」も全米で170万部を超えるベストセラーとなり、98年ケビン・コスナー主演で映画化される。2004年「きみに読む物語」が映画化され、「マディソン郡の橋」を超える観客動員数を記録。著書は全世界で累計5000万部を超え、40以上の言語に翻訳されている。

スパラコ, シモーナ *Sparaco, Simona*
イタリアの作家, 脚本家
1978.12.14〜
[出]ローマ　[賞]ローマ賞(2013年)
[歴]イギリスの大学でコミュニケーション学を修めた後、イタリアへ戻って文学部の映画部門に入学。その後、トリノのホールデンスクールのマスターコースなど、いくつかの創作コースに通う。2013年「誰も知らないわたしたちのこと」でローマ賞を受賞、同作はストレーガ賞の最終候補作にもノミネートされた。

スピーゲルマン, ピーター *Spiegelman, Peter*
アメリカの作家
[出]ニューヨーク　[学]バッサー大学(英文学)　[賞]シェイマス賞最優秀新人賞(2004年)
[歴]バッサー大学で英文学を専攻。アメリカの金融業界、ソフトウェア産業の世界的企業で20年以上のキャリアを積むが、執筆に専念するため2001年退職。ミステリーを中心に執筆、私立探偵ジョン・マーチを生みだした処女作「Death's Little Helpers」が評価され、04年マーチ一族を通してヘッジファンド・ビジネスの裏を描く「Black Map」でシェイマス賞最優秀新人賞を受賞。「わたしを殺して、そして傷口を舐めて。」(07年)はバリー賞にノミネートされた。

スピネッリ, ジェリー *Spinelli, Jerry*
アメリカの作家
1941〜
[出]ペンシルベニア州　[学]ゲティスバーグ大学卒　[賞]ニューベリー賞(1991年), ボストン・グローブ・ホーンブック賞, アメリカ図書館協会賞
[歴]16歳の頃から文章を書き始め、雑誌編集者を経て、作家活動に入る。1990年に発表した「クレージー・マギーの伝説」で、ボストン・グローブ・ホーンブック賞、ニューベリー賞をはじめ多くの賞を受賞。アメリカで最も人気のある作家の一人として活躍。2000年「スター・ガール」が全米第1位のベストセラーとなる。他の著書に「青い図書カード」「ひねり屋」などがある。
[家]妻＝アイリーン・スピネッリ(詩人・作家)

スピレイン, ミッキー *Spillane, Mickey*
アメリカの推理作家
1918.3.9〜2006.7.17
[出]ニューヨーク市ブルックリン　[名]スピレイン, フランク・モリソン〈Spillane, Frank Morrison〉　[学]カンザス州立大学卒
[歴]高校時代から赤本向けの小説を書いて収入を得る。第二次大戦中は空軍少尉として従軍。戦後の1947年〈マイク・ハマー〉シリーズの第1作「裁くのは俺だ」を発表、大ベストセラーとなり、以来、私立探偵マイク・ハマーを主人公とした作品を書き継ぎ、驚異的売れ行きを示す。新興宗教を信心して9年ほど休筆、61年以後再び創作にあたり、スパイ物でも人気を博した。〈マイク・ハマー〉シリーズの「ガール・ハンター」(62年)は映画化され、台本を担当するとともに、ハマー役を自ら演じた。他の作品に「最後の警官」(73年)、「大いなる冒険」(81年)など。

スピンドラー, エリカ *Spindler, Erica*
アメリカの作家
[出]イリノイ州ロックフォード
[歴]美術の修士号を取得後、抽象画を描いてビジュアル・アートの世界で活躍する。ドラッグストアで手に入れた無料のシリーズ・ロマンスを読むうちに自身で書くことを思いつき、ロマンス作家としてデビュー。以後、年1冊のペースで恋愛小説を発表。中でも、赤毛の少女が過酷な体験を胸にハリウッドへ飛び出して新しい自分を発見していく物語「レッド」は世界各国で発行され、日本では漫画化、テレビドラマ化もされ人気を呼ぶ。他の作品に「恋するプリンセス」「キューピッドは誰？」「恋人と呼ばれたい」「思い出をバイクにのせて」「わたしがママよ」「プリンセスと呼ばないで」「熱い夜の記憶」「私が変わる朝」「マグノリアの夜明け」「妄執」などがある。

スプアー, ライク *Spoor, Ryk E.*
アメリカの作家
1962.7.21〜
[出]ネブラスカ州オマハ　[学]ピッツバーグ大学卒
[歴]ピッツバーグ大学を卒業後、SFとファンタジーを中心としたロールプレイングゲームやボードゲーム、ゲームの小説版などを手がける大手ゲーム出版社ウィザーズ・オブ・ザ・コースト社でプレイテスティング・コンサルタントを務める。2003年ファンタジー長編「Digital Knight」で作家デビュー。他の作品に「グランド・セントラル・アリーナ」。

スプリンガー, F. *Springer, F.*
オランダの作家, 外交官
1932.1.15〜2011.11.7
[出]オランダ領東インド・バタビア(インドネシア・ジャカルタ)
[名]スフネイデル, カーレル・ヤン　[学]ライデン大学法学科卒
[賞]ボルデウェイク文学大賞(1981年), コンスタンテイン・ハイヘンス賞(1995年)
[歴]父親はドイツ語教師。インドネシアのマランとバンドンで幼年時代を過ごし、10歳の時日本軍民間人抑留所に収容。14歳でオランダに引き揚げ、ライデン大学を卒業。1961年行政官としてニューギニアに滞在。64〜89年外交官としてニューヨーク、バンコク、ブリュッセルなどで勤務し、駐東ドイツ大使を最後に退官。一方、外交官時代から作家活動を始め、「ブーゲンヴィル」「さようなら、ニューヨーク」など駐在地を舞台にした小説を執筆。81年刊行の「ブーゲンヴィル」でボルデウェイク文学大賞を受賞し、注目される。95年全作品でコンスタンテイン・ハイヘンス賞を受賞。他の作品に「五十年ぶりの日本軍抑留所—バンドンへの旅」などがある。

スプリンガー, ナンシー *Springer, Nancy*
アメリカのファンタジー作家
1948〜
[出]ニュージャージー州　[賞]アメリカ探偵作家クラブ賞(1995年・1996年)
[歴]アイルランド移民の父と、ウェールズ人の母を持つ。その関係でケルト神話に興味を抱く。1979年より「白い鹿」に始まるファンタジー〈アイルの書〉シリーズを刊行。90年代に入ってからはファンタジーに加えて、純文学やヤングアダルト向けのミステリー〈エノーラ・ホームズ〉の事件簿シリーズなども手がける。

スペンサー, ウェン *Spencer, Wen*
アメリカの作家
1963〜
[出]ペンシルベニア州　[学]ピッツバーグ大学(情報科学)　[賞]コンプトン・クルーク賞, サファイア賞, ジョン・W.キャンベル新人賞

[歴]ピッツバーグ大学で情報科学の学位を得た後、様々な仕事に就きながら、作家を目指す。2001年〈Ukiah Oregon〉シリーズ第1作「エイリアン・テイスト」でデビュー。超能力探偵を主人公にしたこの作品は一躍注目を集め、処女長編を対象としたコンプトン・クルーク賞を受賞。03年発表の〈Elfhome〉シリーズ第1作「ティンカー」でサファイア賞を受賞、さらにこの年最も活躍した新人作家に与えられるジョン・W.キャンベル新人賞も受賞した。アメリカ国内、ヨーロッパ、アジアを旅し、大阪で暮らしたこともある。

スペンサー, エリザベス *Spencer, Elizabeth*
アメリカの作家
1921.7.19〜
[出]ミシシッピ州キャロルトン　[学]ベルヘイブン大学(1942年)卒, バンダービルト大学大学院修了
[歴]教職を経て、作家への道を選ぶ。1948年「Fire in the Morning(朝の火)」で長編デビュー。53年グゲンハイム助成金を獲得してイタリアに渡り、56年「The Voice at the Back Door(勝手口の声)」を発表。この間、実業家ジョン・ラッシャーと結婚、カナダに移住。作品は他に「Knights and Dragons(騎士と竜)」(65年)、短編集「Ship Island and Other Stories(シップアイランド、その他)」(68年)、「The Stories ofElizabeth Spencer(エリザベス・スペンサー短編集)」(81年)、長編「The Night Travellers(夜の旅人)」(91年)など多数。
[家]夫＝ジョン・ラッシャー(実業家)

スペンダー, スティーブン *Spender, Stephen Harold*
イギリスの詩人, 批評家
1909.2.28〜1995.7.16
[出]ロンドン　[学]オックスフォード大学卒
[歴]母方にユダヤ系ドイツ人の血をひく。オックスフォード大在学中オーデン、デイ・ルイスらと親交を結び、T.S.エリオットに次ぐ世代の代表的詩人の一人となる。政治に積極的に関わり、スペイン内乱に参加したり、1937年に一時共産党に入党したりなどしたが、次第に人道主義的自由主義の立場に立つようになる。一時期ドイツに住んだことから、積極的な反ファシズム運動も行った。53〜67年「エンカウンター」誌を編集した。57年と77年東京で開催された国際ペン大会に出席。83年ナイト爵位を叙せられる。作品に「詩集」(33年)、詩劇「裁判官の審問」(37年)のほか、評論集「創造的要素」(53年)、「近代の闘争」(63年)、自叙伝「世界の内なる世界」(51年)、著作集「ジャーナルズ 1939-1983年」(83年)などがある。

スーポー, フィリップ *Soupault, Philippe*
フランスの詩人, 作家
1897.8.2〜1990.3.12
[出]パリ西郊シャビル
[歴]初めダダイスム、次いでシュルレアリスムの運動に加わり、1919年アンドレ・ブルトン、ルイ・アラゴンらと雑誌「文学」を創刊。20年ブルトンとの共著で自動記述法によるシュルレアリスムの最初のテキスト「Les Champs magnétiques(磁場)」を刊行。のちシュルレアリスムを離れ、叙情的で親しみ深い詩風に変った。詩集に「Rose des vents(羅針盤)」(20年)、「Georgia(ジョルジア)」(26年)「爆撃されるロンドンにささげるオード」「昼と夜の歌」などがある。第二次大戦中はレジスタンス運動に参加した。

スマイリー, ジェーン *Smiley, Jane Graves*
アメリカの作家
1949.9.26〜
[出]カリフォルニア州ロサンゼルス　[学]バッサー・カレッジ卒, アイオワ大学 Ph.D.(アイオワ大学)　[賞]ピュリッツァー賞(1992年), O.ヘンリー賞(1985年)
[歴]1981年「Barn Blind」で作家デビュー後各雑誌に短編を発表しながら、中長編小説を刊行。88年「The Age of Grief(嘆きの年)」で全米批評家賞候補となり、92年「A Thousand Acres(大農場)」でピュリッツァー賞を受賞し、98年には「シークレット—嵐の夜に」として映画化される。現代アメリカを代表する実力派女流作家。アイオワ大学で創作と英文学を教えている。

スミス, アリ *Smith, Ali*
イギリスの作家
1962.8.24〜
[出]インバネス　[学]ケンブリッジ大学大学院博士課程　[勲]CBE勲章　[賞]サルティア文学新人賞(1995年), ホーソーンデン賞(2012年), コスタ賞(2014年)
[歴]大学でモダニズムを研究後、教鞭を執るが、1995年処女短編集「Free Love and Other Stories」がサルティア文学新人賞を受賞し、作家活動を始める。他の著書に「ホテルワールド」(2001年)などがある。

スミス, アレクサンダー・マッコール *Smith, Alexander McCall*
ジンバブエ生まれの作家
1948〜
[出]ジンバブエ
[歴]アフリカ、イギリスの大学で学び、スコットランドで法学部教授となる。その後アフリカに戻り、ボツワナで最初のロー・スクール設立に尽力。のちエディンバラ大学教授に就任。また、子供向けの本から学術書まで60作以上の本を執筆している。著書に「No.1レディーズ探偵社、本日開業」から始まる〈ミス・ラモツエの事件簿〉シリーズや、アフリカの少年と動物とのふれあいを描いた〈アキンボ〉シリーズなどがある。

スミス, イーブリン *Smith, Evelyn E.*
アメリカの作家
1937〜
[名]別筆名＝ライアンズ, デルフィネ・C.
[歴]アイロニカルな作風のSF作家としてキャリアをスタートし、1950年代より雑誌に掲載されはじめた短編や62年から85年の間に発表したデルフィネ・C・ライアンズ名義のもの1冊を含む8冊の長編があるが、87年からは上流階級出身の殺し屋ミス・メルヴィルが活躍する人気シリーズでミステリー作家に転ずる。編集者、クロスワード・パズルの出題者としても知られている。

スミス, エミリー *Smith, Emily*
イギリスの児童文学作家
[出]ロンドン　[学]ケンブリッジ大学卒　[賞]スマーティーズ賞(銀賞)(1999年), スマーティーズ賞(金賞)(2001年)
[歴]弁護士の資格を取得後、新聞社などではたらきながら児童文学を書き続ける。ユーモアにあふれた心温まる作品を次々に発表。宇宙から来たお手伝いさんの物語で、1999年スマーティーズ賞銀賞、2001年「ごほうびは、ミステリーツアー」で同賞金賞を獲得。

スミス, クラーク・アシュトン *Smith, Clark Ashton*
アメリカの詩人, 作家
1893.1.13〜1961.8.14
[出]カリフォルニア州ロングバレー
[歴]ポーの影響を受けて少年の頃から詩作に励み、18歳で詩人ジョージ・スターリングと親交を持ち、スターリングを介してアンブローズ・ビアスに評価される。1912年処女詩集「Star-Treader and Other Poems」を出版して注目される。22年ラブクラフトの知己を得、彼の勧めで「ウィアード・テールズ」誌に寄稿。29年から同誌を中心に独自の幻想世界を描いた物語を精力的に発表。代表作に「Genius Loci and Other Tales」(48年, 邦訳「呪われし地」)などがある。

スミス, コードウェイナー *Smith, Cordwainer*
アメリカのSF作家, 政治学者
1913.7.11〜1966.8.6
[出]ウィスコンシン州　[名]ラインバーガー, ポール〈Linebarger, Paul〉　[学]ジョンズ・ホプキンズ大学大学院政治学博士課程

修了
[歴]アメリカ陸軍情報部に勤務し、大学で東洋問題を教える。中国事情、心理戦争の専門家でノンフィクション「心理戦争」(1948年)を発表。一方、「スキャナーに生きがいはない」(50年)、「鼠と竜のゲーム」(55年)で好評を博し、編集者フレデリック・ポールの勧めで定期的にSF作品を書くようになる。作品の多くは未来史を扱い、上記2作や長編「ノーストリリア」(75年)などからなる〈人類補完機構〉シリーズで知られる。

スミス, シドニー・グッドサー *Smith, Sydney Goodsir*
イギリス(スコットランド)の詩人
1915.10.26〜1975.1.15
[出]ニュージーランド・ウェリントン　[学]オックスフォード大学, エディンバラ大学
[歴]ニュージーランドのウェリントンに、スコットランド移民の高名な弁護士の子として生まれる。父がエディンバラ大学教授に任命された1928年一緒にスコットランドへ移る。大学で学んだ後、ジャーナリスト、キャスター、教師の職に就き、詩を発表。マクディアミッドに従いスコットランド文芸復興にも尽力した。「ハリケーン」(41年)、「イールドン山の木陰で」(48年)、「夜遅くまで」(52年)などスコットランド低地方言を用いる詩集を発表。「全詩集」(76年, 没後刊)もある。
[家]父＝シドニー・アルフレッド・スミス(弁護士)

スミス, ジュリー *Smith, Julie*
アメリカの作家
1944.11.25〜
[出]メリーランド州アナポリス　[学]ミシシッピ大学卒　[賞]MWA賞最優秀長編賞(1991年)
[歴]「サンフランシスコ・クロニクル」紙などの記者を経て、1982年弁護士レベッカ・シュワルツを主人公にした「Death Turnsa Trick」でデビュー。同シリーズの「ツーリスト・トラップ」や、サンフランシスコのミステリー作家兼探偵ポール・マクドナルドを主人公としたシリーズなど、軽いタッチのミステリーを発表。90年の「ニューオーリンズの葬送」は一転してシリアスな作風。この女刑事スキップ・ラングドンを主人公とする作品でMWA賞を受賞。他の作品に、同シリーズに実際にニューオーリンズで起こった斧による連続殺人事件をからめた「殺し屋が町にやってくる」(92年)、「死者に捧げるジャズ」(93年)などがある。

スミス, スコット *Smith, Scott*
アメリカの作家
1965.7.13〜
[出]ニュージャージー州サミット　[学]ダートマス・カレッジ(心理学・文芸創作), コロンビア大学大学院芸術学修士課程修了
[歴]1993年小説「シンプル・プラン」で作家デビュー、ベストセラーとなり、世界17ケ国以上で発売された。同書は"人はいかにして静かに狂いはじめるか"というモチーフを巧みな心理描写で書き上げ、スティーブン・キングからも絶賛される。98年サム・ライミ監督により映画化された。他の著書に「ルインズ」がある。

スミス, スティービー *Smith, Stevie*
イギリスの詩人, 作家
1902.9.20〜1971.3.7
[出]ハル　[名]スミス, スティービー・フロレンス・マーガレット〈Smith, Stevie Florence Margaret〉　[学]エディンバラ大学
[勲]女王詩人金メダル(1969年)
[歴]海運業者の父親が家族を捨てたため母とともにロンドンに出て教育を受け、1923〜53年雑誌出版社ニューネス・ピアソン社に秘書として勤務、終生独身で過ごす。35年最初の詩集を出版業者に断られ、代わりに小説を書くよう勧められる。36年自伝的な小説「黄色い紙に書いた小説」を完成させる。37年最初の詩集が「みんなが楽しんだ」として発表され、ユーモアと風刺で徐々に評判を獲得していった。その後の詩集に「一人にだけやさしく」(38年)、「お母さん、男ってなあに？」(42年)、「手をふっていたのじゃない、溺れていたのだ」(57年)、「さそり他の詩」(72年, 没後刊)、「全詩集」(75年, 没後刊)など。小説「境界を越えて」(38年)、「休日」(49年)もある。69年女王詩人金メダルを受章。没後、未収録の短編、随想、詩、手紙を集めた「また私」(81年)が刊行された。

スミス, ゼイディー *Smith, Zadie*
イギリスの作家
1975.10.27〜
[出]ロンドン・ブレント　[名]Smith, Sadie　[学]ケンブリッジ大学　[賞]イギリス図書賞(新人賞)(2000年), ウィットブレッド賞(2000年), ガーディアン賞(新人賞)(2000年), コモンウェルス作家賞(最優秀新人賞)(2000年), ジェームズ・テイト・ブラック記念賞(2000年), オレンジ賞(2006年), サマセット・モーム賞(2006年)
[歴]イギリス人の父とジャマイカ人の母の間に生まれる。ケンブリッジ大学在学中に書いた草稿が出版社の目に留まり、2000年ロンドン北西部の移民の町を舞台にした長編第1作「ホワイト・ティース(White Teeth)」で作家デビュー。新人離れした技量が高く評価され、イギリス出版界の話題となる。同作はイギリス、アメリカでベストセラーとなり、ウィットブレッド賞処女長編小説賞、ガーディアン賞新人賞、イギリス図書賞新人賞、コモンウェルス作家賞最優秀新人賞などの文学賞を相次いで受賞。02年長編第2作「直筆商の哀しみ(The Autograph Man)」を刊行。05年の「美について」で、06年のオレンジ賞、サマセット・モーム賞を受賞した。

スミス, ディーン・ウェスリー
→スコフィールド, サンディを見よ

スミス, ドディー *Smith, Dodie*
イギリスの劇作家, 作家, 演出家
1896.5.3〜1990.11.24
[出]ランカシャー州ホワイトフィールド(グレーター・マンチェスター州)　[名]スミス, ドロシー・グラディス〈Smith, Dorothy Gladys〉 筆名＝アンソニー, C.L.〈Anthony, C.L.〉　[学]ロイヤル・アカデミー・オブ・ドラマティック・アート(RADA)
[歴]1915年初舞台。その後、女優から作家に転身。劇作家として活躍後、38年渡米。ウォルト・ディズニーの映画化「101匹わんちゃん大行進」(61年)で世界中の子供に知られる「ダルメシアン―100と1ぴきの犬の物語」(56年)を著した。その一方で「秋のクロッカス」「ディア・オクトパス」などの戯曲作品を書き、成功を収めた。

スミス, トム・ロブ *Smith, Tom Rob*
イギリスの作家
1979〜
[出]ロンドン　[学]ケンブリッジ大学英文学科(2001年)卒
[賞]CWA賞イアン・フレミング・スティール・ダガー賞(2008年), 国際スリラー作家協会賞処女長編賞(2009年), ギャラクシー・ブック賞新人作家賞(2009年)
[歴]イギリス人の父とスウェーデン人の母を持つ。ケンブリッジ大学英文学科在学中から映画・テレビドラマの脚本を手がける。2001年首席で卒業後、奨学金を得て1年間イタリアに留学。08年の処女小説「チャイルド44」は刊行1年前から世界的に注目を集め、同年のCWA賞イアン・フレミング・スティール・ダガー賞、09年国際スリラー作家協会賞処女長編賞、ギャラクシー・ブック賞新人作家賞ほか、数多くの賞を獲得。またマン・ブッカー賞にノミネートされる。日本でも09年「このミステリーがすごい！」海外編第1位を獲得。続編「グラーグ57」(09年)で評価を確実なものとし、11年の「エージェント6」でシリーズは完結。14年刊行の「偽りの楽園」は世界で最も売れた国際的ベストセラーとなり、ディラン・トーマス賞にノミネートされた。15年には「チャイルド44」が「チャイルド44 森に消えた子供たち」として映画化される。11年来日。

スミス, パティ *Smith, Patti*
アメリカの詩人, ロック歌手

ス

1946.12.30～
㊞イリノイ州シカゴ　㊔Smith, Patricia Lee
㊖ニュージャージーで青春時代を過ごす。ボブ・ディランやフランスの詩人アルチュール・ランボーといったアーティストに憧れ、自身も芸術家を志望するが、家が貧しく、美術教師養成のための学校に通った。しかし在学中に教授と恋に落ちて未婚の母となり、やむなく出産した子供は里子に出した。1967年ニューヨークに移住し、後に彼女のアルバムにジャケット写真を手がける写真家のロバート・メープルソープと出会う。69年パリ旅行からの帰国後、メープルソープとともに数多くのアーティストが居住していたチェルシー・ホテルに転居。ここでウィリアム・バローズ、ジャニス・ジョプリン、サム・シェパードといった芸術家たちと知り合い、さらに彼らとの交流から詩の朗読会にも参加するようになり、詩人としての道を開いた。71年初の詩集「セブンズ・ヘブン」を刊行。やがてギタリストのレニー・ケイとともに自作の詩にメロディーをつけて歌い始め、73年パティ・スミス・グループを結成。以来、ニューヨークの官能的な夜の世界、愛、ストリート・ピープル、性倒錯者たち、戦いなどを文学的な言葉で力強く歌い、ニューヨークの一流芸術家たちから女王の如く崇拝された。75年デビューアルバム「ホーセス」を発表、エキセントリックな歌唱法や演奏はニューヨークにおけるパンク・ムーブメントの先駆ともいわれ、ソニック・ユースらに多大な影響を与えた。2007年ロックの殿堂入り。他の詩集に「コダック」「ウィット」「バベル」「メイプルソープの花」「無垢の予兆」などがある。
㊫夫＝フレッド・スミス（ミュージシャン）

スミス, フレデリック　*Smith, Frederick E.*
イギリスの作家
1919.4.4～2012.5.15
㊞ヨークシャー州ハル　㊔Smith, Frederick Escreet　㊕マーク・トウェイン賞（1967年度）
㊖高校卒業後、地方公務員を務める。1939年第二次大戦の勃発で、無線手兼機上射手としてイギリス空軍で兵役に就き、6年間の軍務の間にアフリカ、東南アジアにも赴いた。戦後は南アフリカの鉄鋼会社に勤務するが、作家になるためにイギリスに戻り、53年から執筆に専念。戦争中の経験を生かして〈633爆撃隊〉シリーズなどの作品を発表。小説、短編、戯曲などを手がけ、世界各国で出版。「633爆撃隊」ほか1編が映画化された。他の作品に「A Killing for the Hawks」、映画ノベライズ「ワーテルロー」などがある。

スミス, ポーリン　*Smith, Pauline*
南アフリカの作家
1882.4.2～1959.1.29
㊞ケープ州ウーツホールン　㊔スミス, ポーリン・ジャネット〈Smith, Pauline Janet〉
㊖南アフリカに生まれ、13歳でイギリスの学校に入り、その後は南アフリカをしばしば訪れるもののイギリスに在住。しかし作品の舞台は常に南アフリカで、アフリカーナーの農民たちの生活や苦悩を描いた。英語の短編集に「リトル・カルー」（1925年, 増補版30年）、小説に「小役人」（26年）、児童文学に「プラットコップスの子供たち」（35年）がある。

スミス, マイケル・マーシャル　*Smith, Michael Marshall*
イギリスの作家
1965～
㊞ナッツフォード　㊫ケンブリッジ大学キングス・カレッジ卒　㊕イギリス・ファンタジー協会賞（短編部門, 3回）, イギリス・ファンタジー協会最優秀長編賞（オーガスト・デラース賞）（1995年）
㊖幼少期をアメリカ、南アフリカ、オーストラリアで過ごし、1972年イギリスに戻る。学生時代から劇団に参加、卒業後自らコメディ劇団を結成し、BBCのラジオ4で2度受賞。やがて作家となり、95年処女長編「Only Forward」でイギリス・ファンタジー協会最優秀賞長編賞（オーガスト・デラース賞）を受賞。2作目「スペアーズ」（96年）はスピルバーグのドリームワークスによって映画化権が獲得された。

スミス, マーティン・クルーズ　*Smith, Martin Cruz*
アメリカの作家
1942.3.11～
㊞ペンシルベニア州レディング　㊔筆名＝クイン, サイモン〈Quinn, Simon〉　㊫ペンシルベニア州立大学（1964年）卒
㊕CWA賞ゴールド・ダガー賞（1981年）
㊖地元の新聞社やAP通信社を経て、ニューヨークのマガジン・マネジメント社に入社、雑誌の編集も手がける。退職後、パリに移住し、創作に専念。1971年「琥珀色のジプシー」、72年「ジプシーに捧げる歌」でサスペンス作家としての地位を確立。70年代には数多くの短編を書き、何十冊というペーパーバックを出した。この間、サイモン・クインなどの筆名を使い、あらゆるジャンルの作品を手がける。80年代に入ると「ナイトウィング」でアメリカ探偵作家クラブ賞の候補となり、ソビエトの警察機構を題材にした「ゴーリキー・パーク」（81年）でイギリス推理作家協会賞（CWA賞）のゴールド・ダガー賞を受賞。同作は映画化もされている。他の著書に「スタリオン・ゲート」（86年）、「ポーラー・スター」（89年）、「レッド・スクエア」（92年）など。母はプエブロ・インディアン。

スミス, ロザモンド
→オーツ, ジョイス・キャロルを見よ

スミス, ロジャー　*Smith, Roger*
南アフリカの作家
1960～
㊞ヨハネスブルク　㊔筆名＝ワイルド, マックス〈Wilde, Max〉
㊕ドイツ犯罪小説賞（国際部門）（2009年）
㊖映画の脚本家、プロデューサー、監督を務めた後、2009年「血のケープタウン」で作家デビュー。同作でドイツ犯罪小説賞（国際部門）を受賞。マックス・ワイルドの筆名でホラーも執筆する。他の作品に「はいつくばって慈悲を乞え」など。

スミルネンスキ, フリスト　*Smirnenski, Hristo*
ブルガリアの作家
1898.9.29～1923.6.18
㊞マケドニア・ククシ　㊔フリスト, ジミトロフ・イズミルリエフ
㊖建築学を学んだのち軍事学校に入るが、ロシア革命に共鳴してブルガリア共産党員となる。ユーモア詩人の伯父ポパナスタリフ、ユーモア作家の兄T.イズミルリエフの影響で学生時代から詩や短編を書き、民衆の苦しみを歌った「老楽士」（1921年）、「街娼」（21年）などで人気を得る。他に詩集「昼来たれ」（22年）、「冬の夜」（24年）などがある。ユーモア雑誌「笑いと涙」「ブルガリア人」「仮装舞踏会」の編集にも力を注ぎ共産党文化部の出版も担当したが、文学活動と党活動のため疲労が重なり、肺結核のため24歳で早世した。
㊫兄＝T.イズミルリエフ（ユーモア作家）, 伯父＝ポパナスタリフ（ユーモア詩人）

スメリャコーフ, ヤロスラフ・ワシリエヴィチ
Smelyakov, Yaroslav Vasil'evich
ソ連の詩人
1913.1.8～1972.11.27
㊞ロシア（ウクライナ）　㊕ソ連国家賞
㊖ウクライナ鉄道員の子。モスクワの普通工養成所を卒業した後、作業員、鉱山労働者、印刷工として働きながら詩作に励み、詩集「労働と愛」（1932年）でデビュー、詩集「詩編」（同年）などで好評を得る。代表作は、第一次五カ年計画時代の工場学校を描いた「きびしき愛・物語詩」（56年）。他に詩集「大事なことについての会話」（59年）、「ロシアの日」（67年, ソ連国家賞）など多くの作品があり、のちの後輩詩人らに影響を与えた。

スメルチェック, ボリス・フォン　*Smercek, Boris von*
ドイツの作家

1968〜
[出]マールバッハ・アム・ネッカー　[名]筆名＝ネストル, トム〈Nestor, Tom〉エマーソン, トム〈Emerson, Tom〉
[歴]1987年卒業し、ドイツ連邦軍を経て、88〜2001年銀行員として勤務。この間、1995年に執筆活動を開始。98年最初のスリラー小説「Tod im Regenwald」を刊行。2001〜04年フリーライター、05年から経営コンサルタントの傍ら、執筆活動を続ける。代表作「ジャングルセミナー」は、5ケ国以上で翻訳された。トム・ネストルの筆名でも著作があり、トム・エマーソンの筆名で冒険小説も書く。

ズュースキント, パトリック　*Süskind, Patrick*
ドイツの作家
1949.3.26〜
[出]アンバッハ
[歴]新聞や雑誌の編集を経て、1981年に「コントラバス」で西ドイツ文学界に衝撃的にデビュー。第2作「香水―ある人殺しの物語」(85年)は20ケ国語以上に翻訳され、世界的ベストセラーとなった。他の作品に「鳩」など。しばらくミュンヘンで暮らした後、南仏に住む。

スラウエルホフ, ヤン　*Slauerhoff, Jan*
オランダの作家, 詩人
1898.9.15〜1936.10.5
[出]フリースラント州レウワルデン　[名]Slauerhoff, Jan Jacob
[歴]アムステルダムで医学を修めて船医となり、中国や南米を旅するうちに第三世界、特に中国への強い愛情を抱くようになる。モロッコのタンジールで一時開業。「新時代」誌へ寄稿した詩でデビューし、「思潮」誌(1916〜24年)、「フォーラム」誌(24〜32年)などにロマン主義的傾向の詩を発表して詩人として認められる。作品に、詩集「群島」(23年)、「律義な船員の墓」(36年)、小説「泡と灰」(30年)、中国大陸に材を得た、ポルトガルの詩人カモンイスの流刑中の生活を描いた小説「禁じられた国」(32年)、アヘン吸飲者の夢を描いた「地球上の生活」(34年)などがある。若い世代に大きな影響を与え、没後に「全集」(7巻, 40〜54年)が出版された。

スラデック, ジョン　*Sladek, John Thomas*
アメリカのSF作家, ミステリー作家
1937〜2000
[出]アイオワ州　[学]ミネソタ大学卒　[賞]BSFA賞(1984年)
[歴]大学では機械工学と英文学を専攻する。卒業後、各地を旅行して回り、SF小説の創作をしつつオーストリア、スペイン、モロッコなどに滞在。1966年ロンドンに移住し、ニューウェーブ運動の中で作家活動に専念。68年SF作家として長編デビュー。72年にはタイムズ・オブ・ロンドン、ジョナサン・ケイプ主催の短編コンテストで第1席に入選。マッドでシュルレアリスティックな短編小説で有名だが、Roderick2部作をはじめとするロボットものSFも高い評価を受けた。84年BSFA(イギリスSF作家協会)賞受賞。オカルト研究、本格ミステリーなどにも進出し、SF界随一の奇才として知られた。ミステリ作品に「黒い霊気」「見えないグリーン」、短編集に「蒸気駆動の少年」などがある。

スラトコフ, ニコライ　*Sladkov, Nikolai Ivanovich*
ロシア(ソ連)の作家
1920〜1996
[出]ソ連ロシア共和国モスクワ　[学]レニングラード水路学大学(現・サンクトペテルブルク水路学大学)卒, 軍事測量学校卒
[賞]クループスカヤ賞(ロシア共和国国家賞)(1976年)
[歴]軍隊で地形測量技師として働く。動物文学の代表的作家ビアンキの指導で1952年から作品を発表。自然をつぶさに観察した上で独自の作品を作り上げ、ビアンキのあとを継ぐ動物文学作家として活躍した。主な作品に「銀色のしっぽ」(53年)、「森のざわめき」(65年)、「歌う砂丘」(75年)、「水中の新聞」(76年)、「虹の子どもたち」(81年)、「森からのてがみ」(87年)、「作品集」(全3巻, 87〜88年)、「森の話」(91年)、「北から南へ―スラトコフの動物記」などがある。

スーリー, マニル　*Suri, Manil*
インドの作家, 数学者
1959.7.1〜
[出]ボンベイ　[賞]コリナ賞
[歴]アメリカに留学。のちメリーランド大学数学教授となる。作家としての処女作「ヴィシュヌの死」は、2001年度バーンズ&ノーブル・ディスカバー・ブック賞第1位に選ばれるとともに、PEN/フォークナー賞にもノミネートされ、ドイツではコリナ賞を受賞。世界十数ケ国で翻訳される。

スリマニ, レイラ　*Slimani, Leïla*
モロッコの作家, ジャーナリスト
1981.10.3〜
[出]モロッコ　[学]パリ政治学院卒　[賞]ゴンクール賞(2016年)
[歴]フランス人とアルジェリア人の間に生まれた母、モロッコ人の父を持つ。モロッコのフランス人学校を卒業後、パリ政治学院に入学するためパリに移住。卒業後は舞台女優を目指したが、パリのビジネス・スクールで再び学んだ後、ジャーナリストとなる。作家としてのデビュー作「Dans le jardin de l'ogre(人喰い鬼の庭で)」では性依存症の妻を描いて話題になる。2016年「ヌヌ 完璧なベビーシッター」でゴンクール賞を受賞。17年11月フランスのマクロン大統領より"フランコフォニー担当大統領個人代表"に任命される。

スルコフ, アレクセイ　*Surkov, Aleksei Aleksandrovich*
ソ連の詩人
1899〜1983.6.14
[出]ヤロスラブリ州　[学]赤色教授団大学(モスクワ)(1934年)卒
[賞]スターリン賞(1946年・1951年)
[歴]貧農の家に生まれ、村の小学校を卒業後、指物師、港の人夫、家具店員などをして働く。1918〜22年赤軍に参加。この頃から詩を書き始め、25年ロシア・プロレタリア作家協会幹部会員、30年「ともしび」編集長を務める。フィンランド戦役や第二次大戦に参加。大戦中、「勇者の歌」(42年)、「モスクワ近郊の12月」(42年)、「兵士の心」(43年)、「3冊のノート」(43年)など愛国的情熱に満ちた作品が歌謡として愛唱された。53〜59年ソ連作家同盟第1書記に就任、"雪どけ"ムードを抑制する文学行政を推進した。56〜66年共産党中央委員候補、62年「文学百科事典」編集長を歴任。他の作品に「はじめの歌」(30年)、「私は勝利を歌う」(46年)、「世界に平和を!」(50年)など。

スルツキー, ボリス・アブラモヴィチ
Slutskiy, Boris Abramovich
ソ連の詩人
1919.5.7〜1986.2.22
[出]ロシア・ドンバス　[学]ゴーリキー文学大学(1941年)卒
[歴]1941〜45年大祖国戦争(独ソ戦)に従軍。戦中派世代に属し、出世作はケルンでのドイツ軍の捕虜虐殺を描いた第二次大戦中の詩「ケルンの穴」(45年)や、輸送船の沈没で海に消える軍馬の運命を歌った詩「海に沈んだ馬」(56年)などで、独自の詩境を開く。57年処女詩集「追憶」を出版。他の作品に、詩集「時間」(59年)、「労働」(64年)、「一年の短針」(71年)、「果てしない議論」(78年)など。痛烈なスターリン批判を込めた詩「支配者」「神」(62年)を書いたり、69年ソルジェニツィンの"検閲廃止要求"を公然と支持したことは有名。

ズルーディ, アン　*Zouroudi, Anne*
イギリスの作家
1959〜
[出]リンカーンシャー州　[学]リーズ大学(ロシア語)
[歴]リーズ大学でロシア語を専攻後、旅行会社などに勤務し、ギリシャに滞在。2007年主人公ヘルメス・ディアクトロスが活躍するサスペンス小説「アテネからの使者」でデビューし、08年ITV3ミステリー賞やデズモンド・エリオット賞にノミネートされ注目を集める。

ス

スルペツキ, シュテファン　Slupetzky, Stefan
オーストリアの作家, イラストレーター
1962〜
Ⓗウィーン　Ⓖウィーン美術アカデミー卒　Ⓚドイツ推理作家協会賞新人賞（フリートリヒ・グラウザー賞）
Ⓔウィーン美術アカデミー卒業後、美術および音楽の教師を経て、1991年作家、イラストレーターとして独立。数多くのミステリーや児童文学を発表、舞台脚本も手がける。また、バンドを結成し音楽活動も行う。2004年刊行の「探偵レミングの災難」はドイツ推理作家協会賞新人賞（フリートリヒ・グラウザー賞）を受賞。

スレッサー, ケネス　Slessor, Kenneth
オーストラリアの詩人, ジャーナリスト
1901.3.27〜1971.7.30
Ⓗニューサウスウェールズ州オレンジ　Ⓝスレッサー、ケネス・アドルフ〈Slessor, Kenneth Adolf〉
Ⓔドイツ系鉱山技師の父とスコットランド系の母との間に生まれる。第一次大戦中の反独気運の高まりの中で父親は本名シュレサー（Schloesser）をスレッサー（Slessor）とイギリス風に変えた。1920年シドニーの「サン」紙の記者となる。20歳を過ぎた頃に、"生気論"を唱えオーストラリア詩壇や文化界に大きな影響を及ぼしていたノーマン・リンゼイと出会い詩作を始め、彼が出していた文芸誌「ヴィジョン」誌の共同編集者となる。初期の詩集に「月泥棒」（処女詩集、24年）、「地球訪問者たち」（26年）など。30年代はT.S.エリオットやエズラ・パウンドの影響を受け「トリオ」（31年）、「ククーズ・コントレー」（32年）、「ダーリングハーストの夜と輝ける朝」（同年）などを発表。他に「五つの鐘」（同題詩集39年刊）がある。40年から戦時報道班員としてギリシャ、中東、ニューギニアを回る。44年軍当局と対立して辞任。44年以降は詩作は行わず、「サン」紙に戻り、57年まで文芸部長、56〜61年文芸誌「サザリー」編集長。45年以来自国詩人の詩のアンソロジー編集も手がけた。他に「百の詩 1919-1939」（44年）、散文集「パンとワイン」（70年）などがある。終生メルボルンやシドニーの有名日刊紙や週刊誌の編集や寄稿を続け、56〜65年シドニー記者クラブ会長、連邦政府文学奨励基金委員として活躍。ジャーナリズムと詩壇双方で重きをなした。

スレッサー, ヘンリー　Slesar, Henry
アメリカの推理作家, シナリオライター
1927〜2002
Ⓗニューヨーク市ブルックリン　Ⓚ処女作賞（1956年）、アメリカ探偵作家クラブ賞（処女長編賞）（1960年）、エミー賞（1974年）、エミー賞（最優秀テレビ脚本賞）（1977年）
Ⓔ高校卒業後コピーライターとなり、1960年代後半に独立して自ら広告代理店を経営。創作活動は副業としてはじめ、56年に処女短編「人を呪わば」が雑誌に掲載されて文壇に登場、処女作賞を受賞した。50年代後半から60年代前半にかけて「アルフレッド・ヒッチコック・ミステリー・マガジン（AHMM）」誌上で活躍、テレビ番組「ヒッチコック劇場」の常連脚本家を務めるなど、放送関係でも多くの仕事をした。アイデアの奇抜さと平易な文章、洒落た味わいを持つ優れた短編を発表し、"ショート・ショート"の名手と呼ばれた。ミステリーのほか、SF、ファンタジーでも活躍。60年に「The Gray Frannel Shroud（グレイ・フラノの屍衣）」でアメリカ探偵作家クラブ賞処女長編賞を、74年にはエミー賞をそれぞれ受賞した。短編集に「うまい犯罪、しゃれた殺人」などがある。

スローター, カリン　Slaughter, Karin
アメリカの作家
1971.1.6〜
Ⓗジョージア州　ⓀCWA賞イアン・フレミング・スティール・ダガー（2015年）
Ⓔサウスジョージアの小さな町で生まれ育つ。作家デビュー作「開かれた瞳孔」（2001年）が絶賛され、ヨーロッパ各国で刊行、イギリス推理作家協会（CWA賞）にもノミネートされる。〈ウィル・トレント〉〈グラント・カウンティ〉シリーズで知られる。

スローター, フランク　Slaughter, Frank G.
アメリカの作家, 医師
1908.2.25〜2001.5.17
ⒽワシントンD.C.　ⓃSlaughter, Frank Gill 筆名＝Terry, C. V.
Ⓔ医師の傍ら、1935年からサスペンス、ミステリー小説などを執筆。代表作に、映画化された「ドクターズ・ワイブズ」（67年）などがある。

スロニムスキー, ミハイル・レオニードヴィチ　Slonimskii, Mikhail Leonidovich
ソ連の作家
1897〜1972.10.8
Ⓗロシア・ハバロフスク
Ⓔ志願兵として第一次大戦に参加。革命後、1921年若手の文学者たちと文学団体"セラピオン兄弟"を結成し、22年の最初の短編集「第六歩兵隊」では前線の恐怖を冷静な筆致で描いた。短編「エメリーの機械」（24年）では革命、内戦を経て新しいソビエト市民となったインテリたちの心理を深く掘り下げ、のちの長編「フォマー・クレシニョフ」（30年）、「技師たち」（50年）、「友達」（54年）などでもこのテーマを追求した。

スローン, ロビン　Sloan, Robin
アメリカの作家
1979〜
Ⓗミシガン州　Ⓖミシガン州立大学卒　Ⓚ全米図書館協会アレックス賞
Ⓔミシガン州立大学卒業後、ジャーナリスト養成学校やテレビ局などで働く。2004年には情報社会の未来を予想したFlashムービー「EPIC2014」を共同製作して話題を呼んだ。12年Webで発表した作品をもとにした「ペナンブラ氏の24時間書店」で作家デビューし、全米図書館協会アレックス賞を受賞。

スワット・ウォラディロック　Suwat Woradilok
タイの作家
1923.7.14〜2007.4.15
Ⓗチュムポーン県　Ⓝ筆名＝ラピーポーン〈Raphiiphoon〉　Ⓖタマサート大学卒
Ⓔタマサート大学で法律を学び官職に就くが、やがてジャーナリストに転身する。その後、小説や戯曲、映画の脚本などを執筆。1957年、42人の芸能人を連れて中華人民共和国を訪れたために投獄される。4年間の刑務所生活の後、ラピーポーンという筆名で小説を発表し、人気を博する。64年社会小説「奴隷の子」で国王から賞を授与された。他に「赤い鳩」（75年）、「同じ大地に」（76年）など。
Ⓢ妻＝ペンシー（歌手）

スワラップ, ヴィカス　Swarup, Vikas
インドの外交官, 作家
1961〜
Ⓗウッタルプラデシュ州アラハバード　Ⓖアラハバード大学（歴史学・心理学・哲学）卒　Ⓚボエーク賞（2006年）、パリ書籍フェア読者賞（2006年）
Ⓔ弁護士の家庭に育つ。アラハバード大学で歴史学、心理学、哲学を学んだ後、1986年インド外務省に入り、87〜90年トルコ、93〜97年アメリカ、97〜2000年エチオピア、00〜03年イギリス、06〜09年南アフリカ、09〜13年在大阪・神戸総領事。帰国後は国連担当官、15年報道官。ロンドン勤務の時、突然小説を書きたい衝動に見舞われ、「クイズ＄ミリオネア」を題材にした小説「ぼくと1ルピーの神様」を2ケ月で書き上げる。05年に刊行すると、全世界で絶賛され、06年南アフリカのボエーク賞、パリ書籍フェア読者賞などを受賞した。08年には、ダニー・ボイル監督の「スラムドッグ＄ミリオネア」として映画化され、アカデミー賞8部門をはじめとする50以上の映画賞を受賞し話題となる。10年第2長編「6人の容疑者」が邦訳さ

れる。

スワンウィック, マイケル　*Swanwick, Michael*
アメリカの作家
1950.11.18〜
[出]ニューヨーク州　[賞]ネビュラ賞
[歴]1980年のデビュー後、SFアンソロジーをはじめ幅広いメディアで短編を発表、その大半が各賞の候補作になる。ギブスンらとの共作もあり、作品の質の高さには定評がある。著書に「大潮の道」。

スワンソン, ダグ　*Swanson, Doug J.*
アメリカの作家, ジャーナリスト
[賞]CWA賞ジョン・クリーシー記念賞（1994年）
[歴]新聞「ダラス・モーニング・スター」の記者として働きながら執筆活動を行い、1994年元検事補のジャック・フリッポを主人公にした小説「ビッグ・タウン」で作家デビュー。同作品でイギリス推理作家協会賞（CWA賞）の最優秀処女長編賞であるジョン・クリーシー記念賞を受賞。ジャックが活躍する同シリーズは、スピード感のあるプロットとキャラクターの軽妙な会話で人気を集める。他の作品に「House of Corrections」（2000年）などがある。

スワンソン, ピーター　*Swanson, Peter*
アメリカの作家
[学]トリニティ・カレッジ, エマーソン・カレッジ, マサチューセッツ大学アマースト校
[歴]トリニティ・カレッジ、エマーソン・カレッジ、マサチューセッツ大学アマースト校でクリエイティブ・ライティングを学んだ後、雑誌のライターや詩人として活躍。2014年「時計仕掛けの恋人」で作家デビュー、ジェイムズ・エルロイを見出した名物エージェントが送り出す次世代ノワールの注目株として話題を呼ぶ。

スワンニー・スコンター　*Suwannee Sukonthiang*
タイの作家
1932.3.1〜1984.2.3
[出]ピサヌローク県　[名]スワンニー・スコンティヤン　[学]シルバーコン国立芸術大学美術学部卒　[賞]東南アジア条約機構文学賞（1971年）, タイ国図書館協会文学賞（1972年）
[歴]母校で教師を務める傍ら、挿絵や小説を種々の雑誌に寄稿。1965年短編小説「プックへの手紙」が週刊誌「サットリーサーン」に掲載され、作家として本格的デビューを果たした。次いで発表した初の長編小説「愛の炎は消えず」で一躍名を知られる。その後教職を退き創作活動に専念。71年長編小説「その名はカーン」（70年）で東南アジア条約機構文学賞（シアトー賞）を獲得。後に映画化されて大好評を博し、さらに翌72年小説「愛の翼で」でタイ国図書館協会文学賞を受賞した。生まれ故郷や身辺に材を得て書くことが多いが、文学作品としてみごとに昇華され、タイの代表的女流作家の一人として高い声価を受けた。主著に「海は満たされず」（72年）、「サーラピーの咲く季節」（76年）などがあるほか、76年政変後の問題作として、密林に入った学生や知識人のことを扱った「ここに花はない」がある。また婦人雑誌「ララナー」の編集者としても活躍し、今後の活躍が期待されていたが、84年2月3日バンコク郊外で強盗に襲われ、不慮の死を遂げた。

スンスネギ, ファン・アントニオ・デ
Zunzunegui, Juan Antonio de
スペインの作家
1901.12.21〜1982.5.31
[出]ビルバオ県ビスカヤ　[名]Zunzunegui y Loredo, Juan Antonio de　[学]デウスト大学, サラマンカ大学
[歴]バスク地方ビスカヤの豪商の息子に生まれ、デウスト大学、サラマンカ大学で法学、文学を学んだ後、短期間商業に携わり、25歳頃から創作活動に入る。故郷ビルバオの生活、首都マドリードの人間や風俗を扱う作品がほとんどで、伝統的写実主義を踏襲し、現代社会の諸相を繊細に描写した。代表作は「崩壊」（1947年）、「至高の善」（51年）、「この暗い敗走」（52年）などで、有産階級の経済的没落、道徳的退廃に起因した物質主義を批判。他の作品に「船具商」（40年）、「人生あるがまま」（54年）など。19世紀的なリアリズムの手法を踏襲して、膨大な量の作品を残した。60年以降スペイン王立アカデミー会員。

【セ】

セイキー, マーカス　*Sakey, Marcus*
アメリカの作家
[出]ミシガン州フリント
[歴]10年以上広告やマーケティングの業界で働いた後、2007年「錆びた刃」で作家としてデビュー。「ブリリアンス―超能ゲーム」（13年）がアメリカ探偵作家クラブ（MWA）賞の最優秀ペーパーバック賞にノミネートされた。

セイヤー, ポール　*Sayer, Paul*
イギリスの作家
1955〜
[出]ヨークシャー州サウス・ミルフォード　[賞]ウィットブレッド賞（1988年）
[歴]ヨークにある精神病院に看護士として勤務。1988年処女小説「狂気のやすらぎ」がウィットブレッド賞の選考で、有力候補であるS・ラシュディの「悪魔の詩」をおさえて年間大賞に輝いた。

セイヤーズ, ドロシー・リー　*Sayers, Dorothy Leigh*
イギリスの推理作家, 劇作家
1893.6.13〜1957.12.17
[出]オックスフォードシャー州オックスフォード　[学]オックスフォード大学（1915年）卒
[歴]オックスフォード大学で中世文学、近代語を学ぶ。教師を経て、コピーライターとして広告代理店勤務の傍ら詩を書いていたが、1923年に発表した「誰の死体か」で都会的な洗練されたミステリーの書き手として注目され、以後「毒」（30年）「死刑執行人の休日」（33年）「9人の洋服屋」（34年）「忙しい密月旅行」（37年）など貴族の素人探偵ピーター・ウィムジー卿を主人公とする12編の長編推理小説を発表。十数年でミステリー界から遠ざかり、晩年は現代英語によるキリストの受難劇やダンテ「神曲」の翻訳（49〜55年）、キリスト教的立場からの評論活動に専念した。多くの短編も書き、短編集「アリバイに反して」（39年）、ラジオドラマ「王になるべく生まれた男」（41年）などがある。

セイルズ, ジョン　*Sayles, John Thomas*
アメリカの作家, 映画監督, 脚本家
1950.9.28〜
[出]ニューヨーク州セネクタディー　[学]ウィリアム大学（心理学）卒, ボストン大学卒　[賞]アメリカ探偵作家クラブ賞（TVフィーチャー・ミニシリーズ賞）（1990年）
[歴]大学在学中、シカゴの作家ネルソン・オルグレンの「Somebody in Boots」に心動かされて小説を書き始め、1974年小説「Pride of Bimbos」を発表。その後ロジャー・コーマンのもとで「ピラニア」（78年）、「ハウリング」（81年）、「アリゲーター」（81年）などホラー映画の脚本を書き、その脚本料を元に80年映画「セコーカス・セブン」を監督、60年代のベトナム反戦運動に参加した仲間の10年後の再会を描き、アメリカ・インディペンデント映画界のリーダーと目された。他の小説作品に「ビンボーズの誇り」（75年）、短編集「The Anarchists' Convention」（79年）など。
[家]妻＝マギー・レンジ（映画プロデューサー）

ゼーガース, アンナ　*Seghers, Anna*
ドイツ（東ドイツ）の作家
1900.11.19〜1983.6.1

[出]マインツ　[名]ラドヴァニー, ネッティー〈Radvanyi, Netty〉旧姓名＝ライリング〈Reiling〉　[学]ケルン大学, ボン大学, ハイデルベルク大学　[賞]クライスト賞(1929年), ビューヒナー賞(1947年), レーニン平和賞(1951年)

[歴]早くから文筆に親しんでいた。長じてケルン、ボン、ハイデルベルクの各大学で歴史学、芸術史、シナ学などを学ぶ。在学中ブルガリア、ポーランドなどからの亡命者たちに影響を受け社会主義思想にめざめた。1925年ハンガリーから亡命した社会学者、ラスロ・ラドヴァニーと結婚、ベルリンに移り作家活動を始める。ドイツ共産党に入党した28年に処女小説「Der Aufstand der Fischer von St.Barbara(聖バルバラの漁夫たちの蜂起)」を発表、翌年度のクライスト賞を受賞し、文壇に登場、以後、短編などを発表していたが、33年ナチス政権により逮捕された。同年フランスに、40年メキシコに亡命したが、その翌年に発表した「第七の十字架」(英語版42年)で彼女の文名は国際的に知られるところとなる。大戦後の47年東ベルリンに戻り、52年ドイツ作家同盟議長の要職につき、ペンクラブや芸術アカデミーの会員としても活躍し、一貫して反ファシズム文学活動に携わり、東ドイツ最大の女流作家と目された。51年レーニン平和賞受賞。他の著書に「トランジット」(44年)、「死者はいつまでも若い」(49年)、「決断」(59年)、「信頼」(68年)などがある。

セガレン, ヴィクトル　*Segalen, Victor Ambroise Deśiré*

フランスの作家, 詩人

1878.1.14～1919.5.21

[出]ブレスト

[歴]船医になり世界中を旅行することを夢見て医学校で学ぶ。1904年軍医としてタヒチに赴任、ゴーギャンとランボーの足跡やマオリ民族の神話的世界への関心を深め、それらの題材を作品にまとめる。後に中国への関心が高じ、09年海軍通訳生奨学生として中国に渡り、17年まで後半生の大半を過ごす。この間、内陸部への旅を3度行い、清朝の崩壊や辛亥革命に遭遇した経験を様々な作品に書き残した。生前に刊行された作品は少なかったが、70～80年代に入って再評価の声が高まり、異文化との相克の中で多様なるものの価値を追求したラディカルなエグゾティスムが世界的な関心を集める。95年フランスで全集が刊行される。作品に「方位なき方位、底なき井戸」「エグゾティスムに関する試論/羈旅」、「記憶なき人々」、小説「ルネ・レイス」「天子」、詩集「碑」などがある。

セクストン, アン　*Sexton, Anne*

アメリカの詩人

1928～1974

[出]マサチューセッツ州　[学]ボストン大学　[賞]ピュリッツァー賞(1967年)

[歴]古い家柄に生まれ、大学でR.ローウェルの影響を受ける。娘など肉親によせる細やかな愛や不安、神経症、精神病院への入院、自殺未遂など、自らの不安定な内面を赤裸々にうたった“告白派詩人”の一人。主な詩集に「精神病院へ、そして帰る途中で」(1960年)、「すべて私のかわいい者たち」(62年)、「生きるか死ぬか」(66年)など。

[家]娘＝リンダ・グレイ・セクストン(作家)

セゲルス, ピエール　*Seghers, Pierre*

フランスの詩人, 編集者

1906.1.5～1987.11.4

[出]パリ

[歴]1939年処女詩集「希望」を刊行。40年アラゴンと出会い、第二次大戦中は反ナチス抵抗運動の作家グループに参加、編集者として「ポエジー40年」(40年, 以後「ポエジー48年」まで続いた)を刊行、レジスタンスの詩人たちに活躍の場を与えた。戦後は詩専門のセゲルス出版を創設、フランス内外の詩人の作品を集めた「今日の詩人叢書」など多くの詩書を出版した。「詩87」編集長。左翼詩人としての他の作品に「根」(58年)などがある。

セジウィック, マーカス　*Sedgwick, Marcus*

イギリスの作家

1968～

[出]ケント州　[賞]ブックトラストティーンエイジプライズ(2007年)

[歴]英語教師を経て、児童書の出版編集に携わりながら小説を書く。初めて書いた小説「Floodland」が注目され、オライオン社から出版。その後、「Witch Hill―魔女が丘」「ザ・ダークホース」「シーグと拳銃と黄金の謎」など話題作を次々発表、「Witch Hill」はアメリカ探偵作家クラブ(MWA)賞、「ザ・ダークホース」はガーディアン賞とカーネギー賞、「シーグと拳銃と黄金の謎」はカーネギー賞の最終候補作となった。若者向けのサスペンスホラーの書き手として“ヤングアダルト界のスティーブン・キング”と評される。木版や石版画も得意とし、自作のイラストも手がける。

セゼール, エメ　*Césaire, Aimé Fernand*

マルティニク島生まれのフランスの詩人, 政治家

1913.6.25～2008.4.17

[出]マルティニク島(フランス領)　[学]エコール・ノルマル・シュペリウール卒

[歴]カリブ海のマルティニク島出身。18歳でパリに留学し、エコール・ノルマル・シュペリウール(高等師範学校)に学ぶ。在学中、アフリカ生まれのサンゴールと交遊を持ち、シュルレアリスムの強い影響のもとに、黒人精神〈ネグリチュード〉復権を詩に表現する文学運動(ネグリチュード運動)に参加。1939年被抑圧民族の苦悩と解放への希望をうたった長編詩「帰郷ノート」を発表し、アフリカ各地の青年たちに深い感動を与えた。第二次大戦後の47年の再刊とともに、海外でも称賛をもって迎えられた。他に詩集「Les Armes miraculeuses(奇跡の武器)」(46年)、「Cadastre(地籍簿)」(61年)、戯曲「Une saison au Congo(コンゴの一季節)」(66年)、評論「植民地主義叙説」(50年)などがある。一方、政治家としても活動し、45年～2001年マルティニクの政庁所在地フォールドフランス市長、1946～93年マルティニク島代表の国民議会(下院)議員を務めた。黒人解放運動のリーダーとしても知られた。

ゼーターラー, ローベルト　*Seethaler, Robert*

オーストリアの俳優, 作家

1966～

[出]ウィーン　[賞]グリンメルスハウゼン文学賞

[歴]俳優として活躍する傍ら、2006年小説「ビーネとクルト」で作家デビュー。「一生」(14年)でグリンメルスハウゼン文学賞を受賞し、同作の英語訳は16年ブッカー国際賞の最終候補作となった。

セダリス, デービッド　*Sedaris, David*

アメリカの作家, ラジオパーソナリティー

1956.12.26～

[出]ニューヨーク州ジョンソンシティ

[歴]ギリシャ系。20年間絶えずあらゆる事物を日記に記録し続ける。1992年シカゴからニューヨークへ出て、同年ナショナル・パブリック・ラジオの「オール・シングズ・コンシダード」で自作「サンタランド日記」を朗読、一躍注目を集める。自伝的エッセイ集「すっぱだか」(97年)は全米でベストセラーとなり、2001年には「タイム」誌により最優秀ユーモリスト賞に選出された。

セッターフィールド, ダイアン　*Setterfield, Diane*

イギリスの作家, フランス文学者

1964.8.22～

[出]バークシャー州レディング　[学]ブリストル大学

[歴]ブリストル大学でフランス文学を学ぶ。19～20世紀のフランス文学の専門家で、とくにアンドレ・ジードを研究。イギリスとフランスの大学で教鞭を執った後、個人でフランス語を教える。作家のジム・クレイスに才能を見出され、2006年「13番目の物語」で作家デビュー。

ゼッテル, サラ *Zettel, Sarah*
アメリカのSF作家
1966.12.14〜
[出]カリフォルニア州サクラメント [名]別名＝アンダーソン, C. L.〈Anderson, C.L.〉 [学]ミシガン州立大学卒 [賞]ローカス賞処女長編賞(1996年), フィリップ・K.ディック賞(2009年)
[歴]幼い頃からSF小説のファンで、1991年「アナログ」にサラ・ゼッテル名義で短編「Driven by Moonlight」を発表し、作家デビュー。その後も短編を発表し続け、96年初の長編「大いなる復活のとき」でローカス賞処女長編賞を受賞。その後、SF4作、ファンタジー8作を刊行。2009年C.L.アンダーソン名義で「エラスムスの迷宮」を発表、フィリップ・K.ディック賞を受賞。

セーデルグラン, エディス
→ソーデルグラーン, エディスを見よ

セーデルベリ, ヤルマル *Söderberg, Hjalmar*
スウェーデンの作家
1869.7.2〜1941.10.14
[出]ストックホルム [名]セーデルベリ, ヤルマル・エリック・フレドリック〈Söderberg, Hjalmar Erik Fredrik〉
[歴]下級公務員の息子。高校卒業後、中央税関監督所勤務を経て、1892年新聞記者となる。早くから作家を志し、新聞や雑誌に散文や詩、文芸批評を書く。95年小説「錯誤」で文壇にデビュー。自伝的長編小説「マッティン・ビルクの若き日々」(1901年)で一躍注目を浴び、倫理問題を問う日記形式の「ドクトール・グラス」(05年)が話題となる。06年デンマークのコペンハーゲンで「ゲルトルード」を書き、07年同作がストックホルムとコペンハーゲンで初演される。他に「真剣な遊び」(12年)、初期の小品を集めた「掌編集」(1898年)などがある。短編に優れ、"スウェーデンのアナトール・フランス"と称された。1900年代のスウェーデン文学の礎を築いた作家といわれる。

セニオール, オリーブ *Senior, Olive*
ジャマイカの詩人, 作家, ジャーナリスト
1941.12.23〜
[出]トレローニー地方 [学]ケアルトン大学 [賞]コモンウェルス作家賞(1987年)
[歴]カナダのケアルトン大学でジャーナリズムを専攻。帰国後、社会経済研究所、西インド大学などの雑誌の編集と広報出版活動に従事し、ジャマイカ出版協会の専務理事を務める。詩作品が詩集「木々の語らい」(1985年)にまとめられたほか、短編集「夏の稲妻」(86年)で第1回コモンウェルス作家賞を受賞。他の著書に「ヘビ女の到来」(89年)など。ジャマイカ総選挙の調査研究書、カリブの女性たちの社会学的調査書もある。

セーニー・サウワポン *Seni Saowaphong*
タイの作家
1918.7.12〜
[出]サムットプラカーン県 [名]サックチャイ・バムルンポン〈Sakichai Bamrunghong〉 [学]タマサート大学(1941年)卒
[歴]ワット・ポピットピムック外国語学校でドイツ語を学び、ジャーナリズムの仕事をしながらタマサート大学で法律・政治学を専攻して1941年に卒業。外務省で翻訳や事務の仕事をしたあと外交官試験に合格、以後エチオピア公使、ビルマ大使など外交官として活動し、78年定年で退官した。作家としてのデビュー作は友人と始めた日刊紙「スワンナプーム」に載せた短編小説「支那海に月は落つ」(41年)で、以来「東京からは便りなし」(43年)、「妖魔」(53年)など100編を超す作品を発表する。73年の政変以後急に脚光を浴び、特に知識人や学生の間で愛読されている。ほかに大作「アユタヤの良き人々」(82年)などがある。

セパムラ, シポー *Sepamla, Sipho*
南アフリカの詩人, 作家
1932〜2007.1.9
[出]クルーガズドープ [名]Sepamla, Sydney Sipho
[歴]教員養成学校を卒業、中学教師を経て、文芸誌「ニュー・クラシック」や演劇誌「スケッチ」の編集責任者となる。また黒人芸術連合同盟を主宰し、特に1976年ソウェトの蜂起以後の黒人意識運動の高揚に大きく貢献した。81年アメリカのアイオワ大学に留学。ソウェトを舞台とする都市黒人の生態を描いた。詩集「急いで自分のものにしろ」(75年)、「われ、ソウェトを愛す」(77年)、「大地の子たち」(82年)のほか、小説に「根っこは一つ」(79年)、「つむじ風に乗って」(81年)、「第三世代」(86年)、「散乱した生存者」(89年)がある。

ゼーバルト, W.G. *Sebald, W.G.*
ドイツ生まれの作家
1944〜2001.12.14
[出]ドイツ・アルゴイ [名]Sebald, Winfried Georg [賞]ベルリン文学賞, ハイネ賞, 全米批評家協会賞, ブレーメン文学賞
[歴]1966年よりイギリス在住。大学でドイツ近代文学を教える傍ら、90年初の小説「めまい」をドイツ語で出版。英訳された「移民たち」はスーザン・ソンタグに絶賛される。その他「目眩まし」「土星の輪」「アウステルリッツ」「鄙の宿」と合わせて4冊しか著作がなく、いずれも明確な筋を欠いた難解な小説といわれるが、独創的な想像力と異常なイメージで"現代のジェームズ・ジョイス"と評された。将来のノーベル賞候補との声も上がっていたが、2001年12月運転する車がタンクローリーと正面衝突し急逝した。他の著書に「空襲と文学」がある。

ゼビン, ガブリエル *Zevin, Gabrielle*
アメリカの作家
1977〜
[出]ニューヨーク [学]ハーバード大学卒
[歴]ハーバード大学卒業後、映画の脚本の仕事に携わる。2005年出版の「天国からはじまる物語」がベストセラーとなり、07年に手がけた映画脚本はインディペンデント・スピリット賞の脚本新人賞にノミネートされた。3作目の青春小説「誰かが私(わたし)にキスをした」は舞台を日本に移して映画化され(監督ハンス・カノーザ)、その脚本も担当した。14年に発表した「書店主フィクリーのものがたり」は「ニューヨーク・タイムズ」のベストセラーリストに4ケ月に渡ってランクインし、全米の図書館員が運営する「Library Reads」ベストブックに選ばれた。

セフェリス, イオルゴス *Seféris, Gíorgos*
ギリシャの詩人, 外交官
1900.2.29〜1971.9.20
[出]スルミナ(トルコ・イズミール) [名]セフェリアデス, ゲオルギオス〈Seferiadis, Georgios Stillanos〉 別称＝セフェリス, ジョージ〈Seferis, George〉 [学]アテネ大学, パリ大学卒 [賞]ノーベル文学賞(1963年), ウィリアム・フォイル賞(1962年)
[歴]1926年外務省に入り、ロンドン副領事を振り出しに、駐レバノン大使、駐英大使(57〜62年)など、約35年間外交官を務めた。傍ら、詩作に励み、31年処女詩集「分岐点」で詩壇に登場、以来10数冊の詩集・詩論集を発表した。ギリシャ神話など古典文学に素材を仰ぎ、象徴性に富んだ、時に難解な詩を書いた。代表作に「ミスィストリマ」(35年)、「練習帳」(40年)、「航海日誌」(3巻, 40〜45年)、「試論集」(44年)、「つぐみ」(47年)など。西欧の詩の翻訳、エッセイストとしても知られる。63年ギリシャ人として初めてノーベル賞を受賞。

セプルベダ, ルイス *Sepulveda, Luis*
チリの作家, ジャーナリスト
1949〜
[出]オバージェ
[歴]アナーキストだった祖父に影響を受けて社会主義に傾倒し、ピノチェト独裁政権下では942日に及ぶ刑務所生活を強いられる。1976年アムネスティの働きかけで解放された後、80年からはドイツのハンブルクを拠点にしてジャーナリストとして

の活動を始める。89年に発表した小説「恋愛小説を読む老人」がフランスをはじめとするヨーロッパ諸国でベストセラーになり、一躍ラテンアメリカを代表する人気作家となる。他の作品に「世界の果ての世界」「闘牛士の名前」「カモメに飛ぶことを教えた猫」「すれ違い」「パタゴニア・エキスプレス」などがある。

セブロン, ジルベール *Cesbron, Gilbert*
フランスの作家
1913.1.13～1979
[出]パリ　[賞]サント・ブーヴ賞
[歴]大学で政治学を学び、放送関係に進む。第二次大戦中はフランドルの戦線でイギリス軍との連絡係の仕事に従事したが、戦後ふたたび放送の仕事に戻った。勤務の傍ら創作の筆をとり、「われらの牢獄は王国」(1948年)「聖人地獄へ行く」(52年)や、映画化もされた「首輪のない犬」(54年)の作者として知られる。戯曲、エッセイなどにも作品があり、カトリック的な作家といわれている。

セペティス, ルータ *Sepetys, Ruta*
アメリカの作家
[出]ミシガン州デトロイト　[賞]カーネギー賞(2017年)
[歴]大学でオペラ、国際金融を学んだ後、パリなどヨーロッパで暮らす。帰国後、ロサンゼルス、ナッシュビルなどで音楽プロデューサーとして活躍、大学でも教鞭を執る。結婚し、2011年「灰色の地平線のかなたに」で作家デビュー。

セミョーノフ, セルゲイ・アレクサンドロヴィチ
Semyonov, Sergei Aleksandrovici
ソ連の作家
1893.10.19～1942.1.12
[歴]ペテルブルクの金属工の子。教育は小学校までで、国内戦では赤軍で戦い、負傷して除隊。1921年よりレニングラード作家出版所の文学・芸術部門責任者など文化畑の仕事に携わりつつ、執筆活動に従事。22年雑誌「赤い処女地」に初めて短編が掲載され、19年の飢饉を描いた長編「飢え」(22年)で作家として認められる。ソビエト文学興隆期においてファジェーエフらが率いたラップに所属して活躍。個人と社会の様々な側面から革命後の生活を描き、結婚や愛の諸問題を取り上げて論争の対象になった長編「ナターリヤ・タルポワ」(2巻, 27～30年)などのほか、短編も多くある。

セラ, カミロ・ホセ *Cela, Camilo José*
スペインの作家
1916.5.11～2002.1.17
[出]ガリシア地方イリアフラビア　[名]Cela Trulock, Camilo José
[学]マドリード大学医学部・法学部中退　[賞]ノーベル文学賞(1989年), スペイン国民文学賞(1984年), セルバンテス賞(1995年)
[歴]スペイン人の父とアイルランド人の母の間に生まれる。マドリード大学に学び、スペイン内戦ではフランコ軍に従軍。闘牛士、画家、俳優など多くの職業を経験する。1942年農村の暴力と野蛮な殺人行為を描いた長編「パスクアル・ドゥアルテの家族」でデビュー。暴力や残虐性を描写する手法は"トレメンディスモ(凄絶主義)"と呼ばれて一大センセーションを巻き起こした。同作品は現代スペイン小説の出発点と目されている。その後、「蜂の巣」(51年)、「聖カミロ1936」(69年)などの話題作を発表。人間の傷つきやすさを力強い文体で表現し、89年ノーベル文学賞を受賞した。他の作品に「療養所」(43～44年)、「ラサリーリョ・デ・トルメスの新しい遍歴」(44年)、短編集に「流れる雲」(45年)、「密輸監視人の華麗な犯罪」(47年)、「ガリシア人とその一味」(51年)などがある。紀行文や随筆にも優れ、「アルカリアへの旅」(48年)や「ユダヤ人・モーロ人・キリスト教徒」(56年)、自伝的長編に「二人の死者のためのマズルカ」(83年)などがある。77年スペイン初の議会で上院議員となり、翌年の新憲法の起草にも当たった。98年来日。

ゼラズニー, ロジャー *Zelazny, Roger*
アメリカのSF作家
1937～1995.6.14
[出]オハイオ州　[賞]ヒューゴー賞(1966年度), ヒューゴー賞(1968年)
[歴]1962年にデビュー。またたく間にSF界を席巻する。初期の作品には、「This Immortal(わが名はコンラッド)」(66年)、「Lord of Light(光の王)」(67年)などがあり、この2作はともに、ヒューゴー賞に輝く。次いで「地獄のハイウェイ」(69年)、「伝道の書に捧げる薔薇」(71年)など次々に作品を発表していたが、次第にヒロイック・ファンタジーに傾斜し、アンバー・シリーズを書く。80年エステバン・マロートをイラストレーターに迎え、「Changeling(魔性の子)」を発表。他に映画化された「世界が燃えつきる日」などがある。心理学的要素などを盛り込んだニューウェーブ派SF作家のリーダーの一人として活躍。ヒューゴー賞やネビュラ賞を計8回受賞した。

セラフィモーヴィチ *Serafimovich*
ロシア(ソ連)の作家
1863.1.7～1949.1.19
[出]ロシア・ニジネ・クルモヤルスカ村　[名]ポポフ, アレクサンドル・セラフィモーヴィチ〈Popov, Aleksandr Serafimovich〉
[学]ペテルブルク大学理学部
[歴]コサック士官の家に生まれる。1874年一家でウスチ・メドヴェジツカヤ村に移り、高等中学校に入学。83年ペテルブルク大学に入学、アレクサンドル3世暗殺を企てたアレクサンドル・ウリヤーノフと知り合い、ウリヤーノフ処刑後逮捕され流刑となる。流刑時代の88年短編「氷原」を発表。90年故郷のウスチ・メドヴェジツカヤ村へ戻り、漁夫、鉱夫や労働者の生活、専制とプロレタリアートとの革命的闘争などを取材した作品を発表。1902年モスクワへ移り、新しい創作活動を開始、最初の長編「荒野の町」を発表。18年ソ連共産党に入党。24年社会主義リアリズムの古典的作品といわれる「鉄の流れ」を発表。晩年は作品の映画脚本を執筆した。他の作品に短編「筏流し」(1890年)、長編「草原の町」(1917年)などがある。

セリヴィンスキー, イリヤ *Sel'vinskii, Iliya*
ソ連の詩人
1899.10.24～1968.3.22
[出]ロシア・ウクライナ・シンフェローポリ　[名]セリヴィンスキー, イリヤ・リヴォヴィチ〈Sel'vinskii, Iliya (Karl) L'vovich〉　[学]モスクワ大学法学部(1923年)卒
[歴]クリミア半島のシンフェローポリで毛皮商の家に生まれる。1918年国内戦でペレコープ会戦に参加。21年モスクワ大学社会科学部に入学、23年法学部を卒業。24年ヴェーラ・インベル、バグリツキー、ゼリンスキーらと"構成主義"グループを結成、26～30年主導者として科学と詩の結合を目指し、新しい主題には技術・科学用語の使用が不可欠であると主張した。26年処女詩集「最高記録」を出版。実験的な詩を多数書き、「ウリャラーエフの一統」(27年)、「詩人の手記」(同年)、「毛皮商売」(28年)などがある。詩と並んで「第二軍司令官」(29年)、「パオパオ」(32年発表)、「白熊ウームカ」(33年発表)などの戯曲もあり、「第二軍司令官」はメイエルホリドの演出によって上演された。30年代以降は前衛性が後退し、歴史物語「騎士ヨアン」(38年)、「バベク」(41年)、第二次大戦中の愛国的な詩編(ナチスの住民虐殺を暴いた「私はそれを見た!」, 42年など)、戦後の戯曲3部作「リヴォニアの戦い」(44年)、「ポルタワからガングートまで」(49年執筆)、「大キリル」(57年)がある。ほかに「プラウダ」特派員として参加した北極探検の長詩「チェリュースキン探検隊」(38年)、エッセイ「詩のスタジオ」(62年)、自伝「おおわが青春!」(66年)など。

ゼリーズ, A.J. *Zerries, A.J.*
アメリカの作家
[歴]A.J.ゼリーズは、アメリカの作家で夫のアル(Al)と妻ジーン(Jean)のゼリーズ夫妻の合同筆名。夫のアルはニューヨーク市生まれ。プラット・インスティテュートで広告を学んだ後、

アメリカ陸軍、舞台美術、テレビプロデューサー、エージェント業を経て、画家として活動。また、スクール・オブ・ビジュアル・アーツで広告を教える。妻のジーンはニュージャージー州ニューアーク生まれ。ラトガーズ大学で英米文学を専攻した後、アルの勧めでコピーライターとして活動。以来、ニューヨークの広告代理店でコピーライター、クリエイティブ・ディレクターとして活躍。2006年A.J.ゼリーズとしてアート・サスペンス「消えたゴッホ」で作家デビュー。

セリーヌ, ルイ・フェルディナン　*Céline, Louis-Ferdinand*
フランスの作家, 医師
1894.5.27〜1961.7.2
[出]パリ近郊クルブボワ　[名]Destouches, Louis Ferdinand　[賞]ルノードー賞(1932年)
[歴]1912年騎兵隊に志願入隊、第一次大戦に従軍し、重傷を負う。のちに医学を修め、25年ジュネーブの国際連盟衛生部に勤務、各地を転々とした。28年パリの診療所に勤務、傍ら執筆活動に入る。32年自伝小説「夜の果てへの旅」を発表、社会通念を無視した衝撃的内容と奔放な文体により大センセーションをまき起こす。第二次大戦中はナチス協力と反ユダヤ主義的著作のため戦犯となりデンマークに亡命したが同地で逮捕された。51年特赦で帰国、その後はパリ郊外で貧民のため医業を続けた。他の作品に小説「なしくずしの死」(36年)、「城から城」(57年)、「北」(60年)、「リゴドン」(69年)、評論に「死体派」(37年)など。

セリモヴィチ, メシャ　*Selimović, Mehmed*
ボスニア(ユーゴスラビア)の作家
1910.4.26〜1982.7.11
[出]ユーゴスラビア・ボスニア北東部トゥズラ　[名]Selimović, Mehmed Meša　[学]ベオグラード大学卒　[賞]NIN文学賞
[歴]ムスリムの家庭に生まれる。ベオグラード大学哲学部び、ギムナジウムで教鞭を執る。第二次大戦中の1943年パルチザンに協力した罪で逮捕される。釈放後、ユーゴスラビア共産主義者同盟に加わった。戦後は少しの間中央で教育委員会に勤めた後サラエボへ行き、ボスナ・フィルム芸術監督、人民劇場監督、出版社スヴィエトロスト(光)社編集長などを歴任。作家としては遅咲きで、47年初めての短編小説集「辱められた男」を発表。66年の「托鉢僧と死」でNIN文学賞など権威ある一連の文芸賞を独占し、作家としての地位を確立。71年ベオグラードに移り執筆と療養に専念した。他の作品に、短編集「第一中隊」(50年)、「城」(70年)など。セルビア人を自称したことから、セルビアとボスニアの両国から国民作家とみなされている。

セルヴォーン, サミュエル・ディクソン
Selvon, Samuel Dickson
トリニダードトバゴの作家, ジャーナリスト
1923.5.20〜1994.4.16
[出]トリニダード　[名]Selvon, Samuel Dickson Selvon aka Sam　[学]ナパリマ・カレッジ
[歴]インド系。地元のカレッジ中退後、「トリニダード・ガーディアン」紙で短期間働く。イギリス海軍に入隊して掃海艇に乗り組み、この時から詩作を始める。1950年ロンドンのインド大使館に勤め、その後結核で入院中に作家として立つ決心を固めた。75年カナダに移住し、後にカナダ市民となる。複数人種社会での偏見と相互不信を描いた小説「輝ける太陽」(52年)のほか、「孤独なロンドンっ子」(56年)、「雷鳴が耳に」(63年)、「モーセ昇天」(75年)などがある。

セルカス, ハビエル　*Cercas, Javier*
スペインの作家
1962〜
[出]カセレス県　[賞]リブラテー賞, インデペンデント紙外国小説賞(2004年度)
[歴]1987年最初の短編集「動機」を発表。2001年刊行の「サラミスの兵士たち」で話題を呼び、バルガス・リョサに絶賛された。同書でカタルーニャの書店組合が選ぶリブラテー賞を受賞、24ケ国語に訳され、英語版では04年度インデペンデント紙外国小説賞を受賞するなど数々の文学賞を獲得し、一躍人気作家となる。1989年からは、ジローナの大学でスペイン文学を教える。

セルート, オスカール　*Cerruto, Oscar*
ボリビアの作家
1912〜1981
[出]ラパス
[歴]20世紀を代表するボリビアの文学作家。作品は、小説、物語、詩集、自伝と多岐にわたる。作品に「ゆうれいにあげたおみやげ」など。

セルヌダ, ルイス　*Cernuda, Luis*
スペインの詩人
1902.9.21〜1963.11.6
[出]セビリア　[学]セビリア大学
[歴]詩人グループ"27年世代"に属する詩人。セビリア大学で詩人P.サリナスに学び、マドリードに出て共産党に入党。スペイン内戦後、38年イギリスに亡命。ヨーロッパや国内の大学で文学を講じた。アメリカ在住を経て、52年メキシコに移住し同地で客死。初期の詩集「風の横顔」(27年)は純粋詩の領域にあって簡潔な抒情を特徴とするが、やがてドイツやイギリスのロマン派の影響を受け、ネオ・ロマンティシズムの系列に加わり、さらにシュルレアリストとしての側面を見せるようになった。代表作は「妄想と荒廃」(62年)。36年以降全詩業を「現実と望み」(64年最終版)に収め、後の世代の詩人に多大な影響を与えた。文学評論、翻訳も多い。

セルビー, ヒューバート(Jr.)　*Selby, Hubert Jr.*
アメリカの作家
1928.7.23〜2004.4.26
[出]ニューヨーク市ブルックリン
[歴]少年時代、商船に乗り組んだことのある父から海の話を聞き、海に強く憧れる。高校を卒業して15歳で船員になるが、18歳のときドイツで結核の診断を受け、海を断念せざるをえなくなる。さらに帰国後4年間にわたる病院生活を送り、手術のために10本の肋骨と片肺を失った。退院後、一時期ブルックリンの浮浪者仲間と暮らし、その体験から"愛のない世界"の恐怖を伝えずにはいられなくなったことが創作を始める切っかけとなった。その後、療養生活を続けながら速記を覚え、秘書、店員、タイピストなど様々な職業を転々として生活を支え、ブルックリンの喧燥を描いた初めての小説「Last Exit to Brooklyn(ブルックリン最終出口)」に着手。6年間の歳月をかけて1964年に完成し、性と暴力を生々しく描写する手法は出版と同時に大反響を呼んだ。その後の作品に「部屋」(71年)、「THE DEMON」(76年)、「夢へのレクイエム」(78年)、「THE WILLOW TREE」(98年)などがある。89年「ブルックリン最終出口」がウリ・エデル監督によって、2000年「夢へのレクイエム」がダーレン・アロノフスキー監督によって映画化された。

セルフ, ウィル　*Self, Will*
イギリスの作家
1961〜
[出]ロンドン　[学]オックスフォード大学哲学科卒　[賞]ジェフリー・フェイバー記念賞(1993年)
[歴]少年時代からヘロイン・ジャンキーとなるが、オックスフォード大学哲学科を卒業。その後世界中を放浪、肉体労働にも従事、やがて漫画家になるも"暗い"と言われクビになる。中毒治療のため入院、結婚し、長男誕生時に書いたデビュー短編集「The Quantity Theory of Insanity」がマーティン・エイミス、サルマン・ラシュディらに絶賛され、1993年ジェフリー・フェイバー記念賞を受賞。文芸誌「グランタ」の若手作家ベスト20にも選出され、あらゆるメディアで異才を発揮して活躍。作品に「コック&ブル」「My Idea of Fun」「Grey Area」がある。

セ

セールベリ, ダン・T.　*Sehlberg, Dan T.*
スウェーデンの作家
1969〜
[出]ストックホルム　[学]ストックホルム商科大学
[歴]ストックホルム商科大学でM.B.A.を取得。スウェーデンの新聞社アフトンブラーデッドに勤務した後、実業家に転身し複数のIT関連会社を起業。その後、不動産会社役員を務める。一方、2013年〈エリック・セーデルクヴィト〉シリーズの第1弾「モナ 聖なる感染」で作家デビュー。

セ

セレーニ, ヴィットーリオ　*Sereni, Vittorio*
イタリアの詩人
1913.7.27〜1983.2.10
[出]ロンバルディア州バレーゼ県ルイーノ
[歴]スイスとの国境に近いマッジョーレ湖畔のルイーノに生まれる。税関職員であった父親の転勤に伴いブレッシャに移り、青少年期を送る。1933年大学進学のためミラノに移る。35年からアンチェスキ、ガット、A.ベルトルッチら若い文学者たちと交流を持ち、総合文芸誌「コッレンテ(思潮)」に詩作品を発表し始める。36年大学を卒業し、モーデナで高校教員となる。41年第1詩集「国境(1935-40年)」(改題増補版「詩集」42年)でデビューし、エルメティズモ(錬金術主義)の代表的詩人として認められる。同年秋、第二次大戦で北アフリカ戦線要員として応召するが、トスカーナ、ギリシャ、シチリアを転々とするうち、43年連合軍捕虜となり、最後はカサブランカに送られ、2年間の収容所生活を送る。この間に書き綴った詩は「アルジェリア日記」(47年)として刊行。この詩集の後、現代人の疎外を描いた抒情詩集「人間機械」(65年)を発表するまで詩的沈黙を守る。他の作品に、詩集「空席」(71年)、「変わりやすい星」(81年)、散文集「近景」(62年)など。バレリーやパウンドの優れた翻訳もある。

セロー, ポール　*Theroux, Paul*
アメリカの作家
1941.4.10〜
[出]マサチューセッツ州メドフォード　[名]Theroux, Paul Edward　[学]メーン大学, マサチューセッツ大学, シラキュース大学大学院　[賞]ウィットブレッド賞(1978年), ジェームズ・テイト・ブラック記念賞(1981年)
[歴]1963年良心的反戦主義者として平和部隊に入り、60年から70年代にかけて東アフリカとシンガポールで英語を教える教員生活を送ったのち、作家として独立。小説、旅行記、エッセイ集など多くの作品を著す。作品に映画化された「モスキート・コースト」「ハーフムーン・ストリート」のほか、旅行記「鉄道大バザール」「おんぼろパタゴニア急行」「中国鉄道大旅行」「ポール・セローの大地中海旅行」、小説「ワールズ・エンド」「わが家の武器庫」「O＝ゾーン」「ドクター・ディマー」「九龍塘の恋」など。
[家]息子＝マーセル・セロー(作家)

セロー, マーセル　*Theroux, Marcel*
ウガンダ生まれのイギリスの作家
1968.6.13〜
[出]ウガンダ　[学]ケンブリッジ大学, エール大学　[賞]サマセット・モーム賞(2002年), リナペルスュ賞
[歴]父は作家のポール・セローで、ウガンダで生まれ、イギリスで育つ。ケンブリッジ大学で英文学を、エール大学でソ連・東欧の国際関係を研究。環境問題から日本の"わびさび"まで、多様なテーマのドキュメンタリー番組制作に携わる他、2002年に発表した小説「ペーパーチェイス」でサマセット・モーム賞を受賞。「極北」(09年)は全米図書賞及びアーサー・C.クラーク賞の最終候補作となり、フランスのリナペルスュ賞を受けた。
[家]父＝ポール・セロー(作家)

セローテ, モンガーン　*Serote, Mongane*
南アフリカの詩人, 作家, 政治家
1944〜
[出]ソフィアタウン　[賞]野間アフリカ出版賞(1992年)
[歴]黒人意識運動に関わり、1972年詩集「ヤカリンコモ」でデビュー。74年出国し、亡命生活を送る。後に帰国し、南アフリカ国会議員を務める。他の作品に、詩集「急行、第三世界発」、小説「生れ出ずる者すべてに血が」(81年)、「生まれてくるものたちへ」などがある。

銭 鍾書　せん・しょうしょ　*Qian Zhong-shu*
中国の作家, 学者
1910.11.21〜1998.12.19
[出]江蘇省無錫　[名]字＝黙存, 号＝槐聚, 筆名＝中書君　[学]清華大学卒 Ph.D.
[歴]清華大学在学中より文名が高く、「新月」誌に書評を執筆する。大学卒業後、上海の光華大学で教鞭を執り、また「中国論壇」「天下月刊」誌に英文で散文、詩を発表。1935年同郷の作家、楊絳と結婚し夫婦でオックスフォード大学、パリ大学に留学。38年帰国。抗日戦開戦後は昆明の西南連合大学教授を務め、46〜48年英文季刊誌「Philobiblon」の編集に携わった。解放後、清華大学教授を経て、科学院文学研究所員となり、58年に「宋詩選註」を出版した。文化大革命では幹部学校に収容されたが、文革後の85年から社会科学院副院長を務める。他の著書に散文集「人生の片隅で」(41年)、短編集「人・獣・古典鬼」(46年)、古典詩の評論集「談芸録」(48年)、長編「囲城」(47年, 邦訳「結婚狂詩曲」)、古典の考釈集「管錐篇」(79年)など。
[家]妻＝楊 絳(作家)

銭 寧　せん・ねい　*Qian Ning*
中国の作家
1959〜
[出]南京　[学]中国人民大学, ミシガン大学
[歴]1986年「人民日報」に記者として入社。89年アメリカに留学。95年帰国し、第1作「アメリカ留学」を出版。のち「興亡夢の如し―秦の宰相 李斯」で本格的に作家としてデビュー。

センゲー, ダシゼベギーン　*Sengee, Dashzevegiyn*
モンゴルの詩人, 作家
1916.5.9〜1959.5.6
[出]セレンゲ　[学]ゴーリキー文学大学　[賞]チョイバルサン賞
[歴]モスクワのゴーリキー文学大学に留学。1935年より文筆活動に入り、第二次大戦中から戦後にわたってモンゴルの文壇で活躍。日本との戦いを題材にした中編小説「アヨーシ」(47年)は戦争文学の傑作といわれる。他の作品に、詩「祖国」(43年)、「宵の明星」(44年)、「鳩」(54年)、長詩「老パルチザンの話」(52年)、歌劇「真実」(54年)、戯曲「わが道を」(ロドイダンバとの合作)など。祖国愛に溢れた作品を数多く執筆したほか、モンゴル作家同盟議長を務め、後進の育成にも努めた。

センダック, モーリス　*Sendak, Maurice*
アメリカの絵本作家, イラストレーター
1928.6.10〜2012.5.8
[出]ニューヨーク市ブルックリン　[名]Sendak, Maurice Bernard
[賞]コルデコット賞(1964年), 国際アンデルセン賞画家賞(1970年), 全米図書賞(絵本部門)(1982年), アメリカ図書館協会ローラ・インガルス・ワイルダー賞(1983年), ダートマス大学名誉文学博士号(1991年), 全米芸術メダル(1997年), アストリッド・リンドグレーン記念文学賞(2003年)
[歴]ポーランドからの移民ユダヤ人の子として生まれる。アート・ステューデンツ・リーグの夜間部でグラフィックアートを学んだ後、絵本作家ウィリアム・ワイスガードとの出会いがきっかけとなり、1950年頃から独学で絵本を描き始める。52年「あなは ほるもの おっこちるとこ」のイラストレーションを手がけて成功を収め、63年のやんちゃで感受性豊かな少年マックスを描いた自作絵本「かいじゅうたちのいるところ」は世界で2000万部以上売れ、絵本作家として不動の地位を築く。同作品は、2009年スパイク・ジョーンズ監督によって映画化

された。他の作品に「ケニーのまど」(1956年)、「まよなかのだいどころ」(70年)、「まどのそとのそのまたむこう」(81年)、「ロージーちゃんのひみつ」「そんなときなんていう？」「くつがあったらなにをする？」「ミリー」など。また、テレビアニメ「リトル・ベア」(95年)とその劇場版(2001年)の制作に携わったほか、98年にチューリヒ歌劇場で上演された「ヘンゼルとグレーテル」では美術監督も務めた。

センデル, ラモン・ホセ　Sender, Ramón José
スペインの作家, ジャーナリスト
1902.2.3～1982
㊥国民文学賞(1936年), プラネタ賞
㊙マドリードの大手新聞社の記者として、ヨーロッパ各地を取材する傍ら、1930年モロッコ戦争に取材した小説「Imán(磁石)」を発表するなど、作家としても活動する。人民戦線第5連隊師団長としてスペイン内戦に参戦。後アメリカに亡命、グアテマラやメキシコに移り住み、創作を行う。小説「王と王妃」(49年)、「あるスペインの農夫のための鎮魂ミサ」(53年)、歴史小説「エメン・エタン」(58年)「若き盗賊」(67年)などのほか文芸批評も行い世界に広く知られるが、本国スペインでは政治的理由から60年代まで不当に無視されていた。

セント・オービン, エドワード　St Aubyn, Edward
イギリスの作家, ジャーナリスト
1960.1.14～
㊥ロンドン　㊦オックスフォード大学キーブル・カレッジ　㊥ベティ・トラスク賞, フェミナ賞外国小説賞
㊙男爵家の末裔として生まれ、イギリスとフランスで育つ。名門ウェストミンスター・スクールを経て、オックスフォード大学キーブル・カレッジに学ぶ。1992年「パトリック・メルローズ1 ネヴァー・マインド」で全5巻のシリーズとなる。父と息子の衝撃的な関係を描いたその半自伝的内容がセンセーションを巻き起こし、新人作家に与えられるイギリスの主要文学賞ベティ・トラスク賞を受賞。第4巻の「マザーズ・ミルク」はフランスのフェミナ賞外国小説賞を受賞した他、ブッカー賞候補にもなった。

センドカー, ヤン・フィリップ　Sendker, Jan-Philipp
ドイツのジャーナリスト, 作家
1960～
㊥西ドイツ・ハンブルク(ドイツ)
㊙ドイツの代表的週刊誌「シュテルン」に勤務し、ニューヨーク特派員、アジア特派員を長く務める。2000年中国をテーマにしたルポルタージュ「Risse in der Grosen Mauer」を刊行。02年同じくアジアを舞台とした初の文芸作品「鼓動を聴いて」を発表、ドイツの読者の間に深く静かな感動を呼ぶ話題作となった。

センプルン, ホルヘ　Semprún, Jorge
スペインの作家
1923.12.10～2011.6.7
㊥マドリード　㊦パリ大学哲学科中退　㊥フォルメントール賞, フェミナ文学賞(1969年度), エルサレム賞(1997年)
㊙法哲学の教授で、トレド市長、外交官を歴任した旧スペイン貴族出身の父を持つ。1937年父の外交官としての任地、デン・ハーグに移り、スペイン内乱の2年間をオランダで過ごす。39年家族と共にフランスに亡命しパリに住み、アンリ4世校とサン・ルイ校でリセの課程を修了、パリ大学に進むが、20歳のとき第二次大戦が勃発。共産党員としてレジスタンス(対独抵抗運動)に身を投じ、"ジャン・マリ作戦"という地下組織で活動した。43年ロンドンのド・ゴール解放軍の指令によりブルターニュ地方のパラシュート作戦に参加、ゲシュタポに捕えられブッヘンヴァルト強制収容所で2年間監禁された。その後、脱走し、フランスに帰国。この時の体験をもとに63年フランス語の処女小説「Le Grand Voyage(大いなる旅)」を発表し、レジスタンスのドキュメンタリー文学としてフォルメントール賞を受賞した。戦後、ユネスコに勤務し、翻訳に携わっている間に演劇・映画の世界に興味を持つようになり、やがてアラン・レネ監督の「戦争は終った」(66年)をはじめとする映画の脚本を手がける。69年トロツキー暗殺を素材とした「La deuxième mort de Ramón Mercader(ラモン・メルカデルの第二の死)」でフェミナ文学賞を受賞、作家としての地位を確立した。他の作品に「消滅」「なんと美しい日曜日！」「ブーヘンヴァルトの日曜日」などがある。映画監督としてインタビュー映画の制作にも携わった。88～91年ゴンサレス社会党政権下で文化相を務めた。99年6月来日。
㊥叔父＝ミゲル・モウラ(スペイン共和国初代内務大臣)

センベーヌ, ウスマン　Sembène, Ousmane
セネガルの作家, 映画監督
1923.1.1～2007.6.9
㊥ジーガンショール
㊙漁村に生まれ、少年時代から鉛管工、石工などとして働く。16歳の時フランス軍に徴兵され、第二次大戦に従軍、ヨーロッパを転戦。戦後セネガルやフランスで労働運動に加わり、フランス共産党に入党。1956年自身の体験をもとにしたフランス語の小説「黒い沖仲士」を出版。続いて57年「セネガルの息子」、60年「神の森の木々」などを発表。その後アフリカ人の心に直接触れるためには映画の方が効果的であると考え、62年から1年間モスクワのゴーリキー映画研究所に留学して映画演出を学び、63年「Borom Sarret」でトゥール国際短編映画祭作品賞受賞、65年にはアフリカ人の手になる初の長編35ミリ映画「黒人女」を発表した。以後ベネチア映画祭で受賞した「為替」(68年)、モスクワ映画祭銀賞受賞の「エミタイ」(71年)など自作の小説をもとにした作品を次々に製作、国際的に高く評価され、"アフリカ映画の父"とも呼ばれた。79年には政治サスペンス小説「帝国の最後」を発表。83年セネガル・ペンクラブ会長。83年、89年来日。

【ソ】

ソ・ギウォン　徐 基源　So Gi-won
韓国(朝鮮)の作家
1930.10.24～2005.7.30
㊥朝鮮・京城(韓国ソウル)　㊦ソウル大学商学部(1954年)中退　㊥韓国現代文学賞(1960年), 東仁文学賞(1960年), 韓国文学賞(1975年)
㊙ソウル大学商学部を中退後、空軍大尉予備役に編入、その後ジャーナリスト生活に入る。ソウル新聞駐日特派員・常任監事・社長、韓国新聞協会会長、国務総理公報秘書官など歴任。作家としては1956年「暗射地図」でデビュー。韓国現代文学賞、東仁文学賞を受賞。著書に「革命」「前夜祭」「王朝の祭壇」など。

ソ・ジョンイン　徐 廷仁　So Jeong-in
韓国(朝鮮)の作家
1936.12.20～
㊥朝鮮・全羅南道順天(韓国)　㊤延 澈　㊦ソウル大学校文理大学大学院英文科(1962年)修了、ハーバード大学英文学(1973年)修了　㊥「思想界」新人賞(1963年), 大山文学賞(1999年), 怡山文学賞(2002年), 韓国文学作家賞
㊙1963年短編「後送」で雑誌「思想界」新人賞を受け、作家として認められた。他の作品に「衣裳をつけよ」(63年)、「波が高かった日」(63年)、「迷路」(67年)などがある。

ソ・ジョンジュ　徐 廷柱　So Chong-ju
韓国の詩人
1915.5.18～2000.12.24
㊥全羅北道高敞郡富安面仙雲里　㊤号＝未堂　㊦中央仏教専門学校(1936年)卒　㊥韓国芸術院賞(1966年), 自由文学賞, 大韓民国文学賞, 5・16文芸賞本賞

[歴]幼くして漢学を学び、1928年生地の小学校を卒業、29年ソウルに出て中央高等普通学校に入学するが、学生運動に関与し退学処分を受ける。34年朝鮮仏教界の大宗師朴漢永師の門下に入るとともに中央仏教専門講院に入学。更に後の東国大学校である中央仏教専門学校に進む。36年詩「壁」が弱冠21歳で「東亜日報」新春文芸に当選し、詩人として認められる。同年秋には大学を休学し、詩の同人誌「詩人部落」を発行して創作に専念。結婚後満州へ移り、会社員として勤めたりもするが、41年ソウルに戻り、東大門女学校教師、46年東亜大学講師、48年東亜日報社文化部長、53年ソラボル芸術大学教授、59年東国大学教授を務め、77年東国大学の文理科大学学長に就任、79年東国大学名誉教授。一方、41年「自画像」を収める処女詩集「花蛇集」(41年)を出版。他に「帰蜀途」(46年)、「新羅抄」(60年)、「冬天」(68年)などの詩集や、「韓国の現代詩」「詩文学原論」がある。71年現代詩人協会会長、75年名誉会長を務めるなど、詩壇の頂点に立つ。文壇における活躍も目覚ましく、49年韓国文学家協会設立と同時に同協会詩部委員長、54年芸術院会員、65年韓国文人協会副理事長、77～78年同協会理事長、75年仏教文学家協会長を歴任。詩作のほかに、長編小説「修士張耳笑の散策」を、73年から74年にかけて「現代文学」誌に連載。「徐廷柱詩集」を中国語訳で出したほか、アメリカやフランスでも紹介され、国際的にも認められた。「徐廷柱文学全集」(全5巻)がある。

蘇 雪林　そ・せつりん　*Su Xue-lin*
中国生まれの台湾の作家
1897～1999.4.21
[出]中国・浙江省　[名]蘇 梅　[学]北京女子師範大学
[歴]北京の女子師範大学在学中の1919年五四運動が起き、新文化運動の影響を受ける。21年フランスに留学。25年帰国後、安徽大学などで教鞭を執る傍ら創作活動に入る。謝冰心、丁玲らと並び5大女性作家と称され、新文学運動を代表する女性作家といわれた。国共内戦後の52年台湾に移り、成功大学教授などを歴任、73年引退した。著書に、小説「棘心」、随筆集「緑天」がある。

蘇 童　そ・どう　*Su Tóng*
中国の作家
1963～
[出]江蘇省蘇州　[学]北京師範大学卒
[歴]北京師範大学在学中から詩や小説の創作を始める。卒業後、南京芸術学院の職員を経て、文学雑誌の編集者となる。1987年に発表した中編小説「一九三四年の逃亡」が出世作となり、西洋モダニズムの影響を受けた実験的な文体で中国文学に新しい可能性を開き“先鋒派”と呼ばれる。やがて大衆の支持を受ける作風へと変化を遂げ、現代中国文学の主要な書き手の一人となる。また、張芸謀(チャン・イーモウ)によって映画化され、91年にベネチア国際映画祭銀獅子賞を受賞した「紅夢」(「妻妾成群」, 89年)の原作者としてその名を世界に知らしめた。著書に「紅粉」「離婚指南」「飛べない龍」「碧奴―涙の女」などがある。

蘇 徳　そ・とく　*Su De*
中国の作家
1981～
[出]上海　[学]華東師範大学中国語中国文学部卒
[歴]1980年代に生まれた世代“80後(バーリンホウ)”を代表する女性作家。2001年から小説を発表。08年上海市作家協会第1期作家マスタークラスを卒業。09年8～10月アイルランドのコーク市にライター・イン・レジデンスとして滞在、コーク大学にて講演「孤独と叛逆―中国青年作家群像」を行う。長編小説に「レール上の愛情」「卒業以後、結婚以前」、短編小説に「私の荒涼とした額に沿って」「もしものこともなく」など。

ソー, ブラッド　*Thor, Brad*
アメリカの作家
1969～
[出]イリノイ州シカゴ　[学]南カリフォルニア大学
[歴]テレビの脚本執筆や、映画プロデューサーのジョン・ヒューズのもとで働いた経験を持つ。のちプロダクション、ソー・エンターテインメントを設立、アメリカの旅行番組で世界的に人気のある「トラヴェリング・ライト」のほかコマーシャル・フィルムなどを制作。同番組のプロデューサー、キャスターとして知られる。保守系シンクタンク・ヘリテージ財団のメンバーでもある。一方、少年時代から作家になることを夢見て、南カリフォルニア大学で創作を学び、2002年シークレット・サービス隊員スコット・ハーヴァスを主人公にした「傭兵部隊〈ライオン〉を追え」でデビュー。その後〈スコット・ハーヴァス〉としてシリーズ化され、シリーズの作品に「テロリスト〈征服者〉を撃て」「〈亡霊国家ソヴィエト〉を倒せ」「ブラック・リスト」などがある。

蘇 曼殊　そ・まんじゅ　*Su Man-shu*
日本生まれの中国の作家, 詩人
1884.10.9～1918.5.2
[出]神奈川県横浜市　[名]蘇 玄瑛, 字＝子穀　[学]早稲田大学高等予科
[歴]父は広東の茶商人、母は日本人で、1884年10月9日(光緒10年8月21日)横浜で生まれる。養母は母の姉の河合仙。89年広東に帰郷して少年時代を中国で過し、98年来日。1902年19歳の時に早稲田大学高等予科に入学した頃から革命派に近づき、青年会、軍国民教育会に参加。翌年中国に戻ると広東で一時僧籍に入り、還俗後も僧名曼殊を用いた。04年香港で康有為暗殺を謀ったが未遂に終わる。シャム、セイロンを流浪してサンスクリットを学び、07年再び来日。バイロンに傾倒し、08年東京で「バイロン詩選」を出版。09年ジャワの中華学校の英語教師となり、文学結社南社にも参加。12年に帰国し、辛亥革命後の混乱の中、日本、中国を流浪して詩・小説を残した。革命後は象徴主義的作風を示し、自伝的装いの幻想小説「断鴻零雁記」(12年)がその代表作。18年上海フランス租界で病没。日本ではその血統のため日中戦争期に盛んに紹介された。

ソ・ヨンウン　徐 永恩　*So Yong-un*
韓国の作家
1943.5.18～
[出]江原道江陵　[学]江陵師範学校(1961年)卒, 韓国建国大学英文科(1965年)中退　[賞]李箱文学賞(1983年)
[歴]1965年大学中退後、ソウル水道局に就職。67年「現代文学」誌の創作実技講座を通して作家・朴景利と知り合う。70年職場を辞めて作家生活に入る。中・短編小説を次々に発表。作品集に「砂漠の歩き方」(77年)、「肉と骨の祝祭」(78年)、「鬼ごっこ」(81年)、「黄金の羽毛」(84年)、「梯子を掛けられた窓」(90年)、中・短編小説全集に「徐永恩中・短編小説全集」(全5巻, 77年)、小説選集に「遠いあなた」(83年)、「野蛮人」(86年)、長編小説に「川の流れの終わり」(84年)、「懐かしいものは門になって」(89年)、「私の滑り台そして午後」(93年)、「夢路から夢路へ」(95年)、「彼女の女」(2000年)などがある。韓国現代文学の黄金期を築き上げた代表的作家の一人。

曽 貴海　そう・きかい　*Zeng Gui-hai*
台湾の詩人, 医師
1946～
[出]屏東県佳冬郷　[賞]呉濁流新詩賞, 頼和医療服務賞, 高雄市文芸賞, 台湾文学家牛津賞, 客家終身貢献賞, 台湾医療典範賞
[歴]大学時代、詩のサークル「阿米巴詩社」を創設、長年にわたり環境保護と社会運動に関与。1982年葉石涛、鄭炯明、陳坤崙などと雑誌「文学界」を創刊。91年には「文学台湾」を創刊し、社長に就任。衛武営公園促進会会長、鍾理和文教基金会董事長(代表取締役)、詩のサークル「笠」会長、台湾ペンクラブ理事長、台湾南社の部長などを歴任。呉濁流新詩賞、頼和医療服務賞、高雄市文芸賞、台湾文学家牛津賞、客家終身貢献賞、台湾医療典範賞などを受賞。

曹 禺　そう・ぐう　*Cao Yu*
中国の劇作家

1910.9.24〜1996.12.13
㊥湖北省天津　㊔万 家宝　㊫清華大学ギリシャ悲劇専攻（1933年）卒　㊖レジオン・ド・ヌール勲章（1987年）
㊦天津の女子師範学校などで教鞭を執る。1934年旧封建家族の悲劇を描いた処女作「雷雨」（4幕）が成功を収め、巴金らに絶賛され文壇デビュー。続いて金万能の都市社会の腐敗を批判した「日出」（35年）、農民の反抗を描いた「原野」（36年）を発表、新劇を中国の芸術に定着させ、中国における近代演劇の第一人者となる。37年日中戦争勃発後は抗日文芸活動に参加、南京、漢口、四川などで演劇活動を行い、「蛻変」「北京人」などを発表。新中国成立後はプロレタリア文学活動に従事。60年戯劇家協会副主席となるが、文化大革命で反動文化人と批判され失脚。77年名誉回復し、78年北京人民芸術劇院院長に復活。79年戯劇家協会主席。88年中国文学芸術界連合会主席。82年中国演劇家代表団長として来日。他の作品に「明るい空」「胆剣篇」「王昭君」など。

臧 克家　ぞう・こくか　*Zang Ke-jia*
中国の詩人
1905.10.8〜2004
㊥山東省諸城県臧家荘　㊫山東大学中文系（1934年）卒
㊦山東省立第一師範学校を経て、武漢の中央軍政学校に入学。のち山東大学に進み、聞一多の影響で詩作を始める。1933年処女詩集「烙印」を刊行、東北農村の惨状、農民の苦衷の魂など歌いあげ注目される。抗日戦争中は重慶で中華全国文芸界抗敵協会に所属、のち上海で「文訊月刊」を編集。解放後は「詩剣造」「詩刊」の編集長などを務め、のち中国作家協会理事、81年作家協会顧問に就任。他の作品に「運河」（36年）、抗戦中の愛国心をうたった「泥土之歌」（43年）、革命の指導者李大釗をたたえた長編叙事詩「李大釗」、「臧克家詩選」など。評論「文学芸術を学ぶ過程で」（55年）、回想録「詩と生活」（81年）、「臧克家全集」（全6巻）などもある。

宋 之的　そう・してき　*Song Zhi-di*
中国の劇作家
1914.4.6〜1956.4.17
㊥河北省豊潤（唐山）　㊔宋 汝昭　㊫北平大学法学院
㊦北平大学在学中、仲間と苞莉芭劇社を組織して北平左翼戯劇家連盟に参加。1933年上海で新地劇社を起こすが、国民党政府により2度逮捕・投獄される。35年太原に赴き、閻錫山に追われて上海に戻ってから発表したルポルタージュ「36年春太原にて」（36年）、歴史劇「武則天」（37年）は評判となった。抗日戦争中は「盧溝橋を守れ」（37年）の集団創作に参加。また、代表作となった話劇「霧の重慶」（40年）を発表。解放後は「解放軍文芸」編集長などを務め、56年には朝鮮戦争を描いた話劇「平和を守れ」を発表した。

曹 文軒　そう・ぶんけん　*Cao Wen-xuan*
中国の児童文学作家
1954〜
㊥江蘇省塩城　㊕国際アンデルセン賞作家賞（2016年）
㊦北京大学中文系教授を務める一方、1982年に発表した「弓」で注目され、新しい児童文学のリーダー的役割を担う。生まれ育った水郷地帯の貧しい農村を背景に、人間をテーマとした作品を創作。著書に「よあけまで」などがある。

草明　そうめい　*Cao-Ming*
中国の作家
1913.6.15〜
㊥広東省順徳県　㊔呉 絢文, 筆名＝褚 雅明　㊫広東省立女子高中師範学校
㊦広東省立女子高中師範学校在学中より創作活動を始め、欧陽山らの「広州文芸」に加わる。1933年欧陽山と上海に出て、左翼作家連盟の機関誌「現実文学」を編集。抗日戦争期には広州、重慶で宣伝工作に従事、40年中国共産党に入党した。皖南事件後延安に入り、延安文芸座談会に参加後は労働者の生活の中で創作。抗日戦後は東北に行き、水力発電所を取材した中編「原動力」（48年）、鉄道工場を描いた「火車頭（機関車）」（50年）などで高い評価を得る。解放後54年から鞍山第一製鋼工場で党副書記として後進の育成に努めながら、59年長編小説「乗風破浪」を書いた。64年には北京に移住したが、文化大革命中は創作を中断。49年以降、全国文連委員、作家協会理事を務める。

ソウヤー, ロバート　*Sawyer, Robert J.*
カナダのSF作家
1960〜
㊥オタワ　㊕オーロラ賞（長編部門）, ホーマー賞（処女長編部門）, ネビュラ賞, 星雲賞（日本）
㊦学生時代からSFを書きはじめ、1983年にフリーライターとなる。小説のほかに、「カナディアン・エンサイクロペディア」のSFの項の執筆、ラジオのSF番組の構成と語りなどを手がける。著書に処女長編「ゴールデン・フリース」の他、「さよならダイノサウルス」「ターミナル・エクスペリメント」「フラッシュフォワード」などがある。

ソク・ユンギ　石 潤基　*Sok Yun-gi*
北朝鮮（朝鮮）の作家
1929.10.22〜1989.4.28
㊥朝鮮・慶尚北道手大邱（韓国）　㊫成均館大学　㊕金日成賞
㊦1947年ソウルの成均館大学で学ぶ。運送業、記者などの職に就きながら反米救国闘争に参加。50年ソウル解放時に朝鮮人民軍に入隊。朝鮮戦争時に北朝鮮に渡り、戦後は平壌で言論部門に携わる。50年代から小説を執筆。短編「二回めの返答」（55年）、「まむしの目」（57年）、「松の木は立っている」（58年）などで朝鮮戦争における人民軍の英雄的戦闘を描き、中編「戦士たち」（60年）で注目される。最高人民会議議員、朝鮮作家同盟委員長、四・一五文学創作団の団長を務め、金日成賞を受けた。他に長編小説「苦難の行軍」、短編小説「幸福」（63年）、「時代の誕生」（1部64年, 2部66年）、「咲き乱れるひまわり」（70年）、「春雷」（85年）など数多くの文学作品を創作し、現代の北朝鮮を代表する作家の一人となった。

ゾシチェンコ, ミハイル　*Zoshchenko, Mikhail Mikhailovich*
ロシア（ソ連）の作家
1895.8.10〜1958.7.22
㊥ポルタワ（ウクライナ）　㊫ペテルブルク大学法学部卒
㊦大学在学中に第一次大戦に従軍。ロシア革命では赤軍にも入隊。1920年代から小説を書き、語りの技巧に優れた諷刺作品やユーモア短編によって人気作家になる。46年「猿の冒険」を発表、ソ連共産党政治局員アンドレイ・ジダーノフによるジダーノフ批判の対象となり、作家同盟から除名された。作品に「ナザール・イリイチ・シネブリューホフの物語」（22年）、「取り戻された青春」（33年）、「空色の本」（34年）などがある。

ソーデルグラーン, エディス　*Södergran, Edith*
フィンランドのスウェーデン語詩人
1892.4.4〜1923.6.24
㊥ロシア・ペテルブルク（サンクトペテルブルク）　㊔ソーデルグラーン, エディス・イレーネ〈Södergran, Edith Irene〉
㊦女性詩人。1908年頃よりスウェーデン語で表現主義の詩を発表し始める。マヤコフスキー、T.S.エリオット、リルケ、E.パウンドらと同時代に、旧習からの解放と未来を暗示する人生観を示した。「詩集」（16年）、「9月の竪琴」（18年）、「ばらの祭壇」（19年）、「未来の影」（20年）などの詩集がある。16歳で結核にかかり、長い闘病生活の末に31歳で早世。代表作は死後に出版された「実在しない国」（25年）で、死後アヴァンギャルド、モダニズムの天才詩人としてまず北欧で、次いで英米語圏で評価が高まる。スウェーデン系フィンランドのモダニズム運動の先駆者とされ、北欧詩壇では今日もなお関心が高い。

ソト, ギャリー　*Soto, Gary*
アメリカの詩人, 児童文学作家
1952〜
㊥カリフォルニア州フレズノ　㊕カリフォルニア図書館協会賞
㊦メキシコ系（チカーノ）3世。1977年ピュリッツァー賞、全米

ソ

図書賞候補となった「The Elements of San Joaquin」で詩人としてデビュー。90年からは子供向けの詩や散文にも取り組む。カリフォルニア大学バークレー校助教授を経て、創作活動に専念。絵本の原作や短編映画の製作など様々な分野で活躍する。地元の少年空手クラブで師範を務めたこともある。他の著書に「四月の野球」、「Living upthe Street」「Buried Onions」などがある。

ソブリノ, ハビエル　Sobrino, Javier
スペインの児童文学作家
1960～
出ピミアンゴ
スペインのアストゥリアス地方の町ピミアンゴで生まれる。1984年教師となり、カンタブリア地方の公立小学校で教える。86年教師仲間とともに児童文学季刊誌「ペオンサ」を創刊。編集に携わり、本の紹介や作家インタビュー、評論に関わるほか、子供の本の普及にも尽力。一方、2001年児童文学作家として初の作品を刊行。以来、発表を続ける。著書に「アリアドネの糸」がある。

ソフローノフ, アナトーリー・ウラジーミロヴィチ
Sofronov, Anatolii Vladimirovich
ソ連の詩人, 作家, 劇作家
1911.1.19～1990.9.10
受スターリン賞（1948年）, スターリン賞（1949年）
ロストフ農業機械工場で働きながら詩作に励み、のちロストフ教育専門学校を卒業。1934年処女詩集「晴れた日々」を出版。40年共産党に入党。第二次大戦では従軍記者として活躍。政府や党の機関紙「イズヴェスチャ」や「プラウダ」に短編と詩を発表、戦中戦後の詩集に「コザックの誉れ」（41年）、「草原の兵士」（43年）、「勝利の後進」（47年）、「詩と歌」（50年）など。戦後は主に劇作に従事し、戯曲「ある町にて」（47年）と「モスクワ気質」（48年）によって、48年49年と続けてスターリン賞を受賞。戯曲「100万ルーブルの微笑」（59年）、「ストリャプーハ」（59年）など、喜劇のジャンルで人気を呼んだ。他に「亡命者たち」（67年発表）、「白内障」（82年）など多くの戯曲があり、評論、紀行、短編も書いた。53～86年「アガニョーク」誌編集長を務めた。

ソボル, ドナルド　Sobol, Donald J.
アメリカの児童文学作家
1924～2012.7.11
出ニューヨーク市　学オーバーリン大学卒　受MWA賞特別賞（1976年）
大学を卒業後、新聞記者からフリーライターとなる。1963年から"百科事典"の異名を取る博覧強記の少年が、警察署長の父親に代わって毎回事件を解決するというミステリー小説〈少年探偵ブラウン〉シリーズを開始、日本語など12ケ国語に訳され、世界各国で人気を得た。76年アメリカ探偵作家クラブ賞（MWA賞）の特別賞を授与された。他の著書に「ぜんぶ本当の話」「2分間ミステリ」などがある。

ソーボレフ, レオニード・セルゲーヴィチ
Sobolev, Leonid Sergeevich
ソ連の作家
1898.7.21～1971.2.17
出ロシア・イルクーツク　受スターリン賞
ペテルブルクの陸軍幼年学校と海軍兵学校で学んだ後、赤軍艦隊の士官として働き、1926年より作品を発表。帝政ロシア艦隊の解体を描いた長編「大規模修理」（32年）、アウエーゾフとの共著「カザフ民族の叙事詩とフォークロア」（39～40年）や、スターリン賞を受賞した戦争文学の短編集「海の塊」（42年）、中編「緑の光」（54年、61年増補版）などがある。20年代に創立された文学組織、赤色陸海軍文学組織（ロカフ）のメンバーとしても活動。57年より終生ロシア共和国作家同盟理事長を務めた。

ソムトウ, S.P.　Somtow, S.P.
タイの作家, 作曲家
1952～
出バンコク　本ソムトウ, パピニアン・スチャリトクル 別筆名＝ソムトウ・スチャリトクル〈Somtow Scharitkul〉　学イートン校, ケンブリッジ大学　受ローカス賞ベスト処女長編, ジョン・W.キャンベル新人賞
タイ王家の血をひいており30数番目の王位継承権を持っているという。世界中で学位を取得しようとしていた父に連れられて生後6ケ月目に家族でイギリスに渡る。数年後アメリカに移り、パリとオランダを経て7歳でバンコクに戻った。タイ語を話せなかったため、同地のイギリス人学校に学ぶ。5年後にまたイギリスへ行き約10年間をそこですごす。その間イートン校を経てケンブリッジ大学で学び、英語と音楽の修士号を取得した。初めタイでアヴァンギャルドな現代音楽の作曲家・指揮者として注目されたが、1970年代にスランプに陥った時書いた短編小説が認められ、作家を目指すようになり、アメリカに移り住む。81年にソムトウ・スチャリトクル名義で発表したデビュー長編「スターシップと俳句」がジョン・W.キャンベル新人賞とローカル賞ベスト処女長編に選ばれた。84年にペンネームをS.P.ソムトウに変えて「ヴァンパイア・ジャンクション」を発表。その後はホラーを中心に執筆。多作で知られ、他の主な作品に、SF連作集「MALLWORLD」（82年）、〈INQUESTORE〉シリーズ（全4巻, 82～84年）、〈AQUALIAD〉シリーズ（全3巻, 93～98年）、ホラー作品「VALENTINE」（92年）、「VANITAS」（95年）、ダーク・ファンタジー「RIVERRUN」（3部作, 91～96年）など。他にホラー映画「死霊伝説ヘルデモンズ」（89年）などの映画監督や、クラシックの作曲家としても活動。

ソモサ, ホセ・カルロス　Somoza, José Carlos
キューバ生まれの作家
1959.11.13～
出キューバ　受CWA賞ゴールド・ダガー賞（2002年）
マドリードで臨床医として勤めた経験を持つ。2002年「イデアの洞窟」でイギリス推理作家協会賞（CWA賞）のゴールド・ダガー賞を受賞。他の著書に「Zig Zag」などがある。

ソーヤ, カール・エーリック　Soya, Carl Erik
デンマークの作家, 劇作家
1896.10.30～1983.11.10
出コペンハーゲン　本Soya, Carl Erik Martin　学コペンハーゲン大学
コペンハーゲン大学で学び、新聞の演劇評論の後、作家として活動。1931年戯曲「お取り巻」で劇壇に清新の気を吹き込み出世作となる。42年小説「客」で露骨に性を描き2ケ月の禁錮処分を受ける。第二次大戦でドイツ軍が侵攻した際に捕えられて監禁され、45年スウェーデンに亡命して抵抗運動を行った。厳格なモラリストでありながら嘲笑に満ちた小品を数多く執筆。戯曲や詩、小説などあらゆる分野で活躍した。代表作は「人生にお飽きでしたら」（52年）。自伝の傑作に「おばあさんの家」（43年）、「十七歳」（3巻, 53～54年）がある。処女戯曲「寄生人間」（29年）以来30編以上の戯曲を発表。デンマークで人気のある作家として知られた。

ソーヤー, コリン・ホルト　Sawyer, Corinne Holt
アメリカのミステリー作家
学ミネソタ大学卒 文学博士（バーミンガム大学）
バーミンガム大学で文学博士号を取得。ミネソタ、ノースカロライナ大学などで英文学、マスコミ学などを講じた後、サウスカロライナのクレムソン大学に勤務。大学講師の傍らミステリー作家として活動し、地元のテレビ局で女優、放送作家としても活躍。その後、カリフォルニアの老人ホームに入居し、ここをモデルに繰り広げられる〈海の上のカムデン騒動記〉シリーズを発表。

ソーリー, チャールズ・ハミルトン　Sorley, Charles Hamilton
イギリスの詩人

1895.5.19〜1915.10.13
㊓スコットランド・アバディーン　㊫モールバラ・カレッジ卒
㊞モールバラ・カレッジに学び、卒業後はしばらくドイツで過ごしたが、1914年イエナ大学で1学期を過ごした後、第一次大戦が勃発すると志願して入隊し、15年フランス北部のロースの戦いにおいて20歳で戦死。モールバラ・カレッジ時代から詩作を行い、学校の雑誌「モールバリアン」に多くの作品を発表。同校の文学会で行った講演の大胆さと批評的成熟さは有名。入隊以前には雄々しく戦場に向かう詩「山にも谷にも一面に」を書いているが、入隊以後の詩では、冷めた知的な目で戦争の本質を見抜いた作品を書き、よく知られる「口なき死者が幾万と」は遺品の中から発見された。戦争の暗い現実に対する自覚をいちはやく表明した戦争詩人として重要であり、後に父親が編集した「チャールズ・ソーリー書翰集」(19年)も戦争に対する鋭い批判を表現したものとして高い評価を得た。
㊎父＝ウィリアム・ソーリー(倫理学者)

ソリアーノ, オスバルド　*Soriano, Osvaldo*
アルゼンチンの作家
1944〜1997
㊓マル・デル・プラタ
㊞ジャーナリストとして活躍する傍ら、1970年代から大人の読者向けの小説・短編を数多く発表、高い評価を得る。軍事独裁時代は亡命していた。作品に「ぼくのミラクルねこネグロ」などがある。

ソール, ジェリー　*Sohl, Jerry*
アメリカのSF作家, 脚本家
1913.12.2〜2002.11.4
㊓カリフォルニア州ロサンゼルス　㊔Sohl, Gerald Allan
㊞大学を中退してジャーナリズムの道に進み、第二次大戦後にいくつかの新聞で写真記者や警察担当記者、批評担当を務めた。のちSF作家に転身し、「異次元への冒険」「合成人間『22X』」などを執筆。テレビ番組「スター・トレック」「トワイライトゾーン」などの脚本も手がけた。

ソール, ジョン　*Saul, John*
アメリカの作家
㊓カリフォルニア州パサディナ　㊫サンフランシスコ州立大学中退
㊞大学を中退後、15年間様々な職を転々としながら小説を書きはじめ、1977年長編「暗い森の少女」で作家デビュー。同作がミリオンセラーとなって注目を集め、「殉教者聖ペテロの会」「惨殺の女神」「ブレイン・チャイルド」などもベストセラーとなる。心理描写に長けたホラー作品で人気を博し、アメリカを代表するホラー作家の一人と目される。

ソールキー, アンドルー　*Salkey, Andrew*
ジャマイカの作家
1928.1.30〜1995.4.28
㊓パナマ・コロン　㊔ソールキー, フェリックス・アンドルー・アレグザンダー〈Salkey, Felix Andrew Alexander〉　㊫セント・ジョーンズ・カレッジ卒, ロンドン大学卒
㊞ジャマイカのセント・ジョーンズ・カレッジ卒業後公務員となる。1951年イギリスに渡り、ロンドン大学卒業後、英語教師や放送局の仕事に従事。のち創作と編集の仕事に専念し、カリブ海域文化の紹介に貢献した。自らのルーツをアフリカ的価値に求めた最初の小説「暴力の特質」(59年)が代表作で、キリスト教文化とアフリカ文化の複合を深層に持つアフリカ系カリブ人の意識の二重構造をテーマとした。他の小説に「秋の舗道への逃避」(60年)、「マルコム・ハートランドよ、家へ帰ってこい」(72年)、「一つ」(85年)、短編集「アナンシの軌跡」(73年)など。ほかに詩集「夢が生きてる丘で」(79年)、「離脱」(80年)があり、「ハリケーン」(64年)、「地震」(65年)、「旱魃」(66年)、「ジョイ・タイソン」(74年)など児童読み物も多い。「ジョージタウン日記」(70年)、「ハバナ日記」(71年)などの旅行ルポルタージュもある。

ゾルゲ, ラインハルト・ヨハネス　*Sorge, Reinhard Johannes*
ドイツの劇作家, 詩人
1892.1.29〜1916.7.20
㊓ベルリン郊外リクスドルフ　㊮クライスト賞
㊞初め商人として修行し、ニーチェ、ゲオルゲなどを知り文学を志す。ストリンドベリの影響を受けてその場面構成の技法を継承し、1912年表現主義の記念碑的戯曲「乞う人」を発表してクライスト賞を受賞、17年ラインハルト演出で初演される。13年カトリックに改宗、結婚してスイスに移り、宗教的神秘的な色彩の濃い戯曲を書くようになる。14年第一次大戦に志願兵として出征、西部戦線ソンム近郊のアブレンクールにおいて24歳で戦死した。他に「オデュッセウス」(11年)、「グントバル」(14年)、「ダビデ王」(16年)などの戯曲や、叙情詩、宗教詩がある。

ソルジェニーツィン, アレクサンドル
Solzhenitsin, Aleksandr Isaevich
ロシア(ソ連)の作家
1918.12.11〜2008.8.3
㊓ソ連ロシア共和国キスロヴォツク　㊫ロストフ大学物理数学科(1941年)卒　㊮ノーベル文学賞(1970年), フランス最優秀外国文学賞(1968年度), アメリカ名誉市民(1975年), テンプルトン賞(1983年), ダートマス大学名誉文学博士号(1991年), レフ・トルストイ賞(1994年), ロモノーソフ記念金メダル(1998年), ロシア国家賞(2007年)
㊞4歳でロストフに移住、教育はこの地で受けた他、モスクワの歴史・哲学・文学大学の通信教育を受けた。1941年大学を卒業後、中学校教師になる。同年独ソ開戦により応召、士官教育を受けたのち、砲兵中隊長となる。軍務の傍ら、短編を執筆。43年には祖国戦争二等勲章を受ける。45年スターリン批判のかどにより逮捕され、政治犯として8年間流刑、石工・雑役夫として働く。この間、ひそかに執筆活動をはじめた。56年の第20回党大会後に有罪判決を解かれ、ロシア中部リャザンで中学校の教職に就く。62年政治犯の特別収容所を舞台にした第1作「イワン・デニーソビッチの1日」が「ノービ・ミール(新世界)」誌に発表され、世界的な反響を呼び作家としての地位を確立。63年ソ連作家同盟会員。以降も作家活動を続けるが、ソ連当局によりたびたびの妨害、圧迫を受け、やがては作品の国内発表を禁じられる。65年イギリスの雑誌に作品を掲載し、以降の国外発表のきっかけを得る。67年第4回作家同盟大会に公開状を提出し、検閲廃止の決議を要求、69年11月作家同盟除名。70年“メドヴェージェフ事件”で政府を非難。国外で出版した「ガン病棟」「煉獄の中で」(68年)などで、70年ノーベル文学賞を受賞。73年から激化した反体制知識人弾圧の中、パリで「収容所群島」を出版。数多くの国民を収容所へ送り、抹殺したソ連体制の暗部を明らかにし、共産主義を厳しく指弾した。74年2月反ソ活動のかどで逮捕、市民権を剥奪され、国外追放となる。スイスを拠点とし世界各地で活動を行うが、76年7月アメリカ・バーモント州に移住。82年日本を訪れ、1ケ月間滞在した。85年ゴルバチョフ政権が発足すると、同政権が進めたペレストロイカ(立て直し)のもとで、グラスノスチ(情報公開)が進展。89年作家同盟会員に復活し、夏から「収容所群島」がソ連誌に掲載される。90年8月ソ連市民権回復。同年12月ロシア共和国文学賞が授与されたが、拒否した。91年9月検事総長が告発取り消し。ソ連崩壊後の94年5月、20年にわたる亡命生活に幕を閉じロシアに帰国。97年ソルジェニーツィン文学賞を創設。98年12月ロシア最高の国家勲章・聖アンドレイ勲章の受章を拒否。2007年ロシア国家賞を受賞。他の著書に「クレムリンへの手紙」や追放経過を描いた「仔牛が樫の木に角突いた」(1975年)、ライフワーク「赤い車輪」(「14年8月」「16年10月」「17年3月」が既刊)、「甦れ、わがロシアよ—私なりの改革への提言」(90年)、「200年をともに/1795-95年」(2001年)、評論集に「崩壊するロシア」(1998年)などがある。

ソ

ソールスター, ダーグ　Solstad, Dag
ノルウェーの作家
1941～
賞ノルウェー文芸批評家賞（1969年・1992年・1999年）
略1965年短編小説集「Spiraler（スパイラル）」でデビュー。独自のスタイルを貫くチャレンジングな執筆姿勢が高く評価され、現代ノルウェー文学界における最重要作家の一人としての地位を確立。11作目の長編小説に当たる「Novel 11, Book 18—ノヴェル・イレヴン, ブック・エイティーン」（92年）でノルウェー文芸批評家賞を受賞した他、69年と99年にも同賞を受賞している。その守備範囲は小説に留まらず、エッセイ、戯曲、サッカーのルポルタージュなど多岐にわたる。

ソルター, アンナ　Salter, Anna C.
アメリカの作家, 司法心理学者, セラピスト
略性犯罪問題を専門に扱う司法心理学者でセラピスト。ウィスコンシン州矯正局のコンサルタントに勤務。傍ら執筆活動も行い、1997年心理学者〈マイケル・ストーン〉シリーズ第1作「Shiny Water」を発表。同シリーズは「Fault Lines」（98年）、「White Lies」（2000年）と書き継がれ、第4作「囚人分析医」はアメリカ探偵作家クラブ賞（MWA賞）の最優秀ペーパーバック賞にノミネートされた。

ソルター, ジェームズ　Salter, James
アメリカの作家
1925.6.10～2015.6.19
出ニュージャージー州パサイック　父Horowitz, James Arnold
学ウェストポイント陸軍士官学校卒　賞PEN/フォークナー賞（1989年）, ウィンダム・キャンベル文学賞（2013年）
略10年間空軍に所属。1957年第1作「The Hunter」でデビュー。67年長編小説「ア・スポート・アンド・パスタイム」（80年）を出版。60年代後半よりフランスに住み、「Downhill Racer」など映画台本を執筆。89年短編「ダスク・アンド・アザー・ストーリーズ」（88年）でPEN/フォークナー賞を受賞した。他の作品に「ライト・イヤーズ」（75年）、「Solo Faces」（79年）など。

ソルダーティ, マリオ　Soldati, Mario
イタリアの作家, 映画監督
1906.11.17～1999.6.19
出トリノ　学トリノ大学（芸術史）　賞ストレーガ賞（1954年）, カンピエッロ賞（1970年）, バグッタ賞（1976年）
略トリノとローマで美術史を学んだ後、1929～30年コロンビア大学で教える。アメリカ留学のルポルタージュ「初恋のアメリカ」（35年）で注目を集め、本格的な文筆活動を始める。ネオレアリズモ文学とは一線を画した作風で人気を得る。小説に「イタリアへの逃走」（47年）、「偽られた抱擁」（53年）、「俳優」（70年）などがある。また、早くから映画脚本も手がけ、グレアム・グリーンやフォガッツァーロの小説を映画化し、監督としての才能を発揮。フォガッツァーロ原作の「小さな古い世界」（40年）や日本にも紹介された「河の女」（55年）などを製作した。

ソレスク, マリン　Sorescu, Marin
ルーマニアの詩人, 劇作家
1936.2.19～1996.12.8
出ブルゼシティ　学ヤーシ大学
略1963年「詩人達の中に1人で」でデビュー。個性的で人気のある詩人、劇作家で、ユーモラスで特異な作風で知られ、前衛派の中心的存在だった。他に「時計の死」（67年）、「ドン・キホーテの青春」（同）、「咳」（70年）、「こうもりの下で」（73年）、「鋳型」（74年）、「雲」（75年）、「3本の前歯」（77年）など。戦後演劇の発展にも寄与し、児童文学作品も書いた。

ソレルス, フィリップ　Sollers, Philippe
フランスの作家
1936.11.28～
出ボルドー　父ジョワイヨー, フィリップ〈Joyaux, Philippe〉
学パリ大学　賞フェネオン賞, メディシス賞（1961年）
略1957年短編「挑戦」を発表、58年の長編第1作「奇妙な孤独」とともにモーリヤック、アラゴンらの賞賛を受ける。61年の「公園」から難解な実験小説を手がける。60年スイユ社より季刊誌「テル・ケル」を創刊、「テル・ケル叢書」を創設、83年ドノエル社より季刊誌「ランフィニ」を創刊、「ランフィニ叢書」を創設。"ヌーヴォーロマン"のさらに上を行く前衛的な手法で新しい世代の代表的存在となった。83年「女たち」以後、いわゆる"具象小説"を続けて発表。他の作品に「天国」（81年）、「ニューヨークの啓示」（81年）、「遊び人の肖像」（85年）、「例外の理論」（86年）、「ゆるぎなき心」（87年）、「黄金の百合」（89年）、「ヴェネツィアの祝祭」（91年）、「秘密」（92年）、「ルーヴルの騎手」（95年）、エッセイ集「嗜好の戦争」（94年）など。

ソレンティーノ, ギルバート　Sorrentino, Gilbert
アメリカの作家, 詩人
1929.4.27～2006.5.18
出ニューヨーク市ブルックリン　学ブルックリン大学
略アメリカ陸軍を経て、一時期グローブ・プレスで編集の仕事をした。1982年からスタンフォード大学教授。60年に最初の詩集「闇に包まれて」を、66年に自伝的な処女小説「空に変わる」を発表。小説において重要なのは内容よりも形式であると考え、形式と構造に焦点を当てた実験的なメタフィクションを執筆。他の小説に「鋼鉄細工」（70年）、「アクチュアルなものの想像的特性」（71年）、「スプレンディッド・ホテル」（73年）、「マリガン・シチュー」（79年）、「星の光行差」（80年）、「クリスタル・ヴィジョン」（81年）、「ブルー・パストラル」（83年）などがある。詩作品も多く、「黒と白」（64年）、「完全なるフィクション」（68年）、「塩化水銀」（71年）、「十二個のオレンジ」（76年）、「白い帆」（77年）、「詩集 1958-1980」（81年）などがある。評論集としては「語られたもの」（84年）がある。生涯ニューヨークに居住した。

ソロウーヒン, ウラジーミル・アレクセーヴィチ　Souloukhin, Vladimir Alekseevich
ロシア（ソ連）の詩人, 作家
1924.6.14～1997.4.5
出ウラジーミル州（ロシア）　学ゴーリキー文学大学（1951年）卒
略農家に生まれる。地元の技術学校を卒業後、1946～51年ゴーリキー文学大学に学び、46年から詩を発表。53年詩集「広野の雨」でデビュー。農村を主題とした詩やエッセイのほか小説も手がけ、叙情性豊かな作品を発表。幼年時代の思い出を織り交ぜながら現代の農村の風景を綴ったエッセイ「ウラジーミルの田舎道」（58年）が出世作となった。他の詩集に「花を抱えるひと」（62年）、「大地に生きる」（63年）などがあるほか、エッセイ「露のひとしずく」（60年）、第二次大戦後の学生生活を扱った自伝的小説「ふきたんぽぽ」（64年）、エッセイ「ロシア博物館からの便り」（66年）や「黒い板」（69年）、評論「小石を集める時」（80年）、評論「レーニンを読みながら」（89年）など。

ソローキン, ウラジーミル　Sorokin, Vladimir Georgevich
ロシアの作家, 脚本家, 劇作家
1955.8.7～
出ソ連ロシア共和国ブイコヴォ（ロシア・モスクワ州ブイコヴォ）　学グプキン記念石油ガス大学　賞アンドレイ・ベールイ賞（2003年）, ゴーリキー賞（2010年）
略デザイナー・画家として書物の装丁などを手がける。1970年代後半はコンセプチュアル芸術運動に関わりながら、小説や戯曲の執筆を始める。85年当時のソ連を象徴する風景だった行列を戯画化した長編小説「行列」をパリで発表して作家としてデビュー。政治・宗教・哲学・恋愛といったものをスプラッタやポルノやスカトロジーなどと組み合わせる悪趣味さが持ち味で、ペレストロイカ下でもなかなか出版されなかったが、92年「四人の心臓」（91年）がロシア・ブッカー賞にノミネートされ次々に作品が出版されるようになる。2010年には「氷」（02年）でゴーリキー賞を受賞。英語圏などでも高く評

価される。他の作品に「マリーナの三十番目の恋」(1982〜84年)、「ロマン」(85〜89年, 邦訳98年)、「愛」(邦訳99年)、「青い脂」(99年, 邦訳2012年)、「プロの道」(04年)、「23000」(05年)、「オプリーチニクの一日」(06年)、「砂糖のクレムリン」(08年)、「吹雪」(10年)などがある。映画製作にも携わる。

ゾロトウ, シャーロット　*Zolotow, Charlotte*
アメリカの児童文学作家, 詩人
1915.6.26〜2013.11.18
[出]バージニア州ノーフォーク　[学]ウィスコンシン大学　[賞]コルデコット賞(1953年度)
[歴]ウィスコンシン大学で美術、創作、児童心理学を学び、ハーパー＆ロウ社の児童図書部で長年、編集者を務めた。児童文学作家としても活躍し、絵本作品は70冊以上にのぼる。「あらしのひ」で1953年度のコルデコット賞を受賞。98年にはシャーロット・ゾロトウ賞が創設された。他の著書に「はるになったら」「おじいちゃんがだっこしてくれたよ」「ぼくは赤ちゃんがほしいの」「おにいちゃんといもうと」「おやすみおやすみ」などがある。

ソン・ウン　宣 勇　*Seon Woong*
日本生まれの韓国の児童文学作家, 童謡作家
1942.5.11〜
[出]東京　[賞]釜山児童文学賞, 韓国現代文学賞, 中華民国児童文学賞, ハングル文学賞, 大韓民国童謡大賞, アジア児童文学翻訳賞
[歴]中学・高校の教師、釜山文化放送部長、雑誌「MBCジャーナル」編集委員、「オリニ(子供)の丘」「オリニ文芸」主幹を歴任。一方、国際青少年文化交流会会長を務める。詩集に「花火」「秋の風」「野菊」、童謡集に「みんなで歌を」「芝生には」「五月の子供達」などがある。

ソン・ギスク　宋 基淑　*Song Ki-suk*
韓国の作家, 韓国文学者
1935.7.4〜
[出]全羅南道長興　[学]全南大学(国文学)(1961年)卒, 全南大学大学院(1964年)修了　[賞]韓国現代文学賞(1973年), 満海文学賞, 錦湖文学賞, 楽山文学賞
[歴]1962年文学評論で文壇デビュー。65年〜2000年全南大学、木浦大学で教授として小説論を講義。1978年全南大学10名の教授とともに朴正熙軍事独裁を批判し、懲役4年を求刑、1年間服役。80年“光州事件”の首謀者として逮捕され、内乱罪で懲役5年を求刑、1年間服役。84年から7年かけ長編小説「ノクドゥ(緑豆)将軍」(全12巻)を執筆する傍ら、独裁政治を糾弾する講演に奔走する。87年民主化のための全国教授協議会を設立し、初代共同議長。2004〜06年“光州文化中心都市造成委員会”委員長(国務総理級)就任。韓国作家会議理事長なども務めた。他の著書に“光州事件”を題材にした長編小説「光州の五月」、「岩泰島」「白衣民族」などがある。

ソン・ジャンスン　孫 章純　*Son Jang-sun*
韓国の作家
1935.2.21〜
[出]ソウル　[学]ソウル大学(フランス文学)(1958年)卒　[賞]韓国女流文学賞, ペン文学賞
[歴]1986〜92年漢陽大学フランス文学科教授を務める。94年女流文人協会理事、98年韓国小説家協会理事。作品に「空地」「野望の女」「燃える氷壁」「絶叫」「水に浮かぶ都市」などがある。

孫 峻青　そん・しゅんせい　*Sun Jun-qing*
中国の作家
1922〜
[出]山東省海陽県　[名]孫 俊卿
[歴]貧農の家に生まれ、13歳で少年工となり、抗日戦開始後の1938年に革命軍に加わりながら勉強、40年頃より創作を始め、41年処女作「風雪の夜」を発表。その後新聞・通信記者を経て、52年以降創作に専念、55年の短編集「黎明の河辺」の刊行で広く知られるようになる。戦闘と建設の英雄を山東の革命闘争に題材を取って抒情をまじえて描いた。文化大革命では5年半に渡る牢獄生活を送った。他の作品に短編集「海燕」(53年)、「怒濤」(78年)、散文集「秋色賦」(63年)など。

ソン・チャンソプ　孫 昌渉　*Son Chang-sop*
韓国(朝鮮)の作家
1922〜2010.6.23
[出]朝鮮・平壌(北朝鮮)　[賞]韓国現代文学賞(1956年), 東仁文学賞(1959年)
[歴]貧しい家庭に生まれる。小学校卒業後、満州放浪の後、日本に渡る。日本人女性と結婚するが、1946年妻子を残したまま平壌に戻る。48年越南し、職を転々としながら投稿を始める。49年「意地悪な雨」を「連合新聞」に連載。朝鮮戦争中の52年、釜山で家族と再会。53年短編「公休日」を「文芸公論」に掲載して文学的地歩を固め、短編「人間動物園抄」(55年)、「血書」(55年)、「剰余人間」などによって50年代を代表する作家の一人となる。70年代に日本に渡り、84年日本に帰化。他に長編「夫婦」(62年)、「孫昌渉代表作全集」(全5巻, 74年)、「孫昌渉短編全集」(全2巻, 2005年)などがある。

ソン・チュンボク　成 春福　*Seong Chun-bok*
韓国の詩人
1936.12.10〜
[学]成均館大学(国文)(1959年)卒　[賞]ソウル市文学賞, 韓国詩人協会賞, 韓国芸術文化大賞, PEN文学賞, 世界芸術文化アカデミー名誉博士号(1988年)
[歴]1958年「現代文学」の推薦で詩人として文壇デビュー。70年韓国文人協会詩分化会長、70〜76年三星出版社編集局長、79年世界詩人会議韓国委員会事務局長などを歴任。88年より季刊誌「時代文学」の主幹を務める。92年SBS文化財団理事、98年韓国文人協会理事長、韓国芸術文化団体総連合会副会長も務める。詩集に「君のいないこの一日には」「一人で歌う歌」などがある。

ソン・ヨン　宋 影　*Song Yong*
北朝鮮(朝鮮)の作家, 劇作家
1903.5.24〜1979
[出]朝鮮・京城(韓国ソウル)　[名]宋 武鉉　[学]培材高等普通学校(1919年)中退
[歴]1919年の三・一独立運動を機に培材高等普通学校を3年で中退。来日して東京江東区のガラス工場で働く一方、当時の日本で盛んだったプロレタリア文学に惹かれ、22年に帰国すると李赤暁、李浩、崔承一らと焰群社を作り、発禁処分を受けた短編小説「男男対戦」や戯曲「白洋靴」を書いて、朝鮮で最も早くプロレタリア文学運動を始めた。25年「開闢」誌の文芸作品公募に、東京での生活をもとにした短編「増えていく群れ」が当選。同年朝鮮プロレタリア芸術同盟(カップ, KAPF)結成に際して書記長に就任。小説「石工組合代表」(27年)などを書く傍ら、プロレタリア演劇の草分けとしても戯曲「一切の面会を拒絶せよ」(31年)、「護身術」(31〜32年)、「新任理事長」(34年)などを執筆。31年第一次カップ事件、34年第二次カップ事件と2度の弾圧で検挙・投獄されたが創作意欲は衰えず、30年代後半から40年代半ばまでの10年間に生涯の全作品の3分の2を書き上げた。45年の民族解放後は朝鮮演劇建設本部を結成してプロレタリア演劇を復活させ、46年越北して北朝鮮入り。以後も北朝鮮文学芸術総同盟中央常務委員を務めるなど北朝鮮の演劇界で重きをなし、社会主義演劇の草分けの一人として活躍した。他の作品に戯曲「不死鳥」(59年)など。

孫 犁　そん・り　*Sun Li*
中国の作家
1913.4.6〜2002.7.11
[出]河北省安平県　[学]育徳中卒
[歴]保定の育徳中学を卒業後、北京で働きながら投稿生活を送る。1936年から安新県白洋淀で小学校教師を務め、同地での生活がのちの創作活動に大きな影響を与えた。抗日戦争中は中国共産党の指導下で文化工作に従事、44年延安に到着、魯

ソ

迅芸術学院で創作・研究を行い、「蘆花蕩」「荷花淀」など、のちに「白洋淀紀事」(58年)として一冊にまとめられる短編を書いて注目される。中華人民共和国成立後は「天津日報」の文芸欄を担当しながら、長編「風雲初記」(51年)、「二集」(53年)、「三集」(54年)などを執筆。美しい抒情的な作風は劉紹棠をはじめとする多くの若者に影響を与え、代表作の名をとって"荷花淀派"と称され、趙樹理らの"山薬蛋派(じゃがいも派)"と対照される。毛沢東の文芸路線から逸脱して"プチ・ブル的"と批判され、やがて創作活動から遠ざかる。文化大革命では迫害を受けて自殺未遂を計ったが、文革収束後に執筆活動を再開、散文や評論を中心に活動した。85年中国作家協会顧問。

ソンウ・フィ　孫于輝　Sonu Hwi
韓国(朝鮮)の作家、ジャーナリスト
1922.1.3～1986.6.12
㊙朝鮮・平安北道定州(北朝鮮)　㊗京城師範学校本科(1944年)卒、東京大学大学院(1966年)修了　㊛東仁文学賞(1957年)
㊟1946年朝鮮日報社入り。朝鮮戦争に従軍し、59年陸軍大佐で退役後、朝鮮日報論説委員、編集局長、主筆論説顧問などを歴任。86年2月に退社。この間、64年には南北朝鮮の国連同時加入問題に関する記事で韓国中央情報部(KCIA)に1週間拘束され、73年には金大中拉致事件の真相解明を求める論説を掲げるなど、韓国言論界の長老として政府批判の姿勢を貫いた。傍ら、55年短編「鬼神」を「新世界」誌に発表して文壇入り。57年「火花」で第2回東仁文学賞を受け、作家としての地歩を固めた。他の作品に「報復」(58年)、「旗のない旗手」(59年)、「単独講話」(59年)、「ああ、山河よ」(60～61年)、「遺書」(61年)、「追跡のフィナーレ」(61年)、「使徒行伝」(66年)などがある。

ソンタグ, スーザン　Sontag, Susan
アメリカの批評家、作家
1933.1.16～2004.12.28
㊙ニューヨーク市　㊗シカゴ大学(1951年)卒、ハーバード大学大学院哲学専攻修了　㊛フランス芸術文化勲章コマンドール章(1999年)　㊛メリット賞、全米批評家協会賞(1978年)、モンブラン文化賞(1994年)、全米図書賞(小説部門)(2000年)、エルサレム賞(2001年)、アストゥリアス皇太子賞(2003年)
㊟ユダヤ系の両親のもとに生まれる。少女の頃から文章を書き、9歳で詩などを新聞にして売っていた。17歳で結婚。1951年シカゴ大学を卒業後、ハーバード大学で学び、55年修士号を取得、さらにオックスフォード、パリの各大学にも留学。一時哲学を教えたこともある。63年長編小説「恩人」でメリット賞を受賞。66年の評論集「反解釈」で評論家としてデビュー。ポピュラー音楽からフランス思想まで文化や芸術、社会を新鮮な切り口で解剖し、時代の寵児となった。以来、鋭利で挑発的な文明・文化批評を続け、現代のアメリカを代表するリベラル派知識人と称された。ベトナム戦争、湾岸戦争、イラク戦争などに反対する発言や、フェミニズム(女性解放運動)の論客としても知られた。一方、2000年小説「アメリカで」で全米図書賞を受賞。その他、雑誌編集者、教師、脚本家など多種多様な肩書きを持ち、それぞれの場で活躍した。他の著書に「ラディカルな意志のスタイル」(1969年)、「アントナン・アルトー論」(邦訳76年)、「写真論」(77年)、「隠喩としての病い」(78年)、「土星の徴しの下に」(80年)、「エイズとその隠喩」(89年)、「この時代に想う―テロへの眼差し」(2002年)、「他者の苦痛へのまなざし」(03年, 遺作)、「良心の領界」(邦訳04年)、「書くこと、ロラン・バルトについて―エッセイ集(1)文学・映画・絵画」(邦訳・09年)、「同じ時のなかで」(邦訳・09年)、小説「死の装具」(1967年)、「火山に恋して」(92年)、短編集「わたしエトセトラ」(78年)などがある。また四つの長編映画の監督・製作も手がけ、作品に「案内者なき旅」(83年)などがある。79年来日。

ソーンダス, ケイト　Saunders, Kate
イギリスの作家
1960～
㊙ロンドン　㊛コスタ賞(2014年)
㊟25歳まで女優をした後、作家となり、またジャーナリストとしても活躍。1999年初の子供向け作品である「いたずら魔女のノシーとマーム」を発表、全6巻の人気シリーズとなった。他の作品に「キャットとアラバスターの石」など

ソーンダーズ, ジェームズ　Saunders, James
イギリスの劇作家
1925.1.8～2004.1.29
㊙イズリントン　㊗サウザンプトン大学
㊟化学の教師を務め、不条理劇の1幕物を発表した後、1962年に発表した「次はあなたに歌いかけよう」で劇作家としての地位を確立。他の作品には、「花の香り」(64年)、「肉体」(77年)など。小説を脚色した作品も多い。テレビやラジオ向けのドラマも執筆。

ソーンダーズ, ジョージ　Saunders, George
アメリカの作家
1958.12.2～
㊙テキサス州アマリロ　㊗コロラド鉱業大学、シラキュース大学創作コース(1988年)修了　㊛マッカーサー賞(2006年)、グッゲンハイム賞(2006年)、ブッカー賞(2017年)
㊟コロラド鉱業大学で地球物理学を専攻し、インドネシアのスマトラ島で石油探査の仕事をしていたが、体調を崩して帰国。その後もビバリーヒルズのドアマン、シカゴの屋根職人、カントリー&ウエスタンのギタリスト、コンビニの店員、テキサスの食肉加工工場作業員など様々な職業を経験。1986年シラキュース大学教養学部の創作科(修士課程)に進み、88年修了後は製薬会社や環境エンジニアリングの会社などで技術文書ライターとして働きながら、創作を続けた。96年「シヴィルウォーランド・イン・バッド・デクライン」で作家デビュー、同年PEN/ヘミングウェイ賞の最終候補にノミネートされる。2006年マッカーサー賞、グッゲンハイム賞を受賞。"小説家志望の若者に最も文体を真似される小説家"といわれた。他の作品は「パストラリア」(00年)、「フリップ村のとてもしつこいガッパーども」(00年)、「短くて恐ろしいフィルの時代」(05年)、「人生で大切なたったひとつのこと」(14年)などがある。

ソーントン, ローレンス　Thornton, Lawrence
アメリカの作家
1937～
㊙カリフォルニア州　㊛ヘミングウェイ賞、UCLAシャーリー・コリアー賞、ペン・アメリカンセンター・ウエスト賞
㊟1987年に出版された「闇の迷宮」でデビュー。ヘミングウェイ賞、UCLAシャーリー・コリアー賞、ペン・アメリカンセンター・ウエスト賞などを受賞。PEN/フォークナー賞候補となり、「ニューヨーク・タイムズ」紙のブックレビューで87年の最も注目された1冊に選ばれる。

ソンパー, ジャスティン　Somper, Justin
イギリスの作家
㊙セント・オールバンズ
㊟子供向けシリーズのライターや編集者、大手出版社のマーケティング担当などを経て、1998年児童書およびヤングアダルト図書のPRコンサルタントとして独立。2005年〈ヴァンパイレーツ〉シリーズ第1巻を発表し、ベストセラー作家に。他に〈Allies & Assassins〉シリーズがある。

ソンメズ, ブルハン　Sönmez, Burhan
トルコの作家
1965～
㊙ハイマナ
㊟クルド語を母語とする母の影響で、クルド語とトルコ語を話す。学生時代から詩を創作。大学では法学を学び、卒業後、弁護士となる。警官から受けた拷問で重傷を負い、イギリスで療養中に小説を書き始める。2009年完成までに10年の歳月を要した長編第1作「北」で44歳にして作家デビュー。第2作「純真な人々」(11年)でトルコ国内の文学賞を史上最年少の46

歳で受賞した。他の作品に、「イスタンブール、イスタンブール」(15年)、「ラビリンス」(18年)など。イスタンブールの出版社で編集長を務める。

【タ】

戴 厚英 たい・こうえい *Dai Hou-ying*
中国の作家, 文学研究者
1938.3.18〜1996.8.25
[出]安徽省潁上県 [学]華東師範大学中文系(上海)(1956年)卒
[歴]上海文学研究所に配属され、文化大革命に積極的に加わり、のち批判されて、1969年五七幹部学校へ送られた。離婚後の70年詩人の聞捷との結婚を申請するが却下され、71年に聞捷は自殺する。78年彼を哀悼する処女作「詩人の死」を執筆し、82年刊行した。この間80年の理知的な長編「人よ、人!」で同世代の知識人群像を描き、疎外への関心から愛とヒューマニズムの復権を訴えて成功、83年の"精神汚染"キャンペーンで批判されたが自己批判を拒否した。上海の復旦大学で教鞭を取り、文学理論を研究しつつ執筆を続けた。

戴 思傑
→ダイ・シージエを見よ

ダイ・シージエ 戴 思傑 *Dai Sijie*
中国のフランス語作家, 映画監督
1954.3.2〜
[出]福建省 [学]四川大学歴史・美術史専攻(1982年)卒, 北京電影学院卒, パリ大学美術史専攻, フランス国立高等映画学院(IDHEC)(1987年)卒 [賞]ジャン・ビゴ賞(1989年度), フィレンツェ映画祭審査員特別賞(1990年)
[歴]医師の両親のもとに生まれる。1971〜74年下放政策により四川省の山岳地帯で再教育を受ける。高校の教師を経て、78年四川大学に入学。84年国の給費学生としてパリに留学し、ジャン・ルーシュ、エリック・ロメールなどの映画監督に出会う。89年「中国、わがいたみ」で長編監督デビュー、ジャン・ビゴ賞を受賞。2000年初の長編小説「バルザックと小さな中国のお針子」を発表。世界各国でベストセラーとなり、02年自身の監督で「小さな中国のお針子」として映画化。カンヌ国際映画祭"ある視点"部門に出品し、高い評価を得る。他の小説に「月が昇らなかった夜に」「孔子の空中曲芸」、監督作品に「中国の植物学者の娘たち」(05年)などがある。

戴 晴 たい・せい *Dai Qing*
中国のジャーナリスト, 作家
1941.8〜
[出]四川省重慶 [名]傅凝 [学]ハルビン軍事工程学院自動制御系(1966年)卒, 南京解放軍外語学院 [賞]ゴールドマン環境賞(1993年)
[歴]父は革命烈士で、1946年以降母と共に北京、東北を転々とする。66年ハルビン軍事工程学院自動制御系卒業後、北京の軍系統で技術者として働く。78年から南京解放軍外語学院で2年間学び、79年処女作「盼(待望)」を「光明日報」紙に発表。80年中国作家協会対外連絡部で活動、82年同協会加入。83年「光明日報」社に記者として入社。89年民主化運動で学生を支援、天安門事件後逮捕された。91年退社、同年12月渡米、ハーバード大学特別研究員となる。92年6月一時帰国。他の著書に短編小説集「不」「最後のオリーブ」、散文集「魂」、翻訳「音楽とあなた」、ルポルタージュ「祖国の文明と運命を共にする」「長江、長江」(邦訳:「三狭ダム」)などがある。

大 頭春 だい・とうしゅん *Da Tou-chun*
台湾の作家
1957〜
[出]台北 [名]別筆名=張 大春〈Zhang Da-chun〉 [学]輔仁大学, 輔仁大学大学院(中国文学)
[歴]1976年19歳のときに張大春名義で処女作を発表、文学賞を受賞するなどして注目を浴びる。様々に工夫を凝らしたスタイルで次々と作品を生み出す傍ら、テレビ出演や大学で教鞭を執るなど精力的に活動。80年代後半には台湾を代表する人気作家となる。

戴 望舒 たい・ぼうじょ *Dai Wang-shu*
中国の詩人
1905〜1950
[出]浙江省杭州 [名]戴 朝寀, 字=丞 [学]上海大学, 震旦大学中退
[歴]1932年フランスに留学。ソルボンヌ大学聴講、国家作家反ファシスト運動に参加。リヨン大学滞在後、スペインを旅行。35年帰国、文芸雑誌「現代」の中心として活躍。日中戦争が勃発すると香港に移住、「星港日報」の副刊「星座」を主編。中華全国文芸界協会香港分会理事。太平洋戦争で日本軍に逮捕され監獄の中で烈しい抵抗詩「獄中題壁」などの詩を書く。戦後上海の暨南大学教授などをしたが、密告され香港に戻る。49年北京へ行き、国際ニュース局に勤務。詩集に「わたしの記憶」「望舒草」「望舒詩稿」「災難の歳月」、訳書にボードレール著「悪の華詩華集」などがある。

ダイアー, ハドリー *Dyer, Hadley*
カナダの児童文学作家, 編集者
[出]ノバスコシア州アナポリスバレー
[歴]長く児童文学の批評、広報、編集に携わり、カナディアン・チルドレンズ・ブックセンターで図書コーディネーターとして活躍。また、ハーパーコリンズカナダの児童文学編集責任者を務める。「グローバル・アンド・メイルズ」に寄稿する傍ら、ライアーソン大学で出版課程の講師も担当。国際児童図書評議会カナダ支部の会長を務めた経験も持つ。2006年「ロザリーの秘密」で児童文学作家としてデビュー。

ダイアモンド, エミリー *Diamand, Emily*
イギリスの児童文学作家
[賞]タイムズ/チキンハウス児童文学大賞(2008年)
[歴]地元の夜間教室で学んだことがきっかけで物語を書き始め、「リリーと海賊の身代金—魔法の宝石に選ばれた少女」で2008年タイムズ/チキンハウス児童文学大賞最優秀賞を受賞して作家デビュー。環境問題に関心が高く、環境運動に携わった数年間の経験が、自然と作品の背景をなしている。

タイナン, キャサリン *Tynan, Kathleen*
イギリスの作家, ジャーナリスト
[歴]ニューヨークの「ニューズウィーク」誌の記者を経てロンドンに戻り、「オブザーバー」「サンデー・タイムズ」などで特別記事のライターを務めた。テレビや、アメリカの新聞雑誌のフリーライターとしても活躍し、キューバの特派リポートを書いたこともある。作家としてのデビューは1975年の「The Summer Aeroplamce」。代表作は「アガサ」で、アガサ・クリスティーが11日間失踪した事件を、調査取材にもとづきフィクションとして小説にしたもの。この作品はワーナーブラザーズで映画化もされている。
[家]夫=ケネス・タイナン(評論家・作家)

ダイーフ, ラシード *Daif, Rashid al-*
レバノンの作家
1945〜
[歴]レバノン北部の山岳地方に生まれる。ベイルートの大学に進学し、マルクス主義に傾倒。キリスト教マロン派の出身でありながら、共産党員となる。フランスやレバノンの大学で教鞭を執る一方、1983年小説第1作「暴君」を発表。95年発表の「親愛なるカワバタ様」は、遠い日本の作家・川端康成に向け、語り手のラシードが半生を振り返るという体裁をとる。その後、「ラーニング・イングリッシュ」(98年)、「勝手にメリル・ストリープ」(2001年)、「ドイツ人、われに返る」(05年)など、主に内戦後のレバノンを舞台にした小説を発表。

ダイベック, スチュアート　Dybek, Stuart
アメリカの作家, 詩人
1942〜
⽣イリノイ州シカゴ　賞O.ヘンリー賞（1985年），ホワイティング作家賞
解父親がポーランドからの移民で労働者階級が暮らす地域で育つ。1979年詩集「Brass Knuckles」、80年第1短編集「Childhood and Other Neighborhoods」を発表。90年第2短編集「シカゴ育ち」を刊行。ウェスタン・ミシガン大学で文学を教えながら創作活動を続けている。他の作品に小説「僕はマゼランと旅した」、詩集「それ自身のインクで書かれた街」などがある。2009年初来日。

ダイヤー, ジェフ　Dyer, Geoff
イギリスの作家
1958〜
⽣グロスターシャー州チェルトナム　学オックスフォード大学　賞サマセット・モーム賞（1992年），E.M.フォースター賞（2006年）
解オックスフォード大学で英文学を学び、1980年代前半からジャーナリストとして活動。87年ブッカー賞作家ジョン・バージャーを考察した「Ways of Telling」を刊行、以後、作家・批評家として小説やノンフィクションを多数発表。「バット・ビューティフル」（91年）で、92年度サマセット・モーム賞を受賞したほか、97年にはD.H.ローレンスを描いた「Out of Sheer Rage」が全米批評家協会賞小説部門の最終候補作となる。2006年E.M.フォースター賞を受賞。

ダイヤー, ヘザー　Dyer, Heather
イギリスの児童文学作家
⽣スコットランド
解スコットランドで生まれ、1歳になる前にウェールズへ引っ越して幼少期を豊かな自然の中で過ごす。10歳の時に家族でカナダへ移住し、湖のほとりに建つ小屋で暮らす体験をした。大学卒業後は、さくらんぼつみ、ホテルの客係、スイートショップの店員など様々な仕事を経験。2002年「Tina and the Penguin」（未訳）で児童文学作家としてデビューする。

タイラー, アン　Tyler, Anne
アメリカの作家
1941.10.25〜
⽣ミネソタ州ミネアポリス　学デューク大学卒, コロンビア大学大学院ロシア文学専攻修了　賞ピュリッツァー賞（1989年）
解幼い頃から11歳まで、クェーカーのコミュニティで徹底した自然志向の生活を送る。コロンビア大学でロシア文学を専攻。デューク大学図書館勤務を経て、1963年イラン人と結婚。64年最初の長編「If Morning Ever Comes」でデビュー。「ニューヨーカー」などを舞台に活躍。72年以降はボルティモアに定住し、同地を舞台にした作品を執筆。「ブリージング・レッスン」（88年）でピュリッツァー賞を受賞。他の著書に「The Tin Can Tree」（65年）、「スリッピングダウン・ライフ」（70年）、「時計を巻きにきた少女」（72年）、「Celestial Navigation」（74年）、「Searching for Caleb」（76年）、「夢見た旅」（77年）、「モーガンさんの街角」（80年）、「ここがホームシック・レストラン」（82年）、「アクシデンタル・ツーリスト」（85年）、「もしかして聖人」（91年）、「歳月のはしご」（95年）、「パッチワーク・プラネット」（98年）、「あのころ、私たちはおとなだった」（2001年）、「結婚のアマチュア」（04年）、「ノアの羅針盤」（09年）などがある。

タイルス, ローネ　Theils, Lone
デンマークの作家, ジャーナリスト
1971〜
解デンマークの代表的な新聞「ポリティケン」「ベアリンスケ」のロンドン特派員を16年務めつつ、同国のテレビとラジオの仕事にも携わる。2015年「北海に消えた少女」を発表、たちまちベストセラーとなり、〈Nora Sand〉としてシリーズ化される。

ダヴィチョ, オスカー　Davičo, Oskar
ユーゴスラビアの詩人, 作家
1909.1.18〜1989.10.1
⽣ユーゴスラビア（セルビア）　学ベオグラード大学卒
解ユダヤ系。中学校の教師をしながら共産党活動を行い、逮捕・投獄を繰り返す。第二次大戦中の1943年、追放地であるイタリアの牢獄を脱出してパルチザンに参加。戦後「ボルバ」紙記者を経て、作家に。はじめシュルレアリスムの詩人として出発し、オートマティズムを実践した「跡」（28年）を発表。ユーゴスラビアのシュルレアリスム運動に影響を与えた。小説、ルポルタージュ、旅行記、映画脚本など創作領域は幅広く、代表作の長編小説「詩」（52年）では、ナチス占領下のベオグラードに住む非合法活動家たちを描いて話題を呼んだ。他に「コンクリートと土蛍」（56年）、愛と死をテーマとした「無限という名の勤労」（58年）などがある。

ダーウド, カメル　Daoud, Kamel
アルジェリアの作家, ジャーナリスト
1970〜
⽣モスタガネム　学オラン大学（フランス文学）
解アラビア語を話すムスリムの家庭に生まれる。オラン大学でフランス文学を学び、オランのフランス語新聞の記者、コラムニストを務める。ジャーナリストとして活動する一方、フランス語で短編小説を執筆。初の長編「ムルソー、再捜査」（2013年）がアルジェリアとフランスで出版されると、大きな話題を呼んだ。

ダウド, シボーン　Dowd, Siobhan
イギリスの作家
1960.2.4〜2007.8.21
⽣ロンドン　学オックスフォード大学卒　賞ブランフォード・ボウズ賞, カーネギー賞（2009年），ビスト最優秀児童図書賞（2009年）
解ロンドンのアイルランド系の家庭に生まれる。オックスフォード大学卒業後、国際ペンクラブ（PEN）でアジアや中南米の作家の人権活動などに携わる。2006年「A Swift Pure Cry」で作家デビュー、ブランフォード・ボウズ賞を受賞。その後の活躍が期待されたが、07年がんのため47歳で逝去。死後、書きためていた作品が刊行され、高く評価される。09年「ボグ・チャイルド」でカーネギー賞、ビスト最優秀児童図書賞を受賞。

ダウナー, レズリー　Downer, Lesley
イギリスの作家, 日本文化研究家
⽣ロンドン　学オックスフォード大学（英文学），ロンドン大学（文学・宗教）
解父はカナダ人、母は中国人。オックスフォード大学などで陶芸や日本文学を学ぶ。1978年英語教師として初来日、岐阜女子大学で英語講師を務めながら、俳句、座禅、歌舞伎、華道、茶道、合気道などの日本文化に親しむ。平泉・衣川の戦跡に興味を抱き、「奥の細道」行きを決断、芭蕉が歩いた「奥の細道」の全行程2400キロをヒッチハイク、新幹線、船などを利用して4ヶ月間歩き、94年エッセイ「芭蕉の道ひとり旅―イギリス女性の『おくのほそ道』」を出版。同書は優れた紀行文に与えられるトーマス・クック・トラベル・ブック賞の最終候補になった。また料理の著作も多く精進料理にも精通している。83年に帰国後は、TBSロンドン支局に勤務。他の著書に堤清二、義明兄弟を描いた「血脈―西武王国・堤兄弟の真実」、日本人初の女優・貞奴を描いたノンフィクション「マダム貞奴」などがある。

タウブ, ハーマン　Taube, Herman
ポーランド生まれのアメリカの作家, 詩人
1918.2.2〜2014.3.25
⽣ポーランド・ウーチ
解ナチス・ドイツの迫害を逃れてウズベキスタンに移り、ポーランド解放軍の軍医として、ユダヤ人生存者の帰国に尽力。1947年妻とともにアメリカに移住。詩集を含め20冊ほどの著

書がある。

タウフィーク・アル・ハキーム *Tawfiq al-Hakim*
エジプトの作家, 劇作家
1898.10.9〜1987.7.26
[出]アレキサンドリア　[学]ファード一世大学（現・カイロ大学）卒　[賞]ロータス賞（1976年）
[歴]パリとローマに留学。1930〜37年地方で検事生活を送る。33年戯曲「洞窟の人々」で作家としての地位を確立。「地方検事の手記」（37年）、「オリエントからの小鳥」（38年）、「良識の回復」（74年）などの作品があり、国立国会図書館長、ユネスコ代表などを歴任。アジア・アフリカ作家会議などでも活躍した。

タウンゼンド, ジョン・ロウ *Townsend, John Rowe*
イギリスの児童文学作家
1922.5.19〜2014.3.24
[出]リーズ　[学]ケンブリッジ大学エマニュエル学寮
[歴]ケンブリッジ大学卒業後、新聞記者生活を経て、児童文学作家に転身。「ぼくらのジャングル街」（1961年）や「さようならジャングル街」（65年）はイギリスのスラム街の生活を大胆に描き、「アーノルドのはげしい夏」（69年）や「未知の来訪者」（77年）では若者たちの問題を的確平明に追究し、児童文学に新領域を開いた。また「子供の本の歴史」（65年）は高い評価を得、この作品や「英米児童文学作家論」（71年）などによって、児童文学の世界に文芸批評を確立した。他の作品に「海賊の島」（68年）などがある。

タウンゼンド, スー *Townsend, Sue*
イギリスの作家
1946.4.2〜2014.4.10
[出]レスターシャー州レスター　[名]Townsend, Susan Lilian
[歴]労働者階級に生まれ、15歳で学校を中退。様々な職を経験した後、18歳で結婚したが、25歳の時に夫と別離。再び様々な職で生活を支えながら学校に通って脚本を学び、1970年代の終わりから戯曲を書き始める。82年エイドリアン・モール少年を主人公とした「モール君のおとなはわかってくれない13 3/4歳の秘密の日記」を発表。シリーズ化された同作は、80年代のイギリスを代表するベストセラーとなった。他の作品に「女王様と私」（92年）、「Ghost Children」（97年）、「Number 10」（2002年）、「Queen Camilla」（06年）、「The Woman Who Went to Bed for a Year」（12年）など。

ダウンハム, ジェニー *Downham, Jenny*
イギリスの作家
1964〜
[出]ロンドン　[賞]ブランフォード・ボウズ賞（2008年）
[歴]俳優から作家に転身。2007年「16歳。死ぬ前にしてみたいこと」を発表、絶賛され、同年のガーディアン賞、08年のカーネギーメダルにノミネート。08年優れた新人作家に与えられるイギリスのブランフォード・ボウズ賞を受賞した。

タガード, ジェネヴィーブ *Taggard, Genevieve*
アメリカの詩人
1894.11.28〜1948.11.8
[出]ワシントン州ウェイツバーグ　[学]カリフォルニア大学バークレー校
[歴]2歳の時に一家でハワイに移住、その後ワシントン州とハワイ州の間を往復した。この頃の体験が詩のテーマとして頻出、また社会問題にも強い関心を示す。カリフォルニア大学バークレー校に進むと進歩的なサークルと付き合うようになり、1919年最初の詩が全国雑誌に掲載される。21年作家ロバート・ウォルフと結婚（34年離婚）。20〜26年ニューヨークで詩誌「旋律」の創刊に当たり、出資ならびに編集を行う一方、詩集「熱烈な恋人たちのために」（22年）、「ハワイの丘の上」（23年）などを出版。29〜48年マウント・ホーリヨーク・カレッジ、セアラ・ロレンス大学で英語を教える。35年ソ連・タス通信のケネス・デュラント記者と再婚。その後の詩集は急進的な立場が鮮明になった。20世紀初頭の代表的詩人の一人として知られ、唯一の散文「エミリー・ディキンソン伝」（30年）で批評家としても評価も得た。

ダガン, アヴィグドル *Dagan, Avicdor*
チェコ生まれのイスラエルの作家
1912.6.30〜2006.5
[出]フラデッツ・クラーロヴェー（チェコ）　[名]チェコ語名＝フィシュル, ヴィクトル
[歴]チェコ系ユダヤ人。チェコ語名はヴィクトル・フィシュル。プラハの大学で法律を修めた後、詩作を行いながら、ユダヤ系雑誌の編集に携わる。ナチス・ドイツの侵攻で1939年亡命を余儀なくされ、ロンドンのチェコスロバキア亡命政府の活動に従事。第二次大戦後もプラハの外交官として勤務するが、48年左翼クーデターが興るとイスラエルへ出国、のち国籍を取得。以後、イスラエルの外交官として“アヴィグドル・ダガン”というヘブライ語名を用いるようになり、日本など数多くの国に滞在。77年以降文筆業に専念し、数多くの作品をチェコ語で執筆した。チェコでは発禁となるが、ビロード革命後本国で最も読まれる作家となる。著書に「宮廷の道化師たち」「古いシルクハットから出た話」などがある。

ダガン, モーリス *Duggan, Maurice*
ニュージーランドの作家, 児童文学者
1922.11.25〜1974.12.11
[出]オークランド　[名]ダガン, モーリス・ノーエル〈Duggan, Maurice Noel〉　[学]オークランド大学　[賞]エスター・グレン賞
[歴]広告業から作家に転じる。短編を得意とし、代表的な短編集に「イマニュエルの土地」（1957年）、「オリアリーの果樹園」（70年）があり、子供向け作品にはエスター・グレン賞を受賞した「トムじいさんと水の少年」（59年）、「すてきなマックフェイン そのほかのお話」（74年）がある。

ターキントン, ブース *Tarkington, Booth*
アメリカの作家, 劇作家
1869.7.29〜1946.5.19
[出]インディアナ州インディアナポリス　[名]ターキントン, ニュートン・ブース〈Tarkington, Newton Booth〉　[学]パーデュー大学, プリンストン大学　[賞]ピュリッツァー賞（1919年・1922年）
[歴]地方財界の腐敗を描いた「インディアナ出の紳士」（1899年）で作家デビュー。18世紀を舞台にした冒険小説「ムッシュー・ボーケール」（1900年）で人気を確立した。「すばらしいアンバソン家の人たち」（18年）と「孤独のアリス」（21年）で2度ピュリッツァー賞を受賞。故郷のインディアナ州を舞台とした小説を多く発表し、生涯に40編以上の小説、30編以上の戯曲や脚本、数編の短編を著した。他の作品に、「ペンロッド」（14年）、回想録「世界は動く」（28年）など。インディアナ州議会議員も務めた。

ダーク, エレナー *Dark, Eleanor*
オーストラリアの作家
1901.8.26〜1985.9.11
[出]ニューサウスウェールズ州シドニー　[名]旧姓名＝オライリー〈O'Reilly〉 筆名＝オレーン, パトリシア〈O'Rane, Patricia〉
[勲]オーストラリア文学協会金メダル（1934年・1936年・1978年）　[賞]オーストラリア女流作家協会アリス賞
[歴]速記者を経験した後、1922年開業医と結婚。一方、21年以降様々なペンネームで「ブレティン」誌をはじめとする雑誌に短編小説を発表。心理描写の名手として海外でも翻訳され、代表作は「クリストファーへの序章」（34年）。オーストラリアの歴史文学の最高傑作といわれる、1788年のシドニー入植から1813年のブルーマウンテンズ越え探検までの歴史を描いた「無窮の大地」（1941年）、「時の嵐」（48年）、「障壁なし」（53年）の3部作で知られ、80年テレビ映画化された。3部作中では「無窮の大地」が最も読まれている。34年、36年、78年の3度オーストラリア文学協会の金メダル受章し、オーストラリア女流作家協会アリス賞も受けている。

タクブンジャ　Stag 'bum rgyal
チベットの作家
1966～
⽣中国・青海省黄南チベット族自治州貴南県　学海南民族師範学校（1986年）卒　賞ダンチャル文学賞
歴牧畜民の家庭に9人兄弟の3番目として生まれる。海南民族師範学校に進むと、教師として赴任してきたチベット文学の先駆者トンドゥプジャに啓発され、小説を書き始めた。1986年卒業後は小学校教師となり、88年から2年間、休職して西北民族学院（現・西北民族大学）に聴講生として通う。93年の「魂」でダンチャル文学賞を受賞。チベット語母語文学のリーダー的存在で、チベット現代文学の旗手として活躍する。代表作に長編「静かなる草原」「衰」、短編の〈犬〉シリーズなどがある。

ダグラス，キース　Douglas, Keith
イギリスの詩人
1920.1.20～1944.6.9
⽣ケント州タンブリッジ・ウェルズ　名ダグラス，キース・カステレイン〈Douglas, Keith Castellain〉　学オックスフォード大学マートン・カレッジ
歴10歳で詩作を始める。早熟の詩才に恵まれてオックスフォード大学マートン・カレッジ在学中にエドマンド・ブランデンから個人指導を受ける。1937年以降は「ニュー・ヴァース」誌など様々な雑誌に作品が掲載されるなど活躍したが、学業を中断して第二次大戦に従軍、41年北アフリカを転戦したのちノルマンディー上陸作戦参加直後に24歳で戦死した。この間、多くの優れた詩編を発表し、北アフリカ駐留中に書いた作品が特に重要。生前に発表された詩集は「選詩集」（43年、改訂64年）だけだが、没後に「全詩集」（51年、改訂66年）が刊行される。「アラメインからゼム・ゼムへ」（46年）は砂漠における戦闘体験を散文で記したもの。

ダグラス・ヒューム，ウィリアム
→ヒューム，ウィリアム・ダグラスを見よ

ターケル，スタッズ　Terkel, Studs
アメリカの作家，ニュースキャスター，インタビュアー
1912.5.16～2008.10.31
⽣ニューヨーク市　名ターケル，ルイス〈Terkel, Louis Studs〉　学シカゴ大学ロースクール（1934年）卒 Ph.D.　賞ピュリッツァー賞（1985年）、全米書評家協会賞（イヴァン・サンドロフ賞）（2003年）
歴父は仕立て屋。ニューヨークに生まれ、幼少期に家族でシカゴに移り住んだ。シカゴ大学で法律を学んだ後、政府関係の仕事などを経て、シカゴのラジオ放送で脚本を執筆。また、司会者として番組に出演するほか、ニュースキャスターやインタビュアーとして活躍。聞き手の名人といわれた。1956年より本格的な著作活動を始め、シカゴの貧富の差を描いた「アメリカの分裂」（67年）がベストセラーに。市井の人々へのインタビューを基にまとめる"オーラルヒストリー（口述の歴史）"の手法で労働、政治、人種問題などの大きな問題を浮かび上がらせる独自の形式を確立した。85年には第二次大戦を現代の視点で批判的に描いた「『よい戦争』」（84年）でピュリッツァー賞ノンフィクション部門に輝いた。他の著書に、「ジャズの巨人たち」（56年）、「ディヴィジョン通り—アメリカ」（66年）、「大恐慌！」（70年）、「仕事！」（74年）、「インタビューという仕事」（77年）、「アメリカン・ドリーム」（80年）、「アメリカの分裂」（88年）、「人種問題」（92年）、「死について」（2001年）、「希望—行動する人々」（03年）、「And They All Sang : Adventures of an Eclectic Disc Jockey」（05年）、「And They All Sang : The Great Musicians of the 20th Century Talk About Their Music」（06年）、「スタッズ・ターケル自伝」（07年）などがある。

ダーゲルマン，スティーグ　Dagerman, Stig
スウェーデンの作家，劇作家
1923.10.5～1954.11.4
⽣エルフカーレビュー　名Dagerman, Stig Halvard
歴発破師の息子として生まれ、幼年期を祖父母の屋敷で過ごす。ストックホルム高等専門学校で芸術および文学史を学ぶ傍ら、学生時代からアナーキスト系の機関紙「アルベータレン（労働者）」に寄稿、アナーキズムやサンディカリズムに傾倒していく。1945年「蛇」で第二次大戦後のスウェーデン文壇に登場、ラーシュ・アリーンと並び40年代文壇の双壁となる。45年から52年にかけて、長編小説「囚人たちの島」（46年）、「火傷」（48年）、「婚礼のいざこざ」（49年）、短編小説集「夜の戯れ」（47年）、戯曲「死刑囚」（47年初演、48年刊）、「マルトの影」（47年初演、48年刊）、「ユダのドラマ」（49年）、「最後の審判」（52年）、旅行記「ドイツの秋」（47年）を立て続けに発表。53年女優アニータ・ビョルクと結婚したが、翌年自宅の車庫で自ら命を絶った。死後、詩集「パンチ」（54年）、「なぐさみの必要性」（55年）が出版され、81～83年にかけて11巻の全集が出版される。数年間の集中的な作家活動を送り、40年代作家の旗手的存在だった。

タゴール，ラビンドラナート　Tagore, Rabindranāth
インドのベンガル語詩人，劇作家，作家
1861.5.6～1941.8.7
⽣カルカッタ　名タークル〈Thākur, Ravindranāth〉　賞ノーベル文学賞（1913年）
歴タゴールはベンガル名タークルの英語訛り。恵まれた環境の中でインド古典を学び、1877年イギリスに留学して西欧ロマン派にも触れる。81年父の領地の管理をまかされることになり、帰国。1901年ボールプル近郊のシャーンティニケタンに野外学校・平和学園（のちヴィシュヴァバラティ大学）を設立し、自然の中の全人教育と農民の精神的、経済的自立を目指す農村改革運動を進めた。21年タゴール国際大学開校。一方、8歳の頃から抒情詩をベンガル語で詩作、13年英訳詩集「ギーターンジャリ」（10年、英訳12年）でノーベル文学賞を受賞。近代ベンガル文学最大の詩人であるとともに、音楽家・画家としても名高い。他の著書に、詩集「マーナシー」「黄金の舟」、詩劇「チトラーンガダー」「王女マーリニー」、長編小説「ゴーラ」、思想書「人間の宗教」「文明の危機」、「タゴール著作集」（全5巻）など。マハトマ・ガンジーとは生涯にわたって親交を続け、ガンジーとともに"国父"として仰がれた。また、精力的に世界中を歴訪して講演を行い、日本へも13年以来5度来日、日本の軍国主義を批判したことでも知られる。15年ジョージ5世からナイト爵を授けられるが、19年英軍の虐殺行為に抗議して返上した。
家父＝デベンドラナート・タゴール（宗教改革者）

ダシュティー，アリー　Dashtī, 'Alī
イランの作家，文芸評論家，政治家
1897.3.31～1982.1.16
⽣カルバラー
歴イラク南部カルバラーで生まれ、シーア派の聖地であるナジャフやカルバラーでイスラム神学などの伝統的教育を受ける。1918年ジャーナリストとなり、21年レザー・シャーがテヘランを無血占領したクーデターで投獄される。同年その体験を綴った「幽囚の日々」を発表。また、同年「赤い黎明」紙を発刊、政府批判を展開した。41年アダーラ（正義）党を創立。48年体制側に転向し、53年にはイラン上院議員となって、駐エジプト大使や駐レバノン大使を務めた。作家として、小説「フェトネ」（49年）、「ヘンドゥー」（55年）、短編集「魔法」（52年）などがあり、ハーフィズ、サーディーなどペルシャ古典文学の評論でも知られた。

ダシルバ，ブルース　DeSilva, Bruce
アメリカの作家
⽣マサチューセッツ州トーントン　賞MWA賞最優秀新人賞（2011年）
歴AP通信記者を経て、コロンビア大学ジャーナリズム部論文指導教官を務める。41年間ジャーナリストとして活動した後、作家に転身。2010年〈リアム・マリガン〉シリーズの第1作「記者魂」を発表、11年同作でアメリカ探偵作家クラブ（MWA）

賞最優秀新人賞を受賞。

タシーロ, リズ　Tuccillo, Liz
アメリカの作家
㋳大ヒットした海外ドラマ「SEX AND THE CITY」のエグゼクティブ・ストーリー・エディターを務める。オフ・ブロードウェイの脚本も執筆。2004年に「SEX AND THE CITY」のスタッフであるグレッグ・ベーレントと出版した共著「そんな彼なら捨てちゃえば」はベストセラーになり、09年映画化された。08年初の小説「ひとりな理由（わけ）はきかないで」で作家デビュー。

ダース, カマーラ　Das, Kamala
インドの詩人, 作家
1934.3.31〜2009.5.31
㋲マラバル
㋳主に家庭で教育を受け、15歳で結婚。不幸な結婚による欲求不満と幻滅が創作の原動力となり、その苦悩は1974年1〜12月「カレント・ウィークリー」誌に連載された自伝「解放の女神ーインド女流詩人カマーラ・ダースの告白」（76年インド、78年イギリス）に詳しい。詩集に「カルカッタの夏」（65年）、「子孫」（67年）、「古い劇場」（73年）などがある。英語の小説も試みたがあまり成功せず、母国語であるマラバル海岸地方で話されているマラヤーラム語の散文作家としても知られる。

ターソン, ピーター　Terson, Peter
イギリスの劇作家
1932.2.24〜
㋲ニューカッスル・アボン・タイン　㋱パターソン, ピーター〈Patterson, Peter〉
㋳ウェストミッドランズ州で体育教師をしている時に脚本を書き始める。1960年代に先駆的な円形劇場ストーク・オン・トレントの専属脚本家を務め、その頃から筆名ピーター・ターソンを使用するようになる。のち、ナショナル・ユース・シアターに参加。ストーク・オン・トレント用の地方色豊かな作品と、ナショナル・ユース・シアター用の作品は大きく二つに分かれ、前者は「天使たちを泣かせる夜」（64年）、「トッド氏に栄えあれ」（66年）などがあり、後者の代表作に「ジガー・ザガー」（67年）がある。

タタルカ, ドミニク　Tatarka, Dominik
スロバキア（チェコスロバキア）の作家
1913.3.14〜1989.5.10
㋲スロバキア・ドリエノベ　㋱カレル大学卒, パリ大学　㋛ヤロスラフ・サイフェルト賞（1986年）
㋳スロバキア北西部の農村出身。1934〜38年プラハのカレル大学で学び、38〜39年パリのソルボンヌ大学に留学。帰国後、「探求と恐怖の中で」（42年）、「奇跡の乙女」（44年）で文壇に登場。第二次大戦中はナチスの圧制に抵抗して左翼的傾向を強め、44年のスロバキア国民蜂起に参加。第二次大戦中のファシスト体制下の生活を描いた「聖職者の共和国」（48年）で名声を確立。続く長編「第一撃と第二撃」でパルチザン闘争の時代と独立後の社会改革の動きを作品化した。共産党政権誕生後の68年「悪魔に抗して」を発表してスターリン主義を告発。同年のプラハの春後は70年より警察の監視下に置かれ、国内での公認の作家活動を禁じられる。このため作品の発表は非公認のサミズダート（自主出版）や国外での出版に頼らざるをえず、内面的な告白を中心としたエッセイ集「書き下ろし」（79年）、「独り夜に抗して」（84年）、「語り下ろし」（88年）、「永遠への手紙」（同年）などが国外の亡命系出版社から刊行された。"憲章七七"運動に加わるなど体制批判を続け、スロバキアの反体制運動の象徴的存在だった。

タート, ドナ　Tartt, Donna
アメリカの作家
1963〜
㋲ミシシッピ州グリーンウッド　㋱ミシシッピ大学卒, ベニントン・カレッジ卒　㋛ピュリッツァー賞（2014年）, W.H.スミス文学賞（2003年）
㋳ミシシッピ大学在学中に才能を見いだされ、1993年「シークレット・ヒストリー」で作家デビュー、評判を呼ぶ。エッセイや短編を「ニューヨーカー」誌などに寄稿。2002年、約10年の沈黙を経て第2作「ひそやかな復讐」を発表した。

タトル, リサ　Tuttle, Lisa
アメリカの作家
1952〜
㋲テキサス州ヒューストン　㋱シラキュース大学（1974年）卒　㋛キャンベル賞（1974年）
㋳オースティン・アメリカン・ステイツマン新聞社で記者として働いた後、イギリスに移住し、ロンドン大学講師を務めた。子供の頃からSF好きで、ヒューストンでSFのファン雑誌を編む。初めての作品は1972年の「Stranger in the House（家の中の他人）」。74年にはSF作家の新人賞であるキャンベル賞を受賞。著書に「翼人の掟」「フェミニズム事典」「Heroines: Women Inspired by Women」「Anthology of Horror Stories by Women」（編）など。

ターナー, メーガン・ウェイレン　Turner, Megan Whalen
アメリカの作家
1965〜
㋱シカゴ大学英文学科（1987年）卒　㋛全米図書館協会優秀図書賞
㋳1987年シカゴ大学英文学科を卒業。95年ヤングアダルト向けの短編集「Instead of Three Wishes」で作家デビューし、「ニューヨーク・タイムズ」紙などで絶賛される。2作目で最初の長編である「盗神伝1 ハミアテスの約束」（96年）で97年のニューベリー賞オナーブック、全米図書館協会優秀図書賞、全米図書館協会ヤングアダルト部門ベストブックなど数々の賞に輝いた。〈盗神伝〉シリーズで人気を集める。

ダニエル, グリン　Daniel, Glyn
イギリスの考古学者, 作家
1914.4.23〜1986
㋲サウス・グラモーガ州バリー　㋱ダニエル, グリン・エドマンド〈Daniel, Glyn Edmund〉　㋱カーディフ大学, ケンブリッジ大学卒
㋳考古学を専門として1945〜81年母校ケンブリッジ大学で教鞭を執る。彼の活動は、発掘や調査よりも、著作や編集、放送番組を通して一般の人々の考古学への関心を向けることにあった。叢書「古代の人々と地域」（55年〜）、「古代」誌（58〜86年）の編集に力を注ぎ、テレビでは、考古学のクイズ番組「動物、植物、鉱物」の司会で50年代に人気を博した。作家としては第二次大戦中、イギリス空軍情報部将校としてインドに駐留していた時に執筆した「ケンブリッジ大学の殺人」が処女作。本格ミステリーとしては長編を2冊、短編を2編残している。

ダニエル, ユーリー・マルコヴィチ　Daniel', Yuriy Markovich
ソ連の作家, 翻訳家
1925.11.15〜1988.12.30
㋛筆名＝アルジャーク, ニコライ〈Arzhak, Nikolay〉　㋱モスクワ師範学校卒業後
㋳イディッシュ語で書くユダヤ人作家マルク・ダニエルの息子。対独戦に従軍して負傷。モスクワ師範学校卒業後一時教員生活を送り、やがて詩の翻訳に専念。「こちらモスクワ」（1962年）や「ミナプの男」（63年）などの幻想的な風刺小説を、アンドレイ・シニャフスキーと同じルートで密かに西欧へ送り、ニコライ・アルジャークの筆名で発表。65年シニャフスキーとともに逮捕され、翌年5年の懲役刑に処される。公判では罪の一部を認めたが獄中でこれを撤回した。「獄中詩集」（71年, アムステルダム）は服役中の詩を集めたもの。70年に釈放された後は翻訳に従事して生計を立てた。
㋘父＝マルク・ダニエル（イディッシュ作家）

ダニノス, ピエール　*Daninos, Pierre*
フランスの作家, ジャーナリスト
1913.5.26〜2005.1.7
[出]パリ　[賞]アンテラリエ賞（1947年）
[歴]1931年にジャーナリストとして出発し、第二次大戦中はイギリス軍付士官として従軍。小説「子午線」（45年）やアンテラリエ賞を受賞した「神様の手帳」（47年）で認められ、鋭い諷刺とユーモアに満ち、イギリス人の見たフランス風俗という形式の「トムソン少佐の手帳」（54年）で名声を得た。その後「トムソン少佐の秘密」（56年）、「ブロ氏という人」（60年）、「ダニノスコープ」（63年）、「トムソン少佐の第2の手帳」（73年）、「メイド・イン・フランス」（77年）、「Profession :Écrivain」（88年）などを発表、フランス・ユーモア小説の第一人者といわれる。「フィガロ」紙のコラムを担当した。

タ

ダニング, ジョン　*Dunning, John*
アメリカの作家
1942.1.9〜
[出]ニューヨーク市ブルックリン　[賞]ネロ・ウルフ賞（1993年）
[歴]12、3歳で学校からドロップアウトし、それ以後正規の教育は受けなかった。1964年にデンバーに移り、競馬の厩務員として働く。作家になることを志し、「デンバー・ポスト」で写真整理や原稿運搬の雑用をしながら書評やルポなどの記事を書くようになる。その後フリーのライターやカルチャースクールの講師を務め、75年「封印された数字」でミステリー作家としてデビュー。「ジンジャー・ノースの影」（80年）、「名もなき墓標」（81年）が続けてアメリカ探偵作家協会賞（MWA賞）最優秀ペーパーバック賞にノミネートされ作家としての地位を確立したが、出版社とのトラブルなどで作家業を休止。古書稀覯本の書店経営に転じたが再び作品を書き始め、92年〈クリフォード・ジェーンウェイ〉シリーズの第1作「死の蔵書」でミステリー界に復帰。他の著書に「名もなき墓標」「深夜特別放送」などがある。

ダヌンツィオ, ガブリエーレ　*D'Annunzio, Gabriele*
イタリアの詩人, 作家, 劇作家
1863.3.12〜1938.3.1
[出]ペスカーラ　[学]ローマ大学卒
[歴]1882年異教的、神秘的な詩集「新しい歌」で才能を認められ、その後の「楽園の詩」（92年）や小説「快楽」（89年）、「死の勝利」（94年）などで官能主義と耽美主義を追求、ニーチェの超人思想の影響も受ける。この間にナショナリズムへの傾斜を深め、下院議員となって政治活動を行う一方、「ジョコンダ」（99年）、「フランチェスカ・ダ・リーミニ」（1902年）、「ヨーリオの娘」（04年）などの戯曲を発表し、人気を博した。熱狂的な愛国者で、第一次大戦では参戦論を唱えて従軍、戦後は義勇軍を率いてユーゴスラビア領フィウメの占領（19年）を指揮するなどファシスト政府を支持する行動をとり、のちイタリア・アカデミー会長にもなる。晩年は北イタリアのガルダ湖畔に隠棲。他の作品に詩の5部作「空と海と大地と英雄たちの賛歌」（12年）など。

ダネー, フレデリック
→クイーン, エラリーを見よ

タハン, マオバ　*Tahan, Malba*
ブラジルの作家, 数学者
1895.5.6〜1974
[出]サンパウロ州ケルース　[名]ソウザ, ジュリオ・セザール・ジ・メーロ・イ〈Souza, Julio Cesar de Mello e〉　[賞]ブラジル文学アカデミー賞（1972年）
[歴]18歳で母校の小学校で教鞭を執り、その後大学や師範学校でも数学教育に携わる。本名ジュリオ・セザール・ジ・メーロ・イ・ソウザ名義で数学や数学教育に関する著作を数多く発表。一方、作家として作品を発表するにあたり、アラビア生まれの冒険者マオバ・タハンという架空の人物を創作し、タハン名義で作品を著す。タハン名義の著書「アラビア数学奇譚」（1925年）はブラジルでベストセラーとなり、各国語に翻訳された。52年タハン名の正式使用を認める大統領令が出され、ソウザの創作であることが一般に知られるようになる。生誕100周年にあたる95年には、リオ州が誕生日の5月6日を数学の日に制定。他のタハン名義の著書に「虹の影」「砂漠の伝説」「アッラーの空」などがあり、その教育的価値は国際的に高く評価される。

ダビ, ウージェーヌ　*Dabit, Eugène*
フランスの作家
1898.12.21〜1936.8.21
[出]パリ　[賞]ポピュリスト賞
[歴]パリのモンマルトルに馭者の子として生まれ、小学校卒業後職人の徒弟となる。第一次大戦に出征、戦場でシャルル・ルイ・フィリップの作品を読み文学に開眼。戦後は画家を志すが、文筆で生活を立てる事を決意し、戦時中の自らの体験を綴った「プチ・ルイ」（1926年）を書く。パリのサンマルタン運河に臨む安ホテルでの生活を描いた「北ホテル」（29年）で第1回ポピュリスト賞を受賞。これを機にジード, マルタン・デュ・ガールに激励されて「オアシス荘またはえせブルジョア」（32年）、「島」（34年）、「緑の地帯」（35年）などで、パリの小市民や労働者の哀歓を簡潔な文体で表現した。36年ジードらとゴーリキーの葬儀に出席するためソ連を訪問中、猩紅熱に罹りセヴァストーポリで客死。30年代の"ポピュリスム文学"の代表的作家で、「北ホテル」は38年にマルセル・カルネが映画化して人気を集めた。

タビゼ, チツィアン・イスチネスゼ
Tabize, Titsian Isutines dze
グルジア（ソ連）の詩人
1895.4.2〜1937
[学]モスクワ大学文学部（1917年）卒
[歴]グルジア（現・ジョージア）の詩人。詩人マヤコフスキーと同じ頃にクタイシの中学校で学んだ。1912年より詩を発表。15年グルジアで象徴主義のグループ"水色の角杯"をヤリヴィリらと結成、グループの機関誌を編集する。グルジア・ソビエト政権樹立の21年以降は象徴主義を離れ、社会主義に共鳴する詩を書く。愛国主義と国際主義の詩人として創作活動を続けたが、37年粛清の犠牲となった。没後名誉回復。主な作品に、長詩「18年」（28年）、「前線にて」（同年）、「リオン＝ポルト」（同年）、「プーシキン」（37年）、抒情詩集「心から」（33年）、「アルメニアにて」（同年）などがある。

ダブ, リタ　*Dove, Rita Frances*
アメリカの詩人
1952.8.28〜
[出]オハイオ州アクロン　[学]マイアミ大学（1973年）卒　[賞]ピュリッツァー賞（1987年）
[歴]1973年マイアミ大学を最優秀の成績で卒業、74〜75年フルブライト奨学金で西ドイツのテュービンゲン大学に留学。77年アイオワ大学で修士号を受ける。81年アリゾナ州立大学教授。87年祖父母をテーマにした詩編「トマスとビューラ」（86年）でピュリッツァー賞を受賞。34歳での受賞は同賞の最年少受賞記録で、アフリカ系としての受賞も2人目であった。93年、99年アメリカ議会図書館任命の桂冠詩人。他の詩集に「角の黄色い家」（80年）、「ソナタ・ムラティカ」（2009年）などがある。

ダフィー, キャロル・アン　*Duffy, Carol Ann*
イギリスの詩人
1955.12.23〜
[出]スコットランド・グラスゴー　[学]リバプール大学（1977年）卒
[勲]OBE勲章（1995年）, CBE勲章（2002年）, DBE勲章（2015年）　[賞]サマセット・モーム賞（1988年）, ウィットブレッド賞（詩部門）（1993年）, E.M.フォースター賞（2000年）, T.S.エリオット賞（2005年）, コスタ賞（詩部門）（2011年）
[歴]リバプール大学で哲学を学び、ロンドンやマンチェスターでフリーランスのライターとして活動。1983年「アンビット」誌

の詩の編集責任者となる。詩風としてはモノローグの手法を好み、アウトサイダーの人々の声を通して現代社会を批判、87年に出版した詩集「Selling Manhattan」で絶賛される。「Mean Time」(93年)でウィットブレッド賞(現・コスタ賞)詩部門を受賞。子供に向けの最初の詩集「Meeting Midnight」(99年)ではウィットブレッド賞(現・コスタ賞)児童文学部門の最終候補作品に選ばれる。2011年にも「The Bees」でコスタ賞詩部門を受賞。イギリスで最も愛されている詩人の一人であり、09年女性として初めてイギリス王室から桂冠詩人に任命される。15年大英帝国勲章(DBE)を授与されデームの称号を得る。

ダフィ, デービッド *Duffy, David*
アメリカの作家
1957～
[歴]30年に渡ってアメリカ企業や多国籍企業のコンサルティング業務に従事し、顧客企業の広告宣伝、マーケティング活動、投資家向け広報活動に携わる。2011年サスペンス巨編「KGB(カーゲーベー)から来た男」でデビューし、アメリカ探偵作家クラブ賞(MWA賞)最優秀新人賞にノミネートされた。

タブッキ, アントニオ *Tabucchi, Antonio*
イタリアの作家, ポルトガル文学研究家
1943.9.23～2012.3.25
[出]トスカーナ州ピサ　[学]ピサ大学
[歴]1970年ポルトガルにおけるシュルレアリスム詩のアンソロジー「禁じられた言葉」を発表。翻訳と紹介により、ポルトガルの詩人フェルナンド・ペソアの研究者として知られ、のち作家となる。シエーナ大学教授も務める。またブラジルのモダニズム詩人カルロ・ドラモンド・デ・アンドラーデの紹介者としても知られる。主に中短編を中心に実験的な構想と従来のイタリア語の枠を超える“メタ母国語”ともいえる表現によって注目を集める。99年4月ポルトガルで小説作品を原作とする演劇、映画の上演や、著作の展示とともに大掛かりなシンポジウムが開催された。作品に、約20ケ国で紹介された「Notturno indiano(インド夜想曲)」(84年)のほか、「イタリア広場」(75年)、「逆さまゲーム」(81年)、「島とクジラと女をめぐる断片」(83年)、「遠い水平線」(86年)、「ベアト・アンジェリコの翼あるもの」(87年)、「レクイエム」(91年)、「夢のなかの夢」(92年)、「フェルナンド・ペソア最後の三日間」(94年)、「供述によるとペレイラは…」(94年)、「ダマセーノ・モンテイロの失われた首」(97年)、「時は老いを急ぐ」(2009年)などがある。「インド夜想曲」、「供述によるとペレイラは…」などが同名タイトルで映画化された。随筆家・須賀敦子の翻訳で日本に紹介された。1997年初来日。

タブラダ・イ・オスーナ, ホセ・フアン・デ・アギラル・アクーニャ *Tablada y Osuna, José Juan de Aguilar Acuña*
メキシコの詩人, 俳人, 作家
1871.4.3～1945.8.2
[出]コヨアカン
[歴]10代の頃からメキシコの新聞や雑誌に寄稿を始め、「レビスタ・アスル」誌に発表した「オニックス」(1894年)で注目され、モデルニスモの詩人として出発、前衛的な詩の刷新運動に関わる。20代の終わりの1900年に数ケ月日本に滞在し、日本の紹介記事をメキシコの「レビスタ・モデルナ」誌に送った。俳句の紹介者としても知られ、19年「ある一日…」というスペイン語で初の本格的な句集を出版。日本文化への造詣が深く、生け花、浮世絵、日本文学の本など多数の蔵書が見つかっている。また、メキシコの絵画や芸術をアメリカなど周辺諸国に紹介するなど、文化交流に貢献した。

ダブラル, ジャック *Du Brul, Jack B.*
アメリカの作家
[学]ジョージ・ワシントン大学卒
[歴]1998年地質学者フィリップ・マーサーを主人公とする冒険小説「Vulcan's Forge」で作家デビュー。その後、同シリーズの冒険小説をほぼ年1作のペースで発表。また、クライブ・カッスラーとの共作〈オレゴン・ファイル〉シリーズも執筆。

ダベンポート, ガイ *Davenport, Guy*
アメリカの作家, 詩人
1927.11.23～2005.1.4
[出]サウスカロライナ州アンダーソン　[名]ダベンポート, ガイ・マティソン〈Davenport, Guy Mattison Jr.〉　[学]デューク大学卒, オックスフォード大学マートン・カレッジ, ハーバード大学
[歴]1948年デューク大学卒業後、ローズ特待生としてオックスフォード大学に学んで学位を得、のちハーバード大学で博士号を取得。63年からケンタッキー大学英文科教授を務める。批評家、詩人、古典文学者、翻訳家、教師、イラストレーターと複数の顔を持つが、40代半ば以降は短編小説を多く発表。短編集に「タトリン」(74年)、「ダ・ヴィンチの自転車」(79年)など、エッセイ集に「想像力の地理学」(81年)がある。グラフィックアーティストとしても知られ、多数の本に挿絵を提供した。

タボリ, ジョージ *Tabori, George*
ハンガリー生まれのイギリスの劇作家
1914.5.24～2007.7.23
[出]ハンガリー・ブダペスト　[賞]ビューヒナー賞(1992年)
[歴]ユダヤ人。ハンガリーのブダペストで生まれ、ベルリンで記者をしていた1936年にロンドンに亡命し、イギリス国籍を取得。第二次大戦が始まると、BBCでプロパガンダ放送に従事。英語でいくつかの小説を発表した後、47年渡米。ハリウッドで脚本家として活躍し、アルフレッド・ヒッチコック監督の映画「私は告白する」(53年)などを手がけた。70年代にドイツに移り住み、劇団で活躍。父親らをアウシュヴィッツ強制収容所で失い、ヒトラーの著作「我が闘争」を基にした同名の戯曲でナチス・ドイツを批判した。また「Brecht on Brecht」を通して、ドイツの劇作家ベルトルト・ブレヒトの翻訳・紹介でも知られた。

タマーシ, アーロン *Tamási, Áron*
ハンガリーの作家
1897.9.20～1966.5.26
[出]セーケイ地方　[賞]コシュート賞(1953年)
[歴]トランシルバニアのセーケイ地方(現・ルーマニア領)の貧農の出身。高校卒業後第一次大戦でイタリアの前線に従軍。2年後に帰還して商科大学で法律、経済を学び、1923～26年アメリカで働く。22年最初の短編「異教徒, サース・タマーシュ」が雑誌に掲載される。生まれ育ったセーケイ地方がテーマ、作風、文体に大きな意味をなし、そこに暮らす人びとの生活を扱った郷土色の濃い作品を発表した。代表作は、長編「森の中のアーベル」(32年)、「国内のアーベル」(34年)、「アメリカのアーベル」(34年)の3部作。19世紀の独立戦争期のセーケイ地方を描いた「祖国の鏡」で、58年コシュート賞を受賞した。

ダマース, レオン・ゴントラン *Damas, Léon-Gontran*
ギアナ生まれのフランスの詩人, 政治家
1912.3.28～1978.1.22
[出]フランス領ギアナ・カイエンヌ
[歴]首都カイエンヌの混血有産階級の家に生まれ、中等教育をマルチニックで受けた後、パリに留学して法律を学ぶ。同じ黒人留学生のサンゴール、セゼールと共に文学雑誌「黒人学生」を創刊し、ネグリチュード運動の旗手の一人となる。両親の期待に背いて仕送りが途絶えたことから、以後、皿洗い、人夫、工員、歌手など職を転々とする。1934年以来「エスプリ」誌に詩を発表。37年ロベール・デスノスが序文を書いた処女詩集「色素」は、戦闘的黒人文学の最初のテクストとして、その後のネグリチュード文学に大きな影響を与えた。第二次大戦中はレジスタンス運動に参加、戦後は植民地問題に関連して公的な任務を帯び調査などに当たる。49～55年ギアナ選出のフランス国民議会議員を務め、ギアナの自治権拡大を推進。その後はユネスコの下で世界の黒人ディアスポラ(離散)にお

タ

ダマート, バーバラ D'Amato, Barbara
アメリカのミステリー作家, ノンフィクション作家
1938～
㊥アンソニー賞犯罪実話賞, アガサ賞最優秀ノンフィクション賞（1993年）
㊤刑事事件の研究者としても知られる。ミュージカルコメディを書いたり、シカゴの警官にミステリーの書き方を教えたりもする。〈キャット・マーサラ〉を主人公とするシリーズに「サンドラの場合」「HARD BALL」「HARD TACK」「HARD CASE」がある。

タマーロ, スザンナ Tamaro, Susanna
イタリアの作家
1957～
㊥トリエステ　㊥エルサ・モランテ賞（1989年）、イタリア・ペンクラブ賞（1991年）、ラパッロ賞（1991年）
㊤子供の頃に両親が離婚し、祖母に育てられる。1976年ローマに移り、国立映画実験センターで2年間、監督の勉強を行う。その後10年間イタリア国営放送テレビのサイエンス・ドキュメンタリーなどを手がける。89年「うわの空で」で作家デビューし、エルサ・モランテ賞を受賞、ラパッロ賞最終候補作となる。94年出版の「心おもむくままに」は世界的なベストセラーとなり、96年映画化された。他の著書に短編集「独りごとのように」（91年）、童話「でぶっちょミケーレ」（92年）、「大地の息づかいがきこえる」（97年）、「迷える女の子たちへの手紙」「わたしの声を聞いて」などがある。

ダムディンスレン, ツェンディーン Damdinsuren, Tsendiin
モンゴルの作家, 詩人, 文献学者
1908～1986
㊥ドルノド・アイマク
㊤早くから文学に興味を持ち、1926年革命青年同盟中央委員となった頃から創作を始め、27年「小さな四つの物語」を出版。28年モンゴル作家サークル（のちのモンゴル作家同盟）結成に参加。29年21歳で現代モンゴル文学の夜明けともいわれる「きらわれた娘」を発表。以来D.ナツァクドルジとともにモンゴル文学の双璧として、数々の小説や詩を書く。これらの作品は、文学を人民革命遂行のための手段とみなす社会主義文学の典型といわれた。33～38年にはレニングラードの東洋学研究所で学び、50年モスクワで「ゲゼル物語の歴史的根源」によって文学博士候補の学位を得た。モンゴル口承文芸の研究者としても世界的に有名で、「モンゴル文芸概説」をはじめ多くの研究論文がある。また叙事詩「わが白髪の母」、旅行記「日本紀行」や、「元朝秘史」の現代モンゴル語訳などがある。86年人民作家の称号を受けた。

タラッキー, ゴリー Taraghi, Goli
イランの作家
1939～
㊥テヘラン　㊥フランス芸術文化勲章シュバリエ章
㊤イスラム革命前の1969年、短編集「私もチェ・ゲバラだ」を発表し、作家としての活動を開始。73年には初の小説「冬眠」を発表し、英語とフランス語に翻訳される。80年イラン・イラク戦争の勃発を機に2人の子供と共にパリに移り住み、それ以降イランとパリを往復する生活を続ける。90年代以降、「ちりぢりの記憶」「別の場所」「二つの世界」などの短編集を刊行。短編の名手として知られる。

ダラム, ローラ Durham, Laura
アメリカの作家, ウエディング・プランナー
㊥デューク大学卒　㊥アガサ賞（最優秀処女長編賞）（2006年）
㊤デューク学卒業後、ウエディング・プランニング会社を設立。ウエディング・プランナーとして10年近くにわたり数々の結婚式を手がける。「Washingtonian magazine」の"ワシントンD.C.でNo.1のウエディング・コンサルタント"に3年連続で選ばれた。その知識と経験を盛り込んだ〈Annabelle Archer〉シリーズ3部作の第1作「ウエディング・プランナーは眠れない（Better Off Wed）」（2005年）で作家デビューし、同作で06年アガサ賞最優秀処女長編賞を受賞。プランナーの仕事をしながら執筆を続ける。

ダリオ, ルベン Darío, Rubén
ニカラグアの詩人
1867.1.18～1916.2.6
㊥メタパ　㊥ガルシア・サルミエント, フェリックス・ルベン〈García-Sarmiento, Félix Rubén〉
㊤幼少の頃から神童として注目され、早くから文学的才能を発揮し、1880年13歳でソリーリャ・イ・モラル風の詩を発表。86年チリに赴き、88年詩と散文を集めた「青」を出版。中南米を回った後92年スペインへ。93年ブエノス・アイレスで高踏派の影響を受けた若い世代を集め近代派のグループを結成、機関誌「アメリカ評論」を創刊。文壇の中心として活躍、詩集「俗なる読唱」（96年）、散文「稀有なる人々」（96年）を発表。98年スペイン、1901年パリに赴き「Mundial」「Elegancias」の両誌を発刊。ラテンアメリカにおけるモデルニスモ（近代主義）という文芸運動の創始者であったが、不遇の生涯を送ったのち、故国で病死した。他の作品に詩集「生命と希望の歌」（05年）、「さまよう歌」（06年）、紀行記「ニカラグアへの旅」、自伝小説「El oro de Mallorca」など。

ダリュセック, マリー Darrieussecq, Marie
フランスの作家
1969.1.3～
㊥バイヨンヌ　㊥エコール・ノルマル・シュペリウール卒
㊤1997年「ジョルジュ・ペレック、ミシェル・レリス、セルジュ・ドゥブロフスキー、エルヴェ・ギベールにおけるオートフィクションと悲劇的アイロニー」と題する博士論文で学位を得る。96年「めす豚ものがたり」で作家デビュー、十数ケ国で出版され、話題となる。逸早くジャン・リュック・ゴダールが映画化の権利を獲得したことで話題となったが、映画化は断念された。他の著書に「亡霊たちの誕生」「あかちゃん—ル・ベベ」「警察調書—剽窃と世界文学」などがある。

ダール, ジュリア Dahl, Julia
アメリカの作家
㊥カリフォルニア州フレズノ　㊥シェイマス賞, マカヴィティ賞, バリー賞
㊤1994年高校の校内新聞を担当したことをきっかけに執筆活動を始め、その後「ニューヨーク・ポスト」紙やCBSニュース（電子版）で事件記者を務める。新米事件記者レベッカを主人公にした「インヴィジブル・シティ」（2014年）で作家デビューすると、MWA賞最優秀新人賞候補になり、シェイマス賞、マカヴィティ賞、バリー賞の新人賞を総なめにした。

ダール, フレデリック Dard, Frédéric
フランスのミステリー作家
1921.6.29～2000.6.6
㊥イゼール県　㊥筆名＝サン・アントニオ〈San Antonio〉　㊥フランス推理小説大賞
㊤父はドフィネー地方で小さな企業を営んでいたが1929年の世界恐慌のため倒産し、一家でリヨンに移り住む。手に職をとの父の意向で商業学校に入ったが会計士にはならず、リヨンの新聞社に勤め、広告取りを経て映画記事を、やがては戯曲や映画脚本も書くようになる。ジョルジュ・シムノンの「雪は汚れていた」などを手がけていたが、40年代からミステリー作家に転向、56年「Les salaudsvonten enfer（悪者は地獄へ行け）」でデビュー、79年「Le bourreau pleure（甦える旋律）」を発表し、フランス推理小説大賞を受賞した。同年スイスに

移住。本名のフレデリック・ダール名でのサスペンス作品の他、サン・アントニオのペンネームで警察小説〈サン・アントニオ警部〉シリーズを発表。本名と合わせて約300冊の作品を手がけ、ベストセラー作家としての地位を確立した。日本でも文庫が出版され多くのファンを魅了した。

タール, リリ *Thal, Lilli*
ドイツの児童文学作家
1960〜
[出]ドイツ　[賞]ベスト児童推理小説賞(2002年), バード・ハルツブルク青少年文学賞, 若い読者が選ぶ青少年文学賞
[歴]高校卒業後、看護師として働いたあと、大学で中世史を学ぶ。その後、マルチメディア・情報技術を学び、2000年から執筆活動に入る。デビュー作の「ピレマイヤー警部」は02年にベスト児童推理小説賞を受賞し、以来シリーズ化された。「ミムス―宮廷道化師」は04年のドイツ児童文学賞にノミネートされた他、バード・ハルツブルク青少年文学賞、若い読者が選ぶ青少年文学賞などを受けた。

ダール, ロアルド *Dahl, Roald*
イギリスの作家, 脚本家
1916.9.13〜1990.11.23
[出]サウスウェールズ地方ランダフ　[賞]MWA賞(短編部門)(1953年), ウィットブレッド賞(1983年), イギリス書籍賞最優秀児童文学作家賞(第1回・1989年度)
[歴]両親はノルウェー人。パブリック・スクール卒業後、シェル石油に入社。第二次大戦中は英空軍のパイロットを務め、リビア砂漠に墜落して九死に一生を得た経験を持つ。1942年よりアメリカに移り、「The New Yorker」誌に短編小説を執筆、残酷でシニカルな作風を特徴としている。代表作に53年にMWA最優秀短編賞を受けた短編集「Someone Like You(あなたに似た人)」や「キスキス」(60年)などがある。ほかに「Charlie & the Chocolate Factory(チョコレート工場の秘密)」「ガラスのエレベーター宇宙にとびだす」など数多くのベストセラー児童文学、戯曲、長編小説も発表。映画脚本には日本が舞台の「007は二度死ぬ」があり、自作の短編を基にしたテレビシリーズ「世にも不思議な物語」の脚本も手がけた。53年に女優のパトリシア・ニールと結婚したが83年に離婚している。身長198センチの大男で、シニカルではあるが子供好き、ワインとバラ、競馬大好き人間だった。
[家]娘＝テッサ・ダール(作家)

ダルウィーシュ, マフムード *Darwīsh, Mahmūd*
パレスチナの詩人, 政治家, ジャーナリスト
1941.3.13〜2008.8.9
[出]イスラエル・アルバルワ村　[学]モスクワ大学　[賞]ロータス賞(1969年)
[歴]イギリス委任統治下だったイスラエル北部の出身。イスラエル建国の1948年、郷里の村が武装軍団に襲われ、一家はレバノンに逃げ難民となった。ジャーナリスト志望であったが、早くから詩作に励み、イスラエルの共産党で活動しながら詩を創作。60年処女作「羽のない鳥」を発表。以後、2作目「オリーブの葉」(64年)、3作目「パレスチナの恋人」(64年)を著し、パレスチナ人の故郷喪失の悲劇を平易な言葉で訴える“抵抗の詩人”として地位を確立した。69年ロータス賞を受賞。アラブ世界で最も偉大な詩人の一人で、詩の多くは曲がつけられ、多くの人が口ずさんでいる。詩集に「夜の終り」(70年)、散文集「いつもの悲しみの日記」(73年)、「試みNo.7」(74年)などがある。ハイファで「アル・イッティハード」誌を主宰した。60年代には数回拘束され、70年からはモスクワやパリ、アラブで事実上の亡命生活を送る。88年にはパレスチナ国家樹立宣言を作成し、パレスチナ解放機構(PLO)の幹部となったが、アラファトPLO議長がイスラエルと結んだ93年のオスロ合意に反発して辞任した。90年代からヨルダン川西岸ラマラに在住した。

ダルグリーシュ, アリス *Dalgliesh, Alice*
トリニダードトバゴ生まれのアメリカの児童文学者, 編集者
1893.10.7〜1979.6.11
[出]英領トリニダード・トバゴ(トリニダード・トバゴ)　[学]コロンビア大学(教育・英語学)卒
[歴]英領西インド諸島のトリニダード島で生まれ、13歳で渡英。教師を志してアメリカのコロンビア大学で学ぶ。のち同大教育学部で小学課程の美術と児童文学の講義を行い、その頃から児童文学を書き始める。やがて出版社のスクリブナー社で子供の本の編集者として活躍し、退職する1960年まで編集者としての優れた指導力を発揮、才能ある作家や画家を世に送り出した。アメリカ児童書協会初代会長も務めた。作品に「ヘムロック山のくま」(52年)、「ちいさな木のぼりのおひゃくしょうさん」(58年)などがある。

タルコフスキー, アルセーニー
Tarkovskii, Arsenii Aleksandrovich
ソ連の詩人
1907.6.25〜1989.5.27
[出]ウクライナ・エリサヴェトグラード
[歴]1920年代にモスクワの高等文学コースで学び、新聞やラジオの仕事に携わる。第二次大戦中に従軍記者として前線に赴いたが、負傷して片足を失う。46年印刷準備の進んでいた最初の詩集は、“ジダーノフ批判”の影響で頓挫、ようやく62年に詩集「雪が降るまえに」が刊行された。以後、「地には地のものを」(66年)、「使者」(69年)など詩集を次々に出し、詩人としての地位を確立。19世紀ロシアの詩人チュッチェフやフェートの伝統を受け継ぎながら、アフマートヴァら20世紀のアクメイズム詩人たちとも近い詩風を持つ。また、カフカースや中央アジアの諸民族の詩の翻訳者としても知られている。
[家]息子＝アンドレイ・タルコフスキー(映画監督)

タルデュー, ジャン *Tardieu, Jean*
フランスの詩人, 劇作家
1903.11.1〜1995.1.27
[出]アン県　[学]パリ大学卒　[賞]フランス文学大賞(1993年)
[歴]1927年処女詩集を発表し、詩人としてデビュー。39年詩集「Accents(アクサン)」を発表。初期の詩作には形式を重んじる古典的な作風のものが多く、処女作に続いて「Le Témoin invisible(見えざる証人)」(43年)など6冊の詩集を世に送る。第二次大戦後、クノーやプレヴェールの影響を受けて軽妙でシニカルな実験的詩風に移る。この頃の作品に「Monsieur monsieur(ムッシュー・ムッシュー)」(51年)などがある。一方、演劇にも強い関心を示し、アンチ・テアトルやラジオ・ドラマの作者としても一家をなす。その作品は「室内劇」(55年)、「演じられる詩」(60年)の2巻にまとめられているほか、ことばに音楽性を与える試みとして「ソナタと3人の紳士」などを発表。オディベルティらとともに50年代の前衛の一翼を担う作家と目される。

タルデュー, ローランス *Tardieu, Laurence*
フランスの作家
1972〜
[出]マルセイユ　[賞]プリンス・モーリス恋愛小説賞, アラン・フルニエ賞(2007年)
[歴]2002年「Comme un père」でデビュー、04年「Le Jugement de Léa」を発表。07年「すべては消えゆくのだから」(06年)でプリンス・モーリス恋愛小説賞、アラン・フルニエ賞を受賞。舞台女優としても活動。

ダールトン, クラーク *Darlton, Clark*
ドイツのSF作家
1920.6.13〜2005.1.15
[出]ラインラント・プファルツ州コブレンツ　[名]エルンスティング, ワルター
[歴]1938年高校卒業後、ドイツ・ナチスの半軍事青年組織である勤労奉仕隊に入る。第二次大戦開戦と同時に、空軍の通信

部隊に召集され、ポーランド、ノルウェー、ロシアを転戦する。45年敗戦ののち、シベリアのカラガンダ捕虜収容所で5年間を過ごし、50年末帰国後も1年間は病床に伏した。52年イギリス占領軍の通訳となり、この頃からSFに興味を示す。翻訳家、編集者として執筆活動を開始し、アングロサクソン風のペンネーム、クラーク・ダールトン名義で処女作「夜空のUFO」を発表、SF作家としてデビュー。以後ローダン・シリーズを含め、多数のSFを執筆。

タルノフ, テリー　*Tarnoff, Terry*

アメリカの作家

1947～

[出]ウィスコンシン州ライスレイク　[学]ウィスコンシン大学

[歴]1960年代をウィスコンシン大学で過ごし、イーストビレッジの書店で働いた後、ヨーロッパへ旅に出る。71年から始まる8年の旅の後、サンフランシスコに戻りミュージシャンとして数年過ごした後、作家に転身。旅の経験をもとに、2004年「太陽が沈む前に」を発表。劇作家、映画脚本家としても活躍する一方で映画講座の講師、タクシードライバー、アフリカアート画廊の経営、インターネット映画サイトの運営など様々な仕事を手がける。

タ

ダールバーグ, エドワード　*Dahlberg, Edward*

アメリカの作家, 評論家

1900.7.22～1977.2.27

[出]マサチューセッツ州ボストン　[学]コロンビア大学(1925年)卒

[歴]アメリカのユダヤ系作家。ボストンに私生児として生まれ、クリーブランドの孤児院で育つ。カリフォルニア大学、コロンビア大学で学び、1926年からしばらくヨーロッパで暮らす。様々な職業を経て、30年少年時代の体験を綴った自伝的処女作「どん底の犬」をロンドンで発表、D.H.ローレンスに認められて作家として出発。30年代は左翼文学者の立場を取り、「フラッシングからカルヴァリーへ」(32年)はニューヨーク市のスラムを扱い、「滅びるもの」(34年)はナチズムのユダヤ系アメリカ人への影響を書いた。60年代に自伝「われも人なれば」(64年)を出し再び注目を集める。文芸評論家や批評家としても有名で、批評集「これらの骨は生き得るか？」(60年)や、詩集もある。68年アメリカ芸術家協会会員に選出される。ロレンスやハーバード・リードと親交があった。

ダルピュジェ, ブランシュ　*D'Alpuget, Blanche*

オーストラリアの作家

1944～

[出]シドニー　[賞]シドニー・PENクラブ50周年記念賞(1981年)

[歴]シドニーのジャーナリストの家系に生まれ、母国およびインドネシア、マレーシアでジャーナリズムに従事する。インドネシアを舞台にした「Monkey in the Dark(闇の中の猿)」(1980年)やマレーシアを舞台にして後に映画化された「Turtle Beach(抱きしめたいから)」(81年)などの小説のほか、オーストラリアの調停仲裁委員で労使間調停に功績のあったサー・リチャード・カービーや労働組合評議会長ロバート・ホークの伝記がある。

タルボット, ヘイク　*Talbot, Hake*

アメリカの推理作家

1900～1986

[歴]"カーの雰囲気作りのうまさにロースンの手品趣味を取り入れた1940年代最高の密室作家"と評された。作品に、長編「The Hangman's Handyman」(42年)のほか、短編「魔の淵」などがある。

ダーレ, グロー　*Dahle, Gro*

ノルウェーの詩人, 作家

1962～

[出]オスロ　[学]オスロ大学　[賞]ブラーゲ賞(2002年)

[歴]ノルウェーとアメリカで幼少時代を過ごす。オスロ大学などで心理学、思想史などを学び、詩集「Audiens」でデビュー。2002年「いい子」でブラーゲ賞を受賞するなど受賞多数。10年にはアストリッド・リンドグレーン国際賞にノミネートされた。作品に「パパと怒り鬼―話してごらん、だれかに」(夫のスヴァイン・ニーフースが挿絵を担当)がある。

[家]夫＝スヴァイン・ニーフース(イラストレーター)

ターレ, サムコ

→カピターニョヴァー, ダニエラを見よ

ダレーシー, クリス　*d'Lacey, Chris*

マルタ生まれのイギリスの児童文学作家

1954～

[出]マルタ　[学]ヨーク大学

[歴]地中海のマルタ島で生まれ、イギリス中部のレスター、北西部のボルトンで育つ。ヨーク大学で生物学を学び、レスター大学で専門を生かした職に就いた。10代からシンガー・ソングライターを目指したが、39歳のときに友人の勧めで児童文学の賞に作品を応募したことがきっかけで作家となり、1994年「A Hole at the Pole」でデビュー。〈龍のすむ家〉シリーズで人気を博す。他の著書に「ぼくんちのテディベア騒動」など。

ダーレス, オーガスト　*Derleth, August*

アメリカの作家

1909.2.24～1971.7.4

[出]ウイスコンシン州ソークシティ　[名]ダーレス, オーガスト・ウィリアム〈Derleth, August William〉別筆名＝メイスン, タリー〈Mason, Tally〉

[歴]地元の高校、大学を卒業後も一生涯ウィスコンシン州に暮らす。13歳から短編を書き始め、15歳で初めて短編が雑誌に掲載される。10代で怪奇小説作家H.P.ラブクラフトと知り合い、彼の計らいでパルプ雑誌「ウィアード・テールズ」に「蝙蝠鐘楼」を発表して作家デビュー。怪奇小説やSFから戯曲や伝記に及ぶさまざまなジャンルの作品を精力的に書いた多作家として有名。代表作は、生地ウィスコンシン州ソークシティを舞台とする〈サク大草原サガ〉シリーズで、他の作品に「夏の夜は静か」(1937年)、「ウイスコンシンを渡る風」(38年)など。一方、ラブクラフトの作品を刊行するため、39年アーカム・ハウス社を創設し、一部の熱心な読者にしか知られていなかったラブクラフトの一連の"Cthulhu"(クトゥルー)という地下暗黒神を扱った作品群を広く紹介したばかりか、自らも同神話の続編と称する作品を多数書く。新人作家の育成にも力を入れ、同社からレイ・ブラッドベリもデビューした。また、出版社マイクロフト＆モーラン社の取締役も務め、自身の「ソーラ・ポンズの事件簿」などを出した。恐怖小説のアンソロジストとしても名を残し、アメリカの怪奇小説の発展に尽力した。タリー・メイスン名義の著作もある。

タレフ, ディミタル　*Talev, Dimit'r*

ブルガリアの作家

1898.9.1～1966.10.20

[出]マケドニア・プリレプ　[名]タレフ・ペトロフ, ディミタル　[学]ソフィア大学スラブ語学科卒

[歴]各地の学校を転々とした後ソフィア大学スラブ語学科を卒業。1作ずつ完結しつつも同じ主人公たちを中心に据えて、マケドニアに住むブルガリア人の運命を描いた「鉄の灯台」(1952年)、「聖イリヤの日」(53年)、「プレスパの鐘」(54年)、「あなたたちの声が聞こえる」(66年)の"マケドニア4部作"が有名。作品は民俗的色彩が濃く、出身地マケドニアを舞台に啓蒙・独立運動を豊富で柔軟な言語で描いた。

ダレル, ジェラルド　*Durrell, Gerald Malcolm*

インド生まれのイギリスの動物文学作家, 動物学者

1925.1.7～1995.1.30

[出]インド・ジャムシェドプール

[歴]1928年一家でインドからイギリスに引き上げ、34年からはギリシャのコルフ島に5年間滞在、戦争をきっかけに家族と共にイギリスに戻る。動物生態学を学んで、45年から動物園の仕事に従事、のちウィップスネード動物園園長に。20代半ばのときアフリカのカメルーンへ動物を捕えに行く小さな遠征

隊を組織。58年ジャージー島にジャージー野性動物保護協会を、72年には野生動物保護トラスト・インターナショナルを設立し、世界各地で絶滅に瀕している小型哺乳動物の保護に貢献。少年時代の経験を書いたコルフ島3部作の「虫とけものと家族たち」「鳥とけものと親類たち」「風とけものと友人たち」、世界的ベストセラーとなった「積みすぎた方舟」のほか、「方舟記念日」など数多くの動物記を執筆。他に、講演、ラジオ・テレビ出演、映画製作と幅広く活躍。
家 兄=ロレンス・ダレル(作家)、妻=リー・ダレル(動物学者)

ダレル, ロレンス　Durrell, Lawrence George
インド生まれのイギリスの作家, 詩人
1912.2.27〜1990.11.7
⽣インド・ジュルントゥル　学セント・エドマンド・カレッジ(カンタベリー)卒　賞ジェームズ・テイト・ブラック記念賞(1974年)
略アイルランド系イギリス人。1928年一家でイギリスに引き上げる。自動車レーサーやナイトクラブのピアニストなどの職を転々とし、ギリシャのコルフ島に渡った35年頃より創作を始め、38年自伝的小説「The Black Book(黒い本)」を処女出版、T.S.エリオットらに認められた。第二次大戦中は外務省の広報官としてカイロ、アレクサンドリアなどに勤めた。詩人として出発し、「ひとりだけの国」(43年)、「都市、平原、住民」(46年)、「ひとりぎめと見えることに基づいて」(48年)などの詩集によって40年代から地中海世界をうたう詩人として知られたが、57年から60年にかけての恋愛小説、「アレキサンドリア四重奏」(「ジュスティーヌ」「バルタザール」「マウントオリーヴ」「クレア」の4部作)によって世界的な名声を得る。以後も「アフロディテの反逆」(「トゥンク」「ヌンカム」の2部作、68〜70年)など実験的手法による小説を数多く発表、そのほか戯曲、詩論、紀行文なども著している。また、ヘンリー・ミラーとの交遊も有名で、往復書簡集がある。
家 弟=ジェラルド・ダレル(動物文学作家)

タワー, ウェルズ　Tower, Wells
アメリカ出身のカナダの作家
1973.4.14〜
⽣バンクーバー　学ウェスリアン大学(人類学・社会学)卒, コロンビア大学創作科修士課程修了　賞パリ・レビュー新人賞(2002年)、ニューヨーク公共図書館ヤング・ライオン賞
略ウェスリアン大学で人類学と社会学を学んだ後、コロンビア大学創作科で修士号を取得。2002年短編「茶色い海岸」でパリ・レビュー新人賞を受賞。デビュー短編集「奪い尽くされ、焼き尽くされ」はフランク・オコナー賞最終候補となり、ニューヨーク公共図書館ヤング・ライオン賞を受賞、9ヶ国語に翻訳された。コロンビア大学で教鞭を執る傍ら、「ニューヨーク・タイムズ」「ニューヨーカー」「マクスウィーニーズ」「パリ・レビュー」などに小説およびノンフィクションを寄稿。

タン, エイミ　Tan, Amy
アメリカの作家
1952〜
⽣カリフォルニア州オークランド　学サンノゼ州立大学卒　賞全米書評家協会賞(1990年)
略中国系2世。障害児のための企画コンサルタントを経てフリーランスのライターに。1989年中国系1世と2世の母娘たちを描いた「ジョイ・ラック・クラブ」で作家デビュー。同書で一躍ベストセラー作家となる。他の作品に「キッチン・ゴッズ・ワイフ」。87年に初めて中国を訪れた。92年初来日。

ダン, キャサリン　Dunn, Katherine
アメリカの作家
1945.10.24〜2016.5.11
⽣カンザス州ガーデンシティ　学ポートランド州立大学
略幼年期に家出を繰り返し、18歳の時、不渡り小切手を換金した罪で逮捕され、2年間の保護観察処分を受ける。その後、ポートランド州立大学、リード・カレッジで学ぶ。1970年「Attick(屋根裏)」でデビュー、71年「Truck」を発表。ベトナム戦争中は主にヨーロッパで過ごし、この間、結婚、出産。アメリカに帰国後、ポートランドのラジオKBOOKのストーリー・レディを務める。89年約20年のブランクを経て第3長編「異形の愛」を発表、90年度の全米図書賞最終候補に選ばれ、世界中でカルト的人気を誇る。96年には写真集「死体のある光景」を出版した。

ダン, ジョン・グレゴリー　Dunne, John Gregory
アメリカの作家, 脚本家
〜2003.12.30
略典型的なアイリッシュ・カトリックの環境のなかで育つ。幼少時、吃音であったことから作家になることを決意、創作の世界に進む。一時、アメリカ陸軍に籍をおいていたが、1956年退役してニューヨークに行き、雑誌「タイム」の記者として活動。のち短編やエッセイを雑誌に発表。77年第二次大戦終戦頃の保守的なカトリック社会、風俗を社会的背景としたハードボイルド「True Confessions(エンジェルズ・シティ)」を発表し、高い評価を受けた。この作品はユナイトで映画化され、脚本も担当。妻のジョーン・ディディオンと映画「哀しみの街かど」(71年)、「スター誕生」(76年)、「アンカーウーマン」(96年)の脚本を共同執筆した。また自らの小説を映画化した「告白」(81年)の脚本も夫婦で手がけた。
家 妻=ジョーン・ディディオン(作家)

ダン, ダグラス　Dunn, Douglas Eaglesham
イギリス(スコットランド)の詩人
1942.10.23〜
⽣レンフルー(スコットランド)　学ハル大学　賞サマセット・モーム賞(1972年)、ジェフリー・フェイバー記念賞(1976年)、ホーソーンデン賞(1981年)、ウィットブレッド賞(1985年)、ダンディー大学名誉法学博士(1987年)
略1971年より著作活動に専念する。87年よりダンカン・オブ・ジョルダンストーン芸術大学及びダンディー地区図書館付作家、89年よりセント・アンドリュース大学特別研究員、91年より教授。また87〜89年ダンディー大学名誉客員教授を務める。労働者階級出身の詩人として独自の位置をしめる。作品に「テリー通り」(69年)、「愛、さもなくば無」(74年)、「野蛮人たち」(79年)、「セント・ギルダ島の集会」(81年)、「悲歌」(85年)、「Andromache」(90年)など。ほかに評論「Two Decades of Irish Writing」(75年)、短編小説集「Secret Villages(ひそやかな村)」(85年)など。

ダン, デービッド　Dun, David
アメリカの作家
1949.12.12〜
⽣ワシントン州西部　学ワシントン大学, シアトル大学
略ワシントン大学で心理学を専攻し、シアトル大学で法律を学んだ後、カリフォルニア州北部で弁護士となり法律事務所を開設。2001年「氷雪のサバイバル戦」で作家デビュー、クライブ・カッスラーに絶賛される。「USAトゥデイ」「ニューヨーク・タイムズ」のベストセラー作家。他の作品に「鷲の眼」「破壊計画『コルジセプス』」などがある。

ダンカン, ロイス　Duncan, Lois
アメリカの作家
1934.4.28〜2016.6.15
⽣ペンシルベニア州フィラデルフィア　学シュタインメッツ, ロイス・ダンカン〈Steinmetz, Lois Duncan〉別筆名=ケリー, ロイス〈Kerry, Lois〉　賞マーガレット・A.エドワーズ賞(1992年), MWA賞巨匠賞(2015年)
略10歳の頃から雑誌への投稿を始め、13歳の時に初めて短編が雑誌に掲載される。1957年から長編も書くようになり、「Ransom」(66年)がMWA賞最優秀ジュブナイル賞の候補となる。以後「とざされた時間のかなた」(85年)他で何度も同賞の最終候補に残る。サスペンス小説「I Know What You Did Last Summer(去年の夏の出来事を知ってるよ)」(73年)は、98年

「ラストサマー」のタイトルで映画化され、児童書「Hotel for Dogs」(71年)も2009年に映画化される。1992年ヤングアダルト小説の分野で多大な功績を果たした作者に贈られるマーガレット・A.エドワーズ賞を受賞。2015年にはMWA賞巨匠賞を受賞。書籍のほかにも雑誌記事など幅広い執筆活動を続けた。

ダンカン, ロナルド　*Duncan, Ronald*
イギリスの劇作家, 詩人
1914.8.6～1982
[学]ケンブリッジ大学卒
[歴]1938～46年雑誌「Townsman(都会人)」の編集に携わり、39年以降南西イングランドデボンシャーの開拓地に自給自足農業を営み、創作活動を続けた。45年、聖者伝と現代生活の頽廃を仮面劇と道化狂言の技法を使って対照的に描く宗教的劇「This way to the Tomb(墓場への道)」で成功を収める。その後、「ストラットン」(49年)など数編の詩劇を書き、第二次大戦後の詩劇復興の一翼を担った。主な作品に、「ルークリーシア凌辱」(46年)、「聖母の軽業師」(50年)、「ドン・ジュアン」(53年)、「サタンの死」(54年)、「孤独」(60年)、長編叙事詩「人間」(70～74年)などがある。

ダンカン, ロバート　*Duncan, Robert*
アメリカの詩人
1919.1.7～1988.2.3
[出]カリフォルニア州オークランド　[名]ダンカン, ロバート・エドワード〈Duncan, Robert Edward〉 旧姓名＝ダンカン, エドワード・ハワード〈Duncan, Edward Howard〉 別筆名＝シムズ, ロバート・エドワード〈Symmes, Robert Edward〉　[学]カリフォルニア大学バークレー校
[歴]幼い時に養子となる。カリフォルニア大学バークレー校に1936～38年、48～50年と2度にわたって在学、その間「エクスペリメンタル・レビュー」誌、「バークリー・ミセラニー」誌の編集を手がけた。47年自身の最初の詩集「天の都市、地の都市」を刊行。55～56年スペインのマリョルカに滞在。56～57年詩人チャールズ・オルソンが校長をしていたノースカロライナ州のブラック・マウンテン・カレッジで詩を教え、オルソンの詩論「投射詩」を研究、ロバート・クリーリーと共に同詩論の実践者になった。50年代半ば以降はサンフランシスコ・ベイエリアの詩人グループと交流し、60年代は反ベトナム戦争を訴える詩人として活動。一方、バラモン教と仏教の折衷宗教の影響を受け、神秘主義ともとれる宇宙観を持っていた。他の詩集に「中世光景」(50年)、「原野の夜明け」(60年)、「根と枝」(64年)、「弓を曲げて」(68年)、「グラウンドワーク」(84年)、「グラウンドワークII闇の中」(87年)など。クリーリーと並んでポストモダニズムの代表的詩人。

ダンジガー, ポーラ　*Danziger, Paula*
アメリカの作家
1944～2004
[出]ワシントンD.C.
[歴]中学校教師などを経て、作家となる。1974年のデビュー以降、30冊以上の作品を書いた。著書に〈マシュー・マーチン物語〉シリーズや、「1/2ペアレンツ」「よだれダラダラ・ベイビー」「あたし、アンバー・ブラウン！」などがある。

ダンティカ, エドウィージ　*Danticat, Edwidge*
ハイチ生まれのアメリカの作家
1969.1.19～
[出]ハイチ・ポルトーフランス　[学]ブラウン大学大学院修了　[賞]プッシュカート短編賞(1995年), 全米書評家協会賞(自伝)(2007年), ラングストン・ヒューズメダル(2011年)
[歴]12歳の時ニューヨークに移住。1994年ハイチで過ごした子供時代などを描いた「Breath, Eyes, Memory(息吹、まなざし、記憶)」で作家デビュー。短編集「クリック？ クラック！」(95年)は全米図書賞候補となる。他の作品に「骨狩りのとき」(98年)、「アフター・ザ・ダンス」(2002年)、「愛するものたちへ、別れのとき」「地震以前の私たち、地震以後の私たち それぞれの記憶よ、語れ」などがある。01年来日。

ダーントン, ジョン　*Darnton, John*
アメリカのジャーナリスト, 作家
1941～
[賞]ピュリッツァー賞(国際報道部門)(1982年), ジョージ・ポルク賞
[歴]ナイジェリア、中近東、スペインなどの特派員を歴任後、「ニューヨーク・タイムズ」のニューヨーク市を中心とした地方版「メトロポリタン・ニュース」の担当編集者を務める。のち、支局長を経て、文化面編集長。1982年戒厳令下のポーランドから密かに送り出した記事でピュリッツァー賞を受賞。また正確かつ最新の科学的事実に基づいたミステリー作品「ネアンデルタール」に5年がかりで取り組み、96年完成。他の著書に「エクスペリメント」「打ち砕かれた昏睡」などがある。

タンニネン, オイリ　*Tanninen, Oili*
フィンランドの絵本作家
1933～
[出]ソルタヴァラ　[賞]トペリウス賞, 国際アンデルセン賞優良賞(1966年度)
[歴]フィンランドの美術学校で陶器の絵、織物の文様の研究を4年間続けた後、イタリアの美術学校でモザイクを学ぶ。1962年から著作活動を始め、モザイクの技法を絵本に生かした。日本の折り紙をちぎって単色、単純な形を組み合わせて貼りつけたナンセンス絵本「ヌンヌ」(65年)がトペリウス賞を受賞、「ヌンヌ飛ぶ」(66年)、「ボタンくんとスナップくん」ほかが66年度国際アンデルセン優良賞を受賞した。他にトペリウス賞、ルドルフ・コイヴ賞など、数々の賞を受賞。コラージュの技法を使った絵本が人気。他の童話に「ロボットのロムルスくん」(68年)などがある。

ダンバー, フィオナ　*Dunbar, Fiona*
イギリスの作家
1961～
[出]ヘメル・ヘムステッド
[歴]大学卒業後、得意の絵の腕を活かして広告や雑誌のイラスト、児童書の挿絵、さらには自身でも3冊の絵本を書く。2005年初めての子供向け小説「ミラクル・クッキーめしあがれ！」を出版。同作は〈魔法のスイーツ大作戦〉としてシリーズ化された。他に〈ロリー＆エルシーのおしゃれマジック〉シリーズ、〈Kitty Slade〉シリーズがある。イギリスのティーンたちから大人気の作家。

ダンバーズ, デニス　*Danvers, Dennis*
アメリカの作家
1947～
[学]テキサス大学
[歴]テキサス大学などで学び、大学講師、バーテンダー、古書店主、コックなどの職を経て、作家となる。1991年狼女アリスを主人公とした物語「Wilderness」でデビュー。95年長編第2作目の「Time andTime Again」を発表。98年3作目となる「天界を翔ける夢」が「ニューヨーク・タイムズ」「ローカス」などで高い評価を得る。他の作品に「End of Days」(99年)、「The Fourth World」(2000年)などがある。

タンプナル, アフメト・ハムディ　*Tanpinar, Ahmet Hamdi*
トルコの作家, 詩人
1901.6.23～1962.1.24
[出]イスタンブール　[学]イスタンブール大学文学部(1923年)卒
[歴]イスラム法官の息子で、父の仕事に従って各地を転々とする。1919年イスタンブール大学文学部に入り、ヤヒヤ・ケマルに師事。卒業後は10年ほどエルズルムやコンヤなどで高校の文学教師を務めた。33年イスタンブールの芸術アカデミーで美学と神話の講座に任命され、39年イスタンブール大学文学部教授に就任。42年から4年間、マラティヤ選出の国会議員を務めた。49年第二次大戦前夜のイスタンブールを舞台とした悲恋小説「心の平安」を発表、同作は20世紀のトルコ文学

を代表する作品として知られる。他に小説「時計を調整する研究所」(62年)など。

端木 蕻良　たんぼく・こうりょう　*Duan-mu Hong-liang*
中国の作家
1912.9.25～1996.10.5
[出]奉天省昌図県(遼寧省)　[名]曹 京平　[学]清華大学(歴史系)中退
[歴]満州族。1930年代、魯迅、茅盾らと共に左翼作家連盟で活動し、日本の侵略に抗議する35年の12・9運動に参加した。山西臨汾民族革命大学、重慶復旦大学教授を歴任。解放後は、北京市文連創作部、出版部副部長、副秘書長を歴任。代表作に東北部(旧満州)での抗日運動を描いた長編小説「科爾沁旗草原」(39年)、「曹雪芹」(80年)など。"東北作家群"と呼ばれるグループの代表的な存在。

ダンモア, ヘレン　*Dunmore, Helen*
イギリスの詩人, 作家
1952.12.12～2017.6.5
[出]ヨークシャー州　[学]ヨーク大学卒　[賞]マッキターリック賞(1994年), オレンジ賞(1996年), コスタ賞(2017年)
[歴]ヨーク大学卒業後、2年間教師としてフィンランドに滞在。その頃から多くの詩集を発表。また短編小説や長編小説、児童書、絵本なども手がけた。3作目の小説「A Spell of Winter」(1995年)は創設最初のオレンジ賞を受賞。7作目の「The Siege(包囲)」(2001年)はウィットブレッド賞とオレンジ賞にノミネートされた。他の作品に、小説「Zennor in Darkness」(1993年)、「海に消えた女」(96年)、「The Betrayal」(2010年)、「The Greatcoat」(12年)、詩集に「The Sea Skater」「The Raw Garden」「Secrets」「Glad of These Times」、絵本に「ふたりだけの とっておきのいちにち」などがある。

【チ】

遅 子建　ち・しけん　*Chi Zi-jian*
中国の作家
1964～
[出]黒龍江省漠河北極村　[学]大興安嶺師範専科学校中文系, 中国作家協会魯迅文学院修了　[賞]魯迅文学賞短編小説賞(第1回・2回)(1997年・2001年)
[歴]大興安嶺師範専科学校中文系に入学、卒業後は教師となる。傍ら、1983年から執筆活動を始め、「北極村の童話」(86年)で注目される。87年教師を辞め、ハルビンの文芸誌「北方文学」編集部を経て、専業作家に。97年「霧の月」で第1回、2001年「年越し風呂」で第2回の魯迅文学賞短編小説賞を受賞。

池 莉　ち・り　*Chi Li*
中国の作家
1957.5.30～
[出]湖北省　[学]冶金医学専門学校, 武漢大学中文系　[賞]魯迅文学賞
[歴]高校卒業後、文化大革命時に農村で労働教育を受ける"下放"を経験。冶金医学専門学校で学んだ後、武漢製鉄保健所の医師となり、流行病の防治に取り組む。1983～87年武漢大学中文系に通い、87年武漢を舞台にした3部作「生きていくのは」を発表。同作品で新写実派の創始者と呼ばれ、国内外で話題となる。映画化・テレビドラマ化された作品も多い。他の作品に「初恋」「ションヤンの酒家」「口紅」などがある。武漢市文学芸術連合会主席、中国作家協会主席団委員、全国人民代表大会代表などを歴任。

チアン, ユン　張 戎　*Chang, Jung*
中国生まれのイギリスの作家
1952.3.25～
[出]中国・四川省宜賓　[学]四川大学英文科卒, ヨーク大学大学院修了 言語学博士(ヨーク大学)(1982年)　[賞]NCR文学賞ノンフィクション部門賞(1992年), イギリス作家協会年間最優秀ノンフィクション賞(1992年)
[歴]祖母は軍閥将軍の側室でのち医者と再婚、両親は共産党地方支部の幹部党員。1966年に文化大革命が始まり、14歳で紅衛兵となるが、両親が走資派と批判され一家は離散。69年農村に下放されて農民として働き、"はだしの医者"、鋳造工、電気工などを経験。73年四川大学英文科の学生となり、77年講師。78年ヨーク大学から奨学金を得てイギリスに留学。学位取得後イギリス永住を決心し、ロンドン大学東洋アフリカ研究所で教鞭を執る傍ら作家活動を行う。イギリス人の歴史学者と結婚。91年祖母から自身まで、清朝滅亡前夜から文革終息までの時代に生きた中国の女性3代の苦難の歴史を描いたノンフィクション「ワイルド・スワン」を発表、全世界で1000万部を超すベストセラーとなる。2005年夫で歴史学者のジョン・ハリディーとの共著で、"冷淡な権力者"としての毛沢東の実像に迫った大作「マオ 誰も知らなかった毛沢東」を出版。13年「西太后秘録―近代中国の創始者」を出版。1994年、2005年来日。
[家]夫＝ジョン・ハリディー(歴史学者)

チェ・イヌン　崔 仁勲　*Choe In-hun*
韓国の作家
1936.4.13～
[出]朝鮮・咸鏡北道会寧(北朝鮮)　[学]ソウル大学法学科(1957年)中退　[賞]東仁文学賞(1966年), 怡山文学賞(1994年), ソウル市文化賞
[歴]元山高等学校在学中に朝鮮戦争が勃発し、家族と共に南朝鮮へ移る。社会主義体制と自由主義体制の両方を体験。ソウル大学に入学するが、1957年中退。59年軍隊生活中に安寿吉の推薦で「グレイ倶楽部顛末記」「ラウル伝」が「自由文学」に掲載され文壇に登場。60年には代表作となる南北分断を扱った「広場」(4度改訂)を発表して作家としての地位を確立。66年短編「笑い声」で東仁文学賞を受賞。73年秋アイオワ大学で開かれたInternational Writers Programに招かれ渡米。その後2年余りをアメリカで過ごす。76年帰国。作品に、長編「灰色人」(63～64年)、「西遊記」(66年)、連作小説「総督の声」(67～68年)、パロディ連作「小説家丘甫氏の一日」(69～72年)など。評論集「文学を求めて」(70年)、エッセイ集「文学とイデオロギー」(83年)、全集(12巻, 76～79年)などもある。韓国の戦後文学に新しい時代を築いた。

チェ・インホ　崔 仁浩　*Choe In-ho*
韓国の作家
1945.10.17～
[出]朝鮮・京城(韓国ソウル)　[学]延世大学英文科(1972年)卒　[賞]韓国現代文学賞(1972年), 李箱文学賞(1982年), 韓国カトリック文学賞(1999年), 現代仏教文学賞
[歴]高校2年の1963年、「韓国日報」の新春文芸に短編が入選。67年には「朝鮮日報」の新春文芸に入選し文壇デビュー。72年「他人の部屋」「処世術概論」で韓国現代文学賞を受賞。2002年、1800年代に実在した伝説の商人・林尚沃を主人公にした歴史小説「商道」が発売とともに300万部のベストセラーとなり、韓国ナンバーワン人気作家となる。他の著書に「ソウルの華麗な憂鬱」「消えた王国」「夢遊桃源図」など。

チェ・ジョンヒ　崔 貞熙　*Choe Jeong-hui*
韓国(朝鮮)の作家
1912.12.3～1990.12.21
[出]朝鮮・咸鏡南道端川(北朝鮮)　[学]淑明女高, ソウル中央保育学校卒
[歴]1931年「三千里」誌記者となる。37年短編「凶家」で作家活動を始め、「地脈」(39年)、「人脈」(40年)、「天脈」(41年)の3部作で地位を確立。58年ソウル市文化賞を受賞し、韓国女流文学人協会会長を歴任するなど、韓国における女流作家の重鎮として活躍した。代表作に長編「人間史」(60年)などがある。

チェ・ソヘ　崔 曙海　*Choe So-hae*
朝鮮の作家
1901.1.21〜1932.7.9
[出]咸鏡北道城津(北朝鮮・金策)　[名]崔 鶴松, 号＝雪峰, 雪峰山人, 豊年
[歴]父が家出したため小学校を中退し、貧しい幼年時代を送る。満州などを放浪して様々な苦難を経験、1923年帰国すると旧知の李光洙をソウルに訪ね、京畿道楊州郡の奉先寺を紹介されて3ケ月ほど寄寓しながら短編「故国」を執筆。24年同作が「朝鮮文壇」創刊号に掲載され、文壇にデビュー。25年李の勧めで朝鮮文壇社に入り、仕事の傍らで創作を続ける。自伝的な色彩が濃い「脱出記」(25年)をはじめ、「吐血」(24年)、「パクトリの死」(25年)、「洪水の後」(25年)、「飢餓と殺戮」(25年)などを相次いで発表。プロレタリア文学の準備段階である新傾向派文学の旗手として一躍脚光を浴び、同年に結成された朝鮮プロレタリア芸術同盟(カップ, KAPF)にも参加したが、のち脱退。32年貧困の中で病死した。

チェ・マンシク　蔡 万植　*Chae Man-sik*
韓国(朝鮮)の作家, 劇作家
1902.7.21〜1950.6.11
[出]朝鮮・全羅北道沃溝　[名]号＝白菱　[学]第一早稲田高等学院(1923年)中退
[歴]1922年中央高等普通学校卒業後、第一早稲田高等学院に入学するが、23年関東大震災のため学業を断念して帰国。「朝鮮日報」「東亜日報」などの記者を経て、24年短編「三つの道へ」を「朝鮮文壇」誌に発表し、25年デビュー。初期は朝鮮プロレタリア芸術同盟(カップ, KAPF)の同伴者的立場をとったが、34年自伝的な「レディーメード人生」以降は風刺と諧謔を特徴とする作風に転じて注目を集める。人間の本質を批判的に追及する作風で「濁流」(37〜38年)、「天下太平春」(38年)の二大長編を書き上げた。植民地末期には親日的な作品も書くが、解放直後に「民族の罪人」(48年)で自己批判した。他の著書に「痴叔」(36年)、「美しい夜明け」(49年)、戯曲に「蟷螂の伝説」(40年)など。87年に発見された「艶魔」によって朝鮮最初の推理作家といわれている。「蔡万植全集」(全10巻, 89年没後刊)もある。

チェ・ミンギョン　*Choe Min-kyong*
韓国の作家
1974〜
[出]全羅北道井邑　[学]ソウル女子大学, ソウル芸術大学文芸創作科(2006年)卒　[賞]韓国世界青少年文学賞
[歴]光州の大学に進学したが退学。文学を学ぶためにソウルに上京。ソウル女子大学に合格して過酷な習作期を過ごす。在学中にソウル芸大文学賞を受賞。2006年32歳でソウル芸術大学文芸創作科を卒業。同年「晋州新聞」主催の秋の文芸公募展に短編小説「古いクリスマス」で当選。「ゴーストばあちゃん」(09年)で韓国の世界青少年文学賞を受けた。

チェ・ヨンミ　崔 泳美　*Choe Young-mi*
韓国の詩人, 作家
1961〜
[学]ソウル大学　[賞]イス文学賞
[歴]大学時代を1980年代の民主化運動の中で過ごし、禁書だったマルクス主義などの思想書を読むために日本語を学び、芥川龍之介や茨木のり子などの文学に影響を受ける。94年学生運動に挫折してからの魂の遍歴を都会的な感覚で表現した第一詩集「三十、宴は終わった」を刊行、大衆の共感を呼んで60万部のベストセラーとなり、戦後韓国で最も売れた詩集となった。2005年初の小説で、自らの家族の歴史を描いた自伝的作品「傷と模様」を発表。06年初来日。18年詩「怪物」を通じて詩人・高銀のセクシャルハラスメントを告発、大きな話題となる。

チェイエフスキー, パディ　*Chayefsky, Paddy*
アメリカの劇作家, 脚本家
1923.1.29〜1981.8.1
[出]ニューヨーク　[名]チェイエフスキー, シドニー・アローン〈Chayefsky, Sidney Aaron〉　[学]ニューヨーク市立大学卒　[賞]アカデミー賞脚本賞(1956年・1972年・1977年)
[歴]第二次大戦に従軍した後、1950年代に映画、テレビの作家として活動を始め、その後舞台劇も書くようになる。心理的写実主義を得意とし、下層中産階級の人々の日常的な不安や人生問題を、辛辣な機知と豊かな社会的洞察力をもって描く。78年人類の意識の起源についての探索を描いたSF小説「アルタード・ステーツ」を発表し、80年の映画化の際には脚本も担当した。戯曲、テレビ、小説などに業績を残すが、映画脚本で評価され、アカデミー賞脚本賞を3度受賞している。戯曲に「10人目の男」(59年初演, 60年刊)、「ギデオン」(61年初演, 62年刊)、「同性愛者の宗旨替え」(68年ダラス初演, 67年刊)などがある。第二次大戦後のアメリカで最も高い評価を受けた脚本家の一人。

チェイス, クリフォード　*Chase, Clifford*
アメリカの作家
[歴]ニューズウィーク社の宣伝部に20年間勤める。亡くなった兄について書いた回想録「The Hurry-Up Song：A Memoir of Losing My Brother」を出版した他、短編集「Queer 13：Lesbian And Gay Writers Recall Seventh Grade」を編纂。2006年初の長編小説「ウィンキー」を刊行。

チェイス・リボウ, バーバラ　*Chase-Riboud, Barbara*
アメリカの作家, 詩人, 彫刻家
1939〜
[出]ペンシルベニア州フィラデルフィア　[学]エール大学卒　[勲]フランス芸術文化勲章(1996年)　[賞]ジャネット・ハイディンガー・カフカ賞(1979年), カール・サンドバーグ賞(1988年), ブラック・コーカス賞(2005年)
[歴]1979年処女作「サリー・ヘミングス」でジャネット・ハイディンガー・カフカ賞を受賞。88年には2作目の詩集「クレオパトラのような裸婦の肖像」でアメリカの最も優秀な詩人に贈られるカール・サンドバーグ賞を受賞し、詩人としても高い評価を得る。他の作品に小説「ヴァリデーハレムの物語」(86年)、「ライオンの咆哮」(89年)、「大統領の秘密の娘」(94年)、「ホッテントット・ヴィーナス ある物語」(2005年)などがある。また、彫刻家としても知られ、アメリカのみならず、パリ、ローマでも活躍。

チェイズン, スザンヌ　*Chazin, Suzanne*
アメリカの作家, ジャーナリスト
[出]ニューヨーク市
[歴]ジャーナリストとして18年間に渡り「ニューヨーク・タイムズ」など多くの媒体に寄稿。「リーダーズ・ダイジェスト」シニアエディターとして様々な社会派記事で高い評価を受け、賞も獲得。異例のハードカバーデビューとなった「火災捜査官」とシリーズ第二弾「Flashover」がともにワシントン・アービング・ブック・アワードを受賞。執筆活動の傍らマンハッタンのニュースクール大学で教鞭を執る。

チェース, ジェームズ・ハドリー　*Chase, James Hadley*
イギリスのハードボイルド作家
1906〜1985.2.6
[出]ロンドン　[名]レーモン, ルネ・ブラバゾン
[歴]18歳のときから出版関係の販売員として働き、アメリカのハードボイルド小説の需要の多いことを知って自分で作品を書くことを決意。1938年処女作「ミス・ブランディッシの蘭」を発表、ベストセラーとなって華々しいデビューを果たす。この作品は、後にイギリス、フランス、アメリカで映画化された。第二次大戦中は空軍に入ったが、軍務の傍ら小説の執筆を続けた。ギャングもの、「悪女イブ」などの悪女もの、「プレイボーイ・スパイ」に代表されるスパイ・アクションものなど幅広い作風を持ち、生涯に90冊の小説を著し、ハードボイルド小説の草わけ的存在と目された。世界各地で翻訳、出版さ

チ

れ2000万部売れたという。'56年にフランスに移住、61年からはスイスに住んでいた。

チェスブロ, ジョージ　*Chesbro, George C.*
アメリカのミステリー作家
1940〜
[出]ワシントンD.C.　[名]別名＝クロス, デービッド　[学]シラキュース大学卒
[歴]シラキュース大学在学中より創作活動を開始。卒業と同時に多数の短編小説や詩を発表し、1973年度の「推理小説傑作選」にも名を連ねる。77年初の長編である〈小人探偵モンゴ〉シリーズの「消えた男」を発表、卓越したエンタテイナーとしての力量を発揮。特殊教育の教師から作家に転じるが、趣味が広く、執筆の傍らその時の興味に従って様々な職業に従事する。他の著書に「ゴールデン・チャイルド」「摩天楼のサファリ」などがある。

チェスマン, ハリエット・スコット　*Chessman, Harriet Scott*
アメリカの作家
[歴]エール大学で文学や女性学を講じた経験を持つ。1999年「Ohio Angels」で作家デビュー。他の著書に「Lydia Cassatt Reading the Morning paper」(2001年)、「The Beauty of Ordinary Things」(13年)などがあり、美術や文学に関する評論や子供向けの本も執筆。

チェリイ, C.J.　*Cherryh, C.J.*
アメリカのSF作家
1942.9.1〜
[出]ミズーリ州セントルイス　[名]チェリイ, キャロリン・ジャンイース〈Cherry, Carolyn Janice〉　[学]オクラホマ大学(1964年)卒, ジョン・ホプキンス大学大学院(1965年)修了　[賞]ジョン・W.キャンベル賞(1977年), ヒューゴー賞(1979年)
[歴]少女時代からSFやファンタジーが好きで、その頃から作家になることを夢見る。大学ではラテン語を、大学院では古典を専攻して、ラテン語と古代史の高校教師の職に就く。1960年代の終りから出版社への投稿を始め、76年処女長編「Gate of Ivrel(イヴレルの門)」と「地球の兄弟」を出版。これが好評をもって迎えられ、以後出版されるたびにベストセラーとなり、売れっ子作家の地位を築く。77年、11年間の教師生活を辞し、以後作家活動に専念する。

チェン, フランソワ　**程 抱一**　*Cheng, François*
中国生まれのフランスの作家
1929.8.30〜
[出]中国・江西省南昌　[賞]フェミナ賞(1998年)
[歴]少年時代からフランス、ロシア文学を読みふける。南京などで学ぶが、中国共産党の厳しい規律を逃れ、1949年奨学生として渡仏。中国レストランなどでアルバイトをしつつ勉学を続け、フランス高等研究学院やパリ東洋語学校で中国語教員に採用される。71年フランス国籍を取得。フランス語詩集や自叙伝的な小説も執筆し、98年フランス語で著した小説「ティアニの物語」でフェミナ賞を受賞。2002年明朝時代を舞台とした恋愛小説「永遠も長すぎず」は中国版「クレーブの奥方」「トリスタンとイゾルデ」と称され高い評価を得る。同年アジア出身者として初めてアカデミー・フランセーズの終身会員に選出される。

チェンバーズ, エイダン　*Chambers, Aidan*
イギリスの児童文学作家, 評論家, 出版人
1934〜
[賞]エリナー・ファージョン賞(1982年), カーネギー賞(1999年), 国際アンデルセン賞(2002年), プリンツ賞(2003年)
[歴]イギリス北部の小さな炭鉱町に生まれる。11歳の時に移った町で図書館を知り、15歳から文章を書き始める。ロンドンで教職課程を終え、サウスエンド・オン・シーで英文学と演劇を教える。1960年代にはグロスターに移り、教師を続けながら僧院の僧になる。68年児童書の書評専門紙の編集に携わっていた妻と結婚。70年夫婦で出版社を興し、児童書の書評誌「シグナル」の出版を始め、各国の優れた児童書をイギリスに紹介。「二つの旅の終わりに」で国際アンデルセン賞、アメリカのプリンツ賞、イギリスのカーネギー賞を受賞し、国際児童文学賞三冠を達成。他の主な作品に「ブレイク・タイム」「おれの墓で踊れ」「ザ・トール・ブリッジ」「誰もいない土地からの葉書」「みんなで話そう、本のこと」などがある。2003年初来日。

チトゥヴルテック, ヴァーツラフ　*Ctvrtek, Václav*
チェコ(チェコスロバキア)の作家
1911〜1976
[出]プラハ
[歴]作家の傍ら、テレビの子供番組も手がけ、子供たちに人気のあるキャラクター“山賊ルムツァイス”を生み出す。著書に「コブタくんとコヤギさんのおはなし」など。話の明快さと作品にただようユーモア、言葉の美しさが評価され、チェコで最も読まれている作家の一人としてあげられる。

チーバー, ジョン　*Cheever, John*
アメリカの作家
1912.5.27〜1982.6.18
[出]マサチューセッツ州クインシー　[賞]ピュリッツァー賞(1979年), O.ヘンリー賞(1956年・1964年), 全米図書賞(1958年), 全米批評家賞(1979年)
[歴]16歳から小説を書きはじめ、1930年処女作「放校処分を受けて」を執筆。22歳頃から「ニューヨーカー」他の雑誌にアメリカ人の郊外生活を描いた洒落た短編を次々発表して好評を博し、“アメリカのチェーホフ”とも呼ばれる。58年に長編「The Wapshot Chronicle(ワップショット家年代記)」(57年)で全米図書賞をとり、79年には短編集「The Stories of John Cheever(ジョン・チーヴァー短編集)」でピュリッツァー賞と全米批評家賞を同時受賞する。他に「ワップショット家の醜聞」(64年)、「ブリット・パーク」(69年)、「すばらしき楽園」などがある。
[家]息子＝ベンジャミン・チーバー(作家), 娘＝スーザン・チーバー(作家)

チボードー, ジャン　*Thibaudeau, Jean*
フランスの作家
1935〜
[出]ラローシュシュールヨン
[歴]“ヌーヴォーロマン”の第2世代の作家で、「テル・ケル」誌の編集委員の一人。ロブ・グリエによる“ヌーヴォーロマン”の成果を汲むながら、大胆な実験的小説を書く。主な作品に小説「国王の儀式」(1960年)、「序曲」(66年)、「夜の想像をせよ」(68年)、「アメリカ・ロマン」(79年)、評論「フランシス・ポンジュ」(67年)など。

チーホノフ, ニコライ・セミョーノヴィチ
Tihonov, Nikolai Semyonovich
ソ連の詩人, 作家, 社会活動家
1896.12.4〜1979.2.8
[出]ロシア・ペテルブルク　[賞]スターリン賞
[歴]小市民の出身で、ペテルブルクの商業学校を出たが、歴史家となる夢を抱いて独学を重ねる。軽騎兵として第一次大戦に出征、内戦時は赤軍に参加した。復員後間もなく文芸団体“セラピオン兄弟”に加わり、革命的で愛国心に満ちた作品を書き、1922年詩集「汗国」「地酒」で詩壇にデビュー。大地への回帰やヒロイズムを賛美する男性的な詩風が特徴で、実験詩にも多くを学んだ。また数度にわたる中央アジア、カフカース旅行の印象をもとに「ユルガー」(32年)、「カヘチヤの詩」(35年)など異国情緒にあふれる詩や、中央アジアでの社会主義建設をテーマとした一連の作品を書いた。30年代以降は社会的リアリズムを受け入れ、長詩「キーロフわれらとともに」(41年)、「レニングラード物語」(42年)は、第二次世界大戦中のソ連人民の戦いをうたう記念碑的作品して知られる。戦後のソビエト詩壇にゆるぎない地位を占め、50年代にはパステ

ルナーク批判の急先鋒となる。その後はソ連文壇の代表として最高会議代議員を務め、50年ソ連邦平和擁護委員会議長に選ばれるなど、詩人としてより社会活動家としてその名を知られた。他の作品に、詩集「釘についてのバラード」(22年)、「友人の影」(36年)、「パキスタンの旅」(50年)、スターリン賞を受賞した「二つの流れ」(51年)など。

チャ・ボムソク　車 凡錫　*Cha Beom-seok*
韓国(朝鮮)の劇作家
1924.11.15～2006.6.6
[出]朝鮮・全羅南道木浦(韓国)　[学]延世大学英文学科(1966年)卒　[賞]韓国文化芸術賞, 大韓民国演劇祭戯曲賞, 韓国芸術院賞, 大韓民国文学賞
[歴]1955年「朝鮮日報」新春文芸に戯曲「密酒」が佳作入選、56年「帰郷」が当選して文壇にデビュー。同年劇団製作劇会を旗揚げし、小劇場運動を主導。63年劇団山河を旗揚げ。韓国リアリズム演劇の確立に貢献し、韓国を代表する劇作家として活躍。清州大学、ソウル芸術専門大学で教鞭を執る傍ら、ソウル市立劇団長、演劇協会理事長、国際劇芸術協会韓国本部副会長、国際ペンクラブ韓国本部理事、劇作家協会会長、韓国芸術院会長、韓国文化芸術振興院長などを歴任。作品に「山火」「青瓦家」「王教授の職業」「虐殺の森」「鶴よ、愛なのだろう」「夢の空」「オクダン」などがある。

チャイルズ, ローラ　*Childs, Laura*
アメリカの作家, 脚本家
[名]Schmitt, Gerry
[歴]広告代理店でライター兼プロデューサー、さらに自らが設立したマーケティング会社のCEO兼クリエイティブ・ディレクターを務めた後、広告業界での経験をもとに映画の脚本を書く。その後、ミステリー作家を目指し、2001年〈お茶と探偵〉シリーズの第1作「ダージリンは死を招く(Death By darjeeling)」でデビュー。〈卵料理のカフェ〉シリーズ、写真をデコレーションするスクラップ・ブッキングが職業の女性が活躍する〈A Scrapbooking Mystery〉シリーズも人気。本名のGerry Schmitt名義で「Little Girl Gone : An Afton Tangler Thriller」もある。

チャイルド, リー　*Child, Lee*
イギリスの作家
1954.10.29～
[出]ウェストミッドランズ州コベントリー　[賞]アンソニー賞最優秀処女長編賞(1998年度), CWA賞ダイヤモンド・ダガー賞(2013年)
[歴]地元テレビ局勤務を経て、1997年アメリカの田舎町を舞台にした小説「キリング・フロアー」でデビュー、アンソニー賞最優秀処女長編賞を受賞。第2作目の「反撃」もベストセラーとなり、ニュー・ハードボイルドの旗手として注目される。他の作品に「警鐘」「前夜」「アウトロー」「最重要容疑者」などがある。

チャイルド, リンカーン　*Child, Lincoln*
アメリカの作家
1957～
[出]コネティカット州ウェストポート　[学]カールトン・カレッジ卒
[歴]セント・マーティンズ・プレスでアシスタント編集者の職に就き、1984年正編集者に昇格して100冊以上の本を編集。87年退社。同年作家ダグラス・プレストンの処女作ノンフィクション「屋根裏の恐竜たち」を出版した際に担当したことがきっかけで意気投合し、95年プレストンとの合作「レリック」を発表する。以後、「マウント・ドラゴン」「海賊オッカムの至宝」「殺人者の陳列棚」など、全米ベストセラーを次々と生み出すコンビ作家として活躍。単独の著書には「ユートピア」「オーロラの魔獣」などがある。

チャイルド, ローレン　*Child, Lauren*
イギリスの絵本作家
[出]ウィルトシャー州　[賞]スマーティー賞(銅賞)(1999年), ケイト・グリーナウェイ賞(2001年)
[歴]イギリスのアート・スクール卒業後、子供向け陶器のデザイナーとなる。その後、絵本の制作に転じ、1999年初めて手がけた「あたしクラリス・ビーン」でスマーティー賞銅賞を受賞。2001年「ぜったいたべないからね」でケイト・グリーナウェイ賞。他の著書に「わたしペットをかいたいの」「ぜったいねないからね」「クラリス・ビーンあたしがいちばん！」などがある。

チャヴァリア, ダニエル　*Chavarría, Daniel*
ウルグアイの作家
1933.11.23～2018.4.6
[出]サン・ホセ・デ・マジョ　[賞]MWA賞最優秀ペーパーバック賞(2002年)
[歴]炭鉱労働者、ファッション・モデル、ガイド、俳優、翻訳者などの職を経て、45歳の時に作家になることを決意。ラテンアメリカ圏・ヨーロッパ圏で作品を刊行した後、2001年「バイク・ガールと野郎ども」をアメリカで発表。MWA賞の最優秀ペーパーバック賞を受賞し、一躍脚光を浴びた。

チャヴィアノ, ダイナ　*Chaviano, Daina*
キューバ生まれのアメリカの作家
[出]キューバ・ハバナ　[学]ハバナ大学(英語学)　[賞]アンナ・ゼーガース賞(1990年), アソリン賞(1998年), ゴリアルドス賞(2003年), フロリダ文学賞ゴールドメダル
[歴]大学在学中にSF小説を発表して賞を獲り、以後、SFとファンタジーのジャンルでは、キューバ国内において史上最多の発行部数を記録する作家となる。1990年ドイツのアンナ・ゼーガース賞、98年にスペインのアソリン賞、2003年幻想文学に授与されるメキシコのゴリアルドス賞など、数々の賞を受賞。91年アメリカに亡命。「ハバナ奇譚」でフロリダ文学賞ゴールドメダル受賞。

チャコフスキー, アレクサンドル
Chakovskii, Aleksandr Borisovich
ソ連のユダヤ系作家, ジャーナリスト
1913.8.26～1994.2.17
[学]ゴーリキー記念文学大学(1938年)卒　[賞]ソ連国家賞(1950年), 社会主義労働英雄(1973年), レーニン賞(1978年)
[歴]ユダヤ人。1936年より文筆活動に入る。36～40年「オクチャーブリ」誌副編集長。41年共産党入党。41～45年第二次大戦に記者として従軍。48～50年ソ連作家同盟散文部門書記長、54～62年「外国文学」誌編集長、62年12月～82年「文学新聞」紙編集長。63年作家同盟書記、81年党中央委員候補、83年3月党中央委員。長編小説「われわれの選んだ道」の他、「レニングラードでの出来事」など、レニングラード包囲戦について多数の著作がある。

チャーチ, リチャード　*Church, Richard*
イギリスの詩人, 作家
1893～1972
[出]ロンドン　[名]チャーチ, リチャード・トマス〈Church, Richard Thomas〉　[学]ダリッジ・ハムレット・スクール　[賞]フェミナ賞, サンデー・タイムズ文学賞
[歴]公務員として働いた後、出版社に勤務。1917年処女詩集「The Flood of Life」を出版。以後、伝統的な詩形を用いた多数の詩集を発表。30年の「Olivier's Daughter」を皮切りに小説も書き始め、小説「ポーチ」(37年)はフェミナ賞を受賞。少年5人が洞窟でさまよう「地下の洞穴の冒険」(50年)や国境問題を取り上げた「犬のトウビー、国境の物語」(53年)などの児童文学もある。他にサンデー・タイムズ文学賞を受賞した「橋を渡って」などの自伝や、文芸評論、旅行記など多岐に渡って活動した。ペンクラブの会長としても知られた。

チャーチル, キャリル　*Churchill, Caryl*
イギリスの劇作家
1938.9.3～

[出]ロンドン　[学]オックスフォード大学レディマーガレットホール卒　[賞]スーザン・スミス・ブラックバーン賞
[歴]裕福な家庭の一人娘として育ち、大学時代から劇作を始め、1958年学生ドラマフェスティバルで最初の劇が上演されて以来多くの放送劇、舞台劇を発表。女性の社会進出を描いた82年の「トップガールズ」は現実を見つめる確かさと、それをドラマとして表現するテクニックで高い評価を受ける。他の作品に「所有者たち」(72年)、「性と暴力への反論」(75年)、「わな」(76年)、「クラウド9」(79年)、「フェン」(83年)、「ソフト・コップス」(84年)、「シリアス・マネー」(87年)、「アイスクリーム」(89年)、「マッド・フォレスト」(90年)など。74年ロイヤル・コート・シアターの座長劇作家。

チャーチル, ジル　*Churchill, Jill*
アメリカの作家
1943〜
[名]ブルックス, ジャニス・ヤング〈Brooks, Janice Young〉　[賞]アガサ賞(1989年度), マカヴィティ賞最優秀処女長編(1989年度)
[歴]本名のジャニス・ヤング・ブルックス名義で15作の歴史小説を執筆。もともとは数々のミステリー・シリーズを読破し、ディクソン・カーから貰った手紙を宝物にしているというミステリー・マニアであり、一作ずつ名作小説をもじったタイトルをつけている〈主婦探偵ジェーン・ジェフリー〉シリーズで人気を博す。

チャッタワーラック　*Jattawaalak*
タイの作家
[出]ペッチャブリー県　[名]ポーンサック・ウラットチャッチャイラット　[学]マヒドン大学放射線技術学科卒
[歴]マヒドン大学放射線技術学科を卒業後、タイ国立開発行政研究院(NIDA)でコンピューター・サイエンスの修士号を取得。技術専門職の仕事の傍ら、本名で短編小説や青少年向けの読み物を書き、海外ミステリーや経営書の翻訳にも従事。2007年“チャッタワーラック”の筆名で書き下ろし長編ミステリー「二つの時計の謎」を発表、ナンミー・ブックス出版社のミステリー大賞を受賞した。筆名は〈シャーロック・ホームズ〉シリーズの1作「四つの署名」のタイ語訳題にちなむ。

チャップマン, ドルー　*Chapman, Drew*
アメリカの作家, 脚本家
[出]ニューヨーク　[学]ミシガン大学卒
[歴]ニューヨークで生まれ育ち、ミシガン大学で歴史を専攻。大学卒業後はカリフォルニア州ロサンゼルスに移って、ウォルト・ディズニー・アニメーション、20世紀フォックス、ユニバーサル、ワーナー・ブラザース、ソニー・ピクチャーズなど、大手の映画会社で脚本を執筆。テレビドラマの脚本も数多く手がける。2014年「米中対決—見えない戦争」で作家デビュー。

チャップマン, リンダ　*Chapman, Linda*
イギリスの作家
1969〜
[出]リバプール　[名]Chapman, Linda Anne 筆名＝Cliff, Alex
[歴]劇場のステージマネージャー、犬の調教師、書店員、乳母、教師、研究助手などとして働いた後、1999年から専業作家となる。ユニコーン、人魚、妖精などの物語で知られる。フィギュアスケートが大好きな少女たちが活躍する〈アイスプリンセス〉シリーズで日本デビュー。他に〈Stardust〉シリーズ、〈My Secret Unicorn〉シリーズや、Alex Cliffの筆名で〈Superpowers〉シリーズがある。

チャーディ, ジョン　*Ciardi, John*
アメリカの詩人
1916.6.24〜1986.3.30
[出]マサチューセッツ州ボストン　[名]チャーディ, ジョン・アンソニー〈Ciardi, John Anthony〉
[歴]第二次大戦中は高射砲の砲手を務め、戦後はハーバード大学、ラトガーズ大学で英文学を講じる傍ら詩作に励む。第1詩集「アメリカへの帰途」(1940年)、従軍体験から生まれた「よその空」(47年)などのほか、軽快な会話調の文体であらゆるテーマについて書き、思想的な深みのある優れた詩人として評価される。児童向けの詩も書いた。54年ダンテの「神曲」第1部「地獄編」を英語に翻訳、国際的な評価を得た。長く「サタデー・レビュー」誌の編集者を務めた。

チャトウィン, ブルース　*Chatwin, Bruce*
イギリスの作家
1940.5.13〜1989.1.18
[出]サウスヨークシャー州シェフィールド　[学]モールバラ・カレッジ卒, エディンバラ大学(考古学)卒　[賞]ホーソーンデン賞(1977年), アメリカ芸術文学アカデミー賞, E.M.フォースター賞(1979年), ジェームズ・テイト・ブラック記念賞(1982年), ウィットブレッド賞(1982年)
[歴]サザビーズに美術鑑定家として勤めたが、1966年辞職。エディンバラ大学で考古学を学びながら68年にアフガニスタンからモーリタニアまでを旅して遊牧民について研究。また72年から3年間サンデー・タイムズジャーナリストとして勤務したあと、77年に「In Patagonia(パタゴニア)」で作家としてデビューした。その後の主著に「ウィダの総督」(映画「コブラ・ヴェルデ」の原作)、「On The Black Hill」「The Songlines」「UTZ」(ブッカー賞候補)など。中国旅行中に患った風土病がもとで死亡。98年エッセイ、評論、短編小説の未発表作品を集めた「アナトミイ・オブ・レストレスネス」が刊行された。

チャート・コープチッティ　*Chat Kobjitti*
タイの作家
1954.6.25〜
[出]サムット・サーコーン県　[賞]東南アジア文学賞(1982年)
[歴]中学時代からバンコクの寺院で生活。国立工芸専門学校でイラストを学ぶ。短編小説「敗者」(1979年)で認められる。「袋小路」、およびタイの現代社会を批判する「裁き」(81年)は西欧的な人権意識が根付きつつあるタイ社会に支持される。

チャドボーン, マーク　*Chadbourn, Mark*
イギリスの作家
1960〜
[出]ミッドランド地方　[賞]イギリス幻想文学大賞(短編部門, 2003年度・2007年度)
[歴]経済史で学位を取得。清掃員、運転手、整備工、バンド・マネージャー、レーベル社長、ジャーナリストと多彩な職歴を経て、1992年長編小説「Underground」でデビュー。以降本格的な作家活動に入る。2003年に中編「フェアリー・フェラーの神技」で、07年に短編「Whisper Lane」でイギリス幻想文学大賞を受賞。現代の吟遊詩人と称せられる。他の作品に「ワールズ・エンド」など。BBCドラマ「Doctors」の脚本も担当。

チャートリス, レズリー　*Charteris, Leslie*
イギリス出身のアメリカの推理作家, 脚本家
1907.5.12〜1993.4.15
[出]シンガポール　[名]イン, レズリー・チャールズ・ボーヤー〈Yin, Leslie Charles Bowyer〉　[学]ケンブリッジ大学キングス・カレッジ　[賞]CWA賞ダイヤモンド・ダガー賞(1992年)
[歴]中国人の父とイングランド人の母のもと、シンガポールに生まれ、イギリスで教育を受ける。様々な仕事に就いたのち、1928年レズリー・チャートリスに改名。32年渡米、ハリウッドで映画の脚本家となり、40年代にアメリカ市民権を取得。長編小説第3作「Meet the Tiger」(28年)から始まる、通称“セイント＝聖者”と呼ばれる怪盗サイモン・テンプラーを主人公とした冒険シリーズで人気を博した。作品は多くが映画化され、テレビやラジオの連続ドラマにも脚色された。

チャーニー, ノア　*Charney, Noah*
アメリカの作家, 美術史家
1979〜
[出]コネティカット州ニューヘブン　[学]コルビイ・カレッジ(美

チ

術史・英米文学），ケンブリッジ大学，リュブリャーナ大学
㉘コルビイ・カレッジで美術史と英米文学を専攻。夏季休暇中はロンドンやボストンの競売会社クリスティーズで働いた。その後、ロンドンのコートールド美術研究所で17世紀のローマ美術を学び、ケンブリッジ大学では16世紀のフィレンツェ美術と図像学、および美術犯罪史を研究した。また、スロベニアのリュブリャーナ大学で建築史と犯罪史を学ぶ。まもなくしてテレビ界に入り、美術の解説をしたり、美術番組の脚本を書くなどする。さらに、ローマを拠点にした美術犯罪調査機構を設立した。2007年美術品犯罪調査の経験からミステリー「名画消失」で作家デビュー。同作は17言語に翻訳されて、5ケ国でベストセラーとなった。

チ

チャペック，カレル　Capek, Karel
チェコスロバキアの作家，劇作家
1890.1.9〜1938.12.25
㉘マレー・スヴァトニョヴィツェ　㉘カレル大学 博士号（1914年）
㉘大学で哲学を学び、ベルリンにも留学。パリを経て帰国後、1921年リドヴェー・ノヴィニ（民衆新聞）社に入社。ジャーナリストとして活躍する一方、作家や劇作家、演出家としても活躍し、国民演劇運動を推進した。"ロボット"という言葉を初めて用いた「R.U.R.（人造人間）」（20年）や全体主義的生活への危惧を表現した「虫の生活」（21年、兄ヨゼフとの合作）などの戯曲により、世界的名声を博す。他の作品にSF長編「絶対子製造工場」「山椒魚戦争」や長編小説「流星」「平凡な一生」「長い長いお医者さんの話」、また「マサリック大統領談話録」など。今日でもチェコ文学の代表的存在とされる。
㉘妻＝オルガ・シャインプルゴヴァー（女優）、兄＝ヨゼフ・チャペック（作家・画家）

チャペル，フレッド　Chappell, Fred
アメリカの作家，詩人
1936〜
㉘ノースカロライナ州　㉘デューク大学（1961年）卒　㉘ロックフェラー文芸奨励賞、ボーリンゲン賞（1985年）、最優秀海外文学賞（フランス文学アカデミー）、世界幻想文学大賞短編部門賞（1994年）
㉘1964年小説「It is Time, Lord」で作家としてデビュー。68年ラブクラフトの創造したクトゥルー神話の世界に連なる長編「暗黒神ダゴン」を発表。90年代に入ってからホラー系の短編を多く執筆。優れた才能に恵まれた作家と評価され、短編小説が多数ベスト・アメリカン・ショート・ストーリーズに選ばれる。詩人としては10冊以上の詩集を出版しており、評論家・エッセイストとしても活動。他に、長編「The Gaudy Place」（72年）「Farewell, I'm Bound to Leave You」（96年）、短編集「The Fred Chappell Reader」（87年）、詩集「The World Between the Eyes」「First and Last Words」などの作品がある。

チャーリン，ジェローム　Charyn, Jerome
アメリカの作家
1937.5.13〜
㉘ニューヨーク市　㉘コロンビア大学卒
㉘スタンフォード大学などで教える傍ら、雑誌「フィクション」を編集する。主な作品に警察小説の3部作「ショットガンを持つ男」「狙われた警視」「はぐれ刑事」や、「パラダイス・マンと女たち」などがある。

チャン，カイリー　Chan, Kylie
オーストラリアの作家
㉘オーストラリア
㉘1986年香港の男性と中国東部で伝統的な中国風の結婚式を挙げる。93年に香港に移り、以後10年間を同地で過ごす。多くの中国文化に触れ、その慣習と生活を深く理解するようになった。香港でITコンサルタント会社を経営し、成功を収めるが、2003年これを閉鎖し、オーストラリアに帰国。中国神話、中国文化、武術の知識を駆使して、広く読者を魅了する物

語の執筆を開始。帰国後、太極拳に加え、中国拳法（詠春拳および南派周家拳）を学び、ともに上級帯を取得。

チャン・ジョンイル　蒋 正一　Chang Jeong-il
韓国の作家
1962〜
㉘慶尚北道達城郡
㉘韓国現代文学のニュー・ジェネレーションを代表する新鋭作家。1983年「ハンバーガーに対する瞑想」で文壇デビュー後、戯曲や詩も執筆し、数々の受賞を重ねた。88年以降短編を相次いで発表し、作家として注目を集める。92年発表の「お前に僕を送る」がベストセラーとなり、映画化される。97年「僕に嘘をついてみろ」が淫乱小説として起訴され、淫乱文書製造罪で懲役8ケ月の実刑判決を受ける。作品に小説「それはなにも知らなかった」「アダムが目覚めるとき」、詩集「道の中でのタクシー呼び」「ソウルで過ごした三週間」「統一主義」、戯曲「室内曲」「逃亡中」など。

チャン，テッド　Chiang, Ted
アメリカのSF作家
1967〜
㉘ニューヨーク州ポートジェファーソン　㉘ブラウン大学コンピューター・サイエンス専攻（1989年）卒　㉘ネビュラ賞中編小説部門（1990年・2002年・2007年）、ネビュラ賞中長編小説部門（1999年）、ヒューゴー賞中編小説部門（2002年・2008年）、ローカス賞短編集部門（2003年）、イギリスSF協会賞短編部門（2008年）、ヒューゴー賞短編小説部門（2009年）、ローカス賞短編部門（2009年）
㉘大学卒業の年に、SF創作講座クラリオン・ワークショップに参加し、翌年に発表したデビュー短編「バビロンの塔」がネビュラ賞を受賞。以後、フリーのテクニカル・ライターを務めながら創作活動を続け、たびたびヒューゴー賞、ネビュラ賞、ローカス賞を受賞。著書に「あなたの人生の物語」がある。

チャン・ヒョクチュ　張 赫宙　Chang Hyok-chu
韓国（朝鮮）の作家
1905.10.5〜1997.2.1
㉘朝鮮・慶尚北道大邱（韓国）　㉘張 恩重、筆名＝野口 赫宙、日本名＝野口 稔　㉘大邱高（1926年）卒
㉘1929年頃から日本語での創作を始め、高等普通学校卒業後に教員として赴任した農村の実情と闘いを描いた「餓鬼道」（32年）が「改造」の第5回懸賞に入選したことをきっかけに、日本文壇に初の朝鮮人作家として登場。朝鮮語作品もあるが、36年東京に移住後は本格的に日本語作家となる。処女作「白楊木」など初期作品は民族性の濃いプロレタリア文学だったが、その後、純粋文学作風に転じ、戦争末期には「岩本志願兵」（44年）など軍国小説を執筆。植民地支配の影響を強く受けた作家として知られる。戦前日本女性と結婚、52年日本に帰化した。朝鮮戦争に取材した長編「嗚呼朝鮮」（52年）が張赫宙名の最後の作品となり、その後は野口赫宙の筆名で数々の作品を発表、亡くなる直前まで文筆活動を続けた。自伝的作品に「嵐の詩」がある。

チャン・ヨンハク　張 龍鶴　Chang Yong-hak
韓国（朝鮮）の作家
1921.4.25〜1999.8.31
㉘朝鮮・咸鏡北道富寧（北朝鮮）　㉘早稲田大学（1944年）中退
㉘1950年短編「地動説」を「文芸」誌発表して作家活動を開始、55年サルトルの「嘔吐」に影響を受けた短編「ヨハネ詩集」で注目を集める。他の作品に「非人誕生」（56年）、「易姓序説」（58年）、「円形の伝説」（62年）など。ハングルと漢字の混用を唱えた。

チャング，ウーク　Chung, Ook
日本生まれのカナダの作家
1963〜
㉘神奈川県横浜市　㉘コンコルディア大学，マッギル大学（フランス文学）　㉘カナダ日本文学賞（2002年）

㊫韓国人の両親のもと日本の横浜で生まれる。2歳の時に家族とカナダへ移住してケベック州で育つ。コンコルディア大学、マッギル大学でフランス文学を専攻。文芸誌「アンコヴェニアン」の創刊に参加。2000年ル・クレジオに関する論文で博士号取得。1994年に短編集「道に迷ったオリエント」を上梓。2001年初の長編小説「キムチ」を刊行。03年第2長編「禁じられた実験」と短編集「舞踏の物語」をカナダで発表。02年「キムチ」でカナダ・日本文学賞を受賞した。

チャンダル, クリシャン　*Candar, Krishan*
インドのウルドゥー語作家
1914.11.23～1977.3.8
㊦パンジャブ州ワジーラーバード　㊫パンジャブ大学卒
㊫少年期をカシミール地方で過ごし、パンジャブ大学卒業後にラジオドラマや映画脚本を執筆。初期はロマン主義的な作品を書いたが、やがて進歩主義文学の影響を強く受け、写実主義的手法で政治思想、社会体制、宗教、伝統に対する批判を主題とする作品を多く手がけた。ウルドゥー語の作家で10作以上の長編と200編を超える短編を発表したが、インドとパキスタンの分離独立時の混乱を描いた短編集「我々は野蛮だ」(1947年)が代表作として知られる。

チャンドラー, A.バートラム　*Chandler, Arthur Bertram*
イギリス生まれのSF作家
1912.3.28～1984.6.6
㊦アルダーショット　㊮ディトマー賞(1969年・1971年・1974年・1976年), Invisible Littleman Award (1975年)
㊫少年の頃から海に憧れ、外洋航路の貨物船に乗る。第二次大戦中は大型輸送船の一等航海士として務める。一方、「アスタウンディング」誌の編集長J.W.キャンベルに認められ、1944年SF作家としてもデビュー。戦後はメルボルンに移り、オーストラリア、ニュージーランド間の貨物船の船長を務めながら、「銀河辺境シリーズ」などを発表、好評を博す。77年夏に来日、「遙かなる旅人」を世界に先がけて日本で出版するなど親日家でもあった。

チャンドラー, レイモンド　*Chandler, Raymond*
アメリカの作家
1888.7.23～1959.3.26
㊦イリノイ州シカゴ　㊔Chandler, Raymond Thornton
㊫24歳までイギリスで暮し、カナダ遠征軍第1師団に属して第一次大戦のフランス戦線に出征。その後、ロサンゼルスの石油会社監査役を務める傍ら、ハードボイルド探偵小説を書き始める。1933年「脅迫者は射たない」で作家デビュー。ロセンザルスの私立探偵フィリップ・マーロウが登場する七つの長編小説のほか、32の短編小説、映画台本、エッセイなどを書いた。生き生きした人物描写、巧妙な会話(名ゼリフが多い)により、探偵小説を文学にまで高め、D.ハメットと並ぶハードボイルド派の巨匠となった。主な作品に「大いなる眠り」(39年)、「さらば愛しき女よ」(40年)、「高い窓」(42年)、「湖中の女」(43年)、「かわいい女」(49年)、「長いお別れ」(53年, 清水俊二訳)、「プレイバック」(58年)など。2007年作家の村上春樹による新訳「ロング・グッドバイ」(早川書房)が刊行され話題となる。

チュ・ヨハン　朱 耀翰　*Chu Yo-han*
韓国(朝鮮)の詩人
1900.12.5～1979.11.17
㊦朝鮮・平安南道平壌(北朝鮮)　㊔号＝頌児, 日本名＝松村紘一　㊫滬江大学(1925年)卒
㊫1912年留学生への宣教師に任命された父に従って渡日、明治学院中等部から一高に進む。在学中から日本語詩を発表して川路柳虹に絶賛され、19年金東仁、田栄沢らと同人誌「創造」を発刊、創刊号に朝鮮初期の自由詩を代表する「火遊び」を掲載。三・一独立運動が起こると上海に移り、亡命政権である大韓臨時政府の機関紙「独立新聞」の記者を務めながら滬江大学を卒業した。24年処女詩集「美しい夜明け」を刊行。帰国後の26年、東亜日報社に入り、編集局長や論説委員を歴任。33年「朝鮮日報」編集局長。この間、29年の光州学生事件や37年の興士団事件で投獄される。植民地時代の末期には松村紘一名義で「新時代」誌を中心に親日的な作品や発言を残した。45年の民族解放後は「大韓日報」会長を務めた他、財界の重鎮として活動した。他の詩集に「三人詩歌集」(29年)、「鳳仙花」(30年)などがある。
㊇弟＝朱 耀燮(作家), 朱 永渉(詩人)

チュイ, キム　*Thúy, Kim*
ベトナム生まれのカナダの作家
1968.9.19～
㊦ベトナム・サイゴン(ホーチミン)　㊫モントリオール大学
㊮カナダ総督文学賞(フランス語フィクション部門)(2010年)
㊫ベトナムのサイゴン(現・ホーチミン)に生まれ、10歳でカナダに移住。モントリオール大学で学んだ後、裁縫師、通訳、弁護士、レストラン経営者など様々な職を経験。2009年自伝的小説「小川」でデビュー。10年カナダ総督文学賞など数々の文学賞を受賞。

チュウ, ルース　*Chew, Ruth*
アメリカの児童文学作家, イラストレーター
1920～2010.5.13
㊦ミネソタ州ミネアポリス　㊮四葉のクローバー賞(1976-1977年オーサーオブザイヤー)
㊫魔女や魔法使いの出てくる読み物を数多く執筆、「魔女とふしぎな指輪」「水曜日の魔女」などの〈魔女〉シリーズで人気を博した。四葉のクローバー賞1976-1977年のオーサーオブザイヤーを受けた。

チュコフスカヤ, リジヤ　*Chukovskaya, Lidiya Korneevna*
ソ連の作家, 文芸批評家
1907.3.24～1996.2.7
㊦ペテルブルク　㊮ロシア文学賞(1995年)
㊫詩人、批評家であり、また児童文学作家としても知られるコルネイ・チュコフスキーの娘。1928年より作家生活に入り、30～60年にかけて様々な出版社の編集に携わった。74年に作家ソルジェニーツィンや人権活動家サハロフ博士擁護でソ連作家同盟から除名されたが、ゴルバチョフ政権のペレストロイカ政策以後の88年復権。37年のスターリン大粛清を描いた「ソフィア・ペトロブナ」(39～40年, 邦訳「廃屋」)、40年代末期の文化人抑圧の記録「水中潜行」(72年)、シニャフスキー、ソルジェニーツィンらを擁護した「公開書簡集」(76年)、「アフマートワについての覚え書」(76～80年)などすべて国外で刊行され波紋を投げかけた。ほかに、A.D.サハロフを擁護した「民衆の怒り」(73年)、「Zapisky of Anne Achmatovoy Vol. 1～2」(76～81年)など。
㊇父＝コルネイ・チェコフスキー(詩人・批評家)

チュコフスキー, ニコライ・コルネーヴィチ
Chuko'vskii, Nikol'ai Kornéevich
ソ連の作家
1904.6.2～1965.11.4
㊦ロシア
㊫詩人、批評家であり、また児童文学作家としても知られるコルネイ・チュコフスキーの息子。レニングラードの芸術史大学卒業。初めスティーブンソンの「宝島」の翻訳をしていたが、第二次大戦中海軍に所属した経験をもとに、包囲されたレニングラードの防衛のために戦うバルト海艦隊の飛行士たちを描いた「バルチックの空」(1954年)を発表、航空文学のジャンルで独自の位置を占める。他に「放浪者」(56年)、「朝早く」(64年)、「いちごが咲いた」(65年)などの抒情的作品もある。英米文学の翻訳者としても名高く、ジェームズ・クックら海洋探検家の伝記も書いた。
㊇父＝コルネイ・チュコフスキー(詩人・批評家)

チュツオーラ, エイモス　*Tutuola, Amos*
ナイジェリアの作家

1920.6.20～1997.6.8
[出]アベオクタ
[歴]ヨルバ族出身。ココア園に働く農民だった父親の早死で高校を中退、ラゴスで鍛冶屋の技術を習得する。戦時中はその技術を生かして英空軍に勤務し、ビルマ戦線に出動。戦後は労働局に小使いとして勤める。使い走りの合い間を見つけては書き綴った処女作「The Palm—Wine Drinkard（やし酒飲み）」（1952年）がアフリカ最初の本格小説と絶賛を浴びる。56年からナイジェリア放送協会に勤務し、作家出版事業エンバリ・クラブの設立委員も務めた。作品は英語で執筆する。他の著書に「ブッシュ・オブ・ゴースツ」「村の魔術医者その他」「甲羅男にカブト虫女」「ジャングル放浪記」などがある。

チューバク, サーデク　*Chūbak, Sādeq*
イランの作家
1916.7.5～1998.7.3
[出]ブーシャハル
[歴]テヘランでアメリカ系学校に学んだ。イラン石油会社に勤める傍ら執筆を続け、渡米。サーデク・ヘダーヤトの強い影響を受け、1945年短編集「人形芝居」で文壇にデビュー、社会の下層民を主題にし、俗語を駆使した独創性ある作品が多い。他の作品に短編集「主人が死んだ猿」（50年）、「墓場の最初の日」（65年）、長編に「タングシール」（63年）、「忍耐の石」（66年）など。

チョ・ギチョン　趙 基天　*Cho Ki-chon*
北朝鮮（朝鮮）の詩人
1913.11.6～1951.7.31
[出]朝鮮・咸鏡北道会寧郡（北朝鮮）　[学]ゴーリキー師範大学露文科卒
[歴]貧しい農家に生まれ、幼い頃に家族で革命前のシベリアへ移住。オムスクのゴーリキー師範大学露文科で学び、17歳で地方新聞「先鋒」に「野外訓練」「建設の朝」「メーデー」などの詩を発表して文学的才能を発揮。大学卒業後は中央アジアのクシル・オルタ朝鮮師範大学で教壇に立つ。45年ソ連軍の一員としてソ連軍政下の北朝鮮に入り、46年軍が発行した赤軍朝鮮語紙「朝鮮新聞」の記者を務める。記者の傍ら、ソ連軍によって解放された朝鮮人民の感激と友好親善をテーマにした「乙密台で詠んだうた」（46年）、普天堡での金日成の戦いを描いた長編叙事詩「白頭山」（47年）、アメリカ軍政下の韓国で麗水駐屯の軍隊が起こした反乱を応援する連詩「抗争の麗水」（49年）などを発表。51年3月北朝鮮文学芸術総同盟中央委員会副委員長に就任したが、7月朝鮮戦争で米軍の爆撃を受け戦死した。

チョ・ジョンネ　趙 廷来　*Cho Jung-rae*
韓国の作家
1943～
[出]全羅南道昇州郡仙岩寺　[学]東国大学国文科卒　[賞]韓国現代文学賞（1982年），大韓民国文学賞（1982年），東国文学賞，韓国小説文学作品賞
[歴]寺の二男に生まれる。1967年詩人の金初恵と結婚。ソウルで高校教師をしながら文筆活動を始め、70年「現代文学」に小説を発表し、作家デビュー。73年以降創作活動の一方、文芸誌発行や出版社の経営にもあたる。86～89年朝鮮半島の南北分断を描いた大河小説「太白山脈」（全10巻）を発表、韓国で500万部を超えるベストセラーとなり、99年から日本語版も発売される。他の作品に「流刑の地」（81年）、「人間の門」（82年）、「アリラン」（95年）、「漢江」（99年）などがある。
[家]妻＝金 初恵（詩人）

チョ・セヒ　趙 世熙　*Cho Se-hui*
韓国の作家
1942～
[出]朝鮮・京畿道加平郡（韓国）　[学]ソラボル芸術大学文芸科卒，慶熙大学国文科　[賞]東仁文学賞（1979年）
[歴]1942年京畿道加平郡の比較的裕福な家庭に生まれ、三歳の時父の死に遭う。小学5年の頃朝鮮戦争で廃虚同然のソウルへ移住。中学時代ドストエフスキーの「罪と罰」を読み、文学に興味を抱くようになる。やがてソラボル芸大文芸科に進み、卒業後慶熙大学国文科三年に編入。65年「帆柱のない葬船」が京郷新聞の新春文芸に当選し文壇にデビュー。その後「進学社」「文芸中央」などの雑誌編集の仕事につき工場労働者の生活を取材した。このときの体験がのちの作品に生かされている。10年の空白をおいて75年文壇に復活し、連作や短編を発表した。78年小説集「こびとがうちあげた小さな玉」を発表。大きな反響を呼んで、純文学では韓国初のベストセラーとなる。

チョ・チャンイン　趙 昌仁　*Cho Chang-in*
韓国の作家
[出]ソウル　[学]韓国中央大学卒，韓国中央大学大学院修了
[歴]韓国の中央大学及び同大学院で文学を専攻。雑誌社、新聞社の記者として勤務した後、作家に転身。2000年父と息子の愛情をテーマにした「カシコギ」を発表。200万部のベストセラーとなり、テレビドラマ化され、劇場でもロングラン上演を果たすなど“カシコギ・シンドローム”を巻き起こした。11年同作は日本で「グッドライフ」としてテレビドラマ化される。核家族化した現代社会の中で、家族愛の意味を問う作品を発表し続ける。他の作品に「この世の果てまで」「スンウ12歳の明日」「クミョンに灯る愛」などがある。

チョ・ピョンファ　趙 炳華　*Cho Byung-hwa*
韓国（朝鮮）の詩人
1921.5.2～2003.3.8
[出]朝鮮・京畿道安城（韓国）　[学]東京高師（1945年）卒　[勲]韓国国民勲章牡丹章，韓国国民勲章冬柏章　[賞]アジア自由文学賞（1960年），韓国芸術院賞（1985年），地すべり学会賞（1991年）
[歴]太平洋戦争敗戦前の1945年、日本の東京高等師範学校を卒業。帰国後はソウルで高校教師を務め、49年処女詩集「捨ててしまいたい遺産」で詩壇に登場。その後、「一日限りの慰安」（50年）、「貝殻の寝室」（52年）、「人間孤島」（54年）、「ソウル」（57年）など数多くの詩集を出す一方、慶熙大学などで教鞭を執った。詩人協会審議委員長、世界詩人大会長、仁荷大学文科大学長・副総裁、詩人協会長、文人協会理事長、韓国芸術院会長などを歴任。

チョ・ミョンヒ　趙 明熙　*Cho Myong-hui*
朝鮮の詩人，作家
1894.8.20～1938.5.11
[出]忠清道鎮川（韓国）　[名]号＝抱石　[学]東洋大学哲学科
[歴]1914年京城中央中学を中退。19年日本の東洋大学哲学科に入学。留学中の20年、金祐鎮や尹白南らと劇芸術協会を設立し、自作戯曲「金英一の死」を上演。23年帰国し、24年詩集「春の芝生のうえに」を出す。25年朝鮮プロレタリア芸術同盟（カップ，KAPF）結成に参加、「R君へ」（26年）、「低気圧」（27年）などに続き、27年「朝鮮之光」誌に発表した短編「洛東江」（27年）は朝鮮のプロレタリア文学を代表する作品とされる。28年ソ連領内に入り遠東地区で教鞭を執り、36年ハバロフスクでソ連作家同盟遠東支部常務として活動。37年スターリンの強制移住政策により中央アジアに移り、38年日本のスパイ容疑で銃殺された。のち名誉回復。42年に死亡したと伝えられたが、のち38年没と判明した。

張 愛玲　ちょう・あいれい　*Zhang Ai-ling*
上海生まれの作家
1920.9.30～1995.9.8
[出]中国・上海　[名]Reyher, Eileen Chang 旧姓名＝張 煐 英語名＝チャン，アイリーン〈Chang, Eileen〉筆名＝梁 京　[学]香港大学中退
[歴]祖父は政府高官で祖母は李鴻章の長女という上海の名家に生まれる。ミッション系小学校に編入して張煐から張愛玲に改名。香港大学に学ぶが中退、日本占領下の上海に戻って文筆生活に入る。1943年「沈香屑 第一炉香」でデビュー、「傾城の恋」により戦中の上海文壇で名声を確立し、44年の小説集「伝奇」はベストセラーとなる。同年散文集「流言」を刊

行。また、同年作家の胡蘭成と結婚するが、47年離婚。戦後、52年香港に出国、「今日世界」誌に執筆し、54年に発表した長編小説「赤い国の恋」「秧歌」により反共作家のイメージを作る。55年アメリカに移住し、カリフォルニア大学に職を得る。作家のフェルディナンド・ライヤーと再婚、60年アメリカ市民権を得た。50年代から60年代にかけていくつかの作品が英訳され、香港、台湾、海外華僑に影響を与えた。他の作品に「金鎖記」「留情」など。95年ロサンゼルスの自宅で病死しているのが発見された。没後の2007年「色・戒」(1978年) が、台湾出身のアン・リー (李安) 監督によって「ラスト、コーション」として映画化され、ベネチア国際映画祭で金獅子賞を受賞した。2009年には、未発表の自伝的小説「小団円」が台湾などで発刊される。台湾、香港では若い女性を中心に絶大な人気を誇り、熱狂的なファンは"張迷"と呼ばれる。
㊊曽祖父＝李 鴻章

張 煒　ちょう・い　Zhang Wei
中国の作家
1956〜
㊦山東省龍口
㊗1980年文壇にデビュー。民間と大地に根差しながら、精神性とその価値を深く探求し続ける、今日の中国における代表的な作家の一人。作品は世界各国に紹介され、形而上的な思索、歴史に対する省察と現実批判を、スケールの大きな長編にまとめる力量が高い評価を得る。著書に「九月の寓話」がある。

張 一弓　ちょう・いっきゅう　Zhang Yi-gong
中国の作家
1934.1.28〜2016.1.9
㊦河南省開封　㊋張 憶弓　㊗1977〜81年優秀中編小説コンテスト一等賞
㊗両親は文学教授と国語教師。新聞記者を経て、1950年代から創作活動に入り、農村を主題とする多くの作品を発表。59年の短編「母親」が右派として非難されて断筆したが、約20年ぶりに発表した「犯人李銅鐘の物語」(80年) は77〜81年優秀中編小説コンテストで一等賞を獲得、注目を集めた。小説集に「鍛冶屋の張さんの恋物語」(82年)、「一途な恋」(89年) など。

張 悦然　ちょう・えつぜん　Zhang Yue-ran
中国の作家
1982.11〜
㊦山東省済南　㊋山東大学, シンガポール国立大学　㊗新概念作文コンクール第1位 (2003年)
㊗"80後 (バーリンホウ)"と呼ばれる1980年代生まれの中国人若手作家の一人。14歳から作品を発表し始め、「陶之隅」「黒猫不睡」などが同世代の共感を呼んだ。作家としての実力が高く評価され、2007年郭敬明など"80後"の作家9人とともに中国作家協会への加入を認められる。他の作品に小説集「葵花走失在1980」、長編「誓鳥」(06年) など。

張 系国　ちょう・けいこく　Zhang Xi-guo
中国生まれの台湾の作家
1944〜
㊦中国・重慶　㊋台湾大学 (電気工学) (1965年) 卒 博士号 (カリフォルニア大学バークレー校)
㊗第二次大戦後、両親に連れられて台湾に渡り、台湾大学で電気工学を学ぶ。大学卒業後、渡米し、カリフォルニア大学バークレー校で博士号を取得。コーネル大学、イリノイ大学、ピッツバーグ大学などで教鞭を執る。大学在学中に執筆した長編「皮牧師正伝」(1963年) や、短編集「孔子之死」(71年) で作家としての才能を示し、70年代に出版された「棋王」「香蕉船」で高い評価を得る。70年代後半から80年代に掛けて数多くのSF短編も発表。邦訳書に「星雲組曲」がある。

張 潔　ちょう・けつ　Zhang Jie
中国の作家
1933〜2014.1.13
㊦安徽省寿県　㊋旧姓名＝張 書宝,張 奇　㊗全国優秀報告文学賞 (1981年)
㊗1948年から革命運動に参加。81年中国共産党に入党。一方、49年創作を始める。96年作家協会副主席、2006年から名誉副主席。中国報告文学会会長も務めた。作品に「熱流」「改革者」など。

張 潔　ちょう・けつ　Zhang Jie
中国の作家
1937.4.27〜
㊦北京　㊋中国人民大学計画統計系 (北京) (1960年) 卒　㊗全国優秀短編小説賞 (1978年), 茅盾文学賞 (1985年), マラパティ賞 (イタリア) (1989年)
㊗1960年大学卒業後、機械工業部門に配属される。78年処女作「森から来た子供」で「人民文学」誌の全国優秀短編小説賞を受賞。80年北京映画製作所に移る。89〜90年にはアメリカのウェズリーアン大学の客員教授を務めた。85年長編小説「重い翼」(81年、改作84年) で第2回茅盾文学賞受賞。他の作品に「愛、忘れえぬもの」(79年)、「方舟」(82年)、「祖母緑」(84年) など女性差別の観念を鋭く追求する。
㊊父＝董 秋水 (作家)

張 弦　ちょう・げん　Zhang Xian
中国の作家, 脚本家
1934.6.22〜
㊦上海　㊋清華大学 (機械工学) (1953年) 卒
㊗鞍山製鉄所などに勤務する傍ら、映画脚本「上海の娘」(1956年) や小説「青春の錆」(57年) を書くが、反右派闘争で批判される。79年の名誉回復後は、文化大革命の封建的暗黒を暴いた「愛情に忘れられた片隅」(80年)、「未亡人」(81年) などの作品があり、83年中国作家協会江蘇省支部の職業作家となった。
㊊妻＝秦 志鈺 (映画監督)

張 賢亮　ちょう・けんりょう　Zhang Xian-liang
中国の作家
1936.12〜
㊦南京　㊋北京第三十九中中退
㊗祖父・父は国民党員の資本家で、父は解放後、獄死。中学は非行で除籍。1956年甘粛省党委幹部文化学校教員となるが、57年雑誌「延河」に発表した詩「大風歌」が反右派闘争の中で「人民日報」紙上で批判された。以後22年間くり返し牢獄に収容され、強制労働処分を受けて農場で労働に従事。79年名誉回復、80年「寧夏文芸」社編集部に入り、81年より専業作家として小説を発表。第6期、7期全国政治協商会議委員、第5期中国文連全国委員。代表作に「霊と肉」「牧馬人」のほか、労働改造中の知識人を描いた自伝体の大作「感情的歴程」があり、その一部「唯物論的啓示録」には「緑化樹」「男の半分は女」などを収める。

張 抗抗　ちょう・こうこう　Zhang Kang-kang
中国の作家
1950.7.3〜
㊦浙江省杭州　㊋黒龍江省芸術学校シナリオ・ライター班卒　㊗優秀長編小説賞 (1980年), 1977-1980優秀中編小説賞
㊗中学卒業後の1969年、黒龍江の国営農場に下放される。71年郷里の杭州に戻り、72年最初の小説「灯」を発表。同年再び黒竜江省に下放され、77年まで同地にあった。79年より専業作家。作品に「分界線」(75年)、「夏」(80年)、「隠形伴侶」(86年) など。

張 光年　ちょう・こうねん　Zhang Guang-nian
中国の詩人, 文芸評論家
1913.11.1〜2002.1.28
㊦湖北省光化県　㊋筆名＝光 未然　㊋武昌中華大学中退
㊗1954年中国戯劇家協会副秘書長、56年中国作家協会書記処書記、60年中国文連第3期全国委員、64年第3期全人代湖北省代表、77年「人民文学」編集部責任者、78年第5期全人代上海代表、79年中国作家協会第3期副主席、中国文連第4期全国委

員、81年「人民文学」総編集、中国国際交流協会理事、82年第12期中央顧問委員、85年中国作家協会第4期副主席、87年第13期中央顧問委員、92年中国文連副主席、中国作家協会書記処書記などを歴任した。一方、構成詩「黄河大合唱」を作詩するなど詩人として活動。文芸評論家としても知られた。詩集に「五月花」、論文集に「戯劇的現実主義問題」「風雨文談」などがある。65年作家代表団の団員として来日した。

張 恨水　ちょう・こんすい　*Zhang Hen-shui*
中国の作家
1895.5.18～1967.2.15
[出]江西省広信府　[名]張 心遠　[学]南昌甲種農業学校
[歴]江西省で生まれ、原籍は安徽省潜山。父は塩税官。南昌の甲種農業学校に学び、1918年安徽省蕪湖の「皖江日報」の編集者となる。19年初の小説「南国相思譜」を執筆。同年北京の「益世報」、25年「世界日報」副刊の編集者となり、同年長編恋愛小説「春明外史」で作家としての地位を確立。代表作に「金粉世家」(28年)、「啼笑姻縁」(30年)など。「啼笑姻縁」は空前にベストセラーとなり、32年に張石川監督に映画化されて以来、5度も映画化された人気作品。鴛鴦胡蝶派の代表的作家であり、中華人民共和国成立後も小説を書き続け、中国作家協会理事などを歴任した。

張 錯　ちょう・さく　*Zhang Cuo*
マカオ生まれの台湾の詩人
1943～
[出]マカオ　[学]台湾国立政治大学西洋語文学系(英米文学)(1966年)卒, ブリガムヤング大学大学院修士課程, ワシントン大学大学院比較文学博士課程 博士号(比較文学, ワシントン大学)(1974年)　[賞]時報文学賞(叙事詩部門第1席)(1982年), 中華民国国家文芸賞(1989年)
[歴]1955年香港に移り、カトリック教イエズス会が創設した九龍華仁書院の英語課程で高校まで学ぶ。62年台湾に転居し、国立政治大学西洋語文学系で英米文学を専攻。65年第一詩集「過渡」を発表。66年大学卒業後、香港に戻り父の事業を受け継ぐ。67年詩集「死亡的觸角」を発表。渡米し、ブリガムヤング大学修士課程で、英米文学を専攻。69年英文学で修士号取得。シアトルのワシントン大学比較文学博士課程に進学。73年アイオワ大学にてポスドク研究員。74年ワシントン大学から比較文学の博士号を取得。ロサンゼルスの南カリフォルニア大学東アジア言語文化学部及び比較文学学部で教える。82年長詩「浮遊地獄篇」が「中国時報」第5回時報文学賞叙事詩部門で第1席に選ばれる。89年詩集「飄泊者」が中華民国第14回国家文芸賞を受賞。

張 資平　ちょう・しへい　*Zhang Zi-ping*
中国の作家
1893.5.24～1959.12.2
[出]広東省梅県　[学]五高卒, 東京帝国大学理学部地質学科卒
[歴]日本に留学し、五高、東京帝国大学理学部地質学科に学ぶ。創造社同人で、1920年処女作「ヨルダン河の水」を発表。22年帰国して処女小説集「沖積期化石」を出版。多作だが通俗的な恋愛小説が多く“中国の菊池寛”ともいわれた。28年自ら書店を開いて「資平小説集」などを出版し“小説商”との批判も受けた。日中戦争期には汪兆銘政権下に入り、45年漢奸として投獄された。

趙 樹里　ちょう・じゅり　*Zhao Shu-li*
中国の作家
1906.9.24～1970.9.23
[出]山西省沁水県　[学]山西省立第四師範学校
[歴]没落中農の家に生まれる。山西省立第四師範学校に学び、1927年中国共産党に入党。軍閥閻錫山の弾圧を受け逮捕され、30年に釈放されたが学校は除籍され、各地を放浪。一時前途を悲観して投身自殺を図ったこともあったが、37年党に再入党。解放区で文化宣伝工作に従事し、43年短編「小二黒の結婚」で作家として認められる。「李有才板話」(43年)、「李家荘の変遷」(46年)などの成功で毛沢東の“文芸講話”路線の体現者と目され、“人民作家”“趙樹里の方向に学べ”と解放区文芸の旗手とされた。49年建国前の北京へ移るが、積極的に農村に入り「結婚登記」(50年)、「三里湾」(55年)、「劉二和と王継聖」(55年)などを執筆。しかし、邵荃麟の中間人物論で評価されたことから文化大革命で批判・迫害を受け、70年死去した。一貫して農民のための大衆文学の確立を目指し、山薬蛋派(じゃがいも派)の祖と称される。

張 承志　ちょう・しょうし　*Zhang Cheng-zhi*
中国の歴史家, 作家
1948～
[出]北京　[学]北京大学歴史学部考古学科(1975年)卒, 中国社会科学院研究生院(1981年)卒　[賞]愛文文学賞(1995年)
[歴]回族出身。1968～71年内蒙古草原の蒙古族遊牧民として暮らす。81～87年社会科学院民族研究所助理研究員(専任講師)、海軍政治部文学芸術創作家を経て、作家となる。文化大革命、文革の“全面否定”の何れも権力に媚びる姿勢だとして“反逆”精神の復権を説く。新疆ウイグル自治区やモンゴルに多く取材し、86年に発表した「モンゴル大草原遊牧誌―内蒙古自治区で暮らした四年」は大きな反響を呼んだ。84年から中国作家協会理事。91～92年東洋文庫外国人研究員として滞日、この時日本語で「回教から見た中国」を執筆し、93年出版した。同年愛知大学客員教授。2006年日本論「敬重と惜別」を発表。代表作に「金牧場」、他に小説集「北方的河」「黄泥小屋」「張承志代表作」、散文集「緑風土」、ルポ「心霊史」、訳書に江上波夫「騎馬民族国家」など。“紅衛兵”の命名者としても知られる。

張 辛欣　ちょう・しんきん　*Zhang Xin-xin*
中国の作家, 演出家
1953.10.4～
[歴]軍高官の娘に生まれ、文化大革命中は16歳で黒竜江省に下放。のち軍隊を経て北京で看護師となる。1978年処女作「静かなる病室」を発表。79年中央戯劇学院演出科に入学した。84年から北京人民芸術劇場演出家。また中国中央テレビ局兼中国中央人民放送局世話人を務める。著書に感覚的な文体の作品集「この年頃の夢」(84年)、ルポルタージュ「北京人」(86年, 共編)など。

張 蔵蔵　ちょう・ぞうぞう　*Zhang Cang-cang*
中国の作家, ブック・プロデューサー
1964～
[名]張 小波　[学]上海華東師範大学(1984年)卒
[歴]作品に詩集「都会人」、小説「毎日ひとりずつ子供が溺れ死ぬ河」などがある。「ノーと言える中国」(1996年)の主要企画者で、第2弾「それでもノーと言える中国」の共著者。2009年プロデューサーを務めた「中国不高興」(邦訳「不機嫌な中国 中国が世界を思いどおりに動かす日」)が、中国で100万部を越えるベストセラーとなる。

張 天翼　ちょう・てんよく　*Zhang Tian-yi*
中国の作家, 児童文学作家
1906.9.10～1985.4.28
[出]江蘇省南京　[名]張 元定, 筆名＝鉄 池翰, 張 無諍, 号＝一之　[賞]全国児童文芸創作表彰委員会1等賞(1954年)
[歴]中学時代から文芸誌に投稿。北京大学に学んでいる時、マルクス主義者となる。1929年処女作「三日半の夢」が魯迅に認められ、31年には左翼作家連盟に参加。42年結核療養に入るまでの間、左翼文壇で活躍し、約100編の作品を発表。童話「大きな林と小さな林」(32年)などは当時の社会を風刺し、中国童話の新生面を切り開いた。抗日戦時代に発表した短編小説「華威先生」は中国現代文学の名著の一つとされる。解放後、作家協会書記、中央文学研究所副所長となるが、「文学戦報」を批判されて文化大革命中は創作せず、69年湖北に下放された。79年「人民文学」編集委員に復帰し、83年全国文連委員、作家協会理事、魯迅研究会理事、第5期政協全国委員を務めた。

張平　ちょう・へい　Zhang Ping
中国の作家
1954〜
㊗山西省　㊥茅盾文学賞(1997年)，金盾文学賞(2000年)，中国図書賞(2000年)
㊣中国を代表する中堅実力派作家。中国作家協会副主席、山西省作家協会主席、中国全国政治協商会議委員。1984年「姉さん」で全国優秀短編小説賞を受賞。97年「選択」で優秀な長編文学に授与される茅盾文学賞を受賞。2000年「十面埋伏」はベストセラー大賞、金盾文学賞、中国図書賞の三冠を得る。現代中国の抱える深刻な政治・社会問題に深く切り込むその作品は常に反響を巻き起こしている。他の作品に「凶犯」など。08年1月山西省副省長。

趙本夫　ちょう・ほんふ　Zhao Ben-fu
中国の作家, 編集者
1948〜
㊗江蘇省豊県　㊥全国優秀短編小説賞
㊣高等学校卒業後、農業に従事しながら地方の放送局、県の宣伝部で編集などを行う。1981年処女作「売驢(ロバを売る)」を発表し、全国優秀短編小説賞を受賞。84江蘇省作家協会に入会し、以後、江蘇省作家協会副主席、雑誌「鐘山」編集長などを歴任。作品は「趙本夫選集」(8巻)にまとめられており、数々の文学賞を受賞。

趙麗華　ちょう・れいか　Zhao Li-hua
中国の詩人
㊣中国作家協会に所属し、雑誌「詩選刊」の編集者を務める。傍ら、文学的な修辞をはずしたおしゃべり調で、日常のさりげない感情や本音を女性の視線で表現した詩を執筆。その文体は麗華と同音をあてて"梨花体"と呼ばれ、インターネットを発信源に若者を中心に爆発的に広まる。

チョシッチ, ドブリツァ　Čosić, Dobrica
セルビアの作家, 政治家
1921.12.29〜2014.5.18
㊗セルビア人クロアチア人スロベニア人王国セルビア・ベリカ・ドレノバ村(セルビア)　㊕ベオグラード大学　㊥ニェゴシュ賞(1990年)
㊣セルビア人。農業学校(高校)卒業後、1941年から対ナチス解放戦線(パルチザン闘争)に共産党政治委員として参加。戦後、共産党の学校を卒業後、ユーゴスラビア連邦議員に選出される。ユーゴスラビア社会主義連邦のチトー政権下ではセルビア民族主義の傾向を強め、反体制派に。68年セルビア共産主義者同盟中央委メンバーの時、コソボ自治州の民族問題をめぐって党と衝突、除名される。この間、51年長編小説「太陽は遠い」で作家としてデビュー。90年罪人、背教者、信仰者の葛藤を織り交ぜた4部作「悪の時」(85年)でニェゴシュ賞受賞。92年6月新ユーゴスラビア連邦の初代大統領に就任したが、ミロシェビッチ・セルビア共和国大統領と対立し、93年6月連邦議会に解任された。他の作品に「ルーツ」(54年)、「分割」(61年)、「死の時代」(全4巻、72〜79年)など。

チョピッチ, ブランコ　Ćopić, Branko
ユーゴスラビアの作家
1915.1.1〜1984.3.26
㊗ボスニア　㊕ベオグラード大学卒
㊣ボスニア系の作家で、小説、詩、児童文学などに多くの作品がある。パルチザンや平凡な民衆の生活を叙事詩的に描き、人間の愚かさや悲しさを温かく笑いでつつむ手法を得意とし、広く人気を集めている。作品に「グルメチ山麓」(1938年)、「闘士と逃亡者」(同年)、パルチザン戦を軸にボスニアの雑多な人間集団の反目を描いた「突破」(52年)、「ニコレティナ・ブルサチの体験」(56年)、「青銅の夜警よ、悲しむな」(58年)、「苦い蜜」(59年)などがある。

チョボウスキー, スティーブン　Chbosky, Stephen
アメリカの作家, 映画監督
1970.1.25〜
㊗ペンシルベニア州ピッツバーグ　㊕南カリフォルニア大学映画テレビ学部脚本科卒
㊣大学卒業後、映画製作者として活動、初監督作品「The Four Corners of Nowhere」がサンダンス映画祭でプレミア上映される。1999年「ウォールフラワー」で作家デビュー、一躍人気ヤングアダルト作家となる。

チョルカス, クリストス　Tsiolkas, Christos
オーストラリアの作家
1965〜
㊗ビクトリア州メルボルン
㊣ギリシャ系2世。1995年の第1長編「ローディド」は10代の同性愛者のドラッグや性的体験を赤裸々に描き、オーストラリアのグランジ文学の代表作とされる。「スラップ」(2008年)はベストセラーとなり、テレビドラマ版がイギリス、アメリカなどの英語圏のみならず全世界で放映される。他の著書に「Dead Europe(死せるヨーロッパ)」(05年)、「Barracuda(バラクーダ)」(13年)などがある。

チョールデンコウ, ジェニファ　Choldenko, Gennifer
アメリカの児童文学作家
1957〜
㊗カリフォルニア州サンタモニカ
㊣2001年「Notes from a Liar and Her Dog(うそつきと、うそつきの犬からのノート)」で作家デビュー。04年2作目の「アル・カポネによろしく」を発表、カーネギー賞にノミネートされ、05年ニューベリー賞オナーブックに選ばれた。"チョールデンコウ"という珍しい姓はポーランドからの移民だった義父に由来する。

チョン・アリ　Jeon Ari
韓国の作家
1986〜
㊗ソウル　㊕延世大学(フランス文学)　㊥文学思想社青少年文学賞、青い作家青少年文学賞、鄭芝溶青少年文学賞、天馬文学賞、中央大義血創作文学賞、世界青少年文学賞(2008年)
㊣2005年梨花女子高を卒業後、延世大学でフランス文学を学ぶ。中高生の時、文学思想社の青少年文学賞、青い作家青少年文学賞、鄭芝溶青少年文学賞など多くの文学賞を受賞。大学に進学後も創作に打ち込み、天馬文学賞、中央大義血創作文学賞などを受賞。08年女子高生チンニョ(おり姫)の生活を日記風に綴った青春小説「おり姫の日記帳」で第2回世界青少年文学賞を受賞。

チョン・イヒョン　Jung Yi-hyun
韓国の作家
1972〜
㊗ソウル　㊕誠信女子大学政治外交科卒, ソウル芸術大学文芸創作科卒　㊥「文学と社会」新人文学賞(2002年)、イ・ヒョソク文学賞(2004年)、韓国現代文学賞(2006年)
㊣2002年第1回「文学と社会」新人文学賞を受賞してデビュー。翌年小説集「ロマンチックな愛と社会」を出版。04年短編「他人の孤独」でイ・ヒョソク文学賞を、06年短編「サムプン百貨店」で韓国現代文学賞を受賞。07年「朝鮮日報」に連載された「マイスウィートソウル」が大ベストセラーとなる。テレビドラマ化もされた。

チョン・ウニョン　千雲寧　Cheon Un-yeong
韓国の作家
1971〜
㊗ソウル　㊕漢陽大学新聞放送学科卒, ソウル芸術大学文芸創作学科卒　㊥申東曄創作賞(2003年)、今年の芸術賞(2004年)
㊣2000年短編「針」(東亜日報新春文芸)でデビュー。申東曄創作賞(03年)、今年の芸術賞を受賞(04年)。

チョン・ギョンニン　Jeon Kyung-rin
韓国の作家

1962〜
[出]慶尚南道咸安　[賞]韓国日報文学賞(1996年), 文学の街小説賞(1997年), 21世紀文学賞(1999年)
[歴]1995年「砂漠の月」が東亜日報の新春文芸中編小説部門に入選し、文壇デビュー。96年短編「山羊を連れた女」で韓国日報文学賞、97年長編「どこにもいない男」で文学の街小説賞、99年「メリーゴーランド サーカスの女」で21世紀文学賞を受賞。2004年朝鮮王朝の名妓を描いた「ファン・ジニ」を発表、韓国で30万部のベストセラーとなり、“ファン・ジニ”ブームを巻き起こした。ドラマや映画も制作され、日本でもNHK総合で放送され人気を博した。他の作品に「密愛―私の生涯でたった一日だけの特別な日」など。

チ

チョン・ジア　鄭 智我　*Chung Ji-a*
韓国の作家
1965〜
[学]韓国中央大学大学院文芸創作科
[歴]父は元南朝鮮労働党組織部長、母は元南部軍政治指導員だったため、幼い頃から当局の監視下にあった。1980年代後半労働運動に参加、4年間指名手配される。のち、自ら警察に出頭。指名手配中に書いた長編小説「パルチザンの娘」(90年)で作家の肩書きを手に入れる。中央大学大学院に在学中の96年、韓国大手日刊紙各紙が文学作品を募集する「新春文芸」に「豆柿の木」が入選。他の作品に「幸福」「春の光」、短編集「歳月」など。

チョン・ジヨン　鄭 芝溶　*Chung Ji-yong*
朝鮮の詩人
1903.5.31〜1950.9.25
[出]朝鮮・忠清北道沃川　[学]同志社大学英文科(1929年)卒
[歴]徽文高等普通学校時代に3・1運動を主導し、停学・復学を経験。同校の公費で、1924年同志社大学に留学。在学中に投稿した詩が北原白秋に認められ、白秋が主宰する詩誌「近代風景」に多くの詩を発表して詩人としての地位を確立。朝鮮に帰り母校に英語教師として赴任。30年「詩文学」を創刊し中心メンバーとして活躍、他に「朝鮮之光」「大潮」などに活発に詩作品を発表する。初期の西洋的な感覚主義の詩から、のち東洋的な詩風となった。また、文芸誌「文章」の詩部門推薦人として、多くの詩人を世に送り出した。解放後は、「京郷新聞」主幹、梨花女子大学教授を歴任するが、50年朝鮮戦争時に北へ入り、以後消息不明。朝鮮語の美しさを追求したモダニズムの詩人として知られ、代表作に詩集「鄭芝溶詩集」(35年)、「白鹿譚」(41年)などがある。他に全集(2巻, 88年)。

チョン・スチャン　*Chon Su-chan*
韓国の作家
1968〜
[出]大邱　[学]延世大学電気工学科卒　[賞]文学トンネ作家賞(2004年)
[歴]両親が南北分断により北朝鮮から韓国へ避難してきた“失郷民”2世。2004年「いつのまにか一週間」で第9回文学トンネ作家賞を受賞して作家デビュー。

チョン・セボン　千 世鳳　*Chon Se-bong*
北朝鮮(朝鮮)の作家
1915.2.15〜1986.4.18
[出]朝鮮・咸鏡南道高原(北朝鮮)　[賞]金日成賞(1972年), ロータス賞(1986年)
[歴]貧しい農家に生まれる。1929年小学校を4年で中退すると様々な職業を転々としながら文学修行を積む。祖国解放後、46年に結成された北朝鮮文学芸術総同盟に参加、文学活動を始める。47年「文学芸術」誌の創刊号に掲載された短編「新しい脈搏」で作家デビュー。「虎爺さん」(49年)や「大地の序曲」(49年)などを発表。朝鮮戦争で郷土が連合軍に占領されると自らもパルチザンとして活動、この体験をもとに短編「故郷の息子」(52年)や中編「戦う村人たち」(53年)を執筆した。その後、3部作「ソッケウルの新春」(58〜65年)や「大河は流れる」(62年)などを発表。また、朝鮮文学芸術総同盟委員長や北朝鮮最高人民会議代議員、朝鮮労働党中央委員などを歴任、晩年は主に抗日革命闘争を主題とした作品を手がけた。

チョン・セラン　鄭 世朗　*Chung Se-rang*
韓国の作家
1984〜
[出]ソウル　[賞]チャンビ長編小説賞(2013年), 韓国日報文学賞(2017年)
[歴]ソウルに生まれ、郊外の一山(イルサン)でニュータウンの発生と発展を観察しつつ成長。パジュ出版都市にある出版社に編集者として2年あまり勤務した経験も持つ。2010年「ファンタスティック」誌に発表した短編ファンタジー「ドリーム、ドリーム、ドリーム」を皮切りに作家として本格的な創作活動を始め、13年「アンダー、サンダー、テンダー」によって第7回チャンビ長編小説賞を受賞。17年「フィフティ・ピープル」で第50回韓国日報文学賞を受賞。純文学からロマンス、SF、ホラーまでジャンルの境界を越えた作品を書くことで知られる。

チョン・ビソク　鄭 飛石　*Chung Bi-soku*
韓国(朝鮮)の作家
1911.5.21〜1991.10.19
[出]朝鮮・平安北道義州(北朝鮮)　[名]鄭 瑞竹　[学]日本大学芸術学部(1932年)中退
[歴]日本大学芸術学部に籍を置いたが、1932年中退し、36年「東亜日報」の新春文芸募集に「卒哭祭」、37年には「朝鮮日報」の新春文芸欄に「城隍堂」が入選し作家活動に入る。30年代後半に登場したいわゆる“新世代”の一人。朝鮮戦争直後の54年に「ソウル新聞」に連載した「自由夫人」が開放的な男女関係を描いて大ベストセラーとなり、大衆作家としての地位を確立。晩年は歴史物を多く手がけた。他の作品に「小説 孫子の兵法」「小説 三国志」など。

チョン・ホスン　鄭 浩承　*Chung Ho-seung*
韓国の詩人, 作家
1950.1.3〜
[出]慶尚南道河東　[学]慶熙大学韓国文学科卒, 慶熙大学大学院修了　[賞]素月詩文学賞(1989年), 東西文学賞(1997年), ジョン・ジヨン文学賞(2000年), 平雲文学賞(2001年), 慶熙文学賞(2002年)
[歴]1972年韓国日報新春文芸の童詩部門に「石屈岩を知らないヨンヒ」が当選。73年「韓国日報」に「悲しみが嬉しさに」を連載しながら登壇する。83年には朝鮮日報新春文芸小説部門に「慰霊祭」が当選し、作家としてもデビュー。出版社セムトや月刊朝鮮などで勤務したのち、2000年現代文学ブックス代表理事に就任。著作には童詩集「木の葉にも傷がある」、童話集「海に飛んで行ったカササギ」、詩集「愛してから死んでしまえ」「涙が出たら汽車に乗れ」「ソウルのイエス―鄭浩承選集」、小説「ソウルには海がない」、エッセイ集「初雪の日に会おう」などがある。

チョン・ミギョン　鄭 美景　*Chung Mi-kyung*
韓国の作家
1960〜2017
[出]慶尚南道馬山　[学]梨花女子大学英文科　[賞]今日の作家賞(2002年), 李箱文学賞(2006年)
[歴]1987年「中央日報」新春文芸戯曲部門に当選。2001年「世界の文学」に短編を発表して本格的な創作活動を開始。長編・短編ともに高い評価を得た。代表作に「バラ色の人生」「夜よ、ひらけ」など。

チョン・ミョングァン　*Cheon Myeong-kwan*
韓国の作家, 脚本家
1964〜
[出]京畿道龍仁　[賞]文学トンネ小説賞
[歴]保険の営業マンなど様々な仕事を経て映画関係の仕事に就き、脚本を手がける。2003年短編「フランクと私」でデビュー。04年に発表した「鯨」で第10回文学トンネ小説賞を受賞。「高

齢化家族」(10年) は映画化され、「ブーメランファミリー」のタイトルで日本でも公開された。

チョン・ヨンムン　鄭 泳文　*Chung Young-moon*
韓国の作家
1965〜
[出]慶尚南道咸陽　[学]ソウル大学心理学科卒　[賞]東西文学賞 (1999年), 大山文学賞 (2012年), 東仁文学賞 (2012年), 韓戊淑文学賞 (2012年)
[歴]1996年長編小説「やっと存在する人間」でデビュー。99年第12回東西文学賞、2012年第20回大山文学賞小説部門、第43回東仁文学賞、第17回韓戊淑文学賞受賞。

チラナン・ピップリーチャ　*Ciranan Phitpricha*
タイの詩人, 学生運動家
1955.2.25〜
[出]トラン県　[学]チュラロンコン大学　[賞]東南アジア文芸賞 (1989年)
[歴]1972年チュラロンコン大学理学部に入学。在学中は "学園のスター" に選ばれた美貌の持ち主で、学生運動の指導者として活躍。73年10月のタノム軍政を倒した学生革命で有名になり "最も活躍した女性" に選ばれた。76年10月軍によるクーデター後はジャングルの共産ゲリラのもとへ逃亡、ジャングルの中で作家セークサン・プラスートクンと結婚。80年10月頃に地下活動から夫婦で離脱、アメリカへ渡りコーネル大学で研究生活を送る傍ら文芸活動にも力を入れた。その体験の中から生まれた自伝的詩集「消え失せた葉」(89年) で東南アジア文芸賞を受賞。2010年 "現代タイ社会で影響力を持つ100人の女性" に選ばれる。
[家]夫＝セークサン・プラスートクン (作家)

陳 映真　ちん・えいしん　*Chen Ying-zhen*
台湾の作家, 評論家
1937.10.6〜
[出]竹南　[名]陳 永善, 筆名＝許 南村　[学]淡江文理学院外文系卒
[歴]夭折した双子の兄の名をとって筆名とする。評論の筆名は許南村。1959年処女小説「麺屋台」を発表。68年左翼文献の読書会を組織したとして逮捕され、75年に特赦を受けて釈放されるまで獄中で過ごす。創作・文芸評論ともに台湾において最も反響を呼ぶ文学者の一人で、86年より出版社を主宰し、写真を主体としたルポルタージュ雑誌「人間」を発行。88年中国統一連盟初代主席となり、90年より北京と台北を往来。2010年台湾人として初めて中国作家協会に入会を許された。他の作品に「将軍族」(1975年)、「山道」(84年) などがある。

陳 学昭　ちん・がくしょう　*Chen Xue-zhao*
中国の作家
1906.4.17〜1991.10.10
[出]浙江省　[名]陳 淑英　[学]南通女子師範学校, 愛国女学 文学博士 (クレルモン文科大学)
[歴]南通女子師範学校、上海の愛国女学に学ぶ。1923年卒業して安徽省や紹興の女子師範学校で教鞭を執った後、25年北京大学の聴講生となる。この間、散文を数多く書き「倦旅」(25年) を出版。27年よりフランスに留学、クレルモン文科大学で文学博士号を取得する傍ら、天津「大公報」ヨーロッパ特派記者として活動。35年帰国、38年中国共産党の根拠地であった延安に赴き、ルポルタージュ「延安訪問記」(40年) を執筆した。39年重慶に戻るが、40年再び延安へ行き、42年「解放日報」の編集に参加。45年中国共産党に入党。第二次国共内戦中は「働くことは美しい」(46年) などの報告文学を書く。57年反右派闘争で批判され、文化大革命中も迫害を受けた。79年名誉回復。85年より中国作家協会顧問。他の作品に「土地」(53年) や「春茶」(56年) など。

陳 冠中　ちん・かんちゅう　*Chen Koon-chung*
中国の作家
1952〜
[出]上海　[学]香港大学卒, ボストン大学
[歴]4歳で香港に移り、のち台北に住み、香港大学卒。ボストン大学に留学。1976年香港で「号外」誌を発行。香港のメディアや映画界で活動後、2000年から北京に住む。09年中国の近未来SF小説「盛世 中国・13年」を香港で出版。「The Fat Years」として英訳され、独仏語など12ケ国で翻訳出版。12年には日本語版「しあわせ中国 盛世13年」も刊行される。中国大陸では出版されていない。他の著書に「香港三部曲」など。

陳 建功　ちん・けんこう　*Chen Jian-gong*
中国の作家
1949.11.24〜
[出]広西チワン族自治区北海　[学]北京大学　[賞]全国優秀短編小説賞
[歴]広西チワン族自治区北海で生まれ、1957年北京に移る。父は大学教授、母は中学教師。文化大革命時の68〜78年、北京郊外の炭鉱に下放され、炭鉱夫として過ごす。73年から小説を書き始め、78年北京大学に入学後に本格的に創作活動を開始。知識青年群像を描いた作品で全国優秀短編小説賞を受賞。81年中国共産党に入党。主な作品に「棺を蓋いて」(80年) などがある。

陳 浩基　ちん・こうき　*Chen Hao-ji*
香港の作家
1975〜
[出]香港　[名]英語名＝チェン, サイモン　[学]香港中文大学計算機学科卒　[賞]台湾推理作家協会賞, コミックリズ百万映画小説賞第3位, 倪匡SF賞第3位, 島田荘司小説賞 (2011年), 台北国際ブックフェア賞 (小説部門) (2015年), 香港文学季推薦賞 (2015年)
[歴]Webサイトのデザインやゲームの企画、脚本の執筆、漫画の編集者などを務める。2008年童話ミステリー「傑克魔豆殺人事件 (ジャックと豆の木殺人事件)」が第6回台湾推理作家協会賞最終候補作となる。09年には「藍鬍子的密室 (青髭公の密室)」と「窺伺藍色的藍 (青き青を窺う)」の2編が第7回台湾推理作家協会賞最終候補作となり、「藍鬍子的密室 (青髭公の密室)」で同賞を受賞。10年「合理推論 (合理的な推理)」がコミックリズ百万映画小説賞の3位入選、SF短編「時間就是金錢 (時は金なり)」が第10回倪匡SF賞の3位に入選。11年最初の小説「世界を売った男」で台湾の出版社が主催する公募の第2回島田荘司小説賞を受賞。15年「13・67」で台北国際ブックフェア賞 (小説部門)、第1回香港文学季推薦賞を受賞。

陳 荒煤　ちん・こうばい　*Chen Huang-mei*
中国の作家, 文芸評論家
1913.12.23〜1996.10.25
[出]上海　[名]陳 光美
[歴]1932年武漢劇連に参加、武漢反帝同盟の代表として上海へ行き共産党に入党、33年上海劇連に加盟。34年「文学季刊」に短編小説「災難中の人々」を発表して作家デビュー、鲁迅らの中国左翼作家連盟に移る。日中戦争中は共産党の本拠地・延安の鲁迅芸術学院講師を務め、文芸工作団を率いて報告文学を書く。解放後は映画畑で活動し、文化部電影局長、文化部副部長を歴任。文化大革命後、社会科学院文学研究所副所長、中国作家協会副主席、「文芸報」副編集長を務めた。短編小説を得意とし、代表作に、短編小説集「劉麻子」(35年)、「憂鬱の歌」(36年)、「長江のほとり」(37年) などがある。

陳 若曦　ちん・じゃくぎ　*Chen Ruo-xi*
中国の作家
1938〜
[出]台湾　[名]陳 秀美
[歴]大工を営む家庭に生まれる。台北の国立大学に入り英文学を学ぶが、費用は自ら家庭教師をしてまかなった。在学中学内の文学結社に参加し、「現代文学」に短編をいくつか執筆している。1961年に卒業し、翌年アメリカに留学する。カレッジで一年間すごし、ジョンズ・ホプキンズ大学の創作科で2年間学んだ。この間流体工学の専門家と結婚する。卒業ののち、66年夫婦で中国大陸に渡り、文化大革命の影響で2年間待機し

て、南京で英語教師になる。中国大陸には7年間滞在して文革の嵐をつぶさに経験した。73年11月に正式な許可を得て夫と2人の子供とともに出国する。しばらく香港に滞在し、その間の74年に「明報月刊」誌に文革を描いた「尹県長」を発表し、注目を浴びた。続いてやはり中国滞在中の体験をもとにした作品を同誌や台湾の新聞などに発表している。その後カナダに渡り、アメリカに移り、執筆活動に専念している。台北の出版社から短・中編集が、アメリカでも作品の英訳版が刊行されている。作品に「老人」(78年)「遠見」(84年)「二胡」(86年)など。

陳 瑞献 ちん・ずいけん *Chen Rui-Xian*
シンガポールの作家, 洋画家
1943.5.5～
[出]インドネシア [名]筆名＝牧 羚奴 [学]南洋大学現代言語文学学部(1968年)卒 [勲]フランス芸術文化勲章(1979年)
[歴]原籍は中国福建省南安で、インドネシア・スマトラ島沖の小島で生まれる。南洋大学在学中から詩や小説を発表し、卒業と同時に「五月」出版社を創立して詩集「巨人」を出版。牧羚奴の筆名を用い、1969年短編集「牧羚奴小説集」を刊行。シンガポールのフランス大使館広報課に勤め、「フランス現代文学選集」「フランス現代文学選2集」などの翻訳もある。洋画家としても才能を発揮、国内外で個展を開いている。

陳 染 ちん・せん *Chen Ran*
中国の作家
1962.4～
[出]北京 [学]北京師範大学
[歴]裕福な家庭環境に育つ。北京師範大学在学中から小説の創作を開始し、都会に暮らす女性を描いた作品を数多く発表。長編小説「与往時乾杯(昔のことに乾杯)」は映画化され、評判を呼ぶ。1985年より中国作家協会会員。著書に「プライベートライフ―私人生活」(96年, 邦訳は2008年)などがある。

陳 千武 ちん・せんぶ *Chen Qian-wu*
台湾の詩人, 作家
1922.5.1～2012.4.30
[出]南投県名間 [名]陳 武雄, 別筆名＝陳 桓夫 [学]台中一中卒 [賞]呉濁流文学賞, 洪醒夫賞, 台湾文芸功労賞(1992年)
[歴]日本統治時代に台湾の名門台中第一中学を卒業。台湾特別志願兵として日本軍に参加、ポルトガル領東ティモールの最前線に従軍。戦後インドネシア独立軍に参加。台湾に復員後、1945～73年厳しい監視下で中部の大甲林区管理処に勤務。後に台中市立文化センター主任、台中市文英館館長を歴任。退官後台湾ペンクラブ会長、台湾児童文化協会理事長を務めた。詩誌「笠」の主宰者の一人。「文学台湾」顧問。著書に詩集「陳千武詩集」「密林詩抄」「不眠の眼」「野鹿」「愛の書籤」「暗幕の形象」、詩論集「現代詩浅説」、小説集「獵女犯」、「台湾人元日本兵の手記―小説集『生きて帰る』」(99年)、翻訳「現代詩の探求」(村野四郎著)など。

陳 丹燕 ちん・たんえん *Chen Dan-yan*
中国の児童文学作家
1958.12～
[出]北京 [学]上海華東師範大学中国文学科卒
[歴]中国福利会児童時代社で編集に携わる傍ら、創作、翻訳活動に従事。両親の離婚、両親の死、恋愛など、中国の児童文学ではタブーとされていた問題をテーマに、女の子の気持ち、それらの経験を通しての成長を描き、若い読者の圧倒的支持を得る。主な作品に「青春の謎」「青春の翼」「少女たち」「ある15歳の死」「一人っ子たちのつぶやき」。

陳 忠実 ちん・ちゅうじつ *Chen Zhong-shi*
中国の作家
1942.8～2016.4.29
[出]西安郊外西蔣 [賞]全国優秀短編小説賞, 当代文学賞, 長城文学賞, 陝西省優秀文学賞(1993年度), 人民文学優秀作品賞(1994年度), 茅盾文学賞(1997年)
[歴]高校卒業後、郷里の小・中・高校で教鞭を執る。1969年毛西人民公社共産党委員会副書記兼人民公社副主任、78年西安市灞橋区文化館副館長、80年同市文化局副局長。65年から主に農村をテーマに作品を発表。79年中国作家協会陝西省分会に入会を批准される。80年同分会専属作家として創作に専念。特に文化大革命後の活躍は目覚ましく、短編集、中編小説集も多数。作品に「信任」「初夏」「白鹿原」(93年)などがある。97年中国文学界で最も栄誉のある賞の一つ茅盾文学賞を受賞。評論家としても知られ、2001年より中国作家協会副主席も務めた。

陳 登科 ちん・とうか *Chen Deng-ke*
中国の作家
1919.4.3～1998.10.12
[出]江蘇省漣水県
[歴]貧農の出身。軍隊で上級兵から読み書きを教わり、やがて新聞記者として従軍。1946年処女作「子どもたち」を書き上げた後、50年より雑誌「説説唱唱」に連載した「生きていた同志」で注目を集める。63年、4年がかりで長編「風雷」を完成させ、300万部を売ったが、劉少奇の委嘱を受けて書かれたことから文化大革命期は激しく批判され、自身も5年間投獄された。76年活動を再開。他の著書に「破壁記」(80年)など。

陳 白塵 ちん・はくじん *Chen Bai-chen*
中国の劇作家
1908.3.1～1994.5.28
[出]江蘇省淮陰県 [名]陳 増鴻, 別名＝陳 征江鳥〈Chen Cheng-chiang-niao〉 [学]南国芸術学院
[歴]1925年から文学創作を開始。上海の芸術大学や南国芸術学院で学び、中学教員、店員などの職歴を持つ。32年中共工作者として逮捕され、3年入獄。戦争中奥地に入り演劇隊“影人形団”を組織、重慶国立戯劇学校教授。50年中国共産党入党、映画脚本にも着手する。53年中国作家協会理事、55年同協会秘書長、56年同協会書記。62年ルーマニア、ブルガリアを訪問。同年人民大学副編集長。後に批判を受け、“叛徒”にされた。79年高等学校文芸理論研究会副会長、戯劇家協会副主席、南京大学中文系主任。戯曲に「歳寒図」「群魔乱舞」「乱世婦女」「升官図」「鳥鴉与麻雀」など、著書に「雲夢沢の想い出―文革下の中国知識人」(83年)がある。

陳 放 ちん・ほう *Chen Fang*
中国の作家
1944～2005.12
[出]黒竜江省ハルビン [学]北京魯迅文学院卒
[歴]中国共産党中央統戦部発行の「華人世界」編集長、文化雑誌「星光月間」副編集長などを経て、独立。1997年北京市の大型汚職事件を描いた小説「天怒」が出版直後に発禁処分を受けるが、海賊版も含め500万部が売れ、邦訳もなされる。2003年約1年間の日本での取材をもとに日本の中国人犯罪を描いた小説「海怒」を発表。ノンフィクションに極めて近い作風で知られる。他の著書に「最後一幅肖像(最後の一枚の肖像)」「中国硅谷」など多数。1998年来日。

【ツ】

ツァラ, トリスタン *Tzara, Tristan*
ルーマニア生まれのフランスの詩人
1896.4.4～1963.12.25
[出]ルーマニア・モイネスティ [名]ローゼンストック, サムエル〈Rosenstock, Samuel〉 [学]ブカレスト大学
[歴]ユダヤ系。1947年フランスに帰化。少年期にフランス象徴派の影響を受け、詩作を始める。第一次大戦中の15年両親と共にチューリヒに移住。同地で16年ハンス・アルプらと“ダダイスム運動”をおこし、「アンチピリン氏の天空冒険」(16年)、「ダダ宣言1918」(18年)などの作品を発表、中心的人物となる。

20年パリに出て、ブルトン、アラゴンらとパリ・ダダイスム運動を展開したが、まもなく彼らによる“シュルレアリスム運動”形成期には離反・孤立した。30年代に一時和解するが、再び別れて共産党に入党し、第二次大戦中はレジスタンスに参加、56年のハンガリー事件を機に離党した。代表的な詩集に「近似的人間」(31年)、「反頭脳」(33年)、「ひとり語る」(50年)がある。

ツィッパート, ハンス *Zippert, Hans*
ドイツのジャーナリスト, 児童文学作家
1957〜
[出]西ドイツ・ノルトライン・ウェストファーレン州ビーレフェルト(ドイツ)　[賞]ヘンリ・ナンネン賞(2007年)
[歴]ジャーナリストとして「フランクフルター・アルゲマイネ」「ヴェルト」紙などに寄稿し、機知に富んだ記事・エッセイで評判が高い。「ヴェルト」紙の人気コラム「Zippert zappt」は連載記録が10年を越え、2007年ヘンリ・ナンネン賞を受賞した。イラストレーターのルディ・フルツマイヤーとのコンビで子供向けの物語なども手がける。

ツィリヒ, ハインリッヒ *Zillich, Heinrich*
オーストリアの作家, 詩人
1898.5.23〜?
[出]ジーベンビュルゲン
[歴]民謡風の詩や生地の風物を取り入れた小説を執筆。詩集に「流れと大地」(1929年)、「Geburtstag」(48年)、小説に「アッティラの最後」(23年)、「Die Rainerbachmühle」(35年)、「国境と時代の間に」(36年)、「Die ewige Kompanie」(41年)などがある。故人。

ツヴァイク, アルノルト *Zweig, Arnold*
ドイツ(東ドイツ)のユダヤ系作家
1887.11.10〜1968.11.26
[出]グローガウ　[賞]クライスト賞(1914年)
[歴]ユダヤ系。幼時に反ユダヤ運動による破産と移転を経験。ドイツ各地の大学で学びながら小説を書き始め、卒業後ベルダン戦線に従軍、生涯と作品に大きな影響を与えた。帰国後作家活動に入り、傍らユダヤ民族統一運動を推進。1933年ナチスの台頭とともにパレスチナへ亡命。48年東ベルリンに戻り、東ドイツ文学の重鎮として活躍した。作品に短編集「クラウディアをめぐる物語」(12年)、連作「白い男たちの大戦争」(全5巻, 27〜57年)などがある。

ツヴァイク, シュテファニー *Zweig, Stefanie*
ドイツの作家
1932.9.19〜2014.4.25
[出]オーバーシュレジエン(ポーランド)　[賞]グローブ賞最優秀児童文学賞(1995年)
[歴]ユダヤ系ドイツ人。1938年少女時代にナチスの迫害を逃れるため、家族と共にケニアに移住。高校生のときドイツに戻る。その後ジャーナリストとして活躍する傍ら、小説を多数執筆。特にアフリカを舞台にした作品の人気が高く、移住経験を基にした自伝的小説「名もなきアフリカの地で」(95年)とその続編「Iregendwoin Deutschland」はベストセラーになった。同作品は2002年に映画化され、03年第75回アカデミー賞外国語映画賞を受賞。また、1995年に「Ein Mund voll Erde」でオランダ王立地理協会のグローブ賞最優秀児童文学賞を受賞した。

ツヴァイク, シュテファン *Zweig, Stefan*
オーストリアの作家
1881.11.28〜1942.2.23
[出]ウィーン　[学]ベルリン大学卒, ウィーン大学卒
[歴]富裕なユダヤ人の家庭に生まれ、新ロマン派風の叙情詩人として登場、1901年詩集「銀の絃」があり、以後小説、戯曲、評論を書いた。14年第一次大戦時はスイスに逃れロマン・ロランらと自由と平和のため闘い、戦後はザルツブルクに住んで特色ある伝記小説を次々に発表した。34年ヒトラー政権成立後、イギリスへ、40年北米、次いでブラジルに亡命した。作品に戯曲「エレミア」、評伝「三人の巨匠」(バルザック, ディケンズ, ドストエフスキー)、「三人の自伝作家」(カサノバ, スタンダール, トルストイ)、「マリー・アントワネット」「バルザック」「エラスムス」、小説「変身の魅惑」など。他に歴史教育家、平和主義者としての著書に評論集「人間・書物・都市との出会い」「時代と世界」「ヨーロッパの遺産」「昨日の世界」などがある。92年ドイツのフィシー書店が、死後50年を機に全集を完結させ、また未完の小説「クラリッサ」を出版した。

ツヴェターエワ, マリーナ・イワノヴナ
Tsvetaeva, Marina Ivanovna
ロシア(ソ連)の詩人
1892.10.8〜1941.8.31
[出]ロシア・モスクワ
[歴]父はモスクワ大学教授でプーシキン博物館の創立者イワン・ツヴェターエフ。恵まれた環境の中で早くから文学的素養を培い、早熟な詩才を見せる。女学校を卒業後ソルボンヌ大学に留学、フランス古典文学を専攻する。18歳の時に自費出版した詩集「夕べのアルバム」(1910年)でデビュー、象徴主義の系譜に連なる詩人として高い評価を得る。その後、「幻灯」(12年)、「二冊の書より」(13年)を相次いで出す。結婚した夫が白軍に参加、自身も十月革命に際して革命に反対する立場に立ち「白鳥の領分」(57年, ミュンヘン, 没後刊)を書く。22年亡命し、プラハで3年ほど暮らした後、家族とともにパリに移り、白系亡命者の雑誌に多くの詩を寄稿する。パリ時代には散文家として新境地を開き、「生きたるものをめぐる生きたる言葉」(33年)、ベールイ論「囚われの霊」(34年)、自伝的小品「母と音楽」(35年)、「悪魔」(同年)などを書いた。ソ連で再度詩人として活動しようと39年に帰国したが、状況は更に悪化し、わずかな詩を発表した後、41年疎開先のエラブガで自殺。他の代表作に「里程標 I, II」(21〜22年)、「手仕事」(23年, ベルリン)、告白形式の「山の詩」(24年執筆)や「終わりの詩」(同年執筆)、「わがプーシキン」(37年)、ヒトラーのチェコ侵入に抗議する「チェコに寄せる詩」(38〜39年)など。思想的に深みのある洗練された詩は戦後再評価された。アンナ・アフマートワと並ぶ才能豊かなロシア女流詩人で、20世紀を代表するロシア語詩人の一人として位置づけられている。
[家]父＝イワン・ツヴェターエフ(プーシキン博物館創立者)

ツヴェレンツ, ゲールハルト *Zwerenz, Gerhard*
ドイツの作家, エッセイスト, 文芸評論家
1925.6.3〜2015.7.13
[出]ザクセン州ガープレンツ　[学]ライプツィヒ大学卒　[賞]ビューヒナー賞(1975年)(辞退)
[歴]銅細工職人の修業中、徴兵されてソビエト軍の捕虜となる。復員後ライプツィヒ大学でエルンスト・ブロッホにつき哲学を学んだ。東ドイツでは反体制的知識人グループの一人として週刊誌などに寄稿していたが、1957年西ドイツに移り住み、フリーライターとしてエッセイやルポルタージュ、文芸評論、評伝、フィクションなど幅広い文筆活動を行う。小説作品に社会性の強い「Casanova oder der kleine Herr in Krieg und Frieden(現代のカサノバ)」があり、66年に発表されて注目を浴びた。また評論に75年ビューヒナー賞を受賞した(辞退)講演原稿がある。

ツェー, ユーリ *Zeh, Juli*
ドイツの作家
1974.6.30〜
[出]西ドイツ・ノルトライン・ウェストファーレン州ボン(ドイツ)　[賞]ドイツ文学賞, ヘルダーリン奨励賞, カール・アメリー文学賞
[歴]2001年「鷲と天使」で作家デビュー。現代ドイツを代表する作家であり、ドイツ文学賞、ヘルダーリン奨励賞、カール・アメリー文学賞など数々の著名文学賞を受賞。「ゲームへの衝動」(04年)ほか著書多数。

ツ

ツェデブ, ドジョーギーン　*Tsedev, Dojoogiin*
モンゴルの文学者, 詩人
1940〜
[出]バヤンホンゴル・アイマク・バヤン・オボーソム　[学]モンゴル国立大学文学部(1963年)卒 博士号
[歴]モンゴルを代表する文学者・詩人。1977〜90年モンゴル作家同盟議長。92〜96年東京外国語大学客員教授として日本に滞在。98年よりモンゴル国立文化芸術大学学長。多岐に渡るジャンルの作品を書き、文学論に関しての著作も多い。著書に詩集「思考」、短編集「世界の美しい人」、「この世の素晴らしき人」「馬乳酒の味」「傷つくことなき心」「草原の小道」「五回戦」などがある。

テ

ツェーフェルト, ジーグリット　*Zeevaert, Sigrid*
ドイツの児童文学作家
1960.1.30〜
[出]西ドイツ・ノルトライン・ウェストファーレン州アーヘン(ドイツ)　[賞]フリードリヒ・ベーデッカー賞(2006年)
[歴]教師を志して大学へ進むが, 教職課程修了時の卒業試験の一環として執筆した最初の児童書「海がきこえる」が高い評価を得、1990年から児童文学作家として活動を始める。病気、死、いじめ、差別、家族関係のトラブルなど、子供や10代の若者が抱える現実的な問題をテーマにした作品が多い。2006年ドイツ語圏の優れた児童文学作家に贈られるフリードリヒ・ベーデッカー賞を受賞。他の作品に「お星さまをみつめて」「ぼくとコシュと水色の空」などがある。

ツェベグミイド, ドンドギイーン　*Tsevegmid, Dondogiin*
モンゴルの作家, 詩人, 政治家
1915〜
[出]ドルノド・アイマク　[学]モンゴル国立大学, ロマノソフ国立大学 生物学副博士(ロマノソフ大学)　[賞]モンゴル国家大賞第1位(1941年), モスクワ大学名誉博士, フンボルト大学名誉博士
[歴]遊牧民の家庭に生まれる。幼時より優秀で神童と呼ばれていた。ウランバートル市の教員養成所で教育を受け、15歳の時小学校教師となる。この頃より詩作、創作をはじめ1935年頃から発表する。初期の作品にモンゴルの伝統的韻文学の結晶とも評される小説「牧童ナイダン」や長編詩「墓場にて」などがある。42年からモンゴル国立大学、45年からモスクワのロマノソフ国立大学で学び、生物学の副博士号を取得。62年大使として中国に駐在。67年母校モンゴル国立大学学長、72年よりモンゴル人民共和国副首相を務め、80年より文化大臣を兼任した。激務の中で文筆活動を続け、現代モンゴル文学黎明期の代表的作家の一人に数えられる。61年と74年の2度来日した。

ツェラン, パウル　*Celan, Paul*
ユダヤ系ドイツ語詩人
1920.11.23〜1970.4.26
[出]ルーマニア・チェルノビツ(ウクライナ)　[名]アンチェル, パウル〈Antschel, Paul〉　[学]ソルボンヌ大学(1950年)卒　[賞]ブレーメン文学賞(1958年), ビューヒナー賞(1960年)
[歴]ユダヤ系ドイツ人。チェルノビツ大学で学ぶ。第二次大戦中両親を強制収容所で失い、自身もルーマニア領内の労働収容所に収容される。1948年パリに出て、ドイツ文学などを学ぶ。50年エコール・ノルマル・シュペリウールのドイツ語教師となり、パリに定住。フランスのシュルレアリスムの影響を受け、独特の隠喩と幻覚的なイメージに富む詩風で知られる。第二次大戦後を代表するドイツ語詩人で、詩集に「骨壺の砂」(48年)、「罌粟と記憶」(52年)、「言葉の格子」(59年)、「迫る光」(63年)、「雪の境域」(71年)など。「パウル・ツェラン全詩集」(全3巻, 青土社)がある。
[家]妻＝ジゼル・レストランジュ(仏版画家)

ツェラン・トンドゥプ　*Tsering Döndrub*
チベットの作家
1961〜
[出]中国・青海省黄南チベット族自治州河南モンゴル族自治県　[学]黄南民族師範学校卒
[歴]チベットの牧畜民家庭に生まれる。黄南民族師範学校を卒業後、1983年短編小説「タシの結婚」で作家デビュー。青海民族学院、西北民族学院で文学について学んだ後、86年故郷に戻り、司法局に勤務しながら創作活動を続ける。その後、県誌編纂所に異動し、県誌や年鑑の編纂業務に従事する傍ら多くの小説を発表。チベット文学を代表する作家として知られる。

ツェンカー, ヘルムート　*Zenker, Helmut*
オーストリアの作家
1949〜
[出]ニーダーエスターライヒ州ザンクトバレンティン　[学]ウィーン教育アカデミー
[歴]教師の資格を取得し、様々な職を転々とした後、小学校と特別養護学校の臨時教員となる。作家としては1974年「カスパッハあるいはモルモットへの一般的関心」で注目され、続いて執筆した〈刑事コタン〉シリーズ第1作となる「コタンは捜索する」がテレビドラマ化されて人気を博す。他の著書に〈女私立探偵ミニー・マン〉シリーズなどがある。

ツォーデラー, ヨーゼフ　*Zoderer, Joseph*
イタリアの作家
1935〜
[出]イタリア
[歴]北部イタリアの南チロルに生まれる。4歳のとき、ファシズム政権下で両親がドイツ国籍を選んだため、グラーツに移住。第二次大戦後、再びイタリア国籍を取得し、南チロルに戻る。1976年初の自伝的長編小説「手を洗うときの幸福」を出版。82年「イタリア女」を発表し、現代ドイツ語文学の代表的作家として脚光を浴びる。

ツックマイアー, カール　*Zuckmayer, Carl*
ドイツの劇作家, 作家
1896.12.27〜1977.1.18
[出]ラインヘッセン州ナッケンハイム　[賞]クライスト賞, ゲーテ賞(1952年)
[歴]母方からユダヤ人とフランス人の血を、父方からイタリア人の血を受け継ぐ。第一次大戦に志願兵として参戦し、戦後フランクフルト大学とハイデルベルク大学で法学、文学史、社会学を学ぶ傍ら、社会主義運動に参加。1920年頃から演劇活動を始め、24年ブレヒトと共にマックス・ラインハルトのドイツ座(ベルリン)の劇作家となる。翌25年「楽しきぶどう山」が成功を収め、クライスト賞を受賞。「シンダーハーネス」(27年)も成功し、「ケーペニックの大尉」(31年)で世界的に有名となって民衆劇で文学的地位を不動のものとする。映画の脚本も数多く手がけ、30年ハインリヒ・マンの「ウンラート教授」をもとに「嘆きの天使」の脚本を執筆。33年ナチス政権が成立するとオーストリアに移住、38年オーストリア併合とともにスイスに逃れ、さらにキューバを経由して39年アメリカに亡命。アメリカでは講演、脚本や戯曲の創作などの活動を続けながら一時農場を経営した。第二次大戦後の46年アメリカ政府の文化政策を担当する民間使節として帰国。ナチス時代のドイツ軍人の悲劇を描いた「悪魔の将軍」(46年)で好評を博し、フランスのレジスタンス運動を題材にした「殉難の歌」(50年)、原子力研究者を主人公にした「冷たい光」(55年)などを書く。58年からスイスに定住。他の戯曲に「カタリーナ・クニー」(28年)など、自叙伝「まるで私の一部のように―友情のホーラーたち」(66年)もある。

【テ】

デアンドリア, ウィリアム　*DeAndrea, William L.*
アメリカのミステリー作家

1952～
[出]ニューヨーク州ポート・チェスター [名]DeAndrea, William Louis [学]シラキュース大学(1974年)卒 [賞]MWA賞最優秀新人賞(1978年度), MWA賞最優秀ペーパーバック賞(1979年)
[歴]ウェストチェスターやロックランドの新聞社に務めた。工場労働者を経て、1976年から執筆活動に専念。作家としてのデビュー作は「Killed in the ratings(視聴率の殺人)」で、この作品により78年度のアメリカ探偵作家クラブ(MWA)最優秀新人賞を受賞。79年第2作「ホッグ連続殺人」は同クラブの最優秀ペーパーバック賞を受ける。以来、ミステリーを年に1作の割合で発表し続け、現代の本格物、歴史物、サスペンス物などと多才な活躍ぶりを見せている。

鄭 媛 てい・えん *Jess Weng*
台湾の作家
1970.5.13～
[名]英語名＝SILLA Weng, Silla
[歴]欧米から入ってきて台湾で根づいたロマンス小説は、一大ジャンルとして独自の発展を遂げるが、その“台湾ロマンス”で女王の地位にのぼりつめる。英語名のSILLAでも親しまれる。台湾のみならず、香港やシンガポールでも圧倒的人気を誇り、2005年には中国本土にも進出した、中国語圏で最大のロマンス作家。〈ガラスの靴〉シリーズ3部作は執筆に8ケ月を費やしたが、最短では20日という驚異的な創作ペースで作品を発表する。

鄭 義 てい・ぎ *Zheng Yi*
香港の作家
1942～
[出]中国・上海
[歴]少年時代から中国の古典小説に親しみ、15歳の時から新聞・テレビ・ラジオの原稿や脚本を執筆。文化大革命時は山西省の農村で5年間労働に従事。1979年香港に移住。著述や編集・翻訳などで活躍。長い間、中国共産党に関する資料を研究し、内幕の暴露や人物伝記の描写に手腕を発揮、その著作は引用が正確で、国内外から高い評価を受ける。現代中国の政治小説、伝記作家の第一人者。作品に「黒暗興光明」「中共文化百人志」「戒厳部隊探秘」「小説 鄧小平」「江沢民伝奇」「朱鎔基評伝」「李瑞環伝記」「鄒家華とその父」、邦訳書に「小説中国共産党」「天安門の六人—小説中国共産党三国志」など。また、マッチ箱の収集家としても知られ、「マッチ箱の中国現代史」という著書もある。

鄭 義 てい・ぎ *Zheng Yi*
中国の作家
1947～
[出]北京 [学]晋中師範専科学校中文系卒
[歴]1968年清華大付属高級中学在学中、紅衛兵の武闘開始期にあたり、運動に疑問を持ちながらも自己改造を目指して山西省の太行山中の大坪という山村に下放。牛馬と一緒の窖(あなぐら)の生活、文化大革命と“農業は大寨に学べ”の運動を身をもって体験する。以後77年の晋中師範専科復学まで東北を放浪。その時の体験・見聞をもとに76年処女作執筆、のち79年に「凝結的微笑」として発表。同年同じく自己の体験をもとに紅衛兵の凄惨な武闘を描いた短編小説「楓」は人々に衝撃を与えた。のち映画化。太行山の厳しい自然環境を生き抜く農民たちの生と性を描いた「遠村」(83年)や「老井」(84年,「古井戸」として映画化)、「呉小梅」などの話題作を次々に発表。89年「五・一六声明」署名者の一人。天安門事件後、指名手配を逃れて地下に潜行。92年春香港に脱出、93年1月アメリカへ亡命。他の作品に「中国の地の底で」、「赤い記念碑」、「神樹」(96年)などがある。

鄭 鴻生 てい・こうせい *Zheng Hong-sheng*
台湾の作家
1951～
[出]台南 [学]台湾大学哲学系(1972年)卒
[歴]1969年台南一中(高等学校)を卒業後、台湾大学に入学。台湾大学において“保衛釣魚台”運動、キャンパス民主闘争、民族主義論戦を経験。72年台湾大学哲学系を卒業。その年の10月から兵役生活に入るが、兵役先として、政治犯を収容していた緑島にも赴任。兵役を終え、アメリカでコンピューター関連の学科に進学し、その後コンピューター関係の会社に勤めるが、88年に帰台。帰台後にも一時期、コンピューターの技師として働いていたが、96年夫婦でオーストラリアのシドニーで1年間を過ごす。著書に「荒島遺事」「台湾68年世代、戒厳令下の青春」など。

テイ, ジョセフィン *Tey, Josephine*
イギリス(スコットランド)の作家
1896～1952
[出]スコットランド・インバネス [名]マッキントッシュ, エリザベス 旧筆名＝ダビオット, ゴードン
[歴]1929年からゴードン・ダビオット名義で執筆し、歴史劇「ボルドーのリチャード」(32年)などを発表するが、のち推理作家に転じ、36年からテイ名義で作品を発表。他の作品に「ミス・ピム裁きを下す」(46年)、「フランチャイズ事件」(48年)、「魔性の馬」(49年)、「時の娘」(51年)などがある。

鄭 清文 てい・せいぶん *Cheng Ching-wen*
台湾の作家
1932.9.16～2017.11.4
[出]桃園県(桃園市) [学]台湾大学商学科(1958年)卒 [賞]台湾文学賞(1968年), 呉三連文芸賞(1987年), 桐山環太平洋文学賞(1999年)
[歴]1933年満1歳の時、母方の叔父の養子となり、新荘に移り住む。少年期に日本語教育を受けた。終戦後、中国語を勉強。50年代から作品を発表し始め、58年作家デビュー。60年から華南銀行に勤務しながら創作活動を続けた。70年代後半からは童話も手がけ、80年代以降その名を広く知られるようになる。特に99年に短編「再び歌うために」が高校国語教科書に収録されたことで、若い世代の間で知名度が上がった。社会性の強い作品が多く、日本統治下の台湾を題材にした「三本足の馬」(邦訳は85年)などを発表。台湾では“戦後第二世代”に分類される。小説、童話、絵本、評論など幅広く活動した。他の小説に「丘蟻一族」「阿里山の神木」など。

丁 西林 てい・せいりん *Ding Xi-lin*
中国の劇作家, 物理学者
1893.9.29～1974.4.4
[出]江蘇省泰興県 [名]丁 爕林, 字＝巽甫 [学]上海交通部工業専門学校(1913年)卒, バーミンガム大学
[歴]1914年イギリスのバーミンガム大学に留学、物理学や数学を学ぶ傍ら、英文学に傾倒。20年帰国して北京大学物理系教授に就任。27年国立中央研究院に新設された物理研究所の所長に就任。一方、23年処女戯曲「一隻馬蜂」を書き、続いて「親愛なる夫」(24年)、「圧迫」(26年)、「北京の空気」(30年)、「三円貨幣」(39年)などの社会諷刺喜劇(一幕劇)を執筆。「奥様が帰ったとき」(39年)、「妙峰山」(40年)、「孟麗君」(61年)の多幕劇もある。中華人民共和国成立後は、政府文化部副部長、全人代代表などの要職を務めた。

程 乃珊 てい・だいさん *Cheng Nai-shan*
中国の作家, 編集者
1946.6.14～2013.4.22
[出]上海 [学]上海教育学院英文科(1965年)卒
[歴]上海の裕福な家庭に生まれ、祖父は著名な銀行家。1949年両親と香港へ移るが、57年上海に戻り、65年上海教育学院を卒業。中学校教師の傍ら文筆活動に行い、79年「お母さんが教えてくれた歌」で作家デビュー。89年抗日戦争中の上海の銀行を描いた「銀行家」で注目を集める。90年から雑誌編集者として香港に居住。代表作に「上海タンゴ」(2002年)、「上海レディ」(04年)、「上海ファッション」(05年)、「上海ロマンス」(06年)などがある。

テ

鄭 伯奇　てい・はくき　Zheng Bo-qi
中国の作家, 編集者
1895.6.11〜1979.1.25
㊙祖父＝程 慕灝（銀行家）
㊙陝西省長安県　㊙鄭 隆謹, 筆名＝鄭 君平, 何 大白, 席 耐芳
㊙三高卒, 京都帝国大学文学部
㊙1917年日本へ私費留学, 三高や京都帝国大学文学部に学ぶ。少年中国学会会員として田漢と親しく, その紹介で留学生の文学結社である創造社に加わり, 22年処女短編「最初の授業」を発表。26年帰国後は上海で左翼文学と映画に関わり, 第3期創造社同人と他の同人とをつなぐ橋渡し役を果たす。また, 魯迅と接触して中国左翼作家連盟発足の土台作りも行い, 第1回常務委員に就任。28年頃から新興演劇運動に関心を持ち, 29年上海芸術劇社社長。30年代は編集の方面でも活躍し, 映画雑誌「電影画報」や通俗的文芸雑誌「新小説」を主編した他, 中国出版史上画期的といわれる「中国新文学大系」(35年) の刊行に努めた。抗日戦争中は重慶で文化工作に従事。中華人民共和国成立後は中国文学芸術界連合会委員などを歴任。短編集「ライター」(36年), 評論集「両棲集」(37年) などの他, 創造社に関する回想を残した。

ティー, ミシェル　Tea, Michelle
アメリカの作家
1971〜
㊙マサチューセッツ州　㊙ラムダ賞（最優秀レズビアン小説賞）
㊙20代半ばをアリゾナ州で過ごした後, サンフランシスコのミッション地区へと移り, ダイクカルチャーとストリートポエトリーに影響を受ける。小説やノンフィクションを発表する一方, 詩の朗読イベント"Sister Spit"の共同創設者として活動。またアート・ディレクターも務める。自伝的小説「ヴァレンシア・ストリート」(2000年) で, ラムダ賞最優秀レズビアン小説賞を受賞。

ディアス, ジュノ　Díaz, Junot
ドミニカ共和国生まれのアメリカの作家
1968.12.31〜
㊙ドミニカ共和国サントドミンゴ　㊙ラトガース大学卒, コーネル大学大学院　㊙ピュリッツァー賞 (2008年), 全米批評家協会賞 (2007年), O.ヘンリー賞 (2009年)
㊙ドミニカ共和国の貧しい農家に生まれ, サントドミンゴで幼年期を送る。1975年家族でアメリカに移住したが, 父親が失踪, 兄は白血病を患い, 窮乏状態の中で育った。皿洗い, ビリヤード台配達, 製鉄業などの仕事をしながらラトガース大学, コーネル大学大学院で文学と創作を学び, デビュー短編集「ハイウェイとゴミ溜め」(96年) で高い評価を受けた。初長編「オスカー・ワオの短く凄まじい人生」(2007年) は全米批評家協会賞とピュリッツァー賞を受賞し, 英米で100万部のベストセラーとなった。12年には"天才奨学金"として知られるマッカーサー奨学金を得る。マサチューセッツ工科大学創作科で教鞭を執る一方, ピュリッツァー賞選考委員も務める。

ディエゴ, ヘラルド　Diego, Gerardo
スペインの詩人, 文学者, 音楽家
1896.10.3〜1987.7.8
㊙サンタンデール　㊙国民文学賞 (1925年), セルバンテス賞 (1979年)
㊙"27年世代"に属する学者詩人の一人。マドリード大学で博士号を取得し, ソリアなどで高校教師を務める。「イメージ」(22年), 「泡沫の詩」(24年), 「エキスとセダの物語」(32年) などで前衛詩を書き, 「人間的な詩」(25年), 「コンポステラの天使」(40年), ソネット集「真実のひばり」(41年) などではルネサンス・バロック詩への傾向を示した。戦後も「神聖詩」, 「運もしくは死」など伝統と刷新を織り交ぜたた多様な世界を描いた。他にガルシア・ロルカをはじめとする同時代詩人の作品を集めた編著書「現代スペイン詩抄」(32年, 増補版34年) がある。王立アカデミー会員。79年ボルヘスと共にセルバンテス賞を受賞した。

ディオプ, ダヴィッド・マンデシ　Diop, David Mandessi
セネガルのフランス語詩人
1927.7.9〜1960.8.29
㊙フランス・ボルドー　㊙パリ大学
㊙父はセネガル人のキリスト教徒の医師, 母はカメルーン人。幼年期を西アフリカで過ごし, パリ大学を出てダカールとギニアでリセの教師にもなったが, 生涯のほとんどをフランスで送る。文芸誌「プレザンス・アフリケーヌ」の創刊に参画するなど, 早くから詩の創作と政治運動に熱心で, セゼールやサンゴールを継承するネグリチュード派の若いホープと期待されたが, 1960年ギニアからダカールへの帰路, 飛行機事故で死去, 詩の草稿も散逸した。残されているフランス語の詩集は「すりこぎの一撃」(56年) のみで, 「プレザンス・アフリケーヌ」誌や, サンゴール編「ニグロ・マダガスカル新詩集」に収録された詩が若干残っているだけだが, 望郷の念を押し出した詩は多くの若手詩人から熱烈な支持を得た。

ディオプ, ビラゴ　Diop, Birago
セネガルの詩人, 作家, 外交官
1906.12.11〜1989.11.25
㊙トゥルーズ大学
㊙ウォロフ族出身。フランス語で執筆。フランスのトゥルーズ大学で獣医学に入学, 1933年まで獣医学を, その後は哲学を学ぶ。33年パリでセネガルの詩人サンゴールと出会い, ネグリチュード派の黒人詩人たちと共に文学雑誌「黒人学生」を発刊。25年頃から執筆活動をしていたが, 獣医としてアフリカ各地を巡回していた時に出会ったグリオ (語部) の話をまとめたものが「アマドゥ・クムバ物語」(47年), 「新アマドゥ・クムバ物語」(58年) で, 代表作となった。60〜64年駐チュニジア大使を務め, 65年以降は祖国で家畜病院を経営した。詩集「わなと閃光」(60年) のほかに, 自伝「ペンの赴くままに」(78年) がある。

ディオム, ファトゥ　Diome, Fatou
セネガル生まれの作家
1968〜
㊙セネガル・サルーム諸島ニオディオル島
㊙非嫡出子だったため祖父母に育てられ, 村社会から差別を受ける。13歳で島を出て, 受け入れ家庭の家事や市場で働きながら中学・高校に通う。バカロレアをとって首都ダカールで大学に進学, 在学中にフランス人と知り合い結婚。1994年夫の故郷ストラスブールに住み始めるが2年後に離婚。高学歴でも黒人の彼女はなかなか定職に就くことができず, 家政婦やベビーシッターをしながら, 大学での研究と執筆を行う。2001年処女短編集「La Préférence nationale (国民優先)」で作家デビュー。ストラスブール大学で博士論文を執筆する傍ら, 作家活動を続ける。

ディカミロ, ケイト　DiCamillo, Kate
アメリカの児童文学作家
1964.3.25〜
㊙ペンシルベニア州　㊙フロリダ大学卒　㊙ニューベリー賞 (2004年)
㊙南部で子供時代の大半を過ごし, フロリダ大学を卒業。作家デビュー作の「きいてほしいの, あたしのこと─ウィン・ディキシーのいた夏」(2000年) は01年ニューベリー賞最終候補作となり, 「パブリッシャーズ・ウィークリー」のベスト・ブック・オブ・ザ・イヤーなど数々の賞を受賞。04年「ねずみの騎士デスペローの物語」でニューベリー賞を受賞。他の作品に「虎よ, 立ちあがれ」「愛をみつけたうさぎ─エドワード・テュレインの奇跡の旅」「ゆきのまちかどに」などがある。

ディキンソン, ピーター　Dickinson, Peter
北ローデシア生まれのイギリスの推理作家, ファンタジー作家, 児童文学作家

1927.12.16～2015.12.16
[出]北ローデシア・リビングストン（ザンビア）　[名]Dickinson, Peter Malcolm de Brissac　[学]ケンブリッジ大学キングス・カレッジ卒　[賞]CWA賞ゴールド・ダガー賞（1968年・1969年），ジョン・W.キャンベル記念賞第2位タイ（1974年），ガーディアン賞（1977年），カーネギー賞（1979年・1980年），ウィットブレッド賞（1979年・1990年），フェニックス賞（2001年・2008年）
[歴]イギリス統治下のザンビアで生まれ、幼少期を世界各地で過ごし、7歳の時にイギリスに帰国。イートン校を経て、ケンブリッジ大学で英文学を学ぶ。卒業後は「パンチ」誌に編集者として務める傍ら、多数の諷刺詩や児童書を書き、またミステリーの評論も手がけた。1968年退職し、創作に専念。同年処女長編「Skin Deep（ガラス箱の蟻）」でイギリス推理作家協会賞（CWA賞）ゴールド・ダガー賞を獲得、さらに翌69年「A Pride of Heroes（英雄の誇り）」で2年連続同賞を受賞。その後も、児童文学のファンタジー「The Blue Hawk（青い鷹）」（77年）でガーディアン賞を、「Tulku（タルク）」（79年）と「City of Gold（聖書伝説物語）」（80年）で2年続けてカーネギー賞を受賞するなど、優れたファンタジー作家、推理作家としての地位を確立。作風は、華麗な凝った文体と、緊密な物語構成の背後にデカダンスな死の香りを漂わせるのを特色とした。他の作品に「封印の島」（70年）、「緑色遺伝子」（73年）、「生ける屍」（75年）、「キングとジョーカー」（76年）、「エヴァが目ざめるとき」（88年）、「AK」（90年）、「血族の物語」（98年）など。2000年には国際アンデルセン賞の候補となった。

ディクソン，カーター
→カー，ジョン・ディクソンを見よ

ディクソン，ゴードン・ルパート　*Dickson, Gordon Rupert*
カナダ生まれのアメリカのSF作家
1923～2001.1.31
[出]カナダ・アルバータ州エドモントン　[学]ミネソタ州立大学卒　[賞]ヒューゴー賞最優秀中短編賞（1964年度），ネビュラ賞（1966年度），ジュピター賞（1977年度），イギリス幻想文学賞（1977年度）
[歴]父親は鉱山技師。幼少時代をカナダで送り、13歳の時にアメリカのミネアポリスに移住。16歳でミネソタ州立大学に入学、創作を学ぶが、在学中の1943～46年第二次大戦に従軍。のち著作専攻で文学士を取り、大学を卒業。以後多くのSF作品を書き、SFの年間最優秀作品に与えられるヒューゴー賞を3度、ネビュラ賞を1度受賞。またSF作家のポール・アンダーソンとの共作も多数発表。これらの作品は多くの外国語に翻訳され、世界各国で読まれている。代表作に「兵士よ、問うなかれ」「Call Him Lord」「時の嵐」の他、「ドラゴンになった青年」「ドラゴンの騎士」などの〈ドラゴン〉シリーズ、〈ドルセイ〉シリーズなどがある。一方、69～71年2期に渡りアメリカSF作家協会会長を務め、SFリサーチ協会やアメリカ・ミステリー作家協会のメンバーとしても活躍した。

ディクソン・カー
→カー，ジョン・ディクソンを見よ

ディケール，ジョエル　*Dicker, Joël*
スイスの作家
1985.6.16～
[出]ジュネーブ　[学]ジュネーブ大学（法律）　[賞]ローザンヌの若い作家のための国際文学賞，ジュネーブ作家協会賞（2010年），高校生が選ぶゴンクール賞（2012年），アカデミー・フランセーズ賞（2012年）
[歴]ジュネーブ大学で法律を学ぶ。2005年の短編で“ローザンヌの若い作家のための国際文学賞”を受賞。10年第1長編でジュネーブ作家協会賞を受賞。12年にはミステリー「ハリー・クバート事件」で高校生が選ぶゴンクール賞、アカデミー・フランセーズ賞などを受賞。世界32ケ国以上で翻訳出版され、ヨーロッパで200万部のメガセラーとなった。

ディケンズ，モニカ　*Dickens, Monica*
イギリスの作家
1915～1992.12.25
[出]ロンドン　[学]セント・ポール女学校卒
[歴]1915年文豪チャールズ・ディケンズの曽孫としてロンドンに生まれ、恵まれた少女時代を送る。イギリスの名門セント・ポール女学校に学ぶ。卒業後はパリで社交界に出る修業をしたり、演劇学校に通ったりもするが、22歳の時にたしかな生き方を求めて、仕事に就くことを決意する。コック・ジェネラルの職を1日でくびになったあと家政婦となり、この時の体験をもとに自伝的な作品「One pair of hands（なんとかしなくちゃ）」（39年）を書きあげ、作家としての第一歩を踏み出す。続いて見習い看護師、のちには地方新聞社の記者などを務め、それぞれ体験記を著す。第二次大戦後はフィクションも手がけたほか、46年から65年にかけては「Women's Own」誌のコラムニストとしても活躍した。51年アメリカの海軍中佐ロイ・O.ストラットンと結婚。以後40冊以上の小説と数冊の児童書を書いており、明るいユーモアあふれる作風で幅広い読者から親しまれた。
[家]曽祖父＝チャールズ・ディケンズ（作家）

ディスキー，ジェニー　*Diski, Jenny*
イギリスの作家
1947.7.8～2016.4.28
[出]ロンドン　[名]Simmonds, Jenny
[歴]ユダヤ系移民の労働者階級の家庭に生まれる。教師として働く傍ら、1986年SMを大胆に取り上げた小説「ナッシング・ナチュラル」を発表。アラン・シリトーなどから賞賛され、センセーショナルなデビューを飾った。他の作品に「Rainforest」などがある。生涯に11の長編小説の他、二つの短編集、回想記、旅行記、エッセイなどを発表した。

ディッキー，ジェームズ　*Dickey, James Lafayette*
アメリカの詩人，作家
1923.2.2～1997.1.19
[出]ジョージア州アトランタ　[学]クレムソン大学，バンダービルト大学　[賞]全米図書賞（1966年）
[歴]第二次大戦中、アメリカ陸・空軍に服務し、韓国でアメリカ空軍に従軍。パイロットを務めた。1950年処女詩集「石」を出版。66年ワシントンの国会図書館の詩の顧問、68年からサウスカロライナ大学英語教授兼寄宿作家を務めた。空軍勤務中の戦争体験から人間の残虐さ、殺戮を通じ根本的生命の意味を探究。70年に発表した小説「わが心の川」は自身の脚本で72年ジョン・ボイド監督により「脱出」として映画化された。他の作品に、詩集「他者と共に溺れる」（62年）、「十二宮」（76年）、「Wayfarer」（88年）、評論集「バベルからビザンティウムまで」（68年）、詩文集「Night Hurdling」（83年）、小説「牝鹿ダンサーの選択」（65年）、「白の海へ」（93年）などがある。

ディック，フィリップ・K.　*Dick, Philip Kindred*
アメリカの作家
1928.12.16～1982.3.2
[出]イリノイ州シカゴ　[学]カリフォルニア大学バークレー校中退
[賞]ヒューゴー賞（1963年度），ジョン・W.キャンベル記念賞
[歴]レコード店のアルバイト、ラジオのクラシック番組の台本作家などを経て、1952年作家としてデビュー。53年第1SF小説「偶然世界」を執筆。以後精力的な作家活動に入るが、5度の結婚、警察力への反抗、ドラッグ服用などのすえ、売れないペーパーバック・ライターとして53歳の若さで生涯を終えた。しかし、残した著作はSF長編・短編、自らの体験と持ち前の創造力で精神世界の変容を書き綴った一般小説など厖大な数にのぼる。死後、名声が高まり、未発表の作品も全て刊行された。代表作に、傑作の誉れ高い「火星のタイム・スリップ」はじめ、「高い城の男」「アンドロイドは電気羊の夢を見るか？」「パーマー・エルドリッチの三つの聖痕」「去年を待ちながら」「ザップ・ガン」「ユービック」「流れよ我が涙、と警官は言った」「ヴァリス」、短編の「にせもの」「模造記憶」（短編集）な

どがある。作品の舞台化、映画化も盛ん。

ディックス, シェーン　*Dix, Shane*
オーストラリアの作家
[歴]1991年オーストラリアのSF雑誌「オーリアリス」に短編「Next of Kin」が掲載され作家デビュー。以後、SF小説にとどまらず、主流文学や詩、SF映画やドラマの評論などの幅広い分野で活躍。99年から2001年にかけてショーン・ウィリアムズと合作した〈銀河戦記エヴァージェンス〉シリーズは国内外で好評を博す。

ディックス, マシュー　*Dicks, Matthew*
アメリカの作家
[出]ロードアイランド州ウーンソケット
[歴]ロードアイランド州で生まれ、マサチューセッツ州で育つ。18歳で家を出て様々な職業を経験、23歳の時に強盗事件に遭遇して人生を考え直し、カレッジに入った。小学校教師となり、2005年にはウェストハートフォードの"ティーチャー・オブ・ザ・イヤー"に選ばれた。09年ミステリー「泥棒は几帳面であるべし」で作家デビュー。

ディッシュ, トーマス　*Disch, Thomas Michael*
アメリカのSF作家
1940.2.2～2008.7.4
[出]アイオワ州デモイン　[名]別名(ファンタスティック誌)＝ソープ, ドビン ハーグレイブ, レオニー　[学]ニューヨーク大学(1962年)中退　[賞]ジョン・W.キャンベル記念賞(1980年), イギリスSF作家協会賞(1980年), ローカス賞(1981年)
[歴]建築家を志してクーパーズ・ユニオンに入学。生命保険会社に勤めながらニューヨーク大学の夜学に通い、1962年短編「The Double-Timer」でデビュー。その後、広告代理店、銀行など様々な職に就きながら、65年「人類皆殺し」で長編デビュー。66年イギリスへ渡り、「ニュー・ワールズ」誌で異彩を放つ意欲的な作品を次々と発表、イギリスSF界のニューウェーブの一翼を担う。70年帰国。80年「歌の翼に」でジョン・W.キャンベル記念賞を、「いさましいちびのトースター」でイギリスSF作家協会賞、ローカス賞を受賞。知性派SF作家として知られた。2008年拳銃自殺した。他の著書に「虚像のエコー」「キャンプ・コンセントレーション」「プリズナー」「M・D」などがある。

ディディオン, ジョーン　*Didion, Joan*
アメリカの作家, 脚本家, コラムニスト
1934.12.5～
[出]カリフォルニア州サクラメント　[学]カリフォルニア大学バークレー校英文学科(1956年)卒　[賞]アメリカ芸術文学アカデミー賞(1978年), エドワード・マクダウェル・メダル(1996年), ジョージ・ポルク賞(2001年), セントルイス文学賞(2002年), 全米図書賞(ノンフィクション部門)(2005年), メディシス賞(2007年)
[歴]在学中「ヴォーグ」誌のパリ賞第1席を獲得。卒業後、1956年から63年まで同誌記者としてニューヨークで働く。63年カリフォルニアに住む家族を描いた処女作「Run River(川よ、流れろ)」で作家デビュー。64年作家のジョン・グレゴリー・ダンと結婚、本格的な作家活動に入る。小説、ノンフィクションを通して、現代の親子断絶、夫婦の崩壊などを描く。78年に長編作品「祈禱書」でアメリカ芸術文学アカデミー賞を受賞。また、映画「スター誕生」(76年)などの脚本も手がけ、「エスクァイア」「ハイパース・バザール」などのコラムニストとしても活躍。2005年「悲しみにある者」で全米図書賞ノンフィクション部門を受賞、07年自ら戯曲化した芝居が初演され、成功を収めた。他に小説「Play It As It Lays」(70年)、「日々の祈りの書」(77年)、「マクマホン・ファイル」(96年)、エッセイ「60年代の過ぎた朝」(78年)、ノンフィクション「ベツレヘムに向け、身を屈めて」(69年)、「ラテンアメリカの小さな国」(83年)、「マイアミ」(87年)、「さよなら、私のクィンターナ」(11年)などがある。
[家]夫＝ジョン・グレゴリー・ダン(作家)

ティデル, ヨハンナ　*Thydell, Johanna*
スウェーデンの作家
1980.11.14～
[出]ネシェー　[賞]アウグスト賞
[歴]2003年「天井に星の輝く」で作家デビュー。多感で不安定なティーンエイジャーの心の揺らぎを的確に描きとった同書で、アウグスト賞など複数の文学賞を受賞し、一躍国民的人気作家となる。09年には映画化され、ベルリン映画祭の14歳以上向け作品部門にも出品された。

ディテルリッジ, トニー　*DiTerlizzi, Tony*
アメリカの絵本作家
1969～
[出]カリフォルニア州　[賞]コルデコット賞オナーブック(2003年), ジーナ・サザーランド賞
[歴]RPGカード「Dungeon&Dragons」のキャラクターなど、いくつかのカードゲームに関わった後、子供向けの創作絵本や挿絵の仕事を始め、J.R.R.トールキン、アン・マキャフリー、グレッグ・ベアなどの作品のイラストも手がける。ホリー・ブラックと共に作った〈スパイダーウィック家の謎〉シリーズは世界30ケ国以上で翻訳される。精密に描き込まれた画風でゲーム、ファンタジー両方の世界で人気を博す。2003年絵本「スパイダー屋敷の晩餐会」がコルデコット賞オナーブックに選ばれる。

テイト, アレン　*Tate, Allen*
アメリカのジャーナリスト, 詩人
1899.11.19～1979.2.9
[出]ケンタッキー州ウィンチェスター　[名]テイト, ジョン・オーリー・アレン〈Tate, John Orley Allen〉　[学]バンダービルト大学(1922年)卒　[賞]ボーリンゲン賞(1957年)
[歴]1918年バンダービルト大学に入学、21年J.C.ランサムのグループに加わり、ニュー・クリティシズム(新批評)の母体となった「フュージティブ」誌を創刊(22～25年)。近代化を嫌って農本主義に共鳴し伝統の尊重を唱える。近代的産業社会に背を向ける南部人たちの評論集「私の立場」(30年)にも寄稿。「シウォニー・レビュー」の編集に携わったこともある。以後南部の代表的詩人、新批評派の一員、南部農本主義文学運動の推進者として活躍し, サウスウェスタン大学、ミネソタ大学などいくつかの大学で教鞭を執る。一方、形而上派的な詩人として、詩集に「黄金の中庸」(23年)、代表作とされる「南軍死者の頌詩」を収めた「ポープ氏」(28年)、「詩集 1928-1931」(32年)、「地中海」(36年)、「クリスマスのソネット」(41年)、「冬の海―詩の本」(44年)、「目が歌うためのふたつの奇想、もし歌えるならば」(50年)、「泳ぐひと」(71年)などを発表。評論に「詩と思想にかんする反動的エッセイ」(36年)、「狂気の理性」(41年)、「詩の限界について」(48年)、「現代世界における文人」(55年)などがあり、ポーの観念主義的ロマン主義を批判した「天使的想像力」(51年)が代表的論文。唯一の小説「父たち」(38年刊、60年改訂)もある。最初の妻キャロライン・ゴードンと共編の「フィクションの家」(50年)や、ジョン・ピール・ビショップと共編の「アメリカの収穫」(42年)など編著も多い。

ティドハー, ラヴィ　*Tidhar, Lavie*
イスラエルの作家
1976.11.16～
[出]イスラエル　[賞]世界幻想文学大賞(2011年), イギリス幻想文学賞, イギリスSF協会賞(ノンフィクション部門)
[歴]イスラエルのキブツで育ち、15歳から南アフリカ、ラオス、南太平洋のバヌアツなどに住む。様々な言語を習得し、2005年ウェブマガジン「Sci Fiction」に発表した短編「The Dope Friend」が高い評価を得る。以後、短編を雑誌に発表しつつ、長編を執筆。スチームパンク小説「ブックマン秘史」3部作で好評を博す。11年発表の「Osama」で世界幻想文学大賞を、中

編「Gorel&The Pot-Bellied God」でイギリス幻想文学賞を受賞。「完璧な夏の日」は英紙「ガーディアン」の13年度ベストSFに選出された。コミックブック原作者や編集者、ライターとしても活躍しており、「The World SF Blog」でイギリスSF協会賞ノンフィクション部門も受賞。

ディートリヒ, ウィリアム *Dietrich, William*
アメリカの作家, ジャーナリスト
1951～
[出]ワシントン州 [賞]ピュリッツァー賞(1990年)
[歴]長年自然・環境分野のジャーナリストとして活躍し、1989年に起きたアラスカ沖タンカー原油流出事故のレポートが認められ、90年のピュリッツァー賞を受賞。取材で世界各地を飛び回り、全国科学基金の給費プロジェクトとして南極探検が行われた際には科学ジャーナリストして参加、98年その体験を元に南極を舞台にした小説「氷の帝国」で作家デビュー。2007年〈イーサン・ゲイジ〉シリーズの第1作「ピラミッド封印された数列」を発表。

ディトレウセン, トーヴェ *Ditlevsen, Tove*
デンマークの詩人, 作家
1917.12.14～1976.3.7
[出]コペンハーゲン [名]Ditlevsen, Tove Irma Margit
[歴]下層階級の労働者の家庭に生まれる。会社勤めをした後、22歳で文芸誌の編集者と結婚して執筆を始め、処女詩集「乙女心」(1939年)で才能を認められる。「女心」(55年)など初期の詩はエロティックなものが多く、小説は自伝的な少女時代を書いたが、後期の小説は家庭内の主婦の孤独を扱った心理小説で、小説の出世作は「暴行された子」(41年)、「子供時代の大通り」(43年)など。他の作品に、詩集「秘密の窓」(61年)、「丸い部屋」(73年)、小説の代表作「顔」(68年)、その続編「ウィルヘルムの部屋」(75年)、回想記3部作「少女時代」(67年)、「娘時代」(同年)、「結婚」(71年)など。4回結婚し37冊の著書を出版。私生活と作家生活の葛藤に疲れて自殺した。作品は90年代に見直された。

デイトン, レン *Deighton, Len*
イギリスの探偵作家
1929.2.18～
[出]ロンドン市マリバン [名]Deighton, Leonard Cyril [学]王立美術学校卒
[歴]大英博物館の版画・絵画保管官であるキャンベル・ドジスンの運転手の子として生まれる。第二次大戦中、彼の一家はドジスン家に住んでいたが、その時の体験がのちのスパイを主人公とする作品を書く素地になった。長じて、様々な職業を転々としたあと空軍に志願、写真班員として働く。除隊後、セント・マーティン美術学校、続いて王立美術学校に学び、イラストレーターや広告代理店の美術部門担当などを務める。その後フランスに移って創作活動に入り、フィルビー事件に材を得た処女作「The Ipcress File(イプクレス・ファイル)」(1962年)を完成。続けて発表した「Funeral in Berlin(ベルリンの葬送)」(64年)と「Billion-Dollar Brain(10億ドルの頭脳)」(66年)がベストセラーになるに及んで、流行作家の仲間入りをした。現実感の溢れたスパイ小説のほか、苦難時代の経験を生かした料理の本もある。
[家]妻＝シャーリー・トムソン(商業デザイナー)

ディナロ, グレッグ *Dinallo, Greg S.*
アメリカの作家, 映画プロデューサー
1941～
[出]ニューヨーク市ブルックリン
[歴]脚本家、映画プロデューサーとして知られ、1971年に映画界にデビュー。テレビ界でも「警部マクロード」、「600万ドルの男」、「Houston Nights」などの人気シリーズを手がける。一方、ソ連の秘密ミサイル基地を巡って米ソ両大国が火花を散らす軍事スリラー長編「Rocket's Red Grare(赤い閃光)」で作家としてもデビュー。他の代表作に「沈黙」など。ティム・ラヘイとの共作「秘宝・青銅の蛇を探せ」に始まる〈バビロン・ライジング〉シリーズも発表。

ディニ, Nh. *Dini, Nh.*
インドネシアの作家
1936～
[出]スマラン(中部ジャワ)
[歴]インドネシア女流文学の第一人者で、邦訳作品も多い。1960～63年外交官夫人として神戸に住んだことがあり、当時の経験は、長編小説「私の名はヒロ子」となった。「船にて」(73年)以来、矢継ぎ早に長編を発表。創作の傍ら、スマランの自宅に"こども文庫"を開いて、少年少女たちの中に文学の芽を育てている。

ディーネセン, イサク
→ブリクセン, カーレンを見よ

ディーバー, ジェフリー *Deaver, Jeffery*
アメリカの作家
1950～
[出]イリノイ州シカゴ [学]ミズーリ大学, フォーダム大学ロースクール [賞]CWA賞イアン・フレミング・スティール・ダガー賞(2004年), CWA賞短編ダガー賞(2004年)
[歴]弁護士のほか、ジャーナリスト、フォーク・シンガー、脚本家を経験。1989年「汚れた街のシンデレラ」で作家デビューし、アメリカ探偵作家クラブ賞(MWA賞)最優秀ペーパーバック賞候補となる。〈リンカーン・ライム〉シリーズの第1作「ボーン・コレクター」(97年)はベストセラーとなり映画化された。同シリーズに「コフィン・ダンサー」「石の猿」「魔術師」など。日本でも2007年同シリーズの「ウォッチメイカー」が「このミステリーがすごい!」「週刊文春ミステリーベスト10」の双方で1位となり、日本冒険小説協会大賞も受賞した。また、007で知られるジェームズ・ボンドシリーズの新たな書き手に指名され、11年新作「007 白紙委任状」を発表。他の作品に「死を誘うロケ地」(1992年)、「眠れぬイヴのために」(94年)、「静寂の叫び」(95年)、「監禁」(97年)、「エンプティー・チェア」「12番目のカード」「スリーピング・ドール」「ローサイド・クロス」などがある。

ディバイン, D.M. *Devine, D.M.*
イギリス(スコットランド)の作家
1920～1980
[出]スコットランド [名]Devine, Dominic M.
[歴]大学の事務職員を務める。1961年出版社の探偵小説コンクールに応募した作品「兄の殺人者」で作家としてデビュー。以後質の高い長編13作を年1作程度コンスタントに発表。シリーズ・キャラクターはないが、伝統的な本格ミステリーながら魅力に富んだ人物・背景描写に加えてサスペンスもある作品を執筆する作家として好評を得た。作品に、「ロイストン事件」(64年)、「こわされた少年」(65年)、「五番目のコード」(67年)、「Dead Trouble」(71年)などがある。

テイパン・マウンワ *Theik Pan Maung Wa*
ミャンマーの作家, 評論家
1899.6.5～1942.6.6
[出]ビルマ・モールメェイン市ムボン町ナッチュン地区 [名]ウー・セィンティン〈U Sein Tin〉別筆名＝マニィ〈Ma Ni〉マァゥンルエー〈Maung Lu E〉マァゥンタンヂァゥン〈Maung Than Chyaung〉, etc. [学]ラングーン大学(1927年)卒, オックスフォード大学
[歴]イギリスの植民地支配下のビルマでイギリス人経営の私立学校で英語によるイギリス式エリート教育を受ける一方、仏教に親しみ、ビルマの伝統的精神、教養、思考を身につけて育った。1920年ラングーン大学(現・ヤンゴン大学)に入学、一旦退学するが23年に再入学。公用語の英語が尊重され、ビルマ語が軽視されていた風潮のなかで、ビルマ語による教育の普及(のち28年ビルマ文学普及会設立)と、大衆にわかりやすく、親しまれる新しい文学(キッサン文学運動)の出現の必要性を

テ

主唱していたウー・ペマァゥンティンに、ビルマ語学、パーリ語学を学び、その思想的影響を受ける。27年ビルマ文学特別科を最優秀で卒業し、同年イギリス政府のインド植民地の一部だったビルマの行政官採用試験に合格、オックスフォード大学で2年間植民地行政学を学ぶ。大学在学中からエッセイや短編小説を発表。29年帰国後、イギリス植民地政府の地方行政官としてザガィン地方に赴任、随想風短編小説「ザガィンの渡し船」、「ザガィンの隠れ里」、「ダビェタンの砦」などを著し、キッサン文学の先駆けとなった。30年ウー・ペマァゥンティンが「ヤンゴン大学大学誌」と「ガンダローカ」誌を主宰発刊、大学の内外においてキッサン文学運動を具体的に展開し始めると、大学時代の文学仲間ゾージ、ミィントゥウンと積極的に寄稿、その中心的担い手となった。「幸せ」(30年)、「われらの村」(31年)、「イラワディ川の蒸気船ミンラッ」(31年)、「布袋葵」(32年)、「ティンヂャン祭り占い文」(33年)、「施頭羅」(33年)、「愛着心」(34年)など、植民地行政官としてビルマ各地方を巡回しながら随想的、紀行的要素を含む多くの短編小説を執筆した。「キッサン文学短編小説集」(2巻, 34年, 38年)、「オックスフォード大学留学日記」(38年)、「戦時日記」(66没後刊)などの作品もある。多数のペンネームを使用した。日本軍占領下の42年、地方巡回中に匪賊に襲われ非業の死を遂げた。

DBCピエール *DBC Pierre*

オーストラリア生まれのイギリスの作家

1961.6～

[出]オーストラリア・サウスオーストラリア州レイネラ [名]フィンレー, ピーター・ウォーレン〈Finlay, Peter Warren〉 [賞]ウィットブレッド賞(2003年), ブッカー賞(2003年)

[歴]イギリス人を両親にオーストラリアで生まれ、1歳半でアメリカに移住、7歳から23歳までをメキシコで暮らす。その後もオーストラリア、スペイン、イギリスなどを転々とする。マンガ家、映画製作者、グラフィックデザイナーなどを経て、1999年にアメリカ・コロラド州のコロンバイン高校で起きた銃乱射事件を素材にした風刺小説「ヴァーノン・ゴッド・リトル」で作家デビューし、2003年同作でウィットブレッド賞、ブッカー賞を受賞。筆名の一部である“DBC”は、“ダーティー・バット・クリーン(汚くも美しく)”の略。

ディブ, ムハンマッド *Dib, Mohammed*

アルジェリアの作家

1920.7.21～2003.5.2

[出]トレムセン [学]高等中学校卒

[歴]絨毯会社に就職したが、その後様々な職業を転々とする。アルジェリア独立闘争に加わり、その間にジャーナリスト、フランス語作家として活躍するようになった。最初の長編小説「大きな家」を1945年から翌年にかけて書き、52年フランスで出版。その後ほぼ2、3年に1冊のわりで長編を刊行し、57年の第3作「絨毯業」を出すに至って、作家としての地位を確立した。他の作品に「アフリカの夏」(59年)「呪文」(66年)「狩の主人」(73年)「ハベル」(77年)、詩集「オムネロス」(75年)など。

ディフェンバー, バネッサ *Diffenbaugh, Vanessa*

アメリカの作家

[出]カリフォルニア州サンフランシスコ [学]スタンフォード大学卒

[歴]カリフォルニア州サンフランシスコで生まれ、同州チコで育つ。スタンフォード大学で創作と教育学を学んだ後、低所得者層の若者を対象に文学と創作を教える。里親制度のもとで育つ子供たちの将来の自立を支援する「カメリア・ネットワーク」を発足。2011年「花言葉をさがして」で作家デビュー。

ディブディン, マイケル *Dibdin, Michael John*

イギリスの作家

1947.3.21～2007.3.30

[出]ウルバーハンプトン [学]サセックス大学, アルバータ大学(カナダ) [賞]CWA賞ゴールド・ダガー賞(1988年)

[歴]スコットランドとアイルランドで育ち、イングランドとカナダで大学教育を受けた。イタリアに4年間滞在して、ペルージャ大学で教えたこともある。その後イギリス・オックスフォードに暮し、語学教師をはじめ様々な職業に就く傍ら推理小説を執筆。「The Last Sherlock Holmes Story(シャーロック・ホームズ対切り裂きジャック)」(1978年)、「A Rich Full Death」(86年)の後、88年イタリアを舞台にアウレリオ・ゼン警視を主人公とした「ラット・キング」を発表。以後〈ゼン〉シリーズは「血と影」(90年)、「ダーティ・トリック」(91年)、「陰謀と死」(92年)、「水都に消ゆ」(94年)、「闇の幽鬼」(95年)などがある。

ティプトリー, ジェームズ(Jr.) *Tiptree, James Jr.*

アメリカのSF作家

1915.8.24～1987.5.19

[出]イリノイ州シカゴ [名]シェルドン, アリス・ブラッドリー〈Sheldon, Alice Bradley〉 旧姓名＝ブラッドリー, アリス〈Bradley, Alice〉 シェルドン, ラクーナ〈Sheldon, Racoona〉 [学]ジョージ・ワシントン大学卒 博士号 [賞]ネビュラ賞短編賞(1973年), ネビュラ賞長中編賞(1976年), ヒューゴー賞(1974年), ヒューゴー賞(1976年), ネビュラ賞中編賞(1977年)

[歴]探検家の父、作家の母とアフリカやインドで幼年期を送る。第二次大戦中に米軍に入り、のち参加プロジェクトの指揮官と結婚。夫婦で創立時のCIAに尽力した後、40歳代後半から勉強して実験心理学の博士号を取得。傍ら、SFを書き始め、1968年男性名のジェームズ・ティプトリー(Jr.)の筆名でデビュー。「愛はさだめ、さだめは死」「ヒューストン、ヒューストン、聞こえるか？」でネビュラ賞、「接続された女」「ヒューストン、ヒューストン、聞こえるか？」でヒューゴー賞を受け、ラクーナ・シェルドンの筆名で発表した「ラセンウジバエ解決法」でもネビュラ賞を受賞している。覆面作家だったが、70年代後半に女性であることが判明し、大きな話題となった。87年自身の心臓病が悪化したため、病床の夫を射殺したのち自らも命を絶った。短編集に「故郷から10000光年」「老いたる霊長類の星への賛歌」「星ぼしの荒野から」「たったひとつの冴えたやりかた」などがある。

[家]父＝ハーバート・ブラッドリー(探検家), 母＝メアリー・ブラッドリー(作家)

ディ・ブリース, ピーター *De Vries, Peter*

アメリカの作家

1910～1993.9.28

[出]イリノイ州シカゴ

[歴]地元新聞の編集者、詩の雑誌「ポエトリー」の編集を経て、1944年から「ニューヨーカー」のスタッフに加わり、卓抜なパロディの書き手として、年間3編ないし4編の作品を発表。処女作「しかし、だれがらっぱ手を起こすのか」(40年)、短編集「No But I Saw the Movie」(52年)があるほか、54年刊行の「愛のトンネル」は話題を呼び、のちにジョゼフ・フィールズとともに劇化、ドリス・デイ主演で映画も公開された。ユーモラスで軽妙洒脱な小説を書き続け、体調を崩した84年までに26編の小説を残した。

ティム, ウーヴェ *Timm, Uwe*

ドイツの作家, 詩人, エッセイスト

1940.3.30～

[出]ハンブルク [賞]ドイツ児童文学賞(1990年度), ミュンヘン文学賞

[歴]ミュンヘンとパリの大学で学ぶ。子供と大人の両方に向けた詩や小説やエッセイなど、様々な作品があり、1990年それまでの文学活動のすべてによってミュンヘン文学賞を受賞した。童話作品には、90年度ドイツ児童文学賞を受けた「わたしのペットは鼻(はな)づらルーディ」など。

ディモフ, ディミタル *Dimov, Dimităr*

ブルガリアの作家

1909.6.25～1966.4.1

[出]ロベチ [名]Dimov, Dimităr Todorov [賞]ディミトロフ賞

㊞陸軍将校の家に生まれ、早くから芸術、自然科学、語学に才能を見せる。獣医学を専攻し、南米へ行ってスペイン語と家畜解剖学を生かそうと望んだが果たせず、国内各地で獣医として働いた後スペインに留学。1953年ソフィア大学の獣医学部教授となり、研究論文を多く発表。獣医学の権威でもある。文学活動では、長編「ベンツ中尉」(38年)で文名を確立。戦後文学の代表作の一つ「タバコ」(51年)は、ブルガリアの主要産物タバコをめぐる資本家と労働者の対立を軸に描いた大河小説で、ディミトロフ賞を受賞。「アルコ・イリスでの休息」(63年)、「過去をもつ女たち」(59年初演、60年刊)などの戯曲、短編、旅行記など多くの作品を手がけ、ブルガリア作家同盟会長、バルカン作家同盟理事会会長も務めた。

テイラー, アンドルー　Taylor, Andrew
イギリスの推理作家
1951〜
㊗ケンブリッジ大学エマニュエル・カレッジ卒　㊤CWA賞ジョン・クリーシー記念賞(1982年)、CWA賞エリス・ピーターズ・ヒストリカル・ダガー賞(2001年・2003年・2013年)、CWA賞ダイヤモンド・ダガー賞(2009年)
㊞3年ばかり職を転々としながら世界各地を放浪し、のちロンドンに落ち着いて出版社や公立図書館に勤務し、1981年退職。図書館勤めをしていた当時、暇つぶしのために書いた小説「Caroline Minuscule(あぶない暗号)」(82年)が同年度のイギリス推理作家協会賞の最優秀新人賞(ジョン・クリーシー記念賞)を受賞、作家として鮮やかなデビューを飾った。他の作品に「Waiting for the End of the World」(84年)、「我らが父たちの偽り」(85年、86年ゴールド・ダガー賞ノミネート)、「An Old School Tie」(86年)など第1作と同じウィリアム・ドゥーガルを主人公とするシリーズや、「第二の深夜」などがある。

テイラー, エリザベス　Taylor, Elizabeth
イギリスの作家
1912.7.3〜1975.11.19
㊤バークシャー州レディング　㊥旧姓名＝コールズ〈Coles〉
㊗アビー・スクール卒
㊞アビー・スクールを卒業後、家庭教師、図書館司書などを経て、1936年に実業家と結婚。バッキンガムシャー州の田園地帯ペンに住み、執筆活動を開始。45年初の小説「リッピンコート夫人の家で」を発表。イギリスの中流階級を題材に、鋭い観察眼と流麗な文章で描いた11の長編を発表したほか、童話作品まで幅広く手がけた。"20世紀のジェイン・オースティン"と呼ばれる。他の作品に、「バラの花束」(49年)、「エンジェル」(57年)、「夏の季節に」(61年)、「夫婦になって」(68年)、「クレアモントホテル」(71年)、「非難」(76年、死後出版)など。

テイラー, サラ・スチュアート　Taylor, Sarah Stewart
アメリカの作家
1971〜
㊤ニューヨーク州ロングアイランド　㊗ミドルベリー・カレッジ(バーモント州)、トリニティ・カレッジ(ダブリン)
㊞ミドルベリー・カレッジとトリニティ・カレッジで創作と文学を学んだ後、ジャーナリストとして「ニューヨーク・タイムズ」紙や「ボストン・グローブ」紙に寄稿する傍ら、作家を志す。2003年〈スウィーニー・セント・ジョージ〉シリーズの第1作「狡猾なる死神よ」で作家デビュー、04年のアガサ賞最優秀処女長編賞の候補となった。他の作品に同シリーズの「死者の館に」などがある。

テイラー, タラス　Taylor, Talus
アメリカの児童漫画作家
1933〜2015.2.19
㊤カリフォルニア州サンフランシスコ
㊞教師を経て渡仏し、パリで知り合った元建築設計士のアネット・チゾンと結婚後、児童漫画の主人公、バーバパパを生み出す。フランス語の「バルババパ」は綿菓子のことで、旅行中のパリの公園で綿菓子をほしがる子供を見かけカフェで紙のテーブルクロスにイラストを描いたのがキャラクターのもとになったとされる。最初にフランスで絵本として出版(1970年)、日本を含めて世界中で翻訳され、アニメとともに子供たちを魅了した。チゾンとの共作に〈バーバパパ〉シリーズ、「まるさんかくしかく」「三つの色のふしぎなぼうけん」「たのしい星座めぐり」「こわくない」など。
㊔妻＝アネット・チゾン(児童漫画作家)

テイラー, ピーター　Taylor, Peter
アメリカの作家
1917.1.8〜1994.11.2
㊤テネシー州トレントン　㊗ケニヨン・カレッジ(1940年)卒　㊤ピュリッツァー賞(1987年)、O.ヘンリー賞(1959年)、PEN/フォークナー賞(1986年)
㊞1941〜45年第二次大戦に従軍後、ノースカロライナ大学などで英文学などを教える。48年に処女短編集「A Long Fourth and Other Stories(長い独立記念日)」を発表して以来、"変わりゆく時代と、その社会に対応してゆく人間の葛藤"をテーマに、人間の内奥を紡ぎ出している。南部で育ち、その後南部を離れ都市で生活を始めた"南部作家"の一人。代表作に「ソーントンの寡婦たち」(54年)、「レオノーラの最後の侭」(63年)、「メンフィスへ帰る」など。

テイラー, レイニ　Taylor, Laini
アメリカの作家
1971〜
㊤カリフォルニア州　㊗カリフォルニア大学バークレー校卒
㊞カリフォルニア大学バークレー校を卒業後、イラストレーターや書籍編集などの仕事に就く。2004年イラストレーターの夫ジム・ディ・バートロとともにグラフィックノベル「The Drowned」を刊行。07年には初の長編となる妖精ファンタジー「Dreamdark:Blackbringer」を発表。11年に発表した「煙と骨の魔法少女」は、アンドレ・ノートン賞の最終候補に挙がったほか、各書評で絶賛された。
㊔夫＝ジム・ディ・バートロ(イラストレーター)

テイラー, ロバート・ルイス　Taylor, Robert Lewis
アメリカの作家
1912〜1998.9.30
㊤イリノイ州カーボンディル　㊤ピュリッツァー賞(フィクション部門)(1959年)
㊞新聞記者を経て、1959年小説「ジェイミー・マックフィーターズの冒険」でピュリッツァー賞を受賞。コメディアンのW.C.フィールズの伝記でも知られる。他の作品に「墓場をさまよう」(47年)、「フォドルスキ教授」(50年)などがある。

ディラード, アニー　Dillard, Annie
アメリカの作家
1945.4.30〜
㊤ペンシルベニア州ピッツバーグ　㊗ホリンズ・カレッジ英文科　㊤ピュリッツァー賞(1975年度)
㊞実業家の長女で、カレッジ在学中に結婚。さらに2度結婚して娘ひとりをもうける。1965年バージニア州ロアノークに移り、執筆活動を始める。74年詩集「Ticket for a Prayre Wheel」で文壇にデビュー。作品にエッセイ集「ティンカー・クリークのほとりで」(74年)、「Holly the Firm」(77年)、「Living by Fiction」(82年)、「石に話すことを教える」(82年)、「Encounter with ChineseWriters」(84年)、「アメリカン・チャイルドフッド」(87年)や、長編小説「The Living」(92年)などがある。

ディラン, ボブ　Dylan, Bob
アメリカの音楽家
1941.5.24〜
㊤ミネソタ州ダルース　㊥ツィマーマン, ロバート・アレン〈Zimmerman, Robert Allen〉　㊗ミネソタ大学中退　㊤ピュリッツァー賞特別賞(2008年)、ノーベル文学賞(2016年)、グラミー賞特別功労賞(1991年)
㊞ユダヤ移民の子として生まれる。幼少時から音楽をはじめ、

高校の頃にはエルビス・プレスリーらに影響されてロカビリーバンドを組んだ。15歳で初作曲。ウディ・ガスリーの自叙伝に感激し、終生のアイドルとする。1961年に大学を中退するとニューヨークに出てフォークソング運動に参加し、62年「ボブ・ディラン」でレコードデビュー。やがて公民権運動が高まりを見せる中、「風に吹かれて」(62年)、「戦争の親玉」「時代は変わる」(63年) など、反戦・平和・平等といったメッセージ性の強いプロテスト・ソングによって学生層を中心に圧倒的な支持を集め、60年代後半以降の日本のフォーク歌手にも大きな影響を与えた。その歌詞は現代詩としても評価されており、74年「ボブ・ディラン全詩集」を刊行した。2016年にはノーベル文学賞を受賞した。
[家]息子＝ジェイコブ・ディラン (歌手)

デイリー, ジャネット　*Dailey, Janet*
アメリカのロマンス作家
1944～2013.12.14
[出]アイオワ州
[歴]中学1年の時に詩で賞を受けたのがきっかけで、作家を志す。高校卒業後勤めた建設会社の社長と結婚。以後、夫の協力を得てロマンス小説を書き、次々とベストセラーを生み出して"ロマンス小説の女王"と称される。カナダの出版社ハーレクインなどから100以上出版し、売り上げは全世界で計3億部ともいわれる。代表作に「冬の恋人たち」「さすらいのバネッサ」「白い馬は恋の使者」「カルダー家の誇り 甘美な陶酔の果て」などがある。

ティリエ, フランク　*Thilliez, Franck*
フランスの作家
1973.10.15～
[出]アヌシー　[賞]フランス国鉄ミステリー大賞 (2005年), ポラール河岸大賞 (2005年)
[歴]ITエンジニアとして勤務する傍ら、創作を開始。2004年フランコ・シャルコ警視を主人公にした〈Franck Sharko〉シリーズの第2作「タルタロスの審問官」で注目を集める。05年リューシー・エヌベルを初登場させた〈Lucie Hennebelle〉シリーズの第1作「死者の部屋」でフランス国鉄ミステリー大賞、ポラール河岸大賞を受賞。他の作品に「シンドロームE」(10年)、「GATACA」など。

デイ・ルイス, セシル　*Day-Lewis, Cecil*
アイルランド生まれのイギリスの詩人, 評論家, 作家
1904.4.27～1972.5.22
[出]アイルランド・キルデア州バリンタバー　[名]筆名 (探偵小説)＝ブレーク, ニコラス〈Blake, Nicholas〉　[学]オックスフォード大学卒　[賞]桂冠詩人 (1968年)
[歴]大学在学中にオーデンと、「Oxford Poetry 1927」を編集。教師をしながら詩作を続ける。反ファシズム運動に熱心な"30年代詩人"の1人だったが、スペイン内乱後、政治活動を離れる。第二次大戦中の1941～46年情報省に勤務。51～56年オックスフォード大学詩学教授を務めた他、多くの大学で講師として教壇に立つ。68年桂冠詩人となる。詩集に「転換期の詩」(29年)、「磁石の山」(33年)、「すべてを蔽う言葉」(40年)、詩論に「詩への希望」(34年)、啓蒙的入門書「詩をよむ若き人々のために」(44年) などがある。また、ニコラス・ブレークの筆名で、「証拠の問題」など10数冊の探偵小説を書いた。
[家]妻＝ジル・バルコン (女優), 息子＝ダニエル・デイ・ルイス (俳優)

丁玲　ていれい　*Ding-ling*
中国の作家
1904.10.12～1986.3.4
[出]湖南省臨澧県　[名]蔣 冰姿, 別筆名＝彬芷, 叢喧　[学]湖南省立第二女子師範卒, 上海大学中退　[賞]スターリン賞 (1951年度)
[歴]湖南省の大地主の家に生まれる。省立第二女子師範を卒業ののち上海大学に入学、在学中に同校が解散し、北京大学付設の補習学校に入った。この頃「民衆文芸」編集者の胡也頻と結婚。1927年女性の心理を描いた「夢珂」を発表して注目を集める。翌年上海に移り、沈従文や夫とともに「紅黒月刊」誌を創刊する。30年に左翼作家連盟が結成されるとすぐ加入した。翌年、夫の胡を含む同連盟の作家5人が国民政府により処刑されたのちは弾圧下に「北斗」誌を主宰し、連盟の中堅作家として活動。32年中国共産党入党。33年に国民党により逮捕されて、南京で1年の拘禁生活を体験する。36年脱獄すると延安に移り、日中戦争の間八路軍随軍秘書、西北服務団団長として文化工作を行う傍ら作品を発表した。戦後は土地改革を描いた49年の長編「太陽は桑乾河を照らす」が高い評価を受け、51年度のスターリン賞を受賞。共和国成立後は作家協会の副主席を務め「文芸報」の編集に携わるほか、ブダペスト世界婦人会議、プラハ世界平和擁護大会などに出席し、婦人解放運動にも尽力した。しかし57年後半に起こった反右派闘争の中で初期の作品が個人主義と厳しい批判を受けて、筆を絶つ。58年から東北地方で労働に従事し、さらに文化大革命時代は5年間獄中にあった。79年名誉回復し、「厳寒の日々に」などを発表、長年の受難にもめげない健筆を示すとともに中国文壇の長老役としても活躍した。79年作家協会副主席、82年全国文連副主席、83年政協常務委員、84年「中国文学」編集長。他の主な作品に「莎菲 (ソフィ) 女士的日記」「水」「田家冲」「母親」「霞村に居た時」など。

ディレーニー, サミュエル・レイ　*Delany, Samuel Ray*
アメリカのSF作家
1942.4.1～
[出]ニューヨーク　[学]ニューヨーク市立大学中退　[賞]ネビュラ賞最優秀長編賞 (1966年度), ネビュラ賞短編賞 (1967年度), ネビュラ賞長編賞 (1967年度), ヒューゴー賞 (1989年度)
[歴]ハーレムに生まれた黒人だが、ダールトン・エレメンタリー・スクールで進歩的な教育を受け、ブロンクス・ハイスクール・オブ・サイエンスで数学を専攻、17歳の時に書いた小説で奨学金を与えられる。ニューヨーク市立大学に進むが、作家としてのみならず数学者、音楽家として立つことも考え、将来進むべき方向を見定めるべく、書店に勤めたり、エビ漁船に乗り組んだり、またフォーク・シンガーとしてヨーロッパ各地を放浪するなど種々の経験を重ねる。この間小説も書きつぎ、19歳の時には最初の長編「アプターの宝石」(1962年) を刊行し、SF文壇にデビューを果たす。この作品は一種のヒロイック・ファンタジーで、イメージの美しさと想像力の豊かさで好評を博した。以来次々と粒よりの作品を発表し、第7作の「バベル―17」で66年度ネビュラ賞最優秀長編賞を受賞。続いて書いた「然り、そしてゴモラ」で翌67年度の同短編賞を、「アインシュタイン交点」で長編賞をあわせて受賞し、アメリカSF界を代表する作家のひとりとして広く認められた。他の著書に「時には準宝石の螺旋のように」「ダールグレン」などがある。

ディレーニー, ジョゼフ　*Delaney, Joseph*
イギリスの児童文学作家
1945～
[出]ランカシャー州プレストン　[学]ランカシャー大学卒
[歴]ランカシャー大学を卒業。ブラックプール・シックスス・フォーム・カレッジで、メディア及び映像関連について教える一方、大人向けの小説を執筆。初の児童書「魔使いの弟子」(2004年) が人気となり、以後、〈魔使い〉シリーズを手がける。他に外伝「魔女の物語」など。

ディレーニー, シーラ　*Delaney, Shelagh*
イギリスの劇作家
1939.11.25～2011.11.20
[出]ランカシャー州ソルフォード　[賞]チャールズ・ヘンリー・フォイル新作戯曲賞, アーツ・カウンシル奨励賞, ニューヨーク劇評家賞
[歴]バス運転手の娘として生まれる。学校の成績が思わしくなく、ブロートン中学を16歳で卒業。以後、商店員、劇場の案内係、女工など手あたり次第に様々な職業に就く。17歳の時小説として書き始めていたものを、観劇して刺激を受けてか

ら2週間で劇化、「蜜の味」として書き上げる。その原稿をシアター・ワークショップの主宰者に送ったところ、1958年シアター・ロイヤルで初演されることになり、18歳の劇作家の誕生となった。この作品は翌59年ウェストエンドの劇場に進出して1年間のロングランに成功し、ニューヨークでも大ヒットを記録。チャールズ・ヘンリー・フォイル新作戯曲賞、アーツ・カウンシル奨励賞、ニューヨーク劇評家賞などを受賞した。次作「恋するライオン」(60年)が不評に終ったあと、小説「ロバは甘く歌う」(63年)を発表したが、以後は沈黙を続け、その後はテレビや映画の脚本を多く書いた。

ティロ　*Thilo*
ドイツの作家
㊔ペトリ・ラザック, ティロ〈Petry-Lassak, Thilo〉　㊫ミュンスター大学卒
㊧ノルトライン・ウェストファーレン州にある両親が経営する書店の児童書コーナーでたくさんの本を読んで育つ。ミュンスター大学で学び、世界各地を旅する。演芸トリオを組んで成功し、ラジオやテレビの仕事をはじめ、「セサミ・ストリート」の脚本なども手がける。児童書や戯曲を数多く執筆。

ディーン, シェイマス　*Deane, Seamus Francis*
イギリス生まれのアイルランドの作家, 詩人, 批評家, 文学史家
1940.2.9～
㊞北アイルランド・ロンドンデリー　㊫クイーンズ大学, ケンブリッジ大学 Ph.D.(ケンブリッジ大学)　㊕ガーディアン紙小説賞(1996年)
㊧1968～77年ダブリンのユニバーシティ・カレッジ講師を経て、80～93年英米文学教授。93年～2005年ノートルダム大学(インディアナ州)アイルランド文学教授。05年より名誉教授。また「フィールド・デー・アイルランド文選」の編集代表も務める。著書に「アイルランド文学小史」(1986年)、「ケルト復興」(85年)、「フランス啓蒙主義とイギリスにおける革命」(88年)、小説「闇の中で」(96年)、詩集に「ゆっくり続く戦争」、共著に「民族主義・植民地主義と文学」などがある。

ディーン, デブラ　*Dean, Debra*
アメリカの作家
㊞ワシントン州シアトル　㊫ホイットマン・カレッジ(1980年)卒
㊧ホイットマン・カレッジで英語と演劇を専攻。卒業後ニューヨークへ行き、ネイバーフッド・プレイハウス(プロの俳優養成所)で2年間研鑽を積みながら、10年近く舞台女優として働く。1990年北西部へ戻り、オレゴン大学で美術の修士号を取得。教師として働きながら文芸誌に短編を発表しはじめる。2006年の長編第1作「エルミタージュの聖母」は20ケ国語以上に翻訳された。

ディン, リン　*Dinh, Linh*
ベトナム生まれのアメリカの詩人, 作家, 翻訳家
1963～
㊞サイゴン
㊧1975年にベトナム戦争最末期の母国を逃れ、偽名を使って国外へ脱出してアメリカに移住。各地を転々とした後、フィラデルフィアに落ち着いた。事務員やペンキ職人、清掃人など様々な職業に就く一方、詩や小説の執筆、朗読活動に積極的に取り組み、前衛誌で人気を博す。短編集、詩集を数冊発表。

テインペーミン　*Thein Pe Myint*
ビルマの詩人, 作家, 政治家
1914.7.10～1978.1.15
㊞ブダリン(ミャンマー)　㊫マンダレー大学, ヤンゴン大学(1935年)卒, カルカッタ大学　㊕国民文学賞
㊧土地測量事務所書記の二男として生まれる。1933～34年ヤンゴン大学(ラングーン大学)学生代表、34～35年同学生連合執行委員、36～37年タキン党副事務局長などを務め、独立運動、学生運動に参加。また、ヤンゴン大学在学中に短編を発表。37年仏教界を批判した「進歩僧」で一躍有名になる。日本占領期はインドに亡命して抗日活動に従事。帰国後、45～46年ビルマ共産党書記長。48年クーデター未遂により投獄される。52年人民統一党事務局長、国会議員、56～58年、62～63年ビルマ作家協会会長、新聞社主筆などを歴任しながら、短編、長編、評論などを執筆。52年のネ・ウィン軍事政権誕生後、社会主義社会の実現を目指しながら革命評議会文化評議会委員、70～74年革命評議会顧問会議副議長などを歴任したが、75年政策の矛盾を批判し、以後ネ・ウィン政権との関わりを断った。著書に「ストライキ学生」(36年)、国民文学賞受賞作「東より日出ずるが如く」(58年)、政治評論「毛沢東の教え」(50年)、文芸評論「ビルマ国文学の諸問題」(66年)など。生涯にわたり文学と政治の間で戦後ビルマ社会を牽引し続けた。61年アジア・アフリカ作家会議出席のため来日。

テ

デウィット, パトリック　*deWitt, Patrick*
カナダの作家
1975.3.6～
㊞バンクーバー島　㊕カナダ総督文学賞(2011年)
㊧皿洗い、バーテンダーなどの職を経て、2009年「みんなバーに帰る」で作家デビュー。11年発表の「シスターズ・ブラザーズ」でブッカー賞の最終候補作に選出されたほか、カナダ総督文学賞をはじめ4冠を制覇。日本では、各種年末ミステリーベスト10入りを果たした。

テオリン, ヨハン　*Theorin, Johan*
スウェーデンの作家, ジャーナリスト
1963～
㊞イェーテボリ　㊕スウェーデン推理作家アカデミー賞(最優秀新人賞)(2007年), CWA賞ジョン・クリーシー・ダガー賞(2009年), CWA賞インターナショナル・ダガー賞(2010年)
㊧ジャーナリストとして活躍する傍ら、新聞や雑誌に短編を発表。2007年刊行の長編デビュー作「黄昏に眠る秋」はベストセラーとなり、世界20ケ国以上で出版される。同年スウェーデン推理作家アカデミー賞最優秀新人賞、09年にはイギリス推理作家協会賞(CWA賞)の最優秀新人賞であるジョン・クリーシー・ダガー賞を受賞するなど、高い評価を得る。同作は〈The Öland Quartet〉としてシリーズ化された。

デオン, ミシェル　*Déon, Michel*
フランスの作家
1919.8.4～2016.12.28
㊞パリ　㊔Michel, Édouard　㊫パリ大学法学部卒　㊥レジオン・ド・ヌール勲章コマンドール章(2006年)　㊕アカデミー・フランセーズ小説大賞(1973年), ジャン・ジオノ賞(1996年)
㊧1942～56年「マリ・クレール」誌のジャーナリストとして活動する傍ら小説を執筆し、「Je neveux jamais loublier(忘れはしない)」(50年)、「Le trompeusesespérances(空しい希望)」(56年)などの作品を発表。50年代に文壇に登場した"軽騎兵"と呼ばれる作家達の一人として知られ、56年以降は作家活動に専念。73年にはアカデミー・フランセーズ小説大賞を受賞した。他の作品に「世界への愛」(59年)、「野性のポニー」(70年)、「緑の若者」(76年)、「Un déjeuner de soleil」(81年)などがある。68年ギリシャのスペツェス島からアイルランドに移住。

デ・カルロ, アンドレーア　*De Carlo, Andrea*
イタリアの作家
1952.12.11～
㊞ミラノ
㊧写真家、ロックギタリストを経て、1981年「夢の終着駅」で作家デビュー。その後「マクノ」「誘惑の技術」などがベストセラーとなる。小説はすでに18ケ国で翻訳され、様々な文学賞に輝く。またフェリーニの映画製作にも携わる。

テキシエ, キャサリン　*Texier, Catherine*
フランス生まれの作家, ジャーナリスト
1947～
㊞フランス　㊫パリ大学卒　㊕マックルランド・アンド・シ

チュワート賞（カナダ）（1979年）
[歴]1969年から2年間ニューヨークに滞在し、その頃から小説を書き始める。フランスに帰国後ジャーナリストとなり、しばらくノンフィクションを書く。その後カナダのモントリオールに移り、本格的に小説にとりくむ。80年ニューヨークに移り、夫のジョエル・ローズとともにニューヨークで最も前衛的といわれる文芸誌「Between C & D」を共同編集、少数部数ながら国内外で注目された。のちに同名のペンギン版のアンソロジーが出版された。一方、83年にフランス語の処女小説「大西洋、クロエ」を出版。87年には英語による処女作「ラヴ・ミー・テンダー」を出す。他に「パニック・ブラッド」（91年）、「愛の棺」（98年）など。のちローズと離婚。

テ

デ・キャンプ, L.スプレイグ　*De Camp, L.Sprague*
アメリカのSF作家, アンソロジスト
1907.11.27～2000.11.6
[出]ニューヨーク　[名]デ・キャンプ, ライアン・スプレイグ〈De Camp, Lyon Sprague〉　[学]カリフォルニア工科大学卒
[歴]広大な土地を所有する製材事業主の父と教育者の家庭に育った母のもとに、アディロンダックス郊外で自然に親しみつつ少年時代を送った。やがて航空教師を目指し、カリフォルニア工科大学に学ぶ。在学中、フェンシングの選手として活躍するとともに文学に興味を持つようになる。卒業後、技術者として働きながら、作家を志す。1939年当時の歴史小説雑誌「Golden Fleece」に作品を発表して作家デビュー。やがてP.スカイラー・ミラーと共作で長編SF小説「Genus Homo」を書く。以降多くのSFを発表していたが、R.E.ハワードの〈コナン〉シリーズとの出会いが転機となってヒロイック・ファンタジーの世界に活躍の場を移す。歴史探索を好み、いくつかのノンフィクション作品はSFやファンタジーの作品を上回るほどの好評を得た。

テキン, ラティフェ　*Tekin, Latife*
トルコの作家
1957～
[出]カイセリ県
[歴]トルコ中央アナトリア地方カイセリ県の農家に生まれる。9歳の時に家族でイスタンブールへ移住。高校卒業後、公務員として働いた後、1983年「愛すべき恥知らずの死」で作家デビュー。84年「乳しぼり娘とゴミの丘のおとぎ噺」で作家としての地位を確立。マジック・リアリズムの手法で、失業や貧困、ディアスポラやフェミニズムの問題などを扱い、ノーベル賞作家オルハン・パムクと並んで現代中東文学を代表する作家として世界的に注目される。

デクスター, コリン　*Dexter, Colin*
イギリスの推理作家
1930.9.29～2017.3.21
[出]リンカーンシャー州スタンフォード　[名]Dexter, Norman Colin　[学]ケンブリッジ大学（1953年）卒　[勲]OBE勲章（2000年）　[賞]CWA賞シルバー・ダガー賞（1979年・1981年）, CWA賞ゴールド・ダガー賞（1989年・1992年）, CWA賞ダイヤモンド・ダガー賞（1997年）
[歴]ケンブリッジ大学でギリシャ語とラテン語を学び、卒業後、中等学校でギリシャ語及びラテン語の教師を務める。耳に疾患を抱えて教師を断念し、1966～87年オックスフォード大学で地区試験委員会のメンバーとして勤務。クロスワード・パズルのカギ作りのチャンピオンのタイトルを数年間保持したこともある。75年モース主任警部を主人公とした警察小説の第1作「ウッドストック行最終バス」でデビューし、本格派推理作家の旗手として活躍。〈モース主任警部〉シリーズは99年の「悔恨の日」までシリーズ13作が発表され、87年にはテレビドラマ化もされて大好評を博した。他の作品に、「ニコラス・クインの静かな世界」（77年）、「死者たちの礼拝」（79年）、「ジェリコ街の女」（81年）、「オックスフォード運河の殺人」（89年）、「森を抜ける道」（92年）、「死はわが隣人」（96年）などがあり、イギリス推理作家協会賞（CWA賞）のシルバー・ダガー賞、ゴールド・ダガー賞をそれぞれ2回ずつ受賞している。

デーグル, フランス　*Daigle, France*
カナダの作家
[出]ニューブランズウィック州
[歴]アカディアンと呼ばれるフランス系住民が暮らすカナダ北東部のニューブランズウィック州に生まれる。ジャーナリストとして活動後、1983年「風の話はしない」で作家デビュー。作品は全てフランス語で書かれており、アカディアンが使う新旧のフランス語と英語が混じった独自の方言“シャック”を作品の中に頻繁に登場させる。カナダでは三つのフランス語文学賞を受賞。代表作に、映画、演劇、ラジオ作品にもなった3部作「Petites difficult&eacute, s d'existence（Life's Little Difficulties）」「Pas Pire（Just Fine）」「Un fin passage（A Fine Passage）」がある。2005年愛・地球博（愛知万博）のカナダ館で開催された読書会に出席。

デコック, ミヒャエル　*De Cock, Michael*
ベルギーの児童文学作家, ジャーナリスト
1972～
[学]ブリュッセル芸術大学　[賞]ベルギー最優秀児童文学賞銀賞（ブーケンベルプ賞）（2011年）, オランダ最優秀児童文学賞銀賞（銀の石筆賞）（2011年）
[歴]ブリュッセル芸術大学で演劇を学び、テレビなどで俳優として活躍。その後、脚本や文学に活動範囲を広げ、「ロージーとムサ」で2011年ベルギー最優秀児童文学賞銀賞（ブーケンベルプ賞）を、「おばあちゃんが小さくなったわけ」（未訳）で11年オランダ最優秀児童文学賞銀賞（銀の石筆賞）を受賞。

デサイ, アニタ　*Desai, Anita*
インドの作家
1937.6.24～
[出]ムッソーリー　[勲]パドマ・ブーシャン（2014年）　[賞]サヒタヤ・アカデミー賞（1978年）, ガーディアン賞（1983年）, ニール・ガン賞（1994年）, アルベルト・モラヴィア賞（1999年）
[歴]女流英語作家。父はベンガル出身のインド人で母はドイツ人のため、ベンガル語とドイツ語を母語とする。1971年の「Bye-Bye Blackbird（バイバイ、ブラックバード）」はイギリスに住むインド人移民とそのイギリス人妻の不安定な生活と心理を描いた佳作。84年に発表された「デリーの詩人」がイスマイル・マーチャント監督により93年映画化され、翌年「詩人の贈り物」の邦題で京都国際映画祭でも公開される。93年～2002年マサチューセッツ工科大学教授。他の作品に「鳴いて、孔雀よ」（1963年）、「山上の火」（77年）、「Clear Light of Day」（80年）、「Baumgartner's Bombay」（88年）など。
[家]娘＝キラン・デサイ（作家）

デサイ, キラン　*Desai, Kiran*
インド生まれの作家
1971.9.3～
[出]ニューデリー　[学]コロンビア大学創作科　[賞]ベティ・トラスク賞（1998年）, ブッカー賞（2006年）, 全米批評家協会賞
[歴]母はインドのジェーン・オースティンとも呼ばれる作家、アニタ・デサイ。14歳の時にインドを離れ、イギリスを経て、母とともにアメリカへ移住。1997年作家サルマン・ラシュディが「グアヴァ園は大騒ぎ」をインド系作家のアンソロジーに部分収録、「ニューヨーカー」にも一部が掲載され話題となり、大学在学中の98年同作品で作家デビュー。同年新人の長編小説に与えられるイギリスの賞、ベティ・トラスク賞を受賞。2作目の「喪失の響き」で2006年度ブッカー賞を受賞。35歳での受賞は、女性受賞者では史上最年少となった。
[家]母＝アニタ・デサイ（作家）

デサニ, G.V.　*Desani, G.V.*
ケニア生まれのインドの作家, 哲学者
1909.7.8～2000.11.15
[出]ケニア・ナイロビ　[名]デサニ, ゴヴィンダス・ヴィシュヌーダス〈Desani, Govindas Vishnoodas〉

[歴]ケニアのナイロビに生まれ、家庭教師に教育を受ける。1926年イギリスに渡り、インド系AP通信などの通信員を経て、第二次大戦中はイギリス情報省でインド問題の講師やBBCのキャスターを務める。戦後は52〜60年代半ばまでインドの僧院で生活。68年アメリカのテキサス大学哲学教授となる。小説「H.ハッテールをめぐるすべて」(48年)で知られ、不条理喜劇の傑作として再評価されている。他に散文詩劇「ハリィ」(50年)や短編小説などがある。79年アメリカの市民権を得た。

デシュパンデ, シャシ　*Deshpande, Shashi*

インドの作家

1938.8.19〜

[出]カルナタカ州北部ダーワー　[学]エルフィンストン大学, バンガロール大学

[歴]ボンベイのエルフィンストン大学で経済学、バンガロール大学で法律を学ぶ。ジャーナリストを経て、1975年より英語で短編小説を発表。短編集「The Legacy」(78年)、「闇を恐れず」(80年)でフェミニスト作家としての地位を確立。他の著書に、「根っこと影」(79年)、「あれはナイチンゲールだった」(82年)、「奇跡」(86年)、「闇」(86年)、「あの長い沈黙」(88年)、推理小説「今日死のうとも」(82年)、同「進み出て死ね」(83年)、短編集「遺産」(78年)などのほか児童文学作品もある。「タイムズ・オブ・インディア」紙金賞など3賞を受賞している。

テストーリ, ジョヴァンニ　*Testori, Giovanni*

イタリアの作家

1923.5.12〜1993.3.16

[出]ミラノ近郊ノバーテ

[歴]カトリック大学で哲学を修め、北イタリアの美術研究から出発して小説を書くようになる。処女小説「ロゼーリオの神」(1954年)から、短編集や戯曲などを経て、長編小説「大工場」(61年)に至る一連の作品において、生地ミラノ周辺の下層社会を舞台に方言を織り交ぜた文体で描き、ガッダ、パゾリーニに代表される言語実験主義の傾向を示した。他の作品に、短編集「ギゾルファ橋」(58年)、「マクマホンのジルダ」(59年)。しかし次第に神秘主義的、道徳的な傾向に向かい、詩集「はりつけ」(66年)、「愛」(68年)、「永遠に」(70年)などを書いた。劇作「死との会話」(78年)など演劇関係の業績もあり、美術史の労作も多い。

デスノエス, エドムンド　*Desnoes, Edmundo*

キューバ生まれのアメリカの作家

1930〜

[出]キューバ・ハバナ　[学]コロンビア大学

[歴]ハバナで生まれ、ニューヨークのコロンビア大学で学んだ後、雑誌編集者として働く。1959年革命の成功に伴いキューバへ帰国。新聞や雑誌に寄稿を続け、61年最初の小説「No bay problema」を発表。65年「低開発の記憶」を、67年には著者自身による英語版「Inconsolable Memories」を刊行。68年トマス・グティエレス・アレア監督と脚本を共同執筆した同名映画が高い評価を受ける。79年アメリカへ亡命した。

デスノス, ロベール　*Desnos, Robert*

フランスの詩人

1900.7.4〜1945.6.8

[出]パリ

[歴]様々な職業に就きながら文学者と交わり詩作を始める。1920年ペレを通じてブルトンらと知り合い、シュルレアリスム運動に参加。ブルトンが主宰する、シュルレアリスムの前提をなす集団催眠の実験では特異な霊媒的資質を発揮し、「ローズ・セラビィ」(22年)、「喪のための喪」(24年)などの詩集で自動記述的な言葉遊びの才能を見せる。性の絶対的自由を唱えたエロティックな散文集「自由か愛か！」(27年)では削除の処分を受けた。やがて民衆言語や古典的詩法に惹かれるようになり、28年除名されてからはジャーナリストとして活動。29年シュルレアリスムと決別し、叙情とユーモアをたたえた幻想的詩風を確立していく。他方でラジオや映画など新しい表現媒体にも関心を示した。第二次大戦下で対独レジスタンス運動に加わり抵抗詩を秘密出版したが、44年ゲシュタポに逮捕されチェコスロバキアの強制収容所で病死した。他の作品に、詩集「肉体と富」(30年)、「財産」(42年)、「眠らずに」(43年)、「地方」(44年)などがあり、「公有地」(53年, 没後刊)により詩業を総覧できる。ほかに子供のための作品「いい子のための三十の歌物語」(44年)、「歌物語と花物語」(52年, 没後刊)などがある。

鉄 凝　てつ・ぎょう　*Tie Ning*

中国の作家

1957.9.18〜

[出]北京　[学]保定市第11中(1975年)卒　[賞]全国優秀短編小説賞(1982年・1984年), 全国優秀中編小説賞(1983〜84年), 魯迅文学賞(散文部門)(1997年)

[歴]父は画家、母は声楽教師。1975年保定市第11中学を卒業後、河北省博野県の農村に下放される。同年中国共産党に入党。79年保定に帰り、同地区の文芸誌「花山」の編集員となる。75年処女作「飛べる鎌」を発表。短編「おお、香雪」「六月の話題」で全国優秀短編小説賞、中編「赤い服の少女」で全国優秀中編小説賞を受けるなど注目を集め、84年河北省文学芸術界連合会の専業作家となる。長編「大浴女」(2000年)は文化大革命から改革・開放の時代までの社会の激変を映し出し、話題を呼んだ。1996年河北省作家協会主席、中国作家協会副主席を経て、2006年女性で初めて中国作家協会主席に選出される。他に小説「棉積み」(1988年)、「バラの門」(88年)、「第八曜日を下さい」などがある。主要作品は英語、ドイツ語、フランス語、ロシア語、日本語、韓国語などに翻訳されている。

[家]父＝鉄 揚(画家)

デッカー, テッド　*Dekker, Ted*

インドネシア生まれのアメリカの作家

[出]インドネシア

[歴]両親は宣教師で、赴任先のインドネシアの密林で生まれ育つ。その後、アメリカの永住権を取得して同国の大学で宗教学と哲学を学ぶ。卒業後はカリフォルニア州の医療関連企業に勤め、やがて独立して会社を起こす。1997年からフルタイムの作家となり、2001年初の単著「Heaven's Wager」を出版。スリリングな展開と、驚くべきひねりを効かせたサスペンス小説で注目を浴びる。

テッキ, ボナヴェントゥーラ　*Tecchi, Bonaventura*

イタリアの作家

1896.2.11〜1968.3.30

[出]バニョレージョ

[歴]第一次大戦に従軍し、捕虜となってドイツに抑留される。その時の体験からドイツ文学に興味を持ち、のちローマ大学のドイツ文学教授を務める。一方、「砂に書かれた名前」(1924年)で作家としてデビュー、人間の孤独と自然への共感を散文詩を思わせる文体で描いた。作風はドイツ・ロマン派の影響が強く、第二次大戦の戦前戦後を通じて数多くの小説を発表。簡潔で客観的ながら感性豊かな文体で、一貫して倫理的な問題を扱った。作品に「ヴィッラタウリの人々」(35年)、「エルネスティーナ夫人」(36年)、「若い友人たち」(40年)、「ヴァレンティーナ・ヴェリエール」(50年)、「エゴイストたち」(59年)、「棄てた土地」(70年)など。ドイツ文学に関する論文や、「カロッサ論」(47年)、「トーマス・マンの芸術」(56年)など翻訳も多数ある。イタリア・ドイツ学会会長を務めた。

デッシ, ジュゼッペ　*Dessí, Giuseppe*

イタリアの作家, 劇作家

1909.8.7〜1977.7.6

[出]サルデーニャ島ヴィッラチードロ　[学]ピサ大学　[賞]ストレーガ賞(1972年)

[歴]ピサ大学で文学を学び、視学官となる。大学時代から「ポルタノーバ」「オルト」などの文芸誌に作品を発表。幼児期の思い出に想を得た小説「サン・シルヴァーノ」(1939年)でデビューし、"サルデーニャのプルースト"の異名をとった。一貫

して故郷のサルデーニャ島を舞台にした小説を書く。代表作は「雀」(55年)、「影の国」(72年)で、他の作品に「ミケーレ・ボスキーノ」(42年)、「脱走兵」(61年)、「エレオノーラ・ダルボレーア」(64年)などがある。

デッセン, サラ *Dessen, Sarah*
アメリカの作家
1970〜
[出]イリノイ州　[学]ノースカロライナ大学卒
[歴]イリノイ州で生まれるが、両親とノースカロライナ大学の教授だった関係でノースカロライナ州チャペルヒルで育つ。子供の頃から作家を志し、大学卒業後も就職せずに小説を書き続ける。1997年処女作「夏の終わりに」がアメリカ図書館協議会ヤングアダルト部門最優良図書に選ばれた。「あなたに似た人」「月をつかんで」「ドリームランド」などの作品を発表し続け、アメリカ図書館協議会最優良図書や「スクール・ライブラリー・ジャーナル」の年間最優良図書に選ばれるなど高い評価を得る。執筆の傍ら、母校で教鞭を執る。

デップ, ダニエル *Depp, Daniel*
アメリカの作家
1953〜
[出]アメリカ　[学]ケンタッキー大学(古典・ヨーロッパ史)
[歴]俳優ジョニー・デップの異父兄。ケンタッキー大学で古典やヨーロッパ史を学び、図書館などで働いた後、カリフォルニアで中学校教師を10年務める。その後、弟に誘われ、映画製作会社スカラマンガを設立、ジョニーの主演・初監督作品「ブレイブ」(1997年)の脚本を共同執筆した。2009年には、ハリウッドで映画製作に携わった経験をもとに虚飾の街を鮮やかに描いた「負け犬の街」で作家デビュー。
[家]異父弟＝ジョニー・デップ(俳優)

デナンクス, ディディエ *Daeninckx, Didier*
フランスの作家
1950〜
[出]サンドニ　[賞]フランス推理小説大賞(1984年), ポール・ヴァイヤン・クーチュリエ賞, 813協会ロマン・ノワール大賞, ミステリー批評家大賞(1987年)
[歴]高校卒業後に印刷工として働くが、1977年不景気でに失職。失業保険で食いつなぎながら作家を目指す。84年事実上のデビュー作「記憶のための殺人」を出版、フランス推理小説大賞、ポール・ヴァイヤン・クーチュリエ賞を受賞。また、「未完の巨人人形」で813協会ロマン・ノワール大賞、87年「プレイバック」でミステリー批評家大賞を受賞。社会問題に挑戦する作風が特徴で、現代のフランス文学で注目をあびるロマン・ノワール(暗黒小説)の旗手。作品にノンフィクション「ジリノフスキー・世界を震撼させるロシア人」(94年)などがある。95年講演で初来日。

テナント, エマ *Tennant, Emma*
イギリスの作家
1937.10.20〜2017.1.21
[出]ロンドン　[名]Tennant, Emma Christina 筆名＝エイディ, キャサリン〈Aydy, Catherine〉　[学]St.Paul's Girl's School
[歴]はじめフリーランスのジャーナリストとして活動し、1975〜78年季刊誌「Bananas」を創刊し、編集に携わる。82年から「In Verse」、85年から「Lives of Modern Women」編集長。処女作「雨の色」(63年)をキャサリン・エイディの筆名で発表。以後は本名エマ・テナントの名で多くの小説を書いた。幻想性、虚構性に富み、推理小説ないしSF的なものが多く、映画化もされた。他の作品に「ひび割れの時」(73年)、「ホテル・ド・ドリーム」(76年)、「バッド・シスター」(78年)、「ワイルド・ナイト」(79年)、「Woman Beware Woman」(83年)、「Two Women of London(ロンドンの二人の女)」(89年)など、児童向けに「The Ghost Child」(84年)など。

テナント, カイリー *Tennant, Kylie*
オーストラリアの作家
1912.3.12〜1988
[出]ニューサウスウェールズ州マンリー　[学]ブライトン高校卒
[賞]S.H.プライア氏記念文学賞(1935年), S.H.プライア賞(1941年), オーストラリア文学協会賞(1941年)
[歴]1931年シドニー大学に学ぶ。翌年、大学同窓の歴史家ルイス・C.ロッドと結婚。ABC放送宣伝部員、新聞記者、教会シスターなど様々な職業に従事。35年、長編「Tiburon(ティバロン)」を発表。30年代の恐慌時代の失業者の実態と町内の社会相を描き、S.H.プライア氏記念文学賞を受賞、社会写実派作家の評価を得る。次いで「Foveaux(最低地区)」(39年)、「The Battlers(闘う人びと)」(41年)をロンドン、ニューヨークで出版。オーストラリア文学協会賞とプライア賞を同時に獲得し、国際的に社会派作家の名声を確立した。ほかに、「Lost Haven(失われた港)」(46年)、「The Man on the Headland(ヘッドランドの男)」(71年)などがある。夫と長男に先立たれ、61年オーストラリア作家協会終身会員(F・A・W)となる。
[家]夫＝ルイス・C.ロッド(歴史家)

デ・パオラ, トミー *de Paola, Tomie*
アメリカの絵本作家
1934〜
[出]コネティカット州メリデン　[学]カリフォルニア芸術工芸大学 美術学修士号　[賞]コールデコット賞オナーブック(1976年), ニューベリー賞オナーブック(2000年), アメリカ図書館協会ローラ・インガルス・ワイルダー賞(2011年)
[歴]母はアイルランド系、父はイタリア系で、幼い頃から絵本作家に憧れる。ニューヨーク市ブルックリンのプラット・インスティテュートで学んだ後、カリフォルニア芸術工芸大学へ進み、美術学修士号を取得。200冊以上の絵本を発表し、1976年「まほうつかいのノナばあさん」でコールデコット賞オナーブック、2000年「フェアマウント通り26番地の家」でニューベリー賞オナーブックを受賞。11年には子供の本への長年の功績を称えるローラ・インガルス・ワイルダー賞を受けた。他の絵本に「神の道化師」「けものとかりゅうど」「クリスマスおめでとう」「ポップコーンをつくろうよ」「絵かきさんになりたいな」などがある。

デハルトグ, ヤン *de Hartog, Jan*
オランダの作家
1914.4.22〜2002.9.22
[出]ハーレム　[賞]トニー賞(演劇作品賞)
[歴]1943年ナチスのオランダ占領を逃れて渡英。脚本を手がけた演劇「ザ・フォーポスター」が51年、アメリカのブロードウェイで大ヒットし、トニー賞演劇作品賞を受賞。57年渡米し、以後テキサス州を拠点に執筆活動を続けた。代表的な小説「鍵」は58年に映画化され、ソフィア・ローレンが主演した。他の小説に「Das Riesenrad」(61年)、「Lisa」(62年)、「The Little Ark」(72年)など。

デービー, ドナルド *Davie, Donald Alfred*
イギリスの詩人, 批評家
1922.7.17〜1995.9.18
[出]ヨーク州バーンスレイ　[学]ケンブリッジ大学卒
[歴]1941〜46年イギリス海軍に服務し、50〜57年ダブリン大学講師、54〜57年同大トリニティ・カレッジ研究員、57〜58年カリフォルニア大学客員教授、58〜64年ケンブリッジ大学講師、59〜64年同大特別研究員、64〜68年エセックス大学文学教授、65〜68年大学副総長代理。68〜78年スタンフォード大学英語教授、78〜88年バンダービルト大学人文学部教授などを歴任。50年代の"ムーブメント"詩派の代表的人物。詩集に「理性の花嫁」(53年)、「全詩集1950-1970」(72年)、「全詩集1971-1983」(84年)、「To Scorch or Freeze」(89年)など。評論に「英詩の語法の純化」(52年)、「明晰なエネルギー」(55年)など。また「エズラ・パウンド、彫刻家としての詩人」(65年)、「トマス・ハーディとイギリス詩」(72年)などの著書がある。ほかに自伝「これらわが友」(82年)など。

テ

デービース, L.P. *Davies, Leslie Purnell*
イギリスの作家
1914.10.14～1988.1.6
[出]チェシャー州 [名]別名＝バードル, レスリー〈Vardre, Leslie〉 [学]マンチェスター大学卒
[歴]マンチェスター大学を卒業後、検眼士の資格を得て薬局を営む。軍医としてフランス、北アフリカ、イタリアで従軍後、郵便局長を務めたのち、眼鏡商・煙草屋を経営。1960年短編「The Wall of Time」で作家デビュー、64年処女長編「忌まわしき絆」を刊行。以来、「虚構の男」(65年)など、20冊を超えるミステリー、SF、ホラーのジャンルをミックスした作風の作品を執筆した。88年スペイン領カナリア諸島で死去。レスリー・バードル名義でも執筆した。

デービース, マレー *Davies, Murray*
イギリスの作家
1947～
[出]サウスウェールズ地方
[歴]鉱山労働者の子として生まれ、奨学金で大学に進む。デイリー・メイルやミラー社の記者として新聞業界で20年以上活躍し、アンゴラ、ザンビア、エチオピア、ザイール、ボスニアなどの様々な事件を取材した。1999年「The Drumbeat of Jimmy Sands」で作家デビュー。他の作品に「鷲の巣を撃て」「イギリス占領」「ようこそグリニッジ警察へ」などがある。

デービス, リディア *Davis, Lydia*
アメリカの作家, 翻訳家
1947～
[出]マサチューセッツ州ノーサンプトン [勲]フランス芸術文化勲章シュバリエ章(2003年) [賞]マッカーサー賞, ラナン文学賞, 国際ブッカー賞(2013年)
[歴]大学教授の父と作家の母の間に生まれる。幼少期から成人するまでの何年かをオーストリア、アルゼンチンで暮らし、大学卒業後はフランス文学の翻訳で生計を立てつつアイルランドやフランスで暮らした。作家のポール・オースターと結婚したが、のち離婚。小説を書くという行為に対して強い意識を持ち、わずか数行の超短編など、様々な文体や形式による作品を執筆、"アメリカ文学界の静かな巨人"と称される。短編集「Varieties of Disturbance」(2007年)で全米図書賞にノミネートされる。13年国際ブッカー賞を受賞。他の著書に、唯一の長編「話の終わり」(1995年)の他、「ほとんど記憶のない女」「サミュエル・ジョンソンが怒っている」などがある。翻訳家としてはミシェル・ビュトール、モーリス・ブランショ、ミシェル・レリスなどの他、2003年プルースト「失われた時を求めて」の第1巻「スワン家の方へ」の80年ぶりの新訳を、10年にはフローベール「ボヴァリー夫人」の新訳を手がけ、高い評価を得る。

デービス, リンゼイ *Davis, Lindsey*
イギリスの作家
1949～
[出]バーミンガム [学]オックスフォード大学卒 [賞]Authors' Club First Novel Award(1989年), CWA賞ダガー・イン・ザ・ライブラリ賞(1995年), CWA賞エリス・ピーターズ・ヒストリカル・ダガー賞(1999年), CWA賞ダイヤモンド・ダガー賞(2011年)
[歴]公務員を経て、作家となる。歴史ミステリー〈密偵ファルコ〉シリーズで知られ、同シリーズは英米のベストセラーリストに名を連ねる。1999年「密偵ファルコ 獅子の目覚め」でイギリス推理作家協会賞(CWA賞)に新設されたエリス・ピーターズ・ヒストリカル・ダガー賞を受賞。

デービース, ロバートソン *Davies, Robertson*
カナダの作家
1913～1995.12.2
[出]オンタリオ州 [学]オックスフォード大学ベイリオル・カレッジ
[歴]イギリスで演劇活動に携わる。1940年帰国し、雑誌・新聞の編集・発行に携わる傍ら、コラムや芝居の執筆を手がける。51年小説「あらしにゆさぶられ」を発表以来、壮大な構想のもとに大作を次々に発表。60～82年トロント大学教授を務めた。他の小説に「5番目の男」(70年)、「反乱の天使たち」(81年)、エッセイに「サミュエル・マーチバンクスの日記」(47年)、「屋根裏からの声」(60年)、評伝に「スティーヴン・リーコック」(70年)、「自然の鏡」(83年)など。86年「天性抜き難し」でブッカー賞候補、93年にはノーベル文学賞候補にも名前が挙がった。

デビッドソン, アンドルー *Davidson, Andrew*
カナダの作家
1969～
[出]カナダ
[歴]英文学の学位を取得し、30歳で来日。英会話スクールの教師をしながら5年間滞在。その間、作家となることを決意し、2008年「ガーゴイル―転生する炎の愛」でデビュー。同作はアメリカ・ダブルデイ社が破格の125万ドルという版権料で獲得し、超大型新人として注目された。世界27ケ国が翻訳権を取得。アメリカ、カナダでは刊行されるや即ベストセラーとなった。

デビッドソン, エイブラム *Davidson, Avram*
アメリカの作家
1923.4.23～1993.5.8
[出]ニューヨーク州ヨンカーズ [賞]エラリー・クイーンズ・ミステリー・マガジン誌年次コンテスト第1位, MWA賞
[歴]4年間に四つのカレッジを転校する。その後外人相手の家庭教師、ホテルのクラーク、三流雑誌の編集者などの職業に就く。第二次大戦中は海軍に従軍し、衛生兵として、南太平洋・中国・北アフリカ・ヨーロッパを転戦した。1954年にはじめてSF短編を発表。2年後「エラリー・クイーンズ・ミステリー・マガジン(EQMM)」誌に初のミステリー短編「The Ikon of Elijah(舞台はキプロス島)」が掲載されて以来、同誌に40編以上のミステリー短編を発表している。SFの長・短編、ミステリー短編の作者として知られるほか、難解な幻想小説も書いており、定評ある新感覚派のひとりであるといわれる。

デビッドソン, ダイアン *Davidson, Diane Mott*
アメリカの作家
[出]ハワイ州ホノルル [学]ジョンズ・ホプキンズ大学(文学)(1976年)修士課程修了
[歴]10代は海軍に勤める父についてアメリカ各地を転々と暮らす。1969年結婚、3人の男児をもうける。教師の傍らボランティアを続けるが、82年長い間の夢だった小説を書き始める。92年ケータリング業を営む素人探偵ゴルディが活躍する〈クッキング・ママ〉シリーズの第1作「クッキング・ママは名探偵」で作家デビュー。

デビッドソン, メアリジャニス *Davidson, Mary Janice*
アメリカの作家
[賞]サファイア賞, PEARL賞
[歴]アメリカ空軍の軍人の子として各地を転々としながら育つ。20代前半からロマンス作品の原稿を出版社に投稿する。2000年に出版されたアンソロジー〈ウィンダム・ウェアウルフ〉シリーズ第1作「Love's Prisoner」で、優れたロマンスSFに贈られる読者賞、サファイア賞を受賞。01年電子書籍の出版をメインにした小出版社から本格デビュー。電子書籍のロマンス読者の間で話題になり、のちにロマンス大手の出版社からも続々と作品が発表されるようになる。04年発表の「ヴァンパイアはご機嫌ななめ(UNDEAD AND UNWED)」でPEARL賞を受賞。ヴァンパイアをヒロインに迎えた同シリーズをはじめ、ヤングアダルトからエロティック・ロマンス、自己啓発系のノンフィクションまで幅広いジャンルを執筆。「ニューヨーク・タイムズ」「USAトゥデイ」のベストセラー作家。

デビッドソン, ライオネル *Davidson, Lionel*
イギリスの推理作家

テ

1922.3.31～2009.10.21
[賞]CWA賞ゴールド・ダガー賞（1960年・1966年・1978年），CWA賞ダイヤモンド・ダガー賞（2001年）
[歴]処女作「モルダウの黒い流れ」で、1960年イギリス推理作家協会賞（CWA賞）ゴールド・ダガー賞を受賞し、華やかなデビューを飾る。続いて発表した冒険小説「チベットの薔薇」（62年）もベストセラーを記録。更に第3作目の本格推理小説「シロへの長い道」（66年）で2度目、78年「The Chelsea Murders（チェルシー連続殺人）」で3度目のCWA賞ゴールド・ダガー賞を獲得するなど、幅広い作風で活躍する。現代イギリスの推理文壇において最も優れた作家のひとりと目される。ロンドンとイスラエルに住み、妻子とともに暮らしながら執筆に専念する。

テ

デ・フィリッポ，エドゥアルド　*De Filippo, Eduardo*
イタリアの劇作家，俳優，演出家
1900.5.24～1984.10.31
[出]ナポリ
[歴]俳優一家に生まれ、早くから舞台で活躍、1932年デ・フィリッポ劇団を結成し、ナポリの地方色を豊かに取り入れた民衆喜劇を自作自演して国際的名声を得た。54年サン・フェルナンド劇団主宰。代表戯曲は映画化された「フィルメーナ・マルトゥラーノ」（日本封切名「あゝ結婚」）や「ナポリの百万長者」などで、50本を超える戯曲を書いた。日本では、文学座で「土曜・日曜・月曜」、民芸で「48歳の花嫁さん」「おゝ、わが町」などの戯曲が翻訳上演されている。著書に評論「私とピランデロの新作喜劇」「ピランデロとの対話」などがある。

デフォード，フランク　*Deford, Frank*
アメリカの作家，コメンテーター
1938.12.16～2017.5.28
[出]メリーランド州ボルティモア　[学]プリンストン大学卒　[賞]スポーツライター・オブ・ザ・イヤー（6回），エミー賞（1988年），ピーボディ賞（1999年），ナショナル・ヒューマニティ・メダル（2012年）
[歴]1962～69年雑誌「スポーツ・イラストレイテッド」スタッフ・ライター、89～91年スポーツ専門紙「ナショナル」編集長、91～93年「ニューズウィーク・マガジン」、93～96年「バニティ・フェア」の作家・編集者として活躍。“スポーツライター・オブ・ザ・イヤー”に選ばれること6回、スポーツ・ジャーナリズムの第一人者となった。81年「スポーツ・イラストレイテッド」に長期連載した小説「Everybody's All-American」を出版、88年にはデニス・クエイド主演で「熱き愛に時は流れて」として映画化された。一方、NBCやESPNなどでスポーツコメンテーターとしても活躍した。著書に「センターコートの女王」「我らの生涯の優良の夏〈フランク・デフォード・スポーツエッセイ集1〉」「神々の愛でしチーム〈フランク・デフォード・スポーツエッセイ集2〉」など。

デフォルジュ，レジーヌ　*Deforges, Régine*
フランスの作家，出版者
1935.8.15～2014.4.3
[出]ビエンヌ県モンモリヨン　[学]サン・マルシアル女子校卒　[勲]レジオン・ド・ヌール勲章（1996年）
[歴]地元の女子校を卒業後、パリで書店を開き、製本業、編集者を経て、1968年出版社ロール・デュ・タン社を設立、ポルノ小説を出版するが発禁処分を受ける。以後、多数の作品を出版するが、大部分は発禁処分となり、裁判と罰金のため破産。76年自分の名を冠した出版社レジーヌ・デフォルジュ社を興す。78年経営を中断。80年映画「Contes Pervers」の脚本を執筆、監督。その後、執筆活動を始める。処女作は小説「ブランシュとルーシー」（69年）。82年第二次大戦中のフランスでたくましく生きる女性を描いた「青い自転車」がベストセラーとなり、人気作家となる。83年「アンリ・マルタン通り101番地」、85年「悪魔は二度笑う」のシリーズの成功により、再びレジーヌ・デフォルジュ社を再開。87年アメリカで、89年フランスで「青い自転車」に関して訴訟が起こされ、出版社は破産するが、94年勝訴で決着。フランス文芸協会会長、フェミナ賞選考委員を歴任した。他の作品に「Lola et quelques autres（背徳のパリ案内）」「CONTES PERVERS（背徳のヨーロッパ紀行）」「LE CAHIER VOLE（背徳の手帳）」「闇のタンゴ」「絹の街」などがある。

デ・フォレ，ルイ・ルネ　*Des Forêts, Louis-René*
フランスの作家
1918.1.28～2000.12.31
[出]パリ　[学]パリ大学法学部卒
[歴]作品は少ないが、少年期の記憶を手がかりに、現実の根本的な不安定さの認識に立って、独立した自己を持ちえない弱くてうつろな人物を描く。文学それ自体を問題視するという志向はボンヌフォワ、ブランショなど少数の炯眼の士に高く評価される。1984年にその断片のみを発表した「持続低音」を書き続ける。主な作品に「乞食」（43年）、「おしゃべり」（46年）、短編集「子供部屋」（60年）など。

デーブリーン，アルフレート　*Döblin, Alfred Bruno*
ドイツの作家
1878.8.10～1957.6.28
[賞]フォンターネ賞（1916年）
[歴]ドイツのユダヤ系作家。大学では精神医学を専攻し、卒業後、精神科の開業医となる。1910年革進的文芸雑誌「嵐」の協同編集員となり、短編小説を発表しはじめる。16年「王倫の三跳躍」（15年）でフォンターネ賞を受賞。29年の「ベルリン・アレクサンダー広場」はドイツ文学史上画期的な大都市小説の金字塔を打ち建てたと激賞される。33年ナチスの政権奪取に伴いパリに亡命、次いで40～45年アメリカに在住。この間、41年にカトリックに改宗。45年ドイツに帰り、文芸誌「金の門」を主宰。戦後は長く忘れられるが60年代に入り、ヴァイマール期の研究に欠くことのできない作家として再評価され始め、国際アルフレート・デーブリーン学会が創立された。他の代表作に「ヴァレンシュタイン」（2巻，20年）、「山、海、巨人」（24年）、「バビロンのさすらい」（34年）、「一九一八年十一月」（3巻，39～50年）、「ハムレット」（56年）などがある。

デミル，ネルソン　*DeMille, Nelson*
アメリカの作家
1943～
[出]ニューヨーク市クイーンズ　[学]ホフストラ大学大学院修士課程修了
[歴]ニューヨーク州ロングアイランドで育つ。1967年ホフストラ大学在学中、陸軍第一空挺部隊の士官としてベトナム戦争に従軍。帰国後、政治学と歴史学の学位を取得。警察小説を数編書いたのち、85年ベトナム戦争の残虐行為とアメリカの偽善を描いた「誓約」で一躍名を知られる。92年陸軍犯罪捜査部ポール・ブレナー准尉が女性大尉殺人事件を追う「将軍の娘」がベストセラーとなり、99年には映画化された。他の著書に「チャーム・スクール」（88年）、「ゴールド・コースト」（90年）、「スペンサーヴィル」（94年）などがある。

テム，スティーブ・ラズニック　*Tem, Steve Rasnic*
アメリカの作家，詩人
1950～
[出]バージニア州ジョーンズビル　[学]コロラド州立大学卒　[賞]イギリス幻想文学大賞短編部門（1988年）
[歴]バーニジア州内の大学を3つ変わりながら英語教育で学士号を得、1974年からコロラド州立大学で創作を学ぶ。詩から始め、80年頃から小説も書くようになり、ホラー、SF、ファンタジー、ミステリーなど幅広い分野の短編を9年間で120編以上も発表した。ホラー小説でたびたび賞にノミネートされる。88年には「Leaks（WHISPERS6）」がイギリス幻想文学大賞短編部門を受賞、同年長編第1作「Excavation（深き霧の底より）」も刊行される。
[家]妻＝メラニー・テム（ファンタジー作家）

テム, メラニー　Tem, Melanie
アメリカのファンタジー作家
㊥イカルス賞
㊦ソーシャルワーカーとして仕事をする傍ら、バンドを結成してボーカル・作詞・作曲を担当。1980年代からホラーやファンタジーの短編を執筆し、夫のアンソロジー編纂も手伝う。91年処女長編「Prodigal」を発表、ブラム・ストーカー賞最優秀処女長編賞にノミネートされ、その後は〈Damon Lover〉シリーズを含む長編をコンスタントに発表。ナンシー・ホールダーと合作で93年に「メイキング・ラブ」、96年に「ウィッチライト」を、ケイト・エリオットとジェニファー・ロバースンと合作で96年に世界幻想文学大賞にノミネートされたファンタジー「The Golden Key」を出版。
㊙夫＝スティーヴ・ラズニック・テム（作家）

デュアメル, ジョルジュ　Duhamel, Georges
フランスの作家, 劇作家, 医師
1884.6.30～1966.4.13
㊥パリ　㊥ゴンクール賞（1918年）
㊦医科大学卒。1906年義兄ヴィルドラックらと僧院詩社"アベイ"を創設。07年処女詩集「伝説、戦争」を出版。第一次大戦に軍医として従軍。17年戦争の悲惨さを描いた「殉難者列伝」を発表。続いて18年「文明」でゴンクール賞受賞。35年アカデミー・フランセーズ会員となり、42～46年書記長を務める。他の作品に小説「サラヴァンの生涯と冒険」（全5巻、20～32年）、「パスキエ家の記録」（全10巻、33～45年）、文明批評「モスクワの旅」（27年）、「未来生活情景」（30年）などがある。

デューイ, キャスリーン　Duey, Kathleen
アメリカの作家
㊥コロラド州
㊦1990年代から児童文学作家として活動。代表作である「アメリカン・ダイアリー」「サバイバル」のシリーズは、細部まで綿密にリサーチされた歴史物語で、それぞれ10冊以上続く人気シリーズとなった。ファンタジーや本格歴史物語を手がけるなど、多彩な著作活動を行う。

テューイ, フランク　Tuohy, Frank
イギリスの作家
1925.5.2～1999.4.11
㊥Tuohy, John Francis　㊥ケンブリッジ大学キングス・カレッジ　㊥ジェームズ・テイト・ブラック記念賞（1964年）, ジェフリー・フェイバー記念賞（1965年）, E.M.フォースター賞（1972年）
㊦1950～56年サンパウロ大学教授、のちポーランドの大学を経て、64～67年早稲田大学客員教授、また83～89年立教大学客員教授。この間、アメリカ・インディアナ州のパーデュー大学の大学付き作家も務めた。異文化間のショックや生活の違いを題材にする作品が多い。主な作品に長編「氷の聖者」（64年）、「Portugal」（70年）、短編集「提督と尼僧」（62年）、「Fingers in the Door」（70年）、「Live Bait」（78年）など。

デュエイン, ダイアン　Duane, Diane
アメリカの作家
1952.5.18～
㊥ニューヨーク市マンハッタン
㊦本好きの図書館っ子で、8歳から創作を始める。トールキンの「指輪物語」に心を奪われ、模倣のようなファンタジーを書き続けた。大学では天文学を専攻するが、翌年看護専門学校に転校し、卒業後精神科の看護師となる。1976年に周囲の勧めもあって一念発起、看護師をやめてプロ作家を志す。79年ファンタジー「The Door into Fire」でデビューし、高い評価を受ける。83年より〈駆け出し魔法使い〉シリーズを発表、人気シリーズとなる。「スター・トレック 宇宙大作戦」の作家としても知られる。87年アイルランドの作家ピーター・モーウッドと結婚して、アイルランドに移住。
㊙夫＝ピーター・モーウッド（作家）

デュッフェル, ジョン・フォン　Düffel, John von
ドイツの作家, 劇作家
1966.10.20～
㊥ゲッティンゲン
㊦ハンブルク・ターリア劇場などでドラマトゥルクとして演劇制作を行いながら多数の小説、戯曲、放送劇を発表する。98年に発表したベストセラー小説「水から聞いた話」で数々の文学賞を受賞。ほかに、小説「フーヴェラント」（2005年）でも高い評価を受ける。

デュトゥール, ジャン　Dutourd, Jean
フランスの作家
1920.1.14～2011.1.17
㊥パリ　㊥リセ・ジャンソン・ドゥ・サイイ卒　㊥スタンダール賞（1946年）, クールトリーヌ賞（1950年）, アンテラリエ賞（1952年）, レニエ3世賞（モナコ）（1961年）
㊦1940年に動員され、逮捕・脱走を繰り返しながらレジスタンス運動に参加する。戦後はロンドンのBBCフランス課に勤務したあと、50年にパリに帰りガリマール社の文学顧問になる。ド・ゴール派の左翼に属し、58年の総選挙に立候補したが落選した。文学では46年に評論「カエサルのコンプレックス」でデビュー、スタンダール賞を受賞する。以来文学活動は小説、評論、劇、翻訳の多方面にわたり、「Une tête de chien（犬頭の男）」（50年）でクールトリーヌ賞を、「Au Bon Beurre（ボン・ブール軒で）」（52年）でアンテラリエ賞を受賞。さらに61年にはそれまでの全業績に対してモナコのレニエ3世賞が授与された。

デュナント, サラ　Dunant, Sarah
イギリスの作家
1950～
㊥ロンドン　㊥ケンブリッジ大学（歴史、演劇）　㊥CWA賞シルバー・ダガー賞（1993年）
㊦各国を旅し日本には9ヶ月滞在。帰国後ラジオで司会を始め、のちBBC2の「ザ・レイトショー」の司会で人気となる。一方、作家としても活躍し、私立探偵ハンナ・ウルフを主人公にした「裁きの地」がイギリス推理作家協会賞（CWA賞）ゴールド・ダガー賞候補となり、2作目の「最上の地」でCWA賞シルバー・ダガー賞を受賞。他の作品に「女性翻訳家」がある。

デュパン, ジャック　Dupin, Jacques
フランスの詩人, 美術評論家
1927.3.4～2012.10.27
㊥アルデッシュ県プリバ
㊦1945年からパリに住む。フランス戦後詩を代表する詩人として活躍。また詩人のイヴ・ボンヌフォアらとともに詩と美術の雑誌「レフェメール」の編集に参加。語調は多少格言風で、イメージよりも思念が先行する趣がある。また現代美術の評論も行った。詩集に「旅の灰皿」（50年）、「サッカード」（62年）、「よじ登る」（63年）、「砲眼」（69年）、「呟きの近辺」（71年）、「外に」（75年）、「地下窓の外観」（83年）、「具眼の体（1963-1982）」（99年）、「バラス（1976-1996）」（2009年）、美術論に「ミロ」（04年, 初版1961年）、「無限のマチエール：タピエス」（2005年）、「アルベルト・ジャコメティ：あるアプローチのために」（1962年）、「アルベルト・ジャコメティ：ある肖像のかけら」（2008年）、「ありとあらゆる方法で」（09年）、共著に「詩と絵画―ボードレール以降の系譜」などがある。

デュビヤール, ロラン　Dubillard, Roland
フランスの劇作家, 俳優
1923.12.2～2011.12.14
㊥パリ　㊥パリ大学文学部　㊥ブラック・ユーモア大賞
㊦アマチュア劇団を経て、1952年オペレッタ「Si Camille me voyait（もしカミュが私を見たら）」を発表。小劇団の舞台に立ちつつ、「すなおな燕たち」（61年）を出版し、E.イヨネスコの激賞を受け、前衛劇と商業劇の中間をいく劇作家として注目された。作品は前衛的手法を用い、これといった筋はなく、

せりふにナンセンスやしゃれを交え人生の実相を浮び上がらせるもの。「牝牛の飲み場所」(72年)でブラック・ユーモア大賞を受賞した。また、自作の舞台には俳優として必ず出演。他の作品に、戯曲「骨の家」(62年)、「赤かぶを植えた庭」(69年)、詩集「私は落ちたと言おう」(64年)など。

デュ・ブーシェ, アンドレ　Du Bouchet, André
フランスの詩人
1924〜2001.4.19
出 パリ　学 ハーバード大学(1948年)卒　賞 クリティック賞(1962年度)
歴 1941年渡米し、ハーバード大学で学位を取得。47年から2年間、同大学で英文学を講じた。51年詩集「大気」で注目され、マラルメの後継者と絶賛される。単純な要素に還元された対立主題を、沈黙寸前にまで切り詰めた非人格的言語で語り、存在の本質に迫る作品で知られた。またページ付けを省き、紙面の空白を最大限に利用した作風は現代フランス詩の一極点を示したといわれる。他の詩集に「白い動力」(56年)、「うつろな暑さの中で」(61年)、「不整合」(79年)などがある。ドイツ語も堪能で、ヘルダーリンの詩の優れたフランス語翻訳としても知られた。

デュボイズ, ブレンダン　DuBois, Brendan
アメリカの作家
出 ニューハンプシャー州　賞 シェイマス賞(1995年・2001年)、サイドワイズ賞(歴史改変小説賞)(1999年)
歴 新聞記者、編集者などを経て、1994年作家デビュー。雑誌記者ルイス・コールを主人公にしたミステリー・シリーズで成功を収める。短編も多く、アメリカ私立探偵作家クラブ(PWA)が選ぶシェイマス賞を2度受賞。99年「合衆国復活の日」でサイドワイズ賞を受賞。

デュ・モーリエ, ダフネ　Du Maurier, Daphne
イギリスの作家
1907.5.13〜1989.4.19
出 ロンドン
歴 パリで教育を受けたのち、イギリスへ帰り、1932年、軍人のフレデリック・ブラウニング(のちに侯爵)と結婚。その頃から「ジャマイカ・イン」(36年)、「レベッカ」(38年)などのベストセラーを次々に書いた。ブラウニングは第二次大戦中、英空挺部隊司令官となり、その後、フィリップ殿下の財産管理人となるが、65年に死亡。未亡人になって以降も著作活動を続け、「フレンチマンズ・クリーク」、ヒッチコックの映画化でヒットした「鳥」などを書く。また小説ばかりでなく、歴史書、伝記もの、戯曲作家としても知られた。69年デームの称号を授与される。
家 父＝ジェラルド・デュ・モーリエ(俳優・演出家)、祖父＝ジョージ・デュ・モーリエ(画家)

デュラス, マルグリット　Duras, Marguerite
仏領インドシナ生まれのフランスの作家、映画監督、脚本家
1914.4.4〜1996.3.3
出 フランス領インドシナ・サイゴン近郊ジアディン(ベトナム)　学 パリ大学卒　賞 メディシス賞(1958年)、ゴンクール賞(1984年)
歴 17歳までをフランス領インドシナ(現・ベトナム)のジアディンで過ごす。1931年フランスに帰国。パリ大学で法律、数学、政治学を学んだのち、35年から41年まで植民地省に勤務。43年処女作「Les impudents(あつかましい人びと)」を発表。58年「モデラート・カンタービレ」で作家としての地位を確立する。"ヌーヴォーロマン"の代表作家ともフランス心理小説の継承者とも呼ばれる。他の主な作品に「ジブラルタルの水夫」(52年)、「夏の夜の十時半」(60年)、自伝的小説「愛人(ラマン)」(84年)、「苦悩」(85年)、「愛と死、そして生活」(87年)、「夏の雨」(90年)、「北の愛人」(91年)など。一方、59年にアラン・レネ監督の長編映画「Hiroshima mon Amour(ヒロシマ、私の恋人)」(邦題・24時間の情事)の脚本を書き世界的好評

を得たのをはじめとし、演劇、映画の業績も大きい。60年に脚本を書いた映画「Une aussi longue absence(かくも長き不在)」は同年のルイ・デリュック賞と翌年のカンヌ映画祭グランプリを受賞、この前後、フランス映画界はデュラス・ブームに沸いた。66年より自ら映画演出に乗り出し、「ラ・ミュジカ」など7本の映画を監督した。

デュランティー, ウォルター　Duranty, Walter
イギリス生まれのアメリカのジャーナリスト、作家
1884.5.25〜1957.10.3
出 リバプール　学 ケンブリッジ大学卒　賞 ピュリッツァー賞(1932年)、O.ヘンリー賞(1928年)
歴 1914年「ニューヨーク・タイムズ」に入り、パリ支局で西部戦線やベルサイユ講和条約などを取材。その後モスクワに移り、39年まで同紙特派員、39〜41年北アメリカ新聞連盟(NANA)の特派員として活動。この間、スターリンと2度会見したほか、ソ連の国内情勢、米ソ関係を広範に取材し、ソ連専門家としてアメリカの対ソ政策にも影響を与えた。32年ソ連に関する一連の報道が評価され、ピュリッツァー賞を受賞。しかし、スターリンによる失政で多数の餓死者が出たことを知りながら、意図的に報道しなかった、とのちに指摘され、受賞の見直しが行われる。一方、記者生活に取材した短編も書き、28年O.ヘンリー賞を受賞。著書に「赤い経済学」(32年)「デュランティ、ロシアからの報告」(34年)、「クレムリンと人民」(41年)、「スターリンとその一座」(49年)など。

デュレンマット, フリードリヒ　Dürrenmatt, Friedrich
スイスの劇作家
1921.1.5〜1990.12.14
出 ベルン郊外コノルフィンゲン　学 ベルン大学、チューリヒ大学　賞 ビューヒナー賞(1986年)
歴 牧師の息子として生まれ、ベルン、チューリヒの大学で哲学と神学を学び、版画家やジャーナリストを務めたのち、作家となる。1947年処女戯曲「Es steht geschrieben(聖書に日く)」によって成功を得た。現代の不条理をグロテスクなまでの誇張や痛烈な諷刺、パロディを用いて描き、前衛的な作風で知られる。そのほか劇作に世界的成功を博した「Der Besuch der alten Dame(貴婦人故郷に帰る)」(56年)や「ミシシッピ氏の結婚」(52年)、「物理学者」(62年)、「流星」(66年)、「手を貸した男」(73年)、「期限」(77年)などがあり、散文、推理小説、放送劇なども手がけた。

テラー, ヤンネ　Teller, Janne
デンマークの作家
1964.4.8〜
出 コペンハーゲン　賞 デンマーク文化省児童文学賞(2001年度)、フランス最優秀児童書賞(2008年)、アメリカ最優秀翻訳書賞(2010年)
歴 欧州連合に勤務。1995年から執筆を開始、99年小説「Odin's Island(オーディンの島)」(未訳)でデビュー。「人生なんて無意味だ」は2001年度のデンマーク文化省児童文学賞を受賞。各国語に翻訳されるとともに版を重ね、一躍名声を博して次々と文学賞を獲得した。最優秀児童書賞(フランス、08年)、最優秀翻訳書賞(アメリカ、10年)。短編小説、エッセイなど多数。

デラニー, ルーク　Delaney, Luke
イギリスの作家
歴 ロンドン警視庁の元警察官で、1980年代後半より凶悪犯罪の発生率で悪名高いロンドン南東部に配属され、のちに犯罪捜査部刑事として組織犯罪絡みの事件から連続殺人まで広く殺人捜査に携わる。刑事時代の経験をもとに、2013年「冷酷」で作家デビューすると、同書は世界12ケ国で翻訳されるなど各方面で話題となった。

デ・ラ・メア, ウォルター　De La Mare, Walter John
イギリスの詩人、作家
1873.4.25〜1956.6.22
出 ケント州チャールストン　名 前筆名＝ラマル, ウォルター

〈Ramal, Walter〉 㐂ジェームズ・テイト・ブラック記念賞（1921年）、カーネギー賞（1947年）
㐂アングロ・アメリカン石油会社勤務の傍ら詩や短編を発表。35歳で文筆に専念。1902年に出版した処女詩集「子供の歌」で注目を引いた後、「耳をすます者たち」「ピーコック・パイ（くじゃくのパイ）」「妖精詩集」「ヴェール」などの夢幻詩集を次々と発表。第二次大戦後は、長詩「旅人」（46年）、「翼ある車」（51年）を発表。その神秘的な詩の世界は、20世紀イギリス詩に独自の光彩を放っている。また「帰郷」（10年）で作家としても認められた。他に「サル王子の冒険」「旧約聖書物語」など多くの児童向け作品がある。

デ・ラ・モッツ, アンデシュ　de la Motte, Anders
スウェーデンの作家
1971〜
㐂スウェーデン　㐂スウェーデン推理作家協会賞新人賞（2010年）
㐂ストックホルム警察の元警官で、セキュリティ・コンサルタントとして仕事をしながら小説を執筆。2010年「監視ごっこ」で作家デビューし、スウェーデン推理作家協会賞の新人賞を受賞した。

テラン, ボストン　Teran, Boston
アメリカの作家
㐂ニューヨーク市サウス・ブロンクス　㐂CWA賞ジョン・クリーシー記念賞（2000年）、日本冒険小説協会大賞（2001年）
㐂ニューヨーク市サウス・ブロンクスのイタリア系一家に生まれ育つ。1999年初の長編「神は銃弾」を発表。直後から絶賛を受け、アメリカ探偵作家クラブ（MWA）賞最優秀新人賞にノミネートされ、イギリス推理作家協会賞（CWA賞）最優秀新人賞であるジョン・クリーシー記念賞や日本冒険小説協会大賞を受賞。他の作品に「死者を侮るなかれ」「凶器の貴公子」「音もなく少女は」「暴力の教義」などがある。

デーリー, エリザベス　Daly, Elizabeth
アメリカの作家
1878.10.15〜1967.9.2
㐂ニューヨーク市　㐂ブライアン・マーワー大学、コロンビア大学　㐂MWA賞特別賞（1961年）
㐂1940年「予期せぬ夜」で作家デビュー。「二巻の殺人」（41年）など、書籍販売業のアマチュア探偵ヘンリー・ガーマジの活躍するシリーズは全16作で、大いに人気を博した。

デーリ, ティボル　Déry, Tibor
ハンガリーの作家
1894.10.18〜1977.8.18
㐂ブダペスト　㐂コシュート賞
㐂裕福なユダヤ商人の家庭に生まれる。1912年商科大学を卒業、叔父が経営する製材会社に入社し、会社の労働者を通じて社会主義思想に目覚める。17年から「ニュガト（西方）」誌に数多くの詩や小説を投稿。18年会社の組合を組織してストライキを打ち勝訴するが、叔父によって軍隊に送られる。19年社会主義革命下のクン政権で文化委員として活動した後、革命の敗北で20年亡命、プラハ、ウィーン、パリ、バイエルンなどで様々な職業を転々としながら亡命者たちの機関誌に作品を発表。26年帰国し、カッシャークらのシュルレアリスムの文芸誌に参加するが再び国外に出て、32年ユーゴスラビアのドゥブロヴニクでドイツ時代の共産主義運動と個人の問題を綴った3部作「面と向かって」や、33年ウィーンで自伝的長編小説「未完の文章」など多くの作品を執筆。34年ウィーンの労働者蜂起に参加、オーストリア共産党の下で活動。帰国後の38年、アンドレ・ジードの「ソ連紀行」を翻訳したが、親共的な宣伝とされ3ケ月間投獄される。以後、第二次大戦が終わる45年まで7年間沈黙を守る。戦後に刊行された「面と向かって」（45年）、「未完の文章」（47年）で文壇の指導的地位を得、詩人としてコシュート賞も受賞したが、50〜52年共産党の教条主義を批判した「回答」（2巻）を発表、56年のハンガリー動乱の際には党批判の代表作の一つ「ニキ」（56年）が原因で3年間投獄され、共産党を除名される。62年文壇に復帰し、「判決なし」（69年）などを書いた。哲学者ルカーチと親交を結んだ。

テリー, ミーガン　Terry, Megan
アメリカの劇作家
1932.7.22〜
㐂シアトル　㐂ワシントン大学卒
㐂ワシントン大学卒業後、エール大学で劇作を学ぶ。1963年オフ・オフ・ブロードウェイの実験的劇団オープン・シアターの創設に参画。劇中で自由に役柄を転換する"トランスフォーメーション"という劇団独自の斬新な手法などを駆使して前衛的な作品を発表。オープン・シアター時代の代表作に「気を鎮めてよ、おっかさん」（65年初演、66年刊）、全体演劇の手法により、アメリカのベトナム参戦を批判した「ヴェト・ロック、フォークによる戦争映画」（66年初演、67年刊）など。74年オマハ・マジック・シアター専属脚本家となった。近代アメリカの新しいスタイルの演劇界において中心的な存在であり、アメリカのフェミニスト演劇の母ともいわれる。他の作品に、フランスの哲学者シモーヌ・ヴェイユの人生を描いた「Approaching Simone」（70年）、「Goona Goona」（79年）など。

テリーヴ, アンドレ　Thérive, André
フランスの作家, 批評家
1891.6.19〜1967.6.4
㐂リモージュ　㐂ピュトスト, ロジェ〈Puthoste, Roger〉　㐂バルザック賞
㐂初め教職に就く。「最大の罪」（1924年）でバルザック賞を受賞。29年から「ル・タン」紙で文芸評論を担当。以後「ヌーヴェル・リテレール」誌、「両世界評論」誌に文芸評論を寄稿。"ポピュリスム"の創始者の一人で、「燃える炭」（29年）を皮切りに、「忠実な人」（63年）に至る一連のポピュリスム的な小説を書き続けた。他の著書に、小説「失われた悩み」（27年）、「黒と金」（30年）、評論「今日の画廊」（31年）、「教のモラリスト」（48年）など。「フランス語は死語か」（23年）、「言語論争」（31〜40年）など語学の著書も多い。

デリウス, フリードリヒ　Delius, Friedrich C.
ドイツの詩人, 作家
1943〜
㐂ローマ（イタリア）　㐂ビューヒナー賞（2011年）
㐂著書に詩集「符木（しるしぎ）」のほか、「我等ジーメンスの世界」「アデナウアー広場」「モガディシオ窓際席」「リベックの梨」「ある反逆者の昇天」などがあり、ドキュメント、小説、演劇と広い分野で活躍。1960年代末の学生運動世代の心理、大企業内幕、ハイジャック事件など現代的なテーマに取り組んでいる。88年「日独文学者の出会い」に出席のため来日。

テリオ, イヴ　Thériault, Yves
カナダの作家
1915.11.28〜1983.10.20
㐂ケベック州
㐂フランス系。15歳で社会に出て様々な職業を経験。エロティシズムを導入した「独身男のためのコント集」（1944年）が最初の代表作で、その後「みにくい狼」（50年）、「熊の調教師」（51年）など同系列の大胆な作品を書く。農民、都会人、イヌイット、ユダヤ人、インディアン、流浪者の生きざまを生々しく描き、およそ30余りの作品を発表した。他の作品に「アアロン」（54年）、「アガギュク」（58年）など。

デリベス, ミゲル　Delibes, Miguel
スペインの作家, ジャーナリスト
1920.10.17〜2010.3.12
㐂バリャドリード　㐂バリャドリード大学　㐂ナダル賞（1948年）、セルバンテス賞（1993年）
㐂フランス系。"デリベス"は"ドリーブ"をスペイン風に発音したもの。1940年ノルテ・デ・カスティリャ新聞社にマンガ家として入社。その後ジャーナリストとして活躍し、56〜58年

同紙副編集長を経て、58〜62年同編集長。45〜85年バリャドリード大学教授も務める。一方、46年頃から創作を始め、48年処女作「糸杉の影は長い」でナダル賞受賞以来次々と小説を発表。カスティーリャ地方の都市や田舎を舞台にしている。スペイン内戦をリアルな目で見直すことにより文芸復興を計った作家グループの一人で、のち文壇の大御所的存在となった。ほかに小説「エル・カミーノ一道」(50年)、「猟人日記」(55年)、「最後の一枚」(59年)、「愛しのわが子シシ」(59年)、「ねずみ」(62年)、「マリオとの5時間」(66年)、「好色六十路の恋文」(83年)、「灰色に赤の夫人像」(91年)、「異端者」(98年)、ジャーナリストとしてフランコ独裁時代を回顧した「40年代の新聞検閲事情その他」(85年)などがある。スペイン王室アカデミー所属。

㊕叔父=サンティアゴ・アルバ(元スペイン外相)

デ・リーベロ, リーベロ　De Libero, Libero
イタリアの詩人, 作家
1906.10.10〜1981.7.2

㊕エルメティズモ(錬金術主義)の影響下で詩作を開始。1928年ローマで文学雑誌「遊星」を創刊、アルヴァーロ、モラーヴィアらと知り合う。初めは自己の内面に視点を置き、アナロジーを多用した処女詩集「至」(34年)を、ウンガレッティが編集する雑誌に発表。以後、「諺」(37年)、「頭」(38年)、「蝕」(40年)を書く。第二次大戦の経験からリアリスティックな作品を書くようになり、「外国人の本」(46年)、「祝宴」(49年)、「チョチャリーアを聞け」(53年)、「黒い手袋」(59年)、「残り火から残り火へ」(71年)、「環境」(76年)などを発表。小説も多い。

デリーロ, ドン　DeLillo, Don
アメリカの作家
1936.11.20〜

㊗ニューヨーク市ブロンクス　㊗フォーダム大学卒　㊗全米図書賞(小説部門)(1985年), PEN/フォークナー賞(1992年), エルサレム賞(1999年)

㊕イタリア系2世。10代の頃からジャズを聞き、外国映画、特にベルイマンや黒沢明の作品を見て育った。1954年ニューヨークのフォーダム大学に入学、神学・哲学・コミュニケーション論を学ぶ。在学中、ジェームズ・ジョイスの影響を受ける。卒業後、4年間ニューヨークの広告代理店に勤務。71年処女長編小説「アメリカーナ」を刊行。以来アメリカの社会的側面をテーマとした小説で定評を得る。70年代に文学的出発をした作家のなかでも特異な存在で、文学サークルとつき合わず、テレビにも討議会にも姿を見せず、大学の創作科で教えたりもしない孤高の作家。ポストモダン・アメリカ文学シーンでトマス・ピンチョンと並んで高い評価を得る。88年「リブラ時の秤」が全米ベストセラーとなり、名実ともに現代アメリカ文学最大の作家となる。97年「アンダーワールド」が全米図書賞の最終候補となり、以降毎年のようにノーベル文学賞候補としてその名が挙がる。他の作品に「エンド・ゾーン」(72年)、「グレイト・ジョーンズ・ストリート」(73年)、「ラトナーの星」(76年)、「プレイヤーズ」(77年)、「走る犬」(78年)、「ネイム」(82年)、「ホワイト・ノイズ」(85年)、「マオ2」(91年)、「ボディ・アーティスト」(2000年)、「コズモポリス」(03年)、「墜ちてゆく男」(07年)、「ポイント・オメガ」(10年)など。

テリン, ペーテル　Terrin, Peter
ベルギーの作家
1968〜

㊗西フランダース州ティールト　㊗EU文学賞, AKO文学賞
㊕1998年に短編集「ザ・コード」でデビュー後、発表作品が数々の文学賞にノミネートされ、評価を高める。2009年に刊行した「守衛」ではEU文学賞を、12年刊行の「死後に」でAKO文学賞を受賞。

デール, ヴァレリー　Dayre, Valérie
フランスの作家
1958〜

㊗プリ・ソルシエール(1992年), ドイツ児童文学賞(2006年度)
㊕10歳の頃、ランボーの詩に衝撃を受けて文学に目覚める。1989年のデビュー以来、20冊近くのヤングアダルト小説、絵本のほか、大人向けの小説を執筆し、作品はヨーロッパ各国語に翻訳されている。「リリとことばをしゃべる犬」で92年フランスの児童文学賞プリ・ソルシエール、2006年度ドイツ児童文学賞を受賞。

デルテイユ, ジョゼフ　Delteil, Joseph
フランスの作家
1894.4.20〜1978.4.12

㊕初めシュールレアリスムの詩人たちと親交を持ち、奇抜な発想の作品を書いて第一次大戦後の新文学沸騰の一員となったが、間もなく小説に転じる。史上の偉人を題材に叙情性と写実性が微妙に混じり合った作風を特徴とする。処女作「アムール河にて」(1923年)、「コレラ」(同年)で名声を得、「ジャンヌ・ダルク」(25年)で成功を収めるが、30年頃より精神上の問題から文筆活動を絶ち、その後は「イエス2世」(47年)、「アッシージのフランチェスコ」(60年)など数点の作品に留まる。

デルフィーニ, アントーニオ　Delfini, Antonio
イタリアの作家
1908.6.10〜1963.2.23

㊗モデナ
㊕独学し、20歳で個人新聞を刊行、ファシズムを風刺して発禁に遭う。「バスカの思い出」(1938年)、「バッティモンダの小さな灯」(40年)、「失われたロジーナ」(57年)などの短編集を刊行。地方都市の生活を題材に、痛烈な皮肉と空想と優しさの入り混じる物語を書いた。パリでブルトンを知り、自動筆記を試みた。他に「ノートA」(47年)、「世界の終わりの詩」(60年)などの詩集がある。亡くなった年に刊行された「短編集」(63年)によってヴィアレッジョ賞を受け、再評価が始められた。

デル・ブオーノ, オレステ　Del Buono, Oreste
イタリアの作家
1923.3.8〜2003.9.30

㊕ネオレアリズモ的手法で出発、のち愛の不毛や男女の姿などを通して、現代人の錯綜する心理状況を描こうとし、分析的な作風に移行。社会復帰が困難な帰還兵たちを描いた「首までつかって」(1953年)や希望も慰めもない戦後知識人を描いた「われらの時代」(74年)なとをはじめ多作。フランスの"ヌーヴォーロマン"のイタリアへの紹介者として、またモーパッサン、フローベールの訳者としても名高い。他の作品に「冬の話」(45年)、「まるまる1分」(59年)、「生きもせず死にもせず」(63年)など。

デルブラン, スヴェン　Delblanc, Sven
スウェーデンの作家, 批評家
1931.5.26〜1992.12.15

㊗パイロット文学賞(1986年)
㊕1962年に寓意的な「気難しい隠遁者」でデビュー。70〜76年のヘーデ村住民4部作の郷土小説により、同時代の作家にも影響を与える。この作品の、30〜40年代の貧困な農村を洗う変革の波を描いた重厚な文体で知られた。のち芸術への懐疑から、その価値を問う「去勢」(75年)などを発表。81年の「サムエルの書」や82年の「サムエルの娘たち」などの、自らのルーツを求める年代記風な作品により、82年の北欧議会文学賞や86年の日本のパイロット文学賞を受けた。他の作品に出世作「牧師の法衣」(65年)などのほか、戯曲がある。

デ・レーウ, ヤン　De Leeuw, Jan
ベルギーの作家
1968.5.21〜

㊗アールスト　㊗本の子供ライオン賞, 金のフクロウ・若い読者賞(2005年)

[歴]心理学を専攻。大人のための作品や青少年向け戯曲を発表した後、2004年「羽の国」で青少年文学の作家としてデビュー。この作品で本の子供ライオン賞、翌年「夜の国」で金のフクロウ・若い読者賞を受賞。

テレス, リジア　*Telles, Lygia Fagundes*
ブラジルの作家
1921.4.19〜
[出]サンパウロ　[学]サンパウロ大学法学部卒
[歴]サンパウロ大学法学部に学び、州庁の役人を勤めた経験がある。「ミステリオス」などサンパウロの社会問題をとらえた作品が多い。ブラジルの代表的女流作家で、1982年サンパウロのパウリスタ文学アカデミーの終身会員に選ばれた。

デレッダ, グラツィア　*Deledda, Grazia*
イタリアの作家
1871.9.27〜1936.8.16
[出]サルデーニャ島ヌオロ　[賞]ノーベル文学賞(1926年)
[歴]サルデーニャ島の裕福な家に生まれたが、当時の子女に対する風習から満足な中等教育も受けられず独学で文学的形成を遂げ、17歳の時短編「サルデーニャの血」で作家デビュー。1900年結婚のためローマに移住。以来、1年にほぼ1編の長編を書き、03年に発表した「エリアス・ポルトルー」で作家としての地位を確立。主にサルデーニャ島の農民を主題としてヒューマニズムを基調とした民族色豊かな小説を書き、ベリズモ(イタリア・リアリズム)文学を代表する一人となった。26年ノーベル文学賞を受賞。他の作品に「悪の道」(1896年)、「灰」(04年)、「木蔦(きづた)」(06年)、「風にそよぐ葦」(13年)、「母」(20年)、「コージマ」(37年)など。

テレヘン, トーン　*Tellegen, Toon*
オランダの児童文学作家, 詩人
1941〜
[出]デンブリール　[学]ユトレヒト大学医学部卒　[賞]金の石筆賞, 銀の石筆賞, テオ・タイッセン賞
[歴]1970〜73年ケニアでマサイ族の医者を務め、74年アムステルダムで開業。のち引退し、執筆活動に専念。詩人としての評価も高い。〈動物たちの物語〉シリーズで金の石筆賞、銀の石筆賞をはじめテオ・タイッセン賞など多数受賞。著書に「だれも死なない」「小さな小さな魔女ピッキ」などがある。

デロジエ, レオ・ポール　*Desrosiers, Léo Paul*
カナダの作家, 歴史家
1896〜1967
[出]ケベック州
[歴]フランス系。大学で法律を専攻し、モントリオールの有力紙「ドヴォワール」の議会担当記者、市立図書館の司書主任を務める。1922年より文筆活動を開始し、31年開拓時代のケベック州北西部を書いた歴史小説「北・南」、38年フランス系の北西商会とイギリス系のハドソン湾商会、先住民(アメリカ・インディアン)との毛皮取引をめぐる闘いを描いた「グラン・ポルタージュの男たち」、41年「ねばり強き人々」を発表、高い評価を受ける。作風は極めて写実的で、歴史小説に一つの指標を与えた。他の著書に「黄金の瓶」(51年)など。歴史家としても知られ、イロコイ族インディアンの歴史を調査した「イロコイ族の歴史」(47年)、モントリオール建設者マルグリット・ブルジョアの伝記「マリアとマルタとの対話」(57年)がある。

テン, ウィリアム　*Tenn, William*
アメリカのSF作家
1920.5.9〜2010.2.7
[出]イギリス・ロンドン　[名]Klass, Philip
[歴]幼い頃にアメリカに移住。医者の卵を振り出しに、エンジニア、演劇人、コピーライター、商船のパーサーなど様々な職を転々としながら、SFを愛読していたが、ついに自ら作家となる。ファン・ライター1号として知られる。ユーモアと恐怖をないまぜにした独特の作風で、短編作家としての地位を確立。1950〜60年代初期に数多くの作品を発表し、各種アンソロジーには必ずといっていいほど採り上げられている。

田 漢　でん・かん　*Tian Han*
中国の劇作家
1898.3.12〜1968.12.10
[出]湖南省漢寿県　[名]字＝寿昌
[歴]長沙の中学卒業後、1921年日本に留学、東京高師在学中から新劇運動に熱中し、郭沫若らの創造社に参加した。22年出世作「カフェの夜」を発表。同年帰国、その後創造社を脱退して南国劇社を創設、多数の戯曲を発表した。32年中国共産党に入党。解放後、全国戯劇協会主席などを務めながら、「関漢卿」(58年)、「文成公主」(60年)、「謝瑤環」(61年)などを発表。63年から批判の対象となり、66年逮捕され、68年獄中で死亡した。79年名誉回復。「田漢文集」(全16巻)がある。「愛国進軍歌」の作詞者としても有名。

田 間　でん・かん　*Tian Jian*
中国の詩人
1916.5.14〜1985.8.30
[出]安徽省無為県　[名]童 天鑑　[学]光華大学
[歴]1933年上海の光華大学で学び、34年中国左翼作家連盟に加入。詩集「未明集」(35年)、「中国の牧歌」(35年)、「中国 農村の物語」(36年)などを出版、抗日戦争中は延安で街頭詩運動を提唱、平易で短く力強いリズムの詩で民衆に呼びかけ、抗日に起ち上がる民衆を描く「戦士へ」(43年)を書いた。また、詩誌「詩建設」を創刊。代表作に長編叙事詩「車ひきの物語」(59〜61年)があり、57年以降は河北省の農村で党活動をしながら創作を続け、民謡を採集した。他の詩集に「汽笛」(56年)、「馬頭琴歌集」(57年)、「天安門賛歌」(58年)、「英雄の歌」(59年)、「誓いの言葉」(59年)、「田間短詩選」(60年)などがある。

田 原　でん・げん　*Tian Yuan*
中国の作家, 歌手, 女優
1985〜
[出]湖北省武漢　[学]北京語言文化大学英語学科(2007年)卒　[賞]香港電影金像奨最優秀新人賞
[歴]幼い頃からピアノ、ギターを習い、両親からモーパッサン、バルザックなど様々な本を与えられて育つ。"80後(バーリンホウ)"と呼ばれる中国1980年代生まれの一人っ子世代で、海賊版の洋楽CDで覚えた英語で詩を書いて作曲し、ネイティブと変わらぬ発音で、2002年16歳でインディペンデント・バンド"跳房子(Hopscotch)"のボーカルとしてデビュー。同年、初の小説「斑馬森林」も出版。04年には映画「胡蝶」で女優デビューも果たし、香港電影金像奨最優秀新人賞を受賞。07年小説「水の彼方 Double Mono(双生水莽)」を発表。音楽、小説、映画の垣根を越えて多彩な才能を発揮、"80後"を代表するアーティストとして脚光を浴び、"中国13億人のミューズ(芸術の女神)"と呼ばれる。09年来日。

テンドリャコフ, ウラジーミル
Tendryakov, Vladimir Fedorovich
ソ連の作家
1923.12.5〜1984.8
[出]ロシア共和国ボログダ　[学]ゴーリキー記念文芸大学(1951年)卒　[勲]労働赤旗勲章
[歴]1948年共産党入党。ソ連の戦後文学を代表する党員作家の一人。雑誌記者を経て、53年から本格的作家活動に入る。スターリンの死前後、農村のルポから出発、官僚主義や人間不在の精神を批判する執筆活動で活躍。主な作品には農村をテーマにした小説「森の中で」「悪天候」「招かざる客」、反宗教物語の「奇跡の聖像」(58年)「裁判」(60年)などがある。日本で翻訳された作品も多い。

テンプル, ピーター　*Temple, Peter*
南アフリカ生まれのオーストラリアの作家
1946〜2018.3.8
[出]南アフリカ　[賞]ネッド・ケリー賞新人長編賞(1997年), ネッド・ケリー賞最優秀長編賞(2000年・2001年・2003年・2006年),

テ

CWA賞ダンカン・ローリー・ダガー賞（2007年）
[歴]南アフリカで生まれ、その後にオーストラリアへ移住。新聞や雑誌の記者・編集者として活動後に作家となり、1996年「Bad Debts」でネッド・ケリー賞新人長編賞を受賞。2000年3作目の「シューティング・スター」で同賞最優秀長編賞を初受賞。ネッド・ケリー賞を5度以上受賞したオーストラリア・ミステリー界の第一人者で、07年には「壊れた海辺」でイギリス推理作家協会賞（CWA賞）のダンカン・ローリー・ダガー賞を受けた。

【ト】

ト・ジョンファン　都 鍾煥　*Do Jong-hwan*
韓国の詩人
1954～
[出]忠清北道清州　[賞]申東曄創作賞, 民族芸術賞（1997年）, 今年の芸術賞（文学部門）, 現代忠北芸術賞（文学部門）
[歴]1985年初詩集「コドゥミ村で」を刊行。89年全国教職員労働組合の結成に参加したことで免職、投獄される。詩集「たとえ今は君たちのそばを離れても」で申東曄創作賞、97年第7回民族芸術賞受賞。詩集「海印へ行く道」（2006年）で今年の芸術賞（文学部門）、現代忠北芸術賞（文学部門）受賞。世界を明るくした100人に選ばれる。

ドー, ブルース　*Dawe, Bruce*
オーストラリアの詩人
1930.2.15～
[出]ビクトリア州ジーロング　[名]ドー, ドナルド・ブルース〈Dawe, Donald Bruce〉　[学]メルボルン大学, クイーンズランド大学
[歴]種々の職業を転々としながらメルボルン大学の夜間コースに1年通い、同大の教授詩人たちの薫陶を受け、労働者として働く傍ら博士号取得、教職に就く。口語体で20世紀後半のオーストラリアの市井生活を描いた風刺詩を書き、1960年代末のカウンターカルチャー詩人たちに絶大な影響を与えた。代表作は「住所不定」（62年）、「ときとして楽しみ」（78年）など。

杜 鵬程　と・ほうてい　*Tu Peng-cheng*
中国の作家
1921.4.28～1991.10.27
[出]陝西省韓城　[名]杜 紅喜
[歴]貧しい農家に生まれ、幼年時代母ともの乞いをしていたという。17歳から革命に参加、魯迅市販学校や延安大学で学ぶ。1947年新華社記者として従軍。54年中国作家協会所属後、創作に専念。54年従軍記者の体験を基に、中国の現代戦争を描写した長編小説「延安を守る」を著わす。戦争文学の秀作とされたが、文化大革命中は発行禁止となり、79年に再刊された。他の著書に「平和な日々に」（58年）、「若い友」（62年）など。

ドーア, アンソニー　*Doerr, Anthony*
アメリカの作家
1973～
[出]オハイオ州クリーブランド　[学]オハイオ州立大学大学院創作科修了　[賞]ピュリッツァー賞（2015年）, プッシュカート賞
[歴]オハイオ州立大学大学院創作科を修了。2002年短編集「シェル・コレクター」で作家デビュー。「アトランティック・マンスリー」「パリ・レビュー」「ゾエトロープ」などに作品を発表。「ネムナス川」でプッシュカート賞を受賞した他、バーンズ&ノーブル・ディスカバー賞、ローマ賞、ニューヨーク公共図書館ヤング・ライオン賞など受賞多数。15年には「All the Light We Cannot See」でピュリッツァー賞を受けた。

ドア, ハリエット　*Doerr, Harriet*
アメリカの作家
1910～2002.11.24
[出]カリフォルニア州パサディナ　[学]スミス・カレッジ, スタンフォード大学（1977年）卒, スタンフォード大学大学院創作科　[賞]全米図書賞新人賞（1984年）
[歴]1927年スミス・カレッジに入学。後にスタンフォード大学に転学し2年在学するが、30年結婚。夫とともに15年間メキシコに住む。夫の死後、50年ぶりに大学に戻り、77年スタンフォード大学を卒業、傍ら創作を学ぶ。78～84年スタンフォード大学大学院創作科に在学。短編小説が編集者の目にとまり、それを長編に書き直した「イバーラの石」でデビュー。84年全米図書賞新人賞のほか数々の賞を受賞、ベストセラー作家の仲間入りを果たした。他の作品に「コンシダー・ディス、セニョーラ」「アマポーラスの週末」がある。

ドイグ, アイバン　*Doig, Ivan*
アメリカの作家
1939～
[出]モンタナ州ホワイトサルファースプリングズ　[学]ノースウエスタン大学ジャーナリズム専攻卒, ノースウエスタン大学大学院修士課程修了, ワシントン大学大学院博士課程 博士号（ワシントン大学）　[賞]全米図書館協会アレックス賞（2007年）
[歴]ノースウエスタン大学でジャーナリズムを専攻し学士号と修士号を、ワシントン大学でアメリカ史の博士号を取得。牧場労働者、新聞記者、雑誌編集者など様々な職業を経て、作家に。モンタナを舞台に多くの作品を描き、多数の作品が全米図書賞にノミネートされた。「口笛の聞こえる季節」で、2007年全米図書館協会アレックス賞を受賞。

ドイッチ, リチャード　*Doetsch, Richard*
アメリカの作家
[学]ニューヨーク・マリスト・カレッジ卒, ニューヨーク大学（不動産）
[歴]ニューヨークのマリスト・カレッジを卒業後、ニューヨーク大学で不動産学の修士号を取得。1980年代の後半にロックバンドを結成してギター、キーボードを担当、作詞・作曲も手がけた。モデルや映画俳優の経験もある。スポーツは万能で、トライアスロンとスキーは競技会に出場し、テコンドーでは黒帯を取得。コネティカット州グリーンウィッチにある不動産投資運用会社の代表を務める。「天国への鍵」（2002年）で作家としてデビュー。同作は〈Michael St.Pierre〉としてシリーズ化された。他の作品に「13時間前の未来」「夜明け前の死」などがある。

ドイル, コナン　*Doyle, Conan*
イギリスの推理作家
1859.5.22～1930.7.7
[出]エディンバラ　[名]ドイル, アーサー・コナン〈Doyle, Arthur Conan〉　[学]エディンバラ大学医学部卒 医学博士
[歴]ロンドンで眼科医を開業するが、家計の足しにと文筆に手を染め、1887年「緋色の研究」を発表し、91年医者をやめ作家に転じる。私立探偵シャーロック・ホームズが活躍する探偵小説で一躍世界的名声を得た。また歴史小説も手がけ、晩年は心霊学にも興味を持った。1902年ナイト爵を受ける。他の著書に小説「マイカー・クラーク」（1889年）、「白衣の騎士団」（90年）、「シャーロック・ホームズの冒険」（92年）、「シャーロック・ホームズの回想」（93年）、「バスカーヴィル家の犬」（1902年）、「ナイジェル卿」（06年）、「失われた世界」（12年）、「毒殺地帯」（13年）、「シャーロック・ホームズの事件帖」（27年）、戯曲「ウォーターロー物語」（00年）、「南アフリカの戦争」（02年）、「心霊術史」（26年）など。
[家]おじ＝リチャード・ドイル（挿絵画家）

ドイル, ピーター　*Doyle, Peter*
オーストラリアの作家
[出]シドニー郊外　[賞]オーストラリア推理作家協会最優秀新人賞（1997年度）, オーストラリア推理作家協会最優秀長編賞
[歴]タクシー運転手、教師、ミュージシャンなどの職を経て、「有り金をぶちこめ」で作家デビュー。1997年度のオーストラリア推理作家協会最優秀新人賞を受賞。シリーズ第2作「Amaze

Your Friend」(98年)は同賞最優秀長編賞受賞作となる。

ドイル, マラキー *Doyle, Malachy*
イギリスの児童文学作家
1954～
[出]北アイルランド
[歴]7人兄弟の末っ子として生まれる。18歳でイングランドにわたり、学校卒業後、教職、広告会社勤務などを経て、40歳の時作家に転身。初めて書いた子供向けの短編がアイルランドで受賞したことをきっかけに、子供の本を書くことに専念。作品に「ジョディのいんげんまめ」「きみならできるよ！」「ちゃっかりこぞうはまるもうけ？」「だいすきだよ ぼくの ともだち」など。

ドイル, ロディ *Doyle, Roddy*
アイルランドの作家
1958～
[出]ダブリン [賞]ブッカー賞(1993年)
[歴]ダブリンに住んで地理と英語の教師をしながら、戯曲や脚本を書く。アイルランドでソウル・ミュージックのバンドを結成しようと奮闘する若者たちの物語の処女小説「おれたち、ザ・コミットメンツ」(1987年)が映画化され、サウンドトラック盤も大ヒットとなった。その後、同作と「スナッパー」(90年)、「ヴァン」(91年)、「パディ・クラークハハハ」(93年)からなる〈バリータウン〉4部作シリーズが人気を呼び、作家に専念。「ヴァン」がブッカー賞候補となり、「パディ・クラークハハハ」で同賞を受賞。「さよならのドライブ」は2012年ガーディアン賞、13年カーネギー賞の最終候補となった。他の著書に「ポーラ―ドアを開けた女」「星と呼ばれた少年」「ギグラーがやってきた！」や、絵本「おかあさんの顔」などがある。

ドイロン, ポール *Doiron, Paul*
アメリカの作家
[出]メーン州 [学]エール大学卒
[歴]エール大学卒業後、エマーソン・カレッジの創作講座で学ぶ。処女作「森へ消えた男」はアメリカ探偵作家クラブ賞(MWA賞)、アンソニー賞、マカヴィティ賞、スリラー賞などの処女長編賞にノミネートされた。メーン州の地域誌「ダウン・イースト」編集長を務める傍ら、州の登録ガイドとしての活動にも力を尽くす。

トインビー, フィリップ *Toynbee, Philip*
イギリスの作家, 批評家
1916.6.25～1981.6.15
[出]オックスフォード [名]トインビー, シオドア・フィリップ〈Toynbee, Theodore Philip〉 [学]オックスフォード大学クライスト・チャーチ・カレッジ
[歴]父は歴史家アーノルド・トインビーで、母は古典学者ギルバート・マリーの娘。オックスフォード大学卒業後、共産党に入党するがすぐに文学へ移る。第二次大戦後の保守的なイギリス文学の中、実験的な作風の作家として文壇に登場。7人の登場人物の意識の流れを描いた「グッドマン夫人邸のお茶の会」(1947年)、「海に向いた庭」(53年)などの実験的小説を執筆。名門に生まれた老人の回想を中心に展開する韻文小説「道化師」(61年)から「2人の兄弟」(64年)、「学都」(66年)を経て、「湖からの眺め」(68年)至る4部作〈パンタロン〉シリーズが代表作。父との共著「現代人の疑問―二つの世代の考え方」(63年)もある。一方、50年より「オブザーバー」紙の書評家として活躍し、多大な影響力を持っていた。
[家]父＝アーノルド・トインビー(歴史家), 祖父＝ギルバート・マリー(古典学者)

董 宏猷 とう・こうゆう *Dong Hong-you*
中国の作家
1950～
[出]武漢 [学]華中師範大学(1977年)卒
[歴]1968年農村へ下放され農業に従事。大学卒業後、中学教師のほか、雑誌などの編集に携わる。長編小説、短編小説集、散文集、詩集、長編記録文学などを執筆し、国内外の賞を多数受賞。武漢市文化連盟作家として武漢作家協会副首席を務める。著書に「十四歳の森林・冬」などがある。

陶 晶孫 とう・しょうそん *Tao Jing-sun*
中国の作家, 医学者
1897.12.18～1952.2.12
[出]江蘇省無錫 [名]陶 熾, 名＝熾, 字＝晶孫, 号＝熾孫, 筆名＝陶 蔵, 烹 斎, 唐 簫村 [学]九州帝国大学医学部卒
[歴]1906年家族とともに来日、日本で育ち、九州帝国大学医学部、東北帝国大学医学部・理学部などに学ぶ。九州帝大在学中に郭沫若らの創造社同人となり、処女作「木犀」を日本語で同人誌「グリーン」に発表、22年中国語に直して「創造」季刊に転載した。多才で音楽的才能にも富み、東北帝大ではオーケストラを組織して指揮者を務めた。24年郭沫若夫人の妹佐藤操と結婚。26年東京帝国大学医学部副手、同大病院に勤務。29年帰国して上海東南医学院教授となり、社会衛生学を研究。傍ら中国左翼作家連盟結成に参加、郁達夫から「大衆文芸」を受け継ぎ、その編集にあたる。人形劇をはじめとする演劇にも関心を寄せ、上海芸術劇社を創設して活躍。31年から日本占領時代にかけては上海自然科学研究所研究員を務め、大東亜文学者大会にも関与。戦後46年台湾大学教授。50年日本に亡命し、51年東京大学文学部講師となって文筆活動を続けたが、肝臓がんで死去。作品に、短編集「音楽会小曲」(27年)、翻訳集「盲目兄弟の愛」(29年, 30年)、散文集「牛骨集」(44年)など。没後「日本への遺書」(52年)が刊行された。
[家]義兄＝郭 沫若(文学者)

鄧 友梅 とう・ゆうばい *Deng You-mei*
中国の作家
1931.3.1～
[出]天津
[歴]1943年11歳の時、故郷の山東省平原県が日本軍の占領下におかれ、翌年徴用工として天津から日本に。山口県徳山市のソーダ工場で朝6時から12時間労働を強いられる。工場が米軍に空襲されたのを機に大戦末期に帰国。少年兵として八路軍の抗日運動に参加。戦場で作家活動を開始。国共内戦時には新華社の見習記者。51年短編「成長」を発表。52年共産党入党。62年鞍山市で専業作家生活に入る。軍隊生活を描いた作品が多かったが、愛情を主題にした小説「崖のふち」(56年)で文化大革命中に批判を受け、22年間労働に従事。改革・開放が始まった78年から作家活動を再開。北京文壇の中核作家の一人で中国作家協会の理事を務める。他の作品に「陶然亭綺談」(79年)「那五」「烟壺」「さよなら瀬戸内海」など。84年国際ペン東京大会のため来日。97年日中文化交流協会の招きで来日。

トゥーイ, ロバート *Twohy, Robert*
アメリカの作家
1923～
[出]カリフォルニア州サンフランシスコ [学]カリフォルニア大学バークレー校卒
[歴]空軍に勤務した後、美術学校を経て、保険調査員、タクシー運転手、高校教師など様々な職を転々とし、1957年短編「死を呼ぶトラブル」で作家デビュー。以後「エラリー・クイーンズ・ミステリー・マガジン(EQMM)」「アルフレッド・ヒッチコック・ミステリー・マガジン(AHMM)」を中心に短編のみを発表し続け、その一風変わったクライム・ストーリーはナンセンス・ミステリーの新ジャンルを開拓したと評される。MWA賞の最優秀短編部門に3度ノミネートされた。

トゥイニャーノフ, ユリー *Tynyanov, Yurii*
ソ連の作家, 評論家
1894.10.18～1943.12.20
[出]ロシア・ビテプスク県レジツァ(ラトビア・レゼクネ) [名]トゥイニャーノフ, ユリー・ニコラエヴィチ〈Tynyanov, Yurii Nikolaevich〉 [学]ペテルブルク大学文学部

ト

[歴]医者の家に生まれる。ペテルブルク大学に学び、1916年頃ロシアのペトログラードで成立したオポヤーズ(詩的言語研究会)に参加。21～30年国立芸術史研究所で詩の講義を行い、「ドストエフスキーとゴーゴリ」(21年)や「詩的言語の問題」(24年)、論文集「擬古主義者と革新者」(29年)などの著作を発表。歴史小説も書き、「キュフリャ」(25年)、「ワジル・ムフタルの死」(27～28年)、未完の大作「プーシキン」(36～43年)を書いた。他の作品に、短編「キージェ少尉」(28年)など。詩学と言語学を根底に置くロシア・フォルマリズムを代表する一人。

ト

ド・ヴィリエ, ジェラール *De Villiers, Gérard*
フランスのスパイ作家
1929.12.8～2013.10.31
[出]パリ
[歴]大学で政治学を専攻し、卒業後の1956年、ルポ・ライターとしてジャーナリズムの世界に入る。週刊誌「フランス・ディマンシュ」の記者などを務め、取材のため世界各地を飛び回った。記者時代に得た諜報活動に関する知識や情報を生かし、65年「SAS/イスタンブール潜水艦消失(S.A.S.à Istanbul)」を皮切りに〈プリンス・マルコ〉シリーズを書き始める。以来、多くの資料・情報を収集、精力的な原地取材に基き、3ケ月に1冊という驚異的なペースで作品を発表し続けた。同シリーズは200点が刊行され、総売上げ部数1億6000万部を誇る世界的大ベストセラーとなっている。

ドヴィル, パトリック *Deville, Patrick*
フランスの作家
1957～
[学]ナント大学 [賞]フェミナ賞(2012年)
[歴]ナント大学で比較文学・哲学を学んだ後、1980年代を中東、ナイジェリア、アルジェリアで暮らし、90年代はたびたびキューバ、ウルグアイほか中米に滞在。87年老人スパイの最後の任務を描いた「Cordon-bleu」を出版、作家としてデビュー。90年ジャン・エシュノーズが発案した、フロリダに集まった米仏の複数の作家による連作短編集「シュザンヌの日々」に短編「手品」で参加。「花火」(92年)はメディシス賞候補となった。96年ラテンアメリカの若い文学賞を創設、雑誌「Meet」を創刊、サン・ナゼールに“外国人作家と翻訳者の家”を創立し、ディレクターを務める。2011年「リール」誌により「カンプチア」が年度最優秀作品に選出される。「ペスト&コレラ」はフランスの文学賞全ての候補となり、書店フナックによる小説賞に続き、フェミナ賞その他の文学賞に輝いた。

ドヴィンガー, エドヴィン *Dwinger, Edwin Erich*
ドイツの作家
1898.4.23～1981.12.17
[出]キール
[歴]軍人の子として生まれる。第一次大戦に従軍しロシア軍の捕虜となりシベリアに送られるが、脱走し、反革命軍に加わって戦った後、1921年に帰国。のち、その体験を描く「鉄条網のうしろの軍隊」(29年)、「白と赤の間で」(30年)、「われらドイツの名を呼ぶ」(32年)の戦争小説3部作「ドイツの受難」を書き、ナチス時代に大いに迎えられた。ナチス党員となり、第三帝国の文芸会員を務め、第二次大戦中はナチスの従軍記者としてルポルタージュを書く。反共主義者で、戦後一時その著書は発禁になった。他の作品に「最後の犠牲」(28年)など。

ドゥ・ヴィガン, デルフィーヌ *de Vigan, Delphine*
フランスの作家, 映画監督
1966.3.1～
[出]ブーローニュ・ビヤンクール [賞]フランス本屋大賞(2008年), ルノードー賞(2015年)
[歴]5歳で両親が離婚、母と妹と暮らすが、13歳で母親に捨てられ、ノルマンディーに住む父のもとへ。19歳でパリに戻り、アルバイトで生計を立てながら学業を終える。2008年小説「ノーと私」でフランス本屋大賞を受賞。同書はザブー・ブライトマン監督により映画化された。その後、「Les heures souterraines」「リュシル」を上梓。いずれも世界各国で翻訳出版される。14年には映画「A coup sûr」で監督デビュー。

トゥヴィム, ユリアン *Tuwim, Julian*
ポーランドの詩人
1894.9.13～1953.12.27
[出]ウッチ [学]ワルシャワ大学 [賞]国家文学賞(1951年)
[歴]ユダヤ系。ウッチの銀行員の子。少年時代から詩作を始め、ワルシャワ大学時代の詩作がスタッフに激賞され、1918年文学キャバレー“ピカドル”創設に参加。20年“スカマンデル”同人。急進的な自由主義知識人として現実と密着した詩を発表し、多くの叙情詩や風刺詩を書く。また、快いリズムと豊富な擬声語、言葉遊びなどを駆使して子供達に詩の楽しさを伝えた。特に「機関車」(38年)は今日でも国民に愛唱されている。第二次大戦前にアメリカを中心に国外へ逃れ亡命誌に執筆、代表作はナチスの手を逃れてフランス、ポルトガル、アメリカを転々とした時代に、祖国を思って書いた「ポーランドの花」(40～44)。ポーランドの経済学者ランゲと共にソ連との和解を唱え、46年帰国。51年全業績に対し国家文学賞が贈られた。没後に「選集」(5巻, 55～64年)が刊行される。プーシキンをはじめロシア詩の古典の名訳がある。

ドゥヴォー, ノエル *Devaulx, Noël*
フランスの作家
1905.12.9～1995.6.9
[出]ブレスト
[歴]20歳までブルターニュ地方に住み、初め自然科学を志したが、病気のため山地で15年間の療養生活を送った。1948年カトリック教に改宗。「L'Auberge Parpillon(旅篭パルピヨン)」(45年)、「ミュルシーの貴婦人」(61年)、「不滅の蜥蜴」(77年)などの主要作品は、幻想的コントの集成で宗教的神秘主義に彩られ、また、作風は重厚で厳密、難解で高邁である。他の作品に「聖女バルブグリーズ」(52年)など。

ドゥエニャス, マリーア *Dueñas, María*
スペインの作家
1964～
[出]シウダ・レアル県プエルトリャノ
[歴]アメリカの大学で教鞭を執った経験を持ち、教育、文化、出版に関する様々なプロジェクトに参加。2009年ロマンス・ミステリー巨編「情熱のシーラ」で作家デビュー。世界で400万部超の大ベストセラーとなり、多くの読者や評論家を魅了する。ムルシア大学教授も務める。

ドヴェンカー, ゾラン *Drvenkar, Zoran*
クロアチア生まれの作家
1967～
[賞]ドイツ児童文学賞, ドイツ推理作家協会賞
[歴]クロアチアに生まれ、3歳の時、一家でドイツ・ベルリンに移住。13歳から詩を、17歳からは短編小説を書き始める。22歳で作家を育成する奨学金を得、以後、本格的に作家の道を歩み、児童書、脚本、詩集、ミステリーなど様々な作品を発表。作品にドイツ児童文学賞を受賞した「走れ! 半ズボン隊」、ドイツ推理作家協会賞を受賞した「謝罪代行社」などがある。

ドゥオーキン, スーザン *Dworkin, Susan*
アメリカの作家, 脚本家
[歴]小説の他、戯曲やテレビの脚本も手がける。エミー賞受賞作品など数々のプロジェクトに参画。「ミズ」「レディ・ホーム・ジャーナル」などの雑誌でも活躍。1999年元ナチス将校の妻の告白をエーディト・ベアとの共著で「ナチ将校の妻―あるユダヤ人女性:55年目の告白」として出版、世界各国で翻訳され、映画化もされた。他の著書に「地球最後の日のための種子」など。

ドゥギー, ミシェル *Deguy, Michel*
フランスの詩人, 哲学者, 文学評論家

1930.5.23〜
㊞パリ
㊞リセで教鞭を執ったのち、1968年よりパリ大学で教鞭を執り、89〜92年国際哲学コレージュ学院長を務める。一方、「N.R.F.(エヌ・エル・エフ)」などの文芸誌の編集に携わり、77年「ポエジー(詩)」を創刊、長年にわたり編集長を務める。また雑誌「Les Temps modernes」編集委員として活動。「土地台帳の断辺」(50年)や「半島詩集」(62年)では、風景を主題とし時空のリズムを言葉で捉えようとした。その後は詩作品、詩論、翻訳の区別をせずに、詩的行為として一元化して扱う。理論、実作の両面で現代詩を活性化した中心人物の一人。著書に、詩集・詩論「殺人女たち」(59年)、「うわさ」(66年)、詩集に「詩集」(60〜70年)、「デュ・ベレーの墓」(73年)、「レリーフ」(76年)、「横臥するものたち」(85年)、評論に「トーマス・マンの世界」(62年)、「尽き果てることなきものへ」(95年)など。

ドゥコワン, ディディエ　*Decoin, Didier*
フランスの作家
1945.3.13〜
㊞ブーローニュ・ビヤンクール　㊞デル・デュカ賞(1966年), マクス・バトル賞(1969年), カトル・ジュリイ賞(1971年), リブレール大賞(1972年), ゴンクール賞(1977年)
㊞大学時代は法学と文学を学ぶ。18歳の時に書いた戯曲「天使であれ」が上演され、次いで「フランス・ソワール」紙に寄稿するようになるなど、早くから文筆活動に携わる。21歳の時に初めての小説「Le procès à l'amour(恋の訴訟)」(1966年)を発表し、デル・デュカ賞を受賞。以来若い人たちの愛の物語を描き続け、77年には「愛よ、ニューヨークよ」でゴンクール賞を獲得した。このほかエッセイなども著しており、幅広く支持されている。一方、映画監督の父アンリ・ドゥコワンのアシスタントとして映画製作に関わったこともあり、自らも空爆についての短編映画「もっとも長い夜」を演出し、ヨハネスブルクでの国際フェスティバルでも上映された。傍ら「フランス・カトリック」紙のレポーターやラジオ番組の探訪記者などを務めたり、無償でアマチュア演劇に尽くすなど、多彩な活躍を続けている。
㊞父＝アンリ・ドゥコワン(映画監督)

トゥーサン, ジャン・フィリップ　*Toussaint, Jean-Philippe*
ベルギー生まれのフランスの作家, 映画監督
1957.11.29〜
㊞ブリュッセル　㊞パリ政治学院(1978年)卒　㊞メディシス賞(2005年度)
㊞1971年フランスに移住。85年「浴室」で作家デビュー、無機的な文体の断章形式で書かれた作品はフランスで大きな話題となり、"浴室世代"という言葉も生まれた。以来、「ムッシュー」(86年)、「カメラ」(88年)、「ためらい」(91年)、「テレビジョン」(98年)などで、海外で最も読者を獲得しているフランス語圏の現代作家の一人となる。日本を舞台に男女の愛と別れを描いた「愛しあう」(2002年)の続編にあたる「逃げる」で、05年度のメディシス賞を受賞。また、映画にも積極的に取り組み、1989年「浴室」を脚色したほか、90年「ムッシュー」、92年「カメラ」では自ら監督も務める。98年初のオリジナル脚本による監督作品「アイスリンク」を発表。来日多数。

ドゥジンツェフ, ウラジーミル
Dudintsev, Vladimir Dmitrievich
ソ連の作家
1918.7.29〜1998.7.23
㊞ウクライナ共和国ハリコフ州クピャンスク　㊞モスクワ法科大学(1940年)卒
㊞1933年から文筆活動に入る。大学卒業と同時にソ連赤軍に召集され、第二次大戦中、レニングラード攻防戦で負傷し、シベリアの軍検察局に勤務した。46〜51年「コムソモールスカヤ・プラウダ」記者となり、主としてルポルタージュを書いた。短編集「七人の勇士と共に」(52年)を発表ののち、56年長編「パンのみによるにあらず」を発表、ソビエト社会の否定的な面を描き出して官僚主義を摘発したため、ソ連共産党指導部の反感を買い、反体制作家とされた。その後は「新年のお伽話」(63年)、「短編集」(63年)が出版されたのみで、長い間翻訳業に携わっていたが、87年ルイセンコ批判の長編「白い衣」を発表、話題を呼んだ。

トゥティ・ヘラティ　*Toeti Heraty*
インドネシアの作家, 詩人
1933.11.27〜
㊞バンドン　㊞インドネシア大学医学部卒 哲学博士(インドネシア大学)
㊞インドネシア大学医学部卒業後、アムステルダムで心理学を研究し、1962年にライデン大学で修士号、79年には再びインドネシア大学で哲学博士号を取得する。その後、母校の教授となる。その間、73年に詩集「三十三の詩」を出版。また創作のほかに79年インドネシア女流詩と絵画の選集「ピナン一片シリ一葉」の編集を手がけている。

トゥデヴ, ロンドギーン　*Tudev, Lodongijn*
モンゴルの作家
1936〜
㊞ゴビ・アルタイ・アイマク　㊞国立師範大学(1956年)卒
㊞羊飼いを営む家庭に生まれる。モスクワに留学したのち、ゴビ・アルタイ地方で3年間教職に就いた。その後新聞社や作家同盟で働く傍ら創作活動をおこなう。教師時代に土地の古老から取材した伝説、歴史をもとにして小説「山の洪水」(2部, 1961年, 65年)を出版し、ベストセラーとなった。エルデネやミャグマル等と並ぶ人気作家として活躍しており、児童文学の第一人者としても知られる。作品に小説「遊牧」、ノンフィクション「北極星は方向を指す」(68年)「赤い波」(69年)、児童文学「友」(56年)「永しえの水」(60年)などがある。

ドゥ・テラン, リーサ・セイント・オービン
De Teran, Lisa St Aubin
イギリスの作家
1953〜
㊞ロンドン　㊞サマセット・モーム賞(1983年), ジョン・ルウェリン・リース賞(1983年)
㊞16歳でベネズエラ人と結婚。夫とともに2年間イタリアを旅したあと、夫の故郷ベネズエラ・アンデスの農場に赴く。その後娘を連れて離婚するまでの7年間、夫の実家の砂糖プランテーションとアボガド農場の経営に携わった。農場での体験をもとにした「Keepers of House」で1982年作家としてデビュー、サマセット・モーム賞を受賞。作品に「The Slow Train to Milan」(83年)、「The Tiger」(84年)、「The Bay of Silence」(86年)、「Joanna」(90年)、「イタリアの夢の館」(94年)などがある。

ドゥブロフスキー, セルジュ　*Doubrovsky, Serge*
フランスの作家, 評論家
1928〜
㊞パリ　㊞エコール・ノルマル・シュペリウール卒　㊞メディシス賞(1989年)
㊞教授資格を取得。アメリカの大学でフランス文学を講じるかたわら、評論活動、小説執筆に従事。1989年小説「壊れた本」でメディシス賞を受賞。他の著書に小説「Sの日」「分散」「自己愛」「一瞬の生」「自伝集」、評論「コルネイユと主人公の弁証法」「なぜヌーヴェル・クリティックか」「マドレーヌはどこにある」「批評の走路」など。共著に「批評の現在の諸傾向」がある。

トゥーマー, ジーン　*Toomer, Jean*
アメリカの作家
1894.12.26〜1967.3.30
㊞ワシントンD.C.　㊞トゥーマー, ネイサン・ピンチバック〈Toomer, Nathan Pinchback〉
㊞ルイジアナのフランス系移民と黒人の血を引く両親のもと首都ワシントンで生まれる。色が白くほとんど白人と見違えるほどだった。両親が離婚したため幼時期から青年期にかけて

のほとんどを富裕な母方の祖父母のもとで暮らす。白人学校、黒人学校ともに経験し、いくつかの大学に通ったが、いずれも退学、叔父の感化もあって次第に文学に関心を持つ。1918年処女短編「ボナとポール」(後に「砂糖きび」に発展)を発表。20年頃からジーンを名のる。「解放者」誌などに書いたものが評判となってニューヨークの文壇入り。22年友人で作家のウォルドー・フランクとともにサウスカロライナ州へ行き教師を務める。23年フランクの紹介でジョージア州を舞台に詩や短編を収めた小説「砂糖きび」を出版し賞賛される。当時ヨーロッパのモダニズムの影響を受けつつあったアメリカ文学界では、その実験的特徴も好評の原因だった。白人の血を多分にひく出自を過剰に意識し、黒人作家として扱われることをかたくなに拒否。また神智学やオカルティズムに関心を持ち、23年頃からロシアの神秘思想家グルジェフの運動に傾倒、24年以降何度かの夏をフランスのグルジェフ共同体で過ごした。こうしたことからその後出版界から顧みられることはほとんどなかった。30年代半ばグルジェフと決別し、ペンシルバニア州に移り住み、最終的にクエーカー教徒となった。フィラデルフィア近郊のサナトリウムで生涯を閉じる。他の作品に「精髄」(31年)、「運搬能力」(32年)、「フレンド会の信仰解釈」(47年)など。60年代後半からその業績と生涯が再び注目される。未発表資料や長編、短編、戯曲、自伝など遺品が3万点があり、出版や研究が相次いだ。20年代のいわゆるハーレム・ルネサンス期の代表的作家の一人で、アフリカ系アメリカ人文学復興における重要な作家と位置づけられている。

ドヴラートフ, セルゲイ・ドナートヴィチ
Dovlatov, Sergei Donatvich

ソ連の作家

1941～1990

[出]ロシア共和国バシキール・ウファ　[学]レニングラード大学中退

[歴]父はユダヤ人、母はアルメニア人。成績不良のためレニングラード大学を中退した後、徴兵され、コミ自治共和国で収容所の警備兵として働く。またエストニアのタリンでジャーナリストとして働いたこともある。レニングラードの文学的ボヘミアンの一員として小説を書き始めるが、ソ連国内ではほとんど活字にできず、やがて国外で出版。当局からの圧力も強まり、1978年には亡命を余儀なくされた。以後ニューヨークで文筆活動を続け、80年には、亡命ユダヤ系ロシア人のための新聞「新アメリカ人」を創刊、2年ほど編集長を務めた。80年代には英訳を通じアメリカの一般読者にも知られるようになる。ロシアではペレストロイカ以後解禁され、90年代には人気が高まった。93年サンクト・ペテルブルクで主要な著作を集大成した3巻の著作集が10～11万部も出版された。主な作品に「妥協」(81年)、「ゾーン―看守の手記」(82年)、「保護区域」「わが家の人びと―ドブラートフ家年代記」(83年)、「手仕事」(85年)、「かばん」「異国の女」(86年)、「メモ帳」「出張所」(90年)などがある。

ドゥーリトル, ヒルダ　*Doolittle, Hilda*

イギリスの詩人

1886.9.10～1961.9.27

[出]ペンシルベニア州ベスレヘム　[名]筆名＝エイチ・ディー〈H.D.〉　[学]ブリン・モア・カレッジ中退

[歴]天文学者の家に生まれる。大学に入学するも、病弱なため退学し、家に引きこもって詩を書き始める。H.D.の筆名で創作童話を刊行。1911年ヨーロッパに旅行し、詩人エズラ・パウンドに出会って文学に開眼。パウンドとの交友関係からイマジズム運動に参加。13年イギリスの詩人リチャード・オールディントンと結婚し、ヨーロッパに居住したが、のちに離婚。第二次大戦後は、死と再生をテーマにした長詩を発表した。主な作品に「海の園」(16年)「詩集」(25年)のほか、戦争を扱った「壁は倒れず」(44年)などから成る“戦争3部作”がある。

トゥリーニ, ペーター　*Turrini, Peter*

オーストリアの作家

1944.9.26～

[出]ケルンテン州ザンクト・マルガレーテン

[歴]父親はイタリアから移民した家具職人。高校卒業後は様々な職業につき、処女作「ねずみ狩り」の成功後、劇作を中心に創作。詩、小説、テレビやオペラの脚本なども手がけ、現代オーストリアの抑圧と暴力、日常のファシズムを、反道徳的かつスキャンダラスに描く。

トゥール, プラムディヤ・アナンタ

→プラムディヤ・アナンタ・トゥールを見よ

トゥルスン・ザデ, ミルゾ　*Tursún-zadé, Mírzo*

ソ連の詩人

1911.5.2～1977.9.29

[賞]スターリン賞(1948年), レーニン賞

[歴]ソ連時代のタジク共和国(現・タジキスタン共和国)の人民詩人。大工の子。1930年頃から創作を開始し、32年処女詩集「勝利の旗」を出版。「創造者へ」(34年)、「秋と春」(37年)などの詩で詩人としての地位を確立。第二次大戦中は「母の同意」(41年)、「祖国の息子」(42年)などの詩を発表。戦後は「モスクワの花嫁」(45年)、「インドのバラード」(47～48年)を始めとする多数の詩を書いた。48年「インドのバラード」などでスターリン賞を、「アジアの声」(60年)でレーニン賞を受賞。アジアやアフリカの連帯をうたったタジクの代表的詩人として知られる。

トゥルニエ, ミシェル　*Tournier, Michel*

フランスの作家

1924.12.19～2016.1.18

[出]パリ　[学]ソルボンヌ大学(ギリシャ哲学)卒　[勲]レジオン・ド・ヌール勲章オフィシエ章, フランス国家功労勲章コマンドール章　[賞]アカデミー・フランセーズ小説大賞(1967年), ゴンクール賞(1970年), ゲーテ賞(1993年)

[歴]子供の頃からドイツ文化に親しみ、1946～49年テュービンゲン大学に留学し、ドイツ哲学を研究。その後、長く放送・出版関係の仕事に携わる。67年43歳のとき初めての小説「フライデーあるいは太平洋の冥界」を発表。70年「Le roi des Aulnes(魔王)」が寓話的手法による味わい深い作風で高い評価を受けゴンクール賞を獲得、作家としての地位を確立した。他の邦訳書に、小説「メテオール」(75年)、エッセイ「聖霊の風」(77年)、物語「オリエントの星の物語」、児童・青少年向け短編集「赤い小人」(78年)、「七つの物語」(84年)、「イデーの鏡」(94年)などがある。20世紀のフランス文学における主要な作家の一人で、多くの著作が日本語に翻訳されている。

トゥルン, モニク　*Truong, Monique*

南ベトナム生まれのアメリカの作家

1968～

[出]南ベトナム・サイゴン(ベトナム・ホーチミン)　[名]Truong, Monique T.D.　[学]エール大学(文学)卒, コロンビア大学法学大学院修了　[賞]バード小説賞

[歴]1975年6歳の時、ベトナム戦争末期のサイゴン(現・ホーチミン)から家族とともにアメリカに移住。エール大学で文学を学んだ後、コロンビア大学法学大学院を修了。著作権法に関する弁護士となる。2003年第二次大戦前のパリを舞台にベトナム人の料理人を描いた「ブック・オブ・ソルト」で作家デビューし、バード小説賞など多数の文学賞を受賞、一躍話題の作家となる。15年には日本に3ケ月間滞在し、ラフカディオ・ハーン(小泉八雲)に関する取材を重ね、小説を執筆。

トゥーレ, ジャン　*Teulé, Jean*

フランスの作家, コミック作家, 映画作家

1953～

[賞]アングレーム国際マンガフェスティバル連載コミック担当記者協会賞, 伝記物語賞(2006年), パランティーヌ歴史小説大賞(2008年)

[歴]1978年大人向けコミック誌の草分け「エコ・デ・サヴァン」への執筆を始め、同誌の中心作家となる。同誌休刊後、ジャ

ン・ヴォートランの「鏡の中のブラッディ・マリー」を原作としたコミックを出版、84年アングレーム国際マンガフェスティバルで連載コミック担当記者協会賞を受賞。90年作家に転向し、91年処女長編「ランボーの虹」を発表。歴史を題材にした作品が多く、2006年「私、フランソワ・ヴィヨン」で伝記物語賞、08年「モンテスパン公爵夫人」でパランティーヌ歴史小説大賞を受賞。他の作品に「ようこそ、自殺用品専門店へ」がある。

ドゥレ, フロランス　*Delay, Florence*
フランスの作家, 比較文学者, 女優
1941.3.19〜
[出]パリ　[学]ソルボンヌ大学　[勲]レジオン・ド・ヌール勲章シュバリエ章, メリット国家勲章シュバリエ章　[賞]フェミナ賞(1983年), フランソワ・モーリヤック賞(1990年), パリ市小説大賞(1999年), アカデミー・フランセーズ・エッセイ賞(1999年)
[歴]ロベール・ブレッソンの映画「ジャンヌ・ダルク裁判」(1962年)で主役を演じたのち、スペイン語の教授資格を獲得。72年〜2000年パリ第3大学で比較文学を講じる。これと並行して、ヴィラール、ウィルソン、ヴィテーズなどと一緒に演劇の仕事に関係。1973年「真夜中の遊び」で作家としてデビュー。「リッチ&ライト」(83年)でフェミナ賞を、「エチェメンディ」(90年)でフランソワ・モーリヤック賞を、99年パリ市小説大賞を受賞。同年のネルヴァル論でアカデミー・フランセーズ・エッセイ賞を受賞。スペイン文学の造詣が深く、ベルガミン、ロルカなどを仏訳、ジャン・エシュノーズ、ジャック・ルーボーなどとともに聖書の翻訳を手がけ、話題を呼ぶ。

トゥロー, スコット　*Turow, Scott F.*
アメリカの作家, 弁護士
1949.4.12〜
[出]イリノイ州シカゴ　[学]アマースト大学卒, スタンフォード大学大学院(創作), ハーバード大学ロースクール　[賞]CWA賞シルバー・ダガー賞(1987年)
[歴]スタンフォード大学で講師として文芸創作を教えるうち志望を変更し、26歳でハーバード大学ロースクールに入学、法曹界を目ざす。この頃の体験を日記体でまとめた「ハーバード・ロースクール」(1977年)は好評を得る。87年にはシカゴ地区連邦検察局の現職検事補の身で小説「推定無罪」を発表して一躍“時の人”となり、作品はハリソン・フォード主演の同名の映画にもなった。第2作「The Burden of Proof(立証責任)」(90年)もベストセラーに。97年「われらが父たちの掟」の邦訳出版のため初来日。他の作品に「死刑判決」「有罪答弁」「囮弁護士」「無罪」など。

トゥンストレーム, ヨーラン　*Tunström, Göran*
スウェーデンの作家
1937.5.14〜2000.2.5
[出]スンネ　[名]Tunström, Tage Göran　[学]ウプサラ大学, イェーテボリ大学　[賞]スウェーデン文学振興会小説大賞
[歴]ウプサラ大学、イェーテボリ大学に学ぶ。1958年処女詩集「Inringning(取り囲み)」で詩人としてデビューするが、小説「Karantän(検疫所)」(61年)、「Maskrosbollen(タンポポ)」(62年)などで脚光を浴び、以後郷里のスンネを主な舞台にした一連の“スンネ”小説を発表。スンネやニュージーランドを舞台にした代表作「Juloratoriet(クリスマスのオラトリオ)」(83年)はスウェーデン文学振興会小説大賞を受け、映画化もされた。戯曲や紀行も書いた。

トカルチュク, オルガ　*Tokarczuk, Olga*
ポーランドの作家
1962.1.29〜
[出]ルブシュ県スレフフ　[学]ワルシャワ大学卒　[賞]ポーランド出版協会新人賞, ニケ賞(2008年), 国際ブッカー賞(2018年)
[歴]ワルシャワ大学で心理学を専攻、卒業後はセラピストとして研鑽を積む。1993年作家デビュー。98年の長編「昼の家、夜の家」が代表作。2008年「逃亡派」(07年)でニケ賞を受賞。18年には同作品でポーランド人作家として初めて国際ブッカー賞を受賞。03年までヴァウブジフで文学を専門とする自身の出版社ルタを経営したが、現在は執筆に専念。

ドキアディス, アポストロス　*Doxiadis, Apostolos*
ギリシャの作家, 映画監督
1953〜
[出]オーストラリア　[学]コロンビア大学(数学), エコール・プラティーク・デ・オートゼチュード(数学)卒　[賞]ベルリン国際映画祭国際批評家賞
[歴]オーストラリアで生まれ、ギリシャで育つ。15歳の時、コロンビア大学で数学を専攻。のちパリのエコール・プラティーク・デ・オートゼチュード(EPHE)で数学を本格的に学ぶ。卒業後、映画製作に携わり、監督・脚本を務めた第2作「Terirem」(1987年)がベルリン国際映画祭で国際批評家賞を受賞。一方、85年「AParallel Life」で作家デビュー。92年ギリシャで3作目の作品「ペトロス伯父と『ゴールドバッハの予想』」を発表、アメリカ、イギリスなどで翻訳される。

ドクトロウ, E.L.　*Doctorow, Edgar Laurence*
アメリカの作家
1931.1.6〜2015.7.21
[出]ニューヨーク市ブロンクス　[学]ケニヨン大学, コロンビア大学卒　[賞]全米図書賞(小説部門)(1986年), 全米書評家協会賞(小説部門)(1989年), PEN/フォークナー賞(1990年・2006年)
[歴]ユダヤ系の両親のもとに生まれる。大学では文学を学び、1954年まで陸軍で服務しドイツに派遣された。その後編集者として活躍する。66年作家デビュー。第一次大戦前のアメリカ社会を描いた長編作品「ラグタイム」(75年)がよく知られる。またローゼンバーグ事件を扱った「ダニエル書」は71年度の全米図書賞にノミネートされた。アメリカにおけるユダヤ人問題、現代社会の様相などを描き、作家として活躍する一方、カリフォルニア大学アーバイン校、サラ・ローレンス大学の客員講師、ニューヨーク大学教授も務めた。他の作品に「Welcome to Hard Times」(60年)、短編集「Lives of the Poets」(84年)、「紐育万国博覧会」(85年)、「ビリー・バスゲイト」(89年)、「ニューヨーク市貯水場」(94年)など。

ドクトロウ, コリー　*Doctorow, Cory*
カナダの作家
1971.7.17〜
[出]オンタリオ州トロント　[賞]ローカス賞処女長編賞(2004年), ジョン・W.キャンベル記念賞(2009年), プロメテウス賞(2009年), ホワイトパイン賞(2009年)
[歴]両親ともに教師。数学とコンピューター・サイエンスを教える父の影響を受け、幼い頃からその二つの分野に親しんでいた。17歳のとき初めてSFを雑誌に発表。1998年「サイエンス・フィクション・エイジ」誌に発表した短編「クラップハウンド」で注目される。2003年に発表した第1長編「マジック・キングダムで落ちぶれて」で、ローカス賞処女長編賞を受賞した。09年「リトル・ブラザー」でジョン・W.キャンベル記念賞、プロメテウス賞、ホワイトパイン賞を受賞。

ドークマイソット　*Dookmaisot*
タイの作家
1905.2.17〜1963.1.17
[出]バンコク　[名]モムルアンブッパー・ニムマーンヘーミン〈Momluangbupphaa Nimmaanheemin〉　[学]セント・ヨセフ修道女学院
[歴]王族の血筋を引き、王宮内で少女時代を過ごす。セント・ヨセフ修道女学院でフランス語を学び、西欧文学に目を開く。処女作は「彼女の敵」(29年)で、上流社会の家庭生活に題材をとり、そこにおける女性の地位と理想像を描いた。代表作に「三人の男」(33年)、「百中の一」(34年)、「貴族」(37年)、「これが世間だ」(40年)など。タイ現代女性文学者の先駆的存在として知られる。

トクマコーワ, イリーナ　Tokmakova, Irina
ロシアの児童文学作家
1929.3.3〜2018.4.5
⽣ソ連ロシア共和国モスクワ（ロシア）　学モスクワ大学（言語学）
歴モスクワ大学で言語学を専攻。児童文学、戯曲、評論、エッセイ、詩など幅広い分野で活躍するロシアを代表する児童文学作家。夫である画家レフ・トクマコフとの合作も多い。翻訳された作品に「いってらっしゃい、イーブシキン」「マルーシャ、またね」などがある。
家夫＝レフ・トクマコフ（画家）

トーシュ, ニック　Tosches, Nick
アメリカの作家
1949〜
⽣ニュージャージー州ニューアーク
歴14歳でバーのボーイとなり、高校卒業後の1968年から作家活動を始める。「地獄の火―ジェリー・リー・ルイスものがたり」（82年）、ディーン・マーチンの伝記「ディーノ」（92年）などのノンフィクション、「カット・ナンバーズ」（88年）、「Trinities（抗争街）」などのアクション小説など多分野にわたる作品を発表。作品は他に「カントリー―アメリカ最大の音楽」（77年）、「ロックの隠れたヒーローたち」（84年）、詩集「カルディナ」（99年）「ザ・デビルとソニー・リストン」（2000年）などがある。

ドスト, ジャン　Dost, Jan
シリアの作家
1965〜
⽣アレッポ
歴シリア北部のアレッポに生まれたクルド人。クルド語で著述活動を続けたため迫害を受け、ドイツに亡命。以後、クルド語とアラビア語で小説を執筆し、自ら他方の言語に翻訳する。クルド語で書かれた歴史ミステリー「ミールナーメ」（2008年）の他、「幸福なマルティン」（12年, クルド語）、「翻訳者アシーク」（14年, アラビア語）、「ローマの鐘」（16年, アラビア語）、「コバニ」（17年, クルド語）などの作品がある。

ドス・パソス, ジョン　Dos Passos, John
アメリカの作家
1896.1.14〜1970.9.28
⽣イリノイ州シカゴ　本ドス・パソス, ジョン・ロデリゴ〈Dos Passos, John Roderigo〉　学ハーバード大学（1916年）卒
歴父はポルトガル移民で弁護士として成功、母は内縁関係にあった。第一次大戦に従軍、1920年大戦の経験をもとにした「男の試練―1917」を出版、翌年には軍隊機構の非人間性を抉る「三人の兵士」を出版して注目され、本格的に執筆に取り組む。23年「夜の街々」、25年「マンハッタン乗換駅」で名声を得た。以後、社会問題に興味を向けるようになり、急激に共産主義に接近、30年「北緯42度」、31年「19年」、36年「大金」からなる3部作「U.S.A.」を38年完成、アメリカの産業と社会不正を詳細に描写した。この頃から左翼勢力と不和になり始め、その後の小説は保守的傾向を示した。他の作品に小説「あらゆる国々において」（34年）、「我らのたつ基盤」（41年）、「コロンビア特別区」（53年）、「黄金時代の展望」（59年）、評論「展望」（50年）、「自由のために」（56年）など。

ドースン, ジェニファー　Dawson, Jennifer
イギリスの作家
1929〜2000
学オックスフォード大学セント・アンズ・コレッジ（哲学）卒
賞ジェームズ・テイト・ブラック記念賞（1961年）、チェルテナム・フェスティバル賞（1963年）
歴1959年ドーズ・ヒックス哲学奨学金を獲得するがアカデミズムには進まず、フランスで英語を教えたり、精神病院に勤めたりしたあと、母校オックスフォード大学の出版部に入り、4年間勤務した。61年処女長編小説「The Ha Ha（から堀）」を発表してジェームズ・テイト・ブラック記念賞を受賞、第2作「The Fowler's Snare（捕鳥わな）」（63年）ではチェルテナム・フェスティバル賞を受賞。小説のほかに童話と戯曲作品もある。オックスフォードの哲学教師と結婚した。

ドゾア, ガードナー　Dozois, Gardner
アメリカのSF作家, 編集者
1947.7.23〜2018.5.27
⽣マサチューセッツ州セーレム　賞ネビュラ賞短編賞（1983年・1984年）
歴17歳、まだ高校在学中に処女作中編「The Empty Man」（1966年）がSF雑誌に売れ、ネビュラ賞の第一次候補になる。その年から陸軍に入り、軍のジャーナリストとして数年をドイツで過ごした。70年から本格的な執筆活動を始めたが、75年中編「The Visible Man（不透明人間）」を最後に創作を一旦中断。この頃からアンソロジー編集に意欲を見せ、アンソロジストとして77年からダットン社版の「年刊SF傑作集」などに携わる。84年〜2004年SF専門誌「アシモフ」の編集者を務めた。1983年「調停者」、84年「モーニング・チャイルド」で2年連続でネビュラ賞短編部門を受賞した。邦訳された著書に「異星の人」などがある。

トーディ, ポール　Torday, Paul
イギリスの作家
1946.8.1〜2013.12.18
⽣ダーラム州　学オックスフォード大学ペンブルック・カレッジ（英文学）　賞ボランジェ・エブリマン・ウッドハウス賞（2007年）
歴ハンガリー人の父とアイルランド人の母の間に生まれる。オックスフォード大学ペンブルック・カレッジで英文学を学んだ後、家業である船のエンジン修理会社に勤務。約30年間勤務ののち、非常勤会長に退いたことを機に執筆を始める。2007年中東の砂漠に魚の泳ぐ川を造るイギリス人の活躍を描いた「イエメンで鮭釣りを」で作家デビュー、同作はベストセラーとなり、同年ボランジェ・エブリマン・ウッドハウス賞を受賞、08年にはギャラクシー・ブリティッシュ・ブック賞の最優秀新人作家にノミネートされた。他の作品に、「ウィルバーフォース氏のヴィンテージ・ワイン」「The Girl on the Landing」がある。

トティラワティ・チトラワシタ　Totilawati Tjitrawasita
インドネシアの作家, ジャーナリスト
1945.6.1〜1982.8.10
⽣クディリ（東部ジャワ）　学ジャーナリスト専門学院（スラバヤ）卒　賞ザスク賞編集企画賞（1970年）、年間最優秀文芸賞（1976年）
歴スラバヤでジャワ語の雑誌「ジャヤ・バヤ」の副主幹を務める。インドネシア語では短編小説の名手として知られ、哀愁とユーモアのある小説を執筆したが、若くして倒れた。短編集「ある稚き恋」（1976年）、遺作の短編集「スラバヤ」（82年）などがある。

ドーデラー, ハイミート・フォン　Doderer, Heimito von
オーストリアの作家
1896.9.5〜1966.12.23
⽣ウィーン近郊ヴァイトリンガウ
歴建築技師の息子。ウィーンで法律を学ぶ。第一次大戦に竜騎兵として従軍し、1916〜20年シベリアで抑留生活を送る。この頃ドストエフスキーの作品に親しむ。帰郷後ウィーン大学で歴史学と心理学を修める。学位論文は「15世紀ウィーンにおける市民の歴史記述について」（25年）。23年から文筆活動を始め、30年自伝的な最初の長編小説「帝国の秘密」、恩師に捧げたエッセイ「ギューターストロー事件」を発表。30年代に入り精神的危機から国家社会主義（ナチズム）に傾斜、ナチス党に入党するが、ドイツとオーストリアとの合併後に離党。40年カトリックに入信し、同年バロック小説「回り道」を発表。第二次大戦には空軍大尉として従軍し、イギリスの捕虜となった。帰国後、ウィーン大学オーストリア研究所に入り、歴史研

究を深める。第一次大戦前後のオーストリアを描いた社会小説「シュトゥルードゥルホーフ街の階段」(51年)で名声を得、長編「悪霊たち」(56年)と「シュルンの滝」(63年)で第二次大戦後のオーストリアを代表する作家となった。他の著書に「窓の灯」(50年)、長編「メロビング家」(62年)など。

ドーテル, アンドレ　*Dhôtel, André*

フランスの作家

1952.9.1〜

[出]アルデンヌ県アチーニ　[学]パリ大学　[賞]フェミナ賞(1955年), アカデミー・フランセーズ大賞(1974年), 国民文学賞(1975年)

[歴]大学卒業後ギリシャやノルマンディで高校教師を務め、傍ら小説を書いた。同郷の詩人ランボーの影響を受け、北仏やベルギーの森や小都市を舞台に、優れた物語性と幻想的な詩情にあふれる小説を多数発表。1955年幻想の彼方に真実を求めてさまよう人々の旅と運命を描いた「はるかなる旅路」でフェミナ賞を受賞した。他の作品に「夜明けの町」(45年)、「なまけ者ベルナール」(52年)、「荒野の太陽」(73年)、「朝の汽車」(75年)、評論「ランボーと近代の反抗」などがある。

トナーニ, ダリオ　*Tonani, Dario*

イタリアのSF作家, ジャーナリスト

1959〜

[出]ミラノ　[学]ボッコーニ大学(政治・経済学)　[賞]トールキン賞(1989年), ラブクラフト賞(1994年・1999年), イタリア賞(1989年・1992年・2000年・2012年), カシオペア賞(2012年)

[歴]ボッコーニ大学で政治経済学を専攻。1970年代の終わりにSF作家としてデビュー。以後、アンソロジーや日刊紙、ジャンル誌に80もの短編を発表。2007年の長編「Infect@」で作家としての地位を不動の物とする。12年刊行の「モンド9」でイタリア賞とカシオペア賞を受賞。現代イタリアSFを代表する作家の一人。他の作品に「L'algoritmobianco」(09年)、「Toxic@」(11年)などがある。

ドナルドソン, ジュリア　*Donaldson, Julia*

イギリスの絵本作家

1948〜

[出]ロンドン　[学]ブリストル大学(演劇)　[勲]MBE勲章　[賞]スマーティーズ賞(1999年)

[歴]夫のマルコムとともに、子供向けミュージカル、テレビ番組など音楽活動で活躍。その後、150冊以上もの絵本の文章を書くほか、児童向けの脚本の執筆、作詞など幅広く活動。1999年にスマーティーズ賞を受賞した絵本「もりでいちばんつよいのは」(A.シェフラー絵)の〈グラファロ〉シリーズは世界中で翻訳され、累計1000万部を超えるベストセラーとなる。2011年には"子供のためのローリエット"7代目に任命された。他の絵本作品に「きつきつぎゅうぎゅう」「カタツムリと鯨」「チビウオのウソみたいなホントのはなし」などがある。

ドネリー, ジェニファー　*Donnelly, Jennifer*

アメリカの作家

[出]ニューヨーク州ポートチェスター　[学]ロチェスター大学, バークベック・カレッジ(イギリス)　[賞]カーネギー賞(2003年)

[歴]アイルランド系のルーツを持つ。ロチェスター大学やイギリスのバークベック・カレッジで文学や歴史を学び、25歳の時にブルックリンへ。以降10年間、様々な出版社に原稿を持ち込み、「The Tea Rose(薔薇の宿命)」で作家デビュー。

ドノーソ, ホセ　*Donoso, José*

チリの作家

1924.10.5〜1996.12.7

[出]サンティアゴ　[学]プリンストン大学　[賞]ビブリオテーカ・ブレーベ賞(1970年)

[歴]子供の頃から読書に親しむ。高校退学、放浪の旅を経て、20代半ばでプリンストン大学に留学。帰国後、短編小説を書き始め、1955年短編集「避暑」により文壇に認められた。57年最初の長編「戴冠式」を発表。その後、ブエノスアイレスに移住。69年8年余りを費やした長編「夜のみだらな鳥」を発表、ラテンアメリカ文学の旗手として注目された。73年の軍事クーデター後は軍部独裁を嫌って国外に留まる。上流階級と下層階級の生活を対比させながら、抑圧された性をテーマにした作品を多く書いた。他の作品に「鏡のない場所」「この日曜日」「象の墓場」「別荘」「三つのブルジョワ物語」「境界なき土地」などがある。

ドノヒュー, キース　*Donohue, Keith*

アメリカの作家

1960〜

[出]ペンシルベニア州ピッツバーグ　[学]デューケーン大学卒 博士号(アメリカカトリック大学)

[歴]デューケーン大学卒業後、芸術活動を財政的に支援するための連邦政府機関"全国芸術基金"でスピーチ原稿を書く仕事に従事。その後、アメリカカトリック大学で現代アイルランド文学の博士号を取得。2006年「盗まれっ子」で作家デビュー。全国芸術基金とは異なる連邦政府機関に在籍しながら、創作の他、「ワシントン・ポスト」紙などに評論を寄稿する。

ドノフリオ, ビバリー　*Donofrio, Beverly*

アメリカの作家

1950〜

[出]コネティカット州　[学]ウェズリアン大学卒, コロンビア大学大学院(創作文学)修士課程修了

[歴]17歳で妊娠し出産するが、2年後には夫と別れシングルマザーの道を選択、ヒッピー生活を送る。24歳の時、見かねた地域の民生委員の計らいで、社会福祉制度を使ってコミュニティ・カレッジに学ぶ。以後、ウェズリアン大学を卒業して、コロンビア大学の創作科で芸術学修士を取得。院生時代に自伝の原形となる作品を雑誌に投稿。1990年「サンキュー、ボーイズ」として出版され、ベストセラーとなる。出版前に映画化が決定するが、10年以上を経て実現、脚本・製作に参加し、2002年公開される(主演はドリュー・バリモア)。雑誌「ビレッジ・ボイス」などにも作品を発表。「ないしょのおともだち」で子供向けの作品にも進出。

ドハーティ, バーリー　*Doherty, Berlie*

イギリスの児童文学作家

1943〜

[出]リバプール　[学]ダラム大学英文学専攻　[賞]カーネギー賞(1986年・1991年), 産経児童出版文化賞フジテレビ賞(1995年), フェニックス賞(2004年)

[歴]ダラム大学で英文学を専攻。ソーシャルワーカー、教師などの仕事を経て、1979年より執筆活動を始め、82年作家デビュー。詩、脚本、児童文学、小説と分野は幅広い。86年「シェフィールドを発つ日」、91年「ディアノーバディ」でイギリスで出版された児童書の中から最も優れた年間1作品にイギリス図書館協会より贈られる賞、カーネギー賞を2回受賞。2004年「ホワイト・ピーク・ファーム」でフェニックス賞。他の著書に「アンモナイトの谷」などがある。

ドハティー, ポール　*Doherty, P.C.*

イギリスの作家

1946.9.21〜

[出]ミドルズバラ　[学]オックスフォード大学

[歴]リバプールとオックスフォード大学で歴史を学び、歴史教師となる。「教会の悪魔」に始まる〈ヒュー・コーベット〉シリーズなど、多くのミステリーを発表。

杜潘 芳格　とはん・ほうかく　*Du-pan Fangge*

台湾の詩人

1927.3.9〜2016.3.10

[出]新竹

[歴]新竹の客家人の潘家に生まれる。17歳で新竹高等女学校に入学。1948年開業医と結婚して中壢市に転居。この間、詩作を始め、青年時代の日本語作品は日本語詩集「台湾現代詩集」(89年)に収録される。60年代以降は北京語で詩作を始め、65年笠

詩社に参加。80年代半ばより客家語でも詩作を始める。2000年第二次大戦前後の自己の内面を日本語で綴った少女時代の日記「フォルモサ少女の日記」が日本で刊行される。

トビーノ, マリオ　*Tobino, Mario*
イタリアの作家, 詩人
1910.1.16〜1991.12.11
[出]ビアレッジョ　[賞]ストレーガ賞（1962年）
[歴]精神科医で、第二次大戦には軍医として従軍するが、のちファシスト政権下でレジスタンスに身を投じる。詩人としてデビューしたが、「薬屋の息子」（1942年）以降、作家として名をなした。62年「地下工作員」でストレーガ賞。他の作品に「黒い旗」（50年）、「リビアの砂漠」（51年）、「マリアーノの自由な女たち」（53年）などがある。

トビーン, コルム　*Toibin, Colm*
アイルランドの作家
1955.5.30〜
[出]ウェクスフォード州エニスコーシー　[学]ユニバーシティ・カレッジ・ダブリン卒　[賞]アンコール賞（1993年）, E.M.フォースター賞（1995年）, コスタ賞（2009年）, ホーソーンデン賞（2015年）
[歴]祖父はアイルランド独立運動の活動家。熱心なカトリック信徒として少年時代を過ごす。ユニバーシティ・カレッジ・ダブリンで歴史と英文学を学び、卒業直後にバルセロナへ渡って英語学校で教える。その後、南米へ渡り、アルゼンチンなどで暮らした。雑誌「マギル」「イン・ダブリン」編集主幹、新聞「Sunday Independent」レギュラー寄稿者を経て、1980年代後半に最初の小説「南部」を書き、90年に出版。以後、作家として活動し、現代アイルランドを代表する作家の一人となる。他の著書に「ヒース燃ゆ」（93年）、「ブルックリン」（2009年）、「マリアが語り遺したこと」（12年）、ノンフィクション「十字架のしるし」「バルセロナに捧げる」など。早い時期から自分が同性愛者であることを公にしている。

ドビンズ, スティーブン　*Dobyns, Stephen*
アメリカのミステリー作家, 詩人
1941.2.19〜
[出]ニュージャージー州オレンジ　[学]ウェイン州立大学（1964年）卒, アイオワ大学創作科卒
[歴]大学卒業後、新聞記者を経て、1968〜69年ニューヨーク州立大学で教壇に立つ。73年に作家デビュー。76年発表の〈サラトガ〉シリーズは人気シリーズとなっている。また、詩人としても著名。ミステリー作品に「放火捜査官」「死をよぶ血統馬」「奇妙な人生」（88年）、「死せる少女たちの家」（97年）など。

トー・フー　*To Huu*
ベトナムの詩人, 政治家
1920〜2002.12.9
[出]トゥアティエン省　[名]グエン・キム・タイン〈Nguyen Kim Thanh〉
[歴]フエの高校在学中から青年民主運動で活動し、抗仏運動に参加。ベトナムで最も著名な革命詩人として知られ、1940年代からインドシナ共産党（ベトナム共産党の前身）活動に入り、45年の8月革命と抗仏戦争の際は国民を鼓舞する詩を発表した。詩集に「越北」（56年）、「それから」（59年）、「疾風」（61年）、「前線」（72年）などがある。76年ベトナム共産党政治局員候補となり、82年政治局員。80〜86年ベトナム閣僚評議会副議長（副首相）を務めた。

ドブジンスキー, シャルル　*Dobzynski, Charles*
ポーランド生まれのフランスの詩人
1929〜2014.9.26
[出]ポーランド
[歴]ファシズムの圧迫を逃れて両親とともにフランスに渡る。エルザ・トリオレやポール・エリュアールの推薦で詩壇にデビュー。代表作に「愛のひかりに」（1955年）など。コミュニスト詩人で、伝統的な正規の韻文を用い、民族の独立や平和、人間愛をテーマに書き上げる。53年ブカレストの音楽祭で最初の国際詩人賞を受賞した。

ドブズ, マイケル　*Dobbs, Michael*
イギリスの作家, ジャーナリスト
1948.11.4〜
[名]Dobbs, Michael John　[学]オックスフォード大学クリスト・チャーチ校卒 Ph.D.
[歴]1983〜91年イギリス保守党の選挙戦で一躍有名になった広告代理店サーチ&サーチ社副会長、94〜95年保守党副議長。サッチャー元首相の個人的アドバイザーも務め、"政治の知恵袋"と呼ばれた。2010年一代貴族の男爵に叙される。また、1989年実体験を基にした「ハウス・オブ・カード」で鮮烈に作家デビュー。ほかにポスト冷戦のベルリンを舞台にした「ウォール・ゲーム」（90年）、「最後に死すべき男」（91年）、「危険な選択」（94年）などがある。

ドブソン, ローズマリー　*Dobson, Rosemary*
オーストラリアの詩人
1920.6.18〜1987.6.27
[出]シドニー　[名]Dobson, Rosemary de Brissac　[学]シドニー大学　[賞]ロバート・フロスト賞（1979年）, パトリック・ホワイト賞（1984年）
[歴]イギリスの詩人オースティン・ドブソンの孫。シドニー大学で美術を学び、イギリスおよびヨーロッパにしばらく滞在する間に古代ギリシャ遺跡とイタリアの絵画に傾倒。1944年初の詩集を刊行。51年アンガス・アンド・ロバートソン社の編集者アレック・ボルトンと結婚。66〜71年イギリスに滞在。72年以降キャンベラに住む。女性詩人のアンソロジーも編纂し、79年ロバート・フロスト賞、84年パトリック・ホワイト賞を受賞した。詩集に「氷の船」（48年）、「オウムをつれた子供」（55年）、「鶏鳴」（65年）、「ギリシャの硬貨」（77年）などがある。
[家]祖父＝オースティン・ドブソン（詩人）

ドブレ, レジス　*Debray, Régis*
フランスの作家, 評論家, 革命家
1940.9.2〜
[出]パリ　[学]高等師範学校（哲学）卒 博士号（ソルボンヌ大学）（1994年）　[賞]フェミナ賞（1977年）
[歴]パリの高等師範学校で哲学を学んで、ルイ・アルチュセールの弟子となる。1965年キューバのハバナ大学教授。67年武装革命派のバイブルとされた「革命のなかの革命」を執筆。また、カストロやチェ・ゲバラとラテンアメリカ革命に参加、同年ボリビアの官憲に捕えられ、3年間を獄中で過ごした。70年パリに戻るが、その後もチリ社会主義政権のヨーロッパ向けスポークスマン役を買って出たり、81年フランスに社会主義政権が誕生するとミッテラン大統領の外交特別顧問を務めるなど、フランスの若き革命家として国際的に知られた。その後、ミッテランと袂を分かち、マスメディア化する権力を批判すると同時に、知識人と権力の関係を問う論考を発表し始める。リヨン大学教授も務め、評論、哲学、エッセイなどに沢山の著作がある。77年に発表した2作目の長編小説「雪が燃えるように」でフェミナ賞を受賞した。他の著書に「国境」「革命と裁判」「銃なき革命チリの道―アジェンデ大統領との論争的対話」「ゲバラ最後の闘い―ボリビア革命の日々」「メディオロジー宣言」「メディオロジー入門」「一般メディオロジー講義」「娘と話す 国家のしくみってなに？」「イメージの生と死」「大惨事と終末論」などがある。

ドペストル, ルネ　*Depestre, René*
ハイチ生まれのフランス語作家
1926.8.29〜
[出]ジャクメル　[賞]ルノードー賞（1988年）
[歴]共産主義に共鳴し、1946年ハイチから国外に亡命、若くして政治活動に身を投じて世界各地を転々とする。59年からフランス滞在。国連教育科学文化機関（ユネスコ）に勤務しなが

ら作家活動を続ける。88年「我が幾夜の夢のアドリアナ」でルノードー賞を受賞。ユネスコ職員引退後、南フランスに移り、執筆活動に専念。詩集「火花」「血の花束」(26年)などもある。

ド・ベルニエール, ルイ *De Bernieres, Louis*
イギリスの作家
1954〜
[出]ロンドン [賞]コモンウェルス作家賞
[歴]イギリス陸軍士官学校を4ケ月で退学したのち、南米コロンビアで教師、カウボーイとして1年を過ごす。帰国後は自動車整備士、景観庭園師、夜間学校の哲学教師など、様々な職に就く。1993年文芸誌「グランタ」で、注目の若手イギリス作家20人に選出される。その後、長編4作目にあたる「コレリ大尉のマンドリン」で一躍、時の人となり、コモンウェルス作家賞を受賞。

トー・ホアイ 蘇 壊 *Tô Hoài*
ベトナムの作家
1920〜2014.7.6
[出]ハドン省懐徳府(ハノイ) [名]グエン・セン〈Nguyen Sen〉別筆名=Mai Trang [賞]ベトナム文芸大賞(1954年・1956年), ホーチミン賞(1996年)
[歴]フランス領期のハドン省懐徳府の蘇瀝川に沿う機織職人の村で育つ。筆名のトー・ホアイ(蘇懐)はこの地名に由来する。早くから抗仏独立運動に加わり、教師や職人などをしながら文学を志す。1938年民主戦線運動に参加し機織職人愛友会の書記となる。41年童話「コオロギ少年大ぼうけん」で文壇に登場し、42年貧困のため故郷を捨て放浪する機織職人や農民の姿を描いた「他郷」で作家としての地位を確立。43年以後、ベトナム共産党の救国文化会で活動し、45年の8月革命を経て、46年共産党員となった。54年にはインドシナ戦争中の西北少数民族地区での抗戦体験に基いて書いた「西北地方物語」3部作でタイ族などの抵抗を描き、文芸大賞を受賞した。現代ベトナム文学を代表する作家で、ベトナム作家協会創立メンバー。またビエトバック救国新聞主席、ベトナム作家協会総書記、ハノイ文芸協会主席を歴任。他の作品に小説「昔の井戸のある村」(44年)、「十年」(58年)、「自伝」(78年)、「故郷」(81年)、短編集「貧しい人」(44年)、「城外の老人」(72年)などがある。

ドー・ホアン・ジュウ *Do Hoang Dieu*
ベトナムの作家
1976〜
[出]タインホア省 [学]ハノイ法律大学(1998年)卒, 司法学院弁護士養成学科(2004年)卒
[歴]知識人の家庭に生まれる。教師で作家でもあった父の影響で幼い頃からフランス文学、ロシア文学に触れ、9歳で短編小説を書き始め、11歳で世界郵政連盟(UPU)主催の世界手紙コンテストでB賞を受賞。14歳の時には共産青年同盟機関紙「ティエンフォン」主催の青少年文学創作コンテストで最年少受賞者となった。法律大学と司法学院弁護士養成学科を卒業後は法律コンサルタントとして働く傍ら、2003年文芸誌に短編小説「金縛り」を発表して作家デビュー。ベトナムでタブー視されている性表現に大胆に挑戦する。09年初来日。

トマ, アンリ *Thomas, Henri*
フランスの作家, 詩人
1912.12.7〜1993.11.3
[出]ボージュ県アングルモン [名]Thomas, Henri Joseph Marie [勲]レジオン・ド・ヌール勲章シュバリエ章 [賞]フェミナ賞(1961年)
[歴]詩人としてはヴェルレーヌの流れを組んで、ささいな日常事を独特な声の抑揚の中に転置した世界を形成、また作家としても世捨て人の虚無的心情や失われた楽園に対する憧憬を簡潔に描いた作品が多い。主な作品に詩集「生命のしるし」(1944年)、「不在の世界」(47年)、「Trézeaux」(89年)、小説「ロンドンの夜」(56年)、「ジョン・パーキンズ」(60年)、「岬」(61年)、「Le Gouvernement Provisoire」(89年)などのほか、評論、翻訳など。

トマ, シャンタル *Thomas, Chantal*
フランスの作家, フランス文化史研究者
1945〜
[出]リヨン [賞]フェミナ賞(2002年)
[歴]1986年からフランス国立科学研究センター(CNRS)研究員。サドをはじめ、カサノヴァ、マリー・アントワネットなどについて多数のエッセイ、小説、研究書を執筆。2002年マリー・アントワネットを題材にした小説「王妃に別れを告げて」でフェミナ賞を受賞。他の著書に「サド侯爵―新たなる肖像」がある。

トマージ・ディ・ランペドゥーザ, ジュゼッペ *Tomasi di Lampedusa, Giuseppe*
イタリアの作家
1896.12.23〜1957.7.23
[出]シチリア島パレルモ [賞]ストレーガ賞(1959年)
[歴]シチリア島で最も由緒ある貴族の家に生まれ、法律を学ぶ傍ら文学に親しむ。ファシズム政権時代は公的な活動から離れてヨーロッパ中を旅行して過ごし、フランスをはじめとする諸外国の文学に触れた。第二次大戦後文学に目覚め、長年にわたる構想を経て最晩年に書かれた唯一の長編小説「山猫」(1958年, 没後刊)がベストセラーとなる。この1作によって一躍イタリアをはじめ各地で名声を得た。同作はバロック的な文体で、イタリア王国に編入されるシチリア島の激動のドラマをリアルに描いている。L.ヴィスコンティ監督による映画も有名。没後に「短編集」(61年)、「スタンダール講読」(71年)などが出版された。

トーマス, クレイグ *Thomas, Craig*
イギリスの作家
1942.11.24〜2011.4.4
[出]カーディフ [名]Thomas, David Craig Owen 筆名=グラント, デービッド〈Grant, David〉 [学]サウス・ウェールズ大学(1967年)卒
[歴]シャイアー・オーク・スクール、エドワード6世高校などで10年近く教師生活を送った。その間BBCラジオ放送の脚本を書き、1976年小説第1作「Rat Trap(ねずみとり)」を発表。続く作品も好評を博す。78年の「Wolfabsne(狼殺し)」以降、作家活動に専念し、次々に変化とサスペンスに富んだスパイ冒険小説を発表。代表作に「ファイアフォックス」(77年)、「ファイアフォックス・ダウン」(83年)、「闇の奥へ」(85年)、「高空の標的」(90年)、「闇にとけこめ」(98年)など。

トーマス, スカーレット *Thomas, Scarlett*
イギリスの作家
1972〜
[出]ロンドン
[歴]1998年ミステリー長編「Dead Clever」でデビュー。2001年には「インディペンデント・オン・サンデー」により"イギリスの新進作家20人"に選ばれた。04年からケント大学で英文学と創作を教える傍ら、創作活動を続ける。

トーマス, D.M. *Thomas, Donald Michael*
イギリスの詩人, 作家
1935.1.27〜
[出]コーンウォール州レッドルース [学]オックスフォード大学ニュー・カレッジ卒 [賞]PEN小説賞, ロサンゼルス・タイムズ小説賞
[歴]オックスフォード大学卒業後、1959〜63年デボンシャー州テインマウスで英語教師を務め、63〜78年ハーフォード教育カレッジ講師、78年から著作に専念する。ロシア文学の翻訳もおこない「アフマートワ訳詩集」(76年, 79年)、「プーシキン訳詩集」(82年)がある。また愛欲の幻想を象徴的に描く小説「ホワイト・ホテル」(81年)で一躍有名となった。他の作品に「Two Voices」(68年)、「Love and Other Deaths」(75年)、「笛吹く人」(78年)、「Sphinx」(86年)、「Living Together」(89

ト

年）など。

トーマス, ディラン *Thomas, Dylan Marlais*
イギリス（ウェールズ）の詩人
1914.10.27～1953.11.9
[出]スウォンジー（ウェールズ）
[歴]中学卒業後新聞記者となる。1934年「18編の詩」で詩壇デビュー、ネオ・ロマンティシズムの先駆者として注目を集め、以後、故郷ウェールズへの終生かわらぬ深い愛着を作品の中で歌った。第二次大戦中、BBCに入り、放送作家・脚本家・詩の朗読者を務める。戦後数度にわたるアメリカでの朗読旅行で人気の絶頂を迎えたが、晩年は酒に溺れた。他の作品に詩集「25編の詩」（36年）「愛の地図」（39年）「死と入口」（46年）「全詩集」（52年）、自伝的短編集「仔犬のような芸術家の肖像」（40年）、映画脚本「医者と悪魔達」（53年）、詩劇「ミルクウッドのもとで」（54年）など。

トーマス, ロス *Thomas, Ross*
アメリカのミステリー作家
1926～1995.12.19
[出]オクラホマ州オクラホマシティ　[名]別名＝ブリーク, オリバー　[学]オクラホマ大学卒　[賞]アメリカ探偵作家クラブ最優秀新人賞（1966年）, アメリカ探偵作家クラブ最優秀長編賞（1984年）
[歴]第二次大戦末期にはフィリピン戦に従軍、戦後は新聞記者となって世界の各地を回り活躍する。そのほかにも編集者、放送局勤務また合衆国政府の領事など様々な職業に就き、多くの経験を積んだ。1966年「冷戦交換ゲーム」により作家としてデビュー。以降、人間関係や政治の裏面に関する豊かな経験に裏打ちされた多くのユーモアとサスペンスにみちた作品を発表。またオリバー・ブリーク名義でも何冊か作品を出版。主な作品に「悪魔の麦」「モルディダ・マン」「八番目の小人」「女刑事の死」「神が忘れた町」などがある。

トーマス, ロナルド・スチュアート *Thomas, Ronald Stuart*
イギリスの詩人, 牧師
1913.3.29～2000.9.25
[出]ウェールズ地方　[学]ウェールズ大学, セント・マイケル・カレッジ　[賞]ハイネマン賞（1956年）
[歴]大学で聖職者になる教育を受け、卒業後牧師としてウェールズの片田舎を転々とする。説教の傍ら詩作を続け、1946年に第1詩集「畑の石」を刊行。55年「年の曲がり目の歌1942-54」で注目された。78年に牧師を引退して文筆に専念する。農村生活を描く禁欲的な詩的世界を造る。1500以上の宗教的な詩を書き、ウェールズ語・文化の復興に尽力、ノーベル文学賞候補として名前が挙がったこともある。他の詩集に「夕食のための詩」（58年）、「彼、花を持ち来たらず」（68年）、「周波数」（78年）、「The Echoes Return Slow」（88年）、「対位法」（90年）など多数。

トマスン, ダスティン *Thomason, Dustin*
アメリカの作家
[学]ハーバード大学（人類学, 医学）, コロンビア大学 医学博士（コロンビア大学）, M.B.A.（コロンビア大学）
[歴]ハーバード大学で人類学と医学を学び、コロンビア大学で医学博士号とM.B.A.（経営学修士号）を取得。8歳からの親友であるイアン・コールドウェルとの共著で、15世紀ローマの貴人による古書をめぐる暗号解読ミステリー「フランチェスコの暗号」（2004年）で作家デビュー。その後、多くのテレビドラマを制作した後、12年ミステリー小説「滅亡の暗号」を単独で書き上げた。

トマリン, クレア *Tomalin, Claire*
イギリスの伝記作家, ジャーナリスト
1933.6.20～
[出]ロンドン　[学]ケンブリッジ大学ニューナム・カレッジ英文科卒　[賞]ウィットブレッド賞（1974年）, NCRノンフィクション賞（1991年）, ジェームズ・テイト・ブラック記念賞（1990年）, ホーソーンデン賞（1991年）, ウイットブレッド年刊賞（2002年）, サミュエル・ピープス賞（2003年）
[歴]フランス人を父とし、イギリス人を母として両国で教育を受け、ケンブリッジ大学ニューナム・カレッジに学ぶ。出版・ジャーナリズム関係で働き、「サンデー・タイムズ」の文芸担当エディターなどを経て、作家に転身。イギリスの伝記文学の第一人者として知られる。著書に「メアリー・ウルストンクラフトの生と死」（1974年）、「見えない女」（90年）、「ジェイン・オースティン伝」（97年）、「サミュエル・ピープス伝」（2002年）、「トマス・ハーディ」（06年）、「チャールズ・ディケンズ伝」（11年）など。ジャーナリストの夫は、1973年にイスラエルで野戦取材中に殉職している。

ドーマル, ルネ *Daumal, René*
フランスの詩人, 作家, 評論家
1908.3.16～1944.5.21
[出]アルデンヌ県
[歴]ランスのリセ（高等中学校）時代にジルベール・ルコント、R.バイヤンらと知り合い、若い詩人たちのグループを形成。やがてパリに出て、シュルレアリスムに近い立場をとる雑誌「グラン・ジュー」に参加。1928年雑誌「大いなる賭」を創刊、指導的立場となる。ブルトンらとも交流を続けたが、次第に形而上学に専念し、インドの神秘哲学に傾倒していった。「反―天空」（33年）、「天に抗して」（36年）、「黒い詩、白い詩」（54年, 没後刊）などの詩集のほか、小説「大酒宴」（38年）があり、これに続く象徴的小説「類推の山」（未完, 52年没後刊）が絶筆となる。晩年は結核と貧窮により悲惨な生活を送った。他に死後出版の評論集、書簡集などがある。

ドミーン, ヒルデ *Domin, Hilde*
ドイツの作家, 詩人
1909.7.27～2006.2.22
[出]ケルン　[学]ハイデルベルク大学, ボン大学, ベルリン大学 政治学博士（フィレンツェ大学）（1935年）　[賞]デーメル賞（1968年）, ドロステ賞（メールスブルク市）（1971年）, ハイネ記念メダル（ハインリッヒ・ハイネ協会）（1972年）, ロスヴィッタ記念メダル（ガンダースハイム市）（1974年）, ライナー・マリア・リルケ叙情詩賞（1976年）, リヒヤアルト・ベンツ・メダル（ハイデルベルク市）（1982年）, ネリー・ザックス賞（1983年）, 連邦一級功労十字賞（1983年）, 功労メダル（バーデン・ヴュルテンベルク州）（1990年）, カール・ツックマイヤー・メダル（ラインラント・プファルツ州）（1992年）, フリードリヒ・ヘルダリーン賞（バート・ホムブルク市）（1992年）, 亡命文学賞（ハイデルベルク市）（1992年）, ハイデルベルク大学メダル（ハイデルベルク大学）（1992年）, ヘルマン・ジンスハイマー賞（フラインハイム市）（1993年）, コンラート・アーデナウアー財団文学賞（コンラート・アーデナウアー財団）（1995年）
[歴]ユダヤ系の家系に生まれ、ハイデルベルク、ボン、ベルリンの各大学で国民経済学、社会学、哲学を学ぶ。1932年ナチス政権掌握を予見し、研究旅行のためイタリアに行ったのが長い亡命生活の始まりとなる。36年ローマで結婚。その後、イタリアからイギリス、ドミニカ共和国、アメリカと長い亡命生活の後、54年ドイツに戻り、処女詩を発表。その後、4年間のスペイン滞在を含めて旅暮らしを続け、58年には南スイスで詩人ヘルマン・ヘッセを訪問。59年詩集「薔薇だけを支えとして」を発表、大センセーションを巻き起こし、名声を高める。60年からハイデルベルク大学で教鞭を執りはじめ、68年には唯一の小説「Das zweite Paradies（第二の楽園）」を発表。その後、87～89年フランクフルト・アム・マインのゲーテ大学で詩学の客員講師を務めた後、マインツ大学において詩学講師を務めた。また、国内のみならず世界中を朗読講演旅行で訪れる。受賞歴も多数あり、68年のデーメル賞を皮切りに多数の詩人賞を受賞。作品は他に詩集「船の帰還」（62年）、「戦争と不和」（70年）、「全自伝著作集」（92年）、「全エッセイ集」（92年）など。

トムキンズ, カルビン *Tomkins, Calvin*
アメリカの作家, ジャーナリスト
1925.12.17〜
[学]プリンストン大学卒
[歴]自由ヨーロッパ放送の放送作家、「ニューズウィーク」の芸術・音楽・宗教部門編集長を経て、1960年より「ニューヨーカー」の美術記者。主としてアート関係の文章を書き、ソフトな筆致とセンスの良さで高い人気を得ている。画家のマルセル・デュシャンなどとも交友があり、ライフワークとしてデュシャンと追った著書「マルセル・デュシャン」を執筆。ほか、芸術界にも広く交友関係を持ち、人物評論集「花嫁と独身者たち」などを出版。この他の著作に、小説「インターミッション」、研究書「ルイス&クラーク・トレイル兄弟」などがある。

トムソン, キャサリン *Thomson, Katherine*
オーストラリアの作家, 脚本家, 女優
1955〜
[出]ニューサウスウェールズ州ウロンゴン [学]マクォーリー大学英文科卒 [賞]ルイ・エッソン・ドラマ賞(ビクトリア州首相)(1991年), AWGIE賞(オーストラリア作家会)
[歴]1969年からシドニーのオーストラリア児童劇団で役者を始める。80年代には仲間とともにシアター・サウス劇団を創設し、多くの作品に出演。その後、戯曲の脚本を手がけるようになり、「天気の移り目」「今宵われらはトゥーフォールド・ベイで錨を降ろす」などを発表。88年にはオーストラリアの有名な詩人ケネス・スレッサーの詩をもとに「ダーリングハーストの夜」を発表、ABCラジオでも放送される。91年にメルボルンで初演された「真珠を拾うもの」でビクトリア州首相が与える文学賞であるルイ・エッソン・ドラマ賞を受賞。また、パブで働く女たちの生き様を描いた「バーメイド」ではAWGIE賞を受賞。その後、「香港の断片」などの戯曲を手がけた他、役者としてもテレビ・舞台に出演。

トムソン, ジューン *Thomson, June*
イギリスのミステリー作家
1930〜
[歴]1971年フィンチ警部を主人公にした田園本格ミステリー「Not One of Us」でデビュー以来、同一の主人公によるミステリーを書き続けている。90年にホームズ物の「語られざる事件」を書いた「シャーロック・ホームズの秘密ファイル」を発表。その後も同主旨のパロディ作品「シャーロック・ホームズのクロニクル」などを執筆している。

トムリンソン, チャールズ *Tomlinson, Charles*
イギリスの詩人
1927.1.8〜2015.8.22
[出]スタッフォードシャー州ストークオントレント [名]Tomlinson, Alfred Charles [学]ケンブリッジ大学クイーンズ・カレッジ卒
[歴]労働者階級の家庭に生まれる。1955年イタリアで生活した時の経験をもとに処女詩集「首飾り」を出版。アメリカで58年に発表された「百聞は一見に如かず」(イギリスでは増補版が60年に刊行)で一躍注目を浴びた。風景や芸術作品を主題とした詩を多く書き、63年以降3〜4年に1冊の割で詩集を世に送り出した。他の作品に「人のいる風景」(63年)、「アメリカ風景」(66年)など。ロシア語、スペイン語、イタリア語の翻訳にも優れた。82〜92年ブリストル大学英文学教授を務めた。

トラー, エルンスト *Toller, Ernst*
ドイツの劇作家, 詩人
1893.12.1〜1939.5.22
[出]旧プロイセン領ザモーチン [学]グルノーブル大学, ミュンヘン大学, ハイデルバルク大学
[歴]ポーゼン(現・ポーランドのポズナン)のユダヤ人商人の子。始めフランスのグルノーブル大学で法学を学び、第一次大戦に従軍後、ミュンヘン大学とハイデルベルク大学で文学と社会学を学ぶ。ミュンヘンではリルケ、トーマス・マンらと出会い文学に傾く一方、グスタフ・ランダウアーや独立社会民主党(USPD)指導者クルト・アイスナーらと知り合い独立社会民主党員となり、一時入獄。1919年アイスナー暗殺後、ミュンヘン左翼革命政権、バイエルン評議会共和国議長に就任し、まず革命指導者として名を成す。革命敗北後、19〜24年大逆罪で再び入獄。前後2回の獄中で執筆した「転変」(19年)、「群集・人間」(20年)、「機械破壊者」(22年)、「ヒンケマン」(23年)、「解放されたヴォータン」(24年)などの戯曲がセンセーショナルな成功を収め、ドイツ表現主義演劇の政治的潮流を代表する劇作家としての地位を確立。20年代は創作とともに平和主義、反ナチスの運動を展開した。33年ヒトラー政権樹立とともにアメリカに亡命。ほかに詩集「燕の歌」(24年)、戯曲「どっこいおいらは生きている」(27年)、自伝「ドイツの青春」(33年)、戯曲「ハル神父」(39年)などがある。39年ニューヨークのホテルで自殺。78年全5巻の全集が出版される。

ドライアー, アイリーン *Dreyer, Eileen*
アメリカのロマンス作家
[名]別筆名＝コーベル, キャスリーン〈Kobel, Kathleen〉
[賞]RITA賞
[歴]ミネソタ州リプリー駐屯地の戦術救急医療サービス訓練所を卒業。外傷専門看護師として16年に渡り活躍したのち、作家に転身。法律問題・死因調査まで網羅する豊富な看護知識を生かした独自のメディカル・サスペンスが各方面から高い評価を受け、1995年の「Bad Medicine」がアンソニー賞にノミネート。他に「見えざる報復者」など。またキャスリーン・コーベル名義による著作も多く、RITA賞(アメリカロマンス作家協会賞)を受賞するなどロマンスの分野でも人気を博す。

ドライサー, シオドー *Dreiser, Theodore*
アメリカの作家
1871.8.27〜1945.12.28
[出]インディアナ州 [名]Dreiser, Herman Albert Theodore [学]インディアナ大学中退
[歴]シカゴ、ニューヨークなどで新聞記者、雑誌記者を務め、その間小説を執筆。1900年に処女作「シスター・キャリー」、第2作「ジェニー・ゲルハート」で作家として認められた。12年の「資本家」、14年の「巨人」は、死後出版の「克己の人」(未完)と3部作。「天才」「アメリカの悲劇」を書いた後、27年ソ連へ招待され「ドライサー、ロシアを視る」を発表、晩年共産党に入党。最後の長編は46年の「とりで」。このほか短編集「自由」「女人画廊」、戯曲「陶工の手」、評論集「ヘイ・ラバ・タブダブ」、旅行記「インディアナの休日」などがある。

トラークル, ゲオルク *Trakl, Georg*
オーストリアの詩人
1887.2.3〜1914.11.3
[出]ザルツブルク [学]ウィーン大学
[歴]10代後半から詩作品を発表、ランボー、ドストエフキスーに心酔。ドイツ表現主義を代表する詩人。1914年第一次大戦では志願して衛生兵として従軍。グローデクの激戦で精神的な衝撃を受けてピストル自殺をはかり、病院に収容されるが1ケ月後コカインにより不審の死をとげた。生前はほとんど無名だったが、第二次大戦後再評価される。詩集に「詩集」(19年)、「夢の中のセバスティアン」など。

ドラッハ, アルベルト *Drach, Albert*
オーストリアの作家
1902.12.17〜1995.3.27
[出]ウィーン [賞]ビューヒナー賞(1988年)
[歴]法学を専攻して弁護士となる。第二次大戦中はユダヤ人であるためフランスに亡命。ヴィシー政権下で難民収容所に入れられた時の体験を描いた「非感傷的な旅行」(1966年)が代表作となる。「ツビチュゲンに対する調査」(38年)、「娘たちの取り調べ」(71年)など、ユダヤ人に対する取り調べの不当さを描いた小説や法廷調書を中心とする作品が多い。88年ビューヒナー賞を受賞。

ト

トラバーズ, P.L. *Travers, Pamela Lyndon*
オーストラリア生まれのイギリスの児童文学作家, 詩人
1899.8.9～1996.4.23
[出]クイーンズランド
[歴]父はアイルランド人、母はスコットランド人。幼い頃から詩や物語に親しむ。1924年渡英後はアイルランドの詩人エイ・イーの勧めで詩を書き始めたが、病気療養中に執筆した「風にのってきたメアリー・ポピンズ」(34年)で有名になり、作家生活に入る。同作は64年にディズニーにより映画化され、アカデミー賞で複数の賞を獲得。その後、「帰ってきたメアリー・ポピンズ」(35年)、「とびらをあけるメアリー・ポピンズ」(43年)、「公園のメアリー・ポピンズ」(52年)など88年まで計7冊の続編を出版、20世紀ファンタジーの名作とされ20ケ国語に翻訳された。

ドラフト, トンケ *Dragt, Tonke*
オランダの作家
1930.11.12～
[出]インドネシア・ジャカルタ [賞]青少年文学のための国家賞(1976年)
[歴]オランダの植民地だったインドネシアのジャカルタに生まれる。第二次大戦中、3年間を日本軍の収容所で過ごした。1946年家族とともにオランダに帰国、ハーグの造形美術アカデミーで学び、教師になる。傍ら、61年「ふたごの兄弟の物語」を発表。62年「王への手紙」を、65年続編の「白い盾の少年騎士」を出版し、成功を収める。76年青少年文学のための国家賞を受賞。2004年「王への手紙」が、オランダで過去50年間に出された子供の本の中から第1位に選ばれ、注目を浴びた。

ドラブル, マーガレット *Drabble, Margaret*
イギリスの作家
1939.6.5～
[出]シェフィールド [学]ケンブリッジ大学ニューナム・カレッジ卒 [賞]ジョン・ルウェリン・リース賞(1966年), ジェームズ・テイト・ブラック記念賞(1967年), E.M.フォースター賞(1973年), 金のペン賞(2011年)
[歴]大学では奨学生として英文学を学び、最優等で卒業。演劇に興味を持ち、ロイヤル・シェイクスピア・カンパニーの女優となるが間もなく退団。この頃から創作活動を始め、1963年に処女長編「夏の鳥かご」を発表。65年未婚の母の妊娠・出産を描いた「碾臼」で一躍人気作家となり、この作品は「愛のふれあい」として映画化され、フェミニズムに影響を与えた。79年創作を一時停止。この間2度の結婚、3人の子育てを経て、87年「The Radiant Way」で創作再開。現代社会の諸問題をSF的手法で描き、その行方を考えさせるなど斬新な作品を多く書く一方、評論の分野でも活躍。「オックスフォード版英文学辞典」の85年改訂版から編者を務める。他の著書に「黄金のイェルサレム」(67年)、「針の眼」(72年)、「氷河時代」(77年)、「A Natural Curiosity」(89年)などがある。姉はブッカー賞受賞作家のA.S.バイアット。90年来日。
[家]姉=A.S.バイアット(作家)

ドラモンド, ローリー・リン *Drummond, Laurie Lynn*
アメリカの作家
[出]テキサス州ブライアン [学]イサカ・カレッジ(演劇), ルイジアナ州立大学 [賞]MWA賞最優秀短編賞(2005年)
[歴]バージニア州北部で育ち、ニューヨーク州イサカ・カレッジで演劇を専攻。ルイジアナ州立大学警察の私服警官を経て、1979年同州のバトンルージュ市警に入り、制服警官として勤務。交通事故に遭い、辞職した後、ルイジアナ州立大学で英語の学士号と創作の修士号を取得。2004年「あなたに不利な証拠として」を出版、05年同書収録作の「傷痕」でアメリカ探偵作家クラブ(MWA)賞最優秀短編賞を受賞した。

トラーリィ, ミリアム *Tlali, Miriam*
南アフリカの作家
1933.11.11～2017.2.24
[出]ヨハネスブルク [名]Tlali, Miriam Masoli [学]ウィットウォーターズランド大学, ローマ大学
[歴]ヨハネスブルクのソフィアタウン(アフリカ人居住区)に生まれる。黒人であるため排斥され、大学を中退後レソトで勉学を続けたが、学費が続かず断念。ヨハネスブルクに戻ってタイプと簿記を学んだ。働きながら反アパルトヘイト(人種隔離政策)の小説を書き、1979年「二つの世界のはざまで―メトロポリタン商会のミュリエル」で南アフリカ初の女性作家としてデビュー。発禁処分や度重なる捜索、尋問を受けながら、作家活動を続けた。他の作品に、76年のソウェトの闘いを取り上げた「アマンドラ(権力をわれらに)」(80年)、評論集「涙」(84年)、短編集「ソウェト物語」(89年)などがある。89年反アパルトヘイトのキャンペーンで初来日。

トランストロンメル, トーマス *Tranströmer, Tomas*
スウェーデンの詩人, 心理学者
1931.4.15～2015.3.26
[出]ストックホルム [名]Tranströmer, Tomas Gösta [学]ストックホルム大学 [賞]ノーベル文学賞(2011年), パイロット賞(日本)(1988年), 北欧協議機関賞(1990年), ノイシュタット国際文学賞(1990年), スウェーデン・アカデミー賞(1991年), ホルスト・ビエネク賞(ドイツ)(1992年)
[歴]13歳で詩を書き始め、優れた詩才で注目を集める。ストックホルム大学で文学や心理学などを学び、心理学者として若者向けの更生施設で働いていたこともある。1954年第1詩集「17の詩篇」でデビュー。スウェーデンの叙情詩表現に革新をもたらし、北欧の代表的詩人として数々の賞を受賞。短い自由詩の中に、凝縮された言葉で神秘的な世界をイメージ豊かに表現し、"隠喩の巨匠"とも呼ばれる。90年に脳卒中で倒れ、右半身の自由と言葉を失うが、創作活動を続けた。96年病気の詩人の心象風景を描いた詩集「悲しみのゴンドラ」を発表。一方、20代の頃から俳句の定型表現に関心を持ち、2004年の詩集「大いなる謎」は45編の俳句詩を収める。11年ノーベル文学賞を受賞。他の詩集に「未完成の天」(1962年)、「小径」(73年)、「バルト海」(74年)、「野生の広場」(83年)、「生者と死者のために」(88年)、全集「Dikter：Fran "17 dikter" till "Forlevande och döda"」(90年)、回想記「記憶がわたしを見る」(93年)などがある。ピアノ演奏にも優れ、ハイドン、グリーグにモチーフを得た作品も書いた。

トランター, ナイジェル *Tranter, Nigel*
イギリスの作家
1909.11.23～2000.1.8
[出]ストラスクライド州グラスゴー
[歴]スコットランド史に題材を採る歴史小説で特に知られ、海外でも広く出版されている。代表作は「The Bruce Trilogy」「The Wallace」「Macbeth the King」など。現代小説、童話、ノンフィクション等、著作は多岐にわたり、作品数は100を超える。

トランブレー, ミシェル *Tremblay, Michel*
カナダの劇作家
1942.6.25～
[出]モントリオール [学]ケベック・グラフィックアート研究所
[歴]フランス系。1963～66年ライノタイプ植字機工として働き、64年に、59年執筆の戯曲「Le Train(列車)」がCBC放送の新人作家の賞を受ける。ケベック文学界で重要な劇作家となり、とくに68年の「Les Belles Soeurs(義姉妹)」は、ベケット流の不条理と、フランス系カナダ民衆語ジュワル語とを融け合わせ、成功を得た。他の作品に「ウートルモンの即興劇」(80年)、「La Maison suspendue」(90年)などの戯曲のほか、映画脚本などがある。

トリオレ, エルザ *Trioret, Elsa*
フランスの作家
1896.9.25～1970.6.16
[出]ロシア・モスクワ [賞]ゴンクール賞(1944年)

㊟少女時代はレールモントフ、プーシキンに傾倒。後にゴーリキーのもとで文学修行し、ロシア語で小説を発表。1924年パリに移る。義兄マヤコフスキーの詩のフランス語訳が縁で、28年シュルレアリスムの詩人ルイ・アラゴンと結婚。38年フランス語の処女作「今晩は、テレーズ」を発表。第二次大戦中は夫とともにレジスタンスに参加。44年「最初の綻びは二百フランかかる」でゴンクール賞を受賞。人気作家としてフランスの教科書に作品が掲載される。またアラゴンの抵抗詩でシャンソンの名曲「エルザの瞳」のモデルとしても知られる。他の作品に「白い馬」(43年)、「赤い馬」(53年)や、「幻の薔薇」(59年)、「ルナ・パーク」(59年)、「魂」(63年)の3部作からなる「ナイロンの時代」などがある。
㊕夫=ルイ・アラゴン(詩人),義兄=ウラジーミル・マヤコフスキー(詩人)

トリーズ, ジェフリー　Trease, Geoffrey
イギリスの作家, 児童文学評論家
1909.8.11～1998.1.27
㊐ノッティンガム　㊎オックスフォード大学クィーンズ・カレッジ
㊟カレッジに進学したのち、作家を目指してロンドンへ出、貧民街でソーシャルワーカーとして活動、左翼運動にも参加した。その思想的影響は、処女作「貴族たちに向ける矢」(1934年)、「反乱のきっかけ」(40年)にも色濃い。後年、児童文学を思想の道具とすることを反省、歴史を題材にしたフィクションや児童文学に関する論文を発表した。宝探し小説「この湖にボート禁止」(49年)をはじめとした〈黒旗山〉シリーズで知られる。

トリース, ヘンリー　Treece, Henry
イギリスの作家
1911.12.22～1966.6.10
㊐スタッフォード州ウェンズベリー　㊎バーミンガム大学卒
㊟教師を務める傍ら執筆、第二次大戦中は空軍に勤務。1959年から専業作家となる。この間、38年J.F.ヘンドリーと出会い、共に新黙示録派の運動を始める。オーデン社会派詩人に反発して新ロマン主義を主張、現代の神話のあり方を探った。同派の選集「新黙示録」(39年)、「白い騎士」(41年)ほかを共編。初の個人詩集「詩三十八編」(40年)以降、「招待と警告」(42年)、「黒い季節」(45年)など多くの詩集を発表。また、「バイキングの夜明け」(55年)、「青銅の剣」(65年)など、バイキングものや古代ローマを舞台にしたもの、イギリスの石器時代を扱ったものなど子供向け歴史小説を書いた。批評集「私は黙示録をどう見るか」(46年)もある。

トリート, ローレンス　Treat, Lawrence
アメリカのミステリー作家
1903.12.21～1998.1.7
㊐ニューヨーク市　㊔ゴールドストーン、ローレンス・アーサー〈Goldstone, Lawrence Arthur〉　㊎コロンビア大学ロー・スクール卒　㊕MWA賞短編賞(1965年), MWA賞特別賞(1978年)
㊟弁護士出身で、1930年代後半からミステリーを書き始める。「被害者のV」(45年)などの新機軸の警察小説シリーズで知られ、"警察小説の父"と称される。「殺人のH」(42年)でアメリカ探偵作家クラブ(MWA)賞の短編賞を受賞し、「ミステリーの書き方」の新版の編集では同クラブ特別賞を受けた。MWAの創設に貢献し、76年度の同会長にも選任された。

トリーフォノフ, ユーリー　Trifonov, Yurii Valentinovich
ソ連の作家
1925.8.28～1981.3.28
㊐ロシア共和国モスクワ　㊎ゴーリキー記念文学大学(1949年)卒　㊕ソ連国家賞(1951年)
㊟革命家でペトログラード赤衛軍司令官であったワレンチン・アンドレーヴィチ・トリーフォノフの息子として生まれる。1947年より短編を発表、50年発表した長編小説「学生たち」(邦訳「モスクワの青春」)で、51年に国家賞(スターリン賞)を受賞。以後数多くの作品を発表。78年に問題作「老人」を出版したほか、邦訳作品に「気がかりな結末」(70年)「川岸の館」(76年)などがある。現代ソビエト社会の市井の人々の生態を描き、その心の襞、その蠢きを、一流のレトリックを駆使し、巧妙に書くことによって、ソ連国内で根強い人気を得、西ヨーロッパでも広く読まれた。遺作は「その時、その所」(81年)。
㊕父=ワレンチン・トリーフォノフ(政治家)

ドリュオン, モーリス　Druon, Maurice
フランスの作家, 政治家
1918.4.23～2009.4.14
㊐パリ　㊎Druon, Maurice Samuel Roger Charles　㊔パリ文芸大学　㊕レジオン・ド・ヌール勲章　㊕ゴンクール賞(1948年)
㊟パリのロシア移民の家に生まれる。第二次大戦中はド・ゴール主義を信奉し、ナチス占領に対する抵抗運動に参加。戦後作家としてデビュー。1948年戦前の時代と個人の運命を描く3部作「La fin des hommes (人間の終末)」の第1作「Les grandes familles (大家族)」を発表、同年のゴンクール賞を受賞。3部作ののこり、「La Chute des corp (閥族の崩壊)」(50年)、「Rendez-vous aux enfers (地獄での邂逅)」(51年)を発表。66年アカデミー・フランセーズ会員、85年同終身幹事。また73～74年ポンピドー政権末期の文化相を務めた。歴史大河小説「呪われた王たち」(7巻, 55～70年)を歴史家らと共同執筆。保守派政治家としての政治評論もある。他の作品に「Les mémoires de Zeus (ゼウスの追想録)」(2巻, 63年・67年)、童話「チストーみどりのおやゆび」(57年)など。
㊕伯父=ジョゼフ・ケッセル(作家)

ドリュ・ラ・ロシェル, ピエール　Drieu La Rochelle, Pierre
フランスの作家, 評論家
1893.1.3～1945.3.16
㊐パリ
㊟ノルマンディー地方出身のブルジョワ家庭に生まれる。パリ政治学院の卒業試験に失敗してエリート官僚の道が断たれ、第一次大戦に従軍して3度も負傷。やがて関心は文学に向かい、ダダやシュルレアリスムに接近。1917年処女詩集「審問」発表。21～24年にかけてブルトンやアラゴンらのシュルレアリストの運動に参加、同時に政治への関心を深めていく。この間に発表された著作は、自伝的エッセイ「戸籍」(21年)、政治評論「フランスの測定」(22年)、中編小説集「未知なるものへの愁訴」(24年)などだが、特に「未知なるものへの愁訴」の中の一編「空っぽのトランク」は、時代の象徴のような登場人物とその題名によって注目を集めた。共産主義とファシズムの間で揺れ動く中、次第に右翼に傾いていき、36年フランス人民党に入党。この頃に書かれた「ジル」(39年)が作者自身の心情が色濃く反映されている。第二次大戦中は「N.R.F.」誌の編集長を務め積極的にドイツ占領軍に協力。パリ解放後、45年新政府から逮捕状が発せられ、自殺した。

トール, アニカ　Thor, Annika
スウェーデンの児童文学作家
1950.7.2～
㊐イェーテボリ　㊎スウェーデン国立映画学校卒　㊕ドイツ児童文学賞, アウグスト・ストリンドベリ賞(1997年), ニルス・ホルゲション賞(1999年), 北欧学校図書館員協会賞(1999年), コルチャック賞(2000年), アストリッド・リンドグレーン記念文学賞(2000年), マリア・グリーペ賞(2005年)
㊟イェーテボリのユダヤ人家庭に生まれる。映画制作関係者の養成機関であるスウェーデン国立映画学校卒業後、図書館員やフリーライターを経て、1996年「海の島 ステフィとネッリの物語」で作家デビュー。ナチスの迫害を逃れてスウェーデンの島に移り住んだ姉妹を描いた同作でドイツ児童文学賞を受賞。シリーズ3作目「海の深み ステフィとネッリの物語」で、99年スウェーデン図書館協会よりニルス・ホルゲション賞を受賞したほか、シリーズ4部作(ほかに「睡蓮の池」「大海

の光」)で2000年ポーランドのコルチャック賞を受賞。1997年「ノーラ、12歳の秋」でその年の最も優れた子供の本におくられるアウグスト・ストリンドベリ賞を受賞。さらに全業績に対し、99年北欧学校図書館員協会賞、2000年アストリッド・リンドグレーン記念文学賞、05年マリア・グリーペ賞を受賞。10年初来日。

トルガ, ミゲル Torga, Miguel
ポルトガルの詩人、作家
1907.8.12～1995.1.17
出 トラースオスモンテス 名 ロシャ、アドルフ〈Rocha, Adolf〉
学 コインブラ大学医学部卒
歴 農家に生まれ、10代の5年間ブラジルに住むが、1925年帰国。苦学して大学を卒業。大学時代、B.フォンセカとともに雑誌「信号燈」(30年)、のちに「宣伝」を創刊。全体主義政権下では、医者をする傍ら、自費出版で作品を発表。詩、小説、戯曲、評論など様々なジャンルで活躍、ポルトガル近代主義の代表的な作家となる。作品に「方舟」(45年)「煉獄」(54年)「日記」(全11巻、41～73年)など。

トールキン, ジョン・ロナルド・ロウェル
Tolkien, John Ronald Reuel
イギリスの作家、言語学者
1892.1.3～1973.9.2
出 南アフリカ・ブレームフォンテイン 学 オックスフォード大学卒 賞 児童文学賞(ニューヨーク・ヘラルド・トリビューン誌)(1938年)
歴 南アフリカで銀行員の子として生まれ、1896年イギリスに移住。1918～20年「オックスフォード英語辞典」編集助手。24～25年リーズ大学教授。25～59年オックスフォード大学教授。ファンタジー小説「ナルニア国ものがたり」で知られるC.S.ルイスらと親交を持ち、37年研究の傍ら、ファンタジー小説「ホビットの冒険」を発表、一躍有名になり、以後作家としても活躍。「指輪物語」(3部作、54～56年)はファンタジーの最高傑作といわれ、2000年代に「ロード・オブ・ザ・リング」3部作として映画化された。他の小説に「農夫ジャイルズの冒険」(1949年)、「トム・ボンバディルの冒険」(62年)、「星をのんだかじ屋」(67年)など。没後「シルマリル物語」(77年)が出版された。学術書に「ベーオウルフ論」(36年)がある。

トルスタヤ, タチアナ Tolstaya, Tatiyana Nikitichna
ロシアの作家
1951.5.3～
出 ソ連ロシア共和国レニングラード(ロシア・サンクトペテルブルク) 学 レニングラード大学古典文献学科(1974年)卒
歴 作家のアレクセイ・トルストイの孫。1983年作家としてデビュー。87年の短編集「金色の玄関に」が"新しい散文"として内外で高く評価され、80年代の代表的な女流作家として知られる。その後、アメリカの大学で教鞭を執りながら評論や書評を発表。2000年久々の小説となるSF処女長編「クィシ」を刊行。
家 祖父＝アレクセイ・トルストイ(作家)

ドルスト, タンクレート Dorst, Tankred
ドイツの劇作家
1925.12.19～2017.6.1
出 テューリンゲン州ゾンネンベルク 賞 ハウプトマン賞(1964年)、フィレンツェ市賞(1970年)、ビューヒナー賞(1990年)、E.T.A.ホフマン賞(1996年)、マックス・フリッシュ賞(1998年)、ヨーロッパ文学賞(2008年)、シラー賞(2010年)、ファウスト賞(2012年)
歴 第二次大戦から復員後、ミュンヘン大学に学ぶ。マリオネット劇のための戯曲から出発、1960年の不条理劇「カーブ」が俳優による舞台の処女作となり、「城壁の前での大いなる弾劾」(61年)で劇作家として成功を収める。歴史上問題のある人物を主人公に選び、リアルな時代諷刺劇や政治劇を書いた。主な作品に「トラー」(68年)、「氷河時代」(73年)、「チンボラッソ

山の頂上で」(75年)、「私、フォイアーバッハ」(86年)、「カルロス」(90年)、「パウル氏」(93年)などがあり、上演時間7時間にも及ぶ大作「悪魔の息子メールリン 別名 荒廃した国」(81年)は話題を呼び、ドイツ各地で上演された。90年ビューヒナー賞を受賞。映画、テレビドラマの脚本も手がけ、妻のウルズラ・エーラーと共同で晩年まで意欲的に創作を続け、自作の演出も行った。

トルストイ, アレクセイ Tolstoi, Aleksei Nikolaevich
ソ連の作家
1883.1.10～1945.2.23
出 ヴォルガ 学 ペテルブルク工業専門学校中退 賞 スターリン賞(3回)
歴 貴族出身。母は進歩的な児童作家。専門学校在学中から象徴主義に傾倒、1911年処女詩集「空色の河のかなたに」で文壇デビュー、12年小説「びっこの紳士」などで作家としての地位を確立。第一次大戦には新聞記者として従軍。ロシア革命後パリ、ベルリンに亡命、執筆を続ける。23年帰国後、革命を生きぬいた知識人の思想遍歴をテーマとした大長編「苦悩の中を行く」を20年がかりで完成。歴史小説「ピュートル1世」にも取り組んだが未完に終わった。ショーロホフと並ぶソビエト文学の巨匠。他の作品に小説「ニキータの少年時代」(22年)、「アエリータ」(23年)、「技師ガーリンの双曲線」(27年)、「まむし」(28年)、史劇「イワン雷帝」(43年)など。
家 長男＝ニキタ・トルストイ(物理学者・社会活動家)

ドルーツェ, イオン Druță, Ion
モルドバ(ソ連)の作家
1928.9.13～
学 ソ連作家同盟附属の文学学校卒
歴 モルダビア北部の農家に生まれ村の中学校卒業後、農村勤労者ソビエト書記として活動。1951年以来、児童文学、一般文学の作品を発表。新聞記者などを経て、57年ソ連作家同盟附属の文学学校を卒業し、職業作家となる。短編集「私たちの村で」(53年)、「人恋しさ」(59年)などで農村の過去と集団化を描き、「悲しみの葉」(57年)で第二次大戦末期と戦後の農村風景を書いた。他に「秋の最後の月」(64年)、「古巣に戻る」(72年)などの中編、戯曲「カサ・マレ」(60年)、長編「善の重荷」(68年)などの作品がある。

ドルトン, アニー Dalton, Annie
イギリスの児童文学作家
出 ドーセット州 賞 ノッティンガムシャー児童図書賞
歴 ウェイトレス、清掃員、工場勤務などを経て、児童文学作家となる。「The After Dark Princess」がノッティンガムシャー児童図書賞を受賞。その後、「Night Maze」と「The Real Tilly Beany」がカーネギー賞最終候補にノミネートされた。他の著書に「聖なる鎖の絆」「金曜日がおわらない」などがある。

ドルフマン, アリエル Dorfman, Ariel
チリの作家、文学評論家、劇作家、詩人
1942.5.6～
出 アルゼンチン
歴 両親はユダヤ人。父は産業史の学者でマルキストだったため、1945年一家で渡米。赤狩りの時代に父の友人がスパイ活動の容疑で喚問されたことにより、54年チリへ渡る。70年アジェンデ政権が発足すると、チリ国立大学で教鞭を執る傍ら、アメリカの支配下にあったチリでの新しい文化の創造を目指して児童文学やコミックスの分析に従事、国営出版社キマントゥの児童・教育部門などで制作や制作に従事。73年軍事クーデターでチリを追われてオランダに亡命。のちアメリカのワシントンD.C.に移り、92年よりデューク大学教授を務める傍ら、執筆活動を続ける。その後チリに帰国。98年に20年の歳月を費した戯曲・抵抗3部作「谷間の女たち」「死と乙女」「ある検閲官の夢」を完成させた。他の著書に「子どものメディアを読む」(83年)、「マヌエル・センデロの最後の歌」(87年)、「ピノチェト将軍の信じがたく終わりなき裁判」(2002年)、「世

界で最も乾いた土地」(04年)などがある。1984年に来日し、川崎市でのアジア・アフリカ・ラテンアメリカ文化会議に出席した。

トールベルク, フリードリヒ　Torberg, Friedrich
オーストリアの作家, 劇作家, ジャーナリスト
1908.9.16～1979
生ウィーン　名Kantor-Berg, Friedrich
歴プラハでの大学時代, カフカの親友であるマックス・ブロートに見出されて, 有名なプラハ詩人サークルに誘われる。作家, ジャーナリスト兼劇作家として活躍し, 雑誌「フォールム」の編集長として著名。1938年ナチスの手を逃れ, スイスに亡命。40年スペイン, ポルトガルを経てさらにアメリカに亡命し, その後ハリウッドで活躍。51年ウィーンに戻る。作品に長編小説「父よ, 私はここにいる」(48年),「第二の出合い」(50年), 遺稿「騎手マティオの最後の騎乗」(85年)など。

トルーマン, マーガレット　Truman, Margaret
アメリカの作家
1924.2.17～2008.1.29
生ミズーリ州インディペンデンス　名ダニエル, マーガレット・トルーマン　学ジョージ・ワシントン大学卒 文学博士(ジョージ・ワシントン大学)(1975年), 人文学博士(ロック・ハースト大学)(1976年)　賞ウェーク・フォレスト大学名誉博士号(1972年)
歴第33代アメリカ大統領ハリー・トルーマンの唯一の子供として生まれる。16歳から声楽のレッスンを受け, ジョージ・ワシントン大学卒業後, 歌劇の歌手として活動。その後, テレビやラジオの番組でキャスターを務めながら, 自伝や父母の伝記などノンフィクションの作家としても成功する。フィクションは, ベストセラーになり映画化もされた1980年の「Murder in White House (ホワイトハウス殺人事件)」を皮切りに, CIA, 最高裁判所, アメリカ議会などを舞台とするミステリーを発表した。56年のちに米紙「ニューヨーク・タイムズ」編集局長となるクリフトン・ダニエルと結婚。4子をもうけた。
家父＝ハリー・トルーマン(第33代アメリカ大統領), 夫＝クリフトン・ダニエル(ジャーナリスト)

ドルーリー, アレン・スチュアート　Drury, Allen Stuart
アメリカの作家, ジャーナリスト
1918.9.2～1998.9.2
生テキサス州ヒューストン　学スタンフォード大学　賞ピュリッツァー賞(1960年)
歴1952～54年「ワシントン・イブニング・スター」, 54～59年「ニューヨーク・タイムズ」政治記者を務め, 59～63年「リーダーズ・ダイジェスト」誌に寄稿。59年「ニューヨーク・タイムズ」政治記者時代に7年かけて執筆した「勧告と同意」を発表, ベストセラーとなり, 映画化される。同作品で60年ピュリッツァー賞を受賞。他の作品に「Preserve and Protect」(68年),「Anna Hastings」(77年),「A Novel of Capitol Hill」(79年),「A Thing of State」(95年)などがある。

ドルン, テア　Dorn, Thea
ドイツのミステリー作家, 劇作家
1970～
生西ドイツ・ヘッセン州フランクフルト　賞マーロウ賞(1995年度), ドイツ・ミステリー大賞(2000年度)
歴ウィーン, ベルリンで哲学および声楽を学ぶ。のちベルリン自由大学哲学科で教鞭を執る。「Berliner Aufklärung」でミステリー作家デビューし, 1995年度マーロウ賞を受賞。長編3作目にあたる「殺戮の女神」で, 2000年度ドイツ・ミステリー大賞を受賞。00年から劇作家としてハノーファー劇場に所属する。

トレイシー, P.J.　Tracy, P.J.
アメリカの作家
歴P.J.トレイシーは, アメリカの作家パトリシア・J.ランブレヒト(Patricia J.Lambrecht)とトレイシー・ランブレヒト(Traci Lambrecht)母娘による共同筆名。母パトリシアは, ミネソタ州のセントオラフ大学を中退後, 執筆活動を開始。フリーランスのライターとして短編小説や雑誌記事, ロマンス小説などを執筆。娘のトレイシーは, セントオラフ大学でロシア語を専攻。一時はオペラ歌手を目指したり, ロックバンドを組んで活動していた。その後, 母娘のコンビでロマンス小説を書き始め, 後にミステリーに転向。2003年のデビュー作「天使が震える夜明け」はイギリスで50万部を突破し, 04年アンソニー賞, バリー賞, ガムシュー賞, ミネソタ文学賞最優秀新人長編賞を連続受賞。

トレチャコフ, セルゲイ・ミハイロヴィチ　Tret'yakov, Sergei Mikhailovich
ソ連の詩人, 劇作家, 文学理論家
1892.6.20～1939.8.9
学モスクワ大学法学部(1916年)卒
歴モスクワ大学在学中に自我未来派に接近し, 1913年より詩を発表し始める。最初の詩集「鉄の休止」(19年)はウラジオストックで発行され, 21年まで同地に留まる。未来派のグループ"創造"にブリューク, アセーエフらと参加, 重要な役割を果たす。グループの雑誌「創造」は7号まで刊行され, 最終号はマヤコフスキー特集にあてられた。22年モスクワに戻り, 文化団体プロレトクリトで活動を始める。またエイゼンシテインと共に移動劇団を組織して戯曲を書く。この時期の作品には「聞こえるか, モスクワ」(23年初演),「ガス・マスク」(24年初演)などがある。20年代初め中国に滞在し, 北京大学でロシア文学を講義。中国を舞台に反植民地闘争を描いた戯曲「吠えろ, 中国」(26年)はメイルホリド劇場で上演され, 大反響を呼んだ。一方"レフ""新レフ(ノーヴイ・レフ)"運動に参加し, 中心メンバーとして独自の文化革命論を説く。やがて"エイゼンシテインと共に"インタビュー伝記""事物のバイオグラフィー"などの方法を示し, 「デン・シー＝ファ」(30年),「村のひと月」(31年)などを書く。30年代初めにはドイツ, オーストリアに赴き, ブレヒトと交流。ロシア・アヴァンギャルドの成果をドイツに伝えるとともに, ブレヒトをソビエトに紹介した。37年逮捕され, 39年血の粛清の犠牲となった。60年代に名誉を回復。

トレバー, ウィリアム　Trevor, William
アイルランドの作家, 劇作家
1928.5.24～2016.11.20
生コーク州ミッチェルスタウン　名コックス, ウィリアム・トレバー〈Cox, Wlliam Trevor〉　学ダブリン大学トリニティカレッジ(1950年)卒　勲CBE勲章(1977年), KBE勲章(2002年)　賞ホーソーンデン賞(1965年), ウィットブレッド賞(1976年・1983年・1994年), ロイヤル・ソサエティ・オブ・リタラチャー賞(1978年), ヨークシャー・ポスト・ブック・オブ・ザ・イヤー賞(1988年), デービッド・コーエン英文学賞(1999年), PEN賞(短編部門)(2001年), 国際ノニーノ賞(2008年), O.ヘンリー賞(2007年・2008年・2010年)
歴アイルランドのプロテスタントの家庭に生まれる。北アイルランドを経て, 大学卒業後, イギリスに移住。1951～53年を歴史の教師, 53～55年を美術教師として勤め, 他に教会彫刻師, コピーライターなどの職業に就いた。58年小説「A Standard of Behavior」を書いたが, 広告代理店で仕事をしていた30代の終り頃から本格的に作家としての活動を開始。64年の長編「同窓」で注目され, 短編集「リッツホテルの天使達」(75年)で評価を確立した。「フールズ・オブ・フォーチュン」(83年),「フェリシアの旅」(94年)などが邦訳され, 2007年には日本で独自に編んだベスト短編集「聖母の贈り物」が刊行された。長編及び短編小説, 戯曲などを手がけ, 巧みな心理描写と会話の上手さに定評があった。特に短編小説の評価が高く, "短編の名手"として知られた。他の作品に長編「ディンマスの子供たち」(1976年),「庭の静寂」(88年),「アフター・レイン」(96年), 短編集「ロマンスのダンスホール」(72年),「アイルランド・ストーリーズ」(95年),「密会」(2004年)など。「The Oxford Book of Irish Short Stories」(1989年)の編者でもある。2002

年ナイトの爵位を授与される。

トレベニアン *Trevanian*
アメリカの作家
1931〜2005.12.14
[名]ウィテカー, ロドニー〈Whitaker, Rodney〉 別名＝シアー, ニコラス〈Seare, Nicholas〉
[歴]作風によってトレベニアン、ニコラス・シアーなど複数のペンネームを使い分け、神学、法律、美学、映画に関する作品を発表。コミュニケーションで博士号をとったほか、歴史、英語、演劇でそれぞれ学位を有していたといわれる。1972年第1作「アイガー・サンクション」を発表。同作品は75年にクリント・イーストウッド主演・監督で映画化された。続く「ルー・サンクション」(72年)と第4作「シブミ」(79年)もスパイスリラー。第3作「夢果つる街」(76年)はモントリオールを舞台にした警察小説。この後、一転して精神分析学的スリラー「バスク、真夏の死」(83年)を手がけた。のち画家の妻とともにフランスの片田舎に隠遁。98年には15年ぶりの新作「ワイオミングの惨劇」を発表した。1枚だけ公表された写真が後ろ向きだったという徹底した覆面作家として知られた。

トレメイン, ピーター *Tremayne, Peter*
アイルランドの作家, ケルト学者
1943.3.10〜
[出]イギリス・ウェストミッドランズ州コベントリ　[名]エリス, ピーター・ベレスフォード〈Ellis, Peter Berresford〉 筆名＝マッカラン, ピーター〈MacAlan, Peter〉
[歴]7世紀アイルランドを舞台にした歴史ミステリー〈尼僧フェデルマ〉シリーズで人気を博す。ホラー、ファンタジー以外に、ピーター・マッカラン名義でスリラーも刊行。著名なケルト学者でもあり、ケルト関係の学術書を数多く著し、学会の会長や理事も務める。

トレメイン, ローズ *Tremain, Rose*
イギリスの作家, 劇作家
1943.8.2〜
[出]ロンドン　[学]ソルボンヌ大学, イースト・アングリア大学卒
[賞]フェミナ賞外国小説賞, ジェームズ・テイト・ブラック記念賞(1992年), ウィットブレッド賞(1999年), オレンジ賞
[歴]教員職などを経て、1977年処女作「Sadler's Birthday」を発表。83年「グランタ」誌の"20人の才能ある若きイギリス小説家"リストに選出される。「道化と王」(89年)で「サンデー・エクスプレス」紙のブックオブザイヤーになり、映画化、舞台化もされる。「Sacred Country」(92年)でフェミナ賞外国小説賞とジェームズ・テイト・ブラック記念賞、「音楽と沈黙」でウィットブレッド賞、「The Road Home」(2007年)でオレンジ賞を受賞。この間、1988〜95年イースト・アングリア大学で創作文芸を教え、2013年総長に就任。

ドレルム, フィリップ *Delerm, Philippe*
フランスの作家
1950〜
[賞]フランス全国書店協会賞(1997年度)
[歴]文学の教鞭を執る傍ら1975年から小説を書き始め、83年「第五の季節」で作家デビュー。2人の北欧の画家の生涯を描いた「スンドボルヌ、あるいは光の日々」で、97年度のフランス全国書店協会賞を受賞。「ビールの最初の一口とその他のささやかな楽しみ」はベストセラーを続け、白ワインで有名なソミュールで開かれる"本とワインの全国大会"のグラングジエ賞を受賞。他の作品に「日曜日はずっと雨だった」などがある。

トレンテ・バリェステル, ゴンサロ
Torrente Ballester, Gonzalo
スペインの作家, 文芸評論家
1910.6.13〜1999.1.27
[賞]セルバンテス賞(1985年)
[歴]欧米で文学・歴史の教鞭を執る。1943年長編小説「ハビエル・マリーニョ」を出版、内戦後のスペイン文壇にデビュー。しばらく評論に専念したのち、ガリシア地方を舞台にした村の2人の権力者を中心に展開される小説「大旦那の帰郷」(57年)で再び注目される。感性で捉えた言葉の選択・手法によって、幻想の世界を探求した。また、評論家としても優れた著作がある。他の作品に小説「享楽と陰翳」(3部, 57〜62年)、「J・B氏の伝説と逃亡」(72年)、「切りとられたヒヤシンスの島」(80年)、評論「スペイン現代文学展望」(49年)、「遊びとしてのキホーテ」(75年)など。

トロエポリスキー, ガヴリール・ニコラエヴィチ
Troepblckii, Gavriel Nikolaevich
ソ連の作家
1905.11.29〜1995.6.30
[出]ロシア・ヴォロネジ州　[賞]ソ連国家賞(1975年)
[歴]聖職者の家に生まれる。教員、農業技師の傍ら、執筆活動を行い、風刺的短編集「農業技師の手記より」(1953年)で成功した後、故郷ヴォロネジで文学活動に専念。農村の人々の生活を描いた。中編「白犬ビムは黒い耳」(71年)は刊行以来幅広い世代に愛読され、75年ソ連国家賞を受けた。他の作品に、長編「黒土」(2巻, 58〜61年, 加筆訂正版72年)、評論「河川、土壌その他について」(65年)などがある。76〜88年「われらの同時代人」誌編集委員を務めた。

ドーロシ, エフィム・ヤーコヴレヴィチ
Dorosh, Efim Iakovlevich
ソ連の作家
1908.12.25〜1972.8.20
[出]ロシア・ヘルソン県
[歴]1930年代から執筆活動を始め、アマチュア劇団を主宰し劇作を手がける。第二次大戦時は従軍記者として活躍。その後、「文学新聞」の記者を務めた。45年共産党に入党。各種中央文芸誌の編集者を務めながら、作家活動を展開。「イワン・フエドセヴィチ」(54年)などでコルフォーズの生活を克明に描いた。以後、記録小説風な連作短編を数多く発表し、この分野において独自の地位を確立した。代表作に「村の日記」(63年)がある。

トロッキ, アレグザンダー *Trocchi, Alexander*
イギリスの作家
1925〜1984
[出]グラスゴー　[名]別名＝レンゲル, フランシス　[学]グラスゴー大学(文学・哲学)
[歴]奨学金を得てパリに渡り、文芸雑誌「マーリン」を創刊。ベケットやジュネ、イヨネスコ、ヘンリー・ミラーらを積極的に紹介する。一方でペンネームを使い、オリンピア・プレスから数冊のポルノグラフィーを刊行。フランシス・レンゲル名義で出版した「ヤング・アダム」はオリンピア・プレス最初のベストセラーのひとつとなり、2003年ユアン・マクレガー主演で映画化された。その後、アメリカに渡り、ビートニクたちとの交流を深めるとともに、ドラッグと同性愛というスキャンダラスな主題を正面から取り上げた問題作「カインの書」を発表。ドラッグの売買により逮捕されたことがきっかけで、イギリスに帰還。以後、ロンドンに住み、自らが発案したシグマなるプロジェクトに情熱を傾けていたが、1984年肺の悪性腫瘍の手術後、自宅で死去。

トロッツィグ, ビルギッタ *Trotzig, Birgitta*
スウェーデンの作家
1929.9.11〜2011.5.14
[出]イェーテボリ　[賞]スヴェンスカ・ダーグブラーデット紙文学賞(1957年), パイロット文学賞(1985年)
[歴]1951年短編集「恋する者の人生より」でデビュー。55〜69年画家の夫と共にフランスに在住し、カトリックに改宗。57年17世紀末のスウェーデン・デンマーク紛争を背景にした「よるべなき者(De Ussatta)」でスヴェンスカ・ダーグブラーデット紙文学賞を受賞。スウェーデン現代文学の最重要作家の一人。他の作品に、「海辺の物語」(61年)、「生者と死者」(64年)、

「裏切り」(66年)、「言葉の限界」(68年)、「病気」(72年)、「皇帝の時代」(75年)、「物語」(77年)、「泥沼の王様の娘」(85年)などがある。

トロッパー, ジョナサン　*Tropper, Jonathan*
アメリカの作家
1970.2.19〜
ⓗニューヨーク州リバーデイル　ⓖニューヨーク州立大学(創作)
ⓚニューヨーク州リバーデイルで生まれ育ち、ニューヨーク州立大学で創作を学ぶ。マンハッタンビル・カレッジで創作講座を持つ。2000年「Plan B」で作家デビュー。「This is Where I Leave You」(09年)は、14年にドラマ化され、脚本も手がけた。

トロヤノフ, イリヤ　*Trojanow, Ilija*
ドイツの作家
1965.8.23〜
ⓗブルガリア・ソフィア　ⓖミュンヘン大学　ⓥライプツィヒ・ブックフェア賞(2006年)、ベルリン文学賞
ⓚブルガリア系ドイツ人。1971年政治亡命を果たした両親とともにドイツに移住。父の仕事の都合で少年時代をケニアで過ごす。ミュンヘン大学を卒業後、89年アフリカ文学専門の出版社を創業。96年初の長編小説を発表。2006年に発表した「世界収集家」は、ライプツィヒ・ブックフェア賞を受賞するなど高い評価を受けた。ベルリン文学賞はじめ数々の文学賞を受賞した世界的作家として知られる。

トロワイヤ, アンリ　*Troyat, Henri*
ロシア生まれのフランスの作家、劇作家、評論家
1911.11.1〜2007.3.2
ⓗモスクワ　ⓕタラソフ, レフ〈Tarasoff, Lev Aslanovich〉　ⓖパリ大学　ⓞレジオンヌール勲章オフィシエ章(1996年)　ⓥポピュリスト賞(1935年)、ゴンクール賞(1938年)
ⓚロシアのモスクワで生まれるが、ロシア革命のため、1920年家族とともにパリに亡命し、フランスに帰化。「ほの明かり」(34年)でポピュリスト賞を受賞し、さらに「蜘蛛」(37年)ではサルトルの「嘔吐」と争ってゴンクール賞を獲得した。他に大河小説3部作「この世のかぎり」(47〜50年)、歴史小説「女帝エカテリーナ」(77年)、「大帝ピョートル」(79年)、「イヴァン雷帝」(82年)、評伝「プーシキン伝」(53年)、「チェーホフ」(84年)など、主に母国・ロシアを題材にした歴史小説や評伝をフランス語で執筆。59年アカデミー・フランセーズ会員。

トワルドフスキー, アレクサンドル・トリフォノヴィチ　*Tvardovskii, Aleksandr Trifonovich*
ソ連の詩人、編集者
1910.6.21〜1971.12.28
ⓗロシア・スモレンスク州ザゴーリエ
ⓚスモレンスク地方の村の鍛冶屋の息子。早くから読書に親しみ独学で詩作を始め、14歳ですでに地元新聞の農村通信員を務めていた。初期の詩は農村の集団化がテーマで、叙事詩「社会主義への道」(1931年)、「序曲」(33年)、物語「コルホーズ議長の日記」(32年)、「詩集 1930-1935」(35年)、連作詩「ダニーラ爺さんのこと」(38年)などの作品で認められ、叙事詩「ムラヴィア国」(36年)が代表作として知られる。第二次大戦中の兵士を主人公とする「兵士に関する本」(41〜45年、のちに「ワシーリー・チョールキン」と改題)が最も知られた作品で、第二次大戦後は、叙事詩「遠い遠い彼方」(53〜60年)と「あの世のチョールキン」(54〜63年)が注目された。文芸編集者としても活躍し、50〜54年、58〜70年「ノーヴィ・ミール」誌編集長を務め功績を残す。特に2期目はソルジェニーツィンを世に送り出し、エレンブルグやヴィクトル・ネクラーソフ、ブイコフやドンブロフスキーの問題作を掲載、スターリン主義に批判的な潮流を形成した。リベラルな編集方針が当局と軋轢を生んだといわれ、70年編集長を解任され、翌年死去。30年代の抒情詩は、「道」(38年)、「農村の記録」(39年)などの詩集に収められている。87年遺稿となった叙事詩「記憶の権利

によって」がペレストロイカの影響で活字になった。

トンドゥブジャ　*Don grub rgyal*
チベットの作家
1953〜1985
ⓗ中国・青海省黄南チベット族自治州チェンザ県　ⓖ中央民族学院(北京)
ⓚ東北チベットのアムド地方に生まれる。高校卒業後、人民ラジオ局に勤務。ここで中国語を叩き込まれ、世界の文学に親しむきっかけを得る。北京の中央民族学院で学び、教鞭も執った。1981年処女作「曙光」を出版。仏教文化伝統の縛りが極めて強かったチベット文学に斬新な口語的表現を導入して、男女の感情の機微や普通の人々の心のうつろいを描き、チベット文学界に新風を巻き起こした。とりわけ中国という新体制下の社会を写実的に描いた小説をチベット語で書いた最初の作家として知られる。85年32歳の若さで自殺した。2012年チベット文学研究会により短編集「ここにも激しく躍動する生きた心臓がある」が刊行される。

ドンババンド, トミー　*Donbavand, Tommy*
イギリスの作家
ⓗマージーサイド州リバプール
ⓚ早くから演劇に興味を持ち、俳優、脚本家、演出家として、舞台の仕事に数多く携わる。その経験を生かし、親や先生向けのアクティビティ教材本「Quick Fixes For Bored Kids」を出版、その後に手がけた〈ホラー横丁13番地〉シリーズがイギリス国内で人気を呼ぶ。執筆活動に専念しつつ、各地の学校や書店へ精力的に出向き、文章創作のためのワークショップを続ける。

トンプソン, ケイト　*Thompson, Kate*
イギリス生まれのアイルランドの児童文学作家
1956〜
ⓗヨークシャー地方ハリファクス　ⓥビスト最優秀児童図書賞、ガーディアン賞(2005年)、ウィットブレッド賞(2005年)
ⓚイギリス・ヨークシャー地方のハリファクスに生まれ、1981年アイルランドに移り住む。94年アイルランドで処女作「Switchers」を刊行。以降、年1冊のペースで刊行を続ける。「The Beguiler's」(2001年)、「The Alchemist's Apprentice」(02年)、「Annan Water」(04年)、「時間のない国で」(05年)で、ビスト最優秀児童図書賞を受賞。また「時間のない国で」ではガーディアン賞、ウィットブレッド賞も受賞した。

トンプソン, ジェイムズ　*Thompson, James*
アメリカの作家
1964〜2014.8.1
ⓖヘルシンキ大学大学院(英語文献学)修士課程修了
ⓚバーテンダー、クラブのガードマン、建設作業員、兵士など様々な職業を経験した後、作家に転向。フィンランド人の妻と共にヘルシンキに居住し、執筆活動を行う。2009年に発表した「極夜」ではMWA賞やアンソニー賞などの新人賞にノミネートされ、注目を浴びる。また、ヘルシンキ大学で学び、英語文献学の修士号を取得。英語はもちろん、フィンランド語も流暢に操った。14年49歳の若さでフィンランドで亡くなった。

トンプソン, ジム　*Thompson, Jim*
アメリカの作家、脚本家
1906〜1977
ⓗオクラホマ州　ⓖネブラスカ大学卒
ⓚホテルのボーイ、石油のパイプライン工、編集者、新聞記者などを経て作家に転向。歯ごたえのある男っぽい物語を描く、筋金入りのアメリカン・クライム・ノベル派として活躍した。スタンリー・キューブリック監督「突撃」「現金に体を張れ」の脚本家、サム・ペキンパー監督「ゲッタウェイ」の原作者・脚本家としても有名。作品のほとんどをペーパーバックで発表していたため死後も埋もれていたが、のち再刊、映画化など再評価の気運が高まる。2010年代表作「The Killer Inside Me(内なる殺人者)」がマイケル・ウィンターボトム監督により

映画化された。他の主な作品に「残酷な夜」など。

ドンブロフスキー, ユーリー・オーシポヴィチ
Dombrovskii, Yurii Osipovich
ソ連の作家
1909.5.12～1978.5.29
[出]ロシア・モスクワ　[学]ブリューソフ記念文芸大学
[歴]モスクワの弁護士の子。1926年からブリューソフ記念文芸大学で学んだが、32年政治的理由で逮捕され、カザフのアルマ・アタ（現在のカザフスタン共和国アルマトイ）に追放され、現地博物館の学芸員として流刑生活を送る。以後も3度にわたって逮捕と釈放が繰り返され、合計15年の年月を監獄、強制収容所、流刑地で過ごした。37年より文筆活動を始め、詩作の後、「帝国の転覆」（38年）、「デルジャービン」（39年）などの歴史小説で出発。43～58年西欧におけるドイツ軍の占領を象徴的に描いた長編「猿はおのが頭蓋を求めてやって来る」（59年）を書いた後モスクワに戻り、アルマ・アタ時代の体験をもとに長編「古代保存官」（64年, 完全版78年パリ）を書く。遺作となった続編「無用物学部」（64～75年執筆, 78年パリ刊, ソ連では88年発表）は生前は国内では出版されなかった。カザフ語からの翻訳にも従事。他の作品に「黒い女」、「二番目によいベッド」、「国王の詔書」で構成される「シェイクスピアをめぐる小品三編」（69年）がある。

ドンリービー, J.P.　*Donleavy, J.P.*
アイルランドの作家, 劇作家
1926.4.23～2017.9.11
[出]アメリカ・ニューヨーク市ブルックリン　[名]Donleavy, James Patrick　[学]ダブリン大学トリニティー・カレッジ　[賞]イブニング・スタンダード劇作賞（1960年）
[歴]アイルランド系の両親のもと、ニューヨーク市に生まれる。第二次大戦中、アメリカ海軍に従軍。元海軍兵士のダブリンでの放埓な生活を描いた自伝風喜劇小説「赤毛の男」（1955年）で一躍有名になり、59年劇化された。戯曲の代表作に「ニューヨークのおとぎ話」（61年）や「バルサザー・Bのいまいましい幸福」（68年）がある。アンチヒーローを描き、"怒れる若者たち"とビート作家たちの橋渡し役として評価された。他の作品に、小説「奇妙な男」（63年）、「オニオン・イーターズ」（71年）、ピカレスク小説「紳士ダーシー・ダンサー一代記」（77年）、同「リーラ」（83年）など。67年アイルランドに帰化。86年アイルランドに関する著書「J.P.ドンリービーのアイルランド」を出版した。

【ナ】

ナイ, ジョディ・リン　*Nye, Jody Lynn*
アメリカの作家
[歴]ゲーム会社のためにフリーでゲームの脚本やミステリーを執筆。ユーモア・ファンタジー〈Mythology〉シリーズやSF「Taylor's Ark」、他作家のファンタジー作品のガイドブックなどを出版。アン・マキャフリーと関係が深く、宇宙船や宇宙ステーションの「頭脳」の活躍を描いた〈歌う船〉シリーズでマキャフリーと合作した「魔法の船」（1994年）、単独作となった「伝説の船」（96年）のほか、〈恐竜惑星〉シリーズ、〈ドゥーナ〉シリーズでも続編や合作作品を出し、〈パーンの竜騎士〉シリーズの図解本なども手がける。他の作品に、ファンタジー〈Dreamland〉シリーズなどがある。
[家]夫＝ビル・フォーセット（作家）

ナイ, ネオミ・シーハブ　*Nye, Naomi Shihab*
アメリカの詩人, 作家
1952～
[出]ミズーリ州セントルイス　[賞]ジェーン・アダムズ児童図書賞（1998年度）
[歴]アラブ系。父はパレスチナからの移民、母はアメリカ人で、1966～67年パレスチナで過ごす。2001年の9.11テロ攻撃直後には「自称テロリストへの手紙」を発表し、言葉の力に象徴される平和的手段の必要性を語った。1998年度のジェーン・アダムズ児童図書賞を受賞した「ハビービー―私のパレスチナ」をはじめ、その詩や小説は多くの賞を受けている。

ナイ, ロバート　*Nye, Robert*
イギリスの作家, 詩人
1939.3.15～2016.7.2
[出]ロンドン
[歴]サリーやエセックスで教育を受けたが、16歳で学校を終え、1961年には詩を出版し、詩、小説、劇、子供向けの物語、批評と早くから幅広い文筆活動を開始。神話や原型的なテーマを取り上げて再創造するという手法を用い、シェイクスピアの作品を利用した「フォールスタフ」（76年）、アーサー王伝説とファウスト伝説をそれぞれ下敷きとする「マーリン」（78年）、「ファウスト」（80年）などの小説で知られる。子供の本には、ウェールズの昔話を再話した「タリエシン」（66年）、「マーチ王の耳はロバの耳」（66年）、創作妖精物語「片足の親指がない王子」（70年）、「末っ子パンプキン幸運をつかむ」（71年）などがある。

ナイト, デーモン　*Knight, Damon*
アメリカのSF作家, 評論家, アンソロジスト
1922～2002.4.15
[出]オレゴン州ベーカー　[賞]ヒューゴー賞（1956年）, ネビュラ賞
[歴]早くからSFに興味を持ち、18歳の時にニューヨークに出た。若きSF作家や編集者などの私的集合体・フューチュリアンに所属し、共同生活を営みながら、短編小説、コミックなどを中心に創作活動を展開。1941年処女作「Resilience（弾性）」を「スターリングSF」に発表。49年「Not with a Bang（男と女）」を「F&S」に発表、SF作家として注目された。以後「ギャラクシイ」を中心に100以上の優れたSF短編を次々に世に送り、作家としての評価を確立した。代表作に「人類供応法」「無辺への切符」などがある。一方、45年「ファンジン」に発表した「バン・ボルトの『非Aの世界』論」を端緒に批評家としても活躍を始め、以後多くの評論に健筆を揮う。50年「ワールド・ビヨンド」創刊とともに編集長を務め、58～59年「イフ」の編集に携わる。この頃から活動の主力はアンソロジーの編集へと移っていき、66年からはオリジナル・アンソロジー・シリーズ「オービット」を始め、新しい作家の紹介や古典SFの再評価などに努め、アンソロジストとしても高い評価を得た他、妻のSF作家ケイト・ウィルヘルムとともに後進の育成に力を注いだ。またミルフォードSF作家会議、アメリカSF作家協会、クラリオンSFショップなどを組織し、オルガナイザーとしても優れた業績を残した。
[家]妻＝ケイト・ウィルヘルム（作家）

ナイト, ルネ　*Knight, Renée*
イギリスの作家
[歴]イギリスBBCで美術ドキュメンタリー番組のディレクターを担当した後、著作活動に転向。テレビ番組や映画の台本を手がける。2013年大手出版社の小説創作コースを卒業。在籍中に執筆を始めたミステリー「夏の沈黙」の出版権をめぐって、熾烈なオークション合戦が勃発し、未執筆の2冊目とともに破格の高値で落札される。同時に世界規模の注目を集め、本国での発売を前に瞬く間に25ケ国での発売が決定した。

ナイドゥー, ビバリー　*Naidoo, Beverly*
南アフリカ生まれのイギリスの児童文学作家
1943.5.21～
[出]南アフリカ・ヨハネスブルク　[賞]カーネギー賞（2000年）
[歴]イギリス自治領南アフリカ連邦に生まれ、白人社会の一員として育つ。大学時代に反アパルトヘイト（人種隔離政策）運動に身を投じて捕えられ、8週間の獄中生活を送る。この体験による目覚めが作家としての姿勢を方向づけ、1965年イギリ

ナ

スに亡命。85年児童向け処女作「ヨハネスブルクへの旅」を発表し、英米で四つの賞を受賞。「炎の鎖をつないで」(89年)、「もう戻らない」(95年)も数々の賞に輝く。2000年「真実の裏側」でカーネギー賞を受賞。

ナイポール, シヴァ　*Naipaul, Shiva*
イギリスのノンフィクション作家, ジャーナリスト
1945〜1985
[出]トリニダード・トバゴ　[学]オックスフォード大学(中国古典)卒　[賞]ジョン・ルウェリン・リース賞(1971年), ウィットブレッド賞(1973年)
[歴]インド系移民の3世。大学卒業後はロンドンに在住。トリニダードのインド人社会を描いた「蛍(蛍雪の功)」「潮干狩」で注目を集める。ジャーナリストとしても活躍し、ケニヤ、ザンビア、タンザニアのリポート「南の北」などのノンフィクションも著している。他の著書に「終わらなかった旅」。
[家]兄＝V.S.ナイポール(作家)

ナイポール, ビディアダール・スーラジプラサド
Naipaul, Vidiadhar Surajprasad
トリニダードトバゴ生まれのイギリスの作家
1932.8.17〜2018.8.11
[出]英領トリニダード・トバゴ・チャグナス(トリニダード・トバゴ)　[学]オックスフォード大学(英文学)卒　[賞]ノーベル文学賞(2001年), ジョン・ルウェリン・リース賞(1958年), サマセット・モーム賞(1961年), ホーソーンデン賞(1964年), W.H.スミス文学賞(1968年), ブッカー賞(1971年), エルサレム賞(1983年), デービッド・コーエン英文学賞(1993年)
[歴]旧イギリス領トリニダード島のインド系3世。故郷のカレッジを出て1950年イギリスへ移住し、オックスフォード大学を卒業。雑誌編集、BBC勤務、書評などに携わり、ジャーナリスト、評論家として活躍する。一方、57年小説「神秘な指圧師」で注目され、以後「エルビナの選挙権」(58年)、「中間航路」(62年)などトリニダード島のインド人社会を舞台にした作品を数多く執筆。「自由の国で」(71年)でブッカー賞を受賞。コミカルな作風で高く評価され、「暗い河」(79年)は英米でベストセラーを記録した。他の作品に「ミゲル・ストリート」(59年)、「ビスワス氏の家」(61年)、「ストーン氏とナイト爵仲間」(63年)、「ゲリラ」(75年)、「中心の発見」(84年)、「ある放浪者の半生」(2001年)、「魔法の種」(04年)などがある。また、紀行文学「インド・闇の領域」(1964年)、「インド・傷ついた文明」(77年)、「インド・新しい顔」(97年)、「イスラム紀行」(81年)、「イスラム再訪」(98年)、評論「超満員の奴隷収容所」(72年)、「エバ・ペロンの帰還」(80年)などでも高い評価を得る。2001年抑圧された歴史の存在を読者に示したとして、ノーベル文学賞を受賞。英語圏の西インド諸島の文学の代表的作家に位置づけられる。1990年ナイト爵に叙せられた。
[家]弟＝シヴァ・ナイポール(作家)

ナヴァル, イヴ　*Navarre, Yves*
フランスの作家
1940.9.24〜1994.1.24
[出]ジェール県　[名]Navarre, Yves Henri Michel　[賞]ゴンクール賞(1980年), アカデミー・フランセーズ賞(1992年)
[歴]1980年小説「順化園」でフランス作家の登竜門とされるゴンクール賞受賞。自ら同性愛者と主張、91年にはエイズとの闘いを書いた著作を発表し、エイズに関する会議にも頻繁に出席した。92年全作品に対しアカデミー・フランセーズ賞が贈られた。

ナウラ, ルイス　*Nowra, Louis*
オーストラリアの劇作家
1950.12.12〜
[出]メルボルン　[学]ラトローブ大学
[歴]反自然主義的な作家として注目を集め、作品に「内なる声」(1977年初演, 78年刊)、「幻影」(78年初演, 80年刊)、「かけがえのない女」(80年初演, 81年刊)、「島の中で」(80年初演, 81年刊)など。

ナオウラ, ザラー　*Naoura, Salah*
ドイツの作家, 翻訳家
1964.11.2〜
[出]西ドイツ・ベルリン(ドイツ)　[賞]ドイツ児童文学賞絵本賞
[歴]ドイツ人の母とシリア人の父のもとに生まれ、ベルリンの大学でドイツ文学を専攻。1991〜92年ストックホルムの大学で北欧文学について学び、卒業後は92年から2年間、児童書出版社に勤務。95年フリーランスとなり、詩、絵本、幼年物語、児童文学を数多く発表。翻訳家としても、翻訳した作家がドイツ児童文学賞絵本賞を受賞するなど、高く評価されている。

ナガタ, リンダ　*Nagata, Linda*
アメリカのSF作家
1960〜
[出]カリフォルニア州サンディエゴ　[賞]ローカス賞第一長編賞
[歴]1995年発表の長編「ボーア・メーカー(The Bohr Maker)」でローカス賞第一長編賞を受賞。他の作品に、死体の永久保存を扱った「Tech-Heaven」、カルトの指導者が街を乗っ取るという「Deception Well」などを発表。バイオテクノロジーやナノテクノロジーに精通。

ナーガル, アムリットラール　*Nāgar, Amritāl*
インドのヒンディー語の作家
1916.8.17〜1990.2.23
[出]ウッタルプラデシュ州
[歴]高校以降は独学。1935年父の逝去で家計を担うため保険会社に発送係として就職。40〜47年ボンベイ映画界で脚本家を務め、53年ラクナウー中央放送局ドラマ・プロデューサーを経て、56年より北インドのラクナウでヒンディー語の作家として文筆生活を続ける。作品に、小説「水滴と海」(57年)、「チェスの駒」(59年)、「花嫁の足飾り」(60年)、「商人バーンケーマル」(60年)、「娼妓たち」(61年)、「不死と毒薬」(66年)など。他に「アムリットラール・ナーガル作品集」(12巻, 91〜92年)、ヴィシュヌ信仰の民衆化をテーマとした「あるときナイミシャの森で」(68年)、「トゥルスィーダース伝」(71年)、「スールダース伝」(78年)がある。1857年の大反乱から1989年までのインドの歴史を語った大河小説「転換」(85年)、「世代」(90年)は、亡くなる3ケ月前まで口述された。

ナギービン, ユーリー　*Nagibin, Yurii Markovich*
ソ連の作家, 文芸評論家
1920.4.3〜1994.6.17
[出]ソ連ロシア共和国モスクワ　[学]ソ連国立映画大学シナリオ科卒　[賞]ソ連十月革命賞(1980年)
[歴]1943年前線で負傷後、「労働(トルード)」の従軍記者となった。おもに短編や中編を発表、平凡な人間の感情生活を抒情的な筆致で描写する。大人向けの他、子供の頃の自伝を短編の形で発表。主な作品に「冬のかしの木」(55年)、「早春」(61年)、「追跡」(63年)、「遠いもの近いもの」(65年)、「夜の客」(66年)、短編集「チーストゥイエプルドイ」などがあり、また黒沢明監督の「デルス・ウザーラ」など約30本の映画脚本や文芸評論も執筆。79年に4巻本の選集が刊行された。

ナサー, シルヴィア　*Nasar, Sylvia*
ドイツ生まれのアメリカの作家, ジャーナリスト
1947〜
[出]ドイツ・バイエルン州　[学]アンティオク大学文学部卒, ニューヨーク大学大学院(経済学)修士課程修了　[賞]全米批評家協会大賞(伝記部門)
[歴]幼少時にアメリカに渡り、ニューヨーク、ワシントンD.C.、トルコのアンカラなどで育つ。カリフォルニア州の大学を卒業後、エコノミストとしてシンクタンクなどで働くが、その後大学院修士課程を修了、ジャーナリストとして活動を始める。「ニューヨーク・タイムズ」記者として経済記事を担当していた1994年、ノーベル経済学賞の取材を通じて数学者のジョン・ナッシュと知り合う。以後4年の歳月を費やして取材を続け、

ナ

ナッシュの半生を綴った「ビューティフル・マインド」を執筆。ピュリッツァー賞の最終候補となり、全米批評家協会大賞を受賞したほか、2001年映画化され、アカデミー賞作品賞を獲得。のちコロンビア大学ジャーナリスト学科で教鞭を執る傍ら、執筆活動を行う。他の著書に「大いなる探求」など。

ナザレス, ピーター　Nazareth, Peter
ウガンダの作家
1940〜
㊊マケレレ大学(1959年)卒
㊞ゴア人の父とマレーシア人の母の間に生まれる。1959年マケレレ大学を卒業し、のちリーズ大学に留学。大学在学中、文芸誌「ペン・ポイント」の編集に従事。72年アミンのアジア人追放によって、半ば強制追放、半ば自己追放の形でアメリカに亡命。やがてアイオワ大学の文芸学部でアフリカ文学を講じながら創作に打ちこむ。小説「褐色のマントで」(72年)などの作品のほか評論集やラジオ劇などもある。

ナジ, ラースロー　Nagy, László
ハンガリーの詩人
1925.7.17〜1978.1.30
㊊ブダペスト大学
㊞農民出身で、パーパの改革派学院、ブダペスト大学を経て、1949〜52年ソフィアの大学に留学。初期の詩に「恐ろしき夕闇」、「銀色の平原」、「冬の光景」などがある。民衆詩の影響の下に、村の暮らしや自然を表現し生命の喜びや遊戯性をうたったが、ブルガリア留学と社会主義体制の矛盾の中で次第に思索的で暗い詩風に変わっていった。ブルガリアのボテフやスペインのガルシア・ロルカの詩の翻訳も行う。他の詩集に「結婚式」(64年)や「鐘の音が聞こえてくる」(78年)など。

ナーダシュ, ペーテル　Nádas, Péter
ハンガリーの作家, フォトジャーナリスト
1942.10.14〜
㊋ブダペスト　㊗フランツ・カフカ賞(2003年)
㊞ユダヤ系家庭に生まれるが、父親の考えのもとキリスト教の洗礼を受ける。早くに両親を亡くし、若い頃からフォトジャーナリストとして働き始める。編集の仕事を経て、1968年のソ連のチェコスロバキア侵攻をきっかけに小説の執筆を始める。共産主義体制下と体制転換後のハンガリーの社会や歴史を背景とした自伝的作品で知られ、「ある一族の物語の終わり」(77年)で文名を高める。その後10年の歳月をかけて著した大作「回想の書」(86年)で国際的な評価を確立。しかし共産政権時代には反体制作家として秘密警察の監視下に置かれていたため、実際の出版には長い年月を要した。

ナツァグドルジ, ダシドルジーン　Natsagdorzh, Dashdorzhiin
モンゴルの詩人, 作家
1906.11.17〜1937.7.13
㊋バヤンデルゲル・スム
㊞15歳で革命運動に参加し、1922年モンゴル人民党に入党。26〜29年ベルリンに留学。帰国後、モンゴル語とモンゴル史を研究する傍ら、27年より作品を発表。詩や散文、戯曲など多彩な創作活動を展開し、近代モンゴル文学の祖といわれる。モンゴルの美しい自然を格調高く歌い上げた「わが故郷」(33年)は年代を問わず愛誦される国民詩となった。他の作品に、モンゴルの代表的オペラ「三つの悲しみの丘」(34年)の歌詞や、短編小説「ホーチン・フー」「正月と過酷な涙」「まだ見ぬ事」などがある。

ナッシュ, オグデン　Nash, Ogden
アメリカの詩人, ユーモア作家
1902.8.19〜1971.5.19
㊋ニューヨーク州ライ　㊐ナッシュ, フレデリック・オグデン〈Nash, Frederic Ogden〉　㊊ハーバード大学
㊞教師、編集者、債権の販売人、コピーライターなど職を転々とする。「ニューヨーカー」誌の編集スタッフの一員だった1930年代初めに詩人として成功し名声を得る。同世代のジェームズ・グローバー・サーバーと同様、主として「ニューヨーカー」誌に作品を発表し、同誌の洗練されたスタイルの確立に貢献。軽快なナンセンス・ヴァースの名手で、憂鬱な時代アメリカの中流家庭の日常生活を題材に、上品な風刺と自然なファンタジーを織り交ぜ、独特なスタイルを作り上げた。ルイス・キャロル、エドワード・リアのアメリカでの後継者。子供のための詩も多く作った。詩集に「苦境」(31年)、「ぼくもここでは見知らぬ人」(38年)、「親立ち入り禁止・若めの読者のための老けめの詩」(51年)、「老犬は後ろ向きにほえる」(72年)など。全集「1929年以来の全詩集」(52年)がある。

ナデル, バーバラ　Nadel, Barbara
イギリスの作家
㊋ロンドン・イーストエンド　㊗CWA賞シルバー・ダガー賞(2005年)
㊞女優としての訓練を受けたこともあり、イギリスの全国統合失調症友の会のグッド・コンパニオンズ・プロジェクトで広報担当者として働いた経験を持つ。作家になる前には病院で心の健康の相談員をしていた。性的虐待を経験したティーンエイジャーのために働いていたこともあり、高校や大学で心理学を教えたこともある。1999年「Belshazzar's Daughter」を出版。2005年「イスタンブールの記憶」でイギリス推理作家協会賞(CWA賞)シルバー・ダガー賞を受賞した。

ナドルニー, シュテン　Nadolny, Sten
ドイツの作家
1942〜
㊋ツェーデニク・アン・デア・ハーヴェル　㊊ゲッティンゲン大学, テュービンゲン大学, ベルリン大学　㊗インゲボルク・バッハマン賞(1980年), ハンス・ファラダ賞(1985年), エルンスト・ホーフェリヒター賞(1995年), ヤーコプ・ヴァッサーマン文学賞(2004年), ヴァイルハイマー文学賞(2010年), ラインガウ文学賞(2012年)
㊞大学で歴史を学び、歴史の教師を務める。映画の仕事に携わったのち創作に専念し、1981年「自由」を求めて旅をする青年の物語「僕の旅」で作家としてデビュー。第2作「緩慢の発見」(83年)は多くの賞を受け、ベストセラーとなる。その後も、95年エルンスト・ホーフェリヒター賞、2004年ヤーコプ・ヴァッサーマン文学賞、10年ヴァイルハイマー文学賞、12年ラインガウ文学賞など、数多くの賞を受賞。他の作品に「Ein Gott der Frechheit」(1994年)などがある。

ナーバ, マイケル　Nava, Michael
アメリカの作家
㊋カリフォルニア州サクラメント・ガーデンランド　㊊スタンフォード大学ロースクール卒　㊗ラムダ・ブック・アワード・ゲイ・ミステリー部門(1988年, 1990年)
㊞コロラド州立大学で詩と歴史を学んだ後、詩人ルーベン・ダリオ研究のため1年間ブエノスアイレスで過ごす。帰国後はスタンフォード大学のロースクールを出て、ロサンゼルス検察庁に入り、小説も書き始める。1986年にミステリー「The Little Death(このささやかな眠り)」でデビュー。以後もゲイ弁護士〈ヘンリー・リオス〉シリーズを続け、ゲイ文学の賞を受賞している。自身もヒスパニックの同性愛者である。

ナーハル, チャマン　Nahal, Chaman
インドの作家, 英文学者
1927.8.2〜2013.11.29
㊊デリー大学, ノッティンガム大学卒　㊗文学アカデミー賞, インド出版社連合賞
㊞インド(現在はパキスタン領シアールコト)に生まれる。1949年以来インドの多くの大学で英文学を講じ、80年デリー大学教授となる。73年処女小説「私の本当の顔つき」を発表。47年のインドからの分離独立を描いた「自由」(75年)が文学アカデミー賞を受けて注目された。「イギリスの女王たち」(79年)はインド出版社連合賞を受賞。他の作品に、ガンジーの生涯を背景にインド現代史を描いた3部作「The Crown and the

Loincloth(王冠と腰巻)」(81年)、「The Salt of Life」(90年)、「The Triumph of the Tricolor」(93年)や、「また夜が明けて」(77年)、「フィージーの日の出」(88年)のほか、短編集「風変わりな踊り」(65年)、優れたヘミングウェイ論などがある。

ナーヒード, キシュワル *Naheed, Kishwar*

パキスタンの詩人

1940～

[出]インド・ブランドシャハル　[学]パンジャブ大学卒

[歴]1949年インドからパキスタンに移住。ラホールで育ち、ヒンドゥーとムスリムの対立を目の当たりにしたことから、平和運動に加わる。大学時代、結婚・出産の傍ら詩作を開始。卒業後、出版社、政府機関などに勤務しながら創作を続ける。伝統的な定型叙情詩に飽きたらず、政治批判を託した自由詩を発表。第1詩集「話者の唇」でパキスタン最高の文学賞を受賞。ボーヴォワールの「第二の性」の翻訳を出すなど幅広く活動し、高い評価を受ける。一方、政府要職に就いていた77年、軍政の開始で女性公務員が降格や自宅待機を命じられたことをきっかけに、農村女性を支援するNGO・ハウワー(HAWWA)を創設。他の詩集に「黒枠に薔薇色」「私の前世は夜だった」、自伝に「悪女の物語」など。98年、2002年国際交流基金の招きで来日。

ナボコフ, ウラジーミル *Nabokov, Vladimir*

ロシア生まれのアメリカの作家, 昆虫学者

1899.4.23～1977.7.2

[出]ペテルブルク(サンクトペテルブルク)　[名]Nabokov, Vladimir Vladimirovich 別筆名＝シーリン, ウラジーミル〈Sirin, Vladimir〉　[学]ケンブリッジ大学卒

[歴]ロシアの名門貴族に生まれる。1919年ロシア革命でベルリンに亡命。23年頃からV.シーリンというペンネームで創作活動を開始。26年小説「マーシェンカ」を出版。37年にパリに移住。40年渡米、45年帰化。48～59年コーネル大学でロシア文学を教える。この間、55年少女と中年男の異常な性愛を描いた小説「ロリータ」がベストセラーとなり、現代を代表する前衛作家として名声を確立。同作品は62年スタンリー・キューブリック、98年エイドリアン・ラインによって映画化された。59年スイスに移住。他の著作に小説「贈物」(36年)、「マルゴ」(38年)、「セバスチャン・ナイトの真実の生活」(41年)、「淡い炎」(62年)、「アーダ」(69年)、評伝「ニコライ・ゴーゴリ」(44年)、自伝「記憶よ語れ」(66年)など。「ナボコフ短編全集」(2巻)、「ナボコフ書簡集」(2巻)も刊行された。蝶類の専門家としても有名。99年生誕100年を機に日本ナボコフ協会が設立された。

ナポリ, ドナ・ジョー *Napoli, Donna Jo*

アメリカの作家, 言語学者

[賞]パブリッシャーズ・ウィークリーベストブック・オブ・ザ・イヤー, シドニー・テイラー賞オナーブック(2006年)

[歴]言語学者として大学で教鞭を執る傍ら、児童書や詩などの創作活動に取り組む。ヤングアダルト小説では多くの受賞歴を持ち、「逃れの森の魔女」で米図書館協会ヤングアダルト向けベストブック、「パブリッシャーズ・ウィークリー」ベストブック・オブ・ザ・イヤー、「マルベリーボーイズ」でユダヤ図書館協会の選出するシドニー・テイラー賞オナーブックに輝く。他の著書に「野獣の薔薇園」「クレイジー・ジャック」「わたしの美しい娘」「バウンド」などがある。

ナム・ジョンヒョン 南 廷賢 *Nam Jung-hyun*

韓国の作家

1933.12.13～

[賞]東仁文学賞(1961年)

[歴]1957年頃より創作を始め、61年中編「おまえは何なのだ」で東仁文学賞を受賞。65年に発表した短編「糞地」は文学作品としては初めて反共法に問われ、いわゆる"糞地裁判"となった。政治・社会の矛盾を深く掘り下げ、寓意と風刺に富んだ作品で高い評価を受け、韓国文壇における代表的抵抗作家の一人と目される。

ナム, ラメズ *Naam, Ramez*

エジプト生まれのアメリカの作家, 科学技技術者

[出]カイロ　[賞]H.G.ウェルズ賞(2005年度), フィリップ・K.ディック賞(2016年)

[歴]3歳で渡米し、コンピューター科学技術者としてマイクロソフト社に13年間勤務、Internet ExplorerやOutlookなどの製品開発に携わる。バイオテクノロジーやナノテクノロジーなどの最先端技術と近未来社会について洞察するオピニオンリーダーとしても知られ、ノンフィクション「超人類へ! バイオとサイボーグ技術がひらく衝撃の近未来社会」で、2005年度のH.G.ウェルズ賞を受賞。12年「ネクサス」で作家としてデビュー。同作から始まる3部作の3作目「Apex」で16年のフィリップ・K.ディック賞を受賞した。

ナム・カオ *Nam Cao*

ベトナムの作家

1915.10.29～1951.11.30

[出]フランス領インドシナ・ハーナム省(ベトナム)　[名]チャン・フー・チ〈Tran Huu Tri〉

[歴]フランス占領下にあったベトナム北部ハーナム省の中農階層の家庭に生まれる。ハノイで教師の職を得るが、1940年日本軍の進駐で学校が閉鎖されたため失職。家庭教師をしながら、「土曜小説」「益友」誌などに短編小説や随筆を寄稿。植民地体制の不正と偽善を暴いた中編「チー・フェオ」(41年)により社会的リアリズム文壇における地位を築き、生涯の代表作となった。他の作品に、小説「真夜中」(43年)、「衰える生」(44年)、「瞳」(48年)、「生き疲れる」(56年)など。48年ベトナム共産党に入党。51年インドシナ戦争で戦死した。

ナムダク, ドンロビーン *Namdag, Donrobīn*

モンゴルの作家

1911.10.20～1984.3.11

[歴]牧民から独学で文学の道を志し、1934年より文筆活動を開始。「闘争」(34年)、「Sharai golīn gurban xān(シャライ川の3皇帝)」(41年)などで歌劇脚本家として登場。その後、「敬すべき絵画」(50年)、「新屋にて」(67年)などの戯曲や、詩集を公刊。また、60年発表の小説「混乱の時代」は、21年のモンゴル人民革命を描き、広く大衆に親しまれ、これらをはじめとする多くの作品を発表し、現代モンゴル文学に貢献した。

ナモーラ, フェルナンド *Namora, Fernando*

ポルトガルの作家

1919.4.15～1989.1.31

[出]コインブラ地方　[学]コインブラ大学医学部卒

[歴]コインブラ大学在学中より詩、小説を発表。コンディシャ、モルサント、アレンテージョなどで医師として働き、1938年詩集「レリーフ」と自伝小説「世界のあちこち」で文壇にデビュー。初期の小説「暗い夜の火」(43年)の他、短編集「一医師の人生記録」(2巻, 49年・63年)など医療体験に基づいた数多くの作品を発表、65年以来専業作家となる。ネオレアリズモの代表的な作家で、他の作品に「夜と夜明け」(50年)、「小麦と毒麦」(54年)、「いつわりの男」(57年)、「日曜の午後」(62年)、「悲しき河」(83年)などがある。

ナーヤル, C.N.シュリーカンタン *Nair, C.N.Sreekantan*

インドの劇作家, 社会活動家, ジャーナリスト

1928～1976

[歴]1960年代の終わりにインド南部のケーララで始まった"タナトゥ・ナータカベディ(我々自身の演劇)運動"の中核を担う。サンスクリット古代叙事詩「ラーマーヤナ」から題材を取った「黄金のシーター」「サケータム」「ランカー・ラクシュミ」の3本の戯曲が有名で、「黄金のシーター」はアラビンダン監督により映画化された。2001年2月「サケータム」の日本初公演が行われる。

ナ

ナーラーヤン, R.K.　*Narayan, R.K.*
インドの作家, 政治家
1906.10.10～2001.5.13
[出]マドラス（チェンナイ）　[名]ナーラーヤン, ラシプラム・クリシュナスワーミー〈Narayan, Rasipuram Krishnaswami〉　[学]マドラス大学, マハラジャ大学（マイソール）（1930年）卒　[賞]サヒタヤ・アカデミー賞（1958年）
[歴]幼少時よりインドの伝統文化について祖母の薫陶を受け、学校では英語による教育を受けた。教師、新聞記者などを経て、作家に転身。1930年頃から英語で小説を書き始め、35年処女作「スワーミーと友人たち」を発表。同作品が国際的に評価され、グレアム・グリーンらと親交を結ぶ。58年「ガイド」でインド最高の文学賞サヒタヤ・アカデミー賞（インド国立文学院賞）を受賞、パール・バックが劇作化し映画もされた。75年自伝「わが人生の日々」を出版。物語、旅行記、児童文学、エッセイなども手がけた。他の作品に長編小説「文学士」（37年）、「ミスター・サムパス」（49年）、「マハトマ待望」（55年）、「マルグディの人喰い」（61年）、「菓子商人」（67年）、「おしゃべりな男」（86年）、「ナガラジュの世界」（90年）などがある。インド独立の父、マハトマ・ガンジーの信奉者としても知られ、インド上院議員も務めた。

ナルスジャック, トーマ
→ボワロー・ナルスジャックを見よ

ナールビコワ, ワレーリヤ　*Narbikova, Valeriya Spartakovna*
ロシアの作家
1958.2.24～
[出]ソ連ロシア共和国モスクワ（ロシア）　[学]ゴーリキー文学大学卒
[歴]1988年文芸誌「ユーノスチ」に中編小説「昼の星と夜の星の光の均衡」を発表以後、ロシアの新しい文学を代表する作家の一人として注目される。エロスを言葉に昇華させ、文体そのものを性的行為に似せると公言する彼女の文学は、しばしば内容のエロチシズムと混同され、旧来の批評家・作家たちの反感を買うこともあった。他の作品に「オーコロ・エーコロ…」（90年）、「ざわめきのささやき」（94年）など。

【ニ】

ニエミ, ミカエル　*Niemi, Mikael*
スウェーデンの詩人, 作家
1959～
[出]パヤラ村
[歴]15歳で創作を志す。工学を学んだのち、教師、青少年カウンセラー、出版社でのアルバイトなど様々な職を経て、1988年初の詩集を出版。その後も詩集、戯曲、児童書、ノンフィクションなどを発表。自伝的長編小説である「世界の果てのビートルズ」は、人口900万のスウェーデンで75万部の驚異的ベストセラーとなり、世界20ケ国以上で翻訳。映画化もされた。

ニエミネン, カイ　*Nieminen, Kai*
フィンランドの作家, 翻訳家, 詩人
1950.5.11～
[出]ヘルシンキ　[学]ヘルシンキ大学（音楽学）　[賞]フィンランド政府翻訳家賞（1977年・1981年・1990年）, フィンランド政府文学賞（1989年）, 国際交流奨励賞特別賞（1997年度）, エイノ・レイノ賞（1999年）
[歴]高名な翻訳家ペルッティ・ニエミネンの長男として生まれる。独学で日本語と日本文学を学び、国際交流基金の招待で来日、1979～80年日本に滞在。帰国後はヘルシンキ大学で日本文学の講義を行う。71年に処女詩集「川はわたしの想いを運ぶ」を発表して以来、多数の詩集の他、多くの評論や研究発表を執筆。また、日本文学の翻訳も多数手がけ、なかでもに翻訳した開高健「夏の闇」（77年）、松尾芭蕉の「奥の細道」（81年）、「源氏物語・第4巻」（90年）のフィンランド語訳はフィンランド政府翻訳賞を受賞。詩集の方でも「わたしは知らない」（85年）、「揺れ動く大地」（89年）でフィンランド政府文学賞に輝いた他、国内の多くの文学賞を受賞。また、97年には長年に渡って日本文学の翻訳を手がけてきた業績に対して国際交流奨励賞の特別賞が贈られる。99年にはエイノ・レイノ協会からエイノ・レイノ賞を得るなど、国内ばかりでなく国外でも高い評価を受ける文学界の重鎮である。91～94年フィンランド・ペン会長を務めた。
[家]父＝ペルッティ・ニエミネン（翻訳家・詩人）

ニキータス, デレク　*Nikitas, Derek*
アメリカの作家
[出]ニューハンプシャー州マンチェスター　[学]ノースカロライナ大学卒
[歴]ノースカロライナ大学卒業後、チェコ、イングランド、コスタリカを放浪。ニューヨーク州立大学などで創作などの教鞭を執り、1999年からは雑誌などに短編小説を発表。2007年の「弔いの炎」で長編デビューを飾り、アメリカ探偵作家クラブ賞（MWA賞）の最優秀新人賞にノミネートされた。

ニキーチン, ニコライ・ニコラエヴィチ
Nikitin, Nikolay Nikolaevich
ソ連の作家
1895.8.8～1963.3.26
[学]ペトログラード大学卒　[賞]スターリン賞
[歴]文学グループ“セラピオン兄弟”の一員として作家活動に入り、装飾的文体や形式の独自性を模索した短編集「暴動」（1923年）を発表。「星を語ろう」（34年）で写実的傾向を強め、記録風の作品が多くなる。20年代後半以降はジャーナリストとしても活躍、戯曲や映画シナリオにも手を広げる。代表作は、中央アジアに対する英米の干渉とソビエト人民の戦いを描き、スターリン賞を受けた長編「北極光」（50年）。

ニクス, ガース　*Nix, Garth*
オーストラリアの作家
1963～
[出]ビクトリア州メルボルン　[学]キャンベラ大学卒　[賞]オーリアリス賞, ディトマー賞
[歴]キャンベラ大学を卒業後、書店経営者、書籍のセールス、出版社の営業担当、編集者、マーケティング・コンサルタント、出版エージェントを経て、2001年専業作家となる。〈古王国記〉シリーズ3部作の第1作となる「サブリエル 冥界の扉」（1995年）は、オーストラリアで大反響を呼び、オーリアリス賞のファンタジー部門とヤングアダルト小説部門の両方で大賞を獲得。アメリカをはじめ世界で高い評価を得る。同シリーズの2作目「ライラエル 氷の迷宮」（2001年）もディトマー賞を受賞。〈セブンスタワー〉〈王国の鍵〉シリーズも高い人気を誇る。

ニクーリン, レフ・ヴェニアミノヴィチ
Nikulin, Lev Veniaminovich
ソ連の作家
1891.5.20～1967.3.9
[出]ジトーミル　[賞]スターリン賞（1951年）
[歴]俳優の家に生まれ、1910年オデッサで処女作の詩を発表。外交使節の一員として過ごしたアフガニスタンでの生活を綴った「アフガニスタンの十四カ月」（23年）で作家デビュー。「時間・空間・運動」（33年）は革命に飛び込む若者の精神的軌跡を追った自伝的な作品。ナポレオンを追撃するロシア軍を描いた歴史小説「ロシアの忠実なる息子たち」（50年）は51年スターリン賞を受けた。伝記物を得意とし、「ロシア芸術の人々」（47年）、「シャリアピン」（54年）、「チェーホフ、ブーニン、クプリーン」（60年）や、回想録、旅行記、戯曲も残した。

ニコム・ラーヤワー　*Nikom Rayawa*
タイの作家
1944～

[出]スコータイ県　[学]タマサート大学経済学部卒　[賞]東南アジア文学賞（1988年度）
[歴]大学在学中から政治的な文芸グループの活動に参加して詩や短編を執筆、1967年処女短編「樹上の人」を発表。バンコクで外資系石油会社に勤める傍ら創作を続け、84年には70年代に発表した短編を集めた「樹上の人」を出版。象使いの男の姿を通して人生の意味と価値を追求した小説「ヨム河」で88年度の東南アジア文学賞を受賞、各国語に訳され好評を得る。他に長編小説「オオトカゲと朽ち木」などがある。パーム油工場勤めを経て、ココ椰子園経営、ゴム園経営などを手がける。

ニコラーエワ, ガリーナ・エヴゲニエヴナ
Nikolaeva, Galina Evgenievna
ソ連の作家, 医師
1911.2.18～1963.10.18
[出]トムスク県　[名]ボリャンスカヤ, ガリーナ・エヴゲニエヴナ〈Volyanskaya, Galina Evgenievna〉　[学]ゴーリキー医科大学卒　[賞]スターリン賞（1951年）
[歴]学校教師の娘。1939年から小説を発表し始める。第二次大戦中は野戦病院に軍医として従軍。戦後、短編集「司令官の死」（45年）、詩集「砲火をぬって」（46年）で文壇に登場。戦後のコルホーズの再建を描いた長編「収穫」（50年）でスターリン賞を受賞、安易な結末に批判もあったが一躍文名を高めた。「闘いはやまず」（57年）ではトラクター工場を舞台に男女の不倫の恋を描き、問題作として注目された。他に中編「MTS所長と主任農業技師の物語」（54年）など。

ニコルズ, サリー　*Nicholls, Sally*
イギリスの作家
1983.6.22～
[出]ストックトン・オン・ティーズ　[学]バース・スパー大学大学院　[賞]ウォーターストーン児童文学賞最優秀賞（2009年）
[歴]日本、ニュージーランド、オーストラリアなど世界中を旅行した後、イギリスに戻って大学で哲学を学ぶ。バース・スパー大学大学院在学中に「永遠に生きるために」の原稿が大学院の賞を受賞、2008年の出版につながる。09年同作でウォーターストーン児童文学賞最優秀賞も受賞した。

ニコルズ, デービッド　*Nicholls, David*
イギリスの作家, 脚本家
1966.11.30～
[出]ハンプシャー州イーストレイ　[学]ブリストル大学（英文学・演劇）, アメリカン・ミュージカル＆ドラマティック・アカデミー（演技）
[歴]ブリストル大学で英文学と演劇、アメリカン・ミュージカル＆ドラマティック・アカデミーで演技を学ぶ。俳優としての活動を経て、リサーチ係兼脚本編集係として働き始める。映画「背信の行方」の脚本を監督マシュー・ウォーカスと共同執筆したことがきっかけで、テレビドラマや映画の脚本を手がけるようになる。2003年初の小説「Starter for Ten」を発表。

ニコルズ, ピーター　*Nichols, Peter Richard*
イギリスの劇作家
1927.7.31～
[歴]1950～55年劇団の俳優を経て、58～60年学校教師も務めたが、59年より劇作に励んだ。テレビや映画の脚本も多く書いたが、舞台作品としては、67年の「A Day in The Death of Joe Egg（ジョー・エッグの死の一日）」が出世作となった。脳性麻痺の子を持つ両親を喜劇的に扱う特異な作品は、多くの賞を受賞する。他の舞台脚本「国民健康保険」（69年）、「Privates on Parade」（77年）、「Passion Play」（80年）も各種演劇賞の受賞作品。戯曲のほかにミュージカル「Poppy」（82年）や、著書に自伝「Feeling You're Behind」（84年）がある。

ニコルズ, ロバート　*Nichols, Robert*
イギリスの詩人, 劇作家
1893.9.6～1944.12.17
[出]エセックス州マニングツリー　[名]ニコルズ, ロバート・マリーズ・ボウヤー〈Nichols, Robert Malise Bowyer〉　[学]オックスフォード大学トリニティ・カレッジ
[歴]ウィンチェスター校、オックスフォード大学のトリニティ・カレッジ出身。第一次大戦中、ベルギー戦線に出征。1918年情報関係の任務でニューヨークに赴き、21～24年東京帝国大学英文学講師を務めた。"戦争詩人"として知られ、"反時代的保守派"、"ロマン主義的リアリスト"を自称した。小説、戯曲も書いた。作品に、詩集「祈願—戦争詩その他」（15年）、「熱情と忍耐」（17年）、「オーリーリア」（20年）、「私はかく歌った」（40年）、戯曲に「罪ある魂」（22年）などがある。

ニコルソン, ジェフ　*Nicholson, Geoff*
イギリスの作家
1953.3.4～
[出]サウスヨークシャー州シェフィールド　[学]ケンブリッジ大学ゴンビル・アンド・キーズ・カレッジ卒, エセックス大学（演劇・映画）卒
[歴]教師、ごみ収集人、セールマン、テレビのコメディ番組の脚本家など様々な職業を経て、作家となる。風刺を得意とし、著書に「食物連鎖」「美しい足に踏まれて」「装飾庭園殺人事件」などがある。

ニコルソン, ノーマン　*Nicholson, Norman*
イギリスの詩人, 劇作家
1914.1.8～1987.5.30
[出]カンバーランドミロム　[賞]ハイネマン賞
[歴]カンブリア地方への愛とキリスト者の信仰を盛った抒情詩、叙景詩、寓話小説を書き、また聖書の挿話を郷土に移行し今日的意義を探った詩劇により知られた。詩劇には1946年の「The Old Man of the Mountains（山の老人）」などがある。44年の詩集「Five Rivers（5つの河）」でハイネマン賞を受賞。また、評論や地誌も書く。主な作品に詩集「鉢植えのゼラニウム」（54年）、「西方の海」（81年）など。

ニコルソン, マイケル　*Nicholson, Michael*
イギリスの作家, ジャーナリスト
1937.1.9～2016.12.11
[出]エセックス州ロムフォード　[名]Nicholson, Michael Thomas　[学]レスター大学卒　[勲]大英勲章（四等）（1991年）
[歴]1963年非営利のニュース配信会社、ITNに入社。海外特派員としてベトナム戦争、フォークランド紛争、ユーゴスラビア紛争など世界各地の戦争や紛争を取材。一時、BBCテレビのドキュメンタリーの仕事をしたこともある。政治、犯罪、旅行などに関する記事を数多く書き、数々の賞を受賞。内戦下のボスニアでの体験と少女ナターシャの救出について書いた「Natasha's Story」（93年）はベストセラーとなり、97年「ウェルカム・トゥ・サラエボ」（マイケル・ウィンターボトム監督）として映画化された。他の著書に「伝記 世界を変えた人々9—ガンジー」など。

ニザン, ポール　*Nizan, Paul*
フランスの作家
1905.2.7～1940.5.23
[学]エコール・ノルマル・シュペリウール卒　[賞]アンテラリエ賞（1938年）
[歴]アンリ四世高等中学でサルトルを知り、ボーヴォアールと親交。21歳の時アデンに滞在。1927年共産党に入党、アラゴンと共に党員作家として活動。30年代には「革命的作家芸術家同盟」の中核的存在であった。39年の独ソ不可侵条約を是認したフランス共産党にあきたらず脱党。第二次大戦に応召、ダンケルク撤退作戦で戦死。その死後共産党は裏切者としたが、サルトルら友人の努力などで著書は復刊された。作品に「アデン アラビア」「番犬たち」「共謀」「アントワーヌ・ブロワイエ」「トロイの木馬」「陰謀」などがある。

ニッフェネガー, オードリー　*Niffenegger, Audrey*
アメリカの作家
1963～

ニ

ⓗミシガン州サウスヘブン　ⓚコロンビア・カレッジ・シカゴのCenter for Book and Paper Artsで教鞭を執る。2003年「タイムトラベラーズ・ワイフ」(のち「きみがぼくを見つけた日」に改題)で作家デビュー、同作は「ニューヨーク・タイムズ」ベストセラーリストで28週連続トップ10入りを果たした。

ニート, パトリック　Neate, Patrick
イギリスの作家
1970.10.24～
ⓗロンドン　ⓔベティ・トラスク賞(2000年)，ウィットブレッド賞(2001年)，全米書評家協会賞(2004年)
ⓚひょんなことからアフリカの小国で革命を指揮することになった英語教師の奮闘をコミカルに描いた「Musungu Jim and the Great Chief Tuloko」で2000年のベティ・トラスク賞、三つの大陸と二つの世紀を股にかけたジャズと家族の一大叙事詩「Twelve Bar Blues」で01年のウィットブレッド賞を獲得し、一躍脚光を浴びる。音楽評論も得意としており、04年ヒップホップ論「Where You're At」で全米書評家協会賞を受賞。「シティ・オブ・タイニー・ライツ」(05年)は、発売2週間後に、物語同様にロンドンで大規模テロが発生し、その予言的内容が話題を呼んだ。

ニーブン, ラリー　Niven, Larry
アメリカのSFファンタジー作家
1938.4.30～
ⓗカリフォルニア州ロサンゼルス　ⓝニーブン、ローレンス・バン・コット　ⓖカリフォルニア大学卒　ⓔヒューゴー賞最優秀短編賞(1967年)、ヒューゴー賞(1971年)、ネビュラ賞(1971年)、ヒューゴー賞、ローカス賞
ⓚ石油王として有名なドヒーニ家の一員として裕福な家庭で何不自由なく育つ。カリフォルニア工科大学に入り2年間数学を専攻した後、カンザス州トピーカのウォッシュバーン大学で心理学、哲学を学び、のちカリフォルニア大学へ進む。在学中の1963年6月、突然SF作家になることを宣言し、64年フレデリック・ポールが編集長の「イフ」誌12月号に「いちばん寒い場所」を発表してデビュー。65年には処女長編「プタヴの世界」を発表し、66年に刊行した処女短編集「中性子星」で67年ヒューゴー賞最優秀短編賞を受賞。長編「リングワールド」ではヒューゴー賞、ネビュラ賞をダブル受賞し、77年に発表したジェリー・パーネルとの共作巨編「悪魔のハンマー」はベストセラーとなった。ファンタジー小説「魔法の国が消えていく」でも知られる。

ニーマー・ユーシージ
→ユーシージ、ニーマーを見よ

ニミエ, マリー　Nimier, Marie
フランスの作家、女優
1957～
ⓗパリ　ⓔアカデミー・フランセーズ小説大賞，フランス文芸家協会賞
ⓚ14歳から女優や歌手としての活動をはじめ、多くの演劇やミュージカルに出演。1985年処女作「Sirène」でアカデミー・フランセーズ小説大賞およびフランス文芸家協会賞を受賞、以後作家として活躍。子供向け絵本も手がける。「ヌーヴェル・ポルノグラフィー」は2000年のゴンクール賞、メディシス賞にノミネートされる。

ニミエ, ロジェ　Nimier, Roger
フランスの作家
1925.10.31～1962.9.28
ⓗパリ　ⓝド・ラ・ペリエール、ロジェ〈de la Perrière, Roger〉
ⓚ第二次大戦末期に軽騎兵として従軍。小説「剣」(1948年)、「青い軽騎兵」(50年)などを発表、戦後に知識人の社会参加が謳われた"アンガージュマンの文学"の全盛時に政治不信や絶望感、虚無的青春を描いて戦後世代の一代弁者とみなされた。「ある愛の歴史」(53年)は高い評価を得たが、同年作家活動から身を退き、ガリマール出版社の出版顧問を務めた。62年自動車事故により36歳で早世。「死刑台のエレベーター」(57年)、「感情教育」(61年)などの映画の脚本にも参加した。

ニムズ, ジョン・フレデリック　Nims, John Frederick
アメリカの詩人
1913.11.20～1999.1.13
ⓗイリノイ州シカゴ　ⓖノートルダム大学卒
ⓚノートルダム大学、シカゴ大学などで英文学と創作講座を担当する傍ら、長く「ポエトリー」誌の編集に携わる。作品に「鉄のパステル」(1947年)、「ケンタッキーの泉」(50年)などがあり、詩集「KISS」(82年)はキスに関する44編の連作からなる。

ニモ, ジェニー　Nimmo, Jenny
イギリスの児童文学作家
1944～
ⓗバークシャー州ウィンザー　ⓔスマーティーズ賞(1986年)
ⓚ様々な仕事を経験した後、1974年に結婚、ウェールズに移る。75年処女作を発表。その後、約10年のブランクを経て、84年から幅広い年齢の読者にむけてファンタジーを中心とした作品を書き続ける。「石のねずみ ストーン・マウス」でカーネギー賞次席、他の作品に「雪グモ」(86年)、「オオカミウルフは名コック」など。
ⓕ夫=デービッド・ウィン・ミルウォード(画家)

ニャット・リン　一霊　Nhat Linh
ベトナムの作家、社会運動家
1905～1963.7.7
ⓗフランス領インドシナ・ハイズオン省(ベトナム)　ⓝグエン・トゥオン・タム〈Nguyen Thuong Tam〉
ⓚフランス占領下のベトナム北部ハイズオン省に生まれる。1930年フランス留学より帰国後、兄弟や盟友のカイ・フンらと社会改良を主張する作家の結社・自力文団を創設、「フォン・ホア(風化)」誌、「ガイ・ナイ(今日)」誌を発行。自身は代表作「断絶」(34年)の他、「二日続きの黄金の午後」(37年)、「白い蝶」(39年)、「秋の陽射し」(42年)など多くのロマン主義小説を執筆。カイ・フンと共同執筆した短編集「生きて！」(37年)などもあり、文学を通じて民衆の教化啓蒙に努めた。日本軍進駐後は政治活動から身を投じ、大越民政党の書記長に就任。第二次大戦後、ベトナム国民党の代表として、46年発足のホー・チ・ミンの国民連合政府で外相を務めた。中国国民党軍が中仏協定によって撤退すると同時に国外に逃亡。中国を経て南ベトナムに入り、サイゴンで創作活動に戻る。63年ゴ・ディン・ジエム政権の反体制派知識人検挙を前に自殺した。

ニュエン, ジェニー・マイ　Nuyen, Jenny-mai
ドイツの作家
1988.3.14～
ⓗ西ドイツ・バイエルン州ミュンヘン(ドイツ)
ⓚ父はベトナム系ドイツ人。14歳で最初の小説を出版社に送り、2006年16歳で書いた「ニジューラ」でデビュー、ドイツのファンタジー界で大きな話題となる。07年19歳の時に出版された「ドラゴンゲート」もベストセラーとなる。作家業の傍ら、アメリカ・ニューヨークで映画製作を学ぶ。その後、ベルリンに移り、ベルリン自由大学で哲学を学ぶ。

ニュービー, P.H.　Newby, Percy Howard
イギリスの作家
1918.6.25～1997.9.6
ⓗサセックス州クロウバラ　ⓖセント・ポール・カレッジ　ⓔサマセット・モーム賞(1948年)，ブッカー賞(1969年)
ⓚ1939～42年第二次大戦でイギリス軍医団員として従軍、42～46年にカイロのファウド1世大学英語講師、49年よりBBCに勤務する。ラジオ畑を歩み、76～78年には同ラジオ担当常務取締役となり、78～84年イングリッシュ・ステージ社会長を務めた。この間45年の「A Journey to the Interior (内部への旅)」

以来、小説を発表、48年にサマセット・モーム賞を受賞。未開地の旅行を通じて自らの魂の深みにたどりつく作品を発表する一方、体験と内面との関わりを沈着に描く作品群も執筆する。他の作品に「行為者と目撃者」(47年)、「サカラでのピクニック」(55年)、「Somethig to Answer For」(68年)、「Kith」(77年)、「Coming in with the Tide」(91年)など。

ニューベリー, リンダ　Newbery, Linda
イギリスの児童文学作家
1952～
㋐エセックス州　㊥コスタ賞(2006年)
㊕イギリスの中学校で国語の講師をする傍ら、低学年向けからヤングアダルトまで多数の児童文学を執筆。作品に「口笛ジャックをおいかけて」などがある。アメリカ・コネティカット州のティーンエージャー向けサマーキャンプで働いたこともある。

ニューマン, キム　Newman, Kim
イギリスの作家
1959～
㋑筆名＝ヨーヴィル, ジャック〈Yeovil, Jack〉　㊥ブラム・ストーカー賞(1989年)、イギリスSF協会賞(短編部門)(1990年)
㊕ゲームをノベライズした小説などを執筆し、テーブルトークRPG「ウォーハンマー」の世界観を元にした「ドラッケンフェルズ」などの作品を発表。1992年史実と創作の人物・出来事をふんだんに盛り込んで、吸血鬼の支配するイギリスの世紀末という"もう一つの世界"を描いたホラー小説「ドラキュラ紀元」を出版。続編に「ドラキュラ戦記」「ドラキュラ崩御」がある。

ニラーラー　Nirālā
インドのヒンディー語詩人
1896.2.29～1961.10.15
㋐英領インド・ミドナプール(インド)　㋑トゥリパーティー, スールエカーント〈Tripathi, Suryakant〉
㊕ベンガルのミドナプールに生まれる。少年時代はベンガル語で詩を綴ったが、ウッタルプラデシュ州出身の妻の勧めでヒンディー語での詩作を始める。ヴェーダーンタ(ウパニシャッド)哲学やラーマクリシュナ・ミッションの思想に関心を寄せ、同時代のベンガル文学からも多大な影響を受け、詩の韻律からの解放などを主張するなど第一次大戦後のロマンチシズム文学運動の唱道者となった。主な作品に詩集「芳香」(1929年)、「歌唱」(36年)、「薬指」(38年)などがある。

ニーリィ, リチャード　Neely, Richard
アメリカの推理作家
1920～1999
㋐ニューヨーク市マンハッタン
㊕従軍記者として日本に駐在。帰国後、新聞記者や広告代理店(ヤング・アンド・ルビカム、BBD&O、マッキャン・エリクソンのクリエイティブ・ディレクター)に20年間勤めたのち、作家に転じる。1969年「愛する者に死を」で作家デビュー。76年に「心ひき裂かれて」がアメリカ探偵作家クラブ賞(MWA賞)最優秀長編部門にノミネートされた。他の著書に「オイディプスの報酬」「殺人症候群」「亡き妻へのレクイエム」「リッジウェイ家の女」などがある。

ニーリン, パーヴェル・フィリッポヴィチ　Nilin, Pavel Filippovich
ソ連の作家
1908.1.16～1981.10.2
㊕様々な職業を経て、作家となる。処女作「人、山に登る」(1936年)はドンバスの炭坑夫を描いたいわゆる"建設小説"だったが、"雪どけ"期に次々と問題作を発表、56年の「試用期間」「非情」の2中編で注目される。特に後者は革命の理想を喪失した社会を鋭く批判し、スターリン批判文学の先駆けとなった。他に「墓地をぬけて」(62年)などがあり、その多くが映画化されている。

ニール, ジャネット　Neel, Janet
イギリスの作家
1940～
㋑別筆名＝コーエン, ジャネット　㋒ケンブリッジ大学　㊥CWA賞ジョン・クリーシー記念賞(1988年)
㊕1969～78年貿易産業省の事務官として主に企業援助の仕事をした後、82年チャーターハウス銀行に出向、要職に就く。弁護士の資格を持ち、レストラン経営者でもある。〈マクリーシュ／フランチェスカ〉シリーズは、無骨な警部と勇ましい女性官僚の恋を絡めたミステリー。その第1作「Death Bright Angel(天使の一撃)」はイギリス推理作家協会賞(CWA賞)の最優秀新人賞であるジョン・クリーシー記念賞に輝く。他に「あるロビイストの死」やジャネット・コーエン名義による政財界を舞台にした恋愛小説「The Highest Bidder」などがある。

ニール, マシュー　Kneale, Matthew
イギリスの作家
1960～
㋐ロンドン　㋒オックスフォード大学モードリン・カレッジ(近代史)　㊥サマセット・モーム賞(1988年)、ジョン・ルウェリン・リース賞(1992年)、ウィットブレッド賞(2000年)
㊕大学卒業後、日本で英語教師として1年間を過ごし、その間に短編小説を書き始める。日本を舞台にした第1長編「Whore Banquets」(1987年、2002年に「Mr.Foreigner」と改題)で、サマセット・モーム賞を受賞。第2長編「Inside Rose's Kingdom」(1989年)を経て、1840年代ビクトリア朝ロンドンを舞台にした第3長編「Sweet Thames」(1992年)を発表。2000年同じくビクトリア朝を時代背景とした「イギリス紳士、エデンへ行く」を刊行。イギリス・ユーモア小説の伝統に、ポスト・コロニアリズムを盛り込んだ意欲的な作品で、イギリス文芸界から絶賛を浴び、ウィットブレッド賞を受賞。

ニールセン, ジェニファー・A.　Nielsen, Jennifer A.
アメリカの作家
㋐ユタ州
㊕2010年「Elliot and the Goblin War」(未訳)で作家デビュー。同作は〈Underworld Chronicles〉シリーズ3部作となった。他に〈カーシア国〉シリーズ3部作、〈Mark of the Thief〉シリーズがある。「ニューヨーク・タイムズ」ベストセラー作家。

ニールセン, ヘレン　Nielsen, Helen
アメリカのミステリー作家, 脚本家
1918～2002.6.22
㋐イリノイ州
㊕イリノイ州の農場に育つ。1950年代以降、「完璧な使用人」「死への回り道」「死の目撃」など数多くのミステリー作品を著した。また「ヒッチコック劇場」などの人気テレビシリーズの台本も手がけた。かつてロバート・ケネディが凶弾に倒れた場にも居合わせたという民主党の活動家としても知られる。

ニルソン, ウルフ　Nilsson, Ulf
スウェーデンの児童文学作家
1948～
㋐ヘルシングボリ　㊥ニルス・ホルゲション賞(1984年)、アウグスト賞(児童書部門)(2002年)
㊕図書館司書、教師、雑誌記者を経て、1981年より作家活動に専念。ユーモラスからシリアスまで幅広い作風に定評がある。主な著書に「かわいいこぶた」「ぼくとちいさなダッコッコ」「みみりんのあそびましょ」「チャロとライオン」「みどりの谷のネズミしょうぼうたい」「おにいちゃんがいるからね」などがある。

ニン, アナイス　Nin, Anaïs
フランス生まれのアメリカの作家
1903～1977
㋐パリ

[歴]パリで幸福な少女時代を過ごしたあと父が出奔、母と2人の弟とともにニューヨークに渡る。幼少の頃から作家を目指し、11歳の時に書き始めた日記は、74歳で死ぬまで続くが、この間、1931年にパリで出会ったヘンリー・ミラーからその才能を絶賛された。3万ページを超すこの「日記」(全10巻, 66～83年)は代表作で、情熱的な官能を描いた告発文学の白眉。そのうち31～32年の日記の完全復元版「ヘンリー＆ジューン」が90年映画化され話題となる。邦訳に「アナイス・ニンの日記 31～34―ヘンリー・ミラーとパリで」があり、ほかにナルシシズムを扱った「近親相姦の家」(36年)、父親と娘の関係を描いた「策略の家」(39年)などの小説がある。

【ヌ】

ヌ

ヌヴー, ジョルジュ　*Neveux, Georges*
フランスの劇作家
1900.8.25～1983.8.26
[出]ロシア(ウクライナ)
[歴]ウクライナで生まれ、1927年パリに出て、シュルレアリスムの運動に参加。処女戯曲「ジュリエット、または夢占い」(30年)は不評で10年以上演劇界から遠ざかったが、43年第2作「テゼの旅」で名声を確立。第二次大戦後は「見知らぬ者への訴状」(46年)、「ザモール」(53年)、「うらおもて」(55年)、「ロンドンの泥棒女」(60年)などを発表、次第にブールバール劇的色傾向を強めた。

ヌエット, ノエル　*Nouette, Noël*
フランスの詩人, フランス語教師
1885.3.30～1969.9.30
[出]モリビアン県(ブルターニュ)ロクミネ町
[歴]パリ近郊の高校卒業後、パリの出版社・ルネッサンス・ド・リーブルの編集者となる。文人と交友を結び、文芸誌「ディバン」同人として詩作を発表。1910年詩集「葉隠れの星」を出版、続いて2編9詩集を出す。26年旧制静岡高校講師として来日。30～47年東京外語で教え、のち東大、早大、法大、学習院大でフランス文学を講じた。この間詩、随筆を新聞に寄稿、ペン画で日本の名勝、旧跡を描いた。浮世絵も研究。55年川島順平の協力で「東京誕生記」を出版、他に随筆集「東京のシルエット」などがある。62年離日。

ヌーリシエ, フランソワ　*Nourissier, François*
フランスの作家, 文芸批評家
1927.5.18～2011.2.15
[出]パリ　[学]ドロワ大学　[勲]レジオン・ド・ヌール勲章コマンドール章
[歴]出版界に入り、出版社の文学書顧問などを務める一方、「フィガロ」紙をはじめとする新聞・雑誌の文学・映画などの批評も担当した。1983～96年ゴンクール・アカデミー理事長、96年～2002年総裁を務めた。この間、プチ・ブル出身の自らの生活に材をとる作品が広く読まれる。代表作品に処女作「灰色の水」(54年)、孤独な少年時代を描く「プチ・ブルジョワ」(64年)、「おだぶつ」(70年)、独占領下の学校生活をとりあげた「ドイツ女」(73年)、大作「雲の帝国」(81年)、「En avant, calme et doit」(87年)などのほか、「人間博物館」(78年)など評論の著書も多い。

ヌーン, ジェフ　*Noon, Jeff*
イギリスのSF作家
1957～
[出]グレーター・マンチェスター州マンチェスター　[賞]アーサー・C.クラーク賞(1994年), ジョン・W.キャンベル賞(1995年)
[歴]パンク・バンドのギタリスト、劇作家、画家などとして活動したのち、1984年から小説の執筆を始める。93年羽の形をしたドラッグによるバーチャルな世界を描き出した処女長編「ヴァート」はとカルト的な人気を得、アーサー・C.クラーク賞を受賞。95年にはSFの最優秀新人賞ジョン・W.キャンベル賞を受賞。他の作品に、「ヴァート」と同じ世界を舞台にした「花粉戦争」(95年)がある。

【ネ】

ネイピア, ビル　*Napier, Bill*
イギリスの作家, 天文学者
1940～
[出]パース　[名]Napier, William M.
[歴]スコットランドのパースに生まれる。グラスゴー大学で天文学の博士号を取得。ロンドン大学ロイヤル・ホロウェイ・カレッジの講師を務めた後、エディンバラ王立天文台、オックスフォード大学を経て、1996年より北アイルランドのアーマー天文台で研究を続け、天文がもたらす危険に関する世界的権威として知られる。天文学関連の論文や研究書多数。98年科学を基にした小説「天空の劫罰(Nemesis)」で作家デビュー。フルタイムの天文学者の仕事は辞め、作家活動に専念する。他の作品に「ペトロシアンの方程式」「聖なる暗号」などがある。

ネイミ, サルワ・アル　*Neimi, Salwa Al*
シリア生まれのフランス語作家, 詩人, ジャーナリスト
1946～
[出]ダマスカス　[学]ソルボンヌ大学卒
[歴]シリアの首都ダマスカスに生まれ、1970年代よりパリに在住。ソルボンヌ大学でアラブ文学と演劇を専攻。大学卒業後、パリにあるアラブ世界文化研究所に勤務。詩人としても活動し、80年最初の詩集を刊行。81年よりアラブ関係の新聞・雑誌でジャーナリストとして働く。94年短編集を出版。2003年詩集「わたしの先祖、殺人者たち」を自身のフランス語訳で上梓。07年パリで暮らすアラブ女性の性愛を描いた小説「蜜の証拠」を出版。アラブ世界のほとんどで発禁処分になりながら、イタリアなどでベストセラーとなる。10年国際ペン東京大会のため初来日。

ネイラー, グロリア　*Naylor, Gloria*
アメリカの作家
1950.1.25～2016.9.28
[出]ニューヨーク市　[学]ニューヨーク市立大学ブルックリン校(1981年)卒　[賞]全米図書賞(1983年), リリアン・スミス賞(1989年)
[歴]アフリカ系。高校卒業後、エホバの証人の宣教師、電話交換手を経て、ニューヨーク市立大学ブルックリン校に学び、1983年エール大学で黒人研究をテーマにして修士号を取得。同年「ブルースター・プレイスの女たち」で全米図書賞。他の作品に「リンデンヒルズ」(86年)、「ママ・デイ」(88年)などがある。

ネイラー, フィリス・レイノルズ　*Naylor, Phyllis Reynolds*
アメリカの児童文学作家
1933.1.4～
[出]インディアナ州　[賞]ニューベリー賞(1992年), マーク・トウェイン読者賞(1994年)
[歴]16歳で日曜学校の新聞に執筆し、1965年短編集を初出版。以後、〈ミステリーホテル〉シリーズ、〈アリス〉シリーズなどの人気シリーズを含め、絵本からヤングアダルト向けの本まで130冊以上を出版。代表作「さびしい犬」(のち改訳され「シャイローがきた夏」)はニューベリー賞、マーク・トウェイン読者賞などを受賞している。

ネクラーソフ, ヴィクトル　*Nekrasov, Viktor Platonovich*
ソ連の作家
1911.6.17～1987.9.3
[出]ウクライナ・キエフ　[学]キエフ建築大学卒　[賞]スターリン文学賞(1947年)

㋫舞台装置家を経て文筆活動に入る。1946年に「スターリングラードの塹壕にて」を発表、ソ連指導部の誤りを指摘した。この作品でスターリン文学賞を受賞。スターリンの死で始まった文学界の"雪どけ"の中で雑誌「ノーブィ・ミール」を拠点にする進歩派若手作家の活動に加わった。しかし62年以降、イデオロギー引き締めで自由化にブレーキがかかるなかで72年党を除名、続いて74年には作家同盟からも追放され、同年スイスに亡命、パリに居を移し、ソ連体制の批判活動に加わった。著作はほかに「故郷の町にて」「セーニカ」「キーラ・ゲオルギエヴナ（邦訳「夏の終わり」）」「大洋の両岸にて」などがある。87年パリで客死。89年3月、ウクライナ共和国作家同盟の会員資格を取得、事実上名誉回復した。

ネーサン, ロバート　Nathan, Robert Gruntal
アメリカの作家, 詩人
1894.1.2～1985.5.25
㋪ニューヨーク　㋖ハーバード大学中退　㋒第二次大戦合衆国作品銀賞, カリフォルニア著作家協会賞
㋫アメリカとスイスで教育を受け、ハーバード大学に在籍したが、卒業するには至らなかった。ニューヨーク大学新聞部講師、「ハーバード・マンスリー」誌編集者を経て、1919年小説「ピーター・キンドレッド」で作家としてデビュー。以来音楽的な美しさを持つ表現、叙情的かつ幻想的な作風で、小説、詩、戯曲、児童文学などの分野に数多くの作品を発表する。代表作に「司教の妻」(28年)「今ひとたびの春」(33年)など。なかでも小説「ジェニーの肖像」(40年)は映画化され好評を博した。

ネシン, アジズ　Nesin, Aziz
トルコの作家
1915～1995.7.6
㋪イスタンブール　㋖トルコ陸軍工兵学校(1939年)
㋫1937年少尉任官するが、陸軍工兵学校卒業後、退役。乾物屋、新聞記者、書店、写真屋等と転職し、52年以降作家として活動。トルコ・ユーモア小説の第一人者となり、ベストセラー作家に。イタリアやブルガリアの文学賞やミリエット紙の記念賞など、6回以上国際賞を受賞。小説のほか詩や戯曲も手がけ、小説は世界各国で翻訳・出版され、戯曲は最初外国で、後にトルコでも上演された。トルコ作家協会会長を務めたこともあり、アジズ・ネシン財団を設立。またサルマン・ラシュディの「悪魔の詩」をトルコ語に翻訳し、自ら発行する左派系新聞に掲載したことがイスラム原理主義者の反発を招き、一部の県で新聞は発禁となるなど、イスラム原理主義者との闘争を展開した。

ネス, パトリック　Ness, Patrick
アメリカの作家
1971～
㋪バージニア州フォートベルボア　㋖南カリフォルニア大学卒　㋒ガーディアン賞(2008年), ジェイムズ・ティプトリー・ジュニア賞, ブックトラスト・ティーンエイジ賞, コスタ賞(2009年), カーネギー賞(2011年・2012年), ケイト・グリーナウェイ賞
㋫南カリフォルニア大学卒業後、1999年渡英。一般向け読み物を2冊出版した後、ヤングアダルト向けの3部作〈混沌の叫び〉シリーズを刊行。第1部「心のナイフ」(2008年)でガーディアン賞、ジェイムズ・ティプトリー・ジュニア賞、ブックトラスト・ティーンエイジ賞、第2部「問う者、答える者」(09年)でコスタ賞児童書部門、第3部「人という怪物」(10年)でカーネギー賞に輝いた。また07年に早逝したシヴォーン・ダウド原案の「怪物はささやく」でカーネギー賞とケイト・グリーナウェイ賞を受賞した。同作は映画化もされる。他の作品に「まだなにかある」がある。

ネズヴァル, ヴィーチェスラフ　Nezval, Vítězslav
チェコスロバキアの詩人
1900.5.26～1958.4.6
㋪クルムロフ（モラヴィア）　㋒国民芸術家(1953年)
㋫1920年代からタイゲ、サイフェルトらとポエティスムの運動に加わる。30年代にはシュルレアリスムの指導者となり、フランスのブルトン、エリュアールとも連絡をとる。20年代から共産党に入り、44年ゲシュタポに拘禁されたが、45年解放後も創作を続け、53年国民芸術家の称号を受ける。チェコの現代詩にとって最重要の一人。詩集に「パントマイム」(24年)、「エディソン」(28年)、「雨の指を持つプラハ」(36年)、「大天文時計」(49年)、「平和の歌」(50年)など。他にドラマ、エッセイ、小説など幅広く活動した。

ネストリンガー, クリスティーネ　Nöstlinger, Christine
オーストリアの児童文学作家
1936.10.13～2018.6.28
㋪ウィーン　㋖ウィーン工芸大学卒　㋒国際アンデルセン賞作家賞(1984年), アストリッド・リンドグレーン記念文学賞(2003年), ドイツ児童文学賞, オーストリア児童文学賞
㋫ウィーンの工芸大学でグラフィックデザインを学んだあと、ラジオ・テレビの脚本から文筆活動を開始。1970年挿絵も担当した「真っ赤な髪のフリーデリケ」でデビュー。以後、児童向けの作品を次々に発表。その全業績に対し、84年国際アンデルセン賞作家賞、2003年アストリッド・リンドグレーン記念文学賞を受賞。代表作はドイツ児童文学賞受賞の「きゅうりの王さまやっつけろ」や自伝的小説「あの年の春は早くきた」、「空からおちてきた王子」「かべにプリンをうちつけろ」、〈金ぱつフランツ〉シリーズ、〈のっぽのミニ〉シリーズなど。

ネズビット, イーディス　Nesbit, Edith
イギリスの児童文学作家
1858.8.15～1924.5.4
㋪ロンドン
㋫結婚後、経済的理由から著述に専念。後に児童文学に自分の道を見い出し、人気作家となり40代の10年間に膨大な量の作品を残す。一方で夫とともに社会主義団体・フェビアン協会の創立に加わり、自宅をサロンとして多数の友人に解放したり、当時いち早く先駆けた生活を実践した。作品は「宝さがしの子どもたち」(1899年)などのバスタブル家3部作や、ファンタジー「砂の妖精」(1902年)などのサミアド3部作など。日常と魔法の交錯する"エブリデイ・マジック"の分野の開拓者として20世紀児童文学の多くの作家に影響を与えた。

ネスボ, ジョー　Nesbø, Jo
ノルウェーの作家
1960.3.29～
㋪オスロ　㋖ノルウェー経済大学卒　㋒ガラスの鍵賞(1998年), リバートン賞, ノルウェー・ブッククラブ賞最優秀小説賞(2008年)
㋫大学卒業後、就職する傍ら、大学時代から始めた音楽活動も続けて、バンドを結成。しばらく仕事とバンドを両立させていたが、やがて燃え尽き症候群のような状態となり、オーストラリアへ半年逃れる。この時、初めて書いた小説が〈ハリー・ホーレ〉シリーズの第1作「ザ・バット―神話の殺人」で、帰国後、1997年に出版されるや、北欧の最も優れた推理小説に与えられるガラスの鍵賞を含む複数の賞を受賞。ミュージシャン、作詞家、エコノミストとしても活躍。2008年「ヘッドハンターズ」でノルウェー・ブッククラブ賞最優秀小説賞を受賞。11年には同作がノルウェー・ドイツ合作で映画化される。

ネッセル, ホーカン　Nesser, Håkan
スウェーデンの作家
1950.2.21～
㋒スウェーデン推理小説アカデミー新人賞(1993年), スウェーデン推理小説アカデミー最優秀推理小説賞(1994年)
㋫ウプサラで20年以上中学校教師を務めた後、作家活動を始める。1988年小説「舞踏研究家」でデビュー。93年ミステリー「目の粗い網」でスウェーデン推理小説アカデミーの新人賞を受賞。以後〈ファン・フェーテレン刑事部長〉シリーズで好評を

博す。第2作目の「終止符」は94年の最優秀推理小説賞を受賞。

ネット, シモエンス・ロペス　*Neto, Simões Lopes*
ブラジルの作家
1865〜1916
⑩リオグランデ・ド・スル州ペロタス　㊋リオデジャネイロ医科大学中退
㊣医科大学に入学したが健康をくずし中退、故郷に戻りペロタスの税関に職を得る。その後、煙草工場やガラス工場を経営するが次々と倒産。晩年は学校の貧しい教師として過ごした。この間、機会あるごとに近隣の農村社会に出て、人々の風俗習慣及び言語を観察し、創作活動を行った。その作品は没後数十年を経て発見され、高い評価を獲得。現代ブラジル文学の中でも重要な位置を占める。作品に「なくなった300まいのきんか」「牧場のチビちゃん」などがある。

涅槃灰　ねはんかい　*Niepanhui*
中国の作家
㊤紅袖添香主催恋愛小説文学賞最優秀賞（2009年）
㊣1980年代に富裕層に生まれる。2009年中国のインターネット文学配信大手・紅袖添香主催の恋愛小説文学賞で最優秀賞を受賞。現代作品から古代王朝ものまで幅広く手がける。ネット文学の中でも若い世代に人気の恋愛小説の書き手で、"美女作家"と呼ばれる女性作家の一人。

ネビンズ, フランシス・M.（Jr.）　*Nevins, Francis M. Jr.*
アメリカのミステリー作家・研究家・アンソロジスト
1943〜
⑩ニュージャージー州ベイヨン　㊋Nevins, Francis Michael Jr.　㊋ニューヨーク大学ロー・スクール卒　㊤MWA賞エドガー特別賞（1975年），MWA最優秀評伝・評論賞
㊣大学卒業後、弁護士に。少年時代よりミステリー・ファンで、書評、評伝、小説を書き続ける。1974年「エラリー・クイーンの世界」でエドガー特別賞、「コーネル・ウールリッチの生涯」（88年）でMWA最優秀評伝・評論賞を受賞。長編ミステリー「120時間の時計」や短編ミステリーもある。

ネミロフスキー, イレーヌ　*Némirovsky, Irène*
ロシア生まれのフランスの作家
1903.2.11〜1942.8.17
⑩ロシア・キエフ　㊤ルノードー賞（2004年）
㊣ユダヤ系。裕福な実業家の一人娘に生まれたが、上流階級に対する嫌悪と反撥から文学の世界に入っていった。1917年ロシア革命が起こり、一家でフランスに亡命、やがて裕福なロシア系ユダヤ人と結婚。29年ユダヤ人金融家を描いた短編小説「ダヴィッド・ゴルデル」を出版、一躍パリ文壇の寵児となった。その後フランスでの反ユダヤ主義の台頭により、作家として、市民としての権利を剥奪される。42年「フランス組曲」を執筆中に逮捕され、アウシュヴィッツ強制収容所で亡くなった。その後、ベテラン編集者となった娘により、母の数奇な運命を描いた伝記「ル・ミラドール」が出版され、絶版となっていた短編小説「秋の蝿」「舞踏会」「クリロフ事件」なども甦った。2004年には「フランス組曲」でルノードー賞を受賞、創設以来初めての死後授賞として話題となった。
㊕娘＝エリザベット・ジル（編集者）

ネーメト, ラースロー　*Németh, László*
ハンガリーの作家, 評論家
1901.4.18〜1975.3.3
⑩ナジバーニャ　㊤西方賞（1925年）
㊣文学を学んだ後、ブダペストの医科大学を修めて数年歯科医、1942年まで校医を務める。短編「ホルパート夫人の死」（25年）で文芸誌「ニュガト（西方）」の賞を得、文筆活動に入る。32年同誌と袂を分かち雑誌「タヌー（証人）」を創刊、34年「ヴァーラス（答え）」の編集に参加。やがて民衆派・農民派作家の理論的指導者となり、「ハンガリー民族とヨーロッパ」（35年）、「質的革命」（40年）などを著す。一方、長編小説「喪」（36年）では農民の良心を、同年「罪」では知識人の良心の問題を扱

う。第二次大戦後の「恐れ」（47年）は女性の告白体による心理描写の傑作といわれ、「エーゲテー・エステル」（56年）では地方都市の中流家庭の歴史を3世代にわたって描き、戦後ハンガリー文壇の第一人者となった。エッセイや、史劇、現代劇も手がけた。

ネメロフ, ハワード　*Nemerov, Howard Stanley*
アメリカの詩人, 作家
1920.3.1〜1991.7.5
⑩ニューヨーク市　㊋ハーバード大学卒　㊤ピュリッツァー賞（1978年），ボーリンゲン賞（1981年）
㊣ベニントン大学やワシントン大学などアメリカ各地の大学で教鞭を執りながら詩および小説、批評などの文学活動を続け、「ハワード・ネメロフ詩選」（1977年）で78年ピュリッツァー賞を受賞。88年から90年までアメリカ議会が設けた"桂冠詩人"に選ばれた。詩集に「イメージと規則」（47年）、「廃墟への案内」（50年）などがある。一般には、57年に出版した小説「帰省ゲーム」がアンソニー・パーキンス、ジェーン・フォンダ主演の「のっぽ物語」（60年）として映画化されたことでも有名。

ネルソン, ジャンディ　*Nelson, Jandy*
アメリカの作家
1965〜
⑩ニューヨーク　㊋コーネル大学, ブラウン大学, バーモント大学　㊤マイケル・L.プリンツ賞, ストーンウォール・オナーブック
㊣コーネル大学、ブラウン大学、バーモント大学で学ぶ。文芸エージェントとして13年間従事した後、作家に転向。デビュー2作目となる「君に太陽を」で、マイケル・L.プリンツ賞、LGBTを扱った優れた文学に贈られるストーンウォール・オナーブックを受賞。ティーンエイジャー向け小説界の新しい担い手として注目を集める。

ネルーダ, パブロ　*Neruda, Pablo*
チリの詩人, 外交官
1904.7.12〜1973.9.23
⑩パラル　㊋レイエス・イ・バソアルト, ネフタリ・リカルド〈Reyes y Basoalto, Neftalí Ricardo〉　㊋チリ大学教員養成所卒　㊤ノーベル文学賞（1971年），スターリン平和賞（1950年）
㊣7、8歳から詩作に興味を持ち、13歳と時から詩を発表、14歳のときにチェコスロバキアの詩人イアン・ネルーダに傾倒し、パブロ・ネルーダを筆名とした。1921年処女詩集「祭りの歌」を発表、24年「二十歳の愛の詩と一つの絶望の歌」により中南米の詩壇で認められるようになる。27年から外交官としてビルマ、インド、セイロンに駐在。その間、33年シュルレアリスムの影響を受けた「地上の住家」で名声を得る。34年スペイン駐在中は「心の中のスペイン」（37年）など反ファシズムの詩を精力的に作る。帰国後、45年上院議員となり、共産党に入党するが、49年党の非合法化に伴い亡命。52年帰国、70年アジェンデ人民連合政府の樹立に協力し、駐仏大使に就任。71年「一つの大陸の運命と夢に生命をあたえる詩業」によってノーベル文学賞を受賞。73年9月の軍事クーデターでアジェンダの政権が倒されると病床で抗議の詩を書いた。他の作品に「大いなる歌」（50年）、「基本的なオード」（全3巻, 57年）、「愛のソネット100篇」（59年）、「儀礼の歌」（61年）、「世界の終り」（69年）、「ニクソン殺しの勧め」（73年）など。

【ノ】

ノアイユ, アンナ・ド　*Noailles, Anna de*
フランスの詩人, 作家
1876.11.15〜1933.4.30
⑩パリ　㊋Noailles, Anna Elizabeth, Comtesse Mathieu de 別名＝ノアイユ夫人　㊤レジオン・ド・ヌール勲章（三等）（1931

年）　[賞]アルション・デペルーズ賞（1902年），アカデミー・フランセーズ文学大賞（1920年）
[歴]ルーマニアの貴族ビベスコ家の娘としてパリに生まれ、1895年19歳で社交界にデビュー。97年フランスきっての名門の出、マチュ・ド・ノアイユ伯爵と結婚。1901年第一詩集「百千の心」を出版、好評を博し文壇に華々しくデビューした。02年同作品はアカデミー・フランセーズよりアルション・デペルーズ賞を受賞。以後、自然を情熱的に歌った多くの詩を次々と発表し“庭園のミューズ”と呼ばれた。20年詩集「永遠の力」を発表、アカデミー・フランセーズの文学大賞を受賞。22年ベルギー王立フランス語フランス文学アカデミー会員に推挙され、“文壇の女王”に選ばれる。31年女性として初のレジオン・ド・ヌール三等勲章を受章。またパリのシェファー通りにサロンを構え、ブリアン、クレマンソー、ジード、コクトーといった政治家や文学者などパリの名士たちが訪れ、広い交友関係でも知られた。プルーストの小説「失われた時を求めて」の登場人物・ゲルマント公爵夫人のモデルでもある。他の作品に、詩集「日々の影」「くるめき」「生者と死者」「ラドヤード・キップリングへ」「愛の詩」「苦しむ名誉」「子供時代の詩」「詩抄」「最後の詩」「十二の詩」、小説「新しい希望」「感歎に満てる顔」「支配」、自伝「わが世の物語」などがある。

ノイハウス，ネレ　*Neuhaus, Nele*
ドイツの作家
1967～
[出]西ドイツ・ノルトライン・ウェストファーレン州ミュンスター（ドイツ）
[歴]21歳の時に結婚し、夫が経営するソーセージ工場で働いていたが、2005年初の長編ミステリー「Unter Haien」を自費出版。その後、「悪女は自殺しない」「Mordsfreunde」に始まる〈刑事オリヴァー＆ピア〉シリーズを自費出版し、地元の書店で絶大な人気を博す。評判を聞きつけた老舗出版社ウルシュタイン社からの出版が決定し、09年正式にデビュー。“ドイツミステリーの女王”と呼ばれる。

ノヴァコヴィッチ，ヨシップ　*Novakovich, Josip*
ユーゴスラビア生まれのアメリカの作家
1956～
[出]ユーゴスラビア・クロアチア共和国ダルヴァル（クロアチア）
[学]エール大学大学院（1983年）修了　[賞]プッシュカート賞，ホワイティング賞
[歴]20歳のときにアメリカに移住。ペンシルベニア州立大学教授を務める。「Infidelities」（2005年）を始めとする3冊の短編集を刊行し、プッシュカート賞、ホワイティング賞など数々の文学賞を受賞。他の作品に初の長編小説「四月馬鹿」などがある。

ノヴェロー，アイヴァー　*Novello, Ivor*
イギリスの劇作家，俳優
1893.1.15～1951.3.5
[名]デービス，デービッド・アイヴァー〈Davies, David Ivor〉
[歴]本姓はデービスだが、母の姓ノヴェローを芸名とした。映画やシェイクスピア劇に出演し、喜劇を書く。自身でも作曲を担当し、主役も演じた一連のロマンティックなミュージカル「華麗なる夜」（1935年）、「気楽なる歓喜」（36年）、「波頭」（37年）、「踊る歳月」（39年）、「おそらくは夢を見ん」（45年）、「王のラプソディー」（49年）などで知られ、母国で大きな興行的成功を収めた。

ノエル，ベルナール　*Noël, Bernard*
フランスの詩人，評論家，作家
1930.11.19～
[出]アヴェロン　[名]別名＝d'Orlhac, Urbain
[歴]詩集「身体の抜粋」（1958年）、「沈黙の顔」（67年）、小説「Le Chateau de Cene（聖餐城）」（71年）、評論集「記号の場」（71年）の他、美術批評も手がけるなど多方面で活躍。バタイユの影響を強く受け、身体を自己と他者が極限状況において向かい合う場としてとらえ、その内的経験にオーバーラップさせられた発語行為の原体験を、ストイックな言い回しで表現する。

ノエル，マリ　*Noël, Marie*
フランスの詩人，作家，劇作家
1883.2.16～1967.12.23
[出]オーセール　[名]ルジュ，マリ〈Rouget, Marie〉　[賞]アカデミー・フランセーズ詩大賞（1962年），パリ市詩大賞（1966年）
[歴]ブルゴーニュ地方オーセールに生まれ、一生この地で信仰に生涯を捧げる。1921年詩集「歌と時」を発表、以後カトリックの女性詩人として多くの詩集を出版、聖歌に比せられる美しい抒情詩を遺した。他の作品に詩集「慈悲の歌」（30年）、「喜びのロザリオ」（同年）などがあり、作品の大部分が「秋の歌と詩」（47年）に収められている。散文「夜明け」（51年）、戯曲「ドン・ジュアンの裁き」（55年）、信仰の記録「内面の覚書」（59年）もある。

ノサック，ハンス・エーリヒ　*Nossack, Hans Erich*
ドイツの作家
1901～1977
[出]ハンブルク　[賞]ビューヒナー賞（1961年）
[歴]第二次大戦前から詩や劇を書き始めるが、発表の機会がなく、各種の職を転々とする。その後、父の経営する貿易会社で働き、やがて経営に携わる。1956年から作家専業となり、61年ビューヒナー賞を受賞して評価を確立した。著書に「ブレックヴァルトが死んだ―ノサック短編集」などがある。

ノース，スターリング　*North, Sterling*
アメリカの動物文学作家
1906.11.4～1974.12.22
[出]ウィスコンシン州　[学]シカゴ大学卒　[賞]ダトン動物文学賞（1963年・1969年）
[歴]「シカゴ・デイリー・ニュース」「ニューヨーク・ポスト」各紙や「ニューヨーク・ワールド・テレグラム・アンド・サン」の文芸編集者として活躍した後、作家生活に入る。1963年少年時代にアライグマと暮らしたときの回想記を「はるかなるわがラスカル」として発表、第1回ダトン動物文学賞、ニューベリー賞オナーブックなどを受け、10ケ国語以上に翻訳される。同作は日本でも「あらいぐまラスカル」としてテレビアニメが作られ、アライグマの存在を広く認知させた。69年「狼っ子」で再びダトン動物文学賞を受賞するなど、動物文学作家としての評価が高い。

ノックス，トム　*Knox, Tom*
イギリスのジャーナリスト，作家
[名]トマス，ショーン〈Thomas, Sean〉
[歴]世界各地を取材し、「タイムズ」「ガーディアン」「デイリーメール」紙などに寄稿。本名のショーン・トマス名義で2006年に発表したネット交際体験記「Millions of Women are Waiting to Meet You」は8ケ国語に翻訳された。08年「ジェネシス・シークレット」で作家デビュー。父は詩人、作家として知られるD.M.トマス。
[家]父＝D.M.トマス（詩人・作家）

ノット，フレデリック　*Knott, Frederick*
中国生まれのアメリカの劇作家
1916.8.28～2002.12.17
[出]中国・漢口
[歴]原作を手がけた舞台「暗くなるまで待って」が、ブロードウェイで1966年2月から11ケ月間、ロンドンで2年間のロングランを記録。67年にはオードリー・ヘプバーン主演で映画化され、大ヒットした。しかし書くことに情熱を示さなかったとされ、この作品が3作目ながら最後の作品となった。

ノーテボーム，ケース　*Nooteboom, Cees*
オランダの作家，詩人
1933.7.31～
[出]ハーグ　[名]Nooteboom, Cornelis Johannes Jacobus Maria

[勲]レジオン・ド・ヌール勲章シュバリエ章（1991年），フランス芸術文化勲章コマンドール章　[賞]ペガサス賞（1982年），フーゴ・バル賞（1993年），アリステイオン・ヨーロッパ文学賞（1993年），ネーデルラント文学大賞（2009年）
[歴]第二次大戦の爆撃で父を失くし、あちこちの寄宿学校に預けられるが、次々と放校にされ、高等教育を全うせずに成長。1954年「Philip en de Anderen（フィリップその他の人々）」で作家デビュー、成功を収める。以後、25年間旅を続けながら、詩、短編、旅行記、新聞記事や楽曲を書く。80年「Retuelen（儀式）」、96年初邦訳の「Het volgende Verhaal（これから話す物語）」（91年）で多くの文学賞を受賞。オランダを代表する作家として国外でも評価が高く、ノーベル賞に最も近い作家の一人とされている。一方、若い頃、日本にヒッピー的旅行者として来日して以来度々来日。2010年日本を題材にした小説（「Mokusei」）とエッセイを収めた2冊目の邦訳「木犀！/日本紀行」を刊行。

ノ

ノートン, アメリー　*Nothomb, Amélie*
日本生まれのベルギーの作家
1967.8.13〜
[出]兵庫県神戸市　[賞]アカデミー・フランセーズ小説大賞（1999年度）
[歴]ベルギーの由緒ある名門貴族の家系で、父は外交官。日本の神戸市で生まれ、5歳まで兵庫県で育つ。その後、父の転勤に伴って中国、ビルマ、バングラデシュなどアジア各地を転々とし、17歳で母国に戻り、本格的に執筆活動を始める。大学では比較文学、古典ギリシャ語などを学んだ。23歳で再び来日し、大手商社に1年間勤務。帰国後の1992年、処女作「殺人者の健康法」でフランス文壇にデビュー、センセーショナルな話題を呼び、93年二つの新人賞を受賞。ドイツ、オランダ、スペインなど12ケ国で翻訳される。99年11月日本でのOL体験をもとに日本企業の内幕を描いた自伝的小説「畏れ慄いて」を出版、フランスとベルギーでベストセラーとなり、アカデミー・フランセーズの小説大賞を受賞。2000年日本での幼少体験をテーマにした「チューブな形而上学（メタフィジック）」を発表、ゴンクール賞の最終候補となる。辛辣でブラックユーモアに満ちた小説世界を特徴とする。他の著書に「午後四時の男」「幽閉」「愛執」などがある。
[家]父＝パトリック・ノートン（元駐日ベルギー大使）

ノートン, アンドレ　*Norton, Andre*
アメリカの作家
1912〜2005.3.17
[名]Norton, Alice Mary 別筆名＝ノース, アンドリュー ウェストン, アレン
[歴]初期アメリカのスペース・オペラ作家たち、とくにE.R.バローズの影響を受け、1934年に処女作「The Prince Commands」を発表。以後、約70年間で130以上の児童ファンタジーとSFを発表。このうち、秘密の道を使って出入りする想像上の惑星での生活を描いた〈魔法の世界（ウィッチ・ワールド）〉シリーズで30以上の作品を発表し人気を集めた。〈魔法の世界〉シリーズの作品に「魔法の世界の凱歌」、〈ロス・マードック〉シリーズの作品に「ゼロ・ストーン」（68年）などがある。2005年アメリカのSF・ファンタジー作家協会は若者向けの優れた作品に対し、06年からアンドレ・ノートン賞を授与することを決めた。

ノートン, カーラ　*Norton, Carla*
アメリカの作家, 編集者
[出]ニューメキシコ州　[学]レイモンド・カレッジ卒
[歴]カリフォルニアで多数の新聞や雑誌に執筆。東京のほか、ニューヨーク、シアトル、フロリダなどアメリカ各地を転々とする。「リーダーズダイジェスト」日本語版の編集にも携わった。7年間に及ぶ誘拐監禁事件を丹念に取材した「完璧な犠牲者」（1989年）など、ノンフィクションの分野で活躍。2013年に発表した初めてのフィクション「密室の王」でITW2014スリラー・アワードにノミネートされた。他の著書に「死体菜園」（1992年）がある。執筆の傍ら、大学での講義や講演も行う。

ノートン, メアリー　*Norton, Mary*
イギリスの児童文学作家
1903.12.10〜1992
[出]ロンドン　[賞]カーネギー賞（1952年），アメリカ図書館協会賞（1952年）
[歴]女子修道会の学校で教育を受ける。演劇を志し、何年か舞台に立ったが、1927年結婚後海運業を営む夫と共に36年までポルトガルに住む。その後渡米、43年ロンドンに戻り、以後演劇活動の傍ら、文筆をふるった。処女作はアメリカ滞在中に書かれた「魔法のベッド南の島へ」（43年）で、これは続編「魔法のベッド過去の国へ」（47年）と合せてウォルト・ディズニー・プロダクションによって映画化された。カーネギー賞、アメリカ図書館協会賞などを受賞した「床下の小人たち」（52年）は戦後イギリス児童文学の代表作の一つ。ほかに「空をとぶ小人たち」（61年）、「小人たちの新しい家」（82年）など。

ノビク, ナオミ　*Novik, Naomi*
アメリカの作家
1973〜
[出]ニューヨーク　[学]ブラウン大学（英文学），コロンビア大学（コンピューター）　[賞]ローカス賞（2007年），ジョン・W.キャンベル新人賞
[歴]ポーランド移民の子として生まれる。ブラウン大学で英文学を学んだ後、コロンビア大学でコンピューターを学び、コンピューターゲームの開発者となる。2006年「気高き王家の翼」で作家としてデビューすると、07年ヒューゴー賞史上初めて新人としてノミネートされたほか、ローカス賞、ジョン・W.キャンベル新人賞を受賞。同作は「ロード・オブ・ザ・リング」のピーター・ジャクソン監督が映像化権を取得したことでも注目され、〈テレメア戦記〉として人気シリーズとなった。

ノーフォーク, ローレンス　*Norfolk, Lawrence*
イギリスの作家
1963〜
[出]ロンドン　[学]キングズ・カレッジ英語学英文学科卒　[賞]サマセット・モーム賞（1992年）
[歴]イラクで幼少期を過ごす。大学卒業後、研究生活をしながらフリーライターとして辞典の編集や「タイムズ文芸付録」の詩評などに携わる。1991年18世紀の古典学者が著した奇想あふれる固有名詞辞典を題材にして、虚実取り混ぜた歴史ミステリー「ジョン・ランプリエールの辞書」を出版、サマセット・モーム賞を受賞。40歳以下のイギリス作家ベスト20にも選ばれる。他の作品に「教皇の犀」（96年）などがある。

ノーマン, ハワード　*Norman, Howard A.*
アメリカの作家
1949〜
[出]オハイオ州トリード
[歴]ユダヤ系。15歳のときに家を出てカナダで自然に親しむことを覚える。アメリカの大学で動物学と英語を、インディアナ大学の研究所で民俗学を学ぶ。カナダを旅してイヌイットや先住民の民話を採集して英訳したり、映画会社のためのリサーチを行う。結婚後、メリーランド大学で教えながら創作を始める。1994年カナダのニューファンドランド島を舞台した「バード・アーティスト」を出版。他の作品に「The Northern Light」（87年）、「The Museum Guard」（98年）、「Lの憑依」、「静寂のノヴァスコシア」などがある。2007年「奥の細道」に魅せられ、芭蕉と同じ道を歩いた。

ノーマン, マーシャ　*Norman, Marsha*
アメリカの作家, 劇作家
1947.9.21〜
[出]ケンタッキー州ルイビル　[学]ルイビル大学（1972年）卒　[賞]ピュリッツァー賞（1983年），トニー賞（1991年），ウィリアム・インゲ特別功労賞（2011年）
[歴]フリーのライターとして活動、1974年の離婚を経て76年頃から戯曲に取り組む。女性の血の絆、結婚、過去からの脱出、

離別をテーマにした第1作「脱出」は、77年にルイビル・アクターズ・シアターで発表され評判になった。自殺をテーマにした「おやすみ、母さん」(83年)でピュリッツァー賞を受賞。徹底したリアリズムの迫力と暗さの中にもユーモアをまじえた清澄な作風で、一つの頂点を極めている。91年にはブロードウェイ・ミュージカル「秘密の花園」でトニー賞を受賞。「赤い靴」の作詞や「カラー・パープル」の台本も手がける。他の戯曲作品に「ランドロマット」「暗闇の旅人」、小説に「フォーチュン・テラー」がある。

ノラック, カール　*Norac, Carl*
ベルギーの絵本作家, 詩人
1960〜
[出]ベルギー
[歴]漫画や映画の脚本を書いたり、詩や動画の創作をするなど幅広い活動を行う。1986年児童文学の分野でデビュー。96年モントレイユの児童書展において、ちいさなハムスター・ロラのシリーズの第1作「だいすきっていいたくて」でLivrimages賞を受賞。他の著書に「もしもママとはぐれたら…」「ぼくのパパはおおおとこ」「わたしのママはまほうつかい」「さいこうのおたんじょうび」などがあり、作品は約40ケ国語に翻訳されている。

ノールズ, ジョン　*Knowles, John*
アメリカの作家
1926.9.16〜2001.11.29
[出]ウェストバージニア州フェアモント　[学]フィリップス・エクセター・アカデミー(1945年)卒, エール大学(1949年)卒　[賞]フォークナー財団賞
[歴]15歳でニューハンプシャーの寄宿舎フィリップス・エクセター・アカデミーに入学。1945年卒業後、アメリカ空軍士官学校に8ケ月在籍。49年エール大学を卒業後、報道機関勤務を経て、小説を書き始める。第二次大戦中のフィリップス・エクセター・アカデミーを舞台にした処女作「単独講和」(59年, 邦題「友だち」)が代表作で、その後、小説8編のほか、紀行、短編集を書いた。

ノレーン, ラーシュ　*Norén, Lars*
スウェーデンの詩人, 劇作家
1944.5.9〜
[歴]1963年叙情詩人としてデビュー以来、詩作、劇作、小説、ラジオ及びテレビドラマを手がけ、多数の作品を発表。80年戯曲「殺す勇気」を発表して劇作家としての地位を確立。以後戯曲は北欧諸国のみならず、ヨーロッパ各国で上演され、現代ヨーロッパで最も注目される劇作家の一人になる。戯曲に「殺す勇気」「悪魔たち」「ある最後の晩餐」「夜は昼の母」「秋と冬」「我等に影を与えよ」など。

【ハ】

バ
→ヴァをも見よ

バー, アマドゥ・ハンパテ　*Bâ, Amadou Hampaté*
マリの作家, 歴史家, 哲学者, 民俗学者, 詩人
1900〜1991
[出]バンディアガラ　[賞]ブラックアフリカ文学大賞
[歴]プール人の子として生まれ、コーラン学校、白人学校などを修了。マリや隣国オート・ヴォルタ(現在のブルキナファソ)で公務員、通訳、秘書などを務めた後、1942年頃から黒アフリカ・フランス学院で仕事を始める。51年にはユネスコの給費生として1年間フランスに留学。以後もたびたび渡仏し、フランスの海外ラジオ放送などに関わる。その後マリに戻り、マリ人文科学協会を設立。会長を務めながら、プール人の伝承文学などの研究に携わり、数々の物語の発掘・紹介にあたった。呪術と超自然に満ちた、奇想天外でありながらも事実に即したアフリカの物語を数多く遺す。プール人の秘儀やアフリカにおけるイスラムを紹介した著作も発表。主な著書に小説「ワングランの奇妙な運命」、評論「アフリカの伝統宗教」、自叙伝「アフリカのいのち」などがある。

馬 加　ば・か　*Ma Jia*
中国の作家
1910.2.7〜2004
[出]遼寧省新民県　[名]白 暁光　[学]瀋陽東北大学
[歴]原籍は山東省登州だが、遼寧省新民県で生まれ育つ。瀋陽東北大学で文学に親しみ、進歩思想の影響を受ける。1931年満洲事変後に北京に逃れ、創作活動を始める。中国左翼作家連盟に参加、抗日戦争が始まると、38年延安に赴き、41年中国共産党に入党。従軍作家として、毛沢東の“文芸講話”路線に忠実な活動を行い、代表作に「江山村の十日」(49年)、「しぼまぬ花」(50年)などがある。中華人民共和国成立後、東北作家協会主席や遼寧省の文連主席兼作家協会分会主席などを歴任。87年引退。

バー, ネバダ　*Barr, Nevada*
アメリカの作家
1952.3.1〜
[学]カリフォルニア大学(演劇)
[歴]36歳でミシシッピ州ナチェストレイス国立公園パークレンジャーを務める。傍ら、女性パークレンジー、アンナ・ピジョンが活躍する自然派ハードボイルド「山猫」で作家デビュー。他の作品に「A Superior Death」「死を運ぶ風」がある。

馬 烽　ば・ほう　*Ma Feng*
中国の作家
1922〜2004.1.31
[出]山西省孝義県　[名]馬 書銘　[学]延安部隊芸術学校
[歴]貧農の家に生まれ、高等小学校も卒業せずに、16歳で八路軍に参加。1938年中国共産党に入党。その後、宣伝員として解放区晋綏辺区の地方紙「晋綏大衆報」などを編集し、42年に処女短編を書き、46年に西戎と共に「呂梁英雄伝」を発表。以後、北京で「村仇」(49年)や「結婚」(50年)などの短編を書く。56年以降は山西の農村で創作活動を続け、59年に代表作の短編集「私の最初の上司」を発表、頑固だが勤勉で素朴な北方農民を描いた諸作品を収め、特に農業合作化に対する左右の日和見主義を批判した「孫玉厚を4度訪ねる」(57年)は有名。文化大革命当時批判されたが、83年全国人民代表大会(国会)の山西省代表。趙樹理を筆頭とする山薬蛋(じゃがいも)派の中心人物だった。生活上の問題点を取り上げるなど現実主義的手法を特徴とした。他の作品に短編集「かたき同士の村」(50年)、「3年前から判っている」(58年)、「呂梁英雄伝」(共著)など。山西省文学芸術界連合会主席を務めるなど山西省の文芸関係の要職を歴任した。90年中国文連代表として来日。

バー, マリアマ　*Ba, Mariama*
セネガルの作家
1929〜1981
[出]ダカール　[学]ルフィスク師範学校卒　[賞]野間アフリカ出版賞(1980年)
[歴]ウォーロフ族出身。幼時に母と死別、セネガル社会の縮図のような大家族の中で祖父に育てられる。教職の傍ら、長い間女性問題について新聞や雑誌に寄稿している。1980年イスラム女性の立場に立って変容する社会を描いた初めての小説「Une si longue lettre, Les nouvelles éditions africaines(かくも長き手紙)」(フランス語)を出版、第1回野間アフリカ出版賞を受賞。同時に世界的な反響を呼び、10数ケ国語に翻訳された。7人の子供を得てから離婚。

馬 立誠　ば・りっせい　*Ma Li-cheng*
中国の作家, ジャーナリスト
1946〜
[出]四川省成都

[歴]「中国青年報」や「人民日報」の評論員(論説委員)、香港フェニックステレビ評論員を歴任。長年にわたり中国の社会変革やナショナリズムに関する研究と執筆に取り組み、2002年の論文「対日関係の新思考」で、タブー視されていた歴史問題に踏み込んで話題を集めた。北京を拠点に言論活動を続ける。著書に「『反日』からの脱却」「日本はもう中国に謝罪しなくていい」「謝罪を越えて―新しい中日関係に向けて」「反日―中国は民族主義を越えられるか」「中国を動かす八つの思潮」「憎しみに未来はない―中日関係新思考」、小説集「緑の深淵」、雑文集「神通力」、評論集「墨中三昧」、古典詩歌注釈集「一詩一画」など。

バイアー, マルセル　*Beyer, Marcel*
ドイツの作家
1965〜
[出]西ドイツ・ノルトライン・ウェストファーレン州ケルン　[賞]ビューヒナー賞(2016年)
[歴]1991年「Das Menschenfleisch(人肉)」を出版し、作家としてデビュー。95年第二次大戦の勃発から第三帝国崩壊までの時代を、政権の周辺にいた音響技師と少女の二人が交互に語るという形式で書かれた小説「夜に甦る声」を第2作として発表。

ハ

バイアーズ, ベッツィー　*Byars, Betsy*
アメリカの児童文学作家
1928.8.7〜
[出]ノースカロライナ州　[学]ファーマン大学, クイーンズ大学　[賞]ニューベリー賞(1971年)
[歴]ファーマン大学、クイーンズ大学で文学を学ぶ。結婚してから児童文学を書き始め、「黒ギツネと少年」(1968年)で認められて以来、「白鳥の夏」(70年)、「18番目の大ピンチ」(73年)、「うちへ帰ろう」(77年)、「夜の泳ぎ手」(80年)など多くの作品を発表。思春期の悩みを取り上げ、社会性を帯びた作品はティーンエイジャーに親しまれている。

ハイアセン, カール　*Hiaasen, Carl*
アメリカの作家, ジャーナリスト, コラムニスト
1953〜
[出]フロリダ州マイアミ　[学]フロリダ大学卒
[歴]「マイアミ・ヘラルド」などの記者を務め、フロリダの犯罪や汚職を報道する傍ら、コラムニストとして賞を受賞。1986年「殺意のシーズン」で作家デビュー。以来、ユーモア・ミステリーの人気作家として活躍。著書に「大魚の一撃」「顔を返せ」「珍獣遊園地」「トード島の騒動」「復讐はお好き?」「これ誘拐だよね?」など。また、同僚記者でラテンアメリカの専門家であるW.D.モンタルバーノとの共著に「麻薬シンジケートを撃て」「さらばキーウェスト」などがある。

バイアット, A.S.　*Byatt, Antonia Susan*
イギリスの作家, 英文学者, 英文学批評家
1936.8.24〜
[出]ヨーク州シェフィールド　[名]ダフィ, アントニア・スーザン〈Duffy, Antonia Susan〉旧姓名＝ドラブル〈Drabble〉　[学]ケンブリッジ大学ニューナム・カレッジ(1957年)卒　[勲]CBE勲章(1990年), DBE勲章(1999年)　[賞]English Speaking Union fellowship(1957〜58年), シルバー・ペン賞, ブッカー賞(1990年), O.ヘンリー賞(2003年), ジェームズ・テイト・ブラック記念賞(2009年)
[歴]父親は判事で著述家、母親は国語の教師で、両親ともケンブリッジ大学出身という文化的で豊かな家庭に生まれ育つ。ヨークのクエーカー教徒の寄宿学校ザ・マウント・スクールを経て、1957年ケンブリッジのニューナム・カレッジを優秀な成績で卒業、58年よりアメリカのブリンモア大学で1年、さらにオックスフォードのサマービル・カレッジの大学院で1年、17世紀文学を研究する。59年経済学者C.R.バイヤットと結婚、3人の子供を持つ。のち離婚し、69年にP.G.ダフィと再婚。72〜83年ロンドンのユニバーシティ・カレッジで英米文学を講じる。文学に関する批評活動の分野でも活躍しており、「マードック論」(76年)のほか、「その時代におけるワーズワースとコールリッジ」(70年)、「Portraits in fiction」(2001年)などの学術書を著わす。作家としては1964年「The Shadow of the Sun(太陽の影)」でデビューし、秀才姉妹の相剋を扱った「The game(ゲーム)」(77年)で高い評価を受ける。完成までに2年を費やした、ビクトリア王朝時代の想像上の詩人の手紙に基づいたミステリー小説「抱擁」(90年)でブッカー賞を受賞。他に「スティル・ライフ」(85年)、「Angels and Insects」(92年)、短編集「シュガー」(87年)、「マティス・ストーリーズ」(93年)などがある。妹のマーガレット・ドラブルも作家。98年初来日。
[家]妹＝マーガレット・ドラブル(作家)

ハイウェイ, トムソン　*Highway, Tomson*
カナダの劇作家, 作家
1951〜
[出]マニトバ州　[学]マニトバ大学(音楽), ウェスタン・オンタリオ大学(音楽, 英文学)　[賞]ドーラ・メイバー・ムーア賞(1988年), ドーラ・メイバー・ムーア賞(1989年)
[歴]クリー族出身で、マニトバ州北部のインディアン居留地で生まれる。マニトバ大学で音楽、ウェスタン・オンタリオ大学で音楽と英文学を学び、卒業後はピアニストとして活動。のち音楽の道を捨て、先住民の社会事業組織で働く。1980年代初め頃から創作を始め、88年戯曲「居留地姉妹」、89年「ドライリップスなんてカプスケイシングに追っ払っちまえ」でドーラ・メイバー・ムーア賞を受賞。98年「毛皮の女王のキス」で作家デビュー。2001年2月来日。

ハイウォーター, ジャマーク　*Highwater, Jamake*
アメリカの作家
1942〜2001.6.3
[歴]チエロキー族とブラックフィート族の血を引くアメリカインディアン。著書に「伝説の日々」「アンパオ―太陽と月と大地の物語」「闇の日々」などの物語、「大地の詩―アメリカインディアンの絵画」などのノンフィクションがある。また教職、講演、テレビなどを通じてインディアン文化を広める傍ら、新しいインディアン芸術の創生に尽力した。

バイコフ, ニコライ　*Baikov, Nikolai Apollonovich*
オーストラリアの作家, 狩猟家, 画家
1872.11.29〜1958.3.6
[出]ロシア・キエフ
[歴]キエフの士官学校に学んだ後、1904年ペテルブルク学士院附属博物館の依頼で満州の動物調査に従事。17年の十月革命では白軍として赤軍と戦う。革命後は満州へ亡命、ハルビンに住み中国東北地方の原始林を舞台にした動物小説を書き始める。著書に「満州の虎」(23年)、「大鹿とその飼育」(25年)、「極東の熊」(26年)、「偉大なる王」「満州における狩猟」(36年)、「牡虎」(40年)などがある。中でも「偉大なる王」は40年に満州日日新聞に掲載され評判をよび、41年に日本で初訳された。42年大東亜文学者大会に満州国代表として来日するが、第二次大戦後は満州を追われ、日本を経てオーストラリアに移住。満州への想いを込めた「野獣と人」(59年)が最後の作品となった。

ハイジー, ジュリー　*Hyzy, Julie*
アメリカの作家
[出]イリノイ州シカゴ　[賞]アンソニー賞(2009年度), バリー賞(2009年度), ラヴィー賞(2009年度)
[歴]アイスクリーム・パーラーやホットドッグ・スタンドに勤めた後、俳優や銀行員など様々な職を経て、SF作品で作家としてデビュー。2008年ミステリー「厨房のちいさな名探偵」で09年度のアンソニー賞、バリー賞、ラヴィー賞に輝き、「ニューヨーク・タイムズ」紙のベストセラー作家の一人となった。

梅娘　ばいじょう　*Mei Niang*
中国の作家
1920.12〜2013.5.7
[出]ソ連ロシア共和国ウラジオストク(ロシア)　[名]孫 嘉瑞　[賞]大東亜文学賞(1944年)

[歴]長春のブルジョアの大家で育つ。17歳で高校時代の習作集「小姐集」を刊行し日本に留学。早稲田大学の苦学生、柳龍光と知り合い結婚。1942年帰国し、北京の「婦女雑誌」に勤務する傍ら、新聞・雑誌に小説や翻訳を発表。44年長編小説「蟹」で大東亜文学賞を受賞。人民共和国建国後は“漢奸”容疑で激しい迫害を受けた。78年名誉回復後、エッセイや回想録を執筆した。

ハイスミス, パトリシア *Highsmith, Patricia*

アメリカの推理作家

1921.1.19～1995.2.4

[出]テキサス州フォートワース [学]バーナード・カレッジ卒 [賞]フランス推理小説大賞（1955年）

[歴]ニューヨークで育ち、のちイギリス、フランスを経て、スイスに在住。「ヒロイン」など短編小説を書き、1950年に発表した処女長編「見知らぬ乗客」が翌年ヒッチコック監督により映画化され一躍有名に。また推理小説と純文学を結合させた「太陽がいっぱい」（55年）はフランス推理小説大賞を受賞、ルネ・クレマン監督により映画化され（59年）、大ヒットした。同作品は2000年にもアンソニー・ミンゲラ監督により「リプリー」として映画化される。他の作品に、リプリーを主人公にした「贋作」（1970年）などの〈悪党紳士トム・リプリー〉シリーズ、「妻を殺したかった男」、「フクロウの叫び」（62年）などがある。

ハイゼ, パウル *Heyse, Paul*

ドイツの作家, 劇作家, 詩人

1830.3.15～1914.4.2

[出]ベルリン [名]Heyse, Paul Johann Ludwig von [学]ベルリン大学（古典学・哲学）, ボン大学（ロマン語学・美術史） 哲学博士（1852年） [賞]ノーベル文学賞（1910年）, ミュンヘン名誉市民（1914年）

[歴]1852～54年スイス、イタリアに遊学。54年バイエルンのマクシミリアン2世に招かれてミュンヘンに移り、55年処女短編「ララビアータ」で確固たる名声を得、人気作家となった。他の作品に短編「トレッピーの少女」（68年）、「カプリ島の婚礼」（96年）、長編「現世の子ら」（73年）、「楽園にて」（75年）、70編の戯曲、多くの抒情詩がある。E.ガイベルとともに保守的な詩人グループ“ミュンヘン派”の中心的作家として文壇に重きをなした。1910年ドイツ作家初のノーベル賞を受賞。

ハイゼラー, ベルント・フォン *Heiseler, Bernt von*

ドイツの作家, 劇作家

1907.6.14～1969.8.24

[出]ブラウネンブルク

[歴]父は詩人で作家のヘンリー・フォン・ハイゼラー。ミュンヘン、テュービンゲンで歴史と神学を学ぶ。ナチス時代に文学活動を始め、民主主義と独裁との対立を描いた戯曲「カエサル」（1941年, 42年刊）は出版禁止となる。第二次大戦中は文芸誌「コローナ」の編集に携わる。本格的な活動は戦後からで、愛の物語「アポローニア」（40年）、長編「ホーエンシュタウフェン三部作」（48年）、「贖罪」（53年）など多くの作品を残した。

[家]父＝ヘンリー・フォン・ハイゼラー（詩人・作家）

ハイセンビュッテル, ヘルムート *Heissenbüttel, Helmut*

ドイツの詩人, 批評家

1921.6.21～1996.9.19

[出]ヴィルヘルムハーフェン [賞]ビューヒナー賞（1969年）

[歴]第二次大戦で負傷し、復員後は建築学を学んだ。1959～81年までシュトゥットガルトの南ドイツ放送局ラジオ・エッセイ部長を務めた。初めアルプに影響を受けた詩を書き、その後、ヴィトゲンシュタインの哲学によっても多くを学んだ。具体詩（コンクレーテ・ポエジー）と呼ばれるスタイルで60年代に一流派をなし、また、“47年グループ”の一人。69年にはビューヒナー賞を受賞した。代表作に詩集「コンビネーション」（54年）、具体詩「テクストブック」（11巻, 60～87年）、新詩学論集「文学論」（63年）、「文学に関する往復書簡」（69年, 共著）、一連の新小説「ダランベールの終焉」（71年）、「石頭両断」（74年）、「アイヒェンドルフの没落とその他のメルヘン」（78年）、「二者択一の終焉」（80年）, 「Neue Herbste」（83年）など。

バイニング, エリザベス・グレイ *Vining, Elizabeth Gray*

アメリカの児童文学作家

1902.10.6～1999.11.27

[出]ペンシルベニア州フィラデルフィア [名]旧姓名＝グレイ 筆名＝グレイ, エリザベス・ジャネット〈Gray, Elizabeth Janet〉 [学]ドレクセル大学大学院修了 [賞]ニューベリー賞（1942年）, 生涯業績賞（フィラデルフィア市立自由図書館）（1990年）

[歴]図書館学を学び、1925年サウス・カロライナ大学図書館司書。29年結婚。33年夫と死別後作家活動に入り、主に児童文学を多数手がけ、42年「旅の子アダム」を発表。46年来日、学習院で英語を教え、また皇太子（当時）の英語教師を5年間担当、英語だけでなく人格形成にも影響を与えた。69年ベトナム戦争反対の座り込みで逮捕されたこともある平和主義者。帰米後52年に「皇太子の窓」を発表、ベストセラーになった。59年の皇太子の結婚式にも外国人としてただ一人招待された。70年自伝を出版、89年「天皇とわたし」として日本語抄訳されている。

ハ

ハイネセン, ウィリアム *Heinesen, William*

デンマークの作家, 詩人

1900.1.15～1991.3.12

[出]デンマーク領トアスハウン（フェロー諸島） [賞]北欧会議文学賞（1965年度）

[歴]商人で船主の子に生まれ、コペンハーゲンの商業学校で学んだ後、ジャーナリストとしてヨーロッパ各地を訪れる。故郷フェロー諸島の自然と生活をテーマにデンマーク語で小説を執筆。1921年詩集「北氷洋エレジー」が処女作。30年代は左翼的な作家たちと交流した。代表作は、故郷の島のデンマーク支配時代を扱った歴史小説「善なる希望」（64年）で、65年度の北欧会議文学賞を受賞。他の小説作品に「風の強い夜明け」（34年）、「黒鍋」（49年）、「ノアートゥン」（49年）、「放蕩児たち」（50年）、「母なるスバル星」（52年）などのほか、詩を多数発表した。

パイパー, アンドルー *Pyper, Andrew*

カナダの作家

1968～

[出]オンタリオ州ストラトフォード [学]マッギル大学大学院（英文学）修士課程修了 [賞]カナダ推理作家協会賞最優秀処女長編賞, 国際スリラー作家協会最優秀長編賞

[歴]ケベック州モントリオールのマッギル大学で英文学の学士号・修士号を取得した後、トロント大学で法律を学ぶ。1996年弁護士資格を得たが、これまでに弁護士として活躍したことはない。同年短編集「Kiss Me」を発表。99年カナダで「ロスト・ガールズ」を発表し長編デビュー、同作はカナダ推理作家協会賞最優秀処女長編賞を受賞し、ベストセラーの第1位となる。「堕天使のコード」（2013年）で国際スリラー作家協会最優秀長編賞を受賞。他の作品に「キリング・サークル」（08年）がある。

ハイム, シュテファン *Heym, Stefan*

ドイツ（東ドイツ）の作家, 政治家

1913.4.10～2001.12.16

[出]ケムニッツ [学]ベルリン大学卒, シカゴ大学卒 Ph.D. [賞]エルサレム賞（1993年）

[歴]ドイツ東部・ケムニッツのユダヤ系家庭に生まれる。ナチスを逃れ、1933年チェコ、35年アメリカに亡命。43～45年米軍兵としてドイツ占領に参加。52年東ドイツに帰国し、東ベルリンで活動。53年のベルリン暴動を描いた「6月の5日間」（74年）などが代表作で、東ドイツを代表する反体制作家として知られた。89年市民革命を精神的に指導。94年10月～95年10月連邦議会議員（民主社会党）を務めた。他の作品に「ダビデ王報告」（72年）などがある。

ハイムズ, チェスター　*Himes, Chester*
アメリカの作家
1909～1984.11.12
[出]ミズーリ州
[歴]1928年に強盗で7年の刑を受け、この間に小説を書き始め、黒人小説の秀作を発表した。57年に2人の黒人刑事を主人公にした「イマベルへの愛」で人気作家となり、フランスの詩人ジャン・コクトーから「異常な傑作」として激賞され、刑事コンビものがシリーズ化された。犯罪と人権問題を扱ったハードボイルド小説の草分けで、61年に「ピンクトーズ」をパリで出版、65年の「ロールスロイスに銀の銃」は映画化された。53年にアメリカからパリに移り、65年からスペインに住んだ。

ハイランド, スタンリー　*Hyland, Stanley*
イギリスの作家
1914～1997
[出]ヨークシャー州シップリー　[名]ハイランド, ヘンリー・スタンリー〈Hyland, Henry Stanley〉　[学]ロンドン大学バークベック・カレッジ
[歴]第二次大戦中はイギリス海軍で暗号通信に従事。戦後は議会下院図書室の研究職司書を経て、BBCに転じてプロデューサーを務める。国王と議会に関する書籍リストの編集、議会にまつわるエピソード集などを出版したのち、1958年司書時代の経験を生かして、議会を舞台とした本格ミステリー「国会議事堂の死体」を発表。他の作品に、ミステリー「緑の髪の娘」(65年)、スパイ小説「Top Bloody Secret」(69年)などがある。

パイル, ハワード　*Pyle, Howard*
アメリカの作家, イラストレーター
1853～1911
[出]デラウェア州ウィルミントン
[歴]毛皮商の子として生まれる。16歳から3年間フィラデルフィアの美術学校で学んだ。雑誌「セント・ニコラス」「ハーパー」などの挿絵の仕事を経て、1883年に刊行した「ロビン・フッドのゆかいな冒険」で作家・イラストレーターとしての地位を確立。のちアーサー王伝説に取り組み、「アーサー王と騎士たちの物語」(1903年)を始めとする4部作を完成した。短編から長編まで200近くの作品を手がけ、3300を超す作品に挿絵をつけた。他の作品に民話の再話集「こしょうと塩」(1886年)「ふしぎな時計」(88年)、中世を舞台にした歴史物語「銀の腕のオットー」(88年)「鉄の騎士」(92年)などがある。

ハイン, クリストフ　*Hein, Christoph*
ドイツの作家
1944.4.8～
[出]ハインツェンドルフ(ポーランド)　[学]フンボルト大学(哲学・論理学)　[賞]ハインリッヒ・マン賞(1982年), エーリッヒ・フリート賞(1990年)
[歴]第二次大戦後は難民として旧東ドイツ・ライプツィヒ近郊で育つ。聖職者の子であったため上級学校への進学を断たれ、1958年旧西ベルリンのギムナジウムへ移る。60年旧東ドイツへ戻り、書店員、組立工などの職に就く。67年から大学で哲学を学び、71年から旧東ベルリンのドイツ劇場などの脚本家として戯曲執筆を始める。以後、小説でも話題作を発表。82年の「行きずりの恋人/龍の血」(邦題「龍の血を浴びて」)で作家としての地位を確立。98年～2000年東西ドイツのペンクラブが統一したペン・センター・ドイツ会長を務めた。戯曲に「阿Q正伝」(1983年)、「クロムウエル」、小説に「不惑の女」(83年)、「ホルンの最期」(85年)、「タンゴ演奏者」(89年)、「ママは行ってしまった」(2003年)など。

バイン, バーバラ
→レンデル, ルースを見よ

ハインズ, バリー　*Hines, Barry*
イギリスの作家
1939.6.30～2016.3.18
[出]サウスヨークシャー州バーンズリ近郊　[名]Hines, Barry Melvin
[歴]21歳の時、オーウェルの「動物農場」に出合い文学に開眼。1966年「The Blinder」で作家デビュー。68年「ケス―鷹と少年」がベストセラーとなり、69年にはケン・ローチ監督により映画化された。「The Gamekeeper」(79年)、「Looks and Smiles」(81年)もローチ監督により映画化される。40年以上に渡って労働者階級の人々の生活を描いた。

ハインド, トーマス　*Hinde, Thomas*
イギリスの作家
1926.3.2～2014.3.7
[出]サフォーク州フェリックストー　[名]チッティ, トーマス・ウィルズ〈Chitty, Thomas Willes〉
[歴]海軍、官界、産業界を経て、1960年専業作家となる。父と息子の断絶を主題とした「ニコラス氏」(52年)で文壇デビュー。作品に「犠牲はいつも処女」(72年)など。准男爵(バロネット)の爵位を持つ。
[家]妻＝スーザン・チッティ(伝記作家)

バインハート, ラリー　*Beinhart, Larry*
アメリカのミステリー作家
1947～
[賞]MWA賞最優秀新人賞(1987年), CWA賞短編ダガー賞(1995年)
[歴]政治コンサルタント、パートタイムのスキーインストラクター、ニュースリポーターなどを経て、1986年「ただでは乗れない」で作家デビュー。同作品で、87年MWA賞最優秀新人賞を受賞し、注目を集める。2004年「図書館員」でMWA賞の候補(最優秀ペーパーバック賞)となり、05年には「Fog Facts」を発表。他の作品に「最後に笑うのは誰だ」など。小説のほか脚本、ジャーナリズム、コマーシャル製作など幅広く手がける。

ハインライン, ロバート　*Heinlein, Robert Anson*
アメリカのSF作家
1907.7.7～1988.5.8
[出]ミズーリ州バトラー　[学]ミズーリ大学卒, カリフォルニア大学ロサンゼルス校大学院中退, アナポリス海軍兵学校(1929年)卒　[賞]ヒューゴー賞(1956年・1960年・1962年・1967年), ネビュラ賞グランドマスター賞(1974年)
[歴]海軍士官として5年間務めたが、1934年病気のため退役。その後、様々な職を経て、39年「アウスタンディング」誌に掲載された処女短編「生命線」でSF界にテビュー。第二次大戦後、いち早くSF専門誌から一般誌に進出して、SFの地位向上や大衆化に貢献。長編「ダブル・スター」(56年)、「宇宙の戦士」(59年)、「異星の客」(61年)、「月は無慈悲な夜の女王」(66年)で4度ヒューゴー賞を受賞した他、74年にはネビュラ賞の第1回グランドマスター賞を受けるなど、アメリカを代表するSF作家として活躍。タイムトラベルと恋愛を絡めた「夏への扉」(57年)は日本で根強い人気を持ち、日本のSFファンが海外SFのベストを選ぶ企画でたびたび1位に選ばれる。アイザック・アシモフ、アーサー・C.クラークと並んでSF界の3大巨匠の一人に数えられる。他の作品に「月を売った男」(50年)、「地球の緑の丘」(51年)、「動乱2100」(53年)などの〈未来史〉シリーズや、「人形つかい」(51年)、「愛に時間を」(73年)などがある。98年ポール・バーホーベン監督により「宇宙の戦士」が「スターシップ・トゥルーパーズ」として映画化された。

ハインリッヒ, ユッタ　*Heinrich, Jutta*
ドイツの作家
1940～
[出]ベルリン　[賞]ヴュルツブルク文学賞(1989年)
[歴]父は法律家、母は画家。1959年以降ハンブルクに在住。秘書、食堂経営、工場労働者など様々な職業を経て、72年から大学で社会教育学、ドイツ文学を学ぶ。75年以降作家活動を開始。77年「頭の中の性」を出版、様々な奨学金を獲得し、映

画化される。89年ヴュルツブルク文学賞を受賞。他の作品に「死滅せり」(87年)などがある。

バウアー, ベリンダ　*Bauer, Belinda*

イギリスの作家

1962〜

[出]イギリス　[賞]カール・フォアマン/BAFTA賞, CWA賞ゴールド・ダガー賞(2010年), CWA賞ダガー・イン・ザ・ライブラリ賞(2013年)

[歴]イギリスと南アフリカ共和国で育つ。ジャーナリスト、脚本家としてキャリアを積み、初の脚本作品「The Locker Room」で若手脚本家を対象としたカール・フォアマン/BAFTA賞を受賞。2010年「ブラックランズ」で作家デビュー。同作でイギリス推理作家協会賞(CWA賞)のゴールド・ダガー賞を受賞し、クライムノベルの超新星となった。

バウアー, マリオン・デーン　*Bauer, Marion Dane*

アメリカの児童文学作家

1938〜

[出]イリノイ州　[学]ミズーリ大学(ジャーナリズム), オクラホマ大学(文学)　[賞]ニューベリー賞オナーブック(1987年), ゴールデン・カイト賞(絵本・文部門)(2009年)

[歴]1976年最初の作品「家出―12歳の夏」を出版以来、絵本から読みものまで幅広い作品を手がけ、著作は10ケ国以上の言語に翻訳されている。87年「トニーが消えた日」でニューベリー賞オナーブック、2009年「ながいながいよる」でゴールデン・カイト賞を受賞。他の著書に「はるのおとがきこえるよ」などがある。

バウアージーマ, イーゴル　*Bauersima, Igor*

スイスの劇作家, 演出家

1964〜

[出]チェコスロバキア・プラハ(チェコ)

[歴]1968年にスイスへ移住、チューリヒで建築を学ぶ。89年から建築家・音楽家・映像作家・劇作家・演出家として活動。93年フリーの劇団オフ・オフ・ビューネ(Off Off-Bühne＝オフ・オフ舞台)を結成し、同グループのために9作以上を執筆。「ノルウェイ.トゥデイ」のヒット以来、デュッセルドルフ、ハノーファー、ウィーンなど、ドイツ語圏の各都市で自作を演出。

ハウイー, ヒュー　*Howey, Hugh C.*

アメリカの作家

1975〜

[出]ノースカロライナ州シャーロット　[賞]Kindle Bookレビューズ・ベスト・インディーズ・ブック・オブ2012

[歴]ヨットの船長を8年務めた後、結婚を機に陸に上がり、小説の執筆を本格的に開始。〈Molly Fyde〉シリーズで好評を博した後、2011年中編として「ウール」第1部をアマゾン・キンドルで発表すると爆発的なヒットとなり、読者に促される形で続編を執筆。全5部をオムニバスにした「ウール」はアメリカとイギリスで大手出版社が出版権を、大手映画会社が映画化権を獲得。Kindle Bookレビューズ・ベスト・インディーズ・ブック・オブ2012を受賞した。

パヴィチ, ミロラド　*Pavić, Milorad*

セルビア(ユーゴスラビア)の詩人, 作家, 文学史家

1929.10.15〜2009.11.30

[出]セルビア共和国ベオグラード

[歴]ジャーナリスト、放送局、出版社勤務を経て、1974〜82年ノビ・サード大学教授、82〜94年ベオグラード大学教授を務めた。バロックを専門とし、大学では17〜19世紀の文学の講座を担当。早くから詩人として一家をなしていたが、84年発表の小説「ハザール事典―夢の狩人たちの物語」で一躍世界的な名声を得る。章の順番を入れ替えて読んでも筋が通る独特の小説で人気を博した。E.ヴィヨン、ロンサールなどの翻訳も手がけ、他に小説「UNUTRAŠNJA STRANA VETRA(風の裏側―ヘーローとアンドロスの物語)」(91年)、3冊の詩集などがある。

ハーヴィッコ, パーヴォ　*Haavikko, Paavo Juhani*

フィンランドの詩人, 劇作家, 作家

1931.1.25〜2008.10.6

[出]ヘルシンキ　[学]ヘルシンキ大学 Ph.D.　[賞]ノイシュタット国際文学賞(1984年)

[歴]学生時代より詩集を発表。不動産業務や出版社業務をしながら執筆を続け、一貫してモダニズム・リリックの詩風で名声を得る。ロシア・スウェーデン戦争を素材としてフィンランドを描いた、1974年の韻文戯曲「騎士」は、オペラ化されヨーロッパで高い評価を得る。フィンランド民族叙事詩「カレヴァラ」を素材に、貨幣・死・愛などの深刻な主題を提示した物語劇「鉄器時代」(82年)により、アメリカのノイシュタット国際文学賞を受賞した。他の著書に「遠方への道」(51年)、「祖国」(55年)、「アグリコラと狐」(68年)、「20と1」(74年)、詩集「木々よ、その緑のすべてよ」など多数がある。

ハーウィッツ, グレッグ　*Hurwitz, Gregg Andrew*

アメリカの作家

[出]カリフォルニア州サンフランシスコ　[学]ハーバード大学, オックスフォード大学トリニティカレッジ

[歴]代々医者の家系に生まれる。ハーバード大学とオックスフォード大学トリニティカレッジで英語と心理学を学んだ後、作家となる。綿密な調査と膨大なデータを元に、躍動感のあるサスペンスを執筆。"次代のマイクル・クライトン"との呼び名も高い。映画の脚本も手がける。作品に「処刑者たち」「犯罪小説家」など。

パヴェーゼ, チェーザレ　*Pavese, Cesare*

イタリアの作家, 詩人, 翻訳家

1908.9.9〜1950.8.27

[出]ピエモンテ州サント・ステーファノ・ベルボ　[学]トリノ大学(1930年)卒　[賞]ストレーガ賞(1950年)

[歴]ピエモンテ州の州都トリノの中産階級出身で、父の郷里にあった別荘で生まれる。トリノで育ち、ダゼッリオ高校時代に作家でもある教師アウグスト・モンティの薫陶を受けた。トリノ大学では米文学を専攻、卒業論文はホイットマン論。1933年出版社エイナウディの創設に参加、雑誌「クルトゥーラ」誌に英米文学論を発表する一方、メルビル、ジョイス、ドス・パソス、フォークナーらの現代英米文学作品を翻訳した。「クルトゥーラ」編集長を務めていた35年、反ファシズム活動により逮捕され、イタリア半島南端の僻村に流刑された。同地で校正を進めて処女詩集「働き疲れて」(36年)を出版、43年には決定版として再編成され、20世紀イタリアを代表する詩集の一つとして知られる。41年処女長編「故郷」を発表、ヴィットリーニ「シチリアでの会話」(41年)と並んで、ネオレアリズモ文学の出発点となった。41年にはヴィットリーニらとアメリカ文学のアンソロジーを編んだが即座に押収され、42年ヴィットリーニの注釈を削除した版で再刊行となった。3部作「美しい夏」「丘の上の悪魔」「孤独な女たちと」(いずれも49年)によりストレーガ賞を受賞。長編「月と篝火」(50年)を発表した直後、トリノ駅前のホテルの一室で自殺した。

パウエル, アンソニー　*Powell, Anthony Dymoke*

イギリスの作家

1905.12.21〜2000.3.28

[出]ロンドン　[学]オックスフォード大学卒　[賞]ジェームズ・テイト・ブラック記念賞(1957年), W.H.スミス文学賞(1974年)

[歴]軍人の一人息子として生まれた。イートン校からオックスフォード大学に進み、出版業、ジャーナリズムに従事。第二次大戦では陸軍情報部の少佐となる。戦後、「パンチ」の編集を経て、「タイムズ文芸付録」などに評論を寄稿。また編集の傍ら小説を執筆、1931年長編「昼下がりの男たち」でデビューしたのち、「期待から死へ」(33年)などの四つの長編を発表。上流・中産階級の風俗を諷刺的に描き、初期の作品はA.ハックスリー、E.ウォーに似ているといわれる。戦後に完成した「躾の問題」(51年)から「秘やかな諧和を聞きつつ」(75年)までの全12巻に及ぶ大河小説「時の音楽に合せての舞踏」は、200人も

の登場人物が"時"の支配のもとに舞踏を繰広げる様を、20年代から半世紀に渡る社会背景を取り入れながら、作者の分身ニコラスの目を通して描いた。他の作品に「レイディ・モリーの家にて」(57年)、「うたかたの王たち」(73年)、「To Keep the Ball Rolling」(全4巻、76～82年)、「漁夫王」(86年)など。

ハウエル, ヴァーツラフ　Havel, Václav
チェコ(チェコスロバキア)の劇作家, 政治家
1936.10.5～2011.12.18
㋐プラハ　㋑プラハ工科大学経済学専攻(1957年)卒, チェコ音楽芸術大学演劇学部卒　㋒エラスムス賞(1986年)、パルメ平和賞(1989年)、ドイツ書籍商組合平和賞(1990年)、シモン・ボリバル賞(ユネスコ)(1990年)、フランツ・カフカ賞(2010年)、カール大帝賞
㋓ブルジョワ出身のため高校卒業試験が受けられず、タクシー運転手、化学試験所技師の傍ら夜間ギムナジウムに通う。1954年高卒資格を取得。大学では詩のサークルに所属。卒業後、2年間強制的軍務に就く。61年より市内の劇場で脚本書きや演出を手伝いながら劇作と著作活動を始める。63年第1作「ガーデン・パーティ(邦題・路線の上にいる猫)」、「メモランダ」(65年)など体制を皮肉った喜劇を発表。68年独立作家サークル議長。同年の"プラハの春"の弾圧を受け、一時プラハを離れ、トルトノバの醸造所に勤務。77年人権運動組織・憲章77の創立に参加、以後反体制活動家として活動。89年11月草の根民主運動組織・市民フォーラム代表として共産党に改革・民主化を要求、ヤケシュ書記長を退陣に追い込んだ(ビロード革命)。同年12月チェコスロバキア大統領に就任。92年7月チェコスロバキアの分離・独立に抗議して大統領を辞任。93年1月チェコとスロバキアの分離に伴い、2月初代チェコ大統領に就任。2003年2月任期満了で引退。この間、どの政党にも属さず、国家の精神的支柱として、チェコの変革期を築いた。劇作家としては初期の作品に言葉による主体性の喪失・回復を描いた「通達」があり、68年以降は、登場人物が自身の良心と共産主義とのなれ合いを調和させようとする独白劇「インタビュー」(68年)、「陰謀者たち」(71年)、「乞食オペラ」(72年)、「謁見」(75年)、「見物人」(75年)、「山のホテル」(76年)、「抵抗」(78年)、「ラルゴ・デソラート」(84年)、「誘惑」(85年)などを発表。また獄中の書簡集「オルガへの手紙」、評論集「反政治のすすめ」がある。
㋔妻＝ダグマル・ベスクルノバ(女優)

パヴェル, オタ　Pavel, Ota
チェコスロバキアの作家
1930～1973
㋐プラハ
㋓父はユダヤ人、母はチェコ人。チェコスロバキア放送に入り、スポーツ記者として活躍。サッカーや五輪を取材した本を発表し、多くの賞を受賞、スポーツ記事を文学へと高めた。1971年家族を描いた短編集「美しい鹿の死」を発表、カレル・チャペックの再来と高く評価されたが、73年謎の死を遂げる。「美しい鹿の死」は、没後に刊行された「僕はどのようにして魚と出会ったか」(74年)とともに、戦後チェコ最大のベストセラーといわれる。

パウエル, ガレス・L.　Powell, Gareth L.
イギリスのSF作家
1970～
㋐ブリストル　㋑グラモーガン大学(現・サウスウェールズ大学)　㋒インターゾーン読者賞(2007年度)、イギリスSF協会賞(2013年度)
㋓グラモーガン大学(現・サウスウェールズ大学)で人文科学と創作を学び、2008年まで大手ソフトウェア会社に勤務。「インターゾーン」「ソラリス・ライジング3」などに短編を執筆し、「アクアク・マカーク」で07年度インターゾーン読者賞を受賞。同作を下敷きにした「ガンメタル・ゴースト」で13年度イギリスSF協会賞を受賞。

パウエル, パジェット　Powell, Padgett
アメリカの作家
1952～
㋐フロリダ州ゲインズビル　㋑チャールストン・カレッジ卒　㋒ジェームズ・テイト・ブラック記念賞(2011年)
㋓波止場人足、引越屋、歯列矯正技師、日雇い労働者、教師、屋根職人などの様々な職業を経験しながらフォークナーを読みあさる。1984年1年をかけて書いた長編小説「エディスト物語」を発表し、絶賛される。のちフロリダ大学で創作を教える傍らビア・ハウスを経営。作風はいわゆる"少年が大人になる物語"の現代版で、マーク・トウェイン、J.D.サリンジャーの「ライ麦畑でつかまえて」につながる系譜にある。

パウエル, レベッカ　Pawel, Rebecca
アメリカの作家
1977～
㋐ニューヨーク　㋑コロンビア大学(スペイン語・スペイン文学)　㋒MWA賞(処女長編賞)(2004年)
㋓ブルックリンの高校教師となる。2004年「Death of a Nationalist(青と赤の死)」でMWA賞処女長編賞受賞。

ハウカー, ジャニ　Howker, Janni
イギリスの作家
1957～
㋐キプロス島ニコシア　㋒ウィットブレッド賞(1985年)、サマセット・モーム賞(1987年)
㋓働きながらランカスター大学で北欧神話や創作を学び、1984年短編集「はしけのアナグマ」でデビュー。のちにイギリス、アメリカで賞を獲得。他に「ビーストの影」がある。

ハウゲン, トールモー　Haugen, Tormod
ノルウェーの児童文学作家
1945.5.12～2008.10.18
㋐トリシル　㋑オスロ大学卒　㋒ノルウェー児童図書賞(1975年・1976年)、国際アンデルセン賞作家賞(1990年)
㋓オスロのムンク美術館で2年間働いたあと文筆に専念し、ノルウェーの児童文学界で活躍した。作品に「夜の鳥」「魔法のことばツェッペリン」「夏には一きっと」「消えた一日」「少年ヨアキム」などがある。

ハウゲン, ポール・ヘルゲ　Haugen, Paal-Helge
ノルウェーの詩人, 作家
1945.4.26～
㋐セテスダール地方　㋒ノルウェー文化審議会賞
㋓大学で医学を学び、文芸誌「プロフィール」の編集に加わる。日本の俳句に関心を持ち、俳句の訳(1965年)、続いて中国詩の訳(66年)を出した。その影響下に詩集「暗い夏の底で」(67年)、「歌の本」(69年)を出した。68年には病院のカルテを交えて結核で死んだ少女の一生を克明に描いたドキュメンタリーフィクション「アンネ」を発表、ノルウェー文学最初のドキュメンタリー手法の作品とされ、ノルウェー文化審議会賞を受けた。

ハウス, リチャード　House, Richard
イギリスの作家
1961～
㋐キプロス　㋑シカゴ・アート・インスティテュート(芸術)修士課程修了 博士号(イースト・アングリア大学)
㋓シカゴ・アート・インスティテュートで芸術修士号、イースト・アングリア大学で博士号を取得。シカゴを拠点とした団体、Hahaの一員として様々なアートプロジェクトに参加。長編2作を発表した後、2013年大型スリラー「クロニクル」4部作を発表。同書はブッカー賞候補となり、注目を集めた。バーミンガム大学で創作を教える。

パウストフスキー, コンスタンチン・ゲオルギエヴィチ　Paustovsky, Konstantin Georgievich
ソ連の作家

1892.5.31～1968.7.14
�ロシア・モスクワ ㊐キエフ大学, モスクワ大学
㊞モスクワで生まれるが, 父が鉄道に勤めていたことから各地を転々とし, キエフで育つ。1912年最初の短編を発表。同年よりキエフ大学やモスクワ大学で学ぶが学業を放棄し, 様々な職を経験。17年モスクワでジャーナリストとして二月革命と十月革命を目撃した。その後, 5年余り南ロシアやカフカス地方を放浪, 23年モスクワに戻って通信社に勤める。カスピ海沿岸を舞台とした「カラ・ブガス」(32年), 南部を舞台とした「コルヒーダ」(34年)で作家としての地位を確立。以後,「黒海」(36年),「イサク・レヴィタン」(37年),「メシチョーラ地方」(39年)など多くの作品で叙情的散文の名手として知られる。第二次大戦後は中部ロシアに定住,「森の物語」(49年),「きんのばら」(56年)や, 6部作「生涯の物語」(45～63年)などを執筆。晩年は当時のソ連で文学の自立性擁護の立場に立ち, 文集「文学モスクワ」(56年),「タルーサのページ」(61年)など自主的出版の編集を指導。新人の発掘や粛清の犠牲者の復権などに努めた。

ハウスホールド, ジェフリー　Household, Geoffrey
イギリスのスリラー作家
1900.11.30～1988.10.4
�ブリストル ㊐オックスフォード大学
㊞オックスフォード大学で英文学を学んだのちルーマニアの銀行に就職するが, 単調な事務職になじめず, 4年で辞す。スペインに行きバナナを商ったり, アメリカでラジオ脚本を書いたりする。一時期イギリスに戻ったが, やがてセールスマンとしてヨーロッパ大陸と南アメリカの各地を転々とする。小説を書きはじめたのはこの頃で, 処女長編が1937年に発表されている。第二次大戦中は諜報機関員として終戦までをルーマニアで過ごす。39年冒険小説「追われる男」を発表, 話題を呼び, 41年フリッツ・ラング監督により映画化された。同作は, 76年にもBBCでテレビ放送されるなどイギリス冒険小説の古典となり, エリック・アンブラーと並ぶスリラー小説の大家と目されるようになった。82年続編「祖国なき男」を発表。他の作品に「影の監視者」(68年),「人質はロンドン!」(77年)などがある。

ハウスマン, マンフレート　Hausmann, Manfred
ドイツの作家
1898.9.10～1986.8.6
�カッセル
㊞高校卒業と同時に第一次大戦に従軍, 負傷して帰還。1928年小説「ランピオーン」で文名をあげるが, 神学者カール・バルトらとの出会いから宗教的作風に変わる。作品に5歳の子を主人公とする物語「マルティーン」(49年)や,「ハーモニカを持ったアーベル」(32年),「愛は許しによって」(53年)などがある。

パウゼヴァング, グードルン　Pausewang, Gudrun
ボヘミア生まれのドイツの作家
1928.3.3～
�チェコスロバキア ㊛西ドイツ児童文学大賞(1977年)
㊞第二次大戦後に西ドイツへ移り, 小学校教師となる。チリ, ベネズエラなどのドイツ人学校で教鞭を執った後, 1972年以降西ドイツ・ヘッセン州の小学校に勤める。作家としても, 児童書を含め多数の著書を発表し, 各国語に翻訳, 映画化もされている。作品は, アウトサイダーや亡命者, 外国人労働者を題材として, 南米在住体験に基づいて描かれたものが多い。77年「カルデラ家の不幸」が西ドイツ児童文学大賞を受賞したほか,「最後の子どもたち」も文学賞を受賞し, 児童向けの推薦図書にも指定されてベストセラーとなった。他の著書に「小さな逃亡者」「見えない雲」「おじいちゃんは荷車にのって」など。

バウチャー, アンソニー　Boucher, Anthony
アメリカのSF作家, 編集者

1911.8.21～1968.4.29
㊛ウイリアム・アンソニー・パーカー・ホワイト
㊞「ファンタジー・アンド・サイエンスフィクション」誌の編集長。作品に実在のSF作家をキャラクターとする殺人ミステリー「死体置場行ロケット」(1942年), 多くの秀れた作品に影響を与えた愉快な宗教小説「聖者を尋ねて」(51年)などがある。

ハウツィヒ, エスタ　Hautzig, Esther
アメリカのユダヤ系作家
1930.10.18～2009.11.1
�ポーランド・ウィルノ(リトアニア・ビリニュス) ㊛ルイス・キャロル賞
㊞ユダヤ系。ポーランドのウィルノ(現在のリトアニア・ビリニュス)に生まれる。1941年家族でシベリアへ送還され過酷な5年間を過ごす。ポーランドで1年間生活した後, 両親と共にストックホルムへ移住。その後, 単身アメリカの高校に留学。渡米の船中でのちに夫となるピアニストのワルター・ハウツィヒと出会う。高校卒業後, ニューヨークの大学へ進学。児童書の出版, 企画・監修に携わり, 手がけた児童書は多数。10歳の時にシベリアに強制送還される様子を描いた自伝的作品「草原の少女エスタ」(68年)や「それぞれの旅-愛と哀しみのホロコースト」(90年)などの著書がある。自叙伝作家としても知られる。
㊮夫=ワルター・ハウツィヒ(ピアニスト)

ハーウッド, グウェン　Harwood, Gwen
オーストラリアの詩人
1920.6.8～1995.12.5
�クイーンズランド州ブリスベーン・タリンガ ㊛旧姓名=フォスター〈Fpster〉 ㊐ブリスベーン・グラマースクール ㊛「ミアンジン」詩賞(1958年・1959年), ロバート・フロスト賞(1977年), パトリック・ホワイト文学賞(1978年)
㊞ブリスベーン・グラマースクールに学び, 同地で音楽教師, 教会のオルガン奏者を務める。1945年言語学者と結婚しタスマニアに住む。30代後半から詩を書き始め, 最初の詩集を出したのは43歳の時だった。様々なペンネームで作品を発表し,「ポエムズ」(63年),「ポエムズ, 第二巻」(68年),「詩選集」(75年),「ライオンの花嫁」(81年)などがある。オペラの台本「アッシャー家の崩壊」(65年)なども執筆。ラリー・シツキーのオペラ台本では本名を用いた。58年, 59年「ミアンジン」詩賞, 78年パトリック・ホワイト文学賞を受賞。

ハーウッド, ロナルド　Harwood, Ronald
南アフリカ生まれのイギリスの劇作家, 作家
㊞1951年にイギリスに渡り, ロンドンのロイヤル・アカデミー・オブ・ドラマティック・アート(RADA)に学ぶ。卒業後, ドナルド・ウォルフィットの一座に入り, 5年間に渡って, ドレッサー(俳優の衣裳係兼付き人)として働く。60年には舞台から離れ, 小説や戯曲, ドナルド・ウォルフィットの伝記を書く。80年, マンチェスターで自身の経験をもとにして書いた戯曲「ドレッサー」が初演され, 舞台をロンドンに移してロングランを記録, 84年には映画化もされた。他の作品に「世界はすべて舞台」,「J・J・ファー」などがある。

ハウプトマン, ゲルハルト
Hauptmann, Gerhart Johann Robert
ドイツの劇作家, 作家, 詩人
1862.11.15～1946.6.6
�シュレジエン・オーバーザルツブルン ㊐イエナ大学(歴史・哲学)中退 ㊛ノーベル文学賞(1912年)
㊞1880年ブレスラウの美術学校で彫刻を学び, 続いてイエナ大学で歴史, 哲学を学ぶ。のち新文学運動に参加。89年戯曲「日の出前」を発表, 以後自然主義劇を次々と発表し, 日本の自然主義文学にも大きな影響を与えた。「ハンネレの昇天」(93年)以後作風はロマン主義的・象徴主義的傾向が強くなる。1912年ノーベル文学賞を受賞。第二次大戦中は人道主義的立場か

らナチス政権に隠然と抵抗を試みた。他の作品に戯曲「織工たち」(1892年)、「ビーバーの毛皮」(93年)、「沈鐘」(96年)、「アトレウス一族4部作」(1949年)、小説「キリスト狂エマヌエル・クウィント」(10年)、「ゾアーナの異教徒」(18年)、叙事詩「ティル・オイレンシュピーゲル」(28年)などがある。
㊕兄=カール・ハウプトマン(劇作家)

バウマン, クルト Baumann, Kurt
ドイツの児童文学作家
1935〜1988.2
㊕金細工師の見習学校に4年間通い、金細工師を始め、いろいろな仕事に就いた。ノルウェーの農場で働いていた時から執筆を始める。後に仕事で得た収入で大学に通う傍ら、中学校の教師を務めた。作品に児童書「3にんの王さま」、ペロー童話の再話「ながぐつをはいたねこ」などがある。

バウマン, ハンス Baumann, Hans
ドイツの児童文学作家
1914〜1988
㊕バイエルン ㊕ベルリン大学(哲学)
㊕バイエルンの山の中の小学校教師となり、青少年のための作詞作曲を手がける。35歳のとき、最初の児童文学「子どもと動物たち」を出版。フランスで捕虜生活を送る間に構想を練り1954年「草原の子ら」を発表、ジンギス・カン兄弟を描いた作品で、ドイツ児童文学界の歴史作家として評価された。他に、「コロンブスのむすこ」、「兄弟の帆船」がある。

バウム, ヴィキー Baum, Vicki
オーストリアの作家
1888.1.24〜1960.8.29
㊕ウィーン
㊕ハープ奏者を経て、作家となる。1929年豪華ホテルを舞台に感傷とユーモアで描いた「グランド・ホテル」が大ベストセラーとなり、次の長編小説「乙女の湖」(32年)はフランスで映画化され、世界的に有名になる。31年アメリカへ渡り、38年帰化して英文で作品を発表する。他の作品に「秘密裁判」(26年)、「秘密なき生」(53年)など。

バウム, ライマン・フランク Baum, Lyman Frank
アメリカの児童文学作家, 劇作家
1856.5.15〜1919.5.6
㊕ニューヨーク州チトナンゴウ ㊕筆名=エイカーズ, フロイド
㊕シラキュースの高校を卒業後、新聞記者や劇場経営、雑貨店主など、様々な職業を経て、1897年「Mother Goose in Prose」を発表し好評を博した。1900年「オズの魔法使い」で絶大な人気を呼び、2年後には舞台化され大ヒットする。豊かな空想力と創造性に富む〈オズ〉シリーズは14冊におよぶ。晩年はハリウッドに住むが、行き詰まって破産した。他の作品に「マスター・キー」(02年)など。

パヴリコフスカ・ヤスノジェフスカ, マリア
Pawlikowska-Jasnorzewska, Maria
ポーランドの詩人
1891.11.24〜1945.7.9
㊕クラクフ ㊕クラクフ市賞(1935年)
㊕クラクフの貴族の娘として生まれ、クラクフ芸術アカデミーで学ぶ。詩人グループ"スカマンデル"に属し、1922年処女詩集「白昼夢」を発表。20年代のポーランドを代表する叙情詩人として知られ、"ポーランドのサッフォー"と呼ばれる。35年詩集「あさがおのバレー」でクラクフ市賞。39年第二次大戦勃発と同時にフランスに亡命、40年イギリスで死去した。戦後再評価され、切手の図柄にも採用された。

パヴレンコ, ピョートル・アンドレーヴィチ
Pavlenko, Pyotr Andreevich
ソ連の作家
1899.7.11〜1951.6.16

㊕ロシア・ペテルブルク(サンクトペテルブルク) ㊕スターリン賞(1941年・1947年・1948年・1950年)
㊕6月29日生まれ説もある。ロシア革命後にソ連共産党に入党し、1920年代後半から党の指導的な文学官僚として活動。28年ピリニャークとの共作「バイロン卿」を発表。「荒野」(31年)、「バリケード」(32年)などで作家としての地位を確立。代表作に「東方にて」(36〜37年)、「幸福」(47年)があり、終生、社会主義リアリズムの作風を堅持した。スターリン賞を4度にわたって受賞している。

パウンド, エズラ Pound, Ezra
アメリカの詩人, 批評家
1885.10.30〜1972.11.1
㊕アイダホ州ヘイリー ㊕Pound, Ezra Weston Loomis ㊕ペンシルベニア大学人文学科, ハミルトン大学(ニューヨーク州)(1905年)卒 ㊕ボーリンゲン賞(1949年)
㊕一時大学の教職に就くが、やがてヨーロッパを遍歴。イマジスト運動のリーダーとして深い学殖に支えられた文学思想・詩によって同時代に大きな影響を与えた。第二次大戦中、イタリアでファシズムの宣伝放送に従事し、1945年北イタリアで捕らえられ、アメリカに送還。反逆罪に問われ、58年まで精神病院に監禁されるが、釈放後は国外追放となりイタリアに移る。著書に詩集「消えた光」(08年)「仮面」(09年)「ヒュー・セルウィン・モーバリー」(20年)「詩篇」(19〜59年)「ピサ詩篇」(48年)、訳詩集「グィード・カヴァルカンティ」(12年)「中国」(漢詩, 15年)、評論集「ロマンスの精神」(10年)「パヴァーヌス・アンド・ディヴィジョンズ」(18年)「一新せよ」(34年)「文化への案内」(38年)などのほか, 能の翻訳「日本の貴族演劇」(16年)や「論語」の翻訳(37年)がある。

バオ・ニン Báo Ninh
ベトナムの作家
1952.10.18〜
㊕ゲアン省 ㊕ホアン・アウ・フォン〈Hoàng Âu Phu'o'ng〉 ㊕グエン・ズー文芸学校(1990年)卒 ㊕ベトナム作家協会文学賞(1951年), インデペンデント紙文学賞(海外小説部門優秀作, イギリス)(1994年), 日経アジア賞(文化部門)(2011年)
㊕言語学者の父と小学校教諭の母の間に生まれる。1969年17歳で北ベトナム軍(ベトナム人民軍)に入隊、6年間戦場で過ごし、75年サイゴン解放作戦に参加。ベトナム戦争終結後、行方不明者の捜索などに従事。同年11月除隊し、首都ハノイに戻る。以後約10年間、職を転々とした後、86年ハノイ文化大学の付属機関、グエン・ズー文芸学校に入学、本格的に作家を志す。89年初の短編集を出版。90年同校卒業。初の長編小説「戦争の悲しみ」の初稿を書き上げた後、91年に「愛の行方」と改題して出版。同年のベトナム作家協会賞を受賞。一部の退役軍人や文芸評論家から批判されるが、その後国内でベストセラーになり、ヨーロッパやアジアでも出版され、94年イギリスのインデペンデント紙文学賞の海外小説部門優秀作を受賞。邦訳は「戦争の悲しみ」と「愛の戦いの彼方へ」の2冊がある。他に短編集「7人のこびとの屋敷」など。ベトナム作家協会で「ベトナム文芸演壇」および「若人文芸」の編集に携わる。好物は日本料理で祖父の代からの親日家。2002年来日。

パオリーニ, クリストファー Paolini, Christopher
アメリカの作家
1983.11.17〜
㊕カリフォルニア州
㊕南カリフォルニアで生まれ、美しい自然に恵まれたモンタナ州で育つ。幼い頃から両親に小説や絵画を学び、「指輪物語」などのファンタジーに親しんだ。15歳で高校を卒業すると同時に"ドラゴンライダー"の物語を書き始める。17歳で〈ドラゴンライダー〉シリーズの1作目「エラゴン」を書き上げ、表紙も自分で描いて自費出版したところ、小さな書店や図書館の口コミで評判となる。2003年ニューヨークの大手出版社クノッフ社から出版されると瞬く間にベストセラーとなり、シリーズ化された。

バーカー, クライブ　*Barker, Clive*
イギリスの作家, 映画監督
1952〜
[出]リバプール　[学]リバプール大学哲学科卒　[賞]世界幻想文学大賞（1985年度）, イギリス幻想文学賞（1985年度）
[歴]ボッシュやゴヤなどのヨーロッパ幻想絵画や、「サイコ」「13日の金曜日」などのホラー映画の影響を受け、後に「闇の展覧会」を読んでホラー小説の可能性に開眼、1年半で〈血の本〉シリーズ全6巻28編（1984年）を書き上げた。同シリーズは85年度世界幻想文学大賞や同年度イギリス幻想文学賞を受けたが、最初の長編「ダムネーション・ゲーム」（85年）はイギリス・ブッカー賞候補作品になっている。他の作品に「ウィーヴワールド」（87年）、「死都伝説」（88年）、「不滅の愛」（89年）、「イマジカ」（91年）など。また「ヘル・レイザー」「ミディアン死者の棲む街」などの映画監督としても知られる。

バーカー, ジョージ　*Barker, George Granville*
イギリスの詩人
1913.2.26〜1991.10.27
[出]エセックス州ロートン
[歴]14歳で社会に出て苦学し、1930年代に詩人として出発。オーデンらの政治的傾向に反発し、シュルレアリスムの詩法で現代の恐怖を表現した。代表作に詩集「カラミテラー」（37年）、「嘆きと勝利」（40年）、「真の告白」（50年）、「ジョージ・バーカー詩集」（87年）など。39〜41年日本の東北帝国大学で英文学を教えた。

パーカー, T.ジェファーソン　*Parker, T.Jefferson*
アメリカの作家
1953〜
[出]カリフォルニア州ロサンゼルス　[学]カリフォルニア大学アーバイン校卒　[賞]MWA賞最優秀長編賞（2002年）, MWA賞最優秀長編賞（2005年）
[歴]ローカル紙の記者、フォード航空宇宙のテクニカル・エディターなどを経て、1985年カリフォルニアを舞台にしたハードボイルド「ラグナ・ヒート」で作家デビュー。2002年「サイレント・ジョー」で、05年「カリフォルニア・ガール」でアメリカ探偵作家クラブ賞（MWA賞）最優秀長編賞を受賞。他の著書に「流れついた街」（1988年）、「パシフィック・ビート」（91年）、「凍る夏」（93年）、「レッド・ライト」（2000年）、「ブラック・ウォーター」（02年）、「コールド・ロード」（03年）などがある。

パーカー, ドロシー　*Parker, Dorothy*
アメリカの詩人, 作家, 批評家
1893.8.22〜1967.6.7
[出]ニュージャージー州　[名]旧姓名＝ロスチャイルド, ドロシー〈Rothschild, Dorothy〉　[賞]O.ヘンリー賞（1929年）
[歴]父はドイツ系ユダヤ人で、母はスコットランド系。ニュージャージー州で生まれ、ニューヨーク市で育つ。修道院学校や名門女学校で教育を受け、「ヴァニティ・フェア」誌の演劇評論を書く。エドウィン・パーカーと結婚、離婚後もパーカー姓を名のる。1926年処女詩集「綱の余裕」はユーモアと機知が好評で、詩集では異例のベストセラーになった。その後、主に「ニューヨーカー」誌を舞台に短編小説や詩を発表、29年「ブックマン」誌に載った短編「金髪の大女」（28年）でO.ヘンリー賞を受賞。左派のリベラリストで、第二次大戦後は"赤狩り"のブラックリストに載った。戦後は映画脚本家となり、共作で劇「廊下の女たち」（53年）など。私生活では3回結婚、うち2回は同じ夫との再婚・離婚。短編集「ここに横たわる」（39年）や、代表的な短編、詩、批評文を集めた「ポータブル・ドロシー・パーカー」（44年）がある。

バーカー, パット　*Barker, Pat*
イギリスの作家
1943〜
[出]ヨークシャー州　[賞]フォーセット賞（1982年）, ガーディアン賞（1993年）, ブッカー賞（1995年）
[歴]1982年デビュー作「アイリスへの手紙」でフォーセット賞を受賞。ベストセラーとなり、映画化される。その後、第一次大戦をテーマとした3部作「Regeneration」（91年）「The Eye in The Door」（93年）「The Ghost Road」（95年）を発表。ベストセラーとなり、ガーディアン小説賞とブッカー賞を受賞。他の著書に「越境」（2001年）などがある。

パーカー, ロバート・B.　*Parker, Robert B.*
アメリカのミステリー作家
1932.9.17〜2010.1.18
[出]マサチューセッツ州スプリングフィールド　[名]Parker, Robert Brown　[学]コルビイ・カレッジ（1954年）卒, ボストン大学大学院（1957年）修了　英文学博士（ボストン大学）（1971年）　[賞]MWA賞（長編賞）（1977年）, MWA賞（巨匠賞）（2002年）
[歴]コルビイ・カレッジ卒業後、2年間兵役に就く。除隊後ボストン大学を卒業。航空会社や保険会社でのサラリーマン生活を経て、1962年ボストン大学に戻る。71年ハメット、チャンドラー、ロス・マクドナルドの作品に登場する私立探偵の研究によって博士号を取得。以後79年までボストン大学やノースイースタン大学で教鞭を執る傍ら作品を発表する。74年私立探偵スペンサーを主人公とする第1作「ゴッドウルフの行方」で作家デビュー。その後この〈スペンサー〉シリーズでハードボイルド作家の地歩を確立。76年発表の第4作「約束の地」ではアメリカ探偵作家クラブ賞（MWA賞）の最優秀長編賞を受賞した。日本では同シリーズの第7作「初秋」などで80年代から人気を集め、日本での延べ発行部数は約400万部に及んだ。また、89年レイモンド・チャンドラーの未完の遺作「プードル・スプリングス物語」を完成させたほか、チャンドラー「大いなる眠り」の続編「夢を見るかもしれない」（91年）を発表。「初秋」はロバート・ユーリック主演でテレビドラマ化され、2005年に発表した「アパルーサの決闘」も08年にエド・ハリス監督で映画化された。美味探訪記風の文を雑誌に寄稿する美食家でもある。他の作品に「暗夜を渉る」（1997年）、「忍び寄る牙」（98年）、「昔日」（2007年）などがある。1989年来日。

バーカム, ウェイン　*Barcomb, Wayne*
アメリカの作家
1933.1.13〜2016.10.26
[出]マサチューセッツ州ノースアダムス　[学]マサチューセッツ州立大学
[歴]マサチューセッツ州立大学で学ぶ。長く大学教科書の出版社のCEO（最高経営責任者）を務めた後、専業作家に転身。地方の小出版社から刊行した「Blood Tide」（2003年）、「Undercurrent」（06年）の好評を受け、大手出版社であるセント・マーティンズから「殺す女」を刊行。ベテラン編集者であった妻と二人三脚での執筆を続ける。

バカン, ジェームズ　*Buchan, James*
イギリス（スコットランド）の作家, 評論家
1954〜
[賞]ウィットブレッド賞（1984年）
[歴]1978年より経済専門紙「フィナンシャル・タイム」でサウジアラビア、ニューヨークなど世界各地の特派員を歴任。90年同紙を離れ、執筆に専念する。著書に「A Parish of Rich Women」（84年）、「Slide」（91年）、「Heart's Journey in Winter」（95年）、「マネーの意味論」（97年）など多数。

巴金　はきん　*Ba-jin*
中国の作家, エスペラント学者
1904.11.25〜2005.10.17
[出]四川省成都　[名]李 堯棠〈Li Yao-tang〉, 字名＝李 芾甘, 別名＝王 文慧, 比金, 余一, 余三, 余五, 余七, 欧陽 鏡容, 巴比　[学]東南大学附属高級中学　[勲]レジオン・ド・ヌール勲章（1984年）, ソ連人民友誼勲章（1990年）　[賞]ダンテ国際文学賞（1982年）, 福岡アジア文化賞特別賞（1990年）, モントルー国際文学

賞特別賞（イタリア）(1993年)

㊙四川省成都の官僚大地主の家に生まれ、幼時に両親を失う。中学時代五四運動によって新思想に目覚め、アナキズムの影響を受ける。生家をきらって1923年南京に行き、さらに上海に出て、27年単身パリに渡った。留学中に書いた「滅亡」が帰国後の29年「小説月報」に連載されて好評を博し、作家生活に入る。以後、激流3部作と呼ばれる「家」「春」「秋」などを通じて封建社会の束縛に抵抗する若い世代や戦時下でのインテリの苦しみを描き、中でも封建的大家族の崩壊を描いた「家」は多くの若者の心をとらえた。33年魯迅らと中国文芸工作社を設立した直後の34年11月、日本語を学ぶため日本に留学し、約10ヶ月間滞在。抗日戦争中は香港、桂林、重慶を転々としながら抗日筆活動を展開した。49年の新中国建国後は、53年中国作家協会副主席、60年中国文学芸術界連合会(中国文連)副主席や、雑誌「文芸月報」「収穫」の編集長を務めた。文化大革命中の68年、"反革命分子"と非難され失脚、迫害により夫人を亡くした。77年に名誉回復し、79年11月文連と作家協会副主席再任。同年3月全人代委員。80年中国筆会(ペンクラブ)中心会長、81年3月作家協会主席。83年6月全国政協副主席。86～89年中華文学基金会長。88年全国政協副主席再任。89年中国作家協会名誉主席。パーキンソン病や骨折で入退院を繰り返しながら「随想録」(全5巻)の執筆に心血を注ぎ、ノーベル文学賞の有力候補にも挙がった。数え年で100歳となった2003年の誕生日には、中国政府より人民作家の栄誉称号が授与された。魯迅と並び近代中国を代表する文豪の一人だった。代表作品に「霧」「雨」「電」(愛情3部作)、「火」3部作(抗戦3部作)、「寒夜」「憩園」「第四病室」などがある他、翻訳ゲルツェン「過去と思索」、「巴金文集」(全14巻)、「巴金翻訳全集」(全10巻)がある。井上靖など日本の文学者とも交遊が深く、何度も来日し、日中の文学交流にも貢献。1962年には広島での原水爆禁止日本国民会議(原水禁)世界大会で中国代表団の団長を務めた。

パーキンソン, シボーン *Parkinson, Siobhan*
アイルランドの児童文学作家
㊨アイルランド児童文学賞(3回)

㊙出版社やコンピューター会社での編集の仕事や、住宅とホームレスを調査する国立機関で働いた経験を持つ。のち執筆活動に入り、1993年「アメリア」で人気を得て、アイルランドで最も活躍する児童文学作家となる。97年「きょうだいですって…じょうだんじゃない！」でアイルランドの児童文学賞を受賞。以後「4人の子どもと3びきのネコと2頭の雌牛とひとりの魔女…たぶん」「ムーン・キング」でも、同賞を立て続けに受賞するなどの高い評価を受ける。2010年初代"若者のローリエット"の称号が授与された。

バーグ, A.スコット *Berg, A.Scott*
アメリカの作家
㊐プリンストン大学(1971年)卒　㊨ピュリッツァー賞, チャールズ・ウィリアム・ケネディ賞, 全米図書賞

㊙1971年プリンストン大学を卒業、パーキンズを扱った卒業論文でチャールズ・ウィリアム・ケネディ賞を受賞。同論文を大幅に加筆した「名編集者パーキンズ」で全米図書賞を受けた。また、飛行家チャールズ・リンドバーグの評伝「リンドバーグ」でピュリッツァー賞を受賞。綿密な取材に裏付けられた抜群の構成力に定評がある。他の著書に「虹を摑んだ男―サミュエル・ゴールドウィン」など。

白樺 はく・か *Bai Hua*
中国の作家, 劇作家, 詩人
1930.11.20～
㊒河南省信陽　㊓陳佑華　㊨人民解放軍文芸賞(1983年)

㊙1946年から創作を始め、47年人民解放軍に参加、総政治部創作室創作員などを務めた。49年共産党に入党。55年胡風批判に連座して取り調べを受け、57年の反右派闘争でも批判されたが、61年末から脚本創作を許され、映画「山あいに鈴響かせてキャラバン来たる」で有名に。66年文化大革命では反革命分子として逮捕され、7年間監禁。76年四人組の失脚後、武漢軍区政治部文芸副部長となり創作を再開。77年以降は小説や脚本を多数発表、自由な作風と流麗な文体で人気を集めた。81年脚本「苦恋」が反革命の作品として批判され、自己批判文を発表したが、その後も愛国の熱情に満ちた問題作を次々に創作する。代表作に戯曲「今夜星光燦爛」「曙光」「一束の手紙」など。88年3月第7期全人大天津市代表。89年の天安門事件の際は上海の民主化デモに参加、以後作家活動を規制される。90年党除名。96年作品執筆のため中国内陸部に滞在していたところ、公安当局に身柄を拘束される。

パク・キョンリ 朴 景利 *Pak Kyong-ni*
韓国の作家
1926.10.28～2008.5.5
㊒慶尚南道忠武(統営)　㊐晋州高等女学校(1946年)卒　㊨韓国現代文学賞(1958年), 韓国新人文学賞(3回), 韓国女流文学賞(2回)

㊙ソウル新聞社、京郷新聞社勤務を経て、1955年「計算」で文学界にデビュー。65年朝鮮戦争をテーマにした「市場と戦場」で第2回韓国女流文学賞を受賞。69～94年5部からなる大河小説「土地」(全25巻)を執筆。李朝末期から日本による植民地支配解放までの歴史を無名の人々の視点を通じて描き、3回にわたりテレビドラマ化された。朝鮮民族の歴史とドラマを描く長編作家で、韓国現代文学の代表的な女流作家だった。他の作品に「漂流島」「金薬局の娘たち」「不信時代」などがある。50年朝鮮戦争により夫と死別。韓国の反体制詩人キム・ジハ(金芝河)は女婿にあたる。
㊕女婿＝キム・ジハ(金 芝河, 詩人)

パク・ケーヒョン 朴 啓馨 *Park Kye-hyung*
韓国の作家
1943～
㊒ソウル　㊐高麗大学英文科(1965年)卒　㊨誇るべき高麗大学人賞(2002年)

㊙1963年「留まりたかった瞬間の数々」がラジオ・ソウル(現・東洋ラジオKBS2)開局記念50万ウォン懸賞募集の放送小説部門に当選。76年「ある神父」で中央日報新春文芸入選。99年「朝鮮日報」選定の"韓国を引きつぐ50人"の一人に選ばれる。2002年誇るべき高麗大学人賞を受賞。02年中国延辺科学技術大学兼任教授に就任。聖オーガスチン会(St.Augustine Society)代表も務める。

莫言 ばく・げん *Mo Yan*
中国の作家
1955.2.17～
㊒山東省高密県　㊓管 謨業〈Guan Moye〉　㊨中国人民解放軍芸術学院文学系　㊨フランス芸術文化勲章　㊨ノーベル文学賞(2012年), 国際ノニーノ賞, 福岡アジア文化賞大賞(2006年)

㊙山東省高密県の農民の子として生まれる。文化大革命により小学校を中退。牛飼い、臨時工などを経て、1976年人民解放軍に入隊。81年から執筆活動を始め、84年に解放軍の芸術学院文芸部に入学した。85年「透明的紅蘿卜(透明な赤蕪)」で作風を確立、貧しい農村と、そこの農民を描き、"土のにおいが濃厚"と評された。抗日戦期の高密県一帯の農村を舞台に無頼漢たちが暴れまわるさまを描いた「紅い高粱」(86年)はチャン・イーモウ(張芸謀)監督により「紅いコーリャン」として映画化され、ベルリン国際映画祭でグランプリを受賞、世界的な評価を得る。長編「紅い高粱家族」には続編4編を収める。96年の「豊乳肥臀」は性的描写などが問題視され、中国で一時発禁処分になった。ロマン・ロラン、マルクス、クンデラなどの影響を受け、近年の作品には農村風景や自然の描写に登場人物の心象風景を投影した幻想的なものが多い。中国現代文学の第一人者で、2012年中国国籍の作家として初のノーベル文学賞を受賞。他の作品に「天堂蒜苔之歌」「十三歩」「酒国特捜検事丁鈎児の冒険」「至福のとき」(中短編集)「白檀の刑」「白い犬とブランコ」(短編集、「故郷の香り」として映画化)

「四十一炮」「転生夢現」「蛙鳴」など。"言うこと莫かれ"というペンネームは余計なことをしゃべらぬよう自分を戒めるため。中国政府公認の中国作家協会の副主席を務める。1999年初来日。2006年福岡アジア文化賞大賞を受賞。11年7月再来日。

バーク, ジェームズ・リー *Burke, James Lee*
アメリカのミステリー作家
1936～
[出]テキサス州ヒューストン　[学]ミズーリ大学　[賞]MWA賞最優秀長編賞（1990年・1998年）, CWA賞ゴールド・ダガー賞（1998年）, ガムシュー賞最優秀ミステリー賞, MWA賞巨匠賞（2009年）
[歴]ミズーリ大学で学士号と修士号を取得。その後、石油関連や報道関係、社会福祉関連の仕事に就き、1965年からの2年間はウイチタ州立大学で教職に就く。元警官を主人公にした〈デイヴ・ロビショー〉シリーズの第1作「ネオン・レイン」でミステリー作家に転じ、90年「ブラック・チェリー・ブルース」、98年〈ビリー・ボブ〉シリーズの第1作「シマロン・ローズ」でアメリカ探偵作家クラブ（MWA）最優秀長編賞を2度受賞。2009年にはMWA賞巨匠賞を受けた。他の著書に「天国の囚人」「フラミンゴたちの朝」「エレクトリック・ミスト」「ディキシー・シティ・ジャム」「ハートウッド」「燃える天使」「太陽に向かえ」など。

バーク, ジャン *Burke, Jan*
アメリカの作家
1953～
[出]テキサス州　[学]カリフォルニア州立大学卒　[賞]MWA賞最優秀長編賞（2000年）
[歴]1993年女性記者アイリーン・ケリーを主人公にした「グッドナイト、アイリーン」で作家デビュー。他の作品に同シリーズ「危険な匂い」「神からの殺人予告」などがある。2000年「骨」でアメリカ探偵作家クラブ賞（MWA賞）の最優秀長編賞を受賞。

パク・ジョヨル 朴 祚烈 *Park Jo-yeol*
韓国の劇作家
1930.10.8～
[出]咸鏡南道咸州　[学]ドラマセンター演劇アカデミー研究課程（現・ソウル芸術大学）　[賞]東亜演劇戯曲賞, 百想芸術大賞
[歴]中学校教員を経て、韓国陸軍に入る。朝鮮戦争では戦闘中に負傷。退役後、ドラマセンター演劇アカデミー研究課程（現・ソウル芸術大学）に入学、「観光地帯」を発表。その後、1965年「ウサギと猟師」で東亜演劇戯曲賞を受賞。また劇団「自由」を旗揚げし、韓国劇作ワークショップを開設。74年「呉将軍の足の爪」を発表するが、政権の検閲で反戦的とされ上演禁止となる。このため、事前検閲制度廃止運動を展開、88年ようやく上演され、以後韓国演劇の代表的な賞である百想芸術大賞など、様々な演劇賞を受賞。91年事前検閲制度は廃止となった。2008年瓜生正美による演出で青年劇場が同作品を上演。

パク・ジョンデ 朴 正大 *Park Jeong-dae*
韓国の作家
1965～
[出]江原道旌善　[学]高麗大学国文学科卒　[賞]金達鎮文学賞, 素月詩文学賞, 大山文学賞
[歴]1990年「文学思想」に「蠟燭の火の美学」他6編が掲載されデビュー。金達鎮文学賞と素月詩文学賞、大山文学賞を受賞。

パク・セヨン 朴 世永 *Pak Se-yong*
北朝鮮（朝鮮）の詩人
1902.7.7～1989.2.28
[出]京幾道　[学]培材高等普通学校（1923年）卒, 延禧専門学校（ソウル）（1925年）中退
[歴]高等学校の時に同人誌「セヌリ（新宇宙）」を刊行。中国に遊学し、1924年帰国、文学芸術団体､焰群社の同人として活躍。25年朝鮮プロレタリア芸術同盟（カップ, KAPF）に参加、25～35年児童雑誌「星の国」の編集に従事、代表的なプロレタリア詩人となる。46年北へ入り、のち北朝鮮文学同盟書記長、朝鮮作家同盟中央委員会常務委員など歴任。作品には「岩つばめ」（37年）「流火」（46年）「密林の歴史」（62年）などがあり、作詞に朝鮮の国歌にあたる「愛国歌」（47年）などがある。

白 先勇 はく・せんゆう *Bai Xian-yong*
中国生まれの台湾の作家
1937～
[出]中国・広西省桂林　[学]台湾大学卒
[歴]国民政府高官の息子として、1937年中国広西で生まれ、日中戦争期に重慶へ、戦後は南京、上海、香港と移り住み、52年台湾・台北に移る。夏済安の主宰する「文学雑誌」に触発され、文学を志す。台湾大学在学中の60年、陳若曦、王文興らとともに戦後台湾文学の記念碑となる雑誌「現代文学」を創刊。63年アイオワ大学に留学、以後アメリカに在住し、カリフォルニア大学で中国文学を講じるが、一貫して台湾で作品を発表し続ける。作品は在米中国人、或いは外省人を主人公とした短編小説が中心で、表現力と作品構成上の技巧とには定評がある。短編集に「謫仙記」（67年）「台北人」（71年）、長編小説に「孽子（ニエズ）」（83年, 邦訳・2006年）などがあり、ほかに散文集「驀然回首」（1978年）、戯曲「遊園驚夢」（68年）などがある。
[家]父＝白 崇禧（将軍）

パク・テウォン 朴 泰遠 *Pak Tae-won*
北朝鮮（朝鮮）の作家
1910.1.17～1986.7.10
[出]京城　[名]号＝仇甫
[歴]主な作品に「小説家仇甫氏の一日」（1934年）、「川辺の風景」（36～37年）、「甲午農民戦争」（77年）などがある。

パク・トゥジン 朴 斗鎮 *Pak Tu-jin*
韓国（朝鮮）の詩人
1916.3.10～1998.9.16
[出]京畿道安城　[名]号＝兮山　[賞]アシア自由文学賞, ソウル市文化賞, 韓国芸術院賞, アジア・キリスト教文学賞（1997年）
[歴]1939年「文章」誌への投稿で詩壇に登場。祖国解放後の46年、趙芝薫、朴木月と3人で詩集「青鹿集」を刊行。延世大学教授、梨花女子大学教授などを歴任。代表作に詩「太陽」（46年）、連作詩「水石列伝」（72～76年）など。他の著書に詩集「蜘蛛と星座」（62年）、「人間密林」（63年）、「使徒行伝」（73年）、詩論集「詩と愛」（60年）、「韓国現代詩論」（70年）などがある。

パク・パリャン 朴 八陽 *Pak Par-yang*
北朝鮮（朝鮮）の詩人
1905.8.2～1988.10.4
[出]京畿道水原　[名]号＝麗水, 筆名＝金 麗水　[学]京城法学専門学校（1924年）卒
[歴]培材高校普通科から京城法学専門学校に進む。培材高校時代、鄭芝溶らと同人誌「揺籃」を発行。1923年「東亜日報」の新春文芸募集に詩「神の酒」が当選して詩壇入りする。卒業後は「東亜日報」「朝鮮日報」などの新聞記者や「朝鮮中央日報」の社会部長を務めながら詩作を行い、25年「その日はクリスマス」で文壇にデビュー。26年朝鮮プロレタリア芸術同盟（カップ）に加盟し、示威的な傾向性の強い作品を多く書いたが、弾圧のため中断。後に満州へ渡り、37年から「満鮮日報」記者、さらに満州帝国協和会の中央本部弘報科にも籍を置いた。日本語の「満州日日新聞」紙上でも評論を発表。45年の解放後、朝鮮文学家同盟に参加したが、日本の敗戦前にソウルに戻り「正路」誌編集局長を務める。46年越北し、北朝鮮文学芸術総同盟中央委員、作家同盟副委員長、最高人民会議第代議員などの要職を歴任。作品に、代表作「つつじ」（30年）、詩集「麗水詩集」（40年）、「朴八陽詩選集」（49年）などがあり、評論も多い。

白 冰 はく・ひょう *Bai Bing*
中国の児童文学作家
1956～

[出]河北省
[歴]北京の国有出版社の副社長を経て、2001年広西チワン族自治区の接力出版社に請われ北京支社の編集長に。青少年向け書籍専門からエンターテインメント路線にかじを切り、〈いたずらっ子の馬小跳〉シリーズなどで、売上げを3倍に増やした。児童文学作家でもあり、作品に「よみがえった鳳凰」などがある。

パク・ヒョンウク　*Park Hyun-wook*
韓国の作家
1967～
[出]ソウル　[学]延世大学社会学科哲学専攻(1991年)卒　[賞]文学トンネ新人作家賞(2001年)
[歴]延世大学社会学科で哲学を専攻し、1991年卒業。30歳を過ぎてから勤めていた会社を辞める。99年から書き始めて2001年に発表した「同情のない世の中」で第6回文学トンネ新人作家賞を受賞し、作家デビュー。03年長編「鳥は」を発表。若手の先頭を行く、才能豊かな作家として評価される。ベストセラーとなった小説「もうひとり夫が欲しい」は、08年「妻が結婚した」として映画化された。

パク・ヒョンムン　朴 赫文　*Park Hyuk-moon*
韓国の作家
1963～
[出]慶尚南道巨済島　[学]高麗大学国語教育科卒
[歴]ソウル信一高校の国語教師として勤務。若い頃から、宗教、歴史、東洋哲学の世界に心酔していたが、1999年本格的な歴史小説「八旗軍」(全3巻)を発表して注目された。さらに唐の高宗によって乱暴な将帥と貶められた淵蓋蘇文を、民族の誇るべき英雄として描いた大河実録「淵蓋蘇文」(全6巻)を発表し、"東北公程専門家"としても評価される。他の作品に「朱蒙」がある。

パク・ファソン　朴 花城　*Pak Hwa-song*
韓国(朝鮮)の作家
1904.4.16～1988.1.30
[出]朝鮮・木浦　[学]日本女子大学英文科卒
[歴]1925年李光洙に推挙されて短編「秋夕前夜」が「朝鮮文壇」に掲載しデビュー。31年にも李の推薦で「東亜日報」に長編「百花」(43年刊)を連載。代表作に、32年発表の「下水道工事」があり、他に「洪水前夜」「峠を越えれば」「故郷なき人」「旱鬼」などがある。韓国ペンクラブ顧問。

パク・ボムシン　朴 範信　*Park Bum-shin*
韓国の作家
1946.8.24～
[出]忠清南道論山　[名]号＝臥草　[学]全州教育大学卒, 円光大学国文学科(1967年)卒, 高麗大学大学院修了　[賞]大山文学賞(2009年), 大韓民国文学賞(新人部門)
[歴]農村出身。2年制の教育大学を卒業し、小学校の教員に。その後4年制の大学に入学し直し、ソウルへ上京、あらゆる職業を経験。1973年中央日報新春文芸の募集小説に「夏の残骸」で応募して当選し、文壇デビュー。以後、新聞に連載し、次々に小説を発表、数多くテレビ化されている。長編小説「火の国」は演劇化され、89年12月東京で上演。小説家協会、民族文学作家会理事を務める。主な作品に「死よりも深い眠り」「草の葉のごとく横たわる」「花火遊戯」「寝返りをうつ魂」「太陽祭」「荒野」などがある。

パク・ミンギュ　*Park Min-gyu*
韓国の作家
1968～
[出]慶尚南道蔚山　[学]中央大学文芸創作学科卒　[賞]文学トンネ新人作家賞(2003年), ハンギョレ文学賞, 申東曄創作賞(2005年), 李孝石文学賞(2007年), 黄順元文学賞(2009年), 李箱文学賞(2010年), 日本翻訳大賞(2015年)
[歴]2003年「地球英雄伝説」で文学トンネ新人作家賞、「三美スーパースターズの最後のファンクラブ」でハンギョレ文学賞を同時に受賞しデビュー。その後、05年「カステラ」で申東曄創作賞、07年「黄色い川、舟一隻」で李孝石文学賞、09年「近所」で黄順元文学賞、10年「朝の門」で李箱文学賞を受賞。14年「カステラ」が第1回日本翻訳大賞を受賞した。他の作品に「亡き王女のためのパヴァーヌ」「ピンポン」など。

柏 楊　はく・よう　*Pai Yang*
中国生まれの台湾の作家, 評論家
1920.3.7～2008.4.29
[出]中国・河南省開封県　[名]郭 衣洞　[学]四川省東北大学卒
[歴]高校時代、国民党に入党。大学卒業後、東北青年日報社長、遼東学院副教授を歴任。革命後の1949年、中国共産党が勢力を拡大する中、国民党と共に台湾へ渡る。中国青年写作協会総幹事、国立成功大学副教授、台湾芸術専科校教授を経て、夕刊紙「自立晩報」副編集長となり、連載したコラムが評判になった。その後、執筆活動に入り、郭衣洞の名で小説、柏楊の筆名で評論・エッセイを発表。68年別の新聞で手がけた漫画の翻訳で当時の蔣介石総統を侮辱したとして、約9年間入獄。76年釈放されるが、さらに1年余り軟禁。釈放後に執筆活動を再開し、85年中華民族の性格的欠陥を指摘する「醜い中国人」を著し、中国や日本でも話題を呼んだ。他の著書に「柏楊選集」「柏楊随筆」「郭衣洞小説集」「今訳資治通鑑」など、邦訳に「絶望の中国人」などがある。89年10月40年ぶりに中国に帰国。国際人権団体アムネスティ・インターナショナルの台湾支部会長として人権活動にも従事した。

パク・ヨンヒ　朴 英熙　*Pak Yong-hui*
北朝鮮(朝鮮)の詩人, 評論家
1901.12.20～？
[出]ソウル　[学]培材高等普通学校卒
[歴]高等学校卒業後、日本へ留学、帰国して詩作を始める。初期はヴェルレーヌなどに影響を受けその詩風は耽美的な傾向にあった。マルクス主義文芸理論に触れ、1925年金基鎮らと共に朝鮮プロレタリア芸術同盟(カップ, KAPF)の創立に加わり、中央委員となる。32年カップ脱退後は親日文学に向かう。解放後は韓国で大学の講師をしていたが、朝鮮戦争時の50年北に連行されたといわれる。主著に「小説評論集」(30年)、「懐月詩抄」などがある。故人。

バーグ, リーラ　*Berg, Leila*
イギリスの児童文学作家
1917.11.12～2012.4.17
[出]グレーター・マンチェスター州サルフォード　[学]ロンドン大学　[賞]エリナー・ファージョン賞(1973年)
[歴]記者として働きながらロンドン大学で学ぶ。その後、児童文学作家として幼年向けの物語を数多く発表。1950年代の作品「リトル・カーのぼうけん」「わんぱくビートのものがたり」が特に好評を得た。後年は片親の家庭、失語症など、子供にまつわる問題を扱った作品を発表。97年には自伝「フリッカー・ブック」を出版した。

パーク, リンダ・スー　*Park, Linda Sue*
アメリカの児童文学作家
1960～
[出]イリノイ州　[学]スタンフォード大学英語科卒　[賞]ニューベリー賞(2002年度)
[歴]韓国系2世。幼い頃から詩や物語を書き、9歳で子供向けの雑誌に詩を寄稿。スタンフォード大学を卒業後、イギリスやアイルランドでも英文学を学ぶ。石油会社の広報勤務や記者、英語教師などを経て、1999年童話「Seesaw Girl」で児童文学作家としてデビュー。主として韓国を舞台とする作品を執筆。3作目にあたる「モギ―ちいさな焼きもの師」で2002年度ニューベリー賞を受賞。同年に刊行された4作目「木槿の咲く庭―スンヒィとテヨルの物語」は初めての本格的小説で、ジェーン・アダムス賞など数々の賞にノミネートされた。

パーク, ルース　*Park, Ruth*
オーストラリアの作家, ジャーナリスト

1917.8.24〜2010.12.14
Ⓗニュージーランド・オークランド 賞シドニー・モーニング・ヘラルド賞(1948年), オーストラリア年間子供の本賞(1981年), グローブ・ホーン・ブック賞(1982年)
略ジャーナリストとして活躍し, 1948年小説「ハーブ・イン・ザ・サウス」でシドニー・モーニング・ヘラルド賞を受賞後, 作家活動を始める。その後, 多くの児童文学作品を著し, オーストラリア出版界で最も有名で尊敬される作家の一人となる。また, ラジオ・テレビ用の脚本も執筆し, ABC放送で長年にわたり放送され人気を博した〈ウォンバット〉シリーズなどが有名。

パク・ワンソ　朴婉緒　Pak Wan-so
韓国の作家
1931.10.20〜2011.1.22
Ⓗ京畿道開豊　学淑明女高卒, ソウル大学文理学部国文学科(1950年)中退　賞韓国文学作家賞(1980年), 李箱文学賞(1981年), 大韓民国文学賞(1990年), 怡山文学賞(1991年), 韓国中央文化大賞(1993年), 韓国現代文学賞(1993年), 東仁文学賞(1994年), 大山文学賞(1997年)
略小学校に入る直前にソウルに移る。1男4女を育てる専業主婦だったが, 1970年雑誌「女性新東亜」長編小説懸賞に「裸木」が当選, 作家生活に入る。短編を発表し, 創作集として刊行するほか,「文学思想」や「東亜日報」に長編小説を連載するなど活躍。作風はウィットやユーモア, 弾力性に富み, 幅広いテーマを扱った。「あなたはまだ夢見ているのか」は90年度ベストセラーに。他に「傲慢と夢想」「都市の凶年」「その年の冬は暖かかった」「結婚」「新女性を生きよ」(原題・「あのたくさんのオヤマソバは誰が食べてしまったのか」)「その山は本当にそこにあっただろうか」, 第一創作集「恥ずかしさを教えます」(76年),「かくも長き一日」(2012年)などがある。「朴婉緒短編小説全集」(全5巻, 1999年),「朴婉緒小説全集」(全22巻, 2012年)が刊行されている。

バクス, アンドルー　Vachss, Andrew H.
アメリカの作家, 弁護士
1942〜
Ⓗニューヨーク市
略債権の取り立て屋, ギャンブラー, タクシー運転手など雑多な職業を転々とした後, 弁護士になる。青少年犯罪と幼児虐待が専門で, 飢えた子供を救えないかとビアフラに行った経歴を持つ。のちニューヨークからワシントン州バンクーバーに法律事務所を移す。一方, 1985年アウトローの私立探偵バークを主人公にした「フラッド」で作家デビュー。以来幼児虐待を題材にしたハードボイルド〈バーク〉シリーズを執筆,「赤毛のストレーガ」「ブルー・ベル」「ハード・キャンディ」「ブロッサム」「サクリファイス」などがある。他の作品に「凶手(きょうしゅ)」(93年)など。

パークス, ティム　Parks, Tim
イギリスの作家
1954.12.19〜
Ⓗグレーター・マンチェスター州マンチェスター　㊛Parks, Timothy Harold　学ケンブリッジ大学, ハーバード大学　賞サマセット・モーム賞(1986年), ベティ・トラスク賞(1986年), ジョン・ルウェリン・リース賞(1986年)
略ケンブリッジ, ハーバードの両大学で英文学を修める。様々な仕事を経験後, イタリア人女性と結婚してイタリアに移住し, 1981年よりヴェローナに住む。85年に処女長編小説「Tongues of Flame」で作家デビューし, サマセット・モーム賞, ベティ・トラスク賞など三つの文学賞を受賞。以後, 作家, エッセイストとして活躍し, 大学で英文学を講じる。モラヴィア, カルヴィーノ, タブッキら, イタリア現代作家の翻訳者としても名高い。92年エッセイ集「愛すべき北イタリアの隣人たち」が世界的ベストセラーとなった。他の作品にスリラー小説「誘拐のヴァカンス」(90年),「狂熱のシーズン―ヴェローナFCを追いかけて」(2002年),「メディチ・マネー」(05年)などがある。

バクスター, ジェームズ・ケア　Baxter, James Keir
ニュージーランドの詩人, 劇作家
1926.6.29〜1972.10.23
Ⓗダニーデン　学オタゴ大学中退, ビクトリア大学　賞マクミラン・ブラウン文学賞(1944年)
略クエーカー教徒の父親が収容されていた南島ダニーデンの軍規違反者のキャンプで育つ。10代で処女詩集「冊の向こう」(1944年)を刊行すると神童といわれ, 48年の「風, 豊穣の風」は傑出した才能を確立した一編といわれる。オタゴ大学, ビクトリア大学で学び, 肉体労働者, ジャーナリスト, 教師と職を変え, 信仰もイギリス国教会, カトリックへと変わっていく。マオリの女性作家J.C.スタームと結婚, 生まれ故郷のダニーデンやウェリントンで生活し, 晩年を過ごした北島ワンガヌイでは, 原住民マオリの集落に宗教コミュニティ・新エルサレムを作り, 落後者や麻薬中毒患者のために尽力。他の詩集に「回帰かなわぬ業火のなかで」(58年), 妻に捧げた「ハウラー橋」(61年),「ブタ島の手紙」(66年),「秋の証言」(72年),「詩集」(79年)など, 約30の詩, 劇, 批評集を刊行。58年日本, インドを訪問した。「詩選集」(82年),「冷い春」(96年),「バクスターの本質」(93年)は韻文, 散文選集で, 没後も出版され続けた。

バクスター, スティーブン　Baxter, Stephen
イギリスのSF作家
1957〜
Ⓗマージーサイド州リバプール　学ケンブリッジ大学卒 工学博士(サウザンプトン大学)
略ケンブリッジ大学で数学の学位を得た後, サウサンプトン大学で工学博士号を取得。学生時代からSF小説を書き始め, 情報科学関係の仕事の傍ら執筆を続ける。1987年「インターゾーン」誌において短編「ジーリー・フラワー」でデビュー。同作から始まる壮大な宇宙年代記〈ジーリー〉シリーズで新世代のハードSF作家として注目を集める。95年から作家専業。同年H.G.ウェルズの古典的名作「タイム・マシン」刊行百周年を記念した遺族公認の続編「タイム・シップ」を執筆, イギリス, アメリカ, ドイツで四つの賞を受賞した。他の著書に「天の筏」「時間的無限大」「フラックス」「虚空のリング」「マンモス―反逆のシルヴァーヘア」などがある。

バクスター, チャールズ　Baxter, Charles
アメリカの作家, 詩人
1947〜
Ⓗミネソタ州ミネアポリス　賞AWP賞
略はじめ詩集を出したが, 1982年度版「ベスト・アメリカン・ショート・ストーリーズ」に「Harmony of the World」が選ばれたのをきっかけに, 短編小説に腕をふるう。その作品はポスト・モダニストからも, またそれに批判的な者からも絶賛され, 80年代の「ベスト・アメリカン・ショート・ストーリーズ」に4回選ばれる。短編集「Harmony of the World(世界のハーモニー)」(84年),「Through the Safety Net(安全ネットを突き抜けて)」(85年),「A Relative Stranger(見知らぬ弟)」(90年), 長編「First Light」(87年),「ShadowPlay」(93年), 詩集「Imaginary Paintings」などがある。

ハクスリー, エルスベス　Huxley, Elspeth
イギリスの作家
1907〜1997
Ⓗロンドン
略少女時代を当時イギリス領であったケニアで過ごす。植民地時代の歴史的な背景を踏まえながら, 本格物としても完成度の高いミステリーを執筆した。邦訳に「サファリ殺人事件」(1938年)がある。作家オルダス・レナード・ハクスリーの親戚関係にあたる。

ハクスリー, オルダス・レナード　Huxley, Aldous Leonard
イギリスの作家, 批評家
1894.7.26〜1963.11.22

[出]サリー州ゴダルミング　[学]オックスフォード大学(1916年)卒　[賞]ジェームズ・テイト・ブラック記念賞(1939年)
[歴]18歳の時、盲目に近い状態となり、医者の志望を断念して文学に転向。1919年マーリの「Athenaeum」誌の編集に加わり、批評を書く。後に小説に転向し、21年小説「クローム・イエロー」を出版、好評を博した。以後、現代知識人の生活と意見を生き生きと描き出して、風刺小説を多く発表。38年以降アメリカのカリフォルニアに定住。他の小説に「道化踊り」(23年)、「恋愛対位法」(28年)、「すばらしい新世界」(32年)、「ガザに盲いて」(36年)、評論に「目的と手段」(37年)、「知覚の扉」(54年)など。
[家]祖父＝トマス・ヘンリー・ハクスリー(生物学者), 兄＝ジュリアン・ソレル・ハクスリー(生物学者), 異母弟＝アンドルー・フィールディング・ハクスリー(生理学者・ノーベル医学生理学賞受賞), 妻＝ローラ・アルセラ・ハクスリー(作家)

ハークネス, デボラ　*Harkness, Deborah*
アメリカの作家, 歴史学者
1965〜
[歴]南カリフォルニア大学教授を務める歴史学者。16〜18世紀のヨーロッパにおける魔法と科学の歴史を専門とし、ケンブリッジ大学やエール大学から学術書も出版。一方、2011年「魔女の目覚め」でフィクション作家としてデビューし、「ニューヨーク・タイムズ」「パブリッシャーズ・ウィークリー」のベストセラーリスト初登場2位にランクインした。

ハ

バクラーノフ, グリゴリー　*Baklanov, Grigorii Yakovlevich*
ロシア(ソ連)の作家
1923.9.11〜2009.12.23
[出]ソ連ロシア共和国ヴォロネジ　[名]フリードマン〈Fridman〉　[学]ゴーリキー文学大学(モスクワ)(1951年)　[賞]ソ連国家賞(1982年), ロシア国家賞(1997年)
[歴]1941〜45年第二次大戦に従軍。42年ソ連共産党に入党。50年より創作を発表、スターリン批判後に書き始めた戦争小説によって一躍注目を集めた。86〜93年「Znamya(旗)」誌編集長。一連の中編小説「主力攻撃より南へ」(58年)、「一寸の土地」(59年)、「死者に鞭打つなかれ」(61年)、「41年7月」(64年)など、第二次大戦をテーマに戦争文学のジャンルに新境地を開いた。ほかに戦後の生活を扱った中編「カルプーヒン」(66年)、モラルの問題を扱った長編「親友たち」(75年)、同「末弟」(81年)、中編「仲間」(90年)など。映画脚本「四十九日間」(62年)、戯曲「人は何によって生きるか」(76年)などもある。

バークリー, アントニー　*Berkeley, Anthony*
イギリスの推理作家
1893.7.5〜1971.3.9
[出]ハートフォードシャー州　[名]バークリー・コックス, アントニー〈Berkeley Cox, Anthony〉 別筆名＝アイルズ, フランシス〈Iles, Francis〉
[歴]ユーモア作家として「パンチ」誌で出発した後、1925年“?”名義で処女探偵小説「レイン・コートの謎」を刊行、以後アントニー・バークリー名義で「毒入りチョコレート事件」(29年)、「第二の銃声」(30年)などの独創性あふれる謎とき、フランシス・アイルズ名義では「殺意」(31年)以下の殺人者の心理に重きをおいた作品を発表。黄金時代パズラーの頂点をきわめるとともに以後のミステリーの発展にも大きな影響を与えた。

バグリー, デズモンド　*Bagley, Desmond*
イギリスの冒険作家
1923.10.29〜1983.4.12
[出]ケンダル
[歴]第二次大戦中はランカシャーの飛行機工場に勤務。戦後、アフリカへ渡り、各地を転々としながら、ナイトクラブの写真師、脚本家、フリーのジャーナリストなど様々な職業を経験する。1963年処女長編「ゴールデン・キール」を発表、長編2作目の「高い砦」(65年)がベストセラーとなり作家としての地位を確立。以後、ほぼ年1作のペースで書き続けた。取材を兼ねた旅行は世界中に及び、サハラ砂漠や南極までも足を踏み入れた。作品はスパイ・アクションもの、海洋冒険小説、秘境探険物語と多彩で、イギリスの伝統的冒険小説の第一人者として知られた。代表作の「マッキントッシュの男」(71年)はジョン・ヒューストン監督、ポール・ニューマン主演で映画化された。

バグリツキー, エドゥアルド・ゲオルギエヴィチ
Bagritskii, Eduard Georgievich
ソ連の詩人
1895.11.3〜1934.2.16
[出]ウクライナ・オデッサ　[名]ジュビン
[歴]ユダヤ人職人の子として生まれる。測量技術学校で勉強していた頃から詩を書き始め、1915年故郷オデッサの文集に詩を発表。19年国内戦で赤軍の遊撃部隊の一員として戦う。20年ロスタ通信社の南部ロスタ支部で活動すると同時に、南国的ロマンチシズムと国内戦で鍛えられたボルシェビキ的情熱とが芸術的に溶け合った抒情詩を作る。25年モスクワに移り、26年国内戦で反革命側について死んでいった農民をうたった叙事詩「オパナスの歌」を発表、高い評価を受け多くの人に愛誦される。同年文学団体ペレワールに参加。28年処女詩集「南西」を出版。30年ラップ(ロシア・プロレタリア作家協会)に加わる。32年に第2詩集「勝利者たち」、第3詩集「最後の夜」を相次いで出版したが、病のため急逝。革命期の内面的不安と革命への熱意の対置が特徴で、キルサーノフ、オレーシャらとともに、いわゆる“オデッサグループ”と称されている。

バグリャナ, エリサヴェタ　*Bagryana, Elisaveta*
ブルガリアの詩人
1893.4.16〜1991.3.23
[出]ソフィア　[名]エリサヴェタ・リュボミロヴァ・ベルチェヴァ〈Elisaveta Lyubomirova Belcheva〉　[学]ソフィア大学卒
[歴]ソフィア大学のスラブ語学科を卒業。ヨーロッパの現代詩の影響を受けて象徴詩を書くようになり、作家ヨフコフから詩人として認められて文芸誌「ズラトログ(金角)」グループに参加、第一次大戦後の詩壇をリードする。「永遠なるものと聖なるもの」(1927年)、「船員の星」(32年)、「人の心」(36年)、「五つの星」(53年)、「岸から岸へ」(63年)、「対位法」(72年)などの詩集がある。自由を希求し束縛を跳ねのける若さと悦楽を肯定する詩は新たな世界を切り開いたものと高く評価され、ノーベル文学賞の候補にもなった。

バークレイ, リンウッド　*Barclay, Linwood*
カナダの作家
[出]アメリカ　[賞]カナダ推理作家協会アーサー・エリス賞(最優秀作品賞)(2009年)
[歴]新聞社に勤務する傍ら、1990年代にノンフィクション作家として活躍。2004年ミステリー作家としてのキャリアをスタートさせ、07年に出版されたミステリー「失踪家族」が、イギリスで60万部のヒットとなり、世界30ケ国以上で翻訳された。08年に刊行された「崩壊家族」はカナダ推理作家協会アーサー・エリス賞(最優秀作品賞)を受賞。

ハーゲルシュタンゲ, ルードルフ　*Hagelstange, Rudolf*
ドイツの詩人, 作家
1912.1.14〜1984.8.5
[出]ノルトハウゼン
[歴]ベルリンでドイツ文学を専攻。新聞記者として文芸欄を担当したのち、第二次大戦に従軍。1944年ナチス批判の詩集「ベネチア信条」を地下出版(46年刊行)、「生き埋めにされた生のバラード」(52年)などで認められる。他の代表作に、全詩集「歳月の唄」(62年)、小説「神々のゲームボール」(59年)、「微笑のための時」(66年)、「家」(81年)などがある。64年来日。

ハーゲルップ, クラウス　*Hagerup, Klaus*
ノルウェーの作家
1946〜

㊟ノルウェーを代表する作家として、詩、舞台脚本、小説、児童文学などあらゆるジャンルで活躍。著書に「時間のない国」「マルクスとダイアナ」「シニア・ユーモリスト」などがある。1993年ノルウェー図書年の記念事業として"本についての本"の執筆を依頼され、哲学者のヨースタイン・ゴルデルと本のファンタジー「ビッビ・ボッケンのふしぎ図書館」を共作。2001年ドイツでベストセラーとなり、世界各国で出版される。02年同作品の翻訳出版に合わせて初来日。

パゴージン, ラージー　Pogodin, Radii
ソ連の児童文学作家, 劇作家, 脚本家
1925～1993
㊗ノヴゴロド州ドブリョボ　㊙国際児童図書評議会文学作品賞（1982年）, ロシア共和国賞, 現代ロシア児童文学アンデルセン賞（作家賞）（1998年）
㊟1954年レニングラード選集「友情」に「厳寒」を発表以来、多くの児童向け作品を書く。82年短編集「歩いて川を渡ると」で国際児童図書評議会（IBBY）から文学作品（オナーリスト）賞を受賞。そのほか、ロシア共和国賞をはじめ数多くの文学賞を受ける。他の作品に「森の精のいる村」「子どもの頃の光るり色のおんどり」「地球の形はカブの形」などがある。

ハサウェイ, ロビン　Hathaway, Robin
アメリカのミステリー作家
㊗ペンシルベニア州フィラデルフィア　㊙マリス・ドメスティック・コンテスト最優秀作品（1998年度）
㊟ミステリー作家のヘレン・マッコイを従姉に持ち、幼い頃からミステリー作家にあこがれる。インディアンの居留地であったニュージャージー州ベイサイド、ニューヨークを拠点に作家活動を行う。1998年古都フィラデルフィアで小さな診療所を開業する医師兼探偵のアンドルー・フェニモアが事件を解決する物語「The Doctor Digs A Grave（フェニモア先生、墓を掘る）」でデビュー、98年度のマリス・ドメスティック・コンテスト最優秀作品に選ばれる。作品は他に〈フェニモア先生〉シリーズ第2作「The Doctor Makes A Dollhouse Call」（2000年）などがある。
㊕従姉＝ヘレン・マッコイ（ミステリー作家）

ハザズ, ハイム　Hazaz, Haim
イスラエルの作家
1898.9.16～1973.3.24
㊗ロシア・シドロヴィチ（ウクライナ）
㊟16歳で家を出てロシアの大都市を転々とし、ロシア革命からしばらくはモスクワでヘブライ語日刊紙「ハ・アム」のために働く。しかし、ポグロム（ユダヤ人に対する組織的殺害）が起こるとクリミア山岳地帯に逃れ、イスタンブールを経て1920年代のほとんどをパリやベルリンで過ごす。31年イスラエルに移る。故郷のウクライナやイスラエルを舞台に、ユダヤ人の生活をリアリズムを用いて描き出した。作品に「森の移住地で」（31年）、「壊れた挽き臼」（42年）、「庭に座す貴女」（44年）、「煮え立つ石」（46年）、「ヤイーシュ」（4巻, 47～52年）などがある。

ハザド, シャーリー　Hazzard, Shirley
オーストラリアの作家
1931.1.30～2016.12.12
㊗ニューサウスウェールズ州シドニー　㊙全米書評家協会賞, O.ヘンリー賞（1977年）
㊟16歳までシドニーで暮らす。その後、香港、ニュージーランド、ヨーロッパ、アメリカを旅行。1952～62年ニューヨークで国連に勤務。63年文学者フランシス・スティーグマラと結婚、ニューヨーク・マンハッタンに住む。小説に「休日の夕べ」（66年）、「真昼の入り江」（70年）、「金星の通過」（80年）などがあり、「金星の通過」で全米書評家協会賞を受ける。数多くの短編小説を発表、その多くが「ニューヨーカー」誌に掲載され、これらの作品をまとめ「墜落の崖」（63年）と「ガラスの家の人々」（67年）として刊行。
㊕夫＝フランシス・スティーグマラ（文学者）

バザン, エルヴェ　Bazin, Hervé
フランスの作家, 詩人
1911.4.17～1996.2.17
㊗アンジェ（ロワール地方）　㊙エルヴェ・バザン, ジャン・ピエール〈Hervé-Bazin, Jean-Pierre〉　㊙アポリネール賞, レーニン文学賞（1980年）
㊟新聞記者や文芸評論などで生計をたてながら、1948年小説第1作「Vipère au Poing（蝮を手に）」を発表、一躍有名になる。以来、「壁にぶっつけた頭」（49年）「小馬の死」（50年）「愛せないのに」（56年）などを刊行。日常生活、家族、孤独といったテーマを描き続け、75年発表の「マダムEX」はフランスで一大ベストセラーとなった。バザン自身離婚を一度ならず経験しており、家庭嫌い、女性嫌いは有名。また小説より前に詩を発表しており、アポリネール賞を受賞、詩集も出版。58年以降は小説界の登龍門であるゴンクール賞の選考委員会の一員となり、73年アカデミー・ゴンクール会長。フランスの2大文芸出版社であるユース社、グラッセ社に対する影響力も強く、現代フランス小説界の大御所のひとりに数えられた。
㊕大伯父＝ルネ・バザン（作家）

バザン, ルネ　Bazin, René
フランスの作家
1853.12.26～1932.7.20
㊗アンジェ　㊙Bazin, René François Nicolas Marie
㊟当初、カトリック大学で法学を教え教壇に立つが、処女作「ステファネット」（1884年）で文壇にデビューする。詩情に溢れ、護教論的色彩の濃い作品を書く。他の代表作に「滅び行く土地」（99年）、「オベルレ家の人々」（1901年）、「麦の芽ばえ」（07年）、「シャルル・ド・フーコー伝」（20年）などがある。

パーシー, ウォーカー　Percy, Walker
アメリカの作家
1916.5.28～1990.5.10
㊗アラバマ州バーミンガム　㊐ノースカロライナ大学, コロンビア大学 医学博士　㊙全米図書賞
㊟ノースカロライナ大学で文学を学び、コロンビア大学で医師の資格を得たが、健康上の理由から医師としては開業せず、文学活動に専念した。映画ファンの主人公と不幸な女性の関わりを描いた処女作「映画好き」（1961年）で全米図書賞を受賞。アメリカ南部の人々の感情や、現代社会の不毛なテーマにした小説、エッセイを書いた。他の作品に「最後の紳士」（66年）、「廃墟の愛」（71年）、「ランスロット」（77年）、「再臨」（80年）、「タナトス・シンドローム」（87年）など。

パーシー, ベンジャミン　Percy, Benjamin
アメリカの作家
1979～
㊗オレゴン州　㊐ブラウン大学卒, 南イリノイ大学（芸術）修士課程修了　㊙プッシュカート賞, ホワイティング賞（2008年）
㊟ブラウン大学卒業後、南イリノイ大学で芸術修士号を取得。2006年第1短編集「The Language of Elk」を発表。07年の第2短編集「Refresh, Refresh」でプッシュカート賞を受賞。08年には有望な新鋭作家に与えられるホワイティング賞を受賞した。アイオワ州立大学で創作を教える。

ハージ, ラウイ　Hage, Rawi
レバノン生まれのカナダの作家, 写真家
1964～
㊗レバノン・ベイルート　㊐ケベック大学 MFA（ケベック大学）　㊙国際IMPACダブリン文学賞（2008年度）
㊟1975年に始まったレバノン内戦下のベイルートとキプロスで育つ。84年アメリカ・ニューヨークに渡り、91年カナダ・モントリオールに移住。写真と美術を学び、ケベック大学でMFAを取得。2006年初の小説「デニーロ・ゲーム」を発表。カナダの主要な文学賞にノミネートされ、08年度国際IMPACダブリン文学賞を受賞、世界30ケ国で翻訳される。同年第2作

「Cockroach」を発表。一方、写真家としての顔も持ち、世界各地で個展を開催。

ハシェク, ヤロスラフ　*Hašek, Jaroslav*
チェコの作家
1883.4.24～1923.1.2
[出]プラハ
[歴]ジャーナリストでもあり、諷刺小説の作家として名前を知られていた頃、画家のヨゼフ・ラダと知り合い、ラダが編集長をしていたカリカチュア雑誌にユーモア小説を書く。第一次大戦に従軍、反オーストリア運動に加わる。1917年ロシア革命が勃発するとロシア共産党に入党し、赤軍に参加。国際部長の要職に就くが、21年チェコに帰国。大戦前から多数のユーモア風刺短編作品を書くが、23年死去後に発表された愛すべき大胆な兵士“シュヴェイク”を扱った小説「兵士シュヴェイクの冒険」が世界的にヒットし、チャペックと並んで世界的に名を知られるチェコの作家となる。反動的俗物、小市民根性、平凡な人間の道徳的優位さを好んで描いた。

バージェス, アントニー　*Burgess, Anthony*
イギリスの作家, 評論家
1917.2.25～1993.11.22
[出]マンチェスター　[名]ウィルソン, ジョン・アントニー・バージェス〈Wilson, John Anthony Burgess〉別筆名＝ケル, ジョゼフ　[学]マンチェスター大学(1940年)卒
[歴]カトリック教徒の家庭に育ったが、のち〈背教者〉となる。大学卒業後、6年間陸軍教育部隊で軍務に服し、次いで教職に就いた。1954～59年までは植民省の教育行政監督官としてマライとボルネオに滞在。初めは作曲家を志していたが、やがて文筆活動に専念するようになる。作家としては、56～59年に発表した「マレー3部作」といわれる長編(「虎の時」「毛布の下の敵」「東のベッド」)でデビュー。代表作は鋭い社会批判をこめたSF「時計じかけのオレンジ」(62年)で、スタンリー・キューブリック監督が71年に映画化して話題を呼んだ。このほか、ミステリー、ラブ・ストーリー「その瞳は太陽に似ず」(64年)など多彩な作品を発表し、多作家として現代イギリス小説界を代表する存在となった。評論では小説論「今日の小説」(63年)「現代小説とは何か」(67年)、ジョイス入門書「ヒア・カムズ・エヴリボディ」(65年)などがある。

バージェス, ソーントン　*Burgess, Thornton Waldo*
アメリカの児童文学作家
1874～1965
[出]マサチューセッツ州
[歴]妻を亡くした哀しみを息子への夜話で癒し、それをまとめて「西風かあさん」(1910年)を発表し、人気作家となる。マサチューセッツの自然を最良の師として育った体験が、動物、自然物語を生みだした。日本でも「バージェス・アニマル・ブックス」として紹介され、1万5000にのぼるコラム記事、児童文学論「秘密をばらす」(49年)なども執筆した。

パージェター, イーディス
→ピーターズ, エリスを見よ

パジェット, ルイス　*Padgett, Lewis*
アメリカのSF作家
[名]単独筆名＝カットナー, ヘンリー〈Kuttner, Henry〉ムーア, キャサリン・ルーシル〈Moore, Catherine Lucile〉
[歴]ルイス・パジェットは、アメリカのSF作家ヘンリー・カットナー(1914～58年)とキャサリン・ルーシル・ムーア(1911～87年)の共同筆名。ヘンリーは多数のペンネームを使い、ホラーからファンタジー、SFまで優れた短編を発表。キャサリンは、33年「ウィアード・テールズ」誌上に処女作「シャンブロウ」を発表してデビュー。以後、同じ主人公による〈ノースウェスト・スミス〉シリーズ、中世の女騎士を主人公としたヒロイック・ファンタジー〈処女戦士ジレル〉シリーズを世に送り、女流SFの第一人者と呼ばれた。40年に結婚した2人は、夫婦でルイス・パジェット他の名義で共同執筆を行い、「ウィアード・テールズ」「アンノウン」「アスタウンディング」などのファンタジーやSFの専門誌で活躍。主な作品に「銀河の女戦士」(43年)、「美女ありき」(44年)、「ヴィンテージ・シーズン」(46年)などがある。

バジェホ, フェルナンド　*Vallejo, Fernando*
コロンビア生まれの作家
1942～
[出]アンティオキア州メデジン　[賞]ロムロ・ガジェゴス賞(2003年)
[歴]コロンビアの有力な政治家を父に持つ。大学で哲学と生物学を修めた後、イタリアに留学して映画を学び、1970～80年代にかけて3本の長編映画を撮った。その後、ニューヨークを経て、71年よりメキシコに住む。少年時代を描いた「碧き日々」で作家デビューし、その後も自伝的要素の強い作品を書き続ける。94年にはシカリオ(暗殺者)物「暗殺者(シカリオ)の聖母」を刊行。この作品が映画化された影響もあり、欧米など国外でも広く知られる作家となった。2003年「崖っぷち」でラテンアメリカの有名な文学賞、ロムロ・ガジェゴス賞を受賞。

ハーシム, アフメト　*Hâşim, Ahmet*
トルコの詩人
1884～1933.6.4
[出]イラク・バグダッド
[歴]バグダッドの名家に生まれる(1885年, 87年生まれ説もあり)。1907年イスタンブールの当時のエリート養成校ガラタサライ・リセ在学中より詩作を始める。卒業後、イズミルの王立学校でフランス語教師を務める傍らフランス象徴派に心酔、「メルキュール・ド・フランス」誌に寄稿。09年西欧との文学的交流を主張する文学派「未来の夜明け」誌に参加しその主宰となった。11年再びイスタンブールに上京して大蔵省翻訳官となる。繊細な感情に裏付けされた純粋詩は、その華麗な作風で後世に影響を及ぼした。著作に「湖畔の時」(21年)、「酒杯」(26年)などがある。

バージャー, ジョン　*Berger, John Peter*
イギリスの作家, 美術評論家, 脚本家
1926.11.5～2017.1.2
[出]ロンドン　[学]中央美術学校, チェルシー美術学校　[賞]ジョージ・オーウェル記念賞(1977年), ブッカー賞(1972年), ジェームズ・テイト・ブラック記念賞(1972年), 金のペン賞(2009年)
[歴]ロンドンに生まれ、1970年代からフランスで暮らす。画家、美術教師を経て、美術評論に転じ、キュービズムなどに関する評論などを書く。58年には長編「現代の画家」で作家デビュー。脚本や翻訳なども手がけた。大作「G.」(72年)では、19世紀から第一次大戦前夜のイタリアを舞台にドンファン的に生きた人物の華麗な生涯を前衛的に描き、ブッカー賞など主要な文学賞を独占して注目を集めた。BBCの番組と組んで出版され、“見る”ことについて論じた「イメージ―視覚とメディア」(72年)でも知られた。他の小説に、「クライヴの足」(62年)、「コーカーの自由」(64年)、舞台の脚本に「Question of Geography」(84年)、ノンフィクションに「ピカソ/その成功と失敗」(65年)、「芸術と革命」(69年)、「見るということ」(80年)、映画の脚本にアラン・タネール監督の「サラマンドル」(71年)、「ジョナスは2000年に25才になる」(76年)、テレビの脚本に「La Sramandre」「Le Milien du Monde」「Jonas」など。アメリカの黒人解放急進組織ブラックパンサーの支持者としても知られた。

バージャー, トーマス　*Berger, Thomas*
アメリカの作家
1924.7.20～2014.7.13
[出]オハイオ州シンシナティ　[名]Berger, Thomas Louis　[学]マイアミ大学, シンシナティ大学卒, コロンビア大学大学院(1951年)中退　[賞]ローゼンタール賞(1965年), オハイオナ図書賞(1982年)
[歴]第二次大戦中はアメリカ陸軍に入り、ドイツの陸軍病院で3年間勤務した。除隊後、州立シンシナティ大学を卒業。ニュー

ヨークで図書館司書を務めながらコロンビア大学大学院で英文学を学ぶ。しかし、1951年に中退し、画家のジーン・レッドパースと結婚。その後は「ポピュラー・サイエンス」誌などの編集に携わっていたが、64年「Little Big Man(小さな巨人)」を発表。ストーリーテラーとして高い評価を受ける。この作品は、70年にダスティン・ホフマン主演、アーサー・ペン監督で映画化され、日本でも名作としてよく知られている。妻の勧めもあり、この頃から創作活動に専念。生涯に20冊以上を著した。他の著書に「Crazy in Berlin」(58年)、「Killing Time」(67年)、「Who is Teddy Villanova？」(77年)、「The Feud」(83年)、「The Return of Little Big Man」(99年)、「Best Friends」(2003年)、「Adventures of the Artificial Woman」(04年)など。執筆活動の傍らエール大学で創作技法を講じた。
㊕妻＝ジーン・レッドパース(画家)

パーシャル, サンドラ　Parshall, Sandra
アメリカの作家
㊟サウスカロライナ州　㊨アガサ賞最優秀賞処女長編賞(2007年)
㊔地元のタウン誌をはじめ、ボルティモアなどでコラムニスト、報道記者として経験を積む。幼い頃からフィクションを執筆していたが、初の長編サスペンス「冷たい月」で2007年アガサ賞最優秀賞処女長編賞を受賞。

バジャン, ミコラ　Bazhan, Mykola
ソ連の詩人
1904.10.9〜1983.11.23
㊟ロシア(ウクライナ)　㊨バジャン, ミコラ・プラトーノヴィチ〈Bazhan, Mykola Platonovych〉　㊧キエフ外事専門学校卒　㊨スターリン賞(1946年・1949年)、レーニン賞(1982年)
㊔軍人の家に生まれる。1923年から作詩を始め、26年処女詩集「第十七パトロール隊」を発表。初期は未来派、構成主義的な詩風だったが、30年代以降は社会主義讃美に移った。「スターリングラードのノート」(43年)、「イギリスの印象」(48年)でスターリン賞を受賞。他の詩集に「不滅」(37年)、「ダニール・ガリツキー」(42年)、「キエフのエチュード」(45年)などがある。

パージュ, マルタン　Page, Martin
フランスの作家
1975〜
㊟パリ　㊧ソルボンヌ大学
㊔ソルボンヌ大学で法律、心理学、美術史、言語学、哲学、人類学など様々な学問を学ぶ。2001年大学在学中に執筆した「僕はどうやってバカになったか」で作家デビュー、批評家の注目を集め、世界30ヶ国以上で翻訳されるベストセラーとなる。他の作品に「たぶん、愛の話」(08年)、「ぼくのベッド」(11年)などがある。

ハーシュマン, モリス　Hershman, Morris
アメリカのミステリー作家
1926.1.21〜
㊨別名＝イングリッシュ、アーノルド ボンド、エブリン ビクター、サム　㊧ニューヨーク大学卒
㊔1955〜58年Topics PublicationsやHMH Publicationsの編集アシスタントを務める。アメリカ探偵作家クラブ(MWA)の会員で幹事を務めたこともある。処女作となる「片目の追跡者」を皮切りに、60〜70年代に数多くの作品を発表。また、8つのペンネームを使い分け、ペーパーバック・ミステリーを執筆している。

バジョーフ, パーヴェル・ペトローヴィチ　Bazhov, Pavel Petrovich
ソ連の作家
1879.1.27〜1950.12.3
㊟ロシア・エカチェリンブルク　㊨スターリン賞(1943年)
㊔エカチェリンブルク近郊の冶金工場の職人の家に生まれ、ウラルの風俗に触れながら育つ。ペルミの神学校を卒業後、1917年まで国民学校の国語教師を務める。革命後、赤軍に参加。新聞記者を経て作家活動に入る。39年ウラル地方の民話・伝説を取材して約50編を集めた「孔雀石の小箱」を発表、43年スターリン賞を受ける。この中に収められていた「石の花」はバレエ、映画、オペラなどにも脚色され特に広く知られている。ほかに自伝的小説「緑色の馬」(39年)、回想記「遠きこと、近きこと」(49年)などがある。

パーシリンナ, アルト・タピオ　Paasilinna, Arto Tapio
フィンランドの作家, ライター
1942〜
㊟ラップランド　㊨ジュゼッペ・アチェルビ賞(イタリア)
㊔新聞・雑誌記者を経て、フリーのライターに。環境問題のオピニオン・リーダーでもあり、兄のエルノとともにフィンランドを代表する作家の一人。作品の「行こう！ 野ウサギ」(1975年)はフィンランド国内では舞台、映画化され、フランスやイタリアでも高く評価された。ユネスコの代表作コレクションにも選ばれている。他の作品に「幸せな男」「首吊り狐の森」「魅惑の集団自殺」など。
㊕兄＝エルノ・パーシリンナ(作家)

哈金
→ジン、ハを見よ

ハース, ヴォルフ　Haas, Wolf
オーストリアのミステリー作家
1960〜
㊟ザルツブルク州マリア・アルム・アム・シュタイネルネン・メーア　㊨ドイツ・ミステリー大賞第3位(1997年度)、ドイツ・ミステリー大賞最優秀賞(1999年度)
㊔イギリスのウェールズ大学において大学講師を務めた。また、名コピーを生み出すコピーライターとして著名。1996年〈私立探偵ブレナー〉シリーズの第1作「死者の復活」でデビュー、97年度のドイツ・ミステリー大賞の第3位を受賞。続くシリーズの「骨男」(97年)、「きたれ、甘き死よ」(98年)、「静粛に！」(99年)でドイツ語圏においてミステリー作家としての地位を確立、3編目の「きたれ、甘き死よ」は99年度のドイツ・ミステリー大賞最優秀賞に輝いた。

パス, オクタビオ　Paz, Octavio
メキシコの詩人, 批評家, 外交官
1914.3.31〜1998.4.19
㊟メキシコシティ　㊧メキシコ国立自治大学卒　㊨アルフォンソ勲章(1986年)　㊨ノーベル文学賞(1990年)、国際詩大賞(1963年)、エルサレム賞(1977年)、セルバンテス賞(1981年)、ノイシュタット国際文学賞(1982年)
㊔弁護士の子として生まれ、少年時代から詩を書きはじめる。1930年代には「アトリエ」誌の中心的詩人として活動、文芸誌「バランダル(手すり)」「メキシコ渓谷手帖」を創刊主宰。33年処女詩集「野生の月」、35年第2詩集「奴らを通すな！」を刊行。37年反ファシスト作家会議(スペイン)に参加、シュルレアリスト達と交流し、影響を受ける。米仏を転々とした後、46年からは駐日公使も含め外交官として各地に勤務しながら詩作に励むが、68年メキシコ五輪直前のトラテロルコ広場で起きた学生虐殺事件に抗議してインド大使を辞職。主な詩集に「世界の岸辺で」(42年)「言葉のかげの自由」(49年)「言葉のもとの自由」(60年)「東斜面」(69年)「内なる樹」(87年)があり、シュルレアリスムの流れをくむ詩人としては当代有数の一人と見られる。71年総合雑誌「プルラル(複数)」、77年「ブエルタ(帰還)」を創刊。ほかに林屋永吉とともに訳した「奥の細道」や評論集「孤独の迷宮」(50年)「弓と竪琴」(56年)「結合と分離」(69年)、「泥の子供たち」(74年)「尼僧ファナあるいは信仰の罠」(82年)、「クロード・レヴィ＝ストロース」(67年)、「マルセル・デュシャン論」(78年)など多数。37年劇作家のエレーナ・ガーロと結婚、のち離婚、64年マリ・ホセと再婚。

バース, ジョン　Barth, John Simmons
アメリカの作家

1930.5.27〜
㊤メリーランド州ケンブリッジ ㊥ジョンズ・ホプキンズ大学創作科 (1951年) 卒, ジョンズ・ホプキンズ大学英文科 (1952年) 修士課程修了 ㊦メリーランド大学名誉文学博士 (1969年), 全米図書賞 (1972年)
㊧1947年ジュリアード音楽院に入学するが, 同年ジョンズ・ホプキンズ大学に転校。ダンス・バンドでドラムを叩きながら生活費を稼いで大学を卒業。53年大学院博士課程を中退してペンシルベニア州立大学講師となる。57年助教授, 60年準教授。65年ニューヨーク州立大学教授を経て, 73年以降ジョンズ・ホプキンズ大学教授となり, 英文学を講じながら創作活動に従事する。処女作「The Floating Opera (ザ・フローティング・オペラ)」(56年) と第2作「The End of the Road (旅路の果て)」(58年) は外観的には従来の小説形式を踏まえているが, 第3作「The Sot—Weed Factor (酔いどれ草の仲買人)」(60年) 以後は一貫してアンチ・リアリズムの実験的小説を書き続け, 前衛作家たちの指導的地位にある。他の作品に, 全米図書賞候補となった短編集「びっくりハウスの迷い子」(68年) や, 過去の物語・神話から新たに話を生む「キマイラ」(72年)、「やぎ少年ジャイルズ」(66年)、「レターズ」(79年)、「サバティカル」(82年), エッセイ「消尽の文学」(67年)、「補充の文学」(80年)、「金曜日の本」(84年) などがある。

バーズオール, ジーン　Birdsall, Jeanne
アメリカの作家
1951〜
㊤ペンシルベニア州フィラデルフィア ㊦全米図書館賞児童文学部門 (2005年)
㊧10歳の頃に作家になることを決心。2005年デビュー作「夏の魔法 ペンダーウィックの四姉妹」で全米図書館賞児童文学部門を受賞。

バスケス, フアン・ガブリエル　Vásquez, Juan Gabriel
コロンビアの作家
1973〜
㊤ボゴタ ㊥ロサリオ大学法学部卒 博士号 (ラテンアメリカ文学, パリ大学) ㊦アルファグアラ賞 (2011年), 国際IMPACダブリン文学賞 (2014年)
㊧ロサリオ大学法学部卒業後, フランスに留学し, パリ大学でラテンアメリカ文学を専攻して博士号を取得した。ヴィクトル・ユゴーやE.M.フォースターの翻訳, さらにジョゼフ・コンラッドの伝記などを執筆。2004年「密告者」, 07年「コスタグアナ秘史」を刊行。3作目「物が落ちる音」(11年) でアルファグアラ賞を受賞, 同書の英訳によって14年に国際IMPACダブリン文学賞も受賞し, 国際的な評価を得た。

バスケス・モンタルバン, マヌエル　Vázquez Montalbán, Manuel
スペインの推理作家
1939〜2003.10.18
㊤バルセロナ ㊦プラネタ賞 (1979年度), フランス推理小説大賞 (1981年度)
㊧1972年「ケネディを殺した男」で初登場したバルセロナの私立探偵ペペ・カルバイヨを主人公とした推理小説を生み出し, カルバイヨは, 後にスペイン推理小説界最大のヒーローといわれるまでになった。シリーズ第3作「Los Mares del Sur (楽園を求めた男)」はプラネタ賞やフランスの推理小説大賞にも輝いた。作品は各国で翻訳され, 映画化もされた。他の作品に「死の谷を歩む男」などがある。詩やエッセイも手がけ, 左翼系政治評論家としても知られた。またカタルーニャ統一社会党の中央執行委員も務めた。

パス・ソルダン, エドゥムンド　Paz Soldán, Edmundo
ボリビアの作家, 文学者
1967〜
㊤コチャバンバ ㊦ファン・ルルフォ短編小説賞 (1997年), ボリビア国民小説賞 (2002年)
㊧コーネル大学ラテンアメリカ文学教授。「チューリングの妄想」はボリビア国民小説賞 (2002年) を受賞。英語, トルコ語, ポルトガル語に翻訳されている。初期の短編「ドチェーラ」では1997年にファン・ルルフォ短編小説賞を受賞。

バスチド, フランソワ・レジス　Bastide, François-Régis
フランスの作家, 脚本家, 外交官
1926.7.1〜1996.4.17
㊤ビアリッツ ㊥リセ・ド・バヨンヌ ㊦レジオン・ド・ヌール勲章
㊧1949年よりフランス国営放送協会の文芸・ドラマ番組のプロデューサー。68〜75年コメディ・フランセーズの審査員や多くの顧問職を経て, 社会党の政権のもとに, 82〜85年駐デンマーク大使, 85〜88年駐オーストリア大使, 88〜90年駐ユネスコ大使を歴任。90年パリ国際会議センター理事長に就任。思い出や旅などのロマン派風の話題を現代的に扱う作風。主な作品に小説「バヴァリアからの手紙」(47年)、「Suède, les Adieux」(56年)、「夢見た生活」(62年) などのほか, サン・シモンに関する評論などがある。

パスティオール, オスカー　Pastior, Oskar
ドイツ (西ドイツ) の詩人, 作家
1927.10.20〜2006.10
㊤ルーマニア・シビウ ㊥ブカレスト大学 ㊦ビューヒナー賞 (2006年)
㊧ルーマニア・トランシルバニア地方シビウでドイツ系少数民族として生まれる。第二次大戦後, ソ連の強制収容所に抑留され, 1949年ルーマニアに帰国。ブカレスト大学でドイツ語を研究し, ウィーン留学中の68年, 西ドイツに亡命。創造的な言葉遣いから"言葉の魔術師"の異名を取った。大岡信, 谷川俊太郎らとの連詩「ファザーネン通りの縄ばしご」などの作品がある。

パステルナーク, ボリス　Pasternak, Boris Leonidovich
ソ連のユダヤ系詩人, 作家
1890.2.10〜1960.5.30
㊤モスクワ ㊥モスクワ大学歴史・哲学科 (1912年) 卒, マールブルク大学
㊧ユダヤ系。父は著名な画家, 母はピアニスト。スクリャービンに師事し作曲家を志望したが, 大学で哲学を専攻, 象徴主義の影響を受け, 未来派に属しながら, 1914年詩集「愛の中の双生児」, 22年「わが妹なる人生」を出し, 文名を確立。32年「第2の誕生」を出したが, その後は芸術的良心を守るため沈黙, 主にシェイクスピアを翻訳した。57年イタリアで長編小説「ドクトル・ジバコ」を出版。58年同作へのノーベル文学賞授与を政府の反対により辞退, ソ連邦作家同盟を除名され, 国外追放は免れたものの不偶な晩年を送った。96年自筆の恋文や詩などがロンドンの競売にかけられた。他の詩集に「心晴れるとき」(56〜59年), 自伝に「安全通行証」(31年)、「人と状況」(58年) など。
㊚父=レオニード・パステルナーク (画家)

バーストー, スタン　Barstow, Stan
イギリスの作家
1928.6.28〜2011.8.1
㊤ウェストヨークシャー州ホーベリー ㊥バーストー, スタンリー〈Barstow, Stanley〉
㊧ヨークシャーの炭鉱夫の家に生まれ, 労働者の生活を描く作家として1960年代に登場し, シリトーやストーリーと共に新しい気運を作った。1作目の小説「ある種の愛しかた」(60年) で早くも成功を収め,「岸辺で見守る人たち」(66年) と書き継がれ, 後に映画化, 戯曲化された。他の作品に「ジョウビー」(64年)、「兄弟の物語」(80年)、「見ててごらんよ」(86年) などの小説や, 「無法者」(61年) などの短編小説集がある。

ハストベット, シリ　Hustvedt, Siri
アメリカの作家, 詩人
1955.2.19〜

[出]ミネソタ州ノースフィールド [学]セント・オラフ大学, コロンビア大学大学院(英文学) 英文学博士(コロンビア大学)(1986年)
[歴]ノルウェー系の家庭で育ち、"英語の前にノルウェー語を覚えた"というユニークな幼少期を過ごす。父親が教鞭を執っていたセント・オラフ大学に通い、1978年にはコロンビア大学大学院に進学する。81年に作家ポール・オースターと結婚。教職、編集、翻訳などに携わりながら、82年詩集「Reading to You」を発表。90年長編小説「目かくし」で作家としてデビュー、都会的洗練とナイーブな感性を合わせ持った作風で好評を博す。他の著書に「フェルメールの受胎告知」(2005年)、「震えのある女」(10年)などがある。
[家]夫=ポール・オースター(作家・詩人・映画監督)

ハーストン, ゾラ・ニール *Hurston, Zora Neale*
アメリカの作家, 人類学者
1901.1.7~1960.1.28
[出]フロリダ州イートンビル [学]ハワード大学夜間部卒
[歴]9歳で母が死亡、親戚をたらい回しにされ、1915年から自活。17年黒人のための大学ハワード大学夜間部に入学、恩師ロレンゾ・ダウ・ターナーと詩選集「ニュー・ニグロ」を編集し、創作活動を開始。初めての短編「ジョン・レディング海へ出る」を発表。25年バーナード・カレッジの奨学金を得て人類学を学び、イートンビル、アラバマ州などで人類学的野外調査を行う。34年初めての小説「ヨナのひょうたんの蔓」を出版、民話を取り入れた手法は称賛された。以後小説、フォークロアなどに関する本を著し、その後代用教員などを務めたが、60年不遇のうちに福祉施設で死亡。73年アリス・ウォーカーが墓を発見し、75年「ミズ」誌に記事を書いたのをきっかけに再評価される。他の作品に小説「彼らの目は神を見ていた」(37年)、「Seraph on the Suwanee」(48年)、民話「Mules and Men」(35年)、「Tell My Horse」(38年)などがある。

ハスラム, クリス *Haslam, Chris*
イギリスの作家
[歴]ヨーロッパ、南米、アジアを旅しながら、くず鉄業者、聖書売り、銃器インストラクター、バーのオーナー、テレビの修理、輸入業などの職に就く。2003年「ファンダンゴは踊れない」で作家デビュー、アメリカ探偵作家クラブ(MWA)賞のペーパーバック賞にノミネートされ注目を集めた。

ハーセ, ヘラ *Haasse, Hella*
オランダの作家
1918.2.2~2011.9.29
[出]オランダ領東インド・バタビア(インドネシア・ジャカルタ・バタビア) [名]筆名=C.J.van der Sevensterre [勲]レジオン・ド・ヌール勲章オフィシエ章(2000年) [賞]オランダ語文学賞(2004年)
[歴]父親の仕事の関係で20歳までをオランダ領東インドのバタビアで過ごす。10代で詩作を中心に執筆を始める。1938年大学進学のため単身オランダへ渡り、アムステルダムでの生活を開始。翌年第二次大戦が勃発、40年5月からはナチス・ドイツ占領下となったアムステルダムで暮らしながら演劇学校を卒業後、結婚、文芸活動に専念した。戦後、オランダ領東インドに育ったオランダ人少年と現地の少年との友情を描いた「ウールフ、黒い湖」(48年)が大反響を呼び、その名がオランダ国内に一気に知れ渡る。同じくオランダ領東インドテーマにした「お茶の主人たち」(92年)もベストセラーに。他の作品に、歴史小説「緋色の都市」(52年)、「危険な関係、もしくは谷と山の手紙」(76年)など。60余年に及ぶ長い作家生活の中で、劇作、詩作も含め、長編歴史小説、少女時代を過ごした東インドを題材とした小説や現代小説、自伝的エッセイ、文芸評論を多数執筆、戦後オランダ文学を代表する文豪となった。

バーセル, ロビン *Burcell, Robin*
アメリカの作家
[賞]バリー賞, アンソニー賞
[歴]パトロール警官から人質交渉チーム、似顔絵作成までカリフォルニアの法執行機関で20年以上のキャリアを積んだのち、作家デビュー。現役警官時代に発表した「霧に濡れた死者たち」がバリー賞を受賞したほか、アンソニー賞にもノミネートされた。後に、警察の仕事を離れ執筆活動に専念。女性刑事ケイト・ギレスピーの活躍を描くシリーズ第2弾「Fatal Truth」と第3弾「Deadly Legacy」はともにアンソニー賞を受賞、第4弾「Cold Case」も同賞にノミネートされる。

バーセルミ, ドナルド *Barthelme, Donald*
アメリカの作家, 雑誌編集者
1931.4.7~1989.7.23
[出]ペンシルベニア州フィラデルフィア [学]ヒューストン大学卒 [賞]全米図書賞(ナショナル・ブック賞)(1972年)
[歴]2歳の時に移ったヒューストンで育つ。第二次大戦中に朝鮮、日本に上陸した体験を持つ。その後、新聞記者を経て、ヒューストン現代美術館のディレクターや雑誌の編集などに携わる。1962年ニューヨークに移り、美術・文芸雑誌「ロケーション」を創刊。60年代前半から雑誌「ニューヨーカー」「Harper's Bazaar」などに独特の斬新な文体で、雑多な断片をコラージュ風に描いた短編を発表、新世代の実験小説作家と評された。主な短編集に「帰ってこい、カリガリ博士」「町の生活」「60の物語」「アマチュアたち」、長編小説に「雪白姫」「死父」「パラダイス」、童話「スライトリー・イレギュラー・ファイヤーエンジン」などがある。
[家]弟=フレデリック・バーセルミ(作家), 弟=スティーブン・バーセルミ(作家)

バーセルミ, フレデリック *Barthelme, Frederick*
アメリカの作家
1943~
[出]テキサス州ヒューストン [学]ヒューストン大学卒, ジョンズ・ホプキンズ大学
[歴]最初画家として出発するが、のち作家に転向。1983年出版の短編集「Moon Deluxe(ムーン・デラックス)」で一躍名を知られるようになった。筋らしい筋がなく、簡潔な会話とディテールに凝った物の描写で作品を構成するいわゆる"ミニマリズム"の作風を持つ。他の作品集に「Rangoon」(70年)、「War and War」(71年)、「Second Marriage」(84年)、「Tracer」など。創作の傍ら南ミシシッピ大学の創作科で教鞭を執る。
[家]兄=ドナルド・バーセルミ(作家), 弟=スティーブン・バーセルミ(作家)

パソ, フェルナンド・デル *Paso, Fernando del*
メキシコの作家
1935.4.1~
[賞]ロムロ・ガジェゴス賞(1982年), セルバンテス賞(2015年)
[歴]大学中退後、広告業界に勤めたのち、ロンドンやパリで働きながら創作に努める。1966年の「ホセ・トリーゴ」では現代のメキシコ社会の相貌を描き、78年の第2作「メキシコのパリヌロ」ではアンチヒーローの青年を主人公にした。バロック的な文体を特色とする。87年にマキシミリアン皇帝を描いた「帝国の情報」を上梓した。

バー・ゾウハー, マイケル *Bar-Zohar, Michael*
イスラエルの作家
1938~
[出]ブルガリア [学]ヘブライ大学卒 博士号(パリ大学) [勲]レジオン・ド・ヌール勲章
[歴]ファシストの迫害を生き延びたあと、イスラエルで成長する。エルサレムのヘブライ大学卒業後、パリ大学で博士号を取得。1960~64年イスラエルの新聞社のパリ特派員として活躍。67年アラブとの六日戦争でモシェ・ダヤン国防相の報道書記官を務め、73年の第4次中東戦争ではイスラエル陸軍の空挺隊員として実戦に参加する。70年以降は、ハイファ大学で政治学の講義をする傍ら作家活動を続ける。また、イスラエル国会の議員を務める。処女作は「La Troisiéme Vérité」(73

年）で原文はフランス語。以後冒険・スパイ小説を次々に発表。邦訳書に「二度死んだスパイ」「エニグマ奇襲指令」「真冬に来たスパイ」「悪魔のスパイ」「影の兄弟」「パンドラ抹殺文書」「ベルリン・コンスピラシー」など。そのほか、ベン・グリオン元イスラエル首相の伝記やナチスに関する「ダッハウから来たスパイ」、「モサドの通史 モサド・ファイル」などのノンフィクションがある。

パゾリーニ, ピエル・パオロ　*Pasolini, Pier Paolo*

イタリアの詩人, 作家, 映画監督

1922.3.5〜1975.11.2

[出]ボローニャ　[学]ボローニャ大学文学部（1942年）卒　[賞]コロンビア・グイドッティ賞（1955年）, ベネチア国際映画祭国際カトリック映画事務局賞（1964年）

[歴]1942年母の郷里フリウーリで教師となり、詩を書き、同地の方言による「カザルサ詩集」を出版。47年イタリア共産党入党、49年未成年者堕落罪の告発騒動で党除名、教職も停止されたため50年ローマに出た。貧民の中に生活し、文筆活動が開花、55年「生命ある若者」で文壇に認められた。56年フェリーニの「カビリアの夜」の脚本を協力、61年映画第1作「乞食」を監督、次いでマタイ伝を映画化した「奇跡の丘」（64年）で一躍注目され、ベネチア映画祭で国際カトリック映画事務局賞を受賞。以後、マリア・カラス主演の「王女メディア」（69年）、「デカメロン」（71年）「カンタベリー物語」（72年）、「アラビアンナイト」（74年）の〈生の3部作〉のほか、「テオレマ」（68年）「ソドムの市」（75年）など名作を残した。他に詩集「グラムシの遺骨」「カトリック教会のナイチンゲール」、小説「激しい生」など。

パーソンズ, ジュリー　*Parsons, Julie*

ニュージーランド生まれの作家

1951〜

[歴]ニュージーランドで生まれたが、父の死後、両親の故国であるアイルランドに戻る。22歳でカレッジをやめ、ニューオリンズへ渡るが、やがてダブリンに戻り、社会学の学位、修士号を取得。その後、様々な職業を経て、アイルランド国営放送協会（RTF）に入り、敏腕プロデューサーとして活躍。「メアリー最期の八日間」で作家デビュー、イギリスをはじめとする世界各国の書評誌の絶賛を浴びた。この間、RTFを退職し、作家業に専念。作品は他に「The Courtship Gift」。

パーソンズ, トニー　*Parsons, Tony*

イギリスの作家, 音楽ジャーナリスト

1953.11.6〜

[出]エセックス州　[賞]イギリス図書賞（ブック・オブ・イヤー）（2000年）

[歴]1970年代はパンク・ムーブメントに共感し、「New Musical Express」音楽記者として活躍。その後、雑誌、新聞のコラムを担当、テレビ「The Late Review」ではG.グリーアとコンビを組み人気番組となった。99年自身の経験をもとに、シングル・ファーザーが悪戦苦闘する姿を描いた「ビューティフル・ボーイ」で作家デビュー。同作品はイギリスで100万部を超えるベストセラーとなり、2000年イギリス図書賞に輝く。同年続編「ビューティフル・ファミリー」を発表。他の作品に「そして、愛する彼女のために」（00年）、「三人姉妹」（04年）などがある。妻は日本人。01年来日。

巴代　はたい　*Badai*

台湾の作家

1962〜

[出]台東県卑南郷泰安村タマラカウ（大巴六九）　[名]林 二郎　[学]卑南国民中学卒　[賞]原住民報導文学賞（2002年）, 台湾文学賞（2008年）

[歴]プユマ族。卑南国民中学卒業後、中正預校、陸軍士官学校で学び、職業軍人となる。教官を務めたのち、2006年退役。この間、05年台南大学台湾文化研究所修士。02年「薑路」で原住民報導文学賞を、08年「笛鸛」で台湾文学賞を受賞。巫術についての研究書や、タマラカウ部落に伝わる祭儀を記録した書も出版する。また、台湾原住民族文学ペンクラブ副会長も務める。

バタイユ, ジョルジュ　*Bataille, Georges*

フランスの作家, 思想家

1897.9.10〜1962.7.9

[出]ピュイ・ド・ドーム県ビヨン　[名]筆名＝ロード・オーシュ〈Lord Auch〉アンジェリック, ピエール〈Angélique, Pierre〉　[学]国立古文書学校卒

[歴]1922年パリ国立図書館員となり、28年ロード・オーシュの筆名で小説「眼球譚」を発表。30年代は反ファシズム運動に参加。37年カイヨワ、レリスらと社会学研究会を設立。41年ピエール・アンジェリックの筆名で小説「マダム・エドワルダ」を発表。雑誌「ドキュマン」「社会批評」などで、思想、政治、社会、美術といった多分野にわたる評論活動を展開。46年「クリティック」誌を創刊、終生編集長を務める。初めカトリックに傾倒したが、まもなく無神論に転じ、ニーチェの影響を受ける一方、社会学、精神分析などに関心を持ち、神なき時代の"聖なるもの"を求めて、死とエロティシズムを軸とする独自の人間観を形成した。51年オルレアン図書館長。評論に"無神学大全"3部作をなす「内的体験」（43年）、「有罪者」（44年）、「ニーチェについて」（45年）や、「エロティシズム」（57年）、「エロスの涙」（61年）などがある。日本でも「バタイユ著作集」（全15巻）が出ている。

パターソン, キャサリン　*Paterson, Katherine Womeldorf*

中国生まれのアメリカの児童文学作家

1932.10.31〜

[出]中国　[賞]ニューベリー賞（1978年・1981年）, 全米図書賞（児童文学部門）（1979年）, フェニックス賞（1994年）, 国際アンデルセン賞作家賞（1998年）, アストリッド・リンドグレーン記念文学賞（2006年）, アメリカ図書館協会ローラ・インガルス・ワイルダー賞（2013年）

[歴]中国でキリスト教長老派の宣教師夫妻の子供として生まれ、1940年戦火を逃れてアメリカに帰国。のち自らも宣教師となり、57年から4年間、布教のため神戸と徳島に滞在した。帰国後の62年、同派の牧師と結婚して執筆活動に入る。「菊の紋章」で作家デビュー。日本を舞台にした作品も多く、日本の民話絵本の翻訳も手がけている。「テラビシアにかける橋」（78年）、「海は知っていた」（80年）でニューベリー賞を受賞。85年に再び来日。98年国際アンデルセン賞作家賞、2006年アストリッド・リンドグレーン記念文学賞を受賞。他の著書に「名人形師」（1976年）、「ガラスの家族」（78年）、「父さんと歌いたい」（85年）、「ワーキング・ガール リディの旅立ち」（91年）、「星をまく人」（2002年）、「パンとバラ—ローザとジェイクの物語」（06年）など。

パターソン, ジェームズ　*Patterson, James*

アメリカのミステリー作家

1947.3.22〜

[出]ニューヨーク州ニューバーグ　[学]マンハッタン・カレッジ卒, バンダービルト大学大学院修士課程修了　[賞]MWA賞最優秀新人賞（1977年）

[歴]大手広告会社J.ウォルター・トンプソン北米支社長兼クリエイティブ・ディレクターを務める傍ら、執筆活動を行う。1976年処女作「ナッシュヴィルの殺し屋」を発表、ニュージャーナリズムを意識した手法が高く評価され、77年MWA賞最優秀新人賞を受賞。その後〈サイコドクター刑事アレックス・クロス〉シリーズが人気を博し、「コレクター」「スパイダー」として映画化された。作品の総売上げは累計200億部を突破、「ニューヨーク・タイムズ」紙のベストセラーリスト入りの回数でギネス記録を持つなど、世界的な人気作家で、2014年、15年米経済誌「フォーブス」の"世界で最も稼ぐ作家"ランキングで2年連続1位に輝いた。他の作品に「The Season of the Machete」（1977年）、「ミッドナイト・クラブ」（89年）、「スザンヌの日記」（2001年）、「あの頃、ティファニーで」（08年）、共著に「ア

ハ

メリカ人のホンネ—仕事・カネ・暴力・セックスetc.全米調査レポート」(1991年)などがある。

パターソン, ハリー
→ヒギンズ, ジャックを見よ

パターソン, リチャード・ノース Patterson, Richard North
アメリカの作家
1947〜
⊕カリフォルニア州バークレー ㊥MWA賞最優秀新人賞(1979年度)
㊗オハイオ州の地方検事補、ウォーターゲート事件の調査官などを務めたあと、アラバマ法律事務所をパートナーと共同で設立する。アラバマ大学でジェシー・ヒル・フォードについて創作を学び、「アトランティック・マンスリー」に初めて短編が掲載されて本格的に作家活動を開始。1979年長編サスペンスの第1作「ラスコの死角」を発表、アメリカ探偵作家クラブ最優秀新人賞を受賞した。他の作品に「罪の段階」「The Eyes of a Child」など。

バータチャーリヤ, バーバーニ Bhattacharya, Bhabani
インドの作家, ジャーナリスト
1906.11.10〜1988.10.9
⊕バーガルプル ㊐パトナー大学, ロンドン大学卒 ㊥文学アカデミー賞
㊗インド、イギリス、アメリカの新聞・雑誌にコラムニストとして寄稿。在米インド大使館報道担当官、文部省コンサルタントのほか、「インド・イラストレイテッド・ウィークリー」誌副編集長、ニュージーランド、オーストラリア、アメリカ、西ドイツなど世界各地で客員教授を務めたこともある。反英闘争などに触発されて創作活動を始め、1947年処女小説「かくも多くの飢えが」を発表。以後、「モヒニのための音楽」(52年)、「虎にまたがる男」(54年)、「黄金という名の女神」(60年)、「ラダックの影」(66年)、「ハワイの夢」(78年)、短編集「鋼の鷹」(68年)など数々の著作を発表。伝記「著述家ガンディー」(69年)、評伝「マハートマー・ガンディー」(77年)などもある。タゴールのベンガル語著作の英訳者としても知られる。

パチェーコ, ホセ・エミリオ Pacheco, José Emilio
メキシコの作家, 詩人, 翻訳家, 脚本家
1939.6.30〜2014.1.26
⊕メキシコシティ ㊐メキシコ自治大学法学部・哲文学部 ㊥マグナ・ドナート賞(1967年)、メキシコ詩賞(1969年)、ビジャウルティア賞(1972年)、アリエル賞(1972年)、アグワスカリエンテス国民文学賞(1973年)、ジャーナリズム賞(1980年)、セルバンテス賞(2009年)
㊗1958年短編集「メドゥーサの血」を発表して注目される一方、63年に詩集「夜の要素」を発表して詩人としての評価が高まった。以後、67年「遠くで死ね」でマグナ・ドナート賞、69年「汝、問うなかれ、如何に時の過ぎゆくを」でメキシコ詩賞、72年短編集「快感原則」でビジャウルティア賞と多くの賞を受賞。また、翻訳家としても高く評価され、T.ウィリアムズの「欲望という名の電車」など多数の作品の翻訳を手がけた。その他、新聞・雑誌にエッセイを寄稿し、80年にはジャーナリズム賞を受賞している。作品は他に「マリアーナ、マリアーナ」というタイトルで映画化され、87年にメキシコのアカデミー賞ともいえるアリエル賞の最優秀映画・監督賞を獲得した原作「砂漠の戦い」(81年)など多数。詩集に「火の憩い」(66年)、「行きて戻らず」(73年)、「漂流島」(76年)、短編集「遠い風」(63年)などがある。アメリカのメリーランド大学特別教授を20年以上務め、2007年より名誉教授。

パチェット, アン Patchett, Ann
アメリカの作家
1963.12.2〜
⊕カリフォルニア州ロサンゼルス ㊐サラ・ローレンス大学創作学科卒 ㊥PEN/フォークナー賞(2002年)、オレンジ賞(2002年)
㊗カリフォルニア州ロサンゼルスで生まれ、テネシー州ナッシュビルで育つ。サラ・ローレンス大学でラッセル・バンクスやグレイス・ペイリーらに師事。在学中に初の長編が有名文芸誌「パリ・レビュー」に掲載されるなど、早くから頭角を現す。2002年長編第4作の「ベル・カント」(01年)でPEN/フォークナー賞、オレンジ賞を受賞。11年在住するナッシュビルで書店を開業。他の著書に「密林の夢」などがある。

バチェラー, アービング・アディソン Bacheller, Irving Addison
アメリカの作家, ジャーナリスト
1859.9.26〜1950.2.24
⊕ニューヨーク州ピアポント
㊗多くの通俗的なロマンスを描いた作家。最も有名な作品が作男ホールデンと孤児ウィリアムを中心としたロマンス「エバン・ホールデン」(1900年)で、100万部以上のベストセラーとなった。他に「ドリと私」(01年)、「永久のひと」(19年)、「荒野の灯」(30年)、「神の風」(40年)など30冊を超える作品がある。回想記は「わが道」(28年)と「記憶の倉から」(38年)。

バチガルピ, パオロ Bacigalupi, Paolo
アメリカのSF作家
1972〜
⊕コロラド州 ㊐オバーリン大学(東アジア学・中国語) ㊥シオドア・スタージョン記念賞(2006年)、ローカス賞中短編部門(2008年)、ネビュラ賞長編部門(2009年)、ヒューゴー賞長編部門(2010年)、ローカス賞処女長編部門(2010年)、ジョン・W.キャンベル記念賞(2010年)、ローカス賞ヤングアダルト部門(2011年)、星雲賞海外長編部門(2012年)、星雲賞海外短編部門(2013年)
㊗オバーリン大学在学中、中国に渡り、コンサルタントなどをしながら数年間を中国で暮らす。帰国後、ウェブ開発者や環境分野の専門誌の編集をしながら小説を書き、1999年雑誌「F&SF」に掲載された短編「ポケットのなかの法」でデビュー。同年で2013年星雲賞の海外短編部門を受賞。05年に発表した「カロリーマン」でシオドア・スタージョン記念賞、08年の「第六ポンプ」でローカス賞中短編部門を受賞。09年初の長編「ねじまき少女」はヒューゴー賞とネビュラ賞の長編部門、ローカス賞処女長編部門、ジョン・W.キャンベル記念賞など主要SF賞を総なめにし、雑誌「タイム」の長編10選にも選ばれた。他の作品に「シップブレイカー」(10年)がある。13年国際SFシンポジウムのため来日。

バチンスキ, クシシトフ・カミル Baczyński, Krzysztof Kamil
ポーランドの詩人
1921.1.22〜1944.8.4
㊙筆名=ブガイ, ヤン〈Bugaj, Jan〉
㊗文芸批評家スタニスワフ・バチンスキの息子で、ナチス占領下のワルシャワで地下出版の雑誌「道」に加わり、ヤン・ブガイのペンネームで詩作活動を行う。ロマン主義的な「選詩集」(1942年)、「一葉の詩」(44年)の2冊の詩集を地下出版し占領下に生きる同世代の心をとらえたが、ワルシャワ蜂起に参加して戦死。第二次大戦後500編の遺稿が発表されると詩人としての評価が高まり、蜂起の象徴的存在として一躍有名になった。
㊙父=スタニスワフ・バチンスキ(文芸批評家)

バッカラリオ, ピエール・ドミニコ Baccalario, Pierdomenico
イタリアの児童文学作家
1974.3.6〜
⊕ピエモンテ州アックイテルメ ㊥バンカレッリーノ賞(2012年度)
㊗高校時代より短編の創作を始める。1998年、15日間で書き上げたという「La Strada del Guerriero」でデビュー。「コミック密売人」で2012年度バンカレッリーノ賞を受賞した。

バック, パール Buck, Pearl S.
アメリカの作家
1892.6.26〜1973.3.6

[出]ウェストバージニア州ヒルズボロ　[名]旧姓名＝サイデンストリッカー, パール〈Sydenstricker, Pearl〉 筆名＝セッジズ, ジョン〈Sedges, John〉　[学]コーネル大学（1913年）卒　[賞]ピュリッツァー賞（文学部門）（1932年）, ノーベル文学賞（1938年）
[歴]宣教師の父母に伴われ、生後まもなく中国に渡る。1910年大学入試のため帰国。卒業後、中国に戻り、農業経済学者ジョン・L.バックと結婚。21～31年南京大学英文学教授。第2の母国中国に対する愛情から東西の亀裂を埋める努力をペンに託し、30年処女作「東の風、西の風」を発表。31年には代表作「大地」を発表し、32年ピュリッツァー賞を受賞（この作品はのち「息子たち」（32年）, 「分裂せる家」（35年）とともに3部作を構成）。34年帰国し、35年離婚。同年再婚したがパール・バックの名のまま創作を続け、平和運動でも活躍した。38年アメリカの女流文学者として初めてノーベル文学賞を受賞。他の小説に「母」（34年）、「愛国者」（39年）、「龍子」（42年）、「郷土」（49年）、「神の人々」（51年）、「日本の国民」（66年）、翻訳に「水滸伝」（33年）など。27年長崎を訪れた。

バック, リチャード　*Bach, Richard*
アメリカの作家, 飛行家
1936～
[出]イリノイ州　[学]ロングビーチ州立大学中退
[歴]ロングビーチ州立大学を1年で中退し、アメリカ空軍に入隊。戦闘機パイロットを経て、ダグラス航空に入社。以後転職を重ね、航空雑誌の編集者や地方巡業の曲芸飛行家、整備士などとして働く。1963年「Stranger to the Ground（王様の空）」で作家デビュー。すべての作品は飛行小説の形をとり、第3作「Jonathan Livingstone Seagull（かもめのジョナサン）」（70年）は世界的ベストセラーとなった。他に「イリュージョン」「One＝われらは、ひとつ」「フェレットの冒険」「ヒプノタイジング・マリア」など。

ハックス, ペーター　*Hacks, Peter*
ドイツの劇作家, 詩人
1928.3.21～2003.8.28
[出]ブレスラウ（ポーランド領ブロツワフ）　[学]ミュンヘン大学 文学博士（1951年）
[歴]ブレスラウに生まれ、1945～55年上バイエルンに住んで、53年より戯曲を書く。54年の「Eröffnung des indischen Zeitalters（インド時代の開始）」が、55年ミュンヘンのカーンマーシュピーレで初演されたのち、東ベルリンに移住した。同地でブレヒトから影響を受け、創作劇や古典の改作劇を書いた。56年に7年戦争を寓意化した「Die Schlacht bei Lobositz（ロボジッツの戦）」を発表したが、60年の煉炭工場を描いた「Die Sorgen und dieMacht（憂愁と権力）」や65年の現代劇「モリッツ・タッソー」は、社会主義統一党の批判を生んだ。この間、62年に原作アリストファネスの「平和」など古典劇の改作や、ジョン・ゲイの「乞食オペラ」のブレヒトによる改作をさらに改作した「Polly（ポリー）」を発表。娯楽的な題材にも優れた才能があり、その作品は西独でもよく上演される。他の作品に「民衆本エルンスト公」（53年）、「サンスーシーの粉屋」（58年）、「シュタイン家における不在のゲーテ氏との対話」（76年）など。

バックス, ロジャー
→ガーブ, アンドルーを見よ

バックナー, M.M.　*Buckner, M.M.*
アメリカの作家
[名]Buckner, Mary M.　[賞]フィリップ・K.ディック賞（2005年）
[歴]全米規模の金融会社でマーケティング担当副社長を務めた後、2003年に発表した「Hyperthought」でSF界にデビュー、フィリップ・K.ディック賞にノミネートされた。04年同じ世界を舞台にした「Neurolink」を発表。05年に発表した「ウォー・サーフ」でフィリップ・K.ディック賞を受賞した。

バックマン, リチャード
→キング, スティーブンを見よ

バックリー, ウィリアム（Jr.）　*Buckley, William Frank Jr.*
アメリカの作家, コラムニスト
1925.11.24～2008.2.27
[出]ニューヨーク市　[学]メキシコ大学, エール大学（1950年）卒
[歴]1955年政治誌「ナショナル・レビュー」を創刊。88～90年編集長を務め、反共産主義、自由資本主義の推進など米現代保守主義の原則を形成する論陣を張った。62年からはコラムニストとして活躍。また66～99年に司会役を務めたテレビのインタビュー番組「ファイアリング・ライン」には歴代大統領も出演。東海岸を代表する知識人の一人として確固たる地位を築き上げた。リベラリズムを徹底的に批判。第二次大戦後のアメリカの保守主義の基礎を築き、その後の新保守主義（ネオコン）につながった。2006年のイラク戦争に対しては「失敗だった」と批判、ブッシュ政権に苦言を呈した。この間、1965年ニューヨークの市長選挙に共和党から出馬し、民主党の対立候補ジョン・V.リンゼーに敗れたことで、政治家志望は一頓挫を来たす。この経験を生かして、76年処女作「女王陛下よ永遠なれ」を発表し、秀れたスパイ小説のエンターテインメントとして好評を博した。他の作品に「聖アンゼルムの暗殺者」（78年）、「〈群島〉（アーキペラゴー）から来た男」（80年）などがある。

バックリー, ビンセント　*Buckley, Vincent*
オーストラリアの詩人, 批評家
1925.7.8～1988.11.12
[出]ビクトリア州ロムジー　[学]イエズス会カレッジ, メルボルン大学, ケンブリッジ大学　[賞]ダブリン賞（1977年）, クリストファー・ブレナン賞（1982年）
[歴]アイルランド系オーストラリア・カトリック教会の信者。1950年代後半から60年代に大学の詩人グループや文学者の間で中心的存在となる。メルボルン大学英文学科教授を務めた。詩集「パターン」（79年）、「詩選集」（82年）など7編、評論「詩論、主としてオーストラリアの詩」（57年）など多数を執筆。77年にダブリン賞、82年にクリストファー・ブレナン賞受賞。詩人、批評家としてオーストラリアに多大な影響を与えた人物として知られる。

バックリー, マイケル　*Buckley, Michael*
アメリカの児童文学作家
[出]オハイオ州アクロン　[学]オハイオ大学卒
[歴]コメディアン、パンクロックバンドのリードボーカルなどを経て、オハイオ大学に入学。卒業後、ニューヨークに移り住み、CBSの人気トーク番組「デービッド・レターマンのレイト・ショー」の助手を務める。以後、数々のアニメや子供向け番組の製作に関わる。2005年〈グリム姉妹の事件簿〉シリーズの第1作「グリム姉妹の事件簿 事件のかげに巨人あり」を発表。

バックリー・アーチャー, リンダ　*Buckley-Archer, Linda*
イギリスの作家
[出]サセックス州　[学]ロンドン大学ゴールドスミス・カレッジ
[賞]ブランフォード・ボウズ賞（特別推薦作品）（2007年）
[歴]幼少期を中部スタフォードシャーの田園地帯で過ごす。ロンドン大学ゴールドスミス・カレッジでフランス文学の修士号、クリエイティブ・ライティングの博士号を得る。大学の講師を数年務めた後、2005年からロンドンを拠点に執筆活動に携わる。BBCラジオ・テレビのドラマ脚本も手がける。「タイムトラベラー」（06年）は、07年ブランフォード・ボウズ賞特別推薦作品に選ばれた。

ハッケ, アクセル　*Hacke, Axel*
ドイツの作家, ジャーナリスト
1956.1.20～
[歴]ゲッティンゲンとミュンヘンの大学で政治学を学ぶ。ドイツ・ジャーナリスト学校に通った後、1981年南ドイツ新聞社に入社。2000年まで「南ドイツ新聞」政治部記者として活躍し、数々の賞を受賞。一方、作家としても活動し、著書に「ク

ハ

マの名前は日曜日」「プラリネク」「パパにつける薬」などがある。

バッケッリ, リッカルド　*Bacchelli, Riccardo*
イタリアの作家
1891.4.19～1985.10.8
[出]ボローニャ　[学]ボローニャ大学（文学）
[歴]1919年にV.カルダレリ、E.チェッキらと文芸雑誌「Ronda（ロンダ）」を創刊し、編集長を務め、同人では唯一小説の道を選んだ。第一次大戦後の混乱に“古典復興”を唱え、A.マンゾーニや母校ボローニャ大学のG.カルドゥッチを手本とする、19世紀的伝統に立脚して創作活動を行った。史実に忠実な優れた歴史小説の代表作「Il diavolo à Pontelungo（ポンテルンゴの悪魔）」（27年）ではバクーニンのボローニャ蜂起を、3部作の大河小説「ポー川の水車小屋」（38～40年）では3代にわたる一家の盛衰を描いた。この間39年イタリア学士院会員となったが、43年に辞退した。活動は幅広く、その長い文筆生活は、おとぎ話から詩、戯曲、評論、歴史批評、音楽批評、古典の註解にまで及んだ。他の作品におとぎ話「鮪に聞け」（23年）、「アフロディテ―恋物語」（67年）、「潜水艦」（78年）、「洞窟で、谷間で」（80年）、歴史小説に「イエスの眼差し」（48年）、「スターリンの息子」（53年）、「シーザーの三人の奴隷」（58年）、中世を題材とする「あなたをもう父と呼ぶまい」（59年）、詩「抒情詩論」（14年）、戯曲「ハムレット」（19年）、評論「文学的告白」（32年）、「ジョアッキー・ロッシーニ」（41年）、「歴史と幻想の間のアフリカ」（70年）、歴史評論「エステ家のドン・ジュリオの陰謀」（31年）など。

バッケル, トバイアス・S.　*Buckell, Tobias S.*
グレナダ生まれのアメリカの作家
1979～
[出]グレナダ・セントジョージ　[学]ブラフトン大学（英文学）
[歴]カリブ海の島国グレナダの首都セントジョージに生まれる。アメリカのオハイオ州に移住。ブラフトン大学で英文学を専攻。19歳の時、短編「Fish Merchant」が「サイエンス・フィクション・エイジ」誌に掲載され、作家デビュー。以来30編以上の短編を「アナログ」誌などのSF雑誌やアンソロジーに発表。2002年にはジョン・W.キャンベル新人賞の候補となる。06年発表の長編デビュー作「クリスタル・レイン」はローカス賞第1長編部門にノミネートされた。

バッサーニ, ジョルジョ　*Bassani, Giorgio*
イタリアの作家
1916.3.4～2000.4.13
[出]ボローニャ　[学]ボローニャ大学文学部卒　[賞]ストレーガ賞（1956年），ヴィアレッジョ賞（1962年），ネリー・ザックス賞（1969年），カンピエッロ賞
[歴]ボローニャのユダヤ系の家に生まれ、フェラーラで成長し、1943年ローマに移り住む。38～43年ムッソリーニ政権による人種法の迫害のもと抵抗運動に加わり、たびたび投獄される。戦後は文芸誌「パラゴーネ」の編集に携わり、作家・ランペドーサの遺作「山猫」の発掘者としても知られた。「五つのフェラーラ物語」（60年）、「鷺」（68年）などで故郷フェラーラのユダヤ人共同体の日常や抵抗運動の隠された一断面などを屈折した追憶のかたちで描写。第二次大戦前後ファシズム台頭時代のユダヤ人富豪一家の運命を描いた作品「フィンツィ・コンティーニ家の庭」（62年）は、71年ビットリオ・デ・シーカ監督により「悲しみの青春」（邦題）として映画化されベルリン国際映画祭グランプリを受賞した。他の作品に、評論集「用意された言葉」（66年）、詩集「ガラスに映る曙光」（63年）などがある。

ハッサン, ズリナー　*Hassan, Zurinah*
マレーシアの作家
1949～
[出]アロースター　[賞]東南アジア作家賞S.E.A.Write Award（2004年），マレーシア桂冠文学賞（2015年）
[歴]12歳の時から詩を書き始め、1967年「ワルタ・ネガラ（Warta Negara）」と「ウトゥサン・ザマン（Utusan Zaman）」2紙に作品が初めて掲載される。その後、作家活動に専念するため、マレーシア政府情報サービス局主任情報専門官の職を退職。2004年東南アジア作家賞S.E.A.Write Awardを受賞。15年女性として初めて第13代マレーシア桂冠文学賞に選ばる。1974年からスランゴールに居住。

ハッサン, ヤエル　*Hassan, Yaël*
フランスの作家
1952～
[歴]ポーランド系ユダヤ人。少女時代をベルギーで過ごし、イスラエルの大学を卒業。1984～94年家族とともにイスラエルで暮らした後、再びフランスに戻りパリ在住。大きな交通事故の後、車いすでの生活を余儀なくされ、療養中に小説を書き始める。家族と祖先・子孫をテーマにした、歴史・宗教・社会情勢に関わる作品を、数多く出版。邦訳書に「わたしは忘れない」がある。

バッソー, ジョセフ・ハミルトン　*Basso, Joseph Hamilton*
アメリカの作家
1904.9.5～1964.5.13
[出]ルイジアナ州ニューオーリンズ
[歴]ニューオーリンズの「アイテム」「タイムズ・ピカユーン」などの記者を皮切りにジャーナリズムに入り、1944年以降「ニューヨーカー」誌の副編集長を務めながら同誌に短編小説、人物紹介などを多数発表。南部社会の生活を克明に描いた作品が多く、主な作品に「遺骨と天使」（29年）、「町の広場」（36年）、「四旬節を前にして」（39年）、「やぎ座の太陽」（42年）、「ポンペイズ・ベッドからの眺め」（54年）などがある。また、伝記「ボーアガード―偉大なクリオール」（33年）、アメリカの偉人を扱った「主流」（43年）も書いた。

バッタリア, ロマーノ　*Battaglia, Romano*
イタリアの作家, ジャーナリスト
1933.7.31～2012.7.22
[出]ピエトラサンタ　[賞]世界野生動物基金ポジドーネ賞（1993年），レヴァント賞（1994年）
[歴]ライ国営放送の特派員、テレビのコラムニストとして活躍する傍ら、執筆活動を開始。文化的功績を認められ、イタリアの上級騎士勲章を授かり、また複数の文学賞も受賞。小説に「無限の夜（Notte infinita）」（1989年）、「澄んだ空（Cielochiaro）」（93年）、「海から届いた薔薇（Una rosa dal mare）」（94年）、「シリオの小屋（La capanna incantata）」（95年）などがある。また児童文学の分野でも評価が高く、数多くの賞を受賞した。

パッチェン, ケネス　*Patchen, Kenneth*
アメリカの詩人
1911.12.13～1972.1.8
[出]オハイオ州　[学]ウィスコンシン大学, コモンウェルス・カレッジ
[歴]ウィスコンシン大学やアーカンソー州のコモンウェルス・カレッジに学ぶが、卒業はしなかった。放浪生活の傍ら詩を書き、1936年処女詩集「勇者の前に」を発表。他の詩集に「赤いワインと黄色の髪」（49年）、「ユーモアと抵抗の詩」（55年）、「私たちがここで一緒だった時」（57年）、「全詩集」（68年）など。抽象表現主義の画家でもあり、詩集の挿絵も描いた。

ハットン, ジョン　*Hutton, John*
イギリスの作家
1928～
[出]マンチェスター　[学]ノース・ウェールズ大学（英文学）卒
[賞]CWA賞ゴールド・ダガー賞（1983年）
[歴]ノース・ウェールズ大学で英文学を専攻し、卒業後数々の学校や専門学校で教鞭を執る。1979年に発表したデビュー作の「29, Herriott Street」はキングズリー・エイミスに絶賛される。83年「偶然の犯罪」でイギリス推理作家協会賞（CWA賞）ゴールド・ダガー賞を受賞。

ハ

ハッドン, マーク *Haddon, Mark*
イギリスの作家, 脚本家, イラストレーター
1962.9.26～
[出]ノーサンプトンシャー州ノーサンプトン [学]オックスフォード大学卒 [賞]ウィットブレッド賞（2003年）, ガーディアン賞（2003年）, コモンウェルス賞最優秀処女長編賞（2004年）, O.ヘンリー賞（2014年）
[歴]オックスフォード大学を卒業後、子供向けの作品を中心に活躍。「THE REAL PORKY PHILIPS」（1994年）はスマーティーズ賞候補となる。脚本家としてはBBCのテレビやラジオの番組を数多く手がける。2003年の「夜中に犬に起こった奇妙な事件」は、同年のウィットブレッド賞、ガーディアン賞、04年のコモンウェルス賞最優秀処女長編賞を受賞した。

バッハマン, インゲボルク *Bachmann, Ingeborg*
オーストリアの詩人, 作家
1926.6.25～1973.10.17
[出]クラーゲンフルト [学]ウィーン大学 文学博士（1950年） [賞]47年グループ賞（1953年）, ビューヒナー賞（1964年）
[歴]ウィーンで博士号を取得。詩人志望で西ドイツの文壇登竜門であった「47年グループ」賞を1953年受賞、一躍有名になり、53年処女詩集「猶予の時」、56年第2詩集「大熊座への呼びかけ」でドイツ文学界のプリマドンナとなる。その後主にイタリアに住み、59年から数年作家フリッシュと結婚。61年短編集「30歳」で散文に移行、人間同士の意志疎通の困難さを主題とするものが際立った。71年唯一の長編「マリーナ」により新しい女性小説の境地を開く。73年不慮の事故で亡くなるが、76年クラーゲンフルト市は新鋭の作家に与えられる賞、“インゲボルク・バッハマン賞”を設立、ドイツ最大の新人賞となった。他の作品に短編集「同時通訳」（74年）など。

バッファ, D.W. *Buffa, Dudley W.*
アメリカの作家
[出]カリフォルニア州サンフランシスコ [学]シカゴ大学卒
[歴]シカゴ大学の政治学博士課程を修了。10年間の弁護士生活を経て、1997年弁護士アントネッリを主人公にした処女小説「弁護」で作家デビュー。以降、「訴追」「審判」とシリーズ化され、「審判」は2002年のアメリカ探偵作家クラブ賞（MWA賞）最優秀長編賞にノミネートされた。

パーディ, ジェームズ *Purdy, James*
アメリカの作家, 詩人, 劇作家
1914.7.17～2009.3.13
[出]オハイオ州フリーモント [学]シカゴ大学, プエブラ大学（メキシコ）
[歴]シカゴ、スペインで学び、キューバやメキシコ、ワシントンで翻訳、編集などの職に就いた。人間のとらえ難さをテーマとすることが多かった。小説に「Don't Call Me by My Right Name」（1956年）、父を探す少年の物語「Malcolm（マルコムの遍歴）」（59年）、田舎町の老婦人の物語「The Nephew（アルマの甥）」（60年）、ゲイ文学の古典とされる「ユースティス・チザムの仲間」（67年）、3部作「月夜の谷に眠る人々」（70～81年）、田舎町の人々を描く「On Glory's Course（栄光の道）」（83年）、「Garments The Living Wear」（89年）、「スターとともに」（94年）などがある。他に短編集「闇の色」（57年）、戯曲「Scrap of Paper」（81年）、詩集「Don't Let the Snow Fall」（85年）など多数の作品がある。

ハーディ, トーマス *Hardy, Thomas*
イギリスの作家, 詩人
1840.6.2～1928.1.11
[出]ドーセット州アッパー・ボックハンプトン（ウェセックス地方）
[歴]父は石工。ドーチェスターで学業を終え、1862年ロンドンに出て建築事務所に勤める傍ら、詩作と読書に熱中するが、健康を害し、故郷に戻って小説を書き始める。71年処女作「窮余の策」を発表、74年「狂乱の群れをよそに」で注目され、以後長編小説を次々に発表する。代表作に「緑林の木陰」（72年）、「帰郷」（78年）、「カスターブリッジの市長」（86年）、「ダーバヴィル家のテス」（91年）、「日陰者ジュード」（95年）などがあり、いずれも故郷ウェセックスを背景に、悲劇的な人間の姿を容赦なく客観的に描いている。他に「風来三人男」などを含む短編小説集4巻、900編を超える詩集8巻、3部作からなる叙事詩劇「覇王ら」（1903～08年）を出し、ユニークで多彩な文筆活動を続けた。09年イギリス作家協会会長に就任し、近代イギリスを代表する文豪の一人。

ハーディ, フランク *Hardy, Frank*
オーストラリアの作家
1917.3.21～1994.1.28
[出]ビクトリア州ウォールナムブール市
[歴]少年時代をバッカス・マーシュ町で過ごし義務教育を終えたのち様々な労働に従事する。21歳でメルボルンに移り住み、39年共産党に入って報道記者となる。50年に最初の長編「Power without Glory（名誉なき権力）」を発表、この作品でビクトリア州の汚職事件を暴露したため名誉毀損罪で訴えられるが、社会写実派作家としての評価はむしろそれによって高まった。その後長・短編、社会評論、自伝などを書き、テレビ番組で話上手なところを見せて親しまれた。60年代には原住民土地問題の運動でも活躍した。

ハーディ, ロナルド *Hardy, Ronald*
イギリスの冒険作家
1919～1991
[賞]ジェームズ・テイト・ブラック記念賞（1962年）, パトナム賞
[歴]税理士の仕事に就いていたが、数字の世界になじまず創作の道に入る。周到な取材の上に立った緻密な構成と的確な人物描写とで、歴史の長いイギリス冒険小説界に優れた作品を送り出した。作品のうち「Act of Destuction」（1962年）はジェームズ・テイト・ブラック記念賞を、「The Savages」（67年）はアメリカでパトナム賞をそれぞれ受賞。

パティスン, エリオット *Pattison, Eliot*
アメリカの作家, 弁護士
1951～
[賞]MWA賞（最優秀処女長編賞）（2000年）
[歴]弁護士として投資など国際的なビジネスの場で活躍。ビジネス関連、法律関連の記事を発表し、著書が「ニューヨーク・タイムズ」の“1996年の最も優れた経営書”に選ばれる。中国を度々訪れ、経験と知識をもとに「頭蓋骨のマントラ」を執筆、2000年同作品がMWA賞最優秀処女長編賞を受賞し、CWA賞の候補となる。他の作品に「Water Touching Stone」がある。

パディーリャ, エベルト *Padilla, Ebert*
キューバ生まれの作家, 詩人
1932～2000.9.25
[出]ピナルデルリオ
[歴]通信社の特派員としてロンドンやモスクワなどに駐在した経験を持つ。キューバ革命の後、作家芸術家同盟を創設し、キューバの文学賞を受賞。詩集「まさに人間の時」（1962年）は高い評価を受けたが、「退場」（68年）では社会主義体制の中では異端的とキューバ作家同盟から非難を受け、71年革命批判を理由に逮捕され、自宅に軟禁。この“パディーリャ事件”はヨーロッパなどのキューバ革命を支持する知識人に幻滅を与えた。80年アメリカ議員の仲介でアメリカに亡命、オーバーン大学などで文学を教えた。アメリカで発表した作品に、自伝的長編「わが庭にヒーローたちは草をはむ」（81年）がある。

バーディン, ジョン・フランクリン *Bardin, John Franklin*
アメリカの作家
1916～1981
[出]オハイオ州シンシナティ
[歴]大学を中退後、様々な職を経て、広告代理店に勤務。1946年「The Deadly Percheron」を発表。続いて「殺意のシナリオ」「悪魔に食われろ青尾蝿」を執筆するが、アメリカでは出

版元がなく、イギリスで刊行。以後、複数の筆名で執筆。72年ミステリー作家J.シモンズが"犯罪小説の傑作"と高く評価したことから脚光を浴び、78年から再び筆を執った。

ハーディング, ジョン・ウェズリー
→ステイス, ウェズリーを見よ

ハーディング, フランシス　Hardinge, Frances
イギリスの作家
出ケント州　学オックスフォード大学卒　賞ブランフォード・ボウズ賞, イギリス幻想文学大賞(2014年), コスタ賞(児童文学部門)・年間大賞(2015年), ボストン・グローブ・ホーンブック賞
略オックスフォード大学卒業後、2005年のデビュー作「Fly By Night」でブランフォード・ボウズ賞を受賞。14年「Cuckoo Song」はイギリス幻想文学大賞を受賞し、カーネギー賞の最終候補となる。15年7作目の「嘘の木」でコスタ賞(旧ウィットブレッド賞)の児童文学部門、さらに同賞の全部門を通しての大賞に選ばれるという快挙を成し遂げる。アメリカのボストン・グローブ・ホーンブック賞も受賞、カーネギー賞の最終候補にもなった。

ハーディング, ポール　Harding, Paul
アメリカの作家
1967～
学アイオワ大学創作科課程修了　賞ピュリッツァー賞(フィクション部門)(2010年)
略ロックバンドのドラマーとして活動した後、アイオワ大学の創作科課程を修了。ハーバード大学の創作科などで講師を務める傍ら、小説を執筆。2009年ニューヨーク大学医学部附属の新興出版社ベルビュー・プレスより「ティンカーズ」を刊行しデビュー。10年ピュリッツァー賞フィクション部門を受賞し、一躍その名を知られるようになる。

バーデュゴ, リー　Bardugo, Leigh
イスラエル生まれのアメリカの作家
出エルサレム　学エール大学卒
略エルサレムで生まれ、ロサンゼルスで育つ。エール大学卒業後、広告業界、新聞業界で働き、メーキャップ・アーティストとしても活動。2012年戦争孤児の少女と幼なじみの少年の冒険を描いたファンタジー「太陽の召喚者」で作家デビュー。同書は発表されるとたちまち評判を呼び、「ニューヨーク・タイムズ」のベストセラーリストに載り、またアマゾン・ドット・コム・ベスト・ティーン・ブックスにも選ばれた。

ハート, キャロリン　Hart, Carolyn G.
アメリカの作家
1936～
出オクラホマ州オクラホマシティ　学オクラホマ大学卒　賞アンソニー賞(1988年), アガサ賞(1988年・1993年), アンソニー賞最優秀ペーパーバック賞(1990年), マカヴィティ賞(1990年), MWA賞巨匠賞(2014年)
略オクラホマ大学を卒業後、新聞記者、編集者、フリーライターを経て、作家活動に入る。1988年ミステリー専門書店「デス・オン・ディマンド」を経営するアニーとその恋人マックスが活躍する〈アニー&マックス〉シリーズの3編目「舞台裏の殺人」でアガサ賞とアンソニー賞をダブル受賞。4編目「ハネムーンの殺人」がアンソニー賞最優秀ペーパーバック賞、5編目「ミステリ講座の殺人」がマカヴィティ賞に輝く。また、93年には元新聞記者のミステリー作家である老婦人ヘンリー・Oを主人公にした〈ヘンリー・O〉シリーズの第1作「死者の島」で再びアガサ賞を受けた。2014年アメリカ探偵作家クラブ賞(MWA賞)巨匠賞を受賞。

ハート, ジョゼフィン　Hart, Josephine
アイルランド生まれの作家, 演劇プロデューサー
1942.3.1～2011.6.2
略若い頃演劇を学び、新聞社・出版社に勤務、出版部長として成功した後、演劇界に製作者として進出。プロの俳優による詩の朗読会や作家へのインタビューで構成するテレビ・シリーズなどを製作、パーソナリティも務めた。1990年小説「ダメージ」で作家としてもデビュー。この作品はルイ・マル監督により映画化された。他の著書に「第六の罪」「忘却」などがある。

ハート, ジョン　Hart, John
アメリカの作家
1965～
出ノースカロライナ州ダーラム　学デービッドソン・カレッジ(フランス文学)卒, デービッドソン・カレッジ大学院(会計学・法学)修了　賞MWA賞最優秀新人賞(2008年), MWA賞最優秀長編賞, CWA賞イアン・フレミング・スティール・ダガー賞(2009年)
略幼少期をローワン郡で過ごす。デービッドソン・カレッジでフランス文学、その後大学院で会計学と法学の学位を取得。会計、株式仲買人、刑事弁護など様々な分野で活躍したが、やがて職を辞し、作家を志す。1年間図書館にこもって執筆した「キングの死」が全米各紙誌で絶賛され、新人としては異例のセールスを記録。2006年アメリカ探偵作家クラブ賞(MWA賞)最優秀新人賞にノミネートされた。07年発表の第2長編「川は静かに流れ」で同賞最優秀長編賞に輝く。09年第3長編「ラスト・チャイルド」は、MWA賞最優秀長編賞およびイギリス推理作家協会賞(CWA賞)イアン・フレミング・スティール・ダガー賞をダブル受賞。"ミステリー界の新帝王"と呼ばれる。

ハート, モス　Hart, Moss
アメリカの劇作家, 演出家
1904.10.24～1961.12.20
出ニューヨーク　賞ピュリッツァー賞(1937年)
略ユダヤ系。早くから演劇の世界に入り、18歳で処女戯曲を書く。その後、ハリウッドを風刺した「一生に一度」(1930年)にジョージ・S.カウフマンが手を加えて大ヒット。以来、カウフマンと合作を続け、ピュリッツァー賞を受けた「あの世に持って行けぬ物」(36年)や「夕食の客」(39年)などを共作、数々の劇場用喜劇を手がけた。演出家としてはミュージカル「マイ・フェア・レディ」(56年)、「キャメロット」(60年)が代表作。演劇の自伝「第1幕」(59年)はベストセラーとなった。47～56年アメリカ劇作家組合会長。

ハードウィック, エリザベス　Hardwick, Elizabeth
アメリカのジャーナリスト, 作家
1916.7.27～2007.12.2
出ケンタッキー州レキシントン　学ケンタッキー大学卒, コロンビア大学中退　賞ジョージ・ジーン・ネーサン賞(1966年)
略ユダヤ人。ケンタッキー大学卒業後、1939年ニューヨークに出る。一時コロンビア大学で学ぶが、小説に専念するため退学。49年に詩人ロバート・ローエルと結婚(72年離婚)。「ニューヨーク・レビュー・オブ・ブックス」の共同創刊者兼編集顧問、敏腕政治記者などとして自らの高い水準を文学の広い分野に求める。劇評によってジョージ・ジーン・ネーサン賞受賞。著書に小説「The Ghostly Lover」(45年)、「The Simple Truth」(55年)、「Sleepless Nights」(79年)、エッセイ「A View of My Own」(62年)、「Seduction and Betrayal: Women and Literature」(74年)、「Bartleby in Manhattan」(83年)、「Sight Readings」(98年)、「Herman Melville, A Life」(2000年)などがある。

パドゥーラ, レオナルド　Padura, Leonardo
キューバの作家
1955～
出ハバナ　学ハバナ大学(ラテンアメリカ文学)　賞ハメット賞(国際推理作家協会)(1998年)
略ジャーナリストとして活躍後、作家活動に入る。1991年発表のマリオ・コンデ警部補を主人公にしたシリーズの4作目「Paisaje de otoño(秋の風景)」で、98年国際推理作家協会主

催のハメット賞を受賞。

ハトウン, ミウトン Hatoum, Milton
ブラジルの作家
1952〜
㊥アマゾナス州マナウス ㊎サンパウロ大学, パリ第3大学大学院修了 ㊥ジャブチ賞
サンパウロ大学で建築学と都市工学を専攻。1970年スペインに留学し、その後渡仏。パリ第3大学大学院修了。84〜99年アマゾナス連邦大学フランス語・フランス文学教授。96年にはカリフォルニア大学バークレー校で教鞭を執る。著作の多くでジャブチ賞を受けた。

ハドソン, ジェフリー
→クライトン, マイケルを見よ

ハトソン, ショーン Hutson, Shaun
イギリスの作家
1958.9.23〜
㊥ハートフォードシャー州 ㊎筆名=タイラー, フランク ブレーク, ニック クルーガー, ウルフ ビショップ, サミュエル・P. ネビル, ロバート ロストフ, ステファン ハワード, リチャード
㊥18歳で放校され, 職を転々としながら小説を書き続ける。21歳の時戦争ものの小説が初めて認められ、1983年に「SPAWN」の出版後専業の作家となる。ナポレオンのため祖国フランスのために獅子奮迅の活躍する戦士たちの活躍を描いた〈ナポレオンの勇者たち〉シリーズ「囚人部隊誕生」をリチャード・ハワード名義で発表。またホラー作家として活躍するほか、第二次大戦小説を別のペンネームでも発表している。

バドニッツ, ジュディ Budnitz, Judy
アメリカの作家
1973〜
㊥マサチューセッツ州ニュートン ㊎ハーバード大学(1995年)卒, ニューヨーク大学大学院(1998年)修士課程修了
㊥マサチューセッツ州ニュートンで生まれ、ジョージア州アトランタで育つ。1995年ハーバード大学を卒業後、98年ニューヨーク大学クリエイティブ・ライティングのMFAを得る。98年に発表した「空中スキップ」で高い評価を受け、続く長編「イースターエッグに降る雪」はオレンジ賞最終候補にノミネートされる。2007年にはイギリス「グランタ」誌がおよそ10年に一度選ぶ"最も優れたアメリカの若手作家"の一人に選ばれた。他の作品に「元気で大きいアメリカの赤ちゃん」がある。

ハートネット, ソーニャ Hartnett, Sonya
オーストラリア生まれの作家
1968〜
㊥ビクトリア州メルボルン ㊥オーストラリア児童図書賞Older Readers部門(2002年・2008年・2011年), ガーディアン賞(2002年), オーストラリア児童図書賞Younger Readers部門(2005年), アストリッド・リンドグレーン記念文学賞(2008年)
㊥13歳から創作活動を始め、15歳の時に「Trouble All The Way」でデビュー。ヤングアダルト小説を手がけ、2002年「Forest」でオーストラリア児童図書賞、同年「木曜日に生まれた子ども」でイギリスのガーディアン賞を受賞するなど、児童書対象の賞を多数受賞。07年「サレンダー」が優れたヤングアダルト作品に贈られるアメリカのマイケル・L・プリンツ賞の候補となり、08年には優れた児童文学作家に贈られるアストリッド・リンドグレーン記念文学賞を受けた。

バトラー, エリス・パーカー Butler, Ellis Parker
アメリカのユーモア作家
1869.12.5〜1937.9.13
㊥アイオワ州
㊥銀行家の傍ら旺盛な執筆活動をこなし、200以上のパルプ雑誌に寄稿。パルプ・フィクション作家として40年以上活躍し、最も多作であったといわれる。代表作に「ブタはブタなり」(「アメリカほら話」, 1906年)、「Dominie Dean」「Jibby Jones」「Swatty」、「通信教育探偵ファイロ・ガップ」など。

バトラー, オクテービア Butler, Octavia Estelle
アメリカのSF作家
1947.6.22〜2006.2.24
㊥カリフォルニア州パサディナ ㊎パサディナ市立大学, カリフォルニア州立大学ロサンゼルス校 ㊥ヒューゴー賞短編賞(1984年), ネビュラ賞中編賞(1984年), ヒューゴー賞中編賞(1985年), サイエンス・フィクション・クロニクル賞(1985年), ネビュラ賞長編賞(1999年)
㊥アフリカ系。パサディナ市立大学、カリフォルニア州立大学ロサンゼルス校で学ぶ。SF作家として活動し、超常能力を持つ人々の様子を描いた作品や、テクノロジーとファンタジーを混ぜ合わせた背景を持つ作品を発表。「パターンマスター」(1976年)、「生存者」(78年)、「ワイルド・シード」(80年)などの連作〈パターニスト〉シリーズや、「キンドレッド―きずなの招喚」(79年)などの作品がある。

バトラー, ガイ Butler, Guy
南アフリカの詩人, 劇作家
1918.1.21〜2001.4.26
㊥ケープ州クラドック ㊎バトラー, フレデリック・ガイ〈Butler, Frederick Guy〉 ㊎ローズ大学, オックスフォード大学卒
㊥ローズ大学、オックスフォード大学ブレイズノーズ・カレッジに学び、第二次大戦に従軍してギリシャ、イタリアに転戦。のちウィットウォーターズランド大学を経て、1950〜78年ローズ大学教授として英文学を教え、雑誌「ニュー・コイン」の編集に従事、南アフリカ英語学会会長を務めるなど南アフリカの英語文化の発展に尽くした。戦争体験を綴った詩集「ヨーロッパの異邦人」(52年)、「フローレンス初体験」(68年)、「詩選集」(75年)、「二十四の歌とバラッド」(78年)のほか、劇作品に「ダム」(53年刊)、「ハト戻る」(56年刊)、「セイラムのリチャード・グシュ」(82年刊)、自伝的作品「カルーの朝」(77年)がある。「オックスフォード版南アフリカの詩」(59年)の編者も務めた。

バトラー, ロバート Butler, Robert Olen
アメリカの作家
1945〜
㊥イリノイ州 ㊎ノースウェスタン大学卒, アイオワ大学大学院修士課程修了 博士号 ㊥ピュリッツァー賞(1993年度), リチャード&ヒンダ・ローゼンタール財団賞
㊥雑誌編集者、記者、高校教師などを経て、マクニース州立大学の創作コースで教鞭を執る。傍ら、ベトナムをテーマにした作品を書き続ける。著書に「楽園の横丁」(1981年)、「遠い国にて」(85年)、「ふしぎな山からの香り」(93年)など。
㊥妻=エリザベス・デューベリー(作家)

ハートリー, レスリー・ポールズ Hartley, Leslie Poles
イギリスの作家
1895.12.30〜1972.12.13
㊥ジェームズ・テイト・ブラック記念賞(1947年), ハイネマン財団賞(1953年)
㊥性格の相反する姉弟の深刻な愛憎の感情関係を描いた3部作「小えびと磯ぎんちゃく」(1944年)、「第六天国」(46年)、「ユースタスとヒルダ」(47年)で声価を高める。他にハイネマン財団賞受賞の「ゴウ・ビトウィン」(53年)、「仲介者」(53年)、「完全な女」(55年)など、人間関係や心理描写に長けた長編を多く残した。

パトリック, ジョン Patrick, John
アメリカの脚本家, 作家
1905.5.17〜1995.11.7.(発見)
㊥ケンタッキー州ルイスビリー ㊎Goggan, John Patrick ㊥ピュリッツァー賞(文学部門・戯曲)(1954年)
㊥戯曲・脚本作品に「八月の茶屋(The Teahouse of the August

Moon)」(1954年)、「慕情」(55年)、「Everybody Loves Opal」(61年) などがある。

バトルズ, ブレット　Battles, Brett
アメリカの作家
㊐カリフォルニア州ロサンゼルス　㊥バリー賞最優秀サスペンス賞(2009年)
㊞大学卒業後、ベトナムやドイツを旅する。スティーブン・キングとグレアム・グリーンに大きな影響を受けて執筆を続け、2007年正統派スパイ・アクション〈掃除屋クイン〉シリーズの第1作「懸賞首の男」で長編デビュー。バリー賞とシェイマス賞の最終候補となる。09年シリーズ第2作「裏切りの代償」でバリー賞最優秀サスペンス賞を受賞。

パトロン, スーザン　Patron, Susan
アメリカの児童文学作家
1948～
㊐カリフォルニア州　㊥ニューベリー賞(2007年)
㊞図書館学を学んだ後、ロサンゼルス市立図書館に勤務し、児童サービスに従事。1990年頃より子供のための物語を書きはじめ、93年刊行の「Maybe Yes, Maybe No, Maybe Maybe」は高い評価を得た。2007年「ラッキー・トリンブルのサバイバルな毎日」でニューベリー賞を受賞。

パドロン, フスト・ホルヘ　Padrón, Just Jorge
スペインの詩人, 作家, 評論家
1943～
㊐ラスパルマス(グランカナリア島)　㊥バルセロナ大学法文学部卒　㊥スウェーデン国際賞(1972年)
㊞バルセロナの大学を卒業後、パリ、ストックホルム、オスロで北ヨーロッパの言語と文学を専攻。のち多国言語の国際雑誌「Equivalencias」を創刊、14年間主宰するとともに、スペイン・ペンクラブの総書記を務める。この間、スペイン語詩集、アンソロジー、評論・翻訳集などを出版し、スペイン語圏で北ヨーロッパ、スラブの詩を紹介。詩集は40ケ国語に翻訳され、スウェーデンの国際賞(1972年)をはじめ、多くの国際賞を受賞。著書に詩集「地獄の連環」などがある。

バートン, ジェシー　Burton, Jessie
イギリスの作家, 女優
1982～
㊐南ロンドン　㊥オックスフォード大学, セントラル・スクール・オブ・スピーチ・アンド・ドラマ　㊥全英図書賞(スペックセイバーズ・ナショナル・ブック・アワード) 新人賞・最優秀賞
㊞オックスフォード大学およびセントラル・スクール・オブ・スピーチ・アンド・ドラマで学ぶ。ロイヤル・ナショナル・シアターなどの舞台に立つ傍ら、シティで秘書として働く。2014年「ミニチュア作家」は大型新人のデビュー長編として高い評価を受け、イギリス書店チェーン、ウォーターストーンズのブック・オブ・ザ・イヤーに選出され、全英図書賞(スペックセイバーズ・ナショナル・ブック・アワード)の新人賞と最優秀賞に輝いた。

ハナ, ソフィー　Hannah, Sophie
イギリスの作家, 詩人
1971～
㊐グレーター・マンチェスター州マンチェスター　㊥マンチェスター大学卒
㊞マンチェスター大学を卒業後、24歳の時に最初の詩集を刊行。その後は詩人として活躍し、2004年ポエトリー・ブック・ソサエティの"次世代の注目すべき詩人"に選ばれた。06年初めてのミステリー小説「Little Faces」を発表すると、デビュー作ながら10万部超のベストセラーとなり、作家としての才能にも注目が集まった。

ハナ, バリー　Hannah, Barry
アメリカの作家
1942～
㊐ミシシッピ州メリディアン　㊥アラバマ大学大学院修士課程修了　㊥フォークナー賞、アーノルド・ギングリッチ短編賞(1978年)
㊞1972年の処女作「ジェロニモ王」以来、南部の代表的作家として認められる。文明と野蛮の格闘、現在を支配する過去の力、人種、性、階級によって起こる戦いなどをテーマとする。作家活動の傍ら、ミシシッピ大学のWriter-in-residenceとして創作を教える。他に「夜警員」(75年)、「飛行船」(78年)、「光線」(80年)、「テニス・ハンサム」(83年)、「最年長」(85年)、「Dr.レイ」「地獄のコウモリ軍団」など。

バーナード, マージョリー・フェイス
→エルダーショー, M.バーナードを見よ

バーナード, ロバート　Barnard, Robert
イギリスの探偵作家, 英文学者
1936.11.23～2013.9.19
㊐エセックス州ブライトリングシー　㊥オックスフォード大学ベイリオルカレッジ卒　㊥CWA賞ダガー・イン・ザ・ライブラリ賞(1994年), CWA賞ダイヤモンド・ダガー賞(2003年), CWA賞短編ダガー賞(2006年)
㊞オックスフォード大学ベイリオルカレッジで英文学を修め、卒業後、しばらくフェビアン協会に勤務。その後、イギリス、オーストラリア、ノルウェーの各地で教鞭を執る。1974年「Death of an Old Goat(年老いたヤギの死)」で文壇にデビュー。以来、年に1、2作のペースで作品を発表。第4作目の「Unruly Son(不肖の息子)」(78年)は79年度アメリカ探偵作家クラブ(MWA)最優秀長編賞の候補となり、出世作となった。その後、「Posthumous Papers(作家の妻の死)」(79年)、「Death in a Cold Climate(雪どけの死体)」で3年連続MWA賞にノミネートされる。ロンドン警視庁犯罪捜査部の警部補ペリー・トレソワンを主人公としたシリーズものでも人気を得た。80年ミステリーの女王アガサ・クリスティーの評論「黙しの天才—アガサ・クリスティー創作の秘密」を発表。2003年イギリス推理作家協会(CWA賞)のダイヤモンド・ダガー賞を受賞。人間観察の鋭さに裏打ちされた、ウィットに富んだ会話の面白さには定評があった。

バーニー, アール　Birney, Earle
カナダの詩人
1904.5.13～1995.9.3
㊐カルガリー　㊛Birney, Alfred Earle　㊥ブリティッシュ・コロンビア大学, トロント大学, カリフォルニア大学, ロンドン大学 Ph.D., D.Litt., L.L.D.　㊥カナダ総督文学賞(1942年・1945年)
㊞1927～34年、36～37年の母校ブリティッシュ・コロンビア大学夏期学期講師を務め、この間30～34年にユタ大学の英語専任講師となった。36～42年にトロント大学英語講師や助教授を務めたが、第二次大戦に兵役に就き、終戦にともないカナダ陸軍少佐として退役した。戦後45～46年ラジオ・カナダのヨーロッパ語番組の責任者を経て、46～62年ブリティッシュ・コロンビア大学英語教授に就任した。63～65年には同大で創作部門の教授にして部門長を経て、65～67年にトロント大学で公邸住居の執筆者となり、67～68年ワーテルロー大学に移り、81～82年にはウェスタン・オンタリオ大学に在職した。30年代に左翼運動に一時関わったとされるが、以後は創作に励み、42年の詩集「David(デービッド)」以来、多数の詩集を発表するとともに、52年の詩劇「Trial of a City(ある都市の裁判)」(52年)や、ピカレスク風の戦争小説「Turvey(ターピー)」(49年)などがあり、またチョーサーの研究者としても知られ、その業績に「Essays on Chaucerian Irony(チョーサーのアイロニー試論)」(85年, 共著)などがある。他の作品に詩集「今だ、時は」(45年)、「アニアン海峡」(48年)、「Ice, Cod, Bell or Stone」(62年)、「Rag and Bone Shop」(71年)、「Ghost in the Wheels」(77年)、「The Mammoth Corridors」(80年)、「Copernican Fix」(85年)、「One Muddy Hand」(87

年)、長編「Down the Long Table」(55年)、短編集「Big Bird in the Bush」(79年)、ラジオドラマ「Words on Waves」(85年)、評論「The Creative Writer」(66年)、「Spreading Time」(80年)など。

バニエ, フランソワ・マリ Banier, François-Marie
フランスの作家, 写真家
㊦パリ
㊧ハンガリー系フランス人の裕福な家庭に生まれ、パリ16区の高級住宅街パッシーで育つ。18歳の時書いた小説「セカンド・ハウス」が注目され、ラディゲの再来ともてはやされる。1970年代から広く名を知られ、その後も小説「パセ・コンポゼ」や戯曲などの文学作品を発表。一方、10代の頃からミッテラン、ダリ、ホロビッツら多くの著名人と親交を深め、プライベートな一面をカメラに収めて個人的な資料として保存。92年ポンピドー・センターで開かれた写真展で写真家として脚光を浴び、アーティストたちの素顔を鋭く捉えたポートレートが話題となる。

パニッチ, モーリス Panych, Morris
カナダの劇作家, 演出家, 俳優
1952〜
㊨ブリティッシュ・コロンビア大学文学部卒 ㊥カナダ総督文学賞(創作戯曲部門), ジェッシー賞
㊧ブリティッシュ・コロンビア大学文学部を卒業後、ロンドンのE-15アクティング・スクールで演技を学ぶ。戯曲に「7ストーリーズ」(1989年)、「地球の果て」(92年)、「ご臨終」(95年)、「洗い屋稼業」(2005年)など。若い世代に圧倒的な人気を持つ。

パニョル, マルセル Pagnol, Marcel
フランスの劇作家
1895.2.28〜1974.4.18
㊦オーバーニュ ㊨モンペリエ大学卒
㊧1911年リセ在学中に「フォルテュニオ」誌を創刊。15年から教職に就く。22年パリに出る。25年処女作「栄光の商人」(ニヴォアと合作)を発表、劇作家としてスタート。その後、「トパーズ」(28年)、「マリウス」(29年)、「ファニー」(31年)、「セザール」(37年)を発表し、諷刺喜劇作家として、幅広い人気を得た。さらに脚本も書き、映画制作も試み、38年「パン屋の女房」を自ら演出、最高作となる。他の作品に戯曲「Judas, Fabien」(56年)、小説「父の大手柄」(57年)、「母のお屋敷」(58年)、「秘めごとの季節」(60年)、評論「批評家を批評する」(48年)、「笑いについて」(50年)など。

バニング, マーガレット Banning, Margaret
アメリカの作家
1891.3.18〜1982.1.4
㊦ミネソタ州バッファロー ㊎Banning, Margaret Culkin ㊨ヴァッサー・カレッジ(1912年)卒
㊧1912年名門女子大学ヴァッサー・カレッジを卒業。市民問題や教育問題への関心が強く、作品は現代における恋愛、結婚、親であることなどのテーマを扱う。作品は「この結婚」(20年)、「カントリー・クラブの人々」(23年)、「結婚は早過ぎる」(38年)、「持参金」(55年)、「すばらしき苦しみ」(76年)など、小説が多い。

ハーネス, チャールズ Harness, Charles L.
アメリカのSF作家
1915.12.29〜2005.9.20
㊦テキサス州
㊧コネティカットで化学会社関連の特許代理業をしながら執筆を行う。1947年「アスタウンディング」誌上に「Time Trap(時間罠)」を発表してデビューする。以後いろいろなSF雑誌に中短編を執筆。30年あまりの作家生活のなかで、「The Rose(薔薇)」(53年)をはじめ長編はわずか5編という寡作家ながら、想像力豊かな作家としてマイケル・ムアコック、デーモン・ナイト、ブライアン・オールディスらの批評家から高い評価を受けた。

バーネット, ウィリアム Burnett, William Riley
アメリカの作家
1899〜1982
㊦オハイオ州スプリングフィールド ㊥O.ヘンリー賞(1930年)
㊧1929年作家デビュー。ミステリーやウエスタンを執筆し、作品はプロの運動選手やギャングを主人公にしたものが多い。映画の脚本も手がけ、「大脱走」などを担当。主な作品に「過去への別れ」(34年)、「ハイ・シエラ」(40年)、「アスファルト・ジャングル」(49年)、「アドービの壁」(53年)、「我が友」(59年)などがある。

パーネル, ジェリー Pournelle, Jerry
アメリカのSF作家
1933.8.7〜2017.9.8
㊦ルイジアナ州シュリーブポート ㊎Pournelle, Jerry Eugene 別名＝カーティス、ウェード〈Curtis, Wade〉 ㊨ワシントン大学工学部卒 心理学博士, 政治科学博士 ㊥ジョン・W.キャンベル賞(1973年)
㊧合衆国の宇宙プログラムで15年間働き、宇宙飛行に伴う人間的要素について研究していたが、管理職昇進の話があった際に辞退して退職、小さな大学の教授となる。学部長や学内の研究所長なども務めたが、1969年ウェード・カーティスのペンネームで「Red Heroin」を発表し、フルタイムの作家として独立。71年ジェリー・パーネル名義で「Peace with Honor」を「アナログ」誌に掲載。73年には最優秀新人SF作家として第1回ジョン・W.キャンベル賞を受賞した。その後、自身の作品やラリー・ニーブンとの共作などで急速に評価が高まる。彗星に脅かされる地球のディザスター小説「悪魔のハンマー」(77年, ニーブンとの共作)はベストセラーとなり、ヒューゴー賞にもノミネートされた。他のニーブンとの共作に、「神の目の小さな塵」(74年)、「インフェルノ―SF地獄編」(76年)、「降伏の儀式」(85年)など。また「地球から来た傭兵たち」(79年)を始めとする〈ジャニサリーズ〉シリーズ(ローランド・グリーンとの共作)などによって、ミリタリーSFの第一人者といわれた。他の作品に、「キングの宇宙船」(73年)、「新・猿の惑星」(74年)などがある。アメリカSF作家協会会長も務めた。コンピューターにも精通し、85年から2004年までコンピューター雑誌「Byte」で名物コラム「混沌の館にて」を連載した。

パノワ, ヴェーラ・フョードロヴナ Panova, Vera Fyodorovna
ソ連の作家
1905.3.20〜1973.3.3
㊦ロストフ・ナ・ドヌー ㊥スターリン賞
㊧早くに父を亡くし、17歳で新聞記者となる。1920〜30年代にロストフの新聞社や雑誌社で働いた後、作家生活に入る。従軍記者として前線から傷病兵を後方へ護送する病院列車に乗り込んだ体験をもとにした中編「道づれ」(46年)で作家としての地位を確立。続いて長編「クルジリーハ」(47年)、「明るい岸」(49年)を発表、いずれもスターリン賞を受けた。スターリンが亡くなった53年、ソ連社会の暗黒面をえぐり出した「四季」を発表して話題を呼んだが、イリヤ・エレンブルグの「雪どけ」(54年)とともに公式筋から批判を受けた。晩年は「死ぬのは誰か」(65年)などの歴史小説を書いた。少年の内面世界を描いた「大好きなパパーセリョージャ物語」(55年)や「センチメンタルなロマンス」(58年)もある。

ババエフスキー, セミョーン Babaevskii, Semyon Petrovich
ソ連の作家
1909.6.6〜2000
㊦ハリコフ州クニエ村(ウクライナ) ㊥スターリン賞(1949年・1950年・1951年)
㊧農家に生まれ、職業を転々としたのち、1930年代中頃より創作活動に入り、36年に短編集「gordosti(誇り)」を発表した。

39年にソ連共産党に入党し、40年には「クバン物語」のシリーズを書き、コルホーズでの社会財産をめぐる闘いを描いた。41〜45年にかけて第二次大戦の従軍報道員となって、「戦場のコサック」を発表し、戦後に代表作の長編「Kavaler zolotoi zvezdy（金星勲章の騎士）」（48年）および長編「Svet nad zemlei（地上の光）」（全2巻、49〜50年）で、各々スターリン賞を受賞する。両作品は、戦後のコルホーズの立て直しに超人的活躍をするトゥーターリノフの物語で、広く読まれ映画化もされたが、スターリン批判後は"無葛藤理論"によって現実を美化したとして批判された。この間50〜58年にソ連最高会議代議員を務め、その後も作品を発表し、71年や79〜80年にはそれぞれ選集も出版された。ほかの作品に中国紀行「楡の古木の枝」（57年）、中編「白い寺院」（58年）、長編「息子の反乱」（61年）、「白い光」（67〜68年）、「Stanitsa」（76年）、「Privolje」（78年）など。

ハーバック, チャド　Harbach, Chad
アメリカの作家, 編集者
Ⓗウィスコンシン州　Ⓖハーバード大学卒, バージニア大学大学院創作科修了
ⓔハーバード大学卒業後、バージニア大学大学院創作科を修了。9年の歳月をかけて完成させた「守備の極意」で2011年作家デビュー。有力紙誌や読者より熱狂的な支持を受け、「ニューヨーク・タイムズ」ベストセラーに半年に渡りランクインした。また同年の「ニューヨーク・タイムズ」およびAmazon.comの年間ベストブックに選出された他、ガーディアン賞、国際IMPACダブリン文学賞にもノミネートされた。

ハバード, L.ロン　Hubbard, L.Ron
アメリカの作家, 哲学者, 人道主義者
1911.3.13〜1986.1.24
Ⓗネブラスカ州ティルディン　Ⓝハバード, ラファイエット・ロナルド〈Hubbard, Lafayette Ronald〉　Ⓖジョージ・ワシントン大学　Ⓟゴールデン・スクロール名誉賞（ロサンゼルス）（1982年）, サターン賞（ロサンゼルス）（1984年）, グーテンベルグ賞（パリ）（1986年）, テトラドラマ・ド・オロ賞（ローマ）（1987年）, ソロ・デ・オロ賞（メキシコ）（1988年）, コスモス2000賞（仏）（1989年）, クラパド・ドール賞（仏）（1990年）
ⓔ第二次大戦前はSF作家として活躍。1950年刊行の「ダイアネティックス―心の健康のための現代科学」がベストセラーに。54年精神分析と心理療法による能力開発を主張してサイエントロジー教会を設立、「ダイアネティックス」はサイエントロジーの基本書となり、70年代の最盛期には同教会は600万人の会員を誇った。80年から公式の席に姿を見せず、晩年は教会の運営からも手を引いていたといわれる。260点以上もの小説、演劇の脚本などを書き、フィクションからノンフィクションにわたる多数の作品群は延べ1億冊以上世界各国で販売され、なかでも長編大河小説「バトルフィールド・アース」は大ベストセラーとなった。

ハーバート, ザビア　Herbert, Xavier
オーストラリアの作家
1901〜1984.11.10
Ⓗ西オーストラリア州ポート・ヘッドランド　Ⓖメルボルン大学薬学部中退
ⓔ北豪と南大平洋諸島を放浪したのち1930年に渡英、ロンドンで極貧生活を経験して反英主義を身につけ、帰豪した。以来、ダイバー、船乗り、パイロット、鉱山師、牧童など様々な職業を遍歴した。第二次大戦中はオーストラリア帝国軍軍曹を務める。滞英中に執筆した処女長編小説「カプリコーニア」（38年）は白人、原住民、アジア人の人種の交錯を描いて数々の賞を受け、各国語に翻訳されて、オーストラリア文学の古典とされる。執筆に10年の歳月を費した大作「Poor Fellow My Country（かわいそうな私の国）」（75年）は「戦争と平和」に比肩する傑作と評され、空前のベストセラーとなる。他に、短編集「等身大より大きく」（63年）など。20世紀オーストラリア文学を代表する作家の一人。

ハーバート, ジェームズ　Herbert, James
イギリスの作家, アートディレクター
1943.4.8〜2013.3.20
Ⓗロンドン市イースト・エンド
ⓔ幼少時代をオールドゲイト、ペチコート・レーン地区に過ごす。公務員やロックバンドの歌手などの職を転々とした。1974年に処女作「鼠」がハードカバーとして出版され、好評を得て、ほどなくペーパーバック化されベストセラーとなる。以降年1冊のペースで異色作を世に送り、いずれも英米でベストセラーとなった。邦訳されたものに「霧」「ザ・サバイバル」「仔犬になった男」「闇」「聖槍」「魔界の家」「悪夢」などがある。95年に映画化された「月下の恋」などの原作も手がけた。アートディレクターとしても活躍。

ハーバート, フランク　Herbert, Frank
アメリカのSF作家
1920〜1986.2.11
Ⓗワシントン州タコマ　Ⓖワシントン大学　Ⓟヒューゴー賞（1965年）, ネビュラ賞最優秀長編部門（1965年）
ⓔシアトルのワシントン大学に学び、「サンフランシスコ・エギザミナー」「ポスト・インテリジェンサー」などの記者を経て、1952年「スタートリング」誌に「Looking for Something？」を発表して作家活動に入る。新聞記者時代から環境生態学の分野と深い関わりを持ち、長編第2作として発表した「Dune（砂の惑星）」（65年）は生態学的な考えを存分に取り入れて、SF界内外で話題となる。同時にこの作品で65年度のヒューゴー賞、ネビュラ賞の両賞を獲得して一躍声価を高め、以来定期的に長編作品を発表する。60年代のアメリカSF界を代表する作家の一人。他の著書に〈ジャンプドア〉シリーズの「鞭打たれる星」「ドサディ実験室」など。

パハーレス, サンティアーゴ　Pajares, Santiago
スペインの作家
1979〜
Ⓗマドリード
ⓔ17歳で物語や短編映画の脚本を書き始める。情報処理専門課程を卒業後、コンピューター関係の仕事に携わる傍ら、23歳の時に処女作「螺旋」を執筆、2004年出版社タブラ・バサから出版され作家デビュー。同作は読者や批評家から高い評価を受けたほか、スペイン文化省より06年ブダペストで開催されたヨーロッパ新人作家フェスティバルのスペイン代表に選出される。06年小説「La mitad de uno」を刊行。第3作「キャンバス」（09年）より専業作家となった。また映画の脚本も手がけ、脚本に関する著作「Guiones, puntos, comas」（10年）もある。脚本・監督を務めた短編映画「Berlin」はトゥデラ短編映画祭で受賞した。

バビッチ, ミハーイ　Babits, Mihály
ハンガリーの詩人, 作家
1883.11.26〜1941.8.4
Ⓗセクサールド　Ⓖブダペスト大学
ⓔ詩人アディの死後、文芸誌「西方」を主宰しハンガリー文壇の指導的役割を果たした。政治的にも保守主義者であったが、芸術のための芸術を主張、特異な詩構成を示し、とくに哲学詩をよくした。反戦詩「復活祭以前」（1917年）、「ヨナの本」（40年）は詩人としての鋭い厭戦感覚をとらえていて高く評価されている。他の作品に自伝的な小説「死の息子たち」（27年）、「ヨーロッパ文学史」（34年）をはじめダンテ、ゲーテなどの翻訳、論文、エッセイなどがある。

バビット, ナタリー　Babbitt, Natalie
アメリカの児童文学作家, イラストレーター
1932.7.28〜2016.10.31
Ⓗオハイオ州デイトン　ⓃBabbitt, Natalie Zane　Ⓖスミス大学（1954年）卒　Ⓟニューベリー賞オナーブック（1971年）, クリストファー賞（1975年）, E.B.ホワイト賞（2013年）
ⓔ幼い頃から物語や神話の世界にひかれ、また母親の影響で絵

画にも深い関心を寄せる。1954年大学卒業と同時に詩人のサムエル・バビットと結婚。3人の子供を持ってからも作家、詩人、イラストレーターとして活躍した。邦訳作品に「ニーノック・ライズ 魔物のすむ山」(70年)、「悪魔の物語」(74年)、「時をさまようタック」(75年)、「アマリリス号—待ちつづけた海辺で」(77年)、「もう一つの悪魔の物語」(87年)、「月は、ぼくの友だち」(2011年)など。「時をさまようタック」は27ケ国で出版され、1981年と2002年に映画化された。
[家]夫＝サムエル・バビット(詩人)

ハビービー, アミール　*Habībī, Amīl*
イスラエルの作家
1922〜1996.5.2
[出]ハイファ(パレスチナ)　[名]通称＝アブウ・サラーム　[賞]イスラエル賞(1992年)
[歴]パレスチナ人。1940年代共産党員として活動。48年イスラエル建国以後もパレスチナの生まれ故郷にとどまり、イスラエル国籍を取得。イスラエル共産党の創設メンバーとなり、国会議員も務めたが、70年代初めから執筆活動に専念。イスラエルに住むパレスチナ人の微妙な立場を題材にアラビア語で「六日戦争の六重奏」(68年)、「オプシミスト」(74年)、「犬畜生の子らと同じ蔑視の辞」(80年)など五つの小説を発表している。92年イスラエル賞をアラブ人作家として初めて受賞、ユダヤ教右派やアラブ側から非難を浴びたことで知られる。

バフ, ジョー　*Buff, Joe*
アメリカの作家
[歴]全米海軍連盟、海軍潜水艦連盟、海軍大学財団の終身会員で、アメリカ海軍協会の会員でもある。潜水艦に関する該博な知識には定評があり、2000年海洋軍事アクション小説〈ジェフリー・フラー〉シリーズの第1作「原潜迎撃」を発表。同シリーズに「深海の雷鳴」(01年)、「原潜、氷海に潜航せよ」(02年)などがある。

ハフ, タニア　*Huff, Tanya*
カナダの作家
1957〜
[出]ノバスコシア州ハリファクス
[歴]ノバスコシア州ハリファクスで生まれ、オンタリオ州キングストンで育つ。カナダ海軍に3年間勤務。その後、ライアスン技術専門学校にてラジオ・テレビアーツの学位を取得。卒業後、カナダのテレビ局CVCで脚本家見習い兼裏方として下積み時代を過ごした後、カナダのゲイ・レズビアン文学をリードしたバッカ書店に8年間勤務。1992年トロントのダウンタウンに移住。作家としては20年以上のキャリアを持つベテランで、ホラー、ファンタジー、ロマンス小説と守備範囲が広く、カナダ文壇の売れっ子作家のひとり。

バフメーチエフ, ウラジーミル・マイヴェーヴィチ
Bahmet'ev, Vladimir Matveevich
ソ連の作家
1885.8.14〜1963.10.16
[歴]青年時代から革命運動と作家活動に入り、シベリアの農民の苦しみを描く作品を書く。革命後モスクワへ移り、プロレタリア文学グループ・鍛冶場(クーズニツァ)に参加。革命後は国内戦の体験に基づいた作品を多く発表。代表作は市民戦争期のコミュニストたちを主題にした「マルチンの罪」(1928年)、長編「襲撃」(33〜40年)。

ハープレヒト, クラウス　*Harpprecht, Klaus*
ドイツの作家
1927.4.11〜2016.9.21
[出]シュトゥットガルト　[名]Harpprecht, Klaus Christoph　[勲]レジオン・ド・ヌール勲章シュバリエ章
[歴]リアス・ベルリン、西部ドイツ放送、ZDFなどの放送記者として活躍。1966〜72年フィッシャー出版社の編集局長、72年ブラント内閣の首相府文書局長を務める。82年以降フランスに居を移し、フリーの作家として活躍した。著書に「トーマス・マン物語」など。

パプロッタ, アストリット　*Paprotta, Astrid*
ドイツの作家
1957〜
[出]西ドイツ・ノルトライン・ウェストファーレン州デューレン(ドイツ)　[賞]ドイツ・ミステリー大賞(2005年), フリードリヒ・グラウザー賞(2006年)
[歴]1997年「Der Mond fing an zu tanzen(月は踊り出した)」(未訳)でデビュー。以来、"パトリシア・ハイスミスの後継者"として各紙誌で絶賛を浴びる。2005年「死体絵画」でドイツ・ミステリー大賞を受賞。

ハーベイ, ジョン　*Harvey, John*
イギリスの作家
1938〜
[出]ロンドン　[名]別名＝バートン, ジョン　[賞]CWA賞シルバー・ダガー賞(2004年), CWA賞ダイヤモンド・ダガー賞(2007年), CWA賞短編ダガー賞(2014年)
[歴]1970年代ジョン・バートンなど幾つものペンネームを使い多数のウェスタン小説を発表。ハーベイ名義ではノベライゼーションや児童小説を手がけ、〈私立探偵スコット・ミッチェル〉シリーズの作品を発表。80年代後半にはラジオやテレビの台本を執筆。92年警部補チャーリー・レズニックとその捜査チームの活躍を描いたシリーズの第1作「ロンリー・ハート」がイギリスで珍しい警察官たちを主人公にした小説として人気を博し、以後、「ラフ・トリートメント」「カッティング・エッジ」などの続編を執筆。2004年「血と肉を分けた者」でイギリス推理作家協会賞(CWA賞)のシルバー・ダガー賞を受賞。また詩人としても活動し、自ら出版社を経営する。

ハーベイ, マイケル　*Harvey, Michael*
アメリカの作家
[出]マサチューセッツ州ボストン　[学]デューク大学, ノースウエスタン大学, ホーリークロス大学
[歴]デューク大学、ノースウエスタン大学、ホーリークロス大学で学ぶ。ドキュメンタリー番組のクリエイター兼製作責任者として活躍。「Eyewitness」で1999年度のアカデミー賞ドキュメンタリー短編部門に、未解決殺人事件を扱う人気テレビシリーズ「Cold Case Files」で2005年度のエミー賞ノンフィクション・シリーズ部門にノミネートされた。07年〈私立探偵マイケル・ケリー〉シリーズの第1作「報いの街よ、暁に眠れ」で作家デビュー。

バーベリ, イサーク　*Babel, Isaak Emmanuilovich*
ソ連の作家
1894.7.13〜1941.3.17
[出]ウクライナ・オデッサ
[歴]ユダヤ商人の子として生まれ、商業学校に通い、家庭ではユダヤ語、聖書、ユダヤ法律を学んだ。1915年ペテルブルクへ赴き、翌年最初の短編を「年代記」誌に発表。後、ゴーリキーの助言により創作をやめ人生を知るために実社会に出て、文部人民委員会、食糧徴発隊、騎兵隊、オデッサ県委員会などで働く。23年"自分の思想をあまり冗漫にならずに、明瞭に表現できるようになった"と自覚するに及び、24年再び創作活動に入り雑誌「芸術左翼戦線」に短編「塩」「王様」などを発表。後、短編集「騎兵隊」(26年)、「オデッサ物語」などを刊行し作家としての地位を築いた。39年無実の罪で逮捕され、41年処刑された。スターリンの死後、名誉を回復。

パーマー, マイケル　*Palmer, Michael*
アメリカのミステリー作家, 医師
1942〜
[出]マサチューセッツ州　[学]ウェズリアン大学卒, ケース・ウェスタン・リザーブ医科大学卒 医学博士
[歴]ボストン市立病院、マサチューセッツ総合病院で内科を研修し、のちファルマス病院で救急医として勤務。傍ら1982年「The Sisterhood(心優しき殺人)」でサスペンス小説界にデ

ビュー。他の作品に「SIDE EFFECTS」「FLASHBACK」「致死量」(91年)、「沈黙の病棟」(97年)、「D.I.C.—血管内凝固症候群」(98年)、「有毒地帯」など。同じく医師出身のマイケル・クライトン、ロビン・クックに次ぐ医学サスペンスの書き手として活躍。

ハマ, ロデ Hammer Jacobsen, Lotte
デンマークの作家
1955～
㊥看護師として働いていたが、50代にして作家を志す。教師だった兄のセーアン(Søren, 1952年生まれ)がロデ一家の住む家の2階に移り住み、ロデと一緒に小説を書こうと誘ったことがきっかけで共同執筆を開始。2010年コペンハーゲン警察殺人捜査課課長のコンラズ・シモンスンを主人公にした「死せる獣—殺人捜査課シモンスン」でデビュー。デンマークでベストセラーを記録した。

バーマン, ベン・ルシアン Burman, Ben Lucien
アメリカのジャーナリスト、作家
1896.12.12～1984.11.12
㊥ケンタッキー州コヴィントン ㊦ハーバード大学卒
㊥第一次大戦と第二次大戦に従軍。作品に「ミシシッピ」(1929年)、「端を回った蒸気船」(33年)、「渡るべき大きな川」(40年)はミシシッピ川を題材にした作品。他に紀行小説、動物物語がある。

ハミッド, モーシン Hamid, Mohsin
パキスタンの作家
1971～
㊥パンジャブ州ラホール ㊦プリンストン大学卒、ハーバード大学ロースクール卒 ㊨ベティ・トラスク賞
㊥プリンストン大学、ハーバード大学ロースクールを卒業後、マッキンゼーでコンサルタントとして働く。この間に小説を執筆。2000年「Moth Smoke」で作家デビュー、同作はベティ・トラスク賞を受賞した他、PEN/ヘミングウェイ賞の最終候補作となり、パキスタンでテレビドラマ化もされた。2作目の「コウモリの見た夢」(07年)は国際的ベストセラーになり、様々な賞を受賞、ブッカー賞の最終候補作にも選ばれた。

ハミル, ピート Hamill, Pete
アメリカのジャーナリスト、作家
1935～
㊥ニューヨーク市ブルックリン
㊥貧しいアイルランド系の家庭に育ち、高校を2年で中退、海軍工廠の板金工として働いたあと、1952年海軍に入隊。この頃ヘミングウェイやコンラッドに傾倒し、新聞記者、さらには作家の道に進みたいという夢を抱く。除隊後ニューヨーク、メキシコの美術学校で美術を学び、58年23歳で「ニューヨーク・ポスト」紙の記者に採用され、ジャーナリズムの道に入る。以後主に「ニューヨーク・デイリー・ニューズ」などの大衆紙を舞台に頭角を現し、新聞コラムなどによって全米的な人気を獲得。90年代には「ニューヨーク・ポスト」と「ニューヨーク・デイリー・ニューズ」の編集長を務めた。また、68年小説「Killing for Christ」で作家デビュー。他の作品に、ベストセラーとなった「ニューヨーク・スケッチブック」や、「ブルックリン物語」「マンハッタン・ブルース」「愛しい女」「東京スケッチブック」「ザ・ヴォイス—フランク・シナトラの人生」「ドリンキング・ライフ」「マンハッタンを歩く」などがあり、日本映画「幸福の黄色いハンカチ」の原作者としても知られる。
㊊妻＝青木 冨貴子(ジャーナリスト)、弟＝デニス・ハミル(作家)

ハミルトン, イアン Hamilton, Ian
イギリスの詩人、伝記作家、評論家
1938.3.24～2001.12.27
㊦オックスフォード大学卒
㊥詩人として、1970年「訪問」、88年「50選」などの詩集を発表。一方、65～73年「タイムズ」編集者、72～73年ハル大学

講師を経て、74～79年文芸誌「ニュー・レビュー」編集者を務め、多くの作家を世に送り出した。のちテレビの読書番組を手がける傍ら、作家J.D.サリンジャーの謎の生涯を描いた「サリンジャーをつかまえて」(88年)や、ロバート・ローエルらの伝記(83年)を書いた。他の著書に詩集「Returning」(76年)、エッセイ「A Poetry Chronicle」(73年)などがある。

ハミルトン, ウォーカー Hamilton, Walker
イギリス(スコットランド)の作家
1934～1969
㊥スコットランド南西部ラナークシャー・エードリー
㊥15歳で事務の仕事につき、働きながら夜学で会計を学ぶ。その後イギリス空軍に入隊するが、ほとんど病気のために軍の病院でベッドに横たわって過ごし、結局は除隊。のちグラスゴーのビール工場を皮切りに職を転々とし、1960年に結婚。68年処女作となる「すべての小さきもののために」を発表したが、翌年30代半ばの若さで世を去った。

ハミルトン, エドモンド Hamilton, Edmond
アメリカのSF作家
1904～1977
㊥オハイオ州
㊥スペースオペラの巨匠にして奇想SFの名手で、のちにSFの定番となる数々のアイデアを考案した。単純なプロットによる作品を量産し、シリーズものとしては、1940年代の冒険活劇「キャプテン・フューチャー」(40～51年)がよく知られ、60年代には「スターウルフ」がある。他の主な作品に「スターキング」(47年)、「時果つるところ」(51年)、「虚空の遺産」「銀河大戦」(64年)、「スターキングへの帰還」(70年)、短編集「フェッセンデンの宇宙」(73年)などがある。妻のリー・ブラケットもSF作家として知られる。
㊊妻＝リー・ブラケット(SF作家)

ハミルトン, ジェーン Hamilton, Jane
アメリカの作家
1957.7.13～
㊨PEN/ヘミングウェイ賞(最優秀処女小説賞)(1989年)
㊥ウィスコンシン州の果樹園農家に暮らし、働きながら作家活動を行う。雑誌「ハーパー」に短編数編を発表したのち、1989年初の長編「The Book of Ruth」でPEN/ヘミングウェイ賞最優秀処女小説賞を受賞。「マップ・オブ・ザ・ワールド」は全米でベストセラーとなる。

ハミルトン, スティーブ Hamilton, Steve
アメリカの作家
1961～
㊥ミシガン州デトロイト ㊦ミシガン大学卒 ㊨MWA賞処女長編賞(1999年)、シェイマス賞処女長編賞(1999年)、MWA賞最優秀長編賞(2011年)、CWA賞イアン・フレミング・スティール・ダガー賞(2011年)
㊥ミシガン大学を卒業。IBMに勤務の傍ら執筆した私立探偵アレックス・マクナイトを主人公とするハードボイルド小説「氷の闇を越えて」が、1997年私立探偵小説コンテストの最優秀作品に選ばれ、98年出版社からデビュー。同作品は、99年アメリカ探偵作家クラブ(MWA)賞処女長編賞、シェイマス賞処女長編賞をダブル受賞した。他の作品に「ウルフムーンの夜」(2000年)、「狩りの風よ吹け」(00年)、「解錠師」(09年)など。

ハミルトン, バージニア Hamilton, Virginia
アメリカの児童文学作家
1936～2002.2
㊥オハイオ州イエロースプリングス ㊦アンティオーク大学卒、オハイオ州立大学卒 ㊨ニューベリー賞(1972年)、ニューベリー賞(1975年)、ニューベリー賞オナーブック、コレッタ・ヤング賞、国際アンデルセン賞作家賞(1992年)、アメリカ図書館協会ローラ・インガルス・ワイルダー賞(1995年)
㊥母方の祖父は黒人の逃亡奴隷、父方の祖父はチェロキー・インディアン。1967年処女作「わたしは女王を見たのか」以

来、ヤングアダルトのリアリズムの旗手として作品を発表。72年「ジュニア・ブラウンの惑星」で黒人として初めてニューベリー賞を受賞。75年「偉大なるM.C.」で再び同賞を、92年には国際アンデルセン賞を受賞した。他に「わたしはアリラ」「ラッシュおじさん」「マイ・ゴースト・アンクル」「ブルーイッシュ」、黒人の昔話集「人間だって空が飛べる」など多数の作品を残した。現代アメリカの児童文学の質の向上に最も貢献した作家といわれる。

ハミルトン, ピーター・F. *Hamilton, Peter F.*
イギリスのSF作家
1960〜
[出]ラトランドシャー州
[歴]1989年短編「Death Day」で作家デビュー。92年「マインドスター・ライジング」で長編デビュー。以来、ほぼ毎年新作を発表。長編第1作の続編の近未来アクション〈グレッグ・メンダル〉シリーズと〈ナイツ・ドーン〉3部作によって英米で大きな注目を浴びる。イギリスSF界の新鋭作家の一人。

ハミルトン, ヒューゴー *Hamilton, Hugo*
アイルランドの作家
1953〜
[出]ダブリン
[歴]ドイツ人とアイルランド人の両親を持つ。ドイツを舞台とした小説「代用都市」「最後の一撃」「ラヴ・テスト」を発表後、アイルランドのダブリンを舞台に「ヘッドバンガー」を執筆。他の作品に「椰子の木の育つダブリン」「Sad Bastard」などがある。

ハミルトン・パターソン, ジェームズ
Hamilton-Paterson, James
イギリスの作家
1941.11.6〜
[学]オックスフォード大学卒　[賞]ウィットブレッド賞(1989年), ニューディキッド賞
[歴]大学在学中に、優れた詩に与えられるニューディキッド賞受賞。卒業後、ジャーナリストとして活躍、南米や東南アジアを広く旅行。のち、作家となり、詩や小説を発表。作品に「Playing with Water」「Gerontius」「The Bell-Boy」「7/10—海の自然誌」がある。

バーミンガム, ルース *Birmingham, Ruth*
アメリカの作家, ラジオプロデューサー
[名]ソレルス, ウォルター〈Sorrells, Walter〉　[賞]MWA賞ペーパーバック賞(2000年)
[歴]事務弁護士、ジャーナリスト、電気工、自動車のセールスマンなど多彩な職業を経て、作家となる。1994年本名のウォルター・ソレルス名義で発表した「八百万ドルを探せ」で作家デビュー、同書はMWA賞ペーパーバック賞にノミネートされた。91年には弁護士が主人公のサスペンス「Will to Murder」「Cry for Justice」を発表。98年女性名義のルース・バーミンガムで〈女性探偵サニー・チャイルズ〉シリーズ第1作「Atlanta Graves」を発表。同シリーズ第2作の「父に捧げる歌」で、2000年MWA賞ペーパーバック賞を受賞。他の作品に、同シリーズ「Sweet Georgia」などがある。また、作家活動の傍ら、アトランタのラジオ番組の制作にも携わる。

パムク, オルハン *Pamuk, Orhan*
トルコの作家
1952.6.7〜
[出]イスタンブール　[学]イスタンブール大学ジャーナリズム学科(1976年)卒　[賞]ノーベル文学賞(2006年), オルハン・ケマル賞(1983年), ダブリン文学賞(IMPAC)(2003年)
[歴]イスタンブール工科大学で建築を学ぶが、やがてイスタンブール大学ジャーナリズム学科に転じ、卒業。1985〜88年アメリカ・コロンビア大学客員研究員、2006年同大客員教授。一方、22歳から本格的に小説を書き始め、1982年の処女作「ジェヴデット氏と息子たち」でトルコ最高の文学賞オルハン・ケマル賞を受賞。98年オスマン・トルコの帝都イスタンブールを舞台にした歴史ミステリー「わたしの名は紅(あか)」を出版。2001年9月に起きた同時多発テロ事件の直前に英訳版が出版され、文明の衝突という文脈で高い関心を呼び、世界中で翻訳されベストセラーに。フランスやイタリアで文学賞を受けた。02年の「雪」では、トルコの貧しい町での世俗とイスラム、クルド独立運動の葛藤を描き、論争を呼んだ。現代トルコを代表する作家として知られ、他の作品に「静かな家」(1983年)、「白い城」(85年)、「黒い書」(90年)、「新しい人生」(94年)、「父のトランク」「イスタンブール」「無垢の博物館(ミュージアム・オブ・イノセンス)」などがある。2006年トルコ人作家として初めてノーベル文学賞を受賞。04年初来日。05年8月、20世紀初頭のオスマン帝国末期の“アルメニア人虐殺”を認める発言により、国家侮辱罪で告発されたが、06年1月裁判は打ち切りとなった。コロンビア大学教授を務める。

ハムスン, クヌート *Hamsun, Knut*
ノルウェーの作家
1859.8.4〜1952.2.19
[出]ロム　[名]ペデルセン, クヌート〈Pedersen, Knut〉　[賞]ノーベル文学賞(1920年)
[歴]洋服屋兼農夫の子に生まれ、幼少時代を北極圏のノールラン地方の大自然の中で送る。少年時代靴屋の見習い、指物職人などを職を転々とし、20代で2度渡米、計4年を過ごしたが、帰国後アメリカ文明を批判、社会問題を扱った傾向文学に反発し、ベルゲランの詩やビョルンソンの農民小説を高く評価した。1890年小説「飢え」を発表、ドイツ語訳を通じて世界的評価を得る。自ら耕作に従事しながら、北辺の地を開拓する農民の生活を叙事詩的に描いた作品を次々に発表、全ヨーロッパにセンセーションを起こした「土の恵み」(1917年)などの作品により、20年ノーベル文学賞を受賞。ドイツ文化に憧れ、第二次大戦中はナチスに共鳴したため、対独協力などで戦後逮捕されたが、48年罰金刑をもって釈放された。他の作品に叙情詩「牧神」(1894年)、「時代の子ら」(1913年)、「セーゲルフォス町」(17年)など。
[家]妻＝マリー・ハムスン(児童文学作家)

ハムスン, マリー *Hamsun, Marie*
ノルウェーの児童文学作家
1881〜1969
[出]エルヴェルム　[名]Hamsun, Anne Marie
[歴]国立劇場の舞台女優として活躍していたが、1908年作家クヌート・ハムスンと出会い、翌年結婚。夫の勧めで牧歌的な児童向きの物語を書き始める。洗練された都市文化を否定し、自ら原始的な農民の生活を送った。連作童話「村の子供たち」(4巻, 24〜32年)で世界的に知られる。
[家]夫＝クヌート・ハムスン(作家)

ハメスファール, ペトラ *Hammesfahr, Petra*
ドイツのミステリー作家
1951〜
[賞]ドイツ女性推理作家賞, ライン文学賞
[歴]17歳のときから小説を書きはじめ、映画・テレビの脚本家として活躍。1993年に発表したミステリー「静かな男ゲナルディ」で一躍脚光を浴び、同作品はのち映画化もされる。「記憶を埋める女」(99年)でドイツ・ミステリー界での人気を不動のものとし、その後発表した作品も軒並みベストセラー入り。「母親」で第1回ドイツ女性推理作家賞、「ガラスの空」でライン文学賞を受賞。他の作品に「人形を埋める男」など。

ハメット, ダシール *Hammett, Dashiell*
アメリカの作家
1894.5.27〜1961.1.10
[出]メリーランド州セント・メアリー郡　[名]Hammett, Samuel Dashiell
[歴]貧困家庭に育ち、高校中退後、職を転々としたのち、1908〜22年ピンカートン探偵社で私立探偵を務める。23年頃から

ハ

「ブラック・マスク」誌に犯罪小説を執筆、29年に発表した「マルタの鷹」で一躍注目を集める。主観を排した非情な文体でリアルに現実を描くハードボイルド派の文学を確立した。他の主な作品に「血の収穫」(29年)、「ディン家の呪い」(29年)、「ガラスの鍵」(31年)、「影なき男」(34年)など。30年代に共産党に入党、第二次大戦後、非米活動調査委員会での証言を拒否して投獄される。また30～51年ハリウッドで自作を基にした映画やラジオドラマのシリーズ化、スパイマンガの原作などを手がけ、巨万の富を築いた。晩年は劇作家リリアン・ヘルマンを伴侶として過ごす。

パラ, ニカノール　Parra, Nicanor
チリの詩人
1914.9.5～2018.1.23
⊞サン・ファビアン・デ・アリコ　㊣セルバンテス賞(2011年)
㊟1937年第一詩集「名前のない詩集」を刊行。54年「詩と反詩」を出版、平明で口語的な表現を用いて世俗的・個人的なテーマを扱うと同時に、従来の詩に対抗する"反詩"はチリのみならずラテンアメリカの現代詩に大きな影響を与えた。他の詩集に「長いクエカ」(58年)、「サロンの詩」(62年)、「エルキのキリストの説教」(77年)などがある。2011年セルバンテス賞を受賞。チリの文学者としては、ノーベル賞作家のパブロ・ネルーダに次ぐ知名度を持つ。また、チリ大学で物理学と数学を講じた。

バラカ, アミリ　Baraka, Amiri
アメリカの詩人, 劇作家, 黒人解放運動家
1934.10.7～2014.1.9
⊞ニュージャージー州ニューアーク　㊔ジョーンズ、リロイ〈Jones, Everitt LeRoi〉別名＝バラカ、イマム・アミリ〈Baraka, Imamu Amiri〉　㊥ハワード大学卒、コロンビア大学
㊟1950年代末頃からニューヨークのグリニッジ・ビレッジで詩作と劇作を始める。現代人の不安、苦悩などを表わした処女詩集「Preface to a Twenty Volume Suicide Note (20巻自殺ノートへの序文)」(61年)で注目を集め、64年には人種問題を主題にした一幕物の戯曲「ダッチマン」「トイレット」「奴隷」をオフ・ブロードウェイで立て続けに上演し、評判となった。一方、ブラック・パワーの急進的な指導者としても知られ、ニュージャージー州ニューアークで黒人解放の演劇運動に参加し、67年に起きたニューアーク黒人暴動では、逮捕、投獄された。67年以降はスワヒリ語で"魂の指導者、祝福されし王子"を意味するイマム・アミリ・バラカ(のちアミリ・バラカ)を名のり、詩、劇の他小説、文学評論、社会評論など幅広い分野で活躍。他の作品に、ジャズ・ブルースを歴史社会的に論じた「ブルースの民族」(63年)、詩集「死んだ講演者」(64年)、「黒魔術」(69年)、「確かな事実」(76年)、小説「ダンテの地獄組織」(65年)、エッセイ集「根拠地」(66年)、「民族を奮起させよ」(71年)、「リロイ・ジョーンズ/アミリ・バラカの自叙伝」(84年)などがある。
㊊娘＝リサ・ジョーンズ(コラムニスト)

バラカート, ハリーム　Barakāt, Halīm Isber
シリアの作家, 社会学者
1936～
⊞アルカフルーン(レバノン・ベイルート)　㊥ベイルート・アメリカン大学社会学(1955年)卒, ベイルート・アメリカン大学大学院社会学(1960年)修士課程修了, ミシガン大学卒 博士号(社会心理学, ミシガン大学)(1966年)
㊟ギリシャ正教徒のアラブ人家庭に生まれ、ベイルートで育つ。アン・アーバのミシガン大学に学んで社会心理学の学位を得る。レバノン帰国後はベイルート・アメリカン大学、ハーバード大学、テキサス大学に勤務。後に同地のレバノン大学で社会学を講じる傍ら、ベイルートの教育研究センターの所員も務めた。1976年～2002年ジョージ・タウン大学教授。この間、1956年20歳で処女作を発表。以来、80年までに三つの長編、一つの短編集を刊行。そのうち61年に発表した「Sittat Ayyām (六日間)」はパレスチナ抵抗文学中の逸品といわれる。

他の著書に「海に帰る鳥」(69年)、「矢と弦と間の旅」(79年)、「ツル」(88年)、「インナーナと川」(95年)など。

パラシオ, R.J.　Palacio, R.J.
アメリカの作家
1963.7.13～
⊞ニューヨーク市　㊔Palacio, Raquel Jaramillo
㊟ニューヨークのコロンビア移民の家庭に生まれる。長くアートディレクター、デザイナー、編集者として多くの本を担当。2012年遺伝子疾患により顔に重度の障害を持って生まれた少年の物語「Wonder ワンダー」で作家デビュー。全世界で500万部のベストセラーとなり、17年には映画化もされた。

バラージュ, ベラ　Balázs, Béla
ハンガリーの作家, 映画理論家, 脚本家
1884.8.4～1949.5.17
㊥ブダペスト大学(1908年)卒 哲学博士　㊣コシュート賞(ハンガリー)(1946年)
㊟詩人、劇作家として作家活動を始める。1919年ハンガリー共産革命に参加し、後にウィーン、ソ連に亡命。24年「視覚的人間」を執筆し映画理論家として有名になる。26年ドイツに渡りドイツ革命の労働者劇場を主宰。その後「三文オペラ」などの映画脚本も執筆。31年ソ連に渡り、脚本家としてソ連映画界に参加し、国立映画大学で映画美学を講義、評論・理論的論文を雑誌に発表した。45年帰国、演劇・映画芸術アカデミーで教鞭を執ったほか、映画界の指導者となった。他の作品に小説「夢想家の青春」(47年)、詩集「放浪者はうたう」、映画評論「映画の精神」(30年)、童話「ほんとうの空色」(25年)など。

瑪拉沁夫　ばらしんふ　Malaqinfu
中国の作家
1930.7.15～
⊞内蒙古自治区吐黙特左旗　㊥中央文学研究所
㊟モンゴル族。1945年八路軍に参加。48年中国共産党に入党。52年中央文学研究所で学ぶ。85年新設の中国少数民族作家学会会長。90年中国作家協会書記処常務書記。長編小説に「ホルチン草原の人々」(51年)、短編小説に「花の草原」など。94年3月来日講演。

バーラティー, スブラマンヤ　Bhāratī, Subrahmanya
インドのタミル語の詩人
1882.12.21～1921.9.11
㊟バラモン出身。南インドのタミル・ナドゥ州の国民的詩人で、テミル近代詩の創始者。タミル語口語体の価値を再認識し伝統的な詩形式を革新、抗英独立運動に参加しながら数多くの政治詩を作った。短詩のみならず長詩にも優れ、代表作に「クイルパーットゥ (郭公の歌)」(1923年)などがある。シャクティ女神の熱心な信奉者で、晩年は伝統的なベーダンタ思想に回帰して、神秘的で哲学的な詩を創作。宗教詩の主な作品にはクリシュナ神をたたえた「カンナンパーットゥ (カンナンの歌)」などがある。

バラード, J.G.　Ballard, James Graham
中国生まれのイギリスのSF作家
1930.11.15～2009.4.19
⊞上海　㊥ケンブリッジ大学キングス・カレッジ　㊣ジェームズ・テイト・ブラック記念賞(1984年), ガーディアン小説賞(1984年)
㊟スコットランド人牧師の息子として生まれる。第二次大戦中は日本軍捕虜収容所に3年間抑留され、1946年イギリスに帰国。ケンブリッジ大学で学び、英空軍のパイロットとして兵役に服した後、図書館勤務、科学映画の脚本家となり、さらに54年からSF界へ転じた。56年「Prima Belladonna (プリマ・ベラドンナ)」でデビュー。62年に最初の長編「The Wind from Nowhere (狂風世界)」を発表して以来、SF的思想とシュルレアリスムの手法を融合したユニークな作品を多くものにし、60年代SF界の"ニューウェーブ"運動の旗手と目された。他の代

表作に長編3部作「沈んだ世界」(62年)、「燃える世界」(64年)、「結晶世界」(66年)、短編集「終着の浜辺」(64年)、「残虐行為展覧会」(70年)、「ヴァーミリオン・サンズ」(73年)、「クラッシュ」(73年, 映画化も)、「夢幻会社」(79年)、「殺す」(88年)、「第三次世界大戦秘史」(90年)、「女たちのやさしさ」(91年)など。自伝的小説「太陽の帝国」(84年)は87年スピルバーグ監督により映画化された。

バラドゥーリン, リホール　*Baradulin, Ryhor Ivanavich*
ベラルーシの詩人, 翻訳家
1935〜
㊞ソ連・白ロシア共和国ヴシャチャ(ベラルーシ)　㊫ベラルーシ国立大学卒　㊯ヴシャチャ名誉市民
㊷新聞社や出版社の編集部員として働く。作品は約40の言語に翻訳されている。彼自身もアダム・ミツキーヴィッチ、ヨハネ・パウロ2世、プーシキン、バイロン、キプリング、ランボー、モリエール、ガルシア・ロルカ、シャガールなど、合計20冊以上の詩集の翻訳者である。“ベラルーシの国民詩人”として多くの賞を授与され、故郷ヴシャチャの名誉市民となる。2006年ノーベル文学賞候補にノミネートされた。

ハ

パラニューク, チャック　*Palahniuk, Chuck*
アメリカの作家
1962.2.21〜
㊞ワシントン州パスコ　㊫オレゴン大学ジャーナリズム専攻(1986年)卒
㊷オレゴン大学でジャーナリズムを学んだのち、整備士として働く。1995年「ストーリー」誌に掲載された「ファイト・クラブ」で作家デビュー、大きな反響を呼び、99年ブラッド・ピット主演により映画化された。他の作品に「サバイバー」「インヴィジブル・モンスターズ」「チョーク!」「ララバイ」などがある。

ハラハン, ウィリアム　*Hallahan, William H.*
アメリカの作家
1925.12.12〜
㊞ニューヨーク市ブルックリン　㊫テンプル大学卒　㊯MWA賞最優秀長編賞(1977年度)
㊷海軍に3年間勤務したあと、フィラデルフィアのテンプル大学でジャーナリズムと英文学を修める。1972年処女作「The Dead of Winter」以来オカルト小説を書き、3作目の「The Search for Joseph Tully(タリー家の呪い)」(74年)が出世作となる。しかし4作目に至ってスパイ小説「Catch Me：Kill Me(亡命詩人、雨に消ゆ)」(77年)を発表、同年度のアメリカ探偵作家クラブ賞(MWA賞)の最優秀長編賞を受賞した。その後、オカルト小説とスパイ小説を交互に執筆。スパイ小説には諜報員チャーリー・ブルーワーの登場する「ドゥームズデイ・ブックを追え」(81年)、「フォックスキャッチャー」(86年)などがある。

ハラム, アン　*Halam, Ann*
イギリスのファンタジー作家
1952〜
㊞マンチェスター　㊔別筆名＝ジョーンズ, グウィネス　㊫サセックス大学卒　㊯世界幻想文学大賞(短編部門), アーサー・C.クラーク賞, フィリップ・K.ディック賞
㊷「リンドキストの箱舟」をはじめとするヤングアダルト作品のほか、グウィネス・ジョーンズ名義でSF、ファンタジーを多数発表。世界幻想文学大賞(短編部門)、アーサー・C.クラーク賞、フィリップ・K.ディック賞などを受賞。

パーラル, ウラディミール　*Páral, Vladimír*
チェコスロバキアの作家
1932.8.10〜
㊞プラハ
㊷化学技術者として北ボヘミアの工場で働いた経験を持ち、1969年から職業作家となる。社会主義社会で働く技術者が、工場の内外で経験する様々な問題を描き、大胆なセックス描写や読みやすい文体で人気を得る。しかし、政治の核心に迫るようなことはしない。社会主義圏以外でも作品は読まれる。主な作品に中編「充たされた欲望の市」(65年)、長編「恋人たちと殺人者たち」(69年)、「青年と白鯨」(73年)など。

パラン, ブリス　*Parain, Brice*
フランスの作家, 批評家
1897.3.10〜1971.3.20
㊞セーヌエマルヌ・ジュアール　㊔Parain, Brice Aristide　㊫フランス高等師範学校, パリ東洋語学校　㊯パリ市文学大賞(1966年), 批評家賞(1969年度)
㊷第一次大戦から復員して高等師範学校で哲学を修め、大学教授資格を得る。また同時にパリ東洋語学校でロシア語を学んだ。1925年から翌年にかけてモスクワのフランス大使館勤務を経て、帰国後はガリマール出版社のロシア、ドイツ関係翻訳部門の責任者に就任。傍ら著作活動を始め、哲学的著作「ことばの思想史」(42年)を発表。言語哲学と自伝的回想が分かちがたく結びついたエッセイとして、「知らず知らずに」(60年)、69年度の批評家賞を受賞した「ことばの小形而上学」(69年)があり、ほかに「ソクラテスの死」(50年)、「ジョゼフ」(64年)などの小説、戯曲「白地に黒く」(62年)がある。66年それまでの著作活動全体に対して、パリ市文学大賞が贈らた。62年にはジャン・リュック・ゴダール監督の求めに応じ、映画「女と男のいる舗道」に出演して自己の“哲学”を語った。

バランタイン, リサ　*Ballantyne, Lisa*
イギリスの作家
㊞スコットランド・アーマデイル　㊫セント・アンドルーズ大学(英文学)
㊷セント・アンドルーズ大学で英文学を学んだ後、中国で勤務しながら小説の執筆を始める。2012年に発表したデビュー作「その罪のゆくえ」はアメリカ探偵作家クラブ賞(MWA賞)候補となったほか、IMPACダブリン文学賞の候補となるなど高く評価された。15年長編第2作「Redemption Road」を発表。

バランチャク, スタニスワフ　*Barańczak, Stanisław*
ポーランドの詩人
1946.11.13〜2014.12.26
㊞ポズナニ　㊫アダム・ミツキェヴィチ大学
㊷1960〜70年代に当時のポーランドの共産主義体制の愚かさを風刺する作品を発表。アダム・ミツキェヴィチ大学での教授職を失い、作品は当局から出版を禁止された。81年アメリカに渡り、ハーバード大学などで教えた。作品は「埃とともに」「どうせ泣かせねばならぬなら」など。翻訳家としても知られ、シェイクスピアなどの作品をポーランド語に訳した。90年代からパーキンソン病を患った。

バリー, J.M.　*Barrie, James Matthew*
イギリス(スコットランド)の劇作家, 作家
1860.5.9〜1937.6.19
㊞テイサイド州キリーミュア(スコットランド)　㊫エディンバラ大学卒
㊷1883〜84年雑誌「ノッティンガム・ジャーナル」副主筆。85年ロンドンに出て文筆活動に入る。「オールド・リヒト物語」(88年)、「スラムズの窓」(89年)などの小説で注目された。91年B.ショーの影響を受け劇作に転じ、「屋敷町」(1901年)、「あっぱれクライトン」(02年)、「女は誰でも知っている」(08年)で劇作家の地位と人気を確立。幻想的な童話劇「ピーター・パン」(04年)によって空前の成功を博した。他の劇作品に「親愛なるブルータス」(17年)、「メアリー・ローズ」(20年)など。13年准男爵(バロネット)に叙せられ、30年エディンバラ大学名誉総長。

バーリー, ジョン　*Varley, John*
アメリカのSF作家
1947〜
㊞テキサス州オースティン　㊫ミシガン州立大学中退　㊯ネビュラ賞(ノヴェラ部門)(1979年・1985年), ヒューゴー賞(ノ

ヴェラ部門)(1979年)
[歴]12歳頃からSFを読み始め、高校時代には自分でも創作を始める。大学では物理、英語を専攻するが中退、ツーソンから南カリファルニアを放浪する。サンフランシスコに落ちついた26歳のとき、手に職もなく再びSFを書き始める。1974年短編「ピクニック・オン・ニアサイド」でデビュー。77年最初の長編「へびつかい座ホットライン」を発表、79年には「残像」でネビュラ賞とヒューゴー賞のノヴェラ部門を受賞。近未来の太陽系を舞台に最新の科学知識と華麗なストーリーテリング、現代的な人間描写を盛り込んだ〈八世界〉シリーズで一世を風靡し、70年代後半から80年代のアメリカSFを代表する作家の一人となった。他の著書に「ティーターン」「ミレニアム」「バービーはなぜ殺される」「ウィザード」「スチール・ビーチ」「ブルー・シャンペン」などがある。

バリー, セバスチャン *Barry, Sebastian*
アイルランドの詩人, 作家, 劇作家
1955.7.5〜
[出]ダブリン [学]トリニティ・カレッジ [賞]ジェームズ・テイト・ブラック記念賞(2008年), コスタ賞(2008年・2016年)
[歴]ダブリンのトリニティ・カレッジに学ぶ。アメリカやイギリスで暮らしたのち、アイルランドに戻る。小説「Macker's Garden」(1982年)で作家活動をスタート。詩集に「The Water-Colourist」(83年)があり、86年にはアイルランドの若手詩人たちのアンソロジー「The Inherited Boundaries」の編集にあたった。劇作家としても活動し、「Boss Grady's Boys」は88年にダブリンのアビー劇場で上演された。「A Long Long Way」(2005年)と「The Secret Scripture」(08年)でコスタ賞を受賞。他の作品に、小説「The Engine of Owl-Light」(1987年)、「Annie Dunne」(2002年)、「On Canaan's Side」(11年)、「Days Without End」(16年)など。

バリー, フィリップ *Barry, Philip*
アメリカの劇作家
1896.6.18〜1949.12.3
[出]ニューヨーク州ロチェスター [名]バリー, フィリップ・ジェローム・クィン〈Barry, Philip Jerome Quinn〉 [学]エール大学卒
[歴]エール大学在学中、エール演劇協会賞を初めての戯曲「Autonomy」で受賞。卒業後ハーバード大学でG.P.ベーカー教授の劇作コース“47ワークショップ”に参加。1923年「ユー・アンド・アイ」でブロードウェイにデビュー。代表作に「パリに向けて」(27年)などがあるが、「フィラデルフィア物語」(39年初演)が最大のヒット作で、キャサリン・ヘプバーン、ケーリー・グラント、ジェームズ・スチュアート主演で映画化された。

バリー, ブルノニア *Barry, Brunonia*
アメリカの作家
[出]マサチューセッツ州セイラム [学]グリーン・マウンテン・カレッジ卒, ニュー・ハンプシャー大学, ニューヨーク大学
[歴]グリーン・マウンテン・カレッジとニュー・ハンプシャー大学で文学を学んだ後、ダブリンに渡り、ジェームズ・ジョイスの研究を行う。帰国後、ニューヨーク大学で脚本の勉強をし、ハリウッドで脚本の下読みの仕事を始める。その後、夫とともにロジック・パズルの開発に成功、財を築く。2008年自費出版で刊行したミステリー「レースリーダー」が敏腕編集者の目にとまり、大手出版社よりデビュー。たちまちベストセラーとなった。

バリー, マックス *Barry, Max*
オーストラリアの作家
1973.3.18〜
[歴]ヒューレット・パッカード勤務の傍ら、1999年長編小説「Syrup」で作家デビュー。2003年第2長編「ジェニファー・ガバメント」、06年第3長編「Company」を発表。他の作品に「機械男」(11年)、「Lexicon」(13年)など。

パリアラーニ, エーリオ *Pagliarani, Elio*
イタリアの詩人, 批評家
1927.5.25〜2012.3.8
[出]ビゼルバ [学]パドバ大学卒
[歴]パドバ大学で政治学を修め、卒業後ミラノで教師となる。「年代記その他の詩」(1954年)で詩人としてデビュー。A.ジュリアーニの編纂による若い前衛詩人のアンソロジー「最新人」(61年)に加わり、50年代文学に反旗を翻した運動“63年グループ”の一員として活動。新前衛派の一翼を担い、「実験詩のマニュアル」(66年)を編纂した。平易な用語を組合せて現代社会への風刺を文学的“コラージュ”を通して描き出した。代表的な詩集に「少女カルラその他の詩」(62年)、「物理学の授業とフェカローロ」(68年)など。70年代は散文詩に力を注ぐ。長くミラノに住んだがのちローマで演劇批評に携わり、劇評集「観客の吐息」(72年)などを書いた。

バリェ・インクラン, ラモン・マリア・デル
Valle-Inclán, Ramón María del
スペインの作家, 劇作家, 詩人
1866.10.28〜1936.1.5
[出]ポンテベードラ県
[歴]ガリシアの出身で、20歳のとき失恋が動機でメキシコに渡る。帰国後1895年マドリードに出る。いわゆる“98年の世代”の作家の一人で、99年カフェでの喧嘩で受けた傷がもとで片腕を失う。奇抜な風貌と独創的な作風で注目を集め、4部作の長編散文詩「四季のソナタ」(1902〜05年)で文名を得る。はじめ唯美的な“モデルニスモ”(近代主義)の詩人・作家として出発、一時左傾し投獄されたりしたが、のちモデルニスモを脱脚、後期には現実の醜怪なデフォルメと社会諷刺を旨とした“エスペルペント”なる独自の手法を創出、戯曲「ボヘミアの光」(20年)などを著わした。小説では中南米の独裁者を扱った「暴君バンデラス」(26年)など。

バリエット, ブルー *Balliett, Blue*
アメリカの作家
1955〜
[出]ニューヨーク市 [学]ブラウン大学 [賞]MWA賞最優秀ジュブナイル賞(2005年)
[歴]ブラウン大学で美術史を学んだ後、シカゴ大学附属学校で教師を経験し、2004年「フェルメールの暗号」で作家デビュー。05年同作でアメリカ探偵作家クラブ(MWA)賞の最優秀ジュブナイル賞を受賞した。

バリオス, エンリケ *Barrios, Enrique*
チリの作家
1945〜
[出]サンティアゴ
[歴]若い頃から世界各地で文学、宗教、精神システムなどを学ぶ。39歳の時文学の道に入り、1986年出版した「アミ小さな宇宙人」が世界的なベストセラーになる。他の著書に「もどってきたアミ」「すばらしい魔法の世界」「水がめ座のメッセージ」「アミ3度めの約束」「ツインソウル」などがある。

パリサー, チャールズ *Palliser, Charles*
アメリカの劇作家, 作家
[出]マサチューセッツ州 [学]オックスフォード大学卒
[歴]1974年からスコットランドのグラスゴーにあるストラスクライド大学で英文学教授を務める。アメリカ・ニュージャージー州ラトガース大学で創作コースを手がけたこともあり、これまでに数多くの戯曲を発表。82年には「The Journal of Simon Owen」がBBCでラジオ劇化される。89年執筆に12年を費やした「五輪の薔薇」で小説デビュー。他の小説に「The Sensationist」「Betrayals」などがある。

ハリス, アン *Harris, Anne*
アメリカのSF作家
[出]ミシガン州デトロイト [学]オークランド大学コンピューター情報科学卒

ハ

㊼クリーニング屋や書店の店員、ベジタリアン料理のコックなど、働きながら勉強をする。オークランド大学コンピューター情報科学の学位を得、国防総省のオペレーションズ・リサーチ・アナリストとなる。一方小説も書き、1996年「The Nature of Smoke (フラクタルの女神)」でデビュー、SF専門情報誌「ローカス」の年間新人推薦図書リストに選ばれる。98年発表の第2作「Accidental Creatures」は第1回スペクトラム賞を受賞。他に「Inventing Memory」(2004年)など。

ハリス, ウィルソン Harris, Wilson
ガイアナ生まれのイギリスの作家
1921.3.24～2018.3.8
㊊ニューアムステルダム ㊗クイーンズ・カレッジ卒
㊼多人種混血の家系に生まれ、ジョージタウンのクイーンズ・カレッジでラテン語とギリシャ語を学ぶ。1938年卒業後17歳で土地測量士となり、ジャングルの奥地で測量に従事した体験がその小説の背景になった。45年から「キク」誌に詩を発表した後、詩集「井戸と土地」(52年)、「永遠の季節」(54年)を出版。59年以降はイギリスに定住し、創作に専念する一方、オーストラリア、アメリカ、イギリス、カナダ、キューバの各大学および西インド大学で教える。現実と神話の世界を重層させた寓意小説「孔雀の宮殿」(60年)をはじめとする60年代の小説は"ガイアナ4部作"といわれる代表作の一つ。70年以降は「ロライマの朝寝坊たち」(70年)、「雨乞い呪術師たちの時代」(71年)などでカリブ族とアラワク族の神話伝説を短篇小説化する仕事に取り組んだ。80年代はそれぞれダンテの「神曲」、ゲーテの「ファウスト」、「ユリシーズ」を下敷きにした3部作「カーニヴァル」(85年)、「限りないリハーサル」(87年)、「宇宙河の四つの土手」(90年)がある。他に小説「黒いマルスデン」(72年)、「太陽の木」(78年)、「門の天使」(82年)、「ガイアナ四重奏」(85年)、カリブ海域圏とヨーロッパのユニークな比較文化論「宇宙の子宮」(83年)がある。2010年ナイト爵位を叙せられた。

ハリス, シャーレイン Harris, Charlaine
アメリカの作家
1951～
㊊ミシシッピ州 ㊙アンソニー賞
㊼植字工などの職を経た後、1980年代初頭から小説を執筆。「満月と血とキスと」でアンソニー賞を受賞。図書館司書のヒロインが活躍する〈Aurora Teagarden〉シリーズ、ハウスクリーナーのヒロインが活躍する〈Lily Bard〉シリーズで知られ、〈Southern Vampire〉シリーズは「トゥルーブラッド」としてテレビドラマ化され全米で大ヒットする。

ハリス, ジョアン Harris, Joanne
イギリスの作家
1964～
㊊サウスヨークシャー州バーンズリー ㊗ケンブリッジ大学セントキャサリン・カレッジ卒
㊼父はイギリス人、母はフランス人。ケンブリッジ大学セントキャサリン・カレッジで近代・中世言語学を学び、教職の傍ら小説を手がける。のち執筆活動に専念。3作目の小説「ショコラ」がベストセラーとなり、同作品はジュリエット・ビノシュ主演で映画化された。他の作品に「ブラックベリー・ワイン」「1/4のオレンジ5切れ」「紳士たちの遊戯」がある。

ハリス, トーマス Harris, Thomas
アメリカのミステリー作家
1940.4.11～
㊊テネシー州ジャクソン ㊗ベイラー大学卒 ㊙ベストスリラー大賞(1991年), 海外フィクション作品ミステリー賞(1991年)
㊼ベイラー大学でバチェラー・オブ・アーツの学位を取得し、卒業後「ヘラルド・トリビューン」の政治記者となる。雑誌に発表した論文と、記者としての活躍が認められ、1968年ニューヨークのAP通信社へ招かれる。デスクの地位にまで昇進したが、小説執筆のために退職。75年スリラー小説「ブラックサンデー」で作家デビュー、同作品はブック・オブ・マンズ・クラブの推薦作品となりペーパーバック化、映画化された。連続殺人犯でありながら天才的な頭脳を持つ精神科医のハンニバル・レクターが初登場する第2作「レッド・ドラゴン」(81年)もアメリカでベストセラーとなり、第3作「羊たちの沈黙」はジョナサン・デミの手で映画化され、アカデミー賞で主要5部門を独占した。続編の「ハンニバル」(99年)、「ハンニバル・ライジング」(2007年)を発表後は、著作を著していない。

ハリス, ロバート Harris, Robert
イギリスのジャーナリスト, 作家
1957～
㊊ノッティンガム ㊗ケンブリッジ大学卒 ㊙CWA賞イアン・フレミング・スティール・ダガー賞(2014年)
㊼6年間BBC記者をした後、「ロンドン・オブザーバー」紙記者を経て、1989年「サンデー・タイムズ」紙論説主任となる。この間、86年ヒトラーの偽日記が売りに出された顛末を追ったドキュメント「Selling Hitler: The Story of the Hitler Diaries」を執筆。のちにドラマ化された。また、90年にはサッチャー元首相の報道担当官バーナード・インガムの伝記「Good and Faithful Servant」を発表、ベストセラーとなる。小説の作品に、ナチス・ドイツが第二次大戦に勝利して大帝国を築いたという架空の設定の推理小説「ファーザーランド」(92年)などがある。

パリーゼ, ゴッフレード Parise, Goffredo
イタリアの作家
1929.12.8～1986.8.31
㊊ビチェンツァ ㊙ストレーガ賞(1982年)
㊼私生児として北イタリア・ベネト地方のビチェンツァで生まれる。1950年ジャーナリストとなり、60年代は外国特派員として世界中を巡った。一方、51年処女小説「死んだ少年と彗星」で作家として認められ、「美男司祭」(54年)は第二次大戦後イタリア初のベストセラーとなった。他の著書に「主人」(65年)、「ヴィーノの火葬場」(69年)、「音綴表1」(72年)、「音綴表2」(82年)など。中国、日本その他の旅行記もある。

ハリソン, ウィリアム Harrison, William
アメリカの作家
1933～
㊊テキサス州ダラス ㊗テキサス・クリスチャン大学卒, バンダービルト神学校修士課程修了
㊼アーカンソー大学で教鞭を執る傍ら、1963年「A Man of Passion」が「サタディ・イブニング・ポスト」に掲載され、作家としてデビュー。以後「ピンボール・マシン」に代表されるノスタルジックな青春回帰小説や都会の風俗小説を「サタディ・イブニング・ポスト」や「レッド・ブック」「コスモポリタン」などに発表していたが、68年に書いた「世捨て人」では、現代人の孤独や深い瞑想の世界の追求がなされていて、以後一種難解とも思える内省的な作品を次々に世に送り出す。この頃のものとして白昼の異行を描いた「The Arsons of Desire (よろこびの炎)」(72年)や超暴力世界を描いてピュリッツァー賞候補にもなった「ローラーボール」(74年)などがあげられ、内面世界を独特のスタイルで構築する現代的な作家として異彩を放つ。後者は75年と2001年映画化された。1996年に発表した「奇跡の河」はスティーブン・スピルバーグが映画化権を獲得し話題を呼んだ。

ハリソン, キャスリン Harrison, Kathryn
アメリカの作家
1961～
㊼父は家を出たまま行方不明で母は留守がちだったため、祖父母に育てられる。20歳の時聖職者として戻ってきた父と近親相姦の関係となり大学を休学するなど自暴自棄な行動に走る。母の病死後父との関係を清算。大学卒業後はニューヨークの出版社ヴァイキングで編集アシスタントを務める。1991

年「Thicker than Water」で作家デビュー。97年、父との関係を自伝小説「キス」として刊行。他の作品に「Exposure」(94年)、「毒」(95年)がある。
㊕夫＝コリン・ハリソン(作家)

ハリソン, コリン　Harrison, Colin
アメリカの作家, 編集者
1960〜
㊳ペンシルベニア州フィラデルフィア　㊎ハバフォード大学卒、アイオワ大学大学院
㊗ハバフォード大学卒業後、アイオワ大学大学院の創作講座に進み、「ハーパーズ・マガジン」の編集者となる。編集の仕事を続けながら、もっぱら夜は執筆に取り組む。1990年処女作「裁かれる検察官」を発表、全米の書評子から熱狂的に迎えられる。他の作品に「闇に消えた女」「マンハッタン夜想曲」「アフターバーン」などがある。
㊕妻＝キャスリン・ハリソン(作家)

ハリソン, ジム　Harrison, Jim
アメリカの作家, 詩人
1937.12.11〜2016.3.26
㊳ミシガン州グレイリング　㊔Harrison, James Thomas　㊎ミシガン州立大学
㊗ミシガン州立大学で文学を学び、1965年詩人として活動を開始。71年処女小説「ウルフ」を発表(94年映画化)。アウトドアライフを愛し、アメリカの雄大な自然を題材にした詩や小説、食に関する本などを発表した。79年出版の「レジェンド・オブ・フォール—果てしなき想い」がベストセラーになり、94年にブラッド・ピット主演で映画化された。ケビン・コスナー主演の「リベンジ」(90年)の脚本も手がけた。他の作品に、小説「Farmer」「突然の秋」、詩集「Plain Song」「Walking」「Locations」「Outlyer and Ghazels」などがある。

ハリソン, トニー　Harrison, Tony
イギリスの詩人
1937.4.30〜
㊳リーズ　㊎リーズ大学　㊅ジェフリー・フェイバー記念賞(1972年)、ウィットブレッド賞(1992年)、イタリア賞(テレビドラマ)(1994年)、ウィルフレッド・オーエン詩賞(2008年)、PEN/ピンター賞(2009年)、ヨーロッパ文学賞(2010年)、デービッド・コーエン英文学賞(2015年)
㊗平和をテーマにした詩で知られ、詩集に1964年の「Earthworks」や、地方訛り、卑語、古典文学の引用、機知などを織りまぜた70年の「The Loiners(リーズの市民たち)」のほか、「The Schools of Eloquence and Other Poems(雄弁術の学校)」(78年)、「Continuous(続けて)」(81年)、「A Cold Coming: Gulf War Poems」(91年)、「Gaze of the Gorgon, and other Poems」(92年)などがある。テレビや映画も手がけ、テレビ作品に「Yan Tan Tethera」(83年)、「Loving Memory」(87年)、「The Blasphemer's Banquet」(89年)、「Gaze of the Gorgon」(92年)、「Black Daisies for the Bride」(93年)などがある。95年「広島の影」で被爆50周年の広島の姿を"映画詩"として描いた。また、ギリシャ悲劇やフランス古典劇の翻訳もある。

ハリソン, ハリイ　Harrison, Harry
アメリカのSF作家
1925.3.12〜2012.8.15
㊳コネティカット州スタンフォード　㊔Harrison, Henry Maxwell
㊗第二次大戦中は召集され、アメリカ陸軍で軍務に就く。除隊後、イラストレーターや雑誌編集者などの職を経て、1960年処女作「死の世界」でSFにデビューして注目を浴びる。多才な作家として知られ、シリアスもの、パロディもの、児童向け作品などをこなし、アンソロジストとしても7巻を数える〈年刊ベストSF〉シリーズや「ジョン・W.キャンベル記念アンソロジー」、〈作家の自選〉シリーズなども手がけた。72年初めて書いたミステリー「モンテズマの復讐」は6ケ国語に翻訳され、10ケ国で出版されたほか、日本でも〈ステンレス・スチール・ラット〉シリーズなど多くの作品が翻訳・紹介されている。快調な場面展開とストーリーテリングの巧みさには定評があり、多くのファンに親しまれた。メキシコやイギリス、デンマークなど各地で暮らした。また第1回世界SF会議を組織し、76年にダブリンで開催。73年には「人間がいっぱい」をベースとしたSF映画「ソイレント・グリーン」が公開された。

ハリソン, マイケル・ジョン　Harrison, Michael John
イギリスのSF作家, 評論家
1945〜
㊳ウォーリックシャー州ラグビー　㊔別名(評論家)＝チャーチル、ジョイス　㊅ジェイムズ・ティプトリー・ジュニア賞(2002年)、アーサー・C.クラーク賞、フィリップ・K.ディック賞
㊗16歳の頃から小説を書きはじめる。大学まで進学したが学校教育を嫌い、ドロップアウトしてロンドンに出る。1968年「ニューワールズ」誌上に短編「Baa Baa Blocksheep」と評論が同時掲載されてSF界にデビュー。以来同誌を中心に執筆を続け、評論活動は主に、本名とジョイス・チャーチル名義で行う。長編作品に「The Committed Men(関与した人々)」(71年)などがあり、ヒロイック・ファンタジーの世界に新機軸を打ち出したとして高い評価を受けた。ほかに"エントロピー"を扱った中編「Running Down」(75年)などがある。2002年「ライト」でジェイムズ・ティプトリー・ジュニア賞を受賞。同作品は、続編の「Nova Swing」(06年)ではアーサー・C.クラーク賞及びフィリップ・K.ディック賞を受賞した。ロック・クライマーとしても知られる。

バリッコ, アレッサンドロ　Baricco, Alessandro
イタリアの作家, ジャーナリスト, 音楽評論家
1958.1.25〜
㊳トリノ　㊅カンピエッロ・セレツィオーネ賞(1991年)、メディシス賞(1991年)、ヴィアレッジョ賞(1993年)
㊗テレビの書評番組の司会者として人気を博す一方、1990年代に登場したイタリア人作家の一人として活躍。「怒りの城」(91年)、「洋・海」(93年)、「絹」(96年)と、三つの小説がベストセラーとなり、91年「怒りの城」でカンピエッロ・セレツィオーネ賞とメディシス賞を、93年「洋・海」でヴィアレッジョ賞を受賞。のちに「絹」は「シルク」として、また「海の上のピアニスト」は同名で、それぞれ映画化された。他に一人芝居の脚本「ノヴェチェント」(94年)、コラム集「バルヌム」(95年)のほか、音楽関係の著作もある。

ハーリヒイ, ジェームズ・レオ　Herlihy, James Leo
アメリカの作家, 劇作家, 俳優
1927.2.27〜1993.10.21
㊳ミシガン州デトロイト
㊗1944年高校卒業。46年海軍に入るが、翌年除隊し、1年間ブラック・マウンテン・カレッジに通う。さらにパサデナ・プレイハウスで演技と脚本を本格的に学んだのち、ニューヨークに出る。56〜57年エール大学演劇科に学ぶ。その間の53年、戯曲「Moon in Capricorn」がテアトル・ド・リースで上演され、戯作家としての活動を開始。続くウィリアム・ノーブルとの共同執筆作品「Blue in Denim」も、58年ブロードウェイで華々しく上演、翌年には映画化もされ、話題を呼んだ。一方、俳優としても映画や舞台に立つ。59年には処女短編集「The Sleep of Baby Filbertson and Other Stories」を上梓し、また、60年には長編小説「すべてが崩れる」を刊行、ベストセラーとなり作家としても広く認められた。さらに65年発表の「真夜中のカウボーイ」もベストセラーを記録し、映画化されて3部門でアカデミー賞を獲得、日本でもロングセラーを続けた。短編集や一幕ものの戯曲集なども次々に世に送り、ベストセラー作家として多彩に活躍した。

バリリエ, エティエンヌ　Barilier, Etienne
スイスの作家, 文芸評論家

1947.10.11～
[出]ローザンヌ [学]ローザンヌ大学 博士号 [賞]プリ・ドヌール文学賞(1978年), メイラン賞(1978年), ランベール賞(1980年), ヨーロッパ評論賞(1996年)
[歴]歴史文学の他、評論活動も活発に手がける。主な作品に「トリスタンの犬」「プラハ」「アルバン・ベルク」「蒼穹のかなたに」など。

バリンジャー, ビル *Ballinger, Bill Sanborn*
アメリカの作家, プロデューサー
1912～1980
[出]アイオワ州 [学]ウィスコンシン大学卒
[歴]鉄工場で働いたり、地方巡業劇団に加わったりしたが、少年時代からの恵まれた文才を生かし、シカゴ付近の大雑誌に寄稿するようになる。これをきっかけに、ハリウッドで脚本の仕事、ラジオ・テレビの台本作製などをし、のちにプロデューサーとなる。サイドワークとして推理小説を書き始め、1948年「ベットの中の死体」でデビューした。アメリカばかりではなく、フランスでも人気があり、プレス・ド・ラ・シテ社のミステリー叢書に全作品が紹介された。主著に「煙の中の肖像」(50年)、「歯と爪」「赤毛の男の妻」「消された時間」などがある。60年代の終り頃からミステリーを書かなくなり、パラサイコロジカル・ストーリーやスパイ小説に移るが、どちらもあまり評判にはならなかった。トリッキーな語り口が持ち味で、"読者が途中で先を読みたくなくなったら返金する"という小説も発表した。

バリントン, ジェームズ *Barrington, James*
イギリスの作家
[出]ケンブリッジ [名]別筆名＝ベッカー, ジェームズ〈Becker, James〉 アダムズ, マックス〈Adams, Max〉 スティール, ジャック〈Steel, Jack〉 Smith, Peter Stuart Kasey, Tom Payne, Thomas
[歴]イギリス海軍艦隊航空隊に20年以上所属し、フォークランド紛争をはじめ、イエメン、北アイルランド、ロシアなど世界の様々な地域で主に秘密作戦や諜報活動に従事する。退役後に作家活動を開始、ジェームズ・バリントン名義で2004年「ロシア軍殺戮指令」を発表し作家デビュー。同作は秘密工作員〈ポール・リクター〉としてシリーズ化。他にもジェームズ・ベッカー、マックス・アダムズ、ジャック・スティールなどのペンネームで次々と作品を発表。ジェームズ・ベッカー名義では「皇帝ネロの密使」(08年)が第1作となる〈クリス・ブロンソン〉シリーズでも人気を博している。

パール, マシュー *Pearl, Matthew*
アメリカの作家
[出]マサチューセッツ州ボストン [学]ハーバード大学英米文学科(1997年)卒, エール大学ロースクール(2000年)卒 [賞]ダンテ賞(1998年), マサチューセッツ・ブック・アワード(小説部門)(2013年)
[歴]1997年ハーバード大学英米文学科を首席で卒業。98年研究の成果を評価され、アメリカ・ダンテ協会からダンテ賞を授与される。2000年エール大学ロースクールを卒業。03年「ダンテ・クラブ」で作家デビュー。ロングフェロー訳「地獄篇」の復刊に当たっては自ら編集を担当した。06年第2作「ポー・シャドウ」を発表。13年マサチューセッツ・ブック・アワード受賞。ハーバード・ロー・スクール客員講師を務める。

ハル, リンダ・ジョフィ *Hull, Linda Joffe*
アメリカの作家
[出]ミズーリ州セントルイス [学]カリフォルニア大学ロサンゼルス校
[歴]カリフォルニア大学ロサンゼルス校で経済学を学ぶ。8歳の頃に父から本を読むことを勧められて読書家になり、やがて執筆活動を始め、2012年「The Big Bang」で作家デビュー。13年倹約のスペシャリストであるマディを主人公にしたミステリーシリーズの第1作「クーポンマダムの事件メモ」で人気を集める。

パル・ヴァンナリーレアク *Pal Vannarirak*
カンボジアの作家
1954.11.23～
[出]コンポンチェナン州 [賞]シアヌーク国王文学賞(1995年), 東南アジア文学賞(2006年)
[歴]裕福な家庭に生まれ育つが、1975～79年のポル・ポト政権下で両親を亡くし、集団強制結婚させられる。政権崩壊後、区役所に勤務しながら小説を書き始め、88年「カンボジア花のゆくえ」を発表、文学コンクールで第1位に入賞し、作家としてデビュー。夫からの暴力に悩み、90年離婚。95年長編「忘れ得ず」でシアヌーク国王文学賞を受賞。2006年東南アジア文学賞を受賞。カンボジア初の女性職業作家。他の作品に「真夜中を過ぎて」「時はすでに遅く」など。作詞家、脚本家としても活躍する傍ら、女性、青少年の社会問題を扱うNGOに協力し、啓発ビデオ制作にも力を注ぐ。03年国際交流基金アジアセンター"開高健記念アジア作家講演会"の招きで初来日。

パルヴィーン・エテサーミー *Parvīn E'tesāmī*
イランの詩人
1907.3.16～1941.4.5
[出]タブリーズ
[歴]タブリーズの名門出身で、著名な文学者であった父からペルシャ語の古典やアラビア語を学ぶ。1924年アメリカ系の女子高校を卒業し、しばらく母校で教鞭を執ったこともある。34年に結婚したが、間もなく離婚。35年処女詩集「パルヴィーン詩集」を刊行。20世紀におけるイランの最も優れた女流詩人として評価が高い。

バルガス・リョサ, マリオ *Vargas Llosa, Mario*
ペルーの作家, 政治家
1936.3.28～
[出]アレキパ [名]Vargas Llosa, Jorge Mario Pedro [学]サン・マルコス大学文学部(1958年)卒, マドリード大学大学院(1959年)修了 文学博士(マドリード大学)(1958年) [賞]ノーベル文学賞(2010年), レオポルド・アラス賞(1959年), ビブリオテーカ・ブレーベ賞(1962年), スペイン批評家賞(1963年・1966年), ロムロ・ガジェゴス賞(1967年), リッツ・ヘミングウェイ賞(1985年), プラネタ賞(1993年), エルサレム賞(1995年), セルバンテス賞(1994年), 東京大学名誉博士号(2011年)
[歴]幼少時を母親とともにボリビアで過ごす。在学中から新聞社、放送局で働く。1958年短編集「ボスたち」を出版。62年リマの士官学校を舞台にした小説「都会と犬ども」でスペインの二つの文学賞、ビブリオテーカ・ブレーベ賞、批評家賞を受賞し、一躍脚光を浴びる。66年からロンドン大学でラテンアメリカ文学を講じ、76年には40歳にして国際ペンクラブ会長に就任、79年まで務めた。この間、66年「緑の家」、69年ロンドンで「ラ・カテドラルでの対話」、73年バルセロナで「パンタレオン大尉と女たち」、81年ペルーで「世界終末戦争」などを発表。作品を通して政治・社会批判的なテーマを表現し、現代ラテンアメリカを代表する作家の一人と国際的に認められるようになった。74年ペルーに帰国後は作家活動の傍ら、民主主義を守る立場から政治的な発言を積極的に繰り返し、87年右派連合・民主戦線(FREDEMO)を結成。90年大統領選に出馬したが、アルベルト・フジモリに敗れる。92年スペイン国籍も取得し、以後、欧米を本拠に活動。94年スペイン語文化圏の最高栄誉であるセルバンテス賞を受賞。2010年ノーベル文学賞を受賞。他の著書に、小説「マイタの物語」(1984年)、「誰がパロミノ・モレーロを殺したか」(86年)、「密林の語り部」(87年)、「アンデスのリトゥーマ」(93年)、「官能の夢—ドン・ルゴベルトの手帖」(97年)、「チボの狂宴」(2000年)、「楽園への道」(03年)、「嘘から出たまこと」、戯曲「キャシーと河馬」(1983年)、自伝的要素の濃い「フリアとシナリオライター」(77年)、回想録「水を得た魚」(93年)、評論「ガルシア＝マルケス—ある神殺しの歴史」(72年)、対話インタビュー集「疎外と叛逆—ガルシア・マルケスとバルガス・ジョサの対話」など。

バルダッチ, デービッド *Baldacci, David*
アメリカの作家
1960.8.5〜
[出]バージニア州リッチモンド [学]バージニア大学ロー・スクール卒 法学博士
[歴]バージニア大学ロー・スクールを卒業。電気掃除機のセールスマン、ガードマン、フェンス職人、スチーム清掃員、法律事務所の雑役などの職に就いたのち、ワシントンD.C.で9年間法人弁護士を務めた。1996年に発表した小説「目撃(黙殺)」が世界10ケ国以上で翻訳され、クリント・イーストウッド主演で映画化もされるベストセラーとなり、作家に転身。その作品は45ケ国語以上に翻訳され、80ケ国以上の国で出版、全世界での売り上げは1億1000万部を超える。また、慈善活動にも熱心で、ウィッシュ・ユー・ウェル財団を設立し、識字教育プログラムの発展と拡大を促進するなど、識字率の向上を支援している。他の作品に「全面支配」「運命の輪」「ラストマン・スタンディング」「クリスマス・トレイン」などがある。

パルダン, ヤコブ *Paludan, Jacob*
デンマークの作家, 評論家
1896.2.7〜1975.9.26
[出]コペンハーゲン [名]Paludan, Stig Henning Jacob Puggaard
[歴]薬学を修めて薬局に勤務するが、1920〜21年エクアドルとアメリカに滞在し、帰国と同時に作家活動に入る。22年「西方の諸路」で作家デビュー。その後、「サーチライト」(23年)、「一冬中」(24年)、「灯台に群がる鳥」(25年)、「大地は実る」(27年)などを執筆。35年「ヨーアン・スタイン」の書名で1巻本として出版された2部作「南の雷鳴」(32年)と「虹の下で」(33年)は現代北欧文学の最高傑作の一つとして名高い。両世界大戦間の最も重厚な作家として重きをなし、またヨーロッパ文化のアメリカ化を危惧した保守的な評論家として知られる。60〜75年デンマーク文学アカデミー会員。
[家]父=ユリウス・パルダン(コペンハーゲン大学文学教授)

ハルトラウプ, ゲーノ *Hartlaub, Geno*
ドイツの作家
1915.6.7〜2007
[出]マンハイム [名]ハルトラウプ, ゲノヴェヴァ〈Hartlaub, Genoveva〉 筆名=カストルプ, ムリエル〈Castorp, Muriel〉
[歴]ナチス時代は政治的理由で就学を許されず、第二次大戦中は動員やノルウェーで捕虜を経験。その頃ホーフマンスタールの影響を受けた「誘拐」(1942年)を発表。戦後は出版社を転々とし、のち日曜紙の編集長となる。きめ細かく、磨かれた文体で書かれた「サン・マルコの鳩」(53年)で認められる。現代を神話的雰囲気の中に語った心理小説「子を盗む女」(47年)、「大きな車」(54年)、「夜の囚われ人」(61年)、「月の渇き」(63年)なども代表作として知られる。50年、ベルリン陥落で行方不明になった兄フェーリクス・ハルトラウプの表現主義風傑作とされる遺稿集「下から眺めて」を含む1巻を出版。ラジオドラマの作者やエッセイストでも知られる。他の作品に、「だれもがオデュッセウスとは限らない」(67年)、「お転婆娘」(60年)、「ムリエル」(85年)、自伝「大地に口づけするもの」(75年)など。
[家]父=G.F.ハルトラウプ(美術史家), 兄=フェーリクス・ハルトラウプ(作家)

ハルトラウプ, フェーリクス *Hartlaub, Felix*
ドイツの作家
1913.6.17〜1945.4
[出]ブレーメン [学]ベルリン大学
[歴]父はナチスに追放されたブレーメンの美術史家。ベルリン大学でロマンス文学と歴史を学び、1939年博士号を取得。第二次大戦で兵役に就き、42年から戦争日誌の係として総統本営に勤務。最後の休暇の際に手記「下から眺めて」(50年, 没後刊)を妹ゲーノに残し、4月下旬ベルリンの戦闘で行方不明となった。55年妹によって「全集」が編まれた。
[家]父=G.F.ハルトラウプ(美術史家), 妹=ゲーノ・ハルトラウプ(作家)

パルバース, ロジャー *Pulvers, Roger*
アメリカ生まれのオーストラリアの作家, 劇作家, 演出家
1944.5〜
[出]ニューヨーク [学]カリフォルニア大学ロサンゼルス校卒, ハーバード大学大学院ロシア地域研究所修士課程修了 [賞]宮沢賢治賞・イーハトーブ賞(2008年), 文化庁長官表彰(文化発信部門)(2009年), テヘラン国際映画祭脚本賞(2009年), 野間文芸翻訳賞(2013年), 井上靖賞(2015年)
[歴]カリフォルニア大学で政治学を学び、ハーバード大学大学院修士課程でロシア地域研究を専攻する。のちワルシャワ大学とパリ大学にも留学した。ベトナム戦争の徴兵を忌避して、1967年から5年間日本に滞在し、京都産業大学でロシア語とポーランド語を教える。傍ら宮沢賢治を読み日本語を習得。この間に多くの演劇人と交流し、初の劇作「ガリガリ夫人の完全犯罪」を発表。72年オーストラリアへ渡り、76年同国籍を取得。オーストラリア国立大学日本語学科助教授となったが、80年劇作家、演出家として独立し、82年から再び日本に住む。日本のテレビや雑誌などでのキレのある発言で幅広い人気を持つ。91年京都府美山町へ移住。92年離日、オーストラリアへ戻る。のち京都造形芸術大学教授、東京工業大学外国語研究教育センター教授を経て、同大世界文明センター長。2013年退任。「銀河鉄道の夜」など宮沢賢治作品の英訳や、独自分析を加えた日英対訳を多数出版。13年宮沢賢治「雨ニモマケズ」他の編訳本「STRONG IN THE RAIN : SELECTED POEMS」(07年)に対して第19回野間文芸翻訳賞が与えられた。主著に山下奉文将軍の裁判を取りあげた「ヤマシタ」、人形劇「マッカーサー」(1977年)、小説「ウラシマタロウの死」(80年)、「アメリカ人をやめた私」、「99年12月 最後の夜」(日本語)、「旅する帽子—小説ラフカディオ・ハーン」(2000年)、「ライス」(01年)、「新バイブル・ストーリーズ」(07年)、「英語で読み解く賢治の世界」(08年)、「もし、日本という国がなかったら」(11年)、「賢治から、あなたへ」(13年)、「驚くべき日本語」(14年)などがある。また、映画「戦場のメリークリスマス」の助監督、アニメ作品「アンネの日記」の脚本、映画「明日への遺言」の共同脚本も手がけた。英・露・ポーランド・日本語の4国語をマスター。

バルビュス, アンリ *Barbusse, Henri*
フランスの作家, 詩人
1873.5.17〜1935.8.30
[出]セーヌ県アスニエール [賞]ゴンクール賞(1916年)
[歴]1895年詩集「泣く女」によって末期象徴派詩人として出発したが、1908年、下宿の壁穴を通して隣室の赤裸々な人間の姿を盗み見る自然主義的小説「地獄」で一躍注目を浴びる。次いで第一次大戦に従軍し、その体験による戦争文学の傑作「砲火」(16年)でゴンクール賞を受賞。続いて19年無産労働者の立場を擁護した小説「クラルテ(光明)」で社会主義作家としての地位を確立。この作を機に“光明は万人のもの”という思想の下に“クラルテ運動”という国際平和運動を始め、雑誌「クラルテ」を発刊、次いで共産党に入党、実践活動に従った。他の作品に「連鎖」(25年)、「イエス」(27年)、「ゾラ」(31年)、「スターリン」(34年)などがある。

ハルフ, ケント *Haruf, Kent*
アメリカの作家
1943.2.24〜2014.11.30
[出]コロラド州プエブロ [学]ネブラスカ・ウェズレヤン大学(1965年)卒, アイオワ州立大学大学院(1973年)修士課程修了
[歴]父はメソジスト教会の牧師。農場、牧場、孤児院、病院などで働き、様々な職業を経験。1990年から南イリノイ大学で教鞭を執る。「プレーンソング」(99年)は全米図書賞の最終候補作。他の作品に小説「The Tie That Binds」(84年)、「Where You Once Belonged」(90年)などがあり、遺作「夜のふたりの魂」(2015年)は映画「夜が明けるまで」の原作となった。

ハ

ハルフォン, エドゥアルド *Halfon, Eduardo*
グアテマラの作家
1971～
[出]グアテマラシティ　[学]ノースカロライナ州立大学工学部卒
[歴]父方、母方の双方にユダヤ系のルーツを持つ。10歳の時に内戦を逃れて一家でアメリカに移住。ノースカロライナ州立大学工学部で学ぶ。卒業後帰国、フランシスコ・マロキン大学で教鞭を執りながら執筆活動を開始。2007年コロンビアのボゴタで開催されたHay Festivalで"39歳以下のラテンアメリカ文学注目の作家"の一人に選ばれる。08年の「El Boxeador Polaco」(邦訳「ポーランドのボクサー」)が国際的な注目を集めた。

バルベリ, ミュリエル *Barbery, Muriel*
モロッコ生まれのフランスの作家
1969.5.28～
[出]カサブランカ　[学]エコール・ノルマル・シュペリウール　[賞]フランス最優秀料理小説賞(2000年度), フランス本屋大賞(2006年度)
[歴]エコール・ノルマル・シュペリウール(高等師範学校)で哲学の教員資格を取得し、教員養成短期大学(IUFM)で教鞭を執る。2000年「至福の味」で作家デビュー、同年度のフランス最優秀料理小説賞を受賞。06年2作目「優雅なハリネズミ」を発表、フランスの書店員が選ぶ賞(本屋大賞)に輝き、発売以来100万部を超えるミリオンセラーとなる。08年1月夫とともに来日し、2年間京都で暮らした。09年から京都市名誉親善大使を務める。

パルマ, フェリクス・J. *Palma, Félix J.*
スペインの作家
1968.6.16～
[出]サンルーカル・デ・バラメダ　[名]Palma Macías, Félix Jesús
[賞]ルイス・ベレンゲル小説賞(2005年), セビリア学芸協会文学賞(2008年)
[歴]スペイン南部アンダルシア地方の港町サンルーカル・デ・バラメダ生まれ。1998年短編集「El vigilante de la salamandra(火とかげの守り人)」で作家デビュー。その後、短編集を3冊、長編を2冊発表し、2005年「Las corrientes oceánicas」でルイス・ベレンゲル小説賞を受賞。08年新人作家の登竜門のひとつであるセビリア学芸協会文学賞を受賞した「時の地図」を出版、ベストセラーとなった。新聞のコラムニスト、文芸評論家としても活躍。

バルマセーダ, カルロス *Balmaceda, Carlos*
アルゼンチンの作家
1954～
[出]マルデルプラタ　[学]マルデルプラタ大学卒　[賞]アルゼンチン作家協会賞(1985年), アルゼンチン文化省国民文学賞(1986年), ヒホン・ノワール週間シルベリオ・カニャーダ記念賞
[歴]国立マルデルプラタ大学卒業後、スーパーマーケットチェーンの雑誌編集長を務める傍ら、執筆活動を始める。1985年短編集「もうひとつの死」を発表し、アルゼンチン作家協会賞及び、86年文化省国民文学賞を受賞。また「透視者の祈り」(2000年)でヒホン・ノワール週間シルベリオ・カニャーダ記念賞を受賞。のちに同作品が映画化された際には、自ら脚本を手がけた。他の作品に「エビータの福音書」「ブエノスアイレス食堂」。

ハルムス, ダニール *Kharms, Daniil Ivanovich*
ソ連の詩人, 作家
1905.12.30～1942.2.2
[出]ロシア・ペテルブルク(サンクトペテルブルク)　[名]ユワチョフ
[歴]1920年代後半にレニングラードで活動した前衛芸術家の運動に参加。大人向けの前衛作品は、取締りが厳しく出版出来なかった。のち、児童雑誌に作品を発表するが、人々の労働意欲を惑わした罪で投獄され、釈放後も政治的な不遇が続き、刑務所内で死去。未来派的な詩、不条理な短編など多くの作品が未完のまま残った。78年より西ドイツで著作集が刊行され、87年よりソ連でも再評価されるようになった。

バレーア, アルトゥロ *Barea, Arturo*
スペインの作家
1897.9.20～1957.12.24
[出]マドリード
[歴]「鍛錬」、「路程」、「炎」の3編からなるスペイン内乱をテーマにした自伝的3部作「ある反逆者の形成」で知られる。同作は1941から44年にかけて最初英訳がロンドンで発表されると世界各地でベストセラーとなり、一躍その名が知られる。51年初めてスペイン語版がアルゼンチンのブエノスアイレスで出版された。内戦のマドリードを描いた第3部「炎」が特に有名。他に評論「詩人ロルカと民衆」(44年)、「ウムナーノ」(52年)がある。

バレストリーニ, ナンニ *Balestrini, Nanni*
イタリアの詩人, 作家
1935～
[歴]詞華集「最新人たち」(1961年)に登場した。ジュリアーニらと共に"新前衛派"に属し、63年"63年グループ"を結成して中心的存在として活躍。グループ解体後も先鋭な行動を続け、最左翼の立場から政治・社会に直接関った作品を書く。コラージュの技法で詩集「どう行動するか？」(63年)、「ぼくらはもう1度やる」(68年)、「ブラック・アウト」(82年)などを発表。小説「ぼくらの望みはすべて」(71年)では、69年労働運動の中での政治意識の目覚めを描いた。他の作品に詩集「実用の詩」(76年)、小説「トリスタン」(66年)、「描かれた暴力」(76年)、「姿なき者たち」(87年)など。

パレス・マトス, ルイス *Palés Matos, Luis*
プエルトリコの詩人
1898.3.20～1959.2.23
[歴]10代後半からモデルニスモ(近代主義)の影響のもとに出発し、「アザレア」(1915年)を出版。白人であったが、アフリカ的な語彙や擬音語を採用した「黒い街」(26年)で注目を集める。西インド諸島の黒人の生活、恋愛を扱った詩で有名になった。著書「巻毛とちぢれ毛のつぶやき」(57年)は晩年の代表作で、没後に選集「詩集1915-56」(64年)が出版された。

パレツキー, サラ *Paretsky, Sara N.*
アメリカの作家
1947.6.8～
[出]アイオワ州エーミズ　[学]カンザス大学卒, シカゴ大学 政治学博士(シカゴ大学), M.B.A.　[賞]CWA賞シルバー・ダガー賞(1988年), CWA賞ダイヤモンド・ダガー賞(2002年), CWA賞ゴールド・ダガー賞(2004年), MWA賞巨匠賞(2011年)
[歴]アイオワ州で生まれ、カンザス州で育つ。カンザス大学を卒業後、シカゴ大学で政治学博士号を取得。シカゴの大手保険会社勤務を経て、40歳で独立、執筆活動に専念。1982年女性私立探偵〈V.I.ウォーショースキー〉シリーズの第1作「サマータイム・ブルース」が現代女性に支持され、一躍人気作家となり、20ケ国語に翻訳された。他の著書に「ゴースト・カントリー」、〈V.I.ウォーショースキー〉シリーズに「レイクサイド・ストーリー」(84年)、「センチメンタル・シカゴ」(86年)、「ダウンタウン・シスター」(87年)、「Burn Marks」(90年)、「ガーディアン・エンジェル」(92年)、「バースデイ・ブルー」(94年)、「ハードタイム」(2000年)、「ビター・メモリー」(02年)、「ブラックリスト」(03年)、「ウィンディ・ストリート」(06年)、「ミッドナイト・ララバイ」(09年)、「ウィンター・ビート」(10年)、「ナイト・ストーム」(12年)、「セプテンバー・ラプソディ」(13年)などがあり、「ダウンタウン・シスター」でイギリス推理作家協会賞(CWA賞)のシルバー・ダガー賞、「ブラックリスト」でCWA賞ゴールド・ダガー賞を受賞。11年にはMWA賞巨匠賞を受けた。自伝的エッセイ「沈黙の時代に書くということ」(07年)もある。1994年初来日。2010年国際東京ペン大会出席のため来日。

バレット, アンドレア　Barrett, Andrea
アメリカの作家
1954〜
㊋マサチューセッツ州　㊥ベスト・アメリカン・ショート・ストーリーズ、全米図書賞（1996年度）、O.ヘンリー賞（2013年）
㊣短編集「地図に仕える者たち」が、2003年度ピュリッツァー賞の最終候補となる。01年「地図に仕える者たち」はベスト・アメリカン・ショート・ストーリーズに選出された。短編集「Ship Fever」で、1996年度全米図書賞受賞。科学とその周辺を題材に織り込みつつ人間の営みや愛情の揺れを浮かび上がらせる手腕に定評がある。

バレット, コリン　Barrett, Colin
アイルランドの作家
1982〜
㊋アイルランド　㊥ガーディアン・ファーストブック賞（2014年）、ルーニー賞（2014年）、フランク・オコナー国際短編賞（2014年）
㊣アイルランド西部のメイヨー県に育つ。2009年ダブリンの文芸誌「スティンギング・フライ」に初めて短編が掲載される。13年初の単著「ヤングスキンズ」で注目を集め、アイルランドのみならずイギリスやアメリカにおいても高く評価される。14年同作でガーディアン・ファーストブック賞、ルーニー賞、フランク・オコナー国際短編賞などを受賞。

バレット, トレーシー　Barrett, Tracy
アメリカの作家
1955〜
㊋オハイオ州クリーブランド　㊐ブラウン大学、カリフォルニア大学
㊣オハイオ州クリーブランドで生まれ、ニューヨーク郊外の町で育つ。ブラウン大学、カリフォルニア大学に学ぶ。アメリカのバンダービルト大学で教鞭を執る傍ら、中世の女流作家の研究を進める。国からの助成金を得て行ったビザンチン帝国の皇女アンナ・コムネナの調査をもとに、初の長編小説「緋色の皇女アンナ」（1999年）を発表。2008年ヤングアダルト作品〈XXホームズの探偵ノート〉シリーズの第1作「名画『すみれ色の少女』の謎」を出版、人気を集める。

バレット, ニール(Jr.)　Barrett, Neal Jr.
アメリカの作家
1929〜2014
㊣SF、ウエスタン、歴史小説など幅広いジャンルで活躍し、数多くの長編・中編・短編小説を発表。特に短編で数々の賞を受賞し、全米で広く人気を博した。作品に「ピンク・ウォッカ・ブルース」ほか多数。映画の脚本、CMの製作にも才能を発揮。

バレンスエラ, ルイサ　Valenzuela, Luisa
アルゼンチンの作家
1938.11.26〜
㊋ブエノスアイレス
㊣幼い頃から文学的環境に恵まれて育ち、17歳の時に最初の短編小説を発表。20歳の時「エル・ムンド」紙の特派員として渡仏。パリでテル・ケルの文学者達と知りあう。1961年ブエノスアイレスに戻り、「ラ・ナシオン」紙記者となる。66年売春婦を主人公にした小説「微笑まなくちゃ」を発表。67年短編集「異端者たち」を出版。74年クーデターによる軍政が成立。軍や警察による残虐行為に対する恐怖を背景にした作品集「武器の交換」を77年に書き上げるが、公表できなかった。79年出国し、アメリカ・コロンビア大学で教壇に立つ。82年「武器の交換」をアメリカで出版。85年に民政移管後のアルゼンチンに帰国。現代ラテンアメリカで最も力を発揮している作家のひとり。他の作品に「有能な猫」（72年）、「戦場のように」（77年）、「とかげの尻尾」（83年）、短編集「ここでは奇妙なことが起る」（73年）、「咬みつかない本」（80年）など。
㊕母＝ルイサ・メルセデス・レビンソン（作家）

バレンタイン, ジェニー　Valentine, Jenny
イギリスの児童文学作家
㊐ロンドン大学ゴールドスミス・カレッジ（英文学）　㊥ガーディアン賞（2007年）
㊣ロンドン大学ゴールドスミス・カレッジで英文学を学ぶ。15年間ロンドンの自然食品の店に勤め、教育助手やジュエリー作りも経験。2007年デビュー作「ヴァイオレットがぼくに残してくれたもの」でガーディアン賞を受賞。2作目「Broken Soup」をはじめ、「迷子のアリたち」「The Double Life of Cassiel Roadnight」などが、カーネギー賞ほか多くの賞の候補となる。

バレンテ, キャサリン・M.　Valente, Catherynne M.
アメリカの作家
1979〜
㊋ワシントン州シアトル　㊐カリフォルニア大学サンディエゴ校、エディンバラ大学（古典文学）　㊥ジェイムズ・ティプトリー・ジュニア賞（2006年）、ミソピーイク賞（2007年）、ラムダ賞（2009年）、アンドレ・ノートン賞（2011年）、ローカス賞（2011年）、ローカス賞（中編）
㊣15歳で高校を卒業し、カリフォルニア大学サンディエゴ校とエディンバラ大学で古典文学を専攻。その後、オハイオ州クリーブランド、バージニア州、シカゴ、オーストラリアのメルボルンなどを転々とし、日本にも2年間滞在。占い師、電話オペレーター、司書、女優、ウェイトレスなど様々な職業を経験。2004年「The Labyrinth」で作家デビューし、「ローカス」誌で注目される。「孤児の物語〈1〉夜の庭園にて」（06年）はジェームズ・ディプトリー・ジュニア賞を受賞し、世界幻想文学大賞にノミネートされた。さらに続編「孤児の物語〈2〉硬貨と香料の都にて」（07年）と合わせて、シリーズ全体（『孤児の物語』）でミソピーイク賞を受賞。短編から中長編、長編と精力的に発表、またファンタジーだけでなく、詩、ノンフィクションと幅広いジャンルの作品を発表する。他の作品に「Palimpsest」（09年）、「宝石の筏で妖精国を旅した少女」（11年）、「影の妖精国で宴をひらいた少女」（12年）、中編「静かに、そして迅速に」（11年）など。

パロ, ジャン・フランソワ　Parot, Jean-François
フランスの作家、外交官
1946.6.27〜2018.5.23
㊣18世紀フランス史を専攻し、修士課程を修了後、外交官となる。キンシャサを皮切りにサイゴン、アテネ、ソフィアなどで総領事を務め、外務省人事部、軍事防衛協力部部長を経て、西アフリカの在ギニアビサウ共和国大使を務める。傍ら、作家としても活動し、2001年〈ニコラ警視の事件〉シリーズの第1作「ブラン・マントー通りの謎」を発表。年に1冊弱のペースで続編を刊行し、どれも10万部を超える人気シリーズとなった。

バローズ, ウィリアム　Burroughs, William Seward
アメリカの作家
1914.2.5〜1997.8.2
㊋ミズーリ州セントルイス　㊐ハーバード大学（人類学）卒
㊣大学卒業後ヨーロッパ各地やメキシコを放浪、帰国後は職を転々とする。やがて強度の麻薬中毒の体験を踏まえた処女作「Junky（ジャンキー）」（1953年）や麻薬患者の幻想や同性愛を超現実主義的な独自の手法を用いて描いた「The Naked Lunch（裸のランチ）」（フランス版59年、アメリカ版62年）を発表、旧来の思想・芸術に反発し奇抜な作風を生んだビート・ジェネレーションの代表的な作家の一人と目されるようになる。銃の誤射で妻を死亡させるなど波乱の私生活を送り、ビジュアルアートの制作や映画出演など多彩な活動を続けた。他の作品に「ソフトマシーン」「ノヴァ急報」「ワイルド・ボーイズ—死者の書」「シティーズ・オブ・ザ・レッド・ナイト」「デッド・ロード」「ウエスタン・ランド」など。91年「裸のランチ」が映画化される。
㊕祖父＝ウィリアム・バローズ（バローズ計算機の発明者）

バローズ, エドガー・ライス　*Burroughs, Edgar Rice*
アメリカの作家
1875.9.1～1950.3.19
㊛イリノイ州シカゴ　㊗ミシガン陸軍士官学校
㊨軍隊、牧場、鉄道、セールスマンなど種々の職業を経験したがいずれも失敗。30代半ばで冒険を夢想し文章を書き始め、1912年空想冒険小説「火星の女王」を発表し、好評を得る。以後全11巻に及ぶ〈火星〉シリーズの作品を発表。14年アフリカの密林を舞台にした〈ターザン〉シリーズを発表、数多くの国々で翻訳される一方、映画でも有名になった。

バローハ, ピオ　*Baroja, Pío*
スペインの作家
1872.12.28～1956.10.30
㊛ギプスコア州サン・セバスティアン　㊗マドリード大学, バレンシア大学
㊨バスク族の出身。マドリード大学とバレンシア大学で医学を修め、故郷で2年間嘱託医を務めたのち、再びマドリードに出てジャーナリストなどをして働きながら文学に精進。1900年頃から作家活動に専念。"98年の世代"の作家の一人。無政府主義に傾き、ニーチェ、ショーペンハウアー、ドストエフスキーの影響を受け、懐疑的・厭世的な人生観の主人公を描く反面、行動的なタイプの人間にも強い関心を持った。社会問題を扱った作品が多く、マドリードの下層階級を描いた3部作「人生のための闘い」(04年)、自伝的要素の濃い代表作「知恵の木」(11年)、19世紀前半の激動するスペインを記録した長編歴史小説「ある活動家の回想記」(全20巻、13～35年)などがある。

ハロワー, エリザベス　*Harrower, Elizabeth*
オーストラリアの作家
1928.2.8～
㊛シドニー
㊨ニューサウスウェールズ州の公・私立学校で教育を受け、1957年長編の処女作「Down in the City(市内へ)」を発表する。59年までロンドンに滞在。その後創作に携わりつつ、59～60年オーストラリア国営放送協会(ABC)に勤務し、60年シドニー・モーニング・ヘラルド紙の特約評論家となる。さらに61～67年はマクミラン出版社のシドニー支社に勤務。68年連邦文学奨励資金を受け、79年9～12月シドニー市アレクサンダー・マッカイ・カレッジで"学園居住作家"として文学・言語教授を務めた。また81年には全豪良書選定審査員となる。長・中・短編小説を数多く書き、個人の生活を鋭く観察し男性支配のオーストラリア社会を厳しく批判。オーストラリアを代表する作家の一人。

バロンスキー, エヴァ　*Baronsky, Eva*
ドイツの作家
1968～
㊗フリードリヒ・ヘルダーリン賞奨励賞
㊨インテリアデザイン、マーケティングを学び、フリーのグラフィックデザイナー、ジャーナリストなどとして活動。その後作家に転身し、2010年初の小説「Herr Mozart wacht auf」を出版し、フリードリヒ・ヘルダーリン賞奨励賞を受賞した。

パワーズ, ケビン　*Powers, Kevin*
アメリカの作家
1980.7.11～
㊛バージニア州リッチモンド　㊗バージニア・コモンウエルス大学, テキサス大学オースティン校修士課程修了　㊗ガーディアン新人賞(2012年), PEN/ヘミングウェイ賞(2013年)
㊨17歳でアメリカ陸軍に入隊。2004～05年イラクに派遣され、機関銃手としてモスル、タル・アファルに配置される。名誉除隊後、バージニア・コモンウエルス大学で英語を学び、12年テキサス大学オースティン校で詩の修士号を取得。同年刊行されたデビュー作「イエロー・バード」は、全米図書賞の候補になった他、同年のガーディアン新人賞、13年のPEN/ヘミングウェイ賞を受賞するなど高く評価された。

パワーズ, J.F.　*Powers, James Farl*
アメリカの作家
1917.7.18～1999.6.12
㊛イリノイ州ジャクソンビル　㊗全米図書賞(1963年)
㊨アメリカ中西部を舞台に宗教の理想と世俗的関心に挟まれた、カトリックの聖職者たちを苦いユーモアをもって描いた作品が多い。短編集「暗黒の王」(1947年)、「恩寵の存在」(56年)のあと、63年長編「アーバン神父の死」(62年)で全米図書賞を受賞した。その後、短編集「魚の生きようを見よ」(75年)を出版。

パワーズ, ティム　*Powers, Tim*
アメリカの作家
1952～
㊛ニューヨーク州バッファロー　㊗カリフォルニア州立大学フラトン校中退　㊗フィリップ・K.ディック賞(1983年・1985年), ミソピーイク賞(1989年), 世界幻想文学大賞(1992年), 世界幻想文学大賞(2000年)
㊨カリフォルニア州立大学フラトン校で英文学を学び、1975年初めて作品が採用されて大学を中退、79年デビュー。83年ブードゥーをモチーフにした西洋伝奇物語「The Anubis Gates(アヌビスの門)」でフィリップ・K.ディック賞を受賞、これが出世作となった。85年「Dinner at Deviant's Palace(奇人宮の宴)」でも同賞を受賞。89年「石の夢」でミソピーイク賞、92年「Last Call」および2000年「Declare」で世界幻想文学大賞を受賞。他の作品に「生命の泉」など。作家のフィリップ・K.ディック、ジェイムズ・ブレイロック、K.W.ジーターとの親交が深い。

パワーズ, リチャード　*Powers, Richard*
アメリカの作家, 英文学者
1957～
㊛イリノイ州エバンストン　㊗イリノイ大学(物理学)卒, イリノイ大学大学院文学修士課程修了　㊗W.H.スミス文学賞(2004年), プッシュカート賞, ドス・パソス賞, 全米図書賞(小説部門)(2006年)
㊨11～16歳までバンコクに住んだのちアメリカに戻り、イリノイ大学で物理学を学ぶが、のち文科系に転じ、同大で修士号を取得。ボストンでコンピューター・プログラマーとして勤務の後、退職して、1980年代末～90年代初頭オランダに住む。85年「舞踏会へ向かう三人の農夫」で作家デビュー。同書は各方面から絶賛を浴び、2004年「われらが歌う時」(03年)でW.H.スミス文学賞を受賞。同作品はプッシュカート賞とドス・パソス賞も受賞した。06年には「The Echo Maker(エコー・メイカー)」で全米図書賞を受賞。他の作品に「囚人のジレンマ」(1988年)、「The Gold Bug Variations」(91年)、「Operation Wandering Soul」(93年)、「ガラテイア2.2」(95年)、「Gain」(99年)、「Plowing the Dark」(2000年)、「幸福の遺伝子」(09年)などがある。1996年よりイリノイ大学英文学教授も務める。

ハワード, クラーク　*Howard, Clark*
アメリカの作家
1934～
㊛テネシー州　㊗ノースウェスタン大学中退　㊗MWA賞最優秀短編賞(1980年度)
㊨幼い頃に父親が服役し、母親とシカゴのスラム街で暮らしていたが、のち麻薬のやりすぎで母が死亡、12歳で孤児院生活を送る。さらに少年院に入れられたが、年齢を偽り16歳で海兵隊入隊、砲手として朝鮮戦争に参戦した。除隊後、復員兵基金でノースウェスタン大学に入学、ジャーナリズムと創作技法を学ぶが、得る所なく中退。その後、パルプ・マガジンにウェスタン小説、戦争小説、犯罪小説を書き、生活の糧を得る。1967年処女長編「The Arm(ビッグタウン)」を執筆し、以来、犯罪小説の他にノンフィクションも含め、多彩で意欲的な創作活動を展開している。また、刑罪学の研究にも携わる。

作品に「ホーン・マン」「ハント姉妹殺人事件」「処刑のデッドライン」「アルカトラズの六人」「シティ・ブラッド」など。

ハワード, シドニー　Howard, Sidney
アメリカの劇作家
1891.6.26〜1939.8.23
㊋カリフォルニア州オークランド　㊌Howard, Sidney Coe　㊍カリフォルニア大学バークレー校卒, ハーバード大学卒　㊎ピュリッツァー賞（1925年）, アカデミー賞最優秀脚本賞（1939年）
㊏カリフォルニア大学バークレー校を卒業後, 1915〜16年ハーバード大学のG.E.ベーカー教授の演劇教室"47ワークショップ"に参加、学生時代から盛んに創作する。第一次大戦にアメリカ野戦奉仕団（AFS）として従軍後、ジャーナリズム界に入り、19〜21年「ライフ」誌編集者。出版、新聞関係で働く間に詩劇「剣」（21年）が職業的に初めて上演される。次いで翻訳脚色の「商船テナシティー」（22年初演）、「カサノバ」（23年初演）などで成功し、「彼らは何が欲しいか知っていた」（24年初演、25年刊、ピュリッツァー賞受賞）で名声を確立。他の作品には「銀の糸」（26年初演、27年刊）、「黄病」（34年）などがあり、また共作、翻訳翻案、シンクレア・ルイスの小説の脚色なども手がけた。映画「風と共に去りぬ」脚本でアカデミー賞も受賞している。友人らと劇作家育成機関を発足させるが、C.バン・ドーレンの「ベンジャミン・フランクリン」を脚色中自身の農場のトラクターに轢かれて若くして亡くなり、彼を記念する年間秀作賞が設けられた。

ハワード, リチャード　Howard, Richard
アメリカの詩人, 批評家, 翻訳家
1929.10.13〜
㊋オハイオ州クリーブランド　㊌Howard, Richard Joseph　㊍コロンビア大学, ソルボンヌ大学　㊎ピュリッツァー賞（1969年）
㊏辞書編集者として働いた後、1958年フリーランスの翻訳家、批評家となる。88年シンシナティ大学ローズ記念比較大学教授に就任。詩人としては「無表題の主題」（69年）でピュリッツァー賞を受賞。批評家としては大著「独りアメリカと共に」（69年）がある。翻訳家としては150冊を超える現代フランス文学の作品を英訳した。

ハワード, リチャード　Howard, Richard
イギリスの作家
1958.9.23〜
㊋ハートフォードシャー州　㊌ハトソン, ショーン〈Hutson, Shaun〉筆名＝タイラー, フランク ブレーク, ニック クルーガー, ウルフ ビショップ, サミュエル・P. ネビル, ロバート ロストフ, ステファン
㊏18歳で放校され、職を転々としながら小説を書き続ける。21歳の時戦争ものの小説が初めて認められ、1983年に「SPAWN」の出版後専業の作家となる。本名と六つのペンネームを使ってホラーや、戦争もの、ウェスタンを中心とした作品を多数発表。作品にショーン・ハトソン名義で「スラッグズ」「闇の祭壇」など、リチャード・ハワード名義で〈ナポレオンの勇者たち〉シリーズがある。

ハン・ウンサ　韓 雲史　Han Woon-sa
韓国の作家, シナリオ作家
1923.1.15〜2009.8.11
㊋忠清北道槐山　㊍上智大学専門部, 中央大学（1945年）卒, ソウル大学文理学部仏文科中退　㊎韓国放送文化賞, 韓国演劇映画芸術賞
㊏1942年来日。上智大学専門部を経て、44年中央大学予科在学中に朝鮮人学徒特別志願兵として日本軍に召集される。戦後、ソウル大学仏文科に編入。その後、「韓国日報」文化部長などを経て、放送作家として活躍、ラジオやテレビで多くのドラマをヒットさせた。なかでも60年名古屋を舞台にした自伝的長編「阿魯雲伝（あろうんでん）」（3部作）が韓国のラジオの連続ドラマになり、空前の人気を呼んだ。韓国放送作家協会理事長、韓国放送公社（KBS）理事などを歴任。他の作品に、小説「生命ある限り」「大野望」「春から秋まで」、脚本「雪が降る」（テレビ）、「南と北」（映画）、「赤いマフラー」「族譜」、伝記「総帥の決断／ロッキー金星 創業主 具仁会一代記」「限りなき前進／百想 張基栄一代記」など。92〜93年には「阿魯雲伝」が「玄界灘は知っている」「玄界灘は語らず」として日本で出版された。また、セマウル（新しい村）運動の歌「チャル、サラボセ！（豊かになろう）」や空軍歌として歌い継がれている「赤いマフラー」などの作詞でも知られる。

ハン・ガン　韓江　Han Gang
韓国の詩人, 作家
1970.11〜
㊋全羅南道光州　㊍延世大学国文学科卒　㊎李箱文学賞（2005年）, 国際ブッカー賞（2016年）, 韓国小説文学賞, 今日の若い芸術家賞, 東里文学賞
㊏父は作家のハン・スンウォン（韓勝源）。延世大学国文学科を卒業後、1993年季刊「文学と社会」に詩を発表、翌年「ソウル新聞」の新春文芸に短編小説「赤い碇」が当選し文壇デビュー。その後、「麗水の愛」「あなたの冷たい手」「黒い鹿」「ギリシャ語時間」などの小説を発表。韓国小説文学賞、李箱文学賞、東里文学賞など国内の主要文学賞を受賞し、"次世代韓国文学の旗手"といわれる。「菜食主義者」（2007年）は、16年国際ブッカー賞に選ばれた。
㊐父＝ハン・スンウォン（韓 勝源, 作家）

潘 漢年　はん・かんねん　Pan Han-nian
中国の作家, 革命家
1906〜1977.4.14
㊋江蘇省宜興
㊏青年期にプロレタリア文学を志し、19歳で上海に出て本格的に文筆活動を始める。無錫国学専修館、上海中華国語専科学校に学び、1925年中国共産党に入党すると同時期に創造社に加わる。30年中国左翼作家連盟の設立に参加。「A11」「幻州」などを編集。31年中央特科員（スパイ）に任命されて以降文学を離れ、上海で日本の情報機関に接触して秘密活動を展開。中華人民共和国建国後は上海副市長となるが、55年国民党のスパイとされ失脚した。77年死去。没後の82年名誉が回復され、テレビドラマ化されるなどブームとなった。代表作に「離婚」（28年）など。
㊐従兄＝潘 梓年（哲学者）

潘 向黎　はん・こうれい　Pan Xiang-li
中国の作家
1966〜
㊍上海大学中文系（1988年）卒, 上海科学院文学所大学院（1991年）修士課程修了, 東京外国語大学大学院　㊎魯迅文学賞（2007年）
㊏大学教授の父から唐詩を暗記するように教えられて育ち、古典文学に親しむ。文芸誌「上海文学」の編集者となり、1992年から2年間東京外国語大学に留学。大学在学中から創作を開始し、上海を舞台に経済的ゆとりのある30、40代の女性の心理を、都会的な風俗を盛り込んで描いた小説やエッセイで人気を得る。2002年から4年連続で中国小説ランキングにランクインする。05年短編「奇跡が橙でやって来る」「青菜スープの味」を日本の文芸誌で発表。07年魯迅文学賞を受賞。08年日本の文芸誌「新潮」に、高樹のぶ子の文学交流SIAの短編競作特集「天国の風」で「謝秋娘よ、いつまでも」を発表。

バーン, ゴードン　Burn, Gordon
イギリスの作家
1948〜
㊋ニューカッスル　㊎ウィットブレッド賞（1991年）, ベストノベル・オブ・ザ・イヤー（1991年）
㊏労働者階級に生まれる。ロックに溺れたり、アメリカを放浪したのち、大学を卒業。新聞や雑誌に記事の持ち込みを始め、

1975年「Somebody's Husband Somebody's Son：The Story of the Yorkshire Ripper」を出版。ジャーナリストとして独自の地位を築きながら、やがてフィクションの道へと進み、91年小説「Alma Cogan」でデビュー、絶賛を浴び、ウィットブレッド賞とベストノベル・オブ・ザ・イヤーを受賞。

ハーン, ジョン　*Hearne, John*
ジャマイカの作家, 教育者
1926.2.4〜1994.12.12
[出]カナダ・モントリオール　[名]Hearne, John Edgar Colwell　[学]エディンバラ大学, ロンドン大学
[歴]ジャマイカ・カレッジを卒業後、イギリス空軍に勤務。のちエディンバラ大学、ロンドン大学で学び、1956年帰国、西インド大学で教えた。68年創造芸術センター所長となり、マイケル・マンリー首相補佐官も務めた。小説「窓の下の声」(55年)、「門にたたずむ異邦人」(56年)、「愛の顔」(57年)、「秋分」(59年)、「生者の土地」(61年)、「確かな救済」(81年)などがある。

ハン・スーイン　韓 素英　*Han Suyin*
中国生まれのイギリスの作家, 医師
1917.9.12〜2012.11.2
[出]中国・河南省　[名]チョウ, エリザベス・クアンフー〈Chow, Elizabeth Kuanghu〉旧姓名＝周 光瑚 Comber, Elizabeth　[学]燕京大学卒, ブリュッセル大学卒, ロンドン大学医学部(1948年)卒
[歴]父は中国人、母はベルギー人で、その後の国籍はイギリス。燕京大学で学んだのち、ブリュッセル大学で科学を専攻。1938年中国に帰り、国民党の軍人と結婚するがのち離別、42年一女を連れてイギリスに渡り、ロンドン大学で医学を学ぶ。48〜52年香港のクイーンマリー病院に勤務。その間52年に発表した最初のヒット作「A Many-Splendoured Thing」は55年ハリウッドで映画化(邦題「慕情」)され、大ヒットした。52年イギリス人と再婚(68年離婚)し、シンガポールで小児科医、作家活動を続け、南洋大学で文学の講義も行う。のちマレーシアに移り医療活動を続けたが、65年以降は文筆活動に専念。他に中国を舞台にした自伝的大河小説3部作「悲傷の樹」(65年)「転生の花」(66年)「無鳥の夏」(68年)のほか、「重慶行き」(42年)、「四つの顔」(63年)、「毛沢東」(72年)、「塔の風」(76年)など数多くの作品があり、17ケ国で翻訳されている。評論集に「北京の2週間―中国の眼、アジアの眼」などがある。

ハン・スサン　韓 水山　*Han Soo-san*
韓国の作家
1946〜
[出]江原道　[学]慶熙大学英文科卒　[賞]今日の作家賞(1977年), 韓国現代文学賞(1991年)
[歴]1972年「東亜日報」新春文芸に短編「4月の終り」が当選。77年長編小説「浮草」で今日の作家賞を受賞。「解氷期の朝」「砂の上の家」「四百年の約束」などで人気作家の地位を確立したが、81年全斗煥政権下で“作品で軍部を批判した”との嫌疑で拷問にかけられた。88〜92年韓国を離れ、インド、台湾、日本に滞在。日本での体験をもとに「隣りの日本人」、日韓比較文化論「ポッコッもさくらも春になれば咲く」を執筆。91年「他人の顔」で韓国現代文学賞を受賞。2003年、植民地時代に“軍艦島”の異名を持つ長崎県端島の海底炭鉱へ連れて来られた朝鮮人労働者(被爆者)の苦難を描いた大作「カラス」を韓国で出版、ベストセラーとなる。原題の「カラス」は画家の丸木位里・俊夫婦の〈原爆の図〉シリーズの絵に触発されて付けられた。09年末、日本語版「軍艦島」を刊行。韓国現代文学を代表する作家の一人。

ハン・スンウォン　韓 勝源　*Han Seung-won*
韓国の作家
1939〜
[出]全羅南道長興　[学]ソラブル芸術大学文創科卒　[賞]韓国小説文学賞(1980年), 韓国現代文学賞(1988年)
[歴]「大韓日報」に短編作品「木船」が当選して作家活動をはじめる。これまでに50数編におよぶ作品を発表しており、中短編に「霧笛」「頭足類」、長編に「忿怒の土地と海」などがある。1980年に韓国小説文学賞を受賞した。
[家]娘＝ハン・ガン(韓 江, 作家)

ハン・ソリャ　韓 雪野　*Han Sol-ya*
北朝鮮(朝鮮)の作家
1900.8.30〜1976.4.6
[出]朝鮮・咸鏡南道咸州郡　[名]韓 秉道, 別筆名＝金 徳恵, 雪野生, 雪野 広, 尹 英順, 韓 烔年, 萬 年雪　[学]日本大学社会学科(1924年)卒　[賞]人民賞(1960年)
[歴]貧農の家に生まれる。郷里の咸興高等普通学校在学中、3.1独立運動に参加して検挙され、一時北京に渡る。1921年来日し、日本大学社会学科に入学。24年帰国、北青の私立中学校の教員となり、25年「朝鮮文壇」に李光洙の推薦で短編「その夜」が掲載され文壇にデビュー。同年李箕永らと朝鮮プロレタリア芸術同盟(カップ)の創立に参画。家が没落したため、26年家族を連れて撫順に行き、当地の現実からプロレタリア作家として再出発する。27年帰国後カップ再編成の中心メンバーの一人となり、短編「過渡期」(29年)、「相撲」(同年)、評論「プロレタリア芸術の宣言」(26年)、「プロレタリア作家の立場から」(27年)、「文芸運動の実践的根拠」(28年)などを発表。撫順での体験は、雪野生、雪野広の筆名で「満州日日新聞」に発表した日本語作品「初恋」「合宿所の夜」「暗い世界」に描かれた。34年カップの一斉検挙で投獄。36年出獄すると、労働者像を描いた長編「黄昏」を執筆。その後も長編「青春期」(37年)、「帰郷」(39年)、「泥濘」(同年)、「塔」(40年)を発表したが、「模索」(42年)を最後に執筆を中断。解放後も故郷咸興に留まり、北朝鮮文壇の中心として活躍。「帽子」(46年)、「血路」(同年)、「凱旋」(48年)などの短編で金日成の偶像化に尽くし、長編「歴史」(53年)、「大同江」(同年)、「雪峰山」(56年)などを書く。また、51〜62年朝鮮文学芸術総同盟委員長、56〜58年教育文化相、労働党中央委員、作家同盟中央委員会委員長などを務め、文化面、政治面で指導的役割を果たした。60年代初め頃から復古主義、自由主義などで労働党の批判を受け、62年全ての公職と作家生活から追放され、全作品が絶版となる。85年頃から作品が再評価され始めた。

ハン・マルスク　韓 末淑　*Han Mal-sook*
韓国の作家
1931.12.27〜
[出]朝鮮・京城　[学]ソウル大学文理科大言語学科卒　[賞]宝冠文化勲章, 韓国現代文学賞(1964年), 韓国日報文学賞
[歴]1957〜74年ソウル大学音楽大学講師を経て、韓国女学士会会長、韓国国際PENCLUB副会長、韓国女性文人会会長を歴任。韓国現代文学賞、韓国日報文学賞を受賞した他、宝冠文化勲章を授与された。作品に「麗しき霊の詩」。

ハーン, リアン　*Hearn, Lian*
イギリス生まれの児童文学作家
1942.8.29〜
[出]ハートフォードシャー州ポッテンエンド　[名]Rubinstein, Gillian　[学]オックスフォード大学　[賞]ピーターパン賞
[歴]大学で現代言語を学び、ロンドンで映画評論家や編集者として働いた後、児童文学作家となる。オーストラリアに移り住んだ頃から、以前より興味のあった日本や日本語の研究をはじめ、実際に萩に住んだこともある。日本によく似た架空の国を舞台にしたサムライファンタジー「オオトリ国記伝」でピーターパン賞などを受賞。Gillian Rubinsteinの名前で多くの児童書を出版している。

バン・イタリー, ジャン・クロード　*Van Itallie, Jean-Claude*
ベルギー生まれのアメリカの劇作家
1936〜
[出]ブリュッセル　[学]ハーバード大学卒
[歴]1940年にベルギーからアメリカに移住し、ハーバード大学卒

業後、グリニッチビレッジに住む。多くの戯曲を執筆し、ラ・ママ、オープン・シアターなどのオフ・オフ・ブロードウェイ実験劇団により上演された。66年11月ニューヨークのポケット劇場で初演の現代アメリカ社会の非人間化を鮮やかに戯画化した「America Hurrah（アメリカ万歳）」、68年上演の楽園喪失と人間の生から死までの種々相をマイムや詠唱を用いてページェント化した「The Serpent（蛇）」は高い評価を得た。

バンカー, エドワード　*Bunker, Edward*
アメリカの作家
1933.12.31～2005.7.19
[出]カリフォルニア州ロサンゼルス・ハリウッド
[歴]4歳のとき両親が離婚したため下宿屋を転々としながら暮らす。10歳で感化院に入れられ、17歳で初めて刑務所に入った。以後、暴行、金庫破り、窃盗、強盗など様々な罪状によって、計18年間を方々の刑務所で過ごした。この間、刑務所内で文章修行をおこない、1972年第1作「壁の背後の戦い」が雑誌の巻頭を飾る。以来多数の作品が活字になり、73年最初の長編「No Beast So Fierce（ストレートタイム）」が出版され、78年にダスティン・ホフマン主演で映画化された。他の作品に「The Animal Factory」「ドッグ・イート・ドッグ」「リトル・ボーイ・ブルー」など。またタランティーノ監督の映画「レザボア・ドッグス」でミスター・ブルーを演じた。

バンク, メリッサ　*Bank, Melissa*
アメリカの作家
1961～
[出]ペンシルベニア州フィラデルフィア　[学]コーネル大学創作科卒, コーネル大学大学院（文学）修士課程修了　[賞]ネルソン・オルグレン賞短編小説部門（1993年）
[歴]コーネル大学創作科に学び、同大大学院修士課程を修了。大学教員、コピーライターなど様々な職業に就く傍ら、雑誌などに寄稿を続ける。1993年ネルソン・オルグレン賞短編小説部門を受賞。99年小説「娘たちのための狩りと釣りの手引き」で作家デビュー、アメリカでベストセラーとなる。99年日本語版出版にあたり、来日。他の作品に「ささやかだけど忘れられないいくつかのこと」などがある。

バンクス, イアン　*Banks, Iain*
イギリスの作家
1954.2.16～2013.6.9
[出]スコットランド・ファイフ　[名]Banks, Iain Menzies 別名＝バンクス, イアン・M.　[学]スターリング大学卒
[歴]ブリティッシュ・スチール社やIBM勤務を経て、1984年にホラー小説「蜂工場」でデビュー。この作品は大きな反響を呼び、雑誌、新聞の書評欄、文芸欄をにぎわせ、ベストセラーとなった。2作目「ガラス歩行」、3作目「橋」を発表した後、SFホラー「フレバスを見よ」「エスペデア・ストリート」を発表しスティーブン・キング以来の大物ホラー作家との評価も受けた。イアン・M・バンクスの名前でSF小説も手がけた。他の作品にミステリー「共鳴」（93年）、「秘密」「フィアサム・エレジン」、SFに「ゲーム・プレイヤー」など。

バンクス, ケート　*Banks, Kate*
アメリカの絵本作家
[学]ウェルズリー・カレッジ, コロンビア大学（史学）卒
[歴]ボストン近郊のウェルズリー・カレッジを経て、コロンビア大学で史学を専攻。ニューヨークの出版社に勤務した後、ヨーロッパへ移る。8年間暮らしたローマでゲオルグ・ハレンスレーベンと出会い、多くの作品を生み出す。その3冊目の絵本「おつきさまはきっと」でアメリカの児童書書評誌「ホーン・ブック」の1998年最優秀絵本賞を受賞。他の著書に「おかあさんともりへ」「こぎつねはたびだつ」「青い大きな家」「クリスマスにやってくるのは？」などがある。

バンクス, ラッセル　*Banks, Russel*
アメリカの作家
1940.3.28～
[出]マサチューセッツ州ニュートン　[学]ノースカロライナ大学卒　[賞]ドス・パソス賞（1985年）, アメリカ芸術文学アカデミー賞（1985年）
[歴]大学卒業後、編集者として活躍する傍ら、東部を中心とした各地の大学で文学とライティングなどを教えた。1975年書きためた作品を集めた短編集「Searching for Survivors」と、長編「Family Life（ファミリー・ライフ）」で作家デビュー。85年「Continental Drift（大陸漂流）」がピュリッツァー賞候補となりポスト・モダニズムの作家として一躍注目を集める。セミ・リアリズム派の旗手。他の作品に「狩猟期」（90年）、「骨の規則」（95年）、短編集「新世界」（78年）、「サクセス・ストーリーズ」（86年）など。プリンストン大学で教壇に立つ。92年5月来日。

バンクス, リン・リード　*Banks, Lynne Reid*
イギリスの作家, 児童文学作家, 絵本作家
1929.7.31～
[出]ロンドン
[歴]ロンドンの演劇学校を卒業後、俳優、テレビのリポーター、脚本家として働く。大人向けの「鍵型の部屋」で作家としての地位を確立。1962年から9年間、イスラエルのキブツで英語を教えながら、3人の息子を育てる。帰国後はファンタジーからリアリズムの小説まで数多くの作品を発表。81年の「リトルベアー—小さなインディアンの秘密」はアメリカ、ドイツ、デンマーク、オランダ、スペイン、イスラエルなど13ケ国で出版され、英語版だけでも100万部以上の読者を獲得した。ほかに〈リトルベアー〉シリーズ「リトルベアーとふしぎなカギ」「リトルベアーのふしぎな旅」「リトルベアーの冒険」などがある。

パングボーン, エドガー　*Pangborn, Edgar*
アメリカの作家
1909～1976
[出]ニューヨーク　[学]ハーバード大学中退, ニューイングランド音楽学校　[賞]国際幻想文学賞
[歴]ハーバード大学中退後、ニューイングランド音楽学校に学ぶ。1930年ミステリー作家としてデビュー。戦後、SFに活動を広げ、「オブザーバーの鏡」で国際幻想文学賞を受賞した。他の著書に「デイヴィー荒野の旅」などがある。

パンゴー, ベルナール　*Pingaud, Bernard*
フランスの作家, 文芸評論家
1923.10.12～
[出]パリ　[学]エコール・ノルマル・シュペリウール卒
[歴]エコール・ノルマル卒業後、「現代」をはじめ多くの雑誌に参加して、1950年の夫妻愛を内省的に見つめる「L'amour triste（悲しき愛）」や58年の「Le Prisonnier（囚人）」で心理小説作家として知られるようになる。精神分析に深い関心を持ち、「La voix de son maître（ヒズ・マスターズ・ボイス）」（75年）などの深層心理小説において人間の相互理解の困難さ、本質的孤独を深く追求した。60年代中頃から文学者の政治参加の問題に関心を強め、フランス社会党の文化政策に協力したり、また作家同盟によって活発な発言を展開した。評論では、65年と79年の2巻の評論集「財産目録」が、誠実な知識人の歩みを示して高く評価されるほか、ラ・ファイエット夫人論、バルザックやカミュの評論で知られる。他の作品に小説「わが悲しき船」（46年）、「原初の光景」（65年）、評論「オランダ」（54年）、「ラ・ファイエット夫人」（59年）など。

ハンコック, グラハム　*Hancock, Graham*
イギリスの作家, ジャーナリスト
1950～
[出]ロージアン州エディンバラ　[学]ダーラム大学卒
[歴]エディンバラに生まれ、インドで育つ。「エコノミスト」東アフリカ特派員、「ニュー・インタナショナリスト」共同編集長を務めた後、1970年代初め、第三世界数ケ国でボランティアとして働きながら、様々な援助団体の活動を身近に観察。84～

ハ

85年のエチオピア飢饉の際は、同国での人道的活動で表彰される。開発問題ジャーナリストとして幅広く活躍。89年「Lords of Poverty（援助貴族は貧困に巣食う）」を出版し、国連の欺瞞と矛盾を指摘。一方、83年から執筆活動を始め、92年「神の刻印」を発表し世界的ベストセラー作家に。96年超古代文明の存在を提唱した「神々の指紋」も世界で600万部を超えるベストセラーとなる。他の著書に「創世の守護神」「惑星の暗号」「天の鏡 失われた文明を求めて」「神々の世界」「リアとレオーニ」など。96年初来日。
㊄妻＝サンサ・ファイーア（カメラマン）

パンコル, カトリーヌ *Pancol, Katherine*
モロッコ生まれのフランスの作家, ジャーナリスト
1949.10.22～
㊥カサブランカ ㊫パリ大学ナンテール校近代文学修士課程修了
㊦モロッコのカサブランカで生まれ、4歳でフランスに戻る。大学卒業後はローザンヌでフランス・ラテン史の教鞭を執る。その後、執筆活動に専念し、ジャーナリストとして雑誌「エル」などで活躍しながら、小説を発表。2006年に発表した「ワニの黄色い目」はベストセラーになる。

パンジェ, ロベール *Pinget, Robert*
フランスの作家, 劇作家
1919.7.19～1997.8.25
㊥ジュネーブ（スイス） ㊫ジュネーブ大学（法律） ㊮批評家賞（1963年）, フェミナ賞（1965年）
㊦生地ジュネーブで法律を修めて弁護士となったが、1946年にパリに出て最初は画家を目指した。51年の短編集「Entre Fantoine et Agapa（ファントワーヌとアガパの間）」で文壇にデビュー、伝統的な物語形式の解体から出発し、この二つの架空の土地を舞台に小説、戯曲を発表する。「Mahu ou lematérian（マユ, もしくは素材）」（52年）や「Quelqu'un（ある人）」（65年）などは、手紙や調書、旅行記など様々な形式を借りながら、語ることの不可能性を語るという逆説的な物語で、いわゆる“小説の小説（劇の劇）”であり、“ヌーヴォーロマン”系の作家として位置づけられた。続けて「Passacaille（パッサカリア）」（69年）や回想録の形を借りた「Cette voix（この声）」（75年）、さらに「Monsieur Songe（ソンジュ氏）」（82年）などを発表、執拗に小説とは何か、劇とは何かを追求した。この間57年にはS.ベケットの翻訳を刊行した。

バンシッタート, ピーター *Vansittart, Peter*
アメリカ生まれのイギリスの作家, 歴史家
1920.8.27～2008.10.4
㊥ベッドフォード ㊫オックスフォード大学ウスターカレッジ卒
㊦教職や出版業に従事した後、1942年よりドキュメンタリー、小説、童話、評論と広い分野にわたって執筆活動を行った。特に歴史家の視点から従来の歴史小説に対しては批判的で、歴史小説に意欲的な手法を導入して高い評価を受けた。「The Story Teller」（68年）、「THE DEATH OF ROBIN FOOD（幻のロビンフッド）」（83年）、「Path from a White Horse」（85年）、「London」（94年）、「A Safe Conduct」（95年）、「In the Fifties」（95年）、「Survival Tactics」（98年）、「Hermes in Paris」（2000年）、「John Paul Jones」（04年）、「Secret Protocols」（06年）などの作品がある。

パンシン, アレクセイ *Panshin, Alexei*
アメリカの作家
1940～
㊥ミシガン州ランシング ㊫ミシガン州立大学（1965年）卒 ㊮ネビュラ賞最優秀長編賞（1968年度）
㊦イギリス系アメリカ人とロシア人の両親のもとに生まれる。陸軍に従軍し、テキサス州や朝鮮で兵役に就く。1960年に最初の短編が少女雑誌「セブンティーン」に掲載される。63年頃SF誌へ進出。65年ミシガン州立大学を卒業、翌年シカゴ大学で文学修士号を取得。ロバート・A・ハインラインの熱烈なファンで68年に彼に関する長編評論を書いている。同年、ネビュラ賞最優秀長編賞を獲得した「Rite of Passage（成長の儀式）」もハインラインの圧倒的影響のもとに書かれ、多くの批評家や記者の支持を受けた。その後もエースブックスに冒険SFシリーズを掲載、また長編小説・評論を発表するなどSF界で活躍。

バンス, ジャック *Vance, Jack*
アメリカのSF作家, 推理作家
1916.8.28～2013.5.26
㊥カリフォルニア州サンフランシスコ ㊔バンス, ジョン・ホルブルック〈Vance, John Holbrook〉 ㊫カリフォルニア大学卒 ㊮MWA賞新人長編賞（1960年）, ヒューゴー賞（短編小説部門）（1963年）, ネビュラ賞（中長編小説部門）（1966年）, ヒューゴー賞（中編小説部門）（1967年）, 世界幻想文学大賞（生涯功労賞）（1984年）, 世界幻想文学大賞（長編部門）（1990年）, SFWAグランドマスター賞（1997年）
㊦採果労働者、ホテル・ボーイ、缶詰工、鉱夫、商船員など様々な職業を転々とする。なかでも船員生活は長期間続き、世界各地をめぐり歩いた。第二次大戦中、商船勤務の合い間に書いた短編「The World Thinker」を1945年「スリリング・ワンダー」誌に発表してSF界にデビュー。以来個性的な作品を書き続け、「竜を駆る種族」（63年）でヒューゴー賞、「最後の城」（66年）ではヒューゴー賞とネビュラ賞をダブル受賞した。他の著書に〈アダム・リース〉シリーズや〈魔王子〉シリーズの他、「終末期の赤い地球」「大いなる惑星」「ノパルガース」などがある。また、本名のジョン・ホルブルック・バンス名義で発表したミステリー「檻の中の人間」でMWA賞最優秀新人賞を受けた。

バーンズ, ジュリアン *Barnes, Julian*
イギリスの作家, ジャーナリスト
1946.1.19～
㊥レスターシャー州レスター ㊔Barnes, Julian Patrick 別名＝キャバナー, ダン〈Kavanagh, Dan〉 ㊫ロンドン大学, オックスフォード大学（1968年）卒 ㊮サマセット・モーム賞（1981年）, ジェフリー・フェイバー記念賞（1985年）, E.M.フォースター賞（1986年）, ブッカー賞（2011年）, デービッド・コーエン英文学賞（2011年）
㊦1969～72年オックスフォード英語辞典（OED）及び補遺の編纂や、「ニュー・レビュー」誌の編集顧問を経て、「サンデー・タイムズ」の文芸部長を務める傍ら、「ニュー・ステイツマン」紙上でテレビ批評も手がけた。80年少年期の複雑で不安定な心情を描いた純文学作品「メトロランド」で作家としてデビュー。84年「フロベールの鸚鵡」で一躍脚光を浴びる。2011年「終わりの感覚」で4年目の候補にしてブッカー賞を受賞。他の作品に小説「彼女がぼくに会う前」（1982年）、「太陽を見つめて」（86年）、「10 1/2章で書かれた世界の歴史」（89年）、「ここだけの話」（91年）、「やまあらし」（92年）、「イングランド・イングランド」（98年）など。96年初の短編集「Cross Channel（海峡を越えて）」を出版。また、同僚にはめられて警察を追い出されたバイセクシュアル探偵ニック・ダフィの活躍する〈ダフィ〉シリーズをダン・キャバナーの名で発表している。エッセイに「文士厨房に入る」（2004年）など。

バーンズ, ジョン・ホーン *Burns, John Horne*
アメリカの作家
1916.10.7～1953.8.10
㊥マサチューセッツ州アンドーヴァ ㊫ハーバード大学卒
㊦ハーバード大学卒業後、数年間男子高校の教師を務め、第二次大戦には陸軍軍人として出征。戦争小説「画廊」（1947年）で一躍注目を集めたが、以降は「本を持った魔王」（49年）、「子どもたちの叫び」（52年）を書いたのみで早世した。

バーンズ, デューナ *Barnes, Djuna*
アメリカの作家, 詩人

1892.6.12～1982.6.14
㊞ニューヨーク州コンウォール・オン・ハドソン
㊖家庭で教育を受けたのち、プラット・インスティチュートやアート・スチューデンツ・リーグにて絵画を学ぶ。1913年ブルックリンの「イーグル」紙のリポーター兼イラストレーターとして勤め、傍ら短編小説を書きはじめた。その後もニューヨークで、多くの新聞の仕事に携わった。15年処女詩集「The Book of Repulsive Women（嫌味な女たちの書）」を発表。また戯曲が19～20年にかけて上演され、23年には短編集「A Book（一冊の本）」が出版される。20年「マッコール」誌に招かれてヨーロッパに渡りインタビュー記事を数多く書く。そのほか長編、中編の作品を28年に発表した。36年偉大な散文作品といわれる、「Night wood（夜の森）」を発表。この作品は特に文体が優れており、きわめて高い評価を受けている。そのほかにも、数々の詩や詩劇を発表、61年にはアメリカ文芸家協会の会員となった。

バンス, リー　*Vance, Lee G.*
アメリカの作家, 実業家
㊫スタンフォード大学（1980年）卒 M.B.A.（ハーバード・ビジネススクール）（1985年）
㊖1980年スタンフォード大学を卒業してゴールドマン・サックスに入社。83年ハーバード・ビジネススクールに進み、85年同校M.B.A.を取得。その後、ゴールドマン・サックスに再入社し、オプション取引のトレーダーなどとして活躍。共同経営者であるゼネラルパートナーの地位に上り詰め、2000年退社。07年サスペンス大作「不法取引」で作家デビュー。

ハンズベリー, ロレイン　*Hansberry, Lorraine*
アメリカの劇作家
1930.5.19～1965.1.12
㊞イリノイ州シカゴ　㊫ウィスコンシン大学　㊮ニューヨーク劇評家協会賞
㊖シカゴの不動産業者の娘。8歳の時にシカゴの白人居住区に移住した唯一の黒人家族だった。父が不動産取引で詐欺に遭い最高裁にまでおよぶ裁判を行ったため、人種問題に否応なく当面させられる。高校時代初めて演劇に興味を持つ。一時ウィスコンシン大学に通い、シカゴ芸術学院で絵の勉強をしていたが、1950年ニューヨークに出て、進歩的な黒人向けの月刊誌「自由」の記者として働きながら作家として活動。ここで公民権運動指導者W.E.B.デュボイスに出会って影響を受け、人種差別撤廃運動に関わる。53年白人ユダヤ人男性と結婚（64年離婚）。59年黒人女性として初めて「日向の干しぶどう」がブロードウェイで上演されて成功を収め、ニューヨーク劇評家協会賞の最年少受賞者、初の黒人受賞者となった。61年映画化され、73年には「Raisin」のタイトルでミュージカルにもなる。他の作品に「The Sign in Sidney Brustein's Window（シドニー・ブルースタインの窓にかかった看板）」（65年）など。がんのため34歳で早世。2作目の戯曲は亡くなる直前に、前年に離婚した夫によって上演された。残された書簡などが自伝として編纂され出版されている。

ハンセン, ジョゼフ　*Hansen, Joseph*
アメリカの作家, 編集者
1923.7.19～2004.11.24
㊞サウスダコタ州アバディーン
㊖ラジオのアナウンサー、フォーク・シンガー、本屋、新聞の売り子など様々な職を経て、ハリウッドの映画会社に入り、10年もの間発送係を務めた経歴を持つ。本名と二つのペンネームを使って15冊の本を出したのち、1970年「闇に消える」から〈ディヴ・ブランドステッター〉シリーズを執筆。雑誌「タンジェンツ」の編集者、またホモセクシュアル情報センターのディレクターとして働くほか、ホモセクシュアルの市民権を獲得すべく活動。

ハンセン, マーチン・A.　*Hansen, Martin A.*
デンマークの作家
1909.8.20～1955.6.27
㊞シュトロビー　㊔Hansen, Martin Jens Alfred
㊖シェラン島の農家に生まれ、17歳まで農業に従事した後、1930年国民学校教員資格を取得し、31～45年コペンハーゲンで教鞭を執る。この間ドイツ占領時代は非合法の報道活動に関係していた。49～51年詩人ヴィーヴェルと文芸誌「ヘレチカ」の共同編集者を務める。デビュー作は「いま彼はあきらめる」（35年）で30年代の農業危機を扱って注目を浴びる。37年の「コロニー」はその続編。作家としての転機をもたらした作品は、寓話的な冒険小説「ヨナタンの旅」（41年, 改訂増補版50年）と歴史小説「幸福なクリストファー」（45年）だった。中編集「茨の茂み」（46年）と短編集「鶺鴒」（47年）で文壇における地位を確立。50年春にまず連続放送劇として発表された恋愛小説「偽る者」（70年映画化）で大きな成功を収めた。エッセイ集に「煙突の中の思索」（48年）と「レビヤタン」（50年）、「大蛇と牡牛」（52年）がある。最晩年の作品としては、中編集「野生のりんご」（53年）、紀行集「デンマークの気候」（53年）、ノルウェー紀行「クリンゲン」（53年）と「アイスランドの旅」（54年）がある。また、初期短編集「ほら貝」（55年）、短編集「真夏の花冠」（56年）、文化史「国民のデンマーク史から」（57年）、最も初期の短編集「二番刈り」（59年）が没後に出版された。

ハンセン, ロン　*Hansen, Ron*
アメリカの作家
1947～
㊖カリフォルニア大学サンタ・クルーズ校で教鞭を執る傍ら、作家・アンソロジー編者として執筆活動を行う。作品に、ニューヨーク州の修道院での物語「恍惚のマリエット」、牧場主が息子の死の真相を追うサスペンス小説「執念」（1996年）のほか、児童書「The Shadowmaker」などがある。「ジェシー・ジェームズの暗殺」はブラッド・ピット主演で映画化された。

ハンター, エバン
→マクベイン, エドを見よ

ハンター, エリン　*Hunter, Erin*
イギリスの作家
㊖エリン・ハンターは、イギリスに住む6人の女性児童文学作家、ケイト・キャリー（Kate Cary）、チェリス・ボールドリー（Cherith Baldry）、ビクトリア・ホームズ（Victoria Holmes）、トゥイ・サザーランド（Tui Sutherland）、ジリアン・フィリップ（Gillian Philip）、インバリ・イセーレス（Inbali Iserles）による共同筆名。大自然に深い敬意を払いながら、動物たちの行動をもとに想像豊かな物語を生み出している。2003年に始まった〈ウォーリアーズ〉シリーズは全米では100万部を超えるヒットを記録。他に〈サバイバーズ〉シリーズなどがある。6人のうち、インバリ・イセーレスは単著の処女作「The Tygrine Cat」で08年にカンダーデール児童文学賞を受賞した。

ハンター, スティーブン　*Hunter, Stephen*
アメリカの作家
1946～
㊞ミズーリ州カンザスシティ　㊫ノースウエスタン大学（1968年）卒　㊮ピュリッツァー賞（批評部門）（2003年）, 日本冒険小説協会大賞
㊖大学卒業後陸軍に入隊。除隊後の1971年「ボルティモア・サン」紙に入社し、広告や批評を担当する傍ら、特集記事や映画評も手がける。一方で小説も書くようになり「ブラックライト」は"このミステリーがすごい'99"で3位となる。96年「ワシントン・ポスト」紙に転じ、映画批評欄チーフも務める。2003年ピュリッツァー賞批評部門、日本冒険小説協会大賞を受賞。作品に冒険小説「さらば、カタロニア戦線」「真夜中のデッド・リミット」「クルドの暗殺者」「ダーティホワイトボーイズ」「極大射程」「四十七人目の男」などがある。

バン・ダイン, S.S.　*Van Dine, S.S.*
アメリカの推理作家, 美術批評家
1888.10.15～1939.4.11

[名]ライト, ウィラード・ハンティントン〈Wright, Willard Huntington〉 [学]ハーバード大学卒, ハーバード大学大学院修了
[歴]1907年頃から本名で美術と文学の編集者・評論家として活躍。小説も執筆し成功するが、26年名探偵ファイロ・バンスの登場する推理小説「ベンスン殺人事件」を発表し、成功を収める。全12冊のシリーズの中で3作目の「グリーン家殺人事件」(28年)、4作目の「僧正殺人事件」(29年)は後の作家に大きな影響を与えた。

バンダミア, ジェフ *VanderMeer, Jeff*
アメリカの作家
1968～
[出]ペンシルベニア州 [学]フロリダ大学
[歴]フロリダ大学在学中に短編集を出版。その後、クラリオン・ワークショップで創作を学んだ。2001年に発表した短編集「City of Saints and Madmen」で一躍注目を集める。03年の長編「Veniss Underground」は世界幻想文学大賞、ブラム・ストーカー賞ほか各賞の候補となった。アンソロジストとしても知られ、「The New Weird」(08年)、「Steampunk」(08年)ほかを編集するアメリカのジャンル・フィクション界のキーパーソンの一人である。

バンティ, アンナ *Banti, Anna*
イタリアの作家
1895.6.27～1985.9.2
[出]フィレンツェ [名]ロンギ・ロペスティ, ルチーア〈Longhi Lopresti, Lucia〉 [学]ローマ大学文学部
[歴]ローマ大学文学部でヴェントゥーリに師事。1924年高校時代の教師で美術史家のロベルト・ロンギと結婚。34年「中庭」で作家デビュー。自伝的要素の強いエッセイ風の短編小説群から、次第に歴史上の人物や海外の生活を素材にした長編小説を著し、一貫して社会の歪みの中で差別された女性の存在を主題とする。47年の小説「アルテミージア」はバロック期の女性画家アルテミージアを主人公に、女性の内的葛藤を描いた名作として知られる。他の作品に「女たちは死ぬ」(51年)、「上海の尼僧」(57年)、「黄金の蠅」(62年)、「私たちは信じた」(67年)、「燃えた花嫁衣裳」(73年)など。評伝「ロレンツォ・ロット」(53年)、「マティルデ・セラーオ」(65年)もある。また、夫とともに50年に創刊した月刊文芸誌「パラゴーネ」は数多くの美術史家、詩人、作家、文芸批評家たちを輩出して戦後イタリアを代表する雑誌となった。
[家]夫＝ロベルト・ロンギ(美術史家)

バンデイラ・フィリョ, マヌエル・カルネイロ・デー・ソーザ *Bandeira Filho, Manuel Carneiro de Sousa*
ブラジルの詩人
1886.4.19～1968.10.13
[出]ペルナンブコ州レシフェ [学]サンパウロ大学工学部
[歴]リオデジャネイロの名門ペドロ2世高校で教育を受け、1903年サンパウロ大学工学部に入学したが、翌年結核のため勉学を断念し国内やヨーロッパで静養。帰国後の17年第1詩集「時の灰」を出版して称賛を受け、2年後「カーニバル」を発表。象徴主義から出発したが、30年に発表した「放縦」以降モダニズム的傾向を鮮明にし、ブラジル近代主義の推進者となる。口語的、民衆的な表現で描き、ブラジルの国民的詩人という評価を得た。38～43年母校ペドロ2世高校で文学を教え、43～56年ブラジル大学文理学部のスペイン系ラテンアメリカ文学の教授を務めた。他の作品に「全詩集」(40年)、「作品番号10」(52年)、「生涯の星」(65年)、全集「詩と散文」(全2巻, 58年)など。「文学史概説」(40年)、「ゴンサルヴェス・ディアス」(52年)、「詩と詩人について」(54年)などの評論もある。

バンティング, イブ *Bunting, Eve*
アイルランド生まれのアメリカの児童文学作家
1928.12.19～
[出]アイルランド [賞]南カリフォルニア児童文学最優秀作品賞, MWA賞児童書部門最優秀賞, コルデコット賞(1995年)
[歴]1958年家族とともにアメリカのカリフォルニア州に移住後、69年から物語を書き始める。72年アイルランドの民話を取り入れた処女作を発表、以来100冊以上の作品を発表。社会問題を扱った絵本が多く、95年ロサンゼルス暴動をテーマにした「Smoky Night」でコルデコット賞を受賞。その他、南カリフォルニア児童文学最優秀作品賞、アメリカ探偵作家クラブ賞(MWA賞)の児童書部門の最優秀賞などを受賞。作品に「春待つ家族」(94年)、「夜がくるまでは」(94年)、絵本に「くろいかべ」「Fly Away Home」「いつかどんぐりの木が」などがある。

バンティング, バジル *Bunting, Basil*
イギリスの詩人
1900.3.1～1985.4.17
[出]ノーサンバーランド州スコッツウッド [学]ロンドン・スクール・オブ・エコノミクス
[歴]ロンドン・スクール・オブ・エコノミクスに学ぶ。クエーカーの信仰に基づいて第一次大戦の兵役を拒否し、良心的兵役拒否者として投獄された。1923年フォード・マドックス・フォードの助手として「トランスアトランティック・レビュー」誌の編集に従事。また、パリで知り合ったエズラ・パウンドに師事し、29年イタリアにいたパウンドを尋ね、30年ミラノで処女詩集「レディミキュラム・マテラルム」を出版。30年代はカナリア諸島やアメリカに滞在し、アメリカでは同じパウンドの弟子であるルイス・ズーコフスキーとオブジェクティビズム(客観主義)の詩を推進。第二次大戦中はペルシャでイギリス空軍の通訳を勤め、戦後も同地で「ロンドン・タイムズ」紙の特派員を務めた。アメリカなどでは詩人として高い評価を受けていたが、52年帰国後も本国では無名に等しく、10年余り地方紙で働く。66年長詩「ブリッグフラッツ」によってようやく本国でも認められた。ことばの響きや音楽的構成の重視にパウンドの影響が見られるが、故郷の風物に愛着を持ち、伝統的一面もある。

バン・デル・ポスト, ローレンス *Van der Post, Laurens Jan*
南アフリカ生まれのイギリスの作家, 探検家
1906.12.13～1996.12.15
[出]フィリッポリス
[歴]南アフリカのボーア人の家系に生まれる。やはり南アフリカ生まれのイギリス人作家W.プルーマーとともに1926年に来日し、約1年滞在した。28年以降はイギリスに定住。ジャーナリストとして活動したあと、39年第二次大戦中はイギリス陸軍に入隊し、アビシニア戦線で活躍、その後43～45年ジャワで日本軍の捕虜となる。釈放後、チャールズ皇太子の大叔父・マウントバッテン卿指揮下の士官に就任。皇太子と親交を結び、皇太子の精神的な後見人の役割を果たした。捕虜時代の体験をもとに「A Bar of Shadow(影の獄にて)」(52年)を発表。のち、これに二つの作品を加えたものを「The Seed and the Sower(種と種まく人)」(63年)として出版。約20年のち、この本は国際的に評価された大島渚監督の日仏合作映画「戦場のメリークリスマス」として映画化された。探検家、自然保護家としても知られ、戦後はイギリス政府の命を受け、アフリカ各地の踏査に参加。人間の原点をアフリカに求め、ほかに「われらの内なるアフリカ」「奥地への旅」「カラハリの失われた世界」や小説「風のような物語」(72年)紀行文「ロシアへの旅」(64年)などの著作がある。81年イギリス上級勲爵の称号を授与された。

ハンド, エリザベス *Hand, Elizabeth*
アメリカの作家
1957.3.29～
[出]カリフォルニア州 [賞]ネビュラ賞(中編部門)(1995年), 世界幻想文学大賞(中編部門)(1995年), ネビュラ賞(短編小説部門)(2006年), シャーリイ・ジャクスン賞(長編小説部門)(2007年)
[歴]アイリッシュ・カトリック系。カトリック大学で劇作と文化人類学を学び、スミソニアン航空宇宙博物館に勤務。「SF

アイ」誌などに書評・評論を、「インターゾーン」誌などに短編を発表。1990年長編第1作「冬長のまつり」を発表、同年度のフィリップ・K.ディック賞にノミネートされた。95年中編「Last Summer at Mars Hill(去年の夏、マースヒルで)」でネビュラ賞と世界幻想文学大賞を、2006年短編「エコー」でネビュラ賞、07年長編「Generation Loss」でシャーリイ・ジャクスン賞を受賞。また、映画「12モンキーズ」「アンナと王様」「マリー・アントワネットの首飾り」などのノベライズも手がける。

ハント, エリザベス・シンガー *Hunt, Elizabeth Singer*
アメリカの作家
1970.8.1～
[出]バージニア州ロアノーク　[学]ボストン大学卒, 東南アジア研究所修士課程修了
[歴]2歳の頃にルイジアナ州リバーリッジに移る。ボストン大学卒業後はニューヨークで広告の仕事に就く。1996年カリフォルニアに移る。99年イギリスに渡り、東南アジア研究所の修士課程に入学。その後マーケティング・コンサルタントとして働く。冒険旅行をが好きで、そのことが世界中に赴いて悪と戦う〈シークレット・エージェント ジャック〉シリーズ(2004年～)の創作につながった。11年にはシリーズ14作目となる「The Mission to Find Max：Egypt」を刊行。

パント, スミットラーナンダン *Pant, Sumitrānandan*
インドのヒンディー語詩人
1900～1977
[出]ウッタルプラデシュ州　[学]ベレナス大学, アラハバード大学
[歴]ヒンディー語の詩人。ベレナス大学、アラハバード大学に学ぶが中退。1918～19年処女詩集「ヴィーナー」、「若葉」(28年)などでロマンチシズム文学運動の旗手として評価されるが、「時代の終焉」(36年)、「時代の声」(39年)、「村の女」(40年)などで進歩主義文学運動に転身。40年代以降はマハトマ・ガンジー、続いてオーロビンド・ゴーシュの思想に傾倒し、詩集「金色の光」(47年)を著した。

ハント, レアード *Hunt, Laird*
シンガポール生まれのアメリカの作家
1968～
[出]シンガポール
[歴]1990～91年埼玉県熊谷市で英会話を教えていた頃に、本格的に小説を書き始める。作家になる前は5年間、国連の報道官を務める。2000年短編集「パリ物語集」、01年第1長編「不可能的に」を発表。他の作品に「インディアナ、インディアナ」(03年)、「美妙なるもの」(06年)、「星の光線」(09年)、「優しい鬼」(12年)などがある。

ハントケ, ペーター *Handke, Peter*
オーストリアの作家, 劇作家, 映画脚本家
1942.12.4～
[出]ケルンテン州グリッフェン　[賞]ビューヒナー賞(1973年), グリルパルツァー賞(1991年), フランツ・カフカ賞(2009年)
[歴]父はドイツ人、母はスロベニア系。一時イエズス会の神学校で学び、グラーツの大学で法律を専攻。1966年登場人物が観客に罵倒を浴びせる前衛劇「観客罵倒」の成功で一躍注目を集め、同年の長編小説「すずめばち」でも認められた。以後、詩、戯曲、小説、ラジオドラマ、映画脚本など幅広いジャンルで実験的手法を用いて現代を描き、73年ビューヒナー賞、91年グリルパルツァー賞を受賞。99年3月NATO軍によるユーゴスラビア空爆開始後、セルビア寄りの発言を続け、「空爆下のユーゴスラビアで」などユーゴスラビアの戦争を扱った作品を発表。激しい挑発などから批判が集まり、話題となる。ほかに戯曲「カスパル」(68年)、小説「ペナルティキックをうけるゴールキーパーの不安」(70年)、「ボーデン湖を馬で渡る」(71年)、「繰り返し」(86年)、「作家の午後」(87年)など。

ハンドラー, デービッド *Handler, David*
アメリカの作家, 脚本家
1952～
[出]カリフォルニア州ロサンゼルス　[名]共同筆名＝アンドルース, ラッセル〈Andrews, Russell〉　[学]カリフォルニア大学サンタバーバラ校卒, コロンビア大学大学院(ジャーナリズム)
[賞]エミー賞(数回), MWA賞オリジナル・ペーパーバック大賞(1991年), アメリカン・ミステリー賞(1991年)
[歴]新聞コラムニスト、ブロードウェイ評論家を経て、小説「Kiddo, Boss」で作家デビュー。テレビドラマの脚本も手がけ、「Kate and Allie」などで数回エミー賞を受賞。有名人の回想記を書くゴーストライターをしていた経験をもとに作家を主人公にしたミステリー、〈スチュアート・ホーグ〉シリーズを執筆。著書に、同シリーズの「笑いながら死んだ男」「真夜中のミュージシャン」「フィッツジェラルドをめざした男」「猫と針金」「女優志願」「自分を消した男」、〈ミッチ&デズ〉シリーズの「ブルーブラッド」「芸術家の奇館」「シルバー・スター」「ダーク・サンライズ」「ゴールデン・パラシュート」などがある。「フィッツジェラルドをめざした男」で1991年MWA賞オリジナル・ペーパーバック賞とアメリカン・ミステリー賞を受賞。また脚本家で友人のピーター・ゲザーズとともに、ラッセル・アンドルースの共同筆名で小説「ギデオン 神の怒り」を発表する。

バン・ドーレン, マーク *Van Doren, Mark Albert*
アメリカの詩人, 批評家
1894.6.13～1972.12.10
[出]イリノイ州ホープ　[学]イリノイ大学, コロンビア大学　[賞]ピュリッツァー賞(1940年)
[歴]兄は文学史家・批評家のカール・バン・ドーレン。イリノイ大学、コロンビア大学に学び、1920～59年コロンビア大学で英語を講じる。教え子にベリマン、ギンズバーグ、ケアルック、キーンらがいる。傍ら、10年代から執筆活動に入り、「ジョン・ドライデンの詩」(20年)、「私的な読者」(42年)、「ナサニエル・ホーソーン」(49年)などを刊行。40年「全詩集」(39年)でピュリッツァー賞を受賞。24～28年兄の後を受けて「ネイション」誌の文芸欄を編集した。小説「風のないキャビン」(40年)、「マーク・バン・ドーレン自叙伝」(58年)などもある。
[家]兄＝カール・バン・ドーレン(文学史家・批評家)

ハーンパー, ペンティ *Haanpää, Pentti*
フィンランドの作家
1905.10.14～1955.9.30
[出]プルッキラ　[勲]プロフィンランディア・メダル(1948年)
[歴]小学校を卒業して森林労働や農業に従事し、1925年短編集「国道に沿って」で作家デビュー。北部寒村の農民や材木切出人の生活を描き、荒々しい日常語による簡潔で迫力のある風刺の利いた短編群は“ユットゥ(咄)”と呼ばれ、新ジャンルとなった。48年にはフィンランドの芸術家に贈られる最高位勲章プロフィンランディア・メダルを受章。作品に「原野と兵舎」(28年)、「堂々めぐり」(31年)、「荒野の戦争」(40年)、「九人の男の長靴」(45年)などがある。

ハンバーガー, マイケル *Hamburger, Michael*
ドイツ生まれのイギリスのユダヤ系詩人
1924.3.22～2007.6.7
[出]ベルリン　[名]ハンバーガー, マイケル・ピーター・レオポルド〈Hamburger, Michael Peter Leopold〉　[学]オックスフォード大学クライスト・チャーチ・カレッジ
[歴]ユダヤ系ドイツ人としてベルリンに生まれ、1933年ヒトラーの台頭を機にイギリスに移住。オックスフォード大学クライスト・チャーチ・カレッジに学ぶ。初期の詩集「花咲くサボテン」(50年)、「共有地」(57年)などでは伝統的な詩形を用いて自然を歌ったが、「天気と季節」(63年)以後は自由詩に転じ、疎外されたユダヤ人としての自分を見つめた直接的な表現に変わった。ドイツのハンス・マグヌス・エンツェンスベルガーやパウル・ツェラン、ルーマニアのマリン・ソレスクなどの詩集を翻訳、英語圏に紹介した功績でも知られる。

バンビル, ジョン *Banville, John*
アイルランドの作家
1945.12.8～
[出]ウェクスフォード [名]筆名＝ブラック, ベンジャミン〈Black, Benjamin〉 [賞]ジェームズ・テイト・ブラック記念賞（1976年）, ガーディアン賞, ブッカー賞（2005年）, フランツ・カフカ賞（2011年）
[歴]12歳から小説を書き始め、1970年短編集「Long Lankin」で作家デビュー。「アイルランド」紙で文芸記者として働きながら執筆を続け、「コペルニクス博士」（76年）から「ケプラーの憂鬱」（83年）、「The Newton Letter」（85年）と続く科学者を主人公とした小説群で一躍有名になる。「コペルニクス博士」でジェームズ・テイト・ブラック記念賞、「ケプラーの憂鬱」でガーディアン賞を受け、2005年には「海に帰る日」でブッカー賞を受賞。現代アイルランドを代表する作家の一人。ベンジャミン・ブラックの筆名でミステリー小説も執筆する。他の著書に「バーチウッド」（1973年）、「プラハ 都市の肖像」（2003年）、「無限」（09年）、「いにしえの光」（12年）など。

ハ

ハンフ, ヘレーン *Hanff, Helene*
アメリカの作家
1916.4.15～1997.4.9
[出]ペンシルベニア州フィラデルフィア
[歴]ニューヨークで劇作家を目指すが、現実は厳しく、百科事典の記事から軍事訓練映画の脚本、テレビ台本、子供向けの歴史読み物、絵本、政治関連のゴースト・ライティングなど、その日暮らしのフリーライターとしてあらゆる分野で書いた。1970年ロンドンの古書店員フランク・ドエルとの温かな交流を描いた往復書簡集「チャリング・クロス街84番地」を出版、ベストセラーとなり一躍注目を集める。他の主な作品に「The Duchess Of Bloomsbury Street」「Under foot in Show Business」「Apple Of My Eye」「レター・フロム・ニューヨーク」「続・チャリング・クロス街84番地―憧れのロンドンを巡る旅」などがある。

バンフォード, シーラ *Burnford, Sheila*
イギリスの作家
1918.5.11～1984.4.20
[出]スコットランド
[歴]1950年カナダに移住。主婦業の傍ら、新聞、雑誌に詩や短文を寄稿。作家としてのデビュー作は、3匹の動物を主人公とした「The Incredible Journey（信じられない旅）」（65年）で、発売と同時にカナダ、アメリカでベストセラーを記録したほか、20ケ国以上で紹介され、深い感銘を与えた。この作品でカナダ総督文学賞、国際アンデルセン優良賞、ヤングリーダーズ・チョイス賞などを受賞。以後も「ベル・リアー戦火の中の犬」など珠玉の作品を書き続けた。

パンフョーロフ, フョードル・イワノヴィチ
Panfyorov, Fyodor Ivanovich
ソ連の作家, 劇作家
1896.10.2～1960.9.10
[出]モスクワ [学]サラトフ大学 [賞]スターリン賞
[歴]貧農の出身。ロシア革命後にサラトフ大学で学ぶ。農業の集団化を自然主義的な手法で描いた長編「ブルスキ」（全4巻, 1928～37年）は論議を呼んだ。31年から亡くなるまで雑誌「十月（オクチャーブリ）」編集長を務める。第二次大戦後は「平和のための戦い」（全2巻, 45～47年）でスターリン賞を受け、他に3部作「母なるヴォルガ」（53～60年）で知られる。

ハンフリーズ, エミアー *Humphreys, Emyr*
イギリス（ウェールズ）の作家, 詩人
1919～
[出]クルーイド州プレスタティン [名]ハンフリーズ, エミアー・オーウェン〈Humphreys, Emyr Owen〉 [学]ウェールズ大学アベリストウィス校 [賞]サマセット・モーム賞（1953年）
[歴]北ウェールズに生まれ、ウェールズ大学アベリストウィス校で学ぶ。農場で働いた後、教員、演劇プロデューサーなど様々な職に就く。故郷の地方政治の実態をえぐり出した「小さな王国」（1946年）で作家活動を開始。「聞け、そして許せ」（52年）でサマセット・モーム賞を受賞した。他の作品に、小説「イタリア人の妻」（57年）、「おもちゃの叙事詩」（58年）、「贈り物」（63年）、「トリプル・ネット」（88年）、「神話のるつぼ」（90年）、「愛着の絆」（91年）、戯曲「王の娘」（59年）などがある。

ハンフリーズ, バリー *Humphries, Barry*
オーストラリアの劇作家, 俳優
1934.2.17～
[出]ビクトリア州メルボルン [名]ハンフリーズ, ジョン・バリー〈Humphries, John Barry〉 [学]メルボルン大学
[歴]1953年メルボルンのユニオン劇場で舞台デビュー。55年中産階級婦人エドナ・エヴァリッジに扮し、俗悪空疎な郊外生活を風刺して好評を博す。以後エドナはオーストラリア社会の象徴的人物になっていく。59年イギリスへ渡り、「悪魔の床屋」（59年）でロンドンにデビュー。画家ニコラス・ガーランドと共に漫画の主人公バリー・マッケンジーを生み出し、映画「バリー・マッケンジーの冒険」（72年）では脚本を書いた（出演も）。オーストラリア、イギリスで様々な劇中人物を創造して活躍。75年から「クォドラント」誌の編集に関わる。回顧録「素敵な夜のお楽しみ」（81年）などがある。

バン・ボクト, アルフレッド・エルトン
Van Vogt, Alfred Elton
アメリカのSF作家
1912.4.26～2000.1.26
[出]カナダ・マニトバ州ウィニペグ
[歴]オランダ系移民の3代目としてカナダに生まれ、20歳のとき短編を発表。その後ラジオドラマ、恋愛小説などを書いていたが、1939年、のちの「The Voyage of the Space Beagle（宇宙船ビーグル号の冒険）」（50年）のもとになった「黒い破壊者」でSF界にデビュー。44年ロサンゼルスに移住、52年アメリカ市民権を取得。他の作品に、SFの古典的名作とされる「Slan（スラン）」（46年）や、「非（ナル）Aの世界」（48年）、「イシャーの武器店」（51年）、「原子の帝国」（57年）などがあり、ユニークな科学的ロジックの巧みさで知られた。

バンリアー, ドナ *Van Liere, Donna*
アメリカの作家, 女優, 脚本家
1966～
[出]オハイオ州メディナ
[歴]女優として舞台に立つ一方、自ら多数の脚本、演出を手がける。2001年に発表した小説「天使の靴」は、02年にテレビ映画化され、ニューソングが歌った主題歌も評判となった。同作を第1作とする〈Christmas Hope〉シリーズで知られる。

バン・ローン, ヘンドリック・ウィレム
Van Loon, Hendrik Willem
オランダ生まれのアメリカの作家, ジャーナリスト
1882.1.14～1944.3.11
[出]ロッテルダム [賞]ニューベリー賞（1921年）
[歴]1903年渡米し、コーネル大学で学ぶ。第一次大戦が起こるとAP通信社の特派員として渡欧、ドイツ軍に侵攻されたベルギーの惨状を伝えて注目を集める。15～17年コーネル大教授。19年アメリカに帰化。20年「古代の人」を皮切りに百科全書的な知識を平易に展開した少年少女向けの歴史概説書を執筆、21年「人間の歴史の物語」は第1回のニューベリー賞を受賞した。第二次大戦中はラジオを通じてヒトラーに占領された母国オランダの人々を励ましたが、終戦前の44年に62歳で亡くなった。他の著書に「聖書物語」（23年）、「太平洋物語」（40年）や「レンブラント伝」（30年）などがある。

【ヒ】

ビ
→ヴィをも見よ

ピ・チョンドゥク　皮 千得　*Pi Chun-deuk*
韓国(朝鮮)の随筆家, 詩人, 英文学者
1910～2007.5.25
[出]京城　[名]号＝琴児　[学]滬江大学(中国)
[歴]中国・上海の滬江大学で英文学を専攻。1930年「新東亜」に詩「抒情小曲」を発表して文筆生活を始め、第一詩集「抒情詩集」(47年)で自然と童心にあふれた素朴で美しい詩との評価を得た。46～74年ソウル大学教授。韓国を代表する随筆家として敬愛され、日本留学時代に出会った下宿の娘・朝子との思い出を簡潔な文体で綴った随筆「因縁」で広く知られた。

費 礼文　ひ・れいぶん　*Fei Li-wen*
中国の作家
1929.10.24～
[出]安徽省肥東県
[歴]小学校を3年で退学し、13歳で上海の呉淞(ウーソン)機器廠で働きながら、業余学校で学んだ。1952年上海市の学習模範に選ばれ、その時の感想文がきっかけとなって、新聞社の通信員となり創作活動を始める。53年処女作「2人の義兄弟」を発表して以来、小説、脚本、ルポルタージュと多才な活動を行う。59年「上海文学」の編集スタッフを務め、60年専業作家となる。その後、文化大革命では、造反派として旧作家協会の体質を批判、文筆活動を中止したが、4人組打倒後に創作を再開。南京長江大橋建設に従事した体験に基づくルポルタージュ「陽光万里、金橋を照らす」を発表、文革後は上海市文連に所属した。主な作品に「2人の技術者」(55年)、映画脚本「鋼人鉄馬」(58年)、「一家」(63年)、「早春」(66年)など。

ビア, パトリシア　*Beer, Patricia*
イギリスの詩人
1924.11.4～1999
[出]デボン州エクスマス　[学]エクセター大学, オックスフォード大学
[歴]プリマス同胞教会派の家庭に生まれ、エクセター大学、オックスフォード大学セント・ヒルダズ・カレッジに学び、1946～53年イタリアで教職に就く。詩集に「マジャール号の喪失」(59年)、「まるで復活のように」(67年)、「西へ向けて」(75年)、「地勢」(83年)など。ほかに自伝「ビア夫人の家」(68年)、19世紀女性作家の小説を論じた「読者よ、私は結婚しました」(74年)、時代はエリザベス朝ながら、作者の身近な事柄をからませて描いた小説「月のオタリー」(78年)などがある。

ピアシー, マージ　*Piercy, Marge*
アメリカの作家, 詩人
1936.3.31～
[出]ミシガン州デトロイト　[学]ミシガン大学, ノースウェスタン大学　[賞]アーサー・C.クラーク賞(1992年)
[歴]母親はユダヤ人、父親はウェールズ人の機械工という、労働者階級の家庭に育つ。1960年代から詩作も含めた創作活動をはじめる。同時にベトナム反戦運動のなかで結成されたラディカルな学生組織「民主学生同盟」(SDS)に加わり、活動。これらの学生運動に関わった後時代の流れとともに、女性運動に深く関わって、女たちのコミューンに参加し、中心的な役割を担う。一貫して"女性、労働者、少数民族"の立場からアメリカ社会の矛盾に切り込む作品で高い評価を得る。作品に「時を飛翔する女」など。

ピアース, トマス　*Pierce, Thomas*
アメリカの作家
1982～
[出]サウスカロライナ州　[学]バージニア大学創作科卒　[賞]全米図書協会の新人賞"35歳未満の注目作家"(2016年)
[歴]「実在のアラン・ガス」は高校生による年間傑作選「ベスト・アメリカン・ノン－リクワイアド・リーディング2014」に収められ、「バーバブーン」は2015年の「オー・ヘンリー賞受賞作品集」に選ばれた。16年、「小型哺乳類館」により全米図書協会の新人賞"35歳未満の注目作家"を受賞。

ピアス, フィリッパ　*Pearce, Ann Philippa*
イギリスの児童文学作家
1920.1.23～2006.12.21
[出]ケンブリッジシャー州　[学]ケンブリッジ大学卒　[賞]カーネギー賞(1958年), ウィットブレッド賞(1978年)
[歴]ケンブリッジ大学卒業後、BBCの学校放送部門、オックスフォード大学出版局を経て、1955年宝探し冒険物語「ハヤ号セイ川を行く」を出版し作家生活に入る。次作の「トムは真夜中の庭で」(58年)は、時間が人間に与える影響を追究して"時のファンタジー"の傑作と評され、カーネギー賞を受賞、映画化もされた。さらに「まぼろしの小犬」(62年)では児童文学におけるリアリズムを深化させた。他の作品に、「おばあさん空をとぶ」(61年)、「りす女房」(72年)などがある。

ピアソン, リドリー　*Pearson, Ridley*
アメリカの作家
1953～
[出]コネティカット州リバーサイド　[名]別筆名＝マコール, ウェンデル〈McCall, Wendell〉　[学]ブラウン大学中退
[歴]ブラウン大学を中退し、10年間プロのミュージシャンとして活動した後、作家に転向。1985年スリラー「Never Look Back(百の顔を持つスパイ)」でデビュー。ウェンデル・マコール名義で、〈クリス・クリック〉シリーズも手がける。90年にはフルブライト＝レイモンド・チャンドラー奨学金を得て、1年間、オックスフォードのウォダム・カレッジに学んだ。著書に「深層海流」「謀略の機影」「臓器狩り」「魔法の王国の大冒険」など。

ビーアバウム, オットー・ユーリウス　*Bierbaum, Otto Julius*
ドイツの詩人, 作家
1865.6.28～1910.2.1
[出]グリューンベルク
[歴]1891年ミュンヘンで雑誌「現代生活」を創刊。93年ベルリン移り雑誌「自由舞台」、文芸誌「パン(牧羊神)」を創刊。99年にはミュンヘンで「インゼル(島)」誌編集者として活躍するなど、出版文化に貢献。インゼル書店をドイツ有数の文芸出版社に育てた。作家としては、世紀末のボヘミアン的な享楽生活を描いた小説「シュティルペ」(97年)で知られ、1900年詩集「愛の迷園」で成功。反教養小説「郭公王子」(全3巻, 06～07年)では様々な恋愛遍歴を描いた。

ビーアマン, ヴォルフ　*Biermann, Wolf*
ドイツの詩人, 劇作家, 歌手
1936.11.15～
[出]ハンブルク　[学]フンボルト大学(哲学・数学)　[賞]ビューヒナー賞(1991年), ドイツ国家賞(1998年)
[歴]父はハンブルクの造船所で働くユダヤ人労働者だったが、7歳のとき、共産党員だった父はナチス・ドイツに抵抗、アウシュヴィッツの強制収容所で殺された。1953年17歳のとき、母と祖母を残して東ドイツへ移住。ブレヒトのもとで演出助手となる。20代から詩を書き、ギターを弾いて歌い始め、社会主義に夢を託すが、イデオロギーの虚偽に批判を浴びせたため、63年旧東ドイツ共産党から除名、65年国外旅行等禁止に。76年出国が許され、西ドイツでの演奏旅行中、国籍を剥奪。西ドイツに追放された後も東ドイツ批判を続ける。ドイツ統一後、91年ビューヒナー賞をはじめ多数受賞。著書に「針金のハープ」(65年)、「詩・バラード・リート」(68年)、「ドイツ、ひとつの冬物語」(72年)、戯曲「ドラ・ドラ」(70年)など。

ビアリク, ハイム・ナハマン　*Bialik, Hayyim Nahman*
イスラエルの詩人
1873.1.9〜1934.7.4
[出]ジトミル(ウクライナ)
[歴]貧しい孤児の少年時代を送り、1891年にオデッサに移り最初の詩を発表。「永遠の学生」(94〜95年)では伝統的な周囲の社会に反抗し、「まことに民は草だ」(97年)ではユダヤ人社会を批判、「火の巻き物」(1905年)ではロシア革命を背景にユダヤ人の精神問題を扱った。24年にテルアビブに移住し、文化的活動の中心となりヘブライ語の復興に力を尽くした。生前から"国民詩人"と称される。「ドン・キホーテ」,「ウィルヘルム・テル」などのヘブライ語訳者である。ウィーンで病死した。

ビアンコ, マージャリー・ウィリアムス
Bianco, Margery Williams
イギリスの児童文学作家
1881.7.22〜1944.9.4
[出]ロンドン
[歴]6歳の時に父が亡くなり母とともに一時アメリカに移住したが、その後イギリスに戻って小説を書き始め、1902年処女作「遅れた帰還」を刊行。04年ロンドンのイタリア人書店員フランチェスコ・ビアンコと結婚し、育児の傍ら児童向けの創作童話を書く。結婚後はアメリカで活躍し、22年「ビロードうさぎ」を発表、41歳で名声を得た。児童書を20冊ほど刊行し邦訳もある。他の代表作に「小さな木のお人形」(25年)、「かわいそうなチュイッコウ」(25年)。

ビアンショッティ, エクトール　*Bianciotti, Hector*
フランスの作家
1930.3.18〜2012.6.12
[出]アルゼンチン・コルドバ地方　[賞]メディシス賞(外国文学賞),フェミナ賞, フランス語賞, 地中海文学賞, モナコ・ピエール大公文学賞(1993年)
[歴]イタリア系移民の子として生まれる。神学校退学後、ペロン大統領独裁時代のアルゼンチンにおいて、当局の監視下のもと詩やエッセイを細々と書く。1955年片道切符を片手に出国し、ローマ、ナポリ、マドリードとヨーロッパを放浪。61年以降、パリでオペラ座の助手などを務めながら、創作活動を続ける。67年以降、スペイン語で書いた小説「金色の砂漠」、「夜に旅する女」(69年)、「季節について」(77年)、短編集「愛は愛されない」(82年)などが次々と仏訳・出版され、注目を集める。81年フランスに帰化し、以後、フランス語で作品を書くことを決意し、「キリストの慈悲もなく」(85年)、自伝小説「夜が昼に語ること」(92年)、「愛のじつに遅い歩み」(95年)、「空の鳥のように」(99年)などを発表。また、メディシス外国文学賞、フェミナ賞など多くの文学賞を受賞したほか、93年には彼の全作品に対してモナコ・ピエール大公文学賞が贈られ、さらに96年に外国出身者ながらアカデミー・フランセーズ会員に選出された。作品はほかに「終わろうとする瞬間」(70年)、「ただ涙だけが残る」(89年)などがある。

ビイー, アンドレ　*Billy, André*
フランスの作家, 批評家
1882.12.13〜1971.4.11
[出]サン・クエンティン　[賞]文芸国民大賞(1954年)
[歴]ジャーナリストを経て作家論、独自の文学史中編小説を手がけ、1932年以降は多くの小説も発表。「バルザック伝」(44年)、「サント・ブーブ、生涯と時代」(52年)、「ゴンクール兄弟」(56年)、「メリメ」(59年)などで伝記文学に独自の境地を開いた。小説には「孤独への道」(30年)、「聖職者志願」(38年)、「マダム」(54年)などがある。また、長年「フィガロ」紙などの文芸欄を担当。54年文芸国民大賞を受賞した。

ピウミーニ, ロベルト　*Piumini, Roberto*
イタリアの児童文学作家
1947〜
[出]ブレッシャ県エードロ
[歴]教師、俳優、表現研究の指導など、種々の職業を経た後、1978年作家としてデビュー。読み物、絵本、詩、戯曲、民話の採録、言葉遊びなど様々なジャンルの作品を発表し、現代イタリアを代表する児童文学作家の一人となる。著書に「マッティアのふしぎな冒険」「光草(ストラリスコ)」「カモメがおそう島」「悪夢の金さがし」「ラウラの日記」「キスの運び屋」「アマチェム星のセーメ」などがある。

ビエッツ, エレイン　*Viets, Elaine*
アメリカの作家
1950〜
[出]ミズーリ州セントルイス
[歴]代表作は「死ぬまでお買い物」から始まるフロリダを舞台にした〈ヘレンの崖っぷち転職記〉シリーズ。他の作品に「死体にもカバーを」「おかけになった犯行は」「結婚は殺人の現場」などがある。

ビエドゥー, フランソワ　*Billetdoux, François-Paul*
フランスの劇作家
1927.9.7〜1991.11.26
[出]パリ　[学]パリ大学文学部卒　[勲]レジオン・ド・ヌール勲章シュバリエ章
[歴]パリ大学を卒業後、高等映画学院や演劇学校を経て詩や小説を発表する。作詞家兼ラジオ作家となり、社会的敗北の中に人間性の回復を謳った出世作「乾盃」(1959年)や「テルペのところへ行け」(61年)で劇界に進出、不条理劇の観念性を排し、抒情性豊かな作風を展開した。「地球の具合はどうだい、旦那？」(64年)と「三女平行」(71年)は日本で上演された。他の作品に「雲をつきぬけて行け」(64年)、「Réveille-toi Philadelphie！」(88年)など。小説、映画・テレビ脚本なども広く手がけた。
[家]二女＝マリー・ビエドゥー(作家)

ビエドゥー, マリー　*Billetdoux, Marie*
フランスの作家
1951.2.28〜
[名]旧筆名＝ビエドゥー, ラファエル〈Billetdoux, Raphaële〉　[勲]レジオン・ド・ヌール勲章(2007年)　[賞]アンテラリエ賞(1976年), ルノードー賞(1985年), マダム・フィガロ誌が選ぶヒロイン大賞
[歴]劇作家フランソワ・ビエドゥーの二女として生まれる。絵の勉強をした後、映画の編集助手などを経験。1971年20歳の時に「Jeune fille en silence(沈黙の少女)」で作家デビュー。76年長編第3作「Prends garde à la douceur des choses(優しい話に気をつけて)」でアンテラリエ賞を受賞し、注目を集める。85年には「Mes nuits sont plus belles que vos jours(私の夜はあなたの昼より美しい)」でルノードー賞を受賞。ヨーロッパ映画界の異端児アンジェイ・ズラウスキーが映画化して一大センセーションを巻き起こした。2003年マリー・ビエドゥーと改名。マリー名義での第1作となる「いくばくかの欲望を、さもなくば死を」で、印象的な女主人公が登場する作品に贈られる、「マダム・フィガロ」誌が選ぶヒロイン大賞を受賞した。07年フランス政府よりレジオン・ド・ヌール勲章を授与される。
[家]父＝フランソワ・ビエドゥー(劇作家)

ビオイ・カサーレス, アドルフォ　*Bioy Casares, Adolfo*
アルゼンチンの作家, アンソロジスト
1914.9.15〜1999.3.8
[出]ブエノスアイレス　[名]別名＝ブストス・ドメック　[賞]セルバンテス賞(1990年)
[歴]裕福な家に生まれる。幼い頃から読書に熱中し、14歳で短編小説を書く。10代半ばで同じアルゼンチンの作家ボルヘスと知り合い、友人、良き理解者となる。哲学研究を志すが文学に転じ、1940年「Lainvención de Morel(モレルの発明)」で作家としての名声を得る。世俗的な世界との接触を断ち、創作一筋の日常をおくった。永遠の主題である〈愛〉を描き、「En

memoria de Paulina（パウリーナの思い出に）」などモダンな幻想味あふれる短編、中編が多い。69年発表の「Diario de la guarra del cerdo（豚の戦記）」は後に映画化された。他の代表作に「El perjurio de la nieve（脱獄計画）」（45年）、「El sueno de los heroes（ヒーローたちの夢）」（54年）、「日向で眠れ」（73年）などがある。アンソロジストとしても有名で、ボルヘスとの共著に「Antologia de la literatura fantasia（幻想文学選）」（71年）、「ボルヘス怪奇譚集」、「ドン・イシドロ・パロディ六つの難事件」（42年）、「ブストス＝ドメックのクロニクル」（67年）、「天国・地獄百科」などがある。
㊊妻＝シルビア・オカンポ（作家）

ピオヴェーネ, グィード　Piovene, Guido
イタリアの作家、ジャーナリスト
1907.7.27～1974.11.12
㊋ヴィチェンツァ　㊌ストレーガ賞（1970年）
㊍ヴィチェンツァの貴族の生まれ。ミラノの国立大学でボルジェーゼとオイェッティに学び、ジャーナリストとなる。イタリア各紙の海外特派員としてイギリス、ポーランド、ブルガリア、アメリカなどに駐在、その成果がルポルタージュ「アメリカ」（1953年）や「イタリアの旅」（57年）などに結実。また、31年処女作「陽気な後家さん」で作家デビュー。反ファシズム系文芸誌「ソラーリア」出身で、題材の面から心理主義とモラリズムのグループに属する。他の作品に小説「尼僧の手紙」（41年）、「ガッゼッタ・ネーラ」（43年）、「復讐の女神たち」（63年）、「冷たい星」（70年）、評論「藁っきれ」（62年）がある。

ピオンテク, ハインツ　Piontek, Heinz
ドイツの詩人、作家
1925.11.15～2003.10.26
㊋シレジア地方クロイツブルク（ポーランド領シロンスク地方）　㊌ビューヒナー賞（1976年）
㊍優れた戦後派の一人で、印象主義的自然詩を収録した1952年の「浅瀬」によって詩人として認められる。用心、不心、沈黙の世代を単純な言葉で隠喩的に表現、自然詩から形而上的主題に向い、詩集「鶴の羽で」（62年）、「死んで、生きて」（71年）などを発表。他の作品に、小説の新しい文体を模索した短編集「眼の前で」（55年）、長編「中年」（67年）、放送劇「白い豹」（61年）、文芸評論集「文字、魔法の杖」（59年）などのほか2巻の自伝がある。

ビガーズ, アール・デア　Biggers, Earl Derr
アメリカの作家
1884.8.24～1933.4.5
㊋オハイオ州ウォーレン　㊌ハーバード大学卒
㊍「ボストン・トラベラー」紙でコラムや劇評を担当し、1912年劇作「If You're Only Human」を発表。13年のロマンチック・ミステリー「ボールドペイント」が劇作家で俳優のジョージ・M.コーハンによって脚色され、ブロードウェイで成功を収める。通俗小説、探偵小説を書き、25年ホノルル警察の中国系アメリカ人チャーリー・チャン警視を探偵役に据えた小説「鍵のない家」を発表。以後、シリーズ最高傑作といわれる「チャーリー・チャンの追跡」（28年）など6作までシリーズ化されてアメリカで人気を博し、映画化もされた。

ピカード, ナンシー　Pickard, Nancy
アメリカのミステリー作家
1945～
㊋ミズーリ州　㊌アンソニー賞最優秀ペーパーバック賞（1985年）、マカヴィティ賞最優秀長編賞（1988年・1992年・2007年）、アガサ賞最優秀長編賞（1990年・1991年・2006年）
㊍リポーターや雑誌記者を経て、1982年専業作家となる。84年〈ジェニー・ケイン〉シリーズの第1作「死者は惜しまない」で作家デビュー。同シリーズの2編目「恋人たちの小道」でアンソニー賞最優秀ペーパーバック賞を受賞、3編目「結婚は命がけ」でマカヴィティ賞最優秀長編賞、5編目「虹の彼方に」（90年）、6編目「悲しみにさよなら」（91年）でアガサ賞最優秀長編賞を連続受賞（「悲しみにさよなら」はマカヴィティ賞最優秀長編賞も受賞）するなど評価され、95年の「扉をあけて」まで全10作が発表された。2000年からは犯罪ノンフィクション作家マリー・ライトフットが主人公の〈マリー・ライトフット〉シリーズを発表、「凍てついた墓碑銘」はアガサ賞、マカヴィティ賞の両賞で最優秀長編賞を獲得した。

ピカード, バーバラ・レオニ　Picard, Barbara Leonie
イギリスの児童文学作家
1917.12.17～2011.12.15
㊋サリー州リッチモンド　㊌セント・キャサリン校
㊍フランス人の父とベネズエラ生まれのドイツ人の母との間にイギリスで生まれる。バークシャー州のセント・キャサリン校で学び、図書館司書として働きながら独学でギリシャ語を学ぶ。1949年に短編集「人魚のおくりもの」で作家デビュー。歴史フィクションや神話、伝説の再話などで特に良く知られ、「シナノキの貴婦人」（54年）など3作がカーネギー賞候補になった。他の作品に「ホメーロスのイーリアス物語」「オデュッセイア物語」などがある。

ヒギンズ, ジャック　Higgins, Jack
イギリスの作家
1929.7.27～
㊋タイン・アンド・ウェア州ニューカッスルアポンタイン　㊏パターソン, ヘンリー〈Patterson, Henry〉別名＝パターソン, ハリー〈Patterson, Harry〉グレアム, ジェームス〈Graham, James〉マロウ, ヒュー〈Marlowe, Hue〉ファロン, マーティン〈Fallon, Martin〉　㊌リーズ教員学校、ロンドン大学卒
㊍北アイルランドのベルファストで幼年時代を送り、母の再婚により、イングランドのリーズに移り住む。15歳までにイギリス文学の作品を読破し、その後はアメリカ、フランス、ロシアなどの文学に眼を向けるようになった。やがて自らも短編小説を書くようになり、新聞の懸賞小説などに応募した。第二次大戦中は従軍し、空輸隊員としてベルリンに勤務したこともある。20歳で除隊。カレッジを目指すが、失敗してリーズ教員学校に入るまでの6年間、職を転々としながら作家修行を続けた。その後ロンドン大学に入学し、卒業後リーズの下町に教師の職を得るが、やがて教職を辞し、1970年以降は創作活動に専念する。64年「闇の航路」などを発表。75年第二次大戦を舞台にした「鷲は舞い降りた」が世界的なベストセラーとなり、イギリス国外にも広く知られるようになった。そのほかハリー・パターソンなど多くの筆名を用いて、スケールの大きな冒険小説を執筆、数々のベストセラー生み出している。他の著書にアイルランド紛争を背景にした「死にゆく者への祈り」（77年）、「テロリストに薔薇を」（82年）、「狐たちの夜」（86年）や「神の最後の土地」（71年）、「鷲は飛び立った」（90年）、「双生の荒鷲」（98年）、「審判の日」（99年）、「報復の鉄路」（2002年）、「消せない炎」（06年）など。

ヒギンズ, マイケル　Higgins, Michael D.
アイルランドの政治家, 詩人, 人権活動家
1941.4.18～
㊋リマリック　㊌ゴールウェイ大学卒, インディアナ大学（アメリカ）卒, マンチェスター大学
㊍詩人として創作する傍ら、ゴールウェイ大学で社会学を教えた。2回落選を経て、1981～82年、87年～2011アイルランド労働党下院議員。上院議員や西部ゴールウェイの市長を務めたこともある。カトリック教徒が大多数のアイルランドで、1970年代にはカトリックが禁じる離婚や避妊の合法化を訴えた。イラク戦争やパレスチナ自治区ガザに対するイスラエルの封鎖を強く非難するなど、国際問題にも直裁なメッセージを発する。93～97年芸術文化相。2003～11年労働党党首。11年10月大統領選で勝利、11月就任。著書に詩集「Betrayal」（1990年）、「The Season of Fire」（93年）、「An Arid Season」（2004年）など。

ピーク, マービン　Peake, Mervyn Laurence
中国生まれのイギリスの作家, 詩人, 画家
1911.7.9〜1968.11.17

㊙父は中国の宣教師。11歳でイギリスに戻り、画家となりウェストミンスター美術学校で教鞭を執った。また作家としての作品にゴシック・ファンタジーの金字塔といわれる小説〈ゴーメンガスト城〉3部作の「タイタス・グローン」(1946年)、「ゴーメンガスト」(50年)、「タイタス・アローン」(59年)のほか、「行方不明のヘンテコな伯父さんからボクがもらった手紙」(48年)、小説「パイ氏」(53年)などがあり、「不思議の国のアリス」「宝島」「老水夫行」などの挿絵も描いた。

ビクセル, ペーター　Bichsel, Peter
スイスのドイツ語作家
1935.3.24〜

㊤ルツェルン　㊥"47年グループ"賞(1965年)

㊙小学校の教師をしながら創作活動を続け、1964年短編集「本当はブルーム夫人は牛乳配達と知り合いになりたいのだ」でデビュー。67年「Die Jahreszeiten (四季)」を発表、同作で"47年グループ"賞を受賞する。他の作品に、童話集「Kindergeschichten (子供の物語)」(69年)、短編集「ブザント―酒飲みと警察と美しいマゲローネについて」(85年) など。

ビークナー, フレデリック・カール　Buechner, Frederick Carl
アメリカの作家
1926〜

㊤ニューヨーク　㊥プリンストン大学卒

㊙長老派牧師、国語教師を務める傍ら作品を発表。フィロメラとプロクニーの神話を現代風にした「長き日の終り」(1950年)、大人と子供の世界を描いた「季節の相違」(52年)、「アンセル・ギブズの帰還」(58年)、「最後の獣」(65年) などの作品があり、H.ジェームズ的技巧を用い閉鎖的内面世界を探究する。

ヒクメット, ナーズム　Hikmet, Nâzim
ギリシャ生まれのトルコの詩人, 平和運動家
1902.1.20〜1963.6.2

㊤テッサロニキ(ギリシャ)　㊥ソビエト東洋勤労者共産主義大学　㊥国際平和賞(1951年)

㊙オスマン朝の貴族階級の子として生まれた。トルコ独立運動に参加後、モスクワに亡命。1928年帰国して詩や評論活動を行った。自由詩の旗頭として詩集「ジョコンダとシ・ヤ・ウ」(29年)などを発表。38年共産主義運動に加わった罪で投獄され、50年まで獄中に。国際的支援を受けて出獄し、51年再びモスクワに亡命、63年同地で死去した。亡命中の56年広島で被爆死した7歳の少女が平和を願って署名を集めるという詩「少女」を発表。75年この詩にトルコの音楽家ズルフュ・リバネリが曲を付け、現在でもトルコで歌い継がれている。他の作品に「1+1=1」(30年)、「声なき村」(31年)、「忘れられた人」(35年)、「スマヴナのカーディーの息子、シェイフ・ベドゥレディンの物語」(36年)、「四行詩集」(45年)、「フェルハドとシリン」(48年)など。20世紀トルコを代表する詩人といわれる。

ビーグル, ピーター　Beagle, Peter Soyer
アメリカのファンタジー作家
1939〜

㊤ニューヨーク市マンハッタン　㊥ピッツバーグ大学卒　㊥ローカス賞(1994年)、ヒューゴー賞ノヴェラ部門(2006年)、ネビュラ賞ノヴェラ部門(2006年)

㊙1956年「テレフォン・コール」でセブンティーン誌短編コンテスト大賞を受賞。60年21歳で処女長編「心地よく秘密めいたところ」を発表。一時J.R.R.トールキンに興味を持ち、その研究に打ち込んだこともあるが、68年頃から再び長編ファンタジーを発表、「風のガリアード」で作家としての地位を築く。映画やテレビの脚本を多数手がける傍ら、小説を発表する。他の著書に「最後のユニコーン」「ユニコーン・ソナタ」などがある。

ビグレー, ルイス　Begley, Louis
アメリカの作家, 弁護士
1933.10.6〜

㊤ポーランド　㊥PEN/ヘミングウェイ賞, メディシス賞(外国部門)

㊙ユダヤ系。1991年第二次大戦中の自分の子供時代についての波瀾万丈の自伝的小説「Wartime Lies (五十年間の嘘)」で作家デビュー。PENヘミングウエイ賞、フランスのメディシス賞外国部門を受賞し、全米図書賞、全米書評家協会賞、ロサンゼルス・タイムズ図書賞の候補になるなど高い評価を得る。その後長編第2作を発表、文名をさらに上げ、PENアメリカン・センターの代表にも選ばれた。作品「アバウト・シュミット」は映画化された。

㊥妻=アンカ・ミュルシュタイン(伝記作家)

ピコー, ジョディ　Picoult, Jodi
アメリカの作家
1966〜

㊤ニューヨーク州　㊥プリンストン大学(創作講座), ハーバード大学大学院　㊥ニューイングランド・ブックセラー・アワード(2003年)

㊙出版社、広告代理店勤務などを経て、ハーバード大学の大学院に進み、教育学の修士号を取得。1992年「Songs of the Humpback Whale」で作家デビューを果たす。以来、ほぼ年1冊のペースで作品を発表し続け、多くの読者を獲得。社会に深く切りこむテーマと、ドラマチックなストーリー展開には定評がある。2004年刊行の「わたしのなかのあなた」は特に大きな反響を呼び、ベストセラーとなった。第13作にあたる「偽りをかさねて」も、刊行直後から全米で爆発的な売れ行きを記録。03年にはニューイングランド地方を舞台に活躍する作家に贈られる、ニューイングランド・ブックセラー・アワードを受賞。

ビゴンジャーリ, ピエロ　Bigongiari, Piero
イタリアの詩人, 評論家
1914.10.15〜1997.10.7

㊤ナバッキオ

㊙フィレンツェ大学で近現代イタリア文学を講じる。エルメティズモ後期の詩人で、優れた理論家として「イタリア詩の意味」(1952年)、「言語の象徴機能としての詩」(72年)などの評論を発表。詩集には「バビロニアの娘」(42年)、「ピストイアの城壁」(58年)、「足跡の尽きるところ」(97年)などがある。

ピシェット, アンリ　Pichette, Henri
フランスの詩人, 劇作家
1924.1.26〜

㊤シャトールー

㊙若くして第二次大戦に従軍後、アルトーと親交を結び、1946年に核時代における人間の悲劇と自由への希望を歌った詩集「非詩」を発表。続いて詩劇「Les Épiphanies (主顕節)」(47年)を書き、ジェラール・フィリップが演じ成功を収め注目される。他の作品に詩劇「ニュクレア」(50年)、叙事詩的語法の詩集「風力点」(50年)、「権利要求」(58年)、「各人へのオード」(60年)など。

ビジャトーロ, マルコス・M.　Villatoro, Marcos M.
アメリカの作家
1962〜

㊤カリフォルニア州サンフランシスコ

㊙少年時代をテネシー州の炭鉱町で過ごし、1980年代から90年代にかけて紛争の激しかったグアテマラやニカラグアで生活した。その後、アラバマ州に移住して中米諸国からの移民たちのために社会運動に携わった。2001年〈ロミリア・チャコン〉シリーズの第1作「褐色の街角」を発表、「ロサンゼルス・タイムズ」紙のブックレビューで同年のベストブックの一つに選ばれた。他に詩集やルポルタージュ、小説などの著作があり、カリフォルニアのカレッジで創作講座も持つ。

ビジャレッティ, リベロ　*Bigiaretti, Libero*
イタリアの作家, 詩人
1906.5.16～1993.5.3
[出]マテリカ　[賞]ヴィアレッジョ賞(1968年)
[歴]画家を志すが、詩作に転向し、詩集「時間と季節」(1936年)、「親しい影」(40年)を刊行。その後は小説に転じ、作品に「エステリーナ」(42年)、「息子たち」(52年)、「会議」(63年)、「替え玉」(68年)、「女から月へ」(72年)など。

ビジャロボス, フアン・パブロ　*Villalobos, Juan Pablo*
メキシコの作家
1973～
[出]グアダラハラ
[歴]大学ではマーケティングとスペイン文学を専攻。数多くの市場調査を手がけた後、紀行文や文学批評、映画批評などを発表。EUがラテンアメリカに特化して設けた"アルバン・プログラム"の奨学金を得て、スペインに留学。バルセロナで作家活動と電気関連の会社勤務を両立させていたが、2011年8月よりブラジル在住。11年小説第1作「巣窟の祭典」がスペインで出版され、その後10ケ国で7言語に翻訳される。そのうち英語訳は、11年イギリスのガーディアン賞の新人作家部門にノミネートされた。

ビショップ, エリザベス　*Bishop, Elizabeth*
アメリカの詩人
1911.2.8～1979.10.6
[出]マサチューセッツ州ウースター　[学]バッサー・カレッジ　[賞]ピュリッツァー賞(1956年), ホートン・ミフリン賞(1946年), ノイシュタット国際文学賞(1976年)
[歴]1946年第1詩集「北と南」でホートン・ミフリン賞を受賞し、56年「Poems―North&South」でピュリッツァー賞を受賞。52～67年ブラジルに滞在し、「ブラジル」(62年)、「旅の問題」(65年)などを発表。70年からハーバード大学で教鞭を執った。また、雑誌「ニューヨーカー」などに短編小説も発表した。イマジスト風の的確なイメージと知的に処理された物語性で高く評価される。

ビショップ, クレール・ハチェット　*Bishop, Claire Huchet*
フランス生まれの作家, 詩人
1899～1993
[歴]フランス最初の児童図書館開設に携わり、1924年館長となる。その後、アメリカ人と結婚してアメリカの市民権を取得し、ニューヨーク公共図書館に勤務。図書館員、ストーリーテラー、批評家、作家として活躍し、38年語り聞かせで評判になった「シナの五人きょうだい」を出版。他の作品に「あたまをなくしたおとこ」がある。

ビショップ, ジョン・ピール　*Bishop, John Peale*
アメリカの詩人, 作家, エッセイスト
1892.5.21～1944.4.4
[出]ウェストバージニア州チャールズタウン　[学]プリンストン大学卒
[歴]プリンストン大学で「天国のこちら側」のトム・デインヴィリアーズのモデルになったといわれるスコット・フィッツジェラルドと知り合う。第一次大戦後、雑誌「ヴァニティ・フェア」の編集長を務めたのち、1922年パリに移住。代表作「闇の行為」(35年)は少年の目を通して南部社会の退廃を描いた。他の作品に詩集「緑のくだもの」(17年)、「葬儀屋の花輪」(22年)、「こまやかな事がら」(35年)、小説「多くのものの死」(31年)など。没後の48年「全詩集」「評論集」が刊行された。

ビショップ, マイケル　*Bishop, Michael*
アメリカのSF作家
1945～
[学]ジョージア大学大学院修士課程(英語文学)
[歴]幼年時代に世界各地を旅行。ジョージア大学で英語文学の修士号を取得。学位論文はディラン・トーマスの詩。1970年「Pinon Fall」(ギャラクシイ誌掲載)でSF作家デビュー。75年長編第1作「A Funeral for the Eyes of Fire」を発表し、70年代の代表的な新人作家の地位を確立した。「はぐれトマト」などの作品でネビュラ賞候補に4回、ヒューゴー賞候補に3回挙がる。文化人類学のテーマとタイム・トラベルものを得意とする。他の作品に「リトペディオン」など。

ビショフ, デービッド　*Bischoff, David*
アメリカの作家
1951～2018.3.19
[出]ワシントンD.C.　[名]ビショフ, デービッド・フレデリック〈Bischoff, David Frederick〉　[学]メリーランド大学(1973年)卒
[歴]学生時代はSFファンとして活動、テッド・ホワイトが編集長の「アメージング」誌を手伝った。大学卒業後、NBCテレビで働きながら、1976年にクリストファー・ランプトンとの合作「The Seeker」でデビュー。80年からフリーに。スペースオペラ〈星界の猟犬〉3部作などの単独作品の他、共著やノベライゼーションが多く、ゲームブックやアンソロジーの仕事もある。アメリカSF作家協会の役員も務めた。作品に「ナイトワールド」(79年)、「ゲーミング マギ〈1～3〉」(85～86年)などがある。

ビジョルド, ロイス・マクマスター　*Bujold, Lois McMaster*
アメリカのSF作家
1941～
[出]オハイオ州コロンバス　[学]オハイオ州立大学卒　[賞]ネビュラ賞(1988年), ネビュラ賞(中長編小説部門)(1989年), ヒューゴー賞(中長編小説部門)(1989年), ヒューゴー賞(1991年), ヒューゴー賞(1992年), ヒューゴー賞(1995年), ローカス賞(1995年), ヒューゴー賞(2004年), ネビュラ賞(2004年), ローカス賞(2004年)
[歴]1982年33歳のときSF小説を書き始め、86年長編「名誉のかけら」でデビュー。その後、短編が「トワイライト・ゾーン」誌に採用されると、長編〈マイルズ・ヴォルコシガン〉シリーズ3作も一時に売れ、88年4作目の長編「自由軌道」でネビュラ賞を受賞、89年には「喪の山」でネビュラ賞およびヒューゴー賞中長編小説部門をダブル受賞。91年「ヴォル・ゲーム」で、92年「バラヤー内乱」でヒューゴー賞を受賞。95年「ミラーダンス」でヒューゴー賞、ローカス賞を受賞。2004年「影の棲む城」でヒューゴー賞、ネビュラ賞、ローカス賞を受賞。作品は他に〈五神教〉シリーズ、〈死者の短剣〉シリーズなどがある。

ピーション, リズ　*Pichon, Liz*
イギリスの絵本作家
[学]ミドルセックス大学, ロンドン芸術大学　[賞]スマーティーズ賞銀賞(2004年), ロアルド・ダール賞, レッドハウス・チルドレンズブック賞, ウォーターストーン児童文学賞
[歴]ミドルセックス大学、ロンドン芸術大学でグラフィックデザインを学ぶ。グリーティングカード、カレンダー、生活雑貨などのデザインを手がけた後、絵本作家となる。2004年「My Big Brother Boris」でスマーティーズ賞銀賞を受賞。〈トム・ゲイツ〉シリーズ第1作「トホホなまいにち」(11年)でもロアルド・ダール賞、レッドハウス・チルドレンズブック賞、ウォーターストーン児童文学賞など数々の賞に輝いた。他の絵本に「ビルはたいくつ」「トム・ゲイツ ステキないいわけ」などがある。

ピース, デービッド　*Peace, David*
イギリスの作家
1967～
[出]ヨークシャー　[賞]コニャック・フェスティヴァル・ミステリー大賞ノワール賞, ジェームズ・テイト・ブラック記念賞(2004年)
[歴]1994年に来日。東京・恵比寿の古本屋で出合ったジェームズ・エルロイの小説に傾倒して、作家になることを決意し、99年〈ヨークシャー〉4部作の第1作「1974ジョーカー」を上梓し、作家デビュー。イギリスの暗黒部を描き、各国で高く評価さ

ヒ

れ、フランスのコニャック・フェスティヴァル・ミステリー大賞ノワール賞を受賞。2003年には文芸誌「Granta」の選ぶ若手イギリス作家ベスト20の一人に選ばれる。04年、1980年代にイギリスで起きた鉱山ストライキを題材にした「GB84」でジェームズ・テイト・ブラック記念賞を受賞した。他の作品に「1977フリッパー」「1980ハンター」「1983ゴースト」、ミステリー「Tokyo year zero」(2007年)などがある。

ヒース・スタッブズ, ジョン
Heath-Stubbs, John Francis Alexander
イギリスの詩人, 批評家
1918.7.9～2006.12.26
[学]オックスフォード大学クイーンズ・カレッジ卒
[歴]オックスフォード大学在学中、詩人キーズを知る。卒業後、1952年よりリーズ大学、アレクサンドリア大学、ミシガン大学などで教える傍ら、古代の神話や伝説に現代の原型と人生の意味を追い求める新ロマン派の一人として詩作活動を行った。主な作品に詩集「美女と野獣」(43年)、「二筋道」(46年)、「歯痛よけのまじない」(54年)、「諷刺と警句」(68年)、「The Game of Love and Death」(90年)、「Sweet Apple Earth」(93年)、「Triano Sequences」(97年)、「Sound of Light」(2000年)など多数のほか、19世紀英詩論「暗い平原」(50年)など。ヴィクトリア朝詩論、訳詩集、詞華集なども著した。

ヒスロップ, ビクトリア　*Hislop, Victoria*
イギリスの作家, トラベルジャーナリスト
[学]オックスフォード大学セント・ヒルダ・カレッジ(英語・英文学)卒　[賞]ブリティッシュ・ブック・アワード新人賞(2007年度)
[歴]オックスフォード大学セント・ヒルダ・カレッジで英語英文学を学び、卒業後、出版社勤務を経て結婚。1990年出産を機にフリージャーナリストとなる。教育や子育てに関する記事からスタートし、のちトラベルジャーナリストとして活動。2005年「封印の島」で作家デビュー、07年度のブリティッシュ・ブック・アワード新人賞を獲得。世界20数ケ国語に翻訳された。08年の第2作「The Return」も「サンデー・タイムズ」ナンバーワンベストセラーとなった。

ピゾラット, ニック　*Pizzolatto, Nic*
アメリカの作家, 脚本家
1975～
[出]ルイジアナ州ニューオーリンズ　[学]アーカンソー大学, ルイジアナ州立大学
[歴]アーカンソー大学、ルイジアナ州立大学に学ぶ。短編を中心に執筆活動を始め、2004年全米雑誌賞、06年にはフランク・オコナー短編小説賞にノミネートされる。10年初長編「逃亡のガルヴェストン」はMWA賞最優秀新人賞、バーンズ&ノーブル優秀新人賞の候補に挙がった。脚本家、プロデューサーとしても活躍し、テレビシリーズ「True Detective」を手がけたことで知られる。

ピター, ルース　*Pitter, Ruth*
イギリスの詩人
1897～1992
[出]エセックス州イルフォード　[賞]ホーソーンデン賞(1937年), エリザベス女王賞(1955年)
[歴]幼い頃から詩を書き、1920年ヒレア・ベロックの序文を得て処女詩集「第一詩集」を出版。主に自然の美しさを題材に詩作。37年ホーソーンデン賞を受賞、55年には女性として初めてエリザベス女王賞を受けた。他の詩集に「狂女の花冠」(34年)、「渇きの終わりに」(75年)などがある。

ピーターシャム, モード&ミスカ　*Petersham, Maud & Miska*
アメリカの絵本作家
[賞]コルデコット賞(1946年)
[歴]夫婦で絵本を制作した絵本作家。夫のミスカ・ピーターシャム(旧名ミハリ・ペトレツェルイェン, 1888年9月20日～1960年5月15日)はハンガリーに生まれ、ブダペストとロンドンの美術学校で学んだ後、12年24歳の時に渡米。妻のモード・フラー(1890年8月5日～1971年11月29日)はニューヨーク州ギングストン生まれでバッサー大学とニューヨーク総合美術学校で学ぶ。夫婦で多くの子供の本を手がけ、最初の夫婦合作の本は息子のために書いた「ミキ」(29年)。33年から〈お話の本〉シリーズを出版。他の作品に「The Rooster Crows」「赤いくるまのついたはこ」など。46年にはコルデコット賞を受賞。ミスカは商業イラストレーターとしても活躍した。

ピーターズ, エリザベス　*Peters, Elizabeth*
アメリカの作家, 考古学者
1927.9.29～2013.8.8
[出]イリノイ州　[名]メルツ, バーバラ・G.〈Mertz, Barbara G.〉別名＝マイケルズ, バーバラ〈Michaels, Barbara〉　[賞]アガサ賞(1989年度), MWA賞巨匠賞(1998年)
[歴]エジプト考古学の博士号を持ち、本名で学術的な著作を行う。1967年バーバラ・マイケルズ名義でゴシックロマン風のサスペンス小説「The Master of Blacktower」で作家としてデビュー。他の作品に「不思議な遺言」「残り火」など。一方、68年からエリザベス・ピーターズ名義で軽いタッチのミステリーを書きはじめ、歴史をからめた本格もので人気を博す。〈ジャクリーン・カービー〉シリーズの「裸でご免あそばせ」(89年)、〈ビッキー・ブリス〉シリーズ、〈アメリア・ピーボディ〉シリーズなどがある。「ベストセラー『殺人』事件」で89年度アガサ賞を受賞。98年にはアメリカ探偵作家クラブ賞(MWA賞)巨匠賞を受賞。

ピーターズ, エリス　*Peters, Ellis*
イギリスの推理作家, 翻訳家
1913.9.28～1995.10.14
[出]シュロップシャー州　[名]パージェター, イーディス・マリー〈Pargeter, Edith Mary〉　[学]コールブルックデール女子高卒　[勲]OBE勲章(1994年)　[賞]MWA賞最優秀長編賞(1962年), チェコ協会国際関係ゴールド・メダル(1968年), CWA賞シルバー・ダガー賞(1980年), CWA賞ダイヤモンド・ダガー賞(1993年)
[歴]1936年本名のイーディス・パージェター名義で歴史小説「Hortensius, Friend of Nero」を発表しデビュー。59年エリス・ピーターズ名義で「Death Mask」を発表し、推理小説にも手を染める。二つの名前で出版した作品は60を超える。77年から94年にわたって書き続けられた〈修道士カドフェル〉シリーズは20ケ国以上で翻訳され、テレビ化で親しまれる。さらに、チェコ語の翻訳家としても有名で、この分野の業績だけでもゆうに一人分の著作家のそれを上回る量がある。“イギリスのシェヘラザード”ともいわれた。99年イギリス推理作家協会賞(CWA賞)に歴史ミステリーに与えられるCWA賞エリス・ピーターズ・ヒストリカル・ダガー賞が設立された。

ピータース, レンリー　*Peters, Lenrie*
ガンビアの詩人, 作家, 外科医
1932.9.1～2009.5.28
[出]バサースト　[名]ピーターズ, レンリー・ウィルフレッド・レオポルド〈Peters, Lenrie Leopold Wilfred〉　[学]ケンブリッジ大学トリニティ・カレッジ, 王立外科医養成カレッジ
[歴]ケンブリッジ大学で自然科学を、王立外科医養成カレッジで医学を修め、帰国後ノーサンプトン総合病院で外科医として働いた後、1969年帰国しバンジュールで開業。ケンブリッジ在学中、アフリカ人学生組合の議長に選ばれ、パンアフリカニストとして政治に関わった。64年処女詩集「詩集」を出版。以降、小説「第二ラウンド」(65年)、詩集「衛星」(67年)、「カチカリ」(71年)、「詩選集」(81年)などを出した。

ピーターソン, キース
→クラバン, アンドルーを見よ

ビダール, ゴア　*Vidal, Gore*
アメリカの作家, 劇作家, 評論家
1925.10.3～2012.7.31

[出]ニューヨーク州ウェストポイント　[名]Vidal, Eugene Luther Gore (Jr.)　別名(推理小説)＝ボックス, エドガー〈Box, Edgar〉　[学]フィリップス・エクセター・アカデミー(ニューハンプシャー州)卒　[賞]MWA賞(テレビエピソード賞)(1955年), Cannes Critics Prize (1964年), 全米書評家協会賞(批評部門)(1982年), 全米図書賞(ノンフィクション部門)(1993年), ラベロ市名誉市民(イタリア)(1983年)

[歴]父が飛行機操縦などを教えたニューヨーク州ウェストポイントのアメリカ陸軍士官学校で生まれ、ワシントンで育つ。連邦上院議員だった祖父アルバート・ゴアの強い影響を受ける。第二次大戦中陸軍に従軍、その当時の北太平洋上での経験をもとにした戦争小説「Williwaw(嵐)」(1946年)で作家としてデビュー。その後、歴史小説に転じ、その才能が開花する。スキャンダラスな題材も多く、米文学史上初めて同性愛を扱った「The City and the Pillar(都市と柱)」(48年)は大きな反響を呼んだ。一方、この間グアテマラのマンティグア、イタリア、カリフォルニアなどに居を移しながら、編集者、上下院の民主党候補者のほか、テレビ・ラジオの番組にも出演し、脚本や戯曲も手がけるなど幅広く活躍。91年には映画による自分史「スクリーニング・ヒストリー」を発表。他の作品に「ジュリアン」「ワシントンD.C.」「マイラ」「マイロン」「アーロン・バアの英雄的生涯」「1876年」「大預言者カルキ」「リンカーン」「エンパイア」「ハリウッド」「ユナイテッド・ステイツ」「回顧録パリンプセスト」、戯曲「ある小惑星への訪問」「最高の男」、脚本「ベン・ハー」「去年の夏、突然に」「パリは燃えているか」「カリギュラ」「ビリー・ザ・キッド」、「灰色の疑惑」(テレビ)、評論集「ダニエル・シェイズ讃」「事実とフィクションの間」など。また、「ボブロバーツ」「ザ・ターゲット」「ガタカ」などでは俳優として出演した。

[家]祖父＝アルバート・ゴア(アメリカ上院議員)

ビーチ, エドワード　*Beach, Edward*

アメリカの作家

1918～2002.12.1

[出]ニューヨーク市　[名]Beach, Edward Latimer　[学]アメリカ海軍兵学校(1939年)卒　[勲]海軍十字勲章

[歴]アメリカ海軍軍人の息子として生まれる。1939年海軍兵学校卒業後、海軍に入隊。太平洋戦争中の45年8月14日、日本海方面を潜水艦長として航行中、撃沈されて漂流していた日本商船団の日本人乗組員6人を救助した。退役後、作家として活動。アイゼンハワー大統領の海軍顧問を務めていた55年、潜水艦の実戦経験を基に小説「深く静かに潜航せよ」を執筆し、世界的ベストセラーとなった。58年にはクラーク・ゲーブル主演で映画化もされた。

ピチェニック, スティーブ　*Pieczenik, Steve R.*

アメリカの精神科医, 作家

1944～

[学]ハーバード大学卒 医学博士(コーネル大学), 国際関係論博士(マサチューセッツ工科大学)

[歴]1970年代後半に全米精神衛生協会の国際活動部長としてソ連との学術文化交流の窓口を務める。当時の体験をもとに小説「書記長のクーデター計画」を執筆。またアメリカ副国務長官補として、ヘンリー・キッシンジャー、サイラス・ヴァンス、ジョージ・シュルツ、ジェームズ・ベーカーの4人の国務長官のもとで働いた。他の著書に、トム・クランシーとの共著「ネットフォース」「自爆政権」「起爆国境」「聖戦の獅子」「叛逆指令」「最終謀略」などがある。

畢 飛宇　ひつ・ひう　*Bi Fei-yu*

中国の作家

1964～

[学]揚州師範学院中文系(1987年)卒　[賞]魯迅文学賞(短編小説部門)(1997年), 魯迅文学賞(中編小説部門)(2004年), マン・ブッカー・アジア文学賞(2010年), 茅盾文学賞(2011年)

[歴]1987年揚州師範学院中文系卒業と同時に南京特殊教育師範学校の教員となる。90年処女作「孤島」(中編小説)を発表。97年「哺乳期的女人(授乳期の女)」(96年)で魯迅文学賞(短編小説部門)を受賞。2004年3姉妹の波瀾の人生を描いた3部作の一つ「玉米」(01年)で再び魯迅文学賞(中編小説部門)を受賞。3作を合わせた単行本「玉米」は10年マン・ブッカー・アジア文学賞を受賞。小説「ブラインド・マッサージ」は中国で20万部のベストセラーを記録し、茅盾文学賞を受賞。

ビッカーズ, ロイ　*Vickers, Roy*

イギリスのミステリー作家

1888～1965

[名]別筆名＝ダラム, デービッド カイル, セフトン　[学]オックスフォード大学ブレイズノウズ・カレッジ

[歴]週刊大衆誌の記者として犯罪実話などを書き、「ノベル・マガジン」編集長を経て専業作家に。1921年「The Mystery of the Scented Death」でデビュー。倒叙短編〈迷宮課〉シリーズ第1作「ゴムのラッパ」は「エラリー・クイーンズ・ミステリ・マガジン(EQMM)」に掲載され、クイーンのお墨付きを得た。また、デービッド・ダラム、セフトン・カイルなどの名義でも作品を発表した。

ビッソン, テリー　*Bisson, Terry*

アメリカのSF作家

1942.2.12～

[出]ケンタッキー州オーエンズボロ　[賞]ヒューゴー賞, ネビュラ賞

[歴]1981年「Wyrldmaker」でデビュー。R.A.ラファティばりのおおらかなユーモアと、ポップで現代的な作風で知られるアメリカSF界きっての異色作家。他の作品に世界幻想文学大賞にノミネートされた「世界の果まで、何マイル」(86年)、「熊が火を発見する」がある。

ヒッチェンズ, ドロレス　*Hitchens, Dolores*

アメリカの作家

1907～1973

[出]テキサス州　[名]ヒッチェンズ, ドロレス 筆名＝オルセン, D.B.〈Olsen, D.B.〉 バークリー, ドーラン〈Birkley, Dolan〉 バーク, ノエル〈Burke, Noel〉　[学]南カリフォルニア大学卒

[歴]本名ドロレス・ヒッチェンズ名義で発表した私立探偵ジム・セイダーものの「泣きねいり」(1960年)があるが、D.B.オルセン名義の〈おばあさん探偵レイチェル〉シリーズ全13作で人気を博した。D.B.オルセン名義では他に〈マードック姉妹〉シリーズ、〈ペニーフェザー〉シリーズもある。ドロレス・ヒッチェンズ名義で鉄道公安官の夫と合作した探偵ものの長編もある。

ピッチャー, アナベル　*Pitcher, Annabel*

イギリスの作家

1982～

[出]ウェストヨークシャー州　[学]オックスフォード大学(英文学)　[賞]MWA賞ヤングアダルト部門(2014年)

[歴]10代の初めの頃から作家になることを決意し、その後、オックスフォード大学で英文学を学ぶ。2011年「My Sister Lives on the Mantelpiece」で作家デビュー。12年に発表された「ケチャップ・シンドローム」で、14年アメリカ探偵作家クラブ(MWA)賞ヤングアダルト部門を受賞。

ピッツォルノ, ビアンカ　*Pitzorno, Bianca*

イタリアの児童文学作家

1942～

[出]サルデーニャ島サッサリ　[賞]ボローニャ大学教育学名誉博士号(1996年)

[歴]大学で古典文学と考古学、映画理論を学んだ後、1970年よりイタリア国営放送に勤め、子供番組の制作に携わる傍ら、子供のための本を書き始める。2作目の「青空からのクロロフィラ」(74年)が商業的に成功し、77年放送局を退職して児童文学の創作に専念。96年児童文化への貢献を評価され、ボローニャ大学より教育学名誉博士号を受ける。著書に「ラビーニアとおかしな魔法のお話」「ポリッセーナの冒険」「木の上の

ヒ

家」「赤ちゃんは魔女」などがある。

ピッツート, アントニオ *Pizzuto, Antonio*
イタリアの作家
1893.5.14〜1976.11.24
[歴]内務省高官を退職して作家活動に入る。旧来の小説の殻を打破しようとする明確な意図のもと、前衛的な手法を取り入れてイタリアの小説変革の旗手の一人となった。作品に「ロジーナ嬢」(1959年)、「人形修理」(62年)、「ラヴェンナ」(62年)、「断章」(64年)、「自転車」(66年)、「遺言状」(69年)、「成績表I」(73年)、「成績表II」(75年)などがある。

ビーティー, アン *Beattie, Ann*
アメリカの作家
1947.9.8〜
[出]ワシントンD.C.　[学]アメリカン大学(1969年)卒, コネティカット大学大学院英文科(1970年)修士課程修了　[賞]アメリカン・アカデミー功労賞(1980年), ニューヨーク・タイムズ書評誌最優秀図書賞(1981年), PEN/マラマッド賞(2000年)
[歴]1973年ミュージシャンで音楽ジャーナリストのデービッド・ゲイツと結婚し、1児をもうけるが、のちに離婚。76〜77年バージニア大学で教鞭を執った後、77〜78年ハーバード大学で英語講座を担当。のちバージニア大学教授。この間、74年短編「プラトニックな関係」が「ニューヨーカー」に掲載されて注目を集める。76年に短編集「歪み」と長編「冬の寒い風景」を同時に刊行。グッゲンハイム助成金を得てコネティカットの田舎に引きこもり、80年アメリカン・アカデミー功労賞受賞を機にニューヨークに出る。無駄のない硬質な文章で短編の名手とうたわれる。他に長編「ウィルの肖像」、短編集「燃える家」(82年)、「あなたが私を見つける所」(86年)、「貯水池に風が吹く日」「パーク・シティ」「パーフェクト・リコール」「この世界の女たち アン・ビーティ短編傑作選」、ノンフィクション「ニッポン新婚ツアーinカリフォルニア」などがある。
[家]夫＝リンカン・ペリー(画家)

ピート, マル *Peet, Mal*
イギリスの児童文学作家
1947.10.5〜2015.3.2
[出]ノーフォーク　[賞]ブランフォード・ボウズ賞(2004年), カーネギー賞(2005年), ガーディアン賞(2009年)
[歴]大学卒業後、教師など様々な職業に就き、のちイラストレーターとして活躍。2003年「キーパー」で作家デビューし、04年同作でブランフォード・ボウズ賞を受賞した。05年には「Tamar」でカーネギー賞、09年には「Exposure」でガーディアン賞を受けたが、15年67歳で病死した。

ビートフ, アンドレイ *Bitov, Andrei Georgievich*
ロシアの作家
1937.5.27〜
[出]ソ連ロシア共和国レニングラード(ロシア・サンクトペテルブルク)　[学]レニングラード鉱山大学(1962年)卒　[賞]アンドレイ・ベールイ賞(1990年), プーシキン賞(2006年), ブーニン賞(2006年)
[歴]1939〜44年疎開。レニングラードで鉱山技師としての教育を受け、58〜62年沖仲士や旋盤技師として働く。62年レニングラード鉱業研究所研究員となり、同年より新しい青春文学の旗手として活動をはじめる。日常生活のなかの平凡な人々の内面を凝視する特異な作風で知られ、処女短編集「大きな風船」(63年)、「かくも長き幼年時代」(65年)、「別荘地」(67年)、「風もようの天気のなかでの生活」(67年)、「日曜日」(80年)などの作品がある。過去のロシア文学をとり込んだ斬新な手法で"余計者"を描いた長編の代表作「プーシキンの館」は78年アメリカで完全版が出版され、ソ連でも87年に発表された。92年よりロシア・ペンクラブ会長。

ピトル, セルヒオ *Pitol, Sergio*
メキシコの作家, 外交官
1933.3.18〜2018.4.12
[出]プエブラ州プエブラ　[学]メキシコ国立自治大学　[賞]セルバンテス賞(2005年)
[歴]幼い頃に両親を亡くし、イタリア系移民の祖父母に育てられる。メキシコ国立自治大学で法律を学び、1970年代以降、外交官として北京、ワルシャワ、モスクワ、プラハなどに滞在。傍ら、文学作品の翻訳を手がけるほか、小説や評論を執筆。59年短編集「包囲された時間」で作家デビュー。退官後の「遁走術」(96年)から評価を高め、同作と「旅」(2001年)、「ウィーンの魔術師」(05年)は"回想3部作"を構成する。05年スペイン語圏の最も重要な文学賞であるセルバンテス賞を受賞。小説、評論、随筆などが混ざり合った独自の作風で知られる。他の作品に、「フルートの音」(1972年)、「ブハラ夜想曲」(81年)や、"カーニバル3部作"と称される「愛のパレード」(84年)、「青い目の聖女を従える」(88年)、「結婚生活」(91年)などがある。

ビナー, ウィッター *Bynner, Witter*
アメリカの詩人
1881.8.10〜1968.6.1
[出]ニューヨーク市ブルックリン　[名]Bynner, Harold Witter　[学]ハーバード大学卒
[歴]「ハーバードへのオード」(1907年)、「新世界」(15年)で詩人として出発。中国やインドの文学芸術の影響を受け、唐詩の翻訳「翡翠の山」(22年)、「老子」の思想の解説書も著す。他の作品に「グレンストン詩集」(17年)、「愛された他者」(19年)、A.D.フックとの共作戯作詩集「スペクトラ」(16年)などがある。後半生は主にニューメキシコ州で暮らし、そこでのD.H.ローレンスとの思い出を語った回想録「天才との旅」(51年)もある。

ヒーニー, シェイマス *Heaney, Seamus Justin*
北アイルランド出身の詩人
1939.4.13〜2013.8.30
[出]ロンドンデリー州モスボーン(北アイルランド)　[学]クイーンズ大学(ベルファスト)卒　[賞]ノーベル文学賞(1995年), サマセット・モーム賞(1968年), ジェフリー・フェイバー記念賞(1968年), E.M.フォースター賞(1975年), W.H.スミス文学賞(1976年), ベネット賞(1982年), ウィットブレッド賞(1996年・1999年), T.S.エリオット賞(2006年), デービッド・コーエン英文学賞(2009年)
[歴]北アイルランドのカトリック農民の家に生まれる。1963〜66年にベルファストのセント・ジョセフ・カレッジ講師を務め、66〜72年母校クイーンズ大学講師。72年アイルランドに移住し、72〜75年フリーの文筆業、75〜81年ダブリンのキャリーズフォート・カレッジの講師ののち、82〜84年ハーバード大学上級客員講師、85〜97年同大修辞・弁論教授、98年より詩学教授。89〜94年オックスフォード大学詩学教授を兼任。大学時代から詩を書き始め、60年代半ばに詩人として認知される。過去の幻想的な説話を通して、現代人の不安な運命を、繊細でシンプルな語り口で語る文学性が評価され、95年ノーベル文学賞を受賞。2000年古英語を現代英語に訳した詩集「ベーオウルフ」(1999年)でウィットブレッド賞を、2006年「District and Circle」でT.S.エリオット賞を受賞した。他の主な作品に、土への愛と言葉への信頼をうたう処女詩集「あるナチュラリストの死」(66年)、「暗黒の扉」(69年)、「冬を耐えぬく」(72年)、泥炭地の古代人の遺骸のイメージを現代の宗教紛争に重ねあわせた「北」(75年)、幻想的な連作「ステーション・アイランド」(84年)、「さんざしのランタン」(87年)、「幻想を見る」(91年)、「The Spirit Level」(96年)、「Opened Ground：Poems 1966-96」(98年)などのほか、評論集「偏見集」(80年)、「創作の場所」(90年)などがある。1995年には日本で全詩集が出版され、97年には"ノーベル賞受賞者を囲むフォーラム"のため来日し、大江健三郎と対談した。

ピニェーラ, ビルヒリオ *Piñera, Virgilio*
キューバの作家, 劇作家, 詩人
1912.8.4〜1979.10.18
[出]マタンサス州カルデナス

[歴]「エレクトラ・ガリゴー」(1943年)や「誤報」(49年)をはじめとする戯曲作品によって実存主義的演劇・不条理演劇の国際的な先駆者となる。「重圧の島」(43年)などの詩作品、「冷たい物語集」(56年)などの短編小説の分野においても先駆的な功績を残した。46年からのアルゼンチンへの長期滞在を繰り返した時期には、過激な雑誌「シクロン」を立ち上げるなどして、祖国のみならずアルゼンチン文壇やペロン独裁への批判を展開。現代キューバを代表する作家として知られた。

ピーニャ, アントニオ・ベラスコ *Piña, Antonio Velasco*
メキシコの作家, 弁護士
1935～
[出]ゲレロ州　[学]メキシコ国立自治大学法学部卒
[歴]歴史と会計制度を中心として研究・教育活動に尽くし、メキシコの国民的人気作家に。1987年刊行の歴史小説「レヒーナ」はベストセラーとなる。

ビニョン, ロバート・ロレンス *Binyon, Robert Laurence*
イギリスの詩人, 劇作家, 美術研究家
1869.8.10～1943.3.10
[学]オックスフォード大学卒
[歴]大英博物館の版画・絵画部に勤務し、東洋美術部長となる。東洋美術の権威として、先駆的著作「極東絵画」(1908年)、「日本の芸術」(09年)を発表する。29年来日し「イギリス美術・詩歌における風景」(30年)としてまとめられた講演を行った。他の著書に「ブレイクの素描と版画」(22年)、詩集「抒情詩編」(1894年)、「四年集」(1919年)、「北の星」(41年)、ダンテ「地獄篇」の英訳などがある。

ビネ, ローラン *Binet, Laurent*
フランスの作家
1972.7.19～
[出]パリ　[学]パリ大学(現代文学)　[賞]ゴンクール賞最優秀新人賞(2010年度), リーヴル・ド・ポッシュ読者大賞(2011年)
[歴]パリ大学で現代文学を修め、兵役でフランス語教師としてスロバキアに赴任。その後、パリ第3大学、第8大学で教鞭を執る。2009年の小説第1作「HHhH(エイチ・エイチ・エイチ・エイチ)―プラハ、1942年」で10年度ゴンクール賞最優秀新人賞、11年リーヴル・ド・ポッシュ読者大賞を受賞した。

ビネ・ヴァルメール *Binet-Valmer*
スイス生まれのフランスの作家
1875～1940
[出]ジュネーブ　[名]Binet de Valmer, Jean
[歴]初め医学を修めたが作家となった。その作品は心理の細密な描写、分析を特色とする。フランスに帰化。処女作は1900年の「石膏のスフィンクス」で、またバルザックにならって10巻の連作「人間と人間たち」を書いた。その代表的なものに「居留民、パリ風俗小説」(07年)、「リュシアン」(10年)、「快楽」(12年)、「熱情」(14年)、「死ぬ子供」(21年)などがある。

ビーネク, ホルスト *Bienek, Horst*
ドイツの作家, 詩人
1930.5.7～1990.12.7
[賞]ネリー・ザックス賞(1981年)
[歴]東ドイツで有名になったが政治的理由で4年間強制労働に服した。1975年に西ドイツに移り、出版放送業務に携わり、後に独立する。"外的抑圧に屈せぬ内面の自由"を主題とし、囚人としての体験を絡めた長編「独房」(68年)、最良作を含む短編集「夜曲」(59年)などがある。他の作品にシレジアが舞台の「第一のポルカ」(75年)などがある。

ビーバー, アントニー *Beevor, Antony*
イギリスの歴史家, 戦史ノンフィクション作家
1946.12.14～
[出]ロンドン　[学]ウィンチェスター校卒, グルノーブル大学, サンドハースト陸軍士官学校卒　[勲]フランス芸術文化勲章(1997年)　[賞]ランシマン賞(1992年), サミュエル・ジョンソン賞(ノンフィクション部門)(1999年), ウルフソン歴史賞(1999年), ホーソーンデン賞(1999年), ロングマン歴史賞(2003年), イギリス図書協会賞(2004年), デービッド・コーエン賞(2004年), ラ・バングアルディア・ノンフィクション賞(2005年)
[歴]作家の両親を持つ。ウィンチェスター校とサンドハースト陸軍士官学校で教育を受け、1963年より第11軽騎兵連隊に所属し、5年間ドイツとイギリスで服務する。除隊後、パリに住んで処女小説を発表。小説執筆の傍ら、戦史ノンフィクション作家としても作品を発表し、「クレタ―戦いとレジスタンス」(91年)でランシマン賞を受賞。「スターリングラード―運命の攻囲戦1942-1943」(98年)でサミュエル・ジョンソン賞ノンフィクション部門、ウルフソン歴史賞、ホーソーンデン賞を受賞。また、フランス政府より芸術文化勲章を授与される。他の著書に「ベルリン陥落 1945」(2002年)、「ヒトラーが寵愛した銀幕の女王―寒い国から来た女優オリガ・チェーホワ」(04年)、「スペイン内戦 1936-1939」(05年)、「ノルマンディー上陸作戦 1944」(09年)、「第二次大戦 1939-1945」(12年)などがある。
[家]妻＝アーテミス・クーパー

ピーパー, ニコラウス *Piper, Nikolaus*
ドイツの作家, ジャーナリスト
1952～
[出]西ドイツ・ハンブルク(ドイツ)　[学]フライブルク大学(経済学)　[賞]エアハルト賞, フォーゲル賞, ヘルベルト・クヴァント・メディア賞
[歴]大学入試資格取得後、新聞社で実習生として働くうちに経済に関心を抱くようになり、フライブルク大学で経済学を学ぶ。地方紙や週刊新聞で経済記者としてのキャリアを積み、1997年からはミュンヘンの「南ドイツ新聞」に転じ、99年経済部長を経て、2007年からニューヨーク特派員。経済部記者として様々な功績を残し、その経済報道に対しエアハルト賞、フォーゲル賞を受賞。経済学の著作の傍ら、子供たちのために初の経済小説「フェリックスとお金の秘密」を執筆し、ヘルベルト・クヴァント・メディア賞を受賞。他の著書に「親子でまなぶ 経済ってなに？」がある。

ヒバド, ジャック *Hibberd, Jack*
オーストラリアの劇作家
1940.4.12～
[出]ビクトリア州　[学]メルボルン大学医学部(1964年)卒
[歴]劇作家、演出家としてオーストラリア演劇集団に参加し、1960年代の前衛演劇の中心人物として活躍。69年に初演された「ディムブーラ」(74年刊)は田舎の結婚式をパロディ化した作品で、オーストラリアで最も上演回数の多い戯曲として知られる。代表作は72年に初演された「想像をたくましくして」(73年刊)。89年処女小説「Memoirs of an Old Bastard」を発表。他の小説に「The Life of Riley」(91年)、1作目の小説の姉妹編「Perdita」(92年)などがある。

ビバリー, ビル *Beverly, Bill*
アメリカの作家
1965～
[出]ミシガン州　[学]フロリダ大学博士課程　[賞]CWA賞ゴールド・ダガー賞(2016年)「東の果て、夜へ」, CWA賞ジョン・クリーシー・ダガー賞(2016年), 全英図書賞(年間最優秀犯罪・スリラー部門)(2017年), ロサンゼルス・タイムズ文学賞(ミステリー部門)(2017年)
[歴]フロリダ大学で米文学博士号を取得し、トリニティ・ワシントン大学にて教鞭を執る。2016年「東の果て、夜へ」で作家としてデビューし、イギリス推理作家協会賞(CWA賞)の最優秀長編賞ゴールド・ダガー賞、同最優秀新人賞ジョン・クリーシー・ダガー賞を同時受賞。翌年には全英図書賞(年間最優秀犯罪・スリラー部門)、ロサンゼルス・タイムズ文学賞(ミステリー部門)を受賞し、世界的な評価を得た。

ビーハン, ブレンダン・フランシス *Behan, Brendan Francis*
アイルランドの劇作家
1923.2.9〜1964.3.24
[出]ダブリン
[歴]アイルランド国家「兵士フィアナの歌」の作詞者のパダー・カーニーの甥。1937年IRAに加入し、39年リバプールで爆発物所持のために逮捕され、ボースタル少年院で服役した。41年釈放されアイルランドに強制送還されるが、警察官殺害未遂で再逮捕され、46年に釈放された。"シアター・ワークショップの劇作家たち"の一人。主な作品に「死刑囚」(54年)、「人質」(58年)、「アイルランドの反逆者の告白」(65年)などがある。
[家]おじ＝パダー・カーニー(アイルランド共和主義者)

ビブティブション・ボンドパッダエ
Bibhūtibhūsan Bandyopādhyāy
インドの作家
1894.9.12〜1950.11.1
[歴]タゴール後の代表的な作家で、ベンガル語で執筆。タラションコル・ボンドパッダエ、マニク・ボンドパッダエと共に"3人のボンドパッダエ"として並び称される。父親はバラモンの聖職者で幼い頃は貧しかった。修士課程まで進んだが学位を取らずに学業を辞め教師になる。作家として有名になったのちも教師であり続け、死の数日前まで教壇に立った。1922年初の短編小説「見捨てられた女」を「プロバシ(異邦人)」誌に載せて以来、文学活動を続け、28〜29年長編小説「道の物語」(邦訳「大地の歌」)が「ビチットロ(色とりどり)」誌に載ると大きな反響を呼び、一躍注目を浴びる。続いてその続編にあたる「オポラジト」が「プロバシ」誌に連載されると、その地位は不動のものとなった。この二つの長編はのちにサタジット・レイにより映画化された。他の代表作に「森林にて」(39年)、「イチャモティ河」(50年)など。日記、随筆、旅行記、児童文学もある。

ヒベイロ・タヴァーリス, ズウミーラ
Ribeiro Tavares, Zulmira
ブラジルの作家
1930.7.27〜2018.8.9
[出]サンパウロ州サンパウロ市　[学]サンパウロ大学大学院芸術コミュニケーション研究科　[賞]ジャブチ賞(1991年)
[歴]1952年サンパウロ美術館付設の映画学校で学び、その後シネマテッカ・ブラジレイラやサンパウロ大学大学院芸術コミュニケーション研究科で映画研究にもあたる。91年「家宝」で文学賞ジャブチ賞を受賞した。

ビーヘル, パウル *Biegel, Paul*
オランダの作家
1925〜2006
[出]ブッサム　[賞]オランダ金の石筆賞
[歴]第二次大戦後、1年間アメリカで生活した後、オランダで編集の仕事に就く。その後、本格的に子供のための物語を書き始め、1962年にデビュー。96年に出版した「鍵の薬草」で脚光を浴び、73年にはオランダ国内の児童文学者に与えられる最高の賞を受ける。"世代を超えた文学"の書き手として高い評価を受け、20ケ国以上で翻訳出版される。邦訳の主な作品に「赤姫さまの冒険」「夜物語」「ドールの庭」「ネジマキ草と銅の城」などがある。

ピム, バーバラ *Pym, Barbara*
イギリスの作家
1913.6.2〜1980.1.11
[出]シュロップシャー州オスウェストリー　[名]Pym, Barbara Mary Crampton　[学]オックスフォード大学セント・ヒルダ・コレッジ卒
[歴]第二次大戦中はイギリス海軍婦人部隊としてナポリへ赴任。戦後はロンドンの国際アフリカ研究所(IAI)に勤める傍ら、小説を執筆。1950年処女作「なついた羚羊」で作家デビュー、52年「よくできた女」で作家としての地位を確立。61年までに「幸せのグラス」(58年)など六つの小説を書くが、60年代から70年代にかけては古典的な作風から出版社に作品の刊行を拒否され、不遇の日々を送った。77年「タイムズ紙文芸付録」のアンケートで"最も過小な評価を受けた20世紀作家"と評されたことから再び脚光を浴び、同年代表作の一つである「秋の四重奏」(77年)が刊行される。同作はブッカー賞候補となり、続く「The Sweet Dove Died(いとしき鳩は死す)」もベストセラーに。79年イギリス王立文学協会会員に選出されたが、80年病死した。ジェーン・オースティンを深く敬愛し、オースティンと同じように日常生活を叙事詩として描き"20世紀のオースティン"といわれる。生涯独身で、晩年は同じく独身の妹とオックスフォードシャーの村で過ごした。

ヒメネス, ファン・ラモン *Jiménez, Juan Ramón*
スペインの詩人
1881.12.24〜1958.5.29
[出]ウェルバ県モゲル　[賞]ノーベル文学賞(1956年)
[歴]19歳の時マドリードに出てルベン・ダリオ、バリュ・インクランなどの近代派詩人と知り合う。1900年「睡蓮」、03年「哀しいアリア」を発表。音楽と色彩の詩人として出発、14年に発表した散文詩「プラテーロと私」は各国語に訳され、その名は世界的なものとなる。17年の「新婚詩人の日記」以後は近代主義を脱し、装飾を排して事物の本質を探究する"純粋詩"を志向。その代表的な作品に「永遠」(18年)、「石と空」(19年)などがあり、"27年世代"の詩人やラテンアメリカの詩人に大きな影響を与えた。36年スペイン内乱勃発後キューバを経てアメリカに渡り、のちプエルトリコに住む。49年発表の「深奥の獣」はその純粋詩の頂点に位置する作品と評される。

ヒメネス, フランシスコ *Jiménez, Francisco*
メキシコ生まれのアメリカの作家
1943.6.29〜
[出]メキシコ・ハリスコ州トラケパック　[学]サンタクララ大学, コロンビア大学, ハーバード大学　[賞]ボストン・グローブ・ホーンブック賞
[歴]1947年アメリカに移民、65年アメリカ国籍を獲得。大学で教育を受けたのち、サンタクララ大学で教鞭を執る。傍ら自身の移民体験を踏まえた短編を執筆。短編集「この道のむこうに」は、ボストン・グローブ・ホーンブック賞、ジェーン・アダムズ・オナーブックなど数々の賞を受ける。他の著書に「あの空の下で」。

ヒューイット, ドロシー *Hewett, Dorothy*
オーストラリアの劇作家, 詩人
1923.5.21〜2002.8.25
[出]ウェスタンオーストラリア州パース　[名]Hewett, Dorothy Coade　[学]ウェスタンオーストラリア大学
[歴]19歳で共産党入党。結婚に失敗し、1949年シドニーに移る。9年間組合活動家と同棲して3人の息子を産む。60年故郷パースに戻り、元海洋商人と結婚。68年共産党を離党。初期の詩が「ミーンジン」誌に掲載され、その後数冊の詩集を発表。作品は様々な素材を貪欲に取り込み、狂騒的で多様なジャンルにわたる。67年労働者階級を描いた最初の戯曲「老人の帰宅」(76年刊)が上演され。他の戯曲に「危険な礼拝堂」(71年初演/72年刊)、「マキヌピン町から来た男」(79年初演・刊)など。シドニーの工場で働いた経験から唯一の小説「Bobbin Up」(59年)を書いた。

ヒューガート, バリー *Hughart, Barry*
アメリカの作家
1934.3.13〜
[出]イリノイ州　[学]コロンビア大学(1956年)卒　[賞]世界幻想文学大賞
[歴]大学卒業後、アメリカ空軍に入隊。日本をはじめとするアジア地域に配属され、中国への興味を深める。1965年の除隊後、執筆活動を開始。映画の台本を書く傍ら、何年もかけて処女作「鳥姫伝」を執筆。84年に出版されると高い評価を受

け、世界幻想文学大賞を受賞。

ビュークス, ローレン　Beukes, Lauren
南アフリカの作家
1976.6.5〜
⊕ヨハネスブルク　⊗ケープタウン大学卒　⊛ヴォーダコム年間ベストジャーナリスト賞(2007年度・2008年度)、アーサー・C.クラーク賞(2011年)
⊛ケープタウン大学卒業後、主にジャーナリスト、コラムニストとしてハリウッドの芸能分野や「マリ・クレール」「ELLE」「コスモポリタン」などの国際的女性雑誌で活躍。南アフリカのヴォーダコム年間ベストジャーナリスト賞では、2007年度と08年度のウエスタン・ケープ地域ベストコラムニストに選ばれる。脚本家としても連続ドラマを多数手がけたほか、ディズニーやフランス・アニメの脚本、コミック・マンガ作品の脚本なども執筆。11年「ZOO CITY」(10年)でアーサー・C.クラーク賞を受賞。

ビュジョール, フラヴィア　Bujor, Flavia
フランスの作家
1988〜
⊛ルーマニア系の彫刻家の父と精神分析医の母を持つ。幼い頃から本に親しみ、「指輪物語」「はてしない物語」などを愛読。13歳の時クラスの友達に配っていたファンタジー小説が出版社の目に留まり、2003年「エリアドルの王国」として出版され、大ベストセラーを記録。文壇最年少作家としてマスコミの注目を浴び、世界23ケ国で翻訳される。

ヒューズ, テッド　Hughes, Ted
イギリスの詩人
1930.8.17〜1998.10.28
⊕ウェストヨークシャー州マイザムロイド　⊗ヒューズ, エドワード・ジェームズ〈Hughes, Edward James〉　⊗ケンブリッジ大学ペンブローク・カレッジ(1954年)卒　⊛OBE勲章(1977年)、サマセット・モーム賞(1960年)、ホーソーンデン賞(1961年)、アブラハムワンセル財団賞(1964〜69年)、フィレンツェ市国際詩作賞(1969年)、タオルミナ賞(1973年)、女王メダル詩作部門賞(1974年)、ガーディアン賞(1985年)、W.H.スミス文学賞(1998年)、ウィットブレッド賞(1998年)、T.S.エリオット賞(1998年)
⊛バラ園丁、夜警、映画関係の仕事、教師などの職業に就く。1957年「The Hawk in the Rain(雨中の鷹)」を発表しデビュー。幼い頃から野性の動物に親しみ、動物あるいは動物的エネルギーを有する人間を扱った作品が目立つ。84年桂冠詩人に任命される。56年アメリカの女流詩人S.プラスと結婚し2児をもうけたが、62年離婚、プラスは63年に自殺した。81年彼女の詩選集を編纂し、98年には亡き妻との関係について記した詩集「バースデー・レターズ」を刊行。他の詩集に「ルーパーカス祭」(60年)「ウッドウォー」(67年)「クロー」(70年)「Gaudete」(77年)など。ほかに放送劇、童話、子供のための詩画集もある。

ヒューズ, ドロシー　Hughes, Dorothy B.
アメリカのミステリー作家
1904〜1993
⊕カンザス州カンザスシティ　⊛MWA賞(巨匠賞)(1978年)
⊛1930年代からミステリー評論家として活躍し、40年作家デビュー。サスペンスやスパイ小説を得意とし、78年MWA賞の巨匠賞を受賞した。作品に「孤独な場所で」「E.S.ガードナー伝」など。

ヒューズ, リチャード　Hughes, Richard
イギリスの作家
1900〜1976
⊗オックスフォード大学
⊛大学在学中から旅や冒険を好み、街頭画家などをしながらヨーロッパ、アメリカ、西インド諸島、近東を転々と放浪。この体験を生かして一幕劇や詩を書き、好評を博す。処女小説「ジャマイカの烈風」(1929年)、「大あらし」(38年)などで幅広い読者を獲得。人間性と時代への鋭く深い洞察を織りこんだこの二つの秀れた海洋小説で、文学史上にその名を不朽のものとした。

ヒューストン, ジェームズ　Houston, James
カナダの作家、画家、彫刻家、イヌイット美術専門家
1921〜2005.4.17
⊕オンタリオ州トロント　⊗オンタリオ美術大学, エコール・グランド・ショミエール　⊛カナダ図書賞(1963年・1968年), アメリカンインディアンおよびエスキモー文化財団賞(1966年), イヌイット・クアパティ功労賞
⊛トロント美術館、オンタリオ美術大学、パリのエコール・グランド・ショミエールなどに学ぶ。1950年代から60年代にかけ、西バフィン島の初代行政官としての9年間を含め、12年間にわたりエスキモー社会に滞在、彫刻など先住民イヌイットの美術を世界に伝えた。また、画家、彫刻家のみならず、作家としても活躍し、63年に「Tikta Liktak」で、68年には「The White Archer」でそれぞれカナダ図書賞を受賞。さらに71年発表の「The White Dawn(白い夜明け)」は絶讃を博し、12ケ国語に翻訳され、74年には映画化された。作品にはインディアン、エスキモーなど少数民族に対する深い愛情が、画家としての透徹した眼による自然描写を背景にして詩情豊かに描かれている。他の著書に「北極で暮らした日々」がある。

ヒューストン, ジェームズ　Huston, James W.
アメリカの作家
1953.10.26〜2016.4.14
⊕インディアナ州ラファイエット　⊗バージニア大学ロースクール
⊛アメリカ海軍のトップガンとして活躍した後、1981年バージニア大学ロースクールに進み、弁護士の資格を取得。サンディエゴで弁護士として活躍する傍ら、小説を書き始める。99年「Price of Power」がベストセラーとなり、以後ヒット作を次々生み出した。

ヒューストン, ナンシー　Huston, Nancy
フランスの作家
1953〜
⊕カナダ・アルバータ州カルガリー　⊛カナダ総督文学賞, フェミナ賞
⊛英語を母語としてカナダやアメリカで教育を受け、1973年パリに留学してロラン・バルトに師事。以降フランスに住み、高名な思想家・哲学者ツヴェタン・トドロフと結婚。81年長編「ゴルトベルク変奏曲」でデビューして以来、フランス語で小説を書き、大学で文学を教える。「愛と創造の日記」刊行ののち、母語でも小説を発表。他に数多くのエッセイ・評論、子供向けの作品を執筆。他の小説作品に「草原の唄」、ゴンクール賞の最有力候補とされた「暗闇の楽器」、「天使の記憶」、「時のかさなり」などがある。2008年初来日。
⊛夫=ツヴェタン・トドロフ(思想家・哲学者)

ヒューソン, デービッド　Hewson, David
イギリスの作家
1953〜
⊕ヨークシャー州　⊛W.H.スミス文学賞新人賞
⊛1970年代に北ヨークシャーのスカボローで新米記者となったのを皮切りに、「タイムズ」の記者を経て、「インデペンデント」の創刊にも参加。「サンデー・イムズ」ではコラムニストを務めた。96年「Semana Santa」でデビュー、W.H.スミス文学賞新人賞を受賞。2005年からは専業作家となった。〈キリング〉シリーズの他、〈Nic Costa〉シリーズ、〈Pieter Vos〉シリーズがある。

ビュッシ, ミシェル　Bussi, Michel
フランスの作家, 地理学者
1965.4.29〜
⊕ルーヴィエ　⊛ルブラン賞(2011年), フローベール賞(2011

年）
[歴]ルーアン大学で地理学の教授を務める傍ら、小説を執筆。2006年「Code Lupin」で作家デビューし、以後、年1冊のペースで作品を発表。11年「Nymphéas noirs」でルブラン賞、フローベール賞などを受賞、実力派作家としての地位を固める。

ビュトール, ミシェル *Butor, Michel*
フランスの作家, 評論家
1926.9.14～2016.8.24
[出]ノール県モンス・アン・バルール　[学]パリ大学卒　[賞]ルノードー賞（1957年）
[歴]パリ大学で哲学を学んだのち、1951年マンチェスター、54年テサロニケ、56～57年ジュネーブ、60～74年アメリカ、75～91年ジュネーブの各大学でフランス文学を講じる。傍ら、54年「ミラノ通り」、56年「時間割」などの小説を発表し、57年「心変わり」でルノードー賞を受賞。以後、文筆活動に専念し、60年「段階」を発表。これらの実験的な小説により、アラン・ロブ・グリエやクロード・シモンらと並び、"ヌーヴォーロマン（新しい小説）"の代表的作家に数えられる。音楽、絵画にも造詣が深く、評論集「レペルトワール」（5巻, 60～82年）、詩集「挿絵集」（4巻, 64～76年）、ボードレール論、美術論、紀行や、言語表現の可能性を追求した「モビール」（62年）、「即興演奏（アンプロヴイザシオン）―ビュトール自らを語る」（94年）などの著書がある。75～91年ジュネーブ大学教授。89年立教大学の学術交流研究員として来日し、3ケ月間滞在した。

ヒューム, ウィリアム・ダグラス *Home, William Douglas*
イギリスの劇作家
1912.6.3～1992.9.28
[出]スコットランド・エディンバラ　[学]オックスフォード大学ニューカレッジ, ロイヤル・アカデミー・オブ・ドラマティック・アート（RADA）
[歴]スコットランドのヒューム伯爵家第13代当主の子。元首相アレック・ダグラス・ヒュームの兄。オックスフォード大学ニューカレッジとロイヤル・アカデミー・オブ・ドラマティック・アート（RADA）に学び、俳優として舞台に立つ。第二次対戦にはイギリス機甲部隊の大尉として従軍。1947年刑務所を舞台にした劇作「Now Barabbas」で注目される。代表作は「チルターン・ハンドレッズ」（47年）、「気の進まぬデビュタント」（55年）、「秘書鳥」（68年）、「ロイド・ジョージは父の知人」（72年）など。自らが熟知する上流社会を舞台にした風刺的な喜劇で知られ、大衆的人気がある。54年と79年に自伝を書いた。
[家]弟＝アレック・ダグラス・ヒューム（イギリス首相）

ヒューム, ケリ *Hulme, Keri*
ニュージーランドの作家, 詩人
1947.3.9～
[賞]キャサリン・マンスフィールド短編賞（1975年）, ブッカー賞（1985年）
[歴]カイ・タフ族（南島マオリ）に属するマオリとイギリス、スコットランドの混血。オカリト（南島西海岸）に自分で建てた家にひとりで暮らし、詩や短編小説を書く。「義手と触覚」（1975年）でキャサリン・マンスフィールド短編賞を受賞し、マオリ作家基金、オタゴ大学のロバート・バーンズ・フェローシップを受けている。

ヒューム, ファーガス *Hume, Fergus*
イギリスの作家
1859.7.8～1932.7.12
[出]ウスターシャー州　[学]オタゴ大学
[歴]イギリスで生まれた後、ニュージーランドに移住し、オタゴ大学で法律を学ぶ。その後、弁護士資格を取得し幹部書記として就職。傍ら戯曲の創作を始める。ミステリー小説の古典といわれる処女作「二輪馬車の秘密」（1886年）がベストセラーとなり、その名が知られるように。生涯に100冊を超える創作を残し、怪奇小説も執筆した。

ヒュルゼンベック, リヒャルト *Huelsenbeck, Richard*
ドイツの詩人, 作家, 精神科医
1892.4.23～1974.4.20
[出]フランケナウ（ヘッセン州）
[歴]薬剤師の子。パリ、チューリヒ、ベルリン、ミュンヘンなどの大学で医学、哲学、ドイツ文学、美術史を学び、表現主義文学に近づく。1911年ミュンヘン大学在学中ダダを主導した芸術家H.バルと知り合い作家を志す。ダダの鼓手を自負し、16年チューリヒに赴きチューリヒ・ダダ結成に参加、騒音詩・同時詩の立て役者となり、「幻想的な祈り」（16年）などの音響詩で聴衆を挑発。19年ベルリンに戻るとG.グロスやR.ハウスマンらとベルリン・ダダ運動発起人として多数のダダ雑誌を編集、クラブ・ダダ、ベルリン・ダダ宣言、ダダ講演巡業に参加。20代は船医となって旅行記を執筆。36年アメリカに亡命後はニューヨークで精神分析医として成功したが、70年スイスに戻った。多数の評論のほか、小説「ビリッヒ博士の最期」（20年）や「幸福の夢」（33年）、詩集「ニューヨーク・カンタータ」（52年）、著書「ダダ大全」などがある。

苗 秀 びょう・しゅう *Miao Xiu*
シンガポールの作家, 文芸評論家
1920～1980.9.10
[名]盧 紹権, 別名＝文之流, 軍筎　[学]英文学校中退　[勲]シンガポール共和国勲章（1971年）　[賞]書籍賞（小説）（1978年度）
[歴]本籍は中国の広東省三水。英文学校で教育を受けたが、父の失業により中退。1949年「星洲日報」に入社、文芸副刊「晨星」の3代目編集長を担当したが、50年退任。その後、星洲華僑中学の英語科教師、南洋大学中文学部助教授などを歴任。長編「残夜行」（76年）で78年度の書籍（小説）賞を受賞。シンガポールの華文文学を代表する作家、文芸評論家で、他の作品に中編「シンガポールの屋根の下」（51年）、短編集「旅愁」（51年）、長編「火浪」（60年）、文学史書「馬華文学史話」（68年）などがある。

ヒョーツバーグ, ウィリアム *Hjortsberg, William*
アメリカの作家
1941.2.23～2017.4.22
[出]ニューヨーク市　[名]Hjortsberg, William Reinhold　[学]ダートマス大学, エール大学演劇部, スタンフォード大学　[賞]プレイボーイ誌小説部門新人賞
[歴]ダートマス大学からエール大学演劇部、スタンフォード大学に学ぶ。1969年作家デビューし、78年「Falling Angel（堕ちる天使）」を発表。ハードボイルド+オカルトという意表をついたプロットで、従来にない作風を生み出し、多くの賞讃を得、同年度のMWA新人賞にノミネートされた。この作品はアラン・パーカー監督、ミッキー・ローク主演で「エンゼル・ハート」（87年）として映画化され大ヒット。リチャード・ブローティガンの伝記に取り組むなど、ミステリー以外の作品も数点書いた。「プレイボーイ」誌の小説部門新人賞を受賞し、いくつかの創作家連盟から褒賞金の授与もされた。他の作品に、小説「アルプ」（69年）、「灰色の出来事」（71年）、映画「ランナウェイ」（77年, 脚本）、「レジェンド/光と闇の伝説」（85年, 脚色）など。

ビョルンヴィ, トルキル *Bjørnvig, Thorkild Strange*
デンマークの詩人
1918.2.2～2004.3.5
[学]オルフス大学
[歴]リルケの影響を強く受け、1946年に「リルケとドイツの伝統」という論文を発表。また、リルケ作品の翻訳も手がける。のち思想的にはニーチェや、T.S.エリオットなどの影響も受けた。文芸雑誌「ヘレティカ」の編集に従事したのち、詩人として立ち、詩集やエッセイを数多く発表している。詩集に「切妻に懸る星」（47年）「アヌビス」（55年）「形と焰」（59年）「大鴉」（68年）「イルカ」（75年）など。

ビョルンソン, ビョルンスチェルネ　*Bjørnson, Bjørnstjerne*
ノルウェーの劇作家, 作家, 詩人, 社会運動家
1832.12.8～1910.4.26
[出]クビクネ　[名]Bjørnson, Bjørnstjerne Martinius　[学]王立フレデリック大学(1852年)卒　[賞]ノーベル文学賞(1903年)
[歴]牧師の子として生まれ、早くから指導者の素質を示した。ジャーナリズム、演劇批評などを経て、1856年戯曲「戦いの間」を、翌年小説「日向が丘の少女」を発表、新文学の旗手と目された。次いで「アルネ」(58年)、「陽気な少年」(60年)を発表。57～59年イプセンの後継者としてベルゲン劇場舞台監督を務め、戯曲「スヴェッレ王」(61年)、「シーグル・スレンベ」(62年)を書く。その後、65年にクリスティアニア劇場の主宰者となり、また政治の分野にも進出、スカンジナビア連合運動や、青年民主党の創立を通じて国民指導者の地位に上る。このため作風は急進的・社会的なリアリズムとなり、その代表作に「破産者」(75年)、「手袋」(83年)、「能力以上」(2巻, 83年・95年)がある。晩年は国際舞台に進出、ドレフュス事件や被抑圧民族のために奮闘した。1903年北欧古歌謡の研究でノーベル文学賞を受賞。ノルウェーの大地に根をおろした作品群から“国民詩人”ともよばれ、ノルウェーの国歌の作詩者でもある。

ヒョン・ギヨン　玄 基栄　*Hyon Gi-yong*
韓国の作家
1941～
[出]朝鮮・済州島老衡里　[学]ソウル大学英語教育科卒　[賞]万海文学賞(1990年), 呉永寿文学賞(1994年), 韓国日報社文学賞(1999年)
[歴]高校まで済州島で過ごす。大学卒業後、中高校の英語教諭になるが、30代半ばに職を辞して作家活動に専念。1975年短編「父」で文壇にデビュー。78年済州島4.3事件を題材とした小説「順伊おばさん」を発表したが、発禁処分を受けた。90年第5回万海文学賞、94年第2回呉永寿文学賞などを受賞。「地上に匙ひとつ」(99年)は第32回韓国日報社文学賞を受賞し、ベストセラーになる。深みのある主題と重厚な文体、現代の生の意味を問う作風で高い評価を得る。

ヒョン・ジンゴン　玄 鎮健　*Hyon Jin-gon*
韓国(朝鮮)の作家
1900.9.2～1943.4.25
[出]朝鮮・慶尚北道大邱　[名]号＝憑虚　[学]滬江大学
[歴]日本の成城中学に学び、1917年卒業。帰国後、郷里の大邱で李相和、李相佰らと同人誌「炬火」を出す。18年上海の滬江大学へ留学。「貧妻」(21年)、「酒を勧める社会」(21年)などで作家としての地位を固め、22年処女創作集「堕落者」を刊行。以後、「運のよい日」(24年)、「B舎監とラブレター」(25年)、「私立精神病院長」(26年)などを次々と発表。傍ら「時代日報」「東亜日報」に勤めたが、36年のベルリン五輪で孫基禎がマラソン競技で優勝すると、日章旗を韓国の国旗に塗り替えて新聞に掲載。これが原因で「東亜日報」は停刊処分を受け、社会部長だった自身も1年間の刑に服した。その後も民族主義に立脚し、連載中止処分を受けた「黒歯常之」(39～40年)、「善花公主」(41年)などの歴史小説を発表。他に長編「無影塔」(38～39年)や、発禁処分を受けた創作集「朝鮮の顔」(26年)などがあり、金東仁と並んで朝鮮近代短編小説の先駆者とされる。

ピョン・ヘヨン　片 恵英　*Pyun Hye-young*
韓国の作家
1972～
[出]ソウル　[学]ソウル芸術大学文芸創科卒, 漢陽大学国文学科修士課程修了　[賞]東仁文学賞(2011年), 李箱文学賞(2014年), 韓国日報文学賞, イ・ヒョソク文学賞, 今日の若い芸術家賞, 韓国現代文学賞
[歴]2000年「ソウル新聞」の新春文芸に短編「露はらい」でデビュー。韓国日報文学賞、イ・ヒョソク文学賞、今日の若い芸術家賞、東仁文学賞、李箱文学賞、現代文学賞を受賞。作品に短編集「アオイガーデン」「飼育場の方へ」「夜の求愛」「夜が過ぎる」、長編小説「灰と赤」「西の森へ行った」「線の法則」「The Hole」などがある。13年より明知大学文芸創作科教授を務める。

ヒラタ, アンドレア　*Hirata, Andrea*
インドネシアの作家
[出]バンカ・ブリトゥン州　[学]インドネシア大学経済学部卒, シェフィールド・ハラム大学修士課程修了
[歴]日系インドネシア人。インドネシア大学経済学部を卒業後、イギリスのシェフィールド・ハラム大学で経済学を専攻し修士号を取得。その後インドネシアに戻り、電気通信会社テレコムセルに勤務。2005年自身の子供時代をモデルとした「虹の少年たち(Laskar Pelangi)」で作家デビュー。同書は500万部を超えるベストセラーとなり、映画やドラマも大ヒットするなど、インドネシアでは“ラスカル・プランギ現象”とも呼ばれる社会現象を引き起こした。その後の続編も相次いで映画化され、「虹の少年たち」は20ケ国以上で翻訳、出版される。

ビラック, オラーヴォ　*Bilac, Olavo*
ブラジルの詩人, ジャーナリスト, 評論家
1865.12.16～1918.12.28
[出]リオデジャネイロ　[名]Bilac, Olavo Brás Martins dos Guimarães　[学]リオデジャネイロ大学医学部, サンパウロ大学法学部
[歴]ブラジル高踏派の代表的詩人。リオデジャネイロ大学医学部、サンパウロ大学法学部に通ったがどちらも卒業せず、ジャーナリストを経て視学官となる。退職後は文盲撲滅運動に参加し、児童を対象とした詩、読本、文選集を発表して識字率向上に尽力した。一方、処女詩集以来常に形式上の完成を追求した詩を発表。代表作といわれる2作目の「詩集」(1888年)には「銀河」「甲冑」「旅」などが収められている。他の詩集に「サグレス岬」(98年)、「子供のための詩集」(1904年)、ソネット集「批評と幻想」(04年)、詩集「皮肉と憐憫」(16年)、ソネット集「午後」(19年)などがある。ブラジル文学アカデミーの創設メンバーの一人で、同時代の作家から“詩壇の大御所”に選ばれる。ポルトガルのカモンイス、ボカージェ、ケンタールの3代詩人に匹敵するともいわれた。

ヒラハラ, ナオミ　*Hirahara, Naomi*
アメリカの作家
[出]カリフォルニア州パサデナ　[学]スタンフォード大学国際関係学部卒　[賞]MWA賞ペーパーバック賞(2007年)
[歴]日系3世。ロサンゼルス郊外で被爆者の両親の元で育つ。14歳の時に広島の祖母と平和記念資料館を訪れ、両親の苦難を深く知る。スタンフォード大学国際関係学部を卒業後、ロサンゼルスの日系人向け新聞「羅府新報」の記者兼編集者を経て、1996年カンザス州のニューマン大学ミルトンセンターに特別研究員として迎えられたのを機に同社を退職。97年からは編集・出版に携わる傍ら、ノンフィクション作品を執筆。被害者にも、加害者にもなれない灰色の存在である両親のようなアメリカ人被爆者のことを一人でも多くの人に知らせたいという思いから、父と同じ経緯で被爆したマスという日系2世の庭師を主人公にした小説「Summer of the Big Bachi」(2004年)で作家デビュー、同作はマカヴィティ賞の処女長編賞にノミネートされた。日本には、08年に〈庭師マス・アライ事件簿〉シリーズの2作目「ガサガサ・ガール」(05年)から紹介される。07年には3作目「スネークスキン三味線」(06年)でアメリカ探偵作家クラブ(MWA)賞ペーパーバック賞を受賞した。

ビラ・マタス, エンリーケ　*Vila-Matas, Enrique*
スペインの作家
1948～
[出]バルセロナ　[賞]ロムロ・ガジェゴス賞(2001年), フォルメントール賞(2014年), フランス外国最優秀作品賞
[歴]大学生の頃から雑誌の編集に携わり、映画評論を執筆。映画の製作にも関わる。1984年に発表した「詐欺」で作家として知られるようになり、85年に芸術家たちの秘密結社を描いた

「ポータブル文学小史」で一躍脚光を浴びる。以後、本国はもとよりフランス、イタリアなどの様々な文学賞を受賞。「バートルビーと仲間たち」でフランスの外国最優秀作品賞などを受賞。

ヒラーマン, トニー　Hillerman, Tony
アメリカのミステリー作家
1925.5.27～2008.10.26
⽣オクラホマ州　⽂オクラホマ大学（ジャーナリズム）卒
賞MWA賞最優秀長編賞，アンソニー賞，MWA賞巨匠賞（1991年）
略周りの住民の多くはポトワトミー・インディアンである貧しい農家に生まれる。15歳で父と死別。オクラホマ大学へ進むが中退し、1944年アメリカ陸軍へ。ヨーロッパ戦線で左足を負傷し、帰国。オクラホマ大学でジャーナリズムを専攻し、卒業後記者に。52年UP通信のサンタフェ支局長、地方紙「ニューメキシカン」編集局長を務める。63年アルバカーキに移り、以後、記者から作家に転向。70年インディアンの居留地をテーマにしたミステリー作品「崇り」でデビュー。その後、ナバホ・インディアンの刑事を主人公にした作品などを次々と発表、アメリカで最も人気のあるミステリー作家の一人となる。アメリカ探偵作家クラブ（MWA）会長も務め、91年には長年の功績を称えられ同クラブより巨匠賞を受けた。作品に「死者の舞踏場」「ピープル・オブ・ダークネス」「ブレッシング・ウエー」「時を盗む者」「コヨーテは待つ」「聖なる道化師」「転落者」など。

ビラロ, ラモン　Vilaró, Ramón
スペインの作家, ジャーナリスト
1945～
⽣ビック
略20年以上にわたり、主に日刊紙「EL PAIS（エル・パイス）」の海外特派員として、ブリュッセル、ワシントン、東京に駐在。スペインに帰国後は、カタルーニャの経済誌「Cinco Dias」代表。海外特派員として駐在した各国についての随筆や歴史小説を執筆。2011年フランシスコ・ザビエルの日本滞在を小説にした「侍とキリスト ザビエル日本航海記」（原題・「DAINICHI（大日）」）が翻訳出版された。

ピランデッロ, ルイージ　Pirandello, Luigi
イタリアの劇作家, 作家
1867.6.28～1936.12.10
⽣シチリア島アグリジェント　⽂ローマ大学, ボン大学（1891年）卒　賞ノーベル文学賞（1934年）
略シチリア島の硫黄販売業者の家に生まれる。1889年から詩集を発表、93年から小説を書き始める。97年～1922年ローマ大学文学部講師。04年父の事業失敗が妻に精神錯乱を起こさせ、以後妻の発作と異常な嫉妬に悩まされる。のちヴェリズモの流れを汲む自然主義作家から、人間の現実的存在に懐疑をもたらす題材を取り扱う作家へと変貌。15年から戯曲を書き、「作者を探す6人の登場人物」（21年）で"劇中劇"を創始し、世界的に有名になる。後期の戯曲の多くは映画化された。また25年ローマ芸術劇場劇団を結成し、ヨーロッパ、南米を巡業。34年ノーベル文学賞を受賞。他の作品に、小説「故マッティーア・パスカル」（04年）、「一人は誰でもなく、十万人」（25年）、戯曲「お気に召すまま」（18年）、「エンリーコ四世」（22年）、「本日は即興劇を」（29年）、「求めるまま」（30年）、評論集「諧謔精神」（08年）などがある。

ヒーリー, ジェレマイア　Healy, Jeremiah Francis
アメリカのミステリー作家, 法学者
1948.5.15～2014.8.14
⽣ニュージャージー州ティーネック　賞PWA賞最優秀長編賞（1986年）
略アメリカ陸軍で憲兵として兵役を務めたのち、1983年よりニューイングランド・スクール・オブ・ローで教鞭を執る傍らミステリーを書き始める。84年〈ボストンの私立探偵ジョン・カディ〉シリーズ第1作「少年の荒野」でミステリー作家としてデビュー。86年2作目の「つながれた山羊」でPWA賞最優秀長編賞を受賞。97年から執筆に専念。同シリーズの他の作品に「消された眠り」「死の跳躍」「死を選ぶ権利」などがある。

ピリニャーク, ボリス　Pilnyak, Boris Andreevich
ソ連の作家
1894.10.11～1938.4.21
⽣ロシア・モジャイスク　⽒ヴォガウ, ボリス〈Vogau, Boris〉
⽂モスクワ商業大学卒
略誕生日は10月11日説もある。父はドイツ移民出身の獣医。1915年頃から作品を書き始め、革命初期の時代を描いた長編「裸の年」（21年）で有名になる。スターリンが軍司令官フルンゼを謀殺したという噂に基づいた短編「消されない月の話」（26年）は即日発禁となった。ベルリンで刊行された「マホガニー」（29年）もソビエト文壇から非難を受け、反ソ活動の容疑で一切の文学団体から除名される。一方、20～30年代にかけて国内や世界各地を旅行、日本にも26年と32年の2度訪れており、日本旅行記「日本の太陽の根」（27年）、「日本印象記」（34年）、アメリカ旅行記「オーケー」（33年）などを遺している。"装飾主義（オルナメンタリズム）"と呼ばれる高度に様式化された文体は多くの追従者を生み、その実験的な作風でロシア・アヴァンギャルドを代表する作家であったが、37年トロツキスト及び日本のスパイ容疑で逮捕され、38年死刑判決を受けて即日銃殺された（公式発表では41年没）。戦後、名誉回復。他の作品に「機械と狼」（25年）、「ヴォルガはカスピ海に注ぐ」（31年）などがある。

ビリ・ベロツェルコフスキー, ヴラジーミル・ナウモヴィチ　Bill'-Belotserkovskii, Vladimir Naumovich
ソ連の劇作家
1885.1.9～1970.3.1
略ウクライナの貧しいユダヤ人の家に生まれる。革命前はアメリカで下層労働者として7年ほど働いたが、1917年帰国。20年アメリカの外国人労働者の生活を描いた短編集「涙を透した笑い」で文壇にデビュー。また戯曲「こだま」（24年）、「舵を左へ」（25年）ではアジ演劇の手法を用いた。他にも「血のしたたるビーフステーキ」（20年）、「嵐」（26年）、「左側の月」（28年）、「地底の声」（29年）、「人生は呼ぶ」（34年）など多くの戯曲を書き、戦後はアメリカ人の人種問題を扱った戯曲「皮膚の色」（48年）を発表した。

ヒリヤー, ロバート　Hillyer, Robert
アメリカの詩人
1895.6.3～1961.12.24
⽣ニュージャージー州イーストオレンジ　⽒ヒリヤー, ロバート・シリマン〈Hillyer, Robert Silliman〉　⽂ハーバード大学
賞ピュリッツァー賞（1934年）
略ハーバード大学で学び、1919～45年同大で教鞭を執る。17年処女詩集「ソネットとその他の抒情詩」を刊行。「全詩集」（33年）でピュリッツァー賞を受賞。格調高い伝統的なスタイルの詩が多く、新古典主義者とも呼ばれた。49年エズラ・パウンドの第1回ボーリンゲン賞受賞に反対する論文を発表して話題となった。他の詩集に「丘は希望を与える」（23年）、「七番目の丘」（28年）、「ロバート・フロストへの手紙とその他の詩」（37年）、「一日の型」（40年）、「音楽のための詩」（47年）、「キャプテン・ネモの死」（49年）、「遺物とその他」（57年）などがある。

ビリンガム, マーク　Billingham, Mark
イギリスの作家
⽣バーミンガム　賞シャーロック・アワード賞（2003年），クライム・ノベル・オブ・ザ・イヤー（2005年）
略2001年クライム・ノベルで作家デビュー。その後、「Scaredy Cat」で03年のシャーロック・アワードを、「Lazybones」で05年のクライム・ノベル・オブ・ザ・イヤーを受賞。テレビやラジオ番組などの放送作家、コメディアンとしても活躍。

ヒル, アンソニー　*Hill, Anthony*
オーストラリアの児童文学作家
1942.5.24〜
[出]メルボルン　[賞]オーストラリア・キリスト教文学賞（1995年），オーストラリア児童図書最優秀賞
[歴]「メルボルン・ヘラルド」「オーストラリア・フィナンシャル・レビュー」などのジャーナリストを経て、1988年初の児童書を出版。のち、キャンベラ近郊でアンティークショップを経営、アンティーク関連の書籍も刊行する。著書に「すすにまみれた思い出」などがある。

ヒル, ジェフリー　*Hill, Geoffrey*
イギリスの詩人
1932.6.18〜2016.6.30
[出]ウースターシャー州ブロムズグローブ　[名]Hill, Geoffrey William　[学]オックスフォード大学卒　[賞]ホーソーンデン賞（1969年），ジェフリー・フェイバー記念賞（1970年），ウィットブレッド賞（1971年），カーン賞（1998年），トルーマン・カポーティ賞（2009年）
[歴]1959年処女詩集「堕落せぬ者たちのために」を発表。以来、二つの賞を獲得した「丸太の王」（68年）や、ブレークの予言書を思わせる「マーシア讃歌」（71年）を発表し、宗教的傾向を強める。他に「暗闇の朝課」（78年）、評論集「境界の主」（83年）などを発表。死、愛、神、戦争、歴史、時間などを真正面から見据え、力強い荘重な幻想詩を書いた。その詩的重量感は圧倒的である。54年リーズ大学、81年ケンブリッジ大学を経て、88年ボストン大学教授、2010〜15年オックスフォード大学教授を務めた。12年ナイトの爵位を授与された。

ヒル, ジョー　*Hill, Joe*
アメリカの作家
1972.6.4〜
[出]メーン州ハーモン　[学]バッサー大学（1995年）卒　[賞]ブラム・ストーカー賞（2005年），イギリス幻想文学大賞（2006年），国際ホラー作家協会賞，アイズナー賞
[歴]ヒル・ジョーはペンネーム。20代で創作を始め、2005年デビュー作「20世紀の幽霊たち」でブラム・ストーカー賞、イギリス幻想文学大賞、国際ホラー作家協会賞を受賞。「ロック&キー」（05年）ではアイズナー賞を受賞。同作はシリーズ化された。「NOS4A2―ノスフェラトゥ」（13年）は同年度ブラム・ストーカー賞最優秀長編賞候補にノミネートされる。他の作品に「ハートシェイプト・ボックス」「ホーンズ 角」などがある。

ヒル, スーザン　*Hill, Susan*
イギリスの作家，評論家，脚本家
1942.2.5〜
[出]ノース・ヨークシャー州スカーバラ　[名]Hill Wells, Susan Elizabeth　[学]ロンドン大学キングズカレッジ（1963年）卒　[勲]CBE勲章　[賞]サマセット・モーム賞（1971年），ジョン・ルウェリン・リース賞（1972年），ウィットブレッド賞（1972年）
[歴]グラマースクールを経てロンドン大学キングズカレッジに学ぶ。早熟の才に恵まれ、在学中の1961年19歳で「The Enclosure（囲われた土地）」を出版。63年英語の最優等学位（B.A.）を取り卒業。同年2作目を刊行。その後「コベントリー・イブニング・テレグラフ」紙に勤め文芸批評欄を5年間担当。この間、他の定期刊行物にも評論を書き、ラジオドラマも手がける。71年5作目の「ぼくはお城の王様だ」でサマセット・モーム賞を受賞。72年30歳で王立文学協会の特別会員（Fellow of the Royal Society of Literature）となる。75年にシェイクスピア学者スタンリイ・ウェルズと結婚。出産により一時期執筆活動を中断したが、82年に発表した自伝的作品「イングランド田園讃歌」がベストセラーとなった。小説、戯曲、評論、ラジオドラマ、児童小説、エッセイなど多方面で活躍し、83年に発表した小説「黒衣の女―ある亡霊の物語」は、舞台劇、テレビ映画、ラジオドラマとなり、特に舞台劇は87年の初演以来ロンドンのウェストエンドでロングランを続ける。2012年にはイギリス・ハマー・フィルムの製作で劇場映画化された。他の著書に「キッチンの窓から」（1984年）、「庭の小道から」（86年）、「雪のかなたに」（87年）、「シェイクスピア・カントリー」（87年）、「私は産む―愛と喪失の四年間」（89年）、「ガラスの天使」（91年）、「丘」（2004年）などがある。

ヒル, デービッド　*Hill, David*
ニュージーランドの作家
1942〜
[出]ネイピア　[賞]ニュージーランド・ポスト賞，マーガレット・マーヒー賞（2005年）
[歴]高校教師、運転手、軍人など様々な職業を経て、1982年作家デビュー。多数の児童書および、ヤングアダルト小説を出版し、ニュージーランド・ポスト賞などを受賞。2005年ニュージーランドで児童文学に貢献した人に贈られるマーガレット・マーヒー賞に選ばれた。

ヒル, レジナルド　*Hill, Reginald*
イギリスのミステリー作家
1936.4.3〜2012.1.12
[出]ハートルプール　[名]別名＝ルエル，パトリック〈Ruell, Patrick〉 モーランド，ディック アンダーヒル，チャールズ　[学]オックスフォード大学（1960年）卒　[賞]CWA賞ゴールド・ダガー賞（1990年），CWA賞ダイヤモンド・ダガー賞（1995年），CWA賞短編ダガー賞（1997年）
[歴]1970年〈ダルジール警視〉シリーズ「A Clubbable Woman（社交好きの女）」でデビュー。以来、ダルジール警視とパスコー警部のコンビが活躍するシリーズのほか、冒険・スパイものといった作品を発表。「子供の悪戯」（87年）、「闇の淵」（88年）でイギリス推理作家協会賞（CWA賞）のダガー賞にノミネートされ、90年に発表した「骨と沈黙」で同賞ゴールド・ダガー賞を受賞。一方、ドンカスター教育大学で英文科教師を務める傍ら、ミステリーに関する評論も著し、大学の校外講座の一環として犯罪小説の変遷についての連続講義を担当した。他の著書に「殺人のすすめ」「スパイの妻」「パスコーの幽霊」「ソ連に幽霊は存在しない」「甦った女」「ベラウの頂」「異人館」「ダルジールの死」「探偵稼業は運しだい」「死は万病を癒す薬」など。

ピルキングトン, ドリス　*Pilkington, Doris*
オーストラリア先住民アボリジニの作家
1937〜
[出]ジガロング近郊　[名]アボリジニ名＝ヌギ・ガリマラ　[学]パース王立病院看護科卒
[歴]オーストラリアの先住民族アボリジニに生まれ、3歳で政府が決めた居留地に強制的に収容される。18歳の時、居留地出身者として初めてパース王立病院の看護科に入学。結婚後、パースで大学に進学。卒業後、西オーストラリア・フィルム・アンド・テレビジョン・インスティテューションで映像制作に関わる。1990年脚本作品「Caprice：A Stodkman's Daughter」で、アボリジニ作家のためのデービッド・ウナイポン賞を受賞。96年施設から脱出した母と叔母の体験をまとめた小説を出版。2002年「裸足の1500マイル」として映画化される。03年映画の公開に合わせ来日。

ピルチャー, ロザムンド　*Pilcher, Rosamunde*
イギリスの作家
1924.9.22〜
[出]コーンワル　[勲]OBE勲章（2002年）
[歴]18歳から「グッドハウスキーピング」「レディス・ホーム・ジャーナル」誌などを中心に数多くの短編を発表。英米はもとよりドイツ、フランス、北ヨーロッパ、韓国、インドなど各国で大変な人気を博す。代表作「シェルシーカーズ」（1987年）は世界で500万部のベストセラーとなる。続いて「九月に」（90年）が200万部を超えるベストセラーとなった。短編、中編、長編を多数発表。他の長編に「冬至まで」「帰郷」、短編集に「ロザムンドおばさんの贈り物」「ロザムンドおばさんのお

茶の時間」「ロザムンドおばさんの花束」などがある。

ヒルディック, E.W. *Hildick, E.W.*
イギリスの児童文学作家
1925.12.29〜
[出]ヨークシャー州　[賞]トム・ガロン賞(1950年), 国際アンデルセン賞国内優良賞(1968年)
[歴]図書館員、自動車修理工などを経て、1950年から4年間中学校の教員。傍ら作品を発表し始め、50年に短編に贈られるトム・ガロン賞、68年には「ルイのくじびき」で国際アンデルセン賞国内優良賞を受けた。他の主な作品に〈ジム・スターリング〉シリーズ〈レモン・ケリー〉シリーズ、〈マガーク少年探偵団〉シリーズなど。

ヒルデスハイマー, ウォルフガング *Hildesheimer, Wolfgang*
ドイツ(西ドイツ)の作家, 劇作家
1916.12.9〜1991.8.21
[出]ハンブルク　[学]ロンドン美術工芸専門学校(絵画)　[賞]ビューヒナー賞(1966年)
[歴]ユダヤ系。1933年ナチスを逃れてパレスチナに亡命。第二次大戦にはイギリス軍情報将校として参加。46年帰国、ニュルンベルク軍事裁判の同時通訳を務め、旧西ドイツの戦後文学世代を代表する"47年グループ"に参加。長編「詐欺師の楽園」(53年)、「テュンセット」(65年)、「マザンテ」(73年)、戯曲「もう遅い」(61年)などでドイツ不条理文学の第一人者と目された。77年にはこれまでの伝記に真っ向から挑戦した「モーツァルト」を発表、話題を呼んだ。

ヒ

ヒルトン, ジェームズ *Hilton, James*
イギリス生まれのアメリカの作家
1900.9.9〜1954.12.20
[出]ランカシャー　[名]筆名=トレバー, グレン〈Trevor, Glen〉　[学]ケンブリッジ大学クライスツ・カレッジ(1921年)卒　[賞]アカデミー賞脚色賞(1941年), ホーソーンデン賞(1934年)
[歴]ケンブリッジ大学クライスツ・カレッジ在学中から小説を書き、1920年処女作「キャサリン自身」を出版。21年卒業後も次々と小説を発表する傍ら、ダブリンの日刊紙「アイリッシュ・インディペンデント」のコラムを数年間担当し、各種新聞にも寄稿した。34年シャングリ・ラというチベットにある理想郷を舞台にした「失われた地平線」(33年)で作家としての地位を確立し、ホーソーンデン賞を受賞。同作により"シャングリ・ラ"という言葉は理想郷の代名詞として一般に定着した。また、中編「チップス先生さようなら」(34年)もベストセラーに。35年自作の映画化のため渡米、その後も映画産業のために著作を続け、のちアメリカに帰化した。41年にはウィリアム・ワイラー監督の映画「ミニヴァー夫人」の脚本でアカデミー賞脚色賞を受賞。42年「心の旅路」(41年)がマービン・ルロイ監督、47年「許されざる女」(45年)がエドワード・ドミトリク監督により映画化されている。「学校の殺人」(31年)などグレン・トレバー名義の作品もある。

ヒルフ, ダゴベルト *Gilb, Dagoberto*
アメリカの作家
1950〜
[賞]PEN/ヘミングウェイ賞
[歴]16年間建設作業員として働いていたが、創作講座を受講した事がきっかけで、レイモンド・カーバーに才能を見出される。処女短編集「The Magic of Blood」(1993年)でPEN/ヘミングウェイ賞受賞、PEN/フォークナー賞の最終選考にも残った。執筆活動の傍ら、サウスウェストテキサス州立大学で創作を教える。

ビーレック, ピーター *Viereck, Peter*
アメリカの詩人, 批評家, 歴史家
1916.8.5〜2006.5.13
[出]ニューヨーク市　[名]Viereck, Peter Robert Edwin　[学]ハーバード大学卒 Ph.D.　[賞]ピュリッツァー賞(1949年)
[歴]1941〜42年ハーバード大学、47〜48年スミス大学などで教鞭を執り、48年からマウント・ホリヨーク大学で教え、55年まで准教授。55年から同大ヨーロッパ及びロシア史教授を務めた。48年の処女詩集「恐怖と作法」で49年ピュリッツァー賞を受賞した。他の詩集に「The Persimmon Tree」(56年)、「Archer in the Marrow」(86年)など。批評家としては"新保守派"のスポークスマンと目され、ナチズムの心理分析をした「Metapolitics—From the Romantics to Hitler」(41年)がある。ほかに「Who Killed the Universe？」(48年)、「Shame and Glory of the Intellectuals」(53年)、「The Unadjusted Man：a New Hero for Americans」(56年)、「A Question of Quality」(76年)、「Archer in the Marrow」(詩集, 87年)、「Door：Last Poems」(2005年)など。

ビレンキ, ロマノ *Bilenchi, Romano*
イタリアの作家
1909.11.9〜1989.11.18
[歴]若い頃から、学友のM.マッカリの主宰する雑誌「セルバッジョ」に作品を投稿。ファシスト左派からレジスタンスの立場をとり、「アンナとブルーノ」(1938年)や「スターリングラードのボタン」等多くの著書を持つ。

ヒレンブラント, トム *Hillenbrand, Tom*
ドイツの作家
1972〜
[出]西ドイツ・ハンブルク(ドイツ)　[賞]フリードリヒ・グラウザー賞(ドイツ推理作家協会賞), クルト・ラスヴィッツ賞
[歴]「シュピーゲル・オンライン」の経済コラムや、名探偵シェフが活躍するミステリー・シリーズで人気を博す。2014年「ドローンランド」を発表。フリードリヒ・グラウザー賞(ドイツ推理作家協会賞)とクルト・ラスヴィッツ賞という、ドイツ語圏のミステリー、SFの主要賞を同時に受賞し、高い評価を得る。

ヒロネリャ, ホセ・マリア *Gironella, José María*
スペインの作家
1917.12.31〜2003
[賞]ナダル賞(1946年)
[歴]神学校に2年間在籍した後、様々な職業に就く。スペイン内戦時はフランコ軍の一員として従軍。1946年処女小説「ある男」を刊行してナダル賞を受賞。スペイン内戦での体験をもとにした連作「糸杉は神を信ず」(53年)、「百万人の死者」(61年)、「平和が勃発した」(66年)は国内外で大きな反響を呼び、一躍流行作家となった。他の作品に長編「生きることを余儀なくされて」(71年)、「悩み深き疑念」(86年)などの他、エッセイ「日本とその魅惑」(64年)もある。

ビンジ, バーナー *Vinge, Vernor*
アメリカのSF作家
1944.10.2〜
[出]ウィスコンシン州
[歴]20歳で短編を発表し、SF作家としてデビュー。豊富な科学知識を生かしたハードなSFを書くが、その語り口のうまさにも定評がある。1981年に「マイクロチップの魔術師」を発表、ヒューゴー賞とネビュラ賞の最終候補となる。ほかに、「平和戦争」(84年)など。

ピンスキー, ロバート *Pinsky, Robert Neal*
アメリカの詩人
1940.10.20〜
[出]ニュージャージー州ロングブランチ　[学]ラトガース大学卒, スタンフォード大学卒 Ph.D.　[賞]シェリー記念賞(1996年), レノア・マーシャル賞(1997年), PEN/フォークナー賞(2004年), カプリ賞(2009年)
[歴]詩人、批評家、翻訳家として活躍。1980年ボストン大学教授、89年から同大創作課程教授を務める。97年〜2000年アメリカの第39代桂冠詩人。インターネットを舞台に詩の朗読運動を展開、詩の雑誌「Slate」や「Favorite Poem Project」をネット上で主宰。01年東京での講演のため来日。

ピンター, ハロルド Pinter, Harold
イギリスの劇作家, 詩人, 脚本家
1930.10.10〜2008.12.24
㊥ロンドン市ハックニー ㊤レジオン・ド・ヌール勲章シュバリエ章(2007年) ㊥ノーベル文学賞(2005年)、デービッド・コーエン英文学賞(1995年)、ローレンス・オリビエ賞協会特別賞(1996年)、フランツ・カフカ賞(2005年)
㊥ロンドンの下町ハックニーで、ユダヤ系ポルトガル人の洋服仕立屋の家庭に生まれる。少年時代から俳優にあこがれ、演劇学校で学び、19歳の頃から巡回劇団の俳優として8年間イギリス全土を巡回。1950年に初めてラジオ出演。翌年から舞台俳優として活動する傍ら詩や小説を執筆し、57年最初の戯曲「The Room(部屋)」を書く。58年「The Birthday Party(バースデイ・パーティ)」を発表。60年アパートの一室の占有権をめぐる3人の争いを描いた「The Caretaker(管理人)」(59年)が興行的に成功を収め、演劇作家としての地位を確立。地下室で仕事を待つ2人の殺し屋が登場する「ダム・ウェイター(料理昇降機)」(57年)は、日本でもしばしば上演される。「フランス軍中尉の女」(81年)、「リユニオン―再会」(89年)などの映画の脚本も多数手がけ、演出家としても活躍。2005年ノーベル文学賞を受賞。日常生活の背後に潜む恐怖を描いて人間性の本質に迫る作風を示し、"脅迫の演劇"と命名された。また現実のとらえ難さを描く不条理劇の手法を確立し、"20世紀後半イギリスの最も偉大な劇作家"と呼ばれた。他の作品に「帰郷」(1966年)、「昔の日々」(70年)、「No Man's Land(誰もいない国)」(75年)、「見知らぬ場所で」(82年)、詩散文集「Poems and Prose」(49〜77年, 78年)などがある。
㊥妻＝アントニア・フレーザー(作家)

ヒンターベルガー, エルンスト Hinterberger, Ernst
オーストリアの作家
1931.10.17〜2012.5.14
㊥ウィーン ㊤ウィーン市文学奨励賞、アントーン・ヴィルトガンス賞
㊥作品に「ジョギング」などの刑事小説のほか、「カイザーミューレン・ブルース」(1994年)、「不滅のウィーンっ子ムンドゥル」「庶民」(95年)など、市井の人々のにぎやかで哀しい人生模様を描いた多くの小説、戯曲、テレビドラマがある。ウィーン市文学奨励賞、アントーン・ヴィルトガンス賞などを受賞。他の著書に「小さな花」がある。

ピンチー, メイブ Binchy, Maeve
アイルランドの作家
1940.5.28〜2012.7.30
㊥ダブリン郊外 ㊦ダブリン大学
㊥大学卒業後、教師、コラムニストを経て、作家活動に入る。アイルランドの人々の日常生活を生き生きと描いた作品が多い。数々のベストセラーがあり、「サークル・オブ・フレンズ」(1990年)は映画化もされ、アメリカで大ヒットを記録した。他の作品に「銀婚式」(79年)、「祈りのキャンドル」(82年)、「ライラック・バス」(84年)、「タラ通りの大きな家」(99年)、「幸せを運ぶ料理店」(2000年)がある。

ピンチョン, トーマス Pynchon, Thomas
アメリカの作家
1937.5.8〜
㊥ニューヨーク州ロングアイランド ㊦Pynchon, Thomas Ruggles, Jr. ㊦コーネル大学卒 ㊤ウィリアム・フォークナー賞(1963年)、全米図書賞(1973年)
㊥ピンチョン家はアメリカ最古の家柄の一つで父は測量技師。1953年16歳でコーネル大学応用物理工学科に入学。途中2年間の海軍生活を経て、57年に復学、英文科に移る。学生文芸誌「コーネル・ライター」の編集に参加し、59年同誌に処女短編「小量の雨」を発表。大学卒業後、62年までテクニカル・ライターとしてボーイング社に勤務。60年「エントロピー」を発表。63年二つの世界大戦前後の歴史を物語った百科全書小説「V.」を発表してフォークナー賞を受賞する。最先端の科学知識と幻想的イメージを用い、複雑で難解な語り口で現代の恐怖を描く。以後、公式な場に現れず、くわしい経歴や素顔は謎に包まれている。寡作だが、評論家の評価は極めて高く、現代を代表するポストモダニズム文学の作家として知られる。他の作品に「競売ナンバー49の叫び」(66年)、「重力の虹」(73年, 全米図書賞)、初期短編を収録した「スロー・ラーナー」(84年)、「ヴァインランド」(89年)、「メイスン＆ディクスン」(96年)、「逆光」(2006年)、「インヒアレント・ヴァイス(固有の瑕疵)」(邦題「LAヴァイス」)(09年)、「ブリーディング・エッジ」(13年)などがある。10年新潮社より「トマス・ピンチョン全小説」が刊行された。14年「インヒアレント・ヴァイス」がポール・トーマス・アンダーソン監督によって映画化される。

ビンディング, ルードルフ・ゲオルグ Binding, Rudolf Georg
ドイツの作家
1867.8.13〜1938.8.4
㊥スイス・バーゼル
㊥刑法学者カール・ビンディングの息子。法律や医学を学んだが、馬術が得意で40歳までは騎手、調教師として知られ、何度もオリンピックに出場してメダルも獲得。40歳の時にイタリアの詩人ダンヌンツィオに認められて文学を志す。第一次大戦では騎兵大尉、のち参謀将校。戦後作家活動を始め、戦争体験に基づく作品などで人気を得る。初期の傑作といわれる短編「犠牲行」(1912年)はリルケの「旗手クリストフ・リルケの愛と死の歌」と10年間ベストセラーの順位を競った。他の著書に、詩集「誇りと悲しみ」(22年)、日記「戦争の中から」(25年)、自伝「体験された人生」(27年)や、「傷心のモーゼル旅行」(32年)などがある。ナチスに対しては迎合的姿勢を示した。
㊥父＝カール・ビンディング(刑法学者)

ピントフ, ステファニー Pintoff, Stefanie
アメリカの作家
㊦コロンビア大学ロースクール卒、ニューヨーク大学 文学博士(ニューヨーク大学) ㊤ミナト・ブックス・ミステリーコンテスト第1席, MWA賞最優秀新人賞(2010年)
㊥コロンビア大学ロースクールを卒業し、ニューヨーク大学で文学博士を取得。検事、教師などを経て、2009年のデビュー作「邪悪」で、セント・マーティンズ社とアメリカ探偵作家クラブ(MWA)が共催した第1回ミナト・ブックス・ミステリーコンテストの第1席を獲得したほか、10年MWA賞最優秀新人賞を受賞。アガサ賞、アンソニー賞、マカヴィティ賞の各新人賞にもノミネートされた。同作は〈Simon Ziele〉としてシリーズ化され、第2作「ピグマリオンの冷笑」(10年)、第3作「Secret of The White Rose」(11年)と続く。

【フ】

ファイコ, アレクセイ Faiko, Aleksei Mikhailovich
ソ連の劇作家
1893.9.19〜1978.1.25
㊥モスクワ ㊦モスクワ大学文学部(1917年)卒
㊥1917年大学卒業とともに演出者、俳優として演劇界に入り、劇作に励む。23年革命劇場で上演された「リュリ湖」で一躍有名となり、その後もヨーロッパの革命運動やブルジョワ道徳の退廃を描いた作品を発表、モスクワの諸劇場で上演された。代表作に十月革命直後のロシア知識階級の一面を生々しく描いた「鞄をもつ男」(28年)がある。ほかに、「ブブス先生」(25年)、「冒険家エヴグラフ」(26年)、「割の悪い役」(32年)、「コンサート」(35年)、第二次大戦後の作品に「五人の女友達」(49年)、「偶像を作るな」(56年)など。また、音楽劇や映画台本作者、諸民族共和国作家の劇曲翻訳者としても多くの業績がある。

ファイズ, ファイズ・アハマド　Faiz, Faiz Ahmad
パキスタンのウルドゥー語詩人
1911.2.13〜1984.11.20
⽣英領インド・パンジャブ州シアルコット(パキスタン)　賞レーニン平和賞(1962年), ロータス賞(1975年)
略カレッジまで生地のシアルコットで学び、ラホールのガバメント・カレッジで英文学の、オリエンタル・カレッジでアラビア文学修士号を取得。1935年アムリットサルのM・A・Oカレッジに英語講師として赴任。傍ら、イギリスからの解放を目指した民族運動に影響を受け、36年共産主義文化運動の進歩主義作家協会に参画。進歩主義作家運動の推進者であり、形式を尊ぶウルドゥー語の詩に、自由な詩形を導入した抵抗詩人の一人。42〜47年コミンテルンの方針に従って英領インド軍に従軍。47年インドとパキスタンが分離独立するとパキスタンに移り住み、「パキスタン・タイムズ」紙の編集に携わった。51年クーデターを謀議したとされるラワルピンディ陰謀事件に連座して逮捕され、51〜55年入獄。ウルドゥー語日刊紙「イムローズ」の編集などを手がけ、64年からパキスタン芸術評議会会長。72年ズルフィカール・アリ・ブット大統領の下で文化担当官となったが、79年失脚したブットが処刑されたのを機に出国。世俗系イスラム教徒で、パキスタンを代表する左派知識人。パレスチナ解放機構(PLO)を積極的に支援するなど、活発な政治行動でも知られた。詩集に「叫びの刻印」(43年)、「そよ風の手」(52年)、「獄中記」(56年)、「重石の下の手」(65年)、「シナイの谷間で」(71年)、「友の町の夕べ」(80年)、「わが心、われら旅人」(81年)などがある。

ファイフィールド, フランセス　Fyfield, Frances
イギリスのミステリー作家, 弁護士
1948〜
⽣ダービーシャー州　本ヘガティ, フランセス〈Hegarty, Frances〉　賞CWA賞シルバー・ダガー賞(1991年), CWA賞ダンカン・ローリー・ダガー賞(2008年)
略英語教師、店員、劇場の衣装係などの職を転々とした後、銀行の顧問弁護士に転向。その後、刑事専門の事務弁護士の傍ら、ミステリー作家として活躍。1988年〈弁護士ヘレン〉シリーズの「愛されない女」でデビュー。他の作品に「鏡のなかの影」(89年)、「別れない女」(90年)、「目覚めない女」(91年)など。また、本名フランセス・ヘガティ名義で「The Playroom (遊戯室)」(91年)、「Half Light (薄明かりの部屋)」(92年)も執筆。

ファイユ, ガエル　Faye, Gaël
ブルンジの作家, 音楽家
1982〜
⽣ブルンジ　賞ゴンクール賞(2016年), FNAC小説賞(2016年)
略フランス人の父とルワンダ難民の母との間に生まれる。1995年フランスへ移住。2009年音楽グループ"Milk Coffee and Sugar"を結成しデビュー。16年作家デビュー作「ちいさな国で」で高校生が選ぶゴンクール賞、FNAC小説賞を受賞。

ファイユ, ジャン・ピエール　Faye, Jean-Pierre
フランスの作家, 詩人
1925.7.19〜
⽣パリ　学パリ大学(哲学)　賞ルノードー賞(1964年)
略1954〜55年にシカゴ大学の交換研究員となり渡米、帰国して55〜56年リール大学助教授、59〜60年ソルボンヌの大学に移った。60年より国立学術研究センターの研究員を務め、同センター長官に就任した。この間種々の学術機関の設立に尽力するとともに、86〜90年にはパリのヨーロッパ哲学大学の創立に従事してその学長を務めるなど、大学関係の要職を歴任した。創作は50年代末より一貫して続け、60年にP.ソレルスらと「テル・ケル」誌の創刊に加わったが、68年には別れて「シャンジュ」誌を創刊した。先鋭な問題意識のもと前衛的詩集や実験小説を作り、64年の小説「L'écluse (水門)」でルノードー賞を受賞。他の作品に詩集「逆流した川」(59年)、戯曲「魂と石」(64年)、小説「街々のあいだで」(58年)、「脈動」(62年)、評論集に小説論「唯一の物語」('67年)、ファシズム言語を分析した「全体主義的言語」(72年)など。

ファイン, アン　Fine, Anne
イギリスの児童文学作家
1947.12.7〜
⽣レスターシャー州レスター　学ウォリック大学歴史・政治学専攻卒　栄OBE勲章(2003年)　賞カーネギー賞(1989年・1992年), ガーディアン賞(1990年), ウィットブレッド賞(1993年・1996年)
略中学教師やオクファム(オックスフォードに本部を置く世界的な貧窮者救済機関)の情報担当官として働く。出産後に物語を書きはじめ、「ぎょろ目のジェラルド」(1989年)でカーネギー賞・ガーディアン賞、「フラワー・ベイビー」(92年)でカーネギー賞・ウィットブレッド賞、「チューリップ・タッチ」(96年)でウィットブレッド賞を受賞するなど、イギリスを代表する児童文学作家として活躍。2001〜03年2代目の"子供のための桂冠詩人"に選ばれた。他の著書に「ミセス・ダウト」(1987年)、「妖怪バンシーの本」(91年)、「キラーキャットのホラーな一週間」(94年)、「それぞれのかいだん」(95年)、「おしゃれ教室」(99年)などがある。

ファインスタイン, エレーヌ　Feinstein, Elaine
イギリスの詩人, 作家
1930.10.24〜
⽣リバプール
略ヨーロッパの劇的事件をフィクション仕立てで扱う作品で好評を得る。ラジオ、テレビの脚本も手がける。小説に「あなたが必要とするすべてのもの」「母の娘」「三文オペラに恋して」、詩集に「人びと」「日光」、評伝に「ブルースの女王ベッシー・スミス」「D.H.ローレンス伝」など。

ファインタック, デービッド　Feintuch, David
アメリカの作家
1944.7.21〜2006.3.16
⽣ニューヨーク　学ハーバード・ロースクール卒　賞ジョン・W.キャンベル記念賞(1994年)
略少年時代は図書館に入り浸りSFを読みあさる。インディアナ州とボストンで学び、弁護士、写真家、古物商を経て、作家の道に進む。1994年「大いなる旅立ち」でデビュー。以後〈銀河の荒鷲シーフォート〉シリーズを書き継ぐ。イギリス海軍史とナポレオン時代の研究をライフワークとする。

ファインバーグ, アナ　Fienberg, Anna
イギリス生まれのオーストラリアの児童文学作家
1956〜
賞オーストラリア最優秀児童図書賞(低学年部門)(1992年)
略イギリスに生まれ、3歳のときにオーストラリアに移住。青少年向け文芸誌「スクール・マガジン」の編集者を経て、1988年「クマのビリーとあらしの冬」で作家デビュー。92年オーストラリア最優秀児童図書賞(低学年部門)を獲得するなど、オーストラリアを代表する児童文学作家として活躍。母バーバラとの共作に〈タシのぼうけん〉シリーズがある。

ファウアー, アダム　Fawer, Adam
アメリカの作家
1970〜
学ペンシルベニア大学(統計学) M.B.A.(スタンフォード大学)　賞世界スリラー作家クラブ新人賞(2006年)
略幼い頃に病で視力を失い、度重なる手術のため少年時代の多くを病院で過ごし、病床で小説の朗読テープを聴いていた。やがて視力が回復、ペンシルベニア大学で統計学を学び、スタンフォード大学でM.B.A.を取得。有名企業でマーケティングを担当する傍ら、一念発起して執筆した「数学的にありえない」(2005年)で作家デビュー。日米独伊ほか15ケ国以上で出版されるベストセラーとなり、06年第1回世界スリラー作家クラブ新人賞を受賞した。

ファウラー, カレン・ジョイ　Fowler, Karen Joy
アメリカの作家
1950〜
⊕インディアナ州ブルーミントン　⊗カリフォルニア大学バークレー校(政治学)卒　⊛ヒューゴー賞(キャンベル賞)(1987年)、世界幻想文学大賞(短編集)(1999年・2010年)、ネビュラ賞(短編)(2003年・2008年)、PEN/フォークナー賞(2014年)
㊗30歳で作家になることを決意し、カリフォルニア大学デービス校で創作のクラスを受講。やがてSF小説を発表し始め、1986年短編集「Artificial Things」で注目される。短編小説「What I Didn't See」(2003年)と「Always」(08年)でネビュラ賞を受賞。また、ファンタジー「Black Glass」(1997年)と「What I Didn't See, and Other Stories」(2010年)で世界幻想文学大賞を受賞。文芸小説「Sister Noon」(11年)でPEN/フォークナー賞にノミネート。04年に出版された「ジェイン・オースティンの読書会」は熱烈な賛辞を受け、「ニューヨーク・タイムズ」紙のフィクション・ベストセラーリストに載ったほか、ロビン・スウィコード監督で映画化された。14年文芸小説「We Are All Completely Beside Ourselves」でPEN/フォークナー賞を受賞。

ファウラー, クリストファー　Fowler, Christopher
イギリスの作家
1953〜
㊗コピーライターから身を起こし、コマーシャル製作会社を設立。商品広告以外に映画の予告編の製作、映画の宣伝、映画の製作を行い、傍ら、ラジオやテレビの脚本も書く。小説には"都市のパラノイア"をテーマにした2冊の書き下ろしホラー短編集「City Jitter」(1988年)、「More City Jitters」(89年)の他、地上に住む人間の知らない異世界の冒険を描くファンタジー長編「Roofworld(ルーフワールド)」(88年)、中短編集「The Bureau of Lost Soul」などがある。

ファウルズ, ジョン　Fowles, John
イギリスの作家
1926.3.31〜2005.11.5
⊕エセックス州リー・オン・シー　⊗Fowles, John Robert　⊗オックスフォード大学仏文科(1950年)卒　⊛W.H.スミス文学賞(1970年)
㊗フランスやギリシャなどで英語教師をしながら習作を続け、変質者の異常な愛の物語を描いた「The Collector(コレクター)」(1963年)で注目を浴びる。その後も「The Magus(魔術師)」(66年)など数々の名作を発表。緻密な文体によって幻想的な世界を描き、現代イギリス小説の第一人者としての評価を得た。映画化された第3作「フランス軍中尉の女」(69年)は、19世紀イギリスを舞台に現実を重視した作品と思わせるが、複数の結末を並記する特異な形態をとる。同作はベストセラーとなり、81年にメリル・ストリープ主演で映画化され、世界的な話題を呼んだ。この他、長編「鳥」(78年)「木」(79年)「マゴット」(85年)、中編「黒檀の塔」(74年)、自伝的作品「ダニエル・マーティン」(77年)、童話「シンデレラ」の翻訳などがある。

ファウンテン, ベン　Fountain, Ben
アメリカの作家
1958〜
⊕ノースカロライナ州　⊗ノースカロライナ大学チャペルヒル校、デューク大学卒　⊛PEN/ヘミングウェイ賞、全米批評家協会賞(2012年)
㊗ノースカロライナ大学チャペルヒル校で英文学を学んだ後、デューク大学で法学を学ぶ。卒業後しばらくはテキサス州ダラスで弁護士として働くが、1988年専業作家となる。2006年刊行の初短編集「チェ・ゲバラとの短い遭遇」でPEN/ヘミングウェイ賞を、12年長編「ビリー・リンの永遠の一日」で全米批評家協会賞を受賞。

ブアジェイリー, バンス　Bourjaily, Vance Nye
アメリカの作家
1922.9.17〜2010.8.31
⊕オハイオ州クリーブランド　⊗ボードイン大学卒
㊗第二次大戦中、陸軍に従軍。この時の中近東、イタリア転戦の体験をもとにして、1947年に大戦中の一青年に訪れたモラルの崩壊を描いた処女長編「わが生涯の終り」で文壇にデビュー。戦後作家の一人として注目を浴びる。大作「汚されしもの」(58年)、半自伝的な「空しい青春の告白」(60年)、「ケネディを知っていた男」(67年)などで地位を確立。この間、51〜53年雑誌「ディスカバリー」の編集に一時携わった。また61年アイオワ大学教授、89年ルイジアナ州立大学英語教授も務めた。他の作品に「地の犬」(54年)、「廃墟の中のブリル」(70年)、「いま、カンタベリーで」(76年)、「男たちのゲーム」(80年)、「Old Soldier(オールド・ソルジャー)」(90年)、「Fishing by Mail: The Outdoor Life of a Father and Son」(93年)など。

ファージョン, エリナー　Farjeon, Eleanor
イギリスの作家, 詩人, 童話作家
1881.2.13〜1965.6.5
⊕ロンドン　⊗別筆名=トムフール　⊛カーネギー賞(1955年)、国際アンデルセン賞作家賞(1956年)
㊗ユダヤ系イギリス人の流行作家を父に、アメリカ俳優の娘を母に持ち、作家や詩人が出入りする家庭で育った。正規の学校教育を受けず、代わりに"本なしで生活するよりも、着るものなしでいる方が自然に思われた"ほど多量の書物を耽読、7歳の頃から詩や物語を創作し始める。1916年処女作「ロンドンの町の童唄」を発表。21年「リンゴ畑のマーティン・ピピン」で作家としての地位を確立。他の著書に「町かどのジム」(34年)、自選集「ムギと王さま」(55年)など。古い伝承を素材に詩情あふれるファンタジーを書き、"イギリスのアンデルセン"といわれる。詩人としては、ソネット集「First and Second Love(第一と第二の愛)」(47年)がある。また、オペレッタ「The Two Bouquets」(38年)、パントマイム「ガラスのくつ」(44年)、児童劇「銀のシギ」(48年)なども発表。「ファージョン作品集」(岩波書店)がある。また児童文学で貢献した人に贈られる賞に"ファージョン賞"がある。
㊗弟=ハーバート・ファージョン(作家)

ファースト, ハワード・メルビン　Fast, Howard Melvin
アメリカの作家, 平和運動家
1914.11.11〜2003.3.12
⊕ニューヨーク　⊗別筆名=カニンガム, E.V.　⊛スターリン平和賞(1953年)
㊗ユダヤ系。工場労働者の子に生まれ、11歳の時から働く。放浪生活ののち、1930年代に作家として自立し、歴史上の人物に題材を取った小説などを発表。「市民トム・ペイン」(43年)で注目され、「自由の道」(44年)で米文壇に不動の地位を築いた。ローマ帝国の奴隷の反乱を取り上げた「蜃気楼」(51年)は、カーク・ダグラス主演で「スパルタカス」(60年)として映画化された。他の作品に「ぼくらは無罪だ！」「平凡な教師」「アメリカ人」「ディナー・パーティー」「移民の娘」など。43年アメリカ共産党入党。50年下院非米活動委員会による赤狩りの対象になり、3ケ月間獄中生活を送った。同年世界平和評議会に参加。57年共産党を離党した。

ファッブリ, ディエゴ　Fabbri, Diego
イタリアの劇作家
1911.7.2〜1980
⊕フォルリ　⊗ボローニャ大学(法律)
㊗大学卒業後、カトリックの出版社に勤め、1940年ローマのカトリック・フィルム・センター総支配人となった。この間35年に書いた厭世的な「結び」が、ファシスト政府により、36年上演禁止の憂き目にあった。第二次大戦中は反ファシズムの姿勢をとり、戦後カトリックの意識から現代人の苦悩と社会の腐敗を描いた作品を続々と発表し、戦後イタリアの劇作家を代表する一人となる。代表作に現代における神と信仰の復活

を求めた「キリストの審判」(55年)、「徹夜式」(57年)、「未知の神」(80年)があるほか、現代風俗を織りこんだ「女たらし」(51年)、「嘘つき女」(56年)など。

ファジェーエフ, アレクサンドル・アレクサンドロヴィチ
Fadeev, Aleksandr Aleksandrovich
ソ連の作家
1901.12.24〜1956.5.13
㊦ロシア・トベリ県 ㊥スターリン賞(1946年)
㊨トベリ県の教師の息子として生まれる。幼い頃に母が職業革命家と再婚し、1908年一家で極東に移ったことから少年時代より極東の革命闘争に身を投じる。その体験を描いた「流れに抗して」(23年)、中編「氾濫」(24年)で作家デビュー。27年極東でのパルチザン闘争を描いた長編「壊滅」で一躍プロレタリア文学作家の中心的存在となり、若くしてロシア・プロレタリア作家協会(ラップ、RAPP)の指導者の一人となった。34年ソ連作家同盟が設立されるとソ連共産党グループの責任者、ゴーリキー没後は事実上の指導者となり、39年文学者代表として党中央委員に就任。第二次大戦後はソ連作家同盟書記長として社会主義リアリズム路線を積極的に推し進め、文学をスターリン体制に組み入れるために最も顕著な役割を果たした。ドイツ占領下の抵抗運動の実話に基づく長編「若き親衛隊」(45年)はスターリン賞を受けたが、党の批判にさらされ、51年改作を世に問うた。文学理論家、文学行政家として腕を振るったが、長編「ウデゲ族の最後の者」(29〜40年)は未完に終わり、最後の長編「鉄鋼」も中途で挫折するなど、作家としては大成できなかった。56年スターリン批判が始まると自ら命を絶った。

ファーバー, エドナ *Ferber, Edna*
アメリカの作家, 劇作家
1887.8.15〜1968.4.16
㊦ミシガン州カラマズー ㊥ピュリッツァー賞(小説部門)(1925年)
㊨ユダヤ系。生計を支えるためウィスコンシンで報道記者となり、作家として「ドーン・オハラ」(1911年)で認められ、その後短編を多く発表した。25年一人の女性の一生を描いた「ソー・ビッグ」(24年)でピュリッツァー賞を受賞、一躍有名になる。作品は映画化されたものも多い。他の主な作品に小説「ショウ・ボート」(26年、29年ミュージカル化)、「シマロン」(30年)、「サラトガ本線」(41年)、「ジャイアンツ」(52年)、共同戯曲「ステージ・ドア」(36年)などがある。

ファベロン・パトリアウ, グスタボ *Faverón Patriau, Gustavo*
ペルーの作家, 文芸批評家, ジャーナリスト
1966〜
㊦リマ ㊧ペルー・カトリカ大学、コーネル大学大学院
㊨ペルー・カトリカ大学で文学と言語学を専攻した後、アメリカ・コーネル大学大学院でスペイン語圏の文学を研究。メーン州のボードウィン大学で教鞭を執りながら執筆活動を行い、2010年「古書収集家」で作家デビュー。05〜11年に書き綴ったブログ「プエンテ・アエレオ」(「空中の橋」の意)はスペインの日刊紙「ABC」から"スペイン語圏において最も影響力のあるブログ"との評価を受けた。

ファーマー, ジェリリン *Farmer, Jerrilyn*
アメリカのミステリー作家
㊦イリノイ州 ㊥マカヴィティ賞(最優秀新人賞)
㊨大学では演劇と英文学を専攻。卒業後、クイズ番組の制作会社に勤務、問題作成でケーブルテレビ優秀賞を受賞。「サタデーナイトライブ」などの脚本を手がける。傍ら、1998年〈ケータリング探偵マデリン〉シリーズ第1作「死人主催晩餐会」を発表し、ミステリー作家としてデビュー。同書は、マカヴィティ賞最優秀新人賞を受賞し、アガサ賞やアンソニー賞の候補となる。同シリーズ2作目・3作目もアガサ賞、レフティ賞候補となるなど、高い評価を得る。

ファーマー, パトリック・リー *Fermor, Patrick Leigh*
イギリスの作家
1915.2.11〜2011.6.10
㊦ロンドン ㊨ファーマー, パトリック・マイケル・リー〈Fermor, Patrick Michael Leigh〉 ㊧キングズ・スクール除籍 ㊥ハイネマン賞(1950年)、W.H.スミス文学賞(1978年)
㊨1933年カンタベリーのキングズ・スクールを除籍となり、その後4年間に渡ってオランダからトルコまで徒歩旅行した。第二次大戦中の44年、英陸軍少佐として赴いたギリシャのクレタ島で占領していたナチス・ドイツの軍司令官の拉致作戦に成功。このエピソードがのちにダーク・ボガード主演で映画化された。戦後少佐で退役後、中米・カリブ海地方を旅行し、処女作のカリブ紀行「旅人の木」(50年)でハイネマン賞を受賞。他の作品に、ギリシャ紀行「マーニ」(58年)や、戦前にオランダからトルコまで旅した際のエピソードをまとめた回想記「贈り物の時」(77年)などがある。

ファーマー, フィリップ・ホセ *Farmer, Philip José*
アメリカのSF作家
1918.1.26〜2009.2.25
㊦インディアナ州テレ・ホウト ㊨ファーマー, フィリップ・ジョーズ〈Farmer, Philip Jose〉筆名＝トラウト, キルゴア チェイピン, ポール マンダース, ハリイ ソマーズ, ジョナサン・スウィフト ㊧ブラッドリー・カレッジ(1950年)卒 ㊥ヒューゴー賞(1953年)、ヒューゴー賞(1968年)、ヒューゴー賞(1972年)、世界幻想文学大賞功労賞、アメリカSF作家協会グランド・マスター賞
㊨両親とも熱心なクリスチャン・サイエンスの信者。1952年当時SF界でタブーとされた異星の生物と地球人との性的関係をテーマにした「恋人たち」を書き、スタートリング・ストーリーズ誌に発表、同年のヒューゴー賞を受賞した。以後、目覚しい活躍をみせ、生物学、性医学、心理学的テーマを一貫して追求しながら、「緑の星のオデッセイ」などを発表。68年には中編「Riders of the Purple Wage(紫年金の遊蕩者たち)」でヒューゴー賞に再度輝き、アメリカSF界で不動の地位を築いた。72年〈リバーワールド〉シリーズ第1作「果しなき河よ我を救え」で3度目のヒューゴー賞を受賞。数多くの筆名を使って作品を発表し、生涯で75作以上の小説を書いた。'60、70年代の最も有名なSF作家の一人として知られる。他の作品に〈グレートハート・シルバー〉シリーズ、〈階層宇宙〉シリーズなど

ファーマー, ペネロピ *Farmer, Penelope*
イギリスの児童文学作家
1939.6.14〜
㊦ケント ㊧オックスフォード大学
㊨オックスフォード大学で歴史学を専攻。児童文学作家として「夏の小鳥たち」(1962年)、「冬の日のエマ」(66年)、「ある朝、シャーロットは…」(69年)、「骨の城」(72年)などの作品があり、「イヴの物語」(85年)は大きな反響を呼んだ。ダイナミックな物語展開、鮮やかな心理描写、意表をつくアイデアを特徴とする。

ファム・コン・ティエン *Pham Cong Thien*
ベトナムの詩人, 思想家
1941.6.1〜2011.3.8
㊦ミィトー
㊨小学校を退学後、10代半ばより執筆活動を始める。評論集「文芸と哲学における新たな意識」(1964年)、詩集「蛇の生まれ出づる日」(66年)、思想書「深淵の沈黙」(67年)、小説「太陽などありはしない」(67年)といった60年代半ばより発表された一連の著作によって、ベトナム戦争当時の南ベトナムで話題となり時代の寵児となる。66〜70年仏教系私立大学万行大学文学・人文科学学部の学部長を務める。70年南ベトナムを去ると同時に断筆。75〜83年フランスのトゥールーズ大学で西洋哲学の助教授を務めた後、アメリカに移住。87年に執筆活動を再開し、文学・哲学・仏教思想に関する多くの著作を

発表した。

ファーユ, エリック　*Faye, Éric*
フランスの作家
1963.12.3〜
[出]リモージュ　[学]エコール・シュペリユール・ド・ジュルナリスム(リール)　[賞]アカデミー・フランセーズ賞(2010年)
[歴]ロイター通信の記者として勤務しながら、1990年より創作活動に入る。2010年「長崎」でアカデミー・フランセーズ賞を受賞。12年には日本に滞在し、日々の印象を綴った「みどりの国 滞在日記」(14年)、北朝鮮による日本人拉致事件を小説化した「エクリプス」(17年)を刊行。他の著書に「雨の海クルーズ」「痕跡のない男」「わたしは灯台守」などがある。

ファラー, ヌルディン　*Farah, Nuruddin*
ソマリアの作家, 劇作家
1945.11.24〜
[出]イタリア領ソマリランド・バイドア　[学]パンジャブ大学, ロンドン大学, エセックス大学　[賞]ノイシュタット国際文学賞(1998年)
[歴]イタリア領だったソマリアに生まれ、エチオピアとモガディシオで中等教育を受け、卒業後ソマリア文部省に勤務。1966年インドへ渡り、パンジャブ大学で哲学と文学を学んだ。70年モガディシオに帰り、中学校とソマリア国立大学で教え、ソマリ語で小説を執筆。74年イギリスのロンドン大学とエセックス大学に留学、エセックス大学で修士号を取得。この頃ロンドンのロイヤル・コート劇場で演劇を勉強。76年ローマに渡りイタリア文化を研究、その後アメリカのコネティカット大学とカリフォルニア大学ロサンゼルス校、ナイジェリアのジョス大学、そのほか西ドイツの大学で教えた。処女作「ねじれた肋骨から」(70年)と「むき出しの針」(76年)で伝統的な社会に閉じ込められ屈従を強いられている女性の現実を鋭く批判し、社会改革を求めた。ソマリアのバレ政権には批判的で、3部作「甘ずっぱいミルク」(79年)、「いわし」(81年)、「閉じよ、ゴマ」(83年)でバレ独裁体制下の政治的抑圧を描き、そのため国外追放処分を受け長い間亡命生活を強いられた。他に「地図」(85年)や戯曲もあり、アフリカを代表する社会派作家として知られる。

ファラダ, ハンス　*Fallada, Hans*
ドイツの作家
1893.7.21〜1947.2.5
[出]グライフスバルト　[名]ディツェン, ルドルフ〈Ditzen, Rudolf〉
[歴]司法官僚の息子で、26歳で作家デビュー。筆名の“ハンス・ファラダ”はグリムのメルヘンに由来する。時事風刺小説「農民とボスと爆弾」(1931年)を経て、32年世界恐慌による失業時代を背景とした長編「しがない男よ、さてどうする?」で一躍ベストセラー作家となる。以後、「一度臭い飯を食ったものは」(34年)、「狼たちの中の狼」(37年)などを発表し、細密な環境描写で第一次大戦後のインフレと失業の時代の世相を写した。ナチス時代も国内に留まるが“望ましくない作家”に分類され、反ユダヤ的な作品や国策映画の原案などの執筆命令などを受け、困難な執筆生活を続けた。アルコール及び薬物依存で精神病院に入院し、終戦を迎える。「ベルリンに一人死す」(47年)を書き上げて間もなく亡くなった。

ファラーチ, オリアーナ　*Fallaci, Oriana*
イタリアのジャーナリスト, 作家
1929.6.29〜2006.9.15
[出]フィレンツェ
[歴]第二次大戦中は反ファシズム活動に従事。戦後、ジャーナリズムの道に入り、20歳の時にはすでにイタリア有数の時事週刊誌「エウロペーオ」に記事を寄せていた。イタリアで最も著名な女流ジャーナリストで、「エウロペーオ」をはじめとして「タイム」「シュピーゲル」「エクスプレス」など欧米の主要紙誌に寄稿して国際的に活躍。パレスチナ解放機構(PLO)のアラファト議長や、キッシンジャーアメリカ国務長官ら海外要人とのインタビューに次々と成功して名声を博し、中でもイランのイスラム革命指導者であるホメイニ師を取材した時に、同師を“暴君”と言い放ったことで知られる。多数の著作があるが、それらはルポルタージュ、インタビュー、小説の3部門に分けられ、小説に「Penelope alla guerro(戦場のペーネロペー)」(1962年)、「Lettera a un bambino mai nato(生まれなかった子への手紙)」(75年)などがある。2001年アメリカ同時多発テロ後に著したベストセラーとなった「怒りと誇り」ではイスラム原理主義に対する敵対的な姿勢を示した。

ファーリンゲティ, ローレンス　*Ferlinghetti, Lawrence*
アメリカの詩人
1919.3.24〜
[出]ニューヨーク州ヨンカーズ　[名]ファーリング, ローレンス〈Ferling, Lawrence〉　[学]ノースカロライナ大学卒, コロンビア大学 博士号(ソルボンヌ大学)(1951年)
[歴]ノースカロライナ大学卒業後海軍に従軍し、戦後コロンビア大学に学ぶ。ソルボンヌ大学に留学後サンフランシスコに居を定め、新しい詩の運動に参加。1955年書店兼出版社のシティライツ社を設立。56年アレン・ギンズバーグの「吠える/その他の詩」を出版し猥褻罪で逮捕されるなど、ビート詩運動の長老として長年にわたって運動を支える。劇作家、作家でもある。作品に詩集「心のコニーアイランド」(58年)、「サンフランシスコから始める」(61年)、小説「Her」「Love in the Days of Rage」(84年)などがある。

ファルコネス, イルデフォンソ　*Falcones, Ildefonso*
スペインの作家, 弁護士
1958〜
[出]バルセロナ　[賞]ホセ・マヌエル・ララ財団主催年間ベストセラー小説賞(2006年), ジョヴァンニ・ボッカッチョ賞(2007年), Fulbert de Chartres賞(2009年)
[歴]本職は弁護士で、2006年に出版したした小説「海のカテドラル」はホセ・マヌエル・ララ財団主催の年間ベストセラー小説賞をはじめとするスペイン国内の各賞の他、イタリアのジョヴァンニ・ボッカッチョ賞(07年)、フランスのFulbert de Chartres賞(09年)など海外でも文学賞を受賞、世界40ケ国で翻訳出版されるなど、高い評価を受ける。

ファルコン・パラディ, アリスティデス
Falcón Paradí, Arístides
キューバ生まれの詩人, 劇作家
[出]ハバナ
[歴]レスラー、俳優、工芸家、ヨガ実践者、菜食主義者、エッセイストとして活動しながら詩を執筆。詩はインド、メキシコ、アメリカで出版され、賞を受けたこともある。国際演劇芸術院(IATI)で演劇「日々の物語」が上演された。ニューヨーク市立大学大学院で博士号を取得し、学術的な論文を専門雑誌に発表。「マティアス・モンテス・ウイドーブロの残酷な演劇」はスペイン語協会およびスペインアメリカ研究協会(コロラド州ボールダー)から出版された。コロンビア大学で教鞭を執る。

ファレッティ, ジョルジョ　*Faletti, Giorgio*
イタリアの作家, コメディアン, 俳優, シンガー・ソングライター
1950.11.25〜2014.7.4
[出]ピエモンテ州アスティ　[賞]ヴィア・ポー賞(2005年)
[歴]テレビの人気番組でコメディアンとして名を馳せる一方、作詞家としてもミーナ、アンジェロ・ブランドゥアルディなどと組んで仕事をする。1994年サンレモ音楽祭に出場して自ら歌い、準優勝と審査員賞を受賞。2002年に「僕は、殺す」で作家デビュー。同作は3ケ月ベストセラー1位となり、日本を含む世界25ケ国で訳され、450万部を売り上げた。05年ヴィア・ポー賞を受賞。俳優としても映画「Notte prima degli esami」(06年)でダヴィッド・ディ・ドナテッロ賞候補となり、「シチリア! シチリア!」(09年)などに出演した。

フ

ファレル, ジェームズ・ゴードン　*Farrell, James Gordon*
イギリスの作家
1935.1.23～1979.8.1
[出]リバプール　[学]オックスフォード大学（1960年）卒　[賞]ジェフリー・フェイバー記念賞（1971年）, ブッカー賞（1973年）, ロスト・マン・ブッカー賞（2010年）
[歴]1963年処女作「A Man from Elsewhere（どこからかきた男）」で文壇にデビュー。66年から68年までアメリカに遊学し、見聞を広げる。アイルランドの内乱を描いた歴史小説「Troubles（騒乱）」でジェフリー・フェイバー記念賞を受け、注目される。さらに73年第5作目の「The Siege of Krishnapur（セポイの反乱）」でブッカー賞を受賞、アメリカでも出版と同時に高い賛辞をもって迎えられた。

ファレル, ジェームズ・トーマス　*Farrell, James Thomas*
アメリカの作家
1904.2.27～1979.8.22
[出]イリノイ州シカゴ　[学]シカゴ大学
[歴]シカゴ・サウスサイドのアイルランド系カトリック労働者の家庭に生まれ、貧しい環境で育つ。1925年シカゴ大学に入学して社会学を学ぶが中退、職業を転々としながら作家修業に励む。復学したシカゴ大在学中の32年、自身の出自であるシカゴ・サウスサイドのアイルランド系カトリック労働者階級を描いた「若いロニガン」を発表。続く「スタッズ・ロニガンの青年時代」（34年）、「審判の下る日」（35年）と“スタッズ・ロニガン”3部作を構成、30年代の左翼文学を代表する作家になった。さらに、自伝的な「私が作ったわけではない世界」（36年）、「星は失われず」（38年）、「父と子」（40年）、「我が怒りの日」（43年）、「時の顔」（53年）からなる“ダニー・オニール”5部作や、「バーナード・クレア」（46年）、「中間の道」（49年）、「しかも彼方の水は」（52年）の“バーナード・クレア”3部作などがある。30年代にはマルクス主義を標榜し、反スターリニズムを批判した評論「文芸批評覚え書」（36年）もある。公民権運動やベトナム反戦運動にも参加した。

ファン・ゴン　黄 健　*Hwang Kon*
北朝鮮（朝鮮）の作家
1918.4.28～1991.1.19
[出]朝鮮・両江道　[名]黄 在健　[学]全州師範学校教習科, 明治大学
[歴]火田民の貧農の出身。11歳の時に兄について上京後、東京に行って苦学した。帰国後普成高等普通学校、全州師範学校教習科を経て、全羅北道で2年間教員、中国新京で新聞記者として働く。再び来日して1935～36年明治大学政治経済科専門部に籍を置く。帰郷後は羊飼いをしていた。解放後、平壌で記者を務めながら小説を書き始め、大学で文学教育にもあたったが、のち創作に専念。解放後の新しい農民生活を描いた「蓋馬高原」（56年）、抗日武装闘争を内容とした「子たち」（65年）、南北2人の科学者の運命をテーマにした「新しい航路」（80年）などの長編のほか、中編に「幸福」（52年）、短編に「牧畜記」（47年）、「炭脈」（49年）、米軍の仁川上陸作戦に抗して散った若者を描いた「燃える島」（59年）などがある。

ファン・ジョンウン　黄 貞殷　*Hwang Jung-eun*
韓国の作家
1976～
[出]ソウル　[賞]韓国日報文学賞（2010年）, 申東曄文学賞（2012年）, 李孝石文学賞（2014年）, 大山文学賞（2015年）, 金裕貞文学賞（2017年）
[歴]大学の仏文科に入学するも、間もなく通わなくなり、インターネットの通信講座で創作を学ぶ。2005年新聞の新人文学賞を受賞し、短編「マザー」で作家デビュー。08年最初の短編集「七時三十二分 象列車」を発表すると、現実と幻想をつなぐ個性的な表現方法が多くの人の心を捉え、一世を風靡する。10年最初の長編小説「百の影」で韓国日報文学賞、12年「パ氏の入門」で申東曄文学賞、14年短編「誰が」で李孝石文学賞、15年「続けてみます」で大山文学賞、17年中編「笑う男」で金裕貞文学賞など、数々の文学賞を受賞。日本では18年、短編集「誰でもない」（16年）と長編「野蛮なアリスさん」（13年）の2作が立て続けに邦訳される。韓国で最も注目されている作家の一人。

ファン・スノン　黄 順元　*Hwang Sun-won*
韓国（朝鮮）の作家
1915.3.26～2000.9.14
[出]平安南道大同　[学]早稲田大学文学部英文学専攻（1939年）卒　[勲]韓国国民勲章冬柏章　[賞]アジア自由文学賞（1954年）, 韓国芸術院賞, 大韓民国文学賞
[歴]1929年平壌の小学校を終え、五山中学、崇実中学を経て、34年早稲田第二高等学校、36年早稲田大学文学部英文学専攻に入学。この間、30年から童謡や詩を新聞に投稿し、留学中に詩集「放歌」（34年）、「骨董品」（36年）を出版するが、37年から小説に転向、40年「黄順元短編集」を出す。初期の代表作「星」（41年）をはじめ、少年を主人公とした、郷土色の濃い抒情性に富む短編によって知られる。植民地末期は沈黙を守り、解放後38度線を越えて南下。朝鮮戦争後、最初の長編「星とともに生きる」（50年）を出し、沈黙中の作品を「雁」（51年）にまとめ、短編集「曲芸師」（52年）を刊行。郷里平壌における共産主義化を批判的に描いた「カインの後裔」（54年）でアジア自由文学賞を受賞。ほかに、「木々は斜面に立つ」（60年）、「日月」（64年）、「動く城」（73年）などの長編を、簡潔で叙情的な文体、優れた小説技法で精力的に発表し、現代韓国文学を代表する作家となった。57年韓国芸術院会員。同年から慶熙大学教授を務め、82年名誉教授。生涯を通じて詩と小説の他には新聞小説、随筆、批評類は書かず、一切の公職を辞退する態度を貫いた。「黄順元代表作選集」「黄順元全集」（全12巻）がある。

ファン・ソギョン　黄 晳暎　*Hwang Sok-yong*
北朝鮮出身の韓国の作家
1944.1.14～
[出]旧満州・新京（中国・長春）　[学]東国大学哲学科（1970年）卒　[賞]万海文学賞
[歴]9歳で韓国に移住。1962年「立石附近」が雑誌「思想界」に入選し、作家活動を開始。70年には「塔」が「朝鮮日報」新春文芸に当選。4.19学生革命や日韓会談反対運動にも参加し、兵役でベトナム戦争に従軍。戦後発表した「客地」（71年）、「武器の影」（87～88年）ほか韓国の社会問題を浮き彫りにした一連の作品、李朝時代の民衆反乱を描いた長編小説「張吉山」（全10巻）などで知られる。他の著書に「懐かしの庭」「客人（ソンニム）」などがある。現代韓国で最も大衆的な人気の高い作家で、民主化運動のリーダーの一人としても活動。89年3月に北朝鮮を無許可で訪問し、国家保安法容疑で手配されたため、以後海外生活を送る。93年4月4年ぶりにニューヨークから帰国し、国家安全企画部に逮捕される。94年懲役6年の判決を受け服役、約5年の独房生活を経て、98年3月金大中政権誕生にともなう赦免で釈放された。2008年脱北少女の波乱の人生を描いた「パリデギ」が韓国で50万部を超すベストセラーとなる。

ファンゲン, ローナル　*Fangen, Ronald*
ノルウェーの作家
1895.4.29～1946.5.22
[出]クラーゲリョー
[歴]ジャーナリストを経て、作家活動に入る。1915年長編「弱き人々」で作家デビュー。28～33年ノルウェー作家協会会長を務める。34年オックスフォード運動の熱心な提唱者となり、第二次大戦ではドイツ軍に逮捕された。飛行機事故で没した。他の作品に「決闘」（32年）、「女の道」（33年）、「正義を愛した男」（34年）などがあり、キリスト教的信念が強く出ている。「敵」（22年）、「約束の日」（26年）などの戯曲でも注目された。

ファン・ダイク, ルッツ　*Van Dijk, Lutz*
ドイツの作家
1955～
[出]西ドイツ・ベルリン　[賞]ハンス・グリュック賞（1992年）
[歴]ハンブルクにある身障者のための特殊学校で長年教職に就

く。その後再度大学で学び、博士号を得てからはアムステルダムのアンネ・フランク・ハウスで働く。執筆した児童書や実用書はいくつもの賞を受け、数ケ国語に翻訳される。1992年「ヴィリーへの手紙」でハンス・グリュック賞を受賞。以降、フリーのライターとしてアムステルダムで活動。

ファンテ, ダン　*Fante, Dan*
アメリカの作家
1944〜
[出]カリフォルニア州ロサンゼルス
[歴]父は作家・脚本家のジョン・ファンテ。20歳で学校を辞め、ヒッチハイクでアメリカを横断してニューヨークへ。様々な職業を転々とした後、1970年代後半に郷里のロサンゼルスに戻り、会社経営を手がける。事業は成功したものの、酒とドラッグに溺れて自殺未遂を繰り返すが立ち直り、フランスで発表した自伝的小説「天使はポケットに何も持っていない」で作家デビュー。
[家]父＝ジョン・ファンテ（作家・脚本家）

フィアリング, ケネス　*Fearing, Kenneth*
アメリカの詩人, 作家
1902.7.28〜1961.6.26
[出]イリノイ州　[名]フィアリング, ケネス・フレクスナー〈Fearing, Kenneth Flexner〉　[学]ウィスコンシン大学卒
[歴]1929年処女詩集「天使の腕」などで中産階級の価値観への徹底的な反感を表し、30年代に社会主義詩人として頭角を現す。他の詩集に「推測航法」（38年）、「質屋の午後」（43年）、「コニー・アイランドの他所者」（49年）、「新選詩集」（56年）など。また、39年処女長編「病院」を発表、「大時計」（46年）は何度か映画化された。

プイグ, マヌエル　*Puig, Manuel*
アルゼンチンの作家
1932〜1990.7.22
[出]パンパ　[学]ブエノスアイレス大学卒　[賞]ビブリオテーカ・ブレーベ賞（1965年）
[歴]4歳から母に連れられて村の映画館に入り浸る。多感な青年時代に暴力・軍政のはびこる母国を捨てアメリカへ亡命。ニューヨークで一時期ホテルのドアマンをして生計を立てていた。のちローマの実験映画センターで勉強し、映画監督・脚本家を志したが失敗し転身。アメリカで書いた処女長編「リタ・ヘイワースの背信」（1968年）で注目され、のち帰国。鋭い政治批判と話し言葉を主体にした映画のような文体で現代ラテン文学を代表する作家となった。他の代表作は「赤い唇」「蜘蛛女のキス」（85年映画化）「ブエノスアイレス事件」「南国に日は落ちて」など。68年からニューヨーク、リオ、メキシコと静けさを求め転々と居を移し、創作活動を続けた。90年2度目の来日。

ブイコフ, ワシリー　*Bykov, Vasilii Vladimirovich*
ベラルーシの作家
1924〜2003.6.22
[出]ソ連・白ロシア共和国ビチェブスク州
[歴]ビチェブスクの美術学校で、彫刻や造形美術を学んでいたが、やがて第二次大戦に巻きこまれ、サラトフの歩兵学校に入る。修了後は戦場に赴き、射撃分隊、自動銃分隊、対戦車砲隊の指揮官などの任務について終戦まで戦った。戦後、自らの戦争体験を文学に表現するようになる。15歳から21歳までの青春期を戦場に送り、多くのものを喪わねばならなかった心の傷と痛みを「鶴の叫び」（1960年）をはじめとするいくつかの作品を通して描いた。ソ連の戦後体験の意味をも問い直し、「死者に痛みはない」（66年）などでそれまでソビエト文学が回避し続けて来たスターリン批判を展開。そのため公式筋からは激しい攻撃を受けることとなったが、民衆の側から生みだされたといってよいその作品を支持する声があとを絶たず、新しいソビエトの文学として高い評価を受けた。その後、チェコに政治亡命したが、晩年は病気のためベラルーシ（91年独立）に戻った。他の作品に「ソートニコフ」（70年）「狼の群れ」（75年）「霧の中で」（87年）など。

フィスク, ポーリン　*Fisk, Pauline*
イギリスの児童文学作家
1948.9.27〜2015.1.25
[名]Fisk, Pauline Millicent　[賞]スマーティーズ賞（1990年）
[歴]1990年「ミッドナイト・ブルー」でスマーティーズ賞を受賞。ウィットブレッド賞の候補にもなった。「フライ・ハイ」などファンタジー小説を中心に数多くの作品を遺した。

フィースト, レイモンド・E.　*Feist, Raymond E.*
アメリカのSF作家
1945〜
[出]カリフォルニア州ロサンゼルス　[学]カリフォルニア大学卒
[歴]高校を卒業後、約8年間訪問撮影の写真屋、中古車のセールスマン、不動産屋勤務などの職を転々としたのち、カリフォルニア大学に入学。卒業後はミュイア大学の非常任副学部長、郊外健康管理プロジェクトのコーディネーターを務め、1982年処女作「Magician（魔術師の帝国）」〈リフトウォー・サーガ・第1巻〉を発表して作家デビュー。88年「フェアリー・テール」でメジャー作家の仲間入りをした。

フィツェック, セバスチャン　*Fitzek, Sebastian*
ドイツの作家, 放送作家
1971〜
[出]西ドイツ・ベルリン（ドイツ）
[歴]早くからテレビ・ラジオ局でディレクター、放送作家として活躍。2006年処女作「治療島」を刊行すると、直後にインターネットの通販サイト「Amazon」（ドイツ）で週間売り上げ1位となり、一躍注目を集める。2作目の「ラジオ・キラー」（07年）もベストセラーとなり、本格スリラー作家の地位を不動のものにする。他の作品に「前世療法」「サイコブレイカー」「アイ・コレクター」などがある。

フィツォフスキ, イェジー　*Ficowski, Jerzy*
ポーランドの詩人, 文芸評論家, ジプシー学者
1924.10.4〜2006.5.9
[出]ワルシャワ
[歴]第二次大戦中、ドイツ占領下のポーランドで国内軍の一員としてワルシャワ蜂起に参加。1948年詩集「鉛の兵隊」で詩人デビュー。ジプシー学者でもあり、数回にわたってジプシーの集団と生活を共にした。著書に詩集「鳥の向こうの鳥」「犬の夢を待つ」、論文集「ポーランドのジプシー」「漂泊のポーランド・ジプシー」、ポーランドの女流ジプシー詩人の詩集翻訳「パプーシャの歌」、ジプシーの昔話を集めた「太陽の木の枝」「きりの国の女王」などがある。

フィッシャー, キャサリン　*Fisher, Catherine*
イギリスの作家, 詩人
1957〜
[賞]ティル・ナ・ノーグ賞（1995年）
[歴]3冊の詩集があり、子供向けの作品も多く執筆。デビュー作「呪術師のゲーム」は、1990年スマーティーズ賞の候補作となり、95年「キャンドル・マン」でティル・ナ・ノーグ賞を受賞。「スノーウォーカーズ・サン」3部作でも賞を受賞している。神話、伝説、超自然的な事柄が作品の重要なテーマとなっている。他の作品に「サソリの神」（3部作）、「インカースロン」（2007年）、「サフィーク―魔術師の手袋」など。

フィッシャー, ティボール　*Fischer, Tibor*
イギリスの作家
1959〜
[出]グレーター・マンチェスター州ストックポート　[学]ケンブリッジ大学卒　[賞]ベティ・トラスク賞
[歴]両親はイギリスに移住したハンガリー人。ケンブリッジ大学卒業後、フリーランス・ジャーナリストとなる。1992年動乱の時代のハンガリーのバスケットボール・チームを描いた

長編小説「Under the Frog」でデビューし、ベティ・トラスク賞を受賞、ブッカー賞の候補にもなった。93年イギリスの文芸誌「グランタ」において、期待の若手作家の一人に選出される。他の作品に「コレクター蒐集」「部屋の向こうまでの長い旅」など。

フィッシャー, ロイ *Fisher, Roy*
イギリスの詩人
1930.7.11～2017.3.21
[出]バーミンガム・ハンズワース [学]バーミンガム大学
[歴]キール大学のアメリカ学の講師などの教職に就く。第1詩集は「都市」(1961年)で、初期のリアリズム的詩風から、やがて主観的となり象徴性が高まっていった。他の詩集に「記念噴水」(67年)、「母型」(71年)、「溶鉱炉」(86年)など。長く大学で教鞭を執る一方、若い時からジャズ・ピアニストとしても活動した。

フ

フィッシュ, ロバート, L. *Fish, Robert L.*
アメリカの推理作家
1912～1981.2.24
[出]オハイオ州クリーブランド [名]別名＝パイク, ロバート〈Pike, Robert L.〉 [学]ケース工業大学(1933年)卒 [賞]MWA賞(新人賞)(1962年), MWA賞(短編賞)
[歴]コンサルタント・エンジニアとして一時ブラジルで生活したこともある。仕事の傍ら書いたシャーロック・ホームズもののパロディが「エラリー・クイーンズ・ミステリー・マガジン(EQMM)」に認められ、「EQMM」1960年2月号に初登場した〈シュロック・ホームズ〉シリーズへとつながる。62年には〈ホセ・ダ・シルヴァ警部〉シリーズの「亡命者」でアメリカ探偵作家クラブ賞(MWA賞)新人賞を受賞。「懐しい殺人」(68年)を第1作とする〈殺人同盟〉シリーズや、ロバート・L.パイクの名で発表している〈ニューヨーク52分署〉シリーズなどのほか、多数の短編ミステリーやアンソロジーの編集などでも知られ、卓越したエンターテインメントとして広く読まれている。死後、MWAと未亡人によってロバート・L.フィッシュ賞が創設された。

フィッツジェラルド, R.D. *FitzGerald, R.D.*
オーストラリアの詩人
1902.2.22～1987.5.24
[出]シドニー・ハンターズヒル [名]フィッツジェラルド, ロバート・デービッド〈FitzGerald, Robert David〉 [学]シドニー大学 [勲]大英帝国第4級勲功章
[歴]シドニー大学で科学を専攻したが測量士となる。1920年代初め、ケネス・スレサーらと雑誌「ヴィジョン」の発行に加わる。第2詩集「To Meet the Sun」(29年)で名声を博す。31～36年測量士としてフィジーで過ごした後、内務省所属の上級測量士に。51年文学への貢献が認められ大英帝国第4級勲功章を授与される。そのほか数々の詩賞を受賞。「ムーンライト・エーカー」(38年)、「プロダクト」(77年)など多数の詩集を刊行。現代オーストラリア詩に大きな影響を与えた。

フィッツジェラルド, F.スコット
Fitzgerald, Francis Scott Key
アメリカの作家
1896.9.24～1940.12.21
[出]ミネソタ州セントポール [学]プリンストン大学(1917年)中退
[歴]大学在学中、第一次大戦に従軍。1920年ゼルダ・セイヤーと結婚。同年小説「This Side of Paradise(楽園のこちら側)」でデビュー。青春の夢と挫折、激しい恋愛を描き、"ロスト・ジェネレーション(失われた世代)"の代表的作家になる。25年アメリカの青春記念碑とも称される代表作「The Great Gatsby(偉大なるギャツビー)」を発表、その頃から7年間フランスのリヴィエラで妻ゼルダと激しい浪費と悲劇の生活を送る。30年妻が発狂した後、次第に文学活動は精彩を失い、37年生活のためハリウッドの脚本家となる。他の著書に「美しくも呪われし者」(22年)、「夜はやさし」(34年)、「最後の大君」(41年)など。
[家]妻＝ゼルダ・フィッツジェラルド

フィッツジェラルド, ペネロピ *Fitzgerald, Penelope Mary*
イギリスの作家
1916.12.17～2000.4.28
[出]リンカーン [学]オックスフォード大学サマービル・カレッジ卒 [賞]ブッカー賞(1979年), ヘイウッド・ヒル文学賞(1996年), 全米図書批評協会賞(小説部門)(1998年)
[歴]食糧省、BBC、コーヒースタンド、本屋などで様々な仕事に就く。1977年「ノックス家の兄弟」で伝記作家としての評価を受ける。最初のフィクション「本屋」(78年)を経て、テムズ河のハウスボートで暮らした頃の体験を踏まえた79年発表の「Offshore(テムズ河の人々)」ではブッカー賞を受賞した。他の著書に18世紀ドイツの詩人で作家・哲学者のノヴァーリスの青春時代を追った長編小説「The Blue Flower(青い花)」(95年)がある。

ブイトラゴ, ハイロ *Buitrago, Jairo*
コロンビアの児童文学作家, イラストレーター
1973～
[出]ボゴタ [賞]風の岸辺賞(2007年)
[歴]ラファエル・ジョクテングとの共作絵本「かえり道で」が、2007年メキシコのフォンド・デ・クルトゥラ・エコノミカ社の風の岸辺賞を受賞。他の作品に「エロイーサと虫たち」など。

フィニー, ジャック *Finney, Jack*
アメリカの作家
1911～1995.11.14
[出]ウィスコンシン州ミルウォーキー [名]Finney, Walter Braden
[歴]ニューヨークの広告代理店でコピーライターとして務める傍ら創作活動を始める。1947年「エラリー・クイーンズ・ミステリー・マガジン(EQMM)」のコンテストで特賞を得て作家としてデビュー。以来、「ふりだしに戻る」「マリオンの壁」など異色の作風とみごとなストーリー・テリングの力量でSF、ミステリー、ファンタジーの分野で作家としての地位を築く。映画化された作品が多く、日本では翻訳も多い。他の作品に「ゲイルズバーグの春を愛す」「盗まれた街」(邦題「ボディ・スナッチャー/恐怖の街」)「良き隣人サム」(邦題「ちょっとご主人貸して」)「フロム・タイム・トゥ・タイム」、短編集「レベル3」などがある。映画化された作品も多い。

フィニー, チャールズ *Finney, Charles Grandison*
アメリカの幻想作家
1905～1984.4.16
[出]ミズーリ州 [学]ミズーリ大学中退 [賞]全米書籍業協会賞(1935年)
[歴]大学中退後軍隊に入り中国に3ケ年駐屯。帰国後新聞社に勤務。1935年特異な幻想小説の処女作「The Circus of Dr.Lao(ラーオ博士のサーカス)」を発表して作家としてデビュー。ほかにも「The Unholy City」(37年)、「The Magicianout of Manchuria」(65年)などの長編や短編集があるが、いずれもファンタジーを目指した作品で、寡作な作家として知られた。

フィファー, シャロン *Fiffer, Sharon*
アメリカの作家
1951～
[出]イリノイ州カンカキー
[歴]実家は居酒屋。ライターの夫と共同でアメリカ文学の追想録を編集した後、文学雑誌に発表した短編で作家デビュー。ノンフィクションを2冊執筆した後、2001年アンティーク雑貨収集の趣味を生かした長編「掘り出し物には理由がある」を発表、同作を第1作とした〈アンティーク雑貨探偵〉シリーズで人気を博す。他の作品に「ガラス瓶のなかの依頼人」「まったなしの偽物鑑定」「月夜のかかしと宝探し」などがある

プイマノヴァー, マリエ *Pujmanová, Marie*
チェコ(チェコスロバキア)の作家, 詩人, 批評家

1893.6.8～1958.5.19
Ⓗプラハ
㊗1909年より文章を発表。社会問題、社会主義に強い関心を持ち、小市民の家庭を取り上げた「翼の下で」(17年)や一家の変遷を描いた3部作「十字路に立つ人々」(37年)、「火遊び」(48年)、「死と生とのたたかい」(52年)などの作品がある。詩人としても、詩集「幾百万羽の小鳩たち」(50年)などを発表した。

フィリオ, アドニアス　Filho, Adonias
ブラジルの作家
1915～1990
Ⓗバイア州イタジュイーペ
㊗州都サルバドルの学校を卒業したあと、1936年リオに移り新聞社に勤務。43年処女作「Os Servos da Morte(死の奴隷)」を発表、以後ココア産地の社会とそこに住み着いている人々を多く描いた。ブラジル・アカデミーのメンバーでもあり、ブラジルの代表的な文化人の一人として、国立図書館、国立書籍院、国家文化審議会などの責任者の地位を歴任した。他の作品に「王」など。

フィリップ, シャルル・ルイ　Philippe, Charles-Louis
フランスの作家
1874.8.4～1909.12.21
Ⓗアリエ県セリイ
㊗貧しい木靴職人の子として生まれる。給費生としてムーランで学業を修めた後、20歳でパリに出て市役所の下級職員となる。35歳で世を去るまでこの職にあった。初めマラルメと文通するなど象徴主義に関心を持ち詩を書いたが、やがてトルストイ、ドストエフスキーなどに影響を受けて小説へ向かう。社会主義思想の文芸誌「ランクロ」の同人となり、貧しい市民や下層労働者、娼婦など社会の底辺に生きる人々を描いた小説で認められる。演劇にも関心を抱き、1897年市民劇場を主宰したが、すぐに官憲の弾圧を受ける。雑誌「N.R.F.」にも創成期から参加し、ジードらとも親交を結んだ。代表作に、娼婦に好意を寄せる地方出の青年の哀愁を描いた「ビュビュ・ド・モンパルナス」(1901年)があるほか、「母と子」(00年)、「ペルドリ爺さん」(02年)などの中編小説がある。没後「小さき町にて」(10年)、「朝のコント」(16年)の短編小説集が出版される。民衆生活の哀感を情緒を込めて清新な文体で描き、30年代のポピュリスムの先駆者といわれた。

フィリップス, キャリル　Phillips, Caryl
西インド諸島生まれのイギリスの作家, 英文学者
1958.3.13～
Ⓗセントキッツ(セントクリストファー・ネーヴィス)　㊎オックスフォード大学卒　㊏マルコムX賞, マーチン・ルーサー・キング記念賞(1987年), ジェームズ・テイト・ブラック記念賞(1993年), コモンウェルス作家賞(2004年), PEN/Beyond Margins賞(2006年)
㊗西インド諸島にあるセントキッツ(セントクリストファー・ネーヴィス)に生まれ、生後まもなく両親とともにイギリスに移住。北部のリーズで育ち、オックスフォード大学を卒業。1985年「最後の旅路」で作家デビュー。エッセイや旅行記の名手でもあり、アンソロジーの編集も手がける。2005年よりアメリカのエール大学で教鞭を執る傍ら、カリブ、イギリス、アフリカを行き来して創作活動を続ける。他の小説に「河を越えて」(1993年)、「血の性」(97年)、「はるかなる岸辺」(2003年)、「降りしきる雪の中で」(09年)、ノンフィクションに「The European Tribe」(1987年)、「新しい世界のかたち―黒人の歴史文化とディアスポラの世界地図」(2001年)など。

フィリップス, ジェイン・アン　Phillips, Jayne Anne
アメリカの作家
1952～
Ⓗウェストバージニア州ブキャノン　㊎ウェストバージニア大学(1974年)卒, アイオワ大学卒 M.A.(アイオワ大学)(1978年)
㊗大学卒業後、セールスマンをはじめ様々な職業を経験する。1970年代を舞台とする短編を数多く発表し、79年最初の短編集「Black Tickets(ブラック・チケッツ)」で注目を集めた。84年長編「Machine Dreams(マシーン・ドリームズ)」を経て、87年発表の短編集「ファスト・レーンズ」で批評家から絶賛を浴びた。ボストン大学劇作科などで教授を務めたこともある。

フィールディング, ジョイ　Fielding, Joy
カナダの作家
㊎トロント大学(1966年)卒
㊗幼い頃から作家を志す。初め演劇とテレビの世界に入り、脚本家と映画女優を夢見てハリウッドへ赴くが、挫折しトロントに戻る。以来作家としての再出発を図り、「親友」(1972年)などの小説を発表する。日本では、離婚中の夫による子供の誘拐という時事問題とからめて、現代のアメリカ女性の内面を描いた「Kiss Mommy Goodbye(子供たちが誘拐された)」(81年)が初めて翻訳された。8作目の「優しすぎて、怖い」(91年)が人気を博し、ベストセラー作家の仲間入りをする。女性心理の描き方に定評があり、手に汗握る展開から"サスペンスの女王"とも呼ばれる。他の作品に「秘密なら、言わないで」「泣くのは、あとにして」「私のかけらを、見つけて」「グランド・アヴェニュー」「暗闇でささやく声」「二度失われた娘」「マッド・リバー・ロード」などがある。

フィールディング, ヘレン　Fielding, Helen
イギリスの作家, ジャーナリスト
1958～
Ⓗウェストヨークシャー州　㊎オックスフォード大学卒
㊗オックスフォード大学で文学を専攻した後、BBCに10年間勤め、プロデューサーとしてドキュメンタリー番組、ニュース番組などを制作。1994年「セレブリティを追っかけろ！」を発表。英紙「インディペンデント」に、コラム「ブリジット・ジョーンズの日記」を連載して大評判になり、96年単行本として刊行すると、世界23ケ国で翻訳され500万部を超えるベストセラーとなった。2001年には映画化もされ大ヒット。04年には続編「ブリジット・ジョーンズの日記―きれそうなわたしの12ヶ月」も映画化される。その後、ロンドンとロサンゼルスを拠点に脚本家としても活躍。他の著書に「ブリジット・ジョーンズの日記―恋に仕事に子育てにてんやわんやの12ヶ月」「オリヴィア・ジュールズ―彼女のたくましすぎる想像力」「オリヴィア・ジュールズの華麗なる冒険」などがある。1998年来日。

フィンダー, ジョセフ　Finder, Joseph
アメリカの作家
1958～
Ⓗイリノイ州シカゴ　㊎ハーバード大学卒
㊗少年時代をアフガニスタン、フィリピンなどで過ごす。ハーバード大学では同大学ソ連研究センターに進み、のち教鞭を執る。新聞記者となってからも、「ニューヨーク・タイムズ」や「ウォールストリート・ジャーナル」などにソ連問題について書き、ソビエト指導者とアメリカ財界人との癒着を暴露した連載で注目を浴びる。1991年壮大なスケールの大河スパイ小説「Moscow Club」(邦題「モスコウ・クラブ」)を発表、中東や旧共産諸国を含む21ケ国で翻訳され、ソビエト崩壊を予言したものとして話題となった。他の著書に「Red Carpet」「ゼロ・アワー」「バーニング・ツリー」「侵入社員」「解雇通告」「最高処刑責任者」などがある。

フィンチ, ポール　Finch, Paul
イギリスの作家
Ⓗランカシャー州ウィガン　㊎ロンドン大学ゴールドスミス・カレッジ　㊏イギリス幻想文学賞, 国際ホラーギルド賞
㊗父は脚本家のブライアン・フィンチ。ロンドン大学ゴールドスミス・カレッジで歴史学の学位を取得した後、グレーター・マンチェスター警察に入る。1988年ジャーナリストに転身、地元の新聞紙に記事を寄せながら、子供向けのアニメーションや

刑事ドラマ「The Bill」で脚本家としても活動を始める。2001年処女作「Cape Wrath」で作家デビュー、同作はブラム・ストーカー賞にノミネートされた。ホラー作品を次々と発表し、「After Shocks」と「Kid」でイギリス幻想文学賞を、「The Old North Road」で国際ホラーギルド賞を受賞。また、父から警察での経験を生かした小説執筆を勧められ、13年には〈ヘック部長刑事〉シリーズ第1作となる「調教部屋」を発表、人気シリーズとなる。
[家]父＝ブライアン・フィンチ（脚本家）

フィンドリー, ティモシー　*Findley, Timothy*
カナダの作家
1930～2002.6.20
[出]オンタリオ州トロント　[賞]カナダ総督文学賞（1977年・2000年）, MWA賞（最優秀ペーパーバック賞）
[歴]俳優業の傍ら映画やテレビの脚本を書いていたが、1967年オンタリオ州の一家の滅亡を描いた小説「ラスト・オブ・ザ・クレージー・ピープル」で作家デビュー。戦争の狂気を描いた「戦争」（77年）でカナダ総督文学賞を受賞した。異色ミステリー「The Telling of Lies（嘘をつく人びと）」（86年）ではMWA賞最優秀ペーパーバック賞を受賞。現代カナダの代表的作家の一人として活躍した。他の作品に「ヘッドハンター」などがある。戯曲も残し、2000年「エリザベス・レックス」でカナダ総督文学賞を受賞した。

フィンレイ, イアン・ハミルトン　*Finlay, Ian Hamilton*
バハマ諸島ナッソー生まれのイギリスの詩人, 造形作家
1925.10.28～2006.3.27
[出]バハマ諸島ナッソー
[歴]スコットランドで育つ。17歳でイギリス軍隊に志願し、第二次大戦中はドイツ戦線で戦う。戦後は叙情的な詩作を重ね、1960年代には前衛詩に移行すると同時に、言語、文字、音韻を視覚化した悪戯風作品を発表、美術家として出発した。66年から家族と住むエディンバラの自宅を司令部と称し、神殿や石碑を配した庭園は"古典主義"の復興を思わせる。また戦車・ナチス・ギロチンなどを題材にした作品は議論を呼び、中でも87年パリ・アークに出品された作品「OSSO」では、ナチ・シンパと攻撃され、革命200年祭のためのプロジェクトを降番した。

馮 沅君　ふう・げんくん　*Feng Yuan-jun*
中国の作家, 文学史家
1900～1974.6.17
[出]湖南省　[学]北京女子高等師範学校, 北京大学研究院 博士号（パリ大学）
[歴]哲学者の馮友蘭の妹で、湖南省に生まれ、河南省唐河で育つ。1917年北京女子高等師範学校、22年北京大学研究院に入学。24年創造社系の「創造週報」誌に「旅行」などの短編を発表、恋愛心理の描写で好評を博す。のち中国古典文学研究に転じ、パリ大学で博士号を取得。29年文学史家の陸侃如と結婚。中華人民共和国成立後は山東大学などで教鞭を執り、同校副校長を務めた。
[家]夫＝陸 侃如（文学史家）, 兄＝馮 友蘭（哲学者）

馮 鏗　ふう・こう　*Feng Keng*
中国の作家
1907.10.10～1931.2.7
[出]広東省潮州　[名]馮 嶺梅
[歴]1925年の五・三〇運動後から革命運動に参加し、同年から詩や小説を書き始める。四・一二クーデター後、29年上海に出て中国共産党に入党。中国左翼作家連盟にも加わるが、31年国民党により逮捕・銃殺された。同時に殺害された殷夫、胡也頻、柔石、李偉森と"左連五烈士"と呼ばれ、魯迅は「忘却のための記念」（33年）を書いてその死を悼んだ。作品に「紅的日記」など。

馮 至　ふう・し　*Feng Zhi*
中国の詩人, ドイツ文学者
1905.9.17～1993.2.22
[出]河北省涿県　[名]馮 承植　[学]北京大学外国文学部（1927年）卒 文学博士, 哲学博士　[勲]西ドイツ大十字勲章（1987年）　[賞]ゲーテ賞（1983年）, グリム兄弟文学賞（1985年）
[歴]ハルビン中学教諭、北京大学助手を経て、1930年ドイツのハイデルベルク、ベルリン大学に留学。昆明の西南連合大学教授、北京大学教授、中国社会科学院外国文学研究所長を歴任後、83年同研究所名誉所長、85年中国作家協会副主席。現代中国を代表する叙情詩人の一人。著書に詩集「昨日之歌」「北游および其の他」「十四行集」「西郊集」、「馮至詩集」、小説「伍子胥」、随筆「山水」「東欧雑記」、伝記「杜甫伝」、論文集「詩と遺産」「ゲーテ論述」「ゲーテ論」など、翻訳に「若い詩人に与える手紙」（リルケ）、「ハイネ詩選」などがある。

馮 緒旋　ふう・しょせん　*Feng Xu-xuan*
中国の児童文学作家
[賞]屈原文芸創作賞, 楚天蒲公英賞
[歴]宜昌市伍家崗区の教育局長を務める。屈原文芸創作賞、楚天蒲公英賞を受賞。主な作品に「長江三峡の移民の子どもたち」（2003年）などがある。

馮 乃超　ふう・だいちょう　*Feng Nai-chao*
日本生まれの中国の作家, 詩人, 評論家
1901.10.12～1983.9.9
[出]神奈川県横浜市　[名]筆名＝李 易水, 馬 公越　[学]八高卒, 東京帝国大学社会学科
[歴]原籍は中国広東省南海県。横浜で暮らす在日華僑の子で、八高や東京帝国大学社会学科などに学ぶ。1926年から象徴主義的、浪漫的な詩を書き始め、27年上海に渡り、詩集「紅紗灯」を出版。28年中国共産党に入党、同年「芸術と社会生活」を発表して"無産階級革命文学論"を提唱するなど、急速に左傾した。第3期創造社同人。中国左翼作家連盟に参加し、左連第一次党団書記。抗日戦争中は全国文芸抗敵協会理事を務め、鹿地亘の日本人民反戦同盟に協力。戦後は重慶、上海、香港で文化工作に従事し、中華人民共和国成立後は中山大学副学長などを歴任した。他に小説集「傀儡美人」（29年）などがある。

馮 文炳　ふう・ぶんぺい　*Feng Wen-bing*
中国の作家
1901.11.9～1967.10.7
[出]湖北省黄梅県　[名]筆名＝廃名　[学]北京大学（1929年）卒
[歴]周作人に師事し、北京大学英文系在学中に処女小説集「竹林の物語」（1925年）を刊行。30年馮至と「駱駝草」を創刊、代表作となる自伝的長編「莫須有先生伝」を発表した。その後、しばらく筆を断ったが、戦後に代表作の続編「莫須有先生飛行機に乗ってのち」（47年）を書いた。中華人民共和国成立後は吉林大学教授を務めた。

フェーア, アンドレアス　*Föhr, Andreas*
ドイツの脚本家, 作家
1958～
[出]バイエルン州　[賞]フリードリヒ・グラウザー賞（ドイツ推理作家協会賞）新人賞
[歴]バイエルン州の放送メディアで法律関係の仕事に携わりながら、1991年からミステリー・ドラマの脚本家として活躍。2009年に発表したデビュー作「Der Prinzessinnenmörder（お姫様殺し）」でフリードリヒ・グラウザー賞（ドイツ推理作家協会賞）新人賞を受賞。他の著書に「弁護士アイゼンベルク」がある。

フェアスタイン, リンダ　*Fairstein, Linda A.*
アメリカの作家
1947～
[賞]ネロ・ウルフ賞
[歴]1972年マンハッタン地方検察庁に入り、のち性犯罪訴追課長となる。94年ノンフィクション「Sexual Violence：Our War Against Rape」を出版し、「ニューヨーク・タイムズ」紙に"注目すべき本"として取り上げられる。96年自らの経験を生かして、マンハッタンの検察庁で性犯罪を追う女性検事補アレッ

クスを主人公にしたサスペンス小説「誤殺」を発表して作家デビュー。シリーズ第4作「妄執」(2001年)はネロ・ウルフ賞を受賞した他、マカヴィティ賞最優秀長編賞にもノミネートされた。同シリーズの他の作品に「絶叫」「冷笑」「隠匿」「殺意」「埋葬」「墜落」「軋轢」「焦熱」がある。

フェイ, リンジー　*Faye, Lyndsay*
アメリカの作家, 女優
[出]カリフォルニア州　[学]ノートルダム・ド・ナミュール大学卒　[賞]全米図書館協会トップフィクション・リスト・ミステリー部門(2013年)
[歴]2005年女優のオーディションを受けるためニューヨーク市マンハッタンに移る。27歳の時、切り裂きジャックとシャーロック・ホームズを題材にした長編を書くという契約で、出版社から10万ドルという異例の前払い金を受け取る。09年「Dust and Shadow」で作家デビュー。12年「パブリッシャーズ・ウィークリー」誌年間ベストミステリーにランクイン。12年「カーカス」誌年間ベスト犯罪小説にランクイン。13年全米図書館協会トップフィクション・リスト・ミステリー部門を受賞。

フェイエシュ, エンドレ　*Fejes, Endre*
ハンガリーの作家
1923〜2015.8.25
[歴]労働者の家庭に生まれ、早くから旋盤工として働き、1945〜49年西欧諸国を旋盤工として放浪。帰国後58年処女短編集「嘘つき」を発表、子供の世界や労働者としての体験を簡潔に暖かな目で描いた。他の作品に「くず鉄墓場」(62年)、「陽気な埋葬」(66年)などがある。

フェイバー, ミッシェル　*Faber, Michel*
オランダ生まれのイギリスの作家
1960.4.13〜
[出]ハーグ
[歴]オランダのハーグで生まれ、1967年家族とオーストラリアへ移住。92年からはスコットランドで暮らす。看護師として働いた経験もあり、短編集「Some Rain Must Fall」(98年)で作家デビュー。2000年初の長編小説「アンダー・ザ・スキン」を発表、世界20ケ国で出版される。他の作品に「祈りの階段」(01年)、「天使の渇き」(02年)などがある。

フェージン, コンスタンチン・アレクサンドロヴィチ
Fedin, Konstantin Aleksandrovich
ソ連の作家
1892.2.24〜1977.7.15
[出]サラトフ　[学]モスクワ商科大学卒　[賞]スターリン賞, レーニン賞
[歴]モスクワ商科大学卒業後、ドイツのニュルンベルクに留学し、第一次大戦勃発で民間人捕虜となる。1918年革命後の祖国に帰国。21年ゴーリキーの紹介で文学グループ“セラピオン兄弟”に参加、同伴者作家として活動を始める。23年処女短編集「荒れ地」を発表、24年の長編「都市と歳月」で注目される。長編「兄弟」(28年)、「ヨーロッパの奪取」(33〜35年)に続き、第二次大戦後は20世紀のロシア史を描いた長編3部作「最初の喜び」(45年)、「異常な夏」(48年)、「かがり火」(61年)を書き継いだ。58年ソ連邦科学アカデミー会員。59年ソ連作家同盟書記長を経て、71年同議長に就任。ゴーリキーや“セラピオン兄弟”の同人たちについて記した回想「われわれの中のゴーリキー」もある。

フェストデイク, シモン　*Vestdijk, Simon*
オランダの作家, 詩人
1898.10.17〜1971.3.28
[学]アムステルダム大学　[賞]P.C.ホーフト賞(1951年), ネーデルラント文学大賞(1971年)
[歴]アムステルダム大学で医学を修め、船医としてインドネシアに行くが、のち文学に転向。「新ロッテルダム」紙の編集者として出発し、1934年1000頁を超える処女長編「四人の女性の囲まれた少年」を書き上げるが、発表は没後の72年となった。第二次大戦中はドイツ軍によって強制収容所に入れられた。自伝的な8部作「アントン・ワハテル物語」(34〜60年)などがあり、第二次大戦後のオランダ文学の第一人者となった。小説「第五の封印」(37年)、「ラム島」(40年)や、詩集「色チョークで書いた童話」(38年)、評論集「宗教の将来」(47年)、「不安の本質」(70年)などがある。

フェスパーマン, ダン　*Fesperman, Dan*
アメリカの作家, ジャーナリスト
[賞]CWA賞ジョン・クリーシー記念賞(1999年), CWA賞イアン・フレミング・スティール・ダガー賞(2003年)
[歴]1993〜96年「ボルティモア・サン」特派員としてベルリン支局に勤務、ユーゴスラビア、ボスニア内戦を取材する。99年小説「闇に横たわれ」を発表、同年度イギリス推理作家協会賞(CWA賞)の最優秀処女長編賞であるジョン・クリーシー記念賞を受賞。

フェダマン, レイモンド　*Federman, Raymond*
アメリカの作家, 批評家
1928.5.15〜2009.10.6
[出]フランス・パリ　[学]カリフォルニア大学ロサンゼルス校, コロンビア大学　[賞]アメリカ図書賞(1987年)
[歴]ユダヤ系。1959〜64年カリフォルニア大学サンタ・バーバラ校助教授。64〜68年ニューヨーク州立大学準教授を経て、68〜90年教授、90〜99年特任教授。著書に評論「混沌への旅—ベケットの初期小説」(65年)、「サーフィクション—小説の今日と明日」(75年)、小説に「二倍かゼロか」(71年)、「嫌ならやめとけ」(76年)、「クローゼットの中の声」(79年)、「二重の振動」(82年)などがある。

フェノッリオ, ベッペ　*Fenoglio, Beppe*
イタリアの作家
1922.3.1〜1963.2.18
[出]アルバ
[歴]高校時代から英文学に強い興味を持ち、のちに英語で小説の草稿を書くほどになった。第二次大戦末期にレジスタンスに加わり、武器をとって戦闘に参加。この体験が戦後の作家活動に決定的な役割を与え、1952年ヴィットリーニ編集のジェットーニ叢書の1冊としてパルチザンの生活を描いた短編集「アルバ市の二十三日間」を発表。続いて「壊滅」(54年)、「美わしの春」(59年)を発表したが、63年40歳で急逝。没後、未整理の草稿群が見つかり、同年短編集「戦火の一日」が刊行され、65年に出された長編「個人的な問題」で声価を確立した。英語稿とイタリア語稿が入り乱れるかたちで書き進められた「パルチザン・ジョニー」(68年)の刊行を経て、78年綿密な校訂による3巻全5冊の「全集」が編まれ、早世した作家の全貌が明らかになった。

フェラウン, ムルド　*Feraoun, Mouloud*
アルジェリアの作家
1913.3.8〜1962.3.15
[賞]アルジェ市文学大賞, ポピュリスト賞
[歴]アルジェの師範学校を卒業後、小学校教師となる。教員生活の傍ら作家として活動。フランス語で執筆し、小説に「貧者の息子」(1950年, アルジェ市文学大賞)を発表。他に「大地と血」(53年, ポピュリスト賞)がある。

フェラーズ, エリザベス　*Ferrars, Elizabeth*
ビルマ生まれのイギリスのミステリー作家
1907〜1995
[出]ラングーン　[名]マクタガート, モーナ・ドリス〈MacTaggart, Morna Doris〉別名＝フェラーズ, E.X.　[賞]CWA賞スペシャル・シルバー・ダガー賞(1981年)
[歴]大学ではジャーナリズムを専攻。普通小説を2冊発表後、トビイ・ダイクというジャーナリストとその相棒のジョージという素人探偵のコンビが活躍するトリッキーな本格物「その死者の名は」(1940年)でミステリー作家としてデビュー。心理描写にたけた伝説的なサスペンス小説を得意とし、81年には50冊

フ

の良質なミステリーを書き続けてきた功績でイギリス推理作家協会賞（CWA賞）スペシャル・シルバー・ダガーを受賞した。CWAの創設メンバーであり、53年には会長職も務めた。イギリス・ミステリー界の重鎮で、アメリカではE.X.フェラーズ名義で作品が発表されている。代表作に「自殺の殺人」（41年）、「猿来たりなば」（42年）、「私が見た蠅は言う」（45年）、「間にあった殺人」（53年）、「さまよえる未亡人」（62年）などがある。

フェラ・ミークラ, ヴェーラ　Ferra-Mikura, Vera
オーストリアの児童文学作家, 詩人, 作家
1923.2.14〜1997.3.9
㊗作品に「はらぺこのえんそく」「ねずみと3人のシュタニスラウス」などがある。

フェラーリ, ジェローム　Ferrari, Jérôme
フランスの作家, 翻訳家
1968〜
㊗パリ第1大学　㊗ランデルノー賞, フランス・テレビ小説賞, ゴンクール賞（2012年）, フランス国民文学大賞（2012年）
㊗両親ともフランス南部コルシカ島の出身。パリ第1大学で哲学教授資格を取得後, コルシカ島の高校で哲学を教える傍ら同島バスティアで哲学カフェを主催。その後, アルジェ（アルジェリア）やアジャクシオ（コルシカ）で, 2012年までアラブ首長国連邦のアブダビで, 15年まで教員を続ける。この間, 01年短編集「Variétés de la mort（死の多様性）」で作家デビュー。以降の創作活動により「Un dieu un animal」（09年）でランデルノー賞,「Où j'ai laissé mon âme」でフランス・テレビ小説賞,「Le Sermon sur la chute de Rome（ローマ陥落についての説教）」（12年）でゴンクール賞を受賞。他の著書に「原理—ハイゼンベルクの軌跡」など。

ブーエリエ, サン・ジョルジュ・ド　Bouhélier, Saint-Georges de
フランスの詩人, 劇作家, 作家
1876.5.19〜1947
㊗オード・セーヌ県リュエイユ　㊗ブーエリエ・ルペルティエ, ステファヌ・ジョルジュ・ド〈Bouhélier-Lepelletier, Stéphane-Georges de〉
㊗父はジャーナリスト。学生時代に小規模な文芸雑誌「アカデミー・フランセーズ」を刊行し, 象徴派の末期に"ナチュリスム"を起こす。また戯曲「子供たちの謝肉祭」は舞台劇の演出法に新しい進路を開いた。作品に「燃ゆる生の歌」（1902年）、「人間の歌」（12年）など。

フェリス, ジョシュア　Ferris, Joshua
アメリカの作家
1974.11.8〜
㊗アメリカ　㊗アイオワ大学卒　㊗PEN/ヘミングウェイ賞（2008年）
㊗アイオワ大学を卒業後, シカゴの広告代理店に勤務。その後, 大学の創作科を経て, 執筆活動に入る。2007年「私（わたし）たち崖っぷち」で長編デビューし, "その年最も話題を呼んだ新人作家"となる。08年にはPEN/ヘミングウェイ賞を受賞。また「ニューヨーカー」「グランタ」「ティン・ハウス」などに短編を発表。「ニューヨーカー」が選ぶ"40歳以下の最も優れた作家20人"に選ばれる。

フェリーニョ, ロバート　Ferrigno, Robert
アメリカの作家
1947〜
㊗フロリダ州　㊗CWA賞短編ダガー賞（2010年）
㊗ギャンブルで得た資金をもとにパンク雑誌「ザ・ロケット」を創刊。のち南カリフォルニアの新聞社で記者として活躍。「ワシントン・ポスト」「シカゴ・トリビューン」「ニューズデイ」はじめアメリカ各地のマスコミに長文の記事を寄稿。1990年サスペンス小説「無風地帯」で作家デビュー。のち作家活動に専念。他の作品に「チェシャ・ムーン」「Dead Men's Dance」「Dead Silent」「ハートブレイカー」などがある。

フェリーン, ニルス　Ferlin, Nils Johan Einar
スウェーデンの詩人
1898.12.11〜1961.10.21
㊗カールスタード
㊗1920年代に船員, 俳優, 歌謡曲作家として活動し, 30年詩集「死の踊り手の歌」でデビュー。俗語をふんだんにまじえ, 一種の憂愁味を持ったグロテスクな詩風でレビューやレコードのために風刺的な詩を書き, 国民に最も愛される詩人の一人となった。他の「裸足の子」（33年）、「皇帝のオウム」（52年）などがある。

フェルナンデス, ドミニク　Fernandez, Dominique
フランスの作家, 評論家, イタリア文学研究家
1929.8.25〜
㊗パリ近郊ヌイイー・シュル・セーヌ　㊗エコール・ノルマル・シュペリウール（イタリア文学）卒 文学博士　㊗メディシス賞（1974年）, ゴンクール賞（1982年）, 地中海賞（1988年）, オスカー・ワイルド賞（1988年）
㊗メキシコ系の父と北方系の母を持ち厳格なピューリタン家庭に育つが, 20歳の時にイタリアを旅行して美と官能と快楽の世界に開眼。パリ高等師範学校で教育を受け, イタリア語教授の資格を取得。イタリア文学の研究により博士号を得, 1958年「イタリア小説と近代的意識の危機」で評論家としてデビュー。小説創作の開始も評論と同時期で, 初期の作品に「石の皮」（59年）がある。精神分析学の方法を用いて18世紀ナポリの去勢歌手を描いた「ポルポリーノ」で, 74年メディシス賞を受賞。その後も78年「薔薇色の星」, 82年映画作家パゾリーニを描いた「天使の手のなかで」（ゴンクール賞受賞）、「除け者の栄光」（87年）など, 自らも属すホモセクシャルの世界をテーマに話題作を発表。他に評論「木, その根まで」（72年）、「シニョール・ジョヴァンニ」（81年）、「ガニュメデスの誘惑—同性愛文化の悲惨と栄光」（89年）、紀行エッセイ「母なる地中海」（2000年）などがある。
㊗父＝ラモン・フェルナンデス（文芸評論家）

フェルナンデス・フロレス, ベンセスラオ　Fernández Flórez, Wenceslao
スペインの作家, ジャーナリスト
1885.2.11〜1964.4.29
㊗ラ・コルーニャ
㊗ガリシア地方のラ・コルーニャに生まれ, 生活のため15歳からジャーナリズム界で活動。作家としては自然主義から出発したが, 寓話的な作風へと移行し感受性豊かなユーモアに彩られた作品で当時の社会を批判。1920年後半から30年にかけてスペインのベストセラー作家として活躍した。代表作は「七つの柱」（26年）で, 他に「青ひげの秘密」（23年）、「われら大戦に行かざりしもの」（30年）、「生ある森」（44年）などがある。

フェルナンデス・レタマル, ロベルト　Fernández Retamar, Roberto
キューバの詩人, 文芸評論家
1930.6.9〜
㊗ハバナ
㊗1986年からアメリカ大陸の文化発展と交流を目的とする, カサ・デ・ラス・アメリカス所長。詩, 文芸評論の著作が多数あり, 代表作に「キャリバン」がある。

フェルネ, アリス　Ferney, Alice
フランスの作家
1961.11.21〜
㊗パリ　㊗エセック経済商科大学院大学（ESSEC）卒　㊗みんなのための文化と図書館賞
㊗オルレアン大学で経済学の教鞭を執る傍ら文筆活動を開始。1997年刊行の「本を読むひと」はフェミナ賞最終候補作となり, みんなのための文化と図書館賞を受賞。刊行後20年近くたった現在も長く読み継がれている。他の作品に, ゴンクール賞候補となった「戦渦」, 15ケ国語に翻訳されたフェミナ賞

候補作「恋人たちの会話」がある。

フェルフルスト, ディミトリ　*Verhulst, Dimitri*
ベルギーの作家
1972〜
[出]フランダース　[賞]金の栞賞（2007年）, 金のフクロウ文学賞読者賞（2007年）, 高校生によるインクトアープ賞（2008年）
[歴]ベルギーのオランダ語圏であるフランダース生まれ。大学のゲルマン語学科に進むがほどなく退学。ピザの宅配、市役所職員などの傍ら創作に取り組む。1999年「隣の部屋」で作家デビュー。以後、毎年新作を発表。2006年刊行の「残念な日々」は自身の子供時代に材をとった連作短編集で、ベルギー、オランダで20万部のベストセラーとなり、金の栞賞、金のフクロウ文学賞読者賞、高校生によるインクトアープ賞を受賞。

フェルミーヌ, マクサンス　*Fermine, Maxence*
フランスの作家
1968〜
[出]アルベールビル
[歴]グルノーブルで幼少時代を、その後13年をパリで過ごす。アフリカを旅し、砂漠に魅せられてチュニジアの研究機関に勤務。のち執筆活動に入り、3作目の「蜜蜂職人」（2000年）がベストセラーとなり、フランス、イタリアで文学賞を受賞。

フェルルーン, ドルフ　*Verroen, Dolf*
オランダの作家, 翻訳家, エッセイスト
1928.11.20〜
[出]デルフト　[賞]銀の石筆賞（1979年・1981年・1987年）, フラッハ・エン・ウィンペル賞, ドイツ児童文学賞（2006年）, グスタフ・ハイネマン児童文学平和賞（2006年）
[歴]書店や出版社に勤めた後、作家、翻訳家、エッセイストとして活躍。1958年から60作以上の児童書を発表し、銀の石筆賞を3度受賞している。著書に「ぼくといっしょにあそんでよ」「真珠のドレスとちいさなココ」などがある。

フェレ, カリル　*Férey, Caryl*
フランスの作家
1967〜
[出]カーン　[賞]フランス推理小説大賞, ランデルノー賞（ミステリー部門）
[歴]2008年発表の「Zulu」で、フランス推理小説大賞と「エル」誌読者大賞（推理小説部門）を受賞。同書はオーランド・ブルーム主演で「ケープタウン」のタイトル映画化され、話題となった。他の作品に、ランデルノー賞（ミステリー部門）と、「リール」誌が選ぶ12年フランス最優秀ミステリー賞を受賞した「マプチェの女」など。

フェレイラ, ヴェルジリオ　*Ferreira, Vergílio*
ポルトガルの作家
1916.1.28〜1996.3.1
[学]コインブラ大学
[歴]コインブラ大学文学部で古典文献学を修める。各地の高等中学校で教鞭を執りつつ文筆活動を行う。初め1940年代のネオレアリズモ文芸運動に同調するが, 小説「変化」（49年）、「出現」（59年）などでを通じて方向を変えて認められ、次第にブランダンの後期象徴主義やフランスの実存主義の影響を受けた独自の作風で文壇の地位を確立。他の代表作に「つかのまの歓喜」（65年）、「永遠に」（83年）など。

ブエロ・バリェッホ, アントニオ　*Buero Vallejo, Antonio*
スペインの劇作家
1916.9.29〜2000.4.28
[出]グアダラハラ　[学]マドリード美術学校　[賞]ロペ・デ・ベーガ賞（1949年）, レオポルド・カノ賞（1968年, 1972年, 1974年, 1975年, 1977年）, パブロ・イグレシアス賞（1986年）, セルバンテス賞（1986年）
[歴]スペイン内戦で、美術学校の学業を中断して、看護兵として共和国政府側に参加、捕らえられ1945年まで6年間獄中につながれた。出獄して劇作に励み、フランコ体制下に苦しみながらも、次々と作品を発表した。49年の「Historia de una Escalera（ある階段の物語）」では内戦後の社会を描き、ロペ・デ・ベーガ賞を受賞し、「En la ardiente oscuridad（燃ゆる闇にて）」（50年）や「La tejedora de sueños（夢を織る女）」（52年）で劇作家としての地歩を固めた。時代を批判しつつ将来の希望を語る問題作とともに、実在の人物を主人公として綿密に描く一連の歴史物があり、「Las Meninas（官女たち）」（60年）ではベラスケスを、「El Sueño de la razón（理性の夢）」（70年）ではゴヤを取り上げた。他の作品に「ある外国人政治家の夢想」（58年）、「聖オビディオ演奏会」（62年）、「採光窓」（67年）、「爆音」（77年）、「カイマン」（81年）などがある。

フェンキノス, ダヴィド　*Foenkinos, David*
フランスの作家, 映画監督
1974.10.28〜
[出]パリ　[学]ソルボンヌ大学（文学）　[賞]ロジェ・ニミエ賞（2004年）, ルノードー賞（2014年）
[歴]ソルボンヌ大学で文学を専攻。ジャズ・ギターのインストラクターを経て、2001年「Inversion de l'idiotie」で作家デビュー。04年「Le potentiel érotique de ma femme」でロジェ・ニミエ賞を受賞。09年の恋愛小説「ナタリー」はフランス国内で25万部のベストセラーとなり、11年にはオドレイ・トトゥ主演で映画化され、兄のステファンとともに共同監督を務めた。フランスで最も注目されている若手作家の一人。
[家]兄＝ステファン・フェンキノス（映画監督）

フエンテス, カルロス　*Fuentes, Carlos*
メキシコの作家, 評論家
1928.11.11〜2012.5.15
[出]パナマ・パナマシティ　[学]メキシコ国立自治大学（法律）卒　[賞]ロムロ・ガジェゴス賞（1977年）, Mexican National Award for Literature（1984年）, セルバンテス賞（1987年）, アストゥリアス皇太子賞（1994年）, フォルメントール賞（2011年）
[歴]外交官の子として生まれ、欧米や中南米諸国で少年期を過ごす。大学卒業後、外務省に勤務、ILO代表、外務省広報官、同文化交流局長、1974〜77年駐仏大使などを歴任。78〜83年ペンシルベニア大学教授、84〜89年ハーバード大学教授、95年からブラウン大学教授を務める。傍ら文筆活動も行い、54年処女短編集「Los días en mascarados（仮面の日々）」で脚光を浴び、以来執筆に専念。58年に最初の長編「La región más transparente（澄みわたる大地）」を発表して注目を集める。その後も中編「アウラ」（62年）、長編「アルテミオ・クルスの死」（62年）、「聖域」（67年）、「脱皮」（67年）、「エミミラノ・サパタ」（69年）、「我らが大地」（75年）、「胎児クリストバル」（87年）などを執筆。メキシコ革命を題材にした代表作「老いぼれグリンゴ」（85年）はジェーン・フォンダ主演で映画化（邦題「私が愛したグリンゴ」）もされた。また、メキシコ現代史を題材にした戯曲や評論にも健筆をふるい、ラテンアメリカを代表する現代作家の一人となり、ノーベル文学賞の候補にも度々取り沙汰された。評論集に「イスパノアメリカの新しい小説」（69年）、「ドアの二つある家」（70年）がある。

フェントン, ジェームズ　*Fenton, James Martin*
イギリスの詩人
1949.4.25〜
[学]オックスフォード大学マグダレン・カレッジ　[賞]ジェフリー・フェイバー記念賞（1984年）, ウィットブレッド賞（1994年）
[歴]1973〜75年に「ニューステーツマン」紙のフリーランスの通信員としてインドシナに滞在、76〜78年には同紙の政治コラムニスト。78〜79年「ガーディアン」紙ドイツ特派員、79〜84年「サンデー・タイムズ」劇評担当、84〜86年「タイムズ」書評主任、86〜88年「インディペンデント」紙極東特派員を務めた。詩人としては、克明な描写をモンタージュ風に重層させ、意識を浮き彫りにする作風。詩集に「末端堆石」（72年）、「戦争の記録」（82年）、「Partingtime Hall」（87年）など。

フ

フォ, ダリオ　*Fo, Dario*
イタリアの劇作家, 俳優, 演出家
1926.3.24～2016.10.13
[出]バレーゼ県サンジャーノ　[学]ミラノ美術アカデミー　[賞]ノーベル文学賞（1997年）, アグロ・ドルチェ賞（1987年）
[歴]ミラノで舞台美術を学び、喜劇役者としてデビュー。脚本も始め、寄席芸の寸劇も吸収する中、1954年女優のフランカ・ラーメと結婚し、民衆コメディの流れをくむ妻と、59年全国的な上演組織ラ・コムーネを結成。ミラノを根拠地に自作自演のギャグあふれる喜劇、笑劇を巡演した。68年には共産党と組んで劇団ヌーバ・セナを主宰。70年代半ばから麻薬、テロ、女性問題、宗教を扱った喜劇を発表。その舞台は、民衆劇から多くのものを消化して、パロディ、アクロバット、歌、パントマイム、道化、仮面、人形などが登場し、政治諷刺や観客との議論など即興性が強く、イタリア演劇において常に"反体制""異端"の姿勢を貫いた。笑いと厳粛さを調和させた作品により、社会の悪弊と不公正に目を開かせたと評価され、97年ノーベル文学賞を受賞。2003年には当時のベルルスコーニ首相を題材とした作品が人気を博した。戯曲作品に「泥棒とマネキン人形と裸婦」（1958年）、「神聖喜劇」（68年）、「旗と人形による大パントマイム」（69年）、「ミステーロ・ブッフォ」（69年）、「アナーキストの事故死」（70年）、「第7戒律―少し盗め」（71年）、「払えない、払わない」（74年）、「誘拐されたファンファーニ」（75年）、「クラクションを吹き鳴らせ」（80年）、「ジョアン・パダンのアメリカ発見」（91年）など。
[家]妻＝フランカ・ラーメ（女優）

フォア, ジョナサン・サフラン　*Foer, Jonathan Safran*
アメリカの作家
1977.2.21～
[出]ワシントンD.C.　[学]プリンストン大学（哲学）　[賞]ガーディアン新人賞（2002年）
[歴]プリンストン大学で哲学を専攻。同大学の教授で著名な作家でもあるジョイス・キャロル・オーツの薫陶を受けた後、本格的に小説の執筆を始める。卒業後、数々の仕事を経て、1999年ウクライナを訪れたことをきっかけに、2002年「エブリシング・イズ・イルミネイテッド」を執筆。デビュー作である同作でガーディアン新人賞ほか多数の賞を受賞した。他の作品に「イーティング・アニマル」「ものすごくうるさくて、ありえないほど近い」などがある。

フォイス, マルチェロ　*Fois, Marcello*
イタリアの作家
1960～
[出]サルデーニャ島ヌーオロ　[学]ボローニャ大学（1986年）卒
[歴]1992年「Ferro Recente」でデビュー。95年「Picta」でカルヴィーノ賞、97年「Nulla」でデッシー賞を受賞するなど、数々のイタリア文学賞に輝く。2003年には「いかなるときでも心地よきもの」の英訳作品「The Advocate」がイギリス推理作家協会賞（CWA賞）のエリス・ピーターズ・ヒストリカル・ダガー賞にノミネートされるなど、その実力は国内のみならず、海外でも広く認められる。劇作家やテレビの脚本家としても活躍。他の著書に「弁護士はぶらりと推理する」など。

フォイヒトヴァンガー, リオン　*Feuchtwanger, Lion*
ドイツの作家
1884.7.7～1958.12.21
[出]ミュンヘン　[名]フォイヒトバンガー, リオン　フォイヒトワンガー, リオン
[歴]ユダヤ人。1925年小説「ユダヤ人ジュース」によって世界的評価を得る。33年ナチスにより学位や国籍を剥奪され、フランスに逃れ、40年アメリカに亡命。小説、戯曲、劇評に活躍した。若き劇作家ブレヒトの発見者としての功績がある。他の作品に小説「醜い公爵夫人マルガレーテ・マウルタッシュ」（23年）、「ゴヤ」（51年）、「愚者の知恵―ジャン・ジャック・ルソーの死と変容」（52年）、「トレド風雲録」（55年）など。

フオヴィ, ハンネレ　*Huovi, Hannele*
フィンランドの児童文学作家
1949～
[出]コトカ　[賞]トペリウス賞（2002年）, IBBYオナーリスト賞, フィンランド政府賞, エイノ・レイノ賞
[歴]童話、ヤングアダルト小説、児童小説、児童詩、童謡など幅広く手がけ、多くの作品がヨーロッパをはじめ海外でも翻訳。精緻な観察眼で生と自然への愛情にあふれた物語世界を描き続け、言葉の美しさに定評がある。また、長年教科書の制作や教育番組の脚本などにも携わり、フィンランド政府賞、エイノ・レイノ賞などを受賞。2002年トペリウス賞を受賞した「羽根の鎖」は国際アンデルセン大賞候補となり、IBBYオナーリスト賞を獲得するなど、世界的にも評価が高い。現代フィンランドを代表する児童文学作家の一人。

フォーク, ニック　*Falk, Nick*
イギリスの作家, 実験心理学者
[歴]イギリスで働いた後、アメリカ、インド、中国を旅行してオーストラリアへ。タスマニアで暮らしていた時、2人の息子のために本を書き、のち〈Samurai vs Ninja〉シリーズ、〈サウルスストリート〉シリーズ、〈Billy is a Dragon〉シリーズ（未訳）など、幼児向けの著書を出版。2015年イギリスに戻る。

フォークス, セバスティアン　*Faulks, Sebastian*
イギリスの作家
1953.4.20～
[出]バークシャー州ニューベリー　[勲]CBE勲章
[歴]様々な新聞に寄稿したり、記者として活躍したのち、作家としてデビュー。1995年「よみがえる鳥の歌」は英米で絶賛され、オーサー・オブ・ザ・イヤーに選ばれる。続く「シャーロット・グレイ」でイギリスを代表する作家として評価を確立。2002年名誉大英勲章第三位を受ける。

フォークナー, ウィリアム　*Faulkner, William Cuthbert*
アメリカの作家
1897.9.25～1962.7.6
[出]ミシシッピ州ニューオールバニー　[学]ミシシッピ大学（1920年）中退　[賞]ノーベル文学賞（1949年）, ピュリッツァー賞（1955年・1963年）, O.ヘンリー賞（1939年・1949年）
[歴]南部の名家に生まれる。学校生活にはなじまず、第一次大戦中は志願してカナダのイギリス空軍に入隊、終戦後創作活動に入った。1924年第1詩集「大理石の牧神」を出版、25年ニューオーリンズに赴いてシャーウッド・アンダーソンと知り合い、その影響を受けて作家になる。26年処女作「兵士の報酬」を描き上げ、27年「虹」を刊行。29年故郷のミシシッピ州オックスフォードに戻って書いた「サートリス」は自身の家族をモデルにした物語で、これ以後42年の「行け、モーゼよ」に至る15年間にこの地方をモデルにしたいわゆる"ヨクナパトーファ・サーガ"と呼ばれる一連の作品群を発表、アメリカ深南部の退廃した生活や奇怪な暴力的犯罪などを前衛的なモダニズム文学の手法で描いた。作品は他に「響きと怒り」（29年）、「死の床に横たわりて」（30年）、「サンクチュアリ」（31年）、「八月の光」（32年）、「アブサロム、アブサロム！」（36年）、「野生の棕梠」（39年）、「寓話」（54年）、「自動車泥棒」（62年）など。

フォークナー, ブライアン　*Falkner, Brian*
ニュージーランドの作家
1962～
[出]オークランド　[賞]LIANZA賞（2009年）
[歴]大学でコンピューターを学ぶが、幼い頃からの夢をあきらめられず、ジャーナリズムを勉強しながら、作家を目指す。2003年「Henry and the Flea（ヘンリーとフリー）」（未訳）でデビュー。06年、09年とニュージーランド・ポスト児童賞の候補に挙がる。09年ニュージーランドの児童図書賞であるLIANZA賞を受賞。

フォゲリン, エイドリアン　*Fogelin, Adrian*
アメリカの作家

㊧美術学校を卒業後、ボルティモアの動物園で専属イラストレーターとして働くうちに、動物写真家の夫と知り合う。1978年に娘が生まれたのを機にフロリダに移住し、アルバイトをしながら細々と執筆を続けた。2000年自らが暮らす町を舞台にした「ジェミーと走る夏」で作家デビューし、アメリカ・ヤングアダルト図書館サービス協会（YALSA）の最優秀図書に選ばれるなど、高い評価を受ける。

フォーサイス, ケイト　*Forsyth, Kate*
オーストラリアの作家
1966～
㊥ニューサウスウェールズ州シドニー
㊧7歳の頃から小説を書き始める。1997年〈エリアナンの魔女〉シリーズの第1作「魔女メガンの弟子」で作家デビュー、98年雑誌「ローカス」のベストファーストノベルに選ばれる。以後、多くの作品を発表、12ケ国で翻訳出版され、アメリカのシビル賞にもノミネートされた。シドニー大学で教鞭を執る傍ら、執筆を続ける。

フォーサイス, フレデリック　*Forsyth, Frederick*
イギリスの作家, ジャーナリスト
1938.8.25～
㊥ケント州アシュフォード　㊫グラナダ大学　㊍CBE勲章
㊜CWA賞ダイヤモンド・ダガー賞（2012年）
㊧空軍パイロットなどを経て、1961年ロイター通信の海外特派員となり、65年からBBCの記者・解説員に。のち報道規制に抗議して、退職。68年にはフリーのルポライターとしてアフリカのビアフラに行き、「ビアフラ物語」（69年）を発表、大きな反響を呼ぶ。71年にド・ゴール暗殺をテーマに報道スタイルで描いた長編小説「ジャッカルの日」で作家デビュー、世界的なベストセラーとなり、アメリカで映画化された。またナチ党員の逃亡を描いた「オデッサ・ファイル」（72年）のほか、「戦争の犬たち」（74年）、「悪魔の選択」（79年）もベストセラーに。綿密な取材に裏付けされたストーリーには定評がある。ほかに「第四の核」（84年）、「ネゴシエイター」（88年）、マクレディ・シリーズ「騙し屋」、「売国奴の持参金」「戦争の犠牲者」「カリブの失楽園」「神の拳」など。96年ロシアを舞台にしたスパイ小説「イコン」を最後に政治スリラーものの断筆を宣言。2000年ガストン・ルルー作「オペラ座の怪人」の続編「マンハッタンの怪人」が話題となる。同年9月イギリス・ネット出版大手のオンライン・オリジナルズ社と新作のネット販売契約を結び、新作「クインテット」の内、「ザ・ベテラン」「ザ・ミラクル」の2作をネット公開する。11年、20年以上にわたってイギリス秘密情報局（MI6）と情報交換などを通じて協力関係にあったことを公表した。来日多数。

フォシェッル, ラーシュ　*Forssell, Lars*
スウェーデンの劇作家
1928.1.14～
㊥ストックホルム　㊫ウプサーラ大学（1952年）卒　㊍リッテリス・エトゥ・アルティブス勲章（1993年）, レジオン・ド・ヌール勲章　㊜ピロート賞, ベッルマン賞
㊧1949年叙情詩人としてデビュー。その後詩作、劇作、随筆、評論、オペラや映画の台本、現代歌謡や小歌曲の作詩、モリエールを初めとするフランス戯曲の翻訳、さらに政治的な諷刺文を手がけるなど多方面に活躍。71年スウェーデンアカデミーのメンバーに選ばれ、ノーベル文学賞の選考にも深く関わる。作品に戯曲「クリスティーナ・アレクサンドラ」「日曜の散歩」「乱心者」「ショウ」「メアリー・ルウ」など。

フォスター, アラン・ディーン　*Foster, Alan Dean*
アメリカの作家
1946.11.18～
㊥ニューヨーク州　㊫カリフォルニア大学ロサンゼルス校卒
㊜ギャラクシー賞（1979年）
㊧ニューヨークで生まれ、ロサンゼルスで育つ。カリフォルニア大学では政治学で学士号、映画研究で修士号を得る。コピーライターの職に就いた後、1971年から76年にかけてロサンゼルス・シティ・カレッジの映画創作文学と映画史の講師を務め、ほかに母校でも教鞭を執った。この間、71年に長編「The Tar-Aiym Krang」作家デビュー。79年「Splinter of the Mind's Eye」でギャラクシー賞を受賞。90年初めて挑戦したSF作品「Cyber Way」でサウスウェストブックアワードを受賞。以後SF、ファンタジー、ホラーなど様々なジャンルで執筆。代表作にスペースオペラ・シリーズ〈フリンクス〉がある。74年公開のジョン・カーペンター監督「ダーク・スター」の小説化に始まり、「スターウォーズ」「エイリアン」など映画のノベライゼーションでもその名を知られる。

フォースター, E.M.　*Forster, E.M.*
イギリスの作家, 批評家
1879.1.1～1970.6.7
㊥ロンドン　㊔フォースター, エドワード・モーガン〈Forster, Edward Morgan〉　㊫ケンブリッジ大学キングス・カレッジ（1901年）卒　㊜ジェームズ・テイト・ブラック記念賞（1924年）
㊧1903年「インディペンデント・レビュー」の発刊に参加、いわゆる"ブルームズベリー・グループ"の一員としてバージニア・ウルフらと親交を結んだ。イギリス中産階級の自由主義、個人主義、偽善性などをモチーフに「天使も踏むを恐れるところ」（05年）、「眺めのいい部屋」（08年）、「ハワーズ・エンド」（10年）などの小説を発表。12年インドに初めて旅行し、15年国際赤十字の仕事に志願してアレクサンドリアに赴任。「ファロスとファロリン」（23年）、「インドへの道」（24年）以後は主に批評家として活動。ヨーロッパ小説を論じた「小説の諸相」（27年）やエッセイ集「アビンジャー・ハーヴェスト」（36年）、評論集「民主主義に万歳二唱」（51年）などを著す。44年国際ペン・クラブ会長、46年キングス・カレッジ名誉校友となる。オースティン以来の伝統につながるきめの細かい作家として定評があり、つねに他の文明を視野に入れたイギリス批評を行った。没後に「モーリス」（71年）、短編集「永遠の命」（72年）が出版された。

フォスター, デービッド　*Foster, David*
オーストラリアの作家
1944.5.15～
㊥ニューサウスウェールズ州　㊔Foster, David Manning　㊫シドニー大学, オーストラリア国立大学　㊜「エイジ」ブック賞（1974年）, 全国図書協議会賞（1981年）, マイルズ・フランクリン賞（1997年）
㊧アメリカやシドニーで科学研究員として勤務。1973年から作家生活に入る。中編小説集「北南西」（73年）、短編集「現実への逃避」（77年）、「エイジ」ブック賞受賞作の長編小説「無垢な大地」（74年）、サイエンス・フィクション「感情移入実験」（77年）、「鉛」（83年）を執筆。「ムーンライト」（81年）は全国図書協議会賞、「The Glade Within the Grove」（96年）はマイルズ・フランクリン賞を受賞している。

フォースター, マーガレット　*Forster, Margaret*
イギリスの作家
1938.5.25～2016.2.8
㊥カンブリア州カーライル　㊫オックスフォード大学サマビル・カレッジ（1960年）卒　㊜ハイネマン賞（イギリス王立文学協会）（1988年）
㊧北イングランドのカーライルに生まれる。州立女子高校を経て、奨学金を得てオックスフォード大学サマビル・カレッジで歴史学を学ぶ。1960年卒業と同時に作家でブロードキャスターのハンター・デービスと結婚、3児をもうける。ロンドンの学校で教師を務める傍ら、小説や伝記の執筆も行う。65年「Georgy Girl（ジョージー・ガール）」を出版、66年に映画化されて大好評を博した。新作発表のたびに「タイムズ文芸付録」に詳しく取りあげられるなど、マーガレット・ドラブルと並んで現代イギリスで最も人気のある女流作家のひとりだった。主な作品に小説「フェネッラ・フィザカーリー」（70

年)、「The Seduction of Mrs.Pendlebury」(74年)、「Mother Can You Hear Me?」(79年)、「マッカイ家のおばあちゃん」、「クリスタベルのための戦い」(91年)、伝記「William Maltepeace Thackeray, Memories of a Victorian Gentleman」(78年)など。伝記作家としても知られ、王立文学協会ハイネマン賞を受賞した。BBCのテレビの社会的影響に関する諮問委員会、芸術審議会文学委員会メンバーも務めた。
[家]夫＝デービス・ハンター(作家)

フォックス, ポーラ　*Fox, Paula*
アメリカの児童文学作家
1923.4.22〜2017.3.1
[出]ニューヨーク市　[賞]ニューベリー賞, 国際アンデルセン賞作家賞(1978年), 全米図書賞(1983年), ドイツ児童文学賞(2008年)
[歴]子供時代にキューバをはじめ各地を転々とするうち本を読み、物語を書くことを身につける。子育てを終えたのち文筆生活に入り、初めはテレビドラマ「裸の町」(1958〜63年)の脚本や大人向けの短編を執筆。66年「モーリスの部屋」を出版してからは児童文学を中心に発表した。74年の「どれい船にのって」でニューベリー賞を受賞。同作では大西洋をまたいで行われた19世紀半ばの奴隷貿易を題材とし議論を呼んだ。他の作品に、「きのうのぼくにさようなら」「バビロンまでは何マイル」「片目のネコ」「西風がふくとき」など。生涯で20作余りの児童文学作品を執筆した他、大人向けにも6作品を発表した。87年児童文学に対する長年の貢献から国際アンデルセン賞を受賞した。

フォックス, メム　*Fox, Mem*
オーストラリアの児童文学作家
1946〜
[出]ビクトリア州メルボルン　[賞]ニューサウスウェールズ州首相賞(1984年)
[歴]オーストラリアに生まれ、アフリカで育つ。イギリスで演劇を学んだ後、1970年オーストラリアへ戻る。30代前半に大学で児童文学を学び、創作活動に入る。最初の作品「ポスおばあちゃんのまほう」(83年)はオーストラリアだけで100万部を超える国際的ベストセラーとなり、84年ニューサウスウェールズ州首相賞を受賞。絵本のほか、大人向けの作品も数多い。大学助教授として言語教育にも携わる。

フォッスム, カリン　*Fossum, Karin*
ノルウェーの作家
1954〜
[賞]ガラスの鍵賞
[歴]「湖のほとりで」でガラスの鍵賞を受賞。同作品は、ヨーロッパをはじめ世界16ケ国以上で翻訳・出版され、各国でベストセラーとなった。"犯罪小説の女王"として知られる。

フォッセ, ヨン　*Fosse, Jon*
ノルウェーの劇作家
1959.9.29〜
[出]ハウゲスン　[賞]国際イプセン賞(2010年), ヨーロッパ文学賞(2014年)
[歴]1983年小説「赤、黒」で作家デビュー。94年最初の戯曲「そしてわたしたちは決して別れない」を書いて以来、イプセンに次いで上演回数の多いノルウェー人劇作家として知られ、"イプセンの再来""21世紀のベケット"とも称される。ニューノシュク(ノルウェー語の文語の一つ)で執筆し、作品に「名前」(95年)、「誰か、来る」(96年)、「ある夏の日」(99年)、「死のバリエーション」(2001年)などがあり、40以上の言語に翻訳されている。児童文学なども手がける。

フォーデン, ジャイルズ　*Foden, Giles*
イギリスの作家
1967〜
[出]ウォーリックシャー州　[学]ケンブリッジ大学卒　[賞]サマセット・モーム賞(1999年), ウィットブレッド賞(1998年)
[歴]5歳で父親の仕事のために家族とアフリカへ。マウイ、ナイジェリア、タンザニア、エチオピア、ウガンダと移り住んだ後、帰国。ケンブリッジ大学卒業後、「タイムズ文芸付録」に勤務。「ガーディアン」紙の文芸局副編集長として働きながら執筆した「スコットランドの黒い王様」で作家デビュー。1998年ウィットブレッド賞を受賞。

フォード, ジェイミー　*Ford, Jamie*
アメリカの作家
1968〜
[出]オレゴン州　[賞]アジア・太平洋文学賞(2010年)
[歴]曽祖父は中国から移住した中国系。自身は12歳までオレゴン州で育つ。短編小説でいくつか賞を受賞した後、2009年「あの日、パナマホテルで」で本格的に作家デビュー。同書は全米110万部を超えるヒットを記録し、「ニューヨーク・タイムズ」ベストセラーリストに100週以上連続でランクイン。10年にはアジア・太平洋文学賞も受賞した。

フォード, ジェフリー　*Ford, Jeffrey*
アメリカの作家
1955〜
[賞]世界幻想文学大賞(1998年), MWA賞最優秀ペーパーバック賞(2006年)
[歴]1997年長編「The Physionomy」(邦題「白い果実」)を発表すると「ニューヨーク・タイムズ」紙で激賞され、翌98年世界幻想文学大賞を受賞。また、「シャルビューク夫人の肖像」でも2003年度世界幻想文学賞にノミネートされ、アメリカ・ファンタジー小説界での評価を不動のものにした。さらに「ガラスのなかの少女」で06年MWA賞最優秀ペーパーバック賞を受賞し、ミステリー小説界からも脚光を浴びた。他の作品に「緑のヴェール」。

フォード, G.M.　*Ford, G.M.*
アメリカの作家
[出]ニューヨーク州
[歴]幼い頃からミステリーを読みふけり、作家を志す。長年コミュニティカレッジで創作講座を担当した後、40歳を過ぎた1995年、私立探偵レオ・ウォーターマン初登場作の「手負いの森」でデビュー、"ハードボイルドの伝統的な枠組に見事に新風を吹き込んだ"と話題になり、アンソニー賞とシェイマス賞最優秀新人賞にノミネートされる。他の作品「憤怒」「黒い河」「白骨」「毒魔」がある。

フォード, ジャスパー　*Fforde, Jasper*
イギリスの作家
1961〜
[出]ウェールズ
[歴]高校卒業後、映画業界入り。撮影助手を経て、2001年〈文学刑事サーズデイ・ネクスト〉シリーズの第1作「ジェイン・エアを探せ!」で作家デビュー。

フォード, フォード・マドックス　*Ford, Ford Madox*
イギリスの作家, 編集者
1873.12.17〜1939.6.26
[出]マートン
[歴]画家フォード・マドックス・ブラウンを父に持つ芸術家の家系に生まれる。10代で処女出版後、作家として80冊余りの本を著す傍ら、編集者として手腕を発揮。D.H.ローレンス、エズラ・パウンドらを発掘。創作、批評の両面においてモダニズム文学の確立に貢献。作品に「5人目の女王」「かくも悲しい話を…情熱と受難(パッション)の物語」「観兵式の終焉」などがある。
[家]父＝フォード・マドックス・ブラウン(画家)

フォード, リチャード　*Ford, Richard*
アメリカの作家
1944.2.14〜
[出]ミシシッピ州ジャクソン　[学]ワシントン大学ロースクール

フ

中退 [賞]ピュリッツァー賞(1996年), PEN/フォークナー賞(1996年)
[歴]カリフォルニア大学でマスターを取得後作家に。1976年長編「A Piece of My Heart」でデビュー。トビアス・ウルフやコラギサン・ボイルと並ぶ、アメリカ現代文学の核をなす第一人者。寡作と地味さゆえに知名度の点でやや遅れを取っていたが、名編集者ゲイリー・フィスケットジョンの手によって人気も不動のものとなった。ニューヨーク、シカゴ、プリンストン、ニューオリンズ、モンタナ、ロサンゼルスなどを転々としている。代表作に短編集「ロック・スプリングズ」、「Wildlife」(90年)。

フォトリーノ, エリック *Fottorino, Eric*
フランスの作家, ジャーナリスト
1960〜
[出]ニース [学]パリ政治学院卒 [賞]フランソワ・モーリヤック賞(2004年), 書店大賞(2004年), フェミナ賞(2007年)
[歴]「リベラシオン」紙記者を経て、フランスの名門紙「ルモンド」のアフリカ問題、農業専門記者となり、編集委員、編集局長などを歴任。専務を経て、2008年1月社長に就任。ジャーナリストとして活躍する傍ら、作家としても知られ、04年「カレス・ド・ルージュ」でフランソワ・モーリヤック賞、「コルサコフ」で書店大賞を受賞。07年には「光の子供」でフェミナ賞を受けた。

フォーブス, エスター *Forbes, Esther*
アメリカの作家
1891.6.28〜1967.8.12
[出]マサチューセッツ州ウェストバラ [名]Forbes, Esther Louise [学]ウィスコンシン大学 [賞]ピュリッツァー賞(1943年), O.ヘンリー賞(1920年), ニューベリー賞(1944年)
[歴]父は法律家、母は作家。ウィスコンシン大学で学んだ後、ボストンの出版社に勤務。結婚のため退職するが、弁護士の夫とは離婚。傍ら小説を執筆し、1920年短編小説でO.ヘンリー賞を受賞。当時の慣習を批判した小説「ああ淑女」(26年)は、発足したばかりの"ブック・オブ・ザ・マンス・クラブ"の選定図書になった。歴史、伝記作家として有名で、「ポール・リヴィアとその世界」(42年)はピュリッツァー賞を受賞。他の作品に、ニューベリー賞を受賞したヤングアダルト小説「ジョニー・トリメイン」(43年)や、「魔女の鏡」(28年)などがある。

フォラン, ジャン *Follain, Jean*
フランスの詩人
1903.8.29〜1971.3.10
[出]カニジィ
[歴]文学運動には加わらず、法律家の傍らで詩人として詩集や散文を発表。日常的な事物や現実的な風景を描きながら、永遠の神秘とその形而上的意味とを、暗示的に示すことを特色としている。実在的な神秘主義詩人の一人。詩集に「暖かい手」(33年)、「地上の歌」(37年)、「領地」(53年)などがある。

フォルーグ・ファッロフザード *Forūgh Farrokhzād*
イランの詩人
1935.1.5〜1967.2.14
[出]テヘラン [学]キャマーロル・モルク専門学校 [賞]オーバーハウゼン映画祭大賞
[歴]テヘランの中流家庭に生まれ、父親は軍人であった。弟フェレイドゥーンはテレビの人気者で有名な歌手。13歳で古典形式の詩を書き始める。小学校卒業後、ホスロウ・ハーヴァル中学校で3年間学び、1953年結婚、男児をもうけるが翌年離婚。55年詩集「囚われ人」を刊行、その不道徳な内容が議論の的となった。その後裁縫や図画を教えるキャマーロル・モルク専門学校に入学。56年第2詩集「壁」、57年第3詩集「反逆」を刊行。58年作家で映画製作者でもあるエブラーヒーム・ゴレスターンと恋に落ちる。59年に映画製作を学ぶためイギリスへ渡り、帰国して彼の指導で「求婚」(60年)などドキュメンタリー映画を製作。ハンセン病患者収容所の生活を描いた「家は暗い」(62年)は、ドイツのオーバーハウゼン映画祭で大賞を受賞した。4冊目の詩集「転生」(63年)でイラン現代詩の一つの到達点に達し、現代イランを代表する女性詩人といわれた。32歳で自動車事故に遭い死亡。5冊目の詩集「寒い季節の訪れを信ぜよ」は没後の74年に刊行された。

フォルツ, ウィリアム *Voltz, William*
ドイツのSF作家
1937〜
[出]オッフェンバッハ・アム・マイン
[歴]ファンダムの出身。製図技師を経て、SF作家に転身。多くのショートショートを書き、1961年ドイツ語圏ファンダムのベスト作家に選ばれた。62年25歳で〈宇宙英雄ペリー・ローダン〉シリーズのライターチームに加わり、第800巻刊行の時点で155点を手がけ、最も多く執筆したライターとなった。187センチの長身でサッカーを得意とする。

フォルティーニ, フランコ *Fortini, Franco*
イタリアの詩人, 批評家
1917.9.10〜1994.11.28
[出]フィレンツェ [名]ラッテス, フランコ〈Lattes, Franco〉
[歴]第二次大戦に出征し、イタリア降伏後レジスタンスに加わって、北部山岳地帯のバルドッソラ地区でパルチザン闘争を戦った。1945〜48年の「アバンティ!」誌編集員を経て、E.ヴィットリーニの片腕として、文学雑誌「ポリテクニコ」や「メナボ」の編集に携わり、反体制の文化運動に加わりながら、前衛的な詩作や評論に健筆をふるった。詩集に、「退去令」(46年)、「詩と過ち」(59年)、「ただ一度だけ」(63年)、「この壁」(73年)、「蛇のいる風景」(84年)など、評論集に、政治と文学の関係や知識人の条件を論じた「10年の冬1947―57」(57年)、「権力の検証」(65年)、「国境線の問題」(77年)など。ほかに小説やエリュアール、ゲーテ、プルースト、ブレヒトなどの翻訳がある。

フォレスター, セシル・スコット *Forester, Cecil Scott*
エジプト生まれのイギリスの作家
1899.8.27〜1966.4.2
[出]エジプト・カイロ [賞]ジェームズ・テイト・ブラック記念賞(1938年)
[歴]1926年デビュー作「Payment Deferred」がヒットし作家の道に入る。ナポレオン時代のイギリス海軍をテーマとした〈ホーンブロワー〉シリーズで人気を博し、歴史冒険作家として活躍。「戦列艦」で38年のジェームズ・テイト・ブラック記念賞を受賞。また、「アフリカの女王」(35年)など映画化された作品も多く、評伝や旅行記も執筆した。他の著書に「ネルソン提督伝—われ、本分を尽くせり」などがある。

フォレスト, フィリップ *Forest, Philippe*
フランスの批評家, 作家
1962〜
[出]パリ [学]パリ政治学院卒 文学博士 [賞]フェミナ処女作賞(1997年), 十二月賞
[歴]1960〜70年代のアヴァンギャルド文学を研究し、ソレルスやジョイス、カミュなどを研究。ナント大学文学部で教鞭を執る。一方、4歳の一人娘をがんで亡くした体験をもとに、97年小説「永遠の子ども」を出版、同年のフェミナ処女作賞を受賞。99年子供を亡くした夫婦の愛を描いた「夜通し」、2004年子供を亡くした悲しみを抱えた夫婦が日本を旅する「さりながら(SARINAGARA)」を発表。日本文学にも詳しく、評論に「大江健三郎、日本の一作家の伝説」「取り違えの美しさ—日本文学論」「〈テル・ケル〉派の歴史」「夢、ゆきかひて」「荒木経惟つひのはてに」などがある。

フォレット, ケン *Follett, Ken*
イギリスの作家
1949.6.5〜
[出]ウェールズ・カーディフ [名]フォレット, ケネス・マーティン〈Follett, Kenneth Martin〉 筆名=マイルズ, サイモン〈Myles, Symon〉 [学]ロンドン大学(1970年)卒 [賞]MWA賞(最優秀長

編賞, 1978年度)(1979年)
[歴]大学では哲学を専攻。ウェールズの地方紙を振り出しに、1973年「ロンドン・イブニング・ニューズ」の記者、次いで74年「エベレスト・ブックス」に編集長として入社する。76年には早くも経営陣に加わるが、翌年退社し、作家業に専念する。この間、サイモン・マイルズという筆名で「The Big Needle」(73年)を出版。78年29歳で発表した「針の眼」は英米両国で出版され、特にアメリカでは発売と同時にベストセラーとなり、78年度アメリカ探偵作家クラブ(MWA)賞最優秀長編賞を受賞、一躍名声を博するに至った。以後、着実に大型作品を発表し、いずれもベストセラーになっている。89年に発表された壮大な歴史小説「大聖堂」は全世界で1500万部以上のセールスを記録。18年後に発表された続編「大聖堂 果てしなき世界」は、初登場で全米ベストセラー第1位となり、世界約30ケ国で出版。現実の苛烈な政治情況を背景に常に人間的心情を描き、ディケンズの流れを継ぐイギリス現代の物語作家の一人といわれる。他の著書に「モジリアーニ・スキャンダル」(76年)、「ペーパー・マネー」(77年)、「レベッカへの鍵」(80年)、「獅子とともに横たわれ」(86年)、「飛行艇クリッパーの客」(91年)、「ピラスター銀行の清算」(93年)、「自由の地を求めて」(95年)、「第三双生児」(96年)、「ハンマー・オブ・エデン」(98年)、「コード・トゥ・ゼロ」(2000年)、「鴉よ闇へ翔べ」(01年)、「ホーネット、飛翔せよ」(03年)、「巨人たちの落日」(10年)、「凍てつく世界」(12年)などがある。

フォワシィ, ギィ　*Foissy, Guy*
セネガル生まれのフランスの劇作家
1932〜
[出]ダカール　[賞]フランス・ラジオテレビ協会新人作家賞(1969年), クールトリーヌ賞(喜劇作家賞)(1978年), ブラック・ユーモア大賞(1979年)
[歴]幼年期をアフリカで過ごし、パリで中等教育を受ける。銀行員、夜警、私塾の教師などを経て、1965年「関節炎」の頃から劇作家として認められ始め、69年フランス・ラジオテレビ協会から新人作家賞を与えられる。戯曲の多くは対話劇と呼ばれる2人芝居で、現代人の精神病理をブラック・ユーモアたっぷりに描き、広く国際的に上演されている。作品に「相寄る魂」(71年)「雫」(78年)「救急車」(78年)「シカゴ・ブルース」(82年)など。文化活動の指導者としても活躍。日本では76年より谷正雄主宰のギィ・フォワシィ・シアターで数多くの作品が上演されている。

フォワード, ロバート　*Forward, Robert L.*
アメリカのSF作家, 物理学者
1932.8.15〜2002.9.21
[出]ニューヨーク州ジャニーバ
[歴]重力理論を専門とする物理学者として、カリフォルニア州のヒューズ・エアクラフト社で宇宙推進システムや重力波アンテナの研究開発に取り組む。もともとSFが好きだったが、1962年雑誌「ギャラクシイ」に科学解説を載せたのが縁となり、以来雑誌に寄稿したりSF作家たちの集まりで講演したりするようになる。作家仲間に対して宇宙や先端科学について解説したり、質問に応じたりしたことから“SF界の助言者”として知られた。80年自らもSF執筆に挑戦して処女作「竜の卵」を発表、好評をもって迎えられた。他の作品に「スタークエイク」「ロシュワールド」「火星の虹」、著書に「SFはどこまで実現するか」など。

フォン・ジーツアイ　馮 驥才　*Feng Ji-cai*
中国の作家, 画家
1942.2.9〜
[出]天津　[学]天津塘沽第1中学(1961年)卒
[歴]高級中学卒業後、バスケットボールの選手として活躍したが、怪我で引退、中国画の制作や美術評論活動へと進み、1974年には天津の大学で美術を教えた。77年李定興と共著で義和団に取材した長編歴史小説「義和拳」を出版、注目を浴び専業作家となる。その後、短編の代表作「ああ!」(79年)などの軽妙な作品、「愛之上」などの青春スポーツ小説を多数発表。その後民俗系列小説「怪世奇談」では、てん足や中国武術、八卦の世界を物語性豊かに描いた。自ら挿絵も描き、伝統美術や武術にも造詣が深い。83年6月より全国政協委員、98年〜2003年同常務委員。1988年11月より中国文連副主席。89年10月天津市文連主席。2000年より中国作家協会会長。また中国民間文芸家協会主席を務め、03年以降、民間文化遺産救援事業の呼び掛け人として少数民族が多い雲南省の祭具や貴州省の民間美術品、甘粛・寧夏・新疆の民家を調査する。

フォン・ジーゲザー, セシリー　*Von Ziegesar, Cecily*
アメリカの作家
1970.6.27〜
[出]ニューヨーク市ブルックリン
[歴]ニューヨーク市マンハッタンで育ち、私立校に通う。2002年自らの経験を生かし、マンハッタンの私立学校を舞台とした小説「ゴシップガール」で作家デビュー、英米でベストセラーとなり、シリーズ化される。07年にはテレビドラマ化され、全6シーズンも続く大ヒット作品となった。

フォンブール, モーリス　*Fombeure, Maurice*
フランスの詩人
1906.9.23〜1981.1.1
[出]ビエヌ県ジャルドル
[歴]30年に処女詩集「屋根のうえの沈黙」を発表。以来、一貫して故郷の大地とその自然を源泉に、瑞々しく、軽快で素朴な抒情を謳いあげている。フランスの代表的な田園詩人のひとり。作品はほかに「鳥の背に」(42年)、「燃える星」(50年)、「魅惑の森」(55年)などがある。

フォンベル, ティモテ・ド　*Fombelle, Timothée de*
フランスの作家
1973〜
[出]パリ　[賞]サン・テグジュペリ賞
[歴]フランスとベトナムで文学の教師を務める。のち演劇に転向し、1990年劇団を結成、演劇のための脚本を手がける。2002年アヴィニヨンのフェスティバルのオープニングで、著書「Je danse toujours (ぼくはずっと踊っている)」が朗読された。06年初の小説「トビー・ロルネス」を発表、同作はサン・テグジュペリ賞をはじめ、フランス国内外で12の賞を受賞、国際的な成功を収めた。

フガード, アソール　*Fugard, Athol*
南アフリカの劇作家, 俳優, 演出家
1932.6.11〜
[出]ケープ州ミデルバーグ(東ケープ州)　[名]Fugard, Athol Harold Lanigan　[学]ポート・エリザベス工科大学, ケープタウン大学卒　[賞]トニー賞特別功労賞(2011年), 世界文化賞(演劇・映像部門)(2014年)
[歴]イギリス人の父とアフリカーナ(オランダ系移民)の母の間に生まれる。船員として2年間東洋を周航後、ジャーナリストとなる。1957年よりポート・エリザベスに住み、劇団を組織、南アフリカの人種差別をテーマとする実験劇場の創造に取り組み、のち舞台をロンドンのロイヤル・コート・シアターに移した。中でも「Sizwe Bansi Is Dead (シズウェ・バンジは死んだ)」は73年イギリスで、75年アメリカでロングランとなった作品。白人ながらアパルトヘイト(人種隔離政策)の矛盾を非白人側に立ってコミカルに描き、その非人道性を訴える。戯曲はトニー賞、イブニングスタンダード賞など受賞も多く、数作品は映画化もされている。他の作品に戯曲「血の絆」(61年)、「ボーズマンとレナ」(69年)、「不道徳法で逮捕されたのちの声明」(72年)、「アロエからの教訓」(81年)、「マスター・ハロルド・アンド・ザ・ボーイズ」(82年)、「メッカへの道」(84年)、「A Place with the Pigs」(88年)、「The Captain's Tiger」(99年)、「The Train Driver」(2010年)、「ハチドリの影」(14年)など。初の小説「ツォツィ」(1980年)は映画化され、2006年にアフリカ映画初のアメリカ・アカデミー賞外国語映画賞を

受賞。舞台・映画俳優、演出家としても活動し、映画「ガンディー」や「キリング・フィールド」には俳優として参加した。南アフリカの国民的作家であり、現存する最も偉大な劇作家の一人と称される。その戯曲は世界中で上演されている。

ブコウスキー, チャールズ　*Bukowski, Charles*
ドイツ生まれのアメリカの作家, 詩人
1920.8.16～1994.3.9
[出]アンデルナハ　[賞]アウトサイダー・オブ・ザ・イヤー(1962年)
[歴]父はアメリカ人、母はドイツ人。3歳の時アメリカに移住。高校卒業後、就職を経て、1939年ロサンゼルス・シティ・カレッジに入学。41年大学を離籍し、42～45年定職につかずボヘミアン生活を続ける。44年ニューヨークに移り、初の短編小説を発表。46年ロサンゼルスに落ち着き、競馬に熱中する。52年から郵便局に勤務。35歳で詩を書き始め、「オープン・シティ」紙で「コラム・オブ・ダーティー・オールドマン」を担当。60年初の詩集を出版。70年郵便局を辞め、初の長編小説「郵便局」を執筆、詩の朗読会も行う。50冊近くの詩集、小説集が出版され、映画「バーフライ」(87年)の脚本は高い評価を得た。著書に自伝的長編小説「詩人と女たち」(2巻)、「町でいちばんの美女」、「くそったれ！ 少年時代」、「パルプ」、短編集「ホット・ウォーター・ミュージック」、「ブコウスキー詩集」、「ブコウスキーの酔いどれ紀行」、「死をポケットに入れて」など。13歳から飲酒を始めたといい、終生酒を友とした。2007年、長編小説第2作「勝手に生きろ！」が「酔いどれ詩人になるまえに」(ベント・ハーメル監督)として映画化された。

フサイニー, アリー・アッバース　*Husainī, Alī Abbās*
インドのウルドゥー語作家
1897～1969.9.27
[出]英領インド連合州ガーズィープール(インド)
[歴]歴史学の修士号を持ち、歴史と英語を教えつつ、作家活動を行う。プレームチャンドの後継者と目され、主に農村を主題としたヒューマニスティックな作品を発表、文学を主義や思想の宣伝の道具とすることに強く反対した。作品に「一人の母と二人の子供」(1928年)、短編「孤独の友」(34年)、「老人と子供」など。

フーシェ, マックス・ポール　*Fouchet, Max-Pol*
アルジェリア生まれのフランスの詩人, 作家
1913～1980
[出]アルジェリア
[歴]1939年アルジェでレジスタンスの雑誌「フォンテーヌ」を創刊。31歳までアルジェリアで過ごし、その後、アフリカ、インド、アメリカの各地を旅した。その体験に基づいて奥深い抒情とコスモポリタン主義との入り混じった詩を発表する。また、ドイツ浪曼派、ネルバル、シュペルビエル、超現実主義者などの影響を受けている。作品に詩集「深い風」(38年)「愛の限界」(42年)、小説「サンタ・クリューズの出会い」(76年)などがある。また、53年から15年間テレビの文芸番組「皆のための読書」を担当。

ブジェフバ, ヤン　*Brzechwa, Jan*
ポーランドの詩人, 童話作家, 風刺作家
1900～1966
[出]ジュメルインカ(ウクライナ)　[名]レストマン, ヤン〈Lesman, Jan〉
[歴]トゥービムとともにポーランド児童文学の大家で、ユーモアと風刺とナンセンスを自由で奇抜な空想力で描き、また、ストーリー性豊かな彼の作品は大人にも愛唱されている。作品には「おとぼけアヒル」(1938年)、「子どものためのブジェフバ詩集」(53年)等多数の詩集があるほか、「そばかす先生のふしぎな学校」(46年)にはじめとするクレクス先生3部作も古典として広く愛読された。

プシボシ, ユリアン　*Przyboś, Julian*
ポーランドの詩人
1901.3.5～1970.10.6
[学]クラクフ大学
[歴]農家の出身でクラクフ大学に学び、フランスへ留学。クラクフの文学グループ“ズヴロトニツァ”や“線”に参加。技術文明に代表される現代生活に密着した詩の必要性を主張、伝統的な詩形式、リズムの打破を目指し、戦間期の前衛文学運動で中心的役割を果たした。第二次大戦中は抵抗運動に加わってゲシュタポに逮捕された。戦後は外交官を経験がある。詩集「ねじ」(1925年)、「心の方程式」(38年)、「われら生ある限り」(44年)、「灯りからなる道具」(58年)、評論集「線と騒音」(59年)などがある。

ブーショール, モーリス　*Bouchor, Maurice*
フランスの詩人, 劇作家
1855～1929
[歴]高踏派に属する伝統主義的、宗教的詩人、劇作家で、詩集「楽しき歌」(1874年)、「象徴」(88年, 95年)、人形劇「三つの神秘劇、トピー、ノエル、聖セシルの伝説」(92年)等多くの作品を発表。また、「フランス・イギリス・ロシア民謡詞華集」(1918年)でフランスをはじめとする諸国の民謡を収集・刊行して多大な業績を残したほか、シェイクスピアなどの優れた文学作品を労働者、青年などのために読みやすい形で普及することに努めた。

ブース, スティーブン　*Booth, Stephen*
イギリスの作家
[出]ランカシャー州バーンリー　[学]バーミンガム大学卒　[賞]リッチフィールド賞(1999年), バリー賞(2000年・2001年)
[歴]13歳で最初の小説を書き、その後も作家になる夢を持ち続け、バーミンガム大学を卒業後、ジャーナリストとなる。1999年「The Only Dead Thing」でリッチフィールド賞を受賞。2000年〈ベン・クーパー＆ダイアン・フライ〉シリーズの第1作「黒い犬」を出版、イギリスのみならずアメリカやカナダでも好評を博し、バリー賞を受賞。01年27年間のジャーナリスト生活を辞め、作家生活に専念する。同年に出版されたシリーズ第2作「死と踊る乙女」で2年連続バリー賞を受賞し、イギリス推理作家協会(CWA)賞ゴールド・ダガー賞にもノミネートされた。他の作品に同シリーズの「Blood on the Tongue」(02年)、「Blind to the Bones」(03年)などがある。

ブスケ, ジョエ　*Bousquet, Joë*
フランスの詩人
1897.3.19～1950.9.28
[出]ナルボンヌ
[歴]南フランスのナルボンヌに裕福な医師の息子として生まれ、シュルレアリストとして出発するが、第一次大戦に従軍して脊髄に重傷を負い下半身不随となって、1918年以降南仏カルカソンヌの自宅で体を横たえたまま生涯を過ごす。日記風の文章を書き始め、第1作「風の許婚」(29年)が好評で、その後次々と著作を発表。神秘的幻想と諦念、孤独な思索に培われた叙情的な散文、優雅な定型詩を書いた。主な作品に、「冬の夜の会合」(33年)、「青衣金髪の行きずりのひと」(34年)、「幼年追慕」(39年)、「夕暮れの認識」(45年, 46年, 47年)などの詩集のほか、日記「沈黙からの翻訳」(41年)、小説「善意の毒舌家」(46年)がある。

フセイン, エブラヒム　*Hussein, Ebrahim N.*
タンザニアの劇作家
1943～
[出]キルワ　[学]フンボルト大学大学院修了 Ph.D.(フンボルト大学)
[歴]1968～69年ダルエスサラーム大学で、東アフリカ最初のスワヒリ文学コースを受講し、単位論文として、スワヒリ文学初の推理小説に対する評論を書いている。その後Ph.D.の取得のためドイツへ留学した。スワヒリ語戯曲作品として「Kinjeketile」(69年)「Mashetani」(71年)などが特に高い評価を得ており、現代スワヒリ文学を代表する作家の一人とされている。ダル

フ

エスサラーム大学教授として演劇学科で指導にあたる。

ブーゾ, アレグザンダー *Buzo, Alexander*

オーストラリアの劇作家

1944.7.23～2006.8.16

[出]シドニー　[名]ブーゾ, アレグザンダー・ジョン〈Buzo, Alexander John〉　[学]ニューサウスウェールズ大学（1965年）卒　[賞]オーストラリア文学協会金賞（1972年）

[歴]アルバニア生まれの父とオーストラリア人の母との間に生まれる。1968年「ノームとアーメッド」（69年刊）が初演され、オーストラリア語法を取り入れた衝撃的な台詞で話題を呼ぶ。続いて風俗喜劇「下級職員」（69年初演, 70年刊）、「呪縛」（69年初演, 73年刊）を発表。72～73年メルボルン劇団の座付き作者。72年オーストラリア文学協会金賞受賞。他の作品に、総督を主人公にした史劇「マクォーリー」（71年刊, 72年初演）、戯曲「コラリー・ランズダウンはノーと言う」（74年初演・刊）などがある。

プーゾ, マリオ *Puzo, Mario*

アメリカの作家, 脚本家

1920.10.15～1999.7.2

[出]ニューヨーク市マンハッタン　[学]コロンビア大学卒　[賞]アカデミー賞脚本賞（第45回・47回）（1972年・1974年）

[歴]貧しいイタリア系移民の2世。第二次大戦従軍後コロンビア大学などで学ぶ。1969年「The Godfather（ゴッドファーザー）」を発表。イタリア系マフィアを描いたセンセーショナルな内容で、絶大な反響を呼び、半年間ベストセラーのトップを飾った。フランシス・フォード・コッポラ監督により映画化され、自身は脚本を担当、各地で絶讃を浴びる。その後、Part2、Part3の脚本も担当。この成功以前にも戦後のドイツとその占領軍を描いた長編第1作「The Dark Arena（暗い闘技場）」（55年）やニューヨークに住むイタリア系市民を描いた「幸せな巡礼者」（64年）を発表し、好評を得ていた。78年自伝的作品「Fools die（愚者は死す）」発表の際にはペーパーバック出版権をめぐって、各出版社が烈しい争奪戦を演じ、前代未聞の220万ドルの値がついたというエピソードを持つ。「ザ・シシリアン」（84年）もベストセラーとなった。他の作品に「ラスト・ドン」、映画脚本に「スーパーマン」「大地震」「コットン・クラブ」などがある。死後、最後の作品「オメルタ」が刊行される。

ブーダール, アルフォンス *Boudard, Alphones*

フランスの作家, 風俗史家

1925.12.17～2000.1.14

[賞]サント・ブーヴ賞, ルノードー賞（1977年）

[歴]1977年「運まかせの戦士たち」でフランスの文学賞、ルノードー賞を受賞。風俗史家でもあり、映画、演劇の原作も手がけた。他の著書に「門番たちの変身」「桜桃」「娼家廃止」「大犯罪者たち」「娼館の黄金時代」（共著）がある。

ブッシュ, フレデリック *Busch, Frederick*

アメリカの作家

1941～

[出]ニューヨーク市ブルックリン　[学]ミューレンバーグ大学, コロンビア大学　[賞]フォークナー賞

[歴]ユダヤ系で、祖先はロシアからの移民。ディケンズを題材にした長編「The Mutual Friend」でフォークナー賞を受賞するなど受賞多数。「私は秋のない1年を望んだ」（1971年）、「手仕事」（74年）、「娘たちは消えた」（97年）などの小説の他、創作に関するノンフィクションの著書もある。また多くの一般誌や専門誌に小説やエッセイを執筆。コルゲート大学で教鞭も執る。

ブッシュ, ペトラ *Busch, Petra*

ドイツの作家

1967～

[出]西ドイツ・バーデンビュルテンベルク州メーアスブルク（ドイツ）　[賞]ドイツ推理作家協会賞新人賞（2011年）

[歴]大学で数学、情報科学、文学史や音楽学を学ぶ。中世の研究で博士号を取得。ジャーナリストやコピーライターとしても活躍。2011年作家デビュー作の「漆黒の森」でドイツ推理作家協会賞新人賞を受賞。

ブッセ, カール *Busse, Carl*

ドイツの詩人, 作家, 批評家

1872.11.12～1918.12.3

[出]ポーゼン（ポーランド領ポズナニ）　[名]筆名＝デーリング, フリッツ〈Döring, Fritz〉

[歴]ベルリンでジャーナリストとして活動。シュトルムなどに影響を受け、1892年の「詩集」により新ロマン派詩人として知られる。数冊の詩集のほか、小説「青春の嵐」（96年）などでも新鮮な才能を示し、故郷の風土や生活を題材とした散文作品も書く。文学史家、批評家でもあった。日本では上田敏訳の「山のあなたの空遠く」の詩で広く知られる。

ブッチャー, ジム *Butcher, Jim*

アメリカの作家

1971～

[出]ミズーリ州インディペンデンス

[歴]ファーストフード店から掃除機のセールスまで様々な職業を経て、2000年〈ドレスデン〉シリーズの第1作である「ドレスデン・ファイル―魔を呼ぶ嵐」でデビュー。本シリーズは、ニコラス・ケイジ製作総指揮によりテレビドラマ化もされた。他に〈Codex Alera〉シリーズがある。

ブッツァーティ, ディーノ *Buzzati, Dino*

イタリアの作家, ジャーナリスト

1906.10.16～1972.1.28

[出]ベーネト州ベッルーノ　[名]Buzzati, Traverso Dino　[学]ミラノ大学法学部卒　[賞]ストレーガ賞（1958年）

[歴]ミラノの全国紙「コリエーレ・デッラ・セーラ」に入り、記者、特派員、論説委員を歴任。この間創作にも手を染め、1933年「山のバルナボ」、35年「ふるい森の秘密」、40年「タタール人の砂漠」などを発表、幻想的、寓意的な作品によりカフカの再来と称された。劇作家としても知られ53年「ある臨床例」はカミュによりフランス語に翻訳された。他の作品に小説「六十物語」（58年）、「大いなる幻影」（60年）、「ある愛」（63年）など。絵本、美術批評などもある。

フッド, ヒュー *Hood, Hugh*

カナダの作家

1928.4.30～2000.8.1

[出]オンタリオ州トロント　[名]Hood, Hugh John　[学]トロント大学

[歴]イギリス人の父とフランス系カナダ人の母のもとに生まれ、ローマ・カトリック社会に育った。コネティカット大学、モントリオール大学で英語教授を務める。日常世界にキリスト教的シンボルを描き込んでリアリズムを打破し、カナダ文学に新風を吹き込んだ。自身の著作を“ドキュメンタリー・ファンタジー”と呼んだ。短編集に「赤い凧を上げる」（1962年）、「フルーツ・マンとミート・マンとマネージャー」（71年）などがある。20世紀のカナダ東部を記録に残す意図で、12の長編からなる〈新時代〉シリーズ（75年～2000年）を執筆した。

プティ, グザヴィエ・ローラン *Petit, Xavier-Laurent*

フランスの作家

1956～

[出]パリ　[賞]アメリゴ・ヴェスプッチ賞

[歴]哲学を学んだ後、小学校教師となる。校長を務めた後、1994年推理小説「Le crime des Marots」で作家デビュー。その後、児童書など、時事や異国を取り上げた作品で多くの文学賞を受賞。他の作品にアメリゴ・ヴェスプッチ賞を受賞した「走れ！ マスワラ」など。

フート, ホートン *Foote, Horton*

アメリカの劇作家, 脚本家

1916.3.14～2009.3.4

[出]テキサス州ワートン　[名]Foote, Albert Horton (Jr.)　[学]パサデナ演劇学校　[賞]アカデミー賞脚色賞 (1962年), アカデミー賞脚本賞 (1983年), ピュリッツァー賞 (戯曲部門) (1995年), エミー賞

[歴]1939〜42年オフ・ブロードウェイの劇団アメリカン・アクターズ・カンパニーを設立し、俳優として舞台に立つ。その後、アグネス・デ・ミルの勧めで戯曲の執筆を始め、テキサスの小さな架空の町を舞台にした9編の戯曲「The Orphan's Home」(42年)で注目を集める。多くの戯曲がテレビ化、映画化され、62年の映画「アラバマ物語」でアカデミー賞脚色賞、83年「テンダー・マーシー」で同脚本賞を受賞した他、エミー賞、ピュリッツァー賞も受けた。他の主な作品に、戯曲「The Chase」(52年)、「バウンティフルへの旅」(53年)、「The Traveling Lady」(55年)、「Tomorrow」(60年, 68年)、「Dividing the Estate」(89年)、「The Young Man from Atlanta」(94年)、映画脚本「逃亡地帯」(66年)、「夕陽よ急げ」(66年)、「1918」(84年)、「バレンタイン・デイ」(85年)、「バウンティフルへの旅」(原作も, 85年)、「二十日鼠と人間」(92年) などがある。

[家]娘＝ハリー・フート (女優)

プトゥ・ウィジャヤ　*Putu Wijaya*

インドネシアの作家, 俳優, 演出家

1944.4.11〜

[出]タバナン (バリ島)　[学]ガジャマダ大学　[賞]ジャカルタ国際出版賞最優秀賞 (1972年), インドネシア映画大賞 (1980年・1985年)

[歴]比較的裕福な家の末っ子として生まれる。在学中からレンドラの演劇工房にドラマチストとして参加。卒業後もジャカルタで俳優兼劇作家として活躍し、のち劇団テアトル・マンディリを設立。一方、1971年「夜がもっと夜になると」で作家としてデビュー。77年人気女優と結婚、一女をもうけるが、84年離婚。のちに雑誌編集部で知り合った夫人と再婚する。演劇、文学、ジャーナリズム、映画など様々な分野で活動し、インドネシアきっての多産なマルチ芸術家として知られる。78年の「ボム」からは、短編小説チェルペンのジャンルも手がけ活躍。代表作には「電報」(72年)「工場」(76年)「永」(80年) などがある。

ブートナー, ロバート　*Buettner, Robert*

アメリカの作家

1947.7.7〜

[出]ニューヨーク市マンハッタン島　[学]ウースター大学 (地質学・地理学) 卒 法務博士号 (シンシナティ大学)

[歴]ウースター大学で地質学と地理学を専攻した後、シンシナティ大学で法務博士号を取得。大学卒業後は陸軍に入隊し、情報士官として勤務。除隊後、鉱物資源の探査の仕事に携わるほか、サウスウエスタン・リーガル・ファウンデーションの理事も務める。2004年「孤児たちの軍隊」でSF界にデビュー。

ブナキスタ, トニーノ　*Benacquista, Tonino*

フランスの推理作家, 脚本家

1961〜

[出]パリ　[賞]フランス推理小説大賞, フランス・ミステリー批評家賞

[歴]パリのイタリア系移民家庭に生まれる。1985年処女作を発表した後も、ピザ屋、鉄道の寝台係、美術館の守衛などの職を転々とする。91年「La Commedia des ratés」でフランス推理小説大賞、ミステリー批評家賞を受賞。92年「夜を喰らう」を発表し、フランスのノワールの注目株として話題を集める。脚本家としても知られ、映画「リード・マイ・リップス」「真夜中のピアニスト」などを手がけた。他の著書に「リード・マイ・リップス」「隣りのマフィア」「マラヴィータ」などがある。

ブーニン, イワン　*Bunin, Ivan*

ロシア (ソ連) の作家, 詩人

1870.10.22〜1953.11.8

[出]ロシア・ボロネジ　[名]ブーニン, イワン・アレクセーヴィチ〈Bunin, Ivan Alekseevich〉　[学]モスクワ大学中退　[賞]ノーベル文学賞 (1933年), プーシキン賞 (1901年)

[歴]中部ロシアの古い貴族に生まれるが、父親の放漫な領地経営のため没落。1881年エレーツ中学に入学するが不登校と授業料未納のため退学、家庭教師や兄について学んだ。7、8歳の頃からプーシキンやレールモントフを摸した詩を書く。様々な職業を経験したのち、87年詩人ナドソンの追悼詩「ナドソンの墓前で」が新聞「祖国」に掲載され、詩人としてデビュー。チェーホフ、ゴーリキーらの強い影響のもとに散文の道を進む。89年オリョール通信に就職。92年頃から「ロシアの富」「北方通信」などの一流雑誌に短編小説や詩を発表、文名を高める。のちレフ・トルストイの道徳観、宗教観に大きな影響を受けた。また、96年ロングフェローの詩「ハイアワサの歌」の翻訳は名訳として高い評価を受けロングセラーとなる。1901年詩集「枯葉」でプーシキン賞受賞。「黒土」(04年)、中編「村」(10年) などを発表した後、社会主義的な主題から遠ざかり、死や人生の無意味を主題とした短編「サンフランシスコから来た紳士」(15年) などを発表。09年ロシア科学アカデミー名誉会員となる。ロシア革命後の20年パリに亡命し、「ミーチャの恋」(25年)、自伝的小説「アルセーニエフの青春」(30年) などを発表。33年ロシア人で最初のノーベル文学賞を受賞。他の作品に「谷地」(11年)、「兄弟」(14年)、「チャンの夢」(18年)、「草刈り人夫」(23年)、「木の皮靴」(24年)、「遠い昔」(24年)、「日射病」(27年)、「エラーギン騎兵少尉の事件」(27年)、短編集「暗い並木道」(43年)、評論「トルストイの解脱」(37年) など。没後の54年名誉回復された。

ブノア, ピエール　*Benoit, Pierre*

フランスの作家

1886.7.16〜1962.3.3

[名]Benoit, Pierre-Ferdinand-Marie

[歴]世界を旅行し、異国の歴史や地理、科学の資料を駆使した波乱万丈の小説が多い。1918年最初の小説「ケーニヒスマルク」で一躍有名になり、19年アカデミー大賞を「アトランチィッド」で受賞。その後20年「ドン・カルロスのために」、23年「ラ・フェルテの令嬢」などを発表。戦前来日。29年文芸家協会会長。31年にはアカデミー・フランセーズ会員に選出された。

ブファリーノ, ジェズアルド　*Bufalino, Gesualdo*

イタリアの作家

1920〜1996.6.14

[出]コミソ (シチリア島)　[賞]カンピエッロ賞 (1981年), ストレーガ賞 (1988年)

[歴]イタリアで注目を浴びている作家。デビューしたのは1981年、60歳の時という大器晩成型だが、処女作の「油塗りの長話」がカンピエッロ賞を圧倒的多数の得票で受賞してから、批評家からも読者からも一目置かれる存在に。また88年に「その夜の嘘」を発表したときは、今世紀のイタリア文学を代表する作品になろうと評判を得、ストレーガ賞を獲得した。

ブーフハイム, ロータル・ギュンター
Buchheim, Lothar-Günther

ドイツ (西ドイツ) の作家, 出版者

1918.2.6〜2007.2.22

[出]ワイマール　[学]ドレスデン・アカデミー, ミュンヘン美術アカデミー

[歴]ケムニッツで少年時代を送る。絵の才能に恵まれ、14歳の時から新聞・雑誌に挿絵などを描く。21歳の1931年ボートでドナウ川を下った体験記を出版。その後、ドレスデンとミュンヘンで美術の修業を積み、第二次大戦中は海軍少尉として掃海艇、駆逐艦、Uボートに乗る。戦後は美術工芸工房と画廊を経営し、51年には美術出版社を設立して、自らも絵画に関する論文を書いた。73年「Das Boot (Uボート)」を出版、西ドイツ読書界の話題をさらい、81年にはウォルフガング・ペーターゼン監督により映画化された。

フ

フーヘル, ペーター　*Huchel, Peter*
ドイツの詩人
1903.4.3〜1981.4.30
[出]ベルリン・リヒターフェルデ　[賞]フォンターネ賞（1963年）
[歴]マルク・ブランデンブルクの豊かな自然の中で幼少時代を過ごす。のちベルリン、ウィーンなどの大学で文学や哲学を学ぶ。ナチス支配以前に有名な雑誌「文学世界」の協力者となり、1932年詩集「少年の池」で注目を浴びる。40年に出征し、ソ連軍の捕虜となる。戦後、49年より東ドイツの著名な文芸誌「ジン・ウント・フォルム（意味と形式）」の編集長を務め、詩作をおこなった。62年解任され、以後事実上の執筆禁止を受ける。しかしその自然詩は西ドイツで高い評価を獲得し、63年フォンターネ賞を受賞。他の詩集に「詩集」（48年）、「大通り、大通り」（63年）、「星の筌」（67年）、「かぎられた日々」（72年）、「九つめの時刻」（77年）などがある。東ドイツから西ドイツに移り、71年以後はイタリアに住む。

ブベンノフ, ミハイル　*Bubennov, Mikhail Semyonovich*
ソ連の作家
1909.11.21〜1983.10.3
[出]アルタイ　[賞]スターリン賞（1947年）
[歴]農民の家に生まれ、シベリアで教師を務めながら、1932年シベリアの農村を描いた中編「激動の年」でデビューした。代表作となった長編2部作「白樺」では、47年の第1部でスターリン賞を受賞し、52年の第2部とともに、ドイツ侵略者に対する第二次大戦のソ連兵士のヒロイズムをうたいあげた。この第2部は、現在ではスターリン個人崇拝の色彩が強い作品として否定されているが、53年当時は批評家として、V.カターエフの「黒海の波」、V.グロスマンの「正義の事業のために」やE.カザケーヴィッチらの作品を政治的に批判した。その教条主義的なテーゼ“共産党員をみにくい顔の男に描くべきでない”は有名。スターリン没後一時沈黙を守るが、59年の「鷹の草原」では処女地開拓を描いた。

フュアリー, ドルトン　*Fury, Dalton*
アメリカの作家
〜2016.10.21
[名]Greer, Thomas
[歴]アメリカ陸軍特殊部隊デルタ・フォースの元部隊指揮官で、2001年国際テロ組織アルカイダの最高指導者だったオサマ・ビンラディンを捜し出し、殺害する任務を与えられた。08年その任務を詳述したノンフィクション「Kill Bin Laden」を発表し、ベストセラーとなる。12年初の冒険小説「極秘偵察」を発表。16年がんのため52歳で早世した。

フラー, ジョン　*Fuller, John*
イギリスの詩人, 作家
1937〜
[学]オックスフォード大学ニュー・カレッジ卒　[賞]ジェフリー・フェイバー記念賞（1974年）, ウィットブレッド賞（1983年）
[歴]オックスフォード大学マグダレン・カレッジの特別研究員を務めながら、「フェアグランド・ミュージック」など多数の詩集を刊行。詩人として数々の賞を受賞。1983年初めての小説「巡礼たちが消えていく」はブッカー賞候補となった。他の作品に小説「もう一度話して」「二度見ろ」などがある。
[家]父＝ロイ・フラー（詩人・作家）

フラー, ロイ　*Fuller, Roy Broadbent*
イギリスの詩人, 作家
1912.2.11〜1991.9.27
[出]ランカシャー州フェイスワース
[歴]第二次大戦中は英海軍に勤務。1968〜73年までオックスフォード大学詩学教授を務めた。21歳で弁護士となり、傍ら詩作活動に励む。オーデン一派の影響を受け、初期の社会的・諷刺的な詩から、次第に個人の内面や心理を掘り下げる知的な詩風となった。詩集に「戦争の中央」（42年）、「失われた季節」（44年）、「ブルータスの果樹園」（57年）、「再召集兵」（79年）、「全詩集 1934-84年」（85年）など。50年代から小説も書き始め、その代表作に「ある協会の実情」（56年）、「破滅した少年たち」（59年）などのほか、「Souvenirs」（80年）をはじめとする回顧録などがある。

フライ, クリストファー　*Fry, Christopher*
イギリスの劇作家, 脚本家
1907.12.18〜2005.6.30
[出]ブリストル　[名]ハリス, クリストファー〈Harris, Christopher〉　[学]ベッドフォード・モダン・スクール卒　[賞]Shaw Prize Fund Award, Queen's Gold Medal for Poetry（1962年）
[歴]俳優、教師などを経て、1940年代から劇作・劇団主宰者として活躍。39〜40年、45〜46年Oxford Playhouse演出家。装飾的な表現を用いて機知に富んだ、宗教的な詩劇を書き、20世紀を代表するイギリス演劇の中心人物として活躍。代表作は「不死鳥はまたも」（46年）、「その女焚刑に及ばず」（48年）、「ビーナス観測」（50年）、「闇は明るい」（54年）、「太陽の庭」（70年）など。その後、大作映画の脚本家に転じ、作品に「三文オペラ」「バラバ」「天地創造」「ベン・ハー」などがある。

ブライ, ロバート　*Bly, Robert Elwood*
アメリカの詩人, 作家
1926.12.23〜
[出]ミネソタ州マディソン　[学]ハーバード大学卒, アイオワ大学
[賞]全米図書賞（1968年）, ロバート・フロスト賞（2013年）
[歴]ベーメの神秘主義の影響を受ける。フルブライト留学生としてノルウェーに赴き、北欧の詩の翻訳、紹介をする。1962年の詩集「Silence in Snowy Fields（雪原の沈黙）」で自然の内面性を捉え、シュルレアリスムの詩人として注目を浴び、次作の「The Light Around the Body（体のまわりの光）」（67年）で神秘主義的傾向を深めると共にベトナム反戦を歌い、全米図書賞を受賞した。「ベトナム戦争反対の詩」（67年）を編集するなど反戦活動を行い、また一茶、芭蕉、ネルーダ、トラークルなどの作品の翻訳も多い。90年に刊行された初の散文長編「グリム童話の正しい読み方」は1年以上「ニューヨーク・タイムズ」紙のベストセラーリストに入っていた。編著に「翼ある生命―ソロー『森の生活』の世界へ」がある。他の詩集に「この木は今後千年もここに立っているだろう」（79年）、「選詩集」（86年）など。

ブライアン, ケイト　*Brian, Kate*
アメリカの作家
1974.3.11〜
[出]ニュージャージー州モントベール　[名]別筆名＝スコット, キーラン〈Scott, Kieran〉　[学]ラトガース大学卒
[歴]ラトガース大学で英語とジャーナリズムを専攻。卒業後は数年間編集者として働き、2002年キーラン・スコットの名前で最初の単行本「Jingle Boy」を執筆。以後数多くのヤングアダルト作品を執筆。一方、ケイト・ブライアンの筆名では「プリンセス・プロジェクト」や「The V Club」（未訳）、〈プライベート〉シリーズなどの作品がある。

ブライアント, エド　*Bryant, Ed*
アメリカのSF作家
1945〜
[歴]短編に優れたものがあり、長い間有望なアメリカ若手SF作家として考えられてきた。短編は詩的かつ印象的で、地方への強いこだわり、生き生きとしたイメージに溢れている。作品に「素粒子論」（1980年）、「鮫」（73年）などがある。また、代表作である短編集「シナバー」（76年）は、人間が奇妙な人工物に取って変わられ、けだるい遠未来のカリフォルニアを再構成している。

フライサー, マリールイーゼ　*FleißSer, Marieluise*
ドイツの劇作家, 作家
1901.11.23〜1974.2.2
[出]バイエルン州インゴルシュタット　[学]ミュンヘン大学
[歴]父は工具製造業者。1919年ミュンヘン大学に入学して演劇

学やドイツ文学を専攻する傍ら、作家のリオン・フォイヒトヴァンガーや劇作家のベルトルト・ブレヒトと親交を結び、その影響もあって創作を始める。26年ベルリンに移り、「インゴルシュタットの煉獄」(26年)と「インゴルシュタットの工兵たち」(27年)で演劇界の注目を集める。「1ポンドのオレンジ」(29年)や「粉の女フリーダ・ガイアー」(31年, 72年に「協会の飾り」と改題)などで作家としても評価を受けた。ナチスドイツ時代は執筆禁止で沈黙を強いられる。戦後、60年代末から70年代にかけてエーデン・フォン・ホルヴァートと並ぶ現代の民衆劇の先駆者として再評価がなされ、72年には自身の校訂による全集も刊行された。他の作品に、戯曲「深海魚」(30年)、「強靭な一族」(50年)や小説「アヴァンギャルド」(63年)などがある。

フライシュマン, シド　*Fleischman, Sid*
アメリカの児童文学作家
1920.3.16～2010.3.17
[出]ニューヨーク州　[学]サンディエゴ大学　[賞]ボストン・グローブ・ホーンブック賞(1979年度), ニューベリー賞(1987年)
[歴]ニューヨーク州で生まれ、カリフォルニア州で育つ。高校卒業後、手品師として全米を回った。第二次大戦に従軍した後、サンディエゴ大学で文学を専攻。サンディエゴの新聞のリポーター、雑誌の編集者などを経て、文筆活動に入る。著書に「身がわり王子と大どろぼう」「十三階の海賊たち」「ゆうれいは魔術師」「“天才フレディ”と幽霊の旅」など。
[家]息子＝ポール・フライシュマン(児童文学作家)

フライシュマン, ポール　*Fleischman, Paul*
アメリカの児童文学作家
1952～
[出]カリフォルニア州　[学]カリフォルニア大学, ニューメキシコ大学　[賞]ニューベリー賞(1989年), スコット・オデール賞
[歴]父は児童文学作家のシド・フライシュマン。幼い頃より物語に親しみ、父と同様に児童文学の執筆を始める。詩集「Joyful Noise：Poems for Two Voices」(1988年)でニューベリー賞、「Bull Run」(93年)でスコット・オデール賞を受賞。他の著書に「半月館のひみつ」「わたしの生まれた部屋」「種をまく人」「風をつむぐ少年」「マインズ・アイ」などがある。
[家]父＝シド・フライシュマン(児童文学作家)

プライス, アントニー　*Price, Anthony*
イギリスの推理作家, ジャーナリスト
1928.8.16～
[出]ハートフォードシャー州　[学]オックスフォード大学マートン・カレッジ卒　[賞]CWA賞シルバー・ダガー賞(1970年), CWA賞ゴールド・ダガー賞(1974年)
[歴]14歳で両親と死に別れ、以後叔母に育てられる。大学で現代史を専攻し、卒業後は各新聞・雑誌で歴史書やミステリーの書評を担当する。1969年第1長編「The Labyrinth Maker(迷宮のチェスゲーム)」を発表し、イギリス推理作家協会賞(CWA賞)のシルバー・ダガー賞を受賞。さらに74年発表の「Other Paths to Glory(隠された栄光)」では同協会ゴールド・ダガー賞を授与される。ジャーナリスト兼作家として活躍。ほかに「ビンテージ'44」「呼び戻されたスパイ」「ケリイの告白」などがある。

プライス, エドガー・ホフマン　*Price, Edgar Hoffman*
アメリカの幻想作家, 怪奇作家
1898～1988
[出]カリフォルニア州
[歴]1925年短編小説「ラジャの贈り物」でデビュー。道教、仏教など、東洋の神秘思想に魅せられ、「ウィアード・テールズ」誌などにオリエンタルな趣向の怪奇小説を数多く発表。68年最初の幻想小説集「The Strange Gateways」を出した。

プライス, スーザン　*Price, Susan*
イギリスの児童文学作家
1955～
[賞]カーネギー賞(1987年), ガーディアン賞(1999年)
[歴]9歳でギリシャ神話を、11歳で北欧神話を読み、強く影響を受ける。14歳で「デイリー・ミラー」紙の短編小説コンクールに受賞。16歳で初めての物語「悪魔の笛吹き」を書く。博物館のガイド、皿洗いなど様々な仕事をしながら物語を書き続け、1987年「ゴースト・ドラム―北の魔法の物語」でイギリス・カーネギー賞受賞。その後も図書館や学校で講演活動をしながら執筆を続ける。他の著書に「オーディンとのろわれた語り部」など。

プライス, ナンシー　*Price, Nancy*
アメリカの作家
[学]ノーザン・アイオワ大学大学院文学研究科修士課程修了
[歴]アイオワ大学ライターズ・ワークショップの修士課程に学ぶ。長編ミステリーの他、詩や短編も手がけ、数々の賞を受賞。作品に「A Natural Death」(1973年)、「An Accomplished Woman」(79年)、「愛がこわれるとき」(87年)、「ナイト・ウーマン」(92年)がある。

プライス, バイロン　*Preiss, Byron*
アメリカの作家, 出版プロデューサー
[出]ニューヨーク市ブルックリン　[学]ペンシルベニア大学卒, スタンフォード大学卒
[歴]1970年代以降、SF・ファンタジーとコミックスやアートを融合させ、グラフィック・ノベルのWeird Heroesなどをプロデュースし、新しい出版分野を切り開いた。ミステリーに関しては76年に「Schlomo Raven, Public Detective」というハードボイルド・コミックスの原作を書く。また、マイケル・リーブスとの共著でファンタジー小説「聖龍戦記」(79年)を執筆。この他、「The Black Moon」(89年)などをプロデュース。

プライス, リチャード　*Price, Richard*
アメリカの作家, 脚本家
1949～
[出]ニューヨーク市ブロンクス　[学]コーネル大学(文学)卒, コロンビア大学大学院(創作学)修士課程修了　[賞]アメリカ芸術文学アカデミー賞(1999年)
[歴]1974年大学院在学中の24歳の時に、長編小説「ワンダラーズ」を発表。「ニューズウィーク」誌などから絶賛を浴び、作家として華々しくデビューする。小説以外にも、「ハスラー2」(86年)、「シー・オブ・ラブ」(89年)、「ニューヨーク・ストーリー」(89年)など多数の映画脚本を手がける。84年画家のジュディ・ハドソンと結婚。執筆活動の傍ら、エール大学、ニューヨーク大学などで創作関係の講師も務める。他の作品に現代アメリカ社会の闇を描いた「クロッカーズ」(92年)、「フリーダムランド」「聖者は口を閉ざす」「黄金の街」などがある。
[家]妻＝ジュディ・ハドソン(画家)

プライス, リッサ　*Price, Lissa*
アメリカのSF作家
[歴]2012年「スターターズ」で作家デビュー、30ケ国以上に版権が売れ、数々の賞を受賞するなど国際的なベストセラーとなる。インド、日本に住んだ経験があり、2年以上をかけて地球一周の旅をしたこともある。SCBWI(The Society of Children's Book Writers and Illustrators)、アメリカSFファンタジー作家協会(SFWA)会員。

プライス, レイノルズ　*Price, Reynolds*
アメリカの作家
1933.2.1～2011.1.20
[出]ノースカロライナ州メイコン　[賞]ウィリアム・フォークナー賞, 全米書評サークル賞
[歴]1962年、処女作の小説「A Long and Happy Life」でウィリアム・フォークナー賞を受賞。小説のほか、多数の短編集、詩、演劇、エッセイ、回顧録の他に、テレビや映画の脚本も手がける。デューク大学では英語英文学において、ジェームズ・B.デューク教授の地位を与えられている。ナショナル・アカデミーとアート＆レター協会のメンバー。主な作品に小説

フ

「Kate Vaiden」「Blue Clhoun」など。

ブライス・エチェニケ, アルフレード *Bryce Echenique, Alfredo*
ペルーの作家
1939.2.19〜
[出]リマ [学]サン・マルコス国立大学卒 文学博士 [賞]ペルー国民文学賞(1972年度), フランス最優秀外国小説賞(1974年度)
[歴]富裕な銀行家の家庭に生まれる。サン・マルコス国立大学の法科に入って弁護士資格を取得するが、のち文学に転じ、さらにフランスに留学してソルボンヌ大学に籍を置く。1968年からナンテール、ソルボンヌ、バンサンヌ各大学の教壇に立ち、80年末からはモンペリエに移り、ポール・バレリー大学で文学・文明論を教える。68年初の短編集「垣根囲いの果樹園」をキューバで出版、カサ・デ・ラス・アメリカス賞の候補となる。70年最初の長編「ジュリアスの世界」を発表、72年度のペルー国民文学賞と74年度フランス最優秀外国小説賞を受け、出世作となる。他にユーモラスな短編集「は、は、楽しいね」(74年)、長編「幾たびもペドロ」(77年)、68年五月革命当時のパリを描く2部作「マルティン・ロマーニャの誇張された暮し」(81年)「オクタビア・デ・カディスの話をしていた男」(82年)などがある。80年代半ばにスペインに移住し、90年代終わりに帰国した。

ブライディ, ジェームズ *Bridie, James*
イギリスの劇作家, 医師
1888.1.3〜1951.1.29
[出]スコットランド・グラスゴー [名]メイバー, オズボーン・ヘンリー〈Mavor, Osborne Henry〉
[歴]本業の医者で成功を収める一方、1928年戯曲「日光ソナタ」を発表。出身地スコットランドに取材した作品を多数を発表、深い洞察と饒舌な台詞でバーナード・ショーに次ぐ一人として30〜40年代に活躍した。「トビアスと天使」(30年)、「解剖学者」(30年)、「眠っている牧師」(33年)、「ボルフリ氏」(43年)など30以上の作品がある。他に聖書に素材を求めた「ヨナと鯨」(32年)や、自叙伝、随筆集も書いた。グラスゴー市民劇場の設立者で、スコットランド演劇の確立に貢献した一人。

ブライト, ロバート *Bright, Robert*
アメリカの絵本作家
1902.8.5〜1988.11.21
[出]マサチューセッツ州 [名]筆名＝Douglas, Michael [学]プリンストン大学卒
[歴]ヨーロッパで子供時代を過ごし、アメリカに戻って大学を卒業、新聞記者を経て、美術・音楽関係の評論家として活躍。その後、教師しながら作家となり、児童書を執筆する。「ジョージー」(1944年)から「ジョージーと息子たちに」(83年)にいたるユーモラスな幽霊が主人公の〈おばけのジョージー〉シリーズで知られる。他の著書に「赤が好き。」(55年)、「げんきなグレゴリー」など。

ブライトン, イーニド・メアリ *Blyton, Enid Mary*
イギリスの児童文学作家
1897.8.11〜1968.11.28
[出]ロンドン [名]筆名＝ポラック, メアリ〈Pollock, Mary〉
[歴]15歳の時に父親が家庭を捨てたため、ピアニストを志してギルドホール音楽学院に入学するが、あきらめて教育学と自然史を専攻して幼稚園教諭となる。傍ら雑誌に文章を投稿し始め、ジャーナリストに。1922年処女作の散文集「こどものささやき」を出版。30年代後半から次々と子供向けの本を書き始め、42年の2度目の結婚後に少女向けのシリーズ小説を書く。〈ノディ〉シリーズはすぐに評判となり、国外でも100ケ国語以上で翻訳される。その後の20年で600冊の本を刊行したが、次第にその人種差別、性差別的な表現が問題になった。他に〈5人組〉シリーズ、〈秘密の7人〉シリーズなどが人気作品で、日本語でも〈ノディ〉シリーズが多数翻訳されている。20世紀のイギリスで経済的に最も成功した児童文学作家。

プライヤー, マーク *Pryor, Mark*
イギリスの作家
1967〜
[出]ハートフォードシャー州 [学]ノースカロライナ大学(ジャーナリズム), デューク大学ロースクール卒
[歴]新聞記者として犯罪や国際問題の報道に携わる。1994年アメリカに移住し、ノースカロライナ大学でジャーナリズムを学んだ後、デューク大学のロースクールに進み、優秀な成績で卒業。その後はテキサス州トラビス郡で地方検事補として勤務。一方、執筆活動も行い、2012年「古書店主」で作家デビュー。

フライリッチ, ロイ *Freirich, Roy*
アメリカの作家, 脚本家
[出]ニューヨーク [学]ミシガン大学
[歴]ミシガン大学で英文学修士号を受け、同州アナーバーで開催された国際映画祭で、自ら脚本・共同演出した「Persona Non Grata」が注目される。以後、脚本家として活躍。2008年「ブレイキング・ポイント」で作家デビュー、09年に映画化された際には自ら同作を脚本化した。

ブラウワーズ, イエルーン *Brouwers, Jeroen*
オランダの作家
1940〜
[出]オランダ領東インド・バタビア(ジャカルタ) [賞]フェミナ賞(外国文学部門)
[歴]インドネシアで幼少年期を送る。ブリュッセルの出版社で12年間編集者を務めた後、オランダに移り執筆活動を開始。「喉元のナイフ」(1964年)に始まる連作小説で注目を集める。第二次大戦下インドネシアの日本軍強制収容所での体験をもとにした作品群により、オランダ現代文学における重要な作家の一人となる。自伝3部作の第2部にあたる「うわずみの赤」(81年)で、フランスのフェミナ賞を受賞。他の作品に「ファンファーレもなく」(73年)、「失われし楽園」(79年)などがある。

ブラウン, アマンダ *Brown, Amanda*
アメリカの作家
[学]アリゾナ州立大学(1993年)卒, スタンフォード大学ロー・スクール
[歴]両親は弁護士。1993年アリゾナ州立大学を卒業し、ブロンドの法律家養護基金を設立するためにスタンフォード大学ロー・スクールへ進む。2001年大学時代に出会った人々、そして自分自身のキャラクターをモデルに小説「キューティ・ブロンド」を執筆、同作は映画化されて全米で大ヒット、07年にはミュージカル化もされた。他の作品に「五番街のキューピッド」(03年)などがある。

ブラウン, E.R. *Brown, E.R.*
カナダの作家
[名]Brown, Eric
[歴]録音技師、コンピューター・プログラマーなどの仕事をしながら作家を志す。2013年「マリワナ・ピープル」で作家デビューし、14年MWA(アメリカ探偵作家クラブ)賞ペーパーバック賞にノミネートされる。フリーのコピーライター、コミュニケーション・ストラテジストとしても活動。

ブラウン, サンドラ *Brown, Sandra*
アメリカの作家
1948〜
[出]テキサス州 [学]テキサス・クリスチャン大学
[歴]モデル、女優、OL、テレビパーソナリティなどを務めた後、1990年「私でない私」で人気作家の仲間入りを果たす。その後も次々とベストセラーを発表し続け、30ケ国以上で翻訳出版されている。アメリカのロマンス作家界ではリーダー的な存在で、ロマンティック・サスペンスの女王とも呼ばれる。他の作品に「その腕に抱かれて」「謎の女を探して」「最後の銃弾」「ワイルド・フォレスト」「シルクの言葉」などがある。2008年初来日。

ブラウン, ジョージ・マカイ　Brown, George Mackay
イギリスの詩人, 作家, 劇作家
1921.10.17～1996.4.13
⊕スコットランド・オークニー諸島　⊗エディンバラ大学(1960年)学　㊣ジェームズ・テイト・ブラック記念賞(1987年)
㊣病弱で学校教育を途中で断念するが, 詩人エドウィン・ミュアと出会い才能を見い出され, ミュアの序文を得て詩集「嵐」(1954年)を自費出版。その後エディンバラ大学に学ぶ。故郷オークニー諸島の漁業や牧畜, 守護聖人マグナスなどに関心を寄せ, 島の古代スカンジナビア文化を歌う。詩集に「パンと魚」(59年), 「鯨の来た年」(65年), 「鋤を持つ漁師」(71年), 「詩選集」(77年), 「航海」(83年), 小説「グリーンヴォーズ」(72年), 「マグナス」(73年) など多数あり, ほかに短編小説集, エッセイ集, 戯曲もある。

ブラウン, ダン　Brown, Dan
アメリカの作家
1964.6.22～
⊕ニューハンプシャー州エクセター　⊗アマースト大学卒
㊣父は数学者, 母は宗教音楽家, 妻は美術史研究者で画家。アマースト大学卒業後, 英語教師から作家へ転身。1998年サスペンス小説「パズル・パレス」でデビュー。2003年宗教象徴学の権威ロバート・ラングドン・ハーバード大学教授を主人公に, レオナルド・ダ・ヴィンチの名画に秘められた暗号に迫ったミステリーシリーズ第2作「ダ・ヴィンチ・コード」を発行。無名の作家ながら1週目からベストセラーランキング1位を獲得, 世界中で7000万部を売り上げ, 06年にはトム・ハンクス主演で映画化もされ, 大ヒットシリーズとなる。〈ロバート・ラングドン〉シリーズ第1作「天使と悪魔」(00年)も好評を博し, 一躍ベストセラー作家の仲間入りを果たした。他の作品に, 「デセプション・ポイント」(01年), 「ロスト・シンボル」(09年), 「インフェルノ」(13年) など。

ブラウン, デール　Brown, Dale
アメリカの作家
1956～
⊕ニューヨーク州バッファロー　⊗ペンシルベニア州立大学卒
㊣ペンシルベニア州立大に進むと空軍予備士官訓練部隊に入り, 歴史学を専攻する傍ら航法士訓練を受けた。卒業と同時に少尉となり, B-52やFB-111爆撃機の航法士としての数々の極秘テストや演習に参加。1986年大尉で退役し, 作家の道に入る。87年空軍時代の経験と知識をもとにした軍事スリラー小説「Flight of the Old Dog(オールド・ドッグ出撃せよ)」(オールド・ドッグはB-52爆撃機のニックネーム)で作家デビュー, 大きな反響を巻き起した。他の作品に「シルヴァー・タワー」(88年), 「戦闘機チーターの追撃」(89年), 「ハマーヘッズ緊急出動」(90年), 「スカイ・マスターズ」(91年), 「ロシアの核」(93年), 「台湾侵攻」(97年), 「韓国軍北侵」(99年), 「『影』の爆撃機」(2001年), 「炎の翼」(02年), 「ロシア軍攻攻」(03年), 「アメリカ本土空爆指令」(04年) など。

ブラウン, ピアース　Brown, Pierce
アメリカの作家
1988～
㊣小さい頃から親の仕事の関係でアメリカ各地を転々とする。2010年大学を卒業し, ABCスタジオ, NBCネットワーク, 上院議員の選挙事務所などで働きながら作家を目指す。11年デビュー作となる「レッド・ライジング」の草稿がデル・レイ社の目に留まり, 3部作の執筆契約につながった。同書の映画化権は, 争奪戦の結果, ユニバーサル・ピクチャーズが獲得。Amazon.com14年ベストブックス20選出。

ブラウン, フォルカー　Braun, Volker
ドイツの詩人, 劇作家
1939.5.7～
⊕ドレスデン　⊗ライプツィヒ大学(哲学)卒　㊣ビューヒナー賞(2000年)
㊣幼年時にドイツの敗戦を, 10歳の時ドイツ民主共和国(東ドイツ)の成立を体験する。青春時代から詩を書き始め, ライプツィヒ大学で哲学を学び, やがて作家活動に専念するようになる。詩集に「僕のための挑戦」(1965年), 戯曲に「ヒンツェとクンツェ」(67年), 小説に「Unvollendete Geschichte(未完の物語)」(75年) などがあり, この小説作品は発表されるや非常な注目を集め, 多くの西側諸国でも翻訳, 論評された。演劇の方ではベルリーナー・アンサンブルの顧問を務める。作風は簡素で, 動感あふれる文章にのせて, 東ドイツの社会の当面する問題を, 率直に具体的に描き, その風景描写には優れたものがある。日本では「本当の望み―フォルカー・ブラウン作品集」(2002年), 「自由の国のイフィゲーニエ」(06年) が刊行される。

ブラウン, フレドリック　Brown, Fredric
アメリカのSF作家, 推理作家
1906.10.29～1972.3.11
⊕オハイオ州シンシナティ　㊣MWA賞処女長編賞(1948年)
㊣1941年よりSF短編を書き始め, 風刺とコミックのきいた作風は珍しく, また長編においても奇抜な着想と巧みなプロット構成で, 「発狂した宇宙」(49年), 「火星人ゴーホーム」(55年) などの作品がある。〈私立探偵エド・ハンター〉シリーズ第1作「シカゴ・ブルース」はアメリカ探偵作家クラブ賞(MWA賞)を受賞した。他に「真っ白な嘘」(53年), 「73光年の妖רα」(61年) などがある。

ブラウン, マーシャ　Brown, Marcia
アメリカの絵本作家
1918.7.13～2015.4.28
⊕ニューヨーク州ロチェスター　⊛ブラウン, マーシャ・ジョーン〈Brown, Marcia Joan〉　⊗ニューヨーク州立大学卒, アート・ステューデント・リーグ　㊣コルデコット賞(1954年・1961年・1983年), アメリカ図書館協会ローラ・イングルス・ワイルダー賞(1992年)
㊣牧師の家に生まれる。高校教師を務めるが, 小さい頃から絵を描くのが好きで, ニューヨーク公共図書館で5年間子供たちにお話を聞かせる仕事に就く。1946年から絵本作家活動を開始。世界各地の民話や古い話をもとにした作品が多く, 違った技法, 違ったタッチで描かれているのが特徴。54年「シンデレラ」, 61年「もとはねずみ…」, 83年「影ぼっこ」でコルデコット賞を3度受賞した。他の代表作に「せかいいちおいしいスープ」(47年), 「三びきのやぎのがらがらどん」(57年), 「ちいさなヒッポ」(69年) などがある。90年, 94年講演と原画展開催のため来日。

ブラウン, リタ・メイ　Brown, Rita Mae
アメリカの作家
1944.11.28～
⊕ペンシルベニア州ハノーバー　⊗ニューヨーク大学(古典文学) 政治学博士(ワシントン政治研究所)
㊣「町でいちばん賢い猫」を第1作とする〈トラ猫ミセス・マーフィ〉シリーズで人気を博す。同シリーズの共著者であるスニーキー・パイ・ブラウンは飼い猫の名前。テレビ映画「長く暑い夜」とコメディ番組の脚本で2度エミー賞にノミネートされた経験を持つ。

ブラウン, リリアン J.　Braun, Lilian J.
アメリカのミステリー作家
1913.6.20～2011.6.4
⊕マサチューセッツ州　⊛Bettinger, Lilian Jackson Braun
㊣広告会社のコピーライターをした後, 新聞社でインテリア・デザイン, 美術, アンティーク, 工芸などの記者として, 1979年まで働く。この間, 66年にミステリー小説「猫は手がかりを読む」を発表し, 以後, シャム猫ココの登場する〈猫は…〉シリーズを発表。80年代になって4作目の「猫は殺しをかぎつける」が出版されると, 同書はアメリカ探偵作家クラブ賞(MWA賞)にノミネートされ, 前3作も復活。人気シリーズとなり, 世

界中で親しまれた。
㊣夫＝アール・ベティンガー（俳優）

ブラウン, レベッカ　Brown, Rebecca
アメリカの作家
1956～
㊣ラムダ文学賞, ボストン書評家賞
㊣1984年「The Evolution of Darkness」を発表。94年ホームケア・ワーカーとしての経験をもとに、エイズ患者の世話をするホームケア・ワーカーの女性の視点から彼女と患者たちの交流を描いた小説「The Gifts of the Body（体の贈り物）」を執筆。同作品でラムダ文学賞、ボストン書評家賞などを受賞する。他の作品に「The Haunted House」（86年）、「The Children's Crusade」（89年）、「The Terrible Girls」（90年）、「私たちがやったこと」（93年）、「私をここにとどめておくもの」（96年）、「犬たち」（98年）などがある。バーモント州立大学創作科で講師も務める。2001年来日。

ブラウンジョン, アラン・チャールズ　Brownjohn, Alan Charles
イギリスの詩人
1931.7.28～
㊣ロンドン・チャットフォーク　㊣オックスフォード大学マートン・カレッジ
㊣1953～79年教職に就く。下院に立候補したこともある労働党員。79年から文筆家として独立。82～88年詩人協会会長を務める。いわゆる"グループ派"の中で最も重要な人物。主要な作品に詩集「旅人のみが」（54年）、「ライオンの口」（66年）、「盆の上の砂粒一詩集」（69年）、「全詩集 1952-1983」（83年）など、児童文学に「ブラウンジョンの獣たち」（70年）がある。

ブラガ, ルチアン　Blaga, Lucian
ルーマニアの詩人, 哲学者
1895.5.9～1961.5.6
㊣トランシルバニア　㊣ウィーン大学卒
㊣神学校で学んだ後、ウィーン大学に留学、哲学の学位を取得。帰国後、外交官となり、1936年クルジュ大学文化哲学の主任教授となる。「認識の三部作」「文化の三部作」「価値の三部作」（43～46年）に独特の民俗学的神話に彩られた彼の哲学が集大成されている。また、「光の詩」（19年）、「眠りの賛歌」（29年）などの詩集があるほか、劇作、評論もある。

フラーケ, オットー　Flake, Otto
ドイツの作家, 評論家, 翻訳家
1880.10.29～1963.11.10
㊣メッツ（フランス）　㊣ストラスブール大学（ドイツ文学・哲学・美術史）
㊣1902～3年雑誌「突撃者」や「メルクーア」誌の編集に参加。その後、ロシア、イギリス、フランス、イタリアの各地を旅行。第二次大戦前はドイツの代表的作家のひとりであったが、戦後は一時、不遇な立場に立たされた。ロルフ・ホーホフートなどによる再評価の動きもあり、いくつかの賞を受賞。著作活動は自伝的な5部作「ルーラント」をはじめとする膨大な長・短編小説の他に、歴史小説、翻訳、評論、エッセイ、伝記、戯曲、童話、哲学論文、文化史、さらに推理小説と多岐にわたる。国境を越えた人間の自由独立を希求して、"ドイツ系ヨーロッパ人"と称された。小説に「Badische Chronik」（33～35年）、「Fortunat」（46～48年）、「Die Sanduhr」（50年）など。評論に「Der Erkennende」（49年）、「Traktat vom Eros」（49年）など。評伝に「フッテン」（29年）、「ニーチェ」（46年）など。

ブラケット, リー　Brackett, Leigh
アメリカのSF作家, 脚本家
1915～1978
㊣カリフォルニア州ロサンゼルス
㊣夫はSF作家エドモンド・ハミルトン。1940年代火星を舞台にした冒険小説を発表し、名声を得る。その後、中編「消滅した月」（48年）、「金星の魔法使い」（49年）を次々と発表し、「火星地下墓場の女王」（49年）、「火星の暗黒のアマゾン」（51年）は宇宙冒険物の雑誌「プラネット・ストーリーズ」に掲載された。後年は「大いなる眠り」など主に脚本を手がけ、晩年に「スターウォーズ／帝国の逆襲」（80年）の脚本でSF界に返り咲く。他の作品に「長い明日」（55年）、「文明の仮面をはぐ」（55年）、脚本に「三つ数えろ」（46年）、「リオ・ブラボー」（59年）、「ハタリ！」（62年）、「エル・ドラド」（66年）、「リオ・ロボ」（70年）など。
㊣夫＝エドモンド・ハミルトン（SF作家）

プラザー, リチャード　Prather, Richard Scott
アメリカの作家
1921.9.9～2007.2.14
㊣カリフォルニア州サンタアナ　㊣リバーサイド・ジュニア・カレッジ
㊣様々な職を経た後、執筆活動に入る。1950年〈シェル・スコット〉シリーズの第1作「消された女」でデビュー。55年に発表した「殺しのストリップ」では、それまでのシリアスなスタイルから一変、コミカルかつ破天荒なキャラクターとストーリーが好評を博し、人気作家となる。全36作に及ぶ本シリーズは、400万部以上を売り上げた。

ブラサード, チャンドラー　Brossard, Chandler
アメリカの作家
1922.7.18～1993.8.29
㊣アイダホ州アイダホフォールズ
㊣「タイム」「アメリカン・マーキュリー」「ルック」誌などの編集者を務める。ニューヨークなどの大都会の下層階級社会の生活を題材に、黒人を主人公として「闇を歩くもの」（1952年）、「大胆なサボタージュ仲間」（53年）などの作品を発表。

ブラザートン, マイク　Brotherton, Mike
アメリカの作家, 天文学者
1968.3.26～
㊣イリノイ州グラニットシティ　㊣ライス大学（電子工学）卒　博士号（天文, テキサス大学オースティン校）（1996年）
㊣テキサス州のライス大学で電子工学の学位を取った後、テキサス大学オースティン校の博士課程に進み、1996年天文学の博士号を取得。ローレンス・リバモア国立研究所（カリフォルニア州）、キャットピーク国立天文台（アリゾナ州）の研究職を経て、2002年よりワイオミング大学で教職に就く。専門はクエーサーと活動銀河核の観測研究。作家養成講座のクラリオン・ワークショップに参加した後、03年初長編「Star Dragon」を発表。

ブラジアック, ロベール　Brasillach, Robert
フランスの評論家, 作家
1909.3.31～1945.2.6
㊣1931年評論家としてデビューし、34年には週刊誌「ジュ・スイ・パルトゥー」編集長となる。戦時中には積極的にドイツに協力し、44年のフランス解放とともに逮捕され、翌45年死刑となる。作品には「映画の歴史」（35年、バルデッシュと共著）、「コルネイユ」（38年）などの批評のほか、「時の過ぎさるがごとく」（37年）、「七つの彩り」（39年）などの優れた小説、戯曲「セザレの女王」（57年）がある。戦後、戦犯作家とされてきたが、近年全集が刊行されるなど再評価の機運が起こった。

ブラーシム, ハサン　Blasim, Hassan
フィンランド在住のイラクの作家
1973～
㊣イラク・バグダッド　㊣PEN／翻訳文学賞, インディペンデント紙外国文学賞
㊣少年時代をクルド人地域キルクークで過ごし、その後バグダッドで映像作家となる。政府から圧力を受け、2000年出国。陸路でブルガリア、トルコなどを抜け、04年フィンランドにたどり着き、16年に市民権を得る。同地で映像作品を制作する傍ら、アラビア語で創作を続ける。08年イギリスで刊行されたアンソロジーに英訳が一つ掲載されたことをきっかけに、

09年短編集「自由広場の狂人」がイギリスで出版され、PENが主催する翻訳文学賞を受賞。14年第2短編集「イラク人キリスト」でイギリス「インディペンデント」紙外国文学賞をアラビア語作家として初めて受賞。英訳版が高い評価を得る一方でアラビア語での刊行は難航を極め、検閲版がレバノンで出版されるも、ヨルダンでは発禁処分となった。

ブラジョーン, ニーナ　*Blazon, Nina*
ドイツの作家
1969.12.28～
[出]ユーゴスラビア・スロベニア共和国（スロベニア）　[学]ヴュルツブルク大学卒（ドイツ文学・スラブ文学）　[賞]ヴォルフガング・ホールバイン賞（2003年）
[歴]ドイツのヴュルツブルク大学でドイツ文学とスラブ文学を専攻。教師やジャーナリストを経て、作家に転身。2003年「Im Bann des Fluchträgers」でヴォルフガング・ホールバイン賞を受賞。

プラス, シルビア　*Plath, Sylvia*
アメリカの詩人
1932.10.27～1963.2.11
[出]マサチューセッツ州ボストン　[名]筆名＝ルーカス, ビクトリア　[学]スミス・カレッジ（1955年）卒, ケンブリッジ大学ニューナム・カレッジ　[賞]ピュリッツァー賞（1982年）
[歴]8歳の時にボストン大学教授をしていた父と死別。1950年スミス・カレッジに入学。優等で卒業すると、フルブライト奨学生としてケンブリッジ大学大学院に留学。56年イギリスの詩人テッド・ヒューズと結婚。一時アメリカに帰り母校で作文を講じるが、59年再び夫と共にイギリスに渡り、60年「巨像」を出版、また自伝小説「ベル・ジャー」を完成。以後、多くの詩を創作。夫の愛人問題などで62年離婚し、63年2月重度のうつ病でガス自殺した。死後「エアリアル」「冬の木立」「全詩集」、短編集「ジョニー・パニックと夢の聖書」「日記」などが出版された。父・子への複雑な感情や女性としての生を鮮やかなイメージで綴った作品は、フェミニズムの新しいバイブルといわれた。告白派詩人の一人。

ブラスウェイト, エドワード・カマウ
Brathwaite, Edward Kamau
バルバドスの詩人
1930.5.11～
[学]ケンブリッジ大学（史学）　[賞]ノイシュタット国際文学賞（1994年）
[歴]1949年ケンブリッジ大学に留学し、史学を学んだ。55～61年までガーナで教育行政を担当、のちカリブ海芸術家運動の中心人物として活躍。詩集3部作「移送の権利」（67年）、「仮面」（68年）、「島々」（69年）のほか、「母の詩」（77年）、「太陽の詩」（82年）を発表。これらの詩で、カリブの自然の美しさやアフリカから奴隷として連れて来られたカリブの民が受けた汚辱と暴力の歴史、自らのルーツの検証、新しい未来への希望を、憤怒・抵抗・幻滅を交え、ジャズやフォークのリズムを駆使してうたう。そのほかに文芸雑誌の編集や講演なども行う。

ブラスコ・イバニェス, ビセンテ　*Blasco Ibáñez, Vicente*
スペインの作家
1867.1.29～1928.1.28
[出]バレンシア
[歴]「プエブロ」紙を創刊し、反カトリック的、急進的な共和派の代議士として入獄や亡命を経験。南米で農場を開いて失敗した後、連合国側の記者として第一次大戦に参加。後、故郷バレンシアを舞台にした郷土小説を書き、「草屋根の家」（1898年）、「葦と泥」（1902年）などで文名を得る。中期はマドリードに舞台が移り、闘牛士の世界を描いた「血と砂」（08年）などを発表。後期の作品には第一次大戦を題材にした「黙示録の四騎士」（16年）、「われらの海」（18年）など。スケールの大きい劇的な作品は映画にもなり、本国よりむしろ国外で人気を博した。

フラストラ・ファン・ローン, カレル　*Glastra van Loon, Karel*
オランダの作家
1962～
[出]アムステルダム　[賞]ヘネラーレ・バンク賞
[歴]日刊紙やテレビ番組でフリーランスのジャーナリストとして活動。1997年短編集「今夜、世界は狂う」で作家デビュー、数々の賞を受ける。99年「De passievrucht（記憶の中の一番美しいもの）」がオランダで刊行され、同国を代表する文学賞ヘネラーレ・バンク賞を受賞。大ベストセラーとなり、世界18ケ国語に翻訳される。

ブラスム, アンヌ・ソフィ　*Brasme, Anne-Sophie*
フランスの作家
1984～
[歴]17歳の時「深く息を吸って」でデビュー。ヨーロッパの若い読者からの圧倒的な支持により、文芸書としては異例のベストセラーを記録。13ケ国で翻訳される。透徹した描写と衝撃的な内容から“第二のサガン”と話題になり、各紙誌に特集が組まれるなど一躍文壇の寵児となった。他の作品に「コンプレックス・カーニバル」。

プラセンシア, サルバドール　*Plascencia, Salvador*
メキシコ生まれのアメリカの作家
1976.12.21～
[出]ハリスコ州グアダラハラ　[学]ウィッティア・カレッジ卒, シラキュース大学 MFA（シラキュース大学）
[歴]メキシコに生まれ、8歳の時に家族とアメリカ・ロサンゼルス郊外のエルモンテへ移住。ウィッティア・カレッジを卒業後、シラキュース大学でMFAを取得。2005年「紙の民」で作家デビュー。同年「ロサンゼルス・タイムズ」及び「サンフランシスコ・クロニクル」の年間最優秀図書に選ばれ、世界10ケ国語に翻訳された。

プラチェット, テリー　*Prachett, Terry*
イギリスのSF作家
1948.4.28～2015.3.12
[出]バッキンガムシャー州　[賞]カーネギー賞（2001年）
[歴]ジャーナリストから静かな生活を求めて中央電力発電委員会の広報担当となる。その後、1970年代に児童向けファンタジーやSFの作品を何冊か出版した後、83年巨大な宇宙亀の背中に乗る四頭の象が支える円盤世界を舞台としたファンタジー〈ディスクワールド騒動記〉シリーズで一躍人気を獲得。同シリーズは日本を含む35ケ国で翻訳され、5500万部以上を売り上げるベストセラーとなる。著作は70冊を超え、主な作品に同シリーズ「三人の魔女」「魔道士エスカリナ」「死神の館」「ピラミッド」など。一方、2007年にホームページで若年性アルツハイマー病を公表。以後、病気への理解を深める運動や終末期の患者に対する自殺幇助の合法化を求める活動でも知られた。また趣味として食虫植物を育てていた。

ブラック, イーサン　*Black, Ethan*
アメリカの作家, ジャーナリスト
1951～
[出]ニューヨーク　[名]別筆名＝ライス, ボブ〈Reiss, Bob〉　[学]ノースウエスタン大学卒
[歴]ノースウエスタン大学を卒業後、「シカゴ・トリビューン」紙の記者となる。ジャーナリストとして活躍する傍ら、1980年ボブ・ライス名義で「炎の夏」を発表して作家デビュー。以後、「孤高の暗殺者」「ラスト・スパイ」などのミステリーを手がける。99年イーサン・ブラックとして「ブロークン・ハート・クラブ殺人事件」を執筆。以後、「殺意に招かれた夜」「古き友からの伝言」など〈コンラッド・フート〉シリーズを書き続けている。

ブラック, ホリー　*Black, Holly*
アメリカの作家
1971～
[出]ニュージャージー州

フ

㋭大学卒業後、ニューヨークでゲームマガジンの出版社に勤める。その頃から雑誌などに詩や創作を発表。珍しい民間伝承の熱心なコレクターで、子供の頃は古いヴィクトリア朝様式のお屋敷に住み、母親から幽霊物語や妖精の本を読んでいた。2002年その影響から生まれた初のファンタジー小説〈A Modern Tale of Faerie〉シリーズの第1作「犠牲の妖精たち」を出版。全米図書協会から二つ星の評価とヤングアダルト部門優秀作品と賞賛される。シリーズ第2作「Valiant」も高い評価を受ける。他に〈スパイダーウィック家の謎〉シリーズ、〈Newスパイダーウィック家の謎〉シリーズがある。

ブラッグ, メルビン　Bragg, Melvyn
イギリスの作家、放送人
1939.10.6〜
㋰カンブリア州ウィグトン　㋙オックスフォード大学歴史専攻(1961年)卒　㋛ジョン・ルウェリン・リース賞(1969年)、W.H.スミス文学賞(2000年)、PEN賞
㋭BBCに入社し、プロデューサーや司会として長寿芸術番組「サウス・バンク・ショー」など数多くの番組を手がけた。作家としても「The Hired Man」(1969年)などの"カンブリア3部作"をはじめとして生地を舞台にした地方色豊かな作品を執筆。他に偉大な科学者の功績を描いたノンフィクション「巨人の肩に乗って」や、「ローレンス・オリヴィエ」(84年)、「リッチ(リチャード・バートン)」(88年)などの伝記も手がける。他の著書に「英語の冒険」など。98年男爵(一代貴族)に叙せられる。

ブラック, リサ　Black, Lisa
アメリカの作家、法科学者
㋰オハイオ州クリーブランド　㋙クリーブランド州立大学(生物学)
㋭クリーブランド州立大学で生物学の学位を取得し、カヤホガ郡検死官事務所に所属。銃の発射残渣やDNA、血痕などを分析する法科学捜査官としてキャリアをスタートさせる。その後、夫とともにフロリダ州に移住し、ケープコーラルの警察署で潜在指紋の専門家として活躍。2008年「真昼の非常線」で作家デビューを果たし、現役法科学者ならではのリアルな描写で各方面から注目を集める。アメリカ法科学会、国際鑑識協会、国際血痕パターン分析協会のメンバー。

ブラックウッド, アルジャーノン　Blackwood, Algernon Henry
イギリスの作家
1869.3.14〜1951.10.12
㋰ケント州シューターズ・ヒル　㋙エディンバラ大学
㋭ケントの名門の家庭に生まれる。エディンバラ大学で学んだのち、アメリカに渡り、下積み生活を送る。帰国後、当時の体験を基に小説を書き始める。イギリス独特の恐怖小説を代表する作家で、幻想、オカルトを中心にしたバラエティに富んだ200編余りの短編、10編の長編を発表。後年はテレビ、ラジオで自作を朗読して、人気を得る。代表作に「ケンタウロス」(11年)、「ジュリアス・ル・ヴァロン」、短編集に「沈黙のジョン」(08年)、「炎の舌」(24年)、「不気味な超自然の話」(49年)などがある。

ブラックバーン, ジョン　Blackburn, John
イギリスのSF作家
1923〜1993
㋭作品にはスパイもの、スリラーものが多い。処女長編「刈り立ての干し草の香り」(1958年)は細菌戦争もので、作品はほかに「すっぱい林檎の木」(58年)、「夜の子供たち」(66年)などがある。

ブラックバーン, ポール　Blackburn, Paul
アメリカの詩人
1926.11.24〜1971.9.13
㋰バーモント州セント・オールバンズ　㋙ニューヨーク大学、ウィスコンシン大学
㋭エズラ・パウンドとの文通からブラック・マウンテン派の詩人たちと知り合う。1950年代後半から、ニューヨークでビート派や若い詩人たちのポエトリー・リーディングを組織。62年「ネイション」誌の詩部門の編集者となり、68年ニューヨークのシティ・カレッジ講師。選詩集「都市」(67年)は多くの読者の支持を得た。プロヴァンス地方の抒情詩や、画家ピカソの詩の翻訳もある。

ブラックマン, マロリー　Blackman, Malorie
イギリスの作家
1962〜
㋰ロンドン　㋛チルドレン・ブック賞(2002年)
㋭コンピューターの勉強と仕事に携わったのち、1990年より小説を書き始める。大人向けのSFから絵本まで、幅広い作品を数多く発表。子供の内面を描く鋭い洞察力や優れた構成力で高い評価を得、若い読者にも圧倒的に支持される。「Pig-heart Boy」(97年)でカーネギー賞候補、「コーラムとセフィーの物語」(2001年)で、イギリスのチルドレン・ブック賞。他の著書に「うそつき」「ハッカー」「雲じゃらしの時間」などがある。

ブラッコ, ロベルト　Bracco, Roberto
イタリアの劇作家
1862.9.20〜1943.4.20
㋰ナポリ
㋭ジャーナリストとして演劇評論、文芸評論で活躍する傍ら、イプセンなどの社会劇の影響を受けた「ドン・ピエートロ・カルーソ」(1895年)、「幽霊」(1906年)などの戯曲を発表する。その後、フロイトを取り入れ、女性心理を扱った「雪の夜」などの作品で大衆的人気を得る。各国語による翻訳も多く、作品は外国でも上演された。

ブラッシェアーズ, アン　Brashares, Ann
アメリカの作家
1967.7.30〜
㋰バージニア州アレクサンドリア　㋙コロンビア大学
㋭アメリカ・バージニア州アレクサンドリアで生まれ、メリーランド州チェビー・チェイスで育つ。コロンビア大学で哲学を学び、大学院の学費を貯めるためにニューヨークで編集者として働くうち、本の世界に魅了され、2001年〈トラベリング・パンツ〉シリーズの第1作「トラベリング・パンツ」で作家デビュー。同シリーズ(全6巻)は全世界で800万部以上を売り上げる大ヒット作となり、映画化もされた(邦題は「旅するジーンズと16歳の夏」)。

ブラッシュ, トーマス　Brasch, Thomas
ドイツの劇作家、詩人、翻訳家、映画監督
1945.2.19〜2001.11.3
㋰イギリス・ノースヨークシャー州
㋭ユダヤ系亡命者の家庭に生まれ、1947年東ドイツ地域に移住。70年代初めから本格的に劇作に携わり、76年西ベルリンへ移ると様々なジャンルを横断しながら意欲的に活動する。詩・散文・会話・写真からなる実験作「船荷」(77年)、短編集「父親たちより先に息子たちが死ぬ」(77年)、詩集「美しき9月27日」(80年)、戯曲「我がゲオルク」(79年刊、80年初演)、他に「ロッター」「メルセデス」などの作品がある。チェーホフ、シェイクスピアの翻訳・改作を精力的に行い、2002年翻案した「リチャード二世」が東京国際芸術祭で上演された。映画の脚本、監督作品に「鉄の天使」(1981年)、「ドミノ」(82年)がある。

ブラッツ, リュイス　Prats, Lluís
スペインの作家
1966〜
㋰バルセロナ
㋭人文・考古学の学位を取得し、歴史研究に数年間従事。教師、編集者を経て、アメリカのロサンゼルスにある映画製作会社に勤務。研究書、小説を執筆。主著にスペイン文化省の賞を受賞した「Los genios del Renacimiento y del Barroco italiano (ルネッサンスとイタリアバロックの天才たち)」、「虹色のコーラス」(2012年)などがある。

ブラッティ, ウィリアム・ピーター　*Blatty, William Peter*
アメリカの作家, 脚本家
1928.1.7〜2017.1.12
[出]ニューヨーク市マンハッタン　[学]ジョージ・ワシントン大学卒　[賞]アカデミー賞最優秀脚色賞（1974年）, ゴールデン・グローブ賞最優秀脚本賞（1974年）
[歴]レバノンからの移民だった両親のもと、ニューヨークに生まれる。熱心なカトリック信者だった母親の影響を受け、イエズス会の神学校からジョージタウン大学に進学。さらにジョージ・ワシントン大学に移って英文学の学位を取得。情報文化センター、空軍の心理戦争班勤務を経て映画界に入り、1950年代後半より執筆業に入る。「暗闇でドッキリ」（64年）、「地上最大の脱出作戦」（66年）などブレーク・エドワーズ監督作品の脚本でコメディに才能を発揮するも、71年ホラー小説「エクソシスト」がベストセラーに。悪魔に取りつかれた12歳の少女を描いた本作は、神秘主義、怪奇趣味、悪魔学などの分野では最右翼に位置する作品との評を得た。73年の映画化では脚本を担当して記録的ヒットとなり、アカデミー賞脚色賞を受賞。90年の映画「エクソシスト3」では監督や脚本も手がけ、オカルトブームの火つけ役になった。

ブラット, チャールズ　*Platt, Charles*
イギリスの作家
1944.10.25〜
[出]ハートフォードシャー州
[歴]1964年のデビュー以来、長編SF、コンピューター関係のノンフィクションやSF作家へのインタビュー集など多彩な活躍をしている。SF誌「ニューワールズ」やエイボン・ブックスの編集者、批評家としても知られる。小説に「シリコン・マン」「バーチャライズド・マン」、ノンフィクションに「キーをたたく犯罪者たち」他。

ブラッドフォード, アーサー　*Bradford, Arthur*
アメリカの作家, 映画監督
1969〜
[学]エール大学　[賞]O.ヘンリー賞
[歴]ニューイングランド各地を転々としたのち、エール大学で学ぶ。一時、作家ウォレス・ステグナー特別奨学生としてスタンフォード大学にも在籍。「エポック」「エスクァイア」各誌に小説が掲載され、2001年短編集「世界の涯まで犬たちと」を出版。同書収録の「ドッグズ」は話題を呼び、O.ヘンリー賞を受賞している。映像制作にも精力的で、映画監督第1作「How's Your News？」は、各映画祭で上映され、02年春に全米で放映された。12年児童書「Benny's Brigade」を発表。

ブラッドフォード, バーバラ　*Bradford, Barbara Taylor*
イギリス生まれのアメリカの作家
1933.5.10〜
[出]ヨークシャー州リーズ
[歴]高校中退後、地元の新聞社に入社。雑誌編集者やコラムニストとして活躍し、1963年アメリカ人テレビプロデューサーと結婚。ニューヨークに住む。79年「女資産家」で作家デビュー、同作は一躍世界的なベストセラーとなり、80ケ国以上で出版される。その後もロマンス小説「心の声を聞きながら」（83年）、「女相続人」（85年）、「リターンズ—愛を巡る終わりのない旅」（90年）、「女後継者」（2004年）、「運命の貴公子」（07年）などを次々に発表。
[家]夫＝ロバート・ブラッドフォード（テレビプロデューサー）

ブラッドベリ, マルコム　*Bradbury, Malcolm Stanley*
イギリスの作家, 批評家
1932.9.7〜2000.11.27
[出]ウェストヨークシャー州シェフィールド　[学]ロンドン大学（英米文学）Ph.D.（マンチェスター大学）
[歴]鉄道労働者の家に生まれる。1959年ハル大学指導教官となり、61年バーミンガム大学講師、65年イースト・アングリア大学講師を経て、70年同大創作科教授。この間、カズオ・イシグロら多くの有名作家を育てた。59年イギリスの大学を舞台にした小説「人を食べるのは悪いこと」で文壇デビュー後は、教鞭を執る傍ら、ベストセラー小説を次々と発表した。他の作品に「西へ進め」（65年）、「歴史学の男」（75年）、「Who Do You Think You Are？」（76年）、「交換レート」（82年, ブッカー賞候補）、「カット！」（87年）など。「イーヴリーン・ウォー」（62年）、「ソウル・ベロー」（82年）など専門に関する研究書の他、「小説とは何か」（69年）、「可能性」（73年）などの評論や、テレビの脚本なども幅広く手がけた。2000年ナイト爵に叙せられる。

ブラッドベリ, レイ　*Bradbury, Ray Douglas*
アメリカのSF作家
1920.8.22〜2012.6.5
[出]イリノイ州ウォーキガン　[名]ブラッドベリ, レイモンド・ダグラス〈Bradburry, Raymond Douglas〉　[学]ロサンゼルス高卒　[賞]世界ファンタジー賞生涯業績部門賞（1976年）, ピュリッツァー賞（2007年）
[歴]イギリス移民の子孫である父とスウェーデン生まれの母の間に生まれる。高校を卒業後、新聞売りをしながら創作に励み、1941年頃から原稿が売れ始める。47年にSF短編集「黒いカーニバル」を処女出版し、「火星年代記」（50年）、「華氏451度」（53年）などによって広く認められた。特に短編に洗練された芸術性を具えた優れた作品が多く、その流麗な文体によってSFの抒情詩人とも評される。現代アメリカを代表する短編の名手であり、日本でも多くの熱烈なファンを持つ。他の作品に「たんぽぽのお酒」（57年）「何かが道をやってくる」（62年）「雨の降る日は永遠に」（66年）の他、短編集「刺青の男」（51年）「太陽の黄金の林檎」（53年）「10月はたそがれの国」（55年）など。近未来における焚書社会を描いた「華氏451度」はフランソワ・トリュフォー監督によって映画化もされた。戯曲や詩にも取り組み、「白鯨」（54年）などの映画脚本も手がけた。2007年「たんぽぽのお酒」の続編「さよなら僕の夏」を出版、話題となる。1985〜92年にかけて放送された「The Ray Bradbury Theater」では原案・脚本・製作を手がけ、案内役で自ら出演した。

ブラッドリー, アラン　*Bradley, Alan*
カナダの作家
1938〜
[出]オンタリオ州トロント　[学]ライアソン大学卒　[賞]CWA賞デビュー・ダガー（2007年）, アガサ賞（2009年）, エリス賞（2010年）, ディリス賞（2010年）
[歴]テレビのエンジニア、大学教員を経て、2007年「パイは小さな秘密を運ぶ」でイギリス推理作家協会賞（CWA賞）デビュー・ダガーを受賞。09年に刊行された同書は、カナダ生まれの70歳を超える新人作家が書いた、イギリスを舞台にした11歳の少女探偵ミステリーとして世界中で大きな話題となり、アガサ賞、エリス賞、ディリス賞など九つもの賞を受賞した。

ブラッドリー, キンバリー・ブルベイカー
Bradley, Kimberly Brubaker
アメリカの作家
1967〜
[出]インディアナ州　[学]スミス・カレッジ化学専攻卒　[賞]ニューベリー賞オナーブック（2016年）, シュナイダー・ファミリーブック賞（2016年）
[歴]大学卒業後、編集者などの仕事をしながら夜間や週末に創作を続け、歴史小説を発表。2016年「わたしがいどんだ戦い1939年」で、ニューベリー賞オナーブックとシュナイダー・ファミリーブック賞に選ばれ、注目される。

ブラッドリー, デービッド　*Bradley, David*
アメリカの作家
[出]ペンシルベニア州ベッドフォード　[学]ペンシルベニア大学　[賞]PEN/フォークナー賞（1982年）
[歴]牧師で歴史学者の父に刺激され、書くことに興味を覚え、9歳で戯曲「Martian Thanksgiving」を書き、属していたカブ・

フ

スカウト団により上演された。大学在学中に最初の小説「サウス・ストリート」を書く。2作目の小説「The Chaneysville Incident」でPEN/フォークナー賞を受賞。

ブラッドリー, マリオン・ジマー *Bradley, Marion Zimmer*

アメリカのSF作家

1930.6.30〜1999.9.25

[出]ニューヨーク州オールバニー

[歴]16、7歳の頃、サイエンス・ファンタジーに魅せられ、作家を志す。1954年、「F&SF」誌に掲載された「Centaurus Changeling」からプロ作家として歩みだし、62年〈ダーコーヴァ年代記〉シリーズの「The Sword of Aldones(オルドーンの剣)」がヒューゴー賞にノミネートされ、人気作家となる。フェミニズムの影響を受け、作品には非差別主義の視点が強く打ち出されている。他の作品に「アヴァロンの霧」、〈ファイアー・ブランド〉シリーズなど。

ブラッドリー, メアリー・ヘイスティングズ *Bradley, Mary Hastings*

アメリカの作家

1882.4.19〜1976.10.25

[出]イリノイ州シカゴ

[歴]「The Life of the Party」「Caravans and Cannibals」「Murder in Room 700」「ジャングルの国のアリス」などの紀行や小説を数10冊発表した。SF作家のジェームズ・ティプトリー・Jr.は娘にあたる。

[家]娘＝ジェームズ・ティプトリー(Jr.)(SF作家)

ブラトヴィチ, ミオドラグ *Bulatović, Miodrag*

ユーゴスラビアの作家

1930.2.10〜1991.3.14

[出]モンテネグロ　[学]ベオグラード大学心理学専攻卒　[賞]国内最優秀作品賞(1976年)

[歴]第二次大戦で戦災孤児となり、セルビアで育つ。青年時代入院生活を送るうちに創作を始める。カフカ、ベケット、ジョイスなどの影響を受けて混沌と無秩序の世界を象徴的手法で描き、「悪魔が来る」(1955年)、「狼と鐘」(58年)、「赤いおんどり」(59年)などによって現代東欧文学の旗手となった。その後の作品に「ろばに乗った英雄」(64年)、「冷血の地」(75年)、「グッロ・グッロ」(83年)など。

プラトーノフ, アンドレイ *Platonov, Andrei Platonovich*

ソ連の作家

1899.9.1〜1951.1.5

[出]ボロネジ　[学]ボロネジ鉄道技術学校

[歴]鉄道技術学校在学中にロシア革命を迎え、赤軍に参加。革命後ソビエト政権の下で電気技師などをして働く傍ら、詩や小説を書く。短編集「エピファーニの水門」(1927年)や「グラドフ市」(28年)で声価を高め、作品集「秘められた人間」(28年)で作家としての地位を確立。しかしソ連で次第に確立されていく官僚主義を風刺した短編「疑惑を抱いたマカール」(29年)などの作品が、アナーキーな反革命的作品としてはげしく批判され、文壇から締めだされた。第二次大戦中従軍記者となるが、戦後「新世界(ノーブイ・ミール)」誌に発表した中編「帰還」(46年)が、ソ連軍人を中傷し、ソ連を誹謗する作品として批判され、以後反革命的作家として不遇のまま世を去った。60年代に入って再評価され、65年以降88年までに中編「土台穴」、長編「チェヴェングール」などほとんどの作品が西欧で紹介された。

プラトリーニ, ヴァスコ *Pratolini, Vasco*

イタリアの作家

1913.10.19〜1991.1.12

[出]フィレンツェ

[歴]貧しい家庭に育ち、早くから印刷工として働く傍ら、古典文学を研究。ビットリーニと親交を結び、彼の主宰した「カンポ・ディ・マルテ」の編集にあたる。1937年「レッテラトゥーラ」誌に短編を掲載し、41年「緑の毛氈」を発表。43〜44年まではは反ファシズム抵抗運動に参加。第二次大戦後のネオレアリズモ運動の中心で、「貧しき恋人たち」(47年)「家族日誌」(47年)がこの頃の代表作。49年に発表した「Un eroe del nostro tempo(現代の英雄)」以降、イタリアの近代史を小説にまとめようとした3部作「Metello(メテッロ)」(55年)「享楽」(60年)「寓意と嘲弄」(66年)などで注目を浴びる。一貫してリアリズムの立場から人間のおかれた社会的条件を描くことに最大の努力を払った。

ブラナー, ジョン *Brunner, John*

イギリスのSF作家

1934.9.14〜1995.8.25

[出]オックスフォードシャー州プレストン・クロウマーシュ　[賞]ヒューゴー賞(1968年), イギリスSF賞(1968年), アポロン賞(1968年)

[歴]少年時代からSF雑誌に登場し、17歳で処女長編を発表する。伝統的な宇宙冒険小説を経て、ドス・パソスの影響下に実験的な反ユートピア小説を書くようになり、「Stand on Zanzibar」(1968年)は各国で絶賛を浴び、ヒューゴー賞、イギリスSF賞、アポロ賞(フランス)を受賞。トフラーの影響のもとで書かれた「The Shockwave Rider(衝撃波を乗り切れ)」(75年)は評論家から古今東西のSF十大小説に加えられたほどで代表作となる。のちには反核・軍縮運動にも精力的に取り組み、反核運動組織・核廃絶キャンペーン(CND)創設に中心的役割を果たした。

フラナガン, ジョン *Flanagan, John*

オーストラリアの児童文学作家

1944.5.22〜

[出]ニューサウスウェールズ州シドニー

[歴]テレビシリーズの脚本家として活躍していた頃、12歳の息子のために物語を書きはじめる。2005年その作品を膨らませ〈アラルエン戦記〉シリーズの第1作として刊行、シリーズを通して「ニューヨーク・タイムズ」紙ベストセラーに60週以上ランクイン、子供たち自身が選出する賞や国内外の賞・推薦を多数受賞、人気を不動のものとする。

フラナガン, トーマス *Flanagan, Thomas*

アメリカの作家

1923.11.5〜2002.3.21

[出]コネティカット州グリニッジ　[学]アマースト大学(英語)卒, コロンビア大学大学院修士課程修了 Ph.D.(コロンビア大学)

[歴]アイルランド系。アマースト大学在学中に第二次大戦に召集され、終戦後復学。大学院修了後、コロンビア大学で教鞭を執った。この間、1940〜50年代に多くのミステリー小説の傑作を著し、日本でも短編集「アデスタを吹く冷たい風」などが出版された。60年代カリフォルニア大学バークレー校に赴任すると、研究執筆に専念。78〜96年ニューヨーク州立大学在職中、アイルランド史を題材にした「ザ・イヤー・オブ・ザ・フレンチ」(79年)、「ジ・エンド・オブ・ザ・ハント」(94年)などを発表した。

フラナガン, リチャード *Flanagan, Richard Miller*

オーストラリアの作家

1961.7〜

[出]タスマニア州ロングフォード　[学]タスマニア大学, オックスフォード大学大学院修士課程　[賞]コモンウェルス作家賞(2002年), ブッカー賞(2014年)

[歴]16歳で大工を志して学校を退学し、奥地で測量技師として働く。やがて学業に戻り、タスマニア大学、オックスフォード大学修士課程で歴史学を修めた。帰国後はリバーガイド、建設現場の作業員などの職に就く。小説「Death of a River Guide」(1994年)でデビュー。続く小説「The Sound of One Hand Clapping」(97年)は15万部を超えるベストセラーとなり、自身で脚本・監督を手がけて映画化、98年ベルリン国際映画祭最優秀作品賞にノミネートされた。2002年「グールド魚類画帖―十二の魚をめぐる小説」(01年)でコモンウェルス作家賞、

14年「奥の細道」(13年)でブッカー賞を受賞するなど国際的にも高い評価を受ける。また、アボリジニ問題、森林保護についても積極的に発言、運動を続ける。

フラバル, ボフミル　Hrabal, Bohumil
チェコ(チェコスロバキア)の作家
1914.3.28～1997.2.3
㋷モラビア・ブルノ　㋑Kylián, Bohumil　㋵カレル大学法学部(1946年)卒, カレル大学大学院修了
㋹大学を卒業した後、ありとあらゆる仕事に就いて様々な人間を知り、豊かな経験を集めながら、スターリン時代には決して出版されることのない本を書き続けた。自由化の始まる1963年に最初の単行本「海底の真珠」の出版が許され、これを機に次々と作品を発表、毎年のように文学賞を受賞。68年のチェコ事件の際にソ連の軍事介入を非難したため70年以降は国内における作品の発表が許されなくなる。75年"悔悟"をし、再び部分的に作品の出版が許可されるようになったが検閲が厳しいため、80年代末まで多くの作品は外国で出版されていた。ビロード革命(89年)以後、自由に出版できるようになった。代表作に「厳戒下の列車」(65年)、「剃髪式」(73年)、「時が停まってしまった小さな町」、短編集「どんな風に私はイギリス国王に仕えたか」(75年)、「あまりに騒がしい孤独」(76年)、「ボフミル・フラバル全集」(全18巻)など。多くの作品が映画化された。

ブラハルツ, クルト　Bracharz, Kurt
オーストリアの作家
1947～
㋷ブレゲンツ
㋹子供のための本や、「エサウの憧憬」「エサウの充足」など食事を楽しむ者の日記ふうの本、ドイツ啓蒙主義の作家ゲオルク・クリストフ・リヒテンベルクに関する著作、長編推理小説などを多数発表。他の著書に「カルトの影」などがある。

プラープダー・ユン　Prabda Yoon
タイの作家, 脚本家
1973～
㋷バンコク　㋵Cooper Union for the Advancement of Science and Arts　㋳東南アジア文学賞(2002年)
㋹父親は英字紙「ネーション」を発行する新聞社創設者。中学卒業後に渡米、アートスクールで美術を修める。卒業後、グラフィックデザイナーとして働き、1998年にタイへ帰国。2000年2冊の短編小説がベストセラーとなり、作家、評論家、編集者、グラフィックデザイナー、イラストレーター、写真家、脚本家、作詞家として、幅広く活躍。著書に「地球で最後のふたり」、短編集「存在のあり得た可能性」「鏡の中を数える」、エッセイ集「座右の日本」、映画脚本に「地球で最後のふたり」「インビジブル・ウェーブ」(いずれも浅野忠信主演)などがある。07年来日。

ブラマン, アンナ　Blaman, Anna
オランダの作家
1906.1.31～1960.7.13
㋑フルフト, ヨハンナ・ペトロネッラ〈Vrugt, Johanna Petronella〉　㋳P.C.ホーフト賞(1957年)
㋹最初フランス語の教師を務め、1939年月刊文芸誌「作品」でデビュー、41年友情と愛の問題を描いた「女性と男友達」で作家として地位を確立。その後次々と作品を発表、フランス実存主義の影響を受け、人間の秘められた情熱や不安、孤独な境涯を豊かな構成力と独自のスタイルで描き、「孤独な冒険」(48年)は高い評価を受ける。57年P.C.ホーフト賞を受賞。他の作品に「マルセとの出会い」(43年)、「生と死」(55年)、「ラム・ホルナ」(51年)、「敗者たち」(60年)などがある。

プラムディヤ・アナンタ・トゥール　Pramoedya Ananta Toer
インドネシアの作家
1925.2.6～2006.4.30
㋷中部ジャワ州ブロラ(ジャワ島中北部)　㋵イスラム高等学校(1945年)卒　㋳フランス芸術文化勲章シュバリエ章マグサイサイ賞(報道・文学・創造的コミュニケーション賞)(1995年), 福岡アジア文化賞大賞(2000年)
㋹貧しい町ブロラに8人きょうだいの長男として生まれる。ジャカルタの中央参議院附属の速記学校卒業後、1942年日本の同盟通信社ジャカルタ支局に入り資料部副主任となるが退職。中東ジャワを放浪する。45年インドネシア独立宣言後ジャカルタに戻り、革命に身を投じた。人民治安団報道担当少尉として西部ジャワを転戦中、創作をはじめる。対オランダ和平協定で路線変更となった革命から身をひき、出版社・自由インドネシアの声に入社。そこで処女作「クランジーブカシの陥落」を出版し、雑誌に短編を発表した。47年反オランダ宣伝文書所持のかどで逮捕され、拷問・投獄を受ける。49年の釈放までに多くの小説を書き、50年代半ばにかけて「追跡」「ゲリラの家族」「夜半のようにではなく」「ブロラ物語」などの秀作を発表、"45年世代"と称される文学者群を代表する地位を確立。62～65年インドネシア共産党の日刊紙「ビンタン・ティムール」を編集。65年スカルノ元大統領が政権を握るきっかけとなった親共産党系軍人によるクーデター未遂事件"9.30事件"により再び逮捕され、79年まで政治犯として流刑地ブル島に拘留された。この間、オランダ植民地支配下を舞台にインドネシア人の民族意識の芽生えを描いた大河小説「人間の土地」の執筆を始め、88年までに「すべて民族の子」「足跡」「ガラスの家」の"ブル島4部作"が完成。日本語を含む約40ケ国語に翻訳され海外で高い評価を得たが、インドネシア国内では"共産主義を広める"として発禁処分を受け、98年にスハルト政権が崩壊するまで書店に並ぶことはなかった。現代インドネシアを代表する作家としてたびたびノーベル賞候補にも挙げられ、95年マグサイサイ賞を受賞。出国禁止処分も30年以上に及んだが、99年ハビビ政権により処分を解かれ、欧米を訪問した。日本には、2000年福岡アジア文化賞大賞受賞を機に来日。01年第二次大戦の日本軍政下で従軍慰安婦にさせられた女性の聞き書きをまとめた「日本軍に棄てられた少女たち」を出版した。

ブラワヨ, ノヴァイオレット　Bulawayo, NoViolet
ジンバブエの作家
1981～
㋷ジンバブエ　㋵コーネル大学大学院修士課程　㋳PEN/ヘミングウェイ賞, ロサンゼルス・タイムズ文学賞, エティサラート文学賞
㋹コーネル大学でトルーマン・カポーティ・フェローシップを受けて創作の修士号を取得。2010年短編「ブダペスト襲撃」を「ボストン・レビュー」誌に発表し、高く評価される。同短編を書き継ぎ、13年初の長編「あたらしい名前」を発表、ブッカー賞最終候補に選出され話題となる。また「あたらしい名前」はPEN/ヘミングウェイ賞、ロサンゼルス・タイムズ文学賞、アフリカ文学に与えられるエティサラート文学賞を受賞。

ブーラン, ジャンヌ　Bourin, Jeanne
フランスの作家
1922～2003
㋷パリ　㋳アカデミー・フランセーズ賞
㋹中世ルネッサンスを舞台とした歴史小説を数多く発表。「エロイーズ 愛するたましいの記録」でアカデミー・フランセーズ賞を受賞。他の著書に「幸福は女の顔をもつ」「おおいなる情熱」「マチルド・ブリュネルの料理帖」「婦人たちの部屋」、共著に「愛と歌の中世」がある。

ブランカーティ, ヴィタリアーノ　Brancati, Vitaliano
イタリアの作家, 批評家, 劇作家
1907.7.24～1954.9.25
㋷シラクーザ・パッティーノ
㋹シチリアに生まれ、青少年時代をカタニアで過ごし、同地出身の作家G.ベルガの影響を強く受ける。1930年代ファシズム左派に属して成功した後、故郷シチリアに帰り「コリエレ・デルラ・セーラ」紙に評論を書く。性風俗を中心に因習と退嬰

の地方生活を描き、「シチリアのドン・ジョバンニ」(41年)や「美男アントーニオ」(49年)では大言壮語の体制の虚妄を暴いた。他に「熱い血のパオロ」(55年)、短編集「長靴をはいた老人」(54年)などの作品がある。

フランク, E.R.　*Frank, E.R.*
アメリカの作家
[賞]NEXTアワード(ティーンピープル・ブッククラブ)
[歴]マンハッタンでトラウマ専門の臨床ソーシャルワーカーとして仕事をする傍ら、2000年「天国にいちばん近い場所で」で作家デビュー。以降若者向けの小説を発表。デビュー作と2作目がアメリカ図書館協会の"本が苦手な若者向けの推薦図書"に選ばれ、デビュー作で、ティーンピープル・ブッククラブのNEXTアワードも受賞した。他の作品に「少年アメリカ」などがある。

フランク, ダン　*Franck, Dan*
フランスの作家
1952～
[賞]処女小説賞(1980年), ルノードー賞(1991年)
[歴]1980年小説「無期延期」で作家デビュー。68年パリ革命に思春期後半を送った"68年世代"に属し、ロブ・グリエ、ル・クレジオ、モディアノなど、現代フランスの大御所的作家のあとに続く作家とされる。他の作品に「夕べの婦人」「さようならということ」(87年)、「狂人たちの墓」「別れるということ」(91年)、評論「アポリネール」、ジャン・ヴォートランとの共作長編小説「ボロの冒険」「ベルリン強攻突破」などがある。

フランク, ブルーノ　*Frank, Bruno*
ドイツの作家
1887.6.13～1945.6.20
[歴]ナチス政権成立後、イギリスを経てアメリカに亡命。抒情詩人として出発、のちに戯曲や小説に傑作を残し、一流のサロン作家と評された。ミュンヘン時代及びアメリカ亡命時代トーマス・マンと親交があった。当時の独仏問題を扱った短編小説「政治的ノヴェレ」(1928年)は評判となり、長編小説「トレンク」(26年)、同「セルバンテス」(34年)では物語作家としての技巧を発揮。他に戯曲「コップの中の嵐」などがある。

フランク, ユリア　*Franck, Julia*
ドイツの作家
1970.2.20～
[出]東ドイツ東ベルリン(ドイツ・ベルリン)　[賞]ドイツ書籍賞(2007年)
[歴]旧東ベルリンに生まれ、1978年母と姉妹たちとともに西ドイツへ移住。97年「新しいコック」で作家デビュー。2003年に発表した東ドイツ市民のための緊急受け入れ用収容所を舞台にした作品「キャンプファイヤー」は、国内外で高い評価を受ける。07年「真昼の女」でドイツ書籍賞を受賞、作家としての地位を確立した。ドイツで最も注目される作家の一人。

フランクリン, トム　*Franklin, Tom*
アメリカの作家
1963～
[出]アラバマ州ディキンソン　[学]サウスアラバマ大学卒, アーカンソー大学大学院(芸術)(1998年)修士課程修了　[賞]MWA賞最優秀短編賞(1999年), ロサンゼルス・タイムズ文学賞, CWA賞ゴールド・ダガー賞(2011年)
[歴]サウスアラバマ大学を卒業した後、アーカンソー大学で芸術修士号を取得。1999年短編集「密猟者たち」でデビュー、表題作がアメリカ探偵作家クラブ賞(MWA賞)最優秀短編賞に輝いた。2010年第3長編「ねじれた文字、ねじれた路」はイギリス推理作家協会賞(CWA賞)ゴールド・ダガー賞とロサンゼルス・タイムズ文学賞を受け、MWA賞最優秀長編賞にノミネートされた。13年詩人である妻ベス・アン・フェンリイとの共作「たとえ傾いた世界でも」を発表。
[家]妻＝ベス・アン・フェンリイ(詩人)

フランクリン, マイルズ　*Franklin, Miles*
オーストラリアの作家
1879.10.14～1954.9.19
[名]別筆名＝Brent of Bin Bin
[歴]1901年21歳の時「わが青春の輝き」を発表、一躍有名になる。アメリカ、ロンドンと移り住み、婦人問題や政治にも関ったが33年帰国。開拓時代最後の自由で開放的な雰囲気をもっていたオーストラリア奥地(ブッシュ)に根ざした開拓民の生活をテーマに、多くの作品を書いた。主な作品に「ブリンダベラの幼年時代」「私の経歴はもうおしまい」などがある。

フランケ, ヘルベルト　*Franke, Herbert Werner*
ドイツのSF作家, 科学者
1927.5.14～
[出]オーストリア・ウィーン　[学]ウィーン大学(理論物理学) Dr. phil.
[歴]エンジニアを経て、1956年より創作に専念し、57年に西独へ移住。SF作家としての地位を、61年の未来小説「思考の網」で確立する。全体主義的未来と科学技術への不信をこめた作品を発表した。他の作品に「鋼の荒野」(62年)、「象牙の城」(65年)、「虚無地帯」(70年)、「Einsteins Erben」(72年)、「Paradies 3000」(81年)など。ミュンヘン大学教授も務める。科学技術の入門書などの著書も多い。

フランコ, ホルヘ　*Franco, Jorge*
コロンビアの作家
1962～
[出]メデジン　[学]ロンドン・インターナショナル・フィルム・スクール, ハベリアナ大学文学専攻　[賞]ハムレット国際小説賞(2000年)
[歴]ロンドン・インターナショナル・フィルム・スクールで映画について学ぶが、小説に転向するため帰国。1996年「呪われた愛」で作家デビュー。99年コロンビア文化省の小説部門のスカラシップを得る。のち、ガブリエル・ガルシア・マルケスに招かれ、キューバ映画テレビ国際学園で脚本教室「物語の作り方」の講師を務める。ラテンアメリカ文学の新世代を担う作家として注目される。他の作品に「悪い夜」(97年)、「ロサリオの鋏」(99年)、「パライソ・トラベル」(2001年)、「メロドラマ」(06年)、「聖なる運命」(10年)などがある。

ブーランジェ, ダニエル　*Boulanger, Daniel*
フランスの作家
1922.1.24～2014.10.27
[出]コンピエーニュ　[勲]レジオン・ド・ヌール勲章オフィシエ章, メリット国家勲章, フランス芸術文化勲章コマンドール章
[賞]アカデミー・フランセーズ小説大賞短編賞(1971年), ゴンクール賞短編賞(1974年)
[歴]ブラジルでは羊飼、チャドでは役所勤務など、世界中を旅行して多くの職業に従事した。1958年長編小説「寒い街」を発表し、文筆生活に入る。様々な階層の人間の平凡な日常生活を描いて、個人のひそかな情動、宿命を切りとる作風から、短編で本領を発揮した。他の作品に「つぐみの婚礼」(64年)、「看板と堤灯」(71年)、「馭者よ、鞭を鳴らせ」(74年)、「バビロンの木」(78年)、詩集「貯金箱」(76年)など。また、ゴダール、トリュフォーらの映画の脚本でも知られる。

フランシス, ディック　*Francis, Dick*
イギリスの作家, 騎手
1920.10.31～2010.2.14
[出]ウェールズ　[名]フランシス, リチャード・スタンリー〈Francis, Richard Stanley〉　[賞]全英チャンピオン・ジョッキー(1954年), MWA賞(長編賞)(1970年・1981年・1996年), MWA賞(巨匠賞)(1996年), CWA賞ゴールド・ダガー賞(1979年), CWA賞ダイヤモンド・ダガー賞(1989年)
[歴]18歳で騎手を志し、1946年競馬界に入る。48年28歳でプロ騎手となり、障害競馬の第一線で活躍。53～54年シーズンに全英チャンピオン・ジョッキーとなった。エリザベス皇太后

のお抱え騎手でもあり、56年皇太后の愛馬デボンロック号に騎乗した。騎手として350を越えるレースで勝利を収め、57年現役を引退。引退した年から「サンデー・エクスプレス」に競馬記事を書き始め、競馬コラムニストとして活動。また、自伝「女王陛下の騎手」(57年)で作家デビューも果たす。62年小説第1作「本命」を発表して本格的な作家活動に入り、競馬界に題材を求めたサスペンス小説を、ほぼ1年に1作のペースで発表。上質な作品で人気を得、MWA賞、CWA賞を何度も受賞した。2000年調査や執筆に協力していた妻メアリーが死去。その後は作品を出さなかったが、06年二男フェリックスの協力により85歳で「再起」を発表して復活。以後、父子で「祝宴」(07年)、「審判」(08年)、「拮抗」を出した。他の代表作に「興奮」(65年)、「大穴」(シッド・ハレーシリーズ, 65年)、「罰金」(68年)、「査問」(69年)、「利腕」(シッド・ハレーシリーズ, 79年)、「奪回」(83年)、「証拠」(84年)、「直線」(89年)、「密輸」(92年)、「敵手」(95年)、「不屈」(96年)など。約40冊のベストセラーは約20ケ国で翻訳されている。イギリス推理作家協会(CWA)会長を務めた。00年ナイト爵に叙せられた。
[家]二男＝フェリックス・フランシス(作家)

フランシス, フェリックス　*Francis, Felix*
イギリスの作家
1953〜
[出]ロンドン　[学]ロンドン大学(物理学・電子工学)卒
[歴]イギリスの作家ディック・フランシスの二男。ロンドン大学で物理学、電子工学を専攻し、物理学の教師を17年間務める。1991年より父の仕事のマネージメントを行う。また、40年間に渡って数多くの〈競馬〉シリーズのためのリサーチを手伝った。父との初の共作となった2007年の「祝宴」では、小説執筆の上で重要な役割を果たし、父の遺作となった「矜持」(10年)まで共に執筆。10年の父の死後は一人で執筆を続け、〈新・競馬〉シリーズともいわれる「強襲」は高い評価を得る。
[家]父＝ディック・フランシス(作家)

ブランショ, モーリス　*Blanchot, Maurice*
フランスの作家, 文芸批評家
1907.12.22〜2003.2.20
[出]ソーヌ・エ・ロワール県カン　[学]ストラスブール大学卒
[歴]極右思想のジャーナリストとして右翼雑誌「コンバ」「ジュルナル・デ・デバ」の文芸担当記者を務め、1940年以降世間との交わりを極度に控えながら文筆活動に入った。41年「Thomas l'Obscur(謎の男トマ)」、42年「Aminadab(アミナダブ)」の2長編により作家として出発。戦後は右翼としての活動を清算、逆にアルジェリア戦争への反対や、68年の"五月革命"への支持などを表明。公的な場から引退を宣言し、「最後の人 期待忘却」(62年)などの執筆に専念した。「彼方へ一歩も」(73年)「災厄のエクリチュール」(80年)などの作風は次第に簡潔な観念的なものとなり、孤高の文学者として畏敬された。また43年「Fauxpas(踏みはずし)」、55年「L'Espace littéraire(文学空間)」、59年「来たるべき書物」などの評論集により批評家としての地位を確立。現実から切り離された〈不在の空間〉とも呼ぶべき言語表現が、作家の内奥に潜む〈死〉と照応するところに文学の本質があるとし、評論集で作家を論じながら文学のあり方を理論化しようとした。その反リアリズムは後の"ヌーヴォーロマン"の世代に大きな影響を与えた。肖像写真を公表せず、世間との関わりも極度に控えたため、"フランスで最も謎に包まれた作家"と呼ばれた。

フランス, アナトール　*France, Anatole*
フランスの作家, 批評家
1844.4.16〜1924.10.13
[出]パリ　[名]Thibault, Jacques Anatole François　[賞]ノーベル文学賞(1921年)
[歴]セーヌ河畔の古書店の一人息子として生まれ、早くから書物に親しんだ。高踏派詩人の作品を扱う出版者・アルフォンス・ルメールのもとで働き、詩人として出発、「黄金詩集」(1873年)、「コリントの婚礼」(76年)を発表。やがて古典文学に興味を持ち、81年小説「シルヴェストル・ボナールの罪」によって一躍文名を高めた。また86〜92年に「ル・タン」紙に連載した文芸時評は、のちに「文学生活」(4巻)として出版され好評を博したが、その印象批評的な態度が客観的批評のブリュンチェールと対立し、激しい論争を巻き起こした。96年のドレフュス事件ではドレフュス擁護の側に立った。知的懐疑主義に立つ皮肉家・ユーモリストとして、洗練された詩的な文体で小説と文芸批評に活躍し、1921年ノーベル文学賞を受賞。他の主な作品に「タイス」(1890年)、長編「現代史〈4部作〉」(「遊歩場の楡」「柳のマネキン」「紫水晶の指環」「パリのベルジュレ氏」, 97〜1901年)、「ペンギンの島」(08年)、「神々は渇く」(12年)、感想集「エピキュールの園」(1894年)などがある。その死は国葬としてとり行われた。

フランゼン, ジョナサン　*Franzen, Jonathan*
アメリカの作家
1959.8.17〜
[出]イリノイ州ウェスタンスプリングズ　[学]スワスモア大学(1981年)卒, ベルリン自由大学　[賞]ホワイティング作家賞(1998年), ジェームズ・テイト・ブラック記念賞(2002年), 全米図書賞(2003年)
[歴]フルブライト奨学生としてベルリン自由大学で学んだのち、ハーバード大学の地震学研究室に勤務。1988年「The Twenty-Seventh City」で作家デビュー。98年ホワイティング作家賞を受賞。第3長編「コレクションズ」(2001年)は「ニューヨーク・タイムズ」紙のベストセラーリストで1位を記録し、全米図書賞、ジェームズ・テイト・ブラック記念賞を受賞した他、ピュリッツァー賞にもノミネートされた。他の著書に「フリーダム」(10年)などがある。

ブランディス, カジミェシュ　*Brandys, Kazimierz*
ポーランドの作家
1916.12.27〜2000.3.11
[出]ウッジ　[学]ワルシャワ大学(法律)
[歴]ユダヤ系。大学時代社会主義運動に参加。ナチス占領を体験し、そのもとでのポーランド知識人の道徳的頽廃を扱った、1946年の長編「木馬」で文壇に登場。以来政治と知識人のモラルを追求。戦後は左翼文学グループ"鍛冶場"に加わり、戦中から戦後の知識人を描いた長編4部作「戦争のはざまで」(47〜51年)が代表作。以後スターリン時代の過ちを批判し、短編集「赤い帽子」(56年)や長編「クルル家の母」(57年)を発表。その後「Z夫人への手紙」(58〜62年)では書簡体の哲学的エッセイを試みた。81年の戒厳令の時外国滞在中で帰国できず、パリに亡命。他の作品に短編集「ロマン性」(60年)、長編「郵便変奏曲」(72年)、「現実ばなれ」(77年)、手記「歳月」(79〜87年)など。
[家]兄＝マリアン・ブランディス(歴史作家)

ブランデン, エドマンド・チャールズ
Blunden, Edmund Charles
イギリスの詩人, 批評家
1896.11.1〜1974.1.20
[出]ケント州メードスーン近郊　[学]オックスフォード大学卒　[勲]勲三等旭日中綬章　[賞]ホーソーンデン賞(1922年)
[歴]第一次大戦に従軍し、その随想録「戦争余韻」(1928年)で有名になる。復員後、オックスフォード大に再入学。卒業後「アセーニアム」誌の編集員となり、22年詩集「羊飼い」でホーソーンデン賞を受賞して詩人としての地位を確立。24〜27年東京帝大で英文学を講義し帰国後、31〜43年オックスフォード大学マートンカレッジで教鞭を執る。47年文化使節として再来日し、日本各地で600回におよぶ講演を行い、50年帰国。53〜64年香港大学の英文学教授、66〜68年オックスフォード大学詩学教授を務めた。"ジョージ朝詩人"の一人で、他の詩集に「荷車ひき」(20年)、「長き歳月にわたり」(57年)などがあり、またハント、ラム、シェリ、ハーディンなどの伝記研究がある。50年日本学士院名誉会員となる。

ブランド, クリスティアナ　*Brand, Christianna*
イギリスの推理作家
1907.12.17〜1988.3.11
[出]マレー半島　[賞]MWA賞
[歴]イギリスに帰って修道女学院に学ぶが、17歳のとき父親の破産に遭い、以後自分で生計を立てる。販売員、家庭教師、ダンサー、モデル、秘書など雑多な職業を転々とした。1941年処女作「Death in High Heels(ハイヒールの死)」を発表、以来各作品に共通の名探偵コックリル警部が活躍する作品で流行作家となる。MWA賞を何度も受賞し、"イギリス・ミステリー、サスペンス、大衆文学の女王"と呼ばれた。代表作に「緑は危険」(44年)「猫とねずみ」(50年)「はなれわざ」(55年)など。

ブランドン, アリ
→スタカート, ダイアン・A.S.を見よ

ブランナー, ハンス・クリスティアン
Branner, Hans Christian
デンマークの作家
1903〜1966
[歴]小玩具工場の生活を描いた「玩具」(1936年)でデビューし、「浜辺で遊ぶ子供」「女についての夢」、「2分間の沈黙」(44年)などで名声を確立した。現代北欧の孤独と不安の精神を代表する作家で、特に子供の恐怖心理を描く事を得意としている。ナチス占領下では「誰も夜を知らない」(56年)は抵抗文学として知られている。代表作の「騎手」(49年)はカミュの「ペスト」と比較される。戯曲も手がけた。

プリヴィエ, テーオドア　*Plievier, Theodor*
ドイツ(西ドイツ)の作家
1892.2.12〜1955.3.12
[出]ベルリン
[歴]第一次大戦に水兵として従軍、1918年の水兵蜂起に参加。この時の体験に基づいた「皇帝の苦力たち」(29年)や「皇帝は去り、将軍たちは残った」(32年)で作家としての地歩を確立した。33年ナチスの政権獲得によりソ連に亡命、第二次大戦後はドイツのソ連占領地区、イギリス占領地区を経て、53年スイスに移り住む。多くのドイツ軍捕虜から聞き取りを重ね、独ソ戦のドキュメント3部作「スターリングラード」(45年)、「モスクワ」(52年)、「ベルリン」(54年)を完成させた。

ブリクセン, カーレン　*Blixen, Karen*
デンマークの作家
1885.4.17〜1962.9.7
[出]ルングステッズ　[名]旧姓名＝ディーネセン, カーレン・C. 筆名(英語)＝ディーネセン, イサク〈Dinesen, Isak〉 Andrérel, Pierre ブリクセン, タニヤ
[歴]父は旧荘園領主家出身の文人。早くから文才、画才を発揮する。従弟のブリクセン男爵と結婚、社交界の花形となったが、1914年ケニアに渡り、コーヒー農園を経営。22年離婚後も農園経営にあたるが失敗して破産し、32年帰国。48歳から創作活動を開始し、ほとんどの作品を英語とデンマーク語で書き、英語版はイサク・ディーネセンという男性名で、デンマーク版はカーレン・ブリクセンの名で発表。ドイツではタニヤ・ブリクセンで通っている。34年にイサク・ディーネセンの筆名で短編集「七つのゴシック物語」をアメリカで出版し、その貴族的作風と洗練された文体で注目を集めた。他の作品に「Out of Africa(アフリカ農場)」(37年)、第2短編集「冬の物語」(42年)、「最後の短編集」(57年)、「草の上の影」(60年)、「バベットの晩餐会」など。文壇の外で仕事をしたため作家として知られるのが遅れたが、第二次大戦後、純文学の守護神的地位を占めた。

プリーシヴィン, ミハイル　*Prishvin, Mikhail Mikhailovich*
ロシア(ソ連)の作家
1873.2.4〜1954.1.16
[出]ロシア・オリョール県　[学]ライプツィヒ大学(農学)
[歴]裕福な商家に生まれるが、早くに父を亡くす。革命運動に参加し、逮捕投獄される。ライプツィヒ大学で学んでいる時ワーグナーに傾倒。帰国後農業技師、狩猟家としてロシア各地を放浪し、民俗学、動植物学、鉱物学などの資料を集め出す。やがて作家として詩、小説、ルポ、スケッチ、童話などを手がけ、作品は子供から大人まで幅広く読まれている。革命と国内戦について何ひとつ書かなかった数少ない作家とひとりで、半生を狩猟や徒歩旅行に捧げた。作品に「人おじしない野鳥たちの土地にて」(1907年)、「アダムとイヴ」(09年)、「ベレンデイの泉」(25年)、自伝小説「カシチェイの鎖」(23〜54年)、「巡礼ロシア―その聖なる異端のふところ」など。

フリース, アニタ　*Friis, Agnete*
デンマークの児童文学作家
1974〜
[賞]ハラルド・モゲンセン賞ベストクライムノベル賞(2008年度)
[歴]ファンタジーと児童文学の作家として活躍。レナ・コバブールとの共著「スーツケースの中の少年」で2008年度ハラルド・モゲンセン賞ベストクライムノベル賞などを受賞した。

ブリスヴィル, ジャン・クロード
Brisville, Jean-Claude Gabriel
フランスの劇作家, 作家, 評論家
1922.5.28〜2014.8.11
[出]ボワ・コロンブ
[歴]ジャーナリストを経て、20歳代の半ばから劇作の道に入る。「サン・ジュスト」(1957年)、「浮浪者」(70年)など数多くの作品が上演・テレビ放映され、好評を博した。作家、評論家としても精力的に活躍し、小説「声と名の啓示」(82年)、評論「カミュ」(59年)などがある。フランス国営放送(O.L.T.F.)のドラマ制作部門を主宰、また「リーヴル・ド・ポシュ」叢書の編集にも携わった。サシャ・ギトリィが未完成のまま残した「ボーマルシェ」を映画監督E.モリナロと完成させる。F.ルキーニが主演したこの映画は96年に封切られ200万人を動員する大ヒットとなる。他の劇作品に「ノラ」(70年)、「リサイタル」(70年)、「ロッキングチェア」(82年)、「デカルトさんとパスカル君」(85年)、「青い館」(86年)、「危険な関係」(88年)など。

プリスターフキン, アナトリー
Pristavkin, Anatolii Ignatievich
ロシア(ソ連)の作家
1931.10.17〜2008.7.11
[出]リューベルツィ　[学]ゴーリキー文学大学卒
[歴]第二次大戦中妹と共に孤児院生活を送った。ゴーリキー文学大学卒業後、しばらくブラーツクのダム建設に従事。1981年からゴーリキー文学大学教授。80年自らの体験をもとに書いた「コーカサスの金色の雲」はソ連でタブーとされたチェチェン民族の強制移住にふれたたため発表を許されなかったが、87年雑誌に掲載されるまで原稿のコピーが多くの読者の間をまわり、チェチェンのイングーシの監督によって映画化もされた。他の主な作品に「Little Stories」(59年)、「A Lyrical Book」(69年)、「アンガラ川にて」(75年)、「兵隊と少年」(77年)、「小都市」(83年)、「The Small Cuckoos」(89年)、「Ryazanka」(90年)がある。

プリースト, クリストファー　*Priest, Christopher*
イギリスのSF作家
1943〜
[出]グレーター・マンチェスター州マンチェスター　[賞]イギリスSF協会賞(1974年・2002年・2012年), ディトマー賞(1977年度), クルト・ラスヴィッツ賞, 世界幻想文学大賞(1995年), ジェームズ・テイト・ブラック記念賞(1995年), アーサー・C.クラーク賞(2002年), ジョン・W.キャンベル記念賞(2012年)
[歴]生地のパブリック・スクールを卒業して、1959年会計士事務所に就職する。勤めの傍ら本格的にSFを書き始め、66年短編「The Run(逃亡)」が初めて「インパルス」に掲載される。さらに中短編が2、3売れたところで、9年間勤めた会計士事務所を退職、執筆に専念する。長編第1作「伝授者」は70年に完

成し、かなりの好評をもって迎えられる。第3作の「逆転世界」(74年)でイギリスSF作家協会賞を受賞、ヒューゴー賞にもノミネートされ、さらには同年に行われた人気作家投票で人気SF作家No.1になるなど、名実ともに作家としての地位を不動のものとする。次作の「スペース・マシン」(76年)でも77年度のディトマー賞を受賞。95年「奇術師」で世界幻想文学大賞を受賞。99年近未来を描いたSF作品「イグジステンズ」がデービッド・クローネンバーグ監督により映画化される。2002年「双生児」でイギリスSF協会賞とアーサー・C.クラーク賞を、12年「夢幻諸島から」でイギリスSF協会賞、ジョン・W.キャンベル記念賞をそれぞれ受賞するなど、現代のイギリスSFを代表する作家の一人として活躍する。

プリースト, シェリー　*Priest, Cherie*
アメリカの作家
1975〜
[出]フロリダ州タンパ　[学]テネシー大学(修辞学)(2001年)修士課程修了　[賞]ローカス賞(SF長編部門)(2010年)
[歴]2001年テネシー大学で修辞学の修士号を取得。03年ファンタジー長編「Four and Twenty Blackbirds」でデビュー。06年に結婚し、シアトルに移住。当地で一大ムーブメントとなっていた“スチームパンク”志向を強め、09年に発表した「ボーンシェイカー ぜんまい仕掛けの都市」で一躍人気作家となった。同書はヒューゴー、ネビュラ両賞にノミネートされ、10年のローカス賞SF長編部門を受賞した。

プリーストリー, クリス　*Priestley, Chris*
イギリスの作家, イラストレーター, 漫画家
1958.8.25〜
[出]ハル　[賞]ランカシャー・ファンタジー大賞(2006年)
[歴]子供の頃からエドガー・アラン・ポーやレイ・ブラッドベリの怪奇小説を愛読。長年イラストレーター、漫画家として活躍し、イギリスの新聞にマンガを連載。2000年作家としてデビューし、子供向けのノンフィクションや小説を多数発表。04年〈トム・マーロウの奇妙な事件簿〉シリーズの第1作「死神の追跡者」がアメリカ探偵作家クラブ賞(MWA賞)のヤングアダルト部門にノミネートされた。06年シリーズ最終巻「呪いの訪問者」(05年)でランカシャー・ファンタジー大賞を受賞。他の作品に「モンタギューおじさんの怖い話」「船乗りサッカレーの怖い話」「ホートン・ミア館の怖い話」などがある。

プリーストリー, ジョン　*Priestley, John Boynton*
イギリスの作家, 劇作家
1894.9.13〜1984.8.14
[出]ブラッドフォード　[学]ケンブリッジ大学卒　[賞]ジェームズ・テイト・ブラック記念賞(1929年)
[歴]1922年ロンドンに出て、ジャーナリストを経て、小説、劇作家となる。29年小説「友達座」、30年「エンジェル小路」を発表して人気作家の地位を築いた。庶民の生活感情や雰囲気を的確に表現する才能は、戯曲にも発揮され、「危険な曲り角」(32年)、「イーデン・エンド」(34年)、「夜の来訪者」(47年)などがある。評論には「イギリスの小説」(27年)、「イギリスのユーモア」(29年)など。戦争ジャーナリストとしても活躍、また戦後はイギリスの平和団体「核軍縮運動」(CND)の創設者の一人となった。ユネスコ代表、イギリス演劇協会会長を歴任。

プリスニエ, シャルル　*Plisnier, Charles*
ベルギーのフランス語作家
1896.12.13〜1952.7.17
[出]グラン　[学]ブリュッセル大学卒　[賞]ゴンクール賞(1937年)
[歴]弁護士として働く。1921年ベルギー共産党に入党、28年トロツキストとして除名されるまでヨーロッパ各地で政治活動を行う。早くから詩を書き、「天使なき悲歌」(29年)、「砂漠の豊かさ」(33年)などの詩集がある。37年長編「偽旅券」で非フランス人として初めてゴンクール賞を受賞、同年ベルギー王立アカデミー会員。他の作品に「結婚」(36年)、「醜女の日記」(51年)などがあり、これらは50年代にシャルル・プリニエの名前で邦訳されている。

ブリセット, ルーサー　*Blissett, Luther*
イタリアの作家
[名]別共同筆名＝ウー・ミン〈Wu・Ming〉
[歴]ルーサー・ブリセットはイタリア・ボローニャ在住の4人のイタリア人による筆名。もともとは1994年イタリアのアーティストや活動家、悪戯好きが集まり、“ルーサー・ブリセット・プロジェクト”として起動させたもので、誰でも自由に参加でき、“ルーサー・ブリセット”の名前で発表することだけが決まりだった。そもそもルーサー・ブリセットは、80年代のイギリスにいた無名のサッカー選手の名前で、名前によって作品の価値が決まるわけではという考えからプロジェクト名に採用された。プロジェクトが終了するにあたり、最後に発表されたのが「Q」で、Roberto Bui、Giovanni Cattabriga、Federico Guglielmi、Luca Di Meoの4人が2年間リサーチし、持ち場を決めて全員で執筆・推敲して、長大で複雑な「Q」を完成させた。同作はストレーガ賞にノミネートされたが、最終選考まで残った時点で著者側が辞退を表明。この著者たちの一部はその後も執筆活動を続け、メンバーを替え、ウー・ミンの名前で「アルタイ」を発表した。08年ルーサー・ブリセット時代からメンバーだった“ウー・ミン3”が脱退。現在は4名で活動を続ける。

プリチェット, ビクター・ソードン　*Pritchett, Victor Sawdon*
イギリスの作家, 文芸批評家
1900.12.16〜1997.3.20
[賞]W.H.スミス文学賞(1990年)
[歴]1928年に「行進するスペイン」で作家としてデビュー。代表作は「ベランクル氏」(51年)、「娘が帰宅するとき」(61年)などで、庶民生活をユーモアを交えて描く短編を得意とした。文芸批評家としても知られ、「生きている小説」(46年)、「神話作者たち」(79年)、「物語の語り手たち」(80年)などがあり、欧米の他、中南米の新しい作家まで幅広く批評。

ブリッグズ, パトリシア　*Briggs, Patricia*
アメリカの作家
1965〜
[出]モンタナ州ビュート　[学]モンタナ州立大学(歴史学, ドイツ語)
[歴]少女時代はロッキー山脈で乗馬をして過ごす。モンタナ州立大学で歴史学とドイツ語の学位を取得、非常勤講師を務める傍ら、1993年長編ファンタジー「Masques」でデビュー。以後、西洋史に関する知識にもとづく精緻な舞台設定と、平易な文体と会話を意図的に多用したファンタジーを精力的に書き続け、長編第5作、〈Hurog〉シリーズ第1作「ドラゴンと愚者」(2002年)などで幅広い読者を獲得。06年「裏切りの月に抱かれて」は現代ファンタジー〈マーセデス・トンプソン〉シリーズの第1作で、シリーズ第3作「Iron Kissed」(08年)は「ニューヨーク・タイムズ」のベストセラーリスト(ペーパーバック版)で第1位に輝いた。

ブリッシェン, エドワード　*Blishen, Edward*
イギリスの作家, 児童文学評論家
1920〜1996
[賞]カーネギー賞(1970年)
[歴]30代は教師をしていたが、その後評論活動を始めた。共著の「海底の神」(1970年)でカーネギー賞を受賞し、そのほか「とげのあるパラダイス」(75年)などの作品がある。自伝的作品「父さんごめん」(76年)などもある。

ブリッジズ, ロバート　*Bridges, Robert Seymour*
イギリスの詩人, 批評家
1844.10.23〜1930.4.21
[出]ケント州ウォルマー　[学]オックスフォード大学(医学)卒
[歴]ロンドンで医師を務めたが、1882年詩作に転じる。長詩「エロスとサイキ」(85年)などで独自の詩境を確立し、1913年桂冠

詩人となる。晩年には大作「美の遺言」(29年)を発表。他の著書に「短詩集」(全5巻, 1873～93年)のほか、「キーツ研究」(95年)など多くの評論がある。また純正英語協会を設立し、英語の純化に努めた。

ブリッシュ, ジェームズ・ベンジャミン
Blish, James Benjamin
アメリカの作家
1921～1975
[出]ニュージャージー州
[歴]生物学を学んだ事を生かし、遺伝子工学に関する作品「タイタンの娘」(1961年)、「宇宙播種計画」(57年)の他、未来史SFシリーズ「宇宙都市」(70年)がある。他の作品に「謎の精神寄生体」(68年)、「メトセラへの鎮魂歌」(72年)、「惑星ゴドスの妨害者」(75年)など。

フリッシュ, マックス　*Frisch, Max Rudolf*
スイスの作家, 劇作家, 建築家
1911.5.15～1991.4.3
[出]チューリヒ　[学]チューリヒ大学(1933年)中退, スイス連邦工科大学(1940年)卒　[賞]ビューヒナー賞(1958年), エルサレム賞(1965年), ノイシュタット国際文学賞(1986年)
[歴]大学で文学を専攻したが2年で中退し、25歳のとき工科大学に入って建築を学ぶ。1942～52年建築家として活動する傍ら、処女作「吾は吾を焼く者を熱愛す、或いは気難しき人々」(43年)などを出版。54年長編「Stiller(僕はシュティラーではない)」を、続いて57年「Homo Faber(アテネに死す)」を発表して文名を高め、作家として独立。58年にビューヒナー賞を受賞する。また劇作家としてもブレヒトやソーントン・ワイルダーの影響を受けた幻想破壊の劇作法をとって成功しており、ドイツ語圏を代表する作家の一人となった。他の代表作に小説「わが名はガンテンバイン」(64年)、戯曲「そらまた歌っている」(46年)「支那の長城」(46年)「戦争が終わったとき」(49年)「アンドラ」(61年)、コメディ「伝記・またはゲーム」などがある。

ブリッチ, パヴェル　*Brycz, Pavel*
チェコ(チェコスロバキア)の作家
1968～
[出]ロウドニツェ・ナド・ラベム(チェコ)　[学]ウースチー・ナド・ラベム大学(教育学), プラハ芸術アカデミー(演劇)　[賞]チェコ国家文学賞(2003年)
[歴]ウースチー・ナド・ラベム大学で教育学を修めた後、プラハ芸術アカデミーで演劇を学ぶ。小説、児童書、エッセイなど多岐にわたる作家活動を行いながら、コピーライター、作詞家、脚本家としても活躍。小説「とうの昔になくなった家父長制の栄誉」(2003年)で国家文学賞を受賞するなど、現代チェコ文学の注目株。

フリッツ, ジーン　*Fritz, Jean*
中国生まれのアメリカの児童文学作家
1915.11.16～2017.5.14
[出]中国・漢口　[賞]アメリカ図書館協会ローラ・インガルス・ワイルダー賞(1986年), ホーンブック賞, ニューベリー賞
[歴]中国に派遣された宣教師夫妻の一人娘として漢口に生まれ、そこで13年間を過ごす。のちアメリカ史に残る人物の児童向け伝記を多数発表。その分野の第一人者として活躍し、リンカーン、ワシントン、フランクリンなどの伝記は、アメリカ図書館協会や議会図書館、スクールライブラリージャーナルなど多数の教育図書機関の選定図書に指定される。1982年自伝「Homesick：My Own Story」を発表、ホーンブック賞とニューベリー賞のオーナーブックに選ばれる。その児童文学への長年にわたる多大な貢献に対して、アメリカ図書館協会からローラ・インガルス・ワイルダー賞が贈られた。他の著書に「合衆国憲法のできるまで」などがある。

ブリッティング, ゲオルク　*Britting, Georg*
ドイツの作家, 詩人
1891.2.17～1964.4.27
[出]レーゲンスブルク(バイエルン地方)　[賞]インマーマン賞(1953年)
[歴]第一次大戦に学業半ばで志願兵となり重傷を負って帰還。1920年以降はミュンヘンで作家生活を送り、アフリカ他各地を度々旅行。19～21年画家アッハマンと月刊誌「鍵」を刊行。故郷バイエルンの自然、風土、農民の日常生活を扱った散文作品や叙情詩を書いた。このためナチス時代には“民族的”と歓迎されたこともある。主な作品に「河畔の小世界」(32年)、「現世の日」(35年)、「ワイン賛歌」(42年)や、表現主義的な唯一の長編「ハムレットと呼ばれたある太った男の生涯」(32年)などがある。

ブリテン, ウィリアム　*Brittain, William*
アメリカの作家
1930～
[出]ニューヨーク州ロチェスター　[名]別名＝ブリテン, ビル〈Brittain, Bill〉ノックス, ジェイムズ
[歴]教職の傍ら、1940～50年代にかけて、〈～を読んだ～〉シリーズ、〈ストラング先生〉シリーズといった短編推理小説を「エラリー・クイーンズ・ミステリー・マガジン(EQMM)」「アルフレッド・ヒッチコック・ミステリー・マガジン(AHMM)」に多数発表。子供向けのミステリータッチの本も書き、優秀児童図書賞をいくつか受賞する。64年ミステリー作家デビュー。また、ジェイムズ・ノックス名義の作品もある。

ブリテン, ビラ　*Brittain, Vera*
イギリスの作家
1893.12.29～1970.3.29
[出]スタッフォードシャー州ニューカッスル・アンダー・ライム　[名]ブリテン, ビラ・メアリー〈Brittain, Vera Mary〉　[学]オックスフォード大学サマービル・カレッジ卒
[歴]父は製紙工場主。オックスフォード大学サマービル・カレッジで学ぶが、1915～18年第一次大戦のために学業を中断、救急看護奉仕隊の看護師としてロンドン、フランス、マルタに従軍。19年に帰国後、大学を卒業。25年大学教授のジョージ・カトリンと結婚。第一次大戦の経験から強固な反戦論者となり、33年女性の視点から第一次大戦を描いた自伝的小説「Testament of Youth」を出版。同書により反戦論者として世界的な名声を得た。同作は2014年に「戦場からのラブレター」として映画化された。他の著書に「Testament of Friendship」(1940年)、「Testament of Experience」(57年)など。娘はイギリスの政治家シャーリー・ウィリアムズ。
[家]夫＝ジョージ・カトリン(政治学者), 娘＝シャーリー・ウィリアムズ(政治家)

フリード, セス　*Fried, Seth*
アメリカの作家
1983～
[出]オハイオ州　[学]ボーリング・グリーン州立大学(ラテン語・創作)　[賞]ウィリアム・ペデン賞(2007年), プッシュカート賞(2011年・2013年)
[歴]ボーリング・グリーン州立大学でラテン語と創作を学ぶ。「マクスウィーニーズ」「ティン・ハウス」「ワン・ストーリー」「ヴァイス」などの雑誌に短編を寄稿。2011年初の短編集「大いなる不満」を刊行。07年「包囲戦」でウィリアム・ペデン賞を受賞。「フロスト・マウンテン・ピクニックの虐殺」および「微小生物集」で11年と13年にプッシュカート賞を受賞。

フリードマン, ダニエル　*Friedman, Daniel*
アメリカの作家
1981～
[出]テネシー州メンフィス　[学]メリーランド大学, ニューヨーク大学ロー・スクール　[賞]マカヴィティ賞最優秀新人賞(2013年)
[歴]メリーランド大学、ニューヨーク大学ロー・スクールに学ぶ。ニューヨークで弁護士として働く傍ら、2012年「もう年

はとれない」で作家デビューを果たし、13年のマカヴィティ賞最優秀新人賞を受賞。

フリードマン, ブルース・ジェイ *Friedman, Bruce Jay*
アメリカの作家, 劇作家
1930.4.26〜
[出]ニューヨーク市ブロンクス　[学]ミズーリ大学
[歴]ユダヤ人街に生まれる。ミズーリ大学に学んだのち空軍将校として2年間勤務。1954年から男性向け雑誌の編集に携わりつつ創作に従事した。23歳の頃に「ニューヨーカー」誌に短編が発表されてデビュー。処女長編「Stern（スターン）」は62年に発表され批評家により激賞を受けた。この作品はアングラ的な受け方をしていたが、長編第2作「A Mother's Kisses（お母さんのキス）」(64年)がベストセラーとなり、劇作「Scuba Duba（スクーバ・ドゥーバ）」(67年)がブロードウェイで大ロングラン上演され、一躍人気作家となった。作品には自伝的色彩が強いといわれており、ブラック・ユーモアを持ち味としている。

フリードマン, ラッセル *Freedman, Russell*
アメリカの児童文学作家, ジャーナリスト
1929.10.11〜2018.3.16
[出]カリフォルニア州サンフランシスコ　[学]カリフォルニア大学バークレー校卒　[賞]ニューベリー賞（1988年）, 産経児童出版文化賞（1997年）, アメリカ図書館協会ローラ・インガルス・ワイルダー賞（1998年）
[歴]AP通信サンフランシスコ支局の記者兼編集長として文筆活動を開始する。その後ニューヨークに移り、ネットワークテレビのための宣伝作家として活躍。1961年初めて児童書を出版。以後、子供向けの伝記や動物観察の本を中心としたノンフィクション作家となる。88年「リンカン―アメリカを変えた大統領」でニューベリー賞を受賞。他の著書に「フランクリン・ルーズベルト伝」(90年)、「ライト兄弟」(91年)、「ちいさな労働者」(94年)、「クレイジー・ホース」(96年)などがある。

フリードランド, ジョナサン
→ボーン, サムを見よ

フリードリヒ, ヨアヒム *Friedrich, Joachim*
ドイツの児童文学作家
1953〜
[出]西ドイツ・オーバーハウゼン（ドイツ）　[賞]エーミール児童ミステリー文学賞（1999年）
[歴]経済学と経営経済学の博士号と教授資格を持つ。会社員、大学教授、経営コンサルタントなど様々な職種を経て、ミヒャエル・エンデの小説「モモ」に出会い、作家を志す。〈ぼくの親友〉シリーズ〈アマンダX〉シリーズ、「アナ=ラウラのタンゴ」などの人気作品を生み出し、1999年「4と1/2探偵局」でエーミール児童ミステリー文学賞を受賞。

ブリトン, アンドルー *Britton, Andrew*
イギリス生まれのアメリカの作家
1981.1.6〜2008.3.18
[出]イギリス・ピーターバラ　[学]ノースカロライナ大学（経済学, 心理学）
[歴]幼少期を北アイルランドで過ごす。1988年、7歳の時に家族とともにアメリカ・ミシガン州に移住。アメリカ陸軍で工兵として勤務した後、ノースカロライナ大学で経済学と心理学を専攻。2006年在学中の24歳の時にCIAエージェントの〈ライアン・キーリー〉シリーズ第1作「合衆国爆砕テロ」で作家デビュー。新時代の冒険・謀略小説の書き手として絶賛されたが、08年27歳の若さで死去した。

ブリニエ, シャルル
→プリスニエ, シャルルを見よ

ブリニン, ジョン・マルカム *Brinnin, John Malcolm*
カナダ生まれのアメリカの詩人, 作家, 英文学者
1916.10.13〜1998.6.26
[出]カナダ・ハリファクス　[学]ミシガン大学卒, ハーバード大学卒
[歴]本屋をしながらミシガン大学を卒業し、多くの大学で英文学を講義する。また、ニューヨークのポエトリ・センターの所長も務める。流行のスタイルを用い、技巧的で整った詩を書いた。作品に「庭園は政治的である」(1942年)、「冷たい石の悲しみ」(51年)など。著書に「Dylan Thomas in America」(55年)、「The Sway of the Grand Saloon」(71年)、「Sextet：T.S. Eliot & Truman Capote & Others」(81年)、「Beau Voyage」(88年)など。

フリーマン, ブライアン *Freeman, Brian*
アメリカの作家
1963〜
[出]イリノイ州シカゴ　[学]カールトン大学卒　[賞]マカヴィティ賞最優秀新人賞
[歴]2005年に発表した「インモラル」が、マカヴィティ賞最優秀新人賞を受賞。さらに、MWA賞、CWA賞、アンソニー賞、バリー賞の最優秀新人賞の最終選考にノミネートされた。同作は〈Jonathan Stride〉としてシリーズ化され、シリーズ第2作「ストリップ」(06年)も絶賛された。他に〈Cab Bolton〉シリーズがある。

フリマンソン, インゲル *Frimansson, Inger*
スウェーデンのミステリー作家
1944〜
[出]ストックホルム　[賞]スウェーデン推理作家アカデミー最優秀長編賞（1998年）, スウェーデン推理作家アカデミー最優秀長編賞（2005年）, ブック・オブ・ザ・イヤー金賞（翻訳作品部門）
[歴]ジャーナリストを経て、1984年作家デビュー。90年代からミステリーやサイコロジカル・スリラーを書き始め、98年〈悪女ジュスティーヌ〉シリーズの「グッドナイトマイ・ダーリン」でスウェーデン推理作家アカデミーの年間ミステリー大賞にあたる最優秀長編賞を受賞。2005年には続編「シャドー・イン・ザ・ウォーター」で同賞を再度受賞。07年「グッドナイトマイ・ダーリン」がアメリカの「フォワウォード・レビュー」誌主催のブック・オブ・ザ・イヤー翻訳作品部門で金賞を受賞した。

フリーマントル, ブライアン *Freemantle, Brian*
イギリスの作家
1936〜
[出]サウザンプトン　[名]筆名＝ウィンチェスター, ジャック〈Winchester, Jack〉エバンズ, ジョナサン マクスウェル, ジョン〈Maxwell, John〉
[歴]高校卒業後に雑用ボーイとして地元の新聞社入り。間もなく記者となり、23歳の時に中央紙入りを果たす。1961年より「デイリー・エクスプレス」「デイリー・メール」紙の外信部で活躍。この間、ベトナム戦争の際96人の戦争孤児の緊急救出作戦で活躍、その名を轟かせた。73年外信部長時代に通勤電車内で書き上げたスパイ小説「別れを告げに来た男」で作家としてデビュー。75年職業作家として独立。以来、「消されかけた男」をはじめとするイギリス情報部員〈チャーリー・マフィン〉シリーズ、米露捜査官コンビの〈ダニーロフ&カウリー〉シリーズ、ユーロポール心理分析官の〈クローディーン・カーター〉シリーズなどで人気を博す。また、ジャック・ウィンチェスター、ジョナサン・エバンズなどの筆名でジャーナリストとしての経験を生かしながら、数多くのスパイ小説やノンフィクションを執筆。他の著書に「バウンティ号の叛乱」「暗殺者を愛した女」「十二の秘密指令」「ハイジャック」「裏切り」、ノンフィクション「KGB」「CIA」「FIX」「ネームドロッパー」などがある。

ブリャンツェフ, ゲオルギー *Bryantsev, Georgii Mikhailovich*
ソ連の作家, 児童文学作家
1904〜1960

フ

ブリヤンテス, グレゴリオ　Brillantes, Gregorio C.
フィリピンの作家, ジャーナリスト
1932〜
⽣タルラック州カミリン　学アテネオ・デ・マニラ大学ジャーナリズム専攻卒　賞フリープレス賞, パランカ賞
経大学卒業後,「Philippine Free Press」誌主筆,「Asia-Philippines Leaders」誌編集長,「Midweek」誌編集顧問を歴任。ジャーナリストとして活躍する一方で, 学生時代から書き始めた短編小説を発表。英文の中にピリピノ語や出身地のイロカノ語を効果的に取り入れた独特の文学世界を築き, フィリピン国内の文学賞であるフリープレス賞, パランカ賞を授賞。海外でも評価され, アメリカ, ドイツ, マレーシアの世界作家選集に作品が収められる。主な作品に短編集「アンドロメダ星座まで」(60年),「アポロ百年祭」(80年) など。

ブリュー, ウージェーヌ　Brieux, Eugène
フランスの劇作家
1858.1.19〜1932.12.6
⽣パリ
経独学で学び, 新聞記者となり, アントワーヌの自由劇場に「芸術家の家庭」(1890年) と「ブランシェット」(92年) が採用され, 劇作家としての地位を確立した。社会問題や道徳問題を盛った問題劇を次々と書くが, 常識的で人物も精彩がないと評された。他の作品に「デュポン氏の三人娘」(97年),「法服」(1900年),「信仰」(12年) など。

ブリューソフ, ワレリー　Bryusov, Valerii Yakovlevich
ロシア (ソ連) の詩人, 批評家
1873.12.13〜1924.10.9
⽣モスクワ　学モスクワ大学卒
経ヴェルレーヌやマラルメらの影響を受け, 1894年「ロシア・シンボリスト」3巻を出版して文壇にデビュー。以後, 詩集「傑作」(95年),「それは私だ」(97年) を発表。1904年ロシア象徴派最大の雑誌「ベスイ (天秤座)」誌を創刊し, 実質的な主幹として活躍する。19年ロシア革命が文化遺産を擁護すると信じてソ連共産党に入党し, 文学理論の研究に大きな役割を果たし, 高等文学専門学校を創設する。天性の詩人ではないが, 驚異的な学識と方法論的探究によりロシア詩の革命に貢献する。他の著書に詩集「都市と世界に」(03年),「花冠」(06年), 小説「炎の天使」(07年), 評論集「遠きものと近きもの」(12年) など。

ブリュソロ, セルジュ　Brussolo, Serge
フランスの作家
1951〜
⽣パリ　賞フランス推理小説大賞 (1994年), フランス冒険小説大賞 (1994年)
経小さい頃から小説を書く。SF, 推理, 冒険, 歴史物などあらゆるジャンルをこなし, ストーリーテラーとして, フランスのスティーブン・キングと称される。1994年「真夜中の犬」でフランス推理小説大賞, 冒険小説大賞を受賞。子供向けファンタジー〈ペギー・スー〉シリーズなどがある。

ブリュノフ, ロラン・ド　Brunhoff, Laurant de
フランスの絵本作家
1925〜
⽣パリ
経アカデミー・ド・グラン・ショーミエールで絵画をはじめ広く美術を学び, 父のジャン・ド・ブリュノフが生み出した「ぞうのババール」の物語を描き次ぐ。当初は, 父の遺した白黒の絵に彩色して発表したが, 1946年, 7作目にあたる「ババールといたずらアルチュール」を自身の作品として出版。以後新作を次々と発表し, 世界中で親しまれている。アメリカ移住後はアニメーションの制作にも携わる。
家父=ジャン・ド・ブリュノフ (絵本作家), 母=セシル・ド・ブリュノフ (童話作家)

ブリューワー, ザック　Brewer, Zac
アメリカの作家
1973〜
⽣ミシガン州ラピーア　名Brewer, Zachary Oliver 旧姓名=ブリューワー, ヘザー〈Brewer, Heather〉
経2007年ハーフ・ヴァンパイアの少年を描いた〈ヴラディミール・トッド・クロニクルズ〉シリーズをヘザー・ブリューワーの名前で刊行しデビュー。その後,「The Slayer Chronicles」(11〜14年),「Legacy of Tril」(12年〜) などを発表。15年性転換してザック・ブリューワー名義で活動を開始。

ブリョイセン, アルフ　Prøysen, Alf
ノルウェーの児童文学作家
1914.7.23〜1970.11.23
⽣ヘドマルク
経小作人の子供に生まれ, 小さいときから様々な仕事をしながら歌や民話に親しみ, 自らも歌い手, 語り手としてお祭りなどで活躍。1945年に最初の短編集を出版。46年から放送番組「こどもの時間」に出演して子供たちの人気者になる。代表作に「小さなスプーンおばさん」「しあわせのテントウムシ」「10までかぞえられるこやぎ」など。

ブリヨン, マルセル　Brion, Marcel
フランスの評論家, 作家
1895.11.21〜1984.10.23
⽣マルセイユ　賞フランス文学大賞 (1953年)
経マルセイユで弁護士を開業した後, 1925年以後文筆活動に入る。イタリア・ルネッサンス, ドイツ・ロマン派を中心に歴史, 考古学, 文学, 美術の広い分野に多彩な活躍を示す。著書にはダ・ヴィンチ, ミケランジェロ, マキャヴェリ, レンブラント, ゲーテ, モーツァルトなどの伝記作品が多く, 第二次大戦後は現代芸術の評論にも手を染める。幻想小説の作家でもあり, 53年フランス文学大賞を受賞。64年よりアカデミー・フランセーズ会員。著書に「死せる都市の復活」「ウィーンはなやかな日々」「シシリアの芸術」「絵画における手—ジオットからゴヤまで」「抽象芸術」「幻想芸術」「マキャヴェリ」などがある。

プリラツキー, ジャック　Prelutsky, Jack
アメリカの詩人
1940.9.8〜
⽣ニューヨーク
経詩の朗読講演活動をおこなう。また, フォーク歌手, 俳優としても多面的に活躍。子供向けの詩集に「近くへ越してきたアイツ」「ドラゴンたちは今夜もうたう」がある。

フリーリング, ニコラス　Freeling, Nicolas
イギリスの作家
1927.3.3〜2003.7.20
⽣ロンドン　賞MWA賞 (1966年)
経1945〜60年ホテルのコックを務め, 60年より作家専業。オランダやフランスに居住。窃盗容疑で逮捕された経験をもとに描いた「Love in Amsterdam (アムステルダムの恋)」(62年) で事件の捜査だけでなく焦点にも当てるという新しい警察小説のスタイルを確立した。その後, オランダの警官ファン・デル・ファルク警部を主人公とするシリーズで警察小説の国際化の先駆的存在となった。同シリーズ終了後は小説の舞台をフランスの田舎に移し, 警察官ヘンリ・カスタングを創造。どちらの主人公もシムノンのメグレ警視の影響が大きいとされた。他の作品に「A Long Silence」(72年),「Castang's City」(80年),「Sandcastle」(89年) など。

フリール, ブライアン　Friel, Brian
イギリス生まれのアイルランドの劇作家, 作家
1929.1.9〜2015.10.2

[出]ティローン州オマー　[学]聖コロンボ大学卒, 聖パトリック大学(1948年)卒, 聖ヨセフ教員養成大学(イギリス)(1950年)卒　[賞]アイルランド国立大学名誉文学博士号(1983年), オリバープレイ賞, トニー賞(1992年)
[歴]1950～60年北アイルランド・デリー市で教職に就く。60年以降執筆に専念。雑誌「ニューヨーカー」に掲載された作品により短編作家として国外で認められ、62年短編集「雲雀の受け皿」を出版。63年ダブリンで「盲のネズミ達」が上演される。64年「フィラデルフィアへやって来た」で劇作家として有名に。以後、主にダブリンで作品を発表。90年「ルーナサの踊り」が上演され、ロンドンではオリバープレイ賞、ニューヨークでは演劇大賞を含め三つのトニー賞など数々の賞を受賞。アイルランドを代表する劇作家として最も有名な存在となった。他に戯曲「デリーの名誉市民たち」(73年)、「トランスレイションズ」(80年)、「歴史を書くこと」(88年)などがある。

フリン, ギリアン　*Flynn, Gillian*
アメリカの作家
[出]ミズーリ州カンザスシティ　[学]カンザス大学卒, ノースウエスタン大学ジャーナリズム専攻修士課程修了　[賞]CWA賞ニュー・ブラッド・ダガー賞(2007年), CWA賞イアン・フレミング・スティール・ダガー賞(2007年)
[歴]カンザス大学を卒業後、ノースウエスタン大学でジャーナリズムの修士号を取得。「エンターテインメント・ウィークリー」でテレビ批評の責任者として活躍しながら執筆活動を行う。2006年に発表したデビュー作「Kizu―傷」でイギリス推理作家協会賞(CWA賞)の最優秀新人賞であるニュー・ブラッド・ダガー賞とイアン・フレミング・スティール・ダガー賞を受賞、第2作「冥闇」(09年)はスティーブン・キングなどに激賞される。第3作「ゴーン・ガール」(12年)は「ニューヨーク・タイムズ」で第1位に輝くなど全米でベストセラーとなり、14年にはデービッド・フィンチャー監督により映画化された(自身で脚本も担当)。

ブリーン, ジョン　*Breen, Jon L.*
アメリカのミステリー作家, ミステリー研究家
1943～
[出]アラバマ州モントゴメリー　[学]ペパーダイン大学卒, 南カリフォルニア大学卒　[賞]MWA賞最優秀評論賞(1981年・1984年)
[歴]大学の図書館に勤務しながら、1967年に、13歳の頃から愛読していた「エラリー・クイーンズ・ミステリー・マガジン(EQMM)」誌にミステリー・クイズを出題し、ミステリー研究家としての活動を本格的に開始する。72年にオリジナル・ペーパーバック本のインデックスを編纂したほか、J.D.カーの死後、77年から83年まで「EQMM」の書評欄「陪審席」を担当。作家としては、大リーグのアンパイア探偵エド・ゴーゴンなどの異色パズル・ストーリーや、競馬ミステリー「落馬」「三冠馬」(85年)を手がけたほか、クイーン、ハメット、ディック・フランシスなど現代ミステリー界の名匠たちのパロディを得意とし、「Ruffles Versus Ruffles」(80年)、「The Procrastinators」(84年)など数多くの傑作パスティッシュを出版する。

ブリン, デービッド　*Brin, David*
アメリカのSF作家
1950～
[出]カリフォルニア州グレンデール　[学]カリフォルニア工科大学(天文学)卒, カリフォルニア大学(応用物理)修士課程修了 博士号(カリフォルニア大学)　[賞]ネビュラ賞(1983年), ヒューゴー賞(1984年), ヒューゴー賞(1988年)
[歴]博士号は宇宙科学で取得。1980年に、イルカやチンパンジーが人類の補助で知性を得て、人間と共に宇宙で活躍する〈知性化〉シリーズの第1長編「サンダイバー」でデビュー。83年のシリーズ第2作「スタータイド・ライジング」がヒューゴー賞とネビュラ賞を受賞、人気作家の地位を不動のものにする。87年のシリーズ第3作「知性化戦争」で再びヒューゴー賞を受賞。86年にはグレゴリー・ベンフォードとの共作「彗星の核へ」を発表するなど、精力的な活動を続ける。他の作品に「キルン・ピープル」、ノンフィクション「透明な社会」などがある。2007年第65回世界SF大会(横浜)参加のため来日。

フリン, ビンス　*Flynn, Vince*
アメリカの作家
1966.4.6～2013.6.19
[出]ミネソタ州セントポール　[学]セントトーマス大学卒
[歴]「謀略国家」(1997年)や「強権国家」などスパイ小説シリーズなどで人気を博した。他の作品に「極端な手段」「プロテクト・アンド・ディフェンド」など。人気テレビドラマ「24」のコンサルタントなども務めた。

ブリンク, アンドレ　*Brink, André Philippus*
南アフリカの作家, 詩人, 評論家
1935.5.29～2015.2.6
[出]フレーデ　[学]ポチェフストローム大学卒 文学博士(ローズ大学)(1975年), ソルボンヌ大学(比較文学)　[勲]レジオン・ド・ヌール勲章シュバリエ章(1983年)　[賞]CNA賞(1965年・1978年・1982年), マーチン・ルーサー・キング記念賞(1979年), メディシス賞(外国人部門)(1979年)
[歴]2年間のソルボンヌ大学留学を経て、1961年からローズ大学で現代文学を教え77年同大準教授を経て、80～90年教授。90年～2000年ケープタウン大学教授。その間、一時パリに亡命したが1968年パリの五月革命を見聞して大きな衝撃を受け、帰国後、作家活動を開始。英語とアフリカーンス語両方で作品を発表するのが特徴で、南アフリカ最高の文学賞CNA賞を両方の言語で受賞したほか、ブッカー賞にも2度ノミネートされた。小説「Looking on Darkness(闇を見つめて)」(邦題「アフリカの悲劇」)(74年)などでアフリカーナの立場から人種差別を告発し、反体制作家と目された。他に小説「風の中の瞬時」(76年)、「雨の噂」(78年)、「白く渇いた季節」(79年, 映画化89年)、「疫病の城壁」(84年)、「The Ambassador」(85年)、「An Act of Terror」(91年)、「On the Contrary」(93年)、「Imagining of Sand」(96年)、「Desire」(2000年)、「Before I Forget」(04年)、文芸論「地図製作者たち」(1983年)など。

ブリンク, キャロル・ライリー　*Brink, Carol Ryrie*
アメリカの作家
1895.12.28～1981.8.15
[出]アイダホ州モスコー　[学]カリフォルニア大学バークレー校卒　[賞]ニューベリー賞(1936年), ルイス・キャロル・シェルフ賞(1959年)
[歴]大学卒業後専業作家となり、西部の田舎を舞台に多くの児童小説を書く。1935年ウィスコンシンの開拓者であった祖母をモデルにした代表作「風の子キャディ」を書き、翌年ニューベリー賞を受賞。大自然の中を奔放に生きる11歳の主人公キャディ・ウッドローンに自立する現代女性への視点を与えており、アメリカの家庭小説の流れの一翼を担う作品として知られる。59年にはルイス・キャロル・シェルフ賞も受賞した。他の作品に、「風の子キャディ」の続編「魔法のスイカ」(44年)や、「赤ん坊の島」(37年)、「ひと冬のわが家」(68年)などがある。

ブリンコウ, ニコラス　*Blincoe, Nicholas*
イギリスの作家
[出]ロックデール　[賞]CWA賞シルバー・ダガー賞(1998年)
[歴]ラップ・ミュージシャン、フリー・ジャーナリストとして活動したのち、1995年マンチェスターに戻ってきた殺し屋を描いた「Acid Casuals」をで作家としてデビュー。ニューウェーブの作家として暴力とユーモアがうまくかみ合った作品を執筆。98年出版した、マンチェスターの暗黒街で生きる若者たちの姿を描き出した「マンチェスター・フラッシュバック」でイギリス推理作家協会賞(CWA賞)シルバー・ダガー賞を受賞。他の作品に、ブラックなコメディ「Jello Salad」(97年)、パレスチナを舞台とした政治スリラー「The Dope Priest」(99年)などがある。

フ

ブリンズ, エド　*Bullins, Ed*
アメリカの劇作家
1935〜
[出]ペンシルベニア州フィラデルフィア　[賞]ニューヨーク劇評家賞
[歴]フィラデルフィア市の黒人貧民街に育ち、1965年に作家活動を開始。67年まで黒人急進主義のブラック・パンサー党の文化活動担当者。以後73年までニューヨークのニュー・ラフィエット劇場を拠点に活動。下層黒人たちの悲惨な日常を、人物の内面に踏み込みつつ、叙情を漂わせて描いた作品が多く、黒人の口語俗語を劇手段として生かす才能において、高い評価を得る。また、児童劇、ミュージカル台本と幅広く活動。代表作に出世作「電子黒んぼ」(68年)、「ワインの季節」(68年)、ニューヨーク劇評家賞受賞の「ミス・ジェイニーを犯す」(75年)、「ホーム・ボーイ」(76年) など。

プリンス, F.T.　*Prince, F.T.*
南アフリカ生まれのイギリスの詩人, 英文学者
1912.9.13〜2003.8.7
[出]キンバリー　[名]プリンス, フランク・テンプルトン〈Prince, Frank Templeton〉　[学]オックスフォード大学ベーリアル・カレッジ卒, プリンストン大学　[賞]E.M.フォースター賞 (1982年)
[歴]南アフリカに生まれ、オックスフォード大学ベーリアル・カレッジとプリンストン大学で学ぶ。第二次大戦中はイギリス情報部に勤務。1957〜74年サウサンプトン大学の英文学教授。38年処女詩集「詩集」を出す。第二詩集「水浴する兵士たち」(54年) はT.S.エリオットやE.M.フォースターに賞賛された。選詩集「石の扉」(63年) や研究書「ミルトンの詩におけるイタリア的要素」(54年) などがある。

ブリンズミード, ヘスバ　*Brinsmead, Hesba F.*
オーストラリアの児童文学作家
1922.3.15〜2003.11.23
[歴]演劇活動の後、児童文学作家となり1964年人種問題を扱った「青さぎ牧場」でデビュー。その後十代の少年少女を描いた「都会の鼓動」(66年)、「九月のサファイア」(67年)、「砂の森」(85年) や、自己の幼少時代を振り返った「過ぎゆくロング・タイム」(71年)、「昔スワッグマンがいた」(79年) を発表。

プリンプトン, ジョージ　*Plimpton, George*
アメリカの作家, ジャーナリスト
1926.3.18〜2003.9.25
[出]ニューヨーク市　[学]ハーバード大学卒, ケンブリッジ大学キングス・カレッジ卒
[歴]1953年創刊されたばかりの文芸季刊誌「パリ・レビュー」の編集者となり、その後編集長を務めた。一方、「ペーパー・ライオン」「遠くからきた大リーガー」などアメリカンフットボールや大リーグなどを題材にしたスポーツ小説を執筆。体験的ジャーナリズムの旗手として知られ、代表作の「ペーパー・ライオン」では、プロフットボール、NFLライオンズの練習に実際に参加し、体験エピソードを執筆した。他の著書に「アウト・オブ・マイ・リーグ」「ボギー・マン」「シャドウ・ボックス」などがある。

プルー, E.アニー　*Proulx, E.Annie*
アメリカの作家
1935〜
[出]コネティカット州　[賞]ピュリッツァー賞 (1994年), PEN/フォークナー賞 (1993年), 全米図書賞 (1993年), ハートランド賞 (1994年), アイリッシュタイムズ賞 (1994年)
[歴]雑誌の実用記事ライターを長くしていたが、短編小説を数作発表、子供を独立させた後、50歳代から本格的な執筆活動を始める。1988年短編小説集「Heart Songs and Other Stories」でデビュー。92年長編小説「Postcards」を刊行、93年PEN/フォークナー賞を受賞。同年「港湾ニュース」刊行、全米図書賞をはじめ、94年のピュリッツァー賞、ハートランド賞、アイリッシュタイムズ賞などを受賞、「パブリッシャーズウィークリー」誌第1位も記録したベストセラーとなる。

ブル, オーラフ　*Bull, Olaf*
ノルウェーの詩人
1883.11.10〜1933.6.23
[出]クリスチアニア (オスロ)　[名]Bull, Olaf Jacob Martin Luther
[歴]20世紀初頭のノルウェーの代表的詩人。父は作家のヤーコプ・ブル。大学で歴史、言語、文学を学び、最初の「詩集」(1909年) で認められる。フランス象徴派詩人たちと親交を持ち、特にベルクソンの影響を受ける。他の作品に「メトープ」(27年)、「百年」(28年) など。生涯をボヘミアンとして過ごした。
[家]父＝ヤーコプ・ブル (作家)

ブール, ピエール　*Boulle, Pierre*
フランスの作家
1912.2.20〜1994.1.30
[出]アビニョン
[歴]はじめエンジニアを目指し電気関係の学校で教育を受けたが、1936年24歳のときマレーに行きゴム園の経営を始める。第二次大戦中は自由フランス派遣軍に参加し、当時のフランス領インドシナに訪く。一時インドのカルカッタに渡ったあと、武装ゲリラの一員として再び日本軍進駐下のインドシナに入って活躍。43年捕虜となり2年間の収容所生活を送るが、脱走に成功しさらに抵抗運動を続けた。その後、作家生活に入り、数々の冒険小説を手がけたが、インドネシアでの収容所体験をもとに発表した長編「戦場にかける橋」(52年) はベストセラーとなり、映画化もされた。63年に発表したSF作品「猿の惑星」も映画化され人気を呼んだ。他の作品にSF風短編集「E=mc2」(57年) などがある。

ブルーウン, ケン　*Bruen, Ken*
アイルランド生まれのアメリカの作家
1951〜
[出]ゴールウェイ　[賞]シェイマス賞最優秀長編賞
[歴]アフリカ、日本、東南アジア、南アメリカでの英語教師の職を経て、1992年「Funeral」でミステリー作家としてデビュー。2001年に発表した、元警官の本好き酔いどれ探偵ジャック・テイラーが活躍するシリーズ第1作「酔いどれに悪人なし」はアメリカをはじめ世界各国で話題を集め、シェイマス賞最優秀長編賞を受賞。またMWA賞、マカヴィティ賞、バリー賞にノミネートされるなど、高い評価を受けた。06年の「アメリカン・スキン」は、ジョージ・P.ペレケーノス、ローラ・リップマン、C.J.ボックスといった著名作家らに絶賛された。

フルエリン, リン　*Flewelling, Lynn*
アメリカの作家, ジャーナリスト
1958〜
[出]メーン州プレスクアイル　[学]メーン州立大学 (英文学), ジョージタウン大学 (ギリシャ古典)
[歴]メーン州立大学で英文学の学位を取得後、結婚。オレゴン州で獣医学を、ジョージタウン大学でギリシャ古典を学ぶ。会社員、アパートの管理人、教師、検死技師、コピーライター、フリーの編集者、ジャーナリストなどを務める。主な作品に「闇の守り手」「光の狩り手」「月の反逆者」「神託の子」「禁断の書」「魂の棺」などがある。

ブルガーコフ, ミハイル　*Bulgakov, Mikhail Afanasievich*
ソ連の作家, 劇作家
1891.5.14〜1940.3.10
[出]キエフ　[学]キエフ大学医学部 (1916年) 卒
[歴]医師となるが、国内戦の中で1916年頃から文筆活動を始める。21年モスクワに移り、新聞の編集の傍ら、短編を発表。処女長編「白衛軍」(25年) は、キエフでの経験をもとに執筆された。「白衛軍」をもとにした戯曲「トゥルビン家の日々」は26年上演され、好評を博したが、反革命的と批判され上演禁止となった。短編集「悪魔物語」(25年)、「犬の心臓」(25年) な

ども発禁となる。生前は作品を発表できなかったが、没後再評価されて「劇場」(66年)、「モリエールの生涯」(66年)、「巨匠とマルガリータ」(68年)などが出版された。

フルーク, ジョアン　*Fluke, Joanne*

アメリカのミステリー作家

[出]ミネソタ州

[歴]教師、心理学者、ミュージシャン、私立探偵や花屋の助手、クイズ番組のアシスタント・プロデューサー、映画脚本の手伝いなど様々な職業を経験した後、1980年作家としてデビュー。2000年よりお菓子作りの名手、ハンナ・スウェンセンを主人公としたミステリーを書き始め、以後人気シリーズとして毎年新作を発表。作品に「チョコチップ・クッキーは見ていた」「レモンメレンゲ・パイが隠している」「キーライム・パイはため息をつく」などがある。

ブールジェ, ポール　*Bourget, Paul*

フランスの作家, 評論家

1852.9.2～1935.12.25

[出]アミアン　[名]Bourget, Charles-Joseph-Paul

[歴]最初詩人として出発したが、当時の時代的代表者と目される作家たちの心理分析を試みた名著「現代心理論叢」(1883年)、「新現代心理論叢」(86年)によって先鋭な批評家として名声を得る。その後、小説「残酷な謎」(85年)、「嘘」(87年)などを発表。89年発表の「弟子」は実証科学至上主義への挑戦状ともいうべき小説で、著作家の道徳的責任を追究した秀作で大きな反響を巻き起こした。その後伝統主義者となりフランス伝来の宗教、道徳を重んじ「宿駅」(1902年)、「真昼の悪魔」(14年)などを発表。

ブールジュ, エレミール　*Bourges, Élémir*

フランスの作家

1852.3.26～1925.11.13

[出]マノスク

[歴]1874年パリに出て「両世界評論」誌他に寄稿。84年パリに亡命したドイツ貴族の悲劇的宿命を描いた「神々のたそがれ」を、85年にはフランス革命末期のバンデの反乱を描いた「斧の下で」を発表。作品の特色は優れた文体と叙情味豊かなテーマ。1900年アカデミー・ゴンクール会員となる。他の作品に「弟子」(1887年)、「鳥は飛び立ち、花は散る」(93年)、「身廊」(第1部1904年、第2部22年)などがある。

ブルスィヒ, トーマス　*Brussig, Thomas*

ドイツの作家

1965～

[出]東ドイツ東ベルリン(ドイツ・ベルリン)

[歴]高校卒業後、建築作業の専門学校に通いながら大学入学資格を取得。以後、美術館の受付、皿洗い、旅行ガイドなどを経て、大学で社会学を学ぶ。大学中退後、映画専門学校で劇作法・演出法を学ぶ。1991年「Wasserfarben(水の色)」で作家デビュー。99年3作目の「太陽通り」がベストセラーとなり、映画化もされヒット。東ドイツの市民生活をユーモラスに表現する作風で人気を得て、以後現代ドイツを代表する若手作家として活躍。映画・演劇・ミュージカルの分野でも高く評価され、受賞多数。他の主な作品に「我らのごとき英雄」「ピッチサイドの男」「輝きの頃」「サッカー審判員フェルティヒ氏の嘆き」などがある。2002年初来日。

プルースト, マルセル　*Proust, Marcel*

フランスの作家

1871.7.10～1922.11.18

[出]パリ郊外オートゥイユ　[学]パリ大学(1893年)卒　[賞]ゴンクール賞(1919年)

[歴]父(アドリヤン・プルースト)は衛生学の権威、母はユダヤ系というパリの中位ブルジョア家庭に生まれる。9歳の時窒息性喘息の発作を起こし、以来、生涯にわたる病となる。11歳の時リセ・コンドルセに入学。また思春期の頃から徐々に同性愛の傾向を深め、これが作品の特異な主題と雰囲気を与えることとなる。のちパリ大学に学ぶ一方、華やかな社交生活を送り、1896年には処女詩集「愉しみと日々」を発表。1909年より“心情の間歇”をテーマに独創的な手法で過去を再構成する大作「失われた時を求めて」に取り組む。13年その第1編「スワン家のほうへ」を出版、19年第2編「花咲く乙女たちのかげに」でゴンクール賞を獲得。以後も病弱と闘いながら執筆を続け、死後の27年全7巻の刊行を終える。20世紀前半の新心理主義小説の最高傑作とされるこの作品により20世紀フランス文学に多大な影響を与えた。52年未発表の自伝小説「ジャン・サントゥイユ」が発見、刊行された。

ブルータス, デニス　*Brutus, Dennis*

南アフリカの詩人, 社会運動家

1924.11.28～2009.12.26

[出]南ローデシア・サリスベリー(ジンバブエハラレ)　[学]フォートヘア大学, ウィットウォーターズランド大学卒

[歴]南アフリカ人の両親のもとに生まれたカラード。高校の語学教師を務め、1964～65年に反アパルトヘイト(人種隔離政策)で投獄を経験。66年に追放処分され、イギリスに亡命ののち、83年にアメリカに政治的保護を求める。この間アメリカ各地の大学の客員講師などを務めながら、アフリカのためのスポーツ関係の団体などで活躍した。ノースウェスタン大学教授を経て、ピッツバーグ大学教授を務め、のち同大名誉教授。73年には中国を訪問した。詩集に「サイレン・拳骨・鉄靴」(63年)、「マーサへの手紙」(68年)、「アルジェからの詩」(70年)、「中国を詠う」(75年)、「ひたむきな願い」(78年)、「会釈と非難」(80年)、「Airs and Tributes」(88年)、「Still the Sirens」(93年)など。

ブルック, ルパート　*Brooke, Rupert Chawner*

イギリスの詩人

1887.8.3～1915.4.23

[出]ウォーリックシャー州ラグビー　[学]ケンブリッジ大学卒

[歴]同人誌などで創作活動をしていた天才詩人で、作品に「偉大な愛するもの」「古い牧師館」「グランチェスター」などが含まれている「全詩集」(1918年)がある。友人E.マーシュが詞歌集「ジョージ王朝詩」(全5巻, 12～22年)によって多数取り上げたため、ジョージ王朝詩人の代表ともみなされている。愛国心を巧みに作品にしたことから戦争詩人としても名高い。第一次大戦に従軍し、ギリシャで敗血病で死亡、死後一躍文名が高まった。他に戦争詩の代表作詩集「14年」(15年)や「ジョン・ウェブスターとエリザベス朝演劇」(16年)などがある。

ブルックス, アダム　*Brookes, Adam*

カナダ生まれのイギリスの作家

[学]東洋アフリカ研究学院(中国語)

[歴]カナダで生まれ、イギリスのオックスフォードシャー州で育つ。1980年代ロンドンの東洋アフリカ研究学院で中国語を学び、ジャーナリストとなる。BBCワールド・サービスのプロデューサーを経て、海外特派員としてインドネシア、中国、アメリカに駐在。この間、イラク、アフガニスタン、北朝鮮、モンゴルなどをはじめ、30ケ国以上で取材にあたった。2014年「暗号名ナイトヘロン」で作家デビュー。

ブルックス, グウェンドリン　*Brooks, Gwendolyn Elizabeth*

アメリカの詩人

1917.6.7～2000.12.3

[出]カンザス州トピーカ　[学]ウィルソン短期大学　[賞]ピュリッツァー賞(1950年)

[歴]11歳の頃から詩作を始め、1945年最初の詩集「A Street in Bronzeville」を出版。50年黒人への人種差別と貧困、麻薬をテーマにうたった詩集「アニー・アレン」で黒人初のピュリッツァー賞を受賞。同作品は人種差別が激しかった時代の黒人社会に大きな影響を与えた。またコロンビア大学、シカゴ大学、エルムハースト大学などで後進の指導にもあたった。他の作品に「The Bean Eaters」(60年)、「Family Pictures」(70年)、「Primer for Blacks」(80年)、「Children Coming Home」

(91年)などがある。

ブルックス, ケビン *Brooks, Kevin*
イギリスの作家
[出]エクセター [賞]カーネギー賞(2014年)
[歴]ガソリンスタンドの従業員、火葬場の雑用係、市民サービスの管理職員、ロンドン動物園の飲食物補充係、タイピスト、郵便局の受付、地下鉄のチケット売り、個人のカスタマー・サービスなど数々の職歴の末、執筆に専念することを決意。新人短編作家に贈られるキャノンゲイト賞を受賞した後、「ハリー・ポッター」を生み出したエージェントにその才能を見出され、初の長編「マーティン・ピッグ」を刊行、カーネギー賞の候補にもなる。他の著書に「Lucas」。

ブルックス, ジェラルディン *Brooks, Geraldine*
オーストラリアの作家
[出]ニューサウスウェールズ州シドニー [学]シドニー大学卒 [賞]ピュリッツァー賞(フィクション部門)(2006年), 翻訳ミステリー大賞(日本)(2010年)
[歴]シドニー大学卒業後、「シドニー・モーニング・ヘラルド」紙で環境問題などを担当。奨学金を得て、コロンビア大学に留学、並行して「ウォールストリート・ジャーナル」紙でボスニア、ソマリア、中東地域の特派員として活躍、その経験をもとに2冊のノンフィクションを執筆。2001年17世紀のイギリスを舞台にした「灰色の季節をこえて」で作家デビュー。06年「マーチ家の父—もうひとつの若草物語」でフィクション部門のピュリッツァー賞を受賞した。3作目の「古書の来歴」もベストセラーとなり、10年日本の翻訳ミステリー大賞を受賞。卓越したストーリーテリングで米歴史小説界の頂点に駆け上がった。夫は同じくピュリッツァー賞受賞者であるジャーナリストのトニー・ホルビッツ。
[家]夫=トニー・ホルビッツ(ジャーナリスト)

ブルックス, テリー *Brooks, Terry*
アメリカのファンタジー作家
1941〜
[出]イリノイ州
[歴]高校時代からSFやウェスタンなどの小説を書き始める。大学で英文学と法律を専攻して弁護士となったが、1977年大学時代に出会ったJ.R.R.トールキンの「指輪物語」に触発されて完成した処女作「シャナラの剣」でファンタジー作家としてデビュー。同作はベストセラーとなり、第2作「シャナラの妖精石」で作家としての地位を確立。〈シャナラ・サーガ〉シリーズは、96年までに8作を発表。86年に発表したユーモア・ファンタジー「魔法の王国売ります!」も人気を博し、〈ランドオーヴァー〉シリーズとして大ヒットした。99年には「スター・ウォーズエピソード1 ファントム・メナス」のノベライゼーション作家に抜擢された。他の著書に「フック」「妖魔をよぶ街」などがある。

ブルックス, マックス *Brooks, Max*
アメリカの作家
1972〜
[出]ニューヨーク市
[歴]父は"コメディ映画の巨匠"として知られる映画監督メル・ブルックス、母は女優のアン・バンクロフト。「サタデイ・ナイト・ライヴ」などの脚本家として活躍後、2003年「The Zombie Survival Guide」で作家デビュー。06年終末ホラー小説「WORLD WAR Z」は辛口で鳴るアメリカの出版業界紙「カーカス・レビュー」が星つきで絶賛し、「ニューヨーク・タイムズ」ベストセラーリストにランクイン。13年にはブラッド・ピット主演で映画化された。
[家]父=メル・ブルックス(映画監督), 母=アン・バンクロフト(女優)

ブルックナー, アニータ *Brookner, Anita*
イギリスの作家, 美術史家
1928.7.16〜2016.3.10
[出]ロンドン [学]キングス・カレッジ・ロンドン, コートールド美術研究所 Ph.D. [勲]CBE勲章(1990年) [賞]ブッカー賞(1984年)
[歴]ポーランド系ユダヤ人の両親のもとにロンドンで生まれる。1968年女性として初めてケンブリッジ大学のスレイド・プロフェッサーに就任。88年までコートールド美術研究所教授を務めた。この間、81年「門出」で作家デビュー。84年「秋のホテル」でブッカー賞を受賞。現代イギリス最高の作家として名声を不動のものとした。他の作品に「結婚式の写真」(85年)、「イギリスの友人」(87年)、「異国の秋」(88年)など。

ブルックナー, フェルディナンド *Bruckner, Ferdinand*
オーストリアの劇作家
1891.8.26〜1958.12.5
[出]ウィーン [名]テーオドア・タッガー
[歴]表現主義が、新即物主義に移行する時期に、アクチュアルな時事劇で成功を収める。退廃的な戦後の世相をフロイト的に扱った「青年の病気」(1926年)、社会批判劇「犯罪人」などで名声を獲得し、ベルリンにルネッサンス劇場を開場。33年アメリカに亡命、51年帰国。他に歴史劇「イングランドのエリザベス」(30年)、「シモン・ボリバー」(45年)、古典改作「タイモンと金」(31年)などの作品がある。

ブルックマイア, クリストファー *Brookmyre, Christopher*
イギリスの作家
1968.9.6〜
[出]ストラスクライド州グラスゴー [学]グラスゴー大学卒 [賞]クライム・ノベル新人賞
[歴]グラスゴー大学では演劇などを学び、在学中に大学新聞で映画評を手がける。卒業後、ジャーナリストとしてロンドン、ロサンゼルス、エディンバラなどで映画やサッカーのコラムを中心に活躍。1996年「殺し屋の厄日」で作家デビューし、評論家が選ぶクライム・ノベルの新人賞を受賞。他の作品に「楽園占拠」などがある。

ブルック・ローズ, クリスティーン *Brooke-Rose, Christine*
スイス生まれのイギリスの作家, 批評家
1923.1.16〜2012.3.21
[出]ジュネーブ [学]オックスフォード大学(1949年)卒, ロンドン大学ユニバーシティ・カレッジ卒 Ph.D.(ロンドン大学)(1954年) [賞]ジェームズ・テイト・ブラック記念賞(1966年)
[歴]父はイギリス人、母はアメリカ生まれのスイス人。両親の離婚後、母とブリュッセルで暮らしたが、1936年渡英、オックスフォード大学、ロンドン大学に学ぶ。69〜75年パリ第8大学(ヴァンセンヌ校)英米文学講師、75〜89年教授。58年「隠喩の文法」、71年に「エズラ・パウンドのZBC」のような言語への先鋭な意識を持った文学理論を発表。また、60年代以降、省略の多用など様々な手法の実験小説を発表。「オブザーバー」「TLS」など多くのメディアに寄稿し、BBCやABCテレビの書評番組でも活躍した。他の著書に、小説「愛の言語」(57年)、「Out」(64年)、「Such」(66年)、「Between」(68年)、「Thru」(75年)、「アマルガメムノン」(84年)、「Xorandor」(86年)、「Textermination」(91年)、評論「非現実の修辞学」(81年)、「Stories, theories and things」(91年)、「Invisible author」(2002年)などがある。

ブールデ, エドワール *Bourdet, Edouard*
フランスの劇作家
1887.10.26〜1945.1.17
[出]パリ
[歴]第一次大戦の直前「ルビコン」(1910年)でデビュー。復員後、性の転倒に照明を当てた「囚われの女」(26年)で注目された。その後、社会悪、性道徳の腐敗などをテーマにした心理劇を書き、文学作品の商品化を揶揄した「最新刊」(27年)、金と性を絡めた軽薄な社交界を風刺した「弱き性」(29年)が代表作となる。「難しい時代」以降は作風が変化し、36年から4年間コメディ・フランセーズの支配人を務め、演劇革新派の民

間の演出家を起用して沈滞していた同劇場改革を行った。

ブルドー, オリヴィエ　*Bourdeaut, Olivier*
フランスの作家
1980〜
[出]ナント
[歴]10年間、不動産関係の仕事についていたが失業。2016年スペインで7週間で書き上げた「ボージャングルを待ちながら」で作家デビュー、発売されるとインターネットなどで話題となり、文庫版も含め50万部を超える大ヒットとなった。17年翻訳刊行にあわせて来日。

プルードラ, ベンノー　*Pludra, Benno*
ドイツの児童文学作家
1925.10.1〜2014.8.27
[出]ミュッケンブルク　[賞]ドイツ児童文学賞(幼年物語大賞)(1992年), ドイツ児童文学賞(特別賞)(2004年)
[歴]ハンブルクの商船学校を卒業。戦後、東ドイツのベルリンとハレの大学でドイツ文学・歴史・美術史などを学ぶ。教員、ジャーナリストを経て、1951年から子供の本を書き始める。「ズンデヴィト岬へ」「白い貝のいいつたえ」など、子供の心を詩情豊かに伝える作品は、東ドイツだけでなく西ドイツでも高い評価を受け、92年「マイカのこうのとり」でドイツ児童文学賞の幼年物語大賞を受賞。2004年それまでのすべての業績に対し、ドイツ児童文学賞の特別賞(作家賞)を受賞した。

ブルトン, アンドレ　*Breton, André*
フランスの詩人, 評論家
1896.2.18〜1966.9.28
[出]オルヌ県タンシュブレー　[学]パリ大学医学部卒
[歴]中学時代マラルメにひかれ、1914年「ファランジュ」誌上でデビュー。第一次大戦に応召、陸軍病院に勤務、16年ツァラのダダイスム運動に参加、17年パリの病院に移り、詩人アラゴン、スーポーらと知り、19年雑誌「リテラチュール」を創刊、20年スーポーと共著の「磁場」を発表。21年フロイトと知り、24年「シュルレアリスム宣言」を発表、その理論的指導者となる。25年共産党入党、のち離党。36年ロンドン、38年パリで超現実主義国際展覧会を開催。第二次大戦中ヴィシー政権の発禁処分を受け、41年アメリカに亡命、46年帰国。戦後は神秘主義的な傾向を強め、評論、美術批評家としても活動した。作品には代表作とされる散文「ナジャ」のほか、「通底器」「狂気の愛」「ファタ・モルガ」「秘法十七番」、長編詩「シャルル・フェーリエに捧げるオード」、詩集「地の光」「自由な結合」「白髪の拳銃」、評論「野の鍵」「シュルレアリスムと絵画」などがある。

フルビーン, フランチシェク　*Hrubín, František*
チェコの詩人, 劇作家, 翻訳家
1910.9.17〜1971.3.1
[出]プラハ
[歴]プラハに生まれ、高校卒業後大学に進むが卒業せずにプラハ市図書館に勤務。第二次大戦後まで働く。一時情報省に籍を置いた。第一次大戦の時に母の故郷プラハ南南東のサーザヴァ川近くのレシャニに移り、そこが多くの作品の舞台になった。作品は社会状況に激しく反応。1930年代は繊細な抒情詩を書き、この時代の詩集に「遠くからの歌」(33年)、「昼間の大地」(37年)などがある。ナチス占領下時代は瞑想的抒情詩「蜜蜂の巣」(40年)、政治的抒情詩「鋼鉄とパン」(45年)や児童詩を発表。第二次大戦後は社会主義への憧憬と現実、核時代の幕開けをうたった。他の詩集に「ヨブの夜」(45年)、「かけがえなく美しい生涯」(47年)、「ヒロシマ」(48年)、「変化」(57年)など。児童詩は数多くあり、「花むすめのうた」や「ひよことむぎばたけ」は邦訳もある。また叙情的な戯曲「8月の日曜」(58年)、「クリスタルの夜」(61年)もあり、劇作品は様々な劇場で上演された。また、フランスの詩人ヴェルレーヌ、ランボーの翻訳も手がけた。

プルーマー, ウィリアム　*Plomer, William*
南アフリカ生まれのイギリスの作家, 詩人
1903.12.10〜1973.9.21
[出]ピーターズバーグ(ポロクワネ)　[名]プルーマー, ウィリアム・チャールズ・フランクリン〈Plomer, William Charles Franklyn〉
[歴]南アフリカで生まれる。1914年渡英して学校教育を受け、ラグビー校まで進むが、郷里へ戻る。26年南アフリカの人種差別を攻撃した処女小説「ターボット・ウルフ」を出版、好評を得た。同年ロイ・キャンベルと親しくなり文芸誌「フォールスラッハ」を創刊したが、間もなく日本人のアフリカ航路船長である森勝衛と知り合い、森の招待を受けて友人のイギリス人新聞記者ローレンス・バン・デル・ポストと一緒に来日。約2年間の滞在中、東京外国語学校や東京高校で教鞭を執り、29年シベリア経由で帰国。ここまでの前半生は自伝「二重生活」(43年)に詳しく、日本を題材にした短編集「紙の家」(29年)、小説「佐渡」(31年)などがある。詩人として「五重のスクリーン」(32年)など数冊の詩集がある。

フルマー, デービッド　*Fulmer, David*
アメリカの作家
[出]ペンシルベニア州　[賞]PWA賞(最優秀処女長編賞)
[歴]1920〜40年代ブルース・ギタリストとして活躍し、雑誌「アトランタ・マガジン」「サウスライン」に数多く寄稿。ブラインド・ウィリー・ジョンソンのドキュメンタリー・フィルムを製作したこともある。のち、溶接工、バーテンダー、教員、カー・レース関係の仕事などを経て、作家に転身。著書に「快楽通りの悪魔」。

フールマノフ, ドミートリー・アンドレーヴィチ
Furmanov, Dmitrii Andreevich
ロシア(ソ連)の作家
1891〜1926.3.15
[出]コストロマ県
[歴]1912〜14年モスクワ大学で学ぶが中退。その後再入学して卒業。18年共産党に入党し、19年から国内戦の英雄チャパーエフ麾下の部隊などで政治委員として活躍した。その体験に基づいて、長編「チャパーエフ」(23年)を書き、初期ソビエト文学の傑作として民衆から支持を得た。この作品はワシーリエフ兄弟により映画化され、評判を呼んだ。他にトルキスタンの国内戦を描いた「反乱」(25年)などの作品がある。文学運動でも指導的役割を果たす。

プルマン, フィリップ　*Pullman, Philip*
イギリスの作家
1946.10.19〜
[出]ノーフォーク州ノリッジ　[学]オックスフォード大学エクセター・カレッジ卒　[勲]CBE勲章(2004年)　[賞]カーネギー賞(1995年), ガーディアン賞(1996年), ネスレ・スマーティーズ賞(9〜11歳部門金賞)(1996年), ウィットブレッド賞(児童部門・最優秀賞)(2001年), アストリッド・リンドグレーン記念文学賞(2005年)
[歴]イギリス、ジンバブエ、オーストラリアを転々とした後、本国に戻ってオックスフォード大学エクセター・カレッジで英文学を学ぶ。大学卒業後、中学の教師を経て、作家活動に入る。ウェストミンスター大学で英文学を教える傍ら、小説、芝居の脚本、絵本などを発表。1985年からのビクトリア時代を背景とした小説「サリー・ロックハートの冒険」4部作がベストセラーとなる。その後、95年からファンタジー小説も発表、「黄金の羅針盤」「神秘の短剣」「琥珀の望遠鏡」の〈ライラの冒険〉シリーズがイギリスで評判となり、ガーディアン賞、カーネギー賞、ウィットブレッド賞を始め多くの賞を受賞する。2007年には「ライラの冒険 黄金の羅針盤」が映画化された。05年アストリッド・リンドグレーン記念文学賞を受賞。

ブルーム, ジュディ　*Blume, Judy*
アメリカの児童文学作家

フ

1938～
[出]ニュージャージー州エリザベス
[歴]高校時代、校内新聞の名誉編集者に選ばれて創作活動をスタート。一人称で明るく現実的に語られる物語は、特に8歳から10代の女の子に人気がある。作品に「神様、わたしマーガレットです」「カレンの日記」「いつまでも」「赤ちゃん、いりませんか？」「いじめっ子」など。

ブルーム, レズリー・M.M. *Blume, Lesley M.M.*
アメリカの作家, ジャーナリスト
[出]ニューヨーク　[学]ウィリアムズ大学, オックスフォード大学, ケンブリッジ大学大学院
[歴]母はクラシック・ピアニスト、父はジャーナリスト。ウィリアムズ大学、オックスフォード大学、ケンブリッジ大学大学院で歴史を学び、作家活動だけでなく、ジャーナリスト、コラムニストとして政治、文化、メディア、ファッションなど幅広い分野で活躍。「サマセット四姉妹の大冒険」(2006年)は30万部を超える人気作となり、08年の「Tennyson」(未訳)なども高い評価を受けている。

フ

ブールリアゲ, レオンス *Bourliaguet, Léonce*
フランスの児童文学作家
1895～1965
[出]ドルドーニュ県ティヴィエール
[歴]15歳でペリグーの師範学校に入り、第一次大戦に出征し、捕虜となる。「タン」紙にこの時の経験を発表。10年後にフランス最年少の初等教育視学官となる。傍ら、学校生活を題材に児童書を書く。代表作に世界子供賞を受賞した、「プークとオオカミ団」(1955年)、短編童話集「雲売り小父さん」(60年)などがある。フランス文学らしい、風刺のきいたユーモアが特徴である。

ブルンク, ハンス・フリードリヒ *Blunck, Hans Friedrich*
ドイツの作家
1888.9.3～1961.4.25
[出]アルトナ
[歴]ナチス文学の主導者の一人で、キリスト教の信仰と青年ドイツ運動の理想とを結び付けたものや、民族的、国家的理念がドイツ民族の歴史上の事件と結びつけて描かれている。後年は、ドイツ各地の伝説集の編纂に尽力し、青少年向き伝説を多数刊行。作品に3部作「生成する民族」(1920～23年)、数ケ国後に翻訳された「エルベ河のメルヒェン」(23年)、3部作「祖先伝説」(25～28年)などがある。33～35年ナチス時代のドイツ著作家評議会会長を務めた。

ブレ, マリー・クレール *Blais, Marie-Claire*
カナダの作家
1939.10.5～
[出]ケベック　[賞]メディシス賞(1966年), ヨーク大学名誉博士(1975年)
[歴]フランス系。1959年に白痴の息子への母の偏愛と姉の憎悪を描いた「La belle bête(美しき獣)」でデビュー。65年の夢幻的な散文「Une saison dans la vie d'Emmanuel(エマニュエルの生涯の一季節)」で、メディシス賞を得る。75年トロントのヨーク大学名誉博士、78年カルガリー大学名誉教授。他の作品に「Le Loup」(72年)、「Le sourd dans laville」(80年)など。

フレイジャー, チャールズ *Frazier, Charles*
アメリカの作家
1950.11.4～
[出]ノースカロライナ州　[賞]全米図書賞(1997年)
[歴]ノースカロライナ州の山間部に生まれる。40歳になる前に着手し、完成までに7年をかけたデビュー作「コールドマウンテン」(1997年)は発表と同時にベストセラーとなり、全米図書賞を受賞した。他の著書に「Thirteen Moons」(2007年)、「Nightwoods」(11年)などがある。

ブレイスウェイト, E.R. *Braithwaite, E.R.*
ガイアナの作家
1912.6.27～2016.12.12
[出]英領ギアナ(ガイアナ)　[名]Braithwaite, Eustace Edward Ricardo
[歴]イギリス統治下の南米ギアナ(現・ガイアナ)に生まれる。第二次大戦中はイギリス空軍に従軍。ロンドンで中学校教師として勤務したのち、1966年に独立したガイアナの外交官も務めた。59年大半が白人のクラスの生徒たちを教える黒人教師を描いた自伝的小説「先生へ、愛情をこめて」を発表。67年にはシドニー・ポワチエの主演で「いつも心に太陽を」のタイトルで映画化された。晩年はニューヨーク大学、フロリダ州立大学、ハワード大学などで教鞭を執った。

プレイディ, ジーン *Plaidy, Jean*
イギリスの作家
1906～1993.1
[出]ロンドン　[名]ヒッバート, エレノア〈Hibbert, Eleanor Burford〉 別筆名＝ホルト, ビクトリア〈Holt, Victoria〉 Burford, Eleanor Carr, Philippa Ford, Elbur Kellow, Kathleen Tate, Ellalice
[歴]家庭で教育を受ける。七つのペンネームを駆使して数多くの小説を発表、英米で次々とベストセラーとなり、"ゴシック・ロマンの女王"と呼ばれた。邦訳にビクトリア・ホルト名儀の「女王館の秘密」(1977年)、「愛の輪舞(ロンド)」(82年)などがある。

ブレイテンバッハ, ブレイテン *Breytenbach, Breyten*
南アフリカの詩人, 画家
1939～
[学]ケープタウン大学中退
[歴]白人系で美術をケープタウン大学で学んだが中退。ヨーロッパを転々とした後、ベトナム人女性と1961年結婚し、画家としてパリで頭角を現す。また詩人として64年処女詩集「汗水垂らす強い牛」を発表、その後9冊の詩集を発表。アフリカーナ出身の詩人として注目され、アフリカーンス語で人種差別告発の詩を書く。75年白人組織・火花をANC(アフリカ人民族会議)内部に結成する目的で南アフリカに密入国し逮捕され、82年釈放。

フレイム, ジャネット *Frame, Janet*
ニュージーランドの作家
1924.8.24～2004.1.29
[出]ダニーディン　[学]オタゴ大学
[歴]スコットランド系。少女期を海に近い小さな町オーマルーで過ごす。若い頃に統合失調症と誤診され長い入院生活を経験。入院中に書いたものがフランク・サージスンに認められて執筆活動を始める。1951年に処女短編集「干潟ほか」を出版して以来、詩、短編、長編を多数発表。生と死、正常と異常、それに個人の価値感などをテーマとして扱い、「ふくろうは鳴く」(57年)、「水に映った顔」(61年)、「レインバード家の人々」(68年)、「マニオトートに住んで」(79年)などの著書がある。ロボトミー(脳の前頭葉除去)手術を受ける寸前まで追い込まれた波乱の青春期を描いた自叙伝「エンジェル・アト・マイ・テーブル」(84年)は同国出身の女性監督ジェーン・カンピオンによって映画化され、高い評価を得た。2003年ノーベル文学賞の候補に名前が挙がった。

ブレイロック, ジェイムズ *Blaylock, James P.*
アメリカのSF作家
1950～
[出]カリフォルニア州ロング・ビーチ　[学]カリフォルニア州立大学英語専攻卒　[賞]世界幻想文学大賞(1986年), フィリップ・K.ディック賞(1987年)
[歴]18、9世紀の作家や詩人に影響を受ける。1977年にセミプロジン「アンアース」2号の誌上でデビュー。処女長編は82年の「The Elfin Ship」。85年の短編ファンタジー「ペーパー・ドラ

ゴン」は世界幻想文学大賞、86年の長編「Homunculus（ホムンクルス）」はフィリップ・K.ディック賞を受賞。後者はヴィクトリア朝時代を舞台に機械と人の現代的な関わりを描く冒険活劇で、スチームパンクと呼ばれる。他の作品に「夢の国」など。

ブレイン, ジョン　*Braine, John Gerard*
イギリスの作家, 劇作家
1922.4.13〜1986.10.28
[出]ヨークシャー州ブラッドフォード　[学]セント・ビース私立中学卒
[歴]アイルランドからの労働移住者の家庭に生まれ育ち、職を転々、兵役などを経て文筆生活に入った。下層階級からはい上がろうとする主人公の悲劇を描いた1957年の処女作「Room at the Top（年上の女）」はベストセラーとなり、自からも50年代のいわゆる“怒れる若者たち”の一人として脚光を浴びる。同作品は翌年には映画化されて日本でも上映された。他の作品に「小悪魔たち」「上流社会の生活」など。

フレイン, マイケル　*Frayn, Michael*
イギリスの作家, 劇作家, コラムニスト
1933.9.8〜
[出]ロンドン郊外　[学]ケンブリッジ大学卒　[賞]サマセット・モーム賞（1966年）, ホーソーンデン賞（1967年）, オリビエ賞（ベスト・コメディ賞）（1982年）, イブニング・スタンダード賞（ベスト・プレイ賞）（1984年・1998年）, トニー賞（ベスト・プレイ賞）（2000年）, ウィットブレッド賞（2002年）, ヘイウッド・ヒル文学賞（2002年）, 金ペン賞（2003年）, セントルイス文学賞（2006年）, マクガバン賞（2006年）
[歴]2年の兵役期間中にロシア語を学ぶ。ケンブリッジ大学で哲学を専攻。「ガーディアン」「オブザーバー」の記者やコラムニストとして活躍する傍ら、創作を開始。1966年デビュー小説「The Tin Men」（65年）でサマセット・モーム賞を受賞。画家ブリューゲルの失われた絵画にまつわる物語「墜落のある風景」（99年）はブッカー賞の最終候補となり、「スパイたちの夏」（2002年）でウィットブレッド賞を受賞。戯曲も多く、原爆開発に関わる“謎の一日”をテーマにした「コペンハーゲン」（1998年）は欧米でセンセーションを巻き起こし、2000年トニー賞に輝いた。戯曲に「ノイゼズ・オフ」（1982年）、「ベネファクターズ」（84年）、「デモクラシー」（2003年）などがある。翻訳家としてはチェーホフ「桜の園」「三人姉妹」「ワーニャ伯父さん」の英訳で知られる。

プレヴェラキス, パンテリス　*Prevelakis, Pantelis*
ギリシャの作家, 劇作家
1909.2.18〜1986.3.15
[出]クレタ島レティムノン
[歴]1938年散文作品「ある町の年代記」で文壇に登場。クレタ島の反乱と独立運動を取り上げた一連の歴史小説、中でも3部作「クレタ人」（48〜50年）で知られる。アテネの美術学校の教授を務めるなど美術評論家としても著名。他の作品に散文作品「見捨てられたクレタ」（45年）、戯曲「生ける神の手」（55年）、抒情的叙事詩「兵士」（28年）、詩集「裸の詩」（39年）、「最も裸の詩」（41年）などがある。

プレヴェール, ジャック　*Prévert, Jacques*
フランスの詩人, 脚本家
1900.2.4〜1977.4.11
[出]パリ近郊ヌイイー・シュル・セーヌ　[学]小学校卒
[歴]1926年からシュルレアリスム運動に参加。30年頃から前衛的な詩、散文を発表、傍ら脚本を執筆した。詩集に「パロール」（45年）、「言葉」（46年）、「見世物」（51年）、「雨とお天気」（55年）、「ファトラ」（65年）、「木々」（76年）など。ジョセフ・コマス作曲による「枯葉」「バルバラ」をはじめ詩の多くはシャンソンとして愛唱された。脚本にはマルセル・カルネ監督が映画化した「霧の波止場」（38年）、「悪魔が夜来る」（42年）、「天井桟敷の人々」（44年）、アニメーション映画「やぶにらみの暴君」（52年）などがある。

プレヴォー, ギヨーム　*Prévost, Guillaume*
マダガスカル生まれのフランスの作家
1964〜
[出]アンタナナリボ　[学]サン・クルー高等師範学校卒
[歴]パリ地区リセの歴史教師で、執筆活動を始める前は「ヒストリー」チャンネルの番組制作にも参加。〈時の書〉シリーズなどで人気を得る。

ブレーク, ジェームズ・カルロス　*Blake, James Carlos*
メキシコ生まれのアメリカの作家
[出]メキシコ　[学]南フロリダ大学, ボーリング・グリーン州立大学　[賞]日本冒険小説協会大賞, ファルコン賞
[歴]メキシコで生まれ、アメリカ・テキサス州で育つ。アメリカ陸軍を経て、南フロリダ大学で学び、ボーリング・グリーン州立大学で修士の学位を取得。1995年長編小説「The Pistoleer」でデビュー以降、アメリカ〜メキシコ国境地帯を舞台にした犯罪小説を発表。日本デビュー作となった長編第6作「無頼の掟」（2002年）、長編第7作「荒ぶる血」（03年）は日本の読者の高い支持を受け、前者で“このミステリーがすごい！”第3位、日本冒険小説協会大賞を、後者で“このミステリーがすごい！”第2位、マルタの鷹協会ファルコン賞を受賞した。他の作品に「掠奪の群れ」など。

ブレーク, ニコラス
→デイ・ルイス, セシルを見よ

ブレーク, マイケル　*Blake, Michael*
アメリカの作家, 脚本家
1945.7.5〜2015.5.2
[出]ノースカロライナ州フォートブラッグ　[賞]アカデミー賞脚色賞（1990年度）（1991年）, ゴールデン・グローブ賞脚本賞（映画部門, 第48回, 1990年度）, 全米脚本家協会賞（1990年度）
[歴]1964年18歳で空軍に志願。4年間の軍在籍中に執筆活動を始める。その後製薬工場、新聞社、ラジオ局、厨房の流し場など、様々な職場を転々としながら、映画の脚本などを執筆。脚本を手がけた「ギャンブラーズ/最後の賭け」（83年）でケビン・コスナーと出逢い、88年発表の小説第1作「ダンス・ウィズ・ウルブズ」が、90年コスナー監督主演で映画化され、自ら脚色。アカデミー賞作品賞・脚色賞を含む7部門を制覇したため、一躍名を挙げる。自身も他にゴールデン・グローブ賞など多くの賞を受賞。他に自伝的作品「Airman Mortensen（グッバイ、モーテンセン）」（91年）、「天国への疾走―カスター将軍最後の日々」がある。

ブレクマン, バート　*Blechman, Burt*
アメリカの作家
1927.2.3〜1998.12.29
[出]ニューヨーク市ブルックリン
[歴]主な作品に「いくら？」（1961年）、「キャンプ・オモンゴの戦い」（63年）、「多分」（67年）などがある。

フレーザー, アントニア　*Fraser, Antonia*
イギリスの作家
1932.8.27〜
[出]ロンドン　[名]旧姓名＝パケナム〈Pakenham〉　[学]オックスフォード大学レディー・マーガレット・ホール（歴史学専攻）卒
[賞]ジェームズ・テイト・ブラック記念賞（1969年）, Wolfson歴史賞（1984年）
[歴]ロングフォード伯爵家の長女として生まれる。6人の子供を育てながら作家活動を行い、伝記文学の分野で早くから名声を得る。歴史に題材を取った伝記作品に「Mary：Queen of Scots（スコットランド女王メアリ）」や「Cromwell：Our Chiefof Men（われらの首領クロムウェル）」「ヘンリー八世の六人の妃」などがある。1977年初めての推理小説「Quiet as aNun（尼僧のようにひそやかに）」を発表してベストセラーとなり、その後に続く〈ジマイマ・ショア〉シリーズの第1作となる。88〜89

フ

年国際ペンクラブイギリス・センター会長を務めたほか、獄中の作家委員会委員長、イギリス・ペンクラブ副会長、イギリス文学協会会長を歴任。80年劇作家のハロルド・ピンターと結婚。
㊛夫＝ハロルド・ピンター（劇作家）

フレーザー, ジョージ・サザーランド Fraser, George Sutherland
イギリス（スコットランド）の詩人, 批評家
1915.11.8～1980.1.3
㊗スコットランド　㊦セント・アンドルーズ大学
㊞オーデン一派の政治的傾向に反発した"新黙示派"の詩人としてスタート。1950～52年文化使節として来日、戦争によって中断されていた文化交流の修復と拡大に大きく貢献。帰国後、ジャーナリズム界で批評家として活躍し、その後、レスター大学で英文学を講じた。詩集に「故郷の哀歌」(44年)、評論に「現代作家とその世界」(53年)、「イェーツ」(54年)、「ディラン・トーマス」(59年)、「幻想と修辞」(59年)、「エズラ・パウンド」(60年)など。

フレーザー, ジョージ・マクドナルド Fraser, George MacDonald
イギリスの作家, 脚本家
1925.4.2～2008.1.2
㊗カーライル　㊦グラスゴー・アカデミー
㊞新聞の編集員などを経て、1969年より作家に。代表作である冒険小説〈フラッシュマン〉シリーズなどで知られる。ジェームス・ボンドが活躍するスパイ映画007シリーズの「007/オクトパシー」(83年)の脚本も手がけた。他の脚本に「三銃士」(73年)、「四銃士」(74年)、「ローヤル・フラッシュ」(75年, 原作も)、「王子と乞食」(77年)、「レッドソニア」(85年)、「カサノヴァ」(87年)など。

ブレザ, タデウシュ Breza, Tadeusz
ウクライナ生まれのポーランドの作家, 外交官
1905.12.31～1970.5.19
㊗ウクライナ　㊦ワルシャワ大学, ロンドン大学
㊞ベネディクト会で修道士の訓練を受け、さらにワルシャワ大学やロンドン大学で哲学を学ぶ。1925年詩人としてデビューし、29年外交官としてロンドンに駐在する。第二次大戦中は地下活動に従事し、戦後は演劇雑誌を編集する。36年実験的心理小説「アダム・グリワルト」で作家として有名になり、60年「青銅の門」はベストセラーとなる。

フレーシュ, ジョゼ Frèches, José
フランスの作家
1950.6.25～
㊗ランド県ダクス
㊞ギメ美術館（東洋美術専門美術館）の中国セクションの学芸員、パリ市の広報担当、シラク・フランス大統領顧問、民放テレビ局幹部などを経て、作家に転身。2002年に処女小説〈翡翠の壁〉3部作を発表。03年から「遥かなる野望」「仏陀の秘宝」「玉座への道」からなる〈絹の女帝〉3部作を刊行し、一躍ベストセラー作家となった。

プレストン, M.K. Preston, Marcia K.
アメリカの作家
㊗オクラホマ州　㊦別筆名＝プレストン, マーシャ〈Preston, Marcia〉　㊦セントラルオクラホマ大学卒　㊦メアリ・ヒギンズ・クラーク賞(2004年度)
㊞オクラホマ州の小麦農家で生まれ育つ。セントラルオクラホマ大学で学位を取得し、卒業後は高校教師を務める傍ら、"ナショナル・カウボーイ＆ウエスタン・ヘリテッジ・ミュージアム"でPR、出版ディレクターを担当。2002年M.K.プレストン名義で書いたミステリー「太陽の殺意」で作家デビュー、同作はメアリ・ヒギンズ・クラーク賞、バリー賞、マカヴィティ賞にノミネートされ、一躍注目を集める。シリーズ第2作「陽炎の匂い」は04年度のメアリ・ヒギンズ・クラーク賞を受賞。05年マーシャ・プレストン名義で女性の生きざまを書いた「蝶の棲む家」によって新境地を開いた。ライター向けマガジンの編集・発行も手がける。

プレストン, リチャード Preston, Richard
アメリカのジャーナリスト, 作家
1954～
㊗マサチューセッツ州　㊦プリンストン大学卒　㊦アメリカ物理学会科学読み物賞, マクダーモット賞
㊞プリンストン大学で英文学の学位を取得後、「ワシントン・ポスト」「ニューヨーカー」などに執筆。プリンストン大学人文科学評議会特別研究員なども務める。ヘール天文台の望遠鏡作業員として1年間働いて書いた「ビッグ・アイ」でアメリカ物理学会科学読み物賞を受賞。1994年エボラウイルスの脅威を描いたノンフィクション「ホット・ゾーン」が、世界的なベストセラーとなった。他の著書に「鉄鋼サバイバル」「コブラの眼」「デーモンズ・アイ」「夢のボート」「世界一高い木」などがある。
㊛弟＝ダグラス・プレストン（作家）

プレスフィールド, スティーブン Pressfield, Steven
英領トリニダード島生まれのアメリカの作家, 脚本家
1943～
㊗英領トリニダード島ポートオブスペイン（トリニダード・トバゴ）　㊦デューク大学(1965年)卒
㊞デューク大学を卒業後、アメリカ海兵隊、コピーライター、教師、トラックドライバー、バーテンダー、油田施設作業員、精神科病院の係員、脚本家など様々な仕事をこなしながら作家を目指す。1995年ゴルフ小説「バガー・ヴァンスの伝説」で作家デビュー。その後は歴史小説作家として活躍。他の作品に「炎の門―小説テルモピュライの戦い」「砂漠の狐を狩れ」や「やりとげる力」「仕事で、個人で、目標を達成（ヒット）するためのカベの超え方 Do The Work」などがある。

プレスラー, ミリアム Pressler, Mirjam
ドイツの児童文学作家, 翻訳家
1940.6.18～
㊗ダルムシュタット　㊦フランクフルト美術大学　㊦チューリヒ児童文学賞, オルデンブルク市児童図書賞(1980年), ドイツ児童文学賞特別賞(作家賞)(2010年)
㊞ミュンヘンで様々な仕事に就いた後、イスラエルのキブツで働く。その後、旧西ドイツに戻り、結婚して3人の娘をもうける。離婚後、8年間ジーンズショップを経営。その後、作家、翻訳家となる。創作活動の他に、オランダ児童文学のドイツ語訳も行う。著書は「ビターチョコレート」「だれが石を投げたのか？」「夜の少年」「ひとりぼっちにさよなら」「11月の猫」「鳴きまねニッケル」「マルカの長い旅」「賢者ナターンと子どもたち」など多数。また、「アンネの日記」ドイツ語版の完全版の編・訳者であり、オリジナルのオランダ語版の編者でもある。英語、オランダ語、ヘブライ語の翻訳者としても高い評価を得る。2010年ドイツ児童文学賞特別賞(作家賞)受賞。

プレダ, マリン Preda, Marin
ルーマニアの作家
1922.8.5～1980.5.16
㊗シリシュテアグメシュティ
㊞高校卒業後首都ブクレシュティの新聞社で働きながら小説を書き始める。「大地の出会い」(1948年)、中編「登録」(52年)、「暗い窓」(56年)、「決断」(59年)を経て、長編「モロメテ一家」(55年第1部, 67第2部)はルーマニア戦後文学の最高傑作との評価を受けた。同作の続編ともいうべき「偉大なる孤独者」(72年)の他、「浪費者たち」(62年, 改訂4版72年)、「侵入者」(68年)、「錯乱」(75年)など、いずれも公式文学の図式に捉われない作品が多くの読者を得た。晩年にはアルコール中毒症に苦しみ、自殺説もある。遺作は長編「もっとも愛された人」(81年)。

フレッチャー, スーザン *Fletcher, Susan*
イギリスの作家
1979〜
[出]ウェストミッドランド州バーミンガム [学]ヨーク大学卒, イースト・アングリア大学大学院修士課程修了 [賞]ウィットブレッド賞(2004年), ベティ・トラスク賞(2005年)
[歴]ウェストミッドランドのソリハルで育つ。ヨーク大学で英語文学の学位を取得後、イースト・アングリア大学に進み、同大学の名高い創作課程で学ぶ。2004年に発表した「イヴ・グリーン」でウィットブレッド賞処女長編小説賞、05年にはベティ・トラスク賞を受賞した。

フレッチャー, ラルフ *Fletcher, Ralph*
アメリカの作家
1953〜
[出]マサチューセッツ州 [学]ダートマス大学(文学)卒, コロンビア大学大学院(文芸)修士課程修了
[歴]ダートマス大学で文学士号を、コロンビア大学で文芸修士号を取得。絵本や児童読み物、詩などを手がけ、「アンクル・ダディー」でクリストファー賞を受賞。一方、教育コンサルタントとしても活躍。妻のジョアン・ポータルピと"書くことの教え方"に関する専門家として知られ、「ライティング・ワークショップ」などの作文指導手引書の執筆や、教師を対象にした研修を中心に取り組む。他の著書に「フライング・ソロ―ひとりで飛んだ日」「エイボン家の小さなひみつ」「思い出のマーシュフィールド」などがある。

ブレット, サイモン *Brett, Simon*
イギリスの作家
1945〜
[出]サリー州ウスター [学]オックスフォード大学ワドハム・カレッジ卒 [賞]最優秀ラジオ特別番組台本賞(1973年), CWA賞ダイヤモンド・ダガー賞(2014年)
[歴]大学在学中は学内の演劇クラブ(OUDS)の部長を務め、キャバレーのフロアショーやレビューに出演した。1967年にはエディンバラ・フェスティバル・フリンジでオックスフォード・シアター・グループによる深夜ショーの演出を手がける。学業の方は英語で優等の成績を修めた。卒業後はBBCに就職し軽演劇担当のラジオプロデューサーを10年務め、その間の73年最優秀ラジオ特別番組台本賞を受賞し、75年より第1作「Cast, in Order of Disappearance(邪魔な役者は消えていく)」に始まる〈俳優探偵チャールズ・パリス〉シリーズを発表する。78年ロンドン・ウィークエンド・テレビジョンに移り、軽演劇番組のプロデューサーを務め、79年からは専業作家として創作活動を行っている。86年「気どった死体」以降は陽気な未亡人〈ミセス・パージェター〉シリーズも手がける。他に「奥様は失踪中」(88年)など。86〜87年イギリス推理作家協会(CWA)会長。

ブレット, ピーター *Brett, Peter V.*
アメリカの作家
1973.2.8〜
[出]ニューヨーク州ニューロシェル [学]ニューヨーク州立大学バッファロー校(英文学)(1995年)卒
[歴]ファンタジー小説とコミックを読んで育ち、ニューヨーク州立大学バッファロー校で英文学を専攻する傍ら、D&Dとフェンシングに没頭。卒業後、医療関係の出版社に10年間勤務。処女作「護られし者」(2008年)がイギリスの出版社に認められ、デビューと同時に専業作家となった。

ブレーディ, ジョーン *Brady, Joan*
アメリカの作家
[賞]ウィットブレッド賞(1993年)
[歴]看護師の資格を持ち20年以上医療現場で働いた体験をもとに「神さまはハーレーに乗って」で作家デビュー。著書はほかに「Heaven in High Gear」「I Don't Need a Baby to BeWho I Am」など。

ブレーデル, ヴィリー *Bredel, Willi*
ドイツ(東ドイツ)の作家
1901.5.2〜1964.10.27
[出]ハンブルク
[歴]労働者作家として有名。小学校卒業後旋盤見習工となり、1919年共産党に入党。28年「ハンブルク民衆新聞」紙編集。同年プロレタリア作家同盟に加入。30年国家反逆罪で2年間の禁錮刑を受け、獄中で「機械工場N&K」(30年)を書く。33年ナチスの強制収容所に収監され、34年プラハ、後にソ連に亡命。36年モスクワでブレヒトらと文芸誌「ウォルト」を発行。45年帰国、東ドイツの民主的再建に尽力、国民賞などを受賞。35年発表の「試練」は、強制収容所の実態を暴露した小説で17ケ国語に翻訳された。他の小説に「親戚と知人」3部作(43〜53年)などがある。

ブレナン, アリスン *Brennan, Allison*
アメリカの作家
[出]カリフォルニア州 [学]サンタクルス大学
[歴]1992〜2005年カリフォルニア州議会の立法コンサルタントを経て、作家に転向。05年元FBIアカデミーの女性3人をヒロインに据えた〈Predator〉シリーズ3部作「ザ・プレイ」「ザ・ハント」「ザ・キル」でデビュー、大ヒットしてベストセラー作家の仲間入りを果たす。発表する作品はほとんどが、ダフネ・デュ・モーリア賞やRITA賞などを受賞、あるいはノミネートを受けている。他に〈プリズン・ブレイク〉シリーズ3部作、〈Lucy Kincaid〉シリーズなどがある。他の作品に「昏…塞がれて」「瞳…閉ざされて」「心…縛られて」「切り刻まれた暗闇」「血塗られた氷雪」「欺かれた真実」などがある。

ブレナン, クリストファー・ジョン
Brennan, Christopher John
オーストラリアの詩人, 批評家, 哲学者
1870.11.1〜1932.10.5
[出]シドニー [学]シドニー大学哲学科卒, ベルリン大学
[歴]大学卒業後、2年間ドイツに留学し、ロマン主義、象徴主義の洗礼を受ける。帰国後母校でドイツ文学、比較文学を講じ、オーストラリアに初めてシュレーゲル、ノバーリスらヨーロッパの知性を紹介した。また、後に夫人となるドイツ娘の渡米を待つ4年間に詩の傑作を生んだといわれる。代表作「詩編」(1914年)はエデンを目指す人類の苦闘を象徴的にうたった作品。他の作品に「詩十八編」(1897年)、「運命の歌ほか」(1918年)などがある。作品は彼の死後、「詩集」(60年)、「散文集」(62年)に集大成された。

ブレナン, ジェラルド *Brenan, Gerald*
イギリスの作家, スペイン研究家
1894〜1987.1.19
[学]ラドレーカレッジ(1912年)卒
[歴]1920〜30年代の知識人グループ"ブルームズベリー・グループ"に参加。第一次大戦に従軍後の19年スペイン・アンダルシアに移り住む。スペイン内戦勃発で帰国、53年再びスペインに移り、マラガ近郊チュリアーナを経て、アラウリンに定住。スペイン内戦勃発に至る経過を書いた「スペインの迷路」が代表作。他に「スペイン国民文学」「スペインの素顔」「グラナダの南へ」などスペイン関係の著作で知られ、イギリスにおけるスペイン学者の先駆的存在だった。

プレネ, マルスラン *Pleynet, Marcelin*
フランスの詩人, 評論家
1933.12.23〜
[出]リヨン
[歴]1962〜82年「テル・ケル」誌の編集主幹を務め、同誌を主な発表舞台に、詩、評論の両分野で活躍。詩集に「黒人たちの仮の愛人」(62年)「二分化された風景」(63年)「のように」(65年)「詩節」(73年)「脚韻」(81年)など、評論集に「彼自身によるロートレアモン」(67年)「絵画の教え」(71年)などがある。

フ

フレノー, アンドレ　*Frénaud, André*
フランスの詩人
1907.7.26〜1993.6.21
[歴]第二次大戦でドイツの捕虜となり、1943年捕虜生活中に綴った詩集「東方の三博士」を発表。他に、陰欝な豊かさに満ちた「黒い婚礼」(46年)、農夫たちとの友愛を見出した「農夫たち」(51年)など数多くの作品がある。

ブレヒト, ベルトルト　*Brecht, Bertolt*
ドイツ(東ドイツ)の劇作家, 詩人, 舞台監督
1898.2.10〜1956.8.14
[出]アウグスブルク　[名]ブレヒト, オイゲン・ベルトルト・フリードリヒ〈Brecht, Eugen Bertolt Friedrich〉　[学]ミュンヘン大学
[賞]クライスト賞(1922年), 東ドイツ国民文化賞(1951年), スターリン平和賞(1954年)
[歴]ミュンヘン大学在学中に第一次大戦に召集される。医学を学んだが劇作に進み、1922年「夜打つ太鼓」で劇作家として出発。24年ベルリンに移りドイツ座文芸部員となり、28年「三文オペラ」などを発表、成功を収める。26年初期の抒情詩の集大成「家庭用説教集」を出す。その後、ナチズムを批判する劇を発表。30年ドイツ共産党入党。ナチス時代の33〜48年デンマーク、ソ連、アメリカ、スイスなどに亡命。48年東ベルリンに戻り、ドイツ劇場監督となる。また同年劇団ベルリーナ・アンサンブルを結成して演劇活動の拠点とする。この劇団は西ドイツでも高い評価を受け、東側からの芸術的な和解運動として大きな役割を果たした。表現主義を克服し、現実批判と社会風刺に満ちた社会主義的な戯曲を多く発表、作品は他に「肝っ玉おっかあとその子供たち」(41年)、「ガリレイの生涯」(42年)、「セチュアンの善人」(43年)、「コーカサスの白墨の輪」(45年)、詩集に「ブレヒト詩集」など。
[家]妻＝ヘレネ・ヴァイゲル(女優)

フレーブニコフ, ヴェリミール　*Khlebnikov, Velimir*
ロシア(ソ連)の詩人
1885.11.9〜1922.6.28
[出]アストラハン　[名]フレーブニコフ, ヴィクトル・ヴラジーミロヴィチ〈Khlebnikov, Viktor Vladimirovich〉　[学]カザン大学, ペテルブルク大学
[歴]父は鳥類学者。幼少期から動植物に熱中、カザン大学で数学を、ペテルブルク大学で生物学とスラブ学ぶが、学生運動に参加して投獄された。1908年幻想的散文詩「罪人の誘惑」でデビュー。初めソログープやV.I.イワノフの影響で象徴派風の作品を書き、イワノフ主宰の文学サークル“塔”のメンバーとなる。やがて決裂し、10年代に入り象徴主義の伝統を排し、新しい詩的言語＝ザーウミ(超意味)を駆使した実験的作品を次々と発表、未来派詩人として一躍脚光を浴びる。“笑い”という一語の自在な語根変化からなる「笑いの呪文」(10年)は特に名高い。11年立体未来派の中核となるグループ“ギレヤ”を結成(14年解体)。12年マヤコフスキー、クルチョーヌイフ、ブルリョークと連名で未来派の宣言「社会の趣味に平手打ち」(12年)を出版。「鶴」(10年)、「シャーマンとビーナス」(12年)など原始主義的傾向を示す初期の作品では、古代やスラブ異教への回帰、アジアへの憧憬などをうたうが、その根底には西欧近代への強い否定的意識があった。「ネズミ取りの中の戦争」(19年)、「塹壕の夜」(21年)など中期以降の作品では、激動期のロシアの現実をうたう。また、05年の日露戦争をきっかけに長年“時間の周期律”の発見にいそしみ、晩年の傑作「ラドミール」(20年)、超小説「ザンゲジ」(22年)で独自の時間論の集大成となる散文作品を書いた。ロシアの大地を愛し、各地に漂白して客死。マヤコフスキー、パステルナークらとともに20世紀ロシア詩を代表する詩人の一人される。

フレミング, イアン　*Fleming, Ian Lancaster*
イギリスの作家, ジャーナリスト
1908.5.26〜1964.8.12
[出]ロンドン　[学]ミュンヘン大学卒, ジュネーブ大学卒
[歴]イートン校とサンドハースト士官学校で学ぶが、なじめず、ミュンヘン大学とジュネーブ大学に留学。1929年ロイター通信社に入り、モスクワ特派員。第二次大戦中は海軍秘密情報部に在籍。戦後、45〜59年「サンデー・タイムズ」外信部長を務める。52年から小説を書き、53年イギリス秘密情報部員ジェームズ・ボンドを主人公とした〈007〉シリーズ第1作「カジノ・ロワイヤル」を発表。その後、「007/死ぬのは奴らだ」「007/サンダーボール作戦」「007/ドクター・ノオ」「007は二度死ぬ」「007/ゴールドフィンガー」など同シリーズは14作刊行され、スパイ小説界に不滅の金字塔を打ち立てた。シリーズの映画も大ヒットした。
[家]異父妹＝アマリリス・フレミング(チェロ奏者)

フレムリン, シーリア　*Fremlin, Celia*
イギリスの作家
1914.6.20〜2009.6.16
[出]ケント州　[学]オックスフォード・サマーヴィル・カレッジ卒
[賞]MWA賞最優秀長編賞(1960年)
[歴]病院で雑役婦をした体験を基に書いた「The Seven Chars of Chelsea」が最初の本。処女小説は1958年の「The Hours Before Dawn(夜明け前の時)」で、アメリカ探偵作家クラブ賞(MWA賞)最優秀長編賞を受賞。以後も普通に暮らす人物がミステリアスな脅威に襲われるサスペンス・ミステリーを80年代初めまで続々と発表。一時期、長編は休止していたが、90年代に再開した。

ブレンターノ, ベルナルト・フォン　*Brentano, Bernard von*
ドイツの作家
1901〜1964
[歴]有名な後期ロマン派の詩人ブレンターノの子孫。1930年評論「資本主義と文学」で社会批判的唯物論を肯定してスイスに33〜49年まで亡命し、同地でトーマス・マンと親交を結ぶ。彼の創作活動は詩人の情熱と冷静な批評家精神の交錯が特徴。主な作品に評伝「A W.シュレーゲル」(43年)、「ゲーテとマリアンネ」(45年)、小説「テオドア・ヒンドラー」(36年)、その続編「フランツィスカ・シェーラー」(45年)、評論「文学と世論」(62年)等。

フレンチ, タナ　*French, Tana*
アイルランドの作家
[賞]MWA賞処女長編賞(2008年), アンソニー賞新人賞(2008年), マカヴィティ賞新人賞(2008年), バリー賞新人賞(2008年)
[歴]アイルランド、イタリア、アメリカ、マラウィで育ち、1990年以降はアイルランドのダブリンで暮らす。トリニティー・カレッジで演技を学び、女優や声優として働いた後、2007年「悪意の森」で作家デビュー。アメリカ探偵作家クラブ(MWA)賞処女長編賞をはじめ、アンソニー賞、マカヴィティ賞、バリー賞などの新人賞を受賞して一躍注目を浴びる存在となった。

フレンチ, ニッキ　*French, Nicci*
イギリスの作家
[歴]ニッキ・フレンチは、イギリスの作家ニッキ・ゲラルド(Nicci Gerrard)とショーン・フレンチ(Sean French)夫妻による共同筆名。妻のニッキは1958年生まれ、オックスフォード大学(英文学)卒。「New Statesman」誌でジャーナリストとして活躍中の90年、ショーンと出会い結婚。97年ショーンとニッキ・フレンチ名義で小説「メモリー・ゲーム」を発表。他の著書に「記憶の家で眠る少女」「優しく殺して」「素顔の裏まで」などがある。「優しく殺して」は、2002年チェン・カイコー監督により映画化された(邦題「キリング・ミー・ソフトリー」)。

フレンチ, マリリン　*French, Marilyn*
アメリカの作家, 評論家
1929.11.21〜2009.5.2
[出]ニューヨーク市ブルックリン　[学]ホフストラー・カレッジ卒, ハーバード大学大学院修了 博士号(ハーバード大学)
[歴]ロングアイランドで育つ。ホフストラー・カレッジを経て、ハーバード大学大学院でジョイス論により博士号を取得。ホー

リー・クロス大学やハーバード大学で教鞭を執る傍ら、最初の小説「The Women's Room（邦題「背く女」）」を4年かけて書き上げ、1977年に出版して、ウーマンリブを変えたといわれるほどの話題となり、ペーパーバックで300万部、ハードカバーで30万部売れた。以後著作活動に専念。85年男女の役割の歴史的制限を扱った「Beyond Power：On Women, Men, and Morals」を出版。他の小説に「ブリーディング・ハート」（80年）、「Her Mother's Daughter」（87年）、「Our Father：A Novel」（94年）、「My Summer with George」（96年）など。また、ジョイス及びシェイクスピアの研究書や多数の論文がある。

プレンツドルフ, ウルリヒ　Plenzdorf, Ulrich
ドイツ（東ドイツ）の作家, 脚本家, 演出家
1934.10.26～2007.8.9
㊙演出家の仕事をしながら映画の脚本などを書く。1972年ゲーテ「若きウェルテルの悩み」を下敷きにしたパロディ小説「若きWのあらたな悩み」を出版、以後30ケ国語に翻訳されるベストセラーになり、東西ドイツだけでなく、広くヨーロッパ各国に知られるようになった。同作は演出家である自身の手により脚本化され、東西ドイツで上演されて人気を呼び、テレビ放映もされた。また「パウルとパウラの伝説」（73年）などの映画や数多くのテレビの脚本も手がけた。"東ドイツのサリンジャー"ともいわれた。

ブレントン, ハワード　Brenton, Howard
イギリスの劇作家
1942.12.13～
㊗ハンプシャー州ポーツマス　㊡ケンブリッジ大学
㊙警察官の息子。ケンブリッジ大学在学中から戯曲を発表。1960年代後半にはフリンジ・シアターのために脚本を書き、その後72～73年ロンドンにあるロイヤル・コート劇場の常任劇作家を務める。政治的には明瞭に左派に属し、現体制を激しく批判する劇を書き続ける。作品には警察批判を含む「恋するクリスティ」（69年）、政治的幻想を扱った「チャーチルの劇」（74年）、「幸福の武器」（76年）、「ブリテンのローマ人たち」（80年）、新聞界を批判した「プラウダ」（85年、デービッド・ヘアと共作）、「Moscow Gold」（90年、タリク・アリと共作）、「Berlin Bertie」（92年）など。商業劇壇には相手にされないが、一部に強い支持者を持っている。

プロ, ピエール　Pelot, Pierre
フランスの作家
1954～
㊗ヴォージュ県
㊙若い頃から肉体労働に就きながら、漫画を描き始める。21歳で作家としてデビュー。以後、ファンタジー、SF、怪奇小説、ミステリーなど様々なジャンルで100を超える小説を書く。1980年に発表された「L'Ete en pente douce」が映画化され、人気作家の一人となる。他の作品に「原始の風が吹く大地へ─人類200万年前の目覚め」がある。

プロイス, マーギー　Preus, Margi
アメリカの児童文学作家, 劇作家
㊤ニューベリー賞オナーブック（2011年）
㊙2002年頃自宅のあるミネソタ州ダルースの姉妹都市・千葉県大原町（現・いすみ市）を訪問したことがきっかけとなり、日米交流史を学ぶ。その草分けとなるジョン万次郎（中浜万次郎）を知り、英語圏の子供たちに万次郎の生涯を伝えようと初の小説「ジョン万次郎 海を渡ったサムライ魂」を刊行。11年アメリカの最も優れた児童文学に与えられるニューベリー賞オナーブックを受賞したほか、数々の児童文学賞を受賞した。絵本も手がけるほか、Colder by the Lake Comedy Theatreのディレクターも務める。

プロイスラー, オトフリート　Preussler, Otfried
ドイツの児童文学作家
1923.10.20～2013.2.18
㊗チェコスロバキア・ボヘミア地方リベレッツ（チェコ）　㊡ドイツ児童文学賞特別賞, 国際アンデルセン賞作家賞推薦（1972年）, ドイツ児童文学賞（ヤングアダルト部門）（1972年）
㊙チェコスロバキアのボヘミア地方に学校教師のドイツ人の子として生まれ、19歳までこの地で過ごす。第二次大戦中ドイツ軍に入隊。戦後、ソ連で5年間の抑留生活を送り、過酷な日々の中で作家を志す。1949年から執筆を始め、ドイツ南部のバイエルンで小学校教師・校長を務めながら書いた「小さい水の精」（56年）でドイツ児童文学賞特別賞を受賞し、70年以降は作家業に専念。超現実的な題材を扱いながら、素朴な明るさとユーモアにあふれた作品が多い。代表作に「小さい魔女」、「小さいおばけ」（66年）、〈大どろぼうホッツェンプロッツ〉シリーズ（69～73年）、「クラバート」（71年）、「小人ヘルベのぼうけん」（81年）、絵本「ユニコーン伝説」（88年）、「かかしのトーマス」など。著書は日本語を含む50ケ国語以上に翻訳され、世界で5000万部以上出版された。72年には全業績に対し国際アンデルセン賞作家賞推薦を受けた。現代ドイツ児童文学の代表的作家。

ブローク, アレクサンドル　Blok, Aleksandr Aleksandrovich
ロシア（ソ連）の詩人, 劇作家
1880.11.28～1921.8.7
㊗ペテルブルク
㊙ロシア象徴主義を代表する詩人。大学教授の父と、作家の母を持つ。1898年頃から化学者メンデレーエフの娘との恋を神秘的に昇華した詩を続々と生み、1904年詩集「美わしの淑女」で詩人としての名声を得た。03年メンデレーエフとの結婚で、夢想から覚醒の時期となり、身の回りの田舎の貧しい風景、都市のテーマなど現実的なモチーフを次々と取り込む。05年の革命後は、次第に社会に目を向けるようになり、18年には12人の赤軍兵士をキリストに従う12弟子になぞらえた長詩「十二」での解釈をめぐり論争を引き起こした。他の作品に詩「祖国」（07～16年）、「クリコヴォの野で」（08年）、「イタリア」（09年）、「カルメン」（13～14年）、「報い」（10～21年）、「スキタイ人」（18年）などがある。

プローコシュ, フレデリック　Prokosch, Frederic
アメリカの作家, 詩人
1908.5.17～1989.6.2
㊗ウィスコンシン州マディソン
㊙英米の大学でイギリス文学を講じる一方、世界を広く旅した経験を基に執筆活動を行う。処女作「アジア人」（1935年）では詩的で印象主義的な作風をみせたが、その後、悪漢小説（ピカレスク）風な構成の背後に政治状況や思想問題を秘めた写実的作風に移行した。他の小説にロシア人亡命者を描いた「七人の逃亡者」（37年）、「ヨーロッパの空」（41年）、リスボンが舞台の「共謀者たち」、アフリカが舞台の「嵐とこだま」（48年）や、「黒い踊り子」（64年）、「魔法のじゅうたん」（79年）、詩集に「海の死」（40年）などがある。「夜の声」と題する回想録では、シャガール、キリコらの画家、ブレヒト、コレット、ジョイス、マルローら作家たちとの交友を描いた。

プロコーフィエフ, アレクサンドル・アンドレーヴィチ　Prokof'ev, Aleksandr Andreevich
ソ連の詩人
1900.12.2～1971.9.18
㊗ロシア・ラドガ湖畔　㊡スターリン賞（1946年）, レーニン賞（1961年）
㊙ラドガ湖畔の漁村に生まれ、1919年ソ連共産党に入党。27年から詩を発表し、北部ロシア民話のモチーフによる「真昼」（31年）や「クラースヌイフ・ゾーリ街」（31年）、「勝利」（32年）などの叙情詩を書く。第二次大戦の独ソ戦には記者として従軍。46年独ソ戦をテーマとした叙情詩「ロシア」（44年）でスターリン賞、61年叙事詩「旅への招待」（60年）でレーニン賞を受けた。

ブロサン, カルロス　Bulosan, Carlos Sampayan
フィリピン生まれのアメリカの作家

1914.11.24～1956.9.13
[出]パンガシナン州
[歴]ルソン島中部パンガシナン州の貧しい農家に生まれる。義務教育を受けただけで、1931年渡米。西海岸でフィリピン人移民の地位向上に取り組みながら、独学で作家になる。フィリピン民話のユーモアを生かした短編集「お父さんの笑い声」(44年)で全米に名が知られた。自伝的小説である第2作「我が心のアメリカ」(46年)では、大恐慌下で人種差別と貧困に苦しむフィリピン人移民の姿を活写した。渡米後は一度も帰国せずアメリカで亡くなったためフィリピンでは知名度が低かったが、60年代以降に詩選集や書簡集が出版され、知られるようになった。

フロスト, マーク　*Frost, Mark*
アメリカの作家, 脚本家
1953～
[出]ニューヨーク　[学]カーネギーメロン大学卒
[歴]カーネギーメロン大学で演出、演技、劇作を学ぶ。大学卒業後、テレビの刑事ドラマ「ヒル・ストリート・ブルース」などの脚本家として活躍したのち、デービッド・リンチと共同でドラマ「ツイン・ピークス」を制作して原案・脚本・演出を担当、一躍注目される。1993年コナン・ドイルを主人公にシャーロック・ホームズのモデルなど虚実とりまぜた人物が登場する冒険活劇「リスト・オブ・セブン」を出版、作家としてデビュー。他の著書に「ドイルと、黒い塔の六人」「ザ・ゴルフマッチ」「秘密同盟アライアンス―パラディンの予言篇」などがある。

フロスト, ロバート　*Frost, Robert Lee*
アメリカの詩人
1874.3.26～1963.1.29
[出]カリフォルニア州サンフランシスコ　[学]ダートマス大学中退, ハーバード大学中退　[賞]ピュリッツァー賞(1924年・1931年・1937年・1943年), ケンブリッジ大学名誉博士号(1957年), オックスフォード大学名誉博士号(1957年), ボーリンゲン賞(1963年)
[歴]10歳の頃ニューイングランド地方に移る。教師をしながら、詩作に没頭。1912年イギリスに渡り、詩人としての新しい出発となった。E.トマス、R.ブルックなど“ジョージ朝詩人”と親交を結び13年処女詩集「少年のこころ」、14年「ボストンの北」を発表。15年帰国、新進詩人として歓迎され、16年「山あいの谷」を発表、詩人としての地位を確保。17～38年アマースト大学特別待遇教授。自然と人間を素朴に表現した国民的詩人で、ピュリッツァー賞を4回受賞し、ケネディ大統領就任式には自作の詩を朗読した。他の詩集に「ニュー・ハンプシャー」(23年)、「西へ流れる小川」(28年)、「証しの樹」(42年)、「開拓地で」(62年)、詩劇「理性の仮面劇」(45年)、「慈悲の仮面劇」(47年)など。

ブロッキ, ヴィルジリオ　*Brocchi, Virgilio*
イタリアの作家
1876.1.19～1961.4.7
[歴]長年高校で文学を教えた後、作家に転じ、1917年の「ミティ」で作家としての地位を確立。作品は発生期の社会主義を理想化した道徳主義的色彩の濃いものから、その後ロンバルディア地方のブルジョアジーの生活が複眼的視点からリアルに描かれるようになる。他の作品に4部作「夢みる島」(19年)、「ネティ」(24年)、大河小説「男の息子」(21～28年)などがある。

ブロツキー, ジョセフ　*Brodsky, Joseph*
ソ連生まれのアメリカの詩人
1940.5.24～1996.1.29
[出]ソ連レニングラード　[名]旧姓名＝Brodskii, Iosif Aleksandrovich　[賞]ノーベル文学賞(1987年), 全米批評家サークル賞(1986年)
[歴]ユダヤ系ロシア人の写真家の子。15歳からボイラーたき、金属労働者など多くの職業を転々とし、1958年から詩作を始める。アンナ・アフマートワと知り合い詩人としての才能を発見されたが、反体制の詩を許可なく発表した罪により63年逮捕、裁判にかけられた末、翌64年“徒食者”として北部ロシア・アルハンゲリスクでの強制労働を宣告され、1年半にわたり囚人生活を送った。その後、地下出版で詩集を次々に出版し西欧でも知られる。72年国外追放となりアメリカに亡命。77年市民権を取得。ロシア語と英語の両方で執筆活動を行う。またミシガン大学、ボストンのマウント・ホリヨーク大学はじめ、アメリカ各地の大学でロシア文学や英詩を教えた。87年ロシア文学の伝統を受け継ぎながら、新しい詩的言語・表現を生み出したとして、ノーベル文学賞受賞。同年ゴルバチョフ政権の下でソ連国内でも作品が正式に発表された。90年ソ連市民権回復。主な作品に長編詩「ジョン・ダンに捧げる悲歌」(63年)、「イサクとアブラハム」(63年)、詩集「詩集」(65年)、「荒野の停留所」(70年)、「美しい時代の終焉」(77年)、「品詞」(77年)、戯曲「大理石」(84年)、評論集「レス・ザン・ワン」(86年)などがある。

ブロック, ジャン・リシャール　*Bloch, Jean-Richard*
フランスの作家, 劇作家, 批評家
1884.5.25～1947.3.15
[出]パリ
[歴]ユダヤ系の作家。歴史学を学び、高等中学で教鞭を執る傍ら、社会主義運動に参加。1910～14年左翼文化誌「自由な努力」を刊行。12年最初の短編集「レヴィ」で反ユダヤ主義に抗議する。17年ユダヤ人の世界をバルザック流の筆致で描いた「…会社」を発表。30年代に雑誌「ウーロープ」で鋭利な論陣をはり活躍。37年共産党に入党、反ファシズム文化運動に貢献。第二次大戦中はモスクワに亡命し、モスクワ放送でフランスに向け反ナチス運動を行う。他の代表作に小説「クルド族の夜」(25年)、戯曲「最後の皇帝」(26年)「トゥーロン港」(44年)、評論「演劇の運命」(30年)「文化の誕生」(36年)などがある。

ブロック, フランチェスカ・リア　*Block, Francesca Lia*
アメリカの作家
1962～
[出]カリフォルニア州ロサンゼルス　[学]カリフォルニア大学バークレー校　[賞]Margaret Edwards Award(2005年)
[歴]カリフォルニア州ロサンゼルスのハリウッド生まれ。10代の頃に詩集を2冊出す。カリフォルニア大学バークレー校在学中に初めて書いた小説「ウィーツィ・バット」(1989年)と、「ウィッチ・ベイビ」(91年)などの〈ウィーツィ・バット〉シリーズは全米で話題を呼び、新しいヤングアダルトの書き手として一躍注目を集める。他に著書に「ヴァイオレット&クレア」「薔薇と野獣」「人魚の涙 天使の翼」「ひかりのあめ」、短編集「“少女神”第9号」「Nymph－妖精たちの愛とセックス」などがある。

ブロック, ロバート　*Bloch, Robert*
アメリカのホラー作家, シナリオ作家
1917.4.5～1994.9.23
[出]イリノイ州シカゴ　[学]リンカーン高(1934年)卒　[賞]ヒューゴー賞(短編部門賞)(1959年)
[歴]ドイツ系ユダヤ人の両親のもとに生まれる。幼い頃から怪奇幻想の世界に興味を抱き、10歳のとき「ウィアード・テールズ」誌をとおして恐怖小説と出会う。やがてH.P.ラブクラフトに師事して自らも恐怖小説の創作をおこない、高校卒業の1934年初めて「Lilies(百合)」という作品が活字になる。続いて同年「The Secret of Tomb(墓の秘密)」と「The Feast in the Abbey(修道院の饗宴)」が商業誌に採用され、アメリカ恐怖小説の新しい担い手としての出発となった。59年「Psycho(サイコ)」を発表して評判が高く、これが出世作になり、ヒッチコックによって映画化された。同年「That Hell-Bound Train(地獄行列車)」がヒューゴー賞短編部門賞を受賞する。恐怖小説だけにとどまらず、SF、ファンタジー、脚本の分野でも精力的に活躍する。映画脚本には「怪人カリガリ博士」「アト

ランチスの謎」など。

ブロック, ローレンス　*Block, Lawrence*
アメリカの作家
1938.6.24〜
[出]ニューヨーク州　[名]別名＝ハリソン, チップ カバナー, ポール　[賞]ネロ・ウルフ賞, MWA賞最優秀短編賞(1984年), MWA賞最優秀長編賞(1992年), MWA賞巨匠賞(1994年), PWA賞最優秀長編賞, CWA賞ダイヤモンド・ダガー賞(2004年)
[歴]20代初めから小説を発表。1970年代に登場した数多いハードボイルドの中でも異彩を放つ〈アル中探偵マット・スカダー〉シリーズで注目される。このシリーズと〈泥棒バーニイ〉シリーズ、さらに〈殺し屋ケラー〉シリーズを書き分けている。プロット作りと登場人物の描き方のうまさには定評があり、ほかにテレビドラマの原作、ポルノ小説なども手がける。「泥棒は詩を口ずさむ」でネロ・ウルフ賞、84年「夜明けの光の中に」でMWA賞最優秀短編賞、92年「倒錯の舞踏」でMWA賞最優秀長編賞、94年MWA賞巨匠賞、「死者との誓い」でPWA賞最優秀長編賞、2004年「処刑宣告」でイギリス推理作家協会賞(CWA賞)ダイヤモンド・ダガー賞を受賞。

ブロックマイヤー, ケビン　*Brockmeier, Kevin*
アメリカの作家
1972.12.6〜
[出]アーカンソー州リトルロック　[学]サウス・ウェスト州立大学卒　[賞]イタロ・カルヴィーノ短編賞(1997年), O.ヘンリー賞(2002年), ネルソン・オルグレン賞
[歴]1997年短編「ある日の"半分になったルンペルシュティルツヒェン"」でイタロ・カルヴィーノ短編賞を受賞して作家デビュー。「ニューヨーカー」など様々な刊行物に短編を発表、O.ヘンリー賞、ネルソン・オルグレン賞など数々の賞に輝き、短編の名手として新人ながら注目を浴びる。2007年長編「終わりの街の終わり」を発表、文芸誌「グランタ」が10年ごとに発表する"最も有望な若手アメリカ作家2007"に選ばれ、アメリカを代表する若手作家として評価を得た。他の作品に「第七階層からの眺め」など。

ブロッホ, ヘルマン　*Broch, Hermann*
オーストリアの作家, 実業家
1886.11.1〜1951.5.30
[出]ウィーン　[名]ブロッホ, ヘルマン・ヨーゼフ〈Broch, Hermann Joseph〉　[学]ウィーン大学(哲学・数学)
[歴]ユダヤ系。父の大紡績会社を継ぎ、1927年までウィーン工業連盟理事長などの役職を務める。同年引退し、ウィーン大学で数学、哲学、心理学を学ぶ。傍ら著作活動に入り、長編小説「夢遊の人々」(3部作, 31〜32年)を書き始め、出版されるとたちまち識者の間で高く評価される。38年ナチスに逮捕されたが、ジョイスらの尽力で釈放され、40年アメリカに亡命。アメリカで書かれた哲学詩的長編「ウェルギリウスの死」(45年)は、古代ローマの大詩人の臨終を描き、当時の緊迫したアメリカの知識人に大反響を呼ぶ。他の作品に小説「罪なき人びと」(50年)、戯曲「Entsühnung」などがある。

ブローティガン, リチャード　*Brautigan, Richard*
アメリカの作家, 詩人
1935.1.30〜1984.9
[出]ワシントン州タコマ
[歴]貧しい家庭に育ち、様々な職業を転々とした。1958年サンフランシスコに出てビート・ジェネレーションの詩の影響を受け、やがて作家に転身する。67年、それまで各々独立した章としてマイナー・マガジンに発表していた47のエピソードを一つに編んで出版した「Trout Fishing in America(アメリカの鱒釣り)」が好評で、出世作となる。60年代の反体制志向の若者の生活を、ユーモアとアイロニーの混じる独特の語り口で描き、ヒッピー世代の象徴的存在といわれた。他の作品に「ビッグ・サーの南軍将校」(65年)、「西瓜糖の日々」、「バビロンを夢見て」(77年)、「東京モンタナ急行」(80年)、短編集「芝生の復讐」(71年)、詩集「チャイナタウンからの葉書」「突然訪れた天使の日々」などがある。寺山修司とも親交があり、76年以降たびたび来日、日本女性と再婚もした。没後、最後の小説「不運な女」が一人娘によって発見され、94年にフランス語訳版、2000年英語訳版、05年日本語訳版が刊行された。

ブローディ・シャーンドル　*Bródy Sándor*
ハンガリーの作家, 劇作家
1863.7.23〜1924.8.12
[歴]若くして短編集「貧困」(1884年)出し、88〜90年トランシルバニアで地方新聞を編集。ブダペストに戻り作家、劇作家として活躍。1903〜05年アンブルシュらと文芸週刊誌「未来」を主宰、20世紀の新しい作家に影響を与えた。作品は自然主義の影響を受け、都会生活の暗黒面を描いたものが多い。主な作品に、小説「銀の山羊」(1898年)、戯曲「女教師」(1908年)など。18〜19年ハンガリー革命敗北後、一時ウィーンに亡命したが、23年帰国した。

ブローデリック, デミアン　*Broderick, Damien*
オーストラリアの作家
1944〜
[歴]1960年代末から70年代初期にかけて「魔術師の世界」(70年)などを出版。82年「ユダ・マンダラ」で再び注目を集める。作品は親近感と娯楽性があり、また鋭く高い文学的感性を持っている。アンソロジスト。

ブロート, マックス　*Brod, Max*
チェコ生まれのイスラエルの作家
1884.5.27〜1968.12.20
[出]オーストリア・ハンガリー帝国プラハ
[歴]ユダヤ系のドイツ語作家として知られ、音楽評論家としても活躍。1916年「イェヌーファ」のプラハ初演の批評を手がけたのをきっかけに、ヤナーチェクの最初の評伝(24年)などを書く。39年シオニストとしてパレスチナ(現・イスラエル)に亡命し、テルアビブのハビマー劇場の文芸部員となる。その後同劇場監督としても活躍し、音楽批評の活動も続けた。英語圏では、フランツ・カフカの長年の友人、編集者、伝記作家として知られる。主著に小説「テュヒョ・ブラーエの神への道」(16年)、「捕らわれのガリレイ」(48年)、「師匠」(52年)、研究書「フランツ・カフカ」(37年)などがある。作曲作品に「パレスティナ舞踏曲」「ヘブライ・レクイエム」など。

ブロドキー, ハロルド　*Brodkey, Harold*
アメリカの作家
1930〜1996.1.26
[出]イリノイ州スタウントン　[学]ハーバード大学卒　[賞]O.ヘンリー賞(1975年・1976年)
[歴]ユダヤ系。1950年代から「ニューヨーカー」誌などで小説や批評を発表。そのうちの「First Love & Other Sorrows(初恋、その他の悲しみ)」はアメリカ青春文学の傑作として読書界にショックを与え、作家の地位を決定的なものとした。75年、76年にO.ヘンリー賞を受賞。91年には32年間かけて完成させた長編小説「ザ・ランナウェー・ソウル」を発表。また、自らのエイズを題材にしたエッセイを雑誌に執筆した。他の作品に「Stories in an Almost Classical Mode」、長編「Party of Animals」、自伝「This Wild Darkness：The Story of My Death(わたしの死の物語)」などがある。

ブローナー, ピーター　*Blauner, Peter*
アメリカのミステリー作家
1959〜
[賞]アメリカ探偵作家クラブ最優秀処女長編賞(1991年度)
[歴]雑誌「ニューヨーク」で9年間、編集者として政治欄、犯罪欄を担当した。著書に「欲望の街」「侵入者」など。「侵入者イントルダー」はマンダレー・エンタテイメントが映画化権を取得した。

フ

ブロニエフスキ, ヴワディスワス *Broniewski, Władzisław*
ポーランドの詩人
1897.12.17～1962.2.10
[出]プウォツク
[歴]1923年文学誌に登場。25～36年「ワルシャワ情報」の編集書記。25年詩集「風車」を発表、左翼刊行物の「新しい文化」「てこ」のメンバーに。戦時中、ソ連に在住、41年から中近東駐在ポーランド軍の士官となり、46年帰国。戦後の詩集に「悩みと歌」(45年)、「絶望の樹」(46年)、「パリ・コムミューン」(47年)、「最后の叫び」「ワルシャワの詩」(48年)、「塹壕とバリケード」(49年)、「希望」(51年)、「子供たちのために」(55年)など。ヒューマニスティックな革命詩を格調の高い韻律に託し、歌い上げた。

ブローフィ, ブリジッド *Brophy, Brigid*
イギリスの作家, 批評家
1929.6.12～1995.8.7
[出]ロンドン　[学]セント・ポール女子学校, セント・ヒュー・カレッジ
[歴]1972～82年ライターズ・アクション・グループの創立メンバー。77～80年イギリス著作権評議会副議長などの要職を務める。代表作は64年の「The Snow Ball(雪の舞踏会)」で、モーツァルトのオペラ「ドン・ジョヴァンニ」をもとにした才気あふれる小説。ノンフィクション作品も多く、「Mozart the Daramatist」(64年)、「A Potrait of Aubrey Beardsley」(68年)、「The Prince and the Wild Geese」(83年)など。他の作品に「Pussy Owl」(76年)、長編「The King of a Rainy County」(90年)など。また、女性問題や動物愛護の活動家としても知られ、狩猟、釣りなどの反対運動に力を入れた。

ブロフカ, ペトルーシ *Bróvka, Petrúsi*
ソ連の詩人
1905.6.12～1980.3.24
[歴]若い頃から社会運動に参加し、傍ら詩を書く。白ロシア作家同盟議長としても活躍し、代表作品に「祖国の春」(1937年)や長詩「カテリーナ」などがある。

ブロムフィールド, ルイス *Bromfield, Louis*
アメリカの作家
1896.12.27～1956.3.18
[出]オハイオ州マンスフィールド　[学]コーネル農業大学, コロンビア大学　[賞]ピュリッツァー賞(1927年)
[歴]第一次大戦に従軍し、その後新聞記者としてフランスに行く。1940年以後農園を営む。処女作は「グリーン・ベイの木」(24年)。他の作品にピュリッツァー賞受賞作「初秋」(25年)や「善良な女性」(27年)、「雨季きたる」(37年)、「ボンベイの夜」(40年)、「マラバー牧場」(48年)などがある。

プロンジーニ, ビル *Pronzini, Bill*
アメリカのミステリー作家
1943～
[出]カリフォルニア州ペトルーマ　[賞]PWA賞巨匠賞(1978年), PWA賞(1987年), シェイマス賞(3回), フランス推理小説大賞最優秀犯罪小説(1988年), MWA賞巨匠賞(2008年)
[歴]ジュニア・カレッジに学んだ後、職を転々とし、やがてスポーツ新聞のライターとなる。本格的に推理小説を書きだしたのは1969年からで、71年に発表した「The Snatch(誘拐)」から〈名無しのオプ〉シリーズが始まり、"ネオ・ハードボイルド派"の旗手としての地歩を確立。78年PWA賞巨匠賞、87年PWA賞、シェイマス賞、88年「雪に閉ざされた村」でフランス推理小説大賞最優秀犯罪小説を受賞。他の作品に「幻影」など。長編のみならず、これまで「アーゴシー」などの雑誌に数多くの短編が掲載されている。ミステリー作家で妻のマーシャ・マラーとの共作も多い。また各種のアンソロジーを編むなど幅広く活動。パルプマガジン、探偵小説の熱心なコレクターでもある。
[家]妻＝マーシャ・マラー(ミステリー作家)

ブロンスキー, アリーナ *Bronsky, Alina*
ロシアの作家
1978～
[出]エカテリンブルク
[歴]子供時代はウラル山脈のアジア側で、青年期はドイツのマールブルクとダルムシュタットで育つ。大学の医学部に進むが中退し、日刊新聞のコピーライター、編集者として働く。デビュー作「Scherbenpark」が書評家の絶大な賛辞を受けてベストセラーとなり、"シーズンで最大のセンセーションを巻き起こした新人作家"と称される(「シュピーゲル」誌)。2011年2作目「Dieschärfsten Gerichte der tatarischen Küche(タタールで1番辛い料理)」もデビュー作同様に書評家の注目を集めベストセラーに。他の著書に「僕をスーパーヒーローと呼んでくれ」など。

ブロンダン, アントワーヌ *Blondin, Antoine*
フランスの作家
1922.4.11～1991.6.7
[出]パリ　[学]パリ大学文学部　[賞]ドゥ・マゴ賞(1949年), アンテラリエ賞(1959年), アカデミー・フランセーズ小説大賞(1979年), パリ市小説大賞(1982年)
[歴]1950年代、実存主義の"参加の文学"を嫌い、あか抜けした冗舌と奔放な想像力を駆使した「ヨーロッパ野外学校」(49年)、「善き神の子ら」(52年)などを発表。アンテラリエ賞を受賞した「冬の猿」(59年)は映画化され、ジャン・ギャバン、ジャンポール・ベルモントが出演。他の作品に「ムッシュー・ジャディスあるいは夜の学校」、評論集に「作品の中の私」などがある。スポーツにも造詣が深く、スポーツ紙「レキップ」にも筆を執った。"軽騎兵"と呼ばれる第二次大戦後の新古典主義作家の一人。
[家]母＝ジェルメーヌ・ラグロー(詩人)

ブロンネン, アルノルト *Bronnen, Arnolt*
ドイツ(東ドイツ)の劇作家, 作家
1895.8.19～1959.10.12
[出]オーストリア・ウィーン　[名]ブロンナー, アルノルト
[歴]ブレヒトとの親交を持ち、ドイツ座でも上演された「父親殺し」(1920年初演)や「青春の誕生」(22年)「シリアンのアナーキー」(24年)などで名声を確立。これらは、旧世代攻撃の精神運動を支援するものだった。20年代後半より、ナチズムにも傾斜するが、30年代には反ナチの立場をとり、オーストリアでの地下抵抗運動にも参加した。また35年にはベルリン国立放送協会文芸部員となり、ウィーンのスカラ座監督を務めたことでも知られる。第二次大戦後は共産主義者となり、東ドイツに移住し、劇評家として活躍した。自伝に「アルノルト・ブロンネンの調書」(54年)がある。

フワスコ, マレク *Hłasco, Marek*
ポーランドの作家
1934.1.14～1969.6.14
[出]ワルシャワ
[歴]父は弁護士。1956年処女短編集「雲の中への第一歩」を発表、恋愛小説「週の八日目」(57年)で作家としての地位を確立。社会主義下のポーランドの姿を若者の目から赤裸々に描いた作品はスターリズムの緩んだ社会に支持され、ポーランドの"怒れる若者たち"として国際的な話題を集めた。また、週刊誌「ポプロストゥ」の文芸欄を担当したが、57年民主的言論を警戒した当局により廃刊となった。58年海外に出ると帰国を許されず、フランス、イスラエル、アメリカなどを転々。ドイツの女優ソニア・ツィーマンとの恋愛で世間を騒がせたこともあった。69年ドイツのヴィースバーデンで35歳で急逝した。

フンケ, コルネーリア *Funke, Cornelia Caroline*
ドイツの児童文学作家, イラストレーター
1958～
[出]西ドイツ・ノルトライン・ウェストファーレン州ドルステン(ドイツ)　[学]ハンブルク大学(教育学)卒　[賞]ウィーン児童文

学賞, チューリヒ児童文学賞, ロスウィータ賞（2008年）
[歴]教育者としての仕事の傍ら専門大学に通い、本のイラストレーションを学ぶ。子供の本のイラストレーターとして出発し、28歳の時から文章も手がけるようになり、1987年からフリーのイラストレーター、作家として活躍。ドイツで最も著名な児童文学作家の一人となる。ウィーン児童文学賞など、数多くの児童文学賞を受賞。著書に「竜の騎士」（97年）、「どろぼうの神さま」（2000年）、「魔法の声」（03年）、「魔法の文字」（05年）、「魔法の言葉」（08年）、「鏡の世界」（10年）などがある。

【へ】

べ
→ヴェをも見よ

ベーア, エドワード　*Behr, Edward*
フランス生まれのイギリスの作家, ジャーナリスト
1926.5.7〜2007.5.26
[出]パリ　[名]Behr, Edward Samuel　[学]ケンブリッジ大学（1951年）卒, ケンブリッジ大学大学院（1953年）修士課程修了
[歴]イギリス人の父とロシア人の母のもとにパリで生まれ、フランスとイギリスで育つ。インド軍で情報将校を務めた後、ケンブリッジ大学に入学。卒業後ロイター通信の海外特派員を皮切りに、「タイム・ライフ」誌、「サタデイ・ポスト」紙を経て、1965年「ニューズウィーク」誌に転じ、アジア支局長に。73年同誌国際版のヨーロッパ編集主幹となる。中国文化大革命とベトナム戦争、五月革命のパリ、ソ連戦車のプラハ侵入と数々の国際重大事件を取材した経験を持つ。これらの豊富な経験を生かして80年、国際政治ミステリーともいうべき小説「Getting Even（赤い国境線）」を出版、多くの読者を得た。また昭和天皇や満州国最後の皇帝・溥儀、ルーマニアのチャウシェスク大統領などの伝記も執筆。他に「アルジェリア問題」「三十六番目の道」「ここに、強姦された人はいますか」、映画とタイアップした「ラスト・エンペラー」などがある。

ベア, エリザベス　*Bear, Elizabeth*
アメリカのSF作家
1971.9.22〜
[出]コネティカット州ハートフォード　[学]コネティカット大学（英文学, 人類学）中退　[賞]ジョン・W.キャンベル記念賞最優秀賞新人賞（2005年）, ローカス賞（最優秀処女長編部門）（2006年）
[歴]コネティカット大学で英文学と人類学を専攻するが中退。テクニカルライターなど様々な職業を経て、作家活動に入る。2005年ジョン・W.キャンベル記念賞最優秀賞新人賞を、06年〈Jenny Casey〉シリーズ3部作「HAMMERED」「SCARDOWN」「WORLDWIRED」でローカス賞最優秀処女長編部門を受賞した。他に〈Jacob's Ladder〉〈Eternal Sky〉シリーズなどがある。

ベア, グレッグ　*Bear, Greg*
アメリカのSF作家
1951.8.20〜
[出]カリフォルニア州サンディエゴ　[名]ベア, グレゴリー・デール〈Bear, Greogory Dale〉　[賞]ネビュラ賞中長編小説部門（1983年）, ネビュラ賞中編小説部門（1983年）, ヒューゴー賞中編小説部門（1984年）, ネビュラ賞短編小説部門（1986年）, ヒューゴー賞短編小説部門（1987年）, ネビュラ賞長編小説部門（1994年）, ネビュラ賞長編小説部門（2000年）
[歴]父が軍人だった関係で12歳まで国の内外を転々とする。この間、8歳で創作を始め、13歳の時には雑誌に投稿し、最初の短編がSF雑誌に売れたのは15歳という早熟ぶりをみせる。1979年「Hegira」で長編デビュー。83年「鏖戦」でネビュラ賞、また「ブラッド・ミュージック」でネビュラ賞とヒューゴー賞を受賞。「火星転移」「ダーウィンの使者」でもネビュラ賞長編小説部門を受ける賞など、現代SFを代表する作家の一人として活躍。他の著書に「無限コンチェルト」「天空の劫火」「凍月」「女王天使」などがある。

ヘア, デービッド　*Hare, David*
イギリスの劇作家
1947.6.5〜
[出]サセックス州ヘイスティングズ　[学]ケンブリッジ大学ジーザスカレッジ（1968年）卒　[賞]ジョン・ルウェリン・リース賞（1975年）, ベルリン国際映画祭金熊賞（1985年）
[歴]1968年ポータブル・シアター・カンパニーを旗揚げ。69〜71年ロイヤル・コート劇場専属劇作家、73年ノッティンガム劇場専属劇作家などを経て、84〜88年、89年からイギリス国立劇場演出家補。イギリスの社会制度に焦点を当てた3部作「レーシング・デーモン」（90年）、「法廷侮辱罪」（91年）、「戦いの不在」（93年）などを上演。劇作家として数々の賞を受賞。他の作品に「エイミーの見方」（97年）、「ユダのキス」「ヴィア・ドロローサ」「ザ・ブルー・ルーム」（98年）などがある。一方、82年映画製作会社グリーンポイント・フィルムズを設立。監督作「ウェザビー」（85年）でベルリン国際映画祭金熊賞を受賞。他に映画「めぐりあう時間たち」（2002年）、「愛を読むひと」（08年）などの脚本を手がける。ナイト爵位を叙せられる。

ベーア・ホフマン, リチャード　*Beer-Hofmann, Richard*
オーストリアの作家, 劇作家
1866.7.11〜1945.9.26
[出]ウィーン
[歴]ホフマンスタール、シュニッツラーと並んで世紀末ウィーンを代表する作家の一人。「若きウィーン」派としてデビューし、鋭敏な感性に基づく印象主義的な作風で知られる。1939年アメリカに亡命。60年代になって再評価され、全集が刊行された。主な作品に小説「ゲオルクの死」（00年）、戯曲「シャロレ伯爵」（04年）、ドラマ「ヤーコプの夢」（18年）、詩「Schlaflied für Mirijam」（19年）等。

ベーアマン, サミュエル・ナサニエル
Behrman, Samuel Nathaniel
アメリカの劇作家, 脚本家
1893.6.9〜1973.9.9
[出]マサチューセッツ州　[学]ハーバード大学（戯曲創作）
[歴]ユダヤ系。1927年風俗喜劇「第二の男」でデビューし、最初の成功を得る。その後、主に喜劇的な作品を書き続けたほか、外国劇の脚色や映画の脚本なども手がけた。"アメリカのノエル・カワード"といわれた。他の作品に「はかなき瞬間」（32年）、「伝記」（33年）、「夏の終り」（36年）、「喜劇時代にあらず」（39年）、「冷たい風と暖かい風」（58年）、「画商デュヴィーンの優雅な商売」、脚本に「クリスティナ女王」「アンナ・カレーニナ」など。

平 路　へい・ろ　*Pin Lu*
台湾の作家
1953〜
[出]高雄　[名]路 平　[学]台湾大学心理学部卒, アイオワ大学大学院（統計学）修士課程修了
[歴]大学卒業後、渡米。アイオワ大学で統計学の修士号をとり、しばらく働きながら創作活動を行う。1994年台湾に戻り、執筆活動に専念。著書に「天の涯までも—小説・孫文と宋慶齢」「何日君再来—いつの日きみ帰る ある大スターの死」などがある。

ヘイウッド, ガー・アンソニー　*Haywood, Gar Anthony*
アメリカのミステリー作家
1954〜
[出]ロサンゼルス　[賞]PWA私立探偵小説コンテスト第1席（1988年）
[歴]幼い頃から作家を志す。グラフィック・デザイナーとコンピューター・メンテナンス技師をしながら、黒人私立探偵アー

ロン・ガナーを主人公とする「漆黒の怒り」を執筆。1988年出版されるとPWAコンテスト第1席となる。以後、作家業に専念して〈アーロン・ガナー〉シリーズの「Not Long for This World」（90年）、「愚者の群れ」（99年）などを発表。また、素人探偵のカップル〈ジョー＆ドティー〉が活躍するユーモラスなシリーズもある。

ヘイグ, マット　Haig, Matt
イギリスの作家
1975～

㋾サウスヨークシャー州シェフィールド
㋾ノッティンガムシャーで少年時代を過ごしたのち、ロンドン、イビサ島、イングランド中央部のリーズなどに移り住む。若手ビジネス・コンサルタントとして、「ガーディアン」「サンデー・タイムズ」「インディペンデント」などの各紙に寄稿する他、ビジネス書、児童書、ヤングアダルト、ミステリーなどのジャンルで作品を執筆。初の小説は2004年の「イギリスの最後の家族」（のち「ラブラドールの誓い」に邦題改題）。その作品群は30ヶ国語以上に翻訳されており、「今日から地球人」（13年）はアメリカ探偵作家クラブ賞（MWA賞）の最優秀長編賞にノミネートされた。

ベイジョー, デービッド　Bajo, David
アメリカの作家

㋾カリフォルニア州　㋾サンディエゴ大学, ミシガン大学, カリフォルニア大学アーバイン校
㋾アメリカ・カリフォルニア州のメキシコ国境付近の農場で育つ。サンディエゴ大学、ミシガン大学、カリフォルニア大学アーバイン校に学ぶ。ジャーナリストとして7年間、カリフォルニアとメキシコの国境文化を取材した後、2008年「追跡する数学者」で作家デビュー。サウスカロライナ大学で創作の教鞭を執る傍ら、執筆活動を行う。妻は作家のエリーズ・ブラックウェル。
㋾妻＝エリーズ・ブラックウェル（作家）

ペイショット, ジョゼ・ルイス　Peixoto, José Luís
ポルトガルの作家, 詩人, 紀行作家
1974～

㋾アレンテージョ地方ガルヴェイアス　㋾サラマーゴ賞, オセアノス賞
㋾大学卒業後数年間教師を務める。2000年処女長編「無のまなざし」でサラマーゴ賞を受賞、新世代の旗手として絶賛を受ける。他にもスペインやイタリアの文学賞を受賞するなど、ヨーロッパを中心に世界的に高い評価を受け、「ガルヴェイアスの犬」ではブラジルのオセアノス賞を受賞。詩人としても評価が高く、紀行作家としても活躍。作品はこれまで20以上の言語に翻訳されている。現代ポルトガル文学を代表する作家の一人。

ヘイゼルグローブ, ウィリアム・エリオット　Hazelgrove, William Elliott
アメリカの作家
1959～

㋾バージニア州
㋾シカゴに移り住む。大学で歴史を学んだのち、様々なアルバイトをしながら作家を目指し、1992年二人の少年の心の揺れを描いた処女作「Rippers」で全米図書館協会（ALA）から編集者たちが選ぶ優秀作品賞を受賞。続いて第二次大戦直後の南部を題材にした「Tobacco Sticks」（95年）は各新聞・書評誌で絶賛され、一躍脚光を浴びる。他の作品に「雲母の光る道」（98年）など。

ヘイダー, モー　Hayder, Mo
イギリスの作家
1962～

㋾エセックス州　㋾MWA賞最優秀長編賞（2012年）
㋾15歳で社会に出た後、バー勤務などを経て来日。東京でしばらくクラブ・ホステスとして働く。その後アジアをまわってベトナムで英語教師を務め、アメリカへ渡ってワシントンD.C.のアメリカン大学で映画を学び映画製作に携わる。のち、イギリスのバース・スパ大学で小説制作を学び、2000年「死を啼く鳥」で作家デビュー、イギリス、アメリカで絶賛される。同作は〈Jack Caffery〉としてシリーズ化され、シリーズ第2作「悪鬼の檻」（05年）も好評を博す。シリーズ第5作「喪失」（10年）で、12年MWA賞最優秀長編賞を受賞。

ヘイデンスタム, ヴェーネル・フォン　Heidenstam, Verner von
スウェーデンの作家, 詩人
1859.7.6～1940.5.20

㋾オルシャマル　㋾Heidenstam, Karl Gustaf Verner von　㋾ノーベル文学賞（1916年）
㋾貴族軍人の名門に生まれ、身体が弱かったため17歳で学校を中退し、保養をかねて南欧や近東へ旅に出た。1887年帰国し、父の後を継いで荘園主となり、傍ら詩作を始める。88年詩集「巡礼と遍歴の歳月」、89年小説「エンデュミオン」でロマン派運動の旗手として文壇に登場。その後、次第に愛国的色彩を帯び、スウェーデンの国民的詩人といわれた。他の作品に詩集「詩集」（95年）、「一つの民族」（02年）、「新詩集」（15年）、小説「ハンス・アリエーヌス」（92年）、「カール王の軍兵」（97～98年）、「聖女ビギッタの巡礼」（1901年）、「フォルクング一族」（05～07年）、評論「ルネッサンス」（1890年）などがあり、1916年ノーベル文学賞を受賞。また詩作の一つ「スウェーデン」は第二国歌となっている。

ペイトン, キャサリーン　Peyton, Kathleen M.
イギリスの児童文学作家
1929～

㋾バーミンガム　㋾マンチェスター美術学校　㋾カーネギー賞（1969年）, ガーディアン賞（1970年）
㋾15歳で処女作を発表して注目をあびる。画家を志して美術学校へ入学するが、在学中に結婚。絵筆をペンにかえ、作家活動に入る。夫と合作で子供向けの探偵小説などを書いていたが、1962年「ウィンドォール」で作家として独立。イギリスを代表するヤングアダルト作家。著書に「フランバーズ屋敷の人びと」（3部作）「雲のふち」「卒業の夏」「ベートーヴェンの肖像」「バラの構図」など。

ペイバー, ミシェル　Paver, Michelle
マラウイ生まれのイギリスの作家
1960.9.7～

㋾ロンドン　㋾オックスフォード大学卒　㋾ガーディアン賞（2010年）
㋾アフリカのマラウイで生まれ、少女時代にイギリスへ移る。オックスフォード大学で生化学の学位を取得した後、薬事法を専門とする弁護士として活動。2000年「Without Charity」で作家としてデビュー。神話、民俗学、考古学の書物を読み、またアイスランドやノルウェーなどを旅して物語の構想を練り上げ、古代冒険小説〈クロニクル千古の闇〉シリーズを執筆。同作全6巻は世界的なベストセラーとなり、10年最終巻「決戦のとき」でガーディアン賞を受賞。他に〈青銅の短剣〉シリーズがある。06年来日。

ベイヤー, ウィリアム　Bayer, William
アメリカの推理作家

㋾MWA賞最優秀長編賞（1982年）
㋾少年の頃より興味を抱いていた鷹匠術について綿密な調査・取材を行い、1981年に「Peregrine（キラーバード、急襲）」を発表、翌年アメリカ探偵作家クラブ賞（MWA賞）最優秀長編賞を受賞した。ニューヨークとマーサズ・バインヤードの2ヶ所に拠点を持ち半々の生活を送りながら執筆活動を行う。ほかに「すげ替えられた首」「ダブル・カット」などがある。

ヘイヤー, ジョージェット　Heyer, Georgette
イギリスの作家
1902.8.16～1974.7.4

[出]ロンドン　[学]ウェストミンスター・カレッジ卒
[歴]ウェストミンスター・カレッジを卒業し、早くから小説を書く。1925年結婚し、29年まで東アフリカやユーゴスラビアを旅行した。イギリスの摂政時代の専門家であり、その知識を生かした綿密な時代考証に基づいた恋愛小説を多数執筆。それらは現代のヒストリカル・ロマンスの原型となり、35年には摂生時代を初めて小説で取り上げた「Regency Buck」を刊行して“摂生ロマンス”のジャンルを確立した。また、「紳士と月夜の晒し台」(35年)、「マシューズ家の毒」(36年)などの推理小説も手がけた。

ベイヤード, ルイス　*Bayard, Louis*
アメリカの作家
[出]ニューメキシコ州アルバカーキ　[学]プリンストン大学卒
[歴]父はアメリカ陸軍の軍人で、幼い頃からアメリカ各地を転々とした後、バージニア州スプリングフィールドで育つ。プリンストン大学でジョイス・キャロル・オーツに師事して英文学を学び、卒業後は「ニューヨーク・タイムズ」「ワシントン・ポスト」「サロン・ドット・コム」などでジャーナリスト、レビュアーとして活躍。1999年ロマンチック・コメディ「Fool's Errand」で作家デビュー。2006年無名時代のエドガー・アラン・ポーを探偵役に起用した「陸軍士官学校の死」を発表、同年のイギリス推理作家協会(CWA)賞エリス・ピーターズ・ヒストリカル・ダガー賞、07年のアメリカ探偵作家クラブ(MWA)賞最優秀長編賞にノミネートされ、一躍ベストセラー作家の仲間入りを果たす。

ヘイリー, アーサー　*Hailey, Arthur*
イギリス生まれのカナダの作家
1920.4.5～2004.11.24
[出]イギリス・ベッドフォードシャー州ルートン　[賞]カナダ作家芸術家会議賞(1957年・1958年), ダブルディ小説賞(1962年)
[歴]イギリス労働者階級の家庭に育つ。少年時代は読書を好み、新聞記者を志した。しかし、家庭の事情が高校進学を許さず、その夢はついえる。1939年英空軍に志願し入隊、この頃より軍務の合間に詩作を始める。第二次大戦中はパイロットとして従軍。戦後は一時空軍機関誌の編集に従事。47年カナダに移住し、マクリーン・ハンター社の編集員やトレーラー会社のプロモーションに従事。55年サスペンス・ドラマの脚本を書き、作品が放映されて成功を収めた。その後、生活を支えるため広告会社を設立し、傍らテレビドラマの脚本を書くなど多彩に活躍。56年からフリーとなり、59年処女長編「The Final Diagnosis(最後の診断)」を発表。様々な巨大組織を徹底した取材を基に描いた作品で、未知の分野に関する知識を読み手に与える作風で人気を獲得。作品は次々とベストセラーとなり、多くが映画化された。主な作品に「権力者たち」(62年)、「ホテル」(65年)、「大空港」(68年)、「自動車」(71年)、「マネーチェンジャーズ」(75年)、「エネルギー」(79年)、「ストロングメディスン」、「ニュースキャスター」(90年)、「殺人課刑事」(97年)などがある。92年3度目の来日。69年バハマに移住した。

ベイリー, ジョン　*Bayley, John Oliver*
英領インド生まれのイギリスの批評家, 作家
1925.3.27～2015.1.12
[出]英領インド・パンジャブ州ラホール(パキスタン)　[学]イートン校, オックスフォード大学ニュー・カレッジ卒 M.A.　[勲]CBE勲章
[歴]1943～47年軍役につき、51～55年オックスフォード大学聖アントニー校とマグダーレン校のメンバー、55～74年オックスフォード大学ニュー・カレッジの英語の研究員兼教師、74～92年オックスフォード大学セント・キャサリンズ・カレッジの英文学教授兼研究員を務める。一時作家を目指したが批評家に転向し、56年の「ロマン派の生き残り」以後伝統的なリベラルな個人主義に基づく批評を展開する。「ロンドン・レビュー・オブ・ブックス」「サンデー・タイムズ」などで旺盛な批評活動を続けた。ロシア文学への造詣も深く、「トルストイと小説」(66年)、「プーシキン」(71年)など発表。98年妻アイリス・マードックとの結婚生活を振り返る回想録「作家が過去を失うとき」を出版、アルツハイマー病だった妻への献身的介護を公表し話題となった。99年続編「愛がためされるとき」を出版。他の著書にハーディ論「An Essay on Hardy」(78年)やシェイクスピア論「Shakespeare and Tragedy」(81年)、「愛しい登場人物」(60年)、「The Order of Battle at Trafalgar」(87年)、「The Short Story：Henry James to Elizabeth Bowen」(88年)、「Housman's Poems」(92年)、「批評選集」(84年)、小説「Alice」(94年)、「The Red Hat」(97年)など。
[家]妻＝アイリス・マードック(作家)

ベイリー, バリントン　*Bayley, Barrington J.*
イギリスのSF作家
1937.4.9～2008.10.14
[出]ウェストミッドランズ州バーミンガム　[賞]星雲賞海外長編部門(1984年・1985年・1990年)
[歴]10代の初めには「アスタウンディング」「スタートリング・ストーリーズ」といったSF雑誌と出会い、SF作家を志す。1954年16歳で「Combat's End」を雑誌に発表して作家デビュー。55年兵役で空軍に服務した後、除隊して専業作家に。60年代にはマイケル・ムアコックが編集する「ニュー・ワールズ」誌を中心に短編を発表、70年第1長編「スター・ウィルス」を刊行。70年代には「時間衝突」(73年)、「時間帝国の崩壊」(74年)、「カエアンの聖衣」(76年)などの代表作を次々と発表した。

ベイリー, ヒラリー　*Bailey, Hilary*
イギリスのSF作家
1936.9.19～2017.1.19
[出]ケント州ヘイズ　[名]Moorcock, Hilary Bailey
[歴]ペーパーバック版、季刊誌「ニュー・ワールズ」の編集に携わる。知的かつ繊細なスタイリストとして知られる。1962年作家のマイケル・ムアコックと結婚(のち離婚)。夫と共著で「暗黒の回廊」(69年)を発表。「ポーリーはヤカンをかけた」(75年)は、イギリスにおけるニューウェーブ全盛時から親しかった多くの人物を、ユーモラスに愛情を込めて描いた作品。他の作品に短編「フレンチー・シュナイターの堕落」(64年)、「ジュラビアス博士」(68年)、「イズリントンの犬」(71年)などがある。

ベイリー, ポール　*Bailey, Paul*
イギリスの作家
1937.2.16～
[出]ロンドン　[学]サー・ウォルター・セント・ジョーンズ・スクール卒　[賞]サマセット・モーム賞(1968年), イギリス作家クラブ賞, E.M.フォースター賞(1974年)
[歴]1967年老人の共同生活体を描いた「エルサレム園にて」を発表。モーム賞、作家クラブ賞受賞。

ヘイル, シャノン　*Hale, Shannon*
アメリカの作家
[出]ユタ州ソルトレークシティ　[学]ユタ大学(英文学), モンタナ大学(創作)修士課程修了　[賞]ニューベリー賞オナーブック(2006年)
[歴]幼い頃から創作が好きで、10歳でファンタジーを書き始める。テレビや舞台で演技をしながら創作を続け、メキシコやイギリス、パラグアイで暮らした後、ユタ大学で英文学を学び、モンタナ大学で創作の修士号を取る。2003年「The Goose Girl」で作家デビュー。続く「Enna Burning」(04年)、「River Secrets」(06年)で、ファンタジー分野での人気を不動のものとした。06年「プリンセス・アカデミー」でニューベリー賞オナーブックを受賞し、「ニューヨーク・タイムズ」紙のベストセラーリストにもランクイン。ヤングアダルト向けの作品だけではなく、大人向けの作品も執筆し、07年発表の恋愛コメディ「Austenland」は映画化され、13年サンダンス映画祭で初上演された。

ベイル, マレイ　*Bail, Murray*
オーストラリアの作家
1941〜
[出]南オーストラリア州アデレード　[賞]オーストラリア国立図書評議会賞, ヴィクトリア・プレミア賞, コモンウェルス作家協会賞, マイルズ・フランクリン賞
[歴]1965年頃より創作活動に入り、「ニューヨーカー」などに発表する。ボンベイに2年間、70〜74年ロンドンに滞在。処女作「ホームシックネス」でオーストラリア国立図書評議会賞を、次作「Holden's Performance」でヴィクトリア・プレミア賞を受賞。執筆に十年余を費やした長編小説第3作に当たる「ユーカリ」(98年)で、コモンウェルス作家協会賞とマイルズ・フランクリン賞をダブル受賞し、英米の書評欄でも絶賛された。他の作品に短編集「同時代の肖像その他の短編」(75年)など。80年代初頭のオーストラリア国立美術館評議員在任中には、自国の代表的抽象画家、イアン・フェアウェザーの評伝「イアン・フェアウェザー論」を執筆した。

ヘインズ, エリザベス　*Haynes, Elizabeth*
イギリスの作家
1971〜
[出]サセックス州　[学]レスター大学(英語・ドイツ語・美術史)
[歴]レスター大学で英語、ドイツ語、美術史を学ぶ。自動車の販売営業や製薬会社の医薬品情報担当者など様々な職を経て、警察で情報分析官を務める。2011年に発表されたデビュー作「もっとも暗い場所へ」は、イギリスで15万部を突破するベストセラーとなり、29ケ国で刊行された。12年第2長編を発表。

ベインブリッジ, ベリル　*Bainbridge, Beryl*
イギリスの作家, 女優
1934.11.21〜2010.7.2
[出]リバプール　[名]Bainbridge, Beryl Margaret　[賞]ガーディアン小説賞(1974年), ウィットブレッド賞(1977年・1996年), ジェームズ・テイト・ブラック記念賞(1998年), W.H.スミス文学賞(1999年), イギリス図書賞(1999年), デービッド・コーエン英文学賞(2003年), ヘイウッド・ヒル文学賞(2004年), ブッカー賞ベスト・オブ・メリル賞(2011年)
[歴]バレエ学校を終え、種々の職業も行ったが、女優として舞台や、のちテレビに出演。1967年の「A Weekend with Claude(クロードとの週末)」で作家として認められた。74年の「The Bottle Factory Outing(製瓶工場の遠出)」でガーディアン小説賞。他の作品に第二次大戦期の集団生活と暴力を描いた「森の別の場所」(68年)、のち映画化された「スウィート・ウィリアム」(75年)、「Injury Time(傷害のとき)」(77年)、「ワトソンの弁明」(84年)、「An Awfully Big Adventure(おそるべき大冒険)」(89年)、「Every Man For Himself」(96年)などの小説のほか、テレビシリーズ「Forever England」(86年)など。舞台出演に「Tiptoe Through the Tulips」(76年)など。デームの称号を持つ。

ベヴィラックァ, アルベルト　*Bevilacqua, Alberto*
イタリアの作家, 映画監督
1934.6.27〜2013.9.9
[出]パルマ　[賞]リーベラ・スタンパ賞(1955年), カンピエッロ賞(1966年), ストレーガ賞(1968年), バンカレッラ賞(1972年)
[歴]パルマの貧しい家に生まれ育つ。1955年短編集「La polvere sull'erba(草の埃)」で作家デビューし、61年には詩集「失われた友情」を刊行。64年最初の長編「La Califfa(ラ・カリファ)」を発表し、一躍新世代の作家として注目される。その後、66年「Questa specie d'amore(ある愛の断層)」でカンピエッロ賞、68年には「L'occhio del gatto(猫の目)」でストレーガ賞、72年「Il viaggio misterioso(旅の神話)」で全イタリア書店連盟よりバンカレッラ賞を受賞し、実力ある人気作家としての地位を確立した。他の作品に「パルマの祭」「女好き」「奇跡の女」「魅せられた官能」「母への遺書」など。また自らメガホンを執り、「ラ・カリファ」(70年)など7本の映画を製作した。

ヘウス, ミレイユ　*Geus, Mireille*
オランダの児童文学作家
1964〜
[出]アムステルダム　[賞]旗と吹流し賞(2003年), 金の石筆賞(2006年)
[歴]オランダ語教師、児童劇の脚本家、脚本家として活躍。2003年「フィレンゾとぼく」(未訳)でオランダ旗と吹流し賞を受賞。06年「コブタのしたこと」で金の石筆賞を受賞。

ベーカー, ケイジ　*Baker, Kage*
アメリカのSF作家
1952.6.10〜2010.1.31
[出]カリフォルニア州ハリウッド　[賞]シオドア・スタージョン記念賞(2004年), ネビュラ賞ノヴェラ部門(2009年)
[歴]カトリック系の学校で教育を受けた後、グラフィック・アーティスト、劇団の台本作家兼監督兼端役の役者、エリザベス朝時代の英語のインストラクターなど様々な職業に就く。1997年「アシモフ」誌に掲載された短編「貴腐」でSF作家としてデビュー。〈カンパニー〉シリーズと呼ばれる世界を舞台にした短編・中編・長編を書き継いだ。2004年「The Empress of Mars」でシオドア・スタージョン記念賞、09年「The Women of Nell Gwynne's」でネビュラ賞ノヴェラ部門を受賞した。

ベーカー, ニコルソン　*Baker, Nicholson*
アメリカの作家
1957〜
[出]ニューヨーク州　[学]イーストマン音楽学校, ハバフォード大学　[賞]全米書評家協会賞(ノンフィクション部門)(2001年)
[歴]1988年に発表した「中二階」は事物に対するミクロ的な観察を軽妙な文体で強引に小説にしてしまうユニークな作風で絶賛を博す。またその想像力と観察眼をセックスに向けた「もしもし」は92年度全米ベストセラーの話題作となる。他の作品に「室温」「ノリーのおわらない物語」「Double Fold」「ひと箱のマッチ」などがある。

ヘクスト, ハリントン　*Hext, Harrington*
インド生まれのイギリスの作家
1862〜1960
[名]フィルポッツ, イーデン
[歴]インドでイギリス軍人の家に生まれる。イギリスの学校を卒業後、保険会社の事務員として働きながら創作を始め、ダートムア小説と総称される田園小説で人気を博した。歴史小説や幻想小説、戯曲、詩など250冊以上の多方面にわたる著作を持ち、探偵小説も40冊に及ぶ。著書に「テンプラー家の惨劇」など。

ヘクト, アンソニー・エバン　*Hecht, Anthony Evan*
アメリカの詩人
1923.1.16〜2004.10.20
[出]ニューヨーク市　[学]バード大学卒, コロンビア大学大学院修了　[賞]ピュリッツァー賞(1968年), ボーリンゲン賞(1983年), ルース・リリー詩賞(1988年)
[歴]両親はドイツ系ユダヤ人。第二次大戦に従軍、ナチス・ドイツの強制収容所解放に立ち会った経験を持つ。1950年コロンビア大学大学院修士課程を修了後、アイオワ大学、スミス・カレッジ、ニューヨーク大学を経て、セントルイスのワシントン大学などで教える。68年詩集「困難な時間」(67年)でピュリッツァー賞を受賞。アメリカ議会図書館任命の桂冠詩人にもなった。他の詩集に「石の招き」(54年)、「七つの大罪」(58年)などがある。

ベグベデ, フレデリック　*Beigbeder, Frédéric*
フランスの作家
1965〜
[賞]アンテラリエ賞(2003年), ルノードー賞(2009年)
[歴]25歳のときに処女作を発表後、アメリカ資本の広告代理店で10年間勤務。CMディレクター、コピーライターとして名を

馳せる。傍ら地道に執筆活動も続け、広告業界の内実を描いた「99フラン」がフランスでベストセラーとなり、日本では「¥999」として出版される。以後執筆を中心に様々なメディアで活動。

ベケット, サイモン　*Beckett, Simon*
イギリスの作家
1960〜
[出]シェフィールド
[歴]大学卒業後ジャーナリストとなり、「タイムズ」「デイリー・テレグラフ」「オブザーバー」などイギリスの一流紙に寄稿。同時に執筆活動も行っていたが、2006年取材で訪れたアメリカの"死体農場"での衝撃的な体験をもとにミステリーに初挑戦。そのミステリー・デビュー作にあたる「法人類学者デイヴィッド・ハンター」は、イギリス推理作家協会(CWA)の最優秀長編賞(ダガー賞)にノミネートされたほか、世界20ケ国で100万部を売るベストセラーとなった。シェフィールドに住みながら、〈デイヴィッド・ハンター〉シリーズを執筆。

ベケット, サミュエル　*Beckett, Samuel*
アイルランド生まれのフランスの劇作家, 作家
1906.4.13〜1989.12.22
[出]アイルランド・ダブリン郊外フォックスロック　[名]Beckett, Samuel Barclay　[学]トリニティ・カレッジ(ダブリン)(1927年)卒　[賞]ノーベル文学賞(1969年), 出版社国際賞(1961年), フランス演劇大賞(1975年)
[歴]パリの高等師範学校の英語教師、母校でのフランス語教師を務めたあと、1937年以降フランスに定住する。サルトル、ジョイスらと親交を結び、第二次大戦中は南仏で抗独レジスタンスに参加、戦後パリに戻った。最初は英語で詩集「ホロスコープ」、エッセイ「プルースト論」、小説「マーフィ」などを発表していたが、45年以後はフランス語で執筆し、のちほとんどの作品を自分で英訳して出版した。処女戯曲「ゴドーを待ちながら」(53年)の成功によって一躍その名を知られ、イヨネスコらとともに"アンチ・テアトル(反演劇)"の先駆者となる。以後、戯曲「勝負の終わり」「クラップの最後のテープ」「しあわせな日々」「芝居」「息」などを次々発表し、現代演劇の最高峰となった。日本でも戦後の現代演劇に大きな影響を与えた。小説では3部作「モロイ」(51年)、「マロウンは死ぬ」(51年)、「名づけられぬもの」(53年)が有名で、いっさいの知識や論理的思考は無視し、言語の力学だけによって内面世界の虚無的深淵を追述するという手法によって、ここでも"ヌーヴォーロマン"の先駆けと目された。69年にノーベル文学賞を受賞。邦訳に「ベケット戯曲全集」(全2巻, 白水社)がある。

ベケット, バーナード　*Beckett, Bernard*
ニュージーランドの作家
1967〜
[賞]エスター・グレン賞(2005年), ニュージーランド・ポスト児童書及びヤングアダルト小説賞(YA小説部門)(2005年)
[歴]2006年SF小説「創世の島」でニュージーランドの優れた作品に与えられるエスター・グレン賞を受賞。さらにチルドレンズ・ブックス・フェスティバル(児童文学祭)で選ばれるニュージーランド・ポスト児童書及びヤングアダルト(YA)小説賞のYA小説部門も受賞。ウェリントンの高校で演劇、数学、英語を教える教師でもある。

ベゴドー, フランソワ　*Bégaudeau, François*
フランスの作家
1971.4.27〜
[出]ヴァンデ県リュソン　[学]ナント大学(現代文学)
[歴]1990年代はパンクロックグループのメンバーだった。ナント大学で現代文学を学び、中等・高等教育の教員資格を取得。教員として働く傍ら執筆活動を始め、2003年小説第1作「Jouer-juste」を、05年第2作「Dans la diagonale」を発表。06年発表の第3作「教室へ」は、ラジオ局フランス・キュルチュールと雑誌「テレラマ」共催の文学賞を受賞。17万部の売り上げを記録するベストセラーとなった。また同書はローラン・カンテ監督によって映画化され、08年カンヌ国際映画祭で最高賞のパルムドールを獲得した。

ページ, キャサリン・ホール　*Page, Katherine Hall*
アメリカの作家
[賞]アガサ賞最優秀処女長編賞
[歴]デビュー作の「待ち望まれた死体」でアガサ賞最優秀処女長編賞を受賞。以後、フェイス・フェアチャイルドが主人公のシリーズを執筆。作品に「スープ鍋につかった死体」(1991年)、「キルトにくるまれた死体」「湿地に横たわった死体」(96年)、「アパルトマンから消えた死体」など。

ヘジャーズィー, モハンマド　*Hejāzī, Mohammad*
イランの作家
1900〜1974
[出]テヘラン
[歴]イスラム学院で教育を受けた後、テヘランのフランス系ミッションスクールに入る。パリで政治学や通信情報学を学び、帰国後はイラン逓信省に入省。1937年思想涵養局長になり、「今日のイラン」誌の編集を主宰した。レザー・シャー・パーレビ国王の退位後もラジオ宣伝部長やイラン上院議員を歴任。政府の要職にある傍ら執筆活動を行い、長編3部作「ホマー」(27年)、「パリーチェフル」(29年)、「ズィーバー」(31年)で文壇の地位を確立。特に「ズィーバー」は自身も政府高官でありながら官僚社会の腐敗を赤裸々に描写しており、現代ペルシャ文学の傑作の一つに数えられる。他の著書に「鏡」(32年)、「酒盃」(51年)、「旋律」(51年)、「微風」(61年)などがある。ヘダーヤトらとは異なり俗語は用いず、あくまで高雅な古典風を堅持した。

ヘス, カレン　*Hesse, Karen*
アメリカの作家, 詩人
1952〜
[出]メリーランド州　[学]メリーランド大学卒　[賞]ニューベリー賞(1998年), スコット・オデール賞(1998年)
[歴]メリーランド大学で英語、心理学、人類学を学ぶ。大学卒業後、子育てをしながら、また、校正者、植字工、ウェイトレス、臨時教員、ホスピスのボランティアなど様々な職を転々としながら子供のための詩や物語を発表。1998年小説「ビリー・ジョーの大地」でニューベリー賞、スコット・オデール賞を受賞。他の著書に「11の声」「いるかの歌」「クラシンスキ広場のねこ」「じゃがいも畑」などがある。

ベズイメンスキー, アレクサンドル
Bezymenskii, Aleksandr Il'ich
ソ連の詩人
1898.1.18〜1973.6.26
[学]キエフ商科大学
[歴]1916年共産党に入党し、キエフ商科大学に在学中、ロシア革命に参加する。18年「国際通報」を創刊し、「十月の朝焼け」(20年)や「太陽へ向かって」(21年)で詩人として認められる。22年文学集団"十月"を結成し、同派の指導者として活躍。また青年共産同盟の詩人と呼ばれ、「若き親衛隊」(22年)、「青年共産同盟員の行進」(24年)などの詩がある。他の作品に「悲劇的な夜」(30年)、「怒りの死」(49年)など。

ベスター, アルフレッド　*Bester, Alfred*
アメリカのSF作家, 放送作家
1913.12.18〜1987.9.30
[出]ニューヨーク　[学]コロンビア大学卒　[賞]ヒューゴー賞(1953年)
[歴]ペンシルベニア大学からコロンビア大学に移って法科を卒業。しばらくメトロポリタン・オペラ劇場の宣伝部に勤務し、その頃からSFを書きはじめる。1939年雑誌のSFコンテストに応募した「The Broken Axiom」が第1席となってSF界にデビューするが、間もなくラジオ作家に転身し、さらにテレビの普及にともなってテレビ作家兼プロデューサーに転向した。51年

ふたたびSFに取り組み、3回にわたって雑誌に連載した「The Demolished Man（分解された男）」が非常な賞讃をあびて、53年に単行本として出版。これが彼の名を一気に高める出世作となり、同年ヒューゴー賞を獲得した。他に長編「虎よ！ 虎よ！」（56年）、短編集「Starburst」（58年）、「The Dark Side of the Earth」（64年）などがある。

ベズモーズギス, デービッド *Bezmozgis, David*
ラトビア（ソ連）生まれの作家
1973～
[出]ソ連ラトビア共和国リガ（ラトビア）　[学]モントリオール大学（英文学）, 南カリフォルニア大学映画学部
[歴]両親はユダヤ人。旧ソ連のラトビア・リガで生まれ、1980年一家でカナダへ移住、以後トロントで育つ。モントリオール大学で英文学を専攻した後、南カリフォルニア大学映画学部に学ぶ。短編「ナターシャ」が編集者の目にとまり、以後、新作短編を続々と執筆。「ニューヨーカー」「ゾエトロープ」など有力文芸誌に掲載される。2004年連作短編集「ナターシャ」刊行。抑制された筆致で人生の断面を鮮やかに描き、チェーホフの再来と大きな話題となった。

へ

ベズルチ, ペトル *Bezruč, Petr*
チェコスロバキアの詩人
1867.9.15～1958.2.17
[出]オーストリア・ハンガリー帝国（チェコ）　[名]ヴァシェク, ヴラジーミル〈Vašek, Vlademír〉
[歴]父はチェコ東北シレジア地方の啓蒙家で著名な文献学者トニーン・ヴァシェク。プラハで学んだ後、モラビアで郵政関係の公務員として勤務する傍ら詩を創作。シレジアにおける社会的・民族的圧迫への抗議をうたった「シレジアの歌」（1909年）が有名で、長年高く評価されている。後期の詩集に「青い蛾」（30年）があり、没後に詩集「友と敵と」（58年）が出版された。

ベゼリデス, アルバート *Bezzerides, Albert*
トルコ生まれのアメリカの脚本家, 作家
1908.8.8～2007.1.1
[出]トルコ　[名]Bezzerides, Albert Isaac　[学]カリフォルニア大学バークレー校中退
[歴]父はギリシャ人、母はアルメニア人で、生後まもなくトルコを離れる。1938年に出版した小説「Long Haul」が「They Drive by Night」（40年）のタイトルで映画化されヒットした。小説と映画脚本を手がけ、サスペンスやスリラー中心に活躍。代表作に原作・脚本を手がけた「深夜復讐便」（49年）、「キッスで殺せ」（55年, 脚本のみ）などがある。

ペソア, フェルナンド *Pessoa, Fernando*
ポルトガルの詩人
1888.6.13～1935.11.30
[名]Pessoa, Fernando António Nogueira 別名＝カエイロ, アルベルト ルイス, リカルド デ・カンポス, アルバロ　[学]リスボン大学中退
[歴]少年の頃10年間南アフリカのダーバンでイギリス式の教育を受ける。1913年頃から三つの異名を用い、それぞれ独自の人格を持つ詩人として執筆。死後、ポルトガルを代表する詩人と評価される。作品に詩集「歴史は語る」（34年）、選集「ポルトガルの海」、詩論・文芸論「美学論集」（46年）、「美学・文芸理論・文芸批評」（66年）などがある。

ペーターセン, ニス *Petersen, Nis Johan*
デンマークの詩人, 作家
1897.1.22～1943.3.9
[歴]2歳で両親を亡くし、祖父母に育てられる。1926年処女詩集「夜の笛吹き」を発表。31年マルクス・アウレリウス時代のローマを描いた処女小説「サンダル作りの街」で国際的な評価を得たが、その後は小説を書かず、詩作を続けた。他の詩集に「女王にささぐ」（35年）、「一般船荷」（40年）など。

ヘダーヤト, サーデグ *Hedāyat, Sādeg*
イランの作家
1903.2.17～1951.4
[出]テヘラン
[歴]カージャール朝以来の名門の出身で、歴史家リザー・コリー・ハーンの孫。1926年国費留学生としてベルギー、フランスへ留学。30年帰国後はイラン国立銀行に入り、その後、政府機関の下級職に就く。傍ら、文学サークルのラブエ（四人組）を結成し、短編集「生埋め」（30年）で本格的に作家デビュー。インド滞在中に著した前衛的小説「盲目の梟」（36年）はブルトンらに賞賛され、代表作として知られる。ペルシャ語による小説執筆の一方、フォークロアの収集、評論、海外文学のペルシャ語翻訳など多彩な文筆活動を展開したが、51年逗留先のパリでガス自殺を遂げた。イラン現代文学最大の巨匠とも評され、短編集「三滴の血」（32年）、「明暗」（33年）、「野良犬」（42年）、中編「ハージー・アーガー」（45年）や、民俗誌「不思議の国」（33年）、史劇「マーズィヤール」（33年）などがある。

ベーツ, ハーバート・アーネスト *Bates, Herbert Ernest*
イギリスの作家
1905.5.16～1974.1.29
[出]ノーサンプトン州ラシュデン
[歴]グラマースクールに進学するが2年で退学。地方新聞社記者、皮革商の事務員を務める。合い間に書いた小説「ふたりの姉妹」を1926年発表。第二次大戦では従軍作家として空軍に参加、"空軍将校X"の仮名で兵隊たちの姿を描いた作品を書き好評を博した。当時のイギリス文学を支配していた観念の文学、イデオロギーの文学とは対極的に、インテリとはほど遠いごく普通の庶民の姿を好んで描いた。他の作品に「順風はフランスに向かって」（44年）、「ブレードウィンナー号の巡航」（47年）、「クリスマス・ソング」など。

ベッカー, ジェームズ
→バリントン, ジェームズを見よ

ベッカー, ユーレク *Becker, Jurek*
ポーランド生まれのドイツの作家
1937.9.30～1997.3.14
[出]ウッジ　[学]フンボルト大学　[賞]ハインリッヒ・マン賞（1971年）, シャルル・ヴェイヨン文学賞（1972年）, 東ドイツ国民文学賞（1975年）, アドルフ・グリム賞（1987年）
[歴]ユダヤ系ポーランド人として生まれ、少年期のほとんどをウッジ・ゲットー、ザクセンハウゼンなどの強制収容所で送る。戦後、テレビドラマや映画の脚本を手がけ、ナチス政権下のユダヤ人たちの姿を描いた「ほらふきヤーコプ」（1969年）で、一躍作家として名声を得る。71年にハインリッヒ・マン賞、スイスのシャルル・ヴェイヨン文学賞を受賞した他、75年には東ドイツの国民文学賞を受賞。同作品は当初脚本として書かれたものを小説に書き改められたもので、後にフランク・バイヤー監督によって映画化された。

ペッカネン, トイヴォ *Pekkanen, Toivo Rikhart*
フィンランドの作家
1902.9.10～1957.5.30
[出]コトカ
[歴]小学校、職業学校を出て12歳で鍛冶工となる傍ら、創作活動も行い、フィンランド初のプロレタリア作家といわれる。若い都市労働者の成長を生物・社会学視点から捉えた自伝風作品「工場の陰で」（1932年）が代表作。3部作「神の臼」を構想したが、未完に終わった。他の作品に「祖国の岸辺」（37年）、「勝者と敗者」（52年）、晩年の自伝小説「幼年時代」（53年）など。55年フィンランド・アカデミー会員。

ベック, アレクサンドル *Bek, Aleksandr Alfredovich*
ソ連の作家, ジャーナリスト
1903.1.3～1972.11.4
[出]サラトフ
[歴]ロシアの内戦時はジャーナリストとして行動。1934年に溶

鉱炉技師をテーマに最初の小説を発表後、ドキュメンタリー小説を書き続ける。41年のモスクワ攻防戦を描いた「ヴォロコラムスク街道」(43～44年)で一躍有名になった。ほかに、この続編「数日間」、「パンフィーロフ将軍の予備隊」(60年)など。60年代に書いた政治的テーマを扱った長編「左遷―新しい任務」は86年にはじめてソ連で公開された。

ヘック, ピーター・J.　*Heck, Peter J.*
アメリカの作家, 編集者
[出]メリーランド州チェスタータウン　[学]ハーバード大学, ジョンズ・ホプキンズ大学
[歴]教職に就いた後、航空貨物会社、楽器店勤務を経て、出版業界に入り、エース・ブック社でSF担当編集者を務める。作家デビューはマーク・トウェインを探偵にした歴史ミステリー〈Mark Twain Mysteries〉シリーズの第1作「Death on the Mississippi」(1995年)。その後、同シリーズ「A Connectcut Yankee in Criminal Court」(96年)、「The Prince and the Prosecutor」(97年)、「The Guilty Aboard」(99年)を発表。他の作品にロバート・アスプリンとの共著で〈おさわがせ〉シリーズの「銀河おさわがせアンドロイド」「銀河おさわがせドギー」「銀河おさわがせ執事」などがある。

ベック, ベアトリ　*Beck, Béatrix*
スイス生まれのフランスの作家
1914.7.14～2008.11.30
[賞]ゴンクール賞(1952年)
[歴]生涯のほとんどを気の向くままの旅に過ごし、作家として将来を嘱望されながら37歳でこの世を去ったクリスチャン・ベックの子として生まれた。父の死後は母とともに祖国ベルギーを離れヨーロッパ各地を転々とし、やがてフランスに居を定める。のち母が自殺、さらに40年には結婚後3年目にして夫が戦死し、以後の人生に深い傷跡を残した。50年父の友人でもあったアンドレ・ジードの秘書として迎えられるまでは、娘をかかえて生きていくために工場の労働者や農家の手伝いなど種々の仕事をやりながら夜間を執筆にあてるという苛酷な生活を送った。初期の作品に「バルニィ」(48年)、「異常な死」(51年)があり、52年続いて発表した「神父レオン・モラン」でゴンクール賞を受け、作家として広く認められた。以後ジャーナリストとして活躍する傍らいくつかの小説をコンスタントに発表していたが、アメリカの大学から講師として招かれたことを理由に70年から7年間文筆活動を中断する。帰国後再び筆をとり、三つの異なる世代に属する女たちの世界を幼児の言葉で表現した「戦き、そして讐き」(77年)を発表、以来次々に実験的な作品を世に送った。

ペック, リチャード　*Peck, Richard*
アメリカの児童文学作家
1934.4.10～2018.5.23
[出]イリノイ州ディケーター　[学]南イリノイ大学　[勲]アメリカ人文科学勲章(2001年)　[賞]アメリカ図書館協会マーガレット・A.エドワーズ賞(1990年), ニューベリー賞(2001年), 産経児童出版文化賞(2002年), スコット・オデール賞(2004年)
[歴]南イリノイ大学で修士号を取得、高校で教鞭を執る。その後、ヤングアダルト小説などを執筆、「シカゴよりこわい町」(1998年)がニューベリー賞オナーブック、全米図書賞児童書部門の最終候補に選ばれ、2001年同作の続編「シカゴより好きな町」でニューベリー賞、04年「ミシシッピがくれたもの」でスコット・オデール賞を受賞。また、01年児童文学作家で初めてアメリカ人文科学勲章を受章した。他の著書に「ホーミニ・リッジ学校の奇跡！」などがある。

ペッサン, エリック　*Pessan, Éric*
フランスの作家
1970～
[出]ボルドー　[賞]NRP児童文学賞(2015～2016年度)
[歴]小説、戯曲、詩、エッセイなど、様々な分野で活躍。近年はとりわけヤングアダルト作品に意欲的に取り組む。「3つ数えて走りだせ」は、2015～16年度のNRP児童文学賞を受賞。

ヘッセ, ヘルマン　*Hesse, Hermann*
スイスの作家, 詩人
1877.7.2～1962.8.9
[出]ドイツ・ビュルテンブルク地方カルブ　[賞]ノーベル文学賞(1946年), ゲーテ賞(1946年)
[歴]プロテスタント聖職者の家庭に生まれる。ラテン語学校を経て、14歳で名門マウルブロン神学校に入学するが、厳しい規律と詰込み教育に耐えられず、まもなく中退。後、時計工、書店員などをしながら文学を志す。1916年までの第1期には抒情詩と自伝的色彩の濃い小説を次々と発表、04年「ペーター・カーメンツィント(郷愁)」で文名をあげ、作家として独立する。12年スイスに移住、23年国籍取得。この間第一次大戦では絶対的平和主義の態度をとり、戦後は精神の世界を探究する第2期の作品として「デミアン」「シッダールタ」「知と愛」「荒野の狼」などを発表。晩年にはナチスのファシズムの高まりの中で、11年かけて時代批判に基づく象徴的理念的世界を描いた大作「ガラス玉遊戯」を完成させた。他の作品に「車輪の下」「クヌルプ」「ナルチスとゴルトムント」など。

ベッチェマン, ジョン　*Betjeman, John*
イギリスの詩人
1906.8.28～1984.5.19
[出]ロンドン　[学]オックスフォード大学　[賞]桂冠詩人(1972年)
[歴]1933年処女詩集「シオン山」を出版。ビクトリア朝の古き良き時代を愛し、軽妙な叙情詩を綴った。58年に出版された詩集は10万部を超える売れ行きを見せた他、テレビで自作を朗読してイギリス民に親しまれた。ビクトリア朝建築の愛好家としても知られ、古い建物の保存運動に貢献。69年ナイト爵位を叙せられる。ディラン・トーマス、W.H.オーデンと並び称され、72年にはセシル・デイ・ルイスの後任として桂冠詩人に任命された。

ベッティ, ウーゴ　*Betti, Ugo*
イタリアの劇作家, 詩人
1892.2.4～1953.6.9
[出]カメリーノ
[歴]パルマの大学で古典文学と法律を学び、第一次大戦には志願して参加、捕虜となる。戦後、司法官となり、1930～44年ローマの判事、44～53年司法省司書を務める。一方、第一次大戦中より詩作を始め、22年詩集「考える王」を出版。その後劇作に没頭、26年「女主人公」で劇作家としてデビューし、劇文学賞を受賞。以後、「鴨の猟人」(40年)、「監査」(47年)などを発表する。舞台を法廷に見立て、現代人の悲劇性をえぐるが、いずれも終幕近くに微かな希望の光が差して、運命の不可抗力に対する救いとなる筋立てである。晩年には判事の経験をもとにして、「裁判所の腐敗」(49年)、「山羊の島の犯罪」(50年)、遺作「焼けた花壇」(53年)などがある。

ペッテルソン, ペール　*Petterson, Per*
ノルウェーの作家
1952.7.18～
[出]オスロ　[賞]ノルウェー批評家協会賞, 書店が選ぶ今年の1冊賞, インディペンデント紙外国小説賞(2005年), 国際IMPACダブリン文学賞(2007年)
[歴]司書の資格を持ち、書店員、翻訳、文芸批評などの仕事を経て、1987年処女短編集「Aske i munnen, sand i skoai」を発表。2003年に刊行された「馬を盗みに」はノルウェー批評家協会賞と、書店が選ぶ今年の1冊賞を受賞。05年英訳が出版され、英紙「インディペンデント」の外国小説賞(同年)、国際IMPACダブリン文学賞(07年)を受賞。

ヘッド, ベッシー　*Head, Bessie*
南アフリカ生まれのボツワナの作家
1937.7.6～1986.4.17
[出]ナタール州ピーターマリッツバーグ(南アフリカ)
[歴]南アフリカで白人の母と黒人の父との間に生まれたカラー

ヘ

ド。孤児院で教育を受け、1957年から2年間小学校教師を務め、その後新聞、雑誌などの編集者となる。60年ケープタウンに移り、ハロルド・ヘッドと結婚。64年夫と別居、ボツワナのセロウェに亡命し、小学校教師となる。66年ボツワナ独立に伴い、難民となって国内を転々とするが、69年セロウェに落ち着く。79年ボツワナの市民権を取得。自伝を執筆中の86年肝炎のため死去。著書に「雨雲が集まる時」(69年)、「力の問題」(72年)、「宝を集める人」「セロウェ・雨風の村」「魔法にかかった十字路」などがある。

ヘッド, マシュー　*Head, Matthew*
アメリカの作家
1907～1985
[名]キャナディ, ジョン〈Canaday, John〉
[歴]本業は美術で、大学で美術史の教鞭を執る傍ら美術評論などを発表。マシュー・ヘッドの筆名で書いた「藪に棲む悪魔」(1945年)に始まるメアリー・フィニー博士を探偵役、植物学者トリヴァーを語り手としたシリーズは、一貫してベルギー領コンゴを舞台に描かれた秀逸な本格ミステリーとして知られる。シリーズの他の作品に「コンゴのヴィーナス」(50年)など。

ベッヒャー, ヨハネス・ローベルト　*Becher, Johannes Robert*
ドイツ(東ドイツ)の詩人
1891.5.22～1958.10.11
[出]ミュンヘン　[賞]レーニン平和賞
[歴]ベルリンなどの大学で医学と哲学を学ぶ傍ら、詩作を始める。1917年ロシア十月革命に共感して、18年スパルタクス団に入党し、共産党員となる。28年ドイツ革命作家同盟設立に参加、書記長となり、機関誌「リンクスクルベ」に拠ってファシズムと闘う。33年ナチス政権下迫害されモスクワに亡命。35年以降反ナチス運動を展開。45年帰国し、49年文芸誌「Sinn und Form」創刊。ドイツ・ペンクラブ会長、東ドイツの文化連盟会長、芸術アカデミー総裁などを歴任し、54年文化相となる。主な作品に詩集「滅亡と勝利」(14年)、「ヨーロッパに寄す」(16年)、「永遠に反乱のなかで」(20年)、「王座のうえの屍」(25年)、「機械のリズム」(25年)、「遠い幸福―近く輝き」(50年)、小説「わかれ」(46年)、評論「詩の原理」(57年)などがある。

ベティ, モンゴ　*Béti, Mongo*
カメルーンのフランス語作家
1932.6.30～2001.10.8
[出]ムバルマヨ(ヤウンデ近郊)　[名]ビユディ, アレクサンドル〈Biyidi, Alexandre〉筆名＝ボト, エザ〈Boto, Eza〉　[学]パリ大学卒
[歴]カメルーンのカトリック系ミッションスクールで、フランス語による教育を受けるが、1945年に信仰を拒否して放校となり、ヤウンデのリセを卒業。51年フランスに留学し、パリ大学を卒業。59年フランスに定住。66年には文学の教授資格を得てリセの教授となった。一方、創作を続け、50年代に4部作を発表。アフリカ社会の矛盾を描き、キリスト教布教を風刺し、白人宣教師の活動を描いた第2作「ボンバの哀れなキリスト」(56年)はフランスとカメルーンで発禁処分となった。独立後10年あまりの沈黙の後の評論「カメルーンの強奪」(72年)もフランスで発禁処分となる。その後もアヒジョ独裁政権を批判するとともに、解放の可能性も求め、79年より隔月刊誌「黒い人民・アフリカ人民」を主宰。4部作の他の作品「残酷な町」(54年)、「カラへの伝導」(57年)、「奇跡の王」(58年)や「ペルペチョ」(74年)、「リメンバー・ルーベン」(74年)、「道化のぶざまな失墜」(79年)などいずれもカメルーン社会を舞台とする作品を発表した。独立を求めるカメルーン人民同盟(UPC)の海外メンバーとしても活動しフランス語圏アフリカ文学界の先駆的存在だった。

ベトッキ, カルロ　*Betocchi, Carlo*
イタリアの詩人
1899.1.23～1986.5.25
[出]トリノ
[歴]青年時代をフィレンツェで過ごし、そこの文学サークルで詩を書き始め、カトリック系の文芸誌「フロンテスピーツィオ」を創刊。第一次大戦後から測量技師の仕事に携わり生涯の職業とした。1952年最終的に帰国するまでヨーロッパ各地を放浪。最初の詩集以来、日常の出来事に秘められた宗教的意味を簡潔な言葉で表現しようと努める。主な作品に「現実は夢より強し」(32年)、「平野にかかる橋」(53年)、「詩集」(55年)、「春の心」(59年)、「一歩、あと一歩」(67年)、「小春日和」(61年)など。現代イタリア最高のカトリック詩人とされる。

ベドナール, アルフォンス　*Bednár, Alfonz*
スロバキア(チェコスロバキア)の作家
1914.10.13～1989.11.9
[歴]長年アメリカ文学の翻訳を行った後、長編「ガラスの山」(1954年)でデビューする。57年戦争中と戦後の人間評価の奇妙なくいちがいを大胆に描いた「時間と分」で激しい批判を受けるが、のちに先駆的な意義が評価される。

ペトリ, アン・レイン　*Petry, Ann Lane*
アメリカの作家
1908.10.12～1997.4.28
[出]コネティカット州オールドセイブルック　[学]コロンビア大学創作科 薬学博士(コネティカット大学)　[賞]ホートン・ミフリン文学賞
[歴]アフリカ系。コロンビア大学創作科で学ぶが、薬学博士の学位を得て家業のドラッグストアで働き、1938年結婚。その後ニューヨークに移って黒人新聞の記者となる。これを機に長編・短編小説や子供向けの歴史物語を書き始める。46年黒人母子家庭の悲劇を描いた初の長編「ストリート」はホートン・ミフリン文学賞を受け、ミリオンセラーとなった。他の長編に「田舎の生活」(47年)、「隘路」(53年)などがあり、邦訳された児童書に「ちびねこグルのぼうけん」がある。

ペトルシェフスカヤ, リュドミラ・スチェファノブナ
Petrushevskaya, Liudmila Stefanovna
ロシアの劇作家, 作家
1938.5.26～
[出]モスクワ　[学]モスクワ大学ジャーナリズム学部(1961年)卒
[賞]ロシア国家賞(2004年), トリウンフ賞(2006年), 世界幻想文学大賞(2010年)
[歴]モスクワ大学ジャーナリズム学部を卒業後、新聞記者、テレビ番組の編集者などの職を転々とする。1960年代半ばから小説や戯曲を書き始めるが、ほとんど発表されず、80年代になって劇作家として注目された。ペレストロイカ以後は作家としても高い評価を受け、96年には全5巻の作品集が出版される。リアリズム的作品から幻想小説や童話まで幅広く執筆する。主な作品に戯曲「音楽の授業」(73年),「アンダンテ」(75年)、「生の肉、あるいは友の集まり」(78年)、「コロンビーナの住まい」(81年)、「モスクワの合唱」(84年)、著書「時は夜」「私のいた場所」などがある。

ペトレスク, チェザル　*Petrescu, Cezar*
ルーマニアの作家, ジャーナリスト
1892.12.1～1961.3.9
[出]モルドバ
[歴]モルドバの農村に生まれ、首都ブカレストの大学を卒業。ジャーナリストとして活動する傍ら、「黄昏」(1921年)、「ヴィクトリア通り」(27年)、「使徒」(32年)、「盲人の日曜日」(34年)などの小説を執筆。「白熊フラム」(32年)、「雪だるま」(45年)などの児童文学でも多くの読者を得た。

ペトロフ, エヴゲーニー
→イリフ・ペトロフを見よ

ペートン, アラン　*Paton, Alan*
南アフリカの作家

1903.1.11～1988.4.12
[出]ナタール州　[学]ナタール大学卒　[賞]フリーダム賞（1960年）
[歴]父はスコットランド人、母はナタール生まれの白人。学生時代から詩、劇、小説を書き、学生キリスト協会に加入。大学卒業後、数年間高校教師を務めたあと、1935～46年ヨハネスブルクの黒人少年感化院院長を務めた。48年国民党政権がアパルトヘイト（人種隔離政策）の法的基礎固めに乗り出した年に代表作の小説「叫べ、わが愛する国よ」を出版したのをはじめ、同政策を批判する作品を次々に発表、世界的な注目を集めた。また、56～68年進歩派政党・自由党（68年解党）の指導者として活躍した。他の作品に「ヒレアシシギは遅すぎて」（53年）、「ああ、それでもあなたの国は美しい」（81年）、自伝「山に向って」（81年）がある。

ペートン・ウォルシュ, ジル　*Paton Walsh, Jill*
イギリスの作家
1937～
[出]ロンドン　[学]オックスフォード大学卒　[賞]ボストン・グローブ・ホーンブック賞（1976年）, ホイットブレット賞, ケストレル賞
[歴]オックスフォード大学で英語学を学び、優秀な成績で卒業。英語の教師を務めた後、処女作「Hengest's Tale（ヘンゲスト物語）」（1966年）を発表、作家生活に入る。以来、伝説、歴史、戦争、現代の日常生活などに材を得て青春期の複雑な世界を的確に描きあげ、高い評価を受ける。主著に「焼けあとの雑草」（70年）、「The Emperor's Winding Sheet（皇帝の経かたびら）」（74年）「夏の終わりに」「海鳴りの丘」「死の鐘はもう鳴らない」「ふしぎなトーチの旅」などがある。児童文学者J・R・タウンゼントの良きパートナーでもある。

ペナック, ダニエル　*Pennac, Daniel*
モロッコ生まれのフランスの作家
1944～
[出]カサブランカ　[名]ペナッキオーニ, ダニエル〈Pennacchioni, Daniel〉　[賞]ルノードー賞（2007年）
[歴]幼い頃、植民地軍の将軍だった父とアフリカ、アジア、ヨーロッパ各地を旅行する。ニース大学でフランス文学の修士課程を修了後、中学・高校でフランス語の教師を務める。1982年「気まぐれ少女と家出イヌ」で児童文学作家としてデビュー。以後、エッセイ、推理小説、純文学も多数手がける。95年より作家活動に専念。2007年学校教育について綴ったエッセイ「学校の悲しみ」でルノードー賞を受賞。他の著書に〈マロセーヌ〉シリーズの「人喰い鬼のお愉しみ」「カービン銃の妖精」「散文売りの少女」「ムッシュ・マロセーヌ」や、「奔放な読書」「片目のオオカミ」「カモ少年と謎のペンフレンド」などがある。

ベナベンテ, ハシント　*Benavente, Jacinto*
スペインの劇作家
1866.8.12～1954.7.14
[出]マドリード　[名]ベナベンテ・イ・マルティネス〈Benavente y Martínez, Jacinto〉　[学]マドリード大学中退　[賞]ノーベル文学賞（1922年）
[歴]近代スペイン演劇の代表者。マドリード大学を中退し文筆の道に入り、1894年処女戯曲「他人の巣」を発表。ウィットに富むしゃれた言葉と巧みな作劇術により、貴族や上流社会を風刺した作品を数多く書き、当時のスペイン演劇界を刷新活性化した。1922年ノーベル文学賞を受賞。他の作品に「名士たち」（1896年）、「土曜の夜」（1903年）、「作りあげた利害」（07年）、「奥様」（08年）、「呪われた恋」（13年）などがある。

ペニー, ステフ　*Penney, Stef*
イギリスの作家, 映画監督
1969～
[出]スコットランド・エディンバラ　[学]ブリストル大学（哲学・神学）　[賞]コスタ賞（2006年）
[歴]ブリストル大学で哲学と神学の学位を取得後、ボーンマス美術大学でフィルムとテレビを学び、映画製作の仕事に就く。二つの映画の監督と脚本を担当。2006年のデビュー作「優しいオオカミの雪原」は同年度コスタ賞最優秀作品賞を受賞。CWA賞エリス・ピーターズ・ヒストリカル・ダガー賞、オレンジ賞にもノミネートされた。

ペニー, ルイーズ　*Penny, Louise*
カナダの作家
1958～
[出]オンタリオ州トロント　[賞]CWA賞ニュー・ブラッド・ダガー賞（2006年）, バリー賞最優秀処女長編賞（2007年）, アガサ賞最優秀長編賞（2007年・2008年・2010年）, マカヴィティ賞（2011年）, アンソニー賞（2011年）, ディリス賞（2011年）, アーサー・エリス賞（2011年）, ネロ賞（2011年）
[歴]カナダ放送協会でラジオの報道記者、司会者として活躍。結婚後、執筆に専念。2005年「スリー・パインズ村の不思議な事件」で作家デビューすると、06年イギリス推理作家協会賞（CWA賞）最優秀処女長編賞であるニュー・ブラッド・ダガー賞、バリー賞最優秀処女長編賞など数々の賞を得て、本格推理の新しい旗手として注目を集める。同作は〈ガマシュ警部〉としてシリーズ化され、いずれも主要ミステリー賞に必ずノミネートされるほど評価が高い。特に第6作「Bury Your Dead」（10年）はマカヴィティ賞、アンソニー賞、ディリス賞、アーサー・エリス賞、アガサ賞、ネロ賞など多数の賞を受賞した。シリーズ第2作「スリー・パインズ村と運命の女神」（06年）、第3作「スリー・パインズ村の無慈悲な春」（07年）はアガサ賞最優秀長編賞を受賞している。

ベニオフ, デービッド　*Benioff, David*
アメリカの作家, 脚本家
1970.9.25～
[出]ニューヨーク　[学]ダートマス大学卒, ダブリン大学大学院
[歴]ダートマス大学を卒業後、用心棒、教員を経て、ダブリン大学の大学院でイギリス文学、アイルランド文学を専攻。以降、アメリカ地方局のDJなどを務め、文学誌「ゾエトロープ」に短編を発表。雑誌「GQ」「セブンティーン」などにも寄稿。2000年「25時」で長編デビューを果たした。映画の脚本家としても著名で、自作「25時」の映画版やブラッド・ピット主演「トロイ」（04年）を手がけた。05年女優のアマンダ・ピートと結婚。他の邦訳書に「99999（ナインズ）」「卵をめぐる祖父の戦争」などがある。
[家]妻＝アマンダ・ピート（女優）

ベネ, スティーブン・ビンセント　*Benét, Stephen Vincent*
アメリカの詩人, 作家
1898.7.22～1943.3.13
[出]ペンシルベニア州ベスレヘム　[賞]ピュリッツァー賞（1929年・1944年）, O.ヘンリー賞（1932年・1937年・1940年）
[歴]処女詩集以来アメリカを素材にした作品を書き続け、ピュリッツァー賞受賞の南北戦争を背景にした長編物語詩「ジョン・ブラウンの遺骸」（1928年）で広く知られる。好んでアメリカの民話・伝説に取材した作品を書き、他に叙事詩「西部の星」（43年）、短編小説「悪魔とダニエル・ウェブスター」（37年）、「バビロンの河のほとり」（37年）などのほか、長編小説、ラジオ・ドラマ、アメリカ史などがある。
[家]兄＝ウィリアム・ベネ（詩人・編集者）

ベネー, フアン　*Benet, Juan*
スペインの作家, 評論家
1927～1993.1.5
[出]マドリード　[賞]ビブリオテーカ・ブレーベ賞（1969年）
[歴]土木技師としてスペイン各地に滞在。1967年事実上のデビュー作である幻想的な作品「君はレヒオンに帰るだろう」で当時主流だった社会批判としての文学に衝撃を与えた。「ある瞑想」（69年）、「サウル対サムエル」（80年）、連作小説「さびた槍」（83年）などの作品のほか、高級紙「エルパイス」を舞台に活発な評論活動を行った。現代スペイン文学界を代表する作家の一人。

ヘ

ヘネガン, ジェームズ Heneghan, James
イギリスの作家
1930〜
㊧マージーサイド州リバプール ㊳エリス賞, ミスター・クリスティーズ・ブック賞(2000年), シーラ・イーゴフ児童文学賞(2001年)
㊨警官, 高校教師を経て, 作家生活に入る。「Torn Away」がヤングアダルト向けの良書として, カナダの文学賞・エリス賞を受賞。また「シーオグの祈り」は, 2000年ミスター・クリスティーズ・ブック賞及び, 01年シーラ・イーゴフ児童文学賞を受賞した。他の著書に「リヴァプールの空」などがある。

ベネット, アーノルド Bennett, Arnold
イギリスの作家
1867.5.27〜1931.3.27
㊧スタンフォードシャー州ハンリー近郊 ㊺Bennett, Enoch Arnold 筆名=トンソン, ジェイコブ ㊲ロンドン大学 ㊳ジェームズ・テイト・ブラック記念賞(1923年)
㊨1888年ロンドンで法律事務所に入るが, ジャーナリズムに興味を持ち, 93〜96年婦人雑誌「ウーマン」の編集に携わる。のち創作を志し, 1903年フランスに渡る。07年フランス人と結婚, 12年帰国。フランス滞在時の作品「老妻物語」(08年)で認められ, 以後, 主に故郷を背景とした小説を執筆。フランス自然主義の影響を受けながらも, 他方イギリス的ユーモア気質を残した独自の作風を展開し, 小説のほか劇作, 評論, 雑文などで大衆の人気を得た。他の作品に, 3部作「クレイハンガー」(10年), 「ヒルダ・レスウェイズ」(11年), 「この二人」(16年)や, 「ライシマン・ステップス」(23年)など。

ベネット, アラン Bennett, Alan
イギリスの劇作家, 脚本家, 俳優, 作家
1934.5.9〜
㊧ウェストヨークシャー州リーズ ㊲オックスフォード大学エクセター・カレッジ ㊳トニー賞(特別賞)(1963年), ホーソーンデン賞(1989年), ローレンス・オリビエ賞(ミュージカル・エンターテインメント男優賞)(1992年), ローレンス・オリビエ賞(作品賞)(2005年), トニー賞(作品賞)(2006年)
㊨1960〜62年オックスフォードのマグダレン・カレッジで現代史を教えるなどしたが, この間戯曲やテレビ台本の共作者兼俳優となる。劇作家としては, 68年の「Forty Years(40年間)」で, 20世紀前半のイギリスを諷刺風に描き成功する。71年の「Getting On(老いゆく)」で中年の労働党議員を, 77年の「The Old Country(故国)」でソ連に亡命した同国人を取り上げた。悲劇と喜劇の境い目に位置した作品といわれる。以後, 数多くの演劇, テレビ, ラジオ, 映画の脚本を執筆し, 風刺的でありながらも温かみもあるコメディを得意とする。他の主な作品に「Kafka's Dick」(86年), 「Single Spies」(88年), 国立劇場のために脚色した「The Wind in the Willows」(90年), 「The Histry Boys」(2004年)など。著書に「やんごとなき読者」(07年)など。

ベネット, マーゴット Bennett, Margot
イギリスの推理作家
1912〜1980.12.6
㊧スコットランド・レンジー ㊳CWA賞最優秀長編賞(クロスド・レッド・ヘリング賞)(1958年)
㊨スコットランドとオーストラリアで教育を受け, 1930年代にはシドニーとロンドンで広告代理店のコピーライターとして活躍。第二次大戦後の45年「Time to Change Hat」で作家としてデビューすると, グレアム・グリーン, ジュリアン・シモンズらから高い評価を受け, 成功を収める。探偵ジョン・デービスが登場する同作は翌年続編も刊行。後期の代表作「飛ばなかった男」(55年)でCWA最優秀長編賞ノミネートされ, 「過去からの声」(58年)でCWA最優秀長編賞を受賞。

ベネット, ルイーズ・シモン Bennett, Louise Simone
ジャマイカの詩人
1919.9.7〜2006.7.26
㊧キングストン
㊨地元キングストンの高校を卒業後, ロンドンの王立演劇アカデミーに留学。のちBBCの西インド放送に勤め, 1955年帰国。30年代に初めてジャマイカ方言で詩作し, 40年代には無教養とみなされた普通の人々の言葉を用いる。作品を通じてクレオール語を広い読者に紹介してカリブ海文学に貢献, 口承文芸・民俗伝承としかみなされなかったものを文学へと昇華させた。また, ジャマイカの民衆音楽, 踊り, 民話などに造詣が深く, ジャマイカ民俗学の権威としても知られる。詩集「ジャマイカ土着語の詩集」(48年), 「ルルは語る」(52年), 「ルイーズと共に笑おう」(61年), 「ジャマイカン・ラブリッシュ」(66年)の他に, 「短編集」(51年), 「アナンシ物語」(57年)などがある。

ベネット, ロバート・ジャクソン Bennett, Robert Jackson
アメリカの作家
1984〜
㊧ルイジアナ州 ㊳シャーリイ・ジャクスン賞(2010年), イギリス幻想文学大賞シドニー・J.バウンズ最優秀新人賞(2011年), フィリップ・K.ディック賞特別賞(2011年), MWA賞ペーパーバック賞(2012年)
㊨2010年のデビュー作「Mr.Shivers」でシャーリイ・ジャクスン賞およびイギリス幻想文学大賞シドニー・J.バウンズ最優秀新人賞を受賞。11年に発表した第2作「カンパニー・マン」で, MWA賞ペーパーバック賞およびフィリップ・K.ディック賞特別賞を受賞した。第3長編「The Troupe」(12年)も, 書評誌「パブリッシャーズ・ウィークリー」の12年のベストブックに選出される。

ベネッリ, S. Benelli, Sem
イタリアの劇作家
1877.8.10〜1949.12.18
㊨「穀象虫」(1908年)で市民生活の幻滅を描き, 「ブルタルコスの仮面」(08年), 「嘲弄の宴」(09年)などでは歴史に題材をとり, その詩的作風でダンヌンツィオの後継者とみなされる。第二次大戦中にはファシズムに反抗してスイスに亡命。作品はほかに「蜘蛛」(35年), 「象」(37年), 「恐怖」(47年)などがあるほか, 詩集「時代の子」(05年), 評論「奴隷」(46年)などもてがけた。

ベネディクトソン, エイナル Benediktsson, Einar
アイスランドの詩人
1864.10.31〜1940.1.12
㊨詩才のある母の影響を受けて早くから詩作活動を行う。コペンハーゲンで法律を学ぶ傍ら, イプセンなどの「ペール・ギュント」の翻訳を手がける。帰国後, 弁護士, 郡保安官を務め, 祖国の独立運動に尽力。その詩の完璧な形式, 高貴な内容などから"アイスランドのブラウニング"と呼ばれ, 若い詩人に多大な影響を与えた。主な作品に詩集「物語と詩」(1897年), 「海のかがやき」(1906年), 「波」(13年), 「海」(21年)など。

ベネデッティ, マリオ Benedetti, Mario
ウルグアイの作家, 詩人, 評論家
1920.9.14〜2009.5.17
㊧タクアレンボ
㊨4歳の時モンテビデオに移り, 18歳でブエノスアイレスに渡り, 約10年間出版社の速記係などをしながら読書に励んだ。26歳の時モンテビデオに戻り, 文芸誌「マルヒナリア」を編集し, 1948年随筆集「事件と小説」を発表。以後, 様々なジャンルの作品を次々に発表した。中編や長編の作家として知られているが, 都市生活者を主人公にして, 彼等の生活の断面を鋭く描いた短編に優れたものが多い。主な作品に短編集「今朝」(49年), 小説「モンテビデオの人々」(59年), 「休息」(60年), 「火をありがとう」(64年)などがある。ラテンアメリカ社会の近代的なものと前近代的なものとの狭間で, 現実と対決する姿勢を示しており, 社会生活においても戦闘的で実践

的な作家の一人であった。ほかに詩集「その間だけ」(50年)、随筆集「マルセル・プルースト論ほか」(51年)、戯曲「たとえばあなた方」(53年)、評論「混血の大陸の文学」(67年)などがある。また、54〜60年にかけてこの二つは終生の趣味となったのみならず、彼の死生観に大きな影響を与えた。ダモクレスなどの筆名で盛んに記事を書いた。

ベフバハーニー, スィーミーン　Behbahani, Simin
イランの詩人
1927.7.20〜2014.8.21
Ⓗテヘラン　㊥カール・フォン・オシエツキー賞(1999年)
㊟10代から詩作に才能を発揮し、抒情詩人として活動。古典詩の形式をとりつつも独特な韻律を持った作風によって高い評価を得る。結婚して3児の母となるが、後に離婚。大学で法律を学び、女子校の国語の教師を勤めながら詩を書いた。詩集「アルジャンの平原」(1983年)は高い評価を受けたが、政府から発禁処分を受ける。その後も当局の検閲による作品の削除などを経験しながら、90年には選集および7冊の詩集を発表。ノーベル賞候補にも名前が挙がった。イスラム革命後は女性の権利を守るための抗議運動や"緑の運動"と呼ばれた社会運動にも参加して注目を浴び、60歳を過ぎて現代イランの文化的抵抗のシンボルと目された。2008年来日。
㊙息子＝アリー・ベフバハーニー(翻訳家・作家)

ヘプンストール, レイナー　Heppenstall, Rayner John
イギリスの作家
1911.7.27〜1981.5.23
㊕リーズ大学卒、ストラスブール大学卒
㊟イギリスの作家だが、フランス文学についての豊かな造詣をもとにフランスのアンチ・ロマンに傾倒。前衛的な手法に特徴があり、1939年盲人を主人公とした独白体の処女作「真昼の光輝」を発表。他の作品に「連結扉」(62年)、「薪小屋」(62年)、「二つの月」(77年)などの他、英仏文学の対照を論じた「四重の伝統」(61年)もある。

ペマ・ツェテン　Pema Tseden
チベットの作家, 映画監督
1969〜
Ⓗ中国・青海省海南チベット族自治州貴徳県　㊕西北民族学院
㊟西北民族学院在学中に作家デビュー。チベット語、漢語の両方で執筆し、高い評価を得ている希有な作家。国内で多数の文学賞を受賞。映画制作にも携わり、故郷の人々の生活に深く迫り、丁寧に描き出す作風で、チベットの"今"を浮き彫りにする作品を次々と発表。海外での評価も高く、国際映画祭での受賞歴多数。著書に「ある旅芸人の夢」(漢語)、「誘惑」「都会の生活」(チベット語)、「チベット文学の現在 ティメー・クンデンを探して」など。

ヘミオン, ティモシー　Hemion, Timothy
イギリスの作家, 数学者
1961〜
㊕ケンブリッジ大学数学科(1982年)卒
㊟1982年ケンブリッジ大学の数学科を卒業。23歳の時にアメリカ・コーネル大学で確率論・統計学分野の博士号を取得。以後、いくつかの大学で数学の指導と講義に携わる。日本にも数度足を運び、岡山大学でも講義を行った。作家として岡山を舞台にした推理小説「森本警部と2本の傘」「森本警部と有名な備前焼作家」を著し、2004年と05年には同シリーズの取材のために岡山を訪れている。

ヘミングウェイ, アーネスト　Hemingway, Ernest
アメリカの作家
1899.7.21〜1961.7.2
Ⓗイリノイ州オーク・パーク　㊚Hemingway, Ernest Miller
㊥ピュリッツァー賞(1953年)、ノーベル文学賞(1954年)
㊟幼い頃から猟銃と釣りに親しみ、この二つは終生の趣味となったのみならず、彼の死生観に大きな影響を与えた。高校卒業後、「カンザス・シティ・スター」記者を経て第一次大戦に従軍し、重傷。戦後、カナダのスター紙記者になると同時に創作活動を開始する。パリ特派員となったあと、1926年に大戦後の荒廃した風俗を描いた「日はまた昇る」を発表、"ロスト・ジェネレーション"の代表的作家として文名を高める。帰国後の29年、戦争と恋愛をテーマとした作品「武器よさらば」を発表、ベストセラーとなり世界的な名声を得た。スペイン内乱、第二次大戦では従軍記者を務め、のちキューバに移住。53年大魚と闘う孤独な老人を描いた名作「老人と海」(52年)でピュリッツァー賞を、翌年にはノーベル賞を受賞。60年キューバ革命でアメリカに移ったが、61年7月突如猟銃による死をとげた。ほかにスペイン内乱を背景とした大作「誰がために鐘は鳴る」(40年)や「海流のなかの島々」(70年)や「エデンの園」(86年)などがある。また短編の名手として知られ、凝縮の芸術ともいうべき"ハードボイルド・スタイル"の文体を用いた。短編集に「第五列および最初の四十九短編」などがある。フォークナーと並ぶ現代アメリカ文学の代表作家で、多数の作品が映画化されたこともあって、日本にも読者は多い。

ヘモン, アレクサンダル　Hemon, Aleksandar
サラエボ生まれのアメリカの作家
1964.9.9〜
Ⓗユーゴスラビア・サラエボ(ボスニア・ヘルツェゴビナ)
㊟1992年アメリカのイリノイ州シカゴ滞在中にユーゴスラビア内戦が起こったため、そのまま同国に残る。95年から英語で小説を書き始め、文芸誌に掲載されて高い評価を受ける。2000年刊行の処女短編集「The Question of Bruno」は数々の文学賞を受賞。02年の長編第1作「ノーホエア・マン」は全米批評家協会賞の最終候補、長編第2作「The Lazarus Project」(08年)も全米図書賞と全米批評家協会賞の最終候補に選ばれた。他に短編集「愛と障害」がある。

ベヤジバ, ジェーン　Vejjajiva, Jane
イギリス生まれのタイの作家, 翻訳家
1963〜
Ⓗイギリス・ロンドン　㊚ガームパン・ウェチャチワ〈Ngarmpun Vejjajiva〉　㊥東南アジア文学賞(2006年)
㊟両親が渡英中のロンドンで生まれる。3歳でタイに戻りバンコクで育つ。生まれながら手足の動きに障害があるものの、大学卒業後はベルギーのブリュッセルへ留学して英語などの翻訳と通訳を学ぶ。帰国して5年間は雑誌出版社のオーナーとして編集の仕事にも携わるが、1995年タイで最初の翻訳エージェンシーを設立、版権ビジネスの傍ら、自身も翻訳家として活動する。2003年初の創作「タイの少女カティ」を出版、06年には東南アジア文学賞を受賞、09年には映画化された。タイ首相を務めたアピシット・ウェチャチワは弟。
㊙弟＝アピシット・ウェチャチワ(タイ首相)

ベヤーラ, カリズ　Beyala, Calixthe
カメルーン生まれの作家
Ⓗドゥアラ
㊟17歳の時、故国カメルーンを去ってフランスに渡る。外交官と結婚、夫の任地であるスペインのマラガに同行。フランスに帰国後、文学部のスペイン科で学ぶ。その後、花屋、ファッションモデルを経て、1987年「わたしを焼いたのは太陽だ」で作家デビュー。以来、アフリカへの熱い思いと女性解放をテーマして作家活動を続ける傍ら、故郷カメルーンとパリを行き来する生活を送り、貧しい子供たちの救済と教育に尽力。作品は他に女性週刊誌「ELLE」の読者賞に選ばれた「涙、渇くまで」(94年)、フェミナ賞にノミネートされた「ベルヴィルの小さなプリンス」などがある。

ベヤールガンス, フランソワ　Weyergans, François
ベルギーの作家, 映画監督
1941.12.9〜
Ⓗブリュッセル　㊕フランス高等映画研究所卒　㊥ドゥ・マゴ賞(1981年)、ルノードー賞(1992年)、アカデミー・フランセーズフランス語賞(1997年)、ゴンクール賞(2005年)
㊟父はドイツ系ベルギー人、母はフランス人。1961年世界的

ダンサーのモーリス・ベジャールの映画を製作。73年処女小説「道化者」を発表。81年「コプト人マケール」でドゥ・マゴ賞、92年「ボクサーの錯乱」でルノードー賞、97年「フランツとフランソワ」でアカデミー・フランセーズのフランス語賞を受賞。2005年「母の家での三日間」でゴンクール賞を受けた。09年アカデミー・フランセーズ会員。

ヘラー, ジョゼフ　*Heller, Joseph*
アメリカの作家, 劇作家
1923.5.1〜1999.12.12
[出]ニューヨーク市ブルックリン　[学]ニューヨーク大学, コロンビア大学, オックスフォード大学
[歴]ユダヤ系の家庭に育つ。第二次大戦中は空軍に爆撃手として従軍。戦後、ニューヨーク大学やコロンビア大学で学び、オックスフォード大学へ留学した。雑誌の編集者などの仕事を経て、1961年長編小説「Catsh-22(キャッチ22)」を発表、戦事の非人間性をブラックユーモアで諷刺し、若者の絶讃を浴びた。ここから"キャッチ22"は八方ふさがりの状況やジレンマを意味する言葉として定着し、各種英語辞典に収められた。94年「キャッチ22」の続編となる「クロージング・タイム」を発表。他の作品に「何かが起こった」(74年)、「グッド・アズ・ゴールド」(79年)、「ゴッド・ノウズ」(84年)などのほか、戯曲作品も手がけた。

ヘラー, ピーター　*Heller, Peter*
アメリカの作家
1959.2.13〜
[出]ニューヨーク州　[学]ダートマス大学卒, アイオワ・ライターズ・ワークショップ修了　[賞]ナショナル・アウトドア・ブック・アワード
[歴]「ナショナル・ジオグラフィック・アドベンチャー」誌をはじめ多数の雑誌に寄稿。冒険や探検の旅を描く作家として、ナショナル・アウトドア・ブック・アワードを受賞するなど高く評価されており、ノンフィクションの著作を3冊刊行。2012年に発表した初の小説「いつかぼくが帰る場所」は有力紙誌に絶賛され、「ニューヨーク・タイムズ」紙のベストセラーにも入った。14年長編第2作「The Painter」を発表。

ペライ, ハンス・ユルゲン　*Perrey, Hans-Jürgen*
ドイツの児童文学作家
1951〜
[出]西ドイツ・ハンブルク(ドイツ)
[歴]大学では歴史学とドイツ文学を専攻し、ソ連とドイツの近代経済史に関する研究で博士号を取得。ハンブルク近郊のギムナジウムで歴史を教えながら、1988年児童文学「過去への扉をあけろ」でデビュー。他の著書に「セリョージャ、放浪のロシア」などがある。

ヘーリー, アレックス　*Haley, Alex*
アメリカの作家, ジャーナリスト
1921.8.11〜1992.2.10
[出]ニューヨーク州イサカ　[賞]ピュリッツァー賞(特別賞)(1977年), 全米図書賞(特別賞)
[歴]テネシー州ヘニングで育つ。カレッジを中退し、17歳で沿岸警備隊に入隊。兵役の傍ら作家修行に励む。20年間の勤務ののちフリージャーナリストとして「プレイボーイ」などの雑誌に寄稿。1965年「マルコムX自伝」を代筆。76年秋に自らの先祖を辿った「ルーツ」が単行本として出版され、テレビドラマ化されるや記録的な高視聴率をマークし、一躍世界にその名を知られるようになる。そのテーマは一貫して常に黒人の目を通して見た人種差別問題に据えられていた。他の作品に祖母を描いた「クイーン」(93年)などがある。

ペリー, アン　*Perry, Anne*
イギリスの推理作家
1938〜
[出]ロンドン　[賞]アメリカン・ミステリー賞最優秀伝統ミステリー賞, MWA賞最優秀短編賞(2000年), ヘロドトス功労賞
[歴]客室乗務員など様々な仕事をしながら小説を書き、30代後半にようやくデビューを果たす。〈トマス・ピット〉シリーズや〈ウィリアム・モンク〉シリーズなどビクトリア朝のロンドンを舞台にした本格的な時代・歴史ミステリーで知られる。2000年短編「英雄たち」でアメリカ探偵作家クラブ(MWA)最優秀短編賞を受賞した他、優れた歴史ミステリーに与えられるヘロドトス功労賞など数多くの賞に輝く。

ベリー, ウェンデル　*Berry, Wendell*
アメリカの作家
1934.8.5〜
[出]ケンタッキー州ヘンリーカントリー　[学]ケンタッキー大学卒　[賞]ジーン・スタイン賞(アメリカ文芸学術協会)
[歴]ケンタッキー州で20年以上農業を営む一方、1964〜77年、87年からケンタッキー大学で教鞭を執る。主な作品に小説「Nathan Coulter」(62年)、「A Place on Earth」(67年)、「The Wild Birds」(86年)、エッセイ「The Gift of Good hand」(81年)、「言葉と立場」(83年)、「Home Economics」(87年)、詩集「A Part」(80年)、「The Wheel」(82年)などがある。

ベリー, ジェデダイア　*Berry, Jedediah*
アメリカの作家
1977〜
[出]ニューヨーク州ハドソンバレー　[賞]ハメット賞(2009年), クロフォード賞(2010年)
[歴]2009年のデビュー作「探偵術マニュアル」で、ハメット賞およびクロフォード賞を受賞。

ベリー, スティーブ　*Berry, Steve*
アメリカの作家
[出]ジョージア州
[歴]ジョージア州で生まれ育つ。1990年から執筆活動を始める。2000年及び01年短編2作品がジョージア州の文学賞を受賞した後、03年処女長編「琥珀蒐集クラブ」で本格デビュー。04年の「ロマノフの血脈」が全米ベストセラーとなり、一躍、歴史ミステリー界の寵児になる。作家の他、ヨーロッパ、ロシアなど各国を歴訪する弁護士、教育委員と三つの顔を持つ。

ペリー, トマス　*Perry, Thomas*
アメリカの作家
1947〜
[出]ニューヨーク州　[学]コーネル大学卒 博士号(ロチェスター大学)　[賞]MWA賞最優秀処女長編賞(1982年度)
[歴]南カリフォルニア大学で総合教育プログラムのアシスタント・コーディネーターを務める傍ら創作にいそしむ。1982年初めての小説「The Butcher's Boy(逃げる殺し屋)」を刊行、同年度MWA賞最優秀処女長編賞を受賞。第1作はストレートなサスペンス小説だが、その後に発表した第2作「Metzger's Dog(メッツガーの犬)」(83年)、第3作「ビッグ・フィッシュ」(85年)はひねりのきいたコミック・スリラーと評される。他の作品に「Island(アイランド)」(87年)、「殺し屋の息子」など。

ヘリオット, ジェームズ　*Herriot, James*
イギリスの作家, 獣医
1916.10.3〜1995.2.23
[出]スコットランド・グラスゴー　[名]ワイト, ジェームズ・アルフレッド〈Wight, James Alfred〉　[学]グラスゴー獣医大学卒
[歴]1930年代に獣医大を出てノースヨークシャーの町サークスで獣医を開業。70年代より作家としても活躍。自らの獣医としての体験をフィクションに仕立てた動物への愛情あふれる作品はそのほとんどがベストセラーとなり、多くの国々で翻訳、出版される。アメリカNBC、イギリスBBCで何度かテレビドラマ化されて多くの人々に親しまれる。89年獣医を引退して悠々自適の生活を送った。主著に「ヘリオット先生奮戦記」(72年)、「Dr.ヘリオットのおかしな体験」(76年)、「ドクター・ヘリオットの愛犬物語」など。
[家]息子＝ジム・ワイト(作家)

ベリガン, テッド *Berrigan, Ted*
アメリカの詩人, 劇作家
1934.11.15〜1983.7.4
[出]ロードアイランド州プロビデンス [学]タルサ大学
[歴]1954〜57年まで軍務に就く。タルサ大学に学び、60年ニューヨークへ出、出版社Cを経営して雑誌「C」を編集。ニューヨーク派詩人と交流し、64年処女詩集「ソネット」を刊行。ニューヨークの聖マルコ協会の創作学校やアイオワ大学などで教鞭も執った。他の詩集に「幸せな日が続きますように」(69年)、「早朝の雨のなかで」(70年)、全詩集「都市を訪ね回る」(80年)などがある。

ペリッシノット, アレッサンドロ *Perissinotto, Alessandro*
イタリアの作家
1964〜
[出]トリノ [学]トリノ大学文学部卒 [賞]ニグラ賞民俗学部門(1999年), グリンザーネ・カヴール賞イタリア小説賞
[歴]記号論の卒論でトリノ大学文学部を卒業。民話や寓話の記号論、マルチメディア、文学教育法の研究を深め、1999年共同執筆の「寓話辞典」で民俗学部門のニグラ賞を受賞した。ミステリー作家としてのデビューは、97年「L'anno che uccisero Rosetta(ロゼッタが殺された年)」。以後「コロンバーノの唄」(2000年)、「8017列車」(03年)と、数年おきに話題作を世に送り続け、4作目の「僕の検事へ—逃亡殺人犯と女性検事の40通のメール」(04年)でグリンザーネ・カヴール賞イタリア小説賞を受賞。トリノ大学でマスコミ・技術論の講義を持ちながら、地元の「ラ・スタンパ」紙にも記事や物語を執筆する。

ベリマン, ジョン *Berryman, John*
アメリカの詩人
1914.10.25〜1972.1.7
[出]オクラホマ州 [賞]ピュリッツァー賞(1965年), ボーリンゲン賞(1969年)
[歴]アメリカの詩人で、ハーバード大学やプリンストン大学で教壇にも立つ。1954年ミネソタ大学教授となるものの、同大学に在任中、アルコール中毒となり、自殺する。著書に「ブラッドストリート夫人賛歌」(56年)や随筆と短編「詩人の自由」(76年)などがある。

ベリマン, ブー
→ベルイマン, ボーを見よ

ベリモン, リュック *Bérimont, Luc*
フランスのテレビプロデューサー, 詩人
1915〜1983
[出]マニャック・シュル・トゥーヴル
[歴]テレビのプロデューサーや作家、シャンソン歌手としても活躍する。代表作品に詩集「大地のまったた中の恋人たち」(1949〜50年)や小説「愛と戦争の騒音」(66年)などがある。

ベリャーエフ, アレクサンドル
Belyaev, Aleksandr Romanovich
ソ連のSF作家
1884〜1942
[出]スモレンスク
[歴]一時期弁護士や幼稚園の先生などをするが、1925年「ドウエル教授の首」を発表し、執筆活動にはいる。生前50程の作品を書くが、不遇な生涯を送った。死後50年代後半よりソ連で再評価され、ソ連SFの創始者となった。他の代表作品に「難船の島」(27年)や「アリエール」(41年)などがある。

ベル, ウィリアム *Bell, William*
カナダの作家
1945〜
[出]オンタリオ州トロント
[歴]地元の高校や、中国のハルビン工科大学、カナダのブリティッシュ・コロンビア大学で教鞭を執りながら、10冊以上の本を出版。代表作に「Stones」「Zack」などがあり、「Zack」はミスター・クリスティーズ・ブック賞を受賞している。他の作品に「Forbidden City」「No Signature」「The Golden Disk」「地球からのメッセージ」「アルマ」などがある。

ベル, ジョセフィン *Bell, Josephine*
イギリスの作家
1897〜1987
[出]マンチェスター [名]ボール, ドリス・ベル・コリアー〈Ball, Doris Bell Collier〉 [学]ケンブリッジ大学卒 医学博士(ロンドン大学)
[歴]医者となり、夫とともに開業。その医学の知識を活かしたデビュー作「Murder in Hospital」(1937年)では、シリーズの探偵役としてスティーブン・ミッチェル警部とデービッド・ウィントリンガム医師が登場。このシリーズを含め、40冊以上のミステリーを執筆した。59〜60年イギリス推理作家協会(CWA)会長を務めた。

ベル, テッド *Bell, Ted*
アメリカの作家
[名]別名＝ベル, セオドア
[歴]世界的な広告代理店ヤング・アンド・ルビカムの副会長を務め、クリエイティブ・ディレクターとして数数の広告賞を受賞。早期退職後、創作に専念し、セオドア・ベル名義で刊行した処女作のヤングアダルト向け冒険小説「Nick of Time」(2000年)が好評を博す。03年アレックス・ホークを主人公にした本格的冒険小説「ステルス原潜を追え」を出版。04年ホークが再び活躍する「ハシシーユン暗殺集団」を発表し、アメリカでベストセラーを記録した。

ベル, ハインリッヒ *Böll, Heinrich Theodor*
ドイツ(西ドイツ)の作家
1917.12.21〜1985.7.16
[出]ケルン [賞]ノーベル文学賞(1972年), 47年グループ賞(1951年), ビューヒナー賞(1967年)
[歴]貧しい生活環境に生まれ育つ。第二次大戦中はロシア戦線に兵士として従軍。1945年ケルンに帰り、執筆を開始。"47年グループ"に属し、「汽車は定時に発車した」(49年)、「アダムよ、お前はどこにいた」(51年)など、戦争の悲惨や戦後の西独社会の混乱や腐敗を描いた一連の作品を発表して、西ドイツの代表的作家に。ほかに「そしてひとことも言わなかった」(53年)、「九時半の玉突き」(59年)、「道化の意見」(63年)、「カタリーナの失われた名誉」(74年)などの著書がある。71〜74年国際ペンクラブ会長。72年ノーベル文学賞受賞。74年にはソ連を追放された作家ソルジェニーツィンを自宅に滞在させたほか、反核アピールに加わり、西独の保守派ジャーナリズムを批判するなど、活発な体制批判を続けた。

ベル, マディソン・スマート *Bell, Madison Smartt*
アメリカの作家
1957〜
[出]テネシー州ナッシュビル [学]プリンストン大学卒, ホリンズ大学大学院修士課程修了
[歴]18歳の時に入学したプリンストン大で作家のジョージ・ギャレットと出会い、作家になることを決意。ブルックリンにあるホリンズ大学大学院を卒業後、小説を書く傍ら、生活を支えるためにセキュリティ・ガード、レストランのバイト、録音技師など、職を転々とする。無駄のないリズミカルな言葉使い、映像喚起力に富んだ描写法、人間の深い感情を摑み取る才能が次第に認められ、様々なアンソロジーに選出されたことをきっかけに頭角を現し始める。作品に長編小説「The Washington Sauare Ensemble」「Waiting for the End of the World」「Straight Cut」「The Year of Silence」、短編集「ゼロ・デシベル」「Barking Man」などがある。

ベールイ, アンドレイ *Belyi, Andrei*
ロシア(ソ連)の詩人, 作家, 批評家
1880.10.26〜1934.1.8
[出]モスクワ [名]ブガーエフ, ボリス〈Bugaev, Boris Nikolae-

vich〉 ㊡モスクワ大学理数学部(1903年)卒
㊨宗教哲学者ウラジーミル・ソロヴィヨフの神秘主義の影響を受け、後期ロシア象徴派詩人の中心的存在として活躍。初期の詩集に「るり色の中の黄金」(1904年)など、評論集に「象徴主義」(10年)などがある。また音楽の技法を取り込んだ「北方交響曲」(03年)などの長編散文詩も執筆。このロシアの東洋と西洋の対立は「銀の鳩」(09年)、最大の傑作「ペテルブルク」(13〜16年)などの小説に受け継がれた。一時ベルリン亡命後、「モスクワ」(26年)などの小説や回想記などを書き、34年遺作「ゴーゴリの創作技巧」などの批評作品を発表した。

ベルイマン, ボー　Bergman, Bo
スウェーデンの詩人, 作家
1869.10.6〜1967.11.17
㊞ストックホルム　㊅Bergman, Bo Hjalmar
㊨1902〜35年郵便局勤務の一方、新聞の演劇・文芸批評を担当。厭世思想の詩人として、詩集「マリオネットたち」(03年)でデビュー。ストックホルム周辺を舞台とした詩が多く、イプセンやハイネの影響を受けた悲観主義的な詩風だったが、やがて積極的な人生観を持つようになった。詩集に「ある人間」(08年)、「火」(17年)、「にもかかわらず」(31年)、「昔の神々」(39年)、「王国」(44年)など。中期にはや明るい恋愛詩があり、チェーホフ風短編集「夢」(04年)、「船」(17年)もある。25年スウェーデン・アカデミー会員。

ベルイマン, ヤルマル　Bergman, Hjalmar
スウェーデンの作家, 詩人, 劇作家
1883.9.19〜1931.1.1
㊞オーレブロー　㊅Bergman, Hjalmar Fredrik Elgérus
㊨戯曲「イエスの母マリア」(1905年)などを書いた後、小説「ヴァードチョーピングのマルクレル家の人々」(19年)でエンターティメント作家の地位を確立。戯曲も喜劇「スウェーデンイェルム家」(25年)などが上演され成功を収める。東洋的な運命主義に鋭い心理分析を加えた特異な作風で、ドストエフスキーの影響が強い。また、「死者の手記」(18年)、「道化師ヤック」(30年)などのまじめな人生探求、告白の書もある。

ベルグマン, タマル　Bergman, Tamar
イスラエルの作家
㊞テルアビブ　㊅ヘブライ大学(英文学・フランス文学)　㊅ベレンシュタイン賞(1984年)、ゼエヴ賞(教育省)(1988年)、アクム賞(1995年)
㊨アシュドット・ヤアコブのキブツとエルサレムで子供時代を過ごす。ヘブライ大学で英文学とフランス文学を学び、1963年にはフランス政府留学生としてソルボンヌ大学に留学。児童文学を中心に、大人向けの作品やラジオ劇の脚本などを執筆する。作品に、ユダヤ人虐殺を生き延びた少年がイスラエルの農業共同体キブツで暮らす様を描いた「『むこう』から来た少年」、第二次大戦時ポーランドからの逃亡中に親とはぐれた少年がたくましく生きていく物語「ヤンケレの長い旅」などがある。

ベルゲングリューン, ヴェルナー　Bergengruen, Werner
ドイツの作家, 詩人
1892.9.16〜1964.9.4
㊞リガ(バルト海沿岸)　㊅ラーベ賞(1947年)
㊨ドイツ各地の大学で学び、第一次大戦時にはドイツ軍に志願。戦後バルト防衛軍旗手。1920年からベルリンで編集の傍ら、詩、小説を書く。22年から作家として自立。36年プロテスタントからカトリックに改宗。戦災後スイスに移住し、58年にはバーデンバーデンに定住。ナチスの迫害も越え、代表作「大暴君と審判」(35年)などを書く。他に「天にも地にも」(40年)、「スペインの薔薇」(41年)、詩集「怒りの日」(45年)などがある。ロマン派的幻想と心理的リアリズムを結合した技法で、限界状況に置かれた人間に永遠、無限の秩序が啓示されるという宗教的倫理性が貫かれている作品が多い。

ベルゴー, ルイ　Pergaud, Louis
フランスの作家
1882〜1915
㊞ドゥーブ　㊅ゴンクール賞(1910年)
㊨詩集「曙」(1904年)、「四月の草」(08年)でデビュー。フランスの田舎の教員をしていたが、動物小説「狐から鵲まで」(10年)、「カラスの復讐」(11年)などで児童文学の本領を発揮し始めた。他の作品に「ボタン戦争」(12年)などがある。

ベルコヴィシ, コンラッド　Bercovici, Konrad
ルーマニア生まれのアメリカの作家
1882〜1961.12.27
㊞ブライラ
㊨1916年渡米し、「慈善の罪」(17年)、「ニューヨークのさり」(19年)、「結婚式の客」(25年)などの作品がある。

ベルゴーリツ, オリガ　Berggolits, Oliga Fyodorovna
ロシア(ソ連)の詩人, 作家
1910.5.16〜1975.11.13
㊞ペテルブルク(サンクトペテルブルク)　㊡レニングラード大学卒　㊅スターリン賞
㊨ジャーナリストとして活動し、傍ら青少年向けの短編を書く。1930年代中期から詩人として評価されたが、37年トロツキストの関係を問われて投獄。この体験は詩の独自性に影響を与えた。40年名誉回復。第二次大戦中、レニングラードに留まって、長詩「二月の日記」(42年)、「レニングラード叙事詩」(42年)などを発表、抒情詩「ペルボロシースク」でスターリン賞受賞。53年発表の「抒情詩論」では自己表現としての抒情詩の復活を論じて、文壇の"雪どけ"気運を盛り上げた。他に粛正時代の感情体験を歌った詩集「試練」(56年)、自伝風長編「昼の星」(59年)などがある。

ペルザー, デーブ　Pelzer, Dave
アメリカの作家
㊞カリフォルニア州デイリーシティ　㊅J.C.ペニー・ゴールデン・ルール賞(1990年)
㊨カリフォルニア州史上ワースト3を記録するほどの児童虐待を受けたのち、里子として少年期を生きぬき、米空軍に入隊。一方、教護院や青年援助プログラムで活動、退役後もセミナーやワークショップを開き活動を続ける。1990年にはJ.C.ペニー・ゴールデン・ルール賞、カリフォルニア州ボランティア賞を受賞。93年"アメリカの優れた若者10人(TOYA)"のひとりとして表彰、94年アメリカ国民として初めて"世界の優れた若者(TOYP)"に選ばれる。また虐待を受けた日々を赤裸々に綴った"It"と呼ばれた子」「ロストボーイ」「デイヴ」が3冊同時に「ニューヨーク・タイムズ」紙のベストセラーリストに登場するという快挙を成し遂げた。

ヘルシング, レンナート　Hellsing, Lennart
スウェーデンの詩人, 児童文学作家
1919.6.5〜2015.11.25
㊅ニルス・ホルゲション賞(1951年), リンドグレーン賞(1970年)
㊨エンジニア及びジャーナリストとしての教育を受けるが、1940年代に詩人、児童文学作家としてデビュー。古い民謡やイギリスのナンセンス詩のように、韻を踏んだり、遊び心にあふれた作品を数多く生み出し、スウェーデンで長きに渡って児童文学の地位向上に努めた。51年ニルス・ホルゲション賞、70年リンドグレーン賞など、多数の賞を受賞。作品に「ちゃっかりクラケールのおたんじょうび」など。

ヘルストレム, ベリエ　Hellström, Börge
スウェーデンの作家
1957〜2017.2.17
㊅ガラスの鍵賞(2005年), CWA賞インターナショナル・ダガー賞(2011年)
㊨自らも犯罪者として刑務所に服役した経験から、犯罪の防止を目指す団体KRIS(Kriminellas Revansch I Samhället—犯罪

者による社会への返礼）の発起人となり、犯罪や暴力に走る少年たちに対するケアを行う。KRISの取材に訪れた作家アンデシュ・ルースルンドと出会い、2004年「制裁」で作家デビュー、ガラスの鍵賞（最優秀北欧犯罪小説賞）を受賞した。11年には「三秒間の死角」（09年）でイギリス推理作家協会（CWA）賞インターナショナル・ダガー賞を受賞。ルースルンドと共作した他の作品に、「ボックス21」（05年）、「死刑囚」（06年）などがある。

ペルッツ, レオ　*Perutz, Leo*
チェコスロバキアの作家
1882〜1957
[出]プラハ
[歴]プラハで生まれ、1899年ウィーンへ移住。1915年処女作「第三の球」発表直後、第一次大戦東部戦線にて重傷を負う。38年ナチスのウィーン侵攻に伴い、イスラエルに移住。以後、ドイツ語とヘブライ語で執筆。歴史小説を得意とし、流麗な文体と緊迫感あふれるスリリングな展開の諸作品はいずれもヨーロッパ各国語に翻訳され、国際的に高く評価される。「石橋の下の夜」はプラハ三大小説の一つに数えられる。他の著書に「ボリバー侯爵」「スウェーデンの騎士」「ウィーンの五月の夜」「レオナルドのユダ」などがある。

ヘルト, クルト　*Held, Kurt*
ドイツ生まれのスイスの児童文学作家, 詩人
1897〜1959
[出]イェーナ　[名]Klaber, Kurt
[歴]1933年ナチス・ドイツの弾圧を逃れ、児童文学作家の妻リザ・テツナーとともにスイスに移住して市民権を得る。48年まで執筆活動を禁じられたため、クルト・ヘルトの偽名を使った。主な作品に「赤毛のゾラ」「ジョゼッペとマリア」などがあり、戦争や大人たちの犠牲になる子供たちへの深い愛情と共感に貫かれている。
[家]妻＝リザ・テツナー（児童文学作家）

ベルト, ジュゼッペ　*Berto, Giuseppe*
イタリアの作家
1914.12.27〜1978.11.2
[歴]第二次大戦中、北アフリカ戦線で連合軍の捕虜となり、アメリカのテキサスに抑留され、収容所内で小説を書き始め、帰還後の1947年「空は赤い」を発表し成功を博す。64年心理分析の手法、大胆な構文を用いて、神経症を病む主人公の憑かれたような独白をえんえんと綴った「暗い病」を発表、ネオレアリズモの行き詰まりを克服する実験的な試みとして大きな衝撃を内外に与えた。他の作品に「神の御業」（48年）、「山賊」（51年）、「おかしな事」（66年）などがある。

ベルトラム, エルンスト　*Bertram, Ernst*
ドイツの詩人, 文学史家
1884.7.27〜1957.5.2
[出]エルバーフェルト
[歴]1919年ボン大学講師を経て、22〜45年ケルン大学近代文学教授。詩人ゲオルゲの影響下にヨーロッパにおけるドイツ精神の意義を探求し、象徴詩を創作。18年代表作となる「ニーチェ」を発表。その後、ナチス政権の焚書に賛成し免官された。他の著書に「ドイツ的形成」（34年）、「多種の可能性」（58年）、詩集「詩編」（全3巻, 22年）、「ノルネ詩集」（25年）などがある。

ベルトラメッリ, アントニオ　*Beltramelli, Antonio*
イタリアの作家
1879.1.11〜1930.3.15
[歴]1923年ムッソリーニ礼賛の伝記「新しい人」を発表。オリアーニやダンヌンツィオの影響を受け、ファシズム期に詩集、児童文学、劇作など、多彩な活躍をした。もっぱらロマーニャ地方の風物を描いた。日本人の女性と結婚。29年イタリア・アカデミー会員。他の作品に「赤い人びと」（04年）、「アーモンドの樹陰」（20年）などがある。

ベルトラン, ルイ・マリー・エミリー
Bertrand, Louis Marie Émile
フランスの作家
1866.3.20〜1941.12.6
[出]スパンクール
[歴]1899年作家として「民族の血」でデビューし、写実的で雄弁な文体をフローベルから受け継いだ。また紀行文作家としてアフリカ・オリエント旅行の経験を生かし、「死の庭園」（1908年）、「オリエントの幻想」（09年）などを発表。晩年は雄弁で色彩豊かな伝記作家として「聖アウグスティヌス伝」（13年）、「ヒットラー」（36年）、「ラマルチーヌ」（40年）などを発表。24年アカデミー・フランセーズ会員。他の作品に小説「ラ・シーナ」（01年）、「ドン・ジュアンの恋仇」（03年）、「ジャン・ペルバル」（26年）などがある。

ヘルトリング, ペーター　*Härtling, Peter*
ドイツの作家, 児童文学作家, 詩人
1933.11.13〜2017.7.10
[出]ケムニッツ　[賞]ハウプトマン賞（1971年）, ドイツ児童文学賞（1976年）, ヘルダーリン賞（1987年）
[歴]高校中退後、新聞や雑誌の編集者などを経て、作家に転身。小説「ニーンプシュあるいは休止」（1964年）、「ある女」（74年）、「ヘルダーリン」（76年）で作家としての地位を確立。児童文学では困難に立ち向かう子供たちを取り上げ、「おばあちゃん」（75年）、「ヨーンじいちゃん」（81年）などを執筆。様々な社会問題をテーマにした小説や詩、児童書を幅広く手がけた。他の作品に、「ヒルベルという子がいた」（73年）、「ベンはアンナが好き」（79年）、「遅ればせの愛」（80年）、詩集に「Anreden」（77年）など。

ベルトルッチ, アッティーリオ　*Bertolucci, Attilio*
イタリアの詩人
1911.11.18〜2000.6.14
[出]エミーリアロマーニャ州パルマ
[歴]「イタリア・レッテラーリア」「チルコリ」などの文芸誌に作品を発表。伝統的手法を改変しつつ、内省的かつ繊細な詩を書き継いだ。大学教授や出版社のコンサルタント、美術評論家なども務めた。映画にも情熱を抱き、映画監督になったベルナルド、ジュゼッペの2人の息子にも影響を与えた。代表作に、第1詩集「シリウス」（1929年）、第2詩集「11月の炎」（34年）などがある。
[家]息子＝ベルナルド・ベルトルッチ（映画監督）, ジュゼッペ・ベルトルッチ（映画監督）

ベルナ, ポール　*Berna, Paul*
フランスの児童文学作家
1908.2.21〜1994.1.19
[賞]国際アンデルセン賞, フランス児童文学大賞
[歴]1954年SF作品「星の世界の門」と続編「空の大陸」（55年）で作家として出発。同年発表の推理サスペンス仕立ての「首なし馬」は現代フランス児童文学の傑作の一つに数えられ、少年少女たちの賢さ、創意、強さ、勇気、実行力が活写されている。作品はいずれも少年少女の活躍する推理小説で、国際アンデルセン賞、フランス児童文学大賞などを受賞。他の作品に「町のアコーディオンひき」（56年）、「尾行された少年たち」（56年）、「辻音楽師」（56年）、「オルリー空港22時30分」（57年）、「ベレニス号の漂流」（69年）などがある。

ベルナノス, ジョルジュ　*Bernanos, Georges*
フランスの作家
1888.2.20〜1948.7.5
[出]パリ　[学]ソルボンヌ大学（文学・法律）
[歴]第一次大戦に従軍した後、1926年小説「悪魔の太陽の下に」で作家デビュー、36年「田舎司祭の日記」でフランスのカトリック作家としての地位を確立。スペイン内乱でファシストとそれを支援する教会を弾劾、38年祖国に絶望してブラジルに移住。40年フランスがドイツに降伏するや、「イギリス人へ

ヘ

の手紙」(42年)などにより、ファシズムへの抵抗を祖国に訴え続け、レジスタンスの先駆者の栄誉を担った。45年帰国。他の作品に小説「よろこび」(29年)、「新ムーシュート物語」(37年)、「月下の大墓地」(38年)、エッセイ「自由、何をなすなか」(53年)、戯曲「カルメン会修道女の対話」(49年)など。

ベルナーリ, カルロ　Bernari, Carlo
イタリアの作家
1909.10.13〜1992.10.22
㋲ナポリ　㊥ヴィアレッジョ賞(1950年)
㋙1934年ペシミスティックな筆致で3人の青年の運命を描いた「3人の労働者」で文壇に登場。当初よりリアリズム的傾向を強く持ち、私的な出来事さえもファシズム、戦争、労働問題などの政治的・社会的事件と関連させて描き、後期には特に社会の多義性を追究。ネオレアリズモの形成と性格決定に影響を与えたという。他の作品に「希望」(49年)、「穏やかな日差しの年だった」(64年)、混沌とした現代社会の様子を幻想的に描いた「フロントグラスの亀裂」(71年)など。

ベルナール, ジャン・ジャック　Bernard, Jean-Jacques
フランスの劇作家
1888〜1972
㋲セーヌ・エ・オワーズ県
㋙喜劇作家トリスタンの息子。早くから劇作を志し、1910年「ふたり連れの旅」を上演。父とはかなり異なる作風で、知的、心理主義的で沈黙に多くを語らせようとした「沈黙の演劇」を主張し実践した。57〜59年フランス劇作家協会会長を務めた。他の作品に「くすぶる火」(21年)、「マルチーヌ」(22年)、「旅への誘い」(24年)、「国道6号線」(35年)、「イスパーンの庭師」(39年)などがある。
㋩父＝トリスタン・ベルナール(喜劇作家)

ベルナール, ジャン・マルク　Bernard, Jean-Marc
フランスの詩人
1881〜1915
㋲ドーフィネ地方
㋙ファンテジスト詩人。1909年に雑誌「雀蜂」を創刊、ネオクラシックの先頭に立って活動。作品は古典主義的、伝統主義的立場を取り、牧歌的な恋愛、エピクロス的な知恵をうたった。同誌に掲載された詩は詩集「ブナの樹陰に。恋愛、牧歌、遊戯」(13年)としてまとめられる。他に「ナルシスの死」(05年)、評論「フランソワ・ヴィヨン」(18年)などがある。第一次大戦に赴きスーシェの戦いで戦死。戦争の悲惨をうたった塹壕での詩編「深き淵より」は没後の23年に詩集として発表された。

ベルナール, トリスタン　Bernard, Tristan
フランスの劇作家, 作家
1866.9.7〜1947.12.7
㋲ブザンソン　㋑ベルナール, ポール〈Bernard, Paul〉
㋙ジャーナリストなどを経て、1895年創作活動に入る。天性のユーモア作家で、伝統的な喜劇やボードヴィルを継承、発展させ、軽妙な作風で時代の風俗、倫理を風刺した。約50年間におびただしい作品を書いた。作品に劇作「自由の重荷」(97年)、「コドマ氏」(1909年)、「小さなカフェー」(11年)、小説「謹直な青年の手記」(1899年)、「恋人と泥棒」(1905年)などがある。
㋩息子＝ジャン・ジャック・ベルナール(劇作家)

ヘルナンデス, アマド
→エルナンデス, アマドを見よ

ベルニエール, ルイ・ド　Bernières, Louis De
イギリスの作家
1954〜
㋲ロンドン　㋑イギリス陸軍士官学校　㊥コモンウェルス作家賞
㋙イギリス陸軍士官学校を4ヶ月で退学したのち、南米コロンビアで教師、カウボーイとして1年を過ごす。帰国後は自動車整備士、景観庭園師、夜間学校の哲学教師など、様々な職を経る。のち執筆活動に入り、1993年文芸誌「グランタ」で注目の若手イギリス作家20人に選出される。その後、長編4作目にあたる「コレリ大尉のマンドリン」で一躍時の人となり、コモンウェルス作家賞を受賞、同作品は映画化もされた。他の著書に「ラベル」など。

ペールフィット, ロジェ　Peyrefitte, Roger
フランスの作家
1907.8.17〜2000.11
㋲タルヌ県カストル　㋑Peyrefitte, Pierre Roger　㋵エコール・ポリティック卒　㊥ルノードー賞(1944年)
㋙エコール・ポリティックを首席で卒業し、1944年までアテネなどで外交官を務めた。男性の同性愛を描いた小説「Les Amitiés particulières(同性愛)」でルノードー賞を受け、文壇に登場。以後50年間、懐疑主義と諷刺を基調とする作風で、外交官時代の体験をもとに小説や歴史書を30冊余り著した。「奇妙な愛」(49年)、「外交官勤務の終わり」(53年)などがベストセラーとなる。60年代以降、ユダヤ人問題に関心を示し「光の息子たち」(61年)、「ユダヤ人たち」(65年)などの作品を発表。また、ギリシャ・イタリアが舞台の旅物語や小説自伝「アレクサンドルの物語」(全2巻、'77, 79年)も広く読まれる。他の作品に「La soutanerouge」(83年)など。

ヘルプリン, マーク　Helprin, Mark
アメリカの作家
1947〜
㋲ニューヨーク市マンハッタン　㋵ハーバード大学卒, オックスフォード大学大学院　㊥全米ユダヤ小説賞(1982年), フォークナー賞, ローマ賞
㋙ニューヨーク市マンハッタンで生まれ、ハドソン川近辺と英領西インド諸島で育つ。ハーバード大学で修士号を取得後、プリンストン大学やオックスフォード大学で研究を行う。研究生活の間にイスラエル歩兵部隊及び空軍で兵役に就き、その経験を生かして最初の長編「Refiner's Fire」(1977年)を執筆。また、69年から「ニューヨーカー」誌に短編を発表。短編集「Eillis Island and Other Stories(エリス島 その他の短編)」(81年)で全米ユダヤ小説賞を受賞した。他の代表作に「A Dove of the East and Other Stories」(75年)や、「ウィンターズ・テイル」「白鳥湖」「兵士アレッサンドロ・ジュリアーニ」などがある。

ヘルベルト, ズビグニェフ　Herbert, Zbigniew
ポーランドの詩人
1924.10.29〜1998.7.28
㋲ポーランド領ルブフ(ウクライナ・リヴィウ)　㋵トルン大学法学部, ワルシャワ大学哲学科卒　㊥レーナウ賞(1965年), エルサレム賞(1991年)
㋙亡命政府系の国内軍の抵抗運動に参加。強大な権力に立ち向かう孤独な反骨の叫びをペンでうたいあげ、1965年オーストリアのレーナウ賞を受賞。71年まで西ベルリン、ロサンゼルスの大学で教鞭を執った。ノーベル文学賞を受賞したビスワワ・シンボルスカと並び現代ポーランドを代表する詩人だった。詩集「光の弦」(56年)「コギトの声」(74年)「包囲された町からの報告」(84年)などのほか、戯曲4編を収める「ドラマ集」(70年)、エッセイ集「庭園の野蛮人」(62年)などがある。

ヘルマン, フアン　Gelman, Juan
アルゼンチンの詩人
1930.5.3〜2014.1.14
㋲ブエノスアイレス　㊥セルバンテス賞(2007年)
㋙ウクライナ系ユダヤ移民の息子としてブエノスアイレスに生まれる。1948年から大学で化学を専攻するものの、ジャーナリズムや政治・文学活動のために退学。55年共産党の詩人たちと"固いパン"を結成し、以降本格的に詩作に取り組む。67年共産党を離党するが、左翼系の作家たちとともに創作・出

版活動を続ける。75年アルゼンチンを出国した直後にクーデターが発生、翌年の軍事政権成立とともに息子マルセロ・アリエルと妊娠中だったその妻クラウディアが行方不明になる。90年ドラム缶にコンクリート詰めにされた息子の遺体が発見され、2000年には獄中でクラウディアが出産した孫娘と劇的な対面を果たした。その後、メキシコに移住。ラテンアメリカを代表する詩人として、「ゴタン」(1969年)など20以上の詩集を発表。主な詩集に「孤独者の通夜」(61年)、「シドニー・ウェストの歌」(69年)、「引用と解釈」(82年)など。2007年セルバンテス賞を受賞。日本では、10年「価値ある痛み」が翻訳出版された。

ヘルマン, ユーディット　*Hermann, Judith*
ドイツの作家
1970.5.15～
㊏ベルリン　㊎ブレーメン市文学奨励賞(1999年)、フーゴ・バル奨励賞(1999年)、ハインリヒ・フォン・クライスト賞(2001年)
㊙1998年デビュー作「夏の家、その後」を発表、ドイツでベストセラーとなり大きな話題を呼ぶ。99年ブレーメン市文学奨励賞およびフーゴ・バル奨励賞、2001年ハインリヒ・フォン・クライスト賞を受賞。03年の短編集「幽霊コレクター」も30万部を超えるベストセラーとなった。

ヘルマン, リリアン　*Hellman, Lillian*
アメリカの劇作家
1905.6.20～1984.6.30
㊏ルイジアナ州ニューオーリンズ　㊐コロンビア大学、ニューヨーク大学
㊙ユダヤ系。コロンビア大学、ニューヨーク大学で学んだ後、プロデューサーのハーマン・シュムリンの助手として、映画脚本の下読みをするなど、戯曲、編集の下積みを経る。1934年劇作家としての処女作「The children's hour(子供の時間)」を発表し、一躍有名作家となった。社会の不正や悪に対する怒りを常に持ち続け、ヨーロッパのファシズム、スペイン内戦などの中で市民の自由のため信念を持って活動し、アメリカン・デモクラシーの"女闘士"としても知られた。マッカーシズムの赤狩りに遭い、一時活動の場を失うが、69年自伝「未完の女」で復活。その経験のひとつを描いた短編「ジュリア」は76年に映画化され、アカデミー賞を受賞。他の代表作に「子狐たち」(39年)「ラインの監視」(41年)「秋の園」(51年)など。また、「未完の女」「眠れない時代」「メイビー・青春の肖像」などは、アメリカの自伝文学に新風を吹き込んだ。ハードボイルド作家ダシール・ハメットと30年にわたる交友関係があった。

ヘルマンス, ウィレム・フレデリック
Hermans, Willem Frederick
オランダの作家
1921.9.1～1995.4.27
㊎筆名＝ベイカールト、アーヘ〈Bijkaart, Age〉　㊎ネーデルラント文学大賞(1977年)
㊙地理学の研究に従事しながら詩を書き、詩集「言葉で紡いだ糸によるキス」(1944年)、「天空の恐怖」(46年)、「ヒプノドローム」(48年)を著す。49年第二次大戦下のアムステルダムと解放後一週間のブリュッセルの悲惨な姿を描いた長編小説「アカシアの涙」を発表。53～73年フローニンゲン大学で自然地理学講師を務めながら作家活動を行い、長編「ダモクレスの暗室」(58年)は戦後オランダ文学の最高峰と評され、自身も第二次大戦後の最高のオランダ語作家といわれる。72年P.C.ホーフト賞の受賞を辞退したが、77年、3年ごとに与えられるネーデルラント文学大賞を受賞。74年アーヘ・ベイカールトの筆名で日刊紙「ヘト・パロール」に「ベイカールトの怒りの手紙」を連載した。他の作品に「私は常に正しい」(51年)、「安全な家」(52年)、「パラノイア」(53年)、「もう眠らない」(66年)、「フィリップのソナチネ」(80年)など。

ヘルムリーン, シュテファン　*Hermlin, Stephan*
ドイツ(東ドイツ)の作家、詩人
1915.4.13～1997.4.6
㊏ケムニッツ　㊐レーダー、ルードルフ　㊎ハインリッヒ・ハイネ賞(1948年)
㊙1931年、16歳でドイツ共産主義青年同盟に入党し、ナチスの台頭にともない、ベルリンで反ファシズム非合法活動に携わる。36年に亡命。エジプト、パレスチナ、イギリスなど各地を転々としたのち、37年スペイン人民解放戦争に参加、さらに39年にはフランスで反ナチ・レジスタンス運動に関与する。一時は、収容所生活を余儀なくされるが、スイスに逃亡。45年終戦とともに西ドイツに帰還し、ラジオ・フランクフルトの学芸編集長として勤めたが、47年職を辞し、東ベルリンへ入り、自由な作家活動を開始。すでに45年に詩集「大都会の十二のバラーデ」を上梓し、優れた詩人として高く評価されていたが、以後主として反ファシズム抵抗運動をテーマとする完成度の高い詩作を多く発表。このほか、短編小説、旅行記、評論、ルポルタージュなどにも健筆を揮い、東ドイツにおいて最も尊敬される作家の一人として活躍を続けた。48年ドイツ作家擁護同盟のハインリッヒ・ハイネ賞をはじめ、いくつかの文学賞を受賞。

ヘルンドルフ, ヴォルフガング　*Herrndorf, Wolfgang*
ドイツの作家
1965.6.12～2013.8.26
㊏西ドイツ・ハンブルク(ドイツ)　㊐ニュルンベルク美術大学(絵画)　㊎ドイツ児童文学賞、クレメンス・ブレンターノ賞、ハンス・ファラダ賞、ライプツィヒ書籍賞(2012年)
㊙ニュルンベルク美術大学で絵画を学び、イラストレーターとして風刺雑誌「Titanic」などに寄稿。2002年「In Plüschgewittern」で作家デビューし、10年に発表されたヤングアダルト小説「14歳、ぼくらの疾走」で、ドイツ児童文学賞、クレメンス・ブレンターノ賞、ハンス・ファラダ賞を受賞。11年の長編小説「砂」は、12年ライプツィヒ書籍賞を受賞。長い闘病の末、13年8月ベルリンで亡くなった。

ベルンハルト, トーマス　*Bernhard, Thomas*
オランダ生まれのオーストリアの作家、劇作家
1931.2.9～1989.2.12
㊏マーストリヒト　㊎ユーリウス・カンペ賞(1964年)、ブレーメン賞(1965年)、オーストリア国家文学賞(1968年)、アントン・ヴィルトガンス賞(1968年)、ビューヒナー賞(1970年)、グリルパルツァー賞(1971年)、フランス・テオドール・チョユール賞(1972年)、ハノーファー劇曲作家賞(1974年)、セギエ国際文学賞(1974年)
㊙ザルツブルクとウィーンで音楽を学ぶ。実存主義的作風の詩や小説を書きはじめ、1957年に最初の詩集を出版。63年処女長編小説「霜」を発表。70年発表の「Das Kalkwerk(石灰工場)」はビューヒナー賞を獲得、さらに英・仏訳されて74年にはフランスの第1回ヤギエ国際文学賞を受賞するなど多数の賞に輝いた。政治風刺や反宗教的傾向の作品で、ドイツ語圏を代表する反骨作家となる。オーストリア社会に潜在するユダヤ主義を告発した劇作「ヘルデン・プラッツ(英雄広場)」は、88年秋ウィーンで初演され、カトリック教会や保守政党から強い反発を受けた。

ペレ, バンジャマン　*Péret, Benjamin*
フランスの詩人
1899.7.4～1959.9.18
㊏ルゼ
㊙1920年パリに出てブルトンと親交を結んでダダイスム、シュルレアリスム運動に加わり、機関誌「シュルレアリスム革命」の編集に携わる。分裂や破門などが相次いだシュルレアリスム運動において、終生にわたってブルトンの盟友であり続けたほぼ唯一の人物で、文学的にも政治的にも最も忠実なシュルレアリストの一人として生涯を送った。一時、共産党に入党したが離党し、やがてトロツキズムに接近。36年義勇軍と

してスペイン内戦に参加。第二次大戦中はメキシコに亡命したが、戦後フランスに戻った。詩集「大西洋横断旅行者」(21年)、「大いなる賭」(28年)、コント集「サン・ジェルマン大通り125」(23年)、恋愛詩「私は昇華させる」(36年)、短編集「股肉、その生涯と作品」(57年)などがある。

ベレアーズ, ジョン　Bellairs, John
アメリカの作家
1938〜1991
㊙ミシガン州
㊙長らく大学で教鞭を執ったのち、ジュブナイル・ファンタジーを数多く発表し、「壁のなかの時計」(1973年)に始まる〈ルイス少年〉シリーズがベストセラーに。同シリーズの人気は非常に高く、死後はブラッド・ストリックランドによって書き継がれる。また「霜のなかの顔」「ジョニー・ディクソン」など、ゴシック・ファンタジーの名手としても知られる。

ペレーヴィン, ヴィクトル　Pelevin, Viktor Olegovich
ロシアの作家
1962.11.22〜
㊙ソ連ロシア共和国モスクワ(ロシア)　㊤モスクワ・エネルギー大学卒、ゴーリキー文学大学中退　㊦ヴェリーコエ・コリツォ賞(短編部門)(1990年)、ロシア・ブッカー賞(1993年)、アポロン・グリゴリエフ賞(2003年)
㊙1990年ロシアのSFファンが選ぶヴェリーコエ・コリツォ賞を短編部門で受賞、以来SFとファンタジー文学の常連受賞作家となる。91年短編集「青い火影」を出版、93年ロシア・ブッカー賞の雑誌部門で異例の受賞を果たした。「ニューヨーク・タイムズ」紙や「グランタ」誌にも作品を寄稿し、主要作品が各国語に翻訳されるなど、欧米での評価も極めて高い。他の著書に「眠れ―作品集『青い火影』」「虫の生活」「恐怖の兜」「チャパーエフと空虚」「寝台特急 黄色い矢」「汝はTなり―トルストイ異聞」など。

ペレグリーノ, チャールズ　Pellegrino, Charles R.
アメリカの作家, 科学者
㊙科学者として第一線で活躍する傍ら、作家活動を続ける。恒星間宇宙船を考案した他、タイタニック探査計画に参加するなど、天文、海洋、宇宙生物学と様々なジャンルにわたり実績を残している。なかでも、琥珀に閉じこめられた古代昆虫を利用して、恐竜のクローンを造り上げるというマイケル・クライトンの「ジュラシック・パーク」の基本アイデアを提唱したことで有名。また、科学アドバイザーとして、映画「タイタニック」や「アバター」でジェームズ・キャメロン監督に協力。著書に生態学、宇宙物理学、最新テクノロジーなどあらゆる分野の知識を生かした本格的なバイオ・サスペンス「ダスト」の他、ジョージ・ゼブロウスキーとの共作「Flying Valhalla」「The Killing Star」などがある。2010年、広島と長崎の両方で原爆被害に遭った"二重被爆者"の山口彊さん(09年死亡)の体験を題材にしたノンフィクション「ラスト・トレイン・フロムヒロシマ」を刊行。

ペレケーノス, ジョージ・P.　Pelecanos, George P.
アメリカのミステリー作家
1957〜
㊙ワシントンD.C.　㊦ミステリチャンネル闘うベストテン第1位(1998年度)、ファルコン賞、ロサンゼルス・タイムズ・ブック・アワード最優秀賞、レイモンド・チャンドラー賞(イタリア)(2005年)、ハメット賞(2008年)
㊙ギリシャ系。10年間家電業界で働く。インディーズ系の映画会社サークル・フィルムズでプロモーションの仕事を手がける傍ら、ミステリー小説を執筆。1992年ギリシャ系移民の主人公がふとしたことから事件に巻き込まれる、青春小説を感じさせるハードボイルド・ミステリー「硝煙に消える」を出版して、作家としてデビュー。同じニック・ステファノスを主人公とした続編「友と別れた冬」(93年)、「Down by the River Where the Dead Man Go」(95年)のほか、関連してそれ以前の時代を描いた「俺たちの明日」(96年)、「愚か者の誇り」(97年)、「明日への契り」(98年)などの作品がある。「愚か者の誇り」はCWA賞にノミネートされ、「俺たちの日」はミステリチャンネル闘うベストテン第1位とファルコン賞、「魂よ眠れ」はロサンゼルス・タイムズ・ブック・アワード最優秀賞を受賞。2001年黒人探偵デレク・ストレンジを主人公にした「曇りなき正義」を発表、以後シリーズ化した。

ベレスフォード, ジョン　Beresford, John D.
イギリスの作家
1873〜1947
㊙当初SFものを多く手がけるが、第一次大戦後、収入の多い作品を書くようになる。代表作品に初期のSF作品「ハンプデンシャーの不思議」(1911年)や「塔の謎」(44年)などがある。

ペレス・レベルテ, アルトゥーロ　Pérez-Reverte, Arturo
スペインの作家, ジャーナリスト
1951〜
㊙カルタヘナ　㊦フランス芸術文化勲章シュバリエ章, La Academiade Marina Francesaメダル、スペイン海軍大十字架勲章(2005年)　㊦El pelle Rosenkratz賞(1994年)、ジャン・モネ賞(1997年)、El Mediterran仔賞、ジャーナリズム・アストゥリアス賞、オンダス賞、ゴンサレス・ルアノジャーナリズム賞、ホアキン・ロメロ・ムルベジャーナリズム賞、ゴヤ賞(最優秀脚本部門)
㊙1973〜94年の20年間にわたり、新聞、ラジオ、テレビの記者としてテロリズム、密輸、国際紛争を取材。この間、86年「EL HÚSAR」で作家デビュー。90年3作目の「フランドルの呪画」が世界的ベストセラーとなり、美術、音楽、文学、歴史を背景にした知的でスリリングなミステリーで現代スペインを代表する作家となった。その作品は30を超える言語に翻訳され、ロマン・ポランスキー監督、ジョニー・デップ主演による「ナインスゲート」(99年)をはじめ、著書の映画化も多数。2003年よりスペイン王立アカデミー会員。他の著書に「呪のデュマ倶楽部」(1993年)、「サンタ・クルスの真珠」(95年)、「ジブラルタルの女王」(2002年)、「戦場の画家」(06年)などがある。

ペレック, ジョルジュ　Pérec, Georges
フランスの作家
1936.3.7〜1982.3.3
㊙パリ　㊤パリ大学、チュニス大学　㊦ルノードー賞(1965年)、ジャン・ビゴ賞(1974年)、メディシス賞
㊙国立学術研究センターで蔵書・論文のカード索引の作製に携わっていた1965年、最初の小説「Les Choses(物の時代)」を発表、ルノードー賞を受賞する。アルファベットのeを使わない作品「消失」(69年)など、極めて前衛的な実験作を発表。クノーらのOULIPO(ポテンシャル文学工房)の一員。小説のほかに文芸評論、詩集もあり、また映画になった自作の小説「眠る男」の脚色によって、74年にジャン・ビゴ賞を受賞している。遺作は長編「生、その使用法」(78年)。

ヘレラー, ワルター　Höllerer, Walter Friedrich
ドイツの詩人, 作家, 批評家
1922.12.19〜2003.5.20
㊙バイエルン　㊤エルランゲン大学、ゲッティンゲン大学、ハイデルベルク大学
㊙1954年ベンダーと共に文芸誌「アクツェンテ」を創刊し、"47年グループ"をはじめとする多くの新進作家を育てた。59年ベルリン工科大学教授となる。詩集に「もうひとりの客」(52年)、「システム」(69年)など。73年に出版した人間管理が強まる戦後社会を描いた長編小説「象の時計」は詩的散文により意識の流れを描いた小説として話題をよんだ。戯曲には「すべての鳥はすべて」(78年)があり、ベルリン文学コロキウムを主宰する。

ペレルマン, S.J.　Perelman, Sidney Joseph
アメリカのユダヤ系作家

1904.2.1～1979.10.17
[出]ニューヨーク市ブルックリン　[学]ブラウン大学卒　[賞]アカデミー賞脚色賞（1956年）
[歴]ブラウン大学卒業後、マルクス兄弟映画の脚本を手がけ、1931年より「ニューヨーカー」誌に短編を発表。作品集「ペレルマンのほとんど」（58年）など多数の著書がある。また、映画「八十日間世界一周」（56年）の脚本家の一人としてアカデミー賞脚色賞を受賞している。
[家]義兄＝ナサニエル・ウェスト（作家）

ベレンスン, アレックス　*Berenson, Alex*
アメリカの作家, ジャーナリスト
1973～
[学]エール大学（1994年）卒　[賞]MWA賞最優秀処女長編賞（2007年）
[歴]1994年エール大学を卒業、歴史学および経済学の学位取得。「ニューヨーク・タイムズ」の記者としてイラク占領からニューオーリンズ洪水まで幅広いトピックを取材。2003年イラク特派員として過ごした3ケ月を機に小説を書くことを決意し、06年「フェイスフル・スパイ」で作家デビュー。07年MWA賞最優秀処女長編賞を受賞したほか、バリー賞最優秀処女長編賞にノミネートされた。CIA工作員ウェルズが活躍する同作は、〈John Wells〉としてシリーズ化される。

ベロー, アンリ　*Béraud, Henri*
フランスのジャーナリスト, 作家
1885～1958
[賞]ゴンクール賞（1922年）
[歴]派手な文体とウィットにとんだ文章を書く事で知られる作家で、ジャーナリストとしても活躍する。代表作品にゴンクール賞を受賞した「太りすぎのなやみ」「月の硫酸塩」（1922年）などがある。

ベロー, ソウル　*Bellow, Saul*
カナダ生まれのアメリカの作家
1915.6.10～2005.4.5
[出]カナダ・ケベック州ラシーヌ　[学]ノースウェスタン大学（1937年）卒　[賞]ピュリッツァー賞（1976年）, ノーベル文学賞（1976年）, 全米図書賞（1953年・1964年・1970年）, フォルメントール国際出版社賞（1965年）, O.ヘンリー賞（1980年）
[歴]ユダヤ系ロシア移民の子として生まれる。9歳のときシカゴに移住。シカゴ大学、ノースウェスタン大学で社会学と文化人類学を学び、1946～48年ミネソタ大学、52～53年プリンストン大学、64年シカゴ大学教授を務めながら創作活動に励む。44年処女作「Dangling Man（宙ぶらりんの男）」を発表して文学界にデビュー。第3作目にあたる「The Adventures of Augie March（オーギー・マーチの冒険）」（53年）で全米図書賞を受賞、ヘミングウェイ、フォークナーらに続くアメリカを代表する作家として一躍注目された。その後も「雨の王ヘンダーソン」（59年）、「ハーツォグ」（64年）、「サムラー氏の惑星」（70年）、「フンボルトの贈り物」（75年）、「学生部長の十二月」（82年）、「窃盗」（89年）、「ベラヴォザ・コネクション」（89年）などを発表。評論に「最近のアメリカ小説」（63年）、「テクノロジーと知識のフロンティア」（74年）などがある。76年「フンボルトの贈り物」でピュリッツァー賞を受賞、同年“人間についての英知と現代文化に対する鋭敏な分析”が評価され、ノーベル文学賞を受賞した。時代を観察する目の鋭さと、独特のユーモアがにじむ作品で、米文学界きっての知性派として知られた。また新奇な文体や実験小説を嫌い、伝統的小説形式の擁護者であり続けた。ユダヤ系文学を米文学の主流に押し上げた貢献者として、バーナード・マラマッドと並び称される。

ペロー, ブリアン　*Perro, Bryan*
カナダの作家
1968.6.11～
[出]ケベック州シャウィニガン
[歴]ネイティブ・アメリカンの語り部であった祖父ラウール、やはり話好きだったもうひとりの祖父ジョルジュから語りの才能を受け継ぎ、ケベックの伝統的な語りにもとづいたお話の会を開く一方、俳優、作家、劇作家など多方面で活躍。また、シャウィニガン・カレッジでは演劇を教える。2003年からの〈アモス・ダラゴン〉シリーズは大ヒット作となり、世界中で翻訳される。他に〈Wariwulf〉シリーズ、小説「マーモット」「果実の世界の私の兄弟」「私はどうして父を殺したか？」、さらに戯曲を3作発表している。

ベロック, ヒレア　*Belloc, Hilaire*
フランス生まれのイギリスの作家, 評論家, 歴史家
1870.7.27～1953.7.15
[出]フランス・サン・クルー　[名]ベロック, ジョーゼフ・ヒラリー・ピエール・レンヌ〈Belloc, Joseph Hilaire Pierre René〉
[学]オックスフォード大学（1895年）卒
[歴]父はフランス人の弁護士、母はイギリス人のカトリック信者で、化学者J.プリーストリの孫。晋仏戦争の勃発で生まれてすぐにイギリスに移住。オックスフォード大学で近代史を学ぶ。1902年イギリスに帰化。06～9年と10年自由党の庶民議員を務める。その後は政治から遠ざかり著述に専念。小説、詩、文明批評、歴史研究、旅行記、随筆など多方面で活躍。100冊を超える著書があり、チェスタトンと並んでローマ・カトリック信徒の文学者としてエドワード朝の巨人的存在となった。またカトリック主義の論客として社会主義的なウェルズ、バーナード・ショーとしばしば激しい論陣を張って対決した。徒歩旅行記「ローマへの道」（02年）が著名。他の主著に、小説「エマニュエル・バードン」、同「クラターバック氏の選挙」（08年）、歴史書「イギリスの歴史」（全4巻, 25～31年）、伝記「ダントン」（1899年）、「ロベスピエール」（1901年）、紀行「ノナ号の航海」、文明評論「奴隷国家」「わが文明の危機」、エッセイ「すべてについて」などがある。
[家]姉＝マリー・ベロック・ラウンズ（ミステリー作家）

ベロック・ラウンズ, マリー　*Belloc Lowndes, Marie*
イギリスのミステリー作家
1868.8.5～1947.11.14
[出]ロンドン
[歴]ヒレア・ベロックの姉。ロンドン生まれだが、子供の頃はほとんどフランスで育つ。1913年に発表した切り裂きジャック事件に基づく「下宿人」でミステリー作家としての地位を確立。同作はヒッチコックらによって映画化された。他に「ペネロープの心」（04年）、「リジー・ボーデン事件」、「過ぎゆく世界」（47年）など多数の犯罪小説、戯曲がある。
[家]弟＝ヒレア・ベロック（作家）

ベローフ, ワシリー　*Belov, Vasilii Ivanovich*
ロシア（ソ連）の作家
1932.10.23～2012.12.4
[出]ソ連ロシア共和国ヴォログダ州（ロシア）　[学]ゴーリキー記念文芸大学（1964年）卒　[賞]ソ連国家賞（1981年）
[歴]コルホーズで働き、職業教育を受けて、建具や機械の工員となった。兵役に就いた後、1950年代は故郷ヴォログダのグリアゾヴェツの地方新聞「Kommunar」の編集員を務める。56～59年に中学校の夜間部に通って勉強し、59～64年には作家組合文芸研究所の所員となった。ソ連共産党員で、作家組合員でもあり、64年にはゴーリキー記念文芸大学を卒業。この間61年には詩集「ぼくの森の村」と中編小説「ベルジャイカ村」を発表し、66年のコルホーズ一家の日常をさりげなく描いた中編「いつものことを」で注目され、農村文学の先駆的作品となる。68年の「大工物語」では同じくコルホーズ農民の悲劇を描き、72～76年の長編「前夜」では農業集団化直前の混乱を取り上げて高く評価された。80年代からはエコロジー問題に積極的に発言し、自然保護運動でも活躍。ペレストロイカの時期には人民議員に選出され、ゴルバチョフ大統領の顧問会議メンバーとなる。ソビエト崩壊後は政治活動からは一切手を引いた。他の作品に北ロシア農村の自然や習俗の民俗学的なルポ「調和」（79～81年）、評論「故郷にて思う」

(86年)などがあり、戯曲もある。

ペロル, ユゲット *Pérol, Huguette*
チュニジア生まれのフランスの作家
1930〜
[出]チュニス　[賞]ジャン・マセ賞, サン・テグジュペリ賞
[歴]フランスの保護国であったチュニジアで生まれ育ち、文学(英・仏)、芸術、ピアノ、絵画、ギター、ハープシコードを学ぶ。その後、パリに出て「アトラス」の編集に携わった他、月刊紙「ジュルナル・カトリック」に1970年代のレバノンをルポルタージュするなど活躍。19歳で結婚し、外交官の夫ジルベール・ペロルとともにチュニジア、モロッコ、エチオピアなど世界各地を巡り、75年7月から2年間は駐日フランス大使夫人として日本にも滞在。著書にエチオピア革命を描いた「獅子は斃された」の他、「エチオピアの小説と伝説」、共著に「エレガンスの法則」など多数。
[家]夫＝ジルベール・ペロル(外交官)

ペロン, エドガル・デュ *Perron, Edgar du*
オランダの詩人, 作家
1899.11.2〜1940.5.14
[出]オランダ領東インド(インドネシア)
[歴]オランダ領東インドの裕福なフランス系農場主の息子。1925年詩集を自費出版した後、両親とブリュッセル近郊に移り住み、オランダ・フランドル文壇で活動。32〜35年ブラークとの交友により「フォーラム」誌の創設に参加。33年新聞社のパリ特派員となり、35年自伝的作品「生まれた土地」を発表。36年ジャカルタに戻り、ムルタトゥリの伝記「レバックの人」(37年)などを発表したのち、オランダに帰国した。

ヘロン, ミック *Herron, Mick*
イギリスの作家
[出]ニューカッスル・アポン・タイン　[学]オックスフォード大学ベリオール・カレッジ卒　[賞]CWA賞ゴールド・ダガー賞(2013年)
[歴]2003年「Down Cemetery Road」で作家デビューし、オックスフォードを舞台にしたミステリー小説を発表。長編第6作にあたる初のスパイ小説「窓際のスパイ」はイギリス推理作家協会賞(CWA賞)のスティール・ダガー賞候補となった。13年続編「死んだライオン」でCWA賞ゴールド・ダガー賞を受賞。

ベロンチ, マリア *Bellonci, Maria*
イタリアの歴史家, 作家
1902.11.30〜1986.5.13
[出]ローマ　[賞]ストレーガ賞(1986年), ヴィアレッジョ賞
[歴]「ルクレツィア・ボルジア」でヴィアレッジョ賞を受賞。1947年夫のゴッフレードと共にイタリアの代表的文学賞、ストレーガ賞を創設。現代イタリア文学に貢献し、イタリア・ペン・クラブ会長も務めた。他の作品に「ゴンサガの秘密」「秘められたルネッサンス」「ミラノ―ヴィスコンティ家の物語」など。

ベン, ゴットフリート *Benn, Gottfried*
ドイツの詩人, 医師
1886.5.2〜1956.7.7
[出]マンスフェルト　[学]マールブルク大学, カイザー・ウィルヘルム軍医学校　[賞]ビューヒナー賞(1951年)
[歴]ベルリンで皮膚・性病科医院を開き、医師として活躍。当時、詩の世界では禁語であった"死体"を冷酷無比に表現した詩集「死体置場」(1912年)で文壇にデビューする。他の代表作品に「カリュアティーデ」(19年)、「静力学的詩編」(48年)、「終曲」(55年)、評論「二重生活」(50年)、「抒情詩の諸問題」(51年)がある。

卞 之琳　べん・しりん　*Bian Zhi-lin*
中国の詩人, 翻訳家
1910.12.8〜2000.12.2
[出]江蘇省海門県湯家鎮　[学]北京大学外国学部英文科(1933年)卒
[歴]北京大学在学中、友人の李広田、何其芳と詩壇に登場、共同詩集「漢園集」(1936年)を出す。西洋の主知詩を中国近代詩に取り入れた最初の詩人で、現実に対する苦悶、暗い情感をうたった。四川大学で講師をした後、抗日戦争初期に延安の魯迅芸術学院で教鞭を執り、のち昆明の西南連合大学助教授に就任。延安訪問後、作風は明快になった。46年南開大学、49年北京大学を経て、53年中国社会科学院文学研究所研究員。ジード、リルケ、シェイクスピアの作品も翻訳。他に詩集「三秋草」(33年)、「魚目集」(35年)、「慰労信集」(40年)、「10年詩集」(41年)、「雕虫紀歴」(79年)、訳詩集「西窗集」(36年)などがある。

ベンカトラマン, パドマ *Venkatraman, Padma*
インド生まれのアメリカの作家
[出]チェンナイ　[学]ウィリアム・アンド・メアリー大学(海洋学)卒　[賞]ボストン作家協会賞(2009年)
[歴]父方の祖父が法学者、母は弁護士。子供の頃から科学・数学と文学の双方に関心を持つ。アメリカのウィリアム・アンド・メアリー大学で海洋学の学位を取得し、キール大学海洋研究所、ジョンズ・ホプキンズ大学の研究員ほか、研究生活を経て、作家となる。2009年「図書室からはじまる愛」がボストン作家協会賞を受賞、また全米図書館協会ヤングアダルトのためのベストブックスに選ばれた。

ヘンクス, ケビン *Henkes, Kevin*
アメリカの絵本作家, 児童文学作家
1960〜
[出]ウィスコンシン州ラシーヌ　[学]ウィスコンシン州立大学(美術)卒　[賞]コルデコット賞(1994年・2005年)
[歴]19歳の時、描きためた絵をもってニューヨークへ行く。出版社に認められ、ウィスコンシン州立大学在学中の1981年に初めての作品「All Alone」を出版。絵本から幼年向き児童文学まで次々と作品を発表する。94年「いつもいっしょ」、2005年「まんまるおつきさまをおいかけて」でコルデコット賞を受賞。他の絵本に「おてんばシーラ」「ジェシカがいちばん」「せかいいちのあかちゃん」「おしゃまなリリーとおしゃれなバッグ」、小説に「夏の丘、石のことば」などがある。

ペンコフ, ミロスラフ *Penkov, Miroslav*
ブルガリアの作家
1982〜
[出]ガブロヴォ　[学]アーカンソー大学, アーカンソー大学大学院
[賞]ユードラ・ウェルティ賞(2007年), BBC国際短編賞(2012年)
[歴]幼少期に首都ソフィアに移り住み、18歳まで同地で過ごす。2001年アメリカに留学、アーカンソー大学で心理学を学んだ後、大学院は創作科に進む。06年に発表した短編小説「レーニン買います」が07年のユードラ・ウェルティ賞に選ばれ、サルマン・ラシュディ編「ベスト・アメリカン・ショート・ストーリーズ2008」にも選出。11年の「西欧の東」は12年BBC国際短編賞を受賞。北テキサス大学の創作科で教鞭を執る。

ベン・ジェルーン, タハール *Ben-Jelloun, Tahar*
モロッコ生まれのフランスの作家, 詩人, 劇作家, ジャーナリスト
1944.12.1〜
[出]フェズ　[学]ムハンマド5世大学 精神医学博士　[賞]ゴンクール賞(1987年), レマルク平和賞(2011年)
[歴]モロッコ・ラバトのムハンマド5世大学で哲学を学び、詩作を始める。哲学教師となったが、1971年哲学教育のアラビア語化により失職し、フランスへ移住。社会学、社会精神医学を学ぶ傍ら文学作品を発表。民族、歴史、差別などをテーマに小説を発表し、詩やノンフィクションなども手がける。72年以来「ル・モンド」に寄稿、アラブ・マグレブ社会と文化の専門ジャーナリストとしても活躍。87年小説「聖なる夜」でゴンクール賞を受賞し、ノーベル文学賞候補にも名前が挙がる。2011年中東民主化運動の進行中の状況を世界に知らせた「アラブの春は終わらない」を刊行、ドイツのレマルク平和賞

を受賞。現代フランス語マグレブ文学を代表する作家。他の著書に「歓迎されない人々―フランスのアラブ人」(1984年)、「砂の子ども」(85年)、「最初の愛はいつも最後の愛」(95年)、「娘に語る人種差別」(98年)、「出てゆく」(2006年)など。12年来日。

ベンソン, E.F.　*Benson, E.F.*
イギリスの作家
1867.7.24〜1940.2.29
[出]バークシャー州　[名]ベンソン, エドワード・フレデリック〈Benson, Edward Frederic〉　[学]ケンブリッジ大学卒
[歴]イギリス国教会の聖職者の家に生まれる。ケンブリッジ大学卒業後、1892〜95年アテネ、95年エジプトの発掘調査に参加。この間、93年上流社会の生活を描いたユーモア小説「Dodo」でデビューすると、爆発的な人気を博す。以降、小説、児童文学、伝記をはじめ幅広い分野の100点を超える著作を出版した。他の作品に、小説「Dodo the second.」(1914年)、「Dodo Wonders」(21年)など、児童書に〈デイヴィッド・ブレイズ〉シリーズ、〈Lucia〉シリーズなどがある。
[家]父＝エドワード・ホワイト・ベンソン(カンタベリー大主教)

ベンダー, エイミー　*Bender, Aimee*
アメリカの作家
1969〜
[出]カリフォルニア州ロサンゼルス　[学]カリフォルニア大学アーバイン校創作科(1998年)卒　[賞]アレックス賞(2011年)
[歴]3人姉妹の末っ子。カリフォルニア大学アーバイン校の創作科出身で、小学校教師を務めた後、「Granta」「GQ」「The Antioch Revie」などの雑誌に短編を発表。処女短編集「燃えるスカートの少女」(1998年)はその独特の不可思議な世界が多くの書評家から絶賛され、「ニューヨーク・タイムズ」紙の注目の1冊にも選ばれる。2000年初の長編「私自身の見えない徴」を発表、「ロサンゼルス・タイムズ」紙の注目の1冊に選ばれるとともに、ベストセラーリストにも登場した。11年「The Particular Sadness of Lemon Cake」(10年)で、全米図書館協会のアレックス賞を受賞。南カリフォルニア大学で創作を教える傍ら、執筆活動を続ける。他の作品に「わがままなやつら」など。

ベンダー, ハンス　*Bender, Hans*
ドイツの詩人, 作家, 編集者
1919.7.1〜2015.5.28
[出]ミュールハウゼン
[歴]第二次大戦に従軍、5年間の兵役の後、1949年までソ連の捕虜収容所で抑留生活を送る。54年ワルター・ヘレラーと西独の代表的文芸誌「アクツェンテ」を発刊、またケルンの雑誌「マグヌム」や新聞の文芸欄の編集に関わり、のち多くのアンソロジーを編むなど才能ある若い詩人の発掘に貢献。戦後詩人の詩論集として有名になった「ぼくの詩はぼくのメス」(55年)を編纂した。主な作品に詩集「外国(とつくに)びとは通り過ぎよ」(51年)、小説に処女長編小説「愛のような事柄」(54年)、「郵便船で」(62年)、短編集「狼と鳩」(57年)、「渇望の食」(59年)、「数日間の手記」(79年)などがある。

ベンチリー, ピーター　*Benchley, Peter*
アメリカの作家
1940〜2006.2.11
[出]ニューヨーク市　[学]ハーバード大学(1961年)卒
[歴]祖父がユーモア作家ロバート・ベンチリー、父が有名作家のナサニエル・ベンチリーという恵まれた家庭に生まれる。ワシントン・ポストやニューズウィークに勤務後、1967年から69年1月までジョンソン大統領のスピーチライターを務めた。74年大型のサメが人間を襲う小説「JAWS(ジョーズ)」を出版し、2000万部を超える大ベストセラーとなった。75年にスティーブン・スピルバーグ監督が映画化した際には、脚本を担当、リポーター役として自ら出演も果たした。他の小説に「大統領の切り札」「飲んだくれ」「ビースト」、映画脚本に「ザ・ディープ」「アイランド」など。
[家]父＝ナサニエル・ベンチリー(作家), 祖父＝ロバート・ベンチリー(作家)

ヘンツ, ルドルフ　*Henz, Rudolf*
オーストリアの作家
1897.5.10〜？
[出]ゲッブリッツ
[歴]小説をはじめ宗教劇や詩作をするとともに、ウィーン放送局の放送部長を務めた。主な作品に小説「手品師」(32年)、「Der Kurier des Kaisers」(41年)、「Der grosse Sturm」(43年)、宗教劇「Erlösung」、詩「帰国者の歌」(20年)、抒情詩「Österreichische Trilogie」(50年)、叙事詩「Der Turm der Welt」(51年)など。故人。

ペンツォルト, エルンスト　*Penzoldt, Ernst*
ドイツの作家, 彫刻家, 画家
1892.6.14〜1955.1.27
[出]エルランゲン
[歴]美術学校に学び、第一次大戦に従軍後、彫刻や絵画、小説、詩、演劇など幅広い分野で才能を発揮。特にユーモアと怪奇に富んだ小説に優れ、「哀れなチャタートン」(1928年)、「ポーヴェンツ一族」(30年)、「モンブール伍長」(41年)などの作品がある。

ペンティコースト, ヒュー　*Pentecost, Hugh*
アメリカの探偵作家
1903.8.10〜1989.3.7
[出]マサチューセッツ州ノースフィールド　[名]フィリップス, ジャドスン・ペンティコースト〈Philips, Judson Pentecost〉　[学]コロンビア大学卒　[賞]MWA賞巨匠賞(1973年), ネロ・ウルフ賞(1982年)
[歴]高校時代に「ニューヨーク・トリビューン」紙でスポーツ記者を務め、コロンビア大学在学時の1925年処女短編「二十三号室の謎」で作家デビュー。30年代後半からパルプ・マガジン・ライターとして、本名とヒュー・ペンティコーストの両方の名義で作品を発表。50年代以降は雑誌の編集やコラムニスト、またラジオのトークショーの司会者としても活躍した。アメリカ探偵作家クラブ(MWA)の創設メンバーの一人で、第3代会長も務めた。73年MWA賞巨匠賞を受賞。

ベントソン, ヨナス　*Bengtsson, Jonas T.*
デンマークの作家
1976.4.26〜
[出]ブロンスホイ　[賞]デンマーク新人賞(2005年)
[歴]2005年「アミナの手紙」でデンマーク新人賞受賞。「サブマリーノ」(07年)は、11年トマス・ヴィンターベア監督により「光のほうへ」として映画化された。他の作品に「サブマリーノ―夭折の絆」がある。

ヘントフ, ナット　*Hentoff, Nat*
アメリカのジャーナリスト, 作家, ジャズ評論家
1925.6.10〜2017.1.7
[出]マサチューセッツ州ボストン　[名]Hentoff, Nathan Irving
[学]ボストン・ラテン・スクール卒, ハーバード大学(1946年)卒, ソルボンヌ大学大学院(1950年)修了　[賞]全米図書週間賞(1964年)
[歴]ボストンのユダヤ人家庭に生まれ、学生時代にはジャズマンやジャーナリストたちと交流、独自のリベラリズムを獲得する。大学卒業後、WMEX局のアナウンサーとして出発し、1945年から8年間に渡って自身のジャズ番組を担当。53〜57年音楽雑誌「ダウンビート」のニューヨークにおける副編集長を務め、他にも「メトロノーム」「ハイファイ＆ミュージック・レビュー」などにジャズに関するコラムを寄稿。58年より約50年間の長きに渡ってニューヨークのコミュニティー週刊紙「ビレッジ・ボイス」でベトナム戦争、人種差別やメディアへの批評を展開。公民権運動やベトナム反戦運動の行動的理論家としても活躍した。65年には初の小説「ジャズ・カントリー」

を発表。他にも小説「ペシャンコにされてもへこたれないぞ」などを通じて、少年文学の新しい領域を創り出した。自伝に「ボストン・ボーイ」(86年)がある。

ベントリー, エドモンド・クレリヒュー
Bentley, Edmund Clerihew
イギリスのジャーナリスト, ユーモア詩人, 推理作家
1875〜1956
[出]ロンドン　[学]オックスフォード大学(歴史)
[歴]法曹界を経て、ジャーナリストとして多忙な執筆生活の傍ら政治風刺詩を「パンチ」誌などに寄稿、人物名を頭に織り込んだ四行詩、セカンド・ネームであるクレリヒューを考案。また推理作家として、1913年通俗的な推理小説を批判、「トレント最後の事件」を発表、近代推理小説の里程標となる。36年ハーバート・ワーナー・アレンとの共作「トレント自身の推理」を出版。

ヘンドリー, ダイアナ　*Hendry, Diana*
イギリスの作家
[賞]ウィストブレッド賞(1991年)
[歴]フリーのジャーナリストとして活躍した後、大学の社会人講座で文学を学ぶ。絵本から読物まで幅広いジャンルの子供の本を発表するほか、大人向けの短編や詩も高い評価を受ける。1991年「屋根裏部屋のエンジェルさん」でイギリスの優れた児童文学に与えられるウィストブレッド賞を受賞。ブリストルで大学や専門学校の講師の傍ら創作活動を続ける。絵本に「クリスマスのおきゃくさま」などがある。

ヘンドリックス, ビッキー　*Hendricks, Vicki*
アメリカの作家
1952〜
[出]オハイオ州　[学]フロリダ国際大学大学院(英文学・文章創作芸術)修士課程修了　[賞]ベスト・アメリカ・エロティカ賞(2000年度)
[歴]フロリダ国際大学大学院で英文学と文章創作芸術の修士課程を修了。1995年「マイアミ・ピュリティ」で作家デビュー。ブロワード・コミュニティ・カレッジで創作コースの教鞭を執る。2000年度ベスト・アメリカ・エロティカ賞を受賞。長編ミステリー「娼婦レナータ」は、08年アメリカ探偵作家クラブ(MWA)賞最優秀ペーパーバック賞の候補となった。

ベントン, ジム　*Benton, Jim*
アメリカの作家
1960.10.31〜
[出]ミシガン州ブルームフィールド　[賞]グリフォン賞(2004年), ゴールデンダック賞(2006年), ディズニー賞2位
[歴]2004年から出版されている子供向けSFコメディ小説〈キョーレツ科学者・フラニー〉シリーズはアメリカで評価が高く、1巻「モンスターをやっつけろ！」は04年にグリフォン賞、4巻「タイムマシンで大暴走！」は06年にゴールデンダック賞、5巻「ミクロフラニー危機一髪！」はディズニー賞の2位を受賞。テレビ、本、マンガ、おもちゃ、洋服、雑貨などのキャラクターを次々に生み出す漫画家でもあり、テレビアニメのプロデューサーも務める。

ベンニ, ステファノ　*Benni, Stefano*
イタリアの作家, 詩人
1947.8.12〜
[出]ボローニャ
[歴]左翼系の「Il Manifesto」などの新聞雑誌に風刺の聞いたエッセイを執筆。1976年小説「バール・スポーツ」で注目を浴び、83年スペースオペラSF長編「Terra！(地球！)」でベストセラー作家の仲間入りを果たす。92年には、イタリアをモデルにした架空の国での孤児たちによるストリートサッカー選手権を扱った奇想天外な物語「聖女チェレステ団の悪童」を発表、ベストセラーになる。笑いと奇想と仕掛けに満ちた作品を数多く発表。他の著書に、小説「ヘンテコ島」(84年)、「おもしろビックリゲリラ」(86年)、「海底バール」(88年)、「バオル—体制の静かな夜」(90年)、「バール・スポーツ2000」(97年)、短編集「神の文法」、詩集「やがて愛がやってくる」などがある。また、映画「老いた動物たちのための音楽」の監督や、脚本家・俳優としても活動。U.エーコ、A.タブッキと並べ称せられる現代イタリアを代表する人気作家。

ベンフォード, グレゴリー　*Benford, Gregory*
アメリカのSF作家
1941〜
[出]アラバマ　[賞]ネビュラ賞(中編部門賞)(1975年), ネビュラ賞(長編部門賞)(1980年)
[歴]両親とも学校の教師であったが、生まれて間もなく父が職業軍人となり、一家は世界中を巡る。SFとの関わりあいも深く、14歳のときから双生児の弟ジムとファンジンを編集し、のちにテリー・カーなどとそれを21歳になるまで続ける。1965年にはF&SF誌のショート・ショート・コンテストに入選するが、学業が多忙になりこの頃から創作活動を中断。69年SF界に登場、ハード派スペース・オペラとも言うべき「Deeper than Darkness(闇よりも暗く)」は、ヒューゴー賞、ネビュラ賞の候補にのぼり有望新人として認められる。75年にはゴードン・エクランドとの合作「もし星が神ならば」でネビュラ賞中編部門賞受賞。以後作品活動は活発になり、「Timescope(タイムスコープ)」で80年度ネビュラ賞長編部門賞を受賞する。異質な概念を求めてSFと物理学を選び、それらを巧みに表現する異色作家。カリフォルニア大学でクェーザーや高エネルギー天体の研究を続けながら、新作を発表している。

ヘンリー, ベス　*Henley, Beth*
アメリカの劇作家
1952〜
[出]ミシシッピ州ジャクソン　[学]南メソジスト大学(演劇)(1974年)卒　[賞]ピュリッツァー賞(1981年), ニューヨーク劇評家賞(1981年)
[歴]母親が女優で、幼い頃から舞台裏に出入りし、演劇の制作過程を目の当たりにする。1972〜76年女優として活動し、一時期教鞭も執る。のち劇作家に転身。80年作品「心で犯す罪」がオフブロードウェイで上演され、81年ピュリッツァー賞、ニューヨーク劇評家賞を受賞。以後アメリカの現代女性演劇を代表する劇作家として活躍。

ヘンリヒス, ベルティーナ　*Henrichs, Bertina*
ドイツの作家, 脚本家
1966〜
[出]西ドイツ・ヘッセン州フランクフルト(ドイツ)
[歴]ドイツで生まれ、1988年からフランスで暮らす。97年祖国を離れて外国語で執筆する作家をテーマとした博士論文をパリ大学に提出。ドキュメンタリー及びフィクションの脚本家として活動し、2005年フランス語で書いた初めての小説「チェスをする女」で作家デビュー。同作は数々の読者賞を獲得、映画化もされた。

【ホ】

ボ
→ヴォをも見よ

ホアキン, ニック　*Joaquin, Nick*
フィリピンの作家, ジャーナリスト
1917.5.4〜2004.4.29
[出]マニラ　[名]筆名＝キハノ・デ・マニラ〈Quijano de Manila〉
[賞]マグサイサイ賞(1996年), ハリー・ストーンヒル文学賞(1962年), アーラウ・ナン・マイニーラ賞(1963年), フィリピン国家芸術賞(1973年)
[歴]高校を中退後、国立図書館で勉学に励む傍ら、様々な仕事をこなす。その後、「フリー・プレス」誌の校正の仕事を得、同

社からキハノ・デ・マニラの筆名で短編とルポルタージュを発表。ジャーナリズムを文学のレベルにまで高めたとして評価された。一方、詩、戯曲、小説などは本名のニック・ホアキンで書き、代表作の小説「二つのヘソを持った女」(1961年)では、西欧化したフィリピン・インテリのアイデンティティの問題を扱い、戯曲「フィリピン芸術家の肖像画」(52年)と共に芸術性が高いと評価を得る。「フィリピン・グラフィック」誌編集長、「ウィメンズ・ウィークリー」誌発行人なども務めた。他の作品に短編集「トロピカル・ゴシック」(72年)、「アキノ家三代」(83年)、「物語 マニラの歴史」(91年)など。96年マグサイサイ賞を受賞。

ボアレーブ, ルネ　Boylesve, René
フランスの作家
1867.4.14〜1926.1.14
⑪トゥーレーヌ　㋛タルディヴォー, ルネ〈Tardiveau, René〉
㋕地方都市のブルジョワ風俗を描いた「クロック嬢」(1899年)、恋愛の苦悩を描いた「わが愛」(1908年)、皮肉、諧謔を湛えた「公園での恋の手ほどき」(02年)など多彩な作品を書いた。18年アカデミー・フランセーズ会員に選ばれた。

ホアン・ゴック・ファック　黄玉拍　Hoang Ngoc Phach
ベトナムの作家
1896〜1973
⑪フランス領インドシナ・ハティン省(ベトナム)　㋛号＝双安
㋕ハノイの高等師範学校を卒業後、教職を務めながら執筆活動を行う。新旧の社会に挟まれた女主人公ト・タムの悲哀を描いた中編小説「ト・タム」(1922年)は、当時ベトナムの青年層に最も感銘と影響を与えた作品といわれ、ベトナム近代小説の先駆けとされる。他の著書に、「時勢と文学」(41年)、「真理はどこに」(41年)など。45年八月革命後も教育者として過ごし、59年より文学研究所に所属した。

ボイエ, カーリン　Boye, Karin
スウェーデンの詩人、作家
1900.10.26〜1941.4.24
㋕学生時代から左翼運動に加わり、1922年処女詩集「雲」発表後、「かくされた土地」(24年)、「炉」(27年)などで詩人としての地位を確立した。初めは幼稚園教諭となるための教育を受けたが、大学に移り、28年文学士となる。31年友人と雑誌「スペクトルム」を発刊した。以後、小説「アスタルテ」(31年)、自伝小説「危機」(34年)、「カッロカイン」(40年)を発表、注目を浴びる。うつ病が高じて自殺。死後、詩集「7つの大罪」(41年)が出版された。

ボイエル, ヨーハン　Bojer, Johan
ノルウェーの作家、劇作家
1872.3.6〜1959.7.3
⑪トロンヘイム
㋕幼少時代に孤児になり、貧農の家で養われた。転々と職業を変えたあと、外国に行き、フランスとイタリアに長く滞在して作家生活に入る。1896年政治小説「民族移動」で名声を得、次いで社会小説「永遠の戦」(99年)、心理的写実小説「信じる力」(1903年)を発表。イプセン流の社会批判から、現代の機械工業発達への批判に進み、「大いなる飢え」(16年)などで世界的名声を得る。しかし文学的な本領は北ノルウェーの農夫、漁夫の生活を映す叙事的な小説群である「最後のバイキング」(21年)、「わが一族」(24年)、特に「海辺に住む人々」(29年)にみられる。

ホイシェレ, オットー・ヘルマン　Heuschele, Otto Hermann
ドイツの詩人、作家
1900.5.8〜1996.9.16
⑪シュヴァーベン
㋕庭師の家に生まれる。都会の喧騒を嫌ってシュトゥットガルト郊外で故郷の自然を歌い、生活の機械化に対して警告した。ヘルダーリン、ゲオルゲ、ホーフマンスタールらの影響がある。主な作品に詩集「白い道」(1929年)、物語「少年と

雲」(51年)、短編「レオノーレ」(39年)などがある。

ポイス, ジョン・クーパー　Powys, John Cowper
イギリスの作家
1872.10.8〜1963.6.17
⑪ダービーシャー州シャーリー　㋖ケンブリッジ大学(1894年)卒
㋕牧師の子。11人の弟妹の長男で、きょうだいは文学・芸術の仕事に就いた者が多い。大学卒業後、教職を経て講演家となる。1910年頃アメリカに移り、各地で講演を行う傍ら、移動中の列車やホテルなどで長編小説の執筆を続ける。この間、聴衆の一人だった作家ヘンリー・ミラーに深い感銘を与え、その後も長く崇敬された。34年イギリスに戻り、父祖の出身地であるウェールズ北部に定住、執筆活動に専念した。少年時代を過ごしたドーセットやサマセットを舞台に、歴史的テーマを追求した長編小説などで知られる。小説に「ウルフ・ソレント」(29年)、「グラストンベリー・ロマンス」(32年)、「ウェイマスの砂州」(34年、35年ロンドン初版では「運送屋スコールド」に改題)、「メイドゥン・カースル」(36年)、「オウエン・グランダウアー」(40年、ロンドン41年)、「ポーリウス」(51年)、評論に「未来図と修正」(15年)、「判断保留」(16年)、「文学のたのしみ」(38年)、「ラブレー」(48年)や、「自伝」(34年)もある。
㋛弟＝T.F.ポイス(作家)、ルーエリン・ポイス(作家)

ポイス, T.F.　Powys, T.F.
イギリスの作家
1875.12.20〜1953.11.27
⑪ダービーシャー州シャーリー　㋛ポイス, シーオドア・フランシス〈Powys, Theodore Francis〉
㋕ポイスきょうだいの3男。初め農業を志すがやがて執筆に専念。故郷で隠遁生活を送り、その自然を背景に暗い農民生活を描いた。小説の代表作は宗教的寓話色の強い長編「ウェストン氏の上等なぶどう酒」(1927年)だが、短編作家として評価が高く、短編集に「左足」(23年)、「寓話集」(29年)、「瓶の道」(46年)、「神の目はきらめく」(47年)などがある。
㋛兄＝ジョン・クーパー・ポイス(作家), 弟＝ルーエリン・ポイス(作家)

ポイス, ルーエリン　Powys, Llewellyn
イギリスの作家
1884.8.14〜1939.12.2
⑪ドーセット州ドーチェスター　㋖ケンブリッジ大学卒
㋕ポイスきょうだいの5男。1920〜25年ニューヨークでジャーナリストとして活動したが、結核が再発し、スイス、アフリカのケニアで療養。ケニアでは療養がてら農場を経営。長兄で作家のジョン・クーパー・ポーリスの勧めでアメリカに行き、様々雑誌に寄稿して文名を高めた。以後パレスチナ、西インド、スイスと渡り歩き、その経歴が作品に投影されている。主な作品に「墨檀と象牙」(23年)、「黒い笑い」(24年)、「皮には皮」(25年)、「リンゴよ熟せ」(30年)、自伝的な「愛と死」などがある。
㋛兄＝ジョン・クーパー・ポイス(作家), T.F.ポイス(作家)

ボイチェホフスカ, マヤ　Wojciechowska, Maia
ポーランド生まれのアメリカの児童文学作家
1927〜2002.6.13
⑪ワルシャワ　㊒ニューベリー賞(1965年度)
㋕1939年第二次大戦が始まると同時に祖国ポーランドを脱出、42年アメリカに渡る。大学中退後、テニスのインストラクター、アナウンサー、私立探偵、翻訳家、編集者などを経て、52年「ティ・アンドレの市日」で新進の児童文学作家として注目された。65年の「闘牛の影」でニューベリー賞を受賞。他の作品に「ひとすじの光」「わんぱくきょうだい大作戦」、著書に「LSD―兄ケビンのこと」などがある。

ホイットニー, フィリス　Whitney, Phillis A.
日本生まれのアメリカの推理作家

1903.9.9～2008.2.8
㊗神奈川県横浜市　㊥MWA賞ジュブナイル賞（1961年・1964年）, MWA賞巨匠賞（1988年）, アガサ賞（1990年）
㊦横浜市で生まれ、フィリピンや中国で暮らした後、15歳のとき帰米。高校卒業後、仕事の合間に小説を書き始める。やがて青少年向けに書いた短編が認められ、その後、大人向けのロマンチック・サスペンスを手がけるようになった。1961年、64年にアメリカ探偵作家クラブ賞（MWA賞）のジュブナイル賞、88年MWA賞巨匠賞、90年アガサ・クリスティを記念したアガサ賞を受賞。ビクトリア・ホルト、メアリ・スチュアートと並び称されるゴシック系の大家で、75冊の推理小説などを発表した。作品に「レインソング」など。

ホイットフィールド, ラウル　Whitfield, Raoul
アメリカのミステリー作家
1898～1945
㊗ニューヨーク
㊦第一次大戦ではアメリカ空軍の兵卒としてフランス戦線に従軍。帰国後、新聞記者を経て作家となり、ミステリー雑誌「ブラック・マスク」に執筆。1930年代にハードボイルド派の代表的作家として活躍し、〈フィリピン人探偵ジョー〉の短編シリーズで人気を博した。長編作品は「ハリウッド・ボウルの殺人」「グリーン・アイス」「The Virgin Kills」の三作を残した。

ボイド, ウィリアム　Boyd, William
ガーナ生まれのイギリスの作家
1952.3.7～
㊗アクラ　㊤Boyd, William Andrew Murray　㊥グラスゴー大学卒、オックスフォード大学ジーザス・カレッジ卒　㊥CBE勲章　㊥ウィットブレッド賞（1981年）、サマセット・モーム賞（1982年）、ジョン・ルウェリン・リース賞（1982年）、ジェームズ・テイト・ブラック記念賞（1990年）、マクビティーズ賞、コスタ賞（2006年）
㊦幼い頃をガーナとナイジェリアで過ごし、フランスのニース大学、イギリスのグラスゴー大学、オックスフォード大学で学ぶ。1980～83年オックスフォード大学セント・ヒルダス・カレッジの英文学講師を務めた。81年に発表したデビュー作「A Good Man in Africa（グッドマン・イン・アフリカ）」でウィットブレッド賞の最優秀処女長編賞とサマセット・モーム賞を受賞。82年には「アイスクリーム戦争」で、ジョン・ルウェリン・リース賞を受賞。「アメリカの画家ナット・テイト」（98年）では架空の抽象画家の伝記と作品を捏造して物議をかもした。2006年9作目の長編にあたる「震えるスパイ」を発表、ウィットブレッド賞を改称したコスタ賞の最優秀長編賞を受賞。他の長編小説に「新告白録」（1987年）、マクビティーズ賞及びジェームズ・テイト・ブラック記念賞を受賞した「ブラザヴィル・ビーチ」（90年）など。映画、テレビドラマの脚本も多数手がける。

ホイト, サラ　Hoyt, Sarah A.
ポルトガル生まれの作家
1962～
㊗グランハ　㊤別筆名＝D'Almeida, Sarah Hyatt, Elise Marqués, Sarah　㊥ポルト大学卒
㊦ポルト大学を卒業後、渡米。語学力を活かした仕事を経て、2001年シェイクスピアを主人公としたファンタジーで作家デビュー。アーバン・ファンタジーや歴史ファンタジーなど、幅広く執筆を続ける。「闇の船」（10年）は〈Darkship〉シリーズ第1作。他に〈Shifters〉〈Magical British Empire〉シリーズがある。他のペンネームでもシリーズがある。

ボイド, ジョン　Boyd, John
アメリカの作家
1919.10.3～2013.6.8
㊗ジョージア州アトランタ　㊤アップチャーチ, ボイド・ブラッドフィールド〈Upchurch, Boyd Bradfield〉
㊦SFのたび重なる試練に耐えたテーマである、神話、性的慣習、道徳理念に興味を持ち、その作品に知性と明快さをもたらしている。叙情詩から「アンドロメダ銃」（1974年）のように高い娯楽性をもったコメディまでを作風とする。他の作品に「最後の地球船」（68年）、「エデンの授粉者」（69年）、「緑の瞳の女」（78年）などがある。

ボイト, シンシア　Voigt, Cynthia
アメリカの児童文学作家
1942～
㊗マサチューセッツ州ボストン　㊥ニューベリー賞、ニューベリー賞オナーブック
㊦教師を務める傍ら執筆を続け、20冊以上の本を出版。「ダイシーズソング」でニューベリー賞、「A Solitary Blue」でニューベリー賞オナーブックを受賞。他の作品に「アンガスとセイディ——農場の子犬物語」など。

ボイド, マーティン　Boyd, Martin
スイス生まれのオーストラリアの作家
1893.6.10～1972.6.6
㊗ルツェルン　㊤筆名＝ミルズ, マーティン〈Mills, Martin〉ベケット, ウォルター〈Beckett, Walter〉
㊦画家アーサー・メリック・ボイドの二男。スイスで生まれ、生後6ヶ月でオーストラリアのメルボルンへ渡る。第一次大戦中は渡英して陸軍航空隊に服務。その後、イギリス、イタリアで過ごす。48～51年オーストラリアに滞在したが再び渡英、58年以後はローマで暮らした。29年母方の家系の年代記である「モンフォール家の人々」（28年）で第1回オーストラリア文学協会金賞を受賞。ラングトン家の80年にわたる年代記4部作、「紙の王冠」（52年）、「気難しい若者」（55年）、「ほとばしる愛」（57年）、「ブラックバードが歌えば」（62年）などで知られる。㊤父＝アーサー・メリック・ボイド（画家）、甥＝アーサー・ボイド（画家）

ホイートリー, デニス　Wheatley, Dennis
イギリスのSF作家
1897～1977
㊗ロンドン　㊤ホイートリー, デニス・イェーツ〈Wheatley, Dennis Yates〉
㊦ワイン業を営む家に生まれるが、1931年家業を譲渡し、作家業に専念。悪魔崇拝と歴史フィクションの入り交じった作風で流行作家としての地位を確立し、30年代から60年代にかけてイギリスでは国民的な人気を誇った。イギリス軍情報部員のグレゴリー・サリュースを主人公とした諜報サスペンス小説でも人気を博した。主な作品に、「黒い8月」（34年）、「悪魔の勝利」（35年）、「マイアミ沖殺人事件」（36年）、「60日間を生きる」（39年）、「サルタンの娘」（63年）などがある。日本では、「デニス・ホイートリー黒魔術小説傑作選」（全7巻、国書刊行会）が刊行された。

ボイヤー, リック　Boyer, Rick
アメリカの推理作家
1943.10.13～
㊗イリノイ州イバンストン　㊤ボイヤー, リチャード・ルイス〈Boyer, Richard Lewis〉　㊥デニスン大学卒、アイオワ大学大学院創作コース（1968年）修士課程修了　㊥アメリカ探偵作家クラブ賞最優秀長編賞（1982年度）
㊦高校教師、編集者などを経て、1978年から文筆に専念。76年シャーロック・ホームズのパロディ「The Giant Rat of Sumatra」、81年ノンフィクションの共著「Places Rated Almanac」を発表。82年長編推理小説「Billingsgate Shoal（ケープコッド危険水域）」を発表し同年度のアメリカ探偵作家クラブ賞最優秀長編賞を受賞した。84年ドク・アダムズシリーズ第2作「幻のペニー・フェリー」を発表。以後、同シリーズを書き続ける。

ボイラン, クレア　Boylan, Clare
アイルランドの作家
㊗ダブリン
㊦長編小説「Home Rule（アイルランドの自治）」「Holy Pictures

（聖なる絵）」「Black Baby（黒い幼子）」「That Bad Woman（あの悪い女）」「Room for a Single Lady（独身女性向けの部屋）」「Beloved Stranger（愛されたよそ者）」などのほか、数冊の短編集を発表。ノンフィクション作品も手がけ、芸術と小説の執筆作法に関するエッセイを集めた「The Agony and the Ego（苦悶と自我）」や「The Literary Companion to Cats（ネコ好きのための文学案内）」などがある。

ボイル, カイ *Boyle, Kay*

アメリカの作家

1902.2.19〜1992.12.27

[賞]O.ヘンリー賞（1935年・41年）

[歴]アメリカの女流作家で、初期には心理主義的作風の作品が目立った。その後、極限状況に陥った人間の本能や葛藤を描いた作品へと移行。代表作品に「ナイチンゲールのわざわい」（1931年）や「さよならをいわない世代」（59年）などがある。

ボイル, T.コラゲッサン *Boyle, T.Coraghessan*

アメリカの作家

1948.12.2〜

[出]ニューヨーク州ピークスキル [学]ニューヨーク州立大学ポッダム校（音楽）, アイオワ大学大学院創作科 文学博士（アイオワ大学） [賞]PEN/フォークナー賞（1988年）, メディシス賞（1997年）

[歴]ロックバンドに夢中でニューヨーク州立大学では音楽を専攻するがアイオワ大学大学院の創作科に学んでから作家を志す。1979年短編集「ディーセント・オブ・マン」でデビュー。長編「世界の終わり」（87年）、短編集「もしも川がウイスキーなら」（89年）などの作品で知られ、前者はPEN/フォークナー賞を受賞。同世代の、人生を簡潔な文体で描写しようとするミニマリストと呼ばれる作家たちとは対照的な、豊富なイメージと物語性を持ったマキシマリストと呼ばれる作家の一人で、現代アメリカ社会に対する痛烈な風刺とユーモアを武器とする。他の作品に「イースト・イズ・イースト」（90年）などがある。南カリフォルニア大学創作文芸科教授も務める。89年取材のため来日。

ホイル, フレッド *Hoyle, Fred*

イギリスの天文学者, 数学者, SF作家

1915.6.24〜2001.8.20

[出]ウェストヨークシャー州ビングリ [名]Hoyle, Frederic [学]ケンブリッジ大学エマニュエル・カレッジ（1936年）卒, ケンブリッジ大学セント・ジョンズ・カレッジ [賞]カリンガ賞（1968年）, イギリス王立天文学協会金賞（1968年）, ブルース・メダル（1970年）, ロイヤル・メダル（1974年）, クラフォード賞（1997年）

[歴]1939年ケンブリッジ大学研究員となり、45年数学講師、58〜72年天文学、経験哲学の各教授を歴任。のちカリフォルニア工科大学客員教授を経て、75年カーディフ大学名誉教授。この間、56〜62年ウィルソン・パロマ山天文台所員として過ごし、66年から6年間理論天文学研究所長。70〜71年ロイヤル・ソサエティ副会長、71〜73年イギリス王立天文学協会会長を歴任した。宇宙が大爆発で始まったとする“ビッグバン理論”に対抗して、48年宇宙には始まりがないとする“定常宇宙論”を提唱、“ビッグバン”の名付け親として知られた。一方、創作活動も行い、57年SF長編小説「暗黒星雲」を発表。続く第2作もエンターテインメントとして高い評価を受けた。他の作品にジョン・エリオットとの共作「アンドロメダのA」、息子ジェフリーとの共作「分子人間」などがある。66年自伝「フレッド・ホイルの小宇宙」を発表した。

ホイールライト, ジョン・ブルックス
Wheelwright, John Brooks

アメリカの詩人

1897.9.9〜1940.9.15

[出]マサチューセッツ州ボストン [学]ハーバード大学, マサチューセッツ工科大学

[歴]ハーバード大学、マサチューセッツ工科大学で建築を学ぶ。1933年処女詩集「岩と貝殻」を出版。34〜37年「ポエムズ・フォー・ア・ダイム」誌の編集に従事。30年代に入ると社会政治的な関心を強め、多くの詩で労働者の苦境を扱い、「政治的自画像」（40年）では歯に衣着せぬ率直さで社会政治について言及した。「全詩集」（72年）を手がけている途中、交通事故死した。

ボイン, ジョン *Boyne, John*

アイルランドの作家

1971.4.30〜

[出]ダブリン [学]トリニティ・カレッジ（英文学）, イースト・アングリア大学（創作）

[歴]トリニティ・カレッジで英文学を、イースト・アングリア大学で創作を学ぶ。小説として4作目にあたる「縞模様のパジャマの少年」（2006年）は、アイルランドで長期間ベストセラーとなって話題を呼び、カーネギー賞の候補にも選ばれる。同書は30ケ国以上で翻訳出版され、08年マーク・ハーマン監督により映画化もされた。他の作品に「浮いちゃってるよ、バーナビー！」などがある。

彭 見明 ほう・けんめい *Peng Jian-ming*

中国の作家

1953〜

[出]湖南省平江県 [賞]中国全国優秀短編小説賞（1983年）, 荘重文文学賞（1983年）, 湖南省青年文学賞（1983年）

[歴]俳優、舞台の電気技師、美術工、文芸指導者などを経て、1980年から創作活動を開始。83年「山の郵便配達」で全国優秀短編小説賞、荘重文文学賞、湖南省青年文学賞を受賞。96年から湖南省作家協会に入り、のち副主席に就任。一級職業作家として活躍し、長・短編小説、エッセイなど多数の作品を発表。

方 北方 ほう・ほくほう *Fang Bei-fang*

マレーシアの作家

1919.5.29〜2007.11.11

[出]中国・広州 [名]方 作斌 [学]南華大学（広東）卒

[歴]原籍は中国広東省。1928年中国から当時の英領マラヤのペナンへ渡ったが、中学在学中の37年に中国へ戻り、広東の南華大学で学ぶ。45年おじを日本軍に殺されたため、戦後ペナンに戻る。同地の中学で教壇に立つ傍ら、創作活動を続ける。マレーシア作家協会主席を務め、「星槟日報」の文芸欄編集も担当した。作品に中編「ニョニャとババ」（54年）、「ペナン七十二時間」（61年）、短編集「思想を休止した人」（59年）などがある。

ポーウェル, ルイ *Pauwels, Louis*

フランスのジャーナリスト, 作家, 思想家

1920.8.2〜1997.1.28

[出]パリ [勲]レジオン・ド・ヌール勲章シュバリエ賞

[歴]教師を経て、反合理主義思想家、ジャーナリストとして有名になる。日刊紙「コンバ」、週刊誌「アール」の編集長を経て、1961年化学物理学者ジャック・ベルジェとともに雑誌「プラネット」を創刊。機関誌「ケスティオン・ドゥ」を発刊して多くの怪奇・幻想作家を世に送り出した。78年より「フィガロ」「マダム・フィガロ」ディレクター。一方、自身の脱我体験の記録とも言える「無名聖人」で作家デビュー。40年代にゲオルギー・グルジェフの門下生となり「グルジェフ氏」を著す。60年ベルジェとの共著「魔術師たちの朝」を発表、オカルティズム流行の引き金となった。他に「超人の午餐」「西洋歴史奇譚」など。

ボーヴォワール, シモーヌ・ド *Beauvoir, Simone de*

フランスの作家, 哲学者, 評論家

1908.1.9〜1986.4.14

[出]パリ [学]ソルボンヌ大学（1929年）卒 [賞]ゴンクール賞（1954年）, エルサレム賞（1975年）

[歴]1929年ソルボンヌ大学で哲学教授の資格を得る一方、のちに生涯の伴侶となった実存主義哲学者のジャン・ポール・サル

ホ

トルと知り合う。43年良心の自由の問題を追求した小説「招かれた女」で文壇に登場したあと、「他人の血」(45年)「人はすべて死ぬ」(47年)「レ・マンダラン」(54年)などを書き、世界を代表する女性作家となったが、その名を高めたのは「人は女に生まれない、女になるのだ」と男性本位の女性論をくつがえしてみせた大著の「第二の性」(49年)。80年のサルトルの死後は執筆する代わりに、女性の地位向上を目指す婦人運動の先頭に立ち、最後まで“アンガージュマン”(社会参加)の精神を忘れなかった。66年にサルトルとともに来日。他の著書に、自伝4部作「娘時代」「女ざかり」「或る戦後」「決算のとき」、評論集「ピリュスとシネアス」(44年)「実存主義と常識」(48年)「特権」(55年)などがある。

茅盾　ぼうじゅん　*Mao-dun*

中国の作家, 評論家

1896.7.4～1981.3.27

[出]浙江省桐郷県青鎮(烏鎮)　[名]沈 徳鴻〈Shen De-hong〉, 字＝雁冰, 別名＝郎損, 玄珠, 馮虚　[学]北京大学予科3年修了(中退)

[歴]漢方医の父の意向で幼い頃は工業方面へ仕向けられたが, 算術よりも小説を好んだ。家庭の事情で大学を中退したのち、中国最初の近代的出版・印刷会社である商務印書館編訳所に就職。職を退く1925年までの10年間、大衆文芸雑誌「小説月報」編集長などを務めた。21年中国共産党に入党。党内で要職につき活動、広州、上海、武漢を行き来した。27年の反共クーデターで追われる身となり、各地を転々としたのち、自宅に引きこもって小説の創作をはじめる。処女作は、三つの中編からなる「蝕」3部作で、「小説月報」に発表された。28年より約2年間、日本に亡命、この間評論、神話研究も手がけるようになる。30年帰国後、中国左翼作家連盟に参加、33年代表作といわれる長編「子夜(真夜中)」を発表、中国のリアリズム文学確立に大きく貢献した。解放後、政務院文化部長(49～65年)、中華全国文学芸術界連合会副主席(のち名誉主席)、中国作家協会主席、中国人民政治協商会議全国委員会(全国政協)副主席を務めるなど文化界の指導的立場に立って文学活動を行い、また後進の指導にも当った。文化大革命時は北京で軟禁状態にあった。他の著書に評論「牯嶺から東京へ」「夜読偶記」、短編「林商店」「春蚕」、長編「腐蝕」、「茅盾全集」(全40巻)などがある。

ボウマン, サリー　*Beauman, Sally*

イギリスの作家, ジャーナリスト

1944.7.25～2016.7.7

[出]デボン州　[名]旧姓名=Kinsey-Miles, Sally Vanessa　[学]ケンブリッジ大学ガートン・カレッジ卒　[賞]キャサリン・パケナム賞(1970年)

[歴]大学卒業後、渡米し、ジャーナリストとなり、「ニューヨーク・マガジン」のスタッフとして働く。1970年イギリスに帰国。雑誌「ヴォーグ」「デイリー・テレグラフ」「サンデー・タイムズ」「オブザーバー」などに執筆。87年「Destiny」で作家としてデビューし、イギリス文壇の話題を呼ぶ。続いて歴史小説「Dark Angel」を発表。両作品とも世界各国で翻訳され、3作目の「Lovers and Liars(大使の嘘)」(94年)はミステリー作品で1作ごとに新たなジャンルに挑戦し、すべて高い評価を受けた。

[家]夫＝アラン・ハワード(俳優)

ボウマン, トム　*Bouman, Tom*

アメリカの作家

[賞]MWA賞最優秀新人賞, LAタイムズ・ブック・プライズ最優秀ミステリー/スリラー賞

[歴]大学卒業後、ニューヨークの出版社で編集者を務める傍ら、ミュージシャンとしても活動。2014年の「ドライ・ボーンズ」でMWA賞最優秀新人賞、ロサンゼルス・タイムズ・ブック・プライズ最優秀ミステリー/スリラー賞を受賞。

ボウラー, ティム　*Bowler, Tim*

イギリスの児童文学作家

1953～

[出]エセックス州リーオンシー　[学]イースト・アングリア大学卒　[賞]カーネギー賞(1997年)

[歴]子供の頃から創作活動を始め、イースト・アングリア大学ではスウェーデン語およびスカンジナビア文化を学ぶ。卒業後は教師や木材の伐採など、様々な職業を経て、1990年作家・翻訳家として独立。94年初めての作品「MIDGET」を出版、反響を呼ぶ。97年「川の少年」でカーネギー賞を受賞。他の作品に「嵐をつかまえて」「黙示の海」など。

ボウルズ, ジェーン　*Bowles, Jane*

アメリカの作家

1917.2.22～1973.5.4

[出]ニューヨーク　[名]旧姓名＝アウアー, ジェーン

[歴]ユダヤ系の裕福な家に生まれる。1931年落馬による骨折によりかすかに片足を引きずるようになった。32～34年スイスのサナトリウムで療養。35～36年フランス語で小説「偽善者のファエトン」を執筆。37年作曲家で作家のポール・ボウルズに出会い、翌年結婚。43年長編小説「ふたりの真面目な女性」を出版。47年戯曲「サマーハウスにて」を完成(51年初演)。48年モロッコのタンジールに移住。66年アメリカでトルーマン・カポーティの序文を添えた「ジェエン・ボウルズ作品集」が刊行される。57年に脳卒中に見舞われて以降、視力障害、言語障害に悩み、晩年はマラガの精神病院で過ごした。生涯に残した作品は長編1編、短編6編、戯曲1作。「グァテマラの牧歌」(44年)、「戸外の一日」(45年)、「プレイン・プレジャーズ」(46年)、「キャンプ・カタラクト」(50年)など。81年ミリセント・ディロンによる伝記が出版され、その生涯と作品が再評価された。

[家]夫＝ポール・ボウルズ(作家・作曲家)

ボウルズ, ポール　*Bowles, Paul*

アメリカの作家, 作曲家

1910.12.30～1999.11.18

[出]ニューヨーク州クィーンズ　[名]ボウルズ, ポール・フレデリック〈Bowles, Paul Frederic〉　[学]バージニア大学

[歴]コープランドに作曲を学び、1940年代まで歌劇、映画音楽のほか、劇作家テネシー・ウィリアムスにミュージカル曲を提供するなど作曲家として活躍したのち、44年頃から小説を執筆、45年モロッコに移住。49年最初の長編「シェルタリング・スカイ(天蓋)」を発表、ノーマン・メイラー、トルーマン・カポーティとともに3人の新人として紹介されたが、アメリカへは戻ろうとせず、次第に忘れ去られた。しかし、80年代に入ると、“失われた世代”とビートニクを結ぶ重要な文学者として再評価され、全作品が復刻されるまでになり、90年にはベルトルッチ監督により「シェルタリング・スカイ」が映画化された。ほかに長編「雨は降るがままにせよ」(52年)、「蜘蛛の家」(55年)、旅行記「頭は緑で手は青く」、詩集「さまざまな情景」、自伝「立ち止まりもせずに」などがある。オーソン・ウェルズやジョン・ケージと深い親交を持った。「ポール・ボウルズ作品集」(全6巻, 白水社)がある。

[家]妻＝ジェーン・ボウルズ(作家)

ボウルトン, マージョリー　*Boulton, Marjorie*

イギリスの詩人, 作家

1924.5.7～2017.8.30

[出]テディントン　[学]オックスフォード大学英語・英文学部(1944年)卒, オックスフォード大学大学院文学研究科専攻修了 文学博士(1976年)

[歴]1949年エスペラントの学習を始め、イギリス・エスペラント協会教授資格を取得。「Fonto」「Monato」などのエスペラント雑誌に多数寄稿し、55年エスペラントによる初の詩集「Kontralte」を発表。67年エスペラント・アカデミー会員に選任。世界エスペラント協会名誉会員、エスペラント作家協会副会長、オックスフォード・エスペラント協会会長兼事務局長を務めた。エスペラントによる著作に「Eroj」「Okuloj」「PoetoFajrakora(pri Julio Baghy)」、英語による著書に「The Anatomy of Novel」「The Anatomy of Poetry」「ザメンホフ―エスペラントの創始者」などがある。2008年ノーベル文学賞にノミネートされた。

ホエーレン, フィリップ　*Whalen, Philip Glenn*
アメリカの詩人, 作家
1923.10.20～2002
[出]オレゴン州　[学]リード大学
[歴]ポートランドのリード大学に学ぶ。1943～46年軍務に就く。仏教に傾倒して何度か来日、禅僧となりアメリカの禅寺で禅を講じた。詩集に「三つの風刺」(51年)、「別の視点から見た自画像」(59年)、「三つの朝」(64年)、「見知らぬ人の親切」(75年)や、選詩集「熊の頭で」(69年)、「重たい呼吸」(83年)などがある。小説「君は試みようとさえしなかった」(67年)、「恥知らずの人に対する想像上の演説」(72年)も書いた。

ボーエン, エリザベス　*Bowen, Elizabeth*
アイルランド生まれのイギリスの作家
1899.6.7～1973.2.22
[出]アイルランド・ダブリン　[名]Bowen, Elizabeth Dorothea Cole　[学]ダウン・ハウス寄宿学校(ケント州)(1917年)卒　[賞]オックスフォード大学名誉博士号(1957年), ジェームズ・テイト・ブラック記念賞(1969年)
[歴]7歳の時イングランドに移住。のちロンドンとイタリアに住む。1920年代から小説を発表。ヘンリー・ジェームズの流れをくむ心理小説を現代的な感受性と繊細かつ知的な文体で書いた。また"ブルームズベリー・グループ"の後を継ぐ知識人のサロンの女王的存在となった。代表作に「すぎし9月」(29年)、「パリの家」(35年)、「心の死」(38年)、「日ざかり」(49年)、短編集「めぐりあい」(23年)など。

ボーエン, リース　*Bowen, Rhys*
イギリス生まれの作家
[賞]アガサ賞(最優秀長編賞), アンソニー賞(最優秀短編賞), アンソニー賞(最優秀歴史ミステリー賞)
[歴]BBCでラジオ、テレビドラマの脚本を担当し、オーストラリアの放送局勤務を経て、サンフランシスコへ。歴史ロマンス小説などを手がけた後、ミステリーに転向。〈イギリス王妃の事件ファイル〉シリーズで人気を博す。「口は災い」でアガサ賞最優秀長編賞、「Doppelganger」でアンソニー賞最優秀短編賞、「For the Love of Mike」でアンソニー賞最優秀歴史ミステリー賞をそれぞれ受賞するなど、7回の受賞経験がある。

ホガード, エリック　*Haugaard, Erik Christian*
デンマーク生まれの作家
1923.4.13～
[歴]渡米後英語で創作活動を始める。児童文学のほかに、詩作や劇作の分野でも活躍し、アンデルセンの作品の英訳者としても知られる。児童文学作品に「バイキングのハーコン」「どれい少女ヘルガ」「風のみなしご」「小さな魚」などがある。

ホーガン, エドワード　*Hogan, Edward*
イギリスの作家
1980～
[出]ダービー　[学]イースト・アングリア大学大学院クリエイティブ・ライティング専攻　[賞]デズモンド・エリオット賞(2009年)
[歴]数々の作家を輩出している、イースト・アングリア大学大学院クリエイティブ・ライティング専攻で学ぶ。2008年のデビュー作「Blackmoor」(未訳)でデズモンド・エリオット賞を受賞。第2作「The Hunger Trace」(11年, 未訳)を経て、12年初めてのヤングアダルト向け作品「バイバイ、サマータイム」を刊行。

ホーガン, キャロリン　*Hougan, Carolyn*
アメリカの作家
～2007.2.25
[歴]1989年ミステリー小説「The Romeo Flag(封印)」を発表。舞台が世界大戦の緊張が高まる41年の上海から始まり、40年後のアメリカに至る壮大な物語で、話の中にロマノフ家の財宝、ゾルゲ事件など歴史的な事実を挿入するために、執筆にあたり議会図書館や国会文書館に足しげく通い、膨大な資料を参考に書き上げた。他の作品に「Shooting in the Dark」(84年)などがある。

ホーガン, ジェームズ・パトリック　*Hogan, James Patrick*
イギリスのSF作家
1941.6.27～2010.7.12
[出]ロンドン　[賞]星雲賞(海外長編部門)(1981年・1982年・1994年)
[歴]アイルランド人の父とドイツ人の母の間にロンドンで生まれる。生まれつき両脚に障害があり、本ばかり読んで少年時代を送った。脚が治り、義務教育を終えると、様々な職業に就き、最終的には国際電信電話会社に入って国内を回りながら、顧客の一流の科学者や技術者から知識、思考法、科学技術に対する楽観主義などを吸収する。1968年「2001年宇宙の旅」に触発されて長編執筆に着手し、77年「星を継ぐもの」でデビュー。数年後、アメリカへ移住し、着実なペースでSF作品を発表し続けた。他の作品に「創世紀機械」「未来の二つの顔」「終局のエニグマ」「造物主の掟」「内なる宇宙」など。「星を継ぐもの」は日本でロングセラーとなり、80年から多くの作品が紹介された。

ホーガン, チャック　*Hogan, Chuck*
アメリカの作家
[出]マサチューセッツ州　[賞]ハメット賞(2005年)
[歴]ボストンのビデオショップで働きながら書いた初長編「人質」がエージェントの目にとまり、1995年大手出版社のダブルデイ社からデビュー。以降、巧みなプロットで読ませるサスペンスの傑作を次々に発表。2005年3作目にあたる「強盗こそ、われらが宿命」でハメット賞を受賞。他の作品に「流刑の街」「沈黙のエクリプス」(共著)など。

ボーガン, ルイーズ　*Bogan, Louise*
アメリカの詩人, 批評家
1897.8.11～1970.2.4
[出]メーン州リバモアフォールズ　[学]ボストン大学　[賞]ボーリンゲン賞(1955年)
[歴]高校生の頃から詩を書き、ロマンチックな少女の恋愛への憧れをうたっていた。ボストン大学で学んだ後、シカゴ大学などの詩学講師の傍ら、「ポエトリー」「ネーション」「ニューヨーカー」などの雑誌に詩を発表。1923年詩集「この死のむくろ」を刊行。2度の結婚に失敗、恋愛は苦痛と裏切りで終わるとの結論に達してその後の詩はすべて悲哀に満ちていた。他の詩集に「暗い夏」(29年)、「眠れる激情」(37年)、「全詩集」(54年)など。一方、31～69年「ニューヨーカー」の詩の編集を務め、詩評も担当。批評家としても大きな影響力を持ち、「アメリカ詩の成果, 1900-1950」(51年)、「評論集」(55年)がある。

ホーキング, ルーシー　*Hawking, Lucy*
イギリスの作家, ジャーナリスト
1970.11.2～
[学]ロンドン市民大学卒, オックスフォード大学卒　[賞]Sapio賞(科学普及賞, イタリア)(2008年)
[歴]父は車椅子の理論物理学者として知られるスティーブン・ホーキング。フリージャーナリストとして活動する一方、息子と父が宇宙について語り合う姿を見て、次世代のため科学に基づいた冒険物語を書きたいと思い、児童書の科学冒険ファンタジー「宇宙への秘密の鍵」を父と共に執筆。2008年邦訳の出版を機に来日。
[家]父＝スティーブン・ホーキング(理論物理学者)

ボク, ハネス　*Bok, Hannes*
アメリカの作家
1914～1964
[歴]作品に「黄金の階段の彼方」(1942年)と「スターストーン・ワールド」(74年)がある。

ホ

ホーク, リチャード　*Hawke, Richard*
アメリカの作家
[出]ボルティモア州　[名]別名＝コッキー, ティム〈Cockey, Tim〉
[歴]アメリカ南部の大工業都市に生まれ、少年時代から作家を志す。アメリカ中西部のカレッジを卒業後、新聞の書評や広告のコピーを執筆し、2000年ティム・コッキー名義でミステリー「The Hearse You Came in On」を発表して作家デビュー。ハードボイルド「デビルを探せ」(06年)がリチャード・ホーク名義の第1作で、マイクル・コナリー、T.ジェファーソン・パーカーらに絶賛された。

ボグザ, ジェオ　*Bogza, Geo*
ルーマニアの作家
1908.2.6～1993.9.14
[歴]1920年代末シュルレアリスム派の詩人として活躍し、30年～40年代には高い芸術性を持つルポルタージュを発表し、新しい文学形式を確立する。「石油の世界」(34年)や「石の国」(35年)はルポルタージュ文学の傑作である。しかし、「性の日誌」(29年)などは発禁処分となる。

ホ

ホークス, ジョン　*Hawkes, John*
アメリカの作家
1925.8.17～1998.5.15
[出]コネティカット州スタンフォード　[名]ホークス, ジョン・クレンデニン・バーン(Jr.)〈Hawkes, John Clendennin Burne〉
[学]ハーバード大学卒
[歴]第二次大戦中ヨーロッパで米軍の傷病兵運搬車の運転手を勤めた。戦後ハーバード大学でアルバート・ゲラード教授の指導を受け、在学中の1949年、ナチズムの台頭と戦後の荒廃した世界を背景にした幻想小説「食人者」を発表し世に出、"ブラック・ユーモア"派の先駆的存在となった。以後、長編「甲虫の脚」(51年)、「鳥もちを塗りつけた枝」(61年)、「ブラッド・オレンジ」(71年)、「死、眠り、そして旅人」(74年)、「まがいもの」(76年)、「Whistlejacket」(88年)などを発表する。人間の内面的真実を死のイメージなどに満ちた心象風景で描き、長編小説のほかに戯曲、短編集がある。58年ブラウン大学助教授、67年教授に就任し、88年に名誉教授となった。

ホークス, ジョン・トウェルブ　*Hawks, John Twelve*
アメリカの作家
[歴]2004年アメリカの小説界に突然彗星のごとく現れた新人作家。「ダ・ヴィンチ・コード」を手がけた大物編集者に見出され、05年「トラヴェラー」で華々しくデビュー。「トラヴェラー」に始まるSF3部作〈Fourth Realm Trilogy〉シリーズは、ワーナー・ブラザーズが映画化権を獲得した。誰も正体を知らない謎の作家として知られる。

北島　ほくとう　*Bei-dao*
中国の詩人
1949.8.2～
[出]北京　[名]趙 振開　[賞]アメリカ・ペンクラブ自由写作賞(1990年)
[歴]文化大革命のさなか21歳の頃より詩作をはじめ、文革収束後の1978年詩人の芒克、画家の黄鋭らと地下文学雑誌「今天！(TODAY！)」を創刊し、いわゆる朦朧詩派の中心的存在として活躍した。80年停刊処分。この間、76年の天安門事件の際に作られた「回答」(76年)、「花束」(78年)、「終りまたは始まり」(80年)、「眠れ谷間よ」(81年)などの詩があり、86年には長詩「白日夢」を発表。文革を背景に失われた世代の呪詛と虚無を描いた小説「波」(79年)などがある。また北欧詩の翻訳も手がけ、訳書に「北欧現代詩選」(87年)、「シューデルグラン詩選」(87年)があり、87年にはイギリスのダーハム大学客員研究員を務めた。89年の「六・四」天安門事件を機に出国し、欧米に滞在。90年に「今天！」をノルウェーで復刊、98年には日本でも復刻される。同年芒克、黄鋭と共に日中国際芸術祭に参加のため来日。2008年より香港中文大学教授。09年日本語訳「北島詩集」刊行を機に来日し、講演や朗読を行う。

ホーグランド, エドワード　*Hoagland, Edward*
アメリカの作家
1932.12.21～
[出]ニューヨーク市　[学]ハーバード大学卒
[歴]ハーバード大学で文学を学び、夏休みには山火事消防隊、サーカスのライオン飼育係、ヒッチハイク旅行などを体験。在学中の1954年に草稿を仕上げた小説「キャット・マン」で56年作家としてデビュー。60年代半ばから自然とそこで生活する人々を題材とした旅行記やエッセイも執筆。またベニントン・カレッジの教壇にも立つ。他の作品に「幻のマウンテンライオン」(70年)他がある。

ボゴモロフ, ウラジーミル　*Bogomolov, Vladimir Osipovich*
ロシア(ソ連)の作家
1926.7.3～2003.12.30
[歴]18歳で戦争に参加。その体験をもとに戦争の真実を描いた短編「イワン」(1957年)はタルコフスキーによって映画化(「イワンの少年時代」, 邦題「僕の村は戦場だった」)され、国際的反響を呼ぶ。また第二次大戦中のソ連のスパイ防止活動をテーマにした長編「44年8月」(74年)が世界各国で翻訳され、名声を確立した。他の作品に「初恋」(58年)、「ゾーシャ」(63年, 映画化も)、「わが心の痛み」(65年)など。

ポージス, アーサー　*Porges, Arthur*
アメリカの作家
1915～2006
[出]イリノイ州シカゴ
[歴]第二次大戦後、大学で数学を教える傍ら1950年に短編小説で作家デビュー。その後、専業作家となり、種々の雑誌に数多くのSF、ファンタジー、ミステリー短編を発表。「世界ショートショート傑作選1」に収載された「一ドル九十八セント」などが高く評価された。生涯で発表した短編小説は300編以上にのぼる。日本初の短編集に「八一三号車室にて」がある。

ホジソン, ウィリアム・ホープ　*Hodgson, William Hope*
イギリスの作家
1877～1918.4.17
[出]エセックス州
[歴]牧師の二男として生まれる。弱冠13歳にして船員になる決意を固め、叔父の仲介で司厨員として船に乗り込む。8年間の船員生活で世界を3度周航し、人命救助を行って帝国人道協会から表彰された。のち怪奇小説作家として活躍し、「ナイトランド」「異次元を覗く家」などを含むボーダーランド3部作で人気を博した。この間、結婚して南フランスに住んだが、第一次大戦と同時に帰国。陸軍連隊の指揮官として従軍し、1918年戦死した。他の著書に「闇の海の声」「ミドル島に棲むもの」「幽霊狩人カーナッキ」など。二十世紀初頭の最も重要なイギリス・ファンタストの一人といわれる。

ボーシュ, リチャード　*Bausch, Richard*
アメリカの作家
1945～
[出]ジョージア州フォートベニング　[学]ジョージ・メイスン大学卒, アイオワ大学創作学科　[賞]PEN/マラマッド賞(2004年)
[歴]ジョージ・メイスン大学卒業後、アイオワ大学創作学科で学ぶ。長年、「エスクァイア」「アトランティック」「ニューヨーカー」をはじめとする数々の雑誌に作品を発表し、2004年短編「Thanksgiving Night」でPEN/マラマッド賞を受賞。"短編の名手"として知られる。作家活動の傍ら、ジョージ・メイスン大学創作学科で教鞭を執る。作品に長編小説「フィールド氏の娘」「Real Presence」「Take Me Back」「The Last Good Time」「Mr.Field's Daughter」「Violence」、短編集「Spirits」「The Fireman's Wife」など。

ボーショー, アンリ　*Bauchau, Henry*
ベルギー生まれの詩人, 作家
1913.1.22～2012.9.21
[歴]第二次大戦後故国・ベルギーを去り、フランス・パリに移り

住む。幅広い分野で執筆活動を行い、詩集に「地質学」、戯曲に「ジンギスカン」、小説に「オイディプスの旅」「アンチゴネ」などがある。1991年ベルギー王立学士院に選出された。

ホジンズ, ジャック　*Hodgins, Jack Stanley*
カナダの作家
1938.10.3〜
[出]ブリティッシュ・コロンビア州バンクーバー島　[学]ブリティッシュ・コロンビア大学　[賞]カナダ総督文学賞（1980年）
[歴]ブリティッシュ・コロンビア大学で詩人のアール・バーニーに師事。生地のバンクーバー島を舞台にした型破りな作品で知られ、1976年地元の人々をユーモラスに描いた短編集「スピット・デラニーの島」で作家デビュー。長編「世界の発明」（77年）やカナダ総督文学賞を得た「ジョゼフ・バーンの復活」（80年）などでもその手法を成功させている。他に短編集「バークレー家の劇場」（81年）、長編「名誉保護者」（87年）などがある。

ボスケ, アラン　*Bosquet, Alain*
ウクライナ生まれのフランスの詩人, 批評家
1919.3.28〜1998.3.17
[出]オデッサ　[名]筆名＝ビスク, アナトール〈Bisk, Anatole〉　[学]パリ大学　[賞]アンテラリエ賞（1965年）
[歴]オデッサに生まれ、ベルギー、アメリカ、フランスを転々とし、1948年第一詩集「À la mémoire dema planète（わが惑星の思い出に）」を発表。その後、自我と外界の破壊を前に言葉と愛との検証を行いながら定型による幻想と詩情がきらめく「第一の遺言」（57年）や「第二の遺言」（59年）、「物に学ぶ」（62年）などの詩集を発表。大学の教壇にも立ち、一方「ダリとの対話」（66年）を出版、「詩年鑑」（'56, 71年）の編集に携わるなど、美術や現代文学の批評活動も幅広く行う。他の作品に詩集「Bourreaux et Acrobates」（90年）、小説「メキシコの告白」（65年）などがある。

ボスコ, アンリ　*Bosco, Henri*
フランスの作家
1888.11.16〜1976.5.4
[出]アヴィニョン　[学]グルノーブル大学, フランス学院（フィレンツェ）　[賞]ルノードー賞（1945年）
[歴]アルジェリア、セルビア、イタリア、モロッコなどの高等中学校で教員生活を送り、1955年から南仏のニースに住んだ。少年時代より詩作に励んだが、30代になって小説に転じ、南仏の自然や風土を鮮やかに描き出した幻想的な小説を多数発表。主な作品に「ピエール・アンペドゥーズ」（28年）、「猪」（32年）、「ズボンをはいたロバ」（37年）、「イヤサント」（40年）、「テオチーム屋敷」（45年）、「マリクロワ」（48年）、「岩礁」（71年）、「影」（78年, 未完の遺作）などの他、「犬のバルボッシュ」（57年）などの少年小説5部作。

ボスト, ピエール　*Bost, Pierre*
フランスの作家, ジャーナリスト, 劇作家
1901.9.5〜1975.12.6
[賞]アンテラリエ賞（1931年）
[歴]1923年劇作家としてヴィユー・コロンビエ座で「ばかな奴」でデビュー、26年戯曲「二組の無二の親友」で好評を得た。31年小説「醜聞」（30年）でアンテラリエ賞を受賞。やがて台詞構成者として映画界入り、脚本家ジャン・オーランシュとの共同作業“オーランシュ＝ボスト”は良質なフランス映画の象徴とされた。ベルトラン・タヴェルニエ監督の「田舎の日曜日」（84年）はボストの小説を原作としている。

ボストン, ルーシー・マリア　*Boston, Lucy Maria*
イギリスの児童文学作家
1892.12.10〜1990.5.25
[出]ランカシャー州サウスポート（マージーサイド州）　[賞]カーネギー賞（1961年）
[歴]60歳を過ぎてから書きはじめ、詩的ファンタジーの領域に新生面を切り開いて1950年代のイギリス児童文学の主要作家の一人となった。主な作品に、25年以来居住したハンチンドン州ヘミングフォード・グレイにある地主屋敷を背景に人間と動物の友情を描いた「グリーン・ノウの子供たち」（54年）「グリーン・ノウのお客さま」（61年）などのシリーズや、「みどりの魔法の城」（65年）、「海のたまご」（67年）など。このほか小説「Yew Hall」（54年）、自伝「Memory in a House」（73年）、詩「Time is Undone」などがある。

ホスピタル, ジャネット・ターナー　*Hospital, Janette Turner*
オーストラリア生まれのアメリカの作家
1942〜
[歴]オーストラリアに生まれ、アメリカへ移住。ジョン・ル・カレ、ジョイス・キャロル・オーツを敬愛し、1978年最初の短編小説を発表。82年の第1長編「The Ivory Swing」で高い評価を得、以降、純文学作家として活躍。

ホスプ, デービッド　*Hosp, David*
アメリカの弁護士, 作家
[学]ダートマス大学卒, ジョージ・ワシントン大学ロー・スクール
[歴]ボストン在住の弁護士。ダートマス大学卒業後、ジョージ・ワシントン大学のロー・スクールで学ぶ。2005年「ダーク・ハーバー」で作家デビューし、バリー賞の最優秀新人賞にノミネートされる。同作は〈スコット・フィン〉シリーズとなった。

ボスマン, H.C.　*Bosman, Herman Charles*
南アフリカの作家
1905.2.5〜1951.10.14
[歴]不毛の僻地マリコ地方の農学校教師となり、カフィール戦争やボーア戦争のこと、開拓地で咲いたロマンスと友情あふれる小咄など、ボーア人開拓民たちから聞いた勇気ある開拓者たちのエピソードを素材に、アフリカーナの理想像ともいうべき人物ロレンスを主人公として短編小説に仕立てあげた。主な作品に「塵土と化す」「マフェキング・ロード」「ジャカランダの咲く夜」などがある。

ボーセニュー, ジェームズ　*Beauseigneur, James*
アメリカの作家
1953〜
[歴]アメリカ国家安全保障局に情報分析官として勤務した経験を持ち、1980年には共和党下院議員候補としてアル・ゴア（のちアメリカ副大統領）と議席を争ったこともある。97年初の小説「キリストのクローン/新生」でデビュー。「キリストのクローン/真実」（同年）、「キリストのクローン/覚醒」（98年）と「キリストのクローン」3部作を構成、2003年大手出版社ワーナーブックスから再刊された。戦略防衛関係の著作もある。

ボゾルグ・アラビー　*Bozorg 'Alavī*
イランの作家
1907〜
[出]テヘラン
[歴]1922年にドイツに留学後、帰国してマルキスト・グループに加わり、37〜41年にわたり投獄された。この間、34年に短編集「旅行カバン」で文壇にデビュー、41年の連合軍によるイラン占領の際、釈放されて、同年に「獄中ノート」を発表するなど創作に活躍する。のち、トゥーデ党（イラン共産党）の結成に加わったが、同党やイスラム勢力を集めて国民戦線を組織したモサデックが、53年の国王派のクーデターで失脚したため、同年東独に亡命。以後同地でフンボルト大学教授として研究を行った。他の作品に短編集「手紙」（52年）、同「鉛の兵隊」、長編の獄中記「53人」（42年）、地下運動を描く「彼女の目」（52年）のほか「ペルシア文学史」など。53年に世界平和会議のメンバーも務めた。

ポーター, エレノア　*Porter, Eleanor*
アメリカの作家
1868.12.19〜1920.5.21
[出]ニューハンプシャー州リトルトン　[名]ポーター, エリナー・ホッジマン〈Porter, Eleanor Hodgman〉 旧姓名＝ホッジマン〈Hodgman〉

ホ

[歴]ボストンのニューイングランド音楽院で学び、声楽家として活動したが、結婚後文筆に目覚め音楽の道を断念。1907年より小説を発表。11年恋愛小説〈花ひらくビリー〉シリーズで人気を得る。13年、厳格な叔母のもとで暮らす天真爛漫な孤児の少女の物語「少女ポリアンナ」が成功を収め、少女小説作家としての地位を確立。2年後には「ポリアンナの青春」を発表。その人気は高く、没後も数人の作家が続編を書き継いだほどであった。作品はたびたび舞台や映画として上演されている。

ポーター, キャサリン・アン　*Porter, Katherine Anne*
アメリカの作家
1890.5.15～1980.9.18
[出]テキサス州インディアン・クリーク　[賞]ピュリッツァー賞(1966年), O.ヘンリー賞(1962年), 全米図書賞
[歴]南部の旧家出身。修道院の学校で教育を受ける。ヨーロッパ、メキシコ、アメリカの各地を広く旅行し、30歳代後半から作家活動に入る。1930年処女短編集「花咲くユダの木」を発表、次いで39年「蒼白い馬、蒼白い騎手」(邦訳・「愛の死と蔭に」)、44年「斜塔」を刊行。62年発表の唯一の長編「愚者の船」はメキシコからドイツまでの27日間の船上の愚かしい生活を描いた野心作。洗練された詩的文体と象徴的な表現を駆使し、人間心理の微妙な動きを精密に描き、一種幽寂な効果と雰囲気をかもし出す。繊細な感受性を持つスタイリストで芸術的完成を志すため寡作であったが、第一級の短編作家として高い評価を得た。65年「短編全集」を刊行、ピュリッツァー賞と全米図書賞を獲得した。

ポーター, ジョイス　*Porter, Joyce*
イギリスの推理作家
1924.3.28～1990.12.9
[出]マープル　[学]ロンドン大学キングス・カレッジ
[歴]マクルズフィールド女子高校を経て、ロンドン大学キングス・カレッジに学ぶ。1949～63年イギリス空軍婦人部隊に勤務し、ドイツに2年間駐在。またロシア語を2年間勉強し、その間パリの亡命ロシア人の一家と生活を共にし、帝政ロシア史にも深い興味を寄せる。64年に処女長編「Dover One(ドーヴァー1)」を発表。好評を得て作家生活に入る。これは稀代の大迷探偵ドーヴァー警部が活躍する作品で、のちの「切断」「撲殺」などと合わせて〈ドーヴァー警部〉シリーズとなった。このほか〈ホンコンおばさん〉シリーズなども発表、ユーモア推理小説作家としての地位を確立した。

ポーター, ハル　*Porter, Hal*
オーストラリアの作家
1911.2.16～1984.9.29
[出]メルボルン
[歴]ビクトリア州ベアンズデール高校を卒業して各州の教職につき、1954年から61年まではビクトリア州図書館に勤務。創作活動をはじめたのは50年代末になってからで、長・短編小説のほかに詩集、自伝、戯曲、紀行などの著作も多い。比喩を多用した難解な文体が特徴。代表作は短編集「ヴェニスの猫ども」(65年)、長編「傾いた十字架」(61年)など。日本に3度来たことがあり、日本を舞台にした短編集に「ミスター・バタフライと新しい日本の話」がある。

ポーター, ピーター　*Porter, Peter*
オーストラリア生まれのイギリスの詩人
1929.2.16～2010.4.23
[出]ブリスベーン　[名]Porter, Peter Neville Frederick　[学]ブリスベーン大学　[賞]ウィットブレッド賞(1988年)
[歴]倉庫業者の息子。ジャーナリストになるが、1951年渡英し、ロンドンに定住。広告業や書籍販売など様々な仕事をするが、68年文筆家として独立。この間、61年詩集「一度ならず、二度までも」を発表。作風は都会的で、技巧に秀でている。他の詩集に「古代・現代詩」(70年)、「The Cost of Seriousness」(78年)、「自動啓示」(87年)、「Collected Poems 1961-1999」(全3巻, 99年)など。イギリスでは書評家、ブロードキャスターとして著名。

ホダー, マーク　*Hodder, Mark*
イギリスの作家
1962.11.28～
[賞]フィリップ・K.ディック賞(2011年)
[歴]BBCの放送作家、編集者、ジャーナリスト、Web制作者などの職を経て、2010年「バネ足ジャックと時空の罠」で作家デビュー。同書で翌年のフィリップ・K.ディック賞を受賞した。探偵セクストン・ブレイクものの大ファンでもあり、自らも同シリーズの新作を執筆。

ホタカイネン, カリ　*Hotakainen, Kari*
フィンランドの作家
1957.1.9～
[賞]北欧閣僚評議会文学賞, フィンランディア賞
[歴]出版社などの編集者を経て作家へ転身。詩、小説、児童書、舞台脚本など幅広く手がける。リズミカルで核を突いたユーモアと風刺に評価が高く、カリカチュア化された登場人物達の個性を引き出すことに長けている。「マイホーム」で北欧閣僚評議会文学賞、フィンランディア賞を受賞。同書は映画化もされた。

ボダール, リュシアン　*Bodard, Lucien Albert*
中国のフランスの作家
1914.1.9～1998.3.2
[出]中国・四川省重慶　[賞]アンテラリエ賞(1973年), ゴンクール賞(1981年)
[歴]駐中国フランス領事の息子として生まれる。幼年時代を四川省成都で過ごし、1925年帰国する。44年からジャーナリストとして活動を始め、74年に引退するまでフランス紙特派員としてインドシナ戦争など世界各国で取材した。73年から処女小説「Monsieur le consul(領事殿)」を発表し、作家活動も始める。この作品は、自らの体験に基づいて書かれたもので、73年度アンテラリエ賞を受賞。その後も歴史小説を中心に執筆を続け、81年中国へのノスタルジアや愛する母のことを書いた「Anne Marie(アンヌ・マリー)」でゴンクール賞を獲得した。このほかに、中国やインドシナに関するルポルタージュも多数発表する。

ボータン　*Botan*
タイの作家
1945～
[出]バンコク　[名]スパー・シリシン　[学]チュラロンコン大学文学部英語科卒　[賞]SEATO(東南アジア条約機構)文学賞(1970年度), タイ国児童文学賞(1973年度), 全国図書館協会文学賞(1981年度)
[歴]女性向け週刊誌「サトリーサーン」やタイ・ワッタナー・パーニット出版社などで編集者として務める傍ら、創作活動に従事、出世作ともいえる書簡体の長編小説「タイからの手紙」を発表、以後も優れた作品を世に送り続け、中堅のベストセラー作家として不動の地位を築きあげた。長・短編の他に、英米文学の翻訳や児童文学作品も手がける。

ポチョムキン, アレクサンドル　*Potyomkin, Aleksandr*
ロシアの作家, 経済学者
1949～
[出]ソ連アブハジア自治共和国スフミ(ジョージア)　[学]モスクワ大学 経済学博士(モスクワ大学)
[歴]幼い頃に父と死別、戦後のソ連でドイツ人の母と共に暮らすことができず孤児となる。大学でジャーナリズムを専攻し、卒業後は新聞の特派員として働いた後ドイツに移住、事業家として成功を収めた。1990年代初頭にロシアに戻り、モスクワ大学で経済学の博士号を取得して教授となり、小説も書き始める。2004年に自ら経営する出版社から「私(ヤー)」を刊行、06年にはフランス語に翻訳されて高く評価された。他の著書に「悪霊」「賭博者」「偏執狂」「人間廃止」「カバラ」「ロ

シアの患者」など。

ホッキング, アマンダ　*Hocking, Amanda*
アメリカの作家
1984.7.12〜
[出]ミネソタ州オースティン
[歴]子供の頃から作家を志望し、高校、大学の創作コースや地域のワークショップで創作を学ぶ。アシスタントとして企業で働く傍ら、空いた時間に小説を書き、2010年までに17本の小説を書き上げる。それらのいくつかを出版社に送るが、ことごとく断られ、10年アマゾンのe-booksで自費出版。作品は自費出版としては近年稀に見る成功を収め、九つの作品でミリオンセラーを記録し、200万ドル以上の売り上げを記録。11年大手出版社マクミラン傘下のセントマーティンズ社による200万ドルでの破格のオファーを受けメジャーデビュー。電子書籍や書籍の電子流通システムによって生まれた、新しい出版時代を代表する人気作家となった。

ホック, エドワード・D.　*Hoch, Edward Dentinger*
アメリカの推理作家
1930.2.22〜2008.1.17
[出]ニューヨーク州ロチェスター　[名]別名＝デンティンジャー, スティーブン スティーブンズ, R.L. ミスターX ポーター, R. E. サーカス, アンソニー　[学]ロチェスター大学　[賞]MWA賞(短編賞)(1968年), MWA賞(巨匠賞)(2001年)
[歴]ロチェスター大学で学び、1950〜52年フォート・スローカムの陸海軍学校の憲兵隊に勤務した。その後ロチェスター公立図書館、ポケット・ブックス出版社、ハッチンズ広告会社などに勤める傍ら、ミステリー雑誌に短編を書き始める。多作家として知られ、多くのペンネームを用いて800を越える短編作品を発表。怪盗ニック・ヴェルヴェット、西部探偵ベン・スノウ、オカルト探偵サイモン・アークなど個性豊かなキャラクターによるシリーズは13を数える。長編作品も数作あるが本領は短編で、現代のパズル・ストーリーの第一人者といわれた。作品は日本をはじめ数ケ国語に訳され、「アルフレッド・ヒッチコック・ショウ」、ロッド・サーリングの「ナイト・ギャラリー」などの原作となった。「エラリー・クイーンズ・ミステリー・マガジン(EQMM)」誌に毎号一作の短編を掲載し、同誌の「犯罪巡回区域」欄を担当、またミステリーの批評と研究を行い、一方ではMWA理事として年刊アンソロジー「The Best Detective Stories of the year(年刊ミステリー傑作選)」の編纂にあたるなど、多彩に活躍した。主な邦訳書に「怪盗ニックを盗め」「コンピューター検察局」「こちら殺人課―レオポルド警部の事件簿」「怪盗ニックの事件簿」「革服の男」「サム・ホーソーンの事件簿〈1〜5〉」「夜はわが友」「サイモン・アークの事件簿」など。

ボックス, C.J.　*Box, C.J.*
アメリカの作家
1967〜
[出]ワイオミング州　[賞]バリー賞最優秀処女長編賞(2002年), アンソニー賞最優秀処女長編賞(2002年), マカヴィティ賞最優秀処女長編賞(2002年), MWA賞最優秀長編賞(2009年)
[歴]牧場労働者、測量技師、フィッシング・ガイド、ミニコミ誌編集者など、様々な職業を経て、旅行マーケティング会社を経営。2001年〈ジョー・ピケット〉シリーズ第1作「沈黙の森」でデビュー。同作は絶賛を浴び、02年バリー賞、マカヴィティ賞、アンソニー賞などの最優秀処女長編賞を受賞。07年の「ブルー・ヘヴン」で、09年アメリカ探偵作家クラブ賞(MWA賞)最優秀長編賞を受賞した。他の作品に「さよならまでの三週間」など。

ホッケンスミス, スティーブ　*Hockensmith, Steve*
アメリカの作家
1968.8.17〜
[出]ケンタッキー州ルイビル
[歴]「ハリウッド・レポーター」誌などでジャーナリストとして活躍し、その後ミステリー作家に転身。短編で評価されたのち、2006年「荒野のホームズ」で長編デビュー。アンソニー賞やMWA賞の最優秀処女長編賞などにノミネートされた。

ポッセ, アベル　*Posse, Abel*
アルゼンチンの外交官, 作家
1934.1.7〜
[出]コルドバ　[賞]ロムロ・ガジェゴス賞(1987年)
[歴]1965年以来アルゼンチン政府の外交官の傍ら小説を書いている。マジック・リアリズムの作風による〈アメリカ大陸発見〉3部作の「ダイモン」「楽園の犬」などの作品がある。

ホッセイニ, カーレド　*Hosseini, Khaled*
アフガニスタン生まれのアメリカの作家, 医師
1965.3.4〜
[出]カブール
[歴]アフガニスタンの外交官一家に5人兄弟の長男として生まれ、1976年父親のパリ転勤に伴い出国。アメリカで高等教育を受け、80年同国に亡命、アメリカ国籍を取得する。サンタ・クララ大学で生物学を専攻した後、カリフォルニア大学医学部で学ぶ。医師として働く傍ら執筆活動を始め、2003年、1970年代のカブールを舞台にした「君のためなら千回でも」でデビュー。同作品は世界的なベストセラーとなり、07年映画化される。第2作「千の輝く太陽」(同年)は「ニューヨーク・タイムズ」紙のベストセラーリストで1位となるなど、同年度にアメリカで最も売れた小説となった。第3作「そして山々はこだました」(13年)も70ケ国以上で刊行が決定し、世界的ベストセラーとなる。この間、06年国連難民高等弁務官事務所(UNHCR)の親善使節に任命され、自身でもNPO団体、カーレド・ホッセイニ・ファウンデーションを設立するなど、アフガニスタンの人々の支援にも取り組む。

ポッター, エレン　*Potter, Ellen*
アメリカの児童文学作家
[出]ニューヨーク市
[歴]ニューヨーク・ウェストサイドの北にあるマンションで育つ。11歳の時に学校の図書館で作家になろうと思いたち、大学で小説の書きかたを学ぶ。卒業後は、ペットの美容師やウェイトレス、美術の先生など様々な仕事をしながら、物語を執筆。2003年初の著書「西95丁目のゴースト」で高い評価を受ける。

ポッター, ビアトリクス　*Potter, Beatrix*
イギリスの絵本作家
1866.7.6〜1943.12.22
[出]ロンドン　[名]ポッター, ヘレン・ビアトリクス〈Potter, Helen Beatrix〉
[歴]ロンドンの大資産家の家に生まれ、数人の家庭教師によって教育を受ける。幼い頃から湖水地方で自然や小動物をスケッチし、絵を覚えた。1901年兎を主人公にした絵本「ピーター・ラビットのおはなし」を出版(公刊02年)。その後湖水地方のソーリー村の農場を手に入れ、田園を小動物たちが活躍する小型絵本〈ピーター・ラビットの絵本〉シリーズを次々に発表。詩的散文と温かい淡彩の挿絵で世界中の子供たちに愛される。他の作品に「グロスターの仕立て屋」(02年)、「りすのナトキンのおはなし」(03年)、「こねこのトムのおはなし」(07年)、「あひるのジマイマのおはなし」(08年)、「妖精のキャラバン」(29年)などがある。13年弁護士と結婚後、作家活動を引退。農場経営の一方で、ナショナル・トラスト運動に賛同し、自然保護活動を精力的に行った。

ボップ, レオン　*Bopp, Léon*
スイスの作家, 随筆家, 文芸批評家
1896.5.17〜1977.1.29
[歴]ジュネーブ大学、フランスの高等師範学校で、古典、哲学を学び、文学博士となる。その後、オックスフォード大学でも学び、科学、芸術、哲学などを和合しようと試み、極度に自由な新教主義を奉じた。著書に「キリストの生涯」(1945年)、

ホ

「連邦哲学」(52年)などのエッセイ、「ボーヴァリー夫人注解」(51年)などの文芸批評、「ジャン・ダリヤン」(24年)、「世界の関係」(38年)などの小説がある。

ホッブズ, ロジャー *Hobbs, Roger*
アメリカの作家
1988.6.10〜
[出]マサチューセッツ州ボストン　[学]リード・カレッジ(2011年)卒　[賞]CWA賞イアン・フレミング・スティール・ダガー賞(2013年)
[歴]オレゴン州ポートランドのリード・カレッジで古代言語、フィルム・ノワール、文学論を学ぶ。少年時代から執筆を開始し、20歳の時には「ニューヨーク・タイムズ」紙に寄稿。大学在学中に執筆したクライム・ノワール「時限紙幣」は、2013年アメリカの老舗文芸出版社Knopfより刊行。辛口で知られる「ニューヨーク・タイムズ」の批評家ミチコ・カクタニの絶賛を受けたほか、イギリス推理作家協会賞(CWA賞)のイアン・フレミング・スティール・ダガー賞を受賞するなど、米英のミステリー界で高く評価された。

ホ

ホッロ, アンセルム *Hollo, Anselm*
フィンランドの詩人, 翻訳家
1934.4.12〜2013.1.29
[学]ヘルシンキ大学, テュービンゲン大学
[歴]ドイツ、イギリス、アメリカに居住し、多くの大学で客員教授として英文学、表現法、詩の講義を行う。英語とフィンランド語を駆使し、抑制された饒舌体で現代人の愛、都市労働者の生態、戦争下の国家をアイロニカルに描写し、自国やイギリス詩壇に新風を吹き込んだ。詩集に「雨の間で」(1956年)、「トロバー：見つける」(64年)、「そして、それは、歌」(65年)などがある。また、ロンドンのビート詩人として、アメリカの詩人グループ“ヒップグループ”のヨーロッパにおける理解者として著名。翻訳家としては、V.メリの「マニラ麻のロープ」他、フィンランドの小説・詩のドイツ語・英語訳、ロシアの詩人たちの詩集の編・ドイツ語訳「国境の前に」(62年)、画家P.クレー詩集の編・英語訳など、複数言語間の翻訳に多数の作品を残した。

ボーデルセン, アーナス *Bodelsen, Anders*
デンマークのミステリー作家
1937〜
[賞]イタリア賞(1967年)
[歴]大学で経済学と文学を学んだのち、文学雑誌「ペルスペクティブ」の編集を経てコペンハーゲンの有力日刊紙「ポリティケン」の映画批評を担当する。1959年処女小説を発表、以来、多数の長編小説や短編小説を書き続け、68年には書籍業界からその目覚ましい活躍により黄金の月桂樹を贈呈されるなど、デンマーク随一の推理小説作家として高い評価を得る。「轢き逃げ人生」(68年)がイギリスで映画化されたほか、78年には「罪人は眠れない」(68年)も映画化され、カナダ映画祭で全6部門入賞を果たしている。また、ラジオ・ドラマやテレビドラマ、戯曲なども手がけ、67年にはラジオ・ドラマの脚本でイタリア賞を受賞するなど、幅広い活躍をみせる。

ボーデン, ニーナ *Bawden, Nina*
イギリスの作家, 児童文学作家
1925.1.19〜2012.8.22
[出]エセックス州イルフォード　[名]Bawden, Nina Mary　[学]オックスフォード大学　[勲]CBE勲章　[賞]ガーディアン賞(1976年), フェニックス賞(1993年)
[歴]教育映画、判事など様々な仕事に携わり、1953年作家デビュー。57年からは児童文学も発表。困難な状況にある子供への共感を一つの特色とする。人物の個性的描写、筋運びの巧みさを生かした物語性豊かな作品で児童文学界に活気を与えた。自分の疎開体験をもとに戦時の村の人間を描いた代表作「帰ってきたキャリー」(73年)はカーネギー、ガーディアン両児童文学賞最有力候補作となりBBC(2003年)で放映。他の作品に大人向けの小説「決めるのは誰」(1953年)、「ひと皮むけば」(64年)、「裸で歩いて」(81年)、「偽りの環」(87年, 90年にテレビドラマ化)、子供向け小説「魔女の娘」(66年)、「スクィップ」(71年)、「ペパーミント・ピッグのジョニー」(75年)、「闇のなかのデービッド」(82年)、「家族さがしの夏」(89年)、「おばあちゃんはハーレーにのって」(95年)などがある。

ボードゥイ, ミシェル・エメ *Baudouy, Michel-Aimé*
フランスの児童文学作家, 劇作家
1909.4.1〜1999
[歴]作品は「ワシを飼う子ども」(1949年)、「山の王ブリュノ」(53年)などに代表される自然や動物と少年少女の触れ合いを描いたもの、「風の王子たち」(56年)、「庭のための争い」(69年)などの科学、職業、スポーツなど現代生活の関心事を取り上げたものがある。数々の賞を受け、翻訳も手がけた。他の作品に「オートビュット森の公達」(57年)、「ミックとオートバイ」(59年)、「ロック・ブランに気をつけろ」(70年)などがある。

ボトカー, セシル *Bo dker, Cecil*
デンマークの詩人, 作家
1927.3.27〜
[出]フレゼリシア　[賞]国際アンデルセン賞作家賞(1976年), 日本翻訳出版文化賞
[歴]銀細工師を経て、詩人・作家に。デンマーク学士院主催の児童書コンクールで、冒険小説「シーラスと黒い馬」(1967年)が入選したことから、児童書も手がけるようになり,〈シーラス〉シリーズ全14巻は代表作となった。ほかにエチオピアが舞台の「ヒョウ」(70年)、聖書を題材にした一連の作品などがある。

ポトク, ハイム *Potok, Chaim*
アメリカの作家
1929〜2002.7.23
[出]ニューヨーク市ブロンクス　[学]ペンシルベニア大学卒 哲学博士(ペンシルベニア大学)
[歴]ユダヤ系。ユダヤ教正統派の環境で育ち、ラビ(牧師)の称号を授与されたあと、ペンシルベニア大学で哲学博士号を取得。1955〜57年在韓米軍のチャプレンを務めた。ヘミングウェイなどに影響を受けて執筆活動を開始。67年の処女作「選ばれしもの」以下、ユダヤ文学の傑作の一つとされる「In the Beginning(始まりへの旅)」(75年)などで作家としての地位を確立した。思春期の少年少女たちの切なさを淡々と描いた短編集「ゼブラ」は日本でも根強い人気がある。他の作品に「Book of Lights」「われは土くれ」など。65年ユダヤ出版協会編集長、83年ペンシルベニア大学客員教授などを歴任。92年講演のため来日。

ボドック, リリアナ *Bodoc, Liliana*
アルゼンチンの作家
1958.7.21〜2018.2.6
[出]サンタフェ　[学]クジョ国立大学卒
[歴]クジョ国立大学で現代文学を専攻。教師を経験後、南米大陸の神話や先住民文化を題材にしたファンタジーの執筆を決意。2000年初の著書となる3部作〈最果てのサーガ〉シリーズを発表し、南米でベストセラーとなる。自国で数々の賞に輝いたほか、同年国際児童図書評議会の推薦作品にも選ばれ、ヨーロッパ各国で翻訳される。

ボトラル, ロナルド *Bottrall, Ronald*
イギリスの詩人
1906.9.2〜1989
[出]コーンワル州キャンボーン　[学]ケンブリッジ大学
[歴]ケンブリッジ大学出身で、オックスフォード大学出身のオーデンなどに拮抗する詩人としてエプソンなどともに期待される。現代に対する複雑な反応を暗示的手法で表現し、極度の自意識を秘めた男性的風刺が特色である。詩集に「解放、その他の詩集」(1931年)、「火の祭り」(34年)、「曲がった道」(39年)などがある。41年からイギリス文化振興会駐スウェーデン、イ

タリア、ブラジル、ギリシアの各代表となり、59～63年イギリス文化振興会駐日代表を務めた。

ボナンジンガ, ジェイ　Bonansinga, Jay R.
アメリカの作家
㊗SF・ホラー雑誌に短編小説やエッセイを発表した後、1994年長編ホラー「ブラック・マライア」を出版。スティーブン・キング、ディーン・クーンツに続く超新星の出現と一躍脚光を浴びる。テレビドラマが全世界で大ヒットした「ウォーキング・デッド」の小説版「ウォーキング・デッド ガバナーの誕生」を2011年より手がけ、シリーズ化。この間、04年には「Sinking of The Eastland」でノンフィクションデビューした。映像学の修士号を持ち、ノースウェスタン大学客員教授、劇作家、脚本家、映画監督としても活躍。他の作品に「シック」（1995年）など。

ポニアトウスカ, エレナ　Poniatowska, Elena
フランス生まれのメキシコの作家、ジャーナリスト
1932.5.19～
㊗メキシコ全国ジャーナリズム賞（1979年）, ロムロ・ガジェゴス賞（2007年）, セルバンテス賞（2013年）
㊗父はポーランド系フランス人、母はメキシコ人。1942年以来メキシコに住む。54年新聞「エクセルシオール」に入り、ジャーナリストとして活動。68年メキシコシティ・トラテロルコの広場で学生集会に陸軍が無差別発砲し、150人以上が殺された事件を、運動参加者の証言で構成し、71年「トラテロルコの夜」を出版、ロングセラーとなる。この間、69年メキシコ国籍を取得。79年女性として初めてメキシコ全国ジャーナリズム賞を受賞。85年日刊紙「ラ・ホルナダ」を創刊。"被抑圧者の文学の旗手"と評される他、上流階級の人々の日常生活を描いた小説も多数発表する。2007年「El tren pasa primero」でロムロ・ガジェゴス賞を受賞。他の著書に「始まりは日曜日」「また会う日まで、ヘスス」などがある。00年初来日。

ボネガット, カート(Jr.)　Vonnegut, Kurt Jr.
アメリカの作家
1922.11.11～2007.4.11
㊗インディアナ州インディアナポリス　㊗コーネル大学（生化学）, シカゴ大学（人類学）
㊗ドイツ系移民の子として生まれる。コーネル大学在学中に第二次大戦に出征、ドイツ軍の捕虜となりドレスデンの収容所に収用された。復員後、シカゴ大学で人類学を学んだ。1952年反ユートピア小説「プレイヤー・ピアノ」を発表して作家としてデビュー。以後、現代文明と社会を奇抜な想像力を駆使して寓話的スタイルで描き、アメリカ・カウンターカルチャーを代表する作家として若者の支持を集めた。69年ドイツ軍の捕虜時代に経験した、連合国軍によるドレスデン爆撃をもとに小説「スローターハウス5」を執筆、現代を代表する作家としての地位を確立。他の作品に「タイタンの妖女」（59年）、「母なる夜」（61年）、「猫のゆりかご」（63年）、「チャンピオンたちの朝食」（73年）、「ジェイルバード」（79年）、「ガラパゴスの箱舟」（85年）、「タイムクエイク」（98年）など。84年国際ペン大会で来日。
㊗長男＝マーク・ボネガット（作家）

ボネガット, ノーブ　Vonnegut, Norb
アメリカの作家
1958～
㊗ルイジアナ州レイクチャールズ　㊗ハーバード大学（1980年）卒
㊗1980年ハーバード大学を第2位優等で卒業、86年同大ビジネススクールでM.B.A.を取得。モーガン・スタンレー、ペイン・ウェバーなどの投資銀行で個人クライアントの資産管理を行う。2009年「トップ・プロデューサー――ウォール街の殺人」で作家デビュー。

ボーネン, ステファン　Boonen, Stefan
ベルギーの作家
1966.10.29～
㊗ハモント
㊗ベルギー北部フランダース地方のハモントに生まれる。家具製作、ソーシャルワーカーを経て、2000年より作家活動に専念。子供、青少年のための作品を多数執筆。作品は世界各国で翻訳出版される。児童演劇の脚本家でもあり、各種ワークショップ、子供のための本の書き方教室、ラブレターの書き方講習会などユニークな活動も続ける。

ポーパ, ヴァスコ　Popa, Vasko
セルビア（ユーゴスラビア）の詩人, ジャーナリスト
1922.7.29～1991.1.5
㊗戦後セルビアの現代詩を常にリードしてきた代表者のひとり。「ノリット」（新文学）社の編集者としても活躍。アフォリズム、諺のような短い文言に深い意味内容を盛り込む独自の手法は、多くの隠喩に富んでいる。詩集に「樹皮」（1953年）、「2次的な空」（68年）、「狼の塩」（75年）、「切口」（80年）など。ユニークなアンソロジー「真夜中の太陽」（62年）の編者でもある。最も外国で翻訳されている詩人。

ボーヴァ, ベン　Bova, Ben
アメリカの作家, 編集者, アンソロジスト
1932.11.8～
㊗ボーバ, ベンジャミン・ウィリアム　㊗テンプル大学（ジャーナリズム）（1954年）卒
㊗アメリカ初の人工衛星を狙ったバンガード計画に、マーチン社のテクニカル・エディターとして参加。アブコ・エベレット研究所などを経て、1971年より雑誌「アナログ」の編集長となる。そこでの業績が評価され73年から連続5年間ヒューゴー賞ベスト編集者賞を受賞。その後雑誌「オムニ」の創刊と同時に編集長に就任。傍ら宇宙開発を軸とした中短編小説を発表するなど、作家やアンソロジストとしても活躍を続けている。

ホーバート, ポリー　Horvath, Polly
アメリカの作家
1957～
㊗ミシガン州カラマズー　㊗全米図書賞（児童文学）（2003年）, ニューベリー賞オナーブック
㊗ミシガン州カラマズーで育ち、トロントの大学で学ぶ。主に児童書、ヤングアダルト向けの著書を執筆。「ブルーベリー・ソースの季節」で全米図書賞、「みんなワッフルに乗せて」でニューベリー賞オナーブックを受賞。他の著書に「長すぎる夏休み」などがある。

ホーバン, ラッセル　Hoban, Russell
アメリカの作家, 児童文学作家
1925.2.4～2011.12.13
㊗ペンシルベニア州ランズデイル　㊗Hoban, Russell Conwell　㊗ウィットブレッド賞（1974年）
㊗フィラデルフィアの美術学校を卒業。第二次大戦に従軍後、「タイム」の表紙や「スポーツ・イラストレイテッド」のイラストレーターとして、また子供向け本の作家として活躍。1969年イギリスに移住後は大人向けの小説も手がけ、73年初の長編「ボーズ－ヤキンとヤキン－ボーズのライオン」を出版。他の作品に「おやすみなさいフランシス」（絵本、60年）、「鼠と子ども」（67年）、「仔細な時間」（74年）、「亀の日記」（75年）、「リドレイ・ウォーカー」（80年）、「巡礼者」（83年）、「それぞれの海へ」（87年）などがある。児童文学の挿絵の多くは、妻リリアンが描いている。
㊗妻＝リリアン・ホーバン（イラストレーター）

ホープ, アレック　Hope, Alec Derwent
オーストラリアの詩人, 評論家
1907.7.21～2000.7.13
㊗ニュー・サウス・ウェールズ州クーマ　㊗シドニー大学, オックスフォード大学　㊗ブリタニカ・オーストラリア賞（1966年）, レビンソン賞（1969年）, イングラム・メリル賞（1969年）, ロバート・フロスト賞（1976年）

[歴]牧師の家に生まれ、大学卒業後にシドニー教員カレッジ講師やメルボルン大学の上級講師を経て、1951〜68年オーストラリア国立大学英語教授を務め、68年同大名誉教授となった。この間、抒情詩が主流であった詩壇に対し、J.マコーリー、V.バックリーらとともにいわゆる“知性派”として、新しい知的な詩風を送り込んだとして評価される。55年の「The Wandering Islands（さまよう島々）」でデビューし、スカトロジーや風刺もまじえて、60年の代表作の一つ「Poems（詩集）」で評価を確立した。また「Native Companions（この国生れの仲間たち）」（74年）のような文学論集や「The Cave and the Spring（洞窟と泉）」（65年）のような詩論集もあり、詩集とならんで英米でも出版されているのをはじめ、詩の翻訳などの業績もある。他の作品に詩集「新詩集1965—69」（69年）、「応答の書」（78年）、「アンテキヌス」（81年）、「Orpheus」（91年）、評論「50〜62年のオーストラリア文学」（63年）、「牛盗人の荷物」（79年）、翻訳「The Shorter Lyrics of Catullus」（89年）など。

ホープ, クリストファー　*Hope, Christopher*
南アフリカ生まれのイギリスの作家, 詩人, 絵本作家
1944〜
[出]ヨハネスブルク　[賞]ウィットブレッド賞（1984年）
[歴]1975年イギリスに移住。ウィッドブレッド賞受賞の「クルーガーズ・アルフ」のほか「ホッテントット・ルーム」「マイ・チョコレート・レディーマー」「ブラック・スワン」などの作品で知られるイギリスの代表作家の一人。詩集「ケイフ・ドライブズ」「ブラック・ヒッグの国にて」や子供向けの絵本もある。

ホフ, マルヨライン　*Hof, Marjolijn*
オランダの作家
1956〜
[出]アムステルダム　[賞]金の石筆賞, 金のフクロウ賞
[歴]心理学者で芸術家だった父親のもと、本や芸術作品に囲まれて育った。モンテッソーリ教育の学校を出た後、司書の資格を取り、ザーンスタット市の図書館に長く勤める。作家養成学校に通った時期もある。1999年退職し、念願の職業作家となる。2006年に発表した「小さな可能性」がオランダで金の石筆賞、ベルギーでは金のフクロウ賞を受賞し、本格的な成功を収めた。

ホーフィング, イサベル　*Hoving, Isabel*
オランダの児童文学作家
1955.9〜
[出]アムステルダム　[学]アムステルダム大学　[賞]金のキス賞（2003年）
[歴]父は音楽家で画家、母は詩人。美術アカデミーを卒業して美術教師や女性書専門書店の設立を経験し、アムステルダム大学で文学研究の博士号を取得。その後、ライデン大学で文学を教える。2002年長編ファンタジー「翼のある猫」で作家デビュー、同年のうちに3度重版されるベストセラーとなり、03年には最も優れたオランダ語のヤングアダルト作品に与えられる金のキス賞を受けた。

ホフマン, アリス　*Hoffman, Alice*
アメリカの作家
1952〜
[出]ニューヨーク州ロングアイランド　[学]アデルファイ大学文学部（1973年）卒, スタンフォード大学大学院文学専攻科（1975年）修士課程修了　[賞]ハメット賞（1992年）
[歴]1977年に長編小説第1作「Property Of」を発表。以後、危険な男性に魅かれる女主人公、オカルティズムへの傾倒などの共通点を持つ長編「The Drowing」（79年）、「Angel Landing」（80年）、「Fortune's Daughter」（85年）を創作。88年に刊行された「海辺の家族」は、子供のエイズ発症をめぐる家族やまわりの人々の内面の闘い、差別への対処を描く。他の作品に「プラクティカル・マジック（旧訳名：「オーウェンズ家の魔女姉妹」）」、「セカンド・ネイチャー」「タートル・ムーン」「七番目の天国」「恋におちた人魚」「ローカル・ガールズ」などがある。「プラクティカル・マジック」は98年映画化された。

ホフマン, エバ　*Hoffman, Eva*
ポーランド生まれのアメリカの作家
1947〜
[出]クラクフ　[学]ライス大学（英文学）博士号（ハーバード大学）
[賞]アメリカ芸術文学協会ノンフィクション賞
[歴]両親はユダヤ人で、ポーランドのクラクフで生まれる。ピアニストを目指して音楽学校に通ったが、1959年13歳のとき両親、妹とカナダに渡り、その後アメリカに移住。ハーバード大学大学院で博士号を取得。79〜90年「ニューヨーク・タイムズ」紙で編集者を務めた。傍ら、89年自伝「アメリカに生きる私」で作家デビュー。他の著書に「記憶を和解のために」などがある。

ホフマン, ジリアン　*Hoffman, Jilliane*
アメリカの作家
[出]ニューヨーク州ロングアイランド　[学]セント・ジョンズ大学ロースクール卒
[歴]セント・ジョンズ大学ロースクール在学中からクイーンズやブルックリンの検事局で検察官としての修業を積む。卒業後は1992年からフロリダ州マイアミの検事局で検事補となり、重罪担当検察官として活躍。その後フロリダの法執行局に移り、地域法務アドバイザーとして法的助言を与える一方、ジャンニ・ヴェルサーチを射殺した連続殺人犯アンドリュー・クナナンの事件もFBIやCIAとともに調査にあたった。2001年法執行局を辞職し、執筆に専念。03年〈C.J.Townsend〉シリーズの第1作「報復」で作家デビュー。同作は日本をはじめ世界中でベストセラーとなった。05年シリーズ第2作「報復 ふたたび」、12年第3作「報復、それから」を発表。

ホフマン, ポール　*Hoffman, Paul*
イギリスの作家, 脚本家
1953〜
[学]ニューカレッジ
[歴]イギリスのニューカレッジで英文学を学ぶ。2000年「The Wisdom of Crocodiles」で作家デビュー。2作目の「The Golden Age of Censorship」（07年）は、イギリス映画倫理委員会での検閲委員の実体験に基づく。3作目の「神の左手」（10年）は世界的ベストセラーとなり、「悪魔の右手」（11年）、「天使の羽ばたき」（13年）と3部作を形成する。

ホーフマンスタール, フーゴー・フォン
Hofmannsthal, Hugo Von
オーストリアの詩人, 劇作家
1874.2.1〜1929.7.15
[出]ウィーン　[学]ウィーン大学（法律学・ロマンス文学）
[歴]ウィーンの富豪の息子。1884年10歳にしてギムナジウムに入学、在学中に詩や散文を発表、早熟の天才とうたわれた。90年以来カフェ・グリーンスタイドルの常客となり、詩人ゲオルゲと出会う。ゲオルゲの主宰する詩誌「芸術草紙」の協力者として抒情詩や韻文劇「チチアンの花」（92年）などを寄稿。以後、数多くの韻文劇などを書き、古典的形式美と近代的憂愁に満ちた新ロマン主義・象徴主義の代表的作家となる。1900年以降は主に古典劇に近代的解釈を加えた翻案で改作を試み、また音楽家リヒャルト・シュトラウスと親交、彼のためにオペラ台本を書いた。他の作品に韻文劇「痴人と死」（1893年）、戯曲「エレクトラ」（1903年）「各人」（11年）「塔」（25年）、エッセイ「チャンドス卿の手紙」（02年）、小説「アンドレーアス」（未完）、歌劇「ばらの騎士」（11年）「ナクソス島のアリアドネ」（12年）「影のない女」（16年）など。「ゲオルグとの往復書簡集」「リルケとの往復書簡集」もある。

ボブロフスキー, ヨハネス　*Bobrowski, Johannes*
ロシア生まれのドイツ（東ドイツ）の作家, 詩人
1917.4.9〜1965.9.2
[出]ティリジット（ロシア・ソビエツク）　[賞]47年グループ賞

(1961年)
[歴]1939年兵役につき、敗戦後、49年までソ連で収容所生活。復員後、東ベルリンで編集者を経て、54年最初の詩作品を東ドイツの文芸誌「意味と形式」に発表。61年処女詩集「サルマチア時代」、64年小説「レーウィンの水車小屋」を発表し、国際的に知られる。以後、没年まで東西ドイツの文学的架け橋の役割を果した。他の作品に「リトアニアのピアノ」(66年)など。

ホーベ, チェンジェライ　*Hove, Chenjerai*
ジンバブエの作家, 詩人
1956.2.9〜2015.7.12
[出]英領南ローデシア・ズィシャバネ(ジンバブエ)　[学]南アフリカ大学卒, ジンバブエ大学　[賞]ジンバブエ文学賞年間最優秀賞(1989年), 野間アフリカ出版賞(1989年)
[歴]イギリス植民地下の南ローデシア(現・ジンバブエ)に生まれる。大学卒業後、中学教師や出版社の文芸編集者を経て、通信社のコーディネーター兼地区担当編集長となり、1978年よりジンバブエの母国語ショナ語による詩や小説を発表。80年代から英語の詩も発表。84年ジンバブエ作家同盟議長。89年には70年代の民族解放闘争を背景に描いた初の英語での小説「Bones(骨たち)」(88年)により第10回野間アフリカ出版賞を受賞、初来日も果たす。他の作品に「影たち」(91年)など。文芸創作にとどまらず、ジンバブエ大学で教鞭を執り、政治的な発言力、行動力のある作家としてオピニオンリーダー的な役割を果たした。94年以降はジンバブエ大学を去り、フランス、アメリカ、イギリス、ドイツなどの大学を渡り歩いたが、ムガベ政権からの嫌がらせを受け、2001年フランスに単身亡命した。

ポペスク, アデラ　*Popescu, Adela*
ルーマニアの詩人
1936.2.7〜
[出]テレオルマン県ドラクシェネイ・ベウカ村　[学]ミハイ・エミネスク文学文芸批評学校卒, ブカレスト大学文学部(1959年)卒
[歴]高校時代から詩を書き始め、1953年文学コンクール受賞後、作家同盟のミハイ・エミネスク文学文芸批評学校を卒業。アル・サヒア映画スタジオ、週刊「アルビナ」編集部で働いた後、ブカレスト大学文学部へ編入。75年フランスで第1詩集「私たちの間に一時間」を2ケ国語版で出版。

ホーホヴェルダー, フリッツ　*Hochwälder, Fritz*
オーストリアの劇作家
1911.5.28〜1986.10.20
[出]ウィーン
[歴]家具職人。1938年ドイツのオーストリア併合の際にスイスへ亡命したが、両親は強制収容所で殺害された。以来、オーストリア国籍を保持したままチューリヒで劇作活動を続ける。43年初演の「聖なる実験」で注目を集める。ウィーン民衆劇の正統を受け継ぎ、発展させた。他の作品に「逃亡者」(45年)、「公然告発者」(48年)、「安宿」(56年)、「木曜日」(59年)などがある。

ホーホフート, ロルフ　*Hochhuth, Rolf*
ドイツの劇作家
1931.4.1〜
[出]ヘッセン州エシュウェーゲ　[学]ハイデルベルク大学, ミュンヘン大学
[歴]靴製造業者の子。中学校卒業資格取得後、すぐ書店員となった。やがて、出版社に就職して原稿審査係を務める。早くから、文学に関心を持っており、小説を創作していたが、1963年に初演された処女戯曲「Der Stellvertreter(神の代理人)」(62年)は厖大な資料にもとづいて、ナチスのユダヤ人大量虐殺に間接的に関与したローマ法皇の戦争責任を追求した作品で、当時一大センセーションを巻き起こし、いわゆる政治的記録演劇ブームの先鞭をつける形となった。そのほかにも過去の事件に題材をとって数々の戯曲を書いており、邦訳も多くなされている。主な作品に「兵士たち」(66年)、「ゲリラ」(70年)、「助産婦」(72年)、「女の平和」(73年)、小説「ドイツの恋」(80年)などがある。

ボーム, サラ　*Baume, Sara*
イギリスの作家
1984〜
[出]ランカシャー　[学]ダブリン大学修士課程　[賞]デイビー・バーンズ・ショート・ストーリー・アワード
[歴]アイルランド人の母とイギリス人の父の間に生まれる。幼い頃に家族でアイルランドに移住。大学では美術を専攻。ダブリン大学に進み、クリエイティブ・ライティングで修士号を取得。28歳の時に書いた短編が、ジェームズ・ジョイスゆかりのパブが主催するデイビー・バーンズ・ショート・ストーリー・アワードを受賞し、処女長編「きみがぼくを見つける」の出版に結びついた。同書は読者投票によりガーディアン・ファースト・ブック・アワードにノミネートされた。

ポメランス, バーナード　*Pomerance, Bernard*
アメリカの劇作家
1940.9.23〜2017.8.26
[出]ニューヨーク市ブルックリン　[学]シカゴ大学　[賞]トニー賞最優秀演劇作品賞(1979年)
[歴]シカゴ大学で学んだ後、1968年ロンドンに移住し、劇団を設立。19世紀のイギリスに実在した男性を描いた代表作「エレファント・マン」(77年)は世界的に評価され、79年にトニー賞最優秀演劇作品賞を受賞。ニューヨークのブロードウェイでも上演され、80年にはデービッド・リンチ監督によって映画化された。

ポメランツェフ, ウラジーミル　*Pomerántsev, Vladimir*
ソ連の作家
1907.7.22〜1971.3.26
[名]ポメランツェフ, ウラジーミル・ミハイロヴィチ
[歴]1951年長編「古本屋の娘」でデビュー。53年末「新世界」誌にエッセイ「文学における誠実さについて」を発表。この中で、戦後のソビエト文学が嘘が多く、作者の誠実さこそ文学の最高価値基準であると論じ、オヴェーチキンの農村ルポルタージュのみが戦後文学といえると極論したため、ソ連共産党から激しい非難を受け、「新世界」編集長トワルドフスキーが更迭される事件を招いた。この時期はシチェグロフのレオーノフ論、エレンブルグの「雪どけ」など社会主義リアリズムの根本理念を否定する作品が相次ぎ、「文学における誠実さについて」はソ連知識人のスターリン批判気運を最もあからさまに表現したものといえる。他の作品に中編「変化」(61年)、短編集「題材の家」(65年)などがある。

ボーモント, チャールズ　*Beaumont, Charles*
アメリカの作家, 脚本家
1929.1.2〜1967.2.21
[出]イリノイ州シカゴ　[名]ナット, チャールズ・リロイ〈Nutt, Charles Leroy〉別筆名＝グラントランド, キース　[賞]ジュール・ヴェルヌ賞(1954年), プレイボーイ誌年間最優秀ノンフィクション賞(1961年)
[歴]少年時代からものを書くことを志し18歳の時にハリウッドへ向かう。レイ・ブラッドベリとの出会いを機に本格的に作家を目指し、1951年小説「悪魔が来たりて－？」でデビュー。ロジャー・コーマンやリチャード・マシスンらと親交を結び、50年代の後半から映画やテレビの脚本家となる。テレビの「ヒッチコック劇場」「拳銃無宿」「ミステリー・ゾーン」や、劇場用映画「姦婦の生き埋葬」「赤死病の仮面」などのコーマン作品や「ラオ博士の7つの顔」などを手がけた。カーレーシング狂、ジャズ狂としても知られ、その方面のノンフィクションも書くなど多彩な活動を展開するが、若年性アルツハイマーを発症して67年38歳の若さで死去。50年代の“奇妙な味”の代表的な存在で、恐怖小説の名手として知られる。短編集「夜の旅その他の旅」などがある。

ポラーチェク, カレル　*Poláček, Karel*
チェコスロバキアの作家
1892.3.22〜1945.1.21
[出]オーストリア・ハンガリー帝国・東ボヘミア地方リフノフ(チェコ)
[歴]ユダヤ人。故郷のギムナジウムに入学するが、のちプラハのギムナジウムに転校、落第を繰り返し20歳でようやく卒業。幾つかの職に就いた後、ヨゼフ・チャペックの紹介で諷刺雑誌「ネボイサ」の編集部に就職、のち「人民新聞」の記者になる。記者生活を通して次第に社会批判的ユーモア小説を自分の本領として自覚するようになった。1943年ナチス・ドイツにより強制収容所に送られても文芸活動を続けていたが、45年1月に亡くなったといわれる。主な作品に「コチュダン氏の物語」(22年)、「広場の家」(28年)、「魔女のむすこたち」(33年)、「ぼくらはわんぱく5人組」(43年)など。

ボラーニョ, ロベルト　*Bolaño, Roberto*
チリ生まれのスペインの作家, 詩人
1953〜2003
[出]チリ・サンティアゴ　[賞]ロムロ・ガジェゴス賞(1999年), バルセロナ市賞(2004年), サランボー賞(2004年), 全米批評家協会賞(2008年度)
[歴]チリで生まれ育ち、1968年10代で家族とともにメキシコへ移住。73年左翼の活動家として故国に戻った際、アジェンデ政権を倒したクーデターに遭遇し、刑務所に数日間拘束された。74年メキシコに戻り、ビート世代やダダイスムの影響を受けた革新的な文学グループの創設に参加。76年第1詩集を発表。77年スペインに移住、皿洗いやゴミ収集作業員として生計を立てる傍ら、執筆を続け、84年作家デビュー。90年代前半に作家として作品の発表を再開し、死去するまで短編集3冊と長編10冊を上梓した。遺作となった大長編「2666」(2004年)はバルセロナ市賞などを受賞し、ボラーニョ文学の集大成として高い評価を受ける。他の邦訳作品に短編集「通話」(1997年)、長編「野生の探偵たち」(98年)など。

ホラーラン, アンドルー　*Holleran, Andrew*
南米アルバ島生まれのアメリカの作家
[出]アルバ島(オランダ領)　[学]ハーバード大学卒　[賞]ゲイ・プレス・アソシエーション・アワード
[歴]1940年代、父親の赴任先の南米アルバ島で生まれる。78年「ダンサー・フロム・ザ・ダンス」で作家デビュー。「クリストファー・ストリート」に連載した「ニューヨーク・ノートブック」でゲイ・プレス・アソシエーション・アワード受賞。79年エドマンド・ホワイトやフェリス・ピカーらで結成されたゲイ作家のワークショップ「ヴァイオレット・クィル・クラブ」の創立メンバー。作品に「Nights in Aruba(アルバの夜)」、エッセイ集「Ground Zero(爆心地)」がある。

ボラレーヴィ, アントネッラ　*Boralevi, Antonella*
イタリアの作家, 脚本家
1953.6.18〜
[出]フィレンツェ　[学]フィレンツェ大学文学部言語哲学科卒　[賞]国際小説賞ペンの都市―ヨーロッパ賞(2008年), チミティーレ賞(2011年)
[歴]小説やエッセイなどを手がけるほか、ジャーナリスト、コラムニスト、テレビ番組のコメンテーターなども務める。2008年「輝きの側」で国際小説賞ペンの都市―ヨーロッパ賞、11年「もうひとつの人生」でチミティーレ賞を受賞。

ホラン, ヴラジミール　*Holan, Vladimír*
チェコスロバキアの詩人, 翻訳家
1905.9.16〜1980.3.31
[歴]人間存在の基本的問題を題材とし、独特の隠喩、新語などを用いて難解で、独創的な詩を書き、20世紀のチェコ文学界を代表する詩人として知られる。ナチス・ドイツの占領下で発禁となり、戦後も長く沈黙を強いられた。詩集「死の勝利」(1930年)、「風漂」(32年)、「パニヒダ」(45年)、「鳥の羽で」(46年)、「ハムレットとの夜」(63年)など。

ホランダー, ジョン　*Hollander, John*
アメリカの詩人, 批評家, 英語学者
1929.10.28〜2013.8.17
[出]ニューヨーク市　[学]コロンビア大学, ハーバード大学, インディアナ大学 Ph.D.(インディアナ大学)　[賞]ボーリンゲン賞(1983年)
[歴]両親はユダヤ系移民。1959年エール大学英語学講師となり、61年助教授、64年准教授を経て、86年教授、2002年名誉教授。この間、1958年詩集「はぜる棘」で詩人デビュー。他の詩集に「映画を見に行く、そのほかの詩」(62年)、「スペクトルの放射」(78年)、「13の力」(83年)、「竪琴の湖」(88年)、「光の下絵」(2008年)など。批評には「ヴィジョンと反響」(1975年)などがある。

ホランド, イザベル　*Holland, Isabelle*
スイス生まれのアメリカの作家
1920.6.16〜2002.2.9
[歴]父の仕事のため幼少期を世界各地で過ごす。編集者として働いた後、47歳で最初の児童書を発表。以後、大人の本を含めて著書は50冊に及ぶ。死、同性愛、レイプなどを題材に周囲から孤立した若者を描いた作品の数々はしばしば論議の的になっており、作風は決して教訓的にはならずに社会的、心理学的、道徳的なメッセージをうまく盛りこむところに特長がある。主な作品に「顔のない男」(映画「顔のない天使」の原作)など。

ポーランド, マーグリート　*Poland, Marguerite*
南アフリカの作家
1950〜
[出]ヨハネスブルク　[賞]パーシー・フィッツパトリック賞(1979年・1984年)
[歴]大学ではコーサ語、ズールー語やアフリカ民話を研究。1979年から子供向けの本を書き始める。のち、大人向けの作品を発表。著書に「カマキリと月」「灰から生まれた星」などがある。

ホーリー, ノア　*Hawley, Noah*
アメリカの作家
[学]サラ・ローレンス・カレッジ(政治学)
[歴]ニューヨークの法律扶助組織・リーガル・エイドで幼児虐待や育児放棄など、法ではカバーしきれない事件を扱う仕事を経て、サンフランシスコの法律事務所でコンピューター・プログラマーとして働く。1998年「大いなる陰謀」で作家デビュー。ミュージシャンでもある。

ポリャコフ, ユーリー　*Polyakov, Yuri*
ロシアの作家
[出]ソ連ロシア共和国モスクワ　[学]モスクワ州教育大学ロシア語・文学科卒 哲学博士　[賞]最優秀外国文学賞(中国)(2004年)
[歴]モスクワの労働者階級の家庭で育つ。文学新聞取締役の傍ら、ソ連やロシア社会関連のテーマを中心とした小説や、映画の脚本を執筆。2004年小説「私は逃走を企てた」が中国で最優秀外国文学賞を受賞。05年現代ロシアの病巣を描いた「キノコの皇帝」がベストセラーとなる。

ポーリン, トム　*Paulin, Tom*
イギリスの詩人
1949.1.25〜
[出]ウェストヨークシャー州リーズ　[名]ポーリン, トーマス・ニルソン〈Paulin, Thomas Neilson〉　[学]ハル大学, オックスフォード大学
[歴]リーズで生まれ、幼い頃に北アイルランドのベルファストに移り、中学まで同地で育つ。1972年ノッティンガム大学講師となる。77年処女詩集「正義の国家」を刊行。ポール・マルドゥーンと並び、北アイルランドの第2世代を代表する詩人の一人。他の詩集に「おかしな美術館」(80年)、「自由の木」(83年)など。

ホリングハースト, アラン *Hollinghurst, Alan*
イギリスの作家, ジャーナリスト
1954〜
[学]オックスフォード大学卒 [賞]サマセット・モーム賞(1989年), E.M.フォースター賞(1991年), ジェームズ・テイト・ブラック記念賞(1994年), ブッカー賞(2004年)
[歴]34歳の時ゲイ・ライフを扱った「スイミングプール・ライブラリー」で作家デビュー、あらゆるマスコミから絶賛を浴び、異例のベストセラーになる。1989年サマセット・モーム賞を受賞し、「ロリータ」「花のノートルダム」に匹敵するエポック・メイキングな作品とまでいわれている。ロンドン大学で英文学の教鞭も執る。作品に「The Folding Star」(94年)がある。

ホール, アダム *Hall, Adam*
イギリスの作家
1920.2.17〜1995.7.21
[出]ケント州ブロムリー [名]ダドリー・スミス, トレバー 別名=トレバー, エルストン〈Trevor, Elleston〉ブラック, マンスルバージェス, トレバー ラトレイ, サイモン スコット, ウォーウィック スミス, シーザー ノース, ハワード [賞]ブック・オブ・マンス・クラブ賞(1965年度), MWA賞最優秀長編賞(1966年)
[歴]18歳の頃レーシング・ドライバーを志して学校を中退。第二次大戦中はイギリス空軍に従軍し、大戦後から小説の執筆をはじめた。多くのペンネームを持ち、冒険小説、本格推理小説などを数多く書いている。エルストン・トレバー名義の「The Flight of the Phoenix(飛べ! フェニックス)」(64年)など映画化された作品も多い。特に高い評価を受けているのはアダム・ホール名義で1965年に発表された「不死鳥を倒せ」でアメリカ探偵作家クラブ賞(MWA賞)、ブック・オブ・マンス・クラブ賞をはじめ数々の賞を受けて話題をまいた。この作品の主人公、イギリス情報部員クィーラーをシリーズ・キャラクターとした〈クィーラー〉シリーズもいくつか発表している。他の作品に「大暴風」(56年)、「暗殺! ゴルバチョフ」など。

ホール, ウィリス *Hall, Willis*
イギリスの劇作家
1929.4.6〜2005
[出]ウェストヨークシャー州リーズ
[歴]日本軍がシンガポールに侵攻していた第二次大戦中のマレーのジャングルを舞台に、兵士の一団をリアルに描いた戯曲「のっぽとちびとでか」(1958年)で名声を博す。60年には、同じリーズ出身で同い年のキース・ウォーターハウスの小説「嘘つきビリー」(59年)を共同で舞台化、評判となる。以後も、たびたびウォーターハウスとの共作で、舞台、映画、テレビのための作品を手がける。

ポール, グレアム・シャープ *Paul, Graham Sharp*
スリランカ生まれの作家
[出]コロンボ [学]ケンブリッジ大学, マッコーリー大学 M.B.A.(マッコーリー大学)
[歴]スコットランドで高校生活を送った後、ケンブリッジ大学で考古学と人類学を学び、オーストラリアのマッコーリー大学でM.B.A.(経営学修士号)を取得。卒業後、1972年イギリス海軍に入隊、少佐にまで昇進した。83年オーストラリアに移住し、オーストラリア海軍に移籍。87年除隊して銀行とメディア関係の企業に勤務した後、フリーの事業開発・企業金融コンサルタントとして国際的に活躍。2007年〈若獅子ヘルフォート戦史〉シリーズの「若き少尉の初陣」を出版。

ホール, ジェームズ *Hall, James W.*
アメリカの作家
1947〜
[出]ケンタッキー州 [学]エッカード大学卒, ジョンズ・ホプキンズ大学大学院修士課程 文学博士(ユタ州立大学)
[歴]長年フロリダ・インターナショナル・ユニバーシティで英文学と創作の教授を務める。詩人としてデビューしたのち、1987年長編小説「まぶしい陽の下で」を発表。多くの作家や批評家から賛辞を受け、映画化の話もすすめられた。89年には続編の第2作「凍った熱帯夜」を出版。以後、高い評価を受けながらミステリーの執筆を続ける。他の著書に「大座礁」「大潮流」「大密林」「豪華客船のテロリスト」など。

ボール, ジョン *Ball, John*
アメリカのミステリー作家
1911.7.8〜1988.10.15
[出]ニューヨーク州スケネクタディ [名]Ball, John Dudley (Jr.) [学]キャロルカレッジ(1934年)卒 [賞]MWA賞最優秀新人賞(1965年), CWA賞外国作品賞(1966年)
[歴]父は科学者。元・パンアメリカン航空パイロット。1942〜46年米空軍輸送部隊の搭乗員および操縦教官を務める。その後、コロンビア名作レコードの解説者、「ブルックリン・イーグル」誌の音楽担当記者、「ニューヨーク・ワールド・テレグラム」紙のコラムニスト、ワシントン州のラジオ・ステーションWOLの時事解説者、宇宙科学研究所の広報担当官、カルフォルニア出版社D.M.S.の編集長などを経て、63年以後カリフォルニア大学ミステリー・ライブラリー・プログラムの委員長兼主筆として活躍。この間に創作活動を始め、自らの経験を生かし、「最後の飛行」(70年)「航空救助隊」(66年)など多くの航空小説を執筆。また、黒人刑事が活躍する推理小説を初めて本格的に手がけ、ミステリー作家としての地位を確立した。全作品のうち約30作が計17ケ国語に翻訳され出版されている。

ホール, スティーブン *Hall, Steven*
イギリスの作家
1975〜
[出]ダービーシャー州 [賞]Borders Original Voices Award(2007年), サマセット・モーム賞(2008年)
[歴]写真家のアシスタント、私立探偵などの職を経て、ファインアートを学ぶ。短編をいくつか発表した後、2007年「ロールシャッハの鮫」で長編デビュー。同年のBorders Original Voices Award、08年のサマセット・モーム賞を受賞。アーサー・C.クラーク賞にもノミネートされ、世界30ケ国以上で刊行される。

ホール, ドナルド *Hall, Donald Andrew*
アメリカの詩人, 批評家
1928.9.20〜2018.6.23
[出]コネティカット州ニューヘブン [学]ハーバード大学, オックスフォード大学 [賞]コルデコット賞(1980年), ルース・リリー詩賞(1994年)
[歴]ハーバード大学、オックスフォード大学で学ぶ。ミシガン大学で教えながら多くの詩雑誌や詞華選を編集、定型詩・自由詩ともにこなした。2006年アメリカ議会図書館任命の桂冠詩人。詩集に「流刑と結婚」(55年)、「暗い家々」(58年)、「ワニの花嫁」(68年)、「落ち葉を蹴る」(75年)、「幸福な男」(86年)など。児童書「にぐるまひいて」(79年)はコルデコット賞を受けた。
[家]妻=ジェーン・ケニヨン(詩人)

ポール, フレデリック *Pohl, Frederik*
アメリカのSF作家, 雑誌編集者
1919〜2013.9.2
[出]ニューヨーク市 [賞]ヒューゴー賞(最優秀雑誌部門)(1966〜68年), ヒューゴー賞(短編部門)(1973年・1986年), ネビュラ賞(長編部門)(1976年・1977年), ヒューゴー賞(長編部門)(1978年), 全米図書賞(SF部門)(1980年)
[歴]ブルックリンで育つ。早くからSFマニアとなり、ファン・グループ、フューチャリアンのメンバーとして活動、あげくのはては学業を放擲してリテラリ・エージェンシーの真似ごとを始める。1939年、わずか19歳でSF雑誌の編集長となる。43〜45年は第二次大戦に応召、イタリアに赴く。大戦後はリテラリ・エージェントを再開し、ブームの波に乗ってSF出版関係の中心人物として活躍する。数多くのペンネームを用い、単独

ホ

あるいは共作でSF作品を書き続けていたが、60年代は「ギャラクシー」「イフ」などの編集を継ぐことになり、編集生活に専念。76年「Man Plus（マン・プラス）」を発表。以後、「ゲイトウェイ」(77年)、「Jem」(79年)、「仮面戦争」(80年)など発表する作品のすべてが好評をもって迎えられ“ニュー・ポール”と称された。他の作品に「宇宙商人」(53年)、「リスク」(55年)、「幻影の街」(55年)、「スターチャイルド」(65年)、「チェルノブイリ」(87年)などがある。74～76年アメリカSF作家協会の会長を務めた。91年には米作家アイザック・アシモフと人間による環境破壊を批判する「アウア・アングリー・アース」を著した。詩人としても知られた。SF作家ジュディス・メリルは3度目の夫人。その後キャロル・スタントンと結婚、いくつかのアンソロジーを共同編集したが、やはり離婚し、エリザベス・アン・ハルと5度目の結婚をした。

ホール, リン　*Hall, Lynn*

アメリカの作家

1937～

[出]イリノイ州ロンバート　[賞]エドガー・アラン・ポー賞（1980年），ボストン・グローブ・ホーンブック賞（1981年）

[歴]幼少時代を生地ですごし、学校にあがる頃アイオワ州デモイン市に移る。少女の頃より動物と読書を愛し、成人したのちも馬やドッグ・ショー用の犬を飼育したり、獣医のアシスタントやドッグ・ショーのハンドラーを経験したりする。1967年「The Shy Ones」を発表し作家として独立。作品のほとんどは若者と動物の心のふれあいを描いたジュニア小説で著作集は優良選定図書になっている。70年代後半には創作の傍ら青少年相手の電話相談員を務めた。

ホール, ロドニー　*Hall, Rodney*

イギリス生まれのオーストラリアの詩人

1935.11.18～

[出]ウォーリックシャー州ソーリハル　[学]クイーンズランド大学卒

[歴]イギリスで生まれ、第二次大戦後にオーストラリアへ渡る。クイーンズランド大学を卒業後、フリーの脚本家としてABC放送の映画評論などを担当。詩人としては、一連の短詩が全体として統一体をなす“プログレッション”という形式を発展させた他、1967～78年「オーストレイリアン」紙で詩の編集を担当して影響力を持った。詩集に「永久に無一文」(62年)、「カルマ」(68年)、小説に「コインの船」(72年)などがある。

ホルヴァート, エーデン・フォン　*Horváth, Ödön von*

オーストリアの劇作家，作家

1901.12.9～1938.6.1

[出]オーストリア・ハンガリー帝国フィウーメ（クロアチア・リエカ）　[賞]クライスト賞（1931年）

[歴]オーストリア・ハンガリー帝国の外交官の息子として生まれ、父の任地を転々とする幼年時代を送る。ミュンヘンでドイツ語を習得、同地の大学で学ぶ。1924年ベルリンへ移り、戯曲「スラーデクあるいは黒い国防軍」(29年)、「イタリア祭の夜」(30年)、「ウィーンの森の物語」(31年)、「カージミールとカロリーネ」(32年)などで劇作家として活躍。第一次大戦の混乱期に当時の現実から落ちこぼれた小市民層の姿を、巧みな会話体に構成する新しい大衆演劇を生み出したが、33年以降ナチス政府から作品の執筆、上演を禁じられた。38年ナチス・ドイツのオーストリア併合直前にパリへ亡命するが、同年路上で事故死した。戦後、60年代に入って再評価された。他に小説「永遠の俗物」(30年)、「われらの時代の子」(37年)、「神のいない青春」(38年)がある。

ホルヴァートヴァー, テレザ　*Horváthová, Tereza*

チェコの児童文学作家

1973.8.20～

[出]チェコスロバキア・プラハ（チェコ）　[賞]チェコ国際児童図書評議会金のリボン賞（2005年）

[歴]2000年イラストレーター、デザイナーである夫のユライ・ホルヴァートと子供の本のための出版社バオバブを設立、中心メンバーとしてプラハを拠点に若いクリエイターたちと共に絵本を作り続け、チェコ文化省による“チェコの美しい本”コンクールでも度々受賞。夫との共作「青いトラ」(04年)で、05年チェコ国際児童図書評議会の金のリボン賞を受賞。

[家]夫＝ユライ・ホルヴァート（イラストレーター・デザイナー）

ボルゲン, ヨハン　*Borgen, Johan*

ノルウェーの作家，劇作家

1902.4.28～1979.10.16

[出]オスロ

[歴]弁護士の子として生まれ、ハムスン、ジョイスと同傾向の作家として近代人の自我の分裂に焦点をあて、常に新しい様式を追求した作品を数多く手がける。主な作品には戯曲「我らの待つ間に」(1938年)、「解放の日に」(63年)、小説「小公子」(55年)、「私」(59年)、「自我」(59年)、「赤い霧」(67年)などがある。

ボルジェーゼ, ジュゼッペ・アントーニオ

Borgese, Giuseppe Antonio

イタリアの作家，劇作家，批評家

1882.11.12～1952.12.4

[出]シチリア島

[歴]ダヌンツィオとクローチェの影響を受ける。1910～17年ローマ大学教授、17～31年ミラノ大学教授。この間、「マンティーノ」誌編集長を務めるなど、文芸評論家として名声を博す。21年に発表した長編小説「ルベー」は各国語に翻訳されるなど現代イタリア小説の傑作として知られる。31年ファシズムと対立してアメリカに亡命、コロンビア大学、シカゴ大学教授を歴任。晩年にはイタリアに帰国し、52年からミラノ大学教授を務め、フィレンツェで死去。作品はほかに長編「生者と死者」(23年)、短編集「見知らぬ都」(25年)、戯曲「大公」(24年)、評論「ダヌンツィオ論」(09年)、「ダンテ批評について」(36年)など。

ボルジャー, ダーモット　*Bolger, Dermot*

アイルランドの作家，劇作家，詩人，出版人

1959.2.6～

[出]ダブリン

[歴]作品に小説「家路」「その女の娘」「二度目の人生」「父の音楽」、戯曲「アーサー・クリアリーへの哀歌」「高地ドイツにて」(「ダブリン4部作」の1冊)、「四月の輝き」など数多い。また詩人、出版人でもあり、「ピカドール版・現代アイルランド小説集」の編集を担当する。

ホルスト, ヨルン・リーエル　*Horst, Jørn Lier*

ノルウェーの作家

1970～

[出]ノルウェー　[賞]ゴールデン・リボルバー賞（2012年），ガラスの鍵賞（2013年），マルティン・ベック賞（2014年）

[歴]警察官として勤務しながら、2004年作家デビュー。12年に発表した警察小説〈ヴィリアム・ヴィスティング捜査官〉シリーズの第8作「猟犬」でガラスの鍵賞をはじめ、マルティン・ベック賞、ゴールデン・リボルバー賞の3冠に輝く。ノルウェーで高く評価される人気作家。

ポルタ, アントーニオ　*Porta, Antonio*

イタリアの詩人，作家

1935.11.9～1989.4.12

[歴]アンソロジー詩集「最新人」(1961年)のメンバーとなり、新前衛派の中心メンバーの一人として“63年グループ”結成に参加。主な作品に、詩集「裏返された瞼」(60年)、「関係」(66年)、「歩行、通行」(80年)、「侵入」(84年)など。また、小説「ゲーム」(67年)、「すべて裏切りだとしたら」(81年)なども手がけた。

ホールダー, ナンシー　*Holder, Nancy*

アメリカの作家

[出]カリフォルニア州　[学]カリフォルニア大学（コミュニケーショ

ン学）㊥ブラム・ストーカー賞最優秀短編賞（1992年度），ブラム・ストーカー賞最優秀短編賞（1994年度），ブラム・ストーカー賞長編賞（1995年度），ブラム・ストーカー賞最優秀短編賞（1995年度）
㊞1960年代前半の少女時代は，軍人だった父親に伴われて3年間を横須賀で過ごす。高校を辞めてドイツにバレエ留学するが，帰国してカリフォルニア大学でコミュニケーション学を学ぶ。映画関連などいくつかの仕事に就いたのち，81年若者向けロマンス小説を出版して作家としてデビュー。ロマンス小説のほか，映画界での女性の自立を描いた小説，コミックやコマーシャルやゲームの脚本などを執筆。インターネット小説のアドバイザーも務める。90年代からホラーを中心に執筆し，メラニー・テムと合作で93年に「メイキング・ラブ」，96年に「ウィッチライト」を出版。94年には処女長編「Dead in the Water」を発表。人気テレビシリーズ〈バンパイア・スレイヤー〉のノベライズも手がけ，クリストファー・ゴールデンと合作した「死霊の王」のほか単独の作品もある。

ボールチン，ナイジェル　Balchin, Nigel
イギリスの作家
1908.12.3～1970.3.17
㊗ケンブリッジ大学
㊞大学で自然科学を学び，第二次大戦中には軍隊において科学顧問を務める。自信喪失して自己への疑惑に苦悩する人々を題材とした作品が多く，主な作品には「暗黒は空から落ちる」（1942年），「自分を処刑した男」（45年），「悪党の分析」（50年），「夜明け前に朧に見える」（63年）などがある。

ホルト，アンネ　Holt, Anne
ノルウェーの作家
1958～
㊗ベルゲン大学法学部　㊥ノルウェー・ミステリー大賞
㊞ベルゲン大学法学部在学中の1984～88年，ノルウェーの国営テレビ放送局に勤務。オスロ市警に検察官として勤めた後，90年テレビの仕事に戻り，91年までニュース番組でキャスターを担当。その後は弁護士の仕事をしていたが，93年〈ハンネ・ヴィルヘルムセン〉シリーズの1作目にあたる「女神の沈黙」で作家デビュー。96年10月トールビョルン政権の法相に就任したが，97年2月健康上の理由から辞任，作家活動に戻る。他の著書に「土曜日の殺人者」「悪魔の死」「凍える街」「ホテル1222」などがある。

ホルト，キンバリー・ウィリス　Holt, Kimberly Willis
アメリカの作家
㊤フロリダ州ペンサコーラ海軍基地　㊥全米図書賞（児童文学部門）（1999年）
㊞海軍士官の父と共に，幼年期をアメリカ国内外の各地で暮らすなかで，祖父母が住むルイジアナ州フォレスト・ヒルが心のふるさととなる。1998年処女作「マイ・ルイジアナ・スカイ」を発表し，ボストン・グローブ・ホーンブック賞オナーブックほか多数受賞。また99年の「ザッカリー・ビーヴァーが町に来た日」で全米図書賞児童文学部門賞など多数受賞。他の作品に「ローズの小さな図書館」，絵本「あかちゃんにあえる日」など。

ボルドー，ヘンリー　Bordeaux, Henry
フランスの作家
1870.1.25～1963.3.29
㊤サボア
㊞理想主義作家で，初め法律を学ぶが，1894年評論「近代人の魂」で文壇にデビュー，弁護士の父の死により一旦後継者となるが，1900年小説「故郷」を発表，再び作家活動に入る。02年「生の恐怖」でアカデミー賞受賞，他に06年「ロックヴィヤール家の人々」，27年「柵」，47年「二重の告白」を発表。作家としては反自然主義の立場をとる。他に演劇評「劇場生活」（5巻，10～21年），小説「熱灰」（38年）などがある。

ボルト，ロバート　Bolt, Robert Oxton
イギリスの劇作家，脚本家
1924.8.15～1995.2.20
㊤チェシャー州セール　㊗マンチェスター大学卒　㊥ニューヨーク劇評家賞（1962年度），アカデミー賞脚本賞（第38回・39回）（1965年・1966年）
㊞マンチェスター大学で歴史を専攻。1950～58年を教師として過ごし，一時共産党に入党。その間BBCにラジオドラマを書いていた。また57年に劇作「The Flowering Cherry（花咲くチェリー）」が上演され，好評を博した。主演はラルフ・リチャードソン。以来劇作家としての道を歩み，「すべての季節の男」（60年），「女王万歳」（70年）などで人気を得る。映画「アラビアのロレンス」（62年）や「ドクトル・ジバゴ」（65年），トマス・モアの生涯を描いた「わが命つきるとも」（66年）の脚本家としても知られる。
㊊妻＝サラ・マイルズ（女優）

ボールドウィン，ジェームズ　Baldwin, James Arthur
アメリカの作家，公民権運動家
1924.8.2～1987.11.30
㊤ニューヨーク
㊞ニューヨークの黒人街ハーレムで生まれる。9人兄弟の長男で，弟妹の世話をしながら図書館に通い文学書を読破した。14歳で養父と同じバプティスト派の説教師となるが，文学を志し仕事を転々とする。1943年パリに渡り，57年まで滞在。53年自伝的処女長編「山にのぼりて告げよ」がベストセラーになり，以後「ジョバンニの部屋」（56年），「もう一つの国」（62年）などで黒人文学の第一人者となった。黒人差別への抗議ではなく，黒人問題を現代人一般の内面の問題としてとらえ共感を呼んだ。他に小説「ビール・ストリートに口あらば」（74年），「我が頭上間近に」（79年），評論集「この次は火だ」（63年），「アメリカの息子のノート」（65年），戯曲「白人へのブルース」（64年）などがある。また，公民権運動，平和運動でも活動した。

ホルトゥーゼン，ハンス・エーゴン　Holthusen, Hans Egon
ドイツの詩人，批評家
1913.4.15～1997
㊤シュレスウィヒ・ホルシュタイン州レンツブルク　㊗テュービンゲン大学，ベルリン大学，ミュンヘン大学
㊞テュービンゲン大学などで学ぶ。1923年にリルケの「オルフォイスに捧げるソネット」の研究でミュンヘン大学で学位を取得し，同大講師となる。39～45年第二次大戦に従軍，45年"自由行動バイエルン"に参加。61年以降ニューヨークに住みアメリカで講演活動をする。68～81年イリノイ州のノースウェスタン大学独文学教授。この間，戦争体験を歌った詩集「この時代に」（49年）や評論「晩年のリルケ」（49年）で，実存主義的な学者詩人として登場した。他の作品に詩集「迷路の年月」（52年）など，評論にトーマス・マンを論じた「超越なき世界」（49年），現代文明批評「住み家なき人間」（51年）のほか，「批評的理解」（61年），「個人のための弁護」（67年），「ゴットフリート・ベン論」（86年）など。

ホールドストック，ロバート　Holdstock, Robert
イギリスの作家
1948.8.2～
㊤ケント州ヒース　㊋別筆名＝フォールコン，ロバート〈Faulcon, Robert〉　㊗ノース・ウェールズ・カレッジ（応用動物学）卒，ロンドン衛生熱帯医学校（動物医療学）修士課程修了　㊥世界幻想文学大賞（1985年），イギリスSF協会賞，イギリス作家協会賞
㊞幼少の頃からのSFファンで，ファン活動にも熱心であった。SF界へは，1968年ニューワールズ誌に短編作品の発表によりデビューする。75年の処女長編「Eye Among the Blind（リードワールド）」がフェイバー＆フェイバー社に売れたのをきっかけに専業作家となった。以降は長編，短編集，イラスト・ブック，編著などで活躍する。人間の意識や感覚，進化，潜在

能力などに関わる人類学テーマのSFを数多く描いている。執筆活動の傍らイギリスSF協会(BSFA)の機関誌「フォーカス」の編集にも携わる。他の作品に「ミサゴの森」「ラヴォンディス」「ナイトハンター」(1〜6)など。

ホルトビー, ウィニフレッド *Holtby, Winifred*
イギリスの作家, ジャーナリスト
1898.6.23〜1935.9.29
[出]ヨークシャー州ラドストン [学]オックスフォード大学サマービル・カレッジ卒 [賞]ジェームズ・テイト・ブラック記念賞(1936年)
[歴]オックスフォード大学サマービル・カレッジで学ぶが、第一次大戦が始まると学業を中断してフランスで陸軍婦人補助部隊(WAAC)に従軍。大学を卒業後はジャーナリストとなり「マンチェスター・ガーディアン」「ヨークシャー・ポスト」「デイリー・ヘラルド」各紙に寄稿、1926年からは「タイム・アンド・タイド」誌の編集責任者を務めた。作家でもあり、没後の36年、代表作「サウス・ライディング」(35年)でジェームズ・テイト・ブラック記念賞を受けた。

ホ

ホールドマン, ジョー *Haldeman, Joe*
アメリカのSF作家
1943.6.9〜
[出]オクラホマ州オクラホマシティ [名]ホールドマン, ジョー・ウィリアム〈Haldeman, Joe William〉 筆名＝グレアム, ロバート〈Graham, Robert〉 [学]メリーランド大学卒 [賞]ヒューゴー賞(1976年度), ネビュラ賞(1976年度), ディトマー賞, ヒューゴー賞(短編部門), ヒューゴー賞, ネビュラ賞, ヒューゴー賞, ネビュラ賞, ジョン・W.キャンベル記念賞, ネビュラ賞(2006年), ジェイムズ・ティプトリー・ジュニア賞(2006年)
[歴]1967年メリーランド大学で物理学と天文学の学士号を取得後、さらに数学とコンピューター科学の研究を続けていたが、徴兵されてベトナム戦争に戦闘工兵として参加。68年偽装爆弾で重傷を負い、翌年名誉除隊となる。69年処女作の「Out of phase」を「ギャラクシィ」誌に発表してSF界にデビュー。以後科学知識と軍隊体験をもとに話題作を数多く発表し、処女長編「終わりなき戦い」(74年)で76年度のヒューゴー賞とネビュラ賞、ディトマー賞を、短編「三百年祭」(76年)で2度目のヒューゴー賞を、長編「ヘミングウェイごっこ」(90年)でヒューゴー賞とネビュラ賞を、長編「終わりなき平和」でヒューゴー賞とネビュラ賞とジョン・W.キャンベル記念賞を獲得するなど、今日のアメリカSF界を代表する一人として活躍。2006年「擬態—カムフラージュ」でネビュラ賞とジェイムズ・ティプトリー・ジュニア賞を受賞。他の著書に「マインドブリッジ」「さらばふるさとの惑星」などがある。

ボルトン, S.J. *Bolton, S.J.*
イギリスの作家
[出]ランカシャー [名]Bolton, Sharon J. [賞]メアリ・ヒギンズ・クラーク賞(2010年)
[歴]2008年の処女作「三つの秘文字」でMWAのメアリ・ヒギンズ・クラーク賞にノミネートされ、13ケ国で翻訳刊行されるなど好評を博す。2作目の「毒の目覚め」(09年)で同賞を受賞。また3作目の「緋の収穫祭」(10年)と合わせて3年連続ノミネートという快挙を果たす。同作はCWAの最優秀長編賞など多数の賞の候補となり、英米で高い評価を受けた。

ボルヌ, アラン *Borne, Alain*
フランスの詩人
1915〜1963
[歴]批評家クロード・ロワによって“バロック芸術の高貴さ”との指摘を受けたが、その後詩風は次第に単純化している。処女詩集「雪と二〇篇の詩」を1941年に刊行、以来精力的に作品を発表する。ほかに「夏の大地」(46年)、「いらくさ」(53年)などがある。

ホールバイン, ヴォルフガンク *Hohlbein, Wolfgang*
ドイツの作家
1953〜
[出]東ドイツ・ワイマール
[歴]オペレータや工場要員として働く傍ら、執筆活動を開始。1982年ウィーンの出版社が募集したファンタジー・SFコンクールに妻ハイケと共同執筆して応募した「メルヘンムーン」が一等賞を獲得。以後、妻ハイケとの共著、あるいは単独で次々とベストセラーを世に送り出し、ドイツ語圏で最も人気のあるファンタジー作家となる。また、後進の育成を目的に“ヴォルフガンク・ホールバイン賞”を設けて、新人作家の発掘にも努める。

ボルバーン, バーバラ *Bollwahn, Barbara*
ドイツの作家
1964〜
[出]東ドイツ・ザクセン州(ドイツ) [学]ライプツィヒ大学(スペイン語・英語)
[歴]旧東ドイツに生まれ、ライプツィヒ大学でスペイン語と英語を専攻。ベルリンの壁崩壊後、文筆活動に入り、「ターゲスツァイトゥング」紙で記事やエッセイを執筆。2006年「ベルリンの月」(未訳)でヤングアダルト作家としてデビュー。2作目の半自伝的小説「階級の敵と私—ベルリンの壁崩壊ライブ」(07年)で、ドイツ語で書かれた最も優れた青少年文学作品に対する文学賞、ブクステーフーデ雄牛賞にノミネートされ、ドイツの若い世代に現代史の知識を伝える作品として各方面から注目された。

ボルピ, ホルヘ *Volpi, Jorge*
メキシコの作家
1968.7.10〜
[出]メキシコシティ [名]Volpi Escalante, Jorge [賞]ビブリオテーカ・ブレーベ賞(1999年)
[歴]大学で法律と文学を学んだ後、1992年長編小説「暗い沈黙にもかかわらず」を発表し注目を集める。以後、「怒りの日」(94年)、「狂気の終わり」(2003年)など話題作を発表。1999年「クリングゾールをさがして」でビブリオテーカ・ブレーベ賞を受賞した。ラテンアメリカ新世代の旗手として高い評価を得ている。

ボルヒェルト, ヴォルフガング *Borchert, Wolfgang*
ドイツの作家, 詩人
1921.5.20〜1947.11.20
[出]ハンブルク
[歴]書店員を務める傍ら、俳優を志す。1941年リュネーブルクの東ハノーファー地方劇団に入団するが、召集され第二次大戦の前線へ送られる。病気のための入院、反体制的言動による入獄を繰り返す。終戦直後のハンブルクで仲間とともに喜劇を上演するが、肝臓病が進行し、47年スイスのバーゼルに転地。病床で執筆した戯曲「戸の外」がラジオ放送されて評判となり、国内ばかりでなく海外でも反響を呼ぶが、ハンブルク公演の前日に短い生涯を終えた。ほかに短編集「この火曜日に」(47年)、「たんぽぽ」(47年)、「全集」(全1冊, 49年)、遺稿集「悲しいゼラニウムその他の物語」(62年)がある。

ボルヒャルト, ルドルフ *Borchardt, Rudolf*
ドイツの作家, 詩人, 批評家, 翻訳家
1877.6.9〜1945.1.10
[出]東プロイセン
[歴]ユダヤ系。ベルリン、ボン、ゲッティンゲンで古典文献学、考古学、芸術史などを学び、ホーフマンスタール、R.A.シュレーダーと親交を結んで詩作を開始。1906年以降イタリアのトスカーナに定住。古代・中世の伝統を自作・翻訳・翻案で伝えた。作品に詩集「ヨーラムの書」(07年)、「青春詩集」(20年)、「ドゥーラント」(20年)、「雑詩集」(24年)、小説「希望なき一族」(29年)、評論「形式についての対話」(05年)、「ヴィラ」(07年)、エッセイ「ピサ—ある帝国都市の孤独」(38年)など。ほかにダンテの翻訳「新生」(22年)、「神曲」(30年)がある。

ボルヘス, ホルヘ・ルイス *Borges, Jorge Luis*
アルゼンチンの作家, 詩人, 批評家
1899.8.24～1986.6.14
[出]ブエノスアイレス [学]ジュネーブ大学, ケンブリッジ大学 [賞]フォルメントール国際出版社賞(1961年), エルサレム賞(1971年), セルバンテス賞(1979年)
[歴]幼少時よりヨーロッパに渡り、スイス・スペイン・フランス・イギリスなどで教育を受ける。1921年にアルゼンチンに戻り、前衛文学運動"ウルトライスモ"の活動に参加。のち国立図書館館長、ブエノスアイレス大学英米文学科教授を歴任。この間23年処女詩集「ブエノスアイレスの熱狂」で詩人としてデビュー。33年頃から短編小説を書き始め、「汚辱の世界史」(35年)、「伝奇集」(44年)、「不死の人」(49年)、「ブロディーの報告書」(70年)などの短編集を刊行。また「エバリスト・カリエゴ」「異端審問」「わが希望の大きさ」などの評論集、「創造者」(60年)などの詩集を相次いで発表してラテンアメリカを代表する文豪となり、数々の文学賞を受賞したが、ノーベル文学賞だけは、15年続けて候補となりながら実現しなかった。50～53年アルゼンチン作家協会会長。54年にはほぼ全盲となり口述筆記によって作品を発表。86年4月がんを患いながらも秘書だった日系女性と結婚して話題になった。6月死去。

ホルマン, フェリス *Holman, Felice*
アメリカの作家, 詩人
1919～
[出]ニューヨーク [学]シラキュース大学卒 [賞]ルイス・キャロル文庫賞
[歴]ユダヤ系。コピーライターを経て、創作の道に進む。子供と生命を愛し、数多くの詩や小説を世に送っている。作品にユダヤ人差別を取り扱った「The murderer(ぼくは人殺しじゃない)」、「地下鉄少年スレイク」「合衆国秘密都市」など。

ボルマン, メヒティルト *Borrmann, Mechtild*
ドイツの作家
1960～
[出]西ドイツ・ノルトライン・ウェストファーレン州ケルン(ドイツ) [賞]ドイツ・ミステリー大賞第1位(2012年)
[歴]セラピスト、ダンスの振付、レストラン経営など多彩な職を経て、2006年「Wenn das Herz im Kopf schlägt」で作家デビュー。11年より専業作家として活動。12年「沈黙を破る者」でドイツ・ミステリー大賞第1位に選ばれる。

ホルム, アネ *Holm, Anne*
デンマークの児童文学作家
1922.9.10～1998.12.27
[出]オックスフォール [名]LiseJørgensen, Else Anne [賞]北欧児童小説賞(ギルデンダル賞), アメリカ図書館協会賞(児童文学部門)
[歴]3歳で母親を亡くし里親に育てられる。ジャーナリスト、詩人を経て、小説を書き始める。のちに国民的児童作家となり、「アイ・アム・デビッド」(1963年)は最優秀北欧児童小説賞ギルデンダル賞を受賞したほか、アメリカ図書館協会賞児童文学部門を獲得。2003年には映画化もされた。

ホルム, ジェニファー *Holm, Jennifer L.*
アメリカの児童文学作家
1968～
[出]カリフォルニア州 [賞]ゴールデン・カイト賞フィクション部門賞(2011年)
[歴]1999年「Our Only May Amelia」で児童文学作家としてデビュー、同作は2000年のニューベリー賞オナーブックに選ばれた。「ペニー・フロム・ヘブン」(06年)、「Turtle in Paradise」(10年)も同賞オナーブックとなり、「Turtle in Paradise」は11年のゴールデン・カイト賞フィクション部門賞も受賞した。

ホルロイド, マイケル *Holroyd, Michael*
イギリスの伝記作家
1935.8.27～
[名]ホルロイド, マイケル・ド・コーシー・フレイザー〈Holroyd, Michael de Courcy Fraser〉 [勲]CBE勲章(1989年) [賞]ヘイウッド・ヒル文学賞(2001年), デービッド・コーエン英文学賞(2005年), 金のペン賞(2006年)
[歴]1964年伝記「ヒュー・キングズミル」を刊行。2作目の大作「リットン・ストレイチー」(67～68年)は2部作で、伝記文学の画期的作品とされ伝記作家としての地位を確立。「オーガスタス・ジョン」(74～75年)も大冊の伝記で、「バーナード・ショー」(89～90年)の公認伝記は全3冊に及ぶ。82年作家のマーガレット・ドラブルと結婚。
[家]妻＝マーガレット・ドラブル(作家)

ポレヴォイ, ボリス *Polevoi, Boris Nikolaevich*
ソ連の作家
1908.3.17～1981.7.12
[出]モスクワ [名]カンポフ, ボリス〈Kampov, Boris Nikolaevich〉 [学]カリーニン工業大学 [賞]スターリン賞(1948年)
[歴]20歳まで工場で働き工業技師となる一方、コムソモール(共産主義青年同盟)の機関紙や地方新聞に記事を書いていた。1928年にジャーナリストとなり、ルポルタージュ執筆の活動を始め、ゴーリキーに認められて、39年には中編小説「熱い職場」を発表した。第二次大戦中は、41～45年にかけて「プラウダ」紙の従軍特派員となって活動し、のちルポルタージュ集「ベロゴーロドからカルパチアまで」にまとめられた。戦後になって次々と創作を発表し、46年の「真実の人間の物語」で不時着飛行士マレーシェフの英雄的生き方を描いて、一躍名を高めた。50年代も作品を発表し、62年より「ユーノスチ(青春)」誌編集長として後進の育成にも努め、またソ連平和基金議長を務めた。他の作品に短編集「われら—ソ連人」(48年)、中編「帰還」(49年)、長編「黄金」(49～50年)、短編集「現代人」(52年)、ルポルタージュ「アメリカ日記」(56年)、長編「戦線の遠い背後」(58年)、同「荒れた岸辺にて」(62年)、同「ドクトル・ベーラ」(66年)など。

ポレシュ, ルネ *Pollesch, René*
ドイツの劇作家
1962～
[学]ギーセン大学(演劇学) [賞]ミュールハイム劇作家賞(2001年・2006年)
[歴]1992年フランクフルトのTAT劇場で「スプラッターブールヴァード」が上演されて以来、ドイツ語圏各地の劇場で演出活動に携わる。2001年、06年ミュールハイム劇作家賞受賞。01～07年ベルリン・フォルクスビューネ劇場に附属する小スペース、プラーターの芸術監督を務めた。この間、02年「テアターホイテ」誌の最優秀劇作家に選ばれる。06年来日し、自作「皆に伝えよ！ ソイレント・グリーンは人肉だと」を日本人俳優とともに舞台化。11年フェスティバル/トーキョーで「無防備都市—ルール地方3部作・第2部」を上演。

ボレル, ジャック *Borel, Jacques*
フランスの作家, 批評家
1925.12.17～2002.9.25
[出]パリ [学]パリ大学文学部卒 [勲]レジオン・ド・ヌール勲章オフィシエ章(1986年) [賞]ゴンクール賞(1965年)
[歴]早くから両親の下を離れ、10歳の時まで知的なカトリック信者の祖母の手によって育てられた。祖母の死後、親戚の家で家事働きをしていた母親の所に戻ったが、これらの体験が後の意識形成に深い影響を与えたという。15歳の頃から創作を始め哲学的ともいえる物語を書いていた。17歳の時にポール・クローデルに手紙を書いたことがきっかけで交流が始まる。パリ大学文学部卒業後、高校の英語教師となる。のち5回程アメリカの大学に客員教授として勤めた。1959年ヴェルレーヌ出版社の責任者となり、62年以降はプレイアード・コレクションの出版を手がけた。65年自伝的小説「熱愛」でゴンクール賞を受賞、作家として認められる。このほか、小説「回帰」(70年)「喪失」(73年)、戯曲「おばさん」(68年)、評論「プルースト」(72年)「評釈」(74年)などがあり、文芸雑誌の「メルキュー

ホ

ル・ド・フランス」誌や「N・R・F」誌の詩評やジェームズ・ジョイスの詩及び「猫と悪魔」の翻訳も手がけた。また69～75年ガリマール書店の原稿審査員を務めた。

ボロジン, セルゲイ　*Borodin, Sergei Pettovich*
ソ連の作家
1902.9.25～1974.6.22
[出]ウズベク共和国　[名]筆名＝サルギジャン, アミル〈Sargidzhan, Amir〉　[賞]ソ連国家賞（1942年）
[歴]中央アジアのソビエト諸民族の生活、風俗、フォークロアを題材にウズベク共和国で活動した作家で、中央アジアの民衆生活を描いた「最近のブラハ」（1931年）、ティムールの生涯を書いた3部作「サマルカンドの星」（53～73年）の他、タタールの大軍を迎えうち大勝するロシア軍を描いた長編「ドミトリー・ドンスコイ」（42年）でソ連国家賞受賞。

ポーロック, シャロン　*Pollock, Sharon*
カナダの劇作家, 演出家
1936～
[出]ニューブランズウィック州　[賞]カナダ総督文学賞
[歴]女優として演劇界入りするが、やがて劇作、演出も手がける。シアター・カルガリー、シアター・ニューブランズウィックの芸術監督を歴任。世の中の不正を鋭く糾弾する作風でカナダ演劇界随一の社会派と目され、「血のつながり」「ドック」の2作でカナダ総督文学賞を受賞。

ホロビッツ, アンソニー　*Horowitz, Anthony*
イギリスの作家, 脚本家
1955～
[学]ヨーク大学卒
[歴]子供時代に「タンタン」やロアルド・ダールの本を愛読。22歳で作家デビュー。「名探偵ポワロ」などテレビドラマの脚本も多数手がけ、著書「ストームブレイカー―女王陛下の少年スパイ！ アレックス」映画化の際には、自ら脚本を担当。著書に〈アレックス・ライダー〉シリーズ、〈Power of Five〉シリーズ、「シャーロック・ホームズ 絹の家」などがある。

ボロフスキ, タデウシ　*Borowski, Tadeusz*
ウクライナ生まれのポーランドの詩人, 作家
1922.11.12～1951.7.3
[出]ウクライナ
[歴]ナチスの占領下であったワルシャワで学び、第二次大戦中の1934～45年にはアウシュヴィッツ、ダハウで収容所生活を送る。読者に深い感動を与えた「マリアとの別れ」「ガス室へどうぞ」などの一連の短編は、同収容所での体験をもとに書かれた。また、42年には処女詩集「地上のどこかで」を出版。戦後はコミュニストとして活動した。

ホワイティング, ジョン　*Whiting, John Robert*
イギリスの劇作家, 俳優
1917.11.15～1963.6.16
[出]ウィルトシャー州ソールズベリー　[学]ロイヤル・アカデミー・オブ・ドラマティック・アート（RADA）
[歴]父は陸軍軍人。ロイヤル・アカデミー・オブ・ドラマティック・アートに学び、当初は俳優として活動。1951年ナポレオンの侵攻を心待ちにする変わり者のイギリス人らを描いた喜劇「歌に1ペニーを」を発表。「聖者の日」（51年）、「進軍歌」（54年）を経て、61年ハクスリーの小説に基づく「悪霊たち」がロイヤル・シェイクスピア・カンパニー（RSC）により上演され初めて成功を収めたが、がんにより45歳で早世した。

ホワイト, エセル・リナ　*White, Ethel Lina*
イギリスのミステリー作家
1876～1944
[歴]1930年代から40年代にかけて十数冊の長編ミステリーを発表した。アルフレッド・ヒッチコック監督の「バルカン超特急」など、映画化された作品も多い。他の作品に「らせん階段」など。

ホワイト, エドマンド　*White, Edmund*
アメリカの作家
1940～
[出]オハイオ州シンシナティ　[学]ミシガン大学（中国語）卒　[賞]全米図書協会賞, 全米批評家協会賞
[歴]ニューヨークに出て出版社に勤務したのち、1973年長編「Forgetting Elena」で作家デビュー。ナボコフが“現代米文学の中で最も素晴らしい作品”と激賞した。その後、ノンフィクション「The Joy of Gay Sex」（79年）と、「States of Desire—Travels in Gay America」（80年）の発表によって、アメリカに於けるホモ・セクシュアルの人権を訴えた。82年発表の自伝的4部作の第1部「A Boy's Own Story（ある少年の物語）」は、たんなるゲイ小説という範疇を越え、青春小説として広い読者層に受け入れられた。83年パリに移住し、「ヴォーグ」誌の編集者を務める。88年第2部「美しい部屋は空っぽ」を発表。

ホワイト, エルウィン・ブルックス　*White, Elwyn Brooks*
アメリカのエッセイスト, 児童文学作家
1899.7.11～1985.10.1
[出]ニューヨーク州マウントバーノン　[学]コーネル大学（1921年）卒　[賞]ピュリッツァー賞（特別賞）（1978年）, アメリカ図書館協会ローラ・インガルス・ワイルダー賞（1970年）
[歴]25年にわたり雑誌「ニューヨーカー」のスタッフライターとして活躍。ほか多数の雑誌にエッセイを執筆した。1978年一連の著作活動に対しピュリッツァー賞特別賞が授与された。著書に「セックスは必要か」（ジェームズ・サーバーとの共著, 29年）、児童文学作品に「シャーロットのおくりもの」（52年）などがある。45年の作品「スチュアートの大ぼうけん」は2000年「スチュアート・リトル」として映画化される。

ホワイト, ジム　*White, Jim*
イギリスの作家, コラムニスト, 司会者
[出]グレーター・マンチェスター州マンチェスター　[学]ブリストル大学卒　[賞]ソニー・ゴールド賞
[歴]ブリストル大学で英語学の学位を取得後、ジャーナリズムの世界に入る。「インディペンデント」「ガーディアン」を経て、「デイリー・テレグラフ」でスポーツライター、コラムニストとして活躍する傍ら、BBCテレビ、同ラジオ、STV、スカイスポーツなどで司会者も務める。BBCラジオ5で放送された「ウェンブリー・スタジアムの終焉」ではソニー・ゴールド賞を受賞。

ホワイト, T.H.　*White, T.H.*
英領インド生まれのイギリスの作家
1906.5.29～1964.1.17
[出]英領インド・ボンベイ（インド・ムンバイ）　[名]ホワイト, テレンス・ハンバリー〈White, Terence Hanbury〉　[学]ケンブリッジ大学クイーンズ・カレッジ卒
[歴]インドの州自治区警視の息子で、両親の不和のために不幸な少年時代を送る。ケンブリッジ大学で学び、1930～36年私立名門男子校ストウ校で教鞭を執る。36年処女作「イギリスに骨をうずめる」を執筆。早くから中世騎士物語を研究し、38年アーサー王伝説を新しく小説化した「石にさした剣」を発表、同作はディズニーのアニメ映画「王様の剣」（63年）の原作となった。また、続編と併せ、58年「永遠の王」として1冊にまとめられ、一部は脚色されてブロードウェイのミュージカル「キャメロット」（60年）となった。他に児童文学「メイシャム夫人のあずまや」（47年）、「オオタカ」（51年）などがある。

ホワイト, テリー　*White, Teri*
アメリカのミステリー作家
1946.10.30～
[出]カンザス州トピーカ　[賞]MWA賞最優秀ペーパーバック賞（1983年）
[歴]カンザス州トピーカで生まれ育ち、数年をカリフォルニアで過ごしたのち、オハイオへ移った。いくつかのカレッジに通ったが、いずれも中退。ソーダ水の売り子、ウェイトレス、

ファイル整理係などの仕事を転々とする。1982年ミステリーの第1作「真夜中の相棒」を発表して作家デビュー、同作はアメリカ探偵作家クラブ賞（MWA賞）最優秀ペーパーバック賞を受け、94年には「天使が隣で眠る夜」として映画化された。他の著書に「刑事コワルスキーの夏」「リトル・サイゴンの弾痕」「殺し屋マックスと向う見ず野郎」「悪い奴は友を選ぶ」「木曜日の子供」などがある。

ホワイト, パトリック *White, Patrick*
イギリス生まれのオーストラリアの作家, 劇作家
1912.5.28～1990.9.30
[出]ロンドン　[名]White, Patrick Victor Martindale　[学]ケンブリッジ大学キングスカレッジ近代語学科（1935年）卒　[賞]ノーベル文学賞（1973年）, W.H.スミス文学賞（1959年）
[歴]両親の旅行先ロンドンで生まれる。実家はニュー・サウス・ウェールズ州マスウェルブルックの裕福な牧場で、シドニーで幼年時代を過ごす。13歳でイギリスのパブリックスクールに入り、ケンブリッジ大学卒業後も欧米で生活する。1935年詩集「農夫」で文学者としてデビュー。続いて39年小説「幸福の谷」を発表。第二次大戦中はイギリス空軍情報部将校として従軍、除隊後の48年に20年ぶりに帰国して以後母国に定住する。滞英中に書かれた初期の作品はジョイスやスタインなどの影響を受けていたが、帰国後は独特の文体と独自の文学を完成させ、奥地を探険するドイツ人とシドニー女性との微妙な心理的交流を描いた「Voss（ヴォス）」（57年）を発表するに及んで世界的な名声を獲得した。73年ノーベル文学賞を受賞したが、オーストラリアニズムの稀薄さに対する反発ととまどいが国内には見られた。他の主な作品に「人間の樹」（55年）、「戦車を駆る人々」（61年）、「完璧な曼陀羅」（66年）、「生体解剖者」（70年）、「台風の目」（73年）、戯曲「大きな玩具」（77年）、自伝「ひび割れた鏡」（81年）、「パトリック・ホワイト演説集」（89年）などがある。また、84年にはオーストラリア政府のウラン開発政策に反対し、核軍縮党を結成した。

ホワイト, マイケル *White, Michael*
イギリスの作家, 科学ジャーナリスト
1959～
[学]ロンドン大学卒
[歴]雑誌「GQ」イギリス版の科学担当編集者、「サンデー・エクスプレス」紙のコラムニスト、BBC科学番組のコンサルタントとして活躍する一方、プロのミュージシャンとしても活動。イギリスのバンド、トンプソン・ツインズのメンバーだったこともある。ニュートン、レオナルド・ダ・ヴィンチなどの偉人の伝記やノンフィクションを数多く手がけ、2006年サスペンス小説「五つの星が列なる時」を発表し、作家デビュー。他の著書に「ガリレオ・ガリレイ」、共著に「スティーヴン・ホーキング—天才科学者の光と影」「22世紀から回顧する21世紀全史」などがある。

ホワイトハウス, デービッド *Whitehouse, David*
イギリスの作家, 脚本家, ジャーナリスト
[賞]ベティ・トラスク賞, ジャーウッド・フィクション・アンカバード賞
[歴]2011年の処女作「Bed」でベティ・トラスク賞を受賞し、18ケ国で出版される。短編映画の脚本も手がけ、「Bed」も映像化される。2作目の長編小説「図書館は逃走中」（15年）は、ジャーウッド・フィクション・アンカバード賞を受賞、「ニューヨーク・タイムズ」紙で"要注目の作家"と称された。他の著書に「The Long Forgotten」（18年）がある。

ホワイトヘッド, コルソン *Whitehead, Colson*
アメリカの作家
1969～
[出]ニューヨーク市　[学]ハーバード大学卒　[賞]ピュリッツァー賞（2017年）, 全米図書賞
[歴]ハーバード大学卒業後、「ヴィレッジ・ヴォイス」紙で働く。1999年第1長編「The Intuitionist」を発表。2016年の第6長編「地下鉄道」はピュリッツァー賞、全米図書賞など七つの文学賞を受賞し、「ニューヨーク・タイムズ」「ワシントン・ポスト」などの多数の有力紙の年間ベスト・ブックに選出された。

ボワロー, ピエール
→ボワロー・ナルスジャックを見よ

ポワロー・デルペッシュ, ベルトラン
Poirot-Delpech, Bertrand
フランスの批評家, 作家, ジャーナリスト
1929.2.10～2006.11.14
[出]パリ　[学]パリ大学（哲学）　[勲]レジオン・ド・ヌール勲章オフィシエ章（1958年）　[賞]アンテラリエ賞（1958年）, アカデミー・フランセーズ小説大賞（1970年）
[歴]1951年よりジャーナリストとなり、59年より「ル・モンド」紙の劇評を担当、72年にはピエール・アンリ・シモンの後釜として、同紙の文芸時評担当となった。また、58年に「Le Grand dadais（まぬけ）」や、63年「l'Envers de l'eau（水面の鏡）」などの小説を発表。他にブルジョワ知識人を諷刺する小説「大物たち」（70年）や、「La Légende du siècle（世紀の伝説）」（81年）などを執筆。文芸批評の主著に「時評集、1972-82」（83年）などがある。

ボワロー・ナルスジャック *Boileau-Narcejac*
フランスの推理作家
[名]単独筆名＝ボワロー, ピエール〈Boileau, Pierre〉ナルスジャック, トーマ〈Narcejac, Thomas〉
[歴]ボワロー・ナルスジャックは、ピエール・ボワロー（1906～89年）とトーマ・ナルスジャック（08～98年）の共同筆名。コンビで活動する前はそれぞれ単独で執筆活動を行い、ボワローの「三つの消失」やナルスジャックの「死者は旅行中」などのような本格ミステリーで権威ある賞を受賞。ナルスジャックは推理小説の評論でも活躍していた。52年発表の初めての共作「悪魔のような女」が評判を得て一躍有名になり、以来2人で発表を続け、フランス最大のサスペンス作家と評された。代表作に「牝狼」（55年）、「女魔術師」（57年）、「アルセーヌ・ルパン 2つめの顔」（86年）、「ミスターハイド」（87年）などがある。

ボーン, サム *Bourne, Sam*
イギリスの作家, ジャーナリスト
1967～
[名]フリードランド, ジョナサン〈Freedland, Jonathan〉　[学]オックスフォード大学卒　[賞]サマセット・モーム賞（ノンフィクション部門）（1999年）
[歴]オックスフォード大学卒業後、記者となる。ジョナサン・フリードランドの名前でジャーナリスト、キャスターとして活躍し、「ガーディアン」紙などにコラムを寄稿するほか、BBCテレビに出演。著書に1999年のサマセット・モーム賞ノンフィクション部門を獲得した「Bring Home the Revolution」（98年）など。一方、サム・ボーン名義で「アトラスの使徒」（2006年）を執筆。世界30ケ国で出版されたほか、イギリスで60万部を超える大ベストセラーとなった。同作品は厳格なユダヤ正教徒の家庭に育ち、「ガーディアン」のワシントン特派員として4年間アメリカで過ごしたことなどを背景に生まれた。

ホン・ソクチュン　洪 錫中　*Hong Sok-jung*
北朝鮮の作家
1941～
[出]朝鮮・京城（韓国ソウル）　[賞]萬海文学賞
[歴]植民地時代の文豪ホン・ミョンヒ（洪命熹）の孫。1948年ソウルから平壌に渡る。70年のデビュー作「赤い花」以来、朝鮮作家同盟中央委員会作家として、長編小説「北東の風」など十数編の作品を発表。2002年に発表した「ファン・ジニ（黄真伊）」は韓国でも出版され、分断以降、北朝鮮の作家として初めて韓国の文学賞、第19回萬海文学賞を受賞。
[家]祖父＝洪 命熹（作家）

ホ

ホン・ソンウォン　洪 盛原　*Hong Sung-won*
韓国(朝鮮)の作家
1937.12.26～2008.5.1
[出]朝鮮・京畿道水原(韓国)　[学]高麗大学英文学科(1958年)中退　[賞]韓国現代文学賞(1985年)，怡山文学賞(1992年)，反共文学賞
[歴]1960年代に文壇に登場し、韓国で多くの有名文学賞を受賞した。代表作に「武士と楽士」「週末旅行」「南と北」などがある。

ポンジュ, フランシス　*Ponge, Francis*
フランスの詩人，評論家
1899.3.27～1988.8.6
[出]モンペリエ　[名]Ponge, Francis Jean Gaston Alfred　[学]ソルボンヌ大学卒　[賞]ノイシュタット国際文学賞(1974年)，アカデミー・フランセーズ詩人大賞(1984年)
[歴]22歳の時から詩作を始めた。第二次大戦前に共産党に入り、レジスタンス運動にも参加。雨戸やせっけん、ボイラーなど、ありふれた物を題材とした散文詩は、サルトルらが高く評価、“ヌーヴォーロマン”の作家に影響を与えた。画家のブラックやジャコメッティらとも親交、国内より国外での評価が高く、20世紀最大の詩人の一人といわれた。詩集に「12の小品」「物の味方」「松林手帳」、評論に「プロエーム」「あるマレルブ論のために」、「大選集」(3巻)などがある。

ホンジンガー, H.ポール　*Honsinger, H.Paul*
アメリカの作家
1960～
[出]ルイジアナ州レイクチャールズ　[学]ミシガン大学卒
[歴]中西部の複数の法律事務所に勤めた後、自身の法律事務所を設立。作家の妻キャスリーンに勧められて「栄光の旗のもとに―ユニオン宇宙軍戦記」を執筆、2012年自費出版するとアマゾン出版部に認められ、14年改稿して刊行し高い評価を集め、一躍人気作家の仲間入りを果した。

ボンゼルス, ヴァルデマル　*Bonsels, Waldemar*
ドイツの詩人，作家
1881.2.21～1952.7.31
[出]アーレンブルク
[歴]医者の息子として生まれ、少年時代からインド、エジプト、南アメリカに至る各地を歩き、1919年からミュンヘン南方に定住。詩人としては新ロマン派に属し、汎神論的な傾向の自然描写をなす。特に動物や植物を擬人化した物語「蜜蜂マーヤの冒険」(12年)は28ケ国語に翻訳、児童文学作品として世界的名声を博す。精密な自然観察と繊細な詩人的感性で17年には優れた紀行文「インド紀行」を著す。他に「天国の人々」(15年)などがある。

ボンゾン, ポール・ジャック　*Bonzon, Paul-Jacques*
フランスの児童文学作家
1908.8.31～1978.9.24
[出]サント・マリ・デュ・モン　[学]サン・ロー師範学校卒　[賞]ジュネス賞新人賞(1953年)
[歴]英仏海峡に臨むサント・マリ・デュ・モン出身。師範学校を卒業して教師や校長を務め、1961年まで教壇に立った。第二次大戦中はレジスタンスに参加。53年「クリスマスの木」でジュネス賞新人賞を受賞。スペインを舞台にした「シミトラの孤児」(55年)、「マヨルカ島のバレリーナ」(56年)、「セビーリャの扇」(58年)や、北欧のバイキングや中世の少年たちの生活を描いた歴史物「銀の腕輪をしたバイキング少年」(57年)、「名のない姫君」(58年)が初期の作品。後期は少年推理冒険シリーズ「六人組探偵団」(61年)、「団地一家探偵団」(66年)などがあり、15ケ国語以上に翻訳された。

ボンダレフ, ユーリー　*Bondarev, Yurii Vasilievich*
ソ連の作家
1924.3.15～
[出]オルスク　[学]ゴーリキー文学大学(モスクワ)(1951年)卒　[賞]社会主義労働英雄(1984年)
[歴]1944年共産党に入党。この間第二次大戦41～45年に砲兵将校として参戦。戦後ゴーリキー文学大学に学び、49年より執筆活動をはじめる。75～80年にソ連最高会議の代議員を務めた。大戦中の悲劇的エピソードに基づく出世作「援護なき大隊」(57年)、中編「最後の一斉射撃」(59年)、長編「熱い雪」(69年)で“雪どけ”派の代表的作家となる。長編「静寂」(62年)、「二人」(64年)、「親類たち」(69年)でスターリン時代を生きる人間の姿を描いた。長編「岸辺」(75年)、「選択」(80年)、「ゲーム」(85年)でソ連社会のモラルを鋭く追求している。ほかに連作掌編「束の間」(87年)がある。

ボンタン, アーナ　*Bontemps, Arna*
アメリカの作家
1902.10.13～1973.6.4
[出]ルイジアナ州　[名]Bontemps, Arna Wendell　[学]シカゴ大学
[歴]1931年“ニグロ・ルネッサンス”を代表する作品「神は日曜日を送る」で文壇に登場、戯曲化される。その後、1800年に起こった黒人奴隷の反乱を扱った「黒い雪」(36年)、ハイチでの奴隷の反乱を描いた「夕暮れのドラム」(39年)を発表。他に「黒人の話」(48年)などのエッセイや、「サム・パッチ」(51年)などの児童読み物が多数ある。

ホンチャール, オレシ　*Honchar, Oles*
ソ連の作家
1918.4.3～1995.7.14
[賞]スターリン賞(1948年・1949年)，シェフチェンコ国家賞(1962年)，レーニン賞(1964年)
[歴]農民の家に生まれ、1938年短編「みざくらが咲く」などで注目される。41年志願して第二次大戦に従軍。長編の3部作「旗手たち」(46～48年)はソ連の戦争文学の傑作の一つとされ、スターリン賞を受賞。「トロンカ」(63年)ではレーニン賞を受賞した。他の作品に「人間と武器」(60年)、「お前の夜明け」(80年)など。

ポンティッジャ, ジュゼッペ　*Pontiggia, Giuseppe*
イタリアの作家
1934～2003.6
[出]ロンバルディア州コモ　[賞]ストレーガ賞(1989年)
[歴]1959年「La morte in banca」でデビュー。89年「La grande sera」はストレーガ賞を始め数々の文学賞を受賞。以後現代イタリアを代表する作家の一人に数えられた。

ボンデュラント, マット　*Bondurant, Matt*
アメリカの作家
1971～
[出]バージニア州アレクサンドリア　[学]ジェームズ・マディソン大学 Ph.D.(フロリダ州立大学)　[賞]ニューヨーク・タイムズ・ブックレビュー・エディターズ・チョイス賞
[歴]2005年の作家デビュー作「The Third Translation」が国内外で高く評価される。禁酒法時代のバージニアを舞台に密造酒ビジネスで成功した3兄弟の三男ジャックの実孫であることから、祖父ら3兄弟の復讐劇を描いた第2作「欲望のバージニア」(08年)を発表。同書は「ニューヨーク・タイムズ」ブックレビューのエディターズ・チョイス賞を受賞し、12年に映画化もされた。

ボンテンペッリ, マッシモ　*Bontempelli, Massimo*
イタリアの詩人，作家，政治家
1878.5.12～1960.7.21
[出]コモ　[賞]ストレーガ賞(1953年)
[歴]ジャーナリストとして活動を始め、のち作家生活に入る。未来派運動に参加し、第一次大戦後は純粋詩を創作。1926年文芸雑誌「ノヴェチェント(20世紀)」を創刊し、新しい文学運動・ノヴェチェンティズモ(20世紀主義)を先導。都会的で、空想とナンセンスとユーモアが交錯するなかに皮肉な人生哲学がうかがえる作風で、長編小説「最後のエーヴァ」(23年)、「二人の母を持つ子」(30年)、「アドリアとその息子たちの生と

死」(30年)、短編集「七賢人」(12年)、「わが夢の女」(25年)、戯曲「われらの女神」(25年)などの作品がある。第二次大戦後は共産主義に転向、上院議員となった。

ボンド, エドワード *Bond, Edward*

イギリスの劇作家, 演出家

1934.7.18～

[出]ロンドン　[賞]ジョージ・ディバイン賞(1968年), ジョン・ホワイティング賞(1968年), オビー賞(1976年)

[歴]14歳で学校を離れ、工場などに勤めながら戯曲を書く。1962年第1作「法王の結婚」は舞台装置をまったく排して大論争をまき起こした。65年の「救われて」で注目されたが、赤ん坊が投石で殺される場面が物議をかもし、上演中止となった。しかし、これが一つの契機となってイギリスの検閲制度が廃止され、ピンターらと並んで60年代のイギリス演劇を代表する劇作家の一人となる。その後の作品には、松尾芭蕉を主人公とする「奥の細道」(68年)やシェイクスピアを扱った「リア」(72年)、「ビンゴ」(73年)、「女性」(79年)、「世界」(80年)、「夏と寓話」(82年)、「戦争の劇」3部作(85年)、「オリーの牢獄」(93年)などがあり、人間の暴力性や社会構造の悪を鋭く摘発し、グロテスクなユーモアをたたえた表現と精緻な構想により、現代文明のゆがみを描き続けている。

ボンド, ブラッドレー *Bond, Bradley*

アメリカの作家

1968～

[歴]1990年代にインターネットを介してフィリップ・N.モーゼズと知り合い、小説「ニンジャスレイヤー」の共作を開始。日本文化を誤解したような独特の世界観と言葉遣いがインターネット上で人気を集め、2015年には日本でアニメ化もされた。言語学、歴史、伝統文化への造詣が深い。

ボンド, マイケル *Bond, Michael*

イギリスの児童文学作家

1926.1.13～2017.6.27

[出]バークシャー州ニューベリー　[名]Bond, Thomas Michael

[歴]中学校卒業後、法律事務所、BBC勤務を経て、第二次大戦中の1942年軍隊に入り、英連邦諸国や中東に出征。エジプトで勤務中に作ったユーモア短編などを2、3の雑誌に発表。のちロンドンに移住し、47年からはBBCのモニターサービスやテレビカメラマンの仕事をしていたが、楽しみで書いていたラジオドラマの脚本が採用され、世界8ケ国で放送された。その後、作家生活に入る。58年ペルーからロンドンにやってきた孤児のクマを主人公にした〈くまのパディントン〉シリーズを刊行。同シリーズは40ケ国語以上に翻訳され、世界で3500万部以上を販売、アニメや映画にもなった。同シリーズ以外にも200以上の絵本を執筆し、〈ねずみのサーズデー〉〈パセリのよい行い〉〈オルガ・デ・ポルカ物語〉など動物ファンタジーシリーズを多数発表。他に大人向けのミステリー小説〈パンプルムース氏〉シリーズも発表した。

ボンド, ラスキン *Bond, Ruskin*

インドの英語作家

1934.5.19～

[出]英領インド・ヒマチャール・プラデシュ州(インド)　[学]ビショップ・コトン校卒　[賞]ジョン・ルウェリン・リース賞(1957年), インド文学アカデミー賞(1992年), インド国民栄誉賞(1999年)

[歴]イギリス人の両親と早くに別れ、16歳で渡英したが、4年で帰国。以後、主としてヒマラヤの山麓地方に住み、22歳で作家生活に入る。ヒマラヤの自然と人々をテーマとした作品を執筆。1957年処女作「屋上の僕の部屋」(56年)でジョン・ルウェリン・リース賞を受け、注目される。他の作品に「祖父の私有動物園」(67年)、「パンサーの月」(69年)、「愛は悲しい歌」(75年)、短編小説集「隣人の妻」(67年)、「私の初恋」(68年)、「最後の虎」(70年)、「コペンハーゲンから来た娘」(77年)、詩集「狐の独り踊り」(75年)などがある。インド児童文学を代表的する作家の一人で、99年児童文学への貢献により国民栄誉賞を受賞した。

ボンド, ラリー *Bond, Larry*

アメリカのスリラー作家

1951～

[賞]H.G.ウェルズ賞(1981年)

[歴]ミネソタ州のカレッジで経営学を専攻後、1975年海軍に入隊。エレクトロニクス作戦将校、対潜水艦作戦将校などを歴任し、80年から海軍アナリスト・センターで分析官、空軍戦シミュレーション・プログラム責任者を兼任。トム・クランシーの第2作「レッド・ストーム作戦発動」で軍事アドバイザー兼共著者となったことから、「侵攻作戦レッド・フェニックス」を著し、ベストセラーとなる。他の著書に「核弾頭ヴォーテックス」「ヨーロッパ最終戦争1998」「テロリストの半月刀」「怒りの日」「レッド・ドラゴン侵攻!」など。また、79年からウォー・ゲーム制作を始め、81年最優秀ゲームに与えられるH.G.ウェルズ賞を受賞。

ボンドゥー, アンヌ・ロール *Bondoux, Anne-Laure*

フランスの作家

1971.4.23～

[出]パリ郊外　[賞]ソルシエール賞

[歴]10歳から小説を書き始める。現代文学を学んだのち、出版社に勤務しながら若い読者に向けた作品を発表し続け、人気作家となる。ソルシエール賞ほか、数々の児童文学賞を受賞している。

ポントピダン, ヘンリク *Pontoppidan, Henrik*

デンマークの作家

1857.7.24～1943.8.21

[出]ユトラント・フレデリシア　[賞]ノーベル文学賞(1917年)

[歴]牧師の子に生まれたが、それを嫌って土木工学を修め、さらに転じて国民高等学校の教師となる。のち文学の道に進み、徹底的自然主義作家として立ち、一作ごとに社会の虚偽や偽善を暴き、底に民衆への熱い愛情が潜められていたため、国民の深い敬愛を受けた。代表作に「約束の地」(3巻, 1891～95年)、「幸福なペーア」(8巻, 98年～1904年)、「死者の国」(5巻, 12～16年)、「人間の天国」(27年)などがある。17年ギェレルプとともにノーベル文学賞を受賞。

ボンヌフォワ, イヴ *Bonnefoy, Yves*

フランスの詩人, 評論家

1923.6.24～2016.7.1

[出]トゥール　[名]Bonnefoy, Yves Jean　[学]パリ大学　[賞]ヌーヴェルヴァーグ賞, ゴンクール賞(1987年), バルザン賞(1995年), 正岡子規国際俳句賞大賞(2000年), フランツ・カフカ賞(2007年), マリオ・ルーツィ賞(2010年), ヴィアレッジョ賞(2011年), グリフィン詩賞(2011年)

[歴]哲学や歴史を学んだ後、シュルレアリスム(超現実主義)の影響下で本格的に詩作を始める。1953年詩集「ドゥーヴの動と不動について」を出版して注目を浴び、批評家モーリス・サイエにより激賞される。詩論集やシェイクスピアの翻訳、さらに中世壁画の研究書やイタリア・ルネッサンスの美術についての美術論なども手がけ、多才な詩人として知られた。58年発表の詩集「昨日は荒涼として支配して」はヌーヴェルヴァーグ賞を受賞。フランスを代表する詩人の一人とされ、ノーベル文学賞の候補者としてたびたび名前が挙がった。81～93年国立高等教育機関コレージュ・ド・フランス教授を務めた。他の著書に、詩集「文字に書かれた石」(59年)、「閾の罠のなかで」(75年)、詩論集「ありうべからざるもの」(59年)、「マントヴァで見た夢」(67年)、「赤い雲」(77年)、評伝「ランボー」(61年)、美術評論「ゴシック期フランスの壁画」(54年)、「バロックの幻惑 ローマ1630年」(70年)などがある。俳句に関する著作も多く、2000年愛媛県などが主催する第1回正岡子規国際俳句賞大賞を受賞した。

ホーンビー, ニック　Hornby, Nick
イギリスの作家
1957～
㋴ロンドン　㋱E.M.フォースター賞（1999年）, イギリス・スポーツ文学賞貢献賞（2012年）
㋲教員・会社員生活を送った後、1992年大ファンであるサッカー・プレミアリーグのアーセナルへの偏愛を描いた自叙伝的作品「ぼくのプレミア・ライフ」で作家デビュー。95年「ハイ・フィデリティ」が大ヒットし、全世界の注目を集める。ジョン・キューザックが原作に入れこみ映画化権を取得のため動き、製作、脚本、選曲に大きく関わり主演した。98年発表の「アバウト・ア・ボーイ」も含めた3作全てが映画化され、映画「17歳の肖像」の脚本も手がけた。他の著書に「いい人になる方法」「ソングブック」「ガツン！」「ア・ロング・ウェイ・ダウン」などがある。

【マ】

マ・クァンス　馬 光洙　Ma Kwang-soo
韓国の詩人, 作家
1951.4.4～2017.9.5
㋴ソウル　㋵延世大学国語国文学科卒、延世大学大学院博士課程修了 文学博士
㋲弘益大学国語国文学科助教授を経て、1984年延世大学国語国文学科教授。77年6編の詩を「現代文学」誌に発表して詩壇にデビュー。89年長編小説「倦怠」を「文学思想」誌に連載し、作家として活動を始める。92年8月小説「楽しいサラ」を出版し、6万部売れたが、10月ソウル地検によりわいせつ文書の制作・頒布容疑で逮捕された。大学教授がわいせつ文書で逮捕されたのは韓国史上初めてで、渦中の人となる。12月に起訴され、刑法244条違反の「淫乱文書製造」の罪で懲役8ヶ月、執行猶予2年の判決を受け、本は発禁となった。95年有罪判決が確定し、大学教授を免職。同年子弟などの支援者により「馬光洙は正しい」が出版される。98年金大中政権によって赦免復権した。他の著書に、評論集「尹東柱研究」「象徴詩学」「馬光洙文学論集」、詩集「貴骨」、エッセイ集「私はみだらな女が好き」「開けゴマ」、小説「狂馬日記」「薔薇旅館」など。2016年大学を定年退職後、うつ病の症状を示し、治療を続けたが、翌17年自宅で首を吊って亡くなっているのが発見された。

馬 建　ま・けん　Ma Jian
中国の作家
1953～
㋴青島　㋱トーマス・クック文学賞（2002年）
㋲北京における非合法芸術活動により要注意人物として当局の厳しい監視下に置かれ、辞職と同時に1984年から3年間、中国国内を流浪。この経験を描いた小説「レッドダスト」がイギリスで発売されると同時に記録的なヒットとなり、ヨーロッパ各国で翻訳出版される。2002年トーマス・クック文学賞を受賞。画家、写真家としても活動。

マアウン・ティン　Maung Htin
ミャンマーの作家
1909～
㋴イラワジデルタ　㋓ウー・ティンパッ　㋵ヤンゴン大学文科（1933年）卒
㋲1936～42年イギリス植民地政府の地方官吏としてイラワジとヤカィンで町長を務める。その後、日本軍政下で外務省事務次官、情報宣伝省次官を歴任。ビルマ独立後は政府情報省情報局局長になるが、1年余りで退職、50～55年ヤンゴン新聞の編集長を務める。55～77年フリーの新聞記者としてロンドン・タイムズと契約。その間54ビルマ作家協会会長、59年ビルマ新聞記者協会会長を務める。89年から歴史編纂委員会委員になる。作品に貧しい農民の生活を描いた「コー・ダゥン」（37年）、日本軍のビルマ侵略をテーマにした「民族を破壊する敵」（60年）、「農民ガバ」（92年）、伝記文学「ビルマの知識人」（65年）などがある。

マアルーフ, アミン　Maalouf, Amin
レバノン生まれのフランスのジャーナリスト, 作家
1949.2.25～
㋴ベイルート　㋱フランス新聞協会文学賞（1988年）, ゴンクール賞（1993年）, 国際ノニーノ賞（1997年）, エーリオ・ヴィットリーニ賞（1997年）, グリンザーネ・カヴール賞（2001年）, アントニオ・デ・サンチャ賞（2003年）, 地中海賞（2004年）, アストゥリアス皇太子賞（2010年）
㋲祖国の内乱を機に、1976年パリに移住。「アラブが見た十字軍」（83年）刊行後は創作に専念する。88年「サマルカンド年代記」でフランス新聞協会文学賞、93年「タニオスの岩」でゴンクール賞を受賞。2011年アカデミー・フランセーズ会員。他の著書に「レオ・アフリカヌスの生涯」（1986年）、「光の庭」（91年）などがある。

マイエ, アントニーヌ　Maillet, Antonine
カナダの作家, 劇作家
1929.5.10～
㋴ニューブランズウィック州ブクトゥッシュ　㋵ラヴァル大学　㋱ゴンクール賞（1979年）
㋲フランス系。1962年給費留学生として渡仏、帰国後にラヴァル大学で文学博士号を取得。72年の戯曲「ラ・サグイーヌ」は評判を呼び、79年「荷車のペラジー」でゴンクール賞を受賞した。

マイクルズ, バーバラ
→ピーターズ, エリザベスを見よ

マイケルズ, アン　Michaels, Anne
カナダの詩人, 作家
1958～
㋴オンタリオ州トロント　㋱コモンウェルス作家賞（1986年）, カナダ作家協会賞（1991年）, オレンジ小説賞（1997年）, ラナン文学賞（1997年）, トロント・ブック賞（1997年）, トリリウム賞（1997年）
㋲1986年に上梓した第一詩集「The Weight of Oranges」でコモンウェルス作家賞を受賞。第二詩集「Miner's Pond」（91年）でカナダ作家協会賞を受賞、総督文学賞候補となった。96年に発表した初の長編小説「儚い光」で、オレンジ小説賞をはじめ、カナダ・アメリカ・イギリスで主要な文学賞を多数受賞。同作品は本国カナダで出版以来3年以上に渡ってベストセラーにランクインした。2009年長編第2作「冬の眠り」を発表。

マイケルズ, J.C.　Michaels, J.C.
イギリスの作家
㋵ダラム大学　㋱ノーチラス・ブック賞
㋲ダラム大学で歴史を学ぶ。認知科学の学位を持つ科学者、哲学者、ピアノ演奏の学位を持つ音楽家、川下りなどのアドベンチャートラベルガイドを務める冒険家、教育関連のソフトウエア開発の会社を経営する起業家など、様々な肩書を持つ。2005年「ファイアベリー──考えるカエル、旅に出る」で作家デビュー。処女作でノーチラス・ブック賞ほか多くの賞を受賞。

マイケルズ, レオナルド　Michaels, Leonard
アメリカの作家, 脚本家
1933.1.2～2003.5.10
㋴ニューヨーク
㋲1960年代後半から数多くの雑誌に作品を発表。69年処女短編集「Going Places」、75年「I Would Have Saved Them If I Could」を出版。81年紳士7人が酔いにまかせて女性体験を語る異色の小説「ザ・メンズ・クラブ」を発表。86年同作品が映画化（邦題「メンズクラブ─真夜中の情事」）された際には、脚本を担当した。ニューヨークを舞台に都会生活の暗く苛酷な

一面をユーモアを交えてリズミカルにスピード感あふれる文体で描き、短編の名手とされた。他の小説に「シルビア」「ア・キャット」、短編集「Shuffle」（90年）などがある。

マイノット, スーザン　Minot, Susan
アメリカの作家
1956～
�マサチューセッツ州ボストン　㊙ブラウン大学（マサチューセッツ州）創作科卒, コロンビア大学創作科　㊗プッシュカート賞
㊔コロンビア大学在学中の1981年、短編集「モンキーズ」の最初の作品「かくれんぼ」を書く。同作品が雑誌「グランド・ストリート」に認められると、そこの編集者をしながら「モンキーズ」の各編を継続。86年に出版された同書は、アン・タイラー、アリス・アダムスらの先輩作家から激賞され、ベストセラーになった。89年第2作品集「欲望」を出版。「いつか眠りにつく前に」は2007年に映画化された。

マイヤー, カイ　Meyer, Kai
ドイツの作家
1969～
㊙リューベック　㊙ボッフム大学
㊔ボッフム大学で演劇、テレビ、映画を学んだ後、数年のジャーナリスト生活を経験。1993年最初の作品を発表し、95年から執筆に専念。多くのサスペンス・スリラーを発表し、"ドイツのスティーブン・キング"とも呼ばれる。著書に〈七つの封印〉シリーズなどがある。

マイヤー, クレメンス　Meyer, Clemens
ドイツの作家
1977.8.20～
㊙東ドイツ・ハレ（ドイツ）　㊗ライプツィヒ・ブックフェア賞（2008年）
㊔建設作業、家具運送、警備などの仕事を経て、1998～2003年ライプツィヒ・ドイツ文学研究所に学ぶ。06年自伝的長編「おれたちが夢見た頃」で作家デビュー。08年第2作「夜と灯りと」でライプツィヒ・ブックフェア賞を受賞。

マイヤー, デオン　Meyer, Deon
南アフリカの作家
1958.7.4～
㊙西ケープ州パール　㊙ポチェフストルーム大学, フリーステイト大学　㊗ATKV散文賞（2000年）, ATKV散文賞（2003年）, ATKV散文賞（2004年）, フランス探偵小説大賞（2003年）, ドイツ犯罪小説賞（2006年）, ATKVベスト・サスペンス賞（2008年）, ドイツ犯罪小説賞（2009年）, ATKVベスト・サスペンス賞（2009年）, マルティン・ベック賞（2010年）, バリー賞ベスト・スリラー賞（2011年）
㊔空軍での兵役を終了後、ポチェフストルーム大学およびフリーステイト大学で学ぶ。フリーステイト（自由州）のブルームフォンテーンで日刊紙の記者、コピーライター、ウェブマネージャーを務め、1994年母語のアフリカーンスで書いた処女長編「Wie Met Vuur Speel」で作家デビュー。2010年「デビルズ・ピーク」でマルティン・ベック賞を受賞したほか、数々の華麗な受賞歴を誇る。作品は20数ケ国語に翻訳され、高い評価を得る。

マイヤーズ, イザベル　Myers, Isabel Briggs
アメリカの作家
1897～1980
㊔1929年雑誌社主催の懸賞小説に「殺人者はまだ来ない」で応募し、同じく応募したエラリー・クイーンの「ローマ帽子の謎」をおさえて1位に入選。作品にはもう1作「Give Me Death」があり、作家としては長編2作を発表しただけだが、心理学者としては著名で、カール・グスタフ・ユングの心理学的類型論に基づいた自己理解メソッドMBTIの開発者に携わった。

マイヤーズ, ウォルター・ディーン　Myers, Walter Dean
アメリカの作家
1937.8.12～2014.7.1
㊙ウェストバージニア州マーティンズバーグ　㊗コレッタ・スコット・キング賞、ニューベリー賞優秀作品、マーガレット・A.エドワーズ賞（SLJ/YALSA）（1994年）, マイケル・L.プリンツ賞（2000年）
㊔アフリカ系。生後間もなく母親が亡くなり、ニューヨークのハーレムで養父母に育てられる。青少年向けの作品で知られ、自伝「バッドボーイ」など生涯で100冊以上の著作を発表。著書の多くが全米図書館協会の選定図書・推薦図書に選ばれ、コレッタ・スコット・キング（マーチン・ルーサー・キング牧師夫人）賞を3度受賞。奴隷制をテーマにした「自由をわれらに―アミスタッド号事件」は邦訳され、1999年の青少年読書感想文コンクール高校の部の課題図書となった。他の邦訳書に「アフリカ系アメリカ人―自由を創造した人々の闘い」「サラの旅路」「モンスター」「ニューヨーク145番通り」などがある。

マイリンク, グスタフ　Meyrink, Gustav
オーストリアの作家
1868.1.19～1932.12.4
㊙ウィーン　㊓Meyer, Gustav　㊙プラハ商科大学卒
㊔1889～1902年プラハの銀行に勤務。古今東西の神秘思想に詳しく、怪奇な心霊現象に満ちた小説を書いて20世紀初頭から20年代後半にかけてドイツ、オーストリアで流行した幻想文学の第一人者となる。27年プロテスタントから仏教に転じた。主な作品に短編集「ドイツ小市民の魔の角笛」（13年）、長編「ゴーレム」（15年）、「緑の顔」（16年）、「Walpurgisnacht」（17年）などがある。

マイルー, デービッド　Maillu, David
ケニアの作家, 出版人, 画家
1939～
㊔口承物語作家として活動を始め、通俗小説、SF小説、詩、劇、音楽、絵画、哲学など、様々な分野で才能を発揮。1972年コウム・ブックス社を設立して代表作「俗人」（75年）などを刊行、その後社名をデービッド・マイルー社に改め、幅広い分野の本を出版した。"民衆の作家"を自称する。他の作品に「煩悩」（74年）、「ムバタとラベカのために」（80年）などがある。

マイルズ, サイモン
　→フォレット, ケンを見よ

マーウィン, ウィリアム・スタンレー　Merwin, William Stanley
アメリカの詩人
1927.9.30～
㊙ニューヨーク市　㊗ピュリッツァー賞（1971年・2009年）, ハリエット・モンロー賞（1967年）, シェリー記念賞（1974年）, ボーリンゲン賞（1979年）, タンニング賞（1993年）, レノア・マーシャル賞（1994年）, ルース・リリー詩賞（1998年）
㊔詩集、戯曲、散文を著わし、1952年初の詩集「A Mask for Janus（ヤヌスの仮面）」を刊行。71年「The Carrier of Ladders（梯子の運び人）」、2009年「The Shadow of Sirius（シリウスの影）」（08年）でピュリッツァー賞を受賞。最初の受賞の際、ベトナム戦争反対の意思表示のため賞金を徴兵拒否運動に寄付すると発言して論議を呼んだ。10年アメリカ議会図書館の桂冠詩人となる。谷川俊太郎の作品を英訳するほか、環境問題にも取り組む。邦訳された著書に「吟遊詩人たちの南フランス」（02年）がある。

マガー, パット　McGerr, Pat
アメリカのミステリー作家
1917～1985
㊙ネブラスカ州フォールズシティ　㊓マガー, パトリシア〈Mcgerr, Patricia〉
㊔トリニティ・カレッジ、ネブラスカ大学、コロンビア大学で

ジャーナリズムを学び、アメリカ道路建設協会広報部で編集の仕事に就く。一時期コメディを書いていたが、ある懸賞小説への応募を機に推理小説を書きはじめる。1946年、29歳で「Pick Your Victim（被害者を捜せ）」を発表、推理小説界にデビューする。従来の本格推理小説のような犯人捜しの構成ではなく、被害者捜しという斬新な手法を用い、当時の読者に歓迎された。他にも、探偵捜し、目撃者捜しなど工夫を凝らした構成の小説を次々に発表、注目を浴びた。

マカーイ, レベッカ　*Makkai, Rebecca*
アメリカの作家
1978～
[出]イリノイ州シカゴ　[学]ワシントン・アンド・リー大学, ミドルベリー大学大学院　[賞]シカゴ作家協会年間最優秀長編小説賞
[歴]言語学者の両親のもと、シカゴ近郊の村で育つ。父親はハンガリー出身、父方の祖母は著名な女優・作家だった。ワシントン・アンド・リー大学およびミドルベリー大学大学院で学び、2011年長編「The Borrower」でデビュー。14年発表の「The Hundred—Year House」は、シカゴ作家協会の年間最優秀長編小説賞に選ばれた。08年から4年連続でベスト・アメリカン・ショート・ストーリーズに作品が選出されている。

マカモア, ロバート　*Muchamore, Robert*
イギリスの作家
1972.12.26～
[出]ロンドン　[賞]チルドレンズ・ブック賞
[歴]私立探偵をしていた時、"読みたい本がない"という甥っ子の不満を聞いて、スパイ・アクション〈チェラブ〉シリーズを書いたところ、ベストセラーとなる。シリーズ第1作「スカウト」(2004年)で、イギリスの子供たちが選ぶチルドレンズ・ブック賞ほか、多くの賞を受賞。13年間探偵の仕事を続けたのち、ロンドンで作家業に専念。

マカリスター, マージ　*McAllister, Maggi*
イギリスの作家
[名]McAllister, Margaret I. 別筆名＝Harris, Poppy
[歴]イングランドの北東海岸部に生まれ育つ。1997年「A Friend For Rachel（ラッチェルの友だち）」(のち「The Secret Mice（秘密のネズミたち）」と改題)でデビュー。翌年結婚し3人の子供をもうける。イングランドのヨークシャーで暮らし、ゆるやかなペースで創作活動を続ける。Poppy Harris名義でも活動。

マカル, マフムト　*Makal, Mahmut*
トルコの作家
1930～2018.8.10
[出]アクサライ　[学]農民学校卒
[歴]郷里に近い村で教鞭を執り、1950年農村の生活を鮮やかに描いた「トルコの村から」を発表。同書は農村出身者による農村文学の嚆矢であり、トルコ文学史上に重要な位置を占める。一時、共産主義の疑惑を持たれて投獄されたが、知識人たちの釈放運動によって救われ、教壇に復帰した。

マーカンダヤ, カマーラ　*Markandaya, Kamala*
インド生まれのイギリスの作家
1924～2004
[学]マドラス大学卒
[歴]バラモンの家に生まれ、マドラス大学を卒業。マドラスの週刊新聞で働いた後、ロンドンでイギリス人と結婚して同国に定住。1954年処女小説「こし器の中の神酒」を発表。他の作品に「ある内的怒り」(55年)、「欲望の沈黙」(60年)、「所有」(63年)、「一握りの米」(66年)、「防水堰」(69年)、「どこにもいない人」(72年)、「二人の処女」(73年)、「金色のはちの巣」(77年)などがある。

マーカンド, ジョン・フィリップ　*Marquand, John Philips*
アメリカの作家
1893.11.10～1960.7.16
[出]デラウェア州ウィルミントン　[学]ハーバード大学卒　[賞]ピュリッツァー賞(1938年)
[歴]ハーバード大学を卒業後、新聞社などに勤める傍ら創作活動を行う。1922年処女作「恐るべき紳士」を発表、奴隷貿易を扱った「黒い荷物」(25年)などの大衆ロマンスもの、日本人私立探偵が活躍する〈ミスター・モト〉シリーズなどの風俗喜劇風小説で人気を博した。37年「故ジョージ・アプレー」で純文学作家として認められ、ピュリッツァー賞を受賞。他の作品に「ウィックフォード・ポイント」(39年)、「B.F.の娘」(46年)、「引き返し不能地点」(49年)など。55年世界旅行の途中に来日した。

マキナニー, ジェイ　*McInerney, Jay*
アメリカの作家
1955～
[出]コネティカット州　[学]ウィリアムズ大学卒, シラキュース大学
[歴]15歳のときに作家を志望。地方紙の記者を経て、1977年から2年間英語教師として京都に滞在。帰国後、「ニューヨーカー」誌に勤めるが10ケ月で退社、シラキュース大学でレイモンド・カーバーに創作を学んだ。84年「ブライト・ライツ・ビッグ・シティ」でデビュー、たちまちミリオン・セラーになり、"80年代のサリンジャー"の異名をとって若手作家輩出の先駆けとなる。他の作品に「ランサム」「ストーリー・オブ・マイ・ライフ」「空から光が降りてくる」など。

マキナニー, ラルフ　*McInerny, Ralph*
アメリカのミステリー作家, 哲学者
1929.2.24～2010.1.29
[出]ミネソタ州ミネアポリス　[名]McInerny, Ralph Matthew 別名＝クイル, モニカ〈Quill, Monica〉マッキン, エドワード〈Mackin, Edward〉
[歴]本職はノートルダム大学の哲学教授で、G.K.チェスタトンの専門家として知られる。1961年から哲学書や宗教学、倫理学の専門書を執筆。67年小説「Jolly Rogerson」で作家デビュー。77年「Her Death of Cold」から〈ロジャー・ダウニング神父〉シリーズのミステリー小説を書き始める。同作品は「名探偵ダウニング神父」としてテレビドラマ化され、日本でも放送される。また、81年よりモニカ・クイル名義で〈シカゴの女子修道院長シスター・メリー・テレサ・デンプシー〉シリーズを発表。そのほか、97年から〈ノートルダム大学〉シリーズ、エドワード・マッキン名義で〈ニューヨーク市警ジェームズ・ブルーム〉シリーズを発表。90年後半からマキナニー、クイルの両名義で「エラリー・クイーンズ・ミステリー・マガジン(EQMM)」にノンシリーズを、「カトリック・ドシエ」に〈ダウニング神父〉シリーズを寄稿。他の作品に、マキナニー名義の短編「裏庭の赤ん坊」(89年)、「ホール・イン・ツー」(97年)、クイル名義の短編「ミス・バターフィンガーズ」(94年)などがある。

マキーヌ, アンドレイ　*Makine, Andreï*
ソ連生まれのフランスの作家
1957.9.10～
[出]ソ連(ロシア)　[賞]メディシス賞(1995年), ゴンクール賞(1995年), 高校生が選ぶゴンクール賞(1995年)
[歴]ロシア系。シベリアで生まれる。悲惨な人生を送らざるを得なかった両親を持ち、収容所の影に脅えながら育つ。モスクワ大学で文学博士を取得。ノヴゴロドの教育研究所で文献学の教授を務め、1987年ソ連からフランスに政治亡命。ソルボンヌ大学で博士号を取得後、フランス語で執筆活動を開始。90年処女作「たった一つの父の宝物―あるロシア父娘の物語」でフランス文壇にデビュー。95年発表した「フランスの遺言書」でゴンクール賞、メディシス賞、高校生が選ぶゴンクール賞を同時受賞した。その作品は世界30ケ国で翻訳出版されている。

マキャフリー, アン　*McCaffrey, Anne*
アメリカのSF作家
1926.4.1～2011.11.21

⑰マサチューセッツ州ケンブリッジ　㊥ヒューゴー賞ノベラ部門（1968年），ネビュラ賞ノベラ部門（1969年），ヒューゴー賞ガンダルフ部門
㊦初めコピーライターとして宣伝の仕事に携わったあと，演劇と声楽に手をそめ，デラウェア州でオペラを制作演出した時期もある。SFには早くから興味を持っていたが，1953年「SFプラス」誌に「Freedom of the Race」を発表してデビュー，以来独特のロマンティックな筆致で多くの作品を生み出す。68年には「大岩窟人来たる」でヒューゴー賞ノベラ部門，69年には「塵が降る」「つめたい宇宙間隙」でネビュラ賞ノヴェラ部門をそれぞれ女性で初めて受賞。「劇的任務」は69年にネビュラ賞の，70年にはヒューゴー賞の候補作となった。主な作品は〈パーンの竜騎士〉シリーズ，〈歌う船〉シリーズ，「銀の髪のローワン」などで女性を主人公にしたものが多い。

マキャモン，ロバート　McCammon, Robert R.
アメリカの作家
1952～
⑰アラバマ州バーミンガム　㊙アラバマ大学（ジャーナリズム学）　㊥ブラム・ストーカー賞最優秀長編小説賞（1988年，1990年，1991年），日本冒険小説協会大賞
㊦1978年モダンホラーの長編「Baal」で作家デビュー。4冊目の長編「They Thirst」（81年）がキングの「呪われた町」と並ぶ作品として高い評価を得，さらに続けて発表された「ミステリー・ウォーク」（83年）で新進作家としての地位を確立した。87年核戦争後のアメリカの狂気と再生を壮大なスケールで描いた大作「Swan Song（スワン・ソング）」を発表，100万部を超えるベストセラーとなる。他の作品に「Mine（マイン）」（90年），「Boy's Life」など。

マキューアン，イアン　McEwan, Ian
イギリスの作家
1948.6.21～
⑰ハンプシャー州オルダーショット　㊙McEwan, Ian Russell　㊙サセックス大学卒，イースト・アングリア大学大学院修士課程修了　㊥サマセット・モーム賞（1976年），ウィットブレッド賞（1987年），ブッカー賞（1998年），全米書評家協会賞（2002年），W.H.スミス文学賞（2002年），ジェームズ・テイト・ブラック記念賞（2005年），エルサレム賞（2011年）
㊦軍人の子として生まれ，シンガポール，北アフリカのトリポリなどで成育。16歳頃から詩を書きはじめる。1967年からサセックス大学で英文学を学び，イースト・アングリア大学大学院で修士号を得た頃から本格的に短編を書きはじめ，75年第一短編集「最初の恋，最後の儀式」でデビュー，サマセット・モーム賞を受賞。78年の第二短編集「ベッドのなかで」が性倒錯描写と前衛的な技法などで話題になり，一躍人気作家となる。80年代前半は脚本家として活躍し，傑作「耕す人の昼食」（85年）を執筆。98年長編「アムステルダム」でブッカー賞を受賞。「贖罪」（2001年）は全米書評家協会賞など多数の賞を受けるなど世界的なベストセラーとなり，07年には「つぐない」として映画化され，アカデミー賞作品賞にノミネートされた。他の著書に「セメント・ガーデン」（1978年），「異邦人たちの慰め」（81年），「無垢」（85年），「時間のなかの子供」（87年），「イノセント」（89年），「黒い犬」（92年），「土曜日」（2005年），「初夜」（07年），「ソーラー」（10年），「甘美なる作戦」（12年）など。

マキューエン，スコット　McEwen, Scott
アメリカの作家，弁護士
1961～
⑰オレゴン州　㊙オレゴン州立大学卒
㊦オレゴン州東部の山岳地帯で育ち，オレゴン州立大学卒業後，ロンドンで様々な職業に就く。その後，カリフォルニア州サンディエゴを拠点に本職の法廷弁護士として活動する傍ら，作家，戦記作家として活躍。クリント・イーストウッド監督作品として映画化されたノンフィクション「アメリカン・スナイパー」の共著者でもあり，他にリチャード・ミニターと「Eyes on Target」，トマス・コールネーと小説シリーズ「スナイパー・エリート」（3巻）を共同執筆している。SEAL基金など軍関係の慈善団体の支援も行う。

マキューン，ロッド　McKuen, Rod
アメリカの詩人
1933.4.29～2015.1.29
⑰カリフォルニア州オークランド　㊙McKuen, Rodney Marvin　別名＝Dor　㊥フランス・ディスク大賞（1966年），グラミー賞朗読最優秀作品賞（1968年），ゴールデン・グローブ賞主題歌賞（映画部門，第27回，1969年度）
㊦10代の頃より放浪生活を送り，木こりやロデオなどの職を経て，映画俳優，作詞・作曲家，歌手となり，活躍する。1959年ニューヨークCBSのワークショップで作詞・作曲・指揮をし，65年には多くの歌手に歌われるほど人気が出た。その後，フランスに渡り，ジャック・ブレルらと親交を結び，ブレルの「行かないで」に英語詞をつけて大ヒットし，66年には共作の「シーズン・イン・ザ・サン」でフランス・ディスク大賞受賞。一方，処女詩集「スタニアン通り」がベストセラー入りし，詩人としても脚光を浴びる。他の作品に，詩集「Listen to the Warm」（67年），「Lonesome Cities」（68年），作詞「The Sea」「The Earth」「The sky」（いずれもアルバム）など。映画主題歌「Jean」（「ミス・ブロディの青春」）や映画「ジョアンナ」（68年），「スヌーピーとチャーリー」（69年），「ナタリーの朝」（69年），「ゾディアック」（2007年）などに携わる。

マキリップ，パトリシア・アン　McKillip, Patricia Ann
アメリカのファンタジー作家
1948～
⑰オレゴン州セイレム　㊙サン・ホセ大学修士課程修了　㊥世界幻想文学大賞（長編）（1975年・2003年）
㊦14歳の頃から小説を書き始める。父の仕事の関係で少女時代にヨーロッパ生活を経験。帰国後，オレゴン州のサン・ホセ大学で文学修士号を取得。1974年ファンタジー「妖女サイベルの呼び声」を発表，75年世界幻想文学大賞を受賞。2003年にも「影のオンブリア」で同賞を受賞。〈イルスの竪琴〉3部作，「ムーンフラッシュ」「ムーンドリーム」などの名作をつぎつぎに発表し，ファンタジー界に確固たる地位を築く。他の作品に「オドの魔法学校」「ホアズ・ブレスの竜追い」「チェンジリング・シー」など。

マギロウェイ，ブライアン　McGilloway, Brian
イギリスの作家
1974～
⑰北アイルランド・デリー
㊦2007年ベン・デヴリン警部を主人公にした「国境の少女」で作家デビューし，CWA賞最優秀新人賞にノミネートされる。同作は〈Inspector Devlin〉としてシリーズ化され，他に〈DS Lucy Black〉シリーズがある。家族とともにアイルランドの国境近くに住む。

マーク，ジャン　Mark, Jan
イギリスの児童文学作家
1943.6.22～
⑰ケント州ウェルウィン・ガーデン　㊙Mark, Janet Marjorie　㊙カンタベリー美術大学（1965年）卒　㊥カーネギー賞（1976年・1983年）
㊦6年間教職に就いた後，1974年から創作を始め，76年友情をテーマにしたデビュー作「戦闘機ライトニング」でカーネギー賞を受賞。児童文学の作品のほか，絵本，大人向けの小説，コメディの脚本などもある。主な作品に小説「秋の庭」（77年），「九つの惑星—エニアド」（78年），短編集「こわいものなんて何もない」，「ヒッピー・ハッピー・ハット」など。

マクカーテン，アンソニー　McCarten, Anthony
ニュージーランドの作家，脚本家
1961～
㊦作家としてのデビュー作「Spinners」（2000年）は，「エスクァ

イア」誌が選ぶ同年の小説ベスト10に選ばれる。脚本とプロデュースを担当した「博士と彼女のセオリー」(14年)で、アカデミー賞脚色賞・作品賞にノミネートされる。

マクガハン, ジョン *McGahern, John*
アイルランドの作家
1934～2006.3.30
[出]ダブリン [学]ユニバーシティ・カレッジ・ダブリン卒 [賞]アイリッシュタイムズ賞
[歴]アイルランドの首都ダブリンで生まれ、カヴァン州クートヒルで警察官の息子として育つ。セント・パトリック・トレーニング・カレッジ、ユニバーシティ・カレッジ・ダブリン卒業後、ダブリン州の学校で教員となる。1963年「The Barracks」で作家としてデビュー。65年思い悩む思春期の若者を描いた2作目「青い夕闇」を発表、性的描写が批判を浴びて発禁処分を受け教員の職を失ったが、同作で注目を集めた。その後、ロンドンに出て教職や建設現場の労働者として働き、またスペイン、アメリカなどを転々として74年アイルランドに帰国、小説の執筆を再開。「Amongst Women」(90年)でアイリッシュタイムズ賞などを受賞、またイギリス・ブッカー賞候補作にもなった。現代アイルランド小説を代表する作家として活躍した。他に作品集「男の事情 女の事情」などがある。

マ

マクギネス, フランク *McGuinness, Frank*
イギリス生まれのアイルランドの劇作家
1953.7.29～
[出]ドニゴール州バンクラナ [学]ダブリン大学
[歴]1980年代から活動し、のちアイルランドを代表する劇作家として活躍。作品に「ソンムに向かって行進するアルスターの息子たちに照覧あれ」「イノセンス」「私を見守ってくれる人」「有為転変の物語」などがある。

マクシーモフ, ウラジーミル
Maksimov, Vladimir Emelyanovich
ロシア(ソ連)の作家
1932.12.9～1995.3.26
[出]ソ連ロシア共和国モスクワ [名]サムソーノフ, レフ・アレクセーヴィチ
[歴]労働者の家に生まれる。父親が投獄、独ソ戦で戦死したため、幼時から様々な労働に従事、また16歳の時窃盗の罪で少年院に入れられた。1952年地方紙に詩を発表、56年処女詩集を出版。61年小説「われわれは大地をよみがえらす」がパウストフスキーに認められ、本格的な作家生活に入る。65～67年「オクトーバー」編集者。社会の矛盾や底辺の人間たちを描いたため68年から発表の場を奪われ、ソ連の現実を暴露した長編「創造の7日間」は71年西ドイツで刊行された。73年ソ連作家同盟除名。74年3月パリに亡命、同年秋亡命ソ連人の文芸誌「コンチネント」編集長に就任。92年2号よりロシア語の「コンチネント」がモスクワで発行されることになり編集長退任。この間、75年ソ連市民権剝奪、90年同市民権回復。他の作品に「人間が生きている」(62年)、「検疫」(73年)など。

マクスウェル, ウィリアム *Maxwell, William*
アメリカの作家, 編集者
1908.8.16～2000.7.31
[出]イリノイ州リンカーン [名]Maxwell, William Keepers (Jr.) [学]ハーバード大学大学院修士課程修了 [賞]マーク・トウェイン賞(1995年)
[歴]1936年より40年もの長きにわたって雑誌「ニューヨーカー」の編集に携わる。一方、故郷イリノイ州を舞台とした小説を執筆。作品に「天国の明るい中心」(34年)、「彼らは燕のように来た」(37年)、「時がそれをくらくするだろう」(48年)などがある。また少年の心理を描くのが得意で、「折った一葉」(45年)、「さようなら、またあした」(80年)などの作品を執筆した。

マクダーミド, バル *McDermid, Val*
イギリスのミステリー作家
[出]スコットランド [学]オックスフォード大学(英文学) [賞]テッド・ボトムリー記念賞, CWA賞ゴールド・ダガー賞(1995年), CWA賞ダイヤモンド・ダガー賞(2010年)
[歴]スコットランドの炭鉱地帯で育つ。オックスフォード大学で英文学を学んだ後、16年間ジャーナリストとして働く。デボンの地方新聞の記者時代にはテッド・ボトムリー記念賞を受賞。後半の3年間は全国紙の日曜版に移り、支局の編集長として活躍。のち小説を執筆。〈トニー・ヒル＆キャロル・ジョーダン〉シリーズの第1作「殺しの儀式」でイギリス推理作家協会賞(CWA賞)のゴールド・ダガー賞を受賞、世界40ケ国で出版され、1000万部以上売り上げる。同作は、CWAが過去50年で最高の最優秀長編を選んだ“ダガー・オブ・ダガーズ賞”にもノミネートされた。2010年生涯に渡るミステリー界への貢献を称える栄誉あるCWA賞ダイヤモンド・ダガー賞を受賞。他の作品に、「ロック・ビート・マンチェスター」から始まる〈ケイト・ブラナガン〉シリーズ、「殺しの四重奏」「処刑の方程式」「シャドウ・キラー」「殺しの迷路」「過去からの殺意」「壁に書かれた預言」「迷宮の淵から」などがある。

マクディアミッド, ヒュー *MacDiarmid, Hugh*
イギリス(スコットランド)の詩人
1892.8.11～1978.9.9
[出]ダンフリースシャー・ランガム [名]グリーブ, クリストファー・マレイ〈Grieve, Christopher Murray〉 [学]エディンバラ大学
[歴]スコットランド南西部ランガムの富裕な地主の家に生まれる。エディンバラ大学を卒業後、新聞記者となる。30歳の頃から詩作を開始し、1923年最初の詩集を発表。民族文学擁護の立場からスコットランド文学伝統の回復に努め、初期にはスコットランド方言の詩を数多く書いた。主な作品に、「酔人あざみを見る」(26年)、「レーニン賛歌」(31年)、「ジェイムズ・ジョイス追悼」(55年)、「全詩集 1920-1976」(全2巻, 78年没後刊)、自伝に「幸運な詩人」(43年)、「わが交友録」(66年)などがある。抒情詩、政治詩、風刺詩などを書き、スコットランド詩の代表的な作家として尊敬された。一方、28年スコットランド国民党の創設者の一人となり、その後、共産党でも活動した。

マクデビット, ジャック *McDevitt, Jack*
アメリカのSF作家
1935～
[出]ペンシルベニア州フィラデルフィア [名]マクデビット, ジョン・チャールズ [賞]ローカス賞(処女長編賞)(1987年), ジョン・W.キャンベル記念賞(2004年), ネビュラ賞(2006年)
[歴]大学卒業後は海軍に入隊。1962年除隊後は、税関吏、タクシー運転手、英語教師、ジョージア州税関区の職員養成官など様々な職業を経験。95年より執筆に専念。この間、81年「トワイライトゾーン」誌に発表した短編「The Emerson Effect」で作家デビュー。86年に発表した処女長編「The Hercules Text」は宇宙からのメッセージをテーマにしたハードな作品で、評判を呼んでローカス賞処女長編部門を受賞した。2004年プリシラ・ハッチンスを主人公にする〈アカデミー〉シリーズ第4作「Omega」でジョン・W.キャンベル記念賞、06年「探索者」でネビュラ賞を受賞。

マクドナルド, イアン *McDonald, Ian*
イギリスのSFファンタジー作家
1960～
[出]マンチェスター [賞]ローカス賞(1988年度), フィリップ・K.ディック賞(1991年), イギリスSF協会賞(2004年), ヒューゴー賞, イギリスSF協会賞
[歴]1965年北アイルランドのベルファストに移住。大学では心理学を専攻するが、中退。84年「アジモフス」誌に発表した短編がアメリカSF界で注目を集め、88年長編第1作の「Desolation Road」は高い評価を受ける。他の作品に「黎明の王 白昼の女王」「River of Gods」、中短編集「サイバラバード・デイズ」(「ジンの花嫁」収録)などがある。

マクドナルド, グレゴリー *McDonald, Gregory*
アメリカのミステリー作家
1937.2～2008.9.7
[出]マサチューセッツ州シュルーズベリ　[学]ハーバード大学卒　[賞]MWA賞（処女長編賞, 1974年度）（1975年）, MWA賞（ペーパーバック賞）（1977年）
[歴]23歳のとき最初の小説「Running Scared」を書き、映画化される。「ボストン・グローブ」紙の美術・人文関係の編集記者として活躍する傍ら、社会全般についてのコラムも担当。この間、同新聞社よりピュリッツァー賞の候補として5回指名推薦を受けた。在籍7年後の1973年に退社。74年に出版された主人公の新聞記者が事件を解決するシリーズ〈フレッチ〉がヒット。85年には映画化された。その後、〈ブレイブ〉〈警部フリン〉シリーズや、「Time」4部作などで人気を集め、人気作家としての地位を不動のものにした。

マクドナルド, ジョン・D. *MacDonald, John Dann*
アメリカの推理作家
1916～1986.12.28
[出]ペンシルベニア州　[名]ペンネーム（SF短編）＝ファレル, ジョン・ウェイド リード, ピーター　[学]シラキュース大学卒, ハーバード大学ビジネススクール卒 M.B.A.　[賞]MWA賞巨匠賞（1972年）, アメリカ優秀図書賞ミステリー部門賞（1980年）
[歴]1940～45年アメリカ陸軍で後方勤務に就く。戦略事務局（OSS）中佐で除隊した直後から本格的に小説を書き始める。はじめミステリーとスパイ・スリラーを書いていたが、SFや怪奇幻想小説も執筆。六つの筆名を使いわけ、夥しい数の作品を書いたアメリカのエンターテインメント小説界の大御所の一人で、色を表す単語をタイトルの中に使うことで知られる〈トラヴィス・マッギー〉シリーズなどが特によく読まれた。アメリカ探偵作家クラブ（MWA）会長も務めた。代表作に「夜の終り」「ケープ・フィアー」などがある。

マクドナルド, フィリップ *MacDonald, Phillip*
イギリス生まれのアメリカのミステリー作家
1899～1981
[名]筆名＝ポーロック, マーティン フレミング, オリバー ローレス, アントニイ　[賞]MWA賞
[歴]スコットランドの詩人であり、児童文学作家でもあるジョージ・マクドナルドの孫にあたる。第一次大戦中は騎兵隊に所属し、メソポタミアに赴任したこともある。20歳の頃、父のロナルドと合作でミステリーを2作発表しているが、4年後の〈アントニー・ゲスリン大佐〉初登場の長編作「鑢」（1924年）で本格的なデビューを果たした。このシリーズを8作手がけたのち、31年作家である妻ルース・ハワードと共にハリウッドに渡り、映画の原作、脚本の仕事の傍ら、グレート・デーンの飼育業を営んだ。多くのミステリーを発表し、第1短編集「Something to Hide」と「夢見るなかれ」（55年）でMWA賞を2度受賞したほか、特にヒッチコックやジョン・フォード、ヘンリー・ハサウェイらハリウッドの代表的な映画監督の作品の原作者、脚本家として知られている。
[家]祖父＝ジョージ・マクドナルド（詩人・児童文学作家）, 妻＝ルース・ハワード（作家）

マクドナルド, ロス *MacDonald, Ross*
アメリカの作家
1915.12.13～1983.7.11
[出]ペンシルベニア州　[名]ミラー, ケネス〈Millar, Kenneth〉 筆名＝マクドナルド, ジョン〈MacDonald, John〉 マクドナルド, ジョン・ロス〈MacDonald, John Ross〉　[学]シラキュース大学卒, ウェスタン・オンタリオ大学
[歴]1944年に本名のケネス・ミラー名義の長編「The Dark Tunnel（暗いトンネル）」でデビューし、この名ではほかに46年発表の「Trouble Follows Me（トラブルはわが影法師）」などがある。更に二つのペンネームを用いて小説を発表。ジョン・マクドナルド名義で、49年「The MovingTarget（動く標的）」を発表、のちにポール・ニューマン主演で映画化される。ジョン・ロス・マクドナルド名義では、50年「The Drowning Pool（魔のプール）」、51年に「The Way Some People Die（人の死に行く道）」などを発表。私立探偵リュー・アーチャーを主人公とするハードボイルド小説を中心に、多くの作品が映画、テレビ化される。代表作に「ウィチャリー家の女」（61年）「さむけ」（64年）「別れの顔」（69年）など。ハメット、チャンドラーに次ぐハードボイルド派の巨匠と目され、現代アメリカ・ミステリー界を代表する作家の一人となった。
[家]妻＝マーガレット・ミラー（作家）

マクドノー, ヨナ・ゼルディス *McDonough, Yona Zeldis*
イスラエル生まれの児童文学作家
[出]ハデラ　[学]コロンビア大学大学院
[歴]イスラエルのハデラで生まれ、アメリカ・ニューヨーク市のブルックリンで育つ。高校生の時にバレリーナへの道を諦めて大学へ進学。コロンビア大学大学院で学んだ後、全国誌と書評誌に多数の記事やフィクションを発表し、児童文学作家として活躍。人形の収集家でもあり、「バービー・クロニクル」の著書もある。

マグナソン, アンドリ *Magnason, Andri*
アイスランドの作家
1973～
[出]レイキャビク　[名]マグナソン, アンドリ・スナイル〈Magnason, Andri Snaer〉　[学]アイスランド大学人文学部アイスランド語学科（1997年）卒　[賞]アイスランド文学賞（1999年・2006年・2013年）, フィリップ・K.ディック賞特別賞（2012年）
[歴]父親は医師、母親は看護師。3歳から6年間をアメリカで過ごし、9歳のときにアイスランドに戻る。1997年アイスランド大学人文学部アイスランド語学科を卒業。大学在学中に詩集2冊と短編小説集1冊を出版し、作家として出発。99年「青い惑星のはなし」で児童書初のアイスランド文学賞を受賞、2001年アイスランド国立劇場で上演された。02年長編「ラブスター博士の最後の発見」がベスト・ノベル2002に選ばれる。06年母国アイスランドが高度成長と引き替えに自然や伝統文化が喪失していく問題を告発した「よみがえれ！ 夢の国アイスランド―世界を救うアイデアがここから生まれる」で2度目のアイスランド文学賞を受賞。09年同書日本語版の出版を機に初来日。12年「ラブスター博士の最後の発見」が英訳され、フィリップ・K.ディック賞特別賞を受賞した。13年「Timakistan」で3度目のアイスランド文学賞を受賞。

マクナミー, グラム *McNamee, Graham*
カナダの作家
1968～
[出]オンタリオ州トロント　[賞]全米図書館賞（ヤングアダルト部門）, オーストラリア児童図書賞, MWA賞（ヤングアダルト部門）（2004年）
[歴]バンクーバーの図書館司書として勤務する一方、1999年作家デビュー。デビュー以来、カナダ総督文学賞（児童書部門）にノミネートされたほか、全米図書館賞（ヤングアダルト部門）、オーストラリア児童図書賞など様々な賞を受賞。2004年「アクセラレイション―シリアルキラーの手帖」でアメリカ探偵作家クラブ（MWA）賞のヤングアダルト部門を受賞。

マクナリー, テレンス *McNally, Terrence*
アメリカの劇作家
1939.11.3～
[出]フロリダ州ピーターズバーグ　[学]コロンビア大学（1960年）卒　[賞]オビー賞（1971年）, オビー賞（最優秀脚本）（1974年）, エミー賞（1990年）, トニー賞（1993年・1995年）, ピュリッツァー賞（ドラマ部門）（1994年）
[歴]23歳で劇作家としてブロードウェイデビュー。1990年ミュージカル版「蜘蛛女のキス」、94年「ラブ！ ヴァラー！ コンパッション！」、同年「マスター・クラス」の脚本でトニー賞を3回受賞。ミュージカル「ラグタイム」は現在でもブロードウェイでロングラン。アメリカ演劇界の大家。他の作品に「昏は

マ

閉じて歯は開けて」「コーパス・クリスティ」などがある。

マクニース, ルイス　*MacNeice, Louis*
イギリスのアイルランド系詩人
1907.9.12～1963.9.3
[出]ベルファスト　[名]マクニース, フレデリック・ルイス〈MacNeice, Frederick Louis〉　[学]オックスフォード大学(古典語)卒
[歴]北アイルランドのベルファストで、アイルランド人の両親のもとに生まれる。オックスフォード大学在学中、W.H.オーデン、S.スペンダーと交流し、詩作を開始。1930年代に新詩運動の中心人物の一人となり、雑誌「ニュー・ヴァース(新しい詩)」への寄稿によって詩人として知られるようになった。36年にはアイスキュロス作「アガメムノン」の翻訳を刊行。イギリスやアイルランドでは20世紀を代表する詩人の一人と目される。作品に「秋の日記」(39年)、「スプリングボード」(44年)、「訪れ」(57年)、オーデンとの共著「アイスランドからの手紙」(37年)、「全詩集」(49年)、評論「現代詩論」(38年)、ラジオドラマ集「暗い塔」(47年)などがある。この間、30年よりバーミンガム大学およびロンドン大学で古典語を講じ、41年以降長らくBBCで脚本家およびプロデューサーを務めた。50年アテネのイギリス研究所所長。

マクニッシュ, クリフ　*McNish, Cliff*
イギリスの児童文学作家
1962.8.24～
[出]タイン・アンド・ウェア州サンダーランド　[学]ヨーク大学(歴史)
[歴]ヨーク大学で歴史を専攻後、IT関連の仕事に従事。離れて暮らしていた読書好きの娘のために物語を書くことを思い立ち、そのリクエストに応えて執筆した「魔法少女レイチェル」3部作の第1作「レイチェルと滅びの呪文」(2000年)で作家デビュー。イメージ豊かな物語世界、設定のユニークさ、魅力的なキャラクターなど新感覚のファンタジー作家として高い評価を受ける。「シルバーチャイルド」3部作も世界的なベストセラーとなった。

マクニール, スーザン・イーリア　*MacNeal, Susan Elia*
アメリカの作家
[出]ニューヨーク州バッファロー　[学]ウェルズリー大学卒　[賞]バリー賞(最優秀ペーパーバック部門)(2013年)
[歴]ウェルズリー大学卒業後、編集者を経て作家に転身。2012年「チャーチル閣下の秘書」で作家デビュー。同書はバリー賞(最優秀ペーパーバック部門)を受賞したほか、MWA賞、ディリス賞、マカヴィティ賞の候補に選出された。また、シリーズ続編の「エリザベス王女の家庭教師」「国王陛下の新人スパイ」はともに「ニューヨーク・タイムズ」紙のベストセラーリストにランクインした。

マクファディン, コーディ　*McFadyen, Cody*
アメリカの作家
1968～
[出]テキサス州
[歴]ドラッグ問題を抱えた人たちのカウンセリングなどの社会奉仕活動に従事したのち、ウェブ関係のデザイナーとなり、特にゲームの分野で活躍。30代前半で本格的な執筆活動を始め、2006年第1作「傷痕」が大手出版社の目に留まり、アメリカのみならずヨーロッパでもデビューを果たす。同作は〈Smoky Barrett〉としてシリーズ化され、シリーズ第2作「戦慄」(07年)、第3作「暗闇」(08年)、第4作「遺棄」(09年)、第5作「Die Stille vor dem Tod」(13年)と続いている。

マクファーレン, フィオナ　*McFarlane, Fiona*
オーストラリアの作家
1978～
[出]シドニー　[学]シドニー大学(英文学), テキサス大学オースティン校ミッチェナー・センター 文学博士号(ケンブリッジ大学)　[賞]ニューサウスウェールズ・プレミア文学賞グレンダ・アダムズ賞, ヴォス文学賞, バーバラ・ジェフリーズ賞
[歴]シドニー大学で英文学を専攻、ケンブリッジ大学で文学博士号を取得。また、テキサス大学オースティン校ミッチェナー・センターで学ぶ。「ニューヨーカー」などに短編を寄稿。2013年に発表した初の長編「夜が来ると」は、ニューサウスウェールズ・プレミア文学賞グレンダ・アダムズ賞、ヴォス文学賞、バーバラ・ジェフリーズ賞を受賞したほか、マイルズ・フランクリン賞の最終候補作に選ばれ、英米の有力紙誌でも高い評価を受けた。

マクベイン, エド　*McBain, Ed*
アメリカのミステリー作家
1926.10.15～2005.7.6
[出]ニューヨーク市イースト・ハーレム　[名]ハンター, エバン〈Hunter, Evan〉 旧姓名＝Lambino, Salvatore A. 別筆名＝マーステン, リチャード〈Marsten, Richard〉 コリンズ, ハント〈Collins, Hunt〉 キャノン, カート〈Cannon, Curt〉　[学]ハンター・カレッジ卒　[賞]アメリカン・ミステリー賞(最優秀警察小説賞), MWA賞(巨匠賞)(1986年), CWA賞ダイヤモンド・ダガー賞(1998年)
[歴]海軍勤務後、教師などを経て、執筆活動に専念。1952年から本名のエバン・ハンター名義で執筆。自らの教師体験を基に高校生の非行を描いた「暴力教室」(54年)が出世作となり、映画化もされた。56年からはエド・マクベイン名義で「警官嫌い」に始まる〈87分署〉シリーズを発表。従来の探偵小説とは異なり、社会や警察組織のリアルな描写と近代科学捜査法を柱に、87分署の警察官たちの捜査を人情味あふれる筆致で生き生きと描き、警察小説と呼ばれるジャンルを確立した。また警察小説やテレビの刑事もの、海外の作家にも大きな影響を与え、「キングの身代金」は黒沢明監督の「天国と地獄」の原作になった。他にリチャード・マーステン名義でサスペンス小説などを、ハント・コリンズ名義で科学小説を執筆。約半世紀に渡り、小説や脚本など100作以上を量産し、代表作は「ハートの刺青」「10プラス1」の他、「金髪女」で始まる〈ホープ弁護士〉シリーズ、〈酔いどれ探偵カート・キャノン〉シリーズやヒッチコック監督の「鳥」などの脚本がある。86年アメリカ探偵作家クラブ賞(MWA賞)の巨匠賞、98年イギリス推理作家協会賞(CWA賞)のダイヤモンド・ダガー賞を受賞した。90年3度目の来日。

マクベス, ジョージ・マン　*MacBeth, George Mann*
イギリスの詩人
1932.1.19～1992.2.16
[出]スコットランド　[学]オックスフォード大学ニュー・カレッジ(古典・哲学)
[歴]1955～76年BBCに勤務。海外放送のプロデューサーや、詩の番組のエディターを務めた。多彩な才能のもとに超現実的で不気味なユーモアの詩を作りだす。詩集に「言葉の一形態」(54年)、「血の色」(67年)、「榴霰弾」(73年)、「長い暗闇」(83年)、「Anatomy of a Divorce」(88年)などのほか、散文作品に日本刀の関心を披瀝した「サムライ」(75年)、「カタナ」などがある。アンソロジーや児童読物も出版、自伝に「A Child of the War」(87年)がある。

マクマートリー, ラリー　*Mcmurtry, Larry*
アメリカの作家, 脚本家
1936～
[出]テキサス州　[学]ノース・テキサス大学卒 M.A.(ライス大学)　[賞]ピュリッツァー賞(1986年)
[歴]牧畜業者の息子。ライス大学で英語を教え、24歳のとき処女作「Horseman pass by」で文壇にデビュー。以来、特異な作風と題材により、その力量を評価されている。作品に「寂しい鳩」(1985年)、「Streets of Laredo」「クレージー・ホース」「ドウェインの憂鬱」など。映画脚本も30本以上手がけており、「ハッド」(63年)、「ラスト・ショー」(71年)、「愛と追憶の日々」(83年)などがある。

マクマホン, キャスリーン　*MacMahon, Kathleen*
アイルランドの作家
1970～
[賞]ウーマン・オブ・ザ・イヤー賞（アイルランド, 文芸部門）（2012年）
[歴]アイルランド女性作家の草分けの一人で短編作家として知られるメアリ・ラビンの孫。アイルランドの公共テレビ局RTEの国際ニュース担当記者を経て、2012年「最高の彼、最後の恋」で作家デビュー。同年アイルランドのウーマン・オブ・ザ・イヤー賞（文芸部門）を受賞。
[家]祖母＝メアリ・ラビン（作家）

マクミラン, テリー　*McMillan, Terry*
アメリカの作家
1952～
[出]ミシガン州ポートヒューロン　[学]カリフォルニア大学バークレー校卒
[歴]黒人の母子家庭で育つ。16歳から公立図書館のアルバイトをするが、そこで初めて黒人が執筆した本が存在することを知る。大学でジャーナリズムを学び、詩人を目指す。25歳で初の短編小説を書き、35歳で長編小説「ママ！」（1987年）を発表。アンソロジー「BREAKING ICE」の編集もしている。他に自らの恋愛体験にもとづいた「DISAPPEARING ACTS（えくぼ消さないで）」（89年）、新しい黒人文学として全米で300万部以上のベストセラーとなった「ため息つかせて」（92年）などがある。

マクラウド, アリステア　*MacLeod, Alistair*
カナダの作家
1936.7.20～2014.4.20
[出]サスカチュワン州ノースバトルフォード　[名]MacLeod, John Alexander Joseph　[学]セント・フランシス・ザビエル大学卒, ニュー・ブランズウィック大学卒 Ph.D.（ノートルダム大学）
[歴]きこり、坑夫、漁師などをして学資を稼ぎ、博士号を取得。1969年より40年以上に渡ってオンタリオ州のウィンザー大学で英文学の教壇に立った。傍ら、故郷のケープ・ブレトン島を舞台に小説を執筆し、こつこつと短編を発表。99年13年を費やした初の長編「彼方なる歌に耳を澄ませよ」がカナダで大ベストセラーとなった。2000年全短編集「Island」を出版。短編の名手として知られた。他の短編集に「灰色の輝ける贈り物」「冬の犬」などがある。息子のアレクサンダーも作家。

マクラウド, イアン　*MacLeod, Ian R.*
イギリスのSF作家
1956.8.6～
[出]ウェストミッドランズ州ソリハル　[学]バーミンガム総合技術大学（法律）　[賞]世界幻想文学大賞（1999年・2000年）, サイドワイズ賞（1999年）, アシモフ誌読者賞（2000年・2002年）, ローカス賞（処女長編部門）
[歴]大学卒業後は国家公務員として30代まで勤務しながら、作家を目指す。1989年「ウィアード・テイルズ」誌にデビュー短編「1/72nd Scale」が採用され、ネビュラ賞候補にもなった。90年妻の妊娠を機に専業作家となり、以後多数の作品が有名SF誌やアンソロジーThe Year's Best SFなどに掲載・収録されている。99年中編「夏の涯ての島」で世界幻想文学大賞、および歴史改変小説に与えられるサイドワイズ賞を、2000年短編「チョップ・ガール」で世界幻想文学大賞、アシモフ誌読者賞を受賞した。また、02年「息吹き苔」でアシモフ誌読者賞を獲得。他の作品もイギリスSF協会賞、ティプトリー賞などにノミネートされ、短編の名手としての評価を確たるものにしている。長編「The Great Wheel」でもローカス賞処女長編部門を受賞した。

マクラウド, ケン　*MacLeod, Ken*
イギリスのSF作家
1954.8.2～
[出]ルイス島ストーノーウェイ　[学]グラスゴー大学（動物学）（1976年）卒, ブルネル大学　[賞]プロメテウス賞, イギリスSF協会賞, サイドワイズ賞（短編部門）, 星雲賞
[歴]グラスゴー大学で動物学の学士号を取得し、1976年に卒業。コンピューター・プログラマーとして働きながらブルネル大学で生体力学の修士号を取得した。95年長編「The Star Fraction」で作家デビュー。人類の宇宙進出を壮大なスケールで描き、アーサー・C.クラーク賞にノミネートされ、プロメテウス賞を受賞。96年に発表した第2長編「The Stone Canal」でも再びプロメテウス賞を受賞。99年発表の第4長編「The Sky Road」でイギリスSF協会賞を受賞。中短編にも定評があり、2001年発表の「人類戦線」でサイドワイズ賞短編部門を受賞、星雲賞にも選ばれた。

マクラウド, シャーロット　*MacLeod, Charlotte*
カナダのミステリー作家
1922～2005.1.14
[名]筆名＝クレイグ, アリサ ヒューズ, マチルダ
[歴]1964年「Mystery of the White Knight」で作家デビュー。子供向けの本やマチルダ・ヒューズ名の普通小説を経て、78年シャンディ教授を主人公とする明るいタッチのミステリー「にぎやかな眠り」で人気を獲得。同シリーズに「オオブタクサの呪い」「ウーザック沼の死体」「風見大追跡」、未亡人セーラ・ケリングを主人公とするシリーズに「納骨堂の奥に」「富豪の災難」など。アリサ・クレイグ名義では〈マドック＆ジェネット〉と〈ディタニー・ヘンビット〉のシリーズがある。全て合わせて70作以上のミステリー作品を残した。

マクラクラン, パトリシア　*MacLachlan, Patricia*
アメリカの児童文学作家
1938.3.3～
[出]ワイオミング州　[学]コネティカット大学卒　[賞]ニューベリー賞（1986年）, ALA優良作品賞, ゴールデン・カイト賞
[歴]スミス大学で児童文学や創作講座を担当しながら子供の本を書き続けている。主な作品に「わたしさがしのかくれんぼ」「キャシー・ビネガー」「明日のまほうつかい」「のっぽのサラ」「おじいちゃんのカメラ」「潮風のおくりもの」など。

マグラス, ジョン　*McGrath, John*
イギリスの劇作家
1935～2002
[出]マージーサイド州バーケンヘッド　[名]McGrath, John Peter
[歴]1960年代初頭はBBCでテレビ監督として働き、テレビドラマ「Z Car」の脚本を書いた。71年イギリスの国富の84%が国民の7%に独占されているという統計から名前をとった7時84分劇団を創設し、労働者に向けて急進的な政治劇を上演。主な作品に「The Cheviot, the Stag, and the Black Black Oil」（73年）、「Little Red Hen」（75年）、「Blood Red Roses」（80年）などがある。

マグラス, パトリック　*McGrath, Patrick*
イギリス生まれのアメリカの作家
1950～
[出]ロンドン　[学]ロンドン大学
[歴]精神科医の父親が勤める精神病院の近所で育ち、犯罪者もいる患者と交流し、様々の凄惨な話を耳にした。ロンドン大学では英文学の学位を取得。10年ほどの放浪生活を経て、1988年ゴシック・ホラー短編集「血のささやき、水のつぶやき」で作家デビュー。89年処女長編「グロテスク」を発表。第二長編「スパイダー」は自ら脚本を手がけ、デービッド・クローネンバーグの手により映画化された。ポストモダン・ゴシックの旗手として活躍する。他の著書に「閉鎖病棟」「愛という名の病」「失われた探険家」などがある。
[家]妻＝マリア・エイトキン（女優）

マクラッケン, エリザベス　*McCracken, Elizabeth*
アメリカの作家
1967～
[学]ボストン大学卒　[賞]O.ヘンリー賞（2015年）

㊣大学卒業後、アイオワ大学創作科で小説を学ぶ。1993年初の短編集「Here's Your Hat What's Your Hurry」を発表。96年図書館司書として勤務の傍ら執筆した長編「ジャイアンハウス」が全米図書賞の最終候補作品となる。同年イギリスの文芸誌「Granta」のベスト・オブ・ヤング・アメリカン・ノベリストに選出される。

マクラバティ, マイケル　McLaverty, Michael
アイルランドの作家
1907～1992
㊣北アイルランドのベルファストと、ロンドンで教育を受ける。その後教師となりベルファストでは校長を務めた。短編小説作家として知られており、多くの優れた作品を世に送っている。アメリカでの評価が特に高い。作品集に「白い雌馬」(43年)、"闘鶏"その他」(49年)など。

マクラム, シャーリン　McCrumb, Sharyn
アメリカの作家
㊣MWA賞最優秀ペーパーバック賞
㊣バージニア工科大でアパラチア学の授業を持つ。「Sick of Shadows」でデビュー、4作目の「Bimbos of the Death Sun (暗黒太陽の浮気娘)」はSF大会を舞台にしたミステリーで、ユーモアと皮肉を効かせてSFファンの群像を生き生きと描きだし、MWA賞最優秀ペーパーバック賞を受賞したばかりでなく、SFのネビュラ賞の候補作にもなった。特に学生に人気がある。

マクリーシュ, アーチボルド　MacLeish, Archibald
アメリカの詩人, 劇作家
1892.5.7～1982.4.20
㊣イリノイ州グレンコ　㊣エール大学(1915年)卒、ハーバード大学(法律)　㊣ピュリッツァー賞(1933年・1953年・1959年)、ボーリンゲン賞(1953年)
㊣ハーバード大学で法律を修め、1923年パリに赴くまで、3年ほど弁護士を開業し、この間17年に詩集「象牙の塔」を発表した。23～28年に妻子とともに滞在したパリでは詩作に専念し、E.パウンド、T.S.エリオット、イェーツらの影響を受け、詩集「The Happy Marriage (幸福な結婚)」(24年)、「土の鉢」(25年)、「Streets in the Moon (月の中の街路)」(26年) や韻文劇「ノボダディ」(26年) などを次々と発表した。28年の「The Hamlet of A.MacLeish (A.マクリーシュのハムレット)」はエドマンド・ウィルソンのパロディで、広く名を知られるようになった。これらの作品に色濃い大戦間のペシミズムは、28年の帰国後一新し、30年の「New Found Land (新発見の国)」や32年の代表作「Conquistador (征服者)」では、アメリカ再発見の意識を表明する。のち、韻文劇やラジオ・ドラマなど幅広く活躍し、時代状況とデモクラシーを訴えた。この間、39～44年にアメリカ国会図書館長を、44～45年ルーズベルト大統領の国務次官補を務め、また49～62年ハーバード大学教授であった。第二次大戦後も、作品や著作を発表した。他の作品に「ロックフェラー氏の都市のための壁画」(33年)、韻文劇「恐慌」(35年)、ラジオ・ドラマ「都市の崩壊」(37年)、「空襲」(38年)、詩集「アメリカは望みだった」(39年)、「詩集17～1952」(52年)、詩劇「J.B.」(58年)、没後の「書簡集07～1982」(83年)、また詩人の責任を論じた「無責任な人々」(40年)、「行動すべき時」(43年)、詩論「詩と経験」(61年) など。

マグリス, クラウディオ　Magris, Claudio
イタリアの作家
1939.4.10～
㊣トリエステ　㊣トリエステ大学　㊣ストレーガ賞(1997年)、フランツ・カフカ賞(2016年)、バグッタ賞、アンティーコ・ファットーレ国際文学賞
㊣中央ヨーロッパのドイツ語文学を専門とし、最初の著作「オーストラリア文学とハプスブルク神話」(1963年) で注目される。80年代から創作も始め、「Microcosmi」(97年) でストレーガ賞を、「Danubio」でバグッタ賞およびアンティーコ・ファットーレ国際文学賞を受賞するなど、国内外の文学賞を受賞。他の著書に「ドナウ ある川の伝記」(86年) など。

マクリーン, アリステア　Maclean, Alistair
イギリスの冒険作家
1922.4.21～1987.2.2
㊣ストラスクライド州グラスゴー　㊣筆名＝ステュアート, イアン〈Stuart, Ian〉　㊣グラスゴー大学卒
㊣父は牧師。第二次大戦中の1941～46年、海軍に従軍。戦後は教職にあったが、海軍経験を生かして執筆した「女王陛下のユリシーズ号」(55年) で作家デビュー、一躍人気作家の仲間入りを果たす。第二次大戦中のイギリス特殊部隊の活躍を描いた第2作「ナバロンの要塞」(57年) も大ベストセラーとなり、グレゴリー・ペック主演の映画もヒットした。イアン・ステュアート名義も含めて、「北極基地潜航作戦」(63年)、「荒鷲の要塞」(67年)、「麻薬運河」(69年) など30編以上の冒険小説を執筆、映画化された作品も多い。ハモンド・イネスと並んで"イギリス冒険小説の中興の祖"と評される。

マクリーン, アンナ　Maclean, Anna
アメリカの作家
㊣別名＝マッキン, ジーン〈Mackin, Jeanne〉
㊣名作「若草物語」の作者オルコットを探偵役にした〈名探偵オルコット〉シリーズを発表。同シリーズの作品に「ルイザと女相続人の謎」(2004年)、「ルイザの不穏な休暇」(05年)、「ルイザと水晶占い師」(06年) などがある。また、ジーン・マッキンの別名義で、多くの歴史小説も発表。ジャーナリスト、大学の講師なども務める。

マクリーン, キャサリン　Maclean, Katherine
アメリカのSF作家
1925.1.22～
㊣筆名＝ダイ, チャールズ モリス, G.A.　㊣バーナード・カレッジ卒　㊣ネビュラ賞(1971年度)
㊣バーナード・カレッジで学士号を取得後、大学院で心理学の研究に携わる。1949年処女短編「Defence, Mechanism (防衛機制)」をASF誌上に発表してSF界にデビュー。以降同誌を中心にハードコアSFの短編作品を発表し続け、初期の作品の多くはアンソロジーにも収録された。シリーズものの作品としてはアステロイド植民を描く〈宇宙の丘〉シリーズが知られている。ハード科学の機器類をソフト科学に応用しようとする作家たちの前衛であり、幅広い職業経験によりテクノロジーに関して広い視野と技量を身につけている。71年の作品「The Missing Man (失踪した男)」は同年度のネビュラ賞を受賞した。作品の多くは本名で発表されているが、51～53年チャールズ・ダイと結婚し、彼の名義で3編ほど作品を書く。他にG.A.モリスのペンネームも使用している。ハリイ・ハリソン、またチャールズ・ディ・ベットとの合作を行い評論も書く。

マクリーン, グレース　McCleen, Grace
イギリスの作家
1981～
㊣ウェールズ　㊣オックスフォード大学卒、ヨーク大学修士課程修了　㊣デズモンド・エリオット賞(2012年)
㊣オックスフォード大学を卒業後、ヨーク大学で修士号を取得。2012年のデビュー作「わたしが降らせた雪」は有力紙誌に絶賛され、優れたデビュー小説に贈られるデズモンド・エリオット賞を受賞。

マクリーン, ノーマン　Maclean, Norman
アメリカの作家, 英文学者
1902～1990
㊣アイオワ州　㊣ダートマス大学卒
㊣スコットランド系。10代の頃はフライ・フィッシングをはじめとする釣り、山登り、森林警備員のアルバイトと、大自然の中で育つ。アリストテレス学説の学者であり、叙情詩の分析で著名だった。シカゴ大学で40年間シェイクスピアとロマン派詩人について教え、講義の素晴らしさで3度大学の賞を受

賞。1973年70歳で退職して小説を書き始める。自伝小説の短編集「A River Runs Through It and Other Stories（マクリーンの川, マクリーンの森）」を書き，76年シカゴ大学から出版。絶賛をあび，ロング・セラーを続け，92年ロバート・レッドフォードにより映画化された。その後，もう1作「Young Men and Fire（マクリーンの渓谷）」(92年)を刊行。

マクルーア, ジェームズ　McClure, James
南アフリカの推理作家
㊞ヨハネスブルク　㊤CWA賞ゴールド・ダガー賞（1971年），CWA賞シルバー・ダガー賞（1976年）
㊥イギリス系の白人。成人してから商業写真家，教師，ジャーナリストなどの職に就くが，アパルトヘイト（人種隔離政策）に同調できず，1965年イギリスへ渡る。以来「デイリー・メイル」，「オックスフォード・タイムズ」などの編集に従事する。71年，31歳で処女作「The Steam Pig（スティーム・ピッグ）」を発表。警察小説という形式で南アフリカ共和国の実態をなまなましく描いたもので，イギリス推理作家協会（CWA賞）のゴールド・ダガー賞を受賞した。76年「Rogue Eagle（ならず者の鷲）」でCWA賞シルバー・ダガー賞。

マークルンド, リサ　Marklund, Liza
スウェーデンの作家
1962.9.9～
㊞ピテオ　㊤ポロニ賞（1998年）
㊥「アフトンブラーデット」のニュースデスク，テレビ4のニュース編集局の主任を経て，1995年作家としてデビュー。98年「爆殺魔」でスウェーデン推理作家協会のポロニ賞を受賞。コラムニストとしても人気がある。

マクレナン, ヒュー　MacLennan, Hugh
カナダの作家，エッセイスト
1907.3.20～1990.11.7
㊞ノバスコシア州グレースベイ　㊥Maclennan, John Hugh
㊥ダルハウジー大学，オックスフォード大学，プリンストン大学 Ph.D.（プリンストン大学）（1935年）
㊥イギリス系カナダ人として生まれる。1933～45年モントリオールのロワー・カナダ・スクールで古典を教え，この間35年にプリンストン大学で学位を得た。第二次大戦後の45～51年は文筆生活に専念し，51～67年モントリオールのマッギル大学準教授を経て，67～79年同大英文学教授を務め，同大名誉教授となった。この間作家としての地歩を進め，41年のデビュー作「Barometer Rising（気圧計上昇中）」では17年のハリファックス大爆発を扱い，以来"カナダとは何か"を追求したといわれる作品を続けて発表した。小説のほか「Cross Country（クロスカントリー）」(49年)や「Scotchman's Return（スコッチマンの帰還）」(60年)などのエッセイで知られ，61年の「The Seven Rivers of Canada（カナダの7つの川）」といった優れた歴史紀行でも有名である。他の作品にイギリス系とフランス系の相克を描いた「二つの孤独」(45年)，カナダ対アメリカの関係を扱った「断崖」(48年)，カナダにおけるカルバン主義をテーマとする「各人の息子」(51年)，スペイン戦争を背景とした「夜の終りを告げる時」(59年)，再び英仏両系の対立を扱った「スフィンクスの帰還」(67年)，未来小説「時の流れの中の声」(80年)など。エッセイに「Thirty and Three（33）」(54年)など。

マクレーン, ポーラ　McLain, Paula
アメリカの作家，詩人
1965～
㊞カリフォルニア州フレズノ　㊥ミシガン大学
㊥両親が育児を放棄したため，2人の姉妹とともに様々な里親のもとを転々としながら育つ。看護助手やピザ配達などで生計を立てながらミシガン大学で詩作を学び，1999年最初の詩集を出版。2011年に出版した小説「ヘミングウェイの妻」がベストセラーとなる。

マクロイ, ヘレン　McCloy, Helen
アメリカのミステリー作家
1904.6.6～1994.12.1
㊞ニューヨーク市　㊥McCloy, Helen Worrell Clarkson　㊤ネロ・ウルフ賞，MWA賞巨匠賞（1990年）
㊥10代の頃から文才を発揮。フランスに留学してソルボンヌ大学に入学。在学中から美術評論や文筆活動を始め，新聞の通信員などの傍ら，小説や詩，評論を発表。10年近くヨーロッパに滞在後帰国し，1938年「Dance of Death（死の舞踏）」でミステリー界にデビュー。精神科医ベイジル・ウィリング博士を探偵役にした長編ミステリーが人気を博し，以後シリーズ化され代表作となった。46年ミステリー作家ブレット・ハリデイと結婚（61年離婚）。50年女性として初めてアメリカ探偵作家クラブ（MWA）会長に選出される。75歳の時に書いた「読後焼却のこと」でネロ・ウルフ賞を受賞。米ミステリー界の重鎮の一人として活躍，短編の名手でもあり，書評にも健筆を振るった。90年長年の功績を称えられ，MWA賞巨匠賞を受賞。他の作品に「家蠅とカナリア」(42年)，「逃げる幻」(45年)，「ひとりで歩く女」(48年)，「暗い鏡の中に」(50年)，「幽霊の2/3」(56年)，「殺す者と殺される者」(57年)，「割れたひづめ」(68年)など。

マグワイア, イアン　McGuire, Ian
イギリスの作家
1964～
㊥マンチェスター大学，サセックス大学大学院修士課程，バージニア大学大学院博士課程
㊥マンチェスター大学で学び，サセックス大学で文学修士，バージニア大学で博士号を取得。マンチェスター大学で名誉上級講師として創作と批評を教える。2006年「Incredible Bodies」で作家デビュー。2作目の小説「北氷洋 The North Water」は，16年のブッカー賞の候補作となり，「ニューヨーク・タイムズ」紙の16年度ベスト・フィクション5冊のうちの1冊に選ばれる。

マグワイア, ショーニン　McGuire, Seanan
アメリカのSF作家
㊞カリフォルニア州　㊤ジョン・W.キャンベル新人賞，ヒューゴー賞（中編部門），ネビュラ賞（中編部門），ローカス賞（中編部門）
㊥2009年「Rosemary and Rue」で長編デビュー。同作でジョン・W.キャンベル新人賞を受賞して以来，数多くのSF関連の賞を受賞。「不思議の国の少女たち」でヒューゴー賞，ネビュラ賞，ローカス賞（いずれも中編部門）を受賞したほか，世界幻想文学大賞にもノミネートされた。

マケラ, ハンヌ　Mäkelä, Hannu
フィンランドの作家，詩人
1943～
㊞ヘルシンキ　㊤文学作品国家賞，アンデルセン賞優秀賞（1976年），フィンランディア賞（1995年），トペリウス賞（1996年）
㊥大学卒業後，学校の教師や，出版社で文学の編集に携わったのち，大人のための小説，詩，劇，ラジオやテレビの脚本を書き始める。1973年に出版した児童文学「フーさん」で知られるが，95年「Mestari」でフィンランド最高の文学賞であるフィンランディア賞を受賞するなど，一般向けの文芸の世界でも活躍。現代フィンランド文学界を代表する作家の一人。

マコーイ, ジュディ　McCoy, Judi
アメリカの作家
1949～2012.2.18
㊞イリノイ州ジョリエット　㊥McCoy, Judith Ann Karol　㊤ウォルデンブックス新人賞（2001年）
㊥2001年デビュー作「I Dream of You」でウォルデンブックス新人賞を受賞。ロマンティック・サスペンスを多数発表した後，〈ドッグウォーカー・ミステリ〉シリーズで人気を博した。熱心なランの栽培家でもあった。

マコート, フランク　*McCourt, Frank*
アメリカの作家
1930～2009.7.19
[出]ニューヨーク　[学]ニューヨーク大学　[賞]全米書評家協会賞（伝記部門）(1996年), ピュリッツァー賞（伝記部門）(1997年)
[歴]アイルランド移民の長男としてニューヨークに生まれ、1935年4歳の時、アイルランド南西部の町リムリックに移る。19歳で再びニューヨークに渡り、様々な職に就いた後ニューヨーク大学に入学。職業訓練校の教師を経て、ニューヨーク市のエリート校ピーター・スタイビサント校の英語と作文の教師となり、87年退職。アイルランドで過ごした少年時代の極貧体験を綴った自伝的作品「アンジェラの灰」を96年に発表。世界各国でベストセラーとなり、97年ピュリッツァー賞（伝記部門）を受賞。99年にはアラン・パーカー監督によって映画化された。他の作品に「アンジェラの灰」の続編「'TIS（アンジェラの祈り）」(99年)、「Teacher Man」(2005年)、「Angela and the Baby Jesus」(07年)がある。

マゴナ, シンディウェ　*Magona, Sindiwe*
南アフリカの作家
1943～
[出]トランスカイ　[学]南アフリカ大学卒, コロンビア大学大学院修士課程修了
[歴]農村に生まれ、港町ケープタウンの黒人居住区ググレトゥで育つ。小学校の教員をしていたが、思いがけない妊娠により離職。その後、白人家庭の召使い、失業生活を経て、単身で3人の子供を育てながら南アフリカ大学（通信教育）を卒業。やがてアメリカに渡り、コロンビア大学で修士号を取得。ニューヨークの国連で働いた後、2002年南アフリカに帰国。この間、「子どもたちの子どもたちへ」などの自伝作品、「暮らし、愛し、夜眠れずに横たわる」などの短編小説集を発表し、現代南アフリカを代表する黒人女性作家の一人となる。

マゴフ, ロジャー　*McGough, Roger*
イギリスの詩人
1937.11.9～
[出]マージーサイド州リバプール　[学]ハル大学
[歴]ハル大学で学び、1960～64年郷里のリバプールで教職に就く。67年エイドリアン・ヘンリー、ブライアン・パットンと詩集「The Mersey Sound」を出して初めて作品を発表、3人揃って"リバプール詩人"と呼ばれる。その後、楽器を用いずに歌と皮肉な寸劇を演じるグループ、スキャフォールドのメンバーとなり、歌詞を担当した。他の詩集「合言葉」(69年)、「ギグ」(73年)、「ガラスの部屋で」(76年)、「モニカと過ごした夏」(78年)、「列車に手を振って」(82年)、「パイの中の空」(83年)などがあり、戯曲や子供向けの詩集もある。

マコーリー, ポール　*McAuley, Paul J.*
イギリスのSF作家
1955～
[賞]フィリップ・K.ディック賞(1988年), アーサー・C.クラーク賞, ジョン・W.キャンベル記念賞
[歴]セント・アンドルーズ大学で6年間植物学を教えた後、ロサンゼルスで研究生活を続ける。1988年宇宙小説「Four Hundred Billion Stars」でフィリップ・K.ディック賞を受賞、その後次々に長編を発表。他の作品に「フェアリイ・ランド」がある。

マゴリアン, ミシェル　*Magorian, Michelle*
イギリスの児童文学作家, 俳優
1947～
[出]ポーツマス　[学]ロンドン・ブルフォード・カレッジ（演劇）, マルセル・マルソー国際学院（パリ, パントマイム）　[賞]ガーディアン賞(1982年), コスタ賞(2008年)
[歴]舞台、映画、テレビと演劇畑を歩み、パントマイムのワンマンショーを企画、実演したこともある。また、児童文学の第1作「おやすみなさいトムさん」(1981年)で優れた児童文学に贈られるガーディアン賞を受賞。国際読書協会と全米図書館協会からは"最も優れたヤングアダルトのための本"に選出される。ほかに「Back Home」「イングリッシュローズの庭で」など。

マーゴリス, スー　*Margolis, Sue*
イギリスの作家
1955.1.5～2017.11.1
[出]ロンドン　[名]Margolis, Susan Linda　[学]ノッティンガム大学（政治学）
[歴]BBCラジオで女性向けの番組を15年間担当。その後、作家活動に専念、レディース・ノベルを次々に発表。「ファスナーをおろしたら(Neurotica)」(1998年)で注目される。他の作品に、「Sisteria」(99年)、「Launderama」(2002年)、「Apocalipstick」(03年)などがある。夫はジャーナリストのジョナサン・マーゴリス。
[家]夫＝ジョナサン・マーゴリス（ジャーナリスト）

マコールモン, ロバート　*McAlmon, Robert*
アメリカの作家, 出版人
1896.3.9～1956.2.2
[出]カンザス州クリフトン　[学]南カリフォルニア大学
[歴]1920年ウィリアム・カーロス・ウィリアムズと「コンタクト」誌を創刊、アメリカの文芸のモダニズム運動に大きな役割を果たす。その後、妻とパリに移り、同地ではウィリアム・バードとコンタクト・エディションズ社とスリー・マウンテンズ・プレス社を設立して"失われた世代"の作家たちの作品を出版した。29年帰国。短編集「村」(24年)や詩集「The Portrait of Generation」(26年)などがあるが、"失われた世代"の作家たちとの交流を描いたケイ・ボイルとの共著「天才たちと共に」(38年)や、自伝的文章を集成したロバート・E.ノール編「マコールモンと失われた世代」(62年)を遺したことで評価が高い。

マゴーン, ジル　*McGown, Jill*
イギリスの作家
1947.8～
[出]スコットランド・アーガイル　[名]別筆名＝チャップリン, エリザベス〈Chaplin, Elizabeth〉
[歴]弁護士事務所、イギリス鉄鋼公社などに務めていたが、BBCの短編コンテストに入選して作家に転じた。1983年ジル・マゴーン名義で主任警部ロイドと女刑事ジュリーのコンビが活躍する「A Perfect Mutch（パーフェクト・マッチ）」で長編デビュー、以来年一作のペースで作品を発表。クリスティーを髣髴させるフーダニットに、巧みな現代的味つけをした作風で人気が高い。〈ロイド＆ヒル〉シリーズの他、「The Stlking Horse」(87年)、「Murder Movie」「踊り子の死」などの著書がある。また、エリザベス・チャップリン名義でも「幸福の逆転」などを発表。

マーサー, デービッド　*Mercer, David*
イギリスの劇作家
1928.6.27～1980.8.8
[出]ウェストヨークシャー州ウェイクフィールド　[学]ダーラム大学
[歴]1953年ダーラム大学で美術の学位を取得。しばらく教職に就いた後、60年代前半から文筆活動に専念。テレビドラマ作家として出発し、個人の疎外と階級制度の問題を扱った作品を数多く書いた。作品に「総督の夫人」(65年)、「ハガディを求めて」「フリント」(70年)、「ダック・ソング」(74年)などがある。

マ・サンダー　*Ma Sander*
ミャンマーの作家
1947.9.3～
[名]チョーチョーティン　[学]ラングーン工科大学(1971年)卒
[歴]6人兄弟の4番目。大学在学中、短編小説「私の先生」でデビュー。大学卒業後、建築公社に勤める。1972年、長編小説「幼いので、わからない」を発表、兼業作家に。75年結婚。その作品は、劇的なストーリーの物語小説と、日常生活を淡々

と描くことで現代社会との関わりを感じさせる小説とに大別される。文体は切れがあり、リズムを持った形容詞や副詞の使用に特徴がある。またユーモアにあふれた語り口で、重いテーマもカラッとした色合いに仕上げている。作品に「マ・サンダー短編小説集」(74年)、「バラ」(76年)、「影」(77〜78年)などがある。
[家]父＝マンティン(作家・政府官僚)

マシー, エリザベス *Massie, Elizabeth*
アメリカの作家
[出]バージニア州　[学]マディソン大学　[賞]ブラム・ストーカー賞
[歴]1971年からマディソン大学などで初等教育の学位を取得した後、94年まで公立学校で教師を務める。84年短編ホラー小説「Whittler」でデビュー。91年の「Stephen」はブラム・ストーカー賞を受賞、世界幻想文学大賞の最終候補作にも選ばれた。

マジェア, エドゥアルド *Mallea, Eduardo*
アルゼンチンの作家, 評論家
1903.8.14〜1982.11.12
[歴]1926年短編集「絶望したイギリス女性のための短編集」で前衛的な作家として注目される。31年よりジャーナリストとしても活動し、「ナシオン」紙で文芸欄を責任編集。他の作品に、小説「ヨーロッパ夜曲」(35年)、「沈黙の入り江」(40年)、「すべての緑は枯れる」(41年)、「魂の敵」(50年)、「シンドバッド」(57年)、短編集「動かない川のほとりの町」(36年)、評論「アルゼンチンの認識と表現」(35年)、「アルゼンチンの一つの情熱の歴史」(37年)など。この間、55〜58年ユネスコ大使を務めた。

マシスン, リチャード *Matheson, Richard*
アメリカのSF作家, ホラー作家, 脚本家
1926.2.20〜2013.6.23
[出]ニュージャージー州アレンデイル　[名]マシスン, リチャード・バートン〈Matheson, Richard Burton〉　[賞]MWA賞テレビフィーチャー・ミニシリーズ賞(1973年), 世界幻想文学大賞(長編部門)(1976年), 世界幻想文学大賞(生涯功労賞)(1984年), 世界幻想文学大賞(短編集部門)(1990年)
[歴]ノルウェーからの移民の家に生まれる。第二次大戦には少年兵として従軍。20代から創作活動を始め、1949年ホラー短編「男と女から生まれたもの」で作家デビュー。ブラッドベリの影響を受けて作風は幻想的であり、怪奇を得意とした。「Stir of Echoes(渦まく谺)」(58年)「地獄の家」(71年)などの作品が広く知られ、小説以外にも映画・テレビの脚本を数多く手がけた。「I am the Legend(吸血鬼)」(54年, のち「地球最後の男」「アイ・アム・レジェンド」に改題)は3度にわたって映画化され、スティーブン・スピルバーグ監督のデビュー作「激突！」の原作、テレビシリーズ「トワイライト・ゾーン」の脚本も手がけた。他の作品に「奇蹟の輝き」「震える血」「ある日どこかで」「不思議の森のアリス」「深夜の逃亡者」など。

マシーセン, ピーター *Matthiessen, Peter*
アメリカの作家, ジャーナリスト
1927.5.22〜2014.4.5
[出]ニューヨーク市　[学]エール大学(1950年)卒, ソルボンヌ(パリ)大学卒　[賞]全米図書賞(現代思想部門)(1979年), 全米図書賞(一般ノンフィクション・ペーパーバック部門)(1980年), 全米図書賞(フィクション部門)(2008年)
[歴]ユダヤ系。1953年パリで友人と2人で文芸雑誌「パリ・レビュー」を創刊。54年「Race Rock(人種の岩)」を発表し、作家としてデビューした。その後、帰国。56年アメリカの野生動物の調査を始め、3年をかけたその成果を「北米大陸の野生動物」(59年)として出版。作家とはまた別のフィールド・ナチュラリストとしての一連の仕事を開始。その後南米の荒野の自然史「雲の森」(61年)、ニューギニアやベーリング海の自然調査などを手がけ、探検家としても活躍。マウンテンゴリラの研究者であるジョージ・シェイラーと共に、ヒマラヤ高地にも踏み入り、その体験後、仏教に帰依する。78年チベット高原を横断した個人的記録風の自然調査日誌「雪豹(The Snow Leopard)」を発表、全米図書賞を受賞した。他に小説「神の庭に遊びて」(65年)、「遥かな海亀の島」(75年)、「Shadow Country」(2008年)、ノンフィクション「山壁の下」(1963年)、「ウーミングマーク」(67年)、「人間の生まれた樹木」(72年)、「クレイジーホースの霊の中で」(83年)、「インディアン・カントリー」(84年)、「九頭竜川」(86年)などがある。

マシャド, アナ・マリア *Machado, Ana Maria*
ブラジル生まれの作家
1941〜
[賞]国際アンデルセン賞作家賞(2000年)
[歴]ブラジルに生まれ、アメリカ、フランス、イタリアで教育を受ける。大学教授、ジャーナリストの職を経て、1980年文筆業に入る。数々の優れた作品の創作を称えられ、2000年国際アンデルセン賞作家賞を受賞。著書に「くろってかわいい」などがある。

マーシャル, アラン *Marshall, Alan*
オーストラリアの作家
1902.5.2〜1984.1.21
[出]ビクトリア州スーラット　[学]テラング高卒
[歴]6歳のとき小児麻痺を患い、以来松葉杖で暮らす。事務員、会計係などを経て、フリーのジャーナリストとして新聞雑誌に寄稿し、第二次大戦中は陸軍教育部に勤務する。33年最初の短編小説を発表し、44年初の著書「They are my people(この人びともわが同胞)」を出した。最も有名な作品は自伝的作品「ぼく、水たまりを飛びこせるよ」(55年)以下の3部作で、テレビにもなった。短編集「Tell us about the turkey, jo(兄ちゃん、七面鳥の話を聞かせて)」(46年)、アボリジニーの物語集「ドリームタイムのひとびと」(52年)などがある。明晰な文体で詩情とユーモアに富み、オーストラリア文壇を代表する作家の一人といわれた。88年アラン・マーシャル児童文学賞が創設された。

マーシャル, ポール *Marshall, Paule*
アメリカの作家
1929.4.9〜
[出]ニューヨーク市ブルックリン　[学]ブルックリン・カレッジ卒
[歴]両親は第一次大戦の間に西インド諸島のバルバドスを離れ、ベイジャンと呼ばれるブルックリンのコミュニティに住みついた。大学卒業後、西インド諸島系黒人を対象とする雑誌の編集に携わる。その後、コロンビアやエールで教壇に立ち、バージニア・コモンウェルス大学で教授を務める傍ら小説を発表し続ける。デビューは1961年で、「Soul Clap Hands and Sing」という中編小説集だった。第2作は「The Chosen Place, The Times Timeless Peaple」を69年に発表したが大きな反響を得られなかった。70年、トニ・ケード・バンバーラの編むアンソロジーに掲載した短編「Reena」が注目され高い評価を受ける。他の作品に「ある讃歌」などがある。

マーシャル, マイケル *Marshall, Michael*
イギリスの作家, 脚本家
1965〜
[出]ナッシュフォード　[学]ケンブリッジ大学キングス・カレッジ(哲学, 社会学, 政治学)　[賞]イギリス幻想文学大賞, フィリップ・K.ディック賞
[歴]アメリカ、南アフリカ、オーストラリアなどで子供時代を過ごしたのち母国に戻る。ケンブリッジ大学キングス・カレッジで哲学、社会学、政治学を学ぶ。処女長編「オンリー・フォワード」でイギリス幻想文学大賞およびフィリップ・K.ディック賞を受賞してデビュー。第2作「スペアーズ」、第3作「ワン・オヴ・アス」も世界10ケ国以上で翻訳される。

マーシャル, メーガン *Marshall, Megan*
アメリカの作家
1954〜

マ

[賞]ピュリッツァー賞（伝記部門）（2014年）
[歴]2005年「ピーボディ姉妹—アメリカ・ロマン主義に火をつけた三人の女性たち」を刊行、ピュリッツァー賞伝記部門の最終選考に残る。13年刊行の「Margaret Fuller」で同賞受賞。他の著書に「The Cost of Loving Woman and the New Fear of Intimacy」など。

マーシュ, キャサリン　*Marsh, Katherine*
アメリカの作家
1974〜
[出]ニューヨーク州　[学]エール大学（英文学）　[賞]MWA賞最優秀ジュブナイル賞
[歴]ニューヨーク郊外で育つ。エール大学で英文学を専攻。のち教員を経て、ジャーナリストになる。2007年に発表した作家デビュー作「ぼくは夜に旅をする」で、アメリカ探偵作家クラブ賞（MWA賞）の最優秀ジュブナイル賞を受賞。「ニュー・リパブリック」誌の編集に携わる傍ら、執筆を続ける。

マーシュ, ナイオ　*Marsh, Ngaio*
ニュージーランドの推理作家
1895.4.23〜1982.2.18
[出]クライストチャーチ
[歴]高校時代に学園誌の編集、戯曲の執筆や演出に携わった後、美術学校に進学するも、演劇活動に従事。1928年初めて渡英し、以後イギリスとニュージーランドを何度か行き来する。34年ミステリーの処女作「アレン警部登場」を執筆。以来イギリス人のロデリック・アレン警部を主人公としたシリーズで人気を博し、「殺人者登場」（35年）、「死の序曲」（39年）、「ランプリイ家の殺人」（41年）、「ヴァルカン劇場の夜」（51年）など30冊を超える推理小説を執筆。本国では演劇界の重鎮だが、世界的にはアガサ・クリスティー、ドロシー・リー・セイヤーズ、マージェリ・アリンガムと並んで探偵小説黄金期の四大女性作家として知られる。デームの称号を持つ。

マシューズ, エイドリアン　*Mathews, Adrian*
イギリスの作家
1957〜
[出]ロンドン　[学]ケンブリッジ大学（英語学）卒　[賞]CWA賞シルバー・ダガー賞（1999年）
[歴]父はイギリス人、母はチェコ人。南ロンドンで育ち、ケンブリッジ大学で英語学を専攻。卒業後はイギリスとフランスを行き来し、教師と養豚業を生業とする。のちパリに住み、著作と翻訳の傍ら、パリのブリティッシュ・インスティテュートで英文学を教える。1999年「ウィーンの血」を発表、同作品でイギリス推理作家協会賞（CWA賞）のシルバー・ダガー賞を受賞。他の作品に「The Hat of Victor Noir」（96年）、19世紀の英文学の批評史に関する著書「Romantics and Victorians」などがある。

マシューズ, ジェームズ　*Matthews, James*
南アフリカの作家, 詩人
1929〜
[歴]カラード（混血）。貧しい家庭に育ち、新聞の売子をしながら高校に通う。卒業後は小使い、電話技手などの職を転々とし、自活しながら創作をおこなって「ドラム」誌に寄稿していた。やがて、ケープタウンで劇団を組織し、劇作にも手を染める。そのほか詩、散文、小説など多岐に渡る文筆活動を展開。南アフリカ作家のアパルトヘイト（人種隔離政策）反対の抗議運動を、指導的な立場で積極的に行う。1976年にはソエトに端を発する黒人暴動をケープタウンで指導したかどにより、4ケ月間投獄された。この時の体験を基に詩集「ジョーンズ、ミートボールをわたしに渡せ」（77年）「イメージ」（80年）を発表。作品に短編集「アジクウェルワ」（62年）、小説「THE PARTY IS OVER」（97年）などがある。72年の「絶叫せよ、憤怒の叫びを」はG.トーマスとの共同詩集で発禁処分を受けた。

マシューズ, ハリー　*Mathews, Harry*
アメリカの作家
1930.2.14〜2017.1.25
[出]ニューヨーク市
[歴]ニューヨーク市に生まれるが、長くフランスに居住。1960年代結成の実験的文学者集団ウリポに属し、短編、長編、詩、エッセイなどを多数発表。小説に「改宗」「トルース」「オドラデック・スタジアムの沈下」「シガレット」、短編集に「非独立宣言抄」など。翻訳にジョルジュ・バタイユ「空の青」がある。パリとキーウェストとニューヨークを行き来して生活する。

マース, ピーター　*Maas, Peter*
アメリカの作家
1929〜2001.8.23
[出]ニューヨーク
[歴]新聞・雑誌の記者を経て、作家に転身。マフィアの実態などを描いた作品を数多く執筆し、検察側の証人になったマフィアの兵隊バラキを描いた「ザ・バラキ・ペーパーズ」（1969年）で新時代のノンフィクションの有力な担い手となった。他の作品に、マフィア幹部グラバーノを描いた「アンダーボス」、ニューヨーク市警の腐敗に抵抗した麻薬取り締まりの刑事セルピコを描いた「セルピコ」などがあり、「セルピコ」はアル・パチーノ主演で映画化されヒットした。

マース, ヨアヒム　*Maass, Joachim*
ドイツの作家
1901.9.11〜1972.10.15
[出]ハンブルク
[歴]1924年から創作を始め、処女長編「ミミのいないボエーム」（30年）、「敵手」（32年）などを執筆。39年アメリカへ亡命。編集者を経て、のちドイツ文学の教授を務めた。51年以降、ドイツとアメリカを行き来した。他の作品に「遺言」（39年）、「グフェ事件」（52年）などがある。

マスターズ, エドガー・リー　*Masters, Edgar Lee*
アメリカの詩人
1869.8.23〜1950.3.5
[出]カンザス州ガーネット　[学]ノックス・カレッジ（法律）
[歴]1891年弁護士の資格を取得、シカゴに出て弁護士を開業し成功する。一方、弟や親友の死から主題をつかんで創作活動を行い、98年最初の詩集を出版。ペンネームで発表していた詩を、1915年「スプーンリヴァー詞華集」として刊行し名声を博す。23冊の詩集を発表したほか、9編の戯曲、5編の小説、4巻の評伝、随筆、自叙伝、地誌などを執筆した。

マスタートン, グレアム　*Masterton, Graham*
イギリスの作家
1946〜
[出]ロージアン州エディンバラ（スコットランド）　[学]ウェストサセックス芸術大学卒
[歴]大学卒業後、雑誌の編集に携わる。子供の頃から作家を志望し、1975年モダンホラー「マニトウ」でデビュー。同作の映画化が成功したことにより、人気作家としての地位を確立。以後、歴史小説、ミステリー、SF、ファンタジーなど多ジャンルにわたり数多くの作品を発表。作品「黒蝶」はアメリカ人監督ジョナサン・モストウにより映画化される。

マストローコラ, パオラ　*Mastrocola, Paola*
イタリアの作家
1956〜
[出]トリノ　[賞]イタロ・カルヴィーノ賞（1999年）, カンピエッロ賞（2000年・2004年）, ラパッロ・カリージェ女流作家賞（2001年）, アラッシオ・チェントリーブリ賞（2004年）
[歴]リチェオ・シェンティーフィコ（理科高等学校）で文学を教える。小説「La gallina volante」で、1999年イタロ・カルヴィーノ賞、2000年カンピエッロ賞、01年ラパッロ・カリージェ女流作家賞を、「Una barca nel bosco」で04年カンピエッロ賞、アラッシオ・チェントリーブリ賞を受賞。「Palline di pane」は01年ストレーガ賞の最終候補作となった。

マタール, ヒシャーム　*Matar, Hisham*
アメリカ生まれのリビアの作家
1970～
[出]アメリカ・ニューヨーク市　[賞]イギリス王立文学協会賞受賞(2007年)
[歴]リビア人の両親の間に生まれる。幼少年期をトリポリ、カイロで過ごし、1986年ロンドンに移る。2006年「リビアの小さな赤い実」で作家デビュー。自伝的要素の色濃い作品は高い評価を受け、ブッカー賞をはじめ数々の文学賞にノミネートされる。07年イギリス王立文学協会賞を受賞。

マチャード, アントニオ　*Machado, Antonio*
スペインの詩人, 劇作家
1875.7.26～1939.2.22
[出]セビリア　[名]マチャード・イ・ルイス, アントニオ〈Machado y Ruiz, Antonio〉　[学]ソルボンヌ大学
[歴]19世紀末および20世紀初めのマドリード、パリでボヘミアン的生活を送り、“1898年世代”“近代主義(モデルニスモ)”の作家、知識人たちと交友。1907年フランス語教授としてカスティーリャの町ソリアに赴任、以後バエサ、セゴビア、マドリードなどを転々とする。03年処女詩集「孤独」、07年その増補改訂版「孤独、回廊、その他の詩」を発表。代表作「カスティーリャの野」(12年)ではカスティーリャの外的風景を通じて没落したスペインの現実の考察も行う。晩年は哲学的考察を深め、「新しき誌」(24年)にみられるような箴言を生む。散文作品には詩論「擬似詩集について」(26年)、兄マニエルとの合作による戯曲「ラ・ロラは港へ」(30年)など。36年スペイン内乱後、亡命先の南仏コリュールで病没。
[家]兄＝マヌエル・マチャード(詩人)

マチャード, マヌエル　*Machado, Manuel*
スペインの詩人
1874.8.29～1947.1.19
[出]セビリア　[名]マチャード・イ・ルイス, マヌエル〈Machado y Ruiz, Manuel〉　[学]セビリア大学
[歴]詩人アントニオ・マチャードの兄。首都の自由教育学院とセビリア大学で学び、R.ダリオの影響を受け、“近代主義(モデルニスモ)”の詩風を確立。故郷アンダルシアの風物を優美で官能的な文体でうたった抒情詩が多い。代表作に「魂」(1900年)、「気まぐれに」(05年)、「アポロ」(10年)、「カンテ・ホンド」(12年)、「セビーリャ」(21年)などがある。弟との合作の戯曲「ベナメヒ公爵夫人」(32年)などもある。
[家]弟＝アントニオ・マチャード(詩人・劇作家)

マーツィ, クリストフ　*Marzi, Christoph*
ドイツの作家
1970.5.7～
[出]西ドイツ・ラインラントファルツ州マイエン(ドイツ)　[賞]ドイツ・ファンタスティック・プライズ新人賞(ドイツ語小説部門)(2005年)
[歴]2004年〈エミリー・レインとリシダス〉シリーズの第1作「エミリー・レインとリシダス1 リヒトロード」でデビュー。同書により05年ドイツ・ファンタスティック・プライズのドイツ語小説部門新人賞を受賞。

マッカイ, ヒラリー　*McKay, Hilary*
イギリスの児童文学作家
1959.6.12～
[出]リンカーンシャー州ボストン　[学]セント・アンドリュース大学　[賞]ガーディアン児童文学賞(1992年), ウィットブレッド賞(児童書部門)(2002年)
[歴]4人姉妹の長女として生まれる。セント・アンドリュース大学で動物学と植物学を学び、生化学者として勤務していたが、英語、美術史、心理学を学び直し、2人の子供を生んだ後、作家活動を開始。1992年デビュー作「夏休みは大さわぎ」でガーディアン児童文学賞、〈Casson Family〉シリーズの第1作目「サフィーの天使」(2001年)で02年のウィットブレッド賞(児童文学部門)を受賞。

マッカーシー, コーマック　*McCarthy, Cormac*
アメリカの作家
1933.7.20～
[出]ロードアイランド州　[学]テネシー州立大学中退　[賞]ピュリッツァー賞(小説部門)(2007年), フォークナー賞(1965年), マッカーサー奨学金(1981年), 全米図書賞(1992年), 全米書評家協会賞(1992年), ジェームズ・テイト・ブラック記念賞(2006年)
[歴]大学を中退して1953年空軍に入隊、4年間従軍する。編集者アルバート・アースキンにより世に送り出される。65年「The Orchard Keeper(果樹園の管理人)」でデビューし、フォークナー賞を受賞。85年長編5作目の「Blood Meridien」により大きく飛躍した。さらに「All the Pretty Horses(すべての美しい馬)」(92年)で全米図書賞、全米書評家協会賞を受賞。2007年小説「ノーカントリー・フォー・オールド・メン」(05年, 邦題「血と暴力の国」)が映画化され(「ノーカントリー」)、アカデミー賞作品賞など受賞。他の作品に「Outer Dark」(1968年)、「Child of God(チャイルド・オブ・ゴッド)」(73年)、「Suttree(サトリー)」(79年)、「ブラッド・メリディアン」(85年)、「The Crossing(越境)」(94年)、「Cities of the Plain」(98年)、「The Road(ザ・ロード)」(2006年)など。

マッカーシー, トム　*McCarthy, Tom*
イギリスの作家
1969～
[出]ロンドン　[学]オックスフォード大学英文科卒
[歴]プラハ、ベルリン、アムステルダムで様々な職を経験し、1990年代初頭にロンドンに戻る。虚構アート集団“国際ネクロノーティカル協会”で活動する一方、2001年初めての小説となる「もう一度」を執筆。イギリスの大手出版社から軒並み拒絶されたが、4年後にパリの小さな美術系出版社から刊行されると絶賛を浴び、英米でも改めて出版されて大きな注目を集めた。その後も小説、評論、書評などで活躍。10年発表の長編小説「C」はブッカー賞最終候補作となった。

マッカーシー, メアリー　*McCarthy, Mary Therese*
アメリカの作家, 文芸批評家
1912.6.21～1989.10.25
[出]ワシントン州シアトル　[学]バッサー大学(1933年)卒
[歴]6歳で孤児となり、父方の親戚の家で子供時代を過ごす。バッサー大学に学び、1930年代に文壇にデビュー、「ネーション」「パーティザン・レビュー」などリベラルな文芸・評論誌に辛辣な文学・劇評を寄稿。結婚したエドマンド・ウィルソンの影響下で小説を書き、42年処女短編集「彼女の仲間たち」を発表。作品は自伝的なものが多く、「魅せられた生活」(55年)は率直な性愛描写で話題となり、欧米でベストセラーに。63年には名門女子大学を卒業した8人の生き方を追った長編小説「グループ」を発表、多くの読者を獲得し、66年に映画化もされた。ほかに小説「オアシス」(49年)「学園の森」(52年)「不死身」(55年)「アメリカの鳥」(71年)「食人種と宣教師」(79年)、回想録「カトリック少女の思い出」(57年)、エッセイ集「それに反して」(61年)「Ideas and the Novel」(80年)、評論集「北緯十七度線」(74年)、「アーレント＝マッカーシー往復書簡」(キャロル・ブライトン編)など。結婚歴4回。
[家]弟＝ケビン・マッカーシー(俳優)

マッカラ, コリーン　*McCullough, Colleen*
オーストラリアの作家
1937.6.1～2015.1.29
[出]ニュージーランド・ウェリントン　[学]シドニー大学, ロンドン大学
[歴]医学を志して、ジャーナリズム関係、図書館、“アウトバック”での教師兼スクールバス運転手などの仕事をしながら、神経生理学を学ぶ。大学卒業後は神経生理学者としてオーストラリア国内、ロンドン、バーミンガム、アメリカ・コネティカッ

マ

ト州のエール大学神経学研究所などで働いていたが、1974年処女小説「TIM（ただ『あなた』だけで美しい）」で作家としてデビュー。5年がかりで書き上げた第2作目「The thorn birds（ソーン・バーズ）」（77年）が全世界で翻訳され約3000万部のベストセラーとなる成功により作家として自立。ウェールズ人、イギリス人、スコットランド人、アイルランド人の血を4分の1ずつ受けつぎ、マオリ族の血もひいているという。他の作品に〈The Masters of Rome〉シリーズ、「トロイアの歌」（98年）などがある。

マッカラーズ, カーソン　*McCullers, Carson*
アメリカの作家
1917.2.19〜1967.9.29
[出]ジョージア州コロンバス　[名]旧姓名＝スミス, カーソン〈Smith, Carson〉　[学]コロンビア大学, ニューヨーク大学
[歴]1940年聾唖者が他人との心の交流に飢えて苦悩するさまを描いた長編「心は孤独な狩人」で作家としてデビュー。肉体的、精神的にも奇型の傷を負って、それ故にいっそう他者とのつながりを渇望している主人公を描いた作品が多い。他の著書に「結婚式の参列者」（46年）、「夏の黄昏」（46年）、「悲しい酒場のバラード」（51年）、「針のない時計」（61年）など。

マッキネス, ヘレン　*MacInnes, Helen*
イギリス生まれのアメリカの作家
1907.10.7〜1985.9.30
[出]スコットランド・グラスゴー　[学]グラスゴー大学（1928年）卒
[歴]1937年コロンビア大学教授となった夫とともにニューヨークへ移る。41年処女作「Above Suspicion」を発表。51年アメリカ国籍を取得。スパイ小説を得意とし、作品は20ケ国語以上に翻訳され、日本では「ヴェニスへの密使」「ザルツブルク・コネクション」「マラガからの秘密指令」などが翻訳されている。ナチスの戦犯を追うサスペンス小説「ザルツブルク・コネクション」は映画化もされた。

マッギバーン, ウィリアム・ピーター
McGivern, William Peter
アメリカのミステリー作家
1922〜1982
[出]イリノイ州シカゴ
[歴]「フィラデルフィア・ブレンティン」紙に勤め新聞記者をしていた経験を持つ。一時期パルプマガジンに推理小説を書いていたが、やがて著作に専念するようになる。長編の第1作「囁く死体」が1948年に発表されたのを皮切りとし、30歳の頃にはすでに300編を越す作品を世に送っている。なかでも52年刊の「ビック・ヒート」は批評家から絶賛された。権力機構のなかの悪をテーマに据えた作品が多く、その豊かな社会性は悪徳警官もの、私立探偵ものなどに生かされている。ラジオやテレビの分野も手がけ、60年以降はハリウッドの脚本家として活躍する。映画化された作品も多く、57年の作品である「緊急深夜版」は日本の新国劇で上演された。一時、映画やテレビの世界に身を置いたが、75年「Night of the juggler（ジャグラー）」を発表して大ベストセラーとなり、ミステリー文壇に華々しい復活を遂げた。

マッキャリー, チャールズ　*McCarry, Charles*
アメリカの作家
1930.6.14〜
[出]マサチューセッツ州
[歴]生地で学業を修める。3年間の軍務期間中は第82空挺師団で訓練を受けたのちドイツで軍週刊紙の編集員となり、次いで「スターズ・アンド・ストライプス」紙の記者として勤める。除隊後は中東各紙の記者、コラムニストとして働き、また1950年代初めにはミッチェル労働長官の秘書として演説原稿を代筆したこともある。その後10年ほどスイスのジュネーブに本部を置く国連機関ILO（国際労働機構）の局員としてヨーロッパに駐在し、その間CIAの工作員にもなったが、67年退職して作家に転身。「サタデイ・イブニング・ポスト」「ライフ」「ナショナル・ジオグラフィック」などに数多く寄稿するほか、73年に発表した初のフィクション「蜃気楼を見たスパイ」が高く評価されて以来、詩人でジャーナリストのスパイ、ポール・クリストファーとその係累を主人公にしたシリーズで人気を博す。

マッキャン, A.L.　*McCann, A.L.*
オーストラリアの作家, 批評家
1966〜
[出]サウスオーストラリア州アデレード　[名]マッキャン, アンドルー〈McCann, Andrew〉　[学]コーネル大学　[賞]オーリアリス賞ホラー部門大賞（2002年）
[歴]オーストラリアのアデレードで生まれ、メルボルンで育つ。本名はアンドルー・マッキャン。1996年アメリカ・コーネル大学で英文学の博士号を取得。オーストラリアのクイーンズランド大学、メルボルン大学で英文学とオーストラリア文学を講じた後、アメリカ・ダートマス大学英文学科准教授に就任。2002年A.L.マッキャン名義で「黄昏の遊歩者」を出版して作家デビュー、同年オーリアリス賞ホラー部門大賞を受賞。05年2作目の「Subtopia」（未訳）を発表。本名で学術書も出版している。

マッギャン, オシーン　*McGann, Oisín*
アイルランドの作家
1973〜
[出]ダブリン　[賞]ビスト・チルドレンズ・ブック・オブ・ザ・イヤー賞優秀賞（2005年）
[歴]アートディレクター、コピーライターなどを経て、2003年作家デビュー。長編「The Gods and Their Machines」（04年）でビスト・チルドレンズ・ブック・オブ・ザ・イヤー賞優秀賞を受賞したほか、ローカス賞第1長編部門ファイナリストになるなど、高く評価されている。

マッキャン, コラム　*McCann, Colum*
アイルランド生まれの作家
1965〜
[出]ダブリン　[学]テキサス大学卒　[賞]全米図書賞（小説部門）（2010年）, 国際IMPACダブリン文学賞（2011年）
[歴]地元のジャーナリスト専門学校卒業後、「アイリッシュ・プレス」紙などに記事を書く。作家を志してアメリカに渡り、北米大陸を自転車で放浪、その後テキサス大学で英文学を学ぶ。1992年に来日、京都と北九州で英語教師として働く傍らアジア各国を旅する。94年頃からニューヨークで本格的に文筆活動を始める。2003年には「エスクァイア」誌のWriter of the Yearに選出された。09年の長編小説「世界を回せ」は同年度の全米図書賞を受賞、また11年には国際IMPACダブリン文学賞を受賞。他の作品に「ゾリ」などがある。

マッキルバニー, ウィリアム　*McIlvanney, William*
イギリスの作家, 詩人
1936.11.25〜2015.12.5
[出]スコットランド　[名]McIlvanney, William Angus　[学]グラスゴー大学卒　[賞]ジェフリー・フェイバー記念賞（1967年）, ウィットブレッド賞（1975年）, CWA賞シルバー・ダガー賞（1977年・1983年）
[歴]1966年現代小説「Remedy Is None」を発表して文壇にデビュー。以後、70年に詩集「Longships in Harbour（港の長船）」、75年にウィットブレッド賞を獲得した「Docherty（ドハーティ）」などの純文学作品を発表。ミステリーの分野でも活躍し、グラスゴー警察の一匹狼警部を描いた〈レイドロウ警部〉シリーズの第1弾「Laidlaw（夜を深く葬れ）」で77年度イギリス推理作家協会賞（CWA賞）のシルバー・ダガー賞を受賞。同シリーズ第2弾「The Papers of Tony Veitch（レイドロウの怒り）」で83年度シルバー・ダガー賞を再び受賞。“タータン・ノワールのゴッドファーザー”と呼ばれた。詩集に「In Through the Head」（88年）などがある。

マッキンタイア, ボンダ　*McIntyre, Vonda N.*
アメリカのSF作家
1948〜
[出]ケンタッキー州ルイビル　[学]ワシントン大学（遺伝学）（1970年）卒　[賞]ネビュラ賞（1974年・1978年・1997年），ヒューゴー賞（1978年）
[歴]1970年にワシントン大学で生物学の学士号を得たあと、大学院で遺伝子学を研究。70年SF作家を育てるデーモン・ナイトのクラリオン・ワークショップに参加。71年SF界にデビューし、73年中編「Of Mist, and Grass, and Sand（霧と草と砂と）」を発表、74年度のネビュラ賞を獲得。さらに78年同作品を長編化した「Dreamsnake（夢の蛇）」でヒューゴー賞とネビュラ賞を併せて受賞するなど、70年代に登場した有望な作家の一人。長編「The Exile Waiting（脱出を待つ者）」（75年）の他、80年代に入ると映画のノベライゼーションを数多く手がける。特に〈スター・トレック〉シリーズはSFとして質の高いものに仕上がっている。97年「太陽の王と月の妖獣」を発表し、3度目のネビュラ賞を受賞。

マッキンティ, エイドリアン　*McKinty, Adrian*
イギリスの作家
1968〜
[出]北アイルランド・キャリックファーガス　[学]オックスフォード大学　[賞]MWA賞最優秀ペーパーバック部門，バリー賞，オーストラリア推理作家協会最優秀長編賞ネッド・ケリー賞
[歴]オックスフォード大学で哲学を学んだ後、様々な職業を経て、2000年頃から小説を書き始める。03年の「Dead I Well May Be」で長編作家デビュー。同書でCWA賞スティール・ダガー賞にノミネートされる。12年の「コールド・コールド・グラウンド」から始まる〈ショーン・ダフィ〉シリーズは世界的に高い評価を受け、第5作「Rain Dogs」（16年）でMWA賞最優秀ペーパーバック部門を受賞。他にもアメリカ・ミステリー専門誌選出のバリー賞、オーストラリア推理作家協会最優秀長編賞ネッド・ケリー賞をシリーズで複数回受賞している。

マッキントッシュ, D.J.　*McIntosh, D.J.*
カナダの作家
[学]トロント大学文学部卒　[賞]アーサー・エリス賞未出版推理小説部門最優秀賞（2008年）
[歴]トロント大学文学部で学ぶ。カナダ推理作家協会が発行していた季刊誌「フィンガープリンツ」の編集者を務めた。2008年「バビロンの魔女」でアーサー・エリス賞未出版推理小説部門最優秀賞を受賞。

マッキンリー, ジェン　*McKinlay, Jenn*
アメリカの作家
[名]筆名＝ローレンス, ルーシー〈Lawrence, Lucy〉 ベル, ジョジー〈Belle, Josie〉
[歴]ロマンス・コメディを3作発表した後、コージー・ミステリーに転向。「ウェディングケーキにご用心」から始まる〈カップケーキ探偵〉シリーズの他、ルーシー・ローレンス名義で〈デコパージュ〉シリーズ、ジョジー・ベル名義で〈グッド・バイ・ガールズ〉シリーズを執筆。

マッキンリイ, ロビン　*McKinley, Robin*
アメリカのファンタジー作家
[出]オハイオ州　[名]マッキンリイ, ジェニファー・キャロリン・ロビン　[学]ボードウィン・カレッジ卒　[賞]ニューベリー賞（1985年），ミソピーイク賞（2004年）
[歴]父が海軍軍人であったことから、少女時代は世界中を転々とし、日本にも滞在。ボードウィン・カレッジを卒業後、ボストンのリトルブラウン社の児童図書部で働く傍ら、19世紀英文学の研究を続け、1978年「美女と野獣」の再話「Beauty」で作家デビュー。代表作は「青い剣」（82年）、「英雄と王冠」（84年）の〈ダマール王国〉シリーズで、85年「英雄と王冠」でニューベリー賞を受賞。2004年には「サンシャイン＆ヴァンパイア」でミソピーイク賞を受けた。
[家]夫＝ピーター・ディキンスン（作家）

マック, T.　*Mack, T.*
アメリカの作家
[名]マック, トレーシー〈Mack, Tracy〉
[歴]書籍の編集者を務める傍ら、夫のM.シトリンとともに児童向けの作品を執筆。デビュー作「Drawing Lessons」は優れたヤングアダルト作品としてアメリカ国内で評判となった。ロンドンを舞台にした痛快ミステリー〈シャーロック・ホームズ＆イレギュラーズ〉シリーズで人気を得る。
[家]夫＝M.シトリン（作家）

マッケイ, クレア　*Mackay, Claire*
カナダの作家
1930〜
[歴]人気作家として執筆する他、図書館研究員としても活躍。作品「One Proud Summer」で文学賞を受賞したほか、「コンピュータ探偵ミネルバ」など多数の児童向け作品がある。

マッケイ, シーナ　*Mackay, Shena*
イギリスの作家
1944〜
[出]ロージアン州エディンバラ　[賞]フォーセット賞，スコットランド芸術協会図書賞，スコットランド芸術協会図書賞
[歴]20歳で中編を発表して作家としてデビュー、20代のうちに3作の長編小説を出版。1984年の「ボウルいっぱいの桜桃」がアメリカでも出版されて話題になり、86年の「レッドヒル・ロココ」はフォーセット賞を受賞。「ダニーディン」（92年）、「お笑いアカデミー」（93年）の2作はスコットランド芸術協会図書賞を受賞した。95年性や暴力の問題に悩みながらも友情を育んだ二人の少女の物語「燃える果樹園」を出版、ブッカー賞最終候補作となった。他に、短編集「死女のハンドバッグの夢」（87年）などの作品がある。

マッケイグ, ドナルド　*McCaig, Donald*
アメリカの作家
1940〜
[出]モンタナ州　[賞]マイケル・シャーラ賞南北戦争小説賞，バージニア図書館賞小説賞
[歴]地元の大学を卒業後、大学院に進み、1960年代はデトロイトやカナダの大学で哲学を教える。その後、コピーライターに転身してニューヨークの大手広告代理店に勤務。75年から小説を書き始め、いくつかの筆名でサスペンスものや詩集を発表。84年「名犬ノップ」がベストセラーとなり作家としての名声を確立。「Jacob's Ladder」ではマイケル・シャーラ賞南北戦争小説賞、バージニア図書館賞小説賞などを受賞。また、マーガレット・ミッチェル財団より執筆を指名され「新編・風と共に去りぬ レット・バトラー」を執筆。他の著書に「名犬ホープ」がある。

マッケイグ, ノーマン・アレグザンダー
MacCaig, Norman Alexander
イギリスの詩人
1910.11.14〜1996.1.23
[出]スコットランド・エディンバラ　[学]エディンバラ大学卒　[勲]大英帝国勲章（1979年）
[歴]大学で古典語を専攻して教職に就き、およそ40年間小学校で教える。その後1970〜77年スターリング大学英文科で講義。17世紀のイギリスの形而上派詩人ダンやアイルランドの詩人イェーツの影響を受け、生まれ故郷スコットランドへの愛情が詩作の原動力となる。作品に「遠い叫び」（43年）、「ア・コモン・グレース」（60年）、「環境」（66年）、「リングズ・オン・ア・ツリー」（68年）、「等しい空」（80年）、「大きな相違」（83年）など。65年イギリス王立文学協会会員。86年には詩に与えられる女王金メダルを授与された。

マッゲイン, トマス　*McGuane, Thomas*
アメリカの作家

マ

1939～
[出]ミシガン州　[賞]アメリカ芸術家協会賞
[歴]ミシガン州立大学、エール・ドラマ・スクール、スタンフォード大学で学ぶ。1969年28歳のとき発表した処女作「スポーツ・クラブ」で一躍注目された。その後、「ゲリラになったピアノ」でアメリカ芸術家協会賞受賞。「陰影における92章」で全米図書賞候補。ほかに「パナマ」「誰のものでもない天使」「欲望の対象」などの長編、短編集「猫の皮を剝ぐ」がある。一方「ミズーリ・ブレイク」「トム・ホーン」などの映画脚本を執筆、自作の映画の監督も務める。

マッケシー, セリーナ　*Mackesy, Serena*
イギリスの作家, ジャーナリスト
[名]筆名＝マーウッド, アレックス〈Marwood, Alex〉　[賞]MWA賞最優秀ペーパーバック賞(2014年)
[歴]大学卒業後、教師、派遣社員、辞書の校正係、バーテン、クロスワードパズル編集者などを経て、ジャーナリストとなる。様々な全国紙に記事を執筆する傍ら、1999年小説「テンプ(派遣社員)」で作家デビュー。2012年にアレックス・マーウッド名義で発表した「邪悪な少女たち」で、14年MWA賞最優秀ペーパーバック賞を受賞。

マ

マッケナ, ジュリエット　*Mckenna, Juliet E.*
イギリスの作家
1965～
[出]リンカーンシャー州　[学]オックスフォード大学セントヒルダカレッジ(古典文学)
[歴]オックスフォード大学セントヒルダカレッジで古典文学を専攻。2年間書店での営業と母親業を兼業した後、家庭生活の合間に執筆するスタイルに落ち着く。1999年「エイナリン物語」5部作の第1作「盗賊の危険な賭」で作家デビュー。〈The Aldabreshin Compass〉シリーズも執筆。

マッケルロイ, ポール　*McElroy, Paul*
アメリカの作家, 編集者
1955～
[出]イリノイ州シカゴ　[学]ロヨラ大学卒
[歴]「デイリー・センティネル」「シカゴ・サンタイムズ」などシカゴの新聞社勤務を経て、1984年シアトルに移り住み、「シアトル・ポスト・インテリジェンサー」で編集者を務める。傍ら執筆した「航空管制室」で2000年作家デビュー、全米で航空管制官の共感を得るとともに航空関係者の間で話題となる。のちパートタイムでワシントン大学のコミュニケーション学の講師をしながら執筆活動を続ける。

マッコイ, ホレス　*McCoy, Horace*
アメリカの作家
1897.4.14～1955.12.15
[出]テネシー州ペグラム
[歴]第一次大戦中、アメリカ陸軍航空隊に勤務。戦後、テキサス州ダラスで新聞のスポーツ欄編集に携わる。スコット・フィッツジェラルドら祖国を離れたアメリカの作家らと戦後のパリで文学活動を行ったこともある。1920年代後半からミステリー系の雑誌で小説を発表。31年にはハリウッドで脚本家として活動。処女小説「彼らは廃馬を射つ」(35年)は、実存主義文学の先駆けとしてフランスで高い評価を得た。他の作品に、「経帷子にポケットはない」(37年)、「故郷にいればよかった」(38年)、「あすにサヨナラのキスを」(48年)など。

マッコーリーン, ジェラルディン　*McCaughrean, Geraldine*
イギリスの児童文学作家
1951～
[名]ジョーンズ, ジェラルディン　[賞]カーネギー賞(1988年), ガーディアン賞(1989年), スマーティーズ賞(9～11歳部門)(1996年・2002年), ウィットブレッド賞(2003年)
[歴]出版社に勤めた後、作家となる。物語や絵本を数多く手がけ、再話の名手として知られる。作品に「聖ジョージとドラゴン」「こどものためのカンタベリー物語」「不思議を売る男」「おばあちゃんの時計」「ジャッコ・グリーンの伝説」「海賊の息子」「空からおちてきた男」「ペッパー・ルーと死の天使」、翻案作品「シェイクスピア物語集」などがある。

マッコルラン, ピエール　*Mac Orlan, Pierre*
フランスの詩人, 作家, 放送作家, 作詞家, イラストレーター
1883.2.26～1970.6.27
[出]ペロンヌ　[名]Dumarchais, Pierre 別名＝ブラッケイズ, サディ〈Blackeyes, Sadie〉
[歴]1900年パリに出て、様々な職業を経験。第一次大戦前のモンマルトルで、アポリネールやピカソらと交わった。その後ヨーロッパ、アフリカの各地を放浪。モンマルトルや港町を舞台に、娼婦、船などを主題に叙情的な作品を発表。それらは度々映画化された。また、サディ・ブラッケイズほか数々の名義で、多数のポルノグラフィー作品も残した。著書に「恋する潜水艦」「国際的ヴィーナス」「女騎士エルザ」「霧の波止場」「地の果てを行く」「アリスの人生学校」などがある。

マッシー, スジャータ　*Massey, Sujata*
アメリカの作家
[賞]アガサ賞(新人賞)(1997年)
[歴]「ボルティモア・サン」記者を経て、日本で英語教師となる。日本を舞台にしたミステリー小説「雪 殺人事件」で作家デビューし、1997年アガサ賞新人賞を受賞。2000年3作目の「The Flower Master」がアガサ賞最終候補作品となる。

マッツァンティーニ, マルガレート　*Mazzantini, Margaret*
アイルランド生まれの作家
1961～
[出]ダブリン　[賞]カンピエッロ精選作品賞(1998年), ストレーガ賞(2002年)
[歴]作家の父と画家の母の間に生まれ、5歳の時ローマへ移る。演劇芸術アカデミーを卒業後、優れた舞台俳優として、おもに古典劇のヒロインを演じ、脚本も執筆。1994年処女作「亜鉛のたらい」を発表、カンピエッロ精選作品賞を受賞。98年戯曲「マノーラ」、2000年独白劇「ゾロ」を発表。02年「動かないで」がヨーロッパ各国でベストセラーとなり、ストレーガ賞を受賞。

マッツェッティ, ロレンツァ　*Mazzetti, Lorenza*
イタリアの映画監督, 作家
[出]ローマ　[学]ミケランジェロ高卒　[賞]ヴィアレッジョ賞
[歴]母親は出産が原因で死亡、その後しばらく父親と暮らす。フィレンツェの高校を卒業後、ロンドンで映画を撮影し、処女作でカフカの「変身」を映画化。1956年デニス・ホーンと共作の「トゥギャザー」でカンヌ国際映画祭探究賞を受賞。61年自伝的小説「ふたりのトスカーナ」(原題「空が落ちる」)を出版しヴィアレッジョ賞を受賞。イタリア帰国後は、テレビと映画の監督として活躍。10年間にわたって雑誌「ヴィーエ・ヌオーヴェ」に読者との対話のページを持ち、「影の側」のタイトルで出版。のちローマで人形劇場・プッペルテアトルを主催。

マッツッコ, メラニア・G.　*Mazzucco, Melania G.*
イタリアの作家
1966.10.6～
[出]ローマ　[学]ローマ・ラ・サピエンツァ大学　[賞]ストレーガ賞(2003年), ナポリ賞(2000年), バグッタ賞(2008年), エルサ・モランテ賞(2012年)
[歴]ローマ・ラ・サピエンツァ大学でイタリア文学の学位を取得。1996年「メドゥーサのキス」でデビュー。20世紀初めアメリカに移住した、南伊カラブリア州生まれの祖父の経験を描いた「ヴィータ」(2003年)で、ストレーガ賞受賞。他の作品に「かくも愛された、彼女」(00年, ナポリ賞受賞)、「ある完全な一日」(05年, フェルザン・オズペテク監督により同タイトルで映画化)、「天使の待ちぼうけ」(08年, バグッタ賞受賞)、「リンボ」(12年, エルサ・モランテ賞受賞)などがある。

マーティン, アン　*Martin, Ann M.*
アメリカの作家
1955.8.12〜
[出]ニュージャージー州　[学]スミスカレッジ卒　[賞]ニューベリー賞オナーブック(2003年)
[歴]教員、児童書の編集者を経て、執筆活動を開始。2003年「宇宙のかたすみ」がニューベリー賞オナーブックに選ばれる。

マーティン, ジョージ　*Martin, George R.R.*
アメリカのSF作家
1948.9.20〜
[出]ニュージャージー州ベイヨーン　[学]ノースウエスタン大学卒　[賞]ヒューゴー賞(1975年), ヒューゴー賞ノヴェレット部門(1980年), ヒューゴー賞ショートストーリー部門(1980年), ブラム・ストーカー賞(最優秀中編賞), 世界幻想文学大賞(中編部門)(1989年)
[歴]幼い頃からコミックスとSFを愛読し、作家を志す。ノースウエスタン大学ではジャーナリズムを専攻し、卒業後はチェスのトーナメント指導や、大学でジャーナリズムを講じた。1971年「ギャラクシイ」誌に短編「ヒーロー」が掲載され、SF作家としてデビュー。以降、中短編の作品を中心に発表する。75年「ライアへの讃歌」がヒューゴー賞を受賞、26歳の史上最年少の受賞者となる。80年には「龍と十字架の道」「サンドキングズ」の2編がヒューゴー賞ショートストーリー部門、ノヴェレット部門に選ばれ、史上初の2部門受賞に輝いた他、「サンドキングズ」はネビュラ賞、ローカス賞も受賞。96年大河ファンタジー〈氷と炎の歌〉第1部「七王国の玉座」を発表。同シリーズでは3度ローカス賞ファンタジー長編部門を受賞、また「ゲーム・オブ・スローンズ」のタイトルでテレビドラマ化され人気を博す。

マーティン, ダグラス　*Martin, Douglas A.*
アメリカの作家, 詩人, 劇作家
1973〜
[出]バージニア州
[歴]バージニア州で生まれ、ジョージア州で育つ。詩人・劇作家として活動をはじめ、2冊の詩集を出してのち作家となる。初めての長編小説「彼はぼくの恋人だった」(2000年)でアメリカ図書館協会のGLBTブック賞にノミネートされ、「タイムズ文芸付録」紙でインターナショナル・ブック・オブ・ザ・イヤーに挙げられる。また同書は、フランクフルト・バレエ団とフォーサイス・カンパニーのマルチメディア作品「Kammer/Kammer」(01年)で翻案されている。

マーティン, デービッド　*Martin, David*
アメリカのミステリー作家
1946.3.13〜
[出]南イリノイ　[学]イリノイ大学卒
[歴]製鋼所に勤務した後、編集者と記者の経験を積んで1979年作家デビュー。5作目の「嘘、そして沈黙」(90年)で一躍ベストセラー作家に。他の作品に「誰かが泣いている」(92年)、「TAP, TAP(死にいたる愛)」(94年)他がある。

マテフスキー, マテヤ　*Matevski, Mateja*
トルコ生まれのマケドニアの詩人
1929.3.13〜2018.6.6
[出]イスタンブール　[学]スコピエ大学哲学部修了
[歴]雑誌や新聞の編集者を経て、スコピエのラジオ・テレビ放送社長を務める。詩は先人達の開拓した新鮮なマケドニア文章語を用いて、フォークロア的なモチーフを情感豊かに歌い上げるところに特色がある。詩集に「雨」(1956年)、「春分」(63年)、「アイリス」(76年)、「菩提樹」(80年)、「悲劇の誕生」(85年)などがある。

マーテル, ヤン　*Martel, Yann*
スペイン生まれのカナダの作家
1963〜
[出]サラマンカ　[学]トレント大学(哲学)　[賞]ジャーニー賞(1991年), ヒュー・マクレナン賞(2001年), ブッカー賞(2002年)
[歴]外交官の家に生まれ、幼少・青年時代をコスタリカ、フランス、メキシコ、アラスカ、カナダで過ごし、大人になってからもイラン、トルコ、インドなど世界を回る。植栽、皿洗い、警備員などの仕事をする傍ら、執筆活動を開始。27歳で作家として生計を立てるようになる。2002年「パイの物語」でブッカー賞を受賞。12年同作品はアン・リー監督によって「ライフ・オブ・パイ/トラと漂流した227日」として映画化された。他の著書に小説「Self」、短編集「The Facts Behind the Helsinki Roccamatios」などがある。

マトゥーテ, アナ・マリア　*Matute, Ana María*
スペインの作家, 児童文学作家
1925.7.26〜2014.6.25
[出]バルセロナ　[名]Matute Ausejo, Ana María　[賞]ナダル賞(1959年), 国民児童文学賞(1983年), セルバンテス賞(2010年)
[歴]1948年「アベル家の人々」で作家デビュー。多彩な文筆活動で知られる。幼年時代へのノスタルジアを綴った作品が多く、女性らしい細やかな筆使いで心理を描き、現実と幻想を巧みに結合させた。他の作品に「北西の祭典」(53年)「人形芝居」(54年)「いけない子どもたち」(56年)「亡き息子たち」(58年)「最初の思い出」(59年)「アルタミラ物語集」(61年)「兵士たちは夜に泣く」(64年)「罠」(69年)「望楼」(71年)「片っぽだけ裸足」(83年)「忘れられたグドゥ王」(97年)「無人のパラダイス」(2008年)などがある。また、「きんいろ目のバッタ」(1960年)「気まぐれ小馬」(63年)「ユリシーズ号の密航者」など児童文学作品にも優れたものが多い。ナダル賞など数々の賞を受賞し、2010年セルバンテス賞を受賞、国際的な名声を不動のものとした。1997年女性として史上3人目となるスペイン王立アカデミー正会員に選ばれた。
[家]夫＝R.ゴイコエチュア(作家)

マトゥーロ, クレア　*Matturro, Claire Hamner*
アメリカの作家, 弁護士
[出]アラバマ州　[学]アラバマ大学法学部卒
[歴]アラバマ州とフロリダ州で育つ。アラバマ大学法学部を卒業後、サラソタの著名な法律事務所に女性初のパートナー弁護士として勤務。約10年ほど上訴審専門の弁護士として活動したのち、作家活動を開始。デビュー作「毒の花の香り」(2004年)で数々の新人賞に輝く。

マードック, アイリス　*Murdoch, Iris*
アイルランド生まれのイギリスの作家
1919.7.15〜1999.2.8
[出]ダブリン　[名]Murdoch, Jean Iris　[学]オックスフォード大学サマビル・カレッジ(1942年)卒　[勲]イギリス第三級勲功章(DBE勲章)(1987年)　[賞]ウィットブレッド賞(1974年), ジェームズ・テイト・ブラック記念賞(1973年), ブッカー賞(1978年)
[歴]両親ともプロテスタントのアングロ・アイリッシュ。1歳の時イギリスに移り、ロンドン、ブリストルで初等中等教育を受ける。オックスフォード大学では女子学寮の一つサマビル・カレッジで古典学、古代史、哲学などを学び、首席で卒業後は大蔵省、国連オーストリア難民収容所に勤務。1947年セアラ・スミスソン奨学金を得てケンブリッジ大学で再び哲学を勉強したあと、48年オックスフォード大学の女子学寮セント・アンズ・カレッジに勤務、63年まで特別研究員および講師として哲学の研究と指導にあたり、同年名誉フェローに。53年最初の著書「サルトル—ロマン主義的合理主義者」を上梓、54年小説の処女作「網のなか」を発表して文壇にデビュー、以後作家として活動するようになる。人間のモラルをテーマに想像力、構想力に富んだ作品を旺盛な筆力で書き、現代イギリス文学を代表する作家の一人となった。78年発表の「The Sea, The Sea(海よ、海)」でブッカー賞を受賞。他の代表作に「砂の城」(57年)、「鐘」(58年)、「切られた首」(61年)、「ユニコーン」(63年)、「赤と緑」(65年)、「ブルーノの夢」(69年)、「ブラック・プリンス」(73年)、「哲学者の弟子」(83年)など。87

マ

年デームに叙された。
[家]夫＝ジョン・ベイリー（批評家・作家）

マナット・チャンヨン *Manat Janyong*
タイの作家
1907.6.10～1965.11.7
[出]ペッブリー
[歴]バンコクのバーン・ソムデット校で勉強後、故郷で役場書記、音楽教師などを経験。県令令嬢との駆け落ち結婚を機にバンコクの新聞社で新聞連載小説と記事を書く。田園風景の中の恋愛、都会の新風俗小説、農村の老人たちを主人公としたユーモア小説で新境地を開いた。南部の囚人部落に取材した「追う」はオーストラリアの「Span」誌に紹介されて話題を呼び、死後も読みつがれて版を重ねた。約30年間の作家生活中に1000編以上の短編と20編以上の長編を書いたタイで最初の職業作家。作品にはほかに「闘牛サーコ」（43年）、「踊子の腕」（50年）、「妻喰い男」など。

マニング, オリビア *Manning, Olivia Mary*
イギリスの作家
1908.3.2～1980.7.23
[出]ポーツマス
[歴]早期退職した海軍士官の長女。美術学校に学ぶが学費が支払えず、10代から様々な職に就く。1937年処女作「風向きの変化」を発表。39年のちにBBCプロデューサーとなるレジナルド・ドナルド・スミスと結婚、第二次大戦勃発の時期に夫の任地であるブカレストへ赴き、また海外各地で暮らす。この体験は「大いなる運命」（60年）、「略奪された都市」（62年）、「友人と英雄たち」（65年）の“バルカン3部作”に結実、また続編として「危険の木」（77年）、「勝敗のつかぬ闘い」（78年）、「事態の集約」（80年）の“レヴァント3部作”が書かれた。前述の6冊を総称して自ら“戦争の運命”と呼び、それらは高い評価を受けた。

マニング・サンダーズ, ルース *Manning-Sanders, Ruth*
イギリスの作家
1886.8.21～1988.10.12
[出]スウォンジー　[学]マンチェスター大学卒
[歴]父はユニテアリアン教の牧師で、3人姉妹の末っ子。画家ジョージ・マニング・サンダーズと結婚。民話関係の著書が多く、民話再話者として世界的に有名。著書に「魔法使いの本」「竜の本」などがある。
[家]夫＝ジョージ・マニング・サンダーズ（画家）

マーバー, パトリック *Marber, Patrick*
イギリスの劇作家, 演出家
1964.9.19～
[出]ロンドン　[学]オックスフォード大学ワーダム・カレッジ卒
[賞]イギリス作家協会最優秀ウェストエンド・プレイ賞（1995年度）, イブニング・スタンダード年間最優秀コメディ賞（1995年度）, イブニング・スタンダード年間最優秀コメディ賞（1997年度）, ローレンス・オリビエ賞（プレイ部門作品賞）（1998年）, ニューヨーク演劇批評家賞（1999年）
[歴]スタンダップ・コメディアンとしての下積みの後、コメディの放送作家兼演出家としてテレビ・ラジオ界で活躍した。1995年2月第1作「Dealer's Choice（ディーラーズ・チョイス）」がイギリス国立劇場小劇場Cottesloeで初演され劇作家デビュー。その後、ロンドン・ウェストエンドに進出、さらに世界中の都市で上演された。第2作「Closer（クローサー）」（97年）は前作を上回る世界的な大ヒットとなり、その年の演劇賞を独占。2004年には自身の脚本によるマイク・ニコラス監督の映画版が公開された。他の作品に「After Miss Julie」（96年）、「ハワード・キャッツ」（01年）など。

マハー・シーラ・ヴィラヴォン *Maha Sila Viravong*
ラオスの作家, 歴史家
1905.8.1～1987.2.18
[歴]長く僧籍にあり、その後、民族主義運動ラオ・イサラ（自由ラオス）に参加。ラオス文部省文芸局委員として社会道徳や教育に注力。1958年、1507年にヴィスーン寺院の大僧正によってパーリ語から訳された「パンチャ・タントラ」の現代語版を新編集した。主著に「ラオスの歴史」（1957年）、「ラオス語の起源」（73年）などがある。75年のラオス革命後も、文部省や学校教育で活躍。ラオス人文学の父と呼ばれる。

マハースエー *Mahaswe*
ビルマの作家
1910.8.2～1953.8.5
[出]サガイン　[名]Maung Mya Than 筆名＝Aasariya Wek Lek, Kyo Wek Lek　[学]ノーマン校卒
[歴]マンダレーのノーマン校を卒業し、各地で教師を務める。新聞「トゥリヤ（太陽）」にAasariya Wek Lekの筆名で教育や政治について書き、Kyo Wek Lekの筆名で詩も寄稿。1935年教職を辞してラングーンに転居。小説「わが母」（35年）、「大いなる謀反者」（36年）や数多くのエッセイを著し、30年代のビルマを代表する作家の一人となった。

マハパトラ, ジャヤンタ *Mahapatra, Jayanta*
インドの詩人
1928.10.28～
[出]英領インド・カタック　[賞]国際詩人名鑑詩コンテスト第2位（1970年）, ヤコブ・グラスタイン記念賞（1975年）, インド国立芸術院賞（1981年）
[歴]1970年イギリスで国際詩人名鑑詩コンテスト第2位、75年アメリカのヤコブ・グラスタイン記念賞、81年にインド国立芸術院賞をそれぞれ受賞。インドの大地のおおらかさとある意味での貧しさ、それをもとに豊かな言語感覚で20世紀末に生きる人間をうたい続けている。日本での訳詩集はまだ少ないが、「夏」「声」「詩は不動だが、自然は語り出す」などが、「アジア現代詩集」詩誌「地球」などに紹介されている。84年第1回アジア詩人会議出席のため来日。現地のオリッサ語と英語の両方で詩を書き、インドではもちろんアメリカでも評価を受けている。

マハン, デレク *Mahon, Derek*
イギリスの詩人
1941.11.23～
[出]ベルファスト　[学]トリニティ・カレッジ卒　[賞]デービッド・コーエン英文学賞（2007年）
[歴]ベルファストで生まれ、ダブリンのトリニティ・カレッジを卒業。詩人としてルイス・マクニースやW.H.オーデンの影響を強く受ける。詩集に「夜の横断」（1968年）、「雪見の宴」（75年）、「夜の狩り」（82年）、「選詩集」（91年）など。

マーヒー, マーガレット *Mahy, Margaret*
ニュージーランドの児童文学作家
1936.3.21～2012.7.23
[出]ファカタニ　[名]Mahy, Margaret May　[学]オークランド大学卒　[賞]カーネギー賞（1982年・1984年）, 国際アンデルセン賞作家賞（2006年）
[歴]児童図書館員をしながら絵本や幼年童話を書き、1969年作家デビュー。80年には作家専業となる。代表作に「はらっぱにライオンがいるよ！」「足音がやってくる」「めざめれば魔女」「魔法使いのチョコレート・ケーキ」「ジャムおじゃま」など。魔法や魔女といった要素を用いて子供の内面や子供が直面する現実を描いた。2006年国際アンデルセン賞作家賞受賞。作品は日本語を含む15ケ国語に翻訳されている。1989年来日。

マーフィ, ウォーレン *Murphy, Warren*
アメリカの作家
1933.9.13～2015.9.4
[出]ニュージャージー州ジャージーシティ　[名]Murphy, Warren Burton 共同筆名＝ストライカー, デブ〈Stryker, Dev〉　[賞]自由財団賞（1955年）, 全国市政リーグ広報賞（1963年）, MWA賞最優秀ペーパーバック賞（1985年・1986年）
[歴]1952～56年アラスカ空軍司令部に所属。56年軍籍を離れ、

ジャーナリストとして活動。71年故郷ジャージーシティ市役所の地域問題部長代理、ハッケンサック・メドウランド開発委員会会員を務めたこともある。趣味の格闘技に材を得て、記者時代に知り合ったリチャード・サピアと合作で、71年病めるアメリカを治療する秘密組織〈CURE〉の殺人機械“デストロイヤー”シリーズを開始、ベストセラーとなる。80年代にはアル中保険調査員を主人公にしたユーモア・ミステリー〈トレース〉シリーズで新境地を開いた。同シリーズの「豚は太るか死ぬしかない」は85年度のアメリカ探偵作家クラブ賞(MWA賞)ペーパーバック部門を受賞。このほか、フランク・スティーブンスとの共著「Atlantic City」(79年)や、妻だったモリー・コクランとの合作「The Grandmaster(グランドマスター)」、「アメリアを狙え」などがある。映画では、「アイガー・サンクション」(75年)の脚本や、「リーサル・ウェポン2/炎の約束」(89年)の原案を手がけた。

マーフィ, パット　*Murphy, Pat*

アメリカのSF作家

[賞]ネビュラ賞(1987年)

[歴]大学在学中、作品が教授に認められたのをきっかけに小説を書き始め、1976年、創作講座「クラリオン・ワークショップ」に参加。終了後、「クリサリス」「アザーワールズ」などのオリジナル・アンソロジーに作品を発表し、87年にネビュラ賞の2部門を同時受賞。抑制の効いた筆致で、主人公達の心理を描いていく作風である。サンフランシスコで総合誌の編集の傍ら、マイペースで作家活動を行っている。主な作品は、「落ちゆく女」。

[家]夫＝リチャード・キャドリー(SF作家)

マーフィー, リチャード　*Murphy, Richard*

アイルランドの詩人

1927.8.6～2018.1.30

[出]メイオー　[学]オックスフォード大学, ソルボンヌ大学

[歴]父はイギリスの植民地であったセイロン(現・スリランカ)の都市コロンボの最後のイギリス人市長で、少年時代を同地で過ごした。オックスフォード大学モードリン・カレッジとソルボンヌ大学で学んだ。1960～67年漁船の船長を務めた後、アメリカの大学で客員教授を歴任。古典的で叙事詩的な詩風で、「新詩選集」(89年)などがある。

マフフーズ, ナギーブ　*Mahfūz, Najīb*

エジプトの作家

1911.12.11～2006.8.30

[出]カイロ・ガマリーヤ　[学]エジプト大学(現・カイロ大学)哲学科(1934年)卒　[賞]ノーベル文学賞(1988年)

[歴]カイロの商家に生まれる。小学校時代から翻訳物の探偵小説に親しみ冒険映画に熱中していたが、やがて世界文学を学ぶようになる。18歳の時から小説を書き始め大学卒業後は大学の事務職員をしながら創作活動に励み、1938年処女短編集「狂気の独白」を出版して文壇にデビュー。以後文化省の役人をしながら、代表作として知られる「バイナル・カスライン」(56年)「カスル・アッ・シャウク」「アッ・スッカリーア」(57年)のカイロ3部作で名声を確立。自然主義リアリズムの手法から“エジプトのゾラ”と称され、戦後エジプト文壇の第一人者として不動の地位を築く。59年発表の「ゲベラウィ家の子供たち」はイスラム教の預言者マホメットが人間と同じ様に行動するさまを描き、発禁処分を受けた。同年以後公営映画産業界における数々の要職を歴任、68年から71年の定年まで文化省映画担当顧問を務める。71年より政府系紙「アル・アハラム」のコラムを執筆。エジプト社会の赤裸々な実態と人間性の深淵を描くことを得意とし、世に出した約50編の小説の大半が映画化されている。他の主な作品に「泥棒と犬」(61年)「渡り鳥と秋」(63年)「道」(64年)「乞食」(65年)などがある。88年アラブ世界初のノーベル文学賞を受賞。94年10月「ゲベラウィ家の子供たち」が引き金となり、イスラム原理主義組織に襲われ、重傷を負う。98年6月に出版された回顧録では、ナセル大統領のエジプト革命(52年)、サダト大統領の経済開放政策などを批判、波紋を呼んだ。94年12月よりイギリスの週刊紙「アハラム・ウィークリー」に聞き書きコラムを発表、2006年94歳で亡くなるまで中東民主化やテロ、イラク問題に発言を続けた。

ママデイ, N.スコット　*Momaday, N.Scott*

アメリカ先住民の作家

1934.2.27～

[出]オクラホマ州ロートン　[名]Momaday, Navarre Scott　[賞]ピュリッツァー賞(1969年)

[歴]母はアメリカ先住民チェロキー出身で、自身はオクラホマ州のカイオワ族に属する。1936～43年ナバホ保留地に住み、ナバホ語とカイオワ語を聞いて育った。69年カイオワ・インディアンの生活を描いた処女長編「夜明けの家」(68年)でアメリカ・インディアン作家初のピュリッツァー賞を受賞。全米で“アメリカ・インディアン・ルネッサンス”がこの時期に始まったとされる。他の作品に、「レイニー・マウンテンへの道」(69年)、「昔の子」(89年)、「熊の家で」(99年)、詩集「ひょうたんの踊り」(76年)などがある。アリゾナ大学教授も務める。

ママレー, ジャーネージョー

→ジャーネージョー・ママレーを見よ

マムリ, ムールード　*Mammeri, Mouloud*

アラブ首長国連邦の作家, 民族学者

1917.12.28～1989.2.27

[出]トゥアリルト・ミムアン

[歴]パリで高等教育を受け、アルジェ大学教授、人間科学研究センターのチーフとしてベルベル語の詩の研究に携わる。民族学者としての功績も大きい。16世紀初頭のアステカ族滅亡をドラマ化した「饗宴」を1973年に出版し、74年には口誦詩の民衆性と革命性を論じた「民衆詩と抵抗」を雑誌に発表する。また同年6月、日本アラブ文化連帯会議の招きに応じて来日している。他の小説に「阿片と鞭」など。

マメット, デービッド　*Mamet, David Alan*

アメリカの劇作家, 演出家

1947.11.30～

[出]イリノイ州シカゴ　[学]ゴダード・カレッジ　[賞]ピュリッツァー賞(1984年)

[歴]ユダヤ系。1973～75年地元シカゴの劇団セイント・ニコラス座の創立メンバー・芸術ディレクター。のち、各地の大学の客員講師も務め、78年シカゴのグッドマン座の芸術ディレクターなどを務める。劇作に励み、シカゴの地方演劇の隆盛のみならず、アメリカ演劇の地方分権化を体現する一人とされる。60年代の“不条理派”に比べればより写実風の作風で、スピードある台詞が独自の世界を築く。その底に人間や社会への懐疑の視線がある。主な作品に一幕物「鴨変奏曲」(72年)、男女関係の不毛を描く「シカゴ版変態セックス」(74年)、ブロードウェイ進出の多幕物の出世作「アメリカン・バッファロー」(75年)、「水エンジン」(77年)、ピュリッツァー賞を受けた「グレンギャリー、グレン・ロス」(83年)、「オレアナ」などのほか、演出「A Life in the Theatre」(89年)など。

マヤコフスキー, ウラジーミル

Mayakovskii, Vladimir Vladimirovich

グルジア生まれのロシア(ソ連)の詩人, 劇作家

1893.7.19～1930.4.14

[出]ロシア・バグダディ(ジョージア)

[歴]1905年のロシア革命の影響を受け、少年時代から政治活動に参加。15歳の時にロシア社会民主労働党に入党、3度にわたる逮捕を受け、半年余りの独房生活を体験の後、10年釈放と同時に政治活動から離れる。11年にモスクワの美術学校に入り、画家ダヴィド・ブルリュークらとロシア未来派の運動を開始。12年頃より詩を発表し、13年悲劇「ウラジーミル・マヤコーフスキー」により詩人としての地位を確立。17年十月革命後は革命支持の立場で戯曲「ミステリヤ・ブッフ」(18年)や叙事詩「150000000」(20年)を発表するなど新しいソビエト

国家の代表的詩人として活躍した。他の作品に「ズボンをはいた雲」(15年)「ヴラジーミル・イリイチ・レーニン」(24年)「すばらしい！」(27年)「声を限りに」(30年)、戯曲「南京虫」(29年)「風呂」(30年)など。ソビエトのみならず、世界の現代詩に大きな影響を与えたが、ソビエト文壇の再編成期に不幸な恋愛の挫折感も加わり、自殺した。

マラー, マーシャ *Muller, Marcia*
アメリカのミステリー作家
1944〜
[出]ミシガン州デトロイト
[歴]ジャーナリズム学の修士号を取得後、ミシガン大学社会科学研究所で勤務する。チャンドラーやロス・マクドナルドのハードボイルド小説に影響され、1977年にサンディエゴ生まれの女性探偵の長編第1作「人形の夜」を発表。夫ビル・プロンジーニとの合作「ダブル」(84年)を含めて長編や短編で〈シャロン・マコーン〉シリーズを次々と執筆する。主な作品は、「チェシャ猫は見ていた」(83年)、「安楽死病棟殺人事件」(84年)、「殺意の日曜日」(84年)など。
[家]夫＝ビル・プロンジーニ(ミステリー作家)

マライーニ, ダーチャ *Maraini, Dacia*
イタリアの作家, 劇作家, 詩人, フェミニズム運動家
1936.11.13〜
[出]フィレンツェ　[学]S.S.Annunziata大学　[賞]フォルメントール賞(1962年), カンピエッロ賞(1990年度), ストレーガ賞(1999年)
[歴]父は文化人類学者で写真家のフォスコ・マライーニ。1938年父のアイヌ研究のため2歳の時に来日。43年イタリアの敗戦により名古屋の強制収容所に移送され、敗戦までの2年間を過ごす。46年帰国。この体験が後の小説、戯曲のテーマに影響を及ぼす。62年小説「ヴァカンツァ」でデビュー。“第2のフランソワーズ・サガン”とよばれ、人気を得る。長年、女性史を研究し、演劇を通じた女性解放運動などを続け、作品を通じて女の連帯を訴える。73年女性劇場“マッダレーナ座”を設立し演劇活動を展開(90年財政難で閉鎖)。一方、私生活ではイタリアの大作家アルベルト・モラヴィアと18年間生活を共にした。他の小説に「不安の季節」(62年)、「闘う女」(75年)、「別れてきた恋人への手紙」(81年)、「イゾリーナ―切り刻まれた少女」(85年)、「シチーリアの雅歌」(90年)、「声」(94年)、自伝的小説「帰郷 シチーリアへ」(93年)、「思い出はそれだけで愛おしい」(97年)、「神戸への船」(2001年)、自身の中絶を告白した「密航者」(1996年)など。戯曲に「よくある家族」「牢獄からの宣言」「メアリー・スチュアート」など。90年自作の「メアリー・スチュアート」上演のため来日。
[家]夫＝アルベルト・モラヴィラ(作家), 父＝フォスコ・マライーニ(文化人類学者・写真家)

マラーニ, ディエゴ *Marani, Diego*
イタリアの作家
1959〜
[出]フェラーラ　[賞]グリンザーネ・カヴール賞, カンピエッロ賞審査員選定賞(2002年), ストレーザ賞(2002年), カヴァッリーニ賞(2005年)
[歴]ヨーロッパ連合理事会に通訳・翻訳校閲官として勤務。考案した人工言語“ユーロパント”で書いた国際ニュース解説をスイスの新聞に連載。単一言語主義を挑発した奇抜なアイデアが有名になり、1999年フランスでユーロパントによる短編集「Las adventures des inspector Cabillot(カビリオ警部の冒険)」を出版。2000年小説「Nuova grammatica finlandese(新しいフィンランド語文法)」で本格的にデビューし、グリンザーネ・カヴール賞を受賞。「通訳」(04年)の他、「L'ultimo dei vostiachi(ヴォスティアキ族の最後)」(02年カンピエッロ賞審査員選定賞, ストレーザ賞)、「Il compagno di scuola(同級生)」(05年カヴァッリーニ賞)など多数の著書がある。

マラパルテ, クルツィオ *Malaparte, Curzio*
イタリアの作家, ジャーナリスト
1898.6.9〜1957.7.19
[出]プラート　[名]Suckert, Curzio
[歴]第一次大戦に従軍後、1921年ファシスト党に加入、その後リパリ島に流刑。第二次大戦中従軍記者となり、連合軍とイタリアレジスタンスの連絡にあたる。21年「カポレット万歳！」で著作活動に入る。両大戦間、ファシズム期、戦後を通じて、ヨーロッパ全域をカバーするジャーナリストとして活躍。ダヌンツィオ的な強烈な反骨的文学精神、流麗な力強い文体が特徴。他の著書に「クーデターの技術」(31年)、「レーニンおじさん」(32年)、「私のような女」(40年)、「崩壊」(44年)、「皮」(49年)など。

マラマッド, バーナード *Malamud, Bernard*
アメリカの作家
1914.4.26〜1986.3.18
[出]ニューヨーク市ブルックリン　[学]ニューヨーク市立大学卒, コロンビア大学大学院修了　[賞]ピュリッツァー賞(1967年), 全米図書賞(1958年), O.ヘンリー賞(1969年)
[歴]ロシアからのユダヤ系移民の子に生まれる。オレゴン州立大学セベニントン・カレッジで英語の教師をしながら作家活動を続け、ヘミングウェイ、スタインベック亡きあとのアメリカ文壇の代表的作家として活躍。苦境に立ち向かうユダヤ人を描いた作品が多く、帝政ロシアでのユダヤ人問題を扱った小説で1967年にピュリッツァー賞を受賞した「修理屋」(66年)はのちに映画にもなった。79年にはアメリカ・ペンクラブの会長を務めており、作品にはほかに「ナチュラル」(52年)、「アシスタント」(57年)、「もうひとつの生活」(61年)、「借家人たち」(71年)、「コーンの孤島」(82年)、短編集「魔法の樽」(58年)、「レンブラントの帽子」(73年)などがある。

マリー, レス *Murray, Les*
オーストラリアの詩人
1938.10.17〜
[出]ニューサウスウェールズ州ナビーヤク　[名]Murray, Leslie Allan　[学]シドニー大学　[賞]T.S.エリオット賞(1996年)
[歴]ニューサウスウェールズの酪農牧場で生まれ、シドニー大学に学ぶ。オーストラリア国立大学と首相官房勤務を経て、1971年から詩作に専念。“大学詩人”に反発した“68年世代”詩人の代表格で、一貫して田舎にこだわり、その生活を生き生きと描いて高い評価を得る。詩集に「板張りの聖堂」(69年)、「エスニック・ラジオ」(77年)などがある。

マリアス, ハビエル *Marías, Javier*
スペインの作家, 翻訳家, コラムニスト
1951.9.20〜
[出]マドリード　[名]Marías Franco, Javier　[賞]スペイン国民翻訳賞, ロムロ・ガジェゴス賞(1995年), フェミナ賞(1996年), ネリー・ザックス賞(1997年), オーストリア国家賞, IMPACダブリン文学賞
[歴]父親は高名な哲学者。父がアメリカの大学で教鞭を執っていたため、幼少時をアメリカで過ごした。ローレンス・スターン著「トリストラム・シャンディ」でスペイン国民翻訳賞を受賞。著作は17歳の時の作品をはじめ、数多い。世界的に評価が高く、フランスのフェミナ賞、ドイツのネリー・ザックス賞、オーストリア国家賞、アイルランドのIMPACダブリン文学賞などの受賞歴があり、ノーベル賞候補の一人ともいわれている。
[家]父＝フリアン・マリアス(哲学者)

マリアーニ, スコット *Mariani, Scott*
イギリスの作家
1968〜
[出]スコットランド　[学]オックスフォード大学
[歴]オックスフォード大学で現代英語を専攻。翻訳者、プロのミュージシャン、射撃のインストラクター、フリーのジャー

ナリストなどを経て、作家となる。元SAS（イギリス陸軍特殊空挺部隊）隊員のベン・ホープが活躍するシリーズで人気を博す。イタリアとフランスで数年暮らした後、西ウェールズに移り、同地で執筆活動を行う。

マリェア, エドゥアルド

→マジェア, エドゥアルドを見よ

マリエット, G.M.　*Malliet, G.M.*

イギリス生まれの作家

1951〜

[学]オックスフォード大学, ケンブリッジ大学　[賞]アガサ賞最優秀処女長編賞（2008年）

[歴]オックスフォード大学で学んだ後、ケンブリッジ大学大学院で学位を取得。ジャーナリスト、コピーライターとしてイギリス国内外の出版社や公共放送局で働く。2008年セント・ジャスト警部が活躍するミステリー・シリーズの第1作である「コージー作家の秘密の原稿」を出版、アガサ賞最優秀処女長編賞を受賞した他、アンソニー賞、マカヴィティ賞、ディヴィッド賞などにもノミネートされ、一躍注目を集める。

マリオン, アイザック　*Marion, Isaac*

アメリカの作家

1981〜

[出]ワシントン州マウントバーノン

[歴]大学には行かず、病院にベッドを納入する仕事をはじめ、里子に出された子供と実の親との面会に付き添う仕事など様々な職業を経験。2010年「ウォーム・ボディーズ―ゾンビRの物語」で作家デビュー。アメリカでは電子配信のみで人気を博し、13年には映画化された。

マリガン, アンディ　*Mulligan, Andy*

イギリスの作家

[出]南ロンドン　[賞]ガーディアン賞（2011年）

[歴]10年間演劇製作に関わった後、インド、ブラジル、ベトナム、フィリピンで英語を教えた。イギリスに戻った後は小説執筆に専念。「Ribblestrop」3部作の第2部である「Return to Ribblestrop」は、「ガーディアン」紙によって2011年度最優秀児童書（フィクション部門）に選ばれた。また、「トラッシュ」（10年）は14年スティーブン・ダルドリー監督により「トラッシュ！―この街が輝く日まで」として映画化された。

マリック, J.J.

→クリーシー, ジョンを見よ

マリーニナ, アレクサンドラ　*Marinina, Aleksandra*

ロシアの推理作家

1957〜

[出]リヴォフ　[名]アレクセーエヴァ, マリーナ　[学]モスクワ大学法学部卒

[歴]大学卒業後、ソ連内務省アカデミーに研究員として配属され、精神に異常のある犯罪者や暴力犯罪累犯者の人格を専門に研究。のち法律の専門家としてロシア内務省司法研究所に務める。一方、推理作家として1995年処女作「ゴッドファーザー」を刊行。イタリア、フランスでも翻訳、刊行される。以来、次々にベストセラーを発表。その後退職し、執筆に専念。98年モスクワ国際ブックフェアでライター・オブ・ザ・イヤーに選ばれる。ロシアでは“フィクション界の女王”と呼ばれる。他の作品に「死と少しの愛」「盗まれた夢」などがある。

マリンコヴィチ, ランコ　*Marinković, Ranko*

ユーゴスラビアの作家, 劇作家

1913.2.22〜2001.1.28

[出]ダルマチア地方

[歴]クロアチアの作家。ザグレブ国立劇場支配人を務めた。故郷ダルマチア地方の人々の生活と心情を機知と風刺にあふれたバロックスタイルの文体で描く。主な作品に短編集「手」（1953年）、カトリック司祭の背徳の愛を描く戯曲「グロリア」（55年）、第二次大戦前夜の大都会を描いた長編「キュクロープス」（65年）のほか、小説「バルコニーの下で」（53年）、「ソクラテスの屈辱」（59年）、「カーニバル」（64年）など。

マール, クルト　*Mahr, Kurt*

ドイツのSF作家

1936〜1993.6.27

[学]ダルムシュタット工業大学

[歴]幼少の頃より飛行機に興味を示し第二次大戦末期に、侵入する連合軍機の機種を対空砲の将校よりも早く、正確に識別することができたという。V2ロケットの発射を見て育ち、1954年に入学したダルムシュタット工業大学ではロケットの核動力を学び、63年からフロリダでロケットの研究に携わっている。59年SF小説の処女作「時は砂のごとく」でデビューして以来、数多くの作品を世に送っており、〈ペリー・ローダン〉シリーズの執筆者チームの1人としても活躍した。

マルキシュ, ペレツ　*Markish, Peretz*

ソ連のイディッシュ語詩人

1895〜1952.8.12

[出]ロシア（ウクライナ）　[勲]レーニン勲章（1939年）

[歴]ユダヤ系。第一次大戦に従軍して負傷、除隊。1917年詩人としてデビュー、ホーフシュテイン、クヴィトコとキエフの叙情詩3人組と称される。ポーランドやフランスを経て、26年ソ連に帰国。革命運動に献身した兄弟を描いた長詩「兄弟」（29年）や共産主義を肯定した小説「世代交代」（34年）などを書き、39年レーニン勲章を受章。第二次大戦中も敵への憎悪や愛国心をうたった詩を多く作ったが、48年“ユダヤ民族主義”で逮捕され、52年処刑された。スターリンの死後、名誉回復。

マルグレイ, ヘレン　*Mulgray, Helen*

イギリスの作家

[歴]モーナ・マルグレイと共に双子の姉妹作家として活動。1939年スコットランド・エディンバラのジョッパ生まれ。どちらも英語教師をしていたが、93年に退職した後、長年夢見てきた文筆業に専念。初めはロマンス小説を書いていたが、ミステリーに転向。2007年天才猫と女性麻薬密輸捜査官D.J.スミスによる名コンビが活躍するコージー・ミステリー「ねこ捜査官ゴルゴンゾーラとハギス缶の謎」でデビューし、人気シリーズとなる。

マルコフ, ゲオルギー　*Markov, Georgii Mokeevich*

ソ連の作家

1911.4.19〜1991.9.26

[出]トムスク地方ノヴォ・クスコヴォ　[学]トムスク大学　[賞]スターリン賞, ソ連国家賞（1952年）, レーニン賞（1976年）

[歴]農民で狩人の子として生まれる。1927〜31年コムソモールの新聞の仕事に携わり、トムスク大学に学ぶ。31〜35年シベリア各地の新聞編集者、41〜45年にかけて第二次大戦の新聞前線通信員を務めた。45年より文芸活動に励み、46年ソ連共産党入党、56〜71年ソ連作家同盟書記、71〜86年同第1書記、86年同議長。71年より党中央委員などの要職にも就く。46年の、シベリア農民の革命を描いた「ストローゴフ一家」で認められ、「地の塩」（60年）、「父と息子」（64年）、「シベリア」（73年）などを発表した。その他短編、論文、他の作家との共作の戯曲もあり、文学、芸術、建築などの分野のレーニン賞選考委員会議長などを歴任した。

マルシアーノ, ジョン・ベーメルマンス

Marciano, John Bemelmans

アメリカの絵本作家

1970〜

[出]ニュージャージー州　[学]コロンビア大学卒

[歴]〈マドレーヌ〉シリーズの作者であるルドウィッヒ・ベーメルマンスの孫。大学を卒業後、記者やコンピューターのプログラマーなどいくつかの仕事を経て、作家を志す。独学で絵画を学び、祖父の遺作「ベーメルマンス マドレーヌの作者の絵と生涯」や「マドレーヌのメルシーブック」を完成させる。オリジナルの絵本に「デリラ」「ハロルドのしっぽ」などがある。

マ

[家]祖父＝ルドウィッヒ・ベーメルマンス（絵本作家）

マルシャーク, サムイル *Marshak, Samuil Yakovlevich*
ソ連の詩人, 児童文学作家
1887.11.3〜1964.7.4
[出]ヴォロネジ　[賞]スターリン賞（1950年）, レーニン賞（1962年）
[歴]11歳頃に、長編詩を書き、後年ゴーリキーに認められる。1912〜14年ロンドン大学に留学、シェイクスピア、ブレーク、ワーズワースなどを学ぶ。第一次大戦中、戦災児救済活動に携わったことから児童文学の道に進み、23年「檻の中の子供たち」を皮切りに優れた児童詩でソ連の子供達の人気を集めた。特に児童劇「森は生きている」（43年）はソ連をはじめ、日本、世界各国で児童演劇の古典となった。シェイクスピアやR.バーンズの訳詩でも有名。他の作品に児童劇「小さいお城」（45年）、「幸福はだれにくる」（55年）、詩集「子供のための詩」（50年）など。ソビエト児童文学創始者の一人。
[家]弟＝イリーン・マルシャーク（作家）

マルセー, フアン *Marsé, Juan*
スペインの作家
1933.1.8〜
[賞]ビブリオテーカ・ブレーベ賞（1965年）, プラネタ賞（1978年）, セルバンテス賞（2008年）
[歴]スペイン内戦終結後のフランコ独裁下で幼少期を過ごし、1950年代から頭角を現した“世紀半ば”世代の代表的作家で、60年処女作「遊具ひとつで引き篭もり」が新人作家の登竜門であるビブリオテーカ・ブレーベ賞の次点となって注目を集める。「テレサとの最後の午後」（65年）も評判を呼びビブリオテーカ・ブレーベ賞、「恋に落ちたら」（73年）でメキシコ国際小説賞を受賞。その後も、「金色の下着をはいた女」（78年）でプラネタ賞、「ギナルドー大通り」（84年）でバルセロナ市賞、「魅惑の上海」（93年）でクリティカ賞とヨーロッパ文学賞、「ヤモリの尻尾」（2000年）でクリティカ賞とスペイン小説賞を受賞、08年セルバンテス賞を受けるなど不動の地位を築く。

マルソー, フェリシヤン *Marceau, Félicien*
ベルギー生まれのフランスの作家, 劇作家
1913.9.16〜2012.3.7
[出]コルテンベルク　[名]カレット, ルイ〈Carette, Louis〉　[学]ルベン大学（法学）卒　[賞]アンテラリエ賞（1955年）, ゴンクール賞（1969年）
[歴]1944年からフランスに住み、59年帰化。第二次大戦後ローマ法王庁の図書館員となり、バルザックを研究。47年より小説を書き、55年のアンテラリエ賞を受賞した小説「Les Élans du coeur（衝動）」や、3年間ロングランとなり成功を収めた戯曲「L'oeuf（卵）」（56年）で作家の地位を確立した。69年の小説「クリージー」によって同年のゴンクール賞を獲得。真実の追究に懸命になる人物をスケッチ風に描き、単純明快な文体を特色とした。評論家としても「カザノバあるいは反ドン・ジュアン」（49年）、「バルザックとその世界」（55年）などを著した。他の作品に、小説「肉と皮」（51年）、戯曲「おいしいスープ」（58年）、「4人がかりの証拠」（64年）、「問題の人物」（73年）、回想記「Les années courtes」（68年）など。

マルタン・デュ・ガール, ロジェ *Martin du Gard, Roger*
フランスの作家, 劇作家
1881.3.23〜1958.8.22
[出]パリ近郊ヌイイー・シュル・セーヌ　[学]古文書学院（1905年）卒　[賞]ノーベル文学賞（1937年）
[歴]一時パリ大学文学部に籍を置いた。トルストイの影響を受け文学修行。1909年中編「生成」を発表。13年ドレフュス事件を題材にした「ジャン・バロア」を出版、注目された。第一次大戦に従軍、戦後20年から大作「チボー家の人々」を書き始め、20年の年月を費して、40年全12巻の大河小説を完成した。第二次大戦中はゲシュタポのブラックリストに挙げられ転々と居所を移した。この間長編「モーモール大佐の回想」執筆にかかったが、未完に終わり、83年「モーモール中佐」として出版された。このほか「アフリカ秘話」「古きフランス」、戯曲「水ぶくれ」「ルルー爺さんの遺言」「寡黙の人」、農村小説「老いたるフランス」や「アンドレ・ジードについての覚え書」などがある。

マルツバーグ, バリー *Malzberg, Barry N.*
アメリカのSF作家, アンソロジスト
1939.7.24〜
[出]ニューヨーク市　[名]筆名＝オダネル, K.M. バリー, マイク ワトキンズ, ジェラルド　[賞]ジョン・W.キャンベル記念賞（1972年）
[歴]シラキュース大学で英文学士号を取得ののち、給費特別研究員となるが、学究生活に従うことを快しとせず、市の生活福祉局の調査員、文芸代理店勤務、雑誌編集者など職を転々としながら、一流文芸誌に投稿を続けていた。文芸代理店に勤めていた当時、1日で長編5本、短編18本を読みとばし、長編には各3000語、短編には各1000語のコメントを付けていたという逸話の持ち主。メンズマガジンや「ファンタスティック」誌などの編集員を経て、1968年に「アメイジング」誌の編集長となる。それ以前には生活のため匿名で数十冊にものぼるポルノ小説を書いていたという。68年、ネビュラ賞中編部門候補作としてK.M.オダネル名義で発表した「最終戦争」が挙げられた。僅差で受賞はのがしたが、このことによってSF界の注目を集める。72年には「Beyond Apollo（アポロの彼方）」がジョン・W.キャンベル賞を受賞した。特異な鑑識眼の持ち主でもあり、近年はアンソロジストとしても活躍している。

マルティーニ, クリスティアーネ *Martini, Christiane*
ドイツの作家, 音楽家
1967〜
[出]西ドイツ・ヘッセン州フランクフルト（ドイツ）
[歴]ブロックフレーテの演奏家、古楽器アンサンブルの指揮者、作曲家として活躍する傍ら、児童書の執筆や教則本の編纂も手がける。2005年初のミステリー「猫探偵カルーソー」を発表、続編も出版。

マルティニ, スティーブ *Martini, Steve*
アメリカの作家
1946〜
[出]カリフォルニア州サンフランシスコ　[学]カリフォルニア大学卒, パシフィック大学ロースクール
[歴]カリフォルニア大学を卒業後、新聞記者として働いた後、パシフィック大学ロースクールで法律の学位を取得。1974年司法試験に合格、弁護士の後、カリフォルニア州法務官（検事）を務めたこともある。84年から創作活動を始め、92年〈ポール・マドリアニ〉シリーズの第1作「情況証拠」を発表。民間の法律事務所と公的機関の両方で法律業務に従事した経験を生かし、緻密で緊張感あふれる法廷サスペンスに定評がある。他の著書に「重要証人」「沈黙の扉」「依頼なき弁護」「裁かれる判事」「策謀の法廷」など。

マルティネス, ギジェルモ *Martínez, Guillermo*
アルゼンチンの作家
1962〜
[学]スール大学数学科（1984年）卒 博士号（数理科学）　[賞]アルゼンチン・プラネタ賞
[歴]10代で最初の短編集「La jungle sin bestias（獣なきジャングル）」を発表。数学にも造詣が深く、1984年にスール大学数学科を卒業し、論理専攻の数理科学で博士号を取得。その後の研究でオックスフォードに2年間留学している。93年初の長編小説「Acerca de Roderer（ロデレールについて）」を上梓。現代アルゼンチン文学の若き旗手として高い評価を得る。「オックスフォード連続殺人」でアルゼンチン・プラネタ賞を受賞。

マルティネス, トマス・エロイ *Martínez, Tomás Eloy*
アルゼンチンの作家
1934〜2010.1.31

㊞トゥクマン　㊫トゥクマン大学, パリ第7大学
㊧ジャーナリスト、編集者としてキャリアを積み、1975年イサベル・ペロン政権に追われ、以後8年間ベネズエラに亡命。83年特別奨学金を得てワシントンD.C.へ。84～87年メリーランド大学教授を経て、ラトガース大学教授、ラテンアメリカ学習課程部長。一方、小説、エッセイを執筆し、著書に「小説ペロン」(85年)、「サンタ・エビータ」(95年)、「El suelo argentino」(99年)、「El vuelo de la reina」(2002年)、「El canter de Tango」(04年)などがある。

マルティン, エステバン　*Martín, Esteban*
スペインの作家, 編集者
1956～
㊞バルセロナ
㊧2007年同じカタルーニャ生まれの作家アンドレウ・カランサとの初の共作となる「ガウディの鍵」を上梓。刊行当初から話題となり、20ケ国以上で翻訳出版された。09年単独でミステリー「El Pintor De Sombras」を刊行。11年にはリッテラ・ブックス出版を創立。「タラゴナ日報」「歴史と生活」などの新聞、雑誌に寄稿する。ラジオの文化番組にも出演。

マルティン・ガイテ, カルメン　*Martín Gaite, Carmen*
スペインの作家
1925.12.8～2000.7.22
㊞サラマンカ　㊥ナダル賞(1958年), スペイン国家文学賞(1978年), アナグラマ・エッセイ賞(1987年), アストゥリアス皇太子賞(1988年)
㊧博士課程に在学して大学教授になる事を目指していたが、文筆業を選択する。1955年「El Balneario」で文壇デビューした現代スペインを代表する作家の一人。主な作品に「Entre Visillos」「Retahilas」「El Cuarto Atrás」「Usos Amorosos De La Postguerra Española」「マンハッタンの赤ずきんちゃん」(90年)、「Nubosidad Variable」(92年)がある。

マルティン・サントス, ルイス　*Martín Santos, Luis*
スペインの作家
1924.11.11～1964.2.21
㊞モロッコ　㊫サラマンカ大学, マドリード大学 医学博士号(マドリード大学)(1947年)
㊧サラマンカ大学、マドリード大学で医学を修め、精神科医として医療に従事。サン・セバスティアンの精神療養所長を務めた。一方、社会党の活動家として何度も収監された。医業の傍ら手がけた小説「沈黙の時」(1962年)で一躍注目され、スペイン現代文学に新しい展望を開く作家として将来を嘱望されたが、交通事故のため39歳の若さで亡くなった。没後、未完の小説「破壊の時」(75年)が発刊される。

マルティンソン, ハリー　*Martinson, Harry*
スウェーデンの詩人, 作家
1904.5.6～1978.2.11
㊞ブリーギンゲ　㊔Martinson, Harry Edmund　㊥ノーベル文学賞(1974年)
㊧6歳の時父親と死別、1年後母親も蒸発、孤児となる。16歳の時汽船に乗り、以後9年間火夫などをして世界中を旅した。独学で詩作を勉強し、1929年詩集「幽霊船」で文壇にデビュー、作家生活に入る。49年プロレタリア階級出身者として初めてスウェーデン・アカデミー会員となる。56年の長編叙事詩「アニアーラ」は、技術万能の人間とその遊星に関する風刺で、オペラ化された。ストリンドベリと比べられる文体上の改革者ともいわれ、多作の作家としても知られる。他の主な作品に詩集「流浪の民」(31年)、「果てなき旅」(32年)、自伝的小説「いらくさの咲く」(36年)、「外への道」(36年)などがある。74年ユーンソンとともにノーベル文学賞を受賞。
㊎妻＝ムーア・マルティンソン(作家)

マルトゥイノフ, レオニード　*Martynov, Leonid*
ソ連の詩人
1905.5.22～1980.6.21
㊞オムスク　㊔マルトゥイノフ, レオニード・ニコラエヴィチ〈Martynov, Leonid Nikolaevich〉　㊥ソ連国家賞(1974年)
㊧父は鉄道技師、母は教師で、幼い頃は父の働く列車の中で過ごした。職を転々とした後、1920年代末から新聞記者としてソ連を旅行し、ルポルタージュを書いた。30年代にはシベリアの歴史に取材した物語詩数編を書き、39年「詩と叙事詩」でデビュー。新進詩人として注目される。その後、叙事詩「入り江」(45年)、「エルチンスクの森」(45年)を刊行するが、戦後のジダーノフ批判の中で槍玉に上がり、沈黙を強いられた。"雪どけ"後、50年代なかばから再び第一線で旺盛な創作活動を行い、「詩集」(57年)は第1回レーニン賞候補に推された。他の作品に、「長男の運命」(65年)、「自然の声」(66年)、「双曲線」(72年, 74年ソ連国家賞)など。

マルドゥーン, ポール　*Muldoon, Paul*
イギリスの作家, 詩人, 劇作家
1951.6.20～
㊞北アイルランドアーマー州ポータダウン　㊫セントパトリックス・カレッジ(英文学・アイルランド文学), クイーンズ大学, ケンブリッジ大学　㊥ピュリッツァー賞(2003年), エリック・グレゴリー賞(1972年), ジェフリー・フェイバー記念賞(1982年・1992年), T.S.エリオット賞(1994年)
㊧1971年詩集「Knowing My Place(私の場所を知る事)」でエリック・グレゴリー賞受賞。73年BBC北アイルランド支局にプロデューサーとして勤務し、トークショーの取材や詩の朗読のためアイルランド国内やヨーロッパなどを訪問。82年詩集「Out of Shiberia(シベリアから)」でフェイバー記念賞受賞。作品に韻文の歌劇台本「Shining Brow(輝く顔)」、詩劇「Six Honest Serving Men(六人の誠実な義勇兵)」など多数。

マルーフ, デービッド　*Malouf, David George Joseph*
オーストラリアの詩人, 作家
1934.3.20～
㊞ブリスベン　㊫クイーンズランド大学　㊥国際IMPACダブリン文学賞(1996年), ノイシュタット国際文学賞(2000年)
㊧ブリスベンにレバノン系移民の子として生まれる。母校クイーンズランド大学で教員生活ののち、1959年よりイギリスで10年間教壇に立ち、帰国しシドニー大学講師となった。主な作品に詩集「藪の中の隣人」(74年)、「最初のものを最後に」(80年)、小説「Johnno, a novel」(75年)、ローマの詩人オウィディウスを描いた「仮想生活」(79年)、自国の画家I.フェアウェザーを取り上げた「ハーランドのハーフ・エイカー」(84年)、「The Great World」(90年)などのほか、短編集「地球の裏側」(86年)がある。

マルロー, アンドレ　*Malraux, André*
フランスの作家, 政治家
1901.11.3～1976.11.23
㊞パリ　㊔Malraux, Audré Georges　㊫東洋語学校　㊥アンテラリエ賞(1930年), ゴンクール賞(1933年)
㊧1921年処女作である短編「紙の月」などの幻想的な作品によって文学活動を開始。23年フランス領インドシナに渡り、仏像の発掘に携わる。また、安南独立運動や広東革命に参加。帰国後、「N・R・F」誌などを活動の場とし、26年最初の文明論的著作「西欧の誘惑」を発表。以後小説「征服者」(28年)、「王道」(30年)、「人間の条件」(33年)と問題作を次々に発表し作家としての国際的地位を確立した。一方、ナチスの台頭とともに反ファシズム運動に加わり、35年「侮蔑の時代」を発表。36年スペイン内乱では国際義勇軍飛行隊長として人民戦線に参加、この体験からルポルタージュ「希望」(37年)を執筆。第二次大戦には戦車隊員として参戦、40年ドイツ軍の捕虜となるが脱走し、ド・ゴール将軍と知り合った。戦後はド・ゴール政権下で45～46年情報相、58～69年文化相と活躍。他の著作に「芸術心理学」(47～49年)、「ゴヤ論」(50年)、自伝「反回想録」(67年)など。96年国の英雄が眠るパリのパンテオンに遺体が改葬される。

㊃妻＝マドレーヌ・マルロー（ピアニスト）

マレ・ジョリス, フランソワーズ　Mallet-Joris, Françoise
ベルギーの作家
1930.7.6～2016.8.13
㊌アントワープ　㊥フェミナ賞（1958年），モナコ公賞（1965年）
㊡法相の経歴を持つ政治家を父とし，王室アカデミー会員の作家を母として生まれ，アメリカとフランスで教育を受ける。23歳の時，孤独な女子高生が父親の情婦と同性愛に陥るという衝撃的な内容の小説「Le Rempart des Béguines（えせ信心女の城塞）」（1953年）を発表し，文壇にデビュー。以後，61年頃まで自然主義の系列に入る作品を次々に世に送り，58年には「L'Empire Céleste（天上の帝国）」でフェミナ賞を獲得するなど高い評価を受けた。この間に結婚，4児の母となったが，ブルジョワ生活の安逸さを嫌いカトリックに改宗。こうした内面の変化は作風にも投影され，61年発表の「登場人物たち」の頃から安定と深みの増した作品を発表。65年にはそれまでに書かれた全作品に対してモナコ公賞が贈られ，70年執筆のエッセイ「La maison de papier（紙の家）」はベストセラーを記録，モーリヤックのフランドル女性版とも評された。同年ゴンクール賞選考委員に選出され，のちフェミナ賞審査委員も務めた。

マレー・スミス, ジョアンナ　Murray-Smith, Joannna
オーストラリアの作家，劇作家
1962～
㊗メルボルン大学　㊥ビクトリア州首相文学賞（1996年）
㊡1990年代以降のオーストラリア演劇界を代表する劇作家。代表作でビクトリア州首相文学賞を受賞した「Honour（オナー）」（95年）はメルボルンでの初演後，オーストラリア各地，ニューヨーク，ブロードウェイ，日本などで上演された。「ラブ・チャイルド」（93年）はラジオドラマにもなった。作品に「恐れる若きペンギンたち」（87年），「罪の償い」（97年）他。
㊃父＝スティーブン・マレー・スミス（文芸評論家）

マレチェラ, ダンブゾー　Marechera, Dambudzo
ジンバブエの作家
1955～1987.8.18
㊗ローデシア大学，オックスフォード大学
㊡モザンビークの解放ゲリラ活動の影響を受けてローデシア大学在学中に抗議デモを組織し，放校処分を受ける。のちオックスフォード大学へ留学。さらにロンドン大学，カーディフ大学，シェフィールド大学などで作家修業を積む。作品に「飢えの家」（1978年），「黒い陽光」（80年），「心の中の突風」（84年）などがある。

マレル, ジョン　Murrell, John
カナダの劇作家，翻訳家
1945～
㊌アメリカ・テキサス州
㊡カナダで学校教育を受け，のちカルガリーに定住。教師，俳優，演出家などを経て，劇作家となる。また，チェーホフの「ワーニャおじさん」「桜の園」やギリシャ悲劇「オイディプス王」などの戯曲の翻訳家としても知られる。作品に「パレードを待ちながら」「さらなる西」「メモワール」などがある。

マレル, デービッド　Morrell, David
アメリカのミステリー作家
1943～
㊌カナダ・オンタリオ州　㊗ペンシルベニア州立大学卒 博士号（ペンシルベニア州立大学）
㊡1967年アメリカに移住。アイオワ州立大学助教授を経て，教授に就任。16年間にわたり英米文学を教える。傍ら20代の終り頃，最初の小説「一人だけの軍隊」を発表。「エラリー・クイーン」のアンソロジーに収録された他，シルベスター・スタローンが主人公を演じてヒットした映画「ランボー」の原作となる。作品に〈ランボー〉シリーズの他，「ブラック・プリンス」「夜と霧の盟約」「石の結社」「テロリストの誓約」「ダブルイメージ」などの冒険小説がある。また息子を亡くした体験をもとに書いた「螢」はS.キングらに賞賛された。

マレルバ, ルイージ　Malerba, Luigi
イタリアの作家
1927.11.11～2008.5.8
㊌パルマ
㊡脚本家として出発し，1963年短編集「アルファベットの発見」でデビュー。新前衛派の文学運動に加わり，2作目の「蛇」（66年）やメディシス賞を受賞した「とんぼ返り」（68年）などで小説の革新を試み，ブラック・ユーモア，意表をつく設定により読者の常識を揺さぶろうとした。一方，〈ミッレモスケ〉シリーズなどの児童文学でも秀作が多い。他の作品に小説「皇帝の薔薇」（74年），「夢日記」（81年），「青い惑星」（86年），「Il fuoco greco」（90年）など。

マーロウ, スティーブン　Marlowe, Stephen
アメリカの推理作家，SF作家
1928～2008.2.22
㊌ニューヨーク市ブルックリン　㊗ウィリアム・アンド・メアリ大学卒
㊡1950年代から60年代にかけ，私立探偵の主人公チェスター・ドラムが登場する一連のハードボイルド小説で人気を博した。のち歴史小説「秘録コロンブス手稿」「幻夢―エドガー・ポー最後の5日間」などを発表。他の作品に，出世した警官の暗く醜い過去を描いた「多すぎた署長」，フランコ暗殺をテーマにした「影のない男」，ゴヤの伝記「コロッサス」，「ドン・キホーテのごとく」など。ヨーロッパを転々として暮らしていたが，スペインに愛着を感じてグラナダに移住した。アメリカの作家賞の他，フランスでも受賞した。

マロッタ, ジュゼッペ　Marotta, Giuseppe
イタリアの作家，ジャーナリスト
1902.4.5～1963.10.10
㊌ナポリ
㊡ナポリで生まれ，1925年ミラノに移住。ジャーナリストとして活動する傍ら，小説や映画の脚本を手がける。故郷ナポリを舞台に，ナポリの人情や風物を描いた短編小説を数多く発表した。代表作に「ナポリの黄金」（47年），「ミラーノは寒からじ」（49年），「太陽の弟子」（52年），「時代の生徒たち」（60年）などの短編集がある。「ナポリの黄金」はイタリア映画の巨匠ヴィットリオ・デ・シーカ監督によって映画化（54年）された。

マロン, マーガレット　Maron, Margaret
アメリカのミステリー作家
㊌ノースカロライナ州　㊥アメリカ探偵作家クラブ賞，アンソニー賞，アガサ賞（2回），マカヴィティ賞最優秀長編賞，MWA賞巨匠賞（2013年）
㊡詩人を志したが，「アルフレッド・ヒッチコック・ミステリー・マガジン（AHMM）」に短編が掲載されたことからミステリー作家の道に入った。1992年〈デボラ・ノット〉シリーズの第1作「密造人の娘」を発表，アメリカ探偵作家クラブ賞（MWA賞），アンソニー賞，アガサ賞，マカヴィティ賞の最優秀長編賞などを受賞し，大きな話題を集めた。89～90年女性ミステリー作家の団体，シスターズ・イン・クライムの会長を務めた。2013年MWA賞巨匠賞を受賞。他の著書に「悪魔の待ち伏せ」「甘美な毒」「砂洲の死体」など。

マン, アントニー　Mann, Antony
オーストラリアの作家
㊥CWA賞短編ダガー賞（1999年）
㊡1998年から2003年にかけて「クライムノベル」「エラリー・クイーンズ・ミステリー・マガジン（EQMM）」誌などに短編を発表，1999年「フランクを始末するには」でイギリス推理作家協会賞（CWA賞）短編ダガー賞を受賞。2003年同名の第一短編集を刊行した。

マン, クラウス *Mann, Klaus*
ドイツの作家
1906.11.13～1949.5.22
[出]ミュンヘン
[歴]作家トーマス・マンの長男。18歳の頃から新進作家として創作、評論に多彩な活動ぶりを見せ、勢力を強めつつあったナチズムに鋭い対決姿勢を示す。1933年亡命ののちアムステルダムで雑誌「集合」を発刊、亡命者結集の精神的中心となる。36年アメリカに渡り、42～45年アメリカ軍に入隊。戦後ヨーロッパに戻るが平和回復後の現実への絶望からか、カンヌで自殺した。作品に、自伝的作品「転回点」(42年, 邦訳「コン家の人々」)、「悲愴交響曲」(35年)、「メフィスト」(36年)など。
[家]父＝トーマス・マン(作家), 弟＝ゴーロ・マン(歴史学者), 姉＝エーリカ・マン(作家・女優), 妹＝エリザベス・マン・ボルゲーゼ(国際法学者)

マン, ジェシカ *Mann, Jessica*
イギリスのミステリー作家, ジャーナリスト
1937～2018.7.10
[出]ロンドン　[名]Thomas, Jessica　[学]ケンブリッジ大学ニューナムカレッジ卒, レスター大学卒
[歴]ジェシカ・マンは旧姓。ケンブリッジ大学ニューナムカレッジで考古学、レスター大学で法学を学ぶ。1996年「A private inquiry(ハートの輪郭)」でイギリス推理作家協会賞(CWA賞)のゴールド・ダガー賞候補に選ばれる。考古学教授と考古学者探偵との二人の探偵役を主人公とするシリーズなどを発表。作品に「A Charitable End」(71年)、「Deadlier Than the Male」(81年)、「A Private Inquiry」(96年)などがある。

マン, トーマス *Mann, Thomas*
ドイツの作家
1875.6.6～1955.8.12
[出]リューベック　[賞]ノーベル文学賞(1929年), ゲーテ賞(1949年)
[歴]16歳でミュンヘンに移住。1896年から兄ハインリッヒとともにイタリアに滞在。98年帰国。1901年長編小説「ブデンブローク家の人々」により作家としての地位を確立。24年大作「魔の山」により文学活動の頂点を迎える。第一次大戦当時は兄と対立し、非政治的・反デモクラシーの立場をとったが、戦後は反ファシズムの態度をとる。ナチス台頭により、33年スイスに亡命。36年新聞紙上で自らの政治的立場を公に表明、ナチスから市民権を剥奪される。38年アメリカに亡命。第二次大戦では高いヒューマニズムの立場からナチス打倒を訴えた。44年アメリカ市民権を獲得。52年アメリカを去り、スイスに移住、ドイツ統一を願う諸活動に従事した。96年娘のエーリカ・マンが著した「我が父、魔術師」がドイツで刊行された。他の作品に「ヴェニスに死す」(12年)、「ワイマルのロッテ」(39年)、「ヨゼフとその兄弟」(33～43年)、「ファウスト博士」(47年)、「詐欺師フェーリクス・クルルの告白」(54年)など。
[家]兄＝ハインリッヒ・マン(作家), 息子＝クラウス・マン(作家), ゴーロ・マン(歴史学者), 娘＝エーリカ・マン(作家), エリザベス・マン・ボルゲーゼ(国際法学者)

マン, ハインリッヒ *Mann, Heinrich*
ドイツ(東ドイツ)の作家
1871.3.27～1950.3.12
[出]リューベック　[賞]ドイツ芸術文学国民賞(1949年)
[歴]作家トーマス・マンの兄。1893～93年画家を志しイタリア、フランスに滞在。その後、作家に転じ、「ウンラート教授」(05年, 映画「嘆きの天使」の原作)、「臣下」(14年, 3部作「帝国」の第1部)など帝国主義や臣下根性を攻撃する作品を発表、反ファシズムの姿勢を堅持した。このため、30年にプロイセン芸術アカデミー総裁となるが、33年にナチスの弾圧を受けてフランスに亡命。亡命ドイツ作家擁護連盟総裁として抵抗運動に活躍。40年アメリカに逃れカリフォルニア州サンタ・モニカに住む。第二次大戦後の50年初め、東ドイツ芸術院長に任ぜられたが、帰国直前にアメリカで客死した。代表作の「アンリ四世」2部作(35年, 38年)は、アメリカ亡命以前にオランダで出版された。他の作品に「小都会」(09年)、戯曲「レグロス夫人」(13年)、随筆「ゾラ論」、自伝「一時代を検閲する」(45年)などがある。
[家]弟＝トーマス・マン(作家)

マンガネッリ, ジョルジョ *Manganelli, Giorgio*
イタリアの作家
1922.11.15～1990.5.28
[出]ミラノ　[学]パビーア大学(政治学・英文学)
[歴]新前衛派の文学運動に加わり、1964年に小説「陽性悲劇」を発表し注目された。文学の虚構性を強調し、逆説・反語・皮肉を駆使した。既成の文体を否定した難解な独自の文体を作りあげた。他の作品に「新しい注釈」(69年)、「後世の神々へ」(72年)、「百物語」(79年)、「愛」(81年)、「地獄から」(85年)など。

マンガレリ, ユベール *Mingarelli, Hubert*
フランスの作家
1956～
[出]ロレーヌ地方　[賞]メディシス賞(2003年度)
[歴]17歳より3年間海軍に在籍。その後、様々な職を転々とする。1989年児童文学作家としてデビュー。99年「しずかに流れるみどりの川」で本格的な中・長編小説の執筆を開始。フランスのグルノーブルに程近い山村で暮らしながら、年1冊のペースで小説を発表する。「四人の兵士」で2003年度メディシス賞を受賞。他の作品に「おわりの雪」など。

マングェル, アルベルト *Manguel, Alberto*
アルゼンチン生まれのカナダの作家, 批評家
1948.3.13～
[出]アルゼンチン・ブエノスアイレス　[勲]フランス芸術文化勲章オフィシエ章　[賞]マッキトリック文学賞, プリ・メディシ世界文学賞(ノンフィクション部門)(1998年), フォルメントール賞(2017年), ベルギー・リエージュ大学名誉博士号
[歴]アルゼンチンのブエノスアイレスに生まれ、イスラエルのテルアビブで少年時代を過ごす。その後、アルゼンチンへ戻り、16歳の時に盲目のボルヘスに朗読をする機会を得て、薫陶を受ける。1970年代にフランス、イギリス、イタリア、タヒチと放浪の生活を送ったあと、カナダのトロントに20年間住み、カナダ国籍を取得。英語、フランス語、ドイツ語、スペイン語などに堪能。「読書の歴史」は10ケ国語以上に翻訳され、フランス語訳はプリ・メディシ世界文学賞ノンフィクション部門を受賞。エッセイや戯曲、翻訳、ラジオドラマへの翻案なども手がける。他の著書に「異国から来た手紙」「図書館—愛書家の楽園」「奇想の美術館」、随筆集に「鏡の中へ」「愛と憎しみの歴史」、共著に「世界文学にみる架空地名大事典」、編纂に「世界幻想文学選集」「世界恋愛文学選集」「世界同性愛文学選集」「ラテンアメリカ女性作家短編選集」「カナダ怪奇小説選集」などがある。

マンケル, ヘニング *Mankell, Henning*
スウェーデンの作家
1948.2.3～2015.10.5
[出]ストックホルム　[賞]ニルス・ホルゲション賞(1991年), ガラスの鍵賞(1992年), ドイツ児童文学賞(1993年), アストリッド・リンドグレーン賞(1996年), CWA賞ゴールド・ダガー賞(2001年), ガムシュー賞(2005年)
[歴]児童向けから大人ものの推理小説まで幅広い作品を手がけ、スウェーデンを代表する人気作家となる。1991年スウェーデンの警察小説〈刑事ヴァランダー〉シリーズの第1作「殺人者の顔」を発表。スウェーデン社会を最もよく描写したと評され、イギリスBBCで「刑事ヴァランダー」としてテレビドラマ化もされた。2001年同シリーズの「目くらましの道」でイギリス推理作家協会賞(CWA賞)のゴールド・ダガー賞を受賞。小説「少年のはるかな海」ではスウェーデンのニルス・ホルゲション賞とドイツ児童文学賞を受け、1996年児童文学におけ

マ

る活動全般に対してアストリッド・リンドグレーン賞を受賞。モザンビークで劇場建設にも貢献した。
㊋岳父＝イングマール・ベルイマン（映画監督・演出家）

マンシェット, ジャン・パトリック　Manchette, Jean-Patrick
フランスの作家
1942～1995
㊐マルセイユ　㊇ソルボンヌ大学（英語・英文学専攻）
㊋1968年のパリ五月革命の頃左翼グループに関わり政治運動の中に身を置いていた。のちに映画界に入り脚本家、助監督などの仕事に就く。この頃映画のノベライゼーションも数多く手がけたという。71年にバスティドと共著で「LAISSEZ BRONZER LESCADAVRES（死骸なんざ日干しにしとけ）」を発表し、以来本格的にミステリーを書きはじめる。主な作品に「地下組織ナーダ」「危険なささやき」「殺戮の天使」など。

マンスフィールド, キャサリン　Mansfield, Katherine
ニュージーランド生まれのイギリスの作家、批評家
1888.11.14～1923.1.9
㊐ウェリントン　㊋マリー、キャスリーン・マンスフィールド〈Murry, Kathleen Mansfield〉旧姓名＝ビーチャム〈Beauchamp〉　㊇クイーンズ・カレッジ卒
㊋1903年ロンドンに出る。06年帰国するが、08年再びロンドンへ。09年最初の結婚をするが、翌日夫のもとを去り、ドイツに渡る。10年「ニュー・エイジ」誌にはじめて短編を発表。11年短編小説集「ドイツの宿」を出版。同年J.M.マリーと知り合い、同居する。18年マリーと正式に結婚。肺結核の療養の傍ら、夫の編集する「Athenaeum」誌に優れた批評を寄せる。チェーホフの影響を受けたスケッチ風の短編で知られる。主な作品に「前奏曲」（17年）、「幸福」（20年）、「園遊会」（22年）、「日記」（27年）、「書簡集」（28年、51年）など。
㊋夫＝J.M.マリー（批評家）

マンツィーニ, ジャンナ　Manzini, Gianna
イタリアの作家
1896.3.24～1974.8.31
㊐ピストイア　㊈カンピエッロ賞（1971年）
㊋フィレンツェの文芸誌「ソラーリア」の作家として出発。「魅せられた時代」（1928年）でデビューし、女性の孤独を主題に多くの長編や短編を発表した。他の作品に、「獅子のごとく強く」（44年）、「出版人への手紙」（45年）、「われ君の心を知りぬ」（53年）、「はい鷹」（56年）、「立てる像」（71年, カンピエッロ賞）などがある。45～46年国際的な雑誌「プローザ」の編集長を務めた。

マンディアルグ, アンドレ・ピエール・ド　Mandiargues, André Pieyre de
フランスの詩人、作家、美術評論家
1909.3.14～1991.12.13
㊐パリ　㊇パリ大学文学部中退　㊈ゴンクール賞（1967年）
㊋大学では考古学を専攻。ブルトン最後の弟子といわれ、シュルレアリスムの強い影響下に1934年より創作活動をはじめる。考古学的興味からヨーロッパ各地や地中海沿岸を旅してまわり、第二次大戦中はモナコに避難して執筆に励む。戦後パリに戻り幅広い活動を展開。幻想的な散文詩から出発し、短編集「Le musée noir（黒い美術館）」（46年）など洗練された筆致でエロチシズムと残酷さをちりばめた小説を書き続けた。詩集に「白亜の年代」（61年）、長編に「大理石」（53年）「海の百合」（56年）「オートバイ」（63年）「余白の街」（67年）「すべては消え去る」（87年）などがある。また三島由紀夫の「サド侯爵夫人」を仏訳し、彼の霊に献げた「Sour la lame」（76年）がある他、美術評論に、「ボマルツォの怪物論」「妻なる画家ボナに寄せる論」がある。79年ルノー・バロー劇団とともに来日した。
㊋妻＝ボナ・ド・マンディアルグ（画家）

マンデリシュターム, オシップ　Mandelishtam, Osip Emilievich
ポーランド生まれのソ連の詩人
1891.1.15～1938.12.27
㊐ワルシャワ　㊇ハイデルベルク大学, ペテルブルク大学
㊋両親ともにユダヤ系。1910年ハイデルベルク大学で中世フランス語を学び、11年帰国してペテルブルク大学歴史・言語学部ロマンス・ゲルマン学科に入学。10年頃から詩作を始め、13年処女詩集「石」を出版、高く評価される。革命後次第に発表の場を失い、34年スターリンを諷刺した詩で逮捕流刑、38年獄死。作品に詩集「トリスチア」（22年）、自伝的短編「時のざわめき」（25年）、旅行記「アルメニアへの旅」（33年）などがある。

マンデル, エミリー・セントジョン　Mandel, Emily St.John
カナダの作家
1979～
㊐ブリティッシュ・コロンビア州コモックス　㊈フランス・ミステリー批評家賞（翻訳作品部門）、アーサー・C.クラーク賞（2015年）
㊋トロント・ダンス・シアターでコンテンポラリーダンスを学ぶ。2009年「Last Night in Montreal」で作家デビュー。第2作「The Singer's Gun」でフランス・ミステリー批評家賞（翻訳作品部門）を受賞。第4作SF小説「ステーション・イレブン」は、14年全米図書賞（フィクション部門）の最終候補作に選ばれ、15年アーサー・C.クラーク賞を受賞した。

マンテル, ヒラリー　Mantel, Hilary
イギリスの作家
1952.7.6～
㊐ダービーシャー州ハドフィールド　㊋Mantel, Hilary Mary　㊇ロンドン大学, シェフィールド大学　㊈CBE勲章（2006年・2014年）、ホーソーンデン賞（1996年）, ブッカー賞（2009年・2012年）、全米批評家協会賞（2009年）、ウォルター・スコット賞（2009年）、コスタ賞（2012年）、デービッド・コーエン英文学賞（2013年）
㊋ロンドン大学とシェフィールド大学で法律を学んだ後、ソーシャルワーカーとして勤務。ボツワナやサウジアラビアでの滞在を経て、1986年帰国して歴史小説やエッセイなどの作品を発表。2006年大英帝国勲章を授与された。09年に発表した「ウルフ・ホール」は高い評価を受け、同年ブッカー賞及び全米批評家協会賞、歴史小説を対象とするウォルター・スコット賞を受賞、またコスタ賞およびオレンジ賞の最終候補となった。12年には「罪人を召し出せ」で2度目のブッカー賞を受賞。

マントー, サアーダット・ハサン　Mantō, Sa'ādat Hasan
パキスタンのウルドゥー語作家
1912.5.11～1955.1.18
㊐英領インド・パンジャブ州サンブラーラ（インド）　㊇アリーガル・ムスリム大学中退
㊋カシミール・ムスリムの弁護士の家庭に生まれる。アリーガル・ムスリム大学に入学後、進歩主義作家運動に参画。大学中退後は雑誌の編集、ラジオドラマや映画の脚本執筆などに携わる。一方、ヴィクトル・ユゴーなどヨーロッパ文学のウルドゥー語訳から小説を書き始め、1930年代より長短編作品を発表。41～42年インド国営放送局に勤務。インド・パキスタン分離独立とともにパキスタンのラホールに移住。短編小説の代表的作家として短編集約30冊を出版。性を扱った作品で猥褻作家という非難を浴びたこともあった。代表作に、短編「黒いシャルワール」（44年）、「匂い」（44年）、「冷たい肉」（49年）などがある。

マンフレディ, ヴァレリオ・マッシモ　Manfredi, Valerio Massimo
イタリアの作家, 考古学者
1943.3.8～
㊐ボローニャ近郊ピウマッツォ　㊇ボローニャ大学（古典文学）、ミラノ・カトリック大学（古代地誌学）　㊈バンカレッラ賞（2008年）、スカンノ賞（2010年）
㊋ベネチア大学、ソルボンヌ大学、ボッコーニ大学はじめ世界

各国の大学で教鞭を執る。考古学者としてイタリア内外の発掘調査を多数指揮し、ハル・カルコム山の発掘では聖書に登場するシナイ山の確定に繋がる発見をする。1984年より小説を執筆、「アレクサンドロス大戦記」(98年)がベストセラーとなる。他の著書に「カエサルの魔剣」(2002年)など。

マンロー, アリス *Munro, Alice*
カナダの作家
1931.7.10～
[出]オンタリオ州ウィンガム　[学]ウエスタン・オンタリオ大学中退　[賞]ノーベル文学賞(2013年), カナダ総督文学賞(1968年・1978年・1986年), W.H.スミス文学賞(1995年), 全米書評家協会賞(1998年度)(1999年), O.ヘンリー賞(2006年・2008年・2012年), 国際ブッカー賞(2009年)
[歴]苦学してウエスタン・オンタオリ大学に進学するが学費が続かず中退。1951年結婚して3人の子を産み育てながら短編のみを書き続け、68年初の単行本(短編集)「しあわせな亡霊の踊り」でカナダ総督文学賞を受賞し、カナダのみならず、北米文壇で注目される。その後、離婚や再婚を経ながら、次々と珠玉の短編を発表。克明な表現、色彩感豊かな描写は"アリス・マンロー・カントリー"とよばれる独特の世界を作り出している。他の作品に「女たちの生活」(71年)、「自分を誰だと思って?」(78年)、「木星の月」(82年)、「愛の行進」(86年)、「イラクサ」(2001年)、「林檎の木の下で」(06年)、「小説のように」(09年)、「ディア・ライフ」(12年)などがある。05年タイム誌"世界で最も影響力のある100人"に選ばれた。13年ノーベル文学賞を受賞。

【ミ】

ミウォシェフスキ, ジグムント *Miloszewski, Zygmunt*
ポーランドの作家, 編集者
1976～
[出]ワルシャワ　[賞]High Calibre Prize, High Calibre Prize
[歴]ポーランド版「ニューズウィーク」誌編集者を経て、2005年「Domofon」で作家デビュー。〈シャツキ検察官〉シリーズ第1弾「Uwiklanie」、第2弾「Ziarno Prawdy」がベストセラーとなり、ともにポーランドの最優秀犯罪小説に贈られるHigh Calibre Prizeを受賞。他の作品に「RAGE」(邦訳「怒り」)など。

ミウォシュ, チェスワフ *Miłosz, Czesław*
ポーランドの詩人, 随筆家
1911.6.30～2004.8.14
[出]シュテイニェ(リトアニア)　[学]ビリニュス大学卒　[賞]ノーベル文学賞(1980年), ノイシュタット国際文学賞(1978年)
[歴]大学在学中から詩人として活躍し、のちパリで学ぶ。第二次大戦中はワルシャワで抵抗運動に参加し、地下出版活動を展開。戦後は在外公館で文化担当官を務めるが、スターリン体制に絶望して1951年フランスに亡命。53年評論「囚われの魂」を発表、同書と政治小説「権力の奪取」(53年)は西側で大きな反響を呼び、以後の作品はすべて海外で出版される。60年渡米、70年にアメリカ国籍を取得。61年カリフォルニア大学バークレー校スラブ言語学科教授となる。"連帯"運動が最初の頂点を迎えた80年ノーベル文学賞を受賞。94年ポーランドに戻ったが、アメリカでも文学活動を続けた。他の著書に英文の「ポーランド文学史」、抒情詩集「まひるの明かり」、小説「イサの谷」、自伝「故郷ヨーロッパ」など。

ミエヴィル, チャイナ *Miéville, China*
イギリスの作家
1972～
[出]ノリッジ　[学]ケンブリッジ大学(1994年)卒 博士号(国際法)
[賞]イギリス幻想文学賞, アーサー・C.クラーク賞(2001年・2005年・2010年)
[歴]ケンブリッジ大学で社会人類学の学位を、ロンドン大学で国際法の博士号を取得。1998年長編「キング・ラット」で作家デビュー。2000年〈バス=ラグ〉シリーズの第1作「ペルディード・ストリート・ステーション」でイギリス幻想文学大賞、アーサー・C.クラーク賞などを受賞。他の著書に「ジェイクをさがして」「アンランダン」などがある。

ミーカー, マリジェーン *Meaker, Marijane*
アメリカの作家
1927.5.27～
[出]ニューヨーク州オーバーン　[名]別名=カー, M.E. パッカー, ビン　[学]ミズーリ大学(英文学)卒　[賞]クリストファー賞, マーガレット・A.エドワーズ賞(1993年)
[歴]幼い頃から作家を目指し、ミズーリ大学で英文学を専攻。卒業後、ニューヨークで出版社に勤務。1951年に短編小説が初めて雑誌に掲載され、以降、M.E.カー、ビン・パッカーというペンネームで20冊以上の長編ミステリーを執筆。20冊以上のヤングアダルト小説も発表している。代表作はクリストファー賞を受賞した「Gentlehands」(78年)や、初めてエイズを扱った作品のひとつ「Night Kites」(86年)など(いずれもM.E.カー名義)。93年にはアメリカ図書館協会よりマーガレット・A.エドワーズ賞を受賞。他の作品に「僕と彼女とその彼女」などがある。

ミカエル, イブ *Michael, Ib*
デンマークの作家
1945～
[学]コペンハーゲン大学
[歴]1970年作家デビュー。「Prince」(97年)は世界各国で翻訳されるなど、デンマークを代表する作家として活躍。2005年アンデルセン親善大使を務める。同年イラク戦争に参戦するデンマークの役割を糾弾した政治スリラー「グリル」を発表し話題に。

ミギエニ *Migjeni*
アルバニアの作家, 詩人
1911.10.13～1938.8.25
[出]オスマン帝国シュコダル(アルバニア)　[名]ミロシュ・ジェルジ・ニコラ〈Milosh Gjergj Nikolla〉
[歴]13歳で孤児となり、南マケドニアの神学校に学んだが、聖職には就かず、山村の小学校教師となる。神学校時代にロシア文学に目覚め、教師の傍ら短編小説と詩を創作。農村の生活の悲惨さをリアルに描いた記録文学や抒情詩、短編小説などを発表。封建的抑圧からの解放の悲願を歌った詩集「自由詩」(1936年)が印刷されたが、危険思想のかどで発禁処分となった。他の作品は第二次大戦後に初めて刊行された。代表作に、散文詩「とうもろこしの伝説」(36年執筆, 44年刊)、詩集「復活の歌」(44年)、「青春の歌」(36年執筆, 44年刊)などがある。結核にかかり、療養のため北イタリアに赴いたが、26歳の若さで亡くなった。

ミショー, アンリ *Michaux, Henri*
ベルギー生まれのフランスの詩人, 画家
1899.5.24～1984.10.18
[出]ナミュール　[学]ブリュッセル大学
[歴]ブリュッセルに育ち、早くから神秘家の著作に親しむ。医学を志したが、1920年学業を放棄して水夫となり各地を放浪する。ロートレアモンの「マルドロールの歌」に強い衝撃を受けて22年詩作を始め、24年パリに出て55年フランスの市民権を得た。27年処女詩集「私は誰だった」を出版、やがてシュルレアリスムの真の継承者・完成者と見られるようになった。その間様々な仕事を転々とし、世界各地を旅行したが、旅行記「アジアにおける一野蛮人」(33年)には日本の印象が語られている。第二次大戦後は〈拒否の詩人〉の名で現代フランス詩壇の代表的な詩人の一人となる。一方、画家としても、主観を重視する抽象派アンフォルメル(非定型派)の先駆者として高く評価されている。主著に、「Mes Propriétés(わが領土)」

(29年)、「試練、悪魔祓い」(45年)、「Misérable miracle(みじめな奇跡)」(55年)、「荒れ騒ぐ無限」(57年)など。「アンリ・ミショー全集」(全3巻)がある。

寵物先生 ミスターペッツ　Mr.Pets
台湾の作家
1980〜
㋳王 建閔　㋸台湾大学情報科学科卒　㊥人狼城推理文学賞(2007年)、島田荘司推理小説賞(2009年)
㋭幼い頃から日本の漫画や文化が好きで、大学でも第一外国語で日本語を学んだ。大学時代、ミステリー研究会部長を務め、綾辻行人の作品を読んでミステリーを書き始める。台湾大学情報科学科卒業後、外資系の会社にプログラマーとして勤務するが、2007年短編「犯罪紅線」で人狼城推理文学賞(現・台湾推理作家協会賞)を受賞したこと機に作家専業となる。08年初の単行本「吾乃雑種」を上梓。09年「虚擬街頭漂流記」で、中国語で書かれた本格ミステリーを募る第1回島田荘司推理小説賞を受賞。台湾推理作家協会会員。寵物先生の筆名は、ネットで使っていたハンドルネームを流用、寵物はペットの意味。

ミストラル, ガブリエラ　Mistral, Gabriela
チリの詩人, 外交官
1889.4.7〜1957.1.10
㋳ビクーニャ　㋹アルカヤーガ, ルシラ・ゴドイ〈Alcayaga, Lucila Godoy〉　㊥ノーベル文学賞(1945年)
㋭大学卒業後、小学校教師を振り出しに教育界で活躍、1922〜24年メキシコに招かれて教育改革に参加、23年チリ大学スペイン語教授、30年コロンビア大学他で文学を講じる。この間09年に婚約者の死に出会い、これを契機として愛と苦悩の詩を書き、22年処女詩集「荒廃」を発表、詩人としての声価を確立した。後期の詩は人間、神、自然など普遍的な対象への愛を詩い、作品に「愛情」(24年)、「開墾」(38年)など。20年代終わりからは外交官としてヨーロッパや中南米各地の領事を歴任、国際連盟のチリ代表を務めたこともある。45年ラテン・アメリカで最初のノーベル文学賞を受賞。

ミストラル, フレデリック　Mistral, Frédéric
フランスの詩人
1830.9.8〜1914.3.25
㋳プロヴァンス地方マーヤーヌ　㋹Mistral, Joseph Etienne Frédéric　㊥ノーベル文学賞(1904年)
㋭1854年T.オーバネルやJ.ルーマニーユらと南仏における文学復興運動の"フェリブリージュ"を結成。59年悲恋の大叙事詩「ミレイユ」を発表、ラマルチーヌから絶賛され、同運動を発展させる原動力となった。その後、フランスの中央集権主義に反対し、社会的にも芸術的にも連邦主義に奉じた。他の作品に叙事詩「カランダル」(67年)、「ネルト」(84年)、「ローヌ河の歌」(97年)、悲劇「ジャンヌ妃」(90年)、抒情詩「黄金の島」(75年)、自叙伝「青春の思い出」(1906年)などがある。また1878年から86年にかけて完成させたプロヴァンスの言語・風俗の大辞典「フェリブリージュ宝典」がある。1904年ノーベル文学賞を受賞。

ミストリー, ロヒントン　Mistry, Rohinton
インド生まれのカナダの作家
1952.1.3〜
㋳ボンベイ(ムンバイ)　㋸トロント大学(哲学)　㊥ノイシュタット国際文学賞(2012年)
㋭1975年にインドからカナダのトロントへ移住し、銀行に勤めながらトロント大学で哲学を勉強。83年から短編小説を発表、インドの生い立ちをからめた独自の作品群が一躍注目を集めた。作品に「ボンベイの不思議なアパート」など。

ミス・リード　Miss Read
イギリスの作家, 脚本家
1913.4.17〜2012.4.7
㋳ロンドン　㋹セイント, ドーラ〈Saint, Dora Jessie〉　㋸ケンブリッジ大学ホーマートン・カレッジ
㋭1933年から教職に就く。50年「パンチ」誌などの雑誌にエッセイを寄稿して文筆活動を開始する。"ミス・リード"のペンネームで、イギリスの田園生活や学校を題材にした小説を多く発表、人々の暮らしを鮮やかに描き出した。代表作に「村の学校」(55年)や「村の日記」(57年)などがあり、邦訳も多数出版された。BBCの脚本家としても活躍。

ミチソン, ナオミ　Mitchison, Naomi Margaret
イギリスの作家, 女権活動家
1897.11.1〜1999.1.11
㋳スコットランド・エディンバラ
㋭16歳で結婚。小説のほか歴史、政治、科学など幅広い分野で著作活動を展開し、70冊以上の本を執筆。1950年代には左派系の雑誌「ニューステーツマン」に寄稿して有名になる。女性の権利拡大のため急進的な考え方を示し、スコットランド文学界の大御所とされる。64年文学への功績で一代貴族となった。

ミッチェナー, ジェームズ　Michener, James
アメリカの作家
1907.2.3〜1997.10.16
㋳ニューヨーク市　㋹Michener, James Albert　㋸スワスモア大学(1929年)卒　㊥ピュリッツァー賞(1948年)
㋭両親不明のためアベル・ミッチェナーの運営するホームで育つ。成績優秀なため奨学金を授与されて大学に進み、首席で卒業。1936〜40年ノース・コロラド大学教授、40〜41年ハーバード大学客員教授。第二次大戦に従軍したときの体験をもとに、47年短編集「南太平洋物語」を発表、ピュリッツァー賞を受賞する。この作品はミュージカル「南太平洋」としても脚色、上演され、評判になった。このほか「トコリの橋」(53年)、「サヨナラ」(54年)、「ハワイ」(59年)、「センテニアル」(74年)、長編大作「宇宙への旅立ち」「ポーランド」「チェサピーク物語」などがある。また日本文化にも深い関心を示し、浮世絵研究書「ゆれ動く世界」を執筆した。全40冊の著書は全世界で7500万部以上売れた。93年以来じん臓病の闘病生活を送っていたが、97年10月人工透析治療を自らの意思で中止、尊厳死の道を選んだ。

ミッチェル, アレックス　Mitchell, Alex
ベルギー出身のイギリスの作家, 考古学者
1974〜
㋳オックスフォード　㋹Mitchell, Alexandre G.　㋸ストラスブール大学修士課程修了 博士号(古典考古学, オックスフォード大学)
㋭イギリスのオックスフォードで生まれ、ベルギーで育つ。ストラスブール大学で美術と建築を学び、修士課程を修了した後、オックスフォード大学で古典考古学の博士号を取得。中心となる研究分野は"ユーモアの考古学"で、これまでにいくつかの論文を発表。2009年初の著書「ギリシャの壷絵と視覚的ユーモアの起源」を出版。オックスフォードとブリュッセルの考古学研究所で名誉非常勤研究員の立場にある。

ミッチェル, エイドリアン　Mitchell, Adrian
イギリスの詩人, 劇作家
1932.10.24〜2008.12.20
㋳ロンドン　㋸オックスフォード大学
㋭1966年以来子供も大人向けに、詩、戯曲、小説などを発表し、世界中で親しまれた。著書に小説「If You See Me Comin'」「The Bodyguard」、戯曲「Plays with Songs」、詩集「Out Loud」「Heart on the Left」「Blue Coffee」「All Shook Up」「The Shadow Knows」、児童文学「Robin Hood and Maid Marian」「だれをのせるの、ユニコーン？」「Zoo of Dreams」などがある。

ミッチェル, グラディス　Mitchell, Gladys
イギリスのミステリー作家
1901〜1983
㋳オックスフォードシャー州　㋸ロンドン大学(歴史学)卒
㋭教員生活を送りながら探偵小説の執筆を始め、1929年「迅

速な死」でデビュー。心理学者ミセス・ブラッドリーを探偵役としたユーモアに満ちたシリーズで、イギリス・ファルス派を代表する作家として絶賛された。他の著書に「ソーホーの落日」「月が昇るとき」「トム・ブラウンの死体」「ソルトマーシュの殺人」などがある。

ミッチェル, ジュリアン *Mitchell, Julian*
イギリスの作家, 劇作家
1935.5.1〜
[出]エセックス州エッピング　[名]Mitchell, Charles Julian Humphrey　[学]オックスフォード大学ウォダム・カレッジ卒　[賞]サマセット・モーム賞(1966年)
[歴]1962年よりフリーランスの作家として活動。「架空玩具」(61年)や「白い父」(64年, サマセット・モーム賞)など4冊の長編小説を出版し、注目される。自伝的部分と小説原稿から成る実験小説「未発見の国」(68年)ではそのユニークな才能を発揮した。その後、テレビドラマと舞台に転向し、30年代のパブリックスクールを舞台に2人の少年の変貌を描いた戯曲「アナザー・カントリー」(81年)で成功を収め、映画(84年)にもなった。

ミッチェル, W.O. *Mitchell, William Ormond*
カナダの作家, 劇作家
1914.3.13〜1998.2.25
[出]サスカチェワン州ウェイバーン　[勲]オーダー・オブ・カナダ勲章　[賞]スティーブン・リーコック・ユーモア賞
[歴]カナダとアメリカで教育を受け、アルバータ州で教師をしながら短編や脚本を執筆。1947年執筆に専念して最初に出した小説「誰が風を見たでしょう」で一躍名を馳せ、同作はカナダ文学の古典として愛読され、77年には映画化もされた。その後、「凧」(62年)、「消失点」(73年)、「夏休みをどう過ごしたか」(81年)などの小説を書く一方、ラジオドラマやテレビ映画用台本作家としても活躍。中でも、50〜56年まで毎週連続してCBCラジオで放送された「ジェイクと少年キッド」は人気を呼び、61年テレビ放映もされた。これらのうち、もともと短編として書かれた13編が短編集「ジェイクと少年キッド」(61年)にまとめられた。

ミッチェル, デービッド *Mitchell, David*
イギリスの作家
1969.1.12〜
[出]サウスポート　[学]ケント大学大学院文学専攻修士課程修了　[賞]ジョン・ルウェリン・リース賞(1999年), ジェームズ・テイト・ブラック記念賞(1999年), ジェフリー・フェイバー記念賞(2005年), E.M.フォースター賞(2012年)
[歴]芸術家の家庭に生まれる。18歳からバックパッカーとしてインド、ネパールなどを旅し、ケント大学で比較文学を学ぶ。勤務先の大手書店で日本人女性と出会い、来日。1994年から8年間、広島県の大学で英語教師を務めた。99年東京やロンドンを舞台に冷戦後の世界が抱える問題を描いた「ゴーストリトン」で作家デビュー。2001年生まれて一度も会ったことのない父の謎を探る日本人青年の姿を描いた「ナンバー9ドリーム」を出版し、ブッカー賞の最終候補作となる。04年第3作「クラウド・アトラス」、06年「Black Swan Green」が連続してブッカー賞候補に選ばれる。妻は日本人。

ミッチェル, マーガレット *Mitchell, Margaret*
アメリカの作家
1900.11.8〜1949.8.16
[出]ジョージア州アトランタ　[学]スミス・カレッジ(1919年)中退　[賞]ピュリッツァー賞(1937年)
[歴]弁護士を父として生まれ、南部の伝統的な雰囲気の中で成長した。医師を志望、スミス・カレッジに入学したが断念し、帰郷。1922年からペギー・ミッチェルの名で「アトランタ・ジャーナル」誌記者を務め、この間2回の結婚をする。26年足首を捻挫したため引退、かねてから考えていた小説を書き始め、36年南北戦争時代を背景にジョージア州を舞台に描いた長編ロマンス「風と共に去りぬ」を完成。一躍ベストセラーになり、37年ピュリッツァー賞受賞、30ケ国語に翻訳される。39年には映画化され世界中で大ヒットした。

ミッテルホルツァー, エドガー *Mittelholzer, Edgar Austin*
ガイアナの作家
1909.12.16〜1965.5.6
[出]英領ギアナ(ガイアナ)
[歴]英領ギアナ(現・ガイアナ)で生まれ、高校を卒業後は税関吏など職を転々とする。1941年イギリス海軍に入り、同年英領ギアナの先住民族の農民たちを描いた処女小説「Corentyne Thunder」を発表。48年からイギリスに定住、ブリティッシュ・カウンシル(イギリス大使館文化部)に勤めたが、のち焼身自殺した。他の作品にガイアナの歴史を扱った“カイワナ3部作”として知られる「カイワナの子供たち」(52年)、「ヒュバタスの悲惨」(54年)、「カイワナの血統」(58年)のほか、「事務所の朝」(50年)、「ジルキントンのドラマ」(65年)などがある。

ミットグッチュ, アンナ *Mitgutsch, Anna*
オーストリアの作家
1948〜
[出]リンツ　[学]ザルツブルク大学卒　[賞]グリム兄弟賞, オーストリア文化省奨励賞
[歴]作品の特徴はイスラエル、イギリス、韓国、アメリカなど外国滞在生活の多様性を反映し、作品の舞台がオーストリア、アメリカ、イスラエルなど多岐に渡り、作品の主人公のすべてが女性で、幸せな家庭生活を営んでいるものがいない事が挙げられる。作品にはそれまでタブー視されてきたテーマを取り上げた「体罰」(1985年)の他、「見知らぬ都市で」(92年)、「さらばエルサレム」(95年)、「別の顔」(86年)などがある。

ミットフォード, ジェシカ *Mitford, Jessica*
イギリス生まれのアメリカの作家
1917.9.11〜1996.7.22
[出]グロスターシャー州グロスター　[名]フリーマン・ミットフォード, ジェシカ・ルーシー〈Freeman-Mitford, Jessica Lucy〉
[歴]幕末・維新に在日イギリス公使館に在勤したミットフォード男爵の孫娘で、それぞれ有名になったダイアナ、ナンシー、ユニティ・ミットフォードの妹。イギリスのファシストとして有名なオズワルド・モズリーと結婚したダイアナ、ヒトラーらと交流がありナチス擁護者であったユニティとは違い、政治的には常に左寄りで、1939年渡米してアメリカ共産党に入党。夫が戦死した後、43年再婚し、44年アメリカ市民権を得る。その後、作家となりアメリカ社会についての著作を執筆、アメリカの葬儀業界を激しく非難した「アメリカ流の死に方」(63年)はベストセラーになり、有名な小児精神科医スポック博士らベトナム戦争抗議運動家にかけられた共同謀議の嫌疑について書いた「ドクター・スポックの試練」(70年)も評判を呼んだ。ミットフォード家での少女時代を描いた自伝「勲章と反逆者」(60年)の他、「マックレイカーになるまで」(79年)、「グレイスはイギリス人の心をもっていた—グレイス・ダーリングの物語」(88年)などがある。
[家]姉＝ナンシー・ミットフォード(作家)

ミットフォード, ナンシー *Mitford, Nancy*
イギリスの作家
1904.11.28〜1973.6.30
[出]ロンドン　[名]ミットフォード, ナンシー・フリーマン〈Mitford, Nancy Freeman〉
[歴]幕末・維新に在日イギリス公使館に在勤したミットフォード男爵の孫娘。貴族の長女として生まれたため家庭で教育を受けロンドンの社交界にデビュー、文学者たちと交際するようになり小説を書き始める。第二次大戦後の1945年以来パリに住む。同年の自伝的小説「愛の追求」で認められ、他の小説に「寒冷地の愛」「天の恵み」「アルフレッドには黙っていて」など。通俗的な伝記書も多く、ポンパドゥール夫人やヴォルテール、ルイ14世、フレデリック大王などを取り上げた。上

流と非上流に語彙の相違（UとNon-U）があることを言語学者A.S.C.ロスと共編した「貴人の義務―イギリス貴族階級の特徴研究」（56年）で示した。妹2人がファシズムに関わったことでも有名。
[家]妹＝ジェシカ・ミットフォード（作家）

ミード, グレン　*Meade, Glenn*
アイルランドの作家
[出]ダブリン
[歴]海軍勤務の後、電子工学を学ぶ。その後、フリーのジャーナリストなどの職を経て、パイロット養成の仕事に従事。1994年処女作「ブランデンブルクの誓約」を発表。第2作となる「雪の狼」が世界各国でベストセラーとなり、本格冒険小説の新星として一躍脚光を浴びる。他の著書に「熱砂の絆」「亡国のゲーム」「すべてが罠」「地獄の使徒」などがある。

ミード, リシェル　*Mead, Richelle*
アメリカの作家
1976～
[出]ミシガン州　[学]ミシガン大学卒, 西ミシガン大学, ワシントン大学　[賞]全米図書館協会賞
[歴]ミシガン大学で一般教養を修めたあと、西ミシガン大学で比較宗教学を学び、ワシントン大学で中学校・高校の英語教師の資格を取得。全米図書館協会賞も受賞した〈ヴァンパイア・アカデミー〉シリーズが人気を博す。他にもパラノーマル作品を多数執筆し、どれも高い評価を受けている。

ミドルトン, スタンリー　*Middleton, Stanley*
イギリスの作家
1919.8.1～2009.7.25
[出]ノッティンガムシャー州バルウェル　[学]ユニバーシティ・カレッジ　[賞]ブッカー賞（1975年）
[歴]長年に渡って教師を務め、ノッティンガムのハイ・ペイブメント・カレッジの英文学部長に就任。一方、イングランド中央部ミッドランドの地方生活を鋭い観察眼でとらえた小説を発表。1975年「Holiday」（74年）でブッカー賞を受賞。他の作品に、「Two Brothers」（78年）、「The Daysman」（84年）、「Vacant Places」（89年）、「Married Past Redemption」（93年）などがある。

ミーナ, デニーズ　*Mina, Denise*
イギリスの作家, 法学者
1966～
[出]ストラスクライド州グラスゴー　[学]グラスゴー大学　[賞]CWA賞ジョン・クリーシー記念賞（1998年）, CWA賞短編ダガー賞（2000年）
[歴]末期医療施設の看護師、BBCの作家など多才な経歴を持ち、ストラスクライド大学で刑法と犯罪学を教え、女性囚人の精神病の実態を研究する傍ら、執筆活動を続ける。デビュー作「Garnethill（扉の中）」では犯罪小説という大衆的な媒体を使って、社会から無視されがちな問題を探ろうとし、同作でイギリス推理作家協会賞（CWA賞）の最優秀処女長編賞であるジョン・クリーシー記念賞を受賞。

ミナーチ, ヴラジミール　*Mináč, Vladimír*
スロバキアの作家
1922.8.10～1996.10.25
[出]クレノヴェツ
[歴]職人の家に生まれ、ブラチスラバの大学でドイツ語を学んだ。第二次大戦中はパルチザン闘争に加わり、ドイツの強制収容所に送られる。戦後、共産党に入党。戦争体験を基に描いた長編小説「死は山々を歩く」（1948年）で文壇にデビューし、続編「昨日と明日」（49年）で作家としての地歩を固める。長編3部作「世代」（「待機の長い時」（58年），「生者と死者」（59年），「鐘は暁を告げる」（61年））は、スロバキアの戦後社会主義文学の代表作の一つに数えられている。他の作品に、小説「青い波」（51年）、「君はいつだって独りじゃない」（62年）、「幸福の生産者」（64年）、短編集「境目で」（54年）、「暗い片隅」（60年）、「覚書」（63年）など。民族の問題にも関心を向け、批評も数多く手がけた。

ミニエ, ベルナール　*Minier, Bernard*
フランスの作家
1960～
[出]ベジエ　[賞]コニャック・ミステリー大賞
[歴]大学卒業までピレネー山麓の町で暮らす。1982年からスペインに滞在、2年後に帰国し税務官として勤務。2011年のデビュー作「氷結」で才能豊かな新人作家に贈られるコニャック・ミステリー大賞を受賞、17年1月にフランスのテレビ局M6で連続ドラマ化（全6エピソード）され話題となった。他の作品に「死者の雨」など。

ミハイロヴィッチ, ドラゴスラヴ　*Mihailovic, Dragoslav*
セルビアの作家
1930.11.17～
[出]ユーゴスラビア国セルビア・チュープリア　[学]ベオグラード大学ユーゴスラビア文学科卒　[賞]十月賞（1967年）
[歴]19歳の時思想犯として逮捕され強制収容所で8ケ月間再教育を受けたことが災して定職を得られず、様々な職場を転々としつつ作品を執筆。1967年短編集「フレッド、お休み」で十月賞を受賞。68年に発表した「南瓜の花が咲いたとき」で作家としての地位を確立、専業作家となる。

ミハルコフ, セルゲイ　*Mikhalkov, Sergei Vladimirovich*
ロシア（ソ連）の児童文学作家, 劇作家, 詩人
1913.3.13～2009.8.27
[出]ソ連ロシア共和国モスクワ（ロシア）　[学]ゴーリキー文学大学卒　[賞]スターリン賞（1941年・1942年・1950年），レーニン賞（1970年），ソ連国家賞（1978年）
[歴]養禽家の子。中学在学中から詩作を発表、工場などで働きながら文学活動を続ける。1935年「ピオネール」誌に詩「三人の市民」を発表して中央文壇に登場するが、やがて児童劇「トム・ケンティ」（38年）や「Zajka zaznajka（赤いネクタイ）」（46年）、子供のための詩「スチョーパおじさん」（35年）など、児童文学に筆を染めるようになり、軽妙な才気溢れる独特の作風で、3度スターリン賞を与えられるなど現代ソ連の児童文学の第一人者として高い評価を受けた。他の児童文学作品に、4部作に発展した長編詩「スチョーパおじさん」（36～81年）、寓話「うそつきウサギ」（51年）、児童劇「うぬぼれうさぎ」（53年）など。一方、大人のための戯曲、特に喜劇の分野でも多くの作品を書いており、三幕の喜劇「七度目の出会い」は55年モスクワのスタニスラーフスキー・ドラマ劇場で上演され好評を博した。他の戯曲に「乞食と王子」（36年）、「自分の記念碑」（59年）、「親愛なる少年よ」（71年）、「The Scum」（75年）、「Echo」（80年）、「Almighty Kings」（83年）など。ソ連作家同盟幹部、最高会議代議員も務めた。旧ソ連とロシアの国家作詞者としても知られる。映画監督のアンドレイ・ミハルコフ・コンチャロフスキーとニキータ・ミハルコフの父。
[家]息子＝アンドレイ・ミハルコフ・コンチャロフスキー（映画監督），ニキータ・ミハルコフ（映画監督）

ミムニ, ラシード　*Mimouni, Rachid*
アルジェリアの作家
1945.11.20～1995.2.12
[出]ブードゥーアウ　[賞]アカデミー・フランセーズ賞, フランス・アラブ友情賞
[歴]アルジェで化学の学士号を取得した後、高等商業学校で教鞭を取る。その後、モントリオールで経営学を学び、アルジェ大学で経済学を教える。1992年「一般的な野蛮から特殊な原理主義まで」の刊行を機に、イスラム原理主義者の脅迫にさらされ、タンジールで亡命生活を送る。独立後のアルジェリア社会を批判する作品を多く執筆し、代表作に「そして春はより美しく」（78年）、「曲げられた川」（82年）、「生きるべき平和」（83年）、「トンベザ」（84年）、「鬼女の帯」（90年, アカデミー・フランセーズ賞）、「生きるべき苦しみ」（91年）、「部族の誇り」

ミ

（フランス・アラブ友情賞）などがある。

ミャグマル, デムベーギーン　Mjagmar, Dembeegijn
モンゴルの作家, 詩人
1933〜
㊗セレンゲ・アイマク・バローン・ブルン・ソム　㊥ナツァクドルジ文芸賞, モンゴル国家報賞
㊕牧民の家庭に生まれる。1954年人民革命党員となり、55年国立大学文学部を卒業。その後文化省の検査官、教師、「文化の浸透」紙の書記などを経て、69〜71年までソ連のゴーリキー文学大学附属の文学上級課程に学ぶ。49年「農場で」という初めての詩を発表して以来、詩、小説、戯曲を書き、「萌えいずる花」(71年)、「ゴビの太陽」(69年)でナツァクドルジ文芸賞を受賞。個性的な文体と巧みな心理描写で現代モンゴルに多くの読者を持つ。文芸雑誌「ツォグ」の編集委員を務め、国家報賞を授与されている。

ミャ・タン・ティン　Mya Than Tint
ミャンマーの作家, 翻訳家
1929.8.29〜1998.2.19
㊗パコック県ミャイン　㊕ウーミャタン　㊕ラングーン大学(1954年)卒　㊥民族文学賞(1972年・1978年)
㊕弁護士の家に生まれる。激動の時代に成長して13、4歳で抗日闘争に加わり、1945年16歳でビルマ共産党に入党、中部ビルマ・ミンジャン地区の地下活動のリーダーに。48年ラングーン大学に入学。49年短編「苦難の人」を発表し、学生作家としてデビュー。同時に小説のほかに翻訳や評論の仕事も活発におこない、前後9年間にわたって雑誌編集者も兼ねた。以後、政治囚として2度、計7年にわたる服役を体験、波乱に満ちた人生を送りながら、長編、短編、評論、翻訳、戯曲等多分野にわたって活躍した。72年には「戦争と平和」の翻訳で、78年「風と共に去りぬ」の翻訳でそれぞれ民族文学賞を受賞した。

ミュア, エドウィン　Muir, Edwin
オークニー群島生まれのイギリスの詩人, 批評家
1887.5.15〜1959.1.3
㊗オークニー群島
㊕正規の教育はあまり受けず、いくつかの職を転々とし、独学でニーチェやユングに傾倒した。ヨーロッパ各地を旅行、その間「地域」(1924年)、「小説の構造」(28年)などの批評を発表。25年「最初の詩集」を発表し、49年「迷路」によって詩人として一般に認められた。50〜55年ニューバトルアベー・カレッジ学長。作品に「航海」(46年)、評論「文学と社会に関する論集」(49年)、他に「ある自叙伝」(54年)などがある。夫人のウィラ・ミュアとの共訳でカフカをイギリスに紹介した功績も大きい。
㊏妻＝ウィラ・ミュア(作家)

ミュッソ, ギヨーム　Musso, Guillaume
フランスの作家
1974.6.6〜
㊗アンティーブ　㊕ニース大学(商業経済学)
㊕ニース大学で商業経済学を学び、高校教師として勤務。2004年に発表した「メッセージ—たぶん、愛が残る」が驚異的な売り上げを記録し、一躍ベストセラー作家となる。他の作品に「時空を超えて」「天国からの案内人」などがある。

ミュラー, ハイナー　Müller, Heiner
ドイツ(東ドイツ)の劇作家, 演出家
1929.1.9〜1995.12.30
㊗カール・マルクス・シュタット県エッペンドルフ　㊥ハインリッヒ・マン賞(1959年)、クライスト賞、ビューヒナー賞(1985年)、東ドイツ国家賞(1986年)
㊕第二次大戦後ノイブランデンブルク県バーレン郡役所の事務員になるが、戦時中はナチ末期勤労奉仕団に駆り出された経験を持つ。1951年頃から東ベルリンで文筆活動を始める。56年ジャーナリストとして活動中に戯曲「賃金を抑える者」でデビュー。60年代後半からギリシャ古典、シェイクスピア物の改作を始める。59年いくつかの作品で協力者だった妻インゲ・ミュラーとともに、国民の民主主義的社会主義的教育に貢献した作家に授与されるハインリッヒ・マン賞を受賞。作品には今日では旧東ドイツ演劇界の古典となっているデビュー作を含む多数の戯曲のほか、詩、小説、小劇などの作品もあり、インテリ、学生の間に根強い人気を誇った。しかし61年に喜劇「移住者、あるいは田舎の生活」が上演中止となり作家同盟から除名された後は、反体制作家として長く国内では上演されなかった。70年代から西ドイツなどで作品の上演機会が増え、80年代には東ドイツでもいくつかの作品が上演されるようになった。90年7月東ドイツ芸術院総裁。95年3月以来、劇団ベルリナー・アンサンブルの芸術監督を務めた。主な作品に「建設」「戦い」「農民」「ゲルマニア ベルリンの死」「ハムレットマシーン」など。90年9月ドイツ文学国際学会出席のため初来日。

ミュラー, ヘルタ　Müller, Herta
ルーマニア生まれのドイツの作家
1953.8.17〜
㊗ニツキドルフ　㊕ティミショアラ大学(ドイツ文学, ルーマニア文学)卒　㊥ノーベル文学賞(2009年), アスペクテ文学賞(1984年), ブレーメン文学奨励賞(1985年), リカルダ・フーフ賞(1987年), クライスト賞(1994年), ヨーロッパ文学賞(1995年), 国際IMPACダブリン文学賞(1998年), フランツ・カフカ賞(1999年), ベルリン文学賞(2005年)
㊕ルーマニア西部バナート地方に生まれ、"バナートのシュヴァーベン人"と称されるドイツ系少数民族出身で、ドイツ語を母語とする。父はナチスの武装親衛隊員、母は第二次大戦後、ソ連の強制収容所に入れられた。ティミショアラ大学でドイツ文学とルーマニア文学を専攻、卒業後は金属工場で技術翻訳者となった。1979年チャウシェスク独裁政権下において秘密警察への協力を断ったため職場を追放され、学校の代用教員をしながら執筆活動を続ける。82年の処女短編集「澱み」はドイツで高い評価を得たが、84年職業に就くことと作品の発表を禁じられ、87年西ドイツに政治亡命。92年第1長編「狙われたキツネ」を発表。2005年ベルリン自由大学客員教授。09年韻文の濃密さと散文の率直さをもって疎外された人びとの風景を描き出しているとしてノーベル文学賞を受賞。他の作品に小説「心獣」(1994年)、「王様がお辞儀をして人を殺す」(2003年)、「息のぶらんこ」(09年)、「今日は自分に会いたくなかった」、コラージュ詩「髪の結び目に住む婦人」(00年)、エッセイ集「飢えとシルク」(1995年)などがある。

ミュルシュタイン, アンカ　Muhlstein, Anka
フランスの伝記作家
1935〜
㊗パリ　㊥アカデミー・フランセーズ賞(1982年・1992年), ゴンクール賞(伝記部門)(1996年)
㊕「ジェームズ・ド・ロスチャイルド」(1982年刊)や「カヴリエ・ド・ラ・サール—アメリカをルイ14世に捧げた男」(92年刊)でアカデミー・フランセーズ賞を受賞しているほか「アストルフ・ド・キュスティーヌ1790-1857」(96年刊)でゴンクール賞(伝記部門)を受賞。他の著書に「バルザックと19世紀パリの食卓」など。夫で作家のルイス・ベグリーと共にニューヨークに住む。
㊏夫＝ルイス・ビグレー(作家)

ミュルダール, ヤーン　Myrdal, Jan
スウェーデンの批評家, 作家, 随筆家
1927.7.19〜
㊗ストックホルム　㊕ウプサラ大学(1980年)卒
㊕1963年よりストックホルムの新聞のコラムニストなどを務める。マルクス主義者として、政治に関わり、68年の学生運動の理論的支柱ともなった。63年の「中国農村からの報告」で世に出、多くの中国関係の著書があるほか、60年の「文化の交差点」などでアフガニスタンを、70年の「アルバニアの挑戦」で同国を取り上げた。小説の創作では「帰郷」(54年)、「歓喜

の春」(55年)などの初期作品を経て、64年の自伝風の「あるヨーロッパ知識人の告白」などで、社会批判や知識人の責任を問う。他の著作に紀行文「シルクロード」(77年)、評論集「日曜の朝」(65年)、随筆「無秩序の法」(75年)などのほか、自伝「嫌われた子供」(82年)、「もう一つの世界」(84年)でノーベル賞受賞者の両親との幼年時代を描いた。映画やテレビドキュメンタリーの作品もある。
㊗父=グンナー・ミュルダール(経済学者)、母=アルバ・ミュルダール(社会学者)

ミラー, アーサー　Miller, Arthur
アメリカの劇作家、脚本家
1915.10.17～2005.2.10
㊗ニューヨーク　㊗Miller, Arthur Ashur　㊗ミシガン大学演劇科卒　㊗ピュリッツァー賞(1949年)、ニューヨーク演劇批評家賞(1947年)、ニューヨーク演劇批評家賞(1949年)、トニー賞(生涯業績賞)(1999年)、ギッシュ賞(1999年)、世界文化賞(演劇・映像部門)(2001年)、全米図書賞(特別賞)(2001年)、エルサレム賞(2003年)
㊗ユダヤ系中産家庭に生まれたが、大不況のため家が没落、苦学してミシガン大学演劇科に学ぶ。在学中から劇作でいくつかの賞を得、卒業後はニューヨークに戻って、1944年「幸運な男」でブロードウェイにデビュー。47年「All My Sons(みんなわが子)」が1年近いロングランを続け、ニューヨーク演劇批評家賞を受賞。49年には時代の急激な変化についていけないセールスマンと家族の悲劇を描いた不朽の名作「Death of a Salesman(セールスマンの死)」が同賞とピュリッツァー賞を得、テネシー・ウィリアムズとともに戦後アメリカ演劇界の旗手と目された。他の戯曲に、魔女狩りを素材にマッカーシズム(共産主義排斥)への警鐘を鳴らした「るつぼ」(53年)、「橋からの眺め」(55年)、「転落のあとに」(64年)、「ヴィシーでの出来事」(64年)、「代価」(68年)、「ピーター氏の関係」(97年)、「フィニッシング・ザ・ピクチャー」(2004年、遺作)があるほか、小説「焦点」や短編小説集、「アーサー・ミラー自伝」もある。映画の脚本や小説、評論も手がけ、65～69年国際ペンクラブ会長を務めた。
㊗妻=インゲ・モラス(写真家)

ミラー, アンドルー　Miller, Andrew
イギリスの作家
㊗エイボン州ブリストル　㊗ジェームズ・テイト・ブラック記念賞(1997年)、IMPAC文学賞
㊗18歳から小説を書き始め、オランダ、スペイン、日本などで暮らす。ウェイター、武術の師範、ツアーガイドと職を転々とする。1997年処女作「器用な痛み」を発表、イギリス、アメリカでベストセラーとなり、ジェームズ・テイト・ブラック記念賞を受賞。書評家、一般読者から支持を受ける。他の著書に「カサノヴァ」(98年)がある。

ミラー, A.D.　Miller, A.D.
イギリスの作家、編集者
1974～
㊗ロンドン　㊗ケンブリッジ大学、プリンストン大学
㊗ケンブリッジ大学とプリンストン大学で文学を学び、プリンストン在学中から紀行文の執筆を始める。その後、ロンドンに戻り、テレビプロデューサーを経て、エコノミスト社に勤務。2004～07年同紙の海外特派員として、モスクワに滞在。この間、06年祖父母の人生を描いたノンフィクション作品を発表。11年小説「すべては雪に消える」を出版。

ミラー, ヘンリー　Miller, Henry
アメリカの作家
1891.12.26～1980.6.7
㊗ニューヨーク市ヨークビル　㊗Miller, Henry Valentine
㊗ドイツ系の仕立屋の子として生まれた。生後まもなくブルックリンに移り少年期を過ごした。早くから様々な仕事に従事。放浪癖があり、1930年ほとんど無一文でヨーロッパに渡る。30年代パリに住み、飢餓と隣合わせの生活の中でジェームズ・ジョイスらと交友を重ねる。この間発表した「Tropic of Cancer(北回帰線)」(34年)や「Tropic of Capricorn(南回帰線)」(39年)は大胆な性描写で20世紀文学に大きな衝撃を与えた。この2冊は60年代まで〈わいせつ性〉のため祖国では出版も持ち込みも許されなかった。40年動乱のヨーロッパをあとにしてアメリカに帰国、カリフォルニア州ビッグサーに住み"The Rosy Crucifixion(薔薇色の十字架)"と名づけられる自伝的3部作(「セクサス」「プレクサス」「ネクサス」)の発表をはじめる。このほか、評論に「The World of Sex(性の世界)」(40年)、「The Air—Conditioned Nightmare(冷房装置の悪夢)」(45年)、自叙伝「The Books in My Life(わが人生における書物)」(52年)などの著作がある。67年に日本人歌手ホキ徳田と結婚して話題になったこともある。

ミラー, マーガレット　Millar, Margaret
カナダ生まれのアメリカの作家
1915～1994.3.26
㊗トロント大学卒　㊗MWA賞長編部門賞(1956年)、MWA賞巨匠賞(1983年)
㊗大学在学中から小説を書き始め、1941年より本格的な作家活動を開始。謎解きの妙味を含んだ"心理的探偵小説"を代表する作家の一人となる。「Beast in View(狙った獣)」で56年度のアメリカ探偵作家クラブ(MWA)賞長編賞を受賞。57～58年同クラブの13代目会長を務めた。代表作に「まるで天使のような」(62年)、「これよりさき怪物領域」(70年)、「ミランダ殺し」「殺す風」「心感かれて」など。夫は正統派ハード・ボイルドの第一人者ロス・マクドナルド。
㊗夫=ロス・マクドナルド(作家)

ミラー, マデリン　Miller, Madeline
アメリカの作家
1978～
㊗マサチューセッツ州ボストン　㊗ブラウン大学大学院修士課程修了　㊗オレンジ賞(2012年)
㊗マサチューセッツ州ボストンに生まれ、ニューヨークおよびフィラデルフィアに育つ。ブラウン大学大学院で古典学の修士号を取得。高校で教鞭を執り、ラテン語、ギリシャ語、シェイクスピアなどを教える。2011年に発表されたデビュー作「アキレウスの歌」は、12年女性作家による優れた長編小説に与えられるオレンジ賞を受賞し、23ケ国語以上に翻訳されるベストセラーとなった。

ミラー, レベッカ　Miller, Rebecca
アメリカの作家、映画監督、脚本家
1962.9.15～
㊗コネティカット州　㊗サンダンス映画祭審査員大賞(2002年)
㊗父は劇作家アーサー・ミラー、夫は俳優ダニエル・デイ・ルイス。女優として映画「心の旅」(1991年)、「隣人」(93年)、「ウィンズ」(同年)などに出演した後、95年「アンジェラ」で映画監督・脚本デビュー。その後、夫が主演した「The Ballad of Jack and Rose」(2005年)ほか、「プルーフ・オブ・マイ・ライフ」(05年)で脚本を担当。02年初の長編小説「50歳の恋愛白書」を執筆、世界30ケ国で出版された。09年同作品を映画化して監督・脚本を務める。未訳の著書に「Personal Velocity」(01年)、「The Ballad of Jack and Rose」(05年)、「Jacob's Folly」(13年)などがある。
㊗父=アーサー・ミラー(劇作家)、夫=ダニエル・デイ・ルイス(俳優)

ミラージェス, フランセスク　Miralles, Francesc
スペインの作家
1968.8.27～
㊗バルセロナ
㊗セルフヘルプ書籍の専門家で、「amor en minuscula(微粒子の愛)」、スリラー「El Cuarto Reino(第四の王国)」などの著

書がある。「インテグラル」「クエルポメンテ」などの雑誌にスピリチュアリズムについて執筆。世界的ベストセラー「Good Luck」の著者アレックス・ロビラとともに、"自分たちの幸福論的なものを、だれの心にも残るようなファンタジー形式にして本にしよう"と共同執筆した「幸福の迷宮」（2008年刊行）が話題になる。他のロビラとの共著に「TREASURE MAP―成功への大航海」がある。

ミリヴィリス, ストラティス Myrivilis, Stratis
ギリシャの作家
1892.6.30～1969.7.19
㋱オスマン帝国レスボス島（ギリシャ）　㋐Stamatopoulos, Efstratios　㋒アテネ大学文学部・法学部中退
㋙アテネ大学文学部、法学部に学ぶ。バルカン戦争（1912～13年）勃発とともに軍務に就くが、13年負傷してアテネに移る。15年戦争体験を基にした短編集「赤の物語」でデビュー。第一次大戦およびギリシャ・トルコ戦争に従軍。第一次大戦を扱った反戦小説「墓場の生活」（30年）で一躍有名作家となる。その後、故郷レスボス島を舞台にした恋愛小説「金色の眼をした女教師」（39年）を発表したほか、色の名をつけた小説集「緑の本」（35年）、「青の本」（39年）、「赤の本」（52年）などを世に送り出した。戦後、46年全国ギリシャ人作家協会を設立、初代会長に就任。58年アテネ・アカデミー会員。現代ギリシャ散文文学の第一人者で、ノーベル文学賞に3度ノミネートされた。

ミリエズ, ジャック Milliez, Jacques
フランスの作家、医師
㋒フランス冒険小説大賞
㋙パリ第6大学の産婦人科学教授であり、サン・タントワーヌ病院で産婦人科部長を務める。開発途上国の少女や女性の教育と健康のための援助を推進するNGO（非政府組織）"均衡と人口"の事務局長で、国際産婦人科連盟倫理委員会のメンバーでもある。2008年64歳にして初めて書いた冒険ミステリー「人類博物館の死体」でフランス冒険小説大賞を受賞。

ミルズ, マーク Mills, Mark
スイス生まれのイギリスの作家、脚本家
1963.8.6～
㋱ジュネーブ　㋒CWA賞ジョン・クリーシー記念賞（2004年）
㋙「仮面の真実」などの映画の脚本家として活躍する傍ら、2004年アメリカのロング・アイランドを舞台にした「アマガンセット―弔いの海」で作家としてデビューし、イギリス推理作家協会賞（CWA賞）のジョン・クリーシー記念賞を受賞した。

ミルズ, マグナス Mills, Magnus
イギリスの作家
1954～
㋒McKitterick Prize
㋙1965年11歳の時、進級選別試験に失敗し、イギリス・グロスターシャー州教育当局の監督下に置かれる。イギリスやオーストラリアでフェンス建築の仕事に従事した後、ロンドン市内のバス運転手、郵便配達などの職を転々とする。一方、作家としても活動し、「インディペンデント」に連載を持つ。のち処女作「フェンス」でMcKitterick Prizeを受賞。ブッカー賞、ウィットブレッド賞、ジェームズ・テイト・ブラック記念賞などの最終候補にも残り、ベストセラーとなる。人気作家となって以降も下町の郵便局に勤める。

ミルトン, ジャイルズ Milton, Giles
イギリスの作家、ジャーナリスト
1966～
㋱バッキンガムシャー州　㋒ブリストル大学
㋙作家、ジャーナリストとして、ヨーロッパや中東、アジアで取材活動を行う。1995年処女作「コロンブスをペテンにかけた男―騎士ジョン・マンデヴィルの謎」を発表し高い評価を得る。また、「スパイス戦争―大航海時代の冒険者たち」がイギリスでベストセラーとなる。2000年「BIG CHIEF ELIZABETH」を発表。他の著書に「さむらいウィリアム―三浦按針の生き

た時代」がある。

ミルハウザー, スティーブン Millhauser, Steven
アメリカの作家
1943～
㋱ニューヨーク市　㋒ピュリッツァー賞（小説部門）（1997年）、メディシス賞（1972年）、世界幻想文学大賞（短編）（1990年）
㋙1972年処女長編「エドウィン・マルハウス」で批評家の高い評価を受けた。97年「マーティン・ドレスラーの夢」でピュリッツァー賞を受賞。2006年「バーナム博物館」（1990年）所収の短編「幻影師、アイゼンハイム」が「幻影師アイゼンハイム」として映画化された。他の著書に「三つの小さな王国」「イン・ザ・ペニー・アーケード」などがある。

ミルン, A.A. Milne, Alan Alexander
イギリスの児童文学作家、劇作家
1882.1.18～1956.1.31
㋱ロンドン　㋒ケンブリッジ大学卒
㋙1906～14年風刺漫画週刊誌「パンチ」誌の副編集長を務め、軽妙な随筆を執筆。第一次大戦に参加したが病を得て帰国。その後、劇作家として戯曲「ピム氏が通る」（19年）、「ブレイズの真実」（21年）などで成功を収め、推理小説「赤い館の秘密」（22年）も評価を得た。20年一人息子のクリストファー・ロビンが誕生、24年息子や自分の幼年時代を題材にした詩集「クリストファー・ロビンのうた」が評判を呼び、26年には息子のテディベアをモデルにしたとされる「クマのプーさん」を発表し、世界的に知られる代表作となった。両作はともにE.H. シェパードが挿絵を手がけている。その後、詩集「クマのプーさんとぼく」（27年）、「プー横丁にたった家」（28年）を相次いで発表。「ミルン自伝　今からでは遅すぎる」（39年）もある。

ミレー, エドナ・セント・ビンセント Millay, Edona St.Vincent
アメリカの詩人、劇作家
1892.2.22～1950.10.19
㋱メーン州ロックランド　㋐筆名＝Boyd, Nancy　㋒バッサー女子大学卒　㋓ピュリッツァー賞（1923年）
㋙学生時代に発表した抒情詩「新生」（1912年）で注目され、17年最初の詩集「新生その他の詩」を出版。名門バッサー女子大学卒業後、ニューヨークに出て、作家のたまり場だったグリニッジ・ビレッジに住む。雑誌に散文作品を発表。短詩やソネット（十四行詩）に優れ、23年恋愛を歌った抒情性豊かな詩集「竪琴の織姫」で女性として初めてピュリッツァー賞を受賞。20年代にアメリカで発生した冤罪と目される事件（サッコ・ヴァンゼッティ事件）について、「マサチューセッツ州で拒絶された正義」（27年）など5編の詩を発表した。他の作品に、詩集「薊に実った無花果」（20年）、「二度目の春」（21年）、「雪の中の雄鹿」（28年）、「宿命の出会い」（31年）、「真夜中の会話」（37年）、「矢を磨き上げよ」（40年）など。演劇を好んで劇団にも参加し、戯曲「王女と小姓との結婚」（18年）、オペラ台本「王の従者」（27年）などを書いた。没後に「全詩集」（57年）、「書簡集」（52年）が出版された。

ミレフ, ゲオ Milev, Geo
ブルガリアの詩人
1895.1.15～1925
㋱ラドネボ　㋐ミレフ, ゲオルギ・カサボフ〈Milev, Georgi Kasbov〉　㋒ソフィア大学（文学）
㋙ライプツィヒ留学中は象徴主義に心酔。のち戦争で右目を喪失するほどの傷を受け、その治療のために滞在したベルリンでは表現主義に心酔した。帰国後、純粋芸術を標榜する「秤」誌に詩を発表。1923年9月の反ファシズム蜂起鎮圧を契機に革命的立場に移り、「炎」誌にファシストのテロを糾弾する長編詩「9月」（24年）を発表したため裁判にかけられ、虐殺された。

ミロン, イムダドゥル・ホク Milon, Imdadul Haque
バングラデシュの作家
1955～

㊙ビクロムプル　㊟バングラ・アカデミー賞
㊞12歳までダッカ近郊のビクロムプル村で過ごし、その後ダッカに移り住む。1973年新聞の子供欄に処女作の短編小説「友人」が掲載され、その後、雑誌に短長編を数多く執筆。79～81年出稼ぎ労働者としてドイツで過ごし、帰国後ドイツでの経験をもとに「服従」(83年)、「異国にて」(87年)を発表。88年バングラデシュの独立戦争を様々な角度から描いた「独立戦争小説集」で作家として地位を築き、バングラ・アカデミー賞など数々の賞を受賞。他の作品に「ヌールジャハン」など。2006年来日。

ミンコフ, スヴェトスラフ　*Minkov, Svetoslav*
ブルガリアの作家
1902.2.12～1966.11.22
㊙ラドミル　㊔Minkov, Svetoslav Konstantinov　㊫ソフィア大学言語学科
㊞軍人の家に生まれ、軍事学校に入るが、ソフィア大学に学び、ミュンヘンに留学。1923年に帰国し、図書館に勤務。一方、22年最初の短編集「青い菊」を発表。以後、「レントゲンの目をもつ婦人」(34年)など多くの短編のほか、「もう一つのアメリカ」(38年)、「飢餓の帝国」(52年)などルポルタージュも執筆。アンデルセン童話や「千夜一夜物語」の翻訳者としても知られ、「眠れぬ王様」(33年)など童話の創作も手がけた。世界各国を回り、第二次大戦中は在日ブルガリア公使館に勤務し、日本や日本文学に関する著書もある。

ミンハ, トリン・T.　*Minh-ha, Trinh T.*
ベトナム生まれのアメリカの詩人, 作家
1952～
㊙ハノイ　㊫イリノイ大学(比較文学専攻)博士号(イリノイ大学)
㊞外交官の父の仕事のためフィリピンに住んだこともある。1970年アメリカに移住。病院で働きながら、大学へ通う。在学中、交換留学でパリに渡り、文学と民族音楽を専攻。セネガルの国立芸術学院で3年間音楽理論を教えたのち、アメリカに戻り、ドキュメンタリー映画を製作。多数の大学で女性学および映像論のレクチャーを続ける。96年、99年日本で作品が連続上映される。著書に「枠つるもの枠づけられるもの」(92年)、評論集「女性・ネイティヴ・他者―ポストコロニアリズムとフェミニズム」、「月が赤く満ちる時―ジェンダー・表象・文化の政治学」(91年)、「ここのなかの何処かへ―移住・難民・境界的出来事」、詩集「小文字で」(89年)、映像作品に「ル・アッサンブラージュ」(82年)、「姓はヴェト、名はナム」(89年)、「核心を撃て」(91年)、「愛のお話」(95年)などがある。

【ム】

ムーア, キャサリン・ルーシル
→パジェット, ルイスを見よ

ムーア, ブライアン　*Moore, Brian*
イギリス生まれのカナダの作家
1921.8.25～1999.1.10
㊙北アイルランド・ベルファスト　㊟作家クラブ賞(1956年), W.H.スミス文学賞(1973年), ジェームズ・テイト・ブラック記念賞(1975年)
㊞イギリス陸軍省、国連に勤務。戦後、カナダに移住してジャーナリストとなる。1956年「ジュディス・ハーンの孤独な情熱」で作家デビュー、好評を博したため奨学金を得て、ロンドン、ニューヨークで暮らす。66年ハリウッドに移住し、アルフレッド・ヒッチコック監督の映画「引き裂かれたカーテン」の脚本を担当。テレビドラマの脚本なども手がけた。また、デビュー作をはじめ「黒衣」(85年)など映画化作品多数。他の著書に「医者の妻」(76年)、「コールド・ヘブン」(83年)、「夜の国の逃亡者」(87年)、「沈黙のベルファスト」(90年)、「独裁者の島」など。

ムーア, マリアン　*Moore, Marianne*
アメリカの詩人
1887.11.15～1972.2.5
㊙ミズーリ州セントルイス　㊔Moore, Marianne Craig　㊫ブリン・モー女子大学卒　㊟ピュリッツァー賞(文学部門)(1952年), ボーリンゲン賞(1952年), 全米図書賞
㊞商業関係の研究などに従事したのち、1925～29年「ダイアル」の編集に携わり、ヨーロッパのモダニズムをアメリカに紹介。その間15年から雑誌「エゴイスト」に投稿、「詩集」(21年)、「観察」(24年)を発表。29年以後ニューヨークに移り、文筆活動に専念、多くの詩集を発表。知性と機知とで対象を適確にとらえる詩風で客観派の詩人といわれる。他の作品に「選詩集」(35年)、「年月とは何か」(41年)、「全詩集」(51年)、評論集「偏愛」(55年)、「詩と批評」(65年)などがある。

ムーア, リリアン　*Moore, Lilian*
アメリカの詩人, 童話作家
1909～2004
㊙ニューヨーク
㊞長年、小学校の教師と編集者を務め、児童誌「ハンプティ・ダンプティ」を創刊。スコラスティック社の編集者として、1957年初の子供向けペーパーバックシリーズを発刊したことでも知られる。ニューヨークの各学校では"読み聞かせの専門家"として有名で、その経験から限られたことばによるわかりやすい詩や童話を書いた。著書に「ぼく、ひとりでいけるよ」「小さな小さな七つのおはなし」などがある。

ムーア, ロビン　*Moore, Robin*
アメリカの作家
1925～2008.2.21
㊙マサチューセッツ州ボストン　㊔ムーア, ロバート・L.(Jr.)　㊫ハーバード大学卒
㊞テレビ初期の時代にプロデューサー、脚本家、ディレクターを務め、広告代理店の副社長を経て、作家生活に入る。1956年「Pitchman」でデビュー。以後フィクション、ノンフィクションをとりまぜて執筆。ニューヨークの麻薬密輸事件を取り上げた「フレンチ・コネクション」(69年)は映画化され、アカデミー賞5部門を獲得、71年の最優秀映画にも選ばれた。ベストセラー作家としても名高い。他の作品に「グリーン・ベレー」「モスクワ・コネクション」など。

ムーア, ローリー　*Moore, Lorrie*
アメリカの作家
1957～
㊙ニューヨーク州グレンフォールズ　㊫セント・ローレンス大学卒, コーネル大学創作科大学院修了　㊟O.ヘンリー賞(1998年)
㊞2年間ニューヨークの弁護士事務所で働いた後、コーネル大学の創作科大学院に入学。ここで修士論文として書いた短編が認められ、1985年28歳で短編集「セルフ・ヘルプ」を出版しデビュー、新しい感覚を持った女性作家として脚光を浴びる。また子供が癌に冒された経験をもとに小児癌病棟を描いた短編「ここにはああいう人しかいない」で新境地を拓き、98年O.ヘンリー賞を受賞。他の作品に「愛の生活」、「Anagrams(あなたといた場所)」(86年)、「アメリカの鳥たち」(98年)など。ウィスコンシン大学英文科で教えながら、執筆活動を行う。

ムアコック, マイケル　*Moorcock, Michael*
イギリスのSF作家
1939.12.18～
㊙ロンドン　㊔Moorcock, Michael John　㊟ネビュラ賞(1967年), ジョン・W.キャンベル記念賞(1979年), 世界幻想文学大賞(長編部門)(1979年), 世界幻想文学大賞(生涯功労賞)(2000年)
㊞17歳のとき「ターザン・アドベンチャー」誌の編集者になる。その後、イギリスを離れて、ブルース・シンガー兼ギタリ

ム

ストとして主に北欧を中心にヨーロッパを放浪した。この間に知り合ったSF作家ヒラリー・ベイリーと1962年に結婚(のち離婚)。SF作家としては、61年「サイエンス・ファンタジイ」誌に掲載された〈エルリック・サーガ〉シリーズの最初の短編である「夢見る都」でデビュー。67年中編「この人を見よ」でネビュラ賞、79年「グローリアーナ」でジョン・W.キャンベル記念賞、世界幻想文学大賞を受賞。〈コルネリウス〉4部作や〈戦間期〉シリーズなど、著書多数。64〜71年イギリスを代表するSF雑誌「ニュー・ワールズ」編集長を務め、ニューウェーブ運動の興隆に大きな影響を与えた。

ムアハウス, フランク *Moorhouse, Frank*
オーストラリアの作家, ジャーナリスト
1938〜
[出]ニューサウスウェルズ　[学]ナウラ高卒
[歴]ジャーナリストとして活躍する傍ら、シドニーの都市コロニーのバルメイン派総帥として創作活動に従う。「アメリカ人だぜ、ベービー」(1972年)などの短編集のほかバルメイン派活動の総集編「酒と怒りの日々」(80年)の編集の仕事がある。オーストラリア文壇にカウンターカルチャーの熱気をかきたてた功績が評価されている。

ムーカジ, バーラティ *Mukherjee, Bharati*
インド生まれのアメリカの作家
1940〜
[出]カルカッタ　[学]アイオワ大学大学院創作学科 博士号(アイオワ大学)　[賞]全米書評家協会賞(1988年)
[歴]インド系。裕福なバラモン階級の家庭に生まれる。カルカッタの大学院で文学とインド古典文化の修士号取得。3歳の時からの夢であった作家になるため、1961年アイオワ大学大学院創作学科に留学。カナダ人の作家と結婚し、一時カナダで暮らすが、アジア人差別にたまりかね、80年大学のポストを投げだしてアメリカに逃れ永住権を取得。処女作「The Tiger's Daughter」を始め、第三世界からきた貧しい移民を題材に数多くのフィクション、ノンフィクションを発表、新しい移民文学の書き手として期待される。ロサンゼルス・タイムズ文学賞フィクション部門候補作「Jasmine」で名を知られるようになる。作品に「ミドルマン」(88年)など。
[家]夫=クラーク・ブレーズ(作家)

ムクティボード, ガジャーナン・マーダヴ
Muktibodh, Gajānan Mādhav
インドのヒンディー語詩人
1917.11.3〜1964.6.4
[出]英領インド・グワリオール
[歴]1938年大学卒業後は教師、編集者、ジャーナリストなど様々な職に就きながら、詩作と読書に励む。母語はマラーティー語だがヒンディー語で作品を書き、40年代に入ってからはマルクス主義の洗礼を受けて中央インド進歩主義作家協会の設立に奔走し、44年の反ファシスト作家大会の開催に尽力。43年7人の詩人アンソロジー「タール・サプタク」に参加したが、注目されることはなかった。64年46歳で病死。生前の著書は3冊のみであったが、没後に詩集「月の顔は歪んでいる」(64年)などが編まれ、80年には「ムクティボード著作集」(6巻)が刊行された。

ムシェロヴィチ, マウゴジャタ *Musierowicz, Małgorzata*
ポーランドの児童文学作家
1945〜
[出]ポズナン　[学]ポズナン造形美術大学卒
[歴]大学卒業後、挿絵画家として出発。1975年「無口さんと家族」で児童文学作家としてデビュー。激動する社会情勢の中でたくましく生きる人々、特に子供や若者が抱える日常的悩みや家庭生活を暖かい目で見つめ、ユーモアを失わず、時にアイロニーを込めて描くことに定評がある。82年「カリフラワーの花」で、国際アンデルセン賞オナー・リストを受賞。他の著書に「クレスカ15歳 冬の終りに」「ノエルカ」「嘘つき娘」「ロブロィエクの娘」「ちびトラとルージャ」などがある。

ムシュク, アドルフ *Muschg, Adolf*
スイスの作家, 批評家, ドイツ文学者
1934.5.13〜
[出]チューリヒ州Zollikon　[賞]ヘルマン・ヘッセ賞, ビューヒナー賞(1994年)
[歴]父は小学校教師。チューリヒとケンブリッジでドイツ文学、英文学、心理学を修めた。ドイツ文学者として教職に就き、1962年より2年間、日本に滞在して国際基督教大学で講師を務めた経験を持ち、アメリカやドイツでも教鞭を執った。70〜99年チューリヒ工科大学ドイツ文学教授。99年ベルリン科学芸術アカデミー会員、2003〜05年同会長。作家としてのデビュー作は日本におけるスイス人の体験を扱った小説「兎の夏」(1965年)。他に中国を舞台にした長編「バイユーン」(80年)、短編集「恋物語」(72年)、戯曲などを手がけ、現代スイス文学を代表する作家として活躍。アイロニーに満ち、伝統的で、しかも華麗な文体が作品の特徴とされる。80年代には文芸評論でも活躍。妻は日本人で、86年以降たびたび来日。

ムージル, ロベルト *Musil, Robert*
オーストリアの作家
1880.11.6〜1942.4.15
[出]ケルンテン州クラーゲンフルト　[名]Musil, Robert Elder von
[歴]最初軍人を志し各地の陸軍士官学校に学んだが、機械工学に興味を抱いてブリュンの工科大学に転じ、さらにベルリンで論理学、実験心理学を学んだ。1906年第1作「将校生徒テルレスの惑い」を発表、好評を得る。08年学業を終えると共に文筆に専念。以後、主にウィーンに居住し、短編集「和合」(11年)「三人の女」(24年)、戯曲「熱狂家たち」(21年)などを発表。30年には20世紀ドイツ文学の記念碑ともいうべき長編「特性のない男」第1巻を発表。38年ナチス・ドイツのオーストリア併合に際してスイスに亡命。「特性のない男」の完成に努力を傾けたが、42年4月脳卒中のため急死した。

ムチャーリ, オズワルド *Mtshali, Oswald*
南アフリカの詩人
1940〜
[出]ナタール州フリヘイド
[歴]18歳の時、ヨハネスブルクに行き、ウィットウォーターズランド大学を志望したが、人種差別法のため大学入学を拒否され、働きながら詩作に打ちこむ。1971年発表した処女詩集「牛皮のドラムのひびき」は南アフリカ非白人文学界に「新しい詩の時代」の到来を告げる革新的詩集として爆発的人気を呼び、黒人意識運動の聖典となる。73年ロンドンでの国際詩の祭典で自作詩を朗読。後にアイオワ大学、コロンビア大学に留学。他の詩集に「火炎」(80年)など。91年来日し広島を訪問。

ムーディ, デービッド *Moody, David*
イギリスの作家
1970〜
[出]ウェストミッドランズ州バーミンガム
[歴]ホラー映画の製作を志して大手銀行を退職するが、知識も技術もなく挫折、小説の執筆を始める。小出版社から刊行された処女作はほとんど売れなかったが、インターネットで公開したゾンビものの〈オータム〉シリーズが50万回ダウンロードされる。「憎鬼」はインターネットで公開後すぐに映画化権が売れ、トマス・デューン・ブックスが過去の作品も含めて出版権を獲得した。

ムティス, アルバロ *Mutis, Álvaro*
コロンビアの詩人, 作家
1923.8.25〜2013.9.22
[出]ボゴタ　[名]Jaramillo, Álvaro Mutis　[賞]ビリャウルティア賞(1988年), セルバンテス賞(2001年), ノイシュタット国際文学賞(2002年)
[歴]幼い頃は外交官の父の赴任地だったブリュッセルで過ごした。1948年に詩集「The Balance」を刊行して詩人として出

ム

発。雑誌「ミスト」のグループに所属。詩的な言葉を巧みに駆使し、ラテンアメリカのスペイン語諸国でも高く評価される。他の作品に、詩集「災いの要因」(53年)、小説「無駄骨」(60年)、「レクンベリの日記」(70年)、「アラウカイマの館—熱帯の物語」(73年)、「提督の雪」(86年)、「不定期貨物船の最後の航海」(88年)などがある。56年メキシコに移り住んだ。

ムーニー, エドワード(Jr.)　*Mooney, Edward Jr.*
アメリカの作家
[出]マサチューセッツ州
[歴]アメリカ・マサチューセッツ州で生まれ、カリフォルニア州で育つ。長く高校教師を務めた後、2014年より大学の教育学教授として学生指導に当たる。1992年よりプロの作家として活動。代表作の「石を積むひと」は、2015年日本で北海道に舞台を移した「愛を積むひと」として映画化された。

ムーニー, クリス　*Mooney, Chris*
アメリカの作家
[出]マサチューセッツ州リン
[歴]スティーブン・キングの影響を受けて作家を志し、2000年初の長編「Deviant Ways」を発表。第3長編「Remembering Sarah」(04年)はアメリカ探偵作家クラブ賞(MWA賞)にノミネートされた。07年〈ダービー・マコーミック〉シリーズの第1作「贖罪の日」を発表、人気シリーズとなる。

ム

ムニャチコ, ラディスラウ　*Mňačko, Ladislav*
チェコスロバキアの作家
1919.1.29〜1994.2.24
[出]バラシスケー・クロボウキ
[歴]スロバキア語作家。新聞記者、ルポライターを経て作家となる。1959年長編「死の名はエンゲルヒエン」で作家的地位を確立。63年スターリン時代の悪を描いたルポ的短編集「遅れたレポート」で国際的に有名になる。68年ソ連軍の侵攻でオーストリアに亡命。他の著書に「権力の味」(68年)、「七日目の夜」(68年)、「事件」(70年)、「同志ミュンヒハウゼン」(72年)など。

ムヒカ・ライネス, マヌエル　*Mujica Láinez, Manuel*
アルゼンチンの作家
1910.9.11〜1984.4.21
[出]ブエノスアイレス　[学]ブエノスアイレス大学中退　[賞]ジョン・F.ケネディー賞
[歴]富裕な名家に生まれるが、父の代に経済的破綻による没落の悲哀をなめる。しかしパリとロンドンでの教育で得た博大な西欧的教養をもとに、美術記者や外務省文化関係主事としての仕事の傍ら、ラテンアメリカ小説ブームの外でプルーストやワイルドの影響の色濃い審美的な作風の小説を発表。日本では翻訳本がなく未知の作家だが、ボルヘスをして"瀕死の現代小説に叙事詩的運命と冒険の意識をよみがえらせた小説の恩人"と絶賛させ、コルターサルとジョン・F.ケネディー賞を分かつなど、その大物ぶりが国際的に注目された。作品に「偶像たち」(1952年)、「屋敷」(54年)、「旅人たち」(55年)、「天国亭への招待客」(57年)、「ボマルツォ公の回想」(62年)、「スカラベ」(82年)などがある。

ムファレレ, エスキア　*Mphahlele, Es'kia*
南アフリカの作家, 評論家
1919.12.17〜2008.10.27
[出]プレトリア　[名]ムファレレ, エゼキエル〈Mphahlele, Ezekiel〉
[歴]ソト族。極度の貧困のため、はじめて学校教育を受けたのは13歳の時。困難な中をナタール州のアダムズ・カレッジで学び、1940年に教員資格を取得した。45年よりヨハネスブルクの高校に勤め教員組合書記長となるが、バンツー教育法反対闘争を指導したかどで52年に解雇、教員資格も剝奪された。その後は職を転々とし、55年頃に一時「ドラム」誌の編集に携わる。この頃より短編小説を雑誌に発表し始める。南アフリカ大学の通信教育により56年修士号を取得。翌年ナイジェリアに亡命し、文芸誌「ブラック・オルフェウス」の編集者を務める。62年第1回アフリカ人作家会議(カンパネラ)を主宰。ナイロビ、パリを経て、70年アメリカに渡り、デンバー大学准教授、ペンシルベニア大学教授を歴任し、78年南アフリカに帰国。79年よりウィットウォーターズランド大学教授、88年同大名誉教授となる。作品に小説「流浪者たち」(71年)「チルンドゥ」(79年)「草原の子マレディ」(84年)、短編集「Man Must Live(人は生きねばならぬ)」(47年)「生者と死者」(61年)、評論集「アフリカのイメージ」(62年)「つむじ風の中の声」(72年)、自伝「Down Second Avenue(二番街にて)」(59年)「Afrika My Music(アフリカ—わが音楽)」(84年)などがあり、ほかに評論集「アフリカン・イメージ」(62年)も刊行している。

ムーベリ, ヴィルヘルム
→モーベリ, ヴィルヘルムを見よ

ムリシュ, ハリー　*Mulisch, Harry*
オランダの作家
1927.7.29〜2010.10.30
[出]ハールレム　[名]Mulisch, Harry Kurt Viktor　[賞]ライナ・プリンセン・ヘールリフス賞, コンスタンティン・ハイヘンス賞(1977年), P.C.ホーフト賞(1978年), リブリス文学賞(1999年)
[歴]オーストリア・ハンガリー帝国生まれの父親は第一次大戦を将校として戦い、戦後、アムステルダムに移住。第二次大戦下、没収したユダヤ人の財産で運営される銀行の頭取となる。対ドイツ協力者として戦後、2年間の禁錮刑を受けた。デビュー作「アーヒバルト・ストローハルム」(1952年)でライナ・プリンセン・ヘールリフス賞を受賞。小説の他、詩集や戯曲など多数の著作があり、78年には全著作に対してP.C.ホーフト賞が送られる。99年には「過程」でリブリス文学賞を受賞。「追想のかなた」(82年)は映画化され、86年にアメリカ・アカデミー賞外国語映画賞を獲得。「天国の発見」(92年)は、2007年に読者審査で"オランダ文学史上の最高傑作"と称賛された。他の作品に短編「微光」(1956年)、長編「石の新床」(59年)、「裁判 1940〜61」(62年)、「悪魔への告知」(66年)、「二人の女性」(75年)、「世界の構成」(80年)、戯曲「タンヘレイン—異端者の年代記」(60年)などがある。戦後のオランダを代表する3大作家の1人で、ノーベル賞候補にも名を連ねた。65年以来「道標」誌の編集に従事した。オランダ王国の受勲者でもある。執筆活動の他、テレビ出演、海外での朗読会など精力的に活躍した。

ムルルヴァ, ジャン・クロード　*Mourlevat, Jean-Claude*
フランスの作家
1952〜
[出]オーヴェルニュ地方　[賞]サン・テグジュペリ賞(小説部門)(2007年)
[歴]ストラスブール、トゥールーズ、パリ、ボンなどで学び、数年間中学校のドイツ語教師を務めた後、パリの演劇学校に入学して演劇の世界に入る。ピエロのひとり芝居を自作自演し、フランスで1000回以上、さらには世界各地をまわった経験を持つ。1990年代後半から作家として活動を始め、98年最初の小説を発表。現在は執筆に専念。作品の多くは子供たちの高い支持を得、2007年「抵抗のディーバ」でサン・テグジュペリ賞(小説部門)を受賞するなどフランス語圏で数々の賞を受ける。学校や図書館での読み聞かせも展開する。

ムロジェク, スワヴォミル　*Mrożek, Sławomir*
ポーランドの劇作家, 作家, 漫画家
1930.6.26〜2013.8.15
[出]ボジェンチン　[学]ヤギエウォ大学建築科(クラクフ)
[歴]クラクフで建築を学んだが、第二次大戦後、20歳頃からコント風諷刺短編小説や諷刺漫画で活躍し始めた。「Półpancerze praktyczne(実用向きの鎧)」(1953年)や「Słoń(象)」(57年)をはじめとする短編集で、戦後社会をグロテスクに描き出して評判となり、57年には漫画集「Polskaw obrazach(絵の中の

ポーランド)」も発表した。58年の処女戯曲「Policja(警察)」以後、グロテスクにして諷刺的な戯曲を次々と発表し、その深刻で軽妙な独特の世界は“ムロジェク劇”として国際的に名声を生んだ。63年から主に外国に暮らすようになり、3幕の傑作「Tango(タンゴ)」(64年)では3代の家族の中にポーランドの政治的精神史を結実させた。68年よりパリに住み、同年のチェコ事件ではソ連を批判。同年の戯曲「Drugie danie(2皿目)」を最後にしばし沈黙したが、73年4月の「Szczęśliwe wydarzenie(幸せなできごと)」以後続々と大作を世に問い、ポーランドでも上演された。のちメキシコに移り、長く定住。96年一度クラクフに戻り、2008年には再びニースに移住した。現代ポーランド前衛派を代表する一人で、S.ベケットやイヨネスコに比される。他の作品に、短編集「原子村の婚礼」(59年)、「雨」(62年)、「ムロージェク短編集」、漫画集「Postepowiec」(60年)、「Rysunki」(82年)、戯曲に3部作「大海原」「カロル」「ストリップ」(以上61年)、「屠殺場」(73年)、「エミグラント」(74年)、「亡命者たち」(75年)、「ヴァツラフ」(79年)、「アンバサダー」(81年)、「Piezo」(83年)、「クリミアの恋」(93年)など。

ムワンギ, メジャ　*Mwangi, Meja*
ケニアの作家
1948〜
[出]ナニュキ　[名]ムワンギ, デービッド　[学]ナイロビ大学ケニヤッタ・カレッジ卒, アイオワ大学　[賞]ケニヤッタ文学賞, ロータス賞
[歴]大学卒業後、テレビ関係の仕事に就いたあと、渡米してアイオワ大学で小説作法を修得、帰国して創作に専念。独立後のケニア社会の腐食の構造を描いた小説「早くこの俺を殺せ」(73年)、「リバー・ロードを下りて」(76年)でケニヤッタ文学賞を受賞。ケニア人として初めてのプロ作家となる。のち西独に定住して、詩作も行った。他の作品にマウマウ戦争を扱った「猟犬のための腐肉」(74年)、映画化もされたサスペンス小説「密林の追跡者たち」(79年)、「ゴキブリの舞踏」(79年)、「悲しみの糧」(87年)など。

ムーン, エリザベス　*Moon, Elizabeth*
アメリカの作家
1945〜
[出]テキサス州　[学]ライス大学(歴史), テキサス大学　[賞]コンプトン・クルーク賞, ネビュラ賞(長編)(2003年)
[歴]海兵隊でコンピューター関係の仕事に就く。退役後はテキサス大学に入り直し、生物学を学ぶ。子供時代から詩や小説を書いていたが、30代半ばから本格的に作家を志し、1986年短編SFをアナログ誌に発表し、デビュー。初の長編は、88年刊行のファンタジー「Sheepfarmer's Daughter」で、第1長編を対象としたコンプトン・クルーク賞を受賞。以来、アン・マキャフリイとの共著を含め20作近くの長編と短編集を上梓するほか、数多くの短編を発表している。2003年刊行の「くらやみの速さはどれくらい」は、画期的治療法の実験台になれといわれた自閉症の青年の人生の喜びと葛藤を繊細に描いて高く評価され、ネビュラ賞を受賞した。他の作品に〈セラノの遺産〉シリーズなどがある。

ムーン, パット　*Moon, Pat*
イギリスの児童文学作家
[歴]子供の家の寮母や教師を経て、作家生活に入る。デビュー作「ダブルイメージ」はスマティーズ図書賞の候補となり、2作目「スパイイング・ゲーム」もガーディアン児童文学賞および作家協会賞候補作として注目を浴び、BBCラジオで放送される。他の作品に「ネイサンの鞭」「セイディ・キンバーの幽霊」「ベンの豆」「ジャングル団」などがある。

ムン・ピョンラン　文 炳蘭　*Moon Byung-ran*
韓国の詩人
1935.3.28〜2015.9.25
[出]全羅南道和順　[学]朝鮮大学文理大学国文学科(1961年)卒　[賞]全南文学賞(1979年), 楽山文学賞(1985年), 錦湖芸術賞(1996年), 光州市文化芸術賞(2000年), 朴寅煥詩文学賞(2009年), 釜山文芸詩大賞(2009年), 洛東江文学賞(2010年)
[歴]1962年「現代文学」を通じて文壇デビュー。80年の光州事件を経験、民主化運動に尽力した。全南国民運動本部共同議長、民主教育協議会共同議長、民族文化作家会議理事を歴任。作品に「地上に捧げる私の歌」「5月の演歌」「光州抗争詩選集」など多数。

ムンガン, ムラトハン　*Mungan, Murathan*
トルコの詩人, 劇作家, 作家
1955.4.21〜
[出]イスタンブール　[学]アンカラ大学卒
[歴]両親はクルド人の町マルディン出身で、幼少時代はマルディンで過ごす。アンカラ大学を卒業後、国立劇場で仕事を始め、1980年最初の著作「マフムードとイェズィダ」を出版。84年にメソポタミア3部作の2作目「タズィイェ」で最優秀劇作家に選出される。詩人、劇作家、短編作家と多くの顔を持ち、トルコを代表する作家の一人。

ムンク, カイ　*Munk, Kaj*
デンマークの劇作家, 牧師
1898.1.13〜1944.1.4
[出]ロラン島マリボー　[名]ムンク, カイ・ハラール・レイニンガー〈Munk, Kaj Harald Leininger〉　[学]コペンハーゲン大学神学部卒
[歴]5歳で孤児となり、養父母や牧師の援助でコペンハーゲン大学に進む。卒業後はユトランド西部ヴェーザセーの教区牧師を務める。傍ら劇作家としても活動し、1928年ヘロデ王を主人公とした「理想主義者」でデビュー。30年代はファシズムと反ユダヤ主義を是認したが、40年ナチス・ドイツがデンマークを占領してからは愛国的な説教を行って国民抵抗運動を支持。42年反ドイツの象徴である中世の国民的英雄を描いた「ニルス・エッベセン」を書くが、ただちに発禁となり、執筆禁止状態となった。その後もナチス批判を続けたため、44年ゲシュタポによって銃殺された。代表作の一つである「ことば」(32年)は、55年にカール・ドライヤーにより「奇跡」として映画化され、同作はベネチア国際映画祭で金獅子賞を受けた。デンマーク演劇界で最も上演される劇作家の一人。

ムンゴシ, チャールズ　*Mungoshi, Charles*
ジンバブエの詩人, 作家
1947〜
[歴]高校卒業後、研究補助員や書店の店員などを務め、編集者となる。1972年高校時代から書きためた短編を国内の検閲が非常に厳しかったため、国外で出版する。75年イギリスのハイネマン社からアフリカ作家シリーズの一冊として長編「Waiting for the Rain(雨を待ちわびる大地)」が紹介され、南部アフリカ文学の重要な作家のひとりとなる。後、作家の仕事に専念、小説のほか、ショナ語でも多くの作品を書いている。作品に「乾季のおとずれ」など。

【メ】

メイ, ポール　*May, Paul*
イギリスの作家
1953〜
[出]ロンドン
[歴]大学卒業後、様々な職業を経験した後、教員として小学校に勤めるとともに、読書が不得意な子供を長年指導。はじめて書いた子供向けの作品「Troublemakers」で、2000年度のブランフォード・ボウズ(BBA)賞にノミネートされ、その後、子供向けの作品のほかフィクション、ノンフィクション作品を数多く手がける。「グリーンフィンガー 約束の庭」は、02年度のカーネギー賞のロングリスト、03年度のAskews Torchlight Children's Book Awardのショートリストに選ばれた。

メイズ, ロジャー　*Mais, Roger*
ジャマイカの作家, ジャーナリスト, 詩人, 画家
1905.8.11～1955.1.20
[歴]高校卒業後、公務員になるが、1938年のキングストンの暴動で政治に目覚め、ジャマイカ人民国家党（PNP）に入党。44年には反イギリス的文書を公刊して投獄された。52年以降はイギリスとフランスで暮らし、54年帰国。55年死去。晩年になって精力的に小説を執筆、「丘は楽しかった」（53年）、「兄弟」（54年）、「黒い稲妻」（55年）などを発表した。

メイター, ベド　*Mehta, Ved*
インド生まれのアメリカの作家, ジャーナリスト
1934.3.21～
[出]英領インド・パンジャブ州ラホール（パキスタン）　[名]メイター, ヴェド・パーカシュ〈Mehta, Ved Parkash〉　[学]オックスフォード大学卒, ハーバード大学大学院
[歴]インド系。少年時代に全盲となるが、渡米してアーカンソー盲学校、ポモナ大学を経て、オックスフォード大学、ハーバード大学大学院に学ぶ。1957年自伝「Face to Face」を出版。61～94年「ニューヨーカー」誌のスタッフライターを務めた。75年アメリカ国籍を取得。伝記、物語、ルポルタージュなどを手がけるが、自伝的連作「流浪の大陸」（72～89年）で高い評価を得る。

メイナード, ジョイス　*Maynard, Joyce*
アメリカの作家
1953～
[出]ニューハンプシャー州
[歴]英語を専門とする大学教授で画家としても活躍している父と、教育論、家族関係論を専門分野とする著述家である母のもとに生まれる。早くから文学的な資質を現し、エール大学1年生の時には「ニューヨーク・タイムズ」紙の巻頭特集を執筆、カバーも飾った。以来、多くの新聞、雑誌にエッセイを寄稿。一時、「ライ麦畑でつかまえて」で知られる作家J.D.サリンジャーと同棲しており、その体験を綴った「ライ麦畑の迷路を抜けて」もある。ノンフィクション、小説ともに手がけ、他の著書に「19歳にとって人生とは」「誘惑」「とらわれて夏」などがある。

メイヒュー, ジェームズ　*Mayhew, James*
イギリスの絵本作家, イラストレーター
1964～
[出]リンカーンシャー州スタンフォード　[学]メイドストーン美術大学イラストレーション専攻
[歴]児童書の挿絵や絵本の仕事で高い評価を得る。1989年第1作「Katie's Picture Show」に始まる〈ケイティのふしぎ美術館〉シリーズで有名。また、子供たちとともに音楽や美術を楽しむ活動にも尽力し、多くの学校、図書館、書店などで壁画を描くなどの多彩なパフォーマンスを行う。オペラにも詳しく、プログラムのイラストを数多く手がける。他の作品に「ミランダの大ぼうけん」「エラは小さなバレリーナ」など。

メイヤー, ステファニー　*Meyer, Stephenie*
アメリカの作家
1973.12.24～
[出]コネティカット州ハートフォード　[学]ブリガムヤング大学（英語学）
[歴]ブリガムヤング大学で英語学を学んだ後、2005年〈トワイライト〉シリーズで作家デビュー。4人の若いバンパイアのロマンスを描いた同作品は世界で1億5000万部の売り上げを記録。08年より〈トワイライト・サーガ〉シリーズとして映画化され、シリーズ5作品は全世界で累積33億ドルの興行収入を上げた。同年に発表されたSF恋愛小説「ザ・ホスト」も高い評価を得、シリーズ化される。15年小説〈トワイライト〉シリーズの主人公たちの性別を入れ替えた新作本「Life and Death」を刊行。

メイヤー, ニコラス　*Meyer, Nicholas*
アメリカの作家, 脚本家
1947～
[出]ニューヨーク　[学]アイオワ大学卒　[賞]CWA賞ゴールド・ダガー賞（1975年）
[歴]11歳でアマチュア映画を作り、大学を卒業するまでに数多くの短編小説、戯曲、映画評を書く。大ヒットとなった映画「ある愛の詩」の宣伝マンを務め、その経験を「The Love Story Story」の題名のもとに出版。以後ハリウッドに移り、脚本や小説の執筆に専念。処女長編小説「Target Practice」はアメリカミステリー処女小説賞候補作にあげられ、第2作の「シャーロック・ホームズ氏の素敵な冒険」はイギリス推理作家協会賞（CWA賞）のゴールド・ダガー賞を受賞するなど、ベストセラー作家の地位を得る。

メイヤー, ボブ　*Mayer, Bob*
アメリカの作家
1959～
[出]ニューヨーク州　[学]アメリカ陸軍士官学校卒
[歴]アメリカ陸軍士官学校を卒業後、特殊部隊グリーンベレーに所属。引退後は軍事教官としてジョン・F・ケネディ特殊戦学校やフォート・ブラッグ基地学校で教鞭を執る。一方、経験をもとに執筆活動をはじめ、1991年小説「Eyes of the Hammer」を発表、軍事小説作家として一躍脚光をあびる。本名の他に四つの筆名を使い分けながら、30以上の作品を世に送り出す。専門的な軍事アクション小説・ノンフィクションを得意分野としていたが、2006年にはロマンス作家ジェニファー・クルージーとの共著を発表。著書に「チャイナ・ウォー13」「バイオ・ソルジャー」「抹殺」「報復の最終兵器」「機密基地」「ふたりの逃亡者」などがある。

メイラー, ノーマン　*Mailer, Norman*
アメリカの作家
1923.1.31～2007.11.10
[出]ニュージャージー州ロングブランチ　[名]Mailer, Norman Kingsley　[学]ハーバード大学（1943年）卒　[賞]ピュリッツァー賞（1969年・1980年）, 全米図書賞（1969年）
[歴]ユダヤ人移民の2世。1944～45年第二次大戦に従軍、フィリピン戦線でレイテ島、ルソン島を転戦し、戦後は占領軍として日本に駐留した。48年戦争体験をもとにした長編小説「The Naked and the Dead（裸者と死者）」を発表して文壇にデビュー、高い評価を得た。55年ハリウッドを舞台にした「鹿の園」を刊行。67年ベトナム戦争を批判した「なぜぼくらはベトナムへ行くのか」で現代アメリカ小説の旗手といわれ、反戦デモに参加して逮捕された経験を描いた「夜の軍隊」（68年）でピュリッツァー賞を受賞。以後もニューヨーク市長選挙に立候補するなど社会的な活動に積極的に関わる傍ら、性、政治、戦争などアメリカ現代史と真っ向から取り組み、小説のみならずエッセイ、ルポルタージュにも健筆をふるった。70年代はジャーナリズム伝記に集中し、自ら刑の執行を望んだ死刑囚ゲーリー・ギルモアの伝記小説「死刑執行人の唄」（79年）で2度目のピュリッツァー賞を受けた。84～86年作家の国際組織・PENのアメリカ会長。他の著書に「バーバリーの岸」（51年）「白い黒人」（58年）「ぼく自身のための広告」（59年）「アメリカの夢」（65年）「月にともる火」（70年）「性の囚人」（71年）「古代の夕べ」（83年）「タフ・ガイは踊らない」（84年）「ハロッツ・ゴースト」（91年）「The Gospel According to the Son」（「奇跡」「聖書物語」）（97年）「なぜわれわれは戦争をしているのか」（2003年）など。

メイリング, アーサー　*Maling, Arthur*
アメリカの探偵作家
1923.6.11～
[出]イリノイ州シカゴ　[学]ハーバード大学（1944年）卒　[賞]MWA賞最優秀長編賞（1980年）
[歴]1944～45年兵役に就く。46～72年靴のチェーンストアであるメイリング・ブラザーズ社のオーナーを務めた。69年探偵小説「Decoy（おとり）」で作家としてデビュー。以後、地味な作風ながら年に一作の割で作品を発表。80年「ラインゴル

ト特急の男」でアメリカ探偵作家クラブ賞（MWA賞）最優秀長編賞を受賞。

メイル, ピーター *Mayle, Peter*
イギリスの作家, エッセイスト
1939.6.14〜2018.1.18
[出]ブライトン　[賞]イギリス紀行文学賞
[歴]1962〜75年ロンドンとニューヨークを行き来する広告マンとして働く。73年に発表した画期的な性教育の本「ぼくどこからきたの？」が世界的な大ベストセラーとなったのをきっかけに退職。36歳でイギリスの田舎に移り、86年フランスの南部プロヴァンス地方に移り住む。現地の人との交流をユーモアを交えて綴ったエッセイ「南仏プロヴァンスの12か月」（89年）が世界的な人気を獲得。続編「南仏プロヴァンスの木陰から」とともに、BBCがテレビドラマ化し、NHKでも放送されるなど、世界中でプロヴァンスブームを巻き起こした。のち一時期アメリカに滞在するが、97年プロヴァンスに戻った。他の作品に、金がかかる趣味をめぐる軽妙なエッセイ「贅沢の探求」（92年）、画文集「南仏プロヴァンスの風景」（93年）、小説「ホテル・パスティス」（93年）などがある。94年4月来日。

メイン, ウィリアム *Mayne, William*
イギリスの児童文学作家
1928.3.16〜2010.3.24
[出]ヨークシャー州　[名]Mayne, William James Carter 筆名＝Cobalt, Martin James, Dynely Molin, Charles　[賞]カーネギー賞（1957年）, ガーディアン賞（1993年）
[歴]ヨークシャーで開業医の家に生まれ、カンタベリの聖歌隊学校で学ぶ。早くから作家を志し、1953年「足あとを追って」でデビュー。3作目の「五月の蜜蜂」（55年）で児童文学界での地位を確立。100冊に及ぶ数多くの文学作品と絵本のテキストを発表した。他の作品に「草の綱」（57年）、「りんご園のある土地」（63年）、「砂」（64年）、「地に消える少年鼓手」（66年）、「闇の戦い」（71年）、「パッチワークだいすきねこ」（81年）、「パンドラ」（95年）など。

メゲド, アハロン *Meged, Aharon*
ポーランド生まれのイスラエルの作家
1920〜2016.3.23
[出]ウロクラヴェク
[歴]ポーランドのウロクラヴェクに生まれ、1926年家族とパレスチナに移住。戦後、「バ・シャアル」誌を編集。また、友人たちと隔週の文学誌「マッサ」を発刊、同誌はのち「ラ・メルハヴ」紙の文芸付録（週刊）となった。50年処女短編集「海の風」を刊行。他に「愚者の運」（60年）、「ヘドヴァと私」（64年）、「死者の上の生者」（65年）など。

メーザーズ, ピーター *Mathers, Peter*
イギリス生まれのオーストラリアの作家
1931〜
[出]ロンドン　[学]シドニー・テクニカル・カレッジ卒
[歴]誕生のあと両親はオーストラリアに再移住した。シドニー・テクニカル・カレッジで農学を専攻し、のち様々な職業を体験する。60年代には英米に居住したが、同年代末には帰豪する。60年代カウンターカルチャーの洗礼を受けて文学界に登場し、バルメイン派の先駆けとなった。主な長編小説に「トラップ」（66年）などがある。

メスード, クレア *Messud, Claire*
アメリカの作家
1966.10.8〜
[出]コネティカット州グリニッジ
[歴]1994年「When the World Was Steady」で作家デビュー、95年PEN/フォークナー賞の最終候補作にノミネートされた。第2長編「The Last Life」（99年）は「パブリッシャーズ・ウィークリー」のベストブックに選出される。流麗かつシニカルな文体、深みのある人間洞察、ストーリーテリングの巧みさが高く評価される。第4長編「ニューヨーク・チルドレン」（2006年）は英米の著名紙誌で絶賛され、「ニューヨーク・タイムズ」紙の同年度ベストテンの1冊に選出され、ブッカー賞にもノミネートされた。

メスナー, ケイト *Messner, Kate*
アメリカの作家
[賞]E.B.ホワイト推薦図書賞（2010年）
[歴]元中学校の英語教師。2009年の「木の葉のホームワーク」は、全米の児童書書店が子供にぜひ読んでほしい本に贈る、10年のE.B.ホワイト推薦図書賞を受賞。〈Silver Jaguar Society Mysteries〉〈Marty McGuire〉〈Ranger in Time〉シリーズがある。

メズリック, ベン *Mezrich, Ben*
アメリカの作家
1969〜
[出]ニュージャージー州プリンストン　[学]ハーバード大学（社会科学）（1991年）卒
[歴]ハーバード大学ロー・スクールに入り、学費を稼ぐためにテレビ番組の制作助手、投資銀行の調査員などの仕事をするうち、執筆活動を始める。1996年「悪魔の遺伝子」で作家デビュー。「X－ファイル」のオリジナル小説も共同執筆した。他の著書に「東京ゴールド・ラッシュ」「カジノは奴らを逃がさない！」「ザ・オイルマネー」「facebook」などがある。

メーセイ, ミクローシュ *Mészöly, Miklós*
ハンガリーの作家, 詩人, 童話作家
1921.1.19〜2001.7.22
[学]ブダペスト大学
[歴]1948年執筆活動を開始、53年より作家に専念。ハンガリーで最も人気のある作家の一人として、小説のほか詩や戯曲、童話などを執筆。代表作に小説「黒いこうのとり」（60年）、「長距離ランナーの死」（66年）などがある。

メーソン, アルフレッド *Mason, Alfred Edward Woodley*
イギリスの作家, 劇作家
1865.5.7〜1948.11.22
[出]ロンドン
[歴]演劇俳優から作家に転身し、1902年頃から歴史、冒険小説などを執筆。02年「四枚の羽根」で圧倒的人気を博し、繰り返し劇化、映画化された。第一次大戦中はイギリス海軍民間情報員として活動。国会議員当選歴もある。主な作品にパリ警視庁アノー探偵を主人公にした推理小説「バラ荘」（10年）、「矢の家」（24年）や、脚本「被告側の証人」（10年）などがある。

メーソン, ザカリー *Mason, Zachary*
アメリカの作家
1974〜
[学]ブランダイス大学 博士号（ブランダイス大学）
[歴]14歳で高校を卒業し、ブランダイス大学で博士号を取得。人工知能を専門とするコンピューター科学者で、アマゾン・コム勤務を経て、2007年「オデュッセイアの失われた書」で作家デビュー。同書はニューヨーク公共図書館主催のヤング・ライオンズ・フィクション賞最終候補に残り、注目を集めた。

メーソン, ボビー・アン *Mason, Bobbie Ann*
アメリカの作家
1940〜
[出]ケンタッキー州メイフィールド　[学]ケンタッキー大学卒, ニューヨーク州立大学, コネティカット大学大学院哲学専攻修了　[賞]アメリカ最優秀短編小説賞（1981年）, ペン/ヘミングウェイ賞新人賞（1982年）
[歴]ウラディミール・ナボコフ研究の後、1970年代後半から作家生活に入る。ニューヨークでカルチャー・ショックを受けて故郷に戻り、以後はアメリカの“ハートランド”と呼ばれるケンタッキー州の人々のことを描いている。主な著作は、長編「インカントリー」（85年）「Spence + Lila」（88年）、短編集「Shiloh and other Stories」（82年）「Love Life」、評論「The Girl

メ

Sleuth」(75年)「Nabokov's Garden」(76年)などがある。
[家]夫=ロジャー・ロウリングズ(文筆家)

メーソン, リチャード *Mason, Richard*
南アフリカ生まれのイギリスの作家
1978～
[学]オックスフォード大学
[歴]13歳で両親と共にイギリスに移住し、イートン校に入学。18歳で卒業し、その後1年間チェコで暮らす。この頃から執筆を始め、大学在学中の21歳の時に認められ、1999年「溺れゆく者たち」で作家デビュー。世界各国に版権が売れ、注目を集める。

メータ, ギータ *Mehta, Gita*
インドの作家
1943～
[出]デリー　[学]ケンブリッジ大学
[歴]インドのデリーで、代々イギリスからのインド解放運動を率いてきた一族に生まれる。インドとイギリスの寄宿学校で教育を受けた後、ケンブリッジ大学で学ぶ。ジャーナリストとして、BBC、NBCなどでドキュメンタリー番組を製作。1993年の短編集「リバー・スートラ」は米英でベストセラーになった。他の作品に、「カーマ・コーラ」(74年)、「ラジ」(89年)などがある。

メッツ, メリンダ *Metz, Melinda*
アメリカの作家
[出]カリフォルニア州サンノゼ　[学]サンノゼ州立大学
[歴]サンノゼ州立大学で英語を専攻。ローラ・J.バーンズと、ともに編集者だったときに知り合い、共同で創作をする長所に気づき、チームで活動をはじめる。バーンズとの共同執筆作品は、日本でも放映されたドラマ〈ロズウェル/星の恋人たち〉シリーズをはじめ、「キング・コング」(映画小説版)、日本未訳のものは〈Everwood〉シリーズ、〈Buffy the Vampire Slayer〉シリーズ中の〈Colony〉など多数。児童文学作品〈名探偵アガサ&オービル〉シリーズの「おばあちゃん誘拐事件」で、2006年アメリカ探偵作家クラブ賞(MWA賞)ジュブナイル部門のオナー受賞。

メーテルリンク, モーリス *Maeterlinck, Maurice*
ベルギーの劇作家, 詩人, エッセイスト
1862.8.29～1949.5.6
[出]ヘント　[名]メーテルリンク, モーリス・ポリドール・マリ・ベルナール〈Maeterlinck, Maurice Polydore Marie Bernard〉
[学]ヘント大学法学部卒　[賞]ノーベル文学賞(1911年)
[歴]弁護士の家に生まれ、1985年弁護士になるためパリに出て象徴主義の詩人たちと交わる。故郷ヘントに帰って弁護士登録の傍ら文学に専念し、1886年からパリでバン・レルベルグらと共に「ラ・プレイヤード」誌に拠って詩壇に登場、処女詩集「温室」(89年)を発表。続いて象徴劇の「マレーヌ姫」(89年)を発表、オクターブ・ミルボーにより"シェイクスピアの再来"と絶賛され、フランス文壇に認められた。戯曲「闖入者」(90年)、「盲人たち」(91年)上演ののち、93年「ペアレスとメリザンド」がドビュッシー作曲の歌劇として成功を博して劇作家としての地位を高め、クローデルと並んで象徴劇の第一人者となり、世界各国で上演されるようになった。96年以後パリに定住。円熟期の傑作「モンナ・バンナ」(1902年)を経て、夢幻的童話劇「青い鳥」(08年モスクワ芸術座で初演)は最も有名な作品となり、日本でも20年民衆座により有楽座で初演された。エッセイスト、思索家としても知られ、「貧者の宝」(1896年)、「知恵と運命」(98年)のほか、自然や昆虫の世界を詩人の目で観察・記録した「蜜蜂の生活」(1901年)、「花の知恵」(07年)、「蟻の生活」(30年)などがある。11年ノーベル文学賞受賞、32年伯爵授爵。第二次大戦中はファシズムに反対し、40年アメリカに移住、47年南仏ニース近郊のオルラモンドに帰った。

メドベイ, コーネリアス *Medvei, Cornelius*
イギリスの作家
1977～
[出]サフォーク州　[学]オックスフォード大学(フランス語・ドイツ語), シェフィールド大学大学院 博士号(中国語, シェフィールド大学)(2002年)
[歴]サフォークとロンドンで育つ。オックスフォード大学でフランス語とドイツ語を学んだ後、教師として中国に赴任。2002年シェフィールド大学で中国語の博士号を取得。07年「ミスタ・サンダーマグ」で作家デビュー。小説執筆の傍ら中国詩の翻訳や、短編映画の監督とプロデュースに従事。またロンドン近辺の大学でフランス語と英語を教えている。

メナール, ドミニク *Mainard, Dominique*
フランスの作家
1967～
[出]パリ　[賞]ジュヌ・エクリヴァン(若い作家)賞, プロメテ賞, ブルスタン・ブランシェ賞, メリディアン読者賞, フナック小説賞(2002年), アラン・フルニエ賞(2003年度)
[歴]22歳から27歳まで1年の半分をアメリカで過ごし、英米文学の翻訳をしながら、優れた物語作者としての才能を開花させていく。24歳で発表した短編「Edna Marvey」(1991年)でジュヌ・エクリヴァン(若い作家)賞を、続いて最初の短編集「Le second enfant」(94年)でプロメテ賞を受賞し、短編の名手として注目される。他の短編集に、ブルスタン・ブランシェ賞を受賞した「Le grenadier」(97年)や、「La maison des fatigués」(99年)がある。その後、初の長編小説「Le grand fakir」(2001年)で、メリディアン読者賞を受賞。長編2作目となる「小鳥はいつ歌をうたう」で、02年に創設されたフナック小説賞の第1回受賞者となり、03年度のアラン・フルニエ賞も受賞した。

メヘラーン, マーシャ *Mehran, Marsha*
イランの作家
1977.11.11～2014.4.30
[出]テヘラン
[歴]1980年代家族とともに動乱から逃れてアルゼンチンへ渡り、同地のスコットランド系の学校で教育を受ける。アメリカ、オーストラリア、アイルランドで暮らし、ニューヨークへ移る。2005年テヘランから逃れてアイルランドの田舎町で料理店を営む3姉妹を描いた「柘榴のスープ」で作家デビュー。他の著書に「Rosewater and Soda Bread」(08年)、「The Saturday Night School of Beauty」(13年)などがある。

メリ, ヴェイヨ *Meri, Veijo*
フィンランドの作家
1928.12.31～2015.6.21
[出]ビープリ(ロシア・ヴィボルク)　[名]Meri, Veijo Väinö Valvo
[賞]フィンランド文学国家賞, 北欧文学賞(1973年)
[歴]フィンランド軍将校を父に持ち、祖国の3度の戦争について若い頃に聞いたことが、戦争をテーマとした小説執筆の契機となった。1954年作家としてデビューし、57年の代表作「Manillaköysi(マニラ麻ロープ)」が国際的に評価される。戦争における極限状況の兵士を描く手法は、前衛的とも、"ヌーヴォーロマン"ともいわれた。73年「軍曹の息子」(71年)で北欧文学賞を受賞。他の戦争小説に、17年の独立後の内戦を描いた「18年のできごと」(60年)、「基地」(64年)など。戦争をテーマにしない短編小説「殺人者」(56年)、「鏡に描かれた女」(63年)などもある。

メリアム, イブ *Merriam, Eve*
アメリカの詩人, 脚本家
1916.7.19～1992.4.11
[出]ペンシルベニア州
[歴]様々な世代に向けた多くの詩集を出版、1946年に発表した処女詩集「家族の輪」は「エール大学青年詩人シリーズ」に選ばれた。また81年には子供向けの優れた詩に贈られるNCTE賞(全米英語教員会議)を受賞。多くの論議を呼んだ「スラム

メ

街のマザーグース」は劇化されてミュージカルとなり、71年ブロードウェイで上演、後にサンフランシスコやシカゴでも上演された。

メリッサ・P *Melissa P.*
イタリアの作家
1985.12.3～
[出]シチリア島カターニャ
[歴]4歳で文章を書き始め、9歳で小説を執筆。2000年カターニャの高校に入学。高校在学中に書いた「おやすみ前にブラッシング100回」で、03年作家デビュー。15歳の少女メリッサを主人公に、SM、ドラッグ、レズビアンなど主人公が足を踏み入れていく世界を生々しく描写して話題となり、フランスやスペインなど20ケ国以上で翻訳されベストセラーとなる。04年カターニャの高校を中退し、ローマの高校に編入。同年初来日。

メリル, ジェームズ *Merrill, James*
アメリカの詩人, 作家
1926.3.3～1995.2.6
[出]ニューヨーク市　[名]メリル, ジェームズ・イングラム　[学]アマースト大学　[賞]ピュリッツァー賞(1977年), ハリエット・モンロー賞(1951年), 全米図書賞(1967年, 1979年), ボーリンゲン賞(1973年), 全米図書批評家連盟賞(84年), ボブスト賞(1984年)
[歴]メリル・リンチの創設者を父に持ち、裕福な生活を送る。大学在学中に文学にのめり込み、「ポエトリー」誌に詩を発表する。1946年には私家版「ブラック・スワン」を出版。44～45年兵役ののち、71年国立芸術文学協会の会員となる。大学で文学を教えながら「第一詩集」(51年)、「千年平和の国」(59年)などの詩集や小説「後宮」(57年)を発表。他の詩集に「ウォーター・ストリート」(65年)、「レイト・セッティング」(85年)など。
[家]父＝チャールズ・メリル(証券会社メリル・リンチの創設者)

メーリング, ワルター *Mehring, Walter*
ドイツ(東ドイツ)の詩人, 劇作家
1896.4.29～1981.10.3
[出]ベルリン　[勲]功労勲章(1977年)　[賞]ベルリン自由大学名誉博士号(1976年)
[歴]表現主義より出発し、第一次大戦後にダダイストとしてベルリンのキャバレー、シャル・ウント・ラウホのために軽快なシャンソンを作詞して、ダダ・ソングの旗手となる。以後「異端者の祈禱」(1921年)、戯曲「ベルリンの商人」(29年)などの風刺的なシャンソンや脚本など数多くの作品でナチ批判をし、名声を博したが、ヒトラー政権成立後、出版禁止となる。34年ユダヤ人として亡命を余儀なくされ、フランスを経て、アメリカに移住。戦後、ヨーロッパに戻り、58年からチューリヒに永住、回想録スタイルの文芸論「失われた文庫」(52年)、「呪われた絵画」(58年)などを著した。76年ベルリン自由大学から名誉博士号、77年西ドイツ政府より功労勲章を受けた。シャンソンの他のヒット作品に「ベルリン同時性」「船乗りのコラール」など。

メルコ, ポール *Melko, Paul*
アメリカの作家
1968～
[出]オハイオ州アセンズ　[学]シンシナティ大学(原子核工学), ミシガン大学大学院修士課程修了　[賞]ローカス賞(第1長編部門)(2009年), コンプトン・クルーク賞(2009年)
[歴]シンシナティ大学で原子核工学を学んだ後、ミシガン大学の大学院に進み修士号を取得。1993年に卒業後、総合電機メーカーで原発大手のウェスティングハウス社に入社。原子核工学エンジニアとして5年間勤務した後、IT業界に転身。2002年「燃える男」が「レルムズ・オブ・ファンタジー」誌に掲載され短編デビュー。08年に発表した「天空のリング」は好評を博し、ローカス賞第1長編部門とコンプトン・クルーク賞を受賞。

メルツ, クラウス *Merz, Klaus*
スイスの作家, 詩人
1945～
[出]アールガウ州アーラウ　[賞]ヘルマン・ヘッセ賞(1997年), スイス・シラー財団賞(2005年)
[歴]1967年出版の処女詩集で高い評価を得た後、次々に詩を発表。80年代後半まで教職に就き、小・中学校の教師、高等専門学校の講師などを務める傍ら創作を続ける。75年の短編小説「必修トレーニング」以後、散文も手がけ、小説のほか、詩、戯曲、児童書、絵画や写真に関するエッセイなど、多岐にわたる執筆活動を展開。97年「ヤーコプは眠っている」でヘルマン・ヘッセ賞、2005年には「ペーター・ターラーの失踪」でスイス・シラー財団賞を受賞。

メルツァー, ブラッド *Meltzer, Brad*
アメリカの作家
1970～
[出]ニューヨーク市ブルックリン　[学]コロンビア大学ロースクール(1996年)卒
[歴]ニューヨークのブルックリンとマイアミ州で育つ。1997年コロンビア大学ロースクール在学中に書いた「最高裁調査官」で作家デビュー、ベストセラーとなり一躍脚光を浴びる。他の著書に「好敵手」「大統領法律顧問」「偽りの書」「運命の書」などがある。

メルドラム, クリスティーナ *Meldrum, Christina*
アメリカの作家
[学]ミシガン大学(政治学・宗教学)卒 法務博士(ハーバード大学ロースクール)
[歴]ミシガン大学で政治学と宗教学の学位を取得後、ハーバード大学ロースクールで法務博士号を取得。仕事や勉強の関係でアメリカのほかヨーロッパやアフリカに住み、弁護士や人権保護活動家として活動。2008年の作家デビュー作「マッドアップル」は全米図書館協会ベストブックに選ばれ、イタリア、ドイツ、日本で翻訳される。

メルル, ロベール *Merle, Robert*
アルジェリア生まれのフランスの作家
1908.8.29～2004.3.27
[出]アルジェリア　[学]パリ大学卒　[賞]ゴンクール賞(1949年)
[歴]1949年レンヌ大学教授となる。のちトゥールーズ、ルーアンの大学教授を経て、65年パリ大学教授。第二次大戦におけるダンケルクの悲劇を描いた最初の小説「Week—end à Zuydecoote(ズイドコートの週末)」を48年に発表、ゴンクール賞を受賞して一躍有名になる。同作品は64年にジャン・ポール・ベルモンド主演で映画化(邦題「ダンケルク」)された。米映画「イルカの日」(73年)の原作(67年)など空想科学小説も多数。晩年は歴史小説〈フランスの財産〉シリーズを発表し"二十世紀のデュマ"と評された。他の作品に「死はわが職業」(52年)「島」(62年)、「マレヴィル」(72年)など。オスカー・ワイルドに関する評論などもある。

メレ, トーマス *Melle, Thomas*
ドイツの劇作家, 作家, 翻訳家
1975～
[出]西ドイツ・ボン
[歴]テュービンゲン、アメリカ・テキサス、ベルリンの大学で比較文学および哲学を学び、2004年修士号を取得。1997年よりベルリン在住。2004年より劇作家・作家・翻訳家として活動し、数々の賞を受けている。著書に「背後の世界」など。

メレディス, ウィリアム *Meredith, William*
アメリカの詩人
1919.1.9～2007.5.30
[出]ニューヨーク市　[名]メレディス, ウィリアム・モリス〈Meredith, William Morris (Jr.)〉　[学]プリンストン大学(1940年)卒　[賞]ピュリッツァー賞(1988年), 全米図書賞(1997年)

メ

[歴]第二次大戦中は太平洋戦線でアメリカ海軍のパイロットとして勤務、朝鮮戦争にも従軍した。1944年海軍の経験を反映した処女詩集「途方もない国からのラブレター」を発表。88年詩集「部分的評価」(87年)でピュリッツァー賞、97年「話す努力」(97年)で全米図書賞を受賞した。アメリカ議会図書館から桂冠詩人に任命された。

メロ, パトリーシア　*Melo, Patrícia*
ブラジルの作家, 劇作家, 脚本家
1962～
[出]サンパウロ　[賞]ドイツ・ミステリー大賞(翻訳作品部門)第1位
[歴]8冊目の著作にあたる「死体泥棒」がドイツでベストセラーとなり、ドイツ・ミステリー大賞(翻訳作品部門)第1位に輝いた。

メロ, ホジェル　*Mello, Roger*
ブラジルの作家, イラストレーター, 劇作家
1965～
[出]ブラジリア　[学]リオデジャネイロ国立大学工業デザイン学科卒　[賞]国際アンデルセン賞画家賞(2014年)
[歴]1990年から絵本作りを始め、作家、イラストレーター、劇作家としても活躍。100冊以上の絵本の絵を手がけ、20冊は自ら文章も手がけている。2011年ドイツ・ミュンヘンの国際児童図書館で初の個展を開催。14年には国際アンデルセン賞画家賞を受賞するなど、国内外で多くの賞を受賞。

棉 棉　めん・めん　*Mian Mian*
中国の作家
1970～
[出]上海
[歴]16歳から小説を書き始める。17歳で高校を中退し、以後中国各地を放浪。25歳で上海に戻り、本格的に執筆活動を始める。短編小説集「ラ、ラ、ラ」は香港、ドイツ、イタリアで出版され、多くの若者に支持される。のち初の長編小説「上海キャンディ」を出版。上海を舞台にドラッグとアルコールに溺れる若い女性の姿を赤裸々に描き、中国で発禁処分を受ける。先に日本でもベストセラーとなった衛慧著「上海ベイビー」は、「上海キャンディ」の盗作だとして中国で物議を醸す。2002年日本語訳刊行に合わせて初来日。

メンドサ, エドゥアルド　*Mendoza, Eduardo*
スペインの作家
1943～
[出]バルセロナ　[賞]フランツ・カフカ賞(2015年), セルバンテス賞(2016年)
[歴]1973～82年アメリカの大学で教鞭を執る。ニューヨーク滞在中に書いた「サヴォルタ事件の真相」で、75年批評家賞を受賞、一躍脚光を浴びる。他の著書に「魔の地下納骨堂の謎」(79年)、「オリーブの迷路」(82年)、「奇蹟の都市」(86年)、「名も知らぬ島」(89年)、「グルブ消息不明」(91年)などがある。

メンミ, アルベール　*Memmi, Albert*
チュニジア生まれのフランスの作家, 評論家
1920.12.15～
[出]チュニジア・チュニス　[学]アルジェ大学, パリ大学卒
[歴]ユダヤ人の馬具職人である父と、ベルベル人の母の間に生まれ、フランス植民地下のアラブで青少年時代を送る。大学で哲学を修め、教授資格を取得し、チュニスの心理学研究所の所長となる。1959年パリの国立科学研究センターに移り、のちパリ第10大学で社会心理学を講じた。53年原体験による「Lastatue de sel(塩の柱)」を上梓、作家としてデビューした。小説「アガール」(55年)「さそり」(69年)や「あるユダヤ人の肖像」(2巻, 62年, 66年)「支配された人間」(68年)。評論に「人種差別」(82年)、「脱植民地国家の現在―ムスリム・アラブ圏を中心に」(2004年)などがあり、マグレブ文学を代表する作家。フランスに帰化している。

【モ】

莫 言
→ばく・げんを見よ

モー, ティモシー　*Mo, Timothy*
香港生まれのイギリスの作家
1950.12.30～
[出]香港　[学]オックスフォード大学セント・ジョンズ・カレッジ(歴史学)　[賞]ジェフリー・フェイバー記念賞(1979年), ホーソーンデン賞(1982年), E.M.フォースター賞(1992年), ジェームズ・テイト・ブラック記念賞(1999年)
[歴]父は広東人、母はイギリス人で10歳の時渡英。いくつかのジャーナリズム関係の仕事を経験しつつ、1979年小説「The Monkey King」を発表、ジェフリー・フェイバー記念賞、「Sour Sweet」(82年)でホーソーンデン賞を受賞。他の作品に「香港の起源」(86年)、「The Redundancy of Courage」(91年)などがある。

モーア, マルグリート・デ　*Moor, Margriet de*
オランダの作家, 声楽家
1941～
[学]デン・ハーグ王立音楽院卒
[歴]ソプラノ歌手として舞台に立つ。引退後、彫刻家と結婚し、大学で考古学と美術史を学ぶ。育児の傍ら、ビデオ作家としても活動。45歳から執筆活動を開始し、1991年発表の「最初はグレー、それから白、そしてブルー」がドイツやフランスで評判となる。93年発表の音楽小説「ヴォルトゥオーゾ」もオランダ、ドイツでベストセラーになり、ヨーロッパ中で読まれる。

モアハウス, ライダ　*Morehouse, Lyda*
アメリカの作家
1967.11.18～
[出]カリフォルニア州サクラメント　[賞]シェイマス賞ペーパーバック賞(2002年)
[歴]英語と歴史を専攻し、舞台芸術に携わった後、2001年長編「アークエンジェル・プロトコル」で作家デビュー。"SFとミステリーの見事な融合"と高く評価され、02年シェイマス賞ペーパーバック賞を受賞した。

モイーズ, パトリシア　*Moyes, Patricia*
アイルランド生まれのイギリスの推理作家
1923.1.19～2000.8.2
[出]ダブリン　[学]ケンブリッジ・スクール卒　[賞]MWA賞巨匠賞(1971年)
[歴]第二次大戦中、イギリス空軍婦人補助部隊に入る。そこで記録映画の台本を書いたことが縁となって俳優・劇作家・演出家であるピーター・ユスチノフと知り合い、その助手を8年間務める。その後独立して「ヴォーグ」誌などに寄稿を始め、1959年処女長編「Dead Men Don't Ski(死人はスキーをしない)」を発表、一躍アガサ・クリスティを継ぐ本格ミステリーの女王と評される。処女作以来ずっとロンドン警視庁のヘンリ・ティベット主任警視が主人公として登場し、イタリア、ジュネーブ、アムステルダム、ワシントン、カリブ海と1巻ごとに舞台を変えて事件は展開する。代表作に「殺人ファンタスティック」(67年)、「サイモンは誰か？」(78年)など。

孟 毅　もう・き　*Meng Yi*
シンガポールの作家
1937.7～
[出]英領マラヤ・ペラ州(マレーシア)　[名]黄 孟文　[学]南洋大学(1968年)卒　[賞]翻訳賞(シンガポール書籍発表理事会)(1978年), シンガポール教育省文化賞(文学部門)(1981年), 東南ア

ジア文学賞
㋙原籍は中国広東省梅県。1968年シンガポール大学で修士、75年ワシントン大学で博士号を取得。76～83年シンガポール写作人協会会長を務めた。受賞の数も多く、78年シンガポール書籍発表理事会の翻訳賞、81年シンガポール教育省文化賞（文学部門）を受賞。短編集「私は生きていく」(70年)などがある。

莽原　もう・げん　Mang Yuan
シンガポールの作家
1941.6～
㋚英領マラヤ・ケランタン州（マレーシア）　㋓李 錫凱
㋙原籍は中国の福建省。マレーのケランタン州で生まれ、シンガポールの華僑学校、師資訓練学校を卒業して教師となる。短編小説集「青春の閃光」(1963年)、中編小説集「黒旗」(64年)がある。

モオ, ソル・ケー　Moo, Sol Ceh
メキシコの作家
1968～
㋚ユカタン州カロットムル村　㋒マヤ語部門最優秀賞（2007年）、マヤ語部門最優秀賞（2010年）、ネサワルコヨトル文学賞（2014年）
㋙2007年「闘牛士」、10年「占い師の死」でユカタン大学が主催するマヤ語部門最優秀賞を受賞。14年「女であるだけで」によってメキシコ教育省のネサワルコヨトル文学賞を受賞。

モガー, デボラ　Moggach, Deborah
イギリスの作家、脚本家
1948.6.28～
㋙現代イギリスを代表する女性作家の一人。多数の長編、短編集を発表。邦訳書に「チューリップ熱」「マリーゴールド・ホテルで会いましょう」など。「マリーゴールド」はジョン・マッデン監督により映画化された。また「プライドと偏見」の脚本家としてイギリスのBAFTA賞にノミネートされた。

モーガン, エドウィン　Morgan, Edwin George
イギリスの詩人
1920.4.27～2010.8.17
㋚グラスゴー（スコットランド）　㋖グラスゴー大学(1947年)卒　㋒OBE勲章(1982年)
㋙1937年グラスゴー大学に入学し、フランス語とロシア語を学ぶ。戦争のため、40～46年衛生隊員として中近東で軍務に就く。47年卒業。75年グラスゴー大学英文学教授となり、80年退官。スコットランド文化の固有性を強く主張した詩を書き、スコットランド・ルネッサンスの詩人の一人として知られる。伝統的な詩形と実験的手法を組み合わせ、独特の詩を生み出した。主な詩集に「カスキン丘の幻」(52年)、「喜望峰」(55年)、「グラスゴー・ソネット集」(72年)、「第二の人生－詩選集」(68年)など。他にモンターレ、マヤコフスキーなどの英訳詩多数。2004年スコットランド桂冠詩人となる。

モーガン, スピア　Morgan, Speer
アメリカの作家
1946.1.25～
㋚アーカンソー州フォートスミス　㋒全米図書賞(1999年度)
㋙ミズーリ大学で教鞭を取る。1970年代から作家としても活動し、長編・短編を発表するほか、アンソロジーやインタビュー集などの編者も務める。「フレッシュアワー氏の蠟管」で、99年度の全米図書賞を受賞。

モーガン, チャールズ　Morgan, Charles Langbridge
イギリスの作家、劇評家
1894.1.22～1958.2.6
㋚ケント州ブロムリー　㋓筆名＝メナンダー〈Menander〉　㋖オックスフォード大学卒　㋒ホーソーンデン賞(1932年)、ジェームズ・テイト・ブラック記念賞(1940年)、フェミナ賞
㋙海軍に入り、第一次大戦に従軍したのち、オックスフォード大学に進み、在学中に「ガンルーム」(1919年)を発表して有名

になる。21年「タイムズ」の編集スタッフとなり、劇評を担当(26～39年)。39～44年第二次大戦中は海軍省に勤務。戦時中「タイムズ文芸付録」に筆名で「鏡に映った像」という批評エッセイを発表。小説「鏡の中の肖像」(29年)、「泉」(32年)、「スパーケンブルック」(36年)、「航海」(40年)、「脱出路」(49年)など教養小説の代表的作家としてフランスで声価が高かった。評論集に「精神の自由」がある。53年国際ペンクラブ会長。
㋝妻＝ヒルダ・ボーン（作家）

モーガン, ピーター　Morgan, Peter
イギリスの脚本家、劇作家
1963～
㋒ベネチア国際映画祭オゼッラ賞（脚本賞）(2006年)、ゴールデン・グローブ賞（脚本賞、第64回、2006年度）
㋙短編映画の脚本執筆などを経て、1992年「巨人と青年」で脚本家デビュー。映画以外に、スティーブン・フリアーズ監督作「The Deal」をはじめ、テレビドラマ作品を多く手がける。2006年映画「ラストキング・オブ・スコットランド」「クィーン」の脚本を手がけ、「クィーン」で第79回アメリカ・アカデミー賞脚本賞にノミネートされた。他の代表作に「マーサ・ミーツ・ボーイズ」(1998年)、「ヒアアフター」(2010年)など。劇作家としては、ニクソン元アメリカ大統領とテレビキャスター、デービッド・フロストの公開インタビューをテーマにした舞台「フロスト/ニクソン」でオリビエ賞の候補となった。同戯曲を映画化した「フロスト×ニクソン」(08年)でも脚本を担当した。

モーガン, リチャード　Morgan, Richard K.
イギリスのSF作家
1965.9.24～
㋚ロンドン　㋖ケンブリッジ大学卒　㋒フィリップ・K.ディック賞(2003年)、アーサー・C.クラーク賞(2008年)
㋙イースト・アングリア（イングランド東部地方）で育つ。ケンブリッジ大学卒業後、英語講師としてイスタンブール、マドリード、ロンドン、グラスゴーなど各地を転々とする。2002年イギリスで出版された処女作で、〈タケシ・コヴァッチ〉3部作の第1作である「オルタード・カーボン」でフィリップ・K.ディック賞を受賞。08年「Black Man」でアーサー・C.クラーク賞を受賞し、SF作家として地歩を固める。他の作品に「ブロークン・エンジェル」「ウォークン・フュアリーズ」などがある。

モジャーエフ, ボリス　Mozhaev, Boris Andreevich
ロシア（ソ連）の作家
1923.6.1～1996.3.2
㋚リャザン　㋒ソ連国家賞(1989年)
㋙レニングラードの海軍工科学校卒業後、極東で働き、現地に取材した小説を書く。シベリアの少数民族の伝説を扱った「ウデゲのお伽話」(1953年)で世に出た。中編「フョードル・クジキンの生涯より」(66年、改題「ジヴォイ」)では、ロシア農民を描写して尖鋭な社会的問題とユーモアの結合により注目された。農村に題材を取った作品が多い。他の作品に極東ものの「密林の力」(59年)、「ほら吹き村年代記」(68年)など。

モシュフェグ, オテッサ　Moshfegh, Ottessa
アメリカの作家
1981.5.20～
㋚マサチューセッツ州ボストン　㋖ブラウン大学大学院修士課程　㋒PEN/ヘミングウェイ賞
㋙イラン出身のバイオリン奏者の父と、クロアチア出身のビオラ奏者の母という芸術家の家庭で、12歳の頃から創作を始める。ブラウン大学大学院で芸術修士号を取得、数々の短編小説や実験的な小説を発表して注目を集める。2015年「アイリーンはもういない」で長編デビューを果たし、PEN/ヘミングウェイ賞を受賞。さらに、ブッカー賞、全米批評家協会賞、イギリス推理作家協会ジョン・クリーシー・ダガー賞の最終候補にノミネートされるなど、高い評価を得る。

モーション, アンドルー　*Motion, Andrew*
イギリスの詩人, 作家
1952.10.26〜
[出]ロンドン　[学]オックスフォード大学卒　[賞]ジョン・ルウェリン・リース賞（1984年）, サマセット・モーム賞（1987年）, ディラン・トーマス賞（1987年）, ウィットブレッド賞伝記賞（1993年）, ウィルフレッド・オーエン詩賞（2014年）
[歴]オックスフォード大学で学士号と修士号を取得。1977〜81年ハル大学講師、95年イースト・アングリア大学教授を経て、ロンドン大学教授。96〜98年アーツ・カウンシル文学委員会座長。99〜2009年イギリス王室の行事に頌詩を献ずる第19代桂冠詩人を務めた。09年ナイト爵に叙された。創作以外にも小・中学校の授業に詩を取り入れる活動を積極的に行う。一方、伝記を含め、作家としても活躍。作品に、詩集「遊覧汽船」（1978年）、「Secret Narratives」（83年）、「Love in a Life」（91年）、「石炭殻の道」（2009年）、「税関」（12年）、小説「Famous For the Creatures」（1991年）、「創り出された医師ケーキの話」（2003年）、伝記「The Lamberts」（1986年）などがある。2000年5月初来日。

モス, ケイト　*Mosse, Kate*
イギリスの作家
[賞]ヨーロッパ女性功労賞（2000年）
[歴]女性作家の小説を対象とするオレンジ賞の創設者の一人で、名誉理事を務める。2000年芸術活動への功績が認められ、ヨーロッパ女性功労賞を受賞。2作の小説と2作のノンフィクションを刊行した後、05年ミステリー「ラビリンス」を発表、全英で100万部を突破、さらに40ケ国以上で翻訳出版されて大ベストセラーとなる。06年日本語版刊行を機に来日。イギリスのウェストサセックス州とフランス南部のカルカソンヌの両方に家を持ち、家族と共に住む。他の著書に「悪魔の調べ」（07年）などがある。

モス, タラ　*Moss, Tara*
カナダ生まれの作家, モデル
[出]カナダ・ブリティッシュ・コロンビア州ビクトリア
[歴]国際的なトップモデルとして成功した後、オーストラリアで本格的に小説を書き始める。23歳で初めての小説「探偵モデル・マケーデ 偏愛」を書き、オーストラリアの新人女流ミステリー作家に与えられるデヴィット賞の候補にもなった。「ナショナル・ジオグラフィック・チャンネル」でドキュメンタリー番組「Tara Moss Investigates」の司会を務める他、ユニセフの新善大使としても活躍。

モズリー, ウォルター　*Mosley, Walter*
アメリカの作家
1952〜
[出]ロサンゼルス　[学]ニューヨーク市立大学卒　[賞]アメリカ私立探偵作家クラブ賞（PWA賞）, CWA賞ジョン・クリーシー記念賞（1991年）
[歴]陶芸家、コンピューター・プログラマー、詩人などの職歴を経たのち、1990年黒人私立探偵を主人公にした〈イージー・ローリンズ〉シリーズの第1作「ブルー・ドレスの女」で本格的に作家デビュー。50年代のロサンゼルスを舞台にした同シリーズ「A Red Death（赤い罠）」（91年）、「White Butterfly（ホワイト・バタフライ）」（92年）、「Black Betty（ブラック・ベティ）」（94年）を次々と発表。

モーゼズ, フィリップ・N.　*Morzez, Philip Ninj@*
アメリカの作家
1969〜
[歴]1990年代にインターネットを介してブラッドレー・ボンドと知り合い、小説「ニンジャスレイヤー」の共作を開始。コンピューター工学を学んでいたため、サイバーパンク的な考証も担当。日本文化を誤解したような独特の世界観と言葉遣いがインターネット上で人気を集め、2015年には日本でアニメ化もされた。

モディアノ, パトリック　*Modiano, Patrick*
フランスの作家
1945.7.30〜
[出]パリ近郊ブーローニュ・ビヤンクール　[名]Modiano, Patrick Jean　[学]アンリ四世校卒, ソルボンヌ大学文学部中退　[勲]フランス芸術文化勲章シュバリエ章　[賞]ノーベル文学賞（2014年）, ロジェ・ニミエ賞（1968年）, フェネオン賞（1969年）, アカデミー・フランセーズ小説大賞（1972年）, ゴンクール賞（1978年）
[歴]父はイタリア系ユダヤ人、母はベルギー人。1968年若冠22歳で処女作「エトワール広場」を発表、ロジェ・ニミエ賞とフェネオン賞の2文学賞を受けて華々しいデビューを飾る。72年には「パリ環状通り」を出版、同年度のアカデミー・フランセーズ小説大賞を獲得して、アカデミー賞史上最年少での受賞者となる。さらに78年には「暗いブティック通り」を発表、同年度のゴンクール賞を受賞して、名実ともに現代フランス新世代を代表する作家の地位を確立した。他にルイ・マル監督「ルシアンの青春」など映画の台本、戯曲、児童文学まで幅広く活躍。2014年ノーベル文学賞受賞。他の著書に「イヴォンヌの香り」（75年）、「八月の日曜日」（86年）、「カトリーヌとパパ」（88年）、「いやなことは後まわし」（88年）、「廃墟に咲く花」（91年）、「サーカスが通る」（92年）、「1941年。パリの尋ね人」（97年）、「さびしい宝石」（2001年）、「失われた時のカフェで」（07年）、「地平線」（10年）、「L'Herbe de nuit」（12年）などがある。

モーティマー, ジョン　*Mortimer, John*
イギリスの作家, 劇作家, 脚本家, 弁護士
1923.4.21〜2009.1.16
[出]ロンドン・ハムステッド　[名]Mortimer, John Clifford　[学]オックスフォード大学卒　[賞]イギリス・テレビ作家賞（1980年）, イギリス図書賞名誉賞（2005年）
[歴]1948年に法廷弁護士の資格を取得。66年には勅撰弁護士となり、いくつかの有名な民事事件に関わる。傍ら執筆活動もし、57年の一幕物の芝居「法廷書類」で劇作家としてデビュー。75年からランポール弁護士を主人公にしたテレビドラマシリーズの脚本を書き、BBCテレビなどで放送され人気を得た。自ら小説化し、30年以上にわたる人気シリーズとなり、「ランポール弁護に立つ」などは日本語訳も出版された。また数多くの舞台台本、放送劇などを執筆した。他の小説に、現実と幻想の相互作用をテーマとした「ランチ・アワー」や、「延期された楽園」（85年）、「夏の別荘」（88年）、「告発者」（92年）、戯曲に「父を廻る旅」（70年）、映画脚本に「回転」（61年）、「逃げる男」（63年）、「バニー・レイクは行方不明」（64年）、「パリの秘めごと」（68年）、「ジョンとメリー」（69年）、「ムッソリーニとお茶を」（98年）、テレビ脚本に「朕、クローディアス」（76年）、「ブライズヘッド再び」（81年）、自伝「難破船にしがみついて」（82年）などがある。60年代に英作家D.H.ローレンスの小説「チャタレイ夫人の恋人」がわいせつだとして訴えられた際は、出版社の弁護をするなど、言論の自由を守る活動でも知られた。ナイト爵位を叙せられる。

モーティマー, ペネロピー　*Mortimer, Penelope*
イギリスの作家
1918.9.19〜1999.10.19
[出]北ウェールズ　[名]モーティマー, ペネロピー・ルース〈Mortimer, Penelope Ruth〉　[学]ロンドン大学卒
[歴]父はイギリス教会の牧師。1937年ジャーナリストと結婚して「ニューヨーカー」誌などに寄稿。49年J.モーティマーと再婚してからはその名前で作品を発表した。2度の結婚・離婚を経験し、小説作品は男女や親子の関係性を描いたものが多い。主な作品に「夏の別荘」（52年）、「父さんは狩りに行った」（58年）、「パンプキン・イーター」（62年）などがあり、「パンプキン・イーター」は映画化され大ヒットした。86年エリザベス皇太后の結婚前のロマンスなどを描いた伝記が話題を呼んだ。

モ

モティンゴ・ブーシェ *Motinggo Boesje*
インドネシアの作家
1937.11.21～
[出]クパンコタ(スマトラ南部ランプン地方)
[歴]初期の作品は、民族闘争を題材にし、のち、都会の頽発的上流階級や若者の生態を取り上げる。流行作家として、1960年から70年の10年間だけでも、80冊を下らないという数多くの作品を出版している。作品に短編集「Keberanian Manusia(人間の勇気)」(62年)などがある。

モートン, ケイト *Morton, Kate*
オーストラリアの作家
1976～
[出]ベリ [学]クイーンズランド大学(舞台芸術・英文学) [賞]オーストラリアABIA年間最優秀小説賞(2008年)
[歴]3人姉妹の長女で、クイーンズランド大学で舞台芸術と英文学を修める。2006年「リヴァトン館(The Shifting Fog)」で作家デビュー、オーストラリアで発表されるやベストセラーとなり、07年イギリスでは「The House at Riverton」と改題されて「サンデータイムズ」紙のベストセラー1位に輝いた。また、同国のチャンネル4の人気バラエティ番組「リチャード&ジュディ・ショー」の夏の推薦図書にも選ばれ、ロングセラーとなった。「忘れられた花園」(08年)でオーストラリアABIA年間最優秀小説賞を受賞。

モーニエ, チエリー *Maulnier, Thierry*
フランスの劇作家, ジャーナリスト
1909.10.1～1988.1.9
[出]ガール県アレス [名]タラグラン, ジャック
[歴]パリの高等師範学校を出た後、23歳で評論「危機は人間の中に」を書いて注目され、右翼王党派の新聞「アクシオン・フランセーズ」などでジャーナリストとして活動。1936年にはカトリック雑誌「コンバ」の創刊に参加した。劇作家としても多くの作品を残し、49年の「ジャンヌと裁判官たち」、54年の「夜の家」などは、政治と人間のモラル、政治と宗教などをテーマとし問題作となった。

モネット, ポール *Monette, Paul*
アメリカの作家, 詩人
1945.10.16～1995.2.10
[出]マサチューセッツ州ローレンス [学]エール大学 [賞]アメリカ西部ペンセンター文学賞, トゥーラムダ文学賞
[歴]小説と詩を執筆。作品に「ログに捧げる18の悲歌」(1988年)、「アフターライフ」(90年)、自身のエイズとの闘いの記録を描き、ゲイ文学の最高傑作と反響を呼んだ「ボロウドタイム」など。

モネネムボ, チエルノ *Monénembo, Tierno*
ギニア生まれの作家
1947～
[出]フランス領ギニア・ボレダカ(ギニア) [賞]黒人アフリカ大賞, サンゴール賞, 熱帯賞, ルノードー賞(2008年)
[歴]セク・トゥレ大統領の独裁支配を嫌い、1969年亡命。その後、象牙海岸(コートジボワール)やセネガルで暮らしながら、創作活動を始める。「Les Écailles du ciel(空の鱗)」(86年)で黒人アフリカ大賞、サンゴール賞、「L'Aîné des orphelins(みなしごたちの長男)」(2000年)で熱帯賞、「Le Roi de Kahel(カヘルの王)」(08年)でルノードー賞を受賞。

モハー, フランク *Moher, Frank*
カナダの劇作家, 演出家
1955～
[出]アルバータ州エドモントン [学]アルバータ大学卒 [賞]ロサンゼルス・ドラマリーグ賞(1993年度)
[歴]アルバータ大学を卒業後、1970年代末から80年代にかけて若手社会派劇作家・演出家としてエドモントンを拠点に活動。のちにウエスタン・エッジ劇場を主宰、地域演劇の振興に努める一方、ブリティッシュ・コロンビア州ナナイモ市のマラスピナ大学で教鞭を執る。代表作に93年度ロサンゼルス・ドラマリーグ賞に輝いた「やとわれ仕事」などがある。

モーパーゴ, マイケル *Morpurgo, Michael*
イギリスの児童文学作家
1943.10.5～
[出]ハートフォードシャー州セントオールバンズ [学]ロンドン大学キングズ・カレッジ卒 [勲]OBE勲章 [賞]ウィットブレッド賞(1995年), スマーティーズ賞(1996年), イギリス児童文学者協会賞(1996年), イギリス子供の本賞
[歴]小学校教師をしながら物語を書き始める。1995年「ザンジバルの贈り物」でウィットブレッド賞、96年「よみがえれ白いライオン」でスマーティーズ賞、イギリス児童文学者協会賞、2000年「ケンスケの王国」でイギリス子供の本賞を受賞。現代イギリス児童文学を代表する作家として、各界から高い評価を得る。03～05年3代目の"子供のための桂冠詩人"に選ばれた。他の著書に「星になったブルーノ」「やみに光る赤い目」「シャングリラをあとにして」「兵士ピースフル」「忘れないよりトル・ジョッシュ」などがある。

モハッシェタ・デビ *Mahasweta Devi*
インドの作家
1926.1.14～2016.7.28
[出]東ベンガル・ダッカ(バングラデシュ) [学]ビッショ・バロティ大学(英文学)(1946年)卒, カルカッタ大学大学院(1963年)修士課程修了
[歴]両親はいずれも作家。幼少時西ベンガルに移り、メディニプル、シャンティニケトン、カルカッタなどで教育を受ける。1947年劇作家・俳優のビジョン・ボッタチャルジョと結婚、一子(作家のノバルン・ボッタチャルジョ)をもうけ離婚、のち作家のオシト・グプトと再婚するが離婚。教職のほか様々な職に就いたのち、56年史伝「ジャーンシーの王妃」の出版後から職業作家としての地位を確立。ベンガル分離独立(47年)前後の共産主義運動に身近に接した体験から、インドの民族史と現代社会の現実に早くから関心を寄せ、史伝「ビルサ・ムンダ」、「詩人ボンドゴティ・ガンニの生と死」「チョッティ・ムンダとその弓」、現代社会をテーマにした作品に「千八十四番の母」、中短編集「坩堝」「西南の雲」「はてしなくな続く煉瓦」などの作品があり、西ベンガルを代表する多作の作家。主としてベンガル語で作品を発表。一方、小学校用教科書の編纂、不可触民・部族民の地位向上と自立を目指す活動に携わり、80年以降彼らの表現の場として季刊誌「灯火」を編集、また不可触民・部族問題を中心に社会評論を多数発表した。
[家]父＝モニシュ・ゴトク(共産主義文学者), 息子＝ノバルン・ボッタチャルジョ(作家), いとこ＝リッティク・ゴトク(映画監督)

モーピン, アーミステッド *Maupin, Armistead*
アメリカの作家
[出]ノースカロライナ州 [賞]フリーダム・リーダーシップ賞
[歴]厳格な弁護士の家に生まれる。テレビ局のリポーター時代にベトナムを視察。傷病兵のための住宅建設などの仕事に従事し、ニクソン大統領からフリーダム・リーダーシップ賞を授与される。1971年サンフランシスコに移住し、地元紙「サンフランシスコ・クロニクル」に小説を連載。これが評判となり、のち「バーバリー・レーン28番地」として発表し一躍ベストセラー作家となる。一方、エイズ撲滅のため世界中で講演を行う。

モーベリ, ヴィルヘルム *Moberg, Vilhelm*
スウェーデンの作家, 劇作家
1898.8.20～1973.8.8
[出]スモーランド [名]モーベリ, カール・アルトゥル・ヴィルヘルム〈Moberg, Carl Artur Vilhelm〉
[歴]スモーランドの小農の子として生まれる。大学教育を受け、地方新聞の記者を経て、作家生活に入る。"ムーモーラのヴィッ

レ"のペンネームで小説「短上着を着、リンネルズボンをはいて」(1921年)を刊行。27年「ラスケン家の人々」が出世作となり、続いて「国道を遠く離れて」(29年)、「握りこぶし」(30年)などを発表。自伝的な3部作「クヌート・トーリング」(35〜39年)で高く評価された。郷土スモーランドの農民生活を、内面描写からとらえた作品が多い。他の作品に、小説「今宵に駒を走らせよ」(41年)、「折れた銃を持つ兵士」(44年)、「花嫁たちの泉」(46年)、1850年代のアメリカへの移民を扱った「移民たち」(全4巻, 49〜59年)など。晩年は未完の「私のスウェーデン史」(全2巻, 70〜71年)を発表した。

モマディ, N.スコット
→ママデイ, N.スコットを見よ

モーム, サマセット *Maugham, Somerset*
フランス生まれのイギリスの作家, 劇作家
1874.1.25〜1965.12.16
[出]パリ　[名]モーム, ウィリアム・サマセット〈Maugham, WilliamSomerset〉 [学]ハイデルベルク大学
[歴]10歳で孤児となり、イギリスの叔父に引きとられる。医学を修めるが、文学に転じ、1897年処女小説「ラムベスのライザ」を発表。以来、小説、劇作、随筆の分野で多彩に活躍。第一次大戦中は情報部に勤務。作品は物語性に富み、細かい観察と明快な機知・風刺に色どられているが、その基調には虚無的な人生観がある。イギリスの作家中最も広い読者層を持つ一人。短編小説でよく知られ、特に短編集「木の葉のそよぎ」(21年)収録の「雨」「赤毛」が有名。他の作品に小説「人間の絆」(15年)、「月と六ペンス」(19年)、「菓子とビール」(30年)、「剃刀の刃」(44年)、戯曲「フレデリック夫人」(07年)、「おえらがた」(17年)、「ひとめぐり」(21年)、回想録「要約すれば」(38年)、随筆「作家の手帳」(49年)など。

モラ, ジャン *Molla, Jean*
モロッコ生まれのフランスの作家
1958〜
[出]ウジダ　[賞]ソルシエール賞
[歴]フランスのトゥールとポワティエで文学を学び、次いで観光学を学ぶ。その後、養蜂家、クラシックギター講師、博物館ガイドの仕事などを経て、文学の教師となる。多くの学校で教鞭を執ったあと、ポワティエのZEP(教育優先地区の略号で教育上問題の多い地域を優先的に支援する制度に基づくもの)の中学校教師を務める。2002年より執筆活動を始め、「ジャック・デロシュの日記—隠されたホロコースト」でソルシエール賞など10以上もの賞を受賞。

モライス, ヴィニシウス・デ
Morais, Morcus Vinícius de Melo
ブラジルの詩人, 劇作家
1913.10.19〜1980.7.9
[出]リオデジャネイロ　[賞]フィリッペ・デ・オリベイラ協会賞(1935年)
[歴]1933年詩「遠くへの道」で文壇にデビュー、35年フィリッペ・デ・オリベイラ協会賞を詩の部門で受賞。38年奨学金を受けてオックスフォード大学で英文学を専攻。イギリスBBCのブラジル関係番組の助手を務め、43年から一時ブラジルの外交官となる。ブラジル近代主義の第2期(30年代)に属する詩人で、詩作のほか劇作、映画、評論、ポピュラーソングの作詞など幅広く活躍。55年戯曲「聖母懐胎祭のオルフェ」を音楽詩劇として初演、2年後これが「黒いオルフェ」として映画化され有名になった。63年アメリカでヒットしたボサノバの名曲「イパネマの娘」(アントニオ・カロルス・ジョビン作曲)の作詞家でもある。他の代表作に詩「形式と注釈」(35年)、「五つの悲歌」(43年)、評論「大いなる愛を生きるために」など。生涯、400編以上の詩と400曲以上の歌詞を残した。

モラヴィア, アルベルト *Moravia, Alberto*
イタリアの作家
1907.11.28〜1990.9.26
[出]ローマ　[名]ピンケルレ, アルベルト〈Pincherle, Alberto〉 [賞]コリエーレ・ロンバルド賞(1945年), ストレーガ賞(1952年), ヴィアレッジョ賞(1960年)
[歴]ユダヤ系。8歳で骨髄カリエスにかかり、永い療養生活の間に独学で広く世界文学に通暁する。1929年処女作「無関心な人々」で文壇に登場、成功を収めて作家として独立。41年ファシズムを風刺した「仮装舞踏会」を発表、ファシスト政府に執筆を禁止されるが、世界各地を回りながら創作活動を続けた。第二次大戦後はネオレアリズモ作家としてジャーナリズムの寵児となり、イタリア文学界内外で最も注目される作家の地位を獲得。政治にも関心が深く、評論にも活発な論陣を張った。54年以来「ヌオービ・アルゴメンティ」創刊、主宰。59〜62年国際ペンクラブ会長、84年から欧州議会議員を務めた。日本には57年、67年、82年と3度来日。他の代表作に「潰えた野心」「アルゴティーノ」「ローマの女」「反抗」「軽蔑」「ローマの物語」「二人の女」「倦怠」「関心」「深層生活」などがあり、晩年作の「イル・ビアジオ・ローマ(ローマへの旅)」(88年)は出版以来ベストセラーの上位を占めた。
[家]妻＝ダーチャ・マライーニ(作家)

モラン, キャトリン *Moran, Caitlin*
イギリスの作家, ジャーナリスト
1975.4.5〜
[出]ブライトン　[賞]ブリティッシュ・プレス・アウォードコラムニスト賞(2010年)
[歴]1990年、15歳にして最初の小説「ナルモ年代記」を書く。16歳の時に週刊音楽雑誌「メロディ・メイカー」で働くようになり、18歳の時にはチャンネル4で短期間「ネイキッド・シティ」というポップミュージック番組の司会を担当した。若くして仕事を始めた後、18年間にわたり「タイムズ」紙のコラムニストとして確固たるキャリアを築く。「タイムズ」紙ではテレビ批評家を務める他、セリブリティ諷刺コラム「セレブリティ・ウォッチ」を執筆、2010年ブリティッシュ・プレス・アウォードでコラムニスト賞を受賞した。

モーラン, ポール *Morand, Paul*
フランスの作家, 外交官
1888.3.13〜1976.7.23
[出]パリ
[歴]オックスフォード大学に留学後、外交官となり1913〜44年世界各国に滞在する。一方、プルースト、コクトーらと交わって、19年処女詩集「アーク灯」を発表。小説集「3人女」(21年)を経て、「夜ひらく」(22年)、「夜とざす」(23年)でコスモポリタン文学を代表する作家とみなされた。第二次大戦中対独協力を疑われ、戦後フランスを離れたが、53年帰国。他の作品に「生きていく仏陀」(27年)、「歴史におけるわが喜び」(69年)などがある。

モランテ, エルサ *Morante, Elsa*
イタリアの作家
1912.8.18〜1985.11.25
[出]ローマ　[賞]ビアレッジョ賞(1948年度), ストレーガ賞(1957年)
[歴]シチリア系の母と北イタリア系の父の間に生まれる。子供の頃から詩や童話を書き、1948年に最初の長編小説「嘘と魔術」を発表、同年度文学賞を受け、流行作家としてデビューした。57年「アルトゥーロの島」(邦訳・「禁じられた恋の島」)、74年「歴史」(邦訳・「イーダの長い夜」)、「アラチェーリ」(82年)など、詩的な文体を駆使して子供や農民、庶民の世界を描いた優れた長編小説をほぼ10年おきに発表した。短編集に「アンダルシアの肩かけ」(63年)がある。第二次大戦中の41年、イタリア文学界の第一人者アルベルト・モラヴィアと結婚(のち離別)。83年に自殺を図り、未遂に終わったが下半身が麻痺したまま入院生活を送っていた。

モーリー, アイラ *Morley, Isla*
南アフリカ出身の作家

㋾ネルソン・マンデラ・メトロポリタン大学
㋲イギリス人の父と南アフリカ人の母を持ち、アパルトヘイト（人種隔離政策）時代の南アフリカで育つ。ネルソン・マンデラ・メトロポリタン大学で文学を専攻し、その後、雑誌編集者として活躍。アメリカ人男性と結婚してカリフォルニア州へ移住。女性と子供を支援するボランティア活動に10年以上従事した後、執筆活動に転じ、長編「日曜日の空は」で作家デビュー。

モリ, キョウコ　Mori, Kyoko
日本生まれのアメリカの作家
1957〜
㋲兵庫県神戸市　㊐日本名＝森 恭子　㋾神戸女学院大学
㋲10代でアメリカ・ウィスコンシン州に渡り、英文学を学ぶ。1984年アメリカ人と結婚し、続けて永住権、市民権を取得し、日本国籍を捨てる。セント・ノーバード大学準教授を経て、ハーバード大学で創作を講義する。一方、日本を舞台とする英語の自伝的小説「シズコズ・ドーター（静子の娘）」で作家デビュー。同作は93年「ニューヨーク・タイムズ」紙の年間ベストブックに選ばれ、95年翻訳小説として日本で刊行。他に、自伝「The Dream of Water」、「めぐみ」「ストーンフィールド」、エッセイ「悲しい嘘」がある。

モリアーティ, リアーン　Moriarty, Liane
オーストラリアの作家
1966〜
㋲シドニー
㋲コピーライターとして広告業界でキャリアを積んだ後、2004年作家に転身、処女作「Three Wishes」（03年）以降すべての作品がベストセラー入りしている。

モリス, ライト　Morris, Wright Marion
アメリカの作家, 写真家
1910.1.6〜1998.4.25
㋲ネブラスカ州セントラルシティ　㋺ポモーナ・カレッジ中退　㋒全米図書賞（1956年）
㋲カリフォルニア州のポモーナ・カレッジを中退後、パリに渡り、ヨーロッパ各地を転々として帰国、1942年の処女長編「ダドリーおじさん」を発表以来、多数の長編小説を書き始める。全米図書賞を受賞した長編「視野」（56年）は、メキシコの闘牛場を背景に、アメリカの訪客の一人一人に焦点を移して描いた力作で、「そこにいた男」（45年）、「食人種の中の愛」（57年）、「ローン・ツリーの祝宴」（60年）などの長編小説と共に、アメリカの本質を探究したもの。また、描写した対象に語らせるという一種の象徴的手法で有名。他の著作に、自ら撮影した写真にテクストを組み合わせた長編「居住者たち」（46年）や「家郷」（48年）、短編集「緑の草・青い空・白い家」（70年）、評論集「彼方の土」（56年）、「フィクションについて」（75年）など。

モリソン, トニ　Morrison, Toni
アメリカの作家, 編集者
1931.2.18〜
㋲オハイオ州ロレイン　㊐モリソン, クロウィ・アントニー〈Morrison, Chloe Anthony〉旧姓名＝Wofford, Chloe Ardelia　㋺ハワード大学（1953年）卒, コーネル大学大学院（英文学）（1955年）修了　㋒ピュリッツァー賞（1988年）, ノーベル文学賞（1993年）, 全米図書批評家賞（1977年）, アメリカ芸術院賞（1977年）, 全米図書賞（1988年）
㋲黒人労働者の家庭に生まれる。ハワード大学、コーネル大学に学び、1955年修士号取得。58年結婚、64年離婚。テキサス南部大学、ハワード大学などで教壇に立ったのち、65年ランダムハウス社に入社、文芸編集者として若手の黒人女流作家などを育てた。傍らニューヨーク州立大学やエール大学でも教えた。70年代に入って自ら小説を書き始め、父親に妊娠させられた黒人少女を描いた処女作「青い眼がほしい」（70年）、黒人の中産階級化を扱った第3作「ソロモンの歌」（77年）を発表、70年代を代表する黒人作家となる。他の作品に「スーラ」（74年）、「タール・ベイビー」（83年）、「ビラヴド（愛されし者）」（87年）、「ジャズ」（92年）、「パラダイス」（98年）、「Love（ラヴ）」（2003年）、「ホーム」（11年）など。いずれの作品もアフリカ系アメリカ人の歴史や社会を舞台にしたスケールの大きい物語になっている。89年よりプリンストン大学教授。93年アメリカのアフリカ系作家として初めてノーベル文学賞を受賞。

モーリヤック, クロード　Mauriac, Claude
フランスの作家, 批評家
1914.4.25〜1996.3.22
㋲パリ　㋒サント・ブーヴ賞（1949年）
㋲カトリック作家フランソワ・モーリヤックの息子。初めは文芸批評家として出発し、1938年評論の第1作「マルセル・ジュアンドー論」を発表。その後、コクトー、マルロー、プルーストなどに関する評論を次々に著した。49年アンドレ・ブルトンに関する評論でサント・ブーヴ賞を受賞。57年小説第1作「Toutes Les Femmes sont Fatales（あらゆる女は妖婦である）」を発表して、新しい技法を探求する作家に転身する。ほかに「晩餐会」（59年）や、また戯曲作品や回想録「不動の時」（10巻, 74〜88年）などがあり、映画批評家としても有名だった。44〜49年ド・ゴール将軍（後の大統領）の秘書を務めた。
㋱父＝フランソワ・モーリヤック（作家）, 姪＝アンヌ・ヴィアゼムスキー（作家）

モーリヤック, フランソワ　Mauriac, François
フランスの作家
1885.10.11〜1970.9.1
㋲ボルドー　㋺ボルドー大学卒, 古文書学校（エコール・デ・シャルト）中退　㋒ノーベル文学賞（1952年）, アカデミー・フランセーズ小説大賞
㋲母に厳格なカトリック教育を受ける。1906年パリに出て、「現代誌」に寄稿。コクトーと知り合い、09年処女詩集「合掌」でバレースに認められる。第一次大戦に看護兵として従軍。戦後、小説「癩者への接吻」（22年）、「焔の河」（23年）で注目され、以後、キリスト教的テーマを中心にした小説を発表、神なき人間の苦悩を心理主義的リアリズムの手法であくことなく追求した。第二次大戦中はレジスタンス運動に参加。戦後サルトルらの実存主義に対抗、政治的には反共で人民共和派（MRP）に属す。他の小説に「愛の砂漠」（25年）、「テレーズ・デスケールー」（27年）、「蝮のからみあい」（32年）、「夜の終り」（35年）、「黒い天使たち」（36年）、評論に「小説論」（28年）、「小説家と作中人物」（33年）、「ブロック・ノート」（58年）など。
㋱息子＝クロード・モーリヤック（作家・批評家）, 孫＝アンヌ・ヴィアゼムスキー（作家）

モリーン, カレン　Moline, Karen
アメリカの作家
㋲イリノイ州シカゴ　㋺シカゴ大学卒
㋲大学卒業後、パリで1年間過ごす。ニューヨークでの出版社勤務を経て、音楽やファッション、ポップカルチャーなどに関する記事を書くフリーライターとして活躍。1995年「ランチ」で作家デビュー。99年2作目の「囚われて―復讐のベラドンナ」がフィクション・ホラー部門のベストセラー9位となる。一方、「ニューヨーク・ポスト」の"NYのイケてる女性トップ50"に選ばれるなど、注目を集める。

モルゲンステルヌ, スージー　Morgenstern, Susie
アメリカ生まれのフランスの作家
1945〜
㋲アメリカ・ニュージャージー州ニューアーク
㋲60冊以上の児童・若者向け絵本・小説をフランス語で執筆。作品に〈エマといっしょに〉シリーズなどがあり、大人から子供まで広く読まれている。2009年パリに暮らすユダヤ人の老女が過ぎ去ってしまった昔のことを思い出しながら、今の日常を語る絵本「パリのおばあさんの物語」を女優の岸恵子が

初めて翻訳し、日本でも話題になる。

モルツ, アルバート *Maltz, Albert*
アメリカの作家, 脚本家
1908.10.8～1967.4.26
[出]ニューヨーク市 [賞]O.ヘンリー賞（1938年）
[歴]戯曲「回転木馬」（1932年）、「暗黒の竪坑」（35年）でニューヨーク市政の腐敗をつき、炭坑のスト破りに抗議姿勢を示す。30～40年代ハリウッドで脚本家となり、「拳銃貸します」（42年）、「裸の街」（48年）などで評価される。「地上で最高に幸せ男」（38年）では労働者の苦しみや闘い描き、O.ヘンリー賞を受賞。マルクス主義を信奉し"ハリウッド・テン"の一人として映画界から追放されるとメキシコへ移住、名前を伏せて「聖衣」（53年）を書く。他に「十字架と矢」（44年）、「マッキーバーの旅」（49年）、「短い生涯の長い一日」（57年）などの作品や、評論集「市民作家」がある。民主主義的な文学の担い手の一人で、名誉が回復されたのは死後の97年だった。

モルポワ, ジャン・ミシェル *Maulpoix, Jean-Michel*
フランスの詩人
1952.11～
[出]ドゥー県モンペリアール [学]エコール・ノルマル・シュペリウール卒
[歴]現代文学1級教員の資格を持ち、アンリ・ミショーなどの専門家としてフォントネーの高等師範学校教授、エコール・ノルマル・シュペリウール教授、パリ第10大学教授を務める。"新抒情派"と呼ばれるフランス詩の新世代の旗手で、文芸誌「ヌーヴォー・ルクイユ」創刊主宰。詩集に「夢みる詩人の手のひらのなかで」「エモンド」「イギリス風の午後」がある。1995年講演などで初来日。

モレイ, フレデリック *Molay, Frédérique*
フランスの作家
1968～
[出]パリ [賞]パリ警視庁賞（2007年）
[歴]連続殺人鬼とフランス警察の対決を描いた「第七の女」（2006年）で、07年パリ警視庁賞を受賞し、デビュー。他の作品に「Bienvenue à Murderland」などがある。

モレイス, リチャード・C. *Morais, Richard C.*
ポルトガル生まれのアメリカの作家
1960～
[出]ポルトガル [賞]ビジネス・ジャーナリスト賞（イギリス, 3回）
[歴]ポルトガル生まれ、スイス育ちのアメリカ人。「フォーブス」誌のヨーロッパ特派員として17年間ロンドンに駐在したほか、人生のほとんどをアメリカの外で過ごし、経済界、政界の様々な側面を取材。イギリスのビジネス・ジャーナリスト賞を3回受賞している。2003年以降アメリカに戻り、執筆を続ける。10年初の小説「マダム・マロリーと魔法のスパイス」は世界的なベストセラーとなり、14年に映画化された。

モーロワ, アンドレ *Maurois, André*
フランスの作家
1885.7.26～1967.10.9
[出]ノルマンディー地方エルブフ [名]エルツォーグ, エミール〈Herzog, Émile Salomon Wilhelm〉
[歴]ルーアンの高等中学校で哲学者アランに学び、大きな影響を受ける。家業の大織物工場を経営していたが、第一次大戦のときイギリス軍との連絡将校となり、その体験を生かした「ブランブル大佐の沈黙」（1918年）によって文壇にデビュー。特に伝記文学に優れ、"小説化された伝記"という独自の様式を開拓した。主な著書に大衆的通史「イギリス史」（37年）、「アメリカ史」（43年）、「フランス史」（47年）、伝記「シェリー伝」（23年）、「バイロン伝」（30年）、「マルセル・プルーストを求めて」（49年）、「ジョルジュ・サンド伝」（52年）、「ユゴー伝」（54年）、「三人のデュマ」（57年）、「バルザック伝」（65年）などがある。

モワット, ファーリー *Mowat, Farley McGill*
カナダの作家, 児童文学作家, 生物学者
1921.5.12～2014.5.6
[出]オンタリオ州ベルベル [学]トロント大学卒 [賞]カナダ総督文学賞（児童文学部門）（1956年）, リーコック賞（1970年）, マーク・トウェイン賞（1971年）
[歴]13歳の頃から極地の生活を体験。カナダ極北のバーレンランド、グリーンランド、アイスランドなどで過ごした。カナダ政府に長年勤務し、第二次大戦中は軍務に就いてシチリア島、イタリア本土などを転戦。戦後も軍の仕事でヨーロッパ、ソ連に赴いた。1952年に処女作「トナカイの民」を発表し、作家としての地歩を築く。以降極北を舞台とし、エスキモーの生活や狼の生態を扱った作品を、大人や児童に向けて書くと共に生態系保護の活動にも取り組んだ。幾つかの文学賞を受賞し、少年文学の分野でもクリスチャン・アンデルセン名誉録の登録作家となるなど高い評価を受けた。他の作品に、「犬になりたくなかった犬」（57年）、「オオカミよ、なげくな」（63年）、「甦える大地」（70年）、児童書「バレンランド脱出作戦（荒野にさまよう）」（56年）、「ぼくとくらしたフクロウたち」（61年）、「バイキング墓の宝」（66年）、「船になりたくなかった船」（69年）などがある。

モンゴメリー, サイ *Montgomery, Sy*
ドイツ生まれの作家
1958.2.7～
[賞]ASPCAヘンリー・バーグ賞（ノンフィクション部門）（2006年）, ニューイングランドの独立系書店協会ノンフィクション賞（2009年）, 児童図書ギルドノンフィクション賞（2010年）, ロバート・F・サイバート知識の本賞（2011年）
[歴]ナチュラリストで作家、ドキュメンタリー番組の脚本家やラジオのコメンテーターも務め、大人向け・子供向けの本を執筆。著書に「彼女たちの類人猿―グドール、フォッシー、ガルディカス」「幸福の豚―クリストファー・ホグウッドの贈り物」「テンプル・グランディン―自閉症と生きる」などがある。

モンゴメリー, ルーシー・モード *Montgomery, Lucy Maud*
カナダの作家, 児童文学作家
1874.11.30～1942.4.24
[出]プリンス・エドワード島クリフトン [学]ダルハウジー大学（英文学）
[歴]生後2ケ月で母親と死別、祖父母に育てられる。幼い頃から作家志望。1894年教師の資格を取得。教師をする傍ら、文筆活動に励む。1901～02年ハリファックスの「デイリー・エコー」誌の記者。08年小説「赤毛のアン」を出版、一躍有名になる。同小説は現在に至るまで人気が高いカナダを代表する児童文学作品。11年にユーアン・マクドナルド牧師と結婚し、オンタリオ州に移った。他の小説に「アンの青春」（09年）から「アンをめぐる人々」（42年）までの〈アン〉シリーズ、「可愛いエミリー」（23年）に始まる"エミリー3部作"、「青い城」（26年）、「マリーゴールドの謎」（29年）、「もつれた蜘蛛の巣」（31年）など。詩集に「夜警」（16年）など。

モンタナリ, リチャード *Montanari, Richard*
アメリカの作家
[出]オハイオ州 [賞]オンライン・ミステリー賞最優秀新人賞
[歴]イタリア系。大学卒業後、ヨーロッパ各地を旅する。帰国後、作家を志し、建築現場作業員、ガードマン、衣類販売業者などをして働く傍ら、「The Chicago Tribune Magazine」「Word Perfect for Windows Magazine」などに文芸評論、映画評論を寄稿。1995年「倒錯者たちの闇」で作家デビュー、オンライン・ミステリー賞の最優秀新人賞を受賞した。

モンタルバン, ルイス・カルロス *Montalván, Luis Carlos*
アメリカの作家
1973.4.13～2016.12.2
[出]ワシントンD.C. [学]メリーランド大学卒, コロンビア大学大学院（新聞学）修士課程修了

[歴]17歳でアメリカ陸軍に入隊し、数回にわたりイラクでの戦闘に参加。17年間在籍したが、負傷して2007年退役。退役後はイラク戦争を批判する活動に転じた。心的外傷後ストレス障害(PTSD)に苦しみながら、介助犬の“チューズデー”と暮らす生活を綴った「チューズデーに逢うまで」「ぼくは、チューズデー」などの著作が人気となり、日本でも出版された。

モンターレ, エウジェーニオ　*Montale, Eugenio*
イタリアの詩人, 批評家
1896.10.12～1981.9.12
[出]ジェノバ　[賞]ノーベル文学賞(1975年)
[歴]ジェノバの貿易商の末子として生まれる。少年時代から詩を書き始め、ボードレール、ヴァレリーなど象徴派の詩人たちにより強くひかれる。大学の学業半ばで第一次大戦に応召、少尉となり前線に赴任。復員後1922年に「プリーモ＝テンポ」誌を創刊。25年処女詩集「Ossi di Seppia(烏賊の骨)」を出版、一躍有名になる。また、この頃から多くの批評を雑誌に寄稿し始める。27年フィレンツェに移り、同地の出版社、次いでビュッシュー図書館に勤めていたが、ファシスト党に入るのを拒んだため、38年その職を奪われる。以後シェイクスピア、メルビル、エリオットなど英米文学の翻訳に従事する。第二次大戦後は、45年に総合誌「モンド」を創刊、文芸評論、音楽評論の分野にと幅広く活躍。主な作品は詩集「Le occasioni(動因)」(39年)、「嵐、その他」(56年)、「Satura(日々あれこれ)」(71年)、評論集「詩について」(76年)、「異端審問」(66年)など。詩風は現実的、日常的な描写を行いながら精密な心象風景を描くという手法で、深いリアリティに支えられている。国民的詩人とよべる広い読者を持つ作家であり、20世紀イタリア詩壇の主流“エルメティズモ”の立役者の一人。67年終身上院議員に任命され、75年にはノーベル文学賞を受賞。

モンテルオーニ, トーマス　*Monteleone, Thomas F.*
アメリカの作家
1946～
[賞]ブラム・ストーカー賞
[歴]イエズス会で教育を受け、1972年作家デビュー。20作におよぶ長編を発表、短編は90編にのぼる。出版社を設立して幻想文学の限定版を出版するほか、大学講師としても各地を回る。作品に「聖なる血」など。

モンテルラン, アンリ・ド　*Montherlant, Henry de*
フランスの作家, 劇作家
1896.4.21～1972.9.21
[出]パリ　[名]Montherlant, Henry Marie Joseph Millon de　[賞]アカデミー・フランセーズ文学大賞(1934年)
[歴]中世以来の由緒ある旧家に生まれる。第一次大戦に志願兵として従軍、重傷を負う。その余暇に書いた「朝の交代」がモーリヤックの推薦で1920年出版。戦後、スポーツに熱中し、闘牛の技術も習得。「オリンピック」(24年)、「闘牛士」(26年)発表後、スペイン、北アフリカなどを放浪。32年帰国し、「独身者たち」(34年)で文壇に復帰、次いで「若き娘たち」「女性への憐憫」(36年)、「善の悪魔」(37年)、「癩を病む女たち」(39年)4部作を発表、大きな反響を呼んだ。その後は主として劇作に専念、「死せる王妃」(42年)、「サンティアゴの騎士団長」(48年)、「ポール・ロワイヤル」(54年)などの歴史劇を書いて演劇界で活躍した。

モンテロッソ, アウグスト　*Monterroso, Augusto*
ホンジュラス生まれのグアテマラの作家
1921.12.21～2003.2.8
[出]テグシガルパ　[名]別名＝Monterroso, Tito　[賞]プリンシペ・デ・アスツーリアス文学賞(2000年)
[歴]ホンジュラス生まれのグアテマラ人。小学校中退後、市場の肉屋で働きながら独学。祖国の民主化が実現した後、外交官に任ぜられ、メキシコ、ボリビアなどの大使館に赴任。民主政権が倒れたのち、1944年メキシコに政治亡命。50年代はボリビアやチリに住み、56年再びメキシコに渡り、以降メキシコを拠点に活動。この間、59年に作家デビュー。著書に「永遠の動き」「寓話への旅」「魔法の言葉」「金を求める者達」、寓話集「黒い羊 他」、短編集「全集 その他の物語」などがある。

モントリ・シヨン　*Montri Sriyong*
タイの詩人
[賞]東南アジア文学賞(2007年)
[歴]タイ南部の都市ハジャイで大衆食堂の店主を務める傍ら、詩人として活動。2007年詩集「目に映る世界」でタイ最高の文学賞・東南アジア文学賞を受賞、富裕層が多い同国の文学者の中でも異色の“そば屋詩人”として話題を呼ぶ。

【ヤ】

ヤーゲルフェルト, イェニー　*Jägerfeld, Jenny*
スウェーデンの作家
1974～
[賞]アウグスト賞(児童・青少年文学部門)(2010年度)
[歴]心理学を専門に学び、児童精神科病院勤務を経て、心理療法クリニックを開業。ライティング・セラピー(文章を書くことを通じた心理療法)などを行う。心理学のほかに哲学や性科学も学び、ラジオ番組に出演したり、各紙にコラムを寄稿したり、様々な活動を展開。2006年「頭に開いた穴」で作家デビュー。2作目の「わたしは倒れて血を流す」で、10年度のアウグスト賞児童・青少年文学部門を受賞。

ヤシーヌ, カテブ　*Yacine, Kateb*
アルジェリアの作家
1929.8.6～1989.10.28
[出]コンスタンティーヌ県　[賞]フランス国民文学大賞(1987年)
[歴]出自はアルジェリア北東部のベルベル系で、父は弁護士。高校生の時、1945年5月8日に始まるコンスタンティーヌの暴動に参加し、投獄される。46年詩集「ひとり言」を出す。フランスにわたって肉体労働に従事しながら文学活動を続け、アルジェリア独立戦争中の56年、パリの出版社から植民地支配下のアルジェリアを描いた小説「ネジュマ」を出し、注目を集める。59年戯曲「報復の環」、66年「ネジュマ」の続編「星形の多角形」を発表。作品はアルジェリア口語かフランス語で執筆し、自ら“アルジェリアはフランスのものではないとフランス人に言うためにフランス語で書く”と述べる。アルジェリア口語とベルベル語を公用語とすべきと主張、正則アラビア語を推進するアルジェリア政府と対立した。

ヤシャル・ケマル　*Yaşar Kemal*
トルコの作家, ジャーナリスト
1923.10.6～2015.2.28
[出]アダナ県ギョクチェリ(アナトリア地方)　[名]ケマル・サドク・ギョクチェリ〈Kemal Sadik Gökçeli〉　[勲]レジオン・ド・ヌール勲章コマンドール章(1984年)　[賞]新聞協会賞(1950年)
[歴]貧困のため中学校を中退後、農業労働者など多種の職業を遍歴。1951年イスタンブールに出て、新聞社ジュムフリエトで記者として多くのルポルタージュを書いた。題材の多くをアダナ地方の古い民間伝承にとり、村人の貧しい生活に目を向け、後進的社会状況を独特の文体で描いた。50年にはルポルタージュ「世界最大の農場での7日間」で新聞協会賞を受賞。55年発表の処女小説「やせたメメッド」は26ケ国語に翻訳され、ノーベル文学賞候補にもあげられた。63年新聞社を辞し、執筆活動に専念。他の作品に58年ユルマズ・ギュネイの脚本・出演で映画化された「ダマジカ」を収める「3つのアナトリアの伝説」(67年)、舞台化され67年のナンシー演劇祭で第1位を獲得した小説「土地は鉄・空は銅」(63年)、「支柱」(60年)、「不死の草」(68年)、続編「やせたメメッドII～III」(69年, 84年, 87年)、「アララット山脈」(70年)、「千頭の雄牛の伝説」(76年)、「鳥たちも去った」(78年)など。74～75年トルコ作家協会会長も務めた。

ヤシュパール *Yashpal*
インドのヒンディー語作家, 編集者
1903.12.3〜1976.12.26
[出]英領インド・パンジャブ州(インド)　[学]パンジャブ大学中退　[勲]パドマ・ブーシャン(1970年)　[賞]インド文学院賞(1976年)
[歴]貧しい家庭に育つ。高校時代からインドの自治獲得を目指す国民会議派の活動に参加。第一次非暴力不服従運動(1919〜22年)停止後、武闘派独立運動に参加し、32〜38年逮捕・投獄された。出獄後、ヒンディー語の月刊誌「反乱」を創刊し、マルキシズムの紹介、解説に努めた。40年代より創作活動に入り、小説3部作「同志」(41年)、「売国奴」(43年)、「党生活者」(47年)で共産党の路線を正当化した。分離独立の悲劇と女性の自立を描いた「偽りの真実」(全2巻, 58年, 60年)など著作多数。他の作品に、「私と君と彼のこと」(74年)、自伝「回顧録」(全3巻, 51年, 52年, 55年)など。

ヤシルド, ペール・クリスチャン *Jersild, Per Christian*
スウェーデンの作家
1935〜
[歴]1960年にデビュー。「ストゥンペン」(73年)、「子供の島」(76年)、「バベルの家」(76年)、「洪水のあと」(82年)「生きている脳」などが主な作品。特にスウェーデンの大病院での現実を風刺、告発した「バベルの家」はスウェーデンで35万部のベストセラーになる。科学とフィクションの両方に関心が深く、社会的なテーマを扱った作品を次々と発表している。

ヤ

ヤーシン, アレクサンドル *Yashin, Aleksandr Yakovlevich*
ソ連の詩人
1913.3.27〜1968.7.11
[出]ヴォログダ地方　[名]ポポフ, A.Y.〈Popov, A.Y.〉　[学]ゴーリキー文学大学(1941年)卒　[賞]スターリン賞(1950年)
[歴]北ロシアのヴォログダ地方の農家に生まれる。農村の教師となり、1934年処女詩集「北国に捧げる歌」を発表。モスクワに居を移してゴーリキー文学大学で学ぶ。第二次大戦に従軍記者として参加。レニングラードおよびスターリングラード防衛戦やクリミア半島の作戦に参加した。50年叙事詩「アリョーナ・フォミーナ」(49年)でスターリン賞を受けたが、スターリン死後の“雪どけ”期、短編小説「てこ」(56年)が党に対する誹謗として批判された。他の作品に、詩集「憤りの市」(45年)、「同郷者」(46年)、「良心」(61年)、「ヴォログダの結婚式」(62年)、「大地を裸足で」(65年)などがある。

ヤセンスキー, ブルーノ *Jasieński, Bruno*
ポーランド生まれのソ連の作家
1901.7.17〜1938.9.17
[名]ジスマン, ヴィクトル・ブルーノ〈Zysman, Wiktor Bruno〉
[学]ヤギエウォ大学文学部
[歴]ポーランドのユダヤ人医師の家に生まれる。モスクワのポーランド人学校を終え、クラクフのヤギエウォ大学文学部に入学。在学中、ポーランド未来派の運動の中心人物になり、マニフェストや詩を発表。1921年処女詩集「ボタン穴にはめた靴」を上梓。その後、「飢餓の歌」(22年)、「ヤクブ・シェラ譚」(25年)などの詩を発表。共産主義との結びつきを深め、ポーランド共産党に対する弾圧を機にパリに亡命。SF都市小説「パリを焼く」(29年)が世界的ベストセラーになったが、フランス政府から追放処分を受ける。29年ポアンカレ政府に逮捕され、ソ連に亡命、以後ロシア語で執筆。ソ連では、社会民主主義を風刺した戯曲「マネキンの舞踏会」(31年)、タジキスタンの社会主義建設を描いたスパイ小説「人間は皮膚を変える」(32年)を発表。37年“トロツキスト”として逮捕・処刑された。56年に名誉を回復、遺作「無関心な人々の共謀」(37年執筆)が発表された。他の作品に、短編「鼻」(36年)、「主犯」(36年)などがある。

ヤッフェ, ジェームズ *Yaffe, James*
アメリカの作家
1927〜
[出]イリノイ州シカゴ　[学]エール大学卒
[歴]ニューヨークに移り、15歳の時投稿した〈不可能犯罪課〉シリーズの第1作が「エラリー・クイーンズ・ミステリー・マガジン(EQMM)」誌に掲載され作家デビュー。エール大学を卒業後、海軍を経て1年間パリですごし、帰国後、作家活動を始める。何編かの短編、舞台・テレビの脚本、エッセイ、ユダヤ人の歴史に関する本を出版したほか、探偵小説では「ママは何でも知っている」(52年)、「ママ、手紙を書く」(88年)などの〈ママ〉シリーズや「喜歌劇殺人事件」「家族の一人」などを発表し、多彩に活躍する。

ヤニェス, アグスティン *Yáñez, Agustín*
メキシコの作家, 政治家
1904.5.4〜1980.1.17
[学]メキシコ国立自治大学卒
[歴]メキシコ国立自治大学を卒業後、同大学で文学と美学を教えた。小説「嵐がやってくる」(1947年)でメキシコを代表する作家として注目されるようになった後、ハリスコ州知事や文部大臣を歴任。他の作品に「実り豊かな大地」(60年)、「痩せた土地」(64年)などがあり、若い世代の作家たちに大きな影響を与えた。

ヤハヤー・ハッキー *Yaḥyā Ḥaqqī*
エジプトの作家
1905.1.7〜1992.12.9
[出]カイロ　[賞]エジプト国家文学賞(1969年)
[歴]1925年カイロの法学校を卒業、上エジプトのマンファルートで官吏として働く。29年より外交団の一員として各地を回る。また、創作活動を行い、東洋と西洋の両文化の相克を描いた「ウンム・ハーシムの吊り灯籠」(44年)や短編集「血と泥」(45年)は代表作となった。エジプトにおける短編小説作家の草分けと目される。文芸批評家としても知られ、61〜71年文芸誌「マジャッラ」の編集者として多くの若い才能を発掘した他、「エジプト小説の黎明」(60年)も評価が高い。

ヤービー, フランク *Yerby, Frank*
アメリカの作家
1916.9.5〜1991.11.29
[出]ジョージア州オーガスタ
[歴]ヘインズ研究所、ベイン大学、フィスク大学、シカゴ大学に学び、のちフロリダA&M大学とフロリダ州立サザン大学で教鞭を執ったという傑出した黒人インテリの一人。1944年短編「ヘルス・カード」で文壇へ登場し、47年以降多数のベストセラー作品を発表して流行作家となる。難解な通俗表現、黒人用語、南部方言、外国語を縦横に使用した文章が特徴となっている。

ヤマシタ, カレン・テイ *Yamashita, Karen Tei*
アメリカの作家
1951〜
[出]カリフォルニア州オークランド　[学]カールトン・カレッジ
[賞]ジャネット・ハイディンガー・カフカ賞
[歴]日系3世。ミネソタ州のカールトン・カレッジで英文学と日本文学を専攻、1971年から2年間、交換留学生として早稲田大学へ留学。75年から10年間日系移民について研究するためにブラジルで暮らし、ブラジル人建築家と結婚。84年ロサンゼルスに移住後、小説「熱帯雨林の彼方へ」を執筆、91年度全米図書賞にノミネートされ、女流作家の登竜門であるジャネット・ハイディンガー・カフカ賞を受賞。95年来日。のちカリフォルニア大学サンタクルーズ校創作科教授。

ヤン・グィジャ *Yang Gwi-ja*
韓国の作家
1955〜
[出]全州　[学]円光大学国文科卒　[賞]文学思想新人賞(1978年), ユ・ジュヒョン文学賞(1988年), 李箱文学賞(1992年), 韓国現代文学賞(1996年)

[歴]1978年文学思想新人賞を受賞し、文壇にデビュー。その後、小説、エッセイ集など多数の作品を発表。著書に「地球を彩るペンキ屋さん」「希望」「ソウル・スケッチブック」「人生の妙薬」などがある。

ヤーン, ハンス・ヘニー　*Jahnn, Hans Henny*
ドイツの劇作家, 作家
1894.12.17〜1959.11.29
[出]ハンブルク　[賞]クライスト賞
[歴]第一次大戦中は反戦思想からノルウェーに逃れ、文筆修行に励むとともに、終生の副業となったオルガン製造の技術を身につける。1919年戯曲「エフライム・マグヌス神父」を発表、背徳の書として激しい非難をあびた。20年信仰上の団体"ウグリーノ"を創設、新しい異教的なユートピアを構想、以来、純粋に生物学的事実として愛をあからさまに描いた。29年小説「ペリュージャ」を発表、好評を博す。33年ナチスの迫害により、著作活動を禁じられ、スイス、デンマークに亡命、長編3部作「岸辺なき河」を執筆。46年帰国。他の戯曲に「盗まれた神」(24年)、「貧困、富、人および獣」(48年)など。パイプオルガン製作者および奏者としても著名で、17世紀のオルガン曲を出版したこともある。

ヤーン, ライアン・デービッド　*Jahn, Ryan David*
アメリカの作家
1979〜
[出]アリゾナ州　[賞]CWA賞ジョン・クリーシー・ダガー賞(2010年)
[歴]16歳で高校を中退し、レコード店勤務を経て入隊。除隊後、2004年よりテレビや映画の仕事に携わり、09年「暴行」で作家デビュー。"ポルノまがいの暴力描写"という一部の批判もあったが、極めて高い評価を得て、イギリス推理作家協会賞(CWA賞)の最優秀新人賞であるジョン・クリーシー・ダガー賞を受賞。

ヤング, トマス・W.　*Young, Thomas W.*
アメリカの作家
1962〜
[学]ノースカロライナ大学(マスコミ学)
[歴]2010年小説デビュー作「脱出山脈」で一躍注目を浴びた。アフガニスタンおよびイラクで従軍したほか、多くの作戦に参加。機関士としてC-5ギャラクシーおよびC-130ハーキュリーズで、約4000時間の飛行経験を持ち、その間に約40ケ国の上空を飛んだ。その功により、航空章を2度、航空業績章を3度、空軍戦闘行動章を1度、授与された。民間では、AP通信のライターおよびエディターを10年に渡って務め、民間航空会社でも副操縦士として勤務。ノースカロライナ大学ではマスコミ学を学ぶ。08年ノンフィクション「The Speed of Heat：An Airlift Wing at War in Iraq and Afghanistan」を発表。またアンソロジー「Operation Homecoming」には「Night Flight to Baghdad」というタイトルの体験談が収録されている。

ヤング, モイラ　*Young, Moira*
カナダの作家
[出]ブリティッシュ・コロンビア州ニューウェストミンスター　[学]ブリティッシュ・コロンビア大学(西洋史)卒　[賞]コスタ賞(2011年)
[歴]教師、女優、コメディエンヌ、ダンサー、オペラ歌手として活動後、「ブラッドレッドロード」で作家デビュー。2011年同作でコスタ賞を受賞。

ヤング, ルイーザ
→コーダー, ジズーを見よ

ヤング, ロバート・フランクリン　*Young, Robert Franklin*
アメリカのSF作家
1915〜1986.6.22
[出]ニューヨーク州
[歴]第二次大戦では太平洋戦線に従軍。戦後、製鉄工などいくつもの職を転々としたあと、1953年36歳で「スタートリュグストリーズ」誌においてデビュー。以来、SF専門誌「ファンタジー・アンド・サイエンス・フィクション」や「サタデー・イブニング・ポスト」誌を中心に200編近くの短編を発表。ロマンチックでファンタスチックな作風のSFで、アメリカでも根強い人気を保っている。作品集に「The Worlds of Robert F.Young(ヤングの世界)」(65年)、「A Glass of Stars」(68年)などがある。

ヤンシー, リック　*Yancey, Rick*
アメリカの作家
[出]フロリダ州マイアミ　[名]ヤンシー, リチャード〈Yancey, Richard〉
[歴]アメリカ税庁で税務官を12年務め、本名のリチャード・ヤンシー名義でその経験を綴ったデビュー作「Confessions of a Tax Collector：One Man's Tour of Duty Inside the IRS」(2004年)を出版、高い評価を受けた。小説では南部を舞台にした大人向けの「A Burning in Homeland」(03年)などがある。

ヤンソン, トーヴェ　*Jansson, Tove*
フィンランドの児童文学作家, 画家
1914.8.9〜2001.6.27
[出]ヘルシンキ　[名]ヤンソン, トーヴェ・マリカ〈Jansson, Tove Marika〉　[学]アテネウム美術大学(ヘルシンキ)　[賞]ニルス・ホルゲション賞(1953年), 国際アンデルセン賞作家賞(1966年), フィンランド名誉教授賞(1995年)
[歴]父は彫刻家、母は商業デザイナーという芸術的家庭環境に育つ。ヘルシンキやパリで絵画を学び、若い頃から画家として認められる一方、趣味で漫画に取り組んだ。25歳の時、カバのような顔をした想像上の動物"ムーミントロール"を主人公にした物語を書き始め、イギリスの新聞に発表。その後風刺画家として活躍していたが、1944年以降作家に転じ、〈ムーミン〉シリーズの原型となる短編童話「小さいトロールたちと大洪水」(45年)を発表。49年第2作「楽しいムーミン一家」で国際的評価を得、以後ムーミンとその家族や仲間らの触れ合いを描いた〈ムーミン〉シリーズは、大人にも親しまれる人気童話となった。70年〈ムーミン〉シリーズ(全8巻)が「ムーミン谷の十一月」をもって完結。日本をはじめ世界34ケ国語に翻訳され、テレビアニメや演劇にもなった。また国際アンデルセン賞作家賞(66年)を受賞した他、95年にはフィンランド大統領から名誉教授賞を受賞するなど、各国で約50の賞を受けた。他の作品に絵本「さびしがり屋のクニット」(60年)、自伝的短編小説集「彫刻家の娘」(68年)、「少女ソフィアの夏」(71年)、「聞く人」などがある。日本では69年以来何度も〈ムーミン〉シリーズがテレビアニメ化され、90〜91年放映のアニメは本国フィンランドでもブームを巻き起こした。
[家]弟＝ラルス・ヤンソン(作家)

ヤンソン, ラルス　*Jansson, Lars*
フィンランドの作家
1926〜2000.7.31
[出]ヘルシンキ
[歴]15歳の時、冒険小説「トルトゥーガの宝」で作家デビュー。のちフリーの作家として推理小説などを書いていたが、1958年から「ムーミン」で知られる姉のトーヴェに代わり、ムーミンのコミックスを手がけ、60〜74年ひとりで連載を続ける。90年制作の日本のムーミン・アニメシリーズにも監修者として参加。小説作品に「支配者」「ぼく自身が心配の種」「家族うちの死」「5000ポンド」などがある。
[家]姉＝トーヴェ・ヤンソン(児童文学作家)

ヤンドゥル, エルンスト　*Jandl, Ernst*
オーストリアの詩人, 劇作家
1925.8.1〜2000.7.9
[出]ウィーン　[学]ウィーン大学 哲学博士　[賞]ビューヒナー賞(1984年)
[歴]1952年から抒情詩人として活動。84年のビューヒナー賞を

ヤ

始め、数々の文学賞を受賞。作品に詩集「Sprechblasen」(68年)、「Dingfest」(73年)、「Stanzen」(92年)、「Peter und die Kuh」(96年)、「Poetical Works」(10巻, 97年)、戯曲「Aus der Fremde」(80年)、絵本「ドアがあいて…」などがある。

【ユ】

ユ・チジン　柳 致真　*Yu Chi-jin*
韓国(朝鮮)の劇作家, 演出家
1905.11.19～1974.2.10
[出]朝鮮・慶尚南道忠武(韓国・統営)　[名]号＝東明　[学]立教大学英文科(1931年)卒
[歴]三・一運動後に渡日し、豊山中学を経て、1931年立教大学を卒業。在学中、洪海星、徐恒錫らと劇映同好会を創立。卒業後は朝鮮に戻って劇芸術研究会を設立、新劇運動を展開し、本格的な演劇活動に入る。処女作は「土幕」。35年の「牛」は写実劇として絶賛されたが、同作が原因で警察に拘留され、研究会も強制解散させられる。その後、親日的な作品も書き、のちに植民地支配に協力したと非難された。45年の民族解放後は劇芸術協会、韓国舞台芸術院を創立。中央国立劇場長、東国大学教授、国際劇芸術協会韓国本部長、ドラマセンター所長などを歴任した。

ユ

ユアグロー, バリー　*Yourgrau, Barry*
南アフリカ生まれのアメリカの作家
1949～
[歴]1959年アメリカに移住。シュールな笑いと奇想天外なドタバタに彩られたショート・ショートを得意とする作家。80年代からニューヨークやロサンゼルスで文学とスタンダップ・コメディが合体したような独特の“パフォーマンス”を行う。2004年日本の携帯電話に1日1作の超短編小説“i-magazine mode”を掲載、「ケータイ・ストーリーズ」として刊行された。著書に「セックスの哀しみ」「一人の男が飛行機から飛び降りる」「憑かれた旅人」「たちの悪い話」「真夜中のギャングたち」など。02年来日。

ユーアート, ギャビン・ブキャナン　*Ewart, Gavin Buchanan*
イギリスの詩人
1916.2.4～1995
[出]ロンドン　[学]ケンブリッジ大学クライスツ・カレッジ
[歴]ロンドンの医師の息子で、ケンブリッジ大学クライスツ・カレッジに学ぶ。17歳の時にジェフリー・グリグソンが創刊した雑誌「新しい詩」に初めて詩が掲載され、1939年処女詩集「詩と歌」を刊行。第二次大戦に従軍した後、出版社、イギリス文化協会勤務を経て、52年広告のコピーライターとなったが、この間は詩壇から離れる。64年詩集「ロンドン市民」で復活後、「肉の快楽」(66年)、「あるいは若いペンギンの鳴き叫ぶところ」(77年)、「子供たち」(78年)、「また、子供たち」(82年)など多くの詩集を出した。

ユウ, オヴィディア　*Yu, Ovidia*
シンガポールの作家, 劇作家
[賞]エディンバラ・フェスティバル・フリンジ大賞
[歴]医科大学を中退した後、舞台用の脚本を書き始め、以降多くの作品がシンガポール、マレーシア、オーストラリア、イギリス、アメリカで上演される。舞台「ザ・ウーマン・イン・ア・ツリー・オン・ザ・ヒル」は、エディンバラ・フェスティバル・フリンジで大賞を受賞。一方、シンガポール、インドで数々のミステリー小説を出版、〈アジアン・カフェ事件簿〉シリーズなどがある。シンガポール国内では、アメリカのクイズ番組「ピラミッド」を模したテレビ番組のレギュラー出演者として広く知られている。

ユウ, チャールズ　*Yu, Charles*
アメリカの作家
1976.1.3～
[出]カリフォルニア州
[歴]両親は台湾出身。コロンビア大学ロー・スクールで法学博士号を取得後、弁護士になった。その後、小説の執筆と投稿を始め、2006年に第1短編集「Third Class Superhero」を発表。10年に刊行された「SF的な宇宙で安全に暮らすっていうこと」は、SF界/文学界から絶賛され、ローカス賞にノミネート、「タイム」誌が選ぶフィクション・ベスト10に選出された。

熊 仏西　ゆう・ふつせい　*Xiong Fo-xi*
中国の劇作家, 演劇教育家
1900.12.4～1965.10.26
[出]江西省豊城　[名]熊 福禧, 筆名＝戯子　[学]燕京大学卒, コロンビア大学
[歴]1920年燕京大学に入学して教育学を学ぶ。21年茅盾らと民衆戯劇社を結成、22年最初の戯曲集「青春の悲哀」を出版。24年渡米してコロンビア大学に留学、演劇を研究。26年修士号を取得して帰国し、北京国立芸術専門学校戯劇系主任に就任。27年国立北平大学芸術学院戯劇系に改組後も引き続き同主任。32～36年河北省定県に赴き農民実験演劇を主宰。38年四川省立戯劇教育実験学校校長に転じ、41年同校解散後は重慶の中央青年劇社社長。47年上海市立戯劇実験学校校長となり、50年中央戯劇学院華東分院、56年上海戯劇学院への改組後も院長として亡くなるまで演劇教育に尽くした。「賽金花」(41年)、「港上海の春」(58年)など戯曲も多い。

ユージェニデス, ジェフリー　*Eugenides, Jeffrey*
アメリカの作家
1960.3.8～
[出]ミシガン州グロースポイント　[学]ブラウン大学, スタンフォード大学　[賞]ピュリッツァー賞(2003年), アガ・カーン賞
[歴]ブラウン大学、スタンフォード大学で創作を学ぶ。様々な職業を経て、1980年代には一時、映画脚本家を目指した。この間も「ニューヨーカー」など一流文芸誌で活躍し、やがて執筆活動に専念。93年処女長編「ヘビトンボの季節に自殺した五人姉妹」を発表、ベストセラーとなりアガ・カーン賞をはじめ数々の賞を受賞し、99年にはソフィア・コッポラ監督によって映画化された。2003年「ミドルセックス」(02年)でピュリッツァー賞を受賞。他の作品に「Air Mail」(05年)、「マリッジ・プロット」(11年)など。
[家]妻＝カレン・ヤマウチ(写真家)

ユーシージ, ニーマー　*Yūshīj, Nīmā*
イランの詩人
1895～1960.1.6
[出]マーザンダラーン　[学]サン・ルイ学院
[歴]イラン北部マーザンダラーン地方の農村出身。テヘランのフランス系学校で学んだ後、高校でペルシャ文学を教える傍ら、詩作を行う。フランス詩の強い影響を受け、自由詩によってペルシャ詩に新境地を開いた。1921年西欧ロマン派の手法を借りた詩集「アフサーネ」を発表、新体詩のマニフェストと称された。イラン現代詩の創始者として後世の詩人たちに多大な影響を与えた。他の作品に、庶民の哀しみをテーマにした「兵士の家族」(25年)、「不死鳥」(38年)などがある。

ユースフ・イドリース　*Yūsuf Idrīs*
エジプトの作家
1927.5.19～1991.8.1
[学]カイロ大学医学部(1951年)卒　[勲]共和国勲章(1966年)
[歴]医師、保健監視官を務めた後、ジャーナリスト兼作家の道に。1953年短編集「最も安い夜」で一躍注目を集め、以来、社会主義リアリズム作家として、エジプトにおける過去のあらゆる体制に反抗、エジプト社会の腐敗構造を暴いている。他の作品に「罪」(59年)、「この世の終り」(61年)、「恥辱」(62年)、「肉の家」(71年)など。

ユーリス, レオン　*Uris, Leon Marcus*
アメリカの作家

1924.8.3〜2003.6.21
[出]メリーランド州ボルティモア
[歴]早熟の才能に恵まれ、6歳の頃愛犬に死なれた悲しみを紛らすためオペレッタを書いたという。高校卒業の1942年海兵隊に入り、ガダルカナル、タラワで戦い、隊の演芸会の脚本を書いたりもした。終戦後は「サンフランシスコ・コール・ブルティン」紙の配達店に勤めながら創作活動に打ちこんだ。50年同紙の報道記者として採用され、53年に海兵隊での体験を生かした小説「Battle Cry（鬨の声）」を発表しデビュー、好評を博した。この成功により作家として自立。300冊の参考書を読破し、イスラエル国内12000マイルの取材旅行、そして、1200人以上の人々へのインタビューという準備を経て書き上げた3作目の一大長編「エクソダス（栄光への脱出）」を58年に発表、世界的なベストセラーとなり成功を収めた。同作品の人物描写をめぐるイギリスでの名誉棄損訴訟では敗訴した。自らの属するユダヤ民族の苦難と栄光を描いた作品が多い。他の作品に「トリニティ」「三位一体」「メッカ巡礼」など。映画脚本も手がけ、不朽の傑作「OK牧場の決闘」を担当。スパイ小説「トパーズ」の映画化をめぐり、監督だったアルフレッド・ヒッチコックと対立したこともあった。

ユルスナール, マルグリット　*Yourcenar, Marguerite*
ベルギー生まれのフランスの作家
1903.6.8〜1987.12.17
[出]ブリュッセル　[名]Crayencour, Marguerite de　[賞]フェミナ賞（1951年・1968年）
[歴]ベルギーの貴族の家に生まれ、文化的な教育を受け、広く旅をした。1939年アメリカに移住、79年にアメリカとフランスの二重国籍を認められる。ギリシャ・ローマなど古典の深い教養と端正な文体、鋭い洞察力で知られるフランス文学の代表的作家で、「ハドリアヌス帝の回想」（51年）、「黒の過程」（68年）でそれぞれフェミナ賞を受賞したのをはじめ、多くの文学賞を受けた。ノーベル文学賞候補として何度も話題にのぼった。80年には300年を超えるフランス・アカデミー史上初の女性会員に選ばれた。日本への関心も強く、短編集「東方綺譚」の一編は「源氏物語」に題材をとったものであり、81年に三島由紀夫論「三島由紀夫あるいは空虚なビジョン」も刊行。

ユン・ソクチュン　尹 石重　*Yun Seok-jung*
韓国の童謡作家
1911.5.25〜2003
[出]京城　[学]上智大学新聞学科（1942年）卒　[賞]マグサイサイ賞（1978年）, 三・一文化賞（1961年）, 大韓民国文学賞（1980年）, 世宗文化賞（1983年）, 産経児童出版文化賞翻訳作品賞（2008年）
[歴]「子ども」「新少年」に童謡が入選して以来、本格的な創作活動を開始。1932年にはやくも「尹石重童謡集」を刊行した。33年開闢社に入り方定煥の「子ども」誌を主宰。42年に上智大学新聞学科を卒業し、帰国後、雑誌社や新聞社に勤務する傍ら、数多くの童謡を発表。民族解放後は多くの作品が教科書に載り、韓国の子供たちに大きな影響を与えた。月刊「少年中央」主幹、文協児童文学分科委員などを歴任。56年セサク（新芽）を結成、会長、「セサク」文学主幹も務める。童謡だけを書いてきた作家で、"韓国の童謡の父"と称される。78年マグサイサイ賞を受賞。著書に「尹石重全集」（30巻）、「尹石重童謡525曲集」「飛べ鳥たちよ」ほか多数がある。

ユン・ドンジュ　尹 東柱　*Yun Tong-ju*
朝鮮の詩人
1917.12.30〜1945.2.16
[出]中国・北間島明東（吉林省）　[学]延禧専門学校（現・延世大学）卒, 同志社大学英文科
[歴]1942年渡日、立教大学に入学、同年秋同志社大学英文科に編入学。43年7月独立運動に加担したとして治安維持法違反で逮捕される。京都地裁で懲役2年の実刑判決を受けて福岡刑務所に服役中の45年2月虐殺された。中学時代から児童詩を書き始め、朝鮮語使用が禁止された日本支配末期に清純高潔な抒情詩を母国語で綴り、民族の心の中に永遠に生き続ける詩人となった。子供好きで、子供のために書いた童謡も少なくない。遺稿詩集「空と風と星と詩」（48年）、「写真版・尹東柱自筆詩稿全集」（98年）などがある。日本でも金賛汀「抵抗詩人尹東柱の死」（84年）が刊行され、92年在日韓国・朝鮮人の同志社大学卒業生らにより"尹東柱を偲ぶ会"が発足、95年には詩碑が設立された。97年には詩集「星うたう詩人」が出版された。また日本の高校の現代国語の教科書にも掲載された。

ユン・フンギル　尹 興吉　*Yun Hung-gil*
韓国の作家
1942.12.14〜
[出]全羅北道井邑郡　[学]全州師範学校卒, 円光大学国文科卒　[賞]韓国文学賞（小説部門）（1977年）, 韓国現代文学賞（1983年）, 大山文学賞（2004年）, 韓国日報文学賞
[歴]1968年「韓国日報」新春文芸に「灰色の冬の季節」が当選して作家デビュー。77年韓国文学賞小説部門受賞。変哲のない庶民生活を描きながら、さりげなく社会問題を問いかける作品が多く、「長雨」「黄昏の家」「九足の靴で居残った男」「虹はいつかかるか」「夢見るものの羅府」などのほかに長編「黙示の海」「純銀の魂」「母（エミ）」「白痴の月」「鎌」などがある。

ユーン, ポール　*Yoon, Paul*
アメリカの作家
1980〜
[出]ニューヨーク　[学]ウェズリアン大学（2002年）卒　[賞]O.ヘンリー賞（2009年）
[歴]韓国系。2002年ウェズリアン大学を卒業後、作家として活動を開始。05年短編「かつては岸」を発表、翌年の"ベスト・アメリカン・ショート・ストーリーズ"に選出される。09年には短編「そしてわたしたちはここに」がO.ヘンリー賞を受賞。同年第1短編集「かつては岸」を刊行、全米図書協会が選ぶ"35歳以下の若手作家"に名を連ねた。13年長編「雪の狩人たち」を刊行。

ユンガー, エルンスト　*Jünger, Ernst*
ドイツの作家, 評論家
1895.3.29〜1998.2.17
[出]ハイデルベルク　[賞]インマーマン賞（1965年）
[歴]薬剤師の子としてハイデルベルクに生まれ、ハノーファーで育つ。1914年学業を中断して第一次大戦に志願、西部戦線で重傷を負いながら勇戦し、偉功により中尉となりプロイセン最高勲章プール・ル・メリットを受ける。その戦時体験を描いた日記「鉄鋼の嵐の中で」（20年）などの作品で注目され、以後ニーチェの思想に影響による英雄主義、ロマン主義的色彩の濃い作品で大人気を博した。33年政権を獲得したナチスには反対で、第二次大戦中軍務に服しながら作品を通して抵抗を試み、反ナチスの将校グループとも接触してナチスのきびしい監視を受けた。39年発表の短編小説「大理石の断崖の上で」ではヒトラー批判を試み、この作品が戦後に再評価され、再び名声を博した。戦後、彼の幾変転を経た思想と文学が戦犯問題をめぐって論議の的となったが、マジック・リアリズムと呼ばれる雄渾な言語芸術が認められて、現代ドイツの最も影響力の強い作家となった。作品には、「労働者」（32年）、「庭と道」（42年）、「ヘリオーポリス」（49年）、「ゴルディウスの結び目」（53年）、エッセイ集「数と神々」（74年）、「砂時計の書」や「平和」「時代の壁ぎわ」など。
[家]弟＝フリードリヒ・ゲオルク・ユンガー（詩人・作家）

ユーンソン, エイヴィンド　*Johnson, Eyvind*
スウェーデンの作家
1900.7.29〜1976.8.25
[出]ノルランド　[名]Johnson, Eyvind Olof Verner　[賞]ノーベル文学賞（1974年）
[歴]貧困家庭に生まれ、14歳の時から労務者生活を送る。19歳でストックホルムに出、1920年代の大半をパリとベルリンで過ごし、文筆活動を始める。24年短編集「四人の見知らぬ人」でデ

ビュー。前衛的手法を駆使する異色作家で、自伝4部作「オーロフ物語」(34〜37年)、反ナチス小説「クリロン」(3部作, 41〜43年)、歴史小説「閣下の時代」(66年)などの代表作がある。74年H.マルティンソンとともにノーベル文学賞を受賞。

【ヨ】

余 華　よ・か　*Yu Hua*

中国の作家

1960.4.3〜

[出]浙江省杭州　[学]北京師範大学　[勲]中国芸術文化勲章(2004年)　[賞]グランザネ・カブール文学賞(1998年), ジェームス・ジョイス基金賞(2002年), 中華図書特殊貢献賞(2005年)

[歴]小学1年から中学卒業まで文化大革命のため授業がなかった。あらゆる技巧を駆使した表現に文学への興味を抱く。その後、医者の両親の勧めで町の診療所の歯科医となるが性に合わず、1983年より文芸創作を始める。84年に発表した「十八歳の旅立ち」が評価され、「四月三日の事件」(87年)、「世事は煙の如し」(88年)など続々と中編小説を執筆。伝統的なリアリズムの枠組みを打ち壊した手法の新しさと実験性から、"先鋒派"と称される。91年の長編第1作「雨に呼ぶ声」に続いて、92年「活きる」を発表。ベストセラーとなり、台湾と香港での刊行後、フランス、オランダ、イタリア、ドイツ、韓国、日本でも翻訳出版される。また、94年チャン・イーモウ監督により映画化され、高い評価を得る。98年イタリアのグランザネ・カブール文学賞を受賞。2005〜06年文革と改革開放を描いた長編「兄弟」を発表、中国で大きな反響を呼び130万部を超えるベストセラーとなる。他の著書に「血を売る男」「ほんとうの中国の話をしよう」「死者たちの七日間」など。莫言とともに現代中国を代表する作家。06年初来日。

余 秀華　よ・しゅうか　*Yu Xiu-hua*

中国の詩人

1976〜

[歴]出生時の難産が原因で脳性まひの後遺症が残る。"結婚し、愛情を表現するため"と20代から本格的に詩を書き始めたが、結婚生活は破綻。湖北省の農村で両親とともに暮らしながら、農村の四季と農民の心情を飾らない言葉で表現した作品を創作。2014年民工(出稼ぎ労働者)の苦悩を歌った「中国の大半を通り抜けてあなたを寝に行く」が、中国版LINE「微信」に載ると、爆発的人気を呼び、中国全土に拡散。15年詩集「ふらふらした世間」「月光は左手に落ちる」が同時に刊行され、社会的ブームとなった。

葉 永烈　よう・えいれつ　*Ye Yong-lie*

中国の作家

1940.8.30〜

[出]浙江省温州　[名]筆名＝蕭通, 久遠, 葉揚, 葉艇, 勇烈　[学]北京大学化学系(1961年)卒

[歴]11歳で詩作を始め、18歳から科学読み物を書き始める。1961年上海科学教育映画製作所の脚本担当者となり、のち創作に専念。中国におけるSFの開拓者であり、79年文化部より全国科学普及工作者の称号を受ける。80年代以降はルポルタージュ作家に転じる。文化大革命に関わる主な人物の伝記を精力的に取材。多くの著作があり、中国のみならず、香港、台湾、アメリカ、フランスなどで出版されている。一般向けの科学読み物に「炭素の一家」「金属の世界」、科学童話集に「煙突は辮髪を切る」、SF小説に「小霊通は、未来を漫遊する」「暗闘」「黒影」、伝記に「高士其おじいさん」「康生評伝」「歴史選択了毛沢東」、歴史小説に「赤色の起点」など。

陽 翰笙　よう・かんしょう　*Yang Han-sheng*

中国の劇作家, シナリオ作家

1902.10.8〜1993.6.7

[出]四川省高県　[名]欧陽 継修　[学]上海大学卒

[歴]国民革命に参加後、田漢と共に1930年代の上海の左翼演劇運動を地下から指導した。31年以降脚本家・理論家としても活躍、抗日救国を主題とした処女作「前夜」(36年)は、武漢で初演、上海、東南アジアなどで上演された。37年全国演劇界抗敵協会理事。建国後、53年から中華全国文学芸術界連合会秘書長。62年戯曲「李秀成の死」が上演されたが、戚本禹によって太平天国の歪曲として批判され、66年に文化大革命で失脚。79年復活し、81年「陽翰笙電影劇本選」を出版。他の作品に「天国春秋」(41年)、「3人行」(57年)、「北国江南」(63年)、「陽翰笙選集」(82年)などのほか、脚本「八百壮士」(38年)、児童映画「三毛流浪記」(48年)など。

楊 逵　よう・き　*Yang Kui*

台湾の作家

1905.10.18〜1985.3.12

[出]新化　[名]楊 貴　[学]日本大学専門部文科文学芸術専攻夜間部

[歴]貧しい家庭に生まれる。1924年日本に渡って日本大学の夜間部に学ぶ傍ら、共産主義運動に参加。27年帰台すると農民組合を指導して幾度も逮捕・投獄を経験。共産主義運動が壊滅してからは文学活動に転向、32年日本時代の経験をもとにした処女作「新聞配達夫」を発表(連載後半は掲載禁止処分)、34年同作を日本の「文学評論」懸賞募集に応募して第2席に当選。これは台湾出身作家として初めて日本雑誌の創作懸賞の入賞であり、35年には胡風の訳により中国本土にも紹介された。同年「台湾新文学」を創刊、文学的抵抗の拠点の一つとしたが、37年弾圧のため廃刊。45年日本の敗戦とともに「一陽週報」、47年「文化交流」を創刊して新台湾の文化建設に取り組むが、49年「和平宣言」を発表したために国民党政府に政治犯として逮捕され、61年まで投獄された。日本時代の創作はすべて日本語で書かれていたが、獄中で中国語による創作を練習、出獄後の著作はすべて中国語による。出獄後は、花の栽培で生計を立てながら随筆を書いた。70年代半ばに至り、ようやく台湾文学の代表的作家としての評価が定まった。

葉 君健　よう・くんけん　*Ye Jun-jian*

中国の児童文学作家

1914.12.7〜1999.1.5

[出]湖北省紅安県　[学]武漢大学外国文学系(1936年)卒

[歴]抗日文芸活動に参加。1958年中国世界語(エスペラント)協会常務理事、61年中国作家協会理事、62年「中国文学」副総編集長。64年全国人民代表大会湖北省代表、82年中国ペンクラブ・センター副会長などを歴任。アンデルセンの翻訳者でエスペラントでも作品を残した。作品に「土地三部曲」「寂静的群山三部曲」などがある。

楊 絳　よう・こう　*Yang Jiang*

中国の作家, 翻訳家

1911.7.17〜2016.5.25

[出]北京　[学]東呉大学(法科)卒, 清華大学研究院(外国文学)

[歴]1935年同郷の作家、銭鍾書と結婚し、38年まで夫とともにオックスフォード大学、パリ大学に留学。帰国後、上海で英語、英文学を教え、解放後は清華大学の外国語学部の教授の職に就いた。53年以降、大学研究所(後の中国社会科学院外国文学研究所)で研究と翻訳に従事。専攻は英、仏、スペインの文学、特に小説、中国文学など。作家としては解放前に短編小説、散文、喜劇台本などを書き、70年代から創作を開始。81年文化大革命期の知識人の強制労働改造体験を書いた散文「幹校六記」は内外で高い評価を得、以後、散文、小説、評論などを発表した。スペインの古典小説「ドン・キホーテ」の中国語訳も手がけた。他の作品に、短編小説「倒影集」、評論散文集「春泥集」「回憶両篇」「記銭鐘書与囲城」「関于小説」「将飲茶」、長編小説「風呂」、翻訳「ラサリーリョ・デ・トルメス」「ジル・ブラームス」など。

[家]夫＝銭 鍾書(作家)

葉 広芩　よう・こうきん　*Ye Guang-qin*

中国の作家

1948.10〜
[出]北京　[学]千葉大学　[賞]魯迅文学賞, 少数民族文学賞, 老舎文学賞, 柳青文学賞, 蕭紅文学賞, 中国女性文学賞, 人民文学賞, 北京文学賞
[歴]清朝有数の貴族エホナラ(葉赫那拉)氏の末裔で、西太后は大伯母にあたる。北京女子一中を経て、文化大革命中は1968年より陝西農村に下放し農場で働く。74年から西安で看護師、次いで新聞記者を経験。90年日本の千葉大学に留学。帰国後、西安市文連に所属して創作に専念。創作の傍ら、テレビドラマも手がける。自伝的小説「貴門胤裔」で魯迅文学賞を受賞。他にも少数民族文学賞、老舎文学賞、柳青文学賞、蕭紅文学賞、中国女性文学賞、人民文学賞、北京文学賞など受賞多数。

楊 克　よう・こく　*Yang ke*
中国の詩人
1957〜
[出]広西チワン族自治区
[歴]「朦朧詩」以後、1980年代末から90年代に登場した“第三代”の実力派詩人。民間の立場から詩作する代表的詩人の一人。受賞多数。広東省作家協会副主席、国家1級作家。

楊 朔　よう・さく　*Yang Shuo*
中国の作家
1913.4.28〜1968.8.3
[出]山東省蓬萊県　[名]楊 毓瑨, 字＝瑩叔
[歴]小学校卒業後、生活のため職に就く。1929年満州のハルビンへ赴き、働きながら英語学校で学び創作を始めるが、37年延安に移り八路軍とともに転戦、多くの抗日英雄を描いた通信や短編を書く。中国共産党に入党、朝鮮戦争には新華社特派員として従軍した。朝鮮戦争従軍の体験をもとに鉄道労働者の活躍を描いた長編「三千里江山」(53年)が代表作。文化大革命中、迫害に遭い死去。

葉 紫　よう・し　*Ye Zi*
中国の作家
1910.11.15〜1939.10.5
[出]湖南省益陽県　[名]余 鶴林, 筆名＝楊 鏡英, 陳 芳
[歴]黄埔軍官学校武漢第三分校に学ぶが、1927年蔣介石軍により父と姉が処刑され、復讐を誓って流浪の生活を続ける。32年無名文芸社を設立、33年「無名文芸月刊」創刊号に農民の反抗闘争を描いた小説「豊作」を発表。中国左翼作家連盟に加盟し、中国共産党に入党。35年魯迅の援助を受けて短編集「豊作」(35年)を「奴隷叢書」第1冊として刊行。抗日戦争中の39年、病気と貧窮のため28歳で亡くなった。他に中編「星」(36年)、短編集「山村の一夜」(37年)などがある。

葉 聖陶　よう・せいとう　*Ye Sheng-tao*
中国の作家, 教育家
1894.10.28〜1988.2.16
[出]江蘇省呉県(蘇州)　[名]葉 紹鈞〈Ye Shao-jun〉, 筆名＝華秉函, 柳山
[歴]聖陶は字。1912年中学を卒業して小学教師となり、創作活動を開始。19年北京大学の文学結社・新潮社に参加。21年茅盾らと文学研究会の発起人となり、「隔膜」(22年)、「火災」(23年)、「線下」(25年)、「城中」(26年)など、人生派と呼ばれる作風の短編を数多く執筆。五四運動後の新文学草創期の代表的作家の一人と目される。児童小説も手がけ、23年中国最初の創作童話集「稲草人(かかし)」を著した。29年には五四運動後の社会を背景に、理想と現実の間に悩む青年教師を描いた唯一の長編「倪煥之」を発表。一方、23年商務印書館、30年開明書店に入り両社で雑誌を編集、巴金、丁玲ら多くの作家を送り出した。抗日戦争期は武漢大学教授や四川省で教科書編纂などに従事。中華人民共和国成立後は、国務院教育部副部長、人民教育出版社社長や、全国人民代表大会常務委員、中国人民政治協商会議全国委員会(全国政協)副主席、民主諸党派の一つ中国民主促進会主席などを歴任。国語教育に力を尽くし、教育の普及にも努めた。

葉 石涛　よう・せきとう　*Yeh Shih-tao*
台湾の作家
1925〜2008.12
[賞]台湾行政院文化賞(2000年), 台湾国家文芸賞(2001年)
[歴]小学校の時から日本文学に親しむ。台南の旧制中学を卒業後、日本語で懸賞小説に入賞。戦後、毛沢東の本を読んだことで共産党員容疑をかけられ、3年間刑を科せられる。その後、山間地で小学校教師をしながら密輸入された日本語の本を通して世界文学を吸収し、1960年代半ばから文芸評論を発表。以後、日本語を駆使して台湾文学を追究した。2000年行政院文化賞を、01年国家文芸賞を受賞。著書に「台湾文学史」などがある。

姚 雪垠　よう・せつぎん　*Yao Xue-yin*
中国の作家
1910.10.10〜1999.4.29
[出]河南省鄧県　[学]河南大学予科中退　[賞]茅盾文学賞(1982年)
[歴]子供の頃さらわれて、土匪のなかで生活したという体験を持つ。小学校3年と初級中学の1学期だけを学校で学び、1929年独学で河南大学予科に進む。しかし学生運動で逮捕され投獄、退学処分となる。38年農民遊撃隊員を主人公とした処女短編「差半車麦稭」を発表し、作家生活に入った。82年長編歴史小説「李自成」で第1回茅盾賞を受賞。一方、81年中国共産党に入党、同年7月中国現代文学学会理事長、85年中国作家協会顧問に就任。中国史や中国古典文学の研究にも力を尽くした。他の作品に「春暖花開的時候」「長夜」などがある。79年中国作家協会代表団の一員として、91年代表団長として来日。

楊 邨人　よう・そんじん　*Yang Cun-ren*
中国の作家
1901〜1955
[出]広東省潮州　[学]広東中山大学卒
[歴]武漢の中華全国総工会で仕事をしていたが、武漢“清党”後に上海へ逃れ、文学団体の太陽社を結成。「太陽月刊」「拓荒者」などに作品を発表した。1930年中国左翼作家連盟に参加。32年に逮捕されると転向し、上海に戻ると「政党生活の塹壕を離れて」(33年)、「赤区帰来記」(34年)などを発表。“小資産階級文学”を唱えて公然と革命に反対、30年代中国における“転向”の一典型といわれる。小説集「苦悶」(29年)などがある。

楊 牧　よう・ぼく　*Yang Mu*
台湾の詩人
1940〜
[出]花蓮　[学]台中東海大学卒, アイオワ大学大学院, カリフォルニア大学バークレー校 博士号(カリフォルニア大学バークレー校)　[賞]ニューマン華語文学賞(2013年)
[歴]兵役ののち渡米、アイオワ大学大学院を経て、カリフォルニア大学バークレー校にて博士号を取得。15歳で詩人としてデビュー、これまで10冊以上の詩集がある。またW.B.イェーツ、ガルシア・ロルカ、シェイクスピアなどの中国語訳でも知られている。台湾本土出身の戦後世代を代表する詩人。シアトルのワシントン大学教授を務める。詩集に「カッコウアザミの歌—楊牧詩集」など。

楊 沫　よう・まつ　*Yang Mo*
中国の作家
1914.8.25〜1995.12.11
[出]北京　[名]旧姓名＝楊 成業　[学]北京西山温泉女子中学校卒
[歴]父は大地主で私立大学の学長を務めていたが、両親とも遊びに明け暮れ、子供を顧みない人だったため、不幸な幼少時代を送る。この頃より読書や創作を好んでいた。16歳の頃、父が破産。貧乏を嫌った母が金持ちとの結婚を強いるが拒否し、やがて家を出て北京や香河で教員、書店員などをして暮らす。19歳の時ルポルタージュが雑誌「黒白」に載ったのをきっかけとして文筆の道に入り、上海や北京の新聞雑誌に作品を発表した。短編小説「浮屍」もそのひとつ。既に結婚していたが、経済的な自立を求めて職を転々とするうち共産主義に傾

倒、1933年北京で入党した。翌年ゲリラ戦に参加したのをはじめとして、12年以上も戦いの中に身を置く。49年の全国解放後北京の市民主婦女連合会宣伝部長となり、52年から映画会社で劇作に携わる。58年に着想から8年の歳月をかけて完成をみた長編小説「青春の歌」を刊行。この作品により61年中華人民共和国婦女連合会から、“三・八紅旗手”の称号を受け、59年には自ら脚本を書いて映画化もされる。62年北京市作家協会副主席、59〜66年中国作家協会理事などを歴任し、文化大革命にも身を投じた。67年失脚。74年からは北京市文化局創作評論組で創作を専門に行い、78年全人代北京市代表。80年北京市文連副主席、89年主席。88年から全国人民代表大会代表を務めた。
[家]妹＝白 楊(女優)

楊 煉　よう・れん　*Yang Lian*
スイス生まれの中国の詩人
1955〜
[出]スイス・ベルン
[歴]スイスのベルンで生まれ、中国の北京で育つ。1970年代後半から詩作を開始。地下文芸雑誌「今天」に参加、新しい詩的言語表現によって注目される。89年天安門事件を契機に出国。以後ヨーロッパ、アメリカ、オセアニアなどの各地で、詩を中心とする文学活動を続け、20あまりの言語に翻訳されるなど、国際的に高い評価を受ける。詩集に「幸福なる魂の手記—楊煉詩集」など。

ヨ

ヨーヴィネ, フランチェスコ　*Jovine, Francesco*
イタリアの作家
1902.10.9〜1950.4.30
[出]モリーゼ　[学]ローマ大学
[歴]南イタリアのモリーゼ地方の寒村に生まれる。苦学して16歳で小学校教員となり、その後ローマ大学で学ぶ。1930年自伝的要素の濃い短編集「鶏泥棒」でデビュー。地方色豊かな文体で、ネオレアリズモ文学の代表的作家の一人として知られる。作品に「かりそめの男」(34年)、「アーバ夫人」(42年)、「埋葬された羊飼い」(45年)、「地方の帝国」(45年)などがあり、南イタリア開発をめぐる社会問題をテーマとした長編「秘跡の土地」(50年)で名声を獲得した。

ヨージェフ, アッティラ　*József, Attila*
ハンガリーの詩人
1905.4.11〜1937.12.3
[出]オーストリア・ハンガリー帝国ブダペスト(ハンガリー)
[歴]ブダペストの労働者街に生まれる。幼少時に父親が蒸発し、貧困の中で育った。10代から詩を書き始め、高校時代に処女詩集「美の乞食」(1922年)を刊行。大学を中退し、ウィーン、パリなどで生活。第一次大戦後の新思潮に触れ、帰国後、ブダペストで新聞に詩を発表、若手詩人として注目された。現代人の不安、悩みを歌った叙情詩人として知られ、詩集「父も母もいない」(29年)、「場末の宵」(32年)、「熊ダンス」(34年)などを発表。思想的な悩みと精神疾患が重なり、鉄道自殺によって生涯を終えた。

ヨード, C.S.
→クリストファー, ジョンを見よ

ヨート, ミカエル　*Hjorth, Michael*
スウェーデンの作家, 映画監督
1963〜
[出]ヴィスビュー
[歴]映画監督、プロデューサー、脚本家として活動。ヘニング・マンケルの〈刑事ヴァランダー〉シリーズの映画やテレビドラマの脚本を手がけるほか、仲間と設立した映像プロダクション会社でイェンス・ラピドゥスの「イージーマネー」3部作、カミラ・レックバリの〈エリカ&パトリック事件簿〉シリーズなどを映像化。作家としては、ハンス・ローセンフェルトと組んだ初の小説〈犯罪心理捜査官セバスチャン〉シリーズ(2010年〜)で人気を博す。

ヨナソン, ヨナス　*Jonasson, Jonas*
スウェーデンの作家
1961.7.6〜
[出]ベクショー　[学]イェーテボリ大学卒
[歴]イェーテボリ大学を卒業して地方紙の記者となり、その後、メディア・コンサルティング及びテレビ番組制作会社OTWを設立。テレビ、新聞などのメディアで20年以上活躍した後、会社などすべてを手放し、家族とスイスへ移り住む。2009年「窓から逃げた100歳老人」で作家デビュー、世界中で累計1000万部を超える大ベストセラーとなる。13年には「100歳の華麗なる冒険」のタイトルで映画化される。他の作品に「国を救った数学少女」がある。

ヨハニデス, ヤーン　*Johanides, Ján*
スロバキアの作家
1934.8.18〜2008.6.5
[出]チェコスロバキア・ドルニークビン(スロバキア)　[学]コメニウス大学中退
[歴]ブラチスラバのコメニウス大学を退学後、様々な職業に就きながら執筆。文芸雑誌「若い創造」出身の作家で、短編集「私生活」(1963年)でデビューして脚光を浴びる。68年の“プラハの春”弾圧後、約10年間出版を禁じられるが、環境問題を扱った「知られざるカラスたち」(78年)で文壇に復帰。以後、「マウトハウゼンの象」(85年)、「兄弟を葬る」(87年)などの話題作を発表した。他の作品に、「石切り場の本質」(65年)、「ノー」(66年)、「貯金通帳のバラード」(79年)、「就寝前のツグミの鳴き声」(92年)、「雄猫と冬の人」(94年)など。

ヨム・サンソプ　廉 想渉　*Yom Sang-sop*
韓国(朝鮮)の作家
1897.8.30〜1963.3.14
[出]朝鮮・京城(韓国ソウル)　[名]廉 尚燮, 号＝横歩, 霽月　[学]慶応義塾大学中退
[歴]1912年来日し、麻布中学、京都府立二中を経て、18年慶応義塾の大学部文科予科に入学。在学中の19年に発生した三・一独立運動に呼応、大阪で検挙され禁錮刑の判決を受け仮釈放される。20年大学を中退して帰国すると「東亜日報」記者となり、同年文芸同人誌「廃墟」を創刊。21年「開闢」誌に朝鮮最初の自然主義文学とされる処女作「標本室の青蛙」を連載、本格的な作家活動に入る。22年「新生活」誌に「墓地」を連載、24年「万歳前」と改題して代表作の一つとなる。同年「時代日報」社会部長。26〜28年再来日。31年写実主義的な長編「三代」の連載を開始、30年代の朝鮮文学を代表する作品と評される。その後、満州の新京(長春)へ赴き「満鮮日報」主筆に就任したが、39年退職。朝鮮との国境に近い安東に移り住み、45年同地で日本敗戦を迎える。46年ソウルに戻り「京郷新聞」編集局長に迎えられたが、47年退任。54年韓国芸術院会員。一貫して写実主義の立場を貫いて朝鮮における自然主義文学の祖ともいわれ、日常生活を緻密になぞる鈍く重い写実的な文体に特徴がある。朝鮮の近代文学史では李光洙らと並ぶ文豪の一人。他の作品に「驟雨」(52〜53年)、「吠えない犬」(55年)など。

ヨルゲンセン, イエンス・ヨハンネス
Jörgensen, Jens Johannes
デンマークの詩人, 作家
1866.11.6〜1956.5.29
[出]フューン島　[学]コペンハーゲン大学
[歴]自然主義詩人として出発。やがてニーチェやフランス象徴派に傾くが、イタリアへ巡礼に出て、カトリックに帰依。カトリック詩人として名声を得た。著書に「巡礼の書」「アシジの聖フランシスコ」、詩集「生命の樹」「告白」「花と果実」「デンマークでの詩集」「ヨルゲンセン詩集」、「ドン・ボスコ」、自伝「わが生涯の物語」(全7巻)などがある。

ヨーレン, ジェーン　*Yolen, Jane*
アメリカの作家

1939～
[出]ニューヨーク　[学]スミス・カレッジ卒　[賞]コルデコット賞(1988年)
[歴]両親共に作家。いくつかの出版社を経て、22歳の時最初の子供向けの本を出版。1963年には本格的な執筆活動を始め、以来児童書、ファンタジーを中心に普通小説、ノンフィクション、詩など広い分野で100冊を越える本を出版。主な作品に「Owl Moon(月夜のみみずく)」(87年)、「グレイリング—伝説のセルチーの物語」「水晶の涙」「夢織り女」「三つの魔法」「光と闇の姉妹」「白い女神」など。

ヨング, ドラ・ド　*Jong, Dola de*
オランダ生まれのアメリカの作家
1911～2003
[出]アルネム　[賞]エドガー・アラン・ポー賞(1964年)
[歴]オランダでいくつかの新聞記者を兼任していたが、戦争中はナチス占領下にあるのを嫌ってアフリカに渡り、小さい時から習っていたバレエの先生に。のちにアメリカへ渡り、戦後市民権を得る。第二次大戦中の経験や、オランダから材料をとった作品を発表。1947年「畑地は世界」(オランダ語)でアムステルダム市から文学賞を受賞。ミステリー作家としても知られ、64年に「時のコマ」でエドガー・アラン・ポー賞を受賞。他の作品に「あらしの前」(43年)、「あらしのあと」(47年)などがある。

ヨーンゾン, ウーヴェ　*Johnson, Uwe*
ドイツ(西ドイツ)の作家
1934.7.20～1984.2.23
[出]ポンメルン地方カミーン(ポーランド領)　[学]ロストク大学(ドイツ文学), ライプツィヒ大学(ドイツ文学)　[賞]フォンターネ賞(1960年), フォルメントール国際出版社賞(1962年), ビューヒナー賞(1971年)
[歴]敗戦とともに東ドイツのメクレンブルクに逃れる。第二次大戦後東ドイツでの出版を禁止され、1959年「ヤーコプについての推測」を西ドイツの出版社から刊行、同書は鉄道員ヤーコプの事故死をめぐる会話と独白をモンタージュしながら、冷戦体制下の分裂ドイツの現実が市民に与えている圧力とその不条理性を言語化しようと試みた長編で、前衛的な作品として注目された。同年西ベルリンに移住、60年フォンターネ賞、71年ビューヒナー賞をはじめ多くの賞を受賞した。79年フランクフルト大学文芸論講師となる。その後、アメリカの大学に職を得、のちイギリスに渡る。他の主な作品に「アヒムに関する第3の書」(61年)、「2つの見解」(65年)、「記念の日々」(全3巻, 70年, 71年, 73年)など。

【ラ】

雷 石榆　らい・せきゆ　*Lei Shi-yu*
中国の詩人
1911.5.28～1996.12.7
[出]広東省台山県
[歴]1932年まで新聞「民国日報」の編集に携わる。33年来日して中央大学経済学部に籍を置く。新井徹、後藤郁子ら日本のプロレタリア詩人と交流を深め、35年日本語の詩集「沙漠の歌」を発表。また、この頃に詩人の小熊秀雄と連作詩を作り、50年日本の文芸誌「文芸」に「日中往復はがき詩集」として掲載され注目された。36年帰国して抗日戦争に従軍。詩集に「国際縦隊」(37年)、「かつては異国の恋敵」(39年)、「八年詩選集」(46年)や、「もう一度春に生活できることを—抵抗の浪漫主義詩人雷石榆の半生」などがある。

頼 和　らい・わ　*Lai He*
台湾の作家
1894.5.28～1943.1.31
[出]彰化　[名]頼 河, 号＝懶雲　[学]台湾総督府医学校卒
[歴]1909～14年台湾総督府医学校で学び、16年故郷の彰化に頼和病院を開業。傍ら、抗日政治運動、文学運動の指導者として活動、25年台湾初の白話文(口語文)作品である「無題」を発表して台湾における白話文の創作の道を切り開いた。また、「台湾民報」「台湾新民報」学芸欄主編として多くの作家を育成、“台湾文学の育ての親”と称され、大陸における魯迅に比せられる。41年真珠湾攻撃の日に逮捕され、重病のために保釈されたが、43年に死去した。

ライアル, ギャビン　*Lyall, Gavin*
イギリスの冒険作家
1932.5.9～2003.1.18
[出]ウェストミッドランズ州バーミンガム　[学]ケンブリッジ大学卒　[賞]CWA賞シルバー・ダガー賞
[歴]空軍パイロットとして従軍。ピクチャー・ポスト、BBC、サンデー・タイムズなどで新聞記者、映像ディレクターとして活動。その後、冒険小説、ミステリーの執筆生活に入り、1961年「ちがった空」でデビュー。第2作「もっとも危険なゲーム」(63年)でイギリス推理作家協会賞(CWA賞)シルバー・ダガー賞を受賞。ハードボイルド小説「深夜プラス1」(65年)で一躍人気作家に。同作品は戦後の英米冒険小説を代表する古典的名作といわれ、日本の作家にも大きな影響を与えた。その後、「本番台本」(66年)、「拳銃を持つヴィーナス」(69年)などを発表。80年英軍少佐ハリイ・マクシムを主人公とする〈マクシム少佐〉シリーズを開始し、「影の護衛」(80年)、「マクシム少佐の指揮」(82年)、「クロッカスの反乱」(85年)、「砂漠の標的」(88年)などを発表。寡作ながら、入念に練られたプロットと物語の展開の妙により、卓越したストーリー・テラーと評された。他の作品に「死者を鞭打て」「スパイの誇り」「誇りは永遠に」(遺作)などがある。

ライアン, アンソニー　*Ryan, Anthony*
イギリスの作家
1970～
[出]スコットランド
[歴]スコットランドに生まれ、若くしてロンドンに移り、公務員として勤務。一方、〈Raven's Shadow〉シリーズの開幕編にあたる「ブラッド・ソング」の執筆を開始。2011年に自費出版で発売すると大きな話題となり、13年に紙書籍版が発売される。同書はamazon.ukが選ぶ13年のベストFT&SFブックの1冊に選出された。

ライアン, クリス　*Ryan, Chris*
イギリスの作家
1961～
[出]ニューカッスル近郊　[勲]戦功勲章(イギリス)(1991年)
[歴]16歳でイギリス空軍第23特殊部隊のC戦闘中隊に入隊。1984年正規の連隊である第22SAS連隊に入隊、世界の様々な地域に遠征。対テロリストの分野でも活躍、襲撃隊員や狙撃兵を務めたのち、特別プロジェクト(SP)チームの狙撃兵チーム指揮官に就任。91年イラクからの脱出行が評価され、戦功勲章を受章。94年SASを除隊。95年イラクからの脱出行の経験を綴ったノンフィクション「ブラヴォー・ツー・ゼロ 孤独の脱出行」がベストセラーとなり、映画化もされた。96年SAS隊員ジョーディ・シャープを主人公にした〈ジョーディ・シャープ〉シリーズの第1作「襲撃待機」で作家デビュー。以後、冒険小説を精力的に発表する。

ライアン, ドナル　*Ryan, Donal*
アイルランドの作家
1976～
[出]ティペラリー州　[賞]アイルランド最優秀図書賞(2012年)
[歴]労働者のための雇用問題を専門に扱う弁護士として行政機関で働いていたが、3年間休職して執筆活動に入る。処女作「The Thing about December」と「軋む心」(原題「The Spinning Heart」)を書き上げ、出版社に持ち込むものの、行く先々で断られること47回。最終的に出版社の目に留り刊行されると、2012年アイルランド最優秀図書賞に選出された。

ラ

ライアン, パム　*Ryan, Pam Muñoz*
アメリカの児童文学作家, 絵本作家
1951～
[出]カリフォルニア州　[学]サンディエゴ州立大学卒, サンディエゴ州立大学大学院修了　[賞]オルビス・ピクトゥス賞金賞(2003年度)
[歴]教師、図書館のディレクターとして豊富な経験を持つ。愛、友情、家族、歴史などを題材とし、子供を倫理的側面から描いた著書が多い。1999年「Amelia and Eleanor Go for a Ride」がニューヨーク州立図書館が選ぶベスト・チルドレンズ・ブックに選ばれるなど、作品の多くが優秀作品として数々の賞に輝く。代表作に「The Flag WE Love」「One Hundred Is A Family」「The Crayon Counting Book」「Riding Freedom」「When Marian Sang(マリアンは歌う)」、〈ヒューマンフィーリング〉シリーズ「世界にたった一人のあなた」、〈子どもコンピュータ〉シリーズ(全3巻)など多数。

ライアン, ロバート　*Ryan, Robert*
イギリスの作家
1951～
[出]マージーサイド州リバプール　[名]通称＝ライアン, ロブ〈Ryan, Rob〉　[学]ブルネル大学環境汚染科卒
[歴]ブルネル大学環境汚染科を卒業。ジャーナリストを経て、1999年「アンダードッグス」で作家デビュー。斬新な設定と緻密なプロットで、イギリスのメディアから絶賛される。続く第2長編「9ミリの挽歌」、第3長編「硝煙のトランザム」と3部作を構成する。近年は〈Dr John Watson〉シリーズを執筆している。

ラ

ライエ, カマラ　*Laye, Camara*
ギニアのフランス語作家
1928.1.1～1980.2.4
[学]コナクリ工業高卒　[賞]シャルル・ヴェイヨン文学賞(1954年), アカデミー・フランセーズ大賞
[歴]高校卒業後、フランスに渡り、エンジニアとなる。貧困と孤独の中、郷愁の思いを込めて綴ったフランス語の回想的自伝「アフリカの子」(1953年, シャルル・ヴェイヨン文学賞)により、フランス語圏アフリカ人最初の本格的作家として絶賛された。56年ギニアに帰国するが、セク・トゥーレ大統領と個人の自由に対する考えが衝突し、自宅拘禁状態に置かれる。65年セネガルに亡命、ダカール大学回教研究所員となったが、80年病没した。伝承文学「言葉の達人」(78年)が最後の作品となった。他の作品に、宗教的寓話小説「王の栄光」(54年)、「アフリカの夢」(66年)など。

ライオダン, リック
→リオーダン, リックを見よ

ライク, クリストファー　*Reich, Christopher*
日本生まれのアメリカの作家
1961.11.12～
[出]東京　[学]ジョージタウン大学, テキサス大学
[歴]東京で生まれ、1965年からカリフォルニア州ロサンゼルスで育つ。ジョージタウン大学、テキサス大学で学び、スイス・ユニオン銀行ジュネーブ本店のプライベート・バンキング部門に勤務した後、チューリヒ支店に移ってM&Aを担当。95年から執筆活動を始め「匿名口座」で作家デビュー。「The Patriots Club」は、2006年世界スリラー作家クラブでベストノベルに選ばれた。他の作品に「謀略上場」「テロリストの口座」「欺瞞の法則」などがある。

ライクス, キャシー　*Reichs, Kathy*
アメリカの法人類学者, 作家
[出]イリノイ州シカゴ　[名]ライクス, キャスリーン〈Reichs, Kathleen〉　[賞]カナダ推理作家協会最優秀処女長編賞(1997年度)
[歴]アメリカ法医学協会から法人類学者として正式に認定を受ける。ノースカロライナ大学で教鞭を執る傍ら、ノースカロライナ州とカナダのケベックで骨鑑定の専門家として活躍。また専門を生かし、1997年〈女法人類学者テンペ〉シリーズ第1作となる「既死感」で作家デビュー。同作品は「ニューヨーク・タイムズ」紙のベストセラーリストに入り、カナダ推理作家協会最優秀処女長編賞を受賞。他の作品に「骨と歌う女」「ボーンズ」などがある。

ライス, アン　*Rice, Anne*
アメリカの作家
1941.10.4～
[出]ニューオーリンズ　[名]別名＝ランプリング, アン　ロクロール, アン・N.　[賞]Joseph Henry Jackson Award, hronorable mention(1970年)
[歴]父は彫刻家。1959～60年テキサス女子大学に学んだ後、サンフランシスコ州立大学、カリフォルニア大学を経て、71年カリフォルニア大学大学院で文学修士号を取得。この間、61年高校時代に知りあった詩人のスタン・ルイスと結婚。5歳の娘を白血病で亡くした後、哀しみとフラストレーションから逃れるために執筆を開始。76年処女作「Interview with the Vampire(夜明けのバンパイア)」を発表、作家としてデビューした。この作品は〈ヴァンパイア・クロニクルズ〉と呼ばれる一連のシリーズの元となり、ゲイやティーンエイジャーの間でカルト・クラシックとして高い評価を得る。創作のほか、「サンフランシスコ・クロニカル」誌、「サンフランシスコ・ベイ・ガーディアン」誌などの書評も手がける。また、アン・ランプリング名義の「Exit to Eden」「Belinda」や、アン・ロクロール名義の「クレイミング・オブ・スリーピング・ビューティ」などのポルノ小説がある。
[家]夫＝スタン・ライス(詩人), 息子＝クリストファー・ライス(作家)

ライス, エルマー　*Rice, Elmer*
アメリカの劇作家
1892.9.28～1967.5.8
[出]ニューヨーク市　[名]Reizenstein, Elmer Leopold　[学]ニューヨーク・ロースクール　[賞]ピュリッツァー賞(1929年)
[歴]ユダヤ系。ニューヨーク市の貧しい家庭に生まれる。高校を中退して夜学で学び、弁護士資格を取得。その後、戯曲を書くようになり、処女作「公判」(1914年)で注目される。29年ニューヨークの貧民街のアパートを背景にした「街の光景」でピュリッツァー賞を受賞。37年劇作家劇団の設立に参加、自らも演出を行った。小説も書き、映画産業を風刺した「A voyage to Purilia」(30年)、ニューヨークについて書いた「Imperial City」(37年)がある。他の作品に、戯曲「計算器」(23年)、「法廷の弁護士」(31年)、「アメリカの風景」(38年)、「新しい生活」(43年)、「夢見る乙女」(45年)、自伝「少数派の報告書」(64年)など。

ライス, デービッド　*Rice, David*
アメリカの作家
1964～
[出]テキサス州ウェスラコ
[歴]テキサス州ウェスラコで生まれ、以来同州を離れず、オースティンとリオグランデ・バレーを生活の拠点として、エドコーチで高校生に創作・表現を教える。自らもその中に身を置くメキシコ－アメリカ混合文化がその作品の源泉で、短編集「豚にチャンスを」などを発表。小説を書く傍ら、演劇や短編映画の脚本も手がけ、演出もしている。

ライス, ベン　*Rice, Ben*
イギリスの作家
1972～
[出]デイボン　[学]オックスフォード大学大学院　[賞]サマセット・モーム賞(2001年)
[歴]教師で詩に造詣の深い父の影響で、6歳の頃から詩を書く。大学院在学中に執筆した「ポビーとディンガン」で作家デビュー。同作品で最も優れた新人に贈られるサマセット・モーム賞を

受賞し、作品は世界各国で翻訳出版される。他の作品に「空から兵隊がふってきた」がある。2002年来日。

ライス, ルアンヌ　*Rice, Luanne*
アメリカの作家
[出]コネティカット州ニューブリテン
[歴]アイルランド系。コネティカット大学で美術史を専攻したが、父の病気のため中退。ロードアイランドのニューポートでメイド、ワシントンD.C.で科学アカデミーの研究員、マサチューセッツ州ウッズホールでクジラの調査員や港湾労働者といった仕事を続けながら、小説を書き続ける。1985年「Angels All Over Town」で作家デビュー。他の著書に「背信の海」「天にも昇る幸せ」などがある。

ライス, ロバート　*Rice, Robert*
アメリカの作家
[名]通称＝ライス, ボブ〈Rice, Bob〉
[歴]生年を含め、個人的なことを公表していない。法律学の学位と国際関係論で修士号を取得。アメリカの文学雑誌「The Dos Passos Review」「Hayden's Ferry」「New Letters」「The North American Review」などで小説や詩を発表。1992年アーサー王伝説を主題とした歴史小説「THE LAST PENDRAGON」で作家としてデビュー。2003年ミステリー小説「ルシタニアの夜」で注目される。

ライディング, ローラ　*Riding, Laura*
アメリカの詩人, 作家
1901.1.16～1991.9.2
[出]ニューヨーク市　[名]ジャクソン, ローラ・ライディング〈Jackson, Laura Riding〉 旧姓名＝ライヘンタール, ローラ〈Reichenthal, Laura〉 筆名＝リッチ, バーバラ〈Rich, Barbara〉 ヴァラ, マドレーヌ〈Vara, Madeleine〉　[学]コーネル大学　[賞]ボーリンゲン賞(1991年)
[歴]ユダヤ系。コーネル大学に入学して詩を書き始め、同大の歴史学講師ルイス・ゴットシャルトと結婚したが、1925年離婚。26年処女詩集「豊穣の花冠」を刊行。同年渡英、詩人ロバート・グレーブズとはスペインのマリョルカ島で共同生活を送るなど行動をともにし、共著で「モダニスト詩の展望」(27年)を出す。38年「全詩集」を刊行。39年アメリカに戻ってグレーブズと関係を断ち、41年「タイム」誌の編集者スカイラー・ジャクソンと結婚。以後、ジャクソン姓を名のって詩作を離れたが、62年以降に散文を中心に文筆活動を再開した。
[家]夫＝スカイラー・ジャクソン(編集者)

ライト, エリック　*Wright, Eric*
カナダのミステリー作家
1929.5.4～2015.10.9
[賞]CWA賞ジョン・クリーシー記念賞(1983年), CWC賞最優秀長編賞, CWC賞最優秀短編賞(1987年)
[歴]デビュー作「神々のほほ笑む夜」(1983年)でイギリス推理作家協会賞(CWA賞)の最優秀処女長編賞であるジョン・クリーシー記念賞とカナダ推理作家協会(CWC)の最優秀長編賞を受賞して一躍注目されたカナダ・ミステリー界の才人。長編はすべてトロント警察のソールター警部を主人公にしたシリーズ作品で、「煙が知っている」(84年)、「オールド・カントリーの殺人」(85年)、「交際欄の女」(86年)、「A Sensitive Case」(90年)などがある。また短編を得意とし、87年にはCWC最優秀短編賞を受賞。

ライト, L.R.　*Wright, L.R.*
カナダの作家
[賞]MWA賞最優秀長編賞(1985年), カナダ推理作家協会賞最優秀長編賞
[歴]ブリティッシュ・コロンビア大学、カルガリー大学などで様々なコースを取得。のち、コピーライターとなり、同時に児童劇団の女優も務める。その後、ジャーナリストに転身。1976年小説の執筆を開始。〈カール・アルバーグ刑事〉シリーズで人気を得る。著書に「一月の冷たい雨」「容疑者」他。

ライト, ジェームズ　*Wright, James Arlington*
アメリカの詩人
1927.12.13～1980.3.25
[出]オハイオ州マーティンズ・フェリー　[学]ケニヨン・カレッジ, ワシントン大学
[歴]1966年から亡くなるまでニューヨーク市のハンター・カレッジで英文学の教師を務める。ロバート・ブライなどの詩人と共に、アメリカ中西部の自然との親密な関わりを示す"ディープ・イメージ"の詩を書いた(ディープ・イマジズム)。ブライとは、ドイツのゲオルク・トラークルとヘルマン・ヘッセ、チリのパブロ・ネルーダ、ペルーのセサル・バジェホの作品の翻訳も手がけた。

ライト, シーモア　*Reit, Seymour V.*
アメリカの作家, イラストレーター
1918～2001.11.21
[出]ニューヨーク　[学]ニューヨーク市立大学卒　[賞]MWA賞
[歴]人気番組「ポパイ」などテレビアニメ界で活躍。人間と友達になろうと努力する幽霊のキャスパーを主人公とする漫画を創作し、1940年代に劇場用短編アニメとして公開。60年代にテレビアニメとして人気を集め、95年には映画「キャスパー」(製作総指揮スティーブン・スピルバーグ)が製作された。またノンフィクションや児童書の分野でも数々の賞を受賞した。小説にMWA賞を受賞した「モナ・リザが盗まれた日」(81年)などがある。

ライト, ジュディス　*Wright, Judith*
オーストラリアの詩人, 作家, 環境保護運動家
1915.5.31～2000.6.25
[出]ニューサウスウェールズ州アーミデール　[名]Wright, Judith Arundell　[学]シドニー大学卒　[賞]グレース・レバー賞(1949年・1972年), ブリタニカ作家賞(1964年), ロバート・フロスト賞(1975年), ASAN世界大賞(詩部門)(1984年), 女王メダル(詩部門)(1992年)
[歴]スクォター(大牧場主)の家に生まれる。クイーンズランド大学職員を経て、1948年から執筆に専念。出世作の処女詩集「The Moving Image(移ろうイメージ)」(46年)のほか、詩集「男と女」(49年)、「詩集、42～70年」(71年)、短編小説集「愛の本性」(66年)、評論集「オーストラリア詩の前提」(65年)、一族の伝記を原住民側から描いた「死者のために泣け」(81年)などがある。「牛追い」は学校の教科書にとりあげられるほどよく知られた作品だったが、近代化されたオーストラリアを美化する詩として短絡的に流用されることを知り自らこの詩の出版を禁じた。78年には友人とともにアボリジニ条約委員会を創設し、先住民としての権利を求め、白人社会に条約締結の必要性の理解を求めた。オーストラリア環境保護基金の終身名誉会員でもある。

ライト, リチャード　*Wright, Richard*
アメリカの作家
1908.9.4～1960.11.28
[出]ミシシッピ州ナチェ
[歴]農場の作男の子に生まれる。15歳の頃メンケンの著作に接して文学に目覚め、南部を脱出してシカゴ、ニューヨークと移り住んだ。1932年アメリカ共産党入党(44年脱党)。様々な仕事に就きながら創作を始め、40年長編「アメリカの息子」によって現代アメリカ黒人文学第一人者の地位を確立した。46年パリに定住。他の作品に「アンクル・トムの子供たち」(38年)、自伝「ブラック・ボーイ」(45年)、「アウトサイダー」(53年)、「長い夢」(58年)、「アメリカの飢え」(77年)など。

ライトソン, パトリシア　*Wrightson, Patricia*
オーストラリアの児童文学作家, 編集者
1921.6.19～2010.3.15
[出]ニューサウスウェールズ州リズモア　[名]Wrightson, Patricia Alice　[勲]OBE勲章(1977年)　[賞]オーストラリア児童文学カウンシル賞(1956年度・1974年度・1978年度), 全米図書館協

ラ

会優良賞（1963年），国際アンデルセン賞作家賞（1986年）
㊣一時病院に勤めるが，自分の子供たちが本を読むようになったことをきっかけに，児童文学を書き始め，1955年処女作「とぐろを巻いた蛇」を発表。その後，ニューサウスウェールズ州の教育局で出されている教育雑誌の編集（64〜75年）に携わりながら創作にあたった。「氷の覇者」（77年）に始まる〈ウィラン・サーガ〉3部作や，「星に叫ぶ岩ナルガン」（73年）など，アボリジニの伝説や民話に取材したファンタジーで知られる。86年国際アンデルセン賞作家賞を受賞。他の作品に「バニャップの穴」（58年），「密の岩」（60年），「惑星からきた少年」（65年），「ぼくはレース場の持主だ！」（68年），「ミセス・タッカーと小人ニムビン」（83年）など。

ライトル, アンドルー・ネルソン　Lytle, Andrew Nelson
アメリカの作家
1902.12.26〜1995.12.12
㊣テネシー州　㊣バンダービルト大学卒
㊣1920年代に起こった南部農本主義運動の機関誌「フュージティブ」に加わり，工業化に反対して自給自足生活への回帰を主張。30年のシンポジウム「わが立場」で所信を表した。42〜44年アメリカ南部大学の教壇に立ち，文芸誌「スワニー・レビュー」誌の編集者も務める。36年小説「長い夜」を発表。作品は南部を舞台とし，北部と南部の衝突を主題とするものが多く，フォークナーに関する論文も書く。代表作品に長編「ビロードの角」（57年）など。

ライバー, フリッツ　Leiber, Fritz
アメリカの怪奇作家，SF作家
1910.12.25〜1992.9.5
㊣イリノイ州シカゴ　㊣シカゴ大学卒　㊣ヒューゴー賞（1958年），世界SF会議ガンダルフ賞（1975年），世界ファンタジー会議最優秀短編賞（1976年），世界ファンタジー会議名誉賞（1976年）
㊣両親は有名なシェイクスピア俳優で，若い頃は父の劇団で活躍した。その後，スピーチおよび演劇の大学講師，ダグラス航空機会社の精密検査官を経て，1944年にシカゴの「サイエンス・ダイジェスト」誌の准編集者となる。56年以降は創作活動に専念。子供の頃超自然現象に心をひかれ，これが作品に大きな影響を及ぼしている。36年に処女短編「Adept's Gambit」を書きH.P.ラブクラフトの讃辞を得る。58年に「ビッグ・タイム」でヒューゴー賞を受賞し，76年世界ファンタジー会議の名誉賞を受賞するまでに数々の賞を受賞。異次元の彼方，ネーウォンと呼ばれる剣と魔法の世界を舞台に，二人の荒くれ者が活躍する〈ファファード＆グレイ・マウザー〉シリーズが有名で，ハードSF，諷刺SF，怪奇小説，ヒロイック・ファンタジーとSFの分野で多彩に執筆，晩年は前衛的な実験小説も手がけた。代表作に「放浪惑星」「バケツ一杯の空気」など。アメリカSF界における重鎮の一人だった。
㊣息子＝ジャスティン・ライバー（哲学者）

ライプ, ハンス　Leip, Hans
ドイツの詩人，作家，劇作家
1893.9.22〜1983.6.6
㊣ハンブルク
㊣主として船員の生活を描く，また多くの自作に自ら挿絵を描いた。主著に詩集「港のオルガン」（1948年），小説「ほら貝」（40年）など。14年ベルリンの兵営で"リリー""マルレーン"の二人の女友達の名を連ね作詞した「リリー・マルレーン」を37年に完成，これをノルベルト・シュルツが作曲。第二次大戦中，北アフリカ戦線向けのドイツ軍放送で流されて以来，戦線を超えて両軍兵士に愛唱された。最初の吹き込みは当時のドイツ人気歌手ラリー・アンダーセン，またアメリカに渡ったドイツ人女優マレーネ・ディートリヒも吹き込み，世界的にヒットした。

ライブリー, ペネロピ　Lively, Penelope Margaret
エジプト生まれのイギリスの作家，児童文学作家
1933.3.17〜
㊣カイロ　㊣旧姓名＝Low, Penelope Margaret　㊣オックスフォード大学セント・アンズ・カレッジ卒　㊣カーネギー賞（1973年），ウィットブレッド賞（1976年），Southern Arts Literature Prize（1978年），National Book Award（1979年），ブッカー賞（1987年）
㊣13歳の時イギリスに移住。大学で歴史学を専攻。1957年結婚。70年「Astercote」児童文学作家として文筆生活に入る。「トーマス・ケンプの幽霊」（73年），「ノーラム・ガーデンの館」（74年），「時間のぬいめ」（76年）などを発表。77年最初の大人むけの小説「リッチフィールドへの道」がブッカー賞の最終候補のひとつとして注目を集め，作家としても活躍を始める。歴史と関わるテーマの中で人間の普遍的な問題を物語性豊かに描き出す。
㊣夫＝ジャック・ライブリー（政治学者）

ライマン, ジェフ　Ryman, Geoff
カナダ生まれのイギリスのSF作家，映画評論家
1951〜
㊣世界幻想文学大賞（1984年），イギリスSF作家協会賞（1984年），アーサー・C.クラーク賞（1989年），ジョン・W.キャンベル記念賞（1989年），イギリスSF協会賞（2005年），ジェイムズ・ティプトリー・ジュニア賞（2005年），アーサー・C.クラーク賞（2006年）
㊣映画評論家として活躍する傍ら小説を書き始め，1976年短編「The Diary of the Translator」でデビュー。以後沈黙するが，84年アジアの小国を舞台にした中編「征たれざる国」で世界幻想文学大賞，イギリスSF協会賞を受賞，一躍注目を集める。85年第一長編であるファンタジー「The Warrior Who Carried Life」を発表。バイオSFである第二長編「The Child Garden」でアーサー・C.クラーク賞とジョン・W.キャンベル記念賞を受賞。92年第三長編「夢の終わりに…」を発表，世界幻想文学大賞にノミネートされる。2004年に発表した「エア」でイギリスSF協会賞，アーサー・C.クラーク賞，ジェイムズ・ティプトリー・ジュニア賞を受けた。"マンデーンSF"の提唱者。

ライミ, アティク　Rahimi, Atiq
アフガニスタン生まれのフランス語作家，映画監督
1962.2.26〜
㊣カブール　㊣ルーアン大学映像学科卒，ソルボンヌ大学映像学科卒 視聴学博士（ソルボンヌ大学）　㊣フォンダシオン・ド・フランス賞（2002年），カンヌ国際映画祭新人監督賞（2004年），ゴンクール賞（2008年）
㊣最高裁判事の父と，アフガニスタン初の女学校創立者の母の間にカブールで生まれる。共産党員だった兄はソ連の撤退後，殺害された。ソ連の軍事介入後の1985年，雪山を歩き続けてパキスタン入りし，フランス大使館に駆け込んで22歳で政治亡命した。その後，ソルボンヌ大学で映画学の博士号を取得し，数本のドキュメンタリー作品を監督。99年処女小説「地と灰」をダリー語で発表。2000年フランス語に翻訳されると，広くその名を知られた。02年第2作「数千の夢と恐怖の家」でフォンダシオン・ド・フランス賞を受賞。08年自身初のフランス語作品で，夫に虐待死させられたアフガニスタンの女性詩人に捧げた「悲しみを聴く石」でゴンクール賞を受けた。一方，04年自ら映画化した「地と灰」でカンヌ国際映画祭の新人監督賞（カメラ・ドール）を受賞した。

ライラント, シンシア　Rylant, Cynthia
アメリカの児童文学作家，詩人
1954〜
㊣バージニア州　㊣チャールストン大学, マーシャル大学, ケント州立大学　㊣コルデコット賞オナーブック，ボストン・グローブ・ホーンブック賞（1992年度），ニューベリー賞（1993年度）
㊣大学で英文学と図書館学の修士号を取得。図書館員などを経て，児童文学作家となる。絵本，童話，短編集，小説，詩

集など作品は多岐にわたる。児童文学作品では、1987年に「A Fine White Dust」がニューベリー賞の佳作に選ばれ、絵本「When I was Young in the Mountains（わたしが 山おくに すんでいたころ）」と「The Relatives Came」がコルデコット賞オナーブックとなったほか、「メイおばあちゃんの庭」（92年）でボストン・グローブ・ホーンブック賞とニューベリー賞を受賞。他の作品に「ヴァン・ゴッホ・カフェ」、〈小石通りのいとこたち〉シリーズ、「名前をつけるおばあさん」「優しさ」、詩集に「Waiting to Waltz： A Childhood」など。

ライリー, マシュー　*Reilly, Matthew*
オーストラリア生まれの作家
1974.7.2～
[出]ニューサウスウェールズ州シドニー　[学]ニューサウスウェールズ大学
[歴]ニューサウスウェールズ大学で学ぶ。19歳のときに執筆し、22歳で自費出版した「CONTEST」が注目され、1998年「アイス・ステーション」で作家デビュー。新人作家としては異例の大ベストセラーとなった。その後もヒット作を連発し、オーストラリアを代表するエンターテインメント作家として名を馳せる。

ラインハート, メアリー・ロバーツ　*Rinehart, Mary Roberts*
アメリカの推理作家
1876.8.12～1958.9.22
[出]ペンシルベニア州ピッツバーグ　[賞]MWA賞特別賞（1953年）
[歴]医師になることを望んだが女性であるため拒否され看護学校を卒業。1896年裕福な外科医の妻となるが、1903年の株式市場暴落で資産を失ってから小説やエッセイを書き始める。推理小説「らせん階段」（08年）が成功。その推理小説と犯罪小説は真実味があり、刊行した作品はいずれもベストセラーに。特に20年に書いた「こうもり」は後に戯曲化され、映画にもなった。32年夫と死別、第二次大戦中は空襲監視官を務める。戦後は不幸が相次ぎ、監督教会派の信仰に閉じこもっていった。他の作品に「ドアは語る」「黄色の間」などがあり、ユーモラスな作品〈ティッシュ〉（16年）のシリーズも愛読された。ロマンティック・サスペンスの創始者として知られ、53年MWA特別賞を受賞。アメリカのクリスティーと評された。

ラインハルト, ディルク　*Reinhardt, Dirk*
ドイツの児童文学作家
1963～
[出]ベルクノイシュタット　[学]ミュンスター大学大学院博士課程　[賞]フリードリヒ・ゲルシュテッカー賞（2016年）
[歴]ミュンスター大学で歴史学の博士号を取り、同大学で研究員を勤めた後、フリージャーナリスト、コピーライターなどの仕事の傍ら作家として活動を始める。考古学と歴史の知識をもとにした〈アナスタシア・クルーズ〉シリーズで児童文学作家としてデビュー。「列車はこの闇をぬけて」は、2016年ドイツ児童図書賞最終候補となるとともに、2年に1度のドイツ最古の児童文学賞であるフリードリヒ・ゲルシュテッカー賞を受賞した。

ラウリー, マルカム　*Lowry, Malcolm*
イギリスの作家, 詩人
1909.7.28～1957.6.27
[出]チェシャー州ニューブライトン　[学]ケンブリッジ大学セント・キャサリンズ・カレッジ（1932年）卒
[歴]ケンブリッジ大学に入る1年前、メルビルやコンラッドの影響を受け、東洋航路の貨物船に火夫の助手として乗り込んだ経験を持つ。1933年航海日誌をもとに最初の自伝的小説「群青」（33年）を執筆。大学卒業後の34年、アメリカ人女性と結婚したが離婚、40年女優・作家のマージャリー・ボナーと再婚。30年代はスペインやメキシコに滞在、40～50年代はほぼカナダで暮らした。推敲癖が強く寡作で、44年8年がかりで代表作「火山の下」を完成させた。57年イギリス滞在中に酒と睡眠薬の飲み過ぎで不慮の死を遂げた。
[家]妻＝マージャリー・ボナー（女優・作家）

ラヴレイス, アール　*Lovelace, Earl*
トリニダードトバゴの作家
1935～
[出]英領トリニダード島トコ（トリニダード・トバゴ）　[賞]BP独立記念文学賞, コモンウェルス作家賞
[歴]英領トリニダード島のトコで生まれ、トバゴ島の祖父母の家で幼少期を過ごす。高校卒業後、「トリニダード・ガーディアン」の校正係や森林監視人などの仕事を経て、1964年「While Gods Are Falling」で作家デビュー、同作でBP独立記念文学賞を受賞。以来、カリブ海を代表する作家の一人として小説や戯曲などを発表。66～67年ワシントンのハワード大学に学び、74年ジョンズ・ホプキンズ大学で修士号を取得。アイオワ大学などいくつかのアメリカの大学や、西インド諸島大学トリニダード校で教鞭も執る。代表作に「ドラゴンは踊れない」（79年）、「Salt」（96年）などがある。

ラヴレニョーフ, ボリス　*Lavrenyov, Boris*
ソ連の作家, 劇作家
1891.7.17～1959.1.7
[出]ヘルソン　[名]ラヴレニョーフ, ボリス・アンドレーヴィチ〈Lavrenyov, Boris Andreevich〉　[学]モスクワ大学法学部（1915年）卒　[賞]スターリン賞（1946年・1950年）
[歴]黒海に注ぐドニエプル河口の港町ヘルソンの文学教師の家庭に生まれる。1915年モスクワ大学法学部を卒業。第一次大戦、革命、内戦への参加を経て、小説を書き始めた。「風」「四十一番目の男」（ともに24年）などで革命のエピソードをドラマティックに描き、文壇に登場。25年発表の戯曲「煙」以降は劇作を手がけ、晩年は劇作に専念。「海の男たちのために」（47年）、「アメリカの声」（49年）の二つの戯曲でスターリン賞を受けた。他の作品に、短編「定期便」（25年）、長編「イトリ共和国の崩壊」（25年）、中編「木版画」（28年）、伝記劇「レールモントフ」（52年）など。

ラウンズ, マリー・ベロック
→ベロック・ラウンズ, マリーを見よ

ラオ, ラージャ　*Rao, Raja*
インドの作家
1909.11.21～2006
[出]英領インド・カルナタカ州ハッサン（インド）　[学]マドラス大学卒, モンペリエ大学, ソルボンヌ大学　[賞]ノイシュタット国際文学賞（1988年）
[歴]マイソールの名家の出身。マドラス大学を卒業後、渡仏してモンペリエ大学やソルボンヌ大学に学ぶ。1965年アメリカでオースティン大学の哲学教授となる。学業を終えてからはフランスで暮らし、第二次大戦期を除いて中年から晩年までは、1年の半ばを欧米で、残りをインドで過ごす生活を続けた。38年処女小説「カンタプラ」を発表。10代から主にインド独立闘争に関わる短編をフランス語や英語で書くが、成人後は主に英語で執筆。半自伝的な作品「大蛇と縄」（60年）は現代インド英語文学の最高峰とも評される代表作で、文学アカデミー賞を受賞。寡作で、他の作品に「猫とシェイクスピア」（65年）、「同志キリロフ」（76年）、短編集に「バリケードの雌牛」（47年）、「警官とばら」（78年）、「ガンジス川のガートで」（89年）などがある。

ラカバ, ホセ・F.　*Lacaba, Jose F.*
フィリピンの詩人, 脚本家, ジャーナリスト
1945～
[出]ミンダナオ島カガヤン・デ・オロ　[学]アテネオ・デ・マニラ大学中退
[歴]高校時代から詩作を始める。のち生活苦から大学を中退。週刊誌「フィリピン・フリー・プレス」記者となり反ベトナム運動や労働運動に関わり、反マルコス闘争を取り上げたルポルタージュ「Days of Disquiet, Nights of Rage」で有名になる。マルコス独裁政権末期には貧困と不正に苦しむ人々の生き様

ラ

を脚本化、1984年共同制作した映画「シスター・ステラ・L」は国際的にも高く評価される。"憂慮するフィリピン芸術家組織"会長、フィリピン脚本家ギルド会長などを歴任、のちフィリピン大統領府直轄の映画・テレビ番組審査・分類委員会副議長。タガログ語を使い、日常生活に根ざした題材の詩を書き続け、"ピット"の愛称で呼ばれる。99年フィリピン独立100周年記念"芸術的英雄"100人の一人に選ばれる。代表作に叙事詩「ホアン・デ・ラ・クルスの素晴らしい冒険」がある。2000年3月妻で詩人のラノットとともに初来日。
㊃妻＝マーラ・PL.ラノット（詩人）

ラーキン, フィリップ　Larkin, Philip Arthur
イギリスの詩人, 作家
1922.8.9～1985.12.2
㊐オーリックシャー州コベントリー　㊊オックスフォード大学卒　㊽W.H.スミス文学賞（1984年）
㊥いくつかの大学図書館に勤務。1945年詩集「The northship（北航船）」で文壇にデビュー。第二次大戦後の50年代中頃、エイミス、ウェインらと"ムーブメント"詩派の中心的存在となる。情趣に押し流されることなく、知的洞察力にささえられた、醒めたトーンが特徴的。詩集に「The less deceived（欺かれること、より少なくとも）」（55年）「The Whitsum weddings（聖霊降臨祭の婚礼）」（64年）、「高い窓」（74年）、小説では「Jill（ジル）」（46年）「冬の娘」（47年）などの他、ジャズ評論「ジャズのすべて」（70年）、回想録「依頼に応じて」（83年）などがある。

駱英　らく・えい　Luo Ying
中国の詩人
1956～
㊐甘粛省蘭州　㊋黄怒波　㊊北京大学中文系（1981年）卒
㊥甘粛省蘭州で生まれ、寧夏回族自治区銀川で育つ。中欧国際工商学院EMBAを取得。中国市長協会会長補佐、中国テニス協会副主席、中坤グループ会長を務める。1976年から詩を書き始め、92年処女詩集「もう私を愛さないでくれ」を刊行。アメリカ、フランスなどでも詩集の翻訳が刊行される。他の詩集に「都市流浪集」「小さなウサギ」「第九夜」などがある。

駱賓基　らく・ひんき　Luo Bin-ji
中国の作家, 金文学者
1917.2.12～1994.6.11
㊐吉林省琿春県　㊋張璞君
㊥商人の家に生まれ、北京に出てのち東北に戻ったが、1936年に時の満州国政府に追われて上海に移り、文筆生活を開始するとともに、抗日救国運動に加わった。37～38年にルポルタージュ（報告文学）の「大上海の一日」や「東戦場別動隊」などを書き、39年には長編「辺陲線上」で東北のゲリラ闘争を描き、また上海防衛の部隊にも加わった。上海が日本軍に陥落したのちは、浙江省東部で宣伝工作などに従事し、中国共産党に入党する。40年より香港、桂林、重慶などを転々とし、この間42年に短編「北望園の春」を発表するなど、戦時下の庶民の哀感を描いて高い評価を得た。47年に東北の瀋陽で党活動中に、国民党軍に捕らえられ、南京に投獄されたが、49年より中華人民共和国で活動して、山東省の文教委員や中華全国文学芸術界連合会副主席などを歴任し、文化大革命中批判されたが、79年には中国作家協会副主席に就任した。この間47年に自伝的長編「混沌」を発表し、創作活動を再開して、農村改造などを描いた作品を発表した。一方、50年代からは現存している金文（殷、周時代の青銅器などに彫られた銘文）をもとに中国上古社会構造の変遷を研究、50万華字に上る大著「金文新考」を著した。その研究成果は国内外で"駱学"と呼ばれている。他の作品に移民を描いた自伝的小説「幼年」（44年）、「蕭紅小伝」（47年）、「過去の年代」（60年）、「駱賓基小説選」（81年）などがあり、考証的研究に「春秋批注」など。

ラクーザ, イルマ　Rakusa, Ilma
スロバキアの作家, 翻訳家, 文学研究者, 文芸批評家
1946～
㊐チェコスロバキア・リマフスカー・ソボタ（スロバキア）　㊽シャミッソー賞、ベルリン文学賞
㊥作家、翻訳家、文学研究者、文芸批評家として活躍。シャミッソー賞、ベルリン文学賞などを受賞。著書に「もっと、海を―想起のパサージュ」など。

ラクース, アマーラ　Lakhous, Amara
アルジェリア生まれのイタリアの作家
1970～
㊐アルジェ　㊊アルジェ大学哲学科卒, ローマ大学　㊽フライアーノ賞国際賞（2006年）
㊥幼い頃より古典アラビア語、アルジェリアの現代アラビア語、フランス語が併存する多言語的な環境の中で暮らす。アルジェ大学哲学科を卒業したのち、ローマ大学（サピエンツァ）で文化人類学の博士号を取得。2006年「ヴィットーリオ広場のエレベーターをめぐる文明の衝突」でフライアーノ賞国際賞を受賞。

ラクスネス, ハルドゥル　Laxness, Halldór Kiljan
アイスランドの作家
1902.4.23～1998.2.8
㊐レイキャビク　㊽ノーベル文学賞（1955年）, エディンバラ大学名誉博士号, スターリン賞（1952年）
㊥首都レイキャビクに生まれるが、3歳のとき郊外のラクスネス（鮭岬）に移って、父が農業に従事した。幼年時代を過ごしたこの地を終生愛し、のちにペンネームとする。高校を中退して、1919年17歳にして小説「Barn náttúrunnar（自然の子）」で作家としてデビューしたが、すぐに国外に出る。ヨーロッパ各国を旅して、表現主義にドイツで出会い、23年にはルクセンブルクのベネディクト会修道院でプロテスタントからカトリックに改宗し、一時は司祭を考えたり、映画界を目ざしてのアメリカ旅行やカナダの放浪（27～30年）も体験した。この間フランスのシュルレアリストらと交わり、模索的な実験作品に手を染めたり、U.シンクレアとの交遊から社会主義を知り共感した。30年に帰国後、滞米中に書いた映画脚本を改変して著した2巻の「Salka Valka（サルカ・バルカ）」（31～34年）、長編エピック「Sjálfstaeftt fólk（独立の民）」（34～35年）で名声を高め、歴史小説3部作「Islandsklukkan（アイスランドの鐘）」（42～46年）で決定的評価を得た。アイスランドの古代サガに似た文体で、祖国の暗い時代の農民を、人間への愛と社会への批判を込めて描いた大作で、55年にはアイスランド人としての初のノーベル文学賞を受賞した。他の作品に「聖山の下で」（24年）、自伝風な「カシミールの偉大な織工」（27年）、ソ連紀行「東方へ」（33年）、「金髪のバイキング、オラフール・コーラソン」（37～40年）、「コペンハーゲンの大火」（46年）、米軍基地問題を取り上げた「原爆基地」（48年）、「ゲルプラー北欧戦士の武功」（52年）、「楽園を求めて」（60年）など。

ラ・グーマ, アレックス　La Guma, Alex
南アフリカの作家
1925.2.20～1985.10.11
㊐ケープタウン　㊊ケープ工業専門学校卒　㊽ロータス賞（1969年）
㊥カラード。父は南アフリカ・カラード人民会議議長。専門学校卒業後、共産党に入党。ケープタウンを中心としてアパルトヘイト（人種隔離政策）反対闘争を指導する。1956～62年「ニューエイジ」を拠点に活発な論陣を張ったことでも知られる。56～66年の間、幾度か投獄や自宅拘禁を受け、反逆裁判にもかけられた。66年にロンドンに亡命、アフリカ文学関係の各種国際会議で精力的に発言、のちAA作家会議議長を務める。78年以降キューバのハバナに暮らした。代表作といわれる「夜の彷徨」（62年）のほか、「そして三重織りの紐は」（64年）、「石の国」（67年）「季節の終りの霧の中で」（72年）、「モズが虫を串刺しにする時」（79年）など数々の長・短編を発表した。81年来日。

ラ・クール, ポール　La Cour, Paul
デンマークの詩人
1902.11.9〜1956.9.20
Ⓗヘルフマーグレ　ⒼLa Cour, Paul Arvid Dornonville de
Ⓚ1928年詩集「第三日」を発表。初期は絵画的な詩風の作品を描いたが、フランスの文学・哲学に影響を受け、内省的哲学的作風へと変化。35年自伝的小説「クラーマーの離脱」を刊行。第二次大戦中の日記の抜粋「ある日記の断片」(48年)は、戦後の詩人たちの指針となった。他の作品に、詩集「われ一切を求む」(38年)、「剣と剣の間」(42年)、「生きた水」(46年)など。没後、「遺稿詩集」(57年)が出版された。

ラクルテル, ジャック・ド　Lacretelle, Jacques de
フランスの作家, エッセイスト
1888.7.14〜1985.1.5
Ⓗコルマタン　Ⓔケンブリッジ大学　Ⓟフェミナ賞(1922年)、アカデミー・フランセーズ小説大賞(1930年)
Ⓚ祖父は詩人、作家のH.ラクルテル。父は外交官で幼少期を外国で過ごした。1898年以降パリに定住。1920年「ジャン・エルムランの不安な生活」でデビュー。22年「反逆児」でフェミナ賞を受賞、古典的心理作家としての手腕が広く認められた。他の作品に「夫婦愛」(30年)、連作「レ・オー＝ボン」(4巻、32〜35年)、「半ібれあるいはギリシャ紀行」(44年)、「昔日の肖像・今日の人物像」(73年)などがある。
Ⓕ祖父＝H.ラクルテル(作家)

ラーケーシュ, モーハン　Rākesh, Mohan
インドのヒンディー語作家, 劇作家
1925.1.8〜1972.12.3
Ⓗ英領インド・パンジャブ州アムリットサル(インド)　Ⓖグラーニー, マダン〈Guglani, Madan Mohan〉　Ⓔパンジャブ大学　Ⓟ音楽演劇アカデミー賞(1959年)
Ⓚ弁護士の家庭に生まれる。パンジャブ大学で学び、ボンベイ、ジャランダル、シムラの各地で教職に就く傍ら、創作活動に取り組む。1950年代後半にフルタイムの作家に転向。短編集「新しい雲」(57年)、「獣と獣」(58年)を発表して注目され、カーリダーサの生涯に取材した「アーシャール月の一日」(58年, 音楽演劇アカデミー賞)で劇作家としても脚光を浴びる。70年代には「演劇の言語」の研究にも尽力した。他の作品に、短編集「もう一つの人生」(61年)、小説「暗く閉ざされた部屋」(61年)、戯曲「中途半端」(69年)など。

ラーゲルクヴィスト, ペール　Lagerkvist, Pär Fabian
スウェーデンの作家, 詩人, 劇作家
1891.5.23〜1974.7.11
Ⓗスモーランド・ベックシェー　Ⓔウプサラ大学中退　Ⓟノーベル文学賞(1951年)
Ⓚ新聞記者を経て、文筆活動に入る。1913年パリに行き、表現派・立体派などの思潮に触れ、帰国後「語戯と画戯」(13年)を発表、表現派文学を提唱した。のち、人間の存在の根本を突くようなテーマに取り組み büyük宗教的なものへと変わっていった。その最高傑作「バラバス」(50年)などの著作により51年ノーベル文学賞を受賞。他の作品に詩集「苦悶」(16年)、「カオス」(19年)、「幸福者への道」(21年)、「心の歌」(26年)、小説「刑吏」(33年)、「こびと」(44年)、「アハスヴェールスの死」(60年)、戯曲「人生をやり直した男」(28年)、「闇の中の勝利」(39年)、エッセイ集「握りしめられた拳」(34年)などがある。

ラーゲルクランツ, ローセ　Lagercrantz, Rose
スウェーデンの児童文学作家
1947〜
Ⓟニルス・ホルゲション賞(1980年)、リンドグレーン賞
Ⓚ大学で文学、映画を専攻後、戯曲を書き始める。1973年「トゥッレの夏」でデビュー後、絵本や児童文学作品を次々と発表。作家活動全体を評価されて、スウェーデン・アカデミーの奨学金を得る。代表作に〈メッテボルユ〉シリーズや「フリーダからの手紙」「不可能な誓い」「メッテくん、くもり・あらし・のち晴れ！」「ながいながい旅」「あたしって、しあわせ！」などがある。

ラーゲルレーヴ, セルマ　Lagerlöf, Selma Ottiliana Lovisa
スウェーデンの作家, 児童文学作家
1858.11.20〜1940.3.16
Ⓗベルムランド州モールバッカ　Ⓟノーベル文学賞(1909年)、ウプサラ大学名誉博士号
Ⓚノルウェーと国境を接するヴェルムランド地方の名家に生まれる。14、5歳から詩を書き始め、女子高等師範学校卒業後は教師をしながら創作。「イェスタ・ベールリング物語」(1891年)が高い評価を受け、短編集「見えざる絆」刊行(94年)を機に教師を辞め、作家の道へ。「ニルスのふしぎな旅」(1907年)などによってウプサラ大学名誉博士号を受け、09年スウェーデン人としても女性としても初のノーベル文学賞を受賞。創造と夢に満ちあふれたやさしい語り口で、独特な宗教説話や童話・自伝的小説などの作品を残した。他の作品に「地主の家の物語」(1899年)、「エルサレム」(2巻、1901〜02年)、「モールバッカ」(22年)などがある。

ラゴン, ミシェル　Ragon, Michel
フランスの作家, 美術批評家
1924.6.24〜
Ⓗマルセイユ　Ⓟメゾン・ド・ラ・プレス賞(1994年)
Ⓚ14歳から生計を立てながら独学。作家、美術批評家として、小説の他、美術史、建築史など様々な分野で多数の著作を発表。フランス語の近代化という点で大きな足跡を残す。主な作品に1994年メゾン・ド・ラ・プレス賞を受賞した「ロマン・ド・ラブレー」の他、小説「ショレの赤いハンカチ」、自伝「ヴァンデでの少年時代」、評論「フランス・プロレタリア文学史」「アール・ヌーボーの誕生」などがある。

ラザフォード, エドワード　Rutherfurd, Edward
イギリスの作家
Ⓗウィルトシャー州ソールズベリー　Ⓔケンブリッジ大学, スタンフォード大学
Ⓚ1987年故郷のソールズベリーを舞台に、先史時代から現代まで連綿と続く家系を、大河ドラマ形式で描いた長編小説「セーラム」で文壇デビュー。一躍、国際的なベストセラー作家になる。歴史の最新知識を駆使して舞台を設定し、その時代を生きた人びとを迫力ある筆致で描きだす作風には定評がある。91年ロシアを舞台にした「ルスカ」、2000年イングランド南部の広大な森林地帯ニュー・フォレストを舞台にした「フォレスト」を発表し、いずれも大きな反響を呼ぶ。他の著書に「ロンドン」がある。

ラシャムジャ　拉先加　Iha byams rgyal
中国の作家
1977〜
Ⓗ青海省海南チベット族自治州貴徳県　Ⓔ中央民族大学(チベット学)　Ⓟ民族文学母語作家賞(2012年)
Ⓚチベットのアムド地方ティカ(中国青海省海南チベット族自治州貴徳県)生まれ。北京の中央民族大学でチベット学を修め、北京の中国チベット学研究センターの宗教学部門の研究員としてチベット仏教に関する研究を行う傍ら、チベット語の小説を雑誌などに発表。チベット語文芸雑誌「ダンチャル」主催の文学賞を3回受賞(うち1回は新人賞)しており、3回受賞は著名な作家タクブンジャと並んで最多となる。2012年には中国の民族文学母語作家賞を受賞。

ラシュディ, サルマン　Rushdie, Salman
インド生まれのイギリスの作家
1947.6.19〜
Ⓗボンベイ(ムンバイ)　ⒼRushdie, Ahmed Salman　Ⓔケンブリッジ大学キングス・カレッジ(1968年)卒 M.A.　Ⓟジェームズ・テイト・ブラック記念賞(1981年)、ブッカー賞(1981年)、最優秀外国書籍賞(フランス)(1984年)、ウィットブレッド賞(1988年・1995年)、児童小説賞(大英作家組合)(1991年)、ク

ルト・トゥホルスキー賞(1992年)，コレット賞(1993年)，ブッカー・オブ・ブッカーズ賞(1993年)，ヨーロッパ文学賞(オーストリア)(1994年)，欧州連合(EU)文学賞(1996年)，ブッカー・オブ・ブッカーズ賞(2008年)，ジェームズ・ジョイス賞(2008年)，セントルイス文学賞(2009年)

㊟イスラム教徒の実業家の家庭に生まれ，14歳でイギリスの名門ラグビー校に留学，ケンブリッジ大学キングス・カレッジに進み歴史を専攻，イスラムの預言者マホメットを研究した。この間1964年にイギリス国籍取得。68年舞台俳優を経て，69～80年コピーライター。75年に第1作「Grimus(グリマス)」を出版。81年発表の「真夜中の子供たち」でブッカー賞を受賞し，現代英文壇有数の人気作家となる。89年著書「悪魔の詩」(88年)がイスラム教を冒瀆したとしてイランのホメイニ師より"死刑宣告"され，国際的な事件にまで発展，以後スコットランド・ヤードの保護を受ける逃亡生活に入る。同年6月ホメイニ師は死去したが，暗殺の恐怖はいぜん続いていた。90年にはイスラム教への改宗を宣言し和解を試みる。95年6月イランのベラヤチ外相が書簡で宣告は実行されないことを確認し，また98年ハタミ大統領がこの問題について"完全に終わったこと"という事実上の終結宣言を行った。しかし，同年10月イランの保守強硬派の学生組織ヒズボラ学生同盟が処刑に対して10億リアル(約3800万円)の賞金を払うことを明らかにするなど，保守強硬派による新たな賞金設定や増額が行われている。99年3月イタリア・トリノ大学で名誉学位を授与される。他の著書に「恥」(83年)，「ジャガーの微笑―ニカラグアの旅」(87年)，「ハルーンとお話の海」(90年)，「東と西」(短編集，94年)，「ムーアの最後のため息」(95年)などの作品や批評集「Imaginary Homelands 1981～91年」(91年)がある。2007年よりアメリカ・アトランタのエモリー大学特別ライター。ナイト爵位を叙せられる。

ラシュナー，ウィリアム　Lashner, William
アメリカの作家，弁護士
㊗ニューヨーク大学ロー・スクール卒，アイオワ大学ライターズ・プログラム卒
㊟ニューヨーク大学ロー・スクール卒とアイオワ大学ライターズ・プログラムを卒業。フィラデルフィアを拠点に弁護士として活動する傍ら，作品を執筆。1995年〈弁護士ヴィクター・カール〉シリーズの第1作であるリーガル・サスペンス「敵意ある証人」を出版，作家としてデビューした。以来，作家活動に専念。

ラジンスキー，エドワルド　Radzinskii, Edvard Stanislavovich
ロシアの作家，劇作家
1936.9.23～
㊐ソ連ロシア共和国モスクワ(ロシア)　㊗モスクワ歴史古文書大学
㊟1962年処女作「22歳のおじいさん」を発表。チェーホフ以来ロシアで最も数多く上演された劇作家といわれ，他の作品に「愛に関する104章」(64年)，「ただいま撮影中」(65年)，「ソクラテスとの対話」(77年)，「ドストエフスキーの妻を演じる老女優」(88年)などがある。また大学時代からニコライ2世について調べ始め，90年代には歴史ドキュメンタリー小説の分野に転じ，小説「The Last of the Romanovs」(89年)，歴史書「皇帝ニコライ処刑―ロシア革命の真相」(92年)などを執筆。2000年には帝政末期に権勢を振るった怪僧ラスプーチンに関し，新資料に基づく伝記「真説ラスプーチン」を発表し各国で話題を呼ぶ。他の著書に「赤いツァーリ―スターリン，封印された生涯」(1996年)，「アレクサンドル2世暗殺」(2005年)などがある。

ラス，ジョアナ　Russ, Joanna
アメリカのSF作家
1937.2.22～
㊐ニューヨーク市ブロンクス　㊗コーネル大学卒　㊤ネビュラ賞短編部門
㊟コーネル大学で英語を専攻し，エール・ドラマ・スクールで劇作を学ぶ。オルガンのコピーライター，臨時雇いの宛名書き，精神病院の秘書などを経て教職に落ちつき，コーネル大学，ニューヨーク州立大学，コロラド大学とまわってシアトルのワシントン大学準教授となる。59年の「F&SF」誌9月号に「Nor Custom Stale」を発表してSF界にデビューし，短編「変革のとき」でネビュラ賞を受賞する。作品は作家や批評家には受けがよいが読者にはそれほど人気がないという傾向があり，長編第1作の「Picnic on Paradise(パラダイスのピクニック)」(68年)，2作目の「And Chaos Died(そしてカオスは死んだ。)」(70年)，3作目の「The Female Man(フィーメール・マン)」(75年)などはアメリカSF作家協会選出のネビュラ賞にはノミネートされるが，ファンが選ぶヒューゴー賞にはまったく選ばれていない。

ラスキー，キャスリン　Lasky, Kathryn
アメリカの作家
㊐インディアナ州インディアナポリス郊外　㊤ニューベリー賞オナーブック(1984年)，全米ユダヤ関係優秀作品賞，ヤングアダルト全米図書優秀賞，ワシントンポスト児童書協会賞
㊟自然や歴史を題材にした児童・ヤングアダルト向けフィクション，ノンフィクションなどを執筆。1984年写真家でドキュメンタリー映画作家でもある夫クリス・ナイトとの共作「Sugaring Time」がニューベリー賞オナーブックに選ばれる。主な著書に〈ガフールの勇者たち〉シリーズや，「大森林の少年」「メイフラワー号の少女」「ママのちいさいころのおはなし」などがある。
㊟夫=クリス・ナイト(写真家・ドキュメンタリー映画作家)

ラスダン，ジェームズ　Lasdun, James
イギリス生まれの作家，脚本家，詩人
㊐ロンドン　㊤O.ヘンリー賞(2010年)，サンダンス映画祭脚本賞
㊟著書に短編集「The Silver Age」「Three Evening」，詩集「A Jump Start」「The Revenant」，ベルナルド・ベルトルッチ監督によって映画化された「The siege(シャンドライの恋)」があり，他にマイケル・ホフマンと共に，アンソロジー「After Ovid : New Metamorphoses」の共同編集，サンダス映画祭で作品賞，脚本賞を受賞した「Sunday」(原作「アテとメノスの奇跡」)の共同脚本も手がける。

ラスプーチン，ワレンチン　Rasputin, Valentin Grigorievich
ロシア(ソ連)の作家，環境保護運動家
1937.3.15～2015.3.14
㊐ソ連ロシア共和国イルクーツク州ウスチウダ村(ロシア)　㊗イルクーツク大学歴史文学学部(1959年)卒　㊤レーニン文学賞(1977年)，レーニン文学賞(1987年)，社会主義労働英雄(1987年)
㊟農民の子として生まれる。イルクーツクやクラスノヤールスクの青少年向け新聞社に勤め，建設現場や農村を多く取材する。仕事の傍ら短編やルポルタージュを執筆。1961年短編「レーシカにきくのを忘れた…」を文集「アンカラ」に初めて発表し，65年のシベリア・極東青年作家会議で評価され，67年処女短編集「この世の人」にまとめられた。同年発表の中編「マリヤのための金」の成功で中央でも注目を浴び，その後の数編で現代ロシア文壇にその地位を確立する。77年に中編「生きよ，そして記憶せよ」(74年)がソ連文学最高の栄誉といわれる国家賞(レーニン文学賞)を受賞し，ベストセラーとなり，世界数十ケ国語に翻訳された。19世紀ロシア文学の伝統を忠実に受け継いだ"農村文学"の代表的作家といわれた。また，故郷シベリアにとどまり，70年からパルプコンビナートの排水によるバイカル湖の汚染を告発するなど環境保護運動にも力を入れる。87年環境破壊や機械文明が現代人にもたらした精神的危機を訴えた「火事」(85年)で2度目の国家賞受賞。他の作品に「アンナ婆さんの末期」(70年)，「マチョーラとの別れ」(76年)，「Live and Love」(82年)，「Siberia, Siberia」(91年)など。89年環境問題と文学を考える「琵琶湖フォーラム」に出席のため来日。同年3月ソ連人民代議員，90年3月～12月

大統領評議会メンバー。非共産党員。

ラーセン, ネラ *Larsen, Nella*

アメリカの作家

1891.4.13～1964.3.30

[出]イリノイ州シカゴ [名]旧姓名＝Walker, Nellie [学]コペンハーゲン大学

[歴]父は西インド諸島出身で、母はデンマーク移民。スカンジナビア人の継父の姓を取る。フィスク大学に入るが、混血児としての差別に耐えられず、母親の親類を頼ってデンマークへ行き、1910～12年コペンハーゲン大学で学んだ。アメリカに戻ると看護師の資格を取得して病院で働き、やがてニューヨーク公共図書館で仕事を得る。混血児の問題を取り上げた「流砂」(28年)、「白い黒人」(29年)などで高い評価を得、"ハーレム・ルネッサンス"を代表する作家の一人となった。30年黒人女性として初めてグッゲンハイム奨励金の受給者となったが、同年「フォーラム」誌に発表した短編に盗作の疑いがかかり、同時に夫との離婚問題にも悩み、文壇を去った。

ラーセン, ライフ *Larsen, Reif*

アメリカの作家

1980～

[出]マサチューセッツ州ケンブリッジ [学]ブラウン大学(教育学), コロンビア大学大学院クリエイティブ・ライティング修士課程修了

[歴]ブラウン大学で教育学を学んだ後、コロンビア大学大学院クリエイティブ・ライティング修士課程を修了。ドキュメンタリー映画製作者としても活動し、アメリカ、イギリス、サハラ砂漠周辺の芸術を専攻する学生たちの記録を発表。2009年12歳の天才少年を主人公にした冒険小説「T・S・スピヴェット君傑作集」で作家デビュー。たちまち話題となり、アメリカ、イギリス、カナダの3国でベストセラーリストを賑わせた。14年にはジャン・ピエール・ジュネ監督により映画化される。

ラーソン, オーサ *Larsson, Åsa*

スウェーデンの作家

1966.6.28～

[出]ウプサラ [賞]スウェーデン推理作家アカデミー最優秀新人賞, スウェーデン推理作家アカデミー最優秀長編賞

[歴]弁護士として働いたのち、2003年に発表した処女作「オーロラの向こう側」で、スウェーデン推理作家アカデミー最優秀新人賞を受賞。04年に発表した2作目「赤い夏の日」では最優秀長編賞を受賞し、注目を集める。

ラーソン, スティーグ *Larsson, Stieg*

スウェーデンの作家, 編集者

1954～2004.11

[出]スウェーデン北部

[歴]スウェーデン通信でグラフィック・デザイナーとして20年間働き、イギリスの反ファシズムの雑誌「サーチライト」の編集に長く携わる。1995年人道主義的な政治雑誌「EXPO」を創刊し、編集長を務めた。パートナーの女性とともに、2002年から〈ミレニアム〉シリーズの執筆に取りかかり、04年のはじめに3冊の出版契約を結ぶが、同年11月心筋梗塞のため死去。05年第1部「ドラゴン・タトゥーの女」が発売されるや、たちまちベストセラーの第1位になり、3部作合計で破格の部数を記録した。09年映画化され評判を呼んだ。

ラーツィス, ヴィリス *Lācis, Vilis*

ラトビア(ソ連)の作家, 政治家

1904.5.12～1966.2.6

[出]ロシア・リガ(ラトビア) [学]バルナウル師範学校 [勲]レーニン勲章 [賞]スターリン賞(1949年・1952年)

[歴]帝政ロシア領リガの港湾労働者の家に生まれ、バルナウル師範学校で学ぶ。第一次大戦中、西シベリアに移住し、1921年帰国。若くして革命運動に身を投じ、28年共産党入党。40～59年ラトビア共和国首相、52年ソ連中央委員を務める。一方、30年頃から文学活動を始め、「翼のない鳥」(31～33年)、「漁師の息子」(33～34年)などを発表。「嵐」(45～48年)、「新しい岸へ」(50～51年, スターリン賞)はソビエト政権下のラトビア文学の代表的作品といわれる。

ラッカー, ルディ *Rucker, Rudy*

アメリカのSF作家

1946.3.22～

[出]ケンタッキー州ルイビル [名]Rucker, Rudy von Bitter [学]ラトガース大学大学院博士課程修了 Ph.D.(ラトガース大学)

[賞]フィリップ・K.ディック賞(1982年)

[歴]1972年ニューヨーク州立大学助教授となり、その後各地の大学を経て、カリフォルニア州サン・ホセ州立大学准教授。一方、80年のSF小説の処女長編「ホワイト・ライト」以降、サイバーパンクSFの中心的作家として作品を発表。ほかに「ソフトウェア」「四次元の冒険」「かくれた世界」「無限と心」「時空の支配者」「空を飛んだ少年」「思考の道具箱—数学的リアリティの五つのレベル」などがある。

ラッキー, マーセデス *Lackey, Mercedes R.*

アメリカのSF作家

1950～

[出]イリノイ州シカゴ [学]パーデュー大学(生物学)卒

[歴]コンピューター・プログラマーとして働きながら余暇にSFを執筆。1987年別世界ファンタジー「女王の矢」で長編デビュー。以来、〈ヴァルデマール年代記〉シリーズを書き継ぐ。90年から専業作家となる。ベテラン作家との合作も多く、宇宙船や宇宙ステーションの「頭脳」の活躍を描いた〈歌う船〉シリーズでアン・マキャフリーと「旅立つ船」(92年)を、SFファンタジー〈ダーコーヴァ年代記〉シリーズでマリオン・ジマー・ブラッドリーと「Rediscovery」を出した。

ラッシュ, クリスティン・キャスリン

→スコフィールド, サンディを見よ

ラッセル, カレン *Russell, Karen*

アメリカの作家

1981～

[出]フロリダ州マイアミ [学]コロンビア大学卒

[歴]23歳で「ニューヨーカー」誌にデビュー、卓越した想像力と独特の世界観で絶賛を受ける。2006年コロンビア大学のMFAプログラムを卒業。同年初短編集「狼少女たちの聖ルーシー寮」を刊行、アメリカ図書協会の"35歳以下の注目すべき作家5人"、「ニューヨーカー」の"25歳以下の注目すべき作家25人"に選ばれた。11年に発表した初の長編「スワンプランディア!」は「ニューヨーク・タイムズ」紙の11年のベスト10に選ばれ、12年度のピュリッツァー賞フィクション部門の最終候補作にもなった。

ラッセル, クレイグ *Russell, Craig*

イギリスの作家

1956～

[出]ファイフ

[歴]警察官、コピーライター、クリエイティブ・ディレクターなどを経て、2005年サスペンス小説「血まみれの鷲」で作家デビュー。

ラッセル, ジョージ・ウィリアム *Russell, George William*

アイルランドの詩人, 画家, ジャーナリスト

1867.4.10～1935.7.17

[出]ラーガン [名]筆名＝エイ・イー〈AE.〉 [学]メトロポリタン美術学校

[歴]アイルランド文芸復興運動の中心の一人で、プロテスタントの家庭に育ち、熱心な愛国家でもあり社会良心家でもあった。イェーツと知り合い、その影響を受け神智学に興味を持ち、自然の美の中に神聖な象徴を発見する。詩集「家路へ、途上歌」(1894年)、「聖なるヴィジョン」(1904年)、「石の声」(25年)があり、また「アイリッシュ・ホームステッド」誌の編集者としても活躍した。作品はほかに散文「国民的人間」(16年)、

ラ

戯曲「デアドラ」(07年)がある。

ラッセル, レイ *Russell, Ray*
アメリカの作家
1924.9.4～1999.3.15
[出]イリノイ州シカゴ
[歴]第二次大戦中、19歳で南太平洋のアメリカ空軍に勤務。終戦後シカゴの音楽学校に入学。のちグッドマン記念劇場に勤めたほか、アメリカ財務省に勤めたこともある。1954年には「プレイボーイ」誌の創刊に参加、副編集長を務めた後、55年から2年間、編集長を務めた。この頃から、ペンネームをいくつか使い「プレイボーイ」「F&SF」「アメージング」「エスクワイア」などに小説、評論、エッセイなどを発表していた。編集長を退職後、映画の脚本を手がけながら処女短編集「嘲笑う男」を出版。以後SF、ホラー、ファンタジーなどと幅広い作家活動を続けている。他の作品に「血の伯爵夫人」「インキュバス」など。

ラッツ, ジョン *Lutz, John*
アメリカのミステリー作家
1939～
[出]テキサス州ダラス　[名]筆名＝ストレンジ, エルウィン　ベネット, ジョン　[賞]アメリカ私立探偵作家クラブ賞(最優秀長編賞), アメリカ私立探偵作家クラブ賞(最優秀短編賞)(1982年), MWA賞(最優秀短編賞)(1986年)
[歴]セントルイスのカレッジ卒業後、劇場の案内人、警察署の電話交換手、トラック運転手などを経て小説を書きはじめる。「アルフレッド・ヒッチコック・ミステリー・マガジン(AHMM)」系のマガジン・ライターの一人で、「AHMM」1966年12月号の「Thives' Honor」という短編でデビュー。その後、ペンネームを使い分けながら多くの短編を書き、ミステリー誌で有力な常連作家となる。長編第1作は、71年に発表した「The Truth of Matter」。90年サイコ・サスペンス「同居人求む」で新境地を開く。邦訳の長編に「タフガイなんて柄じゃない」「深夜回線の女」「トロピカル・ヒート」「別れのキス」などがある。

ラ

ラッツ, リサ *Lutz, Lisa*
アメリカの作家, 脚本家
[学]カリフォルニア大学サンタクルーズ校, カリフォルニア大学アーバイン校, リーズ大学, サンフランシスコ州立大学
[歴]カリフォルニア大学サンタクルーズ校、アーバイン校、イギリスのリーズ大学、サンフランシスコ州立大学で学ぶが、学士号は取得してない。マフィア・コメディ「プランB」の脚本家としてハリウッド・デビュー。その後作家に転身し、「門外不出 探偵家族の事件ファイル」を発表、映画化や世界20ケ国以上での出版が決定するなど、大きな話題となる。

ラティガン, テレンス *Rattigan, Terence*
イギリスの劇作家
1911.6.10～1977.11.30
[出]ロンドン　[名]ラティガン, テレンス・マービン〈Rattigan, Terence Mervyn〉　[学]オックスフォード大学トリニティ・カレッジ(歴史)　[勲]CBE勲章(1958年)
[歴]外交官の家に生まれ、オックスフォード大学に進学して外交官を志す。劇作にも関心を示し、大学在学中に書いた喜劇「楽しいフランス語」(1936年)で高い評価を得る。その後、「照明路」(42年)、「鬼の居ぬ間」(43年)、「ウィンズロー家の少年」(46年)がヒットし、名声を確立。他の作品に、「三色すみれ」(44年)、「冒険物語」(49年)、「シルヴィアはだれ？」(50年)、「深く青い海」(52年)、「別々のテーブル」(54年)など。「黄色いロールス・ロイス」(64年)、「チップス先生さよなら」(69年)などの映画脚本も手がけた。71年ナイト爵位を叙せられる。

ラディゲ, レイモン *Radiguet, Raymond*
フランスの作家, 詩人
1903.6.18～1923.12.12
[出]パリ近郊サン・モール
[歴]父は漫画家。14歳で詩を書き、雑誌に投稿。のち詩人のジャン・コクトーやマックス・ジャコブらと親しくなった。早熟な少年と年上の女性の恋愛体験を描いた「肉体の悪魔」(1923年)で一躍文壇の寵児となる。これは16歳から18歳にかけて書いたもので、体験でなく作り話という。次いでフランスの心理小説の流れを汲む新しい型の小説「ドルジェル伯の舞踏会」(24年)を発表したが、出版を見ずに20歳の生涯を閉じた。ほかに短編「ドニーズ」(20年執筆)、詩集「燃える頬」(20年)、「休暇の宿題」(21年)、戯曲「ペリカン家」(21年)などがある。

ラトゥシンスカヤ, イリーナ *Ratushinskaya, Irina*
ロシアの詩人, 人権活動家
1954.3.4～2017.7.5
[出]ソ連ウクライナ共和国オデッサ(ウクライナ)　[名]Ratushinskaya, Irina Borisovna　[学]オデッサ大学理学部(1976年)卒
[歴]物理と数学の教師を務める傍ら詩作に従事。1982年作品が反ソ的だとの理由で逮捕され、7年間の収容所生活と5年の流刑の判決を言い渡された。86年米ソ会談の前日に釈放されるまで、4年間をモルドヴィア強制労働収容所で政治犯として過ごした。その後、アメリカを経て、イギリスに亡命。98年ロシアに帰国し、市民権を回復した。詩集に「No, I'm not Afraid」「Pencil Letter」、著書に「In the Beginning」「強制収容所へようこそ」がある。

ラ・トゥール・デュ・パン, パトリース・ド *La Tour du Pin, Patrice de*
フランスの詩人
1911.9.16～1975.10.29
[出]パリ
[歴]中世期から続く名門の家に生まれ、ソローニュ地方の古城と森の中で育った。1931年「NRF」に「9月の子供たち」を発表して文壇にデビュー。33年「歓喜の探求」で抒情詩人としての地歩を確立した。北欧の神話や伝説を思わせる神秘感を漂わせながら、キリスト教徒の形而上的不安を表した詩風を特徴とする。体系的な大冊「総体詩集」(全3巻, 46年・59年・63年)がある。

ラトナー, バディ *Ratner, Vaddey*
カンボジア生まれのアメリカの作家
1970～
[出]プノンペン　[学]コーネル大学卒
[歴]カンボジアのシソワット王の末裔。1975年から79年にかけて、クメール・ルージュ(ポル・ポト派)のカンボジア支配のもと、強制労働や飢餓を経験、家族の多くを亡くしながらも辛うじて生き延びる。その後、母とともにカンボジアを脱出し、81年11歳の時に難民として渡米。2010年自伝的小説「バニヤンの木陰で」で作家デビュー。

ラードナー, リング *Lardner, Ring*
アメリカの作家, ジャーナリスト
1885.3.6～1933.9.25
[出]ミシガン州ナイルズ　[名]ラードナー, リングゴールド・ウィルマー〈Lardner, Ringgold Wilmer〉　[学]アーマー工科大学中退
[歴]1906年「サウス・ベンド・タイムズ」をふりだしに、スポーツ記者になり、その俗語まじりのスタイルは"ラードナーのリングリッシュ"と呼ばれ、後に本格的な短編作家として活躍。アメリカ有数のユーモア・諷刺作家とたたえられ、70年代にいくつかの伝記が出版された。短編集に「おれは駈けだし投手」(16年)、「短編作法」(24年)、「散髪」(25年)、「愛の巣」(26年)、自叙伝に「驚くべき男」(27年)などがある。
[家]三男＝リング・ラードナー(Jr.)(脚本家)

ラドノーティ, ミクローシュ *Radnóti, Miklós*
ハンガリーのユダヤ系詩人
1909.5.5～1944.11
[出]オーストリア・ハンガリー帝国ブダペスト(ハンガリー)　[名]Glatter, Miklós　[学]セゲド大学文学部(1934年)卒
[歴]ブダペストのユダヤ系知識階級出身。生まれてすぐに母親

を亡くし、幼年時代を親戚の家で過ごした。学生時代から左翼系政治団体を組織し、労働運動や非合法の共産主義運動に関わる。一方、この頃から詩集を刊行し、前衛詩人として出発。第二次大戦中はユダヤ人という理由から強制労働に連行され、ドイツへの移送の途中に殺害された。主な詩集に、「異教徒のあいさつ」(1930年)、「新月」(35年)、「目覚めよ、死刑囚たち！」(36年)、「険しい路」(38年)、収容所時代の作品を収録した「泡立つ空」(没後の46年刊)などがある。アポリネールら多数の翻訳も手がけた。

ラドラム, ロバート　*Ludlum, Robert*

アメリカのミステリー作家

1927.5.25～2001.3.12

[出]ニューヨーク　[名]別筆名＝ライダー, ジョナサン　[学]ウェズリアン大学人文学部卒

[歴]優秀な成績でウェズリアン大学人文学部を卒業。ブロードウェイの俳優、声優、演出家、劇場主の道に進み、360本の芝居を演出する。40歳の時、作家に転身。1971年デビュー作「スカーラッチ家の遺産」を発表、一躍脚光を浴びる。その後は発表する21作品全てが「ニューヨーク・タイムズ」紙のベストセラーに入り、"ラドラムの奇跡"と呼ばれた。冷戦期を扱ったスパイ小説を中心に書き、豊かな背景描写、確かなテーマ構成と独創的な文体を特色とした。作品は世界各国で翻訳、出版される。他の作品に「悪魔の取引」(74年)、「ホルクロフトの盟約」(78年)、「マタレーズ暗殺集団」(79年)、「狂気のモザイク」(82年)、「戻ってきた将軍たち」(84年)、「殺戮のオデッセイ」(86年)、「最後の暗殺者」(90年)などがある。ジョナサン・ライダーのペンネームでも2作品を発表した。

ラーナー, ベン　*Lerner, Ben*

アメリカの作家, 詩人

1979～

[出]カンザス州トピーカ　[賞]ビリーバー図書賞, テリー・サザーン賞

[歴]詩集「Angle of Yaw」(2006年)は全米図書賞の最終候補となる。処女小説「Leaving the Atocha Station」(11年)は文芸誌「ビリーバー」が主催するビリーバー図書賞を受賞。「10：04」の抜粋は「パリ・レビュー」誌のテリー・サザーン賞に選ばれている。フルブライト、グッゲンハイム、ハワード、マッカーサー各財団フェロー。

ラナガン, マーゴ　*Lanagan, Margo*

オーストラリアの作家

1960～

[出]ニューサウスウェールズ州　[賞]世界幻想文学大賞, ディトマー賞

[歴]ロンドンやパリでの海外生活を経て、大学で歴史を専攻。その後、百科事典のセールス、調理師、フリーランスの編集者として働きながら、1991年「Wildgame」で本格デビューを果たし、ヤングアダルト小説を中心に発表を続ける。2000年初の短編集「White Time」が国内で好評を博す。続く「ブラックジュース」で世界幻想文学大賞、ディトマー賞などを受賞。「ニューヨーク・タイムズ」紙のベストセラーリストに載るなど、一躍世界的に脚光を浴びる。

ラニヤン, デイモン　*Runyon, Damon*

アメリカの作家, ジャーナリスト

1884.10.4～1946.12.10

[出]カンザス州マンハッタン　[名]Runyon, Alfred Damon

[歴]コロラド州で育ち、15歳から新聞記者として活躍。スポーツコラムニストとして名をはせる一方、アメリカの俗語や隠語を駆使したきびきびした文体で、プロスポーツ選手や暗黒街の人間などアメリカ社会の典型的人物を描いた小説を多数発表。ブロードウェイを舞台に描いた「野郎どもと女たち」(1931年)はミュージカルとなり、映画化された。特にニューヨーカーたちの生態描写には定評がある。他の作品に「気にすることないさ」(38年)、「わが妻エセル」(39年)、「ラニヤン・アラカルト」(44年)など。41年以降は映画プロデューサーとして活躍した。

ラヌー, アルマン　*Lanoux, Armand*

フランスの作家

1913.10.24～1983.3.23

[出]パリ　[賞]アポリネール賞(1953年), アンテラリエ賞(1956年), ゴンクール賞(1963年)

[歴]貧しい家に生まれ、教師やジャーナリストなど様々な職業を経て作家となる。当初推理小説も書いたが、1948年「La nef des fous(狂人の舟)」を発表し、ポピュリスト賞(民衆作家賞)を受賞。貧しい民衆を描き、人道主義的作風で知られ、56～63年には代表作の3部作「狂乱のマルゴ」を発表した。この間、詩集「Colporteur(行商人)」(53年)でアポリネール賞を、「狂乱のマルゴ」の第1部「ヴァトラン少佐」(56年)でアンテラリエ賞を、同第3部「Quand la mer se retire(海が引くとき)」(63年)でゴンクール賞を、それぞれ獲得。歴史記述や伝記も執筆し、「自由作品」誌編集長も務めた。他の作品に、詩集「エピナルのイマージュ」(69年)、評伝「ゾラ」(54年)、「モーパッサンの生涯」(67年)、歴史書「パリ・コミューン」(全2巻, 71～72年)、小説「生命よさらば愛よさらば」(77年)など。

ラノット, マーラ・PL.　*Lanot, Marra PL.*

フィリピンの詩人, エッセイスト

1944～

[出]マニラ　[学]フィリピン大学(英語, 比較文学)卒　[賞]パランカ記念文学賞

[歴]父は詩人、母はピアニストで、幼少時から芸術と古典音楽に親しみ、アメリカに数年間滞在。高校在学中から英語の詩作を始め、"普通の女性"をテーマに女性の視点から英語、タガログ語、スペイン語で創作。フェミニスト文学運動の創始者の一人として知られ、人間の自由や尊厳を訴える。"憂慮するフィリピン芸術家組織女性部"や"メディアの女性作家"などの創設にも参加。夫で詩人のラカバとの共作で、映画・テレビドラマの脚本も手がける。詩集に「Passion&Compassion」などがある。2000年3月夫とともに初来日。

[家]夫＝ホセ・F.ラカバ(詩人・ジャーナリスト), 父＝セラフィン・ラノット(詩人), 母＝グローリア・リカッド(ピアニスト)

ラーバレスティア, ジャスティーン　*Larbalestier, Justine*

オーストラリアの作家

1967.9.23～

[出]ニューサウスウェールズ州シドニー　[賞]アンドレ・ノートン賞

[歴]1992年から書評やエッセイを発表。2002年SF評論「The Battle of the Sexes in Science Fiction」でヒューゴー賞候補となる。また、01年の「The Cruel Brother」を皮切りに、SF・ファンタジー雑誌に短編を多数発表。05年に発表した初の長編「あたしと魔女の扉」でアンドレ・ノートン賞を受賞、オーリアリス賞ヤングアダルト部門、ディトマー賞SF・ファンタジー部門の候補に挙げられた。01年SF作家のスコット・ウエスターフェルドと結婚した。

[家]夫＝スコット・ウエスターフェルド(SF作家)

ラピエール, ドミニク　*Lapierre, Dominique*

フランスの作家

1931.7.30～

[出]シャラント・マリティーム　[学]ラファイエット大学

[歴]外交官の息子。17歳でジャーナリストになり、朝鮮戦争中は「パリ・マッチ」誌の特派員として活躍。その後も、ヨーロッパ、韓国、ソ連、アフリカなど世界各地を取材し、10数年間新聞・雑誌記者を務める。その間の著作として「扉を開いたロシア」などがある。1965年ジャーナリスト出身のアメリカ人、ラリー・コリンズとコンビを組んで、「パリは燃えているか？」を出版。以来コンビでノンフィクションのドキュメントを中心に発表し、「おおエルサレム！」(71年)、「今夜、自由を」(75年)などのベストセラーを生む。はじめての小説

ラ

「Le cinquième cavalier（第5の騎手）」（80年）と、単独で書いた「歓喜の街カルカッタ」（85年）はアメリカで映画化された。他に「愛より気高く―エイズと闘う人々」など。

ラヒリ, ジュンパ　*Lahiri, Jhumpa*
イギリス生まれのアメリカの作家
1967〜
[出]イギリス・ロンドン　[賞]ピュリッツァー賞（2000年），PEN/ヘミングウェイ賞，ニューヨーカー新人賞，フランク・オコナー国際短編賞（2008年）
[歴]両親ともカルカッタ出身のベンガル人で、ロンドンで生まれ、幼い頃に渡米してロードアイランド州で育つ。大学院在学中に執筆活動を開始、デビュー短編集「停電の夜に」でPEN/ヘミングウェイ賞、ニューヨーカー新人賞などを受賞。2000年4月新人作家の短編集としては異例のピュリッツァー賞を受賞し、全米の注目を集める。01年結婚。03年初の長編「その名にちなんで」を発表、07年には映画化された。08年第二短編集「見知らぬ場所」でフランク・オコナー国際短編賞を受賞。

ラビン, メアリ　*Lavin, Mary*
アメリカ生まれのアイルランドの作家
1912.6.12〜1996.3.25
[出]アメリカ・マサチューセッツ州ウォルポール　[学]アイルランド・ナショナル・ユニバシティ卒　[賞]ジェームズ・テイト・ブラック記念賞（1943年），キャサリン・マンスフィールド賞（1963年）
[歴]10歳の時、家族とともにアメリカからアイルランドに戻る。ナショナル・ユニバーシティ卒業後結婚、3児の母となるが、1954年夫に先立たれる。この間に創作活動を開始し、43年最初の短編集「Tales from Bective Bridge（ベクティブ・ブリッジから）」でジェームズ・テイト・ブラック記念賞を獲得。さらに63年には「The Great Wave」でキャサリン・マンスフィールド賞を授けられるなど、特に短編作家としてその名が知られる。人間の内面を深く凝視し、単調な地方生活の蔭にくすぶる人間の激情、とりわけ孤独な女性を描くのに優れている。他の短編集に「記憶その他の物語」（72年）、「寺院その他の物語」（77年）、「家族の肖像」（85年）、長編に「クルー街の家」（45年）などがある。69年教師であるマイケル・スコットと再婚し、冬はダブリン、夏はミース州ベクティブの農場で過ごしながら執筆にあたった。

ラーブ, トーマス　*Raab, Thomas*
オーストリアの作家，作曲家，ミュージシャン
1970〜
[賞]Buchliebling（愛読者賞）ミステリー＆スリラー部門，レオ・ペルッツ賞（2013年）
[歴]2007年「Der Metzger muss nachsitzen」で作家デビュー。同書をはじめとする美術修復家メッガーが主人公のミステリー・シリーズがあり、11年シリーズ4作目が書店や学校などが投票権を持つ文学賞Buchliebling（愛読者賞）のミステリー＆スリラー部門を受賞。13年には6作目がウィーン市とオーストリア書籍販売協会が主催するレオ・ペルッツ賞を受賞。作曲家、ミュージシャンとしても活動。

ラファエル, フレデリック　*Raphael, Frederic Michael*
アメリカの作家，脚本家
1931.8.14〜
[出]イリノイ州シカゴ　[学]ケンブリッジ大学セント・ジョンズ・カレッジ（古典）　[賞]リッピンコット賞（1961年），全英作家組合コメディ賞（1965年），アカデミー賞オリジナル脚本賞（1965年度），BAFTA賞脚本賞（1966年），全英作家組合作品賞（1966年），王立テレビ協会ライター・オブ・ザ・イヤー（1976年），シモーヌ・ジュヌヴォワ賞（2000年）
[歴]ユダヤ系。著書は小説、エッセイ、翻訳、映画やラジオ・ドラマの脚本など多岐にわたる。イギリスの「サンデー・タイムズ」にも定期的に寄稿。作品に「The Glittering Prizes」（1976年）、「アイズワイドシャット」（98年）、脚本に「Nothing But the Best」（64年）、「ダーリング」（65年）、「いつも二人で」（68年）などがある。

ラファージ, ポール　*La Farge, Paul*
アメリカの作家
1970〜
[歴]1999年20代の時に書いたSF小説「失踪者たちの画家」でデビューし、その後、擬似歴史小説「オスマン」（2002年）などを発表。"翻訳書"の体裁で、19世紀フランスの文人ポール・ポワセルが著した「The Facts of Winter」（05年）もある。ニューヨーク州バード・カレッジで創作を教える。

ラファティ, ムア　*Lafferty, Mur*
アメリカのSF作家
1973〜
[出]アメリカ　[賞]ジョン・W.キャンベル新人賞（2013年）
[歴]2011年短編小説で作家デビュー。13年ジョン・W.キャンベル新人賞を受賞。「魔物のためのニューヨーク案内」（13年）から始まるシリーズが人気となる。17年初のSF長編「六つの航跡」がヒューゴー賞、ネビュラ賞、フィリップ・K.ディック賞にノミネートされた。作家としての活動とは別に、ポッドキャストでもカルト的な人気を博し、業界で数々の賞を受賞している。

ラファティ, ラファエル・アロイシャス
Lafferty, Raphael Aloysius
アメリカのSF作家
1914.11.4〜2002.3.18
[出]アイオワ州　[学]タルサ大学　[賞]ヒューゴー賞（1972年），世界幻想文学大賞生涯功労賞（1990年）
[歴]アイルランド系の家庭に生まれ、4歳の時に移ったオクラホマ州タルサで育つ。タルサ大学夜間部でドイツ語と数学を2年間学び、インターナショナル通信教育スクールで電気技師の資格を取得。1935年より電気関係の会社に勤め、仕入れや入札などの業務に就く。第二次大戦中は軍隊に入り南太平洋、東南アジア各地を転戦した。長年文筆とは関係のない生活を送るが、禁酒によってあいた心の空白を埋めるためSFを書くようになる。60年、45歳で「Day of the glacier（氷河来る）」を「スペース・フィクション・ストーリーズ」に掲載してデビュー。以後、「ギャラクシィ」「イフ」「ファンタスティック」などにユーモアのある幻想的な短編作品を発表。一部からは認められたものの、しばらく地味な地方作家として扱われたが、68年初めての長編をたて続けに3冊発表し注目を浴びる。そのうちの一作「パースト・マスター」は絶讃を受け、同年のヒューゴー・ネビュラ両賞の候補作となった。71年にはネビュラ賞の三部門にノミネートされ、72年の短編「素顔のユリーマ」はヒューゴー賞を受賞。以後創作に専念し、作風・人物ともに風変りな作家として知られた。他の作品に「つぎの岩につづく」など。

ラフェリエール, ダニー　*Laferrière, Dany*
ハイチ生まれのカナダの作家
1953.4.13〜
[出]ハイチ・ポルトープランス　[賞]メディシス賞（2009年）
[歴]4歳の時、父親の政治亡命に伴い、プチゴアーヴの祖母の家に送られる。若くしてジャーナリズムの世界に入るが、1976年23歳の時、独裁体制下にあったハイチから、カナダのモントリオールに亡命。85年デビュー作「ニグロと疲れないでセックスする方法」で話題を呼びベストセラーとなる。同作品は89年に映画化（邦題・「間違いだらけの恋愛講座」）された。90年代はマイアミで創作活動。2002年より再びモントリオールに戻り、カナダとハイチを行き来しながら精力的に執筆を行う。09年には「帰還の謎」でメディシス賞を受賞、最も注目されるフランス語作家の一人。日本文学にも造詣が深い。他の著書に「エロシマ」「コーヒーの香り」「終りなき午後の魅惑」「ハイチ震災日記」「甘い漂流」、「吾輩は日本作家である」（08年）など。11年来日。

ラフォレー, カルメン　*Laforet, Carmen*
スペインの作家
1921.9.6～2004.2.28
[出]バルセロナ　[賞]ナダール賞（1944年）
[歴]1944年の処女作「ナダ」が当時の新しいジャンル"トレメンディスモ（凄絶主義）"の小説として注目を浴び、文壇に論争をひき起こした。この作品でナダール賞を受賞。その後も、「島と悪魔たち」（52年）や「新しき女」（55年）など長・短編の作品を発表した。

ラブクラフト, H.P.　*Lovecraft, H.P.*
アメリカの怪奇小説作家
1890.8.20～1937.3.15
[出]ロードアイランド州プロビデンス　[名]ラブクラフト, ハワード・フィリップス〈Lovecraft, Howard Phillips〉
[歴]ゴーストライターとして生計を立てる一方、"コズミック・ホラー（宇宙的恐怖）"を提唱して怪奇小説専門誌「ウィアード・テイルズ」に恐怖小説を寄稿。「クトゥルーの呼び声」（1928年）、「チャールズ・デクスター・ウォード事件」（28年）、「ダンウィッチの怪」（29年）、「狂気の山脈にて」（39年）など一連の"Cthulhu"（クトゥルー, クトゥルフ, ク・リトル・リトルなどと読まれる）という地下暗黒神を扱った作品群を生みだして一部に熱狂的なファンを持ったが、生前は不遇で、没後に再評価された。"クトゥルー"はオーガスト・ダーレスらを中心に"クトゥルー神話体系"として体系化され、多くの作家がインスパイアされた作品を執筆している。

ラブゼイ, ピーター　*Lovesey, Peter*
イギリスの推理作家
1936～
[出]ミドルセックス州ウィットン　[名]別名＝リア, ピーター〈Lear, Peter〉　[学]レディング大学卒　[賞]CWA賞最優秀新人賞（1970年）, CWA賞シルバー・ダガー賞（1978年・1995年・1996年）, CWA賞ゴールド・ダガー賞（1982年）, アンソニー賞最優秀長編賞（1992年）, CWA賞ダイヤモンド・ダガー賞（2000年）, マカヴィティ賞（2004年）, CWA賞短編ダガー賞（2007年）
[歴]1975年まで大学で教鞭を執っていたが、その後はサリ州で創作活動に専念する。70年処女作「死の競歩」で作家デビュー、イギリス推理作家協会賞（CWA賞）の最優秀新人賞を受賞。この作品に初めてクリップ巡査部長が登場し、78年〈クリップ&サッカレイ〉シリーズの8編目「マダム・タッソーがお待ちかね」でCWA賞シルバー・ダガー賞。また、〈ダイヤモンド警視〉シリーズは第1作「最後の刑事」がアンソニー賞最優秀長編賞、3編目「バースへの帰還」と4編目「猟犬クラブ」でCWA賞シルバー・ダガー賞に輝くなど、高い評価を得る。この間、82年単発作品の「偽のデュー警部」でCWA賞ゴールド・ダガー賞を受け、2000年CWA賞ダイヤモンド・ダガー賞（巨匠賞）、07年CWA賞短編ダガー賞を受賞するなど、イギリス・ミステリー界の第一人者と目される。ピーター・リア名義でも「ゴールデン・ガール」などの長編を書き、スポーツ史関係のノンフィクションも出版している。他の著書に〈アルバート・エドワード皇太子〉シリーズや、「キーストン警官」などがある。

ラブ・タンシ, ソニー　*Labou-Tansi, Sony*
コンゴ共和国の作家, 劇作家
1947～1995.6.14
[出]キンワンザ　[名]ソニー, マルセル　[学]ブラザビル大学　[賞]仏語圏フェスティバル特別賞, ブラック・アフリカ文学大賞
[歴]ブラザビルやポワント・ノワールで教育を受け、英語・仏語の教師や科学研究省の役人を務めた後、創作活動を始める。アフリカで最も有名なロカド・ズールー劇団を主宰。1979年の処女作「一つ半の生命」以後、「恥ずべき状態」「反人民」「ロルサ・ロペスの七つの孤独」「火山の目」「苦悩の始まり」などの小説、「心臓の署名者」「血の括弧」などの劇作をフランス語で発表した。

ラープチャルーンサップ, ラッタウット
Lapcharoensap, Rattawut
タイ出身のアメリカの作家
1979～
[出]イリノイ州シカゴ　[学]コーネル大学, ミシガン大学大学院クリエイティブ・ライティング・コース
[歴]アメリカ・シカゴで生まれ、タイの首都バンコクで育つ。タイの有名教育大学およびコーネル大学で学位を取得後、ミシガン大学大学院のクリエイティブ・ライティング・コースで創作を学び、英語での執筆活動を始める。2005年「観光」で作家デビューすると「ワシントン・ポスト」「ロサンゼルス・タイムズ」「ガーディアン」など英米の有力紙で絶賛を浴び、一躍その名を知られた。06年には文芸誌「グランタ」により才能ある若手作家の一人として名前を挙げられ、また全米図書協会による"35歳以下の注目作家"にも選出された。

ラフトス, ピーター　*Raftos, Peter*
オーストラリアの作家, ジャーナリスト
[歴]ウェブ開発者、大学講師、ジャーナリストとしても活動。2001年より幻想的で不条理に満ちたフィクションを執筆。「山羊の島の幽霊」は、オーストラリアの小出版社から刊行され話題となり、05年国際ホラーギルド賞の長編部門にノミネートされた。

ラプトン, ロザムンド　*Lupton, Rosamund*
イギリスの作家
[出]ケンブリッジシャー州ケンブリッジ　[学]ケンブリッジ大学（英文学）卒
[歴]ケンブリッジ大学で英文学を専攻。ロンドンでコピーライターや文学評論誌「リテラリー・レビュー」の記者など、様々な職業を経験したのち、カールトンテレビの新人作家コンクールで優勝、BBCの新人作家養成コースの一員に選ばれ、ロイヤルコート劇場の作家グループにも招かれる。テレビや映画の台本作家などを務めたのち、専業作家となる。デビュー作「シスター」（2010年）はイギリス推理作家協会（CWA）賞の新人賞にノミネートされた。他の作品に「さよなら、そして永遠に」（11年）など。

ラブマナンジャラ, ジャック　*Rabémananjara, Jacques*
マダガスカルの詩人, 作家, 政治家
1913.6.23～2005.4.1
[出]マロアンセトラ
[歴]タナナリヴのカレッジで学び、在学中「マダガスカル青年評論」を創刊し、民族主義色濃厚のため発禁処分を受けた。卒業後行政官となり、1939年パリに出張したが、第二次大戦の勃発によって帰国できず、A.ディオプらと知り合い、パリ大学で文学士の資格を取得。この間、フランスローマン派、ネグリチュード派、高踏派の洗礼を受けた詩を発表、高い評価を得た。戦後46年に帰国し、47年マダガスカル刷新民主運動（MDRM）に参加、独立解放闘争を組織して逮捕、投獄された。60年独立と共に釈放、チラチナ政権下で経済相、農業開発相、外相を歴任し、72年のクーデター以後消息不明となる。獄中生活中に書かれた詩「アンツァ」「ランバ」が名高く、他の作品に植民地支配下の屈辱と郷土の栄光、風土の美を歌い上げた詩集「夢の扇子」（39年）、「夜の行進」（42年）、「至福一千年祭」（61年）など。

ラブランク, トム　*LaBlanc, Tom*
アメリカの詩人
1946～
[出]ミネソタ州
[歴]ネイティブ・アメリカン（NA）のダコタ族の母と日系アメリカ人の父との間に生まれる。幼くして両親と引き離され、15歳まで105ケ所の施設を転々とする。ベトナム戦争では最前線に従軍。戦争から帰還後、詩人・活動家としてNAの復権に力を注ぐ。2002年ポエトリー・リーディングで山口洋、細海魚と共演し、03年CD「イーグル・トーク」を発表。著書に「ワ

ラ

ンネス」がある。

ラプラント, アリス　LaPlante, Alice
アメリカの作家, ジャーナリスト
1958～
（賞）ウェルカム・トラスト・ブック・プライズ（2011年）
（略）2011年に発表した初のフィクション作品「忘却の声」は「ニューヨーク・タイムズ」「ヴォーグ」やナショナル・パブリック・ラジオなど様々なメディアで注目され、発売後1ケ月でベストセラーとなる。医療・健康を扱った優れた文学やノンフィクションに与えられるウェルカム・トラスト・ブック・プライズを受賞。「ガーディアン」の最優秀ミステリー、「カーカス・レビュー」のフィクション分野でトップ25作品の一つにも選ばれる。スタンフォード大学などで創作講座を持ち、指導を行う。

ラベアリヴェロ, ジャン・ジョセフ　Rabéarivelo Jean-Joseph
マダガスカルの詩人
1901～1937.6.23
（略）印刷出版会社の校正係をしながらフランス語、マダガスカル語で詩作。初期はフランス詩の影響が強いが、後期はアフリカの伝統に根ざしたものが多い。麻薬中毒となり36歳で服毒自殺した。詩集は、「選集」（1927年）、「ほとんど夢」（34年）、「夜の解釈」（35年）、「イメリナの国の古い歌」（39年）などがある。

ラヘイ, ティム　LaHaye, Tim
アメリカの作家, 牧師, 教育家
1926.4.27～2016.7.25
（出）ミシガン州デトロイト　（本）LaHaye, Timothy　（学）ボブ・ジョーンズ大学
（略）牧師を務め、聖書の預言の研究家として定評がある。作家としても活躍し、1995年より聖書のなかの終末思想をベースにした〈レフト・ビハインド〉シリーズ（ジェリー・ジェンキンズとの共著、全16巻）を刊行。300週間もの長きにわたって「ニューヨーク・タイムズ」紙のベストセラーリストに載り、アメリカ国内でシリーズ累計6500万部を超えるベストセラーを記録。2014年にはニコラス・ケイジ主演で映画化された。中絶反対の立場のノンフィクション作家でもあり、セックスや結婚、同性愛、聖書の預言、死後の生活、十字架の力を含む幅広い問題に関する著作を出版した。著書に「死後、何が起こるか」「御霊に満たされた家庭生活」、共著に「秘宝・青銅の蛇を探せ」「ノアの箱舟の秘密」など。サンディエゴ・クリスチャン大学を創設したことでも知られる。

ラーマン, シャムスル　Rahman, Shamsur
バングラデシュの詩人, ジャーナリスト
1929.10.24～2006.8.17
（出）ダッカ
（略）18歳で詩を書き始める。長くジャーナリストとしても活躍する傍ら、ベンガル地方の豊かな自然や、抑圧の中で生きる人々に目を向けた作品を発表。1971年の第三次印パ戦争の際にバングラデシュ独立のため戦った兵士らに捧げた詩が国民の人気を集め、同国を代表する詩人として知られた。

ラミュ, シャルル・フェルディナン
Ramuz, Charles-Ferdinand
スイスの作家, 詩人, 劇作家
1878.9.24～1947.5.23
（出）ローザンヌ近郊キュイー　（学）ローザンヌ大学卒
（略）スイスのフランス語圏を代表する作家、詩人、劇作家。大学卒業後、中学教師となるが間もなく辞職。1902～14年パリに滞在、ソルボンヌ大学に籍を置きながら文章修行し、この間に最初の小説「小さな村」（03年）、「アリーヌ」（05年）、「サミュエル・ブレの生涯」（13年）など故郷スイスの自然と習俗を題材とした作品で注目を浴びる。第一次大戦勃発で帰国し、14年「ヴォー手帖」誌を創刊して自作の発表の場とする。アルプスに暮らす農民や牧人を主人公にした作品を数多く発表、活発な創作活動を行っていくうち次第に作家としての名声が高まり、人気作家の地位を確立。叙情的作品の時期があったが、やがてリアリズムに戻り、「山中の大いなる恐怖」（26年）、「もし太陽が戻らなかったら」（38年）など、多くの農民小説を執筆した。エッセイに「大いなる春」（17年）、「天の喜び」（25年）、「問い」（35年）、「日記の断片」（41年）がある。また、音楽家や画家など他分野の芸術家とも交遊が広く、18年にはストラヴィンスキー作曲のオペラ台本「兵士の物語」を書いた。97年以降200スイス・フラン紙幣の肖像として使われている。

ラミレス, セルヒオ　Ramírez Mercado, Sergio
ニカラグアの政治家, 作家, 弁護士
1942.8.5～
（出）マサヤ県マサテペ　（学）レオン国立自治大学法学部卒　（賞）セルバンテス賞（2017年）
（略）コスタリカの大学職員を経て、中米大学連盟事務局長。1962年左翼ゲリラ組織"サンディニスタ民族解放戦線（FSLN）"に参加。77年反ソモサ"12グループ"結成。79年サンディニスタ革命の勝利で国家再建政府委員。84年11月大統領選で副大統領に当選し、85年1月～90年2月まで務め、ダニエル・オルテガ大統領を支えた。94年サンディニスタ改革運動リーダーとなり、95年の大統領選に出馬するが敗北、以後文学活動に専念。著書「天罰」（88年）は中南米でベストセラーとなる。他の著書に小説「海がきれいだね、マルガリータ」（98年）、「ただ影だけ」（2002年）、「千と一の死」（04年）、「空が泣いている」（08年）、回想録「さらば、仲間たちよ」（1999年）など。

ラミング, ジョージ　Lamming, George Eric
バルバドスの作家
1927.6.8～
（出）キャリントン・ビレッジ　（賞）サマセット・モーム賞（1957年）, コモンウェルス文学会作家賞（1976年）
（略）高校卒業後の1946年トリニダード・トバゴに渡り、教職の傍ら詩作する。50年ロンドンに渡り、工員となった。のちBBCの「カリブの声」放送に従事する傍ら、創作に打ち込んで、53年に自伝小説「In the Castle of My Skin（わが皮膚の砦の中で）」を発表し、サマセット・モーム賞を受賞した。次いで54年の「移民たち」、60年の「冒険の季節」、72年の「私のルーツ」など、ロンドンに定住しながら、アフリカ系の奴隷の子孫であり根なし草的流民である自己検証をテーマとした作品を発表した。ほかに評論集「亡命の悦び」（60年）がある。

ラム, シャーロット　Lamb, Charlotte
イギリスのロマンス作家
1937.12.22～2000.10.8
（出）ダゲナム
（略）ロマンスからスリラー、歴史小説、オカルトまで150冊以上の作品を世に送り出し"イギリス・ロマンス小説の女王"と呼ばれた。著書に「仮面の天使」「薔薇の殺意」「もうひとりの私」「黒衣の天使」（遺作）などがある。

ラム, ジョン・J.　Lamb, John J.
アメリカの作家
（略）1979年カリフォルニア州リバーサイド郡の保安官事務所から警察官としてのキャリアをスタートさせ、サンディエゴ郡の北部にあるオーシャンサイド警察署で警邏警察官、人質交渉チーム、科学捜査班（CSI）、殺人課刑事、同部長刑事を歴任し、再び人質交渉チームに戻ってその指揮官を務める。97年健康上の理由で退職し、著述業に転じる。おやじギャグとテディベアをこよなく愛する元腕利き刑事＆愛妻の〈おしどり探偵〉シリーズ第1作「嘆きのテディベア事件」（2006年）はミステリーデビュー作。

ラム, ビンセント　Lam, Vincent
カナダの作家, 医師
1974～
（出）オンタリオ州ロンドン　（賞）ギラー賞（2006年）
（略）両親はベトナムの中国人社会からの移民。カナダのトロントで医学を学び、トロント東総合病院に緊急医として勤務。2006

年連作短編集「ER 研修医たちの現場から」で作家デビューを果たし、ギラー賞を受賞、各方面から高い評価を得た。

ラムレイ, ブライアン *Lumley, Brian*
イギリスの怪奇小説作家
1937.12.2〜
[出]ダラム州ホーデン村
[歴]少年時代、夜店で見つけたSF雑誌に夢中になる。アーカムハウスのオーガスト・ダーレスに「クトゥルー神話作品集」を注文する手紙を出したおり送った習作が認められ、作家デビュー。職業軍人として勤める傍ら、小説を執筆。〈タイタス・クロウ〉シリーズなどで知られる。

ラモス, グラシリアノ *Ramos, Graciliano*
ブラジルの作家
1892.10.27〜1953.3.20
[出]アラゴアス州
[歴]ブラジル北東部アラゴアス州の内陸の町に商人の息子として生まれる。父親の店で働きながら学び、パルメイラ・ドス・インディオスで自身の商店を開いた。1927年には市長に選ばれる。33年小説「カエテ族」を出版し、文壇に登場。その後、政治問題に巻き込まれ、当時のヴァルガス独裁政権により、36年共産主義者の容疑で投獄される。いくつかの監獄をたらい回しにされた後、翌年釈放された。リオデジャネイロに定住し、新聞界で活躍。45年ブラジル共産党に入党。その後、フランスやポルトガルの他、ソ連やチェコスロバキアなどの東欧社会主義国を歴訪し、この時の見聞記は没後に「旅行記」(54年)として出版された。他の作品に、「農園サン・ベルナルド」(34年)、「苦悩」(36年)、「乾いた人々」(38年)、回想録「獄中記」(53年)など。

ラリッチ, ミハイロ *Lalić, Mihailo*
ユーゴスラビアの作家
1914.10.7〜1992.12.30
[出]モンテネグロ　[学]ベオグラード大学(法学)
[歴]第二次大戦中、民族解放運動に参加してゲシュタポに捕らえられ死刑を宣告されるが脱走、ギリシャ・パルチザンに身を投じた。戦後共産党機関紙「ボルバ」の編集者を経て作家となり、一貫して戦争をテーマに独自の世界を構築した。長編「結婚」(50年)や「悪の春」(53年)、続く敵兵におびえながら山野を彷徨するパルチザンの孤独を描いた「嘆きの山」(57年, 改訂62年)、「追跡」(60年)などの作品において、限界状況に置かれた人間の心理を描いた。

ラルボー, ヴァレリー *Larbaud, Valéry*
フランスの作家, 批評家, 翻訳家
1881.8.29〜1957.2.2
[出]ヴィシー　[名]Larbaud, Valéry Nicolas　[勲]レジオン・ド・ヌール勲章(3等)(1953年)
[歴]裕福な家庭に育ち、幼少の頃から母親と共にヨーロッパ各地を旅行し、豊かな国際感覚と語学力を身につけた。1956年ブリッセル万国博覧会において現代作家を代表する10人のひとりに選出された。代表作に「美わしきフェルミナ」「A・O・バルナブース全集」「恋人よ、幸せな恋人よ」「秘めやかな恋」、短編集「幼なごころ」、エッセイ「罰せられざる悪徳・読書」などがある。また、S.バトラー「エレフォン」、ジョイス「ユリシーズ」などの仏訳の監修なども手がけた。35年以後、病気のため失語症となった。

ランキン, イアン *Rankin, Ian*
イギリスの作家
1960〜
[出]ファイフ州　[名]別名＝ハーベイ, ジャック〈Harvey, Jack〉　[学]エディンバラ大学卒　[賞]CWA賞短編ダガー賞(1996年), CWA賞ゴールド・ダガー賞(1997年), MWA賞最優秀長編賞(2004年), CWA賞ダイヤモンド・ダガー賞(2005年)
[歴]様々な職業を経て、1986年作家デビュー。96年にイギリス推理作家協会賞(CWA賞)短編ダガー賞、97年〈リーバス警部〉シリーズの「黒と青」で同賞ゴールド・ダガー賞を、「甦る男」でアメリカ探偵作家クラブ賞(MWA賞)の最優秀長編賞を受賞。また、ジャック・ハーベイ名義で「Witch Hunt」「Bleeding Hearts」などポリティカル・スリラーを発表。

ラング, アンドルー *Lang, Andrew*
イギリスの詩人, 歴史家
1844.3.31〜1912.7.20
[出]スコットランド　[学]セント・アンドルース大学, オックスフォード大学
[歴]詩、翻訳、昔話や童話の再話、歴史研究、小説と広範囲に活躍。自然信仰を秘めた抒情詩や物語詩を発表。「プリジオ王子」などスコットランドを舞台にした童話を書き、童話集を編集した。またイギリス民俗学会の設立に尽力した。著書に「風習と神話」「宗教と形成」、「History of Scotland」(4巻)、「The mystery of Mary Stuart」、「ラング世界童話全集」(全12巻、偕成社文庫)などがある他、ホメーロスなどの翻訳がある。

ラングトン, ジェーン *Langton, Jane*
アメリカのミステリー作家
1922.12.30〜
[出]マサチューセッツ州ボストン　[学]ミシガン大学, ラドクリフ大学　[賞]ネロ・ウルフ賞(1984年)
[歴]ミシガン大学、ラドクリフ大学で天文学と美術史を学び、作家活動に入る。元刑事でハーバード大学教授のホーマー・ケリーとその妻メアリーを主人公にしたシリーズで知られる。ミステリー以外に児童書も多数発表。1984年「エミリー・ディキンスンは死んだ」でネロ・ウルフ賞を受賞。他の作品に「Thief of Venice」(99年)がある。

ラングリッシュ, キャサリン *Langrish, Katherine*
イギリスの作家
[出]ヨークシャー渓谷　[学]ロンドン大学卒
[歴]イギリスのヨークシャー渓谷で育つ。ロンドン大学で英語学の学位を取得した後、様々な仕事を経験しながらフランスとアメリカで暮らす。イギリスへ戻ってから本格的に執筆を開始し、「トロール・フェル」を完成。2004年に出版されるやいなや爆発的な人気を呼び、作家として華々しいデビューを飾った。

ランゲッサー, エリーザベト *Langgässer, Elisabeth*
ドイツの詩人, 作家
1899.2.23〜1950.7.25
[出]ラインヘッセン州アルツァイ　[賞]ビューヒナー賞(1950年)
[歴]カトリック教徒の中流家庭に生まれる。ダルムシュタットで教職に就き、教壇に立つ傍ら詩作を始める。1930年代初めからベルリンでフリーの作家として執筆活動を行い、W.レーマンやドロステ・ヒュルスホフの影響を受けた自然抒情詩、小説を発表。詩集「仔羊の回帰線」(24年)や小説「プロゼルピナ」(32年)などを発表した。35年哲学者と結婚。36年父方の家系がユダヤ系であることを理由にナチスにより執筆を禁止され、強制労働に従事させられる。戦後、詩「ケルン哀歌」(48年)、長編「消えない印」(46年)、連作短編集「トルソ」(47年)、評論「五感に宿る霊」(51年)、「書簡集 1924-1950」(全2巻, 90年)などが刊行された。

ランサム, アーサー *Ransome, Arthur Michell*
イギリスの児童文学作家, ジャーナリスト
1884.1.18〜1967.6.3
[出]リーズ　[学]ラグビー校卒　[賞]カーネギー賞(1936年)
[歴]父は歴史学者。ラグビー校を卒業後、1901年からグラント・リチャーズの出版社に勤務。劇作家オスカー・ワイルドの評伝などを執筆。13年ロシアへ赴いて昔話を収集、「ピーターおじいさんの昔話」(16年)を刊行してロシア民話を紹介した。傍ら、「デイリー・ニュース」紙の海外特派員として革命前後のロシア情勢を報じ、ジャーナリストとして「19年のロシアでの6週間」(19年)、「ロシアの危機」(21年)、中国訪問記「支那の謎」(27年)などを出した。その後、ジャーナリズムを離れて

ラ

児童文学の創作に取り組み、30年冒険物語「ツバメ号とアマゾン号」を出版。以後、「ツバメ号の伝書バト」(36年)、「海へ出るつもりじゃなかった」(36年)、「ひみつの海」(39年)など12冊の〈ランサム・サーガ〉を書き継ぎ、「ツバメ号の伝書バト」は第1回カーネギー賞を受賞した。「アーサー・ランサム自伝」(76年)もある。

ランズデール, ジョー　Lansdale, Joe R.
アメリカの作家
1951.10.28～
㊚テキサス州グレードウォーター　㊐テキサス大学卒　㊥ブラム・ストーカー賞(最優秀短編賞)(1989年)、ブラム・ストーカー賞(最優秀中編賞)(1990年・1993年・1998年)、イギリス幻想文学賞(1992年)、ブラム・ストーカー賞(長編フィクション賞)(2000年)、ブラム・ストーカー賞(アンソロジー賞)(2007年)、MWA賞(最優秀長編賞)(2001年)
㊥様々な職業を経て、1980年「Act of Love」で作家デビュー。ミステリー、ホラー、ウェスタンなど多彩なジャンルの作品を発表し、ブラム・ストーカー賞、イギリス幻想文学賞を受賞。2001年「ボトムズ」でアメリカ探偵作家クラブ賞(MWA賞)の最優秀長編賞。他の著書に〈ハップ&レナード〉シリーズなどがある。

ランチェスター, ジョン　Lanchester, John
ドイツ生まれのイギリスの作家
1962～
㊚西ドイツ・ハンブルク　㊐オックスフォード大学セント・ジョンズ・カレッジ卒　㊥ウィットブレッド賞(1996年)、ホーソーンデン賞(1997年)、ベティ・トラスク賞、ジュリア・チャイルド賞、E.M.フォースター賞(2008年)
㊥父の仕事の関係で各国を転々としたのちイギリスに帰郷。「オブザーバー」紙でレストラン批評を連載するなど、記者・編集者として経験を積んだ後、1996年「最後の晩餐の作り方」で作家デビュー。ウィットブレッド賞、ベティ・トラスク賞、ホーソーンデン賞、ジュリア・チャイルド賞を受賞し、20ヶ国語以上に翻訳された。他の著書に「フィリップス氏の普通の一日」(2000年)がある。

ランデイ, ウィリアム　Landay, William
アメリカの作家
㊚マサチューセッツ州ボストン　㊐エール大学卒、ボストン大学ロー・スクール修了　㊥CWA賞ジョン・クリーシー記念賞(2003年)
㊥エール大学とボストン大学ロー・スクールで学位を取得後、6年間検事補として公職に就く。2003年「ボストン、沈黙の街」で作家デビュー、同作でイギリス推理作家協会賞(CWA賞)最優秀新人賞であるジョン・クリーシー記念賞を受賞。他の作品に「ボストン・シャドウ」「ジェイコブを守るため」などがある。

ランディ, デレク　Landy, Derek
アイルランドの作家, 脚本家
1974.10.23～
㊚ラスク
㊥2007年の「スカルダガリー」が最初の小説で、同作はシリーズ化される。他に〈Demon Road〉シリーズがある。過去には"ゾンビ"や"切り裂き魔"の映画で脚本を担当したこともあるスリラー愛好家。空手の黒帯を持ち、これまでに数多くの子供たちに護身術を教える。

ランディス, ジェフリー　Landis, Geoffrey A.
アメリカの作家
1955～
㊚ミシガン州　㊐マサチューセッツ工科大学(物理学・電子工学)、ブラウン大学大学院 博士号(固体物理学、ブラウン大学)　㊥ネビュラ賞(短編部門)(1989年)、ヒューゴー賞(短編部門)(1992年・2003年)、ローカス賞(第一長編部門、2000年度)
㊥マサチューセッツ工科大学(MIT)で物理学の理学士号と、電子工学の理学士号および理学修士号を、ブラウン大学で固体物理学の博士号を取得。NASAのグレン研究所で火星探査プロジェクトに携わる。1984年「アナログ」誌に発表したノヴェラ「Elemental」で作家デビュー。その後、「ディラック海のさざなみ」(88年)でネビュラ賞短編部門、「日の下を歩いて」(91年)と「人は空から降ってきた」(2002年)でそれぞれヒューゴー賞短編部門を受賞。00年に発表した「火星縦断」でローカス賞第一長編部門を受賞した。

ランド, アイン　Rand, Ayn
ロシア生まれのアメリカの作家, 哲学者
1905.2.2～1982.3.6
㊚ペテルブルク(サンクトペテルブルク)　㊐レニングラード大学卒
㊥レニングラード大学卒業後、1926年アメリカに移住し、29年アイルランド作家フランク・オコナーと結婚、31年アメリカの市民権を取得。30年代から戯曲や脚本を書き始め、36年最初の小説「われら生ける者」を出す。43年建築家フランク・ロイド・ライトをモデルにしたといわれる小説「水源」を発表、49年自身の脚本、ゲーリー・クーパー主演で映画化され、日本では「摩天楼」のタイトルで上映された。他の作品に、空想未来小説「頌歌」(38年)、小説「肩をすくめたアトラス」(57年)など。57年以降創作を捨て学者の道を歩み始める。"客観主義"哲学を主張し、個人思想を普及させ、75年にはアイン・ランド研究所を創設。その思想を要約した著書に「新しき知識人のために」(61年)がある。
㊛夫=フランク・オコナー(作家)

ランドルフィ, トンマーゾ　Landolfi, Tommaso
イタリアの作家
1908～1979
㊚ピーコ　㊐フィレンツェ大学　㊥ストレーガ賞(1975年)、ヴィアレッジョ賞、カンピエッロ賞、バグッタ賞
㊥由緒ある貴族の家系に生まれる。小説や日記作品、戯曲、詩、批評など数多くの作品を残し、ゴーゴリ、プーシキン、ノヴァーリスなどの翻訳も手がけた。

ランバック, アンヌ　Rambach, Anne
フランスの作家
1970～
㊚ブルターニュ半島サン・ブリュー
㊥大学では文学を専攻、特にスタンダールとアレクサンドル・デュマに傾倒する。1991年エイズ撲滅運動団体、アクト・アップ・パリに参加。その後、パリ・ゲイ・レズビアン・センター・エイズ対策委員長を経て、パートナーのマリーヌ・ランバックとゲイ・レズビアン出版社を設立。2000年初のミステリーで〈女性捜査官・郷順子〉シリーズの第1作である「東京カオス」を発表、07年に日本でも刊行された。同シリーズには「Tokyo atomic」(01年)、「Tokyo Mirage」(02年)がある。

ランバート, メルセデス　Lambert, Mercedes
アメリカの作家
1948～2003
㊚テネシー州　㊚マンスン, ダグラス・アン　㊐カリフォルニア大学ロサンゼルス校(UCLA)卒
㊥南カリフォルニアで育つ。カリフォルニア大学ロサンゼルス校(UCLA)卒業後、弁護士となる。乳がん手術を受けたのをきっかけに、39歳でミステリー作家に転身。1990年に本名でデビュー作「El Nino」を発表。91年「ドッグタウン」を、次いで続編にあたる「ソウルタウン」を96年に発表したものの、その後は筆を折り、世界各地を放浪した。2001年がんが再発し、03年に死去。

ランベール, パスカル　Rambert, Pascal
フランスの劇作家, 演出家
1962～
㊚ニース　㊥フランス劇文学賞大賞(2012年)、フランス演劇賞戯曲賞(2013年)

㊗1982年戯曲の執筆と演出を始め、84年に自身のカンパニー、Side One Posthume Théâtreを創設。2004～06年アヌシーのボンリュー国立舞台のアソシエート・アーティストを務める。07年設立者のベルナール・ソベールを継承し、ジュヌヴィリエ国立演劇センターの芸術監督に任命される。03年初来日。07年青年団俳優陣とともに「愛のはじまり」日本版を制作・上演。09年「私のこの手で」「演劇という芸術」を上演。10年「世界は踊る～ちいさな経済のものがたり～」を上演。11年アヴィニョン演劇祭で2人芝居「愛のおわり」を初演、13年日本版を巡演。オペラやダンス作品の演出も手がける。

ランボー, パトリック *Rambaud, Patrick*
フランスの作家
1946.4.21～
㊤パリ　㊥ゴンクール賞（1997年）
㊗1970年創刊の週刊誌「アクチュエル」の共同創設者の一人。長編小説のほか、風刺小説やユーモア小説などを発表。著名人のゴーストライターやパロディ作家としても知られる。97年ナポレオン軍とオーストリア軍の壮絶な戦いを描いた小説「戦闘」でゴンクール賞を受賞。

【リ】

リー, イーユン 李 翊雲 *Li, Yi-yun*
中国の作家
1972～
㊤北京　㊦北京大学卒、アイオワ大学大学院（免疫学・創作科）修士課程修了　㊥プリンプトン新人賞（2004年）、プッシュカート賞（2004年）、フランク・オコナー国際短編小説賞（2005年）、PEN/ヘミングウェイ賞（2005年）、ガーディアン新人賞（2005年）、ホワイティング賞（2005年）
㊗父は物理学者。1996年渡米し、アイオワ大学大学院で免疫学修士号と創作科修士号を取得。創作科のジェームズ・アラン・マクファーソン教授に才能を見いだされ、作家になることを勧められる。2004年短編「不滅」でプリンプトン新人賞、プッシュカート賞を受け、05年に刊行したデビュー短編集「千年の祈り」は第1回フランク・オコナー国際短編小説賞、PEN/ヘミングウェイ賞、ガーディアン新人賞、「ニューヨーク・タイムズ」ブックレビューのエディターズ・チョイス賞、ホワイティング賞など数々の賞を受賞。07年文芸誌「グランタ」で"最も有望な若手アメリカ作家"の一人に選出された。母国語の中国語ではなく、英語で小説を執筆する。ミルズ大学文学部創作科助教授を経て、カリフォルニア大学デービス校教授も務める。他の作品に「さすらう者たち」「独りでいるより優しくて」、短編集「黄金の少年、エメラルドの少女」（10年）など。「千年の祈り」は映画化された。

リー, エドワード *Lee, Edward*
アメリカの作家
1957.5.25～
㊤メリーランド州ブーイ　㊥ペンネーム＝ストレイカー, フィリップ〈Straker, Philip〉
㊗神秘学知識が持ち味で、1980年代にフィリップ・ストレイカーのペンネームで処女作を発表。90年代からバイオレンス・ホラー作家として活躍する。

李 過 り・か *Li Guo*
シンガポールの作家
1929.8.22～
㊤英領マラヤ・ジョホール州（マレーシア）　㊥李 今再、別名＝辛見, 賈旦, 頑岩　㊦シンガポール師資訓練学院、厦門大学華僑通信部中国語文専修科卒
㊗原籍の中国福建省永春から父がマレーに来て、小ゴム園の園主になる。幼い頃はゴム園で過ごす。1938年母と中国に戻るが、48年戦乱のためにシンガポールへ帰る。セールスマン、小・中学校教師、書店の編集主任など様々な職業を経て、「シンガポール新聞と出版会社」の図書出版部の編集スタッフの一員となる。作品に中編小説「大港」（59年）、長編「浮動地獄」（61年）、「曲がりくねった道」（82年）、短編小説集に「投資」（62年）、「正しい愛情」（68年）などがある。

李 学文 り・がくぶん *Li Xue-wen*
シンガポールの作家
1938.7.21～
㊤英領マラヤ・パハン州（マレーシア）　㊥李 文学　㊦南洋大学中国語言文学部（1962年）卒
㊗原籍は中国福建省。中学生の頃から積極的に文筆活動を行い、シンガポール華僑高校時代も各新聞の文芸欄や雑誌に作品を発表。南洋大学時代には短編小説集「風と共に」（1961年）、「長恨」（62年）を出版。卒業後、63年「星洲日報」に入社し、「青年欄」「婦人欄」や文芸副刊「星雲」の編集に携わる。83年「南洋商報」と合併して「連合早報」「連合晩報」となってからは朝刊で「商餘」欄の編集を担当。学生時代に作家として認められたが、その後は編集者に専念した。

李 劫人 り・かつじん *Li Jie-ren*
中国の作家
1891.6.20～1962.12.24
㊤四川省華陽県　㊥李 家祥、筆名＝老懶
㊗1918年創設の少年中国学会に参加。19年華陽高校を卒業後にフランスへ留学、24年帰国。成都大学で教える傍ら創作活動を行い、大河歴史小説「死水微瀾」（35年）、「暴風前夜」（36年）、「大波」（37年）の3部作などで知られる。また、モーパッサンやドーデ、フローベールなどを翻訳して"中国のゾラ"と呼ばれた。

李 季 り・き *Li Ji*
中国の詩人
1922.8.16～1980.3.8
㊤河南省唐河県　㊥李 振鵬、筆名＝李 寄, 里 計　㊦延安魯迅芸術学院, 抗日軍政大学洛川分校
㊗農家に生まれ、1938年抗日軍政大学で学び、39年に中国共産党に入党した。太行山で八路軍部隊の政治指導員を務め、42～47年陝西省北部の陝甘寧辺区で農民への教育宣伝工作に従事した。48年に延安の「群衆日報」の編集をし、解放後は武漢の「長江文芸」編集長となった。この間、46年に長編叙事詩「王貴と李香香」を発表。陝北民謡の信天遊（シンティエンユウ）の形式で書かれたこの作品は、貧農の子が地主を倒して恋人と結ばれる物語で、高い評価を受け、毛沢東の「文芸講話」後の新しい詩の時代を切り開いた。52年玉門油田に勤め、53年には作家協会理事となり、62年「人民文学」副編集長に就任した。文化大革命後の78年「詩刊」の、79年には「人民文学」の編集長となり、中国作家協会副主席を務めた。他の作品に、詩集「菊花石」（51年）、叙事詩「生活の歌」（55年）、石油労働者を描いた「玉門詩抄」（2巻, 58年）、長詩「楊高伝」（'3部, 58～60年）、長詩「向崑崙」（63年）、「石油詩」（65年）など。

李 輝英 り・きえい *Li Hui-ying*
香港の作家, 文学史家
1911.2.18～1991.5.1
㊤中国・吉林省
㊗中学卒業後に上海で学び、満州事変後に創作活動を始める。中国左翼作家連盟に加盟し、抗日戦争中は中華全国文芸界抗敵協会に参加。1945年より長春大学、東北大学で教授を務め、50年香港に行ったのちにわたって香港大学、中文大学で教鞭を執る。万宝山事件を取り上げた「万宝山」（33年）、長編「松花江のほとり」（39年）などの他、「中国小説史」（70年）、「中国現代文学史」（70年）などの著書もある。

李 喬 り・きょう *Lee Chiao*
台湾の作家
1934～
㊤苗栗県　㊥李 能棋、別筆名＝壹 闌堤　㊦新竹師範学校（1954

年）卒　[賞]呉三連文芸賞（1981年）
[歴]日本統治下の台湾山間部で生まれ、8歳から12歳まで日本語教育を受ける。1954年新竹師範学校卒業後、28年間小・中学校の教師を務め、62年から小説を書き始める。82年退職後、創作活動に専念。「飄然曠野」（65年）ほか長短あわせて200編以上の小説を発表。代表作は清朝末期から第二次大戦までの歴史を背景にして台湾人を描いた「寒夜3部作」（「孤燈」「寒夜」「荒村」）（79〜80年）で、これを完成後は政治上の様々なタブーをテーマに取り上げ、発表した作品のほとんどは「告密者」（86年）に収録される。「寒夜」は客家語でテレビドラマ化され、2002〜04年に台湾公共テレビで放映され評判となった。評論に「台湾人的醜陋面」（1988年）がある。評論発表時は壹闡堤のペンネームを使う。

利 玉芳　り・ぎょくほう　*Lee Yu-fang*
台湾の詩人
1952〜
[出]屏東県内埔郷　[賞]呉濁流文学賞（1986年），陳秀喜詩賞（1993年），栄後台湾詩賞（2016年），客家傑出成就賞（言語・歴史・文学部門）（2017年）
[歴]客家人の村で育ち、台南下営へ嫁ぐ。詩のサークル「笠」、「文学台湾」会員。客家人女性詩人として台湾で高く評価されている。小学校代理教員、ラジオの子供向け番組のための詩の執筆、大学講師などを務め、地方の文芸コンテスト審査員、「年度詩作」選考委員などを歴任。1986年呉濁流文学賞、93年陳秀喜詩賞、2016年栄後台湾詩賞、17年客家傑出成就賞（言語・歴史・文学部門）を受賞。

李 金髪　り・きんはつ　*Li Jin-fa*
中国の詩人，彫刻家
1900.11.21〜1976.12.25
[出]広東省梅県　[名]李 金発，字＝遇安
[歴]1919年フランスへ留学、中国人として最初期に近代西洋彫刻を学ぶ。傍ら、ボードレールやヴェルレーヌの影響を受けて詩作を始め、中国で初めてフランス象徴派の影響を受けた詩を創作した。新奇で難解な作風から当時“詩怪”と評され、それらの作品は詩集「微雨」（25年）、「幸福のために歌う」（26年）、「食客と荒年」（27年）に収められている。25年文学研究会に入会。51年渡米、晩年はニューヨークに定住した。

李 健吾　り・けんご　*Li Jian-wu*
中国の劇作家，作家
1906.8.17〜1982.11.24
[出]山西省運城　[名]筆名＝劉 西渭　[学]清華大学西洋文学系（1930年）卒，パリ大学
[歴]母校の清華大学助教授となったのち、1931年にフランスに留学し、パリ大学でフローベールを研究して、33年に帰国した。上海の曁南大学文学院教授、中法戯芸学校教授、孔徳研究所研究員などを歴任、また、劇作や翻訳・文芸評論に活躍し、30年代を代表する劇作家の一人となる。抗日戦期は占領下の上海で上海劇芸社を組織し、多数の戯曲を書き、自作を含む脚色・演出を行って、自ら舞台にも立った。戦後は鄭振鐸と「文芸復興」誌を創刊・編集して、中国の文芸活動に寄与した。一時上海実験戯劇学校教授も務めたが、解放後は北京大学文学研究所、科学院文学研究所などで外国文学の研究に努め、フローベールなどのフランス文学のほか、ゴーリキー、トルストイなど多数の訳業を続けた。主な作品に戯曲「梁允達」（34年）、「率先垂範」「母親の夢」（36年）、「新学究」「これは春だけ」（37年）、「うそつきの家柄」（39年）、「山河の怨み」「和平頌」（46年）、「青春」（47年）、短編集「西山の雲」（28年）、「鰻子」（31年）、「使命」（40年）、劉西渭の筆名の文芸評論集「咀華集」（36年）、「咀華二集」（41年）のほか、「フローベール評伝」（37年）がある。

李 昂　り・こう　*Li Ang*
台湾の作家
1952〜
[出]彰化県鹿港　[名]施 淑端　[学]文化大学哲学部卒，オレゴン州立大学大学院演劇コース（1977年）修士課程修了
[歴]中学時代から創作を始め、1968年高校1年の時短編「花の季節」でデビュー。大学在学中の73年、高度経済成長以前の台湾・鹿港の人々を主人公とした小説群「鹿港物語」を書き始める。75年アメリカ・オレゴン州立大学大学院に留学。78年帰国後は母校で教鞭を執り文芸界・ジャーナリズムで活躍。現代女性の内面や性、社会の伝統との葛藤をテーマに創作を続け、〈鹿港物語〉シリーズの長編「夫殺し」（82年）は、フェミニズム文学として世界的に高い評価を得る。他の作品に現代台北ものの「暗夜」（85年）、「迷いの園」（91年）、「自伝の小説」などがある。2003年来日。
[家]姉＝施 叔女（評論家），施 叔青（作家）

李 広田　り・こうでん　*Li Guang-tian*
中国の詩人，作家
1906.10.1〜1968.11.2
[出]山東省鄒平　[学]北京大学（1935年）卒
[歴]王姓の貧しい農民の子に生まれ、母方の李姓を継ぐ。1929年北京大学予科に入り、30年から詩・小説などを書き始める。36年学友の卞之林、何其芳と共著の詩集「漢園集」を出版、主知派と呼ばれる。同年散文集「画廊集」「銀狐集」も出す。35年大学を卒業して中学教師となるが、抗日戦争の開始により四川へ移る。41年西南連合大学、戦後は南開大学、清華大学で教鞭を執る。47年日本占領下の済南の女性教師を主人公とした長編「引力」を執筆、50年代の日本で広く読まれた。48年中国共産党に入党したが、57年右派分子として失脚。68年文化大革命で迫害を受けて亡くなった。78年名誉回復。

李 准　り・じゅん　*Li Zhun*
中国の作家，脚本家
1928.5.17〜2000.2.2
[出]河南省洛陽県（孟津県）　[賞]百花賞編劇賞（1963年）
[歴]蒙古族出身。李準の名も用いる。銀行員、教師などを経て、1952年以降作家として創作活動に専念。53年処女短編「その道を歩んではいけない」を発表して有名になった。54年から河南省文連に所属。「二頭の痩せ馬」（59年）など多くの作品は、農村集団化や女性解放問題を扱い、新鮮でユーモラスな筆致で人物描写に定評がある。「李双双小伝」（60年）は映画化され、また「老兵新伝」（58年）など十数編の映画脚本を書いた。他の作品に長編「黄河東流去」（80年）など。傍ら、64年第3期全人代河南省代表、81年北京市計画局副局長、85年中国作家協会主席団委員、89年中国共産党中央宣伝部文芸局副局長、92年中国文史館長、93年中国現代文学館長などの要職を歴任。第7期、第8期全国政治協商（全国政協）委員。91年来日。

リー，ジョセフ　*Lee, Joseph*
香港生まれの作家
[学]ルイス＆クラーク大学（アメリカ）卒 M.B.A.（シカゴ大学）
[歴]4歳の時に東京に移り住み、インターナショナルスクールで英語と日本語のバイリンガル教育を受ける。オレゴン州のルイス＆クラーク大学を卒業、シカゴ大学でM.B.A.（経営学修士号）を取得。アメリカ四大会計事務所のパートナーとして大手日系企業の経営戦略、企業・不動産買収などのコンサルティングを行う。「赤く燃える空」で作家デビュー。他の作品に「封印入札」がある。

李 汝琳　り・じょりん　*Li Ru-lin*
シンガポールの作家
1914.7.5〜1991.3.17
[出]中国・河南省　[名]李 宏賁，別名＝李 霖，李 极光，李 曼丹
[歴]本籍は河南省沁陽県。代々読書人の家柄で、少年時代は私塾で学び、中学の頃に新文学に触れる。大学在学中、中国本土で処女詩集「惜昨集」（1936年）を出版、北平（北京）作家協会に加入した。抗日戦争中は郷里で中学教師を務めながら演劇活動に参加、また文学雑誌「西線文芸」の編集に従事。44年連合国軍の中国人部隊がいたインドのカルカッタへ移り、「中国週

報」「中国日報」の副刊の編集にあたる。戦後、シンガポールに渡って南洋華僑中学の教務主任を4年間、シンガポール師範学院の講師を17年間務めた。その後、南洋大学中国語言文学部で3年間教鞭を執り、73年に退官。教職の傍ら、シンガポールでも詩集「再生集」(56年)、「叩門」(61年)、短編集「姉妹」(58年)などを出版した。

李 存葆　り・そんほ　*Li Cun-bao*
中国の作家
1946.2.19〜
[出]山東省五蓮県　[名]筆名＝茅山　[学]中国人民解放軍芸術学院　[賞]優秀中編小説賞(1981-82年度)(1982年), 優秀中編小説賞(1983-84年度)(1984年)
[歴]1964年中国人民解放軍に入隊、68年中国共産党に入党。70年から済南軍区前衛文工団創作室創作員、前衛歌舞団脚色者となる。86年解放軍芸術学院に入学。戦争をテーマにしたものが多く、代表作に「高山のもとの花環」(83年)、「山中に眠る十九の墳墓」(84年)などがある。92年6月北海道新聞社の招きで来日。

李 陀　り・だ　*Li Tuo*
中国の作家
1939.9.5〜
[出]内蒙古自治区フフホト　[名]旧姓名＝孟 克勤, 筆名＝杜雨, 孟輝
[歴]ダフール族で、ダフール人としての名はククパト。1958年高校を卒業し、北京で工場労働者となる。66年中国共産党に入党。「北京工人」報編集を務めた。75年から作品を発表し、文化大革命後の78年「この歌を聞け」で文壇に登場。文芸理論家でもあり、82年以降モダニズムを支持する立場で評論活動を行う。「李陀短編小説選」などがある。
[家]妻＝張 暖忻(映画監督)

リー, タニス　*Lee, Tanith*
イギリスのファンタジー作家, 児童文学作家
1947.9.19〜2015.5.24
[出]ロンドン　[賞]イギリス幻想文学大賞(1979年), 世界幻想文学大賞(短編)(1983年・1984年)
[歴]ダンサーの両親の間に生まれ、9歳の頃から創作を始める。キャプトフォードのグラマー・スクールで美術を学んだあと図書館司書の助手をはじめ、様々な事務職に就き、1971年児童向けファンタジー「ドラゴン探索号の冒険」をマクミラン社から発表。アメリカのDAWブックス編集者ドナルド・A.ウォルハイムに見出され、75年初の成人向けファンタジー「Birthgrave(誕生の墓)」を刊行して脚光を浴びる。同年イギリスでも児童向けファンタジーの「Companions on the Road(アヴィリスの妖杯)」が大好評を博し、児童文学の分野でも地位を確立。DAWブックスの専属ライターとして年2、3作の作品を執筆。79年の作品「死の王」がイギリス幻想文学大賞を受賞するなど、成人・児童両分野で高い評価を受ける。ホラー、ファンタジー、SFの全領域に渡って作品を発表した。他に「幻獣の書」「堕ちたる者の書」「ヴェヌスの秘録〈1〜4〉」などがある。“ダークファンタジーの女王”と呼ばれる。

リー, チャンレー　*Lee, Chang-rae*
韓国生まれのアメリカの作家
1965.7.29〜
[出]韓国ソウル　[学]エール大学卒, オレゴン州立大学大学院創作学科　[賞]PEN/ヘミングウェイ賞
[歴]韓国系。父は精神科のカウンセラーで、3歳の時に両親と妹と渡米。エール大学、オレゴン州立大学大学院創作学科に学ぶ。大学卒業後、ウォール街のアナリストになったが、1年で辞めて作家を目指す。1995年デビュー作「ネイティヴ・スピーカー」で韓国系移民の内面を描き注目を集め、PEN/ヘミングウェイ賞などを受賞。続く第2長編「最後の場所で」(99年)では韓国人従軍慰安婦をテーマに描き、文学界での地位を確立。2002年からプリンストン大学創作科で教鞭を執る。他の作品に「空高く」などがある。

リー, デニス　*Lee, Dennis*
カナダの詩人, 批評家, 編集者
1939.8.31〜
[名]リー, デニス・ベイノン〈Lee, Dennis Beynon〉　[賞]カナダ総督文学賞(1972年)
[歴]出版社アナンシの家の創立に参加、その編集者として現代カナダ文学に新風を吹き込んだ。批評家としては「文学と宇宙論についての詩論」(1977年)があり、詩人としては「市民のエレジー、その他」(72年)でカナダ総督文学賞を受賞。他の詩集に「不在の王国」(67年)、「神々」(78年)など。児童詩集「アリゲーター・パイ」(74年)、「がらくた詩集」(77年)もある。

リー, ドン　*Lee, Don*
アメリカの作家
[学]カリフォルニア大学ロサンゼルス校(文学), エマーソン・カレッジ(創作)　[賞]MWA賞最優秀新人賞(2005年), ABA賞
[歴]韓国系3世。父は外交官で、子供時代の大半を東京とソウルで過ごす。カリフォルニア大学ロサンゼルス校で文学を専攻。エマーソン・カレッジで創作の修士号を取得。1988年から非営利の文芸誌「Ploughshares」の主幹として活躍し、91年からはフリーの文芸出版コンサルタントも行う。90年頃から短編を発表し始め、2001年に出版した処女短編集「Yellow」は高い評価を得て、多くの賞を受賞。また、04年に発表した「出生地」でも、05年のアメリカ探偵作家クラブ(MWA)賞最優秀新人賞、ABA賞などの賞を受賞した。

リー, ナム　*Le, Nam*
ベトナム生まれのオーストラリアの作家
1978〜
[出]ベトナム・ラックザー　[学]メルボルン大学卒　[賞]プッシュカート賞(2007年), ディラン・トーマス賞(2008年), オーストラリア・プライム・ミニスター文学賞(2009年), メルボルン賞(2009年)
[歴]ベトナムに生まれ、生後3ケ月で両親とともにボートピープルとしてオーストラリアに渡る。大手法律事務所勤務を経て、渡米。アイオワ大学ライターズ・ワークショップに学ぶ。デビュー短編集「ボート」(2008年刊行)で、07年プッシュカート賞、08年ディラン・トーマス賞、09年オーストラリア・プライム・ミニスター文学賞、メルボルン賞ほか多数受賞。ニューヨークで「ハーバード・レビュー」の文芸記者を務めるとともに、09年にはライター・イン・レジデンスとしてイギリス・イースト・アングリア大学に留学。

李 佩甫　り・はいほ　*Li Pei-fu*
中国の作家
1953〜
[出]河南省許昌
[歴]文化大革命期は農村で労働、後に工場労働者、文化局勤務、雑誌編集などを経験。1978年から長編小説、短編小説、ルポルタージュ、テレビ脚本など多数の作品を発表。著書に「羊の門」などがある。

リー, ハーパー　*Lee, Harper*
アメリカの作家
1926.4.28〜2016.2.19
[出]アラバマ州モンロービル　[名]Lee, Nell Harper　[学]アラバマ大学卒　[賞]ピュリッツァー賞(1961年)
[歴]ノンフィクション・ノベルの代表作とされる「冷血」の作者トルーマン・カポーティの従妹。黒人への差別が強いアメリカ南部で育ち、アラバマ大学で法律を学ぶ。卒業後の1949年、ニューヨークに移り、航空会社の予約係として勤務しながら執筆活動を開始。60年に発表した「物真似鳥を殺すのは」(邦訳名「アラバマ物語」)は、アラバマ州の小さな町を舞台に、白人女性強姦の罪を着せられた黒人を弁護する白人弁護士を、その娘の視点を通して描き、公民権運動が高まる中で大きな反響を呼んだ。同作品は61年にピュリッツァー賞を受賞したほか、俳優グレゴリー・ペックが弁護士役を演じた62年の映画

では、アカデミー賞主演男優賞などを獲得。世界各国で4000万部以上を売上げたが、他の作品は発表しなかった。その後、「アラバマ物語」につながる50年代の草稿が見つかり、2015年に続編として「ゴー・セット・ア・ウォッチマン」が発売され、話題となった。
㊇従兄＝トルーマン・カポーティ（作家）

リー, マンフレッド
→クイーン, エラリーを見よ

リー, ローリー　*Lee, Laurie*
イギリスの作家, 詩人
1914.6.26～1997.5.14
㊥グロスターシャー州スラッド　㊫W.H.スミス文学賞（1960年）
㊧1951年より旅行家、作家として活躍。田園の自然や静かな生活をうたった詩作品のほか、自伝的小説「As I Walked out One Midsummer Morning（スペイン放浪記、ある夏の朝ふと旅に出て）」（69年）などを発表。少年時代を描いた自伝的小説「Cider with Rosie（ロージーとのリンゴ酒）」（59年）はミリオンセラーとなった。詩集に「太陽、私の記念碑」（44年）、「重ね着の男」（55年）などがある。

リヴォワール, クリスチーヌ・ド　*Rivoyre, Christine de*
フランスの作家
1921～
㊥オート・ピレネー県タルブ　㊫ソルボンヌ大学卒　㊫アンテラリエ賞（1968年）
㊧騎兵将校である父と歴史家である母との間に生まれる。カトリック系の女学校を経てソルボンヌ大学に学び、卒業後シラキューズ大学の奨学資金を得て2年半アメリカに留学する。1950年に帰国してからは「ル・モンド」紙の記者となり、55～66年までは婦人雑誌の文芸部門の責任者をつとめた。作家としては処女作「鏡罠」（55年）以下主として現代パリの華やかな生活を背景にした男女の生態を描いて注目を集める。しかし68年にアンテラリエ賞を受賞した「別れの朝（原題＝夜明け）」に至って新たな変貌を見せ、それまでの現代風俗的な作風を離れて、より本質的な自分を再確認したといえる。さらにその主題や方法をいちだんと深化させた作品に「Boy（恋人の休暇）」（73年）がある。

リオ, ジョアン・ド　*Rio, Joao do*
ブラジルの作家, 新聞記者
1881～1921
㊥リオデジャネイロ
㊧帝政から共和制へと変わっていくリオデジャネイロを鋭い目で観察しつつ、その時感じとった問題点をテーマに短編を描いた。主な作品にブラジル短編集の定番「カーニバルの終わりに」などがある。

リオーダン, ジム　*Riordan, Jim*
イギリスの作家
1936.10.10～2012.2.11
㊥ポーツマス　㊔リオーダン, ジェームズ・ウィリアム〈Riordan, James William〉
㊧幼少期に戦争を経験し、若者と戦争をテーマとした小説を発表。カーネギー賞やウィストブレッド賞などにもノミネートされる。一方、1961～65年ソ連のモスクワに5年間滞在し、スポーツ、文化、教育などを研究。ソ連のスポーツ研究の権威として知られた。2002年には南アフリカで開催されたオリンピック・コングレスで基調講演を行った。複数の大学で教え、ジャーナリストでもあった。著書に「ペレストロイカの子供たち―ソビエトの若者文化」「大地のランナー―自由へのマラソン」など。

リオーダン, リック　*Riordan, Rick*
アメリカの作家
1964～
㊥テキサス州サンアントニオ　㊫テキサス大学卒, サンフランシスコ州立大学　㊫アンソニー賞（1998年）, シェイマス賞（1998年）, MWA賞最優秀ペーパーバック賞（1999年）
㊧テキサス大学オースティン校で英語と歴史を専攻。1988年同大学サンアントニオ校で教員資格を取得後、サンフランシスコに移り、サンフランシスコ州立大学で英語と中世文学を専攻。98年同大学を離れ、サンアントニオに帰郷。デビュー作「ビッグ・レッド・テキーラ」（97年）で、98年のアンソニー賞とシェイマス賞を、「ホンキートンク・ガール」（98年）で、99年のアメリカ探偵作家クラブ（MWA）賞の最優秀ペーパーバック賞を受賞。また、初のファンタジー〈パーシー・ジャクソン〉シリーズは全世界でシリーズ累計5000万部の大ヒット作となり、映画化もされた。謎解きアドベンチャー〈サーティーナイン・クルーズ〉シリーズでも人気を集める。

リーガ, ジョージ　*Ryga, George*
アメリカ生まれのカナダの劇作家, 作家
1932.7.27～1987.11.18
㊥アルバータ州
㊧ウクライナ系カナダ人。農家に生まれ初等教育を受けるに留まる。様々な職業に就きながら通信教育で独学し、やがて作家として身を立てる。若い頃は共産主義に関わった。デビュー作はテレビドラマの脚本「インディアン」（1962年放映）で、初期の代表劇作「リタ・ジョーの恍惚」（67年）の公演がカナダ各地で興行的成功を収め劇作家として注目される。全作品を通して社会の底辺で抑圧と疎外に喘ぐ弱者に焦点を据え、体制の変革を求める主張が特徴。他の作品に、戯曲「野草と野苺」（69年）、「匿名太鼓奏者の囚われ人」（71年初演, 72年刊）、「日暮れまで七時間」（76年初演, 77年刊）、小説「飢餓丘陵」「夜警」などがある。

リカルツィ, ロレンツォ　*Licalzi, Lorenzo*
イタリアの作家
1956～
㊥ジェノバ
㊧一時期は老人ホームを作って運営していたが、心理学方面の仕事と本の執筆に専念。2001年「Io no」で作家デビュー、03年同作が映画化された。日本には老人ホームでの恋愛小説「きみがくれたぼくの星空」（05年）が紹介されている。

リカルドゥー, ジャン　*Ricardou, Jean*
フランスの作家, 評論家
1932.6.17～2016.7.23
㊧1962～71年まで「テル・ケル」誌の編集に関わり、67年の「Problèmes du nouveau roman（言葉と小説―ヌーヴォー・ロマンの諸問題）」や、71年の「Pour une théorie du nouveau roman」などの評論集を著したほか、多くのシンポジウムを主宰。"ヌーヴォーロマン"第一の理論家としてその展開に大きな影響を及ぼした。他の著書に小説「コンスタンティノープルの占領」（65年）など。

陸 秋槎　りく・しゅうさ　*Lu qiu-cha*
中国の作家
1988～
㊥北京　㊫復旦大学　㊫華文推理大奨賽最優秀新人賞
㊧復旦大学古籍研究所在籍中、ミステリーファンの集う学生サークルに参加。2014年短編ミステリー「前奏曲」を発表し、第2回華文推理大奨賽の最優秀新人賞を受賞。16年「元年春之祭」で長編デビュー。

陸 天明　りく・てんめい　*Lu Tian-ming*
中国の作家
1943～
㊥雲南省
㊧腐敗する中国共産党や政府高官の汚職などを扱った"官界小説"の草分け的存在。1995年省政府の腐敗に市長が立ち向かう姿を描いた「蒼天在上」を発表、中国中央テレビでドラマ化され人気を博す。実在人物に取材を重ねてメディアが報じない

汚職の裏舞台を描き、2000年に発表した「大雪無痕」の登場人物のモデルとされた田鳳山国土資源相は03年解職、05年収賄罪で無期懲役の判決を受けた。他の作品に「省委書記」がある。

陸 文夫　りく・ぶんぷ　*Lu Wen-fu*
中国の作家
1928.3.23～2005.7.9
[出]江蘇省泰興県　[学]蘇北塩城華中大学卒　[賞]中編小説コンクール受賞（1984年）
[歴]中学を出て蘇州の高校で学ぶ。1948年蘇北解放区で革命運動に参加。中華人民共和国設立後、新華社の記者となり、53年頃より創作活動を始め、「栄誉」「小巷深処」などで注目され専業作家となる。57年雑誌「探究者」に拠る反党分子として旋盤工にされ下放、労働改造を繰り返す。のち作家として復活したが、文化大革命により機械修理工、後に労働者の資格も奪われ“江蘇のシベリア”といわれる僻村へ家族とともに9年間下放。78年蘇州に帰って活動を再開し、「特別法廷」「小販世家」「清高」「美食家」「消えた万元戸」（邦訳）などの佳作を発表。晩年は蘇州の人びとに焦点を合せたヒューマンな作品を多く発表した。85年より中国作家協会副主席、86年より全人代江蘇省代表を務めた。

リクス, ミーガン　*Rix, Megan*
イギリスの作家
1962～
[出]ロンドン　[名]サイメス, ルース〈Symes, Ruth〉
[歴]学習障害児の教育法を学び教職に就くが、その後、アメリカ、ニュージーランド、シンガポールなどで様々な職を得て暮らす。タスマニア滞在中に初めての本「マスター・オブ・シークレット」（未訳）を本名のルース・サイメス名義で刊行。その後、児童文学やラジオ、テレビのジャンルで活躍。2006年介助犬の子犬飼育ボランティアを経験してから、動物を扱った作品をミーガン・リクス名で発表している。

リゴーニ・ステルン, マーリオ　*Rigoni Stern, Mario*
イタリアの作家
1921.11.1～2008.6.16
[出]ベネト州アジアーゴ　[賞]ビアレッジョ賞（1953年）, カンピエッロ賞, バグッタ賞
[歴]21歳のときイタリア軍の軍曹として東部戦線に従軍。故郷の町に住み、農夫のような暮らしを営みながら自然とそこに生きるものへの愛をテーマにした作品を書き続けた。処女作「Il sergente nella neve（雪の中の軍曹）」（1953年）は自らの戦場での体験を書いたもので、各国で高く評価され、フランスでは“イタリアのヘミングウェイ”と称された。他の主な著書に「雷鳥の森」（62年）、「ドン河への帰還」（73年）、「人間・森・蜜蜂」（80年）、「テンレ物語」（80年）、「辺境の森」（86年）、「リゴーニ・ステルンの動物記」、「野生の樹木園」など。

リージ, ニコラ　*Lisi, Nicola*
イタリアの作家
1893.4.11～1975.11.24
[出]スカルペリーア
[歴]1920年代に「思索と実践の暦」誌、フィレンツェのカトリック系文芸誌「フロンテスピツィオ」を創刊。現代カトリック作家の第一人者として知られる。代表作に「寓話」（33年）、「魂の故郷」（34年）、「田舎司祭の日記」（42年）、「愛と荒廃」（46年）、「土の顔」（60年）、「家の窓辺の話」（73年）などがある。

リージン, ウラジーミル・ゲルマノヴィチ
Lidin, Vladimir Germanovich
ソ連の作家
1894.2.15～1979.9.27
[出]モスクワ　[学]モスクワ大学法学部（1916年）卒
[歴]大学卒業後、国内戦に参加。ロシア革命前から創作活動を始め、1916年短編小説でデビュー。以後、短編集「春の出水」（17年）、「海と山」（22年）を発表。主にインテリの生活に主題をとった小説を多く書いた。30年代はロシア各地を旅して回り、長編「無名戦士の墓」（32年）、「偉大な, あるいは静かな」（33年）でリアリズムを確立。第二次大戦には「イズヴェスチヤ」紙の記者として従軍した。戦後、長編「追放」（47年）、「二つの人生」（50年）などの他、芸術家との交友録「人々との出会い」（57年, 61年, 65年）を書いた。他の作品に、「北風」（25年）、「探究者」（30年）、「息子」（36年）など。

リース, ジーン　*Rhys, Jean*
ドミニカ国生まれのイギリスの作家
1894.8.24～1979.5.14
[出]英領ドミニカ・ロゾー（ドミニカ国）　[名]ウィリアムズ, エラ・グウェンドリン　[学]ロイヤル・アカデミー・オブ・ドラマティック・アート（RADA）卒　[賞]W.H.スミス文学賞（1967年）
[歴]1910年イギリスに渡る。演劇学校卒業後、コーラスガール、モデル、ゴーストライターなどの職を転々とする。27年短編「The Left Bank」で作家デビュー。以後、諸作品を発表。25年の沈黙の後「サルガッソーの広い海」でW.H.スミス文学賞を受け、復活を果たす。未完の自伝「Smile Please：An Unfinished Autobiography」を遺し、79年に病没。他の著書に「カルテット」「闇の中の航海」「After Leaving Mr.Mackenzie」「Good Morning, Midnight」がある。

リーズ, デービッド　*Rees, David*
イギリスの作家
1936～1993
[出]ロンドン　[学]ケンブリッジ大学クイーンズ・カレッジ（1958年）卒　[賞]カーネギー賞（1978年）
[歴]グラマー・スクールの教師、大学講師などを経て作家となる。1975年「高潮」でデビュー。78年「エクセター大空襲」でカーネギー賞受賞。他の著書に「渡し守」「自由のみどりの枝」「牛乳配達人がゆく」「色つきの砂漠、緑の蔭」「物語る人びと—英米児童文学18人の作家たち」など。

リス, デービッド　*Liss, David*
アメリカのミステリー作家
1966～
[出]フロリダ州　[学]シラキュース大学, ジョージア州立大学, コロンビア大学　[賞]MWA賞（最優秀新人賞）（2001年）
[歴]フロリダ南部で育ち、シラキュース大学、ジョージア州立大学、コロンビア大学で学ぶ。2001年歴史ミステリー「紙の迷宮」でMWA賞最優秀新人賞を受賞した。他の著書に「珈琲相場師」がある。

リース, マット・ベイノン　*Rees, Matt Beynon*
イギリスの作家, ジャーナリスト
1967～
[出]南ウェールズ　[賞]CWA賞ジョン・クリーシー・ダガー賞（2008年）
[歴]1996年よりジャーナリストとして中東の記事を書くようになり、2000年6月から06年1月まで「タイム」誌のエルサレム支局長を務める。ノンフィクションの著作を発表後、07年初のフィクション「ベツレヘムの密告者」を出版、イギリス推理作家協会賞（CWA賞）のジョン・クリーシー・ダガー賞を受賞した。

リズト, ラーナ・レイコ　*Rizzuto, Rhana Reiko*
アメリカの作家
[賞]全米図書賞（2000年度）
[歴]父はアメリカ人、母は日本人で、家族は第二次大戦中に強制収容を経験。1992年コロラドで開催された収容所体験者の集いに参加、戦時体験を後世に伝える使命を感じ、作家を志す。以後執筆活動に入り、第二次大戦を舞台に3代にわたる日系アメリカ人家族を描いたデビュー作「Why She Left Us」が、2000年度の全米図書賞を受賞。01年6月広島を訪れ、被爆者などから聞き取り調査を行う。

リスペクトール, クラリッセ *Lispector, Clarice*
ソ連生まれのブラジルの作家
1925.12.10～1977.12.9
[出]ウクライナ地方チェチルニク
[歴]ユダヤ系ソ連人の出身で生後2ケ月で家族と共にブラジルに移住した。外交官と結婚。1944年処女作「野性の心の間近に」を発表。ブラジル文学に新風を吹き込んだ。長編小説「暗がりの中のりんご」、短編小説「Uma galinha（めんどり）」などの作品があり、英語やフランス語に翻訳され、ヨーロッパでも高い評価を得ている。

リーチ, モーリス *Leitch, Maurice*
イギリスの作家
1933.7.5～
[出]北アイルランド　[賞]ガーディアン賞（1969年），ウィットブレッド賞（1981年）
[歴]ベルファストで教育を受け、6年間の小学校教員生活のあと作家活動に入る。1969年ロンドンに移り、BBCのラジオ・ドラマ部門プロデューサーになる。主な作品に「自由の子」（65年）、「哀れなラザロ」（69年）、「シルバーの街」（81年）、「伝言ゲーム」（87年）など。

リチャードソン, アリータ *Richardson, Arleta*
アメリカの児童文学作家
1923.3.9～2004.7.25
[出]ミシガン州
[歴]20年間にわたり大学教師、図書館員、小学校教師を務めた後、文筆活動を始める。傍ら幼稚園でも教える。〈おばあちゃんの屋根裏部屋〉シリーズはアメリカで200万部以上のベストセラーになる。作品に「メイベルおばあちゃんの小さかったころ」〈孤児たちの旅〉シリーズなど。

リチャードソン, C.S. *Richardson, C.S.*
カナダの作家, ブックデザイナー
1955～
[賞]アルキン賞, コモンウェルス作家賞（処女長編賞）
[歴]ブックデザイナーとして20年以上も出版界で活躍し、カナダで最も権威のある書籍装幀の賞であるアルキン賞を受賞。2007年「最期の旅、きみへの道」で作家としてもデビュー、「ワシントン・ポスト」紙他の有力紙誌で絶賛され、コモンウェルス作家賞処女長編賞を受賞した。12年「The Emperor of Paris」（未訳）を発表。

リチャードソン, ジャック *Richardson, Jack*
アメリカの劇作家
1935.2.18～
[出]ニューヨーク　[学]コロンビア大学卒
[歴]"不条理派"に属する。1960年にアイスキュロスの「オレステイア」を現代化した処女作「Prodigal（放蕩息子）」を発表、次いで61年に発表した「Gallows Humor（絞首台の笑い）」で名声を高めた。その内容は、ブラック・ユーモアなどを意味する慣用句に題名を取り、死刑囚と死刑執行人の家庭を対照的に描いた近未来的諷刺劇で、生と死・自由と束縛・秩序と混沌の2元価値観を扱う。その後、65年の「ラスヴェガスのクリスマス」などの若干の作品を発表し、劇作から遠のいた。

リチャードソン, ロバート *Richardson, Robert*
イギリスのミステリー作家
1940～
[出]マンチェスター　[賞]CWA賞ジョン・クリーシー記念賞（1985年）
[歴]ガソリンスタンドの従業員、店員などの職に就いた後、1960年から「デイリー・メイル」誌の記者としてジャーナリストをめざす。その間、テレビのクイズ番組の企画や郷土本「The Book of Hatfield」などを執筆。85年、15年構想を練った第1作目のミステリー作品「誤植聖書殺人事件」でイギリス推理作家協会賞（CWA賞）の最優秀新人賞であるジョン・クリーシー記念賞を受賞した。

リックワード, エッジェル *Rickword, Edgell*
イギリスの詩人, 批評家
1898.10.22～1982
[出]エセックス州コルチェスター　[名]リックワード, ジョン・エッジェル〈Rickword, John Edgell〉　[学]オックスフォード大学ペンブルック・カレッジ（フランス文学）中退
[歴]第一次大戦で目を負傷し、戦後オックスフォード大学でフランス文学を学ぶが中退。1921年西部戦線における戦地勤務の体験を映し出した最初の詩集「Behind the Eyes」を発表。20年代初めよりロンドンで批評家としても名声を獲得し、「タイムズ文芸付録」などに書評を執筆。マルキスト批評家として「現代文学カレンダー」（25～27年）、「レフト・レビュー」（34～38年）など多くの雑誌を編集。詩人としてはスペイン内戦の風刺詩以降は書かなくなった。「ランボー論」（24年）、「全詩集」（47年）、A.ヤング編「評論集」（74年）がある。

リッセ, ハインツ *Risse, Heinz*
ドイツの作家
1898.3.30～1989.7.17
[出]デュッセルドルフ
[歴]学者、実業家を経て、第二次大戦後に50歳で小説を書き始める。1950年代ドイツの不条理文学を代表する作家の一人で、無実の罪で刑に服した指物師が出所後に殺人を犯すという枠小説「罪なくして」（51年）で文名を確立。他の作品に、小説「彷徨者」（48年）、「大地揺らぐ時」（50年）、「かくてその日が来た」（53年）、「輪舞」（63年）、小品集「八十年」（78年）など。

リッチ, アドリエンヌ *Rich, Adrienne*
アメリカの詩人, フェミニズム批評家
1929.5.16～2012.3.27
[出]メリーランド州ボルティモア　[名]Rich, Adrienne Cecile　[学]ラドクリフ大学卒　[賞]エール青年詩人賞, 全米図書賞（1974年度），ルース・リリー詩賞（1986年），ドロシー・タニング賞（1996年），ボーリンゲン賞（2003年）
[歴]ユダヤ系だが、キリスト教徒として育つ。1966年より各地で教え、70～75年ニューヨーク・シティ・カレッジで教壇に立ち、76～79年ルトガーズ大学英語教授を経て、81～87年コーネル大学無任所教授。この間83年よりスクリプス大学客員教授、86～93年スタンフォード大学教授。一方、カレッジ在学中の51年、後にエール青年詩人賞を受賞した詩集「世界の変化」で詩人デビュー。知的で技巧に優れた詩人として知られた。60年代から公民権運動、反戦運動、フェミニズム運動に積極的に加わるとともに、ラディカルな女性論を展開した。それらは評論集「嘘、秘密、沈黙」「血、パン、詩。」「女から生まれる」の3冊にまとめられる。他の詩集に「義理の娘のスナップショット」（63年）、「難破船へ潜る」（73年）、「時間の力」などがある。53年に経済学者と結婚、3人の子供をもうけたが、離婚。のちに同性愛者であることを公表した。

リッチー, ジャック *Ritchie, Jack*
アメリカの推理作家
1922.2.26～1983
[出]ウィスコンシン州ミルウォーキー　[名]レイッチ, ジャック 別名＝オゥコネル, スティーブ
[歴]ミルウォーキーの州立教員養成大学に2年通った後、第二次大戦で陸軍に志願入隊した。戦後、父親の洋服仕立て屋で働いていたが、31歳のとき「デイリー・ニュース」紙にユーモラスな短編作品を発表してデビューし、作家生活に入った。以来、短編小説を中心として400以上の作品を世に送った。ウィットに富んだ簡潔な表現でストーリー・テリングの名手と呼ばれる。短編集に「ニュー・リーフ」（1971年）がある。
[家]妻＝リタ・リッチー（作家）

リッチラー, モルデカイ *Richler, Mordecai*
カナダの作家
1931.1.27～2001.7.3
[出]ケベック州モントリオール　[賞]パリ・レビュー・ユーモア賞

(1968年), カナダ総督文学賞(1969年・1972年)
[歴]ユダヤ系。モントリオールの大学に通ったのち、1951～52年パリに住み、放送記者として働く。59年小説「ダディ・クラビッツの徒弟奉公」を発表。68年の「おんどり」、71年の「セント・アーベインの騎士」はともにカナダ総督文学賞に輝く。故郷・ケベック州モントリオールのユダヤ人地区を舞台にした作品を数多く執筆し、コミカルな筆で偽善の仮面をはがす作風により人気を得た。映画・テレビの脚本、随筆、児童読物など多岐に渡った作品を発表し、カナダで最も高名な作家となった。またカナダの文化的独自性を強調するナショナリズムを嫌い、長編「比類なきアトゥーク」(63年)やエッセイで、ナショナリズム的思考を鋭く批判した。ケベック州のフランス語化政策に対する厳しい批判でも知られた。他の作品に小説「ジョシュア・ゼン・アンド・ナウ」(80年)、「Solomon Gursky Was Here」(90年)、短編集「The Street」(72年)、エッセイ「Home Sweet Home」(84年)などがある。

リップマン, ローラ　*Lipman, Laura*
アメリカの作家
[出]メリーランド州ボルティモア　[学]ノースウェスタン大学ジャーナリズム専攻卒　[賞]MWA賞最優秀ペーパーバック賞(1998年), シェイマス賞最優秀ペーパーバック賞(1998年・2000年), アガサ賞(1998年), アンソニー賞最優秀ペーパーバック賞(1999年・2000年), ネロ・ウルフ賞(2001年), アンソニー賞最優秀長編賞(2004年・2007年・2008年), ガムシュー賞最優秀長編賞(2006年)
[歴]大学卒業後は二つの新聞社で記者として働く。1994年以降「ボルティモア・サン」で特集記事の担当記者として活躍。97年長年住むボルティモアを舞台に元新聞記者の女性探偵テス・モナハンが活躍する〈テス・モナハン〉シリーズの第1作「ボルチモア・ブルース」で作家デビュー。2編目の「チャーム・シティ」でMWA賞とシェイマス賞を同時受賞した他、その後もアガサ賞、アンソニー賞、ネロ・ウルフ賞、ガムシュー賞など数多くの賞を受けている。他の著書に「あの日、少女たちは赤ん坊を殺した」「女たちの真実」「永遠の三人」「心から愛するただひとりの人」などがある。

リーデ, パトリシア　*Wrede, Patricia C.*
アメリカのファンタジー作家
1953～
[出]イリノイ州シカゴ　[賞]ALAヤングアダルト部門最優秀図書
[歴]1977年ミネソタ大学でM.B.Aを取得後、財政アナリストや会計士を務める傍ら、執筆を続ける。80年作家集団(のちのThe Scribblies)を結成。82年初の作品を出版、その後、専業作家となり、〈魔法の森〉シリーズ第1巻「囚われちゃったお姫さま」が、ALA(全米図書館評議会)ヤングアダルト部門の最優秀図書に選ばれた。

リテル, ジョナサン　*Littell, Jonathan*
アメリカの作家
1967.10.10～
[出]ニューヨーク市　[賞]アカデミー・フランセーズ賞文学賞(2006年), ゴンクール賞(2006年)
[歴]父は数々のスパイ小説で知られるロバート・リテルで、幼い頃に両親と渡仏して、アメリカとフランスで育つ。各国語に堪能で、人道救援組織のメンバーとしてボスニア、チェチェン、アフガニスタン、コンゴなどで活動する。2006年初めてフランス語で書いた長編小説「慈しみの女神たち」を発表すると、フランスでベストセラーとなり、同年のアカデミー・フランセーズ賞文学賞、ゴンクール賞をダブル受賞した。
[家]父＝ロバート・リテル(作家)

リテル, ロバート　*Littell, Robert*
アメリカの作家
1935～
[出]ニューヨーク市　[賞]CWA賞ゴールド・ダガー賞(1973年)
[歴]長く「ニューズウィーク」誌の東欧およびソ連駐在の記者を務めたあと、1970年頃に退社。居を南フランスに移し、地中海べりの農家で暮らしながら文筆活動に専念する。73年初めてのスパイ小説「The Defection of A.J.Lewinter(ルウィンターの亡命)」を発表。大きな反響を呼び、各国でベストセラーとなるとともに、同年度のイギリス推理作家協会賞(CWA賞)のゴールド・ダガー賞を受賞する。その後も相次いで話題作を発表し、人気作家の地位を確立。他の作品に「迷いこんだスパイ」(79年)、「チャーリー・ヘラーの復讐」(81年)、「スリーパーにシグナルを送れ」(86年)、「赤葡萄酒のかけら」(88年)、「最初で最後のスパイ」(90年)、「ロシアの恋人」(91年)、「目覚める殺し屋」(96年)、「CIA ザ・カンパニー」(2002年)など。
[家]息子＝ジョナサン・リテル(作家)

リード, アンソニー　*Read, Anthony*
イギリスの作家, テレビプロデューサー
1935.4.21～2015.11.21
[出]スタッフォードシャー州チェスリンヘイ　[学]ロンドン朗読演劇学校
[歴]劇団活動の後、1963年BBCに入社。ドラマ部門責任者だったシドニー・ニューマンのもと、「ディテクティブ」(64年)、「シャーロック・ホームズ」(65年)などのドラマシリーズを手がける。その後、プロデューサーとして200を超えるテレビ映画やドラマ、連続番組を製作。BBCのSF長寿番組「ドクター・フー」の他、「ロータス・イーターズ」(76年)、「Zカーズ」(76～77年)、「プロフェッショナルズ」(77～80年)、「オメガ・ファクター」(79年)、「サファイヤ・アンド・スチール」(81年)、「トライブ」(99年)などを手がけた。作家としても活動し、著書に〈ベイカー少年探偵団〉シリーズや「ヒトラーとスターリン」などがある。

リード, イシュメイル　*Reed, Ishmael Scott*
アメリカの作家, 詩人
1938.2.22～
[出]テネシー州チャタヌーガ　[学]バッファロー大学
[歴]リード・アンド・キャノン社取締役、ヤードバード社編集長、社長を歴任。1983年よりエール大学カルホーンハウス準研究員。カリフォルニア大学バークレー校上級講師や出版・文化関係の団体の役職なども務める。黒人特有の言葉で機械文明超克を目ざす諷刺作品を発表、"ネオ・ブードゥーイズム"と称する。作品に黒人の流れ者が村を救う西部劇風の「ぴいぴいラジオ村が崩壊した」(69年)、書くことの意味を問う実験的な「マンボ・ジャンボ」(72年)、南北戦争時代を描く「カナダへの逃亡」(76年)、「Cab Calloway Stands in For the Moon」(86年)などの小説のほか、詩集「チャタヌーガ」(73年)など。

リード, ハーバート・エドワード　*Read, Herbert Edward*
イギリスの詩人, 文芸評論家, 美術評論家
1893.12.4～1968.6.12
[出]ヨークシャー州カークビー・ムーアサイド　[学]リーズ大学
[歴]第一次大戦に従軍、1919年戦争体験の詩集「裸の戦士たち」を発表。22年ビクトリア・アンド・アルバート美術館に勤務。31～33年エディンバラ大学美術教授。33～39年「バーリントン雑誌」を編集。35～36年リバプール大学講師、53～54年ハーバード大学詩学教授、54年ワシントン大学講師。文芸批評に心理分析の方法を導入して新生面を開き、また早くから工芸美術に関心をいだき現代美術を擁護した。53年ナイト爵位を叙せられる。65年来日。他の著書に散文詩「グリーン・チャイルド」(35年)、文学評論「英語散文論」(28年)、「ワーズワース」(30年)、「詩とアナーキズム」(38年)、美術評論「芸術の意味」(31年)、「芸術と社会」(37年)、「芸術による教育」(43年)、「モダン・アートの哲学」(52年)、戯曲「女の議会」(60年)など。

リード, バリー　*Reed, Barry*
アメリカの作家, 弁護士
1927～2002.7.19
[出]カリフォルニア州サンフランシスコ　[学]ホーリー・クロス・

カレッジ卒，ボストン・カレッジ・ロースクール卒
㉟主に製造物責任と医療過誤を専門に，ボストンで弁護士活動を営む。1978年所属する法律事務所がアメリカの医療過誤事件としては史上最高額の580万ドルという評決を勝ちとる。80年これらの体験を織り込んだ処女小説「評決」を発表，その大半が法廷場面に当てられるという緊張した構成で評判を呼ぶ。82年にはシドニー・ルメット監督，ポール・ニューマン主演で映画化もされ大ヒット。法廷サスペンスを得意とし，他の作品に「決断」(91年)，「起訴」(94年)などがある。

リード，ピアズ・ポール Read, Piers Paul
イギリスの作家，ノンフィクション作家
1941.3.7～
㉟バッキンガムシャー州ビーコンズフィールド ㉞ケンブリッジ大学(1961年)卒 ㉝ジェフリー・フェイバー記念賞(1969年)，サマセット・モーム賞(1969年)，ホーソーンデン賞(1970年)，トマス・モア賞(1976年)，ジェームズ・テイト・ブラック記念賞(1988年)
㉟詩人のハーバート・リードの三男。16歳で学校を辞め，パリに出てロンドンの出版社のパリ支店に勤めるが，1958年には歴史を学ぶためケンブリッジ大学に入る。大学卒業後は西ドイツの出版社に勤務。そこで処女作「タッシィ・マルクスとの天国における遊戯」を書く。2作目の「ユンカーズ」でジェフリー・フェイバー記念賞を受賞し，イギリス文学界に登場。さらに3作目「Monk Dawson(若き修道士の悲しみ)」(69年)ではサマセット・モーム賞，ホーソーンデン賞の同時受賞を果たし，イギリスで最も期待される新人の一人となった。76年アンデス山中での飛行機墜落事故を描いた「生存者」でトマス・モア賞を受賞。何度も現地に足を運ぶ実証的な手法と，正確・精緻な筆致に定評があり，ノンフィクション「こうして原発被害は広まった」は高い評価を得た。
㉟父＝ハーバート・リード(詩人)

リードベック，ペッテル Lidbeck, Petter
スウェーデンの児童文学作家
1964～
㉟ヘルシンボルイ ㉝ニルス・ホルゲション賞(2005年)
㉟大学で国語学(スウェーデン語)を専攻。卒業後，フリージャーナリストを経て，1997作家デビュー。のち児童書「日曜日島のパパーヴィンニ！1」を発表。この〈ヴィンニ〉シリーズ(全4冊)以後，子供向けの本を書き続ける。2005年「王女ヴィクトリアの人生のある一日」でニルス・ホルゲション賞を受賞。

リードマン，サーラ Lidman, Sara
スウェーデンの作家
1923.12.30～2004.6.17
㉟ベステルボッテン ㉞Lidman, Sara Adela ㉞ウプサラ大学
㉟1953に，農村地帯の生活を抑制の効いた文体で書いた処女作「シャールダーレン(タールの谷)」で評価を得，2作目「野いちごの国」(55年)も好評を博し，プロレタリア作家として認められる。ベステルボッテン地方の農民の生活を熱い同情を持ってリアリズムで描写する。南アフリカ，ケニア，ベトナムでの経験ののち，60年代以降は国際問題に積極的に取り組み，各国に滞在し，ベトナム戦争のルポルタージュ「ハノイでの対話」(66年)などを著した。他の作品に戯曲「時計製造人の娘ヨブ」(54年)，「アイーナ」(56年)，「Balansen」(75年)，「汝の召使は聞く」(77年)，「The Root of Life」(96年)など。

リトル，エディ Little, Eddie
アメリカの作家
～2003.5.20
㉟カリフォルニア州ロサンゼルス
㉟強盗や傷害などの事件を繰り返した後，長期にわたる監獄生活を送る。ドラッグのリハビリ後，自宅療養するエイズ患者と寝たきり老人の看護をする団体でボランティア活動に取り組んだ。1998年犯罪に手を染める少年らを活写した小説「アナザー・デイ・イン・パラダイス」を発表。同小説は写真家ラリー・クラークの手で映画化された。他の代表作に「スチール・トゥズ」などがある。

リトル，ジーン Little, Jean
カナダの児童文学作家
1932.1.2～
㉞トロント大学卒 ㉝カナダ子供の本賞(1962年)
㉟15歳で最初の詩集を出版。1962年「さようなら松葉杖」でカナダ子供の本賞を受賞。他の著書に「パパのさいごの贈りもの」「ぶきっちょアンナのおくりもの」「これ，あたしの犬よ！」「キャラメル色のドラゴン」「ミンのあたらしい名前」などがある。

リトルフィールド，ソフィー Littlefield, Sophie
アメリカの作家
㉟ミズーリ州 ㉝ロマンティック・タイムズ・レビュアーズ・チョイス賞ミステリー新人賞
㉟大学を卒業後しばらく働いたのちに結婚し，専業主婦となる。傍ら小説修行を続け，2009年「謝ったって許さない」で長編デビューを果たす。同作はロマンティック・タイムズ・レビュアーズ・チョイス賞ミステリー新人賞を受賞した他，アメリカ探偵作家クラブ(MWA)賞最優秀新人賞の最終候補作となり，アンソニー賞，マカヴィティ賞，バリー賞などの新人賞にもノミネートされた。

リバス，マヌエル Rivas, Manuel
スペインのガリシア語作家，詩人
1957～
㉟ラコルーニャ ㉝スペイン批評家賞(最優秀賞)，トレンテ・バレステル賞(1996年)，スペイン国民文学賞(最優秀賞)(1997年)
㉟詩人として活動を始め，その後ジャーナリスト，エッセイストとしても活躍。ガリシア語で執筆した短編集「Un millon de vacas」(1989年)でスペイン批評家賞の最優秀賞を受賞。以来，同世代を代表する作家として活躍を続ける。ガリシア地方を描いた短編集として，95年に発表した「La lengua de las mariposas(蝶の舌)」は絶賛され，96年トレンテ・バレステル賞，97年スペイン国民文学賞最優秀賞を受賞。同書は99年ホセ・ルイス・クエルダ監督により映画化された。

リーバス，ロサ Ribas, Rosa
スペインの作家
1963～
㉟バルセロナ ㉞Ribas Moliné, Rosa ㉞バルセロナ大学博士課程 ㉝ハメット賞特別賞
㉟バルセロナ大学に学び文献学で博士号を取得し，1991年ドイツに居を移す。2006年歴史小説で作家デビューしたのちミステリーに活動の場を広げ，07年フランクフルトを舞台にした警察小説シリーズを発表。「偽りの書簡」はハメット賞で特別賞を受賞するなど高い評価を受けた。

リヒター，ハンス・ヴェルナー Richter, Hans Werner
ドイツ(西ドイツ)の作家
1908.11.12～1993.3.23
㉟ウーゼドム島バンジーン
㉟バルト海の漁師の家に生まれる。1930年共産党に入党したが，32年除名。ナチス政権が出現した時には一時パリに亡命した。ベルリンで書店員をし，40年第二次大戦に召集される。43年イタリア戦線で米軍の捕虜となり，収容所でドイツ兵の啓蒙のための新聞編集に従事。帰国後の46年8月A.アンデルシュをはじめとするこの時の仲間と共に月2回刊行の総合雑誌「Der Ruf(叫び)」をミュンヘンで刊行。清新な政治的主張が人気を得たが，リヒター自身の論説について占領軍から発禁措置を受け，やがてその寄稿家たちを中心に"47年グループ"を結成。リヒターを実質的な主宰者としたこのグループは，67年まで続き，西ドイツの文学と社会に大きな影響を与えた。「打ちのめされた人々」(49年)などの一連の反戦的長編小説のほか，自

伝的な「砂の上の足跡」(53年)、「白いバラ赤いバラ」(71年)、「偽りの勝利の時」(81年)、「7月のある一日」(82年)などの作品を発表した。

リヒター, ハンス・ピーター *Richter, Hans Peter*
ドイツの社会心理学者, 児童文学作家
1925.4.28～1993.11.19
[出]ノルトライン・ウェストファーレン州ケルン　[賞]児童文学賞(ゼバルドゥス出版社)(1961年), ミルドレッド・バッチェルダー賞(1972年)
[歴]第二次大戦に従軍し左腕を失う。30歳頃から子供の本を書き始め、「メリーゴーランドと風船」などの可愛らしい作品から出発。1961年ナチスのユダヤ人迫害を描いた「あのころはフリードリヒがいた」でニュルンベルクのゼバルドゥス出版社の児童文学賞を受賞。さらにその英訳が72年ミルドレッド・バッチェルダー賞を受賞。続く「ぼくたちもそこにいた」(62年)、「若い兵士のとき」(67年)で3部作をなし、いずれも自らの体験をもとにしながら短いエピソードを連ねる叙事形式で書かれた。

リヒター, ユッタ *Richter, Jutta*
ドイツの作家
1955～
[出]西ドイツ・ミュンスター地方　[賞]ドイツ児童文学賞(2001年), ドイツ・カトリック教会児童・青年文学賞(2004年)
[歴]カトリック神学、ドイツ学、ジャーナリズムを専攻。1978年より作家活動を始める。99年「黄色いハートをつけたイヌ」はドイツ児童文学賞最終候補となった。2001年「クモの手なずけ方をおぼえた日」でドイツ児童文学賞、04年「川かますの夏」でドイツ・カトリック教会児童・青年文学賞を受賞。ミュンスター地方のヴェスターヴィンケル城内に住む。

リビングズ, ヘンリー *Livings, Henry*
イギリスの劇作家, 俳優
1929.9.20～1998
[出]ランカシャー州プレストウィッチ　[学]リバプール大学
[歴]劇団の俳優となるが、やがて劇作家として主に喜劇を執筆。代表作に「やめろ、誰だか知らないが」(1961年)、「ビッグ・ソフト・ネリー」(61年)などがある。俳優としてブレンダン・ビーハンの「死刑囚」などに出演。

リーブ, フィリップ *Reeve, Philip*
イギリスの児童文学作家
1966～
[出]イーストサセックス州ブライトン　[賞]ネスレ・スマーティーズ賞(9～11歳部門金賞)(2002年), 星雲賞(海外部門, 2007年度), ガーディアン賞(2006年), カーネギー賞(2008年)
[歴]5歳のときから物語を書く。書店での仕事に就いた後、児童書の挿絵などを手がけるイラストレーターとなる。その後、2001年「移動都市」で作家デビューし、ネスレ・スマーティーズ賞を受賞。ウィットブレッド賞の候補にもあがる話題作となった。「A Darkling Plain」でガーディアン賞、「アーサー王ここに眠る」でカーネギー賞を受賞するなど、イギリスを代表する児童文学作家の一人として活躍。他の作品に「ラークライト―伝説の宇宙海賊」「掠奪都市の黄金」「スタークロス」「氷上都市の秘宝」「オリバーとさまよい島の冒険」などがある。

リーフ, マンロー *Leaf, Munro*
アメリカの児童文学作家, 絵本作家
1905～1976
[出]メリーランド州ハミルトン　[学]ハーバード大学卒
[歴]教員生活を経て、出版社の編集者になり、やがて自らの挿絵で子供の本を書き始める。代表作「はなのすきなうし」(1936年)は簡潔な物語とロバート・ローソンのイラストの組み合わせが幅広い層に受け入れられ、絵本作家としての名を不動のものとした。また34年の「文法おたのしみ」を手始めに、子供の落書きのような楽しい挿絵で〈…おたのしみ〉シリーズを次々に発表し、好評を博した。他の作品に「おっとあぶない」「けんこうだいいち」「みてるよみてる」などがある。

リーブ, リチャード *Rive, Richard*
南アフリカの作家
1931.3.1～1989.6.4
[出]ケープタウン　[学]ケープタウン大学卒
[歴]カラード(混血)。ケープタウン大学を卒業しカラードの高校で教える。のちイギリスに留学、オックスフォード大学で学んだ。白人との協調を説く南アフリカでは、数少ない非亡命作家。のちケープタウン大学で教鞭を執る。長編作品に64年発表して注目を浴びた「戒厳令下の愛」、短編集「アフリカの歌」(63年)、自伝的評論「黒人を描く」(81年)などがある。

リーブス, リチャード *Reeves, Richard*
アメリカの作家, コラムニスト
[出]ニュージャージー州ジャージーシティ　[賞]エミー賞(1980年)
[歴]父は郡判事。スティーブンス科学研究所で学び、後に昼はエンジニア、夜は週刊誌の編集者として働く。「ニューアーク・イブニング・ニューズ」紙記者を経て、「ニューヨーク・タイムズ」紙入りし、政治部の花形記者として活躍、調査報道でいくつかの賞を受賞。1971年同紙を退職。70年代後半には「エスクァイア」のコラムニストとして政治とメディアを論じた。著書に「A Ford, Not a Lincoln」(75年)、「American Journey：Traveling with Tocqueville in Search of American Democracy」(82年)、「Portrait of Camelot」(2010年)、「The Kennedy Years」(13年)、「Infamy(汚名)」(15年)など。

リフビエア, クラウス *Rifbjerg, Klaus*
デンマークの作家, 詩人
1931.12.15～2015.4.4
[出]コペンハーゲン　[学]プリンストン大学, コペンハーゲン大学　[賞]デンマーク批評家賞(1965年), デンマーク・アカデミー賞(1966年), セーレン・ギルデンダール賞(1969年), PH賞(1979年), アンデルセン賞(1988年)
[歴]1959～63年センセーレンと「ウインド・ローズ」誌を主宰し、59～65年まで日刊紙「Politiken」の文芸欄の批評などを務め、小説や詩作にとどまらず、多方面に精力的に活動。詩人としては56年の自伝的な「自己の風上に立って」でデビューし、小説では58年の「Den Kroniske Uskyld(慢性病の無邪気)」で、少年の目覚めを描き、成人後の社会との対立を取り上げた「Operaelsken(オペラ・ファン)」(66年)、50年代を描いた「Arkivet(古文書館)」(67年)などを次々と世に問うた。また、71年の旅行記「Til Spaninen(スペインにて)」などのほか、戯曲やラジオ・テレビ・映画の脚本も数多く執筆。84年よりギルデンダル出版社の文芸顧問を務めた。デンマーク文壇を代表する作家の一人として活躍した。他の作品に、詩集「戦後」(57年)、記念碑的な「対決」(60年)、「25編の絶望的な詩」(74年)、長編「ロンとカール」(68年)、「アンナ(私)アンナ」(70年)など。

リプリー, アレクサンドラ *Ripley, Alexandra*
アメリカの作家
1934.1.8～2004.1.10
[出]サウスカロライナ州チャールストン
[歴]ニューヨークで「ライフ」誌の仕事をし、ワシントンではエール・フランスのオフィスで働いた。1981年再婚してバージニア州シャーロット郊外に住み、「チャールストン」「チャールストンを離れて」「ニューオリンズの遺産」などの歴史小説を手がける。88年マーガレット・ミッチェルの「風と共に去りぬ」の著作権問題で遺族たちから続編の作者に指名され、91年続編「スカーレット」を出版。書評はおおむね批判的だったが、ベストセラーとして人気を博し、各国語に翻訳された。
[家]夫＝ジョン・グレアム(バージニア大学教授)

リベジンスキー, ユーリー・ニコラエヴィチ *Libedinskii, Yurii Nikolaevich*
ソ連の作家

リ

1898.12.10〜1959.11.24
[出]ロシア・オデッサ
[歴]ウラル地方の医者の家庭に育つ。1920年ソ連共産党に入党。シベリアやモスクワで政治活動をしていたが、22年中編「一週間」で革命後の生活現実を描き、文壇にデビュー。プロレタリア文学運動の指導者の一人として20年代の文学運動に影響を与えた。「明日」(24年)、「政治委員」(26年)などでは新国家建設に奔走する党員たちの生活を描く。第二次大戦にはロシア連邦軍の新聞「赤い星」の特派員として従軍。戦後、北部カフカス(コーカサス)地方の壮大な長編3部作「山と人々」(47年)、「空焼け」(52年)、「ソビエトの朝」(57年)を完成させた。他の作品に、長編「英雄の誕生」(30年)、回想記「同時代人たち」(58年)などがある。

リーミイ, トム　*Reamy, Tom*
アメリカの作家
1935〜1977
[出]テキサス州　[賞]ネビュラ賞(1976年)
[歴]SFファンとして創作活動を続けたあと作家デビュー。作品集に「サンディエゴ・ライトフット・スー」「沈黙の声」。

リミントン, ステラ　*Rimington, Stella*
イギリスの作家
1935.5.13〜
[出]ロンドン　[学]エディンバラ大学
[歴]エディンバラ大学を卒業し、1963年結婚。69年内務省の情報局保安部(MI5)入り。極左・極右グループによる国家転覆活動を防止する“F局”、ソ連・東欧諸国のスパイ活動を監視する“K局”を中心にキャリアを積み、副部長から、92年2月初の女性部長に就任。95年辞意を表明し、96年4月辞任。在任中は情報公開を積極的に推進したことで評価を得た。2001年自叙伝「Open Secret」を発表、ベストセラーになる。「リスクファクター」(04年)などの小説も執筆。
[家]夫＝ジョン・リミントン(イギリス保健安全局長)

リム, キャサリン　*Lim, Catherine*
シンガポールの作家
1942〜
[学]マラヤ大学(現・国立シンガポール大学)卒
[歴]中国系。マラヤ大学で英文学を学び、中学・高校で教鞭を執ったあと、文部省のカリキュラム改良研究所に勤務。1978年処女短編集「小さな皮肉」を発表して、シンガポール・マレーシアで短編作家として認められる。その後も「さもなくば雷神が およびその他の物語(邦訳名＝シンガポーリアン・シンガポール)」に続いて、初めての中編「蛇の歯」、幽霊ばなしを集めた「死者は帰る」を出版するなど、シンガポールで最も活躍する中国系英語作家といわれる。

リャマサーレス, フリオ　*Llamazares, Julio*
スペインの詩人, 作家
1955〜
[出]レオン県ベガミアン村　[学]マドリード大学法学部卒　[賞]ホルヘ・ギリェン賞
[歴]スペイン北部レオン県のベガミアン村で生まれ、2年後に同じレオン県の鉱山町オリェーロスに移り、幼少年時代を過ごす。マドリード大学法学部を卒業して弁護士となるが、ほどなくジャーナリストに転身。早くから詩人として知られ、「のろい雄牛」などを発表し、「雪の思い出」でホルヘ・ギリェン賞を受賞。その後散文作品に移行する。1985年初の長編小説「狼たちの月」を発表し、注目を集める。88年には「黄色い雨」を刊行、海外でも高い評価を集め、日本でも2005年に翻訳され、大きな反響を呼んだ。紀行文、エッセイ集なども執筆。他の著書に「無声映画のシーン」など。

リャン, ダイアン・ウェイ　*Liang, Diane Wei*
中国生まれのアメリカの作家
1966〜
[出]中国・北京　[学]北京大学(心理学) 博士号(経営学, カーネギー・メロン大学)
[歴]幼い頃に文化大革命の下放で両親とともに中国奥地の強制収容所で暮らした経験がある。北京大学で心理学を専攻するが、学生の民主化運動に参加、天安門事件のあとアメリカへ移住。カーネギー・メロン大学で経営学の博士号を取得。天安門事件を回想したノンフィクションを上梓した後、2008年ミステリー小説「翡翠の眼」を発表。同年シリーズ2作目の「Paper Butterfly」(未訳)を刊行した。

リュ・シファ　*Ryu Shiva*
韓国の詩人, エッセイスト, 翻訳家
1959〜
[学]慶熙大学国文学科卒　[賞]韓国日報新春文芸詩部門賞(1980年)
[歴]1980年「韓国日報」新春文芸詩部門賞を受賞。革新的詩誌「詩運動」を創刊するなど活躍するが、83年創作活動を中断。ヨガ、瞑想、仏教などを学び、精神世界に関する欧米の書物を多数翻訳。88年以後はインドやアメリカを放浪して過ごす。91年、7年ぶりの詩集「君がそばにいても僕は君が恋しい」で詩壇に復帰、100万部を超えるベストセラーとなった。著書に「地球星の旅人」がある。

リューイン, マイケル　*Lewin, Michael Z.*
アメリカの作家
1942〜
[出]マサチューセッツ州スプリングフィールド　[学]ハーバード大学(1964年)卒
[歴]マサチューセッツ州スプリングフィールドで生まれ、5歳からインディアナ州インディアナポリスで育つ。ハーバード大学を卒業後は高校教師をしていたが、1965年に結婚した妻から勧められたレイモンド・チャンドラーの作品を読み、作家を志す。71年私立探偵アルバート・サムスンが活躍する「A型の女」を発表して作家デビュー、同年妻の郷里であるイギリスへ移住。以後、「死の演出者」「内なる敵」「沈黙のセールスマン」「消えた女」「季節の終わり」など立て続けに私立探偵〈サムスン〉シリーズを出し、ハードボイルド作家として名を上げた。他の著書に〈パウダー警部補〉シリーズの「夜勤刑事」「刑事の誇り」「男たちの絆」や「負け犬」「探偵家族」「探偵学入門」などがある。

龍 応台　りゅう・おうたい　*Lung Ying-tai*
台湾の作家, 評論家
1952〜
[出]高雄　[学]成功大学外国語学部(1974年)卒, カンザス州立大学 英米文学博士(カンザス州立大学)(1982年)
[歴]1985年「中国時報」紙上に掲載された評論が戒厳令下の台湾社会で大きな反響を呼び、出版された「野火集」は台湾出版界空前のベストセラーとなった。その後も次々に話題作を発表。86〜99年スイスとドイツに滞在。99年〜2003年台北市文化局初代局長。05年7月龍応台文化財団を設立。新竹清華大学教授、香港大学教授を歴任。12〜14年初代の行政院文化部長を務めた。他の著書に「台湾海峡一九四九」「父を見送る—家族、人生、台湾」などがある。

リュウ, ケン　*Liu, Ken*
中国生まれのアメリカのSF作家
1976〜
[出]甘粛省　[名]漢字名＝劉 宇昆　[学]ハーバード大学(文学・コンピューター)　[賞]ネビュラ賞(短編小説部門)(2011年), ヒューゴー賞(短編小説部門)(2012年・2013年), 世界幻想文学大賞(短編小説部門)(2012年)
[歴]中国に生まれ、11歳の時に家族とともに渡米。ハーバード大学で文学とコンピューターを学んだ。2002年短編「Carthaginian Rose」でデビュー。その後も精力的に短編を発表し、12年短編集「紙の動物園」の表題作はヒューゴー賞、ネビュラ賞、世界幻想文学大賞という史上初の3冠に輝いた。15年初の長編「The Grace of Kings」を刊行。テッド・チャン

に続く現代アメリカSFの新鋭といわれる。創作以外に中国SFの英訳紹介も行う。弁護士、プログラマーとしての顔も持つ。

劉 索拉　りゅう・さくら　*Liu Suo-la*
中国の作家, 作曲家
1955～
[出]北京　[学]中国中央音楽学院作曲科（1983年）卒
[歴]中国中央民族学院音楽科で教鞭を執る。1985年初めての中編「君にはほかの選択はない」がベストセラーとなり、以後創作に専念。作曲や歌唱力などにおいても高い評価がある。

劉 紹棠　りゅう・しょうとう　*Liu Shao-tang*
中国の作家
1936.2.29～1997.3.12
[出]河北省通県（北京市通県）　[学]北京大学中文系中退　[賞]大衆文学賞（1990年）
[歴]1948年の北京の中学時代から新聞に投稿、49年より掲載され、52年の短編「紅花」「青枝緑葉」などで“神童作家”と呼ばれる。53年に17歳で処女短編集「青枝緑葉」を発表、同年中国共産党に入党した。54年北京大学に入学するが、1年余で中退し、創作に打ち込む。55年の中編「運河に響く櫂の音」が初期の代表作となり、56年の「中秋節」なども好評。57年に毛沢東の文芸路線に疑問を表す評論などで批判され、58年に地方に送られる。文化大革命期を含め79年まで右派分子として労働改造に従事させられた。この間文革中の農民との交流から、長編3部作「地火」（80年）、「春草」（80年）、「狼烟」（87年）や、解放前の農村を描いた「蒲柳人家」（80年）を完成・発表。79年党籍を回復。農民を生き生きと描く郷土作家の一人。多くの外国語に翻訳されている。

劉 震雲　りゅう・しんうん　*Liu Zhen-yun*
中国の作家
1958.5～
[出]河南省延津県　[学]北京大学中国文学科（1982年）卒　[賞]茅盾文学賞（2011年）
[歴]1973年より中国人民解放軍の兵役に就き、78年復員して北京大学に学ぶ。82年卒業後は、「農民日報」に勤める傍ら創作活動を開始。87年発表の「塔鋪」で注目される。2003年代表作の一つである中編小説「ケータイ」が映画化され、話題を呼んだ。抗日戦争中の1942年、大旱魃に見舞われた河南省の人々を救ったのは日本軍だったという史実を描いたルポルタージュ「人間の条件1942―誰が中国の飢餓難民を救ったか」が、2006年に邦訳され注目を集める。10年「盗みは人のためならず」が映画化される。他の作品に「わたしは潘金蓮じゃない」「ネット狂詩曲」などがある。

劉 心武　りゅう・しんぶ　*Liu Xin-wu*
中国の作家
1942.6.4～
[出]四川省成都　[名]筆名＝劉 瀏　[学]北京師範専門学校（1961年）卒　[賞]茅盾文学賞（1984年）
[歴]1950年北京に移る。61～76年北京第13中学校の国語教師を務めた。76～80年北京出版社編集者を経て、80年から職業作家となり、87～90年2月「人民文学」編集主幹。77年の短編「クラス担任」で文化大革命中の教育が少年少女に遺した精神的打撃の跡を堀りさげ、“傷痕文学”の先駆となった。他の作品に「ラクダ色のオーバーを着た青年」「愛情の位置」「めざめよ弟」（以上, 78年）、北京の庶民を描く「立体交叉橋」（81年）、同じく北京の下町を描く長編「鐘鼓楼（邦題・北京下町物語）」（84年）、「詠嘆調―北京のバスの物語」（85年）など。

柳 青　りゅう・せい　*Liu Qing*
中国の作家
1916.7.2～1978.6.13
[出]陝西省呉堡県　[名]劉 蘊華
[歴]1928年高等小学校在学中に共産主義青年団に入る。34年西安の高校に進んで文学活動を始め、36年中国共産党に入党。38年延安に赴き、のち小説集「地雷」（47年）に収録される多くの短編を書いた。また、毛沢東の“文芸講話”に大きな影響を受け、43年から3年間、陝北で農村大衆工作に従事。その体験から最初の長編「種穀記」（49年）を執筆した。47年大連から陝北の第二次国共内戦に従軍、これを題材にした長編「銅墻鉄壁」（51年）を書く。51年北京で「中国青年報」の創刊・副刊の主編に携わった後、52年陝西省長安県皇甫村で副書記として農村の社会主義改造（農村合作化）に参加。この経験を生かし代表作「創業史」第1部（59年）を完成させた。文化大革命中、同作が邵荃麟の中間人物論で評価されたことから批判・迫害を受け、78年死去。4部構想だった「創業史」は第2部の半ばで中断した。

劉 大杰　りゅう・たいけつ　*Liu Da-jie*
中国の作家, 文学史家
1904～1977
[出]湖南省岳陽県　[名]筆名＝修士, 湘君　[学]武昌大学卒, 早稲田大学
[歴]武昌大学在学中から郁達夫らと小説を書き始める。その後、郭沫若の勧めで日本に留学して早稲田大学に学ぶ。帰国後、安徽、復旦、厦門の大学で教鞭を執り、中華人民共和国成立後は復旦大学で教えた。この間、「現代学制」「芸林」などを編集し、「支那の娘」「盲詩人」「きのうの花」などの短編小説集がある。文学史研究では「中国文学発展史」（1941年）で知られる。

劉 大任　りゅう・たいじん　*Liu Da-ren*
台湾の作家
1939.2.5～
[出]中国・江西省永新県　[学]台湾大学哲学科（1960年）卒
[歴]1947年家族と渡台。ハワイ大学で2年間学び、65年帰国。66年再び渡米してカリフォルニア大学バークレー校に留学、68年には博士課程に進んだが、尖閣諸島（釣魚台列島）保衛運動のリーダー的存在となり学業は断念した。72年国連の秘書処翻訳部門に職を得る。85年代表作「デイゴ燃ゆ」を執筆。他の著書に「紅土印象」（84年）など。

劉 白羽　りゅう・はくう　*Liu Bai-yu*
中国の作家
1916.9.2～2005.8.24
[出]北京　[学]北平民国学院文学系卒　[賞]茅盾文学賞（1991年）
[歴]1936年「文学」誌に短編「氷の空」を発表してデビュー。38年中国共産党入党。抗日戦争、国共内戦、朝鮮戦争の各時期に解放区や前線で文化工作員、従軍記者として転戦した。50年の小説「光は前に」以降、部隊ものが名高く、報告文学「祖国のために戦う」（53年）をはじめ、解放後の訪ソ、朝鮮戦争従軍などのルポルタージュを多く執筆。91年「二つ目の太陽」で第3回茅盾文学賞を受賞。一方、56年中国作家協会書記、60年同副主席、65～66年文化部副部長。文化大革命後、77～82年軍総政治部文化部長、79～85年再び中国作家協会副主席、82年中国ペンクラブ副会長、88年全国政治協商会議委員、91年中国伝記文学学会会長の要職を務めた。中国の作家代表団の幹部としてたびたび来日。保守派として知られ、民主化運動を武力弾圧した89年の天安門事件の際には、文学や芸術の自由化を激しく批判した。

劉 賓雁　りゅう・ひんがん　*Liu Bin-yan*
中国の作家, ジャーナリスト, 民主化運動家
1925.2.7～2005.12.5
[出]吉林省長春　[賞]全国優秀ルポ文学賞（1979年）
[歴]高校中退後、銀行の職員や小・中学校教師をしながら、1943年天津で中国共産党の地下工作に参加、44年党員となる。51年「中国青年報」記者となり、新聞記者を務める傍ら作家活動を始め、56年記者としての見聞にもとづいて書かれた「橋梁工事現場にて」でデビュー。続いて「本紙内部消息」を発表。これらの作品で官僚主義・保守化を批判したため57年反右派闘争で右派のレッテルを貼られて農村に下放。文化大革命中に再批判され、以後本格的執筆活動を封じられる。76年名誉回復し、「人民日報」に記者として就職。79年22年ぶりの

復帰第1作「人妖の間」を発表。黒竜江省の田舎でおこった大規模な汚職事件に取材したこの作品でたちまち新しい文学を代表する一人となる。85年「第2の忠誠」を発表後、党内保守派から安定団結を妨げるものと批判される。さらに87年1月ブルジョア自由思想を振りまいたとして鄧小平から名指しで批判され、党から除名される。88年3月渡米、カリフォルニア大学で中国現代文学を講義し、ハーバード大学で1年間研究。89年6月の天安門事件の際は、パリで厳家其ら反体制亡命家と中国民主連合の結成を呼びかける声明を発表。同年11月中国作家協会会員資格剝奪、同協会副主席・理事解任。12月中国時報社の招きで訪台。91年「劉賓雁自伝」を刊行。のちシンクタンク「プリンストン・チャイナ・イニシアチブ」の機関冊子「チャイナ・フォーカス」の発行人を務める。亡命民主派の重鎮の一人として中国の民主化運動を積極的な言論活動で支援し続け、"中国のソルジェニーツィン"の異名をとった。日本語とロシア語に堪能だった。

リューカイザー, ミュリエル　*Rukeyser, Muriel*
アメリカの詩人, 作家
1913.12.15～1980.2.12
[出]ニューヨーク市　[学]バッサー大学, コロンビア大学
[歴]裕福なユダヤ人家庭に育つ。バッサー大学でE.ビショップ、M.マッカーシーらと文芸誌を創刊。1935年最初の詩集「飛行理論」を発表。「死者の本」(38年)はトンネル工事で多くの黒人労働者が珪肺症で亡くなった事件を取り上げ、「緑の波」(48年)では第二次大戦の残虐さやアメリカ社会の不正を綴った。詩の他にも映画やテレビの脚本、伝記、翻訳と多彩な文筆活動を展開した。他の作品に、詩集「オルフェウス」(49年)、「睡蓮の火」(62年)、「解放」(73年)、詩論集「詩いのち」(49年)など。「ミュリエル・リューカイザー全詩集」(79年)もある。

リ

リュダール, トーマス　*Rydahl, Thomas*
デンマークの作家
1974～
[出]オーフス　[学]コペンハーゲン大学
[歴]子供の頃から物語を書き、17歳で短編小説コンクールに入賞。兵役後、コペンハーゲン大学で哲学を学び、さらに作家養成の専門学校を経て、2014年「楽園の世捨て人」でデビュー。

リュファン, ジャン・クリストフ　*Rufin, Jean Christophe*
フランス生まれの作家, 医師
1952.6.28～
[出]ブールジュ　[賞]ゴンクール賞(優秀処女長編賞), アンテラリエ賞(1999年), ゴンクール賞(2001年)
[歴]ブラジルのフランス大使館で文化担当書記官を務めたのち、フランスで設立された人道的支援を行う国境なき医師団(MSF)に参加。初期からの主要メンバーとして活躍し、エチオピア、ニカラグア、アフガニスタン、フィリピンで医療活動に従事した。1991～93年副団長。97年初の小説「太陽王の使者」でゴンクール賞優秀処女長編賞を受賞。第2作「Les causes perdues」(99年)でアンテラリエ賞を、「ブラジルの赤」(2001年)でゴンクール賞を受けた。08年アカデミー・フランセーズ会員。アフリカに関する造詣が深く、政治の分野での著書に「強大国と新しい野蛮人」「人道主義の冒険」などがある。

梁 羽生　りょう・うせい　*Liang Yu-sheng*
中国の作家
1924.4.5～2009.1.22
[出]広西省蒙山県　[名]陳 文統　[学]嶺南大学(1949年)卒
[歴]中国系香港紙「大公報」の編集者などを経て、マカオで武術家の対戦が話題になったことをきっかけに、1954年「龍虎門京花」を執筆してデビュー。隋唐から清代まで壮大な歴史を背景に中国の伝統文学を取り入れた作品を執筆、金庸、古龍と並び称される3大武俠作家の一人となった。84年断筆を宣言してオーストラリアに移住するまで計35作品を発表。「白髪魔女伝」「雲海玉弓縁」「七剣下天山」など多数が映画・ドラマ化された。日本では代表作「七剣下天山」の翻訳本が出版されている。

梁 暁声　りょう・ぎょうせい　*Liang Xiao-sheng*
中国の作家
1949.9.22～
[出]黒竜江省ハルビン　[学]復旦大学(上海)中文系(1977年)卒
[賞]中国全国短編小説賞(1982年)
[歴]労働者の家庭に生まれ、1968年から6年間農村生活を体験。74年上海の復旦大学に入学。77年大学卒業とともに北京映画製作所に勤務、のち中国児童映画製作所に所属。79年から創作活動に入り、映画やテレビの脚本、小説を手がける。82年文化大革命期の知識青年を描いた「不可思議な土地」で中国全国短編小説賞を受賞。95年下放青年の過去と現在を描いた連続テレビドラマ「年輪」が大ヒットする。紅衛兵や荒れ地を開拓する知識青年を題材に多くの作品を発表。他の作品に「ある紅衛兵の告白」、長編小説「雪城」(88年)、「秋の葬送」(90年)など多数。中国で最も人気のある作家の一人。エッセイ集に「我相信中国的未来(私は中国の未来を信じる)」がある。

梁 鴻　りょう・こう　*Liang Hong*
中国の文学者, 作家
1973～
[賞]華語文学伝媒大賞, 人民文学賞(2010年度), 度新京報文学類好書(2010年度), 文津図書賞, 中国好書(2013年度)
[歴]アメリカ・デューク大学客員教授、中国青年政治学院中文学院教授を経て、中国人民大学文学院教授。「中国はここにある―貧しき人々のむれ」の舞台である農村に生まれ、20歳までそこに暮らす。同書で第11回華語文学伝媒大賞「年度散文家」賞、2010年度人民文学賞、10年度新京報文学類好書、第7回文津図書賞、13年度中国好書など多数の賞を受賞。

凌 叔華　りょう・しゅくか　*Ling Shu-hua*
中国の作家
1900.3.25～1990.5.22
[名]凌 瑞棠　[学]燕京大学
[歴]北京の官僚の家に生まれ、書画を愛好した父の影響で幼い頃より水墨画を描く。燕京大学在学中から文筆にも親しみ、新月社で胡適や徐志摩らと交流。1925年「現代評論」に書いた小説「酒後」で一躍その名を知られた。27年陳源と結婚、28年夫の武漢大学赴任に伴い同地へ移り、35年「武漢日報」文芸副刊編集長。戦前、「花の寺」(40年)、「お千代さん」(41年)の2冊が邦訳されている。47年夫と海外に出て、シンガポールの南洋大学などで中国近代文学を講じた。89年帰国。
[家]夫＝陳 源(評論家)

梁 宗岱　りょう・そうたい　*Liang Zong-dai*
中国の詩人, 翻訳家
1903.7.14～1983.11.6
[出]広東省新会県　[名]筆名＝岳泰
[歴]1924年ヨーロッパへ留学して文学を学び、フランスに長く滞在してヴァレリーに師事。陶淵明の詩をフランス語に訳し、ヴァレリーはそれによって評論を行った。象徴派の影響を受けた詩は詩集「晩禱」(24年)にまとめられた。31年帰国後は北京大学などで教鞭を執る。34年日本に滞在。のち詩の創作よりも外国文学の翻訳や研究に向かう。訳詩集に「水仙詞」。

梁 斌　りょう・ひん　*Liang Bin*
中国の作家
1914.3.29～1996.6.20
[出]河北省　[名]梁 維周
[歴]河北省第二師範学校入学後愛国学生運動に入り、1933年北京に出て左翼文芸活動運動に参加。37年共産党に入党、一貫して解放区で文化工作、土地改革運動に従事し、日中戦争に関する劇の脚本などを執筆。解放後の58年、農民の革命闘争を描いた長編「紅旗の系譜」を完成させ、63年に続編「播火記」を刊行。文化大革命中は批判を受けたが、復活後の83年「烽煙図」を出し3部作が完成した。河北省文学芸術界連合会主席などを務めた。

リョサ, マリオ・バルガス
→バルガス・リョサ, マリオを見よ

リリョ, バルドメロ　Lillo, Baldomero
チリの作家
1867〜1923
� チリ南部の炭鉱町に生まれる。若い頃は炭鉱で働き、のち執筆活動に入る。社会批判の先駆者として知られ、「SUB TERRA」(1904年)、「SUB SOLE」(07年)の中では炭鉱労働者の奴隷にも等しい酷使を描いた。また、農村生活や狩猟の風習をテーマにした作品も残した。他の作品に「てっぽうぞうし」などがある。

リリン, ニコライ　Lilin, Nicolai
ロシアの作家
1980.2.12〜
� ソ連トランスニストリア(沿ドニエストル共和国)ベンデル　㊳ヴェリビツキ, ニコライ〈Verjbitkii, Nikolai〉　㊥モルドバ
㊟旧ソ連南部の紛争地域トランスニストリア(沿ドニエストル共和国)のベンデルに生まれる。"リリン"は、母の名前にちなんだ筆名。2004年イタリアに渡り、09年イタリア語で書いた最初の小説「シベリアの掟」を刊行。11年ミラノで文化プロジェクト"コリマ・コンテンポラリー・カルチャー"を立ち上げ、13年にはヴェネト州ソレジーノにタトゥー工房マルキアトゥリフィーチョを開設。12年よりミラノのヨーロッパデザインスクールでクリエイティブ・ライティングの講座を担当。

リール, エーネ　Riel, Ane
デンマークの作家
1971〜
㊟オーフス　㊛ガラスの鍵賞
㊟児童書や教科書の執筆に携わった後、2013年長編「Slagteren i Liseleje」で作家デビュー。第2作「Harpiks」(邦訳「樹脂」)で「ガラスの鍵」賞を受賞するなど高い評価を受けた。

リルケ, ライナー・マリア　Rilke, Rainer Maria
オーストリアの詩人
1875.12.4〜1926.12.29
㊟オーストリア・ハンガリー帝国プラハ(チェコ)　㊛プラハ大学, ミュンヘン大学, ベルリン大学
㊟家系はドイツの農家。父はオーストリアの軍人。両親の離婚と父の強制により、陸軍幼年学校から士官学校に通ったが中退、プラハ・ミュンヘン・ベルリンの各大学に学ぶ。この頃からさかんに詩作を始め、また終生の友となる女流作家アンドレーアス・ザロメと親交を結ぶ。1899〜1900年ザロメとともに2度のロシア旅行を行い、トルストイとも出会い、影響を受ける。01年彫刻家クララ・ヴェストホフと結婚、02年離婚、パリに移住。04年短編集「神さまの話」を、05年最初の大作「時禱詩集」を発表。同年ロダンを識り、1年間にわたり秘書を務め、影響を受ける。10年パリ時代の総決算ともいえる小説「マルテの手記」を完成。19年よりスイスに定住。この間生涯にわたりヨーロッパ各地を旅行し、その体験を昇華、変質させ、生の本質、愛と孤独と死の問題を追求、人間実存の究極に迫る詩集を残した。作品に「形象詩集」「新詩集」「鎮魂歌」「ドイノ悲歌」「オルフォイスに捧げるソネット」「フランス語詩集」など。他に「オーギュスト・ロダン」、「若き詩人への手紙」「書簡全集」(6巻)などがあり、ドイツでは「旗手クリストフ・リルケの愛と死の歌」で広く知られている。

リロイ, J.T.　LeRoy, J.T.
アメリカの作家
㊳別名＝アルバート, ローラ〈Albert, Laura〉
㊟1980年ウェストバージニア州生まれの男性作家、ミュージシャンで、16歳から執筆活動を始め、ターミネイター名義で新聞、雑誌に寄稿。18歳で自伝的小説「サラ、神に背いた少年」(99年)を発表、過激な内容で大きな話題を呼び、早熟の天才作家としてマドンナ、ウィノナ・ライダー、コートニー・ラブ、トム・ウェイツ、ガス・ヴァン・サントらに絶賛される。続く「サラ、いつわりの祈り」(2001年)は、アーシア・アルジェント監督・脚本・主演で映画化された。しかし、06年2月「ニューヨーク・タイムズ」紙の調査によりJ.T.リロイは架空の存在で、これまで発表した作品は1965年11月2日ニューヨーク生まれの女性作家ローラ・アルバートの手による物だと判明。ローラの夫の妹がJ.T.リロイに"変装"して公の場に登場していたこともあり、その報道は全米に衝撃を与えた。

林 海音　りん・かいおん　Lin Hai-yin
日本で生まれ中国で育った台湾の作家
1918.3.18〜2001.12.1
㊟大阪府　㊛林 含英　㊜北京世界新聞専科学校卒
㊟日本の大阪府で生まれ、両親の出身地である台湾を経て、1922年北京に渡り、子供時代から青春時代を同地で過ごす。学校を卒業後、「世界日報」の記者となり、39年結婚。48年台湾に移る。53年から10年間「連合報」文芸欄の編集を担当。67〜72年月刊文芸雑誌「純文学」を発行。純文学出版社を創立して社長を務める。作家としても活動し、「暁雲」(59年)、「春風」(71年)などの長編小説のほか、20年代の北京の下町の生活を少女の目を通して描いた自伝的な短編集「城南旧事」(60年)などを出版。台湾の"懐郷文学"の代表作である「城南旧事」は、82年に中国で映画化され、中国国内や海外の多くの賞を受賞した。他に、随筆や童話や戯曲の作品がある。
㊕夫＝何 凡(エッセイスト)

リン, タオ　Lin, Tao
アメリカの作家
1983〜
㊟バージニア州
㊟台湾出身の両親のもと、アメリカ・バージニア州に生まれる。詩人として活動を開始し、文芸誌への寄稿や自身のブログなどで注目を集める。2007年23歳の時に青春小説「イー・イー・イー」でデビュー。他の作品に「ベッド」(07年)、「アメリカン・アパレルで万引」(09年)、「リチャード・イェーツ」(10年)、「Taipei」(13年)などがある。

林 白　りん・ぱい　Lin Bai
中国の作家
1958〜
㊟広西壮族自治区　㊜武漢大学図書館学科卒
㊟高校卒業後、農村に下放。武漢大学図書館学科を卒業。1970年代後半から詩を、その後小説を書き始める。広西図書館、広西映画製作所、北京の「中国文化報」勤務を経て、96年より執筆活動に専念。農村を舞台にした作品を数多く発表。性心理や自慰、同性愛などを表現し、中国の文壇に衝撃を与えた。代表作に「たったひとりの戦争」(94年)がある。

リン, フランシー　Lin, Francie
アメリカの作家
㊟ユタ州ソルトレークシティ　㊜ハーバード大学卒　㊛MWA賞最優秀新人賞(2008年)
㊟台湾系。ハーバード大学卒業後、1998〜2004年「The Threepenny Review」の編集者を務めた。08年発表のデビュー作「台北の夜」でアメリカ探偵作家クラブ賞(MWA賞)最優秀新人賞を受賞。

リン, マット　Lynn, Matt
イギリスの作家, ジャーナリスト
㊟デボン州エクセター　㊳別名＝リン, マシュー〈Lynn, Matthew〉　㊜オックスフォード大学卒
㊟イギリス南西部のエクセターで生まれ、ダブリンやロンドンで少年時代を過ごす。オックスフォードのベイリオル・カレッジで政治、哲学、経済を学び、「ファイナンシャル・タイムズ」「タイム」「サンデー・タイムズ」の記者として働いた後、アメリカのニュース・エージェンシー「ブルームバーグ」のコラムニストや「サンデー・ビジネス」の契約記者として活躍。また、インターネット会社トークチャット創設者でもある。航空機業界などの内幕を扱った経済ノンフィクションの

「Billion-Dollar Battle」「ボーイングvsエアバス―旅客機メーカーの栄光と挫折」といった著作があり、1997年マシュー・リン名義で初の小説「疑惑の薬」を発表。また、ベストセラー作家のゴーストライターとして数多くの作品を執筆。2009年マット・リン名義で「アフガン、死の特殊部隊」を発表、最新の世界情勢を織り込んだ軍事小説として書評家に絶賛され、シリーズ化される。

リンク, ウィリアム *Link, William*
アメリカの作家, 脚本家
1933.12.15〜
[出]ペンシルベニア州フィラデルフィア [学]ペンシルベニア大学卒 [賞]エミー賞最優秀脚本賞（1970年・1972年）, イメージ賞（全米有色人種地位向上協議会）（1970年）, ゴールデン・グローブ賞（1972年・1973年）, モンテ・カルロ映画祭銀の妖精賞（1973年）, ジョージ・フォスター・ピーボディー賞（ジョージア大学）（1974年）, MWA賞（1979年・1980年・1983年）
[歴]1956年から2年間米陸軍に所属。67〜75年CBS局でリチャード・レビンソンと共に〈Mannix〉シリーズを、69〜73年にはNBC局で〈The Bold Ones〉シリーズを制作する。そのほか「Tenafly」（71年）、「The Psychiatrist」（71年）、「Columbo（刑事コロンボ）」（71〜76年）、「Ellery Queen」などの作品も手がけ、短編および戯曲の作家としてばかりでなく、テレビドラマの作者、共同制作者としても活躍している。70年「My Sweet Charlie」でエミー賞を、'79、'80、83年にはMWA賞を受賞したほか数多くの賞に輝いている。

リ

リンク, ケリー *Link, Kelly*
アメリカのSF作家
1969〜
[出]フロリダ州マイアミ [学]コロンビア大学卒, ノースカロライナ大学（芸術学）修士課程修了 [賞]ジェイムズ・ティプトリー・ジュニア賞（1997年）, 世界幻想文学大賞（短編部門）（1999年）, ネビュラ賞（2001年）, ヒューゴー賞, ネビュラ賞, ローカス賞, ローカス賞（短編集部門, 2006年度）, ローカス賞中編部門, O.ヘンリー賞（2013年）
[歴]コロンビア大学で学士号、ノースカロライナ大学で修士号を取得。1995年「黒犬の背に水」でデビュー後、97年「雪の女王と旅して」でジェイムズ・ティプトリー・ジュニア賞、99年「スペシャリストの帽子」で世界幻想文学大賞、2001年「ルイーズのゴースト」でネビュラ賞を受賞した。第2短編集「マジック・フォー・ビギナーズ」（05年）は、収録した表題作がネビュラ賞を、「妖精のハンドバック」がヒューゴー賞などを受賞し、06年のローカス賞短編集部門を受賞した。第3短編集「プリティ・モンスターズ」（08年）では、表題作がローカス賞中編部門を受賞している。夫と出版社スモール・ビア・プレスを共同経営。

リンクレーター, エリック *Linklater, Eric*
イギリスの作家
1899.3.8〜1974.11.7
[出]ペナース（南ウェールズ） [名]Linklater, Eric Robert Russell [学]アバディーン大学（医学）卒 [賞]カーネギー賞（1944年）
[歴]第一次大戦に従軍。1920年代にインドで「タイムズ・オブ・インディア」の編集に携わり、アメリカに滞在（28〜30年）したときの印象を描いた小説「アメリカのジュアン」（31年）で一躍有名になる。第二次大戦中は陸軍中佐として工兵隊を指揮。その後、アバディーン大学学長、ロス・クロマティ州副統監を歴任。小説、戯曲、歴史書など多彩な仕事を残し、"リテラリー・ライオン"と呼ばれた。また、「変身動物園―カンガルーになった少女（The Wind on the Moon）」（44年）、「緑の海の海賊たち」（49年）など、児童文学の分野でも優れた作品を書いた。

リンゴー, ジョン *Ringo, John*
アメリカのSF作家
1963.3.20〜
[出]フロリダ州マイアミ・デイド
[歴]父の仕事の関係で外国生活が多く、高校を卒業するまでにエジプト、イラク、ギリシャ、スイスなど合計23ケ国に住み、アメリカ国内でもアラバマ州、フロリダ州、ジョージア州などに住む。高校卒業後、陸軍に入隊。第82空挺師団の第508落下傘歩兵連隊第1大隊などで4年間の従軍を経て、2年間のフロリダ州兵を経験し、除隊後は大学に入って海洋生物学を学ぶ。大学卒業後はデータベース管理の仕事につきながらSFを執筆。2000年「大戦前夜」で作家デビュー。戦争SFのジャンルに新風を吹きこみ、たちまちベストセラーに。以後ミリタリーSFの話題作を次々に発表している。

リンザー, ルイーゼ *Rinser, Luise*
ドイツの作家
1911.4.30〜2002.3.17
[出]バイエルン州 [賞]ハインリッヒ・マン賞（1987年）, エリーザベト・サンゲッサー賞（1988年）
[歴]心理学、教育学を学び、1939年まで教師を務めた。戦前から作家活動を始め、40年処女作「ガラスの波紋」はヘルマン・ヘッセに絶賛された。44〜45年政治犯として拘禁生活を送る。長編小説「人生の半ば」（50年）や、戦争中投獄されたときの記録「獄中日記」で知られた。他の著書に小説「美徳の冒険」「兄弟なる火」「黒いロバ」「ミリアム」「銀の罪」「アベラールの愛」、対話集「ダライ・ラマ平和を語る」などがある。ドイツの代表的カトリック作家の一人で、子供向きの作品も多く、邦訳書に「噴水のひみつ」「マルチンくんの旅」などがある。

リンジー, ジェフ *Lindsay, Jeff*
アメリカのミステリー作家
[賞]ディリー賞
[歴]ニューヨークやロンドンで劇作家として活躍後、2004年マイアミ警察の鑑識技官が闇の仕置人として活躍するデビュー作「デクスター 幼き者への挽歌」でミステリー作家に転身。同作はアメリカ探偵作家クラブ賞（MWA賞）、バリー賞、イギリス推理作家協会賞（CWA賞）、マカヴィティ賞など数々の賞にノミネートされ、ディリー賞を受賞。

リンジー, デービッド *Lindsey, David L.*
アメリカのミステリー作家
1944.11.6〜
[出]テキサス州キングスビル [学]ノース・テキサス大学英文学部卒
[歴]1972年ハイデルベルク・パブリッシャーズを設立。のちテキサス大学で編集に携わるが、79年から執筆に専念。83年サスペンス小説「Black Gold, Read Death」でデビュー。同年テキサス州ヒューストンを舞台にした〈ヘイドン刑事〉シリーズの第1作「噛みついた女」を発表。同シリーズ「殺しのVTR」（84年）、「Spiral」（86年）のほかに、「悪魔が目をとじるまで」「黒幕は闇に沈む」「ガラスの暗殺者」など。

リンズ, ゲイル *Lynds, Gayle*
アメリカの作家
[出]ネブラスカ州オマハ [学]アイオワ大学卒
[歴]アイオワ大学でジャーナリズムの学位を取得、卒業後は新聞記者となる。その後、弁護士と結婚してカリフォルニア州へ移り、ゼネラル・エレクトリック（GE）で3年間働くが、離婚。男性名で冒険小説やジュブナイル小説を発表しはじめ、1996年の「マスカレード」から本名のゲイル・リンズ名義を用いる。男まさりの筆致で国際謀略の世界を描き"スパイ小説の女王"とも評される。ミステリー作家のマイケル・コリンズと結婚したが、2005年に死別した。
[家]夫＝マイケル・コリンズ（ミステリー作家）

リンスコット, ギリアン *Linscott, Gillian*
イギリスのミステリー作家, ジャーナリスト
[賞]CWA賞エリス・ピーターズ・ヒストリカル・ダガー賞（2000年）
[歴]BBCラジオでのリポーターを務めるなど、ジャーナリスト

としての活動の傍ら、マクミラン社からミステリーを次々と発表。フランスのヌーディスト・コロニーやヴィクトリア朝最盛期のロンドン、南フランスの保養地など、各作品では風変わりな舞台設定を生かし、知的なユーモアに満ちたミステリーに仕上げている。主な作品に「推定殺人」(1990年)「Sister Beneath the Sheet」など。

リンゼイ, ポール　Lindsay, Paul
アメリカのミステリー作家
1943〜2011.9.1
Ⓗイリノイ州シカゴ　Ⓐ別筆名＝ボイド, ノア〈Boyd, Noah〉
Ⓢマクマリー大学(1968年)卒
Ⓘベトナム戦争の経験がある。1980年代の終わりにウェイン州立大学のライティングコースに学び、小説を書き始める。アメリカ連邦捜査局(FBI)に勤務する傍ら、夜間と週末の時間を利用して創作活動を続け、FBI特別捜査官マイク・デヴリンを主人公とした〈デヴリン捜査官〉シリーズの第1作「目撃」でデビュー。現職のFBI捜査官ならではの経験を生かして書いた作品として話題になり、映画化権をハリウッドに売るが、FBI以外からの副収入を禁止する規則に違反しているとしてFBI当局から警告を受け、利益をエージェントに留めた。執筆活動と併せて未解決事件の調査にも取り組んだ。他の作品に「宿敵」「殺戮」「覇者」「鉄槌」「応酬」など、ノア・ボイドの筆名で「脅迫」がある。

リンチ, スコット　Lynch, Scott
アメリカの作家
1978.4.2〜
Ⓗミネソタ州セントポール
Ⓘ2006年詐欺師の悪党紳士団を描いた「ロック・ラモーラの優雅なたくらみ」でデビュー。様々な賞の最終候補作にノミネートされ、〈Gentleman Bastard〉としてシリーズ化される。

リンチェン, ビャムビーン　Rinčen, Bimba-yin
モンゴルの作家, 言語学者
1905.11.21〜1977.3.4
Ⓗキャフタ(ロシア・ブリヤート共和国)　Ⓐ別名＝ベー・リンチン　Ⓥチョイバルサン賞(1946年)
Ⓘロシアとモンゴルの国境に近いキャフタに生まれたブリヤート系モンゴル人。父ビムバーエフも著名な学者だった。幼い頃から蒙古文字やロシア語に才能を発揮し、18歳の頃から創作に親しむ。1924年レニングラード東洋学研究所に留学。帰国後、典籍委員会、国立印刷局勤務。大粛清が始まった37〜42年投獄される。第二次大戦後、モンゴル国立大学教授、モンゴル科学アカデミー会員として研究・教育活動に従事。56年ハンガリーで言語学博士号を取得。一方、戦前から詩、ルポルタージュを執筆。映画「ツォクト・タイジ」(45年)の脚本でチョイバルサン賞を受賞。モンゴル人民革命前後の時代を描いた「夜明け」(全4巻, 51〜55年)により、現代モンゴル文学に長編歴史小説のジャンルを確立した。他の作品に、小説「ザーン・ザローダイ」(64〜66年)、「大移動」(72年)、「サンドー・アムバン」(73年)など。モンゴル系諸語の研究書「モンゴル文語文法」(全4巻, 64〜67年)、「モンゴル民俗学・言語学地図」(79年)などもある。

リンデグレン, エーリック　Lindegren, Erik
スウェーデンの詩人
1910.8.5〜1968.5.31
Ⓗルーレオ　ⒶLindegren, Johan Erik　Ⓢストックホルム大学(哲学・文学史)
Ⓘ機械技師を父に、スウェーデン北部の港町ルーレオに生まれる。文芸誌や新聞に文芸評論を執筆する傍ら詩作を行い、大文字や句読点なしの14行詩(ソネット)集「道なき男」(1942年)はその奇抜な形式と内容の難解さで革新的詩人の地歩を築いた。続く詩集「組曲」(47年)や「冬の犠牲」(54年)でその地位を不動のものとする。62年スウェーデン・アカデミー会員に選出された。T.S.エリオットなどの翻訳詩やオペラ台本「アニアーラ」(59年)なども手がけた。カール・ベンベルクとともに、スウェーデンの代表的詩人として知られる。

リンデル, スーザン　Rindell, Suzanne
アメリカの作家
Ⓗカリフォルニア州サクラメント　Ⓢライス大学(英文学)博士課程　Ⓥロサンゼルス公立図書館が選ぶ最優秀フィクション
Ⓘ2006年テキサスの大学院に入学。10年スーツケース一つでニューヨークへ行き、著作権を扱うエージェンシーで働きながらデビュー作「もうひとりのタイピスト」を書き上げ、ロサンゼルス公立図書館が選ぶ最優秀フィクション、書評誌「カーカス・レビュー」年間ベスト・ブックス(13年)に選ばれる。ヒューストンのライス大学英文学博士課程でアメリカ近代文学を学びながら、短編小説や詩を発表。

リンド, ヘイリー　Lind, Hailey
アメリカの作家
Ⓘヘイリー・リンドは、アメリカの作家ジュリエット・ブラックウェル(Juliet Blackwell)とキャロライン・J.ローズ(Carolyn J.Laws)の姉妹による共同筆名。カリフォルニア州出身。画家兼贋似塗装師のアニー・キンケイドを主人公とした〈アート・ラヴァーズ・ミステリー〉シリーズの第1作「贋作と共に去りぬ」はアガサ賞にノミネートされ、続く第2作「贋作に明日はない」、第3作「暗くなるまで贋作を」も全米でベストセラーを記録。

リンドクヴィスト, ヨン・アイヴィデ　Lindqvist, John Ajvide
スウェーデンの作家
1968.12.2〜
Ⓗストックホルム郊外ブラッケベリ
Ⓘマジシャン、スタンダップ・コメディアン、脚本家など多彩な経歴を持つ。2004年ヴァンパイア・ホラー「Morse」で作家デビュー。翌05年にはゾンビを題材にした第2作「Hanteringen av odöda」がベストセラーになった。"スウェーデンのスティーブン・キング"の異名を取る。

リンドグレーン, アストリッド　Lindgren, Astrid Anna Emilia
スウェーデンの児童文学作家
1907.11.14〜2002.1.28
Ⓗビンメルビュー　Ⓥニルス・ホルゲション賞(1950年), 国際アンデルセン賞作家賞(1958年), スウェーデン国家文学賞
Ⓘスウェーデン南部の田園地帯の農家に生まれる。高校卒業後はストックホルムに出て就職し、結婚して2児の母親となる。1944年から創作を始め、45年独立心あふれる力持ちの少女ピッピの奇想天外な物語「長くつ下のピッピ」を発表。世界中の子供たちの熱狂的な支持を受け、一躍人気作家になった。以後、児童書の編集をしながら創作活動を行い、豊かな空想とユーモアにみちた多くの優れた児童文学作品を発表。短編や劇、詩なども手がけ、作品は世界各国で翻訳されて1億3000万部以上売れた。58年「さすらいの孤児ラスムス」(56年)で国際アンデルセン賞作家賞を受賞。ノーベル文学賞の候補にも挙げられた。代表作に〈ピッピ〉シリーズ、〈名探偵カッレくん〉シリーズ、〈やかまし村〉シリーズ、〈ロッタちゃん〉シリーズ、〈カールセン〉シリーズ、〈エミール〉シリーズ、「ミオよ、わたしのミオ」(54年)、「はるかな国の兄弟」(73年)、「夕あかりの国」など。

リンドグレーン, バルブロ　Lindgren, Barbro
スウェーデンの作家
1937〜
Ⓗストックホルム　Ⓥニルス・ホルゲション賞(1977年), アストリッド・リンドグレーン記念文学賞(2014年)
Ⓘ広告の仕事を経て、1965年「マティアスの夏」で作家デビュー。絵本・詩・戯曲など幅広いジャンルで活躍。絵本に「ママときかんぼぼうや」「スンカンそらをとぶ！」他。

リンドバーグ, アン・モロー　Lindbergh, Anne Morrow
アメリカの作家

1906.6.22～2001.2.7

㋑1927年初めて単独で無着陸大西洋横断飛行に成功したチャールズ・リンドバーグと、その数ケ月後メキシコで出会い、29年結婚。32年には長男が身代金目的で誘拐、殺害された。その後、夫とともに飛行機で各地を訪問、経験を綴った著作などを発表した。著書に、夫との飛行を語った「風よ、聞け」(38年)、日記と手紙を蒐めた「戦中戦後」、「海からの贈り物」(55年)、共著に「永遠の星の王子さま―サン＝テグジュペリの最後の日々」がある。

㋐夫＝チャールズ・リンドバーグ(飛行家)

リンナ, ヴァイニョ　Linna, Väinö Valtteri
フィンランドの作家
1920.12.20～1992.4.21

㋑ウルヤラ　㋒北欧文学賞(1963年)

㋑小学校卒業ののち、農林業に従事したり、工場で働いた。1947年自伝的な小説「目標」でデビューし、続けてストリンドベリ風の「黒い恋」(48年)を発表した。戦争小説に本領を発揮し、第二次大戦中の対ソ戦争下での極限状態におかれた真摯な兵士群を描いた54年の「Tuntematon Sotilas(無名戦士)」が空前のベストセラーとなり、国際的に評価された。59～62年の3部作小説「Täällä Pohjantähden alla(ここ北極星の下に)」では、フィンランド独立後の内戦下で、赤衛軍に入った小作人が敗北を通して人生に目覚めていく過程を巧みに描き、63年度北欧文学賞を受賞し、ノーベル文学賞候補にもなった。リアルにしてユーモラスかつヒューマンな作風で知られる。

ル

【ル】

ルイ, エドゥアール　Louis, Édouard
フランスの作家
1992.10.30～

㋑ソンム県アランクール　㋓旧姓名＝ベルグル、エディ　㋒エコール・ノルマル・シュペリウール(哲学・社会学)

㋑エディ・ベルグルからエドゥアール・ルイに改名。エコール・ノルマル・シュペリウール(高等師範学校)で哲学と社会学を学び、ピエール・ブルデューを専門として、「ピエール・ブルデュー論」を刊行。また、フランス大学出版局(PUF)で叢書の編集責任者も務める。在学中の21歳の時、自身の半生を赤裸々に綴った小説第1作「エディに別れを告げて」(2014年)を発表。現代フランスにおける貧困の実態、想像を超える差別主義を語った衝撃的な作品として話題を呼ぶ。

ルイ・サンチェス, アルベルト　Ruy Sánchez, Alberto
メキシコの作家, 詩人, 批評家
1951.12.7～

㋑メキシコシティ　㋒フランス芸術文化勲章オフィシエ章(2000年)　㋒ハビエル・ビジャウルティア賞(1987年)

㋑1975年メキシコの大学を卒業して渡仏。パリで学び、80年パリ第7大学より博士号を取得。82年帰国。88年以来、美術雑誌「アルテス・デ・メヒコ」主筆を務める。87年に発表した小説「空気の名前」でハビエル・ビジャウルティア賞を受賞。

ルイース, アグスティーナ・ベッサ　Luís, Agustina Bessa
ポルトガルの作家
1922.10.15～

㋒エッサ・デ・ケイロース文学賞

㋑作風はプルーストやカフカ的である。エッサ・デ・ケイロース文学賞などを受賞した。1954年の「巫女」では細かい心理的洞察力によって、女性の微妙な反発を描写した。他の作品に「閉ざされた世界」(48年)、「不治の人々」(56年)、「城壁」(57年)、「マント」(61年)、「人間関係」(3部作, 65～67年)など。

ルイス, アラン　Lewis, Alun
イギリスの詩人

1915.7.1～1944.3.5

㋑ポウィス州クーママン　㋒ウェールズ大学アベリストウィス校, マンチェスター大学

㋑南ウェールズの炭鉱地に教師の子として生まれる。第二次大戦の勃発と同時に軍に従軍。1940年イギリス陸軍中尉としてインドに派遣され、44年ビルマ西部山岳地帯のアラカンで戦死した。42年軍隊生活を描いた処女短編集「最後の査閲」が発表され、第2詩集「ラッパの響き」は没後の45年に出版された。さらに、書簡集「Letters from Indea」(46年)と短編集「緑の木」(48年)が刊行される。

ルイス, サイモン　Lewis, Simon
イギリスの作家
1971～

㋑ウェールズ　㋒ロンドン大学ゴールドスミスカレッジ

㋑ロンドン大学ゴールドスミスカレッジでアートを専攻後、トラベルライターとして旅行ガイドの〈Rough Guide〉シリーズの中国を担当執筆。1999年小説「Go」を出版。長編小説2作目にあたる「黒竜江から来た警部」は8ケ国で出版され、「タイムズ・オンライン」選出・年間優秀犯罪小説、「ロサンゼルス・タイムズ」紙ブックプライズ最終候補作となる。ロンドン南部ブリクストンを拠点にしながら中国と日本でも執筆活動を続ける。

ルイス, C.S.　Lewis, C.S.
イギリスの作家, 英文学者, 神学者
1898.11.29～1963.11.22

㋑北アイルランド・ベルファスト　㋓ルイス, クライブ・ステイプルズ〈Lewis, Clive Staples〉　㋒オックスフォード大学卒　㋒カーネギー賞(1956年)

㋑父の友人カークパトリックに古典の個人指導を受けた。1917年オックスフォード大学に入学。25年オックスフォード大学モードリン・カレッジのフェロー、のち英文学のテューターを経て、54年ケンブリッジ大学中世・ルネッサンス英文学の初代教授に就任。36年中世ヨーロッパ文学における宮廷恋愛を主題にした「愛とアレゴリー」で一躍文名を馳せた。以来、著作活動は英文学の研究、古典への深い造詣による評論、信仰に関する著述、幻想文学、児童文学と広い領域にわたった。中でも、「ライオンと魔女」(50年)を第1編とする児童文学〈ナルニア国物語〉シリーズ(50～56年, 全7編)は全世界に読者を持ち、第7編の「さいごの戦い」はカーネギー賞を受賞した。キリスト教護教論者としても知られ、「悪魔の手紙」(42年)、「キリスト教の精髄」(52年)、「四つの愛」(60年)などの著作は、日本では「C.S.ルイス宗教著作集」(新教出版社)にまとめられている。また、不治の病床にあった57年、自身のファンである17歳年下のアメリカ人女流詩人ジョイ・デービッドマンと結婚。その顛末はウィリアム・ニコルソンの手で「影の国」として戯曲となり、93年にはリチャード・アッテンボロー監督の手で映画化された(邦題は「永遠の愛に生きて」)。自伝「喜びのおとずれ」(55年)もある。

㋐妻＝ジョン・デービッドマン(詩人)

ルイス, ジャネット　Lewis, Janet
アメリカの詩人, 作家
1899.8.17～1998.12.1

㋑イリノイ州シカゴ　㋒シカゴ大学哲学専攻　㋒シェリー記念賞(1948年)、アメリカ作家同盟賞

㋑1922年詩集「森のなかのインディアン」でデビュー。以後、詩人、作家、歌劇の歌詞作家、編集者として活躍。また、カリフォルニア大学、スタンフォード大学などで教鞭を執る。詩の作品は、主に日常生活の小さな出来事を研ぎ澄ました透明な言葉で綴った短い叙情詩で、詩集「真夏の糸車」(27年)、「晩い捧げ物」(88年)などがある。一方、小説は歴史的資料からプロットを取り、「侵略―セントメアリーのジョンストン家に関する物語」(32年)、「マルタン・ゲールの妻」(41年)などを刊行。夫は詩人、批評家のアイバー・ウィンターズ。

㋐夫＝アイバー・ウィンターズ(詩人・批評家)

ルイス, シンクレア *Lewis, Sinclair*
アメリカの作家
1885.2.7～1951.1.10
㋲ミネソタ州ソークセンター ㋳ルイス, ハリー・シンクレア〈Lewis, Harry Sinclair〉 ㋘エール大学(1907年)卒 ㋱ノーベル文学賞(1930年)
㋣ニューヨークの新聞社、出版社に勤めながら、1914年処女長編「弊社社員レン氏」を発表。20年中西部の田舎町を舞台にした「メイン・ストリート(本町通り)」で認められ、続いて22年「バビット」でアメリカの中産階級を風刺し、主人公の名・バビッドは金儲け主義の典型的中流ビジネスマンの代名詞となった。25年「アロースミスの生涯」を発表、ピュリッツァー賞を受けるが辞退。その後、「エルマー・ギャントリー」(27年)、「ドッズワース」(29年)を発表し、30年アメリカの文学者として初めてノーベル文学賞を受賞した。他に「ここには起こりえぬ」(35年)、「キャス・ティンバレン」(45年)、「キングズブラッド家の血統」(47年)などがある。

ルイス, ノーマン *Lewis, Norman*
イギリスの作家
1908.6.28～2003.7.22
㋲ロンドン ㋱ヘイウッド・ヒル文学賞(1998年)
㋣第二次大戦中はアメリカ第5軍団つきのイギリス情報部員として、イタリア、北アフリカを回り、連合軍のシチリア上陸に参加。その後も2年間ナポリに駐留し、戦後のイタリアの混乱を直接目にする。その体験からノンフィクション作品「The Hornored Society(名誉を重んじる社会)」(1964年)や小説「The Sicilian Specialist(シシリアン・スペシャリスト)」(74年)などが生まれた。執筆していないときは広く世界を回り、取材に力を注いだ。他の著書に「Cuban Passage」(82年)、「The Missionaries」(88年)、「An Empire of the East」(93年)など。

ルイス, ピエール *Louÿs, Pierre*
ベルギー生まれのフランスの詩人, 作家
1870.12.10～1925.6.4
㋲ガン(ヘント) ㋳ルイス, ピエール・フェリックス〈Louis, Pierre-Félix〉
㋣高踏派詩人エレディアの3番目の女婿となり、義父の影響を受ける。ジード、ヴァレリー、ルコント・ド・リール、マラルメらと交わり、マラルメの"火曜会"に出入り、同人誌「コンク(法螺貝)」を創刊し、同誌に発表した詩を含む「アスタルテ」(1892年)を処女詩集として出し注目される。古典に関する博大な教養、高雅な文体をもって異教的古代に取材した詩や小説を発表。小説「アフロディット」(96年)で文名が一躍高まった。35歳の時大病に罹り、ほとんど盲目となった。30歳前の90年から1900年に至る10年間に主要な仕事を果たした。作品に、詩集「ビリチスの歌」(1894年完成)、「詩集」(1916年)、小説「女と操り人形」(1898年)、「ポゾール王の冒険」(1901年)、短編集「紅殻絵」(03年)、「群島」(06年)などがある。晩年は創作活動から離れ、孤独と貧困のうちに亡くなった。
㋗義父＝J.エレディア(詩人)

ルイス, ラング *Lewis, Lange*
アメリカの作家
1915～2003
㋲カリフォルニア州 ㋳ブランド, ジェーン・ルイス〈Brandt, Jane Lewis〉別名＝ベイノン, ジェーン〈Beynon, Jane〉 ㋘南カリフォルニア大学卒
㋣絵や漫画の書き手であった父の影響で幼い頃から芸術家を志し、南カリフォルニア大学で映画や演劇を専攻。卒業後はロサンゼルスで店員や銀行の出納係として働く。1942年「友だち殺し」で作家デビュー。52年までに「死のバースデイ」などタック警部補をシリーズ探偵とした5作のミステリーを発表。また、44年にはジェーン・ベイノン名義でサスペンスを、70年代には本名で一般小説を発表している。

ルイス・サフォン, カルロス *Ruiz Zafón, Carlos*
スペインの脚本家, 作家
1964.9.25～
㋲バルセロナ ㋱エデベ賞, フェルナンド・ララ小説賞準賞(2001年), リブレテール賞(2002年), バングアルディア紙読者賞(2002年)
㋣執筆活動のほか、フリーランスの脚本家としても活躍。1993年デビュー作「El Principe de la Niebla(霧の王子)」で、エデベ賞を受賞。5作目の「風の影」で2001年フェルナンド・ララ小説賞準賞、02年リブレテール賞、02年バングアルディア紙読者賞を受賞した。

ルイトヘウ, ユリー *Rytkheu, Yurii*
ロシア(ソ連)の少数民族チュクチの作家
1930.3.8～2008.5.14
㋲ソ連チュコト半島 ㋳Rytkheu, Yurii Sergeevich ㋘レニングラード大学文学部(1954年)卒
㋣ロシア東端の極東チュコト半島で、少数民族チュクチの猟師の家に生まれる。チュコトに語り継がれる創生神話を題材にした「クジラの消えた日」など、チュコトの生活に取材した数多くの作品を発表し、知られざる民族や滅びゆく文化の証言者として世界的に高い評価を得た。作品は各国の言語に翻訳され世界中で読まれている。短編集には1953年の「わが岸の人びと」、55年の「人間の名」などがあり、そのほかにも「チュクチのサガ」(56年)「雪のとける時」(58～67年)「敷居の霜」(70年)「北極圏」(83年)など多くの短編・長編を発表した。

ルイバコフ, アナトリー *Rybakov, Anatolii Naumovich*
ロシア(ソ連)の作家
1911.1.14～1998.12.23
㋲ウクライナ共和国チェルニーゴフ市 ㋘モスクワ運輸技師専門学校卒 ㋱スターリン文学賞(1950年)
㋣モスクワ・アルバート区の小学校を出て、運輸技術専門学校に入り、卒業後自動車技師として長く働く。23歳の時シベリア流刑にあう。流刑地から解放された後は地方を渡り歩いて放浪生活を送り、1941年第二次大戦に動員された。戦後再びモスクワ・アルバートに住み、48年処女作の少年向け冒険小説「短剣」を発表。50年自分の体験をもとにした長編小説「運転手たち」でスターリン文学賞を受賞。一方30年代のモスクワの若者たちを描いた自伝的小説「アルバート街の子供たち」の執筆を進めるが、スターリンを描いた部分があるため発表を許されず、ゴルバチョフ政権下の87年はじめて出版され、大きな反響をよんだ。他には青少年向け小説に「青銅の鳥」(56年)「クローシの冒険」(邦訳「おとなへの第一歩」)、本格的文学に「エカテーリナ・ヴォローニナ」(55年)「ソスニャキ夏」(64年)「重い砂」(78年)などがある。

ルイリスキー, マクシム *Rylsky, Maksym*
ウクライナ(ソ連)の詩人
1895.3.19～1964.7.24
㋲ロシア・キエフ(ウクライナ) ㋳ルイリスキー, マクシム・タデーヨヴィチ〈Rylsky, Maksym Tadeyovych〉 ㋘キエフ大学文学部卒 ㋱スターリン賞(1943年・1950年), レーニン賞(1960年)
㋣キエフの民族学者の家庭に生まれる。1910年15歳の時に処女詩集「白い島々で」を出版。その後、詩集「秋の星々のもとで」(18年)、物語詩「マリーナ」(33年)を書く。20年代末からその作風がウクライナ民族主義を鼓吹しているとして批判の的となり、31年逮捕された。晩年の10年間は詩人としての円熟期を迎え、「ばらとぶどう」(57年)、「鶴の群れ」(60年)などの作品を世に送り出した。シェイクスピアやミツキェーヴィチの翻訳、文学評論、民俗研究にも業績を残した。

ルウェリン, リチャード *Llewellyn, Richard*
イギリスの作家
1907～1983.11.30
㋲ウェールズ・ペンブロークシャー(ディフェード州)

[名]Lloyd, R.Dafydd Vivian L.
[歴]1931年まで5年間陸軍に服務し、31年映画製作会社に入る。のち再び陸軍に入り、42年ウェールズ近衛連隊の大尉となった。この間、インドで軍務に服する傍ら作家生活に入る。ウェールズの鉱山労働者やロンドンおよびロサンゼルスのギャングの世界に取材した小説を執筆。39年に出版されたウェールズの炭鉱社会を描いた小説「わが谷は緑なりき(How green was my valley)」はベストセラーとなり、のちに映画化された。他にケニアのマサイ族の生活を描いた小説「鏡の中の男」や「孤独の心ならざれば」などの作品がある。

ルヴォワル, ニーナ　*Revoyr, Nina*
日本生まれのアメリカの作家
[出]東京都
[歴]日本人の母とポーランド系アメリカ人の父を持つ。日本の東京で生まれ、5歳でアメリカに移住してウィスコンシン州、カリフォルニア州ロサンゼルスで育つ。1997年「The Necessary Hunger」でデビュー。2作目にあたる「ある日系人の肖像」で2004年度の全米探偵作家クラブ(MWA)賞最優秀ペーパーバック賞にノミネートされた。第3長編「銀幕に夢をみた」は08年度ロサンゼルス・タイムズ文学賞の最終候補作となった。

ルオー, ジャン　*Rouaud, Jean*
フランスの作家
1952.12.13〜
[賞]ゴンクール賞(1990年)
[歴]ナント大学で文学を専攻した後、アルバイトで生計を立てながら執筆活動を続ける。1981年パリへ出て書店勤めやキオスクでの新聞・雑誌の販売員の一方で小説「名誉の戦場」を執筆、90年38歳でゴンクール賞を受賞。新人としては40年ぶりの受賞で、一躍時の人となった。

ル・カレ, ジョン　*Le Carré, John*
イギリスのスパイ作家
1931.10.19〜
[出]ドーセットシャー州プール　[名]コーンウェル, デービッド・ジョン・ムア〈Cornwell, David John Moore〉　[学]ベルン大学(スイス)卒, オックスフォード大学リンカーン・カレッジ卒　[賞]CWA賞ゴールド・ダガー賞(1963年), サマセット・モーム賞(1964年), MWA賞長編賞(1965年), CWA賞ゴールド・ダガー賞(1977年), ジェームズ・テイト・ブラック記念賞(1977年), MWA賞巨匠賞(1984年), CWA賞ダイヤモンド・ダガー賞(1988年), ゲーテメダル(ドイツ)(2011年)
[歴]イギリスのパブリック・スクールの教育を嫌って、16歳の時にスイスのハイ・スクールに移り、ベルン大学ではドイツ文学を学ぶ。ドイツ語に特殊な才能を示し、1959〜64年ウィーンを根拠とするイギリスの情報部に招かれ、部員として働いたこともある。この経験が社会的視野を広くし、後の作家活動に役立つ事になる。その後、オックスフォード大学で法律を学び学位を取る。数年間、名門イートン校で教えるが、61年外務省書記官となり、西ドイツに駐在。63〜65年はハンブルクの領事を務める。傍ら小説の執筆に取り組み、61年処女作「Call for the Dead(死者にかかってきた電話)」を発表、イギリス推理作家協会賞(CWA賞)の次席になる。63年冷戦時代のスパイ小説の古典となる「The Spy Who Came in from the Cold(寒い国から帰ってきたスパイ)」を発表、ベストセラーとなり、CWA賞やサマセット・モーム賞などを受賞。64年3月官を辞して、作家として自立。その後の作品に「ティンカー、テイラー、ソルジャー、スパイ」(74年)をはじめとするスマイリー3部作や、「リトル・ドラマー・ガール」(83年)、「パーフェクト・スパイ」(86年)、「ロシア・ハウス」(89年)、「ナイト・マネジャー」(93年)、「われらのゲーム」(95年)、「パナマの仕立屋」(96年)、「シングル&シングル」(99年)、「ナイロビの蜂」(2000年)、「サラマンダーは炎のかなたに」(04年)、「われらが背きし者」(10年)などがある。多くの作品が映画化・ドラマ化されヒットした。

ルカレッリ, カルロ　*Lucarelli, Carlo*
イタリアの推理作家
1960〜
[出]パルマ　[賞]シェルバネンコ・ミステリー大賞(1996年度), アルベルト・テデスキ賞(1993年), フランコ・フェデーリ賞
[歴]喜劇作家、脚本家、文芸評論家、犯罪報道を中心とするジャーナリストとしても多才な活動を展開し、若手文筆家養成のため、教壇にも立つ。1990年「白紙委任状」で作家デビュー。デルーカ捜査官を主人公とするシリーズの3作目「オーケ通り」は96年度のシェルバネンコ・ミステリー大賞を受賞。その他「権限なき捜査」で93年アルベルト・テデスキ賞受賞、「堕ちた天使の島」で2000年バンカレッラ賞最終候補となり、フランコ・フェデーリ賞受賞。作品の多くが仏訳され、ヨーロッパ文学界で評価の高いガリマール版〈セリ・ノワール〉シリーズに収められている。一部はドイツ語、スペイン語、ギリシャ語、英米語など他の言語にも翻訳された。

ル・グウィン, アーシュラ　*Le Guin, Ursula Kroeber*
アメリカのSF作家, ファンタジー作家
1929.10.21〜2018.1.22
[出]カリフォルニア州バークレー　[名]旧姓名＝Kroeber　[学]ラドクリフ大学卒, コロンビア大学卒　[賞]ヒューゴー賞(1969年・1974年), ネビュラ賞(1969年・1974年), ホーンブック賞, ニューベリー賞, 全米図書賞(児童文学部門)(1972年), カフカ賞(1986年), 全米図書協会米文学功労勲章(2014年)
[歴]ラドクリフ大学とコロンビア大学で、フランスとイタリアのルネッサンス期文学を専攻。フルブライト奨学生としてパリに留学し、そこで知り合った歴史学者と1951年に結婚。夫がポートランド州立大学教授となったため、ポートランドで生活し、50年代末から小説を書き始めた。62年作家としてデビュー。69年に発表した長編「闇の左手」と74年の「所有せざる人々」でヒューゴー賞とネビュラ賞のダブル受賞を2度も果たした。さらに73年「世界の合言葉は森」でヒューゴー賞中短編部門、74年「オメラスから歩み去る人々」でヒューゴー賞短編部門、76年「ニュー・アトランティス」でヒューゴー賞中短編部門をそれぞれ受賞。また児童ファンタジーの傑作「ゲド戦記」3部作(68〜72年)でホーンブック賞、「こわれた腕輪(ゲド戦記2)」(71年)でニューベリー賞、「さいはての島へ(ゲド戦記3)」(72年)で全米図書賞児童文学部門をそれぞれ受賞した。90年18年ぶりに「ゲド戦記」の4巻目「帰還」を発表して注目を集め、2001年5巻目にあたる「アースシーの風」を刊行。文化人類学、心理学、文学などの幅広い教養をもとに、社会・思想・性などについて、現代への大胆な批評を盛り込んだ作品を書き、“SF界の女王”と呼ばれた。作品は40ケ国語以上に翻訳され、世界的な人気作家だった。「ゲド戦記」は日本にも愛読者が多く、06年にはスタジオジブリがアニメ映画化した。他の作品に「マラフレナ」(1979年)、「オールウェイズ・カミングホーム」(86年)、「空飛び猫」「魔法の猫」など。晩年は“フェミニズムの旗手”としても積極的な発言と行動を続けた。評論集に「夜の言葉」「世界の果てでダンス」がある。
[家]父＝アルフレッド・クローバー(文化人類学者), 母＝シオドーラ・クローバー(作家), 夫＝チャールズ・ル・グウィン(歴史学者)

ル・クレジオ, J.M.G.　*Le Clézio, J.M.G.*
フランスの作家
1940.4.13〜
[出]ニース　[名]ル・クレジオ, ジャン・マリ・ギュスターヴ〈Le Clézio, Jean Marie Gustave〉　[学]ニース大学卒, ブリストル大学, ロンドン大学　[賞]ノーベル文学賞(2008年), ルノードー賞(1963年)
[歴]両親ともにフランスからインド洋モーリシャス島に移住した家系で、父はイギリス籍、母はフランス籍。フランスとモーリシャスの国籍を持つ。アフリカで少年時代の一時期を過ごし、生地のニース大学に学んだのち、イギリスのブリストル大学に留学。1963年23歳の時、軍隊か病院のような隔離的環境か

ル

ら逃げ出した若者の目に映る世界を詩的に描いた長編「調書」で、フランスの主要な文学賞のひとつルノードー賞を受賞、衝撃の文壇デビューを飾った。「調書」に続く65年の短編集「発熱」、66年の長編「大洪水」の3作で、神話的な象徴性を帯びた独特の小説世界を確立。70年から74年にかけてパナマの先住民と暮らし、70年代後半からはメキシコの先住民文明に傾倒。「メキシコの夢」(88年)、「歌の祭り」(97年)などのエッセイ作品を通じ、西欧が非西欧を破壊、征服した上に立つ現代文明に批判の目を向けた。自我の解体と神話的な世界への志向を、豊かなイメージと奔放な語り口で描き出す特異な文学的世界で知られる。2008年ノーベル文学賞を受賞。他の作品に長編「愛する大地」(1967年)、「戦争」(70年)、「巨人たち」(73年)、「海を見たことがなかった少年―モンドほか子供たちの物語」(78年)、「砂漠」(80年)、「黄金探索者」(85年)、「さまよえる星」(92年)、「パワナ―くじらの失楽園」(92年)、「ディエゴとフリーダ」(93年)、「隔離の島」(95年)、「偶然―帆船アザールの冒険」(99年)、「はじまりの時」(2003年)、「アフリカのひと 父の肖像」(04年)、「飢えのリトルネロ」(08年)、長編エッセイ「物質的恍惚」(1967年)、「悪魔祓い」(71年)など。2006年39年ぶりに来日。東京のほか北海道や奄美大島などを旅した。13年末4度目の来日を果たし、東京大学で講演。

ルコーニン, ミハイル　Lukonin, Mihail
ソ連の詩人
1918.10.29～1976.8.4
㋺ロシア・アストラハン　㋹ルコーニン, ミハイル・クジミチ〈Lukonin, Mihail Kuz'mich〉　㋱スターリングラード教育大学(1937年)卒, ゴーリキー文学大学　㋷スターリン賞, ソ連国家賞(1973年)
㋮スターリングラード(現・ボルゴグラード)のトラクター工場で働く。スターリングラード教育大学卒業後, ゴーリキー文学大学に学ぶ。フィンランド戦争, 第二次大戦に参加。傍ら, マヤコフスキーの影響を受けた愛国詩や反戦詩を書き, 1935年より詩を発表。47年処女詩集「心臓の鼓動」を出版。叙事詩「平日」(48年)でスターリン賞を受賞した。他の作品に, 叙事詩「平和への道」(50年)、「焼け焦げた国境」(68年)、詩型小説「愛の告白」(59年)、詩集「避けられぬ運命」(69年, ソ連国家賞)、「安堵の息」(78年没後刊)、評論集「同志ポエジー」(63年)などがある。

ルゴフスコイ, ウラジーミル　Lugovskoy, Vladimir
ソ連の詩人
1901.7.1～1957.6.5
㋺ロシア・モスクワ　㋹ルゴフスコイ, ウラジーミル・アレクサンドロヴィチ〈Lugovskoy, Vladimir Aleksandrovich〉
㋮モスクワの教師の家に生まれる。1924年まで赤軍に所属。24年から詩を発表し, "構成派"詩人として出発。ロシア革命と国内戦の様相をうたった処女詩集「稲妻」(26年)を刊行した。他の作品に, 詩集「ヨーロッパ」(32年)、自伝的詩集「生活」(33年)、晩年の詩集に「太陽回帰」(56年)、「青い春」(58年没後刊)、詩史に「ボリシェビキには荒野と春」(33年)などがある。

ルジェヴィチ, タデウシュ　Różewicz, Tadeusz
ポーランドの詩人, 劇作家, 作家
1921.10.9～2014.4.24
㋺ラドムスコ　㋱ヤギエウォ大学　㋷ポーランド国家賞(1955年), ポーランド文化省賞(1962年・1966年), ヨーロッパ文学賞(2007年)
㋮1938年詩人としてデビュー。44～45年カトリック系の国内軍(AK)のパルチザンとして対独抵抗に参加。45年クラクフのヤギエウォ大学に入学, 美術史を専攻。戦後, 本格的にデビューし, 第1詩集「不安」(47年)や「赤い手袋」(48年)は素朴な言葉を用いて戦時の苦渋を語り, 様式, 内容とも新しい抒情詩の先駆となった。以後, 年に1冊の割合で詩集を刊行。56年以降はこの詩法を演劇にも応用し, 60年の処女戯曲「Kartoteka(カード目録)」は前衛的, 実験的手法を用い, 話題を呼んだ。他の主な作品に, 詩集「微笑」(55年)、「フォルム」(58年)、「プロスペロの外套の中には何もない」(62年)、「顔」(64年)、「第三の顔」(68年)、戯曲「ラオコーンの仲間」(62年)、「証人たち―われらが小さな安定」(64年)、「家を出た」(65年)、「スパゲッティと剣」(67年)、「四つん這い」(72年)、「白い結婚生活」(75年)、短編集「博物館見学」(66年)、「わが愛娘」(66年)など。

ルシーノ, ジェームズ　Luceno, James
アメリカの作家
㋮数多くのスター・ウォーズ小説を手がけ, 〈ニュー・ジェダイ・オーダー〉シリーズの「スター・ウォーズ英雄の試練」「スター・ウォーズジェダイの失墜」「スター・ウォーズ迷走」「スター・ウォーズ統合」はニューヨーク・タイムズ紙でベストセラーに輝いた。「スター・ウォーズ」の小説やラジオドラマ版の脚本家として名高いブライアン・デイリーとの共作では, ジャック・マキーニーの筆名でアニメシリーズ「ロボテック」の小説版を数多く手がける。

ルース, アニタ　Loos, Anita
アメリカの作家, 脚本家
1893.4.26～1981.8.18
㋺カリフォルニア州シソン
㋮1912年D.W.グリフィス監督のための脚本を書くことから出発。25年に出版, 後にマリリン・モンロー主演で映画化された小説「紳士は金髪がお好き」で知られ, 多くの舞台, 映画の脚本を手がけた。他に, 小説「紳士は黒髪と結婚する」、映画脚本「サンフランシスコ」「サラトガ」などがある。晩年にはハリウッドの内幕を書いた自伝2冊を刊行した。

ルスティク, アルノシュト　Lustig, Arnost
アメリカの作家
1926.12.21～2011.2.26
㋺チェコスロバキア・プラハ(チェコ)　㋱プラハ政治社会科学大学　㋷全米ユダヤ図書賞(1980年・1986年), エミー賞(1986年), カレル・チャペック賞(1996年), フランツ・カフカ賞(2008年)
㋮ユダヤ人。ホロコーストの間は, テレージェンシュタット, アウシュヴィッツ, ブーヘンヴァルトの収容所を生き延び, 処刑のためダッハウへ移送される途中で列車から脱走することに成功, 反ナチ抵抗組織に加わる。戦後, 執筆活動を開始し, 1970年アメリカ・アイオワ大学国際創作プログラムに招かれた後, 73年～2005年ワシントンD.C.のアメリカン大学で30年以上にわたり文学教授を務めた。同大学名誉教授。全米ユダヤ図書賞, エミー賞, カレル・チャペック賞など, 数々の賞を受けている。ホロコースト小説「愛されえぬ者たち」で, 86年度全米ユダヤ図書賞(小説部門)を受賞。

ルースルンド, アンデシュ　Roslund, Anders
スウェーデンの作家, ジャーナリスト
1961～
㋷グラスニッケル賞(最優秀北欧犯罪小説賞), CWA賞インターナショナル・ダガー賞(2011年)
㋮スウェーデン公営テレビの文化ニュース番組を立ち上げ, 数年間にわたって番組を統括。そのほか10年間にわたり, 報道記者, レポーター, 報道番組のデスクなどを務めた。犯罪の防止を目指す団体KRIS(Kriminellas Revansch I Samhället―犯罪者による社会への返礼)を取材した際にベリエ・ヘルストレムと知り合い, 共作「制裁」を刊行。同作はグラスニッケル賞最優秀北欧犯罪小説賞を受け, スウェーデンのベストセラーリストに14週連続でランクインした。以後, 共作で「ボックス21」「死刑囚」「三秒間の死角」などを発表。

ルースロ, ジャン　Rousselot, Jean
フランスの詩人
1913.10.27～2004.5.23
㋺ポアチエ
㋮1934年に処女詩集を出し, その後の詩集に「Le Goût de pain(パンの味)」(37年)「Route du silence(沈黙への道)」(65年)

などがある。そのほか伝記、批評の面でも多彩な才能を示した。フォンブールなどの詩を載せた「青春」誌は彼の創設になるものである。第二次大戦のドイツ占領時代に「ロシュフォール詩派」を創立した一人。

ルーセル, レーモン *Roussel, Raymond*
フランスの作家, 劇作家
1877.1.20〜1933.7.14
[出]パリ
[歴]大ブルジョワの家庭に生まれる。作曲家を志すが詩に転向、19歳で韻文による小説「代役」を書く。強い鬱病状態に陥り、何度か入院をするが、以後、数々の作品を発表する。“現実”に完全に背を向けたかに見えるルーセルの言語は、言語そのものに内存する厚みやひだを純粋状態において示しており、“ヌーヴォーロマン”の作家達から先駆者の一人として高く評価された。他の小説に「視覚」(02年)、「アフリカの印象」(10年)、「ロクス・ソルス」(14年)、「新・アフリカの印象」(32年)、戯曲に「額の星」(24年)、「太陽の塵」(26年)など。

ルソー, フランソワ・オリヴィエ *Rousseau, François-Olivier*
フランスのジャーナリスト, 作家, 脚本家
[賞]メディチ家賞(1981年), プルースト賞(1986年), アカデミー・フランセーズ小説大賞(1988年)
[歴]1981年「L'enfant D'edouard」でメディチ家賞を受賞。86年「Sebastien Dore」でプルースト賞を受賞。88年「La Gare de Wannsee」がアカデミー・フランセーズ小説大賞となる。他の著書に、ジュリエット・ビノシュ主演で映画化された「年下のひと」がある。

ル

ルーツィ, マリオ *Luzi, Mario*
イタリアの詩人, 評論家, 翻訳家
1914.10.20〜2005.2.28
[出]フィレンツェ　[学]フィレンツェ大学文学部卒　[賞]マルツォット賞(詩部門)(1957年), グッビオ・インギラーミ賞(1971年)
[歴]フィレンツェ大学で文学を学び、卒論ではF.モーリヤック論をとり上げた。1935年「フロンテスピーツィオ」誌に「舟」を発表して一躍詩人としての文名をあげ、両大戦間は「レッテラトゥーラ」誌、「カンポ・ディ・マルチ」誌などを中心に作品を発表。詩集「砂漠の初花」(52年)などが注目を集めた。神秘的な作風でエルメティズモ(錬金術主義, フィレンツェ・ヘルメス主義)と呼ばれる芸術思潮の中心的存在となり、20世紀イタリアの代表的詩人といわれた。他の作品に「夜のなかの到来」(40年)「地獄とリンボ」(49年)「人生の義(ただ)しさ」(60年)「マグマ」(63年)「田園の彼方から」(65年)などがある。フィレンツェ大学でフランス文学を講じ、マラルメやダンテ、シェイクスピアらフランス、イギリス文学の訳業にも功績を残した。2004年文化的功績によりイタリア上院の終身議員に任命された。長年ノーベル文学賞候補にも名前が挙がった。

ルッカ, グレッグ *Rucka, Greg*
アメリカの作家
1970〜
[出]カリフォルニア州サンフランシスコ　[学]バッサー大学卒, 南カリフォルニア大学大学院創作学科修士課程修了
[歴]9歳の時に短編小説コンクールで1位に選ばれて自信をつけた。ニューヨーク州のバッサー大学を卒業し、南カリフォルニア大学創作学科で修士号を取得。1996年プロのボディガードを主人公にした〈アティカス・コディアック〉シリーズの第1作「守護者(キーパー)」で作家デビュー、シェイマス賞最優秀処女長編賞にノミネートされた。同シリーズの他の作品に「奪回者」「わが手に雨を」「耽溺者」「逸脱者」などがある。

ルッサン, アンドレ *Roussin, André*
フランスの劇作家
1911.1.22〜1987.11.3
[出]マルセイユ
[歴]1933年に日刊紙「プチ・マルセイエ」の記者となったが、35年からルイ・ドクルー劇団、アンドレ・バルサコ劇団などで俳優として活躍。自分でも友人たちと劇団「灰色の幕」を結成、自作の「アム・ストラム・グラム」で劇作家として出発した。第二次大戦後はパリのブールバール演劇で風刺の効いた喜劇、娯楽作品を数多く書き人気を得た。代表作に「小さなヒユッテ」「赤ん坊頌」「エレーエヌ」「ダチョウの卵」「終わりなき愛」「小猫は死んだ」などがある。84年から2年間フランス劇作家協会会長を務めた。

ルッソ, リチャード *Russo, Richard*
アメリカの文学者, 作家
[出]グローバーズビル　[賞]ピュリッツァー賞(2002年)
[歴]創作著作で文学修士号を取得。様々な大学で教鞭を執る傍ら執筆活動を行う。著書に「Mohawk」「The Risk Pool」「ノーバディーズ・フール」などがある。「ノーバディーズ・フール」はロバート・ベントン監督、ポール・ニューマン主演で映画化され、1994年に公開された。

ルドゥ・ウー・フラ *Ludu U Hla*
ビルマの作家, ジャーナリスト
1910.2.10〜1982.8
[出]ペグー県バズンミャウン村　[名]ウー・フラ　[賞]サーペィ・ベイマン賞
[歴]1922年ニャゥンレーピーン市に移り、同地のミッション・スクールに通う。ラングーン市の公立高校を経て実務学校に進み、会計学を学ぶ。31年価格監査官としてラングーン市庁に就職し、傍らイギリスの植民地下にあったビルマの青少年たちに愛国心や民族自立の思想を育むために結成された青少年発展会の夜間学校教師や図書館長を務める。この会の活動を通して本格的執筆活動に入り、30年には文芸誌「発展(チイプワーイエー)」を自ら刊行。以後雑誌・新聞の発行、廃刊を繰り返すが、67年「ルドゥ・ダディンザー」の廃刊を契機に、著作活動に専念。代表作に「監獄と人間」(57年)。また、17の少数民族の民話を収集して40冊以上の本にまとめた。この間の37年に、ビルマで最初に設立された作家協会の役員となり、43年アジア青年会のマンダレー県会長などを歴任。47年ビルマ作家協会設立と同時に会長に就任し、以後ビルマ政府代表として各国訪問を経験するなどオピニオン・リーダーとしても幅広く活躍した。
[家]妻＝ドォ・アマー(作家)

ルドニツキ, アドルフ *Rudnicki, Adolf*
ポーランドの作家
1912.2.19〜1990.11.15
[歴]ユダヤ系。1932年文壇に登場。「ねずみ」(33年)、人間の内面的葛藤を美しいタッチで描いた傑作「愛されぬ女」(37年)を発表。徐々に反ファシズム的な立場を明らかにし、独ソ戦開始後はワルシャワで地下活動を行い、44年のワルシャワ蜂起に参加。代表作の短編集「生ける海、死せる海」(52年)など、ポーランドにおけるユダヤ人の悲劇を扱った作品を多く著した。叙情的自然主義の作家といわれ、56年以来「青いページ」と題する個人的なエッセイを書き綴る。他の作品に「9月」(46年)など。

ルドニャンスカ, ヨアンナ *Rudniańska, Joanna*
ポーランドの児童文学作家
[賞]ヤヌシュ・コルチャク国際文学賞
[歴]大学では数学を専攻。子供向けのSF作品で作家デビュー。その後、竜の父親を持つ10代の少女を主人公とした「竜の年」を発表し、ヤヌシュ・コルチャク国際文学賞を受賞。1988年ポストモダニズム小説「場所」を出版。他の作品に「パパは異星人」「ブリギーダの猫」など。

ルナール, ジャン・クロード *Renard, Jean-Claude*
フランスの詩人
1922.4.22〜2002.11.29
[歴]現代フランスの代表的カトリック詩人の一人。現実の中に神の顕れを探求し、現世の限界に身を置きながら言葉により神秘を作り出そうとする。主な作品に「沖」(1950年)、「父よ、

ここに人ありて」(55年)、「時の呪文」(62年)、「聖別の地」(66年)、「沈黙の光」(79年) など多数の詩集がある。

ルナール, ジュール *Renard, Jules*
フランスの作家, 劇作家
1864.2.22～1910.5.22
㊌ノルマンディー
㊞鉄道, 倉庫会社に勤めながら文筆活動、「メルキュール・ド・フランス」誌の創刊に参加、短編や長編「根なしかずら」で注目された。1894年「にんじん」を発表、のち脚色されて成功。次いで「葡萄畑の葡萄作り」「博物誌」など特異な文体と簡潔な文章の名作を生んだ。また戯曲「別れも楽し」「日々のパン」も書いた。23歳から死に至る「日記」(全5巻)が死後発表され、文壇の消息を知る資料になり、また人間ルナールの告白としてセンセーションを巻きおこした。

ルノー, メアリー *Renault, Mary*
イギリスの作家
1905.9.4～1983.12.13
㊌ロンドン ㊞チャランズ, メアリー〈Challans, Mary〉 ㊌オックスフォード大学卒
㊞オックスフォード大学セント・ヒューズ・カレッジに学び、卒業後は見聞を広めるべきだという父の薦めで看護師の資格を取得。1939年処女小説「愛の目標」を出版、第二次大戦中に書き上げた「Return to Night」でMGM賞を受賞。戦後は南アフリカに移住、アフリカ、ギリシャを頻繁に旅して古代ギリシャと小アジアを舞台にした歴史小説を書き、「天からの火」(70年)、「アレクサンドロスと少年バゴアス」(72年)、「葬儀と抗争」(81年) の"アレクサンドロス3部作"はロングセラーになった。また「駕車を駆って」(53年) などの同性愛を扱った現代小説でも人気を博した。

ルピカール, ルイズ *Lepicard, Louise*
フランス領インドシナ生まれの日系人作家
1928.3～
㊌サイゴン ㊞日本名＝正子
㊞フランス人の父・マクシム・ルピカール、日本人の母・里ヤイの第四子、長女としてフランス領インドシナのサイゴンで生まれる。日本名・正子。1937年母の実家である長崎県戸石村 (現・長崎市) に2ケ月のヴァカンスの予定で家族と共に9歳で帰国。支那事変の勃発で帰路を断たれ、以後第二次大戦終了後の48年まで11年間、東京、横浜、長崎と日本で20歳まで過ごす。戦後サイゴンに戻り、結婚してフランスのコルシカ島に行き、その後2度の離婚を経験し、女手一つで6人の子供を育てた。2006年戦時中の日本体験を日本語で「ルイズが正子であった頃」として出版。09年には2作目「正子がルイズに戻った後」を出版、話題となる。毎年来日し、戦時中に住んだ場所を訪れている。

ルーフス, ミラン *Rúfus, Milan*
スロバキアの詩人
1928.12.10～2009.1.11
㊌コメニウス大学
㊞1956年詩集「大きくなったら」でデビュー。「少年」(66年)、「3部作」(69年) によってスロバキア現代詩の第一人者に。他に「鐘」(68年)、「貧者のテーブル」(72年)、「揺りかごは子らに歌う」(74年)、「少年は虹を描く」(74年)、「おとぎ話の本」(75年)、「かたちの音楽」(77年)、「山」(78年)、「土曜日の夜」(79年)、「喜びの頌歌」(81年)、「井戸」(86年) など。

ル・ブラン, アニー *Le Brun, Annie*
フランスの詩人, 思想家
1942～
㊌レンヌ
㊞1963年、20歳でアンドレ・ブルトンに出会い、69年の運動消滅までシュルレアリスム運動に参加。72～78年トワイヤンやラドヴァン・イヴシックらと"エディション・マントナン"を拠点に活動し、「月の環」など多数の詩を発表。主に、サド、ロマン派、暗黒小説、ジャリ、レーモン・ルーセルなどを基軸に社会の偽善を暴く多数の著作を発表。

ルブラン, モーリス *Leblanc, Maurice*
フランスの探偵作家
1864.12.11～1941.11.6
㊌ルーアン ㊞レジオン・ド・ヌール勲章
㊞少年時代から詩、短編を書き、パリに出て40歳まで多くの風俗小説を書いたが、評価されなかった。1905年友人が編集する絵入り雑誌「ジュ・セ・トゥ」に冒険小説を、という求めで「アルセーヌ・ルパンの逮捕」を発表、大評判となる。以来「獄中のルパン」「ルパンの脱獄」「謎の旅行者」など次々に書き、全世界の読者を熱狂させ、ルパンはシャーロック・ホームズと並ぶ探偵冒険小説の英雄となった。ルパンシリーズは56編、その短編集に「怪盗ルパン」「ルパン対ホームズ」「ルパンの告白」などがある。このほか長編に「奇岩城」「棺桶島」「虎の牙」などもある。

ル・ブルトン, オーギュスト *Le Breton, Auguste*
フランスの作家
1913.2.18～1999.5.31
㊌ブルターニュ ㊞モンフォール, オーギュスト〈Montfort, Auguste〉
㊞孤児院で育ち浮浪者となり暗黒街で暮らすなど波乱に満ちた生い立ちを経て、1953年「男たちの入り」でデビュー。同作は暗黒小説の先駆け的な作品として知られる。暗黒街を舞台にしたいざこざや暴力的な決着を哀愁を込めて描き、犯罪推理小説の分野で成功した。他の作品に「ヘロイン奪取」(54年)、「シチリア人の一党」(67年) など。主要作品はほとんど映画化されている。

ルヘイン, デニス *Lehane, Dennis*
アメリカの作家
㊌マサチューセッツ州ドーチェスター ㊌エッカード・カレッジ ㊞シェイマス賞最優秀処女長編賞 (1994年)
㊞フロリダ州のエッカード・カレッジで創作を学ぶ。1994年遊びのつもりで書いた「スコッチに涙を託して」が指導教官の目に留まり作家デビュー、PWA賞 (シェイマス賞) 最優秀処女長編賞を受賞。同作から始まる〈探偵パトリック＆アンジー〉シリーズで人気を博す。2001年に発表した「ミスティック・リバー」は全米ベストセラーとなり、クリント・イーストウッド監督によって映画化された。他の作品に「闇よ、我が手を取りたまえ」(1996年)、「穢れしものに祝福を」「シャッター・アイランド」「運命の日」など。

ルーベンス, バーニス *Rubens, Bernice Ruth*
イギリスの作家
1928.7.26～2004.10.13
㊌カーディフ (ウェールズ) ㊌ウェールズ大学 (英文学) 卒 ㊞アメリカン・ブルー・リボン賞 (1968年)、ブッカー賞 (1970年)、ウェールズ芸術協会賞 (1987年)
㊞ユダヤ系。1947～49年教師をした後、ドキュメンタリー・フィルムの製作に携わる。60年自分の家族をモデルにした「Seton Edge (いがみ合い)」で作家デビュー。第2作「ピアノ教師マダム・スザーツカ」(62年) はシャーリー・マクレーン主演で映画化され、「The Elected Member (選ばれし者)」(69年) で70年ブッカー賞受賞。主に中流階級のユダヤ人の生活を描き、多くの作品が邦訳された。戯曲、テレビ、映画の脚本も手がけた。他の作品に「Mate in Three」(66年)、「Sunday Best」(71年)、「Spring Sonata」(79年)、「Brothers」(82年)、「Our Father (われらの父よ)」(87年)、「Kingdom Come」(90年)、「A Solitary Grief」(91年) など。

ルム・クン *Rim Kin*
カンボジアの作家
1911.11.8～1959.1.27
㊌プノンペン ㊌シソワット・カレッジ卒
㊞シソワット・カレッジ在学中から文芸創作を行い、教師の傍

らでフランス文学の翻訳や、詩、戯曲、小説などを執筆。1955年クメール作家協会設立に際して初代会長を務める。57年退任。代表作「ソパート」(42年)はカンボジア初の近代散文小説で、高等中学校の国語科教材にも使われた。

ルムラン, ロジェ *Lemelin, Roger*
カナダの作家
1919.4.7～1992.3.16
[出]ケベック
[歴]フランス系。1944年の「Au pied de la pente douce (だらだら坂の下で)」でケベック市の下町の庶民生活を描いて、成功を収めた。同じくケベックの小市民生活を描いた「Les Plouffe (プルーフ一家)」(48年)では、ストライキなどの社会問題を取り上げ、この作品はラジオ・ドラマにもなった。以後社会的関心を深めていく。72～82年「La Presse daily」紙主宰。短編集に「Laculotte en or」(80年)など。

ルメートル, ピエール *Lemaitre, Pierre*
フランスの作家
1951.4.19～
[出]パリ　[賞]CWA賞インターナショナル・ダガー賞 (2013年・2015年・2016年), ゴンクール賞 (2013年)
[歴]教職を経て、2006年〈カミーユ・ヴェルーヴェン警部〉シリーズの第1作「悲しみのイレーヌ」で作家デビュー。同作でコニャック・ミステリー大賞ほか四つのミステリー賞を受賞。シリーズ第2作「その女アレックス」はCWA賞インターナショナル・ダガー賞を受賞した。日本では「このミステリーがすごい！」など四つのミステリーランキングで1位となり、ベストセラーとなった。13年初めて発表した文学作品「天国でまた会おう」でフランスを代表する文学賞であるゴンクール賞を受賞。

ルー・ユーハンソン, イーヴァル *Lo-Johansson, Ivar*
スウェーデンの作家
1901.2.23～1990.4.11
[学]国民高等学校
[歴]農場労働者 (スタータレ) の息子で、小学校を出て自らも農場で働くが、国民高等学校で学んだ後、様々な肉体労働職に就く。1925～29年働きながら外国を放浪、新聞や雑誌にも寄稿して見聞記「フランスの浮浪者生活」(27年) で文壇に登場。イギリスの炭鉱生活を書いた「石炭の威力」(28年) などで評価を高め、32年「モーナは死んだ」で作家としてデビュー。自伝的小説「おやすみ、大地」(33年) や短編集「農場労働者」(2巻, 36～37年)、「農場プロレタリアたち」(41年) などの一連の小説で、スウェーデンのプロレタリア小説である農場労働者派 (スタータレ派) の旗手となり、45年のスタータレ制度撤廃に貢献。「天才児」(47年)、「老年期」(49年) などを経て、50年代には「文盲」(51年) に始まる自伝的な物語8冊を連作 (～60年)。晩年には「思春期」(78年) から「自由」(85年) に至る4巻の回想録を著した。また、短編にも優れた。

ルーリー, アリソン *Lurie, Alison*
アメリカの作家
1926.9.3～
[出]イリノイ州シカゴ　[学]ラドクリフ大学卒　[賞]ピュリッツァー賞 (1985年)
[歴]結婚して家庭に入り、傍ら作家活動を行う。のちニューヨークのコーネル大学で英文学と児童文学を講ずる。ジェーン・オースティンやメアリー・マッカーシーと比較して論じられる作家で、第5作目「The War Between the Tates (エリカの戦争)」(74年) はオースティン「高慢と偏見」以来の収穫だとする評も受ける。他に「異国での事情」。

ルーリー, モリス *Lurie, Morris*
オーストラリアの作家
1938.10.30～2014.10.8
[出]ビクトリア州メルボルン
[歴]ユダヤ系。はじめのうち画家、建築家を志すが果たせず、コピーライターとして勤めながら1965年に作家としてデビュー。60年代半ばから70年代前半にかけてイギリスに滞在し、「ラパポート」(66年)「ラパポートの仕返し」(73年) を発表。長短編、劇作、児童文学、エッセイなどで味のあるコミカルな作品やスラップスティック・コメディ風の作品を発表した。長編に「帰国飛行」(78年)、短編に「洋服ダンスの中」(75年) などがある。81年に来日した。

ルルー, ガストン *Leroux, Gaston*
フランスの作家, ジャーナリスト
1868.5.6～1927.7.15
[出]パリ　[学]パリ大学 (法律)
[歴]裁判所記者、議会記者を経て、新聞記者となり、「ル・マタン」海外特派員としてヨーロッパ、中東で活躍。1904年「テオフラスト・ロンゲの二重生活」を発表し、作家に転向。探偵小説「黄色い部屋の謎」(08年)、「黒衣婦人の香り」(09年) で世界的人気作家となり、「オペラ座の怪人」(10年) でミステリー作家として不動の地位を築いた。怪奇ロマンスや冒険ものを得意とした。他の作品に「判事の家」「バラオ」「太陽の花嫁」などがある。

ルルフォ, フアン *Rulfo, Juan*
メキシコの作家
1918.5.16～1986.1.7
[出]ハリスコ州サン・ガブリエル
[歴]メキシコ革命後間もない時代のメキシコの田舎に生まれ、少年期に両親を失って学業も中途で放棄。1920代後半から創作に励み、雑誌に短編の投稿を続けていたが、それを認められ、50年代半ばにメキシコの大手出版社のECE (経済的な文化の基金) から短編集「燃える平原」(53年) と中編小説「ペドロ・パラモ」(55年) の2作が刊行された。ラテンアメリカを代表する作家の一人で、地方メキシコに取材した土着性がその文学の特徴。「燃える平原」の中の幾つかの作品と「ペドロ・パラモ」は邦訳されて日本にも紹介されている。

ルロワ, ジル *Leroy, Gilles*
フランスの作家
1958.12.18～
[出]バニュー　[賞]ゴンクール賞 (2007年)
[歴]ジャーナリスト活動を経て、1990年代から本格的な作家活動に入る。2007年アメリカの作家スコット・フィッツジェラルドの妻で、同じく作家であるゼルダの生涯を描いた「アラバマ・ソング」を刊行。同作でゴンクール賞をした他、各文学賞の候補にもなり、一躍注目を集める。

ルンデ, マヤ *Lunde, Maja*
ノルウェーの作家
1975～
[賞]ノルウェー本屋大賞 (2015年)
[歴]児童書、ヤングアダルト作品を発表。2015年初の大人向け小説「Bienes historie」(邦訳「蜜蜂」) が話題となり、同年ノルウェーの本屋大賞を受賞。世界33ケ国以上で翻訳され、ドイツでは17年の年間No.1ベストセラーに輝き、40万部以上を売り上げた。

ルンドクヴィスト, アートゥル *Lundkvist, Artur*
スウェーデンの詩人, 作家, 批評家
1906.3.3～1991.12.11
[歴]ハリー・マルティンソンなどを含んだグループ“5人の若者”の一人。1929年の選集「5青年」は、ラディカルで鮮烈なモダニズムとプリミティブで官能的な色彩とが漂う作品。36年の「夜の橋」以降超現実的傾向となる。批評家としては「アメリカの新しい作家達」(40年) や「イカロスの飛行」(39年) で現代英仏文学を論じ、アフリカ、ソ連、中国、中央アメリカに関する旅行記も書く。他の作品に詩集「灼熱の火」(28年)、「黒い町」(30年)、小説「天の意志」(70年)、「武士の詩」(76年)、回想記「目をあけたままのある夢想家の自画像」(66年) など。

【レ】

レーア, ドメーニコ Rea, Domenico
イタリアの作家
1921.9.8〜
賞ストレーガ賞（1993年）
略学校教育によらずに自己形成を行い、種々の職業を経て美術館員となった。批評家フローラに出会い、文学を志す。第二次大戦直後の連合軍占領下の混乱を描いた1947年の処女作「スパッカナーポリ」以来、ナポリの庶民生活を風刺と微笑を混じえて描き、ナポリの文学伝統を蘇らせた。他の作品に「イエスよ、照らして下さい」(50年)、「王と靴磨き」(60年)、「ナポリ日記」(71年)、短編集「裸の商館」(85年)、長編第2作目の「卑しいニンフ」など。

レアード, エリザベス Laird, Elizabeth
ニュージーランド生まれのイギリスの作家
学エディンバラ大学卒
略ニュージーランドで生まれ、3歳の時に渡英。マレーシアで教師生活を送り、夫の仕事の関係でエチオピアやレバノンにも長期滞在。パレスチナの子供たちを描いた「ぼくたちの砦」は青少年読書感想文全国コンクールの課題図書になった他、「ひみつの友だち」「今、ぼくに必要なもの」は両作ともカーネギー賞にノミネートされた。他の著書に「ロージーの庭」「丘の上の家」「路上のヒーローたち」「戦場のオレンジ」などがある。

レイ, ロバータ Leigh, Roberta
イギリスのロマンス作家
1926.12.22〜2014.12.19
出ロンドン 名Shulman, Rita 筆名＝リンゼイ, レイチェル〈Lindsay, Rachel〉
略ロシア移民のユダヤ人家庭に生まれる。14歳で小説の執筆を開始。22歳で結婚し、2人の子供を育てる傍ら、1950年代から90年代にかけて、ロバータ・レイやレイチェル・リンゼイをはじめ多くの筆名を使い分けてロマンス小説を発表。一方、子供向けの物語やテレビシリーズを手がけて脚光を浴びた。画家としても活躍。著書に「恋は料理から」「優しいライオン」「かりそめの妻」「恋するバレリーナ」「ぶどうが実るとき」などがある。

レイエス, アリーナ Reyes, Alina
フランスの作家
賞ピエール・ルイス文学賞
略単純な季節労働をしながら田舎暮らしをしていたが、ボルドーに出てジャーナリズム科と近代文学の修士課程でふたたび勉強をはじめた。生活のために地方の新聞や雑誌に文章を書くようになる。処女作「肉屋─愛の虜囚」でピエール・ルイス文学賞受賞、ゴンクール賞にもノミネートされた。ポルノ小説だが、その簡潔で正確な筆力は、新聞、雑誌などで絶賛されている。他の作品に「エロスの扉」がある。

レイエス, エドガルド Reyes, Edgardo M.
フィリピンの作家
1938〜
出ブランカ 学マニュエル・ケソン大学中退 賞パランカ賞（1960年）
略鉄道工夫を父として7人兄弟の末っ子に生まれ、父の死後はパン作りをする母に育てられる。高校卒業後、倉庫番や建設作業員をしながら大学に通うが、経済的理由で中退。1959年初めて雑誌の懸賞に応募、短編小説が入賞する。60年「無邪気」がパランカ賞を受賞。63年に結婚し、小説執筆のほか人夫などをして生計を立てていたが、小説が映画化されたり、文学賞を次々に受賞したりして、60年代後半には作家としての地位に安定を得る。社会の底辺に生きる抑圧された人々の姿を力強いリアリズムで描いて、現代タガログ文学最大の人気作家となる。

レイド, ヴィク Reid, Vic
ジャマイカの作家, ジャーナリスト
1913.5.1〜1987
名レイド, ヴィクター・スタッフォード〈Reid, Victor Stafford〉
略高校卒業後、「デイリー・グリーナー」紙、「スポットライト」紙、文芸誌「フォーカス」などの編集に従事。ジャマイカ新聞協会の創設に関わり、西インド諸島の文芸運動の先駆けとなった。小説に「新しい日」(1949年)、「豹」(58年)、「太陽とボラのジュアン」(74年)、児童文学「エフライム山のピーター」(71年)などがある。

レイトン, アービング・ピーター Layton, Irving Peter
ルーマニア生まれのカナダの詩人
1912.3.12〜2006.1.4
出ルーマニア 賞カナダ総督文学賞
略ユダヤ系。ルーマニアに生まれ、1歳の時両親とモントリオールに移住。既成価値に挑戦し、生命とセックスを賛美する詩人として若い世代に大きな影響を及ぼした。1945年処女詩集「いまここで」以来、カナダ総督文学賞を受賞した「太陽のための赤絨緞」(59年)など多くの詩集を発表。アンソロジーの編集者としても名高い。69〜78年までトロントのヨーク大学で英文学教授を務めた。ほかに社会・政治への発言をまとめた「一方に荷担して」(77年)など。

レイニー, ジェームズ Reaney, James
カナダの詩人, 劇作家
1926.9.1〜2008.6.11
出オンタリオ州 学トロント大学 文学博士号（1958年） 賞カナダ総督文学賞（1949年・1958年・1962年）
略トロント大学で英文学を学び、マニトバ大学で教職に就く。1960年ウェスタン・オンタリオ大学に移り、同大教授に就任。傍ら、詩人として活動し、詩集「赤い心臓」(49年)、「蕁麻の服」(58年)、「小さな町へのお便り十二通」(62年)でカナダ総督文学賞を受ける。60年代以後は主として劇作家として活動、戯曲の代表作に「千鳥、その他」(62年)と3部作「ドネリー家の人々」(73〜75年)などがある。

レイブン, サイモン Raven, Simon Arthur Noël
イギリスの作家, ジャーナリスト
1927.12.28〜2001.5.12
出ロンドン 学ケンブリッジ大学
略1959年軍隊内の同性愛を描いた「死の羽」で文壇デビュー。代表作にイギリスの上流階級を描いた連作「忘却への施し物」(64〜76年)、自伝「草の上の影」などがある。

レイモン, リチャード Laymon, Richard
アメリカの作家
1947.1.14〜2001.2.14
出イリノイ州シカゴ
略大学を卒業後、図書館員や教師、法律事務所の記録係を務める。作家としての下積み時代を経て、1980年に発表した「殺戮の野獣館」で一躍ホラー界の寵児となり、以後も精力的に多数の長短編を発表。セックスと暴力に満ちたホラー作品は本国アメリカでは出版社の保守性からほとんどが絶版となった。

レイモント, ヴワディスワフ・スタニスワフ Reymont, Władysław Stanisław
ポーランドの作家
1867.5.7〜1925.12.5
出コベベルケ 名Rejment 賞ノーベル文学賞（1924年）
略オルガン奏者の子に生まれ、若い頃は演劇に熱中した。ポーランド各地を放浪し、旅役者、鉄道員など様々な職業に就く。1895年ルポルタージュ「ヤスナ・ゴーラへの巡礼」で才能を認められ、次いで自然主義的リアリズム手法で書かれた「喜劇女優」(96年)、「約束の地」(99年)により名声を確立した。農村

文学の世界的傑作といわれる大作「農民」(4巻, 1904～09年)は、一農村の自然と伝統とそこに生きる農民たちの生活を、方言をもとにしたスタイルで徹底的に描出し、これにより24年ノーベル文学賞を受賞。他に短編集「出会い」(1897年)、歴史小説「1794年」(3部作, 1913～18年)などがある。

レイローサ, ロドリゴ　Rey Rosa, Rodrigo
グアテマラの作家
1958～

㊟学業を終えたのちグアテマラを離れ、ニューヨークで映画を勉強。1982年モロッコ在住の作家ポール・ボウルズが講師を務めるワークショップに参加するためタンジールに移る。文学的才能を認められ、ボウルズが自ら短編を英訳、米英で出版し評価される。その後タンジールに10数年滞在。作品に「乞食のナイフ」(85年)、「静かな湖水」(89年)、「樹林の牢獄」(92年)、「船の救世主」(92年)、「セバスティアンの夢」(94年)、「片足の善人」(96年)、「その時は殺され……」(97年)、「聖域なし」(98年)などがある。

レイン, キャスリン　Raine, Kathleen Jessie
イギリスの詩人
1908.6.14～2003.7.6

㊟ロンドン　㊟ケンブリッジ大学ガートン・カレッジ(生物学)卒　㊟ハリエット・モンロー記念賞(1952年)、イギリス芸術院賞(1953年)、オスカー・ブルーメンタル賞(1961年)、W.H.スミス文学賞(1972年)、コルモンデリ賞(1976年)、チャペルブルック賞

㊟ロンドンで生まれ、幼時を北部のノーサンバーランドで過ごす。ウィリアム・エムプソンから刺激を受けて詩作を始め、「New Verse」に寄稿。詩人仲間の一人チャールズ・マッジと結婚して1男1女をもうけるが、1947年に離婚した。43年処女詩集「Stone and Flower(石と花)」を発表。56年「全詩集」を出版。自然を愛し、想像力とプラトン主義的な精神の価値を称え、近代社会の物質主義を嫌悪した。他の作品に「失われた故郷」など。一方、宗教詩人ブレイクの研究にも取り組み、研究書「ブレイクと古代」などは作家の大江健三郎に大きな影響を与えた。芸術院賞など受賞も多い。

レイン, クレイグ　Raine, Craig Anthony
イギリスの詩人
1944.12.3～

㊟ダラム州シルドン　㊟オックスフォード大学エクセター校
㊟1971～72年、75～76年母校オックスフォード大学エクセター校で、その間74～75年リンカーンカレッジ、また76～79年クライスト・チャーチで講師を務める。77～78年「ニュー・レビュー」の編集、79～80年「クアトロ」の編集、81年「ニュー・ステーツマン」の詩の編集に携わり、同年よりは出版社フェイバー・アンド・フェイバーの詩の編集者を務める。機知に富む奇抜な比喩や大胆な技法で話題をよぶ。作品に詩集「追憶の玉ねぎ」(87年)、「火星からのたより」(79年)、「リッチ」(84年)、オペラ「The Electrification of the Soviet Union」(86年)、戯曲「1953」(90年)、評論「Haydn and the Valve Trumpet: Literary Essays」(90年)など。

レーヴィ, カルロ　Levi, Carlo
イタリアの作家
1902.11.29～1975.1.4

㊟トリノ　㊟トリノ大学医学部卒

㊟北イタリアの工業都市トリノのユダヤ系家庭に生まれる。トリノで医学を修めたが、医師にならずに画家の道を選ぶ。高校時代に知り合ったゴベッティらと反ファシズム活動に参加。1935年政治的理由で逮捕され、南イタリアのルカニアの寒村に流刑となる。36年釈放後、思想と言論の自由を求めてフランスに亡命。39年「自由の恐怖」(46年)を執筆。帰国後の45年、南イタリアで流刑囚として過ごした体験をもとに書いた小説「キリストはエボリにとどまりぬ」を発表。世界的ベストセラーとなり、77年にはフランチェスコ・ロージ監督により映画化(邦題「エボリ」)された。他の作品に、「時計」(50年)、「言葉は石のごと」(55年)、「ソ連紀行」(56年)などがある。画家としては印象主義の流れをくむ作品を描いた。

レヴィ, ジュスティーヌ　Lévy, Justine
フランスの作家
1974～

㊟レヴィ, ジュスティーヌ・ジュリエット〈Lévy, Justine-Juliette〉　㊟パリ大学(哲学)　㊟コントルポワン仏文学賞(1996年)、ル・ヴォードヴィル文学賞(2004年)

㊟哲学者ベルナール・アンリ・レヴィ(通称BHL)の長女。パリ大学で哲学を専攻していた20歳のとき、「あたしのママ」で作家としてデビューし、1996年コントルポワン仏文学賞を受賞。知的でみずみずしい作風から"新しいサガン"と呼ばれ、ヨーロッパ各国だけでなくアメリカでも絶賛を博した。第2作「Rien de grave」でル・ヴォードヴィル文学賞(2004年)を受賞。そのセンセーショナルな内容から一躍時の人となる。映画「デュラス—愛の最終章」(01年)には女優として出演した。㊟父＝ベルナール・アンリ・レヴィ(哲学者)

レーヴィ, プリーモ　Levi, Primo
イタリアの作家
1919.7.31～1987.4.11

㊟トリノ　㊟トリノ大学　㊟ストレーガ賞(1979年)

㊟ユダヤ人家庭に生まれる。大学で化学を学んだあと、1943年反ファシストのパルチザンに参加。同年捕らえられてアウシュヴィッツ収容所に送られ、45年の連合軍による解放まで死に直面しながら過ごす。作家生活を始めたのは2年後で、「もし、これが人間ならば(邦題「アウシュヴィッツは終わらない)」(47年)、その後編の「休戦」(63年)といった作品で、"生き残った自分の義務"としてアウシュヴィッツの悲劇について書き続けた。他に「周期律」(75年)、「今がその時」(82年)など。その生涯は映画「遙かなる帰郷」(96年、フランチェスコ・ロージ監督)にも描かれた。

レヴィ, マルク　Levy, Marc
フランスの作家, 建築家
1961.10.16～

㊟ブーローニュ・ビヤンクール

㊟アメリカ・カリフォルニア州サンフランシスコで6年間生活したのち帰国し、1991年建築事務所を設立。アメリカとヨーロッパを行き来し、フランス有数の建築事務所と認められるようになり、500以上の社屋を設計した。98年10歳になる息子のために創作した物語「夢でなければ」で作家デビュー、同作はフランスで大ベストセラーとなり、世界約40ケ国で翻訳される。さらに刊行2ケ月前に映画監督スティーブン・スピルバーグの目にとまり、99年10月ドリーム・ワークスによって映画化が決定、2005年に「ジャスト・ライク・ヘブン」(邦題「恋人はゴースト」)として全米公開された。この間、建築事務所を退職し、ロンドンに移り住み、執筆活動に専念する。00年から1年1冊のペースで作品を刊行、いずれもが母国で100万部を突破し、世界約40ケ国で翻訳されるなど、フランスを代表する作家となる。他の作品に「永遠の七日間」「あなたを探して」「ぼくの友だち、あるいは、友だちのぼく」「時間(とき)を超えて」など。08年初来日。

レヴィツカ, マリーナ　Lewycka, Marina
ドイツ生まれのイギリスの作家
1946～

㊟ドイツ・シュレスヴィヒ・ホルシュタイン州キール　㊟キール大学, ヨーク大学　㊟ボランジェ・エブリマン・ウッドハウス賞

㊟第二次大戦後、ウクライナ出身の両親のもと、ドイツ・キールの難民キャンプで生まれる。1歳の時、一家でイギリスに移住。キール大学とヨーク大学で学ぶ。2005年58歳で作家としてデビュー。処女作「おっぱいとトラクター」は37ケ国で出版され、200万部を超えるベストセラーとなる。同作はブッ

カー賞の候補となり、イギリスのコメディ賞ボランジェ・エブリマン・ウッドハウス賞を女性として初めて受賞。自身の生い立ちをベースにした作風で独特の文学性、ヒューマニズム、ユーモアを持ち、ヨーロッパで高い評価を得ている。シェフィールド・ハラム大学で教鞭も執る。10年国際ペン東京大会のため初来日。

レーヴェ, ヘラルト　*Reve, Gerard*
オランダの作家, 詩人
1923.12.14～2006.4.8
[名]Reve, Gerard Kornelis van het 別筆名＝レーヴェ, シモン・ファン・ヘト〈Reve, Simon van het〉 [学]アムステルダム・グラフィック専門学校 [賞]レイナ・プリンセン・ヘールリッヒ賞（1947年）, アムステルダム市小説賞, ホーフト文学賞（1969年）
[歴]共産主義者の両親の影響を受けて育つ。1945～47年左翼的な日刊紙「ヘト・パロール」の記者として活動。47年シモン・ファン・ヘト・レーヴェの筆名で自伝色の濃い小説「夕べ」（47年）を発表し、レイナ・プリンセン・ヘールリッヒ賞を受賞。48年詩人ハニー・ミハエリスと結婚するが、52年単身イギリスへ渡る。ロンドンで英語による「アクロバット」（56年）を発表（オランダ語版は「四つの冬物語」（63年））。57年帰国し、「終わりへの道」（63年）でアムステルダム市小説賞を受賞。70年以降は南フランスに住んだ。他の作品に、「神への近づき」（66年）、「愛の表現法」（72年）、「母と息子」（80年）、「第四の男」（81年）などがある。

レオーノフ, レオニード　*Leonov, Leonid Maksimovich*
ロシア（ソ連）の作家
1899.5.31～1994.8.8
[出]モスクワ [学]モスクワ第三中学（1918年）卒 [賞]スターリン賞第1位（1942年）, レーニン賞（1957年）, 社会主義労働英雄（1967年）
[歴]父は詩人で出版業者。中学生の時に十月革命を迎え、1918年中学校を卒業して赤軍に入る。22年森の魔物を主人公にした幻想的な短編「ブルイガ」でデビューし、24年にロシア革命を取り上げた長編「あなぐま」を発表して文名を高めた。42年ソビエト愛国主義を強調した戯曲「襲来」でスターリン賞第1位を獲得し、57年には大河小説「ロシアの森」（53年）で第1回レーニン賞を受賞。作風にはドストエフスキー、レスコーフ、ザミャーチンなどの影響が見られ、ソ連文壇に数少ないドストエフスキー的伝統の継承者と評される。また、その哲学性、作品のスタイル、現代の問題に対する関わり方などが大きな特色となり、現代ソ連では異色の作家といえる。ほかに「泥棒」（27年, 59年改訂）、「マッキンリー氏の逃亡」（61年）などがある。46年以降、ソ連最高会議代議員。

レオン, ドナ　*Leon, Donna M.*
アメリカのミステリー作家
1942.9～
[出]ニュージャージー州 [賞]サントリーミステリー大賞（1991年）, CWA賞シルバー・ダガー賞（2000年）
[歴]1965年ローマに留学。69年以後、アメリカ、スイス、イラン、中国、サウジアラビアの大学で英語教師を務めた後、メリーランド大学のイタリア校に勤務。ミステリー作品「死のフェニーチェ劇場」でサントリーミステリー大賞を受賞。2000年「ヴェネツィア殺人事件」でイギリス推理作家協会賞（CWA賞）シルバー・ダガー賞を受賞。

レクスロス, ケネス　*Rexroth, Kenneth*
アメリカの詩人, 評論家, 画家
1905.12.22～1982.6.6
[出]インディアナ州サウスベンド
[歴]少年時代に両親を失う。15歳の時シカゴに移り、世界労働者連合に加盟、職を転々とした。1927年以降サンフランシスコに長く居住、独学で評論、哲学、言語学、民俗学、翻訳などを身につける傍ら、芸術家、急進主義者、ジャズ創始者らとの交流を通じて、50年代アメリカで起こったビート運動（ビート・ジェネレーション）の育ての親的存在となる。東洋文化に関心が深く、日本の短歌と俳句の英訳「日本の古典詩100編」（54年）をはじめ、能、与謝野晶子などの女流詩人、中国の古典詩（「漢詩100選」など）を翻訳紹介、67年以降5回来日した。主な詩集に「何時に」（41年）、「不死鳥と亀」（44年）、「地球の擁護」（56年）、「新詩集」（74年）などがある。

レサーマ・リマ, ホセ　*Lezama Lima, José*
キューバの詩人, 作家
1912.12.19～1976.8.9
[出]ハバナ [学]ハバナ大学法学部
[歴]早くから詩作を始め、大学入学後スペインの詩人ゴンゴラやマルラメ、ランボー、ヴァレリーなど象徴派の詩人を知り、1937年処女詩集「ナルキッソスの死」を出版。一方で「ベルブム（言葉）」や、44～57年「オリヘネス（起源）」などいくつかの前衛的な詩誌を主宰。58年キューバ革命後も作家同盟の中心的存在として活動、文化審議会の文芸・出版局副局長や経済協会付属図書館館長など政府の要職にも就いた。65年「キューバ詩選集」（3巻）を編纂。66年発表の教養小説「楽園（パラディソ）」は、主人公ホセ・セミの詩人としての成長と自覚を描きつつ深い思索と豊かな想像から結晶した詩的なイメージを随所に散りばめた傑作で、“キューバのプルースト”の名をもたらしたが、同性愛の露骨な描写が問題視されたためか当局からは以後冷遇される。死後、続編ともいうべき「オッピアーノ・リカリオ」（77年）が出版された。他の作品に、詩集「敵意あるささやき」（41年）、「固定」（49年）、「授与者」（60年）、「彼の磁力への断編」（77年, 没後刊）など。

レジオ, ジョゼ　*Régio, José*
ポルトガルの詩人, 作家, 劇作家, 評論家
1901.9.17～1969.12.22
[学]コインブラ大学
[歴]大学在学中から詩を発表。1925年処女詩集「神と悪魔の詩」を発表。27年ブランキーニョ・ダ・フォンセカらと雑誌「存在」を創刊、近代主義（モデルニズモ）第二世代の理論的指導者で、同誌を通じてポルトガルのモダニズム文学に影響を与えた。29年から亡くなるまで高等中学校教師を務める。他の詩集に「神の交差点」（36年）、「運命」（41年）、「だが神は偉大である」（45年）、「脇の傷」（54年）、小説に「かくれんぼ」（34年）、「日曜日に散歩した」（41年）、「ロバの耳を持った王子」（42年）、「女たちの物語」（46年）などがあり、5巻に及ぶ〈旧家〉シリーズ（45～66年）もある。戯曲も書いた。

レスター, アリスン　*Lester, Alison*
オーストラリアの絵本作家, イラストレーター
1952.11.17～
[出]ビクトリア州フォスター [賞]オーストラリア児童図書賞
[歴]オーストラリア大陸の最南端に位置するウィルソン岬の農場で育つ。1979年に児童書の挿絵を描き始め、85年より絵本や読み物の創作を始める。2012年オーストラリアの初代“子供のためのローリエット（桂冠作家）”に選ばれた。著書に「テッサはへびをかじる」「クライブはわにをたべる」「流砂にきえた小馬」「ソフィー・スコットの南極日記」などがある。05年来日して愛知万博のオーストラリア館でワークショップを行った。

レスター, ジュリアス　*Lester, Julius*
アメリカの作家
1939.1.27～2018.1.18
[出]ミズーリ州セントルイス [学]フィクス大学（1960年）卒 [賞]産経児童出版文化賞大賞（2000年）
[歴]牧師の子として生まれ、大学では音楽と文学を修め、ピート・シーガーとともに「12絃ギターのひきかた」を著す。フォーク歌手として各地で歌い、レコードを吹き込む一方、SNCCに投じ、活動家として公民権運動に参加するとともに「ビレッジ・ボイス」や「ガーディアン」などの雑誌や新聞に記事と写真を寄稿。写真家としても、ハバナやハノイに取材に出か

け精力的に活動した。長編評論「Look Out, Whitey! Black Power's Gon' Get Your Mama」が絶賛を博し、一躍有名になる。アフリカ系アメリカ人の歴史、過去と現在を主題にフィクション・ノンフィクションを問わずに執筆。1969年児童向けの「奴隷とは」がニューベリー賞オナーブックに選ばれ、2000年「あなたがもし奴隷だったら…」で産経児童出版文化賞大賞を受賞。他の著書に「革命ノート」「黒人民話選」「おしゃれなサムとバターになったトラ」「私が売られた日」「ぼくのものがたりあなたのものがたり」などがある。

レストレーポ, ラウラ　*Restrepo, Laura*

コロンビアの作家

1950〜

[出]ボゴタ　[学]ロスアンデス大学（文学）卒, ロスアンデス大学大学院（政治学）修士課程　[賞]アルファグアラ賞（1999年）

[歴]大学卒業後、大学で政治学およびジャーナリズムを教える。1984年ベタンクール大統領のもと、コロンビア政府とゲリラ組織との和平調停委員に任命されるが、交渉が失敗に終わると脅迫を受け、国外に出ることを余儀なくされた。この経験をもとに、86年マドリードで最初の作品「裏切りの物語」を出版。99年4作目「サヨナラ 自ら娼婦となった少女」でアルファグアラ賞を受賞。

レズニコフ, チャールズ　*Reznikoff, Charles*

アメリカの詩人

1894.8.31〜1976.1.22

[出]ニューヨーク市ブルックリン　[学]ミズーリ大学新聞学部卒, ニューヨーク大学法学部卒

[歴]ユダヤ系。ミズーリ大学新聞学部、ニューヨーク大学法学部に学び、1915年法学の学士号を取得。21歳で弁護士となるが、すぐに辞める。10年代後半から詩人として活動、詩集「Five Groups of Verse」（27年）などが代表作。30年初の小説「マンハッタンの水辺にて」を執筆。30年代にはW.C.ウィリアムズやルイス・ズーコフスキーらとオブジェクティヴィズム（客観主義）の運動に加わった。没後の78年、シェイマス・クーニーにより全作品集2冊が刊行された。

レズニック, マイク　*Resnick, Mike*

アメリカのSF作家

1942〜

[出]イリノイ州シカゴ　[学]シカゴ大学　[賞]ヒューゴー賞, ローカス賞, ホーマー賞

[歴]シカゴ大学在学中フェンシングの全米ランキングに名を連ねた経験を持つ。22歳の頃よりフリーの専業作家となり、10数年間に様々な筆名を用いてノンフィクション、ジュブナイル小説を世に送る。短編で数多くの賞を受賞。初期のSF作品に「The Goddess of Ganymede」（1967年）などがあり、80年からSF小説を本格的に書き始める。98年発表の「キリンヤガ」はヒューゴー賞をはじめ15もの賞を受賞。他の作品に「アイヴォリー」「パラダイス」、「第二の接触」「サンティアゴ」「ソウルイーターを追え」など。

レスマン, C.B.　*Lessmann, C.B.*

ドイツ, オーストリアの作家

[歴]C.B.レスマンは、最も有名なドイツの児童文学作家クリスティアン・ビニク（Christian Bieniek, 1956〜2005年）、マレーネ・ヤブロンスキ（Marlene Jablonski, 1978年ダンツィヒ生まれ）、ウィーンの作家ヴァネッサ・ヴァルダー（Vanessa Walder, 78年ハイデルベルク生まれ）の3人の作家による共同筆名。〈シスターズ〉シリーズで知られ、ビニクのアイデアをもとに、ビニクとヤブロンスキが登場人物たちを構想し、ヴァルダーが執筆にあたる。3人は他にもいくつかのシリーズを共同執筆する。

レースン, エマ　*Lathen, Emma*

アメリカの作家

[名]レイティス, メアリー・J. ヘンサート, マーサ　[賞]CWA賞ゴールド・ダガー賞（1967年）

[歴]デビューしてから7年間もの間、正体を明らかにしない覆面作家だったが、コピーライトの登録カタログから、メアリー・J・レイティスとマーサ・ヘンサートの姓名の最初のシラブルを重ねて作った合同ペンネームであることが明かされる。二人は、ハーバード大学で知り合い、ボストンで再び出会ったことから二人ともファンであるミステリーを書き始めた。両方とも経済の分野で働いており、一人は法律家で、もう一人は経済分析家。「引き裂かれた役員室」（1988年）他、経済の情報に通じた両者ならではの作品が多い。他の作品に「小麦で殺人」（67年）、「ギリシャで殺人」（69年）など。

レセム, ジョナサン　*Lethem, Jonathan*

アメリカの作家

1964〜

[出]ニューヨーク市ブルックリン　[学]ベニントン大学中退　[賞]ウィリアム・L.クロフォード賞（1994年度）, ローカス賞（処女長編部門）（1995年）, 全米批評家協会賞（小説部門）（1999年）, CWA賞ゴールド・ダガー賞（2000年）

[歴]15歳で小説を書き始める。古書店で働きながら文章修行に励み、1989年雑誌「アボリジナルSF」でプロデビュー。以後、「インターゾーン」「F&SF」に数多くの短編を発表。94年第一長編「銃、ときどき音楽」はSFとハードボイルドを融合させたユニークな作風が絶賛され、ネビュラ賞最終候補となった。同書の映画化権が売れたことから専業作家に転身し、精力的に長編・短編を執筆。第五長編「マザーレス・ブルックリン」で全米批評家協会賞とイギリス推理作家協会賞（CWA賞）ゴールド・ダガー賞を同時受賞した。文学とミステリー、SFを融合した独自のスタイルは世界的に評価が高い。

レダ, ジャック　*Réda, Jacques*

フランスの作家, 詩人

1929.1.24〜

[出]リュネビル

[歴]20代から詩集を出版。その後の沈黙を経て、「Amen」（1968年）、「Récitatif」（70年）、「La Tourne」（75年）などの詩集を刊行。のち執筆分野を散文へ移し、87〜95年「La Nouvelle Revue Française」誌を編集。この間、パリとその周辺を素材にした散文を多数発表。

レチー, ジョン・フランシスコ　*Rechy, John Francisco*

アメリカの作家

1934.3.10〜

[出]テキサス州エルパソ　[学]テキサス・ウェスタン・カレッジ, ニュー・スクール・フォー・ソーシャル・リサーチ

[歴]テキサス・ウェスタン・カレッジやニューヨーク市のニュー・スクール・フォー・ソーシャル・リサーチに学ぶ。同性愛を描いた処女作「夜の街」（1963年）は評判を呼び、67年には続編「ナンバーズ」を発表。他の作品に「きょうの日の死」（69年）、「ヴァンパイア」（71年）、「第四の天使」（73年）、「ラッシュ」（79年）、「身も心も」（83年）などがある。都市に住む同性愛者のライフスタイルを綴ったドキュメント「性的な無法者」（78年）もある。

レッキー, アン　*Leckie, Ann*

アメリカの作家

1966〜

[出]オハイオ州　[学]ワシントン大学（音楽）卒　[賞]イギリスSF協会賞（長編小説部門）（2013年）, ネビュラ賞（長編小説部門）（2013年）, ヒューゴー賞（長編小説部門）（2014年）, アーサー・C.クラーク賞（2014年）, ローカス賞（第1長編部門）（2014年）, イギリスSF協会賞（長編部門）（2014年）, ローカス賞（SF長編部門）（2015年）

[歴]ワシントン大学で音楽の学位を取得。2005年クラリオン・ウェスト・ワークショップを卒業した後、作家となる。13年の「叛逆航路」でヒューゴー賞、ネビュラ賞、アーサー・C.クラーク賞など主要SF文学賞を軒並み受賞し、デビュー長編として史上初の英米7冠を達成。続編「亡霊星域」（14年）はローカス賞およびイギリスSF協会賞をダブル受賞した。

レックバリ, カミラ　*Läckberg, Camilla*
スウェーデンの作家
1974.8.30〜
[出]フィエルバッカ　[学]イェーテボリ大学経済学部卒　[賞]SKTF賞(今年の作家賞)(2005年), 国民文学賞(2006年度)
[歴]イェーテボリ大学で経済学を学び、エコノミストとして働いた後、2003年〈エリカ&パトリック事件簿〉シリーズの第1作「氷姫」で作家デビュー。第2作「説教師」(04年)で人気に火が付き、人口880万人のスウェーデンにおいてシリーズ4作で400万部を売り上げる空前のヒット作となり、05年SKTF賞今年の作家賞、06年度国民文学賞を受賞。10年刑事と再婚し話題になった。他の作品に「悪童」など。

レッサ, オリジェネス　*Lessa, Origenes*
ブラジルの作家
1903.7.12〜1986.7.13
[出]サンパウロ州レンソイス市
[歴]短編作家として認められ、日本人をテーマとした「ショウノスケ」はブラジルの短編選集にも収載される。長編としては「Rua do sol(太陽の街)」などがよく知られている。

レッサ, バルボザ　*Lessa, Espólio Luis Carlos Barbosa*
ブラジルの作家
1929〜2002
[出]南リオグランデ州
[歴]1952年ポルトアレグレの法律短期大学を卒業。ガウチョ文化への造詣が深く、その作品にはブラジル最南端の世界、ガウチョの世界、かつて紛争があったポルトガル領・スペイン領国境の世界への研究の思いが強く反映される。主な作品に「サンタになりたかったおじいさん」「しあわせを運ぶ牛」など。

レッシング, ドリス　*Lessing, Doris May*
ペルシャ生まれのイギリスの作家
1919.10.22〜2013.11.17
[出]カーマンシャ(イラン)　[名]旧姓名＝テイラー, ドリス・メイ〈Taylor, Doris May〉　[賞]ノーベル文学賞(2007年), サマセット・モーム賞(1954年), W.H.スミス文学賞(1986年), デービッド・コーエン英文学賞(2001年), PEN賞(2002年)
[歴]父はイギリス人で銀行員だったが、1924年南ローデシア(現・ジンバブエ)で農場を営むために移住し、以来25年間を人種差別の烈しいローデシアで過ごす。ソールズベリーのカトリック修道院付属の女学校に学ぶが、15歳で学校をやめ、その後全く正規の学校教育を受けなかった。39年に結婚し、一男一女をもうけるが、43年に離婚。2年後再婚して一男を得る。レッシングは2度目の夫の名。49年再び離婚し幼い子を抱えてイギリスに渡る。50年処女作「The Grass Is Singing(草は歌っている)」を発表。以来、50年代の“怒れる若者たち”を代表する一人として活躍し、53年の中編小説集「Five(五)」でサマセット・モーム賞を受賞した。作品の多くはアフリカを舞台にし、人種問題、婦人問題をはじめとする社会的、政治的主題を扱っている。2007年87歳でノーベル文学賞を受賞。他の作品に、自伝的色彩の濃いマーサ・クウェストを主人公にした5部作〈マーサ・クウェスト〉シリーズ(「暴力の子供たち」など)(52〜69年)、大作「黄金のノート」(62年)、SF小説「地獄下りのための指令書」(71年)、「シカスターアルゴ座のカノープス星」(79年)、「夕映えの道」(83年)、「破壊者ベンの誕生」(88年)、「ラブ・アゲイン」(96年)、「The Cleft」(07年)などがある。

レッダ, ガヴィーノ　*Ledda, Gavino*
イタリアの作家, 言語学者
1938.12.30〜
[出]サルデーニャ島シリゴ　[学]ローマ大学卒
[歴]小学校を退学して羊飼いとなる。20歳で志願して陸軍入隊、初めて教育を受ける。32歳でローマ大学卒業、言語学を修得。その後、方言の研究に従事。著書に「父パードレ・パドローネ―ある羊飼いの教育」「鎌の言葉」、詩集に「黄金の大地」がある。

レッツ, ビリー　*Letts, Billie*
アメリカの作家
1938.5.30〜2014.8.2
[出]オクラホマ州タルサ　[賞]ウォーカー・パーシー賞(1994年)
[歴]若い頃は皿洗い、ウェイトレス、秘書やダンスの教師などの職業を経験。サウスイースタン・オクラホマ州立大学で創作を教える傍ら、数多くの短編小説、映画脚本も手がけた。1995年「ビート・オブ・ハート」で長編デビュー。同作は旅の途中で恋人に置き去りにされる妊娠中の少女を描いた小説で、ベストセラーとなる。2000年にはナタリー・ポートマン主演で「あなたのために」として映画化された。他の邦訳作品に「ハートブレイク・カフェ」などがある。

レッドグローブ, ピーター・ウィリアム
Redgrove, Peter William
イギリスの詩人
1932.1.2〜2003
[出]サーリー州キングストン　[学]ケンブリッジ大学クイーンズ・カレッジ
[歴]ケンブリッジ大学クイーンズ・カレッジで自然科学を学ぶ。1956年グループ派の創立に加わる。60年処女詩集「The Collector」を刊行。詩人のピネロピー・シャトルとの共作に小説「Terror of Dr Treviles」(74年)や月経時の心理を探った「The Wise Wound」(78年)などがあり、80年結婚。代表的な詩集に「力」(66年)など。
[家]妻＝ピネロピー・シャトル(詩人)

レップマン, イエラ　*Lepman, Jella*
ドイツの児童文学作家
1891〜1970
[出]シュトゥットガルト　[賞]国際アンデルセン賞名誉賞(1956年)
[歴]ユダヤ人の工場主の父のもとに生まれる。17歳の時、外国人労働者の子供たちのために国際読書室を開設。第一次大戦後、31歳で戦争未亡人となり、ジャーナリストの道を歩む。1928年初めての児童書「寝坊した日曜日」を出版。ヒトラー台頭と共に2人の子供を連れてロンドンに亡命するが、45年ドイツ進駐の米軍に請われて、女性と子供の文化的・教育的問題に対するアドバイザーとしてドイツに帰国。国際児童図書展の開催、ミュンヘン国際児童図書館(IJB)や国際児童図書評議会(IBBY)の設立など、子供と本のために心血を注いだ。他の著書に自伝「子どもの本は世界の架け橋」などがある。

レトキ, シオドア　*Roethke, Theodore*
アメリカの詩人
1908.5.25〜1963.8.1
[出]ミシガン州サギノー　[名]レトキ, シオドア・ヒューブナー〈Roethke, Theodore Huebner〉　[学]ミシガン大学卒, ハーバード大学大学院, ミシガン大学修士課程修了　[賞]ピュリッツァー賞(1954年), ボーリンゲン賞(1959年), 全米図書賞(1959年・1965年)
[歴]ミシガン州で大きな青果栽培園を営むドイツ系移民の子に生まれる。1936年以来ペンシルベニア州立大学、ベニントン・カレッジ、ワシントン大学などで英文学を教える。41年第1詩集「開け放たれた家」を発表。自然に深く根ざしたロマン派詩人として高く評価される。以後、「迷える息子」(48年)、「終わりへの賛歌！」(51年)、「目ざめ」(53年, ピュリッツァー賞)、「風に寄せる言葉」(58年, ボーリンゲン賞・全米図書賞)、「はるかな原野」(64年没後刊, 全米図書賞)など旺盛な創作活動を展開した。他に「シオドア・レトキ全詩集」(66年没後刊)、「シオドア・レトキ書簡集」(68年没後刊)などがある。

レドモンド, パトリック　*Redmond, Patrick*
イギリスの作家
1966〜
[出]チャネル諸島　[学]レスター大学, ブリティッシュ・コロンビ

ア大学
[歴]レスター大学、ブリティッシュ・コロンビア大学で学ぶ。ロンドンのいくつかの法律事務所で国際法専門の弁護士として働き、その間に小説を書き始めた。第3作目の「霊応ゲーム」(1999年)が出版社に高額に買われ作家デビューを果たし、ベストセラーを記録した。その後、弁護士業を廃業して専業作家となる。

レドル, アルヴェス　*Redol, António Alves*
ポルトガルの作家
1911.12.29～1969.11.29
[歴]経済的理由から幼くして職に就く。16歳の時アンゴラのルワンダに渡り、1930年帰国。以来ジャーナリズムに関わり、ブラジルのアマードやグラシリアノ・ラモスの影響を受けつつ自らの体験に基づく作品を発表する。「稲刈り人足」(39年)はポルトガル・ネオリアリズム文芸の発端を示す記念碑的小説で、以後のポルトガル現代文学に多大な影響を与えた。

レナード, エルモア　*Leonard, Elmore*
アメリカの作家, 脚本家
1925.10.11～2013.8.20
[出]ルイジアナ州ニューオーリンズ　[名]Leonard, Elmore John　[学]デトロイト大学(英文学)(1950年)卒　[賞]MWA賞最優秀長編賞(1984年), MWA賞巨匠賞(1992年), CWA賞ダイヤモンド・ダガー賞(2006年), PEN生涯功績賞(2009年), 全米図書賞生涯功績賞(2012年)
[歴]大学卒業後、広告代理店に勤務してコピーライターの仕事をしていたが、のち作家としてデビュー。ウエスタン小説や映画の脚本を手がける長い下積み時代を経て、1980年代に入ると「野獣の街」(80年)「グリッツ」(85年)と話題作を次々と発表。数多くの犯罪小説で知られ、独特の文体でデトロイトとフロリダを舞台に人間味豊かな悪党たちを描いた。アメリカ探偵作家クラブ(MWA)会長も務めた。他の作品に「身元不明89号」(77年)、「キャット・チェイサー」(82年)、「マイアミ欲望海岸」、「スティック」(83年)、「ラ・ブラバ」(83年)、「タッチ」(87年)、「ゲット・ショーティ」(90年)、「プロント」(93年)、「アウト・オブ・サイト」(96年)、「ホットキッド」(2005年)など。多くの小説が映画化されており、その成功作に「決断の3時10分」(1957年)、「太陽の中の対決」(65年)、「ゲット・ショーティ」(95年)、「ジャッキー・ブラウン」(97年, 原作「ラム・パンチ」)、「アウト・オブ・サイト」(98年)、「3時10分、決断のとき」(2007年, リメイク版)などがある。また、「シノーラ」(1972年)、「マジェスティック」(74年)や、自作を脚色した「デス・ポイント/非情の罠」(86年)、「キャット・チェイサー」(88年)などの脚本も手がけた。

レナルズ, アレステア　*Reynolds, Alastair*
イギリスのSF作家
1966～
[出]南ウェールズ　[学]ニューカッスル大学(物理・天文学) 博士号(天文学, セントアンドリュース大学)　[賞]イギリスSF協会賞
[歴]1991年オランダに移住し、ヨーロッパ宇宙技術センターに入社。一方、90年「インターゾーン」第36号に掲載された短編「Nunivak Snowflakes」で作家デビュー。以来、兼業作家として短編の発表を続け、2000年「啓示空間」で長編デビュー。たちまち注目を集め、翌年発表した第2長編「カズムシティ」でイギリスSF協会賞を受賞。その後も重厚な長編SFを発表し、現代イギリスSF界を代表する俊英として高く評価される。04年退職してフルタイム作家に。

レニエ, アンリ・ド　*Régnier, Henri de*
フランスの詩人, 作家
1864.12.28～1936.5.23
[出]オンフルール　[名]Régnier, Henri François Joseph de
[歴]貴族の末裔として生まれる。大学で法律を学び、卒業後外交官試験に及第したが、その道には進まず高踏派のルコンド・ド・リールに師事。1885年処女詩集「翌日」で詩壇にデビュー。後に象徴派詩人・マラルメの火曜会の重要なメンバーとなり、音楽的な詩法を取得。岳父エレディヤの影響を受け、当代一の詩人として愛読された。作品に詩集「古風でロマネスクな詩」(90年)、「水の都」(02年)、「時の鏡」(10年)、「水都幻談―詩のコレクション」、小説「深夜の結婚」(03年)、「生きている過去」(05年)、「恋のおそれ」(07年)、「燃え上る青春」(09年)など。
[家]妻＝ジェラール・ドゥーヴィル(詩人), 岳父＝J.エレディヤ(詩人)

レニエ, ビアトリス・シェンク・ドゥ
Regniers, Beatrice Schenk de
アメリカの児童文学作家, 編集者
1914～2000
[出]インディアナ州　[学]イリノイ大学, シカゴ大学
[歴]大学で学んだのち、ソーシャルワークや教科書出版社勤務を経験。1961年から20年間、スカラスティックで「ラッキー・ブック・クラブ」の編集者として活躍。「ともだちつれてよろしいですか」「くつがあったらなにをする？」など、優れた子供の本を数多く執筆した。

レニソン, ルイーズ　*Rennison, Louise*
イギリスの作家
1951.10.11～2016.2.29
[出]ヨークシャー州リーズ
[歴]15歳の時に一家でニュージーランドへ移住するが、ホームシックのため6週間後に一人で帰国して祖父母と同居。2年後にまたニュージーランドへ渡り、3年間滞在。芝居の脚本で成功した後、コメディの脚本家や新聞のコラムニスト、テレビリポーターなどとして活躍しながら、執筆活動に入る。1999年〈ジョージアの青春日記〉シリーズの第1作「ジョージアの青春日記 キスはいかが？」(のち「ゴーゴー・ジョージア 運命の恋のはじまり!?」と改題・改訳)を発表、2001年にはマイケル・L.プリンツ賞オナーブックに選ばれた。同シリーズは10代の女の子に絶大な人気を誇り、08年には「ジョージアの日記 ゆーうつでキラキラな毎日」として映画化もされた。

レネ, パスカル　*Laine, Pascal*
フランスの作家
1942～
[出]パリ郊外　[賞]ゴンクール賞(1974年), メディシス賞
[歴]サン＝クルーの高等師範学校に学び、文学の大学教授の資格を得る。技術系の高校の教壇に立ちながら1971年「非革命(イレヴォリュシオン)」を発表。メディシス賞を受ける。「レースを編む女」では74年ゴンクール賞を受賞。純文学作家としてスタートし、定評を得るが、「三回殺して、さようなら」などのロベール・レスター主任警部を主人公にしたミステリーのシリーズも好評を得ている。

レーパチ, レオーニダ　*Repaci, Leonida*
イタリアの作家, 劇作家
1898.8.23～1985.7.29
[出]カラブリア　[賞]バグッタ賞(1933年)
[歴]イタリア南部カラブリア地方の出身。父親を亡くし、母親が10人の子供を育てるという困難な家庭環境に育つ。詩人としてデビューしたが、のち作家に転向。歴史の流れを背景にカラブリア地方の一家族の浮沈を描いた「ルーペ兄弟」(1932年)に始まる連作が代表作。他の作品に、「最後のチレネオ」(23年)、「不安な欲望」(30年, 56年改作)、「アマーリ事件」(66年)などがある。29年にイタリアの代表的な文学賞の一つであるヴィアレッジョ賞を創設した。

レバトフ, ドニース　*Levertov, Denise*
イギリス生まれのアメリカの詩人
1923.10.24～1997.12.20
[出]エセックス州イルフォード
[歴]家庭で教育を受け、1948年アメリカに移住、55年帰化。ブ

ランダイス大学教授、スタンフォード大学教授を歴任。61年「ネーション」誌の詩欄の編集長に就任。その詩は伝統的な形式にとらわれず、自由な英語表現を駆使したもので、ユダヤの神秘的な精神世界や、ナチスの戦争犯罪、ベトナム反戦、フェミニズムなど政治的、社会的な問題をテーマに多くの作品を残す。詩集に「The Double Image（二重の心象）」（46年）、「With Eyes at the Back of Our Heads（頭の後に目をつけて）」（60年）、「足跡」（72年）、「森の暮らし」（78年）、「ヤコブの梯子」（61年）などがある。

レビ，エリザベス　Levy, Elizabeth
アメリカの児童文学作家
テレビ取材記者を経て、少年少女向け読み物作家に。小説、ノンフィクションで数々の作品を発表。1988年に出版された〈レオタード・シンデレラ〉シリーズは人気を呼び、12巻まで刊行されている。

レビ，ピーター　Levi, Peter Chad Tigar
イギリスの詩人，古典学者
1931.5.16～2000.2.1
オックスフォード大学
1948～77年にわたりイエズス会に所属し、64年司祭となったが、77年聖職を離れて結婚する。この間65～77年オックスフォードのカムピオンホールの古典講師、のち79～82年に同クライストチャーチの古典講師などを務めた。84～89年オックスフォード大学詩学教授を経て、セント・キャサリン・カレッジ研究員となる。古典的な詩から、やがて幻想的な詩風に向い、一方古典の翻訳やギリシャ文学についての著作もある。詩集に「砂utilisation底の池」（60年）、「Death is a Pulpit」（71年）、「Shadow and Bone」（89年）などがあるほか、「ギリシャ文学史」（85年）などの著作がある。

レヒアイス，ケーテ　Recheis, Käthe
オーストリアの作家
1928.3.11～2015.5.29
オーストリア児童文学賞、オーストリア国家賞
出版社勤務の後、移民相談の仕事に従事。1960年最初の北アメリカ訪問でインディアンの生活にふれ、61年「小さなワシと銀の星」を出版。以後、作家の道を歩む。他の代表作に「空白の日記」「ナタユイへの道」「白い狼」「ウルフ・サーガ」などがある。

レビサン，デービッド　Levithan, David
アメリカの作家，編集者
1972～
ニュージャージー州　ラムダ賞、マーガレット・A.エドワーズ賞（2016年）
2003年「ボーイ・ミーツ・ボーイ」でデビューし、ラムダ賞を受賞。以来、LGBTやジェンダーをテーマに数多くの作品を発表。他に、ジョン・グリーンとの共作「ウィル・グレイソン、ウィル・グレイソン」などがある。出版社でヤングアダルト作品を手がける編集者でもある。16年優れたヤングアダルト作家に与えられるマーガレット・A.エドワーズ賞を受賞。

レーヴィット，デービッド　Leavitt, David
アメリカの作家
1961～
ペンシルベニア州ピッツバーグ　エール大学創作科（1983年）卒　全米図書批評家大賞
出版社でアルバイトをしながら短編を書き、21歳で「ニューヨーカー」誌に「Territory」を発表。1983年それらの短編を集めた作品集「ファミリー・ダンシング」で作家デビュー、同時期にデビューしたジェイ・マキナニーと共に "ニュー・ロスト・ジェネレーション" の第一人者として注目を浴びた。89年グッゲンハイム助成金を得る。細部への執着と細かい観察力で人間同士の複雑な関係や傷心を内面的に描き出す筆致が特徴。また、自らがゲイであることを公表、そのテーマを作品に込めている。ほかに長編「失われしクレーンの言葉」（86年）、「Equal Affections（愛されるよりなお深く）」（89年）、短編集「行ったことのない所」（90年）など。父親はスタンフォード大学教授。

レビン，アイラ　Levin, Ira
アメリカのミステリー作家
1929.8.27～2007.11.12
ニューヨーク市マンハッタン　レビン、アイラ・マービン〈Levin, Ira Marvin〉　ドレイク大学、ニューヨーク大学卒
MWA賞最優秀長編賞（1954年）、MWA賞特別賞（1980年）、MWA賞巨匠賞（2003年）
テレビの構成作家を経て、1953年米軍通信隊に所属していた22歳の時にサスペンス・スリラー小説「死の接吻」を書きデビュー、同作でアメリカ探偵作家クラブ賞（MWA賞）最優秀長編賞を受賞。その後、ブロードウェイでミュージカルなどを書き、14年間の空白をおいて第2作「ローズマリーの赤ちゃん」（67年）を発表、悪魔崇拝や異常心理を取り扱ったオカルト的なミステリー小説で、大きな反響と非常な関心を呼び起こした。ナチス・ドイツ残党によるヒトラー復活計画を描いた「ブラジルから来た少年」（76年）も話題を呼び、両作は映画化もされヒットした。他の作品に「ステップフォードの妻たち」（72年）、「ローズマリーの息子」（97年）などがある。

レビン，ゲイル・カーソン　Levine, Gail Carson
アメリカの作家
1947～
ニューヨーク市　ニューヨーク・シティ・カレッジ　ニューベリー賞オナーブック（1998年）
ニューヨーク・シティ・カレッジで哲学を専攻後、ニューヨーク州の福祉庁に勤める。ザ・ニュー・スクールで執筆コースを修了後、1997年「Ella Enchanted」でデビュー。98年同書でニューベリー賞のオナーブックを受賞。

レビン，メイヤー　Levin, Meyer
アメリカの作家，劇作家
1905～1981
イリノイ州シカゴ
ユダヤ系。シカゴの「デイリー・ニュース」紙の記者としてヘブライ大学開校の際にパレスチナを訪れ、以後度々イスラエルを訪問。ユダヤ人を扱った作品「ザ・オールド・バンチ」（1937年）で全米の注目を集め、日本では「イスラエル建国物語」で知られる。他の著書に「コンパルション」「ザ・ファナティック」「ザ・ストロングホールド」などがあり、劇作家としては「アンネ・フランクの日記」を最初に劇化。また「我が父の家」「ザ・イリーガルズ」など、イスラエル人を描いた特別映画の製作や、文芸批評、イスラエル支援運動など、幅広い社会活動でも知られた。

レビンソン，リチャード　Levinson, Richard
アメリカの作家，脚本家，テレビ映画プロデューサー
1934.8.7～1987
ペンシルベニア州フィラデルフィア　ペンシルベニア大学卒　エミー賞最優秀脚本賞（1970年・1972年）、イメージ賞（全米有色人種地位向上協議会）（1970年）、ゴールデン・グローブ賞（1972年・1973年）、モンテ・カルロ映画祭銀の妖精賞（1973年）、ジョージ・フォスター・ピーボディー賞（ジョージア大学）（1974年）、MWA賞（1979年・1980年・1983年）、クリストファー賞（1981年）
1967年から75年までニューヨークCBS局でウィリアム・リンクと共に「Mannix」のシリーズを執筆。この間NBC局で「The Bold Ones」「The Psychiatrist」などのテレビシリーズを書き、71～76年の「Columbo（刑事コロンボ）」では制作も担当、またエラリー・クイーンのテレビシリーズでは企画制作を担当し、ウィリアム・リンクと共にエミー賞（70年、72年）、ゴールデン・グローブ賞（72年、73年）、MWA賞（79年、80年、83年）など数多くの賞に輝いた。69年女優のRosanna Huffmanと結婚。

レビンソン, ロバート *Levinson, Robert S.*
アメリカの作家
[歴]新聞記者を経て、広報マンとなり、エルトン・ジョンやスティービー・ワンダー、20世紀フォックスやコロンビア映画など、多数のクライアントを担当。1999年〈ニール＆ステヴィ〉シリーズの第1作「The Elvis and Marilyn Affair」で作家デビュー。日本には第2作の「ジェームズ・ディーン殺人事件」(2001年)が紹介されている。

レーブ, デービッド *Rabe, David*
アメリカの作家, 脚本家
[出]アイオワ州　[賞]トニー賞
[歴]文学修士号を取得。ジャーナリスト、映画の脚本家を経て、1993年初の小説「Recital of the Dog」を刊行。数々のドラマの脚本を手がけ、トニー賞を始め多くの賞に輝く。作品に「クロッシング・ガード」などがある。

レフラー, ライナー *Löffler, Rainer*
ドイツの作家
1961〜
[出]西ドイツ・バーデンビュルテンベルク州(ドイツ)　[名]別筆名＝ハンチュク, ライナー〈Hanczuk, Rainer〉
[歴]スーパーやガソリンスタンドの店長、機械工などの仕事を転々とする。仕事の傍ら、1985〜87年ドイツ版「MAD」誌に寄稿し、98年よりライナー・ハンチュクの筆名で世界最長のSF小説シリーズとして知られる〈宇宙英雄ローダン〉シリーズのファンによる2次作品や、同シリーズから派生した〈アトラン〉シリーズの書き手の一人として健筆を振るった。2012年50歳にしてライナー・レフラーの筆名で「事件分析官アーベル＆クリスト 人形遣い」を発表しデビュー。

レブレーロ, マリオ *Levrero, Mario*
ウルグアイの作家
1940.1.23〜2004.8.30
[出]モンテビデオ　[名]レブレーロ, ホルヘ・マリオ・バルロッタ〈Levrero, Jorge Mario Varlotta〉
[歴]1960年代後半からマイナーな文芸雑誌を中心に執筆活動を開始。後に"意図せぬ3部作"といわれる中編3作「都市」(70年)、「パリ」(80年)、「場所」(82年)で注目される。69年アルゼンチンのロサリオ、72年フランスのボルドーに数ケ月滞在したほか、85〜88年はブエノスアイレスを拠点に、創作のほか、写真、雑誌編集、脚本の執筆、クロスワードパズルの制作など、多彩な分野で異彩を放った。

レーベジェフ・クマーチ, ワシーリー・イワノヴィチ
Lebedev-Kumach, Vasily Ivanovich
ソ連の詩人
1898.8.8〜1949.2.20
[歴]靴職人の息子で、1916年から詩を発表。その後、風刺雑誌「クロコジール」で活躍し、様々なジャンルの筆を執る。30年代には作曲家のドゥナエフスキーらと組んで映画音楽や歌曲の作詞を手がけ、ソ連大衆歌曲の第一人者として知られる。「祖国の歌」(35年)は長くモスクワ放送のタイトル音楽に使用された。

レヘトライネン, レーナ *Lehtolainen, Leena*
フィンランドの作家
1964.3.11〜
[出]ベサント　[賞]推理の糸口賞
[歴]12歳で小説を書き、1993年より犯罪小説を執筆、95年まで文学を学んだ。「雪の女」(96年)で、推理の糸口賞を受賞。ベストセラー作家の一方、文学研究者、コメンテーター、評論家としても活動。

レボン, ティム *Lebbon, Tim*
イギリスの作家
1969〜
[出]ロンドン　[賞]イギリス幻想文学大賞, ブラム・ストーカー賞, スクライブ賞
[歴]「ニューヨーク・タイムズ」紙のベストセラー作家で、長編小説、多くの中・短編小説がある。イギリス幻想文学大賞を4回、ブラム・ストーカー賞、スクライブ賞をそれぞれ1度ずつ受賞、世界幻想文学大賞、国際ホラーギルド賞、シャーリー・ジャクソン賞の最終候補に残ったこともある。著書に「ALIEN：OUT OF THE SHADOWS」(2013年, 邦訳「エイリアン―虚空の影」)「KONG：SKULL ISLAND：THE OFFICIAL MOVIE NOVELIZATION」(邦訳「キングコング 髑髏島の巨神」)などがある。

レホン, ヤン *Lechoń, Jan*
ポーランドの詩人
1899.6.13〜1956.6.8
[名]セラフィノヴィチ, レシェク〈Serafinowicz, Leszek〉　[学]ワルシャワ大学
[歴]ワルシャワ大学で哲学を学ぶ。同大の学生文芸誌「プロ・アルテ・エト・ストゥディオ」に参加し、"スカマンデル"創設者の一人となる。詩集「深紅色の叙事詩」(1920年)、「銀と黒」(24年)は高い評価を受けたが、以後詩作を離れる。30年からフランスのポーランド大使館に勤務、39年まで文化担当官を務めたが、第二次大戦のフランス敗戦により40年アメリカに亡命。56年ニューヨークで自殺した。

レマルク, エーリヒ *Remarque, Erich Maria*
ドイツ生まれのアメリカの作家
1898.6.22〜1970.9.25
[出]オスナブリュック　[学]師範学校中退
[歴]在学中の1914年第一次大戦に志願して従軍。負傷して復員、戦後は小学校教師、スポーツ新聞記者などの傍ら小説を書いた。29年従軍体験をもとに「西部戦線異状なし」を発表、一躍名声を博し、1年半で25ケ国語に翻訳され、350万部以上を売り、映画化されてドイツ小説中最大の成功作となった。続編「還りゆく道」(31年)もベストセラーになったが、反戦思想のゆえナチスに迫害され、32年スイスに亡命、39年アメリカに移り、47年市民権を得た。第二次大戦後46年の「凱旋門」も好評、映画化された。ほかに「三人の戦友」「生命の火花」「愛する時と死する時」「黒いオリベスク」「リスボンの夜」などがある。58年女優のポーレット・ゴダードと結婚。
[家]妻＝ポーレット・ゴダード(女優)

レーマン, アーネスト *Lehman, Ernest*
アメリカの作家, 脚本家
1915.12.8〜2005.7.2
[出]ニューヨーク市マンハッタン　[学]ニューヨーク市立大学卒
[賞]アカデミー賞名誉賞(2000年度)(2001年)
[歴]生粋のマンハッタン子で、経済書の編集者を経て、短編小説を書くようになる。やがて脚本に重点を移し、アルフレッド・ヒッチコック監督やビリー・ワイルダー監督ら時代を代表する巨匠と組んで、アメリカ映画における脚本家の第一人者といわれた。オードリー・ヘプバーン主演の「麗しのサブリナ」(1954年)をはじめ、「王様と私」(56年)、「ウェストサイド物語」(61年)、「サウンド・オブ・ミュージック」(64年)などその脚本になる名作映画は数限りなく、「バージニア・ウルフなんかこわくない」(66年)と「ハロー・ドーリー！」(69年)では製作を兼ね、「ポートノイの不満」(72年)では製作・監督を兼任した。2001年映画界に多大な貢献をしたとして、アカデミー賞名誉賞を受賞した。1977年初めての長編小説「The French Atlantic Affair(大西洋を乗っ取れ)」を米英で同時に出版し、長くベストセラーに名を連ね、79年には映画化もされた。作家としては「成功の甘き香り」「コメディアン」などの作品を雑誌に発表し、それらを集めた短編集も出版した。

レーマン, ロザモンド *Lehmann, Rosamond Nina*
イギリスの作家
1901.2.3〜1990.3.13
[出]バッキンガムシャー州ボーン・エンド　[学]ケンブリッジ大

学卒
[歴]ジェームズ・ジョイス流の感受性豊かな心理描写と詩的な文体の小説を書いた。主な作品に処女作「味気ない答え」(1927年)、「ワルツへの招き」(32年)、「街の気候」(36年)、「歌曲と起源」(44年)、「こだまする茂み」(53年)、戯曲「No More Music」(39年)、自伝「夕暮れの白鳥—内面生活の断章」(67年)など。その後、心霊学会会長となった。
[家]父＝ルードルフ・チェインバーズ・レーマン(ユーモア作家), 姉＝ベアトリクス・レーマン(女優), 弟＝ジョン・フレデリック・レーマン(文学者)

レミ, ピエール・ジャン　*Rémy, Pierre-Jean*
フランスの作家
1937〜
[出]アングレーム　[賞]ルノードー賞(1971年)
[歴]パリの大学を卒業後、外交官として香港、北京、ロンドンなどに住む。1971年小説「Le Sac du Palais d'Été」でルノードー賞を受賞。週刊誌「ル・ポアン」の演劇評担当、オペラ専用誌「リリカ」の定期寄稿家。作品に、ノンフィクション「Don Giovanni Mozart-Losey」「マリア・カラス—ひとりの女の生涯」、詩集「Urbanisme」、短編集「Orient-Express〈I・II〉」などがある。

レム, スタニスワフ　*Lem, Stanisław*
ポーランドのSF作家, 批評家
1921.9.12〜2006.3.27
[出]旧ポーランド領ルヴフ(ウクライナ・リボフ)　[学]ヤギエウォ大学医学部卒
[歴]ユダヤ系の医者の子として生まれる。1939年ルヴフがソ連軍に占領され、古都クラクフに移る。大学では医学を学ぶが、卒業後は科学や哲学の研究に熱中する。ナチス占領下ではレジスタンス運動に参加。戦時中に短編「火星から来た男」を書き、46年に出版。処女長編「金星応答なし」(51年)と「マゼラン星雲」(55年)で一躍人気作家となり、以後も代表的な長編3部作「エデン」(59年)「ソラリスの陽のもとに」(61年)「砂漠の惑星」(64年)や、「浴槽で発見された日記」(61年)など旺盛な執筆活動を続けた。「ソラリスの陽のもとに」は72年ソ連のアンドレイ・タルコフスキーにより「惑星ソラリス」、2002年アメリカのスティーブン・ソダーバーグにより「ソラリス」として映画化された。その活動範囲はSFだけにとどまらず、文明批評、科学評論の分野にまで及び、著作は40ケ国語に翻訳、世界で2700万部以上出版されるなど国際的作家として活躍した。他の著書に、架空の書物の書評集「完全な真空」(1970年)や、「対話」(57年)、「技術大全」(64〜84年)、「偶然の哲学」(68年)、「SFと未来学」(70年)、「虚数」(73年)、「宇宙創生期ロボットの旅」(73年)、「枯草熱」(76年)などがある。

レーラー, ジム　*Lehrer, Jim*
アメリカの作家, ジャーナリスト
1934.5.19〜
[出]カンザス州ウイチタ　[名]Lehrer, James Charles
[歴]1973年アメリカ公共放送(PBS)に入局。75年ロバート・マクニールがアンカーを務める報道番組「ロバート・マクニール・レポート」に共同アンカーとして入り、番組名を「マクニール/レーラー・レポート」に改称。83年「マクニール/レーラー・ニューズアワー」となり、96年マクニールの引退によって「ニューズアワー・ウィズ・ジム・レーラー」となる。2011年メインアンカーを引退。大統領選の候補者討論会の司会も担当するなど、アメリカを代表するジャーナリストとして知られる。一方、作家としても活動し多数の作品を発表。00年旧日本軍捕虜を描いた小説「スペシャル・プリズナー(特別捕虜)」がアメリカでベストセラーになった。

レリス, ミシェル　*Leiris, Michel*
フランスの作家, 人類学者, 詩人
1901.4.20〜1990.9.30
[出]パリ　[学]パリ大学
[歴]1920年代シュルレアリスムの運動に加わり、詩集「シミュラークル(幻影)」(25年)「基点」(27年)などを発表。29年アンドレ・ブルトンと対立しグループを脱退、ジョルジュ・バタイユ主幹の「ドキュマン」に協力。31年ダカール・ジブチ人類学調査団の一員としてアフリカに出発、33年の帰国までの日記を34年「L'Afrique fantome(幻のアフリカ)」として出版。帰国後は人類博物館に勤務し人類学者としても活動。以後、自伝的色彩の強い詩や散文と、人類学者としての著作を並行して著した。サルトルと「レ・タン・モデルヌ(現代)」誌を創刊したことでも知られる。モラルに厳しく、"現代のモンテーニュ"と呼ばれた。代表的散文に自伝的要素の強い「成熟の年齢」(39年)、「ゲームの規則」(全4巻, 48〜76年)、「オランピアの頸のリボン」(81年)など。ほかに詩集「癲癇」(43年)、「記憶なき言葉」(69年)、小説「オーロラ」(46年)、「夜なき夜」(61年)、遺作「角笛と猟犬」(88年)などがある。

レ・リュー　*Le Luu*
ベトナムの作家, ジャーナリスト
1942〜
[出]フンイエン省　[賞]ベトナム作家協会最優秀賞(1987年)
[歴]5代続く伝統的儒学者の家系に生まれ、幼い頃から読書に親しむ。作家養成学校を卒業後、地方軍隊紙の記者となる。ベトナム戦争の拡大につれ、従軍記者として戦争に参加。1971〜74年ホーチミンルートを下り、南部の最前線で取材。戦後は「軍隊文芸」の編集部に所属。また、64年作家デビュー、67年短編「銃を持つ人」が雑誌「文芸」のコンクールに入賞し、作家としての地位を確立。87年「はるか遠い日」がベトナム作家協会最優秀賞に選ばれる。小説、短編集、ルポルタージュなど多数執筆し、ベトナムで最も人気の高い作家の一人として知られる。

レルネット・ホレーニア, アレクサンダー
Lernet-Holenia, Alexander
オーストリアの詩人, 劇作家, 作家
1897.10.21〜1976.7.3
[出]ウィーン　[賞]クライス賞
[歴]リルケなどの文学に親しむ学生時代を送った後、1915年第一次大戦が勃発すると直ちに志願して参戦。21年敬愛するリルケの影響の濃厚な処女詩集「パストラーレ」を出版。戯曲や小説にも手を染めたが、33年ドイツでヒトラーが政権をとってオーストリアを強引に併合すると再び戦線に参加、負傷して後送される。戦後は文学活動に専念。69年オーストリア・ペンクラブ会長。他の主な作品に詩「Die Trophäe」(46年)、戯曲「ごった煮」(26年)、小説「白羊宮の火星」など。

レーン, アンドルー　*Lane, Andrew*
イギリスの児童文学作家
1963.4.17〜
[出]ドーセット
[歴]2010年から始まった〈ヤング・シャーロック・ホームズ〉シリーズがベストセラーとなり、37ケ国語に翻訳される。他の作品に〈ロスト・ワールド〉シリーズなど。シャーロック・ホームズの専門家として知られ、コナン・ドイル財団の承認を受けた唯一の児童文学作家でもある。別のペンネームを使って一般向けのスリラーや、〈ドクター・フー〉シリーズなどテレビドラマ用翻案も書く。

レーン, ローズ・ワイルダー　*Lane, Rose Wilder*
アメリカの作家, ジャーナリスト
1886〜1968
[出]サウスダコタ州
[歴]女流作家ローラ・インガルス・ワイルダーとアルマンゾ・ジェームズ・ワイルダーの一人娘。第一次大戦中、記者としてヨーロッパ各地で取材、活躍した。後、母に開拓時代の体験を書くようにすすめたことが、作家ローラ・インガルス・ワイルダー誕生のきっかけとなる。主著に「大草原物語」「自由の発見」など。1993年伝記「ゴースト・イン・ザ・リトル・ハ

レ

ウス」が出版される。
[家]母＝ローラ・インガルス・ワイルダー（作家），養子＝ロジャー・リー・マクブライド（弁護士）

レンツ, ジークフリート　*Lenz, Siegfried*
ドイツの作家, 劇作家
1926.3.17〜2014.10.7
[出]東プロイセン・リュック（ポーランド・マズリー）　[学]ハンブルク大学中退　[賞]ドイツ書籍平和賞, ゲーテ賞（フランクフルト市）, ゲーテメダル
[歴]1943年に応召。第二次大戦後は45年よりハンブルクに住み、ハンブルク大学で哲学と文学を学ぶが、学業半ばでジャーナリスト生活に入り、新聞・雑誌の文芸欄を担当。51年処女作「蒼鷹が空にいた」を発表して作家に転身、生まれ故郷の生活に取材したユーモラスな民話集「Sozärtlich war Suleiken（ズーライケン風流譚）」（55年）が広い読者層を得て出世作になる。人間の罪を鋭く描いた戯曲「Zeit der Schuldlosen（罪なき人々の時代）」（61年）は広く海外でも上演され、三つの文学賞を受賞。エミール・ノルデをモデルにした画家のナチス末期の軟禁生活を描き新境地を開いた長編「Deutschstunde（国語の時間）」（68年）がベストセラーになって以来、戦後ドイツ最大の読者数を擁する純文学作家の一人といわれた。“47年グループ”の一人。他の作品に「嘲笑の猟師」（58年）、「愉しかりしわが闇市」（64年）、「模範」（73年）、「郷土博物館」（78年）、「演習地」（85年）、「アルネの遺品」（99年）、「遺失物管理所」（2003年）、「黙禱の時間」（08年）など。

レンツ, ヘルマン　*Lenz, Hermann*
ドイツの作家
1913.2.26〜1998.5.12
[出]シュワーベン地方シュトゥットガルト　[賞]ビューヒナー賞（1978年）
[歴]第二次大戦末期に米軍の捕虜となり、1946年故郷に戻る。47年に、19世紀末のウィーンを舞台にした処女短編「静かな夜」を発表。73年ハントケの紹介記事により初めて注目を集め、遅い名声を得る。78年ビューヒナー賞を受賞。他の作品に「住む人のいない部屋」（66年）より「生きのびることと生きることの日記」（78年）に至る自伝的長編4部作のほか、長編「内面の領域」（3部作, 80年）などがある。

レンデル, ルース　*Rendell, Ruth*
イギリスのミステリー作家
1930.2.17〜2015.5.2
[出]ロンドン　[名]グレイスマン, ルース・バーバラ〈Grasemann, Ruth Barbara〉 別筆名＝バイン, バーバラ〈Vine, Barbara〉
[賞]CWA賞ゴールド・ダガー賞（1976年・1986年・1987年・1991年）, イギリス芸術協会賞（フィクション部門）（1981年）, MWA賞最優秀短編賞（1975年・1984年）, CWA賞シルバー・ダガー賞（1984年）, MWA賞最優秀長編賞（1987年）, CWA賞ダイヤモンド・ダガー賞（1991年）, MWA賞巨匠賞（1997年）
[歴]高校卒業後ウェストエセックスの新聞社に入り、4年間記者や編集者を務めた後、20歳で結婚、男の子をもうける。一度離婚するが、1977年復縁。この間、64年34歳の時に1年がかりで書きあげた〈ウェクスフォード警部〉シリーズの第1作「薔薇の殺意」を発表、作家としてデビュー。同シリーズの他、「ロウフィールド館の惨劇」など心理サスペンスものも並行して発表、多数のミステリー作品を世に送り続け、イギリス本国のみならず、アメリカ、フランスなどでも多くの読者を持ち、世界15ケ国語以上に翻訳された。76年「わが目の悪魔」、86年「引き攣る肉」、87年「運命の倒置法」（バーバラ・バイン名義）、91年「ソロモン王の絨毯」（バーバラ・バイン名義）でイギリス推理作家協会賞（CWA賞）のゴールド・ダガー賞を4回、84年「身代りの樹」でシルバー・ダガー賞を1回受賞し、イギリス女流ミステリーを代表する作家として高い評価を得、アメリカ探偵作家クラブ賞（MWA賞）にも輝いた。他の邦訳作品に「アスタの日記」「長い夜の果てに」「ステラの遺産」「殺意を呼ぶ館」「聖なる森」「シミソラ」「煙突掃除の少年」「悪意の傷跡」「心地よい眺め」など。「ロウフィールド館の惨劇」（77年）を基にした「沈黙の女」（95年）など、映画化された作品も多い。

レンドラ　*Rendra*
インドネシアの詩人, 劇作家, 演出家
1935.11.7〜2009.8.6
[出]中部ジャワ州ソロ（ジャワ島）　[名]ウィリブロドゥス・スレンドラ・ブロト・レンドラ　[学]ガジャマダ大学英文科中退　[賞]国民文化会議文学賞（1957年）
[歴]1957年に処女詩集「愛する人たちへのバラード」を出版。64年カトリックからイスラム教に改宗、70年以来、短く“レンドラ”とだけ称する。64〜67年アメリカの演劇芸術学院に留学。帰国後、67年ジョクジャカルタでレンドラ・ベンケル劇団を結成。70年代半ばまでに詩集のほか多数の短編小説、エッセイを発表、なかでも英訳された戯曲「ナガ族の闘いの物語」（75年）は高い評価を受ける。政治、社会のひずみを取り上げた作品も多く、71年、74年には社会腐敗批判のために活動を禁止され、78年から7年間投獄を含む監禁生活を送る。7年間の国内活動禁止ののち、85年復活。86〜87年ジャカルタで自らも出演した演劇を公演、好評を博した。ギリシャ悲劇やジャワの大衆道化芝居など、西洋的な手法と土着的色彩を変幻自在に取り込み、現代技術文明や外国による搾取を痛烈に批判した作品を発表し続けたインドネシア演劇界の大御所的存在。他の作品に、詩集「4つの詩集」（61年）、「ボニーへのブルース」（70年）、「詩建設への自由像」（80年）、短編小説に「放浪のはじまり」（64年）、戯曲に「マストドンとコンドル」（71年）などがある。公演などで来日多数。

【ロ】

ロー, ジャニス　*Law, Janice*
アメリカの推理作家
1941.6.10〜
[出]コネティカット州シャロン　[名]ロー・トレッカー, ジャニス
[学]シラキュース大学卒, コネティカット大学大学院修了
[歴]中学の英語教師、小学校の数学教師を経て、作家生活に入る。第1作「淑女は探偵が好き」が1976年度のMWA賞新人賞にノミネートされて力量を認められ、「Gemini Trip」「Under Orion」と相次ぎ〈女性探偵アンナ・ピーターズ〉シリーズの作品を発表する。アメリカ歴史家協会や女性連盟のメンバーを務めるほか、コネティカット大学でビクトリア朝文学を教える。また本名のジャニス・ロー・トレッカー名義で「Women on the Move」（75年）、「Preachers, Rebels and Traders」（75年）の著作があり、スライド用教材のフィルム・シリーズ「Women's Workin America」の著者でもある。

ロー, テッサ・デ　*Loo, Tessa de*
オランダの作家
1946〜
[学]ユトレヒト大学（オランダ文学・オランダ語）
[歴]父は化学者、母は声楽家。ユトレヒト大学でオランダ文学とオランダ語を専攻、数年間教職に就いたのち、1983年短編「De Meisjes van der suikerwerkfabriek（キャンディー工場の少女たち）」で作家デビュー。93年に発表した「アンナとロッテ」は世界でベストセラーになる。同書はベン・ソムボハールド監督で映画化され、2004年アカデミー賞外国語映画賞にノミネートされた。

路 翎　ろ・れい　*Lu Ling*
中国の作家
1923.1.23〜1994.2.12
[出]江蘇省南京　[名]徐 嗣興
[歴]1940年代胡風主宰の「7月」誌に寄稿し認められる。42年の中編「飢えた郭素娥」やインテリ青年を描いた長編「資産家

の子供たち」(2部, 45年, 48年)によって、胡風派の代表と見なされた。朝鮮戦争を扱った「窪地の戦役」(52年)は批判を受け、55年には胡風反革命グループの中核的人物として摘発された。81年に中国作家協会に復帰。他の作品に短編集「求愛」(46年)、「鉄鎖のなかで」(49年)など。

ロア, ガブリエル　*Roy, Gabrielle*
カナダの作家
1909.3.22〜1983.7.13
[出]マニトバ州ウィニペグ　[賞]フェミナ賞, カナダ総督文学賞
[歴]中部カナダのウィニペグ近郊のフランス系カナダ人の社会に生まれた。1937年までマニトバ州都ウィニペグの小学校で教え、38年ヨーロッパに留学。のちモントリオールで教師を務め、次いでジャーナリストとなった。その後パリ、ロンドンに滞在して創作を始め、第二次大戦後の45年モントリオールの庶民の哀歓を描いた「Bonheur d'occasion (かりそめの幸福)」で、フランス系カナダ人としては初めてフランスの女流文学賞のフェミナ賞を得た。以後モントリオールを中心に、貧しい都市生活者、移民の生活などを描いた作品を次々に発表し、55年の「銀行員アレクサンドル・シェヌベール」も評判となり、戦後のフランス系カナダ文学を代表する作家となった。そのほとんどの作品は英訳されてイギリス系カナダ人にも読まれている。他の作品に、マニトバ州を舞台とする短編集「鷗の巣くう所」(50年)、「デシャンボー通り」(55年)、北極を舞台とする「秘密の山」(61年)、短編集「休むことを知らぬ川」(70年)、モントリオールの移民を描く「わが回想の子供たち」(77年)、自伝「絶望と魅惑」(84年)など、エッセイ、子供向けの作品を手がけた。

ローアー, デーア　*Loher, Dea*
ドイツの劇作家
1964〜
[出]西ドイツ・バイエルン州(ドイツ)　[学]ベルリン芸術大学(劇作)　[賞]ミュールハイム市演劇祭ゲーテ賞(1993年), ミュールハイム市演劇祭劇作家賞(1998年・2008年), ミュールハイム市演劇祭ブレヒト賞(2006年), ベルリン文学賞(2009年)
[歴]1990年からベルリン芸術大学で劇作を学び、92年「オルガの部屋」でデビュー。続く「タトゥー」(92年)、「リバイアサン」(93年)で演劇専門誌「テアター・ホイテ」の年間最優秀新人劇作家に選ばれる。ミュールハイム市演劇祭では、93年「タトゥー」でゲーテ賞、98年「アダム・ガイスト」で劇作家賞を受け、2006年にはブレヒト賞を受賞。08年「最後の炎」でミュールハイム市演劇祭劇作家賞を受け、「テアター・ホイテ」誌年間最優秀劇作家にも選ばれた。戯曲集に「タトゥー」「無実/最後の炎」「泥棒たち/黒い湖のほとりで」がある。

ロア・バストス, アウグスト　*Roa Bastos, Augusto Antonio*
パラグアイの作家, ジャーナリスト, 詩人
1917.6.13〜2005.4.26
[出]アスンシオン　[賞]セルバンテス賞(1989年)
[歴]農場労働者の息子として生まれ、貧しい幼年時代を過ごす。14歳で「Lucha hasta el Alda (暁への戦い)」を執筆。17歳のときボリビアとのチャコ戦争に従軍。ジャーナリストとなるが、軍政下で迫害を受け、1947年亡命。アルゼンチンやフランスで過ごす。詩人としてデビューし、「詩集」(42年)や「燃えるミカン畑」(60年)などを発表。その後、19世紀からチャコ戦争時にかけてのパラグアイ史を錯雑した挿話と詩的イメージで語った長編「Hijo dehombre (汝、人の子よ)」(60年)で作家として好評を博す。19世紀の独裁者を描いた「YO, EI Supremo (至高の存在たる余は)」(74年)で一躍世界の脚光を浴びた。ほかに戯曲「その日が来るまで」(45年)、短編集「樹葉の間からきこえる砲声」(53年)などがある。70年代に一時帰国したが、のちフランスに移住。89年2月のクーデター以降は度々帰国。同年「至高の存在たる余は」でセルバンテス賞を受賞した。

ロイ, アルンダティ　*Roy, Arundhati*
インドの作家, 脚本家, 活動家
1960.11.24〜
[出]メガラヤ州シロン　[名]Roy, Suzanna Arundhati　[賞]インド最優秀脚本家賞(1989年), ブッカー賞(1997年), シドニー平和賞(2004年)
[歴]母はシリア人でクリスチャン、父はベンガル人。18歳の時、デリーに出て建築を学ぶが、そこで映画監督の後の夫と出会い、彼の最初の映画に出演。以来、映画台本を書く。1989年インド最優秀脚本家賞を受賞。97年小説「小さきものたちの神」でイギリスの代表的な文学賞・ブッカー賞を受賞。98年インドの週刊誌「アウトルック」に反核を訴える手記を寄稿し、反響を呼ぶ。また巨大ダム建設の反対運動の先頭に立ち、著作や抗議運動で建設を容認した最高裁判決を批判。2002年には法廷侮辱罪で有罪判決を受ける。他の著書に「わたしの愛したインド」「帝国を壊すために―戦争と正義をめぐるエッセイ」「誇りと抵抗―権力政治を葬る道のり」「民主主義のあとに生き残るものは」「ゲリラと森を行く」などがある。00年よりカンヌ国際映画祭審査員を務める。

ロイ, ローリー　*Roy, Lori*
アメリカの作家
[出]カンザス州　[学]カンザス州立大学卒　[賞]MWA賞処女長編賞(2012年度)
[歴]長年税理士として働いた後、執筆活動を開始。2010年のデビュー作「ベント・ロード」は、11年度「ニューヨーク・タイムズ」紙の注目ミステリーに選ばれたほか、12年度アメリカ探偵作家クラブ賞(MWA賞)処女長編賞を受賞した。2作目「UNTIL SHE COMES HOME」も14年度のMWA賞にノミネートされる。

ロイド, サチ　*Lloyd, Saci*
イギリスの作家
1967〜
[出]マンチェスター
[歴]ウェールズ北西部の島アングルシーで育ち、大学進学のためマンチェスターに戻るがすぐに中退。コミックアーティスト、バンドミュージシャン、インタラクティヴメディア制作、映画会社設立など様々な経験を積む。作家デビュー作となる長編「The Carbon Diaries 2015」(2008年)がコスタ賞候補となり、一躍評価を高める。長編3作目の「ダークネット・ダイヴ」(11年)はガーディアン賞候補となった。

ロイド・ジョーンズ, バスター　*Lloyd-Jones, Buster*
イギリスの動物文学作家, 獣医
1914〜1980
[出]フェルサム　[名]ロイド・ジョーンズ, ウィリアム・レウェリン
[歴]幼い頃から並みはずれた動物好きで、4歳の頃から菜食に徹し、5歳のときには獣医になる決意を固めて、動物のことにだけ関心を向けていたという。7歳の時小児麻痺を患い数年間の闘病生活を送るが、この間に野生動物と触れ合い、観察を通して動物への愛情と理解を深めた。1934年獣医として開業し、天才的とも言える手腕を発揮。自然療法をベースとし、51年にはハーバル・サプリメントの製造会社、ディーンズを設立。長く獣医生活を送ったのち、小児麻痺の再発で車椅子の生活に入り、長年の経験を「バスター先生と小さな仲間たち」という作品にまとめ上げる。66年この本はイギリスで出版されたが、ほどなくベストセラー入りし、カナダ・アメリカ・オーストラリア・ニュージーランド・南アフリカなど各国で翻訳・紹介されて大きな人気を呼んだ。

ロウ, イングリッド　*Law, Ingrid*
アメリカの児童文学作家
1970〜
[出]ニューヨーク州　[賞]ニューベリー賞オナーブック(2009年), ボストン・グローブ・ホーンブック賞オナーブック
[歴]ニューヨーク州で生まれ、6歳からコロラド州で暮らす。衣装デザイナーや書店員など様々な仕事を経験し、2008年「チ・カ・ラ。」で作家デビュー。ニューベリー賞オナーブック、ボス

ロ

トン・グローブ・ホーンブック賞オナーブックをはじめ、数々の賞を受賞している。

ロウイッツ, リザ　*Lowitz, Leza*
アメリカの詩人, 作家, 翻訳家
1962〜
[出]カリフォルニア州サンフランシスコ　[学]カリフォルニア大学バークレー校英文科, サンフランシスコ州立大学大学院創作科　[賞]ペンクラブ小説賞(1990年), ベンジャミン・フランクリン賞(1995年度), オークランド・ペンクラブ・ジョセフィン・マイルズ賞(2001年), 日米友好委員会賞(2003年度)
[歴]ユダヤ系。ヨガを教えながら、編集者としても活躍。1989〜94年日本に滞在。雑誌の編集や「ジャパン・タイムズ」紙ほかに評論を手がける傍ら、東京大学などで教壇に立つ。早くから精力的に執筆活動を行い、90年にはその先鋭的な短編小説によりペンクラブ小説賞を受賞。94年、95年には、日本の現代女性句歌撰集「梅雨ながき」と日本現代女性詩撰集「あっちの岸」を青山みゆきらとともに英訳し、出版した。「梅雨ながき」で、95年度ベンジャミン・フランクリン賞を受賞。96年第1詩集「新しい紙を束ねる古いやり方」、2000年第2詩集「ヨガ・ポエム」を出版し、翌01年オークランド・ペンクラブ・ジョセフィン・マイルズ賞を受賞。

ローウェル, エイミー　*Lowell, Amy Lawrence*
アメリカの詩人
1874.2.9〜1925.5.12
[出]マサチューセッツ州ブルックリン　[賞]ピュリッツァー賞(1926年)
[歴]名門ローウェル家に生まれ、家庭で教育を受ける。20代後半から詩を書き始め、1912年処女詩集「多彩なガラスのドーム」を出版。13年E.パウンドらの“イマジズム”運動に参加、アメリカの新詩運動の急先鋒となった。「Sword, blades and poppy seed(剣と刀とケシの種)」(14年)、「Men, women and ghosts(男と女と幽霊と)」(16年)、「Can Grande's castle」(18年)などの詩集で注目される。評論集「現代アメリカ詩の傾向」(17年)やキーツの伝記も書いている。55年「全詩集」が刊行された。
[家]兄＝パーシバル・ローウェル(天文学者), アボット・ローレンス・ローウェル(ハーバード大学総長), 甥＝ロバート・ローウェル(詩人)

ローウェル, ヘザー　*Lowell, Heather*
アメリカの作家
[出]カリフォルニア州　[学]ジョージタウン大学卒
[歴]南カリフォルニアで生まれ育ち、ジョージタウン大学を卒業。以降、世界中を旅して歩く。1990年代にはIT企業にプロジェクトマネージャーとして勤めるが、ITバブル崩壊後、専業作家となる。2003年の「嵐の予感」はデビュー作ながら「ニューヨーク・タイムズ」ベストセラーリストで上位に入った。母は人気ロマンス作家のエリザベス・ローウェル。
[家]母＝エリザベス・ローウェル(ロマンス作家)

ローウェル, ロバート　*Lowell, Robert*
アメリカの詩人
1917.3.1〜1977.9.12
[出]マサチューセッツ州ボストン　[名]Lowell, Robert Trail Spence (Jr.)　[学]ハーバード大学, ケニヨン大学(1940年)卒　[賞]ピュリッツァー賞(1947年・1974年), 全米図書賞(1959年)
[歴]ボストンの名門の出身。オハイオ州のケニヨン大学でジョン・クロウ・ランサムに師事し、「新批評」の影響を受ける。卒業後、カトリックに回心(1948年棄教)。第二次大戦中は良心的兵役忌避のため5ケ月の禁錮刑に服す。40年作家ジーン・スタフォードと結婚(48年離婚)。44年処女詩集「神に似ざる国」を刊行。46年第二詩集「ウィアリー卿の城」で絶賛され、47年ピュリッツァー賞を受賞。大戦後のアメリカの詩壇の中心的存在となる。49年作家エリザベス・ハードウィックと結婚(72年離婚)。59年平易な散文詩による告白的詩風の「人生研究」で全米図書賞を受賞。他の作品に詩集「ノートブック」(69年)、「歴史」「いるか」(73年)、「一日ごとに」(77年)、戯曲「昔の栄光」(65年)などがある。
[家]叔母＝エイミー・ローウェル(詩人)

老舎　ろうしゃ　*Lao-she*
中国の作家, 劇作家
1899.2.3〜1966.8.24
[出]北京　[名]舒 慶春, 字＝舎予　[学]北京師範学校(1914年)卒
[歴]小学校校長、中学校の国語教師など経て、1924年ロンドン大学東方学院中国語教師となり、26年「張さんの哲学」などユーモア小説を発表。30年帰国、斉魯大学、山東大学各教授の傍ら執筆。37年抗日戦が始まると斉魯大文学院教授となり、38年中華全国文芸界抗敵協会を組織、抗日運動に参加。戦後46年アメリカ国務省から文化交換計画によって招かれ、曹禺と共に渡米、4年間滞米。中国解放後、周恩来、郭沫若らの呼びかけにこたえて49年帰国。全国文連、作家協会各副主席を務めながら劇作に専念、62年人民芸術家の称号を受けた。文化大革命が起こった66年夏、北京市文連主席だったため紅衛兵の激しい迫害を受け非業の最期を遂げたが、文革後の78年名誉回復された。他の作品に長編「猫城記」(33年)、「駱駝祥子」(36年)、抗日戦を描いた「火葬」(44年)、「四世同堂」3部作(44年)、戯曲「龍鬚溝」(50年)、「茶館」(57年)ほか、短編集など多数。
[家]妻＝胡 絜青(画家)

ローグ, クリストファー　*Logue, Christopher*
イギリスの詩人, 劇作家
1926.11.23〜2011.12.2
[出]ハンプシャー州ポーツマス
[歴]ポーツマス・グラマー・スクールに学ぶ。1950年代後半にジャズ演奏を伴う詩のパフォーマンス“ジャズ・ポエトリー”のイギリスにおける提唱者となった他、初期のイングリッシュ・ステージ・カンパニーに深く関わり、60年H.クックソンとの共作ミュージカル「汚れなき少年たち」を発表。詩集に「指揮棒と四重奏」(53年)、「歌」(59年)、「ニュー・ナンバーズ」(69年)、「War Music」(81年)などがある。

六六　ろくろく　*Liu Liu*
中国の作家
1974〜
[出]安徽省
[歴]大学卒業後、貿易会社に1年勤務後、職を転々とする。1999年夫の留学に伴いシンガポールに移住。幼稚園に勤めながら小説を書き始める。2007年「上海、かたつむりの家」(原題「蝸牛」)を出版。現代中国を代表する女性ベストセラー作家。

ローザク, シオドア　*Roszak, Theodore*
アメリカのミステリー作家, 文明批評家
1933〜2011.7.5
[出]イリノイ州シカゴ　[学]カリフォルニア大学ロサンゼルス校卒, プリンストン大学大学院(哲学)修了 Ph.D.(1958年)　[賞]ジェイムズ・ティプトリー・ジュニア賞
[歴]スタンフォード大学で教鞭を執ったのち、カリフォルニア州立大学歴史学部教授に就任。1960年代後半に登場したラジカルな文明批評家で、67年の編著「The Dissenting Academy(何のための学問)」で学園の知的退廃を衝き、続く68年の「The Making of a Counter Culture(対抗文化の思想)」で産業資本主義文明を批判して、“カウンターカルチャー(対抗文化)”という言葉を一般に広める。現代テクノクラシー社会を批判し、シャーマニズム的世界観を取り入れることを主張。他の著書に「荒地の終るころ」(72年)、「意識の進化と神秘主義」(75年)、「情報崇拝」(86年)、「コンピュータの神話学」、「賢知の時代」(97年)などがある。作家としても活躍し、小説に「The Memories of Elizabeth Frankenstein」「フリッカー、あるいは映画の魔」などがある。

ローザン, S.J.　*Rozan, S.J.*
アメリカの作家
[出]ニューヨーク市ブロンクス　[賞]シェイマス賞最優秀長編賞(1996年), アンソニー賞最優秀長編賞(1998年), MWA賞最優秀長編賞(2003年)
[歴]建築家として警察署・消防署・動物園の建物などを手がける。護身術のインストラクター、宝石の販売員、ビルの管理人などの仕事も経験。1994年中国系の女性と半分アイルランド系の男性の2人の私立探偵が活躍する〈リディア・チン&ビル・スミス〉シリーズの第1作「チャイナタウン」を出版。1冊ごとに語り手を交代させながら毎年1冊のペースでシリーズを書き継ぎ、2編目「ピアノ・ソナタ」でシェイマス賞最優秀長編賞、4編目「どこよりも冷たいところ」でアンソニー賞最優秀長編賞、8編目「冬そして夜」でMWA賞最優秀長編賞を受賞。

ロジェストヴェンスキー, ロベルト
Rozhdestvenskii, Robert Ivanovich
ロシア(ソ連)の詩人
1932.6.20〜1994.8.20
[出]アルタイ地方コシハ村　[学]ゴーリキー文学大学(モスクワ)(1956年)卒　[賞]レーニン賞, ソ連国家賞(1979年)
[歴]1950年から作家、詩人として活動をはじめ、55年の処女詩集「春の旗」でデビュー。"雪どけ"後を代表する若手詩人として詩の朗読リサイタルを開くなど活躍。"第4の世代"の詩人のうちでもマヤコフスキーの伝統を受け次ぐ市民的パトスに満ちた詩風を持ち、「30世紀への手紙」(63年)、「献詩」(70年)、「線」(73年)などがその代表作。叙事詩「鎮魂歌」(61年)はカバレフスキーにより作曲された。他の作品に叙事詩「ぼくの愛」(56年)、詩集「同年者へ」(62年)、「20年の間に」(73年)、「都市の声」(77年)、「すべては愛より始まる」(77年)など。各国で翻訳される。その派手な詩の作風でスターリン時代以後、ロシアの詩を社会主義リアリズムの束縛から解く一翼を担った。

ローシチン, ミハイル・ミハイロヴィチ
Roshchin, Mihail Mihaylovich
ロシア(ソ連)の作家, 劇作家
1933.2.10〜2010.10.1
[出]カザン　[学]ゴーリキー文学大学(1958年)卒
[歴]1952年より短編小説を書き始める。その後、戯曲を手がけ、若い男女と親の世代対立を扱った戯曲「ワレンチンとワレンチナ」(71年)で高い評価を得る。他の作品に、小説集「ほんの二十分」(65年)、「朝から夜まで」(68年)、「天国の二十四日間」(71年)、児童劇「冬の虹」、戯曲「旧正月」(73年)、「疎開列車」(75年)、「修繕」(75年)など。

ローシャ, ルイス・ミゲル　*Rocha, Luís Miguel*
ポルトガルの作家
1976〜2015.3.26
[出]ポルト
[歴]ポルトガルのポルトで生まれ、同地で幼少期を過ごす。同国のテレビ局TV1で番組制作に関わった後、渡英。脚本家、プロデューサーとしてテレビ番組制作に携わる。2005年「Um País Encantado」で作家デビュー。06年に発表した「P2」は30ケ国以上で翻訳され、09年には「ニューヨーク・タイムズ」紙でベストセラーリストにランクインした。15年3月、病気のため39歳の若さで他界。

ローシュ, シャーロッテ　*Roche, Charlotte*
イギリスの作家, タレント
1978.3.18〜
[出]バッキンガムシャー州ハイウィカム　[名]Roche, Charlotte Elisabeth Grace
[歴]エンジニアであるイギリス人の父と、活発に政治・芸術活動をするドイツ人の母を持つ。ドイツで作家、歌手、リポーター、女優など多方面で活躍するマルチタレント。2008年作家デビュー作「湿地帯」は出版されるとたちまちベストセラーに。その過激ともいえる描写のため各メディアでセンセーショナルに取り上げられ、物議を醸した。離婚した夫との間に娘が1人いるが、その後再婚。

ロシュフォール, クリスチアーヌ　*Rochefort, Christiane*
フランスの作家
1917.7.17〜1998.4.24
[出]パリ　[賞]ポピュリスト賞
[歴]幼時から芸術に興味を持ったが、不規則な学校生活を過ごした。ジャーナリストとして活躍後、1958年の「Repos du guerrier(戦士の休息)」で、中年のアル中男性と女子学生との性関係を大胆に描写して、注目された。この作品は62年にロジェ・バディムによって映画化もされた。61年の「小世紀児」では社会問題に強い関心を示し、ポピュリスト賞を受賞した。その後社会の矛盾と改革への思いを子供を通して写実的に描いた「当世の子ら」(69年)、「追いつめられた子どもたち」(76年)などを発表。他の作品に学生運動に理解を示した小説「モリソンにバラを」(66年)、評論「まず子供たちが」(76年)、反自伝的自伝「わが人生、著者による校閲改訂版」(78年)など。

魯迅　ろじん　*Lu-xun*
中国の作家, 思想家, 文学史家
1881.9.25〜1936.10.19
[出]浙江省紹興　[名]周 樹人〈Zhou Shu-ren〉, 幼名＝樟寿, 字＝矛才, 別筆名＝唐俟, 巴人　[学]仙台医学専門学校(現・東北大学医学部)卒
[歴]裕福な官僚地主の家に生まれるが、少年期に家が没落して辛酸をなめた。1902年官費留学生として日本へ留学、仙台で医学を学ぶ。帰国後再び来日、中国民族性の改造を目指して文学を志した。09年帰国、郷里で教師となり、12年教育総長祭元培の推挙で教育部部員、20年以降北京女子師範、北京大学などで教鞭を執った。その間18年処女作「狂人日記」を発表、以後創作、社会批評、海外文学の紹介に務め、中編小説「阿Q正伝」(21〜22年)で中国社会底辺の人間像を描いた。26年学生の虐殺事件(3.18事件)で北京脱出、アモイ、広州を経て上海の租界地に定住。27年北京女子師範の教え子許広平と結婚。二人が交わした愛の書簡集を「両地書」(33年)にまとめた。後年はマルクス主義に傾き中国左翼作家連盟を中心にファシズムに抵抗した。他の著書に創作集「吶喊」(23年)「彷徨」(26年)、散文詩集「野草」(27年)、短編集「故事新編」(36年)、講義録「中国小説史略」などがあり、邦訳作品集に「魯迅選集」(全12巻, 56年)、「魯迅文集」(全6巻, 竹内好訳, 筑摩書房, 76〜78年)、「魯迅全集」(全16巻, 81年)がある。
[家]弟＝周 作人(作家)

ロス, アダム　*Ross, Adam*
アメリカの作家
1967〜
[出]ニューヨーク市　[学]バッサー・カレッジ卒, ホリンズ大学, ワシントン大学
[歴]俳優である父の影響で、子役として映画やテレビに出演。ホリンズ大学、ワシントン大学でクリエイティブ・ライティングを学ぶ。1995年テネシー州ナッシュビルに移住し、ライター・エディターとしてナッシュビルの週刊紙や「ニューヨーク・タイムズ」紙のブックレビューなどで活躍。2010年「ミスター・ピーナッツ」で作家デビュー。

ロス, ケイト　*Ross, Kate*
アメリカの作家, 弁護士
1956.6.21〜1998.3.12
[名]Ross, Katherine J.　[学]ウェルズリー大学卒, エール大学法学部卒　[賞]アガサ賞(最優秀賞, 1998年度)
[歴]大学卒業後、法廷弁護士となる。1993年「ベルガード館の殺人」で作家デビュー。北イタリアを舞台としたミステリー「マルヴェッツィ館の殺人」で98年度アガサ賞最優秀賞を受賞。他の作品に「フォークランド館の殺人」などがある。

ロス, シンクレア　*Ross, Sinclair*
カナダの作家

ロ

1908.1.22～1996.2.29
[出]サスカチェワン州プリンス・アルバート　[名]ロス, ジェームズ・シンクレア〈Ross, James Sinclair〉
[歴]60歳で退職するまで銀行に勤務。生まれ故郷サスカチェワンを舞台とした初期の小説「私と私の家とは」(1941年)で知られる。短編集「真昼のランプ、その他」(68年)などがある。

ローズ, ダン　*Rhodes, Dan*
イギリスの作家
1972～
[賞]E.M.フォースター賞(2010年)
[歴]2000年101の短編を集めた短編集「Anthropology」でデビュー、イギリス文学界に新風をまきおこし、各紙誌で“イギリスで最高の新人作家”と絶賛された。03年初の長編「ティモレオン―センチメンタル・ジャーニー」を発表、25ケ国で翻訳され、世界的ベストセラーとなる。他の作品に「コンスエラ―7つの愛の狂気」「小さな白い車」などがある。

ローズ, パスカル　*Roze, Pascale*
ベトナム生まれのフランスの作家
1957～
[出]サイゴン　[賞]ゴンクール賞(1996年)
[歴]生後6ケ月でベトナムからフランスに戻り、フランス海軍士官の父と共に、アルジェ、ブレストなど各地を転々とし、南仏トゥーロンで育つ。少女時代は古典を中心に読書に没頭。16歳でパリに出る。大学では演劇を始め、1978年劇団La Compagnie de l'Elanを旗揚げ、以来舞台女優として活躍。84年頃マルグリット・デュラスの「ロル・V・シュタインの歓喜」を読んで触発され、作家を志す。演劇の脚本を何本か発表した後、小説を書き始め、94年短編集「Histoires dérarangées」を刊行。96年「ゼロ戦 沖縄・パリ・幻の愛」でゴンクール賞を受賞。

ロス, バーナビー
→クイーン, エラリーを見よ

ロス, フィリップ　*Roth, Philip*
アメリカの作家
1933.3.19～2018.5.22
[出]ニュージャージー州ニューアーク　[名]Roth, Philip Milton　[学]バックネル大学(1954年)卒, シカゴ大学(1955年)卒　[賞]ピュリッツァー賞(小説部門)(1998年), 全米図書賞(1960年・1995年), ダロフ賞(1960年), PEN/フォークナー賞(1994年・2001年・2007年), フランツ・カフカ賞(2001年), W.H.スミス文学賞(2001年・2005年), アメリカ芸術文学アカデミーゴールド・メダル(2001年), メディシス賞(外国人賞)(2002年), 国際ブッカー賞(2011年), アストゥリアス皇太子賞(2012年)
[歴]ユダヤ系。1956年からシカゴ大学などで教鞭を執りながら創作に励み、「ニューヨーカー」などの雑誌に短編小説を発表。59年ユダヤ系移民を描いた処女短編集「Goodbye, Columbus(さようならコロンバス)」を発表、翌年全米図書賞ほか五つの賞を独占して文壇に躍り出た。続いて「自由を求めて」(62年)、「ルーシィの哀しみ」(67年)などユダヤ人意識から脱しようと苦悩する若者の姿を描いた作品を発表。「ポートノイの不満」(69年)は奔放な俗語の駆使と大胆な性描写が大きな話題を呼び、全米でベストセラーとなった。アメリカにおけるユダヤ人を描きながら、被害者意識を退け、ユダヤ教の道徳律や中流階級的ユダヤ人の価値観に対して反逆的な姿勢をとる作家として注目された。他の著書に「われらのギャング」(71年)、「乳房になった男」(72年)、「素晴らしいアメリカ野球」(73年)、「男としての我が人生」(74年)、「欲望学教授」(77年)、「ゴースト・ライター」(79年)、「解き放たれたザッカーマン」(81年)、「解剖学講義」(83年)、「背信の日々」(86年)、「欺き」(90年)、「父の遺産」(91年)、「Operation Shylock」(93年)、「アメリカン・パストラル」(97年)、「ヒューマン・ステイン」(2000年)、「ダイング・アニマル」(01年)、「Everyman」(06年)などがある。現代アメリカを代表する作家として活躍し、12年引退を表明した。

ロス, ベロニカ　*Roth, Veronica*
アメリカの作家
1988～
[出]イリノイ州シカゴ　[学]ノースウェスタン大学
[歴]ノースウェスタン大学で創作を学び、2011年〈ダイバージェント〉シリーズの第1作である「ダイバージェント 異端者」で作家デビュー。同シリーズは数百万部のベストセラーとなり、映画化もされる。

ロス, ヘンリー　*Roth, Henry*
ウクライナ生まれのアメリカの作家
1906.2.8～1995.10.13
[出]オーストリア・ハンガリー帝国ティスメニツ(ウクライナ・ティスメニツィア)　[学]ニューヨーク大学
[歴]ユダヤ人の子として東欧に生まれ、幼い頃にアメリカへ移住。ニューヨーク市マンハッタンの移民地区で貧しい子供時代を過ごした。一人の子供の目から見たニューヨークのユダヤ系移民の生活を描き出した「眠りと呼べ」(1934年)は、30年代のうずもれた傑作として50年代の終わりに再評価され、100万部以上を売るベストセラーになった。第二次大戦後、メーン州で養鶏、数学教師などを経て、「公演中のバイオリンの巨匠たち」(82年)を刊行。他に、自伝的小説「Mercy of a Rude Stream」(94～98年)がある。

ロスタン, エドモン　*Rostand, Edmond*
フランスの劇作家, 詩人
1868.4.1～1918.12.2
[出]マルセイユ　[名]Rostand, Edmond Eugène Alexis
[歴]法律を学び銀行員となるが、1888年処女戯曲「赤い手袋」、90年詩集「てすさび」を発表して文学活動に入り、韻文喜劇「ロマネスク」(94年)で注目され、コメディ・フランセーズで初演された。続く「サマリアの女」(97年)もベルナールの主演で上演され、新鮮な叙情性で観客を魅了した。さらに傑作「シラノ・ド・ベルジュラック」(97年)がサン・マルタン座で上演され、名声を確立、名優コクラン兄の演技と相まって1年半のロングランとなった。ほかに悲劇「鷲の子」(1900年)、登場人物をすべて動物にした寓意劇「シャントクレール」(10年)などがある。

ロステン, レオ　*Rosten, Leo Calvin*
ポーランド生まれのアメリカの作家, ジャーナリスト
1908.4.11～1997.2.19
[出]ロシア・ロッツ(ポーランド)　[名]筆名＝ロス, レナード・Q.〈Ross, Leonard Q.〉　[学]シカゴ大学政治学科
[歴]ユダヤ系。ロシア帝国のロッツ(現・ポーランド)で生まれたが、幼い頃に両親と渡米。シカゴ大学政治学科で博士号を取得。「ワシントン特派員」(1937年)、「ハリウッド」(41年)、「アメリカ宗教入門」(55年)などを執筆。レナード・Q.ロスの筆名で発表した「ハイマン・カプランの教育」(37年)とその続編で知られる。小説やエッセイも多く、特にイディッシュ語の紹介書「イディッシュの喜び」(68年)も有名。

ロスナー, ジュディス　*Rossner, Judith*
アメリカの作家
1935.3.31～2005.8.9
[出]ニューヨーク市
[歴]2児をかかえて離婚し、会社勤めをしながら小説の執筆にあたる。3作目までは全く評判にならなかったが、ニューヨークで実際に起こった女性教師殺人事件の真相を探る長編小説「ミスター・グッドバーを探して」(1975年)が大反響を呼び、ベストセラーのトップに躍り出た。この作品は77年にダイアン・キートン主演で映画化されヒット。洞察力のある作品で定評があった。

ロスファス, パトリック　*Rothfuss, Patrick*
アメリカの作家

1973〜
ⓗウィスコンシン州マディソン　ⓖウィスコンシン大学　ⓥクィル賞，Best Books of 2007（アマゾン・ドットコム）
ⓔウィスコンシン大学在学時から地元紙向けコラムの執筆や，ラジオのコメディ番組の脚本を手がける。2002年，7年以上独力で書き続けた「無血のクォート」をめぐる物語が，未来の作家コンテストで優勝し，〈キングキラー・クロニクル〉3部作として出版される。その第1部「風の名前」はクィル賞，アマゾン・ドットコム "Best Books of 2007" など数多くの賞を受賞。

ローソン, M.A.　Lawson, M.A.
アメリカの作家
ⓗコロラド州プエブロ　ⓝ別筆名＝ローソン，マイク〈Lawson, Mike〉　ⓖシアトル大学（エンジニアリング）
ⓔ30年間に渡ってエンジニアとして海軍に所属した経歴を持つ。その経験を活かし，2005年よりマイク・ローソンの筆名で作家活動を開始。弁護士ジョー・デマルコを主人公にした「The Inside Ring」でデビュー。13年にはM.A.ローソン名義で，女性麻薬捜査官を主人公にした「奪還」を上梓。

ロセーロ, エベリオ　Rosero, Evelio
コロンビアの作家，詩人，ジャーナリスト
1958〜
ⓗボゴタ　ⓥトゥスケツ小説賞（2006年），インディペンデント紙外国小説賞（2009年）
ⓔコロンビアおよびメキシコで数々の文学賞を受賞後，2006年「顔のない軍隊」でスペインのトゥスケツ小説賞を受賞。「エル・パイス」「ラ・バングアルディア」「エル・ウニベルサル」「エル・ペリオディコ」といったスペインの有力紙がこぞって絶賛したことをきっかけに，広くヨーロッパでその存在を知られるようになる。09年には「無慈悲な昼食」でイギリスのインディペンデント紙外国小説賞を受賞，イギリス各紙誌からも高い評価を得た。ポスト "ラテンアメリカ・ブーム" 世代を担う作家のひとり。

ローゼンバーグ, ナンシー・テイラー　Rosenberg, Nancy Taylor
アメリカの作家
ⓗテキサス州ダラス　ⓖガルフ・パーク・カレッジ（英語学），サザン・メソジスト大学（犯罪学）
ⓔ5年間写真モデルを務める。その後サザン・メソジスト大学で犯罪学を学び，ダラス市警，ニューメキシコ州警察，ベントゥーラ市警に勤務，さらにベントゥーラ郡の保護観察官として調査の仕事に携わる。この間に殺人および多様な性犯罪を数多く手がけた。後に作家に転向し，デビュー作「情状酌量」によって一躍ベストセラー作家となる。他の著書に「女性判事」「証人脅迫」「炎の法廷」「不当逮捕」などがある。

ロゾフ, ヴィクトル　Rozov, Viktor Sergeevich
ロシア（ソ連）の劇作家
1913.8.21〜2004.9.28
ⓗヤロスラブリ　ⓖ革命劇場附属演劇学校卒，ゴーリキー文学大学
ⓔコストロマーの町で中等教育を終え，紡績工場で働く。やがてモスクワに出て1931年革命劇場（現・マヤコーフスキイ劇場）附属の演劇学校に入る。卒業と同時に同劇場の俳優となったが，第二次大戦で負傷，復員後，2，3の劇場で俳優と演出者を兼ねる傍ら，ゴーリキー文学大学の通信学部に劇作を学んだ。49年処女戯曲「彼女の友だち」がモスクワ中央児童劇場で上演され，劇作家としてデビューした。以来，「成功を祈るよ！」（54年）「永遠に生きるもの」（56年）「喜びを求めて」（57年）など次々に作品を発表してその地位を不動のものとする。作品はいずれも現代の青少年に題材をとり，その生活と思考を描いて若い世代のモラルを追求している。ソ連本国の記録的な上演回数や映画化だけでなく，日本を含む諸外国でも多く翻訳，上演され最もポピュラーな劇作家の一人。他の作品に「初恋」（60年），「夕食前」（62年），「つんぼ鳥の巣」（78年），「猪」（86年）など。

ローゾフ, メグ　Rosoff, Meg
アメリカの作家
1956〜
ⓗマサチューセッツ州ボストン　ⓖハーバード大学卒　ⓥガーディアン賞（2004年），マイケル・L.プリンツ賞（2005年），カーネギー賞（2007年），アストリッド・リンドグレーン記念文学賞（2016年）
ⓔ4人姉妹の二女として生まれる。ハーバード大学に在学中，ロンドンの美術学校へ留学。大学卒業後，ニューヨークで出版・広告関係の仕事に携わる。妹の死を機に作家となり，デビュー作の「わたしは生きていける」（2004年）でガーディアン賞とマイケル・L.プリンツ賞を受賞した。「ジャストインケース―終わりのはじまりできみを想う」（06年）でカーネギー賞を受賞。

ローソン, ジョン　Lawson, John
アメリカの劇作家
1894.9.25〜1977.8.11
ⓗニューヨーク市　ⓝローソン，ジョン・ハワード〈Lawson, John Howard〉　ⓖウィリアムズ大学卒
ⓔニューヨーク市のユダヤ人家庭に生まれる。ウィリアムズ大学卒業後，「Standards」「Servant-Master-Lover」（ともに1916年）を発表して劇作家として成功を収める。ブルジョワ社会に対する若者の反逆を描いた「ロジャー・ブルーマー」（23年初演・刊）でニューヨークにデビュー。他の作品に，20年代表現主義の典型ともいわれる「行進聖歌」（25年），「拡声器」（27年），「成功物語」（32年）など。映画論にも優れた業績を残した。熱心な社会主義活動家で，34年アメリカ共産党に入党。戦後，赤狩りの標的にされた "ハリウッド・テン" の最重要人物と目された。

ローソン, ヘンリー　Lawson, Henry
オーストラリアの作家，詩人
1867.6.17〜1922.9.22
ⓗニューサウスウェールズ州グレンフェル　ⓝLawson, Henry Archibald
ⓔ父ラーセンは一攫千金を夢みてオーストラリアに移住したノルウェー船員，母は後年女権運動で活躍したルイーザ・ローソンで，グレンフェル採金地のテントの中で生まれる。9歳の時から聴力を失い，学校は13歳まで，以後は肉体労働で自活，独学した。1883年両親の離婚後母とシドニーに出，87年「ブリティン」誌に投稿した詩「共和国の歌」が掲載され，次いで寄稿した短編小説「町の人々」で認められる。第1作「散文と詩による短編集」（94年）は母が自ら出版した。オーストラリアの庶民生活や奥地に働く開拓民の悲喜こもごもの生活を短編に描き，またバラード風の詩作も試み，国民詩人としての名声を得た。1900〜02年イギリスに滞在。帰国後は飲酒癖が高じて妻子と別居，05〜10年は度々留置場や精神病院に入り，街頭で酒をねだる姿がおなじみとなったが，それでも支援者が後を絶たず，孤独と貧困のうちにシドニー郊外で死去した際は州葬の礼を受けた。
ⓚ母＝ルイーザ・ローソン（女性運動家）

ロダート, ビクター　Lodato, Victor
アメリカの作家，脚本家，詩人
ⓥワイスバーガー賞，ペンUSA文学賞（2010年）
ⓔワイスバーガー賞を受賞した戯曲「Motherhouse」などによりアメリカ演劇界で注目される。2009年に刊行した初の小説「マチルダの小さな宇宙」は，「パブリッシャーズ・ウィークリー」をはじめ有名紙誌で絶賛され，10年ペンUSA文学賞を受賞。

ロダーリ, ジャンニ　Rodari, Gianni
イタリアの詩人，児童文学作家
1920〜1980
ⓥ国際アンデルセン賞作家賞（1970年）

[歴]貧しいパン屋の息子に生まれる。小学校教師ののちレジスタンス運動に参加。戦後、イタリア共産党の児童新聞「ピオニエーレ」の編集を担当する傍ら児童文学の創作に力を注ぐ。子供の教育にも深い関心をよせた。著書に創作「チポリーノの冒険」(1951年)、「青矢号のぼうけん」「ジップ君宇宙へとびだす」(62年)、エッセイ集「ファンタジーの文法」(73年) など。

ロック, アッティカ　*Locke, Attica*
アメリカの作家
[出]テキサス州ヒューストン　[学]ノースウエスタン大学卒
[賞]MWA賞最優秀長編賞 (2018年)
[歴]サンダンス・インスティテュートに学び、映画とテレビの世界で脚本家として活動。2009年の小説デビュー作「黒き水のうねり」は、アメリカ探偵作家クラブ賞 (MWA賞) をはじめ多くの賞にノミネートされた。

ロックウェル, アン　*Rockwell, Anne*
アメリカの児童文学作家
[賞]コレッタ・スコット・キング賞 (2001年度)
[歴]学齢前の子供たちにむけたノンフィクション絵本のパイオニアで、長年第一線で活躍。絵本「とどまることなく―奴隷解放につくした黒人女性ソジャーナ・トゥルース」は高い評価を受け、2001年度のコレッタ・スコット・キング賞を受けた。著書は100冊を超え、夫のハーロー、娘のリジーが絵をつけた作品も多い。

ロッジ, デービッド　*Lodge, David John*
イギリスの作家, 批評家
1935.1.28～
[出]ロンドン　[学]ロンドン大学英文学科 (1955年) 卒 博士号 (バーミンガム大学) (1967年)　[勲]フランス芸術文化勲章シュバリエ章 (1997年), CBE勲章 (1998年)　[賞]ヨークシャーポスト紙小説賞 (1975年), ホーソーンデン賞 (1975年), ウィットブレッド賞 (1980年), 英連邦作家賞ユーラシア部門最優秀作品賞 (1996年)
[歴]ロンドン大学で英文学を学ぶ。バーミンガム大学の講師時代、最初は特別研究員として、2度目は客員教授として、計2年間をアメリカで過ごす。同大教授を務めたが、早期退職して作家生活に入る。大学や学者を描いたコミック・ノベルを得意とし、小説に「大英博物館が倒れる」(65年)、「交換教授―二つのキャンパスの物語」(75年)、「小さな世界―アカデミック・ロマンス」(84年)、「素敵な仕事」(88年)、「楽園ニュース」(91年)、「恋愛療法」(95年)、「胸にこたえる真実」(99年)、「考える…」(2001年)、「作者を出せ！」(04年)、「ベイツ教授の受難」(08年)、「絶倫の人―小説H・G・ウェルズ」(11年) などがある。グレアム・グリーン、イーブリン・ウォーの系譜に属するカトリック作家であると同時に、批評の分野でも評論集「フィクションの言語―イギリス小説の言語分析批評」(66年)、「岐路に立つ小説家」(71年)、「Working with Structuralism (構造主義との共同作業)」(81年)、「バフチン以後」(90年)、「小説の技巧」(92年) などを出版している。

ロッシュ, ドゥニ　*Roche, Denis*
フランス生まれの詩人, 写真家
1937～
[出]パリ
[歴]9歳までベネズエラとブラジルで育ち、以後パリに戻る。1962年から「テル・ケル」誌編集委員。エズラ・パウンドの影響下に、詩人として出発し、エロチスムとユーモアによって詩を解体する試みを進めた。詩集に「Récits Complets (委細の物語)」(63年)、「Les idées centésimales deMiss Elanize (ミス・エラニーズの微細な想念の数々)」(64年)、「Eros énerguméne (憑かれたエロス)」(68年)、「Mécrit (損ね書き)」(72年) がある。以後は小説やフォトモンタージュ的な著作を発表、写真関係の著書に「螢の消滅」(82年)、「時間との対話」(85年) など。

ロッダ, エミリー　*Rodda, Emily*
オーストラリアの児童文学作家
1948～
[出]ニューサウスウェールズ州シドニー　[名]ロウ, ジェニファー　[学]シドニー大学 (英文学)　[賞]オーストラリア最優秀児童図書賞 (1985年・1993年)
[歴]編集者を経て、児童文学作家に転身。祖母の名前をペンネームにする。1985年初作品「とくべつなお話」、93年「ローワンと魔法の地図」でオーストラリア最優秀児童図書賞を受賞。その後〈ローワン〉シリーズが世界中で人気に。他の作品にファンタジー小説「デルトラ・クエスト」(全15巻) があり、2007年日本でテレビアニメ化された。本名のジェニファー・ロウ名義で大人向けミステリーも書く。04年初来日。

ロッツラー, ウィリアム　*Rotsler, William*
アメリカの作家
1926.7.3～
[出]カリフォルニア州ロサンゼルス　[賞]ヒューゴー賞Best Fan Artist (1975年・1978年), E.E.エバンス記念賞 (1978年)
[歴]農場主の息子として生まれ、1944～45年アメリカ陸軍に所属。46年ベンチュラ大学に学び46～50年ロサンゼルス・カントリー・アート・インスティテュートに通った。卒業後彫刻家となり、59年から写真家、61年からは映画作家として活動する。70年から著述業に入った。作品に75年の「Supermouth」、グレゴリー・ベンフォードと共著の「Shiva Descending」(80年) などがあり、映画関係の著作、ノベライズ、アンソロジーの編纂なども手がけた。

ロット, ティム　*Lott, Tim*
イギリスの作家
1956.1.23～
[学]ロンドン・スクール・オブ・エコノミクス (政治学, 歴史学)
[賞]J.R.アッカリー賞, ウィットブレッド賞 (1999年)
[歴]ブロードキャスターや雑誌の編集、テレビのプロデューサーを経て著作活動に入る。第1作目の自伝的な著書「The Scent of Dried Roses」でJ.R.アッカリー賞を受賞。「ホワイトシティ・ブルー」ではウィットブレッド賞を受賞。

ロティ, ピエール　*Loti, Pierre*
フランスの作家
1850.1.14～1923.6.10
[出]ロッシュフォール　[名]ルイ・マリ・ジュリアン・ヴィオ〈Louis Marie Julien Viaud〉　[学]フランス海軍兵学校
[歴]1867年ブレストの海軍兵学校に入学。士官候補生として地中海や南米、北米、北海などを回る。72年タヒチ島でマオリ族の女たちに愛されて深い感銘を受け、その時に付けられたあだ名“ロティ”を筆名として用いる。海軍士官として各地を回り、79年イスタンブールでの悲恋を綴った小説「アジヤデ」を発表。以後も「ロティの結婚」(80年)、「アフリカ騎兵の物語」(81年) など訪れた各地の風物と異国女性との交流を繊細で官能的な筆致で綴り、独特の哀感をたたえた異国趣味文学を作り上げ、“新ロマン主義”と呼ばれた。85年、1900年に来日、その印象を元に「お菊さん」(1887年)、「秋の日本」(89年) を発表。長崎庶民の生活や皇室、鹿鳴館など当時の日本文化を広く外国に伝え、ラフカディオ・ハーン (小泉八雲) に来日を決心させた他、プッチーニのオペラ「蝶々夫人」のモデルになったといわれる。91年41歳と最年少の若さでアカデミー・フランセーズの会員に選ばれた。1910年海軍を退役。他の作品に「氷島の漁夫」(1886年)、「ラムンチョ」(97年)、「イスパハンをさして」(1904年) などがある。

ローテンバーグ, ロバート　*Rotenberg, Robert*
カナダの作家, 弁護士
1953～
[出]オンタリオ州トロント
[歴]ロースクールを卒業後パリに渡り、英文雑誌の編集者として活動。その後、郷里のトロントに戻り、自らの雑誌を創刊したが軌道に乗らず、映画やラジオ業界などで様々な職を経験。37歳で弁護士を開業。傍ら執筆を続け、2009年「完全な

る沈黙」で作家デビュー。

ロート, オイゲン *Roth, Eugen*
ドイツの詩人, 作家
1895.1.24～1976.4.28
[出]ミュンヘン [賞]ミュンヘン市文学賞（1952年）
[歴]父はドイツの著名作家ヘルマン・ロート。第一次大戦に従軍。ジャーナリストとして活動後、詩集「一人の人間」（1935年）で詩人として成功を収める。ユーモアと風刺を特徴とした作品を数多く書いた。他の作品に、詩集「歴史上の女たち」（36年）、「名医やぶい竹庵先生」（39年）、「ロートの動物生態学」（48～49年）、「人間と非人間」（48年）、「最後の人間」（64年）などがある。
[家]父＝ヘルマン・ロート（作家）

ロード, オードリー *Lorde, Audre*
アメリカの詩人
1934.2.18～1992.11.17
[出]ニューヨーク市 [名]ロード, オードリー・ジェラルディン〈Lorde, Audrey Geraldine〉 [学]ニューヨーク市立大学ハンター校, コロンビア大学
[歴]両親は西インド諸島出身の移民。ニューヨーク市立大学ハンター校で図書館学の学位、コロンビア大学で図書館学の修士号を取得。81年ニューヨーク市立大学ハンター校の英文学教授。68年処女詩集「最初の都市」を刊行して以来、レズビアンを公言し、ゲイの権利を主張。エッセイ集「ザミ―私の名の新しい綴り」（83年）は、アフリカ系の自己証明のために改名の必然性を説いた。他の詩集に「怒りへの電報」（70年）、「背後の死者たち」（87年）など。

ロート, ゲルハルト *Roth, Gerhard*
オーストリアの作家
1942～
[出]グラーツ
[歴]医学と数学を学び、プログラマー、グラーツ計算センター組織部長などの職を経て、1970年代から作家として活動。小説、エッセイ、戯曲、映画脚本などを手がけるほか、政治、文学現象についての評論は激しい論議を呼ぶ。代表作に「ウィーンの内部への旅―死に憑かれた都」を含む小説・エッセイ・写真集の集成〈沈黙のアルヒーフ〉シリーズ全7作（80～91年）や、小説「アルベルト・アインシュタインの自伝」（72年）、「病への意志」（73年）、「地図」（98年）などがある。

ロート, ヨーゼフ *Roth, Joseph*
オーストリアの作家, ジャーナリスト
1894.9.2～1939.5.27
[出]オーストリア・ハンガリー帝国ブロディ（スロベニア・ブロード） [名]ロート, モーゼス・ヨーゼフ [学]クロンプリンツ・ルドルフ高校卒, ウィーン大学
[歴]ユダヤ人。20歳でウィーンに出て創作活動を始める。1914年第一次大戦が勃発し、志願兵として参戦。オーストリア・ハンガリー帝国の崩壊を目の当りにし、19年頃からジャーナリストとして活動を開始。20年ベルリンに移り、各種新聞、雑誌に寄稿、23年より「フランクフルター・ツァイトゥング」特派員としてヨーロッパ中を取材旅行し、感性豊かな紀行文で盛名を馳せる。一方で小説を執筆、「サヴォイ・ホテル」（24年）、「果てしなき逃走」（27年）、「ヨブ」（30年）、「ラデツキー行進曲」（32年）などで評価を確立するが、33年ナチス政権の成立で、パリに亡命。ジャーナリズムでナチス糾弾の評論を多数発表し、小説においては亡きドナウ帝国を理想化した作品を描き、「カプチン派の納骨堂」（38年）、「千二夜物語」（39年）、「聖なる酔っぱらいの伝説」（39年）などを発表。一方で、次第に飲酒に溺れて健康を損い、晩年10年間は多くの病気に苦しんだ。

ロドイダムバ, チャドラーバリイン
Lodojdamba, Chadraavaljn
モンゴルの作家
1916.8.20～1969.1.11
[出]アルタイ・アイマク [学]国立大学（1954年）卒
[歴]羊飼いの家に生まれる。1945年に短編小説「帽子をかぶった狼」でデビューして文学活動をはじめ、その後の54年に国立大学を卒業した。「私達の学校」「アルタイにて」「清きタミルの流れ」などの優れた長編のほか、20編を超える短編と「同級生」などの戯曲を発表している。人民大衆の心に巣くう古い慣習、迷信、俗物性を厳しく批判することを主なテーマとし、現代モンゴルを代表する作家となり、ソ連、中国、アルバニアなどでも翻訳が出ている。

ロドリ, マルコ *Lodoli, Marco*
イタリアの作家, 詩人
1956～
[出]ローマ
[歴]1986年80年代を象徴すると評価される長編「過ぎゆく千年の記」でデビュー。他の作品に「Snack Bar Budapest（スナックバール・ブダペスト）」（共作, 87年）、短編集「大環状線」（89年）、中編「のらくらの楽園」（90年）、「Crampi（こむら返り）」（92年）、「Grande circo invalido」（93年）、詩集「Ponte Milvio（ミルヴィオ橋）」（88年）、エッセイ集「赤と青 ローマの教室でぼくらは」（2009年）など。

ロバーツ, アダム *Roberts, Adam*
イギリスのSF作家
1965～
[出]ロンドン [賞]イギリスSF協会賞（2013年）, ジョン・W.キャンベル記念賞（2013年）
[歴]2000年長編「Salt」で作家デビュー。作家・評論家活動の傍ら「スター・ウォーズ」や「マトリックス」などのパロディ作品も数多く出版。13年「ジャック・グラス伝―宇宙的殺人者」でイギリスSF協会賞とジョン・W.キャンベル記念賞を受賞。

ロバーツ, キース *Roberts, Keith*
イギリスのSF作家, イラストレーター
1935.9.20～2000.10.5
[名]別名＝ベヴァン, アリステア [賞]アメリカSF協会賞（長編部門）（1987年）
[歴]広告業界に長年携わり、1946年に短編「Anita」でデビュー。66年には「フュアリーズ」という破滅テーマのSF長編を発表。66年から「SFインパルス」紙の編集者となり、イラストレーターとしても活躍。"IF（もしも）の世界"テーマの傑作「パヴァーヌ」（68年）でSF作家としての地位を築いた。他の作品に「The Inner Wheel」（70年）、「白亜の巨人」（74年）、「モリー・ゼロ」（80年）「カイト・ワールド」（85年）、「Grainne」（87年）など。

ロバーツ, キャサリン *Roberts, Katherine*
イギリスのファンタジー作家
1962～
[出]デボン州トーキー [学]バース大学数学科卒 [賞]ブランフォード・ボウズ賞
[歴]デボンとコーンウォールで子供時代を過ごす。バース大学の数学科をトップで卒業し、のちコンピューターや競走馬関係の仕事、ペットショップ勤務を経て、ファンタジーの執筆を手がける。また通信教育で創作を教え、地元の学校でクリエイティブ・ライティング賞の選考に参加する。1999年出版の処女作「ライアルと5つの魔法の歌」が優れた児童文学に与えられるブランフォード・ボウズ賞を受賞。

ロバーツ, ギリアン *Roberts, Gillian*
アメリカの作家
[出]ペンシルベニア州フィラデルフィア [名]別筆名＝グレバー, ジュディス [賞]アンソニー賞新人賞（1987年度）
[歴]フィラデルフィアの高校で教鞭を取ったのち、ジュディス・グレバー名義で普通小説を発表。ギリアン・ロバーツの名で書いたミステリー第1作「フィラデルフィアで殺されて」（1987年）でアンソニー賞新人賞受賞。以後、英語教師アマンダ・ペッパーの活躍するシリーズを発表。

ロ

ロバーツ, グレゴリー・デービッド *Roberts, Gregory David*
オーストラリアの作家
1952.6〜
[出]ビクトリア州メルボルン
[歴]10代から無政府主義運動に身を投じ、家庭の崩壊をきっかけにヘロイン中毒となる。1977年武装強盗を働き、服役中の80年重警備刑務所から脱走。82年ボンベイに渡り、スラム住民のために無資格・無料診療所を開設。その後、ボンベイ・マフィアと行動を共にし、アフガニスタン・ゲリラに従軍したほか、タレント事務所設立、ロックバンド結成、旅行代理店経営を手がける。薬物密輸で再逮捕され、残された刑期を務め上げた。2003年自身の体験をもとにした小説「シャンタラム」を発表。

ロバーツ, チャールズ・G.D.
Roberts, Charles George Douglas
カナダの詩人, 作家
1860.1.10〜1943.11.26
[出]ニュー・ブランズウィック州ダグラス [学]ニュー・ブランズウィック大学卒
[歴]大学ではラテン語、ギリシャ語、政治経済学などを学び、詩を書いた。卒業後、19歳でグラマースクール校長となり、1885年キングズ・カレッジ(ノバスコシア州)教授に就任。80年の処女詩集「オリオン及その他の詩」以来、高い評価を受け、短編、長編の小説も手がける。コンフェデレーション・ポエツ(建国期詩人)の中心的存在とみなされ、90年には30歳でカナダ学士院会員に選ばれる。国際的な活躍の場を求めて、97年ニューヨークに移り雑誌「ザ・イラストレイテッド・アメリカン」副編集長となる。以後、パリ、ミュンヘン、ロンドンなどに住み、1925年帰国。「タントラマー再訪」などの詩の他、「大地の謎」(1896年)、「アカギツネ」(1905年)など少年時代の体験に基づく動物物語で成功。晩年はカナダ作家協会会長に就任し、35年イギリス王よりナイト爵位を叙せられる。"カナダ文学の父"と称される。

ロバーツ, ノーラ *Roberts, Nora*
アメリカのロマンス作家
1950.10.10〜
[出]メリーランド州シルバースプリング [名]別名=ロブ, J.D.〈Robb, J.D.〉 [賞]RWA金賞(6回), RWA名誉殿堂入り(1986年)
[歴]モンゴメリー・ブレア高校卒業直後に結婚し、主婦に。ハーレクインに出会い、1981年「アデリアはいま」で作家としてデビュー。この作品がベストセラーになり、売れっ子作家となる。86年アメリカ・ロマンス作家協会(RWA)初の名誉殿堂入り。ラブストーリーの世界に新風を吹きこみ、ハーレクインロマンスのリーダー的存在となる。98年「マクレガーの花婿たち」で初めて「ニューヨーク・タイムズ」紙のベストセラーリスト1位に輝く。200冊以上のロマンス小説を執筆し、他の著書に「反乱」「オハーリー一家の物語」「愛の国コルディア」「レイチェルに夢中」「花の島の想い」など。J.D.ロブ名義でも活動し、〈イブ&ローク〉シリーズなどを発表。90年6月初来日。

ロバーツ, マイケル *Roberts, Michael*
イギリスの詩人, 批評家
1902.12.6〜1948.12.13
[出]ドーセット州ボーンマス [名]ロバーツ, マイケル・ウィリアム・エドワード〈Roberts, Michael William Edward〉 [学]ロンドン大学キングス・カレッジ, ケンブリッジ大学トリニティ・カレッジ
[歴]ロンドン大学キングス・カレッジとケンブリッジ大学トリニティ・カレッジに学ぶ。1930年処女詩集「These Our Matins」を出す。詞華集「新署名」(32年)、「新領土」(33年)を編集、W.H.オーデン、スティーブン・スペンダー、セシル・デイ・ルイスらが形成する詩人グループに名称を与え、一つの文学的世代として位置づけた。36年には「フェイバー現代詞華集」を編んだ。第二次大戦中はBBCのヨーロッパ支局に勤め、45年にはチェルシーのセント・マーク、セント・ジョン両カレッジの学長を務めた。

ロバートソン, イモジェン *Robertson, Imogen*
イギリスの作家
1973〜
[出]ダーラム州ダーリントン [学]ケンブリッジ大学
[歴]ケンブリッジ大学でロシア語とドイツ語を学んだ後、ロシア南西部のヴォロネジで1年間過ごす。帰国後は子供向けのテレビ番組や映画のディレクターを務め、2007年未発表小説の冒頭1000語だけを対象にしたFirst Thousand Words of a Novel賞で優勝、09年歴史ミステリー〈イギリス式犯罪解剖学〉シリーズの第1作である「闇のしもべ」として刊行される。

ロバートソン, ジェームズ *Robertson, James*
イギリスの作家, 編集者, 翻訳家
1958〜
[歴]6歳の頃に祖父の出身地であるスコットランドへ移る。書籍販売など様々な仕事に携わった後、1990年代に作家となる。数々の短編集や詩集、児童書を刊行するほか、編集者、翻訳家としても活動。長編3作目「The Testament of Gideon Mack」(邦訳「ギデオン・マック牧師の数奇な生涯」)は、2006年ブッカー賞の候補となった。4作目「And the Land Lay Still」はサルタイアー・ソサエティが主催する文学賞で、スコットランド文学のベスト1に選ばれた。

ロビンズ, デービッド *Robbins, David L.*
アメリカの作家
1954.3.10〜
[出]バージニア州リッチモンド
[歴]事務弁護士を経て、フリーライターとなり、1998年幽霊との三角関係を描いたラブ・ファンタジー「Soulsto Keep」で作家デビュー。作風を変えた2作目の「鼠たちの戦争」で注目を浴びる。2000年第二次大戦末期を舞台にした戦記サスペンス「戦火の果て」を発表。他の作品に「焦熱の裁き」「クルスク大戦車戦」「ルーズベルト暗殺計画」「カストロ謀殺指令」などがある。

ロビンス, ハロルド *Robbins, Harold*
アメリカの作家
1916.5.21〜1997.10.14
[出]ニューヨーク市 [学]ジョージ・ワシントン高中退
[歴]孤児として育ち、16歳で高校を中退。商品取引で一時大もうけしながら、結局は破産、バーテン見習い、闇馬券屋の手伝い、遊園地のアイスクリーム売り、人夫など、転々と職を変えながら成人する。やがてユニバーサル映画に発送係として入社したことが新しい人生の出発点となり、持前の努力と勘で最後には予算企画部長にまで昇進。1956年に40歳でユニバーサルを退社したが、その前から暇を見つけては小説を執筆。48年処女作「どうせ他人だ、愛するな」を発表するとベストセラーとなり、独立してプロデューサーとなると同作を映画化、脚本も担当した。以後スリル、スピード、セックスを巧みに盛りこんだ小説を続々発表。主な作品に、映画の歴史を描いた3部作「夢の商人」(49年)、「大いなる野望」(61年)、「後継者」(69年)などがある。著作の多くは映画化され、また32ケ国語に翻訳、総販売数は7億5000部を超すといわれる。

ロビンスン, ジェレミー *Robinson, Jeremy*
アメリカの作家
1974〜
[出]マサチューセッツ州ビバリー [名]別筆名=ビショップ, ジェレミー〈Bishop, Jeremy〉 ナイト, ジェレマイア〈Knight, Jeremiah〉
[歴]美術学校卒業後、コミック業界に入る。その後、不動産会社で働きつつ、脚本や小説を執筆。2005年に自費出版した作品で認められ、小規模出版社からデビュー。09年の「神話の遺伝子」からマスマーケットに進出し、フルタイム作家に転身した。SF系冒険小説の新鋭。ジェレミー・ビショップ名義で

ホラー小説も執筆。

ロビンソン, エドウィン・アーリントン
Robinson, Edwin Arlington
アメリカの詩人
1869.12.22～1935.4.6
[出]メーン州ヘッドタイド　[学]ハーバード大学中退　[賞]ピュリッツァー賞（1922年・1925年・1928年）
[歴]父の死によりハーバード大学を中退し、職を求めてニューヨークに出る。初期の詩集「夜の子ら」（1897年）で知られるようになり、「The Man against the Sky」（1916年）で認められた。「詩集」（22年）、「二度死んだ男」（25年）、「トリストラム」（28年）でピュリッツァー賞を3度受賞。「トリストラム」は、アーサー王物語を扱った3部作（「マーリン」（17年），「ラーンスロット」（20年），「トリストラム」（27年））の第3作。他の作品に、詩集「Captain Craig」（02年）、「The Town Down the River」（10年）、「The Three Taverns」（20年）、「Dionysus in Doubt」（25年）、「The Glory of the Nightingales」（30年）、「全詩集」（37年）など。散文劇「Van Zorn」（14年）と「The Porcupine」（15年）も出版された。

ロビンソン, キム・スタンリー　*Robinson, Kim Stanley*
アメリカのSF作家
1952～
[出]イリノイ州　[賞]世界幻想文学大賞（1984年），SFクロニクル読者賞，ローカス賞処女長編部門（1984年），ネビュラ賞ノヴェラ部門（1988年），ジョン・W.キャンベル記念賞（1991年），ヒューゴー賞長編小説部門（1994年・1997年），ネビュラ賞長編小説部門（1994年・2013年），アレックス賞（1999年）
[歴]大学在学中にクラリオン・ワークショップに参加する。1976年にデーモン・ナイト編集のアンソロジー・シリーズ「オービット」18巻目に「Coming Back to Dixieland」など2編が掲載され、作家としてデビューする。文学を専攻し、フィリップ・K.ディックの研究で博士号をとる。「Venice Drowned」（81年）、「To Leave A Mark」（82年）がそれぞれネビュラ賞、ヒューゴー賞の候補となり、「Black Air」（83年）は世界幻想文学大賞などを受賞。84年の処女長編「荒れた岸辺」でもローカス賞処女長編部門を受賞するなど、文学性の高い作風が評価される。94年「レッド・マーズ」でネビュラ賞、同年「グリーン・マーズ」、97年「ブルー・マーズ」でヒューゴー賞を受賞し、“火星3部作”として高い評価を得る。現代アメリカを代表するSF作家の一人。他の著書に「ゴールド・コースト」「南極大陸」「2312―太陽系動乱」などがある。

ロビンソン, スパイダー　*Robinson, Spider*
アメリカのSF作家
1948～
[出]ニューヨーク・ロングアイランド　[賞]ジョン・W.キャンベル賞（1974年），ネビュラ賞中編部門賞（1977年），ヒューゴー賞中編部門賞（1978年），ネビュラ賞中編部門賞（1978年），バット・テリイ記念賞
[歴]5歳の頃ハインラインの作品を読んで以来熱烈なSFファンとなる。大学時代は音楽にも興味を傾けた。卒業後ロングアイランドの下水監視人の職に就くが、やがて自らSFを創作するようになる。1973年最初の短編「The Guy with the Eyes」が「アナログ」誌に掲載されてSF作家としてデビュー。この作品は“キャラハンのバー”を舞台としたSF味の少ないユーモアものであったが当時の読者に好評を博し、いくつか連作を発表している。普通のSFも書き、翌年有望新人に与えられるジョン・W.キャンベル賞を受けて順調なスタートを切った。下水監視人から不動産業界紙の記者に転じ、一時期を過ごすがやがて辞職して創作に専念する。卓越したユーモアのセンスや楽天性を特徴とし、巧みなストーリーテリングで綴られる作品は高い評価を受け、77年「By Any Other Name」がネビュラ賞中編部門賞を受賞、翌年「Stardance（スターダンス）」がネビュラ、ヒューゴー両賞の中編部門賞を獲得した。この作品は妻ジーンとの合作。また「ギャラクシィ」「ディスティニーズ」誌で書評を書いてファンジン「ローカス」の年間優秀批評家に選ばれ、ユーモア作品では78年にバット・テリイ記念賞を受けた。
[家]妻＝ジーン・ロビンソン（SF作家）

ロビンソン, パトリック　*Robinson, Patrick*
イギリスの作家, ジャーナリスト
1940.1.21～
[出]ケント州
[歴]ジャーナリストとして活躍し、サンディ・ウッドワード提督との共著でフォークランド紛争を扱ったノンフィクション作品などを出版。1997年海洋軍事小説「ニミッツ・クラス」でフィクションに進出、「キロ・クラス」（98年）、「最新鋭原潜シーウルフ奪還」（2000年）などを出しベストセラーとなった。また、別名義で野球小説も書く。

ロビンソン, ピーター　*Robinson, Peter*
イギリス生まれのミステリー作家
1950～
[出]ヨークシャー州　[学]リーズ大学卒, ヨーク大学卒 博士号（ヨーク大学）　[賞]アンソニー賞（2000年），バリー賞（2000年），MWA賞（短編賞）（2001年）
[歴]イギリスの大学を卒業後、カナダに渡り、博士号を取得する。1987年に処女長編ミステリー、〈バンクス警部〉シリーズ第1作目の「罪深き眺め」でデビュー。ジョン・クリーシー賞の候補作になる。自らの希望でロンドンからヨークシャーの谷間の町に転属したバンクス主席警部のシリーズ第2作「夏の記憶」（88年）、第4作「夢の棘」（89年）はカナダのアーサー・エリス賞の候補作になるなど、イギリス、カナダで高い評価を受ける。90年にはアメリカでの出版も果たし、2001年「ミッシング・イン・アクション」でMWA賞短編集を受賞。

ロビンソン, マリリン　*Robinson, Marilynne*
アメリカの作家
1943.11.26～
[出]アイダホ州サンドポイント　[学]ブラウン大学ペンブルック・カレッジ卒, ワシントン大学大学院英語英文学科（1977年）博士課程修了　[賞]ピュリッツァー賞（2005年），PEN/ヘミングウェイ賞, 全米批評家協会賞, オレンジ賞, 全米批評家協会賞
[歴]1980年「ハウスキーピング」を発表して注目され、PEN/ヘミングウェイ賞を受賞、ピュリッツァー賞の最終候補にもなり、87年映画化もされる。89年ノンフィクション「ピーター・ラビットの自然はもう戻らない―イギリス国家と再処理工場」はイギリスで発禁となった。2004年2冊目の長編小説「ギレアド」でピュリッツァー賞、全米批評家協会賞を受賞。08年の長編「Home」でオレンジ賞受賞。14年長編「Lila」でも全米批評家協会賞を受賞。アイオワ大学で長年創作を教えてきたが、16年引退して名誉教授となる。

ロブ・グリエ, アラン　*Robbe-Grillet, Alain*
フランスの作家, 脚本家, 映画監督
1922.8.18～2008.2.18
[出]ブレスト（ブルターニュ地方）　[学]国立農業学校（1945年）卒　[賞]フェネオン賞, クリティック賞
[歴]1945～49年フランス国立統計局に勤務。50～51年農業技師として熱帯果実の研究に従事し、モロッコ、ギニア、マルチニックなどで植民地生活を送るが、51年勤務を放棄して文筆活動に入った。53年「Les gommes（消しゴム）」によってデビューし、フェネオン賞を受賞。続いて「Le voyeur（覗く人）」（55年）によってクリティック賞を受賞。さらに57年「La jalousie（嫉妬）」を発表。伝統的な小説の概念を打ち破る“ヌーヴォーロマン（新しい小説）”の旗手として活躍し、フランス文学史に一時代を築いた。登場人物の心理分析を排除し、視覚描写を徹底する前衛的作風には難解なイメージもつきまとった。他の著書に小説「迷路のなかで」（59年）、「快楽の館」（65年）、「ニューヨーク革命計画」（70年）、「ジン」（81年）、「戻ってきた鏡」（84年）、「アンジェリックもしくは魅惑」（88年）、評論集「新しい

小説のために」(63年)などがある。

ロブソン, ジャスティナ　*Robson, Justina*
イギリスのSF作家
1968～
[出]ウェストヨークシャー州リーズ　[学]ヨーク大学
[歴]ヨーク大学で哲学と言語学を学んだ後、秘書、テクニカルライター、フィットネス・インストラクターなど様々な職業に就く。1999年第1長編「Silver Screen」でデビュー、同作はイギリスSF協会賞、アーサー・C.クラーク賞、フィリップ・K.ディック賞の候補作となった。以後に発表したノンシリーズの長編も、それぞれイギリスSF協会賞、クラーク賞、ディック賞、ジョン・W.キャンベル記念賞などの候補作に選ばれている。

ロフティング, ヒュー・ジョン　*Lofting, Hugh John*
イギリス生まれのアメリカの児童文学作家
1886.1.14～1947.9.26
[出]バークシャー州メイドンヘッド　[賞]ニューベリー賞, ピュリッツァー児童文学賞(1922年)
[歴]土木技師として1908年カナダ、10年西アフリカ、12年キューバなどで働き、同年アメリカに移住し、帰化する。14年第一次大戦に従軍、帰還後作家生活に入り、20年戦時中息子たちに書き送った動物たちの物語をもとに書いた「ドリトル先生アフリカゆき」を発表。以後〈ドリトル先生〉シリーズ12作を書き、世界中でベストセラーとなった。自ら挿絵も描いた。他の作品に「タブズ夫人物語」(23年)、「魔法の黄昏」(30年)などがある。

ロ

ロブレス, エマニュエル　*Roblès, Emmanuel*
アルジェリア生まれのフランスの作家, 劇作家
1914.5.4～1995.2.22
[出]アルジェリア・オラン　[賞]フェミナ賞(1948年度)
[歴]処女作「行動」(1938年)、「人間の仕事」(45年)など社会・政治的闘争を描いた小説を発表。フランス占領に対するアルジェリアのイスラム教徒の反乱を描いた小説「町の高台」で、48年度フェミナ賞を受賞。友人カミュに勧められて戯曲も書くようになり、48年スペインのベネズエラへの進攻を扱った「モンセラ」で成功、20ケ国語以上に翻訳され、40ケ国以上で出版された。他の作品に、小説「激しい季節」(74年)、「冬のヴェネツィア」(81年)や、回想録「若き季節」(61年)などがある。アラブ人作家のフランス語による作品を集めた叢書「地中海」を編集した。

ローベ, ミラ　*Lobe, Mira*
ドイツ生まれのオーストリアの児童文学作家
1913～1995
[出]ゲルリツ　[賞]オーストリア児童文学国家賞, ウィーン児童図書賞, 国際アンデルセン賞優良賞
[歴]ユダヤ人だったため、ナチスの迫害を逃れてイスラエルに亡命。第二次大戦後、1950年オーストリアのウィーンに移住。40年から数多くの子供のための作品を書き続け、53年からグラフィック・アーティストのズージ・ヴァイゲルと組んで作品を発表。主な作品に「インズープ」「ジャングルのチチ」「リンゴの木の上のおばあさん」「グウタラ王とちょこまか王女」「そらいろのカンガルー」「クルリン」など。

ロペス, アンリ　*Lopes, Henri*
ザイールの作家, 政治家
1937.9.12～
[出]レオポルドヴィル(キンシャサ)　[学]パリ大学(1962年)卒, パリ大学大学院(1963年)修士課程修了　[賞]フランコフォニー大賞(1993年)
[歴]混血のアフリカ人。1949年フランスに渡り、パリ大学で学び、パリ地方の高等学校で歴史科の教員となる。在学中は、在仏ブラックアフリカ学生連盟執行委員、コンゴ共和国学生同盟委員長として、学生運動を指揮。65年独立後間もないコンゴ共和国に帰国。72～73年外務大臣、73～75年首相、77～80年大蔵大臣を歴任。82年ユネスコ事務次長に就任。86年ユネスコ文化・情報担当事務次長。90年文化担当、94年対外関係担当副事務総長。一方、60年代から詩や小説を書き、コンゴ共和国国歌の作詞も手がけた。著書に「部族的なもの」(71年)、「新しきロマンス」(76年)、「タムタムなしに」(77年)、「泣く一笑う」(82年)、「アフリカを探す男」(90年)など。91年国際交流基金の招聘で来日。

ロペス・ナルバエス, コンチャ　*López Narváez, Concha*
スペインの児童文学作家
1939～
[出]セビリア
[歴]大学で歴史を学び教壇に立つが、1983年教師を辞め、子供の本の執筆活動に入る。民主化直後の80年代のスペイン児童文学界の牽引役となった作家の一人で、スペインでは20世紀を代表する児童文学作家として知られる。著書に「太陽と月の大地」など。

ロベール, ジャン・マルク　*Roberts, Jean Marc*
フランスの作家
1954～
[出]パリ　[賞]フェネオン賞, ルノードー賞(1979年)
[歴]15歳で作家を志し、1972年「Samedi, dimanche et fêtes」を出版し、作家としてデビュー。創作の傍ら、ジュリアール社、スイユ社、ファイアール社の編集顧問を務める。79年に発表した、モラトリアムな若者が謎めいた新社長に引きつけられて自己を失っていく「奇妙な季節」は、ミシェル・ピコリ主演、ピエール・グラニエ・ドフェール監督で映画化され、ルイ・デリュック賞を受賞。他の作品に、「Le sommeil agité」(77年)、「Monsieur Pinocchio」(93年)などがある。

ロボサム, マイケル　*Robotham, Michael*
オーストリアの作家, ジャーナリスト
[賞]CWA賞ゴールド・ダガー賞(2015年)
[歴]シドニー、カリフォルニア、ロンドンでジャーナリストとして活動。1993年から著述活動に専念し、ゴーストライターとして各界の著名人の自伝10作を手がけベストセラーとなる。初の小説「容疑者」は10数ケ国語に翻訳され、30ケ国以上で刊行された。2015年「生か、死か」でイギリス推理作家協会賞(CWA賞)ゴールド・ダガー賞を受賞。

ローマー, キース　*Laumer, Keith*
アメリカの作家
1925.6.9～1993.1.22
[出]ニューヨーク州シラキュース　[名]ローマー, ジョン・キース
[学]イリノイ大学(1949年)卒
[歴]18歳で陸軍に入隊。第二次大戦後イリノイ大学に学び、在学中にスウェーデンのストックホルム大学に1年間留学。1949年卒業。朝鮮戦争時は空軍に従軍、中尉の地位にまで進むが、外交官を志望してラングーンに就任、2年間の任期を勤める。その後一時田舎にいたが、生活のため60年空軍に戻り、大尉となってロンドンに駐在した。仕事の傍ら書いていたSFがこの頃より売れはじめる。処女長編作品は62年の「Worlds of the Imperium」。

ロマショーフ, ボリス・セルゲーヴィチ
Romashov, Boris Sergeevich
ソ連の劇作家
1895～1958.5.6
[出]ペテルブルク(サンクトペテルブルク)　[学]モスクワ大学法学部中退
[歴]両親とも俳優という家庭に生まれ、幼い頃から舞台に立つ。モスクワ大学を中退後、ジャーナリストを経て、1916年から俳優、舞台監督として活動。演出を手がけながら劇評を書き、知人の勧めで戯曲も書き始める。24年国内戦を取材した戯曲「コサック大尉フェージカ」で本格的に創作活動を開始。ネップ時代の実利主義者を痛烈に批判した「空気まんじゅう」(25年)はソビエト初の風俗喜劇として成功を収めた。他の作品に、「ク

リヴォルイリスクの最後」(26年, 革命劇場),「燃える橋」(29年, マールイ劇場),「戦士たち」(34年, マールイ劇場) など。

ロマン, ジュール　Romains, Jules
フランスの作家, 詩人, 劇作家
1885.8.26〜1972.8.14
⑪サン・ジュリアン・シャプトゥイユ　㊦ファリグール, ルイ〈Farigoule, Louis〉　㊥エコール・ノルマル・シュペリウール(1909年)卒
㊨幼少時にパリに移る。1909年エコール・ノルマル卒業後, 各地の高等中学校の哲学教授を歴任。在学中, デュアメルらの文学的共同生活集団"アベイ"に参加, 小説「更生の町」(06年), 詩集「一体的生活」(08年) を発表し, 個人を越えた人間集団の一体的な意志と感情を表現, 一体主義 (ユナニミスム) を提唱して文名を確立。19年より文筆に専念し, 3部作「プシシェ」(22〜29年), 戯曲「クノック」(23年),「ル・トルアデック氏の結婚」(25年), 大河小説「善意の人々」(全27巻, 32〜46年) などを発表して, フランス文学の雄となる。第二次大戦中はアメリカに滞在。評論に「今日の問題」(31年),「ヨーロッパの問題」(33年),「第一義の問題」(47年) がある。

ロメリル, ジョン　Romeril, John
オーストラリアの劇作家
1945.10.26〜
⑪ビクトリア州メルボルン　㊥モナシュ大学　㊞カナダ・オーストラリア文学賞(1976年), パトリック・ホワイト賞(2008年)
㊨モナシュ大学在学中から戯曲を執筆。1970年オーストラリアン・パフォーミング・グループ(APG)の創設に参加し, 以来劇団の中心メンバーとして活動する傍ら, オーストラリアの小劇場運動の牽引役となる。日本とオーストラリアの戦争を扱った「フローティング・ワールド」(75年) は代表作で, 95年佐藤信演出による日本版「フローティング・ワールド」が両国で上演されたのをきっかけに, 近松門左衛門「曽根崎心中」の翻案「ラブ・スーサイド」(97年) や「ミス・タナカ」(2001年) など, 日本とオーストラリアの出会いをテーマとする作品も執筆。01年レイチェル・パーキンズ監督の先住民ミュージカル映画「ワン・ナイト・ザ・ムーン」の脚本を共同執筆した他, 同作の翻案舞台(09年) も手がけた。オーストラリア全国劇作家センター(ANPC)議長も務める。

ローラー, レイ　Lawler, Ray
オーストラリアの劇作家
1921.5.23〜
⑪ビクトリア州メルボルン
㊨13歳から工場で働く一方, 戯曲の創作や演劇活動を行う。1955年開拓期のサトウキビ刈りの男たちとその情婦たちとの関係を描いた「17個目の人形の夏」が10本目にしてヒット作となり, 57年にはロンドンで7ヶ月のロングランに及んだ。自らも主演の一人として舞台に立って, イブニング・スタンダード賞を得る。公演後もしばらくはイギリスで活動したが, この作品がオーストラリア演劇界の復興の契機となり, 75年に帰国した。

ローラン, エリック　Laurent, Eric
フランスの作家, 国際政治ジャーナリスト
1947〜
㊥カリフォルニア大学バークレー校
㊨カリフォルニア大学バークレー校で情報科学を学ぶ。ラジオフランスで国際政治を担当, 1973年の第四次中東戦争, 79年ソ連のアフガニスタン侵攻, 82年のイスラエルによるレバノン侵攻などを取材。85年から雑誌「フィガロ」の国際政治欄に執筆。2003年初のエンターテインメント小説で, 〈セス・コルトン〉シリーズ第1作の「消えた小麦」を発表。他の著書に「メランコリー作戦」「終りなき狂牛病」「戦争好きブッシュとアメリカ」「ブッシュの『聖戦』」「石油の隠された貌」などがある。

ローラン, ジャック　Laurent, Jacques
フランスの作家
1919.1.5〜2000.12.29
⑪パリ　㊦Laurent-Cély, Jacques 筆名=サン・ローラン, セシル〈Saint-Laurent, Cécil〉　㊥ソルボンヌ大学(哲学)　㊞ゴンクール賞(1971年), アカデミー・フランセーズ小説大賞(1981年)
㊨1948年「安らかな身体」を出版。54〜59年週刊誌「アール」の編集長を務め, 実存主義の"考える文学"を嘲笑する諷刺論文を数多く書き, "軽騎兵"の代表者の一人と目された。71年「愚行」でゴンクール賞を受賞。81年にはフランス学士院アカデミー・フランセーズの文学賞を受賞し, 86年同会員に選ばれた。他の作品に「小運河」などがある。活動は歴史, 社会学まで多岐にわたり,「女性下着の歴史」などの著書もある。またセシル・サン・ローランの筆名でフランス革命時代の若い女性の生活を描いた戯曲「いとしのカロリーヌ」(47年) などを書き, 同作品は50年に映画化された。

ロラン, ロマン　Rolland, Romain
フランスの作家, 劇作家, 評論家
1866.1.29〜1944.12.30
⑪ブルゴーニュ州クラムシ　㊥エコール・ノルマル卒 文学博士(1895年)　㊞ノーベル文学賞(1915年)
㊨イタリア留学後, 1895年エコール・ノルマル芸術史教授, 1903〜12年パリ大学音楽史教授。この頃から劇作を始め, 1898年「狼」, 1900年「ダントン」, 02年「7月14日」などの史劇作品でデビュー。次いで「ベートーヴェン」(03年),「ミケランジェロ」(06年),「トルストイ」(11年) など一連の伝記を著した。04〜12年大作「ジャン・クリストフ」10巻を著し, 15年ノーベル文学賞を受賞。第一次大戦には絶対平和主義を唱えてスイスに亡命, 政治論集「戦火を越えて」(15年) などを発表。22〜33年第二の大作「魅せられたる魂」を「ユーロップ」誌に発表。30年代には反戦反ファシズムの立場で行動し, 39年帰国。晩年は回想録「内面の旅路」(43年) などを執筆。典型的な理想主義的ヨーロッパ知識人として特に若い世代に大きな影響を与えた。

ロランス, カミーユ　Laurens, Camille
フランスの作家
1957.11.6〜
⑪ディジョン　㊞フェミナ賞(2000年度)
㊨文学の大学教授資格を取得。ノルマンディ, 次いでモロッコで教鞭を執る傍ら, 小説を執筆。1991年「Index」で作家デビューし, 7作目の「その腕のなかで」で2000年度のフェミナ賞を受賞。いずれも自伝的色彩の強い作品で, オートフィクション(自伝風創作)が文芸の一ジャンルとして注目を集めるフランスで高い評価を得る。

ローリー, ヴィクトリア　Laurie, Victoria
アメリカの作家
㊨霊能力を使ってカウンセリングと警察の事件解決に協力している。2004年自身をモデルにしたアビー・クーパーを主人公にした「超能力カウンセラーアビー・クーパーの事件簿」で作家デビュー, 人気シリーズとなる。07年新シリーズ「Ghost Hunter Mystery」の第1作「What's a Ghoul to Do?」(未訳) を発表した。

ローリー, ロイス　Lowry, Lois
アメリカの児童文学作家
1937〜
⑪ハワイ州　㊞ホーンブック賞, ニューベリー賞(1990年・1994年)
㊨父の仕事の関係で世界各地を転々とし, 11歳から13歳までを日本で過ごした。1977年若くて亡くなった姉を題材にした「モリーのアルバム」を発表, 高い評価を受ける。ナチス占領下のデンマークを舞台にした「ふたりの星」と近未来を描いた「ギヴァー 記憶を注ぐ者」で2度のニューベリー賞を受賞。

家族間の問題や障害者、老人などシリアスなテーマを扱ったものから、〈わたしのひみつノート〉シリーズなど子供たちが喜ぶ軽快な作品までを幅広く手がける。

ロ・リヨング, タバン　*Lo-Liyong, Taban*
ウガンダの作家
1938〜
[出]アチョリ地方　[学]国立教育大学(カンバラ)卒, アイオワ大学 文芸修士号
[歴]アメリカへ留学、ハワード大学で政治学を学ぶ。その後アイオワ大学創作科に入り、アフリカ人としては初の文芸修士号を取得した。1968年に東アフリカに戻り、ナイロビ大学に勤めながらルオ族とマサイ族の土語文学の研究をする。やがてナイロビ大学講師となり、75年よりニューギニア・パプア大学英文学主任としてポート・モレスビーに赴任した。作品に短編の「辞典編纂者殺し」などがある。東洋と西洋の両文化の総合に意欲を持っており、日本の俳句にも深い関心を抱いている。

ローリング, J.K.　*Rowling, J.K.*
イギリスの児童文学作家
1965.7.31〜
[出]ウェールズ　[名]Rowling, Joanne Kathleen 筆名＝ガルブレイス, ロバート〈Galbraith, Robert〉ウィスプ, ケニルワージー〈Whisp, Kennilworthy〉　[学]エクスター大学(古典, フランス語)　[勲]OBE勲章(2000年), レジオン・ド・ヌール勲章シュバリエ章(2009年)　[賞]ウィットブレッド賞(1999年), スマーティーズ賞, ブリティッシュ・ブック賞(2000年)
[歴]エクスター大学で古典とフランス語を学ぶ。ポルトガルで英語教師となり、ポルトガル人ジャーナリストと結婚。1女をもうける。1990年代初めに職を失い、離婚し、イギリスに戻る。貧しい暮らしを送っていた時に執筆を始め、97年9月魔法使いの少年が仲間と力を合わせて悪と闘う「ハリー・ポッターと賢者の石」を出版、ベストセラーとなり、スマーティーズ賞とブリティッシュ・ブック賞を受賞。同作品は世界各国で翻訳され、大ベストセラーとなる。〈ハリー・ポッター〉シリーズの続編「秘密の部屋」「アズカバンの囚人」「炎のゴブレット」「不死鳥の騎士団」「謎のプリンス」も次々とベストセラーとなり、07年第7巻「ハリー・ポッターと死の秘宝」でシリーズは完結。全7巻が73ケ国語に翻訳され、約4億5000万部を売り上げ、日本でも総部数2400万部を超えた。一方、01年より映画化もされ全8作が世界中で大ヒットを記録。12年9月大人向けの小説「カジュアル・ベーカンシー 突然の空席」を刊行。13年にはロバート・ガルブレイス名義でミステリー小説「カッコウの呼び声 私立探偵コーモラン・ストライク」を出版した。

ローリングズ, マージョリー・キナン
Rawlings, Marjorie Kinnan
アメリカの作家
1896.8.8〜1953.12.14
[出]ワシントンD.C.　[学]ウィスコンシン大学マディソン校卒　[賞]ピュリッツァー賞(1939年), O.ヘンリー賞(1933年)
[歴]大学卒業後、ニューヨークで政治記者として働く。1928年フロリダの奥地のオレンジ園に移住。以後、この地を舞台に、そこに生活する人々を題材にした小説を執筆した。子鹿と少年との交流を描いた小説「子鹿物語」(38年)はピュリッツァー賞を受賞後、映画化され、日本でも広く知られている。他の作品に、小説「サウス・ムーン・アンダー」(33年)、「黄金のリンゴ」(35年)、「逗留者」(53年)、「秘密の川」(55年没後刊)、短編集「夜鷹が鳴くとき」(40年)など。

ロリンズ, ジェームズ　*Rollins, James*
アメリカの作家
1961〜
[出]イリノイ州シカゴ
[歴]カリフォルニア州サクラメントで獣医を開業。1998年頃から執筆活動を始め、99年「地底世界—サブテラニアン」を発表。2004年に発表した「ウバールの悪魔」に登場した「シグマフォース」を、05年の「マギの聖骨」から本格的にシリーズ化。歴史的事実に基づきながら最新の研究成果および科学技術を取り入れて構成した緻密なストーリー展開には定評があり、アクションシーンの描写でも高い評価を得る。他の邦訳書に「ナチの亡霊」「ユダの覚醒」「ロマの血脈」「アイス・ハント」などがある。

ロールズ, ウィルソン　*Rawls, Wilson*
アメリカの作家
1913〜1984
[出]オクラホマ州
[歴]オクラホマ州オザーク山地の貧農に生まれ、ほとんど正規の教育を受けられずに母親から読み書きを教わる。1929年の大恐慌以後30年間、アメリカ大陸を放浪しつつ、自らの少年時代を回想する物語を書き続ける。58年結婚を機に作家となる夢をあきらめ、書きためた原稿を焼き捨てるが、のち「ダンとアン」として出版。文学協会の選定図書となり、全米でロングセラーとなる。76年第2作「サルたちのおくりもの」を発表した。

ローレンス, D.H.　*Lawrence, David Herbert*
イギリスの作家, 詩人
1885.9.11〜1930.3.2
[出]ノッティンガム州イーストウッド　[学]ノッティンガム大学(1908年)卒　[賞]ジェームズ・テイト・ブラック記念賞(1920年)
[歴]1908年ロンドンで教師となる。11年エドワード・ガーネットの尽力で処女小説「白孔雀」を出版、13年自伝的作品「息子と恋人」で認められる。12年大学時代の師の妻フリーダ・ウィクリーと恋に陥り、駈け落ちし、14年結婚。ドイツ国籍の妻への迫害などのため、第一次大戦終結と同時にイギリスを去り、各地を放浪し、作品を発表した。代表作の「チャタレイ夫人の恋人」(28年)は、物質文明によって侵食された人間性を性の優しさによって回復しようとする思想の集大成ともいうべき傑作であるが、赤裸々な性的描写のために発禁処分となった。他に小説「虹」(15年)、「恋する女たち」(20年)、「エアロンの杖」(22年)、「カンガルー」(23年)、詩集「愛の詩集」(13年)、「鳥・獣・花」(23年)、評論「無意識の幻想」(22年)、「アメリカ古典文学研究」(23年)、「好色文学とわいせつ」(29年)、紀行文「海とサルディーニャ」(23年)、「書簡集」(全7巻, 79〜93年)などがある。

ローレンス, マーガレット　*Laurence, Margaret*
カナダの作家
1926.7.18〜1987.1.5
[出]マニトバ州ニーパワ　[賞]カナダ総督文学賞
[歴]イギリス系カナダ人の女流作家で、生地の平原州マニトバ(作品中ではマナワーカ)を舞台にして女主人公の苦闘を描き、人間存在の根源に迫る、代表作の4部作「石像の天使」(1964年)、「神の戯れ」(66年)、「火の住人たち」(69年)、「占者たち」(74年)で知られる。ほかにアフリカのガーナを舞台にした長編「ヨルダンのこちら側」(60年)や短編集「明日を馴らす人」(63年)などがあり、またエッセイ集、児童文学にも作品がある。現代カナダ文学を代表する作家の一人と評価される。

ローレンツ, アーサー　*Laurents, Arthur*
アメリカの劇作家, 脚本家
1917.7.14〜2011.5.5
[出]ニューヨーク市ブルックリン　[学]コーネル大学卒
[歴]ブロードウェイ・ミュージカルの名作「ウェストサイド物語」(1957年)や、「ジプシー」(59年)の脚本家として知られる。舞台だけでなく、映画でも脚本を手がけ、バーブラ・ストライサンドとロバート・レッドフォード主演の「追憶」(シドニー・ポラック監督, 73年)では、自身の学生運動を元にした。またヒッチコック監督「ロープ」(48年)の脚本も書いた。他に小説や放送劇、劇演出など幅広い分野で活躍。中年あるいは若い

ロ

女性を主人公に、愛に悩み、孤独に揺れ動く姿を描いた作品が多い。戯曲の代表作に「The Time of the Cuckoo（郭公の季節）」（52年）があり、この作品は55年にキャサリン・ヘプバーン主演で映画化され、「旅情」の邦題で日本の映画ファンにもなじみ深い作品となっている。また65年に「ワルツが聞こえる？/Do I Hear a Walts？」の題名でローレンツ自身がミュージカル化した。他の映画脚本に「追想」（56年）、「悲しみよこんにちは」（58年）、「愛と喝采の日々」（77年）など。

ロワ, クロード　*Roy, Claude*
フランスの詩人, 作家, 評論家
1915.8.28〜1997.12.13
[出]パリ　[学]パリ大学卒　[賞]フェネオン賞
[歴]画家であるフェリシアン・ロワの子として生まれる。第二次大戦前は「アクション・フランセーズ」などの右翼系の雑誌に拠ったが、戦時中は反ファシズム抵抗運動に加わり、戦後アラゴンの影響を受け共産党員になる。1946年小説「夜は貧しいものの外套」を発表して世に出、2年後のルポルタージュ「中国への鍵」も大きな反響を呼んだ。56年ポーランド事件の折、共産党の政策に反対して除名される。知性あふれる文体と明快で誠実な作風で、詩、小説、自伝、文芸批評その他多方面にわたる執筆活動を展開した。主な著書に評論集「批評的記述」（5巻）、自伝「この私」、詩集「時の縁りで—クロード・ロワ詩集」などがある。
[家]父＝フェリシアン・ロワ（画家）

ロワ, ジュール　*Roy, Jules*
アルジェリア生まれのフランスの作家
1907.10.22〜2000.6.15
[出]ロビーゴ　[賞]ルノードー賞（1940年）, アカデミー・フランセーズ小説賞（1958年）
[歴]中学卒業後、1927年から職業軍人の経歴を歩み、第二次大戦中はイギリスの爆撃隊に入隊し、祖国解放のため戦った。傍ら詩と小説を書き、戦争の体験に基づいた「幸福の谷間」でルノードー賞を獲得。53年インドシナ独立戦争に正義が欠けているとして戦線で軍籍を離脱、以後執筆活動に専念する。「アルジェリア戦争」（60年）やフランス軍の敗北を描いた「ディエン・ビエン・フー陥落」（63年）などのインドシナ戦争、朝鮮戦争、アルジェリア戦争などを扱ったヒューマニズムにあふれたルポルタージュが特に名高い。他の作品に旅行記「中国で体験したこと」（65年）、アルジェリアの植民史と自らの家系を絡めた長編小説「太陽の馬たち」（全6巻, 80年）などがあり、また「サン・テグジュペリの生涯」（64年）、などのエッセイや劇作、詩集がある。

ロワチー, カリン　*Lowachee, Karin*
ガイアナ生まれのカナダのSF作家
[出]カナダ　[学]ヨーク大学（クリエイティブ・ライティング）　[賞]オーロラ賞, ゲイラティック・スペクトラム賞
[歴]南米のガイアナで生まれ、2歳からカナダで育つ。トロントのヨーク大学でクリエイティブ・ライティングを学ぶ。デル・レイ・オンライン・ライティング・ワークショップなどに参加した後、デビュー作「戦いの子」（2002年）でワーナーアスペクトの第一長編コンテストに優勝。フィリップ・K.ディック賞、オーロラ賞にノミネートされた。第2長編「艦長の子」（03年）もオーロラ賞にノミネートされ、第3長編「海賊の子」（05年）は、オーロラ賞ならびにゲイラティック・スペクトラム賞を受賞した。

ローン, カレル・フラストラ・ファン　*Loon, Karel Glastra van*
オランダの作家
1962〜
[出]アムステルダム
[歴]フリーランスのジャーナリストとして、日刊紙やテレビ番組の仕事をする。1997年短編集「今夜、世界は狂う」で作家デビュー、数々の賞を受ける。長編「記憶の中の一番美しいもの」（99年）は大ベストセラーとなり、オランダを代表する文学賞であるヘネラーレ・バンク賞を受賞。世界18ケ国語に翻訳される。

ロン・ウォンサワン　*Rong Wongsawan*
タイの作家
1932.5.20〜2009.3.15
[出]チャイナート県　[名]ナロン・ウォンサワン〈Narong Wongsawan〉　[学]トリアムウドム旧制中学中退
[歴]5歳の頃はラーブリー県に居たが, バンコクのバーンラムプー市場の周辺で育つ。トリアムウドム旧制中学時代に教師に反発して中退。中学5年の頃から創作への欲求を抱き、「サヤームラット週刊評論」誌のカメラマンとして働き出したのをきっかけに、新聞に雑文を書き始め、やがては小説も発表。1963年アメリカ・カリフォルニアへ渡り、4年余り滞在。帰国後は本格的な創作活動に入る。作品はほとんどが短編小説で「バンコクの錆」（61年）、「コンクリートの森」（68年）、「田舎のプレイボーイ」（69年）などがあり、ユーモアに満ちた独得の文体で若い読者を魅了した。

ロンカ, マッティ　*Rönkä, Matti*
フィンランドの作家
1959.9.9〜
[出]北カレリア地方　[賞]推理の糸口賞, ガラスの鍵賞（2007年）
[歴]フィンランド公共放送YLEのニュースキャスターとして活躍。2002年「殺人者の顔をした男」で文壇デビュー。以後、ヴィクトル・カルッパを主人公とするシリーズを書き続け、国内外で好評を博す。05年に刊行されたシリーズ第3作で、フィンランド・ミステリー協会から推理の糸口賞を贈られたほか、07年には北欧5ケ国のミステリーが対象となるガラスの鍵賞をフィンランドの作品として初めて受賞した。

ロング, フランク・ベルナップ　*Long, Frank Belknap*
アメリカの怪奇作家, SF作家
1903.4.27〜1994.1.5
[出]ニューヨーク市　[学]ニューヨーク大学ジャーナリズム専門校卒　[賞]世界幻想小説賞生涯業績部門賞（1978年度）
[歴]メイフラワー号乗員の直系子孫。父方の祖父が自由の女神像の台座を製作している。学生時代に書いた小説「暖炉の上の目」が、作家ラブクラフトの目に留まり、その紹介で1924年から「ウィアード・テールズ」誌に作品を掲載し始める。30年代から50年代にかけて同誌や「アスタウンディング」誌、「ファンタスティック・ユニバース」誌、「アンノウン」誌などに500編を越える怪奇またはSF小説を発表。しかし処女出版は遅く、46年であった。60年代には妻ライダ・ロングの名をペンネームにしたこともある。75年に伝記「Howard Philips Lovecraft：Dreamer on the Nightside」を出版。同書は世界幻想小説賞の候補に挙げられた。81年「New Tales of Cthulhu Mythos」にクトゥルー神話を発表、怪奇小説ファンの間で好評を博した。

ロングリー, マイケル　*Longley, Michael*
イギリスの詩人
1939.7.27〜
[出]北アイルランド・ベルファスト　[学]トリニティ・カレッジ卒
[賞]T.S.エリオット賞（2000年）, ホーソーンデン賞（2000年）
[歴]ダブリンのトリニティ・カレッジを卒業。各地で教職に就いた後、1970年北アイルランド芸術委員会で文学・伝統芸術を担当。シェイマス・ヒーニー、デレク・マーンらと並び、60年代に頭角を現した北アイルランドの重要な詩人の一人。詩集に「存続せぬ都市」（69年）、「爆破された眺望」（73年）、「塀の上に横たわる男」（76年）、「反響の門」（79年）、「ハリエニシダの火」（91年）など。

ローンズ, ベロック
→ベロック・ラウンズ, マリーを見よ

ロンドン, ジャック　*London, Jack*
アメリカの作家
1876.2.12〜1916.10.22

[出]カリフォルニア州サンフランシスコ　[名]ロンドン, ジョン・グリフィス〈London, John Griffith〉　[学]カリフォルニア大学バークレー校(1897年)中退
[歴]アメリカやカナダを放浪し、1897年にはクロンダイク地方のゴールドラッシュに巻き込まれた。日露戦争時には新聞記者として満州にも渡った。1900年短編集「狼の子」を出版、名声を得る。03年以後「野生の呼び声」(03年)、「海の狼」(04年)、「白い牙」(06年)、「試合」などを次々発表。カリフォルニアに大邸宅を構え、名声と富を得たが、一方でダーウィンやマルクスを読む社会主義者でもあった。他の作品に「アダム以前」「鉄の踵」、半自伝的小説「マーティン・イーデン」、「月の渓谷」「星をさまようもの」、短編集「生命の愛」、評論集「階級闘争」などがある。

【ワ】

ワイス, シオドア　*Weiss, Theodore*
アメリカの詩人
1916.12.16～2003
[出]ペンシルベニア州レディング　[名]ワイス, シオドア・ラッセル〈Weiss, Theodore Russell〉　[学]ミューレンバーグ・カレッジ, コロンビア大学
[歴]ペンシルベニア州のミューレンバーグ・カレッジ、ニューヨークのコロンビア大学に学び、1941年からメリーランド大学で教鞭を執る。67～87年プリンストン大学教授。51年処女詩集「キャッチ」を出す。長詩・短詩ともに優れ、「最後の最初の日」(68年)の中の「キャリバンの回想」は代表作とされる。他の詩集に「緩慢な雷管と回収」(84年)など。批評家としても知られ、シェイクスピアなどの研究書もある。

ワ

ワイス, ペーター　*Weiss, Peter*
ドイツの劇作家
1916.11.8～1982.5.10
[出]ベルリン近郊ノワウェス　[名]Weiss, Peter Ulrich　[賞]ビューヒナー賞(1982年)
[歴]チェコ国籍のユダヤ系織物業者を父とし、スイス出身の元女優を母として、ベルリン近郊ノワウェスに生まれる。1934年ナチスの迫害から逃れるためイギリスを経てプラハに亡命、そこで美術学校に入る。さらにスイスを経て39年よりストックホルムに定住し、スウェーデン語で著作活動をはじめた。同時に版画家、映画作家としても活躍、40年に個展を開いた。45年にスウェーデン国籍を取得。前衛映画の制作に従事したのち60年代より文筆に専念し、ドイツ語で作品を書く。小説に前衛的・唯美的傾向の強い「Der Schatten des Körpers des Kutschers(御者のからだの影)」(60年)があり、戯曲には評価の高い「Marat/Sade(マラー/サド劇)」(64年)がある。そのほかポルトガル、ベトナムなどの現代的題材、トロツキー、ヘルダーリンなどの歴史的題材をとり上げて政治的教化・告発劇を数多く発表した。それらの作品に「追究」(65年)、「ルシタニアの怪物の歌」(67年)、「ベトナム討論」(68年)、「亡命のトロツキー」(70年)、「ヘルダーリーン」(71年)などがあり、自伝「抵抗の美学」(全3巻, 75～81年)がある。

ワイズバーガー, ローレン　*Weisberger, Lauren*
アメリカの作家
1977.3.28～
[出]ペンシルベニア州スクラントン　[学]コーネル大学卒
[歴]コーネル大学を卒業した1999年、ファッション誌「VOGUE」に就職。編集長のアシスタントとして9ケ月勤めた後、旅行雑誌社に転職し、記事を書きはじめる。傍ら、受講していた創作講座の課題として書いた「プラダを着た悪魔」(2003年)で作家デビュー、全米でヒットし、映画化もされた。他の作品に「パーティプランナー」「ハリー・ウィンストンを探して」「プラダを着た悪魔リベンジ！」などがある。

ワイゼンボルン, ギュンター
→ヴァイゼンボルン, ギュンターを見よ

ワイドマン, ジェローム　*Weidman, Jerome*
アメリカの作家, 劇作家
1913.4.4～1998.10.6
[出]ニューヨーク　[賞]ピュリッツァー賞, トニー賞
[歴]ニューヨークのロワー・イースト・サイドで少年時代を送る。21歳のとき処女短編「父は闇に想う」を執筆。1937年の「あなたには卸値で」をはじめ、アメリカ社会の裏面を鋭く描いた小説を多数発表。劇作家としても活躍し、ミュージカル「フィオレロ！」の脚本でピュリッツァー賞とトニー賞を受賞。70年には自伝的な連作短編小説「四丁目東」を発表した。

ワイドマン, ジョン・エドガー　*Wideman, John Edgar*
アメリカの作家
1941.6.14～
[出]ワシントンD.C.　[学]ペンシルベニア大学(1963年)卒, オックスフォード大学ニュー・カレッジ(哲学)(1966年)卒, アイオワ大学創作科　[賞]PEN/フォークナー賞(1984年・1990年), 全米図書賞(1991年)
[歴]1959年ペンシルベニア大学よりバスケットボール選手としてスカウトされる。その後、オックスフォード大学ニュー・カレッジ、アイオワ大学創作科で学ぶ。ワイオミング大学やマサチューセッツ大学で教鞭を執る一方、小説を執筆。自身が育ったピッツバーグのアフリカ系住民の居住区ホームウッドを舞台にした"ホームウッド3部作"(「ダンバラー」(81年), 「隠れ場所」(81年), 「昨日あなたを迎えに」(83年))がよく知られる。「昨日あなたを迎えに」と「フィラデルフィアの火事」(90年)でPEN/フォークナー賞を受賞。他の作品に、小説「盗み見」(67年)、「リンチ集団」(73年)、「ルーベン」(87年)、回想録「兄弟」(84年)、短編集「熱」(89年)、エッセイ「父とともに」(94年)など。

ワイルダー, ソーントン　*Wilder, Thornton Niven*
アメリカの作家, 劇作家
1897.4.17～1975.12.7
[出]ウィスコンシン州マディソン　[学]エール大学卒 博士号(プリンストン大学)　[賞]ピュリッツァー賞(1928年・1938年・1943年)
[歴]1906～14年父が総領事として勤務していた中国で過ごす。21～28年ニュージャージー州で教職に就く傍ら、26年処女作「キャバラ」、27年「サン・ルーイス・レー橋」を発表し、一躍名声を得た。30～36年シカゴ大学講師。第二次大戦に従軍。50～51年ハーバード大学詩学教授。この間にも多くの優れた小説、戯曲を発表した。他の作品に小説「わが行く先は天国」(35年)、「3月15日」(48年)、戯曲「わが町」(38年)、「ミスター人類」(42年)、「結婚斡旋人」(55年, ミュージカル「ハロー・ドーリー」の原作)などがある。

ワイルダー, ローラ・インガルス　*Wilder, Laura Ingalls*
アメリカの児童文学作家
1867.2.7～1957.2.10
[出]ウィスコンシン州ペピン　[賞]アメリカ図書館協会ローラ・インガルス・ワイルダー賞(1954年)
[歴]18歳で結婚し、ミズーリ州に住む。長年にわたり地元の雑誌の編集をしていたが、1932年60歳代になって娘ローズの勧めで、開拓者の家族として過ごした少女時代の生活をもとにして「大きな森の小さな家」を出版。以後「農場の少年」「大草原の小さな家」「プラム・クリークの土手で」「シルバー・レイクの岸辺で」「長い冬」「大草原の小さな町」「この楽しき日々」などを刊行。没後も「はじめの4年間」(71年)や、ローズが編纂した日記「わが家への道」などが刊行された。また「大草原の小さな家」は70年代にテレビ化され、シリーズ番組として人気を得た。54年アメリカ図書館協会より自身の名を冠した「ローラ・インガルス・ワイルダー賞」を贈られたが、2018年アメリカ図書館協会は"作品の中に反先住民、反黒人の感情が

含まれている"ことを理由に賞名からワイルダーの名を外し、「児童文学遺産賞」に改称した。
[家]娘＝ローズ・ワイルダー・レイン（ジャーナリスト・作家）

ワイルディング, マイケル　*Wilding, Michael*
イギリス生まれのオーストラリアの作家, 編集者
1942.1.5〜
[出]イギリス　[学]オックスフォード大学卒
[歴]ムアハウスとコンビで"コミューナル文学"という連歌風の短編連作を書き合ったり、毎号母体とする本誌を取りかえる特異な付録文芸雑誌「タブロイド・ストーリー」の発行に携わり、新人発掘に貢献した。短編作品に「観光道路」(76年)、長編作品に「ショート・ストーリー大使館」などがあり、ほかに評論集も出版している。

ワイルド, パーシバル　*Wilde, Percival*
アメリカの劇作家, ミステリー作家
1887〜1953
[歴]ボードヴィル用の一幕物や小劇場演劇の大家として活躍。100本を超える作品は全米1300以上の都市で上演され、各国語に翻訳された。ミステリーの分野では、豊富なアイデアと軽妙なユーモアにあふれた連作短編「悪党どものお楽しみ」(1929年)、「探偵術教えます」などで好評を博し、法廷ミステリーの古典的名作「検屍裁判」(39年)、「ティンズリーの骨」(42年)などの長編ミステリーも4冊発表した。

ワインバーグ, ロバート　*Weinberg, Robert E.*
アメリカの作家
[賞]国際幻想小説大賞
[歴]サスペンス、ホラー小説、SFと幅広く活躍する作家である。国際幻想小説大賞を受賞した事もあり、作品は日本語を含め世界各国で翻訳される。編集していたアンソロジーにL・グレシュの短編を採用し、その後グレシュとSF大会でグレシュと出会ったのが縁で、ハイテクスリラー小説「The termination node（デジタル・パラサイト）」を共作する。

ワインヘーバー, ヨーゼフ
→ヴァインヘーバー, ヨーゼフを見よ

ワグナー, カール・エドワード　*Wagner, Karl Edward*
アメリカの作家, 編集者
1945〜
[出]テネシー州ノックスビル　[学]ノースカロライナ大学医学部(1974年)卒　[賞]イギリス幻想文学賞(1975年・77年), 世界幻想文学賞(1983年)
[歴]子供の頃からヒロイック・ファンタジーを好み、16歳で〈ケイン・サーガ〉の習作を完成。1970年第1作「Darkness Weaves with Many Shadows」を出版。大学卒業後、ノースカロライナ州立病院で精神科医として勤務。傍ら作家修業を続け、73年2冊目の単行本を出版した頃、専業の作家となる。ホラー短編でも評価を受け、新進作家としての地位を確立する一方、出版社カルコサ・ハウスを興し、ウェルマン、ケイブら「ウィアード・テールズ」誌の往年の作家達の作品を豪華本で刊行。作品に「Two Suns Setting」(76年)、「Darkness Weaves」(78年, 第1作の改訂版)など。

ワコスキ, ダイアン　*Wakoski, Diane*
アメリカの詩人
1937.8.3〜
[出]カリフォルニア州ウィッティア　[学]カリフォルニア大学バークレー校卒
[歴]1962年処女詩集「硬貨と柩」を発表、66年「Discrepancies and Apparitions」で名声を確立。アメリカ各地の大学で教鞭を執る。長年"Greed"という長詩に取り組み、84年「The Collected Greed, Parts 1-13」を出版。他にも「ジョージ・ワシントン詩編」(67年)、「血の工場の中」(68年)、「スペイン王を待ちながら」(77年)、「魔術師の饗宴の手紙」(82年)など、数多くの詩集がある。

ワゴナー, デービッド　*Wagoner, David*
アメリカの詩人, 作家
1926.6.5〜
[出]オハイオ州　[名]Wagoner, David Russell　[学]ペンシルベニア州立大学, インディアナ大学　[賞]プッシュカート賞(1977年・1983年)
[歴]ペンシルベニア州立大学時代、卒業後の米軍入隊を前提とした予備役将校訓練課程(ROTC)を受講。1944〜46年軍隊生活を送る。デポー大学、ペンシルベニア州立大学を経て、54年よりワシントン大学で英文学を教える。66年〜2002年「ポエトリー・ノースウェスト」誌を編集。詩集に「乾いた太陽 乾いた風」(1953年)、「中間の男」(54年)、「金、金、金」(55年)、「立つ場所」(58年)、「巣を作る場所」(63年)、「生きている」(66年)、「全詩集 1956-1976」(76年)、「破れた国で」(79年)、「初めの光」(84年)などがある。

ワシレフスカヤ, ワンダ　*Wasilewska, Wanda*
ポーランド生まれのソ連の作家, 政治家
1905.1.21〜1964.7.29
[出]オーストリア・ハンガリー帝国クラクフ（ポーランド）　[名]ワシレフスカヤ, ワンダ・リヴォーヴナ〈Vasilevskaya, Vanda L'vovna〉　[賞]ソ連国家賞, スターリン賞(1943年・1946年・1952年)
[歴]ポーランドの民俗学者の家に生まれ、クラクフ大学で哲学博士号を取得。早くから社会主義運動に参加し、ポーランドの革命運動を指導していたが、1939年第二次大戦でドイツ軍がワルシャワに侵攻したため、ソ連に帰化した。ソ連作家となってからもポーランド語で書き、新しいポーランドの誕生を描いた3部作の大河小説「水の上の歌」(「沼の炎」40年,「湖の星」45〜46年,「川は燃える」51年)を完成させた。また第二次大戦中に発表した中編「虹」(42年)は、戦争文学の傑作といわれる。他の作品に、「ただ愛のみ」(44年)、「夜明け」(46年)、「中国紀行」(56年)、「宿命のたたかいで」(58年)などがある。作家活動の他、40年ソ連邦最高会議代議員、53年ウクライナ共和国副総理、59年最高会議議長を歴任した。ウクライナの劇作家コルネイチューク夫人としても知られた。
[家]夫＝アレクサンドル・コルネイチューク（劇作家）

ワタナベ, ホセ　*Watanabe, José*
ペルーの詩人
1945.3.17〜2007.4.25
[出]ラ・リベルタ州ラレド
[歴]岡山県からの移住者の父渡辺春水と、ペルー人の母パウラ・バラス・ソトとの間に生まれる。1970年24歳の時に、詩誌「クアデルノス」主催の若手詩人コンクールで最優秀賞を受賞し、国内で詩人としての評価を得て、初めての詩集「家族のアルバム」(71年)を出版。当時大学で建築を学んでいたが、文学の道に進むと決め独学で文学を学んだ。86年肺癌と診断されドイツで放射線治療を受けたが、経過観察の期間に予後抑鬱症を患い記憶障害に苦しんだ。

ワッサースタイン, ウェンディ　*Wasserstein, Wendy*
アメリカの劇作家
1950.10.18〜2006.1.30
[出]ニューヨーク市ブルックリン　[学]マウント・ホリヨーク・カレッジ　[賞]ピュリッツァー賞(1989年)
[歴]ブロードウェイ・ミュージカルの劇作家として活躍し、フェミニズムを取り上げた作品で注目を集めた。1978年のちにメリル・ストリープ主演でテレビドラマ化もされた戯曲「アンコモン・ウイメン・アンド・アザーズ」で本格デビュー。89年にアメリカのベビーブーム世代をテーマにした「ザ・ハイディ・クロニクルズ」でピュリッツァー賞を受賞した。他に「ザ・シスターズ・ローゼンウェイグ」などがある。

ワッツ, ピーター　*Watts, Peter*
カナダのSF作家
1958〜

ワ

㊋カルガリー　㊤星雲賞海外長編部門, ヒューゴー賞中編部門(2010年), シャーリイ・ジャクスン賞短編部門(2011年)
㊥2006年長編「ブラインドサイト」で日本の星雲賞海外長編部門ほかフランス・ロシアなど6ヶ国で七つの賞を受賞し、現代随一のハードSF作家として世界的な名声を博す。中編「島」で10年ヒューゴー賞中編部門を、短編「遊星からの物体Xの回想」で11年シャーリー・ジャクスン賞短編部門を受賞。

ワテン, ジュダ　Waten, Judah
ロシア生まれのオーストラリアの作家
1911.7.29～1985.7.29
㊋オデッサ
㊥ユダヤ系ロシア人。1914年両親とともに西オーストラリア州の州都パースへ移住する。カトリック系の学校に学び卒業後は様々な職業を転々とした。65年より「メルボルン・エイジ」、70年より「シドニー・モーニング・ヘラルド」にそれぞれ書評を掲載した。「異邦人の息子」(52年)はベストセラーとなった。

ワトキンズ, クレア・ベイ　Watkins, Claire Vaye
アメリカの作家
1984～
㊋カリフォルニア州ビショップ　㊐ネバダ大学リノ校, オハイオ州立大学　㊤ショート・フィクション文学賞(2013年), ニューヨーク・パブリック・ライブラリー・ヤングライオンズ・フィクション賞(2013年), ディラン・トーマス賞(2013年)
㊥カリフォルニア州とネバダ州の砂漠地帯で育つ。ネバダ大学リノ校とオハイオ州立大学で学び、バックネル大学およびプリンストン大学の創作科で講師を務める。2009年「グランタ」ウェブサイトにエッセイ「Keeping it in the Family（身内にとどめる）」を寄稿。その後、ネバダ州の歴史や自らの生い立ちを背景とした短編小説を「グランタ」「パリ・レビュー」などに発表。13年短編集「バトルボーン」でショート・フィクション文学賞、ディラン・トーマス賞などを受賞。

ワトキンズ・ピッチフォード, D.J.　Watkins-Pitchford, D.J.
イギリスの絵本作家, 画家
1905.7.25～1990.9.8
㊋ノーサンプトンシャー州ランポート　㊅ワトキンズ・ピッチフォード, デニス・ジェームズ〈Watkins-Pitchford, Denys James〉ペンネーム＝BB　㊐王立美術学校　㊤カーネギー賞(1942年)
㊥少年期は体が弱く、家庭で教育を受けながら、自然の山野で成長、10歳頃から自分で作った物語に挿絵を描いた。王立美術学校などで絵を学んだあと、16年間絵画教師を務める。1942年「灰色の小人たちと川の冒険」でカーネギー賞を受賞、48年続編「灰色の小人たち空を飛ぶ」を発表。「風のまにまに号の旅」(57年)から始まる〈あなぐまビルのぼうけん〉シリーズでも知られる。

ワトソン, イアン　Watson, Ian
イギリスのSF作家
1943～
㊋ノーサンバーランド州ノースシールズ　㊐オックスフォード大学ベーリアル校(1963年)卒　㊤アポロ賞(1975年), シクラス賞(1975年)
㊥16歳で奨学生となり、オックスフォード大学ベーリアル校に入学する。主に19世紀の英詩・小説を学び、1963年に優秀な成績で卒業。更に研究課程に進んで66年文学修士号を取得。65年から2年間はタンザニアの東アフリカ大学の講師として英文学を教え、67年からは東京教育大学の講師となる。それ以前は散文小説を書いていたが日本で2年をすごす間にSF小説を書きはじめる。69年「ニュー・ワールズ」誌に掲載された処女作「Root Garden Under Saturn」でデビュー。続いて同誌に2編の短編を掲載。73年第一長編「エンベディング」を発表、ジョン・W.キャンベル記念賞にもノミネートされ、75年にはフランスのアポロ賞、スペインのシクラス賞を受賞。76年より創作に専念、イギリスSF界を担う作家の一人となる。また、映画監督のスタンリー・キューブリックに才能を見込まれ、その生前に映画「A.I.」の脚本執筆依頼を受ける(同作は2001年スティーブン・スピルバーグによって映画化された)。著書に〈黒き流れ〉3部作の「川の書」「星の書」「存在の書」や、「ヨナ・キット」「オルガスマシン」「マーシャン・インカ」「スロー・バード」などがある。

ワトソン, コリン　Watson, Colin
イギリスの推理作家, ジャーナリスト
1920.2.1～1983.1.17
㊋サリー州クロイドン
㊥ジャーナリストとしてロンドンなどで働いた後、1958年「愚者たちの棺」でミステリー作家としてデビュー。デビュー作以来一貫して東アングリアの架空の町フラックスボローを舞台に、地元署のウォルター・パーブライト警部が謎を解くシリーズで、全12作を執筆。そのうち2作がイギリス推理作家協会賞(CWA賞)ゴールド・ダガー賞の最終候補になったほか、4作が70年代に「Murder Most English」の題名でBBCでテレビドラマ化されるなど、高く評価された。

ワトソン, ジュード　Watson, Jude
アメリカの作家
㊋ニューヨーク市ブルックリン　㊅ブランデル, ジュディ〈Blundell, Judy〉
㊥〈ラスト・オブ・ジェダイ〉シリーズや〈ジェダイ・アプレンティス〉シリーズなど、多くのスター・ウォーズ作品を手がける。ほかに、超自然ミステリーなども執筆。また、2008年本名のジュディ・ブランデル名義で書いた小説「ホワット・アイ・ソウ・アンド・ハウ・アイ・ライド」でナショナル・ブック・アワードの児童文学賞を受賞した。

ワトソン, シーラ　Watson, Sheila
カナダの作家, 評論家
1909.10.24～1998
㊋ブリティッシュ・コロンビア州ニュー・ウェストミンスター
㊐ブリティッシュ・コロンビア大学, トロント大学
㊥ブリティッシュ・コロンビア大学、トロント大学に学び、マーシャル・マクルーハンの指導でウィンダム・ルイスについての博士論文を書く。1959年に出版した小説「二重の釣り針」はカナダにおける最初のモダニズム小説と評され、高い評価を得た。他に短編集「Four Stories」(79年)、短編「And the Four Animals'」(80年)がある。

ワーナー, ペニー
→ウォーナー, ペニーを見よ

ワベリ, アブドゥラマン・アリ　Waberi, Abdourahman A.
ジブチ生まれのフランス語作家
1965～
㊋フランス領ソマリ海岸ジブチ(ジブチ)　㊤ベルギー王立アカデミー・フランス語圏文学大賞, アルベール・ベルナール賞, アフリカ文学大賞
㊥1985年フランス政府の給費留学生として同国へ留学、カーンとディジョンで学ぶ。教職に就き、94年処女作「影のない国」でベルギー王立アカデミー・フランス語圏文学大賞とパリのアルベール・ベルナール賞を受賞。96年「遊牧民手帳」(アフリカ文学大賞受賞)発表の頃から作家生活に入る。フランス語圏のポストコロニアル文学の旗手の一人。他の著書に「バルバラ」「涙の通り路」など。

ワルザー, マルティン　Walser, Martin
ドイツの作家, 劇作家
1927.3.24～
㊋バイエルン州ワッサーブルク(ボーデン湖畔)　㊐レーゲンスブルク大学卒, テューリンゲン大学卒 哲学博士(1951年)　㊤47年グループ賞(1955年), ヘルマン・ヘッセ賞(1957年), ハウプトマン賞(1962年), シラー賞(1980年), ビューヒナー賞(1981

年)、ドイツ書籍出版販売取引所組合平和賞(1998年)
㊙第二次大戦末期学徒動員され捕虜生活も経験。カフカ論で博士号をとった後、1950年代初めから作家活動に入る。"47年グループ"に認められ、シュトゥットガルトでのラジオ・テレビのプロデューサーを経て、57年以降創作に専念。カフカやブレヒトを批判的に継承し、寓意劇手法などを用いながら現代社会を批判する作品を発表。小説・戯曲・評論などで多産な仕事ぶりを示し、ビューヒナー賞、シラー賞ほか多くの文学賞を受け、現代ドイツの代表的作家となる。"47年グループ"の常連の一人で、社会批判や政治的関心が強く、社会民主党支持の選挙運動や反戦運動にも積極的に参加。また、労働者作家への支援や、不遇の作家の発掘、紹介にも尽力している。小説には3部作「ハーフタイム」(60年)「一角獣」(66年)「転落」(73年)の他、「愛の彼岸」(76年)、「逃亡する馬」(78年)、「白鳥の家」(80年)、「波濤」(85年)、「狩り」(88年)など、戯曲に「樫の木とアンゴラ兎」(62年)、「黒いスワン」(64年)、「室内の戦い」(67年)、「ゲーテの手中に」(82年)など。

ワルタリ, ミカ　*Waltari, Mika*
フィンランドの作家, 劇作家
1908.9.19〜1979.8.26
㊊ヘルシンキ　㊋Waltari, Mika Toimi　㊌ヘルシンキ大学(神学・哲学)
㊙父は大学で宗教学を教える。自身は17歳で創作を始め、ヘルシンキ大学で神学と哲学を学ぶ傍ら小説を執筆。大学2年の時に処女作「大きい幻想」(1928年)を発表して文壇の注目を集め、以後、翻訳や小説、戯曲、詩と精力的な活動を展開。特に長編歴史小説により人気を不動のものとし、古代エジプト人医師の失意を描いた「エジプト人シヌヘ」(45年、邦題「エジプト人」)、エトルリアの古代史を背景にした「不死のトゥルムス」(55年)などで国際的名声を得た。他の作品に、「見知らぬ人が農家に来た」(38年)、「ミカエル・ハキム」(49年)、「ヨハンネス・アンゲロス」(52年)、「人間の敵」(64年)などがある。フィンランド・アカデミー会員。

ワン・スヨン　王　秀英　*Wang Su-young*
韓国の詩人, 作家
1937〜
㊊釜山　㊌延世大学卒　㊍尚火詩人賞(1996年)、月灘文学賞(1998年)
㊙詩人として韓国の文壇にデビュー。1977年韓国の女性雑誌の駐日特派員として来日。94年フリーに。96年詩集「祖国のキッテにはいつも涙が」で尚火詩人賞、98年「朝鮮人の傷跡」で月灘文学賞を受賞。2000年日本での日常を書いた「チョパリを摑んだ朝鮮人」を韓国で刊行。この他、小説、翻訳も手がける。他に「離別―王秀英詩選集」など。

ワン, ルル　*Wang, Lulu*
中国生まれのオランダの作家
1960〜
㊊中国・北京　㊌北京大学(英米文学)　㊍ノニーノ国際文学賞
㊙中国・北京に生まれ、北京大学で英米文学を専攻。26歳の時にオランダへ渡る。以後、マーストリヒト大学で中国語を教え、翻訳業に従事する傍ら、小説を執筆。1997年長編「睡蓮の教室」で作家デビュー。オランダでは異例の20万部を超えるベストセラーとなり、ノニーノ国際文学賞も受賞。その後6冊以上の小説を発表。

ワンジェリン, ウォルター(Jr.)　*Wangerin, Walter Jr.*
アメリカのファンタジー作家
㊊オレゴン州ポートランド　㊌マイアミ大学英文学修士課程修了、コンコーディア・セミネックス神学修士課程修了　㊍全米図書賞(1982年)
㊙セントルイスでラジオのアナウンサー、いくつかの大学の教員となった後、各地を旅行する。その後、恩寵ルター派教会の牧師として家族とともにインディアナ州に住む。戯曲や子供向けの本の出版の他、「インターアクション」誌に寄稿。処女小説の長編ファンタジー「The Book of the Don Cow(ダン・カウの書)」で1982年のアメリカ図書賞を受賞する。他の作品に「悲しみの書」「小説『聖書』」など。

【ン】

ンコーシ, ルイス　*Nkosi, Lewis*
南アフリカの作家, ジャーナリスト
1936〜
㊊ダーバン
㊙ズールー族出身。1956年から61年までヨハネスブルクで「ドラム」「ゴールデン・シティ・ポスト」など新聞雑誌のルポライターとして活躍。61年ジャーナリズム研究のためアメリカ・ハーバード大学に留学し、のちロンドンに渡って録音放送センターに勤務。「ニュー・アフリカン」の文化欄を担当しながら各種新聞に寄稿し、65年文筆活動の成果をまとめた評論集「故郷と亡命」を刊行。他の著書に戯曲「暴力のリズム」(64年)、小説「交配する鳥」(83年)、評論集「仕事と仮面」(81年)などがある。

ンディアイ, マリー　*NDiaye, Marie*
フランスの作家
1967〜
㊊オルレアン近郊ピティヴィエ　㊍フェミナ賞(2001年)、ゴンクール賞(2009年)、ネリー・ザックス賞(2015年)
㊙父はセネガル人、母はフランス人。フランスで生まれ育つ。1985年17歳で第1作「豊かな将来はと言えば(Quant au riche avenir)」を刊行。以後、小説、戯曲、童話などを発表。2009年「3人の強い女たち」でゴンクール賞を受賞。他の著書に「ロジー・カルプ」「みんな友だち」「ねがいごと」「心ふさがれて」などがある。現代フランス文学を代表する作家の一人。作家ジャン・イヴ・サンドレーとの間に3人の子供がいる。

ンデベレ, ンジャブロ　*Ndebele, Njabulo S.*
南アフリカの作家
1948.7.4〜
㊊ヨハネスブルク　㊌ケンブリッジ大学(イギリス)、デンバー大学(アメリカ)　㊍野間アフリカ出版賞(1984年)
㊙1973年国外脱出。91年帰国。ノース大学副学長となる。この間、黒人意識運動の詩人として出発。現代南アフリカを代表する作家・詩人となる。作品に小説「愚者たち」、評論「平凡なるものの再発見」、児童文学「ボノロと桃の木」など。95年日本アフリカ交流フォーラム出席のため来日。

ンワーパ, フローラ　*Nwapa, Flora*
ナイジェリアの作家, 出版人
1931.1.13〜1996.10.16
㊊オグタ　㊋筆名＝Nwakuche, Flora　㊌イバダン大学卒、エディンバラ大学卒
㊙ナイジェリア東部で生まれ、ナイジェリア内戦ののち、地方で公職に就き、土地調査および都市開発の長となる。1977年引退して、児童教育出版社(タナ・プレス)を創設し、最初に作品が刊行されたアフリカの女流作家となった。一夫多妻制下で女性の自立の道を追求した「一人でたくさん」(81年)が代表作。ほかに小説「エフル」(66年)「イドゥ」(69年)、短編集「これがラゴスだ」(71年)、「戦争と妻たち」(80年)、ナイジェリア内戦の悲惨な記録「もう二度と」(76年)など。

人名索引（欧文）

【A】

A Lai ······· 3
Aafjes, Bertus ······· 16
Aames, Avery ······· 72
Aaronovitch, Ben ······· 28
Abate, Carmine ······· 15
Abbey, Edward ······· 15
Abbott, George Francis ······· 18
Abbott, Jeff ······· 18
Abbott, Megan E. ······· 18
Abbott, Tony ······· 18
Abdulhamid, Ammar ······· 17
Abécassis, Eliette ······· 17
Abedi, Isabel ······· 17
Abell, Kjeld ······· 18
Abercrombie, Lascelles ······· 15
Abish, Walter ······· 16
Ablow, Keith Russel ······· 17
Abraham, Daniel ······· 72
Abrahams, Peter ······· 72
Abrahams, Peter ······· 72
Abramov, Fedor Aleksandrovich ······· 17
Abse, Dannie ······· 16
Achard, Marcel ······· 8
Achebe, Chinua ······· 10
Achternbusch, Herbert ······· 15
Acito, Marc ······· 7
Acker, Kathy ······· 11
Ackerman, Forrest J. ······· 11
Ackroyd, Peter ······· 7
Adair, Gilbert ······· 13
Adam, Paul ······· 10
Adamic, Louis ······· 9
Adamov, Arthur ······· 10
Adams, Douglas Noel ······· 9
Adams, Guy ······· 9
Adams, Léonie ······· 10
Adams, Richard ······· 10
Adams, Samuel Hopkins ······· 9
Adamson, Isaac ······· 10
Adderson, Caroline ······· 9
Ade, George ······· 72
Adeline, L.Marie ······· 13
Adibah Amin ······· 13
Adichie, Chimamanda Ngozi ······· 13
Adiga, Aravind ······· 13
Adler, Warren ······· 14
Adler-Olsen, Jussi ······· 75
Adlington, L.J. ······· 14
Adonias, Aguiar Filho ······· 14
Adonis ······· 14
Afinogenov, Aleksandr Nikolaevich ······· 16
Agee, James Rufus ······· 74
Agnon, Shmuel Yosef ······· 7
Aguinis, Marcos ······· 6
Aguirre, Ann ······· 6
Agyey, Sachchidānand Hīrānand Vātsyāyan ······· 11
Ahern, Cecelia ······· 15
Ahlin, Lars Gustaf ······· 22
Ahnhem, Stefan ······· 32
Aho, Juhani ······· 18
Ai Qing ······· 100
Aibek ······· 4
Aichinger, Ilse ······· 4
Aickman, Robert Fordyce ······· 71

Aidoo, Christina Ama Ata ······· 3
Aigi, Gennadii ······· 3
Aiken, Conrad Potter ······· 71
Aiken, Joan Delano ······· 71
Ailu ······· 4
Aini ······· 3
Ainsworth, Ruth ······· 72
Aira, César ······· 4
Aird, Catherine ······· 71
Airth, Rennie ······· 71
Aitmatov, Chingiz Torekulovich ······· 3
Ai Wu ······· 101
Ajip Rosidi ······· 3
Ajvaz, Michal ······· 3
Akatdamkoeng Raphiphat ······· 6
Akhmadulina, Bella ······· 17
Akhmatova, Anna Andreevna ······· 17
Aksenov, Vasilii Pavlovich ······· 6
Akunin, Boris ······· 6
Alain Fournier, Henri ······· 21
Alarcón, Daniel ······· 21
Al Aswany, Alaa ······· 22
Albee, Edward ······· 98
Albert, Marvin H. ······· 24
Albert Birot, Pierre ······· 25
Alberti, Rafael ······· 25
Albom, Mitch ······· 25
Aldanov, Mark ······· 23
Alderman, Naomi ······· 97
Aldington, Richard ······· 97
Aldiss, Brian Wilson ······· 97
Aldridge, James ······· 98
Alegría, Ciro ······· 27
Aleixandre, Vicente ······· 26
Aleksievich, Svetlana Aleksandrovna ······· 27
Alexander, Lloyd Chudley ······· 26
Alexander, Tasha ······· 26
Alexander, William ······· 26
Alexie, Sherman ······· 27
Alexis, Jacques Stéphen ······· 27
Alfaro, Oscar ······· 25
Alfau, Felipe ······· 25
Algren, Nelson ······· 96
Al Hassan, Jana ······· 24
Ali, Ahmed ······· 21
Alibert, François Paul ······· 22
Aliger, Margarita Iosifovna ······· 21
Alkemade, Kim van ······· 88
Allan, Jay ······· 21
Allen, Eric ······· 27
Allen, Judy ······· 28
Allen, Sarah Addison ······· 28
Allen, Walter Ernest ······· 27
Allen, William Hervey ······· 27
Allende, Isabel ······· 7
Allingham, Margery ······· 22
Allsburg, Chris Van ······· 96
Allyn, Doug ······· 22
Almada-Negreiros ······· 26
Almond, David ······· 20
Alonso, Ana ······· 28
Alonso, Dámaso ······· 28
Alpert, Mark ······· 24
Alsterdal, Tove ······· 23
Alten, Steve ······· 97
Altenberg, Peter ······· 24
Aluko, Timothy Mofolorunso ······· 23
Alvarez, Julia ······· 24
Álvarez Murena, Héctor Alberto ······· 25
Alvaro, Corrado ······· 22

Alverdes, Paul ······· 25
Alvtegen, Karin ······· 22
Alyoshin, Samuil I. ······· 22
Amadi, Elechi ······· 19
Amado, Jorge ······· 19
Amalrik, Andrey Alekseevich ······· 19
Ambler, Eric ······· 32
Ambrière, Francis ······· 32
Améry, Jean ······· 20
Amette, Jacques-Pierre ······· 20
Amichai, Yehuda ······· 19
Amiel, Irit ······· 19
Amir Hamzah ······· 19
Amis, Kingsley ······· 72
Amis, Martin Louis ······· 72
Ammaniti, Niccolò ······· 32
Ammons, A.R. ······· 20
Ampuero, Roberto ······· 32
An Do-hyeon ······· 28
An Su-gil ······· 28
Anand, Mulk Raj ······· 15
Andersch, Alfred ······· 30
Andersen Nexø, Martin ······· 14
Anderson, Eli ······· 29
Anderson, Frederick Irving ······· 29
Anderson, Jack Northman ······· 29
Anderson, Laurie Halse ······· 30
Anderson, Maxwell ······· 30
Anderson, Poul William ······· 30
Anderson, Robert ······· 30
Anderson, Sherwood ······· 29
Andersson, Dan ······· 30
Andrade, Carlos Drummond de ······· 31
Andrade, Mário Raul de Morais ······· 31
Andreev, Leonid Nikolaevich ······· 31
Andres, Stefan ······· 31
Andrews, Donna ······· 31
Andrews, Jesse ······· 31
Andrews, Lori B. ······· 31
Andrić, Ivo ······· 31
Andrzejewski, Jerzy ······· 28
Angelou, Maya ······· 28
Angkhan Kanlayanaphong ······· 28
Anguissola, Giana ······· 28
Anh Duc ······· 5
Anholt, Catherine ······· 32
Anholt, Laurence ······· 32
Anny baby ······· 15
Anouilh, Jean ······· 15
Anthony, Evelyn ······· 29
Anthony, Piers ······· 29
Antokolískii, Pavel Grigoríevich ······· 30
Antonelli, Luigi ······· 30
Antonov, Sergei Petrovich ······· 30
Antoon, Sinan ······· 31
Anwar, Chairil ······· 32
Apitz, Bruno ······· 16
Apodaca, Jennifer ······· 18
Apollinaire, Guillaume ······· 18
Appelfeld, Aharon ······· 12
Applegate, Katherine ······· 12
Apperry, Yann ······· 17
Aqqād, Abbās Maḥmūd al- ······· 11
Aragon, Louis ······· 20
Arastui, Shiva ······· 20
Arbasino, Alberto ······· 24
Arbuzov, Aleksei Nikolaevich ······· 25
Arcan, Nelly ······· 22
Arceo, Liwayway A. ······· 23
Archer, Jeffrey Howard ······· 11
Arciniegas, Germán ······· 23

Arcos, René … 23	Auvini Kadresengane … 6	Banks, Iain … 407
Arden, John … 13	Avallone, Silvia … 5	Banks, Kate … 407
Arenas, Braulio … 27	Avanzini, Lena … 5	Banks, Lynne Reid … 407
Arenas, Reinaldo … 27	Aveline, Claude … 6	Banks, Russel … 407
Arghezi, Tudor … 22	Averchenko, Arkadii Timofeevich … 5	Banning, Margaret … 390
Argilli, Marcello … 23	Avery, Gilliann … 72	Banti, Anna … 410
Arguedas, José María … 23	Avi … 15	Banville, John … 412
Aridjis, Homero … 22	Avieson, Bunty … 16	Báo Ninh … 370
Arjouni, Jakob … 26	Awoonor, Kofi Nyidevu … 5	Baradulin, Ryhor Ivanavich … 396
Arland, Marcel … 26	Axelsson, Carina … 6	Baraka, Amiri … 395
Arlen, Michael … 28	Ayala, Francisco … 20	Barakāt, Halīm Isber … 395
Arley, Catherine … 26	Ayckbourn, Alan … 71	Barańczak, Stanisław … 396
Arlt, Roberto … 24	Aymé, Marcel … 78	Barbery, Muriel … 402
Armah, Ayi Kwei … 18	Azhaev, Vasilii Nikolaevich … 8	Barbusse, Henri … 401
Armas Marcelo, J.J. … 25	Azorín … 9	Barclay, Linwood … 376
Armel, Aliette … 26	Azpeitia, Javier … 8	Barcomb, Wayne … 371
Armitage, Simon … 19	Azuela, Arturo … 8	Bardin, John Franklin … 386
Armstrong, Charlotte … 19	Azuela, Mariano … 8	Bardugo, Leigh … 387
Armstrong, Richard … 20	Azzopardi, Trezza … 12	Barea, Arturo … 402
Armstrong, William Howard … 19		Baricco, Alessandro … 399
Arnold, Edwin L. … 15		Barilier, Etienne … 399
Arpino, Giovanni … 25		Barker, Clive … 371
Arrabal, Fernando … 21	【B】	Barker, George Granville … 371
Arreola, Juan José … 26		Barker, Pat … 371
Arriaga, Guillermo … 21	Bâ, Amadou Hampaté … 363	Barnard, Robert … 389
Arslan, Antonia … 23	Ba, Mariama … 363	Barnes, Djuna … 408
Artaud, Antonin … 24	Babaevskii, Semyon Petrovich … 390	Barnes, Julian … 408
Artem'eva, Galina … 24	Babbitt, Natalie … 391	Baroja, Pío … 404
Artmann, Hans Carl … 24	Babel, Isaak Emmanuilovich … 392	Baronsky, Eva … 404
Artsybashev, Mikhail Petrovich … 23	Babits, Mihály … 391	Barr, Nevada … 363
Asaro, Catherine … 7	Baccalario, Pierdomenico … 383	Barrett, Andrea … 403
Asch, Nathan … 12	Bacchelli, Riccardo … 385	Barrett, Colin … 403
Asch, Sholem … 11	Bach, Richard … 384	Barrett, Neal Jr. … 403
Aseev, Nikolai Nikolaevich … 9	Bacheller, Irving Addison … 383	Barrett, Tracy … 403
Asensi, Matilde … 9	Bachmann, Ingeborg … 386	Barrie, James Matthew … 396
Ashbery, John … 12	Bacigalupi, Paolo … 383	Barrington, James … 400
Asher, Jay … 11	Baczyński, Krzysztof Kamil … 383	Barrios, Enrique … 397
Asher, Neal … 11	Badai … 382	Barry, Brunonia … 397
Asimov, Isaac … 7	Bagley, Desmond … 376	Barry, Max … 397
Asquith, Cynthia … 8	Bagritskii, Eduard Georgievich … 376	Barry, Philip … 397
Asrul Sani … 9	Bagryana, Elisaveta … 376	Barry, Sebastian … 397
Astafiev, Viktor P. … 8	Bahmet'ev, Vladimir Matveevich … 392	Barstow, Stan … 380
Astley, Thea … 9	Bai Bing … 373	Barth, John Simmons … 379
Asturias, Miguel Ángel … 8	Bai Hua … 372	Barthelme, Donald … 381
Atherton, Gertrude Franklin … 7	Bai Xian-yong … 373	Barthelme, Frederick … 381
Atir, Yiftach Reicher … 13	Baikov, Nikolai Apollonovich … 364	Bar-Zohar, Michael … 381
Atiyah, Edward Selim … 9	Bail, Murray … 484	Bassani, Giorgio … 385
Atkins, Ace … 14	Bailey, Hilary … 483	Basso, Joseph Hamilton … 385
Atkinson, Kate … 14	Bailey, Paul … 483	Bastide, François-Régis … 380
Attali, Jacques … 10	Bainbridge, Beryl … 484	Bataille, Georges … 382
Atwood, Margaret Eleanor … 13	Ba-jin … 371	Bates, Herbert Ernest … 486
Atxaga, Bernardo … 11	Bajo, David … 482	Battaglia, Romano … 385
Aub, Max … 5	Baker, Kage … 484	Battles, Brett … 389
Aubert, Brigitte … 96	Baker, Nicholson … 484	Bauchau, Henry … 508
Aubry, Cécile … 95	Baklanov, Grigorii Yakovlevich … 376	Baudouy, Michel-Aimé … 512
Auchincloss, Louis Stanton … 87	Balázs, Béla … 395	Bauer, Belinda … 367
Auden, Wystan Hugh … 92	Balchin, Nigel … 519	Bauer, Marion Dane … 367
Audiberti, Jacques … 92	Baldacci, David … 401	Bauersima, Igor … 367
Audisio, Gabriel … 92	Baldwin, James Arthur … 519	Baum, Lyman Frank … 370
Audouin-Mamikonian, Sophie … 93	Balestrini, Nanni … 402	Baum, Vicki … 370
Audoux, Marguerite … 93	Ball, John … 517	Baumann, Hans … 370
Auel, Jean M. … 6	Ballantyne, Lisa … 396	Baumann, Kurt … 370
Auer, Margit … 5	Ballard, James Graham … 395	Baume, Sara … 515
Auernheimer, Raoul … 5	Balliett, Blue … 397	Bausch, Richard … 508
Auezov, Mukhtar Omarkhanovich … 5	Ballinger, Bill Sanborn … 400	Bawden, Nina … 512
Auld, William … 98	Balmaceda, Carlos … 402	Baxter, Charles … 375
Ausländer, Rose … 5	Bandeira Filho, Manuel Carneiro de Sousa … 410	Baxter, James Keir … 375
Auster, Paul Benjamin … 90	Banier, François-Marie … 390	Baxter, Stephen … 375
Austin, Mary Hunter … 90	Bank, Melissa … 407	Bayard, Louis … 483
Ausubel, Ramona … 91		Bayer, William … 482
		Bayley, Barrington J. … 483

Bayley, John Oliver … 483	Benton, Jim … 502	Billy, André … 414
Bazhan, Mykola … 379	Béraud, Henri … 499	Binchy, Maeve … 429
Bazhov, Pavel Petrovich … 379	Bercovici, Konrad … 494	Binding, Rudolf Georg … 429
Bazin, Hervé … 377	Berenson, Alex … 499	Binet, Laurent … 421
Bazin, René … 377	Beresford, John D. … 498	Binet-Valmer … 421
Beach, Edward … 419	Berg, A.Scott … 372	Binyon, Robert Laurence … 421
Beagle, Peter Soyer … 416	Berg, Leila … 374	Bioy Casares, Adolfo … 414
Bear, Elizabeth … 481	Bergengruen, Werner … 494	Birdsall, Jeanne … 380
Bear, Greg … 481	Berger, John Peter … 378	Birmingham, Ruth … 394
Beattie, Ann … 420	Berger, Thomas … 378	Birney, Earle … 389
Beauman, Sally … 506	Berggolits, Oliga Fyodorovna … 494	Bischoff, David … 417
Beaumont, Charles … 515	Bergman, Bo … 494	Bishop, Claire Huchet … 417
Beauseigneur, James … 509	Bergman, Hjalmar … 494	Bishop, Elizabeth … 417
Beauvoir, Simone de … 505	Bergman, Tamar … 494	Bishop, John Peale … 417
Becher, Johannes Robert … 488	Bérimont, Luc … 493	Bishop, Michael … 417
Beck, Béatrix … 487	Berkeley, Anthony … 376	Bisson, Terry … 419
Becker, Jurek … 486	Berna, Paul … 495	Bitov, Andrei Georgievich … 420
Beckett, Bernard … 485	Bernanos, Georges … 495	Bjørnson, Bjørnstjerne … 425
Beckett, Samuel … 485	Bernard, Jean-Jacques … 496	Bjørnvig, Thorkild Strange … 424
Beckett, Simon … 485	Bernard, Jean-Marc … 496	Black, Ethan … 455
Bednár, Alfonz … 488	Bernard, Tristan … 496	Black, Holly … 455
Beer, Patricia … 413	Bernari, Carlo … 496	Black, Lisa … 456
Beer-Hofmann, Richard … 481	Bernhard, Thomas … 497	Blackburn, John … 456
Beevor, Antony … 421	Bernières, Louis De … 496	Blackburn, Paul … 456
Bégaudeau, François … 485	Berrigan, Ted … 493	Blackman, Malorie … 456
Begley, Louis … 416	Berry, Jedediah … 492	Blackwood, Algernon Henry … 456
Behan, Brendan Francis … 422	Berry, Steve … 492	Blaga, Lucian … 454
Behbahani, Simin … 491	Berry, Wendell … 492	Blais, Marie-Claire … 472
Behr, Edward … 481	Berryman, John … 493	Blake, James Carlos … 473
Behrman, Samuel Nathaniel … 481	Berto, Giuseppe … 495	Blake, Michael … 473
Bei-dao … 508	Bertolucci, Attilio … 495	Blaman, Anna … 459
Beigbeder, Frédéric … 484	Bertram, Ernst … 495	Blanchot, Maurice … 461
Beinhart, Larry … 366	Bertrand, Louis Marie Émile … 495	Blasco Ibáñez, Vicente … 455
Bek, Aleksandr Alfredovich … 486	Bester, Alfred … 485	Blasim, Hassan … 454
Bell, Josephine … 493	Béti, Mongo … 488	Blatty, William Peter … 457
Bell, Madison Smartt … 493	Betjeman, John … 487	Blauner, Peter … 479
Bell, Ted … 493	Betocchi, Carlo … 488	Blaylock, James P. … 472
Bell, William … 493	Betti, Ugo … 487	Blazon, Nina … 455
Bellairs, John … 498	Beukes, Lauren … 423	Blechman, Burt … 473
Belloc, Hilaire … 499	Beverly, Bill … 421	Blincoe, Nicholas … 467
Belloc Lowndes, Marie … 499	Bevilacqua, Alberto … 484	Blish, James Benjamin … 464
Bellonci, Maria … 500	Beyala, Calixthe … 491	Blishen, Edward … 463
Bellow, Saul … 499	Beyer, Marcel … 364	Blissett, Luther … 463
Belov, Vasilii Ivanovich … 499	Bezmozgis, David … 486	Blixen, Karen … 462
Beltramelli, Antonio … 495	Bezruč, Petr … 486	Bloch, Jean-Richard … 478
Belyaev, Aleksandr Romanovich … 493	Bezymenskii, Aleksandr Il'ich … 485	Bloch, Robert … 478
Belyi, Andrei … 493	Bezzerides, Albert … 486	Block, Francesca Lia … 478
Benacquista, Tonino … 449	Bhāratī, Subrahmanya … 395	Block, Lawrence … 479
Benavente, Jacinto … 489	Bhattacharya, Bhabani … 383	Blok, Aleksandr Aleksandrovich … 477
Benchley, Peter … 501	Bi Fei-yu … 419	Blondin, Antoine … 480
Bender, Aimee … 501	Bialik, Hayyim Nahman … 414	Blume, Judy … 471
Bender, Hans … 501	Bian Zhi-lin … 500	Blume, Lesley M.M. … 472
Benedetti, Mario … 490	Bianciotti, Hector … 414	Blunck, Hans Friedrich … 472
Benediktsson, Einar … 490	Bianco, Margery Williams … 414	Blunden, Edmund Charles … 461
Benelli, Sem … 490	Bibhūtibhūsan Bandyopādhyāy … 422	Bly, Robert Elwood … 450
Benet, Juan … 489	Bichsel, Peter … 416	Blyton, Enid Mary … 452
Benét, Stephen Vincent … 489	Biegel, Paul … 422	Bobrowski, Johannes … 514
Benford, Gregory … 502	Bienek, Horst … 421	Bodard, Lucien Albert … 510
Bengtsson, Jonas T. … 501	Bierbaum, Otto Julius … 413	Bodelsen, Anders … 512
Benioff, David … 489	Biermann, Wolf … 413	Bo dker, Cecil … 512
Ben-Jelloun, Tahar … 500	Biggers, Earl Derr … 415	Bodoc, Liliana … 512
Benn, Gottfried … 500	Bigiaretti, Libero … 417	Bogan, Louise … 507
Bennett, Alan … 490	Bigongiari, Piero … 416	Bogomolov, Vladimir Osipovich … 508
Bennett, Arnold … 490	Bilac, Olavo … 425	Bogza, Geo … 508
Bennett, Louise Simone … 490	Bilenchi, Romano … 428	Boileau-Narcejac … 523
Bennett, Margot … 490	Bill'-Belotserkovskii, Vladimir Naumovich … 426	Bojer, Johan … 503
Bennett, Robert Jackson … 490	Billetdoux, François-Paul … 414	Bok, Hannes … 507
Benni, Stefano … 502	Billetdoux, Marie … 414	Bolaño, Roberto … 516
Benoit, Pierre … 449	Billingham, Mark … 426	Bolger, Dermot … 518
Benson, E.F. … 501		Böll, Heinrich Theodor … 493
Bentley, Edmund Clerihew … 502		

Bollwahn, Barbara	520	
Bolt, Robert Oxton	519	
Bolton, S.J.	520	
Bonansinga, Jay R.	513	
Bond, Bradley	525	
Bond, Edward	525	
Bond, Larry	525	
Bond, Michael	525	
Bond, Ruskin	525	
Bondarev, Yurii Vasilievich	524	
Bondoux, Anne-Laure	525	
Bondurant, Matt	524	
Bonnefoy, Yves	525	
Bonsels, Waldemar	524	
Bontempelli, Massimo	524	
Bontemps, Arna	524	
Bonzon, Paul-Jacques	524	
Boonen, Stefan	513	
Booth, Stephen	447	
Bopp, Léon	511	
Boralevi, Antonella	516	
Borchardt, Rudolf	520	
Borchert, Wolfgang	520	
Bordeaux, Henry	519	
Borel, Jacques	521	
Borgen, Johan	518	
Borges, Jorge Luis	521	
Borgese, Giuseppe Antonio	518	
Borne, Alain	520	
Borodin, Sergei Pettovich	522	
Borowski, Tadeusz	522	
Borrmann, Mechtild	521	
Bosco, Henri	509	
Bosman, Herman Charles	509	
Bosquet, Alain	509	
Bost, Pierre	509	
Boston, Lucy Maria	509	
Botan	510	
Bottrall, Ronald	512	
Boucher, Anthony	369	
Bouchor, Maurice	447	
Boudard, Alphones	448	
Bouhélier, Saint-Georges de	440	
Boulanger, Daniel	460	
Boulle, Pierre	468	
Boulton, Marjorie	506	
Bouman, Tom	506	
Bourdeaut, Olivier	471	
Bourdet, Edouard	470	
Bourges, Élémir	469	
Bourget, Paul	469	
Bourin, Jeanne	459	
Bourjaily, Vance Nye	431	
Bourliaguet, Léonce	472	
Bourne, Sam	523	
Bousquet, Joë	447	
Bova, Ben	513	
Bowen, Elizabeth	507	
Bowen, Rhys	507	
Bowler, Tim	506	
Bowles, Jane	506	
Bowles, Paul	506	
Box, C.J.	511	
Boyd, John	504	
Boyd, Martin	504	
Boyd, William	504	
Boye, Karin	503	
Boyer, Rick	504	
Boylan, Clare	504	
Boyle, Kay	505	
Boyle, T.Coraghessan	505	
Boylesve, René	503	
Boyne, John	505	
Bozorg 'Alavī	509	
Bracco, Roberto	456	
Bracharz, Kurt	459	
Brackett, Leigh	454	
Bradbury, Malcolm Stanley	457	
Bradbury, Ray Douglas	457	
Bradford, Arthur	457	
Bradford, Barbara Taylor	457	
Bradley, Alan	457	
Bradley, David	457	
Bradley, Kimberly Brubaker	457	
Bradley, Marion Zimmer	458	
Bradley, Mary Hastings	458	
Brady, Joan	475	
Bragg, Melvyn	456	
Braine, John Gerard	473	
Braithwaite, E.R.	472	
Brancati, Vitaliano	459	
Brand, Christianna	462	
Brandys, Kazimierz	461	
Branner, Hans Christian	462	
Brasch, Thomas	456	
Brashares, Ann	456	
Brasillach, Robert	454	
Brasme, Anne-Sophie	455	
Brathwaite, Edward Kamau	455	
Braun, Lilian J.	453	
Braun, Volker	453	
Brautigan, Richard	479	
Brecht, Bertolt	476	
Bredel, Willi	475	
Breen, Jon L.	467	
Brenan, Gerald	475	
Brennan, Allison	475	
Brennan, Christopher John	475	
Brentano, Bernard von	476	
Brenton, Howard	477	
Breton, André	471	
Brett, Peter V.	475	
Brett, Simon	475	
Brewer, Zac	466	
Breytenbach, Breyten	472	
Breza, Tadeusz	474	
Brian, Kate	450	
Bridges, Robert Seymour	463	
Bridie, James	452	
Brieux, Eugène	466	
Briggs, Patricia	463	
Bright, Robert	452	
Brillantes, Gregorio C.	466	
Brin, David	467	
Brink, André Philippus	467	
Brink, Carol Ryrie	467	
Brinnin, John Malcolm	465	
Brinsmead, Hesba F.	468	
Brion, Marcel	466	
Brisville, Jean-Claude Gabriel	462	
Brittain, Vera	464	
Brittain, William	464	
Britting, Georg	464	
Britton, Andrew	465	
Brocchi, Virgilio	478	
Broch, Hermann	479	
Brockmeier, Kevin	479	
Brod, Max	479	
Broderick, Damien	479	
Brodkey, Harold	479	
Brodsky, Joseph	478	
Bródy, Sándor	479	
Bromfield, Louis	480	
Broniewski, Władzisław	480	
Bronnen, Arnolt	480	
Bronsky, Alina	480	
Brooke, Rupert Chawner	469	
Brooke-Rose, Christine	470	
Brookes, Adam	469	
Brookmyre, Christopher	470	
Brookner, Anita	470	
Brooks, Geraldine	470	
Brooks, Gwendolyn Elizabeth	469	
Brooks, Kevin	470	
Brooks, Max	470	
Brooks, Terry	470	
Brophy, Brigid	480	
Brossard, Chandler	454	
Brotherton, Mike	454	
Brouwers, Jeroen	452	
Bróvka, Petrúsi	480	
Brown, Amanda	452	
Brown, Dale	453	
Brown, Dan	453	
Brown, E.R.	452	
Brown, Fredric	453	
Brown, George Mackay	453	
Brown, Marcia	453	
Brown, Pierce	453	
Brown, Rebecca	454	
Brown, Rita Mae	453	
Brown, Sandra	452	
Brownjohn, Alan Charles	454	
Bruckner, Ferdinand	470	
Bruen, Ken	468	
Brunhoff, Laurant de	466	
Brunner, John	458	
Brussig, Thomas	469	
Brussolo, Serge	466	
Brutus, Dennis	469	
Bryant, Ed	450	
Bryantsev, Georgii Mikhailovich	465	
Bryce Echenique, Alfredo	452	
Brycz, Pavel	464	
Bryusov, Valerii Yakovlevich	466	
Brzechwa, Jan	447	
Bubennov, Mikhail Semyonovich	450	
Buchan, James	371	
Buchheim, Lothar-Günther	449	
Buck, Pearl S.	383	
Buckell, Tobias S.	385	
Buckley, Michael	384	
Buckley, Vincent	384	
Buckley, William Frank Jr.	384	
Buckley-Archer, Linda	384	
Buckner, M.M.	384	
Budnitz, Judy	388	
Buechner, Frederick Carl	416	
Buero Vallejo, Antonio	441	
Buettner, Robert	449	
Bufalino, Gesualdo	449	
Buff, Joe	392	
Buffa, Dudley W.	386	
Buitrago, Jairo	436	
Bujold, Lois McMaster	417	
Bujor, Flavia	423	
Bukowski, Charles	447	
Bulatović, Miodrag	458	
Bulawayo, NoViolet	459	
Bulgakov, Mikhail Afanasievich	468	

Bull, Olaf ·················· 468	Campbell, Colin ················ 133	Cassou, Jean ···················· 104
Bullins, Ed ················· 468	Campbell, Gordon ·············· 133	Castaneda, Carlos ··············· 105
Bulosan, Carlos Sampayan ······ 477	Campbell, Jack ················· 133	Castellanos, Rosario ············ 105
Bunin, Ivan ················· 449	Campbell, John T. ··············· 133	Castillo, Michel del ············· 105
Bunker, Edward ··············· 407	Campbell, John W. ··············· 133	Castillon, Claire ················ 105
Bunting, Basil ················ 410	Campbell, Ramsey ··············· 134	Castle, Richard ················· 130
Bunting, Eve ·················· 410	Campbell, Robert Wright ········ 134	Castro, Adam-Troy ··············· 105
Burcell, Robin ················ 381	Campbell, Roy ·················· 134	Castro, Ferreira de José Maria ···· 105
Burgess, Anthony ·············· 378	Campion, Alexander ············· 133	Cates, Bailey ··················· 170
Burgess, Thornton Waldo ······· 378	Camus, Albert ·················· 113	Cather, Willa ··················· 129
Burke, James Lee ·············· 373	Candar, Krishan ················ 303	Catton, Eleanor ················· 108
Burke, Jan ···················· 373	Canetti, Elias ··················· 110	Cau, Jean ······················· 177
Burman, Ben Lucien ············ 393	Canin, Ethan ···················· 173	Caudill, Rebecca ················ 187
Burn, Gordon ·················· 405	Cannell, Stephen ················ 130	Caudwell, Sarah ················· 187
Burnett, William Riley ········· 390	Canning, Victor ················· 110	Causley, Charles Stanley ········ 184
Burnford, Sheila ················ 412	Cansino, Eliacer ················· 121	Cauvin, Patrick ················· 182
Burns, John Horne ············· 408	Cantrell, Rebecca ················ 133	Cavanagh, Steve ················ 130
Burroughs, Edgar Rice ········· 404	Canxue ························· 208	Cavanna, François ··············· 101
Burroughs, William Seward ····· 403	Cao Wen-xuan ·················· 279	Cayrol, Jean ····················· 176
Burton, Jessie ·················· 389	Cao Yu ························· 278	Cela, Camilo José ··············· 274
Busch, Frederick ··············· 448	Cao-Ming ······················ 279	Celan, Paul ····················· 312
Busch, Petra ··················· 448	Capek, Karel ··················· 302	Céline, Louis-Ferdinand ········· 275
Busse, Carl ···················· 448	Capote, Truman ················· 112	Cercas, Javier ··················· 275
Bussi, Michel ·················· 423	Capus, Alex ····················· 111	Cernuda, Luis ··················· 275
Butcher, Jim ··················· 448	Card, Orson Scott ··············· 108	Cerruto, Oscar ·················· 275
Butler, Ellis Parker ············· 388	Cardenal, Ernesto ··············· 117	Césaire, Aimé Fernand ·········· 272
Butler, Guy ···················· 388	Carducci, Giosuè ················ 118	Cesbron, Gilbert ················· 274
Butler, Octavia Estelle ·········· 388	Carew, Jan Rynveld ·············· 115	Cha Beom-seok ·················· 300
Butler, Robert Olen ············· 388	Carey, Jacqueline ················ 169	Chabon, Michael ················ 214
Butor, Michel ··················· 424	Carey, Janet Lee ················· 169	Chadbourn, Mark ················ 301
Buzo, Alexander ················ 448	Carey, Peter Philip ··············· 170	Chae Man-sik ··················· 298
Buzzati, Dino ··················· 448	Carle, Eric ······················ 116	Chakovskii, Aleksandr Borisovich ···· 300
Byars, Betsy ···················· 364	Carlson, Jeff ····················· 117	Chambers, Aidan ················ 299
Byatt, Antonia Susan ············ 364	Carlson, Natalie Savage ·········· 117	Chamoiseau, Patrick ············· 229
Bykov, Vasilii Vladimirovich ···· 435	Carman, Patrick ················· 113	Chamson, André ················ 231
Bynner, Witter ·················· 420	Carofiglio, Gianrico ·············· 119	Chan, Kylie ····················· 302
	Carossa, Hans ·················· 119	Chandernagor, Françoise ········ 231
	Carpelan, Bo Gustaf Bertelsson ··· 118	Chandler, Arthur Bertram ········ 303
	Carpentier, Alejo ················ 118	Chandler, Raymond ············· 303
	Carr, Emily ····················· 99	Chang Hyok-chu ················ 302
【C】	Carr, John Dickson ··············· 99	Chang Jeong-il ·················· 302
	Carr, Shelly Dickson ·············· 99	Chang, Jung ···················· 297
Caballero Calderón, Eduardo ···· 111	Carr, Terry ······················ 100	Chang Yong-hak ················· 302
Cabanis, José ··················· 111	Carranza, Andreu ················ 114	Chaplet, Anne ··················· 228
Cabot, Meg ····················· 130	Carrasco, Jesús ·················· 114	Chapman, Drew ················· 301
Cabral de Melo Neto, Joan ······ 112	Carrell, Jennifer Lee ·············· 132	Chapman, Linda ················· 301
Cabrera Infante, Guillermo ····· 112	Carrera Andrade, Jorge ··········· 118	Chappell, Fred ··················· 302
Cai Su-fen ······················ 199	Carrère, Emmanuel ·············· 119	Chapsal, Madeleine ·············· 227
Caidin, Martin ··················· 170	Carrière, Jean-Claude ············· 115	Char, René ······················ 229
Cain, Chelsea ··················· 171	Carrière, Jean Paul Jacques ······· 115	Charles-Roux, Edmonde ········· 230
Cain, James Mallahan ············ 171	Carriger, Gail ···················· 131	Charney, Noah ·················· 301
Caldwell, Erskine Preston ········ 193	Carrington, Leonora ·············· 132	Charteris, Leslie ·················· 301
Călinescu, George ················ 115	Carrisi, Donato ·················· 108	Charyn, Jerome ·················· 302
Calisher, Hortense ················ 132	Carroll, Jim ······················ 132	Chase, Clifford ··················· 298
Callaghan, Morley Edward ······· 131	Carroll, Jonathan ················· 133	Chase, James Hadley ············· 298
Callanan, Liam ··················· 131	Carruth, Hayden ················· 117	Chase-Riboud, Barbara ·········· 298
Calmes, Mary ···················· 118	Carson, Ciaran ··················· 106	Châtelet, Noëlle ·················· 226
Calonita, Jen ····················· 132	Carson, Paul ····················· 106	Chat Kobjitti ···················· 301
Calvetti, Paola ··················· 116	Cărtărescu, Mircea ··············· 117	Chatwin, Bruce ·················· 301
Calvino, Italo ····················· 116	Carter, Angela ··················· 106	Chauveau, Léopold ··············· 241
Cambias, James L. ················ 133	Carter, Dean Vincent ············· 106	Chavarría, Daniel ················ 300
Cameron, Marc ··················· 131	Carter, Lin ······················ 106	Chaviano, Daína ················· 300
Cameron, Peter ··················· 131	Cartland, Barbara ················ 109	Chayefsky, Paddy ················ 298
Cameron, W.Bruce ················ 130	Carver, Raymond ················ 110	Chazin, Suzanne ················· 298
Cami, Pierre ····················· 113	Carzan, Carlo ···················· 116	Chbosky, Stephen ················ 307
Camilleri, Andrea ·················· 113	Case, John ······················· 172	Cheever, John ··················· 299
Camoletti, Marc ··················· 114	Casey, Jane ······················ 172	Chen Bai-chen ··················· 310
Campanile, Achille ················ 121	Cash, Wiley ····················· 130	Chen Dan-yan ··················· 310
Campbell, Anna ··················· 133	Casona, Alejandro ················ 106	Chen Deng-ke ··················· 310
Campbell, Bebe Moore ············ 134	Cass, Kiera ······················ 130	Chen Fang ······················ 310
	Cassola, Carlo ···················· 107	Chen Hao-ji ····················· 309

Chen Huang-mei ············· 309	Clare, Cassandra ············· 161	Connelly, Marc ············· 188
Chen Jian-gong ············· 309	Clark, John Pepper ············· 149	Connelly, Michael ············· 188
Chen Koon-chung ············· 309	Clark, Martin ············· 149	Connolly, John ············· 188
Chen Qian-wu ············· 310	Clark, Mary Higgins ············· 149	Connors, Rose ············· 188
Chen Ran ············· 310	Clark, Robert ············· 149	Conquest, Robert ············· 196
Chen Rui-Xian ············· 310	Clark, Walter Van Tilburg ············· 149	Conrad, Joseph ············· 198
Chen Ruo-xi ············· 309	Clarke, Arthur Charles ············· 148	Conran, Shirley Ida ············· 198
Chen Xue-zhao ············· 309	Clarke, Austin ············· 149	Conroy, Frank ············· 198
Chen Ying-zhen ············· 309	Clarke, Susanna ············· 149	Conroy, Jack ············· 198
Chen Zhong-shi ············· 310	Claudel, Paul Louis Charles ············· 167	Conroy, Pat ············· 198
Cheng Ching-wen ············· 313	Claudel, Philippe ············· 167	Constable, Kate ············· 197
Cheng, François ············· 299	Claus, Hugo Maurice Julien ············· 148	Cook, Robin ············· 144
Cheng Nai-shan ············· 313	Clavel, Maurice ············· 147	Cook, Thomas H. ············· 144
Cheon Myeong-kwan ············· 308	Clavell, James ············· 152	Coonts, Stephen ············· 168
Cheon Un-yeong ············· 307	Cleary, Beverly ············· 153	Cooper, Susan ············· 146
Cherryh, C.J. ············· 299	Cleary, Jon ············· 153	Cooper, William ············· 146
Chesbro, George C. ············· 299	Cleave, Chris ············· 156	Coover, Robert ············· 146
Chessex, Jacques ············· 212	Cleave, Paul ············· 156	Ćopić, Branko ············· 307
Chessman, Harriet Scott ············· 299	Cleeves, Ann ············· 156	Copper, Basil ············· 189
Chevalier, Tracy ············· 235	Cleland, Jane K. ············· 157	Copperman, E.J. ············· 186
Chevallier, Gabriel ············· 233	Clément, Catherine ············· 165	Corbett, David ············· 189
Chew, Ruth ············· 303	Clement, Hal ············· 165	Corbett, Wiliam J. ············· 189
Chi Li ············· 297	Clemo, Jack ············· 165	Corder, Zizou ············· 184
Chi Zi-jian ············· 297	Clevenger, Craig ············· 164	Corey, James S.A. ············· 190
Chiang, Ted ············· 302	Cline, Emma ············· 147	Corlett, William ············· 195
Child, Lauren ············· 300	Cline, Ernest ············· 147	Corman, Avery ············· 190
Child, Lee ············· 300	Coates, Ta-Nehisi ············· 185	Corman, Cid ············· 190
Child, Lincoln ············· 300	Coatsworth, Elizabeth Jane ············· 186	Cormier, Robert ············· 190
Childs, Laura ············· 300	Cobb, James Henry ············· 186	Cornford, John ············· 197
Chiung Yao ············· 170	Coben, Harlan ············· 189	Cornwell, Bernard ············· 196
Cho Byung-hwa ············· 304	Cocteau, Jean ············· 183	Cornwell, John ············· 196
Cho Chang-in ············· 304	Cody, Diabro ············· 186	Cornwell, Patricia Daniels ············· 196
Cho Jung-rae ············· 304	Cody, Liza ············· 186	Corso, Gregory Nunzio ············· 184
Cho Ki-chon ············· 304	Coelho, Paulo ············· 182	Cortázar, Julio ············· 193
Cho Myong-hui ············· 304	Coerr, Eleanor ············· 178	Ćosić, Dobrica ············· 307
Cho Se-hui ············· 304	Coetzee, J.M. ············· 144	Cossery, Albert ············· 184
Choe In-ho ············· 297	Cohen, Ilan Duran ············· 183	Cotterill, Colin ············· 185
Choe In-hun ············· 297	Cohen, Leonard ············· 183	Cottrell Boyce, Frank ············· 185
Choe Jeong-hui ············· 297	Colbert, Curt ············· 194	Coughlin, Jack ············· 189
Choe Min-kyong ············· 298	Cole, Teju ············· 192	Coupland, Douglas Campbell ············· 146
Choe So-hae ············· 298	Coleman, Reed Farrel ············· 195	Cousins, Lucy ············· 106
Choe Young-mi ············· 298	Colette, Sidonie Gabrielle ············· 195	Coville, Bruce ············· 189
Choldenko, Gennifer ············· 307	Colfer, Chris ············· 195	Cowan, Peter ············· 102
Chon Se-bong ············· 308	Colfer, Eoin ············· 195	Coward, Nöel Pierce ············· 119
Chon Su-chan ············· 308	Colin, Vladimir ············· 191	Cowell, Cressida ············· 182
Christensen, Inger ············· 154	Collette, Sandrine ············· 195	Cowley, Joy ············· 102
Christer, Sam ············· 154	Collier, John Henry Noyes ············· 191	Cowper, Richard ············· 102
Christie, Agatha ············· 154	Collins, Jackie ············· 191	Coyle, Cleo ············· 179
Christopher, John ············· 155	Collins, Larry ············· 192	Cozzens, James Gould ············· 105
Chu Tien-hsin ············· 231	Collins, Max Allan ············· 192	Crace, Jim ············· 163
Chu Tien-wen ············· 231	Collins, Michael ············· 191	Crais, Robert ············· 163
Chu Yo-han ············· 303	Collins, Suzanne ············· 191	Crane, Caprice ············· 163
Chūbak, Sādeq ············· 304	Collis, Maurice ············· 191	Crane, Harold Hart ············· 163
Chukovskaya, Lidiya Korneevna ············· 303	Colombo, Furio ············· 195	Creasey, John ············· 154
Chuko'vskii, Nikol'ai Kornéevich ············· 303	Colter, Cyrus ············· 192	Creech, Sharon ············· 155
Chun Shu ············· 238	Colum, Padraic ············· 190	Creed, John ············· 156
Chung Bi-soku ············· 308	Comfort, Alex ············· 197	Creeley, Robert White ············· 157
Chung Ho-seung ············· 308	Comisso, Giovanni ············· 190	Creschenzo, Luciano De ············· 164
Chung Ji-a ············· 308	Commère, Hervé ············· 190	Crevel, René ············· 159
Chung Ji-yong ············· 308	Compton-Burnett, Ivy ············· 197	Cribb, Reg ············· 155
Chung Mi-kyung ············· 308	Conchon, Georges ············· 196	Crichton, Michael ············· 146
Chung, Ook ············· 302	Condé, Maryse ············· 197	Crispin, Edmund ············· 155
Chung Se-rang ············· 308	Condie, Ally ············· 197	Crofts, Freeman Wills ············· 168
Chung Young-moon ············· 309	Condon, Richard ············· 197	Crombie, Deborah ············· 168
Church, Richard ············· 300	Coney, Michael ············· 188	Cronin, Archibald Joseph ············· 167
Churchill, Caryl ············· 300	Conford, Ellen ············· 197	Cross, Amanda ············· 166
Churchill, Jill ············· 301	Cong Wei-xi ············· 231	Cross, Gillian ············· 166
Ciardi, John ············· 301	Conlon, Edward ············· 198	Cross, Kady ············· 166
Ciranan Phitpricha ············· 309	Conly, Jane Leslie ············· 198	Crossley-Holland, Kevin John William ············· 167
Cisneros, Antonio ············· 219	Connell, Evan S. ············· 188	
Citrin, M. ············· 220		
Cixous, Hélène ············· 218		
Clancy, Tom ············· 152		

Crowley, John ... 166	Davidson, Avram ... 325	Devaulx, Noël ... 334
Crowther, Kitty ... 166	Davidson, Diane Mott ... 325	de Vigan, Delphine ... 334
Crowther, Yasmin ... 148	Davidson, Lionel ... 325	Deville, Patrick ... 334
Crumey, Andrew ... 161	Davidson, Mary Janice ... 325	De Villiers, Gérard ... 334
Crumley, James ... 152	Davie, Donald Alfred ... 324	Devine, D.M. ... 317
Crusie, Jennifer ... 160	Davies, Leslie Purnell ... 325	De Vries, Peter ... 318
Ctvrtek, Václav ... 299	Davies, Murray ... 325	deWitt, Patrick ... 321
Cullin, Mitch ... 116	Davies, Robertson ... 325	Dexter, Colin ... 322
Cumming, Charles ... 113	Davis, Lindsey ... 325	Dhomhnaill, Nuala Ní ... 188
Cummings, E.E. ... 113	Davis, Lydia ... 325	Dhôtel, André ... 339
Cunningham, J.V. ... 110	Dawe, Bruce ... 332	Diamand, Emily ... 285
Cunningham, Michael ... 110	Dawson, Jennifer ... 338	Díaz, Junot ... 314
Cunqueiro, Álvaro ... 168	Day-Lewis, Cecil ... 320	Dib, Mohammed ... 318
Curnow, Allen ... 109	Dayre, Valérie ... 330	Dibdin, Michael John ... 318
Currie, Ron Jr. ... 115	DBC Pierre ... 318	DiCamillo, Kate ... 314
Curtis, Christopher Paul ... 108	Dean, Debra ... 321	Dick, Philip Kindred ... 315
Curtis, Jean-Louis ... 135	DeAndrea, William L. ... 312	Dickens, Monica ... 315
Curwood, James Oliver ... 102	Deane, Seamus Francis ... 321	Dicker, Joël ... 315
Cussler, Clive Eric ... 107	Deaver, Jeffery ... 317	Dickey, James Lafayette ... 315
Cuvellier, Vincent ... 134	De Bernieres, Louis ... 341	Dickinson, Peter ... 314
	Debray, Régis ... 340	Dicks, Matthew ... 316
	De Camp, L.Sprague ... 322	Dickson, Gordon Rupert ... 315
	De Carlo, Andrea ... 321	Didion, Joan ... 316
	De Cock, Michael ... 322	Diego, Geraldo ... 314
	Decoin, Didier ... 335	Dietrich, William ... 317
【D】	De Filippo, Eduardo ... 326	Diffenbaugh, Vanessa ... 318
	Deford, Frank ... 326	Di Li ... 245
Da Tou-chun ... 285	Deforges, Régine ... 326	Dillard, Annie ... 319
Dabit, Eugène ... 290	Deguy, Michel ... 334	Dimov, Dimităr ... 318
Daeninckx, Didier ... 324	de Hartog, Jan ... 324	Dinallo, Greg S. ... 317
Dagan, Avicdor ... 287	Deighton, Len ... 317	Ding Xi-lin ... 313
Dagerman, Stig ... 288	Dekker, Ted ... 323	Ding-ling ... 320
Dahl, Julia ... 292	De La Mare, Walter John ... 328	Dinh, Linh ... 321
Dahl, Roald ... 293	de la Motte, Anders ... 329	Dini, Nh. ... 317
Dahlberg, Edward ... 294	Delaney, Joseph ... 320	Diome, Fatou ... 314
Dahle, Gro ... 294	Delaney, Luke ... 328	Diop, Birago ... 314
Dai Hou-ying ... 285	Delaney, Shelagh ... 320	Diop, David Mandessi ... 314
Dai Qing ... 285	Delany, Samuel Ray ... 320	Disch, Thomas Michael ... 316
Dai Sijie ... 285	Delay, Florence ... 337	Diski, Jenny ... 315
Dai Wang-shu ... 285	Delblanc, Sven ... 330	DiTerlizzi, Tony ... 316
Daif, Rashid al- ... 285	Del Buono, Oreste ... 330	Ditlevsen, Tove ... 317
Daigle, France ... 322	Deledda, Grazia ... 331	Dix, Shane ... 316
Dailey, Janet ... 320	De Leeuw, Jan ... 330	Djavann, Chahdortt ... 224
Dalgliesh, Alice ... 293	Delerm, Philippe ... 348	Djebar, Assia ... 213
D'Alpuget, Blanche ... 294	Delfini, Antonio ... 330	Djian, Philippe ... 230
Dalton, Annie ... 346	De Libero, Libero ... 330	d'Lacey, Chris ... 294
Daly, Elizabeth ... 329	Delibes, Miguel ... 329	Do Jong-hwan ... 332
Damas, Léon-Gontran ... 291	DeLillo, Don ... 330	Dobbs, Michael ... 340
D'Amato, Barbara ... 292	Delius, Friedrich C. ... 329	Döblin, Alfred Bruno ... 326
Damdinsuren, Tsendiin ... 292	Delteil, Joseph ... 330	Dobson, Rosemary ... 340
Daniel, Glyn ... 289	DeMille, Nelson ... 326	Dobyns, Stephen ... 340
Daniel', Yuriy Markovich ... 289	Deng You-mei ... 333	Dobzynski, Charles ... 340
Daninos, Pierre ... 290	Déon, Michel ... 321	Doctorow, Cory ... 337
D'Annunzio, Gabriele ... 290	de Paola, Tomie ... 324	Doctorow, Edgar Laurence ... 337
Danticat, Edwidge ... 296	Depestre, René ... 340	Doderer, Heimito von ... 338
Danvers, Dennis ... 296	Depp, Daniel ... 324	Doerr, Anthony ... 332
Danziger, Paula ... 296	Derleth, August ... 294	Doerr, Harriet ... 332
Daoud, Kamel ... 286	Déry, Tibor ... 329	Doetsch, Richard ... 332
Dard, Frédéric ... 292	Desai, Anita ... 322	Doherty, Berlie ... 339
Darío, Rubén ... 292	Desai, Kiran ... 322	Doherty, P.C. ... 339
Dark, Eleanor ... 287	Desani, G.V. ... 322	Do Hoang Dieu ... 341
Darlton, Clark ... 293	Des Forêts, Louis-René ... 326	Doig, Ivan ... 332
Darnton, John ... 296	Deshpande, Shashi ... 323	Doiron, Paul ... 333
Darrieussecq, Marie ... 292	DeSilva, Bruce ... 288	Dombrovskii, Yurii Osipovich ... 350
Darwīsh, Mahmūd ... 293	Desnoes, Edmundo ... 323	Domin, Hilde ... 342
Das, Kamala ... 289	Desnos, Robert ... 323	Donaldson, Julia ... 339
Dashtī, 'Alī ... 288	Desrosiers, Léo Paul ... 331	Donbavand, Tommy ... 349
Daumal, René ... 342	Dessen, Sarah ... 324	Dong Hong-you ... 333
Davenport, Guy ... 291	Dessí, Giuseppe ... 323	Don grub rgyal ... 349
Davičo, Oskar ... 286	De Teran, Lisa St Aubin ... 335	Donleavy, J.P. ... 350
Davidson, Andrew ... 325		

Donnelly, Jennifer ……………… 339
Donofrio, Beverly ………………… 339
Donohue, Keith …………………… 339
Donoso, José ……………………… 339
Dookmaisot ……………………… 337
Doolittle, Hilda …………………… 336
Dorfman, Ariel …………………… 346
Dorn, Thea ……………………… 347
Dorosh, Efim Iakovlevich ………… 348
Dorst, Tankred …………………… 346
Dos Passos, John ………………… 338
Dost, Jan ………………………… 338
Doubrovsky, Serge ……………… 335
Douglas, Keith …………………… 288
Dove, Rita Frances ……………… 290
Dovlatov, Sergei Donatvich ……… 336
Dowd, Siobhan …………………… 286
Downer, Lesley …………………… 286
Downham, Jenny ………………… 287
Doxiadis, Apostolos ……………… 337
Doyle, Conan …………………… 332
Doyle, Malachy ………………… 333
Doyle, Peter ……………………… 332
Doyle, Roddy …………………… 333
Dozois, Gardner ………………… 338
Drabble, Margaret ……………… 344
Drach, Albert …………………… 343
Dragt, Tonke …………………… 344
Dreiser, Theodore ……………… 343
Dreyer, Eileen …………………… 343
Drieu La Rochelle, Pierre ………… 345
Drummond, Laurie Lynn ………… 344
Druon, Maurice ………………… 345
Drury, Allen Stuart ……………… 347
Druță, Ion ……………………… 346
Drvenkar, Zoran ………………… 334
Duane, Diane …………………… 327
Duan-mu Hong-liang …………… 297
Dubillard, Roland ……………… 327
DuBois, Brendan ………………… 328
Du Bouchet, André ……………… 328
Du Brul, Jack B. ………………… 291
Dudintsev, Vladimir Dmitrievich … 335
Dueñas, María …………………… 334
Duey, Kathleen ………………… 327
Düffel, John von ………………… 327
Duffy, Carol Ann ………………… 290
Duffy, David …………………… 291
Duggan, Maurice ………………… 287
Duhamel, Georges ……………… 327
Du Maurier, Daphne …………… 328
Dun, David ……………………… 295
Dunant, Sarah …………………… 327
Dunbar, Fiona …………………… 296
Duncan, Lois …………………… 295
Duncan, Robert ………………… 296
Duncan, Ronald ………………… 296
Dunmore, Helen ………………… 297
Dunn, Douglas Eaglesham ……… 295
Dunn, Katherine ………………… 295
Dunne, John Gregory …………… 295
Dunning, John …………………… 290
Duong Thu Huong ……………… 251
Du-pan Fangge ………………… 339
Dupin, Jacques ………………… 327
Duranty, Walter ………………… 328
Duras, Marguerite ……………… 328
Durham, Laura ………………… 292
Durrell, Gerald Malcolm ………… 294
Durrell, Lawrence George ……… 295

Dürrenmatt, Friedrich …………… 328
Dutourd, Jean …………………… 327
Dwinger, Edwin Erich …………… 334
Dworkin, Susan ………………… 334
Dybek, Stuart …………………… 286
Dyer, Geoff ……………………… 286
Dyer, Hadley …………………… 285
Dyer, Heather …………………… 286
Dylan, Bob ……………………… 319
Dzhalil', Musa Mustafievich …… 229

【 E 】

Eaton, Jason Carter ……………… 40
Eberhart, Mignon Good ………… 76
Eberhart, Richard Ghormley …… 76
Ebershoff, David ………………… 76
Echegaray y Eizaguirre, José …… 75
Echenoz, Jean Maurice Emmanuel … 74
Eco, Umberto …………………… 74
Eddings, David ………………… 75
Edgar, David …………………… 75
Edson, Margaret ………………… 75
Edwards, Dorothy ……………… 76
Edwards, Jeffery S. ……………… 76
Edwards, Kim …………………… 75
Edwards, Martin ………………… 76
Effinger, George Alec …………… 77
Efremov, Ivan Antonovich ……… 77
Egan, Desmond ………………… 37
Egan, Greg ……………………… 37
Egan, Jennifer …………………… 37
Egeland, Tom …………………… 73
Eggers, Dave …………………… 73
Egholm, Elsebeth ………………… 41
Ehrlich, Gretel ………………… 22
Eich, Günter …………………… 4
Einstein, Carl …………………… 4
Eipper, Paul …………………… 4
Eisler, Barry …………………… 3
Eka Kurniawan ………………… 73
Ekelöf, Bengt Gunnar …………… 73
Eklund, Gordon ………………… 73
Ekman, Kerstin ………………… 73
Ekwensi, Cyprian ……………… 73
El Akkad, Omar ………………… 80
Elderkin, Susan ………………… 81
Eldershaw, M.Barnard ………… 81
Elfgren, Sara Bergmark ………… 82
Eliot, Thomas Stearns …………… 78
Elizarov, Mikhail ……………… 79
Elizondo, Salvador ……………… 80
Elkin, Stanley Lawrence ………… 80
Elkins, Aaron J. ………………… 80
Elkins, Charlotte ………………… 81
Ellin, Stanley …………………… 80
Ellis, Bret Easton ……………… 79
Ellis, David …………………… 79
Ellis, Deborah ………………… 79
Ellison, Harlan ………………… 79
Ellison, J.T. …………………… 79
Ellison, Ralph Waldo …………… 80
Ellroy, James …………………… 82
Elsschot, Willem ………………… 81
Elton, Ben ……………………… 81
Eluard, Paul …………………… 80
Ely, David ……………………… 42

Elýtis, Odýsseus ………………… 80
Emecheta, Buchi Onye …………… 78
Emmanuel, Pierre ……………… 78
Empson, William ………………… 84
Emshwiller, Carol ……………… 78
Énard, Mathias ………………… 76
Ende, Michael ………………… 83
Engdahl, Sylvia Louise ………… 83
Engel, Marian ………………… 83
Englander, Nathan ……………… 43
Engle, Paul Hamilton …………… 83
Enoch, Wesley ………………… 40
Enquist, Per Olov ……………… 83
Enright, Anne ………………… 84
Enright, Dennis Joseph ………… 84
Enriquez, Mariana ……………… 84
Enzensberger, Hans Magnus …… 83
Ephron, Nora …………………… 78
Epping, Charles ………………… 75
Epstein, Adam Jay ……………… 77
Epstein, Helen ………………… 77
Erdene, Sengijn ………………… 81
Erdman, Nikolai Robertovich …… 81
Erdrich, Louise ………………… 14
Erenburg, Iliya Grigorievich …… 82
Erian, Alicia …………………… 78
Erickson, Steve ………………… 79
Erikson, Steven ………………… 79
Ernaux, Annie ………………… 82
Erofeev, Victor ………………… 82
Erofeiev, Venedikt ……………… 82
Eroshenko, Vasilii Yakovlevich … 82
Erre, Jean-Marcel ……………… 80
Erskine, Kathryn ………………… 8
Eschbach, Andreas ……………… 74
Esenin, Sergei Aleksandrovich … 75
Espanca, Florbela ……………… 74
Essex, Karen …………………… 75
Estang, Luc …………………… 74
Esterházy, Péter ………………… 74
Estes, Eleanor ………………… 74
Estleman, Loren Daniel ………… 75
Eugenides, Jeffrey ……………… 578
Eun Hee-kyung ………………… 70
Evanovich, Janet ……………… 35
Evans, Chris …………………… 77
Evans, Jon ……………………… 77
Evans, Nicholas ………………… 77
Evans, Richard Paul …………… 77
Evenson, Brian ………………… 78
Everhart, Emerald ……………… 76
Eversz, Robert M. ……………… 76
Evtushenko, Evgenii …………… 77
Ewart, Gavin Buchanan ………… 578
Ewers, H.G. …………………… 73
Ezekiel, Nissim ………………… 39

【 F 】

Fabbri, Diego …………………… 431
Faber, Michel …………………… 439
Fadeev, Aleksandr Aleksandrovich … 432
Faiko, Aleksei Mikhailovich …… 429
Fairstein, Linda A. ……………… 438
Faiz, Faiz Ahmad ……………… 430
Falcones, Ildefonso …………… 433
Falcón Paradí, Arístides ………… 433

Faletti, Giorgio ⋯⋯⋯⋯⋯ 433	Fine, Anne ⋯⋯⋯⋯⋯⋯⋯ 430	Francis, Dick ⋯⋯⋯⋯⋯⋯ 460
Falk, Nick ⋯⋯⋯⋯⋯⋯⋯ 442	Finlay, Ian Hamilton ⋯⋯⋯⋯ 438	Francis, Felix ⋯⋯⋯⋯⋯⋯ 461
Falkner, Brian ⋯⋯⋯⋯⋯⋯ 442	Finney, Charles Grandison ⋯⋯ 436	Franck, Dan ⋯⋯⋯⋯⋯⋯⋯ 460
Fallaci, Oriana ⋯⋯⋯⋯⋯⋯ 433	Finney, Jack ⋯⋯⋯⋯⋯⋯⋯ 436	Franck, Julia ⋯⋯⋯⋯⋯⋯ 460
Fallada, Hans ⋯⋯⋯⋯⋯⋯ 433	Fischer, Tibor ⋯⋯⋯⋯⋯⋯ 435	Franco, Jorge ⋯⋯⋯⋯⋯⋯ 460
Fang Bei-fang ⋯⋯⋯⋯⋯⋯ 505	Fish, Robert L. ⋯⋯⋯⋯⋯⋯ 436	Frank, Bruno ⋯⋯⋯⋯⋯⋯ 460
Fangen, Ronald ⋯⋯⋯⋯⋯⋯ 434	Fisher, Catherine ⋯⋯⋯⋯⋯ 435	Frank, E.R. ⋯⋯⋯⋯⋯⋯⋯ 460
Fante, Dan ⋯⋯⋯⋯⋯⋯⋯ 435	Fisher, Roy ⋯⋯⋯⋯⋯⋯⋯ 436	Franke, Herbert Werner ⋯⋯⋯ 460
Farah, Nuruddin ⋯⋯⋯⋯⋯ 433	Fisk, Pauline ⋯⋯⋯⋯⋯⋯ 435	Franklin, Miles ⋯⋯⋯⋯⋯⋯ 460
Farjeon, Eleanor ⋯⋯⋯⋯⋯ 431	Fitzek, Sebastian ⋯⋯⋯⋯⋯ 435	Franklin, Tom ⋯⋯⋯⋯⋯⋯ 460
Farmer, Jerrilyn ⋯⋯⋯⋯⋯ 432	Fitzgerald, Francis Scott Key ⋯⋯ 436	Franzen, Jonathan ⋯⋯⋯⋯ 461
Farmer, Penelope ⋯⋯⋯⋯⋯ 432	Fitzgerald, Penelope Mary ⋯⋯⋯ 436	Fraser, Antonia ⋯⋯⋯⋯⋯ 473
Farmer, Philip José ⋯⋯⋯⋯ 432	FitzGerald, R.D. ⋯⋯⋯⋯⋯ 436	Fraser, George MacDonald ⋯⋯ 474
Farrell, James Gordon ⋯⋯⋯ 434	Flake, Otto ⋯⋯⋯⋯⋯⋯⋯ 454	Fraser, George Sutherland ⋯⋯ 474
Farrell, James Thomas ⋯⋯⋯ 434	Flanagan, John ⋯⋯⋯⋯⋯ 458	Frayn, Michael ⋯⋯⋯⋯⋯ 473
Fast, Howard Melvin ⋯⋯⋯⋯ 431	Flanagan, Richard Miller ⋯⋯⋯ 458	Frazier, Charles ⋯⋯⋯⋯⋯ 472
Faulkner, William Cuthbert ⋯⋯ 442	Flanagan, Thomas ⋯⋯⋯⋯ 458	Frèches, José ⋯⋯⋯⋯⋯⋯ 474
Faulks, Sebastian ⋯⋯⋯⋯⋯ 442	Fleischman, Paul ⋯⋯⋯⋯⋯ 451	Freedman, Russell ⋯⋯⋯⋯ 465
Faverón Patriau, Gustavo ⋯⋯ 432	Fleischman, Sid ⋯⋯⋯⋯⋯ 451	Freeling, Nicolas ⋯⋯⋯⋯⋯ 466
Fawer, Adam ⋯⋯⋯⋯⋯⋯ 430	Fleißßer, Marieluise ⋯⋯⋯⋯ 450	Freeman, Brian ⋯⋯⋯⋯⋯ 465
Faye, Éric ⋯⋯⋯⋯⋯⋯⋯ 433	Fleming, Ian Lancaster ⋯⋯⋯ 476	Freemantle, Brian ⋯⋯⋯⋯⋯ 465
Faye, Gaël ⋯⋯⋯⋯⋯⋯⋯ 430	Fletcher, Ralph ⋯⋯⋯⋯⋯ 475	Freirich, Roy ⋯⋯⋯⋯⋯⋯ 452
Faye, Jean-Pierre ⋯⋯⋯⋯⋯ 430	Fletcher, Susan ⋯⋯⋯⋯⋯ 475	Fremlin, Celia ⋯⋯⋯⋯⋯⋯ 476
Faye, Lyndsay ⋯⋯⋯⋯⋯⋯ 439	Flewelling, Lynn ⋯⋯⋯⋯⋯ 468	Frénaud, André ⋯⋯⋯⋯⋯ 476
Fearing, Kenneth ⋯⋯⋯⋯⋯ 435	Fluke, Joanne ⋯⋯⋯⋯⋯⋯ 469	French, Marilyn ⋯⋯⋯⋯⋯ 476
Federman, Raymond ⋯⋯⋯⋯ 439	Flynn, Gillian ⋯⋯⋯⋯⋯⋯ 467	French, Nicci ⋯⋯⋯⋯⋯⋯ 476
Fedin, Konstantin Aleksandrovich ⋯ 439	Flynn, Vince ⋯⋯⋯⋯⋯⋯ 467	French, Tana ⋯⋯⋯⋯⋯⋯ 476
Fei Li-wen ⋯⋯⋯⋯⋯⋯⋯ 413	Fo, Dario ⋯⋯⋯⋯⋯⋯⋯⋯ 442	Fried, Seth ⋯⋯⋯⋯⋯⋯⋯ 464
Feinstein, Elaine ⋯⋯⋯⋯⋯ 430	Foden, Giles ⋯⋯⋯⋯⋯⋯ 444	Friedman, Bruce Jay ⋯⋯⋯⋯ 465
Feintuch, David ⋯⋯⋯⋯⋯ 430	Foenkinos, David ⋯⋯⋯⋯⋯ 441	Friedman, Daniel ⋯⋯⋯⋯⋯ 464
Feist, Raymond E. ⋯⋯⋯⋯⋯ 435	Foer, Jonathan Safran ⋯⋯⋯⋯ 442	Friedrich, Joachim ⋯⋯⋯⋯⋯ 465
Fejes, Endre ⋯⋯⋯⋯⋯⋯⋯ 439	Fogelin, Adrian ⋯⋯⋯⋯⋯ 442	Friel, Brian ⋯⋯⋯⋯⋯⋯⋯ 466
Feng Ji-cai ⋯⋯⋯⋯⋯⋯⋯ 446	Föhr, Andreas ⋯⋯⋯⋯⋯⋯ 438	Friis, Agnete ⋯⋯⋯⋯⋯⋯ 462
Feng Keng ⋯⋯⋯⋯⋯⋯⋯ 438	Fois, Marcello ⋯⋯⋯⋯⋯⋯ 442	Frimansson, Inger ⋯⋯⋯⋯⋯ 465
Feng Nai-chao ⋯⋯⋯⋯⋯⋯ 438	Foissy, Guy ⋯⋯⋯⋯⋯⋯ 446	Frisch, Max Rudolf ⋯⋯⋯⋯ 464
Feng Wen-bing ⋯⋯⋯⋯⋯⋯ 438	Follain, Jean ⋯⋯⋯⋯⋯⋯ 445	Fritz, Jean ⋯⋯⋯⋯⋯⋯⋯ 464
Feng Xu-xuan ⋯⋯⋯⋯⋯⋯ 438	Follett, Ken ⋯⋯⋯⋯⋯⋯⋯ 445	Frost, Mark ⋯⋯⋯⋯⋯⋯⋯ 478
Feng Yuan-jun ⋯⋯⋯⋯⋯⋯ 438	Fombelle, Timothée de ⋯⋯⋯ 446	Frost, Robert Lee ⋯⋯⋯⋯⋯ 478
Feng Zhi ⋯⋯⋯⋯⋯⋯⋯⋯ 438	Fombeure, Maurice ⋯⋯⋯⋯ 446	Fry, Christopher ⋯⋯⋯⋯⋯ 450
Fenoglio, Beppe ⋯⋯⋯⋯⋯ 439	Foote, Horton ⋯⋯⋯⋯⋯⋯ 448	Fuentes, Carlos ⋯⋯⋯⋯⋯⋯ 441
Fenton, James Martin ⋯⋯⋯⋯ 441	Forbes, Esther ⋯⋯⋯⋯⋯⋯ 445	Fugard, Athol ⋯⋯⋯⋯⋯⋯ 446
Feraoun, Mouloud ⋯⋯⋯⋯⋯ 439	Ford, Ford Madox ⋯⋯⋯⋯⋯ 444	Fuller, John ⋯⋯⋯⋯⋯⋯⋯ 450
Ferber, Edna ⋯⋯⋯⋯⋯⋯⋯ 432	Ford, G.M. ⋯⋯⋯⋯⋯⋯⋯ 444	Fuller, Roy Broadbent ⋯⋯⋯⋯ 450
Férey, Caryl ⋯⋯⋯⋯⋯⋯⋯ 441	Ford, Jamie ⋯⋯⋯⋯⋯⋯⋯ 444	Fulmer, David ⋯⋯⋯⋯⋯⋯ 471
Ferlin, Nils Johan Einar ⋯⋯⋯ 440	Ford, Jeffrey ⋯⋯⋯⋯⋯⋯ 444	Funke, Cornelia Caroline ⋯⋯⋯ 480
Ferlinghetti, Lawrence ⋯⋯⋯ 433	Ford, Richard ⋯⋯⋯⋯⋯⋯ 444	Furmanov, Dmitrii Andreevich ⋯ 471
Fermine, Maxence ⋯⋯⋯⋯⋯ 441	Forest, Philippe ⋯⋯⋯⋯⋯ 445	Fury, Dalton ⋯⋯⋯⋯⋯⋯ 450
Fermor, Patrick Leigh ⋯⋯⋯⋯ 432	Forester, Cecil Scott ⋯⋯⋯⋯ 445	Fyfield, Frances ⋯⋯⋯⋯⋯ 430
Fernandez, Dominique ⋯⋯⋯ 440	Forssell, Lars ⋯⋯⋯⋯⋯⋯ 443	
Fernández Flórez, Wenceslao ⋯ 440	Forster, E.M. ⋯⋯⋯⋯⋯⋯ 443	
Fernández Retamar, Roberto ⋯ 440	Forster, Margaret ⋯⋯⋯⋯⋯ 443	**【G】**
Ferney, Alice ⋯⋯⋯⋯⋯⋯⋯ 440	Forsyth, Frederick ⋯⋯⋯⋯⋯ 443	
Ferra-Mikura, Vera ⋯⋯⋯⋯ 440	Forsyth, Kate ⋯⋯⋯⋯⋯⋯ 443	Gabaldon, Diana ⋯⋯⋯⋯⋯ 111
Ferrari, Jérôme ⋯⋯⋯⋯⋯⋯ 440	Fortini, Franco ⋯⋯⋯⋯⋯⋯ 445	Gadda, Carlo Emilio ⋯⋯⋯⋯ 107
Ferrars, Elizabeth ⋯⋯⋯⋯⋯ 439	Forūgh Farrokhzād ⋯⋯⋯⋯ 445	Gaddis, William ⋯⋯⋯⋯⋯ 130
Ferreira, Vergílio ⋯⋯⋯⋯⋯ 441	Forward, Robert L. ⋯⋯⋯⋯ 446	Gaidar, Arkadii Petrovich ⋯⋯⋯ 101
Ferrigno, Robert ⋯⋯⋯⋯⋯ 440	Fosse, Jon ⋯⋯⋯⋯⋯⋯⋯ 444	Gailly, Christian ⋯⋯⋯⋯⋯ 101
Ferris, Joshua ⋯⋯⋯⋯⋯⋯ 440	Fossum, Karin ⋯⋯⋯⋯⋯⋯ 444	Gaiman, Neil ⋯⋯⋯⋯⋯⋯ 171
Fesperman, Dan ⋯⋯⋯⋯⋯ 439	Foster, Alan Dean ⋯⋯⋯⋯ 443	Gaines, Ernest J. ⋯⋯⋯⋯⋯ 171
Feuchtwanger, Lion ⋯⋯⋯⋯ 442	Foster, David ⋯⋯⋯⋯⋯⋯ 443	Gaitskill, Mary ⋯⋯⋯⋯⋯⋯ 170
Fforde, Jasper ⋯⋯⋯⋯⋯⋯ 444	Fottorino, Eric ⋯⋯⋯⋯⋯⋯ 445	Gala, Antonio ⋯⋯⋯⋯⋯⋯ 114
Ficowski, Jerzy ⋯⋯⋯⋯⋯⋯ 435	Fouchet, Max-Pol ⋯⋯⋯⋯⋯ 447	Gałczyński, Konstanty Ildefons ⋯ 102
Fielding, Helen ⋯⋯⋯⋯⋯⋯ 437	Fountain, Ben ⋯⋯⋯⋯⋯⋯ 431	Gale, Patrick ⋯⋯⋯⋯⋯⋯ 175
Fielding, Joy ⋯⋯⋯⋯⋯⋯⋯ 437	Fowler, Christopher ⋯⋯⋯⋯ 431	Galeano, Eduardo ⋯⋯⋯⋯⋯ 118
Fienberg, Anna ⋯⋯⋯⋯⋯⋯ 430	Fowler, Karen Joy ⋯⋯⋯⋯⋯ 431	Galich, Aleksandr Arkadévich ⋯ 115
Fiffer, Sharon ⋯⋯⋯⋯⋯⋯ 436	Fowles, John ⋯⋯⋯⋯⋯⋯ 431	Galite, John La ⋯⋯⋯⋯⋯ 115
Filho, Adonias ⋯⋯⋯⋯⋯⋯ 437	Fox, Mem ⋯⋯⋯⋯⋯⋯⋯⋯ 444	Gallagher, Tess ⋯⋯⋯⋯⋯⋯ 131
Finch, Paul ⋯⋯⋯⋯⋯⋯⋯ 437	Fox, Paula ⋯⋯⋯⋯⋯⋯⋯ 444	Gallant, Mavis ⋯⋯⋯⋯⋯⋯ 131
Finder, Joseph ⋯⋯⋯⋯⋯⋯ 437	Frame, Janet ⋯⋯⋯⋯⋯⋯ 472	
Findley, Timothy ⋯⋯⋯⋯⋯ 438	France, Anatole ⋯⋯⋯⋯⋯ 461	

Gallegos, Rómulo	104	
Gallico, Paul William	132	
Gallo, Max	119	
Galloway, Steven	132	
Galsworthy, John	192	
Gambino, Christopher J.	121	
Gamzatov, Rasul Gamzatovich	114	
Gan Yao-ming	120	
Gandolfi, Silvana	121	
Gao Wen-qian	182	
Gao Xiao-sheng	180	
Gao Xing-jian	180	
Gao Ying	180	
Gao Yu-bao	180	
Gappah, Petina	108	
Garber, Joseph R.	110	
Garcia, Eric	116	
García, Laura Gallego	116	
García Lorca, Federico	117	
García Márquez, Gabriel	116	
García Morales, Adelaida	117	
Garcin, Jérôme	116	
Gardam, Jane Mary	107	
Gardiner, Meg	108	
Gardner, Erle Stanley	109	
Gardner, John	109	
Gardner, Sally	109	
Garfield, Brian Wynne	111	
Garfield, Leon	111	
Garioch, Robert	131	
Garland, Alex	114	
Garneau, Hector de Saint-Denys	118	
Garner, Alan	109	
Garnett, David	110	
Garrett, George	132	
Garrett, Randall	132	
Garrigue, Jean	131	
Garro, Elena	119	
Garve, Andrew	111	
Gary, Romain	114	
Gascar, Pierre	104	
Gascoyne, David Emery	130	
Gaspard, John	105	
Gass, William Howard	130	
Gatti, Armand	108	
Gatto, Alfonso	108	
Gaude, Laurent	186	
Gavalda, Anna	101	
Gaylin, Alison	171	
Ge Fei	103	
Ge Mai	100	
Gee, Maurice	211	
Geisel, Theodor Seuss	219	
Gelber, Jack Allen	176	
Gelman, Juan	496	
Gems, Pam	215	
Genelin, Michael	213	
Genet, Jean	235	
George, Anne	241	
George, Elizabeth	241	
George, Jean Craighead	241	
George, Stefan	172	
Gerdom, Susanne	175	
Gerhardie, William Alexander	227	
Germain, Sylvie	216	
Gernsback, Hugo	121	
Gerrold, David	216	
Geus, Mireille	484	
Ghelderode, Michel de	175	
Gheorghiu, Virgil	171	
Ghose, Zulfikar	182	
Ghosh, Amitav	184	
Giacometti, Eric	225	
Giambanco, V.M.	231	
Gibb, Camilla	124	
Gibbon, Lewis Grassic	125	
Gibbons, Stella	125	
Gibbs, Stuart	125	
Gibson, William	125	
Gibson, William	125	
Gide, André	220	
Gier, Kerstin	121	
Giff, Patricia Reilly	124	
Giffin, Emily	124	
Gifford, Thomas	124	
Gilb, Dagoberto	428	
Gilbers, Harald	137	
Gilbert, Elizabeth	137	
Gilbert, Michael Francis	137	
Gilchrist, Ellen	136	
Gill, B.M.	136	
Gilman, Dorothy	137	
Gilroy, Frank D.	137	
Gins, Madeline H.	140	
Ginsberg, Allen	140	
Ginzburg, Evgeniya Semyonovna	140	
Ginzburg, Natalia	140	
Giono, Jean	217	
Giordano, Paolo	242	
Giovanni, José	241	
Giovanni, Nikki	242	
Giraudoux, Jean	246	
Gironella, José María	428	
Githae-Mugo, Micere	123	
Giuliani, Alfredo	237	
Gjellerup, Karl Adolph	122	
Gladilin, Anatolii Tikhonovich	149	
Gladwell, Malcolm	150	
Gläser, Ernst	164	
Glass, Suzanne	150	
Glastra van Loon, Karel	455	
Glattauer, Daniel	150	
Glauser, Friedrich	148	
Glavinic, Thomas	147	
Gleick, James	155	
Gleitzman, Morris	146	
Glissant, Édouard	155	
Glukhovsky, Dmitry	161	
Godbout, Jacques	187	
Goddard, Robert	185	
Godden, Rumer	185	
Godel, Armen	187	
Godwin, Gail	187	
Goenawan Mohamad	145	
Goes, Albrecht	172	
Goetz, Rainald	173	
Gold, Herbert	193	
Gold, Michael	193	
Goldberg, Lea	194	
Golding, Julia	193	
Golding, William Gerald	193	
Goldman, Joel	194	
Goldman, William	194	
Goldschmidt, Georges-Arthur	194	
Goldsmith, Olivia	194	
Goldstein, Barbara	194	
Goll, Yvan	192	
Golon, Anne	195	
Golshīrī, Hūshang	192	
Gombrowicz, Witold	197	
Gong Ji-young	195	
Gonzales, Manuel	196	
Gonzalez, N.V.M.	196	
Goodis, David	145	
Goodman, Alison	144	
Goodman, Paul	144	
Goodwin, Jason	144	
Gooley, Tristan	153	
Gordimer, Nadine	186	
Gordon, Caroline	187	
Gordon, David	187	
Gordon, Mary	187	
Gordon, Neil	187	
Gordon, Noah	187	
Gordon, Richard	187	
Gordon, Roderick	188	
Gore, Kristin	179	
Gores, Joe	179	
Gorkii, Maksim	191	
Gorman, Ed	190	
Gorvatov, Boris Leontievich	195	
Gosling, Paula	184	
Goudge, Eileen	143	
Goudge, Elizabeth	143	
Goulart, Ron	150	
Gould, Steven	160	
Gouri, Haim	153	
Goyen, William	179	
Goytisolo, Juan	179	
Grabenstein, Chris	152	
Grabiński, Stefan	151	
Grace, Patricia	164	
Gracq, Julien	150	
Graf, Oskar Maria	151	
Grafton, Cornelius Warren	151	
Grafton, Sue	151	
Graham, Caroline	161	
Graham, Heather	162	
Graham, Lynne	162	
Graham, Winston	161	
Graham, W.S.	161	
Grahame-Smith, Seth	162	
Grainville, Patrick	152	
Gran, Sara	152	
Grandbois, Alain	153	
Grange, Jean-Christophe	152	
Granger, Bill	165	
Granin, Daniil	151	
Grant, Charles L.	153	
Grass, Günter Wilhelm	150	
Grau, Shirley Ann	165	
Graves, Robert Ranke	164	
Gray, Alasdair James	162	
Gray, Amelia	162	
Gray, Edwyn	162	
Gray, Keith	162	
Gray, Kes	162	
Gray, Simon	162	
Grazer, Gigi Levangie	163	
Greaney, Mark	156	
Greeley, Andrew	157	
Green, Gerald	158	
Green, Henry	158	
Green, John	158	
Green, Julien	158	
Green, Paul Eliot	158	
Greenberg, Uri Zvi	158	
Greenburg, Dan	158	
Greene, Graham	158	
Greenleaf, Stephen	158	
Gregorio, Michael	164	

Name	Page
Gregory, Daryl	163
Gregory, Horace Victor	163
Grekova, Irina Nikolaevna	164
Grenier, Jean	160
Grenier, Roger	160
Grenville, Kate	165
Gribachyov, Nikolay Matveevich	156
Grieg, Nordahl	153
Griffith, Nicola	156
Griffiths, Trevor	156
Grignon, Claude-Henri	156
Grigson, Geoffrey	154
Grimes, Martha	147
Grimsley, Jim	157
Grimwood, Jon Courtenay	157
Grimwood, Ken	157
Grin, Aleksandr Stepanovich	157
Gripari, Pierre	156
Gripe, Maria	156
Grisham, John	154
Griswold, Eliza	154
Grochowiak, Stanisław	168
Grogger, Paula	167
Grosjean, Jean	166
Grossman, David	167
Grossman, Lev	167
Grossman, Vasily Semyonovich	167
Groult, Benoîte	159
Groult, Flora	159
Grove, S.E.	165
Gruber, Andreas	160
Gruber, Michael	160
Gruen, Sara	159
Gruley, Bryan	161
Grünbein, Durs	157
Gu Hua	177
Gu Jian-chen	183
Guareschi, Giovanni	141
Guedj, Denis	172
Guène, Faïza	177
Guez, Olivier	172
Guibert, Hervé	125
Guilfoile, Kevin	137
Guillén, Jorge	136
Guillén, Nicolás	136
Guillevic, Eugène	134
Guillot, René	135
Guillou, Jan	136
Guilloux, Louis	134
Guimarães Rosa, João	125
Guimard, Paul	125
Guiyeoni	142
Gulia, Georgi Dmitrijewitsch	153
Gunn, Eileen	119
Gunn, James E.	120
Gunn, Neil Miller	120
Gunn, Thom	120
Güntekin, Resat Nūrī	135
Guo Jing-ming	102
Guo, Xiao-lu	142
Gustafsson, Lars	143
Guterson, David	143
Guth, Paul	135
Guthrie, A.B. Jr.	105
Gutman, Anne	144
Guy, Rosa Cuthbert	100
Gyasi, Yaa	225
Gyllensten, Lars Johan Wictor	37

【H】

Name	Page
Haanpää, Pentti	411
Haas, Wolf	379
Haasse, Hella	381
Haavikko, Paavo Juhani	367
Habībī, Amīl	392
Hacke, Axel	384
Hacks, Peter	384
Haddon, Mark	386
Haenel, Yannick	76
Hage, Rawi	377
Hagelstange, Rudolf	376
Hagerup, Klaus	376
Hai Yan	100
Haig, Matt	482
Hailey, Arthur	483
Halam, Ann	396
Haldeman, Joe	520
Hale, Shannon	483
Haley, Alex	492
Halfon, Eduardo	402
Hall, Adam	517
Hall, Donald Andrew	517
Hall, James W.	517
Hall, Lynn	518
Hall, Rodney	518
Hall, Steven	517
Hall, Willis	517
Hallahan, William H.	396
Halter, Paul	24
Hamburger, Michael	411
Hamid, Mohsin	393
Hamill, Pete	393
Hamilton, Edmond	393
Hamilton, Hugo	394
Hamilton, Ian	393
Hamilton, Jane	393
Hamilton, Peter F.	394
Hamilton, Steve	393
Hamilton, Virginia	393
Hamilton, Walker	393
Hamilton-Paterson, James	394
Hammer Jacobsen, Lotte	393
Hammesfahr, Petra	394
Hammett, Dashiell	394
Hamsun, Knut	394
Hamsun, Marie	394
Han Gang	405
Han Han	120
Han Mal-sook	406
Han Seung-won	406
Han Shao-gong	120
Han Sol-ya	406
Han Soo-san	406
Han Suyin	406
Han Woon-sa	405
Hancock, Graham	407
Hand, Elizabeth	410
Handke, Peter	411
Handler, David	411
Hanff, Helene	412
Hannah, Barry	389
Hannah, Sophie	389
Hansberry, Lorraine	409
Hansen, Joseph	409
Hansen, Martin A.	409
Hansen, Ron	409
Hao Ran	181
Harbach, Chad	391
Harding, Paul	387
Hardinge, Frances	387
Hardwick, Elizabeth	387
Hardy, Frank	386
Hardy, Ronald	386
Hardy, Thomas	386
Hare, David	481
Harkness, Deborah	376
Harness, Charles L.	390
Harpprecht, Klaus	392
Harris, Anne	397
Harris, Charlaine	398
Harris, Joanne	398
Harris, Robert	398
Harris, Thomas	398
Harris, Wilson	398
Harrison, Colin	399
Harrison, Harry	399
Harrison, Jim	399
Harrison, Kathryn	398
Harrison, Michael John	399
Harrison, Tony	399
Harrison, William	398
Harrower, Elizabeth	404
Harry, Myriam	21
Hart, Carolyn G.	387
Hart, John	387
Hart, Josephine	387
Hart, Moss	387
Hartlaub, Felix	401
Hartlaub, Geno	401
Hartley, Leslie Poles	388
Härtling, Peter	495
Hartnett, Sonya	388
Haruf, Kent	401
Harvey, John	392
Harvey, Michael	392
Harwood, Gwen	369
Harwood, Ronald	369
Hašek, Jaroslav	378
Hâşim, Ahmet	378
Haslam, Chris	381
Hassan, Yaël	385
Hassan, Zurinah	385
Hathaway, Robin	377
Hatoum, Milton	388
Haugaard, Erik Christian	507
Haugen, Paal-Helge	368
Haugen, Tormod	368
Hauptmann, Gerhart Johann Robert	369
Hausfater, Rachel	90
Hausmann, Manfred	369
Hautzig, Esther	369
Havel, Václav	368
Hawke, Richard	508
Hawkes, John	508
Hawking, Lucy	507
Hawks, John Twelve	508
Hawley, Noah	516
Hayder, Mo	482
Haynes, Elizabeth	484
Haywood, Gar Anthony	481
Hazaz, Haim	377
Hazelgrove, William Elliott	482
Hazzard, Shirley	377
He Jing-zhi	99
He Qi-fang	99

He Shi-guang … 99	Highway, Tomson … 364	Hong Shen … 181
Head, Bessie … 487	Hijuelos, Oscar … 41	Hong Sok-jung … 523
Head, Matthew … 488	Hikmet, Nâzim … 416	Hong Sung-won … 524
Healy, Jeremiah Francis … 426	Hildesheimer, Wolfgang … 428	Hong Xing-fu … 181
Heaney, Seamus Justin … 420	Hildick, E.W. … 428	Hong Ying … 180
Hearn, Lian … 406	Hill, Anthony … 427	Honsinger, H.Paul … 524
Hearne, John … 406	Hill, David … 427	Hood, Hugh … 448
Heath-Stubbs, John Francis Alexander … 418	Hill, Geoffrey … 427	Hope, Alec Derwent … 513
Hébert, Anne … 78	Hill, Joe … 427	Hope, Christopher … 514
Hecht, Anthony Evan … 484	Hill, Reginald … 427	Hornby, Nick … 526
Heck, Peter J. … 487	Hill, Susan … 427	Horowitz, Anthony … 522
Hedāyat, Sādeg … 486	Hillenbrand, Tom … 428	Horst, Jørn Lier … 518
Heidenstam, Verner von … 482	Hillerman, Tony … 426	Horváth, Ödön von … 518
Hein, Christoph … 366	Hillyer, Robert … 426	Horvath, Polly … 513
Heinesen, William … 365	Hilst, Hilda … 42	Horváthová, Tereza … 518
Heinlein, Robert Anson … 366	Hilton, James … 428	Hosp, David … 509
Heinrich, Jutta … 366	Himes, Chester … 366	Hospital, Janette Turner … 509
Heiseler, Bernt von … 365	Hinde, Thomas … 366	Hosseini, Khaled … 511
Heissenbüttel, Helmut … 365	Hines, Barry … 366	Hotakainen, Kari … 510
Hejāzī, Mohammad … 485	Hinterberger, Ernst … 429	Hou Wen-yong … 181
Held, Kurt … 495	Hirahara, Naomi … 425	Houellebecq, Michel … 59
Heller, Joseph … 492	Hirata, Andrea … 425	Hougan, Carolyn … 507
Heller, Peter … 492	Hislop, Victoria … 418	House, Richard … 368
Hellman, Lillian … 497	Hitchens, Dolores … 419	Household, Geoffrey … 369
Hellsing, Lennart … 494	Hjorth, Michael … 582	Houston, James … 423
Hellström, Börge … 494	Hjortsberg, William … 424	Hove, Chenjerai … 515
Helprin, Mark … 496	Hlasco, Marek … 480	Hoving, Isabel … 514
Hemingway, Ernest … 491	Hoagland, Edward … 508	Howard, Clark … 404
Hemion, Timothy … 491	Hoang Ngoc Phach … 503	Howard, Richard … 405
Hemon, Aleksandar … 491	Hoban, Russell … 513	Howard, Richard … 405
Hendricks, Vicki … 502	Hobbs, Roger … 512	Howard, Sidney … 405
Hendry, Diana … 502	Hoch, Edward Dentinger … 511	Howey, Hugh C. … 367
Heneghan, James … 490	Hochhuth, Rolf … 515	Howker, Janni … 368
Henkes, Kevin … 500	Hochwälder, Fritz … 515	Hoyle, Fred … 505
Henley, Beth … 502	Hockensmith, Steve … 511	Hoyt, Sarah A. … 504
Henrichs, Bertina … 502	Hocking, Amanda … 511	Hrabal, Bohumil … 459
Hentoff, Nat … 501	Hodder, Mark … 510	Hrubín, František … 471
Henz, Rudolf … 501	Hodgins, Jack Stanley … 509	Hu Shu-wen … 177
Heppennstall, Rayner John … 491	Hodgson, William Hope … 508	Hu Wan-chun … 178
Herbert, Frank … 391	Hof, Marjolijn … 514	Hu Ye-pin … 178
Herbert, James … 391	Hoffman, Alice … 514	Huang Chang … 181
Herbert, Xavier … 391	Hoffman, Eva … 514	Huang Chun-ming … 180
Herbert, Zbigniew … 496	Hoffman, Jilliane … 514	Huang Gu-liu … 180
Hériat, Philippe … 80	Hoffman, Paul … 514	Huang Ling-zhi … 182
Herlihy, James Leo … 399	Hofmannsthal, Hugo Von … 514	Huang Wei-qun … 179
Hermann, Judith … 497	Hogan, Chuck … 507	Huang Ying … 180
Hermans, Willem Frederik … 497	Hogan, Edward … 507	Hubbard, L.Ron … 391
Hermlin, Stephan … 497	Hogan, James Patrick … 507	Huchel, Peter … 450
Hernandez, Amado … 81	Hohlbein, Wolfgang … 520	Hudie lan … 185
Hernández, Miguel … 81	Holan, Vladimír … 516	Huelsenbeck, Richard … 424
Herriot, James … 492	Holder, Nancy … 518	Huff, Tanya … 392
Herrndorf, Wolfgang … 497	Holdstock, Robert … 519	Hughart, Barry … 422
Herron, Mick … 500	Holland, Isabelle … 516	Hughes, Dorothy B. … 423
Hershman, Morris … 379	Hollander, John … 516	Hughes, Richard … 423
Hesse, Hermann … 487	Holleran, Andrew … 516	Hughes, Ted … 423
Hesse, Karen … 485	Höllerer, Walter Friedrich … 498	Hull, Linda Joffe … 400
Heuschele, Otto Hermann … 503	Hollinghurst, Alan … 517	Hulme, Keri … 424
Hewett, Dorothy … 422	Hollo, Anselm … 512	Hume, Fergus … 424
Hewson, David … 423	Holm, Anne … 521	Humphreys, Emyr … 412
Hext, Harrington … 484	Holm, Jennifer L. … 521	Humphries, Barry … 412
Heyer, Georgette … 482	Holman, Felice … 521	Hunt, Elizabeth Singer … 411
Heym, Stefan … 365	Holroyd, Michael … 521	Hunt, Laird … 411
Heyse, Paul … 365	Holt, Anne … 519	Hunter, Erin … 409
Hiaasen, Carl … 364	Holt, Kimberly Willis … 519	Hunter, Stephen … 409
Hibberd, Jack … 421	Holtby, Winifred … 520	Huovi, Hannele … 442
Higgins, Jack … 415	Holthusen, Hans Egon … 519	Hurston, Zora Neale … 381
Higgins, Michael D. … 415	Home, William Douglas … 424	Hurwitz, Gregg Andrew … 367
Highsmith, Patricia … 365	Honchar, Oles … 524	Husainī, Alī Abbās … 447
Highwater, Jamake … 364	Hong Ling … 182	Hussein, Ebrahim N. … 447
	Hong Ling-fei … 182	Huston, James W. … 423
		Huston, Nancy … 423

Hustvedt, Siri ... 380
Hutson, Shaun ... 388
Hutton, John ... 385
Huxley, Aldous Leonard ... 375
Huxley, Elspeth ... 375
Hwang, David Henry ... 66
Hwang Jung-eun ... 434
Hwang Kon ... 434
Hwang Sok-yong ... 434
Hwang Sun-won ... 434
Hyland, Stanley ... 366
Hyon Gi-yong ... 425
Hyon Jin-gon ... 425
Hyzy, Julie ... 364

【 I 】

Ibarbourou, Juana de ... 41
Ibargüengoitia, Jorge ... 40
Ibbotson, Eva ... 41
Icaza, Jorge ... 37
Ide, Joe ... 40
Idrus ... 40
Ignatieff, Michael ... 38
Ignatius, David ... 38
Iha byams rgyal ... 589
Ihimaera, Witi ... 41
Ike, Vincent Chukwuemeka ... 38
Ikor, Roger ... 38
Iles, Greg ... 4
Ilif and Petrov ... 42
Iliin, Mikhail ... 42
Illyés, Gyula ... 36
Im Hwa ... 41
Indridason, Arnaldur ... 43
Ingalls, Rachel ... 43
Inge, William ... 43
Ingelman-Sundberg, Catharina ... 43
Ingólfsson, Viktor Arnar ... 43
Innes, Hammond ... 40
Innes, Michael ... 40
Ionesco, Eugène ... 41
Iqbāl, Muhammad ... 38
Irish, William ... 4
Irving, Clifford ... 16
Irving, John ... 16
Irwin, Hadley ... 5
Isakovskii, Mikhail Vasil'evich ... 38
Isau, Ralf ... 38
Isherwood, Christopher ... 39
Ishiguro, Kazuo ... 39
Iskander, Fazil ... 39
Islām, Kāzī Nazrūl ... 39
Isou, Isidore ... 39
Itani, Frances ... 39
Itäranta, Emmi ... 40
Ivanov, Georgiy Vladimirovich ... 42
Ivanov, Vsevolod Vyacheslavovich ... 43
Iwan Simatupang ... 43
Iwasaki, Fernando ... 42
Iwaszkiewicz, Jarosław ... 42
Iyayi, Festus ... 41
Izzo, Jean-Claude ... 39

【 J 】

Jabès, Edmond ... 228
Jaccottet, Philippe ... 225
Jackson, Mick ... 225
Jackson, Shirley ... 225
Jacob, Max ... 225
Jacobson, Andrew ... 211
Jacobson, Dan ... 212
Jacobson, Howard ... 211
Jacobson, Jennifer Richard ... 211
Jacques, Brian ... 211
Jaffe, Harold ... 214
Jägerfeld, Jenny ... 575
Jahn, Ryan David ... 577
Jahnn, Hans Henny ... 577
Jainendr Kum-ar ... 224
Jakes, John William ... 212
Jalāl Āl-e Ahmad ... 229
Jamāl-zāde, Mohammad 'Alī ... 228
James, Clive ... 214
James, C.L.R. ... 215
James, E.L. ... 212
James, Henry ... 215
James, P.D. ... 215
James, Peter ... 215
Jameson, Margaret Storm ... 212
Jammes, Francis ... 229
Jamyang Norbu ... 229
Jandl, Ernst ... 577
Janeway, Elizabeth Hall ... 216
Janowitz, Tama ... 226
Jansson, Lars ... 577
Jansson, Tove ... 577
Japp, Andréa H. ... 226
Japrisot, Sébastien ... 228
Jardin, Alexandre ... 229
Jarrell, Randall ... 230
Jasieński, Bruno ... 576
Jattawaalak ... 301
Jean, Raymond ... 230
Jelinek, Elfriede ... 37
Jellicoe, Ann ... 216
Jemisin, N.K. ... 214
Jenkins, A.M. ... 217
Jenkinson, Ceci ... 217
Jennings, Elizabeth ... 212
Jens, Walter ... 37
Jensen, Johannes Vilhelm ... 37
Jeon Ari ... 307
Jeon Kyung-rin ... 307
Jeon Min-hee ... 243
Jersild, Per Christian ... 576
Jess Weng ... 313
Jeury, Michel ... 236
Jhabvala, Ruth Prawer ... 227
Jia Ping-wa ... 100
Jian Xian-ai ... 176
Jiang Fang-zhou ... 241
Jiang Guang-ci ... 240
Jiang Rong ... 135
Jiao Tong ... 241
Jilemnický, Peter ... 42
Jiménez, Francisco ... 422
Jiménez, Juan Ramón ... 422
Jin, Ha ... 248
Jin Jin ... 138
Jin Yong ... 138

Jirásek, Alois ... 41
Jiu Dan ... 134
Jiu Yuan ... 141
Jiubadao ... 211
Joaquin, Nick ... 502
Johanides, Ján ... 582
Johnson, Adam ... 244
Johnson, Bryan Stanley ... 245
Johnson, Charles ... 245
Johnson, Denis ... 245
Johnson, Eyvind ... 579
Johnson, George Clayton ... 244
Johnson, Kij ... 244
Johnson, Linton Kwesi ... 245
Johnson, Pamela Hansford ... 245
Johnson, Uwe ... 583
Johnston, Denis ... 244
Johnston, George Henry ... 244
Johnston, Jennifer ... 244
Johnston, Tim ... 244
Jolley, Elizabeth ... 242
Jonasson, Jonas ... 582
Jones, David ... 244
Jones, Diana Wynne ... 243
Jones, James ... 243
Jones, Susanna ... 243
Jones, Thom ... 244
Jones, V.M. ... 243
Jong, Dola de ... 583
Jong, Erica ... 243
Jonquet, Thierry ... 243
Jordan, Penny ... 242
Jordan, Robert ... 242
Jörgensen, Jens Johannes ... 582
Joshī, Ilāchandr ... 241
Jōsh Malīhābādī ... 242
Josipovici, Gabriel ... 241
Joslin, Sesyle ... 242
Joss, Morag ... 242
Journalgyaw Ma Ma Lay ... 226
Jouve, Pierre Jean ... 232
Jovine, Francesco ... 582
Joy ... 239
Joyce, Graham ... 239
Joyce, James Augustine ... 239
Joyce, Rachel ... 239
József, Attila ... 582
July, Miranda ... 236
Jung Yi-hyun ... 307
Jünger, Ernst ... 579
Juster, Norton ... 225
Justice, Donald ... 226

【 K 】

Kaaberbol, Lene ... 189
Kacem, Mehdi Belhaj ... 106
Kadaré, Ismaïl ... 107
Kadohata, Cynthia ... 109
Kafka, Franz ... 112
Kahaney, Amelia ... 112
Kahiga, Samuel ... 111
Kailas, Uuno ... 101
Kallentoft, Mons ... 108
Kamanda, Kama Sywor ... 113
Kaminsky, Stuart ... 113
Kan Young-sook ... 120
Kanafānī, Ghassān ... 109

Kandel, Susan ················ 121	Kepler, Lars ················ 174	King, Laurie R. ················ 139
Kang Kyoung-ae ················ 120	Keret, Etgar ················ 176	King, Ross ················ 139
Kang Zhuo ················ 181	Keris Mas ················ 155	King, Stephen ················ 138
Kanon, Joseph ················ 130	Kerley, Jack ················ 115	Kingsley, Kaza ················ 139
Kant, Hermann ················ 121	Kernick, Simon ················ 110	Kingsley, Sidney ················ 139
Kantor, MacKinlay ················ 133	Kerouac, Jack ················ 175	King-Smith, Dick ················ 139
Kapitáňova, Danielá ················ 111	Kerr, Philip ················ 100	Kingsolver, Barbara ················ 139
Kapuściński, Ryszard ················ 112	Kerruish, Jessie Douglas ················ 175	Kingston, Maxine Hong ················ 139
Karalichev, Angel ················ 114	Kersh, Gerald ················ 104	Kinnell, Galway ················ 124
Karaslavov, Georgi Slavov ················ 114	Kertész, Imre ················ 175	Kinney, Jeff ················ 123
Karasyov, Carrie Doyle ················ 114	Kesey, Ken Elton ················ 122	Kinnunen, Tommi ················ 141
Karavaeva, Anna Akeksandrovna ··· 114	Kessel, John ················ 173	Kinsella, Sophie ················ 140
Kargman, Jill ················ 103	Kesten, Hermann ················ 172	Kinsella, Thomas ················ 140
Karlfeldt, Erik Axel ················ 118	Ketchum, Jack ················ 173	Kinsella, William Patrick ················ 140
Karnezis, Panos ················ 118	Key, Alexander ················ 170	Kipling, Rudyard ················ 123
Kartamihardja, Achdiat ················ 117	Keyes, Daniel ················ 122	Kipphardt, Heinar ················ 123
Karvaš, Peter ················ 116	Keyes, Sidney ················ 123	Kirk, Hans Rudolf ················ 122
Kasack, Hermann ················ 103	Kezilahabi, Euphrase ················ 172	Kirkup, James ················ 102
Kaschnitz, Marie Luise ················ 104	Khadijah Hashim ················ 108	Kirn, Walter ················ 119
Kashua, Sayed ················ 104	Khadra, Yasmina ················ 109	Kirsanov, Semyon Isaakovich ··· 136
Kasischke, Laura ················ 104	Khai Hung ················ 101	Kirsch, Sarah ················ 136
Kassak, Fred ················ 103	Khan, Rukhsana ················ 121	Kirshon, Vladimir Mihaylovich ··· 136
Kästner, Erich ················ 172	Khan-Din, Ayub ················ 121	Kirst, Hans Hellmut ················ 137
Kataev, Ivan Ivanovich ················ 106	Kharms, Daniil Ivanovich ················ 402	Kirstilä, Pentti ················ 137
Kataev, Valentin Petrovich ················ 107	Khin Khin Htoo ················ 138	Kiš, Danilo ················ 122
Katzenbach, John ················ 107	Khlebnikov, Velimir ················ 476	Kishon, Ephraim ················ 122
Kaufman, Bel ················ 102	Khoury, Raymond ················ 153	Kjaedegaard, Lars ················ 122
Kaufman, Richard ················ 102	Kianpour, Fredun ················ 122	Klass, David ················ 150
Kavafis, Konstantinos ················ 101	Kidd, Diana ················ 123	Klavan, Andrew ················ 151
Kaverin, Veniamin Aleksandrovich ················ 102	Kidd, Sue Monk ················ 123	Klay, Phil ················ 163
Kay, Jackie ················ 170	Kiefer, Warren ················ 124	Klein, A.M. ················ 147
Kay, Terry ················ 170	Kilworth, Garry ················ 138	Klein, Matthew ················ 147
Kaye, Erin ················ 170	Kim Ae-ran ················ 126	Klein, Naomi ················ 147
Kaye, Mary Margaret ················ 170	Kim Byeol-ah ················ 128	Klein, Norma ················ 147
Kazakevich, Emmanuil Genrikhovich ················ 103	Kim Chun-su ················ 127	Klein, Robin ················ 147
Kazakevich, Vecheslav ················ 103	Kim Dong-in ················ 128	Klíma, Ivan ················ 157
Kazakov, Yurii Pavlovich ················ 103	Kim Gwang-sop ················ 126	Kline, Christina Baker ················ 147
Kazakova, Rimma Fedorovna ················ 103	Kim Han-gil ················ 128	Klise, Kate ················ 146
Kazantzakis, Nikos ················ 104	Kim Hoon ················ 128	Kloos, Marko ················ 165
Ke Yan ················ 99	Kim Ho-sig ················ 128	Klossowski, Pierre ················ 167
Ke Yun-lu ················ 99	Kim In-suk ················ 125	Kluge, Alexander ················ 159
Ke Zhong-ping ················ 100	Kim Ji-ha ················ 126	Knausgård, Karl Ove ················ 145
Keane, Molly ················ 138	Kim Jin-kyung ················ 127	Kneale, Matthew ················ 357
Keaney, Brian ················ 124	Kim Jin-myung ················ 127	Kneifel, Hans ················ 145
Keating, H.R.F. ················ 123	Kim Jong-han ················ 127	Knight, Damon ················ 350
Keegan, Claire ················ 122	Kim Jung-hyuk ················ 126	Knight, Renée ················ 350
Kehlmann, Daniel ················ 176	Kim Ki-chin ················ 126	Knopf, Chris ················ 146
Kelleher, Victor ················ 174	Kim Kwang-kyu ················ 126	Knott, Frederick ················ 361
Kellerman, Faye ················ 174	Kim Kwang-rim ················ 126	Knowles, John ················ 363
Kellerman, Jesse ················ 174	Kim Myung-hwa ················ 129	Knox, Tom ················ 361
Kellerman, Jonathan ················ 174	Kim Nam-jo ················ 128	Ko Jung-wook ················ 178
Kelley, William Melvin ················ 174	Kim Pyong-hun ················ 128	Ko Un ················ 177
Kelly, Jacqueline ················ 175	Kim, Richard E. ················ 129	Koch, Christopher John ················ 185
Kelly, Jim ················ 175	Kim, Roman Nikolaevich ················ 129	Koch, Kenneth ················ 183
Kelly, Lynne ················ 175	Kim Ryeo-ryeong ················ 129	Kochetov, Vsevolod Anisimovich ··· 185
Kelman, James ················ 176	Kim Sa-ryang ················ 126	Koeppen, Wolfgang ················ 173
Kemelman, Harry ················ 174	Kim So-wol ················ 127	Koestler, Arthur Otto ················ 172
Kendall, Carol ················ 176	Kim Suki ················ 127	Kogawa, Joy Nozomi ················ 183
Kendrick, Baynard ················ 177	Kim Sung-ho ················ 127	Kohout, Pavel ················ 189
Keneally, Thomas ················ 124	Kim Sung-jong ················ 127	Kokko, Yrjö ················ 185
Kennedy, Adrienne ················ 173	Kim Sung-ok ················ 127	Kokoschka, Oskar ················ 183
Kennedy, Ludovic ················ 174	Kim Tag-hwan ················ 127	Koltes, Bernard-Marie ················ 193
Kennedy, Margaret ················ 173	Kim Tong-ni ················ 128	Kol'tsov, Mihail Efimovich ················ 191
Kennedy, Milward ················ 174	Kim Un-su ················ 126	Kommerell, Max ················ 190
Kennedy, William ················ 173	Kim Yeon-su ················ 129	Koneski, Blaže ················ 188
Kenrick, Tony ················ 177	Kim Yong-man ················ 129	Kong Fu ················ 181
Kent, Hannah ················ 177	Kim Young-ha ················ 129	Konigsburg, E.L. ················ 110
Kent, Steven L. ················ 176	Kimberly, Alice ················ 141	Konrád, György ················ 198
Kenyon, Sherrilyn ················ 173	Kimenye, Barbara ················ 129	Konwicki, Tadeusz ················ 196
	Kincaid, Jamaica ················ 139	Kooij, Rachel van ················ 179
	King, Francis Henry ················ 139	
	King, Jonathan ················ 138	

Koontz, Dean Ray	169	
Kooser, Ted	143	
Köpf, Gerhard	173	
Kopit, Arthur L.	189	
Kordon, Klaus	194	
Korman, Gordon	190	
Korneichuk, Aleksandr Evdokimovich	194	
Kornetsky, L.A.	188	
Korshunow, Irina	192	
Koryta, Michael	191	
Kosinski, Jerzy Nikodem	184	
Kostova, Elizabeth	184	
Kosztolányi, Dezso	184	
Kotzwinkle, William	185	
Kouros, Alexis	166	
Kourouma, Ahmadou	161	
Kowal, Mary Robinette	195	
Kozak, Harley Jane	183	
Kozhevnikov, Vadim Mikhailovich	184	
Kozlov, Sergey	184	
Kraft, Werner	151	
Krämer-Badoni, Rudolf	164	
Krantz, Judith	152	
Krasznahorkai, László	150	
Kratochvil, Jiří	151	
Kraus, Karl	148	
Krauss, Nicole	148	
Krauss, Ruth	148	
Kress, Nancy	164	
Kreuder, Ernst	165	
Kristensen, Tom	155	
Kristóf, Ágota	155	
Krleza, Miroslav	161	
Kroetsch, Robert	166	
Kroetz, Franz Xaver	164	
Krohn, Leena	161	
Krolow, Karl	168	
Kross, Jaan	166	
Kruczkowski, Leon	160	
Krueger, William Kent	159	
Krusenstjerna, Agnes von	160	
Krüss, James Jakob Heinrich	157	
Krymov, Yury	159	
Ku Lung	178	
Ku Sang	141	
Kube McDowell, Michael P.	135	
Kuijer, Guus	179	
Kuipers, Alice	101	
Kumin, Maxine	146	
Kuncewiczowa, Maria	169	
Kundera, Milan	169	
Kunene, Mazisi	145	
Kunert, Günter	145	
Kunitz, Stanley Jasspon	145	
Kunze, Michael	169	
Kunze, Reiner	169	
Kunzru, Hari	168	
Kuo Pao Kun	103	
Kureishi, Hanif	163	
Kürenberg, Joachim von	135	
Kurkov, Andrei	159	
Kurtz, Katherine	107	
Kusenberg, Kurt	143	
Kushner, Ellen	104	
Kushner, Tony	143	
Kutscher, Volker	144	
Kuznetsov, Anatolij Vasiljevich	143	
Kwahulé, Koffi	168	
K'wan	168	
Kwan, Kevin	168	
Kwon Yeo-sun	143	

【L】

LaBlanc, Tom	595
Labou-Tansi, Sony	595
Lacaba, Jose F.	587
Lācis, Vilis	591
Läckberg, Camilla	625
Lackey, Mercedes R.	591
La Cour, Paul	589
Lacretelle, Jacques de	589
La Farge, Paul	594
Laferrière, Dany	594
Lafferty, Mur	594
Lafferty, Raphael Aloysius	594
Laforet, Carmen	595
Lagercrantz, Rose	589
Lagerkvist, Pär Fabian	589
Lagerlöf, Selma Ottiliana Lovisa	589
La Guma, Alex	588
LaHaye, Tim	596
Lahiri, Jhumpa	594
Lai He	583
Laine, Pascal	626
Laird, Elizabeth	621
Lakhous, Amara	588
Lalić, Mihailo	597
Lam, Vincent	596
Lamb, Charlotte	596
Lamb, John J.	596
Lambert, Mercedes	598
Lamming, George Eric	596
Lanagan, Margo	593
Lanchester, John	598
Landay, William	598
Landis, Geoffrey A.	598
Landolfi, Tommaso	598
Landy, Derek	598
Lane, Andrew	629
Lane, Rose Wilder	629
Lang, Andrew	597
Langgässer, Elisabeth	597
Langrish, Katherine	597
Langton, Jane	597
Lanot, Marra PL.	593
Lanoux, Armand	593
Lansdale, Joe R.	598
Lao-she	632
Lapcharoensap, Rattawut	595
Lapierre, Dominique	593
LaPlante, Alice	596
Larbalestier, Justine	593
Larbaud, Valéry	597
Lardner, Ring	592
Larkin, Philip Arthur	588
Larsen, Nella	591
Larsen, Reif	591
Larsson, Åsa	591
Larsson, Stieg	591
Lasdun, James	590
Lashner, William	590
Lasky, Kathryn	590
Lathen, Emma	624
La Tour du Pin, Patrice de	592
Laumer, Keith	640
Laurence, Margaret	642
Laurens, Camille	641

Laurent, Eric	641
Laurent, Jacques	641
Laurents, Arthur	642
Laurie, Victoria	641
Lavin, Mary	594
Lavrenyov, Boris	587
Law, Ingrid	631
Law, Janice	630
Lawler, Ray	641
Lawrence, David Herbert	642
Lawson, Henry	635
Lawson, John	635
Lawson, M.A.	635
Laxness, Halldór Kiljan	588
Laye, Camara	584
Laymon, Richard	621
Layton, Irving Peter	621
Le, Nam	601
Leaf, Munro	607
Leavitt, David	627
Lebbon, Tim	628
Lebedev-Kumach, Vasily Ivanovich	628
Leblanc, Maurice	619
Le Breton, Auguste	619
Le Brun, Annie	619
Le Carré, John	616
Lechoń, Jan	628
Leckie, Ann	624
Le Clézio, J.M.G.	616
Ledda, Gavino	625
Lee Bom-son	35
Lee Chang-dong	34
Lee, Chang-rae	601
Lee Chiao	599
Lee Chong-jun	34
Lee Chul-hwan	34
Lee, Dennis	601
Lee, Don	601
Lee, Edward	599
Lee Eun	32
Lee Gi-lyoong	33
Lee, Harper	601
Lee Ho-chol	35
Lee Hyo-sok	34
Lee, Joseph	600
Lee Jung-myung	33
Lee Kang-beak	32
Lee Kang-ryol	33
Lee Kwang-su	33
Lee, Laurie	602
Lee Mun-yol	35
Lee Pung-myong	35
Lee Sang	33
Lee Sang-hwa	33
Lee Seung-u	33
Lee Su-kwang	33
Lee Sun-shine	33
Lee, Tanith	601
Lee Young-do	35
Lee Young-hee	35
Lee Yu-fang	600
Lee Yuk-sa	35
Le Guin, Ursula Kroeber	616
Lehane, Dennis	619
Lehman, Ernest	628
Lehmann, Rosamond Nina	628
Lehrer, Jim	629
Lehtolainen, Leena	628
Lei Shi-yu	583
Leiber, Fritz	586
Leigh, Roberta	621

Leip, Hans ··· 586	Libedinskii, Yurii Nikolaevich ··· 607	Loos, Anita ··· 617
Leiris, Michel ··· 629	Licalzi, Lorenzo ··· 602	Lopes, Henri ··· 640
Leitch, Maurice ··· 604	Lidbeck, Petter ··· 606	López Narváez, Concha ··· 640
Le Luu ··· 629	Lidin, Vladimir Germanovich ··· 603	Lorde, Audre ··· 637
Lem, Stanisław ··· 629	Lidman, Sara ··· 606	Loti, Pierre ··· 636
Lemaitre, Pierre ··· 620	Lilin, Nicolai ··· 611	Lott, Tim ··· 636
Lemelin, Roger ··· 620	Lillo, Baldomero ··· 611	Louis, Édouard ··· 614
Lenz, Hermann ··· 630	Lim, Catherine ··· 608	Louÿs, Pierre ··· 615
Lenz, Siegfried ··· 630	Lim Chul-woo ··· 41	Lovecraft, H.P. ··· 595
Leon, Donna M. ··· 623	Lin Bai ··· 611	Lovelace, Earl ··· 587
Leonard, Elmore ··· 626	Lin, Francie ··· 611	Lovesey, Peter ··· 595
Leonov, Leonid Maksimovich ··· 623	Lin Hai-yin ··· 611	Lowachee, Karin ··· 643
Lepicard, Louise ··· 619	Lin, Tao ··· 611	Lowell, Amy Lawrence ··· 632
Lepman, Jella ··· 625	Lind, Hailey ··· 613	Lowell, Heather ··· 632
Lerner, Ben ··· 593	Lindbergh, Anne Morrow ··· 613	Lowell, Robert ··· 632
Lernet-Holenia, Alexander ··· 629	Lindegren, Erik ··· 613	Lowitz, Leza ··· 632
Leroux, Gaston ··· 620	Lindgren, Astrid Anna Emilia ··· 613	Lowry, Lois ··· 641
Leroy, Gilles ··· 620	Lindgren, Barbro ··· 613	Lowry, Malcolm ··· 587
LeRoy, J.T. ··· 611	Lindqvist, John Ajvide ··· 613	Lu Ling ··· 630
Lessa, Espólio Luis Carlos Barbosa ··· 625	Lindsay, Jeff ··· 612	Lu qiu-cha ··· 602
Lessa, Origenes ··· 625	Lindsay, Paul ··· 613	Lu Tian-ming ··· 602
Lessing, Doris May ··· 625	Lindsey, David L. ··· 612	Lu Wen-fu ··· 603
Lessmann, C.B. ··· 624	Ling Shu-hua ··· 610	Lucarelli, Carlo ··· 616
Lester, Alison ··· 623	Link, Kelly ··· 612	Luceno, James ··· 617
Lester, Julius ··· 623	Link, William ··· 612	Ludlum, Robert ··· 593
Lethem, Jonathan ··· 624	Linklater, Eric ··· 612	Ludu U Hla ··· 618
Letts, Billie ··· 625	Linna, Väinö Valtteri ··· 614	Lugovskoy, Vladimir ··· 617
Levertov, Denise ··· 626	Linscott, Gillian ··· 612	Luís, Agustina Bessa ··· 614
Levi, Carlo ··· 622	Lipman, Laura ··· 605	Lukonin, Mihail ··· 617
Levi, Peter Chad Tigar ··· 627	Lisi, Nicola ··· 603	Lumley, Brian ··· 597
Levi, Primo ··· 622	Lispector, Clarice ··· 604	Lunde, Maja ··· 620
Levin, Ira ··· 627	Liss, David ··· 603	Lundkvist, Artur ··· 620
Levin, Meyer ··· 627	Littell, Jonathan ··· 605	Lung Ying-tai ··· 608
Levine, Gail Carson ··· 627	Littell, Robert ··· 605	Luo Bin-ji ··· 588
Levinson, Richard ··· 627	Little, Eddie ··· 606	Luo Ying ··· 588
Levinson, Robert S. ··· 628	Little, Jean ··· 606	Lupton, Rosamund ··· 595
Levithan, David ··· 627	Littlefield, Sophie ··· 606	Lurie, Alison ··· 620
Levrero, Mario ··· 628	Liu Bai-yu ··· 609	Lurie, Morris ··· 620
Levy, Elizabeth ··· 627	Liu Bin-yan ··· 609	Lustig, Arnost ··· 617
Lévy, Justine ··· 622	Liu Da-jie ··· 609	Lutz, John ··· 592
Levy, Marc ··· 622	Liu Da-ren ··· 609	Lutz, Lisa ··· 592
Lewin, Michael Z. ··· 608	Liu, Ken ··· 608	Lu-xun ··· 633
Lewis, Alun ··· 614	Liu Qing ··· 609	Luzi, Mario ··· 618
Lewis, C.S. ··· 614	Liu Shao-tang ··· 609	Lyall, Gavin ··· 583
Lewis, Janet ··· 614	Liu Suo-la ··· 609	Lynch, Scott ··· 613
Lewis, Lange ··· 615	Liu Xin-wu ··· 609	Lynds, Gayle ··· 612
Lewis, Norman ··· 615	Liu Zhen-yun ··· 609	Lynn, Matt ··· 611
Lewis, Simon ··· 614	Liu Liu ··· 632	Lytle, Andrew Nelson ··· 586
Lewis, Sinclair ··· 615	Lively, Penelope Margaret ··· 586	
Lewycka, Marina ··· 622	Livings, Henry ··· 607	
Lezama Lima, José ··· 623	Llamazares, Julio ··· 608	【M】
Li Ang ··· 600	Llewellyn, Richard ··· 615	
Li Cun-bao ··· 601	Lloyd, Saci ··· 631	Ma Feng ··· 363
Li Guang-tian ··· 600	Lloyd-Jones, Buster ··· 631	Ma Jia ··· 363
Li Guo ··· 599	Lobe, Mira ··· 640	Ma Jian ··· 526
Li Hui-ying ··· 599	Locke, Attica ··· 636	Ma Kwang-soo ··· 526
Li Ji ··· 599	Lodato, Victor ··· 635	Ma Li-cheng ··· 363
Li Jian-wu ··· 600	Lodge, David John ··· 636	Maalouf, Amin ··· 526
Li Jie-ren ··· 599	Lodojdamba, Chadraavaljn ··· 637	Maas, Peter ··· 538
Li Jin-fa ··· 600	Lodoli, Marco ··· 637	Maass, Joachim ··· 538
Li Pei-fu ··· 601	Löffler, Rainer ··· 628	MacBeth, George Mann ··· 532
Li Ru-lin ··· 600	Lofting, Hugh John ··· 640	MacCaig, Norman Alexander ··· 541
Li Tuo ··· 601	Logue, Christopher ··· 632	MacDiarmid, Hugh ··· 530
Li Xue-wen ··· 599	Loher, Dea ··· 631	MacDonald, John Dann ··· 531
Li, Yi-yun ··· 599	Lo-Johansson, Ivar ··· 620	MacDonald, Phillip ··· 531
Li Zhun ··· 600	Lo-Liyong, Taban ··· 642	MacDonald, Ross ··· 531
Liang Bin ··· 610	London, Jack ··· 643	Machado, Ana Maria ··· 537
Liang, Diane Wei ··· 608	Long, Frank Belknap ··· 643	Machado, Antonio ··· 539
Liang Hong ··· 610	Longley, Michael ··· 643	Machado, Manuel ··· 539
Liang Xiao-sheng ··· 610	Loo, Tessa de ··· 630	
Liang Yu-sheng ··· 610	Loon, Karel Glastra van ··· 643	
Liang Zong-dai ··· 610		

MacInnes, Helen … 540	Mann, Klaus … 551	Matthiessen, Peter … 537
Mack, T. … 541	Mann, Thomas … 551	Matturro, Claire Hamner … 543
Mackay, Claire … 541	Manning, Olivia Mary … 544	Matute, Ana María … 543
Mackay, Shena … 541	Manning-Sanders, Ruth … 544	Maugham, Somerset … 572
Mackesy, Serena … 542	Mansfield, Katherine … 552	Maulnier, Thierry … 571
MacLachlan, Patricia … 533	Mantel, Hilary … 552	Maulpoix, Jean-Michel … 574
Maclean, Alistair … 534	Mantō, Saʻādat Hasan … 552	Maung Htin … 526
Maclean, Anna … 534	Manzini, Gianna … 552	Maupin, Armistead … 571
Maclean, Katherine … 534	Mao-dun … 506	Mauriac, Claude … 573
Maclean, Norman … 534	Maraini, Dacia … 546	Mauriac, François … 573
MacLeish, Archibald … 534	Marani, Diego … 546	Maurois, André … 574
MacLennan, Hugh … 535	Marber, Patrick … 544	Maxwell, William … 530
MacLeod, Alistair … 533	Marceau, Félicien … 548	May, Paul … 563
MacLeod, Charlotte … 533	Marciano, John Bemelmans … 547	Mayakovskii, Vladimir Vladimirovich … 545
MacLeod, Ian R. … 533	Marechera, Dambudzo … 550	Mayer, Bob … 564
MacLeod, Ken … 533	Margolis, Sue … 536	Mayhew, James … 564
MacMahon, Kathleen … 533	Mariani, Scott … 546	Mayle, Peter … 565
MacNeal, Susan Elia … 532	Marías, Javier … 546	Maynard, Joyce … 564
MacNeice, Louis … 532	Marinina, Aleksandra … 547	Mayne, William … 565
Mac Orlan, Pierre … 542	Marinković, Ranko … 547	Mazzantini, Margaret … 542
Maeterlinck, Maurice … 566	Marion, Isaac … 547	Mazzetti, Lorenza … 542
Magnason, Andri … 531	Mark, Jan … 529	Mazzucco, Melania G. … 542
Magona, Sindiwe … 536	Markandaya, Kamala … 528	McAllister, Maggi … 528
Magorian, Michelle … 536	Markish, Peretz … 547	McAlmon, Robert … 536
Magris, Claudio … 534	Marklund, Liza … 535	McAuley, Paul J. … 536
Mahapatra, Jayanta … 544	Markov, Georgii Mokeevich … 547	McBain, Ed … 532
Maha Sila Viravong … 544	Marlowe, Stephen … 550	McCaffrey, Anne … 528
Mahaswe … 544	Maron, Margaret … 550	McCaig, Donald … 541
Mahasweta Devi … 571	Marotta, Giuseppe … 550	McCammon, Robert R. … 529
Mahfūz, Najīb … 545	Marquand, John Philips … 528	McCann, A.L. … 540
Mahon, Derek … 544	Marsé, Juan … 548	McCann, Colum … 540
Mahr, Kurt … 547	Marsh, Katherine … 538	McCarry, Charles … 540
Mahy, Margaret … 544	Marsh, Ngaio … 538	McCarten, Anthony … 529
Mailer, Norman … 564	Marshak, Samuil Yakovlevich … 548	McCarthy, Cormac … 539
Maillet, Antonine … 526	Marshall, Alan … 537	McCarthy, Mary Therese … 539
Maillu, David … 527	Marshall, Megan … 537	McCarthy, Tom … 539
Mainard, Dominique … 566	Marshall, Michael … 537	McCaughrean, Geraldine … 542
Mais, Roger … 564	Marshall, Paule … 537	McCleen, Grace … 534
Makal, Mahmut … 528	Martel, Yann … 543	McCloy, Helen … 535
Mäkelä, Hannu … 535	Martin, Ann M. … 543	McClure, James … 535
Makine, Andreï … 528	Martin, David … 543	McCourt, Frank … 536
Makkai, Rebecca … 528	Martin, Douglas A. … 543	McCoy, Horace … 542
Maksimov, Vladimir Emelyanovich … 530	Martín, Esteban … 549	McCoy, Judi … 535
Malamud, Bernard … 546	Martin, George R.R. … 543	McCracken, Elizabeth … 533
Malaparte, Curzio … 546	Martin du Gard, Roger … 548	McCrumb, Sharyn … 534
Malaqinfu … 395	Martínez, Guillermo … 548	McCullers, Carson … 540
Malerba, Luigi … 550	Martínez, Tomás Eloy … 548	McCullough, Colleen … 539
Maling, Arthur … 564	Martín Gaite, Carmen … 549	McDermid, Val … 530
Mallea, Eduardo … 537	Martini, Christiane … 548	McDevitt, Jack … 530
Mallet-Joris, Françoise … 550	Martini, Steve … 548	McDonald, Gregory … 531
Malliet, G.M. … 547	Martín Santos, Luis … 549	McDonald, Ian … 530
Malouf, David George Joseph … 549	Martinson, Harry … 549	McDonough, Yona Zeldis … 531
Malraux, André … 549	Martynov, Leonid … 549	McElroy, Paul … 542
Maltz, Albert … 574	Marzi, Christoph … 539	McEwan, Ian … 529
Malzberg, Barry N. … 548	Ma Sander … 536	McEwen, Scott … 529
Mamet, David Alan … 545	Mason, Alfred Edward Woodley … 565	McFadyen, Cody … 532
Mammeri, Mouloud … 545	Mason, Bobbie Ann … 565	McFarlane, Fiona … 532
Manat Janyong … 544	Mason, Richard … 566	McGahern, John … 530
Manchette, Jean-Patrick … 552	Mason, Zachary … 565	McGann, Oisín … 540
Mandel, Emily St.John … 552	Massey, Sujata … 542	McGerr, Pat … 527
Mandelishtam, Osip Emilievich … 552	Massie, Elizabeth … 537	McGilloway, Brian … 529
Mandiargues, André Pieyre de … 552	Masters, Edgar Lee … 538	McGivern, William Peter … 540
Manfredi, Valerio Massimo … 552	Masterton, Graham … 538	McGough, Roger … 536
Mang Yuan … 569	Mastrocola, Paola … 538	McGown, Jill … 536
Manganelli, Giorgio … 551	Matar, Hisham … 539	McGrath, John … 533
Manguel, Alberto … 551	Matevski, Mateja … 543	McGrath, Patrick … 533
Mankell, Henning … 551	Mathers, Peter … 565	McGuane, Thomas … 541
Mann, Antony … 550	Matheson, Richard … 537	McGuinness, Frank … 530
Mann, Heinrich … 551	Mathews, Adrian … 538	McGuire, Ian … 535
Mann, Jessica … 551	Mathews, Harry … 538	McGuire, Seanan … 535
	Matthews, James … 538	

McIlvanney, William … 540	Milev, Geo … 559	Mooney, Chris … 562
McInerney, Jay … 528	Millar, Margaret … 558	Mooney, Edward Jr. … 562
McInerny, Ralph … 528	Millay, Edona St.Vincent … 559	Moor, Margriet de … 568
McIntosh, D.J. … 541	Miller, A.D. … 558	Moorcock, Michael … 560
McIntyre, Vonda N. … 541	Miller, Andrew … 558	Moore, Brian … 560
McKay, Hilary … 539	Miller, Arthur … 558	Moore, Lilian … 560
Mckenna, Juliet E. … 542	Miller, Henry … 558	Moore, Lorrie … 560
McKillip, Patricia Ann … 529	Miller, Madeline … 558	Moore, Marianne … 560
McKinlay, Jenn … 541	Miller, Rebecca … 558	Moore, Robin … 560
McKinley, Robin … 541	Millhauser, Steven … 559	Moorhouse, Frank … 561
McKinty, Adrian … 541	Milliez, Jacques … 559	Morais, Morcus Vinícius de Melo … 572
McKuen, Rod … 529	Mills, Magnus … 559	Morais, Richard C. … 574
McLain, Paula … 535	Mills, Mark … 559	Moran, Caitlin … 572
McLaverty, Michael … 534	Milne, Alan Alexander … 559	Morand, Paul … 572
McMillan, Terry … 533	Milon, Imdadul Haque … 559	Morante, Elsa … 572
Mcmurtry, Larry … 532	Miłosz, Czesław … 553	Moravia, Alberto … 572
McNally, Terrence … 531	Miloszewski, Zygmunt … 553	Morehouse, Lyda … 568
McNamee, Graham … 531	Milton, Giles … 559	Morgan, Charles Langbridge … 569
McNish, Cliff … 532	Mimouni, Rachid … 556	Morgan, Edwin George … 569
Mead, Richelle … 556	Mina, Denise … 556	Morgan, Peter … 569
Meade, Glenn … 556	Mináč, Vladimír … 556	Morgan, Richard K. … 569
Meaker, Marijane … 553	Mingarelli, Hubert … 551	Morgan, Speer … 569
Medvei, Cornelius … 566	Minh-ha, Trinh T. … 560	Morgenstern, Susie … 573
Meged, Aharon … 565	Minier, Bernard … 556	Mori, Kyoko … 573
Mehran, Marsha … 566	Minkov, Svetoslav … 560	Moriarty, Liane … 573
Mehring, Walter … 567	Minot, Susan … 527	Morley, Isla … 572
Mehta, Gita … 566	Miralles, Francesc … 558	Morpurgo, Michael … 571
Mehta, Ved … 564	Miss Read … 554	Morrell, David … 550
Mei Niang … 364	Mistral, Frédéric … 554	Morris, Wright Marion … 573
Meldrum, Christina … 567	Mistral, Gabriela … 554	Morrison, Toni … 573
Melissa P. … 567	Mistry, Rohinton … 554	Mortimer, John … 570
Melko, Paul … 567	Mitchell, Adrian … 554	Mortimer, Penelope … 570
Melle, Thomas … 567	Mitchell, Alex … 554	Morton, Kate … 571
Mello, Roger … 568	Mitchell, David … 555	Morzez, Philip Ninj@ … 570
Melo, Patrícia … 568	Mitchell, Gladys … 554	Moshfegh, Ottessa … 569
Meltzer, Brad … 567	Mitchell, Julian … 555	Mosley, Walter … 570
Memmi, Albert … 568	Mitchell, Margaret … 555	Moss, Tara … 570
Mendoza, Eduardo … 568	Mitchell, William Ormond … 555	Mosse, Kate … 570
Meng Yi … 568	Mitchison, Naomi Margaret … 554	Motinggo Boesje … 571
Mercer, David … 536	Mitford, Jessica … 555	Motion, Andrew … 570
Meredith, William … 567	Mitford, Nancy … 555	Mourlevat, Jean-Claude … 562
Meri, Veijo … 566	Mitgutsch, Anna … 555	Mowat, Farley McGill … 574
Merle, Robert … 567	Mittelholzer, Edgar Austin … 555	Moyes, Patricia … 568
Merriam, Eve … 566	Mjagmar, Dembeegijn … 557	Mozhaev, Boris Andreevich … 569
Merrill, James … 567	Mňačko, Ladislav … 562	Mphahlele, Es'kia … 562
Merwin, William Stanley … 527	Mo, Timothy … 568	Mrożek, Sławomir … 562
Merz, Klaus … 567	Mo Yan … 372	Mr.Pets … 554
Messner, Kate … 565	Moberg, Vilhelm … 571	Mtshali, Oswald … 561
Messud, Claire … 565	Modiano, Patrick … 570	Muchamore, Robert … 528
Mészöly, Miklós … 565	Moggach, Deborah … 569	Muhlstein, Anka … 557
Metz, Melinda … 566	Moher, Frank … 571	Muir, Edwin … 557
Meyer, Clemens … 527	Molay, Frédérique … 574	Mujica Láinez, Manuel … 562
Meyer, Deon … 527	Moline, Karen … 573	Mukherjee, Bharati … 561
Meyer, Kai … 527	Molla, Jean … 572	Muktibodh, Gajānan Mādhav … 561
Meyer, Nicholas … 564	Momaday, N.Scott … 545	Muldoon, Paul … 549
Meyer, Stephenie … 564	Monénembo, Tierno … 571	Mulgray, Helen … 547
Meyrink, Gustav … 527	Monette, Paul … 571	Mulisch, Harry … 562
Mezrich, Ben … 565	Montale, Eugenio … 575	Müller, Heiner … 557
Mian Mian … 568	Montalván, Luis Carlos … 574	Müller, Herta … 557
Miao Xiu … 424	Montanari, Richard … 574	Muller, Marcia … 546
Michael, Ib … 553	Monteleone, Thomas F. … 575	Mulligan, Andy … 547
Michaels, Anne … 526	Monterroso, Augusto … 575	Mungan, Murathan … 563
Michaels, J.C. … 526	Montgomery, Lucy Maud … 574	Mungoshi, Charles … 563
Michaels, Leonard … 526	Montgomery, Sy … 574	Munk, Kaj … 563
Michaux, Henri … 553	Montherlant, Henry de … 575	Munro, Alice … 553
Michener, James … 554	Montri Sriyong … 575	Murdoch, Iris … 543
Middleton, Stanley … 556	Moo, Sol Ceh … 569	Murphy, Pat … 545
Miéville, China … 553	Moody, David … 561	Murphy, Richard … 545
Migjeni … 553	Moon Byung-ran … 563	Murphy, Warren … 544
Mihailovic, Dragoslav … 556	Moon, Elizabeth … 563	Murray, Les … 546
Mikhalkov, Sergei Vladimirovich … 556	Moon, Pat … 563	Murray-Smith, Joannna … 550

Murrell, John	550	
Muschg, Adolf	561	
Musierowicz, Małgorzata	561	
Musil, Robert	561	
Musso, Guillaume	557	
Mutis, Álvaro	561	
Mwangi, Meja	563	
Mya Than Tint	557	
Myers, Isabel Briggs	527	
Myers, Walter Dean	527	
Myrdal, Jan	557	
Myrivilis, Stratis	559	

【N】

Naam, Ramez	353
Nabokov, Vladimir	353
Nádas, Péter	352
Nadel, Barbara	352
Nadolny, Sten	352
Nāgar, Amritāl	351
Nagata, Linda	351
Nagibin, Yurii Markovich	351
Nagy, László	352
Nahal, Chaman	352
Naheed, Kishwar	353
Naidoo, Beverly	350
Naipaul, Shiva	351
Naipaul, Vidiadhar Surajprasad	351
Nair, C.N.Sreekantan	353
Nam Jung-hyun	353
Nam Cao	353
Namdag, Donrobīn	353
Namora, Fernando	353
Naoura, Salah	351
Napier, Bill	358
Napoli, Donna Jo	353
Narayan, R.K.	354
Narbikova, Valeriya Spartakovna	354
Nasar, Sylvia	351
Nash, Ogden	352
Nathan, Robert Gruntal	359
Natsagdorzh, Dashdorzhiin	352
Nava, Michael	352
Navarre, Yves	351
Naylor, Gloria	358
Naylor, Phyllis Reynolds	358
Nazareth, Peter	352
Ndebele, Njabulo S.	647
NDiaye, Marie	647
Neate, Patrick	356
Neel, Janet	357
Neely, Richard	357
Neimi, Salwa Al	358
Nekrasov, Viktor Platonovich	358
Nelson, Jandy	360
Nemerov, Howard Stanley	360
Németh, László	360
Némirovsky, Irène	360
Neruda, Pablo	360
Nesbit, Edith	359
Nesbø, Jo	359
Nesin, Aziz	359
Ness, Patrick	359
Nesser, Håkan	359
Neto, Simões Lopes	360
Neuhaus, Nele	361

Neveux, Georges	358
Nevins, Francis M. Jr.	360
Newbery, Linda	357
Newby, Percy Howard	356
Newman, Kim	357
Nezval, Vítězslav	359
Ngcobo, Lauretta	186
Ngin Somchine	140
Ngugi wa Thiong'o	143
Nguyên Dinh Thi	142
Nguyen Nhât Ánh	142
Nguyen Van Bong	142
Nhat Linh	356
Nicholls, David	355
Nicholls, Sally	355
Nichols, Peter Richard	355
Nichols, Robert	355
Nicholson, Geoff	355
Nicholson, Michael	355
Nicholson, Norman	355
Nie Gan-nu	240
Nie Hua-ling	240
Nielsen, Helen	357
Nielsen, Jennifer A.	357
Niemi, Mikael	354
Nieminen, Kai	354
Niepanhui	360
Niffenegger, Audrey	355
Nikitas, Derek	354
Nikitin, Nikolay Nikolaevich	354
Nikolaeva, Galina Evgenievna	355
Nikom Rayawa	354
Nikulin, Lev Veniaminovich	354
Nilin, Pavel Filippovich	357
Nilsson, Ulf	357
Nimier, Marie	356
Nimier, Roger	356
Nimmo, Jenny	356
Nims, John Frederick	356
Nin, Anaïs	357
Nirālā	357
Niven, Larry	356
Nix, Garth	354
Nizan, Paul	355
Nkosi, Lewis	647
Noailles, Anna de	360
Noël, Bernard	361
Noël, Marie	361
Noon, Jeff	358
Nooteboom, Cees	361
Norac, Carl	363
Norén, Lars	363
Norfolk, Lawrence	362
Norman, Howard A.	362
Norman, Marsha	362
North, Sterling	361
Norton, Andre	362
Norton, Carla	362
Norton, Mary	362
Nossack, Hans Erich	361
Nöstlinger, Christine	359
Nothomb, Amélie	362
Nouette, Noël	358
Nourissier, François	358
Novakovich, Josip	361
Novello, Ivor	361
Novik, Naomi	362
Nowra, Louis	351
Nuyen, Jenny-mai	356
Nwapa, Flora	647
Nye, Jody Lynn	350

Nye, Naomi Shihab	350
Nye, Robert	350

【O】

Oates, Joyce Carol	91
Oatley, Keith	93
Obaldia, René de	94
Obioma, Chigozie	94
Obreht, Téa	95
O'Brian, Patrick	94
O'Brien, Edna	94
O'Brien, Flann	95
O'Brien, Kate	95
O'Brien, Tim	95
O'Carroll, Brendan	87
O'Connell, Carol	89
O'Connor, Barbara	88
O'Connor, Flannery	88
O'Connor, Frank	89
O'Connor, Joseph	88
Odaga, Asenath	91
O'Dell, Scott	92
Odets, Clifford	92
O'Faolain, Julia	94
O'Faolain, Sean	94
O'Farrell, Maggie	94
O'Flaherty, Liam	95
Ogot, Grace	88
Oh Jung-hee	84
Oh Tae-seok	84
O'Hagan, Andrew	95
O'Hanlon, Redmond	94
O'Hara, Frank	93
O'Hara, John Henry	93
Ohlsson, Kristina	97
Okai, Atukwei	87
Okara, Gabriel Imomotimi Gbaingbain	87
Okigbo, Christopher	87
Okot p'Bitek	88
Okpewho, Isidore	95
Okri, Ben	88
Oksanen, Sofi	88
Okudzhava, Bulat Shalvovich	88
Olafsson, Olaf	96
Olesha, Yurii Karlovich	98
Oliver, Lauren	96
Ollier, Claude	96
Olson, Charles	97
Olsson, Linda	97
Omotoso, Kole	96
Ondaatje, Michael	98
O'Neill, Eugene Gladstone	93
O'Neill, Joseph	93
Onetti, Juan Carlos	93
Oppen, George	92
Orelli, Giorgio	98
Orlev, Uri	98
Orlov, V.	98
Orr, Mary	84
Orringer, Julie	96
Orsenna, Erik	96
Ortese, Anna Maria	97
Ortheil, Hanns-Josef	98
Orton, Joe	93
Orwell, George	86

Osborne, Charles ············ 91	Panych, Morris ············ 390	Peng Jian-ming ············ 505
Osborne, John James ············ 91	Paolini, Christopher ············ 370	Penkov, Miroslav ············ 500
Osborne, Mary Pope ············ 91	Paprotta, Astrid ············ 392	Pennac, Daniel ············ 489
Osbourne, Lloyd ············ 91	Parain, Brice ············ 396	Penney, Stef ············ 489
O'Shaughnessy, Perri ············ 89	Páral, Vladimír ············ 396	Penny, Louise ············ 489
O Siadhail, Micheal ············ 89	Paretsky, Sara N. ············ 402	Pentecost, Hugh ············ 501
Osofisan, Femi ············ 89	Parise, Goffredo ············ 398	Penzoldt, Ernst ············ 501
Ostaijen, Paul van ············ 90	Park Bum-shin ············ 374	Percy, Benjamin ············ 377
Oster, Christian ············ 90	Park Hyuk-moon ············ 374	Percy, Walker ············ 377
Oster, Grigoriy ············ 90	Park Hyun-wook ············ 374	Pérec, Georges ············ 498
Ostrovskii, Nikolai Alekseevich ······ 90	Park Jeong-dae ············ 373	Perelman, Sidney Joseph ············ 498
Otero, Blas de ············ 92	Park Jo-yeol ············ 373	Péret, Benjamin ············ 497
Otero Silva, Miguel ············ 92	Park Kye-hyung ············ 372	Pérez-Reverte, Arturo ············ 498
Otsuka, Julie ············ 92	Park, Linda Sue ············ 374	Pergaud, Louis ············ 494
Ottieri, Ottiero ············ 92	Park Min-gyu ············ 374	Perissinotto, Alessandro ············ 493
Ouredník, Patrik ············ 87	Park, Ruth ············ 374	Pérol, Huguette ············ 500
Ou-yang Shan ············ 87	Parker, Dorothy ············ 371	Perrey, Hans-Jürgen ············ 492
Ovechkin, Valentin Vladimirovich ···· 86	Parker, Robert B. ············ 371	Perro, Bryan ············ 499
Owen, Thomas ············ 87	Parker, T.Jefferson ············ 371	Perron, Edgar du ············ 500
Owen, Wilfred ············ 87	Parkinson, Siobhan ············ 372	Perry, Anne ············ 492
Oyidob, Čoijamču-yin ············ 84	Parks, Tim ············ 375	Perry, Thomas ············ 492
Oyono, Ferdinand Léopold ············ 96	Parot, Jean-François ············ 403	Perutz, Leo ············ 495
Oz, Amos ············ 89	Parra, Nicanor ············ 395	Pessan, Éric ············ 487
Özakman, Turgut ············ 89	Parshall, Sandra ············ 379	Pessoa, Fernando ············ 486
Ozeki, Ruth L. ············ 91	Parsons, Julie ············ 382	Peters, Elizabeth ············ 418
Ozick, Cynthia ············ 89	Parsons, Tony ············ 382	Peters, Ellis ············ 418
Özkan, Serdar ············ 90	Parvīn E'teṣāmī ············ 400	Peters, Lenrie ············ 418
	Paso, Fernando del ············ 381	Petersen, Nis Johan ············ 486
	Pasolini, Pier Paolo ············ 382	Petersham, Maud & Miska ············ 418
	Pasternak, Boris Leonidovich ········ 380	Petit, Xavier-Laurent ············ 448
	Pastior, Oskar ············ 380	Petrescu, Cezar ············ 488
	Patchen, Kenneth ············ 385	Petrushevskaya, Liudmila
	Patchett, Ann ············ 383	Stefanovna ············ 488
【P】	Paterson, Katherine Womeldorf ····· 382	Petry, Ann Lane ············ 488
	Paton, Alan ············ 488	Petterson, Per ············ 487
Paasilinna, Arto Tapio ············ 379	Paton Walsh, Jill ············ 489	Peyrefitte, Roger ············ 496
Pacheco, José Emilio ············ 383	Patrick, John ············ 388	Peyton, Kathleen M. ············ 482
Padgett, Lewis ············ 378	Patron, Susan ············ 389	Pham Cong Thien ············ 432
Padilla, Ebert ············ 386	Patterson, James ············ 382	Philippe, Charles-Louis ············ 437
Padrón, Just Jorge ············ 389	Patterson, Richard North ············ 383	Phillips, Caryl ············ 437
Padura, Leonardo ············ 387	Pattison, Eliot ············ 386	Phillips, Jayne Anne ············ 437
Page, Katherine Hall ············ 485	Paul, Graham Sharp ············ 517	Pi Chun-deuk ············ 413
Page, Martin ············ 379	Paulin, Tom ············ 516	Picard, Barbara Leonie ············ 415
Pagliarani, Elio ············ 397	Pausewang, Gudrun ············ 369	Pichette, Henri ············ 416
Pagnol, Marcel ············ 390	Paustovsky, Konstantin	Pichon, Liz ············ 417
Pai Yang ············ 374	Georgievich ············ 368	Pickard, Nancy ············ 415
Pajares, Santiago ············ 391	Pauwels, Louis ············ 505	Picoult, Jodi ············ 416
Pak Hwa-song ············ 374	Pavel, Ota ············ 368	Pieczenik, Steve R. ············ 419
Pak Kyong-ni ············ 372	Paver, Michelle ············ 482	Pierce, Thomas ············ 413
Pak Par-yang ············ 373	Pavese, Cesare ············ 367	Piercy, Marge ············ 413
Pak Se-yong ············ 373	Pavić, Milorad ············ 367	Pilcher, Rosamunde ············ 427
Pak Tae-won ············ 373	Pavlenko, Pyotr Andreevich ········ 370	Pilkington, Doris ············ 427
Pak Tu-jin ············ 373	Pawel, Rebecca ············ 368	Pilnyak, Boris Andreevich ············ 426
Pak Wan-so ············ 375	Pawlikowska-Jasnorzewska, Maria ···· 370	Pin Lu ············ 481
Pak Yong-hui ············ 374	Paz, Octavio ············ 379	Piña, Antonio Velasco ············ 421
Palacio, R.J. ············ 395	Paz Soldán, Edmundo ············ 380	Piñera, Virgilio ············ 420
Palahniuk, Chuck ············ 396	Peace, David ············ 417	Pingaud, Bernard ············ 407
Palés Matos, Luis ············ 402	Peake, Mervyn Laurence ············ 416	Pinget, Robert ············ 408
Palliser, Charles ············ 397	Pearce, Ann Philippa ············ 413	Pinsky, Robert Neal ············ 428
Palma, Félix J. ············ 402	Pearl, Matthew ············ 400	Pinter, Harold ············ 429
Palmer, Michael ············ 392	Pearson, Ridley ············ 413	Pintoff, Stefanie ············ 429
Paludan, Jacob ············ 401	Peck, Richard ············ 487	Piontek, Heinz ············ 415
Pal Vannarirak ············ 400	Peet, Mal ············ 420	Piovene, Guido ············ 415
Pamuk, Orhan ············ 394	Peixoto, José Luís ············ 482	Piper, Nikolaus ············ 421
Pan Han-nian ············ 405	Pekkanen, Toivo Rikhart ············ 486	Pirandello, Luigi ············ 426
Pan Xiang-li ············ 405	Pelecanos, George P. ············ 498	Pitcher, Annabel ············ 419
Pancol, Katherine ············ 408	Pelevin, Viktor Olegovich ············ 498	Pitol, Sergio ············ 420
Panfyorov, Fyodor Ivanovich ········ 412	Pellegrino, Charles R. ············ 498	Pitter, Ruth ············ 418
Pangborn, Edgar ············ 407	Pelot, Pierre ············ 477	Pitzorno, Bianca ············ 419
Panova, Vera Fyodorovna ············ 390	Pelzer, Dave ············ 494	Piumini, Roberto ············ 414
Panshin, Alexei ············ 408	Pema Tseden ············ 491	Pizzolatto, Nic ············ 418
Pant, Sumitrānandan ············ 411		

Pizzuto, Antonio	420	
Plaidy, Jean	472	
Plascencia, Salvador	455	
Plath, Sylvia	455	
Platonov, Andrei Platonovich	458	
Platt, Charles	457	
Plenzdorf, Ulrich	477	
Pleynet, Marcelin	475	
Plievier, Theodor	462	
Plimpton, George	468	
Plisnier, Charles	463	
Plomer, William	471	
Pludra, Benno	471	
Pogodin, Radii	377	
Pohl, Frederik	517	
Poirot-Delpech, Bertrand	523	
Poláček, Karel	516	
Poland, Marguerite	516	
Polevoi, Boris Nikolaevich	521	
Pollesch, René	521	
Pollock, Sharon	522	
Polyakov, Yuri	516	
Pomerance, Bernard	515	
Pomerántsev, Vladimir	515	
Ponge, Francis	524	
Poniatowska, Elena	513	
Pontiggia, Giuseppe	524	
Pontoppidan, Henrik	525	
Popa, Vasko	513	
Popescu, Adela	515	
Porges, Arthur	508	
Porta, Antonio	518	
Porter, Eleanor	509	
Porter, Hal	510	
Porter, Joyce	510	
Porter, Katherine Anne	510	
Porter, Peter	510	
Posse, Abel	511	
Potok, Chaim	512	
Potter, Beatrix	511	
Potter, Ellen	511	
Potyomkin, Aleksandr	510	
Pound, Ezra	370	
Pournelle, Jerry	390	
Powell, Anthony Dymoke	367	
Powell, Gareth L.	368	
Powell, Padgett	368	
Powers, James Farl	404	
Powers, Kevin	404	
Powers, Richard	404	
Powers, Tim	404	
Powys, John Cowper	503	
Powys, Llewellyn	503	
Powys, T.F.	503	
Prabda Yoon	459	
Prachett, Terry	455	
Pramoedya Ananta Toer	459	
Prather, Richard Scott	454	
Pratolini, Vasco	458	
Prats, Lluís	456	
Preda, Marin	474	
Preiss, Byron	451	
Prelutsky, Jack	466	
Pressfield, Steven	474	
Pressler, Mirjam	474	
Preston, Marcia K.	474	
Preston, Richard	474	
Preus, Margi	477	
Preussler, Otfried	477	
Prevelakis, Pantelis	473	
Prévert, Jacques	473	
Prévost, Guillaume	473	
Price, Anthony	451	
Price, Edgar Hoffman	451	
Price, Lissa	451	
Price, Nancy	451	
Price, Reynolds	451	
Price, Richard	451	
Price, Susan	451	
Priest, Cherie	463	
Priest, Christopher	462	
Priestley, Chris	463	
Priestley, John Boynton	463	
Prince, F.T.	468	
Prishvin, Mikhail Mikhailovich	462	
Pristavkin, Anatolii Ignatievich	462	
Pritchett, Victor Sawdon	463	
Prokof'ev, Aleksandr Andreevich	477	
Prokosch, Frederic	477	
Pronzini, Bill	480	
Proulx, E.Annie	468	
Proust, Marcel	469	
Prøysen, Alf	466	
Pryor, Mark	452	
Przyboś, Julian	447	
Puig, Manuel	435	
Pujmanová, Marie	436	
Pullman, Philip	471	
Pulvers, Roger	401	
Purdy, James	386	
Putu Wijaya	449	
Puzo, Mario	448	
Pyle, Howard	366	
Pym, Barbara	422	
Pynchon, Thomas	429	
Pyper, Andrew	365	
Pyun Hye-young	425	

【Q】

Qasmi, Ahmad Nadīm	105
Qian Ning	276
Qian Zhong-shu	276
Qin Mu	248
Qin Zhao-yang	247
Qiu Miao-jnn	134
Qiu Xiaolong	238
Qu Bo	136
Quarantotti Gambini, Pier Antonio	141
Quasimodo, Salvatore	141
Queen, Ellery	142
Queiroz, Dinah Silveira de	171
Queiroz, Rachel de	171
Queneau, Raymond	145
Quentin, Patrick	142
Quick, Matthew	141
Quignard, Pascal Charles Edmond	124
Quindlen, Anna	142
Quinnell, A.J.	141
Quint, Michel	120
Quiroga, Horacio	138

【R】

Raab, Thomas	594
Rabe, David	628
Rabéarivelo Jean-Joseph	596
Rabémananjara, Jacques	595
Radiguet, Raymond	592
Radnóti, Miklós	592
Radzinskii, Edvard Stanislavovich	590
Raftos, Peter	595
Ragon, Michel	589
Rahimi, Atiq	586
Rahman, Shamsur	596
Raine, Craig Anthony	622
Raine, Kathleen Jessie	622
Rākesh, Mohan	589
Rakusa, Ilma	588
Rambach, Anne	598
Rambaud, Patrick	599
Rambert, Pascal	598
Ramírez Mercado, Sergio	596
Ramos, Graciliano	597
Ramuz, Charles-Ferdinand	596
Rand, Ayn	598
Rankin, Ian	597
Ransome, Arthur Michell	597
Rao, Raja	587
Raphael, Frederic Michael	594
Rasputin, Valentin Grigorievich	590
Ratner, Vaddey	592
Rattigan, Terence	592
Ratushinskaya, Irina	592
Raven, Simon Arthur Noël	621
Rawlings, Marjorie Kinnan	642
Rawls, Wilson	642
Rea, Domenico	621
Read, Anthony	605
Read, Herbert Edward	605
Read, Piers Paul	606
Reamy, Tom	608
Reaney, James	621
Recheis, Käthe	627
Rechy, John Francisco	624
Réda, Jacques	624
Redgrove, Peter William	625
Redmond, Patrick	625
Redol, António Alves	626
Reed, Barry	605
Reed, Ishmael Scott	605
Rees, David	603
Rees, Matt Beynon	603
Reeve, Philip	607
Reeves, Richard	607
Régio, José	623
Régnier, Henri de	626
Regniers, Beatrice Schenk de	626
Reich, Christopher	584
Reichs, Kathy	584
Reid, Vic	621
Reilly, Matthew	587
Reinhardt, Dirk	587
Reit, Seymour V.	585
Remarque, Erich Maria	628
Rémy, Pierre-Jean	629
Renard, Jean-Claude	618
Renard, Jules	619

Renault, Mary … 619	Roberts, Jean Marc … 640	Ru Zhi-juan … 238
Rendell, Ruth … 630	Roberts, Katherine … 637	Rubens, Bernice Ruth … 619
Rendra … 630	Roberts, Keith … 637	Rucka, Greg … 618
Rennison, Louise … 626	Roberts, Michael … 638	Rucker, Rudy … 591
Repaci, Leonida … 626	Roberts, Nora … 638	Rudniańska, Joanna … 618
Resnick, Mike … 624	Robertson, Imogen … 638	Rudnicki, Adolf … 618
Restrepo, Laura … 624	Robertson, James … 638	Rufin, Jean Christophe … 610
Reve, Gerard … 623	Robinson, Edwin Arlington … 639	Rúfus, Milan … 619
Revoyr, Nina … 616	Robinson, Jeremy … 638	Ruiz Zafón, Carlos … 615
Rexroth, Kenneth … 623	Robinson, Kim Stanley … 639	Rukeyser, Muriel … 610
Reyes, Alina … 621	Robinson, Marilynne … 639	Rulfo, Juan … 620
Reyes, Edgardo M. … 621	Robinson, Patrick … 639	Runyon, Damon … 593
Reymont, Władysław Stanisław … 621	Robinson, Peter … 639	Rushdie, Salman … 589
Reynolds, Alastair … 626	Robinson, Spider … 639	Russ, Joanna … 590
Rey Rosa, Rodrigo … 622	Roblès, Emmanuel … 640	Russell, Craig … 591
Reznikoff, Charles … 624	Robotham, Michael … 640	Russell, George William … 591
Rhodes, Dan … 634	Robson, Justina … 640	Russell, Karen … 591
Rhys, Jean … 603	Rocha, Luís Miguel … 633	Russell, Ray … 592
Ri Ki-yong … 33	Roche, Charlotte … 633	Russo, Richard … 618
Ri Tae-jun … 34	Roche, Denis … 636	Rutherfurd, Edward … 589
Ribas, Rosa … 606	Rochefort, Christiane … 633	Ruy Sánchez, Alberto … 614
Ribeiro Tavares, Zulmira … 422	Rockwell, Anne … 636	Ryan, Anthony … 583
Ricardou, Jean … 602	Rodari, Gianni … 635	Ryan, Chris … 583
Rice, Anne … 584	Rodda, Emily … 636	Ryan, Donal … 583
Rice, Ben … 584	Roethke, Theodore … 625	Ryan, Pam Muñoz … 584
Rice, David … 584	Rolland, Romain … 641	Ryan, Robert … 584
Rice, Elmer … 584	Rollins, James … 642	Rybakov, Anatolii Naumovich … 615
Rice, Luanne … 585	Romains, Jules … 641	Rydahl, Thomas … 610
Rice, Robert … 585	Romashov, Boris Sergeevich … 640	Ryga, George … 602
Rich, Adrienne … 604	Romeril, John … 641	Rylant, Cynthia … 586
Richardson, Arleta … 604	Rong Wongsawan … 643	Rylsky, Maksym … 615
Richardson, C.S. … 604	Rönkä, Matti … 643	Ryman, Geoff … 586
Richardson, Jack … 604	Rosenberg, Nancy Taylor … 635	Rytkheu, Yurii … 615
Richardson, Robert … 604	Rosero, Evelio … 635	Ryu Shiva … 608
Richler, Mordecai … 604	Roshchin, Mihail Mihaylovich … 633	
Richter, Hans Peter … 607	Roslund, Anders … 617	
Richter, Hans Werner … 606	Rosoff, Meg … 635	【S】
Richter, Jutta … 607	Ross, Adam … 633	
Rickword, Edgell … 604	Ross, Kate … 633	Saadawi, Nawal El- … 202
Riding, Laura … 585	Ross, Sinclair … 633	Sa'at, Alfian … 199
Riel, Ane … 611	Rossner, Judith … 634	Saba, Umberto … 203
Rifbjerg, Klaus … 607	Rostand, Edmond … 634	Sabatier, Robert … 203
Rigoni Stern, Mario … 603	Rosten, Leo Calvin … 634	Sabatini, Rafael … 203
Říha, Bohumil … 221	Roszak, Theodore … 632	Sábato, Ernesto … 203
Rilke, Rainer Maria … 611	Rotenberg, Robert … 636	Sabines, Jaime … 204
Rimington, Stella … 608	Roth, Eugen … 637	Sachar, Louis … 202
Rim Kin … 619	Roth, Gerhard … 637	Sachs, Nelly … 202
Rinčen, Bimba-yin … 613	Roth, Henry … 634	Sackville-West, Vita … 202
Rindell, Suzanne … 613	Roth, Joseph … 637	Safier, David … 204
Rinehart, Mary Roberts … 587	Roth, Philip … 634	Sagan, Françoise … 200
Ringo, John … 612	Roth, Veronica … 634	Sahni, Bhisham … 204
Rinser, Luise … 612	Rothfuss, Patrick … 634	Said, A.Samad … 199
Rio, Joao do … 602	Rotsler, William … 636	Saint-Exupéry, Antoine de … 209
Riordan, Jim … 602	Rou Shi … 232	Saint-John Perse … 208
Riordan, Rick … 602	Rouaud, Jean … 616	Sainz, Gustavo … 200
Ripley, Alexandra … 607	Rousseau, François-Olivier … 618	Sait Faik Abasıyanık … 199
Risse, Heinz … 604	Roussel, Raymond … 618	Sakamoto, Kerri … 200
Ritchie, Jack … 604	Rousselot, Jean … 617	Sakey, Marcus … 271
Rivas, Manuel … 606	Roussin, André … 618	Saki … 201
Rive, Richard … 607	Rowling, J.K. … 642	Salacrou, Armand … 205
Rivoyre, Christine de … 602	Roy, Arundhati … 631	Sālih, al-Tayyib … 205
Rix, Megan … 603	Roy, Claude … 643	Salinas, Pedro … 205
Rizzuto, Rhana Reiko … 603	Roy, Gabrielle … 631	Salinger, Jerome David … 205
Roa Bastos, Augusto Antonio … 631	Roy, Jules … 643	Salkey, Andrew … 281
Robbe-Grillet, Alain … 639	Roy, Lori … 631	Sallenave, Danièle … 206
Robbins, David L. … 638	Rozan, S.J. … 633	Sallis, James … 205
Robbins, Harold … 638	Roze, Pascale … 634	Salmawy, Mohamed … 206
Roberts, Adam … 637	Różewicz, Tadeusz … 617	Salter, Anna C. … 282
Roberts, Charles George Douglas … 638	Rozhdestvenskii, Robert Ivanovich … 633	Salter, James … 282
Roberts, Gillian … 637	Rozov, Viktor Sergeevich … 635	
Roberts, Gregory David … 638		

Salvatore, R.A. … 206	Schisgal, Murray … 218	Serote, Mongane … 276
Samarakēs, Antōnēs … 205	Schlink, Bernhard … 237	Seton, Ernest Thompson … 220
Samatar, Sofia … 205	Schmidt, Annie M.G. … 236	Setterfield, Diane … 272
Sampedro, José Luis … 210	Schmidt, Arno … 236	Sexton, Anne … 272
Sampson, Catherine … 210	Schmitt, Eric-Emmanuel … 236	Seymour, Gerald … 222
Sánchez Ferlosio, Rafael … 209	Schnabel, Ernst … 235	Sgardoli, Guido … 251
Sandberg, Timo … 210	Schneider, Peter … 234	Sha Ye-xin … 199
Sandburg, Carl … 209	Schneider, Reinhold … 235	Shaaban, bin Robert … 224
Sandemose, Aksel … 209	Schneider, Robert … 235	Shaara, Michael … 229
Sanders, Lawrence … 208	Schnitzler, Arthur … 235	Shadbolt, Maurice … 226
Sanders, Marshall … 208	Schnurre, Wolfdietrich … 235	Shafak, Elif … 227
Sanderson, Brandon … 208	Schofield, Sandy … 253	Shaffer, Anthony … 214
Sandford, John … 210	Scholes, Ken … 253	Shaffer, Peter Levin … 214
Sándor Márai … 231	Schow, David J. … 251	Shaginyan, Marietta Sergeevna … 225
Sangster, Jimmy … 207	Schubiger, Jürg … 235	Shahar, David … 227
Sanguineti, Edoardo … 207	Schuhl, Jean-Jacques … 237	Shahnon Ahmad … 226
Saniee, Parinoush … 203	Schulz, Bruno … 237	Shakely, Jamil … 211
Sansal, Boualem … 207	Schulze, Ingo … 237	Shaman Rapongan … 228
Sansom, C.J. … 208	Schuyler, James … 251	Shamir, Moshe … 228
Sansom, William … 208	Schwartz, Delmore … 233	Shan, Darren … 230
Santayana, George … 209	Schwartz, John Burnham … 238	Shan Sa … 230
Santlofer, Jonathan … 210	Schweblin, Samanta … 233	Shange, Ntozake … 230
Santora, Nick … 210	Schwegel, Theresa … 233	Shanley, John Patrick … 231
Santos, Marisa de los … 209	Schweikert, Ulrike … 232	Shao Quan-lin … 240
Sapir, Richard Ben … 204	Sciascia, Leonardo … 225	Shapiro, Karl Jay … 227
Sapkowski, Andrzej … 204	Scotellaro, Rocco … 253	Sharma, Akhil … 229
Sapphire … 204	Scott, Justin … 252	Sharmat, Marjorie Weinman … 228
Saramago, José … 205	Scott, Kim … 252	Sharpe, Tom … 227
Sardou, Romain … 206	Scott, Martin … 253	Sha-ting … 202
Sarduy, Severo … 206	Scott, Paul … 253	Shatróv, Mikhail … 226
Sargent, Pamela … 201	Scott, Trevor … 253	Shaw, Bernard … 238
Sargeson, Frank … 201	Scott, Winfield Townley … 252	Shaw, Bob … 239
Sarment, Jean … 206	Scottoline, Lisa … 253	Shaw, Irwin … 238
Saro-Wiwa, Ken … 207	Sears, Michael … 211	Shchipachyov, Stepan Petrovich … 219
Saroyan, William … 207	Sebald, W.G. … 273	Shearer, Alex … 211
Sarqāwī, Abd al-Rafmān al- … 229	Sebold, Alice … 222	Sheckley, Robert … 212
Sarraute, Nathalie … 207	Sedaris, David … 272	Sheed, Wilfrid … 220
Sarton, May … 203	Sedgwick, Marcus … 272	Sheffield, Charles … 214
Sartre, Jean-Paul … 206	Seeley, Mabel … 245	Sheldon, Sidney … 216
Sassoon, Siegfried … 201	Seethaler, Robert … 272	Shem-Tov, Tami … 215
Sastre, Alfonso … 201	Seféris, Gíorgos … 273	Shen Cong-wen … 247
Satrapi, Marjane … 203	Segal, Erich … 217	Shen Rong … 248
Satterthwait, Walter … 202	Segal, Ronald … 218	Shepard, Jim … 213
Saul, John … 281	Segalen, Victor Ambroise Deśiré … 272	Shepard, Lucius … 213
Saunders, George … 284	Seghers, Anna … 271	Shepard, Sam … 213
Saunders, James … 284	Seghers, Pierre … 272	Shepard, Sara … 213
Saunders, Kate … 284	Sehlberg, Dan T. … 276	Shepherd, Mike … 213
Savard, Félix Antoine … 200	Seifert, Jaroslav … 199	Sherez, Stav … 216
Saviano, Roberto … 200	Selby, Hubert Jr. … 275	Sherriff, R.C. … 216
Savinkov, Boris … 200	Self, Will … 275	Shershenevich, Vadim Gabrielevich … 216
Sawyer, Corinne Holt … 280	Selimović, Mehmed … 275	Sherwood, Ben … 224
Sawyer, Robert J. … 279	Sel'vinskii, Iliya … 274	Sherwood, Robert … 224
Sayer, Paul … 271	Selvon, Samuel Dickson … 275	Shi Shu-qing … 210
Sayers, Dorothy Leigh … 271	Sembène, Ousmane … 277	Shi Tie-sheng … 210
Sayles, John Thomas … 271	Semprún, Jorge … 277	Shi tuo … 210
Scalzi, John … 253	Semyonov, Sergei Aleksandrovici … 274	Shields, Carol Ann … 246
Scannell, Vernon … 252	Sendak, Maurice … 276	Shikatani, Gerry Osamu … 217
Scarborough, Elizabeth Ann … 251	Sender, Ramón José … 277	Shin Gyon-suk … 247
Scarpa, Tiziano … 252	Sendker, Jan-Philipp … 277	Shin Gyu-ho … 247
Scarpetta, Guy … 252	Sengee, Dashzevegiyn … 276	Shin Kyeong-nim … 247
Scarrow, Alex … 252	Senghor, Léopold Sédar … 207	Shiner, Lewis … 224
Schaeffer, Susan Fromberg … 214	Senior, Olive … 273	Shinn, Sharon … 247
Schami, Rafik … 228	Seni Saowaphong … 273	Shishkin, Mikhail … 218
Schaper, Edzard … 226	Seon Woong … 283	Shmelyov, Ivan Sergeevich … 222
Schätzing, Frank … 212	Seong Chun-bok … 283	Shmelyov, Nikolai Petrovich … 222
Schaumann, Ruth … 225	Sepamla, Sipho … 273	Sholem-Aleikhem … 242
Schenkel, Andrea Maria … 217	Sepetys, Ruta … 274	Sholokhov, Mikhail Aleksandrovich … 243
Schepp, Emelie … 212	Sepulveda, Luis … 273	
Schimmelpfennig, Roland … 249	Serafimovich … 274	Shonimski, Antoni … 251
Schirach, Ferdinand von … 245	Sereni, Vittorio … 276	Shreve, Anita … 237

Shteyngart, Gary · 234	Slonimskii, Mikhail Leonidovich · 270	Sparks, Nicholas · 265
Shu Ting · 238	Slupetzky, Stefan · 270	Spencer, Elizabeth · 266
Shuitianyise · 250	Slutskiy, Boris Abramovich · 269	Spencer, Wen · 265
Shuman, George D. · 236	Smelyakov, Yaroslav Vasil'evich · 268	Spender, Stephen Harold · 266
Shusterman, Neal · 225	Smercek, Boris von · 268	Sperber, Manès · 236
Shute, Jenefer · 234	Smiley, Jane Graves · 266	Spicer, Bart · 264
Shvarts, Evgenii L'vovich · 237	Smirnenski, Hristo · 268	Spiegelman, Peter · 265
Siburapha · 221	Smith, Alexander McCall · 266	Spiel, Hilde · 235
Siegel, James · 218	Smith, Ali · 266	Spielberg, Christoph · 236
Sienkiewicz, Henryk · 217	Smith, Clark Ashton · 266	Spillane, Mickey · 265
Sierra, Javier · 215	Smith, Cordwainer · 266	Spindler, Erica · 265
Sifa · 221	Smith, Dodie · 267	Spinelli, Jerry · 265
Sigler, Scott · 218	Smith, Emily · 266	Spitteler, Carl · 235
Sikat, Rogelio · 217	Smith, Evelyn E. · 266	Spoor, Ryk E. · 265
Silkin, Jon · 246	Smith, Frederick E. · 268	Springer, F. · 265
Silko, Leslie Marmon · 246	Smith, Julie · 267	Springer, Nancy · 265
Sillanpää, Frans Eemil · 220	Smith, Martin Cruz · 268	Stableford, Brian M. · 258
Sillitoe, Alan · 246	Smith, Michael Marshall · 268	Stace, Wesley · 258
Silone, Ignazio · 247	Smith, Patti · 267	Stafford, Jean · 255
Silva, Daniel · 246	Smith, Pauline · 268	Stafford, William · 255
Silverberg, Robert · 246	Smith, Roger · 268	Stag 'bum rgyal · 288
Silverstein, Shel · 246	Smith, Scott · 267	Stallworthy, Jon · 263
Sim Hun · 211	Smith, Stevie · 267	Stamm, Peter · 234
Simak, Clifford Donald · 222	Smith, Sydney Goodsir · 267	Stancu, Zaharia · 256
Simenon, Georges · 222	Smith, Tom Rob · 267	Stanev, Emiliyan · 255
Simic, Charles · 222	Smith, Zadie · 267	Stanišić, Saša · 255
Sīmīn Dāneshvar · 250	Snodgrass, W.D. · 264	Stanley, J.B. · 256
Simmel, Johannes Mario · 249	Snow, Charles Percy · 264	Stapledon, William Olaf · 259
Simmons, Dan · 223	Snyder, Gary Sherman · 264	Stark, Ulf · 256
Simon, Claude · 223	So Chong-ju · 277	Starobinets, Anna · 256
Simon, Michael · 200	So Gi-won · 277	Starrett, Vincent · 256
Simon, Neil · 199	So Jeong-in · 277	Stashower, Daniel · 255
Simon, Pierre-Henri · 223	So Yong-un · 278	St Aubyn, Edward · 277
Simon, Yves · 223	Sobol, Donald J. · 280	Stavskii, Vladimir Petrovich · 255
Simonov, Konstantin Mikhailovich · 223	Sobolev, Leonid Sergeevich · 280	Stead, Christian Karlson · 259
Simpson, Louis Aston Marantz · 249	Sobrino, Javier · 280	Stead, Christina Ellen · 259
Simpson, Mona · 249	Söderberg, Hjalmar · 273	Stead, Rebecca · 259
Simpson, N.F. · 249	Södergran, Edith · 279	Steel, Danielle · 258
Simukka, Salla · 222	Sofronov, Anatolii Vladimirovich · 280	Steel, James · 258
Sinclair, Clive · 248	Sohl, Jerry · 281	Steeman, Stanislas André · 259
Sinclair, Upton Beall · 248	Sok Yun-gi · 279	Stefanova, Kalina · 259
Singer, Isaac Bashevis · 248	Soldati, Mario · 282	Stegner, Wallace Earle · 259
Singer, Israel Joshua · 248	Sollers, Philippe · 282	Steiger, Otto · 233
Singh, Khushwant · 247	Soloukhin, Vladimir Alekseevich · 282	Stein, Garth · 254
Sinha, Indra · 249	Solstad, Dag · 282	Stein, Gertrude · 254
Sinisalo, Johanna · 221	Solzhenitsin, Aleksandr Isaevich · 281	Steinbeck, John · 254
Sinisgalli, Leonardo · 221	Somoza, José Carlos · 280	Steinberg, Janice · 254
Sinyavskii, Andrei Donatovich · 221	Somper, Justin · 284	Steiner, Jörg · 233
Sionil-Jose, Francisco · 217	Somtow, S.P. · 280	Steinhauer, Olen · 254
Sis, Peter · 218	Son Chang-sop · 283	Steinhöfel, Andreas · 234
Sisman, Robyn · 219	Son Jang-sun · 283	Stelmach, Orest · 259
Sisson, C.H. · 219	Song Ki-suk · 283	Stel'mah, Mihailo Afanas'evich · 259
Sitor Situmorang · 220	Song Yong · 283	Sten, Viveca · 260
Sitwell, Edith · 219	Song Zhi-di · 279	Stepańov, Aleksandr Nikolaevich · 259
Sitwell, Osbert · 220	Sönmez, Burhan · 284	Stephenson, Neal · 258
Sitwell, Sacheverell · 220	Sontag, Susan · 284	Sterling, Bruce · 256
Sjöwall, Maj · 233	Sonu Hwi · 284	Stern, Richard Martin · 256
Skármeta, Antonio · 252	Sorescu, Marin · 282	Sternberg, Jacques · 260
Skelton, Matthew · 252	Sorge, Reinhard Johannes · 281	Stevens, Chevy · 258
Skrypuch, Marsha Forchuk · 252	Soriano, Osvaldo · 281	Stevens, Taylor · 258
Škvorecký, Josef · 233	Sorley, Charles Hamilton · 280	Stevenson, Anne · 258
Sladek, John Thomas · 269	Sorokin, Vladimir Georgevich · 282	Stewart, Donald Ogden · 257
Sladkov, Nikolai Ivanovich · 269	Sorrentino, Gilbert · 282	Stewart, Douglas · 257
Slauerhoff, Jan · 269	Soto, Gary · 279	Stewart, Mary · 257
Slaughter, Frank G. · 270	Soupault, Philippe · 266	Stewart, Mike · 257
Slaughter, Karin · 270	Southall, Ivan · 200	Stewart, Paul · 257
Slesar, Henry · 270	Southern, Terry · 201	Stewart, Trenton Lee · 257
Slessor, Kenneth · 270	Soya, Carl Erik · 280	Stewner, Tanya · 234
Slimani, Leïla · 269	Soyinka, Wole · 239	Stil, André · 258
Sloan, Robin · 270	Sparaco, Simona · 265	Stirling, S.M. · 256
	Spark, Muriel Sarah · 264	

Stock, Jon	261	
Stockett, Kathryn	260	
Stockwin, Julian	261	
Stoker, Bram	260	
Stokes, Adrian	260	
Stone, David Lee	263	
Stone, Irving	263	
Stone, Nick	263	
Stone, Peter	263	
Stone, Robert	264	
Stoppard, Tom	261	
Storey, David	262	
Storni, Alfonsina	263	
Stout, Rex	255	
Stow, Randolph	260	
Stowers, Carlton	260	
Strand, Mark	261	
Strandberg, Mats	262	
Strange, Marc	263	
Stranger, Simon	261	
Stratton, Allan	261	
Straub, Peter	261	
Strauss, Botho	234	
Strayed, Cheryl	263	
Stribling, T.S.	262	
Strieber, Whitley	262	
Stringer, Vickie M.	262	
Strittmatter, Erwin	234	
Strong, L.A.G.	263	
Stross, Charles	263	
Stroud, Carsten	261	
Strout, Elizabeth	261	
Strugatskii, Arkadii & Boris	262	
Stryjkowski, Julian	262	
Stuart, Francis	257	
Stubhaug, Arild	260	
Stuckart, Diane A.S.	255	
Sturgeon, Theodore	255	
Styron, William	254	
Su De	278	
Su Man-shu	278	
Su Tóng	278	
Su Xue-lin	278	
Suchart Sawadsiri	256	
Sucit Wongtheet	256	
Suckow, Ruth	202	
Sukenick, Ronald	252	
Sully Prudhomme	237	
Sun Jun-qing	283	
Sun Li	283	
Sundiata, Sekou	209	
Supervielle, Jules	236	
Suri, Manil	269	
Surkov, Aleksei Aleksandrovich	269	
Süskind, Patrick	269	
Sussman, Paul	201	
Sutcliff, Rosemary	203	
Suter, Martin	254	
Sutherland, Efua	201	
Suttner, Bertha von	257	
Sutzkever, Abraham	257	
Suwannee Sukonthiang	271	
Suwat Woradilok	270	
Svetlov, Mihail Arkad'evich	251	
Svevo, Italo	251	
Swados, Harvey	250	
Swain, James	251	
Swann, Leonie	250	
Swanson, Doug J.	271	
Swanson, Peter	271	
Swanwick, Michael	271	

Swarup, Vikas	270	
Sweeney, Leann	250	
Swenson, May	251	
Swierczynski, Duane	250	
Swift, Graham	250	
Swindells, Robert	250	
Syjuco, Miguel	221	
Symons, Julian	223	
Synge, John Millington	248	
Syomin, Vitaliy Nikolaevich	242	
Sysoev, Vsevolod Petrovich	219	
Szabó, Magda	204	
Szczypiorski, Andrzej	219	
Szymborska, Wisława	249	

【T】

Tabize, Titsian Isutines dze	290	
Tablada y Osuna, José Juan de Aguilar Acuña	291	
Tabori, George	291	
Tabucchi, Antonio	291	
Taggard, Genevieve	287	
Tagore, Rabindranāth	288	
Tahan, Malba	290	
Talbot, Hake	294	
Talev, Dimit'r	294	
Tamaro, Susanna	292	
Tamási, Áron	291	
Tan, Amy	295	
Tanninen, Oili	296	
Tanpinar, Ahmet Hamdi	296	
Tao Jing-sun	333	
Taraghi, Goli	292	
Tardieu, Jean	293	
Tardieu, Laurence	293	
Tarkington, Booth	287	
Tarkovskii, Arsenii Aleksandrovich	293	
Tarnoff, Terry	294	
Tartt, Donna	289	
Tatarka, Dominik	289	
Tate, Allen	316	
Taube, Herman	286	
Tawfiq al-Hakim	287	
Taylor, Andrew	319	
Taylor, Elizabeth	319	
Taylor, Laini	319	
Taylor, Peter	319	
Taylor, Robert Lewis	319	
Taylor, Sarah Stewart	319	
Taylor, Talus	319	
Tea, Michelle	314	
Tecchi, Bonaventura	323	
Tekin, Latife	322	
Tellegen, Toon	331	
Teller, Janne	328	
Telles, Lygia Fagundes	331	
Tem, Melanie	327	
Tem, Steve Rasnic	326	
Temple, Peter	331	
Tendryakov, Vladimir Fedorovich	331	
Tenn, William	331	
Tennant, Emma	324	
Tennant, Kylie	324	
Teran, Boston	329	
Terkel, Studs	288	

Terrin, Peter	330	
Terry, Megan	329	
Terson, Peter	289	
Testori, Giovanni	323	
Teulé, Jean	336	
Texier, Catherine	321	
Tey, Josephine	313	
Thal, Lilli	293	
Theik Pan Maung Wa	317	
Theils, Lone	286	
Thein Pe Myint	321	
Theorin, Johan	321	
Thériault, Yves	329	
Thérive, André	329	
Theroux, Marcel	276	
Theroux, Paul	276	
Thibaudeau, Jean	299	
Thilliez, Franck	320	
Thilo	321	
Thomas, Chantal	341	
Thomas, Craig	341	
Thomas, Donald Michael	341	
Thomas, Dylan Marlais	342	
Thomas, Henri	341	
Thomas, Ronald Stuart	342	
Thomas, Ross	342	
Thomas, Scarlett	341	
Thomason, Dustin	342	
Thompson, James	349	
Thompson, Jim	349	
Thompson, Kate	349	
Thomson, June	343	
Thomson, Katherine	343	
Thor, Annika	345	
Thor, Brad	278	
Thornton, Lawrence	284	
Thurber, James Grover	203	
Thúy, Kim	303	
Thwaite, Anthony Simon	250	
Thydell, Johanna	316	
Tian Han	331	
Tian Jian	331	
Tian Yuan	331	
Tidhar, Lavie	316	
Tie Ning	323	
Tihonov, Nikolai Semyonovich	299	
Timm, Uwe	318	
Tiptree, James Jr.	318	
Tlali, Miriam	344	
Tobino, Mario	340	
Toeti Heraty	335	
Tô Hoài	341	
To Huu	340	
Toibin, Colm	340	
Tokarczuk, Olga	337	
Tokmakova, Irina	338	
Tolkien, John Ronald Reuel	346	
Toller, Ernst	343	
Tolstaya, Tatiyana Nikitichna	346	
Tolstoi, Aleksei Nikolaevich	346	
Tomalin, Claire	342	
Tomasi di Lampedusa, Giuseppe	341	
Tomkins, Calvin	343	
Tomlinson, Charles	343	
Tonani, Dario	339	
Toomer, Jean	335	
Torberg, Friedrich	347	
Torday, Paul	338	
Torga, Miguel	346	
Torrente Ballester, Gonzalo	348	
Tosches, Nick	338	

Totilawati Tjitrawasita 338
Tournier, Michel 336
Toussaint, Jean-Philippe 335
Tower, Wells 295
Townsend, John Rowe 287
Townsend, Sue 287
Toynbee, Philip 333
Tracy, P.J. 347
Trakl, Georg 343
Tranströmer, Tomas 344
Tranter, Nigel 344
Travers, Pamela Lyndon 344
Trease, Geoffrey 345
Treat, Lawrence 345
Treece, Henry 345
Tremain, Rose 348
Tremayne, Peter 348
Tremblay, Michel 344
Tret'yakov, Sergei Mikhailovich ... 347
Trevanian 348
Trevor, William 347
Trifonov, Yurii Valentinovich .. 345
Trioret, Elsa 344
Trocchi, Alexander 348
Troepblickii, Gavriel Nikolaevich ... 348
Trojanow, Ilija 349
Tropper, Jonathan 349
Trotzig, Birgitta 348
Troyat, Henri 349
Truman, Margaret 347
Truong, Monique 336
Tsedev, Dojoogiin 312
Tsering Döndrub 312
Tsevegmid, Dondogiin 312
Tsiolkas, Christos 307
Tsvetaeva, Marina Ivanovna 311
Tu Peng-cheng 332
Tuccillo, Liz 289
Tudev, Lodongjin 335
Tunström, Göran 337
Tuohy, Frank 327
Turner, Megan Whalen 289
Turow, Scott F. 337
Turrini, Peter 336
Tursún-zadé, Mírzo 336
Tuttle, Lisa 289
Tutuola, Amos 303
Tuwim, Julian 334
Tvardovskii, Aleksandr Trifonovich
 349
Twohy, Robert 333
Tyler, Anne 286
Tynan, Kathleen 285
Tynyanov, Yurii 333
Tzara, Tristan 310

【 U 】

Uchida, Yoshiko 67
Uhse, Bodo 66
Ulitskaia, Liudmila 68
Ullman, Ellen 70
Umar Kayam 68
Ungaretti, Giuseppe 70
Unger, Lisa 70
Unnerstad, Edith 70
Unset, Sigrid 70
Unsworth, Barry 29

Uon Yu-soon 66
Updale, Eleanor 12
Updike, John 12
Upward, Edward 17
Uribe, Kirmen 69
Uris, Leon Marcus 578
Uslar-Pietri, Arturo 66
Uspensky, Eduard 66
Utami, Ayu 67
Uthit Hēmamūn 68
Utrio, Kaari 68

【 V 】

Vacca, Paul 45
Vachss, Andrew H. 375
Vaculík, Ludvík 45
Vailland, Roger 44
Valente, Catherynne M. 403
Valentine, Jenny 403
Valenzuela, Luisa 403
Valéry, Paul 46
Valeur, Erik 46
Vallee, Jacques 46
Valle-Inclán, Ramón María del .. 397
Vallejo, Fernando 378
Vampilov, Aleksandr 45
Vance, Jack 408
Vance, Lee G. 409
Van Couwelaert, Didier 46
Vančura, Vladislav 46
Vanderbeke, Birgit 46
VanderMeer, Jeff 410
Van Der Meersch, Maxence 46
Van der Post, Laurens Jan 410
Van Dijk, Lutz 434
Van Dine, S.S. 409
Van Doren, Mark Albert 411
Van Itallie, Jean-Claude 406
Van Liere, Donna 412
Van Loon, Hendrik Willem 412
Vansittart, Peter 408
Van Vogt, Alfred Elton 412
Vapcarov, Nikola 45
Vapnyar, Lara 45
Vargas, Fred 45
Vargas Llosa, Mario 400
Varley, John 396
Varmā, Bhagvatīcaraṇ 45
Varmā, Mahādevī 45
Vásquez, Juan Gabriel 380
Vauthier, Jean 62
Vautrin, Jean 62
Vázquez Montalbán, Manuel 380
Vejjajiva, Jane 491
Venezis, Ilias 58
Venkatraman, Padma 500
Vercors 58
Veres, Péter 59
Verhulst, Dimitri 441
Verissimo, Erico 58
Vermes, Timur 59
Veronesi, Sandro 60
Verroen, Dolf 441
Véry, Pierre 58
Vesaas, Halldis Moren 57
Vesaas, Tarjei 57
Vestdijk, Simon 439

Vesyolïy, Artyom 56
Vezhinov, Pavel 56
Vian, Boris Paul 47
Vickers, Roy 419
Vidal, Gore 418
Viereck, Peter 428
Viets, Elaine 414
Viet Thanh Nguyen 47
Vigolo, Giorgio 47
Vila-Matas, Enrique 425
Vilaró, Ramón 426
Villa, Carlo 49
Villalobos, Juan Pablo 417
Villatoro, Marcos M. 416
Vinge, Vernor 428
Vining, Elizabeth Gray 365
Vinokurov, Evgenii Mikhailovich 49
Virta, Nikolai Yevgenyevich 54
Vishnevskii, Vsevolod Vitalievich 48
Vitali, Andrea 48
Vitrac, Roger 49
Vittorini, Elio 49
Vizzini, Ned 47
Vladimov, Georgii Nikolaevich .. 68
Vlcek, Ernest 69
Vodolazkin, Evgenij 62
Voigt, Cynthia 504
Voinovich, Vladimir Nikolaevich 61
Volodine, Antoine 66
Volpi, Jorge 520
Volponi, Paolo 65
Voltz, William 445
Vonnegut, Kurt Jr. 513
Vonnegut, Norb 513
Von Ziegesar, Cecily 446
Voskoboinikov, Valerii
 Mikhailovich 61
Vo Thi Hao 62
Voznesenskii, Andrei 61
Vyskocil, Ivan 48
Vysotskii, Vladimir Semyonovich 48

【 W 】

Waberi, Abdourahman A. 646
Waddell, Martin 62
Wade, Henry 58
Waggerl, Karl Heinrich 45
Wagner, Karl Edward 645
Wagoner, David 645
Wain, John Barrington 55
Waiwaiole, Lono 55
Wakoski, Diane 645
Walcott, Derek Alton 63
Waldman, Amy 64
Walker, Alice Malsenior 61
Walker, Kathleen 61
Walker, Mary Willis 61
Walker, Robert W. 61
Wallace, Daniel 65
Wallace, David Foster 65
Wallace, Irving 65
Wallace, Sandra Neil 65
Wallace-Crabbe, Chris 66
Waller, Robert James 63
Walpole, Hugh Seymour 63
Walser, Martin 646
Walser, Robert 45

Waltari, Mika … 647	Wells, Herbert George … 58	Williamson, Jack … 51
Walter, Jess … 64	Wells, Jennifer Foehner … 59	Willis, Connie … 51
Walters, Minette … 64	Welsh, Irvin … 58	Wilson, Andrew Norman … 52
Walton, Evangeline … 64	Welsh, Louise … 58	Wilson, Angus Frank Johnstone … 51
Walton, Jo … 64	Welty, Eudora … 59	Wilson, August … 52
Wambaugh, Joseph … 66	Wendig, Chuck … 60	Wilson, Budge … 53
Wang An-yi … 84	Wendt, Albert … 60	Wilson, Colin … 52
Wang Du-lu … 86	Werber, Bernard … 59	Wilson, F.Paul … 52
Wang Du-qing … 86	Wesker, Arnold … 56	Wilson, G.Willow … 52
Wang Jia-da … 85	Wesley, Mary … 57	Wilson, Jacqueline … 52
Wang Jing-zhi … 85	West, Bing … 56	Wilson, John Morgan … 53
Wang Li-xiong … 86	West, Morris Langlo … 56	Wilson, Kevin … 52
Wang, Lulu … 647	West, Nathanael … 56	Wilson, Lanford … 53
Wang Lu-yan … 86	West, Rebecca … 56	Wilson, Laura … 54
Wang Meng … 86	Westall, Robert Atkinson … 57	Wilson, Nathan D. … 52
Wang Ruo-wang … 85	Westerfeld, Scott … 56	Wilson, Robert … 53
Wang Shi-wei … 85	Westheimer, David … 57	Wilson, Robert Anton … 53
Wang Su-young … 647	Westlake, Donald Edwin … 57	Wilson, Robert Charles … 53
Wang Tong-zhao … 85	Weyergans, François … 491	Wilson, Robley … 53
Wang Tson-uei … 85	Weyrauch, Wolfgang … 44	Wilson, Sloan … 53
Wang Tuo … 85	Whalen, Philip Glenn … 507	Wilson, Valerie Plame … 53
Wang Wen-shi … 86	Wharton, Edith Newbold … 63	Wingfield, R.D. … 54
Wang Ya-ping … 84	Wheatley, Dennis … 504	Win Lyovarin … 55
Wang Zhen-he … 85	Wheelwright, John Brooks … 505	Winslow, Don … 54
Wangerin, Walter Jr. … 647	Whelan, Gloria … 50	Winspear, Jacqueline … 54
Ward, Amanda Eyre … 62	White, Edmund … 522	Winterfeld, Henry … 55
Warner, Alan … 63	White, Elwyn Brooks … 522	Winters, Ben H. … 55
Warner, Gertrude … 63	White, Ethel Lina … 522	Winters, Yvor … 54
Warner, Penny … 63	White, Jim … 522	Winterson, Jeanette … 55
Warner, Rex … 63	White, Michael … 523	Wirsén, Carin … 51
Warner, Sylvia Townsend … 63	White, Patrick … 523	Witcher, Moony … 48
Warren, Robert Penn … 66	White, Teri … 522	Witkiewicz, Stanisław Ignacy … 49
Warsh, Sylvia Maultash … 64	White, T.H. … 522	Witsaa Kanthap … 48
Washburn, Livia J. … 62	Whitehead, Colson … 523	Wittig, Monique … 49
Wasilewska, Wanda … 645	Whitehouse, David … 523	Witting, Amy … 48
Wasserstein, Wendy … 645	Whitfield, Raoul … 504	Wivel, Ole … 47
Watanabe, José … 645	Whiting, John Robert … 522	Wodhouse, P.G. … 68
Waten, Judah … 646	Whitney, Phillis A. … 503	Wohmann, Gabriele … 63
Waters, Sarah … 62	Whittington, Harry … 49	Wojciechowska, Maia … 503
Watkins, Claire Vaye … 646	Wiazemsky, Anne … 47	Wolf, Christa … 64
Watkins, Vernon … 62	Wickham, Anna … 48	Wolf, Markus … 65
Watkins-Pitchford, D.J. … 646	Wickramasinghe, Martin … 47	Wolfe, Gene … 69
Watson, Colin … 646	Wicomb, Zoë … 47	Wolfe, Inger Ash … 69
Watson, Ian … 646	Wideman, John Edgar … 644	Wolfe, Thomas Clayton … 69
Watson, Jude … 646	Wiebe, Rudy … 49	Wolfe, Tom … 69
Watson, Sheila … 646	Wiesel, Elie … 48	Wolff, Tobias Jonathan Ansell … 69
Watts, Peter … 645	Wiharja, Yati Maryati … 49	Wolff, Virginia Euwer … 70
Waugh, Alec … 60	Wilbur, Richard … 54	Wolker, Jiří … 63
Waugh, Evelyn … 60	Wilde, Percival … 645	Woltz, Anna … 64
Waugh, Hillary … 60	Wilder, Laura Ingalls … 644	Wood, Charles … 67
Waugh, Sylvia … 60	Wilder, Thornton Niven … 644	Wood, Christopher … 67
Webb, Charles Richard … 57	Wildgen, Michelle … 51	Wood, Tom … 67
Webb, Francis … 57	Wilding, Michael … 645	Woodiwiss, Kathleen E. … 67
Weber, David … 58	Wildner, Martina … 54	Woodrell, Daniel … 68
Weeks, Sarah … 47	Wilhelm, Kate … 54	Woods, Stuart C. … 67
Wei Jin-zhi … 121	Wilkinson, Carole … 51	Woodson, Jacqueline … 67
Wei Xi … 34	Willard, Barbara … 50	Woolf, Virginia … 70
Weidman, Jerome … 644	Willard, Fred … 50	Wouk, Herman … 61
Wei-hui … 71	Willard, Nancy … 49	Wozencraft, Kim … 67
Wein, Elizabeth … 55	Willeford, Charles … 54	Wrede, Patricia C. … 605
Weinberg, Robert E. … 645	Williams, George Emlyn … 50	Wright, Eric … 585
Weiner, Jennifer … 55	Williams, KaShamba … 50	Wright, James Arlington … 585
Weinheber, Josef … 44	Williams, Nigel … 51	Wright, Judith … 585
Weir, Andy … 46	Williams, Sean … 50	Wright, L.R. … 585
Weisberger, Lauren … 644	Williams, Tad … 50	Wright, Richard … 585
Weisenborn, Günther … 44	Williams, Tennessee … 50	Wrightson, Patricia … 585
Weiss, Peter … 644	Williams, Walter Jon … 50	Wu, Fan … 44
Weiss, Theodore … 644	Williams, William Carlos … 50	Wu Jin-fa … 177
Welcome, John … 58	Williamson, David Keith … 51	Wu Ming … 44
Weldon, Fay … 59	Williamson, Henry … 51	Wu Ming-yi … 178
Wellman, Manly Wade … 59		

Wu Zhuo-liu 178
Wu Zu-guang 178
Wyndham, John 55

【X】

Xia Yan 99
Xiang Pei-liang 181
Xiao Hong 240
Xiao Jun 240
Xiao Qian 240
Xiao San 240
Xie Bing-xin 224
Xie Bing-ying 223
Xie ke 223
Xiong Fo-xi 578
Xu Di-shan 135
Xu Hui-zhi 135
Xu Jie 135
Xu Qin-wen 135
Xu Zhi-mo 238

【Y】

Yacine, Kateb 575
Yaffe, James 576
Yaḥyā Ḥaqqī 576
Yamashita, Karen Tei 576
Yan Lian-ke 83
Yan Wen-jing 176
Yancey, Rick 577
Yáñez, Agustín 576
Yang Cun-ren 581
Yang Gwi-ja 576
Yang Han-sheng 580
Yang Jiang 580
Yang ke 581
Yang Kui 580
Yang Lian 582
Yang Mo 581
Yang Mu 581
Yang Shuo 581
Yao Xue-yin 581
Yaşar Kemal 575
Yashin, Aleksandr Yakovlevich 576
Yashpal 576
Yates, Elizabeth 36
Yates, Richard 36
Ye Guang-qin 580
Ye Jun-jian 580
Ye Sheng-tao 581
Ye Yong-lie 580
Ye Zi 581
Yeats, W.B. 36
Yeh Shih-tao 581
Yehoshua, Abraham B. 36
Yeo, Robert 41
Yep, Laurence 36
Yerby, Frank 576
Yi Hyeon 34
Yin Fu 43
Yolen, Jane 582
Yom Sang-sop 582
Yoon, Paul 579
Young, Moira 577
Young, Robert Franklin 577
Young, Thomas W. 577

Yourcenar, Marguerite 579
Yourgrau, Barry 578
Yu, Charles 578
Yu Chi-jin 578
Yu Da-fu 38
Yu Hua 580
Yu Ling 44
Yu Luo-jin 142
Yu Mo-wo 44
Yu, Ovidia 578
Yu Xiu-hua 580
Yuan Shui-pai 82
Yuan Xi 82
Yun Hung-gil 579
Yun Seok-jung 579
Yun Tong-ju 579
Yūshīj, Nīmā 578
Yūsuf Idrīs 578

【Z】

Zabolotsky, Nikolay Alexeyevich 204
Zahn, Timothy 207
Zakour, John 201
Zalygin, Sergei Pavlovich 206
Zambra, Alejandro 210
Zander, Joakim 209
Zang Ke-jia 279
Zanzotto, Andrea 208
Zarr, Sara 206
Zeevaert, Sigrid 312
Zeh, Juli 311
Zelazny, Roger 274
Zeng Gui-hai 278
Zenker, Helmut 312
Zerries, A.J. 274
Zettel, Sarah 273
Zevin, Gabrielle 273
Zhang Ai-ling 304
Zhang Cang-cang 306
Zhang Cheng-zhi 306
Zhang Cuo 306
Zhang Guang-nian 305
Zhang Hen-shui 306
Zhang Jie 305
Zhang Jie 305
Zhang Kang-kang 305
Zhang Ping 307
Zhang Tian-yi 306
Zhang Wei 305
Zhang Xian 305
Zhang Xian-liang 305
Zhang Xi-guo 305
Zhang Xin-xin 306
Zhang Yi-gong 305
Zhang Yi-he 239
Zhang Yue-ran 305
Zhang Zi-ping 306
Zhao Ben-fu 307
Zhao Li-hua 307
Zhao Shu-li 306
Zharov, Aleksandr Alekseevich 230
Zheng Bo-qi 314
Zheng Hong-sheng 313
Zheng Yi 313
Zheng Yi 313
Zhong Li-he 241
Zhong Zhao-zheng 240
Zhou Er-fu 232

Zhou Li-bo 232
Zhou Shu-heng 232
Zhou Zuo-ren 232
Zhu Xiang 231
Zhu Zi-qing 231
Ziedan, Youssef 199
Zilahy, Lajos 245
Zillich, Heinrich 311
Zimler, Richard 222
Zindel, Paul 249
Zinoviev, Aleksandr Aleksandrovich 221
Zion, Gene 217
Zippert, Hans 311
Zoderer, Joseph 312
Zolotow, Charlotte 283
Zoshchenko, Mikhail Mikhailovich 279
Zouroudi, Anne 269
Zuckmayer, Carl 312
Zukofsky, Louis 253
Zukrowski, Wojciech 233
Zunzunegui, Juan Antonio de 271
Zusak, Markus 254
Zweig, Arnold 311
Zweig, Stefan 311
Zweig, Stefanie 311
Zwerenz, Gerhard 311

現代世界文学人名事典

2019年1月25日　第1刷発行

発　行　者／大高利夫
編集・発行／日外アソシエーツ株式会社
　　　　　　〒140-0013 東京都品川区南大井6-16-16 鈴中ビル大森アネックス
　　　　　　電話(03)3763-5241（代表）FAX(03)3764-0845
　　　　　　URL http://www.nichigai.co.jp/
発　売　元／株式会社紀伊國屋書店
　　　　　　〒163-8636 東京都新宿区新宿3-17-7
　　　　　　電話(03)3354-0131（代表）
　　　　　　ホールセール部（営業）電話(03)6910-0519

電算漢字処理／日外アソシエーツ株式会社
印刷・製本／光写真印刷株式会社

不許複製・禁無断転載　　《中性紙H-三菱書籍用紙イエロー使用》
〈落丁・乱丁本はお取り替えいたします〉
ISBN978-4-8169-2759-1　　Printed in Japan, 2019

本書はディジタルデータでご利用いただくことができます。詳細はお問い合わせください。

イギリス中世武具事典—英文学の背景を知る

三谷康之著　A5・460頁　定価（本体9,250円＋税）　2018.6刊

英文学、特に史劇や歴史小説に登場する甲冑・武器・盾・武術競技などの用語と文化的背景を解説する「読む事典」。既存の辞典類には載っていない言葉や事項を多数収録。400点に及ぶ写真・図版により、視覚的に理解できる。

新聞連載小説総覧　平成期（1989〜2017）

A5・510頁　定価（本体18,500円＋税）　2018.5刊

平成期に国内の新聞49紙に発表された、連載小説2,817点の作品目録。「第1部　新聞社別一覧」では新聞社別に連載小説を一覧、「第2部　作家別一覧」では作家別に作品とその作品が掲載された図書の書誌データを記載。「作品名索引」「挿画家名索引」付き。

原題邦題事典シリーズ

日本国内で翻訳出版された図書の原題とその邦題を対照できる事典シリーズ。原著者ごとに原題、邦題、翻訳者、出版社、刊行年を一覧でき、同一書籍について時代による出版状況や邦題の変遷もわかる。

翻訳書原題邦題事典

B5・1,850頁　定価（本体18,000円＋税）　2014.12刊

小説を除く古今の名著から最近の書籍まで、原題12万件とその邦題を一覧できる。

英米小説原題邦題事典 追補版2003-2013

A5・700頁　定価（本体12,000円＋税）　2015.4刊

英語圏の文芸作品14,500点について、原題と邦題を一覧できる。

英米小説原題邦題事典 新訂増補版

A5・1,050頁　定価（本体5,700円＋税）　2003.8刊

英語圏の文芸作品26,600点について、原題と邦題を一覧できる。

海外小説（非英語圏）原題邦題事典

A5・710頁　定価（本体13,800円＋税）　2015.7刊

フランス・ドイツ・イタリア・ロシア・スペイン・ポルトガル・中国・朝鮮・アジアなどの文芸作品18,400点について、原題と邦題を一覧できる。

データベースカンパニー
日外アソシエーツ

〒140-0013　東京都品川区南大井6-16-16
TEL.(03)3763-5241　FAX.(03)3764-0845　http://www.nichigai.co.jp/